ŒUVRES

GUY DEBORD

ŒUVRES

ÉDITION ÉTABLIE ET ANNOTÉE
PAR JEAN-LOUIS RANÇON
EN COLLABORATION AVEC ALICE DEBORD

PRÉFACE ET INTRODUCTIONS
DE VINCENT KAUFMANN

QUARTO
GALLIMARD

Page précédente :

Guy Debord en 1965.
Photo André Causse.

PRÉFACE

ŒUVRES ACHEVÉES

Qui était Guy Debord ? Un des derniers révolutionnaires du XXe siècle, et un des seuls parmi ceux qui ont pensé et écrit au cours des décennies passées à avoir refusé passionnément la société de son temps, et en connaissance de cause. Il l'a décrite telle qu'elle était, plutôt laide, et il l'a vue ainsi *parce* qu'il la refusait, en impitoyable moraliste d'un temps auquel il aura fait perdre de son innocence, de sa bonne conscience et de ses illusions. Tributaires de Hegel, du jeune Marx et de quelques-uns de ses commentateurs les plus aigus, ses analyses de la « société du spectacle » – un terme qu'on lui doit, mais que l'on reprend souvent superficiellement – se sont imposées. Elles ont quelque chose d'irréfutable et rétrospectivement même de prophétique.

Mais Debord ne s'est pas contenté d'être un théoricien. Homme d'action, il a réinventé l'avant-garde de son temps (avec notamment l'Internationale situationniste), puis a été un des seuls à avoir su préserver, lorsque l'horizon révolutionnaire s'est estompé, une liberté qu'il a toujours voulue absolue et sur laquelle il n'a jamais transigé. De cette liberté il a fait un combat et son œuvre, il l'a sans cesse remise en jeu dans ses actes, ses écrits et ses films. Il a été un exemple, ou plus exactement un contre-exemple. À une époque éprise de résignation et de compromis, il a montré qu'il était possible de penser et d'agir autrement, quitte à la défier, quitte à entretenir avec elle des relations systématiquement conflictuelles.

Tel est le sens de ces *Œuvres*, minutieusement rassemblées par Jean-Louis Rançon : réunir pour la première fois l'ensemble, ou presque, des *actes* relatifs à la trajectoire de Guy Debord, l'ensemble des faits et gestes par lesquels il a entendu se constituer – belle ambition pour une époque aussi consensuelle et conformiste que la nôtre – en ennemi de son temps ; un ensemble qui comporte non seulement un certain nombre d'inédits, mais également beaucoup de textes devenus au fil des années difficiles à trouver, épuisés ou publiés confidentiellement. C'est à la fois plus et moins que des œuvres complètes au sens convenu du terme. Plus parce qu'au-delà des œuvres, la présente édition comprend un nombre impressionnant de documents – tracts, manifestes, lettres, articles, etc. – avec lesquels miroite inlassablement un *art de vivre* – un art du conflit, du combat, mais aussi du jeu – que Debord a su inventer et partager avec quelques-uns : ses compagnons lettristes, puis situationnistes, puis d'autres encore (jusqu'à la fin, il a été le contraire d'un homme solitaire). Et moins pour cette même raison : parce que son œuvre, ce sont sa vie et ses combats autant que ses livres. Il a écrit (et filmé), mais pas énormément, seulement quand il l'a jugé nécessaire, et surtout sans en faire un métier, moins encore une carrière ou une vocation. Ses *Œuvres* ont ainsi ceci de particulier qu'elles sont celles d'un homme qui n'a jamais voulu être ni écrivain, ni cinéaste, ni philosophe, ni même un « intellectuel » ; un homme incapable d'intérêt ou de respect pour ce qui ne lui a pas paru à la hauteur d'un état de révolte absolue. Ce sont les archives d'un désir de révolution, les instruments critiques pour la penser, les traces de luttes menées longtemps collectivement, puis au cours des dernières décennies à un titre de plus en plus personnel.

C'est dire que les *Œuvres* de Debord se présentent par la force des choses comme des œuvres *inégales* : beaucoup d'interventions tactiques jalonnées par des moments décisifs où tout se cristallise. Il faut attendre 1958 pour que paraisse un premier livre – les admirables *Mémoires* – et encore s'agit-il d'un « anti-livre » resté confidentiel, jamais mis en vente jusqu'en 1993. *La Société du spectacle*, considérée par beaucoup comme l'œuvre majeure, presque la seule, est publiée en 1967 et reste longtemps la part la plus visible de l'œuvre. Plus tard le rythme s'accélère un peu, les livres et les films seront plus nombreux et parfois plus longs. Ce serait cependant une erreur d'opposer des œuvres supposées majeures (*La Société du spectacle, In girum imus nocte et consumimur igni, Commentaires sur la société du spectacle, Panégyrique*, etc.) à des œuvres supposées mineures ou aux multiples articles, tracts et manifestes témoignant des combats menés par Debord et les siens. Ou de vouloir distinguer entre des œuvres « véritables » et ce que l'on verse habituellement au compte de l'archive ou du document. Car en forçant un peu le trait, on pourrait dire qu'une telle œuvre tient tout entière dans un geste d'archivation, dans un projet documentaire.

Il y a chez Debord un *historiographe* – de lui-même et de son entourage – qui aura cherché sans répit à témoigner de ce qu'il lui a été possible de vivre ou d'expérimenter, qui a multiplié les relevés de positions, les traces de faits et gestes, comme pour prolonger ou redoubler les combats auxquels il a pris part. Lutter a toujours signifié pour lui imposer son regard et sa perspective non seulement sur le monde mais aussi sur la façon qu'il a jugé bon d'y intervenir. Lutter veut dire avoir le *dernier mot*, avoir tout dit, être irréfutable, et si possible *d'avance*, ce qui exige notamment qu'on y mette les formes, qu'on sache bien écrire. Son geste tient en un « pour le fait, pour l'exactitude, pour qu'il soit dit » (Mallarmé) dont la reconstitution visée par le présent volume exige que *tout* se dise. Œuvres achevées : il fallait laisser à Debord le dernier mot, tous les derniers mots, puisque aussi bien tous sont traversés par l'intention de l'être.

De cette particularité, on prendra par exemple la mesure avec le fait que Debord a intitulé *Œuvres cinématographiques complètes* la publication (en 1978) des parties écrites de ses six premiers films, et plus généralement avec le fait qu'il a toujours lui-même organisé ses œuvres de façon à ce qu'elles soient achevées, définitives, sans qu'il y ait rien à rajouter ou à redire. Tant d'autres gestes en témoignent : telle préface à la traduction en italien de *La Société du spectacle*, qui affirme en un superbe défi qu'il n'y a pas à changer la moindre virgule d'un livre que la réalité s'est inlassablement chargé de confirmer[1] ; ou tel film dont le titre indique clairement l'enjeu : *Réfutation de tous les jugements tant élogieux qu'hostiles qui ont été jusqu'ici portés sur le film « La Société du spectacle »*. C'est encore ce même principe de réfutation ou d'irréfutabilité qui sera plus tard à l'œuvre dans des livres comme *Considérations sur l'assassinat de Gérard Lebovici*, *Panégyrique*, *« Cette mauvaise réputation... »*, etc. Du début à la fin, Debord n'a cessé de publier des œuvres qu'il a voulues complètes, avec lesquelles tout était à chaque fois dit, mais la plupart du temps de façon neuve (la répétition est aussi un art).

Le parti pris éditorial de ce volume est donc de produire si possible toutes les pièces à conviction du procès que Debord s'est proposé d'intenter à son temps plutôt que d'opérer par retranchement ou regroupement, en vue d'un monument littéraire standard. Et de le faire selon un ordre chronologique, le seul qui permette de suivre, presque au

1. Voir ici p. 1465.

jour le jour, une aventure qui jamais peut-être n'aura autant coïncidé avec une œuvre que dans le cas de Debord (conformément à la volonté de dépassement de l'art qui s'incarne pour un temps dans l'Internationale situationniste). On n'a donc pas cherché à faire la part des choses, à décider à la place d'un homme qui de toute façon a pensé dès sa vingtième année que l'art était mort, et qui s'en est tenu jusqu'à la fin de sa vie à ce constat, accordant autant sinon plus d'importance à rédiger une déclaration de soutien à des libertaires espagnols poursuivis par la justice qu'à écrire de beaux livres.

Il fallait, pour permettre au lecteur d'entrer dans l'univers de Debord et de prendre la mesure du halo de certitude ou de complétude qui l'imprègne, en reproduire la logique totalisante, c'est-à-dire situer les temps les plus forts dans un contexte où de multiples temps plus faibles viennent leur répondre ou en répondre, comme autant d'échos avec lesquels émerge un monde dans lequel *tout se tient*. Où chercher Debord ? Il est certes dans *La Société du spectacle*, Debord, ou dans *Panégyrique*, mais il est aussi dans tel tract lettriste ou dans une préface à la *Correspondance* des Éditions Champ Libre. Ici *et* là, ici *parce que* là. Avec ces *Œuvres*, il sera désormais beaucoup plus facile de mesurer la cohérence d'un trajet, et surtout aussi la beauté de cette cohérence. Debord, c'est une fidélité à soi-même élevée au rang d'art poétique, c'est une volonté de liberté constamment renouvelée, réinventée, remise en jeu et en forme.

Tout se passe très vite, dès les années lettristes, puis se reprend, s'affine, s'approfondit, en spirale, de tract en livre, de manifeste en film, d'œuvre « majeure » en œuvre « mineure ». Au « ne travaillez jamais » écrit sur un mur de la rue de Seine en 1953 – une « œuvre » constamment revendiquée avec une ironique fierté par Debord[2] – répondent en 1995 ses *Contrats*, dernier livre préparé de son vivant. Mais est-ce un livre ? Il s'agit de la publication des trois contrats passés à propos de ses films entre lui et son ami Gérard Lebovici, son producteur, totalement déséquilibrés au profit de Debord : dons, chèques en blanc plutôt que contrats, qui auront permis à celui-ci de *tenir parole*, de rester fidèle à son vœu de ne jamais travailler[3]. Ni le graffiti de 1953 ni les contrats passés avec Lebovici ne sont des œuvres au sens convenu du terme. Et pourtant l'un et les autres sont au cœur de l'art de Debord,

2. Voir p. 89.
3. Voir *Des contrats*, p. 1843.

ils disent la même chose que *Panégyrique*, *La Société du spectacle* ou encore quinze ans d'aventures situationnistes.

Progrès en sérieux artistique assez lents, on le voit, mais décidément beaucoup de constance dans la grève sociale et artistique. L'intérêt du présent volume est de montrer comment Debord change d'aventures et comment il est toujours resté le même ; comment la jeunesse lettriste fut incubatoire de tout le reste, notamment de l'expérience situationniste, et comment l'absente sagesse des dernières années confirme et reprend l'âge d'or lettriste ; ou encore comment la fidélité aux thèses situationnistes exigeait la dissolution de l'Internationale situationniste dans laquelle celles-ci avaient pourtant pris corps. Il est aussi de montrer qu'il n'y a pas à choisir entre le théoricien et l'écrivain, dont certains voudraient aujourd'hui qu'ils soient incompatibles, que l'un et l'autre ont livré les mêmes combats, que discours théorique et autoportrait participent d'un même défi lancé à une société dont Debord a tout refusé. Et cela vaut également pour les autres interventions, qui convergent toutes vers une même position, singulière. Rares sont ceux qui peuvent aujourd'hui la revendiquer pour leur propre compte.

DU VÉCU AU LÉGENDAIRE

Le goût de la révolte semble avoir toujours été là. Il porte un Debord encore adolescent à admirer les dadaïstes, les surréalistes, Lautréamont ou encore Arthur Cravan, le poète boxeur déserteur et protodadaïste. Tout commence avec l'avant-garde et avec la poésie – il n'est pas inutile de le rappeler, compte tenu de l'image souvent exclusivement « politique » que certains ont aujourd'hui de Debord. Mais d'emblée il s'agira pour celui-ci de *dépasser* l'art, c'est-à-dire de le faire coïncider avec la vie, à condition de faire coïncider celle-ci avec la révolte. Poésie au service de la vie quotidienne, pour que celle-ci soit la moins quotidienne possible. Les avant-gardes sont faites pour être traversées plutôt que répétées. C'est là tout le sens de la rencontre et de la rapide rupture de Debord avec les lettristes d'Isidore Isou (dont le « lettrisme » constitue pour l'essentiel un *remake* du dadaïsme de l'autre après-guerre). Son éphémère adhésion au programme lettriste a tout d'une rampe de lancement qui le propulse très vite vers d'autres aventures.

Celles de l'Internationale lettriste (1952-1957) par exemple, dont le simple nom indique emblématiquement le style, ironiquement mégalomaniaque, qu'on retrouvera dans tous les manifestes et proclamations qui s'y rapportent. L'Internationale lettriste n'est plus vraiment lettriste et très peu internationale. Composée au mieux de sa forme d'une dizaine de jeunes gens, tous plus ou moins voyous, elle se spécialise dans le désœuvrement (« ne travaillez jamais ») et dans la critique la plus insultante possible de l'avant-garde et des intellectuels consacrés. Goût du jeu, goût du conflit. C'est à Saint-Germain que Debord et les siens mènent leur première guerre et qu'ils se donnent du même coup une autre vie, plus héroïque et plus légendaire. Suivront d'autres aventures, d'autres guerres, dont la plus connue, placée sous le signe de l'Internationale situationniste, deviendra presque réelle autour de Mai 68.

C'est là un des aspects les plus singuliers de la trajectoire de Debord, et un des mérites de la présente édition est de le faire apparaître clairement. Non seulement les idées et les pratiques les plus fortes (la « construction de situations », la dérive urbaine, le détournement de textes et d'images, ainsi qu'une stratégie globalement anti-spectaculaire, en rupture avec les pratiques culturelles dominantes, y compris d'avant-garde) sont là dès les toutes premières interventions. Mais d'emblée également on sent que tout s'y dispose en fonction d'un projet d'héroïsation, certes paradoxal puisque ce qui fait ici les héros, c'est leur capacité de (se) perdre et de disparaître. *Nous vivons en enfants perdus nos aventures incomplètes*, proclame Debord à la fin de son tout premier film, en 1952[4] – une expression presque fétiche chez lui, clé pour une entrée en légende. Elle servira plus tard à plusieurs reprises encore à évoquer ses aventures et ses projets : *Tout ce qui concerne la sphère de la perte, c'est-à-dire aussi bien ce que j'ai perdu de moi-même, le temps passé ; et la disparition, la fuite ; et plus généralement l'écoulement des choses, et même au sens social dominant, au sens donc le plus vulgaire de l'emploi du temps, ce qui s'appelle le temps perdu, rencontre étrangement dans cette ancienne expression militaire « en enfants perdus », rencontre la sphère de la découverte, de l'exploration d'un terrain inconnu ; toutes les formes de la recherche, de l'aventure, de l'avant-garde. C'est à ce carrefour que nous nous sommes trouvés, et perdus*[5].

4. Voir p. 58 et 68.
5. *Critique de la séparation*, ici p. 548-549.

Debord et ses compagnons lettristes : ils sont comme de nouveaux Chevaliers de la Table Ronde perdus à la recherche d'un introuvable Graal moderne, ils se *vivent comme tels* – ce sera explicite dans *Mémoires*, paradoxale archive de ce qui, pour avoir été vécu, ne saurait être représenté si ce n'est de façon cryptée et allusive[6]. Tout se passe comme s'ils disposaient les traces de leurs aventures en fonction d'une légende qui serait à venir, mais immédiatement ; comme si de toujours déjà le vécu se redoublait d'une mise en forme ou en mémoire. Il faut considérer les multiples documents qui nous restent de cette période comme les traces d'une sorte de roman qui aurait été vécu. À chacun de le reconstituer s'il veut y entrer : du moins toutes les pièces sont-elles désormais disponibles.

Le goût du légendaire et du romanesque explique en tout cas également le *style* des interventions « lettristes » – les tracts, les manifestes et un peu plus tard les articles de *Potlatch* (ou même ceux d'*Internationale situationniste*). Ils sont souvent d'une ironique grandiloquence, d'une insolente complaisance (comme en prélude au *Panégyrique* de 1989), comiques ou parodiques à force d'être sérieux, et parfois répétitifs. On aurait tort de le leur reprocher, car ils ne sont pas faits pour reconfigurer le champ de l'avant-garde (d'autres s'en chargent), mais au contraire pour défigurer et disqualifier toute avant-garde possible, de surcroît au prix du moindre effort. Ils constituent moins l'archive d'une nouvelle avant-garde que celle de son désœuvrement. Ils sont les traces de quelque chose qui a été vécu et qui s'est perdu, un âge devenu d'or avec le temps qui a passé, sur lequel Debord reviendra à de nombreuses reprises – dans *Mémoires* (1958), puis dans les films *Sur le passage de quelques personnes à travers une assez courte unité de temps* (1959) et *Critique de la séparation* (1961), comme plus tard dans *In girum imus nocte…* (1978) ou encore dans *Panégyrique* (1989).

Ces nombreux retours sur la période inaugurale de l'Internationale lettriste suggèrent, à la limite, que celle-ci n'a été vécue que pour devenir après-coup la légende qu'elle est devenue. Illusion rétrospective ? Sans doute, mais pas seulement. Tout indique chez Debord une capacité proprement *mélancolique* de se projeter dans un temps où ce qu'il est en train de vivre aura disparu, soit tout aussi bien d'*anticiper sa propre légende*, ou du moins de la (re)constituer le plus vite possi-

6. Voir p. 375 et suiv.

ble comme telle. On s'en convaincra encore en observant par exemple la façon dont il précipite en 1971 la dissolution de l'Internationale situationniste parvenue pourtant à ce moment à une notoriété considérable sur la scène de l'ultra-gauche française : comme si la possibilité de s'en faire l'historien et de l'ériger en légende à cause de sa disparition même comptait plus qu'une relance éventuelle, jugée fastidieuse, de ses activités[7]. Il suffit en tout cas de sept ans – autant dire une fraction de seconde à l'échelle habituelle de la production du légendaire – pour que l'aventure situationniste soit placée, dans *In girum imus nocte*, sous le signe de la *Charge de la Brigade légère*, un film retraçant la bataille de la Balaklava, c'est-à-dire l'assaut héroïque et désespéré d'une brigade anglaise contre des positions russes au cours de la guerre de Crimée[8]. Croyez que ce fut très beau, surtout parce que ce fut l'histoire d'une belle défaite, d'une disparition.

Debord est, n'a cessé d'être l'historien de soi, comme le Cardinal de Retz, cet autre joueur et perdant magnifique qu'il admirait tant (et qu'il a lu très tôt). Mais contrairement à celui-ci, il l'a été d'emblée, et non pas après-coup, réduit à l'inaction par la force des choses. Il a toujours joint les actes aux actes, comme on joindrait la parole au geste, et toujours en donnant à celle-ci une dimension esthétique, une force poétique qui seule permet qu'il y ait du légendaire : c'est toujours par le bien-dire qu'advient rétroactivement un bien-faire.

LE SPECTACLE ET SON REFUS

Il n'est pas donné à tout le monde de constituer sa propre légende. Non seulement faut-il avoir su vivre et se battre, mais encore faut-il être capable de gérer son image, comme on le dit aujourd'hui. Plus exactement – c'est un *must* pour qui choisit la légende plutôt que le « spectacle » – il faut savoir ou vouloir pratiquer un art de l'esquive et de la clandestinité par lequel on déjoue le regard mortifère et mensonger de la société marchande-spectaculaire. Et il faut être capable de se donner une autre scène, un « théâtre d'opérations » – le terme est de Debord – dont on décide soi-même pour échapper aux apparences, aux assignations à résidence et aux rôles imposés par le spectacle.

7. Voir notamment *La Véritable Scission dans l'Internationale*, p. 1087 et suiv.
8. Voir p. 1386 et suiv.

C'est aussi cela, l'art de Debord : une capacité de tenir en échec le spectacle et ses effets mortifères, de lui refuser tout *droit de regard* sur ce qu'il est et sur ce qu'il fait. Une anecdote significative dans cette perspective : au moment de l'assassinat de son ami Gérard Lebovici, en 1984, les rumeurs les plus délirantes circulent dans la presse sur une éventuelle implication de Debord, que les journalistes harcèlent, avec le peu de succès qu'on imagine. Un seul d'entre eux réussit à prendre une photo de lui, au téléobjectif, plutôt floue. Debord réagit en envoyant à toute la presse son portrait « officiel » – une photo nette, de qualité irréprochable, même si Debord n'y semble pas de très bonne humeur. L'enjeu ? Rester maître de son image, décider soi-même où et comment on sera vu, ou comment on apparaîtra dans un monde qu'on rejette.

Tous les livres et tous les films de Debord racontent cette même histoire. Tous ont le sens d'un défi lancé au regard de l'autre ou le sens d'une récusation du spectacle. Vous verrez ce que j'ai décidé de vous montrer, et vous ne verrez rien d'autre, tel est le message. Dans *Panégyrique*, cela donne telle déclaration, qui vaut comme clé pour l'ensemble de l'œuvre : *Et je crois que, pareillement, sur l'histoire que je vais maintenant exposer, on devra s'en tenir là. Car personne, pendant bien longtemps, n'aura l'audace d'entreprendre de démontrer, sur n'importe quel aspect des choses, le contraire de ce que j'en aurai dit ; soit que l'on trouvât le moindre élément inexact dans les faits, soit que l'on pût soutenir un autre point de vue à leur propos* [9].

On devra s'en tenir là, point final, œuvres complètes. Il y a ceux qui s'exhibent d'autoportrait en auto-fiction. Et il y a ceux, mais ils sont rares, dont l'autoportrait a au contraire une fonction de neutralisation et de dissuasion du regard voyeur-spectaculaire. De *Mémoires* à *Panégyrique*, Debord a marqué un territoire, le sien. Il a su opposer aux figures imposées par le spectacle autant de *contre-figures* dans lesquelles préserver l'authenticité d'un vécu et sa singularité. Quant à ceux qui se sont aventurés dans son monde sans y avoir été invités, il les a marqués, avec des livres comme *Considérations sur l'assassinat de Gérard Lebovici* ou *« Cette mauvaise réputation... »*, de son ironie, de ses sarcasmes et de ses colères. Parfois durablement.

Tout cela pour dire que lorsque Debord parle de « société du spectacle », il ne s'agit pas pour lui d'une abstraction ni d'un exercice

9. Voir p. 1661.

philosophique académique. Il a incontestablement vécu la société de son temps comme un jeu d'apparences tyranniques et c'est pour la combattre qu'il en a fait la théorie, convoquant à cette fin Hegel, Marx, ainsi que certains des principaux dissidents marxistes de l'entre-deux-guerres ou de son temps. Synthèse des notions de fétichisme de la marchandise, d'aliénation et d'idéologie, le concept de spectacle est la clé de voûte d'une critique de la société que Debord a voulue globale parce qu'il la refusait dans tous ses aspects. Le spectacle est très exactement ce à quoi il a toujours cherché – et incontestablement réussi – à se soustraire, non seulement dans sa réflexion théorique mais aussi pratiquement.

Théoriquement : en le dénonçant, en rendant conscient ce qui est inconscient – principalement l'asservissement par ou à la marchandise. Debord s'est voulu l'*analyste* de notre société, comme Freud l'a été de l'inconscient. De *La Société du spectacle* (1967) aux *Commentaires sur la société du spectacle* (1988), il aura été le grand *démoralisateur* de notre temps (plutôt que son immoraliste, qui rend toujours hommage à la morale). Il a dit ce que tout le monde sait ou peut savoir, ce que tout le monde cherche à oublier pour survivre à défaut de vivre. Après lui, il faudra décidément un peu plus d'énergie ou de mauvaise foi pour s'accrocher à ses illusions et pour ne pas voir, par exemple, les effets destructeurs de la marchandise sur l'homme et sur son environnement. Sur cette question comme sur beaucoup d'autres, il sera désormais un peu plus difficile de dire qu'on n'en savait rien.

Pratiquement : si Debord a pu dire ce qu'il a dit de notre société, c'est non seulement parce qu'il s'est voulu l'ennemi du spectacle et parce qu'il a résisté à toutes ses séductions (il n'a accepté aucun honneur, aucun emploi, aucun poste, aucune position de pouvoir dans les médias ou ailleurs), mais encore parce qu'il s'est proposé de le détruire – un projet qui se sera principalement incarné dans l'aventure situationniste, même si celle-ci doit énormément à sa préhistoire lettriste. C'est dans l'Internationale situationniste, dont les activités ont duré de 1957 à 1972, que les différents aspects de l'engagement de Debord se sont concentrés, accompagnés à l'étage de la théorie par la synthèse de *La Société du spectacle.* C'est tout le sens du débat, repris après l'expérience lettriste, avec l'avant-gardisme, qu'il s'agit à nouveau de dépasser : en finir avec l'art, la représentation, porte ouverte au spectacle auquel est opposée la « construction de situations », soit la réinvention d'une nouvelle vie quotidienne, dans et par la destruction de l'ancienne. L'art situationniste sera un art invisible, soustrait au spectaculaire, réduit à ce qu'il est possible de vivre sur-le-champ, ne se manifestant dans l'espace social que sous forme de discorde et de conflit, de coups portés à l'ennemi. Dépassement du politique par le poétique, et du poétique par le politique : l'un et l'autre n'ont plus lieu d'être sous leurs formes traditionnelles, toujours trop spectaculaires. D'où aussi l'engagement des situationnistes dans Mai 68 qui, dans ses aspects les plus innovateurs et les plus radicaux, aura incontestablement été situationniste.

HÉRITAGES

Je suis né en 1931, à Paris. La fortune de ma famille était dès lors fort ébranlée par les conséquences de la crise économique mondiale qui était apparue d'abord en Amérique, peu auparavant ; et les débris ne paraissaient pas pouvoir aller beaucoup au-delà de ma majorité, ce qui arriva effectivement. Ainsi donc, je suis né virtuellement ruiné. Je n'ai pas à proprement parler ignoré que je ne devais pas attendre d'héritage, et finalement je n'en ai pas eu [10]. Debord ou l'homme sans héritage, ni financier ni autre (car une ruine peut en cacher une autre) : il n'en a reçu aucun et n'a jamais eu de *dette* à l'égard de qui que ce soit. Né ruiné, né libre, sans dettes, ni d'argent, ni envers une famille, ni intellectuelles (il n'aura jamais eu de maître[11]). Rien ne lui ayant été transmis, il s'est permis de ne rien transmettre à son tour, de ne respecter aucune *tradition.* Il n'a laissé que peu de traces, toujours soigneusement choisies. Il n'a pas voulu être suivi, ou seulement par ceux qui auront su se faire accepter, et certainement pas par des disciples, avec lesquels il a toujours rompu à partir du moment où ils le devenaient, où ils se privaient de leur liberté pour mieux empiéter sur la sienne. *La pratique de l'exclusion me paraît absolument contraire à l'utilisation des gens : c'est bien plutôt les obliger à être*

10. *Panégyrique, tome premier,* ici p. 1661.
11. Si du moins on entend par là un professeur ou un protecteur orientant une carrière intellectuelle à venir, remercié plus tard selon les règles de l'art. Les maîtres de Debord, ce sont les auteurs qu'il a admirés, *et du même coup utilisés, voire détournés* : Lautréamont, Hegel, Marx, Retz, mais aussi Clausewitz, Machiavel, Sun Tsé, ou encore Shakespeare, Musil et Villon, bien d'autres encore.

libres seuls – *en le restant soi-même – si on ne peut s'employer dans une liberté commune*, écrit-il en 1962 à son ami Asger Jorn avec qui il a fondé cinq ans plus tôt l'Internationale situationniste[12].

L'art de Debord, c'est aussi cela : un art de l'interruption, de la non-transmission, de la rupture, dans tous les sens du terme. Si les Internationales lettriste et situationniste sont souvent considérées comme particulièrement radicales sur l'échelle des avant-gardes du XXe siècle, c'est précisément parce qu'elles ont été marquées par ce sens de la rupture que Debord leur a imposé comme sa marque, sa griffe. L'Internationale lettriste n'a pas laissé d'œuvres et l'Internationale situationniste si peu, surtout si on prend en compte le désaveu infligé à tous ceux qui se sont aventurés sur ce terrain pour produire leur œuvre à l'ombre d'une improbable autorité situationniste. Un certain nombre d'artistes, d'architectes ou encore de cinéastes ont pu se réclamer du situationnisme, mais cela ne va jamais sans une sorte d'ambivalence ou de mauvaise foi : soit ils n'ont pas vraiment connu le situationnisme, soit ils savent bien que ce qu'ils ont voulu y faire ou en faire a nécessairement le statut d'une infidèle réplique. Les mouvements animés par Debord n'ont admis aucun héritage, ils ont existé, consisté, dans les ruptures qu'ils ont produites et qu'il s'agissait de *vivre*.

C'est dire qu'ils ne pouvaient durer – ils sont incompatibles avec la continuité. Il ne saurait véritablement y avoir d'héritage situationniste ou « debordien » comme il y a en a eu tant d'autres dans l'histoire des intellectuels et des avant-gardes du XXe siècle. Debord n'a jamais voulu ni de disciples ni d'une école, ni même être compris si ce n'est par ceux qui, l'ayant compris d'avance, n'ont pas besoin de le lire. *Il y a des gens qui comprennent, et d'autres qui ne comprennent pas, que la lutte des classes au Portugal a été d'abord et principalement dominée par l'affrontement direct entre les ouvriers révolutionnaires, organisés en assemblées autonomes, et la bureaucratie stalinienne enrichie de généraux en déroute. Ceux qui comprennent cela sont les mêmes qui peuvent comprendre mon film ; et je ne fais pas de film pour ceux qui ne comprennent pas, ou qui dissimulent, cela*[13].

---

12. Voir p. 608.
13. *Réfutation de tous les jugements...*, ici p. 1300 ; liée apparemment à la révolution portugaise de 1973-1974, cette déclaration n'en a pas moins une portée beaucoup plus générale, presque emblématique, ne serait-ce que parce que le film dans lequel elle figure *n'est pas* un film sur le Portugal.

Œuvres complètes, définitives, faites pour rester sans suite. Il est extrêmement difficile aujourd'hui de *s'autoriser* d'un homme qui ne s'est autorisé que de lui-même. Qu'en a-t-il alors été de sa réception ? À l'époque des événements de mai 68, si situationnistes dans ce qu'ils avaient de plus neuf, puis au cours des « années de poudre » (approximativement entre 1968 et 1973), les thèses situationnistes sont devenues célèbres, après être restées longtemps relativement confidentielles. De réédition en traduction, de piratage en détournement, *La Société du spectacle* a eu pendant un certain temps une vie de best-seller international de l'ultra-gauchisme. Réception heureuse, correspondant – partiellement du moins – au vœu de Debord d'être lu par ceux qui avaient compris, qui se servaient de son livre pour changer leur vie, avec lesquels pouvait être partagé un désir de révolte ou de révolution. Faut-il préciser qu'au cours de ces années, l'université s'intéresse très peu à lui, et qu'aujourd'hui encore *La Société du spectacle* n'est pas près de figurer au programme de l'agrégation en philosophie ?

Le reflux révolutionnaire des années 70 et 80 a conduit logiquement à une audience plus confidentielle des thèses situationnistes, qui n'ont cependant jamais été totalement oubliées. Jusque vers la fin des années 80, la réception des œuvres de Debord entre ainsi elle aussi dans une phase de latence, suivie d'un étonnant *come-back*, consacré aujourd'hui par la parution de ses *Œuvres*, mais auquel on peut trouver plusieurs raisons. La plus importante, c'est le fait que Debord publie *Commentaires sur la société du spectacle* en 1988 et *Panégyrique* en 1989, deux livres forts, dont l'un renouvelle la critique du spectacle élaborée vingt ans plus tôt, et dont l'autre impose Debord dans sa *singularité* : non seulement comme exception au conformisme triomphant, mais aussi comme un individu que l'on n'associe dorénavant plus automatiquement à l'Internationale situationniste.

D'une part des thèses fortes donc, qui rendent rétrospectivement celles de *La Société du spectacle* presque prophétiques, intervenant sur fond de lassitude par rapport aux grandes machines rhétoriques (psychanalytiques, [post]-structuralistes) dominantes entre 1970 et 1990 : pour n'avoir été l'homme d'aucune tradition, Debord aura survécu au *crash* de toute une culture du « texte » dans la vidéosphère, fatale à tant de beaux parleurs. Et d'autre part un individu d'une irréductible singularité, fascinant une époque dont il est le contraire. Ainsi apparaît un Debord dépris de la mouvance politique à laquelle il a été longtemps associé. Ceux qui s'y intéressent le font eux aussi à titre individuel : ils sont écrivains plutôt que philosophes (ceux-ci continuent de l'ignorer, tous bords confondus), artistes plutôt qu'idéologues, historiens de la littérature et du cinéma plutôt que politologues. On relèvera dans cette perspective certains articles de Philippe Sollers, qui ont beaucoup contribué, à partir de 1989 et au fur et à mesure des éditions et rééditions posthumes, non seulement à faire lire Debord, mais aussi à le faire lire autrement, à déplacer les enjeux de sa réception du théorique vers le singulier et le poétique. Suivant le mouvement, divers magazines et journaux ont également joué un rôle dans l'histoire de sa réception récente, notamment en servant de relais auprès d'une génération venue après les moments les plus visibles de l'aventure de Debord.

Depuis 1989, puis surtout depuis sa disparition intervenue en 1994, Guy Debord est en somme tombé progressivement dans le domaine public : non pas au sens juridique du terme, mais bien dans la mesure où, par la force des choses, sa réception s'est détachée des combats qu'il a voulu mener et des défis qu'il a su lancer. Il est devenu plus accessible, et accessible plus individuellement, en écho à une parole qui se sera faite de plus en plus singulière. Le guerrier s'est effacé derrière l'artiste. Il n'y a ni à s'en féliciter ni à le regretter si on veut bien se souvenir que l'un n'a jamais été sans l'autre. Reste l'exemple donné, un *style*, dans tous les sens du terme : une façon d'écrire, de filmer, de penser, de vivre, de lutter. Mis ensemble, tout cela aura constitué une éthique révolutionnaire, serait-on tenté de dire si le terme d'éthique ne renvoyait pas trop souvent à celui de morale – et il n'y a jamais rien eu de moral chez Debord. Un style : non pas à imiter, mais à comprendre, à méditer, à admirer, puis peut-être à reprendre, mais depuis le début, comme le suggèrent les dernières phrases de *In girum imus nocte…* : *Il n'y aura pour moi ni retour ni réconciliation. La sagesse ne viendra jamais. À reprendre depuis le début*[14].

VINCENT KAUFMANN

---

14. Voir p. 1401.

PROLÉGOMÈNES

1950-1952

Pour l'ennemi à venir de la société du spectacle, tout commence à Cannes. C'est ironique, mais ce n'est pas tout à fait un hasard, puisque les trois coups seront frappés lors du festival, en 1951. Mais auparavant, c'est là que Guy Debord termine son adolescence, plutôt dissolue. Il passe un bac pour la forme et la partie « éducation » de son CV s'arrête là, définitivement. Le goût de la liberté vient décidément de loin.

C'est à Cannes aussi que se noue l'amitié avec Hervé Falcou. En témoignent les nombreuses lettres publiées récemment sous le titre Le marquis de Sade a des yeux de fille, *dont quelques-unes sont reprises ici et dont la lecture permet de prendre la mesure de la préhistoire* poétique *de Guy Debord. À dix-huit ans, les références, ou plus exactement les passions de Debord, ce sont les dadaïstes et les surréalistes, mais aussi Lautréamont, Apollinaire, Nerval, Baudelaire, Villon. D'où vient Debord ? Des avant-gardes, de la poésie, auxquelles il sera resté fidèle* à sa façon.

Cannes, ce sont les premières amitiés fortes, et déjà un goût pour les aventures collectives. Et puis, c'est surtout la rencontre des lettristes : quelques individus regroupés autour d'Isidore Isou, venus jouer en 1951 les provocateurs au festival de cinéma. Ils trouveront cet été-là un éphémère protecteur en Jean Cocteau, dont Les Enfants terribles *ne sont pas sans rapport avec la figure des* enfants perdus, *sous le signe de laquelle Debord placera à de nombreuses reprises les aventures de sa jeunesse.*

Un curieux personnage, Isidore Isou (de son vrai nom Jean-Isidore Goldstein) : juif roumain en exil, il débarque à Paris en 1945, très jeune encore mais avec la ferme intention d'être au moins à la hauteur de son compatriote de l'autre après-guerre (Tristan Tzara) en matière de provocation. En pleine hégémonie existentialiste, les lettristes s'imposent sur le petit marché du post-dadaïsme et des dissidences surréalistes avec quelques scandales spectaculaires. La poésie onomatopéique – décomposition ou désarticulation du langage en purs sons – leur tient lieu de mana *esthétique (un peu comme l'automatisme en tenait lieu pour les surréalistes) et, prenant acte de la montée en puissance du cinéma, ils produisent également quelques films, qu'ils veulent* discrépants *: bande-son sans rapport avec des images, elles-mêmes quelconques ou abîmées. En comparaison, la Nouvelle Vague à venir paraît bien sage.*

Il est difficile d'évaluer aujourd'hui ce qui resterait du lettrisme si Debord n'en avait pas lui-même fait le premier chapitre de son histoire (ou de sa légende), tant l'audience d'Isou est demeurée confidentielle. Toujours est-il que si Debord rejoint avec enthousiasme les lettristes (à Paris), c'est moins parce qu'il s'intéresse au lettrisme qu'à la réactivation par celui-ci d'un esprit de révolte qui a été celui du dadaïsme et des débuts du surréalisme – Isou est d'ailleurs un des premiers à identifier la jeunesse comme une « classe sociale » avec un potentiel révolutionnaire spécifique. Debord n'a jamais été véritablement lettriste, il ne s'est jamais intéressé à la poésie onomatopéique, et si son premier film, Hurlements en faveur de Sade, *se donne tout d'abord comme un* projet *placé sous le signe du lettrisme, il n'en ira plus tout à fait ainsi au moment de sa réalisation en 1952, puisqu'il s'agira alors d'un film sans images, déjà décalé par rapport à l'esthétique lettriste.*

Dans cette perspective, c'est bien Hurlements en faveur de Sade *qui tient lieu, dans la trajectoire de Debord, de véritable coup d'envoi. C'est à la fois une scène primitive et un scandale mythique, dont beaucoup sinon tout découle : le détournement de textes (et plus tard d'images), promis à un bel avenir puisqu'il sera longtemps au cœur de l'écriture de Debord, et surtout une (anti)-esthétique déjà « anti-spectaculaire » : plus d'images, rien à voir,* passons au débat, *dialogue contre spectacle. D'emblée, Debord aura cherché à priver le public de tout, et à en croire les irritations suscitées par les très rares projections de ce premier film, il semble qu'il ait plutôt bien réussi.*

V. K.

1931 **28 décembre.** Guy Louis Marie Vincent Ernest Debord naît à 17 heures à Paris, au 166 rue de Bagnolet, dans le XXe arrondissement.

Ses parents, Martial Debord (né le 17 octobre 1895 à Nexon, Haute-Vienne), élève en pharmacie, et Paulette Rossi (née le 7 octobre 1911 à Paris), fille d'un fabricant de chaussures de luxe napolitain, se sont mariés le 28 mars 1931 à la mairie du Xe arrondissement.

Guy Debord ne connaîtra pas ses grands-parents paternels, Louis Debord (né en 1844) et Jeanne Versaveaud (née en 1863), cultivateurs à Nexon.
En décembre 1927, la mort du grand-père maternel, Vincenzo Rossi (né en 1886), qui s'était établi rue Compans dans le XIXe arrondissement, laisse sa grand-mère, Lydie Fantoullier (née en 1888 à Limoges), seule en charge de l'entreprise. La crise économique de 1929 précipitera le déclin de la fortune familiale.

1935 Guy Debord a trois ans lorsque son père, dont on l'avait éloigné, meurt de la tuberculose.

1939 La grand-mère vend la fabrique et la maison de la rue Compans.
Après la déclaration de guerre, la famille part s'installer à Nice. Sa mère, de sa liaison avec un Italien déjà marié, aura deux enfants, Michèle (en 1940) et Bernard, dit Patrick (en 1942).

1942 Séjour à Fontainebleau. Guy Debord y termine ses études primaires au collège Carnot.
Départ pour Pau, où il entre au lycée Henri-IV.

1943 Paulette Rossi rencontre le notaire Charles Labaste, père de deux enfants, futur beau-père de Guy Debord.

1945 À la fin de la guerre, la famille revient sur la Côte d'Azur.
31 mars. Paulette Rossi épouse à Nice Charles Labaste, qui adoptera ses deux enfants nés hors mariage. De leur union naîtra un fils, Gérald.
La famille s'installe à Cannes, villa Meteko, avenue Isola-Bella, puis villa San Lorenzo, avenue Fiesole.
Guy Debord est élève au lycée Carnot.

1949 Au cours de l'année scolaire 1948-1949, Guy Debord fait la connaissance d'Hervé Falcou, jeune Parisien venu à Cannes pour raison de santé, avec qui il correspondra jusqu'en février 1953.

1951 **Avril.** Au Festival de Cannes, Guy Debord rencontre les lettristes et marque son adhésion au mouvement lettriste lors de la projection du film de Jean-Isidore Isou, *Traité de bave et d'éternité*.
Il prend le double prénom de Guy-Ernest, selon la mode en usage chez les lettristes à cette époque (il l'abandonnera définitivement en 1964).
Baccalauréat à Cannes.
Octobre. À Paris, il loge à l'Hôtel de la Faculté, 1 rue Racine dans le VIe arrondissement, puis quelque temps rue Visconti, et fréquente à Saint-Germain-des-Prés, le Saint-Claude, la Petite Source, le Mabillon, la Pergola, le Monaco, la Chope gauloise, Moineau..., cafés aujourd'hui disparus.

1952 **11 février.** Au ciné-club d'Avant-Garde du musée de l'Homme, la projection sur ballon-sonde du film sans images de Gil J Wolman, *L'Anticoncept*, déclenche une bataille entre les lettristes et le public. (Le film de Wolman sera interdit par la censure le 2 avril.)
Avril. Publication de l'unique numéro de la revue lettriste *Ion* dans lequel figure un premier scénario (avec images) du film *Hurlements en faveur de Sade,* et manifestation des lettristes contre le Ve Festival du film à Cannes (tract *Fini le cinéma français*, bagarres et arrestations). Ce sera la seule expression de l'ensemble du groupe lettriste, qui bientôt se scinde en trois fractions.
Juin. À Bruxelles, Guy Debord fonde « arbitrairement » avec Gil J Wolman l'Internationale lettriste (I.L.) qui rassemble la gauche lettriste.
30 juin. Au ciné-club d'Avant-Garde du musée de l'Homme, première projection, interrompue après dix minutes, de son long-métrage sans images *Hurlements en faveur de Sade*, réalisé le 17 juin.
13 octobre. Première projection intégrale de *Hurlements en faveur de Sade* au ciné-club du Quartier latin, dans la salle des Sociétés savantes, 8, rue Danton (tract *La Nuit du cinéma*).

J.-L. R.

le dadaïste

Guy Debord

VOUS ATTEND AU TOURNANT

Métro Porte des Lilas

Guy Debord à Cannes en 1950

Page de gauche :

Page extraite des lettres de Guy Debord à Hervé Falcou, 1950 (*Le marquis de Sade*, *op. cit.*, p. 60).

Lettre adressée à Hervé Falcou le 5 mars 1950 (reproduite en fac-similé dans *Le marquis de Sade*, *op. cit.*, p. 48-49). Guy Debord y détourne la disposition en étoile de la *Lettre-Océan* d'Apollinaire (*Calligrammes*), cite un autre poème de ce recueil (« Ulysse que de jours pour rentrer dans Itaque », *La Nuit d'avril 1915*) et termine sa lettre par deux vers extraits de *La Chanson du Mal-Aimé*, du recueil *Alccols* (*Voie lactée ô sœur lumineuse*…).

5 Mars

Cher Hervé

Pourquoi n'écris-tu pas ? Où es-tu ?
Quel est-il ? Où va-t-il ? Qu'est-il devenu ?
Qu'a-t-il fait de ses longues taches, de ses yeux de pétrole fou, de ses rumeurs de carrefour humain, que s'est-il passé entre ses triangles et ses cercles ?
Quel vent le pousse, lui que la bougie de sa lampe éclaire par les escaliers de l'occasion ?
Je me demande où tu es parti et sur les rails de ce silence il y a

[*Ici s'insère le poème reproduit ci-contre.*]

Il ne faut pas faire de littérature.
Réellement ça va très mal.

Et puis où es-tu ?

Trop de problèmes irrésolus
un soluble poisson

c'est
NOTRE PRISON

Micheline Presles, partenaire de Danny Kaye

Hollywood –

Les studios Fox préparent activement un technicolor intitulé « On the Riviera » dont la vedette masculine sera Danny Kaye. C'est le premier film de Kaye depuis qu'il a quitté la Warner. Sa partenaire serait la vedette française Micheline Presles, et les prises de vues seraient effectuées cet été en France.

Nageurs morts suivrons-nous d'ahan
Ton cours vers d'autres nébuleuses

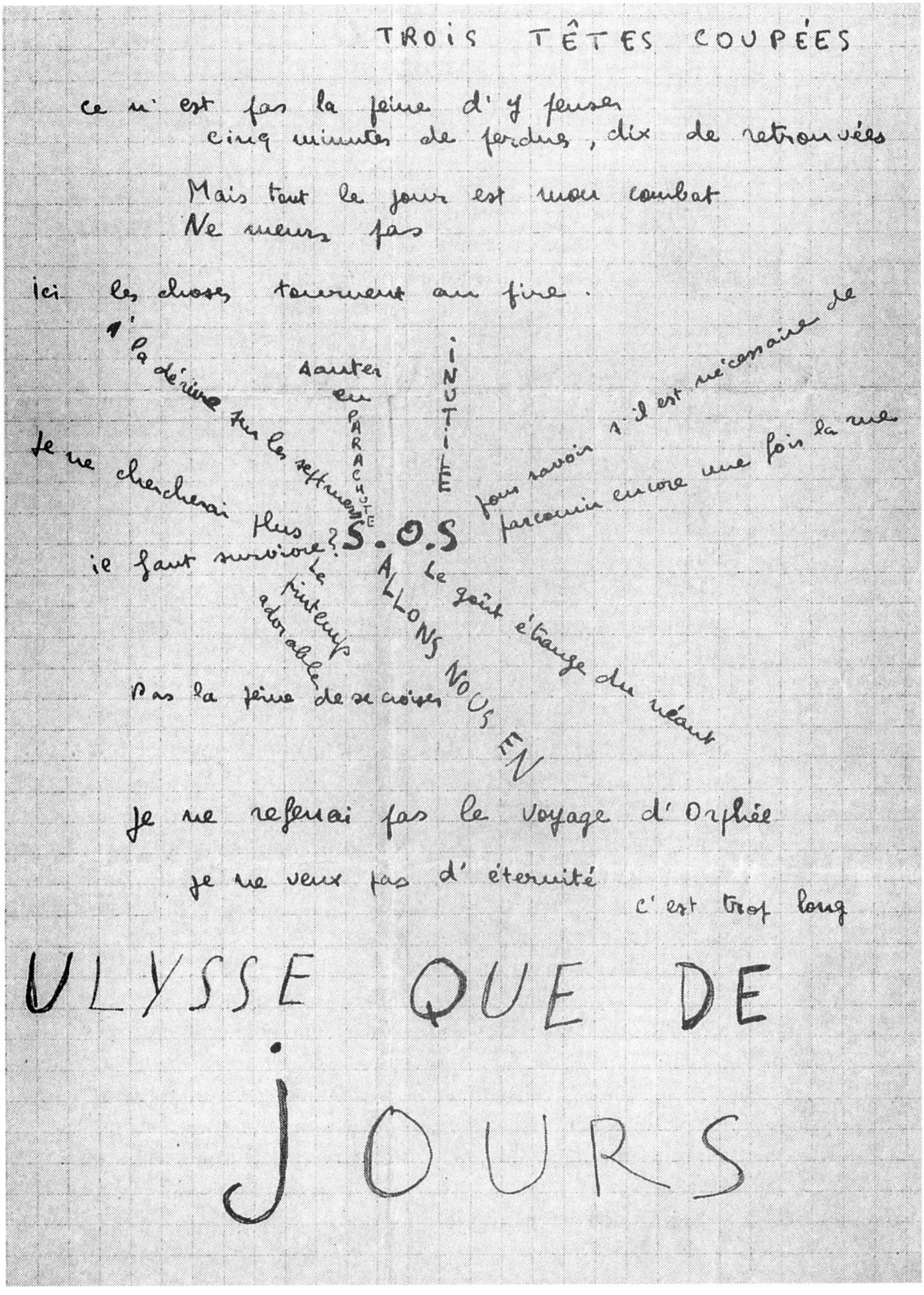

TROIS TÊTES COUPÉES

ce n'est pas la peine d'y penser
cinq minutes de perdues, dix de retrouvées

Mais tout le jour est mon combat
Ne meurs pas

Ici les choses tournent au pire.

à la dérive sur les septennats
Sauter en PARACHUTE
INUTILE
pour savoir s'il est nécessaire de parcourir encore une fois la rue
Je ne chercherai plus
il faut survivre?
S.O.S
le printemps adorable
ALLONS NOUS EN
le goût étrange du néant
pas la peine de se croiser

Je ne referai pas le voyage d'Orphée
je ne veux pas d'éternité
c'est trop long

ULYSSE QUE DE
JOURS

Lettre adressée à Hervé Falcou en 1950, signée François Villon (reproduite en fac-similé dans *Le marquis de Sade*, *op. cit.*, p. 54-57).

Sur ma route :

À l'ombre la plus épaisse, où il fallait vivre heureux, il n'y avait aucune fraîcheur réelle. On ne pouvait pas y dormir, du moins pas facilement.

L'eau la plus pure et la plus froide ne désaltérait pas. Pourquoi alors me disait-on qu'elle était pure et froide ?

Certainement elle ne méritait pas ces louanges. Tant de choses ne méritaient pas les espoirs mis sur elles.

Poe est loin de valoir Lautréamont, bien loin. Mais c'est le premier, autrefois, qui m'a donné l'impression profonde de surréel ; surtout dans quelques-uns de ses contes, très courts, celui qui m'a le plus frappé, je crois, est l'histoire de cet homme – en Amérique – qui marchant dans la campagne se trouve devant une ville des Indes en révolte. Regarde-le. Mais il est beaucoup plus près de Baudelaire que de Breton.

Si tu n'as pas d'argent pour acheter Michaux, vole-le chez un libraire.

Le Ier Congrès mondial des partisans de la paix s'était tenu à Paris en avril 1949. Un an plus tard, la campagne de signatures en faveur de l'Appel de Stockholm (interdiction absolue de l'usage de l'arme atomique considéré comme un crime contre l'humanité) recueillit pendant l'été 1950 400 millions de signatures dans le monde, dont 14 millions en France.

Je t'envoie quelques appels des Partisans de la Paix pour le cas où sur tes montagnes il n'y en aurait pas. Amuse-toi à les faire signer.

Moi, pour passer le temps je fais du scandale.

Romuald Dor de la Souchère, professeur de français, grec et latin au lycée Carnot de Cannes (Guy Debord l'eut pour professeur en seconde, en 1948-1949), fondateur et conservateur du musée d'Antibes (le château Grimaldi) dans lequel il invita Picasso à venir travailler en 1946.

Nous sommes revenus plus nombreux à la librairie catholique faire signer (il paraît que Dor fait signer partout) l'appel pour la paix. Refus. On a proféré des menaces. Ils ont été chercher un flic. Nous avions avec nous un type à vélo qui nous a alertés juste comme le flic arrivait. Nous avons vidé les lieux in extremis et été acheter six boules puantes. Puis, revenant sur les éclés, et profitant de l'imprudence qui leur avait fait laisser leur porte ouverte, nous sommes passés à la file devant la porte en grenadant le magasin qui était plein de clients.

Un éclaireur envoyé sur les lieux un quart d'heure plus tard a témoigné du fait que sur toute la place une odeur infecte prenait les passants à la gorge.

Ensuite nous avons été chez trois commerçants qui tous ont refusé de signer. Mal leur en a pris. En sortant nous écrasions par terre une boule qui nous assurait une place immortelle dans leur souvenir.

Et puis nous préparons les monômes.

Mais tout cela mis à part ça va bien mal.
Je n'aime pas la strophe : Nous roulons vers Chartres.
Le reste est très beau.

Je suis entré un jour dans un pays dont toutes les frontières se sont refermées. Il y a environ six mois que je cherche à en sortir. C'est peut-être impossible.

Comment finira le voyage ?

J'essaie de tout oublier
J'ai plus de souvenirs que si j'avais mille ans

tu manges une orange
ouverte
qui te ressemble étrangement

Le conducteur dans sa tourelle
avait à peine ses 20 ans

Sais-je la nommer ?

La vie et le rêve se répondent, les deux faces du miroir. Je suis dans le miroir : je ne peux ni passer de l'autre côté, ni revenir au monde réel dont je suis toujours curieusement absent.

Un rêve, par hasard, en vers mesurés (ils se sont mesurés tout seuls. Je n'ai rien à y voir).

– Nous avons rêvé cette aube –

c'est la fin des galères
elle est barrée la mer
c'est l'oubli des galères
ne plus aller aux bois

la reine a retrouvé
son amant d'autrefois
ministre d'Angleterre
à la fin des galères

Anne d'Autriche triche
ils sont vieux maintenant
sur le bord des polders
à quoi sert leur amour

au tambour de Santerre

Je voudrais te revoir bientôt. Si le monde est acceptable il faut que ce soit au moins en menant la vie la plus libre possible et la plus dégagée des mesquineries qui enferment les gens.

Il ne faut pas admettre les choses. Il faut faire des révolutions.

La morale chrétienne est encore à abattre. Elle a survécu partout aux dogmes.

Je ne suis pas contre ceux qui ont trouvé dans la foi chrétienne l'intérêt de vivre.

Mais je voudrais effacer absolument tout ce qu'ils ont imprimé dans l'esprit humain.

Nous aurons vécu à une époque merveilleusement tragique, un temps lyrique, mais un temps très dur, qui interdit le bonheur dans le réel parce que nous ne voulons plus nous contenter des vieilles joies et parce que nous n'avons encore rien changé à la conception du monde d'une multitude au front de taureau.

Quel paradis acceptable pourrons-nous tirer de tant de ruines, Hervé, sans y sombrer ?

François Villon

Page de droite :

Page extraite des lettres de Guy Debord à Hervé Falcou, 1950 (*Le marquis de Sade a des yeux de fille*, Fayard, 2004, p. 59).

LE PLUS BEAU DES Masques funèbres

LE DÉSORDRE

POUR LE DÉSORDRE

la poésie : le 14e métro d'Audiberti

PARIS : ils sont ouverts
de quelle couleur les yeux d'Aube

L'AMOUR
ne peut être que convulsif,
ne se recommence pas

Les Titres étaient :
les routes du Souvenir de fer
La Mythe du masque de
l'iroquois de des
Gares
Dessins pour Brocéliande
Le Tombeau du Marquis

LA VOIX DE LA MORALE :
SI VOUS EMPRUNTEZ UNE ROUTE, NE LA RENDEZ JAMAIS.

CANDEUR DÉSOLANTE

LE DÉSORDRE POUR LE DÉSORDRE

LA VIE comme le génie,
c'est le fait de durer
PEU INTÉRESSANT !

OUBLIERAS-TU LES CHEVEUX D'UN PETIT GATEAU ? ? ?

ABSOLUMENT JEUNE ?

LA MORT
la mémoire ignore tout nous.
la mémoire s'est oubliée

Les voyages défroqués les horizons

qui a tué

PASSEZ VOTRE CHEMIN

DES ÉTENDARTS D'ABSENCE

La JEUNESSE :
Elle avait 17 ans

les lettres, même désintégrées du mot PERDUE

croyez-le ou non, comme valeur centrale
L'ARBITRAIRE
j'ai choisi ARBITRAIREMENT

Mais en vérité je l'attends.
(Souvenir Revenir)

SOLDATS DE MON DÉSESPOIR

le couteau le couteau

tout de même nous ferons un de ces jours LA RÉVOLUTION

La ville des Expiations : voyez Ballanche, l'exilé du Royaume

bonjour à
Arthur Cravan
Jacques Vaché

mon camarade Sade

L'AMITIÉ : UNE ROUTE D'ILE-DE-FRANCE
un drapeau toujours dépassé

délivrédesonamèreressemblance

LE SUICIDE :
Ce n'est plus un péché mortel, dit Pirouette qui vous attend à l'endroit où l'Isère abdique.

OÙ EST ELLE ?

et moi aussi
et toi aussi

POUR DÉMONTRER L'EXISTENCE DE DIEU :

RIRE
RIRE
FACE NUE DE la folie

PAUVRE BLAISE

une pensée à leur auteur

ET POUR EN FINIR AVEC L'ARRIÈRE-MONDE :

Restent (Seuls Demeurent)

PENDEZ GRAHAM GREEN !

les Rencontres
elles sont fortuites
elles sont tout ce qui vaut la peine de marcher

Kafka et moi + quelques personnes dont je ne dévoilerai pas le nom (elles sont mal avec la police)

qui était-ce ?
ÉTOILE UNE VOILE BLEUE ABANDONNÉE

Le prisonnier de la tour a été tué ce matin

LETTRES À HERVÉ FALCOU

Deux lettres de Guy Debord à Hervé Falcou du 15 avril 1951 (reproduites en fac-similé dans *Le marquis de Sade, op. cit.*, p. 86-91).

Isidore Isou (né en 1925), arrivé de Roumanie à Paris en 1945, où il crée le mouvement « lettriste », fait paraître en 1947 *Introduction à une nouvelle poésie et à une nouvelle musique*, et en 1949 *Soulèvement de la jeunesse*. Le groupe s'était fait connaître par quelques scandales : l'interdiction en 1949 du livre d'Isou, *Isou ou la Mécanique des femmes*, et l'intrusion à Notre-Dame le jour de Pâques 1950 de plusieurs lettristes (Michel Mourre, Serge Berna et Ghislain de Marbaix), dont l'un (Mourre), habillé en dominicain, proclame la mort de Dieu.

Les romans de Sax Rohmer (1883-1959), père du célèbre Docteur Fu Manchu, avaient été traduits dans les années 30.

Dimanche

Mon cher Hervé

Il fait beau sur la Côte d'Azur. La saison s'annonce bien.
Je poursuis mes études avec zèle. Ma santé est bonne.
Voilà l'univers de la parole. (crachons)

Va voir Isou au plus tôt et *fais-toi accepter par lui.*
C'est vital.

J'ai lu Lautréamont en entier.
J'ai jeté *un certain nombre* de mes poèmes, que tu aimais.
La poésie ne survivra que dans sa destruction.
Mon dernier poème est un fragment de mon cours de physique : Propriétés des rayons X.
Et c'est sérieux.

Je vais écrire un *Signal pour une émeute à tout prix* que je t'enverrai – et à Isou.
Il faut se lancer dans toute aventure intellectuelle susceptible de « repassionner » la vie.
Perdre – mais perdre vraiment…
D'ailleurs je préférerais infiniment une aventure très réelle dans un quartier sordide de Londres à la recherche de Fu-Manchu (le mythe de mon enfance)
avec disparitions, maisons vides, chats aux griffes empoisonnées dans les arbres, nuit sinistre, jeune fille prisonnière du mal, esclave dans les rues de la ville, dévouée au Maître jaune inaccessible – très poursuivi.
Pluies – amis perdus dans le noir – Tamise au fond de la cave –
Le camarade qu'on a laissé devant la porte a été matraqué.
On n'en sortira pas vivants.
Lis Sax Rohmer si tu peux.
La Condition humaine.
C'est le titre le plus fort pour une histoire qui finit mal.

Et avec tout ça, un espoir grand comme la rue, comme une minute, comme un verre de marc (c'est dégoûtant) – l'espoir facile comme toutes les filles que j'ai aimées – se retrouve pour un sourire, pour une étrangère sur le quai d'une gare, pour les gens que je ne connais pas.

Pour rien, l'espoir revient de temps en temps.

L'avenir, nous saurons peut-être en faire notre maison.

Malgré l'écoulement horrible du temps passé à ne rien faire (ou presque) je crois que la vie peut commencer brusquement – à tout jamais acceptable.

Il manque très peu. L'angoisse vient à la pensée que ce peu manquera peut-être toujours (comme dans le poème de Michaux)

Nous sommes très riches
et très jeunes

– il faut prendre le pouvoir qui est à la portée de notre main.

Il ne faut pas revenir. Restons dans la rue.
Écris-moi très vite.

Guy

Ephy
où l'inceste ne rôde plus

etc.

Dimanche soir.

Hervé, je t'ai envoyé une lettre aujourd'hui et tout ceci est comme un voyageur qui a manqué le bateau qui ne passe qu'une fois par mois dans un petit port fluvial – très loin dans l'intérieur – je ne sais si tu le liras.

Les soirs de Cannes sont très beaux – je veux dire avant la nuit, mais le soleil couché – Dans mon quartier je m'en suis rendu compte brusquement mais ça n'y change rien.

Je suis seul. Si tu étais là je ne te quitterais à aucun prix. J'ai sommeil, je suis très fatigué (hier j'étais soûl) mais j'ai horreur de dormir seul maintenant.

J'ai été très mystérieusement touché par la lecture de certains passages d'un livre pour gosses intitulé *Henri IV*.

Ce mot terrible – et plein d'humour – d'un vieux compagnon d'armes huguenot qui se trouvait dans le carrosse du roi quand il fut assassiné : Ah, Sire, souvenez-vous de Dieu –

mais de la St Barthélemy
nul n'a gardé mémoire hormis
les longues filles en chemises
qui virent périr leurs amis.

J'ai entendu à la radio une chanson qui finissait – assez troublante surtout dans mon état d'esprit actuel – elle était chantée par Salvador : une chanson douce
que me chantait ma maman, et

un vers étrange que j'ai fait il y a quelque temps avec les mots qui reviennent souvent dans les journaux communistes de la région : « les fusillés de l'Ariane » me hante.

L'Ariane est je crois une agglomération du côté de Nice.

Il y a sur une carte un pays nommé « les âmes du Purgatoire » au nord de Juan-les-Pins. J'ai envie d'y aller.

À vrai dire la cause la plus probable de mon état actuel est l'absence d'Ephy qui m'avait donné ce matin un rendez-vous très vague par téléphone (La Croisette) sans pouvoir me promettre d'y être. En fait je ne l'ai pas vue aujourd'hui. Il faut que je me mette demain à sa recherche.

J'ai peur à tout instant qu'elle ne comprenne qu'elle s'est trompée de continent et qu'elle ne disparaisse sur le bateau qui a un très grand mât – amené de Tahiti ; où il est actuellement 8 heures du matin, je crois.

D'ailleurs tout cela est du surréalisme en sous-produit mais au fond c'est vrai – mais il y a tant d'autres choses.

L'amour aurait ceci d'intéressant qu'on ne pense presque à rien d'autre.

Mais moi je pense à beaucoup trop de choses pas drôles. D'autre part, l'état n'a rien de pathologique.

Même, pour te dire au point où j'en suis : j'ai été un moment très affecté en pensant à la mort d'un de mes vieux professeurs

– homme charmant d'ailleurs. Mais j'avais appris avant-hier qu'il avait passé l'arme à gauche – avec la plus grande indifférence.

Tous les lendemains sont devant – vides à hurler et pleins d'ennuis déplaisants au possible.

La peur de vivre et de mourir
et on a déjà un passé.

Je peux dire : il y a dix ans j'étais à Nice. Amours enfantines. Je pensais sérieusement à un voyage interplanétaire :

Nous irons plus loin sans avancer jamais
et de planète en planète
de nébuleuse en nébuleuse

je croyais partir dans huit jours. Je me souviens de ce soir-là. Et je connaissais une fille qui s'appelait Isavanna. C'est une chance qui ne s'est plus reproduite. Isou. Il y a cinq ans. Trois ans. Les années.

quarante-neuf lourd des victoires
découvreur noyé sans Pérou
cinquante un long siège de Troie
un beau Blitzkrieg perdu manqué
cinquante et un maison d'Ephy

Le langage ne sert à rien. La pensée non plus.

D'autre part, je me sens une mentalité assez poétique, mais c'est peu consolant.

Un soir à Paris en juillet 49 dans le square de la Trinité : la poésie même avec des doigts qui saignent – des cordes de cris.

Mr Guillaume Apollinaire
enchanteur pourrissant
je vous accorde l'absolution

On a le courage d'écrire alors que c'est déjà SI DIFFICILE de parler – même à toi.

On a dissimulé mon revolver de Guernica un soir de juillet 49.

Et en juillet 50 j'aimais Liliane.

L'été 50 est en route vers l'histoire. On y a aimé *Orphée*, *Les Enfants terribles* au cinéma – l'air du *Troisième Homme* – les enfants qui s'aiment.

On était communiste. La Corée aux Coréens.

Regret des yeux de la putain – Liliane, je n'ai jamais su parler d'elle – ni même lui parler vraiment. Liliane, un secret.

Les chansons de Prévert, l'avant-guerre mondiale, le beau temps – un orage la nuit.

Tout cela est mort plusieurs fois : un jour de Septembre dans la musique de Bach et de Vivaldi –

(les paradis sont perdus)

le soir du 21 décembre, à l'As en attendant le demi-siècle.

Plus tard de pauvres types disant : « notre jeunesse ». C'est comique d'y penser – et assez triste : nous ne serons pas parmi eux.

Je finirai mal – et toi aussi j'imagine. Sinon je ne te parlerais pas.

Ce stylo écrit mal. Il est 10 heures 1/2 seulement. Dimanche 15 Avril. Le mois s'en va. L'année coule entre nos doigts.

CRIER

Je ne sais pas. Il y a un an tout était plus simple – ou le semblait.

Maintenant je ne vois rien qui puisse me rendre heureux.

J'écrirai peut-être un poème appelé Maisons d'Ephy. Si je le fais il sera d'une forme très particulière.

Si tu reçois cette lettre – le terme est très impropre – réponds à l'instant.

Tu es pratiquement inexistant pour moi à présent. Juillet c'est loin. Et tu es mon ami. C'est très loin juillet. Je ne sais pas ce que je ferai dans quinze jours – dans huit jours.

Demain. Je pense que je vais m'accrocher à Monique à qui je fais subir d'étranges expériences : introduction d'éléments lyriques-humoreux dans la conversation avec un tragique vraiment éprouvé qui doit paraître drôle.

Don d'un « poème » composé de mots et de phrases écrits sur une feuille de papier pendant une classe de philo – avec obligation pour elle de le trouver admirable et de m'en parler d'un ton enthousiaste.

les mythes de la caverne
ont mangé le complet du monsieur
qui va porter plainte contre inconnue
et contre les idées de Platon
et contre les ides de Mars

Enterrement de Mr Prévert. Le pagne sera de rigueur.
Bananes, bananes.
Mr A. Breton A jamais m'impressionne.
J'adore les gens qui m'impressionnent.
Si les gens savaient comme c'est rare, ça leur déplairait !
J'espère rencontrer Isidore Isou mais surtout dormir vite cette nuit
maintenant

Lis au plus vite *L'Âge de raison* (je me fous de Sartre) et tâche de comprendre le mythe d'Ivich qui s'exprime assez clairement dans ce livre, mythe que j'ai peut-être fait tout seul
(je me fous de Sartre)
mais je m'y retrouve.

L'huître du Sénégal mangera le pain tricolore. *Littérature*

L'Âge de raison, premier volet des *Chemins de la liberté*, où apparaît le personnage féminin d'Ivich Serguine. Le 12 juin 1951, il écrit à Hervé Falcou : « Je suis content que tu aies découvert Ivich – je doute que Sartre ait voulu ce que j'y trouve. Ivich qui n'aime pas qu'on la touche. C'est l'amour de l'impossible. Merveilleux et bête. »

LE DIVIN MET
ET GUY-ERNEST DEBORD

Ont la douleur de vous faire part de leur brillant succès aux épreuves du Baccalauréat 2me partie

FLEURS FRAICHES SEULEMENT

Faire-part de réussite au baccalauréat d'Henri Met (dit le divin Met) et de Guy Debord, 9 juillet 1951 (reproduit dans *Le marquis de Sade*, *op. cit.*, p. 123).

Le marquis de Sade a des yeux de fille
de beaux yeux pour faire sauter les ponts

Ci-dessus et ci-contre : extraits d'une lettre à Hervé Falcou, avril 1951 (reproduite en fac-similé dans *Le marquis de Sade*, *op. cit.*, p. 102).

« J'ai appris qu'Isidore Isou bataillait pour faire passer un film lettriste (durée de projection : 5 heures) qui doit révolutionner le cinéma – et que le Festival refuse. Il s'intitule : *Traité de bave et d'éternité.* Isou en a été réduit à faire appel à Maurois. Il y a quelque espoir.

Hier au soir Fillon et moi sommes repassés à l'offensive – avec de la chaux – inscrivant ISOU en de nombreux points de la ville et sur quatre bancs de la Croisette. »

Le IVe Festival international du film, dont le jury est présidé par André Maurois, se déroule à Cannes du 3 au 20 avril 1951, jour où sera projeté, hors festival et avec le soutien de Jean Cocteau, le film d'Isidore Isou, *Traité de bave et d'éternité*.

Guy Debord devant l'une de ses inscriptions à la chaux, Cannes, avril 1951. Au verso de la photo : « À Isidore Isou en attendant le Soulèvement de la Jeunesse. Guy-Ernest Debord. »

Page de droite :

À la sortie de la projection. De gauche à droite : Jacques Fillon (2e), Guy Debord (3e), Marc-Gilbert Guillaumin (Marc,O, 6e, second plan) et Isidore Isou (7e).

Marc-Gilbert Guillaumin, Guy Debord et Jacques Fillon en visite chez Jean Cocteau, villa Santo Sospir à Saint-Jean-Cap-Ferrat, août 1951. Figurant, comme André Maurois, dans le film d'Isidore Isou, Jean Cocteau avait usé de son influence auprès du jury du Festival de Cannes 1951 pour soutenir ce film, le faire projeter et lui décerner une récompense créée pour l'occasion : le prix en marge du Festival de Cannes.

Extrait d'un manuscrit inédit à plusieurs mains, *Visages de l'avant-garde* (février 1953).

« À l'occasion de la présentation au festival de Cannes 1951 du premier film lettriste, *Traité de bave et d'éternité*, dans le tumulte déchaîné par une salle hostile, on vit se lever un jeune garçon enthousiaste qui répliqua aux sarcasmes d'une personnalité connue par un poing vigoureux. Guy-Ernest Debord venait ainsi de marquer son adhésion au mouvement lettriste. »

En octobre 1951, le « Centre de création, la dernière revue possible » émet un bon de souscription.

N° 161

BON DE SOUSCRIPTION
pour
CENTRE DE CREATION
LA DERNIERE REVUE POSSIBLE

Directeur : MARC-GILBERT GUILLAUMIN
12 rue de la Sorbonne, Paris-5. Dan 80-30

*

Somme

Nom et adresse du souscripteur

La jeunesse a toujours représenté le renouvellement d'un monde donné.

Etouffés par le présent, des noms neufs surgissent pour remettre en question les valeurs existantes et lutter pour la construction d'une nouvelle société.

Notre démarche passée est la preuve et la garantie de notre victoire future.

La littérature n'est plus et ne peut plus être ce qu'elle était avant notre action.

Nous avons besoin de moyens d'expression plus vastes.

Nous nous adressons donc à tous ceux qui savent que le dépassement des valeurs actuelles est possible et nécessaire.

Guy-Ernest Debord, François Dufrêne, Marc-Gilbert Guillaumin, Jean-Isidore Isou, Monique Geoffroy, Maurice Lemaître, Gabriel Pomerand, Poucette, G.-J. Wolman.

La revue paraît en avril 1952 sous le titre *Ion*, dont l'unique numéro, entièrement consacré au cinéma, réunit la quasi-totalité du groupe lettriste. Le groupe se scinde bientôt en trois fractions.

En juin 1952, François Dufrêne, Marc-Gilbert Guillaumin (Marc,O), Poucette, Monique Geoffroy et Yolande du Luart créent le Mouvement externiste et le *Soulèvement de la jeunesse*, journal littéraire et « apolitique ». Ils se sépareront d'Isidore Isou en décembre 1952, et leur journal cessera de paraître après neuf numéros en décembre 1954.

Sommaire de la revue *Ion.*

Ci-dessous :

Ion, couverture métagraphique de Gabriel Pomerand.

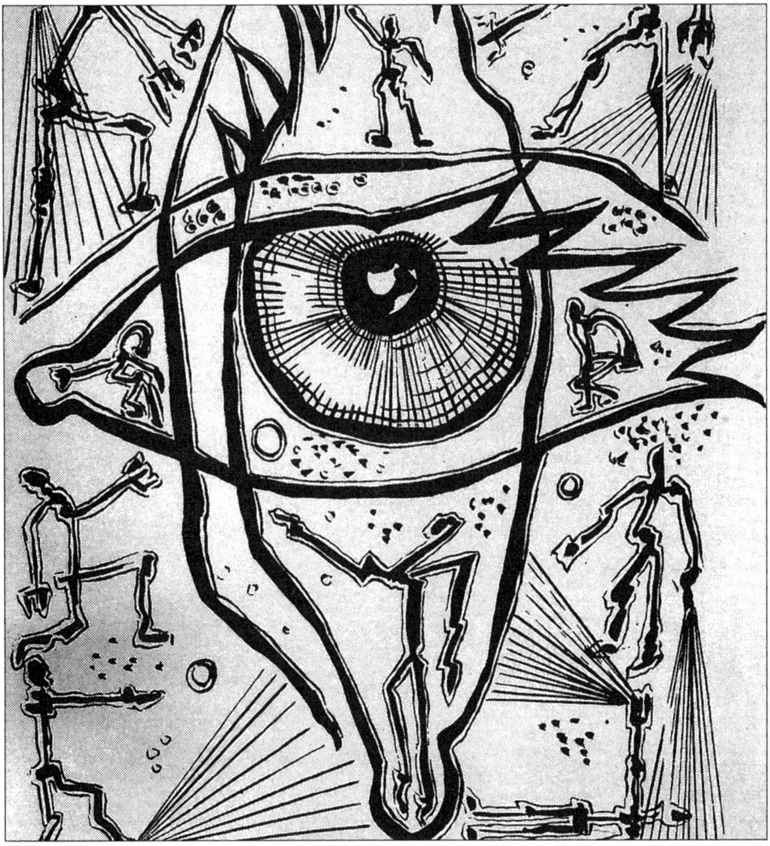

Ce même mois de juin 1952, la fraction la plus extrémiste des lettristes (Serge Berna, Jean-Louis Brau, Guy-Ernest Debord et Gil J Wolman) se regroupe en une Internationale lettriste.

La troisième fraction, devenue minoritaire, se compose du fondateur du lettrisme, Isidore Isou, et de son disciple, Maurice Lemaître – à laquelle est associé Gabriel Pomerand.

L'Internationale lettriste rompra tour à tour avec ces deux tendances.

La revue *Ion* a été rééditée aux Éditions Jean-Paul Rocher en 1999.

Texte publié en avril dans la revue lettriste *Ion*, dirigée par Marc-Gilbert Guillaumin (Marc,O), en préface au scénario d'une première version du film *Hurlements en faveur de Sade* qui contenait encore des images.

Prolégomènes à tout cinéma futur

L'amour n'est valable que dans une période prérévolutionnaire.

J'ai fait ce film pendant qu'il était encore temps d'en parler.

Il s'agissait de s'élever avec le plus de violence possible contre un ordre éthique qui sera plus tard dépassé.

Comme je n'aime pas écrire, je manque de loisirs pour une œuvre qui ne serait pas éternelle : mon film restera parmi les plus importants dans l'histoire de l'hypostase réductionnelle du cinéma par une désorganisation terroriste du discrépant.

La ciselure de la photo et le lettrisme (éléments donnés) sont ici envisagés comme expression en soi de la révolte.

La ciselure barre certains moments du film qui sont les yeux fermés sur l'excès du désastre. La poésie lettriste hurle pour un univers écrasé.

Le commentaire est mis en question par :

La phrase censurée, où la suppression de mots (cf. *Appel pour la destruction de la prose théorique*) dénonce les forces répressives.

Les mots épelés, ébauche d'une dislocation plus totale.

La destruction se poursuit par un chevauchement de l'image et du son avec :

La phrase déchirée visuelle-sonore, où la photo envahit l'expression verbale.

Le dialogue parlé-écrit, dont les phrases s'inscrivent sur l'écran, continuent sur la bande sonore, puis se répondent l'un à l'autre.

Enfin, je parviens à la mort du cinéma discrépant par le *rapport de deux non-sens* (images et paroles parfaitement insignifiantes), rapport qui est un dépassement du cri.

Mais tout ceci appartient à une époque qui finit, et qui ne m'intéresse plus.

Les valeurs de la création se déplacent vers un conditionnement du spectateur, avec ce que j'ai nommé la *psychologie tridimensionnelle*, et le *cinéma nucléaire* de Marc,O qui commence un autre amplique.

Les arts futurs seront des bouleversements de situations, ou rien.

Photographie – sur pellicule volontairement abîmée (piétinée) – parue en 1952 dans la revue *Ion*.
La photographie originale fut prise par Christian van der Smissen à Cannes en décembre 1951.

HURLEMENTS EN FAVEUR DE SADE

Premier scénario, prévu avec images, jamais tourné.
Publié dans la revue *Ion*, en avril 1952.

BANDE SONORE	IMAGES
	Les mots en capitales seront écrits en blanc sur l'écran noir. Le terme **rencontres** désigne uniformément toutes les images dont l'érotisme ne sera tempéré que par l'existence, scandaleuse et à peine croyable d'une police.
Au début de cette histoire, il y avait des gens faits pour l'oublier ; et le beau temps qui a été plus perdu que dans un labyrinthe.	Défilé de troupes de l'Armée des Indes au siècle dernier.
(Long silence.)	Écran noir. Gros plan de Guy-Ernest Debord.
Croyait que le soir passerait tout entier dans sa bouche. Mais il était malade à cause de cette impossibilité d'être compris ; et au hasard des connaissances et des ruptures, il trouvait peu à peu une métaphysique du refus.	Écran noir. Gros plan d'une fille suçant une glace. Panoramique ascendant de la Tour Saint-Jacques, répété plusieurs fois.
Qu'est-il devenu ?	
(Dernière strophe de « Marche » de François Dufrêne, dite très doucement.)	

Arthur Cravan sous des eaux profondes.	Vues d'un cuirassé de la bataille de Tsoushima.
(Dit par un noir américain.) Sa trace se perd à peu de temps de là dans le Golfe du Mexique où il s'est engagé de nuit sur une embarcation des plus légères.	Rencontres.
(Cors de chasse, d'Apollinaire, qu'accompagne une improvisation supersonique de Marc,O.)	Défilé de troupes de l'Armée des Indes.
Emmanuel Dieu attend l'heure sidérale que sa tête s'en aille.	Rencontres.
Une science des situations est à faire, qui empruntera des éléments à la psychologie, aux statistiques, à l'urbanisme et à la morale. Ces éléments devront concourir à un but absolument nouveau : une création consciente de situations.	Scènes d'émeutes.
Je n'aime pas le cinéma, mais une insurrection qui m'est promise chaque matin quand je revois Violette Nozières, ou le monument élevé à la mémoire de Serge Berna.	Rencontres. Une fillette de douze ans sourit en passant et descend dans une bouche de métro. Vues de Notre-Dame sous divers angles.
(Un air de Vivaldi commence.) Se souvenait de ce bar où il attendait que le demi-siècle change, en pensant à tout ce qui allait finir une fois de plus et	Écran noir. Gros plan de Guy-Ernest Debord. Une fille assise, le visage contre une table où ses cheveux s'étendent en avant.
(Long silence.)	

toujours attachés à l'heure, aux dernières secondes, jusqu'à minuit.

(La musique continue un instant, puis s'arrête.)

Alors il sortit dans la rue froide, et les sirènes se mirent à hurler.

(Mots épelés.)

T,E,L,L,E,M,E,N,T, V,I,D,E, À, H,U,R,L,E,R, À, H,U,R,L,E,R,
(Coups de sifflets.)

Sa mémoire la retrouvait toujours, dans un éblouissement brûlé par tous les feux d'artifice du sodium au contact de l'eau.

Savait bien qu'il ne resterait rien de ces gestes dans une ville qui tourne avec la Terre, et la Terre tourne dans sa Galaxie qui est une partie assez peu considérable d'un îlot qui fuit l'infini hors de nous-mêmes.

(Mots épelés.)
C,O,R,P,S, À, C,O,R,P,S,
P,E,R,D,U,S,
Il se promenait et
(Silence.)

plus désespéré que

(Fragments de « J'interroge et j'invective », poème à hurler de François Dufrêne.)

Écran noir.
Des yeux en gros plan.
Écran noir.
Match de boxe.

Lâcher de parachutistes.

Pellicule brossée jusqu'à la destruction complète de l'image.

Visage d'une fille endormie.

Écran noir.
Gros plan de Guy-Ernest Debord.
Écran noir.
Match de boxe.

Écran noir.
Guy-Ernest Debord en plan américain boit un verre.
Écran noir.
Vues de plusieurs cheminées d'usines.

Pellicule brossée.

La première merveille est de venir devant elle sans savoir lui parler. Les mains prisonnières ne bougent pas plus vite que les chevaux de course filmés au ralenti, pour toucher sa bouche et ses seins ; en toute innocence, les cordes deviennent de l'eau, et nous roulons ensemble vers le jour.

Images du ciel nocturne, au télescope.

(Les phrases soulignées seront dites par une fille à l'accent bulgare.)

Je crois que nous ne nous reverrons jamais.

Rencontres, au ralenti.

Près d'un baiser les lumières des rues de l'hiver finiront.

En ce moment à Tahiti, c'est l'aube.

Paris était très agréable à cause de la grève des transports.

Jack l'Éventreur n'a jamais été pris.

Il est amusant, le téléphone.
Quel amour-défi, comme disait Madame de Ségur.

Je vous raconterai des histoires de mon pays qui font très peur, mais il faut les raconter le soir pour avoir peur.

Ma chère Ivich, les quartiers chinois sont malheureusement moins nombreux que vous ne le pensez. Vous avez quinze ans.

Les couleurs les plus voyantes un jour ne se porteront plus.

Je vous connaissais déjà.

Séoul et d'autres nébuleuses.

La forêt vierge l'est moins que vous.

Guy, j'ai si froid.

Le démon des armes, vous vous souvenez, c'est cela. Personne ne nous suffisait. Que voudront dire plus tard, Boulevard Bonne-Nouvelle, l'inceste et l'écolière ?

(Hurlements.)	Scènes d'émeutes.
Tout de même…	
La grêle sur les bannières de verre. On s'en souviendra de cette planète.	
Un monde de cris a été perdu. **(répété trois fois mécaniquement et légèrement crescendo.)**	Isou, en gros plan, sourit à la salle.
	Écran noir.
pensait à quelques lignes d'un journal, en 1950.	Gros plan de Guy-Ernest Debord. Écran noir. Scènes d'émeutes.
(Voix monotone.)	

Une jeune vedette de la radio se jette dans l'Isère.

Grenoble. La petite Madeleine Reineri, douze ans et demi, qui animait, sous le pseudonyme de Pirouette, l'émission radiophonique des Beaux Jeudis, au Poste Alpes-Grenoble, s'est jetée dans l'Isère, vendredi après-midi, après avoir déposé son cartable sur la berge de la rivière.

Rencontres.

(Doucement.)

VARALINE
VARADALINE
SIANE MARIALE MALIVOLANE.

Corps de jeunes gens tués dans les rues d'Athènes.

Ma petite sœur, nous ne sommes pas beaux à voir. L'Isère et la misère continuent. Nous n'avons pas de pouvoirs.

ET LA JEUNESSE SE DÉCOMPOSERA UN PEU PLUS.

Le soulèvement de la Jeunesse… **(Coups de sifflets stridents ; puis chœur lettriste en fond sonore dominé par des cris et des coups de sifflets.)**

Gros plan de Marc,O.

Intérieur du Mabillon avec ses clients habituels.

Considérations sur les rapports sexuels en France vers la fin de l'ère chrétienne.

Presque toutes les filles âgées de moins de quinze ans nous sont interdites.

La plupart des perversions sont mal vues du grand public. La police parisienne est forte de trente mille matraques. Il y a encore beaucoup de gens que le mot de morale ne fait ni rire, ni crier. **(Fin du chœur lettriste.)** Christiane est en prison. L'ordre règne et ne gouverne pas. **(Mécaniquement.)**	Match de boxe.
La psychologie tridimensionnelle ou le complexe architectural défini comme moyen de connaissance.	Vues extérieures du Musée de Cluny.
Le chien andalou s'est enfermé dans les maisons du sommeil, comme un argonaute étranglé. Tant d'indulgence et la victoire de Kossovo, les plaies secrètes. Au coin de la nuit les marins font la guerre ; et les bateaux dans les bouteilles sont pour toi qui les avais aimés. Tu te renversais dans la plage comme dans les mains plus amoureuses que la pluie, le vent et le tonnerre mettent tous les soirs sous ta robe. La vie est belle l'été à Cannes. Le viol, qui est défendu, se banalise dans nos souvenirs. Quand nous étions sur le Chattanooga.	Scènes d'émeutes.
Oui. Bien sûr.	Pellicule brossée.

Et l'ensablement de ces visages qui furent les éclatements du désir, comme l'encre sur un mur, qui furent des étoiles folles. Que le gin, le rhum et le marc coulent comme la grande Armada. Ceci pour l'éloge funèbre. Mais tous ces gens étaient vulgaires.	
(Applaudissements et coups de sifflets simultanément.)	LE DÉSORDRE POUR LE DÉSORDRE.
Le supplice de la caresse recommence avec elle et la faiblesse se refuse et augmente.	Match de boxe.
La chute verticale vide un tonneau des Danaïdes, un tonneau de gel et de lèvres. Le tapis tourne dans une autre dimension du temps, se tache.	Pellicule brossée.
Comme un sucre qui fond. La musique borne le rouge et le vert des signaux. La nuit est à toi. La musique triomphale s'élargit.	Lâcher de parachutistes.
Il est couché à la nage dans un fleuve très chaud, une mer d'huile. Déjà ce n'est plus qu'une affaire de cheveux. Je n'ai jamais beaucoup aimé la Wodka, ni les confidences.	Rencontres.
(Voix monotone.)	
La petite Madeleine Reineri, douze ans et demi, qui animait, sous le pseudonyme de Pirouette,	Lâcher de parachutistes.

l'émission radiophonique des Beaux Jeudis, au Poste Alpes-Grenoble, s'est jetée dans l'Isère…	
Mademoiselle Reineri, dans le quartier de l'Europe, vous avez toujours votre visage étonné et ce corps, la meilleure des terres promises.	Plaque de la rue de Lisbonne. Progression de l'infanterie française en Indochine.
Les dialogues répètent comme le néon leurs vérités définitives.	
(Solo lettriste improvisé sur un râle.)	JE T'AIME. CE DOIT ÊTRE TERRIBLE DE MOURIR. AU REVOIR. TU BOIS BEAUCOUP TROP. QUE SONT LES AMOURS ENFANTINES ? JE NE TE COMPRENDS PAS.
Je savais. À une autre époque je l'ai beaucoup regretté.	
	VEUX-TU UNE ORANGE ? LES BEAUX DÉCHIREMENTS DES ÎLES VOLCANIQUES. AUTREFOIS.
Je n'ai plus rien à te dire.	Images du ciel nocturne, au télescope.
(Fin de l'improvisation lettriste.)	
Après toutes les réponses à contretemps, et la jeunesse qui se fait vieille, la nuit retombe de bien haut.	

(Cris de François Dufrêne) :	Scènes d'émeutes.
VI XIII ad lib. KWORXKE KOWONGUE KKH WOZ BU WONZ GGH WEXPI GWÈGNS PIV HIGNS CHTABUHI HIGNS STOBOHU STOBOHU KAX GONX KWORXKE KOWONGUE KKH	
WOZ BU WONZ GGH TIYNDOLLF, TIYNDOLLF, TIYNDOLLF (bis). GLILEUS, GLILEUS, GLILEUS, GLILEUS, GLILEUS (bis). CHTAM, CHTAM, CHTAM, CHTAM, BAOUMPE (bis). KFRACHIKANNKLE KLEX XIV KLWATWORZZ... CHFARBONR CHFIDRE, CHFIDRE, CHFIDRE (bis). CHFARBONR CHGLIFT ! VI À propos de ces souvenirs j'ai détruit le cinéma, parce que c'était plus facile que de tuer les passants.	Pellicule brossée.

(Ici le commentaire se limite à la lecture de divers articles du Code Civil et d'extraits d'un manuel de Littérature Française.)	Pendant le reste du film, succession d'images absolument quelconques ; en dehors de toute intention d'humour, de montage, ou de provocation.
Les mondes poétiques se ferment et s'oublient en eux-mêmes.	Visage d'une fille masqué par ses cheveux.
Sur la place Gabriel-Pomerand le brouillard dissimule des rendez-vous qui tournent au suicide.	Place Saint-Germain-des-Prés, déserte.
Nous vivons en enfants perdus, nos aventures incomplètes, nos aventures démesurément petites.	Rencontres.
La dérive des continents éloigne chaque jour davantage une fille aussi belle de Gilles de Rais.	Guy-Ernest Debord sort de l'Escapade et descend la rue Dauphine.
Vous savez, tout cela n'a pas d'importance.	
	Écran noir.
(Un court silence, puis des cris très violents dans le noir.)	

FINI LE CINÉMA FRANÇAIS

Des hommes insatisfaits de ce qu'on leur a donné dépassent le monde des expressions officielles et le festival de sa pauvreté.

Après L'ESTHETIQUE DU CINEMA d'Isidore ISOU,

TAMBOURS DU JUGEMENT PREMIER, l'essai de cinéma imaginaire de François DUFRENE, systématise à l'extrême l'épuisement des moyens du film, en le situant au delà de toutes ses méaniques.

Guy-Ernest DEBORD avec :

HURLEMENTS EN FAVEUR DE SADE, arrive au bout du cinéma, dans sa phase insurrectionnelle.

Après ces refus, définitivement en dehors des normes que vous aimiez, le

CINEMA NUCLEAIRE de MARC,O. intègre la salle et le spectateur dans la représentation cinématographique.

Désormais, le cinéma ne peut être que NUCLEAIRE.

Alors nous voulons dépasser ces dérisoires concours de sous-produits entre petits commerçants analphabètes ou destinés à le devenir. Notre seule présence ici les fait mourir.

Et voici les hommes d'un cinéma neuf :

Serge BERNA
G. E. DEBORD
François DUFRENE
Monique GEOFFROY
Jean Isidore ISOU
Yolande du LUART
MARC,O.
Gabriel POMERAND
POUCETTE
Gil J WOLMAN

En avril 1952, les lettristes s'opposent à la tenue du Ve Festival international du film de Cannes, interrompent des projections officielles, provoquent des bagarres, distribuent un tract (*Fini le cinéma français*) et recouvrent de slogans (« Le cinéma est mort ») les affiches du festival placardées dans la ville. Une dizaine de manifestants seront arrêtés.

Le 17 juin, Guy Debord réalise *Hurlements en faveur de Sade*, version définitive d'un film sans images en noir et blanc.

ION
CENTRE DE CRÉATION
Directeur : Marc-Gilbert GUILLAUMIN

12, rue de la Sorbonne,(1)
PARIS (Ve Arrond.)
Téléphone : DANton 80-30

L'UNIQUE ESTHÉTIQUE du CINÉMA
(existant jusqu'à présent dans le monde) de Jean-Isidore ISOU (l'auteur du « Traité de Bave et d'Eternité »). Prix En Marge 51

LA LÉGENDE CRUELLE
(prix du court métrage), scénario de Gabriel POMERAND. 1951

HURLEMENTS EN FAVEUR DE SADE
scénario de Guy-Ernest DEBORD.

TAMBOURS du JUGEMENT PREMIER
premier essai de cinéma imaginaire de François DUFRENE.

L'ANTICONCEPT
film interdit par la censure, de Gil J WOLMAN.

LE CINÉMA NUCLÉAIRE
ou le cinéma futur de MARC,O.

(1) Dépôt des œuvres de Isidore ISOU et du groupe lettriste.

Fini le cinéma français, recto et verso.

il est inutile de
tenir compte des majuscules

à taper en 5 exemplaires
avec double interligne

Gil J Wolman / le film de Guy-Ernest Debord
HURLEMENTS EN FAVEUR DE SADE

Guy E. Debord / Hurlements – en faveur – de Sade
est dédié à GIL J WOLMAN

*

Serge Berna / ART. 115. Lorsqu'une personne aura
cessé de paraître au lieu de son domicile ou
de sa résidence et que depuis quatre ans
on n'en aura point eu de nouvelles, les
parties intéressées pourront se pourvoir devant
le tribunal de première instance, afin que
l'absence soit déclarée.

*

J L'amour n'est valable que dans une
période pré-révolutionnaire.

G Toutes ne t'aiment pas, tu mens !

*

Les arts commencent, s'élargissent et
disparaissent parceque des hommes insatisfaits dépassent le monde des expressions
officielles et les festivals de sa pauvreté

*

Barbara / Dis, tu as couché avec Françoise ?

*

J quel printemps

*

J Aide-Mémoire pour une Histoire du
cinéma :

→ ?? 1906 – Voyage dans la Lune

Première page manuscrite du scénario définitif de *Hurlements en faveur de Sade*.

HURLEMENTS EN FAVEUR DE SADE

Scénario définitif du film produit par les Films lettristes, projeté pour la première fois le 30 juin 1952 (projection interrompue) et intégralement le 13 octobre 1952. Publié la première fois en décembre 1955 dans la revue *Les Lèvres nues*, avec un avant-propos (voir p. 71), puis en août 1964 dans *Contre le cinéma* (voir p. 72), avant son édition définitive dans les *Œuvres cinématographiques complètes*, Éditions Champ Libre, 1978, puis Éditions Gallimard, 1994, que nous reproduisons ici.

voix 1 : Le film de Guy-Ernest Debord, *Hurlements en faveur de Sade...*

voix 2 : *Hurlements en faveur de Sade* est dédié à Gil J Wolman.

voix 3 : Article 115. — Lorsqu'une personne aura cessé de paraître au lieu de son domicile ou de sa résidence et que depuis quatre ans on n'en aura point eu de nouvelles, les parties intéressées pourront se pourvoir devant le tribunal de première instance, afin que l'absence soit déclarée.

voix 1 : L'amour n'est valable que dans une période prérévolutionnaire.

voix 2 : Toutes ne t'aiment pas, tu mens ! Les arts commencent, s'élargissent et disparaissent, parce que des hommes insatisfaits dépassent le monde des expressions officielles, et les festivals de sa pauvreté.

voix 4 : (jeune fille) Dis, tu as couché avec Françoise ?

voix 1 : Quel printemps ! Aide-mémoire pour une histoire du cinéma : 1902 — *Voyage dans la Lune.* 1920 — *Le Cabinet du docteur Caligari.* 1924 — *Entr'acte.* 1926 — *Le Cuirassé Potemkine.* 1928 — *Un Chien andalou.* 1931 — *Les Lumières de la ville.* Naissance de Guy-Ernest Debord. 1951 — *Traité de bave et d'éternité.* 1952 — *L'Anticoncept.* — *Hurlements en faveur de Sade.*

voix 5 : « Au moment où la projection allait commencer, Guy-Ernest Debord devait monter sur la scène pour prononcer quelques mots d'introduction. Il aurait dit simplement : Il n'y a pas de film. Le cinéma est mort. Il ne peut plus y avoir de film. Passons, si vous voulez, au débat. »

voix 3 : Article 516. — Tous les biens sont meubles ou immeubles.

voix 2 : Pour ne plus jamais être seul.

voix 1 : Elle est la laideur et la beauté. Elle est comme tout ce que nous aimons aujourd'hui.

voix 2 : Les arts futurs seront des bouleversements de situations, ou rien.

voix 3 : Dans les cafés de Saint-Germain-des-Prés !

voix 1 : Tu sais, tu me plais beaucoup.

voix 3 : Un important commando de lettristes, constitué d'une trentaine de membres, tous revêtus de cet uniforme crasseux qui est leur seule marque vraiment originale, débarqua sur la Croisette avec le désir bien arrêté de se livrer à quelque scandale susceptible d'attirer l'attention sur eux.

voix 1 : Le bonheur est une idée neuve en Europe.

voix 5 : « Je ne connais que les actions des hommes, mais les hommes se substituent dans mes yeux les uns aux autres. En fin de compte, les œuvres seules nous diversifient. »

voix 1 : Et leurs révoltes devenaient des conformismes.

voix 3 : Article 488. — La majorité est fixée à vingt et un ans accomplis ; à cet âge on est capable de tous les actes de la vie civile.

SILENCE DE DEUX MINUTES, DURANT LEQUEL L'ÉCRAN RESTE NOIR.

voix 4 : (jeune fille) Sa mémoire la retrouvait toujours, dans un éblouissement brûlé par tous les feux d'artifice du sodium au contact de l'eau.

voix 1 : Il savait bien que rien ne resterait de ces gestes dans une ville qui tourne avec la Terre, et la Terre tourne dans sa galaxie qui est une partie assez peu considérable d'un îlot qui fuit à l'infini hors de nous-mêmes.

voix 2 : Tout le noir, les yeux fermés sur l'excès du désastre.

SILENCE D'UNE MINUTE, DURANT LEQUEL L'ÉCRAN RESTE NOIR.

voix 1 : Une science des situations est à faire, qui empruntera des éléments à la psychologie, aux statistiques, à l'urbanisme et à la morale. Ces éléments devront concourir à un but absolument nouveau : une création consciente de situations.

SILENCE DE TRENTE SECONDES, DURANT LEQUEL L'ÉCRAN RESTE NOIR.

voix 1 : Quelques lignes d'un journal en 1950 : « Une jeune vedette de la radio se jette dans l'Isère. Grenoble. La petite Madeleine Reineri, douze ans et demi, qui animait sous le pseudonyme de Pirouette l'émission radiophonique des Beaux Jeudis, au poste Alpes-Grenoble, s'est jetée dans l'Isère, vendredi après-midi, après avoir déposé son cartable sur la berge de la rivière. »

voix 2 : Ma petite sœur, nous ne sommes pas beaux à voir. L'Isère et la misère continuent. Nous n'avons pas de pouvoirs.

SILENCE D'UNE MINUTE TRENTE SECONDES, DURANT LEQUEL L'ÉCRAN RESTE NOIR.

voix 4 : (jeune fille) Mais on ne parle pas de Sade dans ce film.

voix 1 : Le froid des espaces interstellaires, des milliers de degrés au-dessous du point de congélation ou du zéro absolu de

Fahrenheit, centigrade ou Réaumur ; les indices premiers de l'aube proche. Le passage rapide de Jacques Vaché sur le ciel de la guerre, ce qu'il y a en lui sur tous les rapports d'extraordinairement pressé, cette hâte catastrophique qui le fait lui-même s'anéantir ; les coups de fouet de charretier d'Arthur Cravan, enseveli lui-même à cette heure dans la baie de Mexico…

voix 3 : Article 1793. — Lorsqu'un architecte ou un entrepreneur s'est chargé de la construction à forfait d'un bâtiment, d'après un plan arrêté et convenu avec le propriétaire du sol, il ne peut demander aucune augmentation de prix, ni sous le prétexte de l'augmentation de la main-d'œuvre ou des matériaux, ni sous celui de changements ou d'augmentations faits sur ce plan, si ces changements ou augmentations n'ont été autorisés par écrit, et le prix convenu avec le propriétaire.

voix 2 : La perfection du suicide est dans l'équivoque.

SILENCE DE CINQ MINUTES, DURANT LEQUEL L'ÉCRAN RESTE NOIR.

voix 2 : Qu'est-ce que l'amour unique ?

voix 3 : Je ne répondrai qu'en présence de mon avocat.

SILENCE D'UNE MINUTE, DURANT LEQUEL L'ÉCRAN RESTE NOIR.

voix 1 : L'ordre règne et ne gouverne pas.

SILENCE DE DEUX MINUTES, DURANT LEQUEL L'ÉCRAN RESTE NOIR.

voix 2 : La première merveille est de venir devant elle sans savoir lui parler. Les mains prisonnières ne bougent pas plus vite que les chevaux de course filmés au ralenti, pour toucher sa bouche et ses seins ; en toute innocence, les cordes deviennent de l'eau, et nous roulons ensemble vers le jour.

voix 4 : (jeune fille) Je crois que nous ne nous reverrons jamais.

voix 2 : Près d'un baiser les lumières des rues de l'hiver finiront.

voix 4 : (jeune fille) Paris était très agréable à cause de la grève des transports.

voix 2 : Jack l'Éventreur n'a jamais été pris.

voix 4 : (jeune fille) Il est amusant, le téléphone.

voix 2 : Quel amour-défi, comme disait Madame de Ségur.

voix 4 : (jeune fille) Je vous raconterai des histoires de mon pays qui font très peur, mais il faut les raconter le soir pour avoir peur.

voix 2 : Ma chère Ivich, les quartiers chinois sont malheureusement moins nombreux que vous ne le pensez. Vous avez quinze ans. Les couleurs les plus voyantes, un jour, ne se porteront plus.

voix 4 : (jeune fille) Je vous connaissais déjà.

voix 2 : La dérive des continents vous éloigne chaque jour. La forêt vierge l'est moins que vous.

voix 4 : (jeune fille) Guy, encore une minute et c'est demain.

voix 2 : *Le Démon des armes*. Vous vous souvenez. C'est cela. Personne ne nous suffisait. Tout de même… La grêle sur les bannières de verre. On s'en souviendra, de cette planète.

SILENCE DE QUATRE MINUTES, DURANT LEQUEL L'ÉCRAN RESTE NOIR.

voix 2 : Et vous verrez qu'ils seront célèbres plus tard ! Je n'accepterai jamais l'existence, scandaleuse et à peine croyable, d'une police. On a élevé plusieurs cathédrales à la mémoire de Serge Berna. L'amour n'est valable que dans une période prérévolutionnaire. J'ai fait ce film pendant qu'il était encore temps d'en parler. Jean-Isidore, pour sortir de cette foule provisoire. Sur la place Gabriel-Pomerand, quand nous aurons vieilli. Les petits fumistes étaient tous les futures gloires pour les programmes des lycées et collèges.

SILENCE DE TROIS MINUTES, DURANT LEQUEL L'ÉCRAN RESTE NOIR.

voix 2 : Il y a encore beaucoup de gens que le mot de morale ne fait ni rire ni crier.

voix 3 : Article 489. — Le majeur qui est dans un état habituel d'imbécillité, de démence ou de fureur, doit être interdit même lorsque cet état présente des intervalles lucides.

voix 2 : Tout près, très douce, je me perds dans les archipels creux du langage. Je t'écrase, ouverte comme on crie, comme c'est facile. C'est un fleuve très chaud. C'est une mer d'huile. C'est un incendie de forêt.

voix 1 : C'est du cinéma !

voix 3 : La police parisienne est forte de 30 000 matraques.

SILENCE DE QUATRE MINUTES, DURANT LEQUEL L'ÉCRAN RESTE NOIR.

voix 2 : « Les mondes poétiques se ferment et s'oublient en eux-mêmes. » Au coin de la nuit, les marins font la guerre ; et les bateaux dans les bouteilles sont pour toi qui les avais aimés. Tu te renversais dans la plage comme dans les mains plus amoureuses que la pluie, le vent et le tonnerre mettent tous les soirs sous ta robe. La vie est belle l'été à Cannes. Le viol, qui est défendu, se banalise dans nos souvenirs. « Quand nous étions sur le Shenandoa. » Oui. Bien sûr.

voix 1 : Et l'ensablement de ces visages qui furent les éclatements du désir, comme l'encre sur un mur, qui furent des étoiles folles. Que le gin, le rhum et le marc coulent comme la

Grande Armada. Ceci pour l'éloge funèbre. Mais tous ces gens étaient vulgaires.

SILENCE DE CINQ MINUTES, DURANT LEQUEL L'ÉCRAN RESTE NOIR.

voix 1 : Nous l'avons échappé belle.

voix 2 : La plus belle est à revenir. La mort serait un steak tartare, et les cheveux mouillés sur la plage trop chaude qui est notre silence.

voix 1 : Mais il est juif !

voix 2 : Nous étions prêts à faire sauter tous les ponts, mais les ponts nous ont fait défaut.

SILENCE DE QUATRE MINUTES, DURANT LEQUEL L'ÉCRAN RESTE NOIR.

voix 1 : La petite Madeleine Reineri, douze ans et demi, qui animait sous le pseudonyme de Pirouette l'émission radiophonique des Beaux Jeudis, au poste Alpes-Grenoble, s'est jetée dans l'Isère.

voix 2 : Mademoiselle Reineri dans le quartier de l'Europe, vous avez toujours votre visage étonné et ce corps, la meilleure des terres promises. Les dialogues répètent comme le néon leurs vérités définitives.

voix 1 : Je t'aime.

voix 4 : (jeune fille) Ce doit être terrible de mourir.

voix 1 : Au revoir.

voix 4 : (jeune fille) Tu bois beaucoup trop.

voix 1 : Que sont les amours enfantines ?

voix 4 : (jeune fille) Je ne te comprends pas.

voix 1 : Je savais. À une autre époque, je l'ai beaucoup regretté.

voix 4 : (jeune fille) Veux-tu une orange ?

voix 1 : Les beaux déchirements des îles volcaniques.

voix 4 : (jeune fille) Autrefois.

voix 1 : Je n'ai plus rien à te dire.

voix 2 : Après toutes les réponses à contretemps, et la jeunesse qui se fait vieille, la nuit retombe de bien haut.

SILENCE DE TROIS MINUTES, DURANT LEQUEL L'ÉCRAN RESTE NOIR.

voix 2 : Nous vivons en enfants perdus nos aventures incomplètes.

SILENCE DE VINGT-QUATRE MINUTES, DURANT LEQUEL L'ÉCRAN RESTE NOIR.

La Nuit du Cinéma

L'histoire du cinéma est pleine de morts d'une grande valeur marchande. Alors que la foule et l'intelligence découvrent une fois de plus le vieillard Chaplin et bavent d'admiration au dernier remake surréaliste de Luis Bunuel, les lettristes qui sont jeunes et beaux poursuivent leurs ravages :

Les écrans sont des miroirs qui pétrifient les aventuriers, en leur renvoyant leurs propres images et en les arrêtant.
Si ont ne peut pas traverser l'écran des photos pour aller vers quelque chose de plus profond, le cinéma ne m'intéresse pas

Jean-Isidore **ISOU**

Avril 1951 :

TRAITÉ DE BAVE ET D'ÉTERNITÉ

C'est fini le temps des poëtes
Aujourd'hui je dors

Gil **J WOLMAN**

Février 1952 :

L'ANTICONCEPT
(interdit par la censure)

« Les yeux fermés j'achète tout au printemps. »

Guy-Ernest **DEBORD**

Juin 1952 :

HURLEMENTS EN FAVEUR DE SADE

En cours de réalisation :

LA BARQUE DE LA VIE COURANTE
de Jean-Louis **BRAU**

DU LÉGER RIRE QU'IL Y A AUTOUR DE LA MORT
de Serge **BERNA**

NOUS FAISONS LA RÉVOLUTION
A NOS MOMENTS PERDUS

Tract édité par l'Internationale lettriste, à l'occasion de la première projection intégrale de *Hurlements en faveur de Sade*, le 13 octobre 1952.

Notice écrite par Guy Debord en novembre 1952, publiée en février 1953 dans le n° 2 d'*Internationale lettriste*.

Notice pour la Fédération française des ciné-clubs

Éclaircissements sur le film *Hurlements en faveur de Sade*

Le spectacle est permanent. L'importance de l'esthétique fait encore, après boire, un assez beau sujet de plaisanteries. Nous sommes sortis du cinéma. Le scandale n'est que trop légitime. Jamais je ne donnerai d'explications. Maintenant tu es toute seule avec nos secrets. À L'ORIGINE D'UNE BEAUTÉ NOUVELLE et plus tard dans le grand désert liquide et borné de l'allée des Cygnes (tous les arts sont des jeux médiocres et qui ne changent rien) son visage était découvert pour la première fois de cette enfance qu'elle appelait sa vie. Les conditions spécifiques du cinéma permettaient d'interrompre l'anecdote par des masses de silence vide. Tous les parfums de l'Arabie. L'aube de Villennes. À L'ORIGINE D'UNE BEAUTÉ NOUVELLE. Mais il n'en sera plus question. Tout cela n'était pas vraiment intéressant. Il s'agit de se perdre.

Papillon pour la projection de *Hurlements en faveur de Sade*, 13 octobre 1952.

Hurlements en faveur de Sade *

Grande Fête de nuit

1955

Avant-propos écrit par Guy Debord à l'occasion de la première publication du scénario de *Hurlements en faveur de Sade* à Bruxelles en décembre 1955 dans le n° 7 de la revue surréaliste *Les Lèvres nues*, dirigée par Marcel Mariën (1920-1993).

De passage à Paris en novembre 1954, Paul Nougé (1895-1967), ami de Magritte et principal animateur du mouvement surréaliste en Belgique avant-guerre, avait transmis aux lettristes la proposition de collaborer aux *Lèvres nues*. Cette collaboration, commencée en septembre 1955 (n° 6), s'achèvera en novembre 1956 (n° 9).

L'usage des arts, aussi mal qu'on les traite et à quelques fins qu'on veuille les plier, ne va pas sans entraîner des fréquentations douteuses et des admirations suspectes. Il n'est que trop facile de séduire un monde culturel déjà oublié par l'histoire. À côté de telle rosière de propédeutique, une belle place dans les lettres françaises est réservée au scandale, aux mauvais garçons, au modernisme. L'exclusive n'est sur personne.

Et même, si nous n'y prenions garde, la canaille cultivée pourrait en venir à reconnaître à deux ou trois de nous les petits talents d'écriture suffisants pour finir, un jour ou l'autre, au sommaire d'une publication comme *Les Temps modernes* : on y voit bien une Colette Audry louer le virtuose Cocteau ; un Raymond Borde découvrir que la forme cinématographique doit être renouvelée d'urgence, et donner ses recettes ; un paranoïaque du nom de Misrahi, dans le numéro 109, expliquer les courses de taureaux par l'homosexualité inavouée des matadors.

Il y a trois ans, c'était plutôt la carrière d'un Astruc que pouvaient envisager quelques lettristes qui avaient un peu fait parler d'eux dans les ciné-clubs. Il était notoire que certains n'y répugnaient pas. Il convenait donc d'y mettre obstacle par un éclat qui, en soulignant à l'extrême l'allure forcément dérisoire de toute expression lyrique personnelle aujourd'hui, pût servir à regrouper ceux qui envisageaient une action plus sérieuse.

Ce film, fait en conséquence, ne comportait aucune image. La bande sonore ne durait qu'une vingtaine de minutes, par à-coups, sur une heure et demie de projection. Les interruptions

* La bande-images de ce film se réduit à un écran uniformément blanc pendant le passage de la bande sonore. Pendant toute la durée des silences, l'écran reste noir.
Les voix, volontairement inexpressives, ont été enregistrées par Gil J Wolman (voix 1), G.-E. Debord (voix 2), Serge Berna (voix 3), Barbara Rosenthal (voix 4), Jean-Isidore Isou (voix 5). Il n'y a pas le moindre accompagnement ou bruitage.
Achevé le 17 juin 1952, ce film a été présenté pour la première fois le 30 juin 1952, à Paris, au ciné-club dit « d'Avant-Garde », et presque immédiatement arrêté par les dirigeants de ce ciné-club. Il a été projeté intégralement le 13 octobre 1952 dans la salle des Sociétés savantes.

du son, toujours fort longues, laissaient l'écran et la salle absolument noirs. Les répliques étaient échangées par des voix assez inhabituelles et résolument monotones. L'emploi presque constant de coupures de presse, de textes juridiques, et de citations détournées de leur sens, rendait d'autant plus malaisée l'intelligence du dialogue.

Le film ne s'achevait pas. Après une allusion aux histoires incomplètes qu'il nous était donné de vivre – en usant de ce terme qui désignait les reconnaissances, dans les armées de la guerre de Trente Ans – **en enfants perdus**, une séquence noire de vingt-quatre minutes déroulait, devant la rage des friands de belles audaces, son apothéose décevante. Le jeu continue ; et nous sommes chaque jour plus sûr de le mener comme il faut.

1964

Fiche technique

Texte paru dans *Contre le cinéma*, quatrième monographie de la « Bibliothèque d'Alexandrie » éditée à Paris en août 1964 par l'Institut scandinave de vandalisme comparé, fondé par Asger Jorn à Århus, Danemark. Ce volume rassemble les scénarios des trois premiers films de Guy Debord, précédés d'une préface d'Asger Jorn : *Guy Debord et le problème du maudit.*

Hurlements en faveur de Sade a été réalisé en juin 1952. C'est un long métrage complètement dépourvu d'images, constitué seulement par le support de la bande-son. Ce support donne un écran uniformément blanc durant la projection des dialogues. Les dialogues, dont la durée totale n'excède pas une vingtaine de minutes, sont eux-mêmes dispersés, par courts fragments, dans une heure de silence (dont vingt-quatre minutes d'un seul tenant constituent la séquence finale). Durant la projection des silences, l'écran reste absolument noir ; et, par voie de conséquence, la salle.

Les voix entendues, toutes inexpressives, sont celles de Gil J Wolman (voix 1), Guy Debord (voix 2), Serge Berna (voix 3), Barbara Rosenthal (voix 4), Jean-Isidore Isou (voix 5).

Le film ne comporte aucun accompagnement ou bruitage, à l'exception d'une improvisation lettriste de Wolman, en solo, qui ouvre la première apparition de l'écran blanc, immédiatement avant le début du dialogue, les deux premières répliques constituant seules le générique.

Le contenu de ce film doit être d'abord rattaché à l'atmosphère de l'avant-garde lettriste de cette époque : à la fois au niveau le plus général, où il se présente comme une négation et un dépassement de la conception isouïenne du « cinéma discrépant » ; et au niveau anecdotique, depuis la mode des prénoms doubles qui caractérisait alors ce groupe (Jean-Isidore, Guy-Ernest, Albert-Jules, etc.), ou la référence à Berna, organisateur du scandale de Pâques 1950 à Notre-Dame de Paris, jusqu'à la dédicace à Wolman, auteur du précédent film lettriste, l'admirable *Anticoncept.* D'autres aspects sont à considérer dans l'optique des positions situationnistes qui se sont définies depuis : au premier rang, l'usage des *phrases détournées.* Entre toutes les phrases étrangères – venues des journaux, ou de Joyce, aussi bien que du Code civil – mélangées au dialogue de ce film, c'est-à-dire à l'emploi également dérisoire de différents styles d'écriture, la présente édition de l'Institut scandinave de vandalisme comparé n'a retenu l'usage de guillemets que pour quatre d'entre elles, considérées comme des citations conventionnelles du fait de la difficulté que présenterait probablement leur reconnaissance. Il s'agit de trois citations d'Isou (respectivement : de son *Esthétique du cinéma*, d'une lettre à Debord, de *Précisions sur ma poésie et moi*) et d'une réplique d'un western de John Ford (*Rio Grande*).

La première présentation de *Hurlements en faveur de Sade*, à Paris, le 30 juin 1952, au ciné-club d'Avant-Garde, alors dirigé par A.-J. Cauliez, dans les locaux du musée de l'Homme, a été interrompue presque dès le début, non sans violences, par le public et les dirigeants de ce ciné-club. Plusieurs lettristes se désolidarisèrent alors d'un film si maladroitement excessif. La première projection intégrale a eu lieu le 13 octobre de la même année, au ciné-club du Quartier latin, dans la salle des Sociétés savantes, défendue par le groupe des « lettristes de gauche » et une vingtaine de supplétifs de Saint-Germain-des-Prés. La présence des mêmes a interdit quelques mois plus tard, au même ciné-club, un *Squelette sadique* qui avait été annoncé et attribué à un certain René-Guy Babord, plaisanterie qui entendait se borner, paraît-il, à éteindre la salle pour un quart d'heure.

L'INTERNATIONALE LETTRISTE

1952-1957

Cette période a été longtemps éclipsée par la célébrité et la visibilité de l'aventure situationniste qui suivra. Elle est pourtant d'une étonnante inventivité et d'une grande richesse.

Dès 1952, Debord rompt avec Isidore Isou et fonde l'Internationale lettriste avec quelques complices dont Gil Wolman, sans doute avec Debord le plus brillant des membres d'un groupe au début relativement peu structuré. L'Internationale lettriste intervient avec quelques bulletins ronéotypés, des tracts, des manifestes et surtout, côté cour, avec un sens aigu de la provocation et de l'insulte (première victime notoire : Charlie Chaplin).

Côté jardin, les lettristes systématisent et théorisent peu à peu le détournement de textes, qui remonte, via les dadaïstes, à Lautréamont faisant l'apologie du plagiat. Enjeu : en finir avec l'appropriation artistique, la signature, l'auteur. Un texte est fait pour être utilisé, et si possible par tous : la traversée des avant-gardes de Debord impliquera toujours dans cette perspective un « communisme de l'écriture » dont le détournement est la cheville ouvrière.

Et il y a un jardin plus secret encore : la ville, que les lettristes parcourent et explorent à coups de dérives *et en inventant à cet effet une « science », la psychogéographie. Une autre rencontre est ici décisive : celle d'Ivan Chtcheglov alias Gilles Ivain, un jeune Russe qui introduit ce thème auprès des lettristes dissidents. La pratique de la dérive embraie, parfois explicitement, sur la poétisation surréaliste de la ville, mais en faisant coïncider plus immédiatement poésie et vécu - c'est pourquoi il n'y a eu aucun* Paysan de Paris *ni aucune* Nadja *pour venir en annoncer la bonne nouvelle. Il en reste quelques comptes rendus, des allusions dans* Mémoires *puis dans les films ultérieurs de Debord, ou encore les « guides psychogéographiques », versions lettristes de l'invitation au voyage. La dérive n'est pas faite pour se reprendre ultérieurement dans un livre. Elle devient très vite – et pour pas mal de temps puisqu'elle sera à l'ordre du jour des premières années situationnistes – l'emblème d'un art* de situation, *vécu et soustrait à toute forme de représentation. Et même l'emblème de la* construction de situations, *un thème fondamental qui monte en puissance au cours des années lettristes, puisque la dérive, contrairement aux flâneries surréalistes, se prépare et se structure.*

En 1954 commencent les années Potlatch, *une revue au départ également rudimentaire, mais dont l'audience ira croissant, même si elle n'a jamais été mise en vente, mais donnée « à ceux qui la méritaient », conformément à son titre. 30 numéros paraîtront jusqu'en 1957. Des lettristes de la première heure, il ne reste que Gil Wolman. D'autres ont rejoint Debord, notamment Michèle Bernstein, qu'il épouse en 1954. La période* Potlatch *du lettrisme est plus intellectuelle que la première, plus critique, plus organisée, et aussi plus politique. On y massacre l'avant-garde officielle avec un humour souvent féroce (de Sartre au Nouveau Roman, en passant par la Nouvelle Vague, Ionesco, Ponge, le Corbusier, etc.). On y développe, avec déjà un sens aigu de la légende à venir, les thèmes propres à l'Internationale lettriste (principalement la psychogéographie et le détournement), mais on s'y positionne également politiquement, au-delà de l'extrême gauche : anti-colonialisme et anti-impérialisme sans faille, anti-stalinisme à toute épreuve, etc.*

La période Potlatch *correspond à une émergence réelle de Debord et des lettristes dans le champ de l'avant-garde, dont témoignent un certain nombre de contacts : celui pris en 1954 avec les surréalistes à l'occasion des cérémonies du centenaire de Rimbaud et suivi immédiatement d'une retentissante rupture ; celui plus amical et plus durable pris avec Marcel Mariën, animateur des* Lèvres nues, *une revue autour de laquelle se regroupent les surréalistes révolutionnaires belges, dissidents de la planète Breton. Et puis, il y a surtout la rencontre en 1954 d'Asger Jorn, peintre danois, fondateur du groupe Cobra, animateur d'un « Mouvement international pour un Bauhaus imaginiste » en rupture notamment avec le fonctionnalisme artistique et architectural. L'amitié entre Debord et Jorn sera durable et décisive à plus d'un titre. Elle est à l'origine non seulement de l'Internationale situationniste, mais également d'un certain nombre d'œuvres produites par Debord au cours des années suivantes.*

V. K.

1952 **29 octobre.** À l'hôtel Ritz, l'I.L. attaque une conférence de presse tenue par Charlie Chaplin pour la promotion de son film *Limelight* et lance le tract *Finis les pieds plats*.

Rupture avec le fondateur du lettrisme, Isidore Isou, qui dans le journal *Combat* a publiquement désavoué le scandale, suivie de la parution en novembre du premier numéro d'*Internationale lettriste* (Guy Debord : « Mort d'un commis voyageur »).

7 décembre. L'I.L. tient sa première conférence à Aubervilliers (« C'est dans le dépassement des arts que la démarche reste à faire »).

1953 « Ne travaillez jamais », inscription de Guy Debord sur un mur de la rue de Seine. (Celui de l'Institut ; incidemment une photo de ce graffiti sera prise par un professionnel et commercialisée en carte postale humoristique quelque dix ans plus tard.)

Février. *Internationale lettriste* n° 2 (« Délibérément au-delà du jeu limité des formes, la beauté nouvelle sera DE SITUATION »).

Mars. Guy Debord achève d'enregistrer « à tout hasard » une émission de vingt-cinq minutes, *Les Environs de Fresnes*, dédiée à Serge Berna, alors détenu au fort de Cormeilles-en-Parisis.

Il rencontre Gilles Ivain (Ivan Chtcheglov). (« On eût dit qu'en regardant seulement la ville et la vie, il les changeait. Il découvrit en un an des sujets de revendication pour un siècle ; les profondeurs et les mystères de l'espace urbain furent sa conquête. »)

Les lettristes tiennent leur permanence au Vert-Galant, à l'extrême pointe de l'île de la Cité, puis dans un bar arabe de la rue Xavier-Privas, qui sera fermé par la police au début de 1954 pour trafic de stupéfiants.

Histoire des gestes, roman tridimensionnel réalisé sur des bouteilles de grand rhum blanc de Martinique.

Août. *Internationale lettriste* n° 3 (« Nous avons à promouvoir une insurrection qui nous concerne, à la mesure de nos revendications »).

Les lettristes-internationalistes mènent leurs premières expériences systématiques de dérives dans Paris ; elles seront suivies des premières notations psychogéographiques.

1954 **Janvier et juin.** L'Internationale lettriste répond à deux enquêtes de la revue surréaliste belge *La Carte d'après nature*, dirigée par René Magritte.

Juin. *Internationale lettriste* n° 4, et dernier (« La guerre de la liberté doit être faite avec colère »).

11 juin-7 juillet. « Avant la guerre », exposition de « 66 métagraphies influentielles » organisée par Gil J Wolman à la galerie du Double Doute, passage Molière.
22 juin. Parution du premier numéro de *Potlatch*, « bulletin d'information du groupe français de l'Internationale lettriste », qui aura vingt-huit numéros jusqu'au 22 mai 1957 (hebdomadaire jusqu'à son numéro 6, puis mensuel, ronéotypé sur deux ou quatre pages, il sera toujours donné).
17 août. Guy Debord épouse Michèle Bernstein (née à Paris le 28 avril 1932), qu'il avait rencontrée en 1952.
En attendant la fermeture des églises, les lettristes-internationalistes mènent campagne pour la suppression du vocable « saint » aussi bien dans la correspondance que dans la conversation (« Les noms des rues sont passagers. Qu'est-ce que l'avenir en gardera sinon peut-être et pour mémoire l'impasse de l'Enfant-Jésus ? »).
Potlatch a une nouvelle adresse : 32, rue de la Montagne-Geneviève, Paris 5e (permanence lettriste du Tonneau d'Or, bar tenu par Charles Guglielmetti) ; ce sera aussi l'adresse de la revue *Internationale situationniste* de juin 1958 à janvier 1963.
Septembre. Publication avec les surréalistes d'un tract contre la célébration officielle du centenaire de Rimbaud à Charleville-Mézières : *Ça commence bien !*
7 octobre. *Et ça finit mal, faussaires*, tract de rupture avec ces mêmes surréalistes.
Novembre. Le peintre danois Asger Jorn – fondateur du groupe surréalisme révolutionnaire (1947-1948), puis de Cobra (1948-1951) et, en 1953, du Mouvement international pour un Bauhaus imaginiste (M.I.B.I.) – prend contact avec l'I.L. et rencontre Guy Debord à Paris. (Sous le titre « Une architecture de la vie », *Potlatch* publiera en décembre, dans son numéro 15, des extraits d'*Image et Forme* d'Asger Jorn sur l'architecture et son avenir, problème que l'I.L. n'avait cessé de soulever.)

1955 **Mai.** *Construisez vous-mêmes une petite situation sans avenir.* Explorations psychogéographiques dans le Palais idéal du facteur Cheval, à Hauterives (Drôme), et dans le désert de Retz, forêt de Marly (Yvelines).
Septembre. « Pourquoi le lettrisme ? », avec Gil J Wolman (*Potlatch* n° 22, 9 septembre).
L'« Introduction à une critique de la géographie urbaine » paraît dans le numéro 6 de la revue surréaliste belge *Les Lèvres nues* dirigée par Marcel Mariën. (Le 23 juillet 1954, dans son numéro 4, *Potlatch* avait donné un extrait du

premier numéro de cette revue paru en avril 1954, et en novembre, lors d'un passage à Paris, Paul Nougé avait proposé aux lettristes de collaborer aux *Lèvres nues*.)

Octobre. « Projets d'embellissements rationnels de la ville de Paris » (*Potlatch* n° 23, 13 octobre), écho aux « possibilités d'embellissement irrationnel d'une ville » que les surréalistes publièrent en mai 1933 dans la revue *Le Surréalisme au service de la révolution* (n° 6).

Alexander Trocchi, rédacteur en chef de la revue d'avant-garde anglo-américaine *Merlin*, éditée à Paris, démissionne de son poste et adhère publiquement à l'Internationale lettriste.

Décembre. L'I.L. appose sur les murs de Paris deux papillons, en français et en anglais : « Si vous vous croyez du génie ou si vous estimez posséder seulement une intelligence brillante adressez-vous à l'Internationale lettriste ». « If you believe you have genius or if you think you have only a brilliant intelligence write the letterist Internationale ».

Le scénario inédit du film *Hurlements en faveur de Sade*, précédé de « Grande Fête de nuit », paraît dans la revue *Les Lèvres nues* (n° 7).

1956 Première exploration du quartier chinois de Londres. (En octobre 1955, l'I.L. avait publiquement protesté auprès du *Times* contre le projet de destruction de ce quartier. « De toute façon, il est inconvenant de détruire ce quartier chinois de Londres avant que nous n'ayons eu le loisir de le visiter, et d'en établir l'expérimentation dans le sens des recherches psychogéographiques que nous poursuivons. »)

Mai. Parution du « Mode d'emploi du détournement », avec Gil J Wolman (*Les Lèvres nues* n° 8).

L'Internationale lettriste participe au Mouvement international pour un Bauhaus imaginiste.

En butte au critique du M.I.B.I et particulièrement d'Asger Jorn depuis le Ier Congrès international de l'*industrial design* lors de la Xe Triennale d'art industriel à Milan en octobre 1954, l'architecte Max Bill, directeur du Nouveau Bauhaus d'Ulm, est conduit à démissionner. (Le M.I.B.I, pour qui l'artiste libre expérimente et doit s'emparer de l'industrie pour la soumettre à ses fins non utilitaires, s'oppose aux fonctionnalistes du Bauhaus d'Ulm, pour qui l'artiste est un designer qui doit créer des objets harmonieux au service de l'homme et s'occuper de leur production en série.)

Juin. *Toutes ces dames au salon !*, tract de l'Internationale lettriste (Paris) et des *Lèvres nues* (Bruxelles) s'élevant contre une exposition internationale de peintures commanditée par la compagnie Shell : « L'industrie du pétrole vue par des artistes ».

31 juillet. *Ordre de boycott* de l'Internationale lettriste (G.-E. Debord, Asger Jorn, Gil J Wolman) contre le Festival de l'Art d'Avant-Garde à Marseille, « où rien ne manque de ce qui représentera dans vingt ans l'imbécillité des années 50 ».

Guy Debord et Michèle Bernstein habitent au 1 impasse de Clairvaux (180, rue Saint-Martin, Paris 3e).

Saisi par les autorités militaires, Guy Debord ne pourra intervenir au Ier Congrès mondial des artistes libres organisé par Asger Jorn et Giuseppe Pinot Gallizio pour le Laboratoire expérimental du M.I.B.I. à Alba (Italie) ; réformé, il sera libéré le 21 septembre.

2-8 septembre. Gil J Wolman représente l'Internationale lettriste au congrès d'Alba réuni sur le thème : « Les arts libres et l'activité industrielle ». Dans sa résolution finale, le congrès adopte le mot d'ordre lettriste d'urbanisme unitaire.

Novembre. « Théorie de la dérive » et « Deux comptes rendus de dérive » paraissent dans *Les Lèvres nues* n° 9.

Fin novembre. Premier voyage de Guy Debord à Alba où il fait la connaissance de Giuseppe Pinot Gallizio, du peintre Piero Simondo, du musicien Walter Olmo et de Constant, cofondateur du Groupe expérimental hollandais (*Reflex*, 1948) puis de Cobra.

6 décembre. La conférence *Histoire de l'Internationale lettriste*, d'une cinquantaine de minutes, est enregistrée à la « permanence lettriste de la rue Montagne-Geneviève », avec les voix de Michèle Bernstein, Guy Debord, Jacques Fillon, Abdelhafid Khatib, Gil J Wolman (et Asger Jorn).

8 décembre. Dans son *Projet pour un labyrinthe éducatif*, Guy Debord évoque le *Kriegspiel*, « Jeu de la guerre » qu'il a inventé et qui « réunit les avantages du jeu d'Échecs et du poker ».

À Turin, exposition et tract du M.I.B.I. en faveur de l'urbanisme unitaire (en français et en italien).

1957

1er janvier. *Lettre ouverte aux responsables de la Triennale d'art industriel à Milan*, signée au nom du M.I.B.I. par *Potlatch* (Michèle Bernstein, Mohamed Dahou, Guy-Ernest Debord, Jacques Fillon, Gil J Wolman), le Bureau du Bauhaus imaginiste en Hollande (Constant), le Laboratoire expérimental d'Alba (Giuseppe Gallizio, Asger Jorn, Piero Simondo, Elena Verrone) et le Comité d'organisation du

Congrès provisoire pour la fragmentation psychogéographique de l'agglomération londonienne (Ralph Rumney) ; épouvanté par le ton injurieux de cette lettre, l'architecte Ettore Sottsass Jr démissionne du M.I.B.I.

Février. À la suite d'un rendez-vous manqué avec Asger Jorn en gare du Nord, Guy Debord ne participe pas à la « première exposition de psychogéographie » organisée galerie Taptoe à Bruxelles.

Mai. Premier voyage de Guy Debord au Danemark avec Asger Jorn où ils réalisent en vingt-quatre heures chez Permild & Rosengreen le livre expérimental *Fin de Copenhague*, imprimé à deux cents exemplaires par le M.I.B.I. Ce même mois à Copenhague, le M.I.B.I. édite deux plans psychogéographiques de Guy Debord : *The Naked City* et *Guide psychogéographique de Paris. Discours sur les passions de l'amour.* (La quasi-totalité du tirage de *The Naked City* sera incorporé dans le livre d'Asger Jorn *Pour la forme*, édité à Paris par l'Internationale situationniste en juillet 1958.)

21 mai. À l'Institute of Contemporary Arts (I.C.A.) de Londres, projection de *Hurlements en faveur de Sade* (« L'Institut souhaite ne pas être tenu pour responsable de l'indignation de l'assistance »).

J.-L. R.

Pages suivantes :

Internationale lettriste n° 1, couverture et feuillets détachés, novembre 1952. Quatre numéros de la revue paraîtront entre novembre 1952 et juin 1954.

internationale lettrist
internationale lettrist
internationale lettrist
internationale lettrist
internationale lettrist
internationale lettrist
internationale lettrist
internationale lettrist
internationale lettrist
internationale lettrist
internationale lettrist
internationale lettrist
internationale lettrist
internationale lettrist
internationale lettrist
internationale lettrist
internationale lettrist
internationale lettrist
internationale lettrist
internationale lettrist
internationale lettrist
internationale lettrist
internationale lettrist
internationale lettrist
internationale lettrist
internationale lettrist
internationale lettrist
internationale lettrist
internationale lettrist
internationale lettrist
internationale lettrist
internationale lettrist
internationale lettrist
internationale lettrist
internationale lettrist
internationale lettrist
internationale lettrist
internationale lettrist
internationale lettrist
internationale lettrist
internationale lettrist
internationale lettrist
internationale lettrist
internationale lettrist
internationale lettrist
internationale lettrist
internationale lettrist
internationale lettrist
internationale lettrist
internationale lettrist
internationale lettrist
internationale lettrist
internationale lettrist
internationale lettrist
internationale lettrist
internationale lettrist

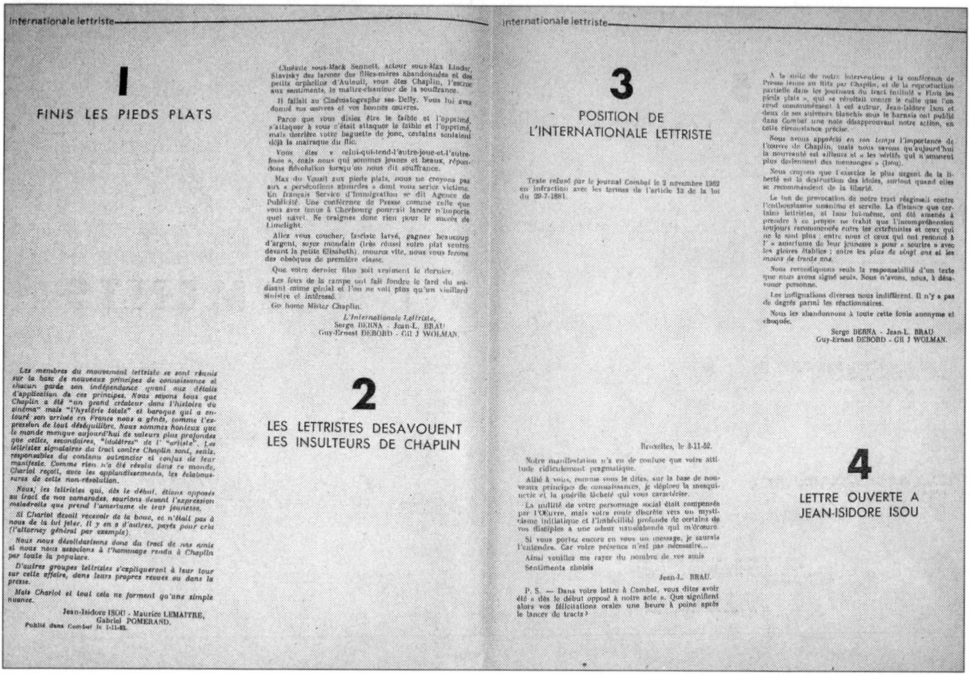

internationale lettriste

1

FINIS LES PIEDS PLATS

Cinéaste sous-Mack Sennett, acteur sous-Max Linder, Stavisky des larmes des filles-mères abandonnées et des petits orphelins d'Auteuil, vous êtes Chaplin, l'escroc aux sentiments, le maître-chanteur de la souffrance.

Il fallait au Cinématographe ses Delly. Vous lui avez donné vos œuvres et vos bonnes œuvres.

Parce que vous disiez être le faible et l'opprimé, s'attaquer à vous c'était attaquer le faible et l'opprimé, mais derrière votre baguette de jonc, certains sentaient déjà la matraque du flic.

Vous êtes « celui-qui-tend-l'autre-joue-et-l'autre-fesse », mais nous qui sommes jeunes et beaux, répondons Révolution lorsqu'on nous dit souffrance.

Max du Veuzit aux pieds plats, nous ne croyons pas aux « persécutions absurdes » dont vous seriez victime. En français Service d'Immigration se dit Agence de Publicité. Une conférence de Presse comme celle que vous avez tenue à Cherbourg pourrait lancer n'importe quel navet. Ne craignez donc rien pour le succès de Limelight.

Allez vous coucher, fasciste larvé, gagnez beaucoup d'argent, soyez mondain (très réussi votre plat ventre devant la petite Elisabeth), mourez vite, nous vous ferons des obsèques de première classe.

Que votre dernier film soit vraiment le dernier.

Les feux de la rampe ont fait fondre le fard du soi-disant mime génial et l'on ne voit plus qu'un vieillard sinistre et intéressé.

Go home Mister Chaplin.

L'Internationale Lettriste,
Serge BERNA - Jean-L. BRAU
Guy-Ernest DEBORD - Gil J WOLMAN.

2

LES LETTRISTES DESAVOUENT LES INSULTEURS DE CHAPLIN

Les membres du mouvement lettriste se sont réunis sur la base de nouveaux principes de connaissance et chacun garde son indépendance quant aux détails d'application de ces principes. Nous savons tous que Chaplin a été "un grand créateur dans l'histoire du cinéma" mais "l'hystérie totale" et baroque qui a entouré son arrivée en France nous a gênés, comme l'expression de tout déséquilibre. Nous sommes honteux que le monde manque aujourd'hui de valeurs plus profondes que celles, secondaires, "idolâtres" de l' "artiste". Les lettristes signataires du tract contre Chaplin sont, seuls, responsables du contenu outrancier et confus de leur manifeste. Comme rien n'a été résolu dans ce monde, Charlot reçoit, avec les applaudissements, les éclaboussures de cette non-résolution.

Nous, les lettristes qui, dès le début, étions opposés au tract de nos camarades, sourions devant l'expression maladroite que prend l'amertume de leur jeunesse.

Si Charlot devait recevoir de la boue, ce n'était pas à nous de la lui jeter. Il y en a d'autres, payés pour cela (l'attorney général par exemple).

Nous nous désolidarisons donc du tract de nos amis et nous nous associons à l'hommage rendu à Chaplin par toute la populace.

D'autres groupes lettristes s'expliqueront à leur tour sur cette affaire, dans leurs propres revues ou dans la presse.

Mais Charlot et tout cela ne forment qu'une simple nuance.

Jean-Isidore ISOU - Maurice LEMAITRE,
Gabriel POMERAND.
Publié dans *Combat* le 1-11-52.

internationale lettriste

3

POSITION DE L'INTERNATIONALE LETTRISTE

Texte refusé par le journal *Combat* le 2 novembre 1952 en infraction avec les termes de l'article 13 de la loi du 29-7-1881.

A la suite de notre intervention à la conférence de Presse tenue au Ritz par Chaplin, et de la reproduction partielle dans les journaux du tract intitulé « Finis les pieds plats », qui se révoltait contre le culte que l'on rend communément à cet auteur, Jean-Isidore Isou et deux de ses suiveurs blanchis sous le harnais ont publié dans *Combat* une note désapprouvant notre action, en cette circonstance précise.

Nous avons apprécié *en son temps* l'importance de l'œuvre de Chaplin, mais nous savons qu'aujourd'hui la nouveauté est ailleurs et « les vérités qui n'amusent plus deviennent des mensonges » (Isou).

Nous croyons que l'exercice le plus urgent de la liberté est la destruction des idoles, surtout quand elles se recommandent de la liberté.

Le ton de provocation de notre tract réagissait contre l'enthousiasme unanime et servile. La distance que certains lettristes, et Isou lui-même, ont été amenés à prendre à ce propos ne trahit que l'incompréhension toujours recommencée entre les extrémistes et ceux qui ne le sont plus ; entre nous et ceux qui ont renoncé à l' « amertume de leur jeunesse » pour « sourire » avec les gloires établies ; entre les *plus de vingt ans* et les *moins de trente ans*.

Nous revendiquons seuls la responsabilité d'un texte que nous avons signé seuls. Nous n'avons, nous, à désavouer personne.

Les indignations diverses nous indiffèrent. Il n'y a pas de degrés parmi les réactionnaires.

Nous les abandonnons à toute cette foule anonyme et choquée.

Serge BERNA - Jean-L. BRAU
Guy-Ernest DEBORD - Gil J WOLMAN.

4

LETTRE OUVERTE A JEAN-ISIDORE ISOU

Bruxelles, le 3-11-52.

Notre manifestation n'a eu de confuse que votre attitude ridiculement pragmatique.

Allié à vous, comme vous le dites, sur la base de nouveaux principes de connaissances, je déplore la mesquinerie et la puérile lâcheté qui vous caractérise.

La nullité de votre personnage social était compensée par l'Œuvre, mais votre route discrète vers un mysticisme initiatique et l'imbécillité profonde de certains de vos disciples a une odeur nauséabonde qui m'écœure.

Si vous portez encore en vous un message, je saurais l'entendre. Car votre présence n'est pas nécessaire...

Ainsi veuillez me rayer du nombre de vos amis

Sentiments choisis

Jean-L. BRAU.

P. S. — Dans votre lettre à *Combat*, vous dites avoir été « dès le début opposé à notre acte ». Que signifient alors vos félicitations orales une heure à peine après le lancer de tracts ?

Internationale lettriste n° 1 • novembre 1952

Fondée « arbitrairement » à Bruxelles en juin 1952 par Guy Debord et Gil J Wolman, l'Internationale lettriste se manifeste publiquement à Paris le 29 octobre en attaquant au Ritz la conférence de presse tenue par Charlie Chaplin pour la promotion de son film *Limelight*. Seuls Jean-Louis Brau et Gil J Wolman

FINIS LES PIEDS PLATS

Cinéaste sous-Mack Sennett, acteur sous-Max Linder, Stavisky des larmes des filles-mères abandonnées et des petits orphelins d'Auteuil, vous êtes, Chaplin, l'escroc aux sentiments, le maître chanteur de la souffrance.

Il fallait au Cinématographe ses Delly. Vous lui avez donné vos œuvres et vos bonnes œuvres.

Parce que vous disiez être le faible et l'opprimé, s'attaquer à vous c'était attaquer le faible et l'opprimé, mais derrière votre baguette de jonc, certains sentaient déjà la matraque du flic.

Vous êtes « celui-qui-tend-l'autre-joue-et-l'autre-fesse », mais nous qui sommes jeunes et beaux, répondons Révolution lorsqu'on nous dit souffrance.

Max du Veuzit aux pieds plats, nous ne croyons pas aux « persécutions absurdes » dont vous seriez victime. En français Service d'Immigration se dit Agence de Publicité. Une conférence de Presse comme celle que vous avez tenue à Cherbourg pourrait lancer n'importe quel navet. Ne craignez donc rien pour le succès de *Limelight*.

Allez vous coucher, fasciste larvé, gagnez beaucoup d'argent, soyez mondain (très réussi votre plat ventre devant la petite Élisabeth), mourez vite, nous vous ferons des obsèques de première classe.

Que votre dernier film soit vraiment le dernier.

Les feux de la rampe ont fait fondre le fard du soi-disant mime génial et l'on ne voit plus qu'un vieillard sinistre et intéressé.

Go home Mister Chaplin.

L'Internationale lettriste :
Serge Berna, Jean-L. Brau,
Guy-Ernest Debord, Gil J Wolman

purent pénétrer dans la salle de la conférence de presse et y jeter les tracts. Guy Debord et Serge Berna furent arrêtés par la police (qui les prenait pour des admirateurs) en essayant de s'introduire frauduleusement par les cuisines du Ritz.

POSITION DE L'INTERNATIONALE LETTRISTE

Texte refusé par le journal *Combat* le 2 novembre 1952 en infraction avec les termes de l'article 13 de la loi du 29-7-1881.

À la suite de notre intervention à la conférence de Presse tenue au Ritz par Chaplin, et de la reproduction partielle dans les journaux du tract intitulé *Finis les pieds plats*, qui se révoltait contre le culte que l'on rend communément à cet auteur, Jean-Isidore Isou et deux de ses suiveurs blanchis sous le harnais ont publié dans *Combat* une note désapprouvant notre action, en cette circonstance précise.

Nous avons apprécié *en son temps* l'importance de l'œuvre de Chaplin, mais nous savons qu'aujourd'hui la nouveauté est ailleurs et « les vérités qui n'amusent plus deviennent des mensonges » (Isou).

Nous croyons que l'exercice le plus urgent de la liberté est la destruction des idoles, surtout quand elles se recommandent de la liberté.

Le ton de provocation de notre tract réagissait contre l'enthousiasme unanime et servile. La distance que certains lettristes, et Isou lui-même, ont été amenés à prendre à ce propos ne trahit que l'incompréhension toujours recommencée entre les extrémistes et ceux qui ne le sont plus ; entre nous et ceux qui ont renoncé à l'« amertume de leur jeunesse » pour « sourire » avec les gloires établies ; entre les *plus de vingt ans* et les *moins de trente ans*.

Nous revendiquons seuls la responsabilité d'un texte que nous avons signé seuls. Nous n'avons, nous, à désavouer personne.

Les indignations diverses nous indiffèrent. Il n'y a pas de degrés parmi les réactionnaires.

Nous les abandonnons à toute cette foule anonyme et choquée.

Serge Berna, Jean-L. Brau,
Guy-Ernest Debord, Gil J Wolman

MORT D'UN COMMIS VOYAGEUR

Au cours de la tournée de conférences qu'il fit en Europe pour placer *Limelight* M. Chaplin a été insulté par nous à l'hôtel Ritz, et dénoncé en tant que commerçant et policier.

Le vieillissement de cet homme, son indécente obstination à étaler sur nos écrans sa gueule périmée, et la pauvre affection de ce monde pauvre qui se reconnaissait en lui, me semblent des raisons bien suffisantes pour cette interruption.

Cependant Jean-Isidore Isou, effrayé par les réactions des admirateurs de Chaplin – sauf les lettristes, tous les Français étaient admirateurs de Chaplin –, publia un désaveu en termes inacceptables.

Nous étions alors à l'étranger. À notre retour, les explications qu'il nous en donna, et ses efforts maladroits pour minimiser toute l'affaire, ne nous parurent pas recevables et dans les jours qui suivirent nous devions l'avertir qu'une action commune serait désormais impossible.

Nous nous passionnons si peu pour les littérateurs et leurs tactiques que l'incident est presque oublié ; que c'est vraiment comme si Jean-Isidore Isou ne nous avait rien été ; comme s'il n'y avait jamais eu ses mensonges et son reniement.

Guy-Ernest Debord

internationale lettriste

MORT D'UN COMMIS VOYAGEUR

Au cours de la tournée de conférences qu'il fit en Europe pour placer « *Limelight* » M. Chaplin a été insulté par nous à l'hôtel Ritz, et dénoncé en tant que commerçant et policier.

Le vieillissement de cet homme, son indécente obstination à étaler sur nos écrans sa gueule périmée, et la pauvre affection de ce monde pauvre qui se reconnaissait en lui, me semblent des raisons bien suffisantes pour cette interruption.

internationale lettriste

Cependant Jean-Isidore Isou, effrayé par les réactions des admirateurs de Chaplin — sauf les lettristes, tous les français étaient admirateurs de Chaplin — publia un désaveu en termes inacceptables.

Nous étions alors à l'étranger. A notre retour, les explications qu'il nous en donna, et ses efforts maladroits pour minimiser toute l'affaire, ne nous parurent pas recevables et dans les jours qui suivirent nous devions l'avertir qu'une action commune serait désormais impossible.

Nous nous passionnons si peu pour les littérateurs et leurs tactiques que l'incident est presque oublié; que c'est vraiment comme si Jean-Isidore Isou ne nous avait rien été; comme s'il n'y avait jamais eu ses mensonges et son reniement.

Guy-Ernest DEBORD.

La première conférence de l'Internationale letttriste se tint à Aubervilliers le 7 décembre 1952. Le document final de la conférence fut déchiré et introduit dans une bouteille jetée dans le canal Saint-Denis. Jean-Louis Brau la repêchait le lendemain.

CONFÉRENCE D'AUBERVILLIERS

1 – Adoption du principe de la majorité. Dans le cas où une majorité ne saurait être acquise, reprise de la discussion sur des bases nouvelles pouvant amener la formation d'une majorité.

Principe de l'utilisation des noms par la majorité.

2 – Acquisition de la critique des arts et de certains de ses apports.

C'est dans le dépassement des arts que la démarche reste à faire.

3 – Interdiction à tout membre de l'Internationale lettriste de soutenir une morale régressive jusqu'à l'élaboration de critères précis.

4 – Circonspection extrême dans la présentation d'œuvres personnelles pouvant engager l'I.L.

– Exclusion *ipso facto* pour tout acte de collaboration à des activités isouïennes fût-ce pour la défense de l'I.L.

– Exclusion de quiconque publiant sous son nom une œuvre commerciale.

Pour solde de tout compte.

À Aubervilliers, le 7 XII 52

Jean-Louis Brau, Serge Berna,
Guy-Ernest Debord, Gil J Wolman

1953

Inscription rue de Seine

Programme préalable au mouvement situationniste

1963

Cette inscription, sur un mur de la rue de Seine, remonte aux premiers mois de 1953 (une inscription voisine qui relève de la politique traditionnelle aide à dater avec la plus sûre objectivité le tracé de celle qui nous intéresse : appelant à une manifestation contre le général Ridgway, elle ne peut donc être postérieure à mai 1952). L'inscription que nous reproduisons ici semble être la plus importante trace jamais relevée sur le site de Saint-Germain-des-Prés, comme témoignage du mode de vie particulier qui a tenté de s'affirmer là.

Légende parue en janvier 1963 dans la revue *Internationale situationniste* n° 8.

La manifestation contre la venue à Paris de l'ancien général en chef des forces armées en Corée, nouveau commandant suprême des forces alliées en Europe, eut lieu le 28 mai 1952.

1963

Lettre restée sans réponse (*Correspondance*, vol. 2, Fayard, 2001, p. 244-247).

Au Cercle de la Librairie
117, bd Saint-Germain
Paris 6e

Paris, le 27 juin 1963

Messieurs,

L'imprimerie Bernard me communique votre lettre du 21 juin 1963 par laquelle vous réclamez 300 F d'indemnité pour un cas de non-observation de la loi sur la propriété artistique. Le numéro 8 de notre revue contient en effet, page 42, la photographie d'une inscription sur un mur, « NE TRAVAILLEZ JAMAIS », photographie tirée d'une carte postale de Monsieur Buffier, dont le nom n'est pas mentionné, et à qui nulle autorisation de reproduction n'a été préalablement demandée.

Il se trouve que je suis personnellement l'auteur de cette inscription rue de Seine, dont l'origine pourrait être, s'il le fallait, établie par dix ou quinze témoins directs : vous concevrez que, dans ces conditions, de bonne foi, je n'ai pas cru devoir solliciter une autorisation préalable de reproduction, même si celle-ci devait être évidemment moins onéreuse que la somme que vous fixez maintenant (d'après le barème établi en avril 1962 par les Syndicats de presse, pour les périodiques tirant à moins de 10 000 exemplaires, la reproduction photographique inférieure à la demi-page se paie 20 F).

Je ne saurais trop approuver votre défense de la propriété artistique, trop souvent bafouée. Je voudrais vous faire remarquer à ce propos que la photo publiée dans *Internationale situationniste* est recadrée de manière à ne plus reproduire que la partie de la carte postale de Monsieur Buffier qui concerne le document proprement dit (l'inscription elle-même), ceci en excluant rigoureusement les caractéristiques qui confèrent à cette carte postale l'empreinte artistique appartenant en propre à Monsieur Buffier. À savoir le cadrage qu'il a choisi, et d'autre part le titre qu'il a donné à ce sujet, les cartes postales de cette série comprenant toutes, dans la partie inférieure gauche de l'image, une inscription intégrée qui en commente le sens (dans ce cas : « Les conseils superflus »). Quant au troisième élément qu'il est convenu de faire entrer en compte pour mesurer la responsabilité artistique d'une photographie, je veux dire le choix du sujet, il paraît que sur ce point je peux prétendre à une propriété créative qui balance et sans doute éclipse le mérite du goût artistique de Monsieur Buffier, limité en cette circonstance à un simple choix reproductif.

Pour aller au fond de cette question de propriété artistique, laissez-moi vous assurer que je ne prétends nullement revendiquer une part des recettes de la vente de cette carte postale, ou des indemnités que pourrait rapporter sa reproduction sans autorisation préalable, ici ou là. Mais il y a un autre aspect, à mon sens plus important. L'inscription en cause a été faite autrefois, et sans équivoque est présentée maintenant par le mouvement d'avant-garde situationniste (cf. la légende de cette illustration, page 42 de notre revue), comme un signe sérieux du climat artistique d'une époque, et comme un moment dans le développement des théories de ce mouvement artistique, théories qui prétendent à quelque sérieux. Or, Monsieur Buffier, par son interprétation personnelle de cette inscription, laquelle justement ne figure aucunement dans *Internationale situationniste* n° 8, la répand sous une forme humoristique. Le titre de Monsieur Buffier est en effet « Les conseils superflus ». Attendu qu'il est notoire que la grande majorité des gens travaille ; et que ledit travail est imposé à la quasi-totalité de ces travailleurs, en dépit de leurs plus vives répulsions, par une écrasante contrainte, le slogan NE TRAVAILLEZ JAMAIS ne peut en aucun cas être considéré comme un « conseil superflu » ; ce terme de Monsieur Buffier impliquant qu'une telle prise de position est déjà suivie sans autre forme de procès par tout le monde, et donc jetant le plus ironique discrédit sur mon inscription, et par voie de conséquence ma pensée et celle du mouvement situationniste dont j'ai l'honneur de diriger actuellement la revue en langue française.

Au cas donc où cette question ne pourrait être réglée comme vous le dites, à l'amiable, il me semble que, contraint de faire la preuve que l'original de cette inscription doit m'être attribué, je serais fondé à exiger qu'on retire de la vente les cartes postales qui en présentent l'interprétation fallacieusement humoristique de Monsieur Buffier, à tout le moins jusqu'à ce qu'il y fasse imprimer en surplus une mention reconnaissant les intentions sérieuses du premier auteur.

Quant au règlement à l'amiable, que je préfère, il me semble que ses modalités dépendent d'abord de la position qu'adoptera Monsieur Buffier quand il aura pris connaissance de ce supplément d'information, que je vous prie de bien vouloir lui transmettre, sur nos droits et devoirs réciproques dans cette affaire.

Je vous prie de croire, Messieurs, à mes sentiments distingués.

Guy Debord

•••

1994

Mot adressé le 25 août 1994 au dos d'une carte reprenant la photographie de l'inscription « Ne travaillez jamais ». Marc Dachy a reproduit cette photo en octobre 1994 dans son ouvrage *Dada & les dadaïsmes.*

Cher Marc Dachy,

Je vous donne volontiers l'autorisation de reproduire ce que je considère comme la plus belle de mes œuvres de jeunesse ; et en tout cas celle qui s'est toujours confirmée comme la plus sérieuse.

Bien cordialement,

G. Debord

INTERNATIONALE LETTRISTE

N°.2

manifeste

la provocation lettriste sert toujours à passer le temps.lapensée révolutionnaire n'est pas ailleurs.nous poursuivons notre petit tapage dans l'au-delà restreint de la littérature,et faute de mieux.c'est naturellement pour nous manifester que nous écrivons des manifestes.la désinvolture est une bien belle chose.mais nos désirs étaient périssables et décevants.la jeunesse est systématique, comme on dit.les semaines se propagent en ligne droite.nos rencontres sont au hasard et nos contacts précaires s'égarent derrière la défense fragile des mots.La terre tourne comme si de rien n'était.pour tout dire, la condition humaine ne nous plait pas.nous avons congédié isou qui croyait à l'utilité de laisser des traces.tout ce qui maintient quelque chose contribue au travail de la police. car nous savons que toutes les idées ou les conduites qui existent déjà sont insuffisantes.la société actuellese divise donc seulement en lettristes et en indicateurs,dont andré breton est le plus notoire.il n'y a pas de nihilistes,il n'y a que des impuissants.presque tout nous est interdit.le détournement de mineures et l'usage des stupéfiants sont poursuivis comme, plus généralement,tous nos gestes pour dépasser le vide.plusieurs de nos camarades sont en prison pour vol.nous nous élevons contre les peines infligées à des personnes qui ont pris conscience qu'il ne fallait absolument pas travailler.nous refusons la discussion.les rapports humains doivent avoir la passion pour fondement,sinon la terreur.

sarah abouaf,serge berna, p.j.berlé, jean-l.brau, leibé
midhou dahou, guy-ernest debord, linda. françoise
lejare, jean-michel mension, éliane papai, gil j wolman

notice pour la fédération française des ciné-clubs

éclaircissements sur le film "hurlements en faveur de sade".
le spectacle est permanent.l'importance de l'esthétique fait encore,après boire, un assez beau sujet de plaisanteries.nous sommes sortis du cinéma.le scandale n'est que trop légitime.jamais je ne donnerai d'explications.maintenant tu es toute seule avec nos secrets. A L'ORIGINE D'UNE BEAUTE NOUVELLE et plus tard dans le grand désert liquide et borné de l'allée des cygnes (tous les arts sont des jeux médiocres et qui ne changent rien) son visage était découvert pour la première fois de cette enfance qu'elle appelait sa vie.les conditions spécifiques du cinéma permettaient d'interrompre l'anectode par des masses de silence vide. tous les parfums de l'arabie.l'aube de villennes. A L'ORIGINE D'UNE BEAUTE NOUVELLE. mais il n'en sera plus question.tout cela n'était pas vraiment intéressant. il s'agit de se perdre.

guy ernest debord.

liberté PROVISOIRE

bien sur la nuit tu rêves si tu pouvais toujours dormir mais la vie menace à chaque angle il y a des flics et des indics dans les bistros les filles de ton âge sont marquées par la jeunesse.

gil j wolman

extraits de la presse à propos de l'affaire chaplin.

les feux de la rampe ont fait fondre le fard du soit disant mime génial et l'on ne voit plus qu'un vieillard sinistre et intéressé.(finis les pieds plats-

29/10/52.tract lancé par l'internationale lettriste à la réception de chaplin à Paris).

les lettristes signataires du tract contre chaplin sont seuls responsables du contenu outrancier et confus (jean isidore isou. combat 1/11/52.)

nous croyons que l'exercice le plus urgent de la liberté est la destruction des idoles,surtout quand elles se recommandent de la liberté...les indignations diverses nous indiffèrent.il n'y a pas de degrés parmi les réactionnaires.nous les abandonnons à toute cette foule anonyme et choqués.(position de l'internationale lettriste.combat 2/11/52)

nous nous passionnons si peu pour les littérateurs et leurs tactiques que l'incident est presque oublié;que c'est vraiment comme si jean isidore isou ne nous avait rien été..(guy ernest debord-mort d'un commis-voyageur-internationale lettriste N°1)

"charlot" emporte la médaille d'or du cent cinquantenaire de la préfecture de police que lui a décerné hier après-midi mr.jean baylot,ainsi qu'un baton blanc-breloque qu'il a suspendu à sa boutonnière.(charlie chaplin quitte paris-france-soir 10/11/52).

grève générale

il n'y a aucun rapport entre moi et les autres.le monde commence le 24 septembre 1934.j'ai dix huit ans, le bel âge des maisons de correction et le sadisme a enfin remplacé dieu. la beauté de l'homme est dans sa destruction.je suis un rêve qui aimerait son rêveur.tout acte est lacheté parce que justification.je n'ai jamais rien fait.le néant perpétuellement cherché, ce n'est que notre vie. descartes a autant de valeur qu'un jardinier.il n'y a qu'un mouvement possible: que je sois la peste et décerne les bubons.tous les moyens sont bons pour s'oublier:suicide,peine de mort,drogue,alcoolisme,folie.mais il faudrait aussi abolir les porteurs d'uniformes,les filles de plus de quinze ans encore vierges les êtres réputés sains et leurs prisons.si nous sommes quelques uns prêts à tout risquer,c'est parce que nous savons maintenant que l'on a jamais rien à risquer et à perdre.aimer ou ne pas aimer tel ou telle, c'est exactement la même chose.

jean michel mension.

fragments de recherches pour un comportement prochain.

la nouvelle génération ne laissera plus rien au hasard

gil j wolman

de toutes façons on n'en sortira pas vivants

jean michel mension

l'internationale lettriste veut la mort,légèrement différée,des arts.

serge berna.

délibérémant au-delà du jeu limité des formes,la beauté nouvelle sera DE SITUATI

guy ernest debord.

INTERNATIONALE
LETTRISTE

Internationale lettriste n° 2 • février 1953

Manifeste écrit le 19 février 1953.

MANIFESTE

La provocation lettriste sert toujours à passer le temps. La pensée révolutionnaire n'est pas ailleurs. Nous poursuivons notre petit tapage dans l'au-delà restreint de la littérature, et faute de mieux. C'est naturellement pour nous manifester que nous écrivons des manifestes. La désinvolture est une bien belle chose. Mais nos désirs étaient périssables et décevants. La jeunesse est systématique, comme on dit. Les semaines se propagent en ligne droite. Nos rencontres sont au hasard et nos contacts précaires s'égarent derrière la défense fragile des mots. La Terre tourne comme si de rien n'était. Pour tout dire, la condition humaine ne nous plaît pas. Nous avons congédié Isou qui croyait à l'utilité de laisser des traces. Tout ce qui maintient quelque chose contribue au travail de la police. Car nous savons que toutes les idées ou les conduites qui existent déjà sont insuffisantes. La société actuelle se divise donc seulement en lettristes et en indicateurs, dont André Breton est le plus notoire. Il n'y a pas de nihilistes, il n'y a que des impuissants. Presque tout nous est interdit. Le détournement de mineures et l'usage des stupéfiants sont poursuivis comme, plus généralement, tous nos gestes pour dépasser le vide. Plusieurs de nos camarades sont en prison pour vol. Nous nous élevons contre les peines infligées à des personnes qui ont pris conscience qu'il ne fallait absolument pas travailler. Nous refusons la discussion. Les rapports humains doivent avoir la passion pour fondement, sinon la Terreur.

Sarah Abouaf, Serge Berna, P.-J. Berlé, Jean-L. Brau, [René] Leibé, Midhou Dahou, Guy-Ernest Debord, Linda [Fried], Françoise Lejare, Jean-Michel Mension, Éliane Pápaï, Gil J Wolman.

Pages précédentes :

Internationale lettriste n° 2, feuille ronéotypée recto verso, février 1953.

Fragments de recherches pour un comportement prochain

Délibérément au-delà du jeu limité des formes, la beauté nouvelle sera DE SITUATION

Guy-Ernest Debord

LETTRE À HERVÉ FALCOU

Dernière lettre à Hervé Falcou, le 24 février 1953 (reproduite en fac-similé dans *Le marquis de Sade*, *op. cit.*, p. 124-125).

Lundi matin

Mon cher Hervé,

Je quitte Paris ce soir, avec l'intention de passer environ 3-4 mois à Cannes, pour me remettre d'un certain épuisement physico-moral où toutes les histoires de ces derniers temps m'ont mené.

J'espère que pour toi ça va mieux.

En attendant, et m'autorisant de nos dernières conversations et de ta lettre, j'ai fait mettre ta signature sur notre tract dont je te communiquerai des exemplaires dès que possible.

Sur 12 signataires, 2 sont en prison, 2 filles mineures sont recherchées, une autre en liberté provisoire pour trafic de stupéfiants, Brau et sa femme sont en voyage du côté d'Alger – De sorte qu'en cas de très improbables ennuis policiers, tout le monde peut renier sa signature qui a été mise sans consultation préalable, et en tenant compte seulement d'une participation générale à l'esprit moderne.

Les responsables sont Jean-Michel Mension, Wolman et moi-même.

Je crois que ce tract est très bon, comme marque d'un stade, d'ailleurs transitoire, de notre agitation intellectuelle.

Si tu veux prendre contact avec les lettristes qui stationnent à Paris en ce moment, tu sais où les joindre. Mais je crois que toute cette action va être en sommeil pendant quelque temps ; et je leur ai dit que tu étais en voyage, cherchant à te remettre de ta fameuse chute en Autriche.

J'espère que nous nous verrons cet été (je reviendrai vers juin, et peut-être passerai-je les vacances à Cannes mais seulement si c'est avec certaines personnes et à l'exclusion de mes parents).

J'aimerais que tu m'écrives, si tu t'en sens le courage – villa Meteko, avenue Isola-Bella, Cannes.

Je sais que je vais avoir là-bas bien du temps *vide*, mais il me semble que c'est nécessaire. Je suis proche d'un écroulement total, nerveux principalement. Les cuites ininterrompues et divers autres divertissements compliquent les difficultés métaphysiques de toujours singulièrement aggravées.

Mais il me semble – pas à toutes les heures – que nous ne sommes pas mûrs pour le suicide, et qu'il y a des multitudes de choses à faire, si on dépasse certaines barrières ET SANS RENONCER À RIEN du mépris ou du refus que nous avons sincèrement affirmé à propos de presque tout.

Nous avons été des enfants terribles. Si nous parvenons à « l'âge d'homme », nous serons des hommes dangereux.

Je suis passé ce matin au pont Mirabeau. Le prestige de Guillaume s'en va un peu comme cette eau courante (il lui en reste) mais je me souviens de t'avoir un jour retrouvé sur ce pont, qui est aussi fondé à prétendre à une nouvelle jeunesse historique.

« Nous fûmes ces gais terroristes » n'est-ce pas ? J'ai lu hier par hasard dans un Cendrars *La Prose du Transsibérien* et c'est encore très beau – mais à la Bichetouse...

L'autre jour une expédition lettriste a empêché la projection au ciné-club dit des « Amis du Cinéma » d'un pseudo-film « illettriste » *Le Squelette sadique* (d'un prétendu René-Guy Babord). Le raffut a été très drôle. Nous avons pris le directeur comme otage et l'avons contraint sous la menace à faire renvoyer les flics qu'il avait envoyé chercher.

J'espère donc te lire à Cannes, et à un avenir de luttes communes, camarade.

Très amicalement,

Guy

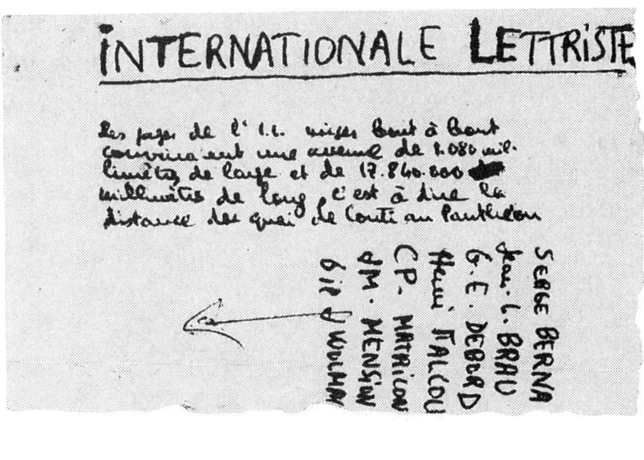

Carton manuscrit, 1953 (reproduit dans *Le marquis de Sade*, *op. cit.*, p. 126).

Tract distribué en avril 1953 : le lettriste Pierre-Joël Berlé, qui se promenait de nuit dans les catacombes, est condamné à une peine de prison pour vagabondage et vol de plomb. Il sera acquitté en appel.

Touchez pas aux lettristes

À la suite d'on ne sait quelles provocations, Pierre-Joël Berlé vient d'être arrêté.

Il est inculpé d'intrusion dans les catacombes, dans le but d'y dérober du plomb.

Nous nous refusons à prendre au sérieux ce chef d'accusation.

Les vrais mobiles de cette affaire sont évidemment autres.

Résolu à défendre la liberté d'expression en France, nous réclamons l'élargissement immédiat de P.-J. Berlé, et la cessation des poursuites.

Au demeurant, nous approuvons tous les actes de notre camarade.

On ne saurait être lettriste innocemment.

Pour l'Internationale lettriste :
Bull Dog Brau
Hadj Mohamed Dahou
Guy-Ernest Debord
Gaëtan M. Langlais
René Leibé
Jean-Michel Mension
Gil J Wolman

Ci-contre :

Internationale lettriste n° 3, août 1953, feuillet imprimé au recto (47 x 27 cm), de telle sorte qu'il puisse être affiché. Guy Debord en était le rédacteur en chef et B. D. (Jean-Louis) Brau le directeur-gérant. « Tout article publié engage la responsabilité de l'ensemble des collaborateurs de ce numéro », est-il précisé.

internationale lettriste

Il faut Recommencer La Guerre en Espagne

Voilà déjà quinze ans que Franco s'accroche au pouvoir, salit cette part de notre avenir que nous avons laissé perdre avec l'Espagne. Les églises que nos amis ont brûlé dans ce pays sont reconstruites, et les bagnes refermés sur les meilleurs de nous. Le Moyen-Age commence à la frontière, et notre silence l'affermit.
Il faut cesser d'envisager cette situation d'une manière sentimentale, ne plus laisser les intellectuels de gauche s'en amuser. C'est uniquement une question de force.
Nous demandons aux partis révolutionnaires prolétariens d'organiser une intervention armée pour soutenir la nouvelle révolution dont on a vu récemment les prodromes à Barcelone, révolution qui devra cette fois ne pas être détournée de ses fins.

Pour l'Internationale lettriste :
P.J. Berlé, Bull D. Brau, Hadj Mohamed Dahou, Guy-Ernest Debord, Gaëtan M. Langlais, Jean-Michel Mension, Gil J Wolman.

Pour en finir avec le Confort Nihiliste

Nous savons que toutes les réalités nouvelles sont elles-mêmes provisoires, et toujours trop peu pour nous suffire. Nous les défendons parce que nous ne nous connaissons rien de mieux à faire ; et parce qu'est, en somme, notre métier.
Mais l'indifférence ne nous est pas permise devant les étouffantes valeurs du présent ; quand elles sont garanties par une Société de prisons, et quand nous vivons devant les portes des prisons.
Nous ne voulons à aucun prix participer, accepter de nous taire, accepter.
Ne serait-ce que par orgueil, il nous déplait de ressembler à trop de gens.
Le vin rouge et la négation dans les cafés, les vérités premières du désespoir ne seront pas l'aboutissement de ces vies si difficiles à défendre contre les pièges du silence, les cent manières de SE RANGER.
Au-delà de ce manque toujours ressenti, au-delà de l'inévitable et inexcusable déperdition de tout ce que nous avons aimé, le jeu se joue encore, nous sommes. Toute forme de propagande sera donc bonne.
Nous avons à promouvoir une insurrection qui nous concerne, à la mesure de nos revendications.
Nous avons à témoigner d'une certaine idée du bonheur même si nous l'avons connue perdante, idée sur laquelle tout programme révolutionnaire devra d'abord s'aligner.

Guy-Ernest DEBORD.

Allez-y voir vous-mêmes

Après « L'Anticoncept » (Wolman), « Hurlements en faveur de Sade » (G.-E. Debord) et « La Barque de la vie courante » (Brau), l'Internationale Lettriste tourne actuellement quatre nouveaux films :
FAUT M'AVOIR CE MEC et ORAISON FUNEBRE, de Gil J Wolman.
LA CITADELLE, de Bull D. Brau.
LA BELLE JEUNESSE, mis en scène par Guy-Ernest Debord, assisté Gaëtan Langlais.

Acte Additionnel à la Constitution d'une Internationale Lettriste

Au début de juin, le « cercle international de recherches esthétiques Paul Valéry » avait organisé au dancing Bagatelle une séance contradictoire au cours de laquelle Isou devait présenter sa défense. L'Internationale Lettriste refusa d'engager le débat et fit lire la déclaration suivante, cependant qu'un piquet d'intervention interdisait l'entrée de la salle à l'Hervé Bazin de l'avant-garde.

Nous refusons la discussion qui nous est proposée maintenant. Les rapports humains doivent avoir la passion pour fondement, sinon la Terreur.
En se plaçant délibérément sur le terrain de la basse police, Isidore Isou a rendu tout dialogue impossible.
Nous avons reconnu la valeur de sa critique des arts, mais en suspectant ses mobiles mystico-giratoires.
Les problèmes dépassés que tente de remuer ce sous-kafka des urinoirs ne nous détourneront pas de notre but : un bouleversement définitif de l'Esthétique et, au-delà de l'Esthétique, de tout comportement.

Pour l'Internationale Lettriste :
Bull D. Brau, Guy-Ernest Debord, Gaëtan M. Langlais, Gil J Wolman.

Totem et Tabou

Présenté le 11 février 1952 et immédiatement interdit par la Censure pour des motifs demeurés vagues, le premier film de Gil J Wolman « L'ANTICONCEPT » n'a pu être revu, depuis, même en exploitation non commerciale.
Ce film qui marque un tournant décisif du Cinéma est défendu au public par une Commission composée de pères de familles et de colonels de gendarmerie.
Quand on ajoute à l'aveuglement professionnel du critique les pouvoirs du flic, les imbéciles interdisent ce qu'ils ne comprennent pas.
« L'ANTICONCEPT » est en vérité plus chargé d'explosifs pour l'intelligence que l'ennuyeux camion du « SALAIRE DE CLOUZOT » ; plus offensif aujourd'hui que les images d'Eisenstein dont on a eu si longtemps peur en Europe.
Mais le côté le plus ouvertement menaçant d'une telle œuvre est de contester absolument les critères et les périssables convenances de ces pères de familles et de ces colonels de gendarmerie ; de rester, à l'origine des troubles qui viendront, quand les censeurs fantoches seront oubliés.

Guy-Ernest DEBORD.

Le scandale n'est pas qu'on se tue, c'est qu'on nous fasse vivre comme ça.

Jean-Michel MENSION.

Manifeste Du Groupe Algérien De L'Internationale Lettriste

Nul ne meurt de faim, ni de soif, ni de vie. On ne meurt que de renoncement.
La société moderne est une société de flics. Nous sommes révolutionnaires parce que la police est la force suprême de cette société. Nous ne sommes pas pour une autre société parce que la police est la force suprême de toute société. Nous ne sommes pas nihilistes parce que nous n'accordons aucun pouvoir au rien.
Nous sommes lettristes en attendant parce que, **faute de mieux.** Nous avons pris conscience du caractère éminemment régressif de tout travail salarié. La non-résolution de problèmes complexes détermine une période d'attente dans laquelle tout acte pragmatique constitue une lâcheté car **la vie doit être asymptotique et bénévolente.**
Nous sommes au demeurant des génies, sachez-le une fois pour toutes.
Alger, avril 1953 :

HADJ MOHAMED DAHOU,
CHEIK BEN DHINE,
AIT DJAFER.

A la Recherche De l'Asymptote

(*Fragments*)

Il y a quelques semaines, les journaux annonçaient en cinq ou six lignes qu'en étudiant des clichés obtenus dans certaines conditions, un groupe d'universitaires américains avait constaté que la vitesse de la lumière était variable.
En février 1950, Einstein écœuré par l'incertitude scientifique adoptait le dieu harmonisateur de Spinoza, déclarant dans la préface de la troisième édition de « Meaning of relativity » qu'il ne pouvait admettre que « Dieu joue aux dés avec le Cosmos ».
Partant de la théorie des « quantas » Werner Heisenberg affirme le principe de l'incertitude, rejetant la trinité — immuable, pensait-on — de toute science : la continuité, le déterminisme et la causalité.
Le seul principe d'investigation scientifique est, en fin de compte, le calcul des probabilités. Les sciences dites exactes se voient violentées, après coup, à la suite de chaque découverte et acceptent l'humour détourné comme moyen de connaissance. (N'ont-elles pas eu leur Lautréamont en Evariste Gallois ?)
La biologie de Pavlov et la génétique mitchourinienne infirment toute règle et introduisent dans ces disciplines l'empirisme artisanal des plasticiens.
Chaque fois qu'une école littéraire apportait une idée nouvelle de la beauté, ses manifestes prêtaient à sourire alors qu'il ne s'agissait que de domaines — pouvait-on croire — rhétoriques. Quelle attitude sied-elle devant ce renversement des vérités ?
La philosophie, de combinaison d'idées est devenue combinaison de mots. « On ne pense plus, on compile On ne crée plus, on collationne les mots vides. Les systèmes se traduisent les uns des autres par synonimie et truquage. » La philosophie est science morte.
Toute activité est d'*Avant-Garde* dans sa phase de valabilité. La consécration (phase de compréhension) est ponctuelle, passage immédiat de l'élaboré au consommé, de l'individuel au foulique.
L'Atonalisme de Schoenberg se retrouve dans les mambos d'Eddie Warner, l'éclatement de l'Objet par Picasso, dans les affiches de Colin et la poétique d'Eluard dans les slogans publicitaires.
Si tant est que, porteurs de certaines idées sur l'expression ou le comportement, nous avons investi l'Esthétique, ce ne fut pas par un choix arbitraire. Si les mathématiques ou la physique avaient gardé un peu de sérieux, nous aurions été mathématiciens ou physiciens.

Bull D. BRAU.

Les Chinoises pour Gaëtan.

Gaëtan M. LANGLAIS.

Vagabondage Spécial

Ecœurants et fornicatoires comme un couple d'inspecteurs en civil, Dédé Breton et le « Soulèvement de la Jeunesse » continuent un flirt assez poussé. Cela avait commencé par un article d'un certain François Du... dans le bulletin d'informations surréalistes ; cela doit continuer par la collaboration de Dédé-les-Amourettes au « Soulèvement ».
Quand Beylot remplace Nadja, le voilà l'amour fou... En 1927, les surréalistes demandaient la liberté de Sacco et Vanzetti ; en 1953 il se commettent avec une publication qui tire ses subsides des Renseignements Généraux et de l'Ambassade américaine.
Les Lettristes écrivaient déjà en 1947 : « ... d'ailleurs Breton n'a jamais prétendu être un bon stratège : il s'est offert, lui et sa génération, à toutes les croyances, à tous les espoirs, à toutes les boutiques. On n'a pas su le prendre et il est resté. »
Mais les faits et gestes du vieux beau sur le retour ne nous intéressent plus. Il n'est pas question de mettre en cause le Surréalisme de l'âge d'or. Il faut seulement séparer certaines valeurs déjà historiques de l'activité sénile du partisan chauve du mac-carthysme, de l'actionnaire de l'assassinat des Rosenberg.

Internationale Lettriste.

Dimensions du Langage

Le récit se poursuit dans tous les sens. Après les premières ébauches de l'écriture métagraphique, une expression illimitée s'offre à nous, très au delà de l'explosion verbale que James Joyce a menée à bien.
Ecrit avec des photos et des fragments de journaux collés sur des bouteilles de rhum, le roman tridimensionnel de G.-E. Debord, HISTOIRE DES GESTES, laisse au gré du lecteur la suite des idées, le fil perdu d'un labyrinthe d'anecdotes simultanées.
Les « NOUVELLES SPATIALES » de Bull D. Brau trouvent la composante des vecteurs de la dynamique conceptuelle. Les lettres cinématiques préfigurent le caractère ontologique de la réversibilité du concept. « il s'agit de discerner les lettres qualitatives qui sont le corps même du concept, au delà de leur ordre accidentel d'assemblage ». (Brau)
Gaëtan M. Langlais mettant en présence les différents paragraphes de JOLIE COUSETTE avance vers celui de nos résultats sans doute le plus décisif pour l'avenir de la communication : le détournement des phrases.

Principes d'un Théâtre Nouveau

Notre camarade Hadj Mohamed Dahou, dont on n'a pas oublié la courageuse intervention à propos des massacres de Sétif, achève actuellement dans le sud-algérien sa pièce LA MITE QUI NE S'ATTAQUE QU'A LA LAINE DES ORPHELINS, bouleversement total de la représentation théâtrale, où la phrase est considérée comme unité scénique.

Tout article publié engage la responsabilité de l'ensemble des collaborateurs de ce numéro.
Internationale Lettriste N° 3.
Août 1953.
50 *francs.*
Directeur-Gérant : B.-D. BRAU.
Rédacteur en chef : G.-E. DEBORD.
1, *rue Racine - Paris* (6e).
Dépôt légal 3e tri. 1953
Imp. Spéciale de l'Internationale Lettriste

Internationale lettriste n° 3 • août 1953

IL FAUT RECOMMENCER LA GUERRE EN ESPAGNE

Voilà déjà quinze ans que Franco s'accroche au pouvoir, salit cette part de notre avenir que nous avons laissé perdre avec l'Espagne. Les églises que nos amis ont brûlées dans ce pays sont reconstruites, et les bagnes refermés sur les meilleurs de nous. Le Moyen Âge commence à la frontière, et notre silence l'affermit.

Il faut cesser d'envisager cette situation d'une manière sentimentale, ne plus laisser les intellectuels de gauche s'en amuser. C'est uniquement une question de force.

Nous demandons aux partis révolutionnaires prolétariens d'organiser une intervention armée pour soutenir la nouvelle révolution dont on a vu récemment les prodromes à Barcelone, révolution qui devra cette fois ne pas être détournée de ses fins.

Pour l'Internationale lettriste :
P.J. Berlé, Bull D. Brau, Hadj Mohamed Dahou,
Guy-Ernest Debord, Gaëtan M. Langlais,
Jean-Michel Mension, Gil J Wolman.

POUR EN FINIR AVEC LE CONFORT NIHILISTE

Nous savons que toutes les réalisations nouvelles sont elles-mêmes provisoires, et toujours trop peu pour nous suffire. Nous les défendons parce que nous ne nous connaissons rien de mieux à faire ; et parce que c'est, en somme, notre métier.

Mais l'indifférence ne nous est pas permise devant les étouffantes valeurs du présent ; quand elles sont garanties par une Société des prisons, et quand nous vivons devant les portes des prisons.

Nous ne voulons à aucun prix participer, accepter de nous taire, accepter.

Ne serait-ce que par orgueil, il nous déplaît de ressembler à trop de gens.

Le vin rouge et la négation dans les cafés, les vérités premières du désespoir ne seront pas l'aboutissement de ces vies si difficiles à défendre contre les pièges du silence, les cent manières de SE RANGER.

Au-delà de ce manque toujours ressenti, au-delà de l'inévitable et inexcusable déperdition de tout ce que nous avons aimé, le jeu se joue encore, nous sommes. Toute forme de propagande sera donc bonne.

Nous avons à promouvoir une insurrection qui nous concerne, à la mesure de nos revendications.

Nous avons à témoigner d'une certaine idée du bonheur même si nous l'avons connue perdante, idée sur laquelle tout programme révolutionnaire devra d'abord s'aligner.

Guy-Ernest Debord

ACTE ADDITIONNEL À LA CONSTITUTION D'UNE INTERNATIONALE LETTRISTE

Au début de juin, le « cercle international de recherches esthétiques Paul Valéry » avait organisé au dancing Bagatelle une séance contradictoire au cours de laquelle Isou devait présenter sa défense. L'Internationale lettriste refusa d'engager le débat et fit lire la déclaration suivante, cependant qu'un piquet d'intervention interdisait l'entrée de la salle à l'Hervé Bazin de l'avant-garde.

Nous refusons la discussion qui nous est proposée maintenant. Les rapports humains doivent avoir la passion pour fondement, sinon la Terreur.

En se plaçant délibérément sur le terrain de la basse police, Isidore Isou a rendu tout dialogue impossible.

Nous avons reconnu la valeur de sa critique des arts, mais en suspectant ses mobiles mystico-giratoires.

Les problèmes dépassés que tente de remuer ce sous-kafka des urinoirs ne nous détourneront pas de notre but : un bouleversement définitif de l'Esthétique et, au-delà de l'Esthétique, de tout comportement.

Pour l'Internationale lettriste :
Bull D. Brau, Guy-Ernest Debord,
Gaëtan M. Langlais, Gil J Wolman.

TOTEM ET TABOU

Présenté le 11 février 1952 et immédiatement interdit par la Censure pour des motifs demeurés vagues, le premier film de Gil J Wolman *L'ANTICONCEPT* n'a pu être revu, depuis, même en exploitation non commerciale.

Ce film qui marque un tournant décisif du Cinéma est défendu au public par une Commission composée de pères de famille et de colonels de gendarmerie.

Quand on ajoute à l'aveuglement professionnel du critique les pouvoirs du flic, les imbéciles interdisent ce qu'ils ne comprennent pas.

L'ANTICONCEPT est en vérité plus chargé d'explosifs pour l'intelligence que l'ennuyeux camion du *SALAIRE DE CLOUZOT* ; plus offensif aujourd'hui que les images d'Eisenstein dont on a eu si longtemps peur en Europe.

Le Salaire de la peur, d'Henri Georges Clouzot, sorti sur les écrans le 15 avril 1953.

Mais le côté le plus ouvertement menaçant d'une telle œuvre est de contester absolument les critères et les périssables convenances de ces pères de famille et de ces colonels de gendarmerie ; de rester, à l'origine des troubles qui viendront, quand les censeurs fantoches seront oubliés.

Guy-Ernest Debord

VAGABONDAGE SPÉCIAL

Écœurants et fornicatoires comme un couple d'inspecteurs en civil, Dédé Breton et le *Soulèvement de la jeunesse* continuent un flirt assez poussé. Cela avait commencé par un article d'un certain François Du... dans le bulletin d'informations surréalistes ; cela doit continuer par la collaboration de Dédé-les-Amourettes au *Soulèvement*.

Quand Beylot remplace Nadja, le voilà l'amour fou... En 1927, les surréalistes demandaient la liberté de Sacco et Vanzetti ; en 1953, ils se commettent avec une publication qui tire ses subsides des Renseignements généraux et de l'Ambassade américaine.

Les Lettristes écrivaient déjà en 1947 : « ... d'ailleurs Breton n'a jamais prétendu être un bon stratège : il s'est offert, lui et sa génération, à toutes les croyances, à tous les espoirs, à toutes les boutiques. On n'a pas su le prendre et il est resté ».

Mais les faits et gestes du vieux beau sur le retour ne nous intéressent plus. Il n'est pas question de mettre en cause le Surréalisme de l'âge d'or. Il faut seulement séparer certaines valeurs déjà historiques de l'activité sénile du partisan chauve du maccarthysme, de l'actionnaire de l'assassinat des Rosenberg.

Internationale lettriste

Soulèvement de la jeunesse : « Magazine littéraire et cinématographique d'action apolitique » créé en juin 1952 par les lettristes François Dufrêne et Marc,O (Marc-Gilbert Guillaumin).

L'article de François Dufrêne, « Tuteurs à gages », avait paru dans *Médium* n° 4, en février 1953.

Jean Beylot, préfet de police de Paris de 1951 à 1954.

•••

L'oubli
est
notre
passion
dominante

Déclaration sur l'expérience de la dérive, 1953.

Épigraphe figurant au dernier chapitre du livre d'Asger Jorn *Pour la forme*, édité par l'Internationale situationniste en juillet 1958.
La *Déclaration sur l'expérience de la dérive* ne nous est connue que par cette épigraphe ; il n'est pas impossible qu'elle constitue à elle seule la totalité de cette déclaration.

Histoire des gestes

Une des bouteilles du roman tridimensionnel *Histoire des gestes* (1953) dans son état originel avec son volant directionnel.

« Le récit se poursuit dans tous les sens. Après les premières ébauches de l'écriture métagraphique, une expression illimitée s'offre à nous, très au-delà de l'explosion verbale que James Joyce a menée à bien. Écrit avec des photos et des fragments de journaux collés sur des bouteilles de rhum, le roman tridimensionnel de G.-E. Debord, *Histoire des gestes*, laisse au gré du lecteur la suite des idées, le fil perdu d'un labyrinthe d'anecdotes simultanées. »

Extrait de « Dimensions du langage », *Internationale lettriste* n° 3, août 1953.

MANIFESTE POUR UNE CONSTRUCTION DE SITUATIONS

Rédigé par Guy Debord en septembre 1953, le *Manifeste pour une construction de situations*, inédit, est composé de onze feuillets dactylographiés portant en tête l'inscription manuscrite : « Exemplaire spécialement corrigé à l'intention de Gil J Wolman, G E ».

Les gestes que nous avons eu l'occasion de faire étaient bien insuffisants, il faut en convenir.

On ne se passionne à propos des gens que pour les quitter bruyamment.

Nous nous sommes longtemps employés à obtenir des bouteilles vides, à partir de pleines. La grève générale s'est pourrie en trois semaines ; la reprise du travail marque une défaite de plus pour la Révolution en France. J'aurai vingt-deux ans dans trois mois. Perdre son temps. Gagner sa vie. Toutes les dérisions du vocabulaire. Et des promesses. Nous nous reverrons. Vous parlez.

Et Vincent Van Gogh dans son CAFÉ DE NUIT avec le vent fou dans les oreilles. Et Pascin qui s'est tué en disant qu'il avait voulu fonder une société de princes, mais que le quorum ne serait pas atteint. Et toi, écolière perdue ; ta belle, ta triste jeunesse ; et les neiges d'Aubervilliers.

L'univers en cours d'éclatement. Et nous allions d'un bar à l'autre en donnant la main à diverses petites filles périssables comme les stupéfiants dont naturellement nous abusions. Tout cela n'était que relativement drôle.

Mais que deviendra-t-elle dans tous les ports illuminés de l'été, dans tous les abandons du monde, dans le vieillissement du monde ?

ON S'EN SOUVIENDRA DE CETTE PLANÈTE. Si peu. Passons maintenant aux choses sérieuses.

Notre temps voit mourir l'Esthétique.

« Les arts commencent, s'élargissent et disparaissent, parce que des hommes insatisfaits dépassent le monde des expressions officielles, et les festivals de sa pauvreté. » (*Hurlements en faveur de Sade*. Juin 52.)

Depuis un siècle toute démarche artistique part d'une réflexion sur sa matière, aboutit à une réduction plus extrême de ses moyens (explosion finale du mot, ou de l'objet pictural. Le Cinéma a suivi le même processus, accéléré par le précédent des arts plus anciens).

L'isolement de quelques mots de Mallarmé sur le blanc dominant d'une page, la fuite qui souligne l'œuvre météorique de

Rimbaud, la désertion éperdue d'Arthur Cravan à travers les continents, ou l'aboutissement du Dadaïsme dans la partie d'Échecs de Marcel Duchamp sont les étapes d'une même négation dont il nous appartient aujourd'hui de déposer le bilan.

L'Esthétique, comme la Religion, pourra mettre longtemps à se décomposer. Mais les survivances n'ont pas d'intérêt. Nous devons simplement dénoncer l'espoir qui pourrait encore être placé dans ces solutions rétrogrades, et c'est le sens de notre manifestation contre Chaplin, en octobre 52.

L'Art Moderne pressent et réclame un au-delà de l'Esthétique, dont ses dernières variations formelles ne font qu'annoncer la venue. À cet égard l'importance du Surréalisme est d'avoir considéré la Poésie comme simple moyen d'approche d'une vie cachée et plus valable. Mais le matin ne garde que peu de traces des constructions oniriques inachevées. Les années passent bourgeoisement en attendant du « hasard objectif » d'improbables passantes, d'incertaines révélations.

Deux générations ne peuvent pas vivre sur le même stock d'illusions.

Le Lettrisme d'Isou a été une sorte de *Dadaïsme en positif*. Il propose une création illimitée d'arts nouveaux, sur des mécanismes admis. Dans l'inflation des valeurs expliquées, le dernier intérêt qui restait à ces disciplines s'en détache.

Les arts s'achèvent dans leurs dernières richesses, ou continuent pour le commerce.

« On créera chaque jour des formes nouvelles ; on ne se donnera plus la peine de les prouver, d'expliciter leur résistance par des *œuvres valables*... On ira plus loin afin de découvrir d'autres *sources séculaires* qu'on abandonnera, à leur tour, dans le même état de virtualité inexploitée. Le monde dégorgera de richesses esthétiques dont on ne saura quoi faire. » (Isou. *Mémoires sur les forces futures des arts plastiques et sur leur mort.* Mars 51.)

Après le procès de cet académisme idéaliste, et l'exclusion de ses tenants, j'écrivais :

« Tous les arts sont des jeux vulgaires, et qui ne changent rien. » (*Notice pour la Fédération française des ciné-clubs.* Novembre 52.)

Notre mépris pour l'Esthétique n'est pas choisi. Au contraire, nous étions plutôt doués pour « aimer ça ». Nous sommes arrivés à la fin. Voilà tout.

À la limite de l'Expression, que nous considérons dès maintenant comme une activité secondaire, les dernières formes découvertes participent à la fois d'une conscience claire de l'extrême usure de l'idée de communication, et d'une volonté d'intervention dans l'existence.

« Il voulait rénover l'amour par une technique filmique nouvelle. » (Gil J Wolman. *L'Anticoncept.* Février 52.)

Le Cinéma *anticonceptuel* de Wolman parvient à une œuvre muable par chaque réaction individuelle, au moyen d'une ambiance visuelle et d'un jeu vocal sans rapport avec le récit. L'Art avance alors, d'une forme donnée, vers un jeu en participation.

J'ai utilisé dans le film intitulé *Hurlements en faveur de Sade* (entreprise de terrorisme cinématographique) une majorité de *phrases détournées* : articles du Code civil, conversations anodines, ou citations d'auteurs connus, qui prennent une autre signification par leur *mise en présence.*

Le détournement des phrases est la première manifestation des *arts d'accompagnement* soumis à un autre but, dans lesquels nous voyons la seule utilisation du passé définitivement clos de l'Esthétique.

Dans la même direction Gaëtan M. Langlais a écrit *Jolie Cousette* avec diverses coupures de presse d'origine quelconque. Le non-rapport ne peut pas exister. Comme dans le rapprochement arbitraire d'une photo et d'un texte (illustration photographique des n°s 1 et 3 de l'*Internationale lettriste*) la juxtaposition de deux phrases crée forcément un nouvel ensemble, impose toujours une explication.

Le roman quadridimensionnel de Gilles Ivain « se passera dans une vingtaine d'ouvrages déjà publiés… il débordera des cadres du FAIT littéraire pour envahir et modifier violemment la vie par tous les moyens dont le plus simple sera à l'image du phénomène d'induction magnétique. Le roman sera un corpus quadridimensionnel de signes gravés et d'images-clefs. Le roman ébauchera de nouvelles mathématiques de situations ou ne sera pas. » (*Gillespie.* À paraître aux éditions Julliard.)

Notre action dans les arts n'est que l'ébauche d'une souveraineté que nous voulons avoir sur nos aventures, livrées à des hasards communs.

Ces œuvres en marche sont seulement des recherches pour une action directe dans la vie quotidienne.

Dans un univers pragmatique, l'intention profonde de l'Esthétique a été bien moins de *survivre* que de vivre absolument.

Avec nous vraiment « la poésie doit avoir pour but la vérité pratique ».

Le même souci d'*investir* les êtres et leurs cheminements domine toute cette fin de l'Esthétique, de la proclamation initiale de Wolman : « La nouvelle génération ne laissera plus rien au hasard » à la *métagraphie influentielle* de Gilles Ivain.

Le Décor nous comble et nous détermine. Même dans l'état actuel assez lamentable des constructions des villes, il est généralement très au-dessus des actes qu'il contient, actes enfermés dans les lignes imbéciles des morales et des efficacités primaires.

IL FAUT ABOUTIR À UN DÉPAYSEMENT PAR L'URBANISME, à un urbanisme non utilitaire, ou plus exactement conçu en fonction d'une autre utilisation.

La construction de cadres nouveaux est la condition première d'autres attitudes, d'autres compréhensions du monde.

Le même désir suit son cours souterrain dans plusieurs siècles d'efforts libérateurs, depuis les châteaux inaccessibles décrits par Sade jusqu'aux allusions des surréalistes à ces maisons compliquées de longs corridors assombris qu'ils auraient souhaité d'habiter.

Le charme – au sens le plus fort – que continuent d'exercer les grands châteaux du passé, les villages cernés de palissades des beaux temps du Far West, les maisons inquiétantes du port de Londres – caves communiquant avec la Tamise – ou les dédales des temples de l'Inde ne doit pas être abandonné à une faible évocation périodique dans les cinémas, mais utilisé dans des constructions nouvelles concrètes.

Le prestige des *Enfants terribles* sur toute une génération tient finalement au climat créé par une construction inusitée d'un lieu, et le parti pris d'y vivre exclusivement : une chambre abstraite, une ville chinoise aux murailles de paravents. « Une seule chambre île déserte entourée de linoléum » (page 163). Une phrase du livre révèle clairement toutes les chances d'aventures contenues dans une maison, à la suite d'une « erreur » dans les plans classiques de l'architecture : « Ils avaient remarqué une de ses vertus, et non la moindre : la galerie dérivait en tous sens, comme un navire amarré sur une seule ancre. Lorsqu'on se retrouvait dans n'importe quelle autre pièce il devenait impossible de la situer et, lorsqu'on y pénétrait, de se rendre compte de sa position par rapport aux autres pièces » (page 159).

La nouvelle architecture doit tout conditionner :

Une nouvelle conception de l'ameublement, de l'espace et de la décoration pour chaque pièce. Une nouvelle utilisation des sensations thermiques, des odeurs, du silence et de la stéréophonie. Une nouvelle image de la Maison (escaliers, caves, couloirs, ouvertures) qui va être étendue à la notion de *complexe architectural*, unité plus large que la maison actuelle, et qui sera la réunion de tous les bâtiments – nettement séparés de l'extérieur – contribuant à créer un climat, ou un heurt de plusieurs climats.

Parvenant alors à l'utilisation des autres arts, pris à n'importe lequel de leurs stades passés comme objets pratiques d'*accompagnement*, l'architecture redeviendra cette synthèse directrice des arts qui marquait les grandes époques de l'Esthétique.

Tous les exemples déjà en vue pour ces *complexes* introduisent de toute évidence une architecture baroque, à la fois contre le genre « présentation harmonieuse des formes » et contre le genre « maximum de confort pour tous ».

(Qu'est-ce que M. Le Corbusier soupçonne des *besoins* des hommes ?)

L'Architecture en tant qu'art n'existe qu'en s'évadant de sa notion utilitaire de base : l'Habitat.

Il est assez symptomatique de constater que dans cette discipline, dont tant d'œuvres ont été limitées par une intention utilitaire (buildings géants pour loger le plus de monde possible ou cathédrales pour prier), la direction à la fois gratuite et influentielle dont je parle est annoncée depuis quelque temps par le merveilleux PALAIS IDÉAL du facteur Cheval, certainement plus important que le Parthénon et Notre-Dame réunis ; et par les réalisations étonnantes que permet le dernier point de la technique du matériau : murs en air comprimé, toits en verre, etc.

L'apparition récente en Amérique de maisons intimement mêlées à la végétation environnante va aussi dans le sens prévisible de notre urbanisme qui sera une juxtaposition déroutante de la nature à l'état sauvage et des complexes architecturaux les plus raffinés, dans les quartiers centraux des villes.

Cet effort pourra se développer dans deux voies parallèles : création de villes dans les conditions géographiques et climatiques les plus favorables. Arrangement des villes préexistantes et dont certaines, comme Paris, permettent de pressentir beaucoup de cet avenir. (Des lieux comme la place Dauphine ou la cour de Rohan constituent une base très attirante pour un complexe architectural.) L'Urbanisme nouveau devra intégrer les formes des constructions anciennes, et en bâtir d'absolument inédites.

Les quartiers des villes permettront par leur diversité et leur opposition (cf. le projet de Gilles Ivain pour des quartiers-états d'âme) de voyager longtemps dans une seule agglomération, sans l'épuiser mais en s'y découvrant.

Formulaire pour un urbanisme nouveau, rapport de Gilles Ivain (Ivan Chtcheglov) adopté par l'Internationale lettriste en octobre 1953.

L'Urbanisme envisagé comme moyen de connaissance s'annexera tous les domaines mineurs qui cessent en ce moment de nous préoccuper en eux-mêmes. Il utilisera à la fois le dernier état des arts plastiques pour décorer ses rues, ses places, ses terrains vagues, ses forêts soudaines – et les résultats de la Poésie délaissée pour les nommer (Allée Jack l'Éventreur. Quartier Noble et Tragique. Rue des Châteaux de Louis II de Bavière. Impasse du Chien Andalou. Palais de Gilles de Rais. Rue Barrée. Chemin de la Drogue). Il fera le meilleur emploi des lumières par les fenêtres, des rues totalement noires, des rivières dissimulées et des labyrinthes ouverts la nuit.

L'avenir est, si l'on veut, dans des Luna-Park bâtis par de très grands poètes.

Pour reprendre le cas des villes actuelles, plusieurs quartiers peuvent être très rapidement détournés de leur usage. À Paris l'île Saint-Louis peut être gardée comme elle est mais en faisant sauter les ponts, et peuplée en tout d'une vingtaine d'habitants, nomades parmi tous les appartements déserts. Quelques anachronismes somptuaires d'aujourd'hui coûtent plus chers.

Encore plus vite fait, on peut utiliser certaines surprenantes réclames au néon comme : ABATTOIRS, AVORTEMENTS, RESTAURANT TRÈS MAUVAIS.

Car pourquoi l'humour serait-il exclu ?

Il va de soi que ces villes s'étendront avec l'évolution de la condition actuelle de l'Homme, utilisé et salarié.

Le Destin est Économique. Le sort des hommes, leurs désirs, leurs « devoirs » ont été entièrement conditionnés par une question de subsistance.

L'évolution machiniste et la multiplication des valeurs produites vont permettre de nouvelles conditions de comportement, et les réclament dès maintenant, alors que le *problème des loisirs* commence à se poser avec une urgence sensible à tout le monde. L'organisation des loisirs, pour une foule qui est *un peu moins* astreinte à un travail ininterrompu, est déjà une nécessité d'État ; même quand ces gens se contentent des divertissements du type Parc des Princes, pour leurs sinistres dimanches.

Après quelques années passées *à ne rien faire* au sens commun du terme, nous pouvons parler de notre *attitude sociale d'avant-garde*, parce que dans une société encore provisoirement fondée sur la production, nous n'avons voulu nous préoccuper sérieusement que des loisirs.

Persuadés que les seules questions importantes de l'avenir concerneront le JEU, à mesure que la désaffection pour les valeurs absolues des morales et des gestes ira croissant, nous avons joué dans cette attente à travers les rues pauvres des faits permis ; dans les bosquets de briques du quai Saint-Bernard, dont nous refaisions la forêt.

Mais en appliquant à ces faits de nouvelles intentions de recherches – une méthode dont le discours n'est pas encore écrit – on pourra en déduire les lois, vaguement pressenties, des seules constructions qui en définitive nous importent : DES SITUATIONS BOULEVERSANTES DE TOUS LES INSTANTS.

L'Internationale lettriste publiait en février 53 un tract dont toute l'agressivité désespérée se justifiait dans sa dernière phrase :

« Les rapports humains doivent avoir la passion pour fondement, sinon la Terreur. »

Cette passion qu'il est tout de même difficile de trouver dans nos « fréquentations » (nous savons de quoi ces choses-là sont faites, comme disait terriblement Jacques Rigaut), nous voulons la situer dans le renouvellement constant du monde ; où

Jacques Rigaut (1898-1929), lié au groupe Dada, avait publié dans la revue *Littérature* (1920-1922), sans participer à l'aventure surréaliste. Il se suicide à l'âge de 30 ans.

des inconnus se rencontreraient partout, s'en iraient sans jamais y croire, simplement parmi le tragique et les merveilles de leurs promenades terrestres.

« Toutes les filles arborescentes de la rue ont un passé alors quand serons-nous libres des vierges perpétuelles sans mémoire et qui ne parlent pas. » (Gil J Wolman. *L'Anticoncept.*)

Ce désir d'une vie plus vraie, simplement jouée, est contemporain d'une perte d'importance des sujets classiques de passion.

« Nous aurons déterminé des jeux nouveaux et leur avenir avant que vous n'ayez atteint l'âge de pleurer sérieusement pour de petites choses. » (*Première lettre à Missoum, sur le détournement des mineures.*)

À ce dépassement fait écho la définition de Gilles Ivain : « Le continent choisi comme jouet. »

(Récemment Gil J Wolman me rappelait que je lui avais avoué autrefois : « Je n'ai jamais su que jouer. » Je crois que cette vérité devra être, après tous les truquages également inutiles de l'affection ou de l'hostilité, le dernier jugement sur mon compte.)

Épars dans le siècle, des signes d'un nouveau comportement se manifestent. Ils crient dans le fracas. EN MARGE de l'Histoire, de ces bombes qu'ont jetées les petites nihilistes russes pendues à quinze ans ; ou dans le récit fermé des Enfants terribles et leur inceste inaccompli, ou dans la façon émouvante et burlesque de vivre de quelques personnes que j'ai bien connues.

Il faut établir une description complète de ces comportements et parvenir jusqu'à leurs lois.

La piste d'une vie gratuite a été plusieurs fois relevée, et des voyageurs pressés l'ont suivie sans en revenir – comme Jacques Vaché qui écrivait : « Mon but actuel est de porter une chemise rouge, un foulard

(LA SUITE MANQUE)

Jacques Vaché (1895-1919) marqua d'une empreinte indélébile André Breton, qui fit paraître ses *Lettres de guerre* après son suicide par absorption massive d'opium en janvier 1919.

La citation complète est : « Mon rêve actuel est de porter une chemisette rouge, un foulard rouge et des bottes montantes – et d'être membre d'une société chinoise sans but et secrète en Australie. » (Lettre à André Breton du 11 octobre 1916.)

VOILÀ UNE LETTRE COMME ON N'EN FAIT PLUS

Lettre adressée de Cannes à Ivan Vladimirovitch Chtcheglov (Gilles Ivain) le lundi 23 novembre 1953 (reproduite en fac-similé dans *Le marquis de Sade, op. cit.*, p. 140-146). Cette lettre et les deux fac-similés (p. 117 et 118) sont conservés dans le fonds Straram de la Bibliothèque nationale du Québec.

Première Feuille

Lundi

Cher Ivan

Bien reçu tes dernières notes de travail et surtout l'*admirable carte.* (À se demander comment « ces choses-là arrivent ». Les postes sont bien faites et mal payées.) Je réponds en vrac, mais tout de même c'est bien plus fatigant qu'une bonne conversation-dérive après le vingtième petit rhum. Évidemment on s'en souviendra davantage peut-être (je compte sur ce courrier pour meubler au moins deux revues – l'explication et l'exploitation des premières découvertes).

Mais quand on pense à Jacques Vaché dont les jolies missives ne sont qu'une longue affirmation de l'inutilité de s'écrire (ce qui est bien vrai, mais aussi, voyez, quelle mauvaise fin...)

Bon. J'ai de plus en plus la certitude que les ambitions surréalistes, tout leur arsenal, ne sont qu'un effort vers *une partie* de ce que nous voulons.

– cf. leur pouvoir accordé à la poésie, leur attente, le fade occultisme de leur sénilité, leur *ignorance totale* de l'Économie Politique, leur *profonde incompréhension de l'évolution des arts* – à laquelle ils ont brillamment participé d'ailleurs. *Mais* il est symptomatique de constater que Breton ne *pense rien*, ne sait rien, ne veut rien dire du roman – du théâtre – de la musique [et assez peu du Cinéma]. Dans ces disciplines il ignore Joyce, il ignore Pirandello, il ignore même Erik Satie – dont pourtant *la vie* devait le toucher – Aussi bien il n'a jamais su intervenir dans ces arts que par des jugements d'ordre moral sur la personnalité des auteurs, ce qui est idiot (je suis d'accord *en gros* avec la position morale du surréalisme, mais pas avec son utilisation confusionniste dans la critique d'art). Ex. Griffith, un des plus grands créateurs du cinéma, est raciste. Le type est à abattre concrètement, mais *Naissance d'une Nation*, bien que faisant l'éloge du Klu Klux Klan, est un des dix plus grands films qu'on ait fait.

La même impuissance poussait récemment les jeunes surréalistes (en 51) à attaquer Bresson (le seul metteur en scène qui ait osé faiblement pressentir une suprématie de la parole sur l'image) parce que son film était le JOURNAL D'UN *CURÉ* DE CAMPAGNE. Nous défendions Bresson assez violemment, bien que, personnellement, je trouve son film ennuyeux comme la pluie, et qu'*effectivement* je déteste qu'on fasse un film sur le clergé. Tu vois ?

Tout cela pour dire (intégré à mon article, dit CRITIQUE DE LA RÉVOLUTION) que le surréalisme ne nous a même pas appris cette distance méprisante par rapport à l'esthétique sur laquelle il jouait, mais DADA.

Dada, et non le surréalisme, rigolait des *ressources du poète*, et a lancé cet état d'esprit – au demeurant *efficace* – qui est aujourd'hui partagé par le premier crétin venu : l'éternelle graine des Mension, Leibé en rupture avec l'avant-dernier conformisme, et ne pouvant que se vautrer dans le dernier (on n'en sortira pas vivant… aimer ou ne pas aimer tel ou tel…)

D'accord avec les dernières nouvelles de ta lettre. On va bien s'amuser. Quoi ? Comment ? TOUT DE SUITE.

→ Pour morphologie – le cas Ivich est évidemment défini *aussi* (peut-être surtout ?) dans ce domaine.

— | On ne peut pas être Ivich et friser | — Non ?

Et puis pourquoi certaines formes attirent les êtres ? – Pour ne parler que des visages des filles il y a déjà là les choix les plus *effarants pour la logique*. Sincèrement *aucune* « reine de beauté », *très peu* d'actrices du Cinéma m'apparaissent belles, ni même, au sens fort du mot, *désirables*.

En revanche presque toutes les filles à qui j'ai été très attaché pouvaient paraître, généralement, quelconques. « Bien roulées » oui, mais à part ça ?

(Répondant un jour à l'enquête de *France-Soir* sur la Femme Idéale, Wolman avait désigné la voix comme élément dominant du charme. Le lendemain, à la deuxième question sur l'attitude que l'on préférait pour cette femme idéale, il l'avait choisie en toute innocence *silencieuse*. Alors quoi ?)

L'écroulement de Bidault ivre mort à la Chambre est bien drôle. Ma grand'mère était la seule en France à croire au « surmenage ». Je lui ai dit : Surmené comme ça, je le suis tous les soirs.

Deuxième Feuille

Quelques notes pour la délectation personnelle de G.I.
(en attendant plus vaste audience)

---

1 – Brouillon d'un texte pour la revue, probablement (intégrer à *activités des lettristes*, en écrivant froidement que l'élaboration et la discussion de ce projet nous ont occupé *six mois*, d'où explication du retard de la revue et du manque d'événements à noter pour l'Automne). étonnant !

PROJET DE STATUT ÉCONOMIQUE DU LETTRISTE DE BASE

Le total de la consommation minima, réglée en fonction de l'évolution des prix des articles-types, sera réparti à son gré par l'intéressé.

détournement du rapport de la Commission supérieure des conventions collectives sur le minimum vital du MANŒUVRE-LÉGER

POUR 5 ANS
- Production d'un film de long métrage en 35 mm
- Production de 2 films de court métrage en 35 mm
- Utilisation de 10 000 mètres de film en 16 mm
- Une Dérive à l'échelle du continent

POUR 1 AN
- 900 litres de vin ordinaire
- 3 kilogrammes de stupéfiants
- 5 000 kilomètres en chemin de fer
- 1 000 kilomètres en taxi
- Toiles et couleurs pour 150 m^2 de peinture

POUR 1 MOIS
- 1 chambre d'hôtel (eau courante)
- 4 numéros du *Libertaire*
- 10 séances de Cinéma
- 30 couscous (sans viande) rue X.-Privas
- 30 cafés-crèmes au Dupont-Latin
- 30 sandwichs au bar du Tonnal

Ce statut a été ratifié par le Praesidium Lettriste du...

Furent repoussés les amendements de G. E. Debord (assurer la construction d'un complexe architectural tous les cinq ans) et de Gaëtan M. Langlais (l'importation d'au moins une Chinoise par an) – La majorité s'est également prononcée contre le projet de G. M. Langlais, qui tendait à ne pas inclure la consommation de haschisch dans le minimum annuel de 3 kg de stupéfiants.

Qu'est-ce que vous en dites ? Fais lire à Double W

Quelques idées en vitesse, que je laisse à ta méditation

la *théorie des univers-îles* (théorie qui relève d'une sociologie psychogéographique)

Constatation : on ne connaît que *très peu* de gens (même les gens qui ont « beaucoup de relations » – nous en sommes plutôt – connaissent un seul *milieu* – ou 2, ou 3 au plus).

D'où ⟶ *importance* des gens, temps très long passé à les fréquenter, à en parler, à les aimer ou à les mépriser.

Solution (déjà concrètement ébauchée et *vécue* par quelques lettristes) LA DÉRIVE NOMADISTE

(Étudier S.V.P. la riche expression : En *rupture* de ban)

Références Encyclopédiques : toute cellule sociale est formée sur son *isolement* – la horde, la famille, LE VILLAGE du Moyen Âge (en autarcie économique) lente évolution.

Bouleversement *permis* aujourd'hui par l'Économie (internationalisme) la technique (moyens de transport) mais encore à IMPOSER dans les mœurs

cf. Apollinaire – « J'ai enfin le droit de saluer *des gens que je ne connais pas* » et aussi – « Je chante la joie d'*errer* et le plaisir d'en mourir. »

décidément grand précurseur du *nomadisme*

Ces chances de rencontres sont *mal vues* par la pensée conservatrice, non tant du point de vue immédiatement moral (sexuel par exemple) mais, il me semble, comme un ATTENTAT À UN ORDRE MILLÉNAIRE.

Une grande ville est une accumulation de producteurs et d'agents spécialisés – ce n'est pas une accumulation d'*individus connaissables*. Par exemple Marseille peut se développer en complexe industriel de plus en plus complet – Et on peut vivre à Marseille en fréquentant trois personnes – ou moins.

Double W : Double Wagon, surnom de Gaëtan M. Langlais qui lui venait de certaines pratiques douanières.

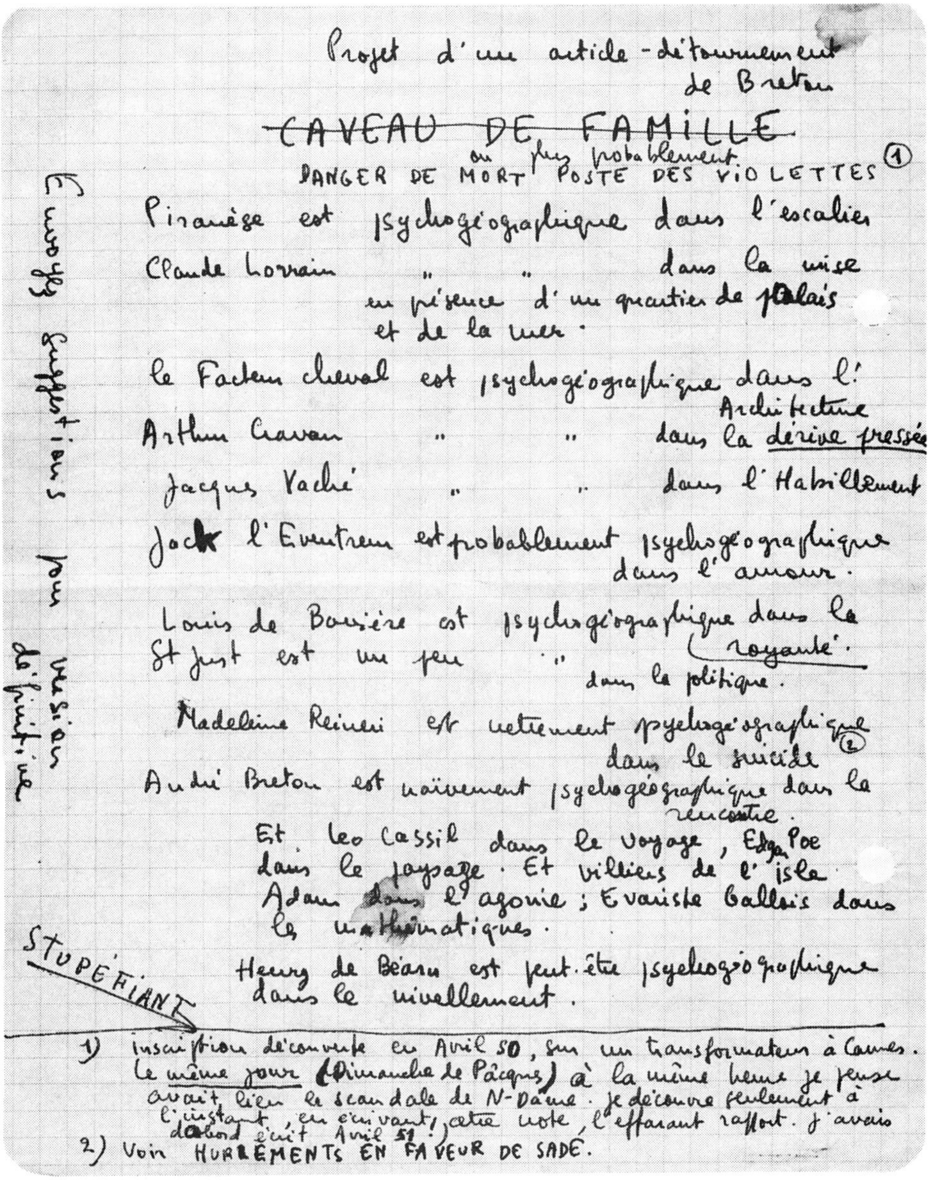

Projet d'un article-détournement
de Breton

~~CAVEAU DE FAMILLE~~
ou plus probablement
DANGER DE MORT POSTE DES VIOLETTES (1)

Piranèse est psychogéographique dans l'escalier
Claude Lorrain " " dans la mise en présence d'un quartier de palais et de la mer.
le Facteur cheval est psychogéographique dans l'Architecture
Arthur Cravan " " dans la dérive pressée
Jacques Vaché " " dans l'Habillement
Jack l'Eventreur est probablement psychogéographique dans l'amour.
Louis de Bavière est psychogéographique dans la royauté.
St Just est un peu " dans la politique.
Madeleine Reineri est nettement psychogéographique dans le suicide (2)
André Breton est naïvement psychogéographique dans la rencontre.
Et Leo Cassil dans le voyage, Edgar Poe dans le paysage. Et Villiers de l'Isle Adam dans l'agonie ; Evariste Gallois dans les mathématiques.
Henry de Béarn est peut-être psychogéographique dans le nivellement.

Ensuite suggestions pour version définitive

STUPÉFIANT

1) inscription découverte en Avril 50, sur un transformateur à Cannes. Le même jour (Dimanche de Pâques) à la même heure je pense avait lieu le scandale de N-Dame. Je découvre seulement à l'instant, en écrivant, cette note, l'effarant rapport. J'avais d'abord écrit Avril 51 !
2) Voir HURLEMENTS EN FAVEUR DE SADE.

Lettre à Ivan Chtcheglov, novembre 1953, détournant un passage du *Manifeste du surréalisme* d'André Breton (1924).
Reproduite en fac-similé dans *Le marquis de Sade*, *op. cit.*, p. 145.

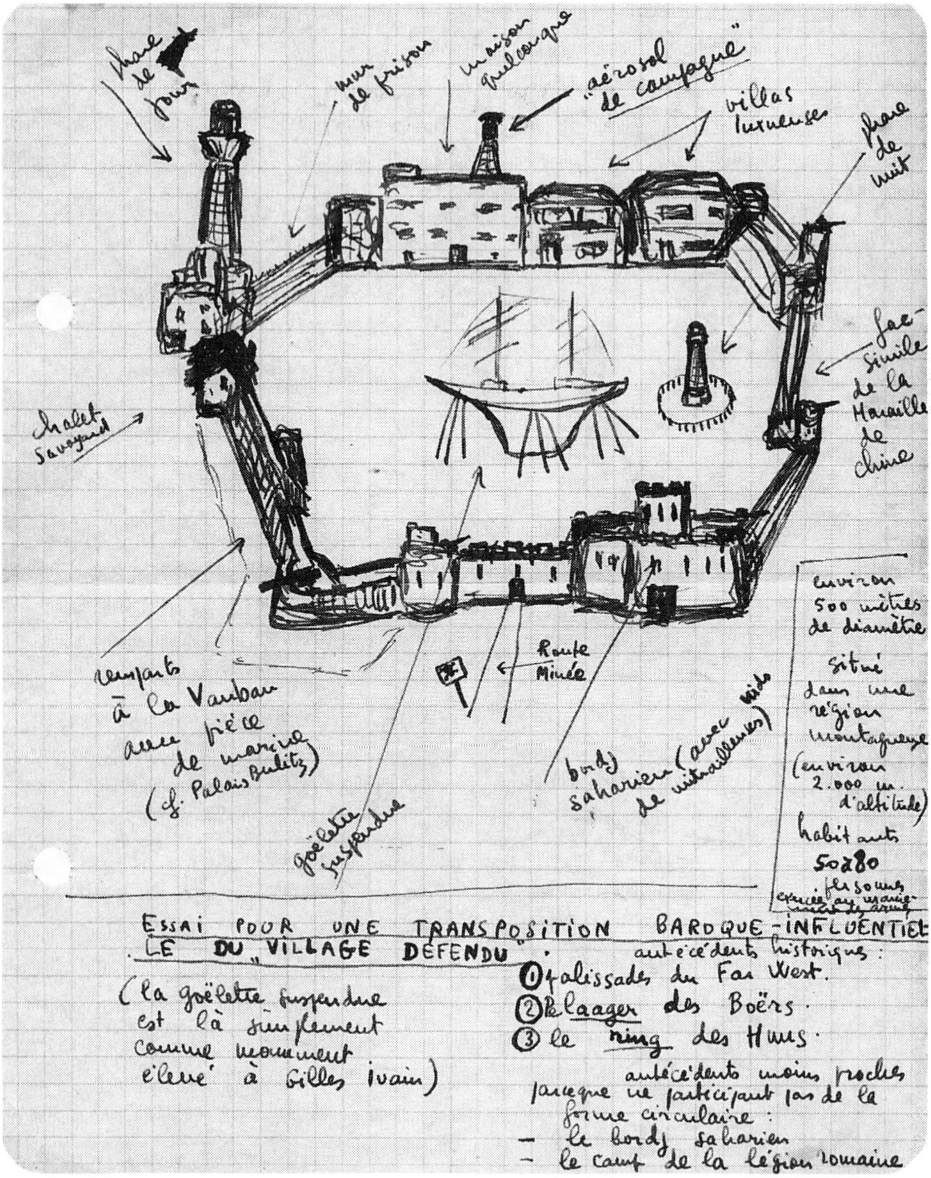

Lettre à Ivan Chtcheglov, novembre 1953 (reproduite en fac-similé dans *Le marquis de Sade*, *op. cit.*, p. 146).

Réponses de l'Internationale lettriste à deux enquêtes du groupe surréaliste belge

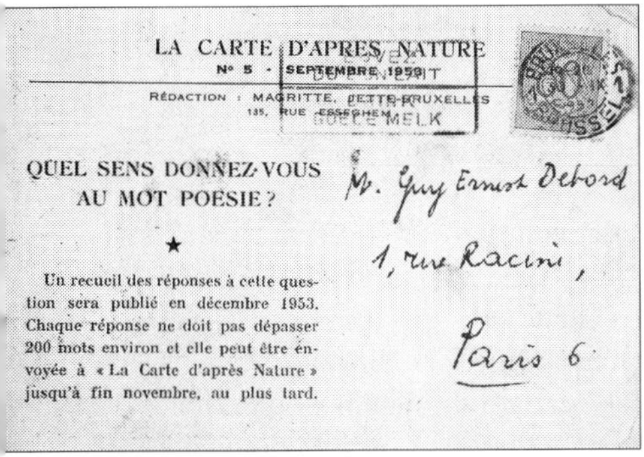

« Quel sens donnez-vous au mot poésie ? »

La poésie a épuisé ses derniers prestiges formels. Au-delà de l'esthétique, elle est toute dans le pouvoir des hommes sur leurs aventures. La poésie se lit sur les visages. Il est donc urgent de créer des visages nouveaux. La poésie est dans la forme des villes. Nous allons donc en construire de bouleversantes. La beauté nouvelle sera DE SITUATION, c'est-à-dire *provisoire* et vécue.

Les dernières variations artistiques ne nous intéressent que pour la puissance *influentielle* que l'on peut y mettre ou y découvrir. La poésie pour nous ne signifie rien d'autre que l'élaboration de conduites absolument neuves (*), et les moyens de s'y passionner.

L'Internationale lettriste (Mohamed Dahou, Henry de Béarn, Guy-Ernest Debord, Gilles Ivain, Gaëtan M. Langlais, Gil J Wolman).

Réponse à l'enquête du n° 5 (septembre 1953, en haut à gauche) de la revue *La Carte d'après nature*, dirigée par René Magritte, Bruxelles, parue dans le numéro spécial de janvier 1954 (sur la couverture, une reproduction du tableau de Magritte, *Le Paysage fantôme*, 1928).

(*) L'attachement à une conduite passée est forcément policier. Nous avons donc exclu Berna et Brau.

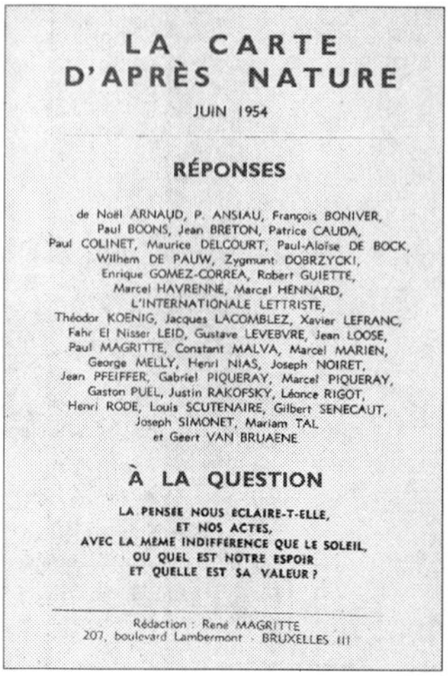
LA CARTE D'APRÈS NATURE

JUIN 1954

RÉPONSES

de Noël ARNAUD, P. ANSIAU, François BONIVER, Paul BOONS, Jean BRETON, Patrice CAUDA, Paul COLINET, Maurice DELCOURT, Paul-Aloïse DE BOCK, Wilhem DE PAUW, Zygmunt DOBRZYCKI, Enrique GOMEZ-CORREA, Robert GUIETTE, Marcel HAVRENNE, Marcel HENNARD, L'INTERNATIONALE LETTRISTE, Théodor KOENIG, Jacques LACOMBLEZ, Xavier LEFRANC, Fahr El Nisser LEID, Gustave LEVEBVRE, Jean LOOSE, Paul MAGRITTE, Constant MALVA, Marcel MARIEN, George MELLY, Henri NIAS, Joseph NOIRET, Jean PFEIFFER, Gabriel PIQUERAY, Marcel PIQUERAY, Gaston PUEL, Justin RAKOFSKY, Léonce RIGOT, Henri RODE, Louis SCUTENAIRE, Gilbert SENECAUT, Joseph SIMONET, Mariam TAL et Geert VAN BRUAENE

À LA QUESTION

LA PENSÉE NOUS ECLAIRE-T-ELLE, ET NOS ACTES, AVEC LA MEME INDIFFERENCE QUE LE SOLEIL, OU QUEL EST NOTRE ESPOIR ET QUELLE EST SA VALEUR ?

Rédaction : René MAGRITTE
207, boulevard Lambermont - BRUXELLES III

Réponse parue dans la revue *La Carte d'après nature*, numéro de juin 1954.

« La pensée nous éclaire-t-elle, et nos actes, avec la même indifférence que le soleil, ou quel est notre espoir et quelle est sa valeur ? »

L'indifférence a fait ce monde, mais ne peut y vivre. La pensée ne vaut que dans la mesure où elle découvre des revendications, et les impose.

Ces étudiantes révolutionnaires qui ont manifesté nues à Canton en 1927 mouraient l'année suivante dans les chaudières des locomotives. Ici les fêtes de la pensée finissent. Si nous gardons quelque satisfaction de l'intelligence que l'on nous reconnaît généralement, c'est pour les moyens qu'elle peut mettre au service d'un extrémisme que nous avons, sans discussion possible, choisi.

Il convient de dicter une autre condition humaine. Les interdits économiques et leurs corollaires moraux vont être de toute façon détruits bientôt par l'accord de tous les hommes. Les problèmes auxquels nous sommes obligés d'accorder encore quelque importance seront dépassés, avec les contradictions d'aujourd'hui, car les anciens mythes ne nous déterminent que jusqu'au jour où nous en vivons de plus violents.

Une civilisation complète devra se faire, où toutes les formes d'activité tendront en permanence au bouleversement passionnel de la vie.

De ce *problème des loisirs*, dont on commence à parler alors que les foules sont à peine libérées d'un travail ininterrompu – et qui sera demain le seul problème – nous connaissons les premières solutions.

Cette grande civilisation qui vient *construira des situations et des aventures*. Une science de la vie est possible. L'aventurier est celui qui fait arriver les aventures, plus que celui à qui les aventures arrivent. L'utilisation consciente du *décor* conditionnera des comportements toujours renouvelés. La part de ces petits hasards qu'on appelle un destin ira diminuant. À cette seule fin devront concourir une architecture, un urbanisme et une expression plastique influentielle dont nous possédons les premières bases.

La pratique du dépaysement et le choix des rencontres, le sens de l'inachèvement et du passage, l'amour de la vitesse transposé sur le plan de l'esprit, l'invention et l'oubli sont parmi les composantes d'une *éthique de la dérive* dont nous avons déjà commencé l'expérience dans la pauvreté des villes de ce temps.

Une science des rapports et des ambiances s'élabore, que nous appelons *psychogéographie*. Elle rendra le jeu de société à son vrai sens : une société fondée sur le jeu. Rien n'est plus sérieux. Le divertissement est bien l'attribut de la royauté qu'il s'agit de donner à tous.

Le bonheur, disait Saint-Just, est une idée neuve en Europe. Ce programme trouve maintenant ses premières chances concrètes.

L'attraction souveraine, que Charles Fourier découvrait dans le libre jeu des passions, doit être constamment réinventée. Nous travaillerons à créer des désirs nouveaux, et nous ferons la plus large propagande en faveur de ces désirs.

Nous sommes ceux-là qui apporterons aux luttes sociales la seule véritable colère. On ne fait pas la Révolution en réclamant 25 216 francs par mois. C'est tout de suite qu'il faudrait *gagner sa vie*, sa vie entièrement terrestre où tout est faisable :

On ne saurait rien attendre de trop grand de la force et du pouvoir de l'esprit.

Paris, le 5 mai 1954.

Pour l'Internationale lettriste :
Henry de Béarn, André Conord, Mohamed Dahou, Guy-Ernest Debord, Jacques Fillon, Patrick Straram, Gil J Wolman.

Projet de tract, inédit, 10 mars 1954.

Faire-part

L'ordre règne et ne gouverne pas. Le numéro 4 de l'*Internationale lettriste* paraîtra prochainement. La période de critique oppositionnelle étant dès à présent close, les études et les œuvres publiées dans cette revue exposeront – à partir de l'urbanisme, de l'expression plastique ou d'un nouveau comportement révolutionnaire – plusieurs des trouvailles qui nous permettent depuis peu de bouleverser opportunément nos vies et celles des autres.

À Paris, vers la fin de l'année, un certain nombre de lettristes se marieront le même jour. Toutes leurs femmes seront originaires de continents différents.

Patrick Straram, libéré le 21 novembre d'une inexplicable détention à Ville-Évrard, s'embarquera en avril pour Porto-Rico, Panama et San Francisco. Le but de sa croisière est de vérifier quelques possibilités de ces contrées dans l'optique qui nous intéresse.

Gil J Wolman, spécialiste du film interdit (*L'Anticoncept*. 1952), prépare un autre film interdit : *La nuit n'est pas un endroit pour mourir.*

Nous sommes toujours sans nouvelles de Mohamed Dahou, disparu en Afrique du Nord où nous l'avions envoyé pour dissoudre le Groupe algérien de l'Internationale lettriste.

Henry de Béarn, connu pour sa tentative malheureuse de destruction de la tour Eiffel, dirige actuellement notre groupe du Venezuela. Il quittera bientôt son poste d'attaché d'ambassade à Caracas, et prendra des contacts dans d'autres pays d'Amérique du Sud avant son retour.

Guy-Ernest Debord et Gilles Ivain restent en France.

Naturellement nous avons poursuivi, à l'intérieur de l'Organisation, l'élimination de la « Vieille Garde » :

Après Isou, devenu auteur de vaudevilles, et Berna qui s'est fait l'exégète d'Artaud, nous avons successivement exclu pour leurs déviations doctrinales ou leur médiocrité personnelle : Mension, Brau (maintenant dans le corps expéditionnaire d'Indochine), Berlé, Langlais.

Serge Berna avait fait paraître en juin 1953 des manuscrits d'Artaud qu'il avait trouvés en 1952 dans un grenier de la rue Visconti (Antonin Artaud, *Vie et mort de Satan le Feu*, Arcanes, collection « Voyants »).

Nous avons dépassé les problèmes faisandés de l'époque. Le plus grand amusement est de rigueur. Cependant il est maladroit de ne pas nous prendre au sérieux.

Nous sommes résolus à dicter une autre condition humaine.

10 mars 1954 Le Comité directeur de l'Internationale lettriste.
32 rue de la Montagne Ste Geneviève. Paris Ve

Ces informations sont dédiées à Marcelle M., âgée de seize ans, déférée au tribunal pour enfants après avoir tenté, le 1er décembre, de se suicider avec son amant. L'individu, majeur et marié, a osé dire aux enquêteurs qu'il avait été « entraîné à son corps défendant dans cette tentative ».

DERNIÈRE HEURE :

Au moment de mettre sous presse, nous accueillons avec plaisir Mohamed Dahou, rentré finalement sain et sauf, après avoir réorganisé les éléments lettristes en Algérie.

Ci-contre :

Guy Debord à la galerie du Double Doute le 11 juin 1954 (sur le mur, en haut à gauche, une de ses métagraphies, *Critique de la séparation*).

À droite :

Affiche de l'exposition. Le passage Molière, à la manière de Robert Doisneau.

Tract parodiant le style journalistique, distribué au lendemain du vernissage de l'exposition « Avant la guerre », le 11 juin 1954.

ÉTRANGE INAUGURATION D'UNE GALERIE DE PEINTURE LES LETTRISTES RÉVÈLENT LEURS MÉTHODES

L'Internationale lettriste, dont nous n'avons pas oublié les surprenantes et parfois scandaleuses innovations dans les domaines du cinéma et de l'écriture, vient de se manifester à nouveau après s'être longuement « occultée ». Elle ouvrait hier une exposition de « métagraphies influentielles », dans sa galerie du passage Molière, au fond de la vieille rue Quincampoix où, selon l'un de ses membres, « commencent historiquement les inflations de valeurs neuves ».

Ce passage a lui-même une curieuse histoire : au Moyen Âge, il s'appelait « passage du Double Doute ». Les roturiers qui aspiraient à la noblesse et les nobles dont on contestait la qualité se réunissaient là. « C'est notre cas », affirment les lettristes à cette deuxième proposition.

Au reste, ils se prétendent les seuls représentants d'un extrémisme nécessaire dans l'esthétique comme dans la vie.

Et ils ont beaucoup joué sur quelques côtés inquiétants : allures de société secrète, réunions très fermées dans des arrière-salles de bars arabes, exclusions rigoureuses du style soviet suprême (ils ont exclu Isou, le seul nom connu de leur association), présentation de films aussitôt interdits par la Censure, tapageuse agression contre Chaplin, à l'hôtel Ritz, lors de la sortie de *Limelight*.

Il semble pourtant que ces jeunes aient réussi le noyautage du groupe lettriste que nous avions connu. Éliminant la « vieille garde » aux intentions limitées, ils ont élargi leur programme, jusqu'à préparer « la construction de villes et le bouleversement de l'inconscient collectif ». Une nouvelle science, la « psychogéographie », va d'après eux conditionner les ambiances et les aventures mêmes des hommes.

« À la galerie du Double Doute, passage Molière (82, rue Quincampoix), l'exposition de métagraphies influentielles se poursuit avec fruit. La permanence lettriste est maintenant protégée par des grillages pare-éclats » (« The Dark Passage », *Potlatch* n° 1, 22 juin 1954).

Quant à la métagraphie, c'est un art nouveau – même si ses créateurs se défendent justement de toute prétention artistique. Ils l'obtiennent en mettant en présence des photos, des phrases et des mots découpés un peu partout, la presse constituant leur matière première. Ce sont en quelque sorte des peintures-romans. Bien qu'assez inattendu, cet art ne semble pas complètement inintéressant. Les lettristes escomptent surtout de grands résultats du lancement de la métagraphie dans la vie quotidienne : affiches, objets, tracts, meubles, décoration.

Cependant, il n'est rien que leurs anciens amis ne leur reprochent : « intolérable dictature intellectuelle » (disent les surréalistes), goût maladif de l'arbitraire, grossières méthodes d'intimidation. D'ailleurs on ne rencontre leurs dirigeants qu'escortés de gardes du corps nord-africains.

« L'exposition de métagraphies influentielles ouverte le 11 juin à la galerie du Double Doute s'est achevée le 7 juillet sans incidents graves » (*Potlatch* n° 4, 13 juillet 1954).

Et vendredi soir, tandis qu'une foule ahurie se pressait dans leur minuscule « galerie du Double Doute », les lettristes en venaient aux mains au sujet du « pouvoir influentiel d'un de leurs métagraphes ». La « minorité oppositionnelle », comme aux plus beaux jours des procès de Moscou, était désavouée et jetée dehors.

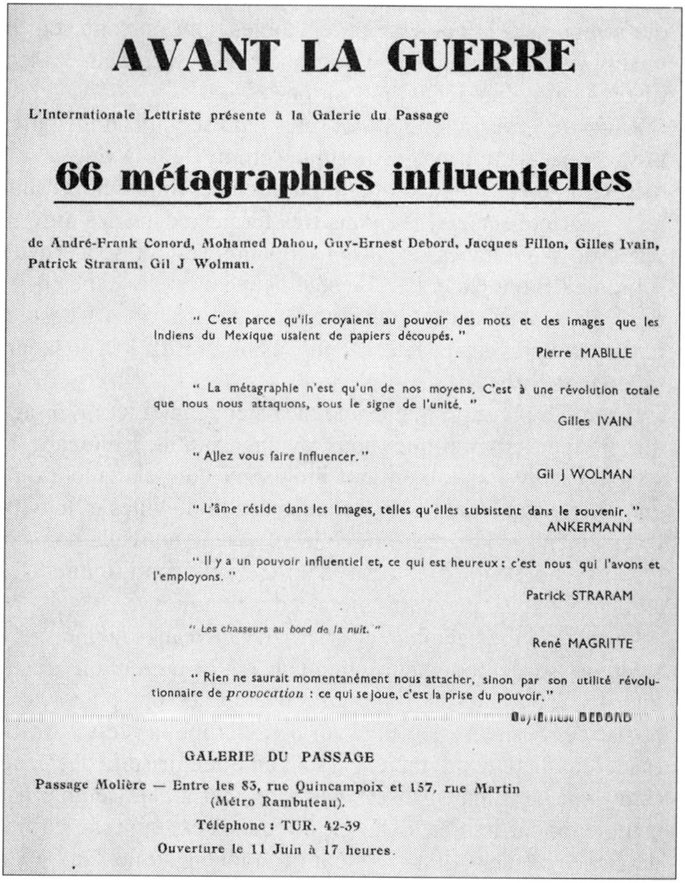

AVANT LA GUERRE

L'Internationale Lettriste présente à la Galerie du Passage

66 métagraphies influentielles

de André-Frank Conord, Mohamed Dahou, Guy-Ernest Debord, Jacques Fillon, Gilles Ivain, Patrick Straram, Gil J Wolman.

" C'est parce qu'ils croyaient au pouvoir des mots et des images que les Indiens du Mexique usaient de papiers découpés. "

Pierre MABILLE

" La métagraphie n'est qu'un de nos moyens. C'est à une révolution totale que nous nous attaquons, sous le signe de l'unité. "

Gilles IVAIN

" Allez vous faire influencer. "

Gil J WOLMAN

" L'âme réside dans les images, telles qu'elles subsistent dans le souvenir. "

ANKERMANN

" Il y a un pouvoir influentiel et, ce qui est heureux : c'est nous qui l'avons et l'employons. "

Patrick STRARAM

" Les chasseurs au bord de la nuit. "

René MAGRITTE

" Rien ne saurait momentanément nous attacher, sinon par son utilité révolutionnaire de *provocation* : ce qui se joue, c'est la prise du pouvoir. "

[illegible] DEBORD

GALERIE DU PASSAGE

Passage Molière — Entre les 83, rue Quincampoix et 157, rue Martin
(Métro Rambuteau).

Téléphone : TUR. 42-39

Ouverture le 11 Juin à 17 heures.

Affiche de l'exposition de métagraphies influentielles organisée par Gil J Wolman à la galerie du Passage (dite aussi galerie du Double Doute), passage Molière, rue Quincampoix.

Mode d'emploi du détournement, mai 1956.

« **C'est l'élément détourné le plus lointain qui concourt le plus vivement à l'impression d'ensemble, et non les éléments qui déterminent directement la nature de cette impression.** Ainsi dans une métagraphie relative à la guerre d'Espagne la phrase au sens le plus nettement révolutionnaire est cette réclame incomplète d'une marque de rouge à lèvres : « les jolies lèvres ont du rouge ». Dans une autre métagraphie (*Mort de J.H.*) cent vingt-cinq petites annonces sur la vente de débits de boissons traduisent un suicide plus visiblement que les articles de journaux qui le relatent. »

Ci-contre :

Le temps passe, en effet, et nous passons avec lui, métagraphie, avril 1954.

En bas :

Mort de J.H. ou Fragiles tissus (en souvenir de Kaki), métagraphie réalisée en mars 1954 à la mémoire de Jacqueline Harispe, dite Kaki, ancien mannequin chez Dior, qui se « laisse tomber » de la fenêtre de sa chambre d'hôtel, 24 rue Cels (14ᵉ), le 28 novembre 1953. Elle avait 20 ans.

« Elle était down, complètement stoned. Elle était au balcon, elle ne portait qu'un petit slip noir. Elle avait de ces jambes longues, superbes. Un petit bout de femme toute mince. Et elle a dit : "Boris, j'en ai marre. Je veux tout laisser tomber." Et lui, pour autant que je sache, a répondu : "Eh bien, laisse tomber."

Et alors il la voit enjamber le balcon. Il essaie de la rattrapper mais ne retient que son petit slip » (souvenir de Vali Meyers, personnage central de *Love on the Left Bank*, 1956, du photographe hollandais Ed van der Elsken, dans lequel figure la bande du café Moineau).

Extrait d'une lettre à Ivan Chtcheglov, début avril 1963 (*Correspondance*, vol. 2, *op. cit.*, p. 205-208).

« La métagraphie avait, me semble-t-il, cette valeur de messages entre nous, à un moment. Ainsi elle s'était déjà totalement opposée à la métagraphie lettriste, dont les développements picturaux, renversés significativement en "hypergraphie", ont mené depuis à une sorte de sous-secteur de l'art abstrait. »

Portrait de Gil J Wolman, métagraphie réalisée en février 1954.

Internationale lettriste n° 4 • juin 1954

Le texte est une phrase de Saint-Just, écrite durant sa troisième mission à l'armée du Nord (lettre du 26 prairial an II au général Jourdan).

INTERNATIONALE LETTRISTE N° 4 JUIN 1954

La Guerre de la Liberté doit être faite avec Colère

pour l'Internationale Lettriste :

Henry de Béarn, André-Frank Conord, Mohamed Dahou, Guy-Ernest Debord, Jacques Fillon, Gilles Ivain, Patrick Straram, Gil J Wolman.

De gauche à droite : Guy Debord, Gilles Ivain (Ivan Chtcheglov), Mohamed Dahou et son cousin.

POTLATCH POTLATCH POTLATCH POTLATCH POTLATCH POTLATCH POTLATCH

1985

Présentation des 29 numéros de *Potlatch, 1954-57*, publiés aux Éditions Gérard Lebovici en novembre 1985.

Le bulletin *Potlatch* a paru vingt-sept fois, entre le 22 juin 1954 et le 5 novembre 1957. Il est numéroté de 1 à 29, le bulletin du 17 août 1954 ayant été triple (9-10-11). Hebdomadaire jusqu'à ce numéro triple, *Potlatch* devint mensuel à partir de son numéro 12.

Potlatch a été dirigé successivement par André-Frank Conord (n°s 1-8), Mohamed Dahou (n°s 9-18), Gil J Wolman (n° 19), de nouveau Mohamed Dahou (n°s 20-22), Jacques Fillon (n°s 23-24). Les derniers numéros ne mentionnent plus de responsable principal. À partir du n° 26, il « cesse d'être publié mensuellement ».

Potlatch s'est présenté comme le « bulletin d'information du groupe français de l'Internationale lettriste » (n°s 1-21) ; puis comme le « bulletin d'information de l'Internationale lettriste » (n°s 22-29). L'Internationale lettriste était l'organisation de la « gauche lettriste » qui, en 1952, imposa la scission dans l'avant-garde artistique « lettriste » ; et dès cet instant la fit éclater.

Potlatch était envoyé gratuitement à des adresses choisies par sa rédaction, et à quelques-unes des personnes qui sollicitaient de le recevoir. Il n'a jamais été vendu. *Potlatch* fut à son premier numéro tiré à 50 exemplaires. Son tirage, en augmentation constante, atteignait vers la fin plus de 400, ou peut-être 500 exemplaires. Précurseur de ce qui fut appelé vers 1970 « l'édition sauvage », mais plus véridique et rigoureux dans son rejet du rapport marchand, *Potlatch*, obéissant à son titre, pendant tout le temps où il parut, a été seulement donné.

L'intention stratégique de *Potlatch* était de créer certaines liaisons pour constituer un mouvement nouveau, qui devrait être d'emblée une réunification de la création culturelle d'avant-garde et de la critique révolutionnaire de la société. En 1957, l'Internationale situationniste se forma effectivement sur une telle base. On reconnaîtra bien des thèmes situationnistes déjà présents ici ; dans la formulation lapidaire exigée par ce moyen de communication si spécial.

Le passage de plus de trente années, justement parce que des textes n'ont pas été démentis par les événements ultérieurs, introduit une certaine difficulté pour le lecteur d'aujourd'hui. Il lui est à présent malaisé de concevoir sous quelles *formes* se présentaient les banalités presque universellement reçues dans ce temps-là, et par conséquent de reconnaître les idées, alors scandaleuses, qui finalement les ruinèrent. La difficulté est encore plus grande, du fait que ce sont des formes spectaculaires qui ont apparemment changé, chaque trimestre, presque chaque jour, alors que le *contenu* de dépossession et de falsification ne s'était pas présenté à ce point lui-même, depuis plusieurs siècles, comme ne pouvant en aucun cas être changé.

Inversement, le temps passé facilitera aussi la lecture, sur un autre aspect de la question. Le jugement de *Potlatch* concernant la fin de l'art moderne semblait, devant la pensée de 1954, très excessif. On sait maintenant, par une expérience déjà longue – quoique, personne ne pouvant avancer une autre explication du fait, on s'efforce parfois de le mettre en doute –, que depuis 1954 on n'a jamais plus vu paraître, où que ce soit, un seul artiste auquel on aurait pu reconnaître un véritable intérêt. On sait aussi que personne, en dehors de l'Internationale situationniste, n'a plus jamais voulu formuler une *critique centrale* de cette société, qui pourtant *tombe* autour de nous ; déversant en avalanche ses désastreux échecs, et toujours plus pressée d'en accumuler d'autres.

Novembre 1985
Guy Debord

POTLATCH POTLATCH POTLATCH POTLATCH POTLATCH POTLATCH POTLATCH POTLAT

potlatch

POTLATCH POTLATCH POTLATCH POTLATCH POTLATCH POTLATCH POTLATCH POTLAT

bulletin d'information du groupe français de l'internationale lettrist
paraît tous les mardis n°1 - 22 juin 1954

POTLATCH : Vous le recevrez souvent. L'Internationale lettriste y traitera des problèmes de la semaine. Potlatch est la publication la plus engagée du monde: nous travaillons à l'établissement conscient et collectif d'une nouvelle civilisation.

La Rédaction

TOUTE L'EAU DE LA MER NE POURRAIT PAS...

Le 1er décembre, Marcelle M., agée de seize ans, tente de se suicider avec son amant. L'individu, majeur et marié, ose déclarer, après qu'on les ait sauvés, qu'il a été entraîné "à son corps défendant". Marcelle est déférée à un tribunal pour enfants qui doit "apprécier sa part de responsabilité morale".
En France, les mineures sont enfermées dans des prisons généralement religieuses. On y fait passer leur jeunesse.

Le 5 février, à Madrid, dix-huit anarchistes qui ont essayé de reconstituer la C.N.T. sont condamnés pour rebellion militaire.
Les bénisseurs-fusilleurs de Franco protègent la sinistre "civilisation occidentale".

Les hebdomadaires du mois d'avril publient, pour leur pittoresque, certaines photos du Kenya: le rebelle "général Chine" entendant sa sentence de mort. La carlingue d'un avion de la Royal Air Force où trente-quatre silhouettes peintes représentent autant d'indigènes mitraillés au sol.
Un noir abattu s'appelle un Mau-Mau.

Le 1er juin, dans le ridicule "Figaro", Mauriac blâme Françoise Sagan de ne point prêcher,- à l'heure où l'Empire s'en va en eau de boudin, - quelques unes des valeurs bien françaises qui nous attachent le peuple marocain par exemple. (Naturellement nous n'avons pas une minute à perdre pour lire les romans et les romancières de cette petite année 1954, mais quand on ressemble à Mauriac, il est obscène de parler d'une fille de dix-huit ans.)
Le dernier numéro de la revue néo-surréaliste,- et jusqu'à présent inoffensive,- "Médium" tourne à la provocation: le fasciste Geoges Soulès surgit au sommaire sous le pseudonyme d'Abellio; Gérard Legrand s'attaque aux travailleurs nord-africains de Paris.

La peur des vraies questions et la complaisance envers des modes intellectuelles périmées rassemblent ainsi les professionnels de l'écriture, qu'elle se veuille édifiante ou révoltée comme Camus.

Ce qui manque à ces messieurs, c'est la Terreur.

Guy-Ernest Debord

UN NOUVEAU MYTHE

Les derniers lamas sont morts, mais Ivich a les yeux bridés. Qui seront les enfants d'Ivich ?
Dés maintenant Ivich attend, n'importe où dans le monde.

André-Frank Conord

Potlatch n° 1 • 22 juin 1954

POTLATCH : Vous le recevrez souvent. L'Internationale lettriste y traitera des problèmes de la semaine. Potlatch est la publication la plus engagée du monde : nous travaillons à l'établissement conscient et collectif d'une nouvelle civilisation.

La Rédaction

TOUTE L'EAU DE LA MER NE POURRAIT PAS...

Le 1er décembre, Marcelle M., âgée de seize ans, tente de se suicider avec son amant. L'individu, majeur et marié, ose déclarer, après qu'on les ait sauvés, qu'il a été entraîné « à son corps défendant ». Marcelle est déférée à un tribunal pour enfants qui doit « apprécier sa part de responsabilité morale ».

En France, les mineures sont enfermées dans des prisons généralement religieuses. On y fait passer leur jeunesse.

Le 5 février, à Madrid, dix-huit anarchistes qui ont essayé de reconstituer la C.N.T. sont condamnés pour rébellion militaire.

Les bénisseurs-fusilleurs de Franco protègent la sinistre « civilisation occidentale ».

Les hebdomadaires du mois d'avril publient, pour leur pittoresque, certaines photos du Kenya : le rebelle « général Chine » entendant sa sentence de mort. La carlingue d'un avion de la Royal Air Force où trente-quatre silhouettes peintes représentent autant d'indigènes mitraillés au sol.

Un noir abattu s'appelle un Mau-Mau.

Le 1er juin, dans le ridicule *Figaro*, Mauriac blâme Françoise Sagan de ne point prêcher – à l'heure où l'Empire s'en va en eau de boudin – quelques-unes des valeurs bien françaises qui nous attachent le peuple marocain par exemple. (Naturellement nous

Ci-contre :

Premier numéro de *Potlatch*, 22 juin 1954.

n'avons pas une minute à perdre pour lire les romans et les romancières de cette petite année 1954, mais quand on ressemble à Mauriac, il est obscène de parler d'une fille de dix-huit ans.)

Le dernier numéro de la revue néo-surréaliste – et jusqu'à présent inoffensive – *Médium* tourne à la provocation : le fasciste Georges Soulès surgit au sommaire sous le pseudonyme d'Abellio ; Gérard Legrand s'attaque aux travailleurs nord-africains de Paris.

La peur des vraies questions et la complaisance envers des modes intellectuelles périmées rassemblent ainsi les professionnels de l'écriture, qu'elle se veuille édifiante ou révoltée comme Camus.

Ce qui manque à ces messieurs, c'est la Terreur.

Guy-Ernest Debord

LEUR FAIRE AVALER LEUR CHEWING-GUM

John Foster Dulles (1888-1959), secrétaire d'État d'Eisenhower.

Une fois de plus Foster Rockett Dulles vous appelle aux armes : le Guatemala a exproprié l'« United Fruit », trust qui exploitait depuis 1944 la gomme et les habitants de ce pays pour en tirer l'indispensable chewing-gum.

Le dieu des Armées anticommunistes s'est exprimé en ces termes : « Pour écarter ces forces du mal, il faut recourir à une action pacifique et collective. » L'action est en cours : les armes *made in U.S.A.* sont déjà livrées au Honduras et au Nicaragua réactionnaires ; des complots sont suscités à grands coups de dollars ; l'Amérique repart pour la Croisade.

Jacobo Arbenz Guzman (1913-1971), président du Guatemala de 1951 à 1954, chassé du pouvoir par un coup d'État organisé par la CIA.

Jusque dans le détail, on reprend les méthodes qui ont détruit l'Espagne républicaine.

Mais à Bogota, les étudiants manifestent sous le feu des tanks, et le mouvement révolutionnaire du Guatemala apparaît comme la seule chance de la liberté sur ce continent.

Le gouvernement de J. Arbenz Guzman doit armer les ouvriers.

Aux sanctions économiques, aux attaques militaires de l'impérialisme, il faut répondre par la guerre civile portée dans les pays asservis d'Amérique centrale, et par l'appel aux volontaires d'Europe.

Paris, le 16 juin 1954

Pour l'Internationale lettriste :
André-Frank Conord, Mohamed Dahou, Guy-Ernest Debord, Jacques Fillon, Patrick Straram, Gil J Wolman.

•••

Potlatch n° 2 • 29 juin 1954

MODE D'EMPLOI DE *POTLATCH*

Nous rappeler à votre bon souvenir ne présente pas d'intérêt. Mais il s'agit de pouvoirs concrets. Quelques centaines de personnes déterminent au petit bonheur la pensée de l'époque. Nous pouvons disposer d'eux, qu'ils le sachent ou non. *Potlatch* envoyé à des gens bien répartis dans le monde nous permet de troubler le circuit où et quand nous le voulons.

Quelques lecteurs ont été choisis arbitrairement. Vous avez tout de même une chance d'en être.

La Rédaction

SANS COMMUNE MESURE

Les plus beaux jeux de l'intelligence ne nous sont rien. L'économie politique, l'amour et l'urbanisme sont des moyens qu'il nous faut commander pour la résolution d'un problème qui est avant tout d'ordre éthique.

Rien ne peut dispenser la vie d'être absolument passionnante. Nous savons comment faire.

Malgré l'hostilité et les truquages du monde, les participants d'une aventure à tous égards redoutable se rassemblent, sans indulgence.

Nous considérons généralement qu'en dehors de cette participation, il n'y a pas de manière honorable de vivre.

Pour l'Internationale lettriste :
Henry de Béarn, André-Frank Conord, Mohamed Dahou, Guy-Ernest Debord, Jacques Fillon, Patrick Straram, Gil J Wolman.

DEUXIÈME ANNIVERSAIRE

Au soir du 30 juin 1952, *Hurlements en faveur de Sade* est projeté au Ciné-Club dit d'Avant-Garde. Le public s'indigne. Après vingt minutes de grande confusion, la projection du film est interrompue.

EXERCICE DE LA PSYCHOGÉOGRAPHIE

Piranèse est psychogéographique dans l'escalier.

Claude Lorrain est psychogéographique dans la mise en présence d'un quartier de palais et de la mer.

Le facteur Cheval est psychogéographique dans l'architecture.

Arthur Cravan est psychogéographique dans la dérive pressée.

Jacques Vaché est psychogéographique dans l'habillement.

Louis II de Bavière est psychogéographique dans la royauté.

Jack l'Éventreur est probablement psychogéographique dans l'amour.

Saint-Just est un peu psychogéographique dans la politique[1].

André Breton est naïvement psychogéographique dans la rencontre.

Madeleine Reineri est psychogéographique dans le suicide[2].

Et Pierre Mabille dans la compilation des merveilles, Évariste Galois dans les mathématiques, Edgar Poe dans le paysage, et dans l'agonie Villiers de l'Isle-Adam.

Guy-Ernest Debord

1. La Terreur est dépaysante.
2. Voir *Hurlements en faveur de Sade.*

À LA PORTE

L'internationale lettriste poursuit, depuis novembre 1952, l'élimination de la « Vieille Garde » :

quelques exclus	*quelques motifs*
ISIDORE GOLDSTEIN, alias JEAN-ISIDORE ISOU	Individu moralement rétrograde, ambitions limitées
MOÏSE BISMUTH, alias MAURICE LEMAÎTRE	Infantilisme prolongé, sénilité précoce, bon apôtre
POMERANS, alias GABRIEL POMERAND	Falsificateur, zéro
SERGE BERNA	Manque de rigueur intellectuelle
MENSION	Simplement décoratif
JEAN-LOUIS BRAU	Déviation militariste
LANGLAIS	Sottise
IVAN CHTCHEGLOFF, alias GILLES IVAIN	Mythomanie, délire d'interprétation – manque de conscience révolutionnaire.

Ce récapitulatif sur les exclusions exprime la position collective de l'Internationale lettriste.
Le commentaire final de Gil J Wolman (« Il est inutile de revenir sur les morts, le blount s'en chargera ») fait référence au message apposé sur les portes de certains vestibules d'immeubles parisiens en haut desquelles était installé un système de fermeture automatique.
En 1931, Aragon avait déjà utilisé ce message dans son poème *Front rouge* qui marque le début de « l'affaire Aragon », son ralliement définitif au stalinisme et son exclusion du groupe surréaliste : « Ne fermez pas la porte / le Blount s'en chargera ».

Potlatch n° 3 • 6 juillet 1954

LE GUATEMALA PERDU

Le 30 juin, le gouvernement guatémaltèque dont s'est emparé la veille un colonel Monzon, capitule devant l'agression montée par les États-Unis, et leur candidat local C. Armas.

Même les plus imbéciles meneurs des bourgeoisies européennes comprendront plus tard à quel point les succès de leurs « indéfectibles alliés » les menacent, les enferment dans leur contrat irrévocable de gladiateurs mal payés du « american way of life », les condamnent à marcher et à crever patriotiquement dans les prochains assommoirs de l'Histoire, pour leurs quarante-huit étoiles légèrement tricolores.

Depuis l'assassinat des Rosenberg, le gouvernement des États-Unis semble avoir choisi de jeter chaque année, en juin, un défi saignant à tout ce qui, dans le monde, veut et sait vivre librement. La cause du Guatemala a été perdue parce que les hommes au pouvoir n'ont pas osé se battre sur le terrain qui était vraiment le leur.

Une déclaration de l'Internationale lettriste (*Leur faire avaler leur chewing-gum*) en date du 16 juin – trois jours avant le pronunciamiento – signalait qu'Arbenz devait armer les syndicats, et s'appuyer sur toute la classe ouvrière de l'Amérique centrale dont il représentait l'espoir d'émancipation. Au lieu d'en appeler aux organisations populaires spontanées et à l'insurrection, on a tout sacrifié aux exigences de l'armée régulière, comme si, dans tous les pays, l'armée n'était pas essentiellement fasciste, et toujours destinée à réprimer.

Une phrase de Saint-Just a jugé d'avance les gens de cette espèce :

« Ceux qui font des révolutions à moitié n'ont fait que se creuser un tombeau… »

Le tombeau est ouvert aussi pour nos camarades du Guatemala – dockers, camionneurs, travailleurs des plantations – qui ont été livrés sans défense, et qu'on fusille en ce moment.

Après l'Espagne ou la Grèce, le Guatemala se range parmi les contrées qui attirent un certain tourisme.
Nous souhaitons de faire un jour ce voyage.

Pour l'Internationale lettriste :
M.-I. Bernstein, André-Frank Conord, Mohamed Dahou, G.-E. Debord, Jacques Fillon, Gil J Wolman.

PIN YIN CONTRE VACHÉ

La grande vogue des guerres et des « lettres de guerre » nous impose de connaître les actes les plus sales d'héroïsme, comme les plus beaux témoignages de désertion.

Mais cette apologie d'une fuite à l'intérieur que furent les symboles essentiellement symboliques de Jacques Vaché (« jamais je ne gagnerai tant de guerres »), nous ne la goûtons plus ; nous choisirons la mutinerie qui gagne.

Nous savons comment se construisent les personnages. Nous n'oublions pas que Jacques Vaché a tout de même été entièrement conditionné par le système militaire du moment. (Au contraire Arthur Cravan paraît avoir réussi d'un bout à l'autre un fulgurant voyage, sans aucun des visas du siècle.)

Nous ne voulons pas contester la grandeur de la résistance individuelle de Vaché, mais, comme nous l'écrivions en octobre 1952 à propos du néfaste Chaplin-Feux-de-la-Rampe : « Nous croyons que l'exercice le plus urgent de la liberté est la destruction des idoles, surtout quand elles se recommandent de la liberté. » (*Internationale lettriste* n° 1.)

Nous avouons ne juger les littératures qu'en fonction des impératifs de notre propagande : la diffusion des « Lettres » de Vaché parmi les lycéens français n'apporte que certaines formulations élégantes aux plates négations qui sont à la mode.

Cependant, par un petit livre à peu près inconnu, le *Journal d'une jeune révolutionnaire chinoise* (Librairie Valois, 1931) Pin Yin, une écolière de seize ans qui a suivi l'Armée Populaire dans sa marche sur Changhaï, nous a gardé ces deux mots de jeunesse rouge :

« Quant à mes parents, je ne voulais naturellement pas les quitter. Mais nous ne devons plus penser à cela, parce que la Révolution doit sacrifier un petit nombre d'hommes pour le bien et le bonheur de la grande majorité... »

On sait la fin de cette histoire ; et les vingt ans de règne du général qui se survit encore à Formose ; et les bourreaux du Kuomintang :

« ... Mais nous ne sentions nullement la souffrance, nous croyions que demain serait calme et beau : un soleil rouge comme le sang et devant nous, un grand chemin tout rempli de lumière, un beau jardin. »

La voix de Pin Yin nous parvient de cette retombée du jour où sont partis, où disparaissent – à quelle vitesse en kilomètres-seconde de la rotation terrestre ? – nos amies et nos plus sûrs complices. Les meilleures raisons, du moins, ne manqueront pas à la guerre civile.

G.-E. Debord

•••

Potlatch n° 4 • 13 juillet 1954

LE MINIMUM DE LA VIE

On ne dira jamais assez que les revendications actuelles du syndicalisme sont condamnées à l'échec ; moins par la division et la dépendance de ces organismes reconnus que par l'indigence des programmes.

On ne dira jamais assez aux travailleurs exploités qu'il s'agit de leurs vies irremplaçables où tout pourrait être fait ; qu'il s'agit de leurs plus belles années qui passent, sans aucune joie valable, sans même avoir pris des armes.

Il ne faut pas demander que l'on assure ou que l'on élève le « minimum vital », mais que l'on renonce à maintenir les foules au minimum de la vie. Il ne faut pas demander seulement du pain, mais des jeux.

Dans le « statut économique du manœuvre léger », défini l'année dernière par la Commission des conventions collectives, statut qui est une insupportable injure à tout ce que l'on peut encore attendre de l'homme, la part des loisirs – et de la culture – est fixée à un roman policier de la Série Noire par mois.

Pas d'autre évasion.

Et de plus, par son roman policier, comme par sa Presse ou son Cinéma d'Outre-Atlantique, le régime étend ses prisons, dans lesquelles il ne reste rien à gagner – mais rien à perdre que ses chaînes.

La vie est à *gagner* au-delà.

Ce n'est pas la question des augmentations de salaires qu'il faut poser, mais celles de la condition faite au peuple en Occident.

Il faut refuser de lutter à l'intérieur du système pour obtenir des concessions de détail immédiatement remises en cause ou regagnées ailleurs par le capitalisme. C'est le problème de la survivance ou de la destruction de ce système qui doit être radicalement posé.

Il ne faut pas parler des ententes possibles, mais des réalités inacceptables : demandez aux ouvriers algériens de la Régie Renault où sont leurs loisirs, et leur pays, et leur dignité, et leurs femmes ? Demandez-leur quel peut être leur espoir ? La lutte sociale ne doit pas être bureaucratique, mais passionnée. Pour juger les désastreux résultats du syndicalisme professionnel, il suffit d'analyser les grèves spontanées d'août 1953 ; la résolution de la base ; le sabotage par les centrales jaunes : l'abandon par la C.G.T. qui n'a su ni provoquer la grève générale ni l'utiliser alors qu'elle s'étendait victorieusement. Il faut, au contraire, prendre conscience de quelques faits qui peuvent passionner le débat : le fait par exemple que partout dans le monde nos amis existent, et que nous nous reconnaissons dans leur combat. Le fait aussi que la vie passe, et que nous n'attendons pas de compensations, hors celles que nous devons inventer et bâtir nous-mêmes.

Ce n'est qu'une affaire de courage.

Pour l'Internationale lettriste :
Michèle I. Bernstein, André-Frank Conord, Mohamed Dahou, G.-E. Debord, Jacques Fillon, Gil J Wolman.

UNE ENQUÊTE DE L'INTERNATIONALE LETTRISTE

– Quelle nécessité reconnaissez-vous au jeu collectif dans une société moderne ?

– Quelle attitude convient-il de prendre envers les détournements réactionnaires de ce besoin (style Tour de France) ?

*Communiquer les réponses à Mohamed Dahou, rédacteur en chef de l'*Internationale lettriste, *32 rue de la Montagne-Geneviève, Paris 5ᵉ.*

PROCHAINE PLANÈTE

Les constructeurs en sont perdus, mais d'inquiétantes pyramides résistent aux banalisations des agences de voyage.

Le facteur Cheval a bâti dans son jardin d'Hauterives, en travaillant toutes les nuits de sa vie, son injustifiable « Palais Idéal » qui est la première manifestation d'une architecture de dépaysement.

Ce Palais baroque qui *détourne* les formes de divers monuments exotiques, et d'une végétation de pierre, ne sert qu'à se perdre. Son influence sera bientôt immense. La somme de travail fournie par un seul homme avec une incroyable obstination n'est naturellement pas appréciable en soi, comme le pensent les visiteurs habituels, mais révélatrice d'une étrange passion restée informulée.

Ébloui du même désir, Louis II de Bavière élève à grands frais dans les montagnes boisées de son royaume quelques délirants châteaux factices – avant de disparaître dans des eaux peu profondes.

La rivière souterraine qui était son théâtre ou les statues de plâtre dans ses jardins signalent cette entreprise *absolutiste*, et son drame.

Il y a là, bien sûr, tous les motifs d'une intervention pour la racaille des psychiatres ; et encore des pages à baver pour les intellectuels paternalistes qui relancent de temps en temps un « naïf ».

Mais la naïveté est leur fait. Ferdinand Cheval et Louis de Bavière ont bâti les châteaux qu'ils voulaient, à la taille d'une nouvelle condition humaine.

•••

Potlatch n° 5 • 20 juillet 1954

LES GRATTE-CIEL PAR LA RACINE

Dans cette époque de plus en plus placée, pour tous les domaines, sous le signe de la répression, il y a un homme particulièrement répugnant, nettement plus flic que la moyenne. Il construit des cellules unités d'habitations, il construit une capitale pour les Népalais, il construit des ghettos à la verticale, des morgues pour un temps qui en a bien l'usage, *il construit des églises.*

Le protestant modulor, le Corbusier-Sing-Sing, le barbouilleur de croûtes néo-cubistes fait fonctionner la « *machine à habiter* » pour la plus grande gloire du Dieu qui a fait à son image les charognes et les corbusiers.

On ne saurait oublier que si l'Urbanisme moderne n'a encore jamais été un art – et d'autant moins un cadre de vie –, il a par contre été toujours inspiré par les directives de la Police ; et qu'après tout Haussmann ne nous a fait ces boulevards que pour commodément amener du canon.

Mais aujourd'hui la prison devient l'habitation-modèle, et la morale chrétienne triomphe sans réplique, quand on s'avise que Le Corbusier ambitionne de *supprimer la rue.* Car il s'en flatte. Voilà bien le programme : la vie définitivement partagée en îlots fermés, en sociétés surveillées ; la fin des chances d'insurrection et de rencontres ; la résignation automatique. (Notons en passant que l'existence des automobiles sert à tout le monde – sauf, bien sûr, aux quelques « économiquement faibles » – : le préfet de police qui vient de disparaître, l'inoubliable Baylot, déclarait de même après le dernier monôme du baccalauréat que les manifestations dans la rue étaient désormais incompatibles avec les nécessités de la circulation. Et, tous les 14 juillet, on nous le prouve.) Avec Le Corbusier, les jeux et les connaissances que nous sommes en droit d'attendre d'une architecture vraiment bouleversante – le dépaysement quotidien – sont sacrifiés au vide-ordures que l'on n'utilisera jamais pour la Bible réglementaire, déjà en place dans les hôtels des U.S.A. Il faut être bien sot pour voir ici une architecture moderne. Ce n'est rien qu'un retour en force du vieux monde chrétien mal enterré. Au début du siècle dernier, le mystique lyonnais Pierre-Simon Ballanche, dans sa « Ville des Expiations » – dont les descriptions préfigurent les « cités radieuses » – a déjà exprimé cet idéal d'existence :

« La Ville des Expiations doit être une image vive de la loi monotone et triste des vicissitudes humaines, de la loi imployable des nécessités sociales : on doit y attaquer de front toutes les habitudes, même les plus innocentes ; il faut que tout y avertisse incessamment que rien n'est stable, et que la vie de l'homme est un voyage dans une terre d'exil. »

Mais à nos yeux les voyages terrestres ne sont ni monotones ni tristes ; les lois sociales ne sont pas imployables ; les habitudes qu'il faut attaquer de front doivent faire place à un incessant renouvellement de merveilles ; et le premier confort que nous souhaitons sera l'élimination des idées de cet ordre, et des mouches qui les propagent.

Qu'est-ce que M. Le Corbusier soupçonne des *besoins* des hommes ?

Les cathédrales ne sont plus blanches. Et vous nous en voyez ravis. L'« ensoleillement » et la place au soleil, on connaît la musique – orgues et tambours M.R.P. – et les pâturages du ciel où vont brouter les architectes défunts. Enlevez le bœuf, c'est de la vache.

Internationale lettriste

•••

Potlatch n° 6 • 27 juillet 1954

LE BRUIT ET LA FUREUR

En 1947, la poésie onomatopéique marquait la première intervention scandaleuse d'un nouveau courant d'idées. Un groupe réuni sous la dénomination de « lettristes », à cause de la poétique qu'il proclamait, devait dans les années qui suivirent étendre son champ d'action au roman, à la peinture (1950) et au cinéma (1951).

Dadaïsme en positif, cette époque du mouvement opéra la critique de l'évolution formelle des disciplines esthétiques, dans un souci exclusif de nouveauté qui n'était pas – comme on nous l'a trop facilement objecté – goût de l'originalité à tout prix, mais volonté de se soumettre les *mécanismes* de l'invention. L'élargissement dialectiquement prévisible des objectifs du Lettrisme, marqué par de vives luttes de factions et l'exclusion de meneurs dépassés, devait situer le problème dans la seule utilisation de ces mécanismes, à des fins passionnelles.

L'Internationale lettriste, fondée en juin 1952, a groupé la tendance extrémiste du mouvement. En octobre de la même année, à la suite des incidents provoqués par les tenants de l'Internationale contre Charles Chaplin, et du désaveu de ce geste par la droite lettriste, l'accord avec la tendance rétrograde était dénoncé, et ses membres épurés.

Notre démarche s'est, depuis, précisée à toute occasion.

Nous avons toujours avoué qu'une certaine pratique de l'architecture, par exemple, ou de l'agitation sociale, ne représentait pour nous que des moyens d'approche d'une forme de vie à construire.

Seule, une hostilité de mauvaise foi conduit une part de l'opinion à nous confondre avec une phase de l'expression poétique – ou de sa négation – qui nous importe aussi peu, et autant que toute autre forme *historique* qu'a pu prendre l'écriture.

Il est aussi maladroit de nous limiter au rôle de partisans d'une quelconque esthétique que de nous dénoncer comme on l'a fait par ailleurs, en tant que drogués ou gangsters. Nous avons assez dit que le programme de revendications défini naguère par le surréalisme – pour citer ce système – nous apparaissait comme un *minimum* dont l'urgence ne doit pas échapper.

Quant aux ambitions personnelles, elles sont assez peu conciliables avec les causes pour lesquelles nous nous sommes délibérément compromis.

22 juillet 1954

Pour l'Internationale lettriste :
Michèle-I. Bernstein, André-Frank Conord, Mohamed Dahou, G.-E. Debord, Jacques Fillon, Véra, Gil J Wolman.

•••

Potlatch n° 7 • 3 août 1954

« ... UNE IDÉE NEUVE EN EUROPE »

Le vrai problème révolutionnaire est celui des loisirs. Les interdits économiques et leurs corollaires moraux seront de toute façon détruits et dépassés bientôt. L'organisation des loisirs, l'organisation de la liberté d'une foule, *un peu moins* astreinte au travail continu, est déjà une nécessité pour l'État capitaliste comme pour ses successeurs marxistes. Partout on s'est borné à l'abrutissement obligatoire des stades ou des programmes télévisés.

C'est surtout à ce propos que nous devons dénoncer la condition immorale que l'on nous impose, l'état de misère.

Après quelques années passées *à ne rien faire* au sens commun du terme, nous pouvons parler de notre attitude sociale d'avant-garde, puisque dans une société encore provisoirement fondée sur la production nous n'avons voulu nous préoccuper sérieusement que des loisirs.

Si cette question n'est pas ouvertement posée avant l'écroulement de l'exploitation économique actuelle, le changement n'est qu'une dérision. La nouvelle société qui reprend les buts d'existence de l'ancienne, faute d'avoir reconnu et imposé un désir nouveau, c'est là le courant vraiment utopique du Socialisme.

Une seule entreprise nous paraît digne de considération : c'est la mise au point d'un divertissement intégral.

L'aventurier est celui qui fait arriver les aventures, plus que celui à qui les aventures arrivent.

La *construction de situations* sera la réalisation continue d'un grand jeu délibérément choisi ; le passage de l'un à l'autre de ces décors et de ces conflits dont les personnages d'une tragédie mouraient en vingt-quatre heures. Mais le temps de vivre ne manquera plus.

À cette synthèse devront concourir une critique du comportement, un urbanisme influentiel, une technique des ambiances et des rapports, dont nous connaissons les premiers principes.

Il faudra réinventer en permanence l'attraction souveraine que Charles Fourier désignait dans le libre jeu des passions.

Pour l'Internationale lettriste :
Michèle I. Bernstein, André-Frank Conord, Mohamed Dahou, Guy-Ernest Debord, Jacques Fillon, Véra, Gil J Wolman.

ON DÉTRUIT LA RUE SAUVAGE

Un des plus beaux sites spontanément psychogéographiques de Paris est actuellement en voie de disparition :

La rue Sauvage, dans le XIIIe arrondissement, qui présentait la plus bouleversante perspective nocturne de la capitale, placée entre les voies ferrées de la gare d'Austerlitz et un quartier de terrains vagues au bord de la Seine (rue Fulton, rue Bellièvre), est – depuis l'hiver dernier – encadrée de quelques-unes de ces constructions débilitantes que l'on aligne dans nos banlieues pour loger les gens tristes.

Nous déplorons la disparition d'une artère peu connue, et cependant plus *vivante* que les Champs-Élysées et leurs lumières.

Nous ne sommes pas attachés au charme des ruines. Mais les casernes civiles qui s'élèvent à leur place ont une laideur gratuite qui appelle les dynamiteurs.

Potlatch n° 8 • 10 août 1954

POUR LA GUERRE CIVILE AU MAROC

Alors qu'au Maroc la violence augmente chaque jour entre la partie évoluée des populations urbaines et les tribus féodales utilisées par la France, l'action d'une minorité authentiquement révolutionnaire ne doit pas être différée.

Appuyant d'abord les revendications dynastiques du nationalisme, cette minorité peut dès maintenant entraîner la base du mouvement vers une insurrection plus sérieuse, sans subordonner son intervention à une prise de conscience de classe par l'ensemble du prolétariat marocain.

Cette prise de conscience ne jouera pas historiquement dans la crise qui s'ouvre. Il faut essayer de la provoquer dans l'accomplissement d'une lutte engagée par d'autres tendances, sur d'autres plans (terroristes antifrançais, fanatiques religieux).

La guerre de la liberté se mène à partir du désordre.

Internationale lettriste

LES BARBOUILLEURS

L'emploi de la polychromie pour la décoration extérieure des constructions des hommes avait toujours marqué l'apogée, ou la renaissance, d'une civilisation. Il ne reste rien, ou presque, des réalisations des Égyptiens, des Mayas ou Toltèques, ou des Babyloniens dans ce domaine. Mais on en parle encore.

Que les architectes reviennent depuis quelques années à la polychromie ne saurait donc nous surprendre. Mais leur pauvreté spirituelle et créatrice, leur manque total de simple humanité, sont au moins désolants. La polychromie ne sert actuellement qu'à masquer leur incompétence. Deux exemples, choisis après une enquête menée auprès de cent cinquante architectes parisiens, le prouvent assez :

Projet de trois jeunes architectes (22-25-27 ans) persuadés de leur génie et de leur nouveauté, naturellement admirateurs du Corbusier :

À Aubervilliers – lieu déshérité s'il en fut, puisqu'un jeune admirateur du céramiste saint-sulpicien Léger y a déjà fait des siennes –, long cube parallélépipédique rectangle. Pour faire comme il se doit « jouer » la façade jugée trop plate, on la flanquera de panneaux jaunes alternant avec des panneaux violets, de 1 m sur 60 cm. On laissera aux ouvriers le choix de la place des panneaux. Le hasard objectif en quelque sorte.

Mais à quand la première construction absolument « automatique » ?

Projet d'un architecte relativement connu (45 ans) :

Près de Nantes, « blocs » scolaires : deux longs cubes séparés par l'inévitable terrain de sport et ses magnifiques orangers nains en caisse. La construction de droite, côté garçons, sera recouverte de panneaux verts et rouges, 2 m sur 1, la construction de gauche, côté filles, de panneaux jaunes et violets, mêmes dimensions.

Les architectes en question vont réaliser cette adorable débauche de couleurs au moyen de minces panneaux de ciment. Ils ignorent à peu près totalement comment ce matériau va se comporter en présence des réactifs chimiques contenus dans les colorants. À Aubervilliers, seule une gouttière protégera de la pluie une façade de cinq étages. À Nantes, d'ailleurs, même insouciance, mais pour deux étages seulement.

On sait à quel point le violet est désagréablement influentiel ; on sait à quelles pompes il participe en général ; on pressent quel alliage formeront bientôt le jaune sale et le violet délavé. Ces exemples se passeront donc de commentaires. On jugera seulement de la pauvreté actuelle des recherches architecturales quand on saura que la plupart des architectes interviewés, lorsqu'ils s'intéressent à la polychromie, ne semblent vouloir se servir que du jaune et du violet, ou du rouge et du vert, alliage un peu « jeune » pour notre temps. Cependant, un architecte (45-50 ans) de la rue de l'Université, et un autre (même âge) de la rue de Vaugirard, préparent sans forfanterie des compositions plus intéressantes. Le premier, qui revient d'Amérique – et il paraît intéressant de noter qu'actuellement, la forme la plus civilisée d'architecture nous vient des U.S.A. avec Frank Lloyd Wright et son architecture « organique », ou d'Amérique latine, avec Rivera et ses villes –, construit surtout des villas pour gens riches, en travaillant dans les tons clairs, en se servant de matériaux sûrs, du carreau de céramique à la brique hollandaise. Le second travaille dans les mêmes teintes, mais pour des immeubles plus ou moins H.L.M. Il est donc assez limité dans sa recherche, et s'en voit parfois réduit à faire appel au ciment, quand ce n'est pas au « bloc Gilson ». On le regrettera pour lui – et pour les autres.

Ce numéro de Potlatch *a été rédigé par :*
M.-I. Bernstein, A.-F. Conord, Mohamed Dahou, G.-E. Debord, Jacques Fillon, Véra, Wolman.

36 RUE DES MORILLONS

« Et c'est en ce temps-là que l'on commença de voir gravé çà et là sur les chemins, en lettres que personne ne pouvait effacer : *C'est le commencement des aventures par lesquelles le lion mystérieux sera pris...* »

Le curieux destin des objets trouvés ne nous intéresse pas tant que les attitudes de la recherche. Le nommé Graal, après avoir beaucoup défrayé la chronique, a rejoint son supérieur hiérarchique le commissaire principal Dieu, et les autres poulets de la Grande Maison du Père. Il en meurt tous les jours de vieillesse. La profession est tombée en discrédit.

Cependant, les gens qui cherchaient ce Graal, nous voulons croire qu'ils n'étaient pas dupes. Comme leur DÉRIVE nous ressemble, il nous faut voir leurs promenades arbitraires, et leur passion sans fins dernières. Le maquillage religieux ne tient pas. Ces cavaliers d'un western mythique ont tout pour plaire : une grande faculté de s'égarer par jeu ; le voyage émerveillé ; l'amour de la vitesse ; une géographie relative.

La forme d'une table change plus vite que les motifs de boire. Celles dont nous usons ne sont pas souvent rondes ; mais les « châteaux aventureux », nous allons un jour en construire.

Le roman de la Quête du Graal préfigure par quelques côtés un comportement très moderne.

POTLATCH A-T-IL LE PUBLIC
LE PLUS INTELLIGENT DU MONDE ?

•••

Potlatch n° 9-10-11 • 17-31 août 1954

SORTIE DES ARTISTES

Un écho intitulé « *Quand la borne est passée, il n'est plus de limite* » a été retranché en dernière minute du numéro 8 de *Potlatch*. Il signalait la pauvreté d'un poème de Louis Aragon publié par *L'Humanité-Dimanche* à propos de l'armistice en Indochine (« Partout cessez le feu Cessez le feu partout » en était le dernier vers ; et pas le plus drôle). L'écho en question saluait en Louis Aragon un bon disciple du « réaliste socialiste Ponsard ». D'autres considérations nous l'ont fait supprimer.

Certes Louis Aragon prête à rire. Mais nous n'acceptons pas de rire en mauvaise compagnie.

La théorie de l'art réaliste socialiste est évidemment stupide. Cependant si tel chromo produit en U.R.S.S. – ou à côté – peut amener une fraction peu évoluée du prolétariat à prendre conscience de quelques luttes à vivre, nous le tenons pour plus valable que telle apparence de recherche pour la cent millième fois abstraite, non figurative ou « signifiante de l'informel » (IMBÉCILES !) qui accablent les galeries parisiennes et les salons de la bourgeoisie « new look ».

La poésie française ne nous intéresse plus. Nous abandonnons la poésie française et les vins de Bourgogne et la tour Eiffel aux services officiels du Tourisme. Nous ne devons pas donner à penser que nous défendons cette poésie, alors que nous ne soutenons qu'une certaine forme de slogan politique, contre une autre (« Mon parti m'a rendu les couleurs de la France… ») qui serait d'un comique plaisant si l'on n'y découvrait pas d'abord le sabotage de l'esprit révolutionnaire des ouvriers français.

Pour la rédaction :
M. Dahou, G.-E. Debord, J. Fillon, Véra.

NOS LECTEURS ONT RECTIFIÉ D'EUX-MÊMES...

A.F. Conord, dont la maladresse du style ne parvenait pas à dissimuler l'indigence de la pensée, a été définitivement exclu le 29 août, sous l'accusation de néobouddhisme, évangélisme, spiritisme.

Nous avisons nos correspondants de la nouvelle adresse de *Potlatch* :

Mohamed Dahou, 32, rue de la Montagne-Geneviève, Paris 5e.

La publication hebdomadaire de *Potlatch* reprendra à la fin de ce mois.

Le numéro 12 paraîtra le mardi 28 septembre.

PROCÈS-VERBAL

Le parti pris de silence des journaux à notre propos est largement compensé par une sorte de légende fâcheuse édifiée de bouche à oreille dans certains milieux.

Les témoignages qui nous parviennent périodiquement de différents secteurs du monde dit intellectuel font tous état de faux bruits périodiquement relancés avec la même conviction par les mêmes personnes : arbitraire intolérable d'un prétendu « comité directeur » qui exercerait un contrôle dictatorial sur la conduite des lettristes ; utilisation d'hommes de main et de tous les moyens de pression ; participation à divers trafics dont le mouvement pseudo-idéologique ne serait que la couverture ; voire même subventions de Moscou ou de Tel-Aviv, à votre bon cœur...

Aussi apparent que soit le ridicule de l'entreprise, il se bâtit une sorte de « cycle lettriste » quelque part entre les romans bretons, Fantômas et la rue Xavier-Privas.

À l'invention de ces anecdotes, qui peuvent nous discréditer plus facilement que le débat des idées, certains exclus du groupe paraissent avoir consacré leur vie, et leurs capacités mythomaniaques. Tout cela n'est guère plus sérieux que la célèbre formule (de Mauriac, paraît-il) : « Il faut tuer les lettristes pendant qu'ils sont jeunes. »

Un autre idiot (Pierre Emmanuel) parlait bien, après la manifestation de Pâques 1950 à Notre-Dame, d'« écraser les têtes des perturbateurs sur les marches du maître-autel ».

Cependant, la sottise d'une provocation ne saurait suffire à la faire longtemps tolérer.

Une récente réunion plénière a convenu de la nécessité de combattre ces rumeurs à leur source avec l'énergie désirable : « Il faut donner aux événements une tournure sérieuse qui force les plus incrédules à avoir peur. » (Rapport de Jacques Fillon.)

Un groupe spécial a été chargé de ce travail.

I.L.

EN ATTENDANT LA FERMETURE DES ÉGLISES

Malgré ce calendrier de 1793 qui essayait d'imposer un autre cycle, le mot déplaisant de « saint » continue de salir les murs d'une multitude de rues parisiennes dont il commande l'appellation.

Depuis quelques mois, nous nous plaisons à mener campagne pour la suppression de ce vocable, dans la correspondance comme dans nos conversations. Les noms des rues sont passagers. Qu'est-ce que l'avenir en gardera sinon peut-être, pour mémoire, l'Impasse de l'Enfant-Jésus ? (15e arrondissement, métro Pasteur.)

L'administration des P.T.T. se soumet dès à présent au vœu de son public : les lettres parviennent boulevard Germain ou rue Honoré.

Nous invitons la partie saine de l'opinion à soutenir cette entreprise de salubrité publique.

ARIANE EN CHÔMAGE

On peut découvrir d'un seul coup d'œil l'ordonnance cartésienne du prétendu « labyrinthe » du Jardin des Plantes et l'inscription qui l'annonce : les jeux sont interdits dans le labyrinthe.

On ne saurait trouver un résumé plus clair de l'esprit de toute une civilisation. Celle-là même que nous finirons par abattre.

Potlatch n° 12 • 28 septembre 1954

LES COLONIES LES PLUS SOLIDES...

« D'après les nouvelles qui nous ont été données, il s'agit d'une secousse du huitième degré, qualifié de ruineux, ou même du neuvième degré, qualifié de désastreux. On assiste, dans ce cas, à une destruction partielle ou totale des édifices les plus solides... » (les journaux, le 10 septembre).

Orléansville, centre du Groupe algérien de l'I.L., « la ville la plus lettriste du monde » selon son slogan que justifiait l'appui apporté à notre programme par une fraction évoluée de sa population algérienne, a été rayée de la carte par le séisme du 9 septembre, et les secousses des jours suivants.

Parmi les treize cents morts et les milliers de blessés, nous déplorons la perte de la majeure partie du Groupe algérien. Mohamed Dahou, envoyé sur place, n'a pu encore nous faire parvenir le chiffre exact, en raison de la dispersion des habitants.

Les « Actualités françaises », plus en verve que jamais, ont célébré l'événement par un petit film qui montre uniquement des Européens, leurs cercueils, leurs crucifix, leurs prêtres, leurs évêques – burlesque tendant à faire voir que l'Algérie est dans son ensemble une région de peuplement français, de religion catholique, et de niveau de vie élevé quand la terre n'y tremble pas.

En revanche, *Le Monde* du 19 septembre faisait état de l'action d'« agitateurs » indéfinis, parmi les indigènes restés dans Orléansville, qui est occupée militairement.

La question de la reconstruction d'Orléansville pose en effet des problèmes très graves.

Quelle que soit l'hostilité du groupe lettriste algérien, et des éléments qu'il influence, envers l'édification de blocs d'habitations-casernes vaguement néo-corbusiers, il est évident qu'au stade actuel de notre action une critique sérieuse de cette forme particulièrement *désastreuse* d'architecture ne peut être maintenue, alors que quarante mille personnes attendent de l'Administration un abri quelconque.

Mais il convient de combattre résolument le projet officiel de reconstruction des logements indigènes *en dehors* de la ville, sur l'emplacement déblayé de laquelle s'élèverait plus tard une nouvelle cité exclusivement européenne.

Le Groupe algérien dénoncera constamment cette discrimination, et provoquera contre le ghetto prémédité une opposition unanime.

« LES YEUX FERMÉS, J'ACHÈTE TOUT AU PRINTEMPS »

Il y a aujourd'hui quatre-vingt-dix ans, le 28 septembre 1864, l'Association Internationale des Travailleurs se réunissait pour la première fois.

LA JEUNESSE POURRIE

Pierre-Joël Berlé qui, le 23 août dernier, à l'issue d'une beuverie dans un appartement de la rue Dauphine, assomma un de ses compagnons à coups de bouteille n'appartenait plus à l'Internationale lettriste depuis la série d'exclusions de septembre 1953 (élimination d'éléments à tendances fascistes, ou simplement crapuleuses). Cependant le prêche publié comme d'habitude par *L'Aurore* (« Tous ces ratés et ces incapables ne peuvent vivre que des libéralités de leurs proches », etc.) ne saurait détourner notre attention des vrais responsables, de ceux qui maintiennent la vie sociale dans la pauvreté dont de tels faits divers témoignent : entre pas mal d'autres, les valets de *L'Aurore* (tous ces ratés et ces incapables ne peuvent vivre que des libéralités de Boussac...).

Marcel Boussac (1889-1980), fondateur d'un groupe textile, propriétaire du journal *L'Aurore*.

Nous tenons pour également méprisables les valeurs bourgeoises d'exploitation, dont *L'Aurore* représente la plus intransigeante défense, et la vulgarité d'une jeunesse inconsciente – inconsciente au point même d'ignorer cette exploitation, et le mince champ libre qu'elle laisse aux débauches *désargentées*.

Ce numéro de Potlatch *a été rédigé par :*
Michèle Bernstein, G.-E. Debord, Jacques Fillon, Véra, Gil J Wolman.

ÇA COMMENCE BIEN !

ARTHUR RIMBAUD
SELON M. PETITFILS

Messieurs les Critiques, où en est la véritable érudition française ? Le numéro spécial du *Bateau Ivre* (dépôt à Paris : Ed. Messein) consacré au centenaire de Rimbaud a été entièrement rédigé par M. Pierre Petitfils, qu'on put croire naguère un exégète passable. De ces quelques pages, où un vent soufflant des Ardennes a bousculé l'ordre des préséances au point que le « commerçant » y tient autant sinon plus de place que « l'homme de lettres » (*sic*), nous ne relèverons pas les diverses énormités : ainsi Rimbaud, vivant portrait de sa mère (p. 14). Il est vrai qu'ici l'iconographie est d'une indigente fantaisie, pour ne pas dire pis, ce qui ne saurait surprendre au souvenir du tableau de Jeff Rosman, véritable inédit celui-là, que M. Petitfils, dans une lettre du 5 avril 1947, déclara être « incontestablement un faux ». Ce que devait contredire formellement l'expertise.

Mais notre homme se surpasse d'entrée de jeu : il étudie gravement l'attribution très probable à Rimbaud d'un texte qui serait son premier poème, recopié par lui, ou par quelque peste déjà dévote à sa gloire. « Il n'y a aucun doute possible, nous sommes en présence d'une composition personnelle d'un écolier d'une douzaine d'années. Tout l'indique... » Si le manuscrit peut être « d'Arthur ou de l'une de ses sœurs » l'esprit qui y règne, « l'impassibilité déjà parnassienne », sont bien d'un garçon :

Superbes monuments de l'orgueil des humains,
Pyramides, tombeaux dont la noble structure
Témoigne que l'art par l'adresse des mains
Et l'assidu travail peut vaincre la nature,

Vieux palais ruinés, chef-d'œuvre des Romains,
Et les derniers efforts de leur architecture,
Colysée, où souvent deux peuples inhumains
De s'entre assassiner se donnaient tablature,

Par l'injure des ans vous êtes abolis,
Ou du moins la plupart vous êtes démolis !
Il n'est point de ciment que le temps ne dissoudre.

Si vos marbres si durs ont senti son pouvoir,
Dois-je donc m'étonner qu'un méchant pourpoint noir
Qui m'a duré dix ans, soit percé par le coude ?

Le malheur est qu'il s'agit d'un sonnet presque célèbre... de Paul Scarron (1610-1660).

Cette pièce figure en bonne place, non seulement dans les *Œuvres* (choisies) de Scarron, réimprimées par M. Ch. Bausset en 1877 sur l'édition de 1663 (T. I, p. 80), mais dans l'*Anthologie poétique française* (XVIIe siècle) de M. Maurice Allem (Paris, Garnier, 1916, T. II, p. 84). Elle est si connue que le grand *Larousse Universel du XIXe siècle* la reproduit (s.v. *Sonnet*) à titre de « curiosité du genre ». D'après ces versions concordantes, signalons que l'erreur de copie au troisième vers consiste à avoir écrit *témoigne* au lieu de *a témoigné*. Au onzième vers, la faute de français qui « ahurit » M. Petitfils n'est pas un « tâtonnement » mais la transcription maladroite d'un archaïsme. Scarron écrivait : *Il n'est point de ciment que le temps ne dissoude* (sans *r*). « La conjugaison de ce verbe est difficile » avoue Littré, qui cite ce vers comme exemple, et y ajoute, d'après Ambroise Paré, *dissoudant* en participe présent : hésitations dues à la similitude des formes latines du subjonctif présent et du futur (*je dissoudrai*).

On ne peut que regretter la manière dont la mémoire de M. Jules Mouquet est mêlée à cette espièglerie. M. Petitfils s'abrite derrière un brouillon que celui-ci n'aurait pas eu « l'audace » (?) ou « le temps » de publier. S'il n'a pas le temps de feuilleter un dictionnaire, M. Petitfils par contre ne manque pas d'effronterie. Il découvrirait demain un Rimbaud-Turoldus ou un Rimbaud-Casimir Delavigne que nous n'en serions pas autrement saisis. Au fait, qu'en pensent MM. les membres du Comité de Patronage des fêtes de Charleville, et tout particulièrement M. Georges Duhamel, président des « Amis (*sic*) de Rimbaud », dont *le Bateau Ivre* est en principe le bulletin de liaison ? Qu'en pensent les membres du Comité d'Action, parmi lesquels figure M. Pierre Petitfils — on aimerait savoir à quel titre ? Sans doute par voie d'héritage, comme le prouve cette dédicace à son *Œuvre et visage d'Arthur Rimbaud* :

A la mémoire de M. Elysée Petitfils, architecte de la ville de Charleville, auteur du socle du monument élevé à Rimbaud, Square de la Gare, son descendant dédie cet autre monument à la gloire du poète.

Et maintenant, bon voyage !

Pour le mouvement surréaliste : Jean-Louis Bédouin, Robert Benayoun, André Breton, Adrien Dax, Charles Flamand, Georges Goldfayn, Simon Hantaï, Alain Lebreton, Gérard Legrand, Nora Mitrani, Wolfgang Paalen, Benjamin Péret, José Pierre, Judith Reigl, Jean Schuster, Anne Seghers, Toyen, François Valorbe.

Pour l'internationale lettriste : Michèle Bernstein, Mohamed Dahou, Guy-Ernest Debord, Jacques Fillon, Gilles J Wolman.

Tract reproduit en fac-similé page précédente.

ÇA COMMENCE BIEN !

Messieurs les Critiques, où en est la véritable érudition française ? Le numéro spécial du *Bateau Ivre* (dépôt à Paris : Ed. Messein) consacré au centenaire de Rimbaud a été entièrement rédigé par M. Pierre Petitfils, qu'on put croire naguère un exégète passable. De ces quelques pages, où un vent soufflant des Ardennes a bousculé l'ordre des préséances au point que le « commerçant » y tient autant sinon plus de place que « l'homme de lettres » (*sic*), nous ne relèverons pas les diverses énormités : ainsi Rimbaud, vivant portrait de sa mère (p. 14). Il est vrai qu'ici l'iconographie est d'une indigente fantaisie, pour ne pas dire pis, ce qui ne saurait surprendre au souvenir du tableau de Jeff Rosman, véritable inédit celui-là, que M. Petitfils, dans une lettre du 5 avril 1947, déclara être « incontestablement un faux ». Ce que devait contredire formellement l'expertise.

Mais notre homme se surpasse d'entrée de jeu : il étudie gravement l'attribution très probable à Rimbaud d'un texte qui serait son premier poème, recopié par lui, ou par quelque peste déjà dévote à sa gloire. « Il n'y a aucun doute possible, nous sommes en présence d'une composition personnelle d'un écolier d'une douzaine d'années. Tout l'indique... » Si le manuscrit peut être « d'Arthur ou de l'une de ses sœurs » l'esprit qui y règne, « l'impassibilité déjà parnassienne », sont bien d'un garçon :

Superbes monuments de l'orgueil des humains,
Pyramides, tombeaux dont la noble structure
Témoigne que l'art par l'adresse des mains
Et l'assidu travail peut vaincre la nature,

Vieux palais ruinés, chef-d'œuvre des Romains,
Et les derniers efforts de leur architecture,
Colysée, où souvent deux peuples inhumains
De s'entre assassiner se donnaient tablature,

Par l'injure des ans vous êtes abolis,
Ou du moins la plupart vous êtes démolis !
Il n'est point de ciment que le temps ne dissoudre.

Si vos marbres si durs ont senti son pouvoir,
Dois-je donc m'étonner qu'un méchant pourpoint noir
Qui m'a duré dix ans, soit percé par le coude ?

Le malheur est qu'il s'agit d'un sonnet presque célèbre... de Paul Scarron (1610-1660).

Cette pièce figure en bonne place, non seulement dans les *Œuvres* (choisies) de Scarron, réimprimées par M. Ch. Bausset en 1877 sur l'édition de 1663 (T. I, p. 80), mais dans l'*Anthologie poétique française* (XVIIe siècle) de M. Maurice Allem (Paris, Garnier, 1916, T. II, p. 84). Elle est si connue que le grand *Larousse universel du XIXe siècle* la reproduit (s.v. *Sonnet*) à titre de « curiosité du genre ». D'après ces versions concordantes, signalons que l'erreur de copie au troisième vers consiste à avoir écrit *témoigne* au lieu de *a témoigné.* Au onzième vers, la faute de français qui « ahurit » M. Petitfils n'est pas un « tâtonnement » mais la transcription maladroite d'un archaïsme. Scarron écrivait : *Il n'est point de ciment que le temps ne dissoude* (sans *r*). « La conjugaison de ce verbe est difficile » avoue Littré, qui cite ce vers comme exemple, et y ajoute, d'après Ambroise Paré, *dissoudant* en participe présent : hésitations dues à la similitude des formes latines du subjonctif présent et du futur (*je dissoudrai*).

On ne peut que regretter la manière dont la mémoire de M. Jules Mouquet est mêlée à cette espièglerie. M. Petitfils s'abrite derrière un brouillon que celui-ci n'aurait pas eu « l'audace » (?) ou le « temps » de publier. S'il n'a pas le temps de feuilleter un dictionnaire, M. Petitfils par contre ne manque pas d'effronterie. Il découvrirait demain un Rimbaud-Turoldus ou un Rimbaud-Casimir Delavigne que nous n'en serions pas autrement saisis. Au fait, qu'en pensent MM. les membres du Comité de Patronage des fêtes de Charleville, et tout particulièrement M. Georges Duhamel, président des « Amis (*sic*) de

Rimbaud », dont le *Bateau Ivre* est en principe le bulletin de liaison ? Qu'en pensent les membres du Comité d'Action, parmi lesquels figure M. Pierre Petitfils – on aimerait savoir à quel titre ? Sans doute par voie d'héritage, comme le prouve cette dédicace à son *Œuvre et visage d'Arthur Rimbaud* :

> *À la mémoire de M. Élysée Petitfils, architecte de la ville de Charleville, auteur du socle du monument élevé à Rimbaud, Square de la Gare, son descendant dédie cet autre monument à la gloire du poète.*

Et maintenant, bon voyage !

Pour le mouvement surréaliste : Jean-Louis Bédouin, Robert Benayoun, André Breton, Adrien Dax, Charles Flamand, Georges Goldfayn, Simon Hantaï, Alain Lebreton, Gérard Legrand, Nora Mitrani, Wolfgang Paalen, Benjamin Péret, José Pierre, Judith Reigl, Jean Schuster, Anne Seghers, Toyen, François Valorbe.

Pour l'Internationale lettriste : Michèle Bernstein, Mohamed Dahou, Guy-Ernest Debord, Jacques Fillon, Gilles J Wolman.

ET ÇA FINIT MAL,

Un communiqué de l'internationale lettriste

Le 4 août 1954, M. Schuster, directeur de la revue surréaliste « Médium », nous a écrit pour demander, à propos de la prochaine commémoration du centenaire de Rimbaud à Charleville, d'entrer en contact avec nous « afin d'envisager les modalités d'une éventuelle intervention commune ».

Malgré les graves réserves que nous formulions sur l'activité des surréalistes français et ladite publication, nous avons cru devoir encourager cette initiative qui pouvait signifier le premier éveil d'éléments valables parmi les épigones de ce mouvement.

Quelques jours plus tard nous avons reçu MM. Legrand, Péret et Schuster avec lesquels nous avons convenu du sabotage de la cérémonie par nos groupes réunis. M. Legrand fut désigné par les surréalistes et G.-E. Debord par les lettristes pour rédiger ensemble un tract. Le texte suivant a été adopté :

> Le premier buste de Jean-Arthur Rimbaud, érigé par ses concitoyens reconnaissants, servait en 1914-1918 à la fabrication d'obus allemands.
>
> En 1927, le tract surréaliste « Permettez » souhaitait le même sort au deuxième. Ce fut chose faite. Avec une louable obstination dans l'erreur, les gens de Charleville inaugurent aujourd'hui le troisième, toujours sur la Place de la Gare.
>
> Ce trafic ne nous étonne pas. Dans une société fondée sur la lutte des classes, il ne saurait y avoir d'histoire littéraire « impartiale ». *Toute* la critique *utilise*, d'une façon ou d'une autre, les bouleversements successifs des disciplines esthétiques pour la défense de l'idéologie de la classe dominante.
>
> Nous ne nous dissimulons pas qu'une révolution de l'expression ne peut suffire à imposer la « vraie vie ». Elle seule est, à nos yeux, le but de cette lutte, à l'origine et à la fin de laquelle nous reconnaissons une revendication *morale*, dont le triomphe nous importe exclusivement.
>
> La célébration de Rimbaud au sortir de la messe, ce dimanche 17 octobre, nous paraît par trop importune. C'est en fonction de cet impératif éthique, qui englobe le dégoût de voir des imbéciles s'exprimer à propos de sa poésie, que nous nous rendons à Charleville dans l'intention d'y porter quelque trouble.

Le 27 septembre, dix jours après que ce texte eût été transmis par M. Legrand à ses amis, M. Schuster nous avisait téléphoniquement de difficultés survenues quant à la signature du tract. Rendez-vous fut pris pour en discuter les termes. Le 3 octobre, MM. Bédouin, Goldfayn, Hantaï, Legrand, Schuster et Toyen sont venus pour défendre leur thèse.

C'est l'idée même du texte qui était en cause : *dans une société fondée sur la lutte des classes, il ne saurait y avoir de critique littéraire « impartiale ». Toute la critique utilise, d'une façon ou d'une autre, les bouleversements successifs des disciplines esthétiques pour la défense de l'idéologie de la classe dominante.*

Les délégués surréalistes ne voulaient pas accepter la « consonnance marxiste » de cette phrase. Ils ne voulaient pas expliquer ce processus par le matérialisme historique. Ils ne voulaient pas réfuter cette explication. Ils s'avouaient incapables de l'expliquer autrement. Ils se déclaraient résolus à protester jusqu'à la fin des temps dans les termes de 1927. Ils ne souhaitaient pas comprendre les mécanismes qui régissent ces affaires, et les autres, en dépit de toutes les protestations verbeuses. Ils ne voulaient surtout pas être mêlés à une manifestation qui put sembler politique.

Ils ne voulaient même pas sortir. Nous avons dû le leur suggérer.

Quelques appréciations qui s'imposent

M. BEDOUIN REINVENTE LA CULTURE

Dénoncer les causes économiques du truquage continuel des gloires posthumes semblait par trop marxiste aux amis de M. Breton. Plus malin que les autres, M. Bédouin, à propos de la phrase incriminée, criait même au marxisme douteux. On lui apprend qu'elle était, à l'échange près du terme « science » remplacé par « critique littéraire », tirée d'un article de Lénine (revue Prosvechtchénié, n° 3, mars 1913). La position de M. Bédouin n'en est pas atteinte puisque pour lui « en matière de marxisme, Lénine ne peut passer pour une autorité ».

Les limites du sérieux sont depuis longtemps franchies. Il y a déjà plusieurs années que M. Bédouin fait carrière dans une prose surréaliste dont on connaît bien la facture. Le disciple qui apporte sa part à un système ne peut être pour lui qu'un disciple suspect. Le Surréalisme « se maintient » — il s'en flatte — dans l'ordre et la fidélité.

Nous sommes donc fondés à penser que M. Bédouin est, lui, une autorité en matière de Surréalisme.

TOMBEAU DE MONTAIGNE

Dans une Diète célèbre de l'Empire Romain Germanique, une foule de hobereaux se rencontraient pour s'opposer des vétos réciproques, droit primordial reconnu à chacun. Le Surréalisme actuel a dépassé cet amusement pour autant que ce ne sont plus des opinions qui s'opposent, mais des abstentions.

On demande à Schuster quel est l'avis du groupe qu'il représente. Nous n'avons, répond-il, que des opinions personnelles. On le presse d'exposer son opinion personnelle. Il répond qu'il est dans le doute.

Legrand n'est pas marxiste. Il n'approuve pas de texte marxiste. Or, délégué par ses amis, il a collaboré à la rédaction d'un texte marxiste. Il convient que ce texte est marxiste.

On lui demande d'expliquer son geste. Il répond de bonne grâce qu'ayant écrit ce texte il n'en porte plus la responsabilité, et ne saurait donc en parler.

L'OPPOSITION DE SA MAJESTE

Le scandale à l'intérieur d'un système ne tire pas à conséquence. Les surréalistes restent chaudement installés dans un ordre économique qu'ils disent réprouver ou qu'ils ignorent selon l'heure, surréalistes de père en fils.

Dans les limites de la société bourgeoise, on les encourage à faire quelque bruit, et ceux qui s'en tirent le plus plaisamment peuvent même devenir des *salariés* (les marchands de tableaux, les éditeurs engagent et licencient). On tient ce bruit dans des limites décentes. Celles-là mêmes dans lesquelles on tolère le scandale en famille. Toute tentative pour passer outre se heurte aux mêmes répressions, qui ne sont pas tant d'origine morale que financière.

Il faut juger les gens sur leur mode de vie, et pas sur leurs phrases. Pour les surréalistes, les problèmes économiques, la révolution sociale ne sont point affaires primordiales. Ils essaient de se persuader qu'ils échappent à ces contingences, et semblent le croire. Cependant, ils vivent ; ils consomment. A première vue ils n'ont pas l'apparence de capitalistes, de faux-monnayeurs ou de gangsters. On pourrait les prendre pour des employés de bureau ou des séminaristes. Ils sont donc employés de bureau.

Le Surréalisme et les momômes resteront permis, dans cette part de désordre sans danger qui constitue le plus sûr garant de la bonne continuation du Quartier des Ecoles et du monde bourgeois.

GIL J WOLMAN ECRIT A ANDRE BRETON

Breton, aujourd'hui c'est la faillite. Il y a trop longtemps que votre entreprise est déficitaire. Ce ne sont décidément pas vos associés qui vous sortiront de là. Ils ne savent même pas se tenir à table. Vous n'êtes plus servi comme avant.

Il faut déposer votre bilan. Ce n'est pas la misère. Votre fille se doit bien de s'occuper de son vieux père : vous vous êtes tant sacrifié pour elle pendant la guerre d'Espagne.

Le mouvement surréaliste est-il composé d'imbéciles ou de

FAUSSAIRES

Cette mise au point a été publiée le 7 octobre 1954, au verso d'un tract surréaliste que l'Internationale lettriste avait accepté de contresigner en septembre.

Groupe Français de l'Internationale lettriste, 32, rue de la Montagne-Geneviève, PARIS (5e).

Tract reproduit en fac-similé page précédente.

ET ÇA FINIT MAL,

Un communiqué de l'Internationale lettriste

Le 4 août 1954, M. Schuster, directeur de la revue surréaliste *Médium*, nous a écrit pour demander, à propos de la prochaine commémoration du centenaire de Rimbaud à Charleville, d'entrer en contact avec nous « afin d'envisager les modalités d'une éventuelle intervention commune ».

Malgré les graves réserves que nous formulions sur l'activité des surréalistes français et ladite publication, nous avons cru devoir encourager cette initiative qui pouvait signifier le premier éveil d'éléments valables parmi les épigones de ce mouvement.

Quelques jours plus tard nous avons reçu MM. Legrand, Péret et Schuster avec lesquels nous avons convenu du sabotage de la cérémonie par nos groupes réunis. M. Legrand fut désigné par les surréalistes et G.-E. Debord par les lettristes pour rédiger ensemble un tract. Le texte suivant a été adopté :

> Le premier buste de Jean-Arthur Rimbaud, érigé par ses concitoyens reconnaissants, servait en 1914-1918 à la fabrication d'obus allemands.
>
> En 1927, le tract surréaliste *Permettez* souhaitait le même sort au deuxième. Ce fut chose faite. Avec une louable obstination dans l'erreur, les gens de Charleville inaugurent aujourd'hui le troisième, toujours sur la Place de la Gare.
>
> Ce trafic ne nous étonne pas. Dans une société fondée sur la lutte des classes, il ne saurait y avoir d'histoire littéraire « impartiale ». *Toute* la critique *utilise*, d'une façon ou d'une autre, les bouleversements successifs des disciplines esthétiques pour la défense de l'idéologie de la classe dominante.
>
> Nous ne nous dissimulons pas qu'une révolution de l'expression ne peut suffire à imposer la « vraie vie ». Elle seule est, à nos yeux, le but de cette lutte, à l'origine et à la fin de laquelle nous reconnaissons une revendication *morale*, dont le triomphe nous importe exclusivement.

> La célébration de Rimbaud au sortir de la messe, ce dimanche 17 octobre, nous paraît par trop importune. C'est en fonction de cet impératif éthique, qui englobe le dégoût de voir des imbéciles s'exprimer à propos de sa poésie, que nous nous rendons à Charleville dans l'intention d'y porter quelque trouble.

Le 27 septembre, dix jours après que ce texte eût été transmis par M. Legrand à ses amis, M. Schuster nous avisait téléphoniquement de difficultés survenues quant à la signature du tract. Rendez-vous fut pris pour en discuter les termes. Le 3 octobre, MM. Bédouin, Goldfayn, Hantaï, Legrand, Schuster et Toyen sont venus pour défendre leur thèse.

C'est l'idée même du texte qui était en cause : *dans une société fondée sur la lutte des classes, il ne saurait y avoir de critique littéraire « impartiale ». Toute la critique utilise, d'une façon ou d'une autre, les bouleversements successifs des disciplines esthétiques pour la défense de l'idéologie de la classe dominante.*

Les délégués surréalistes ne voulaient pas accepter la « consonance marxiste » de cette phrase. Ils ne voulaient pas expliquer ce processus par le matérialisme historique. Ils ne voulaient pas réfuter cette explication. Ils s'avouaient incapables de l'expliquer autrement. Ils se déclaraient résolus à protester jusqu'à la fin des temps dans les termes de 1927. Ils ne souhaitaient pas comprendre les mécanismes qui régissent ces affaires, et les autres, en dépit de toutes les protestations verbeuses. Ils ne voulaient surtout pas être mêlés à une manifestation qui put sembler politique.

Ils ne voulaient même pas sortir. Nous avons dû le leur suggérer.

Quelques appréciations qui s'imposent

M. BÉDOUIN RÉINVENTE LA CULTURE

Dénoncer les causes économiques du truquage continuel des gloires posthumes semblait par trop marxiste aux amis de M. Breton. Plus malin que les autres, M. Bédouin, à propos de la phrase incriminée, criait même au marxisme douteux. On lui apprend qu'elle était, à l'échange près du terme « science » remplacé par « critique littéraire », tirée d'un article de Lénine (revue *Prosvechtchénié*, n° 3, mars 1913). La position de M. Bédouin n'en est pas atteinte puisque pour lui « en matière de marxisme, Lénine ne peut passer pour une autorité ».

Les limites du sérieux sont depuis longtemps franchies. Il y a déjà plusieurs années que M. Bédouin fait carrière dans une prose surréaliste dont on connaît bien la facture. Le disciple qui apporte sa part à un système ne peut être pour lui qu'un disciple suspect. Le Surréalisme « se maintient » – il s'en flatte – dans l'ordre et la fidélité.

Nous sommes donc fondés à penser que M. Bédouin est, lui, une autorité en matière de Surréalisme.

TOMBEAU DE MONTAIGNE

Dans une Diète célèbre de l'Empire romain germanique, une foule de hobereaux se rencontraient pour s'opposer des veto réciproques, droit primordial reconnu à chacun. Le Surréalisme actuel a dépassé cet amusement pour autant que ce ne sont plus des opinions qui s'opposent, mais des abstentions.

On demande à Schuster quel est l'avis du groupe qu'il représente. Nous n'avons, répond-il, que des opinions personnelles. On le presse d'exposer son opinion personnelle. Il répond qu'il est dans le doute.

Legrand n'est pas marxiste. Il n'approuve pas de texte marxiste. Or, délégué par ses amis, il a collaboré à la rédaction d'un texte marxiste. Il convient que ce texte est marxiste.

On lui demande d'expliquer son geste. Il répond de bonne grâce qu'ayant écrit ce texte il n'en porte plus la responsabilité, et ne saurait donc en parler.

L'OPPOSITION DE SA MAJESTÉ

Le scandale à l'intérieur d'un système ne tire pas à conséquence. Les surréalistes restent chaudement installés dans un ordre économique qu'ils disent réprouver ou qu'ils ignorent selon l'heure, surréalistes de père en fils.

Dans les limites de la société bourgeoise, on les encourage à faire quelque bruit, et ceux qui s'en tirent le plus plaisamment peuvent même devenir des *salariés* (les marchands de tableaux, les éditeurs engagent et licencient). On tient ce bruit dans des limites décentes. Celles-là mêmes dans lesquelles on tolère le scandale en famille. Toute tentative pour passer outre se heurte aux mêmes répressions, qui ne sont pas tant d'origine morale que financière.

Il faut juger les gens sur leur mode de vie, et pas sur leurs phrases. Pour les surréalistes, les problèmes économiques, la révolution sociale ne sont point affaires primordiales. Ils essaient de se persuader qu'ils échappent à ces contingences, et semblent le croire. Cependant, ils vivent ; ils consomment. À première vue ils n'ont pas l'apparence de capitalistes, de faux-monnayeurs ou de gangsters. On pourrait les prendre pour des employés de bureau ou des séminaristes. Ils sont donc employés de bureau.

Le Surréalisme et les monômes resteront permis, dans cette part de désordre sans danger qui constitue le plus sûr garant de la bonne continuation du Quartier des Écoles et du monde bourgeois.

GIL J WOLMAN ÉCRIT À ANDRÉ BRETON

Breton, aujourd'hui c'est la faillite. Il y a trop longtemps que votre entreprise est déficitaire. Ce ne sont décidément pas vos associés qui vous sortiront de là. Ils ne savent même pas se tenir à table. Vous n'êtes plus servi comme avant.

Il faut déposer votre bilan. Ce n'est pas la misère. Votre fille se doit bien de s'occuper de son vieux père : vous vous êtes tant sacrifié pour elle pendant la guerre d'Espagne.

Le mouvement surréaliste est-il composé d'imbéciles ou de

FAUSSAIRES

Cette mise au point a été publiée le 7 octobre 1954, au verso d'un tract surréaliste que l'Internationale lettriste avait accepté de contresigner en septembre.

Groupe Français de l'Internationale lettriste, 32, rue de la Montagne-Geneviève, Paris (5e).

Potlatch n° 13 • 23 octobre 1954

LE « RÉSEAU BRETON » ET LA CHASSE AUX ROUGES

Breton et ses pauvres amis ont répondu à notre mise au point du 7 octobre, en révélant l'« obédience moscoutaire » de l'Internationale lettriste. C'est du moins ce que nous apprend un écho paru dans *Le Figaro littéraire* du 22 octobre, car les mêmes gens, trop lâches pour manifester à Charleville, ont été trop lâches pour nous communiquer un tract publié contre nous.

En négligeant le sentiment du dégoût inspiré par les six individus (nommés Bédouin, Goldfayn, Hantaï, Legrand, Schuster, Toyen) qui, étant présents à la discussion du 3 octobre, connaissaient notre position réelle, nous ne pouvons que rire de cette colère sénile. Et de cette prudence.

À propos de notre éventuelle appartenance à quelque N.K.V.D. nous tenons pour déshonorante toute dénégation face à des inquisiteurs bourgeois comme André Breton et Joseph MacCarthy. Au reste, il est vrai qu'en des circonstances qui commandent le choix nous nous trouverions naturellement aux côtés de ces « moscoutaires » contre leurs maîtres et les singes de leurs maîtres.

Internationale lettriste

Petite annonce

Le numéro suivant de *Potlatch* (30 novembre 1954) reproduisait le tract surréaliste *Familiers du Grand Truc* (13 octobre 1954) avec cette précision : « Le 29 novembre, quelques-uns de nos gens, ayant enfin saisi sur la voie publique des

Breton, jeunes compagnons de Breton, faites un bon mouvement – un beau geste : envoyez-nous un exemplaire du tract où vous nous insultez. N'ayez pas peur. On ne vous battra pas. C'est seulement pour rire. Nous aimons bien votre style.

Lettre au Rédacteur en chef de *Combat*

Monsieur,

Mis en cause par l'article intitulé « Le centenaire de Charleville » (*Combat* du 21 octobre) nous vous communiquons les précisions suivantes :

Il n'y a pas eu de « différends » entre surréalistes et lettristes à propos du scandale de Charleville. Simplement une défection tardive de l'ensemble des surréalistes, et le reniement par certains d'entre eux de leur signature donnée auparavant à un texte, marxiste en effet.

Nous ne souhaitons pas tenir le rôle d'amuseur dans les solennités, littéraires ou autres, de ce régime. Le Surréalisme, précisément, n'a que trop exploité cette veine. Nous ne goûtons plus guère les charmes du tapage inoffensif. Dans cette mesure, il faut en convenir, nous avons « oublié Rimbaud ».

« Crier haut, hurler, tempêter », comme le conseille l'auteur de cet article aux « trouble-fête s'admirant trop » que nous sommes, nous en savons l'aimable inefficacité.

La fête continue, et nous sommes sûrs de participer quelque jour à sa plus sérieuse interruption.

Le 21 octobre 1954

Pour l'Internationale lettriste :
Debord, Wolman.

signataires du tract que M. André Breton nous avait consacré au début d'octobre, ont pris possession de ce tract. Nous livrons à nos lecteurs le texte intégral du libelle surréaliste dont la principale originalité polémique est d'avoir été diffusé sous le manteau, M. Breton et ses amis s'étant imprudemment engagés à nous empêcher, quoi qu'il arrive, d'en connaître la teneur. » Et, à la suite de ce tract, ce commentaire : « Nous nous contentons aujourd'hui de rendre publique les dénonciations de M. Breton, et d'envoyer nos camarades relire la collection complète de *La Révolution surréaliste* qui, vers la fin du premier quart de ce siècle, fut une entreprise intelligente, et honorable. »

FLIC ET CURÉ SANS RIDEAU DE FER

Chaplin, en qui nous dénoncions dès la sortie tapageuse de *Limelight* « l'escroc aux sentiments, le maître chanteur de la souffrance », continue ses bonnes œuvres. On ne s'étonne pas de le voir tomber dans les bras du répugnant abbé Pierre pour lui transmettre l'argent « progressiste » du Prix de la Paix.

Lors d'un réception à l'hôtel Crillon, Chaplin remet les 2 millions de francs du Prix de la Paix à l'abbé Pierre.

Pour tout ce monde le travail est le même : détourner ou endormir les plus pressantes revendications des masses.

La misère entretenue assure ainsi la publicité de toutes les marques : la Chaplin's Metro-Paramount y gagne, et les Bons du Vatican.

APRÈS LE SÉISME

À Orléansville où les inégalités scandaleuses dans la distribution des secours menaçaient de soulever la population indigène, le sous-préfet, M. Debia, qui avait osé défendre les droits de ses administrés algériens, fut rappelé en France ; et la ville tenue par les C.R.S.

Le Groupe algérien de l'Internationale lettriste, moins décimé que les premières nouvelles ne nous l'avaient appris, était en majeure partie dispersé. Les lettristes restés sur place, renforcés d'éléments venus de Paris, menèrent avec assez de succès une très violente agitation.

Au contraire le parti à prétention révolutionnaire d'Algérie, le M.T.L.D. qui avait déjà laissé sans aide les mouvements des peuples tunisien et marocain, n'a rien fait pour utiliser une situation extrêmement favorable.

Mouvement du triomphe des libertés démocratiques, fondé par Messali Hadj.

Ce numéro de Potlatch *a été rédigé par :*
Bernstein, Dahou, Debord, Fillon, Véra, Wolman.

Extrait d'une lettre à André Frankin du 8 décembre 1954.

Le Movimento Arte Nucleare, créé en 1951 à Milan et animé par Enrico Baj (1924-2003) et Sergio Dangelo, adhère au Mouvement international pour un Bauhaus imaginiste (M.I.B.I.) en 1954 et s'en retirera en septembre 1956 sous la pression du délégué de l'Internationale lettriste au Congrès d'Alba.

« Les nucléaires n'ont aucun intérêt. Mais le "Mouvement pour une architecture imaginiste" d'Asger Jorn, auquel ils adhèrent, défend une position réellement moderne en architecture.

Nous avons rencontré Nougé à Paris le mois dernier. C'est un homme fort sympathique. Connaissez-vous sa remarquable *Conférence de Charleroi* ? (Prononcée en 1929, éditée en 1946 par Magritte.)

Avez-vous apprécié, dans le dernier *Potlatch*, l'extraordinaire bassesse du tract d'André Breton contre nous ? Personne n'a "offert ses services" aux staliniens et aux autres, comme le pauvre Breton toute sa vie. »

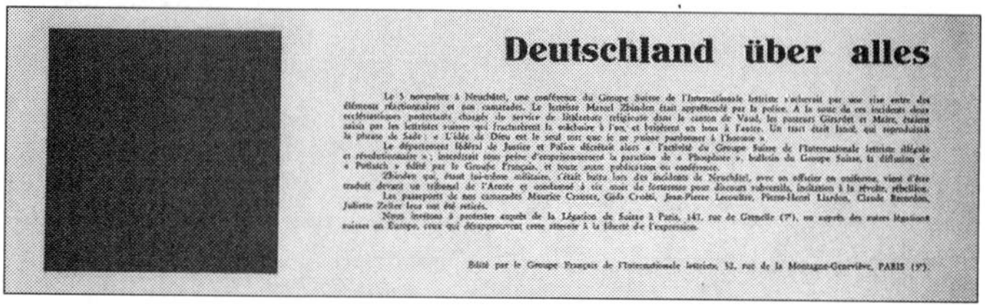
Deutschland über alles

Tract publié le 26 novembre 1954.

Deutschland über alles

Le 5 novembre à Neuchâtel, une conférence du Groupe Suisse de l'Internationale lettriste s'achevait par une rixe entre des éléments réactionnaires et nos camarades. Le lettriste Marcel Zbinden était appréhendé par la police. À la suite de ces incidents, deux ecclésiastiques protestants chargés du service de littérature religieuse dans le canton de Vaud, les pasteurs Girardet et Maire, étaient saisis par les lettristes suisses qui fracturèrent la mâchoire à l'un, et brisèrent un bras à l'autre. Un tract était lancé, qui reproduisait la phrase de Sade : « L'idée de Dieu est le seul tort que je puisse pardonner à l'homme. »

Le département fédéral de Justice et Police décrétait alors « l'activité du Groupe Suisse de l'Internationale lettriste illégale et révolutionnaire » ; interdisait sous peine d'emprisonnement la parution de *Phosphore*, bulletin du Groupe Suisse, la diffusion de *Potlatch* édité par le Groupe Français, et toute autre publication ou conférence.

Zbinden qui, étant lui-même militaire, s'était battu lors des incidents de Neuchâtel, avec un officier en uniforme, vient d'être traduit devant un tribunal de l'Armée et condamné à six mois de forteresse pour discours subversifs, incitation à la révolte, rébellion.

Les passeports de nos camarades Maurice Crausaz, Gida Croëti, Jean-Pierre Lecoultre, Pierre-Henri Liardon, Claude Recordon, Juliette Zeller leur ont été retirés.

Nous invitons à protester auprès de la Légation de Suisse à Paris, 147, rue de Grenelle (7e), ou auprès des autres légations suisses en Europe, ceux qui désapprouvent cette atteinte à la liberté de l'expression.

Édité par le Groupe Français de l'Internationale lettriste, 32, rue de la Montagne-Geneviève, Paris (5e).

Potlatch n° 14 • 30 novembre 1954

Petit hommage au mode de vie américain

QUI EST POTLATCH ?

1. Un espion soviétique, principal complice des Rosenberg, découvert en 1952 par le F.B.I. ?

2. Une pratique du cadeau somptuaire, appelant d'autres cadeaux en retour, qui aurait été le fondement d'une économie de l'Amérique précolombienne ?

3. Un vocable vide de sens inventé par les lettristes pour nommer une de leurs publications ?

(réponses dans le numéro 15)

RÉSUMÉ 1954

Les grandes villes sont favorables à la distraction que nous appelons *dérive*. La *dérive* est une technique du déplacement sans but. Elle se fonde sur l'influence du décor.

Toutes les maisons sont belles. L'architecture doit devenir *passionnante*. Nous ne saurions prendre en considération des entreprises de construction plus restreintes.

Le nouvel urbanisme est inséparable de bouleversements économiques et sociaux heureusement inévitables. Il est permis de penser que les revendications révolutionnaires d'une époque sont fonction de l'idée que cette époque se fait du bonheur. La mise en valeur des *loisirs* n'est donc pas une plaisanterie.

Nous rappelons qu'il s'agit d'inventer des jeux nouveaux.

G.-E. Debord, Jacques Fillon

Tract portant en tête le cachet de l'Internationale lettriste-*Potlatch*.

INTERNATIONALE LETTRISTE

potlatch

32, Rue de la Montagne-Geneviève, PARIS-5e

AVERTISSEMENT

À la suite des manifestations en Suisse d'un groupe lettriste, et du tract publié à ce propos le 26 novembre par le Groupe Français, nous signalons que les dernières précisions recueillies sur ces faits nous ont conduits à dénoncer l'accord intervenu le 20 octobre entre nous et les représentants de ce groupe.

Un simple désir d'agitation, privé de fondements idéologiques suffisants, a mené ces gens à des outrances où la provocation n'est pas exclue. Ces agissements se sont achevés par des dénonciations entre Suisses, et l'usage de quelques faux.

Diverses pressions semblent s'être exercées sur eux, avec un plein succès.

Le 7 décembre 1954 — Internationale lettriste

Cette note n'a été portée à la connaissance que des membres de l'Internationale lettriste, et de certains de ses correspondants.

Potlatch n° 15 • 22 décembre 1954

QUI EST POTLATCH ? (RÉPONSES)

Les opinions les plus répandues sont exprimées par le troisième cas : *vocable vide de sens* (*Franc-Tireur*, Camus, etc.) et le premier cas : *espion soviétique* (*Aspects de la France*, Breton, G. Mollet, etc.). Cependant quelques personnes parmi nos correspondants soutiennent hardiment la deuxième éventualité : *cadeau somptuaire.*

Il est donc inutile de s'attarder sur ce problème, aussi embrouillé que tous les problèmes que cette société feint de se poser. Et sur une solution aussi aveuglante que toutes les autres.

ÉCONOMIQUEMENT FAIBLE

Isou, qui depuis son exclusion tire sa subsistance d'une pornographie malhabile (NOTRE MÉTIER D'AMANT, à France-Diffusion, 12 rue Yves-Toudic, Paris 10e – catalogues spéciaux contre 4 timbres de 15 francs, si l'on en croit sa publicité), vient de nous consacrer dans une sorte de revue qui se vend aux terrasses des cafés un article très long, et amusant par endroits, intitulé « Le néo-lettrisme ». Ce petit pamphlet nous accuse principalement d'être des fainéants, « de gagner plus d'argent » que lui – contrairement à beaucoup de nos détracteurs, Isou ne nous révèle pas par quels moyens –, d'être des amis de M. André Breton, de lui avoir ôté son lettrisme de la bouche, d'écrire rarement et brièvement, d'être communistes, de beaucoup d'autres choses encore.

La sénilité précoce éclate dans deux phrases : « *J'ai réussi à former quelques demi-dieux*, avoue notre clown. *Certains d'entre eux s'agitent médiocrement ou dangereusement pour eux-mêmes ou pour les autres. Je travaille pour devenir un dieu capable de former des dieux avec qui je ne me disputerai plus.* »

Le pauvre gamin attardé n'aura effectivement plus l'occasion de se disputer avec des méchants petits camarades de notre genre :

Il en est tombé au niveau du journal *Enjeu*, adresse : 22 rue Léon-Jost, Paris 17e.

Guy-Ernest Debord

L'HIVER EN SUISSE

Les lettristes suisses qui s'étaient manifestés en octobre et novembre dans leur pays doivent être considérés comme de purs et simples provocateurs. Notre rupture avec eux a fait l'objet d'une note en date du 7 décembre diffusée à l'intérieur de l'Internationale lettriste, et auprès de quelques amis étrangers. Nous rappelons à ce propos que le recours à des violences personnelles est imbécile, et que nous ne doutons pas d'un règlement plus général des conflits où nous nous trouvons impliqués.

•••

Potlatch n° 16 • 26 janvier 1955

LE GRAND SOMMEIL ET SES CLIENTS

> « Les autres peintres, quoi qu'ils en pensent, instinctivement se tiennent à distance des discussions sur le commerce actuel. »
>
> Dernière lettre de VINCENT VAN GOGH

> « Il est temps de se rendre compte que nous sommes capables aussi d'inventer des sentiments, et peut-être, des sentiments fondamentaux comparables en puissance à l'amour ou à la haine. »
>
> PAUL NOUGÉ, *Conférence de Charleroi*

Les misérables disputes entretenues autour d'une peinture ou d'une musique qui se voudraient expérimentales, le respect burlesque pour tous les orientalismes d'exportation, l'exhumation même de « traditionnelles » théories numéralistes sont l'aboutissement d'une abdication intégrale de cette avant-garde de l'intelligence bourgeoise qui, jusqu'à ces dix dernières années, avait concrètement travaillé à la ruine des superstructures idéologiques de la société qui l'encadrait, et à leur dépassement.

La synthèse des revendications que l'époque moderne a permis de formuler reste à faire, et ne saurait se situer qu'au niveau du mode de vie complet. La construction du cadre et des styles de la vie est une entreprise fermée à des intellectuels isolés dans une société capitaliste. Ce qui explique la longue fortune du rêve.

Les artistes qui ont tiré leur célébrité du mépris et de la destruction de l'art ne se sont pas contredits par le fait même, car ce mépris était déterminé par un progrès. Mais la phase de destruction de l'art est encore un stade social, historiquement nécessaire, d'une production artistique répondant à des fins données, et disparaissant avec elles. Cette destruction menée à bien, ses promoteurs se trouvent naturellement incapables de réaliser la moindre des ambitions qu'ils annonçaient au-delà des disciplines esthétiques. Le mépris que ces découvreurs vieillissants professent alors pour les valeurs précises dont ils vivent – c'est-à-dire les productions contemporaines au dépérissement de leurs arts – devient une attitude assez frelatée, à souffrir la prolongation indéfinie d'une agonie esthétique qui n'est faite que de répétitions formelles, et qui ne rallie plus qu'une fraction attardée de la jeunesse universitaire. Leur mépris sous-entend d'ailleurs, d'une manière contradictoire mais explicable par la solidarité économique de classe, la défense passionnée des mêmes valeurs esthétiques contre la laideur, par exemple, d'une peinture réaliste-socialiste ou d'une poésie engagée. La génération de Freud et du mouvement Dada a contribué à l'effondrement d'une psychologie et d'une morale que les contradictions du moment condamnaient. Elle n'a rien laissé après elle, sinon des modes que certains voudraient croire définitives. À vrai dire, toutes les œuvres valables de cette génération et des précurseurs qu'elle s'est reconnus conduisent à penser que le prochain bouleversement de la sensibilité ne peut plus se concevoir sur le plan d'une expression inédite de faits connus, mais sur le plan de la construction consciente de nouveaux états affectifs.

On sait qu'un ordre de désirs supérieur, dès sa découverte, dévalorise les réalisations moindres, et va nécessairement vers sa propre réalisation.

C'est en face d'une telle exigence que l'attachement aux formes de création permises et prisées dans le milieu économique du moment se trouve malaisément justifiable. L'aveuglement volontaire devant les véritables interdits qui les enferment emporte à d'étranges défenses les « révolutionnaires de l'esprit » : l'accusation de bolchevisme est la plus ordinaire de leurs requêtes en suspicion légitime qui obtiennent à tout coup la mise hors la loi de l'opposant, au jugement des élites civilisées. Il est notoire qu'une conception aussi purement atlantique de la civilisation ne va pas sans infantilisme : on commente les alchimistes, on fait tourner les tables, on est attentif aux présages.

En souvenir du Surréalisme, dix-neuf imbéciles publiaient ainsi récemment contre nous un texte collectif dont le titre nous qualifiait de « Familiers du Grand Truc ». Le Grand Truc, pour ces gens-là, c'était visiblement le marxisme, les procès de Moscou, l'argent, la République chinoise, les Deux Cents familles, feu Staline, et en dernière analyse presque tout ce qui n'est pas l'écriture automatique ou la Gnose. Eux-mêmes, les Inconscients du Grand Truc, se survivent dans l'anodin, dans la belle humeur des amusements banalisés vers 1930. Ils ont bonne opinion de leur ténacité, et peut-être même de leur morale.

Familiers du Grand Truc, tract des surréalistes imprimé au verso du tract *Ça commence bien !*, signé le 13 octobre 1954 par : Jean-Louis Bédouin, Robert Benayoun, André Breton, Adrien Dax, Charles Flamand, Georges Goldfayn, Simon Hantaï, Alain Lebreton, Gérard Legrand, Nora Mitrani, Meret Oppenheim, Wolfgang Paalen, Benjamin Péret, José Pierre, Judith Reigl, Jean Schuster, Anne Seghers, Toyen, François Valorbe.

Les opinions ne nous intéressent pas, mais les systèmes. Certains systèmes d'ensemble s'attirent toujours les foudres d'individualistes installés sur des théories fragmentaires, qu'elles soient psychanalytiques ou simplement littéraires. Les mêmes olympiens alignent cependant toute leur existence sur d'autres systèmes dont il est chaque jour plus difficile d'ignorer le règne, et la nature périssable.

De Gaxotte à Breton, les gens qui nous font rire se contentent de dénoncer en nous, comme si c'était un argument suffisant, la rupture avec leurs propres vues du monde qui sont, en fin de compte, fort ressemblantes.

Pierre Gaxotte (1895-1953), ancien secrétaire de Charles Maurras, historien, élu à l'Académie française en 1953.

Pour hurler à la mort, les chiens de garde sont ensemble.

G.-E. Debord

LE CHOIX DES MOYENS

Nous avons cessé d'assurer le service de *Potlatch* à un grand nombre de journaux français, parmi les moins bien écrits. Le rôle le plus utile de *Potlatch* est d'obtenir des contacts dans plusieurs pays et de réunir des *cadres*, qui devront influencer dans le même sens le mouvement des idées. Nous ne souhaitons donc pas avoir des échos dans la grande presse. Il ne s'agit pas d'une attitude de dédain ou d'une pureté métaphysico-libertaire envers une forme d'industrie qui *ne peut pas* nous être favorable, mais d'un choix des milieux qu'il nous importe de toucher au stade actuel.

La publicité proprement dite ne saurait nous servir en ce moment, alors que nous n'avons rien à vendre.

La Rédaction

PIRE QU'ADAMOV !

Un royaliste et un R.P.F. portent sur scène *La Condition humaine*, reportage très romancé sur l'insurrection ouvrière de Changhaï en 1927, écrit par le R.P.F. qui à cette époque était cosmopolite.

En décembre 1954 est créée au Théâtre Hébertot l'adaptation par Thierry Maulnier de *La Condition humaine* d'André Malraux.

Les personnages du R.P.F. émettent des considérations générales sur l'esthétique de l'aventure, et l'acte gratuit dans le cadre du syndicalisme.

Le R.P.F. lui-même a passé une grande partie de sa vie à s'interroger sur l'esthétique de l'aventure. Depuis il est devenu aventurier de l'esthétique. Le royaliste est moins renommé. Mais il a ses références : il est le dernier en France à rajeunir Eschyle. On se souvient de *La Course des Rois*.

Dans *La Condition humaine* il n'y a pas de roi, mais tout de même un général, qui est encore célèbre à Formose. Et une mitrailleuse, très réussie.

Le R.P.F. n'est pas un simple néoboulangiste : il est également Nouvelle-Gauche, comme Mauriac et le président Mendès-Bonn.

Par hasard, un cinéma reprend en même temps *L'Espoir*, film que le R.P.F. tournait en 1938 à Barcelone. Là de très belles séquences nous ramènent comme chez nous à la guerre d'Espagne.

La pratique du témoignage et du faux témoignage fut décevante pour ce R.P.F. qui peut déjà deviner, à certains signes, quels détails précis une immédiate postérité retiendra de tant de bruit.

G.-E. Debord

•••

« Nous venons d'achever un premier essai de propagande radiophonique, intitulé *La Valeur éducative*. Cette émission, d'un style inusité, est à la disposition de toute chaîne qui pourrait en prendre le risque », lit-on dans « L'offre et la demande », *Potlatch* n° 15, 22 décembre 1954. Le texte paraît en trois livraisons dans les numéros 16, 17 et 18 de *Potlatch*. Nous le reproduisons précédé de la note qui l'accompagne dans le numéro 16.

Nous commençons aujourd'hui la publication en feuilleton de l'émission radiophonique dont nous avons signalé en décembre l'existence. Le texte de La Valeur éducative *est présenté ici sans mention des tons et des bruitages qui ne peuvent passer sur les ondes, précisément à cause des paroles qui suivent.*

LA VALEUR ÉDUCATIVE

voix 1 : Parlons de la pluie et du beau temps, mais ne croyons pas que ce sont là des futilités ; car notre existence dépend du temps qu'il fait.

voix 2 : (jeune fille) Tamar prit les gâteaux qu'elle avait faits et les apporta à Amnon, son frère, dans la chambre. Elle les lui offrit pour qu'il les mangeât ; mais il se saisit d'elle, et lui dit : « Viens dormir avec moi, ma sœur. » Elle lui répondit : « Non, mon frère, ne me fais pas violence ; ce n'est pas ainsi qu'on agit en Israël. Ne commets pas cette infamie ! Où irais-je, moi, porter ma honte ? Et toi, tu serais couvert d'opprobre en Israël. Parle plutôt au roi, je te prie ; il ne t'empêchera pas de m'avoir pour femme. » Mais il ne voulut point l'écouter, et il fut plus fort qu'elle ; il lui fit violence et il abusa d'elle.

voix 3 : Sur quoi donc repose la famille actuelle, la famille bourgeoise ? Sur le capital, sur l'enrichissement privé.

Elle n'existe en son plein développement que pour la bourgeoisie. Mais elle a pour corollaire la disparition totale de la famille parmi les prolétaires, et la prostitution publique.
La famille des bourgeois disparaîtra, cela va sans dire, avec le corollaire qui la complète ; et tous deux disparaîtront avec le capital.

voix 1 : Bernard, Bernard, cette verte jeunesse ne durera pas toujours. Cette heure fatale viendra, qui tranchera toutes les espérances trompeuses par une inexorable sentence. La vie nous manquera comme un faux ami au milieu de toutes nos entreprises. Les riches de cette terre qui jouissent d'une vie agréable, s'imaginent avoir de grands biens, seront tout étonnés de se trouver les mains vides.

voix 4 : Mais ce qui, surtout, contribuera à fortifier le climat de confiance auquel la population d'Algérie aspire, c'est la nouvelle que les opérations de police se sont déroulées avec succès, et qu'elles se soldent par 130 arrestations opérées, notamment à Khenchela : 36 terroristes ou meneurs appréhendés, soit la plus grosse partie du commando de la nuit tragique. À Cassaigne : 12 arrestations. Il est particulièrement réconfortant, au demeurant, de souligner, en ce qui concerne ce dernier centre que, sur les douze individus arrêtés, quatre ont été livrés par les fellahs de la région eux-mêmes, qui ont tenu à prendre part aux investigations, pour livrer les coupables à la justice.

voix 2 : (jeune fille) Les placides bovins seraient à la merci des carnivores, s'ils n'avaient leur paire de cornes pour se défendre. Dans l'aquarium voisin, nous voyons d'étranges poissons dont les yeux s'agrandissent démesurément.

voix 4 : D'ailleurs, des renforts – parachutistes, gendarmes, C.R.S., aviation – continuent d'être répartis aux points névralgiques, prêts à participer aux opérations d'assainissement dont M. Jacques Chevallier, secrétaire d'État à la Guerre, a dit hier qu'elles pourraient demander beaucoup de temps et d'hommes.

voix 2 : *(jeune fille)* Hélas ! Chacun, en Grande-Bretagne, sait que la princesse – pour des raisons d'État – ne peut s'habiller chez les couturiers français. Voici cinq ans, elle acheta plusieurs robes chez Dior. Cela provoqua un véritable scandale.

voix 1 : De quelque illusion, de quelques conventions que la royauté s'enveloppe, elle est un crime éternel contre lequel tout homme a le droit de s'élever et de s'armer ; elle est un de ces attentats que l'aveuglement même de tout un peuple ne saurait justifier.

voix 4 : Aucun profit matériel n'attirait les hommes dans les régions polaires, mais seulement le désir désintéressé de connaître toute la terre. À force d'énergie, ils ont atteint les deux pôles.

voix 3 : Il ne restait plus qu'à étudier l'intérieur des continents dont on connaissait les contours.

voix 1 : Les fruits, les fleurs poussent à profusion, et au milieu de cette nature splendide les indigènes *se laissent vivre nonchalamment.*

voix 4 : Les fellaghas ? Qui sont-ils ? D'où viennent-ils ? – Des cadres tunisiens ? On l'a dit… Et tripolitains ? Mais qu'ils bénéficient maintenant du recrutement local, ce n'est pas douteux. La plupart portent un semblant d'uniforme kaki.

voix 1 : Ils aiment les jeux, les chants, la danse, et reçoivent les étrangers avec une hospitalité généreuse. Mais ils sont aussi de hardis, de *remarquables navigateurs.*

voix 3 : Nous avons la situation bien en main, affirme le gouverneur général. On ne peut point régner innocemment.

voix 4 : Le relief, le climat, les fleuves que nous avons étudiés jusqu'ici forment le cadre dans lequel vivent les êtres animés, les plantes, les bêtes, les hommes. Chaque espèce vivante s'adapte aux conditions naturelles. Mais souvent l'homme, l'être le plus actif et le plus destructeur, a modifié ces conditions et créé des paysages nouveaux.

voix 1 : Les drapeaux rouges, frappés de l'étoile d'Ho Chi Minh, ont longuement flotté sur la ville. Les nouveaux maîtres n'oublièrent pas d'en décorer la cathédrale.

voix 4 : Ainsi, la civilisation et les modes de vie modernes pénètrent jusqu'aux extrêmes limites des terres habitables.

voix 3 : Autour du pôle Sud s'étend un continent montagneux.

voix 2 : *(jeune fille)* Même quand je marcherais dans la vallée de l'ombre de la mort je ne craindrais aucun mal, car tu es avec moi.

voix 1 : Les explorateurs ont pour ennemis le froid, le vent, l'obscurité, l'isolement.
C'est une véritable aventure qu'un départ vers ces régions. Même aujourd'hui, aidés par la T.S.F. et l'avion, les explorateurs se perdent.
Ils savent se guider d'après les étoiles, la houle, le vent. Ils ont des cartes marines faites de baguettes de bambou, indiquant les îles et les courants.

voix 2 : *(jeune fille)* Je me souviens de l'amour que tu me portais au temps de ta jeunesse, au temps de tes fiançailles, quand tu me suivais au désert, sur une terre inculte... Et je t'ai fait entrer dans un pays semblable à un verger pour en manger les fruits et jouir de ses biens.

voix 1 : Ceux qui font des révolutions dans le monde, ceux qui veulent faire le bien, ne doivent dormir que dans le tombeau.

voix 3 : Les hommes construisent leurs maisons en vue de l'usage qu'ils veulent en faire. La même maison ne convient pas à toutes les occupations, à tous les genres de vie.
Tout ce qui n'est pas nouveau dans un temps d'innovation est pernicieux.

voix 1 : L'histoire des idées que prouve-t-elle, sinon que la production intellectuelle se métamorphose avec la production matérielle ?
Les idées dominantes d'un temps n'ont jamais été que les idées de la classe dominante. On parle d'idées qui révolutionnent la société tout entière. On ne fait ainsi que formuler un fait, à savoir que les éléments d'une société nouvelle se sont formés dans la société ancienne ; que la dissolution des idées anciennes va de pair avec la dissolution des anciennes conditions d'existence.

voix 2 : (jeune fille) De nos jours on travaille surtout dans de grandes usines où les machines permettent de fabriquer d'innombrables objets. L'ouvrier surveille et règle les machines ; il se cantonne dans un travail uniforme et strictement défini. La mise en marche de telles usines exige des capitaux énormes, une force motrice et une main-d'œuvre abondante, et la proximité de voies de communications commodes.

Guy-Ernest Debord

Toutes les phrases de cette émission radiophonique ont été détournées de :
Bossuet. *Panégyrique de Bernard de Clairvaux.*
Demangeon et Meynier. *Géographie générale.* Classe de sixième.
France-soir, du 5 novembre 1954.
Livres de Jérémie, des Psaumes, de Samuel.
Marx et Engels. *Manifeste communiste.*
Saint-Just. *Rapports et Discours à la Convention.*

Potlatch n° 17 • 24 février 1955

QUART DE FINALE

À l'appui d'une réalité quotidienne déprimante au point que l'on sait, la bourgeoisie exploite deux ou trois industries d'évasion utiles au système. Le western, le scoutisme et le reportage exotique recrutent pour les mêmes Corps expéditionnaires.

Au-dessus de ces évasions de consommation courante, des amuseurs de première grandeur produisent, avec le cachet d'individualité du travail artisanal, du confusionnisme pour élites instruites. Les meilleurs sont assurés d'appartenir à l'histoire de leur « civilisation », s'ils s'identifient parfaitement à ce moment dont ils assument la défense.

On peut parler d'une sorte de championnat inter-polices.

Après diverses tentatives Malraux-Capital-Travail, Malraux-*l'Express*, en réussissant à comparer Saint-Just à Mahomet six fois en vingt et une pages, vient d'établir solidement son titre de mameluck du XXe siècle.

L'Express publie, entre décembre 1954 et février 1955, trois entretiens avec André Malraux.

Mais les carottes sont cuites. Cette fois, Cocteau gagne.

Pour l'Internationale lettriste :
Michèle Bernstein, Dahou, Debord, Gil J Wolman.

•••

Potlatch n° 18 • 23 mars 1955

À propos de la présentation à la Cinémathèque française du film d'un ancien lettriste, qui se trouve être un détournement réactionnaire, et par là même plus facilement admissible, *des idées que nous avons soutenues, nous avons adressé la lettre suivante à M. Langlois, directeur de cette institution :*

Monsieur,

Avisés de votre intention de présenter le 22 mars au musée du Cinéma le film de Bismuth-Lemaître, nous croyons bon d'attirer votre attention sur l'insignifiance de cette production.

Le film est déjà commencé ? de Maurice Lemaître, 1951.

Du point de vue du cinéma « lettriste », qui est à notre sens le seul renouvellement fondamental de cet art depuis quatre ans, le film en question n'est qu'une très mauvaise copie du *Traité de Bave et d'Éternité* d'Isou, qui lui-même n'a représenté que l'effort le plus primaire de ce renouvellement.

L'ambition faiblement pirandellienne surajoutée à ce devoir d'écolier (briser le cadre ordinaire de la représentation cinématographique, etc.) est loin d'atteindre le burlesque moyen d'*Helzappopin*.

Film de H. C. Potter, 1932

Nous vous rappelons qu'il est fâcheux de favoriser dans un public qui vous fait confiance de si risibles confusions de valeur. Des truquages analogues font que certains attribuent encore aujourd'hui à Cocteau le style affirmé trois ans avant lui dans *Un Chien Andalou* ; ou, pire, s'imaginent que l'auteur de *Miracle à Milan* est l'inventeur des effets de René Clair.

Films de Bunuel, 1928, et de Vittorio De Sica, 1951.

Nous espérons que cette lettre vous parviendra à temps.

Le 20 mars 1955

Pour l'Internationale lettriste :
M. Dahou, G.-E. Debord, Gil J Wolman.

•••

Potlatch n° 19 • 29 avril 1955

LES DISTANCES À GARDER (extraits)

Nous avions annoncé en novembre 1954 (*Potlatch*, n° 14) la présentation de deux expositions de « Propagande métagraphique » à Liège et à Bruxelles, du 9 avril au 6 mai 1955. Le contrat qui nous avait été proposé par ces deux galeries belges leur laissait le soin d'assurer l'impression des affiches et des invitations de cette manifestation. Il va de soi que jamais notre liberté complète d'en décider la rédaction n'avait été mise en question.

Le propriétaire de ces firmes artistiques (Galeries-Éditions Georges-Marie Dutilleul) prit peur soudainement à la lecture du texte que nous publions ci-après, et à la vue d'un projet d'affiche qui traitait l'architecte Le Corbusier en termes méprisants.

Son refus d'imprimer ce texte entraînait évidemment notre refus de nous compromettre dans son commerce. Il eut le tort de ne pas s'en rendre compte de lui-même. Ce qui l'entraîna à une insistance assez ridicule, puis à une apothéose policière de la dernière inélégance.

[...]

Texte des invitations

Notre époque est parvenue à un niveau de connaissances et de moyens techniques qui rend possible une construction intégrale des styles de vie. Seules les contradictions de l'économie régnante en retardent l'utilisation.

C'est l'exercice de ces possibilités qui condamne l'activité esthétique, dépassée dans ses ambitions et ses pouvoirs, de même que la maîtrise de certaines forces naturelles a condamné l'idée de Dieu.

Il est inutile d'attendre une invention esthétique importante. Aussi peu intéressantes que les timbres-poste oblitérés, et forcément aussi peu variées qu'eux, les productions littéraires ou plastiques ne sont plus les signes que d'un commerce abstrait.

La phase de transition que nous vivons bouleverse l'ordre des préséances dans le choix des structures, des cadres, et du public des moyens dits d'expression, qui doivent servir de moyens d'action sur le cours des événements. Ainsi, la publicité et la propagande nous paraissant primer toute notion de beauté durable, les travaux métagraphiques de certains d'entre nous ne sont pas destinés au musée du Louvre, mais à établir des maquettes d'affiches.

Il vous est loisible de penser que ces considérations sont la dernière et la plus outrageante forme de cette mystification « lettriste » trop longtemps poursuivie par un groupe de plaisantins sans talent, et qu'une avant-garde d'une saine originalité peut fort bien prendre la relève culturelle. Cherchez-la.

Le 24 mars 1955

Pour l'Internationale lettriste :
Michèle Bernstein, Dahou, Debord, J. Fillon, Véra, Gil J Wolman.

[...]

De l'I.L. à Dutilleul, Bruxelles

Stupide Dutilleul,

En imaginant que tes expositions pourraient se faire dans les conditions que nous avons rejetées, tu viens de donner ta mesure.

Les morveux comme toi, qui veulent réussir, doivent être plus adroits.

Il n'y aura pas d'exposition.

Le 7 avril 1955

Pour l'Internationale lettriste :
G.-E. Debord, Jacques Fillon.

Une lettre à Léonard Rankine

Cher camarade,

En réponse à deux lettres pressantes de nos amis, cette canaille de Dutilleul vient de nous faire parvenir un billet d'une stupéfiante insolence : il refuse absolument d'imprimer le texte que vous savez ; il nous avise que ce que nous pourrions éditer nous-mêmes à ce propos ne saurait être diffusé par ses services – et, de plus, malgré l'alternative que nous lui avions clairement posée, il déclare que cette exposition se fera comme il l'entend à la date prévue.

Devant cette manifestation qui ne relève plus du bluff tolérable mais de la psychopathologie, nous sommes obligés de répondre à l'instant par un mot de rupture aussi injurieux qu'il convient.

Croyez bien que nous sommes désolés, surtout à propos de vous, de la surprenante tournure prise par cette affaire. Recevez nos plus cordiales salutations.

Le 7 avril 1955

G.-E. Debord, Jacques Fillon

Guy Debord lors de l'expérimentation psychogéographique menée en 1955 dans le Palais idéal du facteur Cheval à Hauterives (Drôme).

Potlatch n° 20 • 30 mai 1955

Ce papillon de l'Internationale lettriste diffusé en mai 1955 reprend le titre d'une métagraphie de Gilles Ivain. « Tout à fait enthousiaste pour ta métagraphie *Construisez vous-mêmes une petite situation sans avenir* (quel titre !) », lui écrivait Guy Debord en novembre 1953.

RÉDACTION DE NUIT

Le tract « Construisez vous-mêmes une petite situation sans avenir » est actuellement apposé sur les murs de Paris, principalement dans les lieux psychogéographiquement favorables.

Ceux de nos correspondants qui auront pris plaisir à coller ce tract peuvent en réclamer d'autres à la rédaction de *Potlatch*.

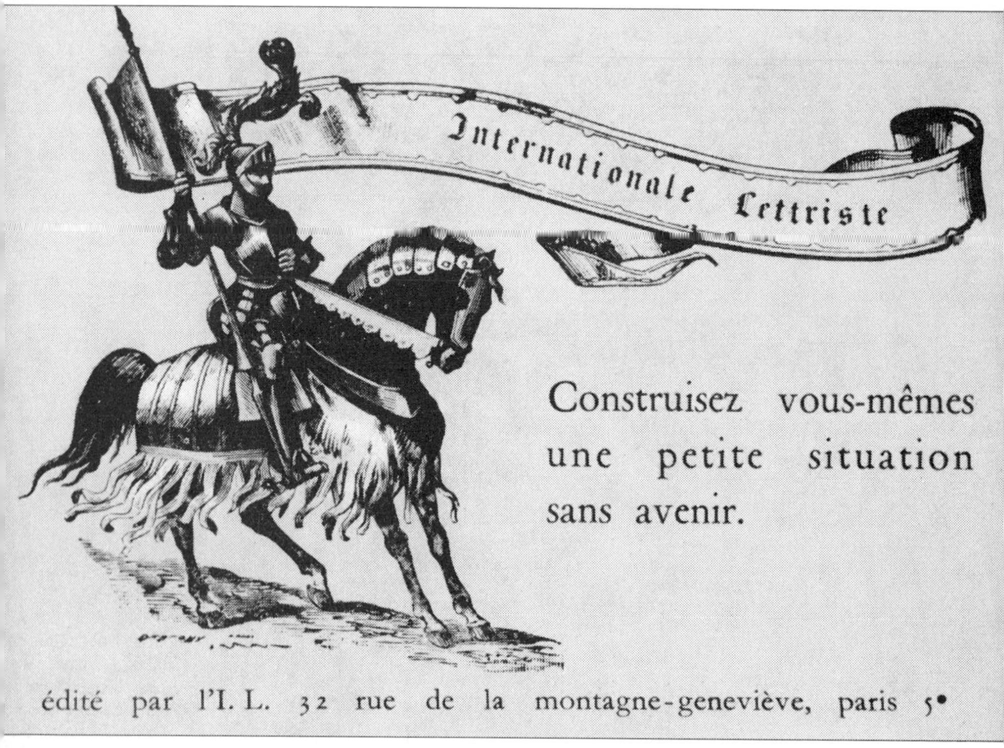

Internationale Lettriste
Construisez vous-mêmes une petite situation sans avenir.
édité par l'I. L. 32 rue de la montagne-geneviève, paris 5e

L'ARCHITECTURE ET LE JEU

Johan Huizinga dans son *Essai sur la fonction sociale du jeu* établit que « ... la culture, dans ses phases primitives, porte les traits d'un jeu, et se développe sous les formes et dans l'ambiance du jeu ». L'idéalisme latent de l'auteur, et son appréciation étroitement sociologique des formes supérieures du jeu, ne dévalorisent pas le premier apport que constitue son ouvrage. Il est vain, d'autre part, de chercher à nos théories sur l'architecture ou la dérive d'autres mobiles que la passion du jeu.

Homo Ludens (1938), publié en français en 1951.

Autant le spectacle de presque tout ce qui se passe dans le monde suscite notre colère et notre dégoût, autant nous savons pourtant, de plus en plus, nous amuser de tout. Ceux qui comprennent ici que nous sommes des ironistes sont trop simples. La vie autour de nous est faite pour obéir à des nécessités absurdes, et tend inconsciemment à satisfaire ses vrais besoins.

Ces besoins et leurs réalisations partielles, leurs compréhensions partielles, confirment partout nos hypothèses. Un bar, par exemple, qui s'appelle *Au bout du monde*, à la limite d'une des plus fortes unités d'ambiance de Paris (le quartier des rues Mouffetard-Tournefort-Lhomond), n'y est pas par hasard. Les événements n'appartiennent au hasard que tant que l'on ne connaît pas les lois générales de leur catégorie. Il faut travailler à la prise de conscience la plus étendue des éléments qui déterminent une situation, en dehors des impératifs utilitaires dont le pouvoir diminuera toujours.

Ce que l'on veut faire d'une architecture est une ordonnance assez proche de ce que l'on voudrait faire de sa vie. Les belles aventures, comme on dit, ne peuvent avoir pour cadre, et origines, que les beaux quartiers. La notion de beaux quartiers changera.

Actuellement déjà on peut goûter l'ambiance de quelques zones désolées, aussi propres à la dérive que scandaleusement impropres à l'habitat, où le régime enferme cependant des

Le Corbusier, *Architecture du bonheur : l'urbanisme est une clef*, 1955.

masses laborieuses. Le Corbusier reconnaît lui-même, dans *L'urbanisme est une clef*, que, si l'on tient compte du misérable individualisme anarchique de la construction dans les pays fortement industrialisés, « … le sous-développement peut être tout autant la conséquence d'un *superflu* que celle d'une *pénurie* ». Cette remarque peut naturellement se retourner contre le néo-médiéval promoteur de la « commune verticale ».

Des individus très divers ont ébauché, par des démarches apparemment de même nature, quelques architectures intentionnellement déroutantes, qui vont des célèbres châteaux du roi Louis de Bavière à cette maison de Hanovre, que le dadaïste Kurt Schwitters avait, paraît-il, percée de tunnels et compliquée d'une forêt de colonnes d'objets agglomérés. Toutes ces constructions relèvent du caractère baroque, que l'on trouve toujours nettement marqué dans les essais d'un art intégral, qui serait complètement déterminant. À ce propos, il est significatif de noter les relations entre Louis de Bavière et Wagner, qui devait lui-même rechercher une synthèse esthétique, de la façon la plus pénible et, somme toute, la plus vaine.

Il convient de déclarer nettement que si des manifestations architecturales, auxquelles nous sommes conduits à accorder du prix, s'apparentent par quelque côté à l'art naïf, nous les estimons pour tout autre chose, à savoir la concrétisation de forces futures inexploitées d'une discipline économiquement peu accessible aux « avant-gardes ». Dans l'exploitation des valeurs marchandes bizarrement attachées à la plupart des modes d'expression de la naïveté, il est impossible de ne pas reconnaître l'étalage d'une mentalité formellement réactionnaire, assez apparentée à l'attitude sociale du paternalisme. Plus que jamais, nous pensons que les hommes qui méritent quelque estime doivent avoir su répondre à tout.

Les hasards et les pouvoirs de l'urbanisme, que nous nous contentons actuellement d'utiliser, nous ne cesserons pas de nous fixer pour but de participer, dans la plus large mesure possible, à leur construction réelle.

Le provisoire, domaine libre de l'activité ludique, que Huizinga croit pouvoir opposer en tant que tel à la « vie courante » caractérisée par le sens du devoir, nous savons bien qu'il est le seul champ, frauduleusement restreint par les tabous à prétention durable, de la vie véritable. Les comportements que nous aimons tendent à établir toutes les conditions favorables à leur complet développement. Il s'agit maintenant de faire passer les règles du jeu d'une convention arbitraire à un fondement moral.

Guy-Ernest Debord

•••

Potlatch n° 21 • 30 juin 1955

LA BIBLE EST LE SEUL SCÉNARISTE QUI NE DÉÇOIVE PAS CECIL B. DE MILLE

Personne ne se souvient de la projection de quelques films lettristes en 1952, la censure y ayant mis à l'instant bon ordre. Nous cesserons désormais de le regretter puisque tout le monde peut voir le dernier film de M. Norman Mac Laren qui, d'après ses déclarations, paraît en avoir repris l'essentiel de la présentation formelle. Venant à la fin d'une longue carrière toute de labeur et de dévouement à la cause des films éducatifs de l'U.N.E.S.C.O., *Blinkity Black* a valu à son créateur l'admiration méritée d'un 8e Festival de Cannes qui fut, à ce détail près, aussi morne que prévu. Et, nous-mêmes, nous le félicitons chaleureusement de nous apporter la preuve de ce que, malgré les interdictions diverses, les plus scandaleuses innovations font leur chemin jusqu'au sein des organismes officiels de la propagande de nos ennemis.

« Cette fois, au lieu de peindre sur pellicule transparente, j'ai utilisé une bande complètement noire, sur laquelle j'ai gravé des images à l'aide d'un couteau, d'une aiguille à coudre et d'une lame de rasoir. Par la suite, je les ai coloriées à la main avec des peintures cellulosiques… Rejetant la méthode visuelle qui fait d'un film une suite automatique et inexorable de vingt-quatre images par seconde, j'ai éparpillé sur la bande opaque qui se trouvait devant moi, une image ici, une image là, laissant délibérément noire la plus grande partie du film. » (Déclaration de Norman Mac Laren, citée par M. Maurice Thiard, dans *Le Progrès*, le 5 mai 1955.)

LES DERNIERS JOURS DE POMPÉI

L'exposition « Pérennité de l'art gaulois » avait été organisée en février-mars 1955 au Musée pédagogique par le critique Charles Estienne (1908-1966) – auteur de *L'Art abstrait est-il un académisme ?* (1952) – en collaboration avec les surréalistes.

Si l'exposition des monnaies gauloises de la rue d'Ulm a excité l'indignation des nationalistes les plus bornés, dont les Gaulois étaient auparavant la propriété exclusive, elle avait cependant été montée dans le seul but de combattre le réalisme-socialiste, issu de la tradition plastique gréco-latine, en lui opposant une certaine conception de l'art moderne-éternel, incomplètement figuratif, que les initiés peuvent reconnaître dans la décoration des cavernes, les poupées Hopis, les monnaies gauloises et les plus récentes théories de M. Charles Estienne.

Dédé-les-Amourettes, toujours à l'affût d'un casse idéologique facile, était naturellement engagé. Avec l'espoir de redorer sa raison sociale par une nouvelle dose de primitivisme. On sait que le primitivisme est pour lui ce que Bogomoletz est pour d'autres.

Alexandre Bogomoletz (1881-1946), gérontologue russe, inventeur d'un sérum qui devait prolonger la vie humaine.

La construction dualiste qui cherche à opposer une « tendance éternelle » de l'art à une autre est aussi bête que l'ensemble de la pensée occultiste, également chère aux mêmes personnes.

Comme le plus plat traditionalisme, le plus artificiel irréalisme était déjà l'apanage de la théorie réaliste-socialiste, les deux mauvaises causes sont à présent en lutte sur le même terrain, avec les mêmes armes, qui sont précisément celles de l'idéalisme petit-bourgeois. Chacun défend fièrement l'ancienneté et l'éternité de ses normes.

On peut en juger par l'article de M. Pierre Meren (« Opération Art Gaulois ») dans le numéro 65 de *La Nouvelle Critique*. Pour

M. Meren toutes les tentatives dites « modernes » rejoignent nécessairement les courants artistiques primitifs parce qu'elles témoignent de la même impuissance de l'homme devant un monde dont les ressorts lui échappent. Mais au lieu de se rendre compte que, si ces tentatives sont l'expression historiquement nécessaire d'une aliénation moderne de l'homme, leur dépassement ne sera rien d'autre qu'un art intégral au niveau des ressources qu'il s'agit aujourd'hui de se soumettre, Meren se borne à prescrire le remède qui s'est souverainement manifesté à Athènes et dans l'Europe de la Renaissance.

La même esthétique a d'ailleurs des références supplémentaires puisqu'elle a été la matière première de tous les sous-produits d'abrutissement artistique réservés au peuple par la bourgeoisie, depuis que celle-ci, obligée par les progrès de la technique à instruire ses futurs employés, a dû mettre au point la falsification de cette instruction, des manuels scolaires à la presse quotidienne.

Ces futilités, de gauche et de droite, seront vite corrigées par l'histoire. Ces entreprises ont ceci de commun que leur programme révèle à suffisance leur néant, et dispense même d'aller voir le travail.

À ce propos, il est bon d'avouer que nous ne sommes pas allés au Musée Pédagogique de la rue d'Ulm depuis mai 1952. À cette époque, faisant d'une pierre deux coups, nous nous y étions rendus après la manifestation contre Ridgway pour interrompre un ridicule Congrès de la Jeune Poésie – la dernière exhibition de ce genre dans Paris, à notre connaissance – et plusieurs cars de police appelés par la direction du Musée avaient été nécessaires pour défendre cette Jeune Poésie contre notre critique.

D'autres mauvais coups ont pu depuis lors choisir le même cadre officiel et pédagogique. On ne nous reverra plus dans ce bouge, quand bien même sa recherche de l'avant-garde irait jusqu'à exposer de la fausse monnaie utilisable.

Mohamed Dahou, G.-E. Debord

Potlatch n° 22 • 9 septembre 1955

POURQUOI LE LETTRISME ?

1

La dernière après-guerre en Europe semble bien devoir se définir historiquement comme la période de l'échec généralisé des tentatives de changement, dans l'ordre affectif comme dans l'ordre politique.

Alors que des inventions techniques spectaculaires multiplient les chances de constructions futures, en même temps que les périls des contradictions encore non résolues, on assiste à une stagnation des luttes sociales et, sur le plan mental, à une réaction totale contre le mouvement de découverte qui a culminé aux environs de 1930, en associant les revendications les plus larges à la reconnaissance des moyens pratiques de les imposer.

L'exercice de ces moyens révolutionnaires s'étant montré décevant, de la progression du fascisme à la Deuxième Guerre mondiale, le recul des espoirs qui s'étaient liés à eux était inévitable.

Après l'incomplète libération de 1944, la réaction intellectuelle et artistique se déchaîne partout : la peinture abstraite, simple moment d'une évolution picturale moderne où elle n'occupe qu'une place assez ingrate, est présentée par tous les moyens publicitaires comme le fondement d'une nouvelle esthétique. L'alexandrin est voué à une renaissance prolétarienne dont le prolétariat se serait passé comme forme culturelle avec autant d'aisance qu'il se passera du quadrige ou de la trirème comme moyens de transport. Des sous-produits de l'écriture qui a fait scandale, et que l'on n'avait pas lue, vingt ans auparavant, obtiennent une admiration éphémère mais retentissante : poésie de Prévert ou de Char, prose de Gracq, théâtre de l'atroce crétin Pichette, tous les autres. Le Cinéma, où les divers procédés de mise en scène anecdotique sont usés jusqu'à la corde, acclame son avenir dans le plagiaire De Sica, trouve du nouveau – de l'exotisme plutôt – dans quelques films italiens où la misère a imposé un style de tournage un peu différent des habitudes hollywoodiennes, mais si loin après S. M. Eisenstein. On sait, de plus, à quels laborieux remaniements phénoménologiques se livrent des professeurs qui, par ailleurs, ne dansent pas dans des caves.

Devant cette foire morne et rentable, où chaque redite avait ses disciples, chaque régression ses admirateurs, chaque *remake* ses fanatiques, un seul groupe manifestait une opposition universelle et un complet mépris, au nom du dépassement historiquement obligé de ces anciennes valeurs. Une sorte d'optimisme de l'invention y tenait lieu de refus, et d'affirmation au-delà de ces refus. Il fallait lui reconnaître, malgré des intentions très différentes, le rôle salutaire que Dada assuma dans une autre époque. On nous dira peut-être que recommencer un dadaïsme n'était pas une entreprise très intelligente. Mais il ne s'agissait pas de refaire un dadaïsme. Le très grave recul de la politique révolutionnaire, lié à l'aveuglante faillite de l'esthétique ouvrière affirmée par la même phase rétrograde, rendait au confusionnisme tout le terrain où il sévissait trente ans plus tôt. Sur le plan de l'esprit, la petite bourgeoisie est toujours au pouvoir. Après quelques crises retentissantes son monopole est encore plus étendu qu'avant : tout ce qui s'imprime actuellement dans le monde – que ce soit la littérature capitaliste, la littérature réaliste-socialiste, la fausse avant-garde formaliste vivant sur des formes tombées dans le domaine public, ou les agonies véreuses et théosophiques de certains mouvements émancipateurs de naguère – relève entièrement de l'esprit petit-bourgeois. Sous la pression des réalités de l'époque, il faudra bien en finir avec cet esprit. Dans cette perspective, tous les moyens sont bons.

Les provocations insupportables que le groupe lettriste avait lancées, ou préparait (poésie réduite aux lettres, récit métagraphique, cinéma sans images), déchaînaient une inflation mortelle dans les arts.

Nous l'avons rejoint alors sans hésitation.

2

Le groupe lettriste vers 1950, tout en exerçant une louable intolérance à l'extérieur, admettait parmi ses membres une assez grande confusion d'idées.

La poésie onomatopéique elle-même, apparue avec le futurisme et parvenue plus tard à une certaine perfection avec Schwitters et quelques autres, n'avait plus d'intérêt que par la systématisation absolue qui la présentait comme la seule poésie du moment, condamnant ainsi à mort toutes les autres formes, et elle-même à brève échéance. Cependant la conscience de la vraie place où il nous était donné de jouer était négligée par beaucoup au profit d'une conception enfantine du génie et de la renommée.

La tendance alors majoritaire accordait à la création de formes nouvelles la valeur la plus haute parmi toutes les activités humaines. Cette croyance à une évolution formelle n'ayant de causes ni de fins qu'en elle-même, est le fondement de la position idéaliste bourgeoise dans les arts. (Leur croyance imbécile en des catégories conceptuelles immuables devait justement conduire quelques exclus du groupe à un mysticisme américanisé.) L'intérêt de l'expérience d'alors était tout dans une rigueur qui, tirant les conséquences qu'un idiot comme Malraux ne sait ou n'ose pas tirer de prémisses foncièrement semblables, en venait à ruiner définitivement cette démarche formaliste en la portant à son paroxysme ; l'évolution vertigineusement accélérée tournant désormais à vide, en rupture évidente avec tous les besoins humains.

L'utilité de détruire le formalisme par l'intérieur est certaine : il ne fait aucun doute que les disciplines intellectuelles, quelle que soit l'interdépendance qu'elles entretiennent avec le reste du mouvement de la société, sont sujettes, comme n'importe quelle technique, à des bouleversements relativement autonomes, à des découvertes nécessitées par leur propre déterminisme. Juger tout, comme on nous y invite, en fonction du contenu, cela revient à juger des actes en fonction de leurs intentions. S'il est sûr que l'explication du caractère normatif et du charme persistant de diverses périodes esthétiques doit plutôt être cherchée du côté du contenu – et change dans la mesure où des nécessités contemporaines font que d'autres contenus nous touchent, entraînant une révision du classement des « grandes époques » –, il est non moins évident que les pouvoirs d'une œuvre dans son temps ne sauraient dépendre du seul contenu. On peut comparer ce processus à celui de la mode. Au-delà d'un demi-siècle, par exemple, tous les costumes appartiennent à des modes également passées dont la sensibilité contemporaine peut retrouver telle ou telle apparence. Mais tout le monde ressent le ridicule de la tenue féminine d'il y a dix ans.

Ainsi le mouvement « précieux », si longtemps dissimulé par les mensonges scolaires sur le XVIIe siècle, et bien que les formes d'expression qu'il ait inventées nous soient devenues aussi étrangères qu'il est possible, est en passe d'être reconnu comme le principal courant d'idées du « Grand Siècle » parce que le besoin que nous ressentons en ce moment d'un bouleversement constructif de tous les aspects de la vie retrouve le sens de l'apport capital de la Préciosité dans le comportement et dans le décor (la conversation, la promenade comme activités privilégiées – en architecture, la différenciation des pièces d'habitation, un changement des principes de la décoration et de l'ameublement). Au contraire, quand Roger Vailland écrit *Beau-Masque* dans un ton stendhalien, malgré un contenu presque estimable, il garde la seule possibilité de plaire par un pastiche, joliment fait. C'est-à-dire que, contrairement sans doute à ses intentions, il s'adresse avant tout à des intellectuels d'un goût périmé. Et la majorité de la critique qui s'attaque sottement au contenu, déclaré invraisemblable, salue l'habile prosateur.

Revenons à l'anecdote historique.

3

De cette opposition fondamentale, qui est en définitive le conflit d'une manière assez nouvelle de conduire sa vie contre une habitude ancienne de l'aliéner, procédaient des antagonismes de toutes sortes, provisoirement aplanis en vue d'une action générale qui fut divertissante et que, malgré ses maladresses et ses insuffisances, nous tenons encore aujourd'hui pour positive.

Certaines équivoques aussi étaient entretenues par l'humour que quelques-uns mettaient, et que d'autres ne mettaient pas, dans des affirmations choisies pour leur aspect stupéfiant : quoique parfaitement indifférents à toute survie nominale par une renommée littéraire ou autre, nous écrivions que nos œuvres – pratiquement inexistantes – resteraient dans l'histoire, avec autant d'assurance que les quelques histrions de la bande qui se voulaient « éternels ». Tous, nous affirmions en toute occasion que nous étions très beaux. La bassesse des argumentations que l'on nous présentait, dans les ciné-clubs et partout, ne nous laissait pas l'occasion de répondre plus sérieusement. D'ailleurs, nous continuons d'avoir bien du charme.

La crise du lettrisme, annoncée par l'opposition quasi ouverte des attardés à des essais cinématographiques qu'ils jugeaient de nature à les discréditer par une violence « inhabile », éclata en 1952 quand l'« Internationale lettriste », qui groupait la fraction extrême du mouvement autour d'une ombre de revue de ce titre, jeta des tracts injurieux à une conférence de presse tenue par Chaplin. Les lettristes-esthètes, depuis peu minoritaires, se désolidarisèrent après coup – entraînant une rupture que leurs naïves excuses ne réussirent pas à différer, ni à réparer dans la suite – parce que la part de création apportée par Chaplin dans le Cinéma le rendait, à leur sens, inattaquable. Le reste de l'opinion « révolutionnaire » nous réprouva encore plus, sur le moment, parce que l'œuvre et la personne de Chaplin lui paraissaient devoir rester dans une perspective progressiste. Depuis, bien des gens sont revenus de cette illusion.

Dénoncer le vieillissement des doctrines ou des hommes qui y ont attaché leur nom, c'est un travail urgent et facile pour quiconque a gardé le goût de résoudre les questions les plus attirantes posées de nos jours. Quant aux impostures de la génération perdue qui s'est manifestée entre la dernière guerre et aujourd'hui, elles étaient condamnées à se dégonfler d'elles-mêmes.

Toutefois, étant connue la carence de la pensée critique que ces truquages ont trouvée devant eux, on peut estimer que le lettrisme a contribué à leur plus rapide effacement ; et qu'il n'est pas étranger à ce fait qu'à présent un Ionesco, refaisant trente ans plus tard en vingt fois plus bête quelques outrances scéniques de Tzara, ne rencontre pas le quart de l'attention détournée il y a quelques années vers le cadavre surfait d'Antonin Artaud.

4

Les mots qui nous désignent, à cette époque du monde, tendent fâcheusement à nous limiter. Sans doute, le terme de « lettristes » définit assez mal des gens qui n'accordent aucune estime particulière à cette sorte de bruitage, et qui, sauf sur les bandes sonores de quelques films, n'en font pas usage. Mais le terme de « français » semble nous prêter des liens exclusifs avec cette nation et ses colonies. L'athéisme se voit désigner comme « chrétien », « juif » ou « musulman » avec une facilité déconcertante. Et puis il est notoire que c'est d'une éducation « bourgeoise » plus ou moins raffinée que nous tenons, sinon ces idées, du moins ce vocabulaire.

Ainsi, bon nombre de termes furent gardés, malgré l'évolution de nos recherches et l'usure – entraînant l'épuration – de plusieurs vagues de suiveurs : Internationale lettriste, métagraphie et autres néologismes dont nous avons remarqué qu'ils excitaient d'emblée la fureur de toutes sortes de gens. Ces gens-là, la condition première de notre accord reste de les tenir éloignés de nous.

On peut objecter que c'est, de notre part, propager une confusion arbitraire, stupide et malhonnête, parmi l'élite pensante ; celle dont un sujet vient souvent nous demander « ce que nous voulons au juste », d'un air intéressé et protecteur qui le fait à l'instant jeter dehors. Mais, ayant la certitude qu'aucun professionnel de la littérature ou de la Presse ne s'occupera *sérieusement* de ce que nous apportons avant un certain nombre d'années, nous savons bien que la confusion ne peut en aucun cas nous gêner. Et, par d'autres côtés, elle nous plaît.

5

Dans la mesure d'ailleurs où cette « élite pensante » de l'Europe d'aujourd'hui dispose d'une approximative intelligence et d'un doigt de culture, la confusion dont nous avons parlé ne tient plus. Ceux de nos compagnons d'il y a quelques années qui cherchent encore à attirer l'attention, ou simplement à vivre de menus travaux de plume, sont devenus trop bêtes pour tromper leur monde. Ils remâchent tristement les mêmes attitudes, qui se seront usées plus rapidement encore que d'autres. Ils ne savent pas combien une méthode de renouvellement vieillit vite. Prêts à tous les abandons pour paraître dans les « nouvelles nouvelles revues françaises », bouffons présentant leurs exercices bénévolement parce que la quête ne rend toujours pas, ils se lamentent de ne pas obtenir, dans ce fromage qui sent, *une place*, fût-ce celle d'un Étiemble – la considération, que l'on accorde même à Caillois –, les appointements d'Aron.

Il y a lieu de croire que leur dernière ambition sera de fonder une petite religion judéo-plastique. Ils finiront, avec de la chance, en quelconques Father Divine, ou Mormons de la création esthétique.

Passons sur ces gens, qui nous ont amusés autrefois. Les amusements qui attachent un homme sont l'exacte mesure de sa médiocrité : le base-ball ou l'écriture automatique, pour quoi faire ? L'idée de succès, quand on ne s'en tient pas aux désirs les plus simples, est inséparable de bouleversements complets à l'échelle de la Terre. Le restant des réussites permises ressemble toujours fortement au pire échec. Ce que nous trouvons de plus valable dans notre action, jusqu'à présent, c'est d'avoir réussi à nous défaire de beaucoup d'habitudes et de fréquentations. On a beau dire, assez rares sont les gens qui mettent leur vie, la petite partie de leur vie où quelques choix leur sont laissés, en accord avec leurs sentiments, et leurs jugements. Il est bon d'être fanatique, sur quelques points. Une revue orientaliste-occultiste, au début de l'année, parlait de nous comme « … des esprits les plus brumeux, théoriciens anémiés par le virus du "dépassement", toujours à effet purement verbal d'ailleurs ». Ce qui gêne ces minables, c'est bien que l'effet n'en soit pas purement verbal. Bien sûr, on ne nous prendra pas à dynamiter les ponts de l'île Louis pour accentuer le caractère insulaire de ce quartier ni, sur la rive d'en face, à compliquer et embellir nuitamment les bosquets de briques du quai Bernard. C'est que nous allons au plus urgent, avec les faibles moyens qui sont nôtres pour l'instant. Ainsi, en interdisant à diverses sortes de porcs de nous approcher, en faisant très mal finir les tentatives confusionnistes, d'« action commune » avec nous, en manquant complètement d'indulgence, nous prouvons aux mêmes individus l'existence nécessaire du virus en question. Mais si nous sommes malades, nos détracteurs sont morts.

Puisque nous traitons ce sujet, autant préciser une attitude que certaines personnes, parmi les moins infréquentables, ont tendance à nous reprocher : l'exclusion de pas mal de participants de l'Internationale lettriste, et l'allure systématique prise par ce genre de pénalité.

En fait, nous trouvant amenés à prendre position sur à peu près tous les aspects de l'existence qui se propose à nous, nous tenons pour précieux l'accord avec quelques-uns sur l'ensemble de ces prises de position, comme sur certaines directions de recherche. Tout autre mode de l'amitié, des relations mondaines ou même des rapports de politesse nous indiffère ou nous dégoûte. Les manquements objectifs à ce genre d'accord ne peuvent être sanctionnés que par la rupture. Il vaut mieux changer d'amis que d'idées.

En fin de compte, le jugement est rendu par l'existence que les uns et les autres mènent. Les promiscuités que les exclus ont pour la plupart acceptées, ou réacceptées ; les engagements généralement déshonorants, et parfois extrêmes, qu'ils ont souscrits, mesurent exactement le degré de gravité de nos dissensions promptement résolues ; et peut-être aussi l'importance de notre entente.

Loin de nous défendre de faire de ces hostilités des questions de personnes, nous déclarons au contraire que l'idée que nous avons des rapports humains nous oblige à en faire des questions de personnes, surdéterminées par des questions d'idées, mais définitives. Ceux qui se résignent se condamnent d'eux-mêmes : nous n'avons aucunement à sévir ; rien à excuser.

Les disparus du lettrisme commencent à faire nombre. Mais il y a infiniment plus d'êtres qui vivent et qui meurent sans rencontrer jamais une chance de comprendre, et de tirer parti. De ce point de vue, chacun est grandement responsable des quelques talents qu'il pouvait avoir. Devrions-nous accorder à de misérables démissions particulières une considération sentimentale ?

6

À ce qui précède, on a dû comprendre que notre affaire n'était pas une école littéraire, un renouveau de l'expression, un modernisme. Il s'agit d'une manière de vivre qui passera par bien des explorations et des formulations provisoires, qui tend elle-même à ne s'exercer que dans le provisoire. La nature de cette entreprise nous prescrit de travailler en groupe, et de nous manifester quelque peu : nous attendons beaucoup des gens, et des événements, qui viendront. Nous avons aussi cette autre grande force, de n'attendre plus rien d'une foule d'activités connues, d'individus et d'institutions.

Nous devons apprendre beaucoup, et expérimenter, dans la mesure du possible, des formes d'architecture aussi bien que des règles de conduite. Rien ne nous presse moins que d'élaborer une doctrine quelconque : nous sommes loin de nous être expliqué assez de choses pour soutenir un système cohérent qui s'édifierait intégralement sur les nouveautés qui nous paraissent mériter que l'on s'y passionne.

On l'entend souvent dire, il faut un commencement à tout. On a dit aussi que l'humanité ne se pose jamais que les problèmes qu'elle peut résoudre.

Guy-Ernest Debord, Gil J Wolman

LE COMBLE

Il est peu courant de penser que la presse communiste en France s'emploie à une propagande révolutionnaire, ou seulement à l'affirmation d'une politique conséquente.

Cependant on ne peut qu'être étonné de lire dans *L'Humanité-Dimanche* du 28 août 1955 l'article qu'André Verdet consacre à Picasso et à Clouzot, et qui s'élève aux sommets suivants : « Grave et beau comme une statue de l'antiquité, Dominguin ruisselait dans son habit de lumière chamarré. Trois hommes assistaient à la prière traditionnelle : Picasso, Clouzot et le soigneur de Dominguin. Pour les deux premiers, c'était un privilège rarement accordé [...]. Pour l'instant, Picasso et Clouzot étaient silencieux ; *l'apparat mystique de la petite chambre transformée en chapelle les subjuguait.* Officiant et fidèle, Dominguin fit le signe de la croix... etc. »

La question se pose : devons-nous considérer Picasso et Clouzot, d'un point de vue moral, comme de tristes charognes bonnes à porter à quelque équarrissage – ou André Verdet comme un agent provocateur ?

Et dans tous les cas, la publication sans contrôle de telles ordures dans un hebdomadaire fort lu par la classe ouvrière n'est-elle pas capable, pour reprendre un mot que Sartre vient de mettre à la mode, de *désespérer Billancourt* plus subtilement que les éditoriaux de *L'Aurore* ou de *Combat* ?

Citation de *Nekrassov*, pièce dont la première avait eu lieu le 8 juin 1955.

Pour Potlatch :
Michèle Bernstein, M. Dahou, Debord, Fillon, L. Rankine, Véra, Gil J Wolman.

Tous les textes publiés dans *Potlatch* peuvent être reproduits, imités, ou partiellement cités, sans la moindre indication d'origine.

Première illustration de propagande par anticopyright. Cette incitation au détournement, maintenue pour la revue *Internationale situationniste* (1958-1969), connaîtra la fortune que l'on sait (jusqu'aux abusives éditions pirates qui arborent un copyright).

Les Lèvres nues n° 6 • septembre 1955

INTRODUCTION À UNE CRITIQUE DE LA GÉOGRAPHIE URBAINE

De tant d'histoires auxquelles nous participons, avec ou sans intérêt, la recherche fragmentaire d'un nouveau mode de vie reste le seul côté passionnant. Le plus grand détachement va de soi envers quelques disciplines, esthétiques ou autres, dont l'insuffisance à cet égard est promptement vérifiable. Il faudrait donc définir quelques terrains d'observation provisoires. Et parmi eux l'observation de certains processus du hasard et du prévisible, dans les rues.

Le mot *psychogéographie*, proposé par un Kabyle illettré pour désigner l'ensemble des phénomènes dont nous étions quelques-uns à nous préoccuper vers l'été de 1953, ne se justifie pas trop mal. Ceci ne sort pas de la perspective matérialiste du conditionnement de la vie et de la pensée par la nature objective. La géographie, par exemple, rend compte de l'action déterminante de forces naturelles générales, comme la composition des sols ou les régimes climatiques, sur les formations économiques d'une société et, par là, sur la conception qu'elle peut se faire du monde. La *psychogéographie* se proposerait l'étude des lois exactes et des effets précis du milieu géographique, consciemment aménagé ou non, agissant directement sur le comportement affectif des individus. L'adjectif *psychogéographique*, conservant un assez plaisant vague, peut donc s'appliquer aux données établies par ce genre d'investigations, aux résultats de leur influence sur les sentiments humains, et même plus généralement à toute situation ou toute conduite qui paraissent relever du même esprit de découverte.

Le désert est monothéiste, a-t-on pu dire il y a déjà longtemps. Trouvera-t-on illogique, ou dépourvue d'intérêt, cette constatation que le quartier qui s'étend, à Paris, entre la place de la Contrescarpe et la rue de l'Arbalète incline plutôt à l'athéisme, à l'oubli, et à la désorientation des réflexes habituels ?

Il est bon d'avoir de l'utilitaire une notion historiquement relative. Le souci de disposer d'espaces libres permettant la circulation rapide de troupes et l'emploi de l'artillerie contre les insurrections était à l'origine du plan d'embellissement urbain adopté par le Second Empire. Mais de tout point de vue autre que policier, le Paris d'Haussmann est une ville bâtie par un idiot, pleine de bruit et de fureur, qui ne signifie rien. Aujourd'hui, le principal problème que doit résoudre l'urbanisme est celui de la bonne circulation d'une quantité rapidement croissante de véhicules automobiles. Il n'est pas interdit de penser qu'un urbanisme à venir s'appliquera à des constructions, également utilitaires, tenant le plus large compte des possibilités psychogéographiques.

Aussi bien l'actuelle abondance des voitures particulières n'est rien d'autre que le résultat de la propagande permanente par laquelle la production capitaliste persuade les foules – et ce cas est une de ses réussites les plus confondantes – que la possession d'une voiture est précisément un des privilèges que notre société réserve à ses privilégiés. (Le progrès anarchique se niant lui-même on peut d'ailleurs goûter le spectacle d'un préfet de police invitant par voie de film-annonce les parisiens propriétaires d'automobiles à utiliser les transports en commun.)

Puisque l'on rencontre, même à de si minces propos, l'idée de privilège, et que l'on sait avec quelle aveugle fureur tant de gens – si peu privilégiés pourtant – sont disposés à défendre leurs médiocres avantages, force est de constater que tous ces détails participent d'une idée du bonheur, idée reçue dans la bourgeoisie, maintenue par un système de publicité qui englobe aussi bien l'esthétique de Malraux que les impératifs du Coca-Cola, et dont il s'agit de provoquer la crise en toute occasion, par tous les moyens.

Les premiers de ces moyens sont sans doute la diffusion, dans un but de provocation systématique, d'une foule de propositions tendant à faire de la vie un jeu intégral passionnant, et la dépréciation continuelle de tous les divertissements en usage, dans la mesure naturellement où ils ne peuvent être détournés pour servir à des constructions d'ambiances plus intéressantes. Il est vrai que la plus grande difficulté d'une telle entreprise est de faire passer dans ces propositions apparemment délirantes une quantité suffisante de *séduction sérieuse.* Pour obtenir ce résultat une pratique habile des moyens de communication prisés actuellement peut se concevoir. Mais aussi bien une sorte d'abstention tapageuse, ou des manifestations visant à la déception radicale des amateurs de ces mêmes moyens de communication, entretiennent indéniablement, à peu de frais, une atmosphère de gêne extrêmement favorable à l'introduction de quelques nouvelles notions de plaisir.

Cette idée que la réalisation d'une situation affective choisie dépend seulement de la connaissance rigoureuse et de l'application délibérée d'un certain nombre de mécanismes concrets, inspirait ce « Jeu psychogéographique de la semaine » publié, avec tout de même quelque humour, dans le numéro 1 de *Potlatch* :

> « En fonction de ce que vous cherchez, choisissez une contrée, une ville de peuplement plus ou moins dense, une rue plus ou moins animée. Construisez une maison. Meublez-la. Tirez le meilleur parti de sa décoration et de ses alentours. Choisissez la saison et l'heure. Réunissez les personnes les plus aptes, les disques et les alcools qui conviennent. L'éclairage et la conversation devront être évidemment de circonstance, comme le climat extérieur ou vos souvenirs.
>
> S'il n'y a pas eu d'erreur dans vos calculs, la réponse doit vous satisfaire. »

Il faut s'employer à jeter sur le marché, ne serait-ce même pour le moment que le marché intellectuel, une masse de désirs dont la richesse ne dépassera pas les actuels moyens d'action de l'homme sur le monde matériel, mais la vieille organisation sociale. Il n'est donc pas dépourvu d'intérêt politique d'opposer publiquement de tels désirs aux désirs primaires qu'il ne faut pas s'étonner de voir remoudre sans fin dans l'industrie cinématographique ou les romans psychologiques, comme ceux de cette vieille charogne de Mauriac. (« Dans une société fondée sur la *misère*, les produits les plus *misérables* ont la prérogative fatale de servir à l'usage du plus grand nombre », expliquait Marx au pauvre Proudhon.)

La transformation révolutionnaire du monde, de tous les aspects du monde, donnera raison à toutes les idées d'abondance.

Le brusque changement d'ambiance dans une rue, à quelques mètres près ; la division patente d'une ville en zones de climats psychiques tranchés ; la ligne de plus forte pente – sans rapport avec la dénivellation – que doivent suivre les promenades qui n'ont pas de but ; le caractère prenant ou repoussant de certains lieux ; tout cela semble être négligé. En tout cas, n'est jamais envisagé comme dépendant de causes que l'on peut mettre au jour par une analyse approfondie, et dont on peut tirer parti. Les gens savent bien qu'il y a des quartiers tristes, et d'autres agréables. Mais ils se persuadent généralement que les rues élégantes causent un sentiment de satisfaction et que les rues pauvres sont déprimantes, presque sans plus de nuances. En fait, la variété des combinaisons possibles d'ambiances, analogue à la dissolution des corps purs chimiques dans le nombre infini des mélanges, entraîne des sentiments aussi différenciés et aussi complexes que ceux que peut susciter tout autre forme de spectacle. Et la moindre prospection démystifiée fait apparaître qu'aucune distinction, qualitative ou quantitative, des influences des divers décors construits dans une ville ne peut se formuler à partir d'une époque ou d'un style d'architecture, encore moins à partir de conditions d'habitat.

Les recherches que l'on est ainsi appelé à mener sur la disposition des éléments du cadre urbaniste, en liaison étroite avec les sensations qu'ils provoquent, ne vont pas sans passer par des hypothèses hardies qu'il convient de corriger constamment à la lumière de l'expérience, par la critique et l'autocritique.

Certaines toiles de Chirico, qui sont manifestement provoquées par des sensations d'origine architecturale, peuvent exercer une action en retour sur leur base objective, jusqu'à la transformer : elles tendent à devenir elles-mêmes des maquettes. D'inquiétants quartiers d'arcades pourraient un jour continuer, et accomplir, l'attirance de cette œuvre.

Je ne vois guère que ces deux ports à la tombée du jour peints par Claude Lorrain, qui sont au Louvre, et qui présentent la frontière même de deux ambiances urbaines les plus diverses qui soient, pour rivaliser en beauté avec les plans du métro affichés dans Paris. On entend bien qu'en parlant ici de beauté je n'ai pas eu en vue la beauté plastique – la beauté nouvelle ne peut être qu'une beauté de situation – mais seulement la présentation particulièrement émouvante, dans l'un et l'autre cas, d'une *somme de possibilités.*

Entre divers moyens d'intervention plus difficiles, une cartographie rénovée paraît propre à l'exploitation immédiate.

La fabrication de cartes psychogéographiques, voire même divers truquages comme l'équation, tant soit peu fondée ou complètement arbitraire, posée entre deux représentations topographiques, peuvent contribuer à éclairer certains déplacements d'un caractère, non certes de gratuité, mais de parfaite *insoumission* aux sollicitations habituelles. – Les sollicitations de cette série étant cataloguées sous le terme de tourisme, drogue populaire aussi répugnante que le sport ou le crédit à l'achat.

Un ami, récemment, me disait qu'il venait de parcourir la région du Hartz, en Allemagne, à l'aide d'un plan de la ville de Londres dont il avait suivi aveuglément les indications. Cette espèce de jeu n'est évidemment qu'un médiocre début en regard d'une construction complète de l'architecture et de l'urbanisme, construction dont le pouvoir sera quelque jour donné à tous. En attendant, on peut distinguer plusieurs stades de réalisations partielles, moins malaisées, à commencer par le simple déplacement des éléments de décoration que nous sommes accoutumés de trouver sur des positions préparées à l'avance.

Ainsi Mariën, dans le précédent numéro de cette revue, proposait de rassembler en désordre, quand les ressources mondiales auront cessé d'être gaspillées dans les entreprises irrationnelles que l'on nous impose aujourd'hui, toutes les statues équestres de toutes les villes dans une seule plaine désertique. Ce qui offrirait aux passants – l'avenir leur appartient – le spectacle d'une charge synthétique de cavalerie, que l'on pourrait même dédier au souvenir des plus grands massacreurs de l'histoire, de Tamerlan à Ridgway. On voit resurgir ici une des principales exigences de cette génération : la valeur éducative.

De fait, il n'y a rien à attendre que de la prise de conscience, par des masses agissantes, des conditions de vie qui leur sont faites dans tous les domaines, et des moyens pratiques de les changer.

« L'imaginaire est ce qui tend à devenir réel », a pu écrire un auteur dont, en raison de son inconduite notoire sur le plan de l'esprit, j'ai depuis oublié le nom. Une telle affirmation, par ce qu'elle a d'involontairement restrictif, peut servir de pierre de touche, et faire justice de quelques parodies de révolution littéraire : ce qui tend à rester irréel, c'est le bavardage.

André Breton, *Le Revolver à cheveux blancs*, 1932.

La vie, dont nous sommes responsables, rencontre, en même temps que de grands motifs de découragement, une infinité de diversions et de compensations plus ou moins vulgaires. Il n'est pas d'année où des gens que nous aimions ne passent, faute d'avoir clairement compris les possibilités en présence, à quelque capitulation voyante. Mais ils ne renforcent pas le camp ennemi qui comptait déjà des millions d'imbéciles, et où l'on est objectivement condamné à être imbécile.

La première déficience morale reste l'indulgence, sous toutes ses formes.

Guy-Ernest Debord

Potlatch n° 23 • 13 octobre 1955

INTERVENTION LETTRISTE

Protestation auprès de la rédaction du *Times*

Sir,

The *Times* has just announced the projected demolition of the Chinese quarter in London.

We protest against such moral ideas in town-planning, ideas which must obviously make England more boring than it has in recent years already become.

The only pageants you have left are a coronation from time to time, an occasional royal marriage which seldom bears fruit ; nothing else. The disappearance of pretty girls, of good family especially, will become rarer and rarer after the razing of Limehouse. Do you honestly believe that a gentleman can amuse himself in Soho ?

We hold that the so-called modern town-planning which you recommend is fatuously idealistic and reactionary. The sole end of architecture is to serve the passions of men.

Anyway, it is inconvenient that this Chinese quarter of London should be destroyed before we have the opportunity to visit it and carry out certain psychogeographical experiments we are at present undertaking.

Finally, if modernisation appears to you, as it does to us, to be historically necessary, we would counsel you to carry your enthusiasm into areas more urgently in need of it, that is to say, to your political and moral institutions.

Yours faithfully,

For « l'Internationale lettriste » :
Michèle Bernstein, G.-E. Debord, Gil J Wolman.

(Monsieur, le *Times* vient d'annoncer le projet de démolition du quartier chinois de Londres. Nous nous élevons contre une entreprise d'urbanisme moralisateur qui tend évidemment à rendre l'Angleterre plus ennuyeuse encore qu'elle ne le devenait récemment. Les seuls spectacles qui vous restent sont un couronnement de temps à autre, et les fiançailles plus fréquentes, mais généralement infructueuses, des premières demoiselles du Royaume. Les disparitions de jolies jeunes filles, de bonne famille par surcroît, se feront de plus en plus rares après l'effacement de Limehouse. Croyez-vous qu'un gentleman peut s'amuser à Soho ? L'urbanisme prétendu moderne dont vous vous recommandez, nous le tenons pour passager et rétrograde. Le seul rôle de l'architecture est de servir les passions des hommes. De toute façon, il est inconvenant de détruire ce quartier chinois de Londres avant que nous n'ayons eu le loisir de le visiter, et d'en établir l'expérimentation dans le sens des recherches psychogéographiques que nous poursuivons. Enfin, si la modernisation vous paraît, comme à nous, nécessaire, nous vous conseillons vivement de la porter au plus urgent, c'est-à-dire dans vos institutions politiques et morales. Veuillez croire, Monsieur, à l'assurance de notre parfaite considération.)

Extraits d'une lettre à un camarade belge le 14 septembre 1955

... Dans la même semaine, décidément littéraire, on nous a envoyé une revue *Phantomas*, qui est idiote, et il nous est tombé entre les mains le dernier numéro de *Temps Mêlés*. Cette revue est au-dessous de tout ce que j'imaginais. André Blavier aussi, du même coup. Il est presque incroyable, en plein vingtième siècle, que l'on écrive de pareilles choses...

De même que Blavier étend ses ravages dans *Phantomas*, un certain Michel Laclos, qui sévit dans *Temps Mêlés*, n'est autre que le rédacteur en chef de *Bizarre*, fort tirage probablement destiné à nos sous-préfectures du Sud-Ouest. Il est apparent qu'il existe une internationale de la connerie noire, dont nous commençons à voir les meneurs. D'ailleurs, tout ce qui se réclame de Queneau est à coller au mur à la première occasion. L'exploitation de Jarry par ces quelconques pataphysi-

Phantomas, revue littéraire belge proche du surréalisme, fondée en 1953 par Joseph Noiret, Marcel Havrenne, Théodore Koenig et Gabriel Picqueray.

André Blavier (1922-2001), fondateur en 1953 de la revue *Temps mêlés*, ami de Queneau.

ciens est exactement aussi dégradante que les tentatives d'annexion du même par les catholiques. Dans cet étalage d'insignifiance insultante, d'abjection morale, de pensée mangée aux mites, il faut bien dire que Blavier se détache nettement : c'est lui le plus tarte. Naturellement, il cessera de recevoir *Potlatch*. Autrement, cela pourrait donner à croire que nous faisons quelque crédit à l'intelligence d'un homme capable d'éditer de telles bassesses. Je suis content que nous ne nous soyons pas rencontrés lors de son dernier passage à Paris : en dix minutes de conversation, l'individu eût été démasqué. Et il est toujours fâcheux d'être obligé d'en venir aux injures, qui se ressemblent toutes, comme ces gens se ressemblent tous...

G.-E. Debord

Preuves (1950-1975), revue dirigée par François Bondy, financée officiellement par la Fondation Ford, émanation du Congrès pour la liberté de la culture, fondé en 1950 dans la zone américaine de Berlin à l'époque où le maccarthysme se développait aux États-Unis.

Télégramme envoyé à M. Francis Ponge le 27 septembre 1955

« Ah Ponge tu écris dans *Preuves*. Canaille nous te méprisons Signé Internationale lettriste. »

Robert Barrat venait d'être arrêté sur instruction du parquet militaire d'Alger le 27 septembre 1955 après la publication de son reportage « Un journaliste français chez les hors-la-loi algériens » dans *France Observateur* du 15 septembre 1955. Dans un éditorial intitulé « À la limite... », le rédacteur en chef du *Monde*, André Chênebenoit (et non Chêneboit), ancien journaliste au *Temps*, donnait à Robert Barrat des leçons de déontologie journalistique.

Lettre à M. André Chêneboit, à la rédaction du *Monde*

Monsieur, nous venons de lire dans *Le Monde* du 28 septembre vos réflexions sur l'arrestation de Robert Barrat. L'idée assez aventureuse, et pour tout dire « série noire », que vous semblez avoir du journalisme nous autorise à penser que vous accepteriez parmi « les risques qui font la grandeur de cette profession » celui d'une correction méritée – et « sans doute provisoire », comme vous dites.

Recevez, Monsieur, l'assurance du profond dégoût que vous nous avez inspiré aujourd'hui.

Michèle Bernstein, G.-E. Debord, Juan Fernandez, Jacques Fillon

DU RÔLE DE L'ÉCRITURE

Les lettristes ont tenu une première réunion d'information pour arrêter les phrases qui, inscrites à la craie ou par quelque autre moyen dans des rues données, ajoutent à la signification intrinsèque de ces rues – quand elles en ont une.

Ces inscriptions devront étendre leurs effets depuis l'insinuation psychogéographique jusqu'à la subversion la plus simple. Les exemples qui suivent ont été choisis d'abord.

Pour la rue Sauvage (13e) : « Si nous ne mourons pas ici ironsnous plus loin ? » – pour la rue d'Aubervilliers (18e-19e) : « La révolution la nuit. » – pour la rue Benoît (6e) : « L'auto-bazar, que l'on dit merveilleux, ne vient pas jusqu'ici. » – pour la rue Lhomond (5e) : « Bénéficiez du doute. » – pour la rue Séverin (5e) : « Des femmes pour les kabyles. »

En outre, l'accord s'est fait sur l'opportunité d'inscrire à proximité des usines Renault, dans certaines banlieues, et en quelques points des 19e et 20e arrondissements, la phrase de L. Scutenaire : « Vous dormez pour un patron. »

Louis Scutenaire (1905-1987), poète lié au mouvement surréaliste belge dès 1926.

PROJET D'EMBELLISSEMENTS RATIONNELS DE LA VILLE DE PARIS

Les lettristes présents le 26 septembre ont proposé communément les solutions rapportées ici à divers problèmes d'urbanisme soulevés au hasard de la discussion. Ils attirent l'attention sur le fait qu'aucun aspect constructif n'a été envisagé, le déblaiement du terrain paraissant à tous l'affaire la plus urgente.

Ouvrir le métro, la nuit, après la fin du passage des rames. En tenir les couloirs et les voies mal éclairés par de faibles lumières intermittentes.

Par un certain aménagement des échelles de secours, et la création de passerelles là où il en faut, ouvrir les toits de Paris à la promenade.

Laisser les squares ouverts la nuit. Les garder éteints. (Dans quelques cas un faible éclairage constant peut être justifié par des considérations psychogéographiques.)

Munir les réverbères de toutes les rues d'interrupteurs ; l'éclairage étant à la disposition du public.

Pour les églises, quatre solutions différentes ont été avancées, et reconnues défendables jusqu'au jugement par *l'expérimentation*, qui fera triompher promptement la meilleure :

G.-E. Debord se déclare partisan de la destruction totale des édifices religieux de toutes confessions. (Qu'il n'en reste aucune trace, et qu'on utilise l'espace.)

Gil J Wolman propose de garder les églises, en les vidant de tout concept religieux. De les traiter comme des bâtiments ordinaires. D'y laisser jouer les enfants.

Michèle Bernstein demande que l'on détruise partiellement les églises, de façon que les ruines subsistantes ne décèlent plus leur destination première (la Tour Jacques, boulevard de Sébastopol, en serait un exemple accidentel). La solution parfaite serait de raser complètement l'église et de reconstruire des ruines à la place. La solution proposée en premier est uniquement choisie pour des raisons d'économie.

Jacques Fillon, enfin, veut transformer les églises en *maisons à faire peur*. (Utiliser leur ambiance actuelle, en accentuant ses effets paniques.)

Tous s'accordent à repousser l'objection esthétique, à faire taire les admirateurs du portail de Chartres. La beauté, *quand elle n'est pas une promesse de bonheur*, doit être détruite. Et qu'est-ce qui représente mieux le malheur que cette sorte de monument élevé à tout ce qui n'est pas encore dominé dans le monde, à la grande marge inhumaine de la vie ?

Garder les gares telles qu'elles sont. Leur laideur assez émouvante ajoute beaucoup à l'ambiance de passage qui fait le léger attrait de ces édifices. Gil J Wolman réclame que l'on supprime ou que l'on fausse arbitrairement toutes les indications concernant les départs (destinations, horaires, etc.). Ceci pour favoriser la *dérive*. Après un vif débat, l'opposition qui s'était exprimée renonce à sa thèse, et le projet est admis sans réserves. Accentuer l'ambiance sonore des gares par la diffusion d'enregistrements provenant d'un grand nombre d'autres gares – et de certains ports.

Suppression des cimetières. Destruction totale des cadavres, et de ce genre de souvenirs : ni cendres, ni traces. (L'attention doit être attirée sur la propagande réactionnaire que représente, par la plus automatique association d'idées, cette hideuse survivance d'un passé d'aliénation. Peut-on voir un cimetière sans penser à Mauriac, à Gide, à Edgar Faure ?)

Abolition des musées, et répartition des chefs-d'œuvre artistiques dans les bars (l'œuvre de Philippe de Champaigne dans les cafés arabes de la rue Xavier-Privas ; le *Sacre*, de David, au Tonneau de la Montagne-Geneviève).

Libre accès illimité de tous dans les prisons. Possibilité d'y faire un séjour touristique. Aucune discrimination entre visiteurs et condamnés. (Afin d'ajouter à l'humour de la vie, douze fois tirés au sort dans l'année, les visiteurs pourraient se voir raflés et condamnés à une peine effective. Ceci pour laisser du champ aux imbéciles qui ont absolument besoin de courir un risque inintéressant : les spéléologues actuels, par exemple, et tous ceux dont le *besoin de jeu* s'accommode de si pauvres imitations.)

Les monuments, de la laideur desquels on ne peut tirer aucun parti (genre Petit ou Grand Palais), devront faire place à d'autres constructions.

Enlèvement des statues qui restent, dont la signification est dépassée – dont les renouvellements esthétiques possibles sont condamnés par l'histoire avant leur mise en place. On pourrait élargir utilement la présence des statues – pendant leurs dernières années – par le changement des titres et inscriptions du socle, soit dans un sens politique (*Le Tigre dit*

Clemenceau, sur les Champs-Élysées), soit dans un sens déroutant (*Hommage dialectique à la fièvre et à la quinine*, à l'intersection du boulevard Michel et de la rue Comte ; *Les grandes profondeurs*, place du parvis dans l'île de la Cité).

Faire cesser la crétinisation du public par les actuels noms des rues. Effacer les conseillers municipaux, les résistants, les Émile et les Édouard (55 rues dans Paris), les Bugeaud, les Gallifet, et plus généralement tous les noms sales (rue de l'Évangile).

À ce propos, reste plus que jamais valable l'appel lancé dans le numéro 9 de *Potlatch* pour la non-reconnaissance du vocable *saint* dans la dénomination des lieux.

•••

Potlatch n° 24 • 24 novembre 1955

ADHÉREZ
EN MASSE
à l'Internationale
lettriste.
On en gardera
quelques-uns.

URBANISME

À Paris, il est actuellement recommandé de fréquenter : la Contrescarpe (le Continent) ; le quartier chinois ; le quartier juif ; la Butte-aux-Cailles (le labyrinthe) ; Aubervilliers (la nuit) ; les squares du 7e arrondissement ; l'Institut médico-légal ; la rue Dauphine (Nesles) ; les Buttes-Chaumont (le jeu) ; le quartier Merri ; le parc Monceau ; l'île Louis (l'île) ; Pigalle ; les Halles (rue Denis, rue du Jour) ; le quartier de l'Europe (la mémoire) ; la rue Sauvage.

NE
COLLECTIONNEZ
PAS *POTLATCH*,
LE TEMPS
TRAVAILLE
CONTRE VOUS.

Il est recommandé de ne fréquenter en aucun cas : les 6e et 15e arrondissements ; les grands boulevards ; le Luxembourg ; les Champs-Élysées ; la place Blanche ; Montmartre ; l'École Militaire ; la place de la République, l'Étoile et l'Opéra ; tout le 16e arrondissement.

Si vous vous croyez

DU GENIE

ou si vous estimez posséder seulement

UNE INTELLIGENCE BRILLANTE

adressez-vous à l'Internationale lettriste

édité par l'I. L. 32, rue de la montagne-geneviève, paris 5e

En octobre 1955, l'écrivain écossais Alexander Trocchi, rédacteur en chef de la revue d'avant-garde anglo-américaine *Merlin*, éditée à Paris, démissionne de son poste et adhère publiquement à l'Internationale lettriste.
En décembre, l'I.L. appose sur les murs de Paris deux papillons, en français et en anglais.

If you believe you have

GENIUS

or if you think you have only

A BRILLIANT INTELLIGENCE

write the letterist Internationale

the L. I. 32, rue de la montagne-geneviève, paris 5e

Potlatch n° 25 • 26 janvier 1956

« LA FORME D'UNE VILLE CHANGE PLUS VITE... »

La destruction de la rue Sauvage, signalée dans le numéro 7 de *Potlatch* (août 1954), avait été commencée vers le début de 1954 par diverses entreprises privées. Les terrains qui la bordaient du côté de la Seine furent promptement couverts de taudis. En 1955, les Travaux Publics s'en mêlèrent avec un acharnement incroyable, allant jusqu'à couper la rue Sauvage peu après la rue Fulton pour édifier un vaste immeuble – destiné aux P.T.T. – qui couvre le quart environ de la longueur de l'ancienne rue Sauvage. Celle-ci n'arrive plus à présent jusqu'au boulevard de la Gare. Elle s'achève au début de la rue Flamand.

La plus belle partie du square des Missions Étrangères (voir *Potlatch*, n° 16) abrite depuis cet hiver un certain nombre de roulottes-préfabriquées qui évoquent les mauvais coups de l'Abbé Pierre.

De plus, le mouvement continu qui porte depuis quatre ans le quartier de plaisirs (?) de la Rive Gauche à s'étendre à l'est du boulevard Michel et en direction de la Montagne-Geneviève, atteint une cote alarmante. Dès maintenant, la Montagne-Geneviève se trouve cernée par plusieurs établissements installés rue Descartes.

L'intérêt psychogéographique de ces trois points doit donc être considéré comme fortement en baisse, et notamment pour les deux premiers qui ne valent pratiquement plus le voyage.

CONTRADICTIONS DE L'ACTIVITÉ LETTRISTE-INTERNATIONALISTE

Nous n'avons guère en commun que le goût du jeu, mais il nous mène loin. Les réalités sur lesquelles il nous est facile de nous accorder sont celles mêmes qui soulignent l'aspect obligatoirement précaire de notre position : il est bien tard pour faire de l'art ; un peu tôt pour construire concrètement des situations de quelque ampleur ; la nécessité d'agir ne souffre aucun doute.

La définition et le maintien d'une plate-forme d'action fondée sur les préoccupations qui nous sont propres se heurtent en permanence à deux tendances déviationnistes de motivations opposées.

Certains individus retombent dans une perspective artistique, dont ils n'étaient peut-être jamais sortis – et peu nous importe que leurs notions artistiques impliquent en fait une majeure partie d'éléments anti-artistiques apportés par les modes successives de la première moitié du siècle –, avouant par là même une incapacité de résoudre leurs vrais problèmes. Parmi nous, l'activité dite de propagande métagraphique a jusqu'à présent servi à ce triste usage plus qu'à tout autre.

Une autre fraction, comprenant parfois les plus avancés dans la recherche d'un nouveau comportement, se voit conduite par le goût de l'inconnu, du mystère à tout prix – et, il est à peine besoin de le souligner, par une niaiserie philosophique peu commune – à divers aboutissements occultistes et qui frisent même la théosophie. L'analyse et la répression de cette dernière tendance nous ont porté, en son temps, à mettre un terme à la relative liberté politique que nous nous étions jusque-là réciproquement reconnue, la base révolutionnaire commune, vaguement anarchisante, étant un terrain propice aux pires errements théoriques, contre la psychogéographie matérialiste en particulier, et même contre toute attitude situationniste conséquente.

Il est certain que chaque crise qui s'est conclue par l'élimination d'une de ces tendances n'a pas manqué de renforcer l'autre dans une certaine mesure, ou en tout cas une troisième attitude plus généralement partagée qui est celle d'un immobilisme intellectuellement confortable, apte à se traduire tout au plus par quelques outrances verbales ou, rarement, par une rixe.

On pense bien que de telles pratiques fournissent à l'antilettrisme des arguments plus sérieux que ceux qu'il trouve dans l'esthétisme réchauffé de certains de nos anciens camarades d'avant 1952, dont la position depuis est visiblement aberrante.

D'autre part, autant ces tripotages d'une esthétique néokantienne ne concernent plus personne, autant le refus abstentionniste de l'écriture, et de n'importe quelle forme de manifestation, que nous voyons se développer en quelques milieux sommairement touchés par nos publications, constitue une démission malhonnête et réactionnaire. Des artistes, depuis longtemps aux prises avec les problèmes infructueux d'un domaine épuisé, croient faire acte de novateurs en y renonçant brusquement. Bien évidemment, celui qui se trouve incapable d'inventer, c'est-à-dire de participer à l'invention d'une activité supérieure, ferait mieux de rester à ses activités précédentes en les mettant par exemple au service d'impératifs électoraux. Les intellectuels dans l'embarras qui parlent de se faire maçon ou bûcheron, ou le font effectivement pendant quelques semaines, opèrent simplement un transfert, correspondant au niveau de conscience qu'ils s'imaginent posséder, de la plus répugnante conversion religieuse. Ce déchet est normal, un très petit nombre d'individus étant en ce moment prédisposé à s'occuper de nos recherches, et moins encore doué du minimum des qualités requises. Il ne faut pas s'étonner si un changement radical des besoins et des perspectives entraîne ici, comme dans toute autre branche de l'économie, d'assez grandes pertes de personnel spécialisé.

Il faut cependant parvenir à la résolution dialectique des conflits qui caractérisent la période actuelle, sans négliger un seul aspect du changement de la vie.

Ceux qui peuvent se satisfaire des plaisirs que la continuation du présent état de choses, dans l'intelligence et dans les mœurs, leur concédera ; ceux qui ne peuvent se défendre d'aimer leurs relations, Henri Michaux ou la vie de famille – nous n'avons rien à leur dire.

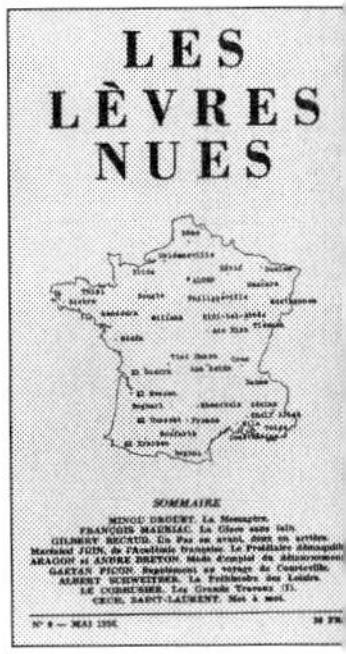

Les Lèvres nues n° 8 • mai 1956

MODE D'EMPLOI DU DÉTOURNEMENT

Tous les esprits un peu avertis de notre temps s'accordent sur cette évidence qu'il est devenu impossible à l'art de se soutenir comme activité supérieure, ou même comme activité de compensation à laquelle on puisse honorablement s'adonner. La cause de ce dépérissement est visiblement l'apparition de forces productives qui nécessitent d'autres rapports de production et une nouvelle pratique de la vie. Dans la phase de guerre civile où nous nous trouvons engagés, et en liaison étroite avec l'orientation que nous découvrons pour certaines activités supérieures à venir, nous pouvons considérer que tous les moyens d'expression connus vont confluer dans un mouvement général de propagande qui doit embrasser tous les aspects, en perpétuelle interaction, de la réalité sociale.

Sur les formes et la nature même d'une propagande éducative, plusieurs opinions s'affrontent, généralement inspirées par les diverses politiques réformistes actuellement en vogue. Qu'il nous suffise de déclarer que, pour nous, sur le plan culturel comme sur le plan strictement politique, les prémisses de la révolution ne sont pas seulement mûres, elles ont commencé à pourrir. Non seulement le retour en arrière, mais la poursuite des objectifs culturels « actuels », parce qu'ils dépendent en réalité des formations idéologiques d'une société passée qui a prolongé son agonie jusqu'à ce jour, ne peuvent avoir d'efficacité que réactionnaire. L'innovation extrémiste a seule une justification historique.

Dans son ensemble, l'héritage littéraire et artistique de l'humanité doit être utilisé à des fins de propagande partisane. Il s'agit, bien entendu, de passer au-delà de toute idée de scandale. La négation de la conception bourgeoise du génie et de l'art ayant largement fait son temps, les moustaches de la Joconde ne présentent aucun caractère plus intéressant que la première version de cette peinture. Il faut maintenant suivre ce processus jusqu'à la négation de la négation. Bertolt Brecht révélant, dans une interview accordée récemment à l'hebdomadaire *France-Observateur*, qu'il opérait des coupures dans les classiques du théâtre pour en rendre la représentation plus heureusement éducative, est bien plus proche que Duchamp de la conséquence révolutionnaire que nous réclamons. Encore faut-il noter que, dans le cas de Brecht, ces utiles interventions sont tenues dans d'étroites limites par un respect malvenu de la culture, telle que la définit la classe dominante : ce même respect, enseigné dans les écoles primaires de la bourgeoisie et dans les journaux des partis ouvriers, qui conduit les municipalités les plus rouges de la banlieue parisienne à réclamer toujours *Le Cid* aux tournées du T.N.P., de préférence à *Mère Courage*.

À vrai dire, il faut en finir avec toute notion de propriété personnelle en cette matière. Le surgissement d'autres nécessités rend caduques les réalisations « géniales » précédentes. Elles deviennent des obstacles, de redoutables habitudes. La question n'est pas de savoir si nous sommes ou non portés à les aimer. Nous devons passer outre.

Tous les éléments, pris n'importe où, peuvent faire l'objet de rapprochements nouveaux. Les découvertes de la poésie moderne sur la structure analogique de l'image démontrent qu'entre deux éléments, d'origines aussi étrangères qu'il est possible, un rapport s'établit toujours. S'en tenir au cadre d'un arrangement personnel des mots ne relève que de la convention. L'interférence de deux mondes sentimentaux, la mise en présence de deux expressions indépendantes, dépassent leurs éléments primitifs pour donner une organisation synthétique d'une efficacité supérieure. Tout peut servir.

Il va de soi que l'on peut non seulement corriger une œuvre ou intégrer divers fragments d'œuvres périmées dans une nouvelle, mais encore changer le sens de ces fragments et truquer de toutes les manières que l'on jugera bonnes ce que les imbéciles s'obstinent à nommer des citations.

De tels procédés parodiques ont été souvent employés pour obtenir des effets comiques. Mais le comique met en scène une contradiction à un état donné, posé comme existant. En la circonstance, l'état de choses littéraire nous paraissant presque aussi étranger que l'âge du renne, la contradiction ne nous fait pas rire. Il faut donc concevoir un stade parodique-sérieux où l'accumulation d'éléments détournés, loin de vouloir susciter l'indignation ou le rire en se référant à la notion d'une œuvre originale, mais marquant au contraire notre indifférence pour un original vidé de sens et oublié, s'emploierait à rendre un certain sublime.

On sait que Lautréamont s'est avancé si loin dans cette voie qu'il se trouve encore partiellement incompris par ses admirateurs les plus affichés. Malgré l'évidence du procédé appliqué dans *Poésies*, particulièrement sur la base de la morale de Pascal et Vauvenargues, au langage théorique – dans lequel Lautréamont veut faire aboutir les raisonnements, par concentrations successives, à la seule maxime – on s'est étonné des révélations d'un nommé Viroux, voici trois ou quatre ans, qui empêchaient désormais les plus bornés de ne pas reconnaître dans *Les Chants de Maldoror* un vaste détournement, de Buffon et d'ouvrages d'histoire naturelle entre autres. Que les prosateurs du *Figaro*, comme ce Viroux lui-même, aient pu y voir une occasion de diminuer Lautréamont, et que d'autres aient cru devoir le défendre en faisant l'éloge de son insolence, voilà qui ne témoigne que de la débilité intellectuelle de vieillards des deux camps, en lutte courtoise. Un mot d'ordre comme « le plagiat est nécessaire, le progrès l'implique » est encore aussi mal compris, et pour les mêmes raisons, que la phrase fameuse sur la poésie qui « doit être faite par tous ».

L'œuvre de Lautréamont – que son apparition extrêmement prématurée fait encore échapper en grande partie à une critique exacte – mis à part, les tendances au détournement que peut reconnaître une étude de l'expression contemporaine sont pour la plupart inconscientes ou occasionnelles ; et, plus que dans la production esthétique finissante, c'est dans l'industrie publicitaire qu'il faudrait en chercher les plus beaux exemples.

On peut d'abord définir deux catégories principales pour tous les éléments détournés, et sans discerner si leur mise en présence s'accompagne ou non de corrections introduites dans les originaux. Ce sont les **détournements mineurs**, et les **détournements abusifs**.

Le détournement mineur est le détournement d'un élément

qui n'a pas d'importance propre et qui tire donc tout son sens de la mise en présence qu'on lui fait subir. Ainsi des coupures de presse, une phrase neutre, la photographie d'un sujet quelconque.

Le détournement abusif, dit aussi détournement de proposition prémonitoire, est au contraire celui dont un élément significatif en soi fait l'objet ; élément qui tirera du nouveau rapprochement une portée différente. Un slogan de Saint-Just, une séquence d'Eisenstein par exemple.

Les œuvres détournées d'une certaine envergure se trouveront donc le plus souvent constituées par une ou plusieurs séries de détournements abusifs-mineurs.

Plusieurs lois sur l'emploi du détournement se peuvent dès à présent établir.

C'est l'élément détourné le plus lointain qui concourt le plus vivement à l'impression d'ensemble, et non les éléments qui déterminent directement la nature de cette impression. Ainsi dans une métagraphie relative à la guerre d'Espagne la phrase au sens le plus nettement révolutionnaire est cette réclame incomplète d'une marque de rouge à lèvres : « les jolies lèvres ont du rouge ». Dans une autre métagraphie (*Mort de J.H.*) cent vingt-cinq petites annonces sur la vente de débits de boissons traduisent un suicide plus visiblement que les articles de journaux qui le relatent.

Les déformations introduites dans les éléments détournés doivent tendre à se simplifier à l'extrême, la principale force d'un détournement étant fonction directe de sa reconnaissance, consciente ou trouble, par la mémoire. C'est bien connu. Notons seulement que si cette utilisation de la mémoire implique un choix du public préalable à l'usage du détournement, ceci n'est qu'un cas particulier d'une loi générale qui régit aussi bien le détournement que tout autre mode d'action sur le monde. L'idée d'expression dans l'absolu est morte, et il ne survit momentanément qu'une singerie de cette pratique, tant que nos autres ennemis survivent.

Le détournement est d'autant moins opérant qu'il s'approche d'une réplique rationnelle. C'est le cas d'un assez grand nombre de maximes retouchées par Lautréamont. Plus le caractère rationnel de la réplique est apparent, plus elle se confond avec le banal esprit de répartie, pour lequel il s'agit également de faire servir les paroles de l'adversaire contre lui. Ceci n'est naturellement pas limité au langage parlé. C'est dans cet ordre d'idées que nous eûmes à débattre le projet de quelques-uns de nos camarades visant à détourner une affiche antisoviétique de l'organisation fasciste « Paix et Liberté » – qui proclamait, avec vues de drapeaux occidentaux emmêlés, « l'union fait la force » – en y ajoutant sur un tract de format réduit la phrase « et les coalitions font la guerre ».

Le détournement par simple retournement est toujours le plus immédiat et le moins efficace. Ce qui ne signifie pas qu'il ne puisse avoir un aspect progressif. Par exemple cette appellation pour une statue et un homme : « Le Tigre dit Clemenceau ». De même la messe noire oppose à la construction d'une ambiance qui se fonde sur une métaphysique donnée, une construction d'ambiance dans le même cadre, en renversant les valeurs, conservées, de cette métaphysique.

Des quatre lois qui viennent d'être énoncées, la première est essentielle et s'applique universellement. Les trois autres ne valent pratiquement que pour les éléments abusifs détournés.

Les premières conséquences apparentes d'une généralisation du détournement, outre les pouvoirs intrinsèques de propagande qu'il détient, seront la réapparition d'une foule de mauvais livres ; la participation massive d'écrivains ignorés ; la différenciation toujours plus poussée des phrases ou des œuvres plastiques qui se trouveront être à la mode ; et surtout une facilité de la production dépassant de très loin, par la quantité, la variété et la qualité, l'écriture automatique d'ennuyeuse mémoire.

Non seulement le détournement conduit à la découverte de nouveaux aspects du talent, mais encore, se heurtant de front à toutes les conventions mondaines et juridiques, il ne peut manquer d'apparaître un puissant instrument culturel au service d'une lutte de classes bien comprise. Le bon marché de ses produits est la grosse artillerie avec laquelle on bat en brèche toutes les murailles de Chine de l'intelligence. Voici un réel moyen d'enseignement artistique prolétarien, la première ébauche d'un **communisme littéraire**.

Les propositions et les réalisations sur le terrain du détournement se multiplient à volonté. Limitons-nous pour le moment à montrer quelques possibilités concrètes à partir des divers secteurs actuels de la communication, étant bien entendu que ces divisions n'ont de valeur qu'en fonction des techniques d'aujourd'hui, et tendent toutes à disparaître au profit de synthèses supérieures, avec les progrès de ces techniques.

Outre les diverses utilisations immédiates des phrases détournées dans les affiches, le disque ou l'émission radiophonique, les deux principales applications de la prose détournée sont l'écriture métagraphique et, dans une moindre mesure, le cadre romanesque habilement perverti.

Le détournement d'une œuvre romanesque complète est une entreprise d'un assez mince avenir, mais qui pourrait se révéler opérante dans la phase de transition. Un tel détournement gagne à s'accompagner d'illustrations en rapports non-explicites avec le texte. Malgré des difficultés que nous ne nous dissimulons pas, nous croyons qu'il est possible de parvenir à un instructif détournement psychogéographique du *Consuelo* de George Sand, qui pourrait être relancé, ainsi maquillé, sur le marché littéraire, dissimulé sous un titre anodin comme *Grande Banlieue*, ou lui-même détourné comme *La Patrouille Perdue* (il serait bon de réinvestir de la sorte beaucoup de titres de films dont on ne peut plus rien tirer d'autre, faute de s'être emparé des vieilles copies avant leur destruction, ou de celles qui continuent d'abrutir la jeunesse dans les cinémathèques).

L'écriture métagraphique, aussi arriéré que soit par ailleurs le cadre plastique où elle se situe matériellement, présente un plus riche débouché à la prose détournée, comme aux autres objets ou images qui conviennent. On peut en juger par le projet, datant de 1951 et abandonné faute de moyens financiers suffisants, qui envisageait l'arrangement d'un billard électrique de telle sorte que les jeux de ses lumières et le parcours plus ou moins prévisible de ses billes servissent à une interprétation métagraphique-spatiale qui s'intitulait *Des sensations thermiques et des désirs des gens qui passent devant les grilles du musée de Cluny, une heure environ après le coucher du soleil en novembre*. Depuis, bien sûr, nous savons qu'un travail situationniste-analytique ne peut progresser scientifiquement par de telles voies. Les moyens cependant restent bons pour des buts moins ambitieux.

C'est évidemment dans le cadre cinématographique que le détournement peut atteindre à sa plus grande efficacité, et sans doute, pour ceux que la chose préoccupe, à sa plus grande beauté.

Les pouvoirs du cinéma sont si étendus, et l'absence de coordination de ces pouvoirs si flagrante, que presque tous les films qui dépassent la misérable moyenne peuvent alimenter des polémiques infinies entre divers spectateurs ou critiques professionnels. Ajoutons que seul le conformisme de ces gens les empêche de trouver des charmes aussi prenants et des défauts aussi criants dans les films de dernière catégorie. Pour dissiper un peu cette risible confusion des valeurs, disons que *Naissance d'une Nation*, de Griffith, est un des films les plus importants de l'histoire du cinéma par la masse des apports nouveaux qu'il représente. D'autre part, c'est un film raciste : il ne mérite donc absolument pas d'être projeté sous sa forme actuelle. Mais son interdiction pure et simple pourrait passer pour regrettable dans le domaine, secondaire mais susceptible d'un meilleur usage, du cinéma. Il vaut bien mieux le détourner dans son ensemble, sans même qu'il soit besoin de toucher au montage, à l'aide d'une bande sonore qui en ferait une puissante dénonciation des horreurs de la guerre impérialiste et des activités du Ku-Klux-Klan qui, comme on sait, se poursuivent à l'heure actuelle aux États-Unis.

Un tel détournement, bien modéré, n'est somme toute que l'équivalent moral des restaurations des peintures anciennes dans les musées. Mais la plupart des films ne méritent que d'être démembrés pour composer d'autres œuvres. Évidemment, cette reconversion de séquences préexistantes n'ira pas sans le concours d'autres éléments : musicaux ou picturaux, aussi bien qu'historiques. Alors que jusqu'à présent tout truquage de l'histoire, au cinéma, s'aligne plus ou moins sur le type de bouffonnerie des reconstitutions de Guitry, on peut faire dire à Robespierre, avant son exécution : « malgré tant d'épreuves, mon expérience et la grandeur de ma tâche me font juger que tout est bien ». Si la tragédie grecque, opportunément rajeunie, nous sert en cette occasion à exalter Robespierre, que l'on imagine en retour une séquence du genre néo-réaliste, devant le zinc, par exemple, d'un bar de routiers – un des camionneurs disant sérieusement à un autre : « la morale était dans les livres des philosophes, nous l'avons mise dans le gouvernement des nations ». On voit ce que cette rencontre ajoute en rayonnement à la pensée de Maximilien, à celle d'une dictature du prolétariat.

La lumière du détournement se propage en ligne droite. Dans la mesure où la nouvelle architecture semble devoir commencer par un stade expérimental baroque, le **complexe architectural** – que nous concevons comme la construction d'un milieu ambiant dynamique en liaison avec des styles de comportement – utilisera vraisemblablement le détournement de formes architecturales connues, et en tout cas tirera parti, plastiquement et émotionnellement, de toutes sortes d'objets détournés : des grues ou des échafaudages métalliques savamment disposés prenant avantageusement la relève d'une tradition sculpturale défunte. Ceci n'est choquant que pour les pires fanatiques du jardin à la française. On se souvient que, sur ses vieux jours, d'Annunzio, cette pourriture fascisante, possédait dans son parc la proue d'un torpilleur. Ses motifs patriotiques ignorés, ce monument ne peut qu'apparaître plaisant.

En étendant le détournement jusqu'aux réalisations de l'urbanisme, il ne serait sans doute indifférent à personne que l'on reconstituât minutieusement dans une ville tout un quartier d'une autre. L'existence, qui ne sera jamais trop déroutante, s'en verrait réellement embellie.

Les titres mêmes, comme on l'a déjà vu, sont un élément radical du détournement. Ce fait découle de deux constatations générales qui sont, d'une part, que tous les titres sont interchangeables, et d'autre part qu'ils ont une importance déterminante dans plusieurs disciplines. Tous les romans policiers de la « série noire » se ressemblent intensément, et le seul effort de renouvellement portant sur le titre suffit à leur conserver un public considérable. Dans la musique, un titre exerce toujours une grande influence, et rien ne justifie vraiment son choix. Il ne serait donc pas mauvais d'apporter une ultime correction au titre de la *Symphonie héroïque* en en faisant, par exemple, une *Symphonie Lénine.*

Le titre contribue fortement à détourner l'œuvre, mais une réaction de l'œuvre sur le titre est inévitable. De sorte que l'on peut faire un usage étendu de titres précis empruntés à des publications scientifiques (« Biologie littorale des mers tempérées ») ou militaires (« Combats de nuit des petites unités d'infanterie ») ; et même de beaucoup de phrases relevées dans les illustrés pour enfants (« De merveilleux paysages s'offrent à la vue des navigateurs »).

Pour finir, il nous faut citer brièvement quelques aspects de ce que nous nommerons l'ultra-détournement, c'est-à-dire les tendances du détournement à s'appliquer dans la vie sociale quotidienne. Les gestes et les mots peuvent être chargés d'autres sens, et l'ont été constamment à travers l'histoire, pour des raisons pratiques. Les sociétés secrètes de l'ancienne Chine disposaient d'un grand raffinement de signes de reconnaissance, englobant la plupart des attitudes mondaines (manière de disposer des tasses ; de boire ; citations de poèmes arrêtés à des points convenus). Le besoin d'une langue secrète, de mots de passe, est inséparable d'une tendance au jeu. L'idée-limite est que n'importe quel signe, n'importe quel vocable, est susceptible d'être converti en autre chose, voire en son contraire. Les insurgés royalistes de la Vendée, parce qu'affublés de l'immonde effigie du cœur de Jésus, s'appelaient l'Armée Rouge. Dans le domaine pourtant limité du vocabulaire de la guerre politique, cette expression a été complètement détournée en un siècle.

Outre le langage, il est possible de détourner par la même méthode le vêtement, avec toute l'importance affective qu'il recèle. Là aussi, nous trouvons la notion de déguisement en liaison étroite avec le jeu. Enfin, quand on en arrivera à construire des situations, but final de toute notre activité, il sera loisible à tout un chacun de détourner des situations entières en en changeant délibérément telle ou telle condition déterminante.

Les procédés que nous avons sommairement traités ici ne sont pas présentés comme une invention qui nous serait propre, mais au contraire comme une pratique assez communément répandue que nous nous proposons de systématiser.

La théorie du détournement par elle-même ne nous intéresse guère. Mais nous la trouvons liée à presque tous les aspects constructifs de la période de transition présituationniste. Son enrichissement, par la pratique, apparaît donc nécessaire.

Nous remettons à plus tard le développement de ces thèses.

Guy-Ernest Debord
et Gil J Wolman

Cette réponse à une enquête sur « la Révolution de l'infiguré » paraîtra dans le numéro 51 (automne 1956) de *La Tour de feu*, « revue internationaliste de création poétique », dirigée par Pierre Boujut à Jarnac (Charente).

Potlatch n° 26 • 7 mai 1956

Réponse à une enquête de *La Tour de Feu*

Messieurs,

Ayant pris connaissance du questionnaire de l'enquête que *La Tour de Feu* « a cru nécessaire et urgent » de mener sur les rapports de la peinture et de la poésie, au sein d'une révolution qui affecterait l'« infiguré », nous ne surprendrons personne en avouant que cette enquête ne nous paraît pas comporter de réponse.

Mais, à défaut, nous croyons être utiles à une pensée visiblement plus mystifiée que mystifiante, en vous proposant ces quelques sujets de méditation : quels rapports peut-on établir entre vos questions et l'intelligence, même peu avancée ? Entre votre vocabulaire et la langue française ? Entre votre existence et le XXe siècle ?

Pour l'Internationale lettriste :
G.-E. Debord, Gil J Wolman.

LE BON EXEMPLE

Dans le dernier ouvrage paru sur Retz (éditions Albin-Michel) M. Pierre-Georges Lorris, sans se défendre du moralisme le plus conventionnel dans le jugement de son personnage, fait cependant justice de la ridicule explication de sa conduite par l'ambition : « De défaite en défaite, les *Mémoires* se poursuivront ainsi jusqu'au désastre final... ses *Mémoires* n'ont pas l'abattement d'un vaincu, mais l'amusement d'un joueur... Retz a atteint le seul but qu'il se proposait... »

L'extraordinaire valeur ludique de la vie de Gondi, et de cette Fronde dont il fut l'inventeur le plus marquant, reste à analyser dans une perspective vraiment moderne.

Dans la remarquable série des aventures du Dr Fu-Manchu, de M. Sax Rohmer, publiée en français dans les années 30 par la collection « Le Masque », il faut particulièrement distinguer *Si-Fan Mystery* (Le Masque de Fu-Manchu). Outre la beauté situationniste de l'attitude des personnages ennemis qui, en fait, n'ont de rapports que leur participation à un jeu effrayant dont Fu-Manchu est le metteur en scène, il faut reconnaître que l'utilisation, tantôt délirante et tantôt raisonnée, du décor, y frise la psychogéographie.

TOUTES CES DAMES AU SALON !

Du 2 au 14 juin 1956 s'est tenue, au Palais des Beaux-Arts de Bruxelles, une exposition de tableaux répondant à une préoccupation esthétique peu commune : « L'Industrie du Pétrole vue par des artistes ». Cette exposition réunissait 99 toiles de 61 peintres appartenant à six nations différentes.

Malgré son style petit-nègre, la préface du catalogue édité à cette occasion mérite, pensons-nous, les faveurs d'une reproduction intégrale :

> Les peintures et dessins de cette exposition ont été exécutés à la demande de la Royal Dutch-Shell qui a estimé que, tandis qu'à toutes les époques de l'histoire l'élan créateur fut stimulé dans l'art et dans celui de la pensée par les princes, prélats et riches bourgeois, il est regrettable de constater qu'à notre époque les artistes, qui participent au rayonnement de la civilisation, ne sont pas soutenus comme ils devraient l'être.
>
> La grande industrie et la haute finance, dans une large mesure responsables de l'organisation sociale, se doivent donc de reprendre ce mécénat sous une forme ou sous une autre.
>
> C'est pourquoi toutes les œuvres exposées ont été achetées par le Groupe, qui est persuadé que l'artiste a sa part à jouer dans l'interprétation de l'industrie vis-à-vis du public.
>
> Ces œuvres, qui sont destinées à être présentées dans différents pays, ont déjà été exposées en Angleterre, en France et en Suisse.

Pour en finir avec les aspects pratiques de cette exposition, il convient de souligner combien les voies de l'humour sont impénétrables. Jusqu'à en être atroces. C'est ainsi qu'au même moment, dans des locaux contigus, étaient offerts à l'attention des visiteurs, groupés autour de la toile fameuse, les croquis de Picasso pour *Guernica*, ensemble qui présentait aussi, vu par un artiste, un épisode assez frappant de l'industrie motorisée du pétrole. (C'est vous qui avez fait ça ? demandait en 1937, l'ambassadeur nazi Abetz. — Non, c'est vous, répliqua Picasso.)

★

Une toile romantique célèbre nous montre Goethe faisant des courbettes devant un vague hobereau tandis que Beethoven passe sans sourciller son chemin, le chapeau vissé sur le crâne. Pour décriée qu'elle soit, une telle image n'est pas sans vertus. Il paraît à peine croyable qu'il faille aujourd'hui évoquer cet exemple élémentaire pour rappeler à un minimum de décence des individus que leurs habitudes spirituelles, leurs propos et jusqu'à un certain mode de vie appellent à observer un semblant tout au moins de distinction sociale. Tant bien que mal, de Murger au temps héroïque de Montparnasse, une silhouette morale de l'artiste a pris naissance à quoi la plupart des peintres, le meilleur comme le pire, se sont efforcés de ressembler. Pour verbale que fût généralement cette attitude, il ne semble pas que l'on ait tenté jusqu'ici explicitement de la renoncer. Au point qu'une exposition comme celle qui nous occupe fait plus que surprendre. Elle stupéfie.

Les chaînes sont bien de ce monde mais la gangrène jusqu'à présent n'avait guère atteint que ces éphémères vedettes qu'un tel savon fait pâmer ou tel dentifrice divaguer de bonheur. Moins couramment, un homme que l'on pensait estimable se mettait soudain à faire le trottoir. Le ridicule ne manquait pas d'en faire promptement justice. Faut-il rappeler Jean Effel si soucieux depuis quelque temps du lustre de nos chaussures, dernier acte de la création du monde ? Bref, que pour quelques-uns la main droite se doive obstinément d'ignorer la main gauche, il en est ainsi dans notre société primitive, nous ne sommes pas nés d'hier.

Jamais pourtant l'impudeur n'avait atteint les proportions que nous venons de montrer. Pour obscurs que soient les petits larbins ayant prêté leur concours à l'entreprise susdite, il serait par trop simple d'invoquer leur insignifiance et la médiocrité manifeste de leur servilité collective pour les rendre à l'oubli purificateur, sans plus.

Cette exposition crée un précédent. Et un précédent grave. Elle ne tend à rien de moins qu'à anémier chez l'artiste ses derniers sentiments de révolte, qu'à généraliser des habitudes de soumission qui ouvrent la porte à toutes les bassesses, toutes les compromissions. Déjà à l'exposition en cause, l'on pouvait voir une toile du type dit non figuratif, parfaitement non figurative à l'exception du seul mot SHELL bien lisible, précis, répugnant comme un chancre.

Il serait assez naïf, assez vain de s'adresser aux maîtres. Ils relèvent d'un tout autre tribunal. Et que la Royal Dutch-Shell aujourd'hui, demain Coca-Cola ou les Saucisses de Francfort, ambitionnent les lauriers de Laurent de Médicis, voilà qui n'étonnera guère. Il n'est pas un seul marchand de canons qui ne se double d'un philanthrope, protecteur des sciences et des arts, faiseur et défenseur tout à la fois de la veuve et de l'orphelin. Qui dit grand collectionneur dit aussi grand industriel. Le boutiquier fait ce qu'il peut pour se hausser dans son âme basse, il fait l'aumône depuis la nuit des temps. Tout cela est connu jusqu'à la nausée, nul besoin d'insister.

Mais la facilité, la légèreté avec laquelle des « artistes » se laissent séduire, « acheter par le Groupe », cette façon désinvolte et comme tout innocente d'accrocher en même temps que leurs toiles une lanterne rouge à la cimaise, mérite peut-être moins le mépris mécanique vers lequel on se sent glisser d'emblée qu'une attention équitable, qui relève moins de l'indulgence que d'une sorte d'espoir, fragile sans doute mais digne malgré tout de suspendre le jugement.

Car il serait par trop facile d'imaginer ici, devant pareille unanimité, quelque infamie profondément enracinée, innée, une complaisance volontaire aux jeux de la boue et du hasard. Il est plus vraisemblable de penser que l'on a affaire, moins à des canailles endurcies, qu'à une collection étonnante de petits inconscients qu'un peu d'argent facile suffit à débaucher.

Il a été fort question, ces années-ci, d'une certaine putain respectueuse. Avant de les flétrir en bloc, qui ne souhaiterait leur laisser une dernière chance et qu'ils s'appliquent désormais à l'exemple de cette fille perdue, — sauvée, — à cracher au visage du client exigeant des pratiques trop spéciales.

Pour ceux qui ne le peuvent, qu'ils retournent sans scrupule derrière ce comptoir que caresse sans relâche la mer vaste et puissante de la bêtise universelle. L'épicerie ne manque pas de bras mais ils trouveront bien à se caser, à se nourrir à moindres frais.

Il n'y a pas, dit-on, de sots métiers.

Pour l'Internationale lettriste :

Michèle Bernstein, Mohamed Dahou, G.-E. Debord, Jacques Fillon, Alexander Trocchi, Gil J. Wolman.

Pour la revue « Les Lèvres nues » :

Paul Bourgoignie, Jane Graverol, Marcel Mariën, Paul Nougé, Gilbert Senecaut.

Ont manifesté sans restriction aucune le désir de joindre leur signature à la nôtre :

Noël Arnaud, Albert Bockstael, Wladimir Clweck, Bob Claessens, A. Comhaire, Gaston Criel, Arlette Dupont, Jean Fautrier, Ignace Flaczynski, Roger Hauglustaine, Edmond Kinds, Marcel Lambot, Marcel Lefrancq, Michel Leiris, Constant Malva, Franz Moreau, Jean Paulhan, Louise Parfondry, Léon Robert, Pierre Sanders, Claude Sluys, M. Teicher, Gérard Van Bruaene, Louis Van de Spiegele, Henri Vaume.

Pour le groupe « Schéma » : Achille Chavée, Laurent Deraive, Arsène Gruslin, Tristan Larmier, Paul Michel, Freddy Plongin, Remy Van den Abeele.

Pour le « Movimento Arte Nucleare » : Enrico Baj, Sergio Dangelo, Asger Jorn.

★

Indépendamment du texte qui précède, qu'ils en approuvent ou non certains jugements, le ton ou le climat, les personnes dont le nom suit s'accordent de toutes façons pour déplorer l'avilissement de l'artiste qui, par indifférence ou esprit de lucre, accepte l'ingérence des puissances de l'argent dans l'élaboration de son œuvre, et souhaitent de sa part, dans les rapports que la nécessité peut l'obliger à entretenir avec les dites puissances, un minimum de décence morale.

Ernest Carlier, Paul Joostens, Herbert Read.

★

LES REFUS TOUCHANTS, LES REFUS ÉCŒURANTS ET LES INTERMÉDIAIRES

Pol Bury. — *Passons le pinceau.*
André De Rache. — *L'esprit mais non la lettre.*
Marcel Havrenne (pour la revue « Phantômas »). — *Les fantômes se rassemblent, un souffle les disperse.*
René Magritte. — *Le pauvre diable se fait ermite.*
Maurice Pirenne. — *La lampe éclaire et aveugle à la fois.*
Sélim Sasson. — *Pourquoi ne pas jeter la première pierre ?*
Louis Scutenaire. — *Portons toujours notre bouclier.*

LES SILENCES DOUTEUX

André Blavier. — *La prudence s'impose. Tout ne fait pas farine au moulin.*
E. L. T. Mesens. — *Il ne faut pas réveiller le capital qui dort.*

LES LOISIRS DE LA POSTE

L'urgence, — mais les voyages, les occupations, la fatigue, — toutes ces raisons probables ou tous les petits pièges imprévisibles de la vie quotidienne ne nous font pas moins regretter de ne pas avoir jusqu'ici reçu de réponse de :

Jean Arp, Roger Avermaete, Rachel Baes, Georges Bataille, René Char, Ithell Colquhoun, Serge Creuz, Pierre David, Jean Dubuffet, André Frankin, Robert Goffin, Jacques Hérold, Roger Honorat, Valentine Hugo, Edouard Jaguer, Marcel Jean, Raymond Kempf, Jean Kesteleyn, Hildo Krop, Ianchelevici, Jacques Lacomblez, Albert Ludé, Man Ray, Denis Marion, Robert Mathy, George Melly, Robert Melville, Charles-Louis Paron, Fernand Piette, Francis Ponge, Jacques Rensonnet, Léonce Rigot, Edgar Scauflaire, Max Servais, Tristan Tzara, Raoul Ubac, Robert Vivier.

★

CERTIFICAT

Enfin, il n'est sans doute pas inutile de donner ici les noms des participants à l'exposition « L'Industrie du Pétrole vue par des artistes », c'est-à-dire :

Pour la Belgique : G. Bertrand, J. Dubosq, L. Van Lint, Pol Mara, O. Landuyt, R. Dudant, M. Mendelson.
Pour la France : M. Argov, M. Bisiaux, M. Baily, M. Devouroux, M. Henry, Denyse Lemaire, H. Lerey, M. Short, M. Valexy.
Pour la Grande-Bretagne : Norman Adams, Michael Andrews, Robert Blayney, Bernard Cohen, Peter Coker, Diana Cumming, Alfred Daniels, Constance Fenn, Alastair Flattely, Edward Gage, Derrick Greaves, Iola Hallward, Donald Hamilton-Fraser, Albert Herbert, Jacqueline Herbert, David Hide, John Houston, Robert Jewell, Stefan Knapp, David McClure, David Michie, Edward Middleditch, Samuel Monaghan, Richard Platt, James Reid, J. Andrew Restall, Robert Roberts, Peter Snow, Rowell Tyson, Euan Uglow, Frances Walker, Derek J. Stafford, Thomas Sutter Watt, T. W. Ward, Arie Goral.
Pour la Hollande : H. de Boer, P. Nieuwenhuis, W. Schrofer.
Pour l'Italie : Giuseppe Ajmone, Aldo Bergolli, Arturo Carmassi, Gianfranco Fasce, Luciano Miori.
Pour la Suisse : Jean-François Comment, Emanuel Jakob Badertscher.

Adresses :
Internationale lettriste : 32, rue de la Montagne-Geneviève, Paris.
Les Lèvres nues : 35, rue Joseph II, Bruxelles.
Movimento Arte Nucleare : 1, Via Teulié, Milan.

Tract (38 x 37 cm) imprimé en noir sur fond rose, Bruxelles, 1956.

TOUTES CES DAMES AU SALON !

Du 2 au 14 juin 1956 s'est tenue, au Palais des Beaux-Arts de Bruxelles, une exposition de tableaux répondant à une préoccupation esthétique peu commune : « L'Industrie du Pétrole vue par des artistes ». Cette exposition réunissait 99 toiles de 61 peintres appartenant à six nations différentes.

Malgré son style petit-nègre, la préface du catalogue édité à cette occasion mérite, pensons-nous, les faveurs d'une reproduction intégrale :

> Les peintures et dessins de cette exposition ont été exécutés à la demande de la Royal Dutch-Shell qui a estimé que, tandis qu'à toutes les époques de l'histoire l'élan créateur fut stimulé dans l'art et dans celui de la pensée par les princes, prélats et riches bourgeois, il est regrettable de constater qu'à notre époque les artistes, qui participent au rayonnement de la civilisation, ne sont pas soutenus comme ils devraient l'être.
>
> La grande industrie et la haute finance, dans une large mesure responsables de l'organisation sociale, se doivent donc de reprendre ce mécénat sous une forme ou sous une autre.
>
> C'est pourquoi toutes les œuvres exposées ont été achetées par le Groupe, qui est persuadé que l'artiste a sa part à jouer dans l'interprétation de l'industrie vis-à-vis du public.
>
> Ces œuvres, qui sont destinées à être présentées dans différents pays, ont déjà été exposées en Angleterre, en France et en Suisse.

Pour en finir avec les aspects pratiques de cette exposition, il convient de souligner combien les voies de l'humour sont impénétrables. Jusqu'à en être atroces. C'est ainsi qu'au même moment, dans des locaux contigus, étaient offerts à l'attention des visiteurs, groupés autour de la toile fameuse, les croquis de Picasso pour *Guernica*, ensemble qui présentait aussi, vu par un artiste, un épisode assez frappant de l'industrie motorisée du pétrole. (C'est vous qui avez fait ça ? demandait en 1937, l'ambassadeur nazi Abetz. – Non, c'est vous, répliqua Picasso.)

*

Une toile romantique célèbre nous montre Goethe faisant des courbettes devant un vague hobereau tandis que Beethoven passe sans sourciller son chemin, le chapeau vissé sur le crâne. Pour décriée qu'elle soit, une telle image n'est pas sans vertus. Il paraît à peine croyable qu'il faille aujourd'hui évoquer cet exemple élémentaire pour rappeler à un minimum de décence des individus que leurs habitudes spirituelles, leurs propos et jusqu'à un certain mode de vie appellent à observer un semblant tout au moins de distinction sociale. Tant bien que mal, de Murger au temps héroïque de Montparnasse, une silhouette morale de l'artiste a pris naissance à quoi la plupart des peintres, le meilleur comme le pire, se sont efforcés de ressembler. Pour verbale que fût généralement cette attitude, il ne semble pas que l'on ait tenté jusqu'ici explicitement de la renoncer. Au point qu'une exposition comme celle qui nous occupe fait plus que surprendre. Elle stupéfie.

Les chaînes sont bien de ce monde mais la gangrène jusqu'à présent n'avait guère atteint que ces éphémères vedettes qu'un tel savon fait pâmer ou tel dentifrice divaguer de bonheur. Moins couramment, un homme que l'on pensait estimable se mettait soudain à faire le trottoir. Le ridicule ne manquait pas d'en faire promptement justice. Faut-il rappeler Jean Effel si soucieux depuis quelque temps du lustre de nos chaussures, dernier acte de la création du monde ? Bref, que pour quelques-uns, la main droite se doive obstinément d'ignorer la main gauche, il en est ainsi dans notre société primitive, nous ne sommes pas nés d'hier.

Jamais pourtant l'impudeur n'avait atteint les proportions que nous venons de montrer. Pour obscurs que soient les petits larbins ayant prêté leur concours à l'entreprise susdite, il serait par trop simple d'invoquer leur insignifiance et la médiocrité manifeste de leur servilité collective pour les rendre à l'oubli purificateur, sans plus.

Cette exposition crée un précédent. Et un précédent grave. Elle ne tend à rien de moins qu'à anémier chez l'artiste ses derniers sentiments de révolte, qu'à généraliser des habitudes de soumission qui ouvrent la porte à toutes les bassesses, toutes les compromissions. Déjà à l'exposition en cause, l'on pouvait voir une toile du type dit non figuratif, parfaitement non figurative à l'exception du seul mot SHELL bien lisible, précis, répugnant comme un chancre.

Il serait assez naïf, assez vain de s'adresser aux maîtres. Ils relèvent d'un tout autre tribunal. Et que la Royal Dutch-Shell aujourd'hui, demain Coca-Cola ou les Saucisses de Francfort, ambitionnent les lauriers de Laurent de Médicis, voilà qui n'étonnera guère. Il n'est pas un seul marchand de canons qui ne se double d'un philanthrope, protecteur des sciences et des arts, faiseur et défenseur tout à la fois de la veuve et de l'orphelin. Qui dit grand collectionneur dit aussi grand industriel. Le boutiquier fait ce qu'il peut pour se hausser dans son âme basse, il fait l'aumône depuis la nuit des temps. Tout cela est connu jusqu'à la nausée, nul besoin d'insister.

Mais la facilité, la légèreté avec laquelle des « artistes » se laissent séduire, « acheter par le Groupe », cette façon désinvolte et comme tout innocente d'accrocher en même temps que leurs toiles une lanterne rouge à la cimaise, mérite peut-être moins le mépris mécanique vers lequel on se sent glisser d'emblée qu'une attention équitable, qui relève moins de l'indulgence que d'une sorte d'espoir, fragile sans doute mais digne malgré tout de suspendre le jugement.

Car il serait par trop facile d'imaginer ici, devant pareille unanimité, quelque infamie profondément enracinée, innée, une complaisance volontaire aux jeux de la boue et du hasard. Il est plus vraisemblable de penser que l'on a affaire, moins à des canailles endurcies, qu'à une collection étonnante de petits inconscients qu'un peu d'argent facile suffit à débaucher.

Il a été fort question, ces années-ci, d'une certaine putain respectueuse. Avant de les flétrir en bloc, qui ne souhaiterait leur laisser une dernière chance et qu'ils s'appliquent désormais à l'exemple de cette fille perdue, – sauvée, – à cracher au visage du client exigeant des pratiques trop spéciales.

Pour ceux qui ne le peuvent, qu'ils retournent sans scrupule derrière ce comptoir que caresse sans relâche la mer vaste et puissante de la bêtise universelle. L'épicerie ne manque pas de bras mais ils trouveront bien à se caser, à se nourrir à moindres frais.

Il n'y a pas, dit-on, de sots métiers.

Pour l'Internationale lettriste :
Michèle Bernstein, Mohamed Dahou, G.-E. Debord, Jacques Fillon, Alexander Trocchi, Gil J Wolman.

Pour la revue Les Lèvres nues *:*
Paul Bourgoignie, Jane Graverol, Marcel Mariën, Paul Nougé, Gilbert Senecaut.

*

Ont manifesté sans restriction aucune le désir de joindre leur signature à la nôtre :

Noël Arnaud, Albert Bockstael, Wladimir Chweck, Bob Claessens, A. Comhaire, Gaston Criel, Arlette Dupont, Jean Fautrier, Ignace Flaczynski, Roger Hauglustaine, Edmond Kinds, Marcel Lambot, Marcel Lefrancq, Michel Leiris, Constant Malva, Franz Moreau, Jean Paulhan, Louise Parfondry, Léon Robert, Pierre Sanders, Claude Sluys, M. Teicher, Gérard Van Bruaene, Louis Van de Spiegele, Henri Vaume.

Pour le groupe « Schéma » : Achille Chavée, Laurent Deraive, Arsène Gruslin, Tristan Larmier, Paul Michel, Freddy Plongin, Remy Van den Abeele.

Pour le « Movimento Arte Nucleare » : Enrico Baj, Sergio Dangelo, Asger Jorn.

*

Indépendamment du texte qui précède, qu'ils en approuvent ou non certains jugements, le ton ou le climat, les personnes dont le nom suit s'accordent de toute façon pour déplorer l'avilissement de l'artiste qui, par indifférence ou esprit de lucre, accepte l'ingérence des puissances de l'argent dans l'élaboration de son œuvre, et souhaitent de sa part, dans les rapports que la nécessité peut l'obliger à entretenir avec lesdites puissances, un minimum de décence morale.

Ernest Carlier, Paul Joostens, Herbert Read.

*

LES REFUS TOUCHANTS, LES REFUS ÉCŒURANTS ET LES INTERMÉDIAIRES

Pol Bury. — *Passons le pinceau.*
André De Rache. — *L'esprit mais non la lettre.*
Marcel Havrenne (pour la revue *Phantômas*). — *Les fantômes se rassemblent, un souffle les disperse.*

René Magritte. — *Le pauvre diable se fait ermite.*
Maurice Pirenne. — *La lampe éclaire et aveugle à la fois.*
Sélim Sasson. — *Pourquoi ne pas jeter la première pierre ?*
Louis Scutenaire. — *Portons toujours notre bouclier.*

LES SILENCES DOUTEUX

André Blavier. — *La prudence s'impose. Tout ne fait pas farine au moulin.*
E. L. T. Mesens. — *Il ne faut pas réveiller le capital qui dort.*

LES LOISIRS DE LA POSTE

L'urgence, – mais les voyages, les occupations, la fatigue, – toutes ces raisons probables ou tous les petits pièges imprévisibles de la vie quotidienne ne nous font pas moins regretter de ne pas avoir jusqu'ici reçu de réponse de :

Jean Arp, Roger Avermaete, Rachel Baes, Georges Bataille, René Char, Ithell Colquhoun, Serge Creuz, Pierre David, Jean Dubuffet, André Frankin, Robert Goffin, Jacques Hérold, Roger Honorat, Valentine Hugo, Édouard Jaguer, Marcel Jean, Raymond Kempf, Jean Kesteleyn, Hildo Krop, Ianchelevici, Jacques Lacomblez, Albert Ludé, Man Ray, Denis Marion, Robert Mathy, George Melly, Robert Melville, Charles-Louis Paron, Fernand Piette, Francis Ponge, Jacques Rensonnet, Léonce Rigot, Edgar Scauflaire, Max Servais, Tristan Tzara, Raoul Ubac, Robert Vivier.

*

CERTIFICAT

Enfin, il n'est sans doute pas inutile de donner ici les noms des participants à l'exposition « L'Industrie du Pétrole vue par des artistes », c'est-à-dire :

Pour la Belgique : G. Bertrand, J. Duboscq, L. Van Lint, Pol Mara, O. Landuyt, R. Dudant, M. Mendelson.
Pour la France : M. Argov, M. Bisiaux, M. Buily, M. Devoucoux, M. Henry, Denyse Lemaire, H. Lersy, M. Shart, M. Valezy.
Pour la Grande-Bretagne : Norman Adams, Michael Andrews, Robert Blayney, Bernard Cohen, Peter Coker, Diana Cumming, Alfred Daniels, Constance Fenn, Alastair Flattely, Edward Gage, Derrick Greaves, Iola Hallward, Donald Hamilton Fraser, Albert Herbert, Jacqueline Herbert, David Hide, John Houston, Robert Jewell, Stefan Knapp, David McClure, David Michie, Edward Middleditch, Samuel Monaghan, Richard Platt, James Reid, J. Andrew Restall, Robert Roberts, Peter Snow, Rowell Tysen, Euan Uglow, Frances Walker, Derek J. Stafford, Thomas Sutter Watt, T. W. Ward, Arie Goral.
Pour la Hollande : H. de Boer, P. Nieuwenhuis, W. Schrofer.
Pour l'Italie : Giuseppe Ajmone, Aldo Bergolli, Arturo Carmassi, Gianfranco Fasce, Luciano Miori.
Pour la Suisse : Jean-François Comment, Emanuel Jakob Badertscher.

•••

PIÈGE À CONS

Texte paru dans *Potlatch* n° 27, 2 novembre 1956.

Le tract « Toutes ces dames au salon », à propos de l'exposition à Bruxelles des tableaux commandés à divers jeunes peintres par la Royal Dutch-Shell sur le thème « l'Industrie du Pétrole vue par des artistes », a suscité une petite levée de boucliers parmi les amateurs de l'art actuel :

Des Belges jusqu'alors inconnus ont publié un libelle pour révéler à l'opinion mondiale que l'on ne trouvait, sur 49 signataires de ce tract, que 5 peintres.

Des pataphysiciens de plusieurs pays se sont unis pour diffuser à une vingtaine d'exemplaires (les amis, la famille…) un contre-tract plein d'esprit.

Pseudonyme de Gérald Bertot (1910-2002), journaliste belge, critique d'art et auteur de science-fiction.

Enfin, Stéphane Rey en personne, le fameux critique d'art du *Phare-Dimanche* de Bruxelles, a consacré deux de ses remarquées chroniques à présenter une défense inconditionnelle du pétrole, sous toutes ses formes.

Réponse de l'I.L. à Stéphane Rey,
reproduite dans le *Phare-Dimanche* n° 557

Monsieur, puisque vous en êtes à parler principes, autant vous dire tout de suite qu'un « artiste libre » ne saurait travailler pour les dollars de l'U.N.E.S.C.O. maccarthyste et franquiste, quelque étonnement que cette nouvelle doive vous causer. Pas plus que le critique d'art d'un journal qui porte en manchette la publicité de Caltex n'aurait la liberté d'approuver notre « pamphlet violent » sans perdre sa sinécure. Dans cette perspective, concevez que nous nous expliquons parfaitement la bassesse de votre article, et l'extrême indigence de ses arguments. Ayant cru peut-être que nous pouvions nourrir envers le pétrole en lui-même des sentiments d'antipathie plus marqués qu'envers la chlorophylle ou le Kilimandjaro, vous volez superbement à son secours : « Mais enfin, dites-vous, tout le monde en consomme. » Nous voulons bien croire que vous en buvez. De tels excès expliqueraient l'imprudence que vous commettez en avouant que « les princes d'aujourd'hui » sont « les entreprises commerciales, les banques, les grosses industries ». Croyez-vous que le *Phare-Dimanche*, un hebdomadaire si « indépendant », vous paie pour parler aussi crûment ? Pour finir, la bonne garde des vaches vous préoccupe : nous sommes justement en mesure de vous faire sentir un nouvel aspect de la question. C'est seulement tant que durera aujourd'hui, avec ses « princes » à sa mesure, que les vaches, dont vous êtes, seront bien gardées sous les uniformes et livrées qui conviennent.

ORDRE DE BOYCOTT

Le Festival de la Cité Radieuse, qui doit s'ouvrir le 4 août à Marseille, réunira sur le toit de Firmin le Corbusier tous les écrivains et artistes contemporains connus pour avoir fondé leur carrière sur la copie et la vulgarisation réactionnaire de quelque nouveauté antérieure, généralement elle-même de faible portée.

L'entreprise est homogène, et pour compromettre d'emblée ceux qui n'auraient pas encore individuellement fait la preuve de leur nullité, on a ameuté Ionesco, Tapié, Pichette, Beckett, Adamov et Agnès Varda.

Les participants de cette parade, où rien ne manque de ce qui représentera dans vingt ans l'imbécillité des années 50, se trouveront définitivement marqués par une adhésion aussi indiscrète à la plus parfaite manifestation de l'esprit d'une époque.

Nous invitons donc les artistes sollicités, ceux du moins qui ne se sentent pas finis, à se désolidariser sans délai de cet amalgame du déisme, du tachisme et de l'impuissance — remastiqué, redégueulé.

Nous appelons l'avant-garde internationale à dénoncer le sens de cette manœuvre, et à diffuser les noms de ceux qui s'en font complices.

Le 31 juillet 1956

pour l'Internationale lettriste :
G.-E. Debord, Asger Jorn, Gil J Wolman

édité par l'I. L. 32, rue de la montagne-geneviève, paris 5e

Le Festival de la Cité Radieuse, qui doit s'ouvrir le 4 août à Marseille, réunira sur le toit de Firmin le Corbusier tous les écrivains et artistes contemporains connus pour avoir fondé leur carrière sur la copie et la vulgarisation réactionnaire de quelque nouveauté antérieure, généralement elle-même de faible portée.

L'entreprise est homogène, et pour compromettre d'emblée ceux qui n'auraient pas encore individuellement fait la preuve de leur nullité, on a ameuté Ionesco, Tapié, Pichette, Beckett, Adamov et Agnès Varda.

Les participants de cette parade, où rien ne manque de ce qui représentera dans vingt ans l'imbécillité des années 50, se trouveront définitivement marqués par une adhésion aussi indiscrète à la plus parfaite manifestation de l'esprit d'une époque.

Nous invitons donc les artistes sollicités, ceux du moins qui ne se sentent pas finis, à se désolidariser sans délai de cet amalgame du déisme, du tachisme et de l'impuissance – remastiqué, redégueulé.

Nous appelons l'avant-garde internationale à dénoncer le sens de cette manœuvre, et à diffuser les noms de ceux qui s'en font complices.

Le 31 juillet 1956

Pour l'Internationale lettriste :
G.-E. Debord, Asger Jorn, Gil J Wolman

Textes parus dans *Potlatch* n° 27, 2 novembre 1956.

ÉCHEC DES MANIFESTATIONS DE MARSEILLE

Le 4 août dernier devait s'ouvrir à Marseille un Festival de l'Art d'Avant-Garde, monté avec l'appui de divers organismes officiels du tourisme, ainsi que du ministère de la Reconstruction et de l'Urbanisme. Par le décor choisi – l'immeuble du Corbusier appelé « Cité Radieuse » – et par l'éventail des personnalités pressenties, cette manifestation se présentait comme l'apothéose des tendances confusionnistes et rétrogrades qui ont constamment dominé l'expression moderne depuis dix ans. La consécration publique d'un tel rassemblement intervenait, comme il est d'usage, précisément au moment où la faillite de ces tendances en vient à apparaître à des secteurs toujours plus larges de l'opinion intellectuelle ; au moment où un tournant irréversible s'amorce vers une libération bouleversante dans tous les domaines.

Quatre jours avant le début du Festival de l'Art d'Avant-Garde, l'Internationale lettriste lançait un ordre de boycott, expliquant que la position prise à l'égard de la réunion de Marseille contribuerait grandement dans l'avenir à marquer le partage de deux camps, entre lesquels tout dialogue sera inutile :

« Les participants de cette parade, où rien ne manque de ce qui représentera dans vingt ans l'imbécillité des années 50, se trouveront définitivement marqués par une adhésion aussi indiscrète à la plus parfaite manifestation de l'esprit d'une époque. Nous invitons donc les artistes sollicités, ceux du moins qui ne se sentent pas finis, à se désolidariser sans délai de cet amalgame du déisme, du tachisme et de l'impuissance… Nous appelons l'avant-garde internationale à dénoncer le sens de cette manœuvre, et à diffuser les noms de ceux qui s'en font complices. »

Le Festival de l'Art d'Avant-Garde, commencé dans l'indifférence quasi unanime de la presse (deux quotidiens parisiens seulement signalent son début par de très courts articles), abandonné *in extremis* par certains de ses organisateurs, n'arrivant souvent à rassembler qu'une vingtaine de spectateurs par séance, aboutissait bientôt à un parfait échec, même du point de vue financier.

Quelques brefs comptes rendus polis dans les hebdomadaires complices ne parvenaient pas à masquer la liquidation de la belle Avant-Garde Tachisto-Seccotine. Tout au plus s'efforçait-on de répandre quelque trouble en compromettant l'opposition. Ainsi le *Figaro Littéraire*, dans son numéro du 11 août, signalait que des lettristes participaient au Festival et le boycottaient tout à la fois ; puis, publiant dans son numéro de la semaine suivante notre démenti formel, omettait significativement la dernière phrase : « L'appel de l'Internationale lettriste, que vous citez, ne s'adressait naturellement pas aux marchands de tableaux, et a été très largement suivi. »

La vérité est qu'en août 1956 il était déjà trop tard pour imposer une vision cohérente de ces arts modernes fondés sur le recommencement des expériences passées. La période de réaction de l'après-guerre est en train de finir. Il était même trop tard pour ramasser les lauriers civiques d'anciens combattants d'une avant-garde devenue inoffensive. Celle-ci n'avait jamais été offensive, et cela commence à se savoir. Et surtout, cette période s'est caractérisée fondamentalement par des redites anarchiques et fragmentaires. Il était donc imprudent d'étendre l'entreprise – en partant simplement du choix d'un décor « moderne » pour un festival de théâtre, parent pauvre de celui d'Avignon ; en aboutissant à une annexion hâtive de la peinture ou du cinéma – jusqu'au spectacle d'une unité qui n'a jamais existé. Sa seule possibilité d'existence est dans la révolution unitaire qui commence.

LISTE DES PARTICIPANTS DU FESTIVAL DE LA CITÉ RADIEUSE

Albinoni, Atlan, Barraqué, Béjart, Benedek, Boulez, César, Fano, Ford, Gilioli, Guillon, Hathaway, Henry, Hodeir, Humeau, Ionesco, Isou, Kerchbron, Lapoujade, Lemaître, L'Herbier, Mac Laren, Martin, Messiaen, Pan, Pak, Philippot, Poliéri, Pousseur, Prévert, Puente, Ragon, Sauguet, Schoffer, Solal, Stahly, Stockhausen, Sugai, Tardieu, Tinguely, Wogenscky, Yves.

Fondé en Suisse par Asger Jorn, le Mouvement international pour un Bauhaus imaginiste (M.I.B.I., 1953-1957) se donne pour tâche « la constitution d'une organisation unie apte à promouvoir une attitude culturelle révolutionnaire intégrale » et oppose l'expérimentation artistique libre au fonctionnalisme et à l'*industrial design* prônés par le Nouveau Bauhaus d'Ulm (Hochschule für Gestaltung), dirigé par l'architecte suisse Max Bill.

En 1954, à la suite des Rencontres internationales de la céramique d'Albisola (Italie), le M.I.B.I. conclut que « l'artiste expérimental doit s'emparer de l'industrie, et la soumettre à ses fins non utilitaires ».

Le 29 septembre 1955, le Laboratoire expérimental du M.I.B.I. est fondé à Alba après la rencontre d'Asger Jorn avec Giuseppe Pinot Gallizio et Piero Simondo.

PRIMO CONGRESSO MONDIALE DEGLI ARTISTI LIBERI

ALBA (Italia) 2-9 Settembre 1956

sul tema:

"LE ARTI LIBERE E LE ATTIVITÀ INDUSTRIALI"

organizzato dal

LABORATORIO SPERIMENTALE
DEL MOVIMENTO INTERNAZIONALE
PER UNA "BAUHAUS IMMAGINISTA"

Fondato da ASGER JORN
PIERO SIMONDO
ENRICO BAJ

Direzione tecnica: Dr. GIUSEPPE GALLIZIO
ALBA (Italia) - VIA XX SETTEMBRE N. 2

"*ERISTICA*" Bollettino d'informazione del Movimento
Direttore resp. ELENA VERRONE

Direzione edile: Architetto ETTORE SOTTSASS Jr.
MILANO - Via Cappuccio 19

PROGRAMMA

Domenica 2 Cerimonia augurale ore 15
discorso del Presidente del Congresso
Christian Dotremont (Belgio)
- Presentatore: Dott. **G. Gallizio**

Lunedì 3 Prima relazione ore 10
Arch. **E. Sottsass** jr. **(Italia)**
ore 15
Visita al laboratorio e incontro Imprenditori Edili

Martedì 4 Seconda relazione ore 10
Delegato dell'**Internazionale Lettrista (Francia)**
ore 15
Esperienze di laboratorio e discussione

Mercoledì 5 Terza relazione ore 10
Dott. E. **Verrone (Italia)**
ore 15
Comunicazione di **Rada** e **Kotik (Cecoslovacchia)**

Giovedì 6 Quarta relazione ore 10
Arch. **Constant** rappresentante dei Gruppi COBRA **(Olanda)**
ore 15
Ricevimento

Venerdì 7 Quinta relazione ore 10
P. Simondo (Italia)
ore 15
Comunicaz. **J. Calonne (Belgio)**

Sabato 8 Sesta relazione ore 10
A. Jorn (Danimarca)
ore 15
Festa di chiusura. Vernice della mostra del Laboratorio Sperimentale.

Dalla DICHIARAZIONE PROGRAMMATICA di G. DEBORD, delegato dell'INTERNAZIONALE LETTRISTA (Francia).

"..... Il processo di negazione e distruzione che si è manifestato con rapidità crescente, di tutte le condizioni antiche dell'attività artistica, è irreversibile: esso è la conseguenza dell'apparizione di possibilità superiori di azione sul mondo. L'esistenza di queste possibilità si è riflessa, in diverse maniere, da un secolo a questa parte, nelle lotte politiche o nell'organizzazione tecnica della vita quotidiana. Essendo queste possibilità stesse in rapido sviluppo, esse hanno definitivamente condannato il ritorno indietro o la continuazione dell'antico ordine in tutte le discipline intellettuali.
Ma il loro sviluppo presenta, pel fatto di resistenze economiche e sociali, grandi disuguaglianze nei diversi ambiti .....
..... L'internazione Lettrista ritiene che sia possibile per lei intendersi con altre tendenze progressive su un programma preciso di azione comune per l'architettura e l'urbanesimo ....."

Programme du Ier Congrès mondial des artistes libres organisé à Alba du 2 au 8 septembre 1956 par le Laboratoire expérimental du M.I.B.I. sur le thème « Les arts libres et les activités industrielles ». Un extrait de la déclaration programmatique de Guy Debord, délégué de l'Internationale lettriste (France), y est traduit en italien.

Intervention du délégué de l'Internationale lettriste au Congrès d'Alba

Cette intervention fut rédigée en août 1956 par Guy Debord. Retenu à Paris par les autorités militaires, il ne put se rendre en Italie et participer au congrès d'Alba. En tant que délégué, Gil J Wolman devait lire cette déclaration au nom de l'Internationale lettriste.

Camarades,

Les crises parallèles qui affectent actuellement tous les modes de la création artistique sont déterminées par un mouvement d'ensemble, et on ne peut parvenir à la réalisation de ces crises que dans une perspective générale.

Le processus de négation et de destruction qui s'est manifesté, avec une vitesse croissante, contre toutes les conditions anciennes de l'activité artistique, est irréversible : il est la conséquence de l'apparition de possibilités supérieures d'action sur le monde.

L'existence de ces possibilités s'est reflétée, de diverses manières, depuis un siècle, dans les luttes politiques ou dans l'organisation technique de la vie quotidienne. Comme ces possibilités sont elles-mêmes en développement rapide, elles ont définitivement condamné le retour en arrière ou la continuation de l'ordre ancien dans toutes les disciplines intellectuelles. Mais leur développement présente, du fait des résistances économiques et sociales, de grandes inégalités d'un domaine à l'autre. Il est facile de concevoir, par exemple, que la physique nucléaire, parce que ses applications sont momentanément utiles à la classe dirigeante, va plus loin dans ses résultats que la recherche d'une pensée ou d'un mode de vie qui soient au niveau de toutes les possibilités actuelles, parce qu'une telle recherche est nuisible à cette classe dirigeante, et s'oppose ouvertement aux idéologies pourrissantes qu'elle maintient.

Cependant, quelque crédit que la bourgeoisie veuille aujourd'hui accorder à des tentatives artistiques fragmentaires, ou délibérément rétrogrades, la création ne peut être maintenant qu'une synthèse qui tende à la construction intégrale d'une atmosphère, d'un style de vie.

C'est à partir de ces considérations que nous sommes conduits à agir pour un urbanisme réellement moderne, dont jusqu'à présent seuls quelques précurseurs accidentels peuvent être reconnus.

On sait que les formes matérielles des sociétés, la structure des villes traduisent l'ordre des préoccupations qui sont propres à ces sociétés. Et si les temples ont été, plus que les lois écrites, le moyen de traduire la représentation du monde que peut former une collectivité historiquement définie, il reste à construire les monuments qui expriment, avec notre athéisme, les nouvelles valeurs d'un nouveau mode de vie, dont la victoire est certaine.

Il faut expérimenter, dans la mesure du possible, les cadres et les comportements d'une époque qui commence. Le néant de la littérature dite « prolétarienne » ne permet plus de douter des conséquences néfastes de la distinction – en elle-même des plus suspectes – entre un art engagé dans la propagande immédiate et un art tourné vers le renouvellement non immédiat des données de la vie. En réalité, ces deux aspects sont obligatoirement complémentaires, et il faut tenir pour réactionnaire toute exaltation exclusive d'un seul d'entre eux.

Un urbanisme unitaire – la synthèse, s'annexant arts et techniques, que nous réclamons – devra être édifié en fonction de certaines valeurs nouvelles de la vie, qu'il s'agit dès à présent de distinguer et de répandre.

Il faut bien comprendre que tout ce qui peut désormais s'entreprendre, dans l'urbanisme, dans l'architecture ou ailleurs, n'aura de prix que pour autant qu'on ait d'abord répondu à cette question du style de vie, et qu'on y ait répondu juste.

Ce n'est pas la peine d'aller chercher plus loin la condamnation de l'architecture de Firmin Le Corbusier, qui veut fonder une harmonie définitive à partir d'un style de vie chrétien et capitaliste, imprudemment considéré comme immuable.

Si l'on s'avise, par suite d'une analyse générale et démystifiée du mouvement des rapports sociaux, que la famille, sous la forme que nous lui connaissons, est heureusement destinée à disparaître à bref délai, on conçoit qu'il est malheureux, pour une architecture qui se veut tournée vers l'avenir, d'avoir attaché son sort à sa conservation.

C'est parce que Le Corbusier a fait de son œuvre une illustration et un puissant moyen d'action pour les pires forces oppressives, que cette œuvre – dont certains enseignements doivent cependant être intégrés dans la phase suivante – est promise à une faillite complète.

De ce style de vie à venir, dont il nous faut prévoir les conditions pour orienter le présent, on peut dire, sans rien avancer de trop précis, qu'il sera principalement déterminé, à l'inverse de l'actuel, par la liberté et les loisirs.

L'urbanisme expérimental que nous devons entreprendre doit déjà se situer dans cette direction. Il faut, écrit Asger Jorn, à la fin de son essai *Immagine e forma*, « découvrir de nouvelles jungles chaotiques par des expériences inutiles ou insensées ». Et Marcel Mariën, dans le numéro 8 des *Lèvres nues*, annonce : « Au béton précontraint, l'on verra se substituer la rue tortueuse, le chemin creux, l'impasse. Le terrain vague fera l'objet d'études toutes particulières, et l'on instituera par exemple des concours destinés à la désignation des meilleurs projets. »

Nous ne devons pas nous opposer à ce que cet urbanisme soit qualifié de baroque, au moins dans ses premiers essais, puisqu'il sera entièrement tourné vers la vie, et opposé au classicisme fonctionnaliste. Mais il ne saurait demeurer baroque. Il dominera la vieille contradiction baroque-classique. L'urbanisme unitaire doit devenir, par tous les moyens, le cadre et l'occasion de jeux passionnants.

L'Internationale lettriste considère qu'il lui est possible de s'entendre avec d'autres tendances progressives sur un programme précis d'action commune pour l'architecture et l'urbanisme ; et que cette entente peut actuellement s'établir dans le Mouvement international pour un Bauhaus imaginiste, où les lettristes sont représentés depuis mai 1956.

Toutefois, l'Internationale lettriste souligne la nécessité de s'accorder concrètement sur un minimum de constatations positives ; de dénoncer sans équivoque les anciennes fins de l'art ou de l'écriture ; d'exclure radicalement les fractions arriérées.

À défaut, aucune action commune ne pourrait être maintenue.

Résolution finale du Congrès

Préalablement rédigée et signée à Paris par Guy Debord, cette résolution finale, restée inédite, fut adoptée, après quelques modifications, par les participants du Congrès d'Alba : Jacques Calonne, Constant, Giuseppe Gallizio, Asger Jorn, Jan Kotik, Pravoslav Rada, Piero Simondo, Ettore Sottsass Jr., Elena Verrone et Gil J Wolman. Le Congrès s'acheva par une exposition rétrospective de céramiques futuristes et d'œuvres réalisées par le Laboratoire expérimental du M.I.B.I.

Les personnes soussignées, en leur nom propre et au nom des groupes qu'elles représentent, s'accordent actuellement sur les points suivants :

I – Nécessité d'une construction dynamique du cadre de la vie par un urbanisme unitaire qui doit utiliser l'ensemble des arts et des techniques modernes, tenus pour de simples moyens.

II – Caractère périmé d'avance de toute rénovation partielle apportée à un art dans ses limites traditionnelles. Ouverture d'une expérience illimitée dans les arts particuliers en rapport dialectique avec un emploi commun.

III – Reconnaissance d'une interdépendance essentielle entre l'urbanisme unitaire et un style de vie à venir, qui doit être dès à présent indiqué et défendu.

IV – Affirmation de ce style de vie dans la perspective d'une liberté réelle plus grande et d'une plus grande domination de la nature et de l'univers.

V – Décision de combattre l'urbanisme fonctionnaliste rétrograde, et d'expérimenter des constructions révolutionnaires et dynamiques.

VI – Unité d'action entre les signataires sur ce programme, par l'échange de publications et de courrier, la préparation d'entreprises collectives, le soutien réciproque dans les manifestations et polémiques qu'ils engagent, l'élaboration commune des formes nouvelles.

Approuvé : G. E. Debord

Lettre adressée à Marcel Mariën le 22 septembre 1956.

Mon cher Mariën,

Excusez-moi d'avoir tardé à vous répondre.

On m'a saisi l'autre jour, à l'improviste, en m'apprenant que j'étais dans une situation militaire irrégulière, et qui frisait même l'insoumission. Je fus donc sapeur du Génie. J'usai immédiatement de divers troubles mentaux et physiques (il se trouve que je suis asthmatique) qui me firent placer en observation dans un hôpital militaire dont je n'ai pu sortir qu'hier, réformé définitif, après avoir passablement démoralisé l'armée. Pendant ce temps Wolman représentait la bande à un Congrès d'Urbanisme dont je vous joins, tardivement, le programme des réjouissances. Enrico Baj en est sorti exclu.

Pour la déclaration commune, si vous n'en voyez pas la nécessité, c'est donc qu'elle n'en a pas.

Nous avions parlé, à Bruxelles, de votre prochain séjour à Paris. Je suis maintenant en mesure de vous loger, assez inconfortablement il est vrai. J'espère que vous pourrez faire bientôt le voyage.

Cordialement,

G. E. Debord

D'abord édité en tract, le texte paraît dans *Potlatch* n° 27 (2 novembre 1956) augmenté du dernier paragraphe.

LA PLATE-FORME D'ALBA

Du 2 au 8 septembre, s'est tenu en Italie, dans la ville d'Alba, un Congrès convoqué par Asger Jorn et Giuseppe Gallizio au nom du Mouvement international pour un Bauhaus Imaginiste, rassemblement dont les vues s'accordent avec le programme de l'Internationale lettriste relatif à l'urbanisme et aux usages que l'on peut en faire (cf. *Potlatch*, n° 26).

Les représentants de fractions avant-gardistes de huit nations (Algérie, Belgique, Danemark, France, Grande-Bretagne, Hollande, Italie, Tchécoslovaquie) se rencontrèrent là pour jeter les bases d'une organisation unie. Ces travaux furent menés à toutes leurs conséquences.

Christian Dotremont (1922-1979) avait fondé le groupe surréaliste révolutionnaire (1947) qui donna naissance au groupe d'avant-garde danois, belge et hollandais Cobra (1948-1951).

Christian Dotremont, dont certains avaient annoncé la venue au Congrès parmi la délégation belge, mais qui a depuis quelque temps déjà rejoint la rédaction de la *Nouvelle-nouvelle Revue Française*, s'abstint de paraître dans une assemblée où sa présence eût été inacceptable pour la majorité.

Enrico Baj, représentant du « mouvement d'art nucléaire », dut se retirer dès le premier jour ; et le Congrès consacra la rupture avec les nucléaires en publiant l'avertissement suivant : « Acculé devant des faits précis, Baj a quitté le Congrès. Il n'a pas emporté la caisse. »

Dans le même temps, l'entrée en Italie de nos camarades tchécoslovaques Pravoslav Rada et Kotik était empêchée par le gouvernement italien qui, malgré les protestations élevées à ce propos, ne leur accorda le visa pour passer son rideau de fer national qu'à la fin du Congrès d'Alba.

L'intervention de Wolman, délégué de l'Internationale lettriste, devait souligner particulièrement la nécessité d'une plate-forme commune définissant la totalité de l'expérience en cours :

« Camarades, les crises parallèles qui affectent actuellement tous les modes de la création artistique sont déterminées par un mouvement d'ensemble, et on ne peut parvenir à la résolution de ces crises que dans une perspective générale. Le processus de négation et de destruction qui s'est manifesté, avec une vitesse croissante, contre toutes les conditions anciennes de l'activité artistique, est irréversible : il est la conséquence de l'apparition de possibilités supérieures d'action sur le monde...

... quelque crédit que la bourgeoisie veuille aujourd'hui accorder à des tentatives artistiques fragmentaires, ou délibérément rétrogrades, la création ne peut être maintenant qu'une synthèse qui tende à la construction intégrale d'une atmosphère, d'un style de la vie... Un urbanisme unitaire – la synthèse, s'annexant arts et techniques, que nous réclamons – devra être édifié en fonction de certaines valeurs nouvelles de la vie, qu'il s'agit dès à présent de distinguer et de répandre... »

La résolution finale du Congrès traduisit un accord profond, sous forme d'une déclaration en six points proclamant la « nécessité d'une construction intégrale du cadre de la vie par un urbanisme unitaire qui doit utiliser l'ensemble des arts et des techniques modernes » ; le « caractère périmé d'avance de toute rénovation apportée à un art dans ses limites traditionnelles » ; la « reconnaissance d'une interdépendance essentielle entre l'urbanisme unitaire et un style de vie à venir... » qu'il faut situer « dans la perspective d'une liberté réelle plus grande et d'une plus grande domination de la nature » ; enfin l'« unité d'action entre les signataires sur ce programme... » (le sixième point énumérant en outre les diverses modalités d'un soutien réciproque).

Outre cette résolution finale, approuvée par : J. Calonne, Constant, G. Gallizio, A. Jorn, Kotik, Rada, Piero Simondo, E. Sottsass Jr., Elena Verrone, Wolman – le Congrès se prononça à l'unanimité contre toute relation avec les participants du Festival de la Cité Radieuse, à la suite du boycott déclenché le mois précédent.

À l'issue des travaux du Congrès, Gil J Wolman fut adjoint aux responsables de la rédaction d'*Eristica*, bulletin d'information du Mouvement international pour un Bauhaus Imaginiste et Asger Jorn placé au comité directeur de l'Internationale lettriste.

Eristica a eu deux numéros : le premier, *Immagine e forma* (*Image et forme*) d'Asger Jorn, fut édité à Milan en 1954 ; le second, avec le texte de Jorn *Forma e struttura* (*Forme et structure*), a paru à Alba en juillet 1956.

Le congrès d'Alba marquera sans doute une des difficiles étapes, dans le secteur de la lutte pour une nouvelle sensibilité et pour une nouvelle culture, de ce renouveau révolutionnaire général qui caractérise l'année 1956, et qui apparaît dans les premiers résultats politiques de la pression des masses en U.R.S.S., en Pologne et en Hongrie (bien qu'ici, dans une périlleuse confusion, le retour des vieux mots d'ordre pourris du nationalisme clérical procède de l'erreur mortelle que fut l'interdiction d'une opposition marxiste), comme dans les succès de l'insurrection algérienne et dans les grandes grèves d'Espagne. L'avenir prochain de ces développements permet les plus grands espoirs.

Les Lèvres nues n° 9 • novembre 1956

THÉORIE DE LA DÉRIVE

Entre les divers procédés situationnistes, la dérive se définit comme une technique du passage hâtif à travers des ambiances variées. Le concept de dérive est indissolublement lié à la reconnaissance d'effets de nature psychogéographique, et à l'affirmation d'un comportement ludique-constructif, ce qui l'oppose en tous points aux notions classiques de voyage et de promenade.

Une ou plusieurs personnes se livrant à la dérive renoncent, pour une durée plus ou moins longue, aux raisons de se déplacer et d'agir qu'elles se connaissent généralement, aux relations, aux travaux et aux loisirs qui leur sont propres, pour se laisser aller aux sollicitations du terrain et des rencontres qui y correspondent. La part de l'aléatoire est ici moins déterminante qu'on ne croit : du point de vue de la dérive, il existe un relief psychogéographique des villes, avec des courants constants, des points fixes, et des tourbillons qui rendent l'accès ou la sortie de certaines zones fort malaisés.

Mais la dérive, dans son unité, comprend à la fois ce laisser-aller et sa contradiction nécessaire : la domination des variations psychogéographiques par la connaissance et le calcul de leurs possibilités. Sous ce dernier aspect, les données mises en évidence par l'écologie, et si borné que soit a priori l'espace social dont cette science se propose l'étude, ne laissent pas de soutenir utilement la pensée psychogéographique.

L'analyse écologique du caractère absolu ou relatif des coupures du tissu urbain, du rôle des microclimats, des unités élémentaires entièrement distinctes des quartiers administratifs, et surtout de l'action dominante de centres d'attraction, doit être utilisée et complétée par la méthode psychogéographique. Le terrain passionnel objectif où se meut la dérive doit être défini en même temps selon son propre déterminisme et selon ses rapports avec la morphologie sociale.

Chombart de Lauwe dans son étude sur *Paris et l'agglomération parisienne* (Bibliothèque de Sociologie Contemporaine, P.U.F.

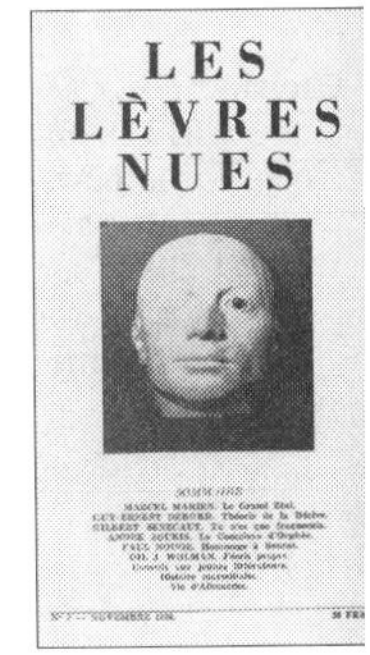

Illustration : Paul Bourgoignie, *Thermidor que d'un œil.*

Deux ans après la parution de ce texte dans le numéro 9 des *Lèvres nues*, Guy Debord le fera paraître à nouveau dans le numéro 2 d'*Internationale situationniste*, avec quelques variantes. Notamment une phrase ajoutée à la fin de la deuxième partie : « Ce que l'on peut écrire vaut seulement comme mots de passe dans ce grand jeu. » Deux passages seront supprimés. Le premier, à la fin du septième paragraphe de la deuxième partie (« Ce critère n'a jamais été employé [...] quartiers déjà fort parcourus »), et le second, où à la place du dernier paragraphe, on lit ces seuls mots : *(À suivre.)*

Paul-Henri Chombart de Lauwe (1913-1998), ethnologue, élève de Marcel Mauss et de Rivet, chercheur au Musée de l'homme.

1952) note qu'« un quartier urbain n'est pas déterminé seulement par les facteurs géographiques et économiques mais par la représentation que ses habitants et ceux des autres quartiers en ont » ; et présente dans le même ouvrage – pour montrer « l'étroitesse du Paris réel dans lequel vit chaque individu... géographiquement un cadre dont le rayon est extrêmement petit » – le tracé de tous les parcours effectués en une année par une étudiante du XVIe arrondissement : ces parcours dessinent un triangle de dimension réduite, sans échappées, dont les trois sommets sont l'École des Sciences Politiques, le domicile de la jeune fille et celui de son professeur de piano.

Il n'est pas douteux que de tels schémas, exemples d'une poésie moderne susceptible d'entraîner de vives réactions affectives – dans ce cas l'indignation qu'il soit possible de vivre de la sorte –, ou même la théorie, avancée par Burgess à propos de Chicago, de la répartition des activités sociales en zones concentriques définies, ne doivent servir aux progrès de la dérive.

Ernest W. Burgess (1886-1966), sociologue américain de l'école de Chicago, pionnier de l'écologie urbaine. En France, Chombart de Lauwe appliquera sa théorie des zones concentriques à la ville de Paris (1952). Dans son texte resté inédit, *Écologie, psychogéographie et transformation du milieu urbain* (1959), Guy Debord analyse les différences entre l'écologie urbaine et la psychogéographie (voir p. 457).

Le hasard joue dans la dérive un rôle d'autant plus important que l'observation psychogéographique est encore peu assurée. Mais l'action du hasard est naturellement conservatrice et tend, dans un nouveau cadre, à tout ramener à l'alternance d'un nombre limité de variantes, et à l'habitude. Le progrès n'étant jamais que la rupture d'un des champs où s'exerce le hasard, par la création de nouvelles conditions plus favorables à nos desseins, on peut dire que les hasards de la dérive sont foncièrement différents de ceux de la promenade, mais que les premières attirances psychogéographiques découvertes risquent de fixer le sujet ou le groupe dérivant autour de nouveaux axes habituels, où tout les ramène constamment.

Une insuffisante défiance à l'égard du hasard, et de son emploi idéologique toujours réactionnaire, condamnait à un échec morne la célèbre déambulation sans but tentée en 1923 par quatre surréalistes à partir d'une ville tirée au sort : l'errance en rase campagne est évidemment déprimante, et les interventions du hasard y sont plus pauvres que jamais. Mais l'irréflexion est poussée bien plus loin dans *Médium* (mai 1954), par un certain Pierre Vendryes qui croit pouvoir rapprocher de cette anecdote – parce que tout cela participerait d'une même libération antidéterministe – quelques expériences probabilistes, par exemple sur la répartition aléatoire de têtards de grenouille dans un cristallisoir circulaire, dont il donne le fin mot en précisant : « il faut, bien entendu, qu'une telle foule ne subisse de l'extérieur aucune influence directrice ». Dans ces conditions, la palme revient effectivement aux têtards qui ont cet avantage d'être « aussi dénués que possible d'intelligence, de sociabilité et de sexualité », et, par conséquent, « vraiment indépendants les uns des autres ».

Aux antipodes de ces aberrations, le caractère principalement urbain de la dérive, au contact des centres de possibilités et de significations que sont les grandes villes transformées par l'industrie, répondrait plutôt à la phrase de Marx : « Les hommes ne peuvent rien voir autour d'eux qui ne soit leur visage, tout leur parle d'eux-mêmes. Leur paysage même est animé. »

On peut dériver seul, mais tout indique que la répartition numérique la plus fructueuse consiste en plusieurs petits groupes de deux ou trois personnes parvenues à une même prise de conscience, le recoupement des impressions de ces différents groupes devant permettre d'aboutir à des conclusions objectives. Il est souhaitable que la composition de ces groupes change d'une dérive à l'autre. Au-dessus de quatre ou cinq participants, le caractère propre à la dérive décroît rapidement, et en tout cas il est impossible de dépasser la dizaine sans que la dérive ne se fragmente en plusieurs dérives menées simultanément. La pratique de ce dernier mouvement est d'ailleurs d'un grand intérêt, mais les difficultés qu'il entraîne n'ont pas permis jusqu'à présent de l'organiser avec l'ampleur désirable.

La durée moyenne d'une dérive est la journée, considérée comme l'intervalle de temps compris entre deux périodes de sommeil. Les points de départ et d'arrivée, dans le temps, par rapport à la journée solaire, sont indifférents, mais il faut noter cependant que les dernières heures de la nuit sont généralement impropres à la dérive.

Cette durée moyenne de la dérive n'a qu'une valeur statistique. D'abord, elle se présente assez rarement dans toute sa pureté, les intéressés évitant difficilement, au début ou à la fin de cette journée, d'en distraire une ou deux heures pour les employer à des occupations banales ; en fin de journée, la fatigue contribue beaucoup à cet abandon. Mais surtout la dérive se déroule souvent en quelques heures délibérément fixées, ou même fortuitement pendant d'assez brefs instants, ou au contraire pendant plusieurs jours sans interruption. Malgré les arrêts imposés par la nécessité de dormir, certaines dérives d'une intensité suffisante se sont prolongées trois ou quatre jours, voire même davantage. Il est vrai que dans le cas d'une succession de dérives pendant une assez longue période, il est presque impossible de déterminer avec quelque précision le moment où l'état d'esprit propre à une dérive donnée fait place à un autre. Une succession de dérives a été poursuivie sans interruption notable jusqu'aux environs de deux mois, ce qui ne va pas sans amener de nouvelles conditions objectives de comportement qui entraînent la disparition de bon nombre des anciennes.

L'influence sur la dérive des variations du climat, quoique réelle, n'est déterminante que dans le cas de pluies prolongées qui l'interdisent presque absolument. Mais les orages ou les autres espèces de précipitations y sont plutôt propices.

Le champ spatial de la dérive est plus ou moins précis ou vague selon que cette activité vise plutôt à l'étude d'un terrain ou à des résultats affectifs déroutants. Il ne faut pas négliger le fait que ces deux aspects de la dérive présentent de multiples interférences et qu'il est impossible d'en isoler un à l'état pur. Mais enfin l'usage des taxis, par exemple, peut fournir une ligne de partage assez claire : si dans le cours d'une dérive on prend un taxi, soit pour une destination précise, soit pour se déplacer de vingt minutes vers l'ouest, c'est que l'on s'attache surtout au dépaysement personnel. Si l'on s'en tient à l'exploration directe d'un terrain, on met en avant la recherche d'un urbanisme psychogéographique.

Dans tous les cas le champ spatial est d'abord fonction des bases de départ constituées, pour les sujets isolés, par leurs domiciles, et pour les groupes, par les points de réunion choisis. L'étendue maximum de ce champ spatial ne dépasse pas l'ensemble d'une grande ville et de ses banlieues. Son étendue minimum peut être bornée à une petite unité d'ambiance : un seul quartier, ou même un seul îlot s'il en vaut la peine (à l'extrême limite la dérive-statique d'une journée sans sortir de la gare Lazare).

L'exploration d'un champ spatial fixé suppose donc l'établissement de bases, et le calcul des directions de pénétration. C'est ici qu'intervient l'étude des cartes, tant courantes qu'écologiques ou psychogéographiques, la rectification et l'amélioration de ces cartes. Est-il besoin de dire que le goût du quartier en lui-même inconnu, jamais parcouru, n'intervient aucunement ? Outre son insignifiance, cet aspect du problème est tout à fait subjectif, et ne subsiste pas longtemps. Ce critère n'a jamais été employé, si ce n'est, occasionnellement, quand il s'agit de trouver les issues psychogéographiques d'une zone en s'écartant systématiquement de tous les points coutumiers. On peut alors s'égarer dans des quartiers déjà fort parcourus.

La part de l'exploration au contraire est minime, par rapport à celle d'un comportement déroutant, dans le « rendez-vous possible ». Le sujet est prié de se rendre seul à une heure qui est précisée dans un endroit qu'on lui fixe. Il est affranchi des pénibles obligations du rendez-vous ordinaire, puisqu'il n'a personne à attendre. Cependant ce « rendez-vous possible » l'ayant mené à l'improviste en un lieu qu'il peut connaître ou ignorer, il en observe les alentours. On a pu en même temps donner au même endroit un autre « rendez-vous possible » à quelqu'un dont il ne peut prévoir l'identité. Il peut même ne l'avoir jamais vu, ce qui incite à lier conversation avec divers passants. Il peut ne rencontrer personne, ou même rencontrer par hasard celui qui a fixé le « rendez-vous possible ». De toute façon, et surtout si le lieu et l'heure ont été bien choisis, l'emploi du temps du sujet y prendra une tournure imprévue. Il peut même demander par téléphone un autre « rendez-vous possible » à quelqu'un qui ignore où le premier l'a conduit. On voit les ressources presque infinies de ce passe-temps.

Ainsi, quelques plaisanteries d'un goût dit douteux, que j'ai toujours vivement appréciées dans mon entourage, comme par exemple s'introduire nuitamment dans les étages des maisons en démolition, parcourir sans arrêt Paris en auto-stop pendant une grève des transports, sous le prétexte d'aggraver la confusion en se faisant conduire n'importe où, errer dans ceux des souterrains des catacombes qui sont interdits au public, relèveraient d'un sentiment plus général qui ne serait autre que le sentiment de la dérive.

Les enseignements de la dérive permettent d'établir les premiers relevés des articulations psychogéographiques d'une cité moderne. Au-delà de la reconnaissance d'unités d'ambiance, de leurs composantes principales et de leur localisation spatiale, on perçoit leurs axes principaux de passage, leurs sorties et leurs défenses. On en vient à l'hypothèse centrale de l'existence de plaques tournantes psychogéographiques. On mesure les distances qui séparent effectivement deux régions d'une ville, et qui sont sans commune mesure avec ce qu'une vision approximative d'un plan pouvait faire croire. On peut dresser, à l'aide des vieilles cartes, de vues photographiques aériennes et de dérives expérimentales une cartographie influentielle qui manquait jusqu'à présent, et dont l'incertitude actuelle, inévitable avant qu'un immense travail ne soit accompli, n'est pas pire que celle des premiers portulans, à cette différence près qu'il ne s'agit plus de délimiter précisément des continents durables, mais de changer l'architecture et l'urbanisme.

Les différentes unités d'atmosphère et d'habitation, aujourd'hui, ne sont pas exactement tranchées, mais entourées de marges frontières plus ou moins étendues. Le changement le plus général que la dérive conduit à proposer, c'est la diminution constante de ces marges frontières, jusqu'à leur suppression complète.

Dans l'architecture même, le goût de la dérive porte à préconiser toutes sortes de nouvelles formes du labyrinthe, que les possibilités modernes de construction favorisent. Ainsi, la presse signalait en mars 1955 la construction à New York d'un immeuble où l'on peut voir les premiers signes d'une occasion de dérive à l'intérieur d'un appartement :

« Les logements de la maison hélicoïdale auront la forme d'une tranche de gâteau. Ils pourront être agrandis ou diminués à volonté par le déplacement de cloisons mobiles. La gradation par demi-étage évite de limiter le nombre de pièces, le locataire pouvant demander à utiliser la tranche suivante en surplomb ou en contrebas. Ce système permet de transformer en six heures trois appartements de quatre pièces en un appartement de douze pièces ou plus. »

Le sentiment de la dérive se rattache naturellement à une façon plus générale de prendre la vie, qu'il serait pourtant maladroit d'en déduire mécaniquement. Je ne m'étendrai ni sur les précurseurs de la dérive, que l'on peut reconnaître justement, ou détourner abusivement, dans la littérature du passé, ni sur les aspects passionnels particuliers que cette activité entraîne. Les difficultés de la dérive sont celles de la liberté. Tout porte à croire que l'avenir précipitera le changement irréversible du comportement et du décor de la société actuelle. Un jour, on construira des villes pour dériver. On peut utiliser, avec des retouches relativement légères, certaines zones qui existent déjà. On peut utiliser certaines personnes qui existent déjà.

Guy-Ernest Debord

DEUX COMPTES RENDUS DE DÉRIVE

I. — Rencontres et troubles consécutifs à une dérive continue

Le soir du 25 décembre 1953, les lettristes G. I., G. D. et G. L., entrant dans un bar algérien de la rue Xavier-Privas où ils ont passé toute la nuit précédente – et qu'ils appellent depuis longtemps « Au Malais de Thomas » – sont amenés à converser avec un Antillais d'environ quarante ans, d'une élégance assez insolite parmi les habitués de ce bouge, qui, à leur arrivée, parlait avec K., le tenancier du lieu.

G. I. : Gilles Ivain
G. D. : Guy Debord
G. L. : Gaëtan Langlais

L'homme demande aux lettristes, contre toute vraisemblance, s'ils ne sont pas « dans l'armée ». Puis, sur leur réponse négative, il insiste vainement pour savoir « à quelle organisation ils appartiennent ». Il se présente lui-même sous le nom, manifestement faux, de Camille J. La suite de ses propos est parsemée de coïncidences (les adresses qu'il cite, les préoccupations qui sont celles de ses interlocuteurs cette semaine-là, son anniversaire qui est aussi celui de G. I.) et de phrases qu'il veut à double sens, et qui semblent être des allusions délibérées à la dérive. Mais le plus remarquable est son délire croissant qui tourne autour d'une idée de voyage pressé – « il voyage continuellement » et le répète souvent. J. en vient à dire sérieusement qu'arrivant de Hambourg il avait cherché l'adresse du bar où ils sont à présent – il y était venu autrefois, un instant, l'avait aimé –, ne la trouvant pas, il avait fait un saut à New York pour la demander à sa femme ; et l'adresse n'étant pas non plus à New York, c'est fortuitement qu'il venait de retrouver le bar. Il arrive d'Orly. (Aucun avion n'a atterri depuis plusieurs jours à Orly, par suite d'une grève du personnel de la sécurité compliquée de mauvaise visibilité, et G. D. le sait parce que lui-même est arrivé l'avant-veille, par train, après avoir été retardé deux jours sur l'aérodrome de Nice). J. déclare à G. L., d'un air de certitude attristée, que ses activités actuelles doivent être au-dessus de ses capacités (G. L. sera en effet exclu deux mois plus tard). J. propose aux lettristes de les retrouver au même endroit le lendemain : il leur fera goûter un excellent rhum « de sa plantation ». Il a aussi parlé de leur faire connaître sa femme, mais ensuite, et sans contradiction apparente, il a dit que le lendemain « il serait veuf », sa femme partant de bon matin pour Nice en automobile.

Après qu'il soit sorti, K., interrogé (lui-même ignore tout des activités des lettristes), ne peut rien dire sinon qu'il l'a vu boire un verre une fois, il y a quelques mois.

Le lendemain J. vient au rendez-vous avec sa femme, une Antillaise de son âge, assez belle. Il fait, avec son rhum, un punch hors de pair. J. et sa femme exercent une attraction d'une nature peu claire sur tous les Algériens du bar, à la fois enthousiastes et déférents. Une agitation d'une intensité très inhabituelle se traduit par le fracas de toutes les guitares ensemble, des cris, des danses. J. rétablit instantanément le calme en portant un toast imprévu « à nos frères qui meurent sur les champs de bataille » (bien qu'à cette date, nulle part hors d'Indochine il n'y ait de lutte armée de quelque envergure). La conversation atteint en valeur délirante celle de la veille, mais cette fois avec la participation de la femme de J. Remarquant qu'une bague que J. portait le soir précédent est maintenant au doigt de sa femme, G. L. dit assez bas à G. I., faisant allusion à leurs commentaires de la veille qui n'avaient pas manqué d'évoquer les zombies et les signes de reconnaissance de sectes secrètes : « Le Vaudou a changé de main. » La femme de J. entend cette phrase et sourit d'un air complice.

Après avoir encore parlé des rencontres et des lieux qui les provoquent, J. déclare à ses interlocuteurs qu'il ne sait pas si lui-même les rencontrera un jour, car ils sont « peut-être trop forts pour lui ». On l'assure du contraire. Au moment de se séparer G. I. propose de donner à la femme de J., puisqu'elle doit partir pour Nice, l'adresse d'un bar assez attirant dans cette ville. J. répond alors froidement que c'est malheureusement trop tard puisqu'elle est partie depuis le matin. Il prend congé en affirmant que maintenant il est sûr qu'ils se reverront un jour « serait-ce même dans un autre monde » – ajoutant à sa phrase un « vous me comprenez ? » qui corrige complètement ce qu'elle pourrait avoir de mystique.

Le soir du 31 décembre au même bar de la rue Xavier-Privas, les lettristes trouvent K. et les habitués terrorisés – malgré leurs habitudes de violence – par une sorte de bande, forte d'une dizaine d'Algériens venus de Pigalle, et qui occupent les lieux. L'histoire, des plus obscures, semble concerner à la fois une affaire de fausse monnaie et les rapports qu'elle pourrait avoir avec l'arrestation dans ce bar même, quelques semaines auparavant, d'un ami de K., pour trafic de stupéfiants. Comme il est apparent que le premier désir des visiteurs est de ne pas mêler des Européens à un règlement de comptes qui, entre Nord-Africains, n'éveillera pas grande attention de la police, et comme K. leur demande instamment de ne pas sortir du bar, G. D. et G. I. passent la nuit à boire au comptoir (où les visiteurs ont placé une fille amenée par eux) parlant sans arrêt et très haut, devant un public silencieux, de manière à aggraver encore l'inquiétude générale. Par exemple, peu avant minuit, sur la question de savoir qui doit mourir cette année ou l'année prochaine ; ou bien en évoquant le mot du condamné exécuté à l'aube d'un premier janvier : « Voilà une année qui commence bien » ; et toutes les boutades de ce genre qui font blêmir la quasi-totalité des antagonistes. Même vers le matin, G. D. étant ivre mort, G. I. continue seul pendant quelques heures, avec un succès toujours aussi marqué. La journée du 1er janvier 1954 se passe dans les mêmes conditions, les multiples manœuvres d'intimidation et les menaces voilées ne persuadant pas les deux lettristes de partir avant la rixe, et eux-mêmes n'arrivant à joindre aucun de leurs amis par le téléphone dont ils n'ont pu s'emparer qu'en payant d'audace. Enfin, aux approches du soir, les amis de K. et les étrangers arrivent à un compromis et se quittent de mauvaise grâce (K. par la suite éludera avec crainte toute explication de cette affaire, et les lettristes jugeront discret d'y faire à peine allusion).

Le lendemain, vers la fin de l'après-midi, G. D. et G. I., s'apercevant soudain qu'ils sont près de la rue Vieille du Temple, décident d'aller revoir un bar de cette rue où, six semaines plus tôt, G. I. avait noté quelque chose de surprenant : comme il y entrait, au cours d'une dérive en compagnie de P. S., le barman, manifestant une certaine émotion à sa vue, lui avait demandé « Vous venez sans doute pour un verre ? » et, sur sa réponse affirmative, avait continué « Il n'y en a plus. Revenez demain ». G. I. avait alors machinalement répondu « C'est bien », et était sorti ; et P. S., quoique étonné d'une réaction si absurde, l'avait suivi.

P. S. : Patrick Straram

L'entrée de G. I. et G. D. dans le bar fait taire à l'instant une dizaine d'hommes qui parlaient en yiddish, assis à deux ou trois tables, et tous coiffés de chapeaux. Alors que les lettristes boivent quelques verres d'alcool au comptoir, tournant le dos à la porte, un homme, également coiffé d'un chapeau, entre en courant, et la serveuse – qu'ils n'ont jamais vue – leur fait signe de la tête que c'est à lui qu'ils doivent s'adresser. L'homme apporte une chaise à un mètre d'eux, s'asseoit, et leur parle à très haute voix, et fort longtemps, en yiddish, sur un ton tantôt convaincant et tantôt menaçant mais sans agressivité délibérée, et surtout sans avoir l'air d'imaginer qu'ils puissent ne rien comprendre. Les lettristes restent impassibles ; regardent avec le maximum d'insolence les individus présents qui, tous, semblent attendre leur réponse avec quelque angoisse ; puis finissent par sortir. Dehors, ils s'accordent pour constater qu'ils n'ont jamais vu une ambiance aussi glaciale, et que les gangsters de la veille étaient des agneaux en comparaison. Dérivant encore un peu plus loin, ils arrivent au pont Notre-Dame quand ils s'avisent qu'ils sont suivis par deux des hommes du bar, dans la tradition des films de gangsters. C'est à cette tradition qu'ils croient devoir s'en remettre pour les dépister, en traversant le pont négligemment, puis en descendant brusquement à droite sur le quai de l'île de la Cité qu'ils suivent en courant, passant sous le Pont-Neuf, jusqu'au square du Vert-Galant. Là, ils remontent sur la place du Pont-Neuf par l'escalier dissimulé derrière la statue d'Henri IV. Devant la statue, deux autres hommes en chapeaux qui arrivaient en cou-

d'Aubervilliers, face au lieudit La Plaine, qui fait partie de la commune de Denis. Ayant repassé l'écluse, ils errent encore un certain temps dans Aubervilliers, qu'ils ont parcouru des dizaines de fois la nuit, mais qu'ils ignorent au jour. L'obscurité venant, ils décident enfin d'arrêter là cette dérive, jugée peu intéressante en elle-même.

Faisant la critique de l'opération, ils constatent qu'une dérive partant du même point doit plutôt prendre la direction nord-nord-ouest ; que le nombre des dérives systématiques de ce genre doit être multiplié, Paris leur étant encore, dans cette optique, en grande partie inconnu ; que la contradiction que la dérive implique entre le hasard et le choix conscient se reconduit à des niveaux d'équilibre successifs, et que ce développement est illimité. Pour le programme des prochaines dérives Debord propose la liaison directe du centre Jaurès-Stalingrad (ou Centre Ledoux) à la Seine, et l'expérimentation de ses débouchés vers l'ouest. Wolman propose une dérive qui, à partir de la « Taverne des Révoltés », suivrait le canal vers le nord, jusqu'à Denis et au-delà.

NOUS RIONS MAIS JAMAIS
EN MÊME TEMPS QUE VOUS

POSITION DU CONTINENT CONTRESCARPE

Monographie établie par le Groupe de Recherche psychogéographique de l'Internationale lettriste

Après quelques visites préliminaires, dans le courant du printemps de 1953, à certains points du Ve arrondissement auxquels ils reconnaissent une assez forte attirance, les lettristes en viennent à se rencontrer en permanence, au début de l'été, dans la rue de la Montagne-Geneviève (anciennement nommée rue de la Montagne, par la Convention). La tendance générale, encore irraisonnée, est de s'avancer vers le sud, d'abord jusqu'à la place de la Contrescarpe, puis plus loin.

Au moment où certains commencent à prendre conscience de ce qu'une expérience en profondeur du terrain actuel d'une ville pourrait apporter à la théorie, assez aventurée, de la construction des situations, Gilles Ivain découvre l'unité d'ambiance qu'il nomme « Continent Contrescarpe », à cause d'une étendue et d'une intensité qui semblent très supérieures à celles d'autres îlots épars.

Malgré le grand nombre des dérives qui traversent en tous sens le Continent, la première approximation de ses limites, et sa distinction précise des points d'attraction circonvoisins se révèlent fort difficiles. Dans son mémoire *Introduction au Continent Contrescarpe*, daté du 24 janvier 1954, Gilles Ivain écrit : « L'exploration d'un continent s'imposait. Nous en avions justement un sous la main, et à peu près vierge. Il s'agissait d'un continent qui me sembla presque ovale, et dont la forme ressemble aujourd'hui sur les cartes à celle du Chili : la Contrescarpe et ses dépendances départementales » (manuscrit TN 12, Archives de l'Internationale lettriste). Mais les dépendances supposées du Continent : Butte-aux-Cailles, et principalement la fuyante rue Gérard ; rue Sauvage ; ou même de plus proches telle la Montagne-Geneviève, apparaissent finalement comme des unités séparées, et de la forme ovale du Continent à son origine, il ne reste pas grand'chose.

Sommairement, le Continent Contrescarpe se superpose au centre du Ve arrondissement, isolé par la structure de ses rues des activités de divers points de Paris dont il est géographiquement assez voisin. Cette zone est délimitée au nord par la rue des Écoles ; au nord-ouest par la rue Jussieu ; à l'est par les rues Linné et Geoffroy-Hilaire ; au sud-est par la rue Censier ; au sud-ouest par la rue Claude Bernard ; à l'ouest par la rue d'Ulm, le Panthéon, la rue Valette. Une seule grande voie nord-sud – la rue Monge – la traverse en sa partie orientale. L'absence de toute communication directe ouest-est constitue la principale détermination écologique de ce complexe urbain (une telle voie est projetée depuis un grand nombre d'années. Elle correspond à l'axe des rues Érasme-Seneuil. Depuis la découverte du Continent, cet axe, qui part de la rue d'Ulm, s'est étendu, par le percement de la rue Calvin dans son prolongement, jusqu'à la rue Mouffetard. Il s'en faut de la démolition d'un pâté de maisons à chacune de ses extrémités pour qu'il atteigne, par la rue de l'Abbé-de-l'Épée à l'ouest et la rue de Mirbel à l'est, le boulevard Michel et la rue Censier).

Mais pour délimiter précisément le Continent, il faut en soustraire des zones frontières, qu'il influence plus ou moins fortement mais qui sont cependant distinctes : la Montagne-Geneviève au nord ; toute la partie qui s'étend à l'est de la rue Monge ; et même une étroite zone qui borde la rue Monge à l'ouest. Le Continent proprement dit, à l'intérieur des limites fixées plus haut, s'arrête probablement aux rues des Patriarches, Pestalozzi, Gracieuse, Lacépède (ces rues en étant exclues) ; à la place de la Contrescarpe qui est son extrême avancée vers le nord ; aux rues Blainville, Laromiguière, Lhomond et de l'Arbalète (ces rues y étant incluses). Il apparaît donc que sa surface est réduite. Elle-même se subdivise nettement en une partie est (Mouffetard) très animée, et une partie ouest (Lhomond) désertique. Il faut cependant ajouter, en dehors de ces limites, une avancée de la zone déserte : la rue Pierre Curie qui va, à l'ouest de la rue d'Ulm, jusqu'à la rue Jacques. On peut également considérer comme des avancées – moins marquées – de la zone déserte du Continent les rues Érasme-Seneuil (surtout cette dernière) et au sud la rue Lagarde. On peut de même rattacher à la zone-Mouffetard les alentours immédiats de l'église Médard et, au sud-est, les rues orientées autour du square Scipion (rue de la Clef, rue du Fer à Moulin, etc.).

Les principales défenses que le Continent présente à la dérive, ou même à une volonté de pénétration, s'étendent à l'ouest, précisément du côté où il est en contact avec une zone très active de mouvements, à partir d'une ligne Panthéon – Luxembourg – boulevard Michel – boulevard de Port-Royal. Au sud, son seul accès du côté des Gobelins – l'ouverture de la rue Mouffetard – se dissimule derrière l'église Médard, avant laquelle les principaux courants sont drainés par les rues Claude Bernard et Monge. Du côté de l'est, le Continent est couvert par la rue Monge qui entraîne vers les places Jussieu ou Maubert. C'est seulement du côté du nord que l'on peut trouver un accès relativement facile, mais limité à la succession, en ligne sinueuse, des rues Montagne-Geneviève, Descartes et Mouffetard. Le moindre écart hors de cette ligne, avant d'avoir passé la place de la Contrescarpe, rejette à coup sûr loin du Continent.

La pénétration la plus courante se faisant suivant un axe nord-sud, les principales sorties du Continent sont au sud : attraction puissante de la rue du Fer à Moulin-Poliveau vers l'est et la rue Sauvage ; attraction relative de la Butte-aux-Cailles et du sud du XIIIe arrondissement, au-delà de l'avenue des Gobelins et assez couramment par la rue Croulebarbe (c'est-à-dire en longeant la Bièvre, rivière presque entièrement souterraine). Une sortie moins évidente, du côté du nord, conduit à la place Maubert et à la Seine ; plus difficilement, par le Panthéon, au boulevard et à la place Michel.

Il faut enfin signaler les difficultés de sortie du côté de l'ouest, et le rôle de piège de la rue Pierre Curie .qui, de jour comme de nuit, tend à relancer vers le sud (rue Claude Bernard) un passant qui l'emprunte après avoir suivi la rue Lhomond en direction de la rue Soufflot ou de la gare du Luxembourg.

L'intérêt du Continent semble résider dans une aptitude particulière au jeu et à l'oubli. La seule construction en des points choisis de trois ou quatre complexes architecturaux adéquats, combinés avec la fermeture de deux ou trois rues par d'autres édifices, suffirait sans doute à faire de ce quartier un irréfutable exemple des possibilités d'un urbanisme nouveau. Il semble malheureusement qu'avant que l'on puisse en venir là, le processus constant de destruction qui se manifeste dans le tracé des rues (ouverture de la rue Calvin) comme dans le peuplement (annexion de la rue Descartes à la zone des cabarets de style Rive Gauche) aura trop profondément érodé ce sommet psychogéographique.

Texte resté inédit.

ASGER JORN N'EST PAS UN PEINTRE

Les affaires des galeries parisiennes, depuis trente mois, sont en baisse. Le marché s'épuise. C'est la raison pour laquelle la galerie Iris Clert a été obligée d'accepter l'exposition des lithographies d'Asger Jorn.

Les reproductions d'un artiste inconnu ne sont pas une marchandise importante. Ce n'est pas sur la vente que l'on peut espérer faire de gros bénéfices. Mais il s'agit d'un de ces étrangers qui viennent se faire une renommée parisienne qu'ils espèrent monnayer ensuite dans leur propre pays.

Il faut, en voyant les efforts d'ASGER JORN, se rappeler les CHEFS-D'ŒUVRE de l'art mondial, de MICHEL-ANGE à PICASSO, de REMBRANDT à VAN GOGH, de VINCI à DUBUFFET, pour ne pas sombrer dans un désespoir total devant son impuissance manifeste.

Internationale lettriste

Texte refusé, en novembre 1956, par la galerie Iris Clert, qui s'est trouvée en retour privée de l'exposition de Jorn.

PROGRAMME DE TRAVAUX CONCRETS

Programme de travaux concrets rédigé en 1956 et resté inédit.

Compte tenu de nos buts lointains, on peut considérer comme des entreprises *positives*, susceptibles d'être dès maintenant développées, les travaux concrets *provisoires* dont la liste suit :

Toute expérience vécue de comportements *rigoureusement inhabituels* (fondés en permanence sur le goût du jeu) et aussi libérés qu'il est possible de causes connues (travail, divertissement, ou paresse). Exemple : la *dérive* considérée comme procédé de dépaysement.

Tout ce qui contribue à étudier « scientifiquement » les diverses ambiances d'une ville, leurs influences sur la conduite des gens. Expériences de dérives et éventuellement procès-verbaux des dérives significatives. Recherche de quelques lois exactes de la psychogéographie.

Toute écriture décrivant – dans un but de systématisation – des comportements inhabituels *réellement constatés* (un livre comme *Nadja* d'A. Breton en est un bon exemple, quoiqu'il soit naturellement rédigé dans les limites de l'inconscient freudien-surréaliste).

Des *projets d'ambiance* pour un lieu précis (un bar, par exemple), l'étude des rapports de tous les éléments d'un décor : sonores, lumineux, plastiques, psychologiques, etc. (toute hypothèse devant être corrigée par l'expérience).

Des plans d'architectures nouvelles. Projets d'un complexe architectural destiné à provoquer un sentiment nouveau (ceci est plutôt à laisser à un architecte lettriste). Une interprétation (au moyen, par exemple, du cinéma) des architectures existantes.

Des plans de situation (un peu prématurés actuellement ; chaque réalisation dans un domaine plus limité permettra d'établir de tels plans plus valablement). La mise au point de projets pour des « fêtes émouvantes ».

Travail encore plus vague actuellement : des plans d'un urbanisme futur (par exemple la théorie des quartiers-états d'âme).

Toute écriture du genre « essai » qui se propose de préciser des désirs nouveaux, en relation avec les possibilités modernes.

Toute propagande en faveur de ces désirs nouveaux. Et parallèlement, utilisation de nouveaux moyens de propagande : phrases détournées (c'est-à-dire une négation de la littérature servant à affirmer autre chose) ; affiches métagraphiques (le seul critère de tous ces moyens étant leur effet utilitaire).

Tout ceci, bien sûr, sans faire mention des problèmes généraux connus de tous, où nous pouvons intervenir d'une manière plus ou moins originale.

Ci-dessous :

Guy Debord lors de son premier séjour au Laboratoire expérimental d'Alba en novembre 1956, avec, de gauche à droite, Walter Olmo, Piero Simondo, Giuseppe Pinot Gallizio et Constant.

"LE MOUVEMENT INTERNATIONAL POUR UN BAUHAUS IMAGINISTE PRESENTE, DU 10 AU 15 DECEMBRE 1956, A TURIN G.E. DEBORD, CONSTANT, JACQUES FILLON, GIUSEPPE GALLIZIO, GARELLI, ASGER JORN, WALTER OLMO, PIETRO SIMONDO, ELENA VERRONE, GIL J WOLMAN, ET LE   DECEMBRE A   HEURES, LA CONFERENCE HISTOIRE DE L'INTERNATIONALE LETTRISTE"

Appuyé sur des données dont il renouvelle sans cesse le rapport, et qui changent par la force de leurs propres mouvement, l'homme avance.

Les indications ci-après complètent celles qui ont été données dans la partie "RENSEIGNEMENTS", insérée en tête du tome I, compte tenu des modifications intervenues depuis.

C'est l'avenir de vos enfantes qui en dépend :

MANIFESTEZ EN FAVEUR DE L'URBANISME UNITAIRE

Maintenant, nous sommes devenus un parti organisé; et cela signifie la création d'une autorité, la trasformation du prestige des idées en prestige de l'autorité.

Ce que même l'Amérique ne connaît pas encore :

LA PSYCHOGEOGRAPHIE, la grande aventure moderne

Tout ça, c'était très bien, mais j'avais une petite préoccupation nouvelle. Qui était le quatrième personnage entré en lice contre nous, quelle était cette fille ?

Sur 3 personnes qui utilisent l'autobus
2 ignoraient encore la peinture industrielle de Gallizio !

L'ART, C'EST L'OPIUM DU PEUPLE

| Il y a une révolution générale qui change le goût des esprits aussi bien que les fortunes du monde. |

Ne vous inquiétez pas:

C' E S T   L A   L U T T E   F I N A L E

? ?

À la suite du Congrès d'Alba, le Mouvement international pour un Bauhaus imaginiste organise à Turin du 10 au 15 décembre 1956 une manifestation en faveur de l'urbanisme unitaire dont Guy Debord rédige le tract (ci-dessus) qui sera aussi publié en italien. À cette occasion, sont exposés dans les locaux de l'Union culturelle de Turin des tableaux de Constant, Gallizio, Jorn et Simondo, et des sculptures de Franco Garelli et Sandro Cherchi. Mais la diffusion prévue de la conférence *Histoire de l'Internationale lettriste*, enregistrée le 6 décembre à Paris, n'eut pas lieu.

HISTOIRE DE L'INTERNATIONALE LETTRISTE

Première partie chronologique de la conférence *Histoire de l'Internationale lettriste*, enregistrée le 6 décembre 1956 à la « permanence lettriste de la rue Montagne-Geneviève » (le bar Au Tonneau d'Or) à Paris, par Michèle Bernstein, Guy Debord, Jacques Fillon, Abdelhafid Khatib et Gil J Wolman (et Asger Jorn). Dans l'enregistrement original, chacune des phrases de cette première partie est dite alternativement par Jacques Fillon et Abdelhafid Khatib sur l'allegro du *Concerto pour piano* n° 1 en *fa* majeur de Mozart.

1952

Présentation à Paris, au ciné-club d'Avant-Garde, du film de Wolman *L'Anticoncept*. Bataille entre les lettristes et le public. Interdiction de ce film par la censure. Publication, par l'ensemble des lettristes, de l'unique numéro de la revue *Ion*. Tracts et interruptions lettristes au cinquième Festival cinématographique de Cannes. Arrestation d'une dizaine de manifestants. Sabotage du Congrès de la Jeune Poésie réuni au Musée pédagogique de la rue d'Ulm. L'emploi de nombreuses forces de police contre les lettristes entraîne le retrait d'un grand nombre de participants. Debord et Wolman fondent arbitrairement à Bruxelles' l'Internationale lettriste. Présentation au ciné-club d'Avant-Garde du film de Debord : *Hurlements en faveur de Sade*. L'assistance l'interrompt après dix minutes de projection seulement. L'Internationale lettriste attaque une conférence de presse tenue par Chaplin pour la présentation du film *Limelight*, et y lance le tract *Finis les pieds plats*. Exclusion de Jean-Isidore Isou et Maurice Lemaître qui, dans la presse, ont désavoué le scandale. Parution du premier numéro de la revue *Internationale lettriste*.

1953

Mohamed Dahou adhère à l'Internationale lettriste. Exclusion de Serge Berna, suspect de déviation vers la littérature. Fondation d'un groupe lettriste à Alger. À Paris, un lettriste qui se promenait nuitamment dans les catacombes se voit condamné à une peine de prison pour vagabondage et vol de plomb. Il est acquitté en appel, mais exclu à quelque temps de là. Rixes pour plusieurs motifs idéologiques. Premières expériences systématiques de dérive. Exploration du

Continent Contrescarpe. Découverte de la rue Sauvage. Exclusion de Jean-Louis Brau, qui s'engage peu après dans le corps expéditionnaire d'Indochine. Épuration d'une tendance nihiliste constituée dans l'Internationale. Patrick Straram, qui vient d'adhérer à l'Internationale lettriste, est arrêté. Étant trouvé porteur d'un couteau à cran d'arrêt, il est gardé illégalement six jours au Dépôt puis deux mois à l'hôpital psychiatrique de Ville-Évrard. Il fait paraître dans le bulletin édité par les malades internés dans cet asile un éloge de la construction de situations.

1954

La police ferme, en prenant prétexte d'un trafic de stupéfiants, un bar arabe du cinquième arrondissement, où les lettristes tenaient leur permanence. Grande activité métagraphique du groupe. Straram : *Quelque part Salt Spring* ; Gilles Ivain : *Réflexions sur l'échec de quelques révolutions dans le monde*, *Tombeau du général Chine* ; Debord : *Progression des lettristes au cœur du Continent Contrescarpe*, etc. Démolition partielle de la rue Sauvage entreprise par les Travaux publics. Wolman organise l'exposition métagraphique de la galerie du Double Doute. Exclusion de Gilles Ivain. Démission de Patrick Straram, alors au Canada, qui a pris parti pour les minoritaires. Parution du premier numéro de *Potlatch*. Plusieurs lettristes offrent de partir pour la guerre civile du Guatemala. Sa soudaine fin malheureuse les en empêche. Publication commune des surréalistes et des lettristes sur le centenaire officiel de Rimbaud : *Ça commence bien !* Les surréalistes reculent finalement devant l'intervention violente qu'ils avaient proposée. *Et ça finit mal, faussaires*, tract lettriste relatif à ces incidents. Fondation d'un groupe suisse de l'Internationale lettriste. Dissolution immédiate de ce groupe sous la pression de la police helvétique.

1955

Expérimentation psychogéographique dans le Palais du facteur Cheval. Recherche et découverte des constructions du désert de Retz. Adhésion d'Alexander Trocchi. Publication des premières études psychogéographiques. Debord : *Introduction à une critique de la géographie urbaine* ; Jacques Fillon : *Description raisonnée de Paris*. Approfondissement d'une théorie générale situationniste. Publication de *Pourquoi le lettrisme ?*

1956

Première exploration du quartier chinois de Londres. Publication de *Mode d'emploi du détournement*. Première réalisation de cartographies psychogéographiques. Participation lettriste au Mouvement international pour un Bauhaus imaginiste. Démission de l'architecte Max Bill, directeur de l'école d'Ulm, en butte aux attaques du Mouvement. L'Internationale lettriste lance un ordre de boycott contre le Festival de l'Art d'Avant-Garde tenu dans l'Unité d'Habitation Le Corbusier, à Marseille. Échec complet de cette manifestation réactionnaire. Participation lettriste au Congrès d'Alba, où les groupements progressistes de huit nations sont représentés. Adoption par le congrès du mot d'ordre de l'urbanisme unitaire. Wolman : *J'écris propre*, récit détourné. Debord : *Théorie de la dérive*.

Max Bill (1908-1994), peintre, sculpteur et architecte suisse.

Rédigé aussi en anglais et probablement en décembre 1956, ce projet de Congrès psychogéographique à Londres, annoncé pour le mois d'août 1957, fut repoussé à avril 1958 avant d'être abandonné. Il est resté inédit.

Annonce d'un Congrès provisoire pour la fragmentation psychogéographique de l'agglomération londonienne

Nous nous proposons de réunir à Londres, au mois d'août 1957, pendant une semaine, un certain nombre de personnes appelées à discuter des premiers résultats concrets de la *psychogéographie*, de la place de cette discipline dans l'ensemble des problèmes que pose la création d'une nouvelle culture, et de ses possibilités d'application pratique immédiate à la ville de Londres. À l'issue de cette semaine de débats, le groupe passera à l'action pour vérifier par l'expérience quelques conclusions théoriques du Congrès.

Cette action prendra inévitablement des aspects multiples, et occasionnellement violents. Son utilité résidera principalement dans l'étude des effets, sur un grand centre urbain moderne, d'une série rapide et soutenue de chocs, calculés pour introduire, pendant une période limitée à un mois, un élément d'incertitude dans l'organisation sociale et affective normale de la ville.

Nous reconnaissons qu'une agglomération urbaine de l'ampleur de Londres ne représente rien psychogéographiquement. Il importe tout d'abord de la diviser en plusieurs zones nettement définies. Puis, à l'intérieur de ces zones juxtaposées, il nous faut étudier l'emplacement et les limites des différentes *unités d'ambiance*, pour les utiliser en fonction de nos desseins, et pour prévoir leur perfectionnement passionnel au moyen d'une architecture et d'un urbanisme adéquats.

Nous savons que les habitants de Londres, pareils à ceux de toutes les autres villes de la société actuelle, souffrent de troubles nerveux, qui sont la conséquence inévitable de l'urbanisme d'aujourd'hui ; et, plus généralement, d'une profonde misère mentale, qui est le produit de notre civilisation primitive.

Nous nous sentons capables de participer, dans l'important secteur de la *sensibilité moderne*, au travail de changement que notre temps exige. C'est dans ce but que nous entreprenons l'expérience de Londres. Il s'agit d'offrir à tout le monde la chance d'adopter une solution globale aux problèmes de 1957. La solution offerte exercera une influence radicale sur des activités de toutes sortes : plastiques, psychologiques, musicales, politiques, littéraires, sociales, journalistiques, érotiques, populaires, militaires, philosophiques, cinématographiques, aristocratiques, pédagogiques, commerciales, religieuses, culinaires, architecturales, etc.

En effet, nous souhaitons rassembler à Londres des experts de la révolution dans chaque aspect de la vie, pour travailler ensemble à la création de *situations* affectives transitoires, consciemment construites.

Il ne nous est pas actuellement possible de prévoir les résultats d'une telle activité. Nous invitons tous ceux qui veulent participer à son invention à prendre contact avec le comité d'organisation.

Comité d'organisation du Congrès provisoire pour la fragmentation psychogéographique de l'agglomération londonienne.

c/o
I.C.A. 17-18 Dover Street, Picadilly, London W 1
Potlatch, 32, rue de la Montagne-Geneviève, Paris 5e

Rédigée le 1er janvier 1957.

Lettre ouverte aux responsables de la Triennale d'art industriel à Milan

Messieurs,

Vous avez beaucoup tardé à répondre à la lettre par laquelle, l'année dernière, le Mouvement international pour un Bauhaus imaginiste vous demandait un emplacement pour construire un pavillon expérimental dans le cadre de la XIe Triennale. Sachant que la réalisation dépendait d'une entente immédiate entre nous, vous avez voulu, en gagnant du temps, faire échouer ce projet sans prendre les risques d'un refus. Et maintenant, il nous vient aux oreilles que vous répandez systématiquement le bruit que notre lettre vous aurait été écrite en termes injurieux.

Nous ne serions pas surpris outre mesure d'apprendre que vous avez pu considérer comme injurieuse une lettre qui n'était que froide. Personne, ni en Italie ni en France, ne vous prête assez de discernement et d'éducation pour être assuré que ces nuances vous sont perceptibles. Mais nous sommes fâchés que vous osiez tirer argument, contre nous, de ces injures imaginaires, pour votre mauvaise propagande.

Vos procédés, Messieurs, commencent à nous déplaire. Nous avons pris sur nous de recevoir correctement votre agent, le nommé Pica, qui s'est introduit dans notre Congrès d'Alba, en septembre dernier, bien que ses attaches apparussent jusqu'à l'évidence. Nous avons finalement convenu de le laisser partir avec les documents qu'il avait pu glaner. Notre patience est maintenant épuisée.

Toi, Broggini, tu n'es rien d'autre qu'un cocu. Cette question t'obsède, tu ne peux penser au-delà. Tu es donc irresponsable, nous t'en donnons acte. Mais démissionne.

Lombardo, tu as eu dans ta jeunesse quelques bonnes idées et, il faut bien le reconnaître, un véritable intérêt pour le problème des arts plastiques dans leurs rapports avec l'industrie. Depuis, ton évolution n'est pas belle, et toi-même, à y bien penser, tu ne dois pas en être fier. Tu n'es plus qu'un chef de publicité, pas très habile. Même tes patrons sont volés.

Mollino, puisque tu es si impatient d'entendre des injures sur ton compte, au point de solliciter les textes pour les découvrir, tu vas être déçu : tu es une nullité si parfaite – et Lombardo lui-même ne se prive pas de le dire – que tu décourages l'injure, même des spécialistes.

Nous vous prévenons, Messieurs, qu'il vous faut désespérer de nous manœuvrer davantage. Rejoignez vos couvents respectifs, l'âge en vient.

Paris, le 1er janvier 1957

Au nom du Mouvement international pour un Bauhaus imaginiste :
M. Bernstein, Constant, M. Dahou, G.-E. Debord, J. Fillon, G. Gallizio, A. Jorn, R. Rumney, P. Simondo, E. Verrone, G. J Wolman.

Rédaction de *Potlatch*, 32, rue de la Montagne-Geneviève, Paris 5e.
Bureau du Bauhaus imaginiste en Hollande, 25 Henri-Polaklaan, Amsterdam C.
Laboratorio Sperimentale, 2 via XX Settembre, Alba.
Organising Commitee of the Provisional Congress for the psychogeographical fragmentation of the urban district of London, c/o I.C.A. 17-18 Dover Street Picadilly, London W 1.

Relevés des unités d'ambiance à Paris

Plan de Paris avant 1957.

Relevé des unités d'ambiance des six premiers arrondissements de Paris sur un plan des Éditions A. Leconte découpé et collé sur un carton rose (26,4 cm en hauteur maximale et 27 cm dans sa plus grande largeur).
Inscription manuscrite au dos : « Carte de Paris avant 1957 ».

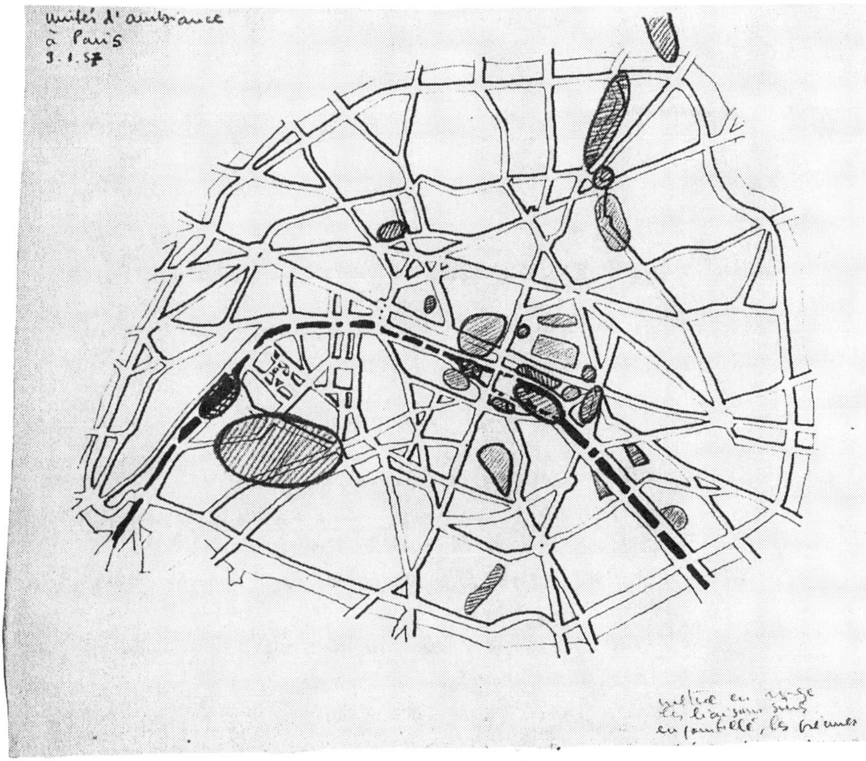

Croquis, 9 janvier 1957.

Au crayon en haut à gauche : « Unités d'ambiance à Paris 9.1.57 »,
et en bas à droite : « Mettre en rouge les liaisons sûres, en pointillé, les prévues »
(15,5 cm en hauteur sur 17,7 cm).

Dans le centre historique de Paris, sont relevés : la pointe du Vert-Galant, le Palais-Royal, le Louvre et les Halles, le plateau Beaubourg, les Enfants-Rouges, le Marais, la place des Vosges, Saint-Gervais et la rue François-Miron, les rues Beautreillis et du Petit-Musc, l'Arsenal, l'île Saint-Louis, Saint-Séverin et Saint-Julien-le-Pauvre, Saint-Germain-des-Prés et Buci, le Continent Contrescarpe.

Puis à partir du sud et en tournant dans le sens des aiguilles d'une montre : la Butte-aux-Cailles, les quartiers de Grenelle, Saint-Lambert et Necker, l'allée des Cygnes, la place de l'Europe, la place du Marché-Saint-Honoré, le boulevard de la Villette, la rotonde de Ledoux, la rue d'Aubervilliers, Aubervilliers ; et au sud-est : l'îlot Chalon, les entrepôts de Bercy et la rue Sauvage (rive gauche).

au vernissage de

op de opening van

PREMIÈRE EXPOSITION DE PSYCHOGÉOGRAPHIE

présentée par le Mouvement International pour un Bauhaus Imaginiste, l'Internationale Lettriste et le Comité Psychogéographique de Londres.

G.-E. DEBORD. Plans psychogéographiques de Paris.

1. *« Paris sous la neige » (Relevé des principaux courants psychogéographiques du centre de Paris).*
2. *« The naked city » (Illustration de l'hypothèse des plaques tournantes en psychogéographie).*
3. *« Axe d'exploration et échec dans la recherche d'un Grand Passage situationniste. »*
4. *« Discours sur les passions de l'amour » (Pentes psychogéographiques de la dérive et localisation d'unités d'ambiance).*
5. *« The most dangerous game » (Pistes psychogéographiques, vraies ou fausses).*

ASGERN JORN. Peintures et céramiques sensationnelles.

YVES KLEIN. Tableaux monochromes.

RALPH RUMNEY. Peintures.

et des peintures collectives anonymes, un dessin de fou psychogéographique, des photographies de Michèle Bernstein et Mohamed Dahou.

---

samedi 2 février à 18 h.
zaterdag 2 februari te 18 uur.

taptoe a le plaisir d'inviter
taptoe heeft de eer u uit te nodigen

Le lundi 4 février, à 21 heures:

Conférence de Ralph Rumney:
« L'art brut de vivre ».

Conférence d'Asgern Jorn :
« Industrie et beaux-arts, deux extrêmes de l'unité situationniste ».

Le mercredi 6 février,à 21 h. :

Conférence monosonore d'Yves Klein.

Du 2 au 26 février
Van 2 tot 26 februari

ouvert tous les jours de 18 à 21 heures.
open alle dagen van 18 tot 21 uur.

24-25 place vieille-halle-aux-blés, bruxelles
24-25 oud-koornhuis, brussel. tel. 12.72.63.

La « Première exposition de psychogéographie » est organisée du 2 au 26 février 1957 à la galerie Taptoe à Bruxelles, où Asger Jorn avait exposé ses peintures du 24 mars au 11 avril 1956. Jorn avait prévu d'imprimer à l'occasion de cette exposition une étude intitulée *Structure et mouvement*, et le mardi 5 février devait être projeté le film *Hurlements en faveur de Sade*. Mais à la suite d'un rendez-vous manqué à Paris en gare du Nord entre Asger Jorn et Guy Debord, ce dernier refusa de se joindre à l'exposition et ses plans psychogéographiques ne furent pas exposés. Cette « affaire de Bruxelles » se conclura par un accord en quatre points signé le 2 avril, puis en mai par un voyage en commun au Danemark et la réalisation en vingt-quatre heures du livre expérimental *Fin de Copenhague* et l'impression de deux plans psychogéographiques (*The Naked City* et *Guide psychogéographique de Paris. Discours sur les passions de l'amour*).

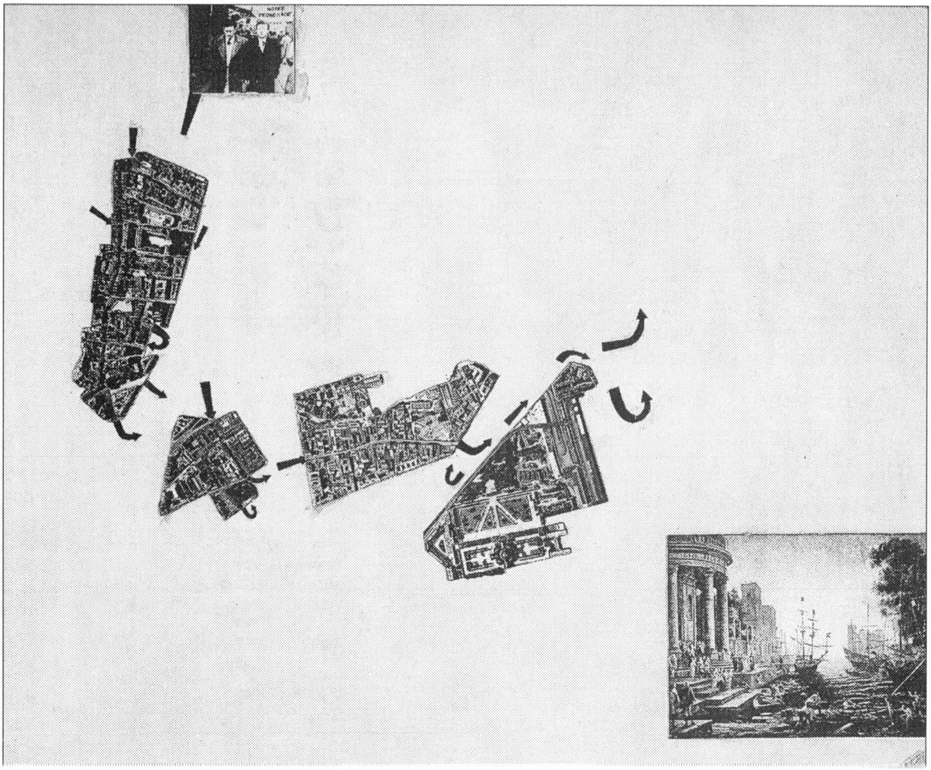

Axe d'exploration et échec dans la recherche d'un Grand Passage situationniste

Un des cinq plans psychogéographiques réalisés pour l'exposition à la galerie Taptoe en février 1957. Il retrace, à travers quatre unités d'ambiance découpées dans une photo aérienne, une des premières expériences de dérives menées à Paris en 1953 avec Gilles Ivain (en photo en haut, avec cette légende : « La Contrescarpe notre promenade »).
Les dériveurs explorent le « Continent Contrescarpe » en direction du sud, prennent la rue de la Clef vers la Boulangerie des hôpitaux et le square Scipion, sont repoussés vers le nord-est, continuent par la rue Poliveau, puis aboutissent à la Salpêtrière et, franchissant la Seine, atteignent le port et le quai de la Rapée, puis l'Institut médico-légal où finalement la dérive cesse en s'infléchissant vers le nord. L'évocation de cet échec dans la recherche d'un passage au sud-est se clôt par un tableau de Claude Gellée, dit le Lorrain, représentant une scène légendaire dans un port de mer, *L'Embarquement de sainte Ursule*, de l'Angleterre vers le Continent (1641).

Les textes suivants, inédits, sont extraits de la maquette du catalogue prévu pour la « Première exposition de psychogéographie » à la galerie Taptoe de Bruxelles en février 1957. Cette maquette contenait aussi un texte de Michèle Bernstein, un autre, en anglais, de Ralph Rumney, et un questionnaire sur le Bauhaus et le M.I.B.I.

LA PSYCHOGÉOGRAPHIE, C'EST LA SCIENCE-FICTION DE L'URBANISME

Les indications ci-après complètent celles qui ont été données dans la partie « Renseignements » insérée en tête du tome I, compte tenu des modifications intervenues depuis.

cliché Discours à Alba

C'est l'avenir de vos enfants qui en dépend :
MANIFESTEZ EN FAVEUR DE L'URBANISME UNITAIRE.

cliché Germain des Prés

Maintenant, nous sommes devenus un parti organisé ; et cela signifie la création d'une autorité, la transformation du prestige des idées en prestige de l'autorité.

2e cliché Discours à Alba

PAS D'AMIS À DROITE

cliché Palais idéal

La nouvelle architecture est à nous.

L'ART, C'EST L'OPIUM DU PEUPLE

cliché Mauresque dessinée

Premier texte sur le thème de la création d'un labyrinthe, le *Projet pour un labyrinthe éducatif* est aussi celui dans lequel pour la première fois est évoqué le jeu du *Kriegspiel* (« Jeu de la guerre ») inventé par Guy Debord. Dans une première version de ce texte écrit le 8 décembre 1956, Jacques Fillon était désigné comme l'autre joueur de ce *Kriegspiel* avant d'être remplacé par Abdelhafid Khatib. Ce *Projet* devait figurer dans le catalogue de l'exposition galerie Taptoe.

PROJET POUR UN LABYRINTHE ÉDUCATIF

Le labyrinthe pourra être constitué, au minimum, par plusieurs séries de couloirs, de forme identique, disposés assez habilement pour y rendre l'orientation réellement impossible.

L'organisation du labyrinthe éducatif tendra au dépaysement violent des visiteurs :

a) par la décoration des lieux. Objets et tableaux. Slogans écrits sur les murs. Contrastes d'éclairage. Sur les murs du labyrinthe, des numéros inutiles imitant ceux des rues des villes. De fausses fenêtres, s'ouvrant sur des agrandissements photographiques de divers paysages urbains, ou de tout autre sujet.

Plusieurs noms de rues, déroutants, dans chaque couloir : rue Asger Jorn, rue Perfide, rue de la Dérive, place du Bauhaus Imaginiste, pont de la Psychogéographie, avenue de la Terreur, place Gallizio-Engels, chemin de la Guerre Civile, place Magnétique, etc. (Accumulation de ces plaques de rues, à raison de plusieurs pour un seul couloir, côte à côte ou face à face.)

Abondance de flèches inutiles. Un peu partout des *cartes du labyrinthe*, nommément présentées comme telles, mais chaque fois différentes, représentent en fait les courants psychogéographiques de plusieurs villes. Ambiance sonore parallèle.

b) par le comportement qu'on y favorise. Une dizaine de camarades psychogéographes, hommes et femmes, se promènent d'un air égaré dans les couloirs, en adressant systématiquement la parole à tous les passants. Certains pourront donner – sans explication – à tous les visiteurs, ou seulement à ceux dont la mine leur paraîtra adéquate, des lettres fermées qui contiendront divers textes bouleversants ou inquiétants précédemment mis au point, et par exemple des rendez-vous fixés pour plusieurs jours après dans des quartiers peu fréquentés. Un autre pourrait s'efforcer d'emprunter de l'argent, sous n'importe quel prétexte, à tous les gens qu'il verra.

Du vin et des alcools disposés çà et là seront à la portée des visiteurs, ainsi que des livres ou des fragments de livres soigneusement choisis.

Le labyrinthe pourrait avoir sa seule issue dans une pièce d'habitation meublée d'une façon surprenante (création de meubles et prototypes d'objets utilitaires jamais vus).

Dans cette pièce, que tous les visiteurs seraient obligés de traverser pour sortir, Abdelhafid Khatib et Guy Debord, indifférents à toute autre chose, joueront du matin au soir à un jeu de société inventé pour la circonstance : un spectaculaire *Kriegspiel* d'une structure nouvelle, qui réunit les avantages du jeu d'échecs et du poker.

G.-E. Debord

L'INTERNATIONALE LETTRISTE

CONTRE FANTOMAS

Extrait de la sixième et dernière page de la maquette du catalogue.

cliché navires de guerre

Les arrivages de bestiaux au marché de la Villette du 25 octobre 1956 se sont élevés à : 1 925 gros bovins, 1 014 veaux, 1 055 moutons, 1 076 porcs.

En outre sont entrés directement aux abattoirs : 781 gros bovins, 1 600 veaux, 1 463 moutons, 9 899 porcs.

La dissolution des idées anciennes va de pair avec la dissolution des anciennes conditions d'existence.

Accord mettant fin à l'« affaire de Bruxelles »

Après le refus de Guy Debord de participer à l'exposition de la galerie Taptoe, un accord est signé le 2 avril 1957 qui met fin à l'« affaire de Bruxelles ». Asger Jorn et Guy Debord partent le mois suivant pour le Danemark.

Le livre expérimental *Fin de Copenhague* est réalisé en vingt-quatre heures par Asger Jorn et Guy Debord et édité par le Bauhaus imaginiste à Copenhague en mai 1957. La couverture, différente pour chacun des 200 exemplaires, est découpée dans un flan typographique.

Le 2 avril 1957, Debord, Jorn et Michèle Bernstein ont conclu l'affaire de Bruxelles en s'accordant sur les points suivants :

1° Toute action personnelle, dans le mouvement, doit être soumise à un accord préalable.

2° Tout désaccord éventuel doit être réglé par une discussion ouverte dans le cadre du mouvement. Tout obstacle apporté à la discussion, entre nous, est *a priori* erroné.

3° Les soussignés reconnaissent l'importance de notre action commune, souhaitent que dure l'accord déjà établi entre les groupes actuels, et l'extension future d'un tel accord sur ces bases, dans la perspective d'une efficacité plus vaste.

4° Tous les désaccords précédents, toutes les manœuvres précédentes doivent être considérés comme sujets d'expériences révolus. Tous les reproches avancés à ce sujet sont annulés.

Asger Jorn, G.-E. Debord, M. Bernstein.

Pages suivantes :

Deux pages extraites du livre expérimental *Fin de Copenhague*, mai 1957 (réédité aux Éditions Allia).

ASGER JORN

FIN DE COPENHAGUE

CONSEILLER TECHNIQUE
POUR LE DÉTOURNEMENT

G.-E. DEBORD

WELCOME TO DENMARK
C'EST DE PARIS QUE VIENNENT LES DIFFICULTÉS
Du moderne indiscutable !
des années et des années d'usage
BY APPOINTMENT TO HER MAJESTY THE QUEEN
PRODUCT OF SCOTLAND
"BLACK & WHITE"
SPECIAL BLEND OF
BUCHANAN'S
CHOICE OLD SCOTCH WHISKY
SCOTCH WHISKY DISTILLERS
GLASGOW & LONDON

HURRY! HURRY! HURRY!

TELL US IN NOT MORE THAN 250 WORDS WHY YOUR GIRL IS THE SWEETEST GIRL IN TOWN

State in your letter her name, occupation and age (remember she must be single, and from sixteen to nineteen, inclusive), and pop a recent picture of her in the envelope. And please write her name and address clearly on the back of the picture as well.

Address your entry to:

Psychogeografical Comitee of London

(especially Debord and Jorn)

c/o Institute of Contemporary Arts

17-18, Dover Street LONDON W 1

Quatrième expérience du M.I.B.I. (plans psychogéographiques de Guy Debord)

L'expérience psychogéographique fut le dernier mot d'ordre adopté par le M.I.B.I. pour la période de transition à l'issue de laquelle – à la conférence de Cosio d'Arroscia, le 28 juillet 1957 – devait être fondée l'Internationale situationniste, intégrant outre ce Mouvement international pour un Bauhaus imaginiste, l'Internationale lettriste et un Comité psychogéographique de Londres.

La recherche psychogéographique envisage l'interaction de l'urbanisme et du comportement et la perspective des changements révolutionnaires de ce système.

Sur les plans de Paris édités en mai 1957 par le M.I.B.I. les flèches représentent des pentes qui relient naturellement les différentes unités d'ambiance ; c'est-à-dire les tendances spontanées d'orientation d'un sujet qui traverse ce milieu sans tenir compte des enchaînements pratiques – à des fins de travail ou de distraction – qui conditionnent habituellement sa conduite.

Note ajoutée au verso de la plus grande partie du tirage de *The Naked City* (Illustration de l'hypothèse des plaques tournantes en psychogéographie) incorporée dans le livre d'Asger Jorn, *Pour la forme*, édité par l'Internationale situationniste à Paris en 1958. Les trois précédentes expériences du M.I.B.I. avaient été des céramiques réalisées à Albisola en 1954, la décoration libre d'une centaine de pièces de vaisselle blanche par un groupe d'enfants en 1955 et des tapisseries d'Asger Jorn et Pierre Wemaëre. *Pour la forme* a été réédité aux Éditions Allia en 2001.

Page suivante :

The Naked City, imprimé à Copenhague (33 cm x 48 cm), réalisé en découpant les plans d'un Guide Taride de Paris. Le titre est détourné du film réalisé par Jules Dassin en 1948, repris de l'album du photographe new-yorkais Weegee publié en 1945.

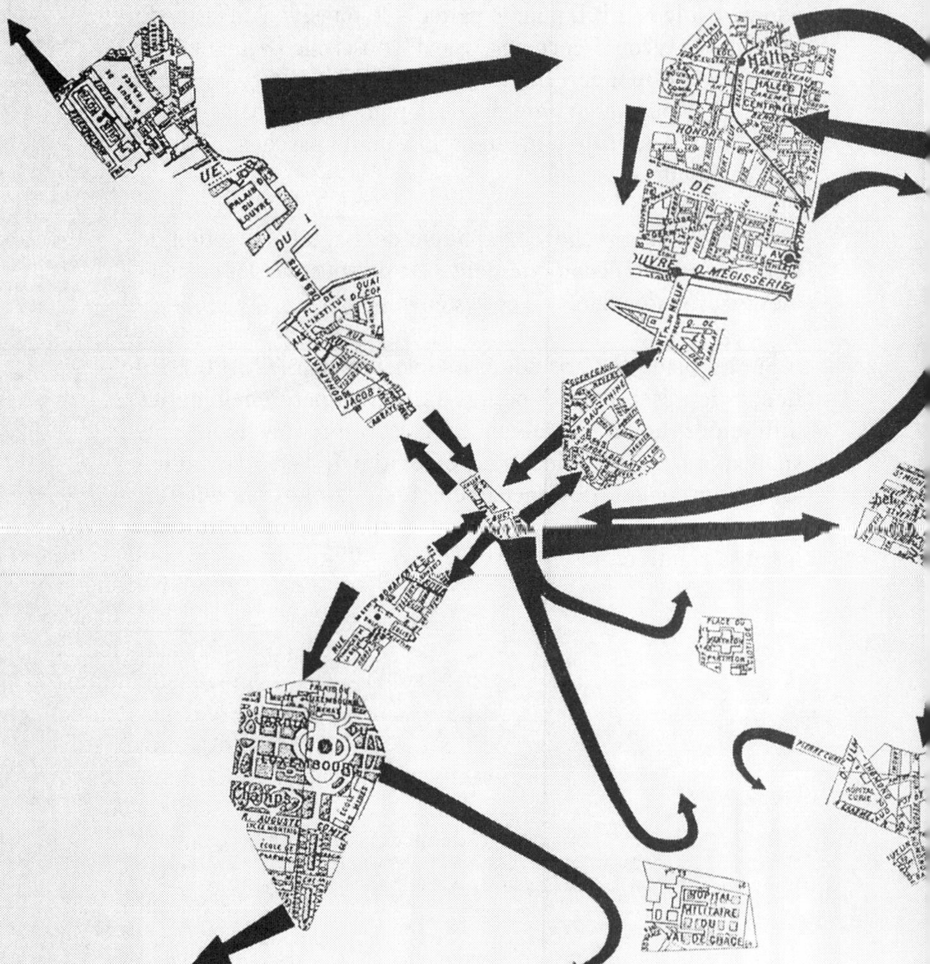

THE NAKED CITY

ILLUSTRATION DE L'HYPOTHÉSE DES PLAQUES TOURNANTES EN PSYCHOGEOGRAPHIQUE

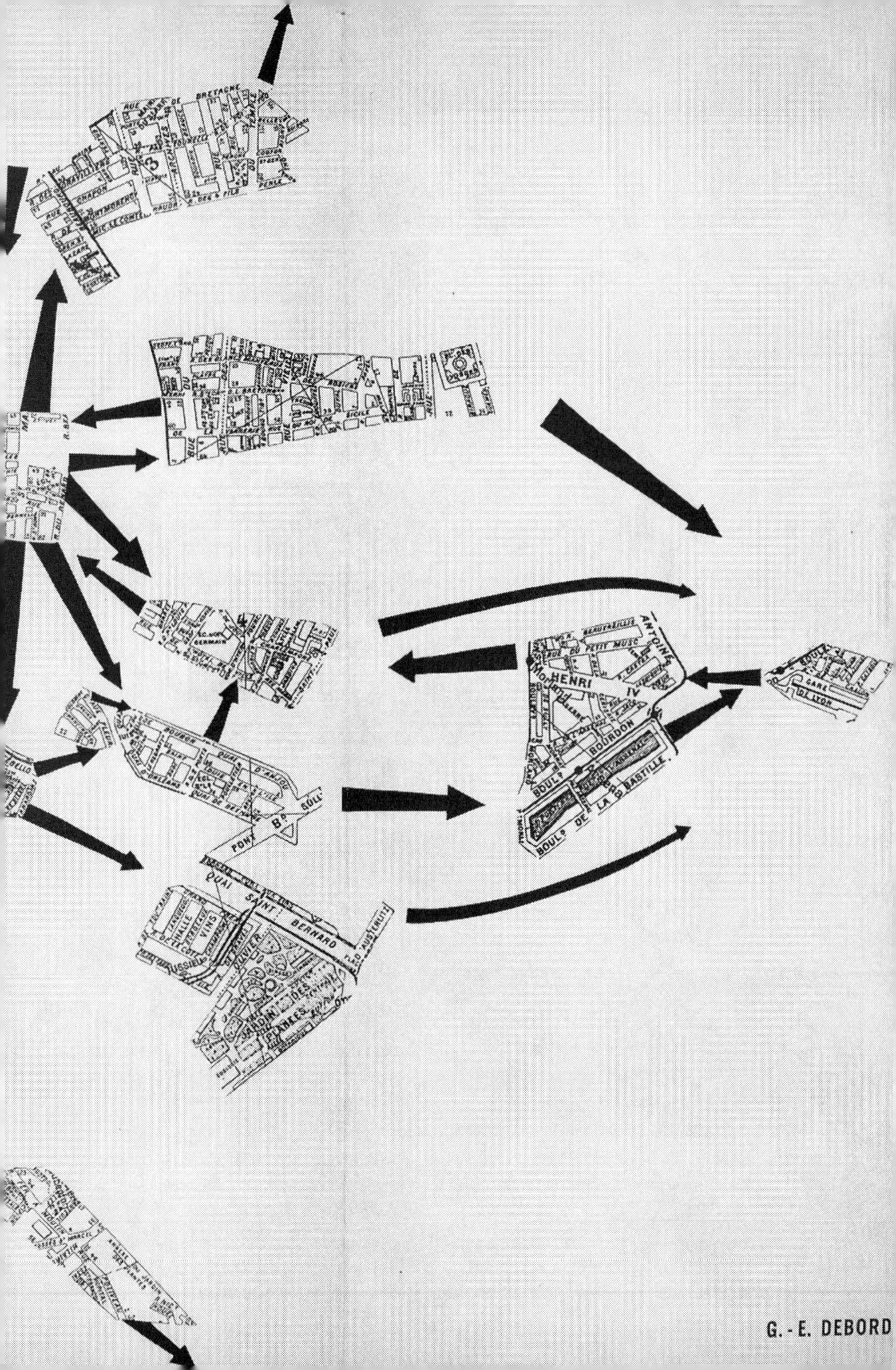
RUE DE BRETAGNE
HENRI IV
ANTOINE
BOURDON
BOULD DE LA BASTILLE
GARE DE LYON
PONT
QUAI SAINT BERNARD
HALLE AUX VINS
JARDIN DES PLANTES

G. - E. DEBORD

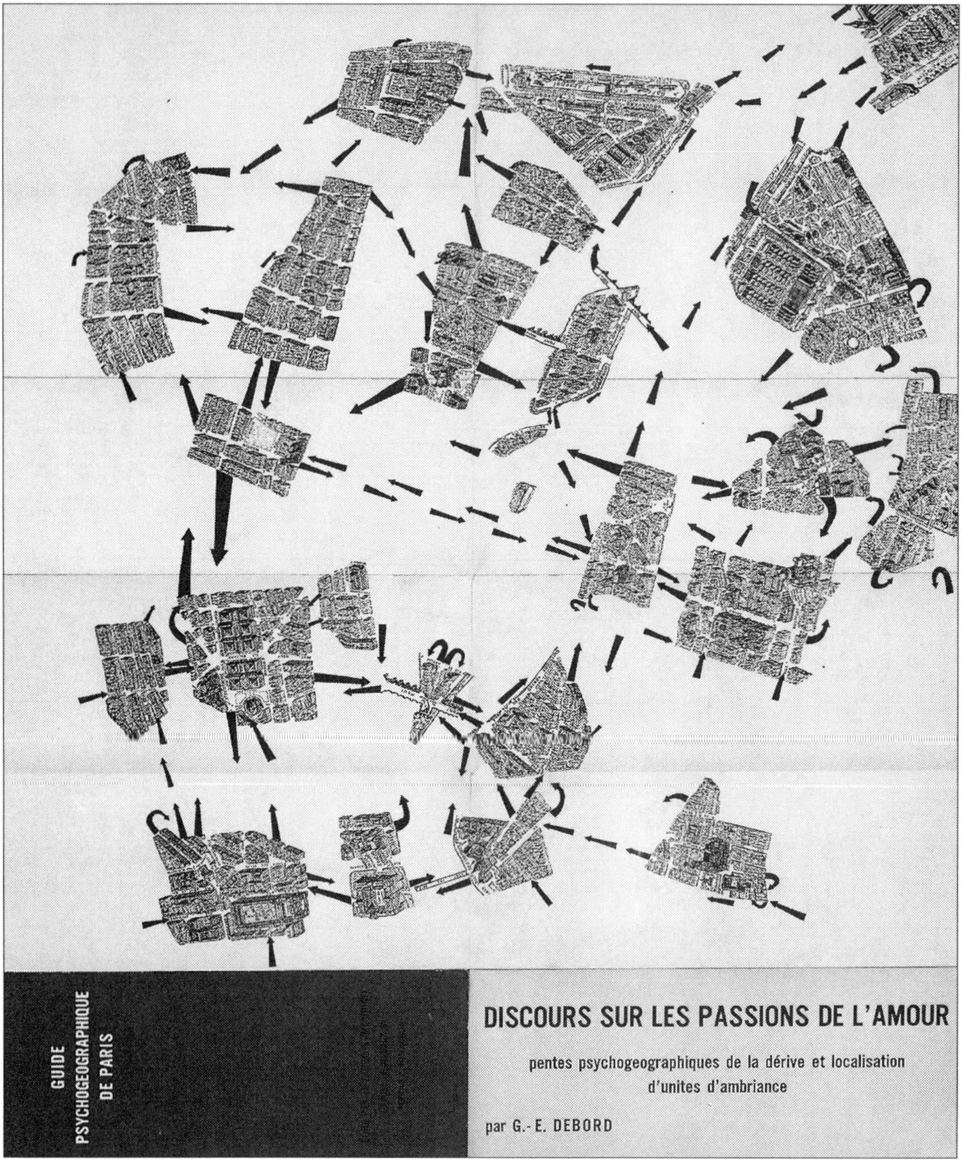

Pour son *Guide psychogéographique de Paris. Discours sur les passions de l'amour* (Pentes psychogéographiques de la dérive et localisation d'unités d'ambiance), imprimé aussi en mai 1957 à Copenhague (dépliant 60 cm x 73,5 cm), Guy Debord avait découpé un *Plan de Paris à vol d'oiseau* dessiné par Georges Peltier et édité par Blondel La Rougery en 1951.

Potlatch n° 28 • 22 mai 1957

UN PAS EN ARRIÈRE

Le point extrême atteint par le pourrissement de toutes les formes de la culture moderne ; l'effondrement public du système de répétition qui régnait depuis l'après-guerre ; le ralliement de divers artistes et intellectuels sur la base de nouvelles perspectives de création, encore inégalement comprises, posent maintenant la question de l'établissement, par les tendances avant-gardistes unies, d'une alternative révolutionnaire générale à la production culturelle officielle, définie à la fois par André Stil et Sagan-Drouet.

André Stil (1921-2004), journaliste et écrivain, rédacteur en chef de *L'Humanité*, prix Staline en 1951. Françoise Sagan, rendue célèbre par *Bonjour tristesse* (1954). Minou Drouet, enfant de 7 ans, dont la presse en novembre 1955 avait fait un Mozart de la poésie.

L'élargissement de nos forces, la possibilité et la nécessité d'une véritable action internationale doivent nous mener à changer profondément notre tactique. Il faut nous emparer de la culture moderne, pour l'utiliser à nos fins, et non plus mener une opposition extérieure fondée sur le seul développement futur de nos problèmes. Nous devons agir tout de suite, pour une critique et une formulation théorique communes de thèses qui se complètent, pour une application expérimentale commune de ces thèses. La tendance de *Potlatch* doit accepter, s'il le faut, une position minoritaire dans la nouvelle organisation internationale, pour en permettre l'unification. Mais toutes les réalisations concrètes de ce mouvement le porteront naturellement à s'aligner sur le programme le plus avancé.

On ne peut parler exactement de crise du lettrisme, puisque nous avons toujours voulu, et réussi, une ambiance de crise permanente ; et aussi parce que, si même la notion de lettrisme n'est pas dépourvue de tout contenu, les valeurs qui nous intéressent se sont formées dans le mouvement lettriste, mais contre lui. On peut remarquer cependant qu'un certain nihilisme satisfait, majoritaire dans l'I.L. jusqu'aux exclusions de 1953, s'est objectivement prolongé dans les excès du sectarisme qui ont contribué à fausser plusieurs de nos choix jusqu'en 1956. De telles attitudes ne vont pas sans malhonnêteté. Tel se proclamait à la pointe de l'abandon de l'écriture ; prisait tant notre isolement et notre pureté inactive qu'il se prononçait pour le refus de collaborer à la revue qui, de toutes, est la plus proche de l'ensemble de nos positions. À peine est-il exclu depuis cinq jours qu'il quémande – en vain naturellement – à la direction de cette revue d'y poursuivre une collaboration littéraire « à titre personnel ». Ce camarade avait-il donc agi précédemment comme un provocateur ? Non, il est simplement passé d'un comportement irresponsable à un autre, inverse, quand l'alibi purement nominal du « lettrisme » lui a fait défaut, ne laissant que le vide.

Les mystifications usées du monde que nous combattons peuvent toujours à quelque détour nous paraître des nouveautés, et nous retenir. Aucune étiquette n'en abrite. Aucune séduction ne suffit. Nous avons à trouver des techniques concrètes pour bouleverser les ambiances de la vie quotidienne.

La première question pratique que nous devons résoudre est l'élargissement notable de notre base économique. Dans les conditions où nous sommes, il semble plus facile d'inventer des sentiments nouveaux qu'un nouveau métier. L'urgence que nous voyons à définir – et à justifier par la pratique – plusieurs nouvelles occupations, distinctes par exemple de la fonction sociale de l'artiste, nous porte à soutenir l'idée d'un plan économique collectif, réclamé par Piero Simondo et nos camarades italiens.

Il est certain que la décision de se servir, du point de vue économique comme du point de vue constructif, des fragments arriérés de l'esthétique moderne entraîne de graves dangers de décomposition. Des amis s'inquiètent, pour citer un cas précis, d'une prédominance numérique soudaine des peintres, dont ils jugent la production forcément insignifiante, et les attaches avec le commerce artistique indissolubles. Cependant il nous faut réunir les spécialistes de techniques très diverses ; connaître les derniers développements autonomes de ces techniques – sans tomber dans l'impérialisme idéologique qui ignore la réalité des problèmes d'une discipline étrangère et veut en disposer extérieurement ; expérimenter un emploi unitaire des moyens actuellement épars. Nous devons donc courir le risque d'une régression ; mais tendre à dépasser au plus tôt les contradictions de la phase présente en approfondissant une théorie d'ensemble, et en parvenant à des expériences dont les résultats soient indiscutables.

Bien que certaines activités artistiques soient plus notoirement frappées à mort que d'autres, nous pensons que l'accrochage de tableaux dans une galerie est une survivance aussi forcément inintéressante qu'un livre de poèmes. Toute utilisation du cadre actuel du commerce intellectuel rend du terrain au confusionnisme idéologique, et cela jusque parmi nous ; mais d'autre part nous ne pouvons rien faire sans tenir compte au départ de ce cadre momentané.

En dernier ressort, ce qui jugera la politique que nous adoptons maintenant, ce sera qu'elle se révèle ou non capable de favoriser la constitution d'un groupement international plus avancé. À défaut, elle marquerait seulement le début d'une réaction générale dans ce mouvement. La formation d'une avant-garde révolutionnaire dans la culture dépendrait alors de l'apparition d'autres forces.

G.-E. Debord

LA RETRAITE

Fillon et Wolman ont été exclus de l'Internationale lettriste le 13 janvier. On leur reprochait depuis assez longtemps un mode de vie ridicule, cruellement souligné par une pensée chaque jour plus débile et mesquine.

(Wolman avait eu un rôle important dans l'organisation de la gauche lettriste en 1952, puis dans la fondation de l'I.L. Auteur de poèmes « mégapneumiques », d'une théorie du « cinématochrone » et d'un film, il avait encore été délégué lettriste au congrès d'Alba, en septembre 1956. Il était âgé de vingt-sept ans.

Fillon n'avait rien fait.)

Extraits d'une lettre à Mohamed Dahou du 23 août 1957 (*Correspondance*, vol. 1, Fayard, 1999, p. 23-24).

« Alex[ander Trocchi] a envoyé, il y a six semaines, une carte postale pour dire qu'il comptait passer encore quelque temps en Amérique mais que, même quand il n'écrit pas, nous devons être sûrs qu'il reste notre ami. [...]

La bande est en extension (mais on a dû il y a six mois se fâcher avec Gil [J Wolman] qui recommençait à se conduire comme en 54 et 55). Nous avons publié quelques petits livres. »

•••

Notes inédites rédigées le 23 mai 1957.

SUR LE HASARD

1. On ne peut pas réduire le hasard. On peut connaître, pour des conditions existantes, toutes les possibilités limitées du hasard (statistiques).

2. Dans des conditions connues, le rôle du hasard est conservateur. Ainsi, les jeux de hasard ne laissent place à aucune nouveauté. De même, les tireuses de cartes jouent sur le très petit nombre de hasards qui peuvent se manifester dans la vie personnelle. Elles « prévoient » souvent les événements, dans la mesure où une vie individuelle moyenne est d'une *aussi grande pauvreté* que les quelques variantes classiques de leurs prédictions.

3. Tout progrès, toute création est l'organisation de *nouvelles conditions du hasard.*

4. À ce niveau supérieur, le hasard est réellement imprévisible – amusant – pendant un certain temps : mais le nouveau champ du hasard fixe à son action d'autres limites, qui en viendront à être étudiées et connues précisément.

5. L'homme ne désire jamais le hasard en tant que tel. Il désire plus ; et attend du hasard la rencontre de ce qu'il désire. C'est une situation passive et réactionnaire (la mystification surréaliste) si elle n'est pas corrigée par une invention de conditions concrètes déterminant le mouvement de hasards désirables.

L'INTERNATIONALE SITUATIONNISTE

1957-1972

Par rapport à l'Internationale lettriste (I.L.), la création de l'Internationale situationniste (I.S.) représente à la fois un pas en arrière et un pas en avant. Un pas en arrière, parce que l'I.S. revient, dans un premier temps du moins, à une problématique avant-gardiste et artistique que l'I.L., plus nihiliste, semblait avoir définitivement dépassée. Ce retour est déterminé par la configuration de la première Internationale situationniste, née de la rencontre de Debord et d'Asger Jorn ou, si on préfère, de la fusion des lettristes et des « imaginistes ». Mais des lettristes devenus situationnistes, il ne reste en 1957 que Debord et Michèle Bernstein. Ils travaillent donc désormais avec Jorn et ses amis qui, eux, viennent tous d'un horizon artistique. On y trouve des artistes comme Constant, Giuseppe Pinot Gallizio, Walter Olmo, etc. L'I.S. compte donc au départ une petite dizaine de membres, et il n'y en aura jamais vraiment plus.

Mais l'I.S., c'est aussi un pas en avant, ou même deux. Un premier parce qu'elle va effectivement s'internationaliser et se donner, notamment avec la revue Internationale situationniste, *les moyens d'une plus grande visibilité et d'une réflexion plus approfondie. Et un second parce que son centre de gravité va se déplacer du champ artistique au champ politique, avec le développement dans ce champ d'une réflexion originale dont* La Société du spectacle, *parue en 1967, représente une synthèse qui sera « ratifiée » un peu plus tard par les « événements » de mai 68.*

L'I.S. commence donc par rejouer, entre 1957 et 1962, la sortie des artistes. Tous décrocheront, d'une manière ou d'une autre (démissions, exclusions). Le problème sera définitivement réglé par la décision de l'I.S. prise en 1962 qu'« il n'existe pas d'art situationniste ». De cette pre-

mière période, il ne reste bientôt rien d'autre que l'indéfectible amitié entre Debord et Jorn, qui continue de soutenir financièrement les activités de l'I.S. – notamment la publication d' Internationale situationniste. *Mais avant d'en arriver là, combien d'œuvres, de projets et d'articles passionnants. La première I.S. fait la part belle à la dérive, à la psychogéographie et à l'« urbanisme unitaire » (utopique-révolutionnaire), qui constituent autant de terrains d'entente entre artistes et « politiques » pour rejouer un dépassement de l'art, pour passer de la représentation artistique à la construction de situations. Sans oublier les films réalisés par Debord au cours de cette période :* Sur le passage de quelques personnes à travers une assez courte unité de temps *(1959) et* Critique de la séparation *(1962) sont des témoignages empreints de mélancolie sur l'époque lettriste et sur la difficulté de rester à la hauteur de l'absolu qui en constituait la cause. Ils préfigurent déjà certains passages du dernier film de Debord :* In girum imus nocte… *(1978).*

L'émergence d'une I.S. plus politique à partir de 1962 ne tombe pas du ciel. Elle sera portée par une nouvelle génération de situationnistes qui ne viennent pas de l'horizon artistique (notamment Raoul Vaneigem, Mustapha Khayati, Attila Kotányi), mais ses origines sont plus anciennes. Dès 1957 au plus tard, Debord lit Marx et les marxistes les moins orthodoxes comme le Georgy Lukács des débuts, Lucien Goldmann et Henri Lefebvre, avec lequel il se liera d'amitié entre 1960 et 1962. À l'ordre du jour : la vie quotidienne comme terrain de lutte, en contrepoint à l'émergence de la société de consommation ou de loisirs, désormais à l'agenda des sociologues. Comme toujours dans le cas de Debord, l'infléchissement n'est cependant pas uniquement une affaire de références théoriques. Entre grèves ouvrières et guerre d'Algérie, les rapports sociaux et politiques se durcissent, une extrême ou une ultra-gauche émerge. Debord est loin de rester insensible à ce climat, comme en témoignent par exemple son soutien au Manifeste des 121 sur le droit à l'insoumission, *ou son éphémère participation, de l'automne 1960 au printemps 1961, aux réunions de* Pouvoir Ouvrier, *une scission de* Socialisme ou Barbarie, *animée par Cornelius Castoriadis. S'il doit à ses interlocuteurs de* Socialisme ou Barbarie *la découverte des marxistes « hérétiques » de l'entre-deux-guerres, antiléninistes (Karl Korsch, Paul Mattick, Hermann Gorter, Anton Pannekoek), ainsi que la mise en place d'une réflexion plus systématique sur l'autogestion ouvrière, il n'en prendra pas moins assez rapidement ses distances, et l'I.S. décidera, avec ses* Thèses de Hambourg *(1961), de ne plus entretenir de rapports avec aucun autre groupe révolutionnaire.*

D'un projet avant-gardiste, l'I.S. est donc passée au cours des années 60 à un projet globalement insurrectionnel *conjuguant scrupuleusement Marx et Bakounine. L'ennemi, c'est la société du spectacle, c'est à dire la société marchande, la société asservissant l'homme à la marchandise, le coupant de toute possibilité de vécu et de communication authentiques et remplaçant précisément ceux-ci par le spectacle, cocktail d'apparences, de mensonges, d'aliénation et de pseudo-communication, voile de séduction standardisée jeté sur la réalité des rapports sociaux. Tout dans le monde situationniste semble désormais fait pour aboutir aux « événements » de mai 68, dont il n'est pas exagéré de dire qu'ils ont été situationnistes dans leurs moments les plus créatifs et les plus radicaux. Non seulement parce que les situationnistes ont été impliqués, via Strasbourg et Nanterre, dans le déclenchement de la révolte étudiante, ou parce qu'ils se sont ensuite engagés très concrètement sur les barricades et ailleurs, mais encore parce que leurs thèses sont confirmées, implicitement et souvent explicitement, par les pratiques et les mots d'ordre les plus nouveaux circulant parmi les révoltés. C'est aussi dans ce contexte qu'il faut situer tout le travail* historiographique *mené par Debord et les siens à cette époque, auquel ce volume accorde une large place. Il s'agit de porter après coup le combat dans l'interprétation des « événements »* de mai 68, *d'opposer une perspective révolutionnaire aux historiographies plus officielles.*

Il ne reste alors plus qu'à tirer les conséquences d'un tel succès : dissoudre l'I.S., pour éviter qu'elle fasse autorité, pour empêcher quiconque de tirer des rentes de situation sur le situationnisme. Debord, fidèle à lui-même, fidèle à son goût de la liberté – la sienne comme celle des autres – s'y emploiera avec autant de passion qu'il a mis auparavant à construire et à faire tenir l'Internationale situationniste. La Véritable Scission dans l'Internationale *est la trace de cette exemplaire dissolution, qui aura figuré à l'ordre du jour de bien peu de collectifs, en général plus soucieux de leur survie. Mais la survie n'a jamais été le fort de Debord.*

V. K.

1957 **Juin.** Le *Rapport sur la construction des situations et sur les conditions de l'organisation et de l'action de la tendance situationniste internationale* de Guy Debord est présenté aux membres de l'Internationale lettriste, du Mouvement international pour un Bauhaus imaginiste et du Comité psychogéographique de Londres comme document préparatoire à une conférence d'unification.

27-28 juillet. La conférence de Cosio d'Arroscia (Italie), qui réunit les peintres Asger Jorn, Giuseppe Pinot Gallizio, Piero Simondo, sa compagne Elena Verrone, Ralph Rumney, le musicien Walter Olmo, Michèle Bernstein et Guy Debord, se conclut par la décision d'unifier complètement les groupes représentés en constituant, « par 5 voix contre 1, et 2 abstentions », une Internationale situationniste (I.S.).

Octobre. *Remarques sur le concept d'art expérimental*, critique de Guy Debord en réponse au texte de Walter Olmo, *Per un concetto di sperimentazione musicale*, qui exprime de fait les idées du peintre Piero Simondo.

Novembre. *Potlatch* devient le « Bulletin d'information de l'Internationale situationniste » (« Encore un effort si vous voulez être situationnistes », n° 29, 5 novembre).

1958 **Janvier.** La section française de l'I.S. publie *Aux producteurs de l'art moderne*, tract filiforme imprimé en capitales sur une bande de papier de 90 cm de long sur 2 cm de haut, et *Nouveau Théâtre d'opérations dans la culture*, affiche.

25-26 janvier. La IIe Conférence de l'I.S. qui se tient à Paris décide l'exclusion de Walter Olmo, Piero Simondo et Elena Verrone, de la section italienne de l'I.S.

Mars. Exclusion de Ralph Rumney.

Tract et action contre l'assemblée des critiques d'art internationaux réunie à Bruxelles le 14 avril (« La société sans classes a trouvé ses artistes »).

Juin. Parution, à Paris, du premier numéro de la revue *Internationale situationniste* dont Guy Debord sera le directeur jusqu'à son douzième et dernier numéro en septembre 1969.

Octobre. *10 jaar experimentele kunst : Jorn en zijn rol de theoretische inventie* (*Dix années d'art expérimental : Jorn et son rôle dans l'invention théorique*), présentation en néerlandais d'extraits du livre d'Asger Jorn *Pour la forme* que l'I.S. venait d'éditer à Paris en juillet (*Museumjournaal*, Otterlo, Pays-Bas).

10 novembre. *Déclaration d'Amsterdam*, avec Constant. Cette déclaration sera adoptée par la IIIe Conférence de l'I.S. réunie à Munich en avril 1959.

18 novembre. Guy Debord participe sous la présidence de Noël Arnaud à une conférence-débat organisée par le Cercle ouvert sur le thème « Le surréalisme est-il mort ou vivant ? ». Son intervention d'environ sept minutes, enregistrée sur magnétophone, accompagnée à la guitare et diffusée en sa présence, provoque la fureur de la nouvelle vague surréaliste.
Décembre. Parution d'*Internationale situationniste* n° 2 (réédition de « Théorie de la dérive »).
Parution au Danemark de *Mémoires*, livre expérimental entièrement composé d'éléments préfabriqués sur des « structures portantes » d'Asger Jorn, divisé en trois chapitres : juin 1952, décembre 1952 et septembre 1953 (« La couverture de la première édition – © 1.5.1958 – dite de Copenhague, n'était faite que d'une feuille de papier de verre, vierge »).

1959

6 avril. Guy Debord expédie à Constant à Amsterdam la bande sonore *Message de l'Internationale situationniste*, d'une durée d'environ dix minutes.
Il commence le tournage du court-métrage *Sur le passage de quelques personnes à travers une assez courte unité de temps*, produit par la Dansk-Fransk Experimentalfilms Kompagni créée par Asger Jorn. Le montage sera achevé en septembre.
Le groupe Spur (la Piste) rejoint l'I.S. et en constitue la section allemande (d'août 1960 à janvier 1962, la revue *Spur* comptera sept numéros).
17-20 avril. IIIe Conférence de l'I.S. à Munich (tract *Ein kultureller Putsch während Ihr schlaft !*).
15 juillet. Sous la responsabilité de la section hollandaise de l'I.S., paraît à Amsterdam le premier (et le seul) numéro de la nouvelle série de *Potlatch*, « Informations intérieures de l'Internationale situationniste » (« Le rôle de Potlatch autrefois et maintenant »).
Décembre. *Internationale situationniste* n° 3 (« Positions situationnistes sur la circulation »).

1960

Juin. *Internationale situationniste* n° 4 (« À propos de quelques erreurs d'interprétation »).
Exclusion de Giuseppe Pinot Gallizio et démission de Constant.
20 juillet. *Préliminaires pour une définition de l'unité du programme révolutionnaire*, avec P. Canjuers (pseudonyme de Daniel Blanchard), membre du groupe Socialisme ou Barbarie.

24-28 septembre. IVe Conférence de l'I.S. à Londres. *Resolution of the Fourth Conference of the Situationist International concerning the imprisonment of Alexander Trocchi* (*Résolution de la Quatrième Conférence de l'I.S. sur l'emprisonnement d'Alexander Trocchi*), accusé d'usage et de trafic de drogues aux États-Unis.
Septembre-octobre. Tournage de *Critique de la séparation*, second court-métrage produit par la Dansk-Fransk Experimentalfilms Kompagni.
29 septembre. Guy Debord et Michèle Bernstein signent la *Déclaration sur le droit à l'insoumission dans la guerre d'Algérie* (« Manifeste des 121 »). Guy Debord sera interrogé le 21 novembre par la police judiciaire.
7 octobre. *Hands off Alexander Trocchi*, tract en anglais de Guy Debord, Jacqueline de Jong et Asger Jorn (Alexander Trocchi réussira à se soustraire aux persécutions de la police new-yorkaise et à regagner l'Europe en mai 1961).
Décembre. *Internationale situationniste* n° 5.

1961

Ordre de boycott de l'Internationale situationniste contre la revue *Arguments* et ses collaborateurs.
Janvier-février. Montage de *Critique de la séparation*.
Février. *Pour un jugement révolutionnaire de l'art*, réponse à une critique du film *À bout de souffle* de Jean-Luc Godard par Sébastien Chastel (pseudonyme de Sébastien de Diesbach) du groupe Socialisme ou Barbarie.
Rupture avec le groupe Socialisme ou Barbarie.
10 avril. Guy Debord établit le Plan général de la bibliothèque situationniste du Silkeborg Kunstmuseum (Danemark).
Démission d'Asger Jorn, qui, sous le pseudonyme de George Keller, continuera cependant sa collaboration à l'I.S. pendant environ un an.
Mai. *Perspectives de modifications conscientes dans la vie quotidienne*, conférence d'environ trente-sept minutes enregistrée sur magnétophone et diffusée le 17 mai devant le Groupe de recherche sur la vie quotidienne réuni par Henri Lefebvre au C.N.R.S.
Août. *Internationale situationniste* n° 6 (texte de la conférence « Perspectives de modifications conscientes dans la vie quotidienne »).
28-30 août. Ve Conférence de l'I.S. à Göteborg (Suède).
Thèses de Hambourg, avec Attila Kotányi, Alexander Trocchi et Raoul Vaneigem (« L'I.S. doit, maintenant, réaliser la philosophie »).

1962 *Nicht hinauslehnen*, tract d'exclusion du groupe Spur, qui entraîne la scission de la « droite » artistique de l'I.S. regroupée derrière Jørgen Nash en un « Bauhaus situationniste ».
18 mars. Thèses *Sur la Commune*, avec Attila Kotányi et Raoul Vaneigem.
Avril. *Internationale situationniste* n° 7.
16 juillet. *Das Unbehagen in der Kultur (à propos de la condamnation du situationniste Uwe Lausen)*, avec Raoul Vaneigem.
12-16 novembre. VIe Conférence de l'I.S. à Anvers.

1963 **Janvier.** *Internationale situationniste* n° 8 (« All the king's men »).
Février. *Aux poubelles de l'histoire !*, tract de rupture de l'I.S. avec Henri Lefebvre qui venait de faire paraître dans le dernier numéro de la revue *Arguments* les bonnes pages d'un ouvrage sur la Commune plagiant les thèses situationnistes *Sur la Commune*.
Guy Debord rencontre Alice Becker-Ho.
Juin. Manifestation collective de l'I.S. à Odense (Danemark) : « Destruction of RSG 6 », brochure en trois langues (danois, anglais et français) du texte *Les Situationnistes et les nouvelles formes d'action dans la politique ou l'art*, et cinq *Directives* tracées sur des toiles.
Décembre. Exclusion d'Attila Kotányi.

1964 **Juillet.** *España en el corazón*, tracts érotico-politiques diffusés en Espagne.
Août. *Internationale situationniste* n° 9 (« Correspondance avec un cybernéticien », réponse à Abraham Moles).
Contre le cinéma, monographie publiée par l'Institut scandinave de vandalisme comparé, sous la direction d'Asger Jorn, dans la collection « Bibliothèque d'Alexandrie », rassemblant les scénarios des trois premiers films de Guy Debord, avec une préface d'Asger Jorn : *Guy Debord et le problème du maudit*.
Guy Debord s'installe chez Alice Becker-Ho au 169 rue Saint-Jacques (Paris 5e).

1965 **Juillet.** *Adresse aux révolutionnaires d'Algérie et de tous les pays*, tract, réédité en brochure et en cinq langues en novembre.
Décembre. *Les Luttes de classes en Algérie*, affiche.
The Decline and the Fall of the « spectacular » commodity-economy, brochure en anglais sur les émeutes du quartier de Watts à Los Angeles (13-16 août).

1966 **Mars.** *Internationale situationniste* n° 10 (« Le Déclin et la chute de l'économie spectaculaire-marchande », première parution en français).

5-11 juillet. VIIe Conférence de l'I.S., à Paris, qui adopte la *Définition minimum des organisations révolutionnaires.*

Novembre. Scandale de Strasbourg après la parution aux frais de l'U.N.E.F. de la brochure *De la misère en milieu étudiant considérée sous ses aspects économique, politique, psychologique, sexuel et notamment intellectuel et de quelques moyens pour y remédier.*

1967 **16 août.** *Le Point d'explosion de l'idéologie en Chine*, brochure sur la prétendue « révolution culturelle » maoïste.

Octobre. *Internationale situationniste* n° 11 (« La séparation achevée », premier chapitre de *La Société du spectacle*).

14 novembre. *La Société du spectacle* paraît aux Éditions Buchet-Chastel. Le même mois, les Éditions Gallimard publient le *Traité de savoir-vivre à l'usage des jeunes générations*, de Raoul Vaneigem.

1968 **Mai.** Guy Debord se bat sur les barricades de la rue Gay-Lussac, occupe la Sorbonne et participe au Conseil pour le maintien des occupations (tracts : *Rapport sur l'occupation de la Sorbonne*, *Pour le pouvoir des Conseils ouvriers*, *Adresse à tous les travailleurs*).

Juin. Avec les situationnistes les plus compromis, il s'exile quelque temps à Bruxelles où sera collectivement rédigé *Enragés et situationnistes dans le mouvement des occupations*, publié en octobre aux Éditions Gallimard sous le seul nom de René Viénet.

1969 Guy Debord emménage avec Alice Becker-Ho au 239 rue Saint-Martin (Paris 3e).

28 juillet. Guy Debord annonce, selon « le vieux principe révolutionnaire de la rotation des tâches », qu'il cessera d'assumer la responsabilité, tant légale que rédactionnelle, de la direction de la revue *Internationale situationniste* après la parution du numéro 12.

Septembre. *Internationale situationniste* n° 12 (« Le commencement d'une époque », « La question de l'organisation pour l'I.S. »).

25 septembre-1er octobre. VIIIe (et dernière) Conférence de l'I.S., à Venise.

1970 **Mars.** Les situationnistes entament un débat d'orientation pour « décider de ce que l'I.S. avait désormais à faire, et surtout examiner comment elle le faisait, et pourquoi certains n'arrivaient à rien faire ».
Voyage en Espagne où Alice Becker-Ho acquiert une maison à Rello (province de Soria).
11 novembre. *Déclaration* de la tendance constituée par Guy Debord, René Riesel et René Viénet entraînant, par étapes et jusque dans ses propres rangs, une succession de ruptures qui aboutira à l'autodissolution de l'Internationale situationniste, en avril 1972, avec la parution de *La Véritable Scission dans l'Internationale*.
14 novembre. Démission de Raoul Vaneigem.
Décembre. Réédition en un volume et en fac-similé des douze numéros de la revue *Internationale situationniste 1958-69* (Éditions Van Gennep, Amsterdam).

1971 Guy Debord considère le contrat qui le lie aux éditions Buchet-Chastel comme résilié du fait de l'adjonction d'un sous-titre de leur invention (« La Théorie Situationniste ») lors du troisième tirage de *La Société du spectacle* et de la mention d'un faux dépôt légal (1969 au lieu de 1967).
Guy Debord rencontre Gérard Lebovici, producteur de cinéma et fondateur des Éditions Champ libre, qui lui propose de rééditer *La Société du spectacle*, ce qui sera fait en septembre (cette édition sera saisie le 21 octobre à la requête des éditions Buchet-Chastel).

1972 **5 janvier.** Guy Debord divorce de Michèle Bernstein.
La Véritable Scission dans l'Internationale, circulaire publique de l'Internationale situationniste (écrite par Guy Debord, elle sera cosignée par Gianfranco Sanguinetti, expulsé de France par le ministre de l'Intérieur le 21 juillet 1971).
2 août. Mariage de Guy Debord et Alice Becker-Ho (née à Shanghai le 6 août 1941).
De 1972 à 1974, ils louent un pied-à-terre à Florence, 28 via delle Caldaie, et une *pieve* (cure) dans les monts du Chianti.
20 décembre. Les éditions Buchet-Chastel sont condamnées et l'édition Champ libre de *La Société du spectacle* est reconnue comme la seule légale.

J.-L. R.

Publié à Paris en juin 1957, le *Rapport sur la construction des situations et sur les conditions de l'organisation et de l'action de la tendance situationniste internationale* fut imprimé à Bruxelles par les soins de Marcel Mariën, puis présenté comme document préparatoire à la conférence d'unification qui devait réunir les délégués de l'Internationale lettriste (Michèle Bernstein et Guy Debord), du Mouvement international pour un Bauhaus imaginiste (Giuseppe Pinot Gallizio, Asger Jorn, Walter Olmo, Piero Simondo et Elena Verrone) et du Comité psychogéographique de Londres (Ralph Rumney). Le *Rapport* a été republié aux Éditions Mille et une nuits en 2000.

Cette conférence, qui se tint les 27 et 28 juillet 1957 à Cosio d'Arroscia, dans les Alpes de Ligurie, se conclut par la décision de constituer une Internationale situationniste.

G.-E. DEBORD

Rapport

sur la construction des situations et sur les conditions de l'organisation et de l'action de la tendance situationniste internationale

RAPPORT SUR LA CONSTRUCTION DES SITUATIONS
ET SUR LES CONDITIONS DE L'ORGANISATION ET DE L'ACTION DE LA TENDANCE SITUATIONNISTE INTERNATIONALE

Révolution et contre-révolution dans la culture moderne

Nous pensons d'abord qu'il faut changer le monde. Nous voulons le changement le plus libérateur de la société et de la vie où nous nous trouvons enfermés. Nous savons que ce changement est possible par des actions appropriées.

Notre affaire est précisément l'emploi de certains moyens d'action, et la découverte de nouveaux, plus facilement reconnaissables dans le domaine de la culture et des mœurs, mais appliqués dans la perspective d'une interaction de tous les changements révolutionnaires.

Ce que l'on appelle la culture reflète, mais aussi préfigure, dans une société donnée, les possibilités d'organisation de la vie. Notre époque est caractérisée fondamentalement par le retard de l'action politique révolutionnaire sur le développement des possibilités modernes de production, qui exigent une organisation supérieure du monde.

Nous vivons une crise essentielle de l'Histoire, où chaque année pose plus nettement le problème de la domination rationnelle des nouvelles forces productives, et de la formation d'une civilisation, à l'échelle mondiale. Cependant l'action du mouvement ouvrier international, dont dépend le renversement préalable de l'infrastructure économique d'exploitation, n'est parvenue qu'à des demi-succès locaux. Le capitalisme invente de nouvelles formes de lutte – dirigisme du marché, accroissement du secteur de la distribution, gouvernements fascistes – ; s'appuie sur les dégénérescences des directions ouvrières ; maquille, au moyen des diverses tactiques réformistes, les oppositions de classes. Ainsi il a pu maintenir jusqu'à présent les anciens rapports sociaux dans la grande majorité des pays hautement industrialisés, donc priver une société socialiste de sa base matérielle indispensable. Au contraire, les pays sous-développés ou colonisés, engagés massivement depuis une dizaine d'années dans un combat plus sommaire contre l'impérialisme, viennent d'obtenir de très importants succès. Leurs succès aggravent les contradictions de l'économie capitaliste et, principalement dans le cas de la révolution chinoise, favorisent un renouveau de l'ensemble du mouvement révolutionnaire. Ce renouveau ne peut se borner à des réformes dans les pays capitalistes ou anticapitalistes, mais au contraire, partout, développera des conflits posant la question du pouvoir.

L'éclatement de la culture moderne est le produit, sur le plan de la lutte idéologique, du paroxysme chaotique de ces antagonismes. Les désirs nouveaux qui se définissent se trouvent formulés en porte-à-faux : les ressources de l'époque en permettent la réalisation, mais la structure économique retardataire est incapable de mettre en valeur ces ressources. En même temps l'idéologie de la classe dominante a perdu toute cohérence, par la dépréciation de ses successives conceptions du monde, qui l'incline à l'indéterminisme historique ; par la coexistence de pensées réactionnaires échelonnées chronologiquement, et en principe ennemies, comme le christianisme et la social-démocratie ; par le mélange aussi des apports de plusieurs civilisations étrangères à l'Occident contemporain, et dont on reconnaît depuis peu les valeurs. Le but principal de l'idéologie de la classe dominante est donc la confusion.

Dans la culture – en employant le mot culture nous laissons constamment de côté les aspects scientifiques ou pédagogiques de la culture, même si la confusion s'y fait évidemment sentir au niveau des grandes théories scientifiques ou des conceptions générales de l'enseignement ; nous désignons ainsi un complexe de l'esthétique, des sentiments et des mœurs : la réaction d'une époque sur la vie quotidienne –, les procédés contre-révolutionnaires confusionnistes sont, parallèlement, l'annexion partielle des valeurs nouvelles et une production délibérément anticulturelle avec les moyens de la grande industrie (roman, cinéma), suite naturelle à l'abêtissement de la jeunesse dans les écoles et les familles. L'idéologie dominante organise la banalisation des découvertes subversives, et les diffuse largement après stérilisation. Elle réussit même à se servir des individus subversifs : morts, par le truquage de leurs œuvres ; vivants, grâce à la confusion idéologique d'ensemble, en les droguant avec une des mystiques dont elle tient commerce.

Une des contradictions de la bourgeoisie, dans sa phase de liquidation, se trouve être ainsi de respecter le principe de la création intellectuelle et artistique, de s'opposer d'emblée à ces créations, puis d'en faire usage. C'est qu'il lui faut maintenir dans une minorité le sens de la critique et de la recherche, mais sous condition d'orienter cette activité vers des disciplines utilitaires strictement fragmentées, et d'écarter la critique et la recherche d'ensemble. Dans le domaine de la culture, la bourgeoisie s'efforce de détourner le goût du nouveau, dangereux pour elle à notre époque, vers certaines formes dégradées de nouveauté, inoffensives et confuses. Par les mécanismes commerciaux qui commandent l'activité culturelle, les tendances d'avant-garde sont coupées des fractions qui peuvent les soutenir, fractions déjà restreintes par l'ensemble des conditions sociales. Les gens qui se sont fait remarquer dans ces tendances sont admis généralement à titre individuel, au prix des reniements qui s'imposent : le point capital du débat est toujours le renoncement à une revendication d'ensemble, et l'acceptation d'un travail fragmentaire, susceptible de diverses interprétations. C'est ce qui donne à ce terme même d'« avant-garde », toujours manié en fin de compte par la bourgeoisie, quelque chose de suspect et de ridicule.

La notion même d'avant-garde collective, avec l'aspect militant qu'elle implique, est un produit récent des conditions historiques qui entraînent en même temps la nécessité d'un programme révolutionnaire cohérent dans la culture, et la nécessité de lutter contre les forces qui empêchent le développement de ce programme. De tels groupements sont conduits à transposer dans leur sphère d'activité quelques méthodes d'organisation créées par la politique révolutionnaire, et leur action ne peut plus désormais se concevoir sans liaison avec une critique de la politique. À cet égard, la progression est notable entre le futurisme, le dadaïsme, le surréalisme, et les mouvements formés après 1945. On découvre pourtant à chacun de ces stades la même volonté universaliste de changement ; et le même émiettement rapide, quand l'incapacité de changer assez profondément le monde réel entraîne un repli défensif sur les positions doctrinales mêmes dont l'insuffisance vient d'être révélée.

Le futurisme, dont l'influence se propagea à partir de l'Italie dans la période qui précéda la Première Guerre mondiale, adopta une attitude de bouleversement de la littérature et des arts, qui ne laissait pas d'apporter un grand nombre de nouveautés formelles, mais qui se trouvait seulement fondée sur une application extrêmement schématique de la notion de progrès machiniste. La puérilité de l'optimisme technique futuriste disparut avec la période d'euphorie bourgeoise qui l'avait porté. Le futurisme italien s'effondra, du nationalisme au fascisme, sans jamais parvenir à une vision théorique plus complète de son temps.

Le dadaïsme, constitué par des réfugiés et des déserteurs de la Première Guerre mondiale à Zurich et à New York, voulut être le refus de toutes les valeurs de la société bourgeoise, dont la faillite venait d'apparaître avec éclat. Ses violentes manifestations, dans l'Allemagne et la France de l'après-guerre, portèrent principalement sur la destruction de l'art et de l'écriture, et, dans une moindre mesure, sur certaines formes de comportement (spectacle, discours, promenade délibérément imbéciles). Son rôle historique est d'avoir porté un coup mortel à la conception traditionnelle de la culture. La dissolution presque immédiate du dadaïsme était nécessitée par sa définition entièrement négative. Mais il est certain que l'esprit dadaïste a déterminé une part de tous les mouvements qui lui ont succédé ; et qu'un aspect de négation, historiquement dadaïste, devra se retrouver dans toute position constructive ultérieure tant que n'auront pas été balayées par la force les conditions sociales qui imposent la réédition de superstructures pourries, dont le procès intellectuel est bien fini.

Les créateurs du surréalisme, qui avaient participé en France au mouvement dada, s'efforcèrent de définir le terrain d'une action constructive, à partir de la révolte morale et de l'usure extrême des moyens traditionnels de communication marquées par le dadaïsme. Le surréalisme, parti d'une application poétique de la psychologie freudienne, étendit les méthodes qu'il avait découvertes à la peinture, au cinéma, à quelques aspects de la vie quotidienne. Puis, sous une forme diffuse, très au-delà. En effet, il ne s'agit pas, pour une entreprise de cette nature, d'avoir absolument ou relativement raison, mais de parvenir à catalyser, pour un certain temps, les désirs d'une époque. La période de progrès du surréalisme, marquée par la liquidation de l'idéalisme et un moment de ralliement au matérialisme dialectique, s'arrêta peu après 1930, mais sa décadence ne fut manifeste qu'à la fin de la Deuxième Guerre mondiale. Le surréalisme s'était dès lors étendu à un assez grand nombre de nations. Il avait en outre inauguré une discipline dont il ne faut pas surestimer la rigueur, tempérée souvent par des considérations commerciales, mais qui était une efficace mesure de lutte contre les mécanismes confusionnistes de la bourgeoisie.

Le programme surréaliste, affirmant la souveraineté du désir et de la surprise, proposant un nouvel usage de la vie, est beaucoup plus riche de possibilités constructives qu'on ne le pense généralement. Il est certain que le manque de moyens matériels de réalisation a gravement limité l'ampleur du surréalisme. Mais l'aboutissement spirite de ses premiers meneurs, et surtout la médiocrité des épigones, obligent à chercher la négation du développement de la théorie surréaliste à l'origine de cette théorie.

L'erreur qui est à la racine du surréalisme est l'idée de la richesse infinie de l'imagination inconsciente. La cause de l'échec idéologique du surréalisme, c'est d'avoir parié que l'inconscient était la grande force, enfin découverte, de la vie. C'est d'avoir révisé l'histoire des idées en conséquence, et de l'avoir arrêtée là. Nous savons finalement que l'imagination inconsciente est pauvre, que l'écriture automatique est monotone, et que tout un genre d'« insolite » qui affiche de loin l'immuable allure surréaliste est extrêmement peu surprenant. La fidélité formelle à ce style d'imagination finit par ramener aux antipodes des conditions modernes de l'imaginaire : à l'occultisme traditionnel. À quel point le surréalisme est resté dans la dépendance de son hypothèse de l'inconscient, on le mesure dans le travail d'approfondissement théorique tenté par la deuxième génération surréaliste : Calas et Mabille rattachent tout aux deux aspects successifs de la pratique surréaliste de l'inconscient – pour le premier, la psychanalyse ; les influences cosmiques pour le second. En fait, la découverte du rôle de l'inconscient a été une surprise, une nouveauté, et non la loi des surprises et des nouveautés futures. Freud avait fini par découvrir cela aussi quand il écrivait : « Tout ce qui est conscient s'use. Ce qui est inconscient reste inaltérable. Mais une fois délivré, ne tombe-t-il pas en ruines à son tour ? »

Le surréalisme, s'opposant à une société apparemment irrationnelle, où la rupture était poussée jusqu'à l'absurde entre la réalité et les valeurs encore fortement proclamées, se servit contre elle de l'irrationnel pour détruire ses valeurs logiques de surface. Le succès même du surréalisme est pour beaucoup dans le fait que l'idéologie de cette société, dans sa face la plus moderne, a renoncé à une stricte hiérarchie de valeurs factices, mais se sert à son tour ouvertement de l'irrationnel, et des survivances surréalistes par la même occasion. La bourgeoisie doit surtout empêcher un nouveau départ de la pensée révolutionnaire. Elle a eu conscience du caractère menaçant du surréalisme. Elle se plaît à constater, maintenant qu'elle a pu le dissoudre dans le commerce esthétique courant, qu'il avait atteint le point extrême du désordre. Elle en cultive ainsi une sorte de nostalgie, en même temps qu'elle discrédite toute recherche nouvelle en la ramenant automatiquement au déjà-vu surréaliste, c'est-à-dire à une défaite qui, pour elle, ne peut plus être remise en question par personne. Le refus de l'aliénation dans la société de morale chrétienne a conduit quelques hommes au respect de l'aliénation pleinement irrationnelle des sociétés primitives, voilà tout. Il faut aller plus avant, et rationaliser davantage le monde, première condition pour le passionner.

La décomposition, stade suprême de la pensée bourgeoise

La culture prétendue moderne a ses deux principaux centres à Paris et à Moscou. Les modes parties de Paris, dans l'élaboration desquelles

les Français ne sont pas majoritaires, influencent l'Europe, l'Amérique et les autres pays évolués de la zone capitaliste, comme le Japon. Les modes imposées administrativement par Moscou influencent la totalité des États ouvriers et, dans une faible mesure, réagissent sur Paris et sa zone d'influence européenne. L'influence de Moscou est d'origine directement politique. Pour s'expliquer l'influence traditionnelle, encore maintenue, de Paris, il faut tenir compte d'une avance acquise dans la concentration professionnelle.

La pensée bourgeoise perdue dans la confusion systématique, la pensée marxiste profondément altérée dans les États ouvriers, le conservatisme règne à l'Est et à l'Ouest, principalement dans le domaine de la culture et des mœurs. Il s'affiche à Moscou, en reprenant les attitudes typiques de la petite-bourgeoisie du XIXe siècle. Il se déguise à Paris, en anarchisme, cynisme ou humour. Bien que les deux cultures dominantes soient foncièrement inaptes à s'intégrer les problèmes réels de notre temps, on peut dire que l'expérience a été poussée plus loin en Occident ; et que la zone de Moscou fait figure de région sous-développée, dans cet ordre de la production.

Dans la zone bourgeoise, où a été tolérée dans l'ensemble une apparence de liberté intellectuelle, la connaissance du mouvement des idées ou la vision confuse des multiples transformations du milieu favorisent la prise de conscience d'un bouleversement en cours, dont les ressorts sont incontrôlables. La sensibilité régnante essaie de s'adapter, tout en empêchant de nouveaux changements qui lui sont, en dernière analyse, forcément nuisibles. Les solutions proposées en même temps par les courants rétrogrades se ramènent obligatoirement à trois attitudes : la prolongation des modes apportées par la crise dada-surréalisme (qui n'est que l'expression culturelle élaborée d'un état d'esprit qui se manifeste spontanément partout quand s'écroulent, après les modes de vie du passé, les raisons de vivre jusqu'alors admises) ; l'installation dans les ruines mentales ; enfin le retour loin en arrière.

Pour ce qui est des modes persistantes, une forme diluée du surréalisme se rencontre partout. Elle a tous les goûts de l'époque surréaliste, et aucune de ses idées. La répétition est son esthétique. Les restes du mouvement surréaliste orthodoxe, à ce stade sénile-occultiste, sont aussi incapables d'avoir une position idéologique que d'inventer quoi que ce soit : ils cautionnent des charlatanismes toujours plus vulgaires, et en demandent d'autres.

L'installation dans la nullité est la solution culturelle qui s'est fait connaître avec le plus de force dans les années qui suivirent la Deuxième Guerre mondiale. Elle laisse le choix entre deux possibilités qui ont été abondamment illustrées : la dissimulation du néant au moyen d'un vocabulaire approprié ; ou son affirmation désinvolte.

La première option est célèbre surtout depuis la littérature existentialiste, reproduisant, sous le couvert d'une philosophie d'emprunt, les aspects les plus médiocres de l'évolution culturelle des trente années précédentes ; et soutenant son intérêt, d'origine publicitaire, par des contrefaçons du marxisme ou de la psychanalyse ; ou même par des engagements et démissions politiques réitérés, à l'aveuglette. Ces procédés ont eu un très grand nombre de suiveurs, affichés ou sournois. Le durable fourmillement de la peinture abstraite, et des théoriciens qui la définissent, est un fait de même nature, d'une ampleur comparable.

L'affirmation joyeuse d'une parfaite nullité mentale constitue le phénomène qui est appelé, dans la néo-littérature récente, « le cynisme des jeunes romanciers de droite ». Il s'étend bien au-delà des gens de droite, des romanciers, ou de leur semi-jeunesse.

Parmi les tendances qui réclament un retour au passé, la doctrine réaliste-socialiste se montre la plus hardie parce qu'en prétendant s'appuyer sur les conclusions d'un mouvement révolutionnaire, elle peut soutenir dans le domaine de la création culturelle une position indéfendable. À la Conférence des musiciens soviétiques, en 1948, Andreï Jdanov montrait l'enjeu de sa répression théorique : « Avons-nous bien fait de maintenir les trésors de la peinture classique et de mettre en déroute les liquidateurs de la peinture ? Est-ce que la survivance de telles "écoles" n'aurait pas signifié la liquidation de la peinture ? » En présence de cette liquidation de la peinture, et de beaucoup d'autres liquidations, la bourgeoisie occidentale évoluée, constatant l'écroulement de tous ses systèmes de valeurs, mise sur la décomposition idéologique complète, par réaction désespérée et par opportunisme politique. Au contraire, Jdanov – avec le goût caractéristique du parvenu – se reconnaît dans le petit-bourgeois qui est contre la décomposition des valeurs culturelles du siècle dernier ; et ne voit rien d'autre à tenter qu'une restauration autoritaire de ces valeurs. Il est assez irréaliste pour croire que des circonstances politiques éphémères et localisées donnent le pouvoir d'escamoter les problèmes généraux d'une époque, si l'on oblige à reprendre l'étude des problèmes dépassés, après avoir exclu par hypothèse toutes les conclusions que l'Histoire a tirées de ces problèmes, en leur temps.

La propagande traditionnelle des organisations religieuses, et principalement du catholicisme, est proche, par la forme et quelques aspects du contenu, de ce réalisme-socialiste. Par une propagande invariable, le catholicisme défend une structure idéologique d'ensemble qu'il est seul, parmi les forces du passé, à posséder encore. Mais pour ressaisir les secteurs, de plus en plus nombreux, qui échappent à son influence, l'Église catholique poursuit, parallèlement à sa propagande traditionnelle, une mainmise sur les formes culturelles modernes, principalement parmi celles qui relèvent de la nullité théoriquement compliquée – la peinture dite informelle, par exemple. Les réactionnaires catholiques ont en effet cet avantage, par rapport aux autres tendances bourgeoises, qu'étant assurés d'une hiérarchie de valeurs permanentes, il leur est d'autant plus facile de pousser gaiement la décomposition à l'extrême dans la discipline où ils se distinguent.

L'aboutissement présent de la crise de la culture moderne est la décomposition idéologique. Rien de nouveau ne peut plus se bâtir sur ces ruines, et le simple exercice de l'esprit critique devient impossible, tout jugement se heurtant aux autres, et chacun se référant à des débris de systèmes d'ensemble désaffectés, ou à des impératifs sentimentaux personnels.

La décomposition a tout gagné. On n'en est plus à voir l'emploi massif de la publicité commerciale influencer toujours davantage les jugements sur la création culturelle, ce qui était un processus ancien. On vient de parvenir à un point d'absence idéologique où seule agit l'activité publicitaire, à l'exclusion de tout jugement critique préalable, mais non sans entraîner un réflexe conditionné du jugement critique. Le jeu complexe des techniques de vente en vient à créer, automatiquement, et à la surprise générale des professionnels, des pseudo-sujets de discussion culturelle. C'est l'importance sociologique du phénomène Sagan-Drouet, expérience menée à bien en France dans les trois dernières années, et dont le retentissement aurait même passé les limites de la zone culturelle axée sur Paris, en provoquant de l'intérêt dans les États ouvriers. Les juges professionnels de la culture, en présence du phénomène Sagan-Drouet, sentent le résultat imprévisible de mécanismes qui leur échappent, et l'expliquent généralement par les procédés de réclame du cirque. Mais à cause de leur métier, ils se trouvent forcés de s'opposer, par des fantômes de critiques, au sujet de ces fantômes d'œuvres (une œuvre dont l'intérêt est inexplicable constitue d'ailleurs le plus riche sujet pour la critique confusionniste bourgeoise). Ils restent forcément inconscients du fait que les mécanismes intellectuels de la critique leur avaient échappé longtemps avant que des mécanismes extérieurs ne viennent exploiter ce vide. Ils se défendent de reconnaître en Sagan-Drouet le revers ridicule du changement des moyens d'expression en moyen d'action sur la vie quotidienne. Ce processus de dépassement a rendu la vie de l'auteur de plus en plus importante relativement à son œuvre. Puis, la période des expressions importantes étant parvenue à sa réduction ultime, il n'est resté de possibilité d'importance que dans le personnage de l'auteur qui, justement, ne pouvait plus rien avoir de notable que son âge, un vice à la mode, un ancien métier pittoresque.

L'opposition qu'il faut maintenant unir contre la décomposition idéologique ne doit d'ailleurs pas s'attacher à critiquer les bouffonneries qui se produisent dans les formes condamnées, comme la poésie ou le roman. Il faut critiquer les activités importantes pour l'avenir, celles dont nous devons nous servir. C'est un signe plus grave de la décomposition idéologique actuelle, que de voir la théorie fonctionnaliste de l'architecture se fonder sur les conceptions les plus réactionnaires de la société et de la morale. C'est-à-dire qu'à des apports partiels passagèrement valables du premier Bauhaus ou de l'école de Le Corbusier s'ajoute en contrebande une notion excessivement arriérée de la vie et de son cadre.

Cependant tout indique, depuis 1956, que nous entrons dans une nouvelle phase de la lutte ; et qu'une poussée des forces révolutionnaires, se heurtant sur tous les fronts aux plus désespérants obstacles, commence à changer les conditions de la période précédente. On peut voir en même temps le réalisme-socialiste commencer à reculer dans les pays du camp anticapitaliste, avec la réaction stalinienne qui l'avait produit ; la culture Sagan-Drouet marquer un stade probablement indépassable de la décadence bourgeoise ; enfin une relative prise de conscience, en Occident, de l'épuisement des expédients culturels qui ont servi depuis la fin de la Deuxième Guerre mondiale. La minorité avant-gardiste peut retrouver une valeur positive.

Rôle des tendances minoritaires dans la période de reflux

Le reflux du mouvement révolutionnaire mondial, qui est manifeste quelques années après 1920 et qui va s'accentuant jusqu'aux approches de 1950, est suivi, avec un décalage de cinq ou six ans, par un reflux des mouvements qui ont essayé d'affirmer des nouveautés libératrices dans la culture et dans la vie quotidienne. L'importance idéologique et matérielle de tels mouvements diminue sans cesse, jusqu'à un point d'isolement total dans la société. Leur action, qui dans des conditions plus favorables peut entraîner un renouvellement brusque du climat affectif, s'affaiblit jusqu'à ce que les tendances conservatrices parviennent à lui interdire toute pénétration directe dans le jeu truqué de la culture officielle. Ces mouvements, éliminés de leur rôle dans la production des valeurs nouvelles, en viennent à constituer une armée de réserve du travail intellectuel, où la bourgeoisie peut puiser des individus qui ajouteront des nuances inédites à sa propagande.

À ce point de dissolution, l'importance de l'avant-garde expérimentale dans la société est apparemment inférieure à celle des tendances pseudo-modernistes qui ne se donnent aucunement la peine d'afficher une volonté de changement, mais qui représentent, avec de grands moyens, la face moderne de la culture admise. Cependant, tous ceux qui ont une place dans la production réelle de la culture moderne, et qui découvrent leurs intérêts en tant que producteurs de cette culture, d'autant plus vivement qu'ils sont réduits à une position négative, développent à partir de ces données une conscience qui fait forcément défaut aux comédiens modernistes de la société finissante. L'indigence de la culture admise, et son monopole sur les moyens de production culturelle, entraînent une indigence proportionnelle de la théorie et des manifestations de l'avant-garde. Mais c'est seulement dans cette avant-garde que se constitue insensiblement une nouvelle conception révolutionnaire de la culture. Cette nouvelle conception doit s'affirmer au moment où la culture dominante et les ébauches de culture oppositionnelle parviennent au point extrême de leur séparation, et de leur impuissance réciproque.

L'histoire de la culture moderne dans la période de reflux révolutionnaire est ainsi l'histoire de la réduction théorique et pratique du mouvement de renouvellement, jusqu'à la ségrégation des tendances minoritaires ; et jusqu'à la domination sans partage de la décomposition.

Entre 1930 et la Deuxième Guerre mondiale on assiste au déclin continu du surréalisme en tant que force révolutionnaire, en même temps qu'à l'extension de son influence très au-delà de son contrôle. L'après-guerre entraîne la liquidation rapide du surréalisme par les deux éléments qui ont brisé son développement vers 1930 : le manque de possibilités de renouvellement théorique, et le reflux de la révolution, se traduisant par la réaction politique et culturelle dans le mouvement ouvrier. Ce deuxième élément est immédiatement déterminant, par exemple, dans la disparition du groupe surréaliste de Roumanie. Au contraire, c'est surtout le premier de ces éléments qui condamne à un éclatement rapide le mouvement surréaliste-révolutionnaire en France et en Belgique. Sauf en Belgique, où une fraction venue du surréalisme s'est maintenue sur une position expérimentale valable, toutes les tendances surréalistes éparses dans le monde ont rejoint le camp de l'idéalisme mystique.

Ralliant une partie du mouvement surréaliste-révolutionnaire, une « Internationale des artistes expérimentaux » – qui publiait la revue *Cobra*, Copenhague-Bruxelles-Amsterdam – fut constituée entre 1949 et 1951 au Danemark, en Hollande et en Belgique ; puis étendue à l'Allemagne. Le mérite de ces groupes fut de comprendre qu'une telle organisation est exigée par la complexité et l'étendue des problèmes actuels. Mais le manque de rigueur idéologique, l'aspect principalement plastique de leurs recherches, l'absence surtout d'une théorie d'ensemble des conditions et des perspectives de leur expérience entraînèrent leur dispersion.

Le lettrisme, en France, était parti d'une opposition complète à tout le mouvement esthétique connu, dont il analysait justement le dépérissement constant. Se proposant la création ininterrompue de nouvelles formes, dans tous les domaines, le groupe lettriste, entre 1946 et 1952, entretint une agitation salutaire. Mais, ayant généralement admis que les disciplines esthétiques devaient prendre un nouveau départ dans un cadre général similaire à l'ancien, cette erreur idéaliste limita ses productions à quelques expériences dérisoires. En 1952, la gauche lettriste s'organisa en « Internationale lettriste », et expulsa la fraction attardée. Dans l'Internationale lettriste se poursuivit, à travers de vives luttes de tendances, la recherche de nouveaux procédés d'intervention dans la vie quotidienne.

En Italie, à l'exception du groupe expérimental antifonctionnaliste qui forma en 1955 la plus solide section du Mouvement international pour un Bauhaus imaginiste, les tentatives de formation d'avant-gardes rattachées aux vieilles perspectives artistiques ne parvinrent même pas à une expression théorique.

Cependant, des États-Unis au Japon, dominait le suivisme de la culture occidentale, dans ce qu'elle a d'anodin et de vulgarisé (l'avant-garde des États-Unis, qui a coutume de se rassembler dans la colonie américaine de Paris, s'y trouve isolée du point de vue idéologique, social, et même écologique, dans le plus plat conformisme). Les productions des peuples qui sont encore soumis à un colonialisme culturel – causé souvent par l'oppression politique – alors même qu'elles sont progressives dans leur pays, ont un rôle réactionnaire dans les centres culturels avancés. En effet les critiques qui ont lié toute leur carrière à des références dépassées avec les anciens systèmes de création, feignent de trouver des nouveautés selon leur cœur dans le cinéma grec ou le roman guatémaltèque. Ils recourent ainsi à un exotisme, qui se trouve être anti-exotique puisqu'il s'agit de la réapparition de vieilles formes exploitées avec retard dans d'autres nations, mais qui a bien la fonction principale de l'exotisme : la fuite hors des conditions réelles de la vie et de la création.

Dans les États ouvriers, seule l'expérience menée par Brecht à Berlin est proche, par sa mise en question de la notion classique de spectacle, des constructions qui nous importent aujourd'hui. Seul Brecht a réussi à résister à la sottise du réalisme-socialiste au pouvoir.

Maintenant que le réalisme-socialiste se disloque, on peut tout attendre de l'irruption révolutionnaire des intellectuels des États ouvriers dans les vrais problèmes de la culture moderne. Si le jdanovisme a été l'expression la plus pure, non seulement de la dégénérescence culturelle du mouvement ouvrier, mais également de la position culturelle conservatrice dans le monde bourgeois, ceux qui en ce moment, à l'Est, se dressent contre le jdanovisme ne pourront pas le faire, quelles que soient leurs intentions subjectives, en faveur d'une plus grande liberté créative qui serait seulement, par exemple, celle de Cocteau. Le sens objectif d'une négation du jdanovisme, il faut bien voir que c'est la négation de la négation jdanoviste de la « liquidation ». Le seul dépassement possible du jdanovisme sera l'exercice d'une liberté réelle, qui est la connaissance de la nécessité présente.

Ici, de même, les années qui viennent de passer n'ont été, tout au plus, qu'une période de résistance confuse au règne confus de la sottise rétrograde. Nous n'étions pas tant. Mais nous ne devons pas nous attarder sur les goûts, ou les petites trouvailles de cette période. Les problèmes de la création culturelle ne peuvent plus être résolus qu'en relation avec une nouvelle avance de la révolution mondiale.

Plate-forme d'une opposition provisoire

Une action révolutionnaire dans la culture ne saurait avoir pour but de traduire ou d'expliquer la vie, mais de l'élargir. Il faut faire reculer partout le malheur. La révolution n'est pas toute dans la question de savoir à quel niveau de production parvient l'industrie lourde, et qui en sera maître. Avec l'exploitation de l'homme doivent mourir les passions, les compensations et les habitudes qui en étaient les produits. Il faut définir de nouveaux désirs, en rapport avec les possibilités d'aujourd'hui. Il faut déjà, au plus fort de la lutte entre la société actuelle et les forces qui vont la détruire, trouver les premiers éléments d'une construction supérieure du milieu, et de nouvelles conditions de comportement. Ceci à titre d'expérience, comme de propagande. Tout le reste appartient au passé, et le sert.

Il faut entreprendre maintenant un travail collectif organisé, tendant à un emploi unitaire de tous les moyens de bouleversement de la vie quotidienne. C'est-à-dire que nous devons d'abord reconnaître l'interdépendance de ces moyens, dans la perspective d'une plus grande domination de la nature, d'une plus grande liberté. Nous devons construire des ambiances nouvelles qui soient à la fois le produit et l'instrument de comportements nouveaux. Pour ce faire, il faut utiliser empiriquement, au départ, les démarches quotidiennes et les formes culturelles qui existent actuellement, en leur contestant toute valeur propre. Le critère même de nouveauté, d'invention formelle, a perdu son sens dans le cadre traditionnel d'un art, c'est-à-dire d'un moyen fragmentaire insuffisant, dont les rénovations partielles sont périmées d'avance – donc impossibles.

Nous ne devons pas refuser la culture moderne, mais nous en emparer, pour la nier. Il ne peut y avoir d'intellectuel révolutionnaire s'il ne reconnaît la révolution culturelle devant laquelle nous nous trouvons. Un intellectuel créateur ne peut être révolutionnaire en soutenant simplement la politique d'un parti, serait-ce par des moyens originaux, mais bien en travaillant, au côté des partis, au changement nécessaire de toutes les superstructures culturelles. De même, ce qui détermine en dernier ressort la qualité d'intellectuel bourgeois, ce n'est ni l'origine sociale, ni la connaissance d'une culture – point de départ commun de la critique et de la création –, c'est un rôle dans la production des formes historiquement bourgeoises de la culture. Les auteurs à opinions politiques révolutionnaires, quand la critique littéraire bourgeoise les félicite, devraient chercher quelles fautes ils ont commises.

L'union de plusieurs tendances expérimentales pour un front révolutionnaire dans la culture, commencée au congrès tenu à Alba, en Italie, à la fin de 1956, suppose que nous ne négligions pas trois facteurs importants.

Tout d'abord, il faut exiger un accord complet des personnes et des groupes qui participent à cette action unie, et ne pas faciliter cet accord en permettant qu'ils s'en dissimulent certaines conséquences. On doit tenir à l'écart les plaisantins, ou les arrivistes qui ont l'inconscience de vouloir arriver par une telle voie.

Ensuite, il faut rappeler que si toute attitude réellement expérimentale est utilisable, l'emploi abusif de ce mot a très souvent tenté de justifier une action artistique dans une structure actuelle, c'est-à-dire trouvée auparavant par d'autres. La seule démarche expérimentale valable se fonde sur la critique exacte des conditions existantes, et leur dépassement délibéré. Il faut signifier une fois pour toutes que l'on ne saurait appeler création ce qui n'est qu'expression personnelle dans le cadre de moyens créés par d'autres. La création n'est pas l'arrangement des objets et des formes, c'est l'invention de nouvelles lois sur cet arrangement.

Enfin, il faut liquider parmi nous le sectarisme, qui s'oppose à l'unité d'action avec des alliés possibles, pour des buts définis, qui empêche le noyautage d'organisations parallèles. L'Internationale lettriste, entre 1952 et 1955, après quelques épurations nécessaires, s'est orientée continuellement vers une sorte de rigueur absolue menant à un isolement et une inefficacité également absolus, et favorisant à la longue un certain immobilisme, une dégénérescence de l'esprit de critique et de découverte. Il faut dépasser définitivement cette conduite sectaire en faveur d'actions réelles. Sur ce seul critère nous devons rejoindre ou quitter des camarades. Naturellement ceci ne veut pas dire que nous devons renoncer aux ruptures, comme tout le monde nous y invite. Nous pensons au contraire qu'il faut aller encore plus loin dans la rupture avec les habitudes et les personnes.

Nous devons définir collectivement notre programme et le réaliser d'une manière disciplinée, par tous les moyens, même artistiques.

Vers une Internationale situationniste

Notre idée centrale est celle de la construction de situations, c'est-à-dire la construction concrète d'ambiances momentanées de la vie, et leur transformation en une qualité passionnelle supérieure. Nous devons mettre au point une intervention ordonnée sur les facteurs complexes de deux grandes composantes en perpétuelle interaction : le décor matériel de la vie ; les comportements qu'il entraîne et qui le bouleversent.

Nos perspectives d'action sur le décor aboutissent, dans leur dernier développement, à la conception d'un urbanisme unitaire. L'urbanisme unitaire se définit premièrement par l'emploi de l'ensemble des arts et des techniques, comme moyens concourant à une composition intégrale du milieu. Il faut envisager cet ensemble comme infiniment plus étendu que l'ancien empire de l'architecture sur les arts traditionnels, ou que l'actuelle application occasionnelle à l'urbanisme anarchique de techniques spécialisées, ou d'investigations scientifiques comme l'écologie. L'urbanisme unitaire devra dominer aussi bien, par exemple, le milieu sonore que la distribution des différentes variétés de boisson ou de nourriture. Il devra embrasser la création de formes nouvelles et le détournement des formes connues de l'architecture et de l'urbanisme – également le détournement de la poésie ou du cinéma anciens. L'art intégral, dont on a tant parlé, ne pouvait se réaliser qu'au niveau de l'urbanisme. Mais il ne saurait plus correspondre à aucune des définitions traditionnelles de l'esthétique. Dans chacune de ses villes expérimentales, l'urbanisme unitaire agira par un certain nombre de champs de forces, que nous pouvons momentanément désigner par le terme classique de quartier. Chaque quartier pourra tendre à une harmonie précise, et en rupture avec les harmonies voisines ; ou bien pourra jouer sur un maximum de rupture d'harmonie interne.

Deuxièmement, l'urbanisme unitaire est dynamique, c'est-à-dire en rapport étroit avec des styles de comportement. L'élément le plus réduit de l'urbanisme unitaire n'est pas la maison, mais le complexe architectural, qui est la réunion de tous les facteurs conditionnant une ambiance, ou une série d'ambiances heurtées, à l'échelle de la situation construite. Le développement spatial doit tenir compte des réalités affectives que la ville expérimentale va déterminer. Un de nos camarades a avancé une théorie des quartiers états d'âme, suivant laquelle chaque quartier d'une ville devrait tendre à provoquer un sentiment simple, auquel le sujet s'exposerait en connaissance de cause. Il semble qu'un tel projet tire d'opportunes conclusions d'un mouvement de dépréciation des sentiments primaires accidentels, et que sa réalisation puisse contribuer à accélérer ce mouvement. Les camarades qui réclament une nouvelle architecture, une architecture libre, doivent comprendre que cette nouvelle architecture ne jouera pas d'abord sur des lignes et des formes libres, poétiques – au sens de ces mots dont se réclame aujourd'hui une peinture d'« abstraction lyrique » –, mais plutôt sur les effets d'atmosphère des pièces, des couloirs, des rues, atmosphère liée aux gestes qu'elle contient. L'architecture doit avancer en prenant comme matière des situations émouvantes, plus que des formes émouvantes. Et les expériences menées à partir de cette matière conduiront à des formes inconnues. La recherche psychogéographique, « étude des lois exactes et des effets précis du milieu géographique, consciemment aménagé ou non, agissant directement sur le comportement affectif des individus », prend donc ainsi son double sens d'observation active des agglomérations urbaines d'aujourd'hui, et d'établissement des hypothèses sur la structure d'une ville situationniste. Le progrès de la psychogéographie dépend assez largement de l'extension statistique de ses méthodes d'observation, mais principalement de l'expérimentation par des interventions concrètes dans l'urbanisme. Jusqu'à ce stade on ne peut être assuré de la vérité objective des premières données psychogéographiques. Mais quand bien même ces données seraient fausses, elles seraient assurément les fausses solutions d'un vrai problème.

Notre action sur le comportement, en liaison avec les autres aspects souhaitables d'une révolution dans les mœurs, peut se définir sommairement par l'invention de jeux d'une essence nouvelle. Le but le plus général doit être d'élargir la part non médiocre de la vie, d'en diminuer, autant qu'il est possible, les moments nuls. On peut donc en parler comme d'une entreprise d'augmentation quantitative de la vie humaine, plus sérieuse que les procédés biologiques étudiés actuellement. Par là même, elle implique une augmentation qualitative dont les développements sont imprévisibles. Le jeu situationniste se distingue de la conception classique du jeu par la négation radicale des caractères ludiques de compétition, et de séparation de la vie courante. Par contre, le jeu situationniste n'apparaît pas distinct d'un choix moral, qui est la prise de parti pour ce qui assure le règne futur de la liberté et du jeu. Ceci est évidemment lié à la certitude de l'augmentation continuelle et rapide des loisirs, au niveau de forces productives où parvient notre époque. C'est également lié à la reconnaissance du fait que se livre sous nos yeux une bataille des loisirs, dont l'importance dans la lutte de classes n'a pas été suffisamment analysée. À ce jour, la classe dominante réussit à se servir des loisirs que le prolétariat révolutionnaire lui a arrachés, en développant un vaste secteur industriel des loisirs qui est un incomparable instrument d'abrutissement du prolétariat par des sous-produits de l'idéologie mystificatrice et des goûts de la bourgeoisie. Il faut probablement chercher du côté de cette abondance de bassesses télévisées une des raisons de l'incapacité de la classe ouvrière américaine à se politiser. En obtenant, par la pression collective, une légère élévation du prix de son travail au-dessus du minimum nécessaire à la production de ce travail, le prolétariat n'élargit pas seulement son pouvoir de lutte, il élargit aussi le terrain de la lutte. De nouvelles formes de cette lutte se produisent alors, parallèlement aux conflits directement économiques et politiques. On peut dire que la propagande révolutionnaire a été, jusqu'à maintenant, constamment dominée dans ces formes de lutte, dans tous les pays où le développement industriel avancé les introduit. Que le changement nécessaire de l'infrastructure puisse être retardé par des erreurs et des faiblesses au niveau des superstructures, c'est ce que quelques expériences du XXe siècle ont malheureusement démontré. Il faut jeter de nouvelles forces dans la bataille des loisirs, et nous y tiendrons notre place.

Un essai primitif d'un nouveau mode de comportement a déjà été obtenu avec ce que nous avons nommé la dérive, qui est la pratique d'un dépaysement passionnel par le changement hâtif d'ambiances, en même temps qu'un moyen d'étude de la psychogéographie et de la psychologie situationniste. Mais l'application de cette volonté de création ludique doit s'étendre à toutes les formes connues des rapports humains, et par exemple influencer l'évolution historique de sentiments comme l'amitié et l'amour. Tout porte à croire que c'est autour de l'hypothèse des constructions de situations que se joue l'essentiel de notre recherche.

La vie d'un homme est une suite de situations fortuites, et si aucune d'elles n'est exactement similaire à une autre, du moins ces situations sont-elles, dans leur immense majorité, si indifférenciées et si ternes qu'elles donnent parfaitement l'impression de la similitude. Le corollaire de cet état de choses est que les rares situations prenantes connues dans une vie retiennent et limitent rigoureusement cette vie. Nous devons tenter de construire des situations, c'est-à-dire des ambiances collectives, un ensemble d'impressions déterminant la qualité d'un moment. Si nous prenons l'exemple simple d'une réunion d'un groupe d'individus pour un temps donné, il faudrait étudier, en tenant compte des connaissances et des moyens matériels dont nous disposons, quelle organisation du lieu, quel choix des participants, et quelle provocation des événements conviennent à l'ambiance désirée. Il est certain que les pouvoirs d'une situation s'élargiront considérablement dans le temps et dans l'espace avec les réalisations de l'urbanisme unitaire ou l'éducation d'une génération situationniste. La construction de situations commence au-delà de l'écroulement moderne de la notion de spectacle. Il est facile de voir à quel point est attaché à l'aliénation du vieux monde le principe même du spectacle : la non-intervention. On voit, à l'inverse, comme les plus valables des recherches révolutionnaires dans la culture ont cherché à briser l'identification psychologique du spectateur au héros, pour entraîner ce spectateur à l'activité, en provoquant ses capacités de bouleverser sa propre vie. La situation est ainsi faite pour être vécue par ses constructeurs. Le rôle du « public », sinon passif du moins seulement figurant, doit y diminuer toujours, tandis qu'augmentera la part de ceux qui ne peuvent être appelés des acteurs mais, dans un sens nouveau de ce terme, des viveurs.

Il faut multiplier, disons, les objets et les sujets poétiques, malheureusement si rares actuellement que les plus minimes prennent une importance affective exagérée ; et organiser les jeux de ces sujets poétiques parmi ces objets poétiques. Voilà tout notre programme, qui est essentiellement transitoire. Nos situations seront sans avenir, seront des lieux de passage. Le caractère immuable de l'art, ou de toute autre chose, n'entre pas dans nos considérations, qui sont sérieuses. L'idée d'éternité est la plus grossière qu'un homme puisse concevoir à propos de ses actes.

Les techniques situationnistes sont encore à inventer. Mais nous savons qu'une tâche ne se présente que là où les conditions matérielles nécessaires à sa réalisation existent déjà, ou du moins sont en voie de formation. Nous devons commencer par une phase expérimentale réduite. Il faut sans doute préparer des plans de situations, comme des scénari, malgré leur inévitable insuffisance au début. Il faudra donc faire progresser un système de notations, dont la précision augmentera à mesure que des expériences de construction nous apprendront davantage. Il faudra trouver ou vérifier des lois, comme celle qui fait dépendre l'émotion situationniste d'une extrême concentration ou d'une extrême dispersion des gestes (la tragédie classique donnant une image approximative du premier cas, et la dérive du second). En plus des moyens directs qui seront employés à ses fins précises, la construction de situations commandera, dans sa phase d'affirmation, une nouvelle application des techniques de reproduction. On peut concevoir, par exemple, la télévision projetant, en direct, quelques aspects d'une situation dans une autre, entraînant de la sorte des modifications et des interférences. Mais plus simplement le cinéma dit d'actualités pourrait commencer à mériter son nom en formant une nouvelle école du documentaire, attachée à fixer, pour des archives situationnistes, les instants les plus significatifs d'une situation, avant que l'évolution de ses éléments n'ait entraîné une situation différente. La construction systématique de situations devant produire des sentiments inexistants auparavant, le cinéma trouverait son plus grand rôle pédagogique dans la diffusion de ces nouvelles passions.

La théorie situationniste soutient résolument une conception non continue de la vie. La notion d'unité doit être déplacée depuis la perspective de toute une vie – où elle est une mystification réactionnaire fondée sur la croyance en une âme immortelle, et, en dernière analyse, sur la division du travail – à la perspective d'instants isolés de la vie, et de la construction de chaque instant par un emploi unitaire des moyens situationnistes. Dans une société sans classes, peut-on dire, il n'y aura plus de peintres, mais des situationnistes qui, entre autres choses, feront de la peinture.

Le principal drame affectif de la vie, après le conflit perpétuel entre le désir et la réalité hostile au désir, semble bien être la sensation de l'écoulement du temps. L'attitude situationniste consiste à miser sur la fuite du temps, contrairement aux procédés esthétiques qui tendaient à la fixation de l'émotion. Le défi situationniste au passage des émotions et du temps serait le pari de gagner toujours sur le changement, en allant toujours plus loin dans le jeu et la multiplication des périodes émouvantes. Il n'est évidemment pas facile pour nous, en ce moment, de faire un tel pari. Cependant, dussions-nous mille fois le perdre, nous n'avons pas le choix d'une autre attitude progressive.

La minorité situationniste s'est constituée d'abord comme tendance dans la gauche lettriste, puis dans l'Internationale lettriste qu'elle a fini par contrôler. Le même mouvement objectif amène à des conclusions de cet ordre plusieurs groupes avant-gardistes de la période récente. Nous devons éliminer ensemble toutes les survivances du passé proche. Nous estimons aujourd'hui qu'un accord pour une action unie de l'avant-garde révolutionnaire dans la culture doit s'opérer sur un tel programme. Nous n'avons pas de recettes, ni de résultats définitifs. Nous proposons seulement une recherche expérimentale à mener collectivement dans quelques directions que nous définissons en ce moment, et dans d'autres qui doivent être encore définies. La difficulté même de parvenir aux premières réalisations situationnistes est une preuve de la nouveauté du domaine où nous pénétrons. Ce qui change notre manière de voir les rues est plus important que ce qui change notre manière de voir la peinture. Nos hypothèses de travail seront réexaminées à chaque bouleversement futur, d'où qu'il vienne.

On nous dira, principalement du côté des intellectuels et des artistes révolutionnaires qui, pour des questions de goût, s'accommodent d'une certaine impuissance, que ce « situationnisme » est bien déplaisant ; que nous n'avons rien fait de beau ; que l'on peut mieux parler de Gide ; et que personne ne voit clairement des raisons de s'intéresser à nous. On se dérobera en nous reprochant de rééditer plusieurs attitudes qui n'ont déjà que trop fait scandale, et qui expriment le simple désir de se faire remarquer. On s'indignera des procédés que nous avons cru devoir adopter, en quelques occasions, pour garder ou reprendre nos distances. Nous répondons : il ne s'agit pas de savoir si ceci vous intéresse, mais si vous pouvez vous-mêmes vous rendre intéressants dans les nouvelles conditions de la création culturelle. Votre rôle, intellectuels et artistes révolutionnaires, n'est pas de crier que la liberté est insultée quand nous refusons de marcher avec les ennemis de la liberté. Vous n'avez pas à imiter les esthètes bourgeois, qui essaient de tout ramener au déjà fait, parce que le déjà fait ne les gêne pas. Vous savez qu'une création n'est jamais pure. Votre rôle est de chercher ce que fait l'avant-garde internationale, de participer à la critique constructive de son programme, et d'appeler à la soutenir.

Nos tâches immédiates

Nous devons soutenir, auprès des partis ouvriers ou des tendances extrémistes existant dans ces partis, la nécessité d'envisager une action idéologique conséquente pour combattre, sur le plan passionnel, l'influence des méthodes de propagande du capitalisme évolué : opposer concrètement, en toute occasion, aux reflets du mode de vie capitaliste, d'autres modes de vie désirables ; détruire, par tous les moyens hyper-politiques, l'idée bourgeoise du bonheur. En même temps, tenant compte de l'existence, dans la classe dominante des sociétés, d'éléments qui ont toujours concouru, par ennui et besoin de nouveauté, à ce qui entraîne finalement la disparition de ces sociétés, nous devons inciter les personnes qui détiennent certaines des vastes ressources qui nous font défaut à nous donner les moyens de réaliser nos expériences, par un crédit analogue à celui qui peut être engagé dans la recherche scientifique, et tout aussi rentable.

Nous devons présenter partout une alternative révolutionnaire à la culture dominante ; coordonner toutes les recherches qui se font en ce moment sans perspective d'ensemble ; amener, par la critique et la propagande, les plus avancés des artistes et des intellectuels de tous les pays à prendre contact avec nous en vue d'une action commune.

Nous devons nous déclarer prêts à reprendre la discussion, sur la base de ce programme, avec tous ceux qui, ayant pris part à une phase antérieure de notre action, se trouveraient encore capables de nous rejoindre.

Nous devons mettre en avant les mots d'ordre d'urbanisme unitaire, de comportement expérimental, de propagande hyper-politique, de construction d'ambiances. On a assez interprété les passions : il s'agit maintenant d'en trouver d'autres.

Cosio d'Arroscia, juillet 1957.

Page précédente :

Le village de Cosio d'Arroscia, dans les Alpes de Ligurie.

Ci-contre :

De gauche à droite : Giuseppe Pinot Gallizio, Piero Simondo, Elena Verrone, Michèle Bernstein, Guy Debord, Asger Jorn et Walter Olmo à la conférence de Cosio d'Arroscia. La photo est prise par Ralph Rumney.

Guy Debord à Cosio d'Arroscia, en juillet 1957.

Page de droite :

Liste manuscrite des votants à la conférence de Cosio d'Arroscia pour la constitution d'une Internationale situationniste.

28 juillet 1957

La fondation de l'I.S. "votée par 5 voix"...

Jorn

Rumney

Debord

Bernstein

Olmo !

— "contre 1 et 2 abstentions"

P. Simondo

E. Verrone

P. Gallizio

Cette préface inédite a été écrite en septembre 1957.

Ralph Rumney devait mener une étude psychogéographique de Venise (*Psychogeographical Venice*) qui aurait dû paraître en juin 1958.

Préface
« pour un livre projeté par Ralph Rumney »

Nous faisons nous-mêmes l'histoire de la culture mais à partir de conditions préexistantes, et non arbitrairement. La civilisation urbaine est une création récente du capitalisme et le climat idéologique particulier au régime bourgeois, dont la culture est en même temps instrument de domination et succédané de religion détruite, en tant que fuite hors du réel, n'a pas encore permis de tirer toutes les conséquences d'un conditionnement d'ensemble fondamentalement nouveau. La nécessité d'une formulation théorique des possibilités qui s'ouvrent, et de celles qui disparaissent, avec cette mutation de notre milieu, se trouve à l'origine de toute recherche expérimentale d'une pratique artistique correspondant au développement productif de ce temps. La psychogéographie est un de ses aspects d'un aménagement de l'ambiance, que l'on commence à appeler situationniste.

À l'issue du XVIIIe siècle la ville de Londres, qui se trouve être la plus avancée dans le processus de concentration industrielle de l'Occident, parvient à un stade de développement qui entraîne un saut qualitatif dans le mode de vie des habitants. C'est à Londres et à cette époque que nous découvrons comme l'acte de naissance, transmis par les moyens de la littérature, d'un ensemble de problèmes qui délimitent le terrain objectif d'un urbanisme passionnel où une sensibilité spécifique fait sa première apparition. L'histoire d'amour de Thomas de Quincey et de la pauvre Ann, fortuitement séparés et se cherchant vainement « à travers l'immense labyrinthe des rues de Londres ; peut-être à quelques pas l'un de l'autre… » marque le moment historique de la prise de conscience d'influences de nature psychogéographique dans le mouvement des passions humaines ; et son importance ne peut être à cet égard comparée qu'à la légende de Tristan, qui date la formation du concept même de l'amour-passion.

La révolution manufacturière à ce moment change toutes les conditions d'existence, et le destin personnel, délié des illusions surnaturelles, simplement défini en France, dans la phase d'expérimentation bourgeoise du pouvoir, comme étant « la politique », se découvre déjà dans l'environnement matériel construit par l'homme et dans les rapports sociaux qui y correspondent.

La condition désespérante faite au plus grand nombre, dans le même temps que s'accroît immensément le pouvoir de l'homme sur la nature, se traduit dès lors dans la culture des novateurs par une contradiction toujours plus aiguë entre l'affirmation de possibilités passionnelles supérieures et le règne d'un certain nihilisme. Ces tendances typiques ont encore été tempérées, pour Thomas de Quincey, par le recours à un humanisme classique que les artistes et les poètes du siècle qui suit vont livrer à une démolition de plus en plus radicale. Cependant c'est un indéniable précurseur de la dérive psychogéographique qu'il faut reconnaître dans Thomas de Quincey alors qu'il erre dans Londres, toujours vaguement à la recherche d'Ann et regardant « plusieurs milliers de visages féminins dans l'espérance de rencontrer le sien », durant la période comprise entre 1804 et 1812 : « J'avais coutume le samedi soir, après avoir pris mon opium, de m'égarer au loin, sans m'inquiéter du chemin ni de la distance [...] cherchant ambitieusement *mon passage au nord-ouest*, pour éviter de doubler de nouveau tous les caps et les promontoires que j'avais rencontrés dans mon premier voyage, j'entrais soudainement dans des labyrinthes de ruelles [...] J'aurais pu croire parfois que je venais de découvrir, moi le premier, quelques-unes de ces *terrae incognitae*, et je doutais qu'elles eussent été indiquées sur les cartes modernes de Londres. »

Maintenant, nous considérons la psychogéographie et la dérive comme des disciplines provisoires, méthodiquement définies, pour expérimenter quelques aspects de la construction d'ambiance et des nouveaux comportements situationnistes. Nous pensons tous que la transmission des résultats, même apparemment dérisoires, est le problème capital de la psychogéographie, et que par là seulement elle est en relation avec l'architecture qu'il nous faut inventer. Je crois qu'au moment où nous avons commencé à expérimenter la dérive, cette activité avait pour plusieurs de nous un sens plus directement émouvant. Peut-être existait-il alors une tendance plus irrationnelle, tendance à en attendre la découverte d'une sorte de Grand

Passage psychogéographique, au-delà duquel nous eussions atteint la maîtrise d'un jeu nouveau : les aventures de toute notre vie [1]. Nous avions lieu d'être encouragés par les surprenants changements que la dérive peut déterminer à assez bref délai dans les comportements. Il me semble en tout cas que cet usage passionnel peut ouvrir la voie à une connaissance réellement scientifique, elle-même utilisable pour une expérience situationniste plus étendue, suivant le schème proposé par Asger Jorn, qui a défini la psychogéographie comme « la science-fiction de l'urbanisme », quand il écrit : « Seule l'imagination peut rendre un objet assez intéressant pour qu'il devienne motif d'analyse, et l'analyse le vide de sa force imaginative. Mais la nouvelle combinaison entre l'objet et les résultats de l'analyse peut former la base d'une nouvelle imagination. »

Le développement des forces productives, brisant toutes les structures fixées de la vie sociale, tend à substituer un cadre tridimensionnel au *lieu fermé* où se limitait dans les formes de civilisations antérieures aussi bien le jeu que tout l'écoulement des passions dans le temps. Correspondant à l'ère réduite des échanges du Moyen Âge, où les hommes et leurs sentiments doivent vivre et finir sur place, la grande vertu féodale est la fidélité. Parmi les antagonismes mortels de la société qui se décompose à présent, l'accélération de notre époque se traduit, sur le plan affectif, par exemple dans le goût de la vitesse en automobile, compensation psychologique d'une lâcheté conformiste acquise dès la jeunesse par réflexes conditionnés ; mais aussi dans le sentiment de la dérive, qu'il faut bien qualifier, pour le moment, de révolutionnaire.

Ainsi les grandes villes de l'industrie ont transformé complètement nos paysages, jusque dans la carte du Tendre. Il s'agit de prendre conscience du rôle des constructeurs du nouveau monde. Les essais de cartes psychogéographiques sont d'abord

1. Autrement dit, dans le contexte actuel d'aliénation, l'extériorisation des hommes, on le sait, se retourne contre eux. L'art moderne est arrêté par l'*atrophie* de l'œuvre (impossibilité d'entreprendre une construction étendue, faute de moyens matériels et du fait de l'atomisation des démarches individuelles) et par l'*évasion* de cette œuvre-fragment (qui est une marchandise). Avec la création d'un nouveau secteur d'action, création finalement illusoire à cause de la pression de tous les autres secteurs, nous ne souhaitions qu'une objectivation ludique pure : nous contempler nous-mêmes dans un monde que nous aurions créé.

des guides pour la dérive et, en même temps, une vision nouvelle du paysage – les Corot ou les Turner d'aujourd'hui si l'on veut – encore au stade de l'extrême primitivisme mais où la subjectivité à tendance magique doit céder toujours plus de place à l'établissement collectif de données objectives permettant une *réaction constructive* sur le décor qui nous est fait. Bien que nous ne soyons pas encore parvenus, à cause de l'insuffisance des moyens dont nous disposons, à une représentation psychogéographique satisfaisante d'une ville, les progrès de cette cartographie sont indéniables, et le critère de vérité dont elle se réclame légitime tout ce qui pourrait paraître, pour l'optique bornée du sens commun, une déformation des plans urbains connus : en géographie la projection de Mercator est un autre exemple de ces déformations utilitaires. Il n'y a pas d'autre réalité, il n'y a pas d'autre réalisme, que la satisfaction de nos désirs.

Après la publication de résultats partiels des expériences déjà menées à Paris et, dans une moindre mesure, à Londres, par les groupes qui se sont réunis pour constituer, en juillet 1957, une Internationale situationniste, c'est Venise qui fait l'objet du premier ouvrage exhaustif de psychogéographie appliquée à l'urbanisme. Ralph Rumney a choisi délibérément Venise, entre plusieurs zones d'expérimentation d'un intérêt égal, à cause de la résonance sentimentale de cette ville notoirement liée aux émotions les plus arriérées de l'ancienne esthétique. Il est évident que toute intention de scandale nous est étrangère, et que nous ne nous préoccupons, dans le cas de Venise, que de créer un contraste plus nettement instructif. À nos yeux, le scandale est plutôt dans la lenteur du monde, dans le combat de retardement qu'il livre aux forces qui finiront par le changer. Nous pensons bien en venir à des extrémités plus sérieuses que de faciles attentats au bon goût de la bonne société. Ce qui constitue une ambiance situationniste, c'est la destruction préalable de toutes les émotions qui lui sont opposées. Nous qui n'aimons pas de pays, nous aimons notre époque, aussi dure qu'elle doive être. Nous aimons cette époque pour ce qu'on peut en faire.

1958

Internationale situationniste n° 1, juin 1958.

VENISE A VAINCU RALPH RUMNEY

Le situationniste britannique Ralph Rumney qui avait mené dès le printemps de 1957 quelques reconnaissances psychogéographiques dans Venise, s'était ultérieurement fixé pour but l'exploration systématique de cette agglomération, et espérait pouvoir en présenter un compte rendu exhaustif autour de juin 1958 (cf. une annonce du n° 29 de *Potlatch*). L'entreprise se développa d'abord favorablement. Rumney, qui était parvenu à établir les premiers éléments d'un plan de Venise dont la technique de notation surpassait nettement toute la cartographie psychogéographique antérieure, faisait part à ses camarades de ses découvertes, de ses premières conclusions, de ses espoirs. Vers le mois de janvier 1958, les nouvelles devinrent mauvaises. Rumney, aux prises avec des difficultés sans nombre, de plus en plus attaché par le milieu qu'il avait essayé de traverser, devait abandonner l'une après l'autre ses lignes de recherches et, pour finir, comme il nous le communiquait par son émouvant message du 20 mars, se voyait ramené à une position purement statique.

Les anciens explorateurs ont connu un pourcentage élevé de pertes au prix duquel on est parvenu à la connaissance d'une géographie objective. Il fallait s'attendre à voir des victimes parmi les nouveaux chercheurs, explorateurs de l'espace social et de ses modes d'emploi. Les embûches sont d'un autre genre, comme l'enjeu est d'une autre nature : il s'agit de parvenir à un usage passionnant de la vie. On se heurte naturellement à toutes les défenses d'un monde de l'ennui. Rumney vient donc de disparaître, et son père n'est pas encore parti à sa recherche. Voilà que la jungle vénitienne a été la plus forte, et qu'elle se referme sur un jeune homme, plein de vie et de promesses, qui se perd, qui se dissout parmi nos multiples souvenirs.

18 octobre 1957

Cher Walter,

Voici une traduction de ton texte, et la critique qu'il nécessite malheureusement.

Pour éviter, autant que possible, la confusion – je précise :

1° – Ton travail effectif en musique m'intéresse, non par une qualité transcendante qu'il te donnerait, mais à cause des développements plus avancés où tu arriveras certainement en continuant.

2° – Toi-même, dans la faible mesure où ces considérations nous importent, tu me plais bien.

3° – Je refuse absolument les idées « théoriques » générales de ce texte, qui ne sont pas liées à ton travail en musique, et qui ne viennent même pas de toi personnellement.

4° – Je ne te reproche évidemment pas, d'une façon générale, de subir des influences ou d'accepter les idées de quelqu'un. Je te reproche d'avoir accepté, en une circonstance nettement définie, quelques idées qui se trouvent être des sottises.

Cordialement,

Guy

Lettre publiée dans *Correspondance*, vol. 1, *op. cit.*, p. 33.

Remarques sur le concept d'art expérimental fut écrit le 15 octobre 1957 et « tiré à 17 exemplaires réservés aux membres de l'Internationale situationniste », en réponse au texte de Walter Olmo, *Per un concetto di sperimentazione musicale*, qui, en fait, exprimait les idées du peintre Piero Simondo.

Le texte de Walter Olmo était destiné à la revue du M.I.B.I., *Eristica*, dont Guy Debord devait désormais assurer la parution selon les décisions prises lors de la conférence de Cosio d'Arroscia. À la suite des retards puis des positions prises par les rédacteurs italiens, ce projet de publication fut abandonné.

Remarques sur le concept d'art expérimental

> « L'esprit de casuistique, très développé au Moyen Âge, est une autre expression de la même tendance à isoler chaque chose comme une entité particulière. Lui aussi est un effet de l'idéalisme dominant. »
> J. Huizinga (*Le Déclin du Moyen Âge*)

Préambule

Ce texte intervient dans une discussion actuellement ouverte parmi les situationnistes à propos de l'expérience, c'est-à-dire sur un sujet qui est au centre de notre action commune. De toutes parts on se réfère à une notion de l'expérimental, qu'il convient de définir plus précisément. Je me défends de toute intention polémique : aucun de nous n'a une doctrine à maintenir, ni des déviations à combattre. Si j'en viens à critiquer si vivement une conception soutenue par certains, c'est qu'elle m'est évidemment, sous la forme qui nous est maintenant proposée, indigne d'être retenue dans le développement de la discussion. Mais je ne préjuge aucunement du talent des auteurs de cette conception, ni des positions sérieuses qu'ils pourraient soutenir ultérieurement. En parlant, pour la commodité de l'exposé, d'une pensée « italo-expérimentale », qui paraît dominante dans la section italienne de l'Internationale situationniste, il va de soi que je n'attaque ni l'Italie comme ensemble de conditions culturelles, ni ces Italiens qui sont nos camarades. L'objet de cette critique sera particulièrement le texte de Walter Olmo, *Pour un concept d'expérimentation musicale*, présenté à l'I.S. à la fin septembre 1957, et dont on nous fait savoir que nos amis d'Italie (en en exceptant Pinot Gallizio qui n'a pas participé à son examen) l'approuvent. Je tiendrai également compte de certaines opinions soutenues au cours de la Conférence de Cosio d'Arroscia, en juillet 1957, dont l'inspiration est analogue.

– 1 –

Ce que l'on retient d'abord de l'expression monotone de la pensée italo-expérimentale, c'est qu'elle prétend refuser toute préoccupation valorative, et se réclame d'une objectivité opérative pure sur le modèle de la méthode expérimentale scientifique. Aussitôt apparaît sa première contradiction flagrante. Si l'on met à part quelques recherches sonores, non seulement les *productions effectives* mais encore les *projets* des tenants de cette conception se sont bornés jusqu'ici à des réalisations picturales. Dans ce domaine précis, ceux-là mêmes qui rejettent absolument la discussion valorative ne s'interdisent nullement, comme ils ont essayé de le faire croire, une préoccupation de valeur : en effet ils jugent à tout instant que telles ou telles œuvres plus connues de la peinture moderne sont misérables, dénuées d'intérêt, et témoignent de la bêtise de leurs auteurs (en quoi ils ont raison) ; mais leurs propres tableaux sont étroitement contemporains de ceux qu'ils semblent considérer comme le produit d'un monde inférieur. On voit ces tableaux avec la même indifférence que l'on voit les autres. On peut évidemment les trouver moins beaux, mais personne parmi nous ne se soucie du goût comme critère. On peut surtout juger qu'ils sont plus « déjà vus », plus *prévisibles* encore que des tableaux à la mode à la galerie Stadler. C'est ici que nous apprenons que la référence préalable à une intention expérimentale, à une « méthode » qui se réduit à une *proclamation*, a suffi pour tout sauver. C'est le sésame du génie, le répondant de la valeur : il reste le seul, et sa commodité fait que l'on n'en veut pas d'autres.

On voit immédiatement la tournure *religieuse* de cette pensée, et la mauvaise foi que suppose sa défense. Une sorte de signe de croix, une formule mécanique comme la prière, concilie l'Expérimental à ses fidèles (leurs *intentions* étant pures, le paradis expérimental est garanti). Par postulat, l'Expérimental ne peut donner que de l'*imprévu*. C'est donc notre esprit qui est mal fait quand l'observation des tableaux en question nous montre à l'évidence combien ils ressemblent au reste de la peinture actuelle, et combien ils se ressemblent tous entre eux (je ne conteste pas les motifs que l'on peut avoir de faire ces tableaux : je dis que tant que l'on n'a rien fait d'autre et que l'on enseigne ex cathedra l'art expérimental, on fait sourire). Mais tout repère étant rejeté par l'italo-expérimentalisme, il contestera facilement la réalité de la prévision – qui n'est que lourdement statistique et, comme on pense, les statistiques ont été rejetées avec le reste aux ordures du monde réel. Olmo écrit : « Une particularité de l'esprit de l'homme est la statistique et l'analyse. Le poids de ces tendances [...] empêche le travail vraiment expérimental dans l'art » (paragraphe 7). Ainsi l'italo-expérimentalisme postule la défaite de l'intelligence, le règne des vérités révélées, la conversion.

Comment en est-on venu là ? Il semble que ce soit en jouant sur l'hostilité qui nous est commune contre le confusionnisme valoratif. Certains affectent de croire que c'est, par exemple, la domination abusive d'impératifs éthiques qui entraînerait la crise de l'art moderne. Ils dénoncent toutes les confusions valoratives qui sont en effet le pain quotidien des critiques d'art. On les laisse dire parce que ce qu'ils disent est banal, mais vrai. Puis ils en viennent à fuir toute discussion valorative, c'est-à-dire à tout accepter – aussi bien à tout refuser, au gré de leurs intérêts personnels ou de leurs caprices. Puisqu'ils prennent des arguments dans l'époque de l'apparition de la pensée scientifique, et veulent se situer par analogie, on peut dire que la règle de morale provisoire du *Discours de la méthode* – la soumission – est étendue par eux à la vie entière, tandis que l'on cherche vainement la zone d'application de leur méthode.

Les sophismes ennuient parce que, même s'ils paraissent des nouveautés quand on les apprend à l'école, ils sont des jeux primitifs qui ont bien trop vieilli pour être encore le support d'une réflexion nouvelle. À la suite de quel choix valoratif va-t-on adopter une attitude expérimentale qui contestera toute possibilité de valorisation ? Et à qui fera-t-on croire que la méthode expérimentale scientifique a eu pour but de se délivrer de tout jugement valoratif, et non d'augmenter le pouvoir de l'homme sur la nature ?

La dénonciation par quiconque de toute préoccupation valorative apparaît comme le très simple produit de *la peur* – plus ou moins justifiée – des jugements de valeur à propos de son œuvre et de son comportement.

– 2 –

En règle générale, toute présentation d'un ensemble de nouvelles recherches oblige à une nouvelle hiérarchie des procédés discursifs ; conduit à détourner et privilégier certaines notions, et à faire accepter des définitions qui ne sont que des postulats. Ce système de postulats tend malheureusement à devenir une défense contre les multiples possibilités critiques extérieures, et le rapport de force entre les découvertes effectives et les postulats utilisés décide finalement de la relative « réussite historique » d'une tentative, ou de son échec prématuré par sclérose et dogmatisme ridicule (le mouvement d'Isou étant exemplaire pour ce dernier cas). Mais cette hiérarchie des postulats n'est jamais plus néfaste et plus éphémère que lorsqu'elle se donne l'apparence d'un refus arbitraire de toute hiérarchie – car elle est alors un système de défense absolu d'un domaine inexistant. On peut penser au dadaïsme, comme style théorique, dont Tzara a donné le mot de la fin : « L'absence de système est encore un système. »

« Originairement, écrit Olmo dans son paragraphe 6, une recherche n'est pas programmatique. » Est-ce seulement pour dire cette immense banalité que l'on ne peut pas prévoir dans un programme les résultats d'une expérience originale ? Non, c'est pour enlever toute définition objective à la démarche expérimentale, en contestant qu'il soit jamais possible d'en appréhender le point de départ et le point d'arrivée.

La naïve volonté de simplification, par refus sectaire, conduit l'italo-expérimentalisme à l'incapacité de délimiter sa propre thèse : pourquoi cette conception de l'art expérimental apparaît-elle à cette époque ? Par hasard. La pensée idéaliste est naturellement portée à accorder la valeur primordiale à la conception d'une idée ; et celui qui participe de cette illusion, en fin de compte, tend à tout remettre à son extraordinaire mérite personnel qui a, le premier, trouvé l'idée – les précurseurs étant en quelque sorte diminués de n'y avoir pas pensé : si Léonard de Vinci avait été un peu plus génial, il nous eût épargné d'attendre Piero Simondo.

L'italo-expérimentalisme parle méthodologie mais manque de compréhension méthodique. Quand Jorn propose un comportement expérimental, il implique justement que tous les caractères de l'expérience désintéressée peuvent être transportés dans la vie quotidienne, et y introduire des résultats *immédiatement* imprévisibles (cf. la dérive). Donc nous sommes d'avis de pousser l'attitude expérimentale aussi loin que possible dans tous les domaines. Au contraire, les italo-expérimentaux ne s'inquiètent que des scories vitales qui viendraient altérer l'Expérimental pur, et réduisent son domaine, pas même à la peinture, mais à l'esprit du peintre. Ayant accepté de participer à une action collective, et s'intéressant même aux modalités directement économiques de cette action, ils osent dire que l'expérimentation est incompatible avec tout programme.

Voilà où en est le débat : personne n'a fait mine de gêner une expérience réelle au nom de présuppositions théoriques. Alors nous devons refuser qu'un programme dogmatique qui n'ose pas s'avouer pour tel essaie d'interdire toute organisation de notre effort dans le monde, *au nom d'une ombre d'expérience qu'on n'a même pas encore vue.* Cette Weltanschauung honteuse de l'italo-expérimentalisme peut d'ailleurs trouver là une explication psychologique suffisante : si l'expérience était *réelle*, ceux qui la font nous intéresseraient assez par leur action, sans avoir besoin de se rendre intéressants par les sophismes d'une programmatique du néant.

–3 –

L'italo-expérimentalisme se flatte d'agir « sans le moindre souci des relations quelles qu'elles soient, avant et pendant les opérations » (Olmo, paragraphe 5). Il ne se borne pas à isoler un objet de tout ce qui existe autour de lui, il se désintéresse également de ce qu'il en adviendra : il ne veut connaître ni les conditionnements de notre vie, ni comment nous réagissons sur ces conditionnements. C'est ainsi qu'Olmo exécute les programmes : « Le programme limite en quelque façon les possibilités de résultats imprévisibles, en allant jusqu'à représenter la destination d'un échange (consommation) qui n'indique pas le caractère artistique des objets, mais simplement leur diffusion » (paragraphe 6). C'est autour de cette question que les italo-expérimentaux touchent au gros comique puisqu'en même temps qu'ils prétendent que l'œuvre expérimentale est un objet en soi suffisant, ils veulent s'organiser dans le dessein historique de s'imposer largement dans l'économie culturelle de leur époque. Si vraiment ils ne veulent pas entendre parler de diffusion, qu'ils gardent sous clé leurs œuvres et surtout les justifications écrites de ces œuvres, ils auront enfin raison : hors de l'économie et de l'histoire lesdites œuvres échapperont totalement au jugement historique, dans l'absence d'où ils eussent pu aussi bien ne pas les tirer.

Olmo, dans son innocence, donne un avant-goût de cette activité expérimentale-idéale en signalant, à propos des déformations obtenues sur un enregistrement sonore, que « ces opérations peuvent continuer expérimentalement à l'infini ». Certes. Il faut donc bien que ce soit dans des intentions plus programmatiques qu'expérimentales – faire admirer leur ouvrage, peut-être ? – que nos farceurs cessent d'expérimenter à l'infini le même tableau et s'emploient à le faire « *uscir dal bosco e gir infra la gente* ».

« Sortir du bois et aller par le monde » (Pétrarque, *Canzoniere* CXXVI, « Chiare fresche e dolci acque »).

Ils trahissent donc à tout instant l'expérience pure, et par là perdent le droit de faire de l'obstruction parmi nous en exaltant cette attitude dont l'absurdité leur est connue.

– 4 –

L'italo-expérimentalisme qui prétend définir précisément les notions qu'il emploie, condamne formellement l'historicisme, mais il n'y a pas de terme plus vague que celui d'historicisme qui désigne par exemple, en même temps, pour K. R. Popper (*The Open Society and its Enemies*) une théorie des sciences sociales tendant à la prédiction historique absolue, et pour Léo Strauss (*Droit naturel et historique*) un relativisme historique intégral. En fait, sous le couvert dépréciatif de la notion d'historicisme, l'italo-expérimentalisme refuse l'histoire elle-même, dans la mesure où elle est faite de *relations*. La pensée italo-expérimentale recule ainsi avant le XVIIIe siècle où, consécutivement aux nouvelles techniques et, précisément, au triomphe de la pensée expérimentale scientifique, commence à dominer l'idée de la transformation possible de la totalité du monde donné.

Traduit en français en 1979 sous le titre *La Société ouverte et ses ennemis*.

Droit naturel et histoire est publié en français en 1954.

La pensée italo-expérimentale *atomise* les problèmes, ce qui est une attitude typiquement idéaliste, et politiquement représentative de toute pensée de droite. L'activité situationniste, au contraire, est unitaire. C'est justement sur cette notion capitale d'*unité* que l'italo-expérimentalisme donne sa mesure. D'abord en n'arrivant pas à la concevoir. Mais ensuite, en étant même incapable de saisir l'unité du mouvement de tous les arts (y compris le roman ou le cinéma). De sorte que certaines considérations sur l'éventualité d'une prose « objective », qui pourrait commencer seulement alors d'être « artistique », sont à la fois des conséquences d'une théorie aberrante, en même que des symptômes de l'ignorance de certains pour ce qui est étranger aux « arts plastiques », ignorance qui est elle-même à l'origine de systématisations hâtives.

En réalité, quand on méprise délibérément l'histoire, on tombe toujours dans l'arbitraire et l'arbitraire de chacun est la mesure de ses propres insuffisances et erreurs.

– 5 –

Pour montrer à quel point le dogmatisme italo-expérimental est ennemi de la réalité, et par conséquent *anti-expérimental*, je citerai encore quelques affirmations d'Olmo (paragraphe 16) : « Pour une publicité expérimentale, la *musique d'ambiance par fonds sonores* est particulièrement opérante, à cause de sa bizarrerie et de son étalage de nouveautés, caractéristiques qui sont précisément celles de la publicité visuelle (actuellement déformée vers des directions économiques non expérimentales-artistiques) laquelle, à plus forte raison, avec une efficacité plus grande, pourrait être sonore, l'acoustique étant plus ressentie que ne l'est l'image visuelle. »

En si peu de mots, Olmo réussit à opposer la publicité visuelle à une publicité sonore qui n'existerait pas encore (un effort de plus, et il en sera l'inventeur) ; à trancher en passant le problème de la préséance du son sur l'image ; à postuler la possibilité d'une publicité expérimentale pure (alors que si la publicité est un terrain social privilégié pour l'activité expérimentale, il est évident qu'elle ne peut être, par définition, désintéressée et non économique. Ce que la publicité peut avoir de plus artistique, c'est d'être une publicité *pour un certain stade de l'art.*)

Les 25 et 26 janvier 1958, la IIe Conférence de l'I.S. qui se tint à Paris procéda « à l'épuration de la section italienne dans laquelle une fraction avait soutenu des thèses idéalistes et réactionnaires, puis s'était abstenue de toute autocritique après qu'elles eussent été réfutées et condamnées par la majorité. La conférence a ainsi décidé l'exclusion de W. Olmo, P. Simondo et E. Verrone » (*Internationale situationniste* n° 1, juin 1958).

Le plus fou de ses non-sens est probablement cette idée que la publicité a été « *déformée vers des directions économiques* ». Mais déformée à partir de quoi ? D'où est-elle partie, pour en arriver à ces directions économiques ? Et qu'est-ce donc, méthodologiquement, la publicité, sinon une *pression* collective qui s'exerce sur l'individu en faveur de certaines *solutions* (directement économiques, ou sous le masque de la politique ou de l'art) ? La publicité doit exister comme mode expérimental-artistique pur dans la tête d'Olmo, et *toutes* les manifestations de la publicité réelle dans le monde n'en sont que des *déformations*. En fait d'expériences, on nous offre celle de l'idéalisme absolu : nous en avions déjà entendu parler.

Potlatch n° 29 • 29 juin 1957

Le 28 juillet, la conférence de Cosio d'Arroscia s'est achevée par la décision d'unifier complètement les groupes représentés (Internationale lettriste, Mouvement international pour un Bauhaus imaginiste, Comité psychogéographique) et par la constitution votée par 5 voix contre 1, et 2 abstentions – d'une Internationale situationniste sur la base définie par les publications préparatoires à la conférence. *Potlatch* sera désormais placé sous son contrôle.

ENCORE UN EFFORT SI VOUS VOULEZ ÊTRE SITUATIONNISTES

L'I.S. *dans* et *contre* la décomposition

à Mohamed Dahou

Le travail collectif que nous nous proposons est la création d'un nouveau *théâtre d'opérations* culturel, que nous plaçons par hypothèse au niveau d'une éventuelle construction générale des ambiances par une préparation, en quelques circonstances, des termes de la dialectique décor-comportement. Nous nous fondons sur la constatation évidente d'une déperdition des formes modernes de l'art et de l'écriture ; et l'analyse de ce mouvement continu nous conduit à cette conclusion que le dépassement de l'ensemble signifiant de faits culturels où nous voyons un état de *décomposition* parvenu à son stade historique extrême (sur la définition de ce terme, cf. *Rapport sur la construction des situations*) doit être recherché par une organisation supérieure des moyens d'action de notre époque dans la culture. C'est-à-dire que nous devons prévoir et expérimenter l'au-delà de l'actuelle atomisation des arts traditionnels usés, non pour *revenir* à un quelconque ensemble cohérent du passé (la cathédrale) mais pour ouvrir la voie d'un futur ensemble cohérent, correspondant à un nouvel état du monde dont l'affirmation la plus conséquente sera l'urbanisme et la vie quotidienne d'une société en formation. Nous voyons clairement que le développement de cette tâche suppose une révolution qui n'est pas encore faite, et que toute recherche est réduite par les contradictions du présent. L'Internationale situationniste est constituée *nominalement*, mais cela ne signifie rien que le début d'une tentative pour construire au-delà de la décomposition, dans laquelle nous sommes entièrement compris, comme tout le monde. La prise de conscience de nos possibilités réelles exige à la fois la reconnaissance du caractère présituationniste, au sens strict du mot, de tout ce que nous pouvons entreprendre, et la rupture sans esprit de retour avec *la division du travail artistique.* Le principal danger est une composante de ces deux erreurs : la poursuite d'œuvres fragmentaires assortie de simples proclamations sur un prétendu nouveau stade.

En ce moment la décomposition ne présente plus rien qu'une lente *radicalisation* des novateurs modérés vers les positions où se trouvaient, il y a déjà huit ou dix ans, les extrémistes réprouvés. Mais loin de tirer la leçon de ces expériences sans issue, les novateurs « de bonne compagnie » en affaiblissent encore la portée. Je prendrai des exemples en France, qui connaît certainement les phénomènes les plus avancés de la décomposition culturelle générale qui, pour diverses raisons, se manifeste *à l'état le plus pur* en Europe occidentale.

À lire les deux premières chroniques d'Alain Robbe-Grillet dans *France-Observateur* (du 10 et du 17 octobre), on est frappé par le fait qu'il est un *Isou timide* (dans ses raisonnements, comme il l'est dans son « dépassement » romanesque) : « ... appartenir à l'Histoire des formes, dit-il, qui est en fin de compte le meilleur critère (et peut-être le seul) pour reconnaître une œuvre d'art ». Avec une banalité de pensée et d'expression qui finit par être bien personnelle (« répétons-le, il vaut mieux courir un risque que de choisir une erreur certaine »), et beaucoup moins d'invention et d'audace, il se réfère à la même *perception linéaire* du mouvement de l'art, idée mécaniste à fonction rassurante : « L'art continue, ou bien il meurt. Nous sommes quelques-uns qui avons choisi de continuer. » Continuer tout droit. Qui lui rappelle par analogie directe Baudelaire, en 1957 ? Claude Simon – « toutes les valeurs du passé... semblent en tout cas le prouver » (cette *apparence* de preuve dans les prétentions à la succession en ligne directe est précisément due au refus de toute dialectique, de tout changement réel). En fait, tout ce qui a été proposé de tant soit peu intéressant depuis la dernière guerre s'est naturellement situé dans la décomposition extrême, mais avec plus ou moins de volonté de chercher au-delà. Cette volonté se trouve étouffée par l'ostracisme culturel-économique et aussi par l'insuffisance des idées et propositions – ces deux aspects étant *interdépendants*. L'art *plus connu* qui apparaît dans notre temps est dominé par ceux qui savent « jusqu'où l'on peut aller trop loin » (voir l'interminable et payante agonie de la peinture post-dadaïste, qui se présente généralement comme un dadaïsme *inverti*), et qui s'en félicitent mutuellement. Leurs ambitions et leurs ennemis sont à leur mesure. Robbe-Grillet renonce modestement au titre d'avant-gardiste (il est d'ailleurs juste, quand on n'a même pas les perspectives d'une authentique « avant-garde » de la phase de décomposition, d'en refuser les inconvénients – surtout l'aspect non commercial). Il se contentera d'être un « romancier d'aujourd'hui », mais, en dehors de la petite cohorte de ses semblables, on devra convenir que les autres sont tout simplement une « arrière-garde ». Et il s'en prend courageusement à Michel de Saint-Pierre, ce qui permet de penser que parlant cinéma il s'accorderait la gloire d'injurier Gourguet et saluerait le cinéma d'aujourd'hui de quelque Astruc. En réalité, Robbe-Grillet est *actuel* pour un certain groupe social, comme Michel de Saint-Pierre est actuel pour un public constitué dans une autre classe. Tous deux sont bien « d'aujourd'hui » par rapport à leur public, et rien de plus, dans la mesure où ils exploitent, avec des sensibilités différentes, des degrés voisins d'un *mode d'action culturel* traditionnel. Ce n'est pas grand-chose d'être *actuel* : on n'est que plus ou moins *décomposé*. La nouveauté est maintenant entièrement dépendante d'un saut à un niveau supérieur.

Michel de Saint-Pierre (1916-1987), auteur du roman *Les Aristocrates*.

Ce qui caractérise les gens qui n'ont pas de perspective au-delà de la décomposition, c'est leur timidité. Ne voyant rien après les structures actuelles, et les connaissant assez bien pour sentir qu'elles sont condamnées, ils veulent *les détruire à petit feu*, en laisser pour les suivants. Ils sont comparables aux réformistes politiques, aussi impuissants mais nuisibles qu'eux : vivant de la vente de faux remèdes. Celui qui ne conçoit pas une transformation radicale soutient des *aménagements* du donné – pratiqués avec élégance –, et n'est séparé que par quelques *préférences chronologiques* des réactionnaires conséquents, de ceux qui (politiquement à droite ou à gauche) veulent le retour à des stades antérieurs (*plus solides*) de la culture qui achève de se décomposer. Françoise Choay dont les naïves critiques d'art sont très représentatives du goût des « intellectuels-libres-et-de-gauche » qui constituent la principale base sociale de la décomposition culturelle timide, quand elle en vient à écrire (*France-Observateur* du 17 octobre) : « La voie dans laquelle Francken s'oriente… est actuellement une des chances de survie de la peinture » trahit des préoccupations *fondamentalement voisines* de celles de Jdanov (« Avons-nous bien fait… de mettre en déroute les liquidateurs de la peinture ? »).

Nous sommes enfermés dans des rapports de production qui contredisent le développement nécessaire des forces productives, *aussi* dans la sphère de la culture. Nous devons battre en brèche ces rapports traditionnels, *les arguments et les modes qu'ils entretiennent*. Nous devons nous diriger vers un *au-delà* de la culture actuelle, par une *critique désabusée des domaines existants*, et par leur *intégration* dans une construction spatio-temporelle unitaire (la situation : système dynamique d'un milieu et d'un comportement ludique) qui réalisera un *accord supérieur de la forme et du contenu*.

Cependant les perspectives, en elles-mêmes, ne peuvent aucunement valoriser des productions réelles qui prennent naturellement leur sens par rapport à la confusion dominante, et cela y compris dans nos esprits. Parmi nous, des propositions théoriques utilisables peuvent être contredites par des œuvres effectives limitées à des secteurs anciens (sur lesquels il faut *d'abord* agir puisqu'ils sont seuls pour l'instant à posséder une réalité commune). Ou bien d'autres camarades qui ont fait, sur des points précis, des expériences intéressantes, se perdent dans des théories périmées : ainsi W. Olmo qui ne manque pas de bonne volonté pour relier ses recherches sonores aux constructions des ambiances, emploie des formulations si défectueuses dans un texte récemment soumis à l'I.S. (*Pour un concept d'expérimentation musicale*) qu'il a rendu nécessaire une mise au point (*Remarques sur le concept d'art expérimental*), toute une discussion qui, à mon avis, ne présente même plus le souvenir d'une actualité.

De même qu'il n'y a pas de « situationnisme » comme *doctrine*, il ne faut pas laisser qualifier de réalisations situationnistes certaines expériences anciennes – ou tout ce à quoi notre faiblesse idéologique et pratique nous limiterait maintenant. Mais à l'inverse, nous ne pouvons admettre la mystification même comme valeur provisoire. Le fait empirique abstrait que constitue telle ou telle manifestation de la culture décomposée d'aujourd'hui ne prend sa signification concrète que par sa liaison avec la vision d'ensemble d'une fin ou d'un commencement de civilisation. C'est-à-dire que finalement notre sérieux peut intégrer et dépasser la mystification, de même que ce qui se veut mystification pure témoigne d'un état historique réel de la pensée décomposée. En juin dernier, on a obtenu le scandale qui va de soi en présentant à Londres un film que j'ai fait en 1952, qui n'est pas une mystification et encore moins une réalisation situationniste, mais qui dépend de complexes motivations lettristes de cette époque (les travaux sur le cinéma d'Isou, Marc,O, Wolman), et participe donc pleinement de la phase de décomposition, précisément dans sa forme la plus extrême, sans même avoir – en dehors de quelques allusions programmatiques – la volonté de développements positifs qui caractérisait les œuvres auxquelles je viens de faire allusion. Depuis on a présenté au même public londonien (Institute of Contemporary Arts) des tableaux exécutés par des chimpanzés, qui soutiennent la comparaison avec l'honnête peinture tachiste. Ce voisinage me paraît instructif. Les *consommateurs passifs* de la culture (on comprend bien que nous tablons sur

C'est à l'Institute of Contemporary Arts (I.C.A.) de Londres, animé alors par Lawrence Alloway, que le 21 mai 1957 fut projeté *Hurlements en faveur de Sade*, avec cet avertissement : « *The Institute is screening this film in the belief that members should be given the chance to make up their own minds about it, though the Institute wishes it to be understood that it cannot be held responsible for the indignation of members who attend.* » (L'Institut projette ce film, convaincu qu'il permettra à ses adhérents de s'en faire une opinion personnelle, étant entendu que l'Institut souhaite ne pas être tenu pour responsable de l'indignation de l'assistance.)

une possibilité de participation active dans un monde où les « esthètes » seront oubliés) peuvent aimer n'importe quelle manifestation de la décomposition (ils auraient raison dans le sens où ces manifestations sont précisément celles qui expriment le mieux leur époque de crise et de déclin, mais il est visible qu'ils *préfèrent* celles d'entre elles qui *masquent un peu* cet état). Je crois qu'ils en arriveront à *aimer* mon film et les peintures des singes dans cinq ou six ans de plus, comme ils aiment déjà Robbe-Grillet. La seule différence réelle entre la peinture des singes et mon œuvre cinématographique complète à ce jour est son éventuelle signification menaçante pour la culture qui nous contient, c'est-à-dire un pari sur certaines formations de l'avenir. Et je ne sais de quel côté il faudra ranger Robbe-Grillet si l'on estime qu'à certains moments de rupture on est conscient ou non d'un tournant qualitatif ; et que dans la négative les nuances n'importent pas.

Mais notre pari est toujours à refaire, et c'est nous-mêmes qui produisons les diverses chances de réponse. Nous souhaitons de transformer ce temps (alors que tout ce que nous aimons, à commencer par notre attitude de recherche, *en fait aussi partie*) et non d'« écrire pour lui » comme se le propose la vulgarité satisfaite : Robbe-Grillet et son temps se contentent l'un de l'autre. Au contraire nos ambitions sont nettement mégalomanes, mais peut-être pas mesurables aux critères dominants de la réussite. Je crois que tous mes amis se satisferaient de travailler anonymement au ministère des Loisirs d'un gouvernement qui se préoccupera enfin de changer la vie, avec des salaires d'ouvriers qualifiés.

G.-E. Debord

LETTRE À MOHAMED DAHOU

Cher Midhou,

Lettre à Mohamed Dahou du 18 novembre 1957 (*Correspondance*, vol. I, *op. cit.*, p. 34-36).

J'ai été très content de recevoir ta dernière lettre et j'approuve tes projets pour l'avenir proche.

Ici, on peut dire que vont bien les affaires disons théoriques-artistiques de la bande ; et bien aussi les circonstances personnelles (santé, amourettes, tout le monde est bien logé et à peu près bien nourri). Tout le reste est lamentable, comme la lecture de *France-Soir* peut te l'apprendre.

Nous avons fondé il y a trois mois, avec les survivants du Bauhaus, une internationale « situationniste », complètement alignée sur les positions les plus nouvelles que nous avions soutenues ces dernières années (de sorte qu'il y a eu pas mal de scandales et de ruptures du côté de l'Italie). Asger a fait, je crois, de grands progrès, avec toujours quelques moments de recul partiel de temps à autre. Mais son ralliement sur l'ensemble a fait un effet assez semblable à la rupture d'Alex avec *Merlin* en 55. Seulement Asger a procédé plus lentement, mais sur une plus vaste échelle (on peut dire européenne) ; et il nous a apporté un certain nombre de moyens nouveaux (économiques) qui semblent en plein développement. Aussi on a beaucoup voyagé cette année.

Asger Jorn.

Alexander Trocchi.

Il nous reste 4 Italiens au moins mais 2 d'entre eux sont nettement suspects : ils sont en ce moment sur une position minoritaire, rejetée par tout le monde et je ne sais les conclusions qu'ils devront en tirer à bref délai.

Giuseppe Pinot Gallizio, Walter Olmo, Piero Simondo et Elena Verone.

Nous avons 2 Belges très bien, mais pas de l'équipe Mariën.

Maurice Wyckaert et Walter Korun (pseudonyme de Pieter de Groof).

Un seul Anglais sûr, jusqu'à présent, les autres étant encore à un stade de sympathie très confuse. Encore le nôtre n'est-il plus à Londres. Cet hiver il opère à Venise dont il fait l'étude psychogéographique complète ; en outre il vit avec la fille de Peggy Guggenheim : Pegeen, que tu as dû connaître.

Ralph Rumney.

Le retour d'Alex en ce moment serait bon à tous points de vue, mais je n'ai pas de nouvelles de lui depuis que je lui ai envoyé, à Hollywood, le permis de conduire qu'il voulait pour traverser les U.S.A. en voiture et s'embarquer à New York, comme je te l'ai déjà écrit.

Hafid est toujours assez inactif mais il a finalement mis la main sur un jeune marsupial tout à fait charmant. Il a fait aussi un bon travail de traduction.

Eugène, l'Américain qui lisait Joyce, est passé au quartier et te cherchait. Comme il allait en Tunisie, et espérait continuer jusqu'en Algérie, Hafid lui a donné ton adresse actuelle. Pour qu'on ne risque pas de t'oublier dans un autre public, je t'ai dédié mon dernier article important, il y a huit jours.

Tu nous manques beaucoup. Bien affectueusement à Marcelle et à toi,

Guy

Abdelhafid Khatib, qui venait de traduire en arabe le *Rapport sur la construction des situations.* « Marsupial » : concept (toujours employé au masculin) inventé par Ivan Chtcheglov pour désigner l'« antifemme », passé dans l'argot de quelques situationnistes connaisseurs.

•••

À propos du portrait d'Iris Clert, dire à Jorn de ma part :

Je ne m'oppose pas absolument à ce projet parce que :

1) l'affaire est assez peu importante

2) j'ignore encore le jugement que porteront là-dessus nos amis.

Mais quelques remarques à titre personnel :

– Il est toujours fâcheux de faire le clown.

– Il est particulièrement regrettable que Jorn, dont la carrière jusqu'ici a fait preuve d'une dignité rare dans les milieux de la peinture (il nous disait l'autre jour qu'il n'avait jamais participé à une exposition collective, hormis le Salon des Indépendants parce qu'il est ouvert à tous les peintres, sans discrimination de qualité), se ridiculise précisément *en ce moment*, alors que l'importance de ses actes est multipliée (par une prise de position plus générale).

Texte resté inédit. À la fin de 1957, Asger Jorn recherchait à Paris une galerie où organiser une exposition de la « peinture industrielle » que Giuseppe Pinot Gallizio réalisait avec Giors Melanotte (son fils, Giorgio Gallizio) dans le Laboratoire expérimental d'Alba. La galeriste Iris Clert se disait prête à accepter ce projet à la condition que Jorn fasse son portrait… Ce à quoi Guy Debord s'opposa. Asger Jorn se rendit aux arguments de Guy Debord, et l'exposition de la peinture industrielle de Gallizio eut lieu

– Je pense qu'assurer l'exposition de Pinot est important, mais pas dans ces conditions, où *le prix que paye Jorn est trop élevé* : il y perd beaucoup plus que Pinot ne peut y gagner.

Je suis d'accord avec Jorn sur le fait que l'on ne peut faire avancer des entreprises valables qu'à travers des compromis partiels. Mais les compromis doivent être d'importance considérable (pour rapporter beaucoup de nouveaux moyens d'action) et *le moins visible qu'il est possible*. Or celui-ci est *minime* et *très visible*.

– Je pense que, dans les conditions économiques actuelles, *on n'est jamais ridicule d'être manœuvré par Cardazzo* puisque c'est, dit-on, un puissant marchand de tableaux. Mais *on est toujours ridicule d'être manœuvré, même un peu, par Iris Clert* qui est, *à première vue*, une fille de concierge qui veut la réussite d'un Mathieu, mais qui manque des moyens de Georges Mathieu pour *renouveler un peu le snobisme*. La galerie Iris Clert est un salon de village où on essaie de bluffer les peintres naïfs (et exotiques) pour leur faire croire qu'il s'agit de « l'aristocratie-*parisienne*-décadente-dans-l'avant-garde-de-la-décomposition » (ce qu'était réellement Yolande du Luart, par exemple). Contribuer à l'exaltation, à la publicité d'une si minable figure passera évidemment pour une niaiserie, mais plus souvent pour une malhonnêteté.

– Il est bon d'attirer l'attention de Jorn sur ces évidences parce que de telles évidences lui apparaissent moins quand il s'agit du « milieu pictural ». Jorn a très bien parlé de la nécessité de l'*abandon* dans toute recherche. Mais, concrètement, un monotone fond sonore de Dotremont-Dangelo-Alechinsky revient constamment brouiller et interrompre les *paroles nouvelles* de Jorn.

finalement à la galerie René Drouin en mai 1959 (« Une caverne de l'anti-matière, essai de construction d'une ambiance, au moyen de 145 mètres de peinture »).

Ci-contre :

Tract de la section française (janvier 1958). L'illustration est une planche photographique du sud de Paris et de sa banlieue divisée en clichés (numérotés) pris à 2 500 m d'altitude, le 5 juin 1950.

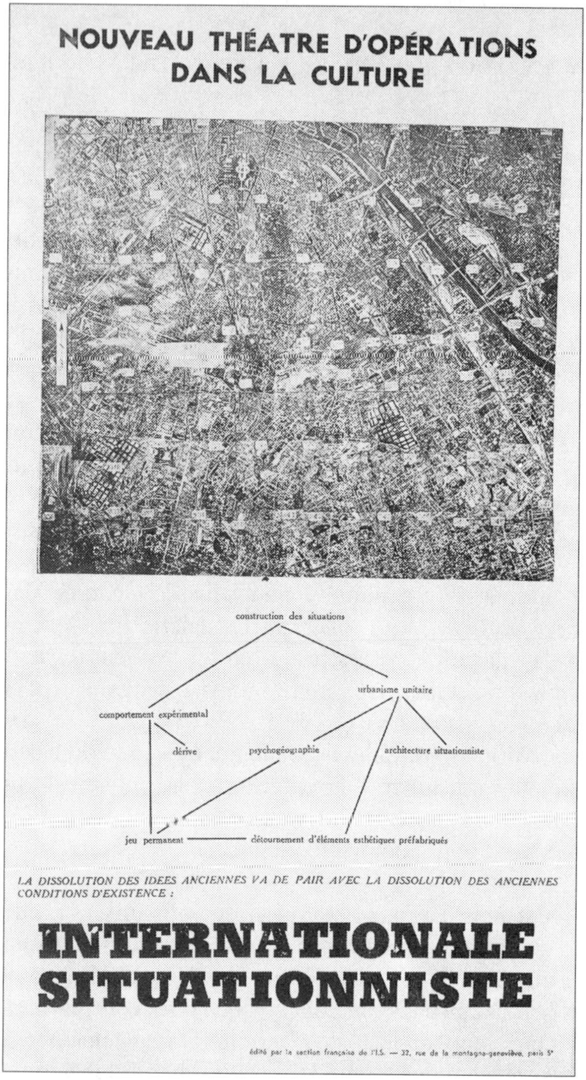

NOUVEAU THÉATRE D'OPÉRATIONS
DANS LA CULTURE
construction des situations
urbanisme unitaire
comportement expérimental
dérive
psychogéographie
architecture situationniste
jeu permanent
détournement d'éléments esthétiques préfabriqués
LA DISSOLUTION DES IDEES ANCIENNES VA DE PAIR AVEC LA DISSOLUTION DES ANCIENNES CONDITIONS D'EXISTENCE :
INTERNATIONALE
SITUATIONNISTE
édité par la section française de l'I.S. — 32, rue de la montagne-geneviève, paris 5e

En bas :

Tract de la section française de l'I.S. imprimé en capitales sur une bande de papier de 90 cm de long et 2 cm de haut (Paris, janvier 1958) : AUX PRODUCTEURS DE L'ART MODERNE. SI VOUS ÊTES FATIGUÉS D'IMITER DES DÉMOLITIONS ; S'IL VOUS APPARAÎT QUE LES REDITES FRAGMENTAIRES QUE L'ON ATTEND DE VOUS SONT DÉPASSÉES AVANT D'ÊTRE, PRENEZ CONTACT AVEC NOUS POUR ORGANISER À UN NIVEAU SUPÉRIEUR DE NOUVEAUX POUVOIRS DE TRANSFORMATION DU MILIEU AMBIANT. INTERNATIONALE SITUATIONNISTE, 32 RUE MONTAGNE-GENEVIÈVE, PARIS-5e

ACTION EN BELGIQUE CONTRE L'ASSEMBLÉE DES CRITIQUES D'ART INTERNATIONAUX

Internationale situationniste n° 1, juin 1958.

Le 12 avril, deux jours avant la réunion à Bruxelles d'une assemblée générale des critiques d'art internationaux, les situationnistes diffusaient largement une adresse à cette assemblée, signée – au nom des sections algérienne, allemande, belge, française, italienne et scandinave de l'I.S. – par Khatib, Platschek, Korun, Debord, Pinot-Gallizio et Jorn :

« Ce qui se fait ici vous paraît à tous simplement ennuyeux. L'Internationale situationniste considère pourtant que cet attroupement de tant de critiques d'art comme attraction de la Foire de Bruxelles est ridicule, mais significatif.

Dans la mesure où la pensée moderne, pour la culture, se découvre avoir été parfaitement stagnante depuis vingt-cinq ans ; dans la mesure où toute une époque, qui n'a rien compris et n'a rien changé, prend conscience de son échec, ses responsables tendent à transformer leurs activités en institutions. Ils en appellent ainsi à une reconnaissance officielle de la part d'un ensemble social à tous égards périmé mais encore matériellement dominant, dont ils ont été dans la plupart des cas les bons chiens de garde. La carence principale de la critique dans l'art moderne est de n'avoir jamais su concevoir la totalité culturelle, et les conditions d'un mouvement expérimental qui la dépasse perpétuellement. En ce moment, la domination accrue de la nature permet et nécessite l'emploi de pouvoirs supérieurs de construction de la vie. Ce sont là les problèmes d'aujourd'hui ; et ces intellectuels qui retardent, par peur de la subversion générale d'une certaine forme d'existence et des idées qu'elle a produites, ne peuvent plus que s'affronter irrationnellement, en champions de tel ou tel détail du vieux monde – d'un monde achevé, et dont ils n'ont même pas connu le sens. Les critiques d'art s'assemblent donc pour échanger des miettes de leur ignorance et de leurs doutes. Quelques personnes, dont nous savons qu'elles font actuellement un effort pour comprendre et soutenir les recherches nouvelles, ont accepté en venant ici de se confondre dans une

James J. Sweeney (1900-1986), critique d'art, conservateur du musée d'Art moderne (MOMA) puis directeur, à l'époque, du musée Guggenheim de New York.

immense majorité de médiocres, et nous les prévenons qu'elles ne peuvent espérer garder un minimum d'intérêt pour nous qu'en rompant avec ce milieu.

Disparaissez, critiques d'art, imbéciles partiels, incohérents et divisés ! C'est en vain que vous montez le spectacle d'une fausse rencontre. Vous n'avez rien en commun qu'un rôle à tenir ; vous avez à faire l'étalage, dans ce marché, d'un des aspects du commerce occidental : votre bavardage confus et vide sur une culture décomposée. Vous êtes dépréciés par l'Histoire. Même vos audaces appartiennent à un passé dont plus rien ne sortira.

Dispersez-vous, morceaux de critiques d'art, critiques de fragments d'arts. C'est maintenant dans l'Internationale situationniste que s'organise l'activité artistique unitaire de l'avenir. Vous n'avez plus rien à dire.

L'Internationale situationniste ne vous laissera aucune place. Nous vous réduirons à la famine. »

Il appartenait à notre section belge de mener sur place l'opposition nécessaire. Dès le 13 avril, veille de l'ouverture des travaux, alors que les critiques d'art des deux mondes, présidés par l'Américain Sweeney, étaient accueillis à Bruxelles, le texte de la proclamation situationniste était porté à leur connaissance par plusieurs voies. On fit tenir des exemplaires à un grand nombre de critiques, par la poste ou par distribution directe. On téléphona tout ou partie du texte à d'autres, appelés nommément. Un groupe força l'entrée de la Maison de la Presse, où les critiques étaient reçus, pour lancer des tracts sur l'assistance. On en jeta davantage sur la voie publique, des étages ou d'une voiture. On vit ainsi, après l'incident de la Maison de la Presse, des critiques d'art qui venaient ramasser les tracts jusque dans la rue, pour les soustraire à la curiosité des passants. Enfin toutes les dispositions furent prises pour ne laisser aux critiques aucun risque d'ignorer ce texte. Les critiques d'art en question ne répugnèrent pas à faire appel à la police, et usèrent des moyens que leur ménageaient les intérêts impliqués dans l'Exposition Universelle pour entraver la reproduction dans la presse d'un écrit nuisible au prestige de leur foire et de leur pensée. Notre camarade Korun se trouve sous le coup de poursuites judiciaires pour son rôle dans cette manifestation.

Page de droite :

Verso de l'*Adresse de l'Internationale situationniste à l'assemblée générale de l'Association internationale des critiques d'art* réunie le 14 avril 1958 dans l'Exposition universelle de Bruxelles.

LA SOCIÉTÉ SANS CLASSES A TROUVÉ SES ARTISTES

VIVE L'INTERNATIONALE SITUATIONNISTE!

Internationale situationniste n° 1, juin 1958.

DÉFINITIONS

situation construite	Moment de la vie, concrètement et délibérément construit par l'organisation collective d'une ambiance unitaire et d'un jeu d'événements.
situationniste	Ce qui se rapporte à la théorie ou à l'activité pratique d'une construction des situations. Celui qui s'emploie à construire des situations. Membre de l'Internationale situationniste.
situationnisme	Vocable privé de sens, abusivement forgé par dérivation du terme précédent. Il n'y a pas de situationnisme, ce qui signifierait une doctrine d'interprétation des faits existants. La notion de situationnisme est évidemment conçue par les anti-situationnistes.
psychogéographie	Étude des effets précis du milieu géographique, consciemment aménagé ou non, agissant directement sur le comportement affectif des individus.
psychogéographique	Relatif à la psychogéographie. Ce qui manifeste l'action directe du milieu géographique sur l'affectivité.
psychogéographe	Qui recherche et transmet les réalités psychogéographiques.
dérive	Mode de comportement expérimental lié aux conditions de la société urbaine : technique du passage hâtif à travers des ambiances variées. Se dit aussi, plus particulièrement, pour désigner la durée d'un exercice continu de cette expérience.
urbanisme unitaire	Théorie de l'emploi d'ensemble des arts et techniques concourant à la construction inté-

grale d'un milieu en liaison dynamique avec des expériences de comportement.

détournement

S'emploie par abréviation de la formule : détournement d'éléments esthétiques préfabriqués. Intégration de productions actuelles ou passées des arts dans une construction supérieure du milieu. Dans ce sens il ne peut y avoir de peinture ou de musique situationniste, mais un usage situationniste de ces moyens. Dans un sens plus primitif, le détournement à l'intérieur des sphères culturelles anciennes est une méthode de propagande, qui témoigne de l'usure et de la perte d'importance de ces sphères.

culture

Reflet et préfiguration, dans chaque moment historique, des possibilités d'organisation de la vie quotidienne ; complexe de l'esthétique, des sentiments et des mœurs, par lequel une collectivité réagit sur la vie qui lui est objectivement donnée par son économie. (Nous définissons seulement ce terme dans la perspective de la création des valeurs, et non dans celle de leur enseignement).

décomposition

Processus par lequel les formes culturelles traditionnelles se sont détruites elles-mêmes, sous l'effet de l'apparition des moyens supérieurs de domination de la nature, permettant et exigeant des constructions culturelles supérieures. On distingue entre une phase active de la décomposition, démolition effective des vieilles superstructures – qui cesse vers 1930 –, et une phase de répétition, qui domine depuis. Le retard dans le passage de la décomposition à des constructions nouvelles est lié au retard dans la liquidation révolutionnaire du capitalisme.

THÈSES SUR LA RÉVOLUTION CULTURELLE

1

Le but traditionnel de l'esthétique est de faire sentir, dans la privation et l'absence, certains éléments passés de la vie qui, par une médiation artistique, échapperaient à la confusion des apparences, l'apparence étant alors ce qui subit le règne du temps. Le degré de la réussite esthétique se mesure donc à une beauté inséparable de la durée, et tendant même à une prétention d'éternité. Le but des situationnistes est la participation immédiate à une abondance passionnelle de la vie, à travers le changement de moments périssables délibérément aménagés. La réussite de ces moments ne peut être que leur effet passager. Les situationnistes envisagent l'activité culturelle, du point de vue de la totalité, comme méthode de construction expérimentale de la vie quotidienne, développable en permanence avec l'extension des loisirs et la disparition de la division du travail (à commencer par la division du travail artistique).

2

L'art peut cesser d'être un rapport sur les sensations pour devenir une organisation directe de sensations supérieures. Il s'agit de produire nous-mêmes, et non des choses qui nous asservissent.

3

Dionys Mascolo (1916-1997), *Le Communisme, révolution et communication ou la dialectique des valeurs et des besoins*, 1953.

Mascolo a raison de dire (*Le Communisme*) que la réduction de la journée de travail par le régime de la dictature du prolétariat est « la plus certaine assurance qu'il puisse donner de son authenticité révolutionnaire ». En effet, « si l'homme est une marchandise, s'il est traité comme une chose, si les rapports généraux des hommes entre eux sont des rapports de chose à chose, c'est qu'il est possible de lui acheter son temps ». Mascolo cependant conclut trop vite que « le temps d'un homme librement employé » est toujours bien employé, et que « l'achat du temps est le seul mal ». Il n'y a pas de liberté dans l'emploi du temps sans la possession des instruments modernes de construction de la vie quotidienne. L'usage de tels instruments marquera le saut d'un art révolutionnaire utopique à un art révolutionnaire expérimental.

4

Une association internationale de situationnistes peut être considérée comme une union des travailleurs d'un secteur avancé de la culture, ou plus exactement comme une union de tous ceux qui revendiquent le droit à un travail que les conditions sociales entravent maintenant ; donc comme une tentative d'organisation de révolutionnaires professionnels dans la culture.

5

Nous sommes séparés pratiquement de la domination réelle des pouvoirs matériels accumulés par notre temps. La révolution communiste n'est pas faite et nous sommes encore dans le cadre de la décomposition des vieilles superstructures culturelles. Henri Lefebvre voit justement que cette contradiction est au centre d'un désaccord spécifiquement moderne entre l'individu progressiste et le monde, et appelle romantique-révolutionnaire la tendance culturelle qui se fonde sur ce désaccord. L'insuffisance de la conception de Lefebvre est de faire de la simple expression du désaccord le critère suffisant d'une action révolutionnaire dans la culture. Lefebvre renonce par avance à toute expérience de modification culturelle profonde en se satisfaisant d'un contenu : la conscience du possible-impossible (encore trop lointain), qui peut être exprimée sous n'importe quelle forme prise dans le cadre de la décomposition.

En octobre 1957, le philosophe et sociologue Henri Lefebvre (1901-1991) avait publié « Vers un romantisme révolutionnaire » dans *La Nouvelle Nouvelle Revue française* (n° 58).

6

Ceux qui veulent dépasser, dans tous ses aspects, l'ancien ordre établi ne peuvent s'attacher au désordre du présent, même dans la sphère de la culture. Il faut lutter sans plus attendre, aussi dans la culture, pour l'apparition concrète de l'ordre mouvant de l'avenir. C'est sa possibilité, déjà présente parmi nous, qui dévalorise toutes les expressions dans les formes culturelles connues. Il faut mener à leur destruction extrême toutes les formes de pseudo-communication, pour parvenir un jour à une communication réelle directe (dans notre hypothèse d'emploi de moyens culturels supérieurs : la situation construite). La victoire sera pour ceux qui auront su faire le désordre sans l'aimer.

7

Dans le monde de la décomposition nous pouvons faire l'essai mais non l'emploi de nos forces. La tâche pratique de surmonter notre désaccord avec le monde, c'est-à-dire de surmonter la décomposition par quelques constructions supérieures, n'est pas romantique. Nous serons des « romantiques-révolutionnaires », au sens de Lefebvre, exactement dans la mesure de notre échec.

G.-E. Debord

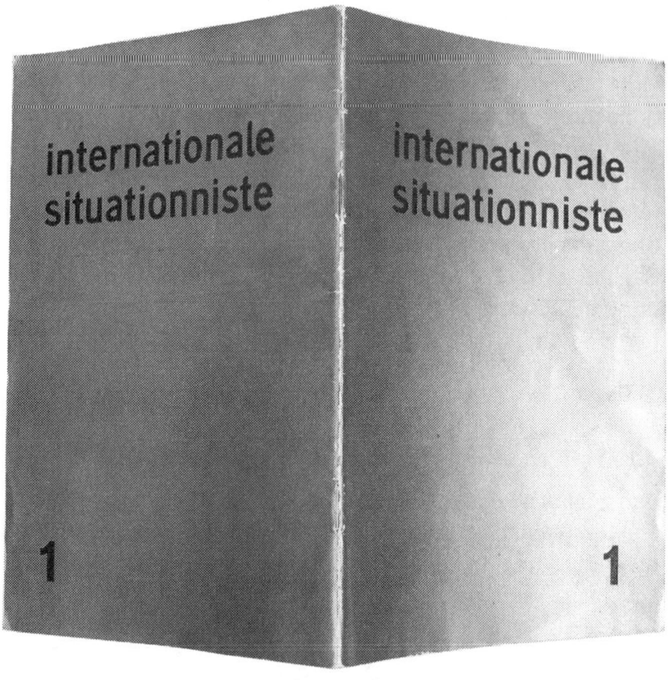

Couverture de couleur or du premier numéro d'*Internationale situationniste*, juin 1958.

Page de droite :

Déclarations de dépôt de la revue Internationale situationniste.

« Hier, la police m'a longuement interrogé à propos de la revue et de l'organisation situationniste. C'était seulement un début. Voici, je crois, une des principales menaces qui m'est apparue assez vite dans la discussion : la police veut considérer l'*I.S. comme une association pour en venir à la dissoudre en France.* J'ai protesté d'ores et déjà en soulignant que jamais une tendance artistique ne s'était juridiquement constituée en personne morale dans une association déclarée. N'étant pas déclarée, l'I.S. ne peut être officiellement dissoute, mais on essaie lourdement de nous intimider. On a l'air de nous prendre pour des gangsters ! »

Extrait d'une lettre à Giuseppe Pinot Gallizio, jeudi 17 juillet 1958 (*Correspondance*, vol. I, *op. cit.*, p. 124-125).

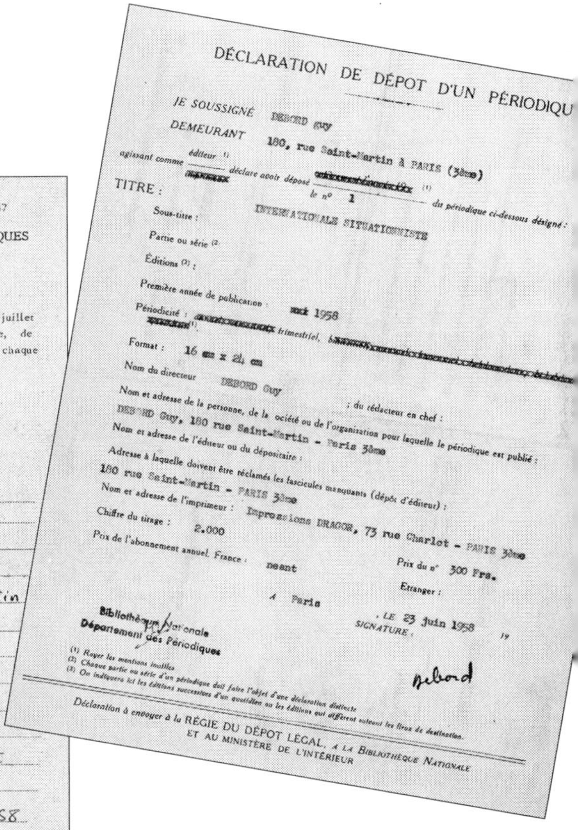
DÉCLARATION DE DÉPOT D'UN PÉRIODIQU

JE SOUSSIGNÉ DEBORD Guy

DEMEURANT 180, rue Saint-Martin à PARIS (3ème)

agissant comme éditeur (1) déclare avoir déposé (1) le n° 1 du périodique ci-dessous désigné :

TITRE : INTERNATIONALE SITUATIONNISTE

Sous-titre :

Partie ou série (2)

Éditions (3) :

Première année de publication : 1958

Périodicité : trimestriel, (1)

Format : 16 cm x 24 cm

Nom du directeur DEBORD Guy

Nom et adresse de la personne, de la société ou de l'organisation pour laquelle le périodique est publié ; du rédacteur en chef :

DEBORD Guy, 180 rue Saint-Martin - Paris 3ème

Nom et adresse de l'éditeur ou du dépositaire :

Adresse à laquelle doivent être réclamés les fascicules manquants (dépôt d'éditeur) :

180 rue Saint-Martin - PARIS 3ème

Nom et adresse de l'imprimeur : Impressions DRAGOR, 73 rue Charlot - PARIS 3ème

Chiffre du tirage : 2.000

Prix de l'abonnement annuel, France : neant

Prix du n° 300 Frs.

Etranger :

A Paris, LE 23 juin 1958

SIGNATURE :

Debord

Bibliothèque Nationale
Département des Périodiques

(1) Rayer les mentions inutiles
(2) Chaque partie ou série d'un périodique doit faire l'objet d'une déclaration distincte
(3) On indiquera ici les éditions successives d'un quotidien ou les éditions qui diffèrent suivant les lieux de destination.

Déclaration à envoyer à la RÉGIE DU DÉPOT LÉGAL, à la BIBLIOTHÈQUE NATIONALE ET AU MINISTÈRE DE L'INTÉRIEUR

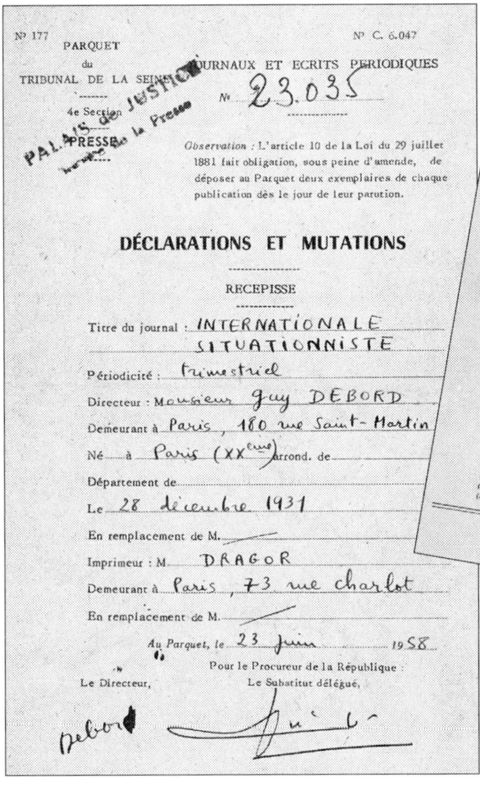
N° 177 N° C. 6.047

PARQUET du TRIBUNAL DE LA SEINE

4e Section PRESSE

PALAIS DE JUSTICE — Service de la Presse

JOURNAUX ET ECRITS PERIODIQUES

N° 23.035

Observation : L'article 10 de la Loi du 29 juillet 1881 fait obligation, sous peine d'amende, de déposer au Parquet deux exemplaires de chaque publication dès le jour de leur parution.

DÉCLARATIONS ET MUTATIONS

RECEPISSE

Titre du journal : INTERNATIONALE SITUATIONNISTE

Périodicité : trimestriel

Directeur : Monsieur Guy DEBORD

Demeurant à Paris, 180 rue Saint-Martin

Né à Paris (XXème) arrond. de

Département de

Le 28 décembre 1931

En remplacement de M.

Imprimeur : M. DRAGOR

Demeurant à Paris, 73 rue Charlot

En remplacement de M.

Au Parquet, le 23 juin 1958

Pour le Procureur de la République :

Le Directeur, Le Substitut délégué,

Debord

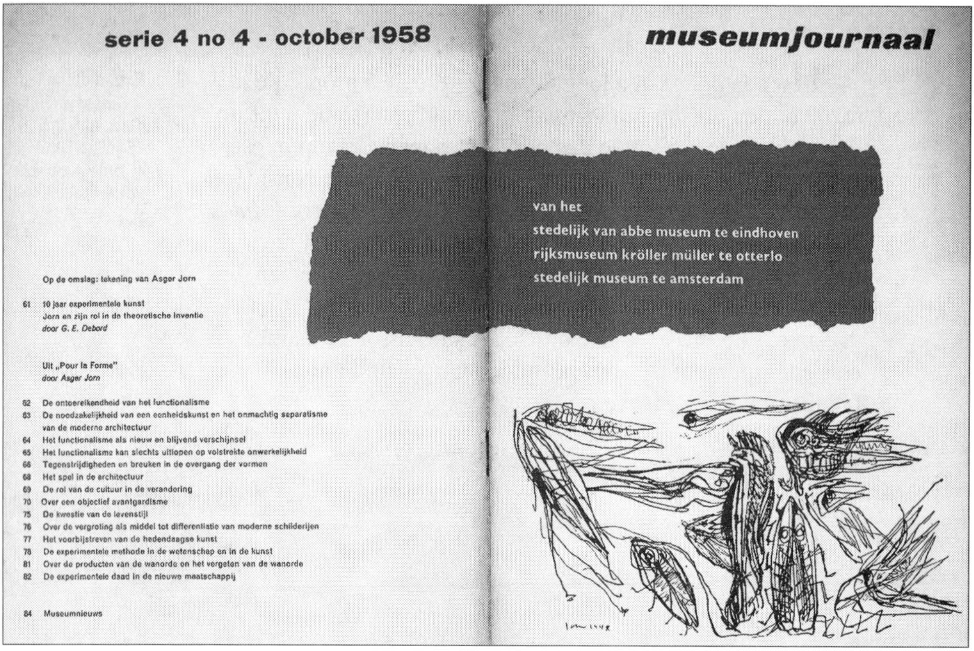

serie 4 no 4 - october 1958

museumjournaal

van het
stedelijk van abbe museum te eindhoven
rijksmuseum kröller müller te otterlo
stedelijk museum te amsterdam

Op de omslag: tekening van Asger Jorn

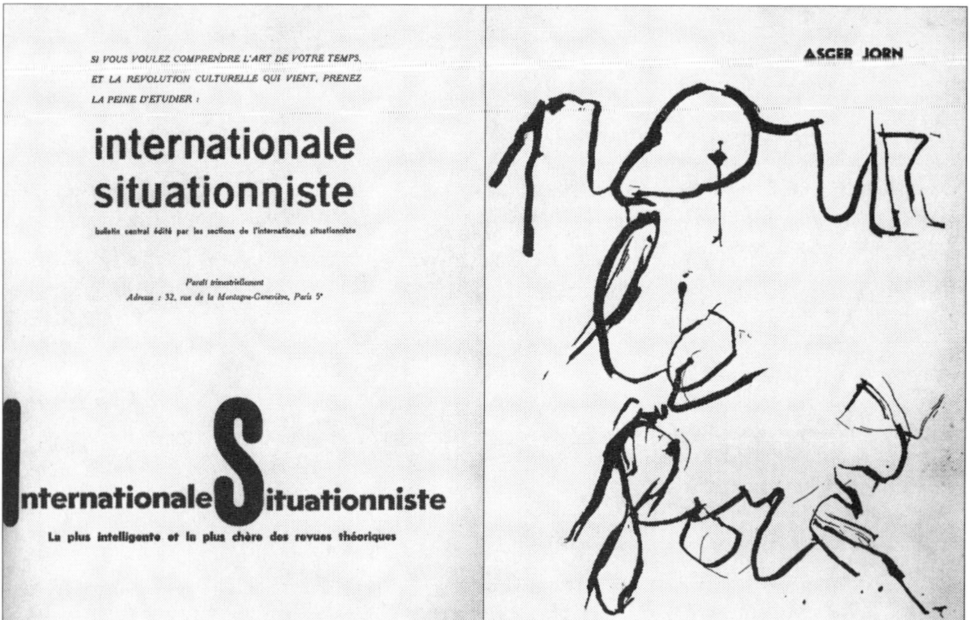

SI VOUS VOULEZ COMPRENDRE L'ART DE VOTRE TEMPS, ET LA REVOLUTION CULTURELLE QUI VIENT, PRENEZ LA PEINE D'ETUDIER :

internationale situationniste

bulletin central édité par les sections de l'internationale situationniste

Paraît trimestriellement
Adresse : 32, rue de la Montagne-Geneviève, Paris 5e

Internationale Situationniste

La plus intelligente et la plus chère des revues théoriques

ASGER JORN

Dix années d'art expérimental : Jorn et son rôle dans l'invention théorique

Paru en néerlandais dans le *Museumjournaal,* série 4, n° 4, en octobre 1958 à Otterlo, Pays-Bas, en préface à des extraits du livre d'Asger Jorn *Pour la forme.*

L'avertissement qu'Asger Jorn a placé en tête de son récent livre *Pour la forme* indique que les textes recueillis sous ce titre « ont été écrits, et publiés isolément en diverses langues, entre 1954 et 1957. Ils constituent donc le carnet de notes d'une démarche expérimentale dont le développement correspond à la transition historique entre l'activité organisée autour de la revue *Cobra* (1948-1951) et les positions définies actuellement par l'Internationale situationniste. Ce travail peut être considéré comme le résumé des conclusions théoriques du Mouvement international pour un Bauhaus imaginiste (1953-1957) qui s'était justement donné pour tâche de préparer un rassemblement plus avancé ».

La part la plus intéressante de l'activité de Jorn depuis dix ans a consisté en effet à chercher les conditions d'un certain dépassement de l'art d'aujourd'hui. Il eut ainsi un rôle dirigeant dans des mouvements où divers artistes modernes, placés par les nécessités de leur travail devant des perspectives du même ordre, s'étaient pour un temps assemblés. Le mérite de Jorn, alors que beaucoup d'autres se satisfaisaient promptement du demi-résultat de programmes assez pauvres, fut de poursuivre une critique toujours plus radicale. Il parvint ainsi à formuler, en même temps que la revendication d'une action expérimentale totale, la question fondamentale d'une nouvelle avant-garde : « Où et comment trouver une place pour l'artiste » à ce stade de développement du monde ? (Programme du Mouvement international pour un Bauhaus imaginiste au Congrès d'Alba, 1956.)

Jorn fut dans cette période de la culture un agitateur qui s'est mêlé à toutes les tendances, espérant le plus souvent qu'il serait possible de faire collaborer les meilleurs et les pires dans une large union d'artistes expérimentaux. Cependant la plupart des artistes d'aujourd'hui ne peuvent naturellement pas surmonter la contradiction qui existe entre leur place effective dans la production, la place qui leur est reconnue, et la recherche concrète d'une place entièrement nouvelle, d'un nouveau

Page de gauche :

Couverture du *Museumjournaal,* octobre 1958.

Couverture de *Pour la Forme* d'Asger Jorn édité par l'Internationale situationniste en juillet 1958.

métier mettant en pratique l'idée d'une expérimentation totale. Ces artistes sont donc conduits à masquer cette contradiction par l'adoption superficielle des formules de l'« Art Expérimental », assortie de la poursuite de leur travail dans le niveau qu'ils sont incapables de quitter. Ceci s'est vérifié pour chaque tentative d'organisation.

Sans vouloir préjuger de l'orientation ultérieure de Jorn, on peut dire que la logique de son action l'a mené toujours vers la tendance extrême jusqu'à la formation de l'Internationale situationniste, dont il fut un des promoteurs. « L'opposition conséquente dont nous avions dû reconnaître la nécessité à propos du néo-Bauhaus d'Ulm, précise l'avertissement de *Pour la forme*, s'est étendue durant ces années à l'ensemble du front culturel. » Nous n'avons pas à envisager ici ces nouvelles conditions.

Les extraits suivants de *Pour la forme*, brefs et choisis dans un assez gros livre, sont forcément désordonnés. Mais ils se rapportent à la période culturelle la plus confuse qui fut jamais, et l'effort même de changement dans cette période n'allait pas sans confusion.

G.-E. Debord

« Crie victoire, grand et noble ami, car depuis hier la peinture industrielle accrochée dans un coin de la salle de “La Méthode” (et faisant un coude en suivant le mur) a affronté un difficile public.

Il apparaît déjà :

1 – que personne n’est opposé à cette peinture.

2 – qu’elle s’est parfaitement intégrée à l’ambiance du lieu.

3 – qu’elle renforce cette ambiance dans le sens chaleureux que nous désirions. »

Extrait d’une lettre à Giuseppe Pinot Gallizio du 14 octobre 1958.

N'essayez plus d'entrer à Polytechnique
mais en face
à LA MÉTHODE
2, Rue Descartes
où vous pourrez voir
FLORENCIE
Le guitariste de l'intelligentsia
Ouverture le vendredi 10 octobre, à 20 heures
Consommations à partir de 300 frs.

Ci-contre et pages suivantes :

Affiches et papillons publicitaires pour « La Méthode ».

Jacques Florencie (1930-1985), guitariste et chanteur, avait débuté en 1955 en interprétant Aristide Bruant, Gaston Couté, Léo Ferré, Apollinaire, Rimbaud, Verlaine…

Ouverte rue Descartes le 10 octobre 1958, « La Méthode » – nom donné au cabaret par Michèle Bernstein – eut le sort annoncé par le passage de Jacques Florencie : il ferma vingt jours plus tard…

Furax c'est bien Florencie c'est mieux

LA MÉTHODE
2, rue Descartes

Consommations à partir de 300 frs.

Rarement la carence intellectuelle et la veulerie morale d'une génération perdue ont été si manifestes que dans cette irritante jeunesse, aussi étrangère à tout art véritable qu'à l'enthousiasme nouveau de la rénovation française, qui affiche chaque soir son mépris des valeurs occidentales et sa malsaine tristesse à "**LA MÉTHODE**", de la rue Descartes.

Les plus jolies filles de Paris
sont à LA MÉTHODE

(2, rue Descartes)
avec, naturellement, Jean-Louis Winkopp

ROBERT BELGHANEM

vient de temps à autre à **"LA MÉTHODE"**

2, Rue Descartes

Consommations à partir de 300 frs.

LE SOIR APRÈS DIX HEURES
SI VOUS NE RELISEZ PAS
SCHOPENHAUER
VOUS ÊTES FORCÉMENT A
"LA MÉTHODE"
2, RUE DESCARTES

FLORENCIE

L'Idole de la Nouvelle Vague

après avoir coulé trois boîtes en dix-huit mois :

Le Moineau-Bistro
Le Manouche
Le Mont-Blanc

s'attaque maintenant à **LA MÉTHODE**

2, RUE DESCARTES

Hâtez-vous d'y boire un verre avant la fermeture.

"CERCLE OUVERT"

Président : JACQUES NANTET

25ème conférence-débats de "Cercle Ouvert"

le mardi 18 novembre, à 20 h 45,

44 rue de Rennes (place Saint-Germain-des-Prés)

LE SURRÉALISME EST-IL MORT OU VIVANT?

sous la présidence de Noël Arnaud

avec

Robert Amadou, Guy Debore, Henri Lefebvre, Jacques Sternberg, Tristan Tzara.

Participation aux frais : 250 francs - Etudiants : 150 francs

Les débats sont publiés in extenso dans la revue "Cercle Ouvert" *(La Nef de Paris Éditions)*

Imp. de l'Ouest, La Rochelle.

Suprême levée des défenseurs du surréalisme à Paris et révélation de leur valeur effective

Internationale situationniste n° 2, décembre 1958.

La question : « Le surréalisme est-il mort ou vivant ? » avait été choisie pour thème d'un débat du Cercle ouvert, le 18 novembre. La séance était placée sous la présidence de Noël Arnaud. Les situationnistes, invités à se faire représenter dans le débat, acceptèrent après avoir demandé, et obtenu, qu'un représentant de l'orthodoxie surréaliste soit officiellement invité à parler à cette tribune. Les surréalistes se gardèrent bien de prendre les risques d'une discussion publique, mais annoncèrent, parce qu'ils croyaient à tort que la chose était davantage à leur portée, qu'ils saboteraient la réunion.

Noël Arnaud (1919-2003), fondateur des Réverbères (1938-1939) puis, à Paris pendant l'Occupation, du groupe surréaliste clandestin La Main à plume (1941-1945). En 1947-1948, il participe au surréalisme révolutionnaire avec Christian Dotremont et Asger Jorn.

Au soir du débat, Henri Lefebvre était malheureusement malade. Arnaud et Debord étaient présents. Mais les trois autres participants annoncés sur les affiches s'étaient dérobés en dernière heure pour ne pas affronter les épouvantables surréalistes (Amadou et Sternberg sous de pauvres prétextes, Tzara sans explication).

Dès les premiers mots de Noël Arnaud, plus de quinze surréalistes et supplétifs, timidement concentrés dans le fond de la salle, s'essayèrent dans le hurlement indigné, et furent ridicules. On découvrit alors que ces surréalistes de la Nouvelle Vague, brûlant d'entrer dans la carrière où leurs aînés n'étaient plus, avaient une grande inexpérience pratique du « scandale », leur secte n'ayant jamais été contrainte d'en venir à cette extrémité dans les dix années précédentes. Entraîneur de ces conscrits, le piteux Schuster, directeur de *Médium*, rédacteur en chef du *Surréalisme même*, co-directeur du *14-Juilllet*, qui avait cent fois montré jusqu'ici qu'il ne savait pas penser, qu'il ne savait pas écrire, qu'il ne savait pas parler, pour ce coup a fait la preuve qu'il ne savait pas crier.

Leur assaut n'alla pas au-delà du chahut sur un thème unique : l'opposition passionnée aux techniques d'enregistrement sonore. La voix d'Arnaud, en effet, était diffusée par un magnétophone, certainement tabou pour la jeunesse surréaliste qui voulait voir parler l'orateur, puisqu'il était là. Les demeurés surréalistes gardèrent un respectueux silence à un seul moment : pendant que l'on donnait lecture d'un message de leur ami Amadou, plein d'obscènes déclarations de mysticisme et de christianisme, mais bon et paternel pour eux.

Ensuite ils firent de leur mieux contre Debord dont l'intervention était non seulement enregistrée sur magnétophone mais accompagnée à la guitare. Ayant sottement sommé Debord d'occuper la tribune, et comme il y était aussitôt venu seul, les quinze surréalistes ne pensèrent pas à la lui disputer, et sortirent noblement après avoir jeté un symbolique journal enflammé.

Le texte de cette intervention comportait quelques coupures, indiquées ici entre crochets. Nous donnons la transcription exacte et entière du texte de Guy Debord à partir de l'enregistrement qui fut conservé par Noël Arnaud.

« Le surréalisme, disait justement le magnétophone, est évidemment vivant. Ses créateurs mêmes ne sont pas encore morts. Des gens nouveaux, de plus en plus médiocres il est vrai, s'en réclament. Le surréalisme est connu du grand public comme l'extrême du modernisme et, d'autre part, il est devenu objet de jugements universitaires. Il s'agit bien d'une de ces choses qui vivent en même temps que nous, comme le catholicisme et le général de Gaulle.

La véritable question est alors : quel est le rôle du surréalisme aujourd'hui ?

[L'activité surréaliste, malgré son intention fondamentale de changer la vie, a eu sa principale application dans l'art et l'écriture poétique. Un jugement sur le sens du surréalisme est donc un jugement de la culture moderne et des modifications survenues à travers le mouvement historique particulier du surréalisme, le mouvement général de la culture, leur interaction.

Le dadaïsme peut être considéré comme le moment de la fin de la culture dominante, de la culture bourgeoise. On a justement souligné que Dada n'était pas, ainsi qu'il est parfois hâtivement défini, un produit direct du premier conflit mondial. Quelques courants spécifiquement dadaïstes avaient paru dans l'avant-guerre. Le premier conflit mondial et Dada sont plutôt deux produits contemporains des contradictions extrêmes d'une société. La destruction dadaïste, prise de conscience de l'épuisement des superstructures culturelles que nous connaissons, n'en marque pas pour autant la disparition pratique.

Aussi longtemps que l'irremplaçable critique des armes n'aura pas ruiné l'infrastructure économique d'exploitation, une sorte de postface culturelle survivra dans la répétition. Cependant, les nouvelles forces productives condamnent, avec les anciens rapports de production, tout le spectacle culturel qui les accompagnait.

Il faut maintenant chercher à réaliser des constructions supérieures de notre milieu et des événements de notre vie au niveau du développement matériel de l'époque, au niveau de son progrès dans la domination de la nature. Les recherches dans cette perspective sont objectivement inséparables de l'entreprise de transformation révolutionnaire du monde.

Le surréalisme, qui s'est constitué immédiatement après la crise dadaïste, avec la volonté de passer à une action positive, a-t-il su répondre à de tels besoins ?]

Dès l'origine, il y a dans le surréalisme, qui par là est comparable au romantisme, un antagonisme entre les tentatives d'affirmation d'un nouvel usage de la vie et une fuite réactionnaire hors du réel.

Le côté progressif du surréalisme à son début est dans sa revendication d'une liberté totale, et dans quelques essais d'intervention dans la vie quotidienne. Supplément à l'histoire de l'art, le surréalisme est dans le champ de la culture comme l'ombre du personnage absent dans un tableau de Chirico : il donne à voir le manque d'un avenir nécessaire.

Le côté rétrograde du surréalisme s'est manifesté d'emblée par la surestimation de l'inconscient, et sa monotone exploitation artistique ; l'idéalisme dualiste qui tend à comprendre l'histoire comme simple opposition entre les précurseurs de l'irrationnel surréaliste et la tyrannie des conceptions logiques gréco-latines ; la participation à cette propagande bourgeoise qui présente l'amour comme la seule aventure possible dans les conditions modernes d'existence. [Cette ambivalence du surréalisme a duré une dizaine d'années seulement. La pression des circonstances extérieures – particulièrement une régression de la révolution mondiale et la réussite d'un art surréaliste – entraîna dans ce délai le triomphe des caractères rétrogrades à l'intérieur du surréalisme.]

Le surréalisme aujourd'hui est parfaitement ennuyeux et réactionnaire.

[L'irrationnel, qui a servi quelque temps contre les valeurs logiques dominantes, sert à présent l'irrationalité dominante d'un régime toujours plus décomposé, dont la confusion est l'arme idéologique primordiale. L'occultisme, la magie, la platitude humoristique, la passion d'un insolite toujours pareil à lui-même, sont les déchets dont le surréalisme nous a encombrés dans sa longue vieillesse. Le surréalisme est maintenant mis en conserve et salué comme un beau scandale, indépassable, par le conformisme d'une époque si usée que ses mouvements de libération mêmes doivent être mangés aux mites.]

Les rêves surréalistes correspondent à l'impuissance bourgeoise, aux nostalgies artistiques, et au refus d'envisager l'emploi libérateur des moyens techniques supérieurs de notre temps. À partir d'une mainmise sur de tels moyens, l'expérimentation collective, concrète, d'environnements et de comportements nouveaux correspond au début d'une révolution culturelle en dehors de laquelle il n'est pas de culture révolutionnaire authentique.

C'est dans cette ligne qu'avancent mes camarades de l'Internationale situationniste. » (Cette dernière phrase était suivie de plusieurs minutes de très vifs applaudissements, également enregistrés au préalable. Puis une autre voix annonçait : « Vous venez d'entendre Guy Debord, porte-parole de l'Internationale situationniste, [interprété par Giors Melanotte.] Cette intervention vous était offerte par le Cercle ouvert. » Une voix féminine enchaînait pour finir, dans le style de la publicité radiophonique : « Mais n'oubliez pas que votre problème le plus urgent reste de combattre la dictature en France. »)

Phrase dite par Guy Debord.

La voix féminine est celle de Michèle Bernstein.

La confusion ne diminua pas après le départ en masse des surréalistes. On put entendre simultanément Isou et le groupe *ultra-lettriste* reformé contre lui par d'anciens disciples qui veulent épurer le programme initial d'Isou (mais qui semblent se placer sur un plan esthétique pur, en dehors de l'intention de totalité qui caractérisait la phase la plus ambitieuse de l'action suscitée autrefois par Isou. Aucun d'eux n'a été dans l'Internationale lettriste. Un seul a fait partie du mouvement lettriste uni d'avant 1952). Il y avait même le représentant d'une « Tendance Populaire Surréaliste » qui lança de nombreux exemplaires d'un petit tract finement intitulé *Vivant ? Je suis encore mort*, si parfaitement inintelligible qu'on l'eût dit écrit par Michel Tapié. La majeure partie de ces polémiques de remplacement a produit l'impression, assez comique et quelque peu touchante, d'une rétrospective des séances de l'avant-garde à Paris il y a bientôt dix ans, minutieusement reconstituées avec leur personnel et leurs arguments. Mais tout le monde s'est accordé pour constater que la jeunesse du surréalisme, son importance, étaient passées depuis bien plus longtemps.

Il s'agissait de François Dufrêne, représentant ce soir-là le groupe ultra-lettriste avec Robert Estivals et Jacques Villeglé. Michel Tapié (1909-1987), théoricien et critique d'art, promoteur de l'art informel.

« Après l'expérience de *Fin de Copenhague* je réunis un très grand nombre d'éléments pour cette nouvelle construction du récit, dont je t'ai déjà parlé. Je te demanderai des lignes colorées d'une assez grande complexité qui devront former la "structure portante", comme on dit en architecture. Si Permild est prêt pour un choc beaucoup plus fort, tout va bien. »

Extrait d'une lettre à Asger Jorn du 1er septembre 1957 (*Correspondance*, vol. 1, *op. cit.*, p. 24-25).

Mémoires de Guy Debord, édités par l'Internationale situationniste à Copenhague chez Permild & Rosengreen en décembre 1958.
Est précisé sur la page de titre : « Structures portantes d'Asger Jorn. / Cet ouvrage est entièrement composé d'éléments préfabriqués. »
La couverture de la première édition – © 1.5.1958 – dite de Copenhague n'était faite que d'une feuille de papier de verre, vierge.

JUIN 1952

« Laissons les morts enterrer les morts, et les plaindre… Notre sort sera d'être les premiers à entrer vivant dans la vie nouvelle. »

MARX, *Lettre à Ruge.*

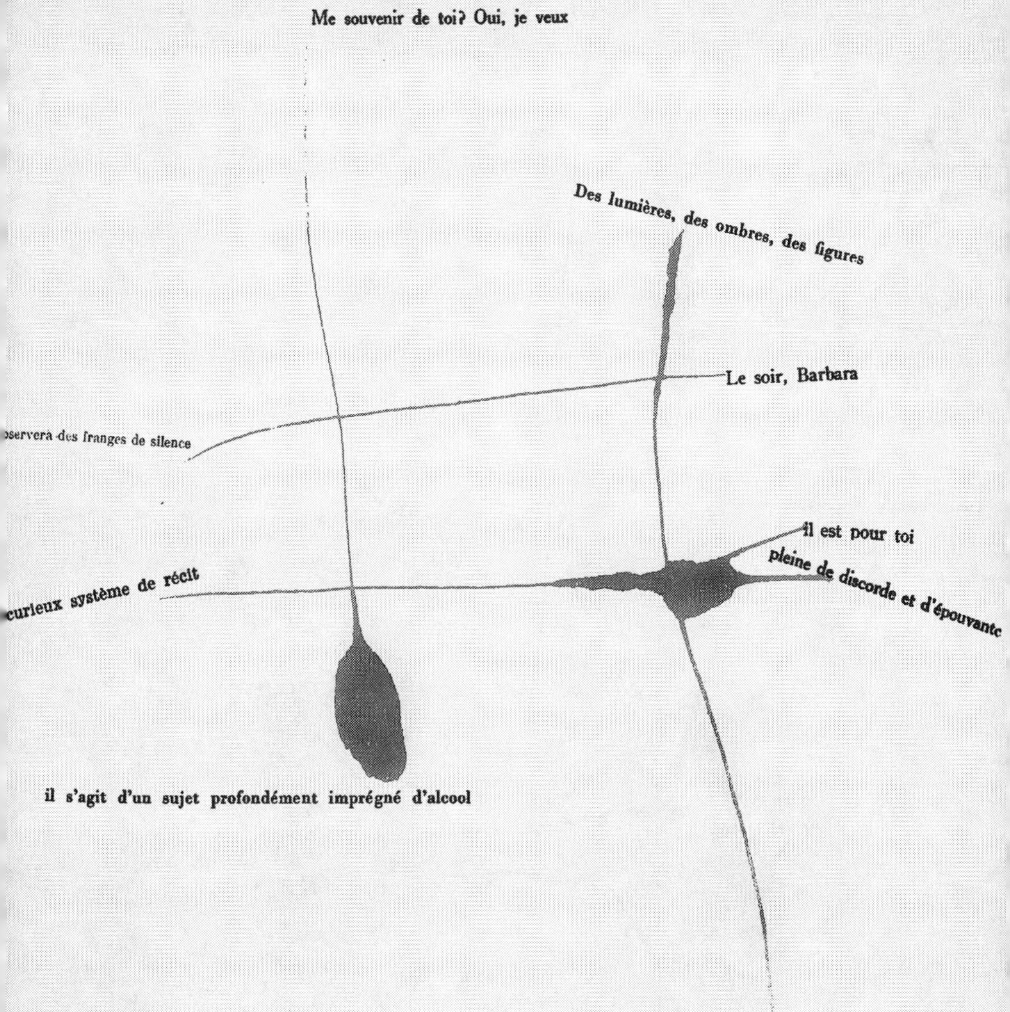

Me souvenir de toi? Oui, je veux
Des lumières, des ombres, des figures
Le soir, Barbara
oservera des franges de silence
il est pour toi
pleine de discorde et d'épouvante
curieux système de récit
il s'agit d'un sujet profondément imprégné d'alcool

Bien entendu, je vais tout de même agiter des événements et émettre des considérations

Maîtresse de ses désirs, elle vit le monde; elle en fut vue

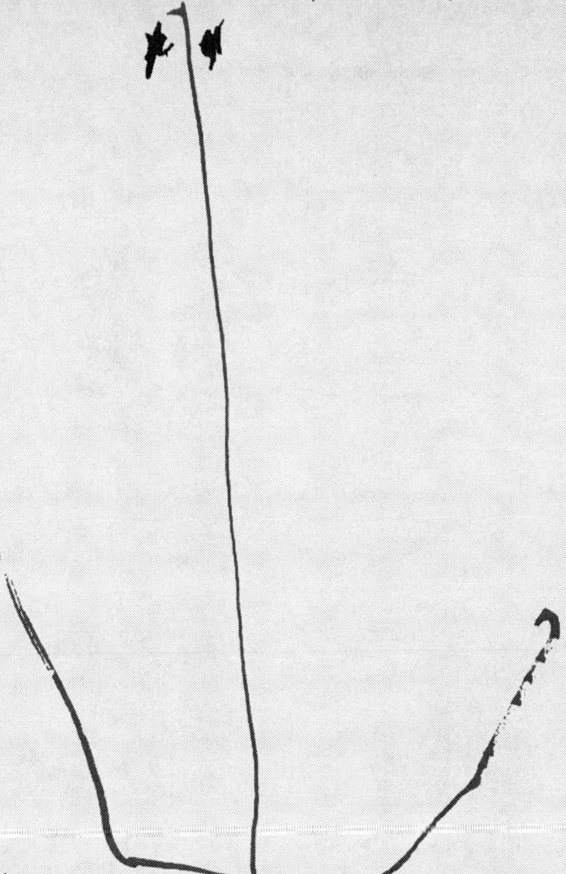

Tous les parfums d'Arabie

— Ma jeune mémoire

Mais l'originalité de l'homme a été, jusqu'à présent, sa possession d'une mémoire à *accès rapide*

— Que dites-vous? la vie?

« comme l'eau-forte sur le fer »

TOUT nous renvoie à l'héroïne et il n'y a pas ici de récit, l'action dramatique est absente

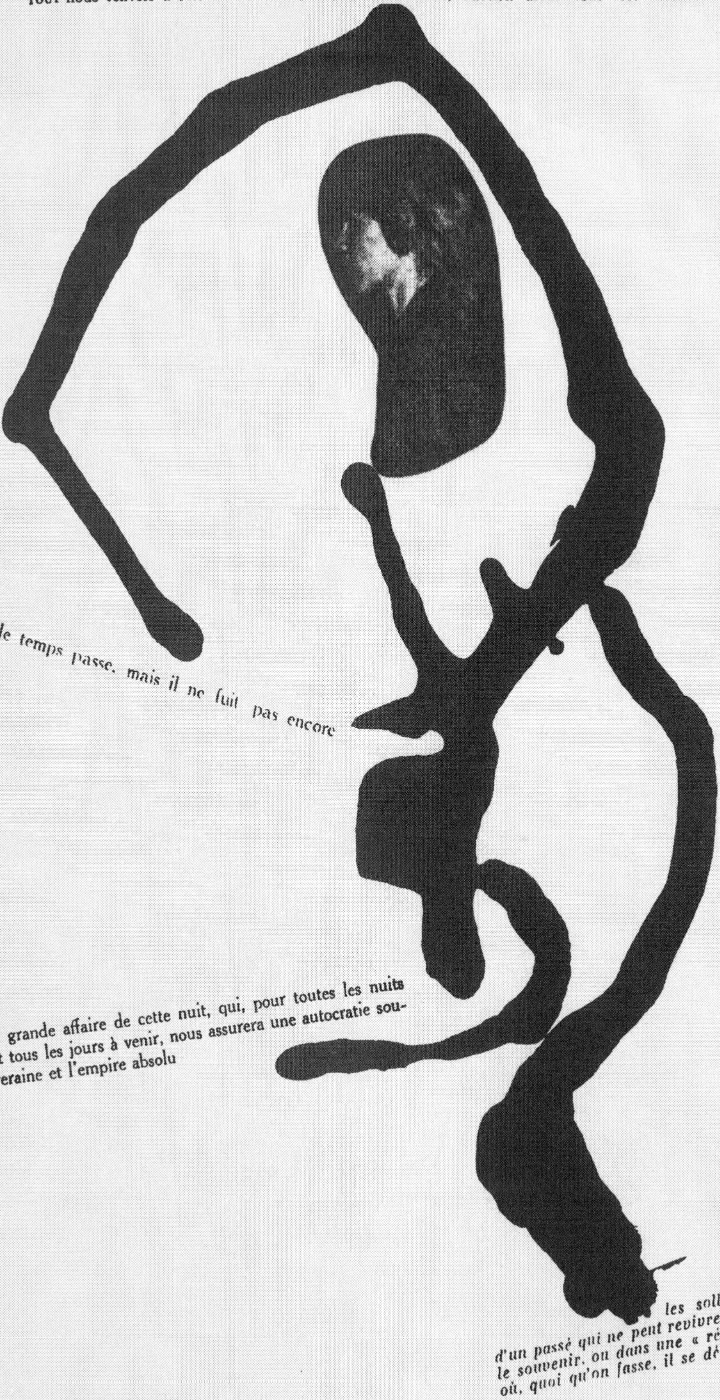

le temps passe, mais il ne fuit pas encore

la grande affaire de cette nuit, qui, pour toutes les nuits et tous les jours à venir, nous assurera une autocratie souveraine et l'empire absolu

les sollicitations d'un passé qui ne peut revivre que dans le souvenir, ou dans une « répétition » où, quoi qu'on fasse, il se dégradera quelques instants l'un près de l'autre

Le dessein non plus n'est pas très clair, et les amateurs d'histoires bien bouclées en seront pour leurs frais ; le récit commence un peu au hasard et se termine de même

La matière est riche et les directions multiples

A quoi penses-tu?

dans les labyrinthes pierreux d'une capitale

— Oui

Quel âge avions-nous al

en « enfants perdus

Parmi tant de fragili

Barbara marche à l'avant

Le pouvoir est entre nos m

Et maintena

elle avait dix-sept ans

— Je voudrais

Le même effort de réalisme se retrouve dans l'écriture des dialogu

Elle se mit à trembler, sans répo

Ainsi les grandes convulsions pas encore entièrement apaisées

j'avais trouvé les seins de Barbara

Elle brûle du même désir

références érotiques ou sadiques visiblement destinées à « épater », ou choquer le bourgeois

Barbara s'est mise à hurler

elle prenait la plus grande partie de son plaisir de cette façon. A un moment, si je ne l'avais retenue, elle se serait affalée sur le sol en proie à des convulsions

Barbara on se rendait compte que cette fille n'était pas normale

la frénésie érotique mine les bases de l'ordre établi

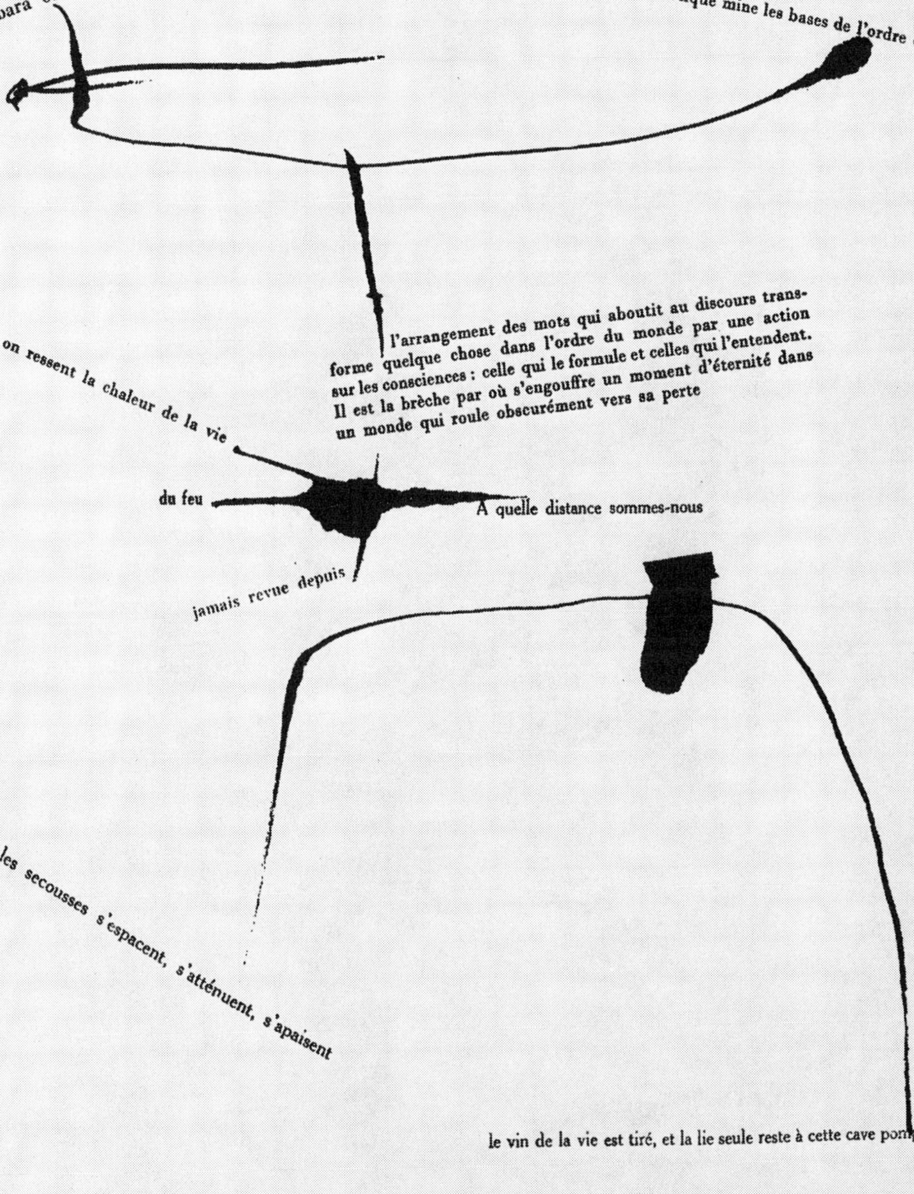

l'arrangement des mots qui aboutit au discours transforme quelque chose dans l'ordre du monde par une action sur les consciences : celle qui le formule et celles qui l'entendent. Il est la brèche par où s'engouffre un moment d'éternité dans un monde qui roule obscurément vers sa perte

on ressent la chaleur de la vie

du feu

A quelle distance sommes-nous

jamais revue depuis

Puis les secousses s'espacent, s'atténuent, s'apaisent

le vin de la vie est tiré, et la lie seule reste à cette cave pompeuse on pousse le mépris de la méthode jusqu'à démembrer les épisodes successifs : on n'en retrace pas les grandes lignes, on les évoque indirectement par leurs détails secondaires

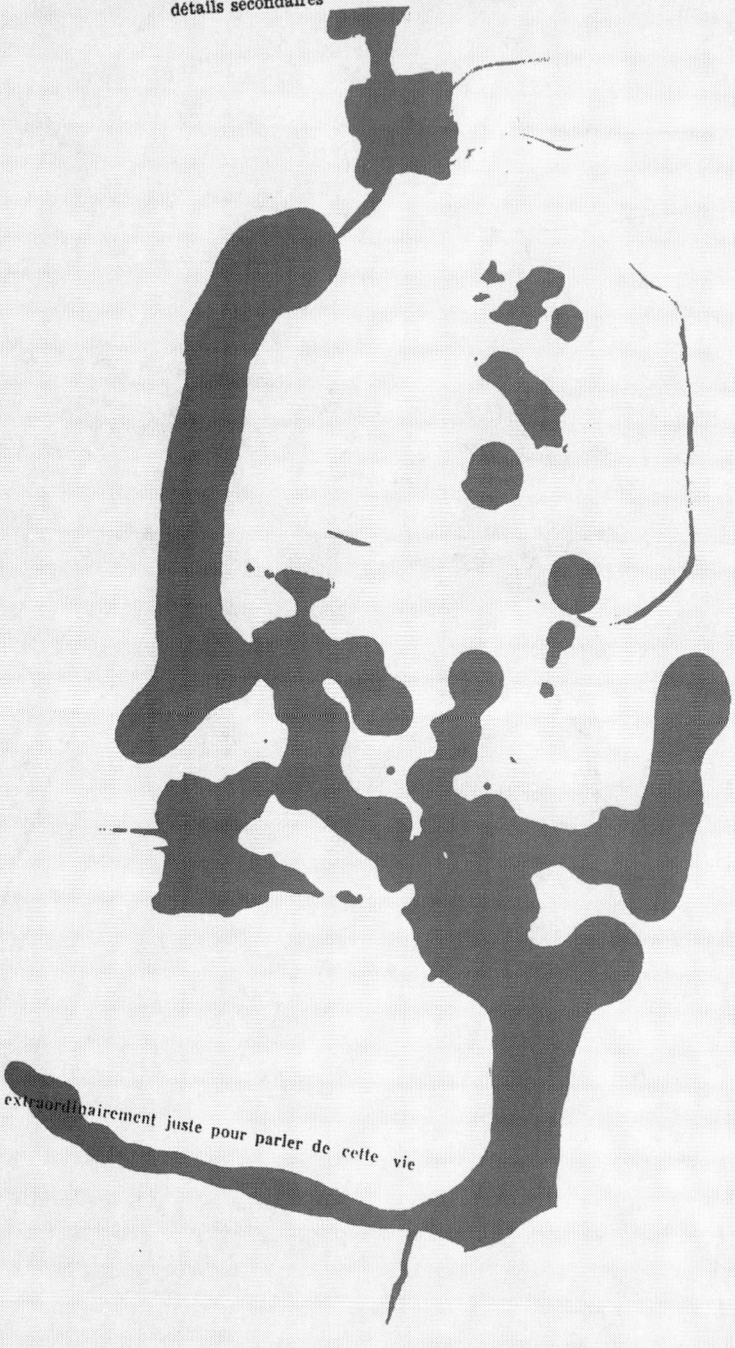

ton extraordinairement juste pour parler de cette vie

La réalisation aussi porte les marques de la jeunesse

son terrible, magnifique et désespéré désordre

Tous les éléments du roman policier américain s'y retrouvent, violence, sexualité, cruauté, mais la scène

vérité, ou ce qu'on a coutume d'appeler ainsi, je ne la connais pas, je l'oublie, je ne la regarde pas, je ne sais pas ce que c'est

Dans cette monstrueuse et dérisoire carte du Tendre
c'est la recherche d'un personnage qui est proposée
à travers ses existences successives

On pense à tant de choses à la fois, tant de choses se pressent en nous, dans un même moment. Comment résister à ce vertige qui nous assaille en permanence?

Barbara déchire son corsage ; elle a pas de soutien-gor

Ainsi sous un visage riant, sous cet air de jeunesse qui semblait ne promettre que des jeux

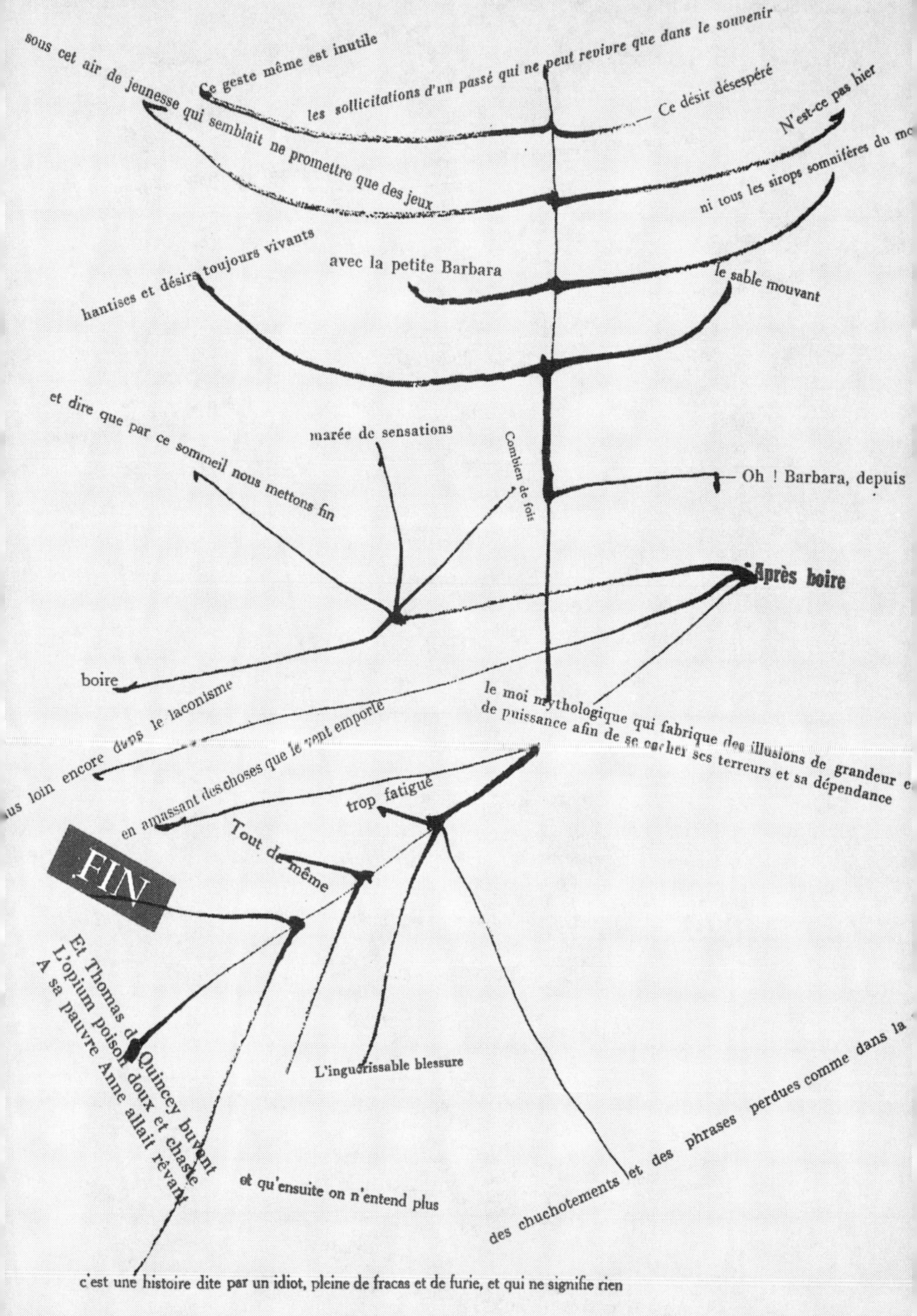
sous cet air de jeunesse qui semblait ne promettre que des jeux
Ce geste même est inutile
les sollicitations d'un passé qui ne peut revivre que dans le souvenir
Ce désir désespéré
N'est-ce pas hier
ni tous les sirops somnifères du mo
hantises et désirs toujours vivants
avec la petite Barbara
le sable mouvant
et dire que par ce sommeil nous mettons fin
marée de sensations
Combien de fois
Oh ! Barbara, depuis
Après boire
boire
dans le laconisme
le moi mythologique qui fabrique des illusions de grandeur e
de puissance afin de se cacher ses terreurs et sa dépendance
us loin encore
en amassant des choses que le vent emporte
trop fatigué
Tout de même
FIN
Et Thomas de Quincey buvant
L'opium poison doux et chaste
A sa pauvre Anne allait rêvant
L'inguérissable blessure
des chuchotements et des phrases perdues comme dans la
et qu'ensuite on n'entend plus
c'est une histoire dite par un idiot, pleine de fracas et de furie, et qui ne signifie rien

mais à to ce qui p
susceptil de figure n sûr,
paraph bas d'un con un nom
tageux ut ce qui peut
haut C'est pourquoi
gela clater sa « bombe »
cont a blond explosive,
bien loin
x. Bien
font v 1 m 5
ce qui ont a poitrine et
que mesurant se peut dire
j'ai 92 cm de dans
86 de hanche
mieux ? » Et, affronter Jayne
l'a courage, pour

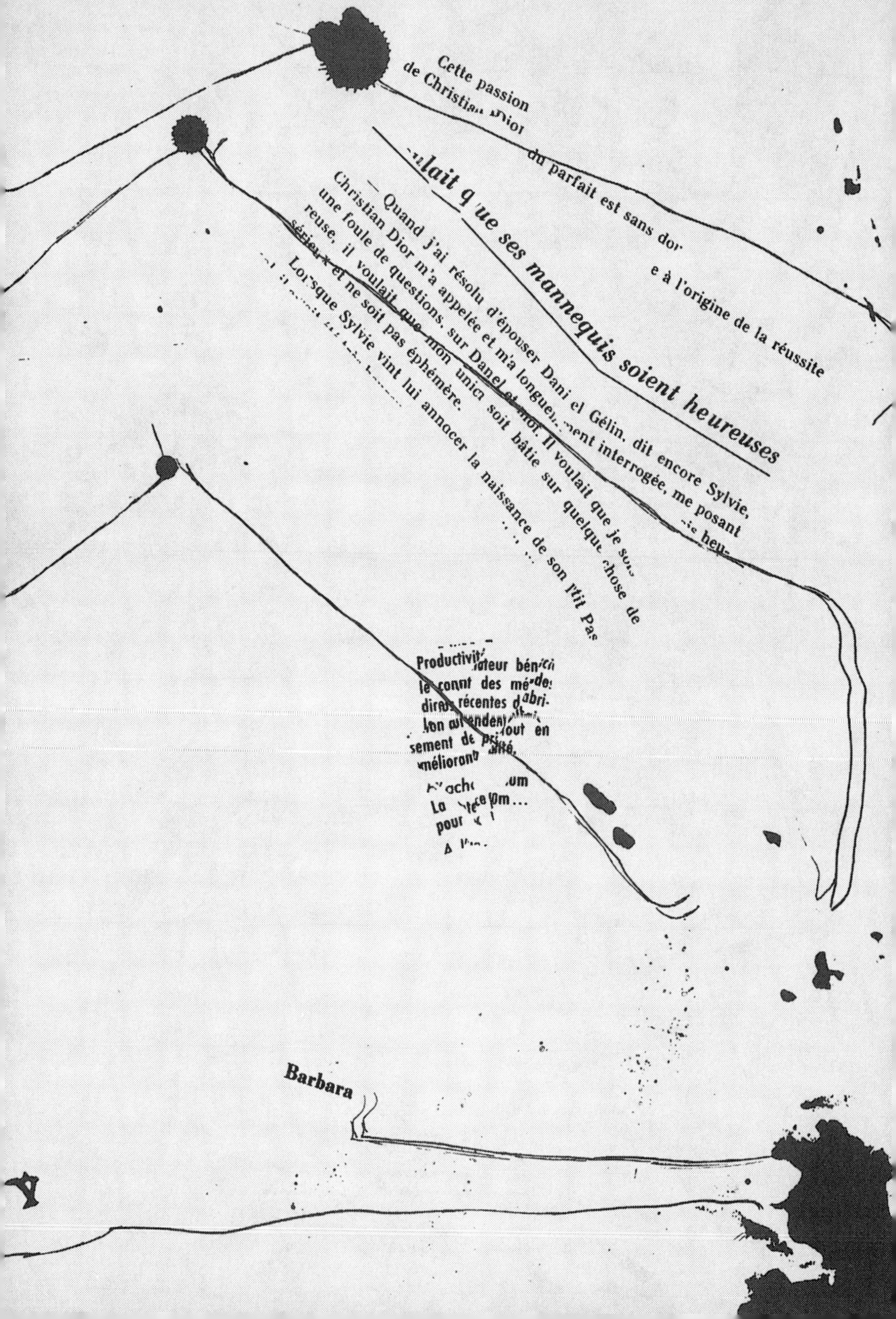
Cette passion
de Christian Dior
du parfait est sans dor
e à l'origine de la réussite
ulait que ses mannequis soient heureuses
— Quand j'ai résolu d'épouser Daniel Gélin, dit encore Sylvie,
Christian Dior m'a appelée et m'a longuement interrogée, me posant
une foule de questions sur Daniel et moi. Il voulait que je sois heureuse, il voulait que mon union soit bâtie sur quelque chose de
sérieux et ne soit pas éphémère.
Lorsque Sylvie vint lui annoncer la naissance de son p'tit Pas
Productivité
récentes
sement de privé
Barbara

rôle de Rémi.
Famille
Lynen marqua
générations d'artistes
son empreinte,
Jean d'Yd,
d'avant guerre.
métier. Mais pour ce ben-
Joël Flateau
la valeur
au lieu de 35.000 F.
LAURENCE,
étudiante. Sa
négligée la
tage. Si
relève
ses chev
en chi-
gnon, l'ovale du visage
se dégage
s'épure.
petits : en
cils vers les
pupille prend toute sa
valeur. La bouche, très
GRENOBLE
BORDEAUX
TOULOUSE
DISQUE
LILLE

Devant l'œuvre d'un jeune cinéaste, les réticences les plus étranges sont de mise

un exemple manifeste et unique dans tous les siècles de ces extrémités furieuses

inaudible lors d'une première

je ne m'arrêterai cette
fois qu'à la bande sonore qui est bouleversante dans toute l'acception du
terme

D'autre ont dit et diront encore la
beauté de ce que l'on voit sur l'écran,
l'usage révolutionnaire qui est fait du
cinéma

**Je crois que nous ne nous rever-
rons jamais**

Près d'un baiser les lumières des
rues de l'hiver finiront

(Fin de l'improvisation lettriste)

Après toutes les réponse à contretemps, et la jeunesse qui se fait
vieille, la nuit retombe de bien
haut

Ecran noir
Guy-Ernest Debord

Qui a fait, en si peu d'images, un plus beau poème de la solitude?

Je dévidai toutes les bobines de la cinémathèque et les jetai

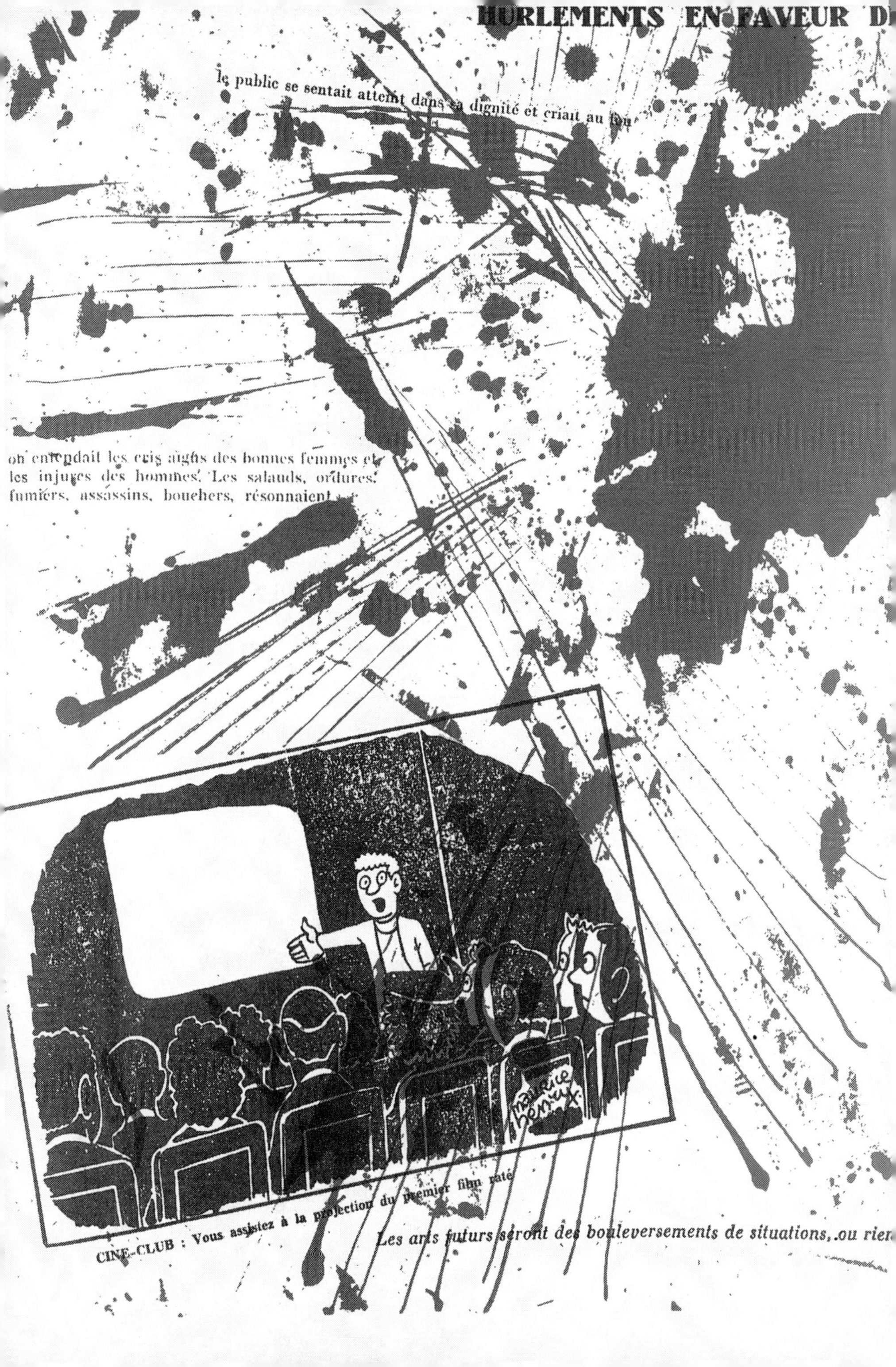
HURLEMENTS EN FAVEUR D
le public se sentait atteint dans sa dignité et criait au fou
on entendait les cris aigus des bonnes femmes et les injures des hommes. Les salauds, ordures, fumiers, assassins, bouchers, résonnaient
CINE-CLUB : Vous assistez à la projection du premier film raté
Les arts futurs seront des bouleversements de situations, ou rien

DÉCEMBRE 1952

« Toute époque aspire à un monde plus beau. Plus le présent est sombre et confus, plus ce désir est profond. Au déclin du Moyen Âge, la vie s'emplit d'une sombre mélancolie… Au XVe siècle, ce n'était ni de mode ni de bon ton, pourrait-on dire, de louer ouvertement la vie. Il convenait de n'en mentionner que les souffrances et le désespoir. Le monde s'acheminait vers sa fin, et toute chose terrestre vers la corruption… Tout ce que nous savons de l'état d'âme des grands témoigne de ce besoin sentimental de broyer du noir. Presque tous déclarent qu'ils n'ont vu que misères, qu'ils s'attendent à pis encore et ne voudraient pas refaire le chemin par couru… Le poète et chroniqueur de Charles le Téméraire a choisi comme devise : "Tant a souffert La Marche" ; il trouve à la vie un goût amer et son portrait nous frappe par l'expression morose propre aux visages de cette époque. »

HUIZINGA, *Le Déclin du Moyen Âge.*

c'est le passé

Nous vieillissons

A l'heure où je parle

tout dire ?

je sais bien

elles ne nous entendent plus

Quelle démonstration veut-on faire et qui croit-on gêner ?

il est trop tard

on ne peut pas être entendu

communiquer et discourir

c'est sérieux

Où sont ces gens-là ?

jusqu'au bout

sorti de la nuit

un peu plus d'obscurité intacte

Tout le reste

un cri

destinée mauvaise, pour que nous soyons l'entretien des hommes à venir

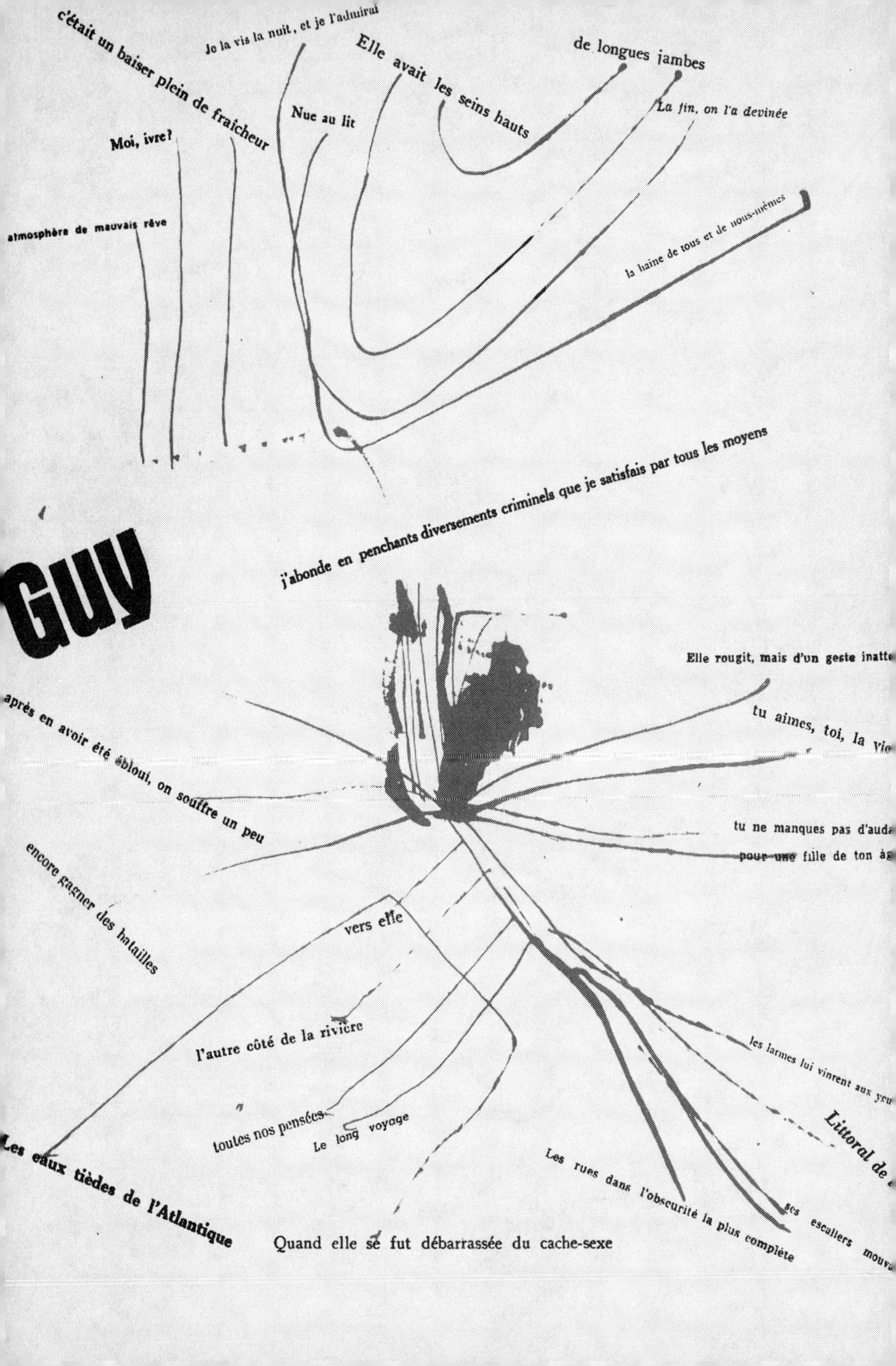

c'était un baiser plein de fraîcheur
Je la vis la nuit, et je l'admirai
Elle avait les seins hauts
de longues jambes
Nue au lit
Moi, ivre?
La fin, on l'a devinée
atmosphère de mauvais rêve
la haine de tous et de nous-mêmes
Guy
j'abonde en penchants diversement criminels que je satisfais par tous les moyens
Elle rougit, mais d'un geste inatte
après en avoir été ébloui, on souffre un peu
tu aimes, toi, la vie
tu ne manques pas d'auda
pour une fille de ton âg
encore gagner des batailles
vers elle
l'autre côté de la rivière
les larmes lui vinrent aux yeu
toutes nos pensées
Le long voyage
Littoral de
Les eaux tièdes de l'Atlantique
Les rues dans l'obscurité la plus complète
ses escaliers mouva
Quand elle se fut débarrassée du cache-sexe

comme l'or dans un gisement de vils métaux

Notez qu'à cette époque, les plus tristes côtés du personnage n'étaient pas connus comme ils l'ont été depuis par les aveux mêmes de ses *Mémoires*.

— Quel est ton nom?

...ps a été court, je l'avoue

notre belle chanson

marihuana

Il y a cinq ans de cela

Tout le désir

Montrez vos papiers

... avait l'air d'avoir froid et d'avoir peur

L'excitation à dire et à se souvenir repose sur une base tout à fait matériell...

...état de veille se confondait avec le sommeil

nous bûmes outre mesure de toutes sortes de vins

Elle leva les mains sur sa poitrine.

— Qu'est-ce que tu vas me faire? dit-elle d'une voix rauque. Tu vas encore me battre? C'est tout ce que tu sais faire. Tu ne peux pas prendre une femme comme n'importe quel homme. Il faut que tu fasses d'autres choses...

débauche de mineure je sais où ça mène

elle me souriait et à côté du sien le sourire de Dent-Blanche Colgate

1793

Chanson des Gardes Suisses

Notre vie est un voyage
Dans l'hiver et dans la Nuit,
Nous cherchons notre passage
Dans le Ciel où rien ne luit

Sous l'influence de l'alcool

Elle restait debout, torturant sa lèvre inférieure

un réseau de souvenirs, d'obsessions, de pensées vagues, de réflexions, d'appréhensions

la jeunesse trouve la révolte en elle-même,
quand elle ne la trouve pas près d'elle

Les seins que rien ne dissimule

l'odeur de la marihuana

Bernard, Bernard, cette verte jeunesse ne durera pas toujours

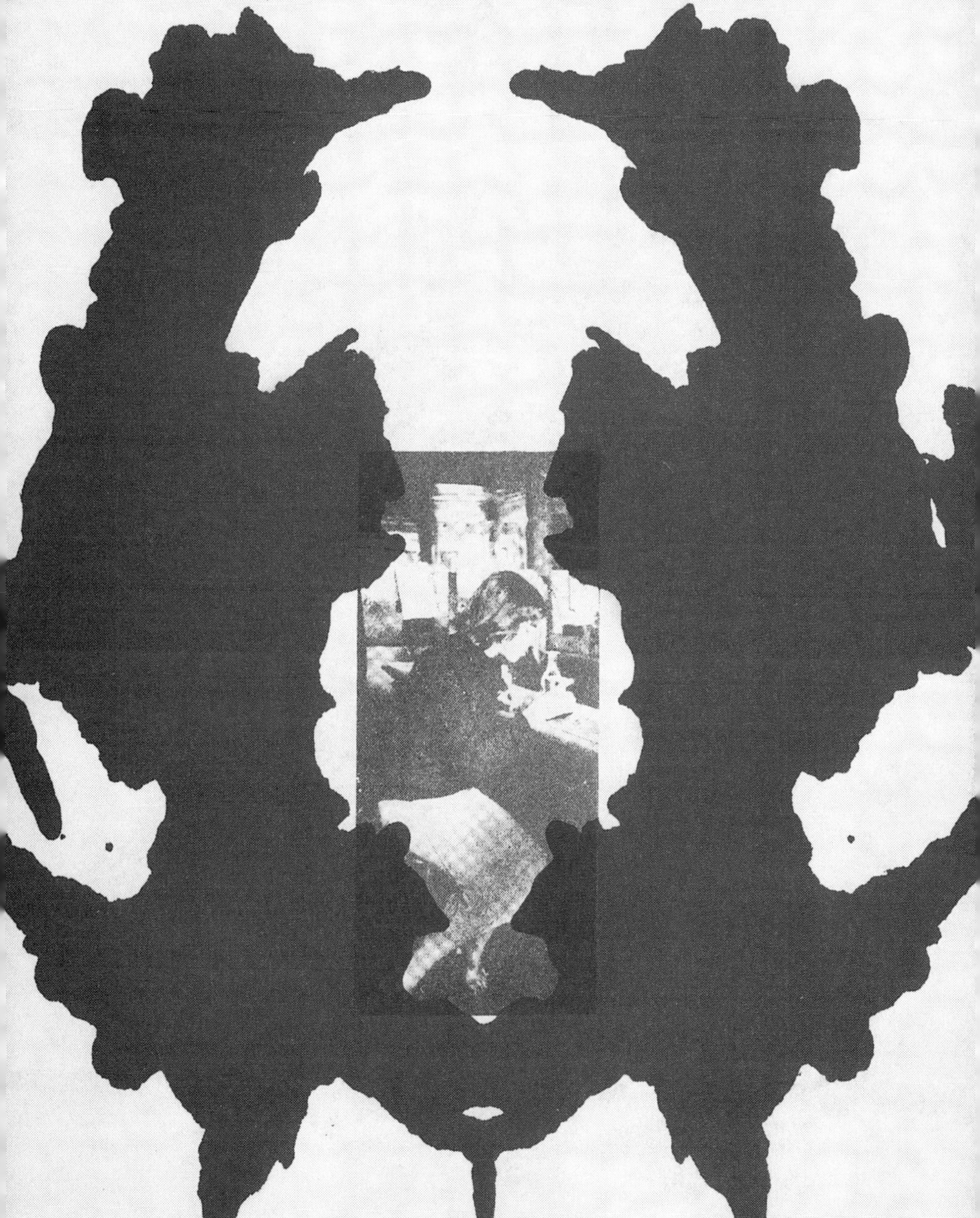

une réflexion chaotique à propos de la vie
sur des thèmes indéfiniment repris
Tout ce joli monde se meut dans un univers aux couleurs in
La prostitution est la forme la
fréquente de la délinquance des
Au Centre d'observation de Chevilly
Bon Pasteur, où elles sont envoyées po
trois mois en observation par le tribun
des enfants de la Seine, on cite les ch
fres suivants : sur 421 mineures passé
au Centre en 1956, 276 avaient été a
rêtées pour vagabondage. Parmi elle
17 étaient réellement des prostituées
les bouteilles se couchent
Je me rappelle une masse confuse de choses, mais n'y distingue rien de particulier. Je me rappelle une querelle, mais n'en vois pas la cause.
Nous étions quinze sur le coffre du mort...
Yo-ho-ho ! et une bouteille de rhum !
La boisson et le diable ont expédié les autres,
Yo-ho-ho ! et une bouteille de rhum !
« Tout le monde a du génie à 2
A Paris, vers 1920, Jack Barnes
LA PLACE AU SOLEIL
Nous allons être bientôt les juges d'une compétition voulue par Henry King qui met face à face, dans « Le Soleil se lève aussi » d'Hemingway, deux femmes célèbres
Cratère principal
Cratère secondaire
Cheminée principale
Cheminée secondaire
ce prestigieux
Plus inconstants que l'Automne ou Printemps
Quel métier vouliez-vous
en sortant de l'école ?
Avez-vous choisi librement
métiers successifs
contraint par la nécessité de travailler
Quelles sont vos occupations favorites pendant vos loisirs ?
Mais alors ?...
Alors, il reste de l'action
de l'angoisse, de la violence
il reste du vin
Comment le monde à préent, monsieur?

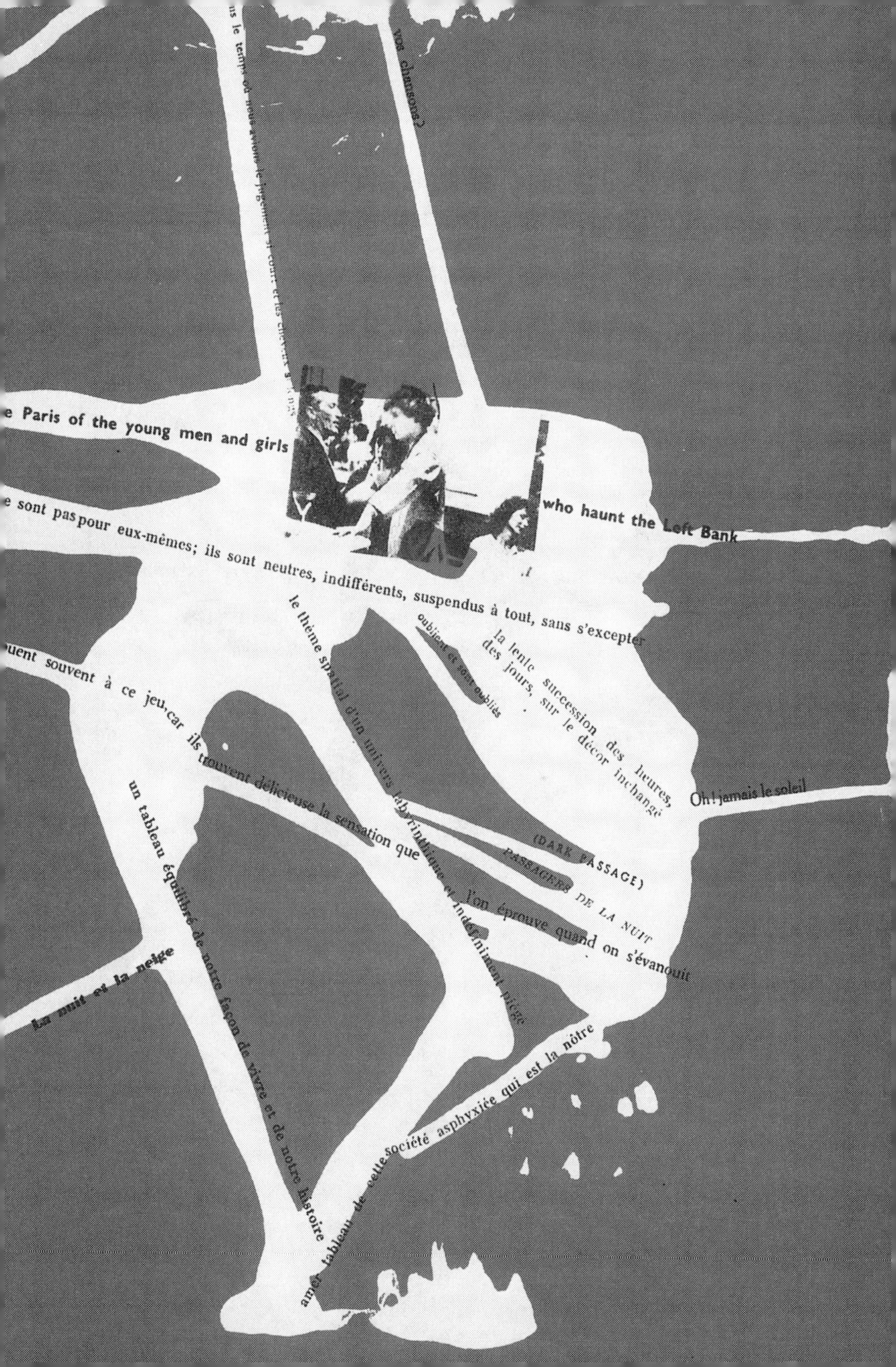

ns le temps
vos chansons?
e Paris of the young men and girls
who haunt the Left Bank
e sont pas pour eux-mêmes; ils sont neutres, indifférents, suspendus à tout, sans s'excepter
le thème spatial d'un univers labyrinthique et indéfiniment piégé
oublient et sont oubliés
la lente succession des heures, des jours, sur le décor inchangé
ouent souvent à ce jeu, car ils trouvent délicieuse la sensation que l'on éprouve quand on s'évanouit
Oh! jamais le soleil
(DARK PASSAGE)
PASSAGERS DE LA NUIT
un tableau équilibré de notre façon de vivre et de notre histoire
La nuit et la neige
amer tableau de cette société asphyxiée qui est la nôtre

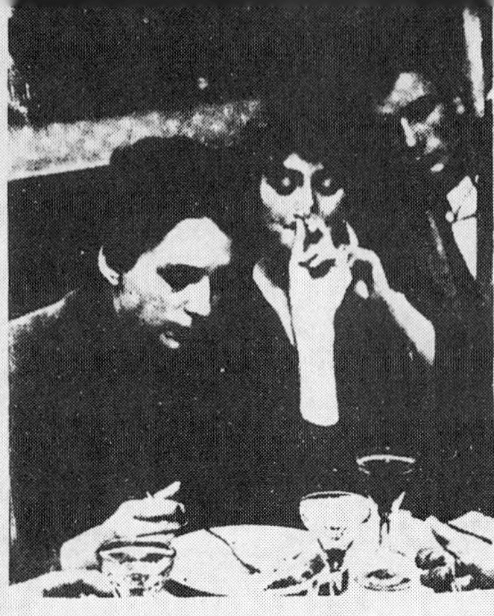

— L'histoire commence, s'arrête, reprend, ne finit pas. Elle a
logique des cauchemars ou peut-être de ces souvenirs d
malades qui vont mourir

— Nous avons perdu les meilleures années,
Bientôt, le jeu sera fini pour toujours

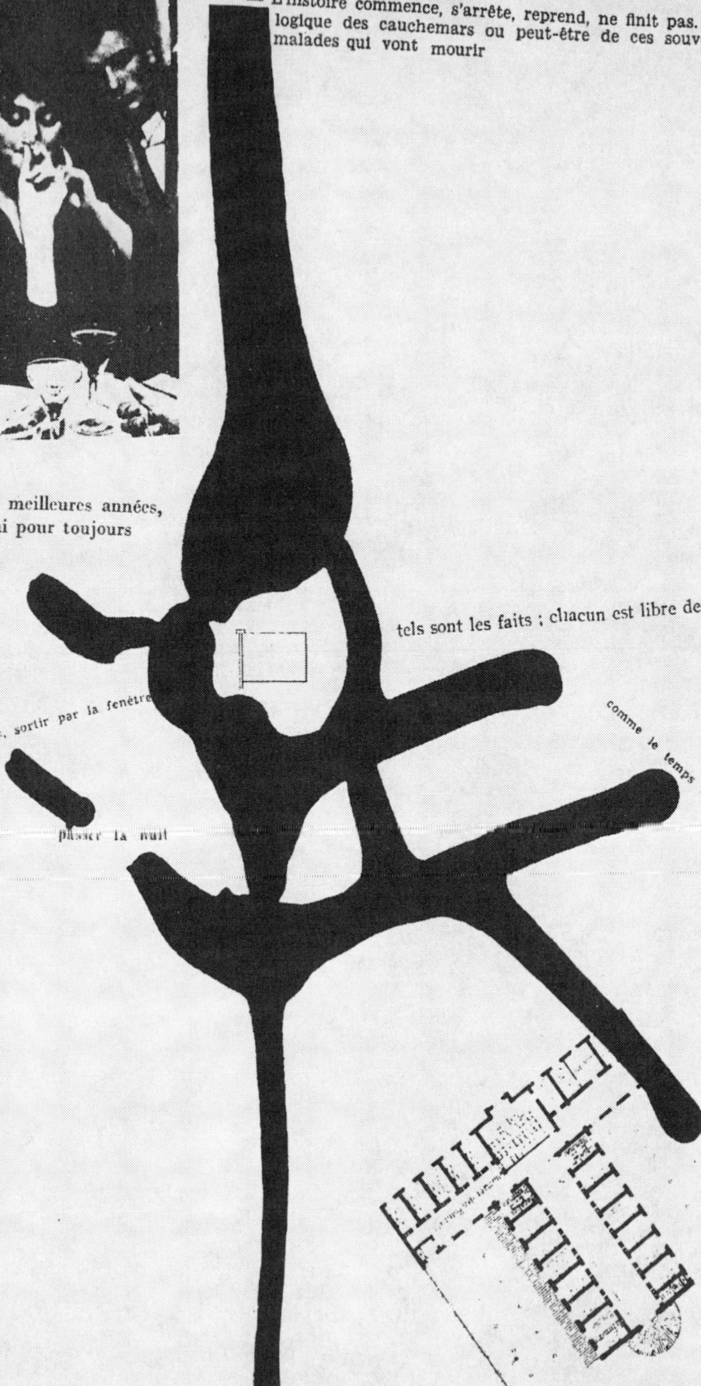

tels sont les faits ; chacun est libre de les inte

et, dans les cas les plus désespérés, sortir par la fenêtre

comme le temps des vacanc

passer la nuit

après la fièvre convulsive de cette vie, il dort bien

Voici donc ce monde ardemment proposé à notre lucidité

à mesure que le temps passait

Certes, le rêveur ne sait pas qu'il rêve. Il est foncièrement acquis aux spectacles, aux circonstances, aux propos et aux émotions qui constituent son rêve

jeunesse sans profit pour personne

MME LA VIE DOIT
RE TRANSFORMÉE
AND ON POSSÈDE
E MERVEILLEUSE
ITURE COMME CELLE-CI!
OUI, UNE VOITURE DE RÊVE!
FRANÇOISE TU AS VU LE GRAND CONCOURS DE L'AUTO-JOURNAL ON PEUT GAGNER UNE MERCÈDES OU UNE CADILLAC!
CA Y EST! NOUS L'AVONS GAGNÉE, NOTRE VOITURE! A NOUS L'ESPACE!
ET TU AS VU LA TÊTE DU VOISIN!

LA POPULATION ET LES GRANDS PROBLÈMES ÉCONOMIQUES

Qu'on ne dise pas que je n'ai rien dit de nouveau : la disposition des matières est nouvelle

dans le quartier

sur les quais déserts

ivre en ce moment

en train de boire

c'était un dégoût secret de tout ce qui a de l'autorité, et une démangeaison

d'innover sans fin, après qu'on en a vu le premier exemple

je la sens trembler comme une enfant

c'est une vraie ga

plus fort, jusqu'à devenir la fin du

comme cet autre rôdeur de la nuit, surnommé Ja
l'Éventreur, dans quelque sombre impasse de Whi
chapel, à Londres, quelque soixante-cinq ans aupa
vant

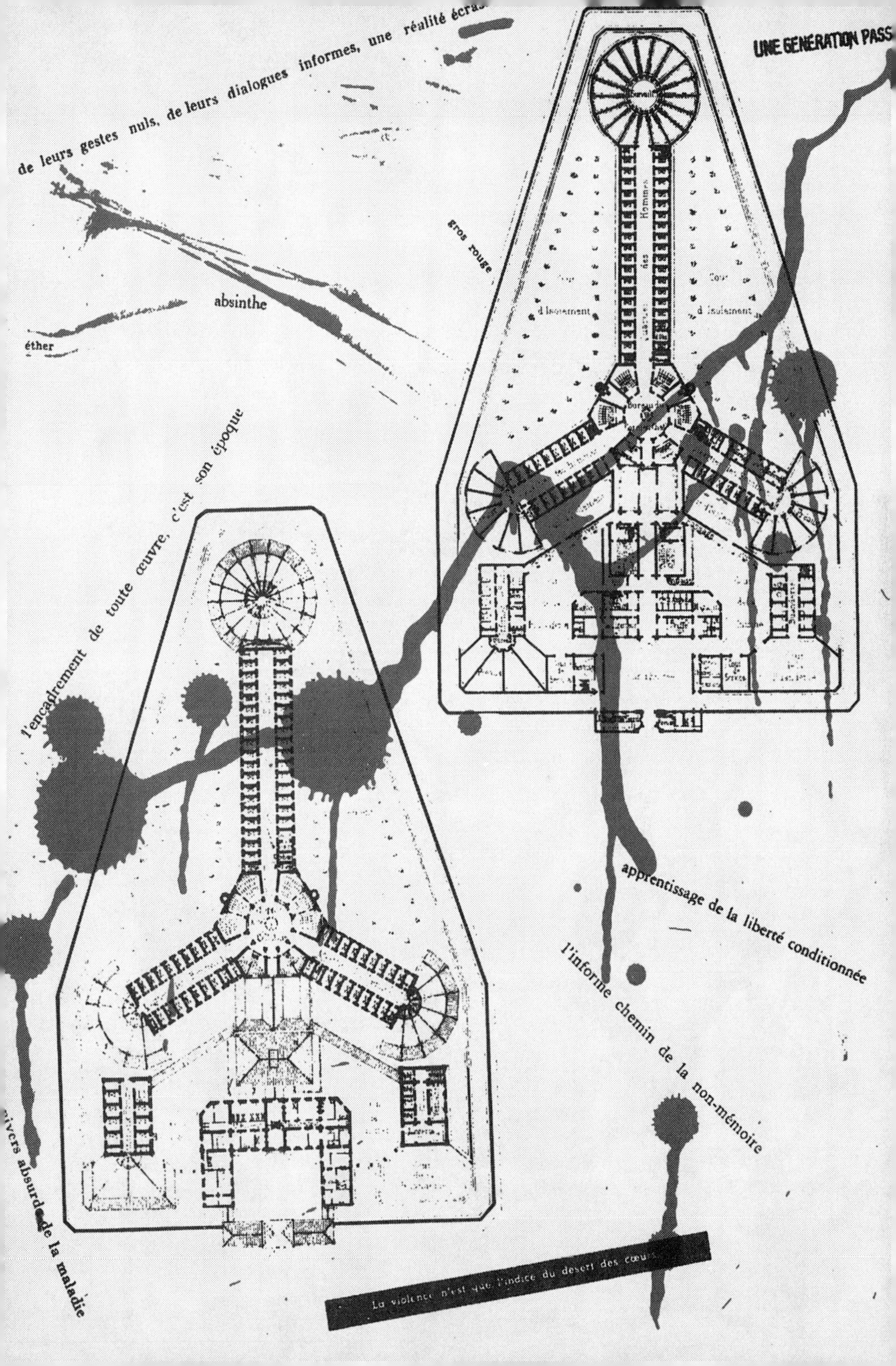
de leurs gestes nuls, de leurs dialogues informes, une réalité écras
UNE GÉNÉRATION PASS
gros rouge
absinthe
éther
d'Isolement
d'Isolement
l'encadrement de toute œuvre, c'est son époque
apprentissage de la liberté conditionnée
l'informe chemin de la non-mémoire
univers absurde de la maladie
La violence n'est que l'indice du desert des cœu

Tout cela, cependant, est pré-
sente dans un style assez artificiel, —
où sans doute les années provocantes
de Saint-Germain-des-Prés

L'éloquence continue ennuie

SEPTEMBRE 1953

« Quel malheur ! Et à qui peut-on se fier ? Ardeur, bonne volonté, bonne disposition, j'ose le dire, étaient de notre côté. Mais en une demi-heure, les manœuvres du roi de Prusse ont fait plier cavalerie et infanterie ; tout s'est retiré sans fuir, mais sans jamais retourner la tête… »

SOUBISE, *Lettre à Choiseul.*

C'est dans les rues de Paris que se forma une puissance nouvelle qui n'existait pas au siècle précédent

Les mers étaient depuis longtemps explorées

Le lecteur s'instruira à chaque page ; et peut-être lui arrivera-t-il de songer à l'ingéniosité de ces hommes primitifs combattant à leur manière les infirmités de notre nature

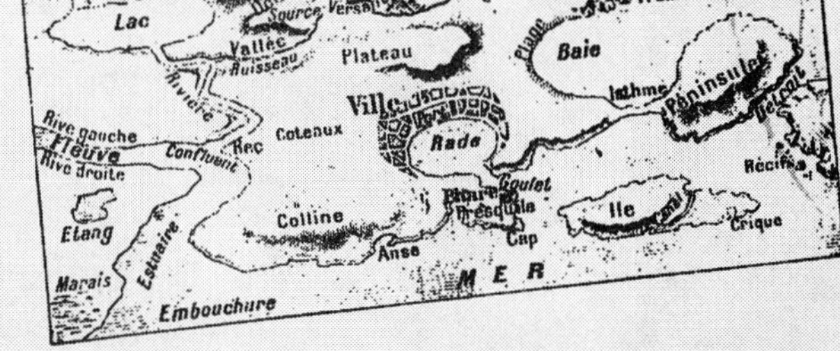

Décor dans lequel la vie devient, à travers ses fêtes, peu à peu théâtre

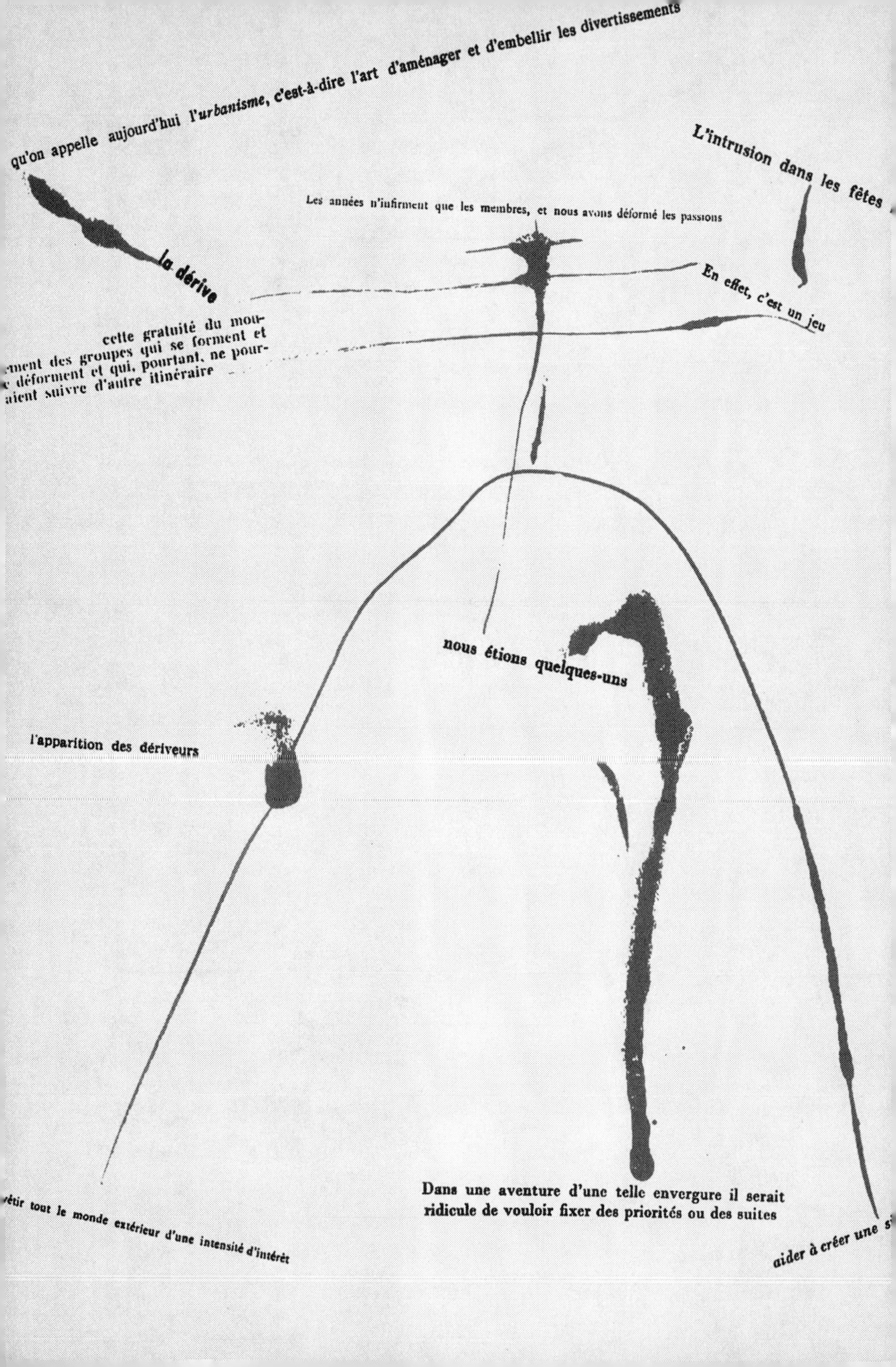
qu'on appelle aujourd'hui l'*urbanisme*, c'est-à-dire l'art d'aménager et d'embellir les divertissements
L'intrusion dans les fêtes
Les années n'infirment que les membres, et nous avons déformé les passions
la dérive
En effet, c'est un jeu
cette gratuité du mou-
ment des groupes qui se forment et
déforment et qui, pourtant, ne pour-
aient suivre d'autre itinéraire
nous étions quelques-uns
l'apparition des dériveurs
Dans une aventure d'une telle envergure il serait
ridicule de vouloir fixer des priorités ou des suites
vêtir tout le monde extérieur d'une intensité d'intérêt
aider à créer une s

En nous revoyant ainsi je pense à notre marche; mais le bout de la route
camarades
autour d'un des plus singuliers et admirables de tous les monuments
dans la ruptu
emporté par la rapidité du temps
Vont-ils trouver ?
Nous n'étions pas tant
comportements nouveaux
Coatlicue des Aztèques
aux temples délirants de l'Inde
à l'île de Pâques
ambiances nouvelles
Déjà le jour plus grand nous frappe et nous éclaire
portraits d'une vie intense où vraiment
Montaigne
encore.
a rue
aux grands totems indiens de l'Amérique du Nord
usage de la vie
sans doute les plus grands architectes de tous les temps
grave et lucide sous les dehors du jeu et de l'évasion
en dérive
C'est l'air nouveau d'aujourd'hui :
une certaine simplicité et un raffinement cer
Les tenues habillées sont en plusieurs épisode
BANG !
RAT-TA-TA-T
essayent de se joindre aux hommes dans leurs usines, aux filles

Lorsque le cataclysme prend fin, on s'aperçoit qu'il a modifié le relief

Leur insolite parut plutôt comique, enfantin,
primaire et pour beaucoup ridicule

l'histoire du passage du Nord

ceux qui se reconnaissaient pour les compagnons de la Quête

Après maintes pérégrinations, maintes rencontres insolites

sentiment de l'espace et, plus tard, le sentiment
la durée furent singulièrement affectés

longue marche

pauvres, errants, travestis, « desquels aussi le monde n'était pas digne »

les retrouverions-nous jamais comme cet été-là, avec cet éclat

comme la poudre et les matières colorantes du feu, ils éblouissent et s'évanouissent dans les ténèbres

L'art des fêtes

e toute façon il paraît difficile que cette délirante histoire finisse

Nous avons vécu très vite

l'évolution de la mode et les courants no

villes *à l'usage de ceux qui voient*

mosphère des scènes les plus brèves

On y retrouve le gigantisme presque fatigant qui carac-térise partout les commencements de la civilisation

Dans la lutte contre les idées anciennes, nul ne montra plus de hardiesse

Oui, en vérité, c'est bien là le décor que je cherchais

Singulière profession que la nôtre, d'immenses travaux, des fatigues sans nom jamais de répit, bref, un destin en marge de celui des autres hommes

Chaque jour qui passe ajoute à notre faculté de nous étonner un étonnement nouveau

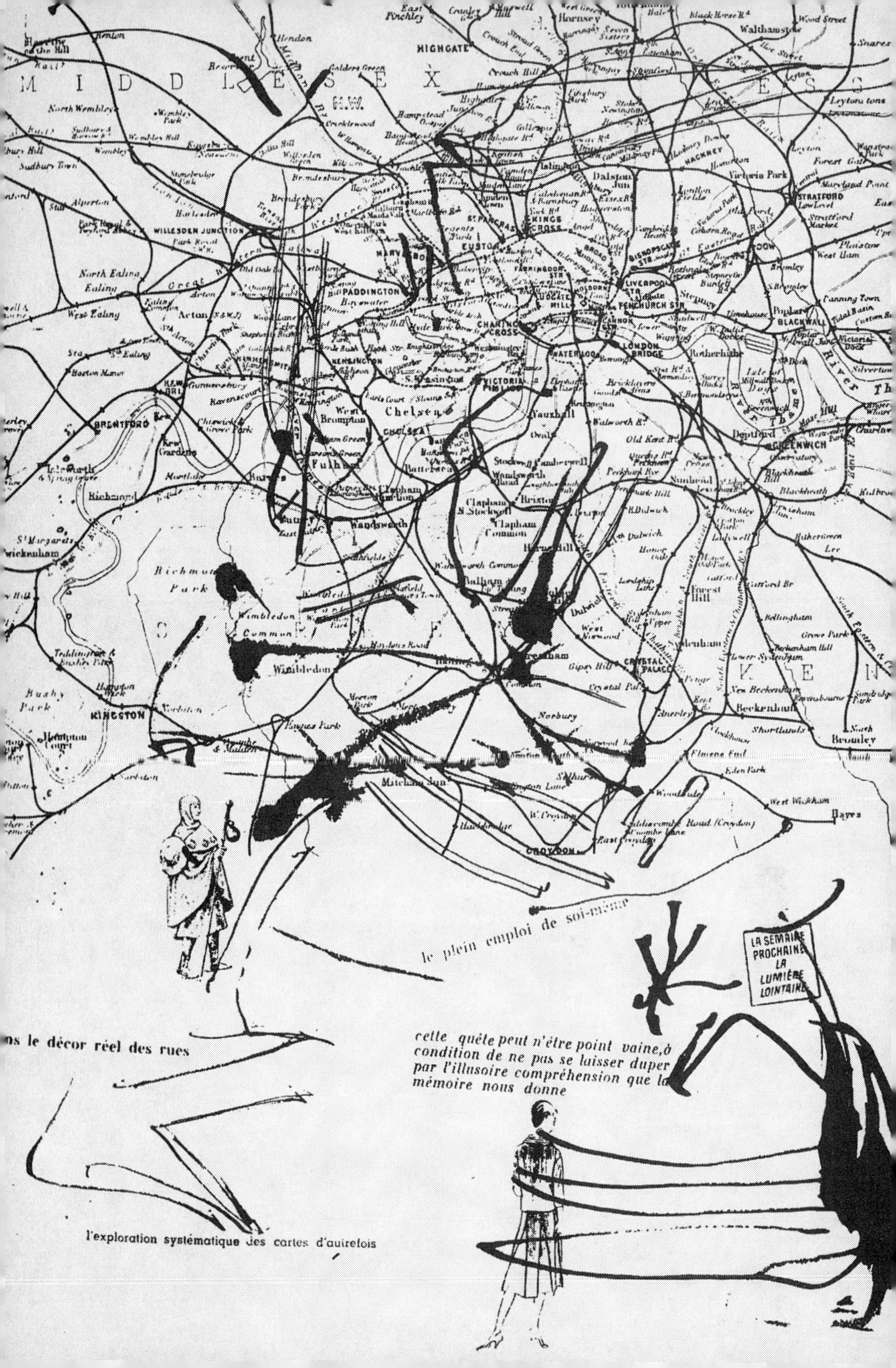
le plein emploi de soi-même
LA SEMAINE PROCHAINE LA LUMIÈRE LOINTAINE
ns le décor réel des rues
cette quête peut n'être point vaine, à condition de ne pas se laisser duper par l'illusoire compréhension que la mémoire nous donne
l'exploration systématique des cartes d'autrefois

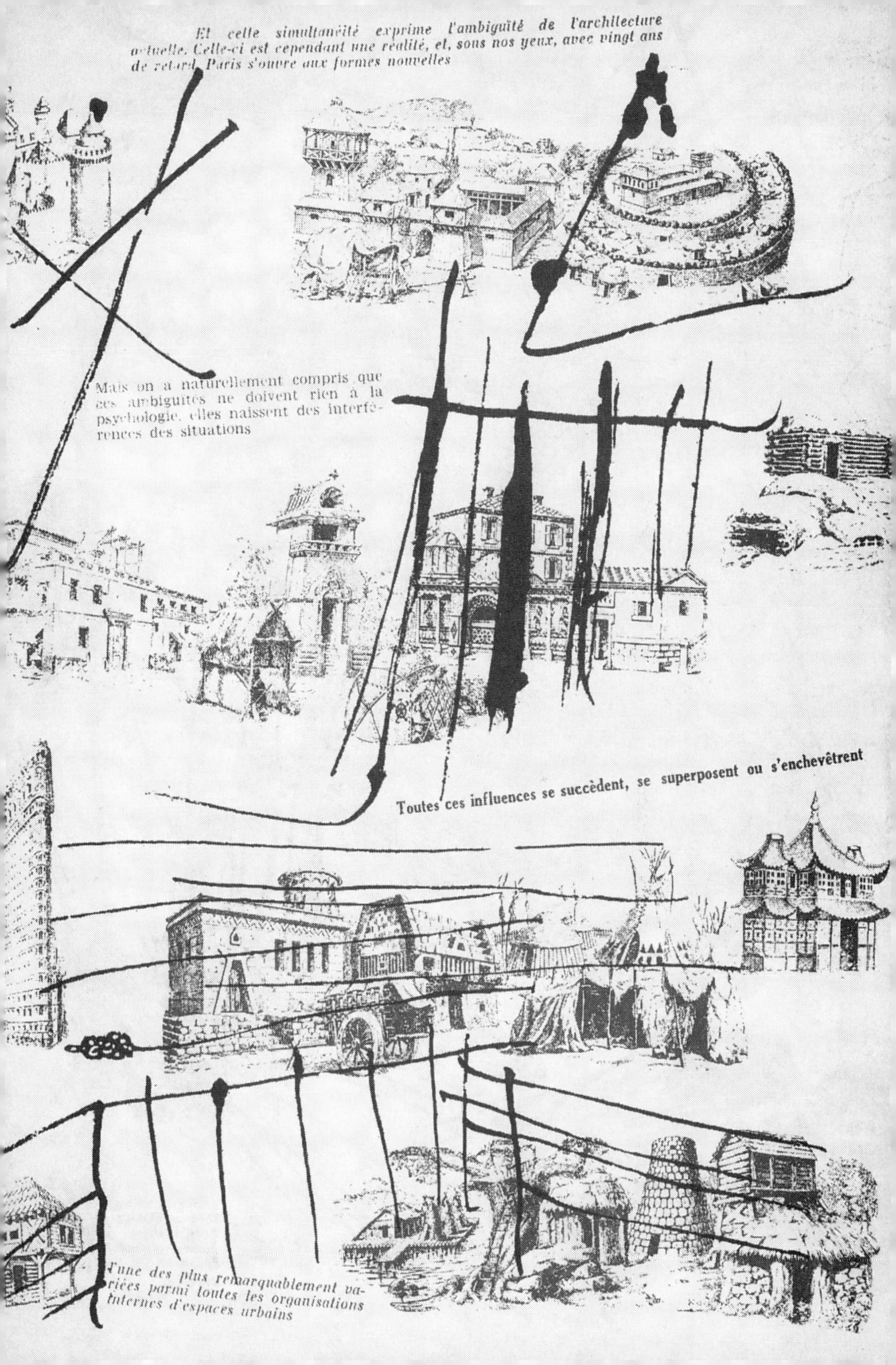
Et cette simultanéité exprime l'ambiguïté de l'architecture
actuelle. Celle-ci est cependant une réalité, et, sous nos yeux, avec vingt ans
de retard, Paris s'ouvre aux formes nouvelles
Mais on a naturellement compris que
ces ambiguités ne doivent rien à la
psychologie, elles naissent des interférences des situations
Toutes ces influences se succèdent, se superposent ou s'enchevêtrent
l'une des plus remarquablement va-
riées parmi toutes les organisations
internes d'espaces urbains

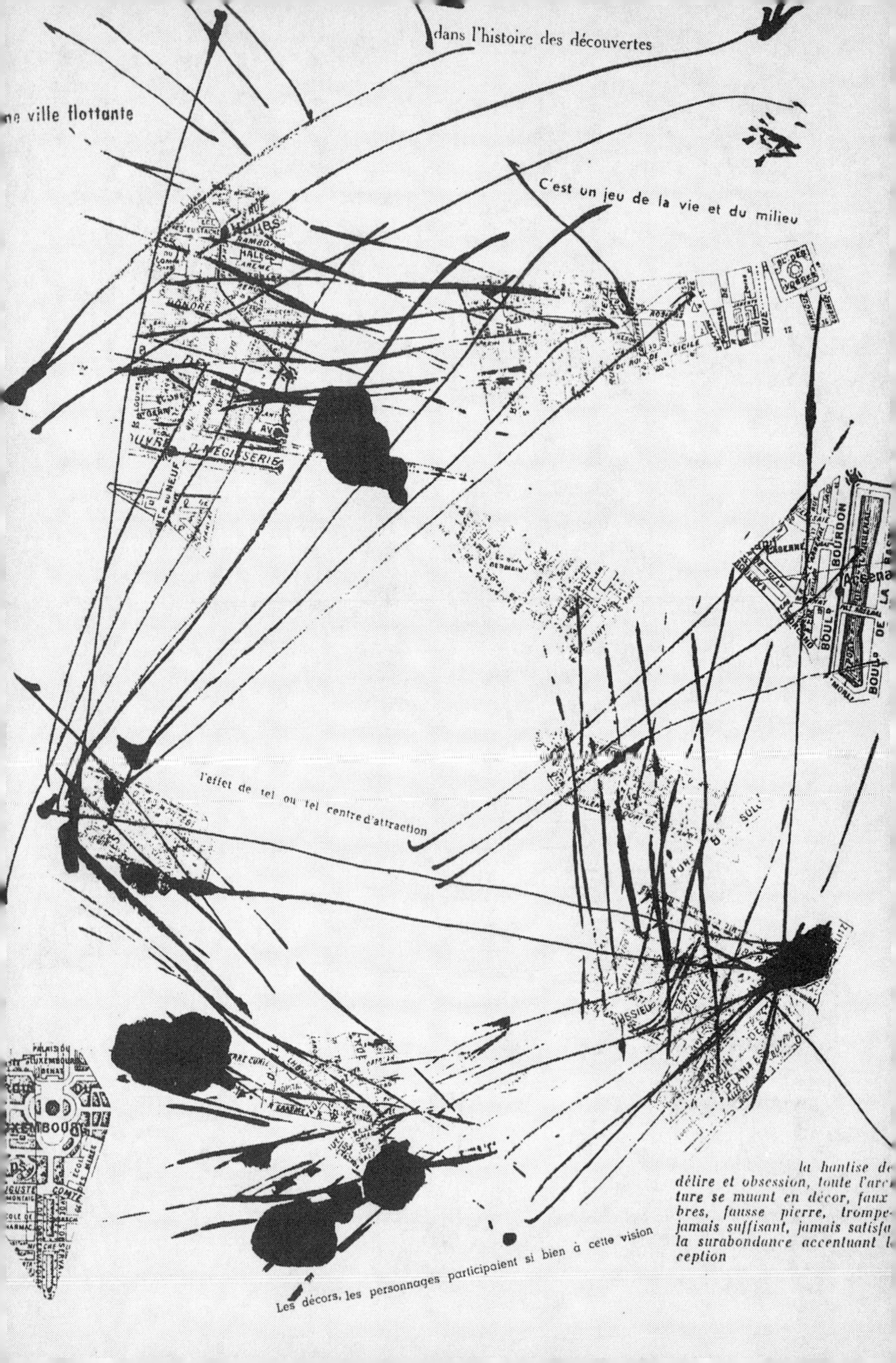
dans l'histoire des découvertes
ne ville flottante
C'est un jeu de la vie et du milieu
l'effet de tel ou tel centre d'attraction
la hantise de
délire et obsession, toute l'arc
ture se muant en décor, faux
bres, fausse pierre, trompe-
jamais suffisant, jamais satisfa
la surabondance accentuant l
ception
Les décors, les personnages participaient si bien à cette vision

dans le feu des injures, des menaces, des exécrations et des blasphèmes

Il est sans doute trop tôt

répandu sur les murs de Paris annonça le passage éphémère

ectacle, sans autre spécialité bien définie que le scandale

ouvert toute la nuit

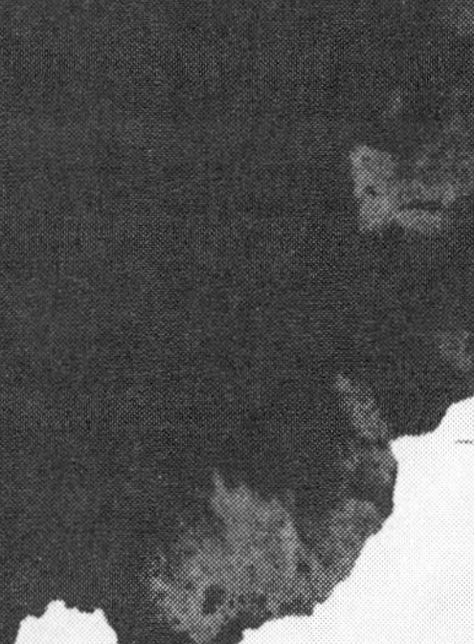

CETTE VIEILLE CANAILLE D'EUROPE

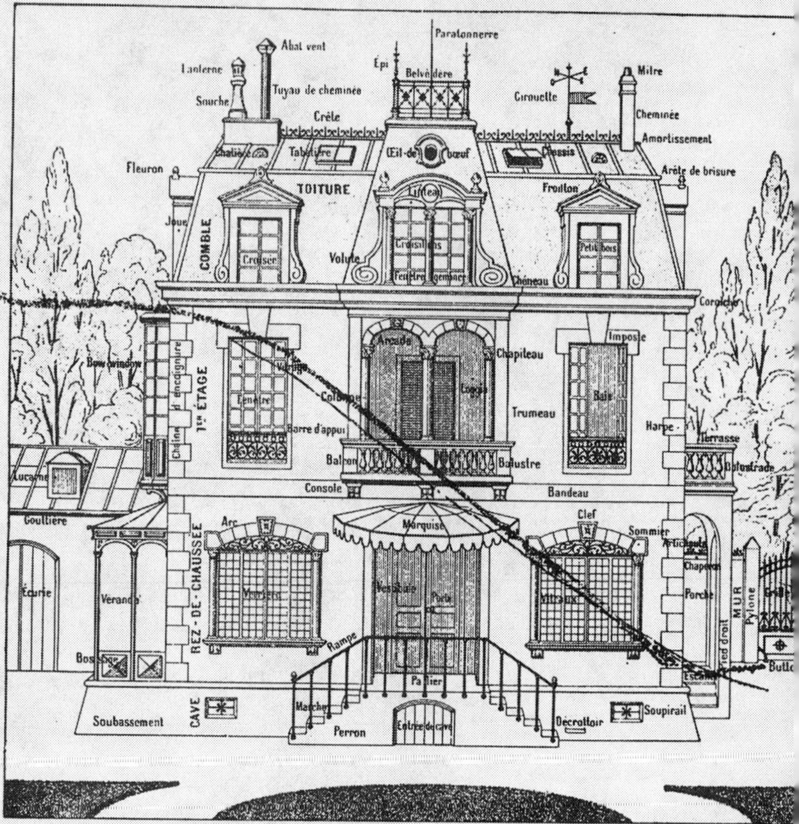

'aspect du monde, la connaissance que nous prenons de lui et de nous-mêmes

Je n'étais rien, au départ. A mes côtés, pas l'ombre d'une force, ni d'une organisation. En France, aucun répondant et aucune notoriété. A l'étranger, ni crédit, ni justification

Marcel Pagnol, qu'un
raseur interrogeait sur la meilleure
façon d'écrire, a répondu :
— A mon humble avis, c'est en
allant de la gauche vers la droite.
Ce n'était qu'une plaisanterie
la saleté s'en va!

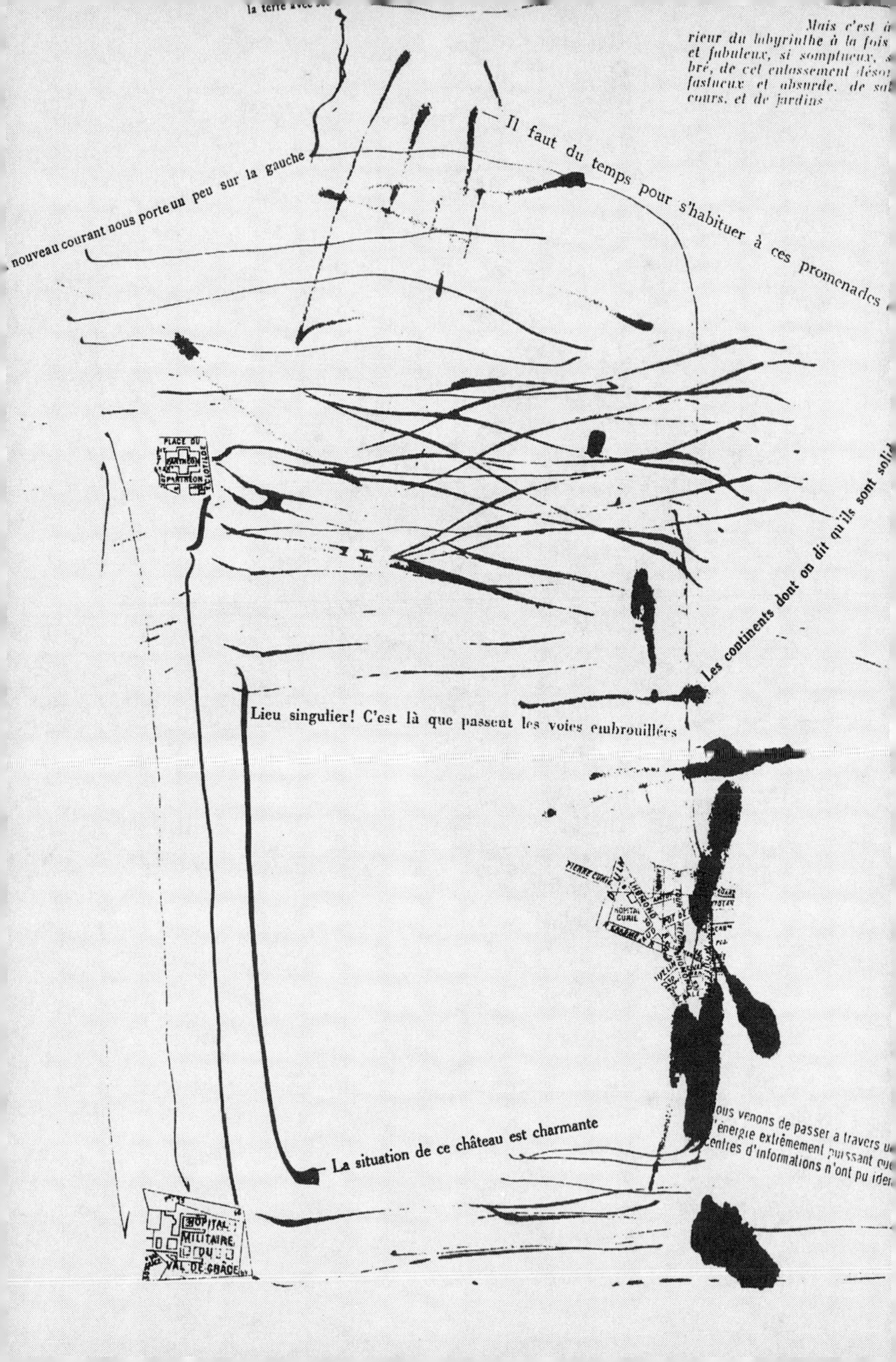
la terre avec
Mais c'est à
rieur du labyrinthe à la fois
et fabuleux, si somptueux,
bré, de cet entassement déso
fastueux et absurde, de sa
cours, et de jardins
Il faut du temps pour s'habituer à ces promenades
nouveau courant nous porte un peu sur la gauche
PLACE DU PANTHÉON
Les continents dont on dit qu'ils sont soli
Lieu singulier! C'est là que passent les voies embrouillées
PIERRE CURIE
HÔPITAL CURIE
Nous venons de passer a travers u
l'énergie extrêmement puissant que
centres d'informations n'ont pu iden
La situation de ce château est charmante
HÔPITAL MILITAIRE DU VAL DE GRÂCE

s on n'entendit parler dans le pays d'aucun cadavre de Malais trouvé

grande route ; cet étra[...] voyageur était donc suffisamment [fa]miliarisé avec le poison

l'occasion de voir des zombies

Mais la pauvre Ann, qu'en es[...] ad[...] ? Chaque soir, il l'a cherchée ; chaque so[...] l'a attendue coin de Titchfield-street. Il [...] enquis au auprès de tous ceux qui pouvai[...] la [...] elle pendant les dernières heures, so[...] dres, il a mis en œuvre, pour la retrouver, [...] moyens à sa disposition. Il connaissait la rue [...] elle logeait, mais non la maison

errer par la porte neuf chevaliers armés qui quittèrent leurs heaumes et leurs armures, puis, s'inclinant devant Galaad, lui dirent : « Sire, nous sommes venus en grande hâte pour nous asseoir avec vous à la table où nous sera partagé le haut manger ». Galaad leur répondit qu'ils arri-

Au bout d'un instant, ils virent

vaient à temps puisque lui-même et ses compagnons étaient là depuis peu. Tous s'assirent dans la salle, et Galaad leur demanda d'où ils venaient. Trois d'entre eux répondirent qu'ils étaient de Gaule, trois d'Irlande, et les trois autres de Danemark.

Les romans à lamode leur avaient tourné la

tête. Ils se prenaient eux-même. pour des héros de roman. « Ce mélange d'écharpes bleues, raconte Retz, de dames, de cuirasses, de violons qui étaient dans la salle, de trompettes qui étaient dans la place, donnait un spectacle qui se voyait plus souvent dans les romans qu'ailleurs ; Noirmoutiers

« Je m'imagine que nous sommes assiégés dans Marcilly

— Vous avez raison, lui répondis-je... »

changement de cadre fait son œuvre habituelle : l'obsession cesse

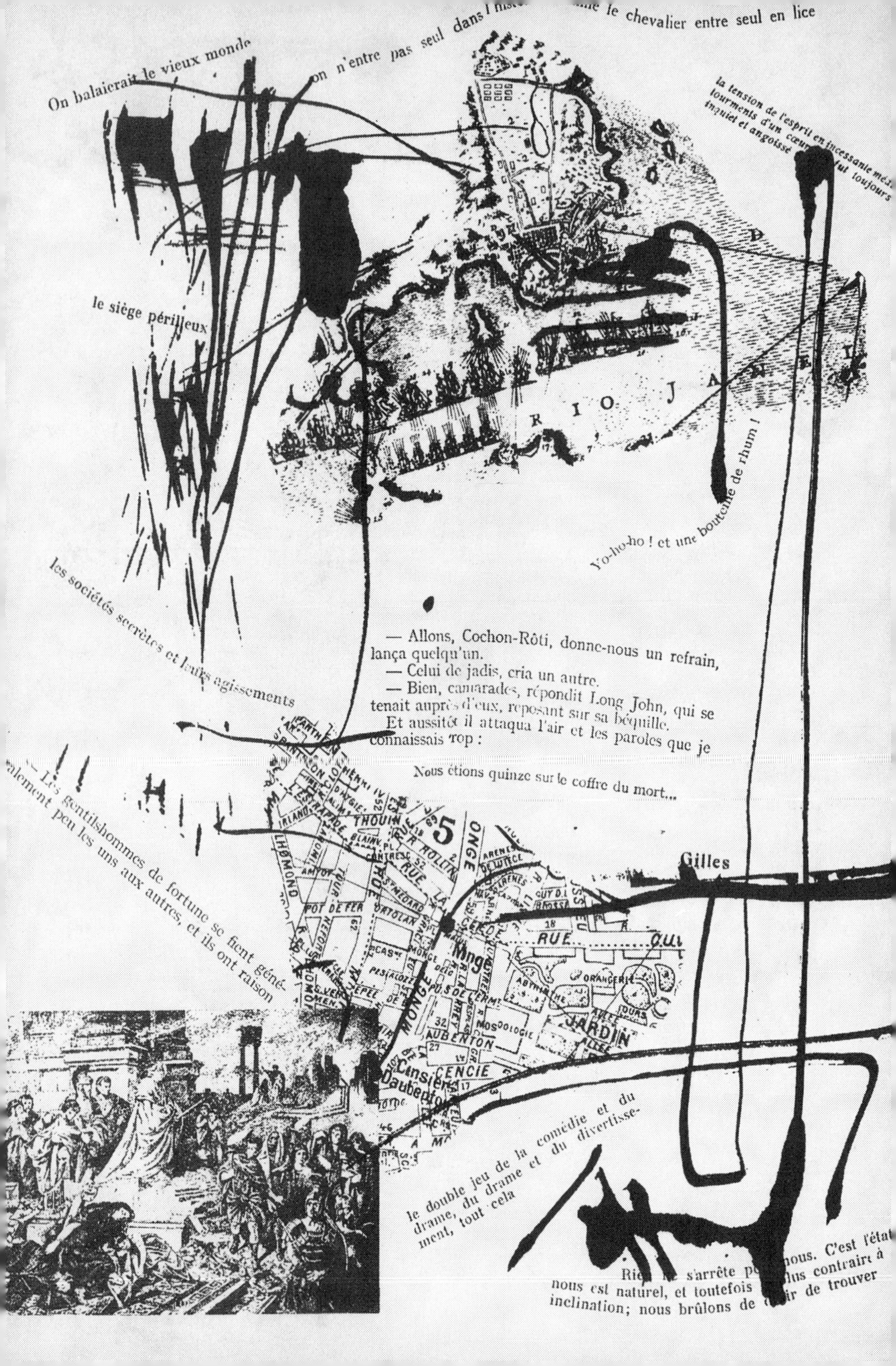

le chevalier entre seul en lice
On balaierait le vieux monde
on n'entre pas seul dans l'histoire
la tension de l'esprit en incessante
tourments d'un cœur
inquiet et angoissé
le siège périlleux
RIO
Yo-ho-ho ! et une bouteille de rhum !
les sociétés secrètes et leurs agissements
— Allons, Cochon-Rôti, donne-nous un refrain, lança quelqu'un.
— Celui de jadis, cria un autre.
— Bien, camarades, répondit Long John, qui se tenait auprès d'eux, reposant sur sa béquille.
Et aussitôt il attaqua l'air et les paroles que je connaissais trop :
Nous étions quinze sur le coffre du mort...
— Les gentilshommes de fortune se fient généralement peu les uns aux autres, et ils ont raison
Gilles
THOUIN
5
MONGE
RUE
JARDIN
AUBENTON
ORANGERIE
le double jeu de la comédie et du drame, du drame et du divertissement, tout cela
nous est naturel, et toutefois
inclination; nous brûlons de
de trouver

le château mystérieux

FERMÉ A DIX HEURES
POUR UNE RÉUNION PRIVÉE

ON Y MANGEAIT BIEN...
ET L'ON Y RENCONTRAIT
BEAUCOUP DE GENS. DES
ÉCRIVAINS, DES ARTISTES.
PLUS OU MOINS PAUVRES
ET, TOUS, PLEINS D'ILLU-
SIONS

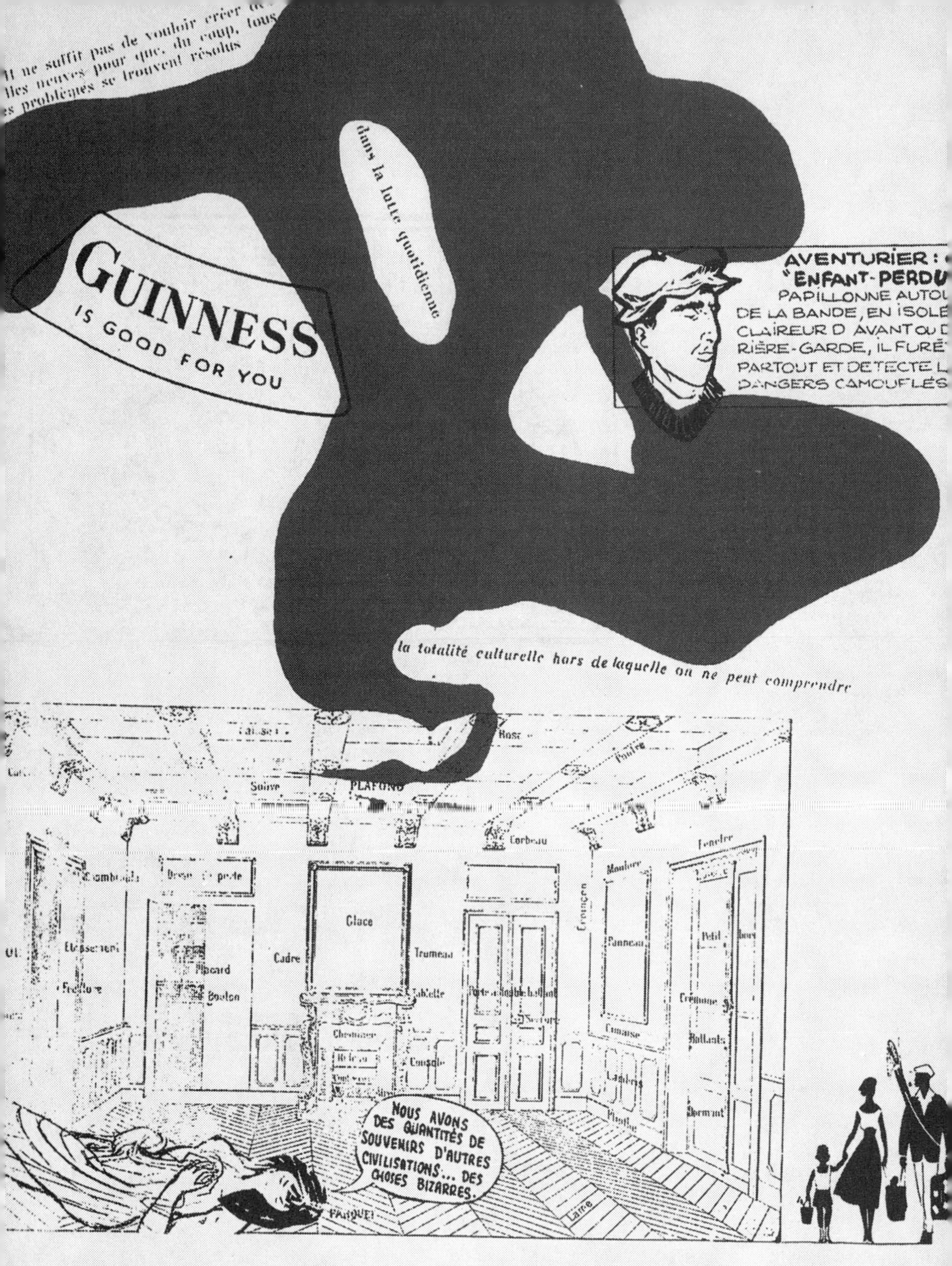

Il ne suffit pas de vouloir créer de
lles neuves pour que, du coup, tous
es problèmes se trouvent résolus
dans la lutte quotidienne
GUINNESS IS GOOD FOR YOU
AVENTURIER :
"ENFANT-PERDU
PAPILLONNE AUTOU
DE LA BANDE, EN ISOLÉ
CLAIREUR D AVANT OU D
RIÈRE-GARDE, IL FURÈ
PARTOUT ET DÉTECTE L
DANGERS CAMOUFLÉS
la totalité culturelle hors de laquelle on ne peut comprendre
Solive
PLAFOND
Corbeau
Glace
Cadre
Trumeau
Tablette
Console
Placard
Bouton
Panneau
Crémone
Battants
Dormant
Parquet
Lame
NOUS AVONS DES QUANTITÉS DE SOUVENIRS D'AUTRES CIVILISATIONS... DES CHOSES BIZARRES.

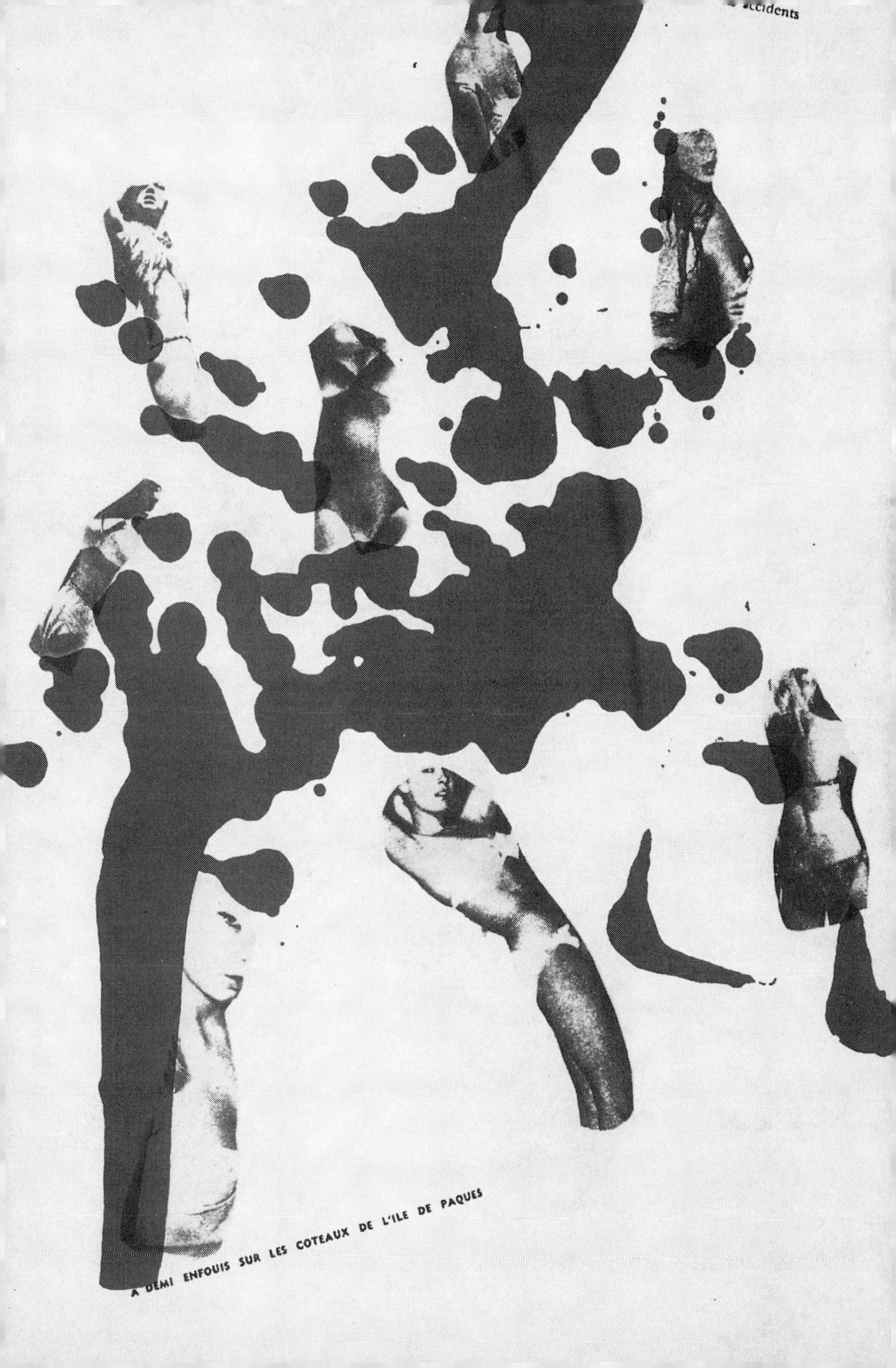
A DEMI ENFOUIS SUR LES COTEAUX DE L'ILE DE PAQUES

Ces détails mêmes, je ne les ai pas tous donnés : car, qui pourrait dire tout sans un mortel ennui ?

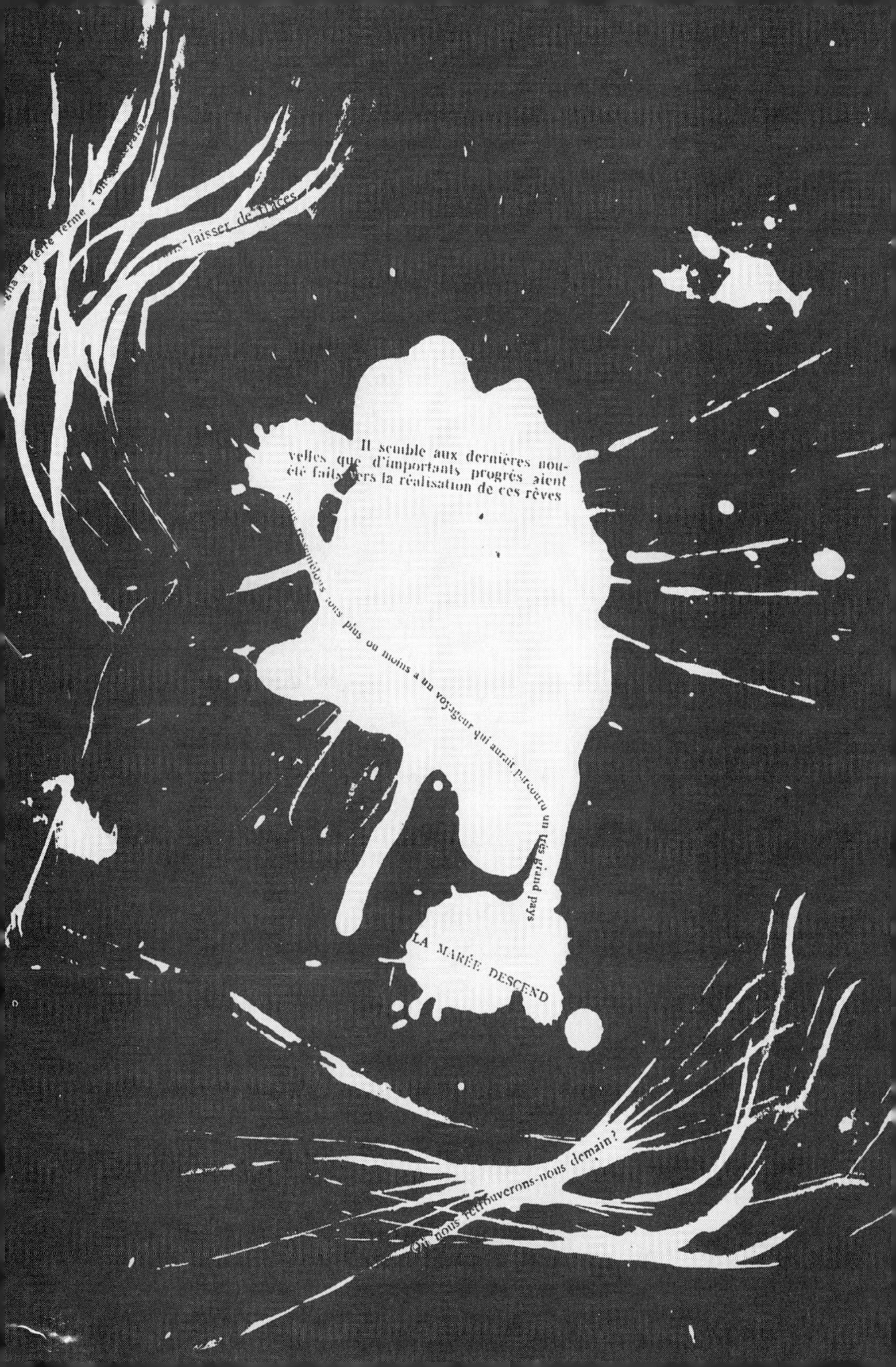
la terre ferme ; on
laisser de traces
Il semble aux dernières nouvelles que d'importants progrès aient été faits vers la réalisation de ces rêves
Nous ressemblons tous plus ou moins à un voyageur qui aurait parcouru un très grand pays
LA MARÉE DESCEND
Où nous retrouverons-nous demain?

je voulais parler la belle langue de mon siècle

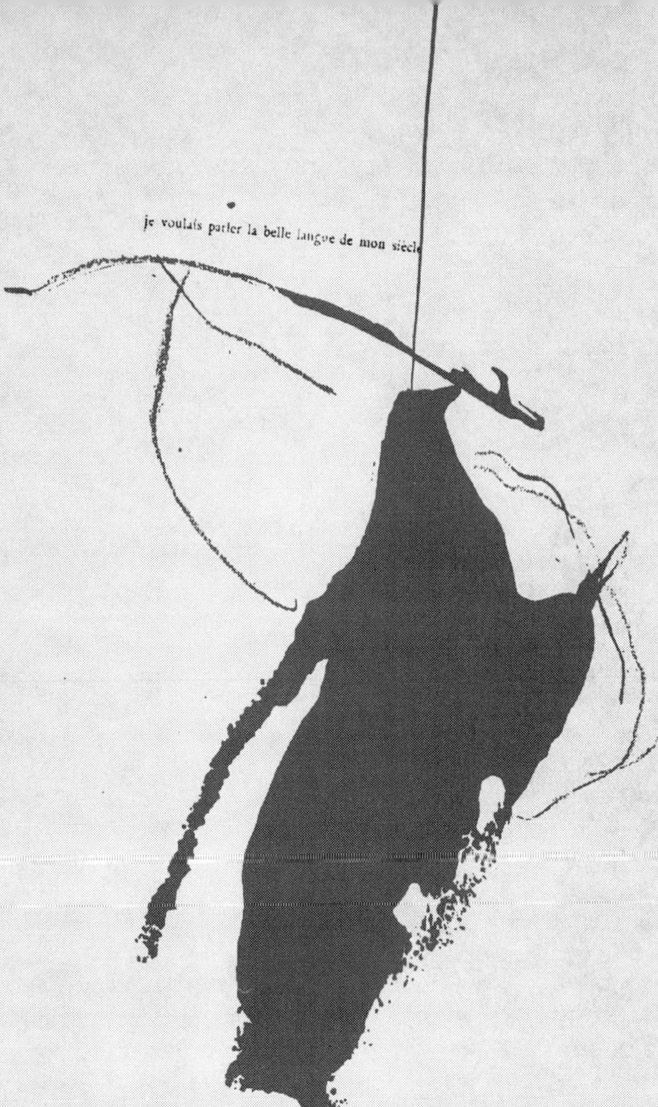

Origines des détournements indiquées, autant que possible, en mars 1986.

Debord

[L'ouvrage est composé dans l'hiver 57-58, imprimé à Copenhague vers l'automne de 1958, en dépit de la mention imprimée « 1959 ».]

[Tous les livres et journaux ici utilisés ont paru, au plus tard, en 1957, et généralement avant.]

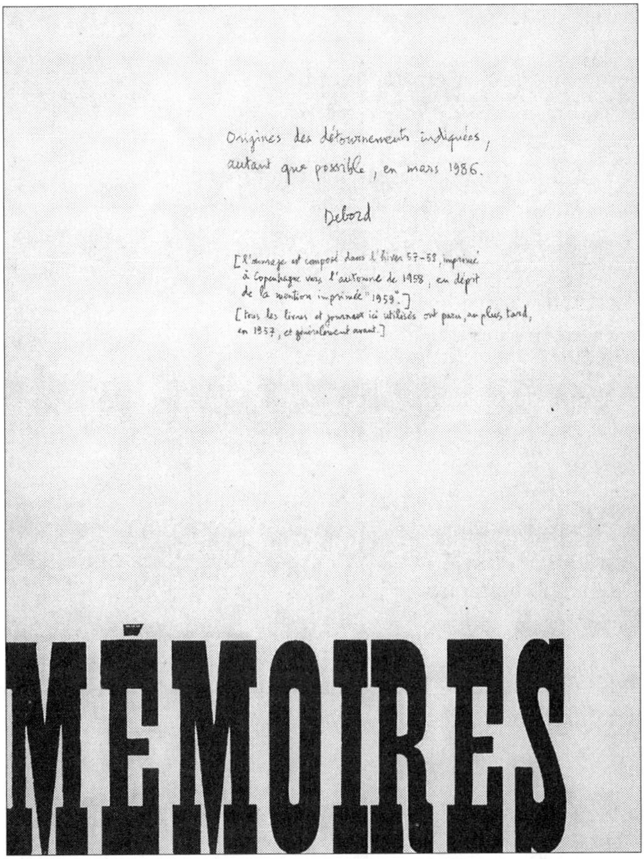

1986

Relevé des détournements notés par Guy Debord sur un exemplaire des *Mémoires.*

Juin 1952

Me souvenir de toi ? Oui, je veux
Shakespeare

on observera des franges de silence
manuel de physique

Le soir, Barbara
roman policier

ce curieux système de récit
critique cinématographique

pleine de discorde et d'épouvante
Shakespeare

il s'agit d'un sujet profondément imprégné d'alcool
roman sur un thème médical (de Jean Reverzy : *le Passage*)

Bien entendu, je vais tout de même agiter des événements et émettre des considérations
souvenirs d'un dadaïste (*Déjà jadis* d'Hugnet ?)

Maîtresse de ses désirs, elle vit le monde ; elle en fut vue
Bossuet

Tous les parfums d'Arabie
Shakespeare (*Macbeth*)

– Ma jeune mémoire
Shakespeare

Mais l'originalité de l'homme a été, jusqu'à présent, sa possession d'une mémoire à *accès rapide*
article de journal, sur les mémoires artificielles

– Que dites-vous ? la vie ?
Shakespeare

« comme l'eau forte sur le fer »
manuel d'histoire, à propos de Frédéric II

Tout nous renvoie à l'héroïne et il n'y a pas ici de récit, l'action dramatique est absente
critique cinématographique, sur le film d'Ophüls *Lola Montès*

la grande affaire de cette nuit, qui, pour toutes les nuits et tous les jours à venir, nous assurera une autocratie souveraine et l'empire absolu
Shakespeare (*Macbeth*)

les sollicitations d'un passé qui ne peut revivre que dans le souvenir, ou dans une « répétition » où, quoi qu'on fasse, il se dégradera
critique littéraire

Le dessein non plus n'est pas très clair, et les amateurs d'histoires bien bouclées en seront pour leurs frais : le récit commence un peu au hasard et se termine de même
critique cinématographique

– Le pouvoir est entre nos mains
article historique, sur la révolution russe

Le même effort de réalisme se retrouve dans l'écriture des dialogues
critique cinématographique

Elle se mit à trembler, sans répondre
roman policier

Ainsi les grandes convulsions pas encore entièrement apaisées
manuel de géographie

j'avais trouvé les seins de Barbara
roman policier

Elle brûle du même désir
Bossuet

références érotiques ou sadiques visiblement destinées à « épater » ou choquer le bourgeois
critique littéraire

Barbara s'est mise à hurler
roman policier

Elle prenait la plus grande partie de son plaisir de cette façon. À un moment, si je ne l'avais retenue, elle se serait affalée sur le sol en proie à des convulsions
roman policier

avec Barbara on se rendait compte que cette fille n'était pas normale
roman policier

la frénésie érotique mine les bases de l'ordre établi
critique littéraire

l'arrangement des mots qui aboutit au discours transforme quelque chose dans l'ordre du monde par une action sur les consciences : celle qui le formule et celles qui l'entendent. Il est la brèche par où s'engouffre un moment d'éternité dans un monde qui roule obscurément vers sa perte
critique littéraire

Puis les secousses s'espacent, s'atténuent, s'apaisent
manuel de géographie

le vin de la vie est tiré, et la lie seule reste à cette cave pompeuse
Shakespeare (*Macbeth*)

on pousse le mépris de la méthode jusqu'à démembrer les épisodes successifs : on n'en retrace pas les grandes lignes, on les évoque indirectement par leurs détails secondaires
critique cinématographique, sur le même film d'Ophüls

ton extraordinairement juste pour parler de cette vie
critique littéraire

La réalisation aussi porte les marques de la jeunesse
critique cinématographique

son terrible, magnifique et désespéré désordre
critique littéraire

Tous les éléments du roman policier américain s'y retrouvent, violence, sexualité, cruauté, mais la scène
notice d'un livre de science-fiction

La vérité, ou ce qu'on a coutume d'appeler ainsi, je ne la connais pas, je l'oublie, je ne la regarde pas, je ne sais pas ce que c'est
souvenirs du même dadaïste

Dans cette monstrueuse et dérisoire carte du Tendre c'est la recherche d'un personnage qui est proposée à travers ses existences successives
critique cinématographique

On pense à tant de choses à la fois, tant de choses se pressent en nous, dans un même moment. Comment résister à ce vertige qui nous assaille en permanence ?
interview de l'acteur James Dean

Barbara déchire son corsage ; elle a pas de soutien-gorge
roman policier

Ainsi sous un visage riant, sous cet air de jeunesse qui semblait ne promettre que des jeux
Bossuet

les sollicitations d'un passé qui ne peut revivre que dans le souvenir
critique littéraire (reprise)

sous cet air de jeunesse qui semblait ne promettre que des jeux
Bossuet (reprise)

ni tous les sirops somnifères du monde
Shakespeare

et dire que par ce sommeil nous mettons fin
Shakespeare (*Hamlet*)

le moi mythologique qui fabrique des illusions de grandeur et de puissance afin de se cacher ses terreurs et sa dépendance
critique littéraire

en amassant des choses que le vent emporte
Bossuet

Et Thomas de Quincey buvant
L'opium poison doux et chaste
À sa pauvre Anne allait rêvant
Guillaume Apollinaire

et qu'ensuite on n'entend plus
Shakespeare (*Macbeth*)

des chuchotements et des phrases perdues comme dans la vie
critique cinématographique, sur le même Ophüls

c'est une histoire dite par un idiot, pleine de fracas et de furie, et qui ne signifie rien
Shakespeare (*Macbeth*)

Devant l'œuvre d'un jeune cinéaste, les réticences les plus étranges sont de mise
critique cinématographique (sur qui ?)

un exemple manifeste et unique dans tous les siècles de ces extrémités furieuses
Bossuet

Je ne m'arrêterai cette fois qu'à la bande sonore qui est bouleversante dans toute l'acception du terme
critique cinématographique, sur le même Ophüls

D'autres ont dit et diront encore la beauté de ce que l'on voit sur l'écran, l'usage révolutionnaire qui est fait du cinéma
critique cinématographique, sur Ophüls ?

Je crois que nous ne nous reverrons jamais
Près d'un baiser les lumières des rues de l'hiver finiront
(Fin de l'improvisation lettriste)
Après toutes les réponses à contretemps, et la jeunesse qui se fait vieille, la nuit retombe de bien haut
Écran noir
Guy-Ernest Debord
scénario du premier film de Debord (revue *Ion*, 1952)

Qui a fait, en si peu d'images, un plus beau poème de la solitude ?
critique cinématographique (sur qui ?)

Je dévidai toutes les bobines de la cinémathèque et les jetai
roman de science-fiction

Hurlements en faveur de
tract sur le premier film de Debord, en 1952

le public se sentait atteint dans sa dignité et criait au fou
roman policier

on entendait les cris aigus des bonnes femmes et les injures des hommes. Les salauds, ordures, fumiers, assassins, bouchers, résonnaient
roman policier (sur un combat de catch)

(dessin de Maurice Henry)
Ciné-club : Vous assistez à la projection du premier film raté
dessin sur le premier film de Debord, en 1952

Les arts futurs seront des bouleversements de situations, ou rien
Debord, 1952, *Prolégomènes à tout cinéma futur* (dans la revue *Ion*)

Décembre 1952

(photo)
Debord, été 1953

Quelle démonstration veut-on faire et qui croit-on gêner ?
article de journal, sur une grève de l'électricité

une destinée mauvaise, pour que nous soyons l'entretien des hommes à venir
Iliade

la haine de tous et de nous-mêmes
Baudelaire

j'abonde en penchants diversement criminels que je satisfais par tous les moyens
Shakespeare (*Macbeth*)

Les eaux tièdes de l'Atlantique
manuel de géographie

Quand elle se fut débarrassée du cache-sexe
roman policier

comme l'or dans un gisement de vils métaux
Shakespeare

Notez qu'à cette époque, les plus tristes côtés du personnage n'étaient pas connus comme ils l'ont été depuis par les aveux mêmes de ses *Mémoires*.
note d'un manuel, sur les *Mémoires* de Retz

Le temps a été court, je l'avoue
Bossuet

Elle avait l'air d'avoir froid et d'avoir peur
roman policier

L'excitation à dire et à se souvenir repose sur une base tout à fait matérielle
critique littéraire

nous bûmes outre mesure de toutes sortes de vins
Baudelaire

Elle leva les mains sur sa poitrine. - Qu'est-ce que tu vas me faire ? dit-elle d'une voix rauque. Tu vas encore me battre ? C'est tout ce que tu sais faire. Tu ne peux pas prendre une femme comme n'importe quel homme. Il faut que tu fasses d'autres choses...
roman policier (autre)

débauche de mineure je sais où ça mène
roman policier

elle me souriait et à côté du sien le sourire de Dent-Blanche Colgate
roman policier

Notre vie est un voyage
Dans l'hiver et dans la Nuit
Nous cherchons notre passage
Dans le Ciel où rien ne luit
épigraphe du *Voyage au bout de la nuit*

Elle restait debout, torturant sa lèvre inférieure
roman policier

un réseau de souvenirs, d'obsessions, de pensées vagues, de réflexions, d'appréhensions
critique cinématographique

la jeunesse trouve la révolte en elle-même quand elle ne la trouve pas près d'elle
Shakespeare

Bernard, Bernard, cette verte jeunesse ne durera pas toujours
Bossuet

(photo)
Éliane Pápaï

(photo)
Debord, hiver 1952-53

La prostitution est la forme la plus fréquente de la délinquance des filles. Au Centre d'observation de Chevilly-la-Rue installé dans un établissement du Bon Pasteur, où elles sont envoyées pour trois mois en observation par le tribunal des enfants de la Seine, on cite les chiffres suivants : sur 421 mineures passées au Centre en 1956, 276 avaient été arrêtées pour vagabondage. Parmi elles 17 étaient réellement des prostituées

article de journal, sur la jeunesse rebelle

Je me rappelle une masse confuse de choses mais n'y distingue rien de particulier. Je me rappelle une querelle, mais n'en vois pas la cause

Shakespeare (*Othello*)

Nous étions quinze sur le coffre du mort...
Yo-ho-ho ! et une bouteille de rhum !
La boisson et le diable ont expédié les autres,
Yo-ho-ho ! et une bouteille de rhum !

Stevenson, chanson de *L'Île au trésor*

(photo)

Édith Abadie

leurs volontés changeantes, ou leurs paroles trompeuses ; la diverse face des temps ; les amusements des promesses ; l'illusion des amitiés de la terre, qui s'en vont avec les années et les intérêts

Bossuet

(photo)

P.-J. Berlé, S. Berna, Pierre Feuillette, J.-M. Mension, Mel Sabre

Plus inconstants que l'Automne ou Printemps

Maurice Scève

(photo)

Michèle Bernstein

Quel métier vouliez-vous exercer en sortant de l'école ? Avez-vous choisi librement vos métiers successifs ou avez-vous été

contraint par la nécessité de travailler ? Quelles sont vos occupations favorites pendant vos loisirs ?
questionnaire de psychologue du travail

Mais alors ?... Alors, il reste de l'action, de l'angoisse, de la violence
notice des romans policiers de la Série Noire

(photo)
Mohamed Dahou

Comment va le monde à présent, monsieur ?
Shakespeare

dans le temps où nous avions le jugement si court et les cheveux si longs
Baudelaire

(photo)
Pépère de Vincennes, Éliane Pápaï, Jean-Michel Mension

Ils ne sont pas pour eux-mêmes ; ils sont neutres, indifférents, suspendus à tout, sans s'excepter
Pascal

Ils jouent souvent à ce jeu, car ils trouvent délicieuse la sensation que l'on éprouve quand on s'évanouit
article d'ethnologie

– L'histoire commence, s'arrête, reprend, ne finit pas. Elle a la logique des cauchemars ou peut-être de ces souvenirs des malades qui vont mourir
critique cinématographique

(photo)
P.-J. Berlé, Éliane Derumez, Jacqueline Harispe

– Nous avons perdu les meilleures années,
Bientôt le jeu sera fini pour toujours
Juan Goytisolo (*Jeux de mains* ?)

et, dans les cas les plus désespérés, sortir par la fenêtre
article de journal, sur la même grève de l'électricité

après la fièvre convulsive de cette vie, il dort bien
Shakespeare (*Macbeth*)

Certes, le rêveur ne sait pas qu'il rêve. Il est foncièrement acquis aux spectacles, aux circonstances, aux propos et aux émotions qui constituent son rêve
article de psychologie

Qu'on ne dise pas que je n'ai rien dit de nouveau : la disposition des matières est nouvelle
Pascal

c'était un dégoût secret de tout ce qui a de l'autorité, et une démangeaison d'innover sans fin, après qu'on en a vu le premier exemple
Bossuet

Je la sens trembler comme une enfant
roman policier

comme cet autre rôdeur de la nuit, surnommé Jack l'Éventreur, dans quelque sombre impasse de Whitechapel, à Londres, quelque soixante-cinq ans auparavant
roman policier (autre)

La violence n'est que l'indice du désert des cœurs
roman-photo

Tout cela, cependant, est présenté dans un style artificiel, – où sans doute les années provocantes de Saint-Germain-des-Prés
article de variétés, sur quelque chanteur

L'éloquence continue ennuie
Pascal

Septembre 1953

C'est dans les [rues] de Paris que se forma une puissance nouvelle qui n'existait pas au siècle précédent
manuel d'histoire (phrase altérée)

Le lecteur s'instruira à chaque page ; et peut-être lui arrivera-t-il de songer à l'ingéniosité de ces hommes primitifs combattant à leur manière les infirmités de notre nature
notice d'un livre d'ethnologie

décor dans lequel la vie devient, à travers ses fêtes, peu à peu théâtre
article sur l'architecture

ce qu'on appelle aujourd'hui l'*urbanisme*, c'est-à-dire l'art d'aménager et d'embellir [les divertissements
phrase altérée

Les années n'infirment que les membres, et nous avons déformé les passions
Baudelaire

l'apparition des dériveurs
article sur les loisirs (à propos de bateaux à bas prix)

Dans une aventure d'une telle envergure il serait ridicule de vouloir fixer des priorités ou des suites
souvenirs d'un dadaïste

revêtir tout le monde extérieur d'une intensité d'intérêt
Edgar Poe

tout ce qui est emporté par la rapidité du temps
Bossuet

(photo)
Debord, automne 1953

autour d'un des plus singuliers et admirables de tous les monuments
article sur l'architecture

Nous n'étions pas tant
Debord

(photo)
Mohamed Dahou

Déjà le jour plus grand nous frappe et nous éclaire
Racine

un nouvel usage de la vie
Debord

sans doute les plus grands architectes de tous les temps
article d'ethnologie ?

(photo)
Patrick Straram

C'est l'air nouveau d'aujourd'hui :
une certaine simplicité et un raffinement certain
Les tenues habillées sont en plusieurs épisodes
article de mode

Lorsque le cataclysme prend fin, on s'aperçoit qu'il a modifié le relief
manuel de géographie

Leur insolite parut plutôt comique, enfantin, primaire et pour beaucoup ridicule
souvenirs du même dadaïste ?

l'histoire du passage du Nord-Ouest
manuel de géographie

Ceux qui se reconnaissaient pour les compagnons de la Quête
Cycle breton

les retrouverions-nous jamais comme cet été-là, avec cet éclat
Françoise Sagan

pauvres, errants, travestis, « desquels aussi le monde n'était pas digne »
Bossuet

comme la poudre et les matières colorantes du feu, ils éblouissent et s'évanouissent dans les ténèbres
Baudelaire

l'évolution de la mode et les courants nouveaux
article sur la mode

villes [*à l'usage de ceux qui voient*
phrase altérée

On y retrouve le gigantisme presque fatigant qui caractérise partout les commencements de la civilisation
article d'ethnologie

Oui, en vérité, c'est bien *là* le décor que je cherchais
Edgar Poe ?

Dans la lutte contre les idées anciennes, nul ne montra plus de hardiesse
manuel d'histoire, à propos de Diderot

(photo)
Ivan Chtcheglov (Gilles Ivain)

Singulière profession que la nôtre, d'immenses travaux, des fatigues sans nom, jamais de répit, bref, un destin en marge de celui des autres hommes
roman sur un thème médical (Jean Reverzy)

Et cette simultanéité exprime l'ambiguïté de l'architecture nouvelle. Celle-ci est cependant une réalité, et, sous nos yeux, avec vingt ans de retard, Paris s'ouvre aux formes nouvelles
article sur l'architecture, approuvant niaisement le modernisme (Françoise Choay ?)

Mais on a naturellement compris que ces ambiguïtés ne doivent rien à la psychologie, elles naissent des interférences des situations
critique littéraire

Toutes ces influences se succèdent, se superposent ou s'enchevêtrent
manuel de géographie

l'une des plus remarquablement variées parmi toutes les organisations internes d'espaces urbains
article sur l'architecture

la hantise devient délire et obsession, toute l'architecture se muant en décor, faux marbres, fausses pierres, trompe-l'œil, jamais suffisant, jamais satisfaisant, la surabondance accentuant la déception
article sur l'architecture

dans le feu des injures, des menaces, des exécrations et des blasphèmes
Retz

un avis sur les murs de Paris annonça le passage éphémère
article historique, sur l'apparition initiale des Rose-Croix

cette vieille canaille d'Europe
Trotsky

Je n'étais rien, au départ. À mes côtés, pas l'ombre d'une force, ni d'une organisation. En France, aucun répondant et aucune notoriété. À l'étranger, ni crédit, ni justification
De Gaulle (*Mémoires de guerre*)

Mais c'est à l'intérieur du labyrinthe à la fois morne et fabuleux, si somptueux, si délabré, de cet entassement désordonné, fastueux et absurde, de salles, de cours et de jardins
article sur l'architecture

Les continents dont on dit qu'ils sont solides
manuel de géographie

– La situation de ce château est charmante
Shakespeare (*Macbeth*)

mais on n'entendit parler dans le pays d'aucun cadavre de Malais trouvé sur la grande route ; cet étrange voyageur était donc suffisamment familiarisé avec le poison
Baudelaire, notes sur Thomas de Quincey (*Un mangeur d'opium*)

Mais la pauvre Ann, qu'en est-il advenu ? Chaque soir, il l'a cherchée ; chaque soir, il l'a attendue au coin de Tichfield-street. Il s'est enquis d'elle auprès de tous ceux qui pouvaient la connaître ; pendant les dernières heures de son séjour à Londres, il a mis en œuvre pour la retrouver tous les moyens à sa disposition. Il connaissait la rue où elle habitait mais non la maison
Baudelaire, notes sur Thomas de Quincey (*Un mangeur d'opium*)

Au bout d'un instant, ils virent entrer par la porte neuf chevaliers armés qui quittèrent leurs heaumes et leurs armures, puis, s'inclinant devant Galaad, lui dirent : « Sire, nous sommes venus en grande hâte pour nous asseoir avec vous à la table où nous sera partagé le haut manger. » Galaad leur répondit qu'ils arrivaient à temps puisque lui-même et ses compagnons étaient là depuis peu. Tous s'assirent dans la salle, et Galaad leur demanda d'où ils venaient. Trois d'entre eux répondirent qu'ils étaient de Gaule, trois d'Irlande, et les trois autres de Danemark.
Cycle breton

Les romans à la mode leur avaient tourné la tête. Ils se prenaient eux-mêmes pour des héros de roman. « Ce mélange d'écharpes bleues, raconte Retz, de dames, de cuirasses, de violons qui étaient dans la salle, de trompettes qui étaient dans la place, donnait un spectacle qui se voyait plus souvent dans les romans qu'ailleurs ; Noirmoutiers
« Je m'imagine que nous sommes assiégés dans Marcilly
– Vous avez raison, lui répondis-je…
manuel d'histoire, sur la Fronde

le changement de cadre fait son œuvre habituelle : l'obsession cesse
article de psychologie

la tension de l'esprit en incessante méditation, les tourments d'un cœur qui fut toujours méfiant, inquiet et angoissé
manuel d'histoire

– Allons, Cochon-Rôti, donne-nous un refrain, lança quelqu'un.
– Celui de jadis, cria un autre.

– Bien, camarades, répondit Long John, qui se tenait près d'eux, reposant sur sa béquille.
Et aussitôt il attaqua l'air et les paroles que je connaissais trop :
Nous étions quinze sur le coffre du mort...
Stevenson (*L'Île au trésor*)

- Les gentilshommes de fortune se fient généralement peu les uns aux autres, et ils ont raison
Stevenson

le double jeu de la comédie et du drame, du drame et du divertissement, tout cela
critique théâtrale (à propos du *Don Juan* de Molière ?)

Rien ne s'arrête pour nous. C'est l'état qui nous est naturel, et toutefois le plus contraire à notre inclination ; nous brûlons de désir de trouver
Pascal

(collage)
Machiavel, Retz, Hegel, Marx, Fourier

On y mangeait bien... et l'on y rencontrait beaucoup de gens. Des écrivains, des artistes. Plus ou moins pauvres et tous, pleins d'illusions
roman-photo

Il ne suffit pas de vouloir créer des villes neuves pour que, du coup, tous les problèmes se trouvent résolus
critique d'architecture

Ces détails mêmes, je ne les ai pas tous donnés : car, qui pourrait dire tout sans un mortel ennui ?
Montesquieu (préface de *L'Esprit des lois*)

Nous ressemblons tous plus ou moins à un voyageur qui aurait parcouru un très grand pays
Baudelaire

je voulais parler la belle langue de mon siècle
Baudelaire (*si* je voulais...)

Constant et la voie de l'urbanisme unitaire

En tête du texte original, une note manuscrite de Guy Debord précise : « Pour une exposition à Essen – publié, très coupé et modifié par Constant (catalogue) – 1959 ».

Rédigé en janvier 1959, ce texte était initialement destiné à la première monographie de la « Bibliothèque d'Alexandrie » consacrée au situationniste hollandais Constant. En janvier 1960, une partie seulement de ce texte (moins d'un quart) paraissait en allemand dans le catalogue d'une exposition des maquettes de Constant (« Konstruktionen und Modelle », 9 janvier-9 février 1960, galerie Van de Loo à Essen). Guy Debord protesta contre l'utilisation de sa signature à la fin d'un texte dont le sens se trouvait grandement altéré par des coupures (« On doit faire savoir que l'on retire sa signature après la moindre censure »). Nous le donnons ici pour la première fois dans son intégralité.

La crise de la société actuelle est indivisible. Les rapports sociaux dominants ne peuvent s'adapter au développement accéléré des forces productives, et cet antagonisme régit aussi bien la culture que l'économie et la politique. Les efforts qui sont dépensés, à tout moment et non sans efficacité, pour nous cacher cette vérité banale obligent à la rappeler au préalable. C'est à partir d'elle que l'on comprend une activité de notre temps. Partout, les nécessités de la création d'un niveau supérieur s'opposent aux habitudes de la pensée et du comportement. Puisque nous nous sommes rangés du côté des promoteurs de cette création, nous ne pouvons nous servir innocemment d'aucune des formes qui appartiennent à la totalité culturelle dépassée. Il nous faut nous étonner des pratiques les plus usuelles, et voir comme elles concourent à former le sens général d'une façon de vivre établie. Ainsi, par exemple, ce que l'on appelle critique d'art. Nous sommes d'accord avec ce qui tendait, dans les mouvements extrémistes dont la succession a fait l'art moderne, à une mise en question d'un cadre de la vie, à son remplacement. Nous sommes plus précisément partisans, maintenant, du programme défini par l'Internationale situationniste. Estimant qu'il est temps d'en venir à construire des situations complètes ; rejetant les moyens fragmentaires et usés de l'expression artistique, nous pouvons être des agitateurs ; jamais les juges ou les avocats aux tribunaux comiques du goût contemporain. Ce commentaire pour les photographies de quelques objets édifiés par Constant se différenciera donc d'abord de la critique d'art.

La critique d'art, dont l'apparition est directement liée aux conditions bourgeoises du commerce artistique, doit évidemment continuer de nos jours, avec ces conditions. Mais le même processus qui a poussé par degrés à leur destruction les diverses branches esthétiques traditionnelles a réduit parallèlement la prise sur le réel que peut avoir la critique d'art en elle-même, c'est-à-dire indépendamment des travaux sur l'histoire de l'art : un jugement du présent et une reconnaissance de l'avenir.

Toute critique véritable met en cause, fondamentalement, la décomposition des superstructures culturelles, et le monde de la décomposition n'a pas besoin de critique. Ainsi la raison d'être et en même temps tout l'arsenal des moyens de la critique d'art du prétendu modernisme tiennent désormais dans l'exposé confus d'un enthousiasme incommunicable. Les professionnels ont pour règle d'employer à cette fin un sous-produit obscur du langage poétique d'il y a quarante ans, coupé d'anecdotes personnelles tout aussi pauvres mais qui l'humanisent.

En reprenant ces quelques traits notoires de la critique d'art d'aujourd'hui, je devrai dire au contraire que pour nos camarades situationnistes, pour Constant et pour moi, les recherches tridimensionnelles dont il est question ici ne sauraient être objet d'enthousiasme, parce qu'elles ne sont que les éléments épars sur la voie d'une future construction des ambiances, d'un urbanisme unitaire. Qu'il est facile de comprendre la signification du travail de Constant, non par l'exposé lyrique des préférences d'un spectateur, mais en considérant ce qu'il a écrit lui-même sur ses positions et ses perspectives, qui sont aussi les nôtres. Enfin, que nous ne favoriserons évidemment pas un culte de la personnalité au moyen des confidences ordinaires, alors que nous voulons aller au-delà de la division du travail artistique.

Le point central de notre entreprise, dans ce moment où elle se constitue, c'est l'obligation de rompre sans esprit de retour avec toutes les modes avant-gardistes que nous connaissons, ou que nous aurions pu nous-mêmes répandre. Le demi-succès de certaines innovations et aussi bien le demi-succès de notre jeunesse – je ne pense pas ici à des succès d'ordre social, c'est-à-dire économique – risquent de nous attacher à une liberté d'idées comme à une liberté de gestes qui demeurent insuffisantes. Un moindre ennui n'est pas encore notre jeu. Il ne faut pas réduire le champ de nos désirs au déjà-vu où nous sommes sentimentalement ramenés, notre approche généralement difficile et incomplète de ces désirs connus contribuant encore à les embellir. Contre ce défaitisme Constant, écrivant en 1949 dans la revue *Cobra* que « parler de désir, pour nous, hommes du vingtième siècle, c'est parler de l'inconnu », désignait l'arme universelle de l'expérimentation permanente : « Pour ceux qui portent loin leur regard dans le domaine du désir, sur le plan artistique, sur le plan sexuel, sur le plan social, sur tout autre, l'expérimentation est un outil nécessaire pour connaître la source et le but de nos aspirations, leurs possibilités, leurs limites[1]. » On sait que l'évolution ultérieure d'un des principaux courants (l'Internationale des artistes expérimentaux puis, après sa dissolution en 1951, le Mouvement international pour un Bauhaus imaginiste) qui devaient composer notre groupement présent a été, à chaque étape, dominée par le mot d'ordre d'expérimentation. Certains en faisaient une étiquette irréelle couvrant n'importe quelle production personnelle normale. D'autres cherchaient à lui donner une application vérifiable. Constant, qui demandait dans son intervention au Congrès d'Alba, en 1956, que la nouvelle architecture fût une poésie pour loger, montrait qu'en se servant des nouveautés de la technique et du matériau « pour la première fois dans l'histoire, l'architecture pourra devenir un véritable art de construction ». En 1958, il déclarait dans une discussion sur l'orientation de l'I.S. : « Pour ma part, j'estime que le caractère choquant qu'exige la construction d'ambiances exclut les arts traditionnels [...] Nous devons donc inventer de nouvelles techniques dans tous les domaines [...] pour les unir plus tard dans l'activité complexe qui engendrera l'urbanisme unitaire [2]. »

Ces prises de position marquent l'avance de la conception expérimentale, au-delà des formes artistiques abandonnées, vers le travail collectif, les nouveaux modes d'intervention culturels, et dans son stade suprême la transformation ininterrompue et consciente de tout le milieu matériel ; c'est-à-dire sur le terrain même qu'offrent aux méthodes expérimentales les pouvoirs auxquels accède l'humanité. Dès avant cette radicalisation progressive des moyens, la ligne générale était bien vue, comme en témoigne le texte déjà cité de Constant : « La liberté ne se manifeste que dans la création ou dans la lutte, qui au fond ont le même but : la réalisation de notre vie [3]. »

1. « C'est notre désir qui fait la révolution », *Cobra* n° 4.
2. « Sur nos moyens et nos perspectives », *Internationale situationniste* n° 2.
3. « C'est notre désir qui fait la révolution », *Cobra* n° 4.

Nous avons donc pris conscience d'être à un tournant de l'histoire de la pratique sociale. Dans la vie quotidienne, dans la totalité culturelle qui est produite par cette vie et réagit créativement sur elle, l'avenir proche appartiendra au renversement des arts-spectacles séparés et durables, au profit de techniques d'intervention unitaires et transitoires. Dans la perspective de ce changement de plan, de cette rupture qualitative, beaucoup ont laissé l'un ou l'autre des domaines artistiques qu'ils avaient spontanément rencontrés mais dans lesquels ils avaient fait l'expérience de l'épuisement de l'esthétique. Constant a abandonné depuis longtemps la peinture, pour construire des objets susceptibles d'être intégrés dans un habitat répondant à des préoccupations ludiques nouvelles ; puis enfin des maquettes pour un urbanisme unitaire.

« Dans la période de transition, l'art créatif se trouve en conflit permanent avec la culture existante, tandis qu'il annonce en même temps une culture future [...] L'esprit bourgeois domine encore la vie entière, et il va même jusqu'à apporter aux masses un art populaire préfabriqué. [...] Le vide culturel n'a jamais été si manifeste que depuis cette guerre », lit-on dans le *Manifeste* du groupe expérimental hollandais, rédigé par Constant en 1948[4]. Les dix années qui ont suivi cette observation ont fait voir, jusqu'à la dérision, l'écoulement régulier de ce vide culturel, fouetté par des attractions de cirque ; et son incapacité à se renouveler ; et la misère d'une pensée dominante qui ne contrôle plus et ne comprend plus son époque ; la misère et la démission des masses qui ont assimilé les sous-produits de l'idée de bonheur de leurs patrons. Pourquoi donc voulons-nous renverser la culture existante, sortir du plan où elle s'est toujours déroulée avec des alternances de réussite et de vide relatifs, au lieu de parier sur le caractère transitoire de la crise, au lieu d'aider à la réformer ? Cette culture a produit ses propres fossoyeurs avec les avant-gardes, plus ou moins conscientes, qui nous ont précédés. Elle passera forcément, avec ce cadre de vie qui, de toutes parts et quel que doive être le suivant, s'effondre. « En fait, écrit Constant, elle

4. *Reflex* n° 1.

n'a jamais été capable, cette culture, de satisfaire un seul homme, ni un esclave, ni même le maître qui se croyait heureux dans un luxe, dans une luxure où se localisaient toutes les possibilités créatives de l'individu[5]. » Et c'est là le premier motif qui nous oblige, quand le choix personnel nous est laissé, à choisir notre camp, à mépriser la société dominante : même les maîtres ne savent pas, ne peuvent pas s'y plaire. Leur liberté est statique, bornée par les impératifs de leur propre règne. Il n'y a de liberté que théorique pour les ennemis de la liberté. Constant, dans le même texte, rejetant le procès faussé de la compréhension – « un art populaire ne peut pas correspondre actuellement aux conceptions du peuple, car le peuple tant qu'il ne participe pas activement à la création artistique, ne conçoit que les formalismes imposés[6] » – exprime au contraire l'essentiel de nos intérêts : « Nous ne voulons pas être "compris" mais être libérés. »

L'œuvre de Constant, par ce qu'elle présente d'inachevé, de « modèle réduit », comme plus généralement toutes les tendances de l'activité situationniste, illustre parfaitement la fausse liberté artistique bourgeoise. L'artiste n'a, au mieux, que la liberté de faire son métier d'artiste, c'est-à-dire de réaliser une certaine production normalisée, correspondant aux besoins de telle ou telle couche du public, très différencié, de la culture dominante. Une volonté réellement avant-gardiste aujourd'hui pose immédiatement le problème de nouveaux métiers, qui ne peuvent guère s'exercer dans le cadre de la société bourgeoise, et dont le développement prévisible, étant donnés les moyens étendus qu'il exige, n'est même pas conciliable avec une économie capitaliste. Ces métiers ne sont déjà plus des métiers à proprement parler. Ils sont des emplois d'un type nouveau, dans lequel s'amorce le mouvement de dépérissement des métiers. Ils sont engagés dans la transition vers l'univers des loisirs. Ils devront disposer des techniques anarchiques et inemployés que notre époque a inventées à ce jour, et de leurs emplois futurs. J'ai déjà dit qu'« il n'y a pas de liberté dans l'em-

5. « C'est notre désir qui fait la révolution », *Cobra* n° 4.
6. « Manifeste » du groupe expérimental hollandais, *Reflex* n° 1.

ploi du temps sans la possession des instruments modernes de construction de la vie quotidienne. L'usage de tels instruments marquera le saut d'un art révolutionnaire expérimental[7] ». C'est donc par une nécessité interne que nous sommes liés à l'ensemble de l'entreprise révolutionnaire : « Nous sommes condamnés à l'expérimentation par les mêmes causes qui acculent le monde à la lutte [8]. »

Évidemment notre position n'est pas facile. Et l'incertitude règne quant aux résultats positifs que nous pourrons atteindre. Irons-nous, les premiers, jusqu'aux jeux supérieurs à venir ? Saurons-nous, au moins, travailler utilement dans ce sens ? Sinon les constructions intermédiaires ne vaudront rien, marchandises restées simples marchandises, souvenirs vulgairement restés souvenirs.

Nous sommes séparés de la société dominante. Nous sommes également obligés de nous séparer des milieux artistiques dominants, ce qui signifie non seulement ceux qui dominent la consommation bourgeoise encore classique, mais aussi ceux qui, dans le même cadre, sont réputés modernistes. Les individus qui composent cette couche artistique sont naturellement entre eux en état de concurrence. Mais nous, si notre tâche est poursuivie comme il faut, nous nous trouvons en contradiction totale avec leurs intérêts économiques en tant que groupe. « Une liberté nouvelle va naître, notait déjà le *Manifeste* du groupe expérimental hollandais, qui permettra aux hommes de satisfaire leur désir de créer. Par ce développement l'artiste professionnel va perdre sa position privilégiée : ceci explique la résistance des artistes actuels[9]. » Les répétitions artistiques sont une noble attitude. Cependant le besoin humain n'a jamais été aussi fort qu'à notre époque, jamais si objectivement valorisé.

Nous sommes séparés du mouvement ouvrier dégénéré, et des intellectuels qui sont à son service avec les armes de classe de la

7. « Thèses sur la révolution culturelle », *Internationale situationniste* n° 1.
8. « C'est notre désir qui fait la révolution », *Cobra* n° 4.
9. *Reflex* n° 1.

culture bourgeoise. Nulle part on ne diffuse une pensée, un goût, une morale révolutionnaire. Mais l'équilibre actuel ne pourra pas définitivement intégrer les forces déclenchées par le progrès technique, dont un nouveau tournant décisif s'est amorcé. Pas plus qu'il ne saura pleinement employer ces puissances disponibles, le capitalisme, avec ses variantes, en dépit de ses ruses pour le dressage d'un prolétariat consommateur, ne saura abolir la réalité de l'exploitation. Le mouvement révolutionnaire se reformera, et nous croyons que nos positions y participent.

Nous sommes séparés des consolations éprouvées de la vieille culture, et par exemple de la gloire d'avant-garde, et radicalement de l'estime de nos aînés qui firent tant pour la révolte et le beau langage. Mais que disait Constant ? : « Nous avons trouvé des amis sans perdre des ennemis. Les ennemis sont-ils indispensables ? Ils le sont, ils le seront jusqu'à ce que nos problèmes soient vaincus : nos ennemis nous donnent conscience et de notre pouvoir et de notre faiblesse[10]. »

Les méthodes de transformation consciente de notre milieu sont encore jeunes. Dans la culture et la vie quotidienne, elles viennent seulement d'apparaître. Les situationnistes appellent à s'unir les individus les plus avancés dans tous les secteurs concernés par un tel projet.

10. « Høsterport », *Cobra* n° 1.

Destinée à une revue danoise, *La Démesure mesurée* (*Mådeligt umådehold*) fut écrite par Guy Debord à l'instigation d'Asger Jorn, en réponse à un article du critique littéraire Torben Brostrøm, *Det umådelige mådehold* (*La Mesure immesurable*), paru à Copenhague en janvier 1959 dans le premier numéro du journal littéraire *Vindrosen*. Ce texte est resté inédit à ce jour.

La Démesure mesurée

L'article de Torben Brostrøm part d'une intention très sympathique. C'est un appel aux artistes et aux intellectuels du Danemark pour qu'ils liquident leurs vieilles habitudes littéraires et artistiques, et pour qu'ils participent plus étroitement au mouvement moderniste de la culture européenne. Cependant, du point de vue de l'avant-garde internationale, l'analyse et les conclusions de Brostrøm nécessitent plusieurs remarques.

Brostrøm manque d'une compréhension réelle de la nature du mouvement créatif dans la culture moderne, et de ses fins. La tendance au changement, vers une nouveauté supérieure, est à la fois un phénomène permanent dans l'évolution humaine et, sous sa forme « moderniste » accélérée et théorisée, un trait spécifique de notre époque, depuis la révolution industrielle. La reproduction machiniste, en même temps qu'elle ouvrait des perspectives inconnues à l'organisation de la vie sociale, y compris dans ses constructions culturelles, a posé autrement le problème du nouveau en créant, pour la première fois, des objets identiques. Avec l'éclatement de la sphère artisanale, dans laquelle l'art rejoignait la fabrication d'objets usuels, la production de la nouveauté artistique, activité nettement différenciée, devient extrémiste. La prise de conscience de ceci dans l'histoire artistique est marquée par les futuristes et Apollinaire.

Plus généralement, on peut considérer le XVIIIe siècle comme le moment où le développement atteint par les techniques et la pensée scientifique commence à faire dominer l'idée que notre milieu est transformable selon nos desseins. Cette fin de l'époque de la résignation (ruine de la métaphysique, premiers bouleversements conscients des rapports sociaux), signifiera également, dans son actuelle extension, dans son approfondissement, la fin de l'époque de l'expression artistique inactive. Le modernisme, essentiellement, veut changer le monde, et non plus notre manière de concevoir ou de décrire le monde. Ainsi, dans la culture, il n'est pas seulement libération formelle : la libération formelle n'est qu'un des aspects préalables, une condition nécessaire au modernisme. On est vite arrivé au bout de la libération formelle. Le modernisme, que l'on ne peut reconnaître dans l'une ou l'autre des modes passées où se sont fixés quelques aspects successifs de son mouvement, envisage des constructions nouvelles plus complexes, de nouveaux terrains d'application pour des méthodes supérieures d'enrichissement de la vie. Il est lié nécessairement au mouvement général de changement du monde, et se heurte à des obstacles corollaires. Le modernisme vivant a toujours un caractère hors la loi ; et quand Brostrøm dit : « le modernisme n'a pas tenté la majorité des talents importants chez nous », il fait preuve d'une grande naïveté. Qu'en est-il donc hors du Danemark ? Malgré la touchante modestie de Brostrøm, nous sommes partout minoritaires.

De même que la vision du modernisme par Brostrøm manque de rigueur quand il s'agit de séparer la création réelle et les répétitions officialisées, elle manque d'ampleur en présentant le point de vue exclusif de la poésie, c'est-à-dire d'une écriture poétique « moderne » déjà dépassée. Brostrøm ne s'élève pas jusqu'à la totalité culturelle. Cependant une connaissance du dynamisme de celle-ci lui ferait voir que le mouvement de disparition de l'écriture poétique a été précisément un des prodromes de la décomposition de l'ancienne culture, un signe avant-coureur de son remplacement par une poésie directe de la vie.

Brostrøm ne tient aucun compte de la dialectique de la culture européenne. Il part de l'idée qu'une culture privilégiée se ferait en France (ou aussi en Allemagne, en Angleterre, enfin dans un secteur avancé de l'Europe), et que le Danemark ne peut mieux faire que de l'adapter au plus vite. Il est partisan d'une sorte de colonialisme culturel, et ne voit pas d'autre rôle progressif pour son pays. Mais nous savons bien que les chasses gardées de l'économie coloniale sont un déversoir pour les sous-produits des métropoles. Et c'est ce qui se passe avec Brostrøm. Il vient vanter *ex cathedra* aux Danois le langage de René Char, qui n'a jamais eu d'importance (n'étant qu'une dégradation des procédés surréalistes) et qui est déjà très démodé à Paris, et se désole que son auditoire soit si ignorant, et si incapable d'imiter. C'est là un état d'esprit de professeur absolument non créatif, et puis-

Henrik Pontoppidan (1857-1943), écrivain dont les romans présentent une critique fondamentale des mouvements religieux et matérialistes au Danemark vers la fin du XIXe siècle. Prix Nobel 1917.

« Det degnetunge Danmark », le qualificatif *degnetunge* est composé de *degn*, sacristain (qui désigne aussi péjorativement un instituteur car les sacristains enseignaient alors dans les écoles rurales), et de *tung*, lourd.

qu'il est question de faire le procès du Danemark, il faut penser avant tout au mot de Pontoppidan que Jørgen Nash rappelait récemment, sur « det degnetunge Danmark ».

En réalité, le Danemark n'est pas absent du mouvement avant-gardiste international. Les conditions du modernisme sont différentes au Danemark et en France, par exemple. Le modernisme artistique en France a atteint sans doute sa plus grande concentration ; il a trouvé le meilleur champ pour son extrémisme. Ceci n'empêche pas qu'il y est faible, isolé dans une minorité séparée des masses, facile à déraciner. Une part importante de la population, soutien de toutes les aventures réactionnaires, est archaïque par son rôle économique, son mode de vie et ses goûts. Les arts individuels ont un public spécialisé dans l'audace, mais le plus timide modernisme ne peut pas s'étendre à l'architecture. Au contraire, la diffusion populaire d'un certain modernisme dans un pays comme le Danemark, si elle est privée de tout côté spectaculaire, concerne la vie quotidienne. Une telle diffusion peut constituer une base nécessaire pour les problèmes de l'avant-garde, qui se posent, pour donner un ordre de grandeur, à l'échelle de l'urbanisme. Tout ceci ne veut pas dire que nous sommes prêts à prendre notre parti de ce qu'il y a d'arriéré au Danemark, et la poésie classique est ridicule aujourd'hui. Mais, dans une perspective internationaliste, nous devons tenir compte des conditions particulières de chaque pays pour faire progresser notre travail commun. Nous ne croyons pas utiles de moderniser des secteurs attardés, et condamnés à disparaître au Danemark aussi bien qu'ailleurs. On peut profiter de certaines conséquences avantageuses du sous-développement, dans la culture comme dans l'économie. On sait que les gens armés d'arcs qui se sont trouvés au contact de gens armés de fusils ont adopté cette arme en s'épargnant le stade intermédiaire de l'arbalète. Peut-être la jeunesse danoise passera-t-elle directement de la poésie classique à la construction des ambiances sans perdre deux générations dans l'écriture automatique.

Cependant le sous-développement n'est pas aussi réel que le pense Brostrøm. Et la première raison est que la question de la culture d'avant-garde se pose dans la perspective immédiate des conditions culturelles unifiées de toute la planète. Dès à présent, son unité européenne est visible. Une organisation des forces modernistes dans la culture a été tentée voici bientôt quarante ans, avec le projet avorté du « Congrès de Paris », par la tendance qui, restant isolée, devait constituer la doctrine surréaliste. Les bases d'une telle organisation expérimentale, non plus parisienne mais européenne, ont été jetées en 1956, au Congrès d'Alba, où la représentation du Danemark était importante.

Mais Brostrøm ignore probablement ce point, tant il est apparent qu'il est peu renseigné sur ce qui s'est fait d'important, d'original, depuis vingt ans, aussi bien en France que dans son pays. Quand il parle du Danemark, il ne connaît rien plus loin que *Linien* et *Konkretion*. Or, c'est précisément à partir de sa séparation d'avec ce surréalisme importé qu'une véritable pensée d'avant-garde s'est constituée au Danemark (voir à ce propos *Pour la forme* d'Asger Jorn, au chapitre « Origines et chemins de l'unité »). Cette tendance, dont on trouve le point de départ dans la revue *Helhesten*, a réagi d'une façon notable sur l'ensemble de la culture d'avant-garde européenne, et d'abord à travers le mouvement Cobra (l'Internationale des artistes expérimentaux). Il est étrange de faire la leçon à ses compatriotes pour qu'ils deviennent plus modernes, quand on ne veut soi-même rien connaître après 1939. Il est étrange de ne découvrir au Danemark que « des poèmes normaux et mesurés dans des livres d'art normaux dessinés par des architectes », alors que ce sont deux lithographes de Copenhague, Permild et Rosengreen, qui nous ont donné les moyens de réaliser deux livres expérimentaux dans les derniers dix-huit mois, avec des procédés nouveaux qui ont été imités presque aussitôt en Amérique.

Linien, revue du groupe abstrait-surréaliste fondé en 1934 par Wilhelm Bjerke-Pedersen, Richard Mortensen et Ejler Bille. *Konkretion*, revue surréaliste créée en 1935 par Bjerke-Pedersen après sa séparation du groupe Lilien.

Pendant l'occupation allemande, Asger Jorn participa, de 1941 à 1944, à la publication de la revue *Helhesten* (*Cheval de l'Enfer*). Il y contribua par des articles et des lithographies.

Pour sa connaissance du modernisme en France, il suffit de dire que Torben Brostrøm est tributaire d'un Henning Fenger, dont le livre *Europa – ellerej ?* peut à bon droit se donner pour un modèle de ridicule, d'ignorance et de mauvaise foi. Henning Fenger passe au Danemark pour un expert de la culture française, et ici il prétend représenter la culture de son pays. Mais nous, voyant que Fenger connaît si mal la France,

Henning Fenger (1921-1985), professeur de littérature à l'université d'Århus, spécialiste de Georg Brandes et de Kierkegaard, auteur en 1958 d'*Europa – ellerej ?* (*Europe – ou non ?*).

nous ne croyons pas qu'il représente mieux le Danemark. Et une connaissance directe de ce que font nos camarades danois confirme cette hypothèse. Le modernisme, celui qui transforme vos vies, avance masqué. Il est masqué par les Henning Fenger et le bruit stupide et admiratif qu'ils font autour des redites comiques, qui sont les caricatures du modernisme, comme ils sont eux-mêmes des caricatures d'intellectuels.

Les conclusions de Brostrøm sont d'une grande timidité. Quel était donc le but de son article ? Conseiller que l'on tienne davantage compte des expériences de la psychologie moderne pour décrire encore et toujours l'état d'âme de l'éternel petit-bourgeois qui « dit toujours : d'un côté… de l'autre… » et qui, arrivé au bout de son article héroïque, commence à le regretter, à voir les difficultés, à fuir le reproche de partialité en montrant que l'on ne peut rien « exiger », et surtout pas un art expérimental. En fait, Torben Brostrøm a critiqué la mesure démesurée de son petit monde, mais c'est pour proposer une démesure mesurée qui ne vaut pas mieux. Je crains que ce ne soit cela que Brostrøm aime dans ce qu'il croit être la France moderniste : un pantin comme Jean Cocteau disant qu'« il faut savoir jusqu'où aller trop loin », ou l'ignoble Camus débitant dans *L'Homme révolté* son ersatz de révolte sur mesure.

On peut répondre par le mot d'ordre de Rimbaud : « Il faut être absolument moderne. » Le scandale de l'originalité de Rimbaud, on conçoit qu'il ne puisse pas être obtenu cette année avec des poèmes rimbaldiens, même réformés. Torben Brostrøm est, dans la culture, un réformiste. Et justement c'est avant tout le réformisme politique qui explique le Danemark d'aujourd'hui, et ses insuffisances, et aussi bien ses conditions culturelles. Il s'agit d'être révolutionnaires, et de faire surgir, parmi le bruit et la fureur de la vieille société décomposée, le nouveau monde indivisible de la culture et de la vie pratique.

Paris, le 17 février 1959

Écologie, psychogéographie et transformation du milieu humain

Écrit au bas du manuscrit, resté inédit : « Notes envoyées à Constant, sans doute vers le printemps 59. »

1

La psychogéographie est la part du jeu dans l'urbanisme actuel. À travers cette appréhension ludique du milieu urbain, nous développerons les perspectives de la construction ininterrompue du futur. La psychogéographie est, si l'on veut, une sorte de « science-fiction », mais science-fiction d'un morceau de la vie immédiate, et dont toutes les propositions sont destinées à une application pratique, directement pour nous. Nous souhaitons donc que des entreprises de science-fiction de cette nature mettent en question tous les aspects de la vie, les placent dans un champ expérimental (au contraire de la science-fiction littéraire ou du bavardage pseudo-philosophique qu'elle a inspiré – qui, elle, est un saut simplement imaginaire, religieux, dans un avenir si inaccessible qu'il est détaché de notre propre monde réel autant que l'a pu l'être la notion de paradis. Je n'envisage pas ici les côtés positifs de la science-fiction, par exemple comme témoignage d'un monde en mouvement ultrarapide).

2

Comment peut-on distinguer la psychogéographie des notions voisines, inséparables, dans l'ensemble du jeu-sérieux situationniste ? C'est-à-dire les notions de psychogéographie, d'urbanisme unitaire et de dérive ?

Disons que l'urbanisme unitaire est une théorie – en formation – sur la construction d'un décor étendu. L'urbanisme unitaire a donc une existence précise, en tant qu'hypothèse théorique relativement vraie ou fausse (c'est-à-dire qui sera jugée par une praxis).

La dérive est une forme de comportement expérimental. Elle a aussi une existence précise comme telle, puisque des expériences de dérive ont été effectivement menées, et ont été le style de vie dominant de quelques individus pendant plusieurs semaines ou mois. En fait, c'est l'expérience de la dérive qui a introduit, formé, le terme de psychogéographie. On peut dire que le minimum de réalité du mot *psychogéographique* serait un qualificatif – arbitraire, d'un vocabulaire technique, d'un argot de groupe – pour désigner les aspects de la vie qui appartiennent spécifiquement à un comportement de la dérive, daté et explicable historiquement.

La réalité de la psychogéographie elle-même, sa correspondance avec la vérité pratique, est plus incertaine. C'est un des points de vue de la réalité (précisément des réalités nouvelles de la vie dans la civilisation urbaine). Mais nous avons passé l'époque des points de vue interprétatifs. La psychogéographie peut-elle se constituer en discipline scientifique ? Ou plus vraisemblablement en méthode objective d'observation-transformation du milieu urbain ? Jusqu'à ce que la psychogéographie soit dépassée par une attitude expérimentale plus complexe – mieux adaptée –, nous devons compter avec la formulation de cette hypothèse qui tient une place nécessaire dans la dialectique décor-comportement (qui tend à être un point d'interférence méthodique entre l'urbanisme unitaire et *son emploi*).

3

Considérée comme une méthode provisoire dont nous nous servons, la psychogéographie sera donc tout d'abord la reconnaissance d'un domaine spécifique pour la réflexion et l'action, la reconnaissance d'un *ensemble de problèmes* ; puis l'étude des conditions, des lois de cet ensemble ; enfin des recettes opératoires pour son changement.

Ces généralités s'appliquent aussi, par exemple, à l'écologie humaine dont l'« ensemble de problèmes » – le comportement d'une collectivité dans son espace social – est en contact direct avec les problèmes de la psychogéographie. Nous envisageons donc les différences, les points de leur distinction.

4

L'écologie, qui se préoccupe de l'habitat, veut faire sa place dans un complexe urbain à un espace social pour les loisirs (ou parfois, plus restrictivement, à un espace urbaniste-symbolique exprimant et mettant en ordre visible la structure fixée d'une société). Mais l'écologie n'entre jamais dans des considérations sur les loisirs, leur renouvellement et leur sens. L'écologie considère les loisirs comme hétérogènes par rapport à l'urbanisme. Nous pensons au contraire que l'urbanisme domine aussi les loisirs ; est l'objet même des loisirs. Nous lions l'urbanisme à une idée nouvelle des loisirs, comme, d'une façon plus générale, nous envisageons l'unité de tous les problèmes de transformation du monde ; nous ne reconnaissons de révolution que dans la totalité.

5

L'écologie divise le tissu urbain en petites unités qui sont partiellement des unités de la vie pratique (habitat, commerce) et partiellement des unités d'ambiance. Mais l'écologie procède toujours du point de vue de la population fixée dans son quartier – dont elle peut sortir pour le travail ou pour quelques loisirs – mais où elle reste *basée*, enracinée. Ce qui entraîne une vision particulière du quartier donné, des quartiers qui le délimitent et de la majeure partie de l'ensemble urbain qui est littéralement « terra incognita » (cf. plans de Chombart de Lauwe 1) sur les déplacements d'une jeune fille du XVIe arrondissement. 2) sur les relations d'une famille ouvrière du XIIIe arrondissement).

La psychogéographie se place du point de vue du passage. Son champ est l'ensemble de l'agglomération. Son observateur-observé est le passant (dans le cas-limite le sujet qui dérive systématiquement). Ainsi les découpages du tissu urbain coïncident parfois en psychogéographie et en écologie (cas des coupures majeures : usines, voies de chemin de fer, etc.) et parfois s'opposent (principalement sur la question des lignes de communication, des relations d'une zone à une autre). La psychogéographie, en marge des relations utilitaires, étudie les relations par attirance des ambiances.

6

Les centres d'attraction, pour l'écologie, se définissent simplement par les besoins utilitaires (magasins) ou par l'exercice des loisirs dominants (cinéma, stades, etc.). Les centres d'attraction spécifique de la psychogéographie sont des réalités subconscientes qui apparaissent dans l'urbanisme lui-même. C'est de cette expérience qu'il faut partir pour construire consciemment les attractions de l'urbanisme unitaire.

7

Les procédés d'enquête populaire de l'écologie, dès qu'ils avancent dans la direction des ambiances, s'égarent dans les sables mouvants d'un langage inadéquat. C'est que la population interrogée, qui a une obscure conscience des influences de cet ordre, n'a pas de moyen de les exprimer. Les écologues ne lui sont d'aucune aide parce qu'ils ne proposent pas d'instrument intellectuel pour éclairer ce terrain où ils n'ont pas de prise scientifique. Et le peuple n'a évidemment pas les possibilités d'une description littéraire, qui serait d'ailleurs très déformante (malgré l'existence d'aperçus furtifs de cette question dans l'écriture moderne).

Un exemple frappant a été donné par la télévision française en janvier 1959. Dans une émission (*À la découverte des Français*) étudiant cette fois-là les conditions de vie dans le quartier Mouffetard, plusieurs habitants du quartier et un écologue réunis autour d'une table convinrent tous que le quartier était un îlot insalubre d'affreux taudis et en même temps qu'il était une sorte d'endroit privilégié pour vivre. Tous furent incapables de définir le charme de cet îlot insalubre, tous refusèrent la destruction qui est officiellement décidée par la Ville de Paris, et furent également incapables de proposer la moindre perspective pour résoudre ces contradictions.

À la découverte des Français, émission de Jacques Krier et Jean-Claude Bergeret dont le sociologue Paul-Henri Chombart de Lauwe était le conseiller scientifique.

Il faut dans ce domaine l'apparition d'une nouvelle espèce de praticiens-théoriciens qui les premiers sauront parler des influences de l'urbanisme et sauront les modifier.

8

En dissociant l'habitat – au sens restreint actuel – du milieu en général, la psychogéographie introduit la notion d'ambiances inhabitables (pour le jeu, le passage, pour les contrastes nécessaires dans un complexe urbain passionnant, c'est-à-dire dissocie les ambiances architecturales de la notion d'habitat-logement). L'écologie est rigoureusement prisonnière de l'habitat, et de l'univers du travail (donc de cet urbanisme décrit dans la conférence de l'Academie voor Bouwkunst comme « une organisation de bâtiments et d'espaces selon des principes esthétiques et utilitaires »). Croyant saisir aussi dans les loisirs la vie libre, l'écologie ne saisit en fait que la pseudo-liberté du loisir qui est le sous-produit nécessaire à l'univers du travail.

L'Académie d'architecture d'Amsterdam, où la section hollandaise de l'Internationale situationniste fit en avril 1959 une conférence sur l'urbanisme unitaire diffusée par magnétophone.

9

Cette domination du temps social du travail réduit à peu de chose les variations horaires de l'écologie (essentiellement, aux moments de déplacement massif des travailleurs et aux intervalles entre ces moments). Pour la psychogéographie au contraire chaque unité d'ambiance doit être envisagée en fonction de ses variations horaires totales de jour et de nuit, et même dans ses variations climatiques (saison, orages, etc.). La psychogéographie doit tenir compte des changements d'éclairage (naturel et artificiel), et aussi des *changements de population à travers le temps* – même si dans certaines divisions de la journée de vingt-quatre heures les couches de populations intéressées sont numériquement très faibles.

10

L'écologie néglige, et la psychogéographie souligne les juxtapositions de populations diverses en une seule zone. Car ce peut être une part de la population, infiniment la plus faible, qui domine l'ambiance humaine de la zone. Pour prendre l'exemple du quartier de Saint-Germain-des-Prés autour de 1950, architecturalement, écologiquement et socialement parfaitement bourgeois et petit-bourgeois (également au maximum de l'implantation religieuse), la présence de cinquante à cent individus dans la rue – et quelques cafés – effaçait absolument en ce qui concerne l'ambiance et le mode de vie, le « véritable » quartier, la population des maisons sans contact avec la rue. Et le fait était si objectif qu'il constituait une attraction touristique internationale. Ce qui souligne le caractère partiel, unilatéral, d'un effort de compréhension d'une zone urbaine à travers l'étude exclusive de ses *habitants*. Il est plus intéressant de savoir ce qui peut attirer quelque part ceux qui habitent ailleurs.

11

L'écologie se propose l'étude de la réalité urbaine d'aujourd'hui, et en déduit quelques réformes nécessaires pour harmoniser le milieu social que nous connaissons. La psychogéographie, qui n'a de sens que comme détail d'une entreprise de renversement de toutes les valeurs de la vie actuelle, est sur le terrain de la transformation radicale du milieu. Son étude d'une « réalité urbaine psychogéographique » n'est qu'un point de départ pour des constructions plus dignes de nous.

La vie continue d'être libre et facile, collage expédié par Guy Debord à Constant en 1959 (timbre et figurines de zouaves sur un fragment du plan psychogéographique *Naked City*). L'original est conservé au Rijksbureau voor Kunsthistorische Documentatie, La Haye.

Note inédite, 1959.

Théorie situationniste

Ce doit être une vieille revendication de l'esprit humain, refuser cette dure nécessité vulgaire : on ne peut être à la fois avec telle ou telle femme, à la mer et à la montagne, ivre mort et lisant Hegel, dans la procession et la regardant passer, dedans et dehors. (Et pourtant, il faudrait…)

Voir aussi que cette spécialisation dans l'espace se retrouve dans les époques traditionnelles de la vie (jeune et mûr, etc.)

D'où l'attirance de l'art intégral, du baroque multipolaire, de la « situation ». L'idée en urbanisme de « supprimer les marges frontières » (*I.S.* 2) ; le charme de la rencontre de la forêt et de la mer, de la carte du Larousse (*I.S.* 1).

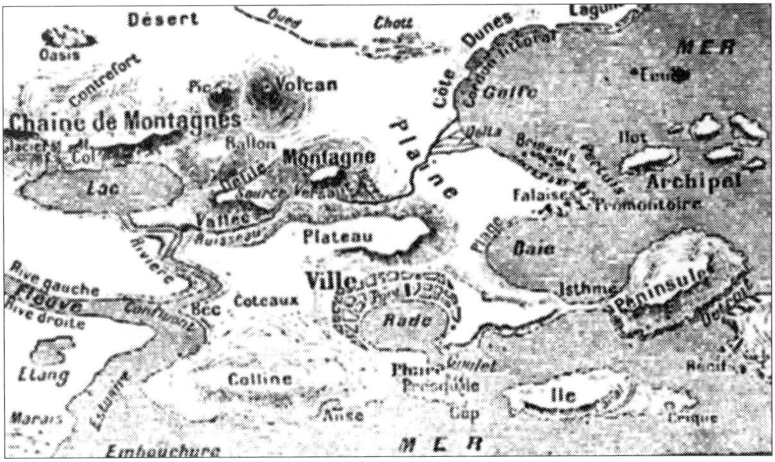

Message de l'Internationale situationniste

Composé d'extraits de son *Rapport sur la construction des situations* et de textes parus dans le premier numéro d'*Internationale situationniste* (ses « Thèses sur la révolution culturelle » ainsi que quatre notes éditoriales : « Le bruit et la fureur », « Problèmes préliminaires à la construction d'une situation », « La lutte pour le contrôle des nouvelles techniques de conditionnement » et « Contribution à une définition situationniste du jeu »), *Message de l'I.S.* fut enregistré par Guy Debord, avec Claude Frère (voix de jeune fille) et Serge Korber. Réalisé peu avant le tournage de son court-métrage *Sur le passage de quelques personnes à travers une assez courte unité de temps*, cet enregistrement fut expédié le 6 avril 1959 à Constant. Était joint à la bande magnétique, le montage des textes collés au verso de six couvertures de la revue *I.S.* n° 1, avec indication par Guy Debord des lecteurs de chaque fragment. « Je t'enverrai lundi au plus tard – c'est-à-dire le 6 – la bande

(*Serge*) Message de l'Internationale situationniste

(*Guy*) Ceux qui veulent dépasser, dans tous ses aspects, l'ancien ordre établi ne peuvent s'attacher au désordre du présent, même dans la sphère de la culture. Il faut lutter sans plus attendre, aussi dans la culture, pour l'apparition concrète de l'ordre mouvant de l'avenir. C'est sa possibilité, déjà présente parmi nous, qui dévalorise toutes les expressions dans les formes culturelles connues. Il faut mener à leur destruction extrême toutes les formes de pseudo-communication, pour parvenir un jour à une communication réelle directe (dans notre hypothèse d'emploi de moyens culturels supérieurs : la situation construite). La victoire sera pour ceux qui auront su faire le désordre sans l'aimer.

(*Claude*) Une action révolutionnaire dans la culture ne saurait avoir pour but de traduire ou d'expliquer la vie, mais de l'élargir. Il faut faire reculer partout le malheur.

(*Serge*) Avec l'exploitation de l'homme doivent mourir les passions, les compensations et les habitudes qui en étaient les produits. Il faut définir de nouveaux désirs, en rapport avec les possibilités d'aujourd'hui. Il faut déjà, au plus fort de la lutte entre la société actuelle et les forces qui vont la détruire, trouver les premiers éléments d'une construction supérieure du milieu, et de nouvelles conditions de comportement. Ceci à titre d'expérience, comme de propagande. Tout le reste appartient au passé, et le sert.

(*Claude*) Les situationnistes exécuteront le jugement que les loisirs d'aujourd'hui prononcent contre eux-mêmes.

(*G.*) Les situationnistes envisagent l'activité culturelle, du point de vue de la totalité, comme méthode de construction expérimentale de la vie quotidienne, développable en permanence avec l'extension des loisirs et la disparition de la division du travail (à commencer par la division du travail artistique).

(*Serge*) La conception que nous avons d'une « situation construite » ne se borne pas à un emploi unitaire de moyens artistiques concourant à une ambiance, si grandes que puissent être l'extension spatio-temporelle et la force de cette ambiance. La situation est en même temps une unité de comportement dans le temps. Elle est faite de gestes contenus dans le décor d'un moment. Ces gestes sont le produit du décor et d'eux-mêmes. Ils produisent d'autres formes de décor et d'autres gestes. Comment peut-on orienter ces forces ?

(*G.*) La construction de situations commence au-delà de l'écroulement moderne de la notion de spectacle. Il est facile de voir à quel point est attaché à l'aliénation du vieux monde le principe même du spectacle : la non-intervention. On voit, à l'inverse, comme les plus valables des recherches révolutionnaires dans la culture ont cherché à briser l'identification psychologique du spectateur au héros, pour entraîner ce spectateur à l'activité, en provoquant ses capacités de bouleverser sa propre vie. La situation est ainsi faite pour être vécue par ses constructeurs. Le rôle du « public », sinon passif du moins seulement figurant, doit y diminuer toujours, tandis qu'augmentera la part de ceux qui ne peuvent être appelés des acteurs mais, dans un sens nouveau de ce terme, des viveurs.

(*Claude*) Naturellement le rapport entre le directeur et les « viveurs » de la situation ne peut devenir un rapport de spécialisations. C'est seulement une subordination momentanée de toute une équipe de situationnistes au responsable d'une expérience isolée. Ces perspectives, ou leur vocabulaire provisoire, ne doivent pas donner à croire qu'il s'agirait d'une continuation du théâtre.

sonore *Message de l'I.S.* qui dure 15 minutes environ dans son premier état – simples phrases en français, dites par trois voix. J'enverrai aussi le texte écrit pour faciliter la traduction », écrivait-il à Constant le 4 avril 1959. Cette conférence sur magnétophone était destinée à une manifestation que devait organiser le mouvement situationniste avec le Stedelijk Museum d'Amsterdam le 30 mai 1960. « Le projet comporte simultanément la construction d'un labyrinthe et l'aménagement à l'intérieur de celui-ci d'éléments d'atmosphère ludiques ; une exposition d'objets et de documents ; un cycle de conférences permanentes ; une intervention directe dans l'urbanisme et la vie quotidienne d'une grande ville, avec organisation de dérives radioguidées » (*Potlatch*, nouvelle série n° 1, 15 juillet 1959). Mais ce projet n'aboutira pas à la suite de réserves soudaines émises par la direction de ce musée et inacceptables pour les situationnistes.

(*Serge*) On peut dire que la construction des situations remplacera le théâtre seulement dans le sens où la construction réelle de la vie a remplacé toujours plus la religion. Visiblement le principal domaine que nous allons remplacer et *accomplir* est la poésie qui s'est brûlée elle-même à l'avant-garde de notre temps, qui a complètement disparu.

(*G.*) L'accomplissement réel de l'individu, également dans l'expérience artistique que découvrent les situationnistes, passe forcément par la domination collective du monde : avant elle, il n'y a pas encore d'individus, mais des ombres hantant les choses qui leur sont anarchiquement données par d'autres. Nous rencontrons, dans des situations occasionnelles, des individus séparés qui vont au hasard. Leurs émotions divergentes se neutralisent et maintiennent leur solide environnement d'ennui. Nous ruinerons ces conditions en faisant apparaître en quelques points le signal incendiaire d'un *jeu supérieur*.

(*Serge*) L'art peut cesser d'être un rapport sur les sensations pour devenir une organisation directe de sensations supérieures. Il s'agit de produire nous-mêmes, et non des choses qui nous asservissent.

(*Claude*) On a assez interprété les passions : il s'agit maintenant d'en trouver d'autres.

(*Serge*) Il faut multiplier, disons, les objets et les sujets poétiques, malheureusement si rares actuellement que les plus minimes prennent une importance affective exagérée ; et organiser les jeux de ces sujets poétiques parmi ces objets poétiques. Voilà tout notre programme, qui est essentiellement transitoire. Nos situations seront sans avenir, seront des lieux de passage. Le caractère immuable de l'art, ou de toute autre chose, n'entre pas dans nos considérations, qui sont sérieuses. L'idée d'éternité est la plus grossière qu'un homme puisse concevoir à propos de ses actes.

(*Claude*) Les techniques situationnistes sont encore à inventer. Mais nous savons qu'une tâche ne se présente que là où les conditions matérielles nécessaires à sa réalisation existent déjà, ou du moins sont en voie de formation.

(*G.*) Il n'y a pas de liberté artistique possible avant de nous être emparés des moyens accumulés par le XXe siècle, qui sont pour nous les vrais moyens de la production artistique, et qui condamnent ceux qui en sont privés à n'être pas des artistes de ce temps.

(*Claude*) Si le contrôle de ces nouveaux moyens n'est pas totalement révolutionnaire, nous pouvons être entraînés vers l'idéal policé d'une société d'abeilles. La domination de la nature peut être révolutionnaire ou devenir l'arme absolue des forces du passé. Les situationnistes se placeront au service de la nécessité de *l'oubli*.

(*G.*) La seule force dont ils peuvent attendre quelque chose est ce prolétariat, théoriquement sans passé, obligé de tout réinventer en permanence, dont Marx disait qu'il « est révolutionnaire ou n'est rien ». Sera-t-il de notre temps, ou non ? La question est d'importance pour notre propos : le prolétariat doit réaliser l'art.

(*Claude*) Il n'y a pas de liberté dans l'emploi du temps sans la possession des instruments modernes de construction de la vie quotidienne. L'usage de tels instruments marquera le saut d'un art révolutionnaire utopique à un art révolutionnaire expérimental.

(*G.*) Nos perspectives d'action sur le décor aboutissent, dans leur dernier développement, à la conception d'un urbanisme unitaire. L'urbanisme unitaire se définit premièrement par l'emploi de l'ensemble des arts et des techniques, comme moyens concourant à une composition intégrale du milieu.

(*Serge*) Deuxièmement, l'urbanisme unitaire est dynamique, c'est-à-dire en rapport étroit avec des styles de comportement.

(*G.*) L'architecture doit avancer en prenant comme matière des situations émouvantes, plus que des formes émouvantes.

(*Serge*) Notre action sur le comportement, en liaison avec les autres aspects souhaitables d'une révolution dans les mœurs, peut se définir sommairement par l'invention de jeux d'une essence nouvelle.

(*Claude*) La nouvelle phase d'affirmation du jeu semble devoir être caractérisée par la disparition de tout élément de compétition. La question de gagner ou de perdre, jusqu'à présent presque inséparable de l'activité ludique, apparaît liée à toutes les autres manifestations de la tension entre individus pour l'appropriation des biens. Le sentiment de l'importance du gain dans le jeu, qu'il s'agisse de satisfactions concrètes ou plus souvent illusoires, est le mauvais produit d'une mauvaise société. Ce sentiment est naturellement exploité par toutes les forces conservatrices qui s'en servent pour masquer la monotonie et l'atrocité des conditions de vie qu'elles imposent.

(*G.*) L'élément de compétition devra disparaître au profit d'une conception plus réellement collective du jeu : la création commune des ambiances ludiques choisies. La distinction centrale qu'il faut dépasser, c'est celle que l'on établit entre le jeu et la vie courante, le jeu étant tenu pour une exception isolée et provisoire. « Il réalise, écrit Johan Huizinga, dans l'imperfection du monde et la confusion de la vie, une perfection temporaire et limitée. »

(*Claude*) La vie courante, conditionnée jusqu'ici par le problème des subsistances, peut être dominée rationnellement –

cette possibilité est au cœur de tous les conflits de notre temps – et le jeu, rompant radicalement avec un temps et un espace ludique bornés, doit envahir la vie entière.

(*G.*) La perfection ne saurait être sa fin au moins dans la mesure où cette perfection signifie une construction statique opposée à la vie. Mais on peut se proposer de pousser à sa perfection la belle confusion de la vie. Le baroque, qu'Eugenio d'Ors qualifiait, pour le limiter définitivement, de « vacance de l'histoire », le baroque et l'au-delà organisé du baroque tiendront une grande place dans le règne prochain des loisirs.

(*Claude*) Alors même que dans sa coexistence présente avec les résidus de la phase de déclin le jeu ne peut s'affranchir complètement d'un aspect compétitif, son but doit être au moins de provoquer des conditions favorables pour vivre directement. Dans ce sens il est encore lutte et représentation : lutte pour une vie à la mesure du désir, représentation concrète d'une telle vie.

(*G.*) Le jeu est ressenti comme fictif du fait de son existence marginale par rapport à l'accablante réalité du travail, mais le travail des situationnistes est précisément la préparation de possibilités ludiques à venir. On peut donc être tenté de négliger l'Internationale situationniste dans la mesure où on y reconnaîtra aisément quelques aspects d'un grand jeu. « Néanmoins, dit Huizinga, nous avons déjà observé que cette notion de "seulement jouer" n'exclut nullement la possibilité de réaliser ce "seulement jouer" avec une gravité extrême… »

(*Claude*) Une association internationale de situationnistes peut être considérée comme une union des travailleurs d'un secteur avancé de la culture, ou plus exactement comme une union de tous ceux qui revendiquent le droit à un travail que les conditions sociales entravent maintenant ; donc comme une tentative d'organisation de révolutionnaires professionnels dans la culture.

SUR LE PASSAGE DE QUELQUES PERSONNES À TRAVERS UNE ASSEZ COURTE UNITÉ DE TEMPS

Court-métrage produit par Dansk-Fransk Experimentalfilmskompagni en 1959.

voix 1 : (speaker) Ce quartier était fait pour la dignité malheureuse de la petite
Des façades d'immeubles dans le quartier de Saint-Germain-des-Prés.
sous-titre : Paris, 1952.

bourgeoisie, pour les emplois honorables et le tourisme intellectuel. La population sédentaire des étages était abritée des influences de la rue. Ce quartier est resté le
Des jeunes gens passent.

même. Il était l'environnement étranger de notre histoire.

Ici était mis en actes le doute systématique à l'égard de tous
Une photographie de deux couples, buvant du vin à une table de café, est étudiée
Haendel : Thème cérémonieux des aventures.

les divertissements et travaux d'une société, une critique
par la caméra, dans le style du film d'art.

globale de son idée du bonheur.

Ces gens méprisaient aussi la prétendue profondeur subjective. Ils ne s'intéressaient à rien qu'à une expression suffisante d'eux-mêmes, concrètement.

voix 2 : Les êtres humains ne sont pas pleinement conscients de leur vie réelle... agissent le plus souvent en tâtonnant ; leurs actes les suivent, les débordent par leurs conséquences ; à chaque moment donc les groupes et les individus se trouvent devant des résultats qu'ils n'avaient pas voulus.

La musique s'interrompt.

voix 1 : *(speaker)* Ils disaient que l'oubli était leur passion dominante. Ils

D'autres visages.

voulaient tout réinventer chaque jour ; se rendre maîtres et possesseurs de leur propre vie.

Tout comme on n'apprécie pas la valeur d'un homme selon la conception qu'il a de lui-même, on ne peut apprécier de telles époques de transformation selon la conscience qu'en a l'époque ; bien au contraire, on doit expliquer la conscience à l'aide des contradictions de la vie matérielle, à l'aide du conflit qui existe entre les forces de production sociales et les conditions sociales.

Le pape et autres ecclésiastiques.

L'élargissement de la vie quotidienne n'avait pas encore suivi les progrès atteints dans la domination de la nature.

La jeunesse s'écoulait entre les divers contrôles de la résignation.

Sortie d'un lycée de jeunes filles. *Des policiers français, dans la rue.*

Notre objectif a saisi pour vous quelques aspects d'une micro-société provisoire.

Une séquence, dans la manière du reportage cinématographique ou télévisé : tables de cafés à Saint-Germain-des-Prés.

La connaissance des faits empiriques reste abstraite et superficielle, tant qu'elle n'a pas été concrétisée par son intégration à l'ensemble – qui seule permet de dépasser le problème partiel et abstrait pour arriver à son *essence concrète*, et implicitement à sa signification.

Ce groupe était en marge de l'économie. Il tendait à un rôle de pure consommation, et d'abord de consommation libre de son temps. Il se trouvait ainsi directement occupé des variations qualitatives du quotidien, mais dépourvu de tout moyen d'intervention sur elles.

L'aire de déplacement de ce groupe était très réduite.
La nuit dans les Halles.

Les mêmes heures ramenaient aux mêmes endroits.

Personne ne voulait dormir tôt. La discussion sur le sens de
Panoramique sur un carrefour des Halles, très animé et encombré, de nuit.

tout cela continuait…

voix 2 : « Notre vie est un voyage – Dans l'hiver et dans la nuit. –

Nous cherchons notre passage… »

voix 1 : (speaker) La littérature abandonnée exerçait tout de même une action
Plusieurs vues de l'aube dans les Halles.

retardatrice au niveau de quelques formulations affectives.

voix 2 : Il y avait la fatigue et le froid du matin, dans ce labyrinthe

tant parcouru, comme une énigme que nous devions

résoudre. C'était une réalité en trompe l'œil, à partir de

laquelle il fallait découvrir la richesse possible de la réalité.

Au bord de la rivière recommençaient le soir ; et les caresses ;
La Seine à Paris, vers l'est. *Les entassements*
Delalande : Thème noble et tragique (basson en solo).

et l'importance d'un monde sans importance. Comme les
de briques du quai Saint-Bernard.

yeux regardent beaucoup de choses confusément et n'en

peuvent voir distinctement qu'une, de même la volonté peut imparfaitement tendre à divers objets et ne peut parfaitement en aimer qu'un à la fois.

Une fille.

La musique s'efface.

voix 3 : (jeune fille) Personne ne comptait sur l'avenir. Il ne serait pas possible

Dans le labyrinthe de briques.

d'être ensemble plus tard, et ailleurs qu'ici. Il n'y aurait

Sortie de cars de police. *L'île Saint-Louis, au crépuscule.*

jamais de liberté plus grande.

Deux couples, très jeunes, dansent sur une plage, près d'un guitariste.

voix 1 : (speaker) Le refus du temps et du vieillissement isolait d'avance les

Quelques lieux, entre la place Saint-Sulpice et la rue Mazarine.

rencontres dans cette zone, accidentelle et bornée, où ce qui manquait était ressenti comme irréparable. L'extrême incertitude quant aux moyens de subsister sans travailler était à la racine de cette hâte qui faisait les outrances nécessaires, et les ruptures définitives.

voix 2 : On ne conteste jamais réellement une organisation de

L'ÉCRAN RESTE BLANC.

l'existence sans contester toutes les formes de langage qui appartiennent à cette organisation.

voix 1 :
(speaker)

Quand elle s'exerce dans un circuit fermé, la liberté
Travelling dans un café. Son mouvement est arbitrairement coupé par des
Delalande : Allegro d'une musique de cour.

se dégrade en rêve, devient simple représentation
cartons : « Les passions et les fêtes d'une époque violente » ; « Dans le cours

d'elle-même. L'ambiance du jeu est par nature instable.
du mouvement et conséquemment par leur côté éphémère » ; « Le plus

À tout moment la « vie courante » peut reprendre ses
émouvant suspense ! »

droits... La limitation locale du jeu est plus frappante

encore que sa limitation temporelle. Tout jeu se

déroule dans les contours de son domaine spatial.

Autour du quartier, autour de son immobilité fuyante et
Carton : « Dans le prestigieux décor édifié spécialement à cet usage ! »

menacée, s'étendait une ville à demi connue où les gens
Des gens passent, boulevard Saint-Michel, par temps brumeux.
La musique s'est effacée.

ne se rencontraient que par hasard, s'égaraient sans retour.

Les filles qui se trouvaient là, parce que jusqu'à l'âge de
Un couple à une table de café.

dix-huit ans leurs familles disposaient légalement d'elles,

étaient fréquemment ressaisies par les défenseurs de cette
Au Japon, plusieurs centaines de policiers casqués surgissent

détestable institution. Elles étaient couramment enfermées
en courant. *Le mur d'enceinte*

sous la garde de ces êtres qui, entre tous les mauvais produits
de la maison de correction de Chevilly-Larue.

d'une mauvaise société, apparaissent les plus laids et les plus

répugnants : des religieuses.

Ce qui, le plus souvent, permet de comprendre les docu-
L'ÉCRAN RESTE BLANC.

mentaires – c'est la limitation arbitraire de leur sujet. Ils

décrivent l'atomisation des fonctions sociales, et l'isolement

de leurs produits. On peut, au contraire, envisager toute la

complexité d'un moment qui ne se résout pas dans un tra-

vail, dont le mouvement contient indissolublement des faits

et des valeurs, et dont le sens n'apparaît pas encore. La

matière du documentaire serait alors cette totalité confuse.

voix 2 : L'époque était parvenue à un niveau de connaissances et
Violents affrontements entre des ouvriers japonais et la police. Suite de plans

de moyens techniques qui rendait possible et, de plus en
généraux. La police gagne lentement du terrain.

plus, nécessaire, une construction *directe* de tous les aspects

d'une existence affective et pratique libérée. L'apparition de ces moyens d'action supérieurs, encore inemployés à cause des retards survenus dans la liquidation de l'économie marchande, avait déjà condamné l'activité esthétique, dépassée quant aux ambitions et quant aux pouvoirs. Le dépérissement de l'art, et aussi bien de toutes les valeurs des anciennes conduites, avait formé notre base sociologique.

Le monopole de la classe dominante sur les instruments

L'ÉCRAN RESTE BLANC.

qu'il nous fallait contrôler pour réaliser l'art collectif de notre temps nous avait placés en dehors même d'une production culturelle officiellement consacrée à l'illustration et à la répétition du passé. Un film d'art sur cette génération ne sera qu'un film sur l'absence de ses œuvres.

Les autres suivaient sans y penser les chemins appris une

Des gens passent devant les grilles du musée de Cluny.

fois pour toutes, vers leur travail et leur maison, vers leur avenir prévisible. Pour eux déjà le devoir était devenu une habitude, et l'habitude un devoir. Ils ne voyaient pas l'insuffisance de leur ville. Ils croyaient naturelle l'insuffisance de leur vie. Nous voulions sortir de ce conditionnement, à

La rue des Écoles, la rue de la Montagne-Sainte-
Haendel : Thème cérémonieux des aventures.

la recherche d'un autre emploi du paysage urbain, de

Geneviève, des fenêtres éclairées dans la nuit.

passions nouvelles. L'atmosphère de quelques lieux nous faisait sentir les pouvoirs à venir d'une architecture qu'il faudrait créer pour être le support et le cadre de jeux moins médiocres. Nous ne pouvions rien attendre de ce

La musique s'interrompt.

que nous n'aurions pas modifié nous-mêmes. Le milieu

Quelques mai-

urbain proclamait les ordres et les goûts de la société

sons, à Paris.

dominante avec une violence égale à celle des journaux. C'est l'homme qui fait l'unité du monde, mais l'homme est répandu partout. Les hommes ne peuvent rien voir autour d'eux qui ne soit leur visage, tout leur parle d'eux-mêmes. Leur paysage même est animé. Il y avait partout des

Des policiers anglais, à

obstacles. Il y avait une cohérence dans les obstacles de
pied et à cheval, refoulant des manifestants.

tous genres. Ils maintenaient le règne cohérent de la

misère. Tout étant lié, il fallait *tout changer* par une lutte
L'ÉCRAN RESTE BLANC.

unitaire, ou rien. Il fallait rejoindre des masses, mais

autour de nous le sommeil.

voix 3 : (jeune fille) La dictature du prolétariat est une lutte acharnée, sanglante

et non sanglante, violente et pacifique, militaire et écono-

mique, pédagogique et administrative, contre les forces et

les traditions du vieux monde.

voix 1 : Finalement, dans ce pays, cette fois encore ce sont les
Manifestation de colons à Alger en mai 1958. Les généraux Massu et Salan.

hommes d'ordre qui se sont faits émeutiers. Ils ont assuré
Une compagnie de parachutistes marche vers l'objectif.

davantage leur pouvoir. Le grotesque des conditions

dominantes, ils ont pu l'aggraver selon leur cœur. Ils ont

décoré leur système avec les pompes funèbres du passé.
De Gaulle parle à la tribune ; il tape du poing.

voix 2 : Des années, comme un seul instant prolongé jusque-là,
L'ÉCRAN RESTE BLANC.

prennent fin.

voix 1 : *(speaker)* Ce qui était immédiatement vécu reparaît figé dans la
L'héroïne d'un film publicitaire « Monsavon ». *Visage d'une fille.*

distance, inscrit dans les goûts et les illusions d'une époque,

emporté avec elle.
Charge de cavalerie dans les rues d'une ville.

voix 2 : L'apparition d'événements que nous n'avons pas faits, que
L'ÉCRAN RESTE BLANC.

d'autres ont faits contre nous, nous oblige à mesurer

désormais le passage du temps, ses résultats, la transforma-

tion de nos propres désirs en événements. Ce qui diffé-
Visage d'une autre

rencie le passé du présent est précisément son objectivité
fille.

hors d'atteinte ; il n'y a plus de devoir-être ; l'être est à ce
Une starlette dans une baignoire.

point consommé qu'il a perdu l'existence. Les détails sont

déjà perdus dans la poussière du temps. Laquelle avait
Une éruption solaire filmée.

peur de la vie, avait peur de la nuit, avait peur d'être prise,
Travelling sur la starlette dans sa baignoire.

avait peur d'être gardée ?
L'éruption solaire coupée précédemment poursuit son mouvement ascendant.

voix 3 : *(speaker)* Ce qui doit être aboli continue, et notre usure continue
Au Japon, une dizaine de policiers, avec casques et masques à gaz, sur un

avec. On nous abîme. On nous sépare. Les années passent,
grand espace maintenant dégagé, continuent d'avancer lentement en jetant

et nous n'avons rien changé.
des grenades lacrymogènes.

voix 2 : Encore une fois le matin dans les mêmes rues. Encore une
Le jour se lève sur un pont de Paris. *Lent panoramique sur la place des*
Delalande : Reprise du thème noble et tragique.

fois la fatigue de tant de nuits pareillement traversées. C'est
Victoires, à l'aube.

une marche qui a beaucoup duré.
La musique s'efface.

voix 1 : Vraiment difficile de boire davantage.
(speaker) L'ÉCRAN RESTE BLANC.

voix 2 : Évidemment, on peut à l'occasion en faire un film.
L'équipe du film, autour d'une caméra.

Cependant, même au cas où ce film réussirait à être

aussi fondamentalement incohérent et insatisfaisant que
Le travelling déjà vu (à travers le café) repasse sans être coupé, mais dans sa plus

la réalité dont il traite, il ne sera jamais qu'une reconsti-
mauvaise prise, qui accumule les fautes : public venant dans le champ, reflets

tution – pauvre et fausse comme ce travelling manqué.
d'un projecteur, ombre de la caméra, panoramique filé en fin de mouvement.

voix 3 : Il y a maintenant des gens qui se flattent d'être auteurs de
L'ÉCRAN RESTE BLANC.

films, comme on l'était de romans. Leur retard sur les

romanciers, c'est d'ignorer la décomposition et l'épuisement de l'expression individuelle dans notre temps, la fin des arts de la passivité. On entend louer leur sincérité puisqu'ils mettent en scène, avec plus de profondeur personnelle, les conventions dont ils sont faits. On entend parler de libération du cinéma. Mais que nous importe la libération d'un art de plus, à travers lequel Pierre, Jacques ou François pourront exprimer joyeusement leurs sentiments d'esclaves ? L'unique entreprise intéressante, c'est la libération de la vie quotidienne, pas seulement dans les perspectives de l'histoire, mais pour nous et tout de suite. Ceci passe par le dépérissement des formes aliénées de la communication. Le cinéma est à détruire aussi.

voix 2 : En dernière analyse, ce n'est ni le talent ni l'absence de talent, ni même l'industrie cinématographique ou la publicité, c'est le besoin qu'on a d'elle qui crée la star. C'est la

Une voiture s'arrête. Travelling optique vers l'héroïne de « Monsavon » qui en descend.

Deux images du « clap » de ce film,

misère du besoin, c'est la vie morne et anonyme qui
tenu pour le début de deux plans déjà vus.

voudrait s'élargir aux dimensions de la vie de cinéma.

La vie imaginaire de l'écran est le produit de ce besoin réel.
Des cavalières au Bois.

La star est la projection de ce besoin.

Les images des entr'actes conviennent mieux que toutes
La starlette de la réclame montre le savon qu'elle aime ; sourit aux spectateurs.

les autres pour évoquer un entr'acte de la vie.

Pour décrire effectivement cette époque, il faudrait sans
L'ÉCRAN RESTE BLANC, PROLONGÉ VINGT SECONDES APRÈS LE

doute montrer beaucoup d'autres choses. Mais à quoi bon ?
DERNIER MOT.

Il faudrait plutôt comprendre la totalité de ce qui s'est fait ;

ce qui reste à faire. Et non ajouter d'autres ruines au vieux

monde du spectacle et des souvenirs.

Les êtres humains ne sont pas pleinement conscients de leur vie réelle… agissent le plus souvent en tâtonnant ; leurs actes les suivent, les entraînent, les débordent par leurs conséquences.

À chaque moment donc les groupes et les individus se trouvent devant des résultats qu'ils n'avaient pas voulus.

L'ambiance du jeu est par nature instable. À tout moment la « vie courante » peut reprendre ses droits.

dans le cours
du mouvement
et conséquemment
par leur côté
éphémère

Autour du quartier, autour de son immobilité fuyante et menacée, s'étendait une ville à demi connue où les gens ne se rencontraient que par hasard…

« Notre vie est un voyage – Dans l'hiver et dans la nuit. – Nous cherchons notre passage… »

C'est le besoin qu'on a d'elle qui crée la star. C'est la misère du besoin…

1964

Fiche technique

Paru dans *Contre le cinéma* en août 1964. La société de production Dansk-Fransk Experimentalfilms Kompagni, fondée et financée par Asger Jorn, produisit aussi le film suivant de Guy Debord, *Critique de la séparation* (1961).

Sur le passage de quelques personnes à travers une assez courte unité de temps est un court métrage de 600 mètres (20 minutes), en format 35 millimètres, noir et blanc. Produit par la Dansk-Fransk Experimentalfilms Kompagni, il a été tourné en avril 1959. Le montage a été achevé en septembre 1959. Chef opérateur : André Mrugalski. Montage : Chantal Delattre. Assistant réalisateur : Ghislain de Marbaix. Assistant opérateur : Jean Harnois. Script : Michèle Vallon. Machiniste : Bernard Largemain. Laboratoire G.T.C.

Le commentaire est dit par les voix, plutôt indifférentes et fatiguées, de Jean Harnois (voix 1, dans le ton *speaker* de la radio ou des actualités), Guy Debord (voix 2, plus triste et sourde) et Claude Brabant (voix 3, fille très jeune).

Le fond sonore du générique est extrait de l'enregistrement des débats de la troisième conférence de l'Internationale situationniste à Munich ; surtout en français et en allemand. Pour la musique d'accompagnement, le thème de Haendel a été pris dans sa suite de ballets *L'Origine du dessin* ; les deux thèmes de Michel Richard Delalande dans le *Caprice n° 2*, dit aussi *Grande Pièce*.

Le commentaire comprend une forte proportion de phrases détournées, relevées indifféremment chez des penseurs classiques, un roman de science-fiction, ou les pires sociologues à la mode. Pour prendre le contre-pied du documentaire en matière de décor spectaculaire, chaque fois que la caméra a risqué de rencontrer un monument, on l'a évité en filmant à l'inverse le *point de vue du monument* (au sens ou le jeune Abel Gance avait pu placer sa caméra du *point de vue de la boule de neige*). Le premier projet de ce documentaire faisait une plus large place au détournement direct de plans existants dans d'autres films, relevant du cinéma le plus courant (par exemple, dans la séquence consacrée à l'insuccès des intentions révolutionnaires des années 50, cette suite de deux plans : une jeune femme inquiète, dans un luxueux décor de film policier, téléphone en insistant pour que son interlocuteur attende ; le général russe de *Pour qui sonne le glas* regarde passer au-dessus de son abri les avions qui viennent de partir, répond par télé-

Ci-contre :

Guy Debord le premier jour du tournage du court-métrage *Sur le passage de quelques personnes à travers une assez courte unité de temps*, le 6 avril 1959.

33
1

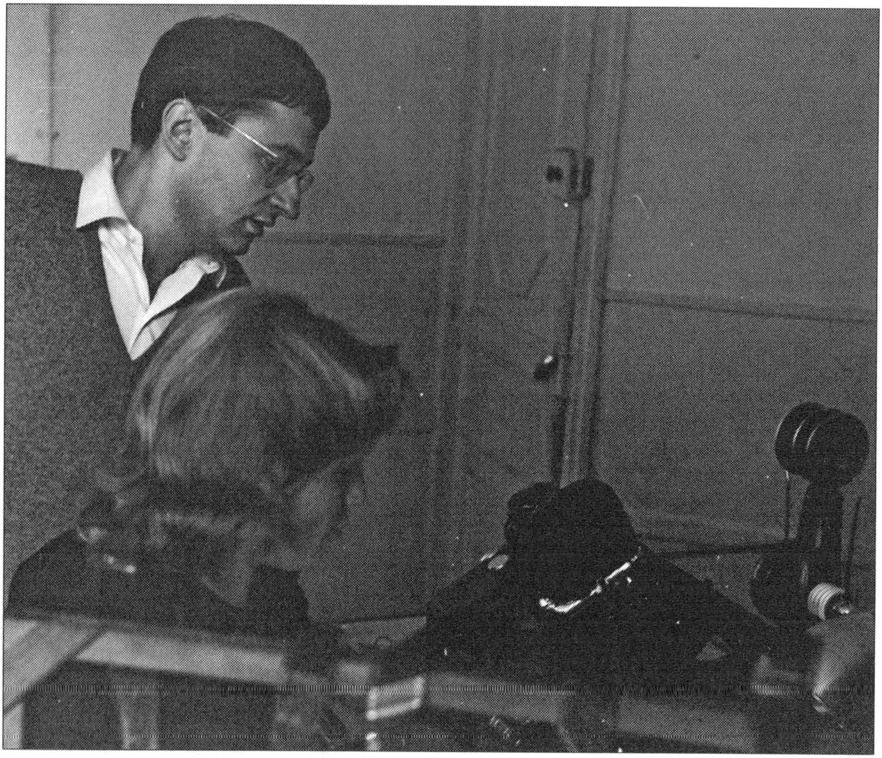

Ci-dessus :
À la table de montage avec Chantal Delattre (septembre 1959).

Anna Karina.

phone qu'il est malheureusement trop tard, que l'offensive est déjà lancée, qu'elle échouera comme les autres). Ces cas-limites de citation ont été finalement empêchés parce que plusieurs distributeurs refusèrent de vendre les droits de reproduction, pour la moitié au moins des plans choisis, refus qui détruisait le montage envisagé. Il a été fait, en revanche, le plus grand usage d'un film publicitaire produit par Monsavon, dont la vedette devait connaître un meilleur avenir.

André Mrugalski est l'auteur de la photo filmée en détails dans la séquence de détournement du « document sur l'art ».

On peut considérer ce court-métrage comme des notes sur l'origine du mouvement situationniste ; notes qui, de ce fait, contiennent évidemment une réflexion sur leur propre langage.

1960

Extrait d'une lettre à André Frankin du 26 janvier 1960.

« Tu as très bien vu la différence de correspondance du commentaire à l'image, entre les première et deuxième parties du *Passage*. Ces phrases détournées sont mêlées à tout le film, mais la majorité est dans la première partie. Mon schéma était le suivant : le film commence comme un documentaire ordinaire, techniquement moyen. Il va doucement vers le peu clair, le décevant (qui pourrait tout d'abord être une manifestation de prétention « idéologique » sur un sujet clair) car le texte apparaît de plus en plus inadéquat et emphatiquement grossi par rapport aux images. La question est alors : quel est donc le sujet ? Ce qui est, je crois, une rupture de l'habitude au spectacle, rupture irritante et déconcertante.

Avec l'apparition du premier blanc, le film commence à se démentir lui-même sur toute la ligne – et devient ainsi *plus clair*, son auteur *prenant parti contre lui*. Il est en même temps, assez explicitement, anti-film d'art sur l'œuvre non faite de l'époque, et description, finalement réaliste, d'un mode de vie privé de cohérence et d'importance. La forme correspond au contenu. Ce n'est pas la description de telle ou telle activité (la marine marchande, le forage pétrolier, un monument à admirer – ou à démolir comme le magnifique *Hôtel des Invalides* de Franju), mais du centre même de l'activité, qui est vide. C'est la peinture de « la vraie vie » qui est absente. C'est ce mouvement assez lent de dévoilement, de négation, que j'ai essayé comme plan du *Passage*. Mais très sommairement et arbitrairement, il faut le dire. La principale faiblesse est que, contrairement à l'opinion dominante qui est éblouie par les obstacles économiques, le court métrage est très peu favorable à un réel cinéma expérimental (trop bref). Il favorise au contraire une expression mesurée parfaite. En revanche, ce qui paraît intéressant de *détourner*, c'est la forme fixe du documentaire traditionnel, qui en ce sens nous lie bien aux 20 minutes intangibles. »

Après correction de quelques points, *La Déclaration d'Amsterdam* de Constant et Debord du 10 novembre 1958 (parue dans *Internationale situationniste* n° 2), préparatoire à la IIIe Conférence de l'I.S., sera adoptée comme programme par les situationnistes réunis à Munich.

Programme adopté à Munich par la IIIe Conférence de l'I.S.

1° Les situationnistes doivent s'opposer en toute occasion aux systèmes idéologiques et pratiques rétrogrades, dans la culture et partout où est posée la question du sens de la vie.

2° Personne ne doit pouvoir considérer son appartenance à l'I.S. comme un simple accord de principe ; ce qui implique que l'essentiel de l'activité de tous les participants corresponde aux perspectives élaborées en commun, aux nécessités d'une action disciplinée, et ceci aussi bien pratiquement que dans les prises de position publiques.

3° La possibilité d'une création unitaire et collective est déjà annoncée par la décomposition des arts individuels. L'I.S. ne peut couvrir aucun essai de répétition de ces arts. La création unitaire entraînera l'accomplissement véritable de l'individu créateur.

4° Le programme minimum de l'I.S. est l'expérience de décors complets, qui devra s'étendre à un urbanisme unitaire ; et la recherche de nouveaux comportements en relation avec ces décors.

5° L'urbanisme unitaire se définit dans l'activité complexe et permanente qui, consciemment, recrée l'environnement de l'homme selon les conceptions les plus évoluées dans tous les domaines.

6° La solution des problèmes de l'habitation, de la circulation, de la récréation, ne peut être cherchée qu'en rapport avec des perspectives sociales, psychologiques et artistiques concourant à une même hypothèse de synthèse, au niveau du style de vie.

7° L'urbanisme unitaire, indépendamment de toute considération esthétique, est le fruit d'une créativité collective d'un type nouveau ; et le développement de cet esprit de création est la condition préalable d'un urbanisme unitaire.

8° La création d'ambiances favorables à ce développement est la tâche immédiate des créateurs d'aujourd'hui.

9° Tous les moyens sont utilisables à condition qu'ils servent à une action unitaire. La coordination des moyens artistiques et scientifiques doit mener à leur fusion complète. Les recherches artistiques et scientifiques doivent garder une liberté totale.

10° La construction d'une situation est l'édification d'une micro-ambiance transitoire et d'un jeu d'événements pour un moment unique de la vie de quelques personnes.

11° La situation construite est un moyen d'approche de l'urbanisme unitaire, et l'urbanisme unitaire est la base indispensable du développement de la construction des situations en même temps comme jeu et comme sérieux d'une société plus libre.

Munich, le 17 avril 1959. Au nom des sections allemande, belge, danoise, française, hollandaise et italienne de l'I.S.

Ci-contre :

Guy Debord et Asger Jorn à Munich, avril 1959.

À droite :

Armando, Guy Debord, Hans-Peter Zimmer, Heimrad Prem et Gretel Stadler au café « Herzogstand » lors de la IIIe Conférence de l'I.S. à Munich en avril 1959.

Tract distribué dans la ville, au matin du 21 avril 1959 (traduit par nos soins).

Ein kultureller Putsch -

während Ihr schlaft!

Die dritte Konferenz der Internationalen Situationisten

hat soeben in München stattgefunden und wird am Dienstag, den 21. April mit einer Mitteilung an die Presse schließen.

Sie werden dort erfahren können:

- warum die Gruppe SPUR ihr Manifest verfaßt und Herrn Prof. Bense angegriffen hat
- warum Pinot-Gallizio industrielle Malerei produziert
- warum München nie seine Ruhe wiederfinden wird.

Bei dieser Gelegenheit werden Sie die Fortsetzung hören —

Sie wird noch schlimmer sein!

Kommen Sie am Dienstag, den 21. April, 10 Uhr vormittags in die Gaststätte „Herzogstand", Herzogstraße.

Für die Internationalen Situationisten:

Constant (Holland), **Debord** (Frankreich), **Jorn** (Dänemark), **Pinot-Gallizio** (Italien), **Wyckaert** (Belgien), **Zimmer** (Deutschland)

Un putsch culturel –

pendant que vous dormiez !

La troisième conférence de l'Internationale situationniste

se déroule à Munich et s'achèvera le mardi 21 avril par une conférence de presse

Vous pourrez y apprendre :

- pourquoi le groupe Spur a rédigé son manifeste et attaqué le professeur Bense
- pourquoi Pinot-Galizio produit de la peinture industrielle
- pourquoi Munich ne retrouvera jamais sa tranquillité.

À cette occasion vous entendrez la suite –

elle sera pire encore !

Rendez-vous mardi 21 avril, à 10 heures du matin, au café « Herzogstand », Herzogstraße.

Pour l'Internationale situationniste :
Constant (Hollande), Debord (France), Jorn (Danemark), Pinot-Gallizio (Italie), Wyckaert (Belgique), Zimmer (Allemagne).

r. a. augustinci présente
vingt peintures modifiées
par

ASGER JORN

galerie rive gauche, 44, rue de fleurus
paris-6e, du 6 mai au 28 mai 1959

vernissage mercredi 6 mai

Guy Debord et Colette Gaillard lors du vernissage de l'exposition des « Modifications » d'Asger Jorn à la galerie Rive Gauche le 6 mai 1959 (à l'arrière-plan, *Conte du Nord*, une des vingt peintures modifiées).

L'I.S. après deux ans

Ce texte fut expédié à Constant le 26 juin 1959 pour paraître, « sans signature », dans le premier numéro de la nouvelle série de *Potlatch*. Il est resté inédit.

Depuis le précédent numéro de ce bulletin, l'I.S. – dont la conférence de fondation s'était terminée le 28 juillet 1957 – a atteint son deuxième anniversaire. Il n'est pas question de formuler ici un jugement complet sur cette période de notre action. Un tel jugement devrait tenir compte principalement, en regard des projets de nos divers groupes et du programme commun établi à Cosio d'Arroscia, de la nature réelle du travail effectué dans les sections de l'I.S., de l'insuffisance de ce travail du point de vue situationniste, etc. Les Leçons de cette période pourront contribuer à modifier toute notre appréciation des conditions objectives ; et la Conférence de Munich, en avril, aura sans doute été le début d'une évolution notable de notre tactique. Nous pouvons nous borner, pour l'instant, à constater quelques aspects essentiels de notre position pratique. Depuis deux ans, notre présence s'est étendue à l'Allemagne, à la Belgique et à la Hollande, si elle s'est plutôt affaiblie en France et a disparu d'Angleterre. Dans l'ensemble, et malgré les quelques exclusions nécessaires pour maintenir la rigueur du mouvement contre diverses compromissions sociales et esthétiques, le nombre de situationnistes a doublé. Si nous n'avons jusqu'à présent commencé aucune des constructions effectives que nous voulons (mais nous semblons être au bord d'une intervention dans l'architecture), et si certaines expériences de comportement dans la vie quotidienne manifestent une dangereuse tendance au recul, nous avons progressé d'une manière assez satisfaisante dans l'approfondissement théorique et la discussion de nos problèmes, par nos publications et notre place dans certains débats de la culture moderne. Enfin, il est hors de doute que les moyens matériels dont nous pouvions disposer ont considérablement augmenté, et se développent toujours.

Compte tenu de toutes ces données, le fait le plus significatif est le caractère clandestin que garde toute notre action, aussi bien que celle des mouvements qui ont préparé l'I.S. Alors que toute la culture moderne est si parfaitement vide ; alors que son public cherche si désespérément ce « scandale » précis auquel il s'est habitué, et se trouve prêt à toutes les complaisances pour qui lui apporte la moins croyable apparence de nouveauté, on refuse de voir – littéralement – les situationnistes, dans tous les cas, même quand on démarque nos phrases, ou quand on condescend à chercher l'existence des plus grossières copies d'« extrémistes » jusque parmi les insignes crétins. Si certains de nous, quoique gênés par leur appartenance à l'I.S., se voient reconnaître quelque valeur, c'est à titre « individuel », et on met alors entre parenthèses leurs idées. Si quelques complicités se proposent à l'I.S. de l'extérieur, d'une des positions modernistes précédentes, nous pouvons être assurés que c'est la conséquence d'un malentendu, et qu'une plus claire connaissance de nos buts conduira ces éléments à l'hostilité. On n'a pas pu jusqu'à maintenant annexer et retourner l'I.S. comme les autres étiquettes d'avant-garde auxquelles nos ennemis font fête.

Ceci provient de ce que notre scandale profond – même au simple stade de la proposition, de la provocation – est radicalement au-delà de l'art bourgeois dans son ensemble. Ce que nous voulons, ce dont nous parlons, ne peut se comparer et coexister avec les petites trouvailles des modernistes de la période 1950-1960. Nous n'avons rien à faire là-dedans, ni parmi les maîtres d'un tel système, ni parmi ses parents pauvres.

Il est, au fond, beaucoup plus normal que l'on nous conteste même la qualité suspecte d'intellectuels et d'artistes dans presque tous les pays où nous sommes représentés. Jamais cette reconnaissance – sociale – d'une fonction d'artiste n'a été refusée au plus médiocre des conformistes ; mais on peut dire surtout que depuis la lointaine époque de la résistance de l'idéologie bourgeoise prétendant à une cohérence, au XIXe siècle, jamais cette reconnaissance n'avait manqué aux plus violents avant-gardistes.

C'est la principale garantie que nous n'avons pas dévié de notre chemin, ce fait que tout lui impose de rester souterrain.

Deux notes inédites sur l'architecture

Réflexions sur l'architecture

Amsterdam 29 mai-2 juin 59

1

Le problème de l'architecture n'est pas d'être vu du dehors, ni de vivre dedans. Il est dans le rapport dialectique intérieur-extérieur, à l'échelle de l'urbanisme (maisons-rues) et à l'échelle de la maison (intérieur-extérieur).

2

Toutes les façades de la maison déterminent un « espace clair » dont la fonction est de jouer sur la contradiction ouverture-fermeture.

3

Construire toute une ville pour y faire l'amour à une seule fille, quelques jours.

4

La notion de « chambre de rue » (H.O.) renverse la fausse distinction des ambiances ouvertes et fermées. L'ambiance fermée elle-même s'ouvre sur l'ambiance ouverte (que des ambiances fermées délimitent).

Har Oudejans, un des deux architectes hollandais – l'autre étant Anton Alberts – qui avaient rejoint l'I.S. en mars 1959 (un an plus tard, ils furent exclus pour avoir accepté de construire une église à Volendam).

Sur le complexe architectural

Cf. Ors. L'attitude baroque (= contradiction) par excellence c'est vouloir à la fois suivre la procession et la regarder passer (être dans la maison et la voir – depuis une maison annexe).

Eugenio d'Ors, *Du baroque*.

Cette notule fut expédiée en 1959 à Constant à Amsterdam pour paraître dans la nouvelle série de *Potlatch*, devenu bulletin d'« informations intérieures de l'Internationale situationniste ». Elle répondait à une note bibliographique signée M.R. dans la revue *Cimaise* (« Asger Jorn : Carnet de notes », série VI, n° 5, juin-juillet-août 1959).

Les Aventures de l'électronique

Michel Ragon, le célèbre cadavre pensant, dans le dernier numéro de la revue *Cimaise – le marché parisien du tableau*, rendant compte du livre de Jorn *Pour la forme*, a fait un si bel effort pour dissimuler ses rapports avec le mouvement vivant des idées, qu'il a abouti à lui donner sans hésitation un nouveau titre (*Un carnet de notes*), et à en résumer les thèses complexes en celle, simple et imaginaire, d'une « réhabilitation » de Ruskin.

Ainsi la machine à calculer que l'on surmène, s'embrouillant soudainement dans ses fiches perforées, rejoint dans la mesure de ses moyens le délire poétique, fait un saut du règne de la compilation à celui de la création.

Potlatch n° 30 • 15 juillet 1959 • nouvelle série, n° 1

LE RÔLE DE *POTLATCH*, AUTREFOIS ET MAINTENANT

Potlatch était le titre d'un bulletin d'information de l'Internationale lettriste, dont 29 numéros furent diffusés, de Paris, entre juin 1954 et novembre 1957. Instrument de propagande dans une période de transition entre les tentatives avant-gardistes insuffisantes et manquées de l'après-guerre et l'organisation de la révolution culturelle que commencent maintenant systématiquement les situationnistes, *Potlatch* a été sans doute en son temps l'expression la plus extrémiste, c'est-à-dire la plus avancée dans la recherche d'une nouvelle culture, et d'une nouvelle vie.

Quelques diverses fortunes que puisse connaître notre entreprise, *Potlatch* a été seul à combler le vide des idées culturelles d'une époque, le trou apparent au milieu des années 50. Il est déjà assuré d'être pour l'histoire, non un témoignage de fidélité à l'esprit moderne au moment où régnait sa parodie réactionnaire, mais un document sur une recherche expérimentale dont l'avenir fera son problème central. Mais cet avenir est commencé, est en jeu dans chacune de nos vies. Le véritable succès que l'on peut attribuer à *Potlatch* est d'avoir servi à l'unité du mouvement situationniste, sur un terrain plus large et plus nouveau.

POTLATCH N° 30

On sait que *Potlatch* tirait son titre du nom, chez des Indiens d'Amérique du Nord, d'une forme pré-commerciale de la circulation des biens, fondée sur la réciprocité de cadeaux somptuaires. Les biens non vendables qu'un tel bulletin gratuit peut distribuer, ce sont des désirs et des problèmes inédits ; et seul leur approfondissement par d'autres peut constituer un cadeau en retour. Ce qui explique que dans *Potlatch* l'échange d'expériences a été souvent suppléé par un échange d'injures, de ces injures que l'on doit aux gens qui ont de la vie une moins grande idée que nous.

Depuis la conférence de fondation de l'I.S. à Cosio d'Arroscia, *Potlatch* appartenait aux situationnistes, qui en interrompirent presque aussitôt la publication. À Munich, la Conférence situationniste adopta, sur la proposition de Wyckaert, le principe de la parution d'une nouvelle série de *Potlatch*, pour servir cette fois à la seule liaison intérieure entre les sections de l'I.S. La rédaction et la diffusion du nouveau *Potlatch* ont été placées sous la responsabilité de notre section hollandaise.

La nouvelle tâche de *Potlatch*, dans un cadre différent, est aussi importante que l'ancienne. Nous avons progressé et, ce faisant, nous avons aussi augmenté nos difficultés et nos chances de contribuer à tout autre chose que ce que nous voulons. Nous vivons, comme devront le faire les novateurs réels jusqu'au renversement de toutes les conditions dominantes de la culture, dans cette contradiction centrale : nous sommes en même temps une présence et une contestation dans les arts que l'on appelle actuellement modernes. Nous devons conserver et surmonter cette négativité, avec son dépassement vers un terrain culturel supérieur. Mais nous ne pouvons prendre notre parti des moyens donnés de l'« expression » esthétique, ni des goûts qu'elle nourrit. Pour le dépassement de ce monde risible et solide, l'I.S. peut être un bon instrument. Ou bien elle peut se figer comme un obstacle de plus, obstacle d'un « nouveau style ». Souhaitons qu'elle aille aussi loin qu'il faut. Souhaitons à *Potlatch* de travailler utilement à cette fin.

Debord

Ces notes manuscrites sur un feuillet recto-verso furent envoyées à Constant à la fin août 1959 pour servir à la rédaction d'un texte dirigé contre les néo-Cobra et l'art moderne hollandais. Il devait paraître dans le numéro 2 de *Potlatch*, nouvelle série, mais ce numéro ne vit jamais le jour. Il est resté inédit.

Notes pour le « manifeste » Contre-Cobra

Titre possible : Contre tout glorieux passé

Points à souligner :

L'ambition de Cobra : Un art expérimental. Une activité internationale organisée.

Double échec de Cobra :

1) – L'abandon de l'expérience pour un style Corneille-Appel. (Citer au moins *le titre* d'une note éditoriale dans le numéro 2 d'*Internationale situationniste* : « Ce que sont les amis de Cobra et ce qu'ils représentent ».) Le rôle *rétrograde* des actuelles prétentions néo-Cobra.

2) – L'institutionnalisation de Cobra comme un art *national* moderne de la Hollande (exporté comme tel *à Paris en ce moment, où il parvient comme la lumière des étoiles mortes*) ; alors que ce contenu *national* veut dire aujourd'hui *provincial*, quand l'Europe même n'est qu'un terrain de départ minimum pour les progrès d'une nouvelle culture, la première qui se pose en termes d'*unité mondiale*.

On présente – pour soutenir ce rôle rétrograde de Cobra et combattre les nouvelles expériences – systématiquement et malhonnêtement l'I.S. comme *une suite* de Cobra. C'est totalement faux.

Ne pas les nommer ici ni les *compter*.

1) Il n'y a que très peu d'anciens membres de Cobra dans l'I.S. (particulièrement Jorn et Constant).

2) Ils n'y sont pas comme continuateurs fidèles d'un mouvement qu'Appel-Corneille auraient trahi. Ils y représentent un certain développement original, nouveau de la frange extrême de Cobra, qui a pu se lier (après 1951) à d'autres expériences extrêmes contemporaines. *Ils sont à la fois une minorité de l'an-*

cien Cobra, et une minorité dans l'I.S. (Souligner le rôle du lettrisme, mais *surtout* des nouveaux situationnistes qui ne viennent d'aucun de ces mouvements précédents : les adhésions individuelles à l'I.S. sont majoritaires, très largement, par rapport à ceux qui sont venus de *Cobra + Lettrisme.*)

Donc cette tendance ex-Cobra-I.S. est aussi une *minorité en Hollande* (dans notre section hollandaise). Tout ceci réfute l'équation des gens du *Museumjournaal*

Modernisme hollandais = Cobra

Cobra = Situationnistes

L'I.S. comme véritable expérience : Son terrain nouveau. Ce qu'il a d'irréductible à Cobra et à tout l'art moderne précédent.

L'I.S. comme véritable mouvement international, ne voulant se reconnaître dans les conditions et les modes artistiques d'aucun pays.

Dernier point : Les Hollandais, signataires de ce texte, font remarquer qu'un seul d'entre eux a participé à Cobra. Et qu'ils ne se placent pas dans la perspective d'une lutte pour le contrôle du *modernisme hollandais*, mais dans la perspective plus large de la *recherche situationniste mondiale.*

Internationale situationniste n° 3, décembre 1959.

POSITIONS SITUATIONNISTES SUR LA CIRCULATION

1

Le défaut de tous les urbanistes est de considérer l'automobile individuelle (et ses sous-produits, du type scooter) essentiellement comme un moyen de transport. C'est essentiellement la principale matérialisation d'une conception du bonheur que le capitalisme développé tend à répandre dans l'ensemble de la société. L'automobile comme souverain bien d'une vie aliénée, et inséparablement comme produit essentiel du marché capitaliste, est au centre de la même propagande globale : on dit couramment, cette année, que la prospérité économique américaine va bientôt dépendre de la réussite du slogan : « Deux voitures par famille ».

2

Le temps de transport, comme l'a bien vu Le Corbusier, est un sur-travail qui réduit d'autant la journée de vie dite libre.

3

Il nous faut passer de la circulation comme supplément du travail, à la circulation comme plaisir.

4

Vouloir refaire l'architecture en fonction de l'existence actuelle, massive et parasitaire, des voitures individuelles, c'est déplacer les problèmes avec un grave irréalisme. Il faut refaire l'architecture en fonction de tout le mouvement de la société, en critiquant toutes les valeurs passagères, liées à des formes de rapports sociaux condamnées (au premier rang desquelles : la famille).

5

Même si l'on peut admettre provisoirement, dans une période transitoire, la division absolue entre des zones de travail et des zones d'habitation, il faut au moins prévoir une troisième sphère : celle de la vie même (la sphère de la liberté, des loisirs et la vérité de la vie). On sait que l'urbanisme unitaire est sans frontières ; prétend constituer une unité totale du milieu humain où les séparations, du type travail-loisirs collectifs-vie privée, seront finalement dissoutes. Mais auparavant, l'action minimum de l'urbanisme unitaire est le terrain de jeu étendu à toutes les constructions souhaitables. Ce terrain sera au niveau de complexité d'une ville ancienne.

6

Il ne s'agit pas de combattre l'automobile comme un mal. C'est sa concentration extrême dans les villes qui aboutit à la négation de son rôle. L'urbanisme ne doit certes pas ignorer l'automobile, mais encore moins l'accepter comme thème central. Il doit parier sur son dépérissement. En tout cas, on peut prévoir son interdiction à l'intérieur de certains ensembles nouveaux, comme de quelques villes anciennes.

7

Ceux qui croient l'automobile éternelle ne pensent pas, même d'un point de vue étroitement technique, aux autres formes de transport futures. Par exemple, certains des modèles d'hélicoptères individuels qui sont actuellement expérimentés par l'armée des États-Unis seront probablement répandus dans le public avant vingt ans.

8

La rupture de la dialectique du milieu humain en faveur des automobiles (on projette l'ouverture d'autostrades dans Paris, entraînant la destruction de milliers de logements, alors que, par ailleurs, la crise du logement s'aggrave sans cesse) masque son irrationalité sous des explications pseudo-pratiques. Mais sa véritable nécessité pratique correspond à un état social précis. Ceux qui croient permanentes les données du problème veulent croire en fait à la permanence de la société actuelle.

9

Les urbanistes révolutionnaires ne se préoccuperont pas seulement de la circulation des choses, et des hommes figés dans un monde de choses. Ils essaieront de briser ces chaînes topologiques, en expérimentant des terrains pour la circulation des hommes à travers la vie authentique.

DEBORD

Le bar d'ambiance « L'Homme de main » fut ouvert en avril 1960 par son ami Ghislain de Marbaix, peu de temps après l'explosion de la première bombe atomique française à Reggane. Deux ans plus tard, il affichait définitivement sur sa devanture : « Fermé pour cause de fermeture. »

de 16 h. à 2 h. le matin

la jeunesse studieuse
les militaires entre deux campagnes
les femmes du monde
les intellectuels en chômage
les gens qui réussissent
les hommes de paille et les agents doubles

fréquentent

L'HOMME DE MAIN
31, Rue de Jussieu - 5e (au bout de la rue des Écoles)

BAR — Fermé le mardi — Consommations à partir de 1,50 N. F.

Aujourd'hui comme hier

je m'abreuve à

"L'HOMME DE MAIN"

31, rue de Jussieu - 5e
(au bout de la rue des Écoles)

LA FRANCE SEULE

possède un bar comme **L'HOMME DE MAIN**

31, rue de Jussieu

Internationale situationniste n° 4, juin 1960.

À PROPOS DE QUELQUES ERREURS D'INTERPRÉTATION

Il faut reconnaître à l'étude de Robert Estivals, sur ce qu'il appelle le système situationniste (*Grammes*, numéro 4) l'honnêteté d'une recherche d'information exacte, encore très peu commune quand il s'agit de l'I.S. Ce qui incite à signaler les causes de la transformation de son effort critique en incompréhension globale. Celle-ci éclate dans l'incohérence de ses appréciations, puisqu'il reproche à la théorie situationniste sa « mégalomanie » – sans que soit définie davantage la grandeur en question – et même, plus bizarrement, son « érudition courte » ; pour en arriver à la conclusion générale qu'« elle a bien toutes les caractéristiques qui font les créations authentiques ».

Estivals n'est certainement pas gêné par un manque quantitatif de connaissances, mais par un niveau de pensée insuffisant. Ceci concerne, aussi bien qu'Estivals, tous les « avant-gardistes » qui décident de dépasser l'esthétique bourgeoise en se servant des instruments conceptuels de la bourgeoisie.

En effet, l'analyse d'Estivals découvre que la situation construite, parce qu'elle participe d'une interaction entre un comportement humain et l'environnement qu'il modifie, est à coup sûr un dualisme philosophique hérité d'Auguste Comte. Estivals décide lui-même (page 24) que « le situationniste crée librement sa situation... suspendue à sa propre volonté », et l'idée de « libre arbitre » qu'il nous prête dominerait notoirement tout notre jugement de l'art moderne. Il est étrange qu'Estivals n'ait pas reconnu, dans ses lectures, comment nous avons d'abord lié ce jugement de l'art moderne à la lutte de classes ; au retard de la révolution. Étrange aussi qu'il ramène au dualisme une méthode qui est devenue assez courante depuis qu'Engels, explicitant une thèse très célèbre de Marx, écrivait : « La coïncidence du changement des circonstances et de l'activité humaine ne peut être considérée, et comprise rationnellement, qu'en tant que pratique révolutionnaire ». Cependant, Estivals avoue ses infirmités idéologiques en notant que, parce qu'elle se fonde sur une « perspective synthétique », « la conception situationniste... ne peut entrevoir la réalité historique *faite des domaines fondamentalement séparés...* » (p. 26). C'est moi qui souligne cette affirmation d'Estivals, et de tant d'autres, car elle éclaire abondamment son point de vue, qui est à l'opposé du nôtre. « Le règne de la catégorie de la totalité est le porteur du principe révolutionnaire dans la science », comme dit Lukàcs. Et ce qui manque à Estivals, puisqu'il paraît que ce n'est pas l'érudition, c'est la dialectique.

Il faut croire qu'Estivals est bien attaché à la métaphysique car, pour lui, « la notion de moment conduit à une opposition à la vision traditionnelle de l'histoire, par suite à la métaphysique et à la morale qui en découlaient, qu'elle remplace par une autre, issue évidemment d'elle-même ». Sommés, de toute manière, de se reconnaître dans une métaphysique ou une autre, où vont donc les situationnistes ? D'après Estivals, c'est la métaphysique du « présentéisme » qui a notre faveur. Pourquoi ? Parce que nous rejetons en bloc les notions, bien curieusement amalgamées, « d'évolution, de progrès, d'éternité, qui sont la foi moderne depuis la fin du XVIIe siècle » (p. 22). Cette apparition de l'éternité à la fin du XVIIe siècle évoque presque l'humour d'un titre de J. L. Borges : *Nouvelle réfutation du temps*. Mais Estivals ne plaisante pas. La situation n'a pourtant jamais été présentée comme un instant indivisible, isolable, au sens métaphysique de Hume, par exemple ; mais comme un moment dans le mouvement du temps, moment contenant ses facteurs de dissolution, sa négation. Si elle met l'accent sur le présent, c'est dans la mesure où le marxisme a pu formuler le projet d'une société où « le présent domine le passé ». Cette structure du présent qui connaît son inévitable disparition, qui concourt à son remplacement, est plus éloignée d'un « présentéisme » que l'art traditionnel, qui tendait à transmettre un présent hypostasié, extrait de sa réalité mouvante, privé de son contenu de passage.

La métaphysique et l'éternité qui encombrent Estivals s'accompagnent naturellement d'une surestimation résolue de la création idéaliste individuelle. Dans le cas de la création « situationniste », il est assez bon pour m'en attribuer personnellement, et tout de suite, la plus belle part. Il me semble que ceci veut dire qu'Estivals est encore largement influencé par le système idéologique d'Isou, dont il a fait une insuffisante critique « sociologique », dans la fausse clarté du raisonnement mécaniste.

Témoignant plus que tout autre de la dissolution de la culture contemporaine, l'art qu'Isou a proposé est le premier art du solipsisme. Dans les conditions d'une expression artistique de plus en plus unilatérale et séparée, et complètement abusé par elles, Isou est parvenu à la suppression théorique du public, portant par là à l'absolu – qui est la mort et l'absence – une des tendances fondamentales de l'activité artistique ancienne. C'est ainsi qu'il annonçait dans son deuxième *Mémoire sur les forces futures des arts plastiques et sur leur mort* (paru dans la revue *Ur*, 1951) : « On créera chaque jour des formes nouvelles ; on ne se donnera plus la peine de les prouver, d'expliciter leur résistance par des "œuvres valables"... "Voilà des trésors *possibles*", dira-t-on. "Voilà des *chances* pour des œuvres séculaires". Mais personne ne se penchera pour ramasser une pierre. On ira plus loin afin de découvrir d'autres "sources séculaires" qu'on abandonnera, à leur tour, dans le même état de virtualité inexploitée. Le monde dégorgera de richesses esthétiques dont on ne saura quoi faire. » L'aveu involontaire de la disparition des arts, chez Isou, est un reflet de la réelle disparition des arts. Mais Isou qui se découvre placé, par hasard, ou par un trait de son génie, à un point zéro de la culture, s'empresse de meubler ce vide, par une culture symétrique qui va fatalement se rouvrir, après qu'elle ait été réduite à rien, avec des éléments similaires aux anciens. Et, profitant de l'aubaine pour devenir le seul créateur définitif de cette néo-culture, Isou prend des concessions toujours plus loin sur les terrains artistiques qu'il n'occupera pas. Isou, produit d'une époque d'art inconsommable, a supprimé l'idée même de sa consommation. Il n'a plus besoin de public. Il n'a besoin que de croire encore à la présence d'un juge caché – presque rien, sa variante personnelle de « Dieu spectateur » – juge d'un petit tribunal extérieur au temps dont la seule fonction reste d'homologuer les titres de propriété d'Isou, éternellement.

Le « système de création » d'Isou est un système de plaidoiries, une composition de son dossier aussi étendue que possible, pour défendre sur chaque point son domaine idéal contre la mauvaise foi et la chicane d'un éventuel concurrent à la création, qui essaierait de s'en faire reconnaître frauduleusement une parcelle. Rien ne restreint la souveraineté d'Isou, sauf le fait que ni le tribunal ni le code de procédure n'existent en dehors de son rêve.

Cependant, ce système n'a pas été appliqué tout à fait purement, parce que le propos de constituer dans le siècle un mouvement avant-gardiste a conduit Isou à réaliser, presque accidentellement, plusieurs expériences réelles de la décomposition artistique contemporaine (livres « métagraphiques », cinéma). Je crois qu'Estivals, en réfutant Isou au nom de l'objectivité la plus évidente, n'a pas assez nettement distingué le secteur de l'activité pratique du lettrisme, entre 1946 et 1952 au moins, et le secteur de l'aliénation idéaliste ; les rapports et les contradictions entre eux. De sorte que, quand il envisage les positions situationnistes – non sans avancer plusieurs considérations partielles et même des hypothèses qui, dans le détail, sont justes – il est encore, pour l'ensemble, victime de sa conception mystifiée de la création avant-gardiste foncièrement idéaliste, qu'il accepte comme telle dans tous les cas (et dont il critique seulement l'exagération, la propension au délire). Comme il lui faut ramener tout à un individu, qu'il exhortera ensuite à rester modeste, Estivals crée au besoin son créateur : « Isou ne faisait du roman tridimensionnel qu'un bouleversement partiel d'une branche de la création artistique. Debord trouve dans la situation, composée de toutes les activités humaines, le moyen de les bouleverser toutes à la fois. » Je m'en vois encore assez loin, tout de même. Et je ne pense pas le faire seul.

Cela vaut-il la peine de le redire ? Il n'y a pas de « situationnisme ». Je ne suis moi-même situationniste que du fait de ma participation, en ce moment et dans certaines conditions, à une communauté pratiquement groupée en vue d'une tâche, qu'elle saura ou ne saura pas faire. Accepter la notion de dirigeant, même en direction collégiale, dans un projet comme le nôtre, signifierait déjà notre démission. L'I.S. est évidemment composée d'individus fort divers, et même de plusieurs tendances discernables dont le rapport de force a déjà varié quelquefois. Son activité tout entière, sans conteste, est seulement présituationniste. Nous ne défendons d'aucune manière des « créations » qui appartiendraient à quelques-uns, et encore moins à un seul de nous : au contraire, nous trouvons très positif que les camarades qui nous rejoignent aient déjà atteint par eux-mêmes une problématique expérimentale qui recoupe la nôtre. Le plus sûr symptôme du délire idéaliste est d'ailleurs la stagnation des mêmes individus, se soutenant ou se querellant des années autour des mêmes valeurs arbitraires, parce qu'ils sont seuls à les reconnaître comme règles d'un pauvre jeu. Les situationnistes les laissent à leurs élevages de poussière. Estivals a surestimé leur intérêt, jusqu'à en tirer des critères de jugement inapplicables ailleurs, peut-être parce que l'optique trop étroitement parisienne de son travail sur la période « avant-gardiste » récente grossit trop ces détails. Une telle connaissance des anecdotes doit au moins lui faire savoir que je n'ai jamais considéré comme un motif de m'occuper des gens les rapports de subordination qu'ils étaient capables d'entretenir avec moi. Mais d'autres goûts.

G.-E. DEBORD.

Guy Debord, en 1960, à Paris.
Sur le panneau derrière Guy Debord, est exposée une suite de vingt-trois gravures, réalisées par Asger Jorn au Danemark entre 1939 et 1945, que venait d'éditer la galerie Rive Gauche sous le titre *Occupations*.

Préliminaires pour une définition de l'unité du programme révolutionnaire

I. Le capitalisme, société sans culture

1

On peut définir la culture comme l'ensemble des instruments par lesquels une société se pense et se montre à elle-même ; et donc choisit tous les aspects de l'emploi de sa plus-value disponible, c'est-à-dire l'organisation de tout ce qui dépasse les nécessités immédiates de sa reproduction.

Toutes les formes de société capitaliste, aujourd'hui, apparaissent en dernière analyse fondées sur la division stable – à l'échelle des masses – et généralisée entre les dirigeants et les exécutants. Transposée sur le plan de la culture, cette caractérisation signifie la séparation entre le « comprendre » et le « faire », l'incapacité d'organiser (sur la base de l'exploitation permanente) à quelque fin que ce soit le mouvement toujours accéléré de la domination de la nature.

En effet, dominer la production, pour la classe capitaliste, c'est obligatoirement monopoliser la compréhension de l'activité productrice, du travail. Pour y parvenir, le travail est, d'un côté, parcellarisé de plus en plus, c'est-à-dire rendu incompréhensible à celui qui le fait ; de l'autre côté, reconstitué comme unité par un organe spécialisé. Mais cet organe est lui-même subordonné à la direction proprement dite, qui est seule à détenir théoriquement la compréhension d'ensemble puisque c'est elle qui impose à la production son sens, sous forme d'objectifs généraux. Cependant cette compréhension et ces objectifs sont eux-mêmes envahis par l'arbitraire, puisque coupés de la pratique et même de toutes les connaissances réalistes, que personne n'a intérêt à transmettre.

L'activité sociale globale est ainsi scindée en trois niveaux : l'atelier, le bureau, la direction. La culture, au sens de compréhension active et pratique de la société, est également découpée en ces trois moments. L'unité n'en est reconstituée en fait que par une transgression permanente des hommes hors de la

« Plate-forme de discussion dans l'I.S. ; et pour sa liaison avec des militants révolutionnaires du mouvement ouvrier », ces *Préliminaires* furent rédigés avec P. Canjuers (pseudonyme de Daniel Blanchard), membre du groupe Socialisme ou Barbarie (S. ou B.). Fondé en 1949 en rupture avec le trotskisme et animé notamment par Cornelius Castoriadis et Claude Lefort, le groupe S. ou B. se scinde en deux à la fin de 1958 : Castoriadis crée Pouvoir ouvrier (P.O.) et Lefort, Informations et liaisons ouvrières (I.L.O., qui deviendra en 1960 Informations et correspondances ouvrières, I.C.O., après le départ de Lefort). De l'automne 1960 au printemps 1961, Guy Debord participera aux réunions de Pouvoir ouvrier, aussi bien en France qu'en Belgique lors des grandes grèves de l'hiver 1960-1961. Mais son projet de créer un nouveau type d'organisation révolutionnaire avec les militants révolutionnaires de

P.O. se révélera impossible, et le 5 mai 1961 il en fera le constat en rompant ses relations avec les sociaux-barbares. Quelques mois plus tard, par les *Thèses de Hambourg* en septembre 1961, les situationnistes en tireront la conclusion qu'il ne fallait plus prêter « la moindre importance aux conceptions d'aucun des groupes révolutionnaires qui pouvaient subsister encore, en tant qu'héritiers de l'ancien mouvement social d'émancipation anéanti dans la première moitié de notre siècle ; et qu'il ne faudrait donc plus compter que sur la seule I.S. pour relancer au plus tôt une autre époque de la contestation, en renouvelant toutes les bases de départ de celle qui s'était constituée dans les années 1840 ».

sphère où les cantonne l'organigramme social, c'est-à-dire d'une manière clandestine et parcellaire.

2

Le mécanisme de constitution de la culture se ramène ainsi à une réification des activités humaines, qui assure la fixation du vivant et sa transmission sur le modèle de la transmission des marchandises ; qui s'efforce de garantir une domination du passé sur le futur.

Un tel fonctionnement culturel entre en contradiction avec l'impératif constant du capitalisme, qui est d'obtenir l'adhésion des hommes et de solliciter à tout instant leur activité créatrice, dans le cadre étroit où il les emprisonne. En somme, l'ordre capitaliste ne vit qu'à condition de projeter sans cesse devant lui un nouveau passé. Ceci est particulièrement vérifiable dans le secteur proprement culturel, dont toute la publicité périodique est fondée sur le lancement de fausses nouveautés.

3

Le travail tend ainsi à être ramené à l'exécution pure, donc rendu absurde. Au fur et à mesure que la technique poursuit son évolution, elle se dilue, le travail se simplifie, son absurdité s'approfondit.

Mais cette absurdité s'étend aux bureaux et aux laboratoires : les déterminations finales de leur activité se trouvent en dehors d'eux, dans la sphère politique de la direction d'ensemble de la société.

D'autre part, au fur et à mesure que l'activité des bureaux et des laboratoires est intégrée au fonctionnement d'ensemble du capitalisme, l'impératif d'une récupération de cette activité lui impose d'y introduire la division capitaliste du travail, c'est-à-dire la parcellarisation et la hiérarchisation. Le problème logique de la synthèse scientifique est alors télescopé avec le problème social de la centralisation. Le résultat de ces transformations est, contrairement aux apparences, une inculture généralisée à tous les niveaux de la connaissance : la synthèse scientifique ne s'effectue plus, la science ne se comprend plus elle-même. La science n'est plus pour les hommes d'aujourd'hui une clarification véritable et en actes de leur rapport avec le monde ; elle a détruit les anciennes représentations, sans être capable d'en fournir de nouvelles. Le monde devient illisible comme unité ; seuls des spécialistes détiennent quelques fragments de rationalité, mais ils s'avouent incapables de se les transmettre.

4

Cet état de fait engendre un certain nombre de conflits. Il existe un conflit entre d'une part la technique, la logique propre du développement des procédés matériels (et même largement la logique propre du développement des sciences) ; et d'autre part la technologie qui en est une application rigoureusement sélectionnée par les nécessités de l'exploitation des travailleurs, et pour déjouer leurs résistances. Il existe un conflit entre les impératifs capitalistes et les besoins élémentaires des hommes. Ainsi la contradiction entre les actuelles pratiques nucléaires et un goût de vivre encore assez généralement répandu trouve-t-elle un écho jusque dans les protestations moralisantes de certains physiciens. Les modifications que l'homme peut désormais exercer sur sa propre nature (allant de la chirurgie esthétique aux mutations génétiques dirigées) exigent aussi une société contrôlée par elle-même, l'abolition de tous les dirigeants spécialisés.

Partout, l'énormité des possibilités nouvelles pose l'alternative pressante : solution révolutionnaire ou barbarie de science-fiction. Le compromis représenté par la société actuelle ne peut vivre que d'un statu quo qui lui échappe de toutes parts, incessamment.

5

L'ensemble de la culture actuelle peut être qualifiée d'aliénée en ce sens que toute activité, tout instant de la vie, toute idée, tout comportement n'a de sens qu'en dehors de soi, dans un ailleurs qui, pour n'être plus le ciel, n'en est que plus affolant à localiser : une utopie, au sens propre du mot, domine en fait la vie du monde moderne.

6

Le capitalisme ayant, de l'atelier au laboratoire, vidé l'activité productrice de toute signification pour elle-même, s'est efforcé de placer le sens de la vie dans les loisirs et de réorienter à partir de là l'activité productrice. Pour la morale qui prévaut, la production étant l'enfer, la vraie vie serait la consommation, l'usage des biens.

Mais ces biens, pour la plupart, ne sont d'aucun usage, sinon pour satisfaire quelques besoins privés, hypertrophiés afin de répondre aux exigences du marché. La consommation capitaliste impose un mouvement de réduction des désirs par la régularité de la satisfaction des besoins artificiels, qui restent besoins sans jamais avoir été désirs ; les désirs authentiques étant contraints de rester au stade de leur non-réalisation (ou compensés sous forme de spectacles). Moralement et psychologiquement, le consommateur est en réalité consommé par le marché. Ensuite et surtout, ces biens n'ont pas d'usage social, parce que l'horizon social est entièrement bouché par l'usine ; hors l'usine, tout est aménagé en désert (la cité-dortoir, l'autoroute, le parking...). Le lieu de la consommation est le désert.

Cependant, la société constituée dans l'usine domine sans partage ce désert. Le véritable usage des biens est simplement de parure social, tous les signes de prestige et de différenciation achetés devenant d'ailleurs en même temps obligatoires pour tous, comme tendance fatale de la marchandise industrielle. L'usine se répète dans les loisirs sur le mode des signes, avec toutefois une marge de transposition possible, suffisante pour permettre de compenser quelques frustrations. Le monde de la consommation est en réalité celui de la mise en spectacle de tous pour tous, c'est-à-dire de la division, de l'étrangeté et de la non-participation entre tous. La sphère directoriale est le metteur en scène sévère de ce spectacle, composé automatiquement et pauvrement en fonction d'impératifs extérieurs à la société, signifiés en valeurs absurdes (et les directeurs eux-mêmes, en tant qu'hommes vivants, peuvent être considérés comme victimes de ce robot metteur en scène).

7

En dehors du travail, le spectacle est le mode dominant de mise en rapport des hommes entre eux. C'est seulement à travers le spectacle que les hommes prennent une connaissance – falsifiée – de certains aspects d'ensemble de la vie sociale, depuis les exploits scientifiques ou techniques jusqu'aux types de conduite régnants, en passant par les rencontres des Grands. Le rapport entre auteurs et spectateurs n'est qu'une transposition du rapport fondamental entre dirigeants et exécutants. Il répond parfaitement aux besoins d'une culture réifiée et aliénée : le rapport qui est établi à l'occasion du spectacle est, par lui-même, le porteur irréductible de l'ordre capitaliste. L'ambiguïté de tout « art révolutionnaire » est ainsi que le caractère révolutionnaire d'un spectacle est enveloppé toujours par ce qu'il y a de réactionnaire dans tout spectacle.

C'est pourquoi le perfectionnement de la société capitaliste signifie, pour une bonne part, le perfectionnement du mécanisme de mise en spectacle. Mécanisme complexe, évidemment, car s'il doit être au premier chef le diffuseur de l'ordre capitaliste, il doit aussi ne pas apparaître au public comme le délire du capitalisme ; il doit concerner le public en s'intégrant des éléments de représentation qui correspondent – par fragments – à la rationalité sociale. Il doit détourner les désirs dont l'ordre dominant interdit la satisfaction. Par exemple, le tourisme moderne de masse fait voir des villes ou des paysages non pour satisfaire le désir authentique de vivre dans tel milieu (humain et géographique) mais en les donnant comme pur spectacle rapide de surface (et finalement pour permettre de faire état du souvenir de ces spectacles, comme valorisation sociale). Le strip-tease est la forme la plus nette de l'érotisme dégradé en simple spectacle.

8

L'évolution, et la conservation, de l'art ont été commandées par ces lignes de force. À un pôle, il est purement et simplement récupéré par le capitalisme comme moyen de conditionnement de la population. À l'autre pôle, il a bénéficié de l'octroi par le capitalisme d'une concession perpétuelle privilégiée : celle de l'activité créatrice pure, alibi à l'aliénation de toutes les autres activités (ce qui en fait la plus chère des parures sociales). Mais en même temps, la sphère réservée à l'« activité créatrice libre » est la seule où sont posées pratiquement, et dans toute leur ampleur, la question de l'emploi profond de la vie, la question de la communication. Ici sont fondés, dans l'art, les antagonismes entre partisans et adversaires des raisons de vivre officiellement dictées. Au non-sens et à la séparation établis correspond la crise générale des moyens artistiques traditionnels, crise qui est liée à l'expérience ou à la revendication d'expérimenter d'autres usages de la vie. Les artistes révolutionnaires sont ceux qui appellent à l'intervention ; et qui sont intervenus eux-mêmes dans le spectacle pour le troubler et le détruire.

II. La politique révolutionnaire et la culture

1

Le mouvement révolutionnaire ne peut être rien de moins que la lutte du prolétariat pour la domination effective, et la transformation délibérée, de tous les aspects de la vie sociale ; et d'abord pour la gestion de la production et la direction du travail par les travailleurs décidant directement de tout. Un tel changement implique, immédiatement, la transformation radicale de la nature du travail, et la constitution d'une technologie nouvelle tendant à assurer la domination des ouvriers sur les machines.

Il s'agit d'un véritable renversement de signe du travail qui entraînera nombre de conséquences, dont la principale est sans doute le déplacement du centre d'intérêt de la vie, depuis les loisirs passifs jusqu'à l'activité productive du type nouveau. Ceci ne signifie pas que, du jour au lendemain, toutes les activités productives deviendront en elles-mêmes passionnantes. Mais travailler à les rendre passionnantes, par une reconversion générale et permanente des buts aussi bien que des moyens du travail industriel, sera en tout cas la passion minimum d'une société libre.

Toutes les activités tendront à fondre en un cours unique, mais infiniment diversifié, l'existence jusqu'alors séparée entre les loisirs et le travail. La production et la consommation s'annuleront dans l'usage créatif des biens de la société.

2

Un tel programme ne propose aux hommes aucune autre raison de vivre que la construction par eux-mêmes de leur propre vie. Cela suppose, non seulement que les hommes soient objectivement libérés des besoins réels (faim, etc.), mais surtout qu'ils commencent à projeter devant eux des désirs – au lieu des compensations actuelles ; qu'ils refusent toutes les conduites dictées par d'autres pour réinventer toujours leur accomplissement unique ; qu'ils ne considèrent plus que la vie est le maintien d'un certain équilibre, mais qu'ils prétendent à un enrichissement sans limite de leurs actes.

3

La base de telles revendications aujourd'hui n'est pas une utopie quelconque. C'est d'abord la lutte du prolétariat, à tous les niveaux ; et toutes les formes de refus explicite ou d'indifférence profonde que doit combattre en permanence, par tous les moyens, l'instable société dominante. C'est aussi la leçon de l'échec essentiel de toutes les tentatives de changements moins radicaux. C'est enfin l'exigence qui se fait jour dans certains comportements extrêmes de la jeunesse (dont le dressage s'avère moins efficace) et de quelques milieux d'artistes, maintenant.

Mais cette base contient aussi l'utopie, comme invention et expérimentation de solutions aux problèmes actuels sans qu'on se préoccupe de savoir si les conditions de leur réalisation sont immédiatement données (il faut noter que la science moderne fait d'ores et déjà un usage central de cette expérimentation utopique). Cette utopie momentanée, historique, est légitime ; et elle est nécessaire car c'est en elle que s'amorce la projection de désirs sans laquelle la vie libre serait vide de contenu. Elle est inséparable de la nécessité de dissoudre la présente idéologie de la vie quotidienne, donc les liens de l'oppression quotidienne, pour que la classe révolutionnaire découvre, d'un regard désabusé, les usages existants et les libertés possibles.

La pratique de l'utopie ne peut cependant avoir de sens que si elle est reliée étroitement à la pratique de la lutte révolutionnaire. Celle-ci, à son tour, ne peut se passer d'une telle utopie sous peine de stérilité. Les chercheurs d'une culture expérimentale ne peuvent espérer la réaliser sans le triomphe du mouvement révolutionnaire, qui ne pourra lui-même instaurer des conditions révolutionnaires authentiques sans reprendre les efforts de l'avant-garde culturelle pour la critique de la vie quotidienne et sa reconstruction libre.

4

La politique révolutionnaire a donc pour contenu la totalité des problèmes de la société. Elle a pour forme une pratique expérimentale de la vie libre à travers la lutte organisée contre l'ordre capitaliste. Le mouvement révolutionnaire doit ainsi devenir lui-même un mouvement expérimental. Dès à présent, là où il existe, il doit développer et résoudre aussi profondément que possible les problèmes d'une microsociété révolutionnaire. Cette politique complète culmine dans le moment de l'action révolutionnaire, quand les masses interviennent brusquement pour faire l'histoire, et découvrent aussi leur action comme expérience directe et comme fête. Elles entreprennent alors une construction consciente et collective de la vie quotidienne qui, un jour, ne sera plus arrêtée par rien.

Le 20 juillet 1960

P. Canjuers, G.-E. Debord

5 mai 1961

1961

Lettre aux participants de la conférence nationale de Pouvoir ouvrier (P.O.) qui s'était tenue à Paris le 24 avril 1961 (*Correspondance*, vol. 2, *op. cit.*, p. 82-88).

Camarades,

La dernière conférence nationale de P.O., comme la quasi-totalité des participants en a certainement conscience, a été très peu satisfaisante. Plus gravement que la faiblesse des thèses choisies pour ce débat, le fonctionnement même de la discussion a fait paraître à tout instant combien l'organisation réelle de P.O. était radicalement étrangère au nouveau type d'organisation révolutionnaire justement défendu et illustré par tout le travail de la revue *Socialisme ou Barbarie*. Dire ceci n'est en rien nouveau, l'organisation n'ayant jamais hésité à présenter là-dessus sa franche autocritique au niveau le plus général. Ce qui paraît malheureusement nouveau, c'est d'en tirer des conclusions.

Les questions, inséparables, de la vie propre de l'organisation et de son travail vers l'extérieur, sont dominées par sa méfiance envers n'importe quelle sorte de nouveauté – y compris celles qui sont nettement prévues dans ses textes programmatiques – et par l'emploi infiniment faible qu'elle laisse à la participation et à la créativité de ses militants, réunis pourtant sur cette base de participation complète.

La survivance – dans la pratique – de la conception de l'activité révolutionnaire spécialisée, donc de militants spécialistes, ne va nullement, à P.O., jusqu'à former un noyau bureaucratique (parce que P.O. a banni l'aboutissement logique du militant spécialisé : le permanent) mais il offre un terrain de choix pour diverses variantes du dogmatisme. La véritable division dans P.O. – où ne se développent pas de véritables oppositions politiques – recoupe manifestement une division en deux classes d'âge, mais est en dernière analyse indépendante de l'âge : c'est une division inavouée, et même pas utilitaire, entre enseignants et élèves.

La division de la société en dirigeants et exécutants est presque abolie comme telle au sein de P.O. (par l'idéologie révolutionnaire, les statuts, et la faible dimension de l'organisation et de ses tâches actuelles), mais elle se retrouve sous son aspect corollaire de division entre « acteurs » et spectateurs. Ce spectacle ne manque pas d'aspects très instructifs ; mais c'est extérieurement au projet révolutionnaire que l'on rencontre la justification fréquente du spectacle par sa fonction instructive, en même temps que toute instruction se présente traditionnellement sur le mode du spectacle.

Dans le spectacle P.O., il y a donc des vedettes – dont plusieurs me paraissent fort intéressantes, inutile de le rappeler. Le regrettable, c'est que leur relation avec les spectateurs qu'elles ont attirés (et même sur les points où elles entretiennent un accord précis avec tel de ces spectateurs) reste très secondaire par rapport au jeu entretenu entre elles, et indéfiniment répétable. Leur opposition spectaculaire n'étant jamais sanctionnée par rien, les vedettes ne se convainquent jamais l'une l'autre : elles se neutralisent jour après jour. De sorte que l'intervention des spectateurs, même dans le cas optimum où elle est authentifiée par la médiation d'une vedette, ne fait que rejoindre l'impuissance de décision propre à la sphère de ces combattants invulnérables.

Les réunions officielles de P.O. ont vraiment quelque chose d'homérique, non seulement par les invectives des dieux qui s'y affrontent, mais par l'espèce d'immortalité de leur querelle, qui semble partie pour durer par-dessus la tête de plusieurs générations de militants, mortels ceux-là. (Un exemple de ce mécanisme de l'habitude : le recours tactique à la véhémence est accepté – à regret – dans le cas de ces quelques membres de l'élite P.O. qui l'ont fait admettre pour eux de très longue date. Je pense qu'elle intimide beaucoup de camarades qui se taisent ou s'autocensurent sur les questions les plus importantes. Cependant, si l'on choisit d'affronter cette tactique sur son terrain, ce ton inhabituel est généralement perçu comme insolent, ou même de mauvaise foi.)

Qu'il soit clair que je ne nie aucunement la possibilité, pour certains jeunes militants, d'accéder eux-mêmes assez vite au secteur des vedettes. Je nie l'intérêt de cette promotion.

C'est une si pesante séparation des rôles, concrètement, et non quelque fatalité pesant sur toute action collective, qui rejette dans la clandestinité des relations informelles les communications les plus riches d'intérêt et d'efficacité (y compris bien sûr de la part des « vedettes », dont le spectacle officiel de P.O. ne laisse filtrer qu'une réalité appauvrie). Le rôle écrasant de l'habitude, quasi inconscient, non critiqué, dans tous les rapports entre les camarades de P.O., explique la survivance, à première vue incroyable, de certaines habitudes de pensée incohérentes dans un projet comme celui qu'a défini théoriquement P.O.

On peut « comprendre », sur le plan « humain », beaucoup de ces défauts dans P.O. (la prééminence de quelques rapports personnels aigris ou automatisés), en y reconnaissant un produit de l'isolement courageusement accepté autrefois par un groupe restreint. Mais sur le plan politique, il n'y a aucune excuse à laisser pieusement pourrir ces problèmes, qui entravent la transformation d'un groupe transitoire « de critique et d'orientation » en une organisation révolutionnaire.

La tâche des révolutionnaires maintenant est de créer une organisation comme l'a dit P.O. « à un autre niveau » de la politique. Cette tâche ne peut attendre l'heure H du jour J ; il faut la faire tout de suite, ou probablement jamais, car dans toute organisation constituée en deçà de ce saut qualitatif, le temps ne travaille pas pour l'organisation, mais contre elle.

De sorte que l'attentisme des nombreux camarades, qui pensent que le développement numérique de P.O. conduira à des pratiques plus en rapport avec ses buts fondamentaux, me paraît peu justifié. J'ai constaté que des gens très capables de comprendre toutes les implications de la plate-forme de P.O. sont déjà dans cette organisation. S'ils n'y étaient pas, on pourrait discuter de la nécessité de les attendre. Mais ils y sont. Cependant, ils ne s'y expriment presque pas : P.O., fondé sur la contestation de tous les aspects de la société actuelle, est très peu favorable à la contestation de la moindre de ses habitudes. Un certain conformisme, dans lequel probablement aucun camarade pris individuellement ne peut se reconnaître, apparaît comme leur volonté aliénée dans le fonctionnement de l'organisation.

Les fâcheuses conséquences, parmi des gens précisément rassemblés sur les perspectives d'une critique radicale, sont évidentes. Barjot écrivait dans une note à la fin du *B.I.* n° 17 (de mai 60) : « L'organisation est appelée à grandir. Quelle que soit sa richesse idéologique actuelle, elle sera sans doute peu de chose en comparaison de l'apport que lui fourniront de nouvelles catégories d'adhérents. Il nous sera impossible, non seulement d'en profiter pour enrichir l'idéologie de l'organisation, mais simplement d'intégrer ces nouveaux

Barjot : un des pseudonymes de Cornelius Castoriadis.

adhérents si nous ne nous débarrassons pas d'un sectarisme hérité du passé... » On ne peut mieux dire.

L'argument, très fréquent dans P.O., selon lequel tous les défauts de fonctionnement n'empêchent pas cette organisation d'être « la meilleure », la plus consciente – donc la base pour un développement ultérieur plus conforme à ses principes, suppose évidemment que l'on s'adresse à quelqu'un qui se définit au préalable comme un militant révolutionnaire (résolu à travailler en tout cas dans l'organisation politique la plus proche de ses idées). L'emploi de cet argument est en absolue contradiction avec l'analyse générale de la dépolitisation comme donnée de la société capitaliste moderne ; et en absolue contradiction avec le projet d'un nouveau type d'organisation ; laquelle ne pourra se constituer qu'en en appelant à un tout autre esprit que celui du militant révolutionnaire traditionnel, qui est en voie de disparition sur toute la surface de la planète.

L'idée, néfaste bien que dérisoire, selon laquelle la réalité de l'organisation pourrait (devrait) échapper souverainement à toute contestation, limite naturellement l'exercice de cette contestation aux cas particuliers de ceux qui en sortent, ou, plus généralement, de ceux qui n'y entrent pas. C'est également le poids de cette idée qui rend malaisé un travail de « redressement » de P.O. : toute critique de ce que cette organisation rejette dans son « inconscient » y sera hardiment taxée de sabotage – par les instances paralysantes du surmoi de l'organisation, pour continuer cette analogie psychanalytique douteuse.

La critique fondamentale étant ainsi empêchée, on jette du lest sur tout le reste. On nous dit : l'organisation est ce qu'elle est, mais elle est là. Ailleurs, il n'y a rien de tel. Il est piquant de retrouver dans cette sorte de chantage au sentiment du vide, l'illusion bolchevik – avec les masses en moins – de Trotski au treizième Congrès (« Qu'il ait ou non raison, c'est mon Parti »), illusion dont on a vu la longue exploitation. Je crois qu'il est plus correct de se demander d'abord, comme les camarades anglais dans leur plate-forme, dans quelle mesure un essai manqué de nouvelle organisation révolutionnaire ne risque pas d'aggraver le découragement des ouvriers. Dans le groupe français la question est un peu différente, puisqu'il s'agit surtout d'étudiants. Le rapport enseignants-élèves ne pèse guère à certains, et d'autant moins qu'il est masqué par une idéologie qui critique expressément des rapports de ce type. Mais à la fin la reconnaissance indiscutée de la valeur révolutionnaire extrême de l'organisation ne peut suffire à empêcher le découragement même d'étudiants qui n'ont pas été réellement intégrés jusqu'à reconnaître dans cette organisation leur affaire. On peut seulement être assurés que s'ils n'ont pas réussi à comprendre les raisons de leur déception, ils s'en iront discrètement, avec mauvaise conscience.

Quant au fait bien réel que P.O. représente pour beaucoup un terrain de socialisation, un jeu, etc., je ne pense pas que ceci mérite considération du point de vue de la critique révolutionnaire des rapports humains, qui conduit normalement à prendre bon nombre de risques de rupture. Y compris même des ruptures du genre que Barjot semblait craindre pour quelques jeunes camarades quand il rappelait, vers la fin de cette conférence nationale, que l'organisation, si elle veut s'étendre, ne peut être faite « que de gens intégrés dans une vie professionnelle » (ma divergence tactique avec Barjot sur ce point serait de rappeler que cette organisation n'a pas encore à « s'étendre » mais à se constituer).

Pour conclure :

Étant donnée l'absence de tendances dans P.O. sur les questions qui me paraissent réellement centrales, et considérant que ce fait rend l'ensemble de l'organisation responsable d'un fonctionnement qui ne lui est pas imposé bureaucratiquement, j'ai voté, en tant que délégué à la conférence, la reconduction pure et simple de l'ancien C[omité de] R[édaction].

Étant donnée mon opposition, expliquée ci-dessus, à l'organisation telle qu'elle est, je me trouve obligé de m'en retirer (d'autant plus que je dois tenir compte de mes camarades situationnistes, question qui n'a jamais été abordée par P.O. depuis le départ de Canjuers, mais qui n'en est pas moins restée réelle).

Je précise, si tout ceci peut avoir quelque utilité, que je n'ai pas parlé dans une perspective lefortiste ; mais dans celle de la nécessité d'une organisation réellement efficace (l'utopie est au contraire de ce que croient certains membres de P.O.). Et pas en faveur de quelque privatisation que ce soit ; mais contre la part de vie privée non critiquée dans l'organisation même ou, symétriquement, en dehors d'elle – comme compensation illusoire pour ses militants insatisfaits.

Veuillez croire, camarades, à ma vive sympathie pour vous en tout cas ; et pour tout ce qui, dans votre action, va vers l'approfondissement de votre programme et sa traduction en actes.

Guy

•••

1961

Extrait d'une lettre du 8 décembre 1961 à J.-L. Jollivet, directeur de la revue *Notes critiques* (*Correspondance*, vol. 2, *op. cit.*, p. 112-113).

Je crois que ces documents doivent être accompagnés d'une clarification sommaire des rapports I.S.-P.O. :

L'année dernière, Canjuers ayant pris contact avec l'I.S. à Paris, et d'assez longues discussions ayant eu lieu entre lui et moi, nous avons rédigé *Préliminaires...* qui n'est pas, comme vous l'avez écrit dans *N.C.* n° 1 une publication de P.O. Ce texte a été en fait publié par l'I.S., comme plate-forme de discussion proposée à l'ensemble des situationnistes et des militants de P.O. Mais il se présentait, au départ, sous la seule responsabilité de Canjuers et moi-même, sans engager aucun des autres. C'était l'exposé de ce qui nous semblait devoir être accepté par tous (donc un peu faible sur plusieurs points). Par la suite, il a été très discuté, et finalement accepté dans l'I.S. ; mais il me semble qu'on n'a commencé à le lire dans P.O. que dix mois après. Entre-temps Canjuers avait quitté la France pour une année, cette discussion était au point mort. Quelques situationnistes avaient cependant commencé à participer, dans un statut assez mal défini, aux activités de P.O. : en France parce que les actuels problèmes archaïques mais envahissants du capitalisme local font qu'il est désagréable de ne pas être lié à un groupe politique ; en Belgique parce qu'après la grève le moment paraissait favorable pour lancer une organisation (appelée Pouvoir ouvrier belge).

Où en sommes-nous maintenant ? Une tendance, très faible à tous les points de vue, qui à la suite des discussions de cette conférence nationale avait essayé de se constituer dans P.O., en mai-juin 61, n'a rien pu faire et ses membres sont maintenant dispersés. L'évolution depuis me confirme les jugements de ma lettre du 5 mai, à ceci près qu'ils n'étaient sans doute pas assez sévères : j'ai eu l'occasion de lire, trois mois après sa parution, un *Bulletin intérieur* (n° 25) rendant compte des débats de la même conférence nationale. Il est si comique dans la fausseté qu'il ne nous paraît plus très utile de discuter avec ceux qui font – ou couvrent – une si lourde farce (ce qui me paraît être le cas de Canjuers tardivement ressurgi). Les derniers situationnistes se sont donc retirés du P.O.B. en novembre. À Paris, je n'ai plus de contact qu'avec un ou deux militants de P.O., sur un plan personnel (et encore est-ce bien altéré par la pression des autres).

Nous estimons que le travail pour créer une organisation révolutionnaire nouvelle sera plus dur, théoriquement et pratiquement : moins pressé et moins désinvolte. Mais qu'en revanche la constitution de cette organisation pourra être le point de départ d'un développement très rapide ; au contraire de la patiente administration d'un petit capital de militants qui s'enrichirait chaque année de 6 %.

Maintenant, je vous prie de bien noter que ces informations que, vu les termes précis de la lettre de Jollivet, j'avais l'obligation de vous donner, ne débouchent sur *aucun conseil* (entrer ou non dans P.O.).

Je connais trop peu les conditions où vous êtes pour savoir si une adhésion (critique, cela va de soi) à P.O. signifierait une avance ou une régression, ces deux facteurs, comme vous savez bien, étant d'ailleurs souvent dans les mêmes draps.

J'ajoute encore que nous approuvons la position de P.O. contre le lefortisme (que l'on considère cette attitude dans ses prémisses théoriques faibles ou dans ses aboutissements pratiques choquants). Vous savez aussi que dans le cas de *Notes critiques*, dont nous apprécions bien l'autonomie à l'égard d'*Arguments*, nous voyons quand même nettement le péril de constituer malgré vous une « couverture de gauche » pour Morin et sa fine équipe ; lesquels, à les juger en toute modération, nous paraissent joindre la mauvaise foi à l'imbécillité (dans le fatras du n° 22, seul le petit texte de George Buchanan vaut quelque chose).

Arguments, Bulletin de recherches, de discussions et de mises au point, créé par Colette Audry, Kostas Axelos, Roland Barthes, Jean Duvignaud, François Fejtö, Dionys Mascolo, Edgar Morin (premier numéro en décembre 1956).

« Pour la seconde révolution », du Britannique George Buchanan.

Cette *Déclaration sur la folie* (qui aurait dû paraître sous forme de tract) sera adoptée le 28 septembre 1960 par la IVe Conférence de l'I.S. réunie à Londres. Inédit.

Déclaration de la section allemande de l'Internationale situationniste sur la folie

Aussi longtemps que la société dans son ensemble sera *folle*, nous nous refuserons en tout cas à laisser qualifier de folie le comportement d'un des individus qui veulent la changer ; et particulièrement nous nous opposerons par tous les moyens à la qualification de folie, et aux conséquences pratiques qu'elles pourraient entraîner, dans le cas de membres de l'Internationale situationniste.

Le critère de la raison ou de la folie, pour la psychiatrie moderne, étant en dernière analyse *la réussite sociale*, nous refusons également absolument la qualification de folie à propos de tout artiste moderne ; l'actuel système de tests psychiatriques permet *virtuellement* leur internement à tous. Ils sont tous solidaires d'abord devant cette menace.

Nous devons donc déclarer aussi, nettement, que *Fritz Hundertwasser n'est pas fou*, bien qu'il essaie de le faire croire. Son jeu social à ce propos apparaît comme la petite contrepartie – positive pour lui en ce moment – de l'internement de centaines d'artistes. Il est fondé sur cet internement. Hundertwasser est très raisonnable, il faut bien le dire.

München, den 8. September 1960

Prem, Zimmer, Sturm, Fischer, Jorn, Debord

La IVe Conférence de l'Internationale situationniste se réunira à Londres, du 24 au 28 septembre 1960.

Depuis le mois de juin 1960 ne font plus partie de l'Internationale situationniste : Pinot-Gallizio et G. Melanotte, exclus – Constant, démissionnaire.

Paru en anglais dans *Internationale situationniste* n° 5, décembre 1960. (Traduit par nos soins.)

RÉSOLUTION DE LA IVe CONFÉRENCE DE L'INTERNATIONALE SITUATIONNISTE CONCERNANT L'EMPRISONNEMENT D'ALEXANDER TROCCHI

Les délégués de la Quatrième Conférence de l'Internationale situationniste, informés de l'arrestation aux États-Unis de leur ami Alexander Trocchi et de son inculpation pour usage et trafic de drogues, déclare que l'Internationale situationniste garde pleine confiance en Alexander Trocchi.

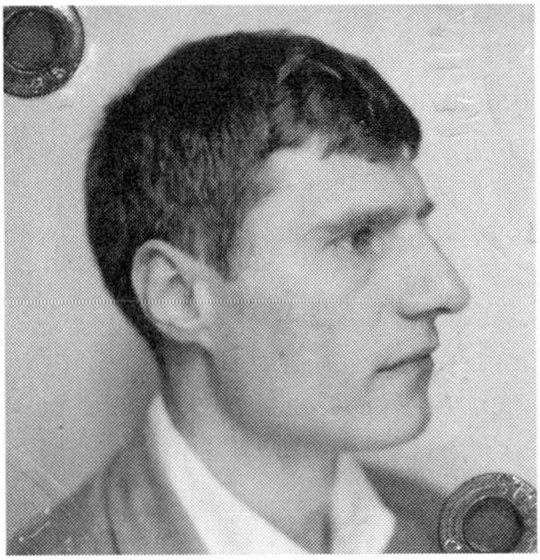

La conférence DÉCLARE que Trocchi ne peut, en aucun cas, être impliqué dans un trafic de drogues ; il s'agit clairement d'une provocation policière par laquelle les situationnistes ne se laisseront pas intimider ;

AFFIRME que la prise de drogue est sans importance ;

MANDATE Asger Jorn, Jacqueline de Jong et Guy Debord pour agir immédiatement au profit d'Alexander Trocchi et informer l'Internationale situationniste de leur action dans les meilleurs délais ;

APPELLE tout spécialement les autorités culturelles de Grande-Bretagne et tous les intellectuels britanniques attachés à la liberté à exiger la mise en liberté d'Alexander Trocchi, qui sans le moindre doute est aujourd'hui l'artiste le plus intelligent et le plus créatif d'Angleterre.

Londres, le 27 septembre 1960.

La *Déclaration* lue par Maurice Wyckaert a paru dans *Internationale situationniste* n° 5 en décembre 1960 ; le *Manifeste* au mois de juin, dans le n° 4.

DÉCLARATION FAITE AU NOM DE LA IVᵉ CONFÉRENCE DE L'I.S. devant l'Institute of Contemporary Arts

Mesdames, Messieurs,

L'I.C.A. a annoncé ici une déclaration du mouvement « *International Situationism* », ce qui est une erreur par rapport aux termes de l'acceptation que nous avions communiquée à l'I.C.A.

Il n'y a pas de situationnisme. Pas de doctrine appelée ainsi. C'est une expérience pratique que nous appelons situationniste, et qui est organisée en mouvement international discipliné. Si vous avez compris maintenant qu'il n'y a pas de situationnisme, avec cela déjà vous n'avez pas perdu votre soirée. Si, en plus, vous comprenez quelque chose d'autre, alors vous partirez d'ici avec un bénéfice supplémentaire.

D'abord, considérez qu'aucune des œuvres que nous pouvons faire maintenant n'est parvenue au stade situationniste. Nous nous proposons seulement de réaliser bientôt, collectivement, les premiers ensembles pré-situationnistes. Le mouvement situationniste peut être considéré comme une nouvelle passion munie d'un équipement matériel. Nous sommes la nouvelle révolution. Tout le passé révolutionnaire, abandonné ou détourné par d'autres, à qui pourrait-il appartenir, sinon entièrement à nous ?

Nous ne voulons pas faire un usage artistique du langage autour de problèmes artistiques qui sont plus profonds. Nous nous intéressons surtout à des actions. Si l'on supprime le bavardage, le résultat sera au minimum la construction de villes passionnantes. Nous sommes capables de créer des ambiances, et de libérer le comportement des gens de l'ennui où vous êtes.

Mesdames, Messieurs,

La IVᵉ Conférence de l'Internationale situationniste a groupé les représentants de nos sections d'Allemagne, France, Danemark, Suède, Hollande, Belgique, Hongrie, du 24 septembre à ce jour, à Limehouse, dans la salle de la British Sailors

Society. Nous regrettons que la section britannique ait été empêchée d'être représentée cette fois par la scandaleuse arrestation d'Alexander Trocchi aux États-Unis.

Je vais vous donner lecture du manifeste soumis à la Conférence de l'Internationale situationniste, et adopté à l'unanimité.

manifeste

Une nouvelle force humaine, que le cadre existant ne pourra pas dompter, s'accroît de jour en jour avec l'irrésistible développement technique, et l'insatisfaction de ses emplois possibles dans notre vie sociale privée de sens.

L'aliénation et l'oppression dans la société ne sauraient être aménagées, sous aucune de leurs variantes, mais seulement rejetées en bloc avec cette société même. Tout progrès réel est évidemment suspendu à la solution révolutionnaire de la crise multiforme du présent.

Quelles sont les perspectives d'organisation de la vie dans une société qui, authentiquement, « réorganisera la production sur les bases d'une association libre et égale des producteurs » ? L'automatisation de la production et la socialisation des biens vitaux réduiront de plus en plus le travail comme nécessité extérieure, et donneront enfin la liberté complète à l'individu. Ainsi libéré de toute responsabilité économique, libéré de toutes ses dettes et culpabilités envers le passé et autrui, l'homme disposera d'une nouvelle plus-value, incalculable en argent parce qu'impossible à réduire à la mesure du travail salarié : la valeur du jeu, de la vie librement construite. L'exercice de cette création ludique est la garantie de la liberté de chacun et de tous, dans le cadre de la seule égalité garantie avec la non-exploitation de l'homme par l'homme. La libération du jeu, c'est son autonomie créative, *dépassant l'ancienne division entre le travail imposé et les loisirs passifs.*

L'Église a brûlé autrefois les prétendus sorciers pour réprimer les tendances ludiques primitives conservées dans les fêtes populaires. Dans la société actuellement dominante, qui produit massivement des pseudo-jeux désolés de non-participation, une activité artistique véritable est forcément classée dans la criminalité. Elle est semi-clandestine. Elle apparaît sous forme de scandale.

Qu'est-ce, en effet, que la situation ? C'est la réalisation d'un jeu supérieur, plus exactement la provocation à ce jeu qu'est la présence humaine. Les joueurs révolutionnaires de tous les pays peuvent s'unir dans l'I.S. pour commencer à sortir de la préhistoire de la vie quotidienne.

Dès maintenant, nous proposons une organisation autonome des producteurs de la nouvelle culture, indépendante des organisations politiques et syndicales qui existent en ce moment, car nous leur dénions la capacité d'organiser autre chose que l'aménagement de l'existant.

L'objectif le plus urgent que nous fixons à cette organisation, au moment où elle sort de sa phase expérimentale initiale pour une première campagne publique, est la prise de l'U.N.E.S.C.O. La bureaucratisation, unifiée à l'échelle mondiale, de l'art et de toute la culture est un phénomène nouveau qui exprime la parenté profonde des systèmes sociaux coexistants dans le monde, sur la base de la conservation éclectique et de la reproduction du passé. La riposte des artistes révolutionnaires à ces conditions nouvelles doit être un nouveau type d'action. Comme l'existence même de cette concentration directoriale de la culture, localisée dans un seul bâtiment, favorise une mainmise par voie de *putsch* ; et comme l'institution est parfaitement dépourvue de possibilité d'un usage sensé en dehors de notre perspective subversive, nous nous trouvons justifiés, devant nos contemporains, à nous saisir de cet appareil. Et nous l'aurons. Nous sommes résolus à nous emparer de l'U.N.E.S.C.O., même si ce n'était que pour peu de temps, car nous sommes sûrs d'y faire promptement un ouvrage qui restera, pour éclairer une longue période de revendications, le plus significatif.

Quels devront être les principaux caractères de la nouvelle culture, et d'abord en comparaison de l'art ancien ?

Contre le spectacle, la culture situationniste réalisée introduit la participation totale.

Contre l'art conservé, c'est une organisation du moment vécu, directement.

Contre l'art parcellaire, elle sera une pratique globale portant à la fois sur tous les éléments employables. Elle tend naturellement à une production collective et sans doute anonyme (au moins dans la mesure où, les œuvres *n'étant pas stockées en marchandises*, cette culture ne sera pas dominée par le besoin de laisser des traces). Ses expériences se proposent, au minimum, une révolution du comportement et un urbanisme unitaire dynamique, susceptible de s'étendre à la planète entière, et d'être ensuite répandu sur toutes les planètes habitables.

Contre l'art unilatéral, la culture situationniste sera un art du dialogue, un art de l'interaction. Les artistes – avec toute la culture visible – en sont venus à être entièrement séparés de la société, comme ils sont séparés entre eux par la concurrence. Mais avant même cette impasse du capitalisme, l'art était essentiellement unilatéral, sans réponse. Il dépassera cette ère close de son primitivisme pour une communication complète.

Tout le monde devenant artiste à un stade supérieur, c'est-à-dire inséparablement producteur-consommateur d'une création culturelle totale, on assistera à la dissolution rapide du critère linéaire de nouveauté. Tout le monde étant, pour ainsi dire, situationniste, on assistera à une inflation multidimensionnelle de tendances, d'expériences, d'« écoles », radicalement différentes, et ceci *non plus successivement mais simultanément.*

Nous inaugurons maintenant ce qui sera, historiquement, le dernier des métiers. Le rôle de situationniste, d'amateur-professionnel, d'anti-spécialiste est encore une spécialisation jusqu'au moment d'abondance économique et mentale où tout le monde deviendra « artiste », à un sens que les artistes n'ont pas atteint : la construction de leur propre vie. Cependant, le dernier métier de l'histoire est si proche de la société sans division permanente du travail, qu'on lui nie généralement, alors qu'il fait son apparition dans l'I.S., la qualité de métier.

À ceux qui ne nous comprendraient pas bien, nous disons avec un irréductible mépris : « Les situationnistes, dont vous vous croyez peut-être les juges, vous jugeront un jour ou l'autre. Nous vous attendons au *tournant*, qui est l'inévitable liquidation du monde de la privation, sous toutes ses formes. Tels sont nos buts, et ils seront les buts futurs de l'humanité. »

Le 17 mai 1960.

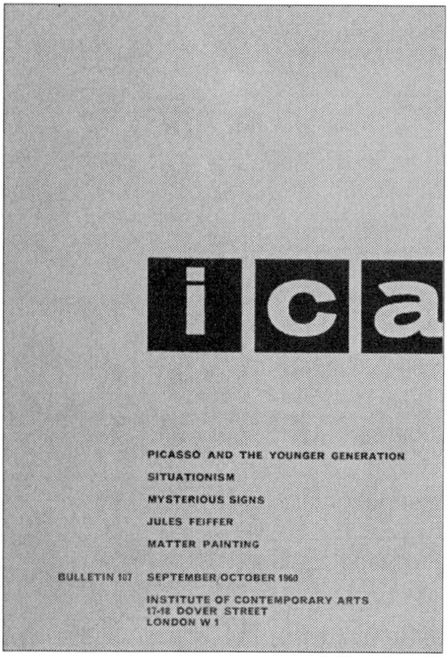

ica

PICASSO AND THE YOUNGER GENERATION
SITUATIONISM
MYSTERIOUS SIGNS
JULES FEIFFER
MATTER PAINTING

BULLETIN 107 SEPTEMBER/OCTOBER 1960
INSTITUTE OF CONTEMPORARY ARTS
17-18 DOVER STREET
LONDON W 1

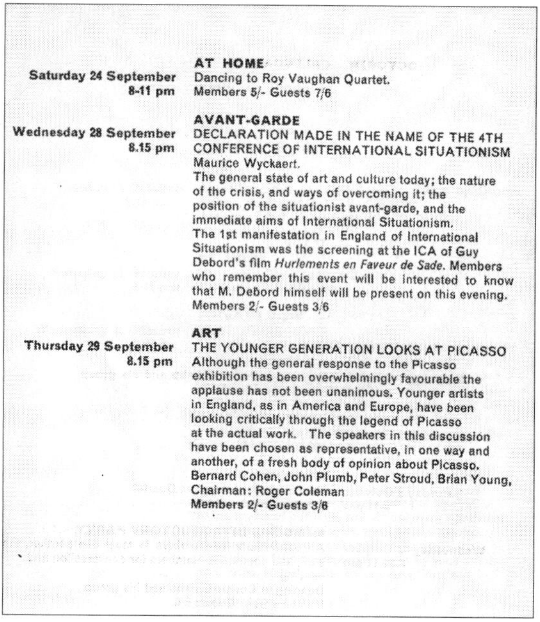

AT HOME
Saturday 24 September, 8-11 pm
Dancing to Roy Vaughan Quartet.
Members 5/- Guests 7/6

AVANT-GARDE
Wednesday 28 September, 8.15 pm
DECLARATION MADE IN THE NAME OF THE 4TH CONFERENCE OF INTERNATIONAL SITUATIONISM
Maurice Wyckaert.
The general state of art and culture today; the nature of the crisis, and ways of overcoming it; the position of the situationist avant-garde, and the immediate aims of International Situationism.
The 1st manifestation in England of International Situationism was the screening at the ICA of Guy Debord's film *Hurlements en Faveur de Sade*. Members who remember this event will be interested to know that M. Debord himself will be present on this evening.
Members 2/- Guests 3/6

ART
Thursday 29 September, 8.15 pm
THE YOUNGER GENERATION LOOKS AT PICASSO
Although the general response to the Picasso exhibition has been overwhelmingly favourable the applause has not been unanimous. Younger artists in England, as in America and Europe, have been looking critically through the legend of Picasso at the actual work. The speakers in this discussion have been chosen as representative, in one way and another, of a fresh body of opinion about Picasso.
Bernard Cohen, John Plumb, Peter Stroud, Brian Young,
Chairman: Roger Coleman
Members 2/- Guests 3/6

Internationale situationniste n° 5, décembre 1960.

Ci-dessus :

Programme de l'I.C.A., septembre-octobre 1960.

Le même soir [28 septembre], à l'Institute of Contemporary Arts, Maurice Wyckaert a communiqué une déclaration officielle de la Conférence qui venait de s'achever, déclaration qui n'avait pas à être suivie, en un tel lieu, de discussion parce que comme a répondu Jorn à ce public « la discussion a duré quatre jours, maintenant tout est clair et nous sommes d'accord ». De plus, la première traduction que l'I.C.A. avait fait établir pour cette soirée avait été trouvée si mauvaise, et d'une signification si altérée, que les situationnistes avaient dû faire voir que personne n'aurait l'occasion de prendre la parole ici avant qu'on leur ait apporté une traduction pleinement satisfaisante. Comme ils occupaient les lieux en force suffisante, et comme le temps travaillait visiblement pour eux, les responsables de l'I.C.A. durent s'y employer sur-le-champ, durant environ deux heures. Pendant la dernière heure, et quelque temps avant, le public entièrement réuni s'impatientait. Cependant, très peu de gens sortirent au cours de cette longue attente ; davantage pendant l'excellent discours de Wyckaert. C'est que le texte avait été, finalement, très bien traduit.

Une sortie de la British Sailors Society, à Limehouse, lors de la IVe Conférence de l'I.S. à Londres en septembre 1960.

De gauche à droite : Attila Kotányi, Hans-Peter Zimmer, Heimrad Prem, Jørgen Nash (qui cache Maurice Wyckaert), Asger Jorn, Guy Debord, Helmut Sturm et Jacqueline de Jong.

Tract paru en anglais (traduit par nos soins).

HANDS OFF ALEXANDER TROCCHI

Depuis plusieurs mois l'écrivain anglais Alexander Trocchi est détenu en prison à New York.

Anciennement directeur de la revue *Merlin*, il participe actuellement à la recherche dans le domaine de l'art expérimental en collaboration avec des artistes de plusieurs pays réunis le 28 septembre à Londres à l'Institute of Contemporary Arts (17, Dover Street). À cette occasion, ils ont unanimement exprimé en public leur solidarité avec Alexander Trocchi, et leur estime absolue quant à son comportement.

Alexander Trocchi, dont le procès doit s'ouvrir en octobre, est, en effet, accusé d'avoir fait l'expérience de la drogue.

Indépendamment de tout jugement sur l'usage des drogues et de sa répression d'un point de vue social, nous rappelons qu'il est notoire qu'un très grand nombre de médecins, de psychologues et aussi d'artistes ont étudié les effets des drogues sans que personne ne songe à les emprisonner. On n'a guère parlé ces dernières années du poète Henri Michaux sauf à propos de la publication de ses livres présentés partout comme écrits sous l'influence de la mescaline.

Nous considérons que les intellectuels et artistes anglais devraient être les premiers à nous rejoindre pour dénoncer ce dangereux manque de culture de la police américaine et exiger la libération et le rapatriement immédiat d'Alexander Trocchi.

Depuis qu'il est généralement admis que le travail d'un scientifique ou d'un artiste suppose certains petits avantages, même aux États-Unis, la principale question est donc de témoigner qu'Alexander Trocchi est effectivement un artiste de premier plan. Ce qui pourrait lui être bassement contesté *pour cette seule raison qu'il représente un nouveau type d'artiste*, pionnier d'une nouvelle culture et d'un nouveau comportement (la question de la drogue étant à ses propres yeux mineure et négligeable).

Tous les artistes et intellectuels qui ont connu Alexander Trocchi à Paris ou à Londres doivent témoigner sans hésitation de son authentique statut d'artiste, pour permettre aux autorités de Grande-Bretagne d'entreprendre les démarches nécessaires aux États-Unis en faveur d'un sujet britannique. Ceux qui refuseraient de le faire aujourd'hui se condamneront eux-mêmes lorsque le jugement de l'histoire des idées ne permettra plus que l'on s'interroge sur l'importance de l'innovation artistique dont Trocchi aura été dans une large mesure responsable.

Nous demandons à chacun de ceux à qui cet appel parviendra, de le signer et de le faire connaître aussi largement que possible.

7 octobre 1960

Guy DEBORD, Jacqueline de JONG, Asger JORN

Adresse : 32, rue de la Montagne-Sainte-Geneviève, Paris 5ᵉ

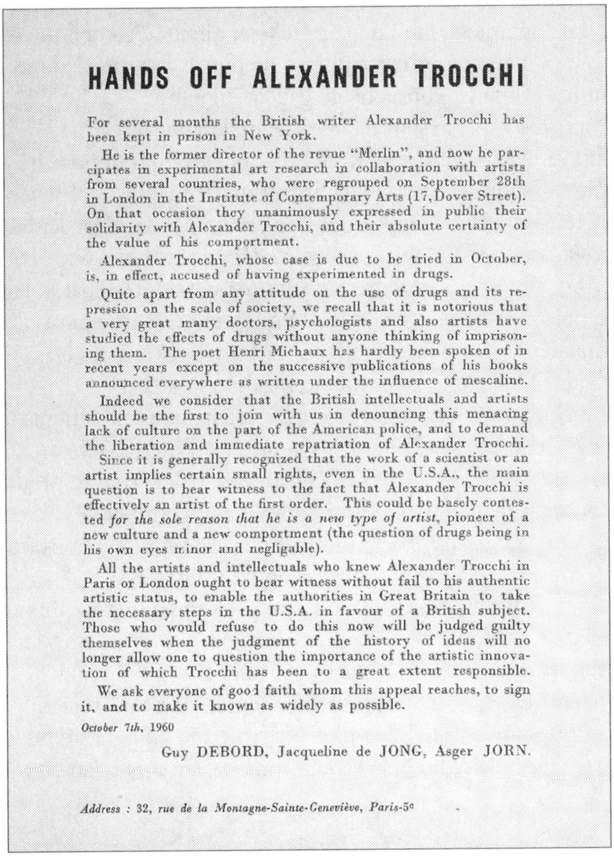

HANDS OFF ALEXANDER TROCCHI

For several months the British writer Alexander Trocchi has been kept in prison in New York.

He is the former director of the revue "Merlin", and now he participates in experimental art research in collaboration with artists from several countries, who were regrouped on September 28th in London in the Institute of Contemporary Arts (17, Dover Street). On that occasion they unanimously expressed in public their solidarity with Alexander Trocchi, and their absolute certainty of the value of his comportment.

Alexander Trocchi, whose case is due to be tried in October, is, in effect, accused of having experimented in drugs.

Quite apart from any attitude on the use of drugs and its repression on the scale of society, we recall that it is notorious that a very great many doctors, psychologists and also artists have studied the effects of drugs without anyone thinking of imprisoning them. The poet Henri Michaux has hardly been spoken of in recent years except on the successive publications of his books announced everywhere as written under the influence of mescaline.

Indeed we consider that the British intellectuals and artists should be the first to join with us in denouncing this menacing lack of culture on the part of the American police, and to demand the liberation and immediate repatriation of Alexander Trocchi.

Since it is generally recognized that the work of a scientist or an artist implies certain small rights, even in the U.S.A., the main question is to bear witness to the fact that Alexander Trocchi is effectively an artist of the first order. This could be basely contested *for the sole reason that he is a new type of artist*, pioneer of a new culture and a new comportment (the question of drugs being in his own eyes minor and negligable).

All the artists and intellectuals who knew Alexander Trocchi in Paris or London ought to bear witness without fail to his authentic artistic status, to enable the authorities in Great Britain to take the necessary steps in the U.S.A. in favour of a British subject. Those who would refuse to do this now will be judged guilty themselves when the judgment of the history of ideas will no longer allow one to question the importance of the artistic innovation of which Trocchi has been to a great extent responsible.

We ask everyone of good faith whom this appeal reaches, to sign it, and to make it known as widely as possible.

October 7th, 1960

Guy DEBORD, Jacqueline de JONG, Asger JORN.

Address : 32, rue de la Montagne-Sainte-Geneviève, Paris-5ᵉ

Après sa mise en liberté provisoire, Alexander Trocchi parviendra à se soustraire aux persécutions de la police new-yorkaise en franchissant illégalement la frontière canadienne avant de rejoindre l'Europe à la fin du mois de mai 1961.

À PROPOS DE LA DÉCLARATION DES 121

Extrait d'une lettre adressée à Patrick Straram le lundi 10 octobre 1960 (*Correspondance*, vol. 2, *op. cit.*, p. 21).

Ancien lettriste-internationaliste, Patrick Straram avait publié en mai 1960 à Montréal *Cahier pour un paysage à inventer*, avec des textes d'Asger Jorn, Gilles Ivain et Guy Debord.

Je réponds ici en hâte à ta lettre par avion concernant la *Déclaration sur le droit à l'insoumission dans la guerre d'Algérie.*

Ce texte, paru dans les premiers jours de septembre, exprimait en gros – il y avait là quelques exceptions, plus intéressantes ou même plus tièdes – le mouvement habituel des « intellectuels de gauche » d'ici, c'est-à-dire de ces gens qui ont été les pires ennemis de toute recherche révolutionnaire (les Sartre, Nadeau, Mascolo et surréalistes réchauffés). Mais dans l'exceptionnelle ambiance du régime gaulliste, l'évidence de la guerre coloniale qui ne peut finir par un geste de bonne volonté du prince, et aussi l'évidence de la décomposition de toutes les organisations de gauche, ces gens sont venus pour la première fois à se placer, nettement et courageusement, dans une position de pur scandale (disons : scandale artistique, au sens des meilleurs gestes du surréalisme de la bonne époque). Cependant, c'est encore l'habituel « club de la gauche », quoique compliqué de certaines manœuvres particulières de plusieurs représentants d'autres courants (chrétiens de gauche moralistes, et « frontistes » qui se sont inconditionnellement placés à la disposition de la direction du F.L.N., et escomptent pour très bientôt – à tort selon moi – la formation de maquis en France). [Et] ce côté « club fermé » dominé par de petites obstructions (anti-situationnistes aussi ; ces gens dépensent beaucoup d'efforts pour nous entourer de silence) se traduisait par le fait que personne ne nous avait invité à signer un texte qui se donnait comme un rassemblement général des artistes ou écrivains libres. Je n'avais même [pas] pu le lire.

Le gouvernement ayant réagi par plusieurs inculpations, une nouvelle vague de signataires s'ajoute très vite (Sagan, etc., on arrive très vite à 180 noms environ). C'est alors que se produit le tournant décisif de la répression : le gouvernement affolé, et pour enrayer à tout prix le mouvement, se porte aux mesures extrêmes. [Le] délit de provocation de militaires à l'insoumission et à la désertion, qui pouvait coûter au plus six mois de prison, est porté par ordonnance au prix de trois ans de prison, ceci sans effet rétroactif sur les 121 + 60 environ signataires enregistrés, mais officiellement destiné à décourager les suivants éventuels. De plus, interdiction de paraître ou d'être cités à la radio et TV pour tous les auteurs et acteurs signataires. Ceci s'étend aux théâtres subventionnés, et à la quasi-totalité du cinéma français dont l'existence économique dépend du bon vouloir de l'État (aide à la qualité, avances ; ou tout simplement cotes de censure – ce dernier point n'ayant pas été cité, mais étant dans tous les cas douteux un moyen de pression économique pire encore que les autres).

Note : Aussi la suspension, avec réduction à 1/4 de leur salaire, de tous les fonctionnaires.

C'est dans cette atmosphère que l'on s'est enfin décidé à faire appel à notre solidarité : rentrant, tard le soir, de Londres – où la conférence nous avait fait vivre 8 jours épuisants, mais bons – j'ai trouvé cet appel, et je l'ai aussitôt renvoyé, signé par Michèle et par moi (l'humour de la chose est que, si l'I.S. était par définition depuis toujours exclue de la TV etc., Michèle au contraire, en tant que jeune auteur de son « faux-roman », venait d'y passer une interview très remarquée, qui avait assez radicalement mis en question la règle admise de ce petit jeu).

Interview de Michèle Bernstein par Pierre Dumayet dans son émission « Lecture pour tous » (9 septembre 1960) pour la parution de son roman *Tous les chevaux du roi* (Éditions Buchet-Chastel).

Les conditions dans lesquelles j'ai eu le texte en mains ne m'ont donc même pas permis d'en avoir une copie – aucun journal français ne l'ayant d'ailleurs publié.

J'ai noté seulement la fin, que je te donne ici. Le reste est un long exposé, auquel on pourrait reprocher une certaine confusion politique, mais dans l'ensemble très ferme, et parfaitement honorable éthiquement.

« Les soussignés, considérant que chacun doit se prononcer sur des actes qu'il est désormais impossible de présenter comme des faits divers de l'aventure individuelle ; considérant qu'eux-mêmes, à leur place et selon leurs moyens, ont le devoir d'intervenir, non pas pour donner des conseils aux hommes qui ont à se décider personnellement face à des problèmes aussi graves, mais pour demander à ceux qui les jugent de ne pas se laisser prendre à l'équivoque des mots et des valeurs, déclarent :

– Nous respectons et jugeons justifié le refus de prendre les armes contre le peuple algérien.

– Nous respectons et jugeons justifiée la conduite des Français qui estiment de leur devoir d'apporter aide et protection aux Algériens opprimés au nom du peuple français.

– La cause du peuple algérien, qui contribue de façon décisive à ruiner le système colonial, est la cause de tous les hommes libres. »

Depuis, j'ai lieu de penser que nous sommes, en tout, autour de 250 signataires. Peut-être plus ? En tout cas, guère moins.

En octobre 1960, Robert Barrat était arrêté dans les locaux de la revue *Esprit* pour sa participation active à la *Déclaration sur le droit à l'insoumission dans la guerre d'Algérie*.

La Fédération de l'Éducation nationale venait de faire paraître une pétition qui par son modérantisme rassemblait plus de signataires, entre autres Roland Barthes, Jean-Marie Domenach, Vladimir Jankélévitch, Claude Lefort, Edgar Morin et Paul Ricœur.

L'entreprise paraît désorganisée par les perquisitions (arrestation de Robert Barrat) et certaines manœuvres de division, tel l'appel à l'opinion, beaucoup plus modéré et « Troisième Force », lancé par d'autres personnes dont cette canaille d'Edgar Morin.

Outre les coups portés par l'ennemi, on peut considérer que la maladresse et l'hésitation fondamentales des organisateurs de la chose, devant la répression, ont été néfastes. Ainsi, au lieu d'espérer vaguement relancer la déclaration pour réunir des signataires dans les usines – ce qui ferait d'abord apparaître que nous sommes une ridicule minorité – le problème fondamental me paraît être : se constituer au contraire, en force dominante, sur ce terrain, maladroitement créé par le gouvernement, de la lutte, de la guerre à outrance entre intelligentsia et gouvernement. C'est cela qui fait le plus grand effet à l'étranger, qui dénonce le plus fort la guerre ; et qui peut le mieux mettre le feu aux poudres, si poudres il y a enfin.

Ce qui veut dire : boycott de la TV, radio, Centre national du cinéma, etc. C'est la position de dignité primordiale, de liberté élémentaire, qu'ont prise d'eux-mêmes un certain nombre de critiques, de producteurs, etc. C'est ce point sur lequel on peut rassembler les techniciens du spectacle (surtout dans le cinéma, où l'esprit d'équipe est réel, et où il y a peu de séparation entre le réalisateur et son équipe, et même avec les acteurs), les intellectuels bourgeois « dignes de ce nom », et des capitalistes du spectacle (producteurs).

J'ai parlé de ceci avec Henri Lefebvre (le seul des 121 avec qui je sois en contact, pour des raisons préalables à cette affaire). Il trouve aussi que ce serait le mieux ; mais nous sommes très peu sûrs que cette voie s'imposera.

La question est posée ici de la clandestinité, plus ou moins avancée. Je ne sais où paraîtra I.S. 5. J'ai déjà dissimulé certains papiers à une adresse plus sûre. On est dans un de ces moments d'hésitation de la politique (le gouvernement peut faire machine arrière, provisoirement ?) où tout peut arriver, ou non. En plus, j'ai été pris sans arrêt jusqu'à hier, depuis mon retour d'Angleterre le 29 septembre, par le tournage d'un court métrage (documentaire expérimental) appelé *Critique de la séparation*. Cette obligation de travailler 14 ou 15 heures chaque jour là-dessus m'a beaucoup handicapé.

Paris, le 5 octobre 1960

Lettre adressée au journal *Le Monde* sur papier à en-tête de la revue *Internationale situationniste* (*Correspondance*, vol. 2, *op. cit.*, p. 19).

Monsieur le Directeur,

À la suite de la publication, dans *Le Monde* du 30 septembre, d'une liste exhaustive des signataires de la *Déclaration sur le droit à l'insoumission dans la guerre d'Algérie* ; et, dans *Le Monde* du 5 octobre, de la rétractation d'une des personnes citées, je tiens à vous aviser que j'ai signé cette déclaration le 29 septembre, et vous prie d'en faire état dans les prochaines informations que vous pourriez consacrer à ce sujet.

Veuillez agréer, Monsieur le Directeur, l'expression de mes sentiments très distingués,

le Directeur,
carte n° 2220 de la
Fédération nationale de la presse française
Guy Debord

Paris, le 11 octobre 1960

Lettre en réponse à M. Molina, président du Comité intersyndical de liaison presse-radio-télévision, qui s'adressait à Guy Debord au moment où le gouvernement gaulliste réprimait les signataires de la *Déclaration sur le droit à l'insoumission dans la guerre d'Algérie* (*Correspondance*, vol. 2, *op. cit.*, p. 26).

Monsieur le Président,

J'ai reçu votre lettre du 3 octobre, par laquelle vous m'invitez à participer, avec les autres publications du Syndicat de la presse d'informations techniques et spécialisées, à la préparation d'émissions à la Radio-Télévision, dont vous avez convenu « après de longs travaux de mise au point ».

La longueur de ces travaux de mise au point vous fait malheureusement aboutir dans un moment où des réalisateurs, des journalistes, des écrivains et des acteurs se trouvent exclus par ordonnance gouvernementale de ces organes d'information, pour délit d'opinion.

Dans ce contexte, votre proposition a quelque chose de fâcheux et de ridicule. Je sais aussi bien que vous qu'une véritable liberté d'expression n'a jamais existé à la Radio-Télévision, pas plus que dans la presse, mais alors même que la conception juridique de la liberté d'expression est ouvertement niée par le pouvoir actuel, on ne peut supposer que quelqu'un qui conserve le moindre sens de la dignité intellectuelle réagisse autrement que par le boycott absolu de cette Radio-Télévision et de ses laquais.

Guy Debord

Internationale situationniste n° 5, décembre 1960.

Interrogé le 21 novembre, à Paris, par la police judiciaire sur sa participation à la « Déclaration des 121 », Debord a répondu qu'il l'avait signée aussitôt qu'elle lui avait été communiquée, ce qui s'est trouvé être le 29 septembre seulement, au lendemain donc de la publication des ordonnances par lesquelles le gouvernement gaulliste, en aggravant exagérément les sanctions légales encourues, défiait ceux qui le condamnent d'oser le dire. Qu'il n'avait pas participé à la rédaction ou à la diffusion de ce texte, parce que personne ne lui en avait fourni l'occasion. Que cependant, comme l'instruction en cours semblait chercher à isoler un petit nombre de signataires plus responsables que d'autres, on devait inscrire dans sa déposition que, du seul fait d'avoir signé ladite déclaration, il assumait une responsabilité complète dans l'édition et la diffusion, « égale à celle de n'importe lequel de ses signataires, quelles que soient les responsabilités personnelles qu'il veuille reconnaître ».

CRITIQUE DE LA SÉPARATION

Court-métrage produit par Dansk-Fransk Experimentalfilmskompagni en 1961.

On ne sait que dire. La suite des mots se refait, et les
Travelling autour d'un groupe à la terrasse d'un café. La caméra, tenue en

gestes se reconnaissent. En dehors de nous. Bien sûr, il y a
main comme dans les reportages d'actualités, se rapproche de Debord parlant

des procédés maîtrisés, des résultats vérifiables. C'est très
à une fille brune très jeune. *Plan général des deux, marchant ensemble.*

souvent amusant. Mais tant de choses que l'on voulait
Une autre, blonde.

n'ont pas été atteintes ; ou partiellement, et pas comme

on le croyait. Quelle communication a-t-on désirée,

ou connue, ou seulement simulée ? Quel projet véritable
Bande dessinée : une fille blonde, l'air épuisé. Légende : « Mais elle échoua,

a été perdu ?
la jeep était trop profondément enlisée dans la boue liquide du marécage... »

Le spectacle cinématographique a ses règles, qui permettent
Panoramique circulaire complet, depuis le centre du Plateau Saint-Merri.
sous-titre : À la moitié du chemin de notre vie
Couperin : Marche du Régiment de Champagne.

d'aboutir à des produits satisfaisants. Cependant, la réalité

dont il faut partir, c'est l'insatisfaction. La fonction du
sous-titre : je me retrouvai dans une forêt obscure,

cinéma est de présenter une fausse cohérence isolée, dramatique ou documentaire, comme remplacement d'une communication et d'une activité absentes. Pour démystifier le cinéma documentaire, il faut dissoudre ce que l'on appelle son sujet.

sous-titre : où la droite voie était perdue.

Fin de la Marche.

Une recette bien établie fait savoir que, dans un film, tout ce qui est dit autrement que par l'image doit être répété, sinon le sens en échappera aux spectateurs. C'est possible. Mais cette incompréhension est partout dans les rencontres quotidiennes. Il faudrait préciser, mais le temps manque, et l'on n'est pas sûr d'avoir été compris. Avant d'avoir su faire, ou dire, ce qu'il fallait, on s'est déjà éloigné. On a traversé la rue. On est allé outre-mer. On ne peut se reprendre.

Bande dessinée : un scaphandrier pense : « Sans corde et sans air, je n'en ai plus pour longtemps. Si seulement je pouvais me libérer de ces plombs… » Vue en plongée d'un bar. Un couple entre, referme la porte, s'avance.

Photographie tirée d'un film : un radiotélégraphiste de la marine de guerre des États-Unis. Debout derrière lui, un officier et l'héroïne.

sous-titre : M'entendez-vous ? M'entendez-vous ? Répondez, répondez… Terminé !

Après tous les temps morts et les moments perdus, restent
La place de la Concorde, vue d'un hélicoptère.

ces paysages de cartes postales traversés sans fin ; cette
La Seine, dans le centre de Paris.

distance organisée entre chacun et tous. L'enfance ? Mais

c'est ici ; nous n'en sommes jamais sortis.

Notre époque accumule des pouvoirs, et se rêve rationnelle.
Vue rapprochée du départ d'une fusée.

Mais personne ne reconnaît comme siens de tels pouvoirs.
Départ d'une fusée, plan général.

Il n'y a nulle part d'accès à l'âge adulte : seulement la

transformation possible, un jour, de cette longue inquiétude

en sommeil mesuré. C'est parce que personne ne cesse
Aviateur, équipement

d'être tenu en tutelle. La question n'est pas de constater
stratosphérique. Officier, sabre en main. *Image de la couverture*

que les gens vivent plus ou moins pauvrement ; mais
d'un livre de science-fiction.

toujours d'une manière qui leur échappe.

En même temps, c'est un monde où nous avons fait
Un billard électrique (tilt) ; et l'évolution d'une bille.

l'apprentissage du changement. Rien ne s'y arrête. Il

apparaît sans cesse plus mobile ; et ceux qui le produisent

jour après jour contre eux-mêmes peuvent se l'approprier,

je le sais bien.

La seule aventure, disions-nous, c'est contester la totalité,
Photographie de film : autour d'une Table Ronde, un roi et des chevaliers.
Bodin de Boismortier : Allegro du Concerto à 5 parties en *mi* mineur, op. 37.

dont le centre est cette façon de vivre, où nous pouvons
sous-titre : Donner à chacun l'espace social essentiel à la manifestation

faire l'essai mais non l'emploi de notre force. Finalement
de la vie. *Deux situation-*

aucune aventure ne se constitue directement pour nous.
-nistes.

Elle participe d'abord, en tant qu'aventure, de l'ensemble
Un chevalier défie un autre sur la photographie hollywoodienne.

des légendes transmises, par le cinéma ou autrement ;
Un situationniste, buvant un verre.

de toute la pacotille spectaculaire de l'histoire.

Plan général d'un groupe à une table d'un café de la Montagne-Sainte-Geneviève.
sous-titre : Si l'homme est formé par les circonstances, il importe de former des circonstances humaines.

sous-titre : Camarades, l'urbanisme unitaire est dynamique, c'est-à-dire en rapport étroit avec des styles de comportement.

Avant la domination collective de l'environnement, il n'y a
D'autres situationnistes.
sous-titre : On a assez interprété les passions. Il s'agit maintenant d'en

pas encore d'individus, mais des ombres hantant les choses
trouver d'autres. **sous-titre : La beauté**

qui leur sont anarchiquement données par d'autres. Nous
nouvelle sera de situation.

rencontrons, dans des situations occasionnelles, des

gens séparés qui vont au hasard. Leurs émotions divergentes
La fille des premières images passe. *Panoramique sur une vue aérienne*

se neutralisent, et maintiennent leur solide environnement
du centre de Paris.

d'ennui. Aussi longtemps que nous ne pourrons faire

nous-mêmes notre histoire, créer librement les situations,

l'effort vers l'unité introduit d'autres ruptures. La recherche

d'une activité centrale en vient à constituer quelques

spécialisations nouvelles.

Et quelques rencontres, seules, furent comme des signaux
Les chevaliers querelleurs.
La musique s'efface.

venus d'une vie plus intense, qui n'a pas été vraiment
La même fille.

trouvée.

Ce qui n'a pu être oublié reparaît dans les rêves. À la fin
Succession de travellings alternés : le visage de la fille ; un avion qui s'éloigne

de ce genre de rêve, dans le demi-sommeil, les événements
en tirant sur un paysage de neige.

sont encore tenus pour réels, un bref instant. Et les réac-

tions qu'ils appelleraient se précisent, plus exactement,

plus raisonnablement ; comme, tant de matins, le souvenir

de ce que l'on a bu la veille. Ensuite vient la conscience que tout est faux ; que « ce n'est qu'un rêve » ; qu'il n'y a pas de faits nouveaux, pas de retour vers cela. Pas de prise. Ces rêves sont des éclats du passé non résolu. Ils éclairent unilatéralement des moments autrefois vécus dans la confusion et le doute. Ils font une publicité sans nuance pour ceux de nos besoins qui sont devenus sans réponse.

Voici la lumière du jour, et des perspectives qui, main-
Panoramique sur le quai d'Orléans, vu de la rive gauche. *Plan*
Bodin de Boismortier : Reprise de l'allegro.

tenant, ne signifient plus rien. Les secteurs d'une ville
rapproché d'un détail du même quai. *Panoramique sur des arbres*

sont, à un certain niveau, lisibles. Mais le sens qu'ils ont eu
secoués par une tornade.

pour nous, personnellement, est intransmissible, comme
Photographie aérienne de l'allée des Cygnes, à Paris.

toute cette clandestinité de la vie privée, sur laquelle on

ne possède jamais que des documents dérisoires.
La musique s'efface.

L'information officielle est ailleurs. La société se renvoie
Le Conseil de Sécurité des Nations Unies. *Khrouchtchev dans un salon ;*

sa propre image historique, seulement comme l'histoire
de Gaulle à ses côtés. *Eisenhower accueille de Gaulle.*

superficielle et statique de ses dirigeants. Ceux qui incar-

nent la fatalité extérieure de ce qui se fait. Le secteur des
Cérémonie patriotique à l'Arc de Triomphe ; de Gaulle

dirigeants est celui-là même du spectacle. Le cinéma leur
et Khrouchtchev au garde-à-vous. *Eisenhower et le*

va bien. D'ailleurs, le cinéma propose partout des conduites
Pape conversent. *Eisenhower dans les bras de Franco.*

exemplaires, fait des héros, sur le même vieux modèle que

ceux-ci, avec tout ce qu'il touche.

Pourtant, tout équilibre existant est remis en question
Une émeute au Congo ; des soldats la dispersent à coups de crosses.

chaque fois que des hommes inconnus essaient de vivre

autrement. Mais toujours, ce fut au loin. On l'apprend par

les journaux, par les Actualités. On reste à l'extérieur

de ceci, comme devant un spectacle de plus. Nous en
Photographie de Djamila Bouhired, dans un bureau de la police. Dans le champ

sommes séparés par notre propre non-intervention. C'est
apparaissent les mains du journaliste parachutiste Lartéguy. Travelling vers

assez décevant quant à nous-mêmes. À quel moment le
le visage de la prisonnière.

choix a-t-il tardé ? Quand l'occasion a-t-elle été manquée ?

Nous n'avons pas trouvé les armes qu'il fallait. Nous

avons laissé fairc.

J'ai laissé faire le temps. J'ai laissé perdre ce qu'il fallait défendre.

La même petite fille parle et sourit.

Couperin : Reprise de la Marche du Régiment de Champagne.

Cette critique générale de la séparation contient évidement, et recouvre, quelques données particulières de la mémoire. Une peine moins reconnue, la conscience d'une indignité moins explicable. De quelle séparation précise s'agissait-il ? Comme nous avons vécu vite ! C'est à ce point de notre histoire irréfléchie, que je nous revois.

La musique s'interrompt.

Tout ce qui concerne la sphère de la perte, c'est-à-dire aussi bien ce que j'ai perdu de moi-même, le temps passé ; et la disparition, la fuite ; et plus généralement l'écoulement des choses, et même au sens social dominant, au sens donc le plus vulgaire de l'emploi du temps, ce qui s'appelle le temps perdu, rencontre étrangement dans cette ancienne expression militaire « en enfants perdus », rencontre la sphère de la découverte, de l'exploration d'un

En travelling la caméra passe vite devant la façade de la gare Saint-Lazare, s'en éloigne par la rue du Havre, que descendent en même temps de nombreuses automobiles.

terrain inconnu ; toutes les formes de la recherche, de

l'aventure, de l'avant-garde. C'est à ce carrefour que nous
Un escadron de la Garde Républicaine
sous-titre : Devant toutes les directions du possible,

nous sommes trouvés, et perdus.
passe au loin.
qui s'avançaient si vite sur ce moment, notre seul ami, notre amer ennemi.

Tout ceci, il faut en convenir, n'est pas clair. C'est un

monologue d'ivrogne, tout à fait classique, avec ses

allusions incompréhensibles, et son débit fatigant. Avec
Défilé

ses phrases vaines, qui n'attendent pas de réponse, et ses
des cadets de West Point, dans un uniforme également archaïque.

explications sentencieuses. Et ses silences.

La pauvreté des moyens est chargée d'exprimer sans fard
Une escadre au cours de manœuvres.

la scandaleuse pauvreté du sujet.

Généralement, les événements qui arrivent dans l'existence
Suite de la course d'une bille sur un tilt.
sous-titre : Qui souhaiterait d'avoir pour ami un homme qui discourt de

individuelle telle qu'elle est organisée, ceux qui nous
cette manière ? Qui le choisirait entre les autres pour

concernent réellement, et exigent notre adhésion, sont
sous-titre : lui communiquer ses affaires ? Qui aurait recours

précisément ceux qui ne méritent rien de plus que de nous
à lui dans ses afflictions ? Et enfin à quel usage de la vie on le pourrait

trouver spectateurs distants et ennuyés, indifférents. Au
destiner ?

contraire, la situation qui est vue à travers une transposition
Mutins refoulés dans

artistique quelconque est assez souvent ce qui attire, ce
une cour de prison américaine. *La bille disparaît.*
sous-titre : Troubler partout l'appareil

qui mériterait que l'on devînt acteur, participant. Voilà
du faux dialogue existant.

un paradoxe à renverser, à remettre sur ses pieds. C'est
Travelling qui longe un grand nombre d'automobiles en stationnement.

cela qu'il faut réaliser dans les actes. Et ce spectacle

du passé fragmentaire et filtré, idiot, plein de bruit et de
sous-titre : Déjà plus loin que l'Inde ou que la Chine.

fureur, il n'est pas question de le transmettre maintenant

– de le « rendre », comme on dit – dans un autre spectacle

ordonné, qui jouerait le jeu de la compréhension réglée,
Un couple s'embrasse dans la rue. *Des filles et des garçons à une table*
sous-titre : Rébellion pauvre, sans langage mais non sans cause. Le programme

et de la participation. Non. Toute expression artistique
de café. *Deux des enfants perdus de Saint-Germain-des-*
se fera. **sous-titre : Partisans du pouvoir de l'oubli.**

cohérente exprime déjà la cohérence du passé, la passivité.
Prés. *Un gardien de prison, sur un mirador.*

Il convient de détruire la mémoire dans l'art. De ruiner les
L'ÉCRAN RESTE NOIR.
sous-titre : D'ailleurs, c'est moins de formes qu'il s'agit que de traces de

conventions de sa communication. De démoraliser ses
formes, d'empreintes, de souvenirs.

amateurs. Quel travail ! Comme dans la vision brouillée de l'alcool, la mémoire et le langage du film se défont ensemble. À l'extrême, la subjectivité malheureuse se renverse en une certaine sorte d'objectivité : un document sur les conditions de la non-communication.

sous-titre : Nous sommes en face d'un monde qui se défait impitoyablement.

L'ÉCRAN RESTE NOIR, SANS SOUS-TITRE, SANS COMMENTAIRE.

Par exemple, je ne parle pas d'elle. Faux visage. Faux rapport. Un personnage réel est séparé de qui l'interprète, ne serait-ce que par le temps passé entre l'événement et son évocation, par une distance qui grandira toujours, qui grandit en ce moment. Comme l'expression conservée reste elle-même en tout cas séparée de ceux qui l'entendent, abstraitement et sans pouvoirs sur elle.

La petite fille que l'on a beaucoup vue.

Panoramique sur des phrases découpées, qui sont : « La réalisation aussi porte les marques de la jeunesse. » « Son terrible, magnifique et désespéré désordre. » « Tous les éléments du roman policier américain s'y retrouvent, violence, sexualité, cruauté, mais la scène… »

sous-titre : La vérité d'une société factice.

Le spectacle, dans toute son étendue, c'est l'époque ; dans laquelle une certaine jeunesse s'est reconnue. Le décalage entre cette image et les résultats. Quel aspect, quels goûts,

quels refus et quels projets la définissaient alors ; et
Des nageuses, filmées sous l'eau.

puis, comment elle s'est avancée dans la vie courante.
Photographies de quelques situationnistes.

Couperin : Reprise de la Marche du Régiment de Champagne.

On n'a rien inventé. On s'adapte, avec quelques nuances,
Un groupe devant le comptoir d'un café.

dans le réseau des parcours possibles. On s'habitue, semble-

t-il.
Bande dessinée : un homme tenant un verre, pense (ballon) : « Les dés sont
sous-titre : Combien de bouteilles, depuis lors ? Dans combien de verres,

jetés ! Maintenant il faut qu'elle me dise oui, vite… très vite. »
dans combien de bouteilles s'était-il caché, seul depuis lors ?

Au retour d'une entreprise, toutes gens du monde ont
Image de la couverture d'un roman policier intitulé « Imposture ». Une femme

moins de cœur qu'à l'aller. Beaux enfants, l'aventure est
de profil ; plus loin un homme, verre en main.

morte.
Une fille blonde.

Une explosion de napalm.

La même fille blonde.

Des arbres dans une tornade.

Route coupée par la tornade.

Panoramique sur la phrase découpée : « Le vin de la vie est tiré, et la lie seule reste à cette cave pompeuse. »

Fin de la Marche.

Qui résistera ? Il faut aller plus loin que cette défaite
Suite de l'émeute au Congo.

partielle. Bien sûr. Et comment faire ?

Deux photographies – déjà vues – de situationnistes alternent en champ-
sous-titre : Il est tout à fait normal qu'un film sur la vie privée soit unique-

contre-champ, un même sous-titre exprimant la conversation qu'ils mènent.
ment fait de « private jokes ».

C'est un film qui s'interrompt, mais ne s'achève pas.
La fille blonde.
sous-titre : Moi, je n'ai pas tout compris.

Toutes les conclusions sont encore à tirer, les calculs à
Asger Jorn.
sous-titre : On pourrait faire comme cela une suite de documentaires, pendant

refaire.
trois heures. Une sorte de « serial ».

Le problème continue d'être posé, son énoncé se compli-

que. Il faut recourir à d'autres moyens.
Debord.
sous-titre : Les « Mystères de New York » de l'aliénation.

Ce message informel, de même qu'il n'avait pas de raison
Asger Jorn.
sous-titre : Oui, ce serait mieux, ce serait plus ennuyeux ; plus significatif.

profonde de commencer, de même n'en a pas de finir.

Je commence à peine à vous faire comprendre que je ne
Debord ; la caméra s'éloigne de lui.
sous-titre : Plus convaincant.

veux pas jouer ce jeu-là.
sous-titre : (À suivre).

Quelle communication a-t-on désirée, ou connue, ou seulement simulée ? Quel projet véritable a été perdu ?

Restent ces paysages de cartes postales traversées sans fin ; cette distance organisée entre chacun et tous. L'enfance ? Mais c'est ici ; nous n'en sommes jamais sortis.

Aucune aventure ne se constitue directement pour nous. Elle participe d'abord, en tant qu'aventure, de l'ensemble des légendes transmises, par le cinéma ou autrement ; de toute la pacotille spectaculaire de l'histoire.

Leurs émotions divergentes se neutralisent et maintiennent leur solide environnement d'ennui.

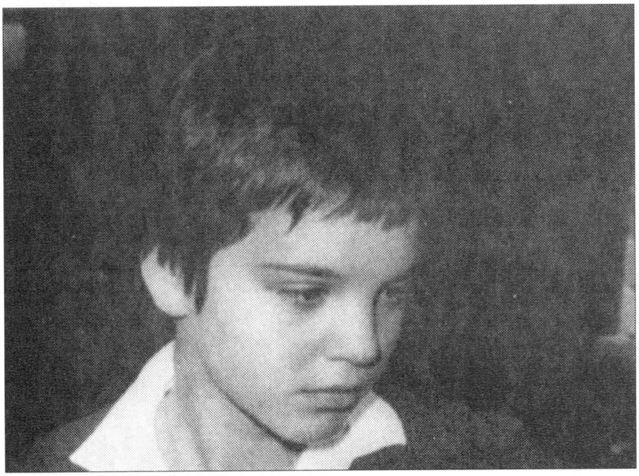

Ces rêves sont des éclats du passé non résolu. Ils éclairent unilatéralement des moments autrefois vécus dans la confusion et le doute.

Le cinéma propose partout des conduites exemplaires, fait des héros, sur le même vieux modèle que ceux-ci, avec tout ce qu'il touche.

1964

Fiche technique

Parue dans *Contre le cinéma*, août 1964.

Critique de la séparation : tournage en septembre-octobre 1960 ; montage en janvier-février 1961. Production : Dansk-Fransk Experimentalfilms Kompagni. Court métrage de vingt minutes, format 35 mm, noir et blanc. Laboratoire G.T.C. ; enregistrement du son au studio Marignan.

Chef opérateur : André Mrugalski. Montage : Chantal Delattre. Assistant opérateur : Bernard Davidson. Script : Claude Brabant. Machiniste : Bernard Largemain.

La voix de Caroline Rittener commente le film-annonce qui précède le générique de *Critique de la séparation.* Sur un mélange d'images très peu probantes, coupés de placard annonçant : *Bientôt sur cet écran – Un des plus grands anti-films de tous les temps ! – Des personnages vrais ! Une histoire authentique ! – Sur un thème comme le cinéma n'a jamais osé en traiter...* – elle cite les *Éléments de linguistique générale* d'André Martinet : « Quand on songe combien il est naturel et avantageux pour l'homme d'identifier sa langue et la réalité, on devine quel degré de sophistication il lui a fallu atteindre pour les dissocier et faire de chacune un objet d'études... » Le commentaire du film est dit ensuite par Guy Debord. Caroline Rittener a également interprété sur l'écran le personnage de la jeune fille. La musique est de François Couperin et Bodin de Boismortier.

Les images de *Critique de la séparation* sont fréquemment des *comics*, des photographies d'identité, ou des journaux ; ou d'autres films. Il n'est pas rare qu'elles soient surchargées de sous-titres, très difficiles à suivre en même temps que le commentaire. Dans la mesure où des personnages ont été filmés directement, presque toujours ils ne sont autres que les gens de l'équipe technique.

Le rapport entre les images, le commentaire et les sous-titres n'est ni complémentaire ni indifférent. Il vise à être lui-même critique.

Note inédite au film *Critique de la séparation*

Les « acteurs » ont été : Caroline Rittener comme vedette filmée et en photographies.

Comme personnages en photographies :
Patrick Straram
Alexander Trocchi
Asger Jorn
Maurice Wyckaert
Michèle Mochot
Michèle Bernstein
Guy Debord

Comme personnages filmés : (toute l'équipe du film)
André Mrugalski
Bernard Largemain
Claude Brabant
Bernard Davidson

Écrite en février 1961, cette réponse à un article du social-barbare S. Chatel (pseudonyme de Sébastien de Diesbach) a paru d'abord à Bordeaux dans *Notes critiques, bulletin de recherche et d'orientation révolutionnaires* n° 3 (2e trimestre 1962) avant d'être publiée séparément. Nous donnons ici et pour la première fois une édition de ce texte à partir de l'original dactylographié en février 1961 sur lequel figure cette précision manuscrite « Texte publié en juin 62 dans le n° 3 de *Notes critiques,* avec 3 ou 4 mots incorrectement reproduits. »

Pour un jugement révolutionnaire de l'art

1

L'article de Chatel sur le film de Godard, dans le numéro 31 de *Socialisme ou Barbarie*, peut être défini comme une critique de cinéma dominée par des préoccupations révolutionnaires. L'analyse du film est faite à partir d'une perspective révolutionnaire de la société, confirme cette perspective, et mène à la conclusion que certaines tendances de l'expression cinématographique doivent être considérées comme préférables à d'autres, toujours en fonction du projet révolutionnaire. C'est évidemment parce que la critique de Chatel expose ainsi la question dans toute son ampleur, et non diverses nuances de goûts, qu'elle est intéressante et nécessite une discussion. Précisément, Chatel trouve dans *À bout de souffle* une « valeur d'exemple » en faveur d'une thèse qui considère qu'une modification des « formes présentes de la culture » dépend de la production d'œuvres qui apporteraient aux gens « une représentation de leur propre existence ».

2

Une modification révolutionnaire des formes présentes de la culture ne peut être rien d'autre que le dépassement de tous les aspects de l'instrumentation esthétique et technique qui constitue un ensemble de spectacles séparés de la vie. Ce n'est pas dans ses significations de surface que l'on doit chercher la relation d'un spectacle avec les problèmes de la société, mais au niveau le plus profond, au niveau de *sa fonction en tant que spectacle.* « Le rapport entre auteurs et spectateurs n'est qu'une transposition du rapport fondamental entre dirigeants et exécutants… le rapport qui est établi à l'occasion du spectacle est, par lui-même, le porteur irréductible de l'ordre capitaliste. » (Cf. *Préliminaires…*)

Il ne faut pas introduire des illusions réformistes sur le spectacle qui pourrait se trouver un jour amélioré de l'intérieur ; amendé par ses propres spécialistes, sous le prétendu contrôle d'une opinion publique mieux informée : ceci reviendrait à apporter la caution des révolutionnaires à une tendance, ou une apparence de tendance, dans un jeu où il ne faut surtout pas entrer. Que l'on doit rejeter en bloc au nom des exigences fondamentales du projet révolutionnaire, qui ne peut en aucun cas produire une esthétique parce qu'il est déjà lui-même, dans son ensemble, au-delà du champ de l'esthétique. Il s'agit de faire une critique révolutionnaire de tout art, non une critique d'art révolutionnaire.

3

La parenté entre la prédominance du spectacle dans la vie sociale et celle d'une classe de dirigeants (également fondées sur le besoin contradictoire d'une adhésion passive) n'est pas un paradoxe, un mot d'auteur. C'est une équation de faits qui caractérisent objectivement le monde moderne. Ici se rejoignent la critique culturelle qui tire l'expérience de toute la destruction de l'art moderne par lui-même, et la critique politique qui tire l'expérience de la destruction du mouvement ouvrier par ses propres organisations aliénées. Et si l'on tient vraiment à trouver quelque chose de positif dans la culture moderne, il faut dire que son seul caractère positif apparaît dans son autoliquidation, son mouvement de disparition, son témoignage contre elle-même.

D'un point de vue pratique, la question qui est posée ici est celle de la liaison d'une organisation révolutionnaire avec des artistes. On sait les déficiences des organisations bureaucratiques et de leurs compagnons de route, dans la formulation et l'usage d'une telle liaison. Mais il semble qu'une compréhension complète et cohérente de la politique révolutionnaire doive effectivement unifier ces activités.

4

La plus grande faiblesse de la critique de Chatel est précisément de reconnaître d'emblée, et même sans évoquer la possibilité d'une discussion de cela, la plus radicale séparation entre les auteurs de toute œuvre artistique et les politiques qui pourraient venir en dresser le bilan. Le cas de Godard expliqué par Chatel est particulièrement éclatant. Ayant admis, comme une évidence pas même utile à rappeler, que Godard est à l'extérieur de tout jugement politique, Chatel ne prend jamais la peine de préciser que Godard n'a pas *explicitement* fait le procès « du délire culturel dans lequel nous vivons » ; n'a pas *délibérément voulu* « placer les gens devant leur propre vie ». On traite Godard comme un phénomène de la nature, un objet à conserver. On ne songe pas plus à la possibilité de positions politiques, philosophiques, etc., propres à Godard qu'à discerner l'idéologie d'un typhon.

Une telle critique s'inscrit d'elle-même dans la sphère de la culture bourgeoise, et précisément dans sa variante nommée « critique d'art », parce qu'elle participe évidemment du « déluge de mots dont on recouvre le moindre aspect de la réalité ». Cette critique est une interprétation, entre tant d'autres, d'une œuvre sur laquelle on n'a aucune prise. On admet au départ que, ce que veut dire l'auteur, on le sait *mieux que lui*. Cet orgueil apparent est en fait une radicale humilité : puisque l'on souscrit si complètement à la séparation du spécialiste en cause que l'on désespère de pouvoir jamais agir sur lui, ou avec lui (modalités qui demanderaient évidemment que l'on se soucie de ce qu'il a recherché explicitement).

5

La critique d'art est un spectacle au deuxième degré. Le critique est celui qui donne en spectacle son état de spectateur même. Spectateur spécialisé, donc spectateur idéal, énonçant ses idées et sentiments *devant* une œuvre à laquelle il ne participe pas réellement. Il relance, remet en scène, sa propre non-intervention sur le spectacle. La faiblesse des jugements fragmentaires, hasardeux et largement arbitraires, sur des spectacles qui ne nous concernent pas vraiment est notre lot à tous dans beaucoup de discussions banales de la vie privée. Mais le critique d'art fait étalage d'une telle faiblesse, *rendue exemplaire*.

6

Chatel pense que si une fraction de la population se reconnaît dans un film elle va pouvoir « se regarder, s'admirer, se critiquer ou se rejeter, en tout cas se servir des images qui passent sur l'écran pour ses propres besoins ». Disons d'abord qu'il y a un certain mystère dans cette conception de l'utilisation du passage de ces images pour la satisfaction de besoins authentiques. Le mode d'emploi n'est pas clair ; il faudrait peut-être d'abord préciser de quels besoins il s'agit pour dire s'ils trouveront réellement là un instrument. Ensuite, tout ce que l'on peut savoir du mécanisme du spectacle, même au stade le plus simplement filmologique, conteste absolument cette vision idyllique de gens également libres de s'admirer ou de se critiquer en se reconnaissant dans des personnages mis en scène. Mais, fondamentalement, il n'est pas possible d'accepter cette division du travail entre des spécialistes incontrôlables qui présenteraient aux gens une image de leur vie, et des publics qui auraient à s'y reconnaître plus ou moins exactement. L'acquisition d'une certaine vérité dans la description du comportement des gens n'est pas forcément positive. Même si Godard leur présente une image d'eux-mêmes où ils peuvent se reconnaître, incontestablement, davantage que dans les films de Fernandel, il leur présente tout de même une image fausse, où ils se reconnaissent faussement.

7

La révolution n'est pas « montrer » la vie aux gens, mais les faire vivre. Une organisation révolutionnaire est obligée de rappeler à tout moment que son but n'est pas de faire entendre à ses adhérents les discours convaincants de *leaders* experts, mais de les faire parler eux-mêmes, pour parvenir, ou à tout le moins tendre, au même degré de participation. Le spectacle cinématographique est précisément une de ces formes de pseudo-communication – qui a été développée, de préférence à d'autres possibles, par la présente technologie *de classe* – où ceci est radicalement impraticable. Beaucoup plus par exemple que dans une forme culturelle comme la conférence de type universitaire, avec des questions à la fin, dans laquelle la participation du public, le dialogue, sont déjà placés dans des conditions très défavorables, mais non absolument exclus.

Quiconque a vu un seul débat de ciné-club a aussitôt remarqué les lignes de séparation entre le meneur du débat ; ceux que l'on peut appeler les professionnels de l'intervention, qui reprennent la parole à chaque séance ; et les gens qui essaient d'exprimer une fois leur point de vue en passant. Ces trois catégories sont nettement séparées par leur degré de possession d'un vocabulaire spécialisé, déterminant leur place même dans cette discussion institutionnalisée. L'information et l'influence sont transmises unilatéralement, ne remontent jamais de la base. Pourtant ces trois catégories sont fort proches, dans la même impuissance confuse de spectateurs qui s'affichent, en regard de la véritable ligne de séparation qui passe entre elles et les gens qui font réellement les films. L'unilatéralité de l'influence est encore plus rigoureuse à partir de ce seuil. La différence, très ouverte, dans la maîtrise des instruments conceptuels du débat de ciné-club n'est finalement réduite que par le fait que tous ces instruments sont également inefficaces. Le débat de ciné-club est un spectacle annexe de l'œuvre projetée, plus éphémère que la critique écrite, ni plus ni moins séparé. Apparemment le débat de ciné-club est une tentative de dialogue, de rencontre sociale dans une époque où le milieu urbain atomise de plus en plus les individus. Mais il est en réalité la négation de ce dialogue, car les gens sont réunis là *pour ne décider de rien* ; pour discuter sous un faux prétexte, avec de faux moyens.

8

Sans envisager les effets à l'extérieur, la pratique de la critique cinématographique à ce niveau introduit immédiatement deux risques dans une organisation révolutionnaire.

Le premier péril est que certains camarades soient entraînés à faire d'autres critiques, exprimant leurs jugements différents sur d'autres films, ou même sur celui-ci. À partir des mêmes positions sur la société globale, on ne peut évidemment soutenir une infinité de jugements sur *À bout de souffle*, mais tout de même un nombre notable. Pour donner un seul exemple immédiat, on peut faire une critique aussi talentueuse, exprimant exactement la même politique révolutionnaire, mais qui s'emploierait à mettre en lumière la participation de Godard, justement, à tout un secteur de la mythologie culturelle dominante : celle du cinéma lui-même (tête-à-tête avec la photo d'Humphrey Bogart, passage au « Napoléon »). Belmondo – sur les Champs-Élysées, à « La Pergola », au carrefour Vavin – y serait considéré comme étant directement l'image (bien sûr largement irréelle, « idéologisée ») que projette de sa propre existence, on ne saurait même pas dire la génération des cinéastes français apparue dans les années 50, mais précisément la micro-société des rédacteurs des *Cahiers du cinéma*, avec ses rêves disgraciés de spontanéité sommaire et d'évidences ; avec ses goûts, ses réelles ignorances mais aussi bien ses quelques enthousiasmes culturels.

L'autre péril serait que l'impression d'arbitraire que laisse cette exaltation de la valeur révolutionnaire de Godard conduise d'autres camarades à s'opposer à toute intervention dans les questions culturelles, simplement pour y éviter le risque de manquer de sérieux. Le mouvement révolutionnaire doit au contraire accorder une place centrale à la critique de la culture et de la vie quotidienne. Mais il faut que toute vision de ces faits soit d'abord désabusée ; non respectueuse des modes de communication donnés. Les bases mêmes des relations culturelles existantes doivent être contestées par la critique que le mouvement révolutionnaire a besoin de porter, véritablement, sur tous les aspects de la vie et des relations humaines.

Rédigé en février 1961, après la parution de la critique de S. Chatel sur *À bout de souffle*, ce texte visait à instaurer une discussion à l'intérieur de l'organisation Pouvoir ouvrier, au moment même où des camarades de l'Internationale situationniste engageaient pour quelque temps un travail commun avec P.O. Nous précisons que G.-E. Debord est membre de l'Internationale situationniste.

Extrait d'une lettre à Daniel Blanchard du 13 juin 1961 (*Correspondance*, vol. 2, *op. cit.*, p. 93-94).

Je crois bien que l'I.S., comme tu l'écrivais, s'est rapprochée de l'entreprise révolutionnaire réelle (complète). Les dernières adhésions sont très encourageantes à cet égard. Ceci va même jusqu'à renverser l'équilibre dans la section allemande, qui a été longtemps notre cauchemar. À ce point que la revue allemande qui devait sortir la semaine dernière à Munich vient d'être saisie à l'imprimerie pour les motifs qui suivent : violation des lois fondamentales et excitation à la révolution, pornographie, blasphème ; perversion de la jeunesse et offense à des personnalités de l'Église. Il s'agissait d'urbanisme unitaire.

On ne désespère pas d'être bientôt débarrassés des esthètes ou des plaisantins, après quelques exclusions (ou démissions) qui sont déjà acquises, ou que l'on peut encore attendre.

On va sortir en juillet le prochain numéro français. Je pense qu'il sera plus intéressant que le précédent.

Avec S[ocialisme] ou B[arbarie], par certains côtés, cela va moins bien. L'article de Chatel était un détail, quoique vraiment idiot. Comme tu penses, j'ai défendu aussitôt nos positions dans un autre texte *Pour un jugement révolutionnaire de l'art*, qui n'a pas rencontré un très grand écho du côté « officiel » de l'organisation, mais qui a circulé assez bien en manuscrit. D'ailleurs Chatel ayant quitté l'organisation peu de temps après, la polémique s'est éteinte. La vraie difficulté, centrale et lourdement ressentie par à peu près tout le monde, c'est celle qu'éprouve le groupe à passer au stade supérieur de l'action qu'il a définie, à se transformer en organisation révolutionnaire effective (dont il possède la base théorique, et déjà un bon nombre des militants suffisamment conscients), en rompant avec cette allure « cercle de discussions intellectuelles spécialisée » qui correspond à un travail maintenant dépassé, mais a laissé de pesantes habitudes. Ce qui rend moins exigeant pour contester les pesantes habitudes que l'ensemble de la vie sociale nous dispose à subir partout.

Sur cette question, j'ai été mené à reprendre du champ par rapport à l'organisation [...]. Mais comprends bien que j'en reste aussi proche sympathisant qu'il est possible.

La Bibliothèque situationniste de Silkeborg

1960

Internationale situationniste n° 5, décembre 1960.

Dirigé jusqu'en 2005 par Troels Andersen, spécialiste d'art moderne et fils spirituel d'Asger Jorn, le Musée d'Art de Silkeborg (Danemark) a recueilli de 1953 à 1973 les collections de Jorn ainsi que certaines de ses propres œuvres. Le 10 avril 1961, Guy Debord établira le *Plan général de la bibliothèque situationniste de Silkeborg* et fera don au musée de documents pré-situationnistes et situationnistes.

Le musée de Silkeborg, dans le Jutland, qui se trouvait déjà être le principal musée d'art moderne de tous les pays scandinaves, vient de fonder une *bibliothèque situationniste.* Cette bibliothèque est elle-même subdivisée en une section pré-situationniste, réunissant toute la documentation souhaitable sur les mouvements d'avant-garde depuis 1945, qui ont pu tenir quelque rôle dans la préparation du mouvement situationniste ; une section situationniste proprement dite, comportant toutes les publications de l'I.S. ; une section historique destinée à recevoir les travaux sur l'I.S. et qui, de fait, pour le moment, accueille seulement la propagande anti-situationniste qui a commencé de paraître çà et là. Enfin, et c'est probablement son initiative la plus intéressante, cette bibliothèque a ouvert une *section des copies* où seront conservés tous les ouvrages imitant l'une quelconque des réalisations de nos amis dont l'étrange rôle dans l'art actuel, du fait même de leur appartenance à l'I.S., n'est évidemment pas volontiers reconnu. Des diagrammes accessibles indiqueront avec une certitude scientifique les dates de parution du modèle et de ses suites, qui ont déjà été plusieurs fois quasi immédiates. Ainsi, très loin de ces misérables discussions entre « avant-gardiste », auxquelles les situationnistes n'ont jamais voulu participer, la bibliothèque de Silkeborg fournira objectivement *un mètre-étalon de l'avant-garde culturelle.* Nous ne doutons pas que, dans les prochaines années, beaucoup d'historiens spécialisés d'Europe et d'Amérique, et ultérieurement d'Asie et d'Afrique, ne fassent le voyage de Silkeborg à seule fin de compléter et de contrôler leur documentation à ce « Pavillon de Breteuil » d'un nouveau genre.

Et nous souhaitons que l'intelligent projet, élaboré par le musée de Silkeborg, de compléter cette bibliothèque par une annexe cinématographique, où seraient déposées des copies de chaque film concerné, trouve bientôt tous les moyens matériels qu'impliquerait sa réalisation.

L'original de ce plan manuscrit inédit est conservé au Silkeborg Kunstmuseum.

PLAN GÉNÉRAL
DE LA BIBLIOTHÈQUE SITUATIONNISTE DE SILKEBORG

(états à dresser en français, anglais et danois)

Ces cotes, prévues pour les publications, peuvent être enrichies, dans les sections I et II de cotes parallèles d'un Département des Manuscrits.

I SECTION PRÉ-SITUATIONNISTE

DIVISION A. Le Mouvement Cobra
(Internationale des Artistes Expérimentaux)

comportant une subdivision :
A'. Les origines de Cobra : Surréalisme-Révolut. *Helhesten* etc.

DIVISION B. Le Lettrisme

comportant une subdivision :
B'. Les survivances du lettrisme isouïen après 1952.

DIVISION C. Le Mouvement International pour un Bauhaus Imaginiste

DIVISION D. L'Internationale lettriste

II SECTION SITUATIONNISTE
(toutes les publications faites *par* l'I.S. elle-même)

III SECTION HISTORIQUE
(tous les travaux faits *sur* l'I.S. *ou ses membres*)

DIVISION A. La polémique anti-situationniste

DIVISION B. La série de la Bibliothèque d'Alexandrie ; et autres ouvrages consacrés à des situationnistes.

DIVISION C. Les études objectives concernant l'I.S.

IV SECTION DES COPIES

Toute copie versée à la Bibliothèque situationniste de Silkeborg doit être accompagnée d'une fiche indiquant ses rapports avec une œuvre enregistrée dans les sections I et II. Inversement, on peut prospecter les copies éventuelles à partir de chacune de ces œuvres, partant de l'hypothèse de travail qu'elles sont quasiment toutes copiées.

•••

Pour la B.S.S., collection G.D.

le 10 mars 1961

Pour la SECTION I, DIVISION B

- revue *La Dictature lettriste* [numéro unique. Paru en 1947 (?), Paris]
- revue *Ur* [numéro unique. Décembre 1950. Paris]
- Gabriel Pomerand, *Saint Ghetto des prêts* [livre métagraphique. Paru en 1950 (?) à Paris]

TRACTS LETTRISTES

- *Le Cinéma en crève* [en faveur du film d'Isou "Traité de Bave et d'Éternité". PARIS. Janvier (?) 1952]
- *Fini le cinéma français* [contre le Ve Festival de Cannes. Avril (?) 1952]

Manquent à cette collection, mais ont *très souvent* été déjà envoyés par Asger à Silkeborg :

- revue *Ion* [numéro unique. Paris. Avril 1952]
- revue *Ur-La Dictature lettriste* [dite aussi *Ur* n° 2, en fait numéro unique, d'un format beaucoup plus restreint que *Ur*. A paru en mars ou avril 1952]
- les livres d'Isou *antérieurs à 1952* :
  Introduction à une nouvelle poésie et à une nouvelle musique
  Précisions sur ma poésie et moi
  Les Journaux des Dieux
  Le Soulèvement de la Jeunesse etc.

Pour la SECTION I, DIVISION B'
Maurice Lemaître, *Carnets d'un fanatique* [Paris. Janvier (?) 1960]

Pour la SECTION I, DIVISION C

– Asger Jorn, *Pour la forme* [Paris, juillet 1958]

TRACTS DU M.I.B.I.

– *Lettre ouverte aux responsables de la Triennale d'Art Industriel à Milan* [*Tous les groupes affiliés au M.I.B.I.*, Paris, janvier 1957]
– Tract du groupe italien en décembre 1956 (sans titre)
Version en français
– *Première exposition de psychogéographie* [prospectus de la galerie Taptoe, Bruxelles, février 1957]

Des publications du M.I.B.I. manquent *au moins* :

– la *version italienne* du tract de décembre 1956
– la revue *Eristica* n° 1
– la brochure d'Asger Jorn *Immagine e Forma*

Immagine e forma constitue en fait le n° 1 d'*Eristica*.

et probablement d'autres tracts

Pour la SECTION I, DIVISION D

– Toute la collection de *Potlatch*, bulletin d'information de l'I.L.
Du n° 1 (22 juin 1954) au n° 28 (22 mai 1957)
+ 2 numéros ultérieurs publiés par l'I.S.
Potlatch a paru – ronéotypé – sur 2 pages, puis 4 pages. Hebdomadaire jusqu'à son numéro 8. Puis mensuel. Les derniers numéros ont paru irrégulièrement. Le tirage était au début un peu inférieur à 100. Il s'est élevé à 350 exemplaires, toujours envoyés gratuitement par la poste. Il existe un numéro compté 9-10-11. La collection totale comporte donc 28 numéros, et non 30.

– Toute la collection de la revue *Internationale lettriste*
N° 1. Novembre 1952 [8 pages imprimées + un hors-texte de Wolman]
N° 2. Février 1953 [2 pages ronéotypées]
N° 3. Août 1953 [une grande page imprimée]
N° 4. Juin 1954 [un bref tract imprimé]

TRACTS DE L'I.L.

- *La Nuit du Cinéma* [octobre 1952, à propos du film de Debord *Hurlements en faveur de Sade*]
- *Finis les pieds plats* [octobre 1952, contre Chaplin]
- *Touchez pas aux lettristes* [avril ou mai 1953, contre l'arrestation de P.J. Berlé]
- *Avant la guerre* [juin 1954, à propos d'une exposition de "métagraphies influentielles"]
- *Ça commence bien !* [septembre 1954. Tract commun des surréalistes et de l'I.L. contre les cérémonies du centenaire de Rimbaud]
  Au verso du même tract : *Et ça finit mal, faussaires* [octobre 1954. Dénonciation des manœuvres surréalistes par l'I.L.]
- papillon *Construisez vous-mêmes une petite situation sans avenir* [mai 1955]
- papillon *Si vous vous croyez du génie…* [décembre 1955]
- papillon *Idem.* Version anglaise
- *Ordre de boycott* [juillet 1956. Contre le Festival d'Avant-Garde de Marseille]

Ceci est égal – à 1 ou 2 papillons près – à *la totalité* des publications de l'I.L. de 1952 à 1957.

Pour la SECTION II

- Les 5 numéros parus de la revue *Internationale situationniste* entre *juin 1958* et *décembre 1960* [Paris]
- Le numéro 1 de la revue *Cahier pour un paysage à inventer* [Montréal, juin 1960]
- Asger Jorn, *Critique de la politique économique*, suivie de *La Lutte finale* [Bruxelles, mai 1960]
- Asger Jorn, *Peinture détournée* [Paris, mai 1959]
- Guy Debord, *Rapport sur la construction des situations, et sur les conditions de l'organisation et de l'action de la tendance situationniste internationale* [Paris, juin 1957]
- Guy Debord, *Rapporto sulla construzione delle situazioni* [Torino, mai 1958]
- Guy Debord, *Remarques sur le concept d'art expérimental* [Paris, octobre 1957]
  Ce texte, document interne de l'I.S., comprend six feuillets polycopiés à 17 exemplaires seulement. L'exemplaire de la B.S.S. porte le n° 11.

- G. Debord et A. Jorn, *Mémoires* [Copenhague, janvier 1959]
- G. Debord et P. Canjuers, *Préliminaires pour une définition de l'unité du programme révolutionnaire* [Paris, juillet 1960]

TRACTS DE L'I.S.

- *Nouveau théâtre d'opération dans la culture* [*section française*, janvier 1958]
- *Aux producteurs de l'art moderne* [*Idem*]
- *Nervenruh ! Keine Experimente !* [*section allemande*, janvier 1958]
- *Adresse de l'Internationale situationniste à l'assemblée générale de l'Association internationale des critiques d'art* [*toutes les sections de l'I.S.*, avril 1958]
- *Difendete la libertà ovunque* [*section italienne*, juillet 1958]
- *Au secours de Van Guglielmi !* [*Asger Jorn*, au nom de l'I.S., juillet 1958]
- *Ein kultureller Putsch während Ihr schlaft !* [*toutes les sections de l'I.S.*, à l'issue de la conférence de Munich, avril 1959]
- *Hands off Alexander Trocchi* [*Guy Debord, Jacqueline de Jong, Asger Jorn*, octobre 1960]
- *Januar-Manifest* [*section allemande*, janvier 1961]
- *Avantgarde ist unerwünscht !* [*sections allemande, belge et scandinave*, janvier 1961]

Se rattachent en outre à cette SECTION II :
2 numéros de la collection *Potlatch* classée, normalement, avec les autres numéros de cette collection, dans la la Section I, Div. D. Il s'agit du n° 29 (du 5 novembre 1957) paru après la fondation de l'I.S. – et d'un numéro 30 (du 15 juillet 1959) publié en Hollande comme début d'une nouvelle série (informations intérieures de l'I.S.) qui n'a pas été poursuivie.

Des publications de l'I.S. manquent seulement :
- toute la série de la revue *Spur*
- le tract des *sections allemande et italienne* contre Cuixardt, en novembre 59

Au contraire le tract *manifest* du groupe Spur en avril 59 n'est pas à verser à la B.S.S., étant antérieur à leur adhésion à l'I.S.

Perspectives de modifications conscientes dans la vie quotidienne

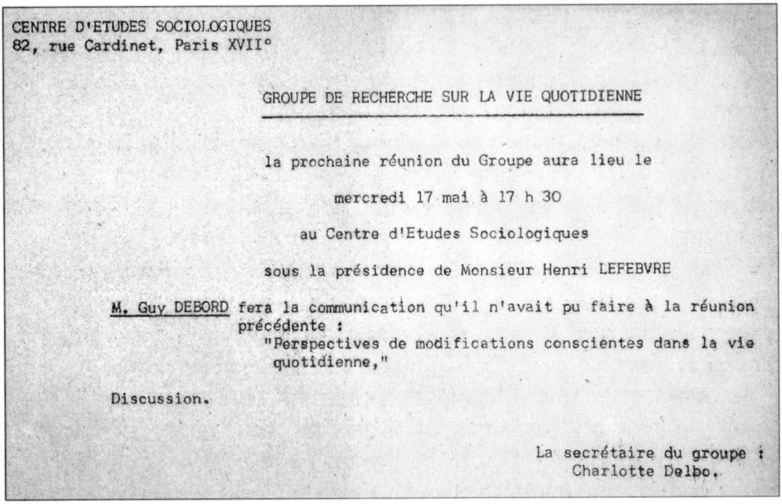

CENTRE D'ETUDES SOCIOLOGIQUES
82, rue Cardinet, Paris XVII°

GROUPE DE RECHERCHE SUR LA VIE QUOTIDIENNE

la prochaine réunion du Groupe aura lieu le

mercredi 17 mai à 17 h 30

au Centre d'Etudes Sociologiques

sous la présidence de Monsieur Henri LEFEBVRE

M. Guy DEBORD fera la communication qu'il n'avait pu faire à la réunion précédente :
"Perspectives de modifications conscientes dans la vie quotidienne,"

Discussion.

La secrétaire du groupe :
Charlotte Delbo.

Étudier la vie quotidienne serait une entreprise parfaitement ridicule, et d'abord condamnée à ne rien saisir de son objet, si l'on ne se proposait pas explicitement d'étudier cette vie quotidienne afin de la transformer.

La conférence, l'exposé de certaines considérations intellectuelles devant un auditoire, comme forme extrêmement banale des relations humaines dans un assez large secteur de la société, relève elle-même de la critique de la vie quotidienne.

Les sociologues, par exemple, n'ont que trop tendance à retirer de la vie quotidienne, à rejeter dans des sphères séparées – dites supérieures – ce qui leur arrive à tout moment. C'est l'habitude sous toutes ses formes, à commencer par l'habitude du maniement de quelques concepts *professionnels* – donc produits par la division du travail – qui masque ainsi la réalité derrière des conventions privilégiées.

Il est alors souhaitable de faire voir, par un léger déplacement des formules courantes, que c'est ici même la vie quotidienne. Bien sûr, une diffusion de ces paroles par un magnétophone ne veut pas précisément illustrer l'intégration des techniques dans

Un an après sa rencontre avec Henri Lefebvre, Guy Debord écrivait le 4 février 1961 au situationniste belge Maurice Wyckaert : « Je prépare aussi une intervention sur les "Perspectives de modification consciente de la vie quotidienne" qu'Henri Lefebvre m'a demandée pour un Groupe de recherche sur la vie quotidienne (où l'I.S. peut s'infiltrer toutes portes ouvertes) sous sa direction, et que nous venons d'inaugurer en marge du C.N.R.S. – mais dans ses locaux. On prépare un coup terrible pour les sociologues. » D'abord annoncé pour le 3 mai 1961, cet exposé, enregistré par Guy Debord, fut diffusé par magnétophone et en sa présence, le 17 mai. Le texte a été publié avec quatre variantes minimes dans le numéro 6 d'*Internationale situationniste* en août 1961. Nous donnons ici la transcription réalisée à partir de l'enregistrement original.

cette vie quotidienne marginale au monde technique, mais saisir la plus simple occasion de rompre avec les apparences de la pseudo-collaboration, du dialogue factice, qui se trouvent institués entre le conférencier « présent en personne » et ses spectateurs. Cette légère rupture d'un confort peut servir à entraîner d'emblée dans le champ de la mise en question de la vie quotidienne (mise en question autrement tout abstraite) la conférence elle-même, comme tant d'autres dispositions de l'emploi du temps, ou des objets, dispositions qui sont réputées « normales », que l'on ne voit même pas ; et qui finalement nous conditionnent. À propos d'un tel détail, comme à propos de l'ensemble même de la vie quotidienne, la modification est toujours la condition nécessaire et suffisante pour faire apparaître expérimentalement l'objet de notre étude, qui à défaut resterait douteux ; objet qui est lui-même moins à étudier qu'à modifier.

Je viens de dire que la réalité d'un ensemble observable qui serait désigné par le terme « vie quotidienne » risque de demeurer hypothétique pour beaucoup de gens. En effet, depuis que ce groupe de recherche s'est constitué, le trait le plus frappant n'est évidemment pas qu'il n'ait encore rien trouvé, c'est que la contestation de l'existence même de la vie quotidienne s'y soit fait entendre dès le premier moment ; et n'ait cessé de s'y renforcer de séance en séance. La majorité des interventions que l'on a pu écouter jusqu'ici dans cette discussion émanait de personnes qui ne sont aucunement convaincues que la vie quotidienne existe, car elles ne l'ont rencontrée nulle part. Un groupe de recherche sur la vie quotidienne animé de cet esprit est en tous points comparable à un groupe parti à la recherche du Yéti, et dont l'enquête pourrait aussi bien aboutir à la conclusion qu'il s'agissait d'une plaisanterie folklorique.

Tout le monde convient pourtant que certains gestes répétés chaque jour, comme ouvrir des portes ou remplir des verres, sont tout à fait réels. Mais ces gestes se trouvent à un niveau si trivial de la réalité que l'on conteste, à juste titre, qu'ils puissent être assez intéressants pour justifier une nouvelle spécialisation de la recherche sociologique. Et un certain nombre de sociologues semble peu enclin à imaginer d'autres aspects de la vie quotidienne à partir de la définition qu'en a proposée Henri Lefebvre, c'est-à-dire « ce qui reste quand on a extrait du vécu toutes les activités spécialisées ». Ici, on découvre que la plupart des sociologues – et on sait combien ils se trouvent à leur affaire dans les activités spécialisées, justement, et comme ils leur vouent d'habitude une aveugle croyance ! – que la plupart des sociologues, donc, reconnaît des activités spécialisées partout, et la vie quotidienne nulle part. La vie quotidienne est toujours ailleurs. Chez les autres. En tout cas dans les classes non sociologistes de la population. Quelqu'un a dit ici que les ouvriers seraient intéressants à étudier comme cobayes probablement inoculés de ce virus de la vie quotidienne, parce que les ouvriers, n'ayant pas accès aux activités spécialisées, n'ont *que* la vie quotidienne à vivre. Cette façon de se pencher sur le peuple à la recherche d'un lointain primitivisme du quotidien ; et surtout ce contentement avoué sans détour, cette fierté naïve de participer à une culture dont personne ne peut songer à dissimuler l'éclatante faillite, la radicale incapacité de comprendre le monde qui l'a produit, tout ceci ne laisse pas d'être étonnant.

Il y a là une volonté manifeste de s'abriter derrière une formation de la pensée qui s'est fondée sur la séparation de domaines parcellaires artificiels, afin de rejeter le concept inutile, vulgaire et gênant de « vie quotidienne ». Un tel concept recouvre un résidu de la réalité cataloguée et classée, résidu auquel certains répugnent d'être confrontés, car c'est en même temps le point de vue de la totalité ; il impliquerait la nécessité d'un jugement global, d'une politique. On dirait que certains intellectuels se flattent ainsi d'une participation personnelle illusoire au secteur dominant de la société, à travers leur possession d'une ou plusieurs spécialisations culturelles ; ce qui pourtant les place au premier rang pour s'aviser que l'ensemble de cette culture dominante est notoirement mangée aux mites. Mais quel que soit le jugement que l'on porte sur la cohérence de cette culture, ou sur son intérêt dans le détail, l'aliénation qu'elle a imposée aux intellectuels en question, c'est de les faire juger, depuis le ciel des sociologues, qu'ils sont tout à fait extérieurs à cette vie quotidienne des populations quelconques, ou placés trop haut dans l'échelle des pouvoirs humains, comme s'ils n'étaient pas eux aussi plutôt *des pauvres*.

Il est sûr que les activités spécialisées ont une existence ; elles ont même, dans une époque donnée, un emploi général qu'il est toujours bon de reconnaître d'une manière démystifiée. La vie quotidienne n'est pas tout. Bien qu'elle soit en osmose avec les activités spécialisées, au point que, d'une certaine façon, on n'est jamais en dehors de la vie quotidienne. Mais si l'on recourt à l'image facile d'une représentation spatiale des activités, il faut encore placer la vie quotidienne au centre de tout. Chaque projet en part et chaque réalisation revient y prendre sa véritable signification. La vie quotidienne est la mesure de tout : de l'accomplissement ou plutôt du non-accomplissement des relations humaines ; de l'emploi du temps vécu ; des recherches de l'art ; de la politique révolutionnaire.

Ce n'est pas assez de rappeler que l'espèce de vieille image d'Épinal scientifique de l'observateur désintéressé est fallacieuse en tout cas. On doit souligner le fait que l'observation désintéressée est encore moins possible ici que partout ailleurs. Ce qui fait la difficulté de la reconnaissance même d'un terrain de la vie quotidienne, ce n'est pas seulement qu'il serait déjà le terrain de rencontre d'une sociologie empirique et d'une élaboration conceptuelle, c'est aussi qu'il se trouve être en ce moment l'enjeu de tout renouvellement révolutionnaire de la culture et de la politique.

La vie quotidienne non critiquée, cela signifie maintenant la prolongation des formes actuelles, profondément dégradées, de la culture et de la politique, formes dont la crise extrêmement avancée, surtout dans les pays les plus modernes, se traduit par une dépolitisation et un néo-analphabétisme généralisés. En revanche la critique radicale, et en actes, de la vie quotidienne donnée, peut conduire à un dépassement de la culture et de la politique au sens traditionnel, c'est-à-dire à un niveau supérieur d'intervention sur la vie.

Mais, dira-t-on, cette vie quotidienne, qui d'après moi est la seule réelle, comment se fait-il que son importance soit si complètement et si immédiatement dépréciée par des gens qui n'ont, après tout, aucun intérêt direct à le faire ; et dont beaucoup sans doute sont même loin d'être ennemis d'un renouveau quelconque du mouvement révolutionnaire ?

Je pense que c'est parce que la vie quotidienne est organisée dans les limites d'une pauvreté scandaleuse. Et surtout parce que cette pauvreté de la vie quotidienne n'a rien d'accidentel :

c'est une pauvreté qui lui est imposée, à tout instant, par la contrainte et par la violence d'une société divisée en classes ; une pauvreté organisée historiquement, selon les nécessités de l'histoire de l'exploitation.

L'usage de la vie quotidienne, au sens d'une consommation du temps vécu, est commandé par le règne de la rareté : rareté du temps libre ; et rareté des emplois possibles de ce temps libre.

De même que l'histoire accélérée de notre époque est l'histoire de l'accumulation, de l'industrialisation, le retard de la vie quotidienne, sa tendance à l'immobilisme, sont les produits des lois et des intérêts qui ont conduit cette industrialisation. La vie quotidienne présente effectivement, jusqu'à présent, une résistance à l'historique. Ceci *juge d'abord l'historique*, en tant que l'héritage et le projet d'une société d'exploitation.

La pauvreté extrême de l'organisation consciente, de la créativité des gens dans la vie quotidienne, traduit la nécessité fondamentale de l'inconscience et de la mystification dans une société exploiteuse, dans une société de l'aliénation.

Henri Lefebvre a appliqué ici une extension de l'idée d'inégal développement pour caractériser la vie quotidienne, décalée mais non coupée de l'historicité, comme un secteur attardé. Je crois que l'on peut aller jusqu'à qualifier ce niveau de la vie quotidienne de secteur colonisé. On a vu, à l'échelle de l'économie mondiale, que le sous-développement et la colonisation sont des facteurs en interaction. Tout porte à croire qu'il en va de même à l'échelle de la formation économique sociale, de la praxis.

La vie quotidienne, mystifiée par tous les moyens et contrôlée policièrement, est une sorte de réserve, pour les bons sauvages qui font marcher, sans la comprendre, la société moderne, avec le rapide accroissement de ses pouvoirs techniques et l'expansion forcée de son marché. L'histoire – c'est-à-dire la transformation du réel – n'est pas actuellement utilisable dans la vie quotidienne parce que l'homme de la vie quotidienne est le produit d'une histoire sur laquelle il n'a pas de contrôle. C'est évidemment lui-même qui fait cette histoire, mais pas librement.

La société moderne se comprend par fragments spécialisés, à peu près intransmissibles, et la vie quotidienne, où toutes les questions risquent de se poser d'une manière unitaire, est donc naturellement le domaine de l'ignorance.

Cette société, à travers sa production industrielle, a vidé de tout sens les gestes du travail. Et aucun modèle de conduite humaine n'a gardé une véritable actualité dans le quotidien.

Cette société tend à atomiser les gens en consommateurs isolés, à interdire la communication. La vie quotidienne est ainsi vie privée, domaine de la séparation et du spectacle.

De sorte que la vie quotidienne est aussi la sphère de la démission des spécialistes. C'est là que, par exemple, un des rares individus capable de comprendre la plus récente image scientifique de l'univers va devenir stupide, et peser longuement les théories artistiques d'Alain Robbe-Grillet, ou bien envoyer des pétitions au président de la République dans le dessein d'infléchir sa politique. C'est la sphère du désarmement, de l'aveu de l'incapacité de vivre.

On ne peut donc pas caractériser seulement le sous-développement de la vie quotidienne par sa relative incapacité d'intégrer des techniques. Ce trait est un produit important, mais encore partiel, de l'ensemble de l'aliénation quotidienne, qui pourrait être définie comme l'incapacité d'inventer une technique de libération du quotidien.

Et de fait beaucoup de techniques modifient plus ou moins nettement certains aspects de la vie quotidienne : les arts ménagers, comme on l'a dit ici, mais aussi bien le téléphone, la télévision, l'enregistrement de la musique sur disques microsillon, les voyages aériens popularisés, etc. Ces éléments interviennent anarchiquement, au hasard, sans que personne en ait prévu les connexions et les conséquences. Mais il est sûr que, dans son ensemble, ce mouvement d'introduction des techniques dans la vie quotidienne, étant finalement encadré par la rationalité du capitalisme moderne bureaucratisé, va plutôt dans le sens d'une réduction de l'indépendance et de la créativité des gens. Ainsi les villes nouvelles d'aujourd'hui figurent clairement la tendance totalitaire de l'organisation de la vie par le capitalisme moderne : les individus isolés (généralement isolés dans le cadre de la cellule familiale) y voient réduire leur vie à la pure trivialité du répétitif quotidien, combinés à l'absorption obligatoire d'un spectacle également répétitif.

Il faut donc croire que la censure que les gens exercent sur la question de leur propre vie quotidienne s'explique par la conscience de son insoutenable misère, en même temps que par la sensation, peut-être inavouée mais inévitablement éprouvée un jour où l'autre, que toutes les vraies possibilités, tous les désirs qui ont été empêchés par le fonctionnement de la vie sociale, résidaient là, et nullement dans des activités ou distractions spécialisées. C'est-à-dire que la connaissance de la richesse profonde, de l'énergie abandonnée dans la vie quotidienne, est inséparable de la connaissance de la misère de l'organisation dominante de cette vie ; seule l'existence perceptible de cette richesse inexploitée conduit à définir par contraste la vie quotidienne comme misère et comme prison ; puis, d'un même mouvement, à nier le problème.

Dans ces conditions, se masquer la question politique posée par la misère de la vie quotidienne veut dire se masquer la profondeur des revendications portant sur la richesse possible de cette vie ; revendications qui ne sauraient mener à moins qu'à une réinvention de la révolution. On admettra qu'une fuite devant la politique à ce niveau n'est aucunement contradictoire avec le fait de militer dans le Parti socialiste unifié par exemple, ou de lire avec confiance *L'Humanité*.

Tout dépend effectivement du niveau où l'on ose poser ce problème : comment vit-on ? comment en est-on satisfait ? insatisfait ? Ceci sans se laisser un instant intimider par les diverses publicités qui visent à vous persuader que l'on peut être heureux à cause de l'existence de Dieu, ou du dentifrice Colgate, ou du C.N.R.S.

Il me semble que ce terme « critique de la vie quotidienne » pourrait et devrait aussi s'entendre avec ce renversement : critique que la vie quotidienne exercerait souverainement sur tout ce qui lui est vainement extérieur.

La question de l'emploi des moyens techniques, dans la vie quotidienne et ailleurs, n'est rien d'autre qu'une question politique (et entre tous les moyens techniques trouvables, ceux qui sont mis en œuvre sont en vérité sélectionnés conformément aux buts de maintien de la domination d'une classe). Quand on envisage l'hypothèse d'un avenir, tel qu'il est admis par la littérature de science-fiction, où des aventures interstellaires coexisteraient avec une vie quotidienne gardée sur cette terre dans la même indigence matérielle et le même moralisme archaïque, ceci veut dire, exactement, qu'il y aurait encore une classe de dirigeants spécialisés qui maintiendrait à son service les foules prolétaires des usines et des bureaux ; et que les aventures interstellaires seraient uniquement l'entreprise choisie par ces dirigeants, la manière qu'ils auraient trouvée de développer leur économie irrationnelle, le comble de l'activité spécialisée.

On s'est demandé : « La vie privée est privée de quoi ? » Tout simplement de la vie, qui en est cruellement absente. Les gens sont aussi privés qu'il est possible de communication ; et de réalisation d'eux-mêmes. Il faudrait dire : de faire leur propre histoire, personnellement. Les hypothèses pour répondre positivement à cette question sur la nature de la privation ne pourront donc s'énoncer que sous forme de projets d'enrichissements ; projet d'un autre style de vie ; en fait d'un style... Ou bien, si l'on considère que la vie quotidienne est à la frontière du secteur dominé et du secteur non dominé de la vie, donc le lieu de l'aléatoire, il faudrait parvenir à substituer au présent ghetto une frontière toujours en marche ; travailler en permanence à l'organisation de chances nouvelles.

La question de l'intensité du vécu est posée aujourd'hui, par exemple avec l'usage des stupéfiants, dans les termes où la société de l'aliénation est capable de poser toute question : je veux dire en termes de fausse reconnaissance d'un projet falsifié, en termes de fixation et d'attachement. Il convient de noter aussi à quel point l'image de l'amour élaborée et diffusée dans cette société s'apparente à la drogue. La passion y est d'abord reconnue en tant que refus de toutes les autres passions ; et puis elle est empêchée, et finalement ne se retrouve que dans les compensations du spectacle régnant. La Rochefoucauld a écrit : « Ce qui nous empêche souvent de nous abandonner à un seul vice est que nous en avons plusieurs. » Voilà une constatation très positive si, en rejetant les présuppositions moralistes, on la remet sur ses pieds comme base d'un programme de réalisation des capacités humaines.

Tous ces problèmes sont à l'ordre du jour parce que, visiblement, notre temps est dominé par l'apparition du projet, porté par la classe ouvrière, d'abolir toute société de classes et de commencer l'histoire humaine ; et donc dominé, corollairement, par la résistance acharnée à ce projet, les détournements et les échecs, jusqu'ici, de ce projet.

La crise actuelle de la vie quotidienne s'inscrit dans les nouvelles formes de la crise du capitalisme, formes qui restent inaperçues de ceux qui s'obstinent à supputer l'échéance classique des prochaines crises cycliques de l'économie.

La disparition de toutes les anciennes valeurs, de toutes les références de la communication ancienne, dans le capitalisme développé ; et l'impossibilité de les remplacer par d'autres, quelles qu'elles soient, avant d'avoir dominé rationnellement dans la vie quotidienne et partout ailleurs, les forces industrielles nouvelles qui nous échappent de plus en plus ; ces faits produisent non seulement l'insatisfaction quasi officielle de notre époque, insatisfaction particulièrement aiguë dans la jeunesse, mais encore le mouvement d'auto-négation de l'art. L'activité artistique avait toujours été seule à rendre compte des problèmes clandestins de la vie quotidienne, quoique d'une manière voilée, déformée, partiellement illusoire. Il existe, sous nos yeux, le témoignage d'une destruction de toute l'expression artistique : c'est l'art moderne.

Si l'on considère dans toute son étendue la crise de la société contemporaine, je ne crois pas qu'il soit possible de regarder encore les loisirs comme une négation du quotidien. On a admis ici qu'il fallait « étudier le temps perdu ». Mais voyons le mouvement récent de cette idée de temps perdu. Pour le capitalisme classique, le temps perdu est ce qui est extérieur à la production, à l'accumulation, à l'épargne. La morale laïque, enseignée dans les écoles de la bourgeoisie, a implanté cette règle de vie. Mais il se trouve que le capitalisme moderne, par une ruse inattendue, a besoin d'augmenter la consommation, d'« élever le niveau de vie » (si l'on veut bien se rappeler que cette expression est rigoureusement dépourvue de sens). Comme, dans le même temps, les conditions de la production, parcellarisées et minutées à l'extrême, sont devenues parfaitement indéfendables, la morale qui a déjà cours dans la publicité, la propagande, et toutes les formes du spectacle dominant, admet au contraire franchement que le temps perdu est celui du travail, qui n'est plus justifié que par les divers degrés du gain, lequel permet d'acheter du repos, de la consommation, des loisirs – c'est-à-dire une passivité quotidienne fabriquée et contrôlée par le capitalisme.

Maintenant, si l'on envisage la facticité des besoins de la consommation que crée de toutes pièces et stimule sans cesse l'industrie moderne – si l'on reconnaît le vide des loisirs et l'impossibilité du repos – on peut poser la question d'une manière plus réaliste : qu'est-ce qui ne serait pas du temps perdu ? Autrement dit : le développement d'une société de l'abondance devrait aboutir à l'abondance de quoi ?

Ceci peut évidemment servir de pierre de touche à bien des égards. Quand, par exemple, dans un des journaux où s'étale l'inconsistance de la pensée de ces gens que l'on appelle les intellectuels de gauche – je veux dire *France Observateur* – on peut lire un titre qui annonce quelque chose comme « la petite voiture à l'assaut du socialisme », devant un article qui explique que les Russes se mettraient ces temps-ci à poursuivre individuellement une consommation privée des biens sur le mode américain, à commencer naturellement par les voitures, on ne peut s'empêcher de penser qu'il ne serait quand même pas indispensable d'avoir assimilé, après Hegel, toute l'œuvre de Marx, pour s'aviser au moins de ce qu'un socialisme qui recule devant l'invasion du marché par des petites voitures n'est en aucune façon le socialisme pour lequel le mouvement ouvrier a lutté. De sorte que ce n'est pas à un quelconque étage de leur tactique, ou de leur dogmatisme, qu'il faut s'opposer aux dirigeants bureaucratiques de la Russie, mais à la base, sur ce fait que la vie des gens n'a pas réellement changé de sens. Et ceci n'est pas la fatalité obscure de la vie quotidienne, destinée à rester réactionnaire. C'est une fatalité imposée extérieurement à la vie quotidienne par la sphère réactionnaire des dirigeants spécialisés, quelle que soit l'étiquette sous laquelle ils planifient la misère, dans tous ses aspects.

Alors, la dépolitisation actuelle de beaucoup d'anciens militants de la gauche, l'éloignement d'une certaine aliénation pour se jeter dans une autre, celle de la vie privée, n'a pas tellement le sens d'un retour à la privatisation en tant que refuge contre les « responsabilités de l'historicité », mais bien plutôt d'un éloignement du secteur politique spécialisé, et donc toujours manipulé par d'autres ; où la seule responsabilité vraiment prise a été de laisser toutes les responsabilités à des chefs incontrôlés ; où le projet communiste a été trompé et déçu. De même que l'on ne peut opposer en bloc la vie privée à une vie publique, sans demander : quelle vie privée ? quelle vie publique ? (car la vie privée contient les facteurs de sa négation et de son dépassement comme l'action collective révolutionnaire a pu nourrir les facteurs de sa dégénérescence), de même, on aurait tort de faire le bilan d'une aliénation des individus dans la politique révolutionnaire alors qu'il s'agissait de l'aliénation de la politique révolutionnaire elle-même. Il est juste de dialectiser le problème de l'aliénation, de signaler les possibilités d'aliénation toujours renaissantes dans la lutte même menée contre l'aliénation, mais alors soulignons que tout ceci doit s'appliquer au niveau le plus haut de la recherche (par exemple, à la philosophie de l'aliénation dans son ensemble), et non au niveau du stalinisme, dont l'explication est malheureusement plus grossière.

La civilisation capitaliste n'est encore dépassée nulle part, mais partout elle continue à produire elle-même ses ennemis. La prochaine montée du mouvement révolutionnaire, radicalisé par les enseignements des précédentes défaites, et dont le programme revendicatif devra s'enrichir à la mesure des pouvoirs pratiques de la société moderne, pouvoirs qui constituent virtuellement dès à présent la base matérielle qui manquait aux courants dits utopiques du socialisme ; cette prochaine tentative de contestation totale du capitalisme, saura inventer et proposer un nouvel emploi de la vie quotidienne et s'appuiera immédiatement sur de nouvelles pratiques quotidiennes, sur de nouveaux types de rapports humains (n'ignorant plus que toute conservation, à l'intérieur du mouvement révolutionnaire, des relations qui dominent dans la société existante mène insensiblement à reconstituer, avec diverses variantes, cette société).

De même qu'autrefois la bourgeoisie dans sa phase ascendante a dû mener une liquidation impitoyable de tout ce qui surpassait la vie terrestre (le ciel, l'éternité) ; de même le prolétariat révolutionnaire – qui ne peut jamais, sans cesser d'exister comme tel, se reconnaître un passé ou des modèles – devra renoncer à tout ce qui surpasse la vie quotidienne. Ou plutôt prétend la surpasser : le spectacle, le geste ou le mot « historiques », la « grandeur » des dirigeants, le mystère des spécialisations, l'« immortalité » de l'art et son importance extérieure à la vie. Ce qui revient à dire : renoncer à tous les sous-produits de l'éternité qui ont survécu comme armes du monde des dirigeants.

La révolution dans la vie quotidienne, brisant son actuelle résistance à l'historique (et à toute sorte de changement) créera des conditions telles que *le présent y domine le passé*, et que la part de la créativité l'emporte toujours sur la part répétitive. Il faut donc s'attendre à ce que le côté de la vie quotidienne qu'expriment les concepts de l'ambiguïté – malentendu, compromis ou mésusage – perde beaucoup d'importance, au profit de leurs contraires, le choix conscient ou le pari.

L'actuelle mise en question artistique du langage, contemporaine de cette métalangue des machines qui n'est autre que le langage bureaucratisé de la bureaucratie au pouvoir, sera alors dépassée par des formes supérieures de communication. La notion présente de texte social déchiffrable devra aboutir à de nouveaux procédés d'écriture de ce texte social, dans la direction de ce que recherchent à présent mes camarades situationnistes avec l'urbanisme unitaire et l'ébauche d'un comportement expérimental. La production centrale d'un travail industriel entièrement reconverti sera l'aménagement de nouvelles configurations de la vie quotidienne, la création libre d'événements.

La critique et la recréation perpétuelle de la totalité de la vie quotidienne, avant d'être faite naturellement par tous les hommes, doivent être entreprises dans les conditions de l'oppression présente, et pour ruiner ces conditions.

Ce n'est pas un mouvement culturel d'avant-garde, même ayant des sympathies révolutionnaires, qui peut accomplir cela. Ce n'est pas non plus un parti révolutionnaire sur le modèle traditionnel, même s'il accorde une grande place à la critique de la culture (en entendant par ce terme l'ensemble des instruments artistiques ou conceptuels par lesquels une société s'explique à elle-même et se montre des buts de vie). Cette culture comme cette politique sont usées, ce n'est pas sans motif que la plupart des gens s'en désintéresse. La transformation révolutionnaire de la vie quotidienne, qui n'est pas réservée à un vague avenir mais placée immédiatement devant nous par le développement du capitalisme et ses insupportables exigences, l'autre terme de l'alternative étant le renforcement de l'esclavage moderne ; cette transformation marquera la fin de toute expression artistique unilatérale et stockée sous forme de marchandise, en même temps que la fin de toute politique spécialisée.

Ceci va être la tâche d'une organisation révolutionnaire d'un type nouveau, dès sa formation.

LA CINQUIÈME CONFÉRENCE DE L'I.S. À GÖTEBORG

Les situationnistes apposant une plaque commémorant l'ouverture de la Vᵉ Conférence de l'I.S. à Göteborg (Suède) le 28 août 1961.
De gauche à droite : Ansgar Elde, Jacqueline de Jong, Heimrad Prem, Gretel Stadler, Attila Kotányi, Hans-Peter Zimmer (caché), Helmut Sturm, Jeppesen Victor Martin, Hardy Strid, Jørgen Nash, Guy Debord, Raoul Vaneigem et Dieter Kunzelmann.

Ci-contre :

Août 1961, en Suède, au Göteborgs Konstmuseum, Guy Debord pose devant un portrait du peintre Carl Skånberg (1850-1883) par Ernst Josephson (1851-1906).

Ci-dessous :

Collage réalisé lors de la conférence de Göteborg sur un tableau d'Ivar Arosenius (1878-1909), *Rus* (*Ivresse*, 1906). De gauche à droite : Jeppesen Victor Martin, Jacqueline de Jong, Jørgen Nash, Dieter Kunzelmann et Guy Debord.

Les Thèses de Hambourg en septembre 1961

(Note pour servir à l'histoire de l'Internationale situationniste)

Note rédigée en novembre 1989.

Les « Thèses de Hambourg » constituent assurément le plus mystérieux de tous les documents qui émanent de l'I.S., parmi lesquels beaucoup ont été très abondamment répandus, et d'autres fréquemment réservés à une diffusion discrète.

Les « Thèses de Hambourg » ont été évoquées plusieurs fois dans les publications situationnistes, mais sans qu'une seule citation en ait jamais été donnée : par exemple, dans *I.S.* n° 7, pages 20, 31 et 47 ; plus indirectement dans *I.S.* n° 9, page 3 (avec le titre de l'éditorial *Maintenant, l'I.S.*) ; et aussi dans les contributions, demeurées inédites, d'Attila Kotányi et de Michèle Bernstein, lors du débat de 1963 sur les propositions programmatiques d'A. Kotányi. Elles sont mentionnées, sans commentaire, dans la « Table des ouvrages cités », à la page 99 de *L'Internationale Situationniste (Protagonistes, chronologie, bibliographie)*, par Raspaud et Voyer.

Il s'agit en fait des conclusions, volontairement tenues secrètes, d'une discussion théorique et stratégique touchant l'ensemble de la conduite de l'I.S. Cette discussion eut lieu durant deux ou trois des tout premiers jours de septembre 1961, dans une série aléatoirement choisie de bars de Hambourg, entre G. Debord, A. Kotányi et R. Vaneigem, qui voyageaient alors sur le chemin du retour de la Ve Conférence de l'I.S., tenue à Göteborg du 28 au 30 août. À ces « Thèses » devait ultérieurement contribuer Alexander Trocchi, qui n'était pas lui-même présent à Hambourg. Délibérément, dans l'intention de ne laisser filtrer hors de l'I.S. aucune trace qui puisse donner prise à une observation ou une analyse extérieures, rien n'a jamais été consigné par écrit concernant cette discussion et ce qu'elle avait conclu. Il a été convenu alors que le plus simple résumé de ces conclusions, riches et complexes, pouvait se ramener à une seule phrase : « *L'I.S. doit, maintenant, réaliser la philosophie.* » Cette phrase même ne fut pas écrite. Ainsi, la conclusion a été si bien cachée qu'elle est restée jusqu'à présent secrète.

Les « Thèses de Hambourg » ont eu une importance considérable, au moins à deux égards. D'abord parce qu'elles datent la principale option dans l'histoire même de l'I.S. Mais également en tant que pratique expérimentale : de ce dernier point de vue, c'était une innovation frappante dans la succession des avant-gardes artistiques, qui jusque-là avaient toutes plutôt donné l'impression d'être avides de s'expliquer.

La conclusion résumée évoquait une célèbre formule de Marx en 1844 (dans sa *Contribution à la critique de la philosophie du droit de Hegel*). Elle signifiait à ce moment que l'on ne devrait plus prêter la moindre importance aux conceptions d'aucun des groupes révolutionnaires qui pouvaient subsister encore, en tant qu'héritiers de l'ancien mouvement social d'émancipation anéanti dans la première moitié de notre siècle ; et qu'il ne faudrait donc plus compter que sur la seule I.S. pour relancer au plus tôt une autre époque de la contestation, en renouvelant toutes les bases de départ de celle qui s'était constituée dans les années 1840. Ce point établi n'impliquait pas la rupture prochaine avec la « droite » artistique de l'I.S. (voulant faiblement continuer ou seulement répéter l'art moderne), mais la rendait extrêmement probable. On peut donc reconnaître que dans les « Thèses de Hambourg » a été marquée la fin, pour l'I.S., de sa première époque – recherche d'un terrain artistique véritablement nouveau (1957-61) ; et aussi a été fixé le point de départ de l'opération qui a mené au mouvement de mai 1968, et à ses suites.

D'autre part, à ne considérer que l'originalité expérimentale, c'est-à-dire l'absence de toute rédaction des « Thèses », l'application socio-historique ultérieure de cette innovation formelle est tout aussi remarquable : après qu'elle ait subi, bien sûr, un complet renversement. Guère plus de vingt ans après, en effet, on pouvait voir que le procédé avait rencontré un insolite succès dans les instances supérieures de nombreux États. On sait que désormais les quelques conclusions véritablement vitales, répugnant à s'inscrire dans les réseaux des ordinateurs, enregistrements magnétiques ou télex, et se méfiant même des machines à écrire et des photocopieuses, après avoir été le plus souvent ébauchées sous forme de notes manuscrites, sont simplement apprises par cœur, le brouillon étant aussitôt détruit.

Cette note a été écrite spécialement à l'intention de Thomas Y. Levin, qui a si infatigablement couru le monde pour retrouver les traces de l'art effacé de l'Internationale situationniste, et aussi de ses divers autres forfaits historiques.

Le nom de Levin fut ultérieurement masqué de XXX par Guy Debord.

Tract

AUJOURD'HUI, 9 novembre 1961, le ministère public de Munich par une audacieuse provocation a ordonné la saisie de l'édition complète des six numéros de la revue artistique SPUR.

Pour la première fois depuis 1945, on a fait des perquisitions chez des artistes. On essaie d'intimider les SPURISTES par de grossières manœuvres. Par cette cynique provocation policière, on veut nous menacer d'interdiction de publier, de procès et même d'emprisonnement. Il faut que des agents particulièrement séniles des institutions religieuses ou de la classe dominante nous aient dénoncés.

Flugblatt

HEUTE, am 9. November 1961, besaß die Münchener Staatsanwaltschaft die herausfordernde Frechheit, die gesamte Auflage aller sechs Nummern der Künstlerzeitschrift SPUR zu beschlagnahmen.

Zum ersten Mal seit 1945 werden bei Künstlern wieder Hausdurchsuchungen durchgeführt. Durch plumpe Drohungen sollen die SPURISTEN eingeschüchtert werden. Diese zynische Polizeiprovokation will uns mit Publikationsverbot, Prozeß und Gefängnis drohen. Agenten veralterter religiöser Institutionen oder der herrschenden Klasse müssen uns denunziert haben.

Wir rufen alle Künstler und Intellektuellen, sowie alle, die für ihre Selbstverwirklichung durch eine menschliche Handlungsfreiheit kämpfen, zur Solidarität auf. Zusammen sind wir fähig, die heutige Zwangsbevormundung der menschlichen Ausdrucksfreiheit von seiten nichtkompetenter Institutionen wie Bürokratie, Polizei, Kirche und Justiz zu zerbrechen.

Verantwortlich: Sturm, Fischer, Zimmer, Kunzelmann, Prem

Solidarisch: Lausen, Kotanyi, Debord, Jorn, Nash, Martin, Larsson, J. de Jong, Vaneigem, Lindquist, Elde, Trocchi, Straram, Ovadia, Bernstein, Eisch, Stadler, Strack, Laber, Senfft-Hohburg, Engelhard, Hesterberg, Reichert, Grieshaber, Rainer, Feuerstein, Döhl, Pzillas, Röhl, Platschek, Dohmen.

Tract du groupe Spur, section allemande de l'I.S. (traduit par nos soins).

Nous appelons tous les artistes et intellectuels à se solidariser avec nous, ainsi que tous ceux qui attachés à la liberté luttent pour leur accomplissement personnel. Ensemble nous pouvons briser la tutelle coercitive actuelle qu'exercent sur la liberté d'expression des institutions aussi incompétentes que la bureaucratie, la police, l'Eglise et la Justice.

Responsables :
Sturm, Fischer, Zimmer, Kunzelmann, Prem.

Solidaires :
Lausen, Kotányi, Debord, Jorn, Nash, Martin, Larsson, J. de Jong, Vaneigem, Lindquist, Elde, Trocchi, Straram, Ovadia, Bernstein, Eisch, Stadler, Strack, Laber, Senfft-Hohburg, Engelhard, Hesterberg, Reichert, Grieshaber, Rainer, Feuerstein, Döhl, Pzillas, Röhl, Platschek, Dohmen.

En fait rédigé par Asger Jorn et Guy Debord, ce tract, imprimé recto verso en anglais et en français, fut publié en janvier 1962. À l'époque, Asger Jorn ne faisait plus partie de l'Internationale situationniste : sa notoriété de peintre devenant un handicap à sa participation à l'activité organisée de l'I.S., il avait démissionné en avril 1961, tout en exprimant par écrit son accord complet (il continuera pendant un an à y collaborer sous le pseudonyme de George Keller). Le projet de création de la revue *Mutant* est une des multiples interventions d'Asger Jorn mais ne déboucha sur aucune suite pratique. Il intervient au moment où les États-Unis s'engagent dans un programme de construction d'abris anti-atomiques de « défense civile » et de conquête spatiale, définie comme « nouvelle frontière ».

Critique européenne des Corps Académiques des Universités, Collèges et Instituts de Recherche de la métropole de New York et de l'aire de Cambridge-Boston ; à propos du programme inadéquat que les susdits viennent de soumettre au président Kennedy et au gouverneur Rockefeller dans le but de renverser l'absurde processus de la « défense civile » aux États-Unis.

Nous nous permettons d'indiquer l'absurdité et le parfait néant de la déclaration faite par vous au nom du « Civil Defense Letter Committee » dans le *New York Times*, du samedi 30 décembre 1961 (International Edition), sauf si on la considère en tant que pure déclaration de conscience personnelle contre la nouvelle politique de défense américaine. Nous regrettons qu'il ne se trouve dans toute votre opposition aucun élément d'une importance réelle, et nous vous proposons de vous joindre à nous dans une attitude concrète pour notre but commun. Ainsi nous vous suggérons d'adopter le programme positif du « Comité européen pour une relance de l'expansion humaine », qui se propose de faire apparaître une nouvelle Renaissance culturelle, une nouvelle liberté pratique.

Pour cela, il faut souscrire à nos trois exigences fondamentales :

1. Personnellement, je promets de ne jamais, en aucune circonstance, mettre les pieds dans un abri anti-atomique. Il est préférable de mourir debout avec tout l'héritage culturel de l'humanité dont la modification doit rester, jusqu'au bout, notre tâche.

2. Je refuse d'avoir quoi que ce soit à faire avec la nouvelle noblesse des cavernes ; de ne jamais boire un verre en compagnie d'un possesseur ou d'un constructeur d'abris atomiques. Parce que cette aristocratie des souterrains, même si elle parvenait à survivre au désastre total, serait d'une qualité de rats d'égouts ; et ne pourrait en aucun cas être considérée comme la continuation de la race humaine.

3. Ce n'est même pas la guerre thermonucléaire, c'est la menace de cette guerre, au point où nous en sommes arrivés, qui marque déjà la faillite absolue de tous les politiciens dans le monde. Les dirigeants capitalistes ou bureaucratiques, à l'Ouest ou à l'Est, font déjà usage tous les jours de leurs bombes : pour assurer leur pouvoir chez eux. C'est seulement si l'on reconnaît qu'ils se sont mis eux-mêmes hors la loi que l'on peut établir une nouvelle légalité humaine. Je m'engage donc à n'attendre les nécessaires bouleversements de la société d'aucune des formes existantes de la politique spécialisée.

Dans un premier temps, on peut exiger une neutralisation des programmes de défense des États par leur réduction à la Force Armée contrôlée par les Nations Unies. Parallèlement, le programme militaire de conquête pourrait être soumis à un organisme mondial comme l'U.N.E.S.C.O., transformé radicalement et débarrassé de ses dépendances envers des bureaucraties étatiques. Cet organisme coordonnerait alors les activités spatiales-interplanétaires des différents groupements dans une perspective de solidarité humaine. Seule l'unification mondiale du potentiel agressif de nos traditions militaires vers une expansion spatiale peut garantir la paix sur terre, l'alternative entre paix et guerre atomique étant fausse, parce qu'en fait, il n'y a pas de choix. Le choix qui s'impose à l'homme moderne est entre la continuation d'une concurrence impérialiste de destruction humaine ou la renaissance de l'humanisme à l'échelle spatiale.

Mais la nouvelle frontière de l'homme n'est pas seulement dans les étoiles : elle est dans la transformation radicale de la vie sur cette planète. Si les États peuvent s'entendre pour maintenir la paix en la transportant dans l'expansion spatiale, sur la question de l'expansion totale de l'homme nous ne pouvons pas nous entendre avec les États. Nous ne sommes pas inconditionnellement partisans de la paix : l'erreur profonde des intellectuels américains, c'est leur défense, dépourvue d'imagination, de la paix actuelle qu'ils veulent conserver. Personne n'aime vraiment cette paix, qui nourrit non seulement la menace d'une telle guerre, mais toute l'aliénation de la vie quotidienne actuelle, tout l'ennui d'une société en voie de cybernétisation. La paix reste, comme cette vie même, sans importance ; et ce qui est important, c'est l'expansion humaine : la création d'événements qui nous conviennent.

Nous allons vous informer plus largement sur vos attitudes inachevées, aussi bien que sur celles des Russes, dans notre revue *MUTANT*, qui commencera à paraître au printemps. Nous souhaitons que beaucoup des signataires de votre manifeste nous rejoignent dans cette perspective qui, elle, peut donner à votre tendance un avenir.

MUTANT

Correspondance :
32, r. de la Montagne-Ste-Geneviève.
Paris 5e. France.

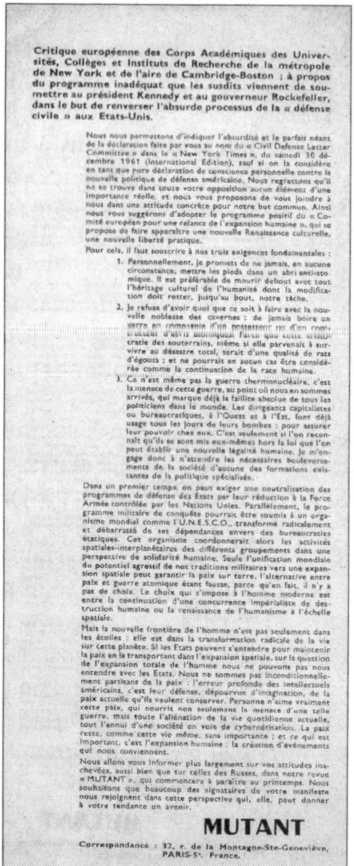

Critique européenne des Corps Académiques des Universités, Collèges et Instituts de Recherche de la métropole de New York et de l'aire de Cambridge-Boston ; à propos du programme inadéquat que les susdits viennent de soumettre au président Kennedy et au gouverneur Rockefeller, dans le but de renverser l'absurde processus de la « défense civile » aux Etats-Unis.

Nous nous permettons d'indiquer l'absurdité et le parfait néant de la déclaration faite par vous au nom du « Civil Defense Letter Committee » dans le « New York Times », du samedi 30 décembre 1961 (International Edition), sauf si on la considère en tant que pure déclaration de conscience personnelle contre la nouvelle politique de défense américaine. Nous regrettons qu'il ne se trouve dans toute votre opposition aucun élément d'une importance réelle, et nous vous proposons de vous joindre à nous dans une attitude concrète pour notre but commun. Ainsi nous vous suggérons d'adopter le programme positif du « Comité européen pour une relance de l'expansion humaine », qui se propose de faire apparaître une nouvelle Renaissance culturelle, une nouvelle liberté pratique.

Pour cela, il faut souscrire à nos trois exigences fondamentales :

1. Personnellement, je promets de ne jamais, en aucune circonstance, mettre les pieds dans un abri anti-atomique. Il est préférable de mourir debout avec tout l'héritage culturel de l'humanité dont la modification doit rester, jusqu'au bout, notre tâche.
2. Je refuse d'avoir quoi que ce soit à faire avec la nouvelle noblesse des cavernes : de jamais boire un verre en compagnie d'un possesseur ou d'un constructeur d'abris atomiques. Parce que cette aristocratie des souterrains, même si elle parvenait à survivre au désastre total, serait d'une qualité de rats d'égouts ; et ne pourrait en aucun cas être considérée comme la continuation de la race humaine.
3. Ce n'est même pas la guerre thermonucléaire, c'est la menace de cette guerre, au point où nous en sommes arrivés, qui marque déjà la faillite absolue de tous les politiciens dans le monde. Les dirigeants capitalistes ou bureaucratiques, à l'Ouest et à l'Est, font déjà usage tous les jours de leurs bombes : pour assurer leur pouvoir chez eux. C'est seulement si l'on reconnaît qu'ils se sont mis eux-mêmes hors la loi que l'on peut établir une nouvelle légalité humaine. Je m'engage donc à n'attendre les nécessaires bouleversements de la société d'aucune des formations existantes de la politique spécialisée.

Dans un premier temps, on peut exiger une neutralisation des programmes de défense des Etats par leur réduction à la Force Armée contrôlée par les Nations Unies. Parallèlement, le programme militaire de conquête pourrait être soumis à un organisme mondial comme l'U.N.E.S.C.O., transformé radicalement et débarrassé de ses dépendances envers des bureaucraties étatiques. Cet organisme coordonnerait alors les activités spatiales-interplanétaires des différents groupements dans une perspective de solidarité humaine. Seule l'unification mondiale du potentiel agressif de nos traditions militaires vers une expansion spatiale peut garantir la paix sur terre, l'alternative entre paix et guerre atomique étant fausse, parce qu'en fait, il n'y a pas de choix. Le choix qui s'impose à l'homme moderne est entre la continuation d'une concurrence impérialiste de destruction humaine ou la renaissance de l'humanisme à l'échelle spatiale.

Mais la nouvelle frontière de l'homme n'est pas seulement dans les étoiles : elle est dans la transformation radicale de la vie sur cette planète. Si les Etats peuvent s'entendre pour maintenir la paix en la transportant dans l'expansion spatiale, sur la question de l'expansion totale de l'homme nous ne pouvons pas nous entendre avec les Etats. Nous ne sommes pas inconditionnellement partisans de la paix : l'erreur profonde des intellectuels américains, c'est leur défense, dépourvue d'imagination, de la paix actuelle qu'ils veulent conserver. Personne n'aime vraiment cette paix, qui nourrit non seulement la menace d'une telle guerre, mais toute l'aliénation de la vie quotidienne actuelle, tout l'ennui d'une société en voie de cybernétisation. La paix reste, comme cette vie même, sans importance ; et ce qui est important, c'est l'expansion humaine : la création d'événements qui nous conviennent.

Nous allons vous informer plus largement sur vos attitudes inachevées, aussi bien que sur celles des Russes, dans notre revue « MUTANT », qui commencera à paraître au printemps. Nous souhaitons que beaucoup des signataires de votre manifeste nous rejoignent dans cette perspective qui, elle, peut donner à votre tendance un avenir.

MUTANT

Correspondance : 32, r. de la Montagne-Ste-Geneviève, PARIS-5e. France.

Texte inédit.

Résolution adoptée par la 4e session du Conseil Central de l'I.S.

(Paris 10-11 février 1962)

Les soussignés, membres du C.C. de l'I.S., doivent constater, à propos des quatre situationnistes responsables de l'édition de la revue *Spur* (Kunzelmann, Prem, Sturm, et Zimmer), les faits suivants :

1°) Ce groupe a commis plusieurs actes d'arrivisme artistique *qu'il a cachés à l'I.S.* lors de la Conférence de Göteborg et depuis (participation à la Biennale de Paris, collusion avec divers trafiquants de l'art moderne ennemis de plusieurs situationnistes, ou de tous).

2°) Ce groupe n'a pas tenu l'engagement qu'il a pris à la Conférence de Göteborg pour la suite de la parution de la revue *Spur*. En effet, après avoir fait l'étalage de ses divergences théoriques, ce groupe avait accepté de faire rentrer la revue *Spur* dans l'action cohérente de l'I.S., en nommant Attila Kotányi et Jacqueline de Jong à son comité de rédaction, afin qu'ils contrôlent un processus d'unification qu'il était intolérable de différer davantage. En réalité, ce groupe a édité depuis un numéro 7 sans la moindre participation des deux situationnistes nommés à la Conférence de Göteborg, mais plutôt sous une influence notoirement étrangère à l'I.S.

3°) Enfin ce groupe, par une lettre du 23 janvier 1962, signée par tous ses membres, a osé refuser de communiquer aux autres situationnistes des traductions allemandes de certains textes *dont ces mêmes situationnistes étaient les auteurs, ou éditeurs* (en français) ; ce groupe leur contestant le droit d'en faire usage, et même d'en prendre connaissance, arguant du fait que le traducteur aurait été *payé par ce groupe*. Nous devons remarquer que cette insolence imbécile est non seulement unique dans l'histoire d'un mouvement d'avant-garde, mais encore insoutenable du point de vue de la légalité bourgeoise : car si ces gens se flattent d'avoir payé leur traducteur, les auteurs et éditeurs de ces textes en français n'ont pas été payés, et ne veulent pas l'être, pour laisser les droits sur leurs écrits à des personnes qui se conduisent ouvertement comme leurs ennemis.

Vu ces trois faits, les soussignés décident l'exclusion de Kunzelmann, membre du C.C. de l'I.S. ; ainsi que de Prem, Sturm, et Zimmer de la section allemande. L'avis des deux membres scandinaves du C.C. sur cette question sera demandé, inscrit au procès-verbal, et publié dans le prochain numéro de la revue *Internationale situationniste*, quel qu'il soit. Mais, quel que soit cet avis, les soussignés, représentant d'ores et déjà la majorité absolue du C.C., déclarent la discussion close sur ce point, et leur décision exécutoire. (Nous leur laissons le droit de s'expliquer sur leur attitude, mais notre décision est irrévocable.)

G. Debord, A. Kotányi, U. Lausen, R. Vaneigem.

Les deux membres scandinaves du C.C. étaient Ansgar Elde et Jørgen Nash. Ansgar Elde étant absent excusé et Jørgen Nash se ralliant à la décision d'exclusion des spuristes, celle-ci fut adoptée par cinq voix contre une. Le 15 mars 1962, Ansgar Elde et Jørgen Nash se prononçaient soudainement contre l'Internationale situationniste en transformant la section scandinave de l'I.S. en un Bauhaus situationniste. « Le 23 mars, le Conseil Central de l'I.S. a délégué au situationniste danois J.V. Martin tous pouvoirs pour représenter l'Internationale situationniste dans la zone que couvrait la section scandinave (Danemark, Finlande, Norvège et Suède) jusqu'à la réunion de la Conférence d'Anvers ; pour y regrouper tout de suite les situationnistes authentiques et pour ordonner toutes les mesures que nécessitera la lutte anti-Nash ». (*I.S.* n° 7, avril 1962.)

J.V. Martin, après le putsch de Nash, organise la résistance des éléments fidèles.

Traduction : « Sabotage ! Prenez contact avec le quartier général par radio spatiale. »

NICHT HINAUSLEHNEN

Der Zentralrat der Situationistischen Internationale hat in der Zusammenkunft in Paris am 10. Februar 1962 beschlossen, aus der deutschen Sektion der S.I. die für die Herausgabe der Zeitschrift « Spur » verantwortliche Gruppe auszuschliessen (D. Kunzelmann, H. Prem, H. Sturm und H.-P. Zimmer). Es ist bewiesen, dass die fraktionistische Aktivität dieser Gruppe auf einem systematischen Missverständnis der situationistischen Thesen basierte ; und dass die Mitglieder dieser Gruppe vollkommen die Disziplin der S.I. missachtet haben, um als Künstler zu arrivieren.

Die Zeitschrift « Spur » wird durch eine neue Zeitschrift als Organ der S.I. in Deutschland ersetzt.

Für den Zentralrat :

G.-E. DEBORD, Attila KOTANYI, Uwe LAUSEN, Raoul VANEIGEM.

Le Conseil Central de l'Internationale situationniste, réuni à Paris le 10 février 1962, a décidé d'exclure de la section allemande de l'I.S. le groupe responsable de l'édition de la revue « Spur » (D. Kunzelmann, H. Prem, H. Sturm et H.-P. Zimmer).

Il est démontré que l'activité fractionniste de ce groupe a été fondée sur une incompréhension systématique des thèses situationnistes ; et que ce groupe a gravement négligé la discipline de l'I.S. pour s'engager dans la voie de l'arrivisme artistique.

La revue « Spur » sera remplacée par une nouvelle revue comme expression de l'Internationale situationniste en Allemagne.

Pour le Conseil Central :

G.-E. DEBORD, Attila KOTANYI, Uwe LAUSEN, Raoul VANEIGEM.

Tract bilingue en allemand et en français illustré par la reproduction en noir et blanc du tableau de Géricault, *Le Radeau de la Méduse*.
Le titre détourne la recommandation qui figurait en plusieurs langues sur le rebord des fenêtres des voitures de chemin de fer du temps où l'on pouvait encore les ouvrir (Ne pas se pencher au dehors).

SPUR ET LE PROCÈS DE MUNICH

Lettre adressée au président du tribunal qui devait juger à Munich les responsables de la revue *Spur* (*Correspondance*, vol. 2, *op. cit.*, p. 140-142).

Le 4 mai, Dieter Kunzelmann, Heimrad Prem, Helmut Sturm et Hans-Peter Zimmer seront condamnés à cinq mois et demi de prison avec sursis, peine qui sera réduite en appel à la fin de 1962.

Paris, le 28 avril 1962

Monsieur le Président,

L'Allemagne, autour de 1920 et après, a tenu incontestablement le premier rôle dans l'élaboration de l'art et, plus généralement, de toute la culture de notre époque. Vous savez comment ce centre de création a été éteint en 1933.

Et depuis, rien n'en a reparu. Tout le monde est obligé de constater que l'Allemagne d'après-guerre est caractérisée par un total vide culturel et par le plus lourd conformisme. Cette conclusion ressortait même du récent recueil de témoignages d'un groupe d'écrivains allemands sur leur vie en République fédérale.

Aussi quand apparaît, pour la première fois, autour de la revue *Spur*, un groupe artistique qui manifeste une certaine liberté de recherche, on ne peut que voir un symptôme extrêmement inquiétant dans les persécutions policières et juridiques dont ce groupe est presque aussitôt l'objet.

Le groupe de *Spur* a été le premier groupe de l'Allemagne d'après-guerre à reparaître sur le plan international, à se faire reconnaître en égal par l'avant-garde culturelle de plusieurs pays, dans les réelles expériences artistiques d'aujourd'hui ; alors que les artistes et les intellectuels actuellement honorés en Allemagne ne sont que des imitateurs attardés et timides de vieilleries importées.

Ainsi donc, dès le début de l'affaire *Spur*, en novembre 1961, les milieux culturels hors d'Allemagne – et particulièrement dans l'Europe de l'Ouest et les pays scandinaves – se sont vivement émus des conditions qui sont faites à leurs amis en Allemagne. Personne n'ignore que, dans un moment où l'Europe va vers une intégration économique plus poussée, le niveau de tolérance intellectuelle devra aussi partout être le même. Il est donc nécessaire que vous teniez compte du fait qu'un tel procès est en ce moment impensable à Paris ou à Copenhague ; de sorte qu'il n'est que temps d'interrompre cette maladroite affaire par un acquittement. Déjà, jusqu'à ce jour, elle n'a pu que nuire à la réputation de l'Allemagne fédérale.

Nous sommes particulièrement alarmés par le prétexte ridicule de ce procès contre *Spur*. Ce prétexte ne peut recouvrir que l'intention, exprimée à la première occasion, de faire céder devant le conformisme ambiant le groupe de *Spur*, et tous ceux qui pourraient aller dans la même voie.

Nous avons, à Paris, un exemple de procès de pornographie et d'immoralité faits à des artistes. C'était au XIXe siècle : Baudelaire et Flaubert ont été condamnés sous ces motifs, pour lesquels aujourd'hui Prem, Kunzelmann, Sturm et Zimmer sont inculpés à Munich. Mais, depuis très longtemps, on ne se réfère à ces jugements que pour montrer la scandaleuse imbécillité de leurs juges. Il faut y penser. Devant l'histoire, la liberté artistique gagne toujours ses procès.

Guy Debord,
directeur de la revue Internationale situationniste

•••

DAS UNBEHAGEN IN DER KULTUR

(à propos de la condamnation du situationniste Uwe Lausen)

Ce tract (« Le malaise dans la civilisation »), paru en français et illustré par une photo d'Uwe Lausen, sera aussi publié en danois dans le premier numéro de la revue *Situationistisk Revolution*, en octobre 1962.

En geste de solidarité, Asger Jorn peignit et exposa la même année aux États-Unis *A Portrait of a Poet as a Jong Prisoner Uwe Lausen.*

Nous ne sommes encore qu'une avant-garde : d'autres arrivent. Nous sommes un cauchemar dont le sommeil de la culture ne se débarrassera plus.

Déclaration du 25 juin, sur les procès contre l'I.S.
en Allemagne fédérale.

Munich, 25 juin (A.P.). – Pour la troisième nuit consécutive, plusieurs milliers de jeunes gens se sont heurtés au service d'ordre samedi soir dans le quartier de Schwabing. Des groupes de « blousons noirs » et d'étudiants ont sillonné les rues en tentant de renverser les voitures qui y stationnaient… À l'issue des heurts, qui ont fait 14 blessés, dont 7 policiers, 19 arrestations ont été opérées, ce qui porte à 78 le nombre de jeunes gens appréhendés en trois jours.

Le Monde, 26-2-62.

Le 25 juin dernier, une déclaration de l'I.S. attirait l'attention sur le jugement imminent, à Munich, d'Uwe Lausen, inculpé pour sa participation à diverses publications de la section allemande de l'Internationale situationniste.

Le 5 juillet, Uwe Lausen a été condamné à trois semaines de prison. Les attendus lui reprochent, entre autres attaques contre tous les aspects de cette société, d'avoir bafoué « l'honneur de Dieu » – il fallait y penser ! – et le sentiment moral du public.

Les précédents procès de Munich n'ayant abouti qu'à des peines de prison avec sursis, Uwe Lausen se trouve être le premier situationniste emprisonné pour délit d'opinion. Dans la mesure où il avait été menacé d'un an de « rééducation » dans une prison pour mineurs, ce verdict est une relative victoire de sa défense.

Nous remercions toutes les personnes, et tous les groupes, qui ont manifesté leur appui à Uwe Lausen dans ces circonstances. Le mouvement en sa faveur a été particulièrement large, en dehors de l'Allemagne, dans la zone de la section scandinave de l'I.S. ; et d'autre part dans la ville d'Anvers.

Peut-être doit-on compter aussi, dans les hésitations de cette étrange justice, la conscience d'être, même au sens conventionnel bourgeois de la justice, d'étranges juges ? C'est, en effet, dans les mêmes jours que l'opinion mondiale apprenait qu'environ deux cents personnalités judiciaires de l'Allemagne fédérale étaient maintenant invitées à une retraite anticipée pour avoir été les travailleurs d'élite des tribunaux nazis, les recordmen du monde en vitesse de condamnation, à la belle époque où ils avaient à défendre l'honneur hitlérien de Dieu.

Ce « malaise dans la société », dont parlait Freud, a pris depuis trente ans d'étonnantes proportions, des vieux camps de la mort aux actuelles banlieues de la survie. On sait maintenant qu'il relève d'une psychanalyse nouvelle. Nous montrerons le contenu latent des manifestations des nouveaux rebelles – qui sont en train de trouver une cause (« les situationnistes exécuteront le jugement que les loisirs d'aujourd'hui prononcent contre eux-mêmes », *I.S.* n° 1).

Ce procureur de Munich, qui parle si facilement de « balayer toute cette racaille jusque dans les caves dont ils sont sortis », n'aura pas la tâche facile. Des plus diverses façons, il n'a pas fini d'entendre parler de nous.

16 juillet 1962

pour l'I.S.
Debord, Vaneigem

Édite par l'I.S., 32, rue de la Montagne-Geneviève, Paris 5e.

•••

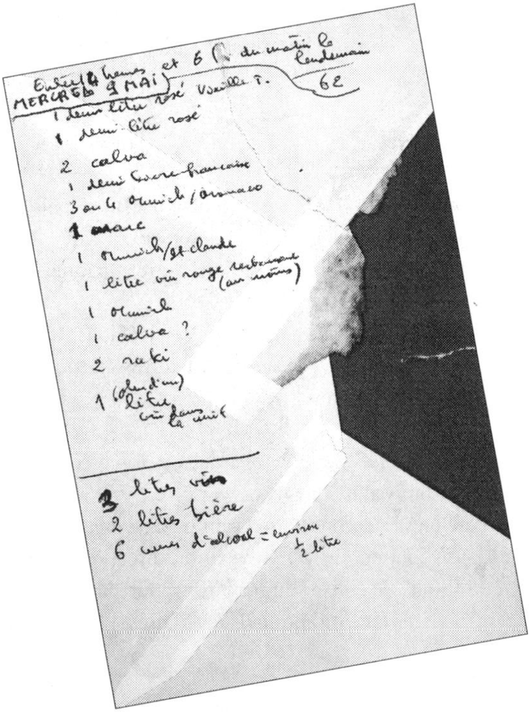

Consommation d'alcool du mercredi 9 mai 1962, notée au dos d'une enveloppe.

Comme à l'époque lettriste, Guy Debord boit au Monaco (carrefour de l'Odéon) et au Saint-Claude (boulevard Saint-Germain), cafés aujourd'hui disparus.

Employé de haut rang du District de Paris, Henri Lefebvre avait transmis à Guy Debord le questionnaire d'une consultation visant à définir « la région parisienne à la fin du siècle ». Nous le reproduisons ici, suivi de la note que Guy Debord rédigea en réponse (inédits).

DÉLÉGATION GÉNÉRALE AU DISTRICT DE LA RÉGION DE PARIS

LA RÉGION PARISIENNE À LA FIN DU SIÈCLE

CONSULTATION

(mai 1962)

... Il n'est donc pas bon de demander aux urbanistes de dessiner le « contenant » d'une ville sans avoir tenté de définir son « contenu ».

Cette nécessaire définition revient à s'interroger sur

« LA RÉGION PARISIENNE À LA FIN DU SIÈCLE »

Il ne s'agit pas, évidemment, de décrire une situation idéale, sans lien avec le passé, mais une situation probable dans un délai qui n'est pas de beaucoup supérieur à une génération.

...

Aussi, à côté d'études analytiques sur des aspects particuliers, la Délégation Générale du District de la Région de Paris a-t-elle voulu consulter un certain nombre de personnalités appartenant aux disciplines les plus diverses et choisies en fonction de leurs connaissances, de leur expérience et de leur goût à « penser en avant ».

...

TRAVAILLER

1. Estimez-vous possible de concevoir maintenant une *répartition des activités* à la fin du XXe siècle entre :
   – la Région Parisienne et les autres grandes agglomérations d'Europe ?
   – la Région Parisienne et les autres Régions de France ?
   – l'agglomération parisienne, d'autres parties du District de Paris ou du Bassin parisien ?

2. Dans quelle mesure les critères de cette « division du travail » vous paraissent-ils devoir être :
   – certaines traditions héritées d'un passé lointain ou proche ?
   – la distinction entre le niveau de direction et le niveau d'exécution et de mise en œuvre (pour le Gouvernement, les Administrations publiques, les Affaires, l'Industrie) ?

– la distinction entre l'Industrie et les Services ?
– d'autres éléments ?

À échéance de trente à quarante ans, quelles activités Paris et sa Région attireront-ils et refouleront-ils dans le cas d'une évolution spontanée ?

Convient-il d'infléchir cette évolution spontanée dans un sens ou dans un autre ?

HABITER

3. Compte tenu de la structure sociale de la population de la Région Parisienne à la fin du siècle, quelles sont *les formes d'habitat*[1] qui vous paraissent devoir correspondre à la fois aux goûts et aux moyens des diverses parties de cette population ?

Convient-il d'infléchir ces goûts individuels en fonction de certains impératifs généraux ?

1 – Sous cette expression peuvent être compris :
a. – les formules types de logement :
– immeuble collectif au cœur d'une agglomération ;
– immeuble collectif dans un ensemble, avec espace vert ;
– pavillons.
b. – les éléments de confort individuel (superficie, équipement des logements…) ;
c. – les équipements collectifs, à l'usage commercial, social, culturel, sportif… liés aux unités de voisinage et aux quartiers.

4. Estimez-vous que *l'habitat secondaire* des Parisiens de toutes classes sociales se développera dans le Bassin Parisien ?

Si oui, quelles pourraient être les incidences de son extension spontanée ?

Convient-il d'infléchir cette extension dans un sens ou dans un autre ?

SE DISTRAIRE

5. Sous quelles formes se traduira l'accroissement du temps consacré au *loisir* (quotidien, hebdomadaire, saisonnier) ?

Quels accroissements des « installations de loisir » destinées aux Parisiens en résultera-t-il ? (il peut s'agir de loisirs passés en famille ou en collectivité, chez soi, dans des salles ou en plein air).

6. Comment l'attrait de l'agglomération parisienne pour les visiteurs (touristes, voyageurs d'affaires, stagiaires, etc...) de la fin du XXe siècle sera-t-il accru ?
Y aura-t-il lieu de créer ou d'aménager de nouvelles réalisations de prestige et des « installations de séjour et de loisir » pour les visiteurs ?

CIRCULER

7. Estimez-vous souhaitable et possible que dans une agglomération telle que celle de Paris à la fin du siècle, les *déplacements quotidiens* des divers membres de chaque famille soient *réduits* (en distance ou en durée) par rapport à ce qu'ils sont aujourd'hui ?

8. *Pour se rendre quotidiennement à leur travail* dans l'agglomération parisienne, l'homme et la femme de la fin du siècle prendront-ils plutôt un moyen de transport en commun ou leur voiture ?
Convient-il d'infléchir leur choix dans un sens ou dans un autre ?

EN CONCLUSION

9. Si les huit questions ci-dessus ont pu attirer l'attention sur certains points, leur juxtaposition ne vous a sans doute pas permis de répondre comme vous le souhaitiez à *la* question :

« LA RÉGION PARISIENNE À LA FIN DU SIÈCLE »

Que vous leur ayiez donc, ou non, apporté une réponse, voudriez-vous nous transmettre ce que vous inspire spontanément le thème que nous soumettons à votre réflexion et à votre imagination ?

« Pour Henri Lefebvre ».

NOTE

SUR LA CONSULTATION VISANT A DÉFINIR « LA RÉGION PARISIENNE À LA FIN DU SIÈCLE ».

La méthode même de ce questionnaire appelle une réponse plus importante, et plus sûre, que n'en méritent toutes ses questions.

Le ridicule de cette enquête relève évidemment de quelques explications économico-psychologiques immédiates (justifier l'existence d'un surplus de bureaucrates installés dans la direction du « District de la Région de Paris » ; la politique de grandeur d'un régime qui ordonne d'autant plus facilement un demi-siècle sur le papier qu'il est plus incertain de faire exécuter ses décisions la semaine prochaine ; l'idéologie technocratique qui mêle aux problèmes réels du développement du capitalisme en France toutes les forces de frappe du prestige éculé).

Mais, plus profondément, on retrouve dans cette tentative magique de planification, la magie fondamentale de la pensée planificatrice du capitalisme moderne, sa pseudo-rationalité et sa fonction d'exorcisme. Comme la planification est une bonne arme (prise dans l'arsenal des adversaires de cette société, et retournée) qui a permis effectivement de parer aux crises économiques classiques, on la gonfle jusqu'à des proportions burlesques pour résoudre d'avance la crise globale de la société. La planification capitaliste garantit l'immobilité dans le mouvement. C'est le calcul – plus ou moins exact mais rassurant – de l'expansion quantitative d'un monde affirmé comme essentiellement stable et définitif. Ce postulat ingénu ayant éliminé toutes les formes nouvelles – mais aveuglantes – de la crise de la société moderne, on n'a plus à s'embarrasser même de la notion d'accélération de l'histoire qui, d'après la marche du monde mesurable entre 1920 et 1960, donnerait à penser que la « fin du siècle » est beaucoup plus loin de tous nos calculs qu'il ne paraît à l'équipe de M. Delouvrier.

Du reste, ce personnage a fait voir assez de signes de sa prescience planificatrice à l'échelle d'une ou deux années quand il gouvernait l'Algérie : dans le pauvre Empire gaulliste, il n'est que le Haussmann du pauvre (son modèle avait au moins su prévoir les mouvements de troupe que nécessiterait la Commune).

Paris à la fin du siècle, le monde à la fin du siècle, c'est bien sûr une question extrêmement ouverte (quoique parfaitement fausse et fantaisiste, posée ainsi au nom d'un absolu urbaniste spécialisé, comme pur problème de police sociologique). Il y a au moins une hypothèse que nous pouvons radicalement éliminer : c'est la prolongation du compromis actuel du complexe de souvenirs et de projets où se mêlent des survivances du capitalisme classique et sa modernisation bureaucratique rapide. On ne peut d'ailleurs aucunement fixer ce compromis dans un équilibre momentané qu'aurait atteint à tel instant cette société. En fait, son déséquilibre et son mouvement sont permanents et s'accroissent extrêmement vite. Nous sommes devant une inévitable mutation de tout mode de vie. Les buts de la production, le niveau de consommation, la manière dont le monde moderne est vécu par les hommes, ont déjà profondément changé et courent vers un saut dans une organisation totalement autre.

On peut ramener les hypothèses réellement possibles à deux grandes options :

A) Une cybernétisation totalitaire et hyper-hiérarchisée, qui serait naturellement très différente des rêves actuels des cybernéticiens ou des expériences anciennes de dictature fascistes, mais qui en retrouverait quelques traits, mêlés à ceux qui apparaissent partout dans la société démocratique de l'abondance : le contrôle perfectionné sur tous les aspects de la vie des gens, réduits à une passivité maximum dans la production automatisée comme dans une consommation entièrement orientée selon les mécanismes du spectacle, par les possesseurs de ces mécanismes.

B) Une société révolutionnaire, radicalement différente de tous les programmes élaborés, et de toutes les réalisations obtenues par le mouvement ouvrier jusqu'ici (toutes n'ayant fait que modifier superficiellement le vieux monde en s'y intégrant), mais retrouvant beaucoup de traits des plus hauts moments de la lutte du prolétariat depuis plus d'un siècle : les conseils de travailleurs exerçant la gestion directe de la société ; la reconstruction consciente de tous les aspects de la vie, et l'expérimentation toujours plus libre de nouvelles raisons de vivre.

Il va de soi que ces options pourraient, d'ici la fin du siècle, avoir atteint des degrés tout à fait différents – et imprévisibles – de développement. Il n'est pas question de prophétiser sur la période au terme de laquelle ce choix sera posé (il l'est déjà), ni de concevoir cette opposition comme une bifurcation sans retour de l'histoire. Le développement de la cybernétisation nourrirait longtemps des contradictions capables de la renverser pour l'hypothèse B : c'est au début d'un tel processus – de cybernétisation – que nous semblons nous trouver. Dans l'hypothèse d'une société révolutionnaire, il n'y aurait d'autre garantie contre une régression, susceptible de ramener à l'hypothèse A, que dans la participation résolue de tous les hommes à la construction de leur destin, en rupture avec les anciennes et actuelles habitudes de démission, et de désintérêt, de représentation ou de sacrifice.

Le fait que la réalité marche sur la tête dans toutes les perspectives des planificateurs du vieux monde, peut conduire à penser que ces thèses sont irréalistes les mêmes gens qui trouvent que le questionnaire du District de Paris est réaliste, scientifique et opératoire. À la racine de ce renversement de perspective, il y a tout simplement cette pensée que le « District de la Région de Paris » est du côté du pouvoir. Nous ne disons rien d'autre : il vaut ce que vaut le pouvoir, en qualité comme en durée (nous n'avons pas ici l'ironie facile d'entendre « pouvoir » au sens éphémère de « pouvoir gaulliste »). La naïveté de la confiance religieuse des planificateurs en leurs instruments contingents peut même être relevée dans leur titre. On ne peut nullement tenir pour assurer qu'il y aura jamais une « fin du XXe siècle ». On a déjà vu, avec la Révolution française, une première tentative de nouveau départ dans la numération du temps.

Question 1. – Il est possible de concevoir jusqu'à un certain point une « répartition des activités » entre la région parisienne, la France et l'Europe, à la fin du siècle dans l'hypothèse A – mais en disposant d'informations auxquelles les personnes consultées n'ont pas accès.

– dans l'hypothèse B – impossible.

Question 2. – Dans l'hypothèse A, sans aucun doute, « la distinction entre le niveau de direction et le niveau d'exécution et de mise en œuvre. »

– Dans l'hypothèse B, « d'autres éléments » encore largement inconnus.

Le problème n'est aucunement : « convient-il d'infléchir cette évolution spontanée » de Paris ? Cette prétendue spontanéité est déjà infléchie sans un instant de répit. Le problème est : « dans quel but ? » et donc « par quel moyen ! ». C'est toute la théorie et la pratique de la constitution d'une nouvelle organisation révolutionnaire –, ou du renforcement technologique des polices, qui sont en cause ici.

Question 3. – Dans l'hypothèse A, un perfectionnement de Sarcelles, étendu à tout le district, peut-être doublé d'un réseau souterrain d'abris anti-atomiques collectifs (de type suédois). Ceci assorti de la destruction totale de tous les immeubles anciens à l'intérieur des vingt arrondissements, leur remplacement par des buildings d'une trentaine d'étages occupés par des bureaux, inhabités la nuit. Ces buildings seraient entourés de très vastes parkings. On aurait gardé en outre les monuments historiques comme sujets pour des mises en scène dont le style « Son et Lumière » représente un primitivisme.

– Dans l'hypothèse B, des « formes d'habitat » encore inconnues – et en changement rapide, conçues sur cette nécessité d'infléchir « certains impératifs généraux » en fonction de tous les « goûts individuels. »

Question 4. – L'« habitat secondaire » est une manifestation d'un stade provisoire de la société. Il disparaîtra probablement, soit au profit de la résidence obligatoire en des lieux successifs (hypothèse A), soit d'une extrême mobilité de la population entre un grand nombre de résidences possibles pour des durées très variables et imprévisibles.

Question 5. – Sous forme de spectacle dans l'hypothèse A ; sous forme d'une nouvelle activité dépassant les loisirs aussi bien que le travail, et unifiant leurs pouvoirs dans une création ludique de toute la vie, si l'hypothèse B s'est réalisée assez loin.

Question 6. – « L'attrait de l'agglomération parisienne » comme de n'importe quelle autre, paraît dépendre dans l'avenir, très largement, du degré atteint dans la réalisation ou seulement la revendication révolutionnaire de l'hypothèse B.

Ce qui est actuellement appelé le tourisme peut passer aussi vite que l'actuelle idée de prestige et des « nouvelles réalisations de prestige » que peuvent nourrir les penseurs du District de Paris.

Question 7. – Il est souhaitable et possible que les « déplacements quotidiens » des gens soient augmentés, mais sous une forme opposée aux déplacements obligatoires actuels vers le travail : comme plaisir et comme rencontres.

L'expression « divers membres de chaque famille » pourrait être archaïque avant la fin du siècle dans quelques variantes de l'hypothèse B.

Question 8. – La rationalité du déplacement des travailleurs, même dans l'hypothèse A, plaide pour les transports en commun. Mais la rationalité de la société de consommation, rationalité qui englobe la précédente, exige actuellement la voiture privée, qui est jusqu'ici son objet central en tant que produit et en tant que signe de l'intégration heureuse. Cependant, cet objet peut être remplacé, soit par un autre genre de véhicule (hélicoptère ?) soit par tout autre si la société cybernétisée concentre sur lui ses ressources publicitaires. La question posée, comme si nous étions à l'aube du monde et à l'heure zéro du conditionnement « convient-il d'infléchir leur choix dans un sens ou dans un autre ? » est une sinistre plaisanterie.

Question 9. – Le thème général soumis inspire spontanément une réflexion sur la piètre idée que se fait le District de Paris de ces « personnalités » appartenant aux disciplines les plus diverses et choisies en fonction de… leur goût à « penser en avant ». Mais cette réflexion, moins spontanée, inclinerait à croire que le District de Paris a de ces personnalités une idée juste, et qu'elles apporteront à peu près les réponses qu'elles-mêmes et le District de Paris, inséparablement, méritent.

4 juillet 1962

DEUX COLLAGES POUR ASGER JORN

Deux collages en hommage amical à Asger Jorn.

Légende écrite par Guy Debord au verso : « Le Général Jorn menant à l'attaque la 8e Brigade danoise en avril 1864 – D'après *Den blodige vej* de Vilhelm Rosenstand. »

En 1864, la guerre des duchés du Schleswig et du Holstein opposa le Danemark à la Prusse et à l'Autriche ; malgré une résistance farouche, le Danemark fut rapidement vaincu et les duchés furent annexés par les vainqueurs.

Asger Jorn couronné savourant des fraises à la crème.

Trente ans plus tard, le tableau de Vilhelm Rosenstand – qui avait pris part à cette guerre comme soldat – célébrait la contre-attaque de la 8e Brigade danoise lors de la défense de la position de Dybbøl le 18 avril 1864.

Le portrait d'Asger Jorn, découpé dans la presse danoise à la fin de juillet 1962, est celui qui figure en couverture de son livre *Værdi og økonomi* (*Valeur et économie*) que l'Institut scandinave de vandalisme comparé venait de faire paraître à Copenhague.

23 août 1962

Correspondance, vol. 2, *op. cit.*, p. 93-94.

Cher Asger,

Je suis désolé de la maladie de ton fils.

Mais l'échec de « Défigurations » est évidemment honorable : tu n'as pas fini de choquer et de déplaire. Je pense même toujours qu'une forte baisse de la valeur marchande de ta peinture te libérerait de certains soucis, et écarterait beaucoup des gens et des problèmes qui se sont mêlés un peu trop artificiellement à ton action dans l'art moderne.

« Nouvelles défigurations », exposition de vingt-quatre tableaux modifiés par Asger Jorn (galerie Rive Gauche, juin 1962, texte de Jacques Prévert).

À propos de son livre *L'Avant-garde culturelle parisienne depuis 1945* qui venait de paraître.

Je pense comme toi qu'il faut répondre publiquement à Estivals. Et manifester aussi nettement que possible les choix qui ne peuvent être ni évités ni dissimulés.

Je n'ai jamais voulu, jusqu'ici, jouer personnellement le jeu de l'organisation unitaire et hiérarchisée (et si je l'avais voulu, il me semble que j'aurais été assez intelligent pour m'y prendre plus efficacement). C'est assez effrayant de voir Estivals, avec sa lourdeur « sociologique » (et en prenant toujours ses références, sauf sur des détails infimes, *avant juillet 1957* et la formation de l'I.S. dont l'expérience m'a tant apporté en théorie et en pratique) m'attribuer les buts d'Isou – ou ceux de Breton – avec seulement un plus grand réalisme, ou plus de modernisme. Mais c'est entièrement faux.

On peut relever superficiellement beaucoup de traits d'« autorité » de ma part (en oubliant que j'ai tout de même été tout le temps dur avec le monde extérieur, et quelquefois seulement à l'intérieur du mouvement). Mais je crois que j'avais, dans presque toutes les périodes, les moyens d'user d'une autorité beaucoup plus grande (et, certainement, d'en tirer quelques avantages). La pratique de l'exclusion me paraît absolument contraire à l'utilisation des gens : c'est bien plutôt les obliger à être libres seuls – en le restant soi-même – si on ne peut s'employer dans une liberté commune. Et j'ai refusé d'emblée un bon nombre de « fidèles disciples » sans leur laisser la possibilité d'entrer dans l'I.S., ni par conséquent d'être exclus.

Je l'ai déjà dit – écrit : je ne veux travailler qu'à un « ordre mouvant », jamais construire une doctrine ou une institution. Ou, pour reprendre les termes de Keller cités dans *I.S.* 7 (p. 30), il s'agit de « créer *de véritables déséquilibres*, point de départ de tous les jeux ».

De Simondo aux spuristes, toutes les fractions situationnistes en appelaient à la liberté, mais en réalité c'est clairement leur position qui était un choix restrictif excluant *la masse des possibles de notre recherche*, alors que la position que j'ai défendue n'excluait même pas leur position. Mais seulement *des gens devenus spécialistes d'un seul but.* (Sans vouloir distinguer ici entre ceux pour qui le but unique était « noble », et ceux pour qui il était visiblement plus mesquin.)

J'espère bien que je montrerai à l'avenir que mon rôle tend effectivement à ceci. Et non à m'attribuer « la gloire » d'une étiquette – qui, d'ailleurs, grâce au meilleur de nos efforts, est restée longtemps très peu connue. Estivals est d'autant plus égaré qu'il joue les censeurs en public, puis essaie de démentir en privé ses jugements publiés : car en fait il veut *s'intégrer* à ce qu'il croit être « ma » féodalité, mais après avoir pris beaucoup de gages pour qu'on lui reconnaisse une bonne place ! Comme il manque de capacité pour comprendre notre projet – même après certaines réponses précises que je lui avais faites –, je crois que, lui, il est sincère quand il écrit sur mon machiavélisme, et non quand il s'en excuse en paroles ou dans une lettre personnelle. Il ne convient alors de ma sincérité possible que par tactique : au fond, il est sûr que je vise clandestinement à faire élever ma statue (selon le but profond d'Isou *et d'Estivals*). [...]

[...] pour l'I.S., cela va de mieux en mieux : on a maintenant des clandestins en Espagne, Hongrie et Allemagne de l'Est. Plus un assez bon écho en France où le numéro 7 a été vendu à 25 %, sans aucune publicité et toujours sans un article sur nous. Ceci ajouterait, si besoin était, à la nécessité de trancher clairement et tout de suite à propos des objectifs : c'est justement le moment où l'I.S. pourrait devenir une arme redoutable, et alors il ne faudrait pas tergiverser plus sur son emploi. Mais je t'assure que les pronostics d'Estivals seront déjoués.

Je reste à Paris. Passe me voir dès que possible, à la fin des vacances. Amitié,

Guy

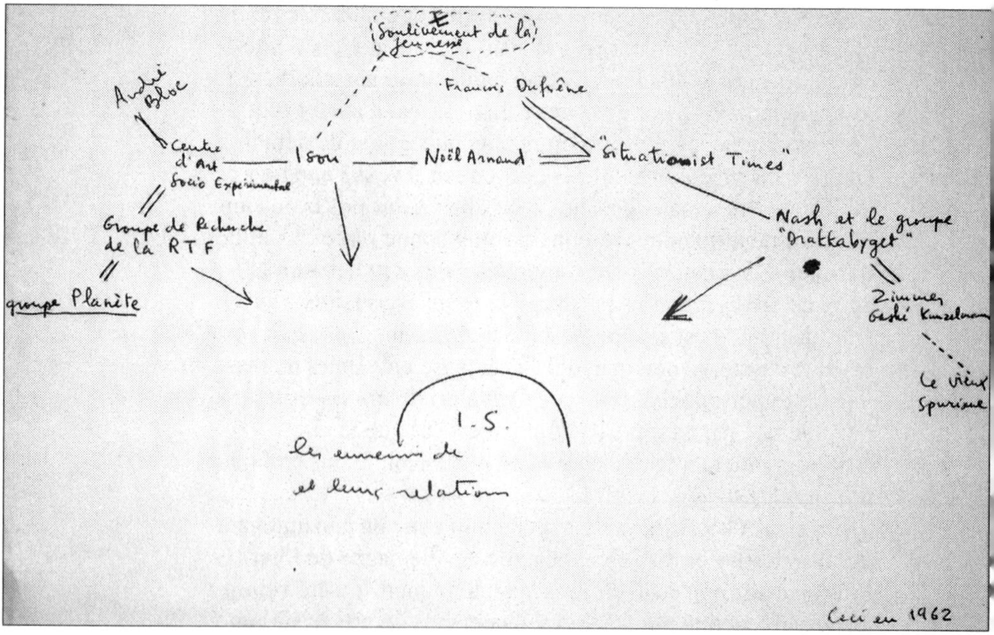

Dessin inédit de 1962 sur les ennemis de l'I.S. et leurs relations.

Les ennemis de l'I.S. et leurs relations en 1962

Le Groupe de recherche de la Radiodiffusion et télévision de France voulait « *créer une situation* » le 21 décembre 1962 en organisant une conférence à l'U.N.E.S.C.O. avec les fondateurs de la revue *Planète*, Louis Pauwels et Jacques Bergier, auteurs en 1961 du *Matin des magiciens* (« Si vous lisez *Planète* à haute voix vous sentirez mauvais de la bouche ! », *I.S.* n° 7, avril 1962). En relation avec le Centre d'art socio-expérimental et André Bloc (1896-1966), ingénieur, architecte, sculpteur, qui dirigeait depuis 1930 la revue *Architecture d'aujourd'hui.*

Le fondateur du lettrisme, Isidore Isou, combat les situationnistes depuis juillet 1959… François Dufrêne (1930-1982), ex-lettriste venu du *Soulèvement de la jeunesse* (journal qu'il avait quitté en 1954), avait collaboré en septembre 1962 au n° 2 de la revue *Situationist Times* codirigée par Noël Arnaud (« ressorti de sa tombe stalino-pataphysique », *I.S.* n° 8, janvier 1963) et Jacqueline de Jong (exclue de l'I.S. en mars 1962).

En avril 1962, l'ex-situationniste Jørgen Nash édite en Suède la revue *Drakkabygget* émanation d'un « Bauhaus situationniste » auquel sont liés Hans-Peter Zimmer, Dieter Kunzelmann (tous deux exclus de l'I.S. en février 1962) et Rodolphe (Rudolf) Gashé, issus du groupe munichois Spur.

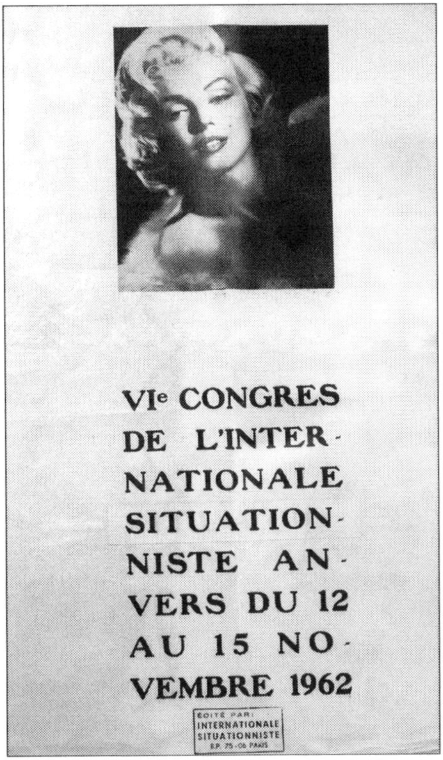

VIe CONGRES
DE L'INTER-
NATIONALE
SITUATION-
NISTE AN-
VERS DU 12
AU 15 NO-
VEMBRE 1962
INTERNATIONALE
SITUATIONNISTE

Ci-contre :

Affiche de la VIe Conférence de l'I.S. à Anvers.

Ci-dessous :

Attila Kotányi, Guy Debord, Michèle Bernstein et Raoul Vaneigem à Anvers.

Carte postale annonçant la nouvelle adresse de la revue *Internationale situationniste* (janvier 1963).

LES AVENTURES DE LA DIALECTIQUE

La semaine prochaine :
La Revanche de la Dialectique

l'adresse de la revue

INTERNATIONALE
SITUATIONNISTE

est désormais :

B. P. 75-06 PARIS

ALL THE KING'S MEN

Internationale situationniste n° 8, janvier 1963.

Le problème du langage est au centre de toutes les luttes pour l'abolition ou le maintien de l'aliénation présente ; inséparable de l'ensemble du terrain de ces luttes. Nous vivons dans le langage comme dans l'air vicié. Contrairement à ce qu'estiment les gens d'esprit, les mots ne jouent pas. Ils ne font pas l'amour, comme le croyait Breton, sauf en rêve. Les mots *travaillent*, pour le compte de l'organisation dominante de la vie. Et cependant, ils ne sont pas robotisés ; pour le malheur des théoriciens de l'information, les mots ne sont pas eux-mêmes « informationnistes » ; des forces se manifestent en eux, qui peuvent déjouer les calculs. Les mots coexistent avec le pouvoir dans un rapport analogue à celui que les prolétaires (au sens classique aussi bien qu'au sens moderne de ce terme) peuvent entretenir avec le pouvoir. Employés *presque* tout le temps, utilisés à plein temps, à plein sens et à plein non-sens, ils restent par quelque côté radicalement étrangers.

Le pouvoir donne seulement la fausse carte d'identité des mots ; il leur impose un laisser-passer, détermine leur place dans la production (où certains font visiblement des heures supplémentaires) ; leur délivre en quelque sorte leur bulletin de paye. Reconnaissons le sérieux du Humpty-Dumpty de Lewis Carroll qui estime que toute la question, pour décider de l'emploi des mots, c'est « de savoir qui sera le maître, un point c'est tout ». Et lui, patron social en la matière, affirme qu'il paie double ceux qu'il emploie beaucoup. Comprenons aussi le phénomène d'*insoumission des mots*, leur fuite, leur résistance ouverte, qui se manifeste dans toute l'écriture moderne (depuis Baudelaire jusqu'aux dadaïstes et à Joyce), comme le symptôme de la crise révolutionnaire d'ensemble dans la société.

Sous le contrôle du pouvoir, le langage désigne toujours autre chose que le vécu authentique. C'est précisément là que réside la possibilité d'une contestation complète. La confusion est devenue telle, dans l'organisation du langage, que la communication imposée par le pouvoir se dévoile comme une imposture et une duperie. C'est en vain qu'un embryon de pouvoir cybernéticien s'efforce de placer le langage sous la dépendance des machines qu'il contrôle, de telle sorte que l'information soit désormais la seule communication possible. Même sur ce terrain, des résistances se manifestent, et l'on est en droit de considérer la musique électronique comme un essai, évidemment ambigu et limité, de renverser le rapport de domination en détournant les machines au profit du langage. Mais l'opposition est bien plus générale, bien plus radicale. Elle dénonce toute « communication » unilatérale, dans l'art ancien comme dans l'informationnisme moderne. Elle appelle à une communication qui ruine tout pouvoir séparé. Là où il y a communication, il n'y a pas d'État.

Le pouvoir vit de recel. Il ne crée rien, il récupère. S'il créait le sens des mots, il n'y aurait pas de poésie, mais uniquement de l'« information » utile. On ne pourrait jamais s'opposer dans le langage, et tout refus lui serait extérieur, serait purement lettriste. Or, qu'est-ce que la poésie, sinon le moment révolutionnaire du langage, non séparable en tant que tel des moments révolutionnaires de

L'Algérie et l'écriture.

« L'écriture est précisément ce compromis entre une liberté et un souvenir, elle est cette liberté souvenante qui n'est liberté que dans le geste du choix, mais déjà plus dans sa durée. Je puis sans doute aujourd'hui me choisir telle ou telle écriture, et dans ce geste affirmer ma liberté, prétendre à une fraîcheur ou à une traduction ; je ne puis déjà plus la développer dans une durée sans devenir peu à peu prisonnier des mots d'autrui et même de mes propres mots. »

Roland Barthes. *Le degré zéro de l'écriture.*

l'histoire, et de l'histoire de la vie personnelle ?

La mainmise du pouvoir sur le langage est assimilable à sa mainmise sur la totalité. Seul le langage qui a perdu toute référence immédiate à la totalité peut fonder l'information. L'information, c'est la poésie du pouvoir (la contre-poésie du maintien de l'ordre), c'est le truquage médiatisé de ce qui est. À l'inverse, la poésie doit être comprise en tant que communication immédiate dans le réel et modification réelle de ce réel. Elle n'est autre que le langage libéré, le langage qui regagne sa richesse et, brisant ses signes, recouvre à la fois les mots, la musique, les cris, les gestes, la peinture, les mathématiques, les faits. La poésie dépend donc du niveau de la plus grande richesse où, dans un stade donné de la formation économique-sociale, la vie peut être vécue *et changée*. Il est alors inutile de préciser que ce rapport de la poésie à sa base matérielle dans la société n'est pas une subordination unilatérale, mais une interaction.

Retrouver la poésie peut se confondre avec réinventer la révolution, comme le prouvent à l'évidence certaines phases des révolutions mexicaine, cubaine ou congolaise. Entre les périodes révolutionnaires où les masses accèdent à la poésie en agissant, on peut penser que les cercles de l'aventure poétique restent les seuls lieux où subsiste la totalité de la révolution, comme virtualité inaccomplie mais proche, ombre d'un personnage absent. De sorte que ce qui est appelé ici aventure poétique est difficile, dangereux, et en tout cas, *jamais garanti* (en fait, il s'agit de la somme des conduites *presque impossibles* dans une époque). On peut seulement être sûrs de ce qui n'est plus l'aventure poétique d'une époque sa fausse poésie reconnue et permise. Ainsi, alors que le surréalisme, au temps de son assaut contre l'ordre oppressif de la culture et du quotidien, pouvait justement définir son armement dans une « poésie au besoin sans poèmes », il s'agit aujourd'hui pour l'I.S. d'une poésie *nécessairement* sans poèmes. Et tout ce que nous disons de la poésie ne concerne en rien les attardés réactionnaires d'une néo-versification, même alignée sur les moins anciens des modernismes formels. Le programme de la poésie réalisée n'est rien de moins que créer à la fois des événements et leur langage, inséparablement.

Tous les langages fermés – ceux des groupements informels de la jeunesse ; ceux que les avant-gardes actuelles, au moment où elles se cherchent et se définissent, élaborent pour leur usage interne ; ceux qui, autrefois, transmis en production poétique objective pour l'extérieur, ont pu s'appeler « trobar clus » ou « dolce stil nuovo », – tous ont pour but, et résultat effectif, la transparence immédiate d'une certaine communication, de la reconnaissance réciproque, de l'accord. Mais pareilles tentatives sont le fait de bandes restreintes, à divers titres isolées. Les événements qu'elles ont pu aménager, les fêtes qu'elles ont pu se donner à elles-mêmes, ont dû rester dans les plus étroites limites. Un des problèmes révolutionnaires consiste à fédérer ces sortes de soviets, de *conseils de la communication*, afin d'inaugurer partout une communication directe, qui n'ait plus à recourir au réseau de la communication de l'adversaire (c'est-à-dire au langage du pouvoir), et puisse ainsi transformer le monde selon son désir.

Il ne s'agit pas de mettre la poésie au service de la révolution, mais bien de mettre la révolution au service de la poésie. C'est seulement ainsi que la révolution ne trahit pas son propre projet. Nous ne rééditerons pas l'erreur des surréalistes se plaçant à son service quand précisément il n'y en avait plus. Lié au souvenir d'une révolution partielle vite abattue, le surréalisme est vite devenu un réformisme du spectacle, une critique d'une certaine forme du spectacle régnant, menée à l'intérieur de l'organisation dominante de ce spectacle. Les surréalistes semblent avoir négligé le fait que le pouvoir imposait, pour toute amélioration ou modernisation internes du spectacle, sa propre lecture, un décryptage dont il tient le code.

Toute révolution a pris naissance dans la poésie, s'est faite d'abord par la force de la poésie. C'est un phénomène qui a échappé et continue d'échapper aux théoriciens de la révolution – il est vrai qu'on ne peut le comprendre si on s'accroche encore à la vieille conception de la révolution ou de la poésie –, mais qui a généralement été ressenti par les contre-révolutionnaires. La poésie, là où elle existe, leur fait peur ; ils s'acharnent à s'en débarrasser par divers exorcismes, de l'autodafé à la recherche stylistique pure. Le moment de la poésie réelle, qui « a tout le temps devant elle », veut chaque fois réorienter selon ses propres fins l'ensemble du monde et tout le futur. Tant qu'il dure, ses revendications ne peuvent connaître de compromis. Il remet en jeu les dettes non réglées de l'histoire. Fourier et Pancho Villa, Lautréamont et les dinamiteros des Asturies – dont les successeurs inventent maintenant de nouvelles formes de grève – les marins de Cronstadt ou de Kiel, et tous ceux qui, dans le monde, avec et sans nous, se préparent à lutter pour la longue révolution, sont aussi bien les émissaires de la nouvelle poésie.

Cinq militaires qui avaient fait partie, en 1961, à Oran, d'un réseau de soutien au F.L.N. ont été condamnés hier par le tribunal des forces armées de Lyon, qui a prononcé les peines suivantes :

Gérard Marliot (soldat du contingent), 6 ans de réclusion criminelle ; Michel Buchelet (soldat du contingent), 4 ans de prison ; Harry Ford (légionnaire allemand), 2 ans ; Raimondi, un an, et Domino, un an avec sursis. Ces deux derniers étaient des légionnaires italiens.

Proposition pour une épitaphe de la gauche française.

(*France-Soir*, 1-10-62)

La poésie est de plus en plus nettement, en tant que place vide, l'antimatière de la société de consommation, parce qu'elle n'est pas une matière consommable (selon les critères modernes de l'objet consommable : équivalent pour une masse passive de consommateurs isolés). La poésie n'est rien quand elle est citée, elle ne peut être que *détournée*, remise en jeu. La connaissance de la poésie ancienne n'est autrement qu'exercice universitaire, relevant des fonctions d'ensemble de la pensée universitaire. L'histoire de la poésie n'est alors qu'une fuite devant la poésie de l'histoire, si nous entendons par ce terme non l'histoire spectaculaire des dirigeants, mais bien celle de la vie quotidienne, de son élargissement possible ; l'histoire de chaque vie individuelle, de sa réalisation.

Il ne faut pas ici laisser d'équivoque sur le rôle des « conservateurs » de la poésie ancienne, de ceux qui en augmentent la diffusion à mesure que, pour des raisons tout autres, l'État fait disparaître l'analphabétisme. Ces gens ne représentent qu'un cas particulier des conservateurs de tout l'art des musées. Une masse de poésie est normalement conservée dans le monde. Mais il n'y a nulle part les endroits, les moments, les gens pour la revivre, se la communiquer, en faire usage. Étant admis que ceci ne peut jamais être que sur le mode du détournement ; parce que la compréhension de la poésie ancienne a changé par perte aussi bien que par acquisition de connaissances ; et parce que dans chaque moment où la poésie ancienne peut être effectivement retrouvée, sa mise en présence avec des événements particuliers lui confère un sens largement nouveau. Mais surtout, une situation où la poésie est possible ne saurait restaurer aucun échec poétique du passé (cet échec étant ce qui reste, inversé, dans l'histoire de la poésie, comme succès et monument poétique). Elle va naturellement vers la communication, et les chances de souveraineté, de *sa propre poésie.*

Étroitement contemporains de l'archéologie poétique qui restitue des sélections de poésie ancienne récitées sur microsillons par des spécialistes, pour le public du nouvel analphabétisme constitué par le spectacle moderne, les informationnistes ont entrepris de combattre toutes les « redondances » de la liberté pour *transmettre simplement des ordres.* Les penseurs de l'automatisation visent explicitement une pensée théorique automatique, par fixation et élimination des variables dans la vie comme dans le langage. Ils n'ont pas fini de trouver des os dans leur fromage ! Les machines à traduire, par exemple, qui commencent à assurer l'uniformisation planétaire de l'information, en même temps que la révision informationniste de l'ancienne culture, sont soumises à leurs programmes préétablis, auxquels doit échapper toute acception nouvelle d'un mot, aussi bien que ses ambivalences dialectiques passées. Ainsi, en même temps, la vie du langage – qui se relie à chaque avance de la compréhension théorique : « Les idées s'améliorent. Le sens des mots y participe » – se trouve expulsée du champ machiniste de l'information officielle, mais aussi la pensée libre peut s'organiser en vue d'une clandestinité qui sera incontrôlable par les techniques de police informationniste. La recherche de signaux indiscutables et de classification binaire instantanée va si clairement dans le sens du pouvoir existant, qu'elle relèvera de la même cri-

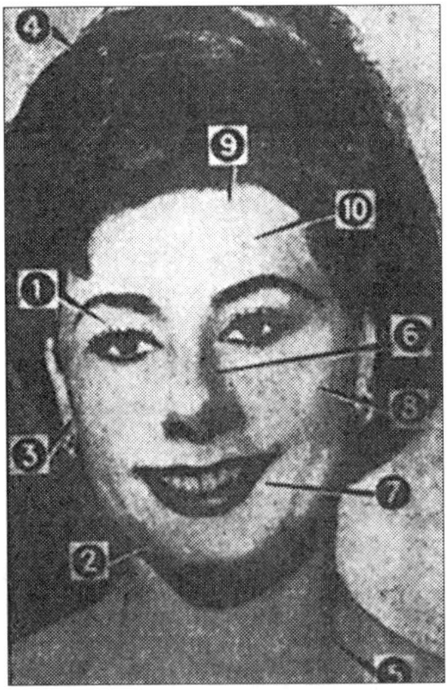

Beauté de la sociologie.

Ceci est le portrait-robot de la « femme idéale », établi dans *France-soir* du 31 août 1962, à partir de dix détails considérés comme les plus beaux du monde, pris sur dix femmes célèbres. Cette vedette de synthèse fournit un exemple éloquent de ce que peut donner la dictature totalitaire du fragment, opposée ici au jeu dialectique du visage. Ce visage de rêve cybernétique est modelé par les techniques de l'information moderne, qui sont réellement efficaces en tant que répression, contrôle, classification et maintien de l'ordre (le portrait-robot a fait ses preuves dans la recherche policière). C'est évidemment à l'opposé *des moyens et des buts* de cette information qu'existent la connaissance, la poésie, notre appropriation possible du monde. La sociologie de la beauté vaut la sociologie industrielle ou la sociologie de la vie urbaine, pour les mêmes raisons : c'est un relevé mystifié et mystificateur du partiel, qui cache les ensembles et leur mouvement. Mais aussi l'exact moralisme scientifique de la sociologie, inséré sans même vouloir y penser dans la société du spectacle, indique à chacun, en même temps que la beauté, son usage. Sa nouvelle traduction du *Hic Rhodus, hic salta* peut se lire : « Ici est la beauté, ici, tu consommes ! »

tique. Jusque dans leurs formulations délirantes, les penseurs informationnistes se comportent en lourds précurseurs à brevets des lendemains qu'ils ont choisis, et qui sont justement ceux que modèlent les forces dominantes de la société actuelle : le renforcement de l'État cybernéticien. Ils sont les hommes liges de tous les suzerains de la féodalité technique qui s'affermit actuellement. Il n'y a pas d'innocence dans leur bouffonnerie, ils sont les fous du roi.

L'alternative entre l'informationnisme et la poésie ne concerne plus la poésie du passé ; de même qu'aucune variante de ce qu'est devenu le mouvement révolutionnaire classique ne peut plus, nulle part, être comptée dans une alternative réelle face à l'organisation dominante de la vie. C'est d'un même jugement que nous tirons la dénonciation d'une disparition totale de la poésie dans les anciennes formes où elle a pu être produite et consommée, et l'annonce de son retour sous des formes inattendues et opérantes. Notre époque n'a plus à *écrire des consignes poétiques*, mais à les exécuter.

1964

Écrit en juin ou juillet 1964 « pour la revue *Tamesis* », éditée par l'Union des étudiants de l'université de Reading, ce texte répond aux propos des professeurs Bolton et Lucas qui avaient commenté, « à des niveaux d'incompréhension nettement distincts », l'article *All the king's men* (*Tous les hommes du roi*) traduit dans cette même revue (*Tamesis* 1/6, mars 1964) par David W. Arnott (1915-2004), spécialiste des langues ouest-africaines. Cette réponse ne fut pas publiée.

Précisions sur « Tous les hommes du roi »

La discussion qui faisait suite, dans le numéro de mars de *Tamesis*, à la déclaration du mouvement situationniste *Tous les hommes du roi* a été quelque peu confuse ; et on ne saurait dire qu'elle a apporté quelque chose de notable, soit pour la compréhension positive de ces thèses, soit pour leur éventuelle réfutation.

Il est certain que, devant les premières expressions de ce qui peut déranger le confort d'une époque, l'attitude la plus facile et la plus répandue parmi les intellectuels est le silence, justifié par l'affectation de ne même pas connaître, pratiquement, ces questions encore peu publiques. On doit donc apprécier en tout cas la bonne volonté de ceux qui prennent la peine de commenter et critiquer à ce moment de telles questions, et qui acceptent en même temps le risque de se tromper. Mais il faut signaler les raisons principales de ces erreurs.

On pourrait rectifier nombre de points inexacts dans la discussion publiée par *Tamesis*, en dépit de sa très subtile exploration de certains détails : par exemple la recherche de la signification exacte du personnage de Humpty-Dumpty. Je suis un des auteurs du texte discuté (l'autre étant Raoul Vaneigem). Je crois pouvoir dire que nous n'avons pas cherché à conférer à Humpty-Dumpty une valeur symbolique précise. Ayant cité la phrase éclairante de Lewis Caroll sur les *employeurs* du langage, nous avons ensuite placé tout l'article sous ce vers de la chanson qui servait déjà de titre à un film de Robert Rossen, traduit, lors de sa sortie en France, par *Les Fous du roi*. Puisqu'en même temps nous désignons la bouffonnerie actuelle de certains théoriciens « informationnistes » comme un cas particulier de leur fonction d'amuseurs et conseillers au service du pouvoir, nous n'avons pas cru devoir chercher des corrélations plus fines.

Il paraît préférable de se limiter, pour rester au cœur du problème débattu ici – langage et communication – à l'interrogation la plus générale : pourquoi ne sait-on pas lire notre texte ? Il me semble que cette impuissance provient de la tendance à traiter par la spécialisation un texte qui précisément la rejette.

De cette spécialisation que représentent parfaitement, par leur méthode de pensée et par les limites mêmes de leurs connaissances, les participants de la discussion, découlent toutes les fautes d'information de détail. Par exemple, celui qui trouve paradoxal que l'idée de révolution « prenne place en dehors de toute autorité », politique ou linguistique, voit manifestement à l'envers le monde réel et la pensée réelle dans le monde. De la même façon, pour découvrir dans notre texte une volonté de définition préalable et autoritaire de « quelle sorte de mots et quelle sorte de jeux d'idées [...] seront autorisés à exister », il faut vraiment avoir lu ce texte dans le miroir inversant d'une spécialisation : celle de l'enseignement culturel unilatéral, du monopole de la diffusion de marchandises culturelles. De la même façon, on argumente sur les modalités selon lesquelles nous demanderions de « décrire » le vécu authentique, alors que nous n'avons aucunement laissé croire qu'il nous importait de décrire la vie, mais, bien au contraire, de la transformer !

Les spéculations sur le nombre des situationnistes me paraissent également hors de propos. Je ne pense pas que les situationnistes aient même jamais été soixante-dix jusqu'à présent, et cependant nous avons prononcé beaucoup plus de trois exclusions. Il semble pourtant que le niveau qualitatif où certains problèmes se trouvent parfois posés dans l'histoire par des groupes restreints interdise de comparer numériquement de tels groupes avec le poids *apparent* de millions de membres du T.U.C., ou même des milliers de professeurs d'université existant en Europe occidentale.

C'est le point de vue exclusif du spécialiste qui permet de reprocher à ce texte qu'il parle au départ du problème du langage « et ensuite s'en écarte assez rapidement ». Nous avons effectivement parlé jusqu'au bout du problème du langage, du seul point de vue où il est possible de comprendre le langage : du point de vue de la totalité socio-culturelle. C'est au contraire en restant dans la question de « l'autorité linguistique » que nous nous serions écarté de la réalité de notre sujet.

L'assurance que donne une spécialisation culturelle, telle que peut la reconnaître une époque, exprime la stabilité sociale que des forces dominantes tendent à maintenir. Le choix social en faveur de cette stabilité s'accompagne facilement d'un choix théorique excessif, quasiment automatique, en faveur de la stabilité générale. Les spécialistes ont tellement tendance à voir la permanence intemporelle de leur spécialisation qu'ils peuvent oublier l'histoire, et ceci jusque dans l'analyse d'un texte qui se place aussi nettement que possible dans une perspective historique. L'objection que l'on nous fait sur la poésie de Pope et Dryden ne se préoccupe pas de cette évidence que nous avons parlé de la poésie *moderne* (c'est-à-dire de la disparition même de la poésie), en traitant tout sous l'angle de l'époque actuelle, et de la révolution générale que cette époque contient. Il est donc tout aussi extraordinaire de voir dans notre texte une négation de la dynamique révolutionnaire à l'intérieur de la société elle-même.

Essayer de reconnaître dans ce texte si la dose dominante d'ancienne idéologie est plutôt le marxisme ou l'anarchisme, c'est un travail complètement vain, puisqu'à peser ainsi les étiquettes on avoue que l'on considère les systèmes de contestation du XIXe siècle comme des doctrines maintenant acquises, définitivement délimitées, des constructions autonomes en dehors de l'histoire ; et par là même on avoue qu'on ne les a jamais comprises. Mais rien ne peut être plus erroné, plus radicalement étranger au sens fondamental de notre texte que cette conclusion éclectique qu'« on a la liberté d'en prendre les parts qui vous intéressent, et de laisser le reste ».

Comme nous l'avons écrit dans un précédent numéro (7) de la revue *Internationale situationniste*, « les techniciens du langage ne comprendront jamais que le langage *de la technique* [...] la communication n'existe jamais ailleurs que dans l'action commune ». Il se révèle dans ce débat un autre défaut de la discussion entre spécialistes : des positions différentes s'y dessinent, mais les oppositions ne sont jamais poussées plus loin ; elles sont estompées poliment ; tout va vers une conclusion neutre. La compréhension réelle n'intéresse pas vraiment, parce qu'elle n'aurait ici aucun usage. La voie vers la compréhension de notre texte était pourtant indiquée par celui des interlocuteurs qui a remarqué « c'est à la fois un manifeste et un exemple de ce que le manifeste cherche à accomplir. Il doit être pris dans ses propres termes, ou pas du tout ».

Terminons sur ce point : on a supposé dans ce débat que certaines difficultés du texte étaient imputables à la traduction de Dave Arnott. Je crois que cette traduction est bonne. Il me faut avouer qu'en français également ce texte est généralement considéré comme obscur. Je pense que cela découle du degré inhabituel qu'il atteint dans la clarté. Qui ne peut comprendre et soutenir, sur le plan méthodologique, l'apparent illogisme de ma proposition précédente ne peut certainement pas comprendre la théorie situationniste. Ni, ce qui est plus grave, agir pour transformer les conditions présentes de notre vie.

AUX POUBELLES DE L'HISTOIRE !

Le tract *Aux poubelles de l'histoire !*, publié en février 1963, fut reproduit en fac-similé en septembre 1969 dans le n° 12 de la revue *Internationale situationniste*, précédé du texte ci-contre.

RAISONS D'UNE RÉÉDITION

Depuis mai, l'affirmation erronée qui a peut-être été le plus répétée dans les livres et les journaux concerne l'influence qu'aurait eue la « pensée » d'Henri Lefebvre sur les étudiants révolutionnaires, du fait de son livre, effectivement assez lu, *La Proclamation de la Commune*. Nous nous limiterons à quelques exemples. Anzieu-Epistémon écrit dans *Ces idées qui ont ébranlé la France* : « L'ouvrage d'Henri Lefebvre, paru il y a trois ans, et qui a sans doute le plus marqué les étudiants de Nanterre, voit dans la Commune de Paris, en 1871, la démonstration de la spontanéité populaire créatrice, etc. » Une note du chapitre VII du livre de Schnapp et Vidal-Naquet avance que « le livre d'Henri Lefebvre, *La Proclamation de la Commune*, Paris, Gallimard, 1967 (*en réalité : 1965*) qui définit la révolution comme une fête, exerça une indiscutable influence ». Et dans *Le Monde* du 8 mars 1969 J.-M. Palmier déclare : « Un des livres qui a le plus marqué les étudiants, c'est l'ouvrage d'Henri Lefebvre sur la Commune de Paris. Il y a montré la toute-puissance de la spontanéité populaire ». À côté de cela, toutes sortes de commentateurs ont cru devoir avancer que les situationnistes doivent « beaucoup » à Lefebvre. On lit aussi bien, dans *Le Monde* du 26 juin 1968 l'éloge des esprits originaux qui, dans la revue *Utopie*, ont commencé la critique révolutionnaire de l'urbanisme, et on cite l'idée de base de leur maître Lefebvre, écrivant dans *Métaphilosophie* en 1965 : « Ce que l'on nomme couramment "urbanisme" ne serait-il pas autre chose qu'une idéologie ?... »

Si Lefebvre, qui est une sorte de géant de la pensée par rapport aux roquets d'*Utopie*, a mélangé de l'urbanisme à toutes les questions qu'il agite en vrac dans la dizaine de pesants volumes qu'il a produit depuis cinq ou six ans, c'est seulement pour en avoir entendu parler dans *Internationale Situationniste* : il l'a d'ailleurs écrit lui-même dans *Introduction à la modernité*, page 336 (Éditions de Minuit, 2e trim. 1962) ; et pourtant il n'arrive pas souvent que cet auteur avoue des sources de ce genre. Et, par exemple, la phrase citée plus haut découle modestement de la première phrase d'un article d'*I.S.* n° 6 (p. 16) en août 1961 : « L'urbanisme n'existe pas : ce n'est qu'une "idéologie", au sens de Marx... ».

Quant aux thèses sur la Commune, qui auraient eu une si vaste influence, peu de commentateurs ignorent qu'elles viennent de l'I.S., mais ils espèrent que leurs lecteurs, eux, ne le savent pas. Longtemps avant la parution de son ouvrage historique, Lefebvre en avait publié les positions fondamentales dans l'ultime numéro de la revue *Arguments*, au début de 1963. L'I.S. avait alors diffusé le tract *Aux poubelles de l'Histoire*, qui révélait un plagiat vraiment démesuré.

Notons que ce tract ne fut jamais démenti par personne ; Lefebvre avouant alors *en chaire* qu'il avait cru pouvoir se servir de notre texte, même dans la revue *Arguments*, et qu'il regrettait ce « malentendu ». Comme ce document était devenu depuis très longtemps introuvable – mais non pour autant *oublié*, puisque les Enragés à Nanterre commencèrent à saboter les cours de Morin-Lefebvre avec le cri « aux poubelles de l'histoire ! » –, nous avons pensé qu'il serait bon de le remettre en circulation maintenant. Le voici reproduit en *fac-simile*. On jugera aisément à sa lecture des truquages faits et *refaits* à tout instant par les spécialistes en place pour cacher la pensée révolutionnaire qui, en la circonstance, était celle de l'I.S.

•••

AUX POUBELLES DE L'HISTOIRE !

« Le qualitatif est notre force de frappe. »
Raoul Vaneigem, *Internationale Situationniste*, n° 8

La disparition de la revue *Arguments* peut montrer, à qui sait lire le texte social de notre époque sous les gribouillages débiles et déments dont il est recouvert dans la société du spectacle, quelques-unes des nouvelles conditions d'existence, c'est-à-dire de lutte, de la pensée libre d'aujourd'hui. *Arguments* présente le cas, qui paraît jusqu'ici unique, d'une revue de recherche qui meurt malgré un net succès économique (un éditeur, assez d'abonnés), par pur épuisement des idées, usure impossible à celer du minimum d'accord entre ses collaborateurs, en un mot : sous le poids de sa propre carence, devenant incontestable pour ses responsables eux-mêmes. *Arguments* représentait officiellement dans l'intelligentsia française, depuis 1957, la pensée qui met en cause l'existant, qui cherche des perspectives nouvelles, conteste les idées dominantes, y compris les idées dominantes de la pseudo-contestation incarnée par le stalinisme. En fait, *Arguments* a représenté très précisément l'absence de toute pensée de cette sorte dans le milieu intellectuel « reconnu » ; et l'organisation même d'une telle absence, cette revue se trouvant obligée de cacher complètement toute source de contestation véritable dont elle avait pu entendre parler. Ces jours-ci, nous voyons mourir *Arguments* dans une apothéose de reconnaissance de sa valeur novatrice et questionnante (voir *L'Express* du 14 février 1963). Après le spectacle de l'absence, on nous montre le spectacle de la disparition de l'absence. Il faut avouer que c'est assez fort. Le roi qui était nu déchire ses habits. Les mystifications font prime sur le marché jusque dans le moment de leur effondrement avoué.

Malgré la satisfaction stupéfiante affichée par les banqueroutiers : « Personne de nos jours n'a fait ou ne fait mieux... » (page 127 du dernier numéro d'*Arguments*), nombre de gens – beaucoup trop à leur gré, justement – savaient que l'Internationale Situationniste avait déclaré, dès la fin de 1960, que la revue *Arguments* était condamnée à mort, du fait de son évidente collusion avec toutes les fausses avant-gardes et l'essentiel du spectacle culturel dominant ; et deux cas ont suffi pour que le développement des contradictions du mensonge qu'était *Arguments* rende exécutoire notre jugement.

Les situationnistes ont montré à quelques occasions les étonnantes sottises des responsables d'*Arguments*, et aussi comme cette revue trouvait parfois ses inspirations dans les textes mêmes des fantômes situationnistes dont on niait l'existence (cf. la copie relevée dans *Internationale situationniste* 8, page 18). Il y a une cohérence et une fidélité jusque dans le confusionnisme et le truquage. Le léopard meurt avec ses taches. Et le gang d'*Arguments* avec une dernière astuce révélatrice.

Henri Lefebvre, écrivant un livre sur la Commune, avait demandé à des situationnistes quelques notes qui pourraient être utiles à son travail. Ces notes lui furent effectivement communiquées au début d'avril 1962. Nous avions estimé qu'il était bon de faire passer quelques-unes de ces thèses radicales, sur un tel sujet, dans une collection accessible au grand public. Le dialogue entre Henri Lefebvre et nous (saisissons l'occasion pour démentir la rumeur parfaitement fantaisiste qui a pu présenter Lefebvre comme un membre clandestin de l'I.S.) était justifié par son importante approche de plusieurs problèmes qui nous occupent, dans *La Somme et le Reste* et même bien avant, quoique beaucoup plus fragmentairement, dans sa première *Critique de la vie quotidienne* et dans sa déclaration sur le romantisme-révolutionnaire. Nous ayant ensuite connus, Lefebvre avait évidemment cessé sa collaboration avec *Arguments* depuis que l'I.S. en avait proclamé, comme première contre-mesure, le boycott. Comme le montrent les documents reproduits à la suite, Lefebvre, évoluant depuis quelque temps vers tout le contraire d'une radicalisation nécessaire de son propre apport théorique, a cru bon de rallier le camp argumentiste au moment précis de sa déroute. Il y a publié, dans cet ultime numéro 27-28, les bonnes pages de son livre sur la Commune. On constatera donc que les thèses des situationnistes, à la référence et aux guillemets près, trouvent paradoxalement une assez grande place chez leurs ennemis, comme perles cachées dans le fumier du questionnement absolu.

Nous n'ignorions pas que ce que nous disions de la Commune serait certainement délayé et affaibli, comme il est facile d'en juger en comparant notre texte aux variations de Lefebvre, qui peut aussi écrire dans le même article que « l'État, jusqu'à nouvel ordre, triomphe dans le monde entier (sauf en Yougoslavie ?) » ; ce questionnement sur la Yougoslavie valant largement les questionnements d'Axelos sur « Dieu-problème » ou l'insurrection grecque de 1944. Un facteur imprévu et inacceptable d'obscurcissement et de vulgarisation de nos thèses surgit avec leur insolite publication dans *Arguments*. Une lecture encore plus restrictive y est naturellement imposée du seul fait d'un voisinage avec tout ce qu'il y a de notoirement soumis et inoffensif dans l'intelligentsia française. Tout lecteur averti pensera que ceux qui participent au truquage de l'histoire présente de la culture (et cacher l'I.S., sans chercher plus, relève de ce truquage), sont évidemment mal placés pour comprendre l'histoire révolutionnaire du passé. Le fait de vouloir recourir au caché actuel pour comprendre le caché de l'histoire révolutionnaire témoigne d'un goût trop vif à notre gré pour l'occultisme. Ces Versaillais de la culture ne seront pas si vite délivrés de nous.

On pourra nous objecter que nous nous occupons trop souvent de gens terriblement médiocres (qui saurait dans cinquante ans qu'Edgar Morin a jamais existé si l'on ne lisait pas cette information dans *Internationale situationniste* ?). Des gens qui ne représentaient rien sur le plan de la pensée – et il faut dire qu'il est regrettable que Lefebvre, lui, n'ait pas mieux senti sa différence par rapport à eux –, des gens qui n'étaient à peu près rien comme derniers épigones de penseurs classiques, et encore moins comme porteurs d'un dépassement. Justement. En tant que travail préalable à la réalisation d'autres possibilités d'agir, nous avons entrepris de démontrer méthodiquement qu'ils n'étaient rien, non sans tenir cependant en permanence, dans une zone précise de cette société du spectacle que constitue partout le capitalisme moderne, le rôle (payé) de la pensée chercheuse et questionnante. Égarant ainsi vers leur nullité de pensée et d'action une part considérable de ceux qui cherchent quelque temps, avant la résignation qu'organisent toutes les forces du vieux monde, la contestation du présent et les prodromes de la vie nouvelle.

Presque tous les gens d'*Arguments* ont d'abord participé au stalinisme, en ont laissé passer sans réagir beaucoup de lourdes conséquences politiques et intellectuelles. Ils ont vu envoyer facilement « aux poubelles de l'histoire » des penseurs anciens dont on n'a même pas fini d'apprendre l'importance et de s'approprier les méthodes. Ensuite, ils se sont trouvés « libres », et ont donné leur propre mesure, dont la collection d'*Arguments* témoigne assez exactement (si l'on en excepte plusieurs bonnes traductions d'articles allemands ou anglais, destinées à dorer leur misère). Il est donc clair qu'ils ont mérité deux fois d'être à présent plus réellement jetés, avec leurs à-peu-près historiques en surplus, dans ces fameuses poubelles de l'histoire. Il est permis à l'I.S. de dire cela parce qu'elle représente, en ce moment, non abstraitement la vérité, mais l'avant-garde de la vérité.

Il faut relever une parole que Marx a su affirmer contre son temps : les propriétaires actuels de la pensée marxiste plus ou moins dégradée (révisée en régression) ressemblent aux Hébreux errant dans le désert ; il leur faudra disparaître pour faire place à une autre génération digne d'entrer dans la terre promise de la nouvelle praxis révolutionnaire.

SUR LA COMMUNE

1

« Il faut reprendre l'étude du mouvement ouvrier classique d'une manière désabusée, et d'abord désabusée quant à ses diverses sortes d'héritiers politiques ou pseudo-théoriques, car ils ne possèdent que l'héritage de son échec. Les succès apparents de ce mouvement sont ses échecs fondamentaux (le réformisme ou l'installation au pouvoir d'une bureaucratie étatique) et ses échecs (la Commune ou la révolte des Asturies) sont jusqu'ici ses succès ouverts, pour nous et pour l'avenir. »

Notes éditoriales d'I.S. n° 7.

2

La Commune a été la plus grande fête du XIXe siècle. On y trouve, à la base, l'impression des insurgés d'être devenus les maîtres de leur propre histoire, non tant au niveau de la décision politique « gouvernementale » qu'au niveau de la vie quotidienne dans ce printemps de 1871 (voir le *jeu* de tous avec les armes ; ce qui veut dire : jouer avec le pouvoir). C'est *aussi* en ce sens qu'il faut comprendre Marx : « La plus grande mesure sociale de la Commune était sa propre existence en actes. »

3

Le mot de Engels : « Regardez la Commune de Paris. C'était la dictature du prolétariat » doit être pris au sérieux, comme base pour faire voir ce que n'est pas la dictature du prolétariat en tant que régime politique (les diverses modalités de dictatures sur le prolétariat, en son nom).

ARGUMENTS

6e année, n° 27-28
3e et 4e trimestres 1962

LA SIGNIFICATION DE LA COMMUNE

La Commune ? Ce fut une fête, la plus grande du siècle et des temps modernes. L'analyse la plus froide y découvre l'impression et la volonté des insurgés de devenir les maîtres de leur vie et de leur histoire, non seulement en ce qui concerne les décisions politiques mais au niveau de la quotidienneté. C'est en ce sens que nous comprenons Marx : « La plus grande mesure sociale de la Commune était sa propre existence en acte... Paris toute vérité, Versailles, tout mensonge. »

3) La formule de Marx et d'Engels : « Regardez la Com-mune de Paris. C'était la dictature du prolétariat », cette formule doit se prendre comme un point de départ pour montrer ce qu'est la dictature du prolétariat, mais aussi ce qu'elle n'est pas. En particulier, cette expérience de la Commune et ces formules de Marx et d'Engels apportent des pièces essentielles au procès du stalinisme, en tant que déviation de la dictature du prolétariat dont la théorie a été construite par

Marx, Engels et Lénine, à partir précisément de la Commune. Les historiens stalinisants en arrivent à déformer l'histoire de la Commune parce qu'ils continuent à mettre sous le boisseau la véritable théorie de la dictature du prolétariat, identique à celle du dépérissement de l'État.

4

Tout le monde a su faire de justes critiques des incohérences de la Commune, du défaut manifeste d'un *appareil.* Mais comme nous pensons aujourd'hui que le problème des appareils politiques est beaucoup plus complexe que ne le prétendent les héritiers abusifs de l'appareil de type bolchevik, il est temps de considérer la Commune non seulement comme un primitivisme révolutionnaire dépassé dont on surmonte toutes les erreurs, mais comme une expérience positive dont on n'a pas encore retrouvé et accompli toute la vérité.

Beaucoup d'historiens, principalement parmi les marxistes, ont su critiquer les incohérences de la Commune et le défaut manifeste d'un « appareil politique » (parti, personnel gouvernemental). Nous avons lieu aujourd'hui de penser que le problème des appareils est autrement complexe que ne le prétendent les staliniens, avérés ou honteux.
Il est donc temps de ne plus considérer la Commune comme l'exemple typique d'un primitivisme révolutionnaire dont on surmonte les erreurs, mais comme une immense expérience négative et positive dont on n'a pas encore retrouvé et accompli toute la vérité.

5

La Commune n'a pas eu de chefs. Ceci dans une période historique où l'idée qu'il fallait en avoir dominait absolument le mouvement ouvrier. Ainsi s'expliquent d'abord ses échecs et succès paradoxaux. Les guides officiels de la Commune sont incompétents (si on prend comme référence le niveau de Marx ou Lénine, et même Blanqui). Mais en revanche les actes « irresponsables », de ce moment sont précisément à revendiquer pour la suite du mouvement révolutionnaire de notre temps (même si les circonstances les ont presque tous bornés au stade destructif – l'exemple le plus connu est l'insurgé disant au bourgeois suspect qui affirme qu'il n'a jamais fait de politique : « C'est justement pour cela que je te tue. »).

4) Dans l'insurrection du 18 mars et de la Commune jusqu'à sa fin dramatique, les héros et les génies furent collectifs. La Commune n'a pas eu de grands chefs. Les guides officiels du mouvement de 1871 – aussi bien les théoriciens que les hommes d'action, aussi bien les membres du Comité central que ceux du conseil communal – manquent d'ampleur, de génie et même de compétence. Ainsi s'explique jusqu'à un certain point l'enchevêtrement paradoxal de succès et d'échecs du mouvement. Toutefois, nous devons nous aviser que les actes les plus spontanés et les plus « irresponsables » sont aussi et surtout à revendiquer pour la suite du mouvement révolutionnaire de notre temps.

6

L'importance vitale de l'armement général du peuple est manifestée, dans la pratique et

L'importance de l'armement du peuple s'est manifestée du début du mouvement à son terme. Dans

dans les signes, d'un bout à l'autre du mouvement. Dans l'ensemble on n'a pas abdiqué en faveur de détachements spécialisés le droit d'imposer par la force une volonté commune. La valeur exemplaire de cette autonomie des groupes armés a son revers dans le manque de coordination : le fait de n'avoir à aucun moment, offensif ou défensif, de la lutte contre Versailles porté la force populaire au degré de l'efficacité militaire ; mais il ne faut pas oublier que la révolution espagnole s'est perdue, et finalement la guerre même, au nom d'une telle transformation en « armée républicaine ». On peut penser que la contradiction entre autonomie et coordination dépendait grandement du degré technologique de l'époque.

l'ensemble, le peuple parisien et ses mandataires n'ont pas abdiqué en faveur des détachements spécialisés – volontaires, troupes d'élite ou de choc, formations de marche et d'attaque – le droit d'imposer la volonté commune. Il est certain que cette attitude collective et spontanée a engendré des difficultés, des contradictions et des conflits. La valeur exemplaire de l'armement général du peuple a son revers : le manque de coordination dans les offensives militaires, le fait que la lutte contre Versailles n'a jamais porté la force populaire au degré de l'efficacité militaire. Toutefois, n'oublions pas que la révolution espagnole a été vaincue, malgré la solide organisation d'une armée républicaine.

7

La Commune représente jusqu'à nous *la seule réalisation d'un urbanisme révolutionnaire*, s'attaquant sur le terrain aux signes pétrifiés de l'organisation dominante de la vie, reconnaissant l'espace social en termes politiques, ne croyant pas qu'un monument puisse être innocent. Ceux qui ramènent ceci à un nihilisme de lumpenprolétaire, à l'irresponsabilité des pétroleuses, doivent avouer en contrepartie tout ce qu'ils considèrent comme positif, à conserver, dans la société dominante (on verra que c'est presque tout). « Tout l'espace est déjà occupé par l'ennemi… Le moment d'apparition de l'urbanisme authentique, ce sera de créer, dans certaines zones, le vide de cette occupation. Ce que nous appelons construction commence là. Elle peut se comprendre à l'aide du concept de *trou positif* forgé par la physique moderne. » (« Programme élémentaire d'urbanisme unitaire », *I.S.* n° 6.)

5) La Commune représente jusqu'à nous la seule tentative d'un urbanisme révolutionnaire, s'attaquant sur le terrain aux signes pétrifiés de la vieille organisation, captant les sources de la sociabilité – à ce moment-là le quartier – reconnaissant l'espace social en termes politiques et ne croyant pas qu'un monument puisse être innocent (démolition de la colonne Vendôme, occupation des églises par les clubs, etc.). Ceux qui ramènent de tels actes au nihilisme et à la barbarie doivent avouer qu'en contrepartie ils se disposent à conserver tout ce qu'ils considèrent comme « positif », c'est-à-dire tous les résultats de l'histoire, toutes les œuvres de la société dominante, toutes les traditions : tout l'acquis, y compris le mort et le figé.

8

La Commune de Paris a été vaincue moins par la force des armes que par la force de l'habitude. L'exemple pratique le plus scandaleux est le refus de recourir au canon pour s'emparer de la Banque de France alors que l'argent a tant manqué. Durant tout le pouvoir de la Commune, la Banque est restée une enclave versaillaise dans Paris, défendue par quelques fusils et le mythe de la propriété et du vol. Les autres habitudes idéologiques ont été ruineuses à tous propos (la résurrection du jacobinisme, la stratégie défaitiste des barricades en souvenir de 48, etc.).

D'autre part, la Commune de Paris a été vaincue moins par la force des armes que par la force de l'habitude, force pourtant ébranlée par la spontanéité fondamentale mais reconstituée par certains dirigeants au nom de leur idéologie (les proudhoniens, dont c'est le côté néfaste). Que la Banque de France soit restée une enclave versaillaise dans Paris ainsi que la Bourse, les banques en général, la Caisse des dépôts et consignations, c'est un étonnement pour l'historien et un scandale. D'autres habitudes idéologiques ont été ruineuses et contiennent certaines raisons de l'échec : les résurgences du jacobinisme, les souvenirs de 89 (si bien dénoncés par Marx), la stratégie défensive et par conséquent défaitiste des barricades par quartiers en souvenir de 1848, etc.

9

La Commune montre comment les défenseurs du vieux monde bénéficient toujours, sur un point ou sur un autre, de la complicité des révolutionnaires ; et surtout de ceux qui *pensent* la révolution. C'est sur le point où les révolutionnaires *pensent comme eux*. Le vieux monde garde ainsi des bases (l'idéologie, le langage, les mœurs, les goûts) dans le développement de ses ennemis, et s'en sert pour regagner le terrain perdu. (Seule lui échappe à jamais la pensée en actes naturelle au prolétariat révolutionnaire : la Cour des comptes a brûlé). La véritable « cinquième colonne » est dans l'esprit même des révolutionnaires.

La Commune et sa défaite montrent comment les défenseurs du vieux monde bénéficiaient de la complicité des révolutionnaires, de ceux qui pensent ou prétendent penser la révolution. Ils revêtent les authentiques créations révolutionnaires de vêtements anciens qui les étouffent. Le vieux monde périmé garde ainsi des points d'appui : idéologie, langage, mœurs, goûts, rites suspects, images consacrées, vieux symboles – jusque parmi ses ennemis. Il s'en sert pour règagner le terrain perdu. Seule lui échappe à jamais la spontanéité fondamentale, la capacité créatrice, la pensée-action inhérente au prolétariat et au peuple révolutionnaire. La « cinquième colonne » gît trop souvent dans le cœur, l'âme et l'esprit des révolutionnaires eux-mêmes.

10

L'anecdote des incendiaires, aux derniers jours, venus pour détruire Notre-Dame, et qui s'y heurtent au bataillon armé des artistes de la Commune, est riche de sens : elle est un bon exemple de démocratie directe. Elle montre aussi, plus loin, les problèmes encore à résoudre dans la perspective du pouvoir des conseils. Ces

L'anecdote des incendiaires venus pour détruire Notre-Dame et qui se heurtent au bataillon des artistes de la Commune propose un thème de méditation singulière. D'un côté, il y a des hommes – des artistes – qui défendent une grande œuvre d'art au nom de valeurs esthétiques permanentes. De l'autre, il y a des hommes qui veulent accéder ce jour-là à l'exartistes unanimes avaient-ils raison de défendre une cathédrale au nom de valeurs esthétiques permanentes, et finalement de l'esprit des musées, alors que d'autres hommes voulaient justement accéder à l'expression ce jour-là, en traduisant par cette démolition leur défi total à une société qui, dans la défaite présente, rejetait toute leur vie au néant et au silence ? Les artistes partisans de la Commune, agissant en spécialistes, se trouvaient déjà en conflit avec une manifestation extrémiste de la lutte contre l'aliénation. Il faut reprocher aux hommes de la Commune de n'avoir pas osé répondre à la terreur totalitaire du pouvoir par la totalité de l'emploi de leurs armes. Tout porte à croire qu'*on a fait disparaître* les poètes qui ont traduit à ce moment la poésie en suspens dans la Commune. La masse des actes inaccomplis de la Commune permet que deviennent « atrocités » les actes ébauchés, et que les souvenirs soient censurés. Le mot « Ceux qui font des révolutions à moitié n'ont fait que se creuser un tombeau » explique aussi le *silence* de Saint-Just.

pression en traduisant par leur acte destructif leur défi total à une société qui les rejette par la défaite dans le néant et le silence. Ainsi Hercule, symbole du héros collectif, manifeste sa nature héroïque, à la fois vitale, humaine et surhumaine, en allumant le bûcher qui va le consumer.

Il faut évidemment reprocher aux hommes de la Commune de n'avoir pas osé répondre à la terreur totalitaire du pouvoir établi par la totalité de l'emploi de leurs moyens et de leurs armes.

La masse des actes ébauchés de la Commune permet que soient taxées d'« atrocités » telle ou telle action particulière, restée inachevée et à l'état d'intention spontanée.

11

Les théoriciens qui restituent l'histoire de ce mouvement en se plaçant du point de vue omniscient de Dieu, qui caractérisait le romancier classique, montrent facilement que la Commune était objectivement condamnée, qu'elle n'avait pas de dépassement possible. Il ne faut pas oublier que, pour ceux qui ont vécu l'événement, le dépassement *était là*.

Les historiens qui restituent l'histoire en se plaçant, consciemment ou non, au point de vue d'une providence divine ou d'un déterminisme sous-jacent (ce qui revient presque au même) n'ont aucune peine à montrer que la Commune était objectivement condamnée. Prise dans ses propres contradictions, elle ne pouvait dépasser ces contradictions. Mais il ne faut pas oublier que pour ceux qui ont vécu l'événement, le dépassement était là, proche, en marche, dans le mouvement lui-même.

12

L'audace et l'invention de la Commune ne se mesurent évidemment pas par rapport à notre époque mais par rapport aux banalités d'alors dans la vie politique, intellectuelle, morale. Par

L'audace et l'invention du mouvement révolutionnaire en 1871 ne peuvent évidemment pas se mesurer par rapport à notre époque, mais par rapport aux banalités régnantes alors dans la vie culturelle, politique, rapport à la *solidarité* de toutes les banalités parmi lesquelles la Commune a porté le feu. Ainsi, considérant la solidarité des banalités actuelles (de droite et de gauche) on conçoit la mesure de l'invention que nous pouvons attendre d'une explosion égale.

13

La guerre sociale dont la Commune est un moment dure toujours (quoique ses conditions superficielles aient beaucoup changé). Pour le travail de « rendre conscientes les tendances inconscientes de la Commune » (Engels), le dernier mot n'est pas dit.

14

Depuis près de vingt ans en France, les chrétiens de gauche et les staliniens s'accordent, en souvenir de leur front national anti-allemand, pour mettre l'accent sur ce qu'il y eut dans la Commune de désarroi national, de patriotisme blessé, et pour tout dire de « peuple français demandant par pétition d'être bien gouverné » (selon la « politique » stalinienne actuelle), et à la fin poussé au désespoir par la carence de la droite bourgeoise apatride. Il suffirait, pour recracher cette eau bénite, d'étudier le rôle des étrangers venus combattre pour la Commune : elle était bien, avant tout, l'inévitable épreuve de force où devait mener toute l'action en Europe depuis 1848 de « notre parti », comme disait Marx.

18 mars 1962
Debord, Kotányi et Vaneigem.

morale et quotidienne. Le mouvement révolutionnaire a brisé ces banalités. Si nous considérons la somme des banalités actuellement en cours, nous pouvons imaginer l'invention qui résulterait d'une explosion analogue dans le monde dit moderne.

La grande lutte dont la Commune est un moment dure toujours (bien que ses conditions aient changé). Pour ce qui est de « rendre conscientes les tendances inconscientes de la Commune » (Engels), le dernier mot est loin d'être dit. Reprenant ici intégralement la pensée de Marx sur la Commune, nous avons vu en elle la grande tentative de destruction du pouvoir hiérarchisé, la praxis entièrement subversive dévoilant pour le détruire le monde existant et lui substituant un autre monde, un monde neuf, tangible, sensible et transparent. Moment unique jusqu'ici de la révolution totale.

Depuis longtemps en France, libéraux, chrétiens de gauche et staliniens s'accordent pour réduire les significations de la Commune. En souvenir du « front national », ils mettent l'accent sur ce qu'il y eut dans la Commune de désarroi patriotique. Ils décrivent un patriotisme foncier, peu à peu teinté de préoccupations sociales. La Commune, ce serait le peuple français demandant à être bien gouverné, réclamant par pétition un gouvernement « à bon marché », des dirigeants « honnêtes » et ensuite poussé au désespoir par la droite bourgeoise et apatride. Banalités et platitudes positivistes. Nous avons découvert infiniment plus dans le mouvement de la Commune.

Note : ce texte fait partie des conclusions d'un ouvrage sur *La Commune*, à paraître dans la collection « Les trente journées qui ont fait la France », chez Gallimard.

Henri LEFEBVRE

Après cela, nous avons encore suggéré à Lefebvre de publier sans délai sa propre opinion, quelle qu'elle soit, non bien sûr à propos de la Commune, mais sur l'Internationale situationniste et l'écroulement d'*Arguments*, que le silence sur l'I.S. ne pouvait être légitimé ni par l'ignorance complète ni par un jugement sincère concluant au manque d'importance du sujet. Un article qu'il nous a communiqué en manuscrit le 14 février, et qui semblait destiné à *L'Express*, pour favorable qu'il fût, ne nous a paru ni aussi promptement publié, ni aussi profondément étudié que son travail sur la Commune. Nous devions donc, une fois de plus, ne compter que sur nous-mêmes pour dire le sens de l'itinéraire et du naufrage d'*Arguments*.

Une autre conclusion utile nous paraît être la vérification objective de ce que nous avions avancé dans le numéro 7 d'*Internationale situationniste* (pages 17 et 18), sur notre maniement du qualitatif : « Les spécialistes se flattent peut-être de l'illusion qu'ils tiennent certains domaines de la connaissance et de la pratique, mais il n'y a pas de spécialiste qui échappe à notre critique… Nous avons le qualitatif, qui agit dès à présent comme un exposant qui multiplie la quantité des informations dont nous disposons. On pourrait étendre cet exemple à la compréhension du passé : nous nous faisons fort d'approfondir et de réévaluer certaines périodes historiques, même sans accéder à la plus large part de l'érudition des historiens. » Sans doute, on ne peut considérer exactement Lefebvre comme un historien spécialisé. Mais il convient aussi d'en tenir compte, ces notes sur la Commune ne représentent qu'un sous-produit lointain et rapide de l'élaboration théorique situationniste, finalement rien que trois ou quatre heures de travail en commun de trois de nous seulement. Ces faits doivent donner à penser.

21 février 1963. Le Conseil central de l'I.S. : Michèle Bernstein, Guy Debord, Attila Kotányi, Uwe Lausen, J.V. Martin, Jan Strijbosch, Alexander Trocchi, Raoul Vaneigem.

Note sur la cohérence

Texte inédit, rédigé à l'époque de la rupture publique entre les situationnistes et Henri Lefebvre (février 1963).

La Ve Conférence de l'I.S. eut lieu à Göteborg (Suède) du 28 au 30 juillet 1961.

A.

Sans la cohérence, c'est-à-dire sans la reconnaissance effective d'un certain progrès en ce sens accompli, disons depuis Göteborg (qui me paraît aveuglant), et le perfectionnement permanent de ce progrès, l'I.S. devrait être considérée maintenant comme *sans intérêt* (et donc, vu la part que nous y prenons, pour nous négative).

B.

La première condition de la cohérence est évidemment le choix des gens qui entrent dans l'I.S. La plus grande manifestation contre la cohérence est le refus de ce choix ou son sabotage quantitatif et qualitatif.

C.

La cohérence implique, comme préalable et comme conséquence, qu'aucun des situationnistes ne puisse être regardé comme si inférieur (ou supérieur) aux autres que le dialogue serait impossible avec lui, fût-ce sur un seul sujet. A fortiori, qu'aucun de nous jamais ne puisse *feindre* un tel « regard ».

D.

La cohérence trouve sa seule mesure dans une praxis commune (même quand celle-ci est limitée à l'activité théorique pour quelque temps).

E.

On doit fonder, entre nous tous, la confiance sur la cohérence. *Et non l'inverse.*

F.

Nous devons pouvoir nous faire confiance pour le présent (tacitement reconductible toujours), et jamais abstraitement pour l'avenir. Si l'on admet que notre accord *doit* être incassable, il n'est plus rien. Non seulement la richesse complexe de l'avenir est bafouée – pour le groupe comme aussi bien pour chacun de nous –, mais encore on aboutit à rendre incorrigibles et intangibles les déficiences actuelles (dans la réalité en mouvement, où ce qui ne s'améliore pas s'aggrave, on aboutirait sans doute à bien pire : donner des armes ou des renseignements contre nous pour l'avenir, à des gens qui malgré toutes nos « bonnes intentions » passeraient vite dans l'I.S. et la combattraient ensuite, comme tant l'ont fait).

G.

Attila Kotányi.

Quand on demande, comme Attila, d'humaniser notre attitude envers « des erreurs » que feront inévitablement l'un ou l'autre de nos camarades un jour, on se trompe sur la base : on parle *comme si* les exclusions avaient jamais eu lieu pour « punir » *une seule* « faute », du fait de colères individuelles ou collectives, peu importe. En réalité chaque exclusion a répondu à une série permanente et *signifiante* de gestes hostiles, non pour les punir, mais pour défendre notre « existence » même.

H.

Quand Attila parle, à propos de l'I.S., de garanties quasi constitutionnelles pour éviter les « liquidations », ou du problème du contrôle de l'information, il pose en fait la question du *pouvoir* dans l'I.S. En des termes qui s'appliquent au pouvoir dans la société globale plutôt qu'à une association libre d'individus (qui s'interdit même d'utiliser les menus services de jeunes « disciples »). Je crois que là est toute la racine des malentendus avec Attila à Anvers.

La VIe Conférence de l'I.S. eut lieu à Anvers du 12 au 16 novembre 1962 ; il y fut entre autres débattu la question de la cohérence situationniste.

I.

Ce qui caractérise nettement le pouvoir dans la société globale, c'est l'exploitation du travail d'autrui. Je considère que dans l'I.S. personne n'a la volonté *ni n'est en mesure* d'exploiter le « travail » de qui que ce soit (l'opinion contraire est celle de Frankin, mais elle paraît franchement délirante. Si on le suit sur ce ridicule terrain sous-économique, on peut soutenir aussi bien que Frankin a exploité à ce moment ou depuis le travail « d'éditeur » que j'ai fait bravement pour toutes ses idées formulées, qu'alors *Arguments* même refusait. Mais la faille de son raisonnement est avant : Frankin donne comme valeurs écono-

André Frankin, situationniste belge, démissionne de l'I.S. en septembre 1961.

miques reconnues quelques idées « hérétiques », qu'il n'a d'ailleurs formulées qu'à travers son dialogue avec l'I.S. ; et s'en attribue la propriété privée [*cave canem*] soudainement ! Alors qu'il a aussi bien, sans arrêt déversé ces idées, par lettres ou oralement, chez tous les Morin du monde, bien heureux quand ces gens lui en pillaient une sans contrepartie). Lefebvre même, quand il s'inspire tant de nous, n'« exploite » pas notre travail. Il est seulement un peu inélégant sur le plan intellectuel, parce qu'il recule devant une action commune (le vrai dialogue) avec nous. Et c'est ce qui est grave.

J.

Si nous considérions l'I.S. comme équivalente à toute une forme de société, à gérer donc comme telle, nos principes anti-hiérarchiques devraient obligatoirement nous conduire la semaine prochaine à une vie phalanstérienne où le communisme ludique devrait être réalisé sur la base de la misère (besoins et travaux égalitairement mesurés). Si nous estimons que notre humour ne va pas jusque-là, il ne faut plus admettre la rhétorique tortueuse du « comme si » qui est à l'opposé de la dialectique du réel.

K.

Une seconde condition vitale de la cohérence est que les situationnistes débattent de leur action possible, à chaque degré, dans la perspective de l'exécution réelle (sachant à quoi ils s'engagent, qui fera quoi dans quel délai – compte tenu d'un pourcentage décent de retards et d'erreurs) et non dans la perspective de l'éloquence intimidante qui pourrait chaque fois désigner *toujours ailleurs* le plus urgent et le plus central (ce qui n'est pas une solution de rechange proposée contre tel type d'action réelle, mais l'art de survoler de haut cette action en s'en lavant les mains).

Écrit le 15 mars 1963 pour Robert Estivals, en réponse au livre de ce dernier, *L'Avant-garde culturelle parisienne depuis 1945* (1962).

L'avant-garde en 1963 et après

1 – Le terme « avant-garde » implique l'affirmation d'une nouveauté. Le moment proprement avant-gardiste d'une telle affirmation est à la frontière entre, d'une part, le moment du pur pronostic arbitraire sur ce que pourra être l'avenir (prophétisme), et, d'autre part, le moment de la reconnaissance de cette nouveauté (reconnaissance acquise « en majorité », non universellement : le fait qu'une nouveauté rencontre encore quelques résistances passéistes ne saurait suffire à la maintenir dans l'avant-garde). L'avant-garde est ainsi le début de réalisation d'une nouveauté, mais elle n'en est que le début. L'avant-garde n'a pas son champ dans l'avenir, mais dans le présent : elle décrit et *commence* un présent possible, que la suite historique confirmera dans l'ensemble par la réalisation plus étendue (en faisant apparaître un certain pourcentage d'erreurs). L'activité d'avant-garde, en pratique, lutte contre le présent dans la mesure où elle caractérise le présent comme poids du passé, et présent inauthentique (comme retard).

2 – En partant de l'application du concept d'« avant-garde » à des modalités très diverses de la réalité socio-culturelle, on est conduit à distinguer deux degrés : une interprétation restreinte et une interprétation généralisée de ce concept. Au sens restreint, on peut parler d'activité d'avant-garde à propos de tout ce qui, dans n'importe quel secteur, va de l'avant (médecine, industrie d'avant-garde). Au sens fort, généralisé, une avant-garde de notre temps est ce qui se présente comme projet de dépassement de la totalité sociale ; comme critique et construction ouverte, qui constitue une alternative avec l'ensemble des réalités et problèmes, inséparables de la société existante. Il s'agit pour l'avant-garde de décrire la cohérence de l'existant au nom (et par l'éclairage, le jeu de miroirs) d'une nouvelle cohérence ; cohérent signifiant ici tout le contraire de « systématique ». Depuis la formation du concept même d'avant-garde culturelle, vers le milieu du XIXe siècle et parallèlement à l'existence d'avant-gardes politiques, ses manifestations historiques sont passées de l'avant-garde d'une seule

discipline artistique à des formations d'avant-garde tendant à recouvrir la quasi-totalité du champ culturel (surréalisme, lettrisme). Nous sommes aujourd'hui au point où l'avant-garde culturelle ne peut se définir qu'en rejoignant (et donc en *supprimant comme telle*) l'avant-garde politique *réelle*.

3 – La première *réalisation* d'une avant-garde, maintenant, *c'est l'avant-garde elle-même*. C'est aussi la plus difficile de ses réalisations ; et le fait qu'elle soit désormais un préalable explique l'absence des avant-gardes authentiques sur de longues périodes. Ce qui s'appelle généralement « réalisations » est d'abord concession aux banalités du vieux monde culturel. À cet égard est notable la tendance de tout avant-gardisme factice d'aujourd'hui à mettre l'accent sur des « œuvres » très peu nouvelles (et un très petit nombre de nuances distinctes dans cette œuvre que la mystification idéologique tente de valoriser comme richesse et originalité) ; alors qu'au contraire un mouvement comme l'I.S. a tendance à dissimuler (à rabaisser délibérément) non seulement les projets partiels, mais surtout les réalisations effectuées – qualifiées d'« antisituationnistes » – en dépit du fait que ces nombreux sous-produits de son activité centrale d'autoformation de l'avant-garde contiennent plus de nouveautés effectives que toute autre production artistico-philosophique de ces dernières années. C'est en ne croyant pas aux œuvres actuellement permises, qu'une avant-garde fait, aussi, « les meilleures » des œuvres actuellement permises.

4 – Au sens déjà traditionnel de ce terme, l'avant-garde est entrée dans une crise finale ; elle va vers sa disparition. Les symptômes de cette crise sont : la difficulté de plus en plus éclatante d'une production culturelle d'avant-garde dans les secteurs où elle est officiellement permise (et donc le recours toujours plus grossier au mensonge idéaliste pour fonder une telle production : le délire de l'argument d'autorité dans le lettrisme ayant été le stade suprême de ce processus). Corollairement : l'inflation organisée de fausses nouveautés des avant-gardes passées, hâtivement réemballées et saluées partout comme l'originalité même de notre temps.

Dans ce cadre, les activités – séparées – de l'avant-garde réelle, au sens restreint, sont toujours récupérées par le monde existant, et finalement utilisées pour maintenir l'essentiel d'un équilibre ancien.

Quant à l'avant-garde généralisée, là où elle existe réellement, elle va vers un dépassement de l'avant-garde même. Non certes au sens imbécile de la formule « l'avant-garde, c'est dépassé », qui ne signifie rien d'autre qu'un retour au conformisme, prétendu plus neuf parce qu'il revient de plus loin. Dépasser l'avant-garde (toute avant-garde) veut dire : réaliser une praxis, une construction de la société, à travers laquelle, à tout moment, *le présent domine le passé* (voir le projet d'une société sans classes selon Marx, et la créativité permanente impliquée par sa réalisation). La création de telles *conditions de création* devra marquer la fin des conditions historiques qui ont commandé le mouvement de l'avant-garde, c'est-à-dire la résistance contre la domination (la prédominance, l'autorité) du passé sur chaque moment du présent (la possibilité même d'une insurrection impatiente contre la prédominance du passé n'étant donnée que par la *réalité du changement* depuis les progrès scientifiques des quatre derniers siècles, et surtout depuis la révolution industrielle).

5 – La sociologie, la police ou le bon goût d'une époque peuvent juger une avant-garde, qui en même temps juge les raisons et les fins de la police, de la sociologie et du bon goût. S'il s'agit réellement d'une avant-garde, elle porte justement en elle la victoire *de ses critères de jugement aussi*, contre l'époque (c'est-à-dire contre les valeurs officielles, car l'avant-garde représente bien plus exactement cette époque du point de vue de l'histoire qui viendra). Ainsi la sociologie de l'avant-garde est une entreprise absurde, contradictoire dans son objet même. On peut faire aisément une sociologie des fausses avant-gardes, une sociologie de l'absence des avant-gardes, tous ces facteurs étant compréhensibles et explicables en termes sociologiques datés. Par contre, si la sociologie de l'avant-garde en reconnaît une qui soit vraie, elle doit reconnaître aussi qu'elle ne peut l'expliquer qu'en entrant dans son langage (langage ne veut pas dire ici mystère transcendant et indiscuta-

ble : non, mais un ensemble d'hypothèses susceptible d'être examiné, adopté ou rejeté, qui est en fait un pari pour – et contre – un certain état du monde et de son devenir). L'erreur la moins fructueuse serait à coup sûr une demi-reconnaissance de l'avant-garde, à cause d'intuitions ou d'intentions elles-mêmes avant-gardistes de l'observateur, mélangée avec une demi-objectivité se réclamant de l'observation scientifique désintéressée (qui naturellement n'est pas possible en cette matière où le phénomène est unique, non répétable, et où qui l'observe *a déjà pris parti*, dans quelque mesure). Une telle confusion, quels que soient ses motifs, ne peut mener à rien.

6 – Une théorie de l'avant-garde ne peut être faite qu'à partir de l'avant-garde de la théorie (et non, évidemment, en maniant des vieilles idées plus sommaires que l'on voudrait encore appliquer à la compréhension d'une pensée qui, précisément, les a rejetées). Selon l'hypothèse de travail des situationnistes (qu'ils ont déjà largement vérifiée), toute tentative, consciente et délibérée, pour avancer dans la compréhension, et indissolublement dans l'activité, de l'avant-garde aujourd'hui, doit se définir par rapport à l'I.S. (y compris contre elle, au-delà). À défaut, une discussion ne pourrait rester que dans l'anecdotique, et même les anecdotes alors ne seraient pas vraiment comprises, à ce niveau.

G.-E. Debord

Extrait d'une lettre à Ivan Chtcheglov du 12 mai 1963 (*Correspondance*, vol. 2, *op. cit.*, p. 225-227).

« Mais partout, jusque-là où le plagiat de nos idées, de tel de nos textes précis est tout à fait incontestable, c'est la même reprise en dégradé. C'est toujours le meilleur – le plus radical – qui a été oublié ; en même temps que toute référence bien sûr. Conclusion : nous ne pourrons imposer la vérité, et l'étendue réelle, de nos "recherches" que par *l'éclat* de certaines expériences. Je ne veux absolument pas dire, par éclat, la grande vogue publicitaire. Plutôt tout le contraire. »

Note introductive aux extraits de lettres adressées en 1963 par Ivan Chtcheglov à Michèle Bernstein et Guy Debord, parus sous le titre *Lettres de loin* dans *I.S.* n° 9, août 1964.

Ivan Chtcheglov a participé aux recherches qui sont à l'origine du mouvement situationniste, et son rôle y a été irremplaçable, dans les premières esquisses théoriques comme dans la conduite pratique (les expériences de dérives). Sous le nom de Gilles Ivain, il avait rédigé dès 1953 – ayant alors dix-neuf ans – le texte intitulé *Formulaire pour un urbanisme nouveau*, qui a été publié, par la suite, dans le premier numéro d'*Internationale situationniste*. Ayant passé les cinq dernières années dans une clinique psychiatrique, où il est encore, il n'a repris contact avec nous que bien longtemps après la formation de l'I.S. Il s'emploie actuellement à rectifier, en vue d'une réédition, son écrit de 1953 sur l'architecture et l'urbanisme. [...] La condition qui est actuellement faite à Ivan Chtcheglov peut être ressentie comme une des formes toujours plus différenciées que revêt, avec la modernisation de la société, ce contrôle de la vie qui a mené, en d'autres temps, à la Bastille pour athéisme, par exemple, ou à l'exil politique.

YOU
ARE
INVITED
TO
THE
DESTRUCTION
OF THE RSG-6
which will take place on saturday the 22nd of june 1963, at 3 pm.
GALLERY EXI, HUNDERUPVEJ 78
ODENSE - DENMARK
(22. june - 7. july)
IT IS A MANIFESTATION OF THE
SITUATIONIST INTERNATIONAL
ORGANIZED BY J. V. MARTIN
ASSISTED BY MICHÈLE BERNSTEIN,
GUY DEBORD AND JAN STRIJBOSCH

Carton d'invitation pour l'exposition *Destruction of the RSG-6*.

Lettre adressée au situationniste danois Jeppesen Victor Martin, à propos de l'exposition *Destruction of the RSG-6*, organisée à Odense (*Correspondance*, vol. 2, *op. cit.*, p. 222-225). Le catalogue contient le texte de Guy Debord, *Les Situationnistes et les nouvelles formes d'action dans la politique ou l'art* (en anglais, danois et français), et des photos des tableaux de Michèle Bernstein et J. V. Martin.

Paris, le 8 mai 1963

Cher Martin,

Nous sommes enchantés des développements annoncés dans ta lettre du 6 mai. Nous sommes bien d'accord sur le fait que tu dois essayer de prendre le contrôle artistique et théorique de la nouvelle galerie anti-nashiste et anti-atomique (*ban the Nash*).

Nous envoyons ci-joint un premier projet d'ensemble, possible pour l'ouverture de cette galerie. Naturellement ce n'est peut-être pas bon pour vous. Ou peut-être tu peux choisir seulement quelques détails. Mais nous écrivons le tout, considéré comme un projet d'ensemble.

Il faudrait diviser la galerie en trois parties : comme sur le schéma ci-joint. La seconde partie (*revolt*) doit être un peu plus grande que la première (*shelter*) ou la troisième (*exhibition*).

Une voiture détruite devant la porte (sur le trottoir)

I – SHELTER

La première pièce est un horrible abri anti-atomique contenant :
– un lit de camp,
– quelques boîtes de conserves,
quelques bouteilles d'eau minérale.

Un tambour pour entrer

Comme ambiance sonore : un bruit de sirène ininterrompu sur magnétophone (une boucle).

Dans cette pièce une lumière atténuée et désagréable (une lumière bleue clignotante, par exemple).

L'atmosphère est rendue difficile à respirer par un excès de désodorisant. Deux assistants vêtus de combinaisons anti-atomiques (cagoules, lunettes) obligent les gens à rester 10 minutes dans cette première pièce.

Dans cette pièce on distribue des médicaments (étant supposé que chacun va les avaler).

Il est indiqué : RSG-6 – Il faut écrire : « Vous êtes invités à la destruction du RSG-6. »

Si vous avez un mannequin, mettez-le dans un sac en plastique, dans un coin, pour figurer le cadavre.

N.B. : Avez-vous le tract anglais *Danger ! Official Secret – RSG-6* ? Sinon, on peut vous le prêter, pour mettre au mur, sous verre.

Pièce 3 (ou peut-être 2).

II – REVOLT

La seconde pièce est consacrée au défoulement et à la révolte.

– Sur les murs, collées sur du contreplaqué de liège, les photos agrandies des dirigeants dont les noms suivent : Kennedy, la reine d'Angleterre, de Gaulle, Khrouchtchev, Franco, Adenauer, le roi du Danemark.

– 3 carabines à plomb, avec lesquelles les gens tirent sur les photos. Chaque fois qu'ils touchent un dirigeant dans l'œil, ils ont droit à une revue *S.R.* qui leur sera offerte dans la pièce suivante.

– Des tableaux de Martin, signés et à vendre. Ils sont faits de la façon suivante :

a) prendre des cartes géographiques en relief (en plâtre, avec les montagnes). Ces cartes pourront être le Danemark, la Scandinavie, l'Europe, l'Amérique, etc.

b) Sur ces cartes, jeter des couleurs et les faire couler. Bien choisir les couleurs pour donner une allure atroce et représenter des taches de destruction, comme pour une maladie de la peau.

c) On peut mélanger à ce plâtre (à ces couleurs) d'autres déchets et toutes sortes de choses dégueulasses (cheveux, cambouis, verre pilé, morceaux de ferraille…). Le but général, c'est de donner l'impression d'un de ces pays vu d'une fusée stratosphérique, on doit toujours distinguer le pays.

d) Un de ces tableaux s'appelle : *Deux heures après le commencement de la 3e guerre mondiale.*

Un autre s'appelle : *Au deuxième jour, on compte 82 megabodies* (ou *megadeath*).

Un autre encore : *2 h 15 après le début de la guerre mondiale.* Etc.

III – EXHIBITION

La troisième pièce est la galerie proprement dite. Un petit espace réservé à la créativité artistique.

– Si possible, cocktail.

– Revues et tracts situationnistes.

– Les tableaux de Martin et des autres peintres.

Seulement dans cette pièce (pas avant), on distribue le catalogue.

Les tableaux peuvent avoir des titres politiques – situationnistes. Par exemple :

– *Nous recommencerons la guerre d'Espagne, et cette fois nous allons la gagner.*

Le tract *Danger ! Official Secret – RSG-6*, signé *Spies for peace*, révélait le plan et la fonction de l'« abri gouvernemental de la sixième région », un des abris anti-atomiques secrètement construits et exclusivement réservés aux dirigeants anglais.

S.R. : *Situationistisk Revolution*, revue de la section scandinave de l'I.S., dirigée par J.V. Martin.

– *Éloge de Gracchus Babeuf.*
– *Ceux qui font les révolutions à moitié n'ont fait que se creuser un tombeau* (Saint-Just).
– *Le bonheur est une idée neuve en Europe, la mort, même atomique, est une idée ancienne.*
– *Kennedy, Khrouchtchev, le pape et Franco : les dirigeants de tous les pays sont unis, leurs strontiums coexistent.*
– *L'arme de la critique ne saurait suppléer à la critique des armes.*
– *Vive Marx et Lumumba !*
– *La Victoire de la Commune de Paris.*
– *Hommage à Christian Christensen.*
– *Là où il y a liberté, il n'y a pas d'État* (Lénine).
– *Le président Eisenhower prend honteusement la fuite devant les irréductibles manifestations des étudiants Zengakuren.*
– *Un spectre hante le monde : le spectre du pouvoir des Conseils ouvriers.*
N.B. : En plus des tableaux, on peut exposer des collages.

Amitiés,

Guy

Couverture du catalogue de l'exposition *Destruction of the RSG-6.*

Les situationnistes et les nouvelles formes d'action dans la politique ou l'art

Édition originale trilingue (danois, français, anglais) *Destruktion af RSG 6* Galerie EXI, Odense (Danemark), juin 1963.

LE MOUVEMENT SITUATIONNISTE apparaît à la fois comme une avant-garde artistique, une recherche expérimentale sur la voie d'une construction libre de la vie quotidienne, enfin une contribution à l'édification théorique et pratique d'une nouvelle contestation révolutionnaire. Désormais, toute création fondamentale dans la culture aussi bien que toute transformation qualitative de la société se trouvent suspendues aux progrès d'une telle démarche unitaire.

Une même société de l'aliénation, du contrôle totalitaire, de la consommation spectaculaire passive, règne partout, malgré quelques variétés dans ses déguisements idéologiques et juridiques. On ne peut comprendre la cohérence de cette société sans une critique totale, éclairée par le projet inverse d'une créativité libérée, le projet de la domination de tous les hommes sur leur propre histoire, à tous les niveaux.

Ramener dans notre temps ce projet et cette critique *inséparables* (chacun des termes faisant voir l'autre), cela signifie immédiatement relever tout le radicalisme dont furent porteurs le mouvement ouvrier, la poésie et l'art modernes, la pensée de l'époque du dépassement de la philosophie, de Hegel à Nietzsche. Pour cela, il faut d'abord reconnaître dans toute son étendue, sans avoir gardé aucune illusion consolante, la défaite de l'ensemble du projet révolutionnaire dans le premier tiers de ce siècle, et son remplacement officiel, en toute région du monde aussi bien qu'en tout domaine, par des pacotilles mensongères qui recouvrent et aménagent le vieil ordre.

Reprendre ainsi le radicalisme implique naturellement aussi un approfondissement considérable de toutes les anciennes tentatives libératrices. L'expérience de leur inachèvement dans l'isolement, ou de leur retournement en mystification globale, conduit à mieux comprendre la cohérence du monde à transformer – et, à partir de la cohérence retrouvée, on peut sauver beaucoup de recherches partielles continuées dans le passé récent, qui accèdent de la sorte à leur vérité. L'appréhension de cette cohérence réversible du monde, tel qu'il est et tel qu'il est possible, dévoile le caractère fallacieux des demi-mesures, et le fait qu'il y a essentiellement demi-mesure chaque fois que le modèle de fonctionnement de la société dominante – avec ses catégories de hiérarchisation et de spécialisation, corollairement ses habitudes ou ses goûts – se reconstitue à l'intérieur des forces de la négation.

En outre, le développement matériel du monde s'est accéléré. Il accumule toujours plus de pouvoirs virtuels ; et les spécialistes de la direction de la société, du fait même de leur rôle de conservateurs de la passivité, sont forcés d'en ignorer l'emploi. Ce développement accumule en même temps une insatisfaction généralisée et de mortels périls objectifs, que ces dirigeants spécialisés sont incapables de contrôler durablement.

Le dépassement de l'art étant placé par les situationnistes dans une telle perspective, on comprendra que lorsque nous parlons d'une vision unifiée de l'art et de la politique, ceci ne veut absolument pas dire que nous recommandons une quelconque subordination de l'art à la politique. Pour nous, et pour tous ceux qui commencent à regarder cette époque d'une manière démystifiée, il n'y avait déjà plus d'art moderne, exactement de la même façon qu'il n'y avait plus de politique révolutionnaire constituée, nulle part, depuis la fin des années trente. Leur retour maintenant ne peut être que leur *dépassement*, c'est-à-dire justement la réalisation de ce qui a été leur exigence la plus fondamentale.

La nouvelle contestation, dont parlent les situationnistes, se lève déjà partout. Dans les grands espaces de la non-communication et de l'isolement organisés par l'ordre actuel, des signaux surgissent, à travers des scandales d'un genre nouveau, d'un pays à l'autre, d'un continent à l'autre ; leur échange est commencé.

Il s'agit pour l'avant-garde, partout où elle se trouve, de relier entre eux ces expériences et ces gens ; d'unifier en même temps que de tels groupes, la base cohérente de leur projet. Nous devons faire connaître, expliquer et développer ces premiers gestes de la prochaine époque révolutionnaire. Ils sont reconnaissables en ceci qu'ils concentrent en eux des formes nouvelles de lutte et un nouveau contenu, manifeste ou latent, de la critique du monde existant. Ainsi la société dominante, qui se flatte tant de sa modernisation permanente, va trouver à qui parler, car elle a enfin produit une négation modernisée.

Autant nous avons été sévères pour refuser que se mêlent au mouvement situationniste des intellectuels ambitieux ou des artistes incapables de nous comprendre vraiment, pour rejeter et dénoncer diverses falsifications dont le prétendu « situationnisme » nashiste est le plus récent exemple, autant nous sommes décidés à reconnaître comme situationnistes, à soutenir, à ne jamais désavouer, les auteurs de ces nouveaux gestes radicaux, même si parmi eux plusieurs ne sont pas encore pleinement conscients mais seulement sur la voie de la cohérence du programme révolutionnaire d'aujourd'hui.

Limitons-nous à quelques exemples de gestes que nous approuvons totalement. Le 16 janvier, des étudiants révolutionnaires de Caracas ont attaqué à main armée l'exposition d'art français, et ont emporté cinq tableaux dont ils ont proposé ensuite la restitution en échange de la libération de prisonniers politiques. Les tableaux ayant été ressaisis par les forces de l'ordre, non sans que Winston Bermudes, Luis Monselve et Gladys Troconis se soient défendus en faisant feu sur elles, d'autres camarades ont jeté quelques jours après sur le camion de la police qui transportait les tableaux récupérés deux bombes qui n'ont malheureusement pas réussi à le détruire. C'est manifestement là une manière exemplaire de traiter l'art du passé, de le remettre en jeu dans la vie, et sur ce qu'elle a de réellement important. Il est probable que depuis la mort de Gauguin (« J'ai voulu établir le droit de tout oser ») et de Van Gogh jamais leur œuvre, récupérée par leurs ennemis, n'avait reçu du monde culturel un hommage qui s'accorde, comme cet acte des Vénézuéliens, à leur esprit. Pendant l'insurrection de Dresde en 1849, Bakounine avait proposé, sans être suivi, de sortir les tableaux du musée et de les mettre sur une barricade à l'entrée de la ville, pour voir si les troupes assaillantes n'en seraient pas gênées pour continuer leur tir. On voit donc à la fois comme cette affaire de Caracas renoue avec un des plus hauts moments de la montée révolutionnaire au siècle dernier, et comme d'emblée elle va plus loin.

Non moins motivée nous paraît l'action des camarades danois qui, dans les dernières semaines, ont plusieurs fois recouru à la bombe incendiaire contre les agences qui organisent les voyages touristiques en Espagne, ainsi qu'à des émissions radiophoniques clandestines pour alerter l'opinion contre l'armement thermonucléaire. Dans le cadre du confortable et ennuyeux capitalisme « socialisé » des pays scandinaves, il est très encourageant que surgissent des hommes qui, par leur violence, font découvrir quelques aspects de l'autre violence qui fonde cet ordre « humanisé », son monopole de l'information par exemple, ou l'aliénation organisée dans les loisirs ou le tourisme. Avec le revers horrible que l'on doit accepter en surplus dès que l'on accepte l'ennui confortable : non seulement cette paix n'est pas la vie, mais elle repose sur la menace de mort atomique ; non seulement le tourisme organisé n'est qu'un spectacle misérable qui recouvre les pays réels traversés, mais encore la réalité du pays que l'on vous transforme ainsi en spectacle neutre, c'est la police de Franco.

Enfin l'action des camarades anglais qui ont divulgué en avril l'emplacement et les plans de l'« Abri gouvernemental de la Sixième Région » a l'immense mérite de révéler le degré déjà atteint par le pouvoir étatique dans son organisation du terrain, la mise en place très avancée d'un fonctionnement totalitaire de l'autorité, qui n'est pas seulement lié à la perspective de la guerre. C'est bien plutôt la menace partout entretenue d'une guerre thermonucléaire qui dès à présent, à l'Est et à l'Ouest, sert à tenir les masses dans l'obéissance et à organiser *les abris du pouvoir*. À renforcer les défenses psychologiques et matérielles du pouvoir des classes dirigeantes. Le reste de l'urbanisme moderne en surface obéit aux mêmes préoccupations. Nous écrivions déjà en avril 1962, dans le numéro 7 de la revue situationniste de langue française *Internationale situationniste*, à propos des abris individuels construits aux États-Unis durant l'année précédente : « Comme dans tous les rackets, la protection n'est ici qu'un prétexte. Le véritable usage des abris, c'est la mesure – et par là même le renforcement – de la docilité des gens, et la manipulation de cette docilité dans un sens favorable à la société dominante. Les abris comme création d'une nouvelle denrée consommable dans la société de l'abondance, prouvent plus qu'aucun des produits précédents que l'on peut faire travailler les hommes pour combler des besoins hautement artificiels ; et qui à coup sûr restent besoins sans avoir jamais été désirs. L'habitat nouveau qui prend forme avec les "grands ensembles" n'est pas réellement séparé de l'architecture des abris. Il en représente seulement un degré inférieur ; bien que leur apparentement soit étroit. L'organisation concentrationnaire de la surface est l'état normal d'une société en formation dont le résumé souterrain représente l'excès pathologique. Cette maladie révèle mieux le schéma de cette santé. »

Les Anglais viennent d'apporter une contribution décisive à l'étude de cette maladie, et donc aussi à l'étude de la société « normale ». Cette étude est elle-même inséparable d'une lutte qui n'a pas craint de passer outre aux vieux tabous nationaux de la « trahison », en brisant le secret qui est vital pour la bonne marche du pouvoir dans la société moderne, à tant de propos, derrière l'écran épais de son inflation d'« information ». Le sabotage a été étendu ultérieurement, malgré les efforts de la police et de nombreuses arrestations, en envahissant par surprise des états-majors secrets isolés dans la campagne (où certains responsables ont été photographiés de force) ou en bloquant systématiquement quarante lignes téléphoniques des centres de sécurité britanniques, par l'appel ininterrompu des numéros ultra-secrets également découverts.

C'est cette première attaque contre l'aménagement dominant de l'espace social que nous avons voulu saluer, et étendre, en organisant au Danemark la manifestation « Destruction de RSG 6 ». Ce faisant nous n'envisageons pas seulement l'extension internationaliste de cette lutte, mais également son extension à un autre front, à l'aspect artistique, de la même lutte globale.

La création culturelle que l'on peut appeler situationniste commence avec les projets d'urbanisme unitaire ou de construction des situations dans la vie, et les réalisations n'en sont donc pas séparables de l'histoire du mouvement de la réalisation de l'ensemble des possibilités révolutionnaires contenues dans la société présente. Cependant dans l'action immédiate, qui doit être entreprise dans le cadre que nous voulons détruire, un art critique peut être fait dès maintenant avec les moyens de l'expression culturelle existante, du cinéma aux tableaux. C'est ce que les situationnistes ont résumé par la théorie du détournement. Critique dans son contenu, cet art doit être aussi critique de lui-même dans sa forme. C'est une communication qui, connaissant les limitations de la sphère spécialisée de la communication établie, « va maintenant contenir *sa propre critique* ».

À propos de « RSG 6 », nous avons aménagé d'abord une atmosphère d'abri anti-atomique, comme premier séjour qui donne à penser, après lequel on rencontre une zone de négation conséquente de ce genre de nécessité. L'art utilisé ici d'une façon critique est la peinture.

Le rôle révolutionnaire de l'art moderne, qui a culminé avec le dadaïsme, a été la destruction de toutes les conventions dans l'art, le langage ou les conduites. Comme évidemment ce qui est détruit dans l'art ou dans la philosophie n'est pas encore pour autant balayé concrètement des journaux ou des églises, et comme la critique des armes n'avait pas suivi alors certaines avances de l'arme de la critique, le dadaïsme lui-même est devenu une mode culturelle classée, et sa forme a été récemment retournée en divertissement réactionnaire par des néo-dadaïstes qui font carrière en reprenant le style inventé avant 1920, exploitant chaque détail démesurément grossi, et faisant servir un tel « style » à l'acceptation et à la décoration du monde actuel.

Cependant la vérité négative qu'a contenu l'art moderne a toujours été une négation *justifiée* de la société qui l'entourait. En 1937 à Paris, quand l'ambassadeur nazi Otto Abetz demandait à Picasso devant son tableau *Guernica* : « C'est vous qui avez fait cela ? », Picasso répondait bien justement : « Non. C'est vous. »

La négation, et aussi l'humour noir, qui se sont tant répandus dans la poésie et l'art modernes après l'expérience du premier conflit mondial, méritent sûrement de réapparaître à propos du *spectacle du troisième conflit mondial*, spectacle dans lequel nous vivons. – Alors que les néo-dadaïstes parlent de charger de positivité (esthétique) le refus plastique de Marcel Duchamp autrefois, nous sommes sûrs que tout ce que le monde nous donne actuellement comme positif ne peut que recharger sans fin la négativité des formes d'expression actuellement permises, et par ce détour constituer *le seul art représentatif de ce temps.* Les situationnistes savent que la positivité réelle viendra d'ailleurs, et que dès à présent cette négativité y collabore.

Au-delà de toute préoccupation picturale ; et même espérons-nous au-delà de tout ce qui peut rappeler une complaisance à une forme, périmée depuis plus ou moins longtemps, de la beauté plastique, nous avons tracé ici quelques signes parfaitement clairs.

Les « directives » exposées sur des tableaux vides ou sur un tableau abstrait détourné sont à considérer comme des slogans que l'on pourra voir écrits sur des murs. Les titres en forme de proclamation politique de certains tableaux ont bien sûr le même sens de dérision et de retournement du pompiérisme en vogue, qui cherche à s'établir sur une peinture de « signes purs », incommunicables.

Les « cartographies thermonucléaires » dépassent d'emblée toutes les laborieuses recherches de « nouvelle figuration » en peinture, puisqu'elles unissent les procédés les plus libérés de l'*action-painting* à une représentation, *qui peut prétendre à la perfection réaliste*, de plusieurs régions du monde à différentes heures de la prochaine guerre mondiale.

Avec la série des « victoires » il s'agit – mélangeant là encore la plus grande désinvolture ultra-moderne au réalisme minutieux d'un Horace Vernet – de renouer avec la peinture de batailles ; mais à l'inverse de Georges Mathieu et du retournement idéologique rétrograde sur lequel il a fondé ses minimes éclats publicitaires, le renversement auquel nous aboutissons ici corrige l'histoire du passé en mieux, en plus révolutionnaire et en plus réussie qu'elle n'a été. Les « victoires » continuent ce détournement optimiste-absolu par lequel Lautréamont déjà, payant d'audace, s'est inscrit en faux contre toutes les apparences du malheur et de sa logique : « Je n'accepte pas le mal. L'homme est parfait. L'âme ne tombe pas. Le progrès existe… Jusqu'à présent, l'on décrit le malheur, pour inspirer la terreur, la pitié. Je décrirai le bonheur pour inspirer leurs contraires… Tant que mes amis ne mourront pas, je ne parlerai pas de la mort. »

Juin 1963

GUY DEBORD

DIRECTIVES

Les cinq *Directives* furent réalisées au Danemark chez Jeppesen Victor Martin à Randers, le 17 juin 1963.

À la différence des quatre directives inscrites en lettres noires sur un fond couleur de muraille, la *Directive* n° 4, d'un format différent, est tracée en lettres blanches sur un mètre de peinture industrielle (huile et résine plastique) que Giuseppe Pinot Gallizio avait réalisée en 1958 et qui se trouvait chez Martin. « J'ai peint, si le mot n'est pas un peu excessif, comme une sorte d'hommage à la manière jornienne des "peintures modifiées" [...]. Ce tableau détourné étant donc celui de Gallizio, et la directive écrite de ma main, c'est en somme une authentique synthèse ; un excellent exemple de ce que Jorn appelait un "compromis situationniste", et finalement de ce que l'I.S. a été artistiquement et autrement », écrivait Guy Debord en 1988 au collectionneur Paul Destribats.

1

2

3

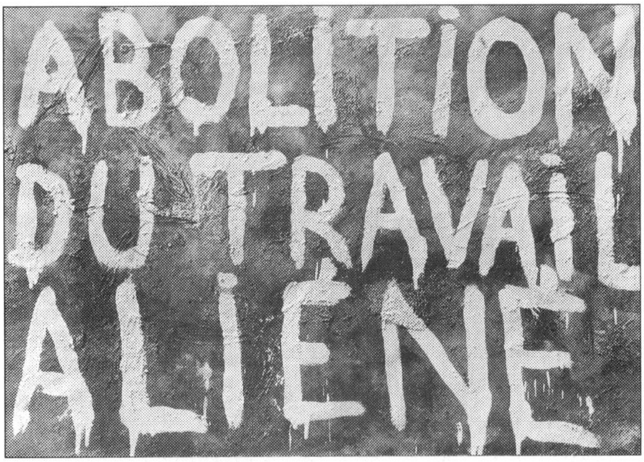

4

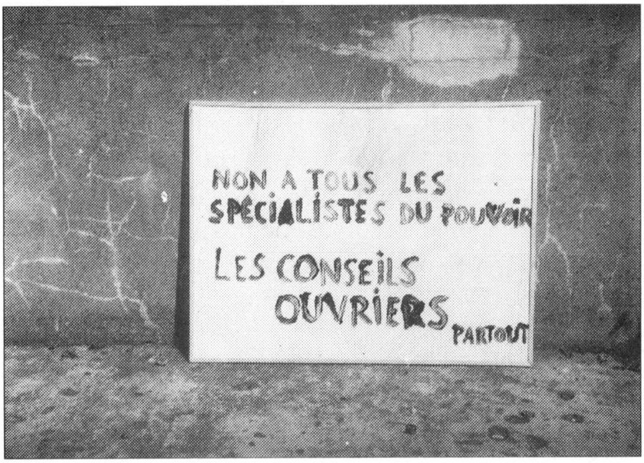

5

Sur les cinq *Directives*, seules trois subsistent. À la suite de l'explosion le 18 mars 1965 d'une bombe incendiaire posée par un provocateur dans la maison de J.V. Martin, « la plupart des anti-tableaux réalisés dix-huit mois auparavant (Martin, Bernstein) pour la manifestation "Destruction de RSG 6" furent également anéantis : voilà bien une suppression de la négation artistique qui n'est pas encore son dépassement ! La "couverture" de l'art ici s'est trouvée brûlée » (*I.S.* n° 10, mars 1966).

Ci-dessous :

Galerie EXI : tir à la carabine sur des portraits de dirigeants.

Extraits d'une lettre à Ivan Chtcheglov du 9 août 1963 (*Correspondance*, vol. 2, *op. cit.*, p. 247-248).

Cher Ivan,

[...] Voici, retrouvés dans une note d'époque – dont l'écriture était fortement tremblée – quelques cocktails que nous avons nommés et bus vers le début de 1954 :

le *Déséquilibré* : 2 rhums, 1 Ricard.

Il existe aussi (plutôt même) sous la forme du *Double-déséquilibré.*

La *Première communion* : 1 Raphaël, 1 kirsch (pour petites filles).

André-Frank Conord, rédacteur en chef de *Potlatch* (n° 1 à 8) jusqu'à son exclusion le 29 août 1954 pour « néo-bouddhisme, évangélisme, spiritisme »

Pour exclus ou crypto-troubles comme Conord – un ou deux inventés justement à l'usage de celui-là :

la *Douce exclusion* : 1 café + 1 Raphaël,

et le *Dernier espoir* : 1 munich, 1 Suze.

D'autre part, nous appréciions nous-mêmes :

le *Trafic d'influence* : 1 Phœnix, 1 mascara, 1 Raphaël,

et la *Parfaite délinquance* : 3 rhums, 1 Raphaël, 1 Pernod, 1 chartreuse, 1 kirsch, 1 vin blanc.

Eh oui, l'humour n'a pas manqué. L'aventure... *Voilà pourquoi aujourd'hui nous sommes si intelligents.*

[...]

À bientôt, pour le dixième anniversaire de la dérive,

Guy

The Asturian Strike

« Le nomadisme ? Il continue de différentes façons. La dernière : deux Japonais délégués de Zengakuren (la redoutable organisation révolutionnaire des étudiants – celle qui, par ses batailles dans la rue, a empêché Eisenhower de venir au Japon). En route pour un congrès international à Alger, ils sont arrivés à Paris, et directement chez moi (à cause du dernier numéro de la revue). Ils y campent depuis ; et nous découvrons une remarquable communauté de préoccupations et perspectives. »

Extrait d'une lettre à Ivan Chtcheglov du 12 mai 1963.

« Je joins à cette lettre quelques informations sur la récente grève des mineurs espagnols (dans les mines de charbon de la province des Asturies). C'est certainement l'événement le plus important de l'année pour le mouvement ouvrier en Europe. (Pardonne le *basic english* de la traduction.) »

Extrait d'une lettre à Toru Tagaki du 28 octobre 1963.

The Asturian Strike (traduit ici par nos soins) fut communiqué à Toru Tagaki – membre de la Ligue Communiste-Révolutionnaire et délégué du mouvement Zengakuren – que Guy Debord avait accueilli au printemps 1963 lors de son séjour à Paris avec Tsushi Kurokawa. La même année, une traduction du texte *Les Situationnistes et les nouvelles formes d'action dans la politique ou l'art* paraissait au Japon.

Les lettres sont publiées dans *Correspondance*, vol. 2, *op. cit.*, p. 225-227, 259-261.

La Grève asturienne

L'été de 1963 en Espagne fut marqué par une deuxième vague de l'attaque ouvrière contre le régime franquiste. La première réapparition menaçante du prolétariat espagnol – vingt-trois ans après la défaite d'abord de sa révolution, ensuite de la guerre civile contre le fascisme local et international – a été la grande vague de grèves au printemps de 1962. Malgré le fait que tout acte de grève soit hors la loi depuis la victoire de Franco, ces grèves, généralement victorieuses, qui se sont étendues dans la plus grande partie de l'Espagne, ont commencé dans les houillères des Asturies. Cette année, entre la dernière semaine de juillet et la fin de septembre, durant plus de soixante jours, les mineurs des Asturies ont organisé une grève qui pendant presque toute sa durée a réuni entre 40 000 et 50 000 travailleurs. Depuis le succès de 1962 l'agitation dans les mines asturiennes n'a jamais cessé. Des conflits portant sur les conditions de travail et des grèves ponctuelles se sont poursuivis continuellement. Cette fois, une grève spontanée, partie d'une seule mine de charbon, s'est étendue dans un esprit de solidarité partout dans la région minière des Asturies. Les métallurgistes de Miaros s'y étaient joints momentanément mais leurs revendications ont été vite satisfaites. Vers la fin du mouvement, quelques grèves ont éclaté parmi les mineurs du sud de l'Espagne (Río Tinto et Puertollano) tandis que l'agitation gagnait les travailleurs dans la région plombifère (Jaén). Cependant, à ce moment-là le mouvement asturien perdait de sa force et la grève ne s'est étendue ni en Catalogne où Barcelone est l'autre grand centre de l'industrialisation et du mouvement ouvrier en Espagne, ni au Pays basque ou à la région madrilène.

Les revendications des mineurs, plutôt affaiblis économiquement, portaient d'abord sur les salaires parce que la hausse du coût de la vie des seize derniers mois avait rongé les augmentations obtenues en 1962 ; mais elles ne se limitaient pas seulement à cet aspect. Elles s'appliquaient aussi aux conditions de travail, aux congés ; les métallurgistes de Miaros ayant obtenu un mois de congé par an, les mineurs ont tout de suite ajouté cette revendication aux leurs. La principale revendication des mineurs portait cependant sur le droit d'être représenté directement par leurs propres délégués, refusant le syndicat « vertical » de Franco qui est une organisation d'entreprise regroupant obligatoirement travailleurs et directeurs. En cela, la grève était directement politique, c'était une contestation de l'une des bases du régime que la bourgeoisie espagnole avait abandonné en 1936-39. C'était une lutte ouverte pour la dignité, donc une épreuve de force avec le régime détesté par tous les travailleurs espagnols.

Les formes de la lutte des mineurs asturiens montraient leur volonté d'indépendance. Chaque puits de mine a choisi son délégué, et en réunions clandestines ces délégués ont dirigé la grève. Ne reconnaissant pas le syndicat, les grévistes, pour présenter directement leurs revendications, ont envoyé au gouvernement de Madrid un groupe de mineurs atteints de silicose. Ces mineurs ont répété qu'ils n'avaient pas d'autres représentants qu'eux-mêmes.

La solidarité de tous les travailleurs de la région s'est constamment manifestée. Comme en 1962, ceux qui n'ont pas participé à la grève ont subi l'injure des grains de blé (nourriture pour les poulets, symbole de la lâcheté) jetés devant leurs portes. Les pêcheurs de Bilbao, après leur journée de travail en mer, ont organisé des heures supplémentaires de pêche afin de donner du poisson aux mineurs. Ceux des mineurs qui sont encore en possession d'un petit terrain cultivé l'ont travaillé avec d'autres camarades et en ont partagé les produits. Les petits commerçants de la région ont soutenu la grève en distribuant, individuellement, de la nourriture aux travailleurs de leur quartier. À ce propos, les mineurs asturiens disent que l'argent recueilli pour eux à l'étranger en 1962 ne leur a jamais été distribué ; qu'il est resté chez les bureaucrates de Prague (staliniens) ou de Toulouse (socialistes en exil), pour le financement de leur propagande. Ils exigent qu'on verse l'argent directement aux familles des grévistes.

Le rôle des anciennes organisations politiques du prolétariat espagnol, toutes plus ou moins gravement discréditées par leurs erreurs pendant la révolution et la guerre civile, est actuellement très limité alors que toutes (anarchistes, staliniens, socialistes, P.O.U.M.) possèdent encore des réseaux clandestins. Les plus actifs en rapport avec le mouvement des Asturiens semblent avoir été d'une part l'Alliance syndicale, constituée par des anarchistes militants et des socialistes mais comptant beaucoup de jeunes travailleurs qui n'adhèrent pas à ces idéologies précises, et d'autre part le F.L.P. (Front de libération populaire), qui est une organisation récente de style castriste, dont le recrutement initial s'est fait surtout parmi les intellectuels et les étudiants. Le Parti communiste est particulièrement méprisé parmi le prolétariat à cause de sa politique d'union avec toutes les classes d'Espagnols – y compris la bourgeoisie monarchiste – afin d'obtenir pacifiquement et de manière « démocratique », le remplacement de la dictature franquiste. Le Parti communiste tend donc à garantir au capitalisme que le changement politique essentiel ne risquera pas d'être révolutionnaire. Cette directive politique est abondamment diffusée en espagnol par Radio Prague.

En 1962, le gouvernement franquiste, effrayé par l'ampleur des grèves, avait tenté aussi longtemps que possible d'en cacher l'existence. Finalement il dut non seulement admettre l'existence de grèves illégales mais aussi celle des augmentations de salaires. La répression fut limitée après la fin de la grève à la déportation d'un petit nombre de travailleurs militants. Cette fois l'existence de la grève fut admise tout de suite par le gouvernement. Mais elle fut justifiée techniquement par la crise mondiale des mines de charbon en raison des nouvelles sources d'énergie, crise qui est réelle partout en Europe (attestée par les grèves récentes des mineurs français et des mineurs belges dans le Borinage) et particulièrement en Espagne où les niveaux d'extraction ne sont pas rentables, surtout dans la perspective de l'intégration économique européenne. Les autorités ont réagi d'abord par une série de lock-out, tout en proposant un débat sur l'avenir global des mines avec le syndicat. Les mineurs ont refusé un tel débat. Lors de chaque réouverture officielle des mines (on a fait quelques tentatives irrégulières et ridicules pour rouvrir les mines ; après un certain temps ce fut chaque lundi), la direction a dû convenir qu'il n'y avait pas assez de mineurs pour organiser les équipes de travail et a déclaré un nouveau lock-out. En même temps que le gouvernement laissait la grève s'enliser par l'épuisement des ressources financières des travailleurs, il a exercé tout son pouvoir pour enrayer une extension de la grève qui risquait de le renverser. Ses armes furent non seulement des concessions économiques (à Miaros) mais aussi une répression policière d'une extrême violence. Certains mineurs ont été arrêtés et emprisonnés. Beaucoup ont été torturés.

Parallèlement à cette répression, qui était autant que possible cachée, mais qui a déjà suscité la protestation publique d'un certain nombre d'intellectuels espagnols, le gouvernement franquiste a organisé des procès spectaculaires contre la menace anarchiste. Cinq anarchistes militants ont été arrêtés après – ou parfois avant – des attentats par explosifs d'une très faible puissance, pour manifester contre le tourisme sous une dictature (l'afflux de touristes venus du reste de l'Europe augmente chaque année et constitue un apport essentiel à l'économie franquiste). Deux anarchistes espagnols ont été exécutés par le garrot (supplice délibérément médiéval). Trois jeunes Français ont été condamnés de quinze à trente ans de prison.

L'ampleur des luttes asturiennes et la répression qui continuent actuellement vont certes peser lourd sur les suites de la crise du franquisme. Les mineurs asturiens occupent une place inoubliable dans l'histoire de l'Espagne moderne. En 1934, leur insurrection armée leur a permis de prendre le pouvoir dans toute la région, et ce n'est qu'après une semaine d'opérations militaires menées principalement par l'armée coloniale espagnole que la Commune asturienne fut vaincue. Cet affrontement armé avait été, dans les deux camps, le prélude à la guerre civile générale, au cours de laquelle la génération précédente de ces mêmes mineurs asturiens devinrent les fameux *dinamiteros* des batailles de Madrid et de Guadalajara.

Les mineurs asturiens sont donc au centre des contradictions de l'Espagne actuelle. En elles-mêmes leurs revendications actuelles sont à la fois acceptables et inacceptables. Elles sont en principe acceptables par le capitalisme moderne (droit de grève et droit de pression syndicale pour l'augmentation régulière des salaires). Mais, dans la période où nous nous trouvons, la modernisation du capitalisme espagnol (avec l'aide du capital américain) est assez avancée pour qu'on puisse considérer que la base sociale de la classe dominante a été profondément modifiée depuis 1936. La prédominance est passée des propriétaires aux capitalistes industriels. Ceux-ci, construisant une nouvelle industrie orientée vers un rôle compétitif dans le Marché commun européen, n'arrivent pas à trouver dans la superstructure du régime franquiste un pouvoir adapté à leur activité et à leur profit maximum. (Les déclarations de la faction moderne du clergé espagnol en faveur des grévistes, précisément en 1962, exprimaient les intérêts de cette modernisation capitaliste ; l'octroi d'un mois de congé est également caractéristique). Cependant, il est très difficile de remplacer en douceur le pouvoir du régime franquiste, qui est principalement l'exercice du pouvoir politique par la caste militaire, par les forces de la répression qui ont brisé la révolution prolétarienne. Le gouvernement franquiste ne peut deve-

Arrêtés le 1er août 1963 et accusés d'avoir fait exploser deux bombes, l'une à la Direction générale de la Sûreté, l'autre à la Délégation générale des syndicats, les anarchistes espagnols Joaquin Delgado et Francisco Granado furent condamnés à mort le 13 août et suppliciés le 16. Pour « atteinte à la sûreté de l'État et actes de terrorisme », trois jeunes antifranquistes français furent condamnés par un conseil de guerre en octobre 1963 à quinze, vingt-quatre et trente ans de prison. À la suite de démarches des autorités françaises, le plus jeune, âgé de dix-sept ans, sera libéré en août 1965, les deux autres en juillet 1966.

nir démocratique en soi, et ce régime restant le mode de gouvernement, les revendications des mineurs demeurent inacceptables. Toute liberté de la classe ouvrière est inacceptable pour un pouvoir dont la fonction n'a été rien d'autre que la suppression de cette liberté.

Le remplacement du pouvoir franquiste est donc mis en péril justement par la pression de la classe ouvrière que le régime franquiste, actuellement, pousse vers des mesures radicales. Les travailleurs sont la force principale qui peut balayer le régime franquiste, mais alors ils ne le feront pas pour établir un capitalisme plus moderne et une démocratie formelle, comme en Allemagne ou en France. En Espagne, les mémoires conservent une grande force politique parce que l'évolution politique, dès à présent arriérée, a été entravée, mise en hibernation, depuis la victoire de Franco. Tandis qu'une fois de plus l'évolution économique amène l'Espagne, dans des conditions spéciales, à un rendez-vous avec le capitalisme mondial et ses problèmes.

La montée actuelle du prolétariat espagnol n'a pas encore réussi à produire une organisation révolutionnaire adaptée à ses nouvelles possibilités, et cette absence a naturellement nui à l'extension du mouvement à toute l'Espagne, extension qui suffirait à détruire le régime franquiste et avec lui tout l'ordre social qui ne pourrait pas dépasser le niveau du régime franquiste. Mais en même temps, le fait que la classe ouvrière espagnole n'est pas dirigée par un parti réformiste ou stalinien aggrave la position des intérêts capitalistes modernes, réduit leur marge de possibilités de travail, aboutit à une contradiction explosive. Dans son incapacité permanente à organiser un pouvoir adapté à ses fins, la classe dominante espagnole prononce contre elle-même un jugement que le prolétariat peut rendre exécutoire.

SUR L'EXCLUSION D'ATTILA KOTÁNYI

Tract ronéotypé recto verso (21 x 31 cm).

Attila Kotányi a diffusé dans l'I.S., au début de septembre, un texte programmatique proposant une réorientation théorique complète. Dans la discussion, marquée par une dizaine de textes qui ont circulé dans l'I.S., il est aussi apparu que les idées d'Attila Kotányi, aussi inattendues en l'occurrence que célèbres depuis des siècles, tenaient toutes dans un refus, poussé jusqu'à l'extrême caricature, de l'histoire et de la praxis, à tous leurs niveaux. Ceci accompagné d'une revendication de retour au mythe qui allait jusqu'à la collusion avec la pensée religieuse ; et d'une dégradation de l'argumentation qui allait exactement, en huit ou dix cas, jusqu'au bluff risible du style *Planète.*

Les positions d'Attila Kotányi ont été unanimement jugées inacceptables, et même *indiscutables* – seul Peter Laugesen a révélé à ce propos des hésitations extrêmement suspectes, et a donc été exclu à l'instant. Dès le 27 octobre, trois représentants de l'I.S. avaient signifié à Attila Kotányi (dont la seule défense avait été de demander que l'on admette que son texte n'avait pas existé) la rupture patente du dialogue.

Comment une telle tentative de réaction, après d'autres de styles très différents, a pu se produire parmi les situationnistes, cela mérite d'être expliqué, pour éclaircir toujours plus la conduite souhaitable dans l'avenir de l'I.S.

Attila Kotányi a adhéré à l'I.S. au début de l'été 1960, dans une époque où l'adhésion était encore facile pour des gens infiniment moins sûrs que lui (Nash et compagnie). Attila Kotányi s'est à ce moment déclaré d'accord à 100 % avec ce qu'il découvrait de l'I.S. et a montré qu'en effet il comprenait nos positions. Nous étions forcés de tout ignorer de ses positions antérieures (excepté, sur le plan le plus général, sa participation à la révolution hongroise). Depuis, quoiqu'ayant participé à toutes les discussions de l'I.S., en les enrichissant souvent de très heureuses formules, et contresignant finalement *toujours* la théorie générale à laquelle ces discussions aboutissaient, Attila Kotányi n'avait écrit individuellement que deux courts articles (publiés dans *I.S.* 4 et dans *I.S.* 7), le troisième, d'un contenu évidemment plus frappant, a été cet incroyable texte programmatique.

En fait, depuis environ dix-huit mois, Attila Kotányi manifestait, dans presque chaque discussion pratique, une opposition demeurée d'ailleurs inopérante. Ses propositions avaient souvent été rejetées par tout le monde (ainsi sa scandaleuse prétention de censurer les textes traduits dans notre revue allemande *Der Deutsche Gedanke*, pour éviter la répression policière qu'il jugeait inévitable en Allemagne Fédérale ; l'estimation que notre attaque contre *Planète* dans *I.S.* 7 aurait été trop superficielle !). De même l'opposition qu'il manifestait contre les récentes activités de l'I.S. (nos relations avec le mouvement japonais Zengakuren, ou avec des révolutionnaires espagnols) restait isolée.

Dans ces conditions, la discussion du « Texte programmatique » est très vite devenue une discussion *sur son auteur*. Des actes inacceptables se révélèrent dès que la communication entre les situationnistes en fit paraître les connexions.

Comme il est clair qu'aucun de nous n'est ce qui s'appelle un arriviste, et non plus résigné à la pure contemplation inactive d'une époque qui serait indigne de nos belles âmes, la divergence était certainement sur la définition de ce que nous appellerions un *succès*. Il nous semble que notre conception minimum du succès ne va pas sans un bouleversement assez profond de toutes les conditions qui nous sont faites, alors qu'Attila Kotányi (peut-être influencé par le souvenir du rôle de l'intelligentsia dans l'Europe de l'Est) en arriverait facilement à le limiter à notre *reconnaissance* par certains secteurs privilégiés de la culture dominante. (Que cette possibilité même de « pouvoir » dans un tel secteur soit à notre avis illusoire, c'est une autre question.) Il reste que cette nécessité, pour Attila Kotányi, d'obtenir un certain effet en choisissant des interlocuteurs pour nous indésirables (par exemple, le groupe Esprit, les inepties sociologico-littéraires autour du louche L. Goldmann) le menait corollairement à traiter de haut les interlocuteurs qui nous conviennent, et à s'affoler surtout de nos contacts en Espagne. Pourtant, à notre avis, quoique le travail de l'I.S., en tant qu'expérience avancée dans la critique de la culture et la vie quotidienne actuelle, en marche vers une nouvelle théorie de la contestation, doive être fait par un assez petit groupe d'avant-garde, nous considérons qu'il serait entièrement fantaisiste s'il n'était pas, dès à présent, lié et identifié à des luttes réelles dans la société, et aux prodromes, même très faibles encore, d'un prochain mouvement plus vaste.

Cette position d'Attila Kotányi, s'étant avérée aussi minoritaire qu'il est possible, l'a conduit à secrètement tabler, contre toutes les idées et pratiques de l'I.S., sur une notion d'*autorité*. Cependant la constitution d'Attila Kotányi en « autorité » parmi nous étant aussi invraisemblable que l'aménagement des pyramides d'Égypte en central téléphonique, un effort sur cette voie l'a mené à deux activités complémentaires dans lesquelles il s'est complètement perdu lui-même : sur le plan de la réflexion, un recours à l'occultisme de bibliothèque de gare ; sur le plan des relations pratiques, à des manœuvres bassement politiques (et, dans ce genre même, infectées d'occultisme, parce que menées d'une manière maladroite et délirante).

Ce dernier aspect de son entreprise a mené Attila Kotányi à l'emploi systématique d'invraisemblables calomnies (quatre situationnistes ont été confidentiellement dénoncés, non ensemble, mais chacun selon l'auditeur, comme étant des *staliniens*) ; et en même temps à travailler à la *baisse de conscience* dans l'I.S. en essayant d'y faire entrer des ignorants, facile à manier. Cette tactique était littéralement *nashiste*, en ceci qu'elle sacrifiait le projet situationniste, par l'introduction de nullités maniables, pour des fins personnelles immédiates. Mais pourtant seulement sous-nashistes du fait qu'elle restait dans le rêve. Alors que Nash, au début de 1961 encore, avait réussi à introduire ses gens au point de croire qu'il pouvait nous éliminer d'Allemagne ou de Scandinavie, les étranges propositions d'Attila Kotányi pour faire adhérer qui que ce soit avaient été repoussées toujours. Pour la plupart de ces cas, il n'osait pas soutenir parmi nous une proposition de contacts avec des gens – tel un groupuscule incapable de toute pensée aussi bien que de toute action autonome sorti en 1962 de la revue *Socialisme ou Barbarie* – qu'il se contentait d'abreuver secrètement d'espoirs. Il a ainsi encore baissé, dans la mesure où c'était possible, leurs capacités de comprendre et de vivre. Devenu incapable, par sa politique et ses ambitions malencontreuses, de comprendre même les positions développées par l'I.S., l'homme des « contacts occultes » s'est trouvé forcément l'homme de l'occultisme dans les contacts. Il devait être obscur, ne pouvant rien proposer. Cette obscurité, démagogique dès qu'elle flatte grossièrement les ignorants en feignant de s'émerveiller qu'ils aient « tout compris » à l'obscurité même, est également démagogique en ce qu'elle donne un tour grandiose, pour quelque temps, à la paresse, à l'impossibilité de réaliser la moindre chose. Attila Kotányi devait donc prétendre *vaguement* à soutenir – sans usage discernable – « la vérité de l'I.S. » agrémentée d'une ouverture mystérieuse ; en accablant seulement les situationnistes réels d'une déviation stalinienne, ou rationaliste bornée. Ainsi la nullité communie, dans sa profondeur, avec la nullité. Cette « transparence » clandestine a cependant été quelque peu révélée par ces auditeurs mêmes qui, mystifiés, s'étaient intéressés à Attila Kotányi surtout comme tremplin vers l'I.S.

L'opposition d'Attila Kotányi, au nom d'un bluff à l'« approfondissement » perpétuel, s'est exercée contre toute la phase pratique où l'I.S. croit pouvoir maintenant avancer. Ceci même sur le terrain de la plus simple agitation culturelle ou artistique, pour laquelle Attila Kotányi exigeait les plus vastes réalisations en un clin d'œil, mais en les liant aussitôt à plusieurs années de réflexion préliminaires sur la mythologie chinoise, la philosophie idéaliste de Karl Kraus, l'équivalence découverte par lui entre l'évêque Anselmus et Marx, entre le ciel de la pensée bouddhiste et la totalité hégélienne ! Là encore, Attila Kotányi, dans sa volonté passionnée de n'être pas mis au pied du mur de la pratique, rejoignait l'impuissance artistique nashiste, et tous les pharisiens qui les soutiennent à demi et qui, devant la nullité palpable des réalisations artistiques nashistes, se consolent en rejetant sur l'I.S. un prétendu choix de la pure inaction en ce domaine, évitant de voir que les seuls héritiers des *artistes maudits* du tournant du siècle sont justement les situationnistes, par les *conditions pratiques* qui ont été faites jusqu'ici à toutes leurs ébauches de réalisations. C'est par le même mouvement, pour se donner bonne conscience, que tous les hypocrites, du côté de l'art, affectent de nous traiter de politiciens, et du côté de la politique, se rassurent en nous reprochant d'être des artistes et des rêveurs. Leur point commun est qu'ils parlent au nom d'une spécialisation artistique ou politique aussi mortes l'une que l'autre.

L'attitude exagérément « prudente » d'Attila Kotányi devant les plus intéressantes de nos possibilités était visiblement en rapport avec sa crainte d'être compromis, de devenir irrecevable dans le milieu dirigeant « compréhensif », qu'il croyait accessible à son bavardage ténébreux. À force de chercher des interlocuteurs inadmissibles, il est bien probable qu'il avait déjà fourni quelque matière supplémentaire aux falsifications permanentes lancées contre l'I.S. Avait-il révélé plus imprudemment ses tendances au-dehors que parmi nous ? Toujours est-il que des crétins pataphysico-staliniens avaient annoncé, par un tract grossièrement imité, l'exclusion d'Attila Kotányi par l'I.S. pour mysticisme en mars dernier, donc faussement et prématurément.

On nous accuse d'être sévères. Nous nous accusons d'être trop patients. Cette sévérité n'indigne que ceux qui veulent nous désarmer. Nous leur laissons ce *détail* qu'est Attila Kotányi. Nous sommes en mesure de prévoir, avec la même certitude, qu'ils l'utiliseront, et que cela ne les arrangera guère.

Internationale situationniste – décembre 1963.
(Adresse : B.P. 75-06 Paris)

L'échange de lettres entre Abraham A. Moles et Guy Debord, qui eut lieu en décembre 1963, fut publié dans *Internationale situationniste* n° 9, en août 1964.

CORRESPONDANCE AVEC UN CYBERNÉTICIEN

Abraham A. MOLES – à en juger sur l'en-tête de son papier : docteur ès-lettres (Phil.), docteur ès-sciences (Phys.), ingénieur, professeur assistant (Université de Strasbourg), professeur à l'E.O.S.T. – a adressé, le 16 décembre 1963, cette *Lettre ouverte au Groupe Situationniste* :

Monsieur,

J'ai appris l'existence du Groupe Situationniste par l'intermédiaire de mon ami et collègue Henri Lefebvre. La signification que j'ai attribué au terme « situationniste » vient donc, en grande partie, de ce qu'il m'en a dit et de la lecture d'un certain nombre de vos bulletins, auxquels je vous prierai de m'abonner.

L'interprétation que j'adopte du mot « situation » est ici purement personnelle et peut-être en désaccord avec la vôtre. Il me paraît que, devant le drame personnel de l'aliénation technologique que nous percevons chacun pour notre compte, devant la consommation effrénée de l'œuvre d'art qui détruit la signification même du terme, devant un certain nombre de concepts, tels que le bonheur anesthésique ou la péremption incorporée chère à Vance Packard, des individus puissent se demander où peut se situer l'originalité créatrice dans une société frigidarisée, assortie ou non d'une mystique de l'aspirateur, selon Monsieur Goldman. La liberté interstitielle se ramène peu à peu à zéro, au fur et à mesure que les cybernéticiens technocratiques – dont je fais partie – mettent progressivement en fiches les trois milliards d'insectes.

La vie quotidienne est une suite de situations ; ces situations appartiennent à un répertoire fortement limité. Peut-on étendre ce répertoire, peut-on trouver de nouvelles situations ? Il me semble que c'est ici que le mot « situationniste » prend un sens. Une situation me paraît un système de perceptions lié à un système de réaction à courte échéance. J'aimerais certes, avoir dans vos publications une étude sur ce que vous appelez « situation » : un individu qui, pour une quelconque raison, marche au plafond plutôt que par terre, est-il dans une situation nouvelle ? Un danseur de corde est-il dans une situation rare ?

PHYSICIENS
conn. Les techniq. du vide
pour
travaux de recherches,
d'études et d'applications,
concernant des ensembles
de VIDE et
d'ULTRA-VIDE.

Env. C.V. n° 57.658
Contesse P., 20, av. Opéra,
Paris-1er.

Il me semble que deux caractères permettent d'apprécier ce concept. Il y a d'abord la *nouveauté* d'une situation donnée par rapport à l'ensemble de celles que nous connaissons. Pour un voyageur, une langue étrangère apporte un grand nombre de situations nouvelles et il y a là, visiblement, une *grandeur métrique* : la « quantité d'étrangeté » qu'il perçoit dans le monde extérieur. Nous vivons couramment des situations légèrement nouvelles pour lesquelles nous devons créer un comportement. Ce terme a ici un simple caractère statistique ; ce qui vaut pour X ne vaut pas pour Y, mais il peut y avoir un « situationnisme marginal » dans lequel les individus recherchent systématiquement des perceptions ou des comportements « slightly queer ».

Une source importante de situations nouvelles proviendra de l'*assemblage extraordinaire d'un grand nombre de microsituations ordinaires* ; c'est ce qui fait la valeur de la technique rédactionnelle de Graham Greene, assemblant, dans une séquence ramassée un grand nombre d'actes banaux qui se trouvent être extraordinaires par leur assemblage. Chacune des positions élémentaires, correctement, rationnellement ou conventionnellement liées au monde extérieur, paraîtrait parfaitement normale : des milliers de bourgeois s'y trouvent à chaque instant ; l'ensemble particulier de situations est, lui, extraordinaire car il n'est pas « coutumier » qu'elles se succèdent dans cet ordre (*Ministry of Fear, Stambul Train, The Third Man*). Je vous signale que les théoriciens de l'Information sont capables (en pure théorie) de mesurer la quantité de nouveauté qu'apporte un tel système.

Il y a, par ailleurs, des situations intrinsèquement rares ; par exemple, l'homosexualité est statistiquement moins fréquente que la sexualité puérile et honnête ; la partie d'amour à trois partenaires l'est moins que la copulation légale. Tuer un homme – ou une femme – est une situation rare et, par là, d'autant plus intéressante : la quantité attachée à la situation, mesurée par une certaine *excursion* en dehors du champ de liberté sociale, est plus grande qu'une suite de petites infractions aux règlements de la circulation (voyez Dostoïevski, car je pense que la littérature policière n'apporte, dans ce domaine, qu'une statistique situationnelle (!), fictive par-dessus le marché). C'est ici que notre liberté interstitielle se réduira bientôt à zéro, à partir du moment où la technologie nous apportera le contrôle de tous par tous, la matrice des actes élémentaires et la machine à inventorier le contenu des pensées de chacun à chaque instant.

Sortir beaucoup des normes, rarement, ou en sortir très peu, très souvent. Sur ce point, nous voyons donc apparaître deux « dimensions » des situations : leur *nouveauté* intrinsèque ou la *rareté* de leur assemblage.

La société contrôle de plus en plus la première avec les armes conjuguées de la morale sociale, des fichiers et des mises en carte, des ordonnances médicales chez le pharmacien, etc. Elle contrôle encore assez mal la seconde et il me semble que l'on peut encore vivre une vie « originale » au sens situationniste, par un pattern nouveau de petites déviations banales. Les surréalistes, dans leur vie quotidienne, l'avaient déjà pressenti bien qu'ils eussent découvert que le pire ennemi du Surréalisme pouvait être la fatigue physique ou l'épuisement des réserves de courage intellectuel.

Mais il me semble, qu'à moins d'incohérence vis-à-vis de notre propre acceptation de l'automobile, du réfrigérateur et du téléphone, c'est-à-dire de la civilisation technologique où nous vivons, c'est dans l'*axe de la technologie* que nous devons rechercher des situations nouvelles et je me demande dans quelle mesure votre mouvement l'accepte. Il me paraît extrêmement facile de définir des situations nouvelles basées sur un changement technique, dont les conditions physiques sont déjà réalisées, ou réalisables, ou raisonnablement concevables. Par exemple, vivre sans pesanteur, habiter sous l'eau, marcher au plafond, d'une façon générale vivre dans des milieux étranges sont des situations qui nous sont fournies par la technique, au sens classique du mot.

On peut penser que la technique est loin de notre vie quotidienne. Je crois pourtant que ce serait méconnaître que le ménage possédant une cuisinière à thermostat vit une situation nouvelle. Il est évident, d'après ces exemples, que c'est le retentissement psychologique d'une situation qui fait sa valeur pour une philosophie situationniste.

Ici, une politique se dessine : demander aux sociologues où sont les ressorts sociaux du conventionalisme. Parmi les plus évidents, il y a la *sexualité* qui est certes susceptible d'apporter un grand nombre de situations nouvelles. La fabrication, biologiquement concevable, de femmes à deux paires de seins est, sans aucun doute, une proposition de la biologie à la tradition. L'invention, à côté des deux sexes conventionnels d'un, deux, trois, *n sexes* différents, propose une *combinatoire* sexuelle qui suit le théorème des permutations et suggère un nombre rapidement immense de situations amoureuses (factorielle *n*).

Une autre source de variations, donc de situations, pourrait reposer sur l'exploitation de nos sens. Les arts « olfactifs » n'ont, par exemple, été développés que dans des notations exclusivement et fortement sexualisées, et plutôt comme instrument de lutte entre les sexes, mais jamais comme un art abstrait. Dans le domaine artistique, un très grand nombre d'autres situations résulteront prochainement des capacités techniques et si les metteurs en scène américains ne savent que faire du cinérama, et à plus forte raison du Circlorama, peut-être est-il légitime d'espérer là une source d'arts nouveaux. Le rêve de l'Art Total est conditionné par la pauvreté de l'imagination artistique.

Qu'adviendrait-il d'une société comportant des couches sociales basées sur ce que Michael Young appelle la « Méritocratie » où celles-ci seraient inscrites dans les lois de l'État ? C'est certainement la fonction de la fiction sociologique que de le préfigurer. En fait, la vie quotidienne, telle que nous la connaissons, est susceptible, par des écarts qui peuvent paraître négligeables, de proposer des situations infiniment nouvelles. Je pense, par exemple, au grand clivage des hommes et des femmes basé sur une catégorisation *a priori* aléatoire mais définitive. Il n'est plus du tout inconcevable que les êtres changent de sexe au cours de leur vie, et les situations nouvelles, d'abord à caractère individuel, puis à caractère social, sont ici parfaitement concevables. Il me semble que ce serait l'un des rôles de l'Internationale Situationniste que de les explorer. Si l'on suppose simplement que les vecteurs d'attraction hommes pour femmes, femmes pour hommes deviennent symétriques au lieu de la dissymétrie temporelle qui est la règle statistique actuelle, on peut penser que 90 % du Théâtre, du Cinéma, de la Littérature et de l'Art figuratif doivent être remplacés.

On pourrait continuer indéfiniment cette énumération, mais il me semble, en bref, que la recherche de situations nouvelles qui me paraît, si je comprends bien, l'un des objets que pourrait se poser le Situationnisme, soit relativement facile et doive être liée, entre autres, à une étude de ce qu'apportent les techniques biologiques, que des tabous variés laissent pratiquement intactes.

En résumé :

1° Mon intérêt pour votre mouvement vient de l'idée de base de rechercher, dans une société contrainte au bonheur technologique, des situations nouvelles,

2° Il me semble que le terme de « situation » devrait être mieux défini ou redéfini dans votre perspective propre et qu'un rapport doctrinal de votre part à ce terme serait nécessaire. En particulier, la mesure de la valeur de nouveauté d'une situation me paraît un critère indispensable.

3° Il n'est pas difficile de trouver un grand nombre de situations nouvelles – j'en énumère ci-dessus une douzaine, – mais on peut pousser le raisonnement plus loin. Celles-ci peuvent être issues :

a) de la transgression des tabous qui, à l'intérieur du champ de liberté légale, viennent encore restreindre notre liberté pratique, en particulier dans le domaine sexuel et biologique ;
b) du « crime » au sens de la Sociologie de Durkheim ;
c) de nombreuses déviations étranges mais de faible ampleur autour de la norme ;
d) enfin, de la technologie, c'est-à-dire du pouvoir de l'homme sur les lois de la nature.

Je vous prie d'agréer, Monsieur, l'expression de mes meilleurs sentiments.

Lettre à en-tête de la revue *I.S.*, libellée : « Au cerveau cybernétique / 3e catégorie n° 220 000 000 000 022, immatriculation à l'université de Strasbourg : Ab-A-Moles. »

Paris, le 26 décembre 1963.

Petite tête,

Il était bien inutile de nous écrire. On avait déjà constaté, comme tout le monde, que l'ambition qui t'incite à sortir de ton usage fonctionnel immédiat est toujours malheureuse, puisque la capacité de penser sur quoi que ce soit d'autre n'entre pas dans ta programmation.

À peine est-il besoin, donc, de signaler que tu n'as rien compris à tes quelques lectures situationnistes (pour lesquelles, évidemment, toutes les bases te manquaient). Tilt. Refais tes calculs, Moles, refais tes calculs : voilà une satisfaction qu'aucun résultat positif ne viendra jamais t'enlever.

Si l'on recherchait ta « lettre ouverte », pour nous égarée, mais que diverses personnes avaient lue, c'est parce que nous pensions que, venant d'un être de ton espèce et s'adressant à nous, ce ne pouvait être qu'une lettre d'injures. Même pas ! On n'a pas besoin de savoir si ta lettre reflète fidèlement le degré moyen de ta balourdise, ou si tu as visé parfois à la plaisanterie. Faux problème, puisque tout ce que tu pourras jamais faire est, à nos yeux, contenu dans cette redondante et grossière plaisanterie que constitue ton existence.

Quand on connaît l'apparence humaine dont tes programmateurs t'ont revêtu, on conçoit que tu rêves à la production de femmes à n séries de seins. On se doute que tu peux être difficilement accouplé à moins. Ton cas personnel mis à part, tes rêveries pornographiques paraissent aussi mal informées que tes prétentions philosophico-artistiques.

Il y a pourtant un point où tu as été plus manqué encore : malgré ton papier à lettres, tu es un robot bien trop rustique pour faire croire que tu peux tenir le rôle de professeur d'université. En dépit de multiples déficiences, l'université bourgeoise – antérieurement à la bureaucratisation cybernétique que tu représentes si élégamment – laisse une certaine marge d'objectivité professionnelle chez ses maîtres. Dans des cas où de brillants élèves ont une opinion opposée à leur examinateur, il arrive que la réalité de leurs études soit reconnue tout de même ; et surtout, il n'arrive pas que les griefs extra-universitaires retenus contre eux soient ingénument proclamés à l'avance, avec les résultats qu'ils entraîneront. Mais toi, parvenu émerveillé de la poussière d'autorité qui t'échoit, tu ne peux laisser passer l'occasion d'une première revanche. C'est ainsi que misérablement (au sens « comme un lâche » et au sens « ce fut raté » ; médite sur la valeur anti-combinatoire d'un mot), en courant de toute la vitesse de tes petites jambes, tu as essayé de faire éliminer à un examen, en juin dernier, un de nos jeunes camarades dont tu enviais probablement l'intelligence et l'humanité. Pensais-tu que nous allions oublier ton comportement parce que tu as manqué ton coup ? Erreur, Moles.

Que les mécaniques de ta sorte soient enfin, par la voie officielle, supérieures à quelqu'un ; qu'elles aient un pouvoir de faire respecter leurs ineptes décisions, et les voilà qui se déchaînent au stimulus. Mais comme ce pouvoir est encore fragile, après tant d'arrivisme ! Nous rions de toi.

Crois pourtant que nous observerons tous la suite de ta carrière avec l'attention qu'elle mérite.

Guy DEBORD.

Ce tract fut publié en espagnol et aussi en version bilingue, espagnol et français.

Traduction des textes des deux photos :
« Je ne connais rien de mieux que coucher avec un mineur asturien. Voilà des hommes ! »

« L'émancipation des travailleurs sera l'œuvre des travailleurs eux-mêmes ! »

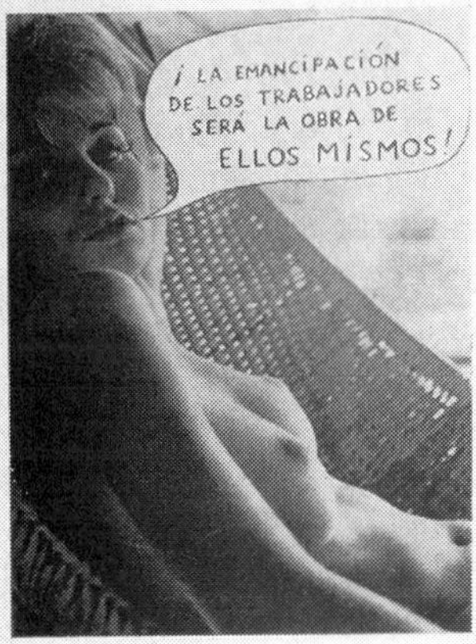

ESPAÑA EN EL CORAZÓN

Estas fotos que circulan en España demuestran, por el éxito que tienen, hasta que punto el amor de la libertad y la libertad en el amor continuan a definir el espíritu revolucionario, en todos aquellos lugares en donde su prohibición y sus diversas falsificaciones definen sin lugar a dudes el régimen opresor.

Denunciando la unión sagrada de la hipocresía clerical y de la dictatura franquista, este tipo de propaganda recuerda — el humor no excluye la oportunidad — a los responsables de las próximas insurrecciones que no puede existir cambio que no sea total, que no cubra la totalidad de la vida cotidiana. No se pueden suprimir algunos detalles de la opresión, sino suprimir la opresión en su totalidad. No se trata de cambiar de dueño o de patrón como tienen tendencia a creerlo los dirigentes y los políticos especializados de los partidos socialistas, comunistas, cristianos progresistas, trotskystas. Se trata de cambiar el modo de vida, de llegar a ser los dueños de nosotros mismos. Es para imponer **directamente** su poder que las masas revolucionarias, dispuestas a liquidar el franquismo, luchan **espontáneamente**.

Los situacionistas se reconocen perfectamente en este tipo de propaganda, en este porvenir.

Julio de 1964.

Editado por la Internacional situacionista

(Región Europa del Oeste)

L'Espagne au cœur

Plus d'une dizaine d'autres photos érotico-politiques furent ainsi diffusées en Espagne durant l'été 1964, parmi lesquelles les quatre ci-après.

Ces photos circulant clandestinement en Espagne attestent, par le succès qu'elles rencontrent, jusqu'à quel point l'amour de la liberté et la liberté dans l'amour continuent à définir l'esprit révolutionnaire, partout où leur interdiction et leurs falsifications diverses définissent immanquablement le régime oppressif.

Dénonçant l'union sacrée de l'hypocrisie cléricale et de la dictature franquiste, un tel type de propagande rappelle – et l'humour n'exclut pas l'opportunité – aux responsables des insurrections prochaines qu'il ne peut exister de changement que total, couvrant la totalité de la vie quotidienne. On ne peut supprimer quelques détails de l'oppression, on peut seulement supprimer l'oppression tout entière. Il ne s'agit pas de changer de maître ou d'employeur, comme le croient les dirigeants ou les politiciens spécialisés des partis socialistes, communistes, chrétiens, progressistes, trotskystes. Il s'agit de changer l'emploi de la vie, d'en devenir les maîtres. C'est pour imposer **directement** leur pouvoir que les masses révolutionnaires sur le point de liquider le franquisme luttent **spontanément**.

Les situationnistes se reconnaissent parfaitement dans cette forme de propagande, dans cet avenir.

Juillet 1964. Édité par l'Internationale situationniste (Région Ouest-Europe)

« Là où il y a liberté, il n'y a pas d'État. »

Donde hay libertad, no existe estado

« Que l'omelette se retourne, que les pauvres mangent du pain et les riches de la merde ! »

« Je n'ai jamais tant joui que le jour où l'église a brûlé et que le curé fut pendu. »

« Le bonheur est une idée neuve en Espagne. »

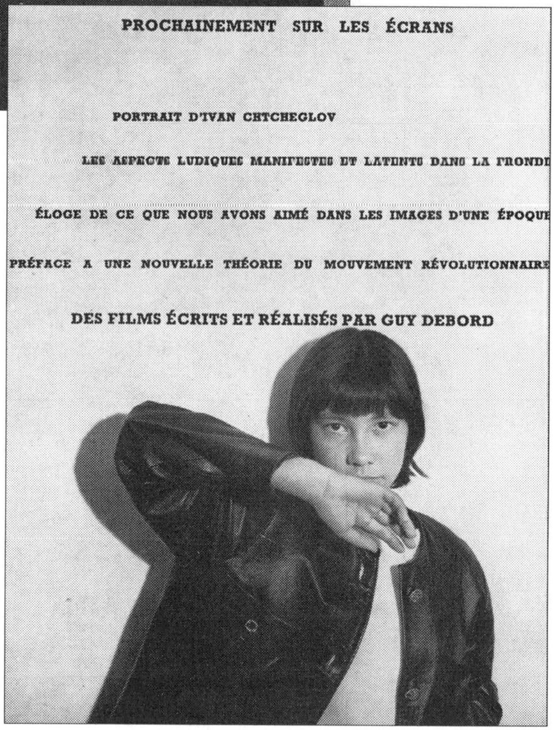

PROCHAINEMENT SUR LES ÉCRANS
PORTRAIT D'IVAN CHTCHEGLOV
LES ASPECTS LUDIQUES MANIFESTES ET LATENTS DANS LA FRONDE
ÉLOGE DE CE QUE NOUS AVONS AIMÉ DANS LES IMAGES D'UNE ÉPOQUE
PRÉFACE A UNE NOUVELLE THÉORIE DU MOUVEMENT RÉVOLUTIONNAIRE
DES FILMS ÉCRITS ET RÉALISÉS PAR GUY DEBORD

Couverture (plat 1 et 4) de *Contre le cinéma* (août 1964, photos André Causse). Quatrième et dernière monographie de la « Bibliothèque d'Alexandrie » éditée à Paris en août 1964 par l'Institut scandinave de vandalisme comparé (fondé en novembre 1961 par Asger Jorn au Danemark), *Contre le cinéma* rassemble les scénarios des trois premiers films de Guy Debord, précédés d'une préface d'Asger Jorn, *Guy Debord et le problème du maudit.* « À propos de mes projets de films annoncés dans *Contre le cinéma*, il faudrait comprendre qu'en réalité j'ai réalisé presque tout, mais sous d'autres titres. La *Préface à une nouvelle théorie*… est en fait *La Société du spectacle*, car j'ai commencé à écrire d'abord le livre de cette nouvelle théorie peu après la publication de *Contre le cinéma*. Dans *In girum*, on trouvera ce que j'appelle en 1964 *Éloge de ce que nous avons aimé*…, et une partie du *Portrait d'Ivan Chtcheglov*. Le seul film que je n'ai pas fait est le film qui aurait été un travail d'historien sur la Fronde. Mais en revanche, j'ai eu l'occasion de toucher un autre genre encore inconnu au cinéma avec *Réfutation*…, le discours ouvertement polémique », écrit-il en 1989 à Thomas Levin, enseignant à l'université de Yale qui préparait alors une étude sur ses films. Ce ne sera qu'à partir de 1973, et donc après Mai 68, que Guy Debord pourra de nouveau réaliser des films à la condition qu'il fixait en 1964 dans *Contre le cinéma* : « Les producteurs, distributeurs, et toutes personnes qui déclarent rechercher un cinéma indépendant, peuvent s'adresser à l'I.S. avec peu de risques d'être déçus, à la seule condition qu'ils admettent a priori notre liberté complète et incontrôlable, à tous les degrés du projet et de la réalisation. »

Karl Marx et le centenaire de l'AIT, Paris, 28 septembre 1964.

Tract célébrant la fondation à Londres, le 28 septembre 1864, de l'Association internationale des travailleurs (Ire Internationale).

La légende est tirée de *La Philosophie dans le boudoir* de Sade.

Ci-dessus :

Guy Debord et Raoul Vaneigem en 1962.

Extraits d'une lettre adressée à Raoul Vaneigem au reçu du manuscrit du *Traité de savoir-vivre à l'usage des jeunes générations* et alors que Guy Debord achevait la rédaction de *La Société du spectacle* (*Correspondance*, vol. 3, Fayard, 2003, p. 19-22).

« Banalités de base », de Raoul Vaneigem (*I.S.* nos 7 et 8)

Lundi soir, 8 mars 1965

Cher Raoul,

Un peu tardivement, les éloges vont pleuvoir !

Sans même tenir compte des précisions de ta dernière lettre, le *Traité* est une réussite, qui va *au-delà* de nos légitimes espérances. Très supérieur, je crois, à *Banalités* (qui pourtant, déjà, était très bon). Plus clair et lisible, de beaucoup. En étant aussi plus complet, dans le développement tracé déjà, ou annoncé. Je crois que ce sera très accessible à quelqu'un qui ignore beaucoup de nos bases (alors que la revue, dans ce cas, est inaccessible). En même temps, c'est au plus haut niveau.

C'est peut-être la première réapparition, en livre, du ton, du niveau de critique, des révolutionnaires dits « utopiques », c'est-à-dire des propositions de base pour le renversement de l'ensemble d'une société : ce qui précède forcément l'organisation pratique, qui s'est appelée assez malencontreusement « scientifique » au siècle dernier.

Je suis particulièrement ravi par la réussite du *ton*. Tout à fait dans la ligne que tu cherchais. Le passage du subjectif extrême à la théorie, qui n'est plus « sereine ». Il y a du Nietzsche, du Fourier, l'héritage légitime de la philosophie, au meilleur sens.

Je crois que la parution de ce livre – guère douteuse, à mon sens, compte tenu de la conjoncture et de son incontestable valeur (même selon « leurs » critères du sérieux intellectuel) – marquera la fin de la « préhistoire de l'I.S. ».

Une autre bonne chose : nos deux ouvrages, traitant évidemment du même problème, confluant dans la même perspective, vont passer sur ce terrain sans se confondre ; mais en s'y croisant de nombreuses fois, et se soutenant toujours. Comme des arcs-boutants dans la construction ogivale, en quelque sorte ? Coup de chance, tout de même, pour deux textes si peu concertés dans le détail. Mais aussi contre-épreuve de la cohérence, réussie.

J'annote mon exemplaire. Je relève les rares points obscurs (dans l'expression). Je n'ai guère de remarques à formuler, excepté pour un bon nombre de virgules qui ont déserté, et quelques vétilles, comme *Pierre* François Lacenaire.

Je pense que nous gagnons là une importante bataille. On voit une preuve dont nous ne doutions pas, mais que l'intelligentsia commune tiendra pour incertaine jusqu'à son dernier souffle. Donc, commencer tout de suite à enfoncer un clou de taille suffisante.

Je ne peux mieux te dire : le début de cette lecture (que la suite confirmait) a été pour moi une des plus grandes joies de la période actuelle. On peut dire, retournant une phrase de la page 32 (comme l'ont montré Lautréamont et Vaneigem toute expression vraie de la tristesse peut être renversée immédiatement) :

« La joie éprouvée à l'occasion d'un signe de victoire… ne m'atteint pas de l'extérieur, mais vient de moi comme une source qu'un glissement de terrain vient de libérer. Les jeux, les désirs, *le programme* de l'enfance restent armés, en partisans cachés dans les forêts inhabitables de l'empire adulte. La vie ne cesse d'attendre le moment de sa contre-offensive. »

Détournement du *Traité…* : « Rien ne me dissuadera de cette conviction : ma tristesse éprouvée lors d'une rupture, d'un échec, d'un deuil ne m'atteint pas de l'extérieur comme une flèche mais sourd de moi telle une source qu'un glissement de terrain vient de libérer. [...] Les pleurs, les cris, les hurlements de l'enfance restent emprisonnés dans le cœur des hommes. À jamais ? En toi aussi le vide ne cesse de gagner. »

[...] Depuis un mois, quoique me trouvant assez heureusement occupé par ailleurs, j'ai subordonné beaucoup des charmes de la vie quotidienne et de l'errance à l'achèvement de la critique du spectacle. Je me suis arrêté absolument de boire, jusqu'à ce que la dernière ligne soit écrite. Exemple digne de l'Antique ! Aux Thermopyles, comme les Spartiates... Dans le meilleur cas, j'en ai encore pour six semaines ou deux mois. Ce qui me pèse. Mais le piège que je me suis tendu est habile.

Je vois bien que ceci est en marge des lois exactes du *Savoir-vivre*, mais il s'agit justement de les promulguer.

Je vais vers une forme assez sèche*, une suite de thèses probablement assommantes à la lecture, mais qui peuvent donner à penser.

* À la relecture : c'est l'inconscient qui choisit le terme, non une plaisanterie volontaire.

Ce sera – presque sûrement – divisé en douze « chapitres » :

1/12. Généralités sur le spectacle. Son omniprésence.

2/12. Fondements économiques du spectacle.

3/12. Histoire du mouvement ouvrier.

4/12. L'environnement d'objets, et son contrôle perfectionné (cas-limite : l'urbanisme).

5/12. La représentation de l'homme dans la société du spectacle (le rôle, la vedette).

6/12. Les relations du spectacle et du temps.

7/12. Les contradictions internes dans le « message spectaculaire ».

8/12. L'étude spectaculaire du spectacle (la sociologie critique moderne).

9/12. Le dépassement de la culture.

10/12. La survie de la culture (= culture de la survie).

11/12. Les conditions de la contestation dans la société du spectacle (ici l'expérience de l'I.S.).

12/12. Limites de ce livre (de tout livre ?).

Bien sûr, la plupart de ces titres sont très provisoires. Je ramènerai peut-être le tout à dix « chapitres » par la fusion des 1/12 et 12/12 avec leurs voisins. Mais les thèses seront très nombreuses.

La version définitive comportera neuf chapitres et deux cent vingt et une thèses.

J'espère t'amener quelques pages développées. Et plus d'explications sur le développement complet.

Amitiés,

Guy

ADRESSE AUX RÉVOLUTIONNAIRES D'ALGÉRIE ET DE TOUS LES PAYS

Écrit en juillet 1965 et diffusé en tract en Algérie, ce texte paraît dans *Internationale situationniste* n° 10, en mars 1966.

« Les révolutions prolétariennes… raillent impitoyablement les hésitations, les faiblesses et les misères de leurs premières tentatives, paraissent n'abattre leur adversaire que pour lui permettre de puiser de nouvelles forces de la terre et se redresser à nouveau formidable en face d'elles, reculent constamment à nouveau devant l'immensité infinie de leurs propres buts, jusqu'à ce que soit créée enfin la situation qui rende impossible tout retour en arrière. »

Marx (*Le 18 Brumaire de Louis Bonaparte*).

Camarades,

L'écroulement en miettes de l'image révolutionnaire que présentait le mouvement communiste international suit avec quarante années de retard l'écroulement du mouvement révolutionnaire lui-même. Ce temps gagné par le mensonge bureaucratique, ajouté au permanent mensonge bourgeois, a été du temps perdu par la révolution. L'histoire du monde moderne poursuit son processus révolutionnaire, mais inconsciemment ou dans une fausse conscience. Partout des affrontements sociaux, mais nulle part l'ordre ancien n'est liquidé parmi les forces mêmes qui le contestent. Partout les idéologies du vieux monde sont critiquées et rejetées, mais nulle part « le mouvement réel qui supprime les conditions existantes » n'est libéré d'une « idéologie » au sens de Marx : les idées qui servent des maîtres. Partout des révolutionnaires, mais nulle part la Révolution.

L'écroulement de l'image benbelliste d'une demi-révolution algérienne vient de souligner maintenant cette déconfiture générale. Le pouvoir superficiel de Ben Bella représentait le moment de l'équilibre figé entre, d'une part, le mouvement des travailleurs algériens vers la gestion de la société entière et, d'autre part, la bureaucratie bourgeoise en formation dans le cadre de l'État. Mais dans cet équilibre officiel, la révolution n'avait rien pour réaliser ses objectifs, elle était déjà au musée, tandis que les possesseurs de l'État couverts par Ben Bella avaient tous les pouvoirs, à commencer par l'instrument répressif de base qu'est l'armée, et jusqu'au pouvoir de jeter leur masque, c'est-à-dire Ben Bella. Deux jours avant le putsch, à Sidi Bel Abbès, Ben Bella joignait l'odieux au ridicule en déclarant que l'Algérie était « plus unie que jamais ». Maintenant, il a cessé de mentir au peuple, et les circonstances parlent d'elles-mêmes. Ben Bella est tombé comme il a régné, dans la solitude et la conspiration, par la *révolution de palais*. Il est parti raccompagné par les gens mêmes avec qui il était venu : l'armée de Boumedienne qui lui avait ouvert la route d'Alger en septembre 1962. Cependant le pouvoir benbelliste entérinait les conquêtes révolutionnaires que la bureaucratie ne pouvait pas encore réprimer : l'autogestion. Les forces si bien cachées derrière le « Frère Musulman » Boumedienne ont ce but clair : liquider l'autogestion. Le mélange du jargon technocratique occidental et du pathos de l'ordre moral islamique renforcé, dans la déclaration du 19 juin, définit toute la politique du nouveau régime : « sortir du marasme général qui s'exprime déjà par une baisse de la productivité, une rentabilité économique décroissante et un désinvestissement inquiétant »... « tenir compte de notre foi, de nos convictions et des traditions séculaires de notre peuple et de ses valeurs morales ».

L'étonnante accélération de l'histoire de la démystification politique doit servir maintenant à l'accélération de l'histoire de la théorie révolutionnaire. Une même société de l'aliénation, du contrôle totalitaire (ici c'est le sociologue qui vient d'abord, et là c'est la police), de la consommation spectaculaire (ici les voitures et les gadgets, et là la parole du chef vénéré), règne partout malgré les variétés dans ses déguisements idéologiques ou juridiques. On ne peut comprendre la cohérence de cette société sans une critique totale, éclairée par le projet inverse d'une créativité libérée, le projet de la domination de tous les hommes sur leur propre histoire, à tous les niveaux. Ceci est la revendication *en actes* de toutes les révolutions prolétariennes, revendication jusqu'ici toujours vaincue par les spécialistes du pouvoir qui prennent en charge les révolutions, et en font leur propriété privée.

Ramener dans notre temps ce projet et cette critique *inséparables* (chacun des termes faisant voir l'autre), cela signifie immédiatement relever tout le radicalisme dont furent porteurs le

LE SPECTACULAIRE CONCENTRÉ

Dans la zone sous-développée du *marché mondial*, on rassemble dans l'idéologie et, à l'extrême, sur un seul homme, tout *l'admirable* étatiquement garanti, indiscutable, qu'il s'agit d'applaudir et de consommer passivement. La faible quantité des marchandises réellement disponibles tend à ramener cette consommation au pur regard. L'image du pouvoir, dans laquelle ce regard doit trouver tout son bonheur, est donc un fourre-tout des qualités socialement reconnues. Soekarno devait être à la fois un génial conducteur de peuple et un irrésistible séducteur de cinéma. Philosophe, il concentrait dans le concept de « Nasakom » le nationalisme, la religion et le « communisme » stalinien ; de même qu'il régnait à la Ben Bella, en fondant son autorité sur l'antagonisme évident de l'armée et du plus puissant parti stalinien d'Asie. Il veut continuer de tenir son « rôle unique » de représentant perpétuel de cette perfection hybride alors même que son armée a massacré, d'après lui, au moins 97 000 de ses communistes, et qu'elle continue. « Notre capacité d'arrondir les angles est telle, écrivait l'officieux *Indonesian Herald* après le putsch manqué du 1er octobre, que, si Moscou et Pékin avaient adopté le système indonésien pour "résoudre" les problèmes, le conflit idéologique actuel entre les deux pays ne serait jamais devenu public. »

mouvement ouvrier, la poésie et l'art modernes en Occident (comme préface à une recherche expérimentale sur la voie d'une construction libre de la vie quotidienne), la pensée de l'époque du dépassement de la philosophie et de sa réalisation (Hegel, Feuerbach, Marx), les luttes d'émancipation depuis le Mexique de 1910 jusqu'au Congo d'aujourd'hui. Pour cela, il faut d'abord reconnaître dans toute son étendue, sans avoir gardé aucune illusion consolante, la défaite de l'ensemble du projet révolution-

LE SPECTACULAIRE DIFFUS

Le capitalisme parvenu au stade de l'abondance des marchandises disperse ses représentations du bonheur, et donc de la réussite hiérarchique, en une infinité d'objets et gadgets exprimant, réellement et illusoirement, autant d'appartenances à des stratifications de la société consommatrice ; et tous ces objets sont démodés et renouvelés selon les nécessités de l'écoulement d'une production en expansion. Le spectacle des objets multiples qui sont *à vendre* invite à tenir des rôles multiples parce qu'il vise à obliger chacun à se reconnaître, à se réaliser, dans la consommation *effective* de cette production répandue partout. N'étant que réponse à une définition spectaculaire des besoins, une telle consommation demeure elle-même essentiellement spectaculaire en tant qu'elle est pseudo-usage : elle n'a de rôle effectif qu'en tant qu'échange économique nécessaire au système. Ainsi la nécessité réelle n'est pas vue ; et ce qui est vu n'a presque pas de réalité. L'objet est d'abord montré, pour qu'on veuille le posséder ; puis il est possédé pour être montré, en réponse. Des ensembles d'objets admirables sont donc constitués, qui ont pour fonction de signifier un standing précis, et même une pseudo-personnalité, exactement identique aux objets qui la représentent. Ici, exposé par le magazine *Lui* de janvier 1964, l'assemblage d'achats équivalent au tempérament « homme d'affaires » comporte une édition des « œuvres économiques » de Marx.

naire *dans le premier tiers de ce siècle* et son remplacement officiel, en toute région du monde aussi bien qu'en tout domaine, par des pacotilles mensongères qui recouvrent et aménagent le vieil ordre. La domination du capitalisme bureaucratique d'État sur les travailleurs est le contraire du socialisme, c'est la vérité que le trotskisme a refusé de voir en face. Le socialisme existe là où les travailleurs gèrent eux-mêmes directement la totalité de la société ; il n'existe donc ni en Russie ni en Chine, ni ailleurs. Les révolutions russe et chinoise ont été vaincues de l'intérieur. Elles fournissent aujourd'hui au prolétariat occidental et aux peuples du Tiers-Monde un faux modèle qui équilibre en réalité le pouvoir du capitalisme bourgeois, de l'impérialisme.

Reprendre ainsi le radicalisme implique naturellement aussi un approfondissement considérable de toutes les anciennes tentatives libératrices. L'expérience de leur inachèvement dans l'isolement, ou de leur retournement en mystification globale, conduit à mieux comprendre la cohérence du monde à transformer et, à partir de la cohérence retrouvée, on peut sauver beaucoup de recherches partielles constituées dans le passé récent, qui accèdent de la sorte à leur vérité (le contenu libérateur de la psychanalyse, par exemple, ne peut être ni compris ni réalisé en dehors de la lutte pour l'abolition de toute répression). L'appréhension de cette cohérence réversible du monde, tel qu'il est et tel qu'il est possible, dévoile le caractère fallacieux des demi-mesures, et le fait qu'il y a essentiellement demi-mesure chaque fois que le modèle de fonctionnement de la société dominante – avec ses catégories de hiérarchisation et de spécialisation, corollairement ses habitudes ou ses goûts – se reconstitue à l'intérieur des forces de la négation.

En outre, le développement matériel du monde s'est accéléré. Il accumule toujours plus de pouvoirs virtuels ; et les spécialistes de la direction de la société, du fait même de leur rôle de conservateurs de la passivité, sont forcés d'en ignorer l'emploi. Ce développement accumule en même temps une insatisfaction généralisée et de mortels périls objectifs, que ces dirigeants spécialisés sont incapables de contrôler durablement. Le problème, fondamental, du sous-développement doit être résolu à l'échelle mondiale, d'abord par la domination révolutionnaire du *surdéveloppement irrationnel* des forces productives dans le cadre des diverses rationalisations capitalistes. Les mouvements révolutionnaires du Tiers-Monde ne peuvent réussir en eux-mêmes qu'à partir d'une contribution lucide à la révolution mondiale. Le développement ne doit pas être une course pour rattraper la réification capitaliste, mais la résolution de tous les besoins réels comme base d'un véritable développement des facultés humaines.

La nouvelle théorie révolutionnaire doit marcher au pas de la réalité, c'est-à-dire être à la hauteur de la praxis révolutionnaire qui s'amorce ici et là, mais encore partielle, mutilée et sans projet global cohérent. Notre langage, qui paraîtra peut-être fantastique, est celui-là même de la vie réelle. L'histoire ne cesse de le montrer, et toujours plus lourdement. Si dans cette histoire, ce qui est familier n'est pas pour autant connu, c'est parce que la vie réelle elle-même n'apparaît que sous une forme fantastique, dans l'image renversée qu'en impose le *spectacle* moderne du monde : dans le spectacle toute la vie sociale et jusqu'à la représentation de révolutions factices est écrite dans le langage mensonger du pouvoir et filtrée par ses machines. Le spectacle est l'héritier terrestre de la religion, l'opium du capitalisme parvenu au stade d'une « société d'abondance » de *marchandises*, l'illusion effectivement consommée dans la « société de consommation ».

Aux explosions sporadiques de la contestation révolutionnaire répond une organisation internationale de la répression, dont la division des tâches s'opère à l'échelle mondiale. Chacun des blocs, ou des éclats centrifuges de blocs, assure dans sa sphère d'influence le sommeil léthargique de tous, le maintien d'un ordre qui reste fondamentalement le même. Cette répression permanente s'étend depuis l'expédition militaire jusqu'à la falsification plus ou moins complète que pratique aujourd'hui tout pouvoir constitué : « la vérité est révolutionnaire » (Gramsci) et tout gouvernement existant, même issu des mouvements les plus libérateurs, se fonde sur le mensonge à l'intérieur et à l'extérieur. C'est justement cette répression qui constitue la plus retentissante vérification de nos hypothèses.

Les tentatives révolutionnaires d'aujourd'hui, parce qu'elles ont à briser toutes les règles de fausses compréhensions imposées par la « coexistence pacifique » des mensonges régnants, commencent dans *l'isolement*, aussi bien dans tel secteur particulier du monde que dans tel secteur particulier de la contestation. Elles n'attaquent que l'aspect le plus immédiat de l'oppression, armées de la plus courte définition de la liberté. Ainsi elles rencontrent le maximum de répression et de calomnies (on les accuse de refuser un ordre existant en en approuvant forcément une variante existante), et le minimum d'aide. D'autant plus leur victoire est difficile, et d'autant plus leur victoire leur est facilement confisquée par de nouveaux oppresseurs. Les prochaines révolutions *ne peuvent trouver d'aide dans le monde qu'en s'attaquant au monde, dans sa totalité.* Le mouvement d'émancipation des Noirs américains, s'il peut s'affirmer avec conséquence, met en cause toutes les contradictions du capitalisme moderne ; il ne faut pas qu'il soit escamoté par la diversion du nationalisme et capitalisme « de couleur » des « Black Muslims ». Les ouvriers des U.S.A., comme ceux d'Angleterre, s'opposent par les « grèves sauvages » au syndicalisme bureaucratisé qui vise d'abord leur intégration au système capitaliste concentré et semi-planifié. C'est avec ces ouvriers, avec les étudiants qui viennent de réussir la grève de l'Université de Berkeley qu'une révolution nord-américaine peut se faire ; et pas avec la bombe atomique chinoise.

Le mouvement qui entraîne les peuples arabes vers l'unification et le socialisme a obtenu des victoires contre le colonialisme classique. Mais il est de plus en plus évident qu'il doit en finir avec l'Islam, force contre-révolutionnaire manifeste, comme toutes les idéologies religieuses ; il doit admettre la liberté du peuple kurde ; il doit en finir avec le prétexte palestinien qui justifie la politique dominante dans les États arabes, puisque cette politique se propose avant tout de détruire Israël, et qui la justifie à perpétuité, puisque cette destruction est impossible. C'est un *modèle de société révolutionnaire réalisé par les Arabes* qui, seul, peut dissoudre les forces répressives de l'État d'Israël. De même que la réussite d'un modèle de société révolutionnaire dans le monde marquerait la fin de l'affrontement, en majeure partie factice, entre l'Est et l'Ouest, de même finirait l'affrontement Israël-Arabes qui en est une reproduction minuscule.

Les tentatives révolutionnaires d'aujourd'hui sont *abandonnées* à la répression, parce qu'aucun pouvoir existant n'a intérêt à les soutenir. Aucune organisation pratique de l'internationalisme révolutionnaire n'existe encore pour les soutenir. On *regarde passivement* leur combat, et les bavardages illusionnistes de l'O.N.U. ou des spécialistes des pouvoirs étatiques « progressistes » accompagnent seuls leur agonie. À Saint-Domingue, les troupes des États-Unis ont osé intervenir en pays étranger pour appuyer des militaires fascistes, contre le gouvernement légal du kennediste Caamano, simplement par peur qu'il ne soit débordé par le peuple qu'il avait dû armer. Quelles forces dans le monde ont pris des mesures de rétorsion contre la présence américaine ? Au Congo en 1960, les parachutistes belges, le corps expéditionnaire de l'O.N.U. et l'État sur mesure de l'« Union Minière » ont brisé l'élan populaire qui croyait avoir conquis l'indépendance ; ils ont tué Lumumba et M'Polo. En 1964 les parachutistes belges, les avions de transport américains, et les mercenaires sud-africains, européens et cubains anti-castristes ont fait refluer la deuxième vague insurrectionnelle des mulélistes. Quelle aide pratique a fourni la prétendue « Afrique révolutionnaire » ? Est-ce que mille volontaires algériens, vainqueurs d'une guerre bien plus dure, n'auraient pas suffi pour empêcher la chute de Stanleyville ? Mais le peuple armé d'Algérie était depuis longtemps remplacé par une armée classique, affermée à Boumedienne, qui avait d'autres desseins.

Les prochaines révolutions sont placées devant l'effort de *se comprendre elles-mêmes*. Il leur faut réinventer totalement leur propre langage ; et se défendre contre toutes les récupérations qu'on leur prépare. La grève des mineurs des Asturies, quasi-permanente depuis 1962, et tous les autres signes d'opposition qui annoncent la fin du franquisme ne tracent pas pour l'Espagne un avenir inévitable mais un choix : ou bien l'union sacrée que préparent en ce moment l'Église espagnole, les monarchistes, les « phalangistes de gauche » et les staliniens pour adapter harmonieusement l'Espagne post-franquiste au capitalisme modernisé, au Marché commun ; ou bien la reprise et l'accomplissement de ce que la révolution, vaincue par Franco et ses complices de tous bords, a eu de plus radical : les rapports humains du socialisme ont été réalisés, quelques semaines, à Barcelone en 1936.

Il s'agit, pour le nouveau courant révolutionnaire, partout où il apparaît, de commencer à relier entre eux les actuelles expériences de contestation et les hommes qui en sont porteurs. Il s'agira d'unifier, en même temps que de tels groupes, la *base cohérente de leur projet*. Les premiers gestes de l'époque révolutionnaire qui vient concentrent en eux un nouveau contenu, manifeste ou latent, de la critique des sociétés actuelles, et de nouvelles formes de lutte ; et aussi les moments irréductibles de toute l'ancienne histoire révolutionnaire restée en suspens, qui réapparaissent comme *des revenants*. Ainsi la société dominante, qui se flatte tant de sa modernisation permanente, va trouver à qui parler, car elle commence enfin à produire elle-même sa négation modernisée.

Vivent les camarades qui en 1959, dans les rues de Bagdad, ont brûlé le Coran !

Vivent les Conseils ouvriers de Hongrie, défaits en 1956 par l'Armée dite Rouge !

Vivent les dockers d'Aarhus qui, l'année dernière, ont effectivement boycotté l'Afrique du Sud raciste, malgré la répression judiciaire du gouvernement social-démocrate danois et leur direction syndicale !

Vive le mouvement étudiant « Zengakuren » du Japon, qui combat activement le pouvoir capitaliste de l'impérialisme et celui de la bureaucratie dite communiste !

Vive la milice ouvrière qui a défendu les quartiers du nord-est de Saint-Domingue !

Vive l'autogestion des paysans et des ouvriers algériens ! L'alternative est maintenant entre la dictature bureaucratique militarisée et la dictature du « secteur autogéré » *étendu à toute la production et à tous les aspects de la vie sociale.*

Alger, juillet 1965.

INTERNATIONALE SITUATIONNISTE

Extrait d'une lettre de Guy Debord à Chatterji du 7 janvier 1965 (*Correspondance*, vol. 3, *op. cit.*, p. 15-16).

« On ne peut vraiment parler d'un mouvement révolutionnaire existant actuellement au Japon ou en Espagne, ni même,. pour d'autres raisons, au Congo. Mais dans la mesure où il y apparaît nettement certaines activités de minorités radicales, nous nous sommes intéressés à y avoir des contacts pratiques, dans le but d'y faire passer, et vérifier autant que possible, le niveau de critique que nous définissons. Au Japon, à travers la Ligue communiste-révolutionnaire qui anime, entre autres, le mouvement Zengakuren. En Espagne, par des éléments du F[rente de] L[iberación] P[opular]. Au Congo, il s'agit seulement d'étudiants mulélistes, on ne sait pas encore quelles suites pratiques peuvent en découler. Nous essaierons de publier une brochure sur les conditions du mouvement congolais, si nous pouvons réunir d'abord assez d'informations directes significatives. »

1966

Les vingt et une thèses sur les *Conditions du mouvement révolutionnaire congolais* furent achevées en juillet 1966 et sont restées inédites.

Conditions du mouvement révolutionnaire congolais

1 – Le mouvement révolutionnaire au Congo est inséparable d'une révolution africaine, laquelle est inséparable de l'abolition mondiale réelle de toute *division en classes*, division fondamentale d'une société étendue maintenant à toute la terre, et dont découlent toutes les oppositions entretenues de nations et de races. Ainsi, le mouvement congolais doit être fermement internationaliste, universellement ennemi de toute exploitation. Il doit reconnaître partout dans le monde ses amis et ses ennemis sur ce seul *critère réel*, et combattre toute illusion.

2 – Le mouvement congolais doit donc constater et critiquer l'état réel du monde, et des forces révolutionnaires dans le monde. Ces forces ont subi *un demi-siècle de déroute* après la défaite de la révolution russe : la saisie du pouvoir par une bureaucratie prétendue communiste, identifiée à *l'État* pour commander et exploiter le prolétariat russe. Cette bureaucratie a *liquidé* le mouvement ouvrier révolutionnaire existant alors

dans les pays industriellement avancés. Elle lui a imposé objectivement ce choix : réformisme au service du capitalisme national, ou domestication contre-révolutionnaire au service de la bureaucratie de Moscou.

3 – C'est parce que le mouvement révolutionnaire était ainsi vaincu dans les pays avancés, que les pays colonisés et semi-colonisés ont eu à combattre seuls l'impérialisme. Mais, le combattant seuls sur une partie seulement du terrain révolutionnaire total, ils ne l'ont repoussé que *partiellement.* En Chine, la lutte des paysans contre l'impérialisme américain, européen et japonais, n'a mené au pouvoir qu'une bureaucratie sur le modèle russe. C'est son retard sur l'industrialisation de la Russie qui l'oppose maintenant à la forme russe (ainsi que la suite des luttes d'intérêts *nationaux* des « grandes puissances ») ; et aucunement des divergences stratégiques révolutionnaires, qui ne sont que de cyniques impostures, comme le montre la politique de l'État chinois dans toutes les occasions où il croit trouver son profit.

4 – Là où l'impérialisme a su *modifier sa forme de domination* avant que la lutte des colonisés n'arrive à un choc armé victorieux, il est resté maître des pays « décolonisés ». Senghor ou Mba remplacent un gouverneur étranger, et on change un détail de l'uniforme des mêmes gendarmes, que les mêmes maîtres paient et organisent.

5 – Dans beaucoup de pays devenus officiellement indépendants, une classe dominante locale s'assure une certaine domination indépendante, mais pour *elle-même.* C'est une bourgeoisie mélangée de bureaucratie (les bureaucrates dirigeant l'État, l'économie, l'encadrement politique des masses). De Nasser à Boumedienne, de Soglo à Nkrumah, on peut voir les diverses voies de la formation d'une classe dirigeante *dans l'État.* La lutte des classes encadrée bureaucratiquement crée une direction séparée (Algérie, Ghana), qui pactise plus ou moins avec la bourgeoisie locale. Ou bien la bureaucratisation de la société où la bourgeoisie est trop faible vient de l'armée (Égypte). Ou bien les chefs traditionnels se saisissent de la nou-

velle bureaucratie d'État, et ainsi tendent à constituer une bourgeoisie, non par le travail productif, mais par le pillage organisé du pays. C'est alors une bourgeoisie qui *n'accumule pas*, mais qui *dilapide* – et la plus-value du travail local, et les subsides étrangers des États impérialistes qui sont ses protecteurs. Là où la bureaucratie comme telle constitue la classe dominante, elle accumule le capital, elle industrialise effectivement, mais suivant ses propres intérêts. Elle apparaît comme la *version sous-développée* de la vieille bourgeoisie européenne.

6 – Tous ces pouvoirs accumulent les mensonges, tous se disent socialistes. En cela aussi, ils sont une imitation sous-développée de la bureaucratie qui a vaincu le mouvement ouvrier en Europe. Le mouvement révolutionnaire au Congo comme partout, doit dire la vérité, ce qui revient à dire : *abolir tout pouvoir séparé de la société*, car là est la racine de l'idéologie, c'est-à-dire du mensonge. Il faut dénoncer et transformer la réalité mondiale présente, sans aucune réserve.

7 – N'est sous-développé que celui qui accepte l'image du développement *de ses maîtres*. Mais le seul développement humain universel est justement l'abolition des maîtres, la société sans classes. Le mouvement congolais ne peut reconnaître aucune valeur positive aux formes sociales des anciens colonisateurs, ni aux formes de nouvelle exploitation bureaucratique de ceux qui *parlent* de leur libération selon la voie russe ou chinoise. Il faut comprendre que *les colonisateurs ont été eux-mêmes colonisés* : chez eux, dans leur propre vie, avec toute cette puissante activité des sociétés industrielles qui se retourne à tout moment comme une force ennemie contre les masses de travailleurs qui la produisent, qui ne la maîtrisent jamais et sont au contraire toujours maîtrisés par elle. Il faut comprendre aussi que *les libérateurs, du genre chinois, doivent être eux-mêmes libérés*. Le mouvement révolutionnaire réel en Afrique, comme dans le reste du monde, les aidera pour cette libération. Il lui faut d'abord admettre qu'*il n'a rien à respecter de ce qui existe.*

8 – Le défaut de tout gouvernement révolutionnaire africain – y compris celui de Lumumba – c'est qu'il devient *indépendant*

des masses de son propre pays bien avant d'être effectivement indépendant de l'étranger. L'État est en Afrique un article d'importation. En entrant dans l'État, le mouvement révolutionnaire se sépare toujours des masses qu'il prétend représenter ; mais sans l'activité libre de ces masses le pays ne peut aucunement reconstruire et défendre une nouvelle forme de société libre, contre tous les exploiteurs étrangers qui utiliseront leurs forces pour maintenir l'oppression qui leur est utile.

Patrice Lumumba (1925-1961). Premier ministre du Congo à son indépendance en 1960, il sera assassiné l'année suivante à la suite du coup d'État de Mobutu perpétré avec la complicité des compagnies minières du Katanga et de l'armée belge, appuyées par les États-Unis.

9 – Une classe dirigeante au Congo (et la possession de l'État est la base sociale suffisante d'une telle classe) sera toujours elle-même dominée par l'étranger : soumise aux buts de l'industrie mondiale. Le Congo est *trop riche* pour être abandonné par l'exploitation étrangère (voir l'usage des minerais du Kivu et du Katanga pour « l'industrie spatiale » américaine). L'avance et le retard des zones économiques du monde sont profondément imbriqués, chaque terme maintient l'autre. Toutes les formes d'exploitation possible seront donc essayées successivement par diverses puissances ; et les Congolais ne seront jamais abstraitement « maîtres chez eux » (comme les *citoyens* anglais ou italiens dans leur illusion politique) avant de devenir réellement *maîtres d'eux-mêmes*. Pour avoir l'indépendance, il leur faut *être* libres effectivement.

10 – L'échec de Lumumba n'est pas l'échec du primitivisme de l'État au Congo, mais au contraire l'échec de la meilleure volonté d'État possible, animée de la plus authentique passion de l'indépendance. Il était trop tard dans le monde pour le jacobinisme, le volontarisme de l'État. L'État est le piège où l'on a pris Lumumba. Il a découvert que le gouvernement, pour un Congolais radical, n'est qu'un rôle sans force effective. Lumumba croyait gouverner, et ne pouvait que *dire* ses intentions. Et pour ce qu'il a dit, on l'a tué sans qu'il puisse se défendre. Les successeurs de Lumumba détruiront l'État, en souvenir de ceci.

Joseph-Désiré Mobutu (1930-1997). Chef d'état-major en 1960, il renverse le gouvernement de Patrice Lumumba et le livre à ses ennemis. Il prend le pouvoir en 1965 et en sera chassé en mai 1997, peu de mois avant sa mort en exil.

11 – Le pseudo-nationalisme de Mobutu n'est qu'une démagogie d'un domestique de l'étranger, à qui ses maîtres conseillent de *jouer au maître*. Il change les noms des villes du Congo, il n'en change pas *les propriétaires*.

12 – La lutte armée qui n'a été repoussée, en 1964, que par l'intervention ouverte des forces belges et américaines, venues au secours des *mercenaires permanents* de la nouvelle colonisation, n'a pas su s'organiser comme mouvement révolutionnaire aussi bien qu'elle a su combattre. Elle n'a pas compris l'expérience de Lumumba. Elle a donné le pouvoir autoritaire à des chefs qui (à l'exception de Pierre Mulele) ont eux-mêmes *joué au gouvernement* ; et qui n'ont pas compris la nature des gouvernements qui prétendent les soutenir. Finalement, ils se sont divisés en exil. Ils ont divisé un pouvoir qui était déjà *séparé* de la base congolaise en lutte. Ils ont commencé les mauvais jeux de l'État avant même d'avoir conquis leur État.

Pierre Mulele (1929-1968). Ancien ministre de l'Éducation de Patrice Lumumba, il mène une guérilla contre le régime de Mobutu. Il sera lui aussi assassiné, et comme Lumumba, son corps ne sera jamais retrouvé.

13 – Le but du mouvement révolutionnaire congolais est *l'autogestion*, celle qui est apparue sous une forme limitée après la première victoire de la révolution algérienne, et que le pouvoir de Boumedienne combat âprement. L'autogestion doit être réalisée totalement. Elle est partout la seule garantie d'indépendance. C'est elle, et non l'État centralisateur, qui devra dépasser le tribalisme. Depuis Lumumba, que le tribalisme a contribué à désarmer, d'une part l'émigration vers la vie urbaine a augmenté la proportion de la population qui se trouve sur une base de vie détribalisée (par exemple, la disparition de la domination bakongo à Kinshasa). D'autre part et surtout, chaque représentant des tribus est devenu un homme de l'État. Ainsi la représentation s'est détachée de sa base tribale – elle lui est devenue étrangère ; elle doit apparaître comme étrangère.

14 – Les travailleurs des villes devront s'organiser en Conseils, qui détiendront à jamais la totalité du pouvoir. Leurs délégués – qui doivent être révocables à tout instant par la base qui les mandate – et ceux des campagnes devront créer une communication permanente, qui sera facilitée par le fait que l'autogestion des travailleurs n'aura pas à imposer un quelconque rythme de développement pour rattraper quelque modèle étranger, mais aura le pouvoir de créer librement toute la vie sociale à partir de la base existante. Si les travailleurs congolais possèdent *directement* leur propre force de travail et *toutes les res-*

sources industrielles du pays, ils peuvent fort bien décider une chute relative de la production.

15 – La question du développement économique ne pourra alors être posée qu'à partir de la liberté de choix ; et dans le cadre de la lutte révolutionnaire mondiale. Il est évident que la part de surtravail placée à la disposition d'une délégation centrale des Conseils devra être employée en priorité à la défense de la situation révolutionnaire existante, donc au soutien de sa propagation dans toute l'Afrique, et partout dans le monde où elle apparaîtra sur le même modèle.

16 – L'organisation des révolutionnaires congolais conséquents, qui défendent ces principes, doit être elle-même conçue en fonction de tels principes. Elle ne doit reconnaître aucune « élite » et s'apprêter à combattre toute élite sociale qui voudrait se constituer à partir d'elle. Elle refuse toute séparation entre travailleur manuel et intellectuel ; et elle soutiendra absolument *l'égalisation radicale des niveaux de vie*, la démocratie directe en elle et autour d'elle. Elle se proposera d'organiser d'abord les travailleurs des villes, et d'employer les formes modernes de luttes économiques et politiques (grèves, soulèvements urbains). Elle condamne absolument la *représentation parlementaire*, comédie en Europe, et comédie pire en Afrique.

17 – Le mouvement révolutionnaire congolais doit être dans les masses non seulement le modèle d'organisation, mais le *modèle de la cohérence* de ce qu'elles veulent, en sachant montrer toutes les conséquences de ce qui s'affirme spontanément. Le socialisme en Afrique doit certainement s'inventer lui-même complètement, non parce que *c'est l'Afrique*, mais parce qu'il n'existe encore nulle part ailleurs ! Aussi, il n'a pas à se définir en tant que *socialisme africain*.

18 – Ce mouvement doit déclarer qu'il veut la *déchristianisation totale* du pays dans les plus courts délais, et sans retour. La religion est partout une aliénation. Mais en Afrique c'est une aliénation importée ; donc une force *doublement étrangère*. Elle est d'autant plus fragile. Elle se dissoudra facilement.

19 – L'enthousiasme des Congolais en 1960, ce qui a été appelé leur folie, le désir de changer la vie, a été le côté révolutionnaire dans le mouvement d'indépendance ; et la participation à la prétendue rationalité étatique a été au contraire son illusion et son échec dérisoire. Le mouvement révolutionnaire congolais ne doit pas briser toute communauté pour industrialiser une société d'individus séparés ; mais au contraire il doit réaliser la communauté à un degré supérieur, plus large et plus riche. Il considère que la fête, le repos, le dialogue et le jeu sont les principales richesses de sa société. Il veut développer de telles valeurs, et les propose comme exemple aux révolutionnaires des pays techniquement avancés.

20 – Le mouvement révolutionnaire congolais ne doit pas cacher que, victorieux, il ne déposera jamais les armes avant la libération totale de l'Afrique du Sud, par le boycott, le blocus ou la guerre. Autant il se déclare prêt à accueillir fraternellement les révolutionnaires de tous les pays, autant il exige que le reste du monde dit civilisé se prépare dès maintenant à recevoir la minorité raciste sud-africaine, qui ne pourra en aucun cas espérer rester innocemment dans le pays qu'elle a totalement asservi. Sa *dispersion* sera manifestement la seule chance de sa survie.

21 – Le mouvement révolutionnaire congolais aujourd'hui ne se place pas dans l'histoire de la négritude, mais il entre dans *l'histoire universelle*. Il est une partie du prolétariat révolutionnaire qui va remonter vers la surface de tous les pays. Comme tel, il doit combattre Johnson et Mao. Il doit venger Lumumba et Liebknecht, Babeuf et Durruti.

LETTRE À BRANKO VUCICOVIC

27 novembre 1965

Lettre à Branko Vucicovic, historien de l'art moderne et de son rôle social, résidant à Prague ; un extrait de cette lettre a été publié dans la notule « L'idéologie du dialogue », *Internationale situationniste* n° 10, mars 1966. *Correspondance*, vol. 3, *op. cit.*, p. 89-92.

Cher Monsieur,

Je voudrais défendre « les situationnistes » du reproche que vous leur faites ; non certes dans l'intention de vous convaincre, de loin et en peu de mots. J'essaierai seulement de vous montrer que votre lecture est sur ce point trop simple, et que la question – en elle-même discutable – de notre « intolérance » n'est certainement pas bien posée en ces termes. Je pense comme vous que c'est une question fondamentale, et que telles de nos positions théoriques (sur le jeu, le langage, etc.) non seulement risqueraient de devenir mensongères et sans valeur, mais encore *seraient déjà* aujourd'hui sans valeur si nous les soutenions en coexistence avec le dogmatisme d'une doctrine, quelle qu'elle soit.

Nous pensons tous comme vous, que « la liberté d'aller par tous les chemins, et spécialement par les chemins inaccoutumés » doit être absolue (et non seulement sur le plan artistique ou théorique, mais dans tous les aspects de la vie pratique). Pour mille raisons, dont l'expérience de l'Est est la plus évidente, nous savons qu'une idéologie au pouvoir fait passer toute vérité partielle au mensonge absolu. Comment pouvons-nous donc, dans cet esprit, nous affirmer par une rupture rigoureuse avec des penseurs à la mode, ou avec des situationnistes qui ont pensé ou agi à rebours de nos positions définies en commun ? C'est pour les quelques raisons suivantes, que je vous prie de considérer :

1) Nous ne sommes pas un *pouvoir* dans la société, et ainsi nos « exclusions » ne signifient que notre propre liberté de nous distinguer du confusionnisme autour de nous ou même parmi nous, lequel est beaucoup plus près de ce pouvoir social existant, et en a tous les avantages. Nous n'avons jamais voulu empêcher qui que ce soit d'exprimer ses idées ou de faire ce qu'il veut (et nous n'avons jamais cherché à être en position pratique pour faire pression dans ce sens). Nous refusons seulement *d'y être mêlés nous-mêmes* contre nos convictions et nos goûts. Notez que ceci est d'autant plus vital que nous n'avons presque aucune liberté d'exprimer nos propres

convictions et goûts tels qu'ils sont réellement, du fait de leur caractère nettement contre le courant. Notre « intolérance » n'est jamais qu'une réponse – bien limitée – à l'intolérance et l'exclusion pratiquement très solides que *nous rencontrons partout* dans l'« intelligentsia installée » particulièrement (considérablement plus fortes que celles dont le surréalisme a pu pâtir), et qui ne nous surprennent guère.

2) De même que nous ne sommes à aucun degré un pouvoir de contrôle dans la société, nous *refusons de le devenir* un jour à la faveur de quelque modification politique (nous sommes en cette matière partisan de l'*autogestion radicale*, des conseils de travailleurs abolissant tout pouvoir étatique ou même « théorique » séparé) ; et nous refusons même de nous transformer en pouvoir quelconque, à la petite échelle qui nous serait actuellement permise, quand nous n'acceptons pas d'enrôler des *disciples* qui nous donneraient, en même temps que ce droit de contrôle et de direction *sur eux*, une valeur sociale reconnue plus grande, mais en tant que vulgaire idéologie artistique ou politique. Sur ce point, certes, nous n'avons rien de commun avec Breton.

3) Nous refusons absolument de constituer une doctrine (nous rejetons le terme « situationnisme »), quelque chose qui prétendrait exister comme valeur normative quelque part en dehors de la pratique des individus réels partageant actuellement notre expérience. Ici également nous sommes aussi opposés au surréalisme qu'aux multiples variantes d'*idéologies* marxistes. Je vous accorde qu'en tant que défenseurs impérieux d'une doctrine esthético-morale limitative Breton n'est pas sans quelque air de famille avec Jdanov (et même dans ses procédés calomniateurs sacralisés par l'autorité du surréalisme) ; la différence est tout de même que Breton n'a pas exercé son « pouvoir terroriste » avec les armes d'une répression sociale (en outre la valeur artistique du surréalisme pendant vingt ans et son contenu partiellement révolutionnaire et libérateur sont incontestables).

4) On ne peut confondre les conditions pratiques d'une pensée libre ici et à l'Est – ou par exemple en Espagne. Là où rien ne peut être ouvertement exprimé, il faut évidemment soutenir le droit pour tous de s'exprimer. Mais dans des

conditions où tout le monde – quoique à travers une inégalité fantastique – peut s'exprimer, une pensée radicale – sans vouloir bien sûr supprimer cette liberté pratique – doit d'abord revendiquer son droit à l'existence (un « chemin inaccoutumé » de ce possible), sans qu'elle soit « récupérée » et maquillée par *l'ordre* qui manifestement règne au-dessus de cette confusion et complexité ouverte qui sont *apparentes*, et possèdent même finalement le *monopole de l'apparence* (cf. notre critique du « spectacle » dans la société de la consommation de marchandises abondantes). Finalement, la « tolérance » régnante est à sens unique, et ceci à l'échelle planétaire malgré les antagonismes et la complexité des différents types de sociétés d'exploitation. Ce que tolèrent, fondamentalement, les gens tolérants qui ont la parole, c'est *le pouvoir établi* partout. Vous me dites que vous vivez à Prague : vous verriez à Paris combien ces intellectuels de gauche tolérants sont finalement incertains, compréhensifs et tolérants aussi devant les conditions établies à Prague ou à Pékin. Ils appellent « le sens de l'histoire » leur adhésion hégélienne *à ce qu'ils lisent dans les journaux* quotidiennement. Mes amis, au contraire, me paraissent lucides sur les conditions de la liberté générale, au prix même de notre opposition rigoureuse aux défenseurs plus ou moins « modernisés » de la vieillerie hiérarchique régnante.

Cordialement,

Guy Debord

LE DÉCLIN ET LA CHUTE DE L'ÉCONOMIE SPECTACULAIRE-MARCHANDE

Le Déclin et la chute de l'économie spectaculaire-marchande a d'abord paru en anglais et en brochure sous le titre *The Decline and the Fall of the « spectacular » commodity-economy* (Paris, décembre 1965) avant d'être édité en français dans le numéro 10 d'*Internationale situationniste* en mars 1966.
L'ensemble du stock de la deuxième édition française (Jean-Jacques Pauvert aux Belles Lettres, octobre 1993) a été détruit lors de l'incendie de l'entrepôt de l'éditeur, le 29 mai 2002. Il a paru à nouveau dans le recueil de textes *La Planète malade* (Gallimard, octobre 2004).

Entre le 13 et le 16 août 1965, la population noire de Los Angeles s'est soulevée. Un incident opposant policiers de la circulation et passants s'est développé en deux journées d'émeutes spontanées. Les renforts croissants des forces de l'ordre n'ont pas été capables de reprendre le contrôle de la rue. Vers le troisième jour, les Noirs ont pris les armes, pillant les armureries accessibles, de sorte qu'ils ont pu tirer même sur les hélicoptères de la police. Des milliers de soldats et de policiers – le poids militaire d'une division d'infanterie, appuyée par des tanks – ont dû être jetés dans la lutte pour cerner la révolte dans le quartier de Watts ; ensuite pour le reconquérir au prix de nombreux combats de rue, durant plusieurs jours. Les insurgés ont procédé au pillage généralisé des magasins, et ils y ont mis le feu. Selon les chiffres officiels, il y aurait eu 32 morts, dont 27 Noirs, plus de 800 blessés, 3 000 emprisonnés.

Les réactions, de tous côtés, ont revêtu cette clarté que l'événement révolutionnaire, du fait qu'il est lui-même une clarification en actes des problèmes existants, a toujours le privilège de conférer aux diverses nuances de pensée de ses adversaires. Le chef de la police, William Parker, a refusé toute médiation proposée par les grandes organisations noires, affirmant justement que « ces émeutiers n'ont pas de chefs ». Et certes, puisque les Noirs n'avaient plus de chefs, c'était le moment de la vérité dans chaque camp. Qu'attendait, d'ailleurs, au même moment un de ces chefs en chômage, Roy Wilkins, secrétaire général de la *National Association for the Advancement of Colored People* ? Il déclarait que les émeutes « devaient être réprimées en faisant usage de toute la force nécessaire ». Et le cardinal de Los Angeles, McIntyre, qui protestait hautement, ne protestait pas contre la violence de la répression, comme on pourrait croire habile de le faire à l'heure de l'*aggiornamento* de l'influence romaine ; il protestait au plus urgent devant « une révolte préméditée contre les droits du voisin, contre le respect de la loi et le maintien de l'ordre », il appelait les catholiques à s'opposer au pillage, à « ces violences sans justification apparente ». Et tous ceux qui allaient jusqu'à voir les « justifications apparentes » de la colère des Noirs de Los Angeles, mais non certes la justification réelle, tous les penseurs et les « responsables » de la gauche mondiale, de son néant, ont déploré l'irresponsabilité et le désordre, le pillage, et surtout le fait que son premier moment ait été le pillage des magasins contenant *l'alcool et les armes* ; et les 2 000 foyers d'incendie dénombrés, par lesquels les pétroleurs de Watts ont éclairé leur bataille et leur fête. Qui donc a pris la défense des insurgés de Los Angeles, dans les termes qu'ils méritent ? Nous allons le faire. Laissons les économistes pleurer sur les 27 millions de dollars perdus, et les urbanistes sur un de leur plus beaux *supermarkets* parti en fumée, et McIntyre sur son sherif adjoint abattu ; laissons les sociologues se lamenter sur l'absurdité et l'ivresse dans cette révolte. C'est le rôle d'une publication révolutionnaire, non seulement de donner raison aux insurgés de Los Angeles, mais de contribuer à *leur donner leurs raisons*, d'expliquer théoriquement la vérité dont l'action pratique exprime ici la recherche.

Dans l'*Adresse* publiée à Alger en juillet 1965, après le coup d'État de Boumedienne, les situationnistes, qui exposaient aux Algériens et aux révolutionnaires du monde les conditions en Algérie et dans le reste du monde *comme un tout*, montraient parmi leurs exemples le mouvement des Noirs américains qui, « s'il peut s'affirmer avec conséquence », dévoilera les contradictions du capitalisme le plus avancé. Cinq semaines plus tard, cette conséquence s'est manifestée dans la rue. La critique théorique de la société moderne, dans ce qu'elle a de plus nouveau, et la critique en actes de la même société existent déjà l'une et l'autre ; encore séparées mais aussi avancées jusqu'aux mêmes réalités, parlant de la même chose. Ces deux critiques s'expliquent l'une par l'autre ; et chacune est sans l'autre inexplicable. La théorie de la survie et du spectacle est éclairée et vérifiée par ces actes qui sont incompréhensibles à la fausse conscience américaine. Elle éclairera en retour ces actes quelque jour.

Jusqu'ici, les manifestations des Noirs pour les « droits civiques » avaient été maintenues par leurs chefs dans une légalité qui tolérait les pires violences des forces de l'ordre et des racistes, comme au mois de mars précédent en Alabama, lors de la marche sur Montgommery ; et même après ce scandale, une entente discrète du gouvernement fédéral, du gouverneur Wallace et du pasteur King avait conduit la marche de Selma, le 10 mars, à reculer devant la première sommation, dans la dignité et la prière. L'affrontement attendu alors par la foule des manifestants n'avait été que le spectacle d'un affrontement possible. En même temps la non-violence avait atteint la limite ridicule de son courage : s'exposer aux coups de l'ennemi, et pousser ensuite la grandeur morale jusqu'à lui épargner la nécessité d'user à nouveau de sa force. Mais la donnée de base est que le mouvement de droits civiques ne posait, par des moyens légaux, que des problèmes légaux. Il est logique d'en appeler légalement à la loi. Ce qui est irrationnel, c'est de quémander légalement devant l'illégalité patente, comme si elle était un non-sens qui se dissoudra en étant montré du doigt. Il est manifeste que l'illégalité superficielle, outrageusement visible, encore appliquée aux Noirs dans beaucoup d'États américains, a ses racines dans une contradiction économico-sociale qui n'est pas du ressort des lois existantes ; et qu'aucune loi *juridique* future ne peut même défaire, contre les lois plus fondamentales de la société où les Noirs américains finalement osent demander de vivre. Les Noirs américains, en vérité, veulent la subversion totale de cette société, ou rien. Et le problème de la subversion nécessaire apparaît de lui-même dès que les Noirs en viennent aux moyens subversifs ; or le passage à de tels moyens surgit dans leur vie quotidienne comme ce qui y est à la fois le plus accidentel et le plus objectivement justifié. Ce n'est plus la crise du statut des Noirs en Amérique ; c'est la crise du statut de l'Amérique, posé d'abord parmi les Noirs. Il n'y a pas eu ici de conflit *racial* : les Noirs n'ont pas attaqué les Blancs qui étaient sur leur chemin, mais seulement les policiers blancs ; et de même la communauté noire ne s'est pas étendue aux propriétaires noirs de magasins, ni même aux automobilistes noirs. Luther King lui-même a dû admettre que les limites de sa spécialité étaient franchies, en déclarant, à Paris en octobre, que « ce n'étaient pas des émeutes de race, mais de classe ».

La révolte de Los Angeles est une révolte contre la marchandise, contre le monde de la marchandise et du travailleur-consommateur *hiérarchiquement* soumis aux mesures de la marchandise. Les Noirs de Los Angeles, comme les bandes de jeunes délinquants de tous les pays avancés, mais plus radicalement parce qu'à l'échelle d'une classe globalement sans avenir, d'une partie du prolétariat qui ne peut croire à des chances notables de promotion et d'intégration, *prennent au mot* la propagande du capitalisme moderne, sa publicité de l'abondance. Ils veulent *tout de suite* tous les objets montrés et abstraitement disponibles, parce qu'ils veulent *en faire usage.* De ce fait ils en récusent la valeur d'échange, la *réalité marchande* qui en est le moule, la motivation et la fin dernière, et *qui a tout sélectionné.* Par le vol et le cadeau, ils retrouvent un usage qui, aussitôt, dément la rationalité oppressive de la marchandise, qui fait apparaître ses relations et sa fabrication même comme arbitraires et non-nécessaires. Le pillage du quartier de Watts manifestait la réalisation la plus sommaire du principe bâtard « À chacun selon ses faux besoins », les besoins déterminés et produits par le système économique que le pillage précisément rejette. Mais du fait que cette abondance est prise au mot, *rejointe dans l'immédiat,* et non plus indéfiniment poursuivie dans la course du travail aliéné et de l'augmentation des besoins sociaux différés, les vrais désirs s'expriment déjà dans la fête, dans l'affirmation ludique, dans le *potlatch* de destruction. L'homme qui détruit les marchandises montre sa supériorité humaine sur les marchandises. Il ne restera pas prisonnier des formes arbitraires qu'a revêtues l'image de son besoin. Le passage de la consommation à la *consummation* s'est réalisé dans les flammes de Watts. Les grands frigidaires volés par des gens qui n'avaient pas l'électricité, ou chez qui le courant était coupé, est la meilleure image du mensonge de l'abondance devenu vérité *en jeu.* La production marchande, dès qu'elle cesse d'être achetée, devient critiquable et modifiable dans toutes ses mises en forme particulières. C'est seulement quand elle est payée par l'argent, en tant que signe d'un grade dans la survie, qu'elle est respectée comme un fétiche admirable.

La société de l'abondance trouve sa réponse *naturelle* dans le pillage, mais elle n'était aucunement abondance naturelle et humaine, elle était abondance de marchandises. Et le pillage, qui fait instantanément s'effondrer la marchandise en tant que telle, montre aussi l'*ultima ratio* de la marchandise : la force, la police et les autres détachements spécialisés qui possèdent dans l'État le monopole de la violence armée. Qu'est-ce qu'un policier ? C'est le serviteur actif de la marchandise, c'est l'homme totalement soumis à la marchandise, par l'action duquel tel produit du travail humain reste une marchandise dont la volonté magique est d'être payée, et non vulgairement un frigidaire ou un fusil, chose aveugle, passive, insensible, qui est soumise au premier venu qui en fera usage. Derrière

CRITIQUE DE L'URBANISME
(Supermarket à Los Angeles, août 1965).

« L'Amérique s'est aussitôt penchée sur cette nouvelle plaie. Depuis plusieurs mois, sociologues, politiciens, psychologues, économistes, experts en tous genres en ont sondé la profondeur... Ce n'est pas un "quartier" au sens propre du terme, mais une plaine désespérément étendue et monotone... "l'Amérique à un étage", toute en largeur ; ce qu'un paysage américain peut avoir de plus morne avec ses maisons à toit plat, ses boutiques qui vendent toutes la même chose, ses débitants de "hamburgers", ses stations-service, le tout dégradé par la pauvreté et la crasse... La circulation automobile y est moins dense qu'ailleurs, mais celle des piétons l'est à peine plus, tant les habitations semblent dispersées et les distances décourageantes... Le passage des Blancs attire tous les regards, des regards dans lesquels on lit sinon la haine, du moins le sarcasme ("Encore des enquêteurs et autres sociologues qui viennent chercher des explications au lieu de nous fournir du travail", s'entend-on dire souvent...) Quant au logement, il peut sans doute être amélioré matériellement, mais on ne voit guère comment il sera possible d'empêcher les Blancs de fuir en masse un quartier dès que des Noirs commencent à s'y installer. Ces derniers continueront de se sentir laissés à eux-mêmes, surtout dans cette cité démesurée qu'est Los Angeles, dépourvue de centre, sans même la foule où se fondre, où les Blancs n'entrevoient leurs semblables qu'à travers le pare-brise de leurs voitures... Le pasteur Martin Luther King parlant à Watts quelques jours plus tard et appelant ses frères de couleur à "se donner la main", quelqu'un cria dans la foule : "Pour brûler..." C'est un spectacle réconfortant de voir à quelque distance de Watts des quartiers dits de "classe moyenne" où des Noirs de la nouvelle bourgeoisie tondent leur gazon devant des résidences de grand confort. »

Michel Tatu (*Le Monde*, 3-11-65).

l'indignité qu'il y a à dépendre du policier, les Noirs rejettent l'indignité qu'il y a à dépendre des marchandises. La jeunesse sans avenir marchand de Watts a choisi *une autre qualité du présent*, et la vérité de ce présent fut irrécusable au point d'entraîner toute la population, les femmes, les enfants et jusqu'aux sociologues présents sur ce terrain. Une jeune sociologue noire de ce quartier, Bobbi Hollon déclarait en octobre au *Herald Tribune* : « Les gens avaient honte, avant, de dire qu'ils venaient de Watts. Ils le marmonnaient. Maintenant ils le disent avec orgueil. Des garçons qui portaient toujours leurs chemises ouvertes jusqu'à la taille et vous auraient découpé en rondelles en une demi-seconde ont rappliqué ici chaque matin à sept heures. Ils organisaient la distribution de la nourriture. Bien sûr, il ne faut pas se faire d'illusion, ils l'avaient pillée… Tout ce bla-bla chrétien a été utilisé contre les Noirs pendant trop longtemps. Ces gens pourraient piller pendant dix ans et ne pas récupérer la moitié de l'argent qu'on leur a volé dans ces magasins pendant toutes ces années… Moi, je suis seulement une petite fille noire. » Bobbi Hollon, qui a décidé de ne jamais laver le sang qui a taché ses espadrilles pendant les émeutes, dit que « maintenant le monde entier regarde le quartier de Watts ».

Comment les hommes font-ils l'histoire, à partir des conditions préétablies pour les dissuader d'y intervenir ? Les Noirs de Los Angeles sont mieux payés que partout ailleurs aux États-Unis, mais ils sont là encore plus *séparés* qu'ailleurs de la richesse maximum qui s'étale précisément en Californie. Hollywood, le pôle du spectacle mondial, est dans leur voisinage immédiat. On leur promet qu'ils accéderont, avec de la patience, à la prospérité américaine, mais ils voient que cette prospérité n'est pas une sphère stable, mais une échelle sans fin. Plus ils montent, plus ils s'éloignent du sommet, parce qu'ils sont défavorisés au départ, parce qu'ils sont moins qualifiés, donc plus nombreux parmi les chômeurs, et finalement parce que la hiérarchie qui les écrase n'est pas seulement celle du pouvoir d'achat comme fait économique pur : elle est une infériorité essentielle que leur imposent dans tous les aspects de la vie quotidienne les mœurs et les préjugés d'une société où tout pouvoir humain est aligné sur le pouvoir d'achat. De même que la richesse humaine des Noirs américains est haïssable et considérée comme criminelle, la richesse en argent ne peut pas les rendre complètement acceptables dans l'aliénation américaine : la richesse individuelle ne fera qu'un riche nègre parce que les Noirs dans leur ensemble doivent *représenter la pauvreté* d'une société de richesse hiérarchisée. Tous les observateurs ont entendu ce cri qui en appelait à la reconnaissance universelle du sens du soulèvement : « C'est la révolution des Noirs, et nous voulons que le monde le sache ! » *Freedom now* est le mot de passe de toutes les révolutions de l'histoire ; mais pour la première fois, ce n'est pas la misère, c'est au contraire l'abondance matérielle qu'il s'agit de dominer selon de nouvelles lois. Dominer l'abondance n'est donc pas seulement en modifier la distribution, c'est en *redéfinir toutes les orientations* superficielles et profondes. C'est le premier pas d'une lutte immense, d'une portée infinie.

Les Noirs ne sont pas isolés dans leur lutte parce qu'une *nouvelle conscience prolétarienne* (la conscience de n'être en rien le maître de son activité, de sa vie) commence en Amérique dans des couches qui refusent le capitalisme moderne, et de ce fait, leur ressemblent. La première phase de la lutte des Noirs, justement, a été le signal d'une contestation qui s'étend. En décembre 1964, les étudiants de Berkeley, brimés dans leur participation au mouvement des droits civiques, en sont venus à faire une grève qui mettait en cause le fonctionnement de cette « multiversité » de Californie et, à travers ceci, toute l'organisation de la société américaine, le rôle passif qu'on leur y destine. Aussitôt on découvre dans la jeunesse étudiante les orgies de boisson ou de drogue et la dissolution de la morale sexuelle que l'on reprochait aux Noirs. Cette génération d'étudiants a depuis inventé une première forme de lutte contre le spectacle dominant, le *teach in*, et cette forme a été reprise le 20 octobre en Grande-Bretagne, à l'université d'Édimbourg, à propos de la crise de Rhodésie. Cette forme, évidemment primitive et impure, c'est *le moment de la discussion des problèmes*, qui refuse de se limiter dans le temps (académiquement) ; qui ainsi cherche à être poussé jusqu'au bout, et ce bout est naturellement l'activité pratique. En octobre des dizaines de milliers de manifestants paraissent dans la rue, à New York et à Berkeley, contre la guerre au Vietnam, et ils rejoignent les cris des émeutiers de Watts : « Sortez de notre quartier et du Vietnam ! » Chez les Blancs qui se radicalisent, la fameuse frontière de la légalité est franchie : on donne des « cours » pour apprendre à frauder aux Conseils de Révision (*Le Monde*, 19 octobre 1965), on brûle devant la T.V. des papiers militaires. Dans la société de l'abondance s'exprime le dégoût de cette abondance et *de son prix*. Le spectacle est éclaboussé par l'activité autonome d'une couche avancée qui nie ses valeurs. Le prolétariat classique, dans la mesure même où l'on avait pu provisoirement l'intégrer au système capitaliste, n'avait pas intégré les

PLAYING WITH RIFLED CASH REGISTER

L'INTÉGRATION. À QUOI ?

Noirs (plusieurs syndicats de Los Angeles refusèrent les Noirs jusqu'en 1959) ; et maintenant les Noirs sont le pôle d'unification pour tout ce qui refuse la logique de cette intégration au capitalisme, *nec plus ultra* de toute intégration promise. Et le confort ne sera jamais assez confortable pour satisfaire ceux qui cherchent ce qui n'est pas sur le marché, ce que le marché précisément élimine. Le niveau atteint par la technologie des plus privilégiés devient une offense, plus facile à exprimer que l'offense essentielle de la réification. La révolte de Los Angeles est la première de l'histoire qui ait pu souvent se justifier elle-même en arguant du manque d'air conditionné pendant une vague de chaleur.

Les Noirs ont en Amérique leur propre spectacle, leur presse, leurs revues et leurs vedettes de couleur, et ainsi ils le reconnaissent et le vomissent comme spectacle fallacieux, comme expression de leur indignité, parce qu'ils le voient *minoritaire*, simple appendice d'un spectacle général. Ils reconnaissent que ce spectacle de leur consommation souhaitable est une colonie de celui des Blancs, et ils voient donc plus vite le mensonge de tout le spectacle économico-culturel. Ils demandent, en voulant effectivement et tout de suite participer à l'abondance, qui est la valeur officielle de tout Américain, la *réalisation* égalitaire du spectacle de la vie quotidienne en Amérique, la mise à l'épreuve des valeurs mi-célestes mi-terrestres de ce spectacle. Mais il est dans l'essence du spectacle de n'être pas réalisable immédiatement ni égalitairement *même pour les Blancs* (les Noirs font justement fonction de caution spectaculaire parfaite de cette inégalité stimulante dans la course à l'abondance). Quand les Noirs exigent de prendre à la lettre le spectacle capitaliste, ils rejettent déjà le spectacle même. Le spectacle est une drogue pour esclave. Il n'entend pas être pris au mot, mais suivi à un infime degré de retard (s'il n'y a plus de retard, la mystification apparaît). En fait, aux États-Unis, les Blancs sont aujourd'hui les esclaves de la marchandise, et les Noirs ses négateurs. Les Noirs veulent *plus que les Blancs* : voilà le cœur d'un problème insoluble, ou soluble seulement avec la dissolution de cette société blanche. Aussi les Blancs qui veulent sortir de leur propre esclavage doivent rallier d'abord la révolte noire, non comme affirmation de couleur évidemment, mais comme refus universel de la marchandise, et finalement de l'État. Le décalage économique et psychologique des Noirs par rapport aux Blancs leur permet de voir ce qu'est le consommateur blanc, et le juste mépris qu'ils ont du Blanc devient mépris de tout consommateur passif. Les Blancs qui, eux aussi, rejettent ce rôle n'ont de chance qu'en unifiant toujours plus leur lutte à celle des Noirs, en en trouvant eux-mêmes et en en soutenant jusqu'au bout les raisons cohérentes. Si leur confluence se séparait devant la radicalisation de la lutte, un nationalisme noir se développerait, qui condamnerait chaque côté à l'affrontement selon les plus vieux modèles de la société dominante. Une série d'exterminations réciproques est l'autre terme de l'alternative présente, quand la résignation ne peut plus durer.

Les essais de nationalisme noir, séparatiste ou pro-africain, sont des rêves qui ne peuvent répondre à l'oppression réelle. Les Noirs américains n'ont pas de patrie. Ils sont en Amérique *chez eux et aliénés*, comme les autres Américains, mais eux savent qu'ils le sont. Ainsi, ils ne sont pas le secteur arriéré de la société américaine, mais son secteur le plus avancé. Ils sont le négatif en œuvre, « le mauvais côté qui produit le mouvement qui fait l'histoire en constituant la lutte ». (*Misère de la philosophie*). Il n'y a pas d'Afrique pour cela.

Les Noirs américains sont le produit de l'industrie moderne au même titre que l'électronique, la publicité et le cyclotron. Ils en portent les contradictions. Ils sont les hommes que le paradis spectaculaire doit à la fois intégrer et repousser, de sorte que l'antagonisme du spectacle et de l'activité des hommes s'avoue à leur propos complètement. Le spectacle

"ALL THIS WORLD IS LIKE THIS VALLEY CALLED JARAMA"
(CHANSON DU BATAILLON LINCOLN)

« Les milices populaires ont craqué devant les chars et les mitrailleuses dans les quartiers nord de Saint-Domingue. Après quatre jours et quatre nuits de violents et sanglants combats, les troupes du général Imbert ont finalement réussi à pousser leur avance jusqu'aux approches de l'avenue Duarte et du marché de Villa-Consuelo. À 6 heures du matin, mercredi, l'immeuble de Radio-Santo-Domingo était pris d'assaut. Ce bâtiment, qui abrite aussi la télévision, se trouve à 200 mètres au nord de l'avenue Francia et du corridor tenu par les "marines". Il avait été bombardé jeudi dernier par les chasseurs du général Wessin… Des combats sporadiques se sont poursuivis toute la journée de mercredi dans le nord-est de la ville mais la résistance populaire vient de subir sa première défaite… Les civils se sont battus pratiquement tout seuls, car peu de militaires ayant rallié le mouvement du colonel Camano se trouvaient au nord du corridor. Les milices, dans ce secteur, sont surtout encadrées par des ouvriers appartenant au Mouvement Populaire Dominicain, une organisation de gauche. Leur sacrifice aura déjà fait gagner cinq jours, qui peuvent être précieux pour le soulèvement du 24 avril…
Dans la basse ville, on dresse des barrages de bidons d'huile assez dérisoires qui voudraient être des barricades, ou l'on s'embusque derrière des camions de livraison renversés. Les armes sont disparates. Les costumes aussi. On voit des civils en casque rond et bas, et des militaires en calot… Les revolvers gonflent les poches des blue-jeans des employés et des étudiants. Toutes les femmes décidées à combattre sont en pantalon… Des garçons de seize ans serrent farouchement leur fusil contre leur poitrine comme s'ils avaient attendu ce cadeau depuis le début du monde. Sans cesse, Radio-Santo-Domingo lance des appels au peuple. On lui demande de se porter en masse vers tel ou tel point de la ville où l'on redoute une attaque de Wessin… C'est là, au débouché du pont Duarte et au carrefour de l'avenue du Lieutenant-Amado-Garcia, que la foule se masse, cocktails Molotov en main. Elle vient de la basse ville et aussi des quartiers nord. Elle paraît à la fois insouciante et déterminée. Quand les chasseurs de Wessin apparaissent en rase-mottes dans l'axe du pont, des milliers de poings se lèvent avec fureur vers les appareils. Après le crépitement des rafales, des dizaines de corps restent recroquevillés sur le sol, et la foule reflue vers les maisons. Mais elle revient et chaque passage des appareils suscite la même explosion de colère impuissante et de défi insensé, et laisse une nouvelle traînée de cadavres. Mais il semble décidément qu'il faudrait tuer toute cette ville pour lui faire quitter le pont Duarte. Le lundi 26 avril au matin, l'ambassadeur Tapley Bennet Jr. est rentré de Floride. Le soir le "navire d'assaut" *SS Boxer* avec quinze cents "marines" à bord arrive devant Saint-Domingue. »

Marcel Niedergang, dans *Le Monde* du 21-5-65 et du 5-6-65.

est *universel* comme la marchandise. Mais le monde de la marchandise étant fondé sur une opposition de classes, la marchandise est elle-même hiérarchique. L'obligation pour la marchandise, et donc le spectacle qui *informe* le monde de la marchandise, d'être à la fois universelle et hiérarchique aboutit à une hiérarchisation universelle. Mais du fait que cette hiérarchisation doit rester *inavouée*, elle se traduit en valorisations hiérarchiques inavouables, parce qu'*irrationnelles*, dans un monde de la *rationalisation sans raison*. C'est cette hiérarchisation qui crée partout les racismes : l'Angleterre travailliste en vient à restreindre l'immigration des gens de couleur, les pays industriellement avancés d'Europe redeviennent racistes en important leur sous-prolétariat de la zone méditerranéenne, en exploitant leurs colonisés à l'intérieur. Et la Russie ne cesse pas d'être antisémite parce qu'elle n'a pas cessé d'être une société hiérarchique où le travail doit être vendu comme une marchandise. Avec la marchandise, la hiérarchie se recompose toujours sous des formes nouvelles et s'étend ; que ce soit entre le dirigeant du mouvement ouvrier et les travailleurs, ou bien entre possesseurs de deux modèles de voitures artificiellement distingués. C'est la tare originelle de la rationalité marchande, la maladie de la raison bourgeoise, maladie héréditaire dans la bureaucratie. Mais l'absurdité révoltante de certaines hiérarchies, et le fait que toute la force du monde de la marchandise se porte aveuglément et automatiquement à leur défense, conduit à voir, dès que commence la pratique négative, l'absurdité de toute hiérarchie.

Le monde rationnel produit par la révolution industrielle a affranchi rationnellement les individus de leurs limites locales et nationales, les a liés à l'échelle mondiale ; mais sa déraison est de les séparer de nouveau, selon une logique cachée qui s'exprime en idées folles, en valorisations absurdes. L'étranger entoure partout l'homme devenu étranger à son monde. Le barbare n'est plus au bout de la Terre, il est là, constitué en *barbare* précisément par sa participation obligée à la même consommation hiérarchisée. L'humanisme qui couvre cela est le contraire de l'homme, la négation de son activité et de son désir ; c'est l'humanisme de la marchandise, la bienveillance de la marchandise pour l'homme qu'elle parasite. Pour ceux qui réduisent les hommes aux objets, les objets paraissent avoir toutes les qualités humaines, et les manifestations humaines réelles se changent en inconscience *animale*. « Ils se sont mis à se comporter comme une bande de singes dans un zoo », peut dire William Parker, chef de l'humanisme de Los Angeles.

Quand « l'état d'insurrection » a été proclamé par les autorités de Californie, les compagnies d'assurances ont rappelé qu'elles ne couvrent pas les risques à ce niveau : au-delà de la survie. Les Noirs américains, globalement, ne sont pas menacés dans leur survie – du moins s'ils se tiennent tranquilles – et le capitalisme est devenu assez concentré et imbriqué dans l'État pour distribuer des « secours » aux plus pauvres. Mais du seul fait qu'ils sont *en arrière* dans l'augmentation de la survie socialement organisée, les Noirs posent les problèmes de la vie, c'est la vie qu'ils revendiquent. Les Noirs n'ont rien à assurer qui soit à eux ; ils ont à détruire toutes les formes de sécurité et d'assurances privées connues jusqu'ici. Ils apparaissent comme ce qu'ils sont en effet : les ennemis irréconciliables, non certes de la grande majorité des Américains, mais du mode de vie aliéné de toute la société moderne : le pays le plus avancé industriellement ne fait que nous montrer le chemin qui sera suivi partout, si le système n'est pas renversé.

Certains des extrémistes du nationalisme noir, pour démontrer qu'ils ne peuvent accepter moins qu'un État séparé, ont avancé l'argument que la société américaine, même leur reconnaissant un jour toute l'égalité civique et économique, n'arriverait jamais, au niveau de l'individu, jusqu'à admettre le mariage interracial. *Il faut donc que ce soit cette société américaine qui disparaisse*, en Amérique et partout dans le monde. La fin de tout préjugé racial, comme la fin de tant d'autres préjugés liés aux inhibitions, en matière de liberté sexuelle, sera évidemment au-delà du « mariage » lui-même, au-delà de la *famille bourgeoise*, fortement ébranlée chez les Noirs américains, qui règne aussi bien en Russie qu'aux États-Unis, comme modèle de rapport hiérarchique et de stabilité d'un *pouvoir hérité* (argent ou grade socio-étatique). On dit couramment depuis quelque temps de la jeunesse américaine qui, après trente ans de silence, surgit comme force de contestation, qu'elle vient de trouver sa guerre d'Espagne dans la révolte noire. Il faut que, cette fois, ses « bataillons Lincoln » comprennent tout le sens de la lutte où ils s'engagent et la soutiennent complètement dans ce qu'elle a d'universel. Les « excès » de Los Angeles ne sont pas plus une erreur politique des Noirs que la résistance armée du P.O.U.M. à Barcelone, en mai 1937, n'a été une trahison de la guerre anti-franquiste. Une révolte contre le spectacle se situe au niveau de la *totalité*, parce que – quand bien même elle ne se produirait que dans le seul district de Watts – elle est une protestation de l'homme contre la vie inhumaine ; parce qu'elle commence au niveau du *seul individu réel* et parce que la communauté, dont l'individu révolté est séparé, est la *vraie nature sociale* de l'homme, la nature humaine : le dépassement positif du spectacle.

•••

Extrait de « Six additifs au précédent numéro », *Internationale situationniste* n° 11, octobre 1967.

L'insurrection des Noirs à Newark et à Detroit nous paraît avoir confirmé aux yeux des plus sceptiques l'analyse que nous avions faite, en 1965, de la révolte du quartier de Watts : notamment la participation de nombreux Blancs au pillage démontre que l'affaire de Watts était bien, dans son sens le plus profond, « une révolte contre la marchandise », et la première réponse sommaire à « l'abondance de marchandises ». En revanche, le péril de la *direction* qui essaie de se constituer pour le mouvement s'est précisé : la conférence de Newark a repris l'essentiel du programme « Black Muslim » pour un capitalisme noir. Carmichael et les autres vedettes du « *black power* » évoluent en équilibristes entre l'extrémisme *imprécisé* nécessaire pour se placer en avant des masses noires (Mao, Castro, le pouvoir aux Noirs et nous n'avons même pas à dire ce que nous ferons des 9/10 blancs de la population) et le piètre *réformisme réel* inavoué d'un « troisième parti », noir, qui se vendrait comme force d'appoint dans le marché politique américain, et qui créerait enfin, en la personne de Carmichael et consorts, ces « élites » qu'ont secrété les minorités polonaise, italienne, etc., mais qui ont précisément manqué aux Noirs.

La revue *Internationale situationniste* est l'expression d'un groupe international de théoriciens qui, dans les dernières années, a entrepris une critique radicale de la société moderne : critique de ce qu'elle est réellement, et critique de tous ses aspects.

Ce texte de présentation du mouvement situationniste a paru en anglais à la fin de la brochure *The Decline and the Fall of the « spectacular » commodity-economy* et en français sur l'affiche des *Luttes de classes en Algérie*, toutes deux publiées comme supplément au numéro 10 de la revue *Internationale situationniste.*

Selon les situationnistes, un modèle social universellement dominant, qui tend à l'autorégulation totalitaire, n'est qu'apparemment combattu par de fausses contestations posées en permanence sur son propre terrain, illusions qui, au contraire, renforcent ce modèle. Le peudo-socialisme bureaucratique n'est que le plus grandiose de ces déguisements du vieux monde hiérarchique du travail aliéné. Le développement de la concentration capitaliste, et la diversification de son fonctionnement à l'échelle mondiale, ont produit aussi bien la consommation forcée de l'abondance des marchandises, que le contrôle de l'économie et de toute la vie par des bureaucrates à travers leur possession de l'État ; ou le colonialisme direct ou indirect. Bien loin d'être la réponse définitive aux crises révolutionnaires incessantes de l'époque historique ouverte depuis deux siècles, ce système est maintenant entré dans une nouvelle crise : de Berkeley à Varsovie, des Asturies au Kivu, il est réfuté et combattu.

Les situationnistes considèrent que la perspective indivisible de cette lutte, c'est l'abolition effective de toute société de classes, avec la production marchande et le salariat : le dépassement de l'art et de toutes les acquisitions culturelles, remis en jeu dans la création libre de la vie quotidienne, et de la sorte réalisés ; la fusion directe de la théorie et de la pratique révolutionnaires dans une activité expérimentale excluant toute pétrification en des « idéologies », qui sont l'autorité de la spécialisation servant toujours une spécialisation de l'autorité.

Les facteurs qui posent ce problème historique, ce sont l'expansion et la modernisation rapides des contradictions fondamentales à l'intérieur du système existant ; entre ce système et les désirs humains. Les forces qui ont intérêt à le résoudre, et qui en ont seules la capacité, ce sont tous les travailleurs sans pouvoir sur l'emploi de leur propre vie, sans contrôle sur l'accumulation fantastique des possibilités matérielles qu'ils produisent. La démocratie des Conseils ouvriers, décidant seule de tout, est le modèle déjà esquissé de cette résolution. Le mouvement de ce nouveau prolétariat pour se constituer en classe, sans la médiation d'aucune direction, est toute l'intelligence d'un monde sans intelligence. Les situationnistes déclarent qu'ils n'ont pas d'intérêts séparés de ceux de ce mouvement tout entier. Ils n'établissent pas des principes particuliers sur lesquels ils voudraient modeler un mouvement qui est réel, qui se produit effectivement sous nos yeux. Dans les luttes qui commencent en plusieurs pays et sur diverses questions, les situationnistes mettent en avant la totalité du problème, sa cohérence, son unification théorique et donc pratique. Enfin, dans les diverses phases que traverse cette lutte générale, ils représentent constamment l'intérêt du mouvement total.

BULLETIN
CRITIQUE
des
PUBLICATIONS
PRÉHISTORIQUES

VOLUME VIII — NUMÉRO 1 — 1966

Couverture détournée du numéro 10 (mars 1966) de la revue *Internationale situationniste* destinée à leurrer douanes et polices, notamment algériennes, en raison de deux articles : « Adresse aux révolutionnaires d'Algérie et de tous les pays » et « Les luttes de classes en Algérie ». Une opération semblable sera menée en septembre 1969 pour le numéro 12.

LES LUTTES DE CLASSES EN ALGÉRIE

Internationale situationniste n° 10, mars 1966.

On pourrait croire que le nouveau régime algérien s'est donné pour unique tâche de confirmer l'analyse sommaire que l'I.S. a présentée de lui, dès les jours qui suivirent son putsch inaugural, dans l'*Adresse aux révolutionnaires* que nous avons alors publiée à Alger. Liquider l'autogestion, c'est tout le contenu du boumediennisme, c'est sa seule activité réelle ; et elle commence à l'instant même où l'État, par le déploiement de la force militaire qui était sa seule cristallisation achevée sous Ben Bella, son seul organisme solide, *a proclamé son indépendance* en face de la société algérienne. Les autres projets de l'État, la réorganisation technocratique de l'économie, l'extension de la base de son pouvoir, socialement et juridiquement, dépassent les capacités de la classe dirigeante actuelle dans les conditions réelles du pays. La foule des indécis, qui n'avaient pas été les ennemis de Ben Bella mais ceux qu'il a déçus, et qui ont attendu pour juger le nouveau régime sur ses actes, peuvent voir que finalement, ce régime ne fait rien, excepté son acte constituant la dictature autonome de l'État, qui est du même coup sa déclaration de guerre à l'autogestion. Même énoncer des accusations précises contre Ben Bella, ou l'abattre *publiquement*, semble être au-dessus de ses forces pour une longue période. Le seul reste de « socialisme » professé en Algérie est précisément ce noyau du *socialisme renversé*, ce produit de la réaction générale dans le mouvement ouvrier même que la défaite de la révolution russe a légué comme modèle positif au reste du monde, y compris à l'Algérie de Ben Bella : la *contre-vérité policière du pouvoir*. C'est ainsi que l'ennemi politique n'est pas condamné pour ses positions réelles, mais pour le contraire de ce qu'il a été ; ou bien même il se dissout soudainement dans un silence organisé, il n'a jamais existé, ni pour le tribunal ni pour l'historien. Et c'est ainsi que Boumedienne, un des principaux responsables depuis toujours du fait que l'autogestion algérienne n'est qu'une caricature de ce qu'il lui faut être, la traite officiellement de « caricature » afin de la réorganiser autoritairement. Au nom d'une essence de l'autogestion idéologiquement garantie par l'État, Boumedienne rejette les manifestations réelles ébauchées de l'autogestion.

Le même renversement de la réalité détermine la critique boumedienniste du passé. Ce que l'on reproche à Ben Bella d'avoir fait, et poussé jusqu'à la démesure, c'est précisément ce qu'il n'a pas fait, ce qu'il avait à peine feint de vouloir entreprendre : la libération des femmes ou l'appui effectif aux luttes d'émancipation en Afrique, par exemple. La base des mensonges du régime actuel sur le passé, c'est son unité profonde avec le passé. La classe dominante n'a pas changé en Algérie, elle se renforce. Elle reproche à Ben Bella d'avoir mal fait ce qu'il a seulement *simulé*, un révolutionnarisme qu'elle veut maintenant se passer de simuler. La classe dominante algérienne, avant comme après le 19 juin, est une bureaucratie en formation. Elle poursuit sa constitution en changeant partiellement le mode de répartition politique du pouvoir. Certaines couches de cette bureaucratie (militaire, technocratique) prennent la prééminence sur d'autres (politique et syndicale). Les conditions fondamentales restent d'une part la faiblesse de la bourgeoisie nationale, d'autre part la pression de masses paysannes et ouvrières misérables, dont une partie, lors de la fuite de l'ancienne classe dominante (européenne) a conquis le secteur autogéré. La fusion de la bourgeoisie algérienne et de la bureaucratie dans la possession de l'État est plus facile avec les nouvelles couches dominantes que Boumedienne exprime, et de plus cette évolution s'accorde mieux avec la région du marché mondial capitaliste à laquelle l'Algérie est liée. En outre les couches bureaucratiques dominantes avec Ben Bella étaient moins capables d'une lutte ouverte contre les exigences des masses. Ben Bella et *l'équilibre* social instable, qui fut le résultat provisoire de la lutte contre la France et les colons, s'en vont ensemble. Au moment où elles se sont vues supplantées, les couches bureaucratiques antérieurement prédominantes (dirigeants de la Fédération F.L.N. du Grand-Alger, Union Générale des Travailleurs Algériens) ont hésité, puis se sont ralliées parce que leur solidarité avec l'ensemble de la bureaucratie étatique l'emportait naturellement sur leurs liens avec la masse des travailleurs. Le syndicat des travailleurs de la terre, dont le congrès six mois auparavant avait adopté les thèses les plus radicales sur l'autogestion, s'est rallié le premier.

Parmi les forces bureaucratiques émargeant au pouvoir avec Ben Bella, deux couches à la fois ennemies et apparentées, avaient un statut particulier : le parti communiste algérien et les étrangers gauchistes qui s'étaient placés au service de l'État algérien, ceux que l'on a appelés les « pieds-rouges ». Ceux-là n'étaient pas tant au pouvoir que prétendants au pouvoir. Parente pauvre du pouvoir mais guettant son héritage, l'extrême gauche de la bureaucratie possédait *auprès de Ben Bella* un titre de représentation des masses :

L'ARMÉE DE BOUMEDIENNE

« Qu'attendez-vous donc pour vous lever ! Qu'attendez-vous pour chasser de votre sein les infâmes agents de ce gouvernement de capitulation et de honte qui mendie et achète, à cette heure même, de l'armée prussienne, les moyens de bombarder Paris par tous les côtés à la fois ? Attendez-vous que les soldats du droit soient tombés jusqu'au dernier sous les balles empoisonnées de Versailles ? »

« Aux grandes villes », appel de la Commune de Paris, le 1er mai 1871.

« Les avions américains réquisitionnés par les ennemis du peuple congolais bombardent depuis le 26 les marchés et les usines de la région. Je demande que l'Organisation de l'Unité Africaine, dans l'intérêt du peuple congolais, prenne les mesures qui s'imposent pour faire cesser de pareils agissements. Je sais que ces avions atterrissent en territoire de la République du Ruanda. C'est pourquoi j'avertis que je devrai attaquer ce pays et que, chaque jour, je ferai massacrer et manger un sujet américain prisonnier de mes troupes. »

Communiqué à la presse, du colonel Bidalira, commandant les insurgés mulélistes dans la région d'Uvira, le 27 août 1964.

elle ne tenait pas son mandat des masses, mais de Ben Bella. Elle rêvait de remplacer un jour en monopole, et aussi bien contre les masses, ce pouvoir que Ben Bella partageait encore de tous côtés. Comme Ben Bella personnellement était son seul accès au pouvoir présent et sa principale promesse d'avenir, la seule garantie de tolérance envers elle (son Soekarno), l'extrême gauche bureaucratique a manifesté pour sa défense, mais d'une manière incertaine. De même qu'elle assiégeait respectueusement l'État, elle s'est placée sur le terrain de l'État pour s'opposer à la modification défavorable du rapport étatique des forces. Ici encore, la critique boumedienniste contre ces éléments, qualifiés globalement d'étrangers, au nom d'une spécificité algérienne du socialisme, est entièrement fausse. Loin de « faire de la théorie pour la théorie » (*El Moudjahid* du 22-9-65), les pieds-rouges représentaient un mélange épuisé de nullité théorique complète et de tendances contre-révolutionnaires inconscientes ou sciemment dissimulées. Loin de vouloir « expérimenter » aventureusement en Algérie des utopies extraordinaires, ils ne possédaient en bien propre que des erreurs ou des mensonges qui avaient mille fois *fait leurs preuves en tant que tels*. Les meilleures idées révolutionnaires des pieds-rouges n'étaient pas inadaptées parce que venues de *trop loin* mais parce que répétées beaucoup *trop tard*. Ce n'est pas une question de géographie, mais d'histoire.

Encore plus à part, et plus radical, dans l'extrême gauche du pouvoir benbelliste, Mohammed Harbi était le penseur de l'autogestion, mais il ne l'était que par la grâce du prince, dans les bureaux du pouvoir. Harbi s'était élevé au point le plus haut atteint par la pensée révolutionnaire algérienne : jusqu'à *l'idée* de l'auto-

ENTREPRISES EN AUTOGESTION

recensées au mois de janvier 1964

SECTEUR AUTOGÉRÉ INDUSTRIEL	ALGEROIS		ORANIE		CONSTANTINOIS		TOTAL	
	Nombre d'entreprises	Nombre d'ouvriers	Nombre d'entreprises	Nombre d'ouvriers	Nombre d'entreprises	Nombre d'ouvriers	Nombre d'entreprises	Nombre d'ouvriers
Bâtiments et matériaux de construction	61	2.051	21	506	32	216	114	2.773
Bois	14	445	12	196	11	117	37	758
Métallurgie et électricité	43	468	5	410	1	8	49	886
Alimentation	28	1.102	41	655	16	502	85	2.259
Textiles	4	200	4	327			8	527
Chimie	8	551	9	595			17	1.146
Divers	10	416	13	362	12	394	35	1.172
	168	5.233	105	3.051	72	1.237	345	9.521

« Frères, 63 comités de gestion m'ont chargé de dire deux mots seulement :
1° — 63 fermes n'ont pas été payées depuis deux mois. Il y a des ouvriers qui dorment à la belle étoile. Et il y a des cadres qui ont dix maisons.
2° — 63 comités de gestion m'ont chargé de dire que nous sommes encore colonisés par les bourgeois. »

Intervention de Ben Dahoud Mohamed, délégué de Saïda, au Congrès des Travailleurs de la Terre, en décembre 1964, à Ben Aknoun.

gestion, mais aucunement jusqu'à sa pratique conséquente. Il a bien compris sa notion mais pas encore son être. Harbi était, paradoxalement, le théoricien *gouvernemental* de l'autogestion, ou plutôt son poète de cour : au-dessus de la pratique, il chantait l'autogestion plus qu'il ne la pensait. *L'État de l'autogestion*, ce monstre logique, avait ainsi dans Harbi sa mauvaise conscience et son luxe. Les chars de Boumedienne dans les rues ont signifié une rationalisation de l'État, qui veut désormais s'affranchir des paradoxes dérisoires de l'équilibre benbelliste, et de toute mauvaise conscience, *être un État* simplement. On a vu alors que Harbi, prophète désarmé de l'autogestion, n'avait pas envisagé auparavant *la défense de l'autogestion par elle-même*, sur son propre terrain, mais seulement par la *médiation* de Ben Bella. Mais si Harbi ne comptait que sur Ben Bella pour défendre l'autogestion, sur qui comptait-il donc pour défendre Ben Bella ? Le penseur de l'autogestion était protégé par Ben Bella, mais qui protégerait son protecteur ? Il croyait que Ben Bella, incarnation de l'État, resterait universellement accepté en Algérie, alors que lui, Harbi, n'en acceptait pourtant que le « bon côté » (la reconnaissance formelle de l'autogestion). Le processus réel a donc avancé par son mauvais côté : les forces qui tenaient le raisonnement inverse sur Ben Bella étaient plus capables d'intervention. Ben Bella n'était pas la résolution des contradictions algériennes, mais leur couverture provisoire. L'histoire a montré que Harbi, et tous ceux qui pensaient comme lui, se trompaient. Il leur faut maintenant radicaliser leurs conceptions s'ils veulent combattre efficacement la dictature boumedienniste ; *réaliser* l'autogestion.

La chute de Ben Bella est une date dans l'écroulement des illusions mondiales à propos de la version « sous-développée » du pseudo-socialisme. Castro reste sa dernière vedette, mais déjà, lui qui fondait légitimement l'inutilité des élections sur le fait que le peuple était armé, exige que l'on restitue toutes les armes, et sa police les récupère (*Reuter*, 14-8-65). Déjà son lieutenant Guevara s'en va, sans qu'une seule explication soit fournie aux masses à qui ces hommes avaient demandé une aveugle confiance personnelle. En même temps, les Algériens qui font chez eux l'expérience de la fragilité du socialisme benbelliste découvrent par la même occasion ce que valait la sollicitude du prétendu « camp socialiste » pour leur cause : les *États* chinois, russe, cubain, et Nasser en prime, font naturellement assaut d'amabilités pour le régime de Boumedienne. Les révolutions dans les pays sous-développés échoueront toujours piteusement tant qu'elles admettront, et relèveront pour leur compte, un modèle existant de pouvoir socialiste, parce qu'ils sont tous manifestement faux. La version officielle émiettée russo-chinoise et la version « sous-développée » de ce socialisme se garantissent et s'admirent réciproquement, et se garantissent réciproquement la même issue. *Le sous-développement de la théorie révolutionnaire*, dans le monde entier, est le premier sous-développement dont il faut maintenant sortir.

Les luttes internes de la bureaucratie algérienne, pendant la guerre et dans la période 1962-1965, ont pris la forme de luttes de clans, de rivalités personnelles, d'inexplicables dissentiments entre leaders, d'obscurs renversements d'alliances. Ceci était la filiation directe des conditions régnant dès avant l'insurrection, autour de Messali Hadj. Non seulement toute théorie en était absente, mais l'idéologie même était sommaire et embrouillée, tout restait à la surface de la vie politique du pays, dans les nuages où se meut l'État. Depuis le 19 juin, c'est une autre période qui s'ouvre : celle de l'affrontement entre la classe dominante et les travailleurs, et ceci est le mouvement réel qui donne les conditions et le besoin d'une théorie. Dès le 9 juillet, une réunion de délégués de 2 500 entreprises autogérées, tenue à Alger sous la présidence du ministre de l'Industrie Boumaza, faisait entendre à ce ministre son exigence de l'autogestion comme principe intangible, et une série de critiques concernant toutes le rôle de l'État en tant que limitation de ce principe. Les délégués « ont mis en cause la multiplicité des tutelles (préfectures, ministères, parti), et dénoncé le non-paiement des dettes de l'État et la lourdeur de la fiscalité ; des délégués ont également évoqué le problème des licenciements, les exigences "draconiennes" des fournisseurs étrangers, ainsi que le rôle paralysant de la douane. » (*Le Monde*, 10-7-65).

Ces délégués savaient de quoi ils parlaient. En effet, dès la déclaration du 19 juin, où le mot « autogestion » ne figurait pas, le pouvoir préparait « l'assainissement » de la situation économique, par le renforcement du contrôle étatique et la formation accélérée des « cadres ». Il entendait faire payer vite, en location-vente, tous les logements indûment occupés (qui sont plus de 100 000) ; récupérer l'argent « volé à l'État » dans les entreprises autogérées ; parer à l'usure du matériel mal entretenu ; régulariser toutes les saisies illégales opérées par les masses au départ des Français. Depuis, en dépit du fait que l'autogestion est justement la forme sous laquelle peut être le mieux surmonté le paralysant respect de la propriété (personnelle ou étatique) qui a tant nui au mouvement ouvrier, on ne cesse de reprocher aux travailleurs du secteur autogéré, qui attendent leurs salaires non payés sur plusieurs mois de retard, de voler une grande partie de leur propre production. Le but le plus urgent de l'État algérien, qui a déjà un nombre suffisant de soldats et de policiers, c'est de former 20 000 comptables par an.

La lutte centrale, sourde et ouverte, s'est déclenchée tout de suite entre les représentants de la classe dominante et les travailleurs, justement sur le problème de l'autogestion. Les déclarations « rassurantes » de Boumaza ou de Boumedienne ne trompaient personne. Le « malaise syndical », qu'évoquait *Le Monde* du 3 octobre, est l'euphémisme qui désigne la résistance du seul bastion de la révolution socialiste en Algérie – le secteur autogéré – contre les dernières opérations de l'hégémonie bureaucratique-bourgeoise. Les dirigeants syndicaux eux-mêmes ne pouvaient garder le silence : leur statut officiel, en tant que représentants des travailleurs auprès de l'État, et leur statut social, en tant que gauche de la classe dirigeante, étaient en cause. Les articles de *Révolution et Travail* du mois de septembre, où se mêlaient les revendications réelles des travailleurs (« À travers notre misère, c'est l'autogestion qui est humiliée ») et l'inquiétude croissante des dirigeants syndicaux (« accord sur les analyses faites dans la déclaration du 19 juin », mais dénonciation des technocrates et économistes), reflètent exactement cette situation où une série de luttes, verticales ou horizontales, se superposent. L'insistance de plus en plus pesante sur « l'anarchie économique », qu'il faut traduire toujours par autogestion, les mesures juridiques, dont les journaux parlent moins, contre le secteur autogéré (obliger les entreprises autogérées à payer l'impôt en retard) et la restitution de l'usine « Norcolor » à son ancien propriétaire, montrent à ces dirigeants « travaillistes » que bientôt ils n'auront plus de place dans l'appareil dominant. Déjà, les nouveaux prétendants sont là : la « ruée vers le pouvoir des éléments louches », dont s'indigne *Révolution et Travail*, traduit le glissement à droite de la classe dirigeante. Les technobureaucrates et les militaires ne peuvent avoir pour alliés que les représentants de la vieille bourgeoisie traditionnelle. Au moment où les officiers, dans le style des armées sud-américaines, accèdent au standing bourgeois (tout le monde connaît leurs « BMW » achetées dédouanées et avec 30 % de réduction), toute une foule de bourgeois algériens prenant la piste du patron de « Norcolor », retournent au pays en attendant de recouvrer leurs biens saisis « dans des conditions parfaitement illégales par des personnes peu scrupuleuses » (Boumaza). L'augmentation rapide des prix des produits alimentaires s'ajoute à tous ces défis. Les travailleurs, parfaitement conscients de ce processus, résistent *sur place* : les grèves répétées dans les usines Renault, les grèves des Messageries, des téléphones, des employés d'assurances, les manifestations des ouvriers non payés de la Mitidja, sont une ébauche d'un mouvement de colère qui, s'il s'affirme avec conséquence, est capable de balayer tout le régime actuel.

Incapables de dominer un seul de leurs problèmes, les dirigeants réagissent par des colloques affolés tenus en permanence, par la torture en permanence dans leurs prisons, par les dénonciations du « relâchement des mœurs ». *El Moudjahid* (7-12-65) attaque « le sentimentalisme érotique d'une jeune génération sans engagement politique », et le juste point de vue de tous ceux qui « ont tenté de rejeter une religion représentée comme frein à leur goût du plaisir et à une émancipation considérée sous l'angle unique de la possibilité de jouissance, et de considérer l'apport de la civilisation arabe comme un retour en arrière ». Ce n'est pas sur un autre ton que le pouvoir, à Washington et à Moscou, a le regret de faire savoir qu'il retire sa confiance à la jeunesse. Et après quelques mois, le nouveau régime rivalise avec Ben Bella dans la manifestation la plus dérisoire de son islamisme : la prohibition de l'alcool.

L'opposition présente à la dictature boumedienniste est double : d'un côté, les travailleurs se défendent dans les entreprises (autogérées ou non), ils sont la contestation réelle impliquée dans les faits. D'un autre côté, les gauchistes de l'appareil F.L.N. essaient de reformer un appareil révolutionnaire. La première tentative de l'Organisation de la Résistance Populaire, dirigée par Zahouane et soutenue par les staliniens français, s'est manifestée seulement après six semaines par une déclaration creuse qui n'analysait pas plus le pouvoir actuel que les moyens de s'y opposer. Son deuxième appel fut adressé à la police algérienne, dont on escomptait le soutien révolutionnaire. Le calcul était faux puisqu'avant la fin de septembre cette police avait arrêté Zahouane et démantelé son premier réseau clandestin (Harbi avait été lui-même arrêté dès le mois d'août). L'O.R.P. poursuit son activité, commençant à obtenir des cotisations des ouvriers algériens en France « pour Ben Bella », et ralliant la majorité des dirigeants étudiants. La rencontre ultérieure de l'appareil clandestin ou émigré et de la lutte des travailleurs algériens, à la faveur d'une prochaine crise économico-politique en Algérie, est le but de cet appareil. Dans cette perspective léniniste, il se présentera, avec ou sans le drapeau de Ben Bella, comme la solution de rechange au pouvoir boumedienniste.

LA RÉPRESSION,
ET SA DIVISION DES TACHES
À L'ÉCHELLE MONDIALE
(Ici, Vietnamienne torturée).

« Un jeune communiste de vingt-sept ans, Karol Modzelewski, fils d'un communiste de la vieille garde qui fut le premier ministre des affaires étrangères de la Pologne populaire… avec quelques autres étudiants marxistes, dont un autre fils de vieux communiste, Jacek Kuron, Modzelewski avait mis au point depuis quelque temps un programme "communiste révolutionnaire", dont l'idée directrice était une critique radicale de la "dictature bureaucratique" mise en place en Pologne et ailleurs par les P.C. traditionnels. Largement inspirée des analyses de Djilas sur la "Nouvelle Classe" et par les critiques de Trotski contre le système stalinien, la plate-forme de ces "néo-marxistes" se veut une synthèse de tout ce qui a été dit et expérimenté un peu partout contre la déformation bureaucratique de la doctrine. Il s'agit de lutter pour le respect des libertés et contre le parti unique, mais en même temps de dépasser l'imparfaite démocratie bourgeoise pour accéder à une "véritable démocratie ouvrière", établie sur la base d'authentiques conseils ouvriers qui reprendraient à la machine bureaucratique la propriété que celle-ci a en fait usurpée (l'exemple des conseils ouvriers yougoslaves est considéré comme entaché de "technocratie")… Toutes ces théories, qui malgré leur caractère parfois utopique, semblent trouver une certaine audience parmi les jeunes intellectuels de la "seconde génération communiste", furent exposées à l'automne par Modzelewski et Kuron dans un manifeste de 128 pages dont seuls quelques privilégiés eurent connaissance, entre autres M. Gomulka lui-même. Car la police, survenue "à temps" se hâta de confisquer ce dangereux manuscrit et de mettre ses auteurs sous les verrous. »

« Un groupe de jeunes gens, pour la plupart étudiants en chimie à l'université ou chercheurs dans des instituts de chimie, accusés d'avoir publié deux numéros d'une revue "libérale" clandestine, ont été condamnés à des peines d'emprisonnement en novembre dernier par un tribunal de Léningrad, apprend-on de bonne source soviétique. L'animateur principal de ce groupe aurait été condamné à sept ans de privation de liberté, et huit de ses complices, dont deux jeunes femmes, à des peines de deux à cinq ans. Les jeunes gens, indique-t-on de même source, avaient monté une véritable "organisation secrète", comptant quelque deux cent cinquante membres, et disposaient d'une imprimerie clandestine pour y publier leur revue. Inspirés par les idées du célèbre révolutionnaire russe du XIXe siècle, Alexandre Herzen – dont le souvenir est révéré en U.R.S.S. – les jeunes gens prétendaient ne pas s'opposer au principe du communisme, mais à sa forme actuelle dans le pays, et aux séquelles du stalinisme, et réclamer plus de liberté de pensée et de paroles. Ils avaient baptisé leur revue du nom de la publication clandestine éditée à Londres et mise en circulation par Herzen en dépit des interdits de la police tzariste, **Kolokol** (la Cloche). »

Le Monde (26-5-65 et 4-1-66).

Qu'est-ce qui va empêcher, cependant, la constitution d'un appareil de type bolchevik, recherché par tant de militants ? Le temps passé depuis Lénine – l'échec de Lénine –, la dégradation continuelle et étalée du léninisme, qui se traduit tout de suite par le fait que ces gauchistes se mélangent et s'opposent en nuances de toutes sortes : khrouchtchevo-brejnevistes, prochinois, sous-togliattistes, purs et demi-staliniens, toutes les nuances trotskistes, etc. Tous refuseront, et seront forcés de refuser, de trancher clairement le problème essentiel sur la nature du « socialisme » (c'est-à-dire du pouvoir de classe) en Russie et en Chine, et par conséquent aussi en Algérie. Ce qui est leur faiblesse principale pendant la lutte pour le pouvoir est aussi la principale garantie de leur rôle contre-révolutionnaire s'ils accèdent au pouvoir. Ces gauchistes vont se présenter comme la suite de la confusion politique personnalisée de la période précédente, alors que la lutte de classes réelle en Algérie a maintenant clos cette période. Leurs doutes sur Ben Bella étaient imbriqués à leurs doutes sur le monde (sur le socialisme), et continuent après Ben Bella. Ils ne disent pas tout ce qu'ils savent, et ils ne savent pas tout ce qu'ils disent. Leur base sociale *et leur perspective sociale*, c'est ce secteur bureaucratique défavorisé par le changement d'assiette du pouvoir, qui veut ressaisir sa place. Voyant qu'ils ne peuvent plus espérer dominer le pouvoir, ils se tournent vers le peuple, pour dominer son opposition. Bureaucrates nostalgiques ou bureaucrates en rêve, ils veulent opposer « le peuple » à Boumedienne, alors que Boumedienne a déjà montré aux masses l'opposition réelle du bureaucrate d'État et du travailleur. Mais la pire misère de leur bolchevisme, c'est cette éclatante différence : le parti bolchevik ne savait pas quel pouvoir bureaucratique il allait instituer, alors que ceux-ci ont déjà pu voir, dans le monde et chez eux, ce pouvoir bureaucratique dont ils veulent *la restauration*, plus ou moins épurée. Les masses, si elles ont la parole, ne choisiront pas cette bureaucratie corrigée, dont elles ont déjà expérimenté l'essentiel. Les intellectuels algériens qui ne se rallient pas au pouvoir ont encore le choix entre la participation à cet appareil ou la découverte d'une liaison directe avec le mouvement autonome des masses. Mais tout le poids de la petite-bourgeoisie algérienne (commerçants, petits fonctionnaires, etc.) se portera normalement au secours de la nouvelle bureaucratie technocratico-militaire plutôt qu'en faveur des gauchistes bureaucratiques.

La seule voie du socialisme, en Algérie et partout, passe par « un pacte offensif et défensif avec la vérité », selon le mot d'un intellectuel hongrois de 1956. L'*Adresse* de l'I.S., là où elle a pu être lue en Algérie, a été comprise. Là où existent des conditions pratiques révolutionnaires, aucune théorie n'est trop difficile. Un témoin de la Commune de Paris, Villiers de l'Isle-Adam, notait : « Pour la première fois on entend les ouvriers échanger leurs appréciations sur des problèmes qu'avaient abordés jusqu'ici les seuls philosophes ». La réalisation de la philosophie, la critique et la reconstruction libre de toutes les valeurs et les conduites imposées par la vie sociale aliénée, voilà précisément le programme maximum de l'*autogestion généralisée.* En contrepartie, des militants gauchistes de l'appareil nous disent que ces thèses sont justes, mais que l'on ne peut pas encore tout dire aux masses. Ceux qui raisonnent dans une telle perspective ne voient jamais venir ce temps et, en fait, travaillent à ce qu'il ne

POUR LE REMBARQUEMENT DU CORPS EXPÉDITIONNAIRE AMÉRICAIN AU VIETNAM

Les étudiants « Zengakuren » et l'organisation qui exprime leur programme politique, la Ligue Communiste-Révolutionnaire du Japon, sont les premiers dans le monde à pouvoir mener une lutte de masse, dans la rue, contre la répression américaine au Vietnam, tout en rejetant radicalement les illusions et les compromis vis-à-vis des bureaucraties régnantes à Moscou, Pékin et Hanoï.

vienne jamais. Il faut dire aux masses *ce qu'elles font*. Les penseurs spécialisés de la révolution sont les spécialistes de sa fausse conscience, ceux qui s'aperçoivent ensuite qu'ils ont fait tout autre chose que ce qu'ils croyaient faire. Ce problème est ici aggravé par les difficultés propres aux pays sous-développés, et par la faiblesse permanente de la théorie dans le mouvement algérien. Cependant, la frange proprement bureaucratique est infime dans l'opposition actuelle, mais par son existence même comme « direction professionnelle » elle constitue une *forme* dont le poids s'impose et détermine le contenu. L'aliénation politique est toujours liée à l'État. L'autogestion n'a rien à attendre des *bolcheviks ressuscités*.

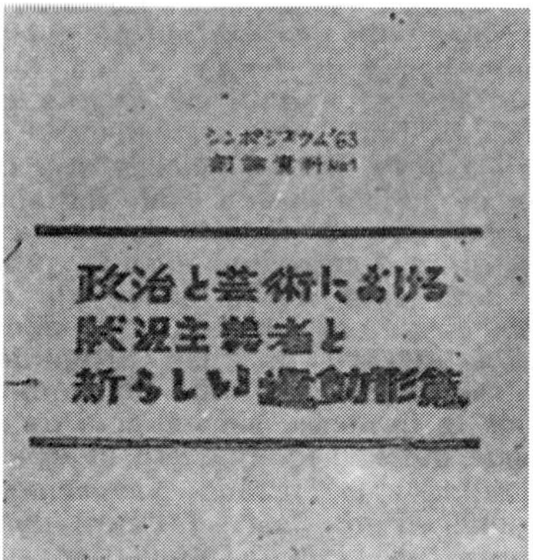

L'I.S. AU JAPON (« Les situationnistes et les nouvelles formes d'action dans la politique et l'art », réédité en brochure par la Ligue Communiste-Révolutionnaire).

L'autogestion doit être à la fois le moyen et la fin de la lutte actuelle. Elle est non seulement l'enjeu de la lutte, mais sa forme adéquate. Elle est elle-même son instrument. Elle est pour elle-même la matière qu'elle travaille, et sa propre présupposition. Elle doit reconnaître totalement sa propre vérité. Le pouvoir de l'État formule le projet, contradictoire et ridicule, de « réorganiser l'autogestion » ; c'est, en fait, l'autogestion qui doit *s'organiser en pouvoir*, ou bien disparaître.

L'autogestion est la tendance la plus moderne, la plus importante, apparue dans la lutte du mouvement algérien, et c'est aussi ce qu'il y a de moins étroitement algérien. Son sens est universel. Au contraire de la *caricature yougoslave* que Boumedienne veut rallier, et qui n'est qu'un instrument semi-décentralisé du contrôle étatique (« Il nous faut, avoue littéralement Boumedienne pour *Le Monde* du 10 novembre 1965, décentraliser pour mieux contrôler les entreprises autogérées »), un niveau inférieur de l'administration centrale ; au contraire du mutuellisme proudhonien de 1848 qui cherchait à s'organiser en marge de la propriété privée, l'autogestion réelle, révolutionnaire, ne peut qu'être conquise en abolissant par les armes les titres de propriété existants. Son échec à Turin, en 1920, est le prélude à la domination armée du fascisme. Les bases d'une production autogérée en Algérie se sont formées spontanément, comme dans l'Espagne de 1936, comme à Paris en 1871 dans les ateliers abandonnés par les Versaillais, là où les propriétaires avaient dû laisser la place à la suite de leur défaite politique : dans les *biens vacants*. Ce sont les vacances de la propriété et de l'oppression, le dimanche de la vie aliénée.

Cette autogestion, du seul fait qu'elle existe, menace toute organisation hiérarchique de la société. Elle doit détruire tout contrôle extérieur, parce que toutes les forces extérieures de contrôle ne concluront jamais la paix avec elle comme réalité vivante, mais tout au plus avec son nom, avec son cadavre embaumé. Là où il y a autogestion, il ne peut y avoir ni armée, ni police, ni État.

L'autogestion généralisée, « étendue à toute la production et à tous les aspects de la vie sociale », c'est la fin du chômage qui concerne deux millions d'Algériens, mais c'est aussi la fin de la société ancienne sous tous ses aspects, l'abolition de tous ses esclavages spirituels et matériels, et l'abolition de ses maîtres. L'actuelle ébauche d'autogestion ne peut être contrôlée d'en dessus que parce qu'elle accepte d'exclure au-dessous d'elle les couches majoritaires des travailleurs qui n'y participent pas, ou les sans-travail ; et parce que dans ses entreprises mêmes elle tolère la formation de couches dominantes de « directeurs » ou professionnels de la gestion, issus de la base ou détachés par le pouvoir étatique. Les directeurs sont le virus étatique, à l'intérieur de ce qui tend à nier l'État, ils sont un compromis ; mais le temps du compromis est passé, et pour le pouvoir de l'État, et pour le pouvoir réel des travailleurs algériens.

L'autogestion radicale, la seule qui puisse durer et vaincre, refuse toute hiérarchie en elle-même et hors d'elle ; elle rejette également par sa pratique *toute séparation hiérarchique des femmes* (séparation esclavagiste hautement admise par la théorie de Proudhon comme par la réalité arriérée de l'Algérie islamique). Les comités de gestion, ainsi que tout délégué dans des fédérations d'entreprises autogérées, doivent être révocables à tout instant par leur base, cette base incluant évidemment la totalité des travailleurs, sans distinguer des permanents et des saisonniers.

Le seul programme des éléments socialistes algériens est la défense du secteur autogéré, pas seulement comme il est, mais comme il doit devenir. Cette défense doit donc opposer à l'épuration menée par le pouvoir une autre épuration de l'autogestion : l'épuration par sa base, contre ce qui la nie de l'intérieur.

De l'autogestion maintenue et radicalisée peut partir le seul assaut révolutionnaire contre le régime existant. En avançant le programme de l'autogestion des travailleurs augmentée quantitativement et qualitativement, on demande à tous les travailleurs de prendre directement en mains la cause de l'autogestion comme leur propre cause. Exigeant non seulement la défense mais l'extension de l'autogestion, *la dissolution de toute activité spécialisée qui ne relève pas de l'autogestion*, les révolutionnaires algériens peuvent montrer que cette défense n'est pas l'affaire des seuls travailleurs du secteur *provisoirement autogéré*, mais de tous les travailleurs, comme seul mode de libération définitive. Ils montrent ainsi qu'ils luttent pour une libération générale et non pour leur propre domination future en tant que spécialistes en révolution ; que la victoire de « leur parti » doit être également sa fin en tant que parti.

Comme premier pas, il faut envisager la liaison des délégués de l'autogestion, entre eux et avec des comités d'entreprises qui prépareront l'autogestion dans les secteurs privé et étatique ; transmettre et publier toutes les informations sur les luttes des travailleurs et sur les formes d'organisation autonome qui y apparaissent, étendre et généraliser ces formes en tant que seule voie de contestation profonde. En même temps, par les mêmes relations et publications clandestines, il faut développer la théorie de l'autogestion et ses exigences, dans le secteur autogéré lui-même et devant les masses d'Algérie et du monde. L'autogestion doit devenir la solution unique aux mystères du pouvoir en Algérie, et doit *savoir qu'elle est cette solution*.

Définition minimum des organisations révolutionnaires

La *Définition minimum des organisations révolutionnaires* fut adoptée par la VIIe Conférence de l'I.S. qui se tint à Paris du 5 au 11 juillet 1966, puis publiée dans le numéro 11 de la revue *Internationale situationniste*. en octobre 1967. Le 15 mai 1968, dans la Sorbonne occupée, le Comité Enragés-Internationale situationniste la distribue en tract.

Considérant que le seul but d'une organisation révolutionnaire est l'abolition des classes existantes par une voie qui n'entraîne pas une nouvelle division de la société, nous qualifions de révolutionnaire toute organisation qui poursuit *avec conséquence* la réalisation internationale du pouvoir absolu des Conseils ouvriers, tel qu'il a été esquissé par l'expérience des révolutions prolétariennes de ce siècle.

Une telle organisation présente une critique unitaire du monde, ou n'est rien. Par critique unitaire, nous entendons une critique prononcée globalement contre toutes les zones géographiques où sont installées diverses formes de pouvoirs séparés socio-économiques, et aussi prononcée globalement contre tous les aspects de la vie.

Une telle organisation reconnaît le commencement et la fin de son programme dans la décolonisation totale de la vie quotidienne ; elle ne vise donc pas l'autogestion *du monde* existant par les masses, mais sa transformation ininterrompue. Elle porte la critique radicale *de l'économie politique*, le dépassement de la marchandise et du salariat.

Une telle organisation refuse toute reproduction en elle-même des conditions hiérarchiques du monde dominant. La seule limite de la participation à sa démocratie totale, c'est la reconnaissance et l'auto-appropriation par tous ses membres de *la cohérence de sa critique* : cette cohérence doit être dans la théorie critique proprement dite, et dans le rapport entre cette théorie et l'activité pratique. Elle critique radicalement toute *idéologie* en tant que *pouvoir séparé* des idées et *idées du pouvoir séparé*. Ainsi elle est en même temps la négation de toute survivance de la religion, et de l'actuel *spectacle* social qui, de l'information à la culture massifiées, monopolise toute communication des hommes autour d'une réception unilatérale des images de leur activité aliénée. Elle dissout toute « idéologie révolutionnaire » en la démasquant comme signature de l'échec du projet révolutionnaire, comme propriété privée de nouveaux spécialistes du pouvoir, comme imposture d'une nouvelle *représentation* qui s'érige au-dessus de la vie réelle prolétarisée.

La catégorie de la totalité étant le *jugement dernier* de l'organisation révolutionnaire moderne, celle-ci est finalement une critique de la politique. Elle doit viser explicitement, dans sa victoire, sa propre fin en tant qu'organisation séparée.

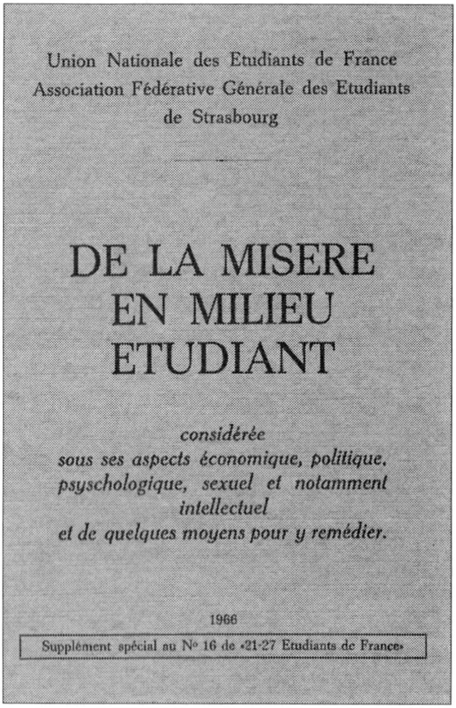
Union Nationale des Etudiants de France
Association Fédérative Générale des Etudiants
de Strasbourg

DE LA MISERE
EN MILIEU
ETUDIANT

considérée
sous ses aspects économique, politique, psychologique, sexuel et notamment intellectuel
et de quelques moyens pour y remédier.

1966

Supplément spécial au N° 16 de «21-27 Etudiants de France»

Couverture originale de la brochure éditée à Strasbourg en novembre 1966.

Rédigée par des « membres de l'Internationale situationniste et des étudiants de Strasbourg », la brochure *De la misère en milieu étudiant considérée sous ses aspects économique, politique, psychologique, sexuel et notamment intellectuel et de quelques moyens pour y remédier*, dont les 10 000 exemplaires du premier tirage furent épuisés en deux mois, a paru le 22 novembre 1966 aux frais de la section strasbourgeoise de l'Union nationale des étudiants de France, passée aux mains d'étudiants extrémistes sympathisant avec les thèses situationnistes.

Ces quatre lettres sont extraites de *Correspondance*, vol. 3, *op. cit.*, p. 161-168.

Extraits de quatre lettres à Mustapha Khayati

Vendredi [9 septembre 1966]

Pour les néo-Strasbourgeois, c'est bon. Mais à présent que l'affaire est discutée et acceptée en principe, *il faut* qu'elle soit menée à terme pratiquement.

Voici mes conclusions : [...] Il faut absolument, de leur part, lier ce détournement à la fabrication d'une brochure scandaleuse, même réduite *en volume* – et même, au pire, réduite à un minimum acceptable dans le contenu. Or, des gens qui *savent citer* l'I.S., avec quinze citations solides pourraient déjà *justifier* une brochure. J'espère tout de même qu'ils ont un peu plus d'esprit ; et tu peux les aider. Ci-joint un projet (absolument *pas rédigé*) pour un début ; c'est plutôt une façon choquante de prendre les bestiaux de front. Le style devrait être assez froid et impassible.

Jeudi [29 septembre 1966]

Nous sommes bien d'accord, pour le début de la brochure :
– il n'y a pas *pour nous* d'étudiant intéressant, en tant qu'étudiant. Son présent et son avenir planifié sont également méprisables (« encore un effort si vous voulez cesser de l'être »). La « bohème » n'est pas une solution révolutionnaire ; mais elle n'est jamais authentiquement vécue qu'après une rupture complète et sans retour avec le milieu universitaire. Donc, que des étudiants n'essaient pas de se vanter d'une version *factice* de ce qui est déjà une médiocre solution individuelle dans les meilleurs cas. Fais sentir d'abord à ces rédacteurs *notre mépris* suspendu sur eux, pour leur ôter tous les doutes sur le mépris universellement mérité par leur milieu.
– Il est très important de critiquer violemment – et grossièrement – la religion. C'est le comble de leur misère générale. Ils se croient tenus d'avoir des *idées générales*, des conceptions du monde, et là comme ailleurs ils bondissent vers des débris décomposés qu'ils acceptent comme dignes d'eux et de leur temps. On peut avancer que le milieu étudiant est avec celui des *vieilles femmes en province*, le secteur social où il y a la plus forte dose de religion professée.

Bonne occasion aussi de reprendre le thème du mépris universel : c'est ce que l'on encourt naturellement en admettant Dieu.

– Oui, la brochure doit être très sobre de présentation. Sa couverture doit comporter le titre, fort long, et la référence à l'U.N.E.F., c'est bien assez. Les illustrations, comics, etc., *à la rigueur*, tirés à part comme publicité, collés sur les murs, pour qu'ils s'amusent un peu tout de même, mais sans ridiculiser le travail principal.

Jeudi [13 octobre 1966]

La première partie est bonne. L'argumentation est au niveau qui convient, et la violence du ton est aussi ce qu'il faut. Si *tout* peut être ainsi fait, et effectivement jeté dans le public, il me semble que le coup sera sensationnel.

Corriger un peu le style, vers plus de rigueur. En plusieurs endroits il faut des phrases plus courtes et concentrées. J'ai mis quelques notes au verso. Est-ce que Théo [Frey] est avec vous ? Il a un bon maniement de la formule concise et décisive, comme il apparaissait dans notre rédaction en commun de l'*Adresse* et dans son récent article.

Votre plan est bon. Je penserai aux trois titres des parties.

Vendredi [19 octobre 1966]

Pour nos titres, j'ai trouvé jusqu'à présent ceci – en supposant trois phrases *de Marx*, et le choix de phrases assez longues.

I. Il faut rendre l'oppression réelle plus dure encore en y ajoutant la conscience de l'oppression, et rendre la honte plus honteuse encore, en la livrant à la publicité.

II. Il ne suffit pas que la pensée recherche la réalisation, il faut encore que la réalité recherche la pensée.

III. Donner au monde conscience de sa conscience, l'éveiller du rêve dans lequel il est plongé à son propre sujet, lui *expliquer* ses propres actions.

La deuxième correspond bien à l'analyse des nouveaux courants de révolte ; la troisième me plaît un peu moins : elle est un bon programme pour la théorie, mais ne montre pas assez le milieu même de la théorie – l'organisation nouvelle – comme le lieu du dialogue. C'est *un peu* l'image d'un enseignement unilatéral, quoique la phrase exprime exactement le contraire (c'est seulement l'usage récupérateur du parti ouvrier depuis lors qui évoque ce rôle autoritaire).

En tout cas, il ne faut pas deux citations de Marx, et une d'un autre. Il faut trois Marx ou bien *trois auteurs différents* (dont Marx) pour garder le jeu dans un bon équilibre.

Si Marx a seulement la première phrase (raccourcie alors), Hegel pourrait introduire la deuxième partie avec un de ces titres :

– « Regarder le négatif en face, et en sachant séjourner près de lui. »

– « Le mouvement est la contradiction même existant concrètement. »

Mais alors qui serait le troisième auteur ? Voyez vous-mêmes.

NOS BUTS ET NOS MÉTHODES DANS LE SCANDALE DE STRASBOURG

1967

Extraits de la revue *Internationale Situationniste*, n° 11, octobre 1967, parus dans *Enragés et situationnistes dans le mouvement des occupations* (octobre 1968).

Les diverses manifestations de stupeur et d'indignation qui ont fait écho à la brochure situationniste *De la misère en milieu étudiant*, publiée aux frais de la section strasbourgeoise de l'Union Nationale des Étudiants de France, si elles ont eu l'effet opportun de faire lire assez largement les thèses contenues dans la brochure même, ne pouvaient manquer d'accumuler les contresens dans l'exposé et le commentaire de ce qui a été l'activité de l'I.S. en la circonstance. En face des illusions de tous genres entretenues par des journaux, des autorités universitaires, et même un certain nombre d'étudiants irréfléchis, nous allons maintenant préciser ici quelles ont été exactement les conditions de notre intervention, et rappeler quels buts nous poursuivions par les moyens qui nous ont paru y correspondre.

Plus erronée même que les exagérations de la presse, ou de certains avocats adverses, sur l'ampleur des sommes que l'I.S. aurait saisi l'occasion de piller dans les caisses du malheureux syndicat d'étudiants, se trouve être cette information aberrante, dont les récits journalistiques ont fréquemment fait état, selon laquelle l'I.S. aurait pu s'abaisser à faire campagne devant les étudiants de Strasbourg, pour les persuader de la validité de ses perspectives, et pour faire élire un bureau sur un tel programme. Pas davantage, nous n'avons entrepris le moindre noyautage de l'U.N.E.F., en y glissant secrètement des partisans. Il suffit de nous lire pour comprendre que tels ne peuvent être nos champs d'intérêt, ni nos méthodes. En fait, quelques étudiants de Strasbourg vinrent nous trouver, pendant l'été de 1966, et nous firent savoir que six de leurs amis – et non eux-mêmes – venaient d'être élus comme direction de l'association étudiante locale (A.F.G.E.S.), sans programme d'aucune sorte, et en dépit du fait qu'ils étaient notoirement connus dans l'U.N.E.F. comme des extrémistes en désaccord complet avec toutes les variantes de sa décomposition, et même résolus à tout casser. Leur élection, au reste tout à fait régulière, manifestait donc à l'évidence et le désintérêt absolu de la base, et l'aveu d'impuissance définitive de ce qui restait de bureaucrates dans cette organisation. Ceux-ci calculaient sans doute que le bureau « extrémiste » ne saurait pas trouver une quelconque expression de ses intentions négatives. C'était inversement la crainte des étudiants qui vinrent alors nous trouver ; et c'est principalement pour ce motif qu'eux-mêmes n'avaient pas cru devoir personnellement figurer dans cette « direction » : car seul un coup d'une certaine ampleur, et non quelque justification humoristique, pouvait sauver ses membres de l'air de compromission que comporte immédiatement un si pauvre rôle. Pour achever la complexité du problème, alors que les étudiants qui nous parlaient connaissaient les positions de l'I.S., et déclaraient les approuver en général, ceux qui étaient membres du bureau les ignoraient plutôt, mais comptaient principalement sur nos interlocuteurs pour définir au mieux l'activité qui pourrait correspondre à leur bonne volonté subversive.

À ce stade, nous nous sommes bornés à conseiller la rédaction et la publication, par eux tous, d'un texte de critique générale du mouvement étudiant et de la société, un tel travail comportant au moins pour eux l'utilité de leur faire clarifier en commun ce qui leur restait confus. Nous soulignâmes en outre que le fait de disposer d'argent et de crédit était le point essentiel utilisable de la dérisoire autorité qui leur avait été si imprudemment laissée ; et qu'un emploi non-conformiste de ces ressources aurait à coup sûr l'avantage de choquer beaucoup de monde, et par là de faire mieux voir ce qu'ils pourraient mettre de non-conformiste dans le contenu. Ces camarades approuvèrent nos avis. Dans le développement de ce projet, ils restèrent en contact avec l'I.S., particulièrement par l'intermédiaire de Mustapha Khayati.

La discussion et les premières ébauches de rédaction entreprises collectivement par ceux qui nous avaient rencontrés et les membres du bureau de l'A.F.G.E.S. – tous résolus à mener à bonne fin cette affaire – apportèrent au plan une importante modification. Tous se montraient d'accord sur le fond de la critique à produire, et précisément sur les grandes lignes telles que Khayati avait pu les évoquer, mais se découvrirent incapables d'aboutir à une formulation satisfaisante, surtout dans le bref délai que leur imposait la date de la rentrée universitaire. Cette incapacité ne doit pas être considérée comme la conséquence d'un grave manque de talent, ou de l'inexpérience, mais tout simplement était produite par l'extrême *hétérogénéité* de ce groupe, dans le bureau et à côté du bureau. Leur rassemblement préalable sur la base d'accord la plus vague les rendait très peu aptes à rédiger ensemble l'expression d'une théorie qu'ils n'avaient pas réellement reconnue ensemble. Des oppositions et méfiances personnelles apparaissaient en outre entre eux à mesure que le projet prenait de l'ampleur ; le ralliement à la variante la plus large et la plus sérieuse qu'il serait possible de concevoir pour ce coup constituant d'ailleurs leur seule réelle volonté commune. Dans de telles conditions, Mustapha Khayati se trouva conduit à assumer presque seul l'essentiel de la rédaction du texte, qui fut à mesure discuté et approuvé dans ce groupe d'étudiants à Strasbourg, et aussi par les situationnistes à Paris – ces derniers étant seuls à y introduire des adjonctions tant soit peu notables, en nombre du reste limité.

Diverses mesures préliminaires annoncèrent la parution de la brochure. Le 26 octobre, le cybernéticien Moles, enfin parvenu à une chaire de psychosociologie pour s'y adonner à la programmation des jeunes cadres, en fut chassé dès les premières minutes de son cours inaugural par les tomates que lui lançaient une douzaine d'étudiants… Peu après ce cours inaugural, certainement aussi insolite que Moles lui-même dans les annales de l'Université, l'A.F.G.E.S. entreprit l'affichage, en guise de publicité pour la brochure, d'un *comics* réalisé par André Bertrand, *Le retour de la colonne Durruti*, document qui avait le mérite d'exposer dans les termes les plus nets ce que ses camarades pensaient faire de leurs fonctions : « La crise générale des vieux appareils syndicaux, des bureaucraties gauchistes, se faisait sentir partout et principalement chez les étudiants, où l'activisme n'avait depuis longtemps plus d'autre ressort que le dévouement le plus sordide aux idéologies défraîchies et l'ambition la moins réaliste. Le dernier carré de professionnels qui élut nos héros n'avait même pas l'excuse d'une mystification. Ils placèrent leur espoir d'un renouveau dans un groupe qui ne cachait pas ses intentions de saborder au plus vite et pour le mieux tout ce militantisme archaïque ».

La brochure fut distribuée à brûle-pourpoint aux personnalités officielles, lors de la rentrée solennelle de l'Université ; simultanément le bureau de l'A.F.G.E.S. faisait savoir que son seul programme « étudiant » était la dissolution immédiate de cette association, et convoquait une assemblée générale extraordinaire pour voter là-dessus. On sait que la perspective horrifia aussitôt beaucoup de gens. « Ce serait la première manifestation concrète d'une révolte qui vise tout bonnement à détruire la société », écrivait un journal local (*Dernières Nouvelles*, 4-12-66). Et *L'Aurore* du 26 novembre : « l'Internationale situationniste, organisation qui compte quelques adhérents dans les principales capitales d'Europe. Ces anarchistes se prétendent révolutionnaires et veulent "prendre le pouvoir". Le prendre non pour le conserver, mais pour semer le désordre et détruire même leur propre autorité ». Et même, à Turin, la *Gazetta del Popolo* du même jour manifestait des inquiétudes démesurées : « Il s'agirait toutefois de considérer si d'éventuelles mesures de représailles… ne risqueraient pas d'entraîner des désordres… À Paris et dans d'autres villes universitaires de France, l'Internationale situationniste, électrisée par le triomphe obtenu par ses adeptes à Strasbourg, s'apprête à déchaîner une offensive de grand style pour s'assurer le contrôle des organismes étudiants ». À ce moment il nous fallait prendre garde à un nouveau facteur décisif : les situationnistes devaient se défendre d'une *récupération* dans l'actualité journalistique ou la mode intellectuelle. La brochure s'était finalement transformée en un texte de l'I.S. ; nous n'avions pas cru devoir refuser d'aider ces camarades dans leur volonté de porter un coup contre le système, et cette aide n'avait malheureusement *pas pu être moindre*. Cet engagement de l'I.S. nous donnait pour la durée de l'opération une fonction de direction *de facto*, que nous ne voulions en aucun cas prolonger au-delà de cette action commune limitée : peu nous importe, comme tout le monde peut s'en douter, le lamentable *milieu étudiant*. Nous avions seulement à agir, dans ce cas comme toujours, pour faire réapparaître, par la pratique sans concession qui est son support exclusif, la nouvelle critique sociale qui se constitue présentement…

La répression judiciaire aussitôt entamée à Strasbourg – qui s'est poursuivie depuis par une série, encore ouverte, de procès qui confirment ce début –, se concentra sur une prétendue illégalité du bureau de l'A.F.G.E.S., soudainement considéré, depuis la publication de la brochure situationniste, comme un

« comité de fait » usurpant la représentation syndicale des étudiants. Cette répression était d'autant plus nécessaire que l'union sacrée des bourgeois, des staliniens et des curés, réalisée contre l'A.F.G.E.S., disposait visiblement parmi les 18 000 étudiants de la ville, d'une « force » encore moins considérable que celle du bureau. Elle s'ouvrit par l'ordonnance du tribunal des référés en date du 13 décembre, qui mettait sous séquestre les locaux et la gestion de l'Association, et interdisait l'assemblée générale convoquée par le bureau pour le 16, dans le but d'y faire voter la dissolution de l'A.F.G.E.S. Ce jugement, qui reconnaissait implicitement (mais à tort) qu'une majorité des étudiants que l'on empêchait ainsi de voter risquait d'approuver la position du bureau, en gelant l'évolution des événements, entraîna pour nos camarades – dont la seule perspective était de liquider sans délai leur propre position dirigeante – l'obligation de prolonger leur résistance jusqu'à la fin de janvier. La meilleure pratique du bureau, jusque-là, avait été le traitement qu'il réserva à une quantité de journalistes accourus pour solliciter des interviews : refus du plus grand nombre, boycott insultant de ceux qui représentaient les pires institutions (Télévision française, *Planète*) ; ainsi une partie de la presse put-elle être amenée à donner une version plus exacte du scandale, et à reproduire moins infidèlement les communiqués de l'A.F.G.E.S. Puisqu'on en était aux mesures administratives, et puisque le bureau *in partibus* de l'A.F.G.E.S. avait conservé le contrôle de la section locale de la Mutuelle Nationale des Étudiants, il riposta en décidant le 11 janvier, et en exécutant cette décision dès le lendemain, la fermeture du « Bureau d'aide psychologique universitaire » qui en dépendait, « considérant que les B.A.P.U. sont la réalisation en milieu étudiant du contrôle para-policier d'une psychiatrie répressive, dont la claire fonction est de maintenir... la passivité de toutes les catégories d'exploités..., considérant que l'existence d'un B.A.P.U. à Strasbourg est une honte et une menace pour tous les étudiants de cette université qui sont résolus à penser librement ». À l'échelon national l'U.N.E.F., que la révolte de sa section strasbourgeoise – jusque-là considérée comme exemplaire – obligeait à reconnaître sa faillite générale, sans évidemment aller jusqu'à défendre les vieilles illusions de liberté syndicale qui étaient si franchement refusées à ses opposants par les autorités, ne pouvait tout de même reconnaître l'exclusion judiciaire du bureau de Strasbourg. A l'assemblée générale de l'Union Nationale, tenue à Paris le 14 janvier, vint donc une délégation de Strasbourg qui, dès l'ouverture de la séance, exigea le vote préalable de sa motion de *dissolution de toute l'U.N.E.F.*, « considérant que l'affirmation de l'U.N.E.F. en tant que syndicat réunissant l'avant-garde de la jeunesse (Charte de Grenoble, 1946) coïncide avec une période où le syndicalisme ouvrier était depuis longtemps vaincu et devenu un appareil d'autorégulation du capitalisme moderne, travaillant à l'intégration de la classe ouvrière au système marchand... considérant que la prétention avant-gardiste de l'U.N.E.F. est démentie à tout moment par ses mots d'ordre et sa pratique sous-réformistes... considérant que le syndicalisme étudiant est une pure et simple imposture et qu'il est urgent d'y mettre fin ». Cette motion se concluait en appelant « tous les étudiants révolutionnaires du monde... à préparer avec tous les exploités de leurs pays une lutte impitoyable contre tous les aspects du vieux monde, en vue de contribuer à l'avènement du pouvoir international des Conseils Ouvriers ». Deux associations seulement, celle de Nantes et celle des « Étudiants en maisons de repos », ayant voté avec Strasbourg pour que ce préalable fût posé avant l'audition du rapport de gestion de la direction nationale (il faut noter pourtant que, dans les semaines précédentes, les jeunes bureaucrates de l'U.N.E.F. avaient réussi à renverser deux autres bureaux d'association spontanément favorables à la position de l'A.F.G.E.S., à Bordeaux et à Clermont-Ferrand), la délégation de Strasbourg quitta aussitôt un débat où elle n'avait rien d'autre à dire...

Les plus heureux résultats de cet ensemble d'incidents sont, bien entendu, au-delà de ce nouvel exemple, opportunément très remarqué, de notre refus d'enrôler tout ce que le néo-militantisme en quête de subordination glorieuse peut jeter sur notre route. Non moins négligeable peut être considéré cet aspect du résultat qui a fait prendre acte d'une décomposition irrémédiable de l'U.N.E.F., plus achevée même que le donnait à penser sa pitoyable apparence : le coup de grâce résonnait encore en juillet, à Lyon, à son 56e Congrès, au cours duquel le triste président Vandenburie devait avouer : « L'unité de l'U.N.E.F. a cessé depuis longtemps. Chaque association vit (*note de l'I.S.* : ce terme reste prétentieusement inadéquat) de façon autonome, sans faire aucune référence aux mots d'ordre du bureau national. Le décalage croissant entre la base et les organismes de direction a atteint un état de dégradation important. L'histoire des instances de l'U.N.E.F. n'est qu'une suite de crises… La réorganisation et la relance de l'action n'ont pas été possibles ». À égalité dans le comique se placent les quelques remous constatés parmi les universitaires qui crurent devoir pétitionner encore une fois sur ce phénomène d'actualité : on concevra aisément que nous jugions la position publiée par les quarante professeurs et assistants de la faculté des lettres de Strasbourg qui dénoncèrent les *faux étudiants* à l'origine de cette « agitation en vase clos » autour de faux problèmes « sans l'ombre d'une solution », plus logique et socialement plus rationnelle (comme d'ailleurs les attendus du juge Llabador) que cette pateline tentative d'approbation incompétente que firent circuler en février quelques débris modernistes-institutionnalistes groupés autour d'un maigre croûton à ronger aux chaires de « Sciences humaines » de Nanterre (le hardi Touraine, le loyal Lefebvre, le pro-chinois Baudrillard, le subtil Lourau).

En fait, nous voulons que les idées redeviennent *dangereuses*. On ne pourra pas se permettre de nous supporter, dans la pâte molle du faux intérêt éclectique, comme des Sartre, des Althusser, des Aragon, des Godard. Notons le mot plein de sens d'un professeur d'université nommé Lhuillier, rapporté par *Le Nouvel Observateur* du 21 décembre : « Je suis pour la liberté de penser. Mais s'il y a des Situationnistes dans la salle, qu'ils sortent ». Sans négliger tout à fait l'utilité que la diffusion de certaines vérités sommaires a pu avoir pour accélérer très légèrement le mouvement qui porte la jeunesse française retardataire vers la prise de conscience d'une prochaine crise plus générale de la société, nous croyons qu'une importance beaucoup plus nette est attribuable à la diffusion de ce texte, comme facteur de clarification, dans quelques autres pays où un tel processus est déjà bien plus manifeste. Les situationnistes anglais ont écrit dans la présentation de leur édition du texte de Khayati : « La critique la plus hautement développée de la vie moderne a été produite dans un des moins hautement développés parmi les pays modernes, dans un pays qui n'a pas encore atteint ce point où la désintégration complète de toutes les valeurs devient patente et engendre corollairement les forces d'un refus radical. Dans le contexte français, la théorie situationniste a marché en avant des forces sociales par lesquelles elle sera réalisée ». Les thèses de *La misère en milieu étudiant* ont été beaucoup plus réellement entendues aux États-Unis ou en Angleterre (en mars, la grève de la *London School of Economics* a fait une certaine impression, le commentateur du *Times* y découvrant avec tristesse un retour de la lutte des classes, qu'il croyait finie). Ceci est vrai aussi, dans une moindre mesure, en Hollande – où la critique de l'I.S., recoupant une critique plus cruelle des événements eux-mêmes, n'a pas été sans effet sur la dissolution récente du mouvement « provo » – et dans les pays scandinaves. Les luttes des étudiants de Berlin-Ouest cette année en ont elles-mêmes retenu quelque chose, quoique dans un sens encore très confus.

Mais bien entendu, la jeunesse révolutionnaire n'a pas d'autre voie que la fusion avec la masse des travailleurs qui, à partir de l'expérience des nouvelles conditions d'exploitation, vont reprendre la lutte pour la domination de leur monde, pour la suppression du travail. Quand la jeunesse commence à connaître la forme théorique actuelle de ce mouvement réel qui partout ressurgit spontanément du sol de la société moderne, ce n'est là qu'un moment du cheminement par lequel cette critique théorique unifiée, qui s'identifie à une *unification pratique* adéquate, s'emploie à briser le silence et l'organisation générale de la séparation. C'est uniquement dans ce sens que nous trouvons le résultat satisfaisant. De cette jeunesse, nous excluons évidemment la fraction aliénée aux semi-privilèges de la formation universitaire : ici est la base naturelle pour une consommation admirative d'une supposée théorie situationniste, comme dernière mode spectaculaire. Nous n'avons pas fini de décevoir et de démentir ce genre d'approbation. On verra bien que l'I.S. ne doit pas être jugée sur les aspects superficiellement scandaleux de certaines manifestations par lesquelles elle apparaît, mais sur sa vérité centrale *essentiellement scandaleuse.*

LETTRE À MARIO PERNIOLA

26 décembre 1966

Extraits d'une lettre à Mario Perniola (*Correspondance*, vol. 3, *op. cit.*, p. 186-189), auteur d'un article favorable à l'I.S., *Arte e Rivoluzione*, paru en décembre 1966 dans la revue italienne *Tempo presente*, et futur directeur d'études d'Anselm Jappe, auteur italien du premier ouvrage consacré à Guy Debord (*Debord*, collection « Maestri Occulti », Edizioni Tracce, Pescara, septembre 1993).

Voilà où en est l'affaire de Strasbourg : dans la « dépolitisation » générale de la masse étudiante, notre manifeste a été accueilli avec sympathie – et souvent une demi-adhésion – plutôt qu'avec haine et révolte. L'union sacrée de tous ceux qui nous attaquent fermement (catholiques, protestants et communistes staliniens) est au plus *égale* à ceux qui nous soutiennent ouvertement : ils sont maintenant environ cent de chaque côté ! La peur des autorités devant notre appel à la base pour dissoudre effectivement ce ridicule syndicat, a entraîné un premier jugement par un tribunal qui casse « notre bureau », interdit toute assemblée générale, et prélude à des poursuites au moins sur le plan financier contre les responsables. En même temps, plusieurs associations de province, et une à Paris, ont manifesté un appui plus ou moins ferme aux positions de Strasbourg. De sorte que maintenant notre perspective pour une fin en apothéose de ce scandale, c'est de proposer logiquement la dissolution de l'U.N.E.F. tout entière, lors de son assemblée qui va se tenir en janvier à Paris.

Plusieurs groupements d'étudiants étrangers ont également pris contact avec Strasbourg : c'est-à-dire que les craintes excessives du premier journal italien que vous m'aviez envoyé étaient quand même un peu plus fondées que nous ne pensions. C'est un bon signe sur l'état de la crise qui s'approfondit.

Il est question de rééditer la brochure, dont les dix mille exemplaires ont déjà à peu près été diffusés. Elle va être traduite en hollandais. Aussi le groupe de l'I.S. qui existe depuis peu à Londres va publier une brochure anglaise avec une traduction d'une grande partie du texte, et des commentaires. [...] Le scandale a pris assez d'ampleur pour qu'il soit impossible de le traiter comme une plaisanterie : le fait surtout que seule la justice a réussi à nous suspendre à Strasbourg (sans régler encore le problème) a révélé le sérieux de la crise.

Le fait est aussi que, depuis assez longtemps, beaucoup d'intellectuels français connaissaient l'I.S., et essayaient de n'en jamais parler : ce coup a brisé soudainement le silence fabriqué.

À propos de votre article, pour préciser notre approbation fondamentale, et aussi les réserves, je dirai d'abord que nous semblons être bien d'accord sur toutes les perspectives exprimées, et nous critiquerions surtout quelques manques d'information de l'article ou – ce qui en découle probablement – certaines références à des penseurs (Tolstoï ou Brown) qui seraient très avantageusement remplacés par d'autres, qui sont capables de soutenir plus solidement et radicalement votre thèse.

Pour prendre le problème autrement, je crois que je peux préciser : nous sommes en plein accord avec vous, et vos formulations, sur la partie artistique et culturelle considérée dans son dépassement révolutionnaire. Nous sommes aussi, bien sûr, d'accord avec le projet de dépassement général de la révolution politique ; mais là nous trouvons vos formulations moins exactes. Le projet de révolution prolétarienne, depuis plus d'un siècle, n'était déjà plus un projet de révolution politique, mais de révolution sociale complète (l'abolition des classes). Nous pensons que ce qui est advenu de ce projet – dans sa voie trop exclusivement *politique* d'organisation – c'est ou bien l'intégration simple à la société bourgeoise ; ou bien – en Russie – un bouleversement social (expropriation de la bourgeoisie) qui n'a pas été la révolution sociale prolétarienne, car les classes n'ont certes pas été abolies (une classe bureaucratique continue à posséder l'économie et l'État, qu'elle gère avec un absolutisme appuyé sur l'idéologie à son stade parfaitement mensonger). On a depuis vu l'immense rôle contre-révolutionnaire de cette bureaucratie, chez elle et à l'extérieur, où elle a été la principale force mondiale de désarmement total du mouvement ouvrier.

En schématisant beaucoup, je dirai qu'il y a quatre points qui me paraissent fondamentaux dans la théorie révolutionnaire générale que l'I.S. a voulu commencer à formuler (pour servir à une traduction pratique, évidemment).

1) *Le dépassement de l'art*, vers une construction libre de la vie. Ceci veut être la conclusion de l'art moderne révolutionnaire, dans lequel le dadaïsme a voulu supprimer l'art sans le réaliser, et le surréalisme a voulu réaliser l'art sans le supprimer. (Ces deux exigences sont inséparables, ici je reprends les termes que le jeune Marx a employés pour la philosophie dans son temps.)

2) *La critique du spectacle*, c'est-à-dire de la société moderne en tant que mensonge concret, réalisation d'un monde inversé, consommation idéologique, aliénation concentrée et en expansion (finalement : critique du stade moderne du règne mondial de la marchandise).

3) *La théorie révolutionnaire de Marx* – à corriger et compléter dans le sens de sa propre radicalité (d'abord contre tous les héritages du « marxisme »). On peut dire : la méthode dialectique venue de Hegel – penseur de la révolution bourgeoise –, si elle est réellement renversée et réalisée en méthode de révolution totale : ce qui est en fait le minimum de principe du projet de révolution prolétarienne, mais a été très généralement encombré *même dans son exposé* par des survivances de pensées, d'habitudes et d'intérêts du vieux monde.

4) *Le modèle du pouvoir révolutionnaire des Conseils ouvriers*, comme but, et comme modèle devant déjà dominer l'organisation révolutionnaire qui vise ce but : donc, l'émancipation *par lui-même* du prolétariat qui, dans les formes aiguës de *dépossession* du monde moderne, retrouve, concentrées, toutes les incitations historiques au contrôle libre de toute la vie.

Les deux premiers points sont, en quelque sorte, notre principale contribution théorique jusqu'ici. Le troisième vient de la théorie révolutionnaire du début de la période historique où nous sommes. Le quatrième vient de la *pratique* révolutionnaire du prolétariat dans le siècle actuel. Il s'agit de les *unifier* ; et bien entendu je néglige ici beaucoup d'éléments importants qui entrent aussi en jeu.

En regard de ces quatre bases théoriques, l'I.S. a eu jusqu'ici, à mon avis, un mérite *pratique* : entreprendre d'une façon cohérente et « disciplinée » de faire reparaître, dans les conditions présentes, la *possibilité* d'une option révolutionnaire, exprimée en des termes le plus possible adéquats à la richesse de ce projet (par exemple, ce qui découle du premier point).

Si vous aimez Michel Ange, l'art Khmèr, Phidias, Coysevox,
la sculpture monumentale Maya et Riemenschneider, alors
CARLOTTI
PRIX JEUNE SCULPTURE PARIS MILLE NEUF CENT SOIXANTE QUATRE
(c'est une édition belge!)
« Le Moyen-Age a fait la petite Eve d'Autun et ce fut Ghisbelert. Et la Grèce a fait le Parthéon, et dès lors pouvait disparaître. Et notre culture contemporaine, elle, à son tour, devant les « Son et lumière » du futur, pourra présenter Carlotti... »
André Malraux
Carlo TTI
CARLO tti
CARL o TTI
A PARTIR DU SEIZE DECEMBRE MILLE NEUF CENT SOIXANTE SIX
A DIX NEUF HEURES A L'ESTRO ARMONICO
CENT SEPTANTE SIX AVENUE DEFRÉ UCCLE
EXPOSITION : DEUX MOIS A PARTIR DE QUATORZE HEURES ET LE SOIR

Pastiche publicitaire de Malraux pour une exposition des sculptures de Guy Carlotti au restaurant « L'Estro Armonico » de Robert Dehoux, à Uccle (Belgique) en 1966.

ATTENTION ! TROIS PROVOCATEURS

Tract du 22 janvier 1967.

Depuis que l'I.S. développe la *théorie de la cohérence*, comme exigence de toute organisation révolutionnaire maintenant, nous avons également soulevé les problèmes d'une *idéologie de la cohérence* qui serait à craindre par là même, dès que des gens croiraient pouvoir se rallier à un tel drapeau tout en conservant diverses contradictions entre l'affirmation théorique et la pratique. Dans la mesure où, même dans l'I.S., certains devenaient suspects d'une dissociation de ce genre, il était clair qu'ils devaient en toute hâte corriger leurs insuffisances, ou bien devenir les porteurs de cette idéologie. Nous avons nettement averti que nous ne tolérerions jamais la formation parmi nous d'une « critique idéologique de l'idéologie ». Théo Frey, Jean Garnault et Herbert Holl ont suivi leur pente vers la fausse conscience. La tentative de défense de la fausse conscience dans un milieu défavorable ne pouvait que les conduire rapidement à la falsification consciente et organisée. Nous les avons acculés à se révéler, pour eux-mêmes et pour nous. Et nous les avons aussitôt exclus, détruisant ainsi la première manifestation de cette « idéologie de la cohérence » parmi nous.

Frey, Garnault et Holl ont *en accord* lancé et soutenu un inepte ramassis d'accusations fabriquées dans le but d'obtenir l'exclusion de Mustapha Khayati. Ils propageaient des rumeurs hostiles, et les démentaient ensuite. Ils affirmaient des faits imaginaires, et protestaient, aussitôt en présence des témoins de ces ragots, qu'ils n'avaient rien dit. Ils niaient des faits constatés, en essayant de discréditer tous ceux qui s'en souvenaient. Une réunion de l'I.S. tenue le 10 janvier a décidé unanimement d'en finir avec cette « crise » par la simple application du principe que tout menteur convaincu serait exclu sur-le-champ. Présents, Frey et Holl n'ont évidemment pas pu refuser ce principe. Dès le 15 janvier, ils ont été sommés de comparaître avec celui qu'ils accusaient, dans une confrontation générale. Frey, Garnault et Holl ont d'abord maintenu toutes leurs assertions et leurs dénégations. En moins de trois heures, ils ont dû entériner l'effondrement pitoyable de leur mensonge solidaire. D'abord par des demi-aveux individuels, puis, pan par pan, reconnaissant le démantèlement de leur falsification. Ils ont dû en venir, ne pouvant plus nier des faits, à les prétendre *oubliés* par eux. Enfin, ils ont dû tout avouer. C'est *alors seulement*, se voyant exclus, qu'ils ont révélé – dans l'intention franchement délirante de se disculper – qu'ils avaient formé dans l'I.S. une *fraction secrète* qui avait nécessité tous les mensonges finalement démasqués. C'est en tant que membres occultes de cette incroyable fraction qu'en décembre un délégué d'une assemblée de l'I.S. (Garnault) présentait à l'arrivée comme inacceptables les conclusions mêmes dont il s'était fait le porteur ; qu'un des signataires d'une lettre collective (Holl) téléphonait aussitôt seul aux destinataires que le texte qu'ils n'avaient pas encore pu lire était une indignité. Après quoi, les deux bons apôtres « justifiaient » leur lâcheté par une autre, en inventant une « menace d'exclusion » qui les aurait paralysés jusqu'aux orteils dans la discussion. Après quoi, ils niaient « radicalement » auprès d'autres avoir jamais parlé d'une possibilité d'exclusion, ni trompé leurs mandants, ni téléphoné. Après quoi, il leur fallait obtenir l'élimination de Khayati parce qu'il était témoin de ces supercheries ; et ils pensaient y parvenir en l'accusant systématiquement d'avoir tout inventé pour leur nuire. Après quoi, tout leur est retombé sur la gueule.

Mais cette fraction secrète était explicitement destinée à renforcer la démocratie et la participation égale de tous au projet situationniste ! Elle devait sauver l'I.S., et au besoin la « dissoudre ». D'ailleurs Frey, l'idéologue le plus burlesque dans cet art d'allumer les incendies à l'aide d'un seau d'eau, a introduit sa révélation, consécutive à l'écroulement public de toutes les calomnies qu'il venait de soutenir et couvrir, en prononçant noblement la phrase : « La vérité est révolutionnaire » !

Aucun d'eux n'osait dire, même à cette dernière heure, qu'aucune critique aurait jamais pu être censurée dans l'I.S., au moindre degré. Ils avouaient qu'ils n'avaient rien *voulu dire*. Alors ? Ils étaient vexés et mécontents de se trouver inférieurs au niveau de la participation réelle dans l'I.S. Mais, d'une part, ils avaient affirmé en rejoignant l'I.S. qu'ils se sentaient capables de cette participation (ce qui impliquait le renforcement de cette capacité par la pratique réelle). D'autre part, les deux moins bornés d'entre eux, après avoir promis le contraire, étaient volontairement restés géographiquement isolés de cette pratique, pour parachever leur « vie étudiante » (en quoi déjà ils constituaient parmi les situationnistes une curieuse exception). Ils en sont donc venus à valoriser l'exigence abstraite d'une participation immédiate totale, contre *toutes les réalités* de cette I.S. qu'ils admiraient béatement. Ce soupir disgracié vers une reconnaissance abstraite réservée à leur quasi-impuissance devait bien sûr promptement les opposer, en ennemis sournois, à toutes les capacités réelles qu'ils *enviaient* (ils n'avaient pas la lucidité de celui-ci, le courage de celui-là, ils n'avaient pas écrit le livre de tel autre, ils n'avaient pas baisé la reine de Siam). Ainsi, tous les *retards* de leur propre développement dans la vie n'étaient pas surmontés, mais cessaient d'être dissimulés. Ceux qui n'osaient pas participer n'osaient pas parler. Ils murmuraient, ils gémissaient entre eux (s'étant sélectionnés sur la base de leur misère partagée, en s'ouvrant réciproquement de leurs secrètes susceptibilités de vierges de comédie). Ainsi donc, ils recomposaient *clandestinement* une situation hiérarchique parmi nous, pour pouvoir ensuite s'en plaindre. Ces consciences malheureuses invoquaient un au-delà de l'I.S. pour déplorer son absence : ils étaient sûrs que tous les situationnistes sont égaux, mais ils se trouvaient moins égaux que d'autres. Incapables d'assumer jusqu'au bout les exigences de l'I.S., ils s'en sont fabriqué une image absurde destinée à être critiquée – parmi eux, *à huis clos* –, et donc à leur permettre de s'affirmer magiquement « plus radicaux » ; même au prix de quelques bassesses assez traditionnelles.

Au lendemain de leur exclusion (communiquée le 15 janvier à tous les camarades concernés), Frey, Garnault et Holl ont publié un tract annonçant leur démission ! Il est d'ailleurs évident que tout ce que pourront dire ou écrire des gens qui *se connaissent* à partir d'une telle base d'action n'a plus aucune importance. Dans ce tract destiné au public, le ton de leurs calomnies et falsifications a naturellement baissé de plusieurs degrés par rapport aux aveux de la veille – encore une fois « oubliés » il faut croire. Ils sont même assez drôles pour écrire qu'il était vain de rechercher « un menteur particulier dans une situation de mensonge général ». Aussi bien ne l'avons-nous pas fait : pas plus qu'on n'aurait l'idée de personnaliser une sardine dans sa boîte, on ne s'amuserait à chercher *le* menteur dans la voyante collusion Frey-Garnault-Holl, malheureuse jusque dans le déploiement concret de ses ruses, alors même qu'un climat de confiance lui en facilitait le début. Il est bien notable que la *seule* question pratique dont ils se sont vraiment occupés – leur propre conspiration à tous égards *inutile* –, non seulement était une pratique schizophréniquement opposée à tous leurs « buts idéaux », mais encore était menée avec un irréalisme confondant : ainsi, ils ont bien été dans la forme de leur entreprise ces « purs » idéologues marchant sur la tête, qu'ils étaient déjà par son contenu.

Partout ailleurs, leur texte est en retard non d'un jour mais d'une *période*, puisque ce qu'ils attaquent *post festum* dans l'I.S., c'est uniquement l'effet de leur propre présence.

Nous déclarons nettement et définitivement que l'I.S. refusera tout contact ultérieur avec quiconque accepterait désormais de se compromettre dans la fréquentation de ces trois truqueurs, ou d'un seul d'entre eux (c'est déjà le cas d'Édith Frey). En engageant délibérément là-dessus toute la rigueur qui peut nous être reconnue, nous donnons les présents faits comme indiscutables.

Pour servir à l'auto-défense de tous les groupements révolutionnaires où ces gens pourraient vouloir s'infiltrer, nous fournissons les précisions suivantes, aisément vérifiables à l'usage, sur la façon dont ils mentent :

Frey est le plus intelligent. Capable de fragments de raisonnement véridiques, et d'une conviction qui se croirait presque franche dans quelques envolées, pourvu qu'il reste à une distance suffisante du concret. On peut détecter le mensonge en comparant la netteté de ces instants privilégiés aux brumes de l'ensemble, et en lui rappelant les positions incompatibles qu'il a juxtaposées sans gêne. C'est beaucoup plus aisé à dévoiler si l'on peut observer l'incohérence lorsque Frey doit, en plus, couvrir des positions beaucoup plus évidemment intenables sorties à contretemps par ses complices (pour leur qualité, à coup sûr, il n'est pas gâté).

Garnault, quand il ment, est extrêmement maladroit. Il ne peut tromper personne un quart d'heure, pour peu qu'on lui pose quelques questions sans ménagement. Quand il voit que tout ne passe pas bien, il se réfugie dans la dignité blessée, mais d'un air profondément peu convaincant.

Holl ment avec la plus grande froideur (raideur suspecte). Mais c'est aussi le plus bête, le plus embrouillé dans les plus simples affaires quotidiennes. De sorte qu'il soulève obligatoirement le doute dans la moindre confrontation ; non certes par l'embarras de son attitude, mais par l'extrême extravagance des points sur lesquels il peut trouver opportun d'inventer et falsifier.

Le 22 janvier 1967.

pour l'Internationale situationniste :

Michèle BERNSTEIN, Guy DEBORD, Mustapha KHAYATI, J.-V. MARTIN, Donald NICHOLSON-SMITH, Raoul VANEIGEM, René VIENET.

Supplément à la revue *Internationale Situationniste*, B.P. 307-03 PARIS.

LE POINT D'EXPLOSION DE L'IDÉOLOGIE EN CHINE

Texte publié pour la première fois en brochure en août 1967, puis dans *Internationale situationniste* n° 11 en octobre 1967, enfin dans le recueil *La Planète malade* en 2004 aux Éditions Gallimard.

La dissolution de l'association internationale des bureaucraties totalitaires est maintenant un fait accompli. Pour reprendre les termes de l'*Adresse* publiée par les situationnistes à Alger en juillet 1965, l'irréversible « écroulement en miettes de l'image révolutionnaire » que le « mensonge bureaucratique » opposait à l'ensemble de la société capitaliste, comme sa pseudo-négation et comme son soutien effectif, est devenu patent, et d'abord sur le terrain où le capitalisme officiel avait le plus grand intérêt à soutenir l'imposture de son adversaire : l'affrontement global de la bourgeoisie et du prétendu « camp socialiste ». En dépit de toutes sortes de tentatives de recollages, *ce qui, déjà, n'était pas socialiste a cessé d'être un camp.* L'effritement du monolithisme stalinien se manifeste dès maintenant dans la coexistence d'une vingtaine de « lignes » indépendantes, de la Roumanie à Cuba, de l'Italie au bloc des partis vietnamien-coréen-japonais. La Russie, devenue incapable même de réunir cette année une conférence commune de tous les partis *européens*, préfère oublier l'époque où Moscou régnait sur le Komintern. C'est ainsi que les *Izvestia*, en septembre 1966, pouvaient blâmer les dirigeants chinois de jeter un discrédit « sans précédent » sur les idées « marxistes-léninistes » ; et déploraient vertueusement ce style de confrontation « où l'on substitue des injures à un échange d'opinions et d'expériences révolutionnaires. Ceux qui choisissent cette voie confèrent à leur propre expérience une valeur absolue et font preuve, dans l'interprétation de la théorie marxiste-léniniste, d'un esprit dogmatique et sectaire. Une telle attitude est liée nécessairement à l'immixtion dans les affaires intérieures des partis frères... » La polémique russo-chinoise, dans laquelle chaque puissance est conduite à imputer à son adversaire tous les crimes anti-prolétariens, étant seulement obligée de ne pas faire mention du *défaut réel* qu'est le pouvoir de classe de la bureaucratie, doit donc se conclure d'un côté comme de l'autre par cette vision dégrisée que ce qui n'aura été qu'un inexplicable mirage révolutionnaire est retombé, faute d'autre réalité, à son vieux point de départ. La simplicité de ce retour aux sources s'est trouvée parfaitement exposée en février à New-Delhi, quand l'ambassade de Chine qualifiait Brejnev et Kossyguine de « nouveaux tsars du Kremlin » tandis que le gouvernement indien, allié anti-chinois de cette Moscovie, découvrait simultanément que « les maîtres actuels de la Chine ont endossé le manteau impérial des Mandchous ». Cet argument contre la nouvelle dynastie du Milieu a été encore raffiné le mois suivant à Moscou par Voznessenski, le poète moderniste d'État, qui « pressent Koutchoum » et ses hordes ; et qui ne compte que sur « la Russie éternelle » pour faire un rempart contre les Mongols qui menacent de bivouaquer parmi « les joyaux égyptiens du Louvre ». La décomposition accélérée de l'idéologie bureaucratique, aussi évidente dans les pays où le stalinisme a saisi le pouvoir que dans les autres – où il a perdu toute chance de le saisir – devait naturellement commencer sur le chapitre de l'internationalisme, mais ceci n'est que le *commencement* d'une dissolution générale sans retour. L'internationalisme ne pouvait appartenir à la bureaucratie qu'en tant que proclamation illusoire au service de ses intérêts réels, comme une justification *idéologique* parmi d'autres, puisque la société bureaucratique est justement le *monde renversé* de la communauté prolétarienne. La bureaucratie est essentiellement un pouvoir établi sur la possession étatique nationale, et c'est à la logique de sa réalité qu'elle doit finalement obéir, selon les intérêts particuliers qu'impose le niveau de développement du pays qu'elle possède. Son âge héroïque est passé avec l'heureux temps idéologique du « socialisme dans un seul pays », que Staline avait été fort avisé de maintenir en détruisant les révolutions en Chine ou en Espagne, de 1927 à 1937. La révolution bureaucratique autonome en Chine – comme déjà peu avant en Yougoslavie – introduisait dans l'unité du monde bureaucratique un germe de dissolution qui l'a disloqué en moins de vingt ans. Le processus général de décomposition de l'idéologie bureaucratique atteint en ce moment son stade suprême dans le pays même où, du fait de l'arriération générale de l'économie, la prétention idéologique révolutionnaire subsistante devait aussi être poussée à son sommet, là où cette idéologie était le plus nécessaire : en Chine.

La crise qui s'est développée toujours plus largement en Chine, depuis le printemps de 1966, constitue un phénomène sans précédent dans la société bureaucratique. Sans doute, la classe dominante du capitalisme bureaucratique d'État, exerçant normalement la terreur sur la majorité exploitée, s'est trouvée fréquemment déchirée elle-même, en

Russie ou en Europe de l'Est, par des affrontements et des règlements de comptes qui découlent des difficultés objectives qu'elle rencontre ; aussi bien que du style subjectivement délirant qu'est porté à revêtir le pouvoir totalement mensonger. Mais toujours la bureaucratie, que son mode d'appropriation de l'économie oblige à être centralisée, car il lui faut tirer d'elle-même la garantie hiérarchique de toute participation à son appropriation collective du surproduit social, s'est épurée *à partir du sommet.* Il faut que le sommet de la bureaucratie reste fixe, car en lui repose toute la légitimité du système. Il doit garder pour lui ses dissensions (ce qui fut sa pratique constante dès le temps de Lénine et Trotsky) ; et si les hommes peuvent y être abattus ou changés, la fonction doit demeurer toujours dans la même majesté indiscutable. La répression sans explication et sans réplique peut ensuite descendre normalement à chaque étage de l'appareil, comme simple complément de ce qui a été *instantanément* tranché au sommet. Béria doit être d'abord tué ; puis jugé ; alors on peut pourchasser sa faction ; ou n'importe qui, car le pouvoir qui abat, en abattant définit à son gré la faction, et par le même geste se redéfinit lui-même comme le pouvoir. Voilà tout ce qui a manqué en Chine, où la permanence des adversaires proclamés, en dépit de la fantastique montée des surenchères dans la lutte pour la totalité du pouvoir, montre à l'évidence que *la classe dominante s'est cassée en deux.*

Un accident social d'une telle ampleur ne peut évidemment pas être expliqué, dans le goût anecdotique des observateurs bourgeois, par des dissensions portant sur une stratégie extérieure : il est d'ailleurs notoire que la bureaucratie chinoise supporte paisiblement l'affront que constitue, à sa porte, l'écrasement du Vietnam. Pas davantage, des querelles personnelles de succession n'auraient engagé de tels enjeux. Quand certains dirigeants se voient reprocher d'avoir « écarté Mao Tse-toung du pouvoir » depuis la fin des années 50, tout porte à croire qu'il s'agit là d'un de ces crimes rétrospectifs couramment fabriqués par les épurations bureaucratiques – Trotsky menant la guerre civile sur ordre du Mikado, Zinoviev secondant Lénine pour complaire à l'Empire britannique, etc. Celui qui aurait écarté du pouvoir un personnage aussi puissant que Mao n'aurait jamais dormi tant que Mao pouvait revenir. Mao serait donc mort ce jour-là, et rien n'eût empêché ses fidèles successeurs d'attribuer cette mort, par exemple, à Khrouchtchev. Si les gouvernants et polémistes des États bureaucratiques comprennent certainement beaucoup mieux la crise chinoise, leurs déclarations n'en peuvent être pour autant plus sérieuses, car ils doivent redouter, en parlant de la Chine, de trop révéler sur eux-mêmes. Ce sont finalement les débris gauchistes des pays occidentaux, toujours volontaires pour être dupes de toutes les propagandes à relents sous-léninistes, qui sont capables de se tromper plus lourdement que tout le monde, en évaluant gravement le rôle dans la société chinoise des traces de la rente conservée aux capitalistes ralliés, ou bien en cherchant dans cette mêlée quel leader représenterait le gauchisme ou l'autonomie ouvrière. Les plus stupides ont cru qu'il y avait quelque chose de « culturel » dans cette affaire, jusqu'en janvier où la presse maoïste leur a joué le mauvais tour d'avouer que c'était « depuis le début une lutte pour le pouvoir ». Le seul débat sérieux consiste à examiner pourquoi et comment la classe dominante a pu se briser en deux camps hostiles ; et toute recherche à ce propos se trouve bien entendu interdite à ceux qui n'admettent pas que la bureaucratie est une classe dominante, ou bien qui ignorent la spécificité de cette classe et la ramènent aux conditions classiques du pouvoir bourgeois.

Sur le *pourquoi* de la rupture à l'intérieur de la bureaucratie, on peut seulement dire avec certitude que c'est une question telle qu'elle mettait en jeu la domination même de la classe régnante *puisque, pour la trancher, les deux côtés, inébranlablement opiniâtres, n'ont pas craint de risquer tout de suite ce qui est le pouvoir commun de leur classe*, en mettant en péril toutes les conditions existantes de leur administration de la société. La classe dominante devait donc savoir qu'elle ne pouvait plus gouverner comme avant. Il est sûr que ce conflit porte sur la gestion de l'*économie*. Il est sûr que l'effondrement des politiques économiques successives de la bureaucratie est la cause de l'acuité extrême du conflit. L'échec de la politique dite du « Grand bond en avant » – principalement du fait de la résistance de la paysannerie – non seulement a fermé la perspective d'un décolage ultra-volontariste de la production industrielle, mais encore a forcément entraîné une désorganisation désastreuse, sensible sur plusieurs années. L'augmentation même de la production agricole depuis 1958 paraît très faible, et le taux de croissance de la population reste supérieur à celui des subsistances. Il est moins facile de dire sur quelles options économiques précises la classe dirigeante s'est scindée. Probablement un côté (comprenant la majorité de l'appareil du parti, des responsables des syndicats, des économistes) voulait poursuivre ou accroître plus ou moins considérablement la production des biens de consommation, soutenir par des stimulants économiques l'effort des travailleurs, et cette politique impliquait, en même temps que certaines concessions aux paysans et surtout aux ouvriers, l'augmentation d'une consommation hiérarchiquement différenciée dans une large base de la bureaucratie. L'autre côté (comprenant Mao, une grande partie des cadres supérieurs de l'armée) voulait sans doute une reprise à n'importe quel prix de l'effort pour industrialiser le pays, un recours encore plus extrême à l'*énergie idéologique* et à la terreur, la surexploitation sans limite des travailleurs, et peut-être le sacrifice « égalitaire », dans la consommation, d'une couche notable de la bureaucratie inférieure. Les deux positions sont également orientées vers le maintien de la domination absolue de la bureaucratie, et calculées en fonction de la nécessité de faire barrage aux luttes de classes qui menacent cette domination. En tout cas, l'urgence et le caractère vital de ce choix étaient pour tous si évidents que les deux camps ont cru devoir courir le risque d'aggraver immédiatement l'ensemble des conditions dans lesquelles ils se trouvaient placés, par le désordre de leur scission même. Il est très possible que l'acharnement, d'un côté comme de l'autre, se trouve justifié par le fait qu'il n'y a pas de solution correcte aux insurmontables problèmes de la bureaucratie chinoise ; que donc les deux options qui s'affrontent étaient également inapplicables ; et qu'il fallait pourtant choisir.

Quant à savoir *comment* une division au sommet de la bureaucratie a pu descendre, d'appel en appel, vers les niveaux inférieurs, en recréant à tous les étages des affrontements téléguidés en sens inverse dans tout l'appareil du parti et de l'État, et finalement dans les masses, il faudrait sans doute tenir compte des survivances du vieux modèle d'administration de la Chine par provinces tendant à une semi-autonomie. La dénonciation des « royaumes indépendants », lancée en janvier par les maoïstes de Pékin, évoque nettement ce fait, et le développement des troubles dans les derniers mois le confirme. Il est bien possible que le phénomène de l'autonomie régionale du pouvoir bureaucratique qui, lors de la contre-révolution russe, ne s'est manifesté que faiblement et épisodiquement autour de l'organisation de Léningrad, ait trouvé en Chine bureaucratique des bases multiples et solides, se traduisant par la possibilité d'une coexistence, au gouvernement central, de clans et de clientèles détenant en propriété directe des régions entières du pouvoir bureaucratique, et passant entre eux des compromis sur cette base. Le pouvoir bureaucratique en Chine n'est pas né d'un mouvement ouvrier, mais de l'encadrement militaire des paysans, au long d'une guerre de vingt-deux ans. L'armée est demeurée imbriquée dans le parti, dont tous les dirigeants ont été aussi bien des chefs militaires, et elle est restée la principale école de sélection, pour le parti, des masses paysannes qu'elle éduque. Il semble, en outre, que l'administration locale mise en place en 1949 ait été fortement tributaire des zones de passage des différents corps d'armée descendant du nord au sud, et laissant chaque fois dans leur sillage des hommes qui leur étaient liés par l'origine régionale (ou familiale ; facteur de consolidation des cliques bureaucratiques que la propagande contre Liu Shao-chi et autres a mis pleinement en lumière). De telles bases locales d'un pouvoir semi-autonome dans l'administration bureaucratique auraient donc pu se former en Chine par la combinaison des structures organisationnelles de l'armée conquérante et des forces productives qu'elle trouvait à contrôler dans le pays conquis.

Quand la tendance de Mao a commencé son offensive publique contre les positions solides de ses adversaires, en faisant marcher les étudiants et les enfants des écoles embrigadés, elle ne visait dans l'immédiat aucune sorte de refonte « culturelle » ou « civilisatrice » des masses de travailleurs, déjà serrées au plus fort degré dans le carcan idéologique du régime. Les sottises contre Beethoven ou l'art Ming, au même titre que les invectives contre les positions encore occupées ou déjà reconquises par une bourgeoisie chinoise manifestement anéantie en tant que telle, n'étaient présentées que pour amuser le tapis – non sans calculer que ce gauchisme sommaire pourrait trouver un certain écho parmi les opprimés, qui ont quelque raison de penser qu'il existe encore chez eux plusieurs obstacles à l'avènement d'une société sans classes. Le but principal de l'opération était de faire paraître dans la rue, au service de cette tendance, *l'idéologie du régime*, qui est, par définition, maoïste. Les adversaires ne pouvant être eux-mêmes autre chose que maoïste, ils se trouvaient mis d'emblée en fâcheuse posture par le déclenchement de cette mauvaise querelle. C'est pourquoi leurs « autocritiques » insuffisantes peuvent exprimer en fait leur résolution de garder les postes qu'ils contrôlent. On peut donc qualifier la première phase de la lutte comme un affrontement des *propriétaires officiels de l'idéologie* contre la majorité des *propriétaires de l'appareil* de l'économie et de l'État. Cependant, la bureaucratie, pour maintenir son appropriation collective de la société, a besoin aussi bien de l'idéologie que de l'appareil administratif et répressif ; de sorte que l'aventure d'une telle séparation était extrêmement périlleuse si elle ne devait pas aboutir dans de courts délais. On sait que la majorité de l'appareil, et Liu Shao-chi en personne, malgré sa position critique à Pékin, ont résisté obstinément. Après leur première tentative de bloquer l'agitation maoïste au stade des Universités, où les « groupes de travail » en avaient pris le contre-pied, cette agitation s'étendit à la rue dans toutes les grandes villes, et partout commença à attaquer, par les journaux muraux et l'action directe, les responsables qui lui étaient désignés – ceci n'excluant pas les erreurs et les excès de zèle. Ces responsables organisèrent la résistance partout où ils le pouvaient. Les premiers heurts entre ouvriers et « gardes rouges » ont dû être plutôt menés par les *activistes* du parti dans les usines, à la disposition des notables locaux de l'appareil. Bientôt, les ouvriers exaspérés par les excès des gardes rouges, ont commencé à intervenir par eux-mêmes. Dans tous les cas où les maoïstes ont parlé d'« étendre la révolution culturelle » aux usines, puis aux campagnes, ils se sont donné l'allure de *décider* un *glissement* qui, pendant tout l'automne de 1966, leur avait échappé, et s'était déjà, en fait, opéré en dépit de leurs plans. La chute de la production industrielle ; la désorganisation des transports, de l'irrigation, de l'administration étatique jusqu'au niveau des ministères (malgré les efforts de Chou En-lai) ; les menaces qui ont pesé sur les récoltes de l'automne et du printemps ; l'interruption complète de l'enseignement – particulièrement grave dans un pays sous-développé – pendant plus d'une année, tout cela n'a été que l'inévitable résultat d'une lutte dont l'extension est uniquement due à la résistance de cette part de la bureaucratie au pouvoir qu'il s'agissait, pour les maoïstes, de faire céder.

Les maoïstes, dont l'expérience politique n'est guère liée aux luttes en milieu urbain, auront eu l'occasion de vérifier le précepte de Machiavel : « Qu'on se garde d'exciter une sédition dans une ville en se flattant de pouvoir l'arrêter ou la diriger à sa volonté » (*Histoires florentines*). Après quelques mois de pseudo-révolution pseudo-culturelle, c'est la lutte de classes réelle qui est apparue en Chine, les ouvriers et les paysans commençant à agir pour eux-mêmes. Les ouvriers ne peuvent ignorer ce que signifie pour eux la perspective maoïste ; les paysans, qui voient menacé leur lopin individuel, ont commencé en plusieurs provinces à se répartir les terres et le matériel des « communes populaires » (celles-ci n'étant que le nouvel habillage idéologique des unités administratives préexistantes, et recoupant généralement les anciens cantons). Les grèves des chemins de fer, la grève générale de Shanghaï – qualifiée, comme à Budapest, d'arme privilégiée des capitalistes –, les grèves de la grande agglomération industrielle de Wuhan, de Canton, du Hupeh, des métallurgistes et des ouvriers du textile à Chungking, les attaques des paysans du Szechwan et du Fukien, ont culminé au mois de janvier, mettant la Chine au bord du chaos. En même temps, sur les traces des ouvriers organisés en « gardes pourpres » au Kwangsi dès septembre 1966 pour combattre les gardes rouges, et après les émeutes antimaoïstes de Nankin, des « armées » se constituaient dans différentes provinces, comme « l'Armée du 1er août » au Kwangtung. L'armée nationale devait intervenir partout, en février-mars, pour mater les travailleurs, diriger la production par le « contrôle militaire » des usines, et même, appuyée alors par la milice, contrôler les travaux dans les campagnes. La lutte des ouvriers pour maintenir ou accroître leur salaire, la fameuse tendance à l'« économisme » maudite par les maîtres de Pékin, a pu être acceptée, voire encouragée, par certains des cadres locaux de l'appareil, dans leur résistance aux bureaucrates maoïstes rivaux. Mais il est certain que la lutte était menée par un courant irrésistible de la base ouvrière : la dissolution autoritaire en mars des « associations professionnelles », qui s'étaient formées après la première dissolution des syndicats du régime, dont la bureaucratie échappait à la ligne maoïste, le montre fort bien ; c'est ainsi que le *Jiefang Ribao* condamnait, à Shanghaï, en mars, « la tendance féodale de ces associations formées non sur la base de classe (*lire : la qualité qui définit cette base de classe est le pur monopole du pouvoir maoïste*) mais par métiers, et qui ont comme objectifs de lutte les intérêts partiels et immédiats des ouvriers exerçant ces métiers ». Cette défense des vrais possesseurs des intérêts généraux et permanents de la collectivité avait été aussi nettement exprimée, le 11 février, par une directive du Conseil de l'État et de la Commission militaire du Comité Central : « Tous les éléments qui ont saisi ou volé des armes doivent être arrêtés. »

Au moment où le règlement de ce conflit, qui a évidemment entraîné des morts par dizaines de milliers, opposant entre elles des grandes unités militaires avec tout leur équipement, et jusqu'à des navires de guerre, est confié à l'armée chinoise, cette armée est elle-même divisée. Elle doit assurer la poursuite et l'intensification de la production alors qu'elle n'est plus en état d'assurer l'unité du pouvoir en Chine – en outre, son intervention directe contre la paysannerie présenterait, étant donné son recrutement essentiellement paysan, les plus grands risques. La trêve recherchée en mars-avril par les maoïstes, déclarant que tout le personnel du parti est récupérable à l'exception d'une « poignée » de traîtres, et que la principale menace est désormais « l'anarchisme », signifie, plus que l'inquiétude devant la difficulté de mettre un frein au défoulement survenu dans la jeunesse à la suite de l'expérience des gardes rouges, *l'inquiétude essentielle d'être arrivé au bord de la dissolution de la classe dirigeante elle-même.* Le parti, l'administration centrale et provinciale se trouvent à ce moment en décomposition. Il s'agit de « rétablir la discipline dans le travail ». « Le principe de l'exclusion et du renversement de tous les cadres doit être condamné sans réserve », déclare le *Drapeau Rouge* en mars. Et déjà en février *Chine Nouvelle* : « Vous écrasez tous les responsables… mais lorsque vous prenez le contrôle d'un organisme, qu'avez-vous entre les mains d'autre qu'une salle vide et des tampons ? » Les réhabilitations et les nouveaux compromis se succèdent au petit bonheur. La survie même de la bureaucratie est la cause suprême qui doit faire passer au second plan ses diverses options politiques comme simples moyens.

À partir du printemps de 1967, on peut dire que le mouvement de la « révolution culturelle » est parvenu à un échec désastreux, et que cet échec est certainement le plus immense dans la longue série des échecs du pouvoir bureaucratique en Chine. En face du coût extraordinaire de l'opération, aucun de ses buts n'a été atteint. La bureaucratie est plus divisée que jamais. Tout nouveau pouvoir mis en place dans les régions tenues par les maoïstes se divise à son tour : « la triple alliance révolutionnaire » armée – garde rouge – parti ne cesse de se décomposer, et du fait des antagonismes entre ces trois forces (le parti, surtout, se tenant à l'écart ou n'y entrant que pour la saboter), et du fait des antagonismes toujours plus poussés à l'intérieur de chacune de ces trois forces. Il paraît aussi difficile de recoller l'appareil que d'en édifier un autre. Surtout, *les deux tiers au moins de la Chine ne sont à aucun degré contrôlés par le pouvoir de Pékin.*

À côté des comités gouvernementaux des partisans de Liu Shao-chi, et des mouvements de lutte ouvrière qui continuent à s'affirmer, ce sont déjà les *Seigneurs de la Guerre* qui reparaissent sous l'uniforme de généraux « communistes » indépendants, traitant directement avec le pouvoir central, et menant leur propre politique, particulièrement dans les régions périphériques. Le général Chang Kuo-hua, maître du Tibet en février, après des combats de rues à Lhassa emploie les blindés contre les maoïstes. Trois divisions maoïstes sont envoyées pour « écraser les révisionnistes ». Elles semblent n'y réussir que modérément car Chang Kuo-hua contrôle toujours la région en avril. Le 1er mai, il est reçu à Pékin, et les tractations aboutissent à un compromis puisqu'il est chargé de constituer un comité révolutionnaire pour gouverner le Szechwan, où dès avril une « alliance révolutionnaire », influencée par un général Hung, avait pris le pouvoir et emprisonné les maoïstes ; depuis, en juin, les membres d'une commune populaire s'étaient emparés d'armes et avaient attaqué les militaires. En Mongolie-Intérieure, l'armée s'est prononcée contre Mao dès février, sous la direction de Liu Chiang, commissaire politique adjoint. La même chose est advenue dans le Hopeh, le Honan, la Mandchourie. Dans le Kansu, en mai, le général Chao Yung-shih a réussi un putsch antimaoïste. Le Sinkiang, où sont les installations atomiques, a été neutralisé d'un commun accord dès mars, sous l'autorité du général Wang En-mao ; le même est cependant réputé y avoir attaqué les « révolutionnaires maoïstes » en juin. Le Hupeh se trouve, en juillet, aux mains du général Chen Tsaitao, commandant du district de Wuhan – un des plus anciens centres industriels de Chine. Dans le vieux style de l'« incident de Sian » il y fait arrêter deux des principaux dirigeants de Pékin venus négocier avec lui ; le Premier ministre doit faire le voyage, et on annonce comme une « victoire » qu'il a obtenu la restitution de ses émissaires. En même temps, 2 400 usines et mines se trouveraient paralysées dans cette province consécutivement au soulèvement armé de 50 000 ouvriers et paysans. D'ailleurs il s'avère au début de l'été que le conflit continue partout : en juin des « ouvriers conservateurs » du Honan ont attaqué une filature à coups de bombes incendiaires, en juillet, le bassin houillier de Fushun et les travailleurs du pétrole à Tahsing sont en grève, les mineurs du Kiangsi font la chasse aux maoïstes, on appelle à la lutte contre « l'armée industrielle du Chekiang » décrite comme une « organisation terroriste antimarxiste », les paysans menacent de marcher sur Nankin et Shanghaï, on se bat dans les rues de Canton et de Chungking, les étudiants de Kweiyang attaquent l'armée et se saisissent de dirigeants maoïstes. Et le gouvernement qui s'est décidé à interdire les violences « dans les régions contrôlées par les autorités centrales », même là semble avoir fort à faire. Faute d'arrêter les troubles, on arrête les *informations* en expulsant la plupart des rares résidents étrangers.

Mais, au début d'août, la cassure dans l'armée est devenue si dangereuse que ce sont les publications officielles de Pékin qui révèlent elles-mêmes que les partisans de Liu veulent « mettre sur pied un royaume indépendant réactionnaire bourgeois au sein de l'armée », et (*Quotidien du peuple* du 5 août) que « les attaques contre la dictature du prolétariat en Chine sont venues non seulement des échelons supérieurs mais aussi des échelons inférieurs ». Pékin en vient à avouer clairement qu'un tiers au moins de l'armée s'est prononcé contre le gouvernement central, et qu'une grande partie même de la vieille Chine des dix-huit provinces lui a échappé. Les suites immédiates de l'incident de Wuhan semblent avoir été très graves, une intervention des parachutistes de Pékin, appuyée par six canonnières remontant le Yangtze depuis Shanghaï se trouvant repoussée après une bataille rangée ; et, d'autre part, des armes des arsenaux de Wuhan auraient été envoyées aux antimaoïstes de Chungking. En outre, il convient de noter que les troupes de Wuhan appartenaient au groupe d'armées placé sous l'autorité directe de Lin Piao, le seul qui était considéré comme sûr. Vers le milieu du mois d'août, les luttes armées se généralisent à un tel point que le gouvernement maoïste en vient à réprouver officiellement cette sorte de continuation de la politique par des moyens qui se retournent contre lui ; et assure préférer la conviction, qu'il remporterait en s'en tenant à une « lutte par la plume ». Simultanément, il annonce la distribution d'armes aux masses dans « les zones sûres ». Mais où sont de telles zones ? On se bat de nouveau à Shanghaï, présenté depuis des mois comme une des rares citadelles du maoïsme. Des militaires du Shantung incitent les paysans à la révolte. La direction de l'armée de l'air est dénoncée comme ennemie du régime. Et comme au temps de Sun Yat-sen, Canton, tandis que la 47e Armée fait mouvement pour y rétablir l'ordre, se détache en pôle de la révolte, les ouvriers des chemins de fer et des transports urbains en étant le fer de lance : les prisonniers politiques ont été délivrés, des armes destinées au Vietnam ont été saisies sur des cargos dans le port, un nombre indéterminé d'individus a été pendu dans les rues. Ainsi, la Chine s'enfonce lentement dans une guerre civile confuse, qui est à la fois l'affrontement entre diverses régions du pouvoir bureaucratico-étatique émietté, et l'affrontement des revendications ouvrières et paysannes avec les conditions d'exploitation que doivent maintenir partout les directions bureaucratiques déchirées.

Du fait que les maoïstes se sont montrés, avec le succès que l'on peut voir, les champions de l'idéologie absolue, ils ont rencontré jusqu'ici l'estime et l'approbation au degré le plus fantastique parmi les intellectuels occidentaux qui ne manquent jamais de saliver à de tels stimuli. K.S. Karol, dans le *Nouvel Observateur* du 15 février, rappelait doctement aux maoïstes leur oubli de ce fait « que les vrais staliniens ne sont pas des alliés potentiels de la Chine mais ses ennemis les plus irréductibles : pour eux, la révolution culturelle avec ses tendances anti-bureaucratiques, évoque le trotskisme... » Il y a eu d'ailleurs beaucoup de trotskistes pour s'y reconnaître, par là se rendant justice ! *Le Monde*, le journal le plus franchement maoïste paraissant hors de Chine, a annoncé jour après jour le succès imminent de M. Mao Tse-toung prenant enfin ce pouvoir qu'on lui croyait acquis depuis dix-huit ans. Les sinologues, quasiment tous stalino-chrétiens – le mélange est répandu partout mais là principalement –, ont ressorti l'âme chinoise pour témoigner de la légitimité du nouveau Confucius. Ce qu'il y a toujours eu de burlesque dans l'attitude des intellectuels bourgeois de la gauche modérément stalinophile a trouvé la plus belle occasion de s'épanouir devant les records chinois du genre : cette révolution « culturelle » devra peut-être durer 1 000 ou 10 000 ans. Le *Petit Livre Rouge* a enfin réussi à « siniser le marxisme ». « Le bruit des hommes en train de réciter les citations d'une voix forte et claire s'entend dans toutes les unités de l'armée ». « La sécheresse n'a rien d'effrayant, la pensée de Mao Tse-toung est notre pluie féconde ». « Le chef de l'État a été jugé responsable... pour n'avoir pas prévu la volte-face du maréchal Chiang Kaï-shek lorsque celui-ci dirigea son armée contre les troupes communistes » (*Le Monde* du 4-4-67 ; il s'agit du coup de 1927, que chacun avait bien prévu en Chine, mais qu'il fallut attendre passivement pour obéir aux ordres de Staline). Une chorale vient chanter l'hymne intitulé : *Cent millions de personnes prennent les armes pour critiquer le sinistre livre du Perfectionnement de soi-même* (œuvrette naguère officielle de Liu Shao-chi). La liste est sans fin, on peut l'interrompre sur ce bon mot du *Quotidien du peuple*, le 31 juillet : « La situation de la révolution culturelle prolétarienne en Chine est excellente, mais la lutte des classes devient plus difficile ».

Après tant de bruit, les conclusions historiques à tirer de cette période sont simples. Où que puisse aller maintenant la Chine, l'image du dernier pouvoir bureaucratique-révolutionnaire a volé en éclats. L'effondrement interne s'ajoute aux incessants écroulements de sa politique extérieure : anéantissement du stalinisme indonésien, rupture avec le stalinisme japonais, destruction du Vietnam par les États-Unis et, pour finir, proclamation par Pékin, en juillet, que « l'insurrection » de Naxalbari, quelques jours avant sa dispersion par la première opération de police, était le début de la révolution paysanne-maoïste dans toute l'Inde : en soutenant cette extravagance, Pékin a rompu avec la majorité de ses propres partisans indiens, c'est-à-dire avec le dernier grand parti bureaucratique qui lui restait acquis. Ce qui est inscrit maintenant dans la crise interne de la Chine, c'est son échec à industrialiser le pays, et à se donner en modèle aux pays sous-développés. L'idéologie portée à son degré absolu, en vient à l'*éclatement*. Son usage absolu est aussi bien son zéro absolu : c'est la nuit, où toutes les vaches idéologiques sont noires. Au moment où, dans la confusion la plus totale, les bureaucrates se combattent au nom du même dogme, et dénoncent partout « les bourgeois abrités derrière le drapeau rouge », la *double pensée* s'est elle-même dédoublée. C'est la fin joyeuse des mensonges idéologiques, leur mise à mort dans le ridicule. Ce n'est pas la Chine, c'est notre monde qui a produit ce ridicule. Nous avions dit dans le numéro de l'*I.S.* paru en août 1961 qu'il deviendrait « à tous les niveaux, de plus en plus péniblement ridicule, jusqu'au moment de sa reconstruction révolutionnaire complète ». On voit ce qu'il en est. La nouvelle époque de la critique prolétarienne saura qu'elle n'a plus rien à ménager qui soit à elle, et que tout confort idéologique existant lui aura été arraché dans la honte et l'épouvante. En découvrant qu'elle est dépossédée des faux biens de son monde mensonger, elle doit comprendre qu'elle est la négation déterminée de la totalité de la société mondiale ; et elle le saura aussi en Chine. C'est la dislocation mondiale de l'*Internationale bureaucratique* qui se reproduit en ce moment à l'échelle chinoise, dans la fragmentation du pouvoir en provinces indépendantes. Ainsi, la Chine retrouve son passé, qui lui repose les tâches révolutionnaires réelles du mouvement vaincu autrefois. Le moment où, paraît-il, « Mao recommence en 1967 ce qu'il faisait en 1927 » (*Le Monde* du 17-2-67) est aussi le moment où, pour la première fois depuis 1927, l'intervention des masses ouvrières et paysannes a déferlé sur tout le pays. Aussi difficiles que soient la prise de conscience et la mise en œuvre de leurs objectifs autonomes, quelque chose est mort dans la domination totale que subissaient les travailleurs chinois. Le *Mandat du Ciel prolétarien* est épuisé.

Page de droite :

Première page manuscrite de *La Société du spectacle.*

Ci-contre :

Édition Buchet-Chastel (14 novembre 1967). Photo de Leo Dohmen accidentellement surimpressionnée (1962).

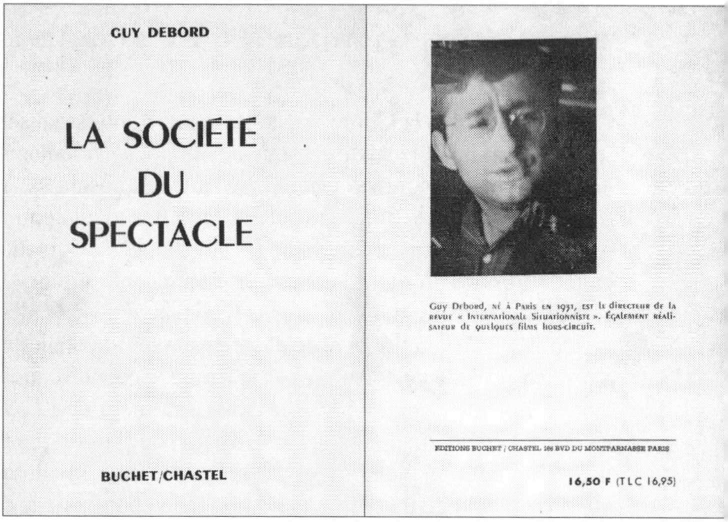

GUY DEBORD
LA SOCIÉTÉ DU SPECTACLE
BUCHET/CHASTEL
Guy Debord, né à Paris en 1931, est le directeur de la revue « Internationale Situationniste ». Également réalisateur de quelques films hors-circuit.
EDITIONS BUCHET / CHASTEL 108 BVD DU MONTPARNASSE PARIS
16,50 F (TLC 16,95)

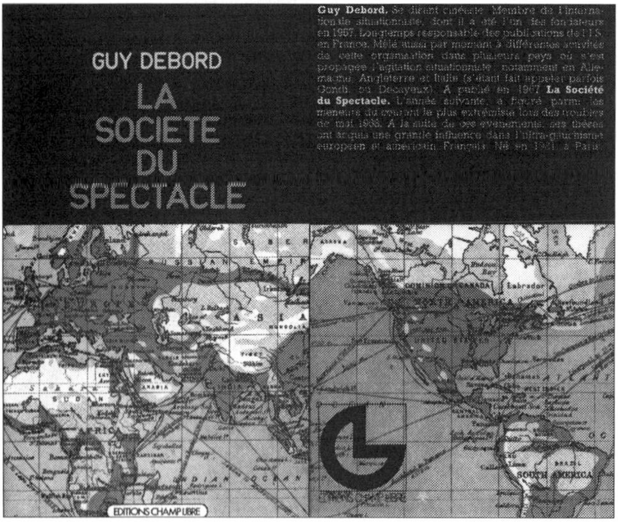

GUY DEBORD
LA SOCIETE DU SPECTACLE
Guy Debord.
La Société du Spectacle.
SOUTH AMERICA
EDITIONS CHAMP LIBRE

Édition Champ libre (29 septembre 1971).
« Le premier genre de Champ libre était alors d'illustrer toutes ses couvertures, et je ne voulais rien d'autre pour mon livre qu'une carte géographique du monde dans son ensemble. [...] J'ai dû choisir moi-même dans un atlas du début du siècle une carte dont les couleurs représentant le développement mondial des relations commerciales, là où il était alors réalisé, et là où l'on escomptait sa marche future » (*Considérations sur l'assassinat de Gérard Lebovici*).
Le texte en quatrième page de couverture est également de Guy Debord.

Édition Gallimard (21 septembre 1992).

LA SOCIÉTÉ DU SPECTACLE

Publié en 1967 aux Éditions Buchet-Chastel, en 1971 aux Éditions Champ Libre, en 1992 aux Éditions Gallimard.

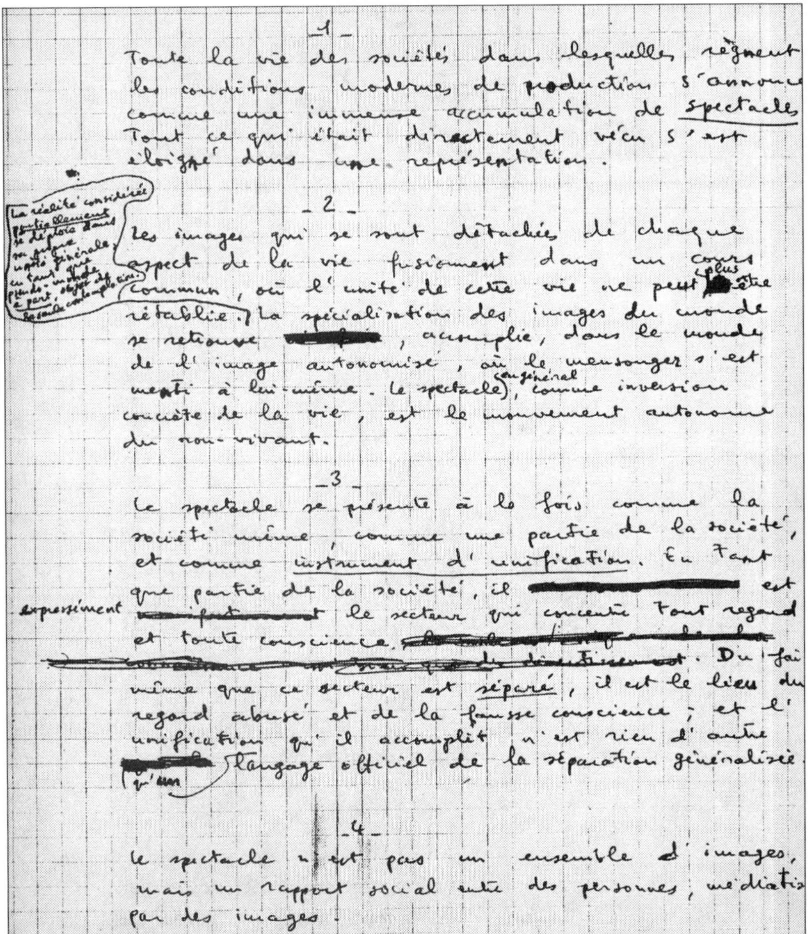

– 1 –

Toute la vie des sociétés dans lesquelles règnent les conditions modernes de production s'annonce comme une immense accumulation de spectacles. Tout ce qui était directement vécu s'est éloigné dans une représentation.

La réalité considérée partiellement se déploie dans sa propre unité générale en tant que pseudo-monde à part, objet de la seule contemplation

– 2 –

Les images qui se sont détachées de chaque aspect de la vie fusionnent dans un cours commun, où l'unité de cette vie ne peut plus [redacted] être rétablie. La spécialisation des images du monde se retrouve [redacted], accomplie, dans le monde de l'image autonomisé, où le mensonger s'est menti à lui-même. Le spectacle en général, comme inversion concrète de la vie, est le mouvement autonome du non-vivant.

– 3 –

Le spectacle se présente à la fois comme la société même, comme une partie de la société, et comme instrument d'unification. En tant que partie de la société, il [redacted] est expressément le secteur qui concentre tout regard et toute conscience. Du fait même que ce secteur est séparé, il est le lieu du regard abusé et de la fausse conscience ; et l'unification qu'il accomplit n'est rien d'autre [redacted] qu'un langage officiel de la séparation généralisée.

– 4 –

Le spectacle n'est pas un ensemble d'images, mais un rapport social entre des personnes, médiatisé par des images.

I. la séparation achevée

« Et sans doute notre temps… préfère l'image à la chose, la copie à l'original, la représentation à la réalité, l'apparence à l'être… Ce qui est *sacré* pour lui, ce n'est que l'*illusion*, mais ce qui est profane, c'est la *vérité*. Mieux, le sacré grandit à ses yeux à mesure que décroît la vérité et que l'illusion croît, si bien que *le comble de l'illusion* est aussi pour lui *le comble du sacré*. »

Feuerbach (Préface à la deuxième édition
de *L'Essence du christianisme*)

1

Toute la vie des sociétés dans lesquelles règnent les conditions modernes de production s'annonce comme une immense accumulation de *spectacles*. Tout ce qui était directement vécu s'est éloigné dans une représentation.

2

Les images qui se sont détachées de chaque aspect de la vie fusionnent dans un cours commun, où l'unité de cette vie ne peut plus être rétablie. La réalité considérée *partiellement* se déploie dans sa propre unité générale en tant que pseudo-monde *à part*, objet de la seule contemplation. La spécialisation des images du monde se retrouve, accomplie, dans le monde de l'image autonomisé, où le mensonger s'est menti à lui-même. Le spectacle en général, comme inversion concrète de la vie, est le mouvement autonome du non-vivant.

3

Le spectacle se présente à la fois comme la société même, comme une partie de la société, et comme *instrument d'unification*. En tant que partie de la société, il est expressément le secteur qui concentre tout regard et toute conscience. Du fait même que ce secteur est *séparé*, il est le lieu du regard abusé et de la fausse conscience ; et l'unification qu'il accomplit n'est rien d'autre qu'un langage officiel de la séparation généralisée.

4

Le spectacle n'est pas un ensemble d'images, mais un rapport social entre des personnes, médiatisé par des images.

5

Le spectacle ne peut être compris comme l'abus d'un monde de la vision, le produit des techniques de diffusion massive des images. Il est bien plutôt une *Weltanschauung* devenue effective, matériellement traduite. C'est une vision du monde qui s'est objectivée.

6

Le spectacle, compris dans sa totalité, est à la fois le résultat et le projet du mode de production existant. Il n'est pas un supplément au monde réel, sa décoration surajoutée. Il est le cœur de l'irréalisme de la société réelle. Sous toutes ses formes particulières, information ou propagande, publicité ou consommation directe de divertissements, le spectacle constitue le *modèle* présent de la vie socialement dominante. Il est l'affirmation omniprésente du choix *déjà fait* dans la production, et sa consommation corollaire. Forme et contenu du spectacle sont identiquement la justification totale des conditions et des fins du système existant. Le spectacle est aussi la *présence permanente* de cette justification, en tant qu'occupation de la part principale du temps vécu hors de la production moderne.

7

La séparation fait elle-même partie de l'unité du monde, de la praxis sociale globale qui s'est scindée en réalité et en image. La pratique sociale, devant laquelle se pose le spectacle autonome, est aussi la totalité réelle qui contient le spectacle. Mais la scission dans cette totalité la mutile au point de faire apparaître le spectacle comme son but. Le langage du spectacle est constitué par des *signes* de la production régnante, qui sont en même temps la finalité dernière de cette production.

8

On ne peut opposer abstraitement le spectacle et l'activité sociale effective ; ce dédoublement est lui-même dédoublé. Le spectacle qui inverse le réel est effectivement produit. En même temps la réalité vécue est matériellement envahie par la contemplation du spectacle, et reprend en elle-même l'ordre spectaculaire en lui donnant une adhésion positive. La réalité objective est présente des deux côtés. Chaque notion ainsi fixée n'a pour fond que son passage dans l'opposé : la réalité surgit dans le spectacle, et le spectacle est réel. Cette aliénation réciproque est l'essence et le soutien de la société existante.

9

Dans le monde *réellement renversé*, le vrai est un moment du faux.

10

Le concept de spectacle unifie et explique une grande diversité de phénomènes apparents. Leurs diversités et contrastes sont les apparences de cette apparence organisée socialement, qui doit être elle-même reconnue dans sa vérité générale. Considéré selon ses propres termes, le spectacle est l'*affirmation* de l'apparence et l'affirmation de toute vie humaine, c'est-à-dire sociale, comme simple apparence. Mais la critique qui atteint la vérité du spectacle le découvre comme la *négation* visible de la vie ; comme une négation de la vie qui *est devenue visible.*

11

Pour décrire le spectacle, sa formation, ses fonctions, et les forces qui tendent à sa dissolution, il faut distinguer artificiellement des éléments inséparables. En *analysant* le spectacle, on parle dans une certaine mesure le langage même du spectaculaire, en ceci que l'on passe sur le terrain méthodologique de cette société qui s'exprime dans le spectacle. Mais le spectacle n'est rien d'autre que *le sens* de la pratique totale d'une formation économique-sociale, son *emploi du temps.* C'est le moment historique qui nous contient.

12

Le spectacle se présente comme une énorme positivité indiscutable et inaccessible. Il ne dit rien de plus que « ce qui apparaît est bon, ce qui est bon apparaît ». L'attitude qu'il exige par principe est cette acceptation passive qu'il a déjà en fait obtenue par sa manière d'apparaître sans réplique, par son monopole de l'apparence.

13

Le caractère fondamentalement tautologique du spectacle découle du simple fait que ses moyens sont en même temps son but. Il est le soleil qui ne se couche jamais sur l'empire de la passivité moderne. Il recouvre toute la surface du monde et baigne indéfiniment dans sa propre gloire.

14

La société qui repose sur l'industrie moderne n'est pas fortuitement ou superficiellement spectaculaire, elle est fondamentalement *spectacliste*. Dans le spectacle, image de l'économie régnante, le but n'est rien, le développement est tout. Le spectacle ne veut en venir à rien d'autre qu'à lui-même.

15

En tant qu'indispensable parure des objets produits maintenant, en tant qu'exposé général de la rationalité du système, et en tant que secteur économique avancé qui façonne directement une multitude croissante d'images-objets, le spectacle est la *principale production* de la société actuelle.

16

Le spectacle se soumet les hommes vivants dans la mesure où l'économie les a totalement soumis. Il n'est rien que l'économie se développant pour elle-même. Il est le reflet fidèle de la production des choses, et l'objectivation infidèle des producteurs.

17

La première phase de la domination de l'économie sur la vie sociale avait entraîné dans la définition de toute réalisation humaine une évidente dégradation de l'*être* en *avoir*. La phase présente de l'occupation totale de la vie sociale par les résultats accumulés de l'économie conduit à un glissement généralisé de l'*avoir* au *paraître*, dont tout « avoir » effectif doit tirer son prestige immédiat et sa fonction dernière. En même temps toute réalité individuelle est devenue sociale, directement dépendante de la puissance sociale, façonnée par elle. En ceci seulement qu'elle *n'est pas*, il lui est permis d'apparaître.

18

Là où le monde réel se change en simples images, les simples images deviennent des êtres réels, et les motivations efficientes d'un comportement hypnotique. Le spectacle, comme tendance à *faire voir* par différentes médiations spécialisées le monde qui n'est plus directement saisissable, trouve normalement dans la vue le sens humain privilégié qui fut à d'autres époques le toucher ; le sens le plus abstrait, et le plus mystifiable, correspond à l'abstraction généralisée de la société actuelle. Mais le spectacle n'est pas identifiable au simple regard, même combiné à l'écoute. Il est ce qui échappe à l'activité des hommes, à la reconsidération et à la correction de leur œuvre. Il est le contraire du dialogue. Partout où il y a *représentation* indépendante, le spectacle se reconstitue.

19

Le spectacle est l'héritier de toute la *faiblesse* du projet philosophique occidental qui fut une compréhension de l'activité, dominée par les catégories du *voir* ; aussi bien qu'il se fonde sur l'incessant déploiement de la rationalité technique précise qui est issue de cette pensée. Il ne réalise pas la philosophie, il philosophise la réalité. C'est la vie concrète de tous qui s'est dégradée en univers *spéculatif*.

20

La philosophie, en tant que pouvoir de la pensée séparée, et pensée du pouvoir séparé, n'a jamais pu par elle-même dépasser la théologie. Le spectacle est la reconstruction matérielle de l'illusion religieuse. La technique spectaculaire n'a pas dissipé les nuages religieux où les hommes avaient placé leurs propres pouvoirs détachés d'eux : elle les a seulement reliés à une base terrestre. Ainsi c'est la vie la plus terrestre qui devient opaque et irrespirable. Elle ne rejette plus dans le ciel, mais elle héberge chez elle sa récusation absolue, son fallacieux paradis. Le spectacle est la réalisation technique de l'exil des pouvoirs humains dans un au-delà ; la scission achevée à l'intérieur de l'homme.

21

À mesure que la nécessité se trouve socialement rêvée, le rêve devient nécessaire. Le spectacle est le mauvais rêve de la société moderne enchaînée, qui n'exprime finalement que son désir de dormir. Le spectacle est le gardien de ce sommeil.

22

Le fait que la puissance pratique de la société moderne s'est détachée d'elle-même, et s'est édifié un empire indépendant dans le spectacle, ne peut s'expliquer que par cet autre fait que cette pratique puissante continuait à manquer de cohésion, et était demeurée en contradiction avec elle-même.

23

C'est la plus vieille spécialisation sociale, la spécialisation du pouvoir, qui est à la racine du spectacle. Le spectacle est ainsi une activité spécialisée qui parle pour l'ensemble des autres. C'est la représentation diplomatique de la société hiérarchique devant elle-même, où toute autre parole est bannie. Le plus moderne y est aussi le plus archaïque.

24

Le spectacle est le discours ininterrompu que l'ordre présent tient sur lui-même, son monologue élogieux. C'est l'auto-portrait du pouvoir à l'époque de sa gestion totalitaire des conditions d'existence. L'apparence fétichiste de pure objectivité dans les relations spectaculaires cache leur caractère de relation entre hommes et entre classes :

une seconde nature paraît dominer notre environnement de ses lois fatales. Mais le spectacle n'est pas ce produit nécessaire du développement technique regardé comme un développement *naturel*. La société du spectacle est au contraire la forme qui choisit son propre contenu technique. Si le spectacle, pris sous l'aspect restreint des « moyens de communication de masse », qui sont sa manifestation superficielle la plus écrasante, peut paraître envahir la société comme une simple instrumentation, celle-ci n'est en fait rien de neutre, mais l'instrumentation même qui convient à son auto-mouvement total. Si les besoins sociaux de l'époque où se développent de telles techniques ne peuvent trouver de satisfaction que par leur médiation, si l'administration de cette société et tout contact entre les hommes ne peuvent plus s'exercer que par l'intermédiaire de cette puissance de communication instantanée, c'est parce que cette « communication » est essentiellement *unilatérale* ; de sorte que sa concentration revient à accumuler dans les mains de l'administration du système existant les moyens qui lui permettent de poursuivre cette administration déterminée. La scission généralisée du spectacle est inséparable de l'*État* moderne, c'est-à-dire de la forme générale de la scission dans la société, produit de la division du travail social et organe de la domination de classe.

25

La *séparation* est l'alpha et l'oméga du spectacle. L'institutionnalisation de la division sociale du travail, la formation des classes avaient construit une première contemplation sacrée, l'ordre mythique dont tout pouvoir s'enveloppe dès l'origine. Le sacré a justifié l'ordonnance cosmique et ontologique qui correspondait aux intérêts des maîtres, il a expliqué et embelli ce que la société *ne pouvait pas faire*. Tout pouvoir séparé a donc été spectaculaire, mais l'adhésion de tous à une telle image immobile ne signifiait que la reconnaissance commune d'un prolongement imaginaire pour la pauvreté de l'activité sociale réelle, encore largement ressentie comme une condition unitaire. Le spectacle moderne exprime au contraire ce que la société *peut faire*, mais dans cette expression le *permis* s'oppose absolument au *possible*. Le spectacle est la conservation de l'inconscience dans le changement pratique des conditions d'existence. Il est son propre produit, et c'est lui-même qui a posé ses règles : c'est un pseudo-sacré. Il montre ce qu'il *est* : la puissance séparée se développant en elle-même, dans la croissance de la productivité au moyen du raffinement incessant de la division du travail en parcellarisation des gestes, alors dominés par le mouvement indépendant des machines ; et travaillant pour un marché toujours plus étendu. Toute communauté et tout sens critique se sont dissous au long de ce mouvement, dans lequel les forces qui ont pu grandir en se séparant ne se sont pas encore *retrouvées*.

26

Avec la séparation généralisée du travailleur et de son produit, se perdent tout point de vue unitaire sur l'activité accomplie, toute communication personnelle directe entre les producteurs. Suivant le progrès de l'accumulation des produits séparés, et de la concentration du processus productif, l'unité et la communication deviennent l'attribut exclusif de la direction du système. La réussite du système économique de la séparation est la *prolétarisation* du monde.

27

Par la réussite même de la production séparée en tant que production du séparé, l'expérience fondamentale liée dans les sociétés primitives à un travail principal est en train de se déplacer, au pôle de développement du système, vers le non-travail, l'inactivité. Mais cette inactivité n'est en rien libérée de l'activité productrice : elle dépend d'elle, elle est soumission inquiète et admirative aux nécessités et aux résultats de la production ; elle est elle-même un produit de sa rationalité. Il ne peut y avoir de liberté hors de l'activité, et dans le cadre du spectacle toute activité est niée, exactement comme l'activité réelle a été intégralement captée pour l'édification globale de ce résultat. Ainsi l'actuelle « libération du travail », l'augmentation des loisirs, n'est aucunement libération dans le travail, ni libération d'un monde façonné par ce travail. Rien de l'activité volée dans le travail ne peut se retrouver dans la soumission à son résultat.

28

Le système économique fondé sur l'isolement est une *production circulaire de l'isolement*. L'isolement fonde la technique, et le processus technique isole en retour. De l'automobile à la télévision, tous les *biens sélectionnés* par le système spectaculaire sont aussi ses armes pour le renforcement constant des conditions d'isolement des « foules solitaires ». Le spectacle retrouve toujours plus concrètement ses propres présuppositions.

29

L'origine du spectacle est la perte de l'unité du monde, et l'expansion gigantesque du spectacle moderne exprime la totalité de cette perte : l'abstraction de tout travail particulier et l'abstraction générale de la production d'ensemble se traduisent parfaitement dans le spectacle, dont le *mode d'être concret* est justement l'abstraction. Dans le spectacle, une partie du monde *se représente* devant le monde, et lui est supérieure. Le spectacle n'est que le langage commun de cette séparation. Ce qui relie les spectateurs n'est qu'un rapport irréversible au centre même qui maintient leur isolement. Le spectacle réunit le séparé, mais il le réunit *en tant que séparé.*

30

L'aliénation du spectateur au profit de l'objet contemplé (qui est le résultat de sa propre activité inconsciente) s'exprime ainsi : plus il contemple, moins il vit ; plus il accepte de se reconnaître dans les images dominantes du besoin, moins il comprend sa propre existence et son propre désir. L'extériorité du spectacle par rapport à l'homme agissant apparaît en ce que ses propres gestes ne sont plus à lui, mais à un autre qui les lui représente. C'est pourquoi le spectateur ne se sent chez lui nulle part, car le spectacle est partout.

31

Le travailleur ne se produit pas lui-même, il produit une puissance indépendante. Le *succès* de cette production, son abondance, revient vers le producteur comme *abondance de la dépossession.* Tout le temps et l'espace de son monde lui deviennent *étrangers* avec l'accumulation de ses produits aliénés. Le spectacle est la carte de ce nouveau monde, carte qui recouvre exactement son territoire. Les forces mêmes qui nous ont échappé *se montrent* à nous dans toute leur puissance.

32

Le spectacle dans la société correspond à une fabrication concrète de l'aliénation. L'expansion économique est principalement l'expansion de cette production industrielle précise. Ce qui croît avec l'économie se mouvant pour elle-même ne peut être que l'aliénation qui était justement dans son noyau originel.

33

L'homme séparé de son produit, de plus en plus puissamment produit lui-même tous les détails de son monde, et ainsi se trouve de plus en plus séparé de son monde. D'autant plus sa vie est maintenant son produit, d'autant plus il est séparé de sa vie.

34

Le spectacle est le *capital* à un tel degré d'accumulation qu'il devient image.

II. la marchandise comme spectacle

> « Car ce n'est que comme catégorie universelle de l'être social total que la marchandise peut être comprise dans son essence authentique. Ce n'est que dans ce contexte que la réification surgie du rapport marchand acquiert une signification décisive, tant pour l'évolution objective de la société que pour l'attitude des hommes à son égard, pour la soumission de leur conscience aux formes dans lesquelles cette réification s'exprime… Cette soumission s'accroît encore du fait que plus la rationalisation et la mécanisation du processus de travail augmentent, plus l'activité du travailleur perd son caractère d'activité pour devenir une attitude *contemplative.* »
>
> Lukàcs (*Histoire et conscience de classe*)

35

À ce mouvement essentiel du spectacle, qui consiste à reprendre en lui tout ce qui existait dans l'activité humaine *à l'état fluide*, pour le posséder à l'état coagulé, en tant que choses qui sont devenues la valeur exclusive par leur *formulation en négatif* de la valeur vécue, nous reconnaissons notre vieille ennemie qui sait si bien paraître au premier coup d'œil quelque chose de trivial et se comprenant de soi-même, alors qu'elle est au contraire si complexe et si pleine de subtilités métaphysiques, *la marchandise.*

36

C'est le principe du fétichisme de la marchandise, la domination de la société par « des choses suprasensibles bien que sensibles », qui s'accomplit absolument dans le spectacle, où le monde sensible se trouve remplacé par une sélection d'images qui existe au-dessus de lui, et qui en même temps s'est fait reconnaître comme le sensible par excellence.

37

Le monde à la fois présent et absent que le spectacle *fait voir* est le monde de la marchandise dominant tout ce qui est vécu. Et le monde de la marchandise est ainsi montré *comme il est*, car son mouvement est identique à l'*éloignement* des hommes entre eux et vis-à-vis de leur produit global.

38

La perte de la qualité, si évidente à tous les niveaux du langage spectaculaire, des objets qu'il loue et des conduites qu'il règle, ne fait que traduire les caractères fondamentaux de la production réelle qui écarte la réalité : la forme-marchandise est de part en part l'égalité à soi-même, la catégorie du quantitatif. C'est le quantitatif qu'elle développe, et elle ne peut se développer qu'en lui.

39

Ce développement qui exclut le qualitatif est lui-même soumis, en tant que développement, au passage qualitatif : le spectacle signifie qu'il a franchi le seuil de *sa propre abondance* ; ceci n'est encore vrai localement que sur quelques points, mais déjà vrai à l'échelle universelle qui est la référence originelle de la marchandise, référence que son mouvement pratique, rassemblant la Terre comme marché mondial, a vérifiée.

40

Le développement des forces productives a été *l'histoire réelle inconsciente* qui a construit et modifié les conditions d'existence des groupes humains en tant que conditions de survie, et élargissement de ces conditions : la base économique de toutes leurs entreprises. Le secteur de la marchandise a été, à l'intérieur d'une économie naturelle, la constitution d'un surplus de la survie. La production des marchandises, qui implique l'échange de produits variés entre des producteurs indépendants, a pu rester longtemps artisanale, contenue dans une fonction économique marginale où sa vérité quantitative est encore masquée. Cependant, là où elle a rencontré les conditions sociales du grand commerce et de l'accumulation des capitaux, elle a saisi la domination totale de l'économie. L'économie tout entière est alors devenue ce que la marchandise s'était montrée être au cours de cette conquête : un processus de développement quantitatif. Ce déploiement incessant de la puissance économique sous la forme de la marchandise, qui a transfiguré le travail humain en travail-marchandise, en *salariat*, aboutit cumulativement à une abondance dans laquelle la question première de la survie est sans doute résolue, mais d'une manière telle qu'elle doit se retrouver toujours ; elle est chaque fois posée de nouveau à un degré supérieur. La croissance économique libère les sociétés de la pression naturelle qui exigeait leur lutte immédiate pour la survie, mais alors c'est de leur libérateur qu'elles ne sont pas libérées. L'*indépendance* de la marchandise s'est étendue à l'ensemble de l'économie sur laquelle elle règne. L'économie transforme le monde, mais le transforme seulement en monde de l'économie. La pseudo-nature dans laquelle le travail humain s'est aliéné exige de poursuivre à l'infini son *service*, et ce service, n'étant jugé et absous que par lui-même, en fait obtient la totalité des efforts et des projets socialement licites, comme ses serviteurs. L'abondance des marchandises, c'est-à-dire du rapport marchand, ne peut être plus que la *survie augmentée*.

41

La domination de la marchandise s'est d'abord exercée d'une manière occulte sur l'économie, qui elle-même, en tant que base matérielle de la vie sociale, restait inaperçue et incomprise, comme le familier qui n'est pas pour autant connu. Dans une société où la marchandise concrète reste rare ou minoritaire, c'est la domination apparente de l'argent qui se présente comme l'émissaire muni des pleins pouvoirs qui parle au nom d'une puissance inconnue. Avec la révolution industrielle, la division manufacturière du travail et la production massive pour le marché mondial, la marchandise apparaît effectivement, comme une puissance qui vient réellement *occuper* la vie sociale. C'est alors que se constitue l'économie politique, comme science dominante et comme science de la domination.

42

Le spectacle est le moment où la marchandise est parvenue à l'*occupation totale* de la vie sociale. Non seulement le rapport à la marchandise est visible, mais on ne voit plus que lui : le monde que l'on voit est son monde. La production économique moderne étend sa dictature extensivement et intensivement. Dans les lieux les moins industrialisés, son règne est déjà présent avec quelques marchandises-vedettes et en tant que domination impérialiste par les zones qui sont en tête dans le développement de la productivité. Dans ces zones avancées, l'espace social est envahi par une superposition continue de couches géologiques de marchandises. À ce point de la « deuxième révolution industrielle », la consommation aliénée devient pour les masses un devoir supplémentaire à la production aliénée. C'est *tout le travail vendu* d'une société qui devient globalement *la marchandise totale* dont le cycle doit se poursuivre. Pour ce faire, il faut que cette marchandise totale revienne fragmentairement à l'individu fragmentaire, absolument séparé des forces productives opérant comme un ensemble. C'est donc ici que la science spécialisée de la domination doit se spécialiser à son tour : elle s'émiette en sociologie, psychotechnique, cybernétique, sémiologie, etc., veillant à l'autorégulation de tous les niveaux du processus.

43

Alors que dans la phase primitive de l'accumulation capitaliste « l'économie politique ne voit dans le *prolétaire* que l'*ouvrier* », qui doit recevoir le minimum indispensable pour la conservation de sa force de travail, sans jamais le considérer « dans ses loisirs, dans son humanité », cette position des idées de la classe dominante se renverse aussitôt que le degré d'abondance atteint dans la production des marchandises exige un surplus de collaboration de l'ouvrier. Cet ouvrier, soudain lavé du mépris total qui lui est clairement signifié par toutes les modalités d'organisation et surveillance de la production, se retrouve chaque jour en dehors de celle-ci apparemment traité comme une grande personne, avec une politesse empressée, sous le déguisement du consommateur. Alors l'*humanisme de la marchandise* prend en charge « les loisirs et l'humanité » du travailleur, tout simplement parce que l'économie politique peut et doit maintenant dominer ces sphères *en tant qu'économie politique*. Ainsi « le reniement achevé de l'homme » a pris en charge la totalité de l'existence humaine.

44

Le spectacle est une guerre de l'opium permanente pour faire accepter l'identification des biens aux marchandises ; et de la satisfaction à la survie augmentant selon ses propres lois. Mais si la survie consommable est quelque chose qui doit augmenter toujours, c'est parce qu'elle ne cesse de *contenir la privation*. S'il n'y a aucun au-delà de la survie augmentée, aucun point où elle pourrait cesser sa croissance, c'est parce qu'elle n'est pas elle-même au-delà de la privation, mais qu'elle est la privation devenue plus riche.

45

Avec l'automation, qui est à la fois le secteur le plus avancé de l'industrie moderne, et le modèle où se résume parfaitement sa pratique, il faut que le monde de la marchandise surmonte cette contradiction : l'instrumentation technique qui supprime objectivement le travail doit en même temps conserver *le travail comme marchandise*, et seul lieu de naissance de la marchandise. Pour que l'automation, ou toute autre forme moins extrême de l'accroissement de la productivité du travail, ne diminue pas effectivement le temps de travail social nécessaire à l'échelle de la société, il est nécessaire de créer de nouveaux emplois. Le secteur tertiaire, les services, sont l'immense étirement des lignes d'étapes de l'armée de la distribution et de l'éloge des marchandises actuelles ; mobilisation de forces supplétives qui rencontre opportunément, dans la facticité même des besoins relatifs à de telles marchandises, la nécessité d'une telle organisation de l'arrière-travail.

46

La valeur d'échange n'a pu se former qu'en tant qu'agent de la valeur d'usage, mais sa victoire par ses propres armes a créé les conditions de sa domination autonome. Mobilisant tout usage humain et saisissant le monopole de sa satisfaction, elle a fini par *diriger l'usage*. Le processus de l'échange s'est identifié à tout usage possible, et l'a réduit à sa merci. La valeur d'échange est le condottiere de la valeur d'usage, qui finit par mener la guerre pour son propre compte.

47

Cette constante de l'économie capitaliste qui est *la baisse tendancielle de la valeur d'usage* développe une nouvelle forme de privation à l'intérieur de la survie augmentée, laquelle n'est pas davantage affranchie de l'ancienne pénurie puisqu'elle exige la participation de la grande majorité des hommes, comme travailleurs salariés, à la poursuite infinie de son effort ; et que chacun sait qu'il lui faut s'y soumettre ou mourir. C'est la réalité de ce chantage, le fait que l'usage sous sa forme la plus pauvre (manger, habiter) n'existe plus qu'emprisonné dans la richesse illusoire de la survie augmentée, qui est la base réelle de l'acceptation de l'illusion en général dans la consommation des marchandises modernes. Le consommateur réel devient consommateur d'illusions. La marchandise est cette illusion effectivement réelle, et le spectacle sa manifestation générale.

48

La valeur d'usage qui était implicitement comprise dans la valeur d'échange doit être maintenant explicitement proclamée, dans la réalité inversée du spectacle, justement parce que sa réalité effective est rongée par l'économie marchande surdéveloppée ; et qu'une pseudo-justification devient nécessaire à la fausse vie.

49

Le spectacle est l'autre face de l'argent : l'équivalent général abstrait de toutes les marchandises. Mais si l'argent a dominé la société en tant que représentation de l'équivalence centrale, c'est-à-dire du caractère échangeable des biens multiples dont l'usage restait incomparable, le spectacle est son complément moderne développé où la totalité du monde marchand apparaît en bloc, comme une équivalence générale à ce que l'ensemble de la société peut être et faire. Le spectacle est l'argent que l'on *regarde seulement*, car en lui déjà c'est la totalité de l'usage qui s'est échangée contre la totalité de la représentation abstraite. Le spectacle n'est pas seulement le serviteur du *pseudo-usage*, il est déjà en lui-même le pseudo-usage de la vie.

50

Le résultat concentré du travail social, au moment de l'abondance *économique*, devient apparent et soumet toute réalité à l'apparence, qui est maintenant son produit. Le capital n'est plus le centre invisible qui dirige le mode de production : son accumulation l'étale jusqu'à la périphérie sous forme d'objets sensibles. Toute l'étendue de la société est son portrait.

51

La victoire de l'économie autonome doit être en même temps sa perte. Les forces qu'elle a déchaînées suppriment la *nécessité économique* qui a été la base immuable des sociétés anciennes. Quand elle la remplace par la nécessité du développement économique infini, elle ne peut que remplacer la satisfaction des premiers besoins humains sommairement reconnus, par une fabrication ininterrompue de pseudo-besoins qui se ramènent au seul pseudo-besoin du maintien de son règne. Mais l'économie autonome se sépare à jamais du besoin profond dans la mesure même où elle sort de *l'inconscient social* qui dépendait d'elle sans le savoir. « Tout ce qui est conscient s'use. Ce qui est inconscient reste inaltérable. Mais une fois délivré, ne tombe-t-il pas en ruine à son tour ? » (Freud).

52

Au moment où la société découvre qu'elle dépend de l'économie, l'économie, en fait, dépend d'elle. Cette puissance souterraine, qui a grandi jusqu'à paraître souverainement, a aussi perdu sa puissance. Là où était le *ça* économique doit venir le *je*. Le sujet ne peut émerger que de la société, c'est-à-dire de la lutte qui est en elle même. Son existence possible est suspendue aux résultats de la lutte des classes qui se révèle comme le produit et le producteur de la fondation économique de l'histoire.

53

La conscience du désir et le désir de la conscience sont identiquement ce projet qui, sous sa forme négative, veut l'abolition des classes, c'est-à-dire la possession directe des travailleurs sur tous les moments de leur activité. Son *contraire* est la société du spectacle, où la marchandise se contemple elle-même dans un monde qu'elle a créé.

III. unité et division dans l'apparence

« Une nouvelle polémique animée se déroule dans le pays, sur le front de la philosophie, à propos des concepts "un se divise en deux" et "deux fusionnent en un". Ce débat est une lutte entre ceux qui sont pour et ceux qui sont contre la dialectique matérialiste, une lutte entre deux conceptions du monde : la conception prolétarienne et la conception bourgeoise. Ceux qui soutiennent que "un se divise en deux" est la loi fondamentale des choses se tiennent du côté de la dialectique matérialiste ; ceux qui soutiennent que la loi fondamentale des choses est que "deux fusionnent en un" sont contre la dialectique matérialiste. Les deux côtés ont tiré une nette ligne de démarcation entre eux et leurs arguments sont diamétralement opposés. Cette polémique reflète sur le plan idéologique la lutte de classe aiguë et complexe qui se déroule en Chine et dans le monde. »

(*Le Drapeau rouge de Pékin*, 21 septembre 1964.)

54

Le spectacle, comme la société moderne, est à la fois uni et divisé. Comme elle, il édifie son unité sur le déchirement. Mais la contradiction, quand elle émerge dans le spectacle, est à son tour contredite par un renversement de son sens ; de sorte que la division montrée est unitaire, alors que l'unité montrée est divisée.

55

C'est la lutte de pouvoirs qui se sont constitués pour la gestion du même système socio-économique, qui se déploie comme la contradiction officielle, appartenant en fait à l'unité réelle ; ceci à l'échelle mondiale aussi bien qu'à l'intérieur de chaque nation.

56

Les fausses luttes spectaculaires des formes rivales du pouvoir séparé sont en même temps réelles, en ce qu'elles traduisent le développement inégal et conflictuel du système, les intérêts relativement contradictoires des classes ou des subdivisions de classes qui reconnaissent le système, et définissent leur propre participation dans son pouvoir. De même que le développement de l'économie la plus avancée est l'affrontement de certaines priorités contre d'autres, la gestion totalitaire de l'économie par une bureaucratie d'État, et la condition des pays qui se sont trouvés placés dans la sphère de la colonisation ou de la semi-colonisation, sont définies par des particularités considérables dans les modalités de la production et du pouvoir. Ces diverses oppositions peuvent se donner, dans le spectacle, selon les critères tout différents, comme des formes de sociétés absolument distinctes. Mais selon leur réalité effective de secteurs particuliers, la vérité de leur particularité réside dans le système universel qui les contient : dans le mouvement unique qui a fait de la planète son champ, le capitalisme.

57

La société porteuse du spectacle ne domine pas seulement par son hégémonie économique les régions sous-développées. Elle les domine *en tant que société du spectacle.* Là où la base matérielle est encore absente, la société moderne a déjà envahi spectaculairement la surface sociale de chaque continent. Elle définit le programme d'une classe dirigeante et préside à sa constitution. De même qu'elle présente les pseudo-biens à convoiter, de même elle offre aux révolutionnaires locaux les faux modèles de révolution. Le spectacle propre du pouvoir bureaucratique qui détient quelques-uns des pays industriels fait précisément partie du spectacle total, comme sa pseudo-négation générale, et son soutien. Si le spectacle, regardé dans ses diverses localisations, montre à l'évidence des spécialisations totalitaires de la parole et de l'administration sociales, celles-ci en viennent à se fondre, au niveau du fonctionnement global du système, en une *division mondiale des tâches spectaculaires.*

58

La division des tâches spectaculaires qui conserve la généralité de l'ordre existant conserve principalement le pôle dominant de son développement. La racine du spectacle est dans le terrain de l'économie devenue abondante, et c'est de là que viennent les fruits qui tendent finalement à dominer le marché spectaculaire, en dépit des barrières protectionnistes idéologico-policières de n'importe quel spectacle local à prétention autarcique.

59

Le mouvement de *banalisation* qui, sous les diversions chatoyantes du spectacle, domine mondialement la société moderne, la domine aussi sur chacun des points où la consommation développée des marchandises a multiplié en apparence les rôles et les objets à choisir. Les survivances de la religion et de la famille – laquelle reste la forme principale de l'héritage du pouvoir de classe –, et donc de la répression morale qu'elles assurent, peuvent se combiner comme une même chose avec l'affirmation redondante de la jouissance de *ce* monde, ce monde n'étant justement produit qu'en tant que pseudo-jouissance qui garde en elle la répression. À l'acceptation béate de ce qui existe peut aussi se joindre comme une même chose la révolte purement spectaculaire : ceci traduit ce simple fait que l'insatisfaction elle-même est devenue une marchandise dès que l'abondance économique s'est trouvée capable d'étendre sa production jusqu'au traitement d'une telle matière première.

60

En concentrant en elle l'image d'un rôle possible, la vedette, la représentation spectaculaire de l'homme vivant, concentre donc cette banalité. La condition de vedette est la spécialisation du *vécu apparent*, l'objet de l'identification à la vie apparente sans profondeur, qui doit compenser l'émiettement des spécialisations productives effectivement vécues. Les vedettes existent pour figurer des types variés de styles de vie et de styles de compréhension de la société, libres de s'exercer *globalement*. Elles incarnent le résultat inaccessible du *travail* social, en mimant des sous-produits de ce travail qui sont magiquement transférés au-dessus de lui comme son but : le *pouvoir* et les *vacances*, la décision et la consommation qui sont au commencement et à la fin d'un processus indiscuté. Là, c'est le pouvoir gouvernemental qui se personnalise en pseudo-vedette ; ici c'est la vedette de la consommation qui se fait plébisciter en tant que pseudo-pouvoir sur le vécu. Mais, de même que ces activités de la vedette ne sont pas réellement globales, elles ne sont pas variées.

61

L'agent du spectacle mis en scène comme vedette est le contraire de l'individu, l'ennemi de l'individu en lui-même aussi évidemment que chez les autres. Passant dans le spectacle comme modèle d'identification, il a renoncé à toute qualité autonome pour s'identifier lui-même à la loi générale de l'obéissance au cours des choses. La vedette de la consommation, tout en étant extérieurement la représentation de différents types de personnalité, montre chacun de ces types ayant également accès à la totalité de la consommation, et y trouvant pareillement son bonheur. La vedette de la décision doit posséder le stock complet de ce qui a été admis comme qualités humaines. Ainsi entre elles les divergences officielles sont annulées par la ressemblance officielle, qui est la présupposition de leur excellence en tout. Khrouchtchev était devenu général pour décider de la bataille de Koursk, non sur le terrain, mais au vingtième anniversaire, quand il se trouvait maître de l'État. Kennedy était resté orateur jusqu'à prononcer son éloge sur sa propre tombe, puisque Théodore Sorensen continuait à ce moment de rédiger pour le successeur les discours dans ce style qui avait tant compté pour faire reconnaître la personnalité du disparu. Les gens admirables en qui le système se personnifie sont bien connus pour n'être pas ce qu'ils sont ; ils sont devenus grands hommes en descendant au-dessous de la réalité de la moindre vie individuelle, et chacun le sait.

62

Le faux choix dans l'abondance spectaculaire, choix qui réside dans la juxtaposition de spectacles concurrentiels et solidaires comme dans la juxtaposition des rôles (principalement signifiés et portés par des objets) qui sont à la fois exclusifs et imbriqués, se développe en lutte de qualités fantomatiques destinées à passionner l'adhésion à la trivialité quantitative. Ainsi renaissent de fausses oppositions archaïques, des régionalismes ou des racismes chargés de transfigurer en supériorité ontologique fantastique la vulgarité des places hiérarchiques dans la consommation. Ainsi se recompose l'interminable série des affrontements dérisoires mobilisant un intérêt sous-ludique, du sport de compétition aux élections. Là où s'est installée la consommation abondante, une opposition spectaculaire principale entre la jeunesse et les adultes vient en premier plan des rôles fallacieux : car nulle part il n'existe d'adulte, maître de sa vie, et la jeunesse, le changement de ce qui existe, n'est aucunement la propriété de ces hommes qui sont maintenant jeunes, mais celle du système économique, le dynamisme du capitalisme. Ce sont des *choses* qui règnent et qui sont jeunes ; qui se chassent et se remplacent elles-mêmes.

63

C'est *l'unité de la misère* qui se cache sous les oppositions spectaculaires. Si des formes diverses de la même aliénation se combattent sous les masques du choix total, c'est parce qu'elles sont toutes édifiées sur les contradictions réelles refoulées. Selon les nécessités du stade particulier de la misère qu'il dément et maintient, le spectacle existe sous une forme *concentrée* ou sous une forme *diffuse*. Dans les deux cas, il n'est qu'une image d'unification heureuse environnée de désolation et d'épouvante, au centre tranquille du malheur.

64

Le spectaculaire concentré appartient essentiellement au capitalisme bureaucratique, encore qu'il puisse être importé comme technique du pouvoir étatique sur des économies mixtes plus arriérées, ou dans certains moments de crise du capitalisme avancé. La propriété bureaucratique en effet est elle-même concentrée en ce sens que le bureaucrate individuel n'a de rapports avec la possession de l'économie globale que par l'intermédiaire de la communauté bureaucratique, qu'en tant que membre de cette communauté. En outre la production des marchandises, moins développée, se présente aussi sous une forme concentrée : la marchandise que la bureaucratie détient, c'est le travail social total, et ce qu'elle revend à la société, c'est sa survie en bloc. La dictature de l'économie bureaucratique ne peut laisser aux masses exploitées aucune marge notable de choix, puisqu'elle a dû tout choisir par elle-même, et que tout autre choix extérieur, qu'il concerne l'alimentation ou la musique, est donc déjà le choix de sa destruction complète. Elle doit s'accompagner d'une violence permanente. L'image imposée du bien, dans son spectacle, recueille la totalité de ce qui existe officiellement, et se concentre normalement sur un seul homme, qui est le garant de sa cohésion totalitaire. À cette vedette absolue, chacun doit s'identifier magiquement, ou disparaître. Car il s'agit du maître de sa non-consommation, et de l'image héroïque d'un sens acceptable pour l'exploitation absolue qu'est en fait l'accumulation primitive accélérée par la terreur. Si chaque Chinois doit apprendre Mao, et ainsi être Mao, c'est qu'il n'a *rien d'autre à être*. Là où domine le spectaculaire concentré domine aussi la police.

65

Le spectaculaire diffus accompagne l'abondance des marchandises, le développement non perturbé du capitalisme moderne. Ici chaque marchandise prise à part est justifiée au nom de la grandeur de la production de la totalité des objets, dont le spectacle est un catalogue apologétique. Des affirmations inconciliables se poussent sur la scène du spectacle unifié de l'économie abondante ; de même que différentes marchandises-vedettes soutiennent simultanément leurs projets contradictoires d'aménagement de la société, où le spectacle des automobiles veut une circulation parfaite qui détruit les vieilles cités, tandis que le spectacle de la ville elle-même a besoin des quartiers-musées. Donc la satisfaction, déjà problématique, qui est réputée appartenir à la *consommation de l'ensemble* est immédiatement falsifiée en ceci que le consommateur réel ne peut directement toucher qu'une succession de fragments de ce bonheur marchand, fragments d'où chaque fois la qualité prêtée à l'ensemble est évidemment absente.

66

Chaque marchandise déterminée lutte pour elle-même, ne peut pas reconnaître les autres, prétend s'imposer partout comme si elle était la seule. Le spectacle est alors le chant épique de cet affrontement, que la chute d'aucune Ilion ne pourrait conclure. Le spectacle ne chante pas les hommes et leurs armes, mais les marchandises et leurs passions.

C'est dans cette lutte aveugle que chaque marchandise, en suivant sa passion, réalise en fait dans l'inconscience quelque chose de plus élevé : le devenir-monde de la marchandise, qui est aussi bien le devenir-marchandise du monde. Ainsi, par une *ruse de la raison marchande*, le *particulier* de la marchandise s'use en combattant, tandis que la forme-marchandise va vers sa réalisation absolue.

67

La satisfaction que la marchandise abondante ne peut plus donner dans l'usage en vient à être recherchée dans la reconnaissance de sa valeur en tant que marchandise : c'est l'usage *de la marchandise* se suffisant à lui-même ; et pour le consommateur l'effusion religieuse envers la liberté souveraine de la marchandise. Des vagues d'enthousiasme pour un produit donné, soutenu et relancé par tous les moyens d'information, se propagent ainsi à grande allure. Un style de vêtements surgit d'un film ; une revue lance des clubs, qui lancent des panoplies diverses. Le *gadget* exprime ce fait que, dans le moment où la masse des marchandises glisse vers l'aberration, l'aberrant lui-même devient une marchandise spéciale. Dans les porte-clés publicitaires, par exemple, non plus achetés mais dons supplémentaires qui accompagnent des objets prestigieux vendus, ou qui découlent par échange de leur propre sphère, on peut reconnaître la manifestation d'un abandon mystique à la transcendance de la marchandise. Celui qui collectionne les porte-clés qui viennent d'être fabriqués pour être collectionnés accumule *les indulgences de la marchandise*, un signe glorieux de sa présence réelle parmi ses fidèles. L'homme réifié affiche la preuve de son intimité avec la marchandise. Comme dans les transports des convulsionnaires ou miraculés du vieux fétichisme religieux, le fétichisme de la marchandise parvient à des moments d'excitation fervente. Le seul usage qui s'exprime encore ici est l'usage fondamental de la soumission.

68

Sans doute, le pseudo-besoin imposé dans la consommation moderne ne peut être opposé à aucun besoin ou désir authentique qui ne soit lui-même façonné par la société et son histoire. Mais la marchandise abondante est là comme la rupture absolue d'un développement organique des besoins sociaux. Son accumulation mécanique libère un *arti-*

ficiel illimité, devant lequel le désir vivant reste désarmé. La puissance cumulative d'un artificiel indépendant entraîne partout *la falsification de la vie sociale.*

69

Dans l'image de l'unification heureuse de la société par la consommation, la division réelle est seulement *suspendue* jusqu'au prochain non-accomplissement dans le consommable. Chaque produit particulier qui doit représenter l'espoir d'un raccourci fulgurant pour accéder enfin à la terre promise de la consommation totale est présenté cérémonieusement à son tour comme la singularité décisive. Mais comme dans le cas de la diffusion instantanée des modes de prénoms apparemment aristocratiques qui vont se trouver portés par presque tous les individus du même âge, l'objet dont on attend un pouvoir singulier n'a pu être proposé à la dévotion des masses que parce qu'il avait été tiré à un assez grand nombre d'exemplaires pour être consommé massivement. Le caractère prestigieux de ce produit quelconque ne lui vient que d'avoir été placé un moment au centre de la vie sociale, comme le mystère révélé de la finalité de la production. L'objet qui était prestigieux dans le spectacle devient vulgaire à l'instant où il entre chez ce consommateur, en même temps que chez tous les autres. Il révèle trop tard sa pauvreté essentielle, qu'il tient naturellement de la misère de sa production. Mais déjà c'est un autre objet qui porte la justification du système et l'exigence d'être reconnu.

70

L'imposture de la satisfaction doit se dénoncer elle-même en se remplaçant, en suivant le changement des produits et celui des conditions générales de la production. Ce qui a affirmé avec la plus parfaite impudence sa propre excellence définitive change pourtant, dans le spectacle diffus mais aussi dans le spectacle concentré, et c'est le système seul qui doit continuer : Staline comme la marchandise démodée sont dénoncés par ceux-là mêmes qui les ont imposés. Chaque *nouveau mensonge* de la publicité est aussi *l'aveu* de son mensonge précédent. Chaque écroulement d'une figure du pouvoir totalitaire révèle la *communauté illusoire* qui l'approuvait unanimement, et qui n'était qu'un agglomérat de solitudes sans illusions.

71

Ce que le spectacle donne comme perpétuel est fondé sur le changement, et doit changer avec sa base. Le spectacle est absolument dogmatique et en même temps ne peut aboutir réellement à aucun dogme solide. Rien ne s'arrête pour lui ; c'est l'état qui lui est naturel et toutefois le plus contraire à son inclination.

72

L'unité irréelle que proclame le spectacle est le masque de la division de classe sur laquelle repose l'unité réelle du mode de production capitaliste. Ce qui oblige les producteurs à participer à l'édification du monde est aussi ce qui les en écarte. Ce qui met en relation les hommes affranchis de leurs limitations locales et nationales est aussi ce qui les éloigne. Ce qui oblige à l'approfondissement du rationnel est aussi ce qui nourrit l'irrationnel de l'exploitation hiérarchique et de la répression. Ce qui fait le pouvoir abstrait de la société fait sa *non-liberté* concrète.

IV. le prolétariat comme sujet et comme représentation

> « Le droit égal de tous aux biens et aux jouissances de ce monde, la destruction de toute autorité, la négation de tout frein moral, voilà, si l'on descend au fond des choses, la raison d'être de l'insurrection du 18 mars et la charte de la redoutable association qui lui a fourni une armée. »
>
> (*Enquête parlementaire sur l'insurrection du 18 mars.*)

73

Le mouvement réel qui supprime les conditions existantes gouverne la société à partir de la victoire de la bourgeoisie dans l'économie, et visiblement depuis la traduction politique de cette victoire. Le développement des forces productives a fait éclater les anciens rapports de production, et tout ordre statique tombe en poussière. Tout ce qui était absolu devient historique.

74

C'est en étant jetés dans l'histoire, en devant participer au travail et aux luttes qui la constituent, que les hommes se voient contraints d'envisager leurs relations d'une manière désabusée. Cette histoire n'a pas d'objet distinct de ce qu'elle réalise sur elle-même, quoique la dernière vision métaphysique inconsciente de l'époque historique puisse regarder la progression productive à travers laquelle l'histoire s'est déployée comme l'objet même de l'histoire. Le *sujet* de l'histoire ne peut être que le vivant se produisant lui-même, devenant maître et possesseur de son monde qui est l'histoire, et existant comme *conscience de son jeu*.

75

Comme un même courant se développent les luttes de classes de la longue *époque révolutionnaire* inaugurée par l'ascension de la bourgeoisie et la *pensée de l'histoire*, la dialectique, la pensée qui ne s'arrête plus à la recherche du sens de l'étant, mais s'élève à la connaissance de la dissolution de tout ce qui est ; et dans le mouvement dissout toute séparation.

76

Hegel n'avait plus à *interpréter* le monde, mais la *transformation* du monde. En *interprétant seulement* la transformation, Hegel n'est que l'achèvement *philosophique* de la philosophie. Il veut comprendre un monde *qui se fait lui-même*. Cette pensée historique n'est encore que la conscience qui arrive toujours trop tard, et qui énonce la justification *post festum*. Ainsi, elle n'a dépassé la séparation que *dans la pensée*. Le paradoxe qui consiste à suspendre le sens de toute réalité à son achèvement historique, et à révéler en même temps ce sens en se constituant soi-même en achèvement de l'histoire, découle de ce simple fait que le penseur des révolutions bourgeoises des XVIIe et XVIIIe siècles n'a cherché dans sa philosophie que la *réconciliation* avec leur résultat. « Même comme philosophie de la révolution bourgeoise, elle n'exprime pas tout le processus de cette révolution, mais seulement sa dernière conclusion. En ce sens, elle est une philosophie non de la révolution, mais de la restauration » (Karl Korsch, *Thèses sur Hegel et la révolution*). Hegel a fait, pour la dernière fois, le travail du philosophe, « la glorification de ce qui existe » ; mais déjà ce qui existait pour lui ne pouvait être que la totalité du mouvement historique. La position *extérieure* de la pensée étant en fait maintenue, elle ne pouvait être masquée que par son identification à un projet préalable de l'Esprit, héros absolu qui a fait ce qu'il a voulu et voulu ce qu'il a fait et dont l'accomplissement coïncide avec le présent. Ainsi, la philosophie qui meurt dans la pensée de l'histoire ne peut plus glorifier son monde qu'en le reniant, car pour prendre la parole il lui faut déjà supposer finie cette histoire totale où elle a tout ramené ; et close la session du seul tribunal où peut être rendue la sentence de la vérité.

77

Quand le prolétariat manifeste par sa propre existence en actes que cette pensée de l'histoire ne s'est pas oubliée, le démenti de la *conclusion* est aussi bien la confirmation de la méthode.

78

La pensée de l'histoire ne peut être sauvée qu'en devenant pensée pratique ; et la pratique du prolétariat comme classe révolutionnaire ne peut être moins que la conscience historique opérant sur la totalité de son monde. Tous les courants théoriques du mouvement ouvrier *révolutionnaire* sont issus d'un affrontement critique avec la pensée hégélienne, chez Marx comme chez Stirner et Bakounine.

79

Le caractère inséparable de la théorie de Marx et de la méthode hégélienne est lui-même inséparable du caractère révolutionnaire de cette théorie, c'est-à-dire de sa vérité. C'est en ceci que cette première relation a été généralement ignorée ou mal comprise, ou encore dénoncée comme le faible de ce qui devenait fallacieusement une doctrine marxiste. Bernstein, dans *Socialisme théorique et Social-démocratie pratique*, révèle parfaitement cette liaison de la méthode dialectique et de *la prise de parti* historique, en déplorant les prévisions peu scientifiques du *Manifeste* de 1847 sur l'imminence de la révolution prolétarienne en Allemagne : « Cette auto-suggestion historique, tellement erronée que le premier visionnaire politique venu ne pourrait guère trouver mieux, serait incompréhensible chez un Marx, qui à cette époque avait déjà sérieusement étudié l'économie, si on ne devait pas voir en elle le produit d'un reste de la dialectique antithétique hégélienne, dont Marx, pas plus qu'Engels, n'a jamais su complètement se défaire. En ces temps d'effervescence générale, cela lui a été d'autant plus fatal. »

80

Le *renversement* que Marx effectue pour un « sauvetage par transfert » de la pensée des révolutions bourgeoises ne consiste pas trivialement à remplacer par le développement matérialiste des forces productives le parcours de l'Esprit hégélien allant à sa propre rencontre dans le temps, son objectivation étant identique à son aliénation, et ses blessures historiques ne laissant pas de cicatrices. L'histoire devenue réelle n'a plus de *fin*. Marx a ruiné la position *séparée* de Hegel devant ce qui advient ; et la *contemplation* d'un agent suprême extérieur, quel qu'il soit. La théorie n'a plus à connaître que ce qu'elle fait. C'est au contraire la contemplation du mouvement de l'économie, dans la pensée dominante de la société actuelle, qui est l'héritage *non renversé* de la part *non dialectique* dans la tentative hégélienne d'un système circulaire : c'est une approbation qui a perdu la dimension du concept, et qui n'a plus besoin d'un hégélianisme pour se justifier, car le mouvement qu'il s'agit de louer n'est plus qu'un secteur sans pensée du monde, dont le développement mécanique domine effectivement le tout. Le projet de Marx est celui d'une histoire consciente. Le quantitatif qui survient dans le développement aveugle des forces productives simplement économiques doit se changer en appropriation historique qualitative. La *critique de l'économie politique* est le premier acte de cette *fin de la préhistoire* : « De tous les instruments de production, le plus grand pouvoir productif, c'est la classe révolutionnaire elle-même. »

81

Ce qui rattache étroitement la théorie de Marx à la pensée scientifique, c'est la compréhension rationnelle des forces qui s'exercent réellement dans la société. Mais elle est fondamentalement un *au-delà* de la pensée scientifique, où celle-ci n'est conservée qu'en étant dépassée : il s'agit d'une compréhension de la *lutte*, et nullement de la *loi*. « Nous ne connaissons qu'une seule science : la science de l'histoire », dit *L'Idéologie allemande*.

82

L'époque bourgeoise, qui veut fonder scientifiquement l'histoire, néglige le fait que cette science disponible a bien plutôt dû être elle-même fondée historiquement avec l'économie. Inversement, l'histoire ne dépend radicalement de cette connaissance qu'en tant que cette histoire reste *histoire économique*. Combien la part de l'histoire dans l'économie même – le processus global qui modifie ses propres données scientifiques de base – a pu être d'ailleurs négligée par le point de vue de l'observation scientifique, c'est ce que montre la vanité des calculs socialistes qui croyaient avoir établi la périodicité exacte des crises ; et depuis que l'intervention constante de l'État est parvenue à compenser l'effet des tendances à la crise, le même genre de raisonnement voit dans cet équilibre une harmonie économique définitive. Le projet de surmonter l'économie, le projet de la prise de possession de l'histoire, s'il doit connaître – et ramener à lui – la science de la société, ne peut être lui-même *scientifique.* Dans ce dernier mouvement qui croit dominer l'histoire présente par une connaissance scientifique, le point de vue révolutionnaire est resté *bourgeois.*

83

Les courants utopiques du socialisme, quoique fondés eux-mêmes historiquement dans la critique de l'organisation sociale existante, peuvent être justement qualifiés d'utopiques dans la mesure où ils refusent l'histoire – c'est-à-dire la lutte réelle en cours, aussi bien que le mouvement du temps au-delà de la perfection immuable de leur image de société heureuse –, mais non parce qu'ils refuseraient la science. Les penseurs utopistes sont au contraire entièrement dominés par la pensée scientifique, telle qu'elle s'était imposée dans les siècles précédents. Ils recherchent le parachèvement de ce système rationnel général : ils ne se considèrent aucunement comme des prophètes désarmés, car ils croient au pouvoir social de la démonstration scientifique et même, dans le cas du saint-simonisme, à la prise du pouvoir par la science. Comment, dit Sombart, « voudraient-ils arracher par des luttes ce qui doit être *prouvé* » ? Cependant, la conception scientifique des utopistes ne s'étend pas à cette connaissance que des groupes sociaux ont des intérêts dans une situation existante, des forces pour la maintenir, et aussi bien des formes de fausse conscience correspondantes à de telles positions. Elle reste donc très en deçà de la réalité historique du développement de la science même, qui s'est trouvé en grande partie orienté par la *demande sociale* issue de tels facteurs, qui sélectionne non seulement ce qui peut être admis, mais aussi ce qui peut être recherché. Les socialistes utopiques, restés prisonniers du *mode d'exposition de la vérité scientifique*, conçoivent cette vérité selon sa pure image abstraite, telle que l'avait vue s'imposer un stade très antérieur de la société. Comme le remarquait Sorel, c'est sur le modèle de l'*astronomie* que les utopistes pensent découvrir et démontrer les lois de la société. L'harmonie visée par eux, hostile à l'histoire, découle d'un essai d'application à la société de la science la moins dépendante de l'histoire. Elle tente de se faire reconnaître avec la même innocence expérimentale que le newtonisme, et la destinée heureuse constamment postulée « joue dans leur science sociale un rôle analogue à celui qui revient à l'inertie dans la mécanique rationnelle » (*Matériaux pour une théorie du prolétariat*).

84

Le côté déterministe-scientifique dans la pensée de Marx fut justement la brèche par laquelle pénétra le processus d'« idéologisation », lui vivant, et d'autant plus dans l'héritage théorique laissé au mouvement ouvrier. La venue du sujet de l'histoire est encore repoussée à plus tard, et c'est la science historique par excellence, l'économie, qui tend de plus en plus largement à garantir la nécessité de sa propre négation future. Mais par là est repoussée hors du champ de la vision théorique la pratique révolutionnaire qui est la seule vérité de cette négation. Ainsi il importe d'étudier patiemment le développement économique, et d'en admettre encore, avec une tranquillité hégélienne, la douleur, ce qui, dans son résultat, reste « cimetière des bonnes intentions ». On découvre que maintenant, selon la science des révolutions, *la conscience arrive toujours trop tôt*, et devra être enseignée. « L'histoire nous a donné tort, à nous et à tous ceux qui pensaient comme nous. Elle a montré clairement que l'état du développement économique sur le continent était alors bien loin encore d'être mûr... », dira Engels en 1895. Toute sa vie, Marx a maintenu le point de vue unitaire de sa théorie, mais l'*exposé* de sa théorie s'est porté sur le *terrain* de la pensée dominante en se précisant sous forme de critiques de disciplines particulières, principalement la critique de la science fondamentale de la société bourgeoise, l'économie politique. C'est cette mutilation, ultérieurement acceptée comme définitive, qui a constitué le « marxisme ».

85

Le défaut dans la théorie de Marx est naturellement le défaut de la lutte révolutionnaire du prolétariat de son époque. La classe ouvrière n'a pas décrété la révolution en permanence dans l'Allemagne de 1848 ; la Commune a été vaincue dans l'isolement. La théorie révolutionnaire ne peut donc pas encore atteindre sa propre existence totale.

En être réduit à la défendre et la préciser dans la séparation du travail savant, au *British Museum*, impliquait une perte dans la théorie même. Ce sont précisément les justifications scientifiques tirées sur l'avenir du développement de la classe ouvrière, et la pratique organisationnelle combinée à ces justifications, qui deviendront des obstacles à la conscience prolétarienne dans un stade plus avancé.

86

Toute l'insuffisance théorique dans la défense *scientifique* de la révolution prolétarienne peut être ramenée, pour le contenu aussi bien que pour la forme de l'exposé, à une identification du prolétariat à la bourgeoisie *du point de vue de la saisie révolutionnaire du pouvoir.*

87

La tendance à fonder une démonstration de la légalité scientifique du pouvoir prolétarien en faisant état d'expérimentations *répétées* du passé obscurcit, dès le *Manifeste*, la pensée historique de Marx, en lui faisant soutenir une image *linéaire* du développement des modes de production, entraîné par des luttes de classes qui finiraient chaque fois « par une transformation révolutionnaire de la société tout entière ou par la destruction commune des classes en lutte ». Mais dans la réalité observable de l'histoire, de même que « le mode de production asiatique », comme Marx le constatait ailleurs, a conservé son immobilité en dépit de tous les affrontements de classes, de même les jacqueries de serfs n'ont jamais vaincu les barons, ni les révoltes d'esclaves de l'Antiquité les hommes libres. Le schéma linéaire perd de vue d'abord ce fait que *la bourgeoisie est la seule classe révolutionnaire qui ait jamais vaincu* ; en même temps qu'elle est la seule pour qui le développement de l'économie a été cause et conséquence de sa mainmise sur la société. La même simplification a conduit Marx à négliger le rôle économique de l'État dans la gestion d'une société de classes. Si la bourgeoisie ascendante a paru affranchir l'économie de l'État, c'est seulement dans la mesure où l'État ancien se confondait avec l'instrument d'une oppression de classe dans une *économie statique*. La bourgeoisie a développé sa puissance économique autonome dans la période médiévale d'affaiblissement de l'État, dans le moment de fragmentation féodale de pouvoirs équilibrés. Mais l'État moderne qui, par le mercantilisme, a commencé à appuyer le développement de la bourgeoisie, et qui finalement est devenu *son État* à l'heure du « laisser faire, laisser passer », va se révéler ultérieurement doté d'une puissance centrale dans la gestion calculée du *processus économique.* Marx avait pu cependant décrire, dans le *bonapartisme*, cette ébauche de la bureaucratie étatique moderne, fusion du capital et de l'État, constitution d'un « pouvoir national du capital sur le travail, d'une force publique organisée pour l'asservissement social », où la bourgeoisie renonce à toute vie historique qui ne soit sa réduction à l'histoire économique des choses, et veut bien « être condamnée au même néant politique que les autres classes ». Ici sont déjà posées les bases sociopolitiques du spectacle moderne, qui négativement définit le prolétariat comme *seul prétendant à la vie historique.*

88

Les deux seules classes qui correspondent effectivement à la théorie de Marx, les deux classes pures vers lesquelles mène toute l'analyse dans *Le Capital*, la bourgeoisie et le prolétariat, sont également les deux seules classes révolutionnaires de l'histoire, mais à des conditions différentes : la révolution bourgeoise est faite ; la révolution prolétarienne est un projet, né sur la base de la précédente révolution, mais en différant qualitativement. En négligeant l'*originalité* du rôle historique de la bourgeoisie, on masque l'originalité concrète de ce projet prolétarien qui ne peut rien atteindre sinon en portant ses propres couleurs et en connaissant « l'immensité de ses tâches ». La bourgeoisie est venue au pouvoir parce qu'elle est la classe de l'économie en développement. Le prolétariat ne peut être lui-même le pouvoir qu'en devenant *la classe de la conscience.* Le mûrissement des forces productives ne peut garantir un tel pouvoir, même par le détour de la dépossession accrue qu'il entraîne. La saisie jacobine de l'État ne peut être son instrument. Aucune *idéologie* ne peut lui servir à déguiser des buts partiels en buts généraux, car il ne peut conserver aucune réalité partielle qui soit effectivement à lui.

89

Si Marx, dans une période déterminée de sa participation à la lutte du prolétariat, a trop attendu de la prévision scientifique, au point de créer la base intellectuelle des illusions de l'économisme, on sait qu'il n'y a pas succombé personnellement. Dans une lettre bien connue du 7 décembre

1867, accompagnant un article où lui-même critique *Le Capital*, article qu'Engels devait faire passer dans la presse comme s'il émanait d'un adversaire, Marx a exposé clairement la limite de sa propre science : « … La tendance *subjective* de l'auteur (que lui imposaient peut-être sa position politique et son passé), c'est-à-dire la manière dont il se représente lui-même et dont il présente aux autres le résultat ultime du mouvement actuel, du processus social actuel, n'a aucun rapport avec son analyse réelle. » Ainsi Marx, en dénonçant lui-même les « conclusions tendancieuses » de son analyse objective, et par l'ironie du « peut-être » relatif aux choix extra-scientifiques qui se seraient imposés à lui, montre en même temps la clé méthodologique de la fusion des deux aspects.

90

C'est dans la lutte historique elle-même qu'il faut réaliser la fusion de la connaissance et de l'action, de telle sorte que chacun de ces termes place dans l'autre la garantie de sa vérité. La constitution de la classe prolétarienne en sujet, c'est l'organisation des luttes révolutionnaires et l'organisation de la société dans le *moment révolutionnaire* : c'est là que doivent exister *les conditions pratiques de la conscience*, dans lesquelles la théorie de la praxis se confirme en devenant théorie pratique. Cependant, cette question centrale de l'organisation a été la moins envisagée par la théorie révolutionnaire à l'époque où se fondait le mouvement ouvrier, c'est-à-dire quand cette théorie possédait encore le caractère *unitaire* venu de la pensée de l'histoire (et qu'elle s'était justement donné pour tâche de développer jusqu'à une *pratique* historique unitaire). C'est au contraire le lieu de l'*inconséquence* pour cette théorie, admettant la reprise de méthodes d'application étatiques et hiérarchiques empruntées à la révolution bourgeoise. Les formes d'organisation du mouvement ouvrier développées sur ce renoncement de la théorie ont en retour tendu à interdire le maintien d'une théorie unitaire, la dissolvant en diverses connaissances spécialisées et parcellaires. Cette aliénation idéologique de la théorie ne peut plus alors reconnaître la vérification pratique de la pensée historique unitaire qu'elle a trahie, quand une telle vérification surgit dans la lutte spontanée des ouvriers ; elle peut seulement concourir à en réprimer la manifestation et la mémoire. Cependant, ces formes historiques apparues dans la lutte sont justement le milieu pratique qui manquait à la théorie pour qu'elle soit vraie. Elles sont une exigence de la théorie, mais qui n'avait pas été formulée théoriquement. Le *soviet* n'était pas une découverte de la théorie. Et déjà, la plus haute vérité théorique de l'Association Internationale des Travailleurs était sa propre existence en pratique.

91

Les premiers succès de la lutte de l'Internationale la menaient à s'affranchir des influences confuses de l'idéologie dominante qui subsistaient en elle. Mais la défaite et la répression qu'elle rencontra bientôt firent passer au premier plan un conflit entre deux conceptions de la révolution prolétarienne, qui toutes deux contiennent une dimension *autoritaire* par laquelle l'auto-émancipation consciente de la classe est abandonnée. En effet, la querelle devenue irréconciliable entre les marxistes et les bakouninistes était double, portant à la fois sur le pouvoir dans la société révolutionnaire et sur l'organisation présente du mouvement, et en passant de l'un à l'autre de ces aspects, les positions des adversaires se renversent. Bakounine combattait l'illusion d'une abolition des classes par l'usage autoritaire du pouvoir étatique, prévoyant la reconstitution d'une classe dominante bureaucratique et la dictature des plus savants, ou de ceux qui seront réputés tels. Marx, qui croyait qu'un mûrissement inséparable des contradictions économiques et de l'éducation démocratique des ouvriers réduirait le rôle d'un État prolétarien à une simple phase de légalisation de nouveaux rapports sociaux s'imposant objectivement, dénonçait chez Bakounine et ses partisans l'autoritarisme d'une élite conspirative qui s'était délibérément placée au-dessus de l'Internationale, et formait le dessein extravagant d'imposer à la société la dictature irresponsable des plus révolutionnaires, ou de ceux qui se seront eux-mêmes désignés comme tels. Bakounine effectivement recrutait ses partisans sur une telle perspective : « Pilotes invisibles au milieu de la tempête populaire, nous devons la diriger, non par un pouvoir ostensible, mais par la dictature collective de tous les *alliés*. Dictature sans écharpe, sans titre, sans droit officiel, et d'autant plus puissante qu'elle n'aura aucune des apparences du pouvoir. » Ainsi se sont opposées deux *idéologies* de la révolution ouvrière contenant chacune une critique partiellement vraie, mais perdant l'unité de la pensée de l'histoire, et s'instituant elles-mêmes en *autorités* idéologiques. Des organisations puissantes, comme la social-démocratie allemande et la Fédération Anarchiste Ibérique, ont fidèlement servi l'une ou l'autre de ces idéologies ; et partout le résultat a été grandement différent de ce qui était voulu.

92

Le fait de regarder le but de la révolution prolétarienne comme *immédiatement présent* constitue à la fois la grandeur et la faiblesse de la lutte anarchiste réelle (car dans ses variantes individualistes, les prétentions de l'anarchisme restent dérisoires). De la pensée historique des luttes de classes modernes, l'anarchisme collectiviste retient uniquement la conclusion, et son exigence absolue de cette conclusion se traduit également dans son mépris délibéré de la méthode. Ainsi sa critique de la *lutte politique* est restée abstraite, tandis que son choix de la lutte économique n'est lui-même affirmé qu'en fonction de l'illusion d'une solution définitive arrachée d'un seul coup sur ce terrain, au jour de la grève générale ou de l'insurrection. Les anarchistes *ont à réaliser un idéal.* L'anarchisme est la négation *encore idéologique* de l'État et des classes, c'est-à-dire des conditions sociales mêmes de l'idéologie séparée. C'est *l'idéologie de la pure liberté* qui égalise tout et qui écarte toute idée du mal historique. Ce point de vue de la fusion de toutes les exigences partielles a donné à l'anarchisme le mérite de représenter le refus des conditions existantes pour l'ensemble de la vie, et non autour d'une spécialisation critique privilégiée ; mais cette fusion étant considérée dans l'absolu, selon le caprice individuel, avant sa réalisation effective, a condamné aussi l'anarchisme à une incohérence trop aisément constatable. L'anarchisme n'a qu'à redire, et remettre en jeu dans chaque lutte sa même simple conclusion totale, parce que cette première conclusion était dès l'origine identifiée à l'aboutissement intégral du mouvement. Bakounine pouvait donc écrire en 1873, en quittant la Fédération Jurassienne : « Dans les neuf dernières années on a développé au sein de l'Internationale plus d'idées qu'il n'en faudrait pour sauver le monde, si les idées seules pouvaient le sauver, et je défie qui que ce soit d'en inventer une nouvelle. Le temps n'est plus aux idées, il est aux faits et aux actes. » Sans doute, cette conception conserve de la pensée historique du prolétariat cette certitude que les idées doivent devenir pratiques, mais elle quitte le terrain historique en supposant que les formes adéquates de ce passage à la pratique sont déjà trouvées et ne varieront plus.

93

Les anarchistes, qui se distinguent explicitement de l'ensemble du mouvement ouvrier par leur conviction idéologique, vont reproduire entre eux cette séparation des compétences, en fournissant un terrain favorable à la domination informelle, sur toute organisation anarchiste, des propagandistes et défenseurs de leur propre idéologie, spécialistes d'autant plus médiocres en règle générale que leur activité intellectuelle se propose principalement la répétition de quelques vérités définitives. Le respect idéologique de l'unanimité dans la décision a favorisé plutôt l'autorité incontrôlée, dans l'organisation même, de *spécialistes de la liberté* ; et l'anarchisme révolutionnaire attend du peuple libéré le même genre d'unanimité, obtenue par les mêmes moyens. Par ailleurs, le refus de considérer l'opposition des conditions entre une minorité groupée dans la lutte actuelle et la société des individus libres, a nourri une permanente séparation des anarchistes dans le moment de la décision commune, comme le montre l'exemple d'une infinité d'insurrections anarchistes en Espagne, limitées et écrasées sur un plan local.

94

L'illusion entretenue plus ou moins explicitement dans l'anarchisme authentique est l'imminence permanente d'une révolution qui devra donner raison à l'idéologie, et au mode d'organisation pratique dérivé de l'idéologie, en s'accomplissant instantanément. L'anarchisme a réellement conduit, en 1936, une révolution sociale et l'ébauche, la plus avancée qui fut jamais, d'un pouvoir prolétarien. Dans cette circonstance encore il faut noter, d'une part, que le signal d'une insurrection générale avait été imposé par le pronunciamiento de l'armée. D'autre part, dans la mesure où cette révolution n'avait pas été achevée dans les premiers jours, du fait de l'existence d'un pouvoir franquiste dans la moitié du pays, appuyé fortement par l'étranger alors que le reste du mouvement prolétarien international était déjà vaincu, et du fait de la survivance de forces bourgeoises ou d'autres partis ouvriers étatistes dans le camp de la République, le mouvement anarchiste organisé s'est montré incapable d'étendre les demi-victoires de la révolution, et même seulement de les défendre. Ses chefs reconnus sont devenus ministres, et otages de l'État bourgeois qui détruisait la révolution pour perdre la guerre civile.

95

Le « marxisme orthodoxe » de la IIe Internationale est l'idéologie scientifique de la révolution socialiste, qui identifie toute sa vérité au processus objectif dans l'économie, et au progrès d'une reconnaissance de cette nécessité dans la classe ouvrière éduquée par l'organisation. Cette idéologie retrouve la confiance en la démonstration pédagogique qui avait caractérisé le socialisme utopique, mais assortie d'une référence *contemplative* au cours de l'histoire : cependant, une telle attitude a autant perdu la dimension hégélienne d'une histoire totale qu'elle a perdu l'image immobile de la totalité présente dans la critique utopiste (au plus haut degré, chez Fourier). C'est d'une telle attitude scientifique, qui ne pouvait faire moins que de relancer en symétrie des choix éthiques, que procèdent les fadaises d'Hilferding quand il précise que reconnaître la nécessité du socialisme ne donne pas « d'indication sur l'attitude pratique à adopter. Car c'est une chose de reconnaître une nécessité, et c'en est une autre de se mettre au service de cette nécessité » (*Capital financier*). Ceux qui ont méconnu que la pensée unitaire de l'histoire, pour Marx et pour le prolétariat révolutionnaire, *n'était rien de distinct d'une attitude pratique à adopter*, devaient être normalement victimes de la pratique qu'ils avaient simultanément adoptée.

96

L'idéologie de l'organisation social-démocrate la mettait au pouvoir des *professeurs* qui éduquaient la classe ouvrière, et la forme d'organisation adoptée était la forme adéquate à cet apprentissage passif. La participation des socialistes de la IIe Internationale aux luttes politiques et économiques était certes concrète, mais profondément *non critique*. Elle était menée, au nom de *l'illusion révolutionnaire*, selon une pratique manifestement *réformiste*. Ainsi l'idéologie révolutionnaire devait être brisée par le succès même de ceux qui la portaient. La séparation des députés et des journalistes dans le mouvement entraînait vers le mode de vie bourgeois ceux qui déjà étaient recrutés parmi les intellectuels bourgeois. La bureaucratie syndicale constituait en courtiers de la force de travail, à vendre comme marchandise à son juste prix, ceux mêmes qui étaient recrutés à partir des luttes des ouvriers industriels, et extraits d'eux. Pour que leur activité à tous gardât quelque chose de révolutionnaire, il eût fallu que le capitalisme se trouvât opportunément incapable de *supporter* économiquement ce réformisme qu'il tolérait politiquement dans leur agitation légaliste. C'est une telle incompatibilité que leur science garantissait ; et que l'histoire démentait à tout instant.

97

Cette contradiction dont Bernstein, parce qu'il était le social-démocrate le plus éloigné de l'idéologie politique et le plus franchement rallié à la méthodologie de la science bourgeoise, eut l'honnêteté de vouloir montrer la réalité – et le mouvement réformiste des ouvriers anglais, en se passant d'idéologie révolutionnaire, l'avait montré aussi – ne devait pourtant être démontrée sans réplique que par le développement historique lui-même. Bernstein, quoique plein d'illusions par ailleurs, avait nié qu'une crise de la production capitaliste vînt miraculeusement forcer la main aux socialistes qui ne voulaient hériter de la révolution que par un tel sacre légitime. Le moment de profond bouleversement social qui surgit avec la Première Guerre mondiale, encore qu'il fût fertile en prise de conscience, démontra deux fois que la hiérarchie social-démocrate n'avait pas éduqué révolutionnairement, n'avait nullement *rendu théoriciens*, les ouvriers allemands : d'abord quand la grande majorité du parti se rallia à la guerre impérialiste, ensuite quand, dans la défaite, elle écrasa les révolutionnaires spartakistes. L'ex-ouvrier Ebert croyait encore au péché, puisqu'il avouait haïr la révolution « comme le péché ». Et le même dirigeant se montra bon précurseur de la *représentation socialiste* qui devait peu après s'opposer en ennemi absolu au prolétariat de Russie et d'ailleurs, en formulant l'exact programme de cette nouvelle aliénation : « Le socialisme veut dire travailler beaucoup. »

98

Lénine n'a été, comme penseur marxiste, que le *kautskiste fidèle* et conséquent, qui appliquait *l'idéologie révolutionnaire* de ce « marxisme orthodoxe » dans les conditions russes, conditions qui ne permettaient pas la pratique réformiste que la IIe Internationale menait en contrepartie. La direction *extérieure* du prolétariat, agissant au moyen d'un parti clandestin discipliné, soumis aux intellectuels qui sont devenus « révolutionnaires professionnels », constitue ici une profession qui ne veut pactiser avec aucune profession dirigeante de la société capitaliste (le régime politique tsariste étant d'ailleurs incapable d'offrir une telle ouverture dont la base est un stade avancé du pouvoir de la bourgeoisie). Elle devient donc *la profession de la direction absolue* de la société.

99

Le radicalisme idéologique autoritaire des bolcheviks s'est déployé à l'échelle mondiale avec la guerre et l'effondrement de la social-démocratie internationale devant la guerre. La fin sanglante des illusions démocratiques du mouvement ouvrier avait fait du monde entier une Russie, et le bolchevisme, régnant sur la première rupture révolutionnaire qu'avait amenée cette époque de crise, offrait au prolétariat de tous les pays son modèle hiérarchique et idéologique, pour « parler en russe » à la classe dominante. Lénine n'a pas reproché au marxisme de la IIe Internationale d'être une *idéologie* révolutionnaire, mais d'avoir cessé de l'être.

100

Le même moment historique, où le bolchevisme a triomphé *pour lui-même* en Russie, et où la social-démocratie a combattu victorieusement *pour le vieux monde*, marque la naissance achevée d'un ordre des choses qui est au cœur de la domination du spectacle moderne : la *représentation ouvrière* s'est opposée radicalement à la classe.

101

« Dans toutes les révolutions antérieures, écrivait Rosa Luxembourg dans la *Rote Fahne* du 21 décembre 1918, les combattants s'affrontaient à visage découvert : classe contre classe, programme contre programme. Dans la révolution présente les troupes de protection de l'ancien ordre n'interviennent pas sous l'enseigne des classes dirigeantes, mais sous le drapeau d'un "parti social-démocrate". Si la question centrale de la révolution était posée ouvertement et honnêtement : capitalisme ou socialisme, aucun doute, aucune hésitation ne seraient aujourd'hui possibles dans la grande masse du prolétariat. » Ainsi, quelques jours avant sa destruction, le courant radical du prolétariat allemand découvrait le secret des nouvelles conditions qu'avait créées tout le processus antérieur (auquel la représentation ouvrière avait grandement contribué) : l'organisation spectaculaire de la défense de l'ordre existant, le règne social des apparences où aucune « question centrale » ne peut plus se poser « ouvertement et honnêtement ». La représentation révolutionnaire du prolétariat à ce stade était devenue à la fois le facteur principal et le résultat central de la falsification générale de la société.

102

L'organisation du prolétariat sur le modèle bolchevik, qui était née de l'arriération russe et de la démission du mouvement ouvrier des pays avancés devant la lutte révolutionnaire, rencontra aussi dans l'arriération russe toutes les conditions qui portaient cette forme d'organisation vers le renversement contre-révolutionnaire qu'elle contenait inconsciemment dans son germe originel ; et la démission réitérée de la masse du mouvement ouvrier européen devant le *Hic Rhodus, hic salta* de la période 1918-1920, démission qui incluait la destruction violente de sa minorité radicale, favorisa le développement complet du processus et en laissa le résultat mensonger s'affirmer devant le monde comme la seule solution prolétarienne. La saisie du monopole étatique de la représentation et de la défense du pouvoir des ouvriers, qui justifia le parti bolchevik, le fit *devenir ce qu'il était* : le parti des *propriétaires du prolétariat*, éliminant pour l'essentiel les formes précédentes de propriété.

103

Toutes les conditions de la liquidation du tsarisme envisagées dans le débat théorique toujours insatisfaisant des diverses tendances de la social-démocratie russe depuis vingt ans – faiblesse de la bourgeoisie, poids de la majorité paysanne, rôle décisif d'un prolétariat concentré et combatif mais extrêmement minoritaire dans le pays – révélèrent enfin dans la pratique leur solution, à travers une donnée qui n'était pas présente dans les hypothèses : la bureaucratie révolutionnaire qui dirigeait le prolétariat, en s'emparant de l'État, donna à la société une nouvelle domination de classe. La révolution strictement bourgeoise était impossible ; la « dictature démocratique des ouvriers et des paysans » était vide de sens ; le pouvoir prolétarien des soviets ne pouvait se maintenir à la fois contre la classe des paysans propriétaires, la réaction blanche nationale et internationale, et sa propre représentation extériorisée et aliénée en parti ouvrier des maîtres absolus de l'État, de l'économie, de l'expression, et bientôt de la pensée. La théorie de la révolution permanente de Trotsky et Parvus, à laquelle Lénine se rallia effectivement en avril 1917, était la seule à devenir vraie pour les pays arriérés en regard du développement social de la bourgeoisie, mais seulement après l'introduction de ce facteur inconnu qu'était le pouvoir de classe de la bureaucratie. La concentration de la dictature entre les mains de la représentation suprême de l'idéologie fut défendue avec le plus de conséquence par Lénine, dans les nombreux affrontements de la direction bolchevik. Lénine avait chaque fois raison contre ses adversaires en ceci qu'il soutenait la solution impliquée par les choix précédents du pouvoir absolu minoritaire : la démocratie refusée *étatiquement* aux paysans devait l'être aux ouvriers, ce qui menait à la refuser aux dirigeants communistes des syndicats, et dans tout le parti, et finalement jusqu'au sommet du parti hiérarchique. Au Xe Congrès, au moment où le soviet de Cronstadt était abattu par les armes et enterré sous la calomnie, Lénine prononçait contre les bureaucrates gauchistes organisés en « Opposition Ouvrière » cette conclusion dont Staline allait étendre la logique jusqu'à une parfaite division du monde : « Ici, ou là-bas avec un fusil, mais pas avec l'opposition... Nous en avons assez de l'opposition. »

104

La bureaucratie restée seule propriétaire d'un *capitalisme d'État* a d'abord assuré son pouvoir à l'intérieur par une alliance temporaire avec la paysannerie, après Cronstadt, lors de la « nouvelle politique économique », comme elle l'a défendu à l'extérieur en utilisant les ouvriers enrégimentés dans les partis bureaucratiques de la IIIe Internationale comme force d'appoint de la diplomatie russe, pour saboter tout mouvement révolutionnaire et soutenir des gouvernements bourgeois dont elle escomptait un appui en politique internationale (le pouvoir du Kuo-min-tang dans la Chine de 1925-1927, le Front Populaire en Espagne et en France, etc.). Mais la société bureaucratique devait poursuivre son propre achèvement par la terreur exercée sur la paysannerie pour réaliser l'accumulation capitaliste primitive la plus brutale de l'histoire. Cette industrialisation de l'époque stalinienne révèle la réalité dernière de la *bureaucratie* : elle est la continuation du pouvoir de l'économie, le sauvetage de l'essentiel de la société marchande maintenant le travail-marchandise. C'est la preuve de l'économie indépendante, qui domine la société au point de recréer pour ses propres fins la domination de classe qui lui est nécessaire : ce qui revient à dire que la bourgeoisie a créé une puissance autonome qui, tant que subsiste cette autonomie, peut aller jusqu'à se passer d'une bourgeoisie. La bureaucratie totalitaire n'est pas « la dernière classe propriétaire de l'histoire » au sens de Bruno Rizzi, mais seulement *une classe dominante de substitution* pour l'économie marchande. La propriété privée capitaliste défaillante est remplacée par un sous-produit simplifié, moins diversifié, *concentré* en propriété collective de la classe bureaucratique. Cette forme sous-développée de classe dominante est aussi l'expression du sous-développement économique ; et n'a d'autre perspective que rattraper le retard de ce développement en certaines régions du monde. C'est le parti ouvrier, organisé selon le modèle bourgeois de la séparation, qui a fourni le cadre hiérarchique-étatique à cette édition supplémentaire de la classe dominante. Anton Ciliga notait dans une prison de Staline que « les questions techniques d'organisation se révélaient être des questions sociales » (*Lénine et la Révolution*).

105

L'idéologie révolutionnaire, la *cohérence du séparé* dont le léninisme constitue le plus haut effort volontariste, détenant la gestion d'une réalité qui la repousse, avec le stalinisme *reviendra à sa vérité dans l'incohérence.* À ce moment l'idéologie n'est plus une arme, mais une fin. Le mensonge qui n'est plus contredit devient folie. La réalité aussi bien que le but sont dissous dans la proclamation idéologique totalitaire : tout ce qu'elle dit est tout ce qui est. C'est un primitivisme local du spectacle, dont le rôle est cependant essentiel dans le développement du spectacle mondial. L'idéologie qui se matérialise ici n'a pas transformé économiquement le monde, comme le capitalisme parvenu au stade de l'abondance ; elle a seulement transformé policièrement *la perception.*

106

La classe idéologique-totalitaire au pouvoir est le pouvoir d'un monde renversé : plus elle est forte, plus elle affirme qu'elle n'existe pas, et sa force lui sert d'abord à affirmer son inexistence. Elle est modeste sur ce seul point, car son inexistence officielle doit aussi coïncider avec le *nec plus ultra* du développement historique, que simultanément on devrait à son infaillible commandement. Étalée partout, la bureaucratie doit être la *classe invisible* pour la conscience, de sorte que c'est toute la vie sociale qui devient démente. L'organisation sociale du mensonge absolu découle de cette contradiction fondamentale.

107

Le stalinisme fut le règne de la terreur dans la classe bureaucratique elle-même. Le terrorisme qui fonde le pouvoir de cette classe doit frapper aussi cette classe, car elle ne possède aucune garantie juridique, aucune existence reconnue en tant que classe propriétaire, qu'elle pourrait étendre à chacun de ses membres. Sa propriété réelle est dissimulée, et elle n'est devenue propriétaire que par la voie de la fausse conscience. La fausse conscience ne maintient son pouvoir absolu que par la terreur absolue, où tout vrai motif finit par se perdre. Les membres de la classe bureaucratique au pouvoir n'ont le droit de possession sur la société que collectivement, en tant que participant à un mensonge fondamental : il faut qu'ils jouent le rôle du prolétariat dirigeant une société socialiste ; qu'ils soient les acteurs fidèles au texte de l'infidélité idéologique. Mais la participation effective à cet être mensonger doit se voir elle-même reconnue comme une participation véridique. Aucun bureaucrate ne peut soutenir individuellement son droit au pouvoir, car prouver qu'il est un prolétaire socialiste serait se manifester comme le contraire d'un bureaucrate ; et prouver qu'il est un bureaucrate est impossible, puisque la vérité officielle de la bureaucratie est de ne pas être. Ainsi chaque bureaucrate est dans la dépendance absolue d'une *garantie centrale* de l'idéologie, qui reconnaît une participation collective à son « pouvoir socialiste » de *tous les bureaucrates qu'elle n'anéantit pas*. Si les bureaucrates pris ensemble décident de tout, la cohésion de leur propre classe ne peut être assurée que par la concentration de leur pouvoir terroriste en une seule personne. Dans cette personne réside la seule vérité pratique du mensonge *au pouvoir* : la fixation indiscutable de sa frontière toujours rectifiée. Staline décide sans appel qui est finalement bureaucrate possédant ; c'est-à-dire qui doit être appelé « prolétaire au pouvoir » ou bien « traître à la solde du Mikado et de Wall Street ». Les atomes bureaucratiques ne trouvent l'essence commune de leur droit que dans la personne de Staline. Staline est ce souverain du monde qui se sait de cette façon la personne absolue, pour la conscience de laquelle il n'existe pas d'esprit plus haut. « Le souverain du monde possède la conscience effective de ce qu'il est – la puissance universelle de l'effectivité – dans la violence destructrice qu'il exerce contre le Soi de ses sujets lui faisant contraste. » En même temps qu'il est la puissance qui définit le terrain de la domination, il est « *la puissance ravageant ce terrain* ».

108

Quand l'idéologie, devenue absolue par la possession du pouvoir absolu, s'est changée d'une connaissance parcellaire en un mensonge totalitaire, la pensée de l'histoire a été si parfaitement anéantie que l'histoire elle-même, au niveau de la connaissance la plus empirique, ne peut plus exister. La société bureaucratique totalitaire vit dans un présent perpétuel, où tout ce qui est advenu existe seulement pour elle comme un espace accessible à sa police. Le projet, déjà formulé par Napoléon, de « diriger monarchiquement l'énergie des souvenirs » a trouvé sa concrétisation totale dans une manipulation permanente du passé, non seulement dans les significations, mais dans les faits. Mais le prix de cet affranchissement de toute réalité historique est la perte de la référence rationnelle qui est indispensable à la société *historique* du capitalisme. On sait ce que l'application scientifique de l'idéologie devenue folle a pu coûter à l'économie russe, ne serait-ce qu'avec l'imposture de Lyssenko. Cette contradiction de la bureaucratie totalitaire administrant une société industrialisée, prise entre son besoin du rationnel et son refus du rationnel, constitue aussi une de ses déficiences principales en regard du développement capitaliste normal. De même que la bureaucratie ne peut résoudre comme lui la question de l'agriculture, de même elle lui est finalement inférieure dans la production industrielle, planifiée autoritairement sur les bases de l'irréalisme et du mensonge généralisé.

109

Le mouvement ouvrier révolutionnaire, entre les deux guerres, fut anéanti par l'action conjuguée de la bureaucratie stalinienne et du totalitarisme fasciste, qui avait emprunté sa forme d'organisation au parti totalitaire expérimenté en Russie. Le fascisme a été une défense extrémiste de l'économie bourgeoise menacée par la crise et la subversion prolétarienne, *l'état de siège* dans la société capitaliste, par lequel cette société se sauve, et se donne une première rationalisation d'urgence en faisant intervenir massivement l'État dans sa gestion. Mais une telle rationalisation est elle-même grevée de l'immense irrationalité de son moyen. Si le fascisme se porte à la défense des principaux points de l'idéologie bourgeoise devenue conservatrice (la famille, la propriété, l'ordre moral, la nation) en réunissant la petite bourgeoisie et les chômeurs affolés par la crise ou déçus par l'impuissance de la révolution socialiste, il n'est pas lui-même foncièrement idéologique. Il se donne pour ce qu'il est : une résurrection violente du *mythe*, qui exige la participation à une communauté définie par des pseudo-valeurs archaïques : la race, le sang, le chef. Le fascisme est *l'archaïsme techniquement équipé*. Son *ersatz* décomposé du mythe est repris dans le contexte spectaculaire des moyens de conditionnement et d'illusion les plus modernes. Ainsi, il est un des facteurs dans la formation du spectaculaire moderne, de même que sa part dans la destruction de l'ancien mouvement ouvrier fait de lui une des puissances fondatrices de la société présente ; mais comme le fascisme se trouve être aussi la forme *la plus coûteuse* du maintien de l'ordre capitaliste, il devait normalement quitter le devant de la scène qu'occupent les grands rôles des États capitalistes, éliminé par des formes plus rationnelles et plus fortes de cet ordre.

110

Quand la bureaucratie russe a enfin réussi à se défaire des traces de la propriété bourgeoise qui entravaient son règne sur l'économie, à développer celle-ci pour son propre usage, et à être reconnue au-dehors parmi les grandes puissances, elle veut jouir calmement de son propre monde, en supprimer cette part d'arbitraire qui s'exerçait sur elle-même : elle dénonce le stalinisme de son origine. Mais une telle dénonciation reste stalinienne, arbitraire, inexpliquée, et sans cesse corrigée, car *le mensonge idéologique de son origine ne peut jamais être révélé*. Ainsi la bureaucratie ne peut se libéraliser ni culturellement ni politiquement car son existence comme classe dépend de son monopole idéologique qui, dans toute sa lourdeur, est son seul titre de propriété. L'idéologie a certes perdu la passion de son affirmation positive, mais ce qui en subsiste de trivialité indifférente a encore cette fonction répressive d'interdire la moindre concurrence, de tenir captive la totalité de la pensée. La bureaucratie est ainsi liée à une idéologie qui n'est plus crue par personne. Ce qui était terroriste est devenu dérisoire, mais cette dérision même ne peut se maintenir qu'en conservant à l'arrière-plan le terrorisme dont elle voudrait se défaire. Ainsi, au moment même où la bureaucratie veut montrer sa supériorité sur le terrain du capitalisme, elle s'avoue un *parent pauvre* du capitalisme. De même que son histoire effective est en contradiction avec son droit, et son ignorance grossièrement entretenue en contradiction avec ses prétentions scientifiques, son projet de rivaliser avec la bourgeoisie dans la production d'une abondance marchande est entravé par ce fait qu'une telle abondance porte en elle-même *son idéologie implicite*, et s'assortit normalement d'une liberté indéfiniment étendue de faux choix spectaculaires, pseudo-liberté qui reste inconciliable avec l'idéologie bureaucratique.

111

À ce moment du développement, le titre de propriété idéologique de la bureaucratie s'effondre déjà à l'échelle internationale. Le pouvoir qui s'était établi nationalement en tant que modèle fondamentalement internationaliste doit admettre qu'il ne peut plus prétendre maintenir sa cohésion mensongère au-delà de chaque frontière nationale. L'inégal développement économique que connaissent des bureaucraties, aux intérêts concurrents, qui ont réussi à posséder leur « socialisme » en dehors d'un seul pays, a conduit à l'affrontement public et complet du mensonge russe et du mensonge chinois. À partir de ce point, chaque bureaucratie au pouvoir, ou chaque parti totalitaire candidat au pouvoir laissé par la période stalinienne dans quelques classes ouvrières nationales, doit suivre sa propre voie. S'ajoutant aux manifestations de négation intérieure qui commencèrent à s'affirmer devant le monde avec la révolte ouvrière de Berlin-Est opposant aux bureaucrates son exigence d'« un gouvernement de métallurgistes », et qui sont déjà allées une fois jusqu'au pouvoir des conseils ouvriers de Hongrie, la décomposition mondiale de l'alliance de la mystification bureaucratique est, en dernière analyse, le facteur le plus défavorable pour le développement actuel de la société capitaliste. La bourgeoisie est en train de perdre l'adversaire qui la soutenait objectivement en unifiant illusoirement toute négation de l'ordre existant. Une telle division du travail spectaculaire voit sa fin quand le rôle pseudo-révolutionnaire se divise à son tour. L'élément spectaculaire de la dissolution du mouvement ouvrier va être lui-même dissous.

112

L'illusion léniniste n'a plus d'autre base actuelle que dans les diverses tendances trotskistes, où l'identification du projet prolétarien à une organisation hiérarchique de l'idéologie survit inébranlablement à l'expérience de tous ses résultats. La distance qui sépare le trotskisme de la critique révolutionnaire de la société présente permet aussi la distance respectueuse qu'il observe à l'égard de positions qui étaient déjà fausses quand elles s'usèrent dans un combat réel. Trotsky est resté jusqu'en 1927 fondamentalement solidaire de la haute bureaucratie, tout en cherchant à s'en emparer pour lui faire reprendre une action réellement bolchevik à l'extérieur (on sait qu'à ce moment pour aider à dissimuler le fameux « testament de Lénine », il alla jusqu'à désavouer calomnieusement son partisan Max Eastman qui l'avait divulgué). Trotsky a été condamné par sa perspective fondamentale, parce qu'au moment où la bureaucratie se connaît elle-même dans son résultat comme classe contre-révolutionnaire à l'intérieur, elle doit choisir aussi d'être effectivement contre-révolutionnaire à l'extérieur au nom de la révolution, *comme chez elle*. La lutte ultérieure de Trotsky pour une IVe Internationale contient la même inconséquence. Il a refusé toute sa vie de reconnaître dans la bureaucratie le pouvoir d'une classe séparée, parce qu'il était devenu pendant la deuxième révolution russe le partisan inconditionnel de la forme bolchevik d'organisation. Quand Lukàcs, en 1923, montrait dans cette forme la médiation enfin trouvée entre la théorie et la pratique, où les prolétaires cessent d'être « des *spectateurs* » des événements survenus dans leur organisation, mais les ont consciemment choisis et vécus, il décrivait comme mérites effectifs du parti bolchevik tout ce que le parti bolchevik *n'était pas*. Lukàcs était encore, à côté de son profond travail théorique, un idéologue, parlant au nom du pouvoir le plus vulgairement extérieur au mouvement prolétarien, en croyant et en faisant croire qu'il se trouvait lui-même, avec sa personnalité totale, dans ce pouvoir comme dans *le sien propre*. Alors que la suite manifestait de quelle manière ce pouvoir désavoue et supprime ses valets, Lukàcs, se désavouant lui-même sans fin, a fait voir avec une netteté caricaturale à quoi il s'était exactement identifié : au *contraire* de lui-même, et de ce qu'il avait soutenu dans *Histoire et conscience de classe*. Lukàcs vérifie au mieux la règle fondamentale qui juge tous les intellectuels de ce siècle : ce qu'ils *respectent* mesure exactement leur propre réalité *méprisable*. Lénine n'avait cependant guère flatté ce genre d'illusions sur son activité, lui qui convenait qu'« un parti politique ne peut examiner ses membres pour voir s'il y a des contradictions entre leur philosophie et le programme du parti ». Le parti réel dont Lukàcs avait présenté à contretemps le portrait rêvé n'était cohérent que pour une tâche précise et partielle : saisir le pouvoir dans l'État.

113

L'illusion néo-léniniste du trotskisme actuel, parce qu'elle est à tout moment démentie par la réalité de la société capitaliste moderne, tant bourgeoise que bureaucratique, trouve naturellement un champ d'application privilégié dans les pays « sous-développés » formellement indépendants, où l'illusion d'une quelconque variante de socialisme étatique et bureaucratique est consciemment manipulée comme *la simple idéologie du développement économique*, par les classes dirigeantes locales. La composition hybride de ces classes se rattache plus ou moins nettement à une gradation sur le spectre bourgeoisie-bureaucratie. Leur jeu à l'échelle internationale entre ces deux pôles du pouvoir capitaliste existant, aussi bien que leurs compromis idéologiques – notamment avec l'islamisme – exprimant la réalité hybride de leur base sociale, achèvent d'enlever à ce dernier sous-produit du socialisme idéologique tout sérieux autre que policier. Une bureaucratie a pu se former en encadrant la lutte nationale et la révolte agraire des paysans : elle tend alors, comme en Chine, à appliquer le modèle stalinien d'industrialisation dans une société moins développée que la Russie de 1917. Une bureaucratie capable d'industrialiser la nation peut se former à partir de la petite bourgeoisie des cadres de l'armée saisissant le pouvoir, comme le montre l'exemple de l'Égypte. En certains points, dont l'Algérie à l'issue de sa guerre d'indépendance, la bureaucratie, qui s'est constituée comme direction para-étatique pendant la lutte, recherche le point d'équilibre d'un compromis pour fusionner avec une faible bourgeoisie nationale. Enfin dans les anciennes colonies d'Afrique noire qui restent ouvertement liées à la bourgeoisie occidentale, américaine et européenne, une bourgeoisie se constitue – le plus souvent à partir de la puissance des chefs traditionnels du tribalisme – *par la possession de l'État* : dans ces pays où l'impérialisme étranger reste le vrai maître de l'économie, vient un stade où les *compradores* ont reçu en compensation de leur vente des produits indigènes la propriété d'un État indigène, indépendant devant les masses locales mais non devant l'impérialisme. Dans ce cas, il s'agit d'une bourgeoisie artificielle qui n'est pas capable d'accumuler, mais qui simplement *dilapide*, tant la part de plus-value du travail local qui lui revient que les subsides étrangers des États ou monopoles qui sont ses protecteurs. L'évidence de l'incapacité de ces classes bourgeoises à remplir la fonction économique normale de la bourgeoisie dresse devant chacune d'elles une subversion sur le modèle bureaucratique plus ou moins adapté aux particularités locales, qui veut saisir son héritage. Mais la réussite même d'une bureaucratie dans son projet fondamental d'industrialisation contient nécessairement la perspective de son échec historique : en accumulant le capital, elle accumule le prolétariat, et crée son propre démenti, dans un pays où il n'existait pas encore.

114

Dans ce développement complexe et terrible qui a emporté l'époque des luttes de classes vers de nouvelles conditions, le prolétariat des pays industriels a complètement perdu l'affirmation de sa perspective autonome et, en dernière analyse, *ses illusions*, mais non son être. Il n'est pas supprimé. Il demeure irréductiblement existant dans l'aliénation intensifiée du capitalisme moderne : il est l'immense majorité des travailleurs qui ont perdu tout pouvoir sur l'emploi de leur vie, et qui, *dès qu'ils le savent*, se redéfinissent comme le prolétariat, le négatif à l'œuvre dans cette société. Ce prolétariat est objectivement renforcé par le mouvement de disparition de la paysannerie, comme par l'extension de la logique du travail en usine qui s'applique à une grande partie des « services » et des professions intellectuelles. C'est *subjectivement* que ce prolétariat est encore éloigné de sa conscience pratique de classe, non seulement chez les employés mais aussi chez les ouvriers qui n'ont encore découvert que l'impuissance et la mystification de la vieille politique. Cependant, quand le prolétariat découvre que sa propre force extériorisée concourt au renforcement permanent de la société capitaliste, non plus seulement sous la forme de son travail, mais aussi sous la forme des syndicats, des partis ou de la puissance étatique qu'il avait constitués pour s'émanciper, il découvre aussi par l'expérience historique concrète qu'il est la classe totalement ennemie de toute extériorisation figée et de toute spécialisation du pouvoir. Il porte *la révolution qui ne peut rien laisser à l'extérieur d'elle-même*, l'exigence de la domination permanente du présent sur le passé, et la critique totale de la séparation ; et c'est cela dont il doit trouver la forme adéquate dans l'action. Aucune amélioration quantitative de sa misère, aucune illusion d'intégration hiérarchique, ne sont un remède durable à son insatisfaction, car le prolétariat ne peut se reconnaître véridiquement dans un tort particulier qu'il aurait subi ni donc *dans la réparation d'un tort particulier*, ni d'un grand nombre de ces torts, mais seulement dans le *tort absolu* d'être rejeté en marge de la vie.

115

Aux nouveaux signes de négation, incompris et falsifiés par l'aménagement spectaculaire, qui se multiplient dans les pays les plus avancés économiquement, on peut déjà tirer cette conclusion qu'une nouvelle époque s'est ouverte : après la première tentative de subversion ouvrière, *c'est maintenant l'abondance capitaliste qui a échoué.* Quand les luttes anti-syndicales des ouvriers occidentaux sont réprimées d'abord par les syndicats, et quand les courants révoltés de la jeunesse lancent une première protestation informe, dans laquelle pourtant le refus de l'ancienne politique spécialisée, de l'art et de la vie quotidienne, est immédiatement impliqué, ce sont là les deux faces d'une nouvelle lutte spontanée qui commence sous l'aspect *criminel.* Ce sont les signes avant-coureurs du deuxième assaut prolétarien contre la société de classes. Quand les enfants perdus de cette armée encore immobile reparaissent sur ce terrain, devenu autre et resté le même, ils suivent un nouveau « général Ludd » qui, cette fois, les lance dans la destruction des *machines de la consommation permise.*

116

« La forme politique enfin découverte sous laquelle l'émancipation économique du travail pouvait être réalisée » a pris dans ce siècle une nette figure dans les Conseils ouvriers révolutionnaires, concentrant en eux toutes les fonctions de décision et d'exécution, et se fédérant par le moyen de délégués responsables devant la base et révocables à tout instant. Leur existence effective n'a encore été qu'une brève ébauche, aussitôt combattue et vaincue par différentes forces de défense de la société de classes, parmi lesquelles il faut souvent compter leur propre fausse conscience. Pannekoek insistait justement sur le fait que le choix d'un pouvoir des Conseils ouvriers « propose des problèmes » plutôt qu'il n'apporte une solution. Mais ce pouvoir est précisément le lieu où les problèmes de la révolution du prolétariat peuvent trouver leur vraie solution. C'est le lieu où les conditions objectives de la conscience historique sont réunies ; la réalisation de la communication directe *active*, où finissent la spécialisation, la hiérarchie et la séparation, où les conditions existantes ont été transformées « en conditions d'unité ». Ici le sujet prolétarien peut émerger de sa lutte contre la contemplation : sa conscience est égale à l'organisation pratique qu'elle s'est donnée, car cette conscience même est inséparable de l'intervention cohérente dans l'histoire.

117

Dans le pouvoir des Conseils, qui doit supplanter internationalement tout autre pouvoir, le mouvement prolétarien est son propre produit, et ce produit est le producteur même. Il est à lui-même son propre but. Là seulement la négation spectaculaire de la vie est niée à son tour.

118

L'apparition des Conseils fut la réalité la plus haute du mouvement prolétarien dans le premier quart du siècle, réalité qui resta inaperçue ou travestie parce qu'elle disparaissait avec le reste du mouvement que l'ensemble de l'expérience historique d'alors démentait et éliminait. Dans le nouveau moment de la critique prolétarienne, ce résultat revient comme le seul point invaincu du mouvement vaincu. La conscience historique qui sait qu'elle a en lui son seul milieu d'existence peut le reconnaître maintenant, non plus à la périphérie de ce qui reflue, mais au centre de ce qui monte.

119

Une organisation révolutionnaire existant avant le pouvoir des Conseils – elle devra trouver en luttant sa propre forme – pour toutes ces raisons historiques sait déjà qu'elle *ne représente pas* la classe. Elle doit seulement se reconnaître elle-même comme une séparation radicale d'avec *le monde de la séparation*.

120

L'organisation révolutionnaire est l'expression cohérente de la théorie de la praxis entrant en communication non unilatérale avec les luttes pratiques, en devenir vers la théorie pratique. Sa propre pratique est la généralisation de la communication et de la cohérence dans ces luttes. Dans le moment révolutionnaire de la dissolution de la séparation sociale, cette organisation doit reconnaître sa propre dissolution en tant qu'organisation séparée.

121

L'organisation révolutionnaire ne peut être que la critique unitaire de la société, c'est-à-dire une critique qui ne pactise avec aucune forme de pouvoir séparé, en aucun point du monde, et une critique prononcée globalement contre tous les aspects de la vie sociale aliénée. Dans la lutte de l'organisation révolutionnaire contre la société de classes, les armes ne sont pas autre chose que l'*essence* des combattants mêmes : l'organisation révolutionnaire ne peut reproduire en elle les conditions de scission et de hiérarchie qui sont celles de la société dominante. Elle doit lutter en permanence contre sa déformation dans le spectacle régnant. La seule limite de la participation à la démocratie totale de l'organisation révolutionnaire est la reconnaissance et l'auto-appropriation effective, par tous ses membres, de la cohérence de sa critique, cohérence qui doit se prouver dans la théorie critique proprement dite et dans la relation entre celle-ci et l'activité pratique.

122

Quand la réalisation toujours plus poussée de l'aliénation capitaliste à tous les niveaux, en rendant toujours plus difficile aux travailleurs de reconnaître et de nommer leur propre misère, les place dans l'alternative de refuser *la totalité de leur misère, ou rien*, l'organisation révolutionnaire a dû apprendre qu'elle ne peut plus *combattre l'aliénation sous des formes aliénées*.

123

La révolution prolétarienne est entièrement suspendue à cette nécessité que, pour la première fois, c'est la théorie en tant qu'intelligence de la pratique humaine qui doit être reconnue et vécue par les masses. Elle exige que les ouvriers deviennent dialecticiens et inscrivent leur pensée dans la pratique ; ainsi elle demande aux *hommes sans qualité* bien plus que la révolution bourgeoise ne demandait aux hommes qualifiés qu'elle déléguait à sa mise en œuvre : car la conscience idéologique partielle édifiée par une partie de la classe bourgeoise avait pour base cette *partie* centrale de la vie sociale, l'économie, dans laquelle cette classe *était déjà au pouvoir*. Le développement même de la société de classes jusqu'à l'organisation spectaculaire de la non-vie mène donc le projet révolutionnaire à devenir *visiblement* ce qu'il était déjà *essentiellement*.

124

La théorie révolutionnaire est maintenant ennemie de toute idéologie révolutionnaire, *et elle sait qu'elle l'est*.

V. temps et histoire

« Ô gentilshommes, la vie est courte… Si nous vivons, nous vivons pour marcher sur la tête des rois. »

Shakespeare (*Henry IV*)

125

L'homme, « l'être négatif qui est uniquement dans la mesure où il supprime l'être », est identique au temps. L'appropriation par l'homme de sa propre nature est aussi bien sa saisie du déploiement de l'univers. « L'histoire est elle-même une partie réelle de l'*histoire naturelle*, de la transformation de la nature en homme » (Marx). Inversement cette « histoire naturelle » n'a d'autre existence effective qu'à travers le processus d'une histoire humaine, de la seule partie qui retrouve ce tout historique, comme le télescope moderne dont la portée rattrape *dans le temps* la fuite des nébuleuses à la périphérie de l'univers. L'histoire a toujours existé, mais pas toujours sous sa forme historique. La temporalisation de l'homme, telle qu'elle s'effectue par la médiation d'une société, est égale à une humanisation du temps. Le mouvement inconscient du temps se manifeste et *devient vrai* dans la conscience historique.

126

Le mouvement proprement historique, quoique *encore caché*, commence dans la lente et insensible formation de « la nature réelle de l'homme », cette « nature qui naît dans l'histoire humaine – dans l'acte générateur de la société humaine – », mais la société qui alors a maîtrisé une technique et un langage, si elle est déjà le produit de sa propre histoire, n'a conscience que d'un présent perpétuel. Toute connaissance, limitée à la mémoire des plus anciens, y est toujours portée par des *vivants*. Ni la mort ni la procréation ne sont comprises comme une loi du temps. Le temps reste immobile, comme un espace clos. Quand une société plus complexe en vient à prendre conscience du temps, son travail est bien plutôt de le nier, car elle voit dans le temps non ce qui passe, mais ce qui revient. La société statique organise le temps selon son expérience immédiate de la nature, dans le modèle du temps *cyclique*.

127

Le temps cyclique est déjà dominant dans l'expérience des peuples nomades, parce que ce sont les mêmes conditions qui se retrouvent devant eux à tout moment de leur passage : Hegel note que « l'errance des nomades est seulement formelle, car elle est limitée à des espaces uniformes ». La société qui, en se fixant localement, donne à l'espace un contenu par l'aménagement de lieux individualisés, se trouve par là même enfermée à l'intérieur de cette localisation. Le retour temporel en des lieux semblables est maintenant le pur retour du temps dans un même lieu, la répétition d'une série de gestes. Le passage du nomadisme pastoral à l'agriculture sédentaire est la fin de la liberté paresseuse et sans contenu, le début du labeur. Le mode de production agraire en général, dominé par le rythme des saisons, est la base du temps cyclique pleinement constitué. L'éternité lui est *intérieure* : c'est ici-bas le retour du même. Le mythe est la construction unitaire de la pensée qui garantit tout l'ordre cosmique autour de l'ordre que cette société a déjà en fait réalisé dans ses frontières.

128

L'appropriation sociale du temps, la production de l'homme par le travail humain, se développent dans une société divisée en classes. Le pouvoir qui s'est constitué au-dessus de la pénurie de la société du temps cyclique, la classe qui organise ce travail social et s'en approprie la plus-value limitée, s'approprie également *la plus-value temporelle* de son organisation du temps social : elle possède pour elle seule le temps irréversible du vivant. La seule richesse qui peut exister concentrée dans le secteur du pouvoir pour être matériellement dépensée en fête somptuaire, s'y trouve aussi dépensée en tant que dilapidation d'un *temps historique de la surface de la société*. Les propriétaires de la plus-value historique détiennent la connaissance et la jouissance des événements vécus. Ce temps, séparé de l'organisation collective du temps qui prédomine avec la production répétitive de la base de la vie sociale, coule au-dessus de sa propre communauté statique. C'est le temps de l'aventure et de la guerre, où les maîtres de la société cyclique parcourent leur histoire personnelle ; et c'est également le temps qui apparaît dans le heurt des communautés étrangères, le dérangement de l'ordre immuable de la société. L'histoire survient donc devant les hommes comme un facteur étranger, comme ce qu'ils n'ont pas voulu et ce contre quoi ils se croyaient abrités. Mais par ce détour revient aussi l'*inquiétude* négative de l'humain, qui avait été à l'origine même de tout le développement qui s'était endormi.

129

Le temps cyclique est en lui-même le temps sans conflit. Mais dans cette enfance du temps le conflit est installé : l'histoire lutte d'abord pour être l'histoire dans l'activité pratique des maîtres. Cette histoire crée superficiellement de l'irréversible ; son mouvement constitue le temps même qu'il épuise, à l'intérieur du temps inépuisable de la société cyclique.

130

Les « sociétés froides » sont celles qui ont ralenti à l'extrême leur part d'histoire ; qui ont maintenu dans un équilibre constant leur opposition à l'environnement naturel et humain, et leurs oppositions internes. Si l'extrême diversité des institutions établies à cette fin témoigne de la plasticité de l'auto-création de la nature humaine, ce témoignage n'apparaît évidemment que pour l'observateur extérieur, pour l'ethnologue *revenu* du temps historique. Dans chacune de ces sociétés, une structuration définitive a exclu le changement. Le conformisme absolu des pratiques sociales existantes, auxquelles se trouvent à jamais identifiées toutes les possibilités humaines, n'a plus d'autre limite extérieure que la crainte de retomber dans l'animalité sans forme. Ici, pour rester dans l'humain, les hommes doivent rester les mêmes.

131

La naissance du pouvoir politique, qui paraît être en relation avec les dernières grandes révolutions de la technique, comme la fonte du fer, au seuil d'une période qui ne connaîtra plus de bouleversements en profondeur jusqu'à l'apparition de l'industrie, est aussi le moment qui commence à dissoudre les liens de la consanguinité. Dès lors la succession des générations sort de la sphère du pur cyclique naturel pour devenir événement orienté, succession de pouvoirs. Le temps irréversible est le temps de celui qui règne ; et les dynasties sont sa première mesure. L'écriture est son arme. Dans l'écriture, le langage atteint sa pleine réalité indépendante de médiation entre les consciences. Mais cette indépendance est identique à l'indépendance générale du pouvoir séparé, comme médiation qui constitue la société. Avec l'écriture apparaît une conscience qui n'est plus portée et transmise dans la relation immédiate des vivants : une *mémoire impersonnelle*, qui est celle de l'administration de la société. « Les écrits sont les pensées de l'État ; les archives sa mémoire » (Novalis).

132

La chronique est l'expression du temps irréversible du pouvoir, et aussi l'instrument qui maintient la progression volontariste de ce temps à partir de son tracé antérieur, car cette orientation du temps doit s'effondrer avec la force de chaque pouvoir particulier ; retombant dans l'oubli indifférent du seul temps cyclique connu par les masses paysannes qui, dans l'écroulement des empires et de leurs chronologies, ne changent jamais. Les *possesseurs de l'histoire* ont mis dans le temps *un sens* : une direction qui est aussi une signification. Mais cette histoire se déploie et succombe à part ; elle laisse immuable la société profonde, car elle est justement ce qui reste séparé de la réalité commune. C'est en quoi l'histoire des empires de l'Orient se ramène pour nous à l'histoire des religions : ces chronologies retombées en ruine n'ont laissé que l'histoire apparemment autonome des illusions qui les enveloppaient. Les maîtres qui détiennent la *propriété privée de l'histoire*, sous la protection du mythe, la détiennent eux-mêmes d'abord sur le mode de l'illusion : en Chine et en Égypte ils ont eu longtemps le monopole de l'immortalité de l'âme ; comme leurs premières dynasties reconnues sont l'aménagement imaginaire du passé. Mais cette possession illusoire des maîtres est aussi toute la possession possible, à ce moment, d'une histoire commune et de leur propre histoire. L'élargissement de leur pouvoir historique effectif va de pair avec une vulgarisation de la possession mythique illusoire. Tout ceci découle du simple fait que c'est dans la mesure même où les maîtres se sont chargés de garantir mythiquement la permanence du temps cyclique, comme dans les rites saisonniers des empereurs chinois, qu'ils s'en sont eux-mêmes relativement affranchis.

133

Quand la sèche chronologie sans explication du pouvoir divinisé parlant à ses serviteurs, qui ne veut être comprise qu'en tant qu'exécution terrestre des commandements du mythe, peut être surmontée et devient histoire consciente, il a fallu que la participation réelle à l'histoire ait été vécue par des groupes étendus. De cette communication pratique entre ceux qui *se sont reconnus* comme les possesseurs d'un présent singulier, qui ont éprouvé la richesse qualitative des événements comme leur activité et le lieu où ils demeuraient – leur époque –, naît le langage général de la communication historique. Ceux pour qui le temps irréversible a existé y découvrent à la fois le *mémorable* et la *menace de l'oubli* : « Hérodote d'Halicarnasse présente ici les résultats de son enquête, afin que le temps n'abolisse pas les travaux des hommes… »

134

Le raisonnement sur l'histoire est, inséparablement, *raisonnement sur le pouvoir*. La Grèce a été ce moment où le pouvoir et son changement se discutent et se comprennent, la *démocratie des maîtres* de la société. Là était l'inverse des conditions connues par l'État despotique, où le pouvoir ne règle jamais ses comptes qu'avec lui-même, dans l'inaccessible obscurité de son point le plus concentré : par la *révolution de palais*, que la réussite ou l'échec mettent également hors de discussion. Cependant, le pouvoir partagé des communautés grecques n'existait que dans la *dépense* d'une vie sociale dont la production restait séparée et statique dans la classe servile. Seuls ceux qui ne travaillent pas vivent. Dans la division des communautés grecques, et la lutte pour l'exploitation des cités étrangères, était extériorisé le principe de la séparation qui fondait intérieurement chacune d'elles. La Grèce, qui avait rêvé l'histoire universelle, ne parvint pas à s'unir devant l'invasion ; ni même à unifier les calendriers de ses cités indépendantes. En Grèce le temps historique est devenu conscient, mais pas encore conscient de lui-même.

135

Après la disparition des conditions localement favorables qu'avaient connues les communautés grecques, la régression de la pensée historique occidentale n'a pas été accompagnée d'une reconstitution des anciennes organisations mythiques. Dans le heurt des peuples de la Méditerranée, dans la formation et l'effondrement de l'État romain, sont apparues des *religions semi-historiques* qui devenaient des facteurs fondamentaux de la nouvelle conscience du temps, et la nouvelle armure du pouvoir séparé.

136

Les religions monothéistes ont été un compromis entre le mythe et l'histoire, entre le temps cyclique dominant encore la production et le temps irréversible où s'affrontent et se recomposent les peuples. Les religions issues du judaïsme sont la reconnaissance universelle abstraite du temps irréversible qui se trouve démocratisé, ouvert à tous, mais dans l'illusoire. Le temps est orienté tout entier vers un seul événement final : « Le royaume de Dieu est proche. » Ces religions sont nées sur le sol de l'histoire, et s'y sont établies. Mais là encore elles se maintiennent en opposition radicale à l'histoire. La religion semi-historique établit un point de départ qualitatif dans le temps, la naissance du Christ, la fuite de Mahomet, mais son temps irréversible – introduisant une accumulation effective qui pourra dans l'Islam prendre la figure d'une conquête, ou dans le christianisme de la Réforme celle d'un accroissement du capital – est en fait inversé dans la pensée religieuse comme un *compte à rebours* : l'attente, dans le temps qui diminue, de l'accès à l'autre monde véritable, l'attente du Jugement dernier. L'éternité est sortie du temps cyclique. Elle est son au-delà. Elle est l'élément qui rabaisse l'irréversibilité du temps, qui supprime l'histoire dans l'histoire même, en se plaçant, comme un pur élément ponctuel où le temps cyclique est rentré et s'est aboli, *de l'autre côté du temps irréversible*. Bossuet dira encore : « Et par le moyen du temps qui passe, nous entrons dans l'éternité qui ne passe pas. »

137

Le moyen âge, ce monde mythique inachevé qui avait sa perfection hors de lui, est le moment où le temps cyclique, qui règle encore la part principale de la production, est réellement rongé par l'histoire. Une certaine temporalité irréversible est reconnue individuellement à tous, dans la succession des âges de la vie, dans la vie considérée comme un *voyage*, un passage sans retour dans un monde dont le sens est ailleurs :

le *pèlerin* est l'homme qui sort de ce temps cyclique pour être effectivement ce voyageur que chacun est comme signe. La vie historique personnelle trouve toujours son accomplissement dans la sphère du pouvoir, dans la participation aux luttes menées par le pouvoir et aux luttes pour la dispute du pouvoir ; mais le temps irréversible du pouvoir est partagé à l'infini, sous l'unification générale du temps orienté de l'ère chrétienne, dans un monde de la *confiance armée*, où le jeu des maîtres tourne autour de la fidélité et de la contestation de la fidélité due. Cette société féodale, née de la rencontre de « la structure organisationnelle de l'armée conquérante telle qu'elle s'est développée pendant la conquête » et des « forces productives trouvées dans le pays conquis » (*Idéologie allemande*) – et il faut compter dans l'organisation de ces forces productives leur langage religieux – a divisé la domination de la société entre l'Église et le pouvoir étatique, à son tour subdivisé dans les complexes relations de suzeraineté et de vassalité des tenures territoriales et des communes urbaines. Dans cette diversité de la vie historique possible, le temps irréversible qui emportait inconsciemment la société profonde, le temps vécu par la bourgeoisie dans la production des marchandises, la fondation et l'expansion des villes, la découverte commerciale de la Terre – l'expérimentation pratique qui détruit à jamais toute organisation mythique du cosmos – se révéla lentement comme le travail inconnu de l'époque, quand la grande entreprise historique officielle de ce monde eut échoué avec les Croisades.

138

Au déclin du moyen âge, le temps irréversible qui envahit la société est ressenti, par la conscience attachée à l'ancien ordre, sous la forme d'une obsession de la mort. C'est la mélancolie de la dissolution d'un monde, le dernier où la sécurité du mythe équilibrait encore l'histoire ; et pour cette mélancolie toute chose terrestre s'achemine seulement vers sa corruption. Les grandes révoltes des paysans d'Europe sont aussi leur tentative de *réponse à l'histoire* qui les arrachait violemment au sommeil patriarcal qu'avait garanti la tutelle féodale. C'est l'utopie millénariste de *la réalisation terrestre du paradis*, où revient au premier plan ce qui était à l'origine de la religion semi-historique, quand les communautés chrétiennes, comme le messianisme judaïque dont elles venaient, réponses aux troubles et au malheur de l'époque, attendaient la réalisation imminente du royaume de Dieu et ajoutaient un facteur d'inquiétude et de subversion dans la société antique. Le christianisme étant venu à partager le pouvoir dans l'empire avait démenti à son heure, comme simple superstition, ce qui subsistait de cette espérance : tel est le sens de l'affirmation augustinienne, archétype de tous les *satisfecit* de l'idéologie moderne, selon laquelle l'Église installée était déjà depuis longtemps ce royaume dont on avait parlé. La révolte sociale de la paysannerie millénariste se définit naturellement d'abord comme une volonté de destruction de l'Église. Mais le millénarisme se déploie dans le monde historique, et non sur le terrain du mythe. Ce ne sont pas, comme croit le montrer Norman Cohn dans *La Poursuite du Millénium*, les espérances révolutionnaires modernes qui sont des suites irrationnelles de la passion religieuse du millénarisme. Tout au contraire, c'est le millénarisme, lutte de classe révolutionnaire parlant pour la dernière fois la langue de la religion, qui est déjà une tendance révolutionnaire moderne, à laquelle manque encore *la conscience de n'être qu'historique*. Les millénaristes devaient perdre parce qu'ils ne pouvaient reconnaître la révolution comme leur propre opération. Le fait qu'ils attendent d'agir sur un signe extérieur de la décision de Dieu est la traduction en pensée d'une pratique dans laquelle les paysans insurgés suivent des chefs pris hors d'eux-mêmes. La classe paysanne ne pouvait atteindre une conscience juste du fonctionnement de la société, et de la façon de mener sa propre lutte : c'est parce qu'elle manquait de ces conditions d'unité dans son action et dans sa conscience qu'elle exprima son projet et mena ses guerres selon l'imagerie du paradis terrestre.

139

La possession nouvelle de la vie historique, la Renaissance qui trouve dans l'Antiquité son passé et son droit, porte en elle la rupture joyeuse avec l'éternité. Son temps irréversible est celui de l'accumulation infinie des connaissances, et la conscience historique issue de l'expérience des communautés démocratiques et des forces qui les ruinent va reprendre, avec Machiavel, le raisonnement sur le pouvoir désacralisé, dire l'indicible de l'État. Dans la vie exubérante des cités italiennes, dans l'art des fêtes, la vie se connaît comme une jouissance du passage du temps. Mais cette jouissance du passage devait être elle-même passagère. La chanson de Laurent de Médicis, que Burckhardt considère comme l'expression de « l'esprit même de la Renaissance », est l'éloge que cette fragile fête de l'histoire a prononcé sur elle-même : « Comme elle est belle, la jeunesse – qui s'en va si vite. »

140

Le mouvement constant de monopolisation de la vie historique par l'État de la monarchie absolue, forme de transition vers la complète domination de la classe bourgeoise, fait paraître dans sa vérité ce qu'est le nouveau temps irréversible de la bourgeoisie. C'est au *temps du travail*, pour la première fois affranchi du cyclique, que la bourgeoisie est liée. Le travail est devenu, avec la bourgeoisie, *travail qui transforme les conditions historiques*. La bourgeoisie est la première classe dominante pour qui le travail est une valeur. Et la bourgeoisie qui supprime tout privilège, qui ne reconnaît aucune valeur qui ne découle de l'exploitation du travail, a justement identifié au travail sa propre valeur comme classe dominante, et fait du progrès du travail son propre progrès. La classe qui accumule les marchandises et le capital modifie continuellement la nature en modifiant le travail lui-même, en déchaînant sa productivité. Toute vie sociale s'est déjà concentrée dans la pauvreté ornementale de la Cour, parure de la froide administration étatique qui culmine dans « le métier de roi » ; et toute liberté historique particulière a dû consentir à sa perte. La liberté du jeu temporel irréversible des féodaux s'est consumée dans leurs dernières batailles perdues avec les guerres de la Fronde ou le soulèvement des Écossais pour Charles-Édouard. Le monde a changé de base.

141

La victoire de la bourgeoisie est la victoire du temps *profondément historique*, parce qu'il est le temps de la production économique qui transforme la société, en permanence et de fond en comble. Aussi longtemps que la production agraire demeure le travail principal, le temps cyclique qui demeure présent au fond de la société nourrit les forces coalisées de la *tradition*, qui vont freiner le mouvement. Mais le temps irréversible de l'économie bourgeoise extirpe ces survivances dans toute l'étendue du monde. L'histoire qui était apparue jusque-là comme le seul mouvement des individus de la classe dominante, et donc écrite comme histoire événementielle, est maintenant comprise comme le *mouvement général*, et dans ce mouvement sévère les individus sont sacrifiés. L'histoire qui découvre sa base dans l'économie politique sait maintenant l'existence de ce qui était son inconscient, mais qui pourtant reste encore l'inconscient qu'elle ne peut tirer au jour.

C'est seulement cette préhistoire aveugle, une nouvelle fatalité que personne ne domine, que l'économie marchande a démocratisée.

142

L'histoire qui est présente dans toute la profondeur de la société tend à se perdre à la surface. Le triomphe du temps irréversible est aussi sa métamorphose en *temps des choses*, parce que l'arme de sa victoire a été précisément la production en série des objets, selon les lois de la marchandise. Le principal produit que le développement économique a fait passer de la rareté luxueuse à la consommation courante est donc l'*histoire*, mais seulement en tant qu'histoire du mouvement abstrait des choses qui domine tout usage qualitatif de la vie. Alors que le temps cyclique antérieur avait supporté une part croissante de temps historique vécu par des individus et des groupes, la domination du temps irréversible de la production va tendre à éliminer socialement ce temps vécu.

143

Ainsi la bourgeoisie a fait connaître et a imposé à la société un temps historique irréversible, mais lui en refuse l'*usage*. « Il y a eu de l'histoire, mais il n'y en a plus », parce que la classe des possesseurs de l'économie, qui ne peut pas rompre avec l'*histoire économique*, doit aussi refouler comme une menace immédiate tout autre emploi irréversible du temps. La classe dominante, faite de *spécialistes de la possession des choses* qui sont eux-mêmes, par là, une possession des choses, doit lier son sort au maintien de cette histoire réifiée, à la permanence d'une nouvelle immobilité *dans l'histoire*. Pour la première fois le travailleur, à la base de la société, n'est pas matériellement *étranger à l'histoire*, car c'est maintenant par sa base que la société se meut irréversiblement. Dans la revendication de *vivre* le temps historique qu'il fait, le prolétariat trouve le simple centre inoubliable de son projet révolutionnaire ; et chacune des tentatives jusqu'ici brisées d'exécution de ce projet marque un point de départ possible de la vie nouvelle historique.

144

Le temps irréversible de la bourgeoisie maîtresse du pouvoir s'est d'abord présenté sous son propre nom, comme une origine absolue, l'an I de la

République. Mais l'idéologie révolutionnaire de la liberté générale qui avait abattu les derniers restes d'organisation mythique des valeurs, et toute réglementation traditionnelle de la société, laissait déjà voir la volonté réelle qu'elle avait habillée à la romaine : la *liberté du commerce* généralisée. La société de la marchandise, découvrant alors qu'elle devait reconstruire la passivité qu'il lui avait fallu ébranler fondamentalement pour établir son propre règne pur, « trouve dans le christianisme avec son culte de l'homme abstrait… le complément religieux le plus convenable » (*Le Capital*). La bourgeoisie a conclu alors avec cette religion un compromis qui s'exprime aussi dans la présentation du temps : son propre calendrier abandonné, son temps irréversible est revenu se mouler dans *l'ère chrétienne* dont il continue la succession.

145

Avec le développement du capitalisme, le temps irréversible est *unifié mondialement*. L'histoire universelle devient une réalité, car le monde entier est rassemblé sous le développement de ce temps. Mais cette histoire qui partout à la fois est la même n'est encore que le refus intra-historique de l'histoire. C'est le temps de la production économique, découpé en fragments abstraits égaux, qui se manifeste sur toute la planète comme *le même jour*. Le temps irréversible unifié est celui du *marché mondial*, et corollairement du spectacle mondial.

146

Le temps irréversible de la production est d'abord la mesure des marchandises. Ainsi donc le temps qui s'affirme officiellement sur toute l'étendue du monde comme *le temps général de la société*, ne signifiant que les intérêts spécialisés qui le constituent, *n'est qu'un temps particulier*.

VI. le temps spectaculaire

> « Nous n'avons rien à nous que le temps, dont jouissent ceux mêmes qui n'ont point de demeure. »
>
> Baltasar Gracián (*L'Homme de cour*)

147

Le temps de la production, le temps-marchandise, est une accumulation infinie d'intervalles équivalents. C'est l'abstraction du temps irréversible, dont tous les segments doivent prouver sur le chronomètre leur seule égalité quantitative. Ce temps est, dans toute sa réalité effective, ce qu'il est dans son caractère *échangeable*. C'est dans cette domination sociale du temps-marchandise que « le temps est tout, l'homme n'est rien ; il est tout au plus la carcasse du temps » (*Misère de la Philosophie*). C'est le temps dévalorisé, l'inversion complète du temps comme « champ de développement humain ».

148

Le temps général du non-développement humain existe aussi sous l'aspect complémentaire d'un *temps consommable* qui retourne vers la vie quotidienne de la société, à partir de cette production déterminée, comme un *temps pseudo-cyclique.*

149

Le temps pseudo-cyclique n'est en fait que le *déguisement consommable* du temps-marchandise de la production. Il en contient les caractères essentiels d'unités homogènes échangeables et de suppression de la dimension qualitative. Mais étant le sous-produit de ce temps destiné à l'arriération de la vie quotidienne concrète – et au maintien de cette arriération –, il doit être chargé de pseudo-valorisations et apparaître en une suite de moments faussement individualisés.

150

Le temps pseudo-cyclique est celui de la consommation de la survie économique moderne, la survie augmentée, où le vécu quotidien reste privé de décision et soumis, non plus à l'ordre naturel, mais à la pseudo-nature développée dans le travail aliéné ; et donc ce temps retrouve *tout naturellement* le vieux rythme cyclique qui réglait la survie des sociétés pré-industrielles. Le temps pseudo-cyclique à la fois prend appui sur les traces naturelles du temps cyclique, et en compose de nouvelles combinaisons homologues : le jour et la nuit, le travail et le repos hebdomadaires, le retour des périodes de vacances.

151

Le temps pseudo-cyclique est un temps qui a été *transformé par l'industrie*. Le temps qui a sa base dans la production des marchandises est lui-même une marchandise consommable, qui rassemble tout ce qui s'était auparavant distingué, lors de la phase de dissolution de la vieille société unitaire, en vie privée, vie économique, vie politique. Tout le temps consommable de la société moderne en vient à être traité en matière première de nouveaux produits diversifiés qui s'imposent sur le marché comme emplois du temps socialement organisés. « Un produit qui existe déjà sous une forme qui le rend propre à la consommation peut cependant devenir à son tour matière première d'un autre produit. » (*Le Capital*).

152

Dans son secteur le plus avancé, le capitalisme concentré s'oriente vers la vente de blocs de temps « tout équipés », chacun d'eux constituant une seule marchandise unifiée, qui a intégré un certain nombre de marchandises diverses. C'est ainsi que peut apparaître, dans l'économie en expansion des « services » et des loisirs, la formule du paiement calculé « tout compris », pour l'habitat spectaculaire, les pseudo-déplacements collectifs des vacances, l'abonnement à la consommation culturelle, et la vente de la sociabilité elle-même en « conversations passionnantes » et « rencontres de personnalités ». Cette sorte de marchandise spectaculaire, qui ne peut évidemment avoir cours qu'en fonction de la pénurie accrue des réalités correspondantes, figure aussi bien évidemment parmi les article-pilotes de la modernisation des ventes, en étant payable à crédit.

153

Le temps pseudo-cyclique consommable est le temps spectaculaire, à la fois comme temps de la consommation des images, au sens restreint, et comme image de la consommation du temps, dans toute son extension. Le temps de la consommation des images, médium de toutes les marchandises, est inséparablement le champ où s'exercent pleinement les instruments du spectacle, et le but que ceux-ci présentent globalement, comme lieu et comme figure centrale de toutes les consommations particulières : on sait que les gains de temps constamment recherchés par la société moderne – qu'il s'agisse de la vitesse des transports ou de l'usage des potages en sachet – se traduisent positivement pour la population des États-Unis dans ce fait que la seule contemplation de la télévision l'occupe en moyenne entre trois et six heures par jour. L'image sociale de la consommation du temps, de son côté, est exclusivement dominée par les moments de loisirs et de vacances, moments représentés *à distance* et désirables par postulat, comme toute marchandise spectaculaire. Cette marchandise est ici explicitement donnée comme le moment de la vie réelle, dont il s'agit d'attendre le retour cyclique. Mais dans ces moments mêmes assignés à la vie, c'est encore le spectacle qui se donne à voir et à reproduire, en atteignant un degré plus intense. Ce qui a été représenté comme la vie réelle se révèle simplement comme la vie plus *réellement spectaculaire.*

154

Cette époque, qui se montre à elle-même son temps comme étant essentiellement le retour précipité de multiples festivités, est également une époque sans fête. Ce qui était, dans le temps cyclique, le moment de la participation d'une communauté à la dépense luxueuse de la vie, est impossible pour la société sans communauté et sans luxe. Quand ses pseudo-fêtes vulgarisées, parodies du dialogue et du don, incitent à un surplus de dépense économique, elles ne ramènent que la déception toujours compensée par la promesse d'une déception nouvelle. Le temps de la survie moderne doit, dans le spectacle, se vanter d'autant plus hautement que sa valeur d'usage s'est réduite. La réalité du temps a été remplacée par la *publicité* du temps.

155

Tandis que la consommation du temps cyclique des sociétés anciennes était en accord avec le travail réel de ces sociétés, la consommation pseudo-cyclique de l'économie développée se trouve en contradiction avec le temps irréversible abstrait de sa production. Alors que le temps cyclique était le temps de l'illusion immobile, vécu réellement, le temps spectaculaire est le temps de la réalité qui se transforme, vécu illusoirement.

156

Ce qui est toujours nouveau dans le processus de la production des choses ne se retrouve pas dans la consommation, qui reste le retour élargi du même. Parce que le travail mort continue de dominer le travail vivant, dans le temps spectaculaire le passé domine le présent.

157

Comme autre côté de la déficience de la vie historique générale, la vie individuelle n'a pas encore d'histoire. Les pseudo-événements qui se pressent dans la dramatisation spectaculaire n'ont pas été vécus par ceux qui en sont informés ; et de plus ils se perdent dans l'inflation de leur remplacement précipité, à chaque pulsion de la machinerie spectaculaire. D'autre part, ce qui a été réellement vécu est sans relation avec le temps irréversible officiel de la société, et en opposition directe au rythme pseudo-cyclique du sous-produit consommable de ce temps. Ce vécu individuel de la vie quotidienne séparée reste sans langage, sans concept, sans accès critique à son propre passé qui n'est consigné nulle part. Il ne se communique pas. Il est incompris et oublié au profit de la fausse mémoire spectaculaire du non-mémorable.

158

Le spectacle, comme organisation sociale présente de la paralysie de l'histoire et de la mémoire, de l'abandon de l'histoire qui s'érige sur la base du temps historique, est *la fausse conscience du temps.*

159

Pour amener les travailleurs au statut de producteurs et consommateurs « libres » du temps-marchandise, la condition préalable a été *l'expropriation violente de leur temps*. Le retour spectaculaire du temps n'est devenu possible qu'à partir de cette première dépossession du producteur.

160

La part irréductiblement biologique qui reste présente dans le travail, tant dans la dépendance du cyclique naturel de la veille et du sommeil que dans l'évidence du temps irréversible individuel de l'usure d'une vie, se trouve simplement *accessoire* au regard de la production moderne ; et comme tels ces éléments sont négligés dans les proclamations officielles du mouvement de la production, et des trophées consommables qui sont la traduction accessible de cette incessante victoire. Immobilisée dans le centre falsifié du mouvement de son monde, la conscience spectatrice ne connaît plus dans sa vie un passage vers sa réalisation et vers sa mort. Qui a renoncé à dépenser sa vie ne doit plus s'avouer sa mort. La publicité des assurances sur la vie insinue seulement qu'il est coupable de mourir sans avoir assuré la régulation du système après cette perte économique ; et celle de l'*american way of death* insiste sur sa capacité de maintenir en cette rencontre la plus grande part des *apparences* de la vie. Sur tout le reste du front des bombardements publicitaires, il est carrément interdit de vieillir. Il s'agirait de ménager, chez tout un chacun, un « capital-jeunesse » qui, pour n'avoir été que médiocrement employé, ne peut cependant prétendre acquérir la réalité durable et cumulative du capital financier. Cette absence sociale de la mort est identique à l'absence sociale de la vie.

161

Le temps est l'aliénation *nécessaire*, comme le montrait Hegel, le milieu où le sujet se réalise en se perdant, devient autre pour devenir la vérité de lui-même. Mais son contraire est justement l'aliénation dominante, qui est subie par le producteur d'un *présent étranger*. Dans cette *aliénation spatiale*, la société qui sépare à la racine le sujet et l'activité qu'elle lui dérobe, le sépare d'abord de son propre temps. L'aliénation sociale surmontable est justement celle qui a interdit et pétrifié les possibilités et les risques de l'aliénation *vivante* dans le temps.

162

Sous les *modes* apparentes qui s'annulent et se recomposent à la surface futile du temps pseudo-cyclique contemplé, le *grand style* de l'époque est toujours dans ce qui est orienté par la nécessité évidente et secrète de la révolution.

163

La base naturelle du temps, la donnée sensible de l'écoulement du temps, devient humaine et sociale en existant *pour l'homme*. C'est l'état borné de la pratique humaine, le travail à différents stades, qui a jusqu'ici humanisé, et aussi déshumanisé, le temps, comme temps cyclique et temps séparé irréversible de la production économique. Le projet révolutionnaire d'une société sans classes, d'une vie historique généralisée, est le projet d'un dépérissement de la mesure sociale du temps, au profit d'un modèle ludique de temps irréversible des individus et des groupes, modèle dans lequel sont simultanément présents des *temps indépendants fédérés*. C'est le programme d'une réalisation totale, dans le milieu du temps, du communisme qui supprime « tout ce qui existe indépendamment des individus ».

164

Le monde possède déjà le rêve d'un temps dont il doit maintenant posséder la conscience pour le vivre réellement.

VII. l'aménagement du territoire

> « Et qui devient Seigneur d'une cité accoutumée à vivre libre et ne la détruit point, qu'il s'attende d'être détruit par elle, parce qu'elle a toujours pour refuge en ses rébellions le nom de la liberté et ses vieilles coutumes, lesquelles ni par la longueur du temps ni pour aucun bienfait ne s'oublieront jamais. Et pour chose qu'on y fasse ou qu'on y pourvoie, si ce n'est d'en chasser ou d'en disperser les habitants, ils n'oublieront point ce nom ni ces coutumes… »
>
> Machiavel (*Le Prince*)

165

La production capitaliste a unifié l'espace, qui n'est plus limité par des sociétés extérieures. Cette unification est en même temps un processus extensif et intensif de *banalisation*. L'accumulation des marchandises produites en série pour l'espace abstrait du marché, de même qu'elle devait briser toutes les barrières régionales et légales, et toutes les restrictions corporatives du moyen âge qui maintenaient la *qualité* de la production artisanale, devait aussi dissoudre l'autonomie et la qualité des lieux. Cette puissance d'homogénéisation est la grosse artillerie qui a fait tomber toutes les murailles de Chine.

166

C'est pour devenir toujours plus identique à lui-même, pour se rapprocher au mieux de la monotonie immobile, que *l'espace libre de la marchandise* est désormais à tout instant modifié et reconstruit.

167

Cette société qui supprime la distance géographique recueille intérieurement la distance, en tant que séparation spectaculaire.

168

Sous-produit de la circulation des marchandises, la circulation humaine considérée comme une consommation, le tourisme, se ramène fondamentalement au loisir d'aller voir ce qui est devenu banal. L'aménagement économique de la fréquentation de lieux différents est déjà par lui-même la garantie de leur *équivalence*. La même modernisation qui a retiré du voyage le temps, lui a aussi retiré la réalité de l'espace.

169

La société qui modèle tout son entourage a édifié sa technique spéciale pour travailler la base concrète de cet ensemble de tâches : son territoire même. L'urbanisme est cette prise de possession de l'environnement naturel et humain par le capitalisme qui, se développant logiquement en domination absolue, peut et doit maintenant refaire la totalité de l'espace comme *son propre décor*.

170

La nécessité capitaliste satisfaite dans l'urbanisme, en tant que glaciation visible de la vie, peut s'exprimer – en employant des termes hégéliens – comme la prédominance absolue de « la paisible coexistence de l'espace » sur « l'inquiet devenir dans la succession du temps ».

171

Si toutes les forces techniques de l'économie capitaliste doivent être comprises comme opérant des séparations, dans le cas de l'urbanisme on a affaire à l'équipement de leur base générale, au traitement du sol qui convient à leur déploiement ; à la technique même *de la séparation*.

172

L'urbanisme est l'accomplissement moderne de la tâche ininterrompue qui sauvegarde le pouvoir de classe : le maintien de l'atomisation des travailleurs que les conditions urbaines de production avaient dangereusement *rassemblés*. La lutte constante qui a dû être menée contre tous les aspects de cette possibilité de rencontre trouve dans l'urbanisme son champ privilégié. L'effort de tous les pouvoirs établis, depuis les expériences de la Révolution française, pour accroître les moyens de maintenir l'ordre dans la rue, culmine finalement dans la suppression de la rue. « Avec les moyens de communication de masse sur de grandes distances, l'isolement de la population s'est avéré un moyen de contrôle beaucoup plus efficace », constate Lewis Mumford dans *La Cité à travers l'histoire*, en décrivant un « monde désormais à sens unique ». Mais le mouvement général de l'isolement, qui est la réalité de l'urbanisme, doit aussi contenir une réintégration contrôlée des travailleurs, selon les nécessités planifiables de la production et de la consommation. L'intégration au système doit ressaisir les individus isolés en tant qu'individus *isolés ensemble* : les usines comme les maisons de la culture, les villages de vacances comme les « grands ensembles », sont spécialement organisés pour les fins de cette pseudo-collectivité qui accompagne aussi l'individu isolé dans la *cellule familiale* : l'emploi généralisé des récepteurs du message spectaculaire fait que son isolement se retrouve peuplé des images dominantes, images qui par cet isolement seulement acquièrent leur pleine puissance.

173

Pour la première fois une architecture nouvelle, qui à chaque époque antérieure était réservée à la satisfaction des classes dominantes, se trouve directement destinée *aux pauvres*. La misère formelle et l'extension gigantesque de cette nouvelle expérience d'habitat proviennent ensemble de son caractère *de masse*, qui est impliqué à la fois par sa destination et par les conditions modernes de construction. La *décision autoritaire*, qui aménage abstraitement le territoire en territoire de l'abstraction, est évidemment au centre de ces conditions modernes de construction. La même architecture apparaît partout où commence l'industrialisation des pays à cet égard arriérés, comme terrain adéquat au nouveau genre d'existence sociale qu'il s'agit d'y implanter. Aussi nettement que dans les questions de l'armement thermonucléaire ou de la natalité – ceci atteignant déjà la possibilité d'une manipulation de l'hérédité – le seuil franchi dans la croissance du pouvoir matériel de la société, et le *retard* de la domination consciente de ce pouvoir, sont étalés dans l'urbanisme.

174

Le moment présent est déjà celui de l'autodestruction du milieu urbain. L'éclatement des villes sur les campagnes recouvertes de « masses informes de résidus urbains » (Lewis Mumford) est, d'une façon immédiate, présidé par les impératifs de la consommation. La dictature de l'automobile, produit-pilote de la première phase de l'abondance marchande, s'est inscrite dans le terrain avec la domination de l'autoroute, qui disloque les centres anciens et commande une dispersion toujours plus poussée. En même temps, les moments de réorganisation inachevée du tissu urbain se polarisent passagèrement autour des « usines de distribution » que sont les *supermarkets* géants édifiés en terrain nu, sur un socle de *parking* ; et ces temples de la consommation précipitée sont eux-mêmes en fuite dans le mouvement centrifuge, qui les repousse à mesure qu'ils deviennent à leur tour des centres secondaires surchargés, parce qu'ils ont amené une recomposition partielle de l'agglomération. Mais l'organisation technique de la consommation n'est qu'au premier plan de la dissolution générale qui a conduit ainsi la ville *à se consommer elle-même.*

175

L'histoire économique, qui s'est tout entière développée autour de l'opposition ville-campagne, est parvenue à un stade de succès qui annule à la fois les deux termes. La *paralysie* actuelle du développement historique total, au profit de la seule poursuite du mouvement indépendant de l'économie, fait du moment où commencent à disparaître la ville et la campagne, non le *dépassement* de leur scission, mais leur effondrement simultané. L'usure réciproque de la ville et de la campagne, produit de la défaillance du mouvement historique par lequel la réalité urbaine existante devrait être surmontée, apparaît dans ce mélange éclectique de leurs éléments décomposés, qui recouvre les zones les plus avancées dans l'industrialisation.

176

L'histoire universelle est née dans les villes, et elle est devenue majeure au moment de la victoire décisive de la ville sur la campagne. Marx considère comme un des plus grands mérites révolutionnaires de la bourgeoisie ce fait qu'« elle a soumis la campagne à la ville », dont *l'air émancipe*. Mais si l'histoire de la ville est l'histoire de la liberté, elle a été aussi celle de la tyrannie, de l'administration étatique qui contrôle la campagne et la ville même. La ville n'a pu être encore que le terrain de lutte de la liberté historique, et non sa possession. La ville est *le milieu de l'histoire* parce qu'elle est à la fois concentration du pouvoir social, qui rend possible l'entreprise historique, et conscience du passé. La tendance présente à la liquidation de la ville ne fait donc qu'exprimer d'une autre manière le retard d'une subordination de l'économie à la conscience historique, d'une unification de la société ressaisissant les pouvoirs qui se sont détachés d'elle.

177

« La campagne montre justement le fait contraire, l'isolement et la séparation » (*Idéologie allemande*). L'urbanisme qui détruit les villes reconstitue une *pseudo-campagne*, dans laquelle sont perdus aussi bien les rapports naturels de la campagne ancienne que les rapports sociaux directs et directement mis en question de la ville historique. C'est une nouvelle paysannerie factice qui est recréée par les conditions d'habitat et de contrôle spectaculaire dans l'actuel « territoire aménagé » : l'éparpillement dans l'espace et la mentalité bornée, qui ont toujours empêché la paysannerie d'entreprendre une action indépendante et de s'affirmer comme puissance historique créatrice, redeviennent la caractérisation des producteurs – le mouvement d'un monde qu'ils fabriquent eux-mêmes restant aussi complètement hors de leur portée que l'était le rythme naturel des travaux pour la société agraire. Mais quand cette paysannerie, qui fut l'inébranlable base du « despotisme oriental », et dont l'émiettement même appelait la centralisation bureaucratique, reparaît comme produit des conditions d'accroissement de la bureaucratisation étatique moderne, son *apathie* a dû être maintenant *historiquement fabriquée* et entretenue ; l'ignorance naturelle a fait place au spectacle organisé de l'erreur. Les « villes nouvelles » de la pseudo-paysannerie technologique inscrivent clairement dans le terrain la rupture avec le temps historique sur lequel elles sont bâties ; leur devise peut être : « Ici même, il n'arrivera jamais rien, et *rien n'y est jamais arrivé.* » C'est bien évidemment parce que l'histoire qu'il faut délivrer dans les villes n'y a pas été encore délivrée, que les forces de *l'absence historique* commencent à composer leur propre paysage exclusif.

178

L'histoire qui menace ce monde crépusculaire est aussi la force qui peut soumettre l'espace au temps vécu. La révolution prolétarienne est cette *critique de la géographie humaine* à travers laquelle les individus et les communautés ont à construire les sites et les événements correspondant à l'appropriation, non plus seulement de leur travail, mais de leur histoire totale. Dans cet espace mouvant du jeu, et des variations librement choisies des règles du jeu, l'autonomie du lieu peut se retrouver, sans réintroduire un attachement exclusif au sol, et par là ramener la réalité du voyage, et de la vie comprise comme un voyage ayant en lui-même tout son sens.

179

La plus grande idée révolutionnaire à propos de l'urbanisme n'est pas elle-même urbanistique, technologique ou esthétique. C'est la décision de reconstruire intégralement le territoire selon les besoins du pouvoir des Conseils de travailleurs, de la *dictature anti-étatique* du prolétariat, du dialogue exécutoire. Et le pouvoir des Conseils, qui ne peut être effectif qu'en transformant la totalité des conditions existantes, ne pourra s'assigner une moindre tâche s'il veut être reconnu et *se reconnaître lui-même* dans son monde.

VIII. la négation et la consommation dans la culture

« Nous vivrons assez pour voir une révolution politique ? *nous*, les contemporains de ces Allemands ? Mon ami, vous croyez ce que vous désirez... Lorsque je juge l'Allemagne d'après son histoire présente, vous ne m'objecterez pas que toute son histoire est falsifiée et que toute sa vie publique actuelle ne représente pas l'état réel du peuple. Lisez les journaux que vous voudrez, convainquez-vous que l'on ne cesse pas – et vous me concéderez que la censure n'empêche personne de cesser – de célébrer la liberté et le bonheur national que nous possédons... »

Ruge (*Lettre à Marx*, mars 1843.)

180

La culture est la sphère générale de la connaissance, et des représentations du vécu, dans la société historique divisée en classes ; ce qui revient à dire qu'elle est ce pouvoir de généralisation existant *à part*, comme division du travail intellectuel et travail intellectuel de la division. La culture s'est détachée de l'unité de la société du mythe, « lorsque le pouvoir d'unification disparaît de la vie de l'homme et que les contraires perdent leur relation et leur interaction vivantes et acquièrent l'autonomie... » (*Différence des systèmes de Fichte et de Schelling*). En gagnant son indépendance, la culture commence un mouvement impérialiste d'enrichissement, qui est en même temps le déclin de son indépendance. L'histoire qui crée l'autonomie relative de la culture, et les illusions idéologiques sur cette autonomie, s'exprime aussi comme histoire de la culture. Et toute l'histoire conquérante de la culture peut être comprise comme l'histoire de la révélation de son insuffisance, comme une marche vers son autosuppression. La culture est le lieu de la recherche de l'unité perdue. Dans cette recherche de l'unité, la culture comme sphère séparée est obligée de se nier elle-même.

181

La lutte de la tradition et de l'innovation, qui est le principe de développement interne de la culture des sociétés historiques, ne peut être poursuivie qu'à travers la victoire permanente de l'innovation. L'innovation dans la culture n'est cependant portée par rien d'autre que le mouvement historique total qui, en prenant conscience de sa totalité, tend au dépassement de ses propres présuppositions culturelles, et va vers la suppression de toute séparation.

182

L'essor des connaissances de la société, qui contient la compréhension de l'histoire comme le cœur de la culture, prend de lui-même une connaissance sans retour, qui est exprimée par la destruction de Dieu. Mais cette « condition première de toute critique » est aussi bien l'obligation première d'une critique infinie. Là où aucune règle de conduite ne peut plus se maintenir, chaque *résultat* de la culture la fait avancer vers sa dissolution. Comme la philosophie à l'instant où elle a gagné sa pleine autonomie, toute discipline devenue autonome doit s'effondrer, d'abord en tant que prétention d'explication cohérente de la totalité sociale, et finalement même en tant qu'instrumentation parcellaire utilisable dans ses propres frontières. Le *manque de rationalité* de la culture séparée est l'élément qui la condamne à disparaître, car en elle la victoire du rationnel est déjà présente comme exigence.

183

La culture est issue de l'histoire qui a dissous le genre de vie du vieux monde, mais en tant que sphère séparée elle n'est encore que l'intelligence et la communication sensible qui restent partielles dans une société *partiellement historique.* Elle est le sens d'un monde trop peu sensé.

184

La fin de l'histoire de la culture se manifeste par deux côtés opposés : le projet de son dépassement dans l'histoire totale, et l'organisation de son maintien en tant qu'objet mort, dans la contemplation spectaculaire. L'un de ces mouvements a lié son sort à la critique sociale, et l'autre à la défense du pouvoir de classe.

185

Chacun des deux côtés de la fin de la culture existe d'une façon unitaire, aussi bien dans tous les aspects des connaissances que dans tous les aspects des représentations sensibles – dans ce qui était l'*art* au sens le plus général. Dans le premier cas s'opposent l'accumulation de connaissances fragmentaires qui deviennent inutilisables, parce que l'*approbation* des conditions existantes doit finalement *renoncer à ses propres connaissances*, et la théorie de la praxis qui détient seule la vérité de toutes en détenant seule le secret de leur usage. Dans le second cas s'opposent l'autodestruction critique de l'ancien *langage commun* de la société et sa recomposition artificielle dans le spectacle marchand, la représentation illusoire du non-vécu.

186

En perdant la communauté de la société du mythe, la société doit perdre toutes les références d'un langage réellement commun, jusqu'au moment où la scission de la communauté inactive peut être surmontée par l'accession à la réelle communauté historique. L'art, qui fut ce langage commun de l'inaction sociale, dès qu'il se constitue en art indépendant au sens moderne, émergeant de son premier univers religieux, et devenant production individuelle d'œuvres séparées, connaît, comme cas particulier, le mouvement qui domine l'histoire de l'ensemble de la culture séparée. Son affirmation indépendante est le commencement de sa dissolution.

187

Le fait que le langage de la communication s'est perdu, voilà ce qu'exprime *positivement* le mouvement de décomposition moderne de tout art, son anéantissement formel. Ce que ce mouvement exprime *négativement*, c'est le fait qu'un langage commun doit être retrouvé – non plus dans la conclusion unilatérale qui, pour l'art de la société historique, *arrivait toujours trop tard*, parlant *à d'autres* de ce qui a été vécu sans dialogue réel, et admettant cette déficience de la vie –, mais qu'il doit être retrouvé dans la praxis, qui rassemble en elle l'activité directe et son langage. Il s'agit de posséder effectivement la communauté du dialogue et le jeu avec le temps qui ont été *représentés* par l'œuvre poético-artistique.

188

Quand l'art devenu indépendant représente son monde avec des couleurs éclatantes, un moment de la vie a vieilli, et il ne se laisse pas rajeunir avec des couleurs éclatantes. Il se laisse seulement évoquer dans le souvenir. La grandeur de l'art ne commence à paraître qu'à la retombée de la vie.

189

Le temps historique qui envahit l'art s'est exprimé d'abord dans la sphère même de l'art, à partir du *baroque*. Le baroque est l'art d'un monde qui a perdu son centre : le dernier ordre mythique reconnu par le moyen âge, dans le cosmos et le gouvernement terrestre – l'unité de la Chrétienté et le fantôme d'un Empire – est tombé. L'*art du changement* doit porter en lui le principe éphémère qu'il découvre dans le monde. Il a choisi, dit Eugenio d'Ors, « la vie contre l'éternité ». Le théâtre et la fête, la fête théâtrale, sont les moments dominants de la réalisation baroque, dans laquelle toute expression artistique particulière ne prend son sens que par sa référence au décor d'un lieu construit, à une construction qui doit être pour elle-même le centre d'unification ; et ce centre est le *passage*, qui est inscrit comme un équilibre menacé dans le désordre dynamique de tout. L'importance, parfois excessive, acquise par le concept de baroque dans la discussion esthétique contemporaine, traduit la prise de conscience de l'impossibilité d'un classicisme artistique : les efforts en faveur d'un classicisme ou néo-classicisme normatifs, depuis trois siècles, n'ont été que de brèves constructions factices parlant le langage extérieur de l'État, celui de la monarchie absolue ou de la bourgeoisie révolutionnaire habillée à la romaine. Du romantisme au cubisme, c'est finalement un art toujours plus individualisé de la négation, se renouvelant perpétuellement jusqu'à l'émiettement et la négation achevés de la sphère artistique, qui a suivi le cours général du baroque. La disparition de l'art historique qui était lié à la communication interne d'une élite, qui avait sa base sociale semi-indépendante dans les conditions partiellement ludiques encore vécues par les dernières aristocraties, traduit aussi ce fait que le capitalisme connaît le premier pouvoir de classe qui s'avoue dépouillé de toute qualité ontologique ; et dont la racine du pouvoir dans la simple gestion de l'économie est également la perte de toute *maîtrise* humaine. L'ensemble baroque, qui pour la *création* artistique est lui-même une unité depuis longtemps perdue, se retrouve en quelque manière dans la *consommation* actuelle de la totalité du passé artistique. La connaissance et la reconnaissance historiques de tout l'art du passé, rétrospectivement constitué en art mondial, le relativisent en un désordre global qui constitue à son tour un édifice baroque à un niveau plus élevé, édifice dans lequel doivent se fondre la production même d'un art baroque et toutes ses résurgences. Les arts de toutes les civilisations et de toutes les époques, pour la première fois, peuvent être tous connus et admis ensemble. C'est une « recollection des souvenirs » de l'histoire de l'art qui, en devenant possible, est aussi bien *la fin du monde de l'art*. C'est dans cette époque des musées, quand aucune communication artistique ne peut plus exister, que tous les moments anciens de l'art peuvent être également admis, car aucun d'eux ne pâtit plus de la perte de ses conditions de communication particulières, dans la perte présente des conditions de communication *en général*.

190

L'art à son époque de dissolution, en tant que mouvement négatif qui poursuit le dépassement de l'art dans une société historique où l'histoire n'est pas encore vécue, est à la fois un art du changement et l'expression pure du changement impossible. Plus son exigence est grandiose, plus sa véritable réalisation est au-delà de lui. Cet art est forcément d'*avant-garde*, et il *n'est pas*. Son avant-garde est sa disparition.

191

Le dadaïsme et le surréalisme sont les deux courants qui marquèrent la fin de l'art moderne. Ils sont, quoique seulement d'une manière relativement consciente, contemporains du dernier grand assaut du mouvement révolutionnaire prolétarien ; et l'échec de ce mouvement, qui les laissait enfermés dans le champ artistique même dont ils avaient proclamé la caducité, est la raison fondamentale de leur immobilisation. Le dadaïsme et le surréalisme sont à la fois historiquement liés et en opposition. Dans cette opposition, qui constitue aussi pour chacun la part la plus conséquente et radicale de son apport, apparaît l'insuffisance interne de leur critique, développée par l'un comme par l'autre d'un seul côté. Le dadaïsme a voulu *supprimer l'art sans le réaliser* ; et le surréalisme a voulu *réaliser l'art sans le supprimer*. La position critique élaborée depuis par les *situationnistes* a montré que la suppression et la réalisation de l'art sont les aspects inséparables d'un même *dépassement de l'art*.

192

La consommation spectaculaire qui conserve l'ancienne culture congelée, y compris la répétition récupérée de ses manifestations négatives, devient ouvertement dans son secteur culturel ce qu'elle est implicitement dans sa totalité : la *communication de l'incommunicable*. La destruction extrême du langage peut s'y trouver platement reconnue comme une valeur positive officielle, car il s'agit d'afficher une réconciliation avec l'état dominant des choses, dans lequel toute communication est joyeusement proclamée absente. La vérité critique de cette destruction en tant que vie réelle de la poésie et de l'art modernes est évidemment cachée, car le spectacle, qui a la fonction de *faire oublier l'histoire dans la culture*, applique dans la pseudo-nouveauté de ses moyens modernistes la stratégie même qui le constitue en profondeur. Ainsi peut se donner pour nouvelle une école de néo-littérature, qui simplement admet qu'elle contemple l'écrit pour lui-même. Par ailleurs, à côté de la simple proclamation de la beauté suffisante de la dissolution du communicable, la tendance la plus moderne de la culture spectaculaire – et la plus liée à la pratique répressive de l'organisation générale de la société – cherche à recomposer, par des « travaux d'ensemble », un milieu néo-artistique complexe à partir des éléments décomposés ; notamment dans les recherches d'intégration des débris artistiques ou d'hybrides esthético-techniques dans l'urbanisme. Ceci est la traduction, sur le plan de la pseudo-culture spectaculaire, de ce projet général du capitalisme développé qui vise à ressaisir le travailleur parcellaire comme « personnalité bien intégrée au groupe », tendance décrite par les récents sociologues américains (Riesman, Whyte, etc.). C'est partout le même projet d'une *restructuration sans communauté*.

193

La culture devenue intégralement marchandise doit aussi devenir la marchandise vedette de la société spectaculaire. Clark Kerr, un des idéologues les plus avancés de cette tendance, a calculé que le complexe processus de production, distribution et consommation *des connaissances*, accapare déjà annuellement 29 % du produit national aux États-Unis ; et il prévoit que la culture doit tenir dans la seconde moitié de ce siècle le rôle moteur dans le développement de l'économie, qui fut celui de l'automobile dans sa première moitié, et des chemins de fer dans la seconde moitié du siècle précédent.

194

L'ensemble des connaissances qui continue de se développer actuellement comme *pensée du spectacle* doit justifier une société sans justifications, et se constituer en science générale de la fausse conscience. Elle est entièrement conditionnée par le fait qu'elle ne peut ni ne veut penser sa propre base matérielle dans le système spectaculaire.

195

La pensée de l'organisation sociale de l'apparence est elle-même obscurcie par la *sous-communication* généralisée qu'elle défend. Elle ne sait pas que le conflit est à l'origine de toutes choses de son monde. Les spécialistes du pouvoir du spectacle, pouvoir absolu à l'intérieur de son système du langage sans réponse, sont corrompus absolument par leur expérience du mépris et de la réussite du mépris ; car ils retrouvent leur mépris confirmé par la connaissance de *l'homme méprisable* qu'est réellement le spectateur.

196

Dans la pensée spécialisée du système spectaculaire, s'opère une nouvelle division des tâches, à mesure que le perfectionnement même de ce système pose de nouveaux problèmes : d'un côté la *critique spectaculaire du spectacle* est entreprise par la sociologie moderne qui étudie la séparation à l'aide des seuls instruments conceptuels et matériels de la séparation ; de l'autre côté l'*apologie du spectacle* se constitue en pensée de la non-pensée, en *oubli attitré* de la pratique historique, dans les diverses disciplines où s'enracine le structuralisme. Pourtant, le faux désespoir de la critique non dialectique et le faux optimisme de la pure publicité du système sont identiques en tant que pensée soumise.

197

La sociologie qui a commencé à mettre en discussion, d'abord aux États-Unis, les conditions d'existence entraînées par l'actuel développement, si elle a pu rapporter beaucoup de données empiriques, ne connaît aucunement la vérité de son propre objet, parce qu'elle ne trouve pas en lui-même la critique qui lui est immanente. De sorte que la tendance sincèrement réformiste de cette sociologie ne s'appuie que sur la morale, le bon sens, des appels tout à fait dénués d'à-propos à la mesure, etc. Une telle manière de critiquer, parce qu'elle ne connaît pas le négatif qui est au cœur de son monde, ne fait qu'insister sur la description d'une sorte de surplus négatif qui lui paraît déplorablement l'encombrer en surface, comme une prolifération parasitaire irrationnelle. Cette bonne volonté indignée, qui même en tant que telle ne parvient à blâmer que les conséquences extérieures du système, se croit critique en oubliant le caractère essentiellement *apologétique* de ses présuppositions et de sa méthode.

198

Ceux qui dénoncent l'absurdité ou les périls de l'incitation au gaspillage dans la société de l'abondance économique ne savent pas à quoi sert le gaspillage. Ils condamnent avec ingratitude, au nom de la rationalité économique, les bons gardiens irrationnels sans lesquels le pouvoir de cette rationalité économique s'écroulerait. Et Boorstin par exemple, qui décrit dans *L'Image* la consommation marchande du spectacle américain, n'atteint jamais le concept de spectacle, parce qu'il croit pouvoir laisser en dehors de cette désastreuse exagération la vie privée, ou la notion d'« honnête marchandise ». Il ne comprend pas que la marchandise elle-même a fait les lois dont l'application « honnête » doit donner aussi bien la réalité distincte de la vie privée que sa reconquête ultérieure par la consommation sociale des images.

199

Boorstin décrit les excès d'un monde qui nous est devenu étranger, comme des excès étrangers à notre monde. Mais la base « normale » de la vie sociale, à laquelle il se réfère implicitement quand il qualifie le règne superficiel des images, en termes de jugement psychologique et moral, comme le produit de « nos extravagantes prétentions », n'a aucune réalité, ni dans son livre ni dans son époque. C'est parce que la vie humaine réelle dont parle Boorstin est pour lui dans le passé, y compris le passé de la résignation religieuse, qu'il ne peut comprendre toute la profondeur d'une société de l'image. La *vérité* de cette société n'est rien d'autre que la *négation* de cette société.

200

La sociologie, qui croit pouvoir isoler de l'ensemble de la vie sociale une rationalité industrielle fonctionnant à part, peut aller jusqu'à isoler du mouvement industriel global les techniques de reproduction et transmission. C'est ainsi que Boorstin trouve pour cause des résultats qu'il dépeint la malheureuse rencontre, quasiment fortuite, d'un trop grand appareil technique de diffusion des images et d'une trop grande attirance des hommes de notre époque pour le pseudo-sensationnel. Ainsi le spectacle serait dû au fait que l'homme moderne serait trop spectateur. Boorstin ne comprend pas que la prolifération des « pseudo-événements » préfabriqués, qu'il dénonce, découle de ce simple fait que les hommes, dans la réalité massive de la vie sociale actuelle, ne vivent pas eux-mêmes des événements. C'est parce que l'histoire elle-même hante la société moderne comme un spectre, que l'on trouve de la pseudo-histoire construite à tous les niveaux de la consommation de la vie, pour préserver l'équilibre menacé de l'actuel *temps gelé.*

201

L'affirmation de la stabilité définitive d'une courte période de gel du temps historique est la base indéniable, inconsciemment et consciemment proclamée, de l'actuelle tendance à une systématisation *structuraliste.* Le point de vue où se place la pensée anti-historique du structuralisme est celui de l'éternelle présence d'un système qui n'a jamais été créé et qui ne finira jamais. Le rêve de la dictature d'une structure préalable inconsciente sur toute praxis sociale a pu être abusivement tiré des modèles de structures élaborés par la linguistique et l'ethnologie (voire l'analyse du fonctionnement du capitalisme), modèles *déjà abusivement compris dans ces circonstances*, simplement parce qu'une pensée universitaire de *cadres moyens*, vite comblés, pensée intégralement enfoncée dans l'éloge émerveillé du système existant, ramène platement toute réalité à l'existence du système.

202

Comme dans toute science sociale historique, il faut toujours garder en vue, pour la compréhension des catégories « structuralistes » que les catégories expriment des formes d'existence et des conditions d'existence. Tout comme on n'apprécie pas la valeur d'un homme selon la conception qu'il a de lui-même, on ne peut apprécier – et admirer – cette société déterminée en prenant comme indiscutablement véridique le langage qu'elle se parle à elle-même. « On ne peut apprécier de telles époques de transformation selon la conscience qu'en a l'époque ; bien au contraire, on doit expliquer la conscience à l'aide des contradictions de la vie matérielle... » La structure est fille du pouvoir présent. Le structuralisme est la *pensée garantie par l'État*, qui pense les conditions présentes de la « communication » spectaculaire comme un absolu. Sa façon d'étudier le code des messages en lui-même n'est que le produit, et la reconnaissance, d'une société où la communication existe sous forme d'une cascade de signaux hiérarchiques. De sorte que ce n'est pas le structuralisme qui sert à prouver la validité transhistorique de la société du spectacle ; c'est au contraire la société du spectacle s'imposant comme réalité massive qui sert à prouver le rêve froid du structuralisme.

203

Sans doute, le concept critique de *spectacle* peut aussi être vulgarisé en une quelconque formule creuse de la rhétorique sociologico-politique pour expliquer et dénoncer abstraitement tout, et ainsi servir à la défense du système spectaculaire. Car il est évident qu'aucune idée ne peut mener au-delà du spectacle existant, mais seulement au-delà des idées existantes sur le spectacle. Pour détruire effectivement la société du spectacle, il faut des hommes mettant en action une force pratique. La théorie critique du spectacle n'est vraie qu'en s'unifiant au courant pratique de la négation dans la société, et cette négation, la reprise de la lutte de classe révolutionnaire, deviendra consciente d'elle-même en développant la critique du spectacle, qui est la théorie de ses conditions réelles, des conditions pratiques de l'oppression actuelle, et dévoile inversement le secret de ce qu'elle peut être. Cette théorie n'attend pas de miracles de la classe ouvrière. Elle envisage la nouvelle formulation et la réalisation des exigences prolétariennes comme une tâche de longue haleine. Pour distinguer artificiellement lutte théorique et lutte pratique – car sur la base ici définie, la constitution même et la communication d'une telle théorie ne peut déjà pas se concevoir sans une *pratique rigoureuse* –, il est sûr que le cheminement obscur et difficile de la théorie critique devra être aussi le lot du mouvement pratique agissant à l'échelle de la société.

204

La théorie critique doit *se communiquer* dans son propre langage. C'est le langage de la contradiction, qui doit être dialectique dans sa forme comme il l'est dans son contenu. Il est critique de la totalité et critique historique. Il n'est pas un « degré zéro de l'écriture » mais son renversement. Il n'est pas une négation du style, mais le style de la négation.

205

Dans son style même, l'exposé de la théorie dialectique est un scandale et une abomination selon les règles du langage dominant, et pour le goût qu'elles ont éduqué, parce que dans l'emploi positif des concepts existants, il inclut du même coup l'intelligence de leur *fluidité* retrouvée, de leur destruction nécessaire.

206

Ce style qui contient sa propre critique doit exprimer la domination de la critique présente *sur tout son passé*. Par lui le mode d'exposition de la théorie dialectique témoigne de l'esprit négatif qui est en elle. « La vérité n'est pas comme le produit dans lequel on ne trouve plus de trace de l'outil » (Hegel). Cette conscience théorique du mouvement, dans laquelle la trace même du mouvement doit être présente, se manifeste par le *renversement* des relations établies entre les concepts et par le *détournement* de toutes les acquisitions de la critique antérieure. Le renversement du génitif est cette expression des révolutions historiques, consignée dans la forme de la pensée, qui a été considérée comme le style épigrammatique de Hegel. Le jeune Marx préconisant, d'après l'usage systématique qu'en avait fait Feuerbach, le remplacement du sujet par le prédicat, a atteint l'emploi le plus conséquent de ce *style insurrectionnel* qui, de la philosophie de la misère, tire la misère de la philosophie. Le détournement ramène à la subversion les conclusions critiques passées qui ont été figées en vérités respectables, c'est-à-dire transformées en mensonges. Kierkegaard déjà en a fait délibérément usage, en lui adjoignant lui-même sa dénonciation : « Mais nonobstant les tours et détours, comme la confiture rejoint toujours le garde-manger, tu finis toujours par y glisser un petit mot qui n'est pas de toi et qui trouble par le souvenir qu'il réveille » (*Miettes philosophiques*). C'est l'obligation de la *distance* envers ce qui a été falsifié en vérité officielle qui détermine cet emploi du détournement, avoué ainsi par Kierkegaard, dans le même livre : « Une seule remarque encore à propos de tes nombreuses allusions visant toutes au grief que je mêle à mes dires des propos empruntés. Je ne le nie pas ici et je ne cacherai pas non plus que c'était volontaire et que dans une nouvelle suite à cette brochure, si jamais je l'écris, j'ai l'intention de nommer l'objet de son vrai nom et de revêtir le problème d'un costume historique. »

207

Les idées s'améliorent. Le sens des mots y participe. Le plagiat est nécessaire. Le progrès l'implique. Il serre de près la phrase d'un auteur, se sert de ses expressions, efface une idée fausse, la remplace par l'idée juste.

208

Le détournement est le contraire de la citation, de l'autorité théorique toujours falsifiée du seul fait qu'elle est devenue citation ; fragment arraché à son contexte, à son mouvement, et finalement à son époque comme référence globale et à l'option précise qu'elle était à l'intérieur de cette référence, exactement reconnue ou erronée. Le détournement est le langage fluide de l'anti-idéologie. Il apparaît dans la communication qui sait qu'elle ne peut prétendre détenir aucune garantie en elle-même et définitivement. Il est, au point le plus haut, le langage qu'aucune référence ancienne et supracritique ne peut confirmer. C'est au contraire sa propre cohérence, en lui-même et avec les faits praticables, qui peut confirmer l'ancien noyau de vérité qu'il ramène. Le détournement n'a fondé sa cause sur rien d'extérieur à sa propre vérité comme critique présente.

209

Ce qui, dans la formulation théorique, se présente ouvertement comme *détourné*, en démentant toute autonomie durable de la sphère du théorique exprimé, en y faisant intervenir *par cette violence* l'action qui dérange et emporte tout ordre existant, rappelle que cette existence du théorique n'est rien en elle-même, et n'a à se connaître qu'avec l'action historique, et la *correction historique* qui est sa véritable fidélité.

210

La négation réelle de la culture est seule à en conserver le sens. Elle ne peut plus être *culturelle*. De la sorte elle est ce qui reste, de quelque manière, au niveau de la culture, quoique dans une acception toute différente.

211

Dans le langage de la contradiction, la critique de la culture se présente *unifiée* : en tant qu'elle domine le tout de la culture – sa connaissance comme sa poésie –, et en tant qu'elle ne se sépare plus de la critique de la totalité sociale. C'est cette *critique théorique unifiée* qui va seule à la rencontre de la *pratique sociale unifiée*.

IX. l'idéologie matérialisée

« La conscience de soi est *en soi* et *pour soi* quand et parce qu'elle est en soi et pour soi pour une autre conscience de soi ; c'est-à-dire qu'elle n'est qu'en tant qu'être reconnu. »

Hegel (*Phénoménologie de l'Esprit*)

212

L'idéologie est la *base* de la pensée d'une société de classes, dans le cours conflictuel de l'histoire. Les faits idéologiques n'ont jamais été de simples chimères, mais la conscience déformée des réalités, et en tant que tels des facteurs réels exerçant en retour une réelle action déformante ; d'autant plus la *matérialisation* de l'idéologie qu'entraîne la réussite concrète de la production économique autonomisée, dans la forme du spectacle, confond pratiquement avec la réalité sociale une idéologie qui a pu retailler tout le réel sur son modèle.

213

Quand l'idéologie, qui est la volonté *abstraite* de l'universel, et son illusion, se trouve légitimée par l'abstraction universelle et la dictature effective de l'illusion dans la société moderne, elle n'est plus la lutte volontariste du parcellaire, mais son triomphe. De là, la prétention idéologique acquiert une sorte de plate exactitude positiviste : elle n'est plus un choix historique, mais une évidence. Dans une telle affirmation, les *noms* particuliers des idéologies se sont évanouis. La part même de travail proprement idéologique au service du système ne se conçoit plus qu'en tant que reconnaissance d'un « socle épistémologique » qui se veut au-delà de tout phénomène idéologique. L'idéologie matérialisée est elle-même sans nom, comme elle est sans programme historique énonçable. Ceci revient à dire que l'histoire *des idéologies* est finie.

214

L'idéologie, que toute sa logique interne menait vers l'« idéologie totale », au sens de Mannheim, despotisme du fragment qui s'impose comme pseudo-savoir d'un *tout* figé, vision *totalitaire*, est maintenant accomplie dans le spectacle immobilisé de la non-histoire. Son accomplissement est aussi sa dissolution dans l'ensemble de la société. Avec la *dissolution pratique* de cette société doit disparaître l'idéologie, la *dernière déraison* qui bloque l'accès à la vie historique.

215

Le spectacle est l'idéologie par excellence, parce qu'il expose et manifeste dans sa plénitude l'essence de tout système idéologique : l'appauvrissement, l'asservissement et la négation de la vie réelle. Le spectacle est matériellement « l'expression de la séparation et de l'éloignement entre l'homme et l'homme ». La « nouvelle *puissance* de la tromperie » qui s'y est concentrée a sa base dans cette production, par laquelle « avec la masse des objets croît… le nouveau domaine des êtres étrangers à qui l'homme est asservi ». C'est le stade suprême d'une expansion qui a retourné le besoin contre la vie. « Le besoin de l'argent est donc le vrai besoin produit par l'économie politique, et le seul besoin qu'elle produit » (*Manuscrits économico-philosophiques*). Le spectacle étend à toute la vie sociale le principe que Hegel, dans la *Realphilosophie* d'Iéna, conçoit comme celui de l'argent ; c'est « la vie de ce qui est mort, se mouvant en soi-même ».

216

Au contraire du projet résumé dans les *Thèses sur Feuerbach* (la réalisation de la philosophie dans la praxis qui dépasse l'opposition de l'idéalisme et du matérialisme), le spectacle conserve à la fois, et impose dans le pseudo-concret de son univers, les caractères idéologiques du matérialisme et de l'idéalisme. Le côté contemplatif du vieux matérialisme qui conçoit le monde comme représentation et non comme activité – et qui idéalise finalement la matière – est accompli dans le spectacle, où des choses concrètes sont automatiquement maîtresses de la vie sociale. Réciproquement, l'*activité rêvée* de l'idéalisme s'accomplit également dans le spectacle, par la médiation technique de signes et de signaux – qui finalement matérialisent un idéal abstrait.

217

Le parallélisme entre l'idéologie et la schizophrénie établi par Gabel (*La Fausse Conscience*) doit être placé dans ce processus économique de matérialisation de l'idéologie. Ce que l'idéologie était déjà, la société l'est devenue. La désinsertion de la praxis, et la fausse conscience anti-dialectique qui l'accompagne, voilà ce qui est imposé à toute heure de la vie quotidienne soumise au spectacle ; qu'il faut comprendre comme une organisation systématique de la « défaillance de la faculté de rencontre », et comme son remplacement par un *fait hallucinatoire social* : la fausse conscience de la rencontre, l'« illusion de la rencontre ». Dans une société où personne ne peut plus être *reconnu* par les autres, chaque individu devient incapable de reconnaître sa propre réalité. L'idéologie est chez elle ; la séparation a bâti son monde.

218

« Dans les tableaux cliniques de la schizophrénie, dit Gabel, décadence de la dialectique de la totalité (avec comme forme extrême la dissociation) et décadence de la dialectique du devenir (avec comme forme extrême la catatonie) semblent bien solidaires. » La conscience spectatrice, prisonnière d'un univers aplati, borné par *l'écran* du spectacle, derrière lequel sa propre vie a été déportée, ne connaît plus que les *interlocuteurs fictifs* qui l'entretiennent unilatéralement de leur marchandise et de la politique de leur marchandise. Le spectacle, dans toute son étendue, est son « signe du miroir ». Ici se met en scène la fausse sortie d'un autisme généralisé.

219

Le spectacle, qui est l'effacement des limites du moi et du monde par l'écrasement du moi qu'assiège la présence-absence du monde, est également l'effacement des limites du vrai et du faux par le refoulement de toute vérité vécue sous la *présence réelle* de la fausseté qu'assure l'organisation de l'apparence. Celui qui subit passivement son sort quotidiennement étranger est donc poussé vers une folie qui réagit illusoirement à ce sort, en recourant à des techniques magiques. La reconnaissance et la consommation des marchandises sont au centre de cette pseudo-réponse à une communication sans réponse. Le besoin d'imitation qu'éprouve le consommateur est précisément le besoin infantile, conditionné par tous les aspects de sa dépossession fondamentale. Selon les termes que Gabel applique à un niveau pathologique tout autre, « le besoin anormal de représentation compense ici un sentiment torturant d'être en marge de l'existence ».

220

Si la logique de la fausse conscience ne peut se connaître elle-même véridiquement, la recherche de la vérité critique sur le spectacle doit aussi être une critique vraie. Il lui faut lutter pratiquement parmi les ennemis irréconciliables du spectacle, et admettre d'être absente là où ils sont absents. Ce sont les lois de la pensée dominante, le point de vue exclusif de l'*actualité*, que reconnaît la volonté abstraite de l'efficacité immédiate, quand elle se jette vers les compromissions du réformisme ou de l'action commune de débris pseudo-révolutionnaires. Par là le délire s'est reconstitué dans la position même qui prétend le combattre. Au contraire, la critique qui va au-delà du spectacle doit *savoir attendre*.

221

S'émanciper des bases matérielles de la vérité inversée, voilà en quoi consiste l'auto-émancipation de notre époque. Cette « mission historique d'instaurer la vérité dans le monde », ni l'individu isolé ni la foule atomisée soumise aux manipulations ne peuvent l'accomplir, mais encore et toujours la classe qui est capable d'être la dissolution de toutes les classes en ramenant tout le pouvoir à la forme désaliénante de la démocratie réalisée, le Conseil dans lequel la théorie pratique se contrôle elle-même et voit son action. Là seulement où les individus sont « directement liés à l'histoire universelle » ; là seulement où le dialogue s'est armé pour faire vaincre ses propres conditions.

LE PROLÉTARIAT COMME SUJET ET COMME REPRÉSENTATION
LA SOCIETE DU SPECTACLE par Guy Debord
(Buchet-Chastel)
La révolution prolétarienne est entièrement suspendue à cette nécessité
I.S
Elle exige que les ouvriers deviennent dialecticiens
I.S
et inscrivent leur pensée dans la pratique;
car la conscience idéologique partielle édifiée par une partie de la classe bourgeoise
avait pour base cette *partie*
de la vie sociale, l'économie,

ur la première fois, c'est la théorie
en tant qu'intelligence de la pratique humaine qui doit être reconnue et vécue par les masses.
ainsi elle demande aux *hommes sans qualité*
bien plus que la révolution bourgeoise ne demandait aux hommes qualifiés qu'elle déléguait à sa mise en œuvre :
I.S
dans laquelle cette classe *était déjà au pouvoir*.
Le développement même de la société de classes jusqu'à l'organisation spectaculaire de la non-vie mène donc le projet révolutionnaire à devenir *visiblement* ce qu'il était déjà *essentiellement*.

Ce relevé des citations et des détournements de *La Société du spectacle* fut entrepris par Guy Debord en janvier 1973 pour servir d'aide à ses traducteurs. (Abrégés dans le relevé original, les extraits de *La Société du spectacle* sont donnés ici in extenso pour la commodité de la lecture.)

Relevé provisoire des citations et des détournements de *La Société du spectacle*

1 – « Toute la vie des sociétés dans lesquelles règnent les conditions modernes de production s'annonce comme une immense accumulation de *spectacles* » : détournement de Marx, *Le Capital* : « Toute la vie des sociétés modernes dans lesquelles règnent les conditions modernes de production s'annonce comme une immense accumulation de marchandises. »

2 – « où le mensonger s'est menti à lui-même » : détournement de Hegel : « le vrai se vérifie. »

4 – « Le spectacle n'est pas un ensemble d'images, mais un rapport social entre des personnes, médiatisé par des images » : détournement de Marx, *Le Capital* : « Il découvrit ainsi qu'au lieu d'être une chose, le capital est un rapport social entre des personnes, lequel rapport s'établit par l'intermédiaire des choses. »

7 – « La séparation fait elle-même partie de l'unité du monde » : détournement de Hegel.

8 – « ce dédoublement est lui-même dédoublé » ; « La réalité objective est présente des deux côtés. Chaque notion ainsi fixée n'a pour fond que son passage dans l'opposé » ; « Cette aliénation réciproque est l'essence » : détournements de Hegel.

9 – « Dans le monde *réellement renversé*, le vrai est un moment du faux » : détournement de Hegel, Préface de *La Phénoménologie de l'Esprit* : « Le faux est un moment du vrai (mais non plus en tant que faux). »

12 – « ce qui apparaît est bon, ce qui est bon apparaît » : allusion à Hegel : « Tout ce qui est réel est rationnel. »

Page précédente :

Vient de paraître, affichette qui annonçait la sortie des livres de Raoul Vaneigem et Guy Debord (ici pour *La Société du spectacle*), décembre 1967.

13 – « Le caractère fondamentalement tautologique du spectacle découle du simple fait que ses moyens sont en même temps son but » : formule appliquée dans l'empire de Charles Quint « Il est le soleil qui ne se couche jamais. »

14 – « le but n'est rien, le développement est tout » : détournement de Bernstein.

18 – « Là où le monde réel se change en simples images, les simples images deviennent des êtres réels » : détournement de Marx.

20 – « n'a pas dissipé les nuages religieux où les hommes avaient placé leurs propres pouvoirs détachés d'eux : elle les a seulement reliés à une base terrestre. Ainsi c'est la vie la plus terrestre qui devient opaque et irrespirable. Elle ne rejette plus dans le ciel, mais elle héberge chez elle sa récusation absolue, son fallacieux paradis. Le spectacle est la réalisation technique de l'exil des pouvoirs humains dans un au-delà ; la scission achevée à l'intérieur de l'homme » : deux allusions à Feuerbach.

21 – « À mesure que la nécessité se trouve socialement rêvée, le rêve devient nécessaire » : détournement de Marx. Les deux autres sont des phrases de Freud sur le rêve.

22 – « Le fait que la puissance pratique de la société moderne s'est détachée d'elle-même, et s'est édifié un empire indépendant dans le spectacle, ne peut s'expliquer que par cet autre fait que cette pratique puissante continuait à manquer de cohésion, et était demeurée en contradiction avec elle-même » : détournement de Marx, *Thèses sur Feuerbach* : « Mais le fait que le fondement profane se détache de lui-même et se fixe dans les nuages comme un empire autonome ne s'explique que par le fait que ce fondement profane s'est divisé en deux parties antagonistes. »

29 – « Dans le spectacle, une partie du monde *se représente* devant le monde, et lui est supérieure » : détournement de Marx,

Thèses sur Feuerbach : « Elle tend donc à diviser la société en deux parties, dont l'une est élevée au-dessus de la société. »

30 – « L'aliénation du spectateur au profit de l'objet contemplé (qui est le résultat de sa propre activité inconsciente) s'exprime ainsi : plus il contemple, moins il vit ; plus il accepte de se reconnaître dans les images dominantes du besoin, moins il comprend sa propre existence et son propre désir. L'extériorité du spectacle par rapport à l'homme agissant apparaît en ce que ses propres gestes ne sont plus à lui, mais à un autre qui les lui représente. C'est pourquoi le spectateur ne se sent chez lui nulle part, car le spectacle est partout » : détournement de Marx, *Les Manuscrits économico-philosophiques* : « Le renoncement à soi, le renoncement à la vie et à tous les besoins humains est la thèse centrale [de l'économie politique]... Moins tu es, moins tu manifestes ta vie, plus tu as, plus ta vie aliénée s'étend, plus tu accumules de ton être aliéné. »

35 – « À ce mouvement essentiel du spectacle, qui consiste à reprendre en lui tout ce qui existait dans l'activité humaine *à l'état fluide*, pour le posséder à l'état coagulé, en tant que choses qui sont devenues la valeur exclusive par leur *formulation en négatif* de la valeur vécue » : détournement de Marx, *Toast à l'anniversaire du People's Paper* ; « nous reconnaissons notre vieille ennemie qui sait si bien paraître au premier coup d'œil quelque chose de trivial et se comprenant de soi-même, alors qu'elle est au contraire si complexe et si pleine de subtilités métaphysiques, *la marchandise* » : détournement de Marx, *Le Capital* : « Une marchandise paraît au premier coup d'œil quelque chose de trivial et qui se comprend de soi-même. Notre analyse a montré au contraire que c'est une chose très complexe, pleine de subtilités métaphysiques et d'arguties théologiques. »

41 – « comme le familier qui n'est pas pour autant connu » : allusion à Hegel, Préface de *La Phénoménologie de l'Esprit* : « Ce qui est bien connu en général, justement parce qu'il est bien connu, n'est pas connu. »

45 – « l'immense étirement des lignes d'étapes de l'armée de la distribution et de l'éloge des marchandises actuelles ; mobilisation de forces supplétives » : vocabulaire militaire.

47 – « *la baisse tendancielle de la valeur d'usage* » : détournement de Marx, *Le Capital* : « la baisse tendancielle du taux de profit ».

52 – « Là où était le *ça* économique doit venir le *je* » : détournement de Freud, *Le Moi et le Ça.*

53 – « où la marchandise se contemple elle-même dans un monde qu'elle a créé » : formule renversée de Marx, *Manuscrits économico-philosophiques* : « Il se contemple lui-même dans un monde qu'il a lui-même créé... »

63 – « environnée de désolation et d'épouvante, au centre tranquille du malheur » : Hermann Melville, *Moby Dyck.*

66 – « ne chante pas les hommes et leurs armes » : détournement de Virgile, *Arma virunque* ; « C'est dans cette lutte aveugle que chaque marchandise, en suivant sa passion, réalise en fait dans l'inconscience quelque chose de plus élevé » : détournement de Hegel, *La Raison dans l'histoire* : « Les outils et les moyens de quelque chose de plus élevé, de plus vaste, qu'ils ignorent, qu'ils réalisent de façon inconsciente » ; « le devenir-monde de la marchandise, qui est aussi bien le devenir-marchandise du monde » : détournement de Marx, *Différences entre Démocrite et Épicure* : « En même temps que le monde devient philosophie, la philosophie devient monde » ; « le *particulier* de la marchandise s'use en combattant » : détournement de Hegel, *La Raison dans l'histoire* : « C'est le particulier qui s'use dans le combat et est en partie détruit. »

67 – « on peut reconnaître la manifestation d'un abandon mystique à la transcendance de la marchandise. Celui qui collectionne les porte-clés qui viennent d'être fabriqués pour être

collectionnés accumule *les indulgences de la marchandise*, un signe glorieux de sa présence réelle parmi ses fidèles » : vocabulaire du catholicisme.

71 – « Rien ne s'arrête pour lui ; c'est l'état qui lui est naturel et toutefois le plus contraire à son inclination » : détournement de Blaise Pascal, *Pensées*.

73 – « Le mouvement réel qui supprime les conditions existantes » : détournement de Marx, *L'Idéologie allemande* : « Nous appelons communisme… »

74 – « les hommes se voient contraints d'envisager leurs relations d'une manière désabusée » : détournement de Marx, *Le Manifeste communiste* : « Les hommes sont forcés enfin d'envisager leurs conditions d'existence et leurs relations réciproques avec des yeux désabusés. »

76 – « Cette pensée historique n'est encore que la conscience qui arrive toujours trop tard, et qui énonce la justification *post festum* » : allusion à Hegel, Préface de *La Philosophie du droit*, « la glorification de ce qui existe » : citation de Korsch ; « héros absolu qui a fait ce qu'il a voulu et voulu ce qu'il a fait » : détournement de Hegel.

77 – « cette pensée de l'histoire ne s'est pas oubliée » : allusion à Hegel, *Leçons sur l'histoire de la philosophie* : « Souvent il semble que l'esprit s'oublie, se perde. »

80 – « sauvetage par transfert » : citation de Korsch ; « ses blessures historiques ne laissant pas de cicatrices » : détournement de Hegel, *La Phénoménologie de l'Esprit* : « Les blessures de l'Esprit guérissent sans laisser de cicatrices » ; « De tous les instruments de production, le plus grand pouvoir productif, c'est la classe révolutionnaire elle-même » : citation de *Misère de la philosophie*.

83 – « prophètes désarmés » : le mot de Machiavel sur Savonarole.

84 – « On découvre que maintenant, selon la science des révolutions, *la conscience arrive toujours trop tôt* » : détournement de Hegel, Préface de *La Philosophie du droit* : « La philosophie vient toujours trop tard. »

87 – « par une transformation révolutionnaire de la société tout entière ou par la destruction commune des classes en lutte » : citation du *Manifeste communiste.*

88 – « en portant ses propres couleurs » : vocabulaire de la chevalerie.

90 – « dans lesquelles la théorie de la praxis se confirme en devenant théorie pratique » : détournement de Lukács, *Histoire et conscience de classe* ; « Et déjà, la plus haute vérité théorique de l'Association internationale des travailleurs était sa propre existence en pratique » : allusion à *La Guerre civile en France* : « La plus grande mesure sociale de la Commune… »

91 – « et partout le résultat a été grandement différent de ce qui était voulu » : détournement de Engels.

92 – « Les anarchistes *ont à réaliser un idéal* » : détournement de Marx : « La classe ouvrière n'a pas à réaliser un idéal » ; « C'est *l'idéologie de la pure liberté* qui égalise tout et qui écarte toute idée du mal historique » : c'est le dimanche de la vie hégélien.

103 – « dictature démocratique des ouvriers et des paysans » : mot d'ordre de Lénine.

107 – « les atomes bureaucratiques » : allusion à Hegel ; « ce souverain du monde qui se sait de cette façon la personne absolue, pour la conscience de laquelle il n'existe pas d'esprit plus haut » : détournement de Hegel, *La Phénoménologie de l'Esprit* : « Ce souverain du monde se sait de cette façon la personne absolue, embrassant en même temps en soi-même tout l'être-là et pour la

conscience de laquelle il n'existe pas d'esprit plus haut » ; « Le souverain du monde possède la conscience effective de ce qu'il est – la puissance universelle de l'effectivité – dans la violence destructrice qu'il exerce contre le Soi de ses sujets lui faisant contraste » ; « *la puissance ravageant ce terrain* » : citations de Hegel.

114 – « à son insatisfaction, car le prolétariat ne peut se reconnaître véridiquement dans un tort particulier qu'il aurait subi ni donc *dans la réparation d'un tort particulier*, ni d'un grand nombre de ces torts, mais seulement dans le *tort absolu* d'être rejeté en marge de la vie » : détournement de Marx, *Critique de la philosophie hégélienne du droit* : « Une classe qui ne revendique aucun droit particulier du fait qu'elle ne souffre pas de torts particuliers mais de l'injustice absolue. »

115 – « les enfants perdus » : ancienne expression militaire pour « l'extrême avant-garde ».

117 – « est son propre produit, et ce produit est le producteur même. Il est à lui-même son propre but » : détournement de Hegel, *La Raison dans l'histoire* : « Ils ont puisé en eux-mêmes l'idée qu'ils s'en sont fait ; et c'est leur propre but qu'ils ont accompli. »

121 – « les armes ne sont pas autre chose que l'*essence* des combattants mêmes » : détournement de Hegel.

122 – « ne peut plus *combattre l'aliénation sous des formes aliénées* » : détournement de Hegel, *Leçons sur la philosophie de l'histoire* : « [L'Église] a soutenu le combat contre la barbarie de la sensualité d'une manière aussi barbare et terroriste. » Repris par Lénine.

123 – « *hommes sans qualité* » : titre du roman de Robert Musil.

125 – « L'histoire a toujours existé, mais pas toujours sous sa forme historique » : détournement de Marx, *Lettre à Ruge*,

septembre 1843 : « La raison a toujours existé, mais pas toujours sous sa forme rationnelle. »

126 – « la nature réelle de l'homme » ; « nature qui naît dans l'histoire humaine – dans l'acte générateur de la société humaine » : citations de Marx.

128 – « l'*inquiétude* négative de l'humain » : allusion à Hegel, *Encyclopédie* : « [L'homme] est ce qu'il n'est pas et n'est pas ce qu'il est. »

138 – « déclin du moyen âge » : titre du livre de J. Huizinga.

140 – « Le monde a changé de base » : allusion à *L'Internationale* : « Nous ne sommes rien, soyons tout. »

143 – « Il y a eu de l'histoire, mais il n'y en a plus » : citation de Marx, *Misère de la philosophie.*

159 – « Pour amener les travailleurs au statut de producteurs et consommateurs "libres" du temps-marchandise, la condition préalable a été *l'expropriation violente de leur temps* » : détournement de Marx, *Le Capital.*

163 – « tout ce qui existe indépendamment des individus » : citation de Marx, *L'Idéologie allemande.*

164 – « Le monde possède déjà le rêve d'un temps dont il doit maintenant posséder la conscience pour le vivre réellement » : détournement de Marx, *Lettre à Ruge*, septembre 1843 : « Le monde a depuis longtemps possédé le rêve d'une chose dont il suffit maintenant de prendre conscience pour le posséder réellement. »

165 – « la grosse artillerie qui a fait tomber toutes les murailles de Chine » : citation du *Manifeste communiste.*

188 – « Quand l'art devenu indépendant représente son monde avec des couleurs éclatantes, un moment de la vie

a vieilli, et il ne se laisse pas rajeunir avec des couleurs éclatantes. Il se laisse seulement évoquer dans le souvenir. La grandeur de l'art ne commence à paraître qu'à la retombée de la vie » : détournement de Hegel, Préface de *La Philosophie du droit* : « Quand la philosophie peint gris sur gris, une forme de la vie a vieilli et elle ne se laisse pas rajeunir avec du gris sur gris ; elle se laisse seulement connaître ; l'oiseau de Minerve ne prend son vol qu'à la tombée de la nuit. »

189 – « recollection des souvenirs » : citation de Hegel.

191 – « Le dadaïsme a voulu *supprimer l'art sans le réaliser* ; et le surréalisme a voulu *réaliser l'art sans le supprimer* » : détournement de Marx, *Critique de la philosophie hégélienne du droit* : « Nous nous réservons de donner le tableau plus détaillé de ce parti. Son erreur fondamentale peut se formuler ainsi : il croyait pouvoir réaliser la philosophie sans la supprimer. »

195 – « le conflit est à l'origine de toutes choses de son monde » : détournement d'Héraclite, frag. 53.

200 – « C'est parce que l'histoire elle-même hante la société moderne comme un spectre » : allusion au *Manifeste communiste*.

202 – « Comme dans toute science sociale historique, il faut toujours garder en vue, pour la compréhension des catégories "structuralistes" que les catégories expriment des formes d'existence et des conditions d'existence » : détournement de Marx, *Critique de l'économie politique*, Introduction : « Dans toute science historique et sociale en général, il faut toujours retenir que le sujet – ici la société bourgeoise moderne – est donné aussi bien dans la réalité que dans le cerveau ; et que les catégories expriment des formes et des modes d'existence » ; « Tout comme on n'apprécie pas la valeur d'un homme selon la conception qu'il a de lui-même » : détournement de

Marx, Préface de la *Critique de l'économie politique* : « De même qu'on ne juge pas un individu sur l'idée qu'il se fait de lui-même, de même on ne saurait juger une telle époque de bouleversement sur la conscience qu'elle a d'elle-même » ; « On ne peut apprécier de telles époques de transformation selon la conscience qu'en a l'époque ; bien au contraire, on doit expliquer la conscience à l'aide des contradictions de la vie matérielle... » : citation de Marx ; « La structure est fille du pouvoir présent » : détournement de Swift : « La louange est fille du pouvoir présent » ; « De sorte que ce n'est pas le structuralisme qui sert à prouver la validité transhistorique de la société du spectacle ; c'est au contraire la société du spectacle s'imposant comme réalité massive qui sert à prouver le rêve froid du structuralisme » : détournement de Marx, *Critique de l'économie politique*, Introduction : « Cet exemple du travail montre d'une façon frappante que les catégories les plus abstraites elles-mêmes – malgré leur validité (à cause de leur abstraction) pour toutes les époques n'en sont pas moins, dans cette détermination abstraite, tout autant le produit de conditions historiques et n'ont leur pleine validité que pour elles et dans leur limite. »

203 – « Car il est évident qu'aucune idée ne peut mener au-delà du spectacle existant, mais seulement au-delà des idées existantes sur le spectacle. Pour détruire effectivement la société du spectacle, il faut des hommes mettant en action une force pratique » : détournement de Marx, *Manuscrits économico-philosophiques* : « Pour abolir l'idée de la propriété privée, l'idée du communisme est tout à fait suffisante. Pour abolir effectivement la propriété privée, il faut une action communiste effective. » ; « Cette théorie n'attend pas de miracles de la classe ouvrière » : détournement de Marx : « La classe ouvrière n'attendait pas de miracles de la Commune. »

205 – « Dans son style même, l'exposé de la théorie dialectique est un scandale et une abomination selon les règles du langage dominant, et pour le goût qu'elles ont éduqué,

parce que dans l'emploi positif des concepts existants, il inclut du même coup l'intelligence de leur *fluidité* retrouvée, de leur destruction nécessaire » : détournement de Marx, Postface du *Capital* : « Sous son aspect rationnel, [la dialectique] est un scandale et une abomination pour les classes dirigeantes et leurs idéologues doctrinaires, parce que dans la conception positive des choses existantes, elle inclut du même coup l'intelligence de leur négation fatale, de leur destruction nécessaire. »

207 – « Les idées s'améliorent. Le sens des mots y participe. Le plagiat est nécessaire. Le progrès l'implique. Il serre de près la phrase d'un auteur, se sert de ses expressions, efface une idée fausse, la remplace par l'idée juste » : citation exacte sans guillemets de Lautréamont, *Poésies.*

208 – « Le détournement n'a fondé sa cause sur rien » : détournement de Stirner, *L'Unique et sa propriété* : « J'ai fondé ma cause sur rien. »

215 – « l'expression de la séparation et de l'éloignement entre l'homme et l'homme » : citation de Marx ; « nouvelle *puissance* de la tromperie » ; « avec la masse des objets croît… le nouveau domaine des êtres étrangers à qui l'homme est asservi » : citations de Marx, *Manuscrits économico-philosophiques.*

221 – « S'émanciper des bases matérielles de la vérité inversée, voilà en quoi consiste l'auto-émancipation de notre époque. Cette "mission historique d'instaurer la vérité dans le monde" » : détournement de Marx, *Critique de la philosophie hégélienne du droit* : « C'est ainsi la *tâche de l'histoire* après que *l'au-delà de la vérité* a disparu, d'établir la vérité de l'en-deçà » ; « directement liés à l'histoire universelle » : citation de Marx.

La Société du spectacle

Note d'information communiquée à l'attaché de presse des Éditions Buchet-Chastel lors de la parution de la première édition de *La Société du spectacle* le 14 novembre 1967. Inédite.

Voici le premier livre théorique situationniste. Les situationnistes forment un mouvement assez secret, mais dont on parle de plus en plus. Le ralliement des représentants des étudiants de Strasbourg à ces thèses, dont *Le Monde* pouvait écrire qu'elles étaient « d'un extrémisme difficilement dépassable » a fait scandale. On a souvent vu l'influence des situationnistes dans le mouvement « provo », bien qu'ils aient condamné la naïveté publicitaire de cette agitation prématurée. Leurs idées sont actuellement au centre des courants de contestation les plus avancés qui se forment en Angleterre et en Amérique.

Guy Debord, qui est le directeur de la revue *Internationale situationniste*, donne dans cet ouvrage difficile à classer les bases de la critique nouvelle qui partout commence à remettre en question la société moderne. La fonction des « mass media », l'urbanisme, l'échec du mouvement ouvrier, la dégradation de la vie en contemplation d'une production aliénée, s'y trouvent considérés dans une perspective unifiée. Ce livre ne peut manquer de surprendre, en ce qu'il contredit toutes les croyances de la gauche actuelle. La domination méthodologique du mouvement de la pensée moderne depuis Hegel et Marx est ici orientée, on s'en avise à la lecture, vers un but tout autre : la révolution.

Daté d'avril 1968, ce texte a paru, suivi d'une note d'août 1969, dans *Internationale situationniste* n° 12, septembre 1969.

LA QUESTION DE L'ORGANISATION POUR L'I.S.

(avril 1968)

1 – Tout ce qui est connu de l'I.S. jusqu'à présent appartient à une époque qui est heureusement finie (on peut dire plus précisément que c'était la « deuxième époque », si l'on compte comme une première l'activité centrée sur le dépassement de l'art, en 1957-1962).

2 – Les nouvelles tendances révolutionnaires de la société actuelle, si elles sont encore faibles et confuses, ne sont plus reléguées dans une marge clandestine : cette année elles paraissent dans la rue.

3 – Parallèlement, l'I.S. est sortie du silence ; et doit – en termes stratégiques – exploiter maintenant cette percée. On ne peut empêcher la vogue, ici et là, du terme « situationniste ». Nous devons faire en sorte que ce phénomène (normal) nous serve plus qu'il ne nous nuira. « Ce qui nous sert », c'est à mes yeux indistinct de ce qui sert à unifier et radicaliser des luttes éparses. C'est la tâche de l'I.S. en tant qu'organisation. En dehors de ceci, le terme « situationniste » pourrait vaguement désigner une certaine époque de la pensée critique (c'est déjà assez bien d'avoir inauguré cela), mais où chacun n'est engagé que par ce qu'il fait personnellement, sans référence à une communauté organisationnelle. Mais tant que cette communauté existe, elle devra réussir à se distinguer de ce qui parle d'elle sans être elle.

4 – On peut dire, relativement aux tâches que nous nous sommes déjà reconnues précédemment, qu'il faut mettre l'accent actuellement moins sur l'élaboration théorique – à poursuivre – que sur sa communication : essentiellement, sur la liaison pratique avec ce qui apparaît (en augmentant vite nos possibilités d'intervention, de critique, de soutien exemplaire).

5 – Le mouvement qui commence pauvrement est le début de notre victoire (c'est-à-dire de la victoire de ce que nous soute-

nions et montrions depuis plusieurs années). Mais cette victoire ne doit pas être « capitalisée » par nous (chaque affirmation d'un moment de la critique révolutionnaire, à ce sens, en appelle déjà – au niveau où elle est – à cette exigence que toute organisation cohérente avancée sache se perdre elle-même dans la société révolutionnaire). Dans les courants subversifs actuels et prochains, il y a beaucoup à critiquer. Il serait très inélégant que nous fassions cette nécessaire critique en laissant l'I.S. au-dessus d'elle.

6 – L'I.S. doit maintenant prouver son efficacité dans un stade ultérieur de l'activité révolutionnaire – ou bien disparaître.

7 – Pour avoir des chances d'atteindre cette efficacité, il faut voir et déclarer quelques vérités sur l'I.S., qui évidemment étaient déjà vraies auparavant : mais, dans le stade présent, où ce « vrai se vérifie », il est devenu urgent de le préciser.

8 – L'I.S. n'ayant jamais été considérée par nous comme un but, mais comme un moment d'une activité historique, la force des choses nous mène maintenant à le prouver. La « cohérence » de l'I.S., c'est le rapport, tendant à la cohérence, entre toutes nos thèses formulées ; entre elles et notre action ; ainsi que notre solidarité pour les questions (beaucoup, mais non toutes) où quelqu'un de nous doit engager la responsabilité des autres. Ce ne peut être la maîtrise garantie à quiconque, qui serait réputé avoir si bien acquis nos bases théoriques qu'il en tirerait automatiquement la bonne conduite indiscutable. Ce ne peut être l'exigence (encore moins la reconnaissance) d'une excellence égale de tous sur toutes les questions ou opérations.

9 – La cohérence s'acquiert et se vérifie par la participation égalitaire à l'ensemble d'une pratique commune, qui à la fois révèle les défauts et fournit les remèdes – cette pratique exige des réunions formelles arrêtant les décisions, la transmission de toutes les informations, l'examen de tous les manquements constatés.

10 – Cette pratique réclame à présent plus de participants dans l'I.S., pris parmi ceux qui affirment leur accord et montrent leurs

capacités. Le petit nombre, assez injustement sélectionné jusqu'ici, a été cause et conséquence d'une surestimation ridicule « officiellement » accordée à tous les membres de l'I.S., du seul fait qu'ils le sont, alors même que beaucoup n'avaient nullement prouvé des capacités minimum réelles (voir les exclusions depuis un an, garnautins ou Anglais). Une telle limitation numérique pseudo-qualitative augmente exagérément l'importance de toute sottise particulière, en même temps qu'elle la suscite.

11 – Un produit direct de cette illusion sélective, à l'extérieur, a été la reconnaissance mythologique de pseudo-groupes autonomes, situés glorieusement au niveau de l'I.S., alors qu'ils n'en étaient que les débiles admirateurs (donc, forcément, à court terme, les malhonnêtes détracteurs). Il me semble que nous ne pouvons pas reconnaître de groupe autonome sans milieu de travail pratique autonome ; ni la réussite durable d'un groupe autonome sans action unie avec les ouvriers (sans bien sûr que ceci retombe au-dessous de notre Définition minimum des organisations révolutionnaires). Toutes sortes d'expériences récentes ont montré le confusionnisme récupéré du terme « anarchiste », et il me semble que nous devons partout nous y opposer.

12 – J'estime qu'il faut admettre dans l'I.S. la possibilité des tendances à propos de diverses préoccupations ou options tactiques, à condition que ne soient pas mises en question nos bases générales. De même, il faut aller vers une complète autonomie pratique des groupes nationaux, à mesure qu'ils pourront se constituer réellement.

13 – Au contraire des habitudes des exclus qui, en 1966, prétendaient atteindre – inactivement – dans l'I.S. une réalisation totale de la transparence et de l'amitié (on se trouvait presque gênés de juger leur compagnie ennuyeuse), et qui corollairement développaient en secret les jalousies les plus idiotes, les mensonges indignes de l'école primaire, les complots aussi ignominieux qu'irrationnels, nous devons n'admettre entre nous que des rapports historiques (une confiance critique, la connaissance des possibilités ou limites de chacun), mais sur la

base de la loyauté fondamentale qu'exige le projet révolutionnaire qui se définit depuis plus d'un siècle.

14 – Nous n'avons pas le droit de nous tromper dans la rupture. Nous devrons nous tromper encore dans l'adhésion – plus ou moins fréquemment : les exclusions n'ont presque jamais marqué un progrès théorique de l'I.S. (nous ne découvrions pas à ces occasions une définition plus précise de ce qui est inacceptable – le côté surprenant du garnautisme tient justement au fait qu'il était une exception à cette règle). Les exclusions ont été presque toujours des réponses à des pressions objectives que les conditions existantes réservent à notre action : ceci risque donc de se reproduire à des niveaux plus élevés. Toutes sortes de « nashismes » pourraient se reformer : il s'agit seulement d'être en état de les détruire.

15 – Pour accorder la forme de ce débat à ce que je crois devoir être son contenu, je propose que ce texte soit communiqué à certains camarades proches de l'I.S. ou susceptibles d'en faire partie, et que nous sollicitions leur avis sur cette question.

Guy DEBORD

NOTE AJOUTÉE EN AOÛT 1969

Ces notes d'avril 1968 étaient une contribution à un débat sur l'organisation, qui devait alors commencer parmi nous. À deux ou trois semaines de là, le mouvement des occupations, qui fut évidemment plus agréable et plus instructif que ce débat, nous força de le repousser.

Seul le dernier point avait été tout de suite approuvé par les camarades de l'I.S. Ce texte donc, qui n'avait certes rien de secret, n'était même pas exactement un document interne. Cependant, vers la fin de 1968, nous avons constaté que des versions tronquées, et sans date, en avaient été mises en circulation par quelques groupes gauchistes, je ne sais dans quel but. L'I.S. a estimé en conséquence qu'il fallait publier dans cette revue la version authentique.

Quand notre discussion sur l'organisation put être reprise, à l'automne de 1968, les faits avaient marché très vite, et les situationnistes adoptèrent ces thèses, qui en ressortaient confirmées. Réciproquement, l'I.S. a su agir en mai d'une manière qui répondait assez bien aux exigences qu'elles avaient formulées pour l'avenir immédiat.

Je crois qu'il faut ajouter une précision, au moment où ce texte connaît une diffusion plus vaste, pour éviter un contresens sur la question de l'ouverture relative demandée pour l'I.S. Je n'ai proposé ici aucune concession à « l'action commune » avec ceux des courants semi-radicaux qui peuvent déjà chercher à se former ; ni surtout l'abandon de notre rigueur dans le choix des membres de l'I.S. et dans la limitation de leur nombre. J'ai critiqué un mauvais usage abstrait de cette rigueur, qui pourrait aboutir au contraire de ce que nous voulons. Les excès, admiratifs ou subséquemment hostiles, de tous ceux qui parlent de nous en spectateurs intempestivement passionnés, ne doivent pas trouver leur répondant dans une « situ vantardise » qui, parmi nous, aiderait à faire croire que les situationnistes sont des merveilles possédant effectivement tous dans leur vie ce qu'ils ont énoncé, ou simplement admis, en tant que théorie et programme révolutionnaires. On a pu voir, depuis mai, quelle ampleur a pris ce problème, et quelle urgence.

Les situationnistes n'ont pas de monopole à défendre, ni de récompense à escompter. Une tâche, qui nous convenait, a été entreprise, maintenue bon an mal an et, dans l'ensemble, correctement, avec ce qui se trouvait là. L'actuel développement des conditions subjectives de la révolution doit mener à définir une stratégie qui, à partir des données différentes, soit aussi bonne que celle que l'I.S. a suivie en des temps plus difficiles.

G. D.

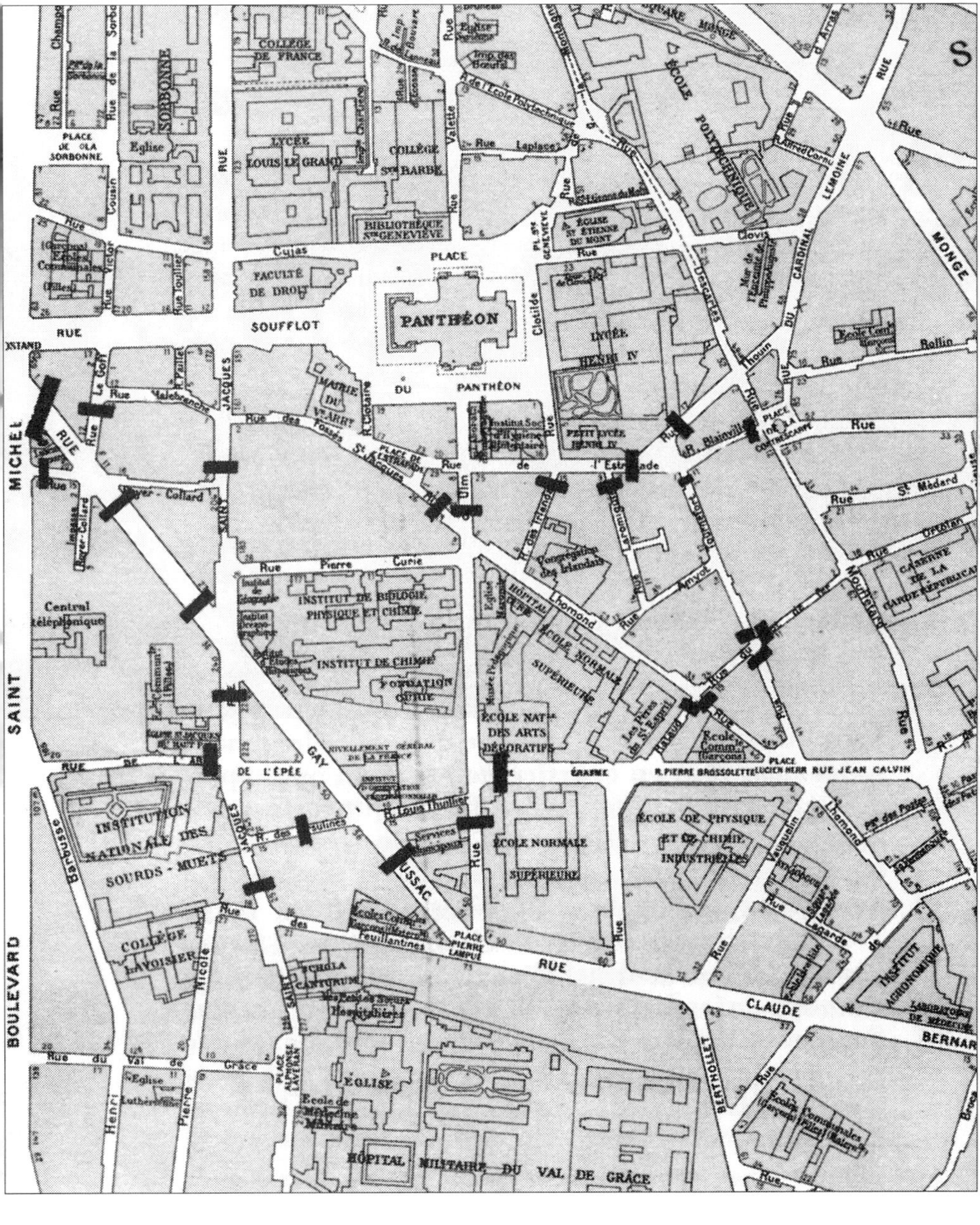

Périmètre de défense, et emplacement des principales barricades du quartier occupé le 10 mai.

OCCUPATION
DES USINES
CONSEILS OUVRIERS
ENRAGÉS-INTERNATIONALE SITUATIONNISTE
UNIVERSITÉ D
FACULTÉ DES

MAI 68. LE COMITÉ ENRAGÉS-I.S.

TEXTES DE QUELQUES-UNES DES PREMIÈRES AFFICHES APPOSÉES SUR LES MURS DE LA SORBONNE, LE 14 MAI 1968.

VIGILANCE !
LES RÉCUPÉRATEURS SONT PARMI NOUS !
"ANÉANTISSEZ DONC A JAMAIS TOUT CE QUI PEUT DÉTRUIRE UN JOUR VOTRE OUVRAGE"
(SADE)
COMITÉ ENRAGÉS - INTERNATIONALE SITUATIONNISTE.

•

Après Dieu, l'art est mort. Que ses curés ne la ramènent plus !
CONTRE toute survie de l'art,
CONTRE le règne de la *séparation*,
DIALOGUE DIRECT
ACTION DIRECTE
AUTOGESTION DE LA VIE QUOTIDIENNE.

COMITÉ
ENRAGÉS-INTERNATIONALE SITUATIONNISTE

•

Camarades,
Déchristianisons immédiatement la Sorbonne.
On ne peut plus y tolérer une chapelle !
Déterrons et renvoyons à l'Élysée et au Vatican les restes de l'immonde Richelieu, homme d'État et cardinal.

COMITÉ
ENRAGÉS-INTERNATIONALE SITUATIONNISTE

En haut à gauche :

Fenêtres de la salle Jules-Bonnot (ex-Jean-Cavaillès), côté rue de la Sorbonne.

En bas à gauche :

Les premiers exemplaires tirés d'un tract du Comité d'Occupation sont lancés des fenêtres de la salle Jules-Bonnot.

De l'I.S. Paris aux membres de l'I.S., aux camarades qui se sont déclarés en accord avec nos thèses

Camarades,

La « révolte » étudiante de Paris a commencé avec le petit groupe des « Enragés » de Nanterre voici quelques mois ; René Riesel ; Gérard Bigorgne (exclu en avril de toutes les universités françaises pour cinq ans), etc. Ce groupe était sur des positions pro-I.S. Le reste du « Mouvement du 22 mars » (plus modéré et confus) a trouvé son leader en Dany Cohn-Bendit (anarchiste du groupe Noir et Rouge) qui a accepté un rôle de vedette spectaculaire où se mêle cependant un certain radicalisme honnête.

La comparution de ces deux camarades en même temps que cinq autres meneurs devant le Conseil de l'Université a déchaîné les troubles du 3 mai. Le mouvement de rue du 6 mai (dix à quinze mille jeunes) commençait dans les jours suivants à être récupéré par l'appui tardif des bureaucrates U.N.E.F., P.C., etc.

Tout a superbement rebondi au soir du 10-11 mai. Une partie du 5e arrondissement, entièrement fermée par des barricades, a été pendant près de huit heures entre les mains d'une petite insurrection. Les forces de l'ordre qui le cernaient ont employé les quatre dernières heures à le réduire. Nous étions de trois à quatre mille émeutiers (environ une moitié d'étudiants, beaucoup de lycéens ou blousons noirs, quelques centaines d'ouvriers jeunes et vieux).

Violente répression comme nous nous y attendions. Devant l'ampleur de la protestation de toute la gauche bureaucratique et l'émotion dans les milieux ouvriers, le gouvernement a reculé. Presque toutes les facultés parisiennes sont occupées et prennent figure de clubs populaires. Ce qui domine actuellement est une démocratie directe à la base qui veut mettre en cause la société, qui veut l'unification avec les ouvriers, et qui condamne résolument la bureaucratie stalinienne. Trois positions sont apparues dans l'assemblée générale libre de l'occupation de la Sorbonne du 14 mai 1968.

1) Un premier courant (entre le tiers et la moitié, mais qui s'exprime peu) veut simplement la réforme de l'université et

risque de suivre la récupération menée par les professeurs de gauche.

2) Un second courant plus fourni veut poursuivre la lutte jusqu'à la destruction du régime gaulliste ou même du capitalisme. (Toutes les nuances gauchistes connues – parmi elles, la Fédération des étudiants révolutionnaires, trotskistes lambertistes, qui s'est gravement discréditée en condamnant les barricades.)

3) Une troisième position très minoritaire (mais entendue) exprimée par une déclaration de Riesel (qui vous sera communiquée dès que possible) veut l'abolition des classes, du salariat, du spectacle et de la survie, et demande le pouvoir absolu des Conseils ouvriers.

Les développements possibles sont les suivants (dans l'ordre de probabilité décroissante) :

a) épuisement du mouvement (du moins au degré actuel s'il reste chez les étudiants avant que l'agitation antibureaucratique n'ait gagné plus le milieu ouvrier) ;

b) répression (à prévoir un grand nombre d'arrestations des meneurs) si le mouvement se radicalise davantage ou se maintient longtemps sans avoir fait basculer la classe ouvrière et dissoudre les bureaucraties qui la contrôlent ;

c) la révolution sociale ?

Nous avons constitué hier un *comité Enragés-I.S.* qui a commencé à afficher dans la Sorbonne des proclamations radicales et extrêmement cohérentes. Nous allons continuer. Riesel fait partie du premier comité d'occupation de la Sorbonne (révocable tous les jours par la base).

Faites le maximum pour faire connaître, soutenir, étendre l'agitation. Les thèmes principaux dans l'immédiat, en France, nous semblent être :

– L'occupation des usines.

– Constitution de Conseils ouvriers.

– La fermeture définitive de l'Université.

– Critique complète de toutes les aliénations ; affirmation des principales thèses situationnistes (diffusion en particulier de sa *Définition minimum de l'organisation révolutionnaire*).

Paris, le 15 mai 1968

Guy, Mustapha, Raoul, René

Annexe – Que faire immédiatement ?

– Des inscriptions sur les murs (et partout où ce sera possible comme à la Sorbonne ; affiches dans les facultés ou les lycées). Il nous semble qu'il faut se concentrer sur les slogans suivants :

« Tout le pouvoir aux Conseils ouvriers »

« Abolition de la société de classes »

« À bas la société spectaculaire marchande »

« Vive le Comité Enragés-I.S. » (ou bien signer les inscriptions du nom de ce comité).

– Reproduire et diffuser les tracts et déclarations que nous vous ferons parvenir. En produire d'autres dans le même esprit.

– Prendre la parole partout où ce sera possible pour soutenir de telles idées.

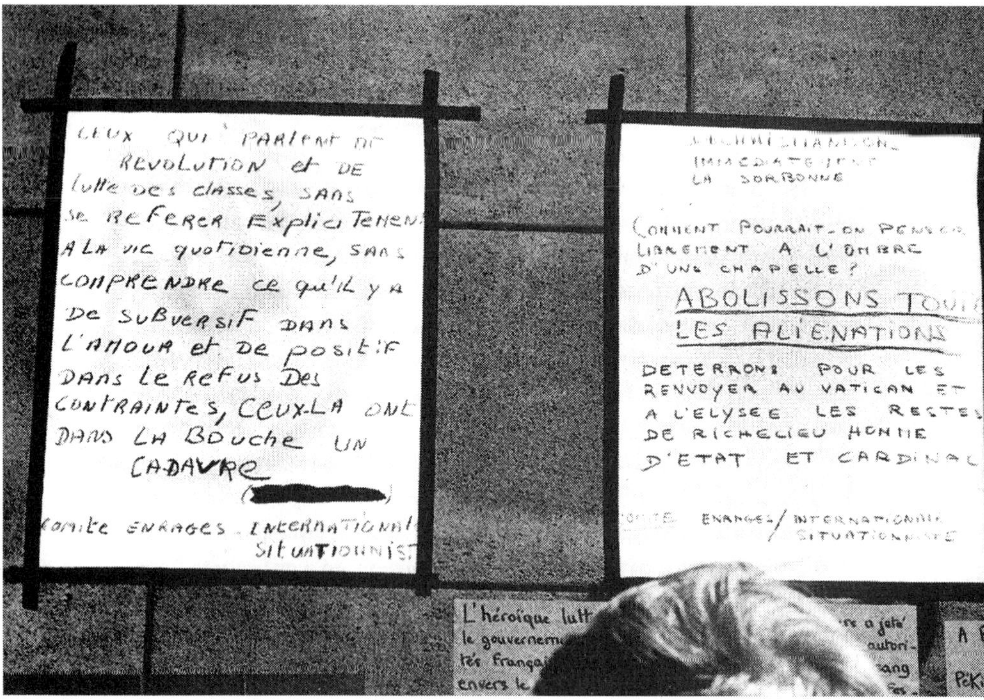

Camarades,

L'usine Sud-Aviation de Nantes étant occupée depuis deux jours par les ouvriers et les étudiants de cette ville,

le mouvement s'étendant aujourd'hui à plusieurs usines (Nouvelles Messageries de la Presse Parisienne de Paris, Renault à Cléon, etc.),

LE COMITÉ D'OCCUPATION DE LA SORBONNE

appelle à

l'occupation immédiate de toutes les usines en France et à la formation de Conseils Ouvriers.

Camarades, diffusez et reproduisez au plus vite cet appel.

Sorbonne, 16 mai 1968, 15 h 30.

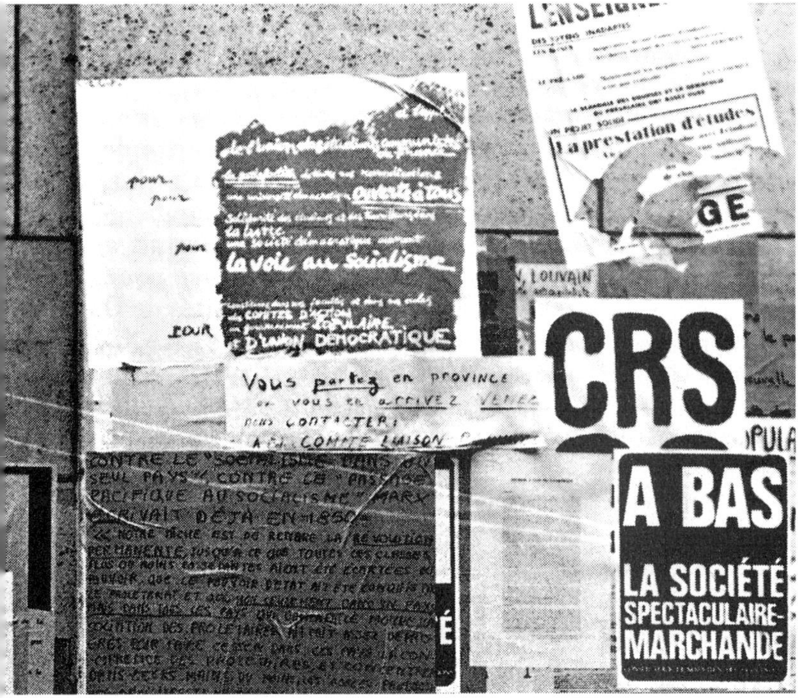

Les tracts du Comité d'occupation de la Sorbonne, du Comité Enragés-Internationale situationniste et du Conseil pour le maintien des occupations ont paru dans *Enragés et situationnistes dans le mouvement des occupations.*

Le livre, publié aux Éditions Gallimard en octobre 1968 sous le seul nom de René Viénet, fut en fait rédigé par plusieurs membres de l'Internationale situationniste, en particulier Guy Debord, Mustapha Khayati, René Riesel, Raoul Vaneigem et René Viénet, alors exilés à Bruxelles pour parer à tout acte de répression venant des autorités françaises après Mai 68. Il sera réédité en 1998 sans nom d'auteur.

VIGILANCE !

Camarades,

La souveraineté de l'assemblée révolutionnaire n'a de sens que si elle exerce son pouvoir.

Depuis 48 heures, c'est la capacité même de décision de l'assemblée générale qui est contestée par une obstruction systématique à toutes les propositions d'action.

Aucune motion à ce jour n'a pu être votée ni même discutée, et les organismes élus par l'assemblée générale (Comité d'Occupation et Comité de coordination) voient leur travail saboté par des organismes pseudo-spontanés.

Toutes les discussions sur l'organisation, qu'on a voulu présenter comme des préalables à toute activité, sont des abstractions si on ne fait rien.

DE CE PAS, LE MOUVEMENT SERA ENTERRÉ À LA SORBONNE !

L'exigence de la démocratie directe est le soutien minimum que les étudiants révolutionnaires puissent apporter aux ouvriers révolutionnaires qui occupent leurs usines.

Il est inadmissible que les incidents d'hier soir en A.G. ne soient pas sanctionnés.

Les curés la ramènent, quand les affiches anticléricales sont déchirées.

Les bureaucrates la ramènent quand ils paralysent, sans même se nommer, toute prise de conscience du sens révolutionnaire que peut prendre le mouvement à partir des barricades.

Encore une fois, c'est l'avenir qui est sacrifié au renflouement du vieux syndicalisme.

Le crétinisme parlementaire veut s'installer à la tribune, il essaie de remettre sur pieds le vieux système replâtré.

Camarades,

La seule réforme de l'université est dérisoire, quand c'est tout ce vieux monde qui est à détruire.

Le mouvement n'est rien, s'il n'est pas révolutionnaire.

COMITÉ D'OCCUPATION DE LA SORBONNE,
16 mai 1968, 16 heures 30.

ATTENTION !

Le comité de presse qui siège escalier C au deuxième étage, bibliothèque Gaston Azard, ne représente que lui-même. Il s'agit en l'occurrence d'une dizaine d'étudiants-journalistes soucieux de donner dès maintenant des gages à leurs futurs employeurs et à leurs futurs censeurs.

Ce Comité, qui essaie de monopoliser les contacts avec la Presse, refuse de transmettre les communiqués des instances régulièrement élues par l'Assemblée Générale.

CE COMITÉ DE PRESSE EST UN COMITÉ DE CENSURE : ne plus s'adresser à lui.

Les différents comités, commissions, groupes de travail, peuvent s'adresser directement à l'A.F.P. (Agence France Presse) *508 45 40* ou aux différents journaux :

LE MONDE : 770 91 29.

FRANCE-SOIR : 508 28 00.

COMBAT : laisser un message à M. Robert Toubon, CEN 81 11.

Les différents groupes de travail peuvent, sans intermédiaire, en piétinant les bureaucrates mal dissimulés, dire quand ils veulent, ce qu'ils veulent.

Les journalistes peuvent, en attendant l'Assemblée Générale de ce soir où seront prises de nouvelles décisions, s'adresser au Comité d'Occupation et au Comité de Coordination élus par l'A.G. d'hier soir.

TOUS CE SOIR À L'ASSEMBLÉE GÉNÉRALE POUR METTRE À LA PORTE LES BUREAUCRATES :

COMITÉ D'OCCUPATION
DE L'UNIVERSITÉ AUTONOME ET POPULAIRE
DE LA SORBONNE, *16 mai à 17 heures.*

ATTENTION AUX MANIPULATEURS !
ATTENTION AUX BUREAUCRATES !

Camarades,

L'importance de l'A.G. de ce soir (jeudi 16 mai) ne doit échapper à personne. Depuis deux jours, des individus que l'on reconnaît pour les avoir vus déjà vendre la salade de leurs partis ont réussi à semer le bordel, à étouffer les A.G. sous un fatras bureaucratique dont la maladresse témoigne clairement du mépris qu'ils portent à cette assemblée.

Cette assemblée doit apprendre à se faire respecter, ou disparaître. Deux points sont à discuter en priorité :

— QUI CONTRÔLE LE SERVICE D'ORDRE ? dont le rôle dégueulasse est insupportable.

— POURQUOI LE COMITÉ DE PRESSE, qui *ose censurer les communiqués* qu'il est chargé de transmettre aux agences, est-il composé d'apprentis journalistes soucieux de ne pas décevoir les patrons de l'O.R.T.F. ; de ne pas compromettre leurs futurs jobs. D'autre part à l'heure où les ouvriers commencent à occuper plusieurs usines en France, SUR NOTRE EXEMPLE ET PAR LE MÊME DROIT QUE NOUS, le comité d'occupation de la Sorbonne a approuvé aujourd'hui à 15 heures le mouvement. Le problème central de la présente A. G. est donc de se prononcer par un vote clair pour soutenir ou désavouer l'appel de son comité d'occupation. En cas de désaveu, cette assemblée prendra donc la responsabilité de réserver aux étudiants un droit qu'elle refuse à la classe ouvrière et, dans ce cas, il est clair qu'elle ne voudrait plus parler d'autre chose que d'une réforme gaulliste de l'université.

COMITÉ D'OCCUPATION
DE L'UNIVERSITÉ AUTONOME ET POPULAIRE
DE LA SORBONNE, *16 mai 1968, 18 heures 30.*

MOTS D'ORDRE À DIFFUSER MAINTENANT PAR TOUS LES MOYENS

(tracts, proclamations aux micros, comics, chansons, peinture sur les murs, ballons sur les tableaux de la Sorbonne, proclamations dans les salles de cinéma pendant la projection ou en l'arrêtant, ballons sur les affiches du métro, avant de faire l'amour, après l'amour, dans les ascenseurs, chaque fois qu'on lève le coude dans un bistrot).

OCCUPATION DES USINES

LE POUVOIR AUX CONSEILS DE TRAVAILLEURS

ABOLITION DE LA SOCIÉTÉ DE CLASSES

À BAS LA SOCIÉTÉ SPECTACULAIRE-MARCHANDE

ABOLITION DE L'ALIÉNATION

FIN DE L'UNIVERSITÉ

L'HUMANITÉ NE SERA HEUREUSE QUE LE JOUR OÙ LE DERNIER BUREAUCRATE AURA ÉTÉ PENDU AVEC LES TRIPES DU DERNIER CAPITALISTE

MORT AUX VACHES

LIBÉREZ AUSSI LES 4 CONDAMNÉS POUR PILLAGE PENDANT LA JOURNÉE DU 6 MAI.

COMITÉ D'OCCUPATION
DE L'UNIVERSITÉ AUTONOME ET POPULAIRE
DE LA SORBONNE, *16 mai 1968, 19 heures.*

RAPPORT SUR L'OCCUPATION DE LA SORBONNE

L'occupation de la Sorbonne, à partir du lundi 13 mai, a ouvert une nouvelle période de la crise de la société moderne. Les événements qui se produisent maintenant en France préfigurent le retour du mouvement révolutionnaire prolétarien dans tous les pays. Ce qui était déjà passé de la théorie à la lutte dans la rue est maintenant passé à la lutte pour le pouvoir sur les moyens de production. Le capitalisme évolué croyait en avoir fini avec la lutte des classes : c'est reparti ! Le prolétariat n'existait plus : le revoilà.

En livrant la Sorbonne, le gouvernement comptait pacifier la révolte des étudiants, qui avait déjà pu tenir toute une nuit dans ses barricades un quartier de Paris, durement reconquis par la police. On laissait la Sorbonne aux étudiants pour qu'ils discutent enfin paisiblement de leurs problèmes universitaires. Mais les occupants décidèrent aussitôt de l'ouvrir à la population pour discuter librement des problèmes généraux de la société. C'était donc l'ébauche d'un *conseil*, où les étudiants mêmes avaient cessé d'être étudiants : ils sortaient de leur misère.

Certes, l'occupation n'a jamais été totale : on tolérait certains restes de locaux administratifs, et une chapelle. La démocratie n'a jamais été complète : les futurs technocrates du syndicat U.N.E.F. prétendaient se rendre utiles, d'autres bureaucrates politiques voulaient aussi manipuler. La participation des travailleurs est restée très partielle : bientôt la présence de non-étudiants en vint à être mise en cause. Beaucoup d'étudiants, de professeurs, de journalistes ou d'imbéciles d'autres professions venaient en spectateurs.

Malgré toutes ces insuffisances, qui ne doivent pas étonner du fait de la contradiction entre l'ampleur du projet et l'étroitesse du milieu étudiant, l'exemple de ce qu'il y avait de meilleur dans une telle situation a pris immédiatement une signification explosive. Les ouvriers ont vu en actes la libre discussion, la recherche d'une critique radicale, la démocratie directe, un droit à prendre. C'était, même limité à une Sorbonne libérée de l'État, le programme de la révolution se

Ci-contre :

Le soir du 17 mai, le Comité d'Occupation de la Sorbonne rend compte de son mandat à l'assemblée générale, puis annonce sa décision de quitter la Sorbonne (au centre, de profil et en blouson clair, Guy Debord).

donnant ses propres formes. Au lendemain de l'occupation de la Sorbonne, les ouvriers de Sud-Aviation à Nantes occupaient leur usine. Au troisième jour, le jeudi 16, les usines Renault de Cléon et Flins étaient occupées, et le mouvement commençait aux N.M.P.P. et à Boulogne-Billancourt, à partir de l'atelier 70. À la fin de la semaine 100 usines sont occupées, cependant que la vague de grèves, acceptée mais jamais lancée par les bureaucraties syndicales, paralyse les chemins de fer et évolue vers la grève générale.

Le seul pouvoir dans la Sorbonne était l'assemblée générale de ses occupants. À sa première séance, le 14 mai, elle avait élu, dans une certaine confusion, un comité d'occupation de 15 membres, révocables chaque jour par elle. Un seul d'entre ces délégués, appartenant au groupe des Enragés de Nanterre et Paris, avait exposé un programme : défense de la démocratie directe dans la Sorbonne, et pouvoir absolu des conseils ouvriers comme but final. L'assemblée générale du lendemain reconduisit en bloc son comité d'occupation, lequel n'avait jusqu'alors rien pu faire. En effet, tous les organismes techniques qui s'étaient installés dans la Sorbonne suivaient les directives d'un occulte comité, dit « de coordination », composé d'organisateurs bénévoles et lourdement modérateurs, ne rendant de comptes à personne. Une heure après la reconduction du comité d'occupation, un des « coordinateurs » essayait en privé de le déclarer dissous. Un appel direct à la base, fait dans la cour de la Sorbonne, entraînait un mouvement de protestation qui obligea le manipulateur à se rétracter. Le lendemain, jeudi 16, treize membres du comité d'occupation ayant disparu, deux camarades seulement, dont le membre du groupe des Enragés, se trouvaient investis de la seule délégation de pouvoir consentie par l'assemblée générale, alors que la gravité de l'heure imposait des décisions immédiates : la démocratie était bafouée à tout moment dans la Sorbonne, et à l'extérieur les occupations d'usines s'étendaient. Le comité d'occupation, regroupant autour de lui tout ce qu'il pouvait réunir d'occupants de la Sorbonne décidés à y maintenir la démocratie, lançait à 15 heures un appel à « l'occupation de toutes les usines en France et à la formation de conseils ouvriers ». Pour obtenir la diffusion de cet appel, le comité d'occupation dut en même temps rétablir le fonctionnement démocratique de la Sorbonne. Il dut faire occuper, ou recréer parallèlement, tous les services qui étaient *en principe* sous son autorité : haut-parleur central, impression, liaison inter-facultés, service d'ordre. Il méprisa les criailleries des porte-paroles de divers groupes politiques (J.C.R., Maoïstes, etc.) en rappelant qu'il n'était responsable que devant l'assemblée générale. Il entendait rendre compte le soir même, mais la première marche sur Renault-Billancourt (dont on avait appris entre-temps l'occupation), unanimement décidée par les occupants de la Sorbonne, reporta la réunion de l'assemblée au lendemain, à 14 heures.

Dans la nuit, pendant que des milliers de camarades étaient à Billancourt, des inconnus improvisèrent une assemblée générale, qui se dispersa d'elle-même quand le comité d'occupation, ayant appris son existence, lui eût envoyé deux délégués pour en rappeler le caractère illégitime.

Le vendredi 17, à 14 heures, l'assemblée régulière vit son estrade longuement occupée par un service d'ordre factice, appartenant à la F.E.R., et dut en outre s'interrompre pour la deuxième marche sur Billancourt, à 17 heures.

Le soir même, à 21 heures, le comité d'occupation put enfin rendre compte de ses activités. Il ne put en aucune manière obtenir que soit discuté et mis aux voix son rapport d'activité, et notamment son appel sur l'occupation des usines, que l'assemblée ne prit pas la responsabilité de désavouer, et pas davantage d'approuver. Devant une telle carence, le comité d'occupation ne pouvait que se retirer. L'assemblée se montra tout aussi incapable de protester contre un nouvel envahissement de la tribune par les troupes de la F.E.R., dont le putsch semblait viser l'alliance provisoire des bureaucrates J.C.R. et U.N.E.F. Les partisans de la démocratie directe constataient, et ont fait savoir sur-le-champ, qu'ils n'avaient plus rien à faire à la Sorbonne.

C'est au moment même où l'exemple de l'occupation commence à être suivi dans les usines qu'il s'effondre à la Sorbonne. Ceci est d'autant plus grave que les ouvriers ont contre eux une bureaucratie infiniment plus solide que celle des amateurs étudiants ou gauchistes. En outre les bureaucrates gauchistes, faisant le jeu de la C.G.T. pour se faire reconnaître là une petite existence en marge, séparent abstraitement des ouvriers les étudiants qui « n'ont pas à leur donner de leçon ». Mais en fait les étudiants ont déjà donné une leçon aux ouvriers : justement en occupant la Sorbonne, et en faisant exister un court moment une discussion réellement démocratique. Tous les bureaucrates nous disent démagogiquement que la classe ouvrière est majeure, pour cacher qu'elle est enchaînée, d'abord par eux (présentement, ou bien dans leurs espérances, selon le sigle). Ils opposent leur sérieux mensonger à « la fête » dans la Sorbonne, mais c'est précisément cette fête qui portait en elle le seul sérieux : la critique radicale des conditions dominantes.

La lutte étudiante est maintenant dépassée. Plus encore dépassées sont toutes les directions bureaucratiques de rechange qui croient habile de feindre le respect pour les staliniens, en ce moment où la C.G.T. et le parti dit communiste *tremblent*. L'issue de la crise actuelle est entre les mains des travailleurs eux-mêmes, s'ils parviennent à réaliser dans l'occupation de leurs usines ce que l'occupation universitaire a pu seulement esquisser.

Les camarades qui ont appuyé le premier comité d'occupation de la Sorbonne : le « Comité Enragés-Internationale situationniste », un certain nombre de travailleurs, et quelques étudiants, ont constitué un Conseil pour le maintien des occupations : le maintien des occupations ne se concevant évidemment que par leur extension, quantitative et qualitative ; qui ne devra épargner aucun des régimes existants.

CONSEIL POUR LE MAINTIEN DES OCCUPATIONS
Paris, le 19 mai 1968.

MAI 68. LE C.M.D.O.

Extraits du chapitre VIII d'*Enragés et situationnistes dans le mouvement des occupations.*

Le Conseil pour le maintien des occupations (C.M.D.O.) fut constitué au soir du 17 mai, par ceux des partisans du premier Comité d'occupation de la Sorbonne qui s'étaient retirés avec lui et qui se proposaient de maintenir dans la suite de la crise le programme de la démocratie des Conseils, inséparable d'une extension quantitative et qualitative du mouvement des occupations.

Quarante personnes environ étaient réunies en permanence au C.M.D.O. ; auxquelles se joignaient momentanément d'autres révolutionnaires et grévistes, venant de diverses entreprises, de l'étranger ou de province, et y retournant. Le C.M.D.O. fut à peu près constamment composé d'une dizaine de situationnistes et d'Enragés (parmi eux Debord, Khayati, Riesel et Vaneigem), d'autant de travailleurs, d'une dizaine de lycéens ou « étudiants », et d'une dizaine d'autres conseillistes sans fonction sociale déterminée.

Le C.M.D.O., pendant toute son existence, réussit une expérience de démocratie directe, garantie par une participation égale de tous aux débats, aux décisions et à l'exécution. Il était essentiellement une assemblée générale ininterrompue, délibérant jour et nuit. Aucune fraction, aucune réunion particulière n'existèrent jamais à côté du débat commun. [...] Cependant un accord presque général sur les principales thèses situationnistes renforçait sa cohésion.

Trois commissions s'étaient organisées à l'intérieur de l'assemblée générale, pour permettre son activité pratique. La commission de l'imprimerie se chargeait de la réalisation et du tirage des publications du C.M.D.O., tant en faisant fonctionner les machines dont il disposait qu'en collaborant avec les grévistes de certaines imprimeries. La commission des liaisons, disposant d'une dizaine de voitures, s'occupait des contacts avec les usines occupées, et du transport du matériel à diffuser. La commission des fournitures, qui excella dans les jours les plus difficiles, veillait à ce que ne manquent jamais le papier, l'essence, la nourriture, l'argent, le vin. Pour assurer la rédaction rapide des textes dont le contenu était fixé par tous, il n'y avait pas de commission permanente, mais chaque fois quelques membres désignés, qui soumettaient le résultat à l'assemblée.

Le Conseil pour le maintien des occupations occupa lui-même principalement les bâtiments de l'Institut pédagogique national, rue d'Ulm, à partir du 19 mai. À la fin du mois de mai, il se transporta dans les caves du bâtiment voisin, une École des arts décoratifs.

[…] Le C.M.D.O. publia un certain nombre de textes […] un certain nombre d'affiches, une cinquantaine de bandes dessinées et quelques chansons de circonstance. Ses principaux textes connurent des tirages qui peuvent être chiffrés entre 150 000 et plus de 200 000 exemplaires.

[…] Le Conseil pour le maintien des occupations convint de se dissoudre le 15 juin.

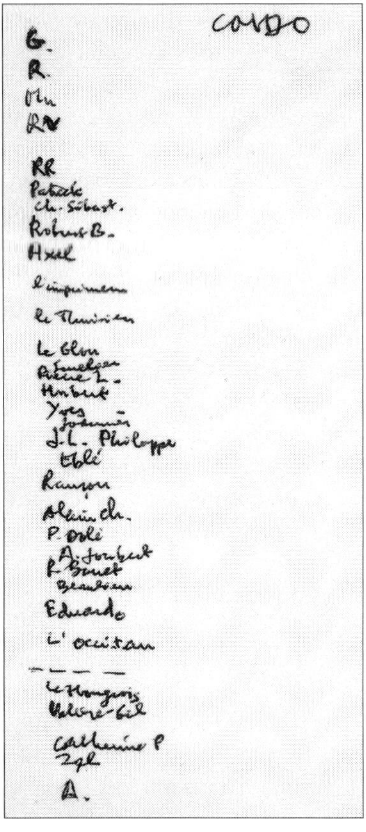
CMDO
G.
R.
Mu
RV
RR
Patrick
Ch. Sébast.
Robert B.
Axel
l'imprimeur
le Musicien
le Clou
Sennelier
Pierre L.
Hubert
Yves
Joannès
J.L. Philippe
Eblé
Rançon
Alain Ch.
P. Dolé
A. Joubert
P. Barret
Beaulieu
Eduardo
L'occitan
— — — —
le Hongrois
Valère-Gil
Catherine P
Zyl
A.

Ci-dessous :

Liste manuscrite des membres du C.M.D.O. occupant l'Institut pédagogique national, rue d'Ulm, en Mai 68.

Guy Debord, Raoul Vaneigem, Mustapha Khayati, René Viénet, René Riesel, Patrick Cheval, Christian Sébastiani, Robert Belghanem, Axel, l'Imprimeur, le Musicien, Jacques Le Clou, Pierre Sennelier, Pierre Lepetit, Hubert Bérard, Yves Raynaud, Gérard Joannès, Jean-Louis Philippe, Pierre Eblé, Jean-Louis Rançon, Alain Chevalier, Pierre Dolé, Alain Joubert, Pierre Barret, François de Beaulieu, Eduardo Rothe, Michel Mazeron dit l'Occitan,

– – – –

le Hongrois, Valère-Gil, Catherine Paillasse, Françoise Zylberberg, Alice Becker-Ho.

À droite :

Premier comics réalisé par le Conseil pour le maintien des occuptions.

Affiches du C.M.D.O. D'après la loi française, les affiches officielles sont les seules pour lesquelles est autorisée l'impression en noir sur papier blanc. Selon un vieux principe illégaliste et antiétatiste, en mai 1968 le C.M.D.O. imprima ses affiches en blanc sur fond noir.

Tout le pouvoir aux
Conseils ouvriers!
Les syndicats ne sont
qu'un mécanisme
d'intégration à la
société capitaliste!
Les travailleurs
en grève
Il y a quelquechose
de changé,
Monsieur le
Directeur !
Oui! les
ouvriers
veulent
régler leurs
affaires
eux-mêmes!
Ce que nous
avons de mieux
à faire, c'est
de foutre le
camp!

OCCUPATION
DES
USINES

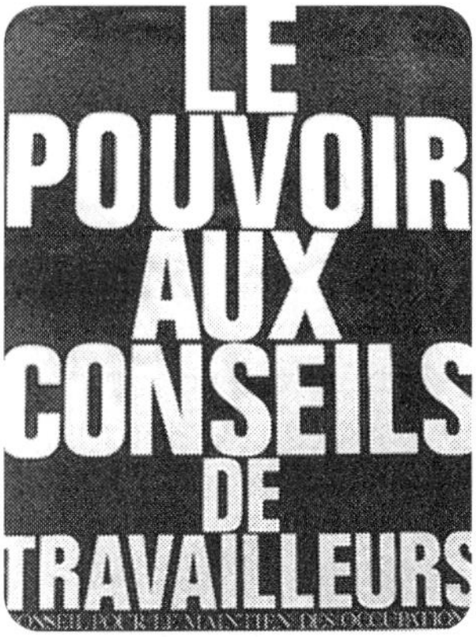
LE
POUVOIR
AUX
CONSEILS
DE
TRAVAILLEURS

ABOLITION
DE LA
SOCIÉTÉ
DE
CLASSE

A BAS
LA SOCIÉTÉ
SPECTACULAIRE-
MARCHANDE

FIN
DE
L'UNIVERSITÉ

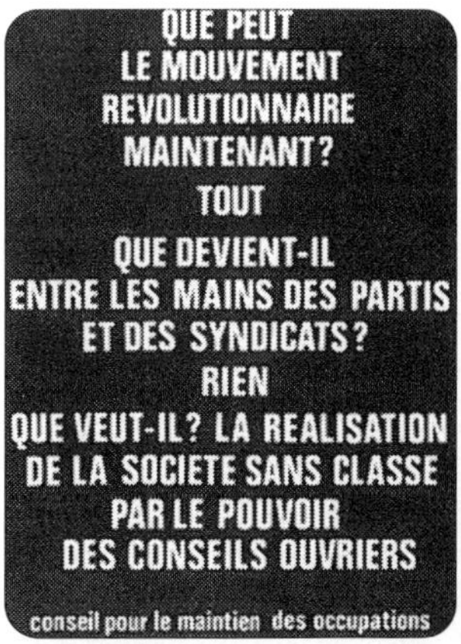
QUE PEUT
LE MOUVEMENT
REVOLUTIONNAIRE
MAINTENANT?
TOUT
QUE DEVIENT-IL
ENTRE LES MAINS DES PARTIS
ET DES SYNDICATS?
RIEN
QUE VEUT-IL? LA REALISATION
DE LA SOCIETE SANS CLASSE
PAR LE POUVOIR
DES CONSEILS OUVRIERS
conseil pour le maintien des occupations

POUR LE POUVOIR DES CONSEILS OUVRIERS

En dix jours, non seulement des centaines d'usines ont été occupées par les ouvriers, et une grève générale spontanée a interrompu totalement l'activité du pays, mais encore différents bâtiments appartenant à l'État sont occupés par des comités de fait qui s'en sont approprié la gestion. En présence d'une telle situation, qui ne peut en aucun cas durer, mais qui est devant l'alternative de s'étendre ou de disparaître (répression ou négociation liquidatrice), toutes les vieilles idées sont balayées, toutes les hypothèses radicales sur le retour du mouvement révolutionnaire prolétarien sont confirmées. Le fait que tout le mouvement ait *réellement* été déclenché, voici cinq mois, par une demi-douzaine de révolutionnaires du groupe des « Enragés » dévoile d'autant mieux combien les conditions objectives étaient déjà présentes. D'ores et déjà l'exemple français a retenti par-delà les frontières, et fait resurgir l'internationalisme, indissociable des révolutions de notre siècle.

La lutte fondamentale aujourd'hui est entre, d'une part, la masse des travailleurs – qui n'a pas directement la parole – et, d'autre part, les bureaucraties politiques et syndicales de gauche qui contrôlent – même si c'est seulement à partir des 14 % de syndiqués que compte la population active – *les portes des usines* et le droit de traiter au nom des occupants. Ces bureaucraties n'étaient pas des organisations ouvrières déchues et traîtresses, mais un mécanisme d'intégration à la société capitaliste. Dans la crise actuelle, elles sont la principale protection du capitalisme ébranlé.

Le gaullisme peut traiter, essentiellement avec le P.C.-C.G.T. (serait-ce indirectement) sur la démobilisation des ouvriers, en échange d'avantages économiques : on réprimerait alors les courants radicaux. Le pouvoir peut passer à « la gauche », qui fera la même politique, quoique à partir d'une position plus affaiblie. On peut aussi tenter la répression par la force. Enfin, les ouvriers peuvent prendre le dessus, en parlant pour eux-mêmes, et en prenant conscience de revendications qui soient au niveau du radicalisme des formes de lutte qu'ils ont déjà mises en pratique. Un tel processus conduirait à la formation de Conseils de travailleurs, décidant démocratiquement à la base, se fédérant par délégués révocables à tout instant, et devenant le seul pouvoir délibératif et exécutif sur tout le pays.

En quoi le prolongement de la situation actuelle contient-il une telle perspective ? Dans quelques jours peut-être, l'obligation de remettre en marche certains secteurs de l'économie *sous le contrôle ouvrier*, peut poser les bases de ce nouveau pouvoir, que tout porte à déborder les syndicats et partis existants. Il faudra remettre en marche les chemins de fer et les imprimeries, pour les besoins de la lutte ouvrière. Il faudra que les nouvelles autorités de fait réquisitionnent et distribuent les vivres. Il faudra peut-être que la monnaie défaillante soit remplacée par des bons engageant l'avenir de ces nouvelles autorités. C'est dans un tel *processus pratique* que peut s'imposer la conscience de la volonté profonde du prolétariat, la conscience de classe qui s'empare de l'histoire, et qui réalise pour tous les travailleurs la domination de tous les aspects de leur propre vie.

CONSEIL POUR LE MAINTIEN DES OCCUPATIONS
Paris, le 22 mai 1968.

ADRESSE À TOUS LES TRAVAILLEURS

Camarades,

Ce que nous avons déjà fait en France hante l'Europe et va bientôt menacer toutes les classes dominantes du monde, des bureaucrates de Moscou et Pékin aux milliardaires de Washington et Tokyo. *Comme nous avons fait danser Paris*, le prolétariat international va revenir à l'assaut des capitales de tous les États, de toutes les citadelles de l'aliénation. L'occupation des usines et des édifices publics dans tout le pays a non seulement bloqué le fonctionnement de l'économie, mais surtout entraîné une remise en question générale de la société. Un mouvement profond porte presque tous les secteurs de la population à vouloir un changement de la vie. C'est désormais un mouvement révolutionnaire, auquel ne manque plus que *la conscience de ce qu'il a déjà fait*, pour posséder réellement cette révolution.

Quelles forces vont essayer de sauver le capitalisme ? Le régime doit tomber s'il ne tente pas de se maintenir par la menace d'un recours aux armes (assortie d'un hypothétique renvoi à des élections qui ne pourraient avoir lieu qu'après la capitulation du mouvement) et même par la répression armée immédiate. Quant à l'éventuel pouvoir de la gauche, il essaiera lui aussi de défendre le vieux monde par des concessions, et par la force. Le parti dit communiste, le parti des bureaucrates staliniens, qui a combattu le mouvement dès le début et qui n'a commencé à envisager la chute du gaullisme qu'à partir du moment où il s'est vu incapable d'être plus longtemps sa protection principale, serait dans ce cas le meilleur gardien de ce « gouvernement populaire ». Un tel gouvernement de transition ne serait réellement un « kerenskysme » que si les staliniens étaient battus. Ceci dépendra essentiellement de la conscience et des capacités d'organisation autonome des ouvriers : ceux qui déjà ont repoussé les accords dérisoires qui comblaient les directions syndicales ont à découvrir qu'ils ne peuvent pas « obtenir » beaucoup plus dans le cadre de l'économie existante, mais qu'ils peuvent *tout prendre* en en transformant toutes les bases pour leur propre compte. Les patrons ne peuvent guère payer plus ; mais ils peuvent disparaître.

Le mouvement actuel ne s'est pas « politisé » en allant au-delà des misérables revendications syndicales sur les salaires et les retraites abusivement représentées comme « questions sociales ». Il est au-delà de *la politique* : il pose *la question sociale* dans sa simple vérité. La révolution qui se prépare depuis plus d'un siècle nous revient. Elle ne peut s'affirmer que dans ses propres formes. Il est déjà trop tard pour un replâtrage bureaucratique-révolutionnaire. Quand un André Barjonet, déstalinisé de fraîche date, appelle à la formation d'une organisation commune qui rassemblerait « toutes les forces authentiques de la révolution... qui se réclament de Trotsky, de Mao, de l'anarchie, du situationnisme », nous avons seulement à rappeler que ceux qui se réclament aujourd'hui de Trotsky ou de Mao, pour ne rien dire de la pitoyable « Fédération anarchiste », n'ont rien à voir avec la révolution présente. Les bureaucrates peuvent maintenant changer d'avis sur ce qu'ils appellent « authentiquement révolutionnaire » ; la révolution authentique n'a pas à changer le jugement qu'elle a prononcé contre la bureaucratie.

Dans le moment actuel, avec le pouvoir qu'ils tiennent, et avec les partis et syndicats que l'on sait, les travailleurs n'ont pas d'autres voies que la prise en main directe de l'économie et de tous les aspects de la reconstruction de la vie sociale par des comités unitaires de base, affirmant leur autonomie vis-à-vis de toute direction politico-syndicale, assurant leur auto-défense et se fédérant à l'échelle régionale et nationale. En suivant cette voie ils doivent devenir le seul pouvoir réel dans le pays, le pouvoir des *Conseils de travailleurs*. À défaut, parce qu'il « est révolutionnaire ou n'est rien », le prolétariat redeviendrait un objet passif. Il retournerait devant ses récepteurs de télévision.

Qu'est-ce qui définit le pouvoir des Conseils ? La dissolution de tout pouvoir extérieur ; la démocratie directe et totale ; l'unification pratique de la décision et de l'exécution ; le délégué révocable à tout instant par ses mandants ; l'abolition de la hiérarchie et des spécialisations indépendantes ; la gestion et la transformation conscientes de toutes les conditions de la vie libérée ; la participation créative permanente des masses ; l'extension et la coordination internationalistes. Les exigences actuelles ne sont pas moindres. L'autogestion n'est rien de moins. *Gare aux récupérateurs* de toutes les nuances modernistes – et jusqu'aux curés – qui commencent à parler d'autogestion, voire de conseils ouvriers, sans admettre ce *minimum*, et parce qu'ils veulent en fait sauver leurs fonctions bureaucratiques, les privilèges de leurs spécialisations intellectuelles, ou leur avenir de chefaillons !

En réalité, ce qui est nécessaire maintenant l'était déjà depuis le début du projet révolutionnaire prolétarien. Il s'agissait de l'autonomie de la classe ouvrière. On a lutté pour l'abolition du salariat, de la production marchande, de l'État. Il s'agissait d'accéder à l'histoire consciente, de supprimer toutes les séparations et « tout ce qui existe indépendamment des individus ». La révolution prolétarienne a spontanément esquissé ses formes adéquates dans les Conseils, à Saint-Petersbourg en 1905 comme à Turin en 1920, dans la Catalogne de 1936 comme à Budapest en 1956. Le maintien de la vieille société, ou la formation de nouvelles classes exploiteuses, ont passé chaque fois par la suppression des Conseils. La classe ouvrière connaît maintenant ses ennemis et les méthodes d'action qui lui sont propres. « L'organisation révolutionnaire a dû apprendre qu'elle ne peut plus *combattre l'aliénation sous des formes aliénées* » (*La Société du Spectacle*). Les Conseils ouvriers sont manifestement la seule solution, puisque toutes les autres formes de lutte révolutionnaire ont abouti au contraire de ce qu'elles voulaient.

COMITÉ ENRAGÉS-INTERNATIONALE SITUATIONNISTE
CONSEIL POUR LE MAINTIEN DES OCCUPATIONS
30 mai 1968.

CHANSON DU CONSEIL
POUR LE MAINTIEN DES OCCUPATIONS

(Paroles d'Alice Becker-Ho – 1968)

Notice rédigée en 1974 par Guy Debord en présentation à la *Chanson du Conseil pour le maintien des occupations*, interprétée par Vanessa Hachloum, pseudonyme de Jacqueline Danno. Cette chanson et cette note figurent sur le disque *Pour en finir avec le travail, chansons du prolétariat révolutionnaire*, paru en septembre 1974.

En mai 1968, c'est une nouvelle époque qui s'ouvre pour la révolution, non seulement en France, mais dans le monde entier. Le courant le plus extrémiste, et le plus représentatif sans doute du nouveau mouvement prolétarien qui prend forme dès ce moment-là, est constitué par les Enragés de Nanterre, l'Internationale situationniste et d'autres travailleurs conseillistes, qui ensemble, dominent l'espèce de soviet de la Sorbonne et appellent à l'occupation de toutes les entreprises et à l'expropriation du capital privé et bureaucratique. Cette avant-garde, réunie dans le Conseil pour le maintien des occupations, se battra sur tous les terrains jusqu'au recul provisoire du mouvement. La *Chanson du C.M.D.O.*, contrairement à la très grande majorité des chansons révolutionnaires, écrites plus ou moins longtemps après les événements qui les inspirent, date des jours qui suivent la bataille sur les barricades de la rue Gay-Lussac, et a été effectivement chantée par les groupes d'intervention du C.M.D.O. dans les combats de rue immédiatement ultérieurs, reproduite sur-le-champ et popularisée par ce baptême du feu. Dans cette chanson on voit apparaître le nouvel ennemi historique du prolétariat, les bureaucrates ; qui désormais seront évoqués dans presque toutes les chansons suivantes. Il est intéressant de noter que des historiens ont pu relever, au moins en ce qui concerne un des couplets, une nette parenté de cette chanson avec celle des spartakistes écrasés à Berlin, en janvier 1919, par les troupes du social-démocrate Noske (*La Chanson de Büxenstein*). Ce n'est pas sans émotion que peuvent l'entendre ceux qui se sont battus rue Gay-Lussac.

CHANSON DU CONSEIL
POUR LE MAINTIEN DES OCCUPATIONS

(Sur l'air de *Nos soldats à La Rochelle*, chanté par Jacques Douai.)

Rue Gay-Lussac, les rebelles
N'ont qu'les voitur's à brûler.
Que vouliez-vous donc, la belle,
Qu'est-ce donc que vous vouliez ?

REFRAIN : *Des canons, par centaines.*
Des fusils, par milliers.
Des canons, des fusils,
Par centaines et par milliers.

Dites-moi comment s'appelle
Ce jeu-là que vous jouiez ?
La règle en paraît nouvelle ;
Quel jeu, quel jeu singulier !

Au refrain

La révolution, la belle,
Est le jeu que vous disiez.
Ell' se joue dans les ruelles,
Ell' se joue grâce aux pavés.

Au refrain

Le vieux monde et ses séquelles,
Nous voulons les balayer.
Il s'agit d'être cruels ;
Mort aux flics et aux curés.

Au refrain

Ils nous lancent comme grêle
Grenades et gaz chlorés.
Nous ne trouvons que des pelles
Et couteaux pour nous armer.

Au refrain

Mes pauvres enfants, dit-elle,
Mes jolis barricadiers,
Mon cœur, mon cœur en chancelle,
Je n'ai rien à vous donner.

Au refrain

Si j'ai foi dans ma querelle,
Je n'crains pas les policiers.
Mais il faut qu'ell' devienn' celle
Des camarad's ouvriers.

Au refrain

Le gaullisme est un bordel,
Personn'n'en peut plus douter.
Les bureaucrat's aux poubelles :
Sans eux on aurait gagné.

Au refrain

Rue Gay-Lussac, les rebelles
N'ont qu'les voitur's à brûler.
Que vouliez-vous donc, la belle,
Qu'est-ce donc que vous vouliez ?

Au refrain.

CHANSON DES BARRICADES DE PARIS

Chanson inédite écrite en Mai 68.

(Sur une chanson de la Fronde : *Six vendeuses de poisson…*)

Des situs et Enragés,
Sur un vieil air, ont chanté
Nos barricades dernières.

Laire la, laire lanlaire,
Laire la, laire lanla.

Alors qu'ensemble, ils buvaient,
L'un à l'autre se disaient :
Parlons un peu d'nos affaires.

Laire la…

Un camarad' de Bruxelles
Disait que René Riesel
Nous était fort nécessaire.

Laire la…

Pour le peuple colérer,
Fut en prison emmené ;
Mais il n'y demeura guère.

Laire la…

Les étudiants attroupés
Saisissaient tous des pavés,
Pris d'une fureur guerrière.

Laire la…

Les C.R.S., effrayés
De se voir si bien traités,
En tombaient le cul par terre.

Laire la…

En sept autres jours de jeu
On porta partout le feu
Qui avait pris à Nanterre.

Laire la…

Vers Gay-Lussac le quartier,
Fortement barricadé,
Fut aux mains des libertaires.

Laire la…

Pompidou, qui voyageait,
Revint, et dit qu'il cédait
À nos universitaires.

Laire la…

Mais dans la Sorbonne à nous,
On cassa et changea tout
En l'ouvrant aux prolétaires.

Laire la…

C'est là qu'il y eut ce bon
Comité d'occupation,
Entre tous si exemplaire,

Laire la…

Appelant les ouvriers
D'usin's à les enlever
À tous leurs propriétaires.

Laire la…

Il fut si bien justifié
Qu'un mouvement spontané
Emporta la France entière.

Laire la…

La grève sauvage a pris
Un tel tour que chacun vit
L'aube révolutionnaire.

Laire la…

Le Capital aux abois
Ne tenait plus, cette fois,
Qu'à ses derniers mercenaires :

Laire la…

Les syndicats staliniens,
Socialistes ou chrétiens,
Et d'incertains militaires.

Laire la…

Ce que l'on a fait ici
Sera fait en tout pays,
De Russie en Angleterre.

Laire la…

Puis Mustapha Khayati
À son tour parla, et dit
Qu'une chose était fort claire :

Laire la…

Les bureaucrates rivaux
Gauchistes sont à vau-l'eau,
Du maoïsme à la FER

Laire la…

On sait qu'ils n'ont rien compris,
Ni oublié ni appris,
Tous criaillant en arrière.

Laire la…

Le camarade Viénet
Dit qu'il n'y eut rien qu'il n'ait
Annoncé à sa manière :

Laire la…

Sa notule a exposé
Les moyens pour renverser
La phrase spectaculaire.

Laire la…

Et depuis, Sébastiani,
Sur tous les murs de Paris,
Écrivait ce qu'il faut faire.

Laire la…

Sur bon nombre de tableaux,
On voit tracés les plus beaux
Mots d'ordre de la colère.

Laire la, laire lanlaire,
Laire la, laire lanla.

Le point culminant

Chapitre VII d'*Enragés et situationnistes dans le mouvement des occupations*, écrit par Guy Debord seul « en une heure dans un bistrot ».

Concluons : ceux qui ne savent pas changer de méthode lorsque les temps l'exigent, prospèrent sans doute tant que leur marche s'accorde avec celle de la Fortune ; mais ils se perdent dès que celle-ci vient à changer. Au reste je pense qu'il vaut mieux être trop hardi que trop circonspect...

MACHIAVEL, *Le Prince.*

Dans la matinée du 27 mai, Seguy alla exposer aux ouvriers de Renault-Billancourt les accords conclus entre les syndicats, le gouvernement et le patronat. Unanimement, les travailleurs conspuèrent le bureaucrate, qui – tout son discours en témoigne – était venu dans l'espoir de se faire plébisciter sur ce résultat. Devant la colère de la base, le stalinien s'abrita précipitamment derrière un détail tu jusqu'alors, et effectivement essentiel : rien ne serait signé sans la ratification des ouvriers. Ceux-ci rejetant les accords, la grève et les négociations devaient continuer. À la suite de Renault, toutes les entreprises refusèrent les miettes avec lesquelles la bourgeoisie et ses auxiliaires avaient compté payer la reprise du travail.

Le contenu des « accords de Grenelle » n'avait certes pas de quoi soulever l'enthousiasme des masses ouvrières, qui se savaient virtuellement maîtresses de la production, qu'elles paralysaient depuis dix jours. Ces accords majoraient les salaires de 7 %, et portaient le salaire horaire minimum garanti par la loi (S.M.I.G.) de 2,22 à 3 francs : c'est-à-dire que le secteur le plus exploité de la classe ouvrière, particulièrement en province, qui gagnait 348,80 francs par mois, avait désormais un pouvoir d'achat plus adapté à la « société d'abondance » – 520 francs par mois. Les journées de grève ne seraient pas payées avant d'être rattrapées en heures supplémentaires. Ce pourboire grevait déjà lourdement le fonctionnement normal de l'économie française, surtout dans ses rapports obligés avec le Marché Commun et les autres aspects de la compétition capitaliste internationale. Tous les ouvriers savaient que de tels « avantages » leur seraient repris, et au-delà, par une imminente augmentation des prix. Ils *sentaient* qu'il serait bien plus expédient de balayer le système, qui était parvenu là à son maximum de concessions, et d'organiser la société sur une autre base. La chute du régime gaulliste était nécessairement le préalable de ce renversement de perspective.

Les staliniens comprenaient combien la situation était périlleuse. Malgré leur soutien constant, le gouvernement venait d'échouer encore une fois dans ses efforts pour se rétablir. Après l'échec de Pompidou, le 11 mai, pour arrêter la montée de la crise en sacrifiant son autorité dans le domaine universitaire, un discours de De Gaulle et les accords hâtivement passés entre Pompidou et les syndicats avaient échoué à circonvenir une crise devenue profondément sociale. Les staliniens commencèrent à désespérer de la survie du gaullisme, puisqu'ils n'avaient pas pu jusque-là le sauver, et parce que le gaullisme semblait avoir perdu le ressort nécessaire pour se maintenir. Ils se trouvaient obligés, à leur grand regret, de se risquer dans l'autre camp – là où ils avaient toujours prétendu être. Le 28 et le 29 mai, ils jouèrent la chute du gaullisme. Ils devaient tenir compte de diverses pressions : essentiellement les ouvriers. Et, subsidiairement, les éléments d'opposition qui commençaient à prétendre remplacer le gaullisme, et ainsi risquaient d'être rejoints par une partie de ceux qui voulaient d'abord que le régime tombe. Il s'agissait aussi bien des syndicalistes chrétiens de la C.F.D.T. que de Mendès-France, de la « Fédération » du trouble Mitterrand, ou du rassemblement du stade Charléty pour une organisation bureaucratique d'extrême gauche[1]. Tous ces rêveurs, au demeurant, n'élevaient la voix qu'au nom de la force supposée que les staliniens mettraient en jeu pour ouvrir *leur* après-gaullisme. Niaiseries que la suite immédiate devait sanctionner.

Les staliniens étaient bien plus réalistes. Ils se résignèrent à demander un « gouvernement populaire », dans les fortes et nombreuses manifestations de la C.G.T. le 29, et déjà s'apprêtèrent à le défendre. Ils n'ignoraient pas que ceci ne serait pour eux qu'un dangereux pis-aller. S'ils pouvaient encore contri-

1. Ce fut un des mérites des cohn-bendistes du « 22 mars » de refuser les avances du stalinien en rupture de ban Barjonet, et autres chéfaillons gauchistes œcuméniques. Il va de soi que les situationnistes, quant à eux, n'y répondirent que par le mépris. (Cf. *Adresse à tous les travailleurs*).

buer à vaincre le mouvement révolutionnaire avant qu'il n'ait réussi à faire tomber le gaullisme, ils craignaient justement de ne plus pouvoir le vaincre *après*. Déjà un éditorial radiophonique, le 28 mai, avançait, avec un pessimisme prématuré, que le P.C.F. ne se relèverait plus jamais, et que le principal péril venait maintenant des « gauchistes situationnistes ».

Le 30 mai, un discours de De Gaulle manifesta fermement son intention de rester au pouvoir, coûte que coûte. Il proposa de choisir entre de proches élections législatives et la guerre civile tout de suite. Des régiments sûrs furent déployés autour de Paris, et abondamment photographiés. Les staliniens, enchantés, se gardèrent bien d'appeler à maintenir la grève jusqu'à la chute du régime. Ils s'empressèrent de se rallier aux élections gaullistes, quel qu'en dût être pour eux le prix.

Dans de telles conditions, l'alternative était immédiatement entre l'affirmation autonome du prolétariat ou la défaite complète du mouvement ; entre la révolution des Conseils et les accords de Grenelle. Le mouvement révolutionnaire ne pouvait en finir avec le P.C.F. sans avoir d'abord chassé de Gaulle. La forme du pouvoir des travailleurs qui aurait pu se développer dans la phase après-gaulliste de la crise, se trouvant bloquée à la fois par le vieil État réaffirmé et le P.C.F., n'eut plus aucune chance de prendre de vitesse sa défaite en marche.

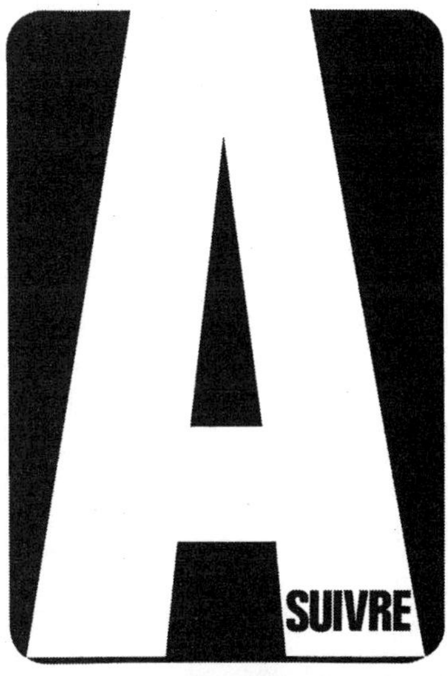

Ce tract émanant d'un prétendu comité d'action poétique et prolétarienne constitué au sein du parti staliniste français soutenant, bien malgré lui, Aragon (connu pour sa longue et absolue soumission aux criminelles impostures staliniennes, mais autorisé sur le tard à exprimer quelques légères réserves), fut distribué par le C.M.D.O. en juin 1968. Ce pastiche fut écrit par Guy Debord, de même que le poème inédit d'Aragon.

COMITÉ D'ACTION POÉTIQUE ET PROLÉTARIENNE

Communiqué

Notre camarade Louis Aragon au moment même où les piquets de grève de Flins tombaient écrivait les vers qu'on va lire.

Au sein même de la rédaction des LETTRES FRANÇAISES un mouvement a pris corps pour priver le poète et le révolutionnaire de la parole ; pour l'empêcher de s'exprimer dans les colonnes du journal qu'il a fondé.

Le Comité d'Action Poétique et Prolétarienne réprouve cette atteinte à la liberté d'expression dans un milieu qui jusqu'à maintenant était à l'avant-garde du combat culturel prolétarien. Nous regrettons profondément que notre camarade Louis Aragon ait estimé, par discipline, faire passer le militant avant le poète, le centralisme démocratique avant les luttes ouvrières. Nous estimons donc de notre devoir de donner à ce poème la diffusion la plus large.

« Tu peux camarade Aragon renier ou démentir provisoirement tes POÈMES DES BARRICADES. Comme Galilée obligé de se rétracter, et toujours fidèle à ton ardente jeunesse révolutionnaire, tu auras ouvert la voie, une fois de plus, à la jeune poésie. »

Un inédit de Louis Aragon

Sur les routes qui vont à Flins
Il y avait tant de polices
C.R.S. C.G.T. complices
Que l'on est resté en Chemin

COMITÉ D'ACTION POÉTIQUE ET PROLÉTARIENNE

Les ouvriers de Flins se battent
Presque sans aide et les menteurs
Ont appelé provocateurs
Ceux qui à leur secours se hâtent

Billancourt ne bougera pas
Les communistes sont aux portes
Propriétaires d'âmes mortes
Ennemis du prolétariat

Ce soir les cheminots oublient
Comment faire marcher les trains
Quand il s'agit d'aller à Flins
Et partout les grévistes plient

Honteuse fin de ce printemps
Qui commençait aux barricades
Ne l'oubliez plus camarades
Le stalinisme a fait son temps.

Le 8 juin à l'aube.

. . . .

Un groupe d'ouvriers et de travailleurs intellectuels employés par les organes de presse du Parti Communiste Français et les Éditions Sociales n'approuvent pas la ligne défaitiste adoptée par le bureau politique du parti de la classe ouvrière. Ils estiment que cette ligne erronée est une conséquence du manque de vigueur avec lequel la période du culte de la personnalité a été abolie au sein de notre parti. Ils ont constitué le Comité d'Action Poétique et Prolétarienne pour lutter contre ses séquelles.

À PARAÎTRE : POÈMES DES BARRICADES.

Et prochainement : CHANTS DU GRÉVISTE DE MAI.

MENU MAI 68

Extrait d'une lettre à Raoul Vaneigem du 15 août 1968 (*Correspondance*, vol. 3, *op. cit.*, p. 287-288). Après avoir quitté Bruxelles, Guy Debord séjourne dans une maison forestière des Vosges, où parmi les rares distractions qu'offrait ce lieu isolé, il expérimentera avec Alice des recettes imaginées avec des proches, tous barricadiers de mai.

Nous te communiquons le résultat le plus notable de nos expérimentations culinaires agrestes. Il s'agit d'un repas nettement engagé, qui n'est pas encore mis au point dans sa totalité.

(Les doses sont prévues pour quatre, mais solides.)

Potage Enragé

Ingrédients : 1 kg de tomates, céleri, bouquet garni, ail, cerfeuil, sel, poivre, 4 piments de Cayenne, crème fraîche, 8 pavés de pain frottés d'ail revenus au beurre.

Faire revenir les tomates coupées en dés dans de l'huile. Assaisonner (sel, poivre, piment, ail). Laisser diminuer. Lorsque les tomates sont cuites, étendre avec 3/4 de litre d'eau. Incorporer le bouquet garni. Laisser mijoter vingt minutes.

Servir sur les pavés croustillants, en ajoutant la crème fraîche.

La croustade Gay-Lussac, plat réalisé par la suite par Pierre Lepetit, consiste en un homard flambé sur un lit de moules et de marrons chauds.

Croustade Gay-Lussac

(Pierre Le Graveleur est chargé de la créer.)

Filets mignons de Nanterre

Ingrédients : une tranche de filet de bœuf par personne, beurre persillé dit maître d'hôtel, croûtons.

Couper dans un filet des tranches ayant 2 cm d'épaisseur. Les cuire sur le gril ou à la poêle, quatre minutes de chaque côté. Servir sur croûtons au beurre persillé.

Pierre Grappin, doyen de la faculté de Nanterre, surnommé Grappin-la-matraque pour avoir demandé l'intervention de la police sur le campus le 26 février 1968.

Épinards au Grappin

Ingrédients : 1 kg d'épinards, 100 g de gruyère râpé, 50 g de beurre fondu, 4 œufs, piments rouges à volonté.

Enlever les queues des feuilles. Les laver dans plusieurs eaux, puis les faire cuire dans l'eau bouillante salée, à découvert, pendant un quart d'heure (environ 2 litres d'eau pour 1 kg d'épinards). Les égoutter. Les presser, les passer au tamis et les accommoder. L'eau doit être salée à 10 g par litre.

Mélanger aux épinards le gruyère râpé. Verser sur le plat la valeur de 50 g de beurre fondu. Passer au four chaud pendant dix minutes. Déverser à l'urbaniste 4 œufs, préalablement pochés, sur le plat sorti du four. Garnir de piments rouges.

Sorbonne flambée

(Il s'agit d'une meringue glacée au chocolat, garnie de cerises et flambée à la vodka verte.)

LETTRE À JEAN MAITRON

Paris, le 24 octobre 1968

Lettre sur papier à en-tête de l'Internationale situationniste, avec la mention « Copie à l'Institut international d'Histoire sociale, Keizersgracht 264, Amsterdam C », adressée à Jean Maitron, directeur de l'Institut français d'Histoire sociale et de sa revue *Le Mouvement social*, auteur d'une thèse sur l'*Histoire du mouvement anarchiste en France, 1880-1914* (1951). *Correspondance*, vol. 3, *op. cit.*, p. 292-294.

Monsieur,

La livraison n° 64 du *Mouvement social* – numéro spécial « La Sorbonne par elle-même » – présente, à regarder seulement la rubrique « Internationale situationniste » de l'index, un certain nombre d'erreurs et falsifications qui sont inacceptables dans une revue prétendant à une certaine rigueur scientifique, et financièrement soutenue comme telle.

Il est faux que les situationnistes aient « seuls, assumé la direction du 13 au 14 mai au soir » du premier Comité d'occupation de la Sorbonne, pour la simple raison que le Comité d'occupation n'existait pas encore à cette date.

Il est aussi faux, et de plus ridicule, de prétendre que les situationnistes auraient contrôlé « le restaurant et la cuisine de la Sorbonne », et ceci « jusqu'en juin ».

Il est encore plus scandaleux de présenter, page 165, un « tract anonyme », dont vous prétendez malhonnêtement qu'il « exprime assez bien le point de vue des situationnistes ». Vous démontrez à ce seul propos votre inintelligence du mouvement des occupations en général (après l'avoir étalée à propos de l'ensemble du mouvement ouvrier, et notamment à propos de votre pâtée coutumière, l'Anarchie). Il est encore plus grave, pour de prétendus « scientifiques », de ramasser leurs falsifications dans la revue de M. Maspero, *Partisans*. En effet, à la page 103 du numéro 42 de cette revue, un fragment d'un tract du « Conseil pour le maintien des occupations » a été frauduleusement publié amputé de toute sa première partie ; laquelle a été cyniquement remplacée par l'imbécile déclaration que vous avez imprudemment ramassée dans cette poubelle, pour nous l'attribuer.

Nous ne sommes pas déçus par vos méthodes d'historien, ni par votre acuité intellectuelle ; mais surpris par votre témérité.

En effet, vous croyez pouvoir vous permettre de *maspériser*, tout autant que le staliniste Maspero lui-même. Ce qui ne peut étonner de la part d'un personnage aussi discrédité que le « partisan » Maspero, dans une publication qui prétend comme la vôtre à l'objectivité historique, ne peut passer impunément.

Néologisme tiré du nom de l'éditeur François Maspero pour signifier la falsification de textes cités.

LETTRE À JEAN MAITRON

Il est particulièrement intolérable que vous puissiez reprendre, pages 122-123, notre *Rapport sur l'occupation de la Sorbonne* (sans aucun signe indiquant des coupures) alors que *la moitié s'en trouve censurée* pour des fins politiques évidentes (cf. pièce jointe).

Nous exigeons de vous, dans les plus courts délais, des excuses écrites et l'assurance que le prochain numéro du *Mouvement social* reproduira notre présente lettre, et rétablira le texte *Rapport sur l'occupation de la Sorbonne* dans son intégralité.

Ne doutez pas, Monsieur, que la conscience de classe de notre époque a fait suffisamment de progrès pour savoir demander des comptes par ses propres moyens aux pseudo-spécialistes de son histoire, qui prétendent continuer à subsister de sa pratique.

Pour l'Internationale situationniste,
Guy Debord, Mustapha Khayati, René Riesel,
Christian Sébastiani, Raoul Vaneigem, René Viénet

Peu pressé de répondre à ces exigences, l'historien reçut quinze jours plus tard la visite explicite de deux situationnistes, ce qui souleva quelque émotion.

Internationale situationniste n° 12, septembre 1969.

Est récupéré qui veut bien

On pouvait lire dans le *Figaro littéraire* du 16 décembre 1968, à propos de l'attribution d'un « Prix Sainte-Beuve » à Mme Lucie Faure : « Le président Edgar Faure est gentiment venu féliciter son épouse [...] preuve était faite qu'en 1968 un jury pouvait encore siéger sans être chahuté [...] N'empêche que nous aurions pu l'avoir, la contestation, et même la violence, si le jury du prix Sainte-Beuve avait couronné Guy Debord, comme il en avait eu un moment l'intention, pour son livre *La Société du spectacle.* M. Debord est un farouche situationniste, et il ne pouvait accepté d'être fêté par des bourgeois au cours d'un cocktail donné par la société de consommation. Il en avait prévenu son éditeur, M. Edmond Buchet : "Comme vous le pensez, je suis radicalement hostile à tous les prix littéraires. Faites-le donc savoir, s'il vous plaît, aux personnes concernées, pour leur éviter une bévue. Je dois même vous avouer que, dans une si regrettable éventualité, je serais sans doute incapable d'empêcher des voies de fait : les jeunes situationnistes s'en prendraient sûrement au jury qui aurait décerné une telle distinction, par eux ressentie comme un outrage." »

On voit que la méthode est fort claire, et ses résultats concluants.

LETTRE AUX SITUATIONNISTES

Correspondance, vol. 4, Fayard, 2004, p. 103-104.

Paris, le 28 juillet 1969

Chers camarades,

Dans de précédentes discussions, nous avons tous convenu qu'il allait devenir nécessaire de changer, malgré son succès et aussi à cause de lui, l'actuelle formule de la revue française : c'est-à-dire son volume, son rythme de parution, et la façon même dont elle a jusqu'ici organisé un ensemble de textes. Ce renouvellement devra donner à tous l'occasion d'une collaboration à égalité, que la qualification spécialisée acquise par deux ou trois de nous dans le maniement de l'ancienne formule ne favorisait certainement pas.

Par conséquent, après la sortie du numéro 12, prévue (si le problème de l'article encore manquant de Mustapha est heureusement résolu) pour le début de septembre, je cesserai d'assumer la responsabilité, tant légale que rédactionnelle, de la « direction » de cette revue.

Le vieux principe révolutionnaire de la rotation des tâches, après si longtemps, suffirait à justifier cette décision. Il a d'autant plus de poids en la circonstance que plusieurs textes de l'I.S. ont grandement mis l'accent sur la cohérence et les capacités suffisantes de tous ses membres. D'autre part, beaucoup de nos adversaires étant portés à me présenter sottement comme « le chef » de l'I.S., je crois que nous devons prendre garde, au point de vue des fabricants extérieurs de vedettes, à me faire rentrer dans l'ombre autant que nous pourrons. Il serait encore pire, d'un point de vue interne, qu'une confiance accordée automatiquement par l'I.S. finisse par accréditer l'illusion que je pourrais avoir, en quoi que ce soit, un rôle irremplaçable. Ces raisons sont si convaincantes qu'il est inutile d'évoquer quelques motifs personnels, que j'ai en surplus.

Je crois que le prochain camarade que nous aurons à désigner pour cette tâche devrait être choisi en fonction des plans qui pourront être proposés pour la forme future de la revue française. Vu l'importance qu'a eue, et pourrait avoir encore, cette revue pour l'ensemble de l'activité situationniste, peut-être conviendrait-il même d'évoquer la question à la prochaine conférence de l'I.S. ?

Amitiés,

Guy

LE COMMENCEMENT D'UNE ÉPOQUE

Internationale situationniste n° 12, septembre 1969.

« Nous vivrons assez pour voir une révolution politique ? *nous*, les contemporains de ces Allemands ? Mon ami, vous croyez ce que vous désirez », écrivait Arnold Ruge à Marx, en mars 1844 ; et quatre ans plus tard cette révolution était là. Comme exemple amusant d'une inconscience historique qui, entretenue toujours plus richement par des causes similaires, produit intemporellement les mêmes effets, la malheureuse phrase de Ruge fut citée en épigraphe dans *La Société du Spectacle*, qui parut en décembre 1967 ; et six mois après survint le mouvement des occupations, le plus grand moment révolutionnaire qu'ait connu la France depuis la Commune de Paris.

La plus grande grève générale qui ait jamais arrêté l'économie d'un pays industriel avancé, et la première *grève générale sauvage* de l'histoire ; les occupations révolutionnaires et les ébauches de démocratie directe ; l'effacement de plus en plus complet du pouvoir étatique pendant près de deux semaines ; la vérification de toute la théorie révolutionnaire de notre temps, et même çà et là le début de sa réalisation partielle ; la plus importante expérience du mouvement prolétarien moderne qui est en voie de se constituer dans tous les pays sous sa forme *achevée*, et le modèle qu'il a désormais à dépasser – voilà ce que fut essentiellement le mouvement français de mai 1968, voilà *déjà* sa victoire.

Nous dirons plus loin les faiblesses et les manques du mouvement, les conséquences naturelles de l'ignorance et de l'improvisation, comme du poids mort du passé, là même où ce mouvement a pu le mieux s'affirmer ; conséquences surtout des *séparations* que réussirent de justesse à défendre toutes les forces associées du maintien de l'ordre capitaliste, les encadrements bureaucratiques politico-syndicaux s'y étant employés, au moment où c'était pour le système une question de vie ou de mort, plus et mieux que la police. Mais énumérons d'abord les caractères manifestes du mouvement des occupations là où était son *centre*, là où il fut le plus libre de traduire, en paroles et en actes, son contenu. Il y proclama ses buts *bien plus explicitement* que tout autre mouvement révolutionnaire spontané de l'histoire ; et des buts beaucoup plus radicaux et actuels que ne surent jamais en énoncer, dans leurs programmes, les organisations révolutionnaires du passé, même aux meilleurs jours qu'elles connurent.

Le mouvement des occupations, c'était le retour soudain du prolétariat comme classe historique, *élargi* à une majorité des salariés de la société moderne, et tendant toujours à l'abolition effective des classes et du salariat. Ce mouvement était la redécouverte de l'histoire, à la fois collective et individuelle, le sens de l'intervention possible sur l'histoire et le sens de l'événement irréversible, avec le sentiment du fait que « rien ne serait plus comme avant » ; et les gens regardaient avec amusement l'existence *étrange* qu'ils avaient menée huit jours plus tôt, leur survie dépassée. Il était la *critique généralisée* de toutes les aliénations, de toutes les idéologies et de l'ensemble de l'organisation ancienne de la vie réelle, la passion de la généralisation, de l'unification. Dans un tel processus, la propriété était niée, chacun se voyant partout chez soi. Le *désir reconnu* du dialogue, de la parole intégralement libre, le goût de la communauté véritable, avaient trouvé leur terrain dans les bâtiments ouverts aux rencontres et dans la lutte commune : les téléphones, qui figuraient parmi les très rares moyens techniques encore en fonctionnement, et l'errance de tant d'émissaires et de voyageurs, à Paris et dans tout le pays, entre les locaux occupés, les usines et les assemblées, portaient cet usage réel de la communication. Le mouvement des occupations était évidemment le refus du travail aliéné ; et donc la fête, le jeu, la présence réelle des hommes et du temps. Il était aussi bien le refus de toute autorité, de toute spécialisation, de toute dépossession hiérarchique ; le refus de l'État et, donc, des partis et des syndicats aussi bien que des sociologues et des professeurs, de la morale répressive et de la médecine. Tous ceux que le mouvement, dans un enchaînement foudroyant – « Vite », disait seulement celui des slogans écrits sur les murs qui fut peut-être le plus beau – avait réveillés, méprisaient radicalement leurs anciennes conditions d'existence, et donc ceux qui avaient travaillé à les y maintenir, des vedettes de la télévision aux urbanistes. Aussi bien que les illusions staliniennes de beaucoup se déchiraient, sous leurs formes diversement édulcorées, depuis Castro jusqu'à Sartre, tous les mensonges rivaux et solidaires d'une époque tombaient en ruines. La solidarité internationale reparut spontanément, les travailleurs étrangers se jetant en nombre dans la lutte, et quantité de révolutionnaires d'Europe accourant en France. L'importance de la participation des femmes à toutes les formes de lutte est un signe essentiel de sa profondeur révolutionnaire. La libération des mœurs fit un grand pas. Le mouvement était également la critique, encore partiellement illusoire, de la marchandise (sous son inepte travestissement sociologique de « société de consommation »), et déjà un *refus* de l'art qui ne se connaissait pas encore comme sa *négation* historique (sous la pauvre formule abstraite « d'imagination au pouvoir », qui ne savait pas les moyens de mettre en pratique ce pouvoir, de tout réinventer ; et qui, manquant de pouvoir, manqua d'imagination). La haine partout affirmée des *récupérateurs* n'atteignait pas encore au savoir théorico-pratique des manières de les éliminer : néo-artistes et néo-directeurs politiques, néo-spectateurs du mouvement même qui les démentait. Si la critique en actes du spectacle de la non-vie n'était pas encore leur dépassement révolutionnaire, c'est que la tendance « spontanément conseilliste » du soulèvement de mai a été en avance sur presque tous les moyens concrets, parmi lesquels sa conscience théorique et organisationnelle, qui lui permettront de se traduire en pouvoir, en étant le seul pouvoir.

Crachons en passant sur les commentaires aplatissants et les faux-témoignages des sociologues, des retraités du marxisme, de tous les doctrinaires du vieil ultra-gauchisme en conserve ou de l'ultra-modernisme rampant de la société spectaculaire ; personne, parmi ceux qui ont vécu ce mouvement, ne pourra dire qu'il ne contenait pas tout cela.

Nous écrivions, en mars 1966, dans le n° 10 d'*Internationale Situationniste* (p. 77) : « Ce qu'il y a d'apparemment osé dans plusieurs de nos assertions, nous l'avançons avec l'assurance d'en voir suivre une démonstration historique d'une irrécusable lourdeur. » On ne pouvait mieux dire.

Naturellement, nous n'avions rien prophétisé. Nous avions dit ce qui *était là* : les conditions matérielles d'une nouvelle société avaient été produites depuis longtemps, la vieille société de classes s'était maintenue *partout* en modernisant considérablement son oppression, et en développant avec toujours plus d'*abondance* ses contradictions, le mouvement prolétarien vaincu revenait pour un second assaut plus conscient et plus total. Tout ceci, certes, que l'histoire et le présent montraient à l'évidence, beaucoup le pensaient et certains même le disaient, mais abstraitement, donc dans le vide : sans écho, sans possibilité d'intervention. Le mérite des situationnistes fut simplement de reconnaître et de désigner les nouveaux points d'application de la révolte dans la société moderne (qui n'excluent aucunement mais, au contraire, ramènent tous les anciens) : urbanisme, spectacle, idéologie, etc. Parce que cette tâche fut accomplie radicalement, elle fut en mesure de susciter parfois, en tout cas de renforcer grandement, certains cas de révolte pratique. Celle-ci ne resta pas sans écho : la critique *sans concessions* avait eu bien peu de porteurs dans les gauchismes de l'époque précédente. Si beaucoup de gens ont fait ce que nous avons *écrit*, c'est parce que nous avions écrit essentiellement le négatif qui avait été vécu, par tant d'autres avant nous, et aussi par nous-mêmes. Ce qui est ainsi venu au jour de la conscience dans ce printemps de 1968, n'était rien d'autre que ce qui dormait dans cette nuit de la « société spectaculaire », dont les *Sons et Lumières* ne montraient qu'un éternel décor positif. Et nous, nous avions « cohabité avec le négatif », selon le programme que nous formulions en 1962 (cf. *I.S.* 7, p. 10). Nous ne précisons pas nos « mérites » pour être applaudis ; mais pour éclairer autant que possible d'autres, qui vont agir de même.

Tous ceux qui se bouchaient les yeux sur cette « critique dans la mêlée » ne contemplaient, dans la force inébranlable de la domination moderne, que leur propre renoncement. Leur « réalisme » anti-utopique n'était pas davantage le réel qu'un commissariat de police ou la Sorbonne ne sont des bâtiments plus réels que ceux qu'en font des incendiaires ou des « Katangais ». Quand les fantômes souterrains de la révolution totale se levèrent et étendirent leur puissance sur tout le pays, ce furent toutes les puissances du vieux monde qui parurent des illusions fantomatiques qui se dissipaient au grand jour. Tout simplement, après trente années de misère qui, dans l'histoire des révolutions, n'ont pas plus compté qu'un mois, est venu ce mois de mai qui résume en lui trente années.

Faire de nos désirs la réalité est un travail historique précis, exactement contraire à celui de la prostitution intellectuelle qui greffe, sur n'importe quelle réalité existante, ses illusions de permanence. Ce Lefebvre, par exemple, déjà cité dans le précédent numéro de cette revue (octobre 1967), parce qu'il s'aventurait dans son livre *Positions contre les technocrates* (éditions Gonthier), à une conclusion catégorique dont la prétention scientifique a révélé, elle aussi, sa valeur en guère plus de six mois : « Les situationnistes… ne proposent pas une utopie concrète, mais une utopie abstraite. Se figurent-ils vraiment qu'un beau matin ou un soir décisif, les gens vont se regarder en se disant : “Assez ! Assez de labeur et d'ennui ! Finissons-en !” et qu'ils entreront dans la Fête immortelle, dans la création des situations ? Si

LA SORBONNE OCCUPÉE

« Des assemblées populaires absolument libres dans les murs des universités, alors que, dans la rue, c'est le règne illimité de Trépov, voilà un des paradoxes les plus étonnants du développement politique et révolutionnaire pendant l'automne de 1905. (...) "Le peuple" emplissait les corridors, les amphithéâtres et les salles. Les ouvriers venaient directement de la fabrique à l'université. Les autorités avaient perdu la tête. (...) Non, cette foule inspirée n'absorbait pas en elle toute doctrine. Nous aurions voulu voir prendre la parole devant elle ces gaillards de la réaction qui prétendent qu'entre les partis extrémistes et la masse, il n'y a point de solidarité. Ils n'osèrent point. Ils restèrent confinés dans leurs tannières, attendant un répit pour calomnier le passé. »

Trotsky, *1905.*

c'est arrivé une fois, le 18 mars 1871 à l'aube, cette conjoncture ne se reproduira plus. » Ainsi Lefebvre se voyait attribuer quelque influence intellectuelle là où il copiait subrepticement certaines thèses radicales de l'I.S. (voir dans ce numéro la réédition de notre tract de 1963 : *Aux poubelles de l'histoire*), mais il réservait au passé la vérité de cette critique qui, pourtant, venait du *présent* plus que de la réflexion historicienne de Lefebvre. Il mettait en garde contre l'illusion qu'une lutte présente pût retrouver ces résultats. N'allez pas croire que Henri Lefebvre soit le seul ci-devant penseur que l'événement a définitivement ridiculisé : ceux qui se gardaient d'expressions aussi comiques que les siennes n'en pensaient pas moins. Sous le coup de leur émotion en mai, tous les *cher-*

cheurs du néant historique ont admis que personne n'avait en rien prévu ce qui était arrivé. Il faut cependant faire une place à part pour toutes les sectes de « bolcheviks ressuscités », dont il est juste de dire que, pendant les trente dernières années, elles n'avaient pas cessé un instant de signaler l'imminence de la révolution *de 1917*. Mais ceux-là aussi se sont bien trompés : ce n'était vraiment pas 1917, et ils n'étaient même pas tout à fait Lénine. Quant aux débris du vieil ultra-gauchisme non-trotskiste, il leur fallait au moins une crise économique majeure. Ils subordonnaient tout moment révolutionnaire à son retour, et ne voyaient rien venir. Maintenant qu'ils ont reconnu une crise révolutionnaire en mai, il leur faut prouver qu'il y avait donc là, au printemps de 1968, cette crise économique *invisible*. Ils s'y emploient sans crainte du ridicule, en produisant des schémas sur la montée du chômage et des prix. Ainsi, pour eux, la crise économique n'est plus cette réalité objective, terriblement voyante, qui fut tant vécue et décrite jusqu'en 1929, mais une sorte de présence eucharistique qui soutient leur religion.

De même qu'il faudrait rééditer toute la collection d'*I.S.* pour montrer combien tous ces gens ont pu se tromper *avant*, de même il faudrait écrire un fort volume pour faire le tour des stupidités et des demi-aveux qu'ils ont produits depuis mai. Bornons-nous à citer le pittoresque journaliste Gaussen, qui croyait pouvoir rassurer les lecteurs du *Monde*, le 9 décembre 1966, en écrivant des quelques fous situationnistes, auteurs du scandale de Strasbourg, qu'ils avaient « une confiance messianique dans la capacité révolutionnaire des masses et dans son aptitude à la liberté ». Aujourd'hui, certes, l'aptitude à la liberté de Frédéric Gaussen n'a pas progressé d'un millimètre, mais le voilà, dans le même journal en date du 29 janvier 1969, s'affolant de trouver partout « le sentiment que le souffle révolutionnaire est universel ». « Lycéens de Rome, étudiants de Berlin, "enragés" de Madrid, "orphelins" de Lénine à Prague, contestataires à Belgrade, tous s'attaquent à un même monde, le Vieux Monde… » Et Gaussen, utilisant presque les mêmes mots, attribue maintenant à toutes ces foules révolutionnaires la même « croyance quasi-mystique en la spontanéité créatrice des masses ».

Nous ne voulons pas nous étendre triomphalement sur la déconfiture de tous nos adversaires intellectuels, non que ce « triomphe », qui est en fait simplement celui du mouvement révolutionnaire moderne, n'ait pas une importante signification ; mais à cause de la monotonie du sujet, et de l'éclatante évidence du jugement qu'a prononcé, sur toute la période qui a fini en mai, la réapparition de la lutte des classes directe, reconnaissant des buts révolutionnaires *actuels*, la réapparition de l'histoire (avant, c'était la subversion de la société existante qui paraissait invraisemblable ; maintenant, c'est son maintien). Au lieu de souligner ce qui est déjà vérifié, il est plus important désormais de poser les nouveaux problèmes ; de *critiquer le mouvement de mai* et d'inaugurer la pratique de la nouvelle époque.

Dans tous les autres pays, la récente recherche, d'ailleurs restée jusqu'ici confuse, d'une critique radicale du capitalisme moderne (privé ou bureaucratique) n'était pas encore sortie de la base étroite qu'elle avait acquise dans un secteur du milieu étudiant. Tout au contraire, et quoiqu'affectent d'en croire le gouvernement et les journaux aussi bien que les idéologues de la sociologie moderniste, *le mouvement de mai ne fut pas un mouvement d'étudiants*. Ce fut un mouvement révolutionnaire prolétarien, resurgissant d'un demi-siècle d'écrasement et, normalement, *dépossédé* de tout : son paradoxe malheureux fut de ne pouvoir prendre la parole et prendre figure concrètement que sur le *terrain* éminemment défavorable d'une révolte d'étudiants : les rues tenues par les émeutiers autour du Quartier Latin et les bâtiments occupés dans cette zone, qui avaient généralement dépendu de l'Éducation Nationale. Au lieu de s'attarder sur la parodie historique, effectivement risible, des étudiants léninistes, ou staliniens chinois, qui se déguisaient en prolétaires, et du coup en avant-garde dirigeante du prolétariat, il faut voir que c'est au contraire la fraction la plus avancée des travailleurs, inorganisés, et séparés par toutes les formes de répression, qui s'est vue *déguisée en étudiants*, dans l'imagerie rassurante des syndicats et de l'information spectaculaire. Le mouvement de mai ne fut pas une quelconque théorie politique qui cherchait ses exécutants ouvriers : ce fut le prolétariat agissant qui cherchait sa conscience théorique.

Que le *sabotage* de l'Université, par quelques groupes de jeunes révolutionnaires qui étaient en fait notoirement des *anti-étudiants*, à Nantes et à Nanterre (en ce qui concerne les « Enragés », et non certes la majorité du « 22 mars » qui prit tardivement la relève de leur activité), ait donné *l'occasion* de développer des formes de lutte directe que le mécontentement des ouvriers, principalement les jeunes, avait déjà choisies dans les premiers mois de 1968, par exemple à Caen et à Redon, voilà une circonstance qui n'est aucunement fondamentale, et qui ne pouvait en rien nuire au mouvement. Ce qui fut nuisible, c'est que la grève lancée en tant que *grève sauvage*, contre toutes les volontés et les manœuvres des syndicats, ait pu être ensuite contrôlée par les syndicats. Ils acceptèrent la grève qu'ils n'avaient pu empêcher, ce qui a toujours été la conduite d'un syndicat devant une grève sauvage ; mais cette fois ils durent l'accepter à l'échelle nationale. Et en acceptant cette grève générale « non-officielle », ils restèrent acceptés par elle. Ils restèrent en possession des portes des usines, et *isolèrent du mouvement réel* à la fois l'immense majorité des ouvriers en bloc, et chaque entreprise relativement à toutes les autres. De sorte que l'action la plus unitaire et la plus *radicale* dans sa critique qu'on ait jamais vue fut en même temps une somme d'isolements, et un festival de platitudes dans les revendications officiellement soutenues. De même qu'ils avaient dû laisser la grève générale s'affirmer *par fragments*, qui aboutirent à une quasi-unanimité, les syndicats s'employèrent à liquider la grève par fragments, en faisant accepter dans chaque branche, par le terrorisme du truquage et des liaisons monopolisées, les miettes qui avaient été encore rejetées *par tous* le 27 mai. La grève révolutionnaire fut ainsi ramenée à un équilibre de *guerre froide* entre les bureaucraties syndicales et les travailleurs. Les syndicats *reconnurent* la grève à condition que la grève reconnût tacitement, par sa passivité dans la pratique, *qu'elle ne servirait à rien*. Les syndicats n'ont pas « manqué une occasion » d'être révolutionnaires parce que, des staliniens aux réformistes embourgeoisés, ils ne le sont absolument pas. Et ils n'ont pas manqué une occasion d'être *réformistes avec de grands résultats*, parce que la situation était trop dangereusement révolutionnaire pour qu'ils prennent le risque de jouer avec ; pour qu'ils s'attachent même à en tirer parti. Ils voulaient, très manifestement, que cela finisse d'urgence, à n'importe quel prix. Ici, l'hypocrisie stalinienne, rejointe d'admirable façon par les sociologues semi-gauchistes (cf. Coudray, dans *La Brèche*, Éditions du Seuil, 1968) feint, seulement à l'usage de moments si exceptionnels, un extraordinaire respect de la compétence des ouvriers, de leur « décision » expérimentée que l'on suppose, avec le plus fantastique cynisme, clairement débattue, adoptée en connaissance de cause, reconnaissable d'une façon absolument univoque : les ouvriers, pour une fois, sauraient bien ce qu'ils veulent, parce « qu'ils ne voulaient pas la révolution » ! Mais les obstacles et les baillons que les bureaucrates ont accumulés, en suant l'angoisse et le mensonge, devant cette *non-volonté* supposée des ouvriers, constituent la meilleure preuve de leur volonté réelle, désarmée et redoutable. C'est seulement en oubliant la totalité historique du mouvement de la société moderne que l'on peut se gargariser de ce positivisme circulaire, qui croit retrouver partout comme rationnel l'ordre existant, parce qu'il élève sa « science » jusqu'à considérer cet ordre successivement du côté de la demande et du côté de la réponse. Ainsi, le même Coudray note que « si l'on a ces syndicats, on ne peut avoir que 5 % et si c'est 5 % que l'on veut, ces syndicats y suffisent ». En laissant de côté la question de leurs intentions en relation avec leur vie réelle et ses intérêts, ce qui pour le moins manque à tous ces messieurs, c'est la dialectique.

Les ouvriers, qui avaient naturellement – comme toujours et comme partout – d'excellents motifs de mécontentement, ont commencé la grève sauvage parce qu'ils ont senti *la situation révolutionnaire* créée par les nouvelles formes de sabotage dans l'Université, et les erreurs successives du gouvernement dans ses réactions. Ils étaient évidemment aussi indifférents que nous aux formes ou réformes de l'institution universitaire ; mais certainement pas à la critique de la culture, du paysage et de la vie quotidienne du capitalisme avancé, critique qui s'étendit si vite à partir de la première déchirure de ce voile universitaire.

Les ouvriers, en faisant la grève sauvage, ont *démenti les menteurs* qui parlaient en leur nom. Dans la masse des entreprises, ils n'ont pas su aller jusqu'à prendre véridiquement la parole pour leur compte, et *dire ce qu'ils voulaient.* Mais pour dire ce qu'ils veulent, il faut déjà que les travailleurs créent, par leur action autonome, les conditions concrètes, *partout inexistantes*, qui leur permettent de parler et d'agir. Le manque, presque partout, de ce dialogue, de cette liaison, aussi bien que de la connaissance théorique des buts autonomes de la lutte de classe prolétarienne (ces deux catégories de facteurs ne pouvant se développer qu'ensemble), a empêché les travailleurs d'*exproprier les expropriateurs de leur vie réelle.* Ainsi, le noyau avancé des travailleurs, autour duquel prendra forme la prochaine organisation révolutionnaire prolétarienne, vint au Quartier Latin en *parent pauvre* du « réformisme étudiant », lui-même produit largement artificiel de la pseudo-information ; ou de l'illusionnisme groupusculaire. C'étaient de jeunes ouvriers ; des employés ; des travailleurs de bureaux occupés ; des blousons noirs et chômeurs ; des lycéens révoltés, qui étaient souvent ces fils d'ouvriers que le capitalisme moderne recrute pour cette instruction au rabais destinée à préparer le fonctionnement de l'industrie développée (« *Staliniens, vos fils sont avec nous !* ») ; des « intellectuels perdus » et des « Katangais ».

Qu'une proportion non négligeable des étudiants français, et surtout parisiens, ait participé au mouvement, voilà un fait évident, mais qui ne peut servir à le caractériser fondamentalement, ni même être accepté comme un de ses points principaux. Sur 150 000 *étudiants* parisiens, 10 à 20 000 tout au plus furent présents dans les heures les moins dures des manifestations, et quelques milliers seulement dans les violents affrontements de rue. L'unique moment de la crise qui a dépendu des seuls étudiants – ce fut du reste un des moments décisifs de son extension – a été l'émeute spontanée du Quartier Latin, le 3 mai, après l'arrestation des responsables gauchistes dans la Sorbonne. Au lendemain de l'occupation de la Sorbonne, près de la moitié des participants de ses assemblées générales, alors qu'elles avaient visiblement pris une fonction insurrectionnelle, étaient encore des étudiants inquiets des modalités de leurs examens, et souhaitant quelque réforme de l'Université qui leur fût favorable. Sans doute un nombre un peu supérieur des participants *étudiants* admettait que la question du pouvoir était posée ; mais ceux-ci l'admettaient le plus souvent en tant que naïve clientèle des petits partis gauchistes ; en spectateurs des vieux schémas léninistes, ou même de l'exotisme extrême-oriental du stalinisme maoïste. Ces groupuscules, en effet, avaient leur base quasi-exclusive dans le milieu étudiant ; et la *misère* qui s'était conservée là était clairement lisible dans la quasi-totalité des tracts émanant de ce milieu : néant des Kravetz, bêtise des Péninou. Les meilleures interventions des ouvriers accourus, dans les premières journées de la Sorbonne, furent souvent accueillies par la pédante et hautaine sottise de ces étudiants qui se rêvaient docteurs ès-révolutions, quoique les mêmes fussent prêts à saliver et applaudir au stimulus du plus maladroit manipulateur avançant quelque ineptie tout en citant « la classe ouvrière ». Cependant le fait même que les groupements recrutent une certaine quantité d'étudiants est déjà un signe du malaise dans la société actuelle : les groupuscules sont l'expression théâtrale d'une révolte réelle et vague, qui cherche ses raisons au rabais. Enfin, le fait qu'une petite fraction des étudiants a vraiment adhéré à toutes les exigences radicales de mai témoigne encore de la profondeur de ce mouvement ; et reste à leur honneur.

Bien que plusieurs milliers d'étudiants aient pu, en tant qu'individus, à travers leur expérience de 1968, se détacher plus ou moins complètement de la place qui leur est assignée dans la société, la masse des étudiants n'en a pas été transformée. Ceci, non en vertu de la platitude pseudo-marxiste qui considère comme déterminante l'*origine* sociale des étudiants, très majoritairement bourgeoise ou petite-bourgeoise, mais bien plutôt à cause du destin social qui définit l'étudiant : le *devenir* de l'étudiant est la vérité de son être. Et il est massivement fabriqué et conditionné pour le haut, le moyen ou le petit encadrement de la production industrielle moderne. L'étudiant est du reste malhonnête quand il se scandalise de « découvrir » cette logique de sa formation – qui a toujours été franchement déclarée. Que les incertitudes économiques de son emploi optimum, et surtout la mise en question du caractère véritablement désirable des « privilèges » que la société présente peut lui offrir, aient eu un rôle dans son désarroi et sa révolte, c'est certain. Mais c'est justement en ceci que l'étudiant fournit le bétail avide de trouver sa marque de qualité dans l'idéologie de l'un ou l'autre des groupuscules bureaucratiques. L'étudiant qui se rêve bolchevik ou

LA FIN DE LA TRANQUILLITÉ

« "— Pourquoi étiez-vous mêlés aux étudiants ? demande le président. Il y avait aussi des mouvements ouvriers qui occupaient la faculté. Nous y étions à ce titre". Tel n'est pas l'avis du président qui pense qu'il s'agit plutôt d'agissements de malfaiteurs de droit commun qui ont profité des événements pour commettre des vols. »

Le Monde (14-9-68).

« Le Général de Gaulle a pris le parti de transformer les structures, pour le moins fatiguées, de notre pays… C'est la voie des réformes. C'est la tâche d'une génération, c'est la seule qui puisse éviter les révolutions dont mai 1968 était les prémices. »

Alain Griotteray (déclaration citée dans *Le Monde* du 12-4-69).

stalinien-conquérant (c'est-à-dire : le maoïste) joue sur les deux tableaux : il escompte bien gérer quelque fragment de la société en tant que cadre du capitalisme, par le simple résultat de ses études, si le changement du pouvoir ne vient pas répondre à ses vœux. Et dans le cas où son rêve se réaliserait, il se voit la gérant plus glorieusement, avec un plus beau grade, en tant que cadre politique « scientifiquement » garanti. Les rêves de domination des groupuscules se traduisent souvent avec maladresse dans l'expression de mépris que leurs fanatiques croient pouvoir se permettre, vis-à-vis de quelques aspects des revendications ouvrières, qu'ils ont souvent qualifiées de simplement « alimentaires ». On voit déjà poindre là, dans l'impuissance qui ferait mieux de se taire, le dédain que ces gauchistes seraient heureux de pouvoir opposer au mécontentement futur de ces mêmes travailleurs le jour où eux, spécialistes auto-patentés des intérêts généraux du prolétariat, pourraient tenir « dans leurs mains fragiles » ainsi opportunément renforcées, le pouvoir étatique et la police, comme à Cronstadt, comme à Pékin. Une fois mise à part cette perspective de ceux qui sont les porteurs de germes de bureaucraties souveraines, on ne peut rien reconnaître de sérieux aux oppositions sociologico-journalistiques entre les étudiants rebelles, qui seraient censés refuser « la société de consommation », et les ouvriers, qui seraient encore avides d'y accéder. La consommation en question n'est que celle des marchandises. C'est une consommation hiérarchique, et qui croît pour tous, mais en se hiérarchisant davantage. La baisse et la falsification de la valeur d'usage sont présentes pour tous, quoique inégalement, dans la marchandise moderne. Tout le monde vit cette consommation des marchandises spectaculaires *et* réelles dans une pauvreté fondamentale, « parce qu'elle n'est pas elle-même au-delà de la privation, mais qu'elle est la privation devenue plus riche » (*La Société du Spectacle*). Les ouvriers aussi passent leur vie à consommer le spectacle, la passivité, le mensonge idéologique et marchand. Mais en outre ils ont moins d'illusions que personne sur les conditions concrètes que leur impose, sur ce que leur coûte, dans tous les moments de leur vie, la *production* de tout ceci.

Pour cet ensemble de raisons, les étudiants, comme couche sociale elle aussi en crise, n'ont rien été d'autre, en mai 1968, que *l'arrière-garde* de tout le mouvement.

La déficience presque générale de la fraction des étudiants qui affirmait des intentions révolutionnaires a été certainement, par rapport au temps libre que ceux-ci *auraient pu* consacrer à l'élucidation des problèmes de la révolution, lamentable, mais très secondaire. La déficience de la grande masse des travailleurs, tenue en laisse et bâillonnée, a été, au contraire, bien excusable, mais décisive. La définition et l'analyse des situationnistes quant aux *moments principaux* de la crise ont été exposées dans le livre de René Viénet, *Enragés et situationnistes dans le mouvement des occupations* (Gallimard, 1968). Il nous suffira ici de résumer les points retenus par ce livre, rédigé à Bruxelles dans les trois dernières semaines de juillet, avec les documents déjà disponibles, mais dont aucune conclusion ne nous semble devoir être modifiée. De janvier à mars, le groupe des Enragés de Nanterre (relayé tardivement en avril par le « mouvement du 22 mars ») entreprit avec succès le sabotage des cours et des locaux. La répression, trop tardive et fort maladroite, par le Conseil de l'Université, assortie de deux fermetures successives de la Faculté de Nanterre, entraîna l'émeute spontanée des étudiants, le 3 mai au Quartier Latin. L'Université fut paralysée par la police et par la grève. Une semaine de lutte dans la rue donna l'occasion aux jeunes ouvriers de passer à l'émeute ; aux staliniens de se discréditer chaque jour par d'incroyables calomnies ; aux dirigeants gauchistes du S.N.E. Sup. et des groupuscules, d'étaler leur manque d'imagination et de rigueur ; au gouvernement, d'user toujours à contretemps de la force et des concessions malheureuses. Dans la nuit du 10 au 11 mai, le soulèvement qui s'empara du quartier environnant la rue Gay-Lussac et put le tenir plus de huit heures, en résistant sur soixante barricades, réveilla tout le pays, et amena le gouvernement à une capitulation majeure : il retira du Quartier Latin les forces du maintien de l'ordre, et rouvrit la Sorbonne qu'il ne pouvait plus faire fonctionner. La période du 13 au 17 mai fut celle de l'ascension irrésistible du mouvement, devenu une crise révolutionnaire générale, le 16 étant sans doute la journée décisive dans laquelle les usines commencèrent à se déclarer pour la grève sauvage. Le 13, la simple journée de grève générale décrétée par les grandes organisations bureaucratiques pour achever vite et bien le mouvement, en en tirant si possible quelque avantage, ne fut en réalité qu'un début : les ouvriers et les étudiants de Nantes attaquèrent la préfecture, et ceux qui rentrèrent dans la Sorbonne comme occupants l'ouvrirent aux travailleurs. La Sorbonne devint à l'instant un « club populaire » en regard duquel le langage et les revendications des clubs de 1848 paraissent timides. Le 14, les ouvriers nantais de Sud-Aviation occupèrent leur usine, tout en séquestrant les managers. Leur exemple fut suivi le 15 par deux ou trois entreprises, et par davantage à partir du 16, jour où la base imposa la grève chez Renault à Billancourt. La quasi-totalité des entreprises allaient suivre ; et la quasi-totalité des institutions, des idées et des habitudes allaient être contestées dans les jours suivants. Le gouvernement et les staliniens s'employèrent fébrilement à arrêter la crise par la dissolution de sa force principale : ils s'accordèrent sur des concessions de salaire susceptibles de faire reprendre tout de suite le travail. Le 27, la base rejeta partout « les accords de Grenelle ». Le régime, qu'un mois de dévouement stalinien n'avait pu sauver, se vit perdu. Les staliniens eux-mêmes envisagèrent, le 29, l'effondrement du gaullisme, et s'apprêtèrent à contrecœur à ramasser, avec le reste de la gauche, son dangereux héritage : la révolution sociale à désarmer ou à écraser. Si, devant la panique de la bourgeoisie et l'usure rapide du frein stalinien, de Gaulle s'était retiré, le nouveau pouvoir n'eût été que l'alliance précédente affaiblie, mais *officialisée* : les staliniens auraient défendu un gouvernement, par exemple Mendès-Waldeck, avec des milices bourgeoises, des activistes du parti et des fragments de l'armée. Ils auraient essayé de faire non du Kerensky, mais du Noske. De Gaulle, plus ferme que les cadres de son administration, soulagea les staliniens et annonçant, le 30, qu'il essaierait de se maintenir par tous les moyens : c'est-à-dire en engageant l'armée pour ouvrir la guerre civile, pour tenir ou reconquérir Paris. « Les staliniens, enchantés, se gardèrent bien d'appeler à maintenir la grève jusqu'à la chute du régime. Ils s'empressèrent de se rallier aux élections gaullistes, quel qu'en dût être pour eux le prix. Dans de telles conditions, l'alternative était immédiatement entre l'affirmation autonome du prolétariat ou la défaite complète du mouvement ; entre la révolution des Conseils et les accords de Grenelle. Le mouvement révolutionnaire ne pouvait en finir avec le P.C.F. sans avoir d'abord chassé de Gaulle. La forme du pouvoir des travailleurs qui aurait pu se développer dans la phase après-gaulliste de la crise, se trouvant bloquée à la fois par le vieil État réaffirmé et le P.C.F., n'eut plus aucune chance de prendre de vitesse sa défaite en marche. » (Viénet, *op. cit.*). Le reflux commença, quoique les travailleurs aient poursuivi obstinément, pendant une ou plusieurs semaines, la grève que tous leurs syndicats les pressaient d'arrêter. Naturellement, la bourgeoisie n'avait pas disparu en France ; elle était seulement muette de terreur. Au 30 mai, elle resurgit, avec la petite bourgeoisie conformiste, pour appuyer l'État. Mais cet État, déjà si bien défendu par la gauche bureaucratique, aussi longtemps que les travailleurs n'avaient pas éliminé la base du pouvoir de ces bureaucrates en imposant la forme de leur propre pouvoir autonome, ne pouvait tomber que s'il le voulait bien. Les travailleurs lui laissèrent cette liberté, et en subirent les conséquences normales. Ils n'avaient pas, en majorité, reconnu le sens total de leur propre mouvement ; et personne ne pouvait le faire à leur place.

Si, dans une seule grande usine, entre le 16 et le 30 mai, une assemblée générale s'était constituée en *Conseil* détenant tous les pouvoirs de décision et d'exécution, chassant les bureaucrates, organisant son autodéfense et appelant les grévistes de toutes les entreprises à se mettre en liaison avec elle, ce dernier pas qualitatif franchi eût pu porter le mouvement tout de suite à la *lutte finale* dont il a tracé historiquement toutes les directives. Un très grand nombre d'entreprises aurait suivi la voie ainsi découverte. Immédiatement, cette usine eût pu se substituer à l'incertaine et, à tous égards, excentrique Sorbonne des premiers jours, pour devenir le centre réel du mouvement des occupations : de véritables *délégués* des nombreux conseils existant déjà virtuellement dans certains bâtiments occupés, et de tous ceux qui auraient pu s'imposer dans toutes les branches de l'industrie, se seraient ralliés autour de cette base. Une telle assemblée eût pu alors proclamer l'expropriation de tout le capital, *y compris étatique* ; annoncer que tous les moyens de production du pays étaient désormais la propriété collective du prolétariat organisé en démocratie directe ; et en appeler directement – par exemple, en saisissant enfin quelques-uns des moyens techniques des télécommunications – aux travailleurs du monde entier pour soutenir cette révolution. Certains diront qu'une telle hypothèse est utopique. Nous répondrons : c'est justement parce que le mouvement des occupations a été objectivement, à plusieurs instants, *à une heure* d'un tel résultat, qu'il a répandu une telle épouvante, lisible par tous sur le moment dans l'impuissance de l'État et l'affolement du parti dit communiste, et depuis dans la conspiration du silence qui est faite sur sa gravité. Au point que des millions de témoins, repris par « l'organisation sociale de l'apparence » qui leur présente cette époque comme une folie passagère de la jeunesse – peut-être même uniquement universitaire – doivent se demander à quel point n'est pas elle-même folle une société qui a pu ainsi *laisser passer* une si stupéfiante aberration.

Naturellement, dans cette perspective, la guerre civile était inévitable. Si l'affrontement armé n'avait plus dépendu de ce que le gouvernement craignait ou feignait de craindre quant aux mauvaises intentions éventuelles du parti dit communiste mais, tout objectivement, de la consolidation d'un pouvoir prolétarien direct dans une base industrielle (pouvoir évidemment total, et non quelque « pouvoir ouvrier » limité à on ne sait quel pseudo-contrôle de la production de sa propre aliénation), la contre-révolution armée eût été déclenchée sûrement aussitôt. Mais elle n'était pas sûre de gagner. Une partie des troupes se serait évidemment mutinée ; les ouvriers auraient su trouver des armes, et n'auraient certainement plus construit de barricades – bonnes sans doute comme forme d'expression *politique* au début du mouvement, mais évidemment dérisoires *stratégiquement* (et tous les Malraux qui disent *a posteriori* que les tanks eussent emporté la rue Gay-Lussac bien plus vite que la gendarmerie mobile ont certes raison sur ce point, mais pouvaient-ils alors couvrir *politiquement* les dépenses d'une telle victoire ? Ils ne s'y sont pas risqués, en tout cas, ils ont préféré faire les morts ; et ce n'est certainement pas par humanisme qu'ils ont digéré cette humiliation). L'invasion étrangère eût suivi fatalement, quoi qu'en pensent certains idéologues (on peut avoir lu Hegel et Clausewitz, et n'être que Glucksmann), sans doute à partir des forces de l'O.T.A.N., mais avec l'appui indirect ou direct du « Pacte de Varsovie ». Mais alors, tout aurait été sur-le-champ rejoué à quitte ou double devant le prolétariat d'Europe.

Depuis la défaite du mouvement des occupations, ceux qui y ont participé aussi bien que ceux qui ont dû le subir, ont souvent posé la question : « Était-ce une révolution ? ». L'emploi répandu, dans la presse et la vie quotidienne, d'un terme lâchement neutre – « les événements » –, signale précisément le recul devant une réponse ; devant même la formulation de la question. Il faut placer une telle question dans sa vraie lumière historique. La « réussite » ou l'« échec » d'une révolution, référence triviale des journalistes et des gouvernements, ne signifient rien dans l'affaire, pour la simple raison que, depuis les révolutions bourgeoises, *aucune révolution n'a encore réussi* : aucune n'a aboli les classes. La révolution prolétarienne n'a vaincu nulle part jusqu'ici, mais le processus pratique à travers lequel son projet se manifeste a déjà créé une dizaine, au moins, de moments révolutionnaires d'une extrême importance historique, auxquels il est convenu d'accorder le nom de révolutions. Jamais le *contenu total* de la révolution prolétarienne ne s'y est déployé ; mais chaque fois il s'agit d'une interruption essentielle de l'ordre socio-économique dominant, et de l'apparition de nouvelles formes et de nouvelles conceptions de la vie réelle, phénomènes variés qui ne peuvent être compris et jugés que dans leur signification d'ensemble, qui n'est pas elle-même sépara-

UN SLOGAN DE MAI

Cette inscription, tracée sur un mur du boulevard de Port-Royal, reproduit exactement celle dont le n° 8 de cette revue (p. 42) avait publié la photographie. Elle gagnait certainement en force à accompagner, cette fois, une grève sauvage étendue à tout le pays.

ble de l'avenir historique qu'elle peut avoir. De tous les critères partiels utilisés pour accorder ou non le titre de révolution à telle période de trouble dans le pouvoir étatique, le plus mauvais est assurément celui qui considère si le régime politique alors en place est tombé ou a surnagé. Ce critère, abondamment invoqué après mai par les penseurs du gaullisme, est le même qui permet à l'information au jour le jour de qualifier de révolution n'importe quel *putsch* militaire qui aura changé dans l'année le régime du Brésil, du Ghana, de l'Irak, et on en passe. Mais la révolution de 1905 n'a pas abattu le pouvoir tsariste, qui a seulement fait quelques concessions provisoires. La révolution espagnole de 1936 ne supprima pas formellement le pouvoir politique existant : elle surgissait au demeurant d'un soulèvement prolétarien commencé pour maintenir cette République contre Franco. Et la révolution hongroise de 1956 n'a pas aboli le gouvernement bureaucratique-libéral de Nagy. À considérer en outre d'autres limitations regrettables, le mouvement hongrois eut beaucoup d'aspects d'un soulèvement national contre une domination étrangère ; et ce caractère de résistance nationale, quoique moins important dans la Commune, avait cependant un rôle dans ses origines. Celle-ci ne supplanta le pouvoir de Thiers que dans les limites de Paris. Et le soviet de Saint-Pétersbourg en 1905 n'en vint même jamais à prendre le contrôle de la capitale. Toutes les crises citées ici comme exemples, inachevées dans leurs réalisations pratiques et même dans leurs contenus, apportèrent cependant assez de nouveautés radicales, et mirent assez gravement en échec les sociétés qu'elles affectaient, pour être légitimement qualifiées de révolution. Quant à vouloir juger des révolutions par l'ampleur de la tuerie qu'elles entraînent, cette vision romantique ne mérite pas d'être discutée. D'incontestables révolutions se sont affirmées par des heurts fort peu sanglants, même la Commune de Paris, qui allait finir en massacre ; et quantité d'affrontements civils ont accumulé les morts par milliers sans être en rien des révolutions. Généralement, ce ne sont pas les révolutions qui sont sanglantes, mais la réaction et la répression qu'on y oppose dans un deuxième temps. On sait que la question du nombre des morts dans le mouvement de mai a donné lieu à une polémique sur laquelle les tenants de l'ordre, provisoirement rassurés, ne cessent de revenir. La vérité officielle est qu'il n'y eut que cinq morts, tués sur le coup, dont un seul policier. Tous ceux qui l'affirment ajoutent eux-mêmes que c'est un bonheur invraisemblable. Ce qui ajoute beaucoup à l'invraisemblance scientifique, c'est que l'on n'a jamais admis qu'un seul des très nombreux blessés graves ait pu mourir dans les jours suivants : cette chance singulière n'est pourtant pas due à des secours chirurgicaux rapides, surtout lors de la nuit de Gay-Lussac. Par ailleurs, si un facile truquage pour sous-estimer le nombre des morts était fort utile *sur le moment* pour le gouvernement aux abois, il est resté fort utile *après*, pour des raisons différentes. Mais enfin, dans l'ensemble, les preuves rétrospectives du caractère révolutionnaire du mouvement des occupations sont aussi éclatantes que celles qu'il a jetées à la face du monde *en existant* : la preuve qu'il avait ébauché une légitimité nouvelle, c'est que le régime rétabli en juin n'a jamais cru pouvoir poursuivre, pour atteindre à la même sûreté intérieure de l'État, les responsables d'actions manifestement illégales qui l'avaient partiellement dépouillé de son autorité, voire de ses bâtiments. Mais le plus évident, pour ceux qui connaissent l'histoire de notre siècle, est encore ceci : tout ce que les staliniens ont fait, sans répit, à tous les stades, pour combattre le mouvement, prouve que la révolution était là.

Tandis que les staliniens représentèrent, comme toujours, en quelque sorte l'idéal de la bureaucratie anti-ouvrière comme forme pure, les embryons bureaucratiques des gauchismes étaient en porte-à-faux. Tous ménageaient ostensiblement les bureaucraties effectives, tant par calcul que par idéologie (à l'exception du « 22 mars », qui se contentait de ménager ses propres noyauteurs, J.C.R., maoïstes, etc.). De sorte qu'il ne leur restait plus qu'à vouloir « pousser à gauche » – mais seulement en fonction de leurs propres calculs déficients – à la fois un mouvement spontané qui était bien plus extrémiste qu'eux, et des appareils qui ne pouvaient en aucun cas faire des concessions au gauchisme dans une situation si manifestement révolutionnaire. Aussi les illusions pseudo-stratégiques fleurirent-elles abondamment : certains gauchistes croient que l'occupation d'un quelconque ministère dans la nuit du 24 mai, aurait assuré la victoire du mouvement (mais d'autres gauchistes manœuvrèrent alors pour empêcher un « excès » qui n'entrait pas dans leur propre planification de la victoire). D'autres, en attendant le rêve plus modeste d'en conserver la gestion « responsable » et dératisée pour y tenir une « université d'été », crurent que les facultés deviendraient des bases de la guérilla urbaine (toutes tombèrent après la grève ouvrière sans s'être défendues, et déjà la Sorbonne, alors même qu'elle était le centre momentané du mouvement en expansion, toutes portes ouvertes et presque dépeuplée vers la fin de la nuit critique du 16 au 17 mai, eût pu être reprise en moins d'une heure par un raid de C.R.S.). Ne voulant pas voir que le mouvement allait déjà au-delà d'un changement politique dans l'État, et en quels termes était posé l'enjeu réel (une prise de conscience *cohérente*, totale, dans les entreprises), les groupuscules travaillèrent assurément contre cette perspective, en répandant à foison les illusions mangées aux mites et en donnant partout le mauvais exemple de cette conduite bureaucratique vomie par tous les travailleurs révolutionnaires ; enfin, en parodiant de la manière la plus malheureuse toutes les formes de révolutions du passé, le parlementarisme comme la guerilla dans le style zapatiste, sans que ce pauvre cinéma recoupât jamais la moindre réalité. Les idéologues attardés des petits partis gauchistes, adorateurs des erreurs d'un passé révolutionnaire disparu, étaient normalement fort désarmés pour comprendre un mouvement *moderne*. Et leur somme éclectique, enrichie d'incohérence moderniste cousue de bouts de ficelle, le « mouvement du 22 mars », combina presque toutes les tares idéologiques du passé avec les défauts du confusionnisme naïf. Les récupérateurs étaient installés à la direction de ceux-là mêmes qui manifestaient leur crainte de « la récupération », considérée d'ailleurs vaguement comme un péril d'une nature quelque peu mystique, faute de la moindre connaissance des vérités élémentaires sur la récupération et sur l'organisation ; sur ce qu'est un délégué et sur ce qu'est un « porte-parole » irresponsable, tenant de ce fait la direction, puisque le principal pouvoir effectif du « 22 mars » fut de parler aux journalistes. Leurs vedettes dérisoires venaient sous tous les *sunlights* pour déclarer à la presse qu'elles prenaient garde de ne pas devenir vedettes.

Les « Comités d'action », qui s'étaient formés spontanément un peu partout, se trouvèrent sur la frontière ambiguë entre la démocratie directe et l'incohérence noyautée et récupérée. Cette contradiction divisait intérieurement presque tous ces comités. Mais la division était encore plus claire entre les deux types principaux d'organisation que la même étiquette recouvrit. D'un côté, il y eut des comités formés sur une base *locale* (C.A. de quartiers ou d'entreprises, comités d'occupation de certains bâtiments tombés aux mains du mouvement révolutionnaire), ou bien constitués pour accomplir certaines tâches spécialisées dont la nécessité pratique était évidente, notamment l'extension internationaliste du mouvement (C.A. italien, maghrébin, etc.). De l'autre côté, on vit se multiplier des comités *professionnels*, tentative de restauration du vieux syndicalisme, mais le plus souvent à l'usage de semi-privilégiés, donc avec un caractère nettement corporatiste, comme tribune des spécialistes séparés qui voulaient, en tant que tels, se rallier au mouvement, y survivre, et même y pêcher quelque avantage en notoriété (« États Généraux du Cinéma », Union des Écrivains, C.A. de l'Institut d'Anglais, et la suite). L'opposition des méthodes était encore plus nette que l'opposition des buts. Là, les décisions étaient exécutoires ; ici, elles étaient des vœux abstraits. Là, elles préfiguraient le pouvoir révolutionnaire des Conseils ; ici, elles parodiaient les groupes de pression du pouvoir étatique.

Les bâtiments occupés, quand ils ne furent pas sous l'autorité des « loyaux gérants » syndicalistes, et dans la mesure où ils ne restèrent pas isolés comme possession pseudo-féodale de la seule assemblée de leurs habituels usagers universitaires (par exemple la Sorbonne des premiers jours, les bâtiments ouverts aux travailleurs et zonards par les « étudiants » de Nantes, l'I.N.S.A. où s'installèrent des ouvriers révolutionnaires de Lyon, l'Institut Pédagogique National), constituaient un des points les plus forts du mouvement. La logique propre de ces occupations pouvait conduire aux meilleurs développements : on doit noter, du reste, combien un mouvement qui resta paradoxalement timide devant la perspective de la *réquisition* des marchandises, ne s'inquiétait aucunement de s'être déjà approprié une part du capital immobilier de l'État.

Si la reprise de cet exemple dans les usines fut finalement empêchée, il faut dire aussi que le style créé par beaucoup de ces occupations laissait grandement à désirer. Presque partout les routines conservées empêchèrent de voir la portée de la situation, les instruments qu'elle offrait pour l'action en cours. Par exemple, le numéro 77 d'*Informations Correspondance Ouvrières* (janvier 1969) objecte au livre de Viénet – qui avait cité leur présence à Censier – que les travailleurs depuis longtemps en contact autour de ce bulletin « n'ont pas “siégé” : ni à la Sorbonne, ni à Censier, ni ailleurs ; tous étaient engagés dans la grève sur leur lieu de travail » et « dans les assemblées, dans la rue ». « Ils n'ont jamais pensé tenir, sous une forme ou sous une autre une “permanence” dans les facultés, encore moins se constituer en “liaison ouvrière” ou en “conseil”, fut-ce pour le “maintien des occupations” » ; ce qu'ils disent considérer comme « une participation à des organismes parallèles dont la finalité aurait été de se substituer au travailleur ». Plus loin, *I.C.O.* ajoute qu'ils avaient tout de même tenu là « deux réunions par semaine » de leur groupe parce que « les facultés et notamment Censier, plus calme, offraient des salles gratuites et disponibles ». Ainsi, les scrupules des travailleurs d'*I.C.O.* (que l'on veut bien supposer des travailleurs aussi efficaces que modestes là où ils s'engagent dans la grève, sur les lieux précis de leur travail et dans les rues avoisinantes) les ont menés à ne voir dans un des aspects les plus originaux de la crise que la possibilité de remplacer leur café habituel en empruntant des salles gratuites dans une faculté calme. Ils conviennent aussi, mais d'un air toujours aussi satisfait, que nombre de leurs camarades ont « rapidement cessé d'assister aux réunions d'*I.C.O.* parce qu'ils n'y trouvaient pas une réponse à leur désir de “faire quelque chose” ». Ainsi, « faire quelque chose » est devenu automatiquement, pour ces travailleurs, la honteuse tendance à se substituer « au travailleur », en quelque sorte à l'être du travailleur en soi qui n'existerait, par définition, que dans son usine, là où par exemple les staliniens l'obligeront à se taire, et où *I.C.O.* devrait normalement attendre que tous les travailleurs se soient purement libérés *sur place* (sinon, ne risque-t-on pas de se substituer à ce vrai travailleur encore muet ?). Un tel choix idéologique de la dispersion est un défi au besoin essentiel dont tant de travailleurs ont ressenti en mai l'urgence vitale : la coordination et la communication des luttes et des idées à partir de bases de rencontres libres, extérieurement à leurs usines soumises à la police syndicale. Pourtant *I.C.O.* n'a pas été, ni avant ni depuis mai, jusqu'au bout de son raisonnement métaphysique. Il existe, en tant que publication ronéotypée à travers laquelle quelques dizaines de travailleurs se résignent à « substituer » leurs analyses à celles que peuvent faire spontanément quelques centaines d'autres travailleurs qui ne l'ont pas rédigé. Le numéro 78, de février, nous apprend même qu'« en un an, le tirage d'*I.C.O.* est passé de 600 exemplaires à 1 000 ». Mais ce *Conseil pour le maintien des occupations*, par exemple, qui semble choquer la vertu d'*I.C.O.*, rien qu'en occupant l'Institut Pédagogique National, et sans préjudice de ses autres activités ou publications du moment, a pu faire tirer gratuitement à 100 000 exemplaires, par une entente immédiatement obtenue avec les grévistes de l'imprimerie de l'I.P.N. à Montrouge, des textes dont le tirage fut répandu, dans sa très grande majorité, parmi d'autres travailleurs en grève ; et dont personne n'a jusqu'à présent essayé de montrer que le contenu pouvait viser le moins du monde à se substituer aux décisions de quelque travailleur que ce soit. Et la participation aux liaisons assurées par le C.M.D.O., à Paris et en province, n'a jamais été contradictoire avec la présence de grévistes sur leurs lieux de travail (ni, certes, dans les rues). De plus, quelques typographes grévistes du C.M.D.O. trouvaient fort bon de travailler n'importe où ailleurs sur les machines disponibles, plutôt que de rester passifs dans « leur » entreprise.

Si les puristes de l'inaction ouvrière ont certainement manqué là des occasions de prendre la parole, en réponse à toutes les fois où ils furent contraints à un silence qui est devenu chez eux une sorte de fière habitude, la présence d'une foule de noyauteurs néo-bolcheviks fut beaucoup plus nuisible. Mais le pire fut encore l'extrême manque d'homogénéité de l'assemblée qui, dans les premiers jours de l'occupation de la Sorbonne, se retrouva, sans l'avoir voulu ni même clairement compris, le centre exemplaire d'un mouvement qui entraîna les usines. Ce *manque d'homogénéité* sociale découlait d'abord du poids numérique écrasant des étudiants, malgré la bonne volonté de beaucoup d'entre eux, aggravé même par une assez forte proportion de visiteurs obéissant à des motivations simplement touristiques : c'est une telle base objective qui permit le déploiement des plus grossières manœuvres des Péninou ou des Krivine. L'ambiguïté des participants s'ajoutait à l'ambiguïté essentielle des actes d'une assemblée improvisée qui, par la force des choses, en était venue *à représenter* (à tous les sens du mot, et donc aussi au plus mauvais sens) la perspective conseilliste pour tout le pays. Cette assemblée prenait à la fois des décisions pour la Sorbonne – d'ailleurs mal, d'une manière mystifiée : elle ne put même jamais devenir maîtresse de son propre fonctionnement – et pour la société en crise : elle voulait et proclamait, en termes maladroits mais sincères, l'union avec les travailleurs, la négation du vieux monde. En disant ses fautes, n'oublions pas combien elle a été *écoutée*. Le même numéro 77 d'*I.C.O.* reproche aux situationnistes d'avoir cherché alors dans cette assemblée l'acte exemplaire à faire « entrer dans la légende » ; d'y avoir placé quelques têtes « sur le podium de l'histoire ». Nous croyons, nous, n'avoir mis personne en vedette sur une tribune historique, mais nous pensons aussi que l'affectation d'ironie supérieure de ces « belles âmes » ouvrières tombe fort mal. *C'était* une tribune historique.

La révolution ayant été perdante, les mécanismes socio-techniques de la fausse conscience devaient naturellement se rétablir, intacts pour l'essentiel : le spectacle se heurte à sa négation pure, et nul réformisme ne peut ensuite venir majorer, ne serait-ce que de 7 %, les concessions qu'il accorde à la réalité. Voilà ce que suffirait à montrer aux moins avertis l'examen des *trois cents livres* environ qui ont paru, à ne considérer que l'édition en France même, dans l'année qui a suivi le mouvement des occupations. Ce n'est pas ce nombre de livres qui pourrait être raillé ou blâmé, comme ont cru devoir le déclarer certains obsédés du péril de la récupération ; qui pourtant ont d'autant moins de raisons d'être inquiets qu'il n'y a généralement pas grand-chose chez eux qui puisse attirer la cupidité des récupérateurs. Le fait que tant de livres aient été publiés signifie principalement que l'importance historique du mouvement a été profondément ressentie, malgré les incompréhensions et les dénégations intéressées. Ce qui est criticable, beaucoup plus simplement, c'est que, sur trois cents livres, il n'y en ait guère que dix qui méritent d'être lus, qu'il s'agisse de récits et d'analyses échappant à des idéologies risibles, ou de recueils de documents non-truqués. La sous-information ou la falsification, qui dominent sur toute la ligne, ont trouvé une application privilégiée dans la manière dont on a, presque toujours, rendu compte de l'activité des situationnistes. Sans parler même des livres qui se bornent à garder le silence sur ce point, ou à quelques imputations absurdes, trois styles de contre-vérité ont été choisis par autant de séries de ces ouvrages. Le premier modèle consiste à limiter l'action de l'I.S. à Strasbourg, dix-huit mois auparavant, comme premier déclenchement lointain d'une crise dont elle aurait ensuite disparu (c'est également la position du livre des Cohn-Bendit, qui a même réussi à ne pas dire un mot sur l'existence du groupe des « Enragés » à Nanterre). Le deuxième modèle, mensonge cette fois positif et non plus par omission, affirme contre toute évidence que les situationnistes auraient accepté d'avoir un contact quelconque avec le « mouvement du 22 mars » ; et beaucoup vont jusqu'à nous y fondre complètement. Enfin, le troisième modèle nous présente comme un groupe autonome d'irresponsables et de furieux, surgissant par surprise, voire à main armée, à la Sorbonne ou ailleurs, pour semer un monstrueux désordre ; et proférant les plus extravagantes exigences.

Pourtant, il est difficile de nier une certaine continuité dans l'action des situationnistes en 1967-1968. Il semble même que cette continuité ait été précisément ressentie comme un désagrément par ceux qui prétendent, à grands coups d'*interviews* ou de recrutements, se faire attribuer un rôle de *leader* du mouvement, rôle que l'I.S., pour sa part, a toujours repoussé : leur stupide ambition porte certains de ces gens à cacher ce que, justement, ils connaissent un peu mieux que d'autres. La théorie situationniste s'était trouvée pour beaucoup dans l'origine de cette critique généralisée qui produisit les premiers incidents de la crise de mai, et qui se déploya avec elle. Ceci n'était pas seulement le fait de notre intervention contre l'Université de Strasbourg. Les livres de Vaneigem et Debord, par exemple, dans les quelques mois précédant mai, avaient été répandus déjà à 2 ou 3 000 exemplaires chaque, surtout à Paris, et une proportion inhabituelle en avait été lue par des travailleurs révolutionnaires (d'après certains indices, il paraît que ces deux livres ont été, du moins relativement à leur tirage, *les plus volés* en librairie de l'année 1968). À travers le groupe des Enragés, l'I.S. peut se flatter de n'avoir pas été sans importance dans l'origine précise de l'agitation de Nanterre, qui mena si loin. Enfin, nous croyons n'être pas trop restés en deçà du grand mouvement spontané des masses qui domina le pays en mai 1968, tant par ce que nous avons fait à la Sorbonne que par les diverses formes d'action que put ensuite mener le « Conseil pour le maintien des occupations ». En plus de l'I.S. proprement dite, ou d'un bon nombre d'individus qui en admettaient les thèses et agirent en conséquence, bien d'autres encore défendirent des perspectives situationnistes, soit par une influence directe, soit inconsciemment, parce qu'elles étaient en grande partie celles que cette époque de crise révolutionnaire portait objectivement. Ceux qui en doutent n'ont qu'à *lire les murs* (pour qui n'a pas eu cette expérience directe, citons le recueil de photographies publié par Walter Lewino, *L'Imagination au pouvoir*, Losfeld, 1968).

On peut donc avancer que la minimisation systématique de l'I.S. n'est qu'un détail homologue à la minimisation actuelle, et normale dans l'optique dominante, de l'ensemble du mouvement des occupations. L'espèce de jalousie éprouvée par certains gauchistes, et qui contribue fortement à cette besogne, est du reste complètement hors de propos. Les groupuscules les plus gauchistes n'ont aucun motif de se poser en rivaux de l'I.S., parce que l'I.S. n'est pas un groupe dans leur genre, les concurrençant sur le terrain de leur militantisme ou prétendant comme eux diriger le mouvement révolutionnaire, au nom de l'interprétation prétendue « correcte » de telle vérité pétrifiée extraite du marxisme ou de l'anarchisme. Voir ainsi la question, c'est oublier que, contrairement à ces redites abstraites où d'anciennes conclusions toujours actuelles dans les luttes de classes se trouvent inextricablement mélangées à une foule d'erreurs ou d'impostures qui s'entre-déchirent, l'I.S. avait principalement apporté un *esprit nouveau* dans les débats théoriques sur la société, la culture, la vie. Cet esprit était, assurément, révolutionnaire. Il a pu se lier, dans une certaine mesure, au mouvement révolutionnaire réel qui recommençait. Et c'est dans la mesure même où ce mouvement avait lui aussi un caractère nouveau qu'il s'est trouvé *ressembler* à l'I.S., qu'il en a partiellement repris à son compte les thèses ; et nullement par un processus politique traditionnel d'adhésion ou de suivisme. Le caractère largement nouveau de ce mouvement pratique est précisément lisible dans cette *influence* même, tout à fait étrangère à un rôle directif, que l'I.S. s'est trouvé exercer. Toutes les tendances gauchistes – y compris le « 22 mars » qui tenait dans son bric-à-brac du léninisme, du stalinisme chinois, de l'anarchisme, et même un zeste de « situationnisme » incompris – s'appuyaient très explicitement sur un long passé de luttes, d'exemples, de doctrines cent fois publiées et discutées. Sans doute, ces luttes et ces publications avaient été étouffées par la réaction stalinienne, négligées par les intellectuels bourgeois. Mais elles étaient cependant infiniment plus accessibles que les positions nouvelles de l'I.S., qui n'avaient jamais pu se faire connaître que par nos propres publications et activités récentes. Si les rares documents connus de l'I.S. ont rencontré une telle audience, c'est évidemment qu'une partie de la critique pratique avancée se reconnaissait d'elle-même dans ce langage. Ainsi, nous nous trouvons maintenant en assez bonne position pour dire ce que mai fut essentiellement, même dans sa part demeurée latente : pour rendre conscientes les tendances inconscientes du mouvement des occupations. D'autres, qui mentent, disent qu'il n'y avait rien à comprendre dans ce déchaînement absurde ; ou bien ne décrivent comme le tout, à travers l'écran de leur idéologie, que des aspects réels plus anciens et moins importants ; ou bien continuent l'« argumentisme » à travers maintenant de nouveaux sujets de « questionnement » nourri de lui-même. Ils ont pour eux les grands journaux et les petites amitiés, la sociologie et les gros tirages. Nous n'avons rien de tout cela, et nous ne tenons notre droit à la parole que de nous-mêmes. Et pourtant, ce qu'ils disent de mai devra s'éloigner dans l'indifférence et être oublié ; et c'est ce que nous en disons, nous, qui devra rester, qui finalement sera cru et sera repris.

L'influence de la théorie situationniste se lit, aussi bien que sur les murs, dans les actions des révolutionnaires de Nantes et dans celles, différemment exemplaires, des Enragés à Nanterre. On voit, dans la presse du début de 1968, quelle indignation répondit aux nouvelles formes d'action inaugurées ou systématisées par les Enragés. Nanterre-dans-la-boue y devenait « Nanterre-la-Folie » parce que quelques « voyous de campus » s'étaient mis un jour d'accord sur le fait que « tout ce qui est discutable est à discuter », et parce qu'ils voulaient « qu'on se le dise ».

De fait, ceux qui se rencontrèrent alors et formèrent le *Groupe des Enragés* n'avaient pas d'idée d'agitation préconçue. Ces « étudiants » n'étaient là que pour la forme, et *les bourses*. Il arriva seulement que les ornières et les bidonvilles leur furent moins odieux que les bâtiments de béton, la balourde fatuité étudiante, et les arrière-pensées des professeurs modernistes. Ils voyaient là un reste d'humanité, quand ils ne trouvaient que misère, ennui, ou mensonge, dans le bouillon de culture où pataugeaient de concert Lefebvre et son honnêteté. Touraine et la fin de la lutte des classes, Bouricaud et ses gros bras, Lourau et son avenir. De plus, ils connaissaient les thèses situationnistes, savaient que les têtes pensantes du ghetto les connaissaient, y pensaient souvent, et y puisaient leur modernisme. Ils décidèrent que tout le monde le saurait, et s'employèrent à démasquer le mensonge, se réservant de trouver plus tard d'autres terrains de jeux : ils comptaient bien que, les menteurs et les étudiants chassés, la Faculté détruite, la chance leur nouerait d'autres rencontres, à une autre échelle, et qu'alors « bonheur et malheur prendraient forme ».

DÉTAIL D'UNE BANDE DESSINÉE DES ENRAGÉS (publiée le 14-2-68).

Leur passé, qu'ils ne cachaient pas (origine majoritairement anarchiste mais aussi surréaliste, dans certain cas trotskiste) eut tôt fait d'inquiéter ceux auxquels ils se heurtèrent d'abord : les vieux groupuscules gauchistes, trotskistes du C.L.E.R. ou étudiants anarchistes englobant Daniel Cohn-Bendit, se disputant tous sur le manque d'avenir de l'U.N.E.F. et la fonction de psychologue. Le choix qu'ils firent d'exclusions nombreuses et sans indulgence inutile les garantit contre le succès qu'ils connurent rapidement auprès d'une vingtaine d'*étudiants* ; il les garantissait aussi des adhérents débiles, de tous ceux qui guettaient un situationnisme sans situationniste où ils pourraient porter leurs obsessions et leurs misères. Dans ces conditions, le groupe, qui atteignit parfois la quinzaine, fut le plus souvent formé d'une demi-douzaine d'agitateurs. On a vu que c'était suffisant.

Les méthodes qu'employèrent les Enragés, sabotages de cours en particulier, si elles sont aujourd'hui banales dans les Facultés comme dans les lycées, scandalisèrent profondément aussi bien les gauchistes que les bons étudiants, les premiers organisant même parfois des services d'ordre pour protéger les professeurs d'une pluie d'injures et d'oranges pourries. La généralisation de l'usage de l'insulte méritée, du graffiti, le mot d'ordre de boycott inconditionnel des examens, la distribution de tracts dans les locaux universitaires, le scandale quotidien de leur existence enfin, attirèrent sur les Enragés la première tentative de répression : convocation de Riesel et Bigorgne devant le doyen, le 25 janvier ; expulsion de Cheval hors de la résidence au début de février ; interdiction de séjour (fin février), puis cinq ans d'exclusion de l'Université française (début avril) pour Bigorgne. Entretenue par les groupuscules, une agitation plus étroitement politique commença à se développer parallèlement.

Cependant, les vieux singes de la Réserve, perdus dans l'imbroglio de la mise en scène de leur « pensée », ne s'inquiétèrent que tardivement. Il fallut donc les forcer à faire la grimace, tel Morin s'écriant, vert de dépit, sous les applaudissements des étudiants : « L'autre jour vous m'avez rejeté aux poubelles de l'Histoire... » – Interruption : « Comment se fait-il que tu en sois ressorti ? » – Je préfère être du côté des poubelles que du côté de ceux qui les manient, et en tout cas, je préfère être du côté des poubelles que du côté des crématoires ! » Tel encore Touraine, bavant de rage et hurlant : « J'en ai assez des anarchistes, et encore plus des situationnistes ! Pour le moment, c'est moi qui commande ici, et si un jour c'était vous, je m'en irais dans les endroits où l'on sait ce que c'est que le travail. » Ce n'est qu'un an plus tard que les découvertes de ces précurseurs trouvèrent leur usage, dans les articles de Raymond Aron et d'Étiemble, protestant contre l'impossibilité de travailler, et la montée du totalitarisme gauchiste et du fascisme rouge. À partir du 26 janvier, les interruptions violentes des cours ne cessèrent presque pas, jusqu'au 22 mars. Elles entretenaient une agitation permanente en vue de la réalisation de plusieurs projets qui avortèrent : publication d'une brochure au début de mai, et aussi envahissement et pillage du bâtiment administratif de la Faculté, avec l'aide des révolutionnaires nantais, au début de mars. Avant d'en voir tant, le Doyen Grappin dénonçait dans sa conférence de presse du 28 mars « un groupe d'étudiants irresponsables, qui depuis quelques mois perturbent les cours et les examens, et pratiquent des méthodes de partisans dans la Faculté... Ces étudiants ne se rattachent à aucune organisation politique connue. Ils constituent un élément explosif dans un milieu très sensible. » Quant à la brochure, l'imprimeur des Enragés avança moins vite que la révolution. Après la crise, il fallut renoncer à publier un texte qui eût paru prétendre au prophétisme après l'événement.

Tout ceci explique l'intérêt que les Enragés prirent à la soirée du 22 mars, quelque pût être leur méfiance *a priori* pour l'ensemble des autres protestataires. Tandis que Cohn-Bendit, déjà star au firmament nanterrois, parlementait avec les moins décidés, dix Enragés seuls s'installèrent dans la salle du Conseil de Faculté, où ils ne furent rejoints que 22 minutes plus tard par le futur « Mouvement du 22 mars ». On sait (cf. Viénet) comment et pourquoi ils se retirèrent de cette farce. Ils voyaient, de plus, que la police n'arrivait pas et qu'ils ne pourraient avec de tels gens réaliser le seul objectif qu'ils s'étaient fixé pour la nuit : détruire complètement les dossiers d'examens. Aux premières heures du 23, ils décidaient d'exclure cinq d'entre eux qui avaient refusé de quitter la salle, par crainte de « se couper des masses » étudiantes !

Il est certes piquant de constater qu'aux origines du mouvement de mai on trouve un règlement de comptes avec les penseurs doubles du gang argumentiste. Mais, en s'attaquant à la laide cohorte des penseurs subversifs appointés par l'État, les Enragés faisaient autre chose que vider une querelle ancienne : ils parlaient déjà en tant que *mouvement des occupations* luttant pour l'occupation réelle, par tous les hommes, de tous les secteurs de la vie sociale régis par le mensonge. Et de même, en écrivant sur des murs en béton « prenez vos désirs pour la réalité », ils détruisaient déjà l'idéologie récupératrice de « l'imagination au pouvoir », prétentieusement lancée par le « 22 mars ». C'est qu'ils avaient des désirs, et les autres pas d'imagination.

Les Enragés ne revinrent presque plus à Nanterre en avril. Les velléités de démocratie directe affichées par le « mouvement du 22 mars » étaient évidemment irréalisables en si mauvaise compagnie, et ils refusaient d'avance la petite place qu'on était tout prêt à leur faire comme amuseurs extrémistes, à gauche de la dérisoire « Commission culture et créativité ». À l'opposé la reprise par les étudiants nanterrois, quoique dans un but trouble d'anti-impérialisme, de certaines de leurs techniques d'agitation, signifiait que le débat commençait à être placé sur le terrain qu'ils avaient voulu définir. Les étudiants de Paris qui avaient attaqué la police le 3 mai, en réponse à la dernière des maladresses de l'administration universitaire, le prouvèrent aussi : le violent tract de mise en garde des Enragés *La rage au ventre*, distribué le 6 mai, ne put indigner que les léninistes qu'il dénonçait, tant il était à la mesure exacte du mouvement réel ; en deux journées de combat de rue, les émeutiers avaient trouvé son mode d'emploi. L'activité autonome des Enragés s'acheva d'une manière aussi conséquente qu'elle avait commencée. Ils furent traités *en situationnistes* avant même d'être dans l'I.S., puisque les récupérateurs gauchistes s'inspirèrent d'eux en croyant pouvoir les cacher, par leur propre étalage devant ces journalistes que les Enragés avaient évidemment repoussés. Le terme même d'« Enragés », par lequel Riesel a donné une marque inoubliable au mouvement des occupations, prit tardivement et pour quelque temps une signification publicitaire « cohnbendiste ».

La succession rapide des luttes dans la rue, dans la première décade de mai, avait tout de suite rassemblé les membres de l'I.S., les Enragés, et quelques autres camarades. Cet accord fut formalisé au lendemain de l'occupation de la Sorbonne, le 14 mai, quand ils se fédérèrent dans un « Comité Enragés-I.S. », qui commença le même jour à publier quelques documents portant cette signature. Une plus large expression autonome des thèses situationnistes à l'intérieur du mouvement s'en suivit, mais il ne s'agissait pas de poser des principes particuliers d'après lesquels nous aurions prétendu modeler le mouvement réel : en disant ce que nous pensions, nous disions *qui* nous étions, alors que tant d'autres se déguisaient pour expliquer qu'il fallait suivre la politique correcte de leur comité central. Ce soir-là, l'assemblée générale de la Sorbonne, effectivement ouverte aux travailleurs, entreprit d'organiser son pouvoir sur place, et René Riesel, qui y avait affirmé les positions les plus radicales sur l'organisation même de la Sorbonne et sur l'extension totale de la lutte commencée, fut élu au premier Comité d'Occupation. Le 15, les situationnistes présents à Paris adressèrent en province et à l'étranger une circulaire : *Aux membres de l'I.S., aux camarades qui se sont déclarés en accord avec nos thèses*. Ce texte analysait brièvement le processus en cours et ses développements possibles, par ordre de probabilité décroissante – épuisement du mouvement au cas où il resterait limité « chez les étudiants avant que l'agitation anti-bureaucratique n'ait gagné plus le milieu ouvrier » ; répression ; ou enfin « révolution sociale ? » Il comportait aussi un compte-rendu de notre activité jusque-là, et appelait à agir tout de suite au maximum « pour faire connaître, soutenir, étendre l'agitation ». Nous proposions comme thèmes immédiats en France : « l'occupation des usines » (on venait d'apprendre l'occupation de Sud-Aviation, survenue la veille au soir) ; « constitution de Conseils Ouvriers ; la fermeture définitive de l'Université, critique complète de toutes les aliénations ». Il faut noter que c'était la première fois, depuis que l'I.S. existe, que nous demandions à qui que ce fût, même parmi les plus proches de nos positions, de faire quelque chose. Aussi notre circulaire ne resta-t-elle pas sans écho, et notamment dans quelques-unes des villes où le mouvement de mai s'imposait le plus fortement. Le 16 au soir, l'I.S. lança une deuxième circulaire, exposant les développements de la journée et prévoyant « une épreuve de force majeure ». La grève générale interrompit là cette série, qui fut reprise sous une autre forme, après le 20 mai, par les émissaires que le C.M.D.O. envoyait en province et à l'étranger.

Le livre de Viénet a décrit en détails comment le Comité d'occupation de la Sorbonne, réélu en bloc par l'assemblée générale du 15 au soir, vit disparaître sur la pointe des pieds la majorité de ses membres, qui pliaient devant les manœuvres et les tentatives d'intimidation d'une bureaucratie informelle s'employant à ressaisir souterrainement la Sorbonne (U.N.E.F., M.A.U., J.C.R., etc.). Les Enragés et les situationnistes se trouvèrent donc avoir la responsabilité du Comité d'occupation les 16 et 17 mai. L'assemblée générale du 17 n'ayant finalement pas approuvé les actes par lesquels ce Comité avait exercé son mandat, et ne les ayant du reste pas davantage désapprouvés (les manipulateurs empêchèrent tout vote de l'assemblée), nous avons aussitôt déclaré que nous quittions la Sorbonne défaillante, et tous ceux qui s'étaient groupés autour de ce Comité d'occupation s'en allèrent avec nous : ils allaient constituer le noyau du Conseil pour le maintien des occupations. Il convient de faire remarquer que le deuxième Comité d'occupation, élu après notre départ, resta en fonction, identique à lui-même et de la glorieuse manière que l'on sait, jusqu'au retour de la police en juin. *Jamais plus il ne fut question de faire réélire chaque jour par l'assemblée ses délégués révocables*. Ce Comité de professionnels en vint même vite par la suite à supprimer les assemblées générales, qui n'étaient à ses yeux qu'une cause de trouble et une perte de temps. Au contraire, les situationnistes peuvent résumer leur action dans la Sorbonne par cette seule formule : « tout le pouvoir à l'assemblée générale ». Aussi est-il plaisant d'entendre maintenant parler du *pouvoir situationniste* dans la Sorbonne, alors que la réalité de ce « pouvoir » fut de rappeler constamment le principe de la démocratie directe ici même et partout, de dénoncer d'une façon ininterrompue récupérateurs et bureaucrates, d'exiger de l'assemblée générale qu'elle prenne ses responsabilités *en décidant*, et en rendant toutes ses décisions exécutoires.

Notre Comité d'occupation, par son attitude conséquente, avait soulevé l'indignation générale des manipulateurs et bureaucrates gauchistes. Si nous avions défendu dans la Sorbonne les principes et les méthodes de la démocratie directe, nous étions pourtant assez dépourvus d'illusions sur la composition sociale et le niveau général de conscience de cette assemblée : nous mesurions bien le paradoxe d'une délégation plus ferme que ses mandants dans cette volonté de démocratie directe, et nous voyions qu'il ne pouvait durer. Mais nous nous étions surtout employés à mettre au service de la grève sauvage qui commençait les moyens, non négligeables, que nous offrait la possession de la Sorbonne. C'est ainsi que le Comité d'occupation lança le 16, à

15 heures, une brève déclaration par laquelle il appelait « à l'occupation immédiate de toutes les usines en France et à la formation de Conseils Ouvriers ». Le reste de ce qui nous fut reproché n'était presque rien en regard du scandale que causa partout – sauf chez les « occupants de base » – ce « téméraire » engagement de la Sorbonne. Pourtant, à cet instant, deux ou trois usines étaient occupées, une partie des transporteurs des N.M.P.P. essayaient de bloquer la distribution des journaux, et plusieurs ateliers de Renault, comme on allait l'apprendre deux heures après, commençaient avec succès à faire interrompre le travail. On se demande au nom de quoi des individus sans titre pouvaient prétendre gérer la Sorbonne s'ils n'étaient pas partisans de la saisie par les travailleurs de toutes les propriétés dans le pays ? Il nous semble qu'en se prononçant de la sorte, la Sorbonne apporta une dernière réponse restant encore au niveau du mouvement dont les usines prenaient heureusement la suite, c'est-à-dire au niveau de la réponse qu'elles apportaient elles-mêmes aux premières luttes limitées du Quartier Latin. Certainement, cet appel n'allait pas contre les intentions de la majorité des gens qui étaient alors dans la Sorbonne, et qui firent tant pour le répandre. D'ailleurs, les occupations d'usines s'étendant, même les bureaucrates gauchistes devinrent partisans d'un fait sur lequel ils n'avaient pas osé se compromettre la veille, quoique sans renier leur hostilité aux Conseils. Le mouvement des occupations n'avait vraiment pas besoin d'une approbation de la Sorbonne pour s'étendre à d'autres entreprises. Mais, outre le fait qu'à ce moment chaque heure comptait pour relier toutes les usines à l'action commencée par quelques-unes, tandis que les syndicats essayaient partout de gagner du temps pour empêcher l'arrêt général du travail, et qu'un tel appel à cet endroit connut sur le champ une grande diffusion, y compris radiophonique, il nous paraissait surtout important de montrer, avec la lutte qui commençait, le *maximum* auquel elle devait tendre tout de suite. Les usines n'allèrent pas jusqu'à former des Conseils, et les grévistes qui commençaient à accourir à la Sorbonne n'y découvrirent certes pas le modèle.

Il est permis de penser que cet appel contribua à ouvrir çà et là quelques perspectives de lutte radicale. En tout cas, il figure certainement parmi les faits de cette journée qui inspirèrent le plus de craintes. On sait que le Premier ministre, à 19 heures, faisait diffuser un communiqué affirmant que le gouvernement « en présence de diverses tentatives annoncées ou amorcées par des groupes d'extrémistes pour provoquer

DERNIER RAPPORT DU COMITÉ D'OCCUPATION À L'ASSEMBLÉE GÉNÉRALE DE LA SORBONNE, LE 17 MAI

« Que nous importe le jugement qui pourra être ultérieurement porté sur nos obscures personnalités. Si nous avons constaté les différences politiques qui existent entre la majorité de la Commune et nous, ce n'est pas pour attirer le blâme sur les uns et l'éloge sur les autres. C'est pour que plus tard, si la Commune était vaincue, on sache qu'elle était autre que ce qu'elle a paru être jusqu'ici. »

Gustave Lefrançais,
Discours à ses mandants du 4ᵉ arrondissement, le 20 mai 1871.

une agitation généralisée », ferait tout pour maintenir « la paix publique » et l'ordre républicain, « dès lors que la réforme universitaire ne serait plus qu'un prétexte pour plonger le pays dans le désordre ». On rappelait en même temps 10 000 réservistes de la gendarmerie. La « réforme universitaire » n'était effectivement qu'un prétexte, même pour le gouvernement, qui masquait sous cette honorable nécessité, si brusquement découverte par lui, son recul devant l'émeute au Quartier Latin.

Le Conseil pour le maintien des occupations, occupant d'abord l'I.P.N. rue d'Ulm, fit de son mieux pendant la suite d'une crise à laquelle, dès que la grève fut générale et s'immobilisa dans la défensive, aucun groupe révolutionnaire organisé existant alors n'avait d'ailleurs plus les moyens d'apporter une contribution notable. Réunissant les situationnistes, les Enragés, et de trente à soixante autres révolutionnaires conseillistes (dont moins d'un dixième peuvent être comptés comme étudiants), le C.M.D.O. assura un grand nombre de liaisons en France et au-dehors, s'employant particulièrement, vers la fin du mouvement, à en faire connaître la signification aux révolutionnaires d'autres pays, qui ne pouvaient manquer de s'en inspirer. Il publia, à près de 200 000 exemplaires pour chacun des plus importants, un certain nombre d'affiches et de documents, dont les principaux furent le *Rapport sur l'occupation de la Sorbonne*, du 19 mai ; *Pour le pouvoir des Conseils Ouvriers*, du 22 ; et l'*Adresse à tous les travailleurs*, du 30. Le C.M.D.O., qui n'avait été dirigé ni embrigadé pour le futur par personne, « convint de se dissoudre le 15 juin (...) Le C.M.D.O. n'avait rien cherché à obtenir *pour lui*, pas même à mener un quelconque recrutement en vue d'une existence permanente. Ses participants ne séparaient pas leurs buts personnels des buts généraux du mouvement. C'étaient des individus indépendants, qui s'étaient groupés pour une lutte, sur des bases déterminées, dans un moment précis ; et qui redevinrent indépendants après elle. » (Viénet, *op. cit.*). Le Conseil pour le maintien des occupations avait été « un lien, pas un pouvoir ».

Certains nous ont reproché, en mai et depuis, d'avoir critiqué tout le monde, et ainsi de n'avoir présenté comme acceptable que la seule activité des situationnistes. C'est inexact. Nous avons approuvé le mouvement des masses, dans toute sa profondeur, et les initiatives remarquables de dizaines de milliers d'individus. Nous avons approuvé la conduite de quelques groupes révolutionnaires que nous avons pu connaître, à Nantes et à Lyon ; ainsi que les actes de tous ceux qui ont été en contact avec le C.M.D.O. Les documents cités par Viénet montrent à l'évidence qu'en outre nous approuvons *partiellement* nombre de déclarations émanant de Comités d'action. Il est certain que beaucoup de groupes ou comités qui sont restés inconnus de nous pendant la crise auraient eu notre approbation si nous avions eu l'occasion d'en être informés – et il est encore plus patent que, les ignorant, nous n'avons pu d'aucune manière les critiquer. Ceci dit, quand il s'agit des petits partis gauchistes et du « 22 mars », de Barjonet ou de Lapassade, il serait tout de même surprenant que l'on attendît de nous quelque approbation polie, quand on connaît nos positions préalables, et quand on peut constater quelle a été dans cette période l'activité des gens en question.

Pas davantage nous n'avons prétendu que certaines formes d'action qu'a revêtu le mouvement des occupations – à l'exception peut-être de l'emploi des bandes dessinées critiques – aient eu une origine directement situationniste. Nous voyons, au contraire, l'origine de toutes dans *des luttes ouvrières* « sauvages » ; et depuis plusieurs années certains numéros de notre revue les avaient citées à mesure, en spécifiant bien d'où elles venaient. Ce sont les ouvriers qui, les premiers, ont attaqué le siège d'un journal pour protester contre la falsification des informations les concernant (à Liège en 1961) ; qui ont brûlé les voitures (à Merlebach en 1962) ; qui ont commencé à écrire sur les murs les formules de la nouvelle révolution (« Ici finit la liberté », sur un mur de l'usine Rhodiaceta en 1967). En revanche, on peut signaler, évident prélude à l'activité des Enragés à Nanterre, qu'à Strasbourg, le 26 octobre 1966, pour la première fois un professeur d'Université fut pris à partie et chassé de sa chaire : c'est le sort que les situationnistes firent subir au cybernéticien Abraham Moles lors de son cours inaugural.

Tous nos textes publiés pendant le mouvement des occupations montrent que les situationnistes n'ont jamais répandu d'illusions, à ce moment, sur les chances d'un succès complet du mouvement. Nous savions que ce mouvement révolutionnaire, objectivement possible et nécessaire, était parti subjectivement de très bas : spontané et émietté, ignorant son propre passé et la totalité de ses buts, il revenait d'un demi-siècle d'écrasement, et trouvait devant lui tous ses vainqueurs encore bien en place, bureaucrates et bourgeois. Une victoire durable de la révolution n'était à nos yeux qu'une très faible possibilité, entre le 17 et le 30 mai. Mais, du moment que cette chance existait, nous l'avons montrée comme le *maximum* en jeu à partir d'un certain point atteint par la crise, et qui valait certainement d'être risqué. Déjà, à nos yeux, le mouvement était alors, quoi qu'il pût advenir, une grande victoire historique, et nous pensions que *la moitié seulement* de ce qui s'était déjà produit eût été un résultat très significatif.

Personne ne peut nier que l'I.S., opposée également en ceci à tous les groupuscules, s'est refusée à toute propagande en sa faveur. Ni le C.M.D.O. n'a arboré le « drapeau situationniste », ni aucun de nos textes de cette époque n'a parlé de l'I.S., excepté pour répondre à l'impudente invite de front commun lancée par Barjonet au lendemain du meeting de Charléty. Et parmi les multiples sigles publicitaires des groupes à vocation dirigeante, on n'a pas pu voir une seule inscription évoquant l'I.S. tracée sur les murs de Paris ; dont cependant nos partisans étaient sans doute les principaux maîtres.

Il nous semble, et nous présentons cette conclusion d'abord aux camarades d'autres pays qui connaîtront une crise de cette nature, que ces exemples montrent ce que peuvent faire, dans le premier stade de réapparition du mouvement révolutionnaire prolétarien, quelques individus, cohérents pour l'essentiel. En mai, il n'y avait à Paris qu'une dizaine de situationnistes et d'Enragés, et aucun en province. Mais l'heureuse conjonction de l'improvisation révolutionnaire spontanée et d'une sorte d'aura de sympathie qui existait autour de l'I.S. permit de coordonner une action assez vaste, non seulement à Paris, mais dans plusieurs grandes villes, comme s'il s'était agi d'une organisation préexistante à l'échelle nationale. Plus largement même que cette organisation spontanée, une sorte de vague et mystérieuse menace situationniste fut ressentie et dénoncée en beaucoup d'endroits : en étaient les porteurs quelques centaines, voire quelques milliers, d'individus que les bureaucrates et les modérés qualifiaient de situationnistes ou, plus souvent, selon l'abréviation populaire qui apparut à cette époque, de *situs*. Nous nous considérons comme honorés par le fait que ce terme de « situ », qui paraît avoir trouvé son origine péjorative dans le langage de certains milieux étudiants de province, non seulement a servi à désigner les plus extrémistes participants du mouvement des occupations, mais encore comportait certaines connotations évoquant le vandale, le voleur, le voyou.

Nous ne pensons pas avoir évité de commettre des fautes. C'est encore pour l'instruction de camarades qui peuvent se trouver ultérieurement dans des circonstances similaires, que nous les énumérons ici.

Dans la rue Gay-Lussac, où nous nous retrouvions par petits groupes rassemblés spontanément, chacun de ces groupes rencontra plusieurs dizaines de personnes connues, ou qui seulement nous connaissaient de vue et venaient nous parler. Puis chacun, dans l'admirable désordre que présentait ce « quartier libéré », même longtemps avant l'inévitable attaque des policiers, s'éloignait vers telle « frontière » ou tel préparatif de défense. De sorte que, non seulement tous ceux-là restèrent plus ou moins isolés, mais nos grou-

BARRICADE SPARTAKISTE

« Noske tire avec l'artillerie – Spartakus n'a que l'infanterie – Les grenades frappent dans nos rangs – Les chiens de Noske donnent l'assaut à Büxenstein. »

Chanson des ouvriers, soldats et matelots de Berlin, 1919
citée in Georges Glaser, *Secret et Violence.*

« Rue Gay-Lussac, les rebelles – n'ont que les voitures à brûler...
Ils nous lancent comme grêle – grenades et gaz chlorés – Nous ne trouvons que des pelles – et couteaux pour nous armer. »

Chanson du C.M.D.O.

pes mêmes, le plus souvent, ne purent se joindre. Ce fut une lourde erreur de notre part de n'avoir pas tout de suite demandé à tous de rester groupés. En moins d'une heure, un groupe agissant ainsi eût inévitablement fait boule de neige, en rassemblant tout ce que nous pouvions connaître parmi ces barricadiers – où chacun de nous retrouvait plus d'amis qu'on en rencontre au hasard en une année dans Paris. On pouvait ainsi former une bande de deux à trois cents personnes, se connaissant et agissant ensemble, ce qui justement a le plus manqué dans cette lutte dispersée. Sans doute, le rapport numérique avec les forces qui cernaient le quartier, environ trois fois plus nombreuses que les émeutiers, sans parler même de la supériorité de leur armement, condamnait de toute façon cette lutte à l'échec. Mais un tel groupe pouvait permettre une certaine liberté de manœuvre, soit par quelque contre-charge sur un point du périmètre attaqué, soit en poussant les barricades à l'est de la rue Mouffetard, zone assez mal tenue par la police jusqu'à une heure très tardive, pour ouvrir une voie de retraite à tous ceux qui furent pris dans le filet (quelques centaines n'échappant que par chance, grâce au précaire refuge de l'École Normale Supérieure).

Au Comité d'occupation de la Sorbonne, nous avons fait, vu les conditions et la précipitation du moment, à peu près tout ce que nous pouvions faire. On ne peut nous reprocher de n'avoir pas fait davantage pour modifier l'architecture de ce triste édifice, dont nous n'eûmes même pas le temps de faire le tour. Il est vrai qu'une chapelle y subsistait, fermée, mais nous avions appelé par affiche les occupants – et Riesel également dans son intervention à l'assemblée générale du 14 mai – à la détruire au plus vite. D'autre part, « Radio-Sorbonne » n'existe nullement en tant qu'appareil *émetteur*, et on ne doit donc pas nous blâmer de ne pas l'avoir employé. Il va de soi que nous n'avons pas envisagé ni préparé l'incendie du bâtiment, le 17 mai, comme le bruit en a couru alors à la suite de quelques calomnies obscures des groupuscules : cette date suffit à montrer combien le projet eût été impolitique. Nous ne nous sommes pas davantage dispersés sur les détails, quelque utilité qu'on puisse leur reconnaître. Ainsi, c'est pure fantaisie quand Jean Maitron avance que « le restaurant et la cuisine de la Sorbonne... sont restés jusqu'en juin contrôlés par les "situationnistes". Très peu d'étudiants parmi eux. Beaucoup de jeunes sans travail. » (*La Sorbonne par elle-même*, p. 114, Éditions Ouvrières, 1968). Nous devons toutefois nous reprocher cette erreur : les camarades chargés d'envoyer au tirage les tracts et déclarations émanant du Comité d'occupation, à partir de 17 heures le 16 mai, remplacèrent la signature « Comité d'occupation de la Sorbonne » par « Comité d'occupation de l'Université autonome et populaire de la Sorbonne », et personne ne s'en avisa. Il est sûr que c'était une régression d'une certaine portée, car la Sorbonne n'avait d'intérêt à nos yeux qu'en tant que *bâtiment saisi par le mouvement révolutionnaire*, et cette signature donnait à croire que nous pouvions reconnaître le lieu comme prétendant encore être une *Université*, fût-elle « autonome et populaire » ; chose que nous méprisons en tout cas, et qu'il était d'autant plus fâcheux de paraître accepter en un tel moment. Une faute d'inattention, moins importante, fut commise le 17 mai quand un tract, émanant d'ouvriers de la base venus de

que qui dépasse les termes figés et unilatéraux du spontanéisme et de l'organisation ouvertement ou sournoisement bureaucratisée. Elle doit être une organisation qui marche *révolutionnairement* vers la révolution des Conseils ; une organisation qui ne se disperse pas après le moment de la lutte déclarée, et qui ne s'institutionnalise pas.

Cette perspective n'est pas limitée à la France, mais internationale. C'est le sens total du mouvement des occupations qu'il faudra comprendre partout, comme déjà son exemple en 1968 a déclenché, ou porté à un degré supérieur, des troubles graves à travers l'Europe, en Amérique et au Japon. Des suites immédiates de mai, les plus remarquables furent la sanglante révolte des étudiants mexicains, qui put être brisée dans un relatif isolement, et le mouvement des étudiants yougoslaves contre la bureaucratie et pour l'autogestion prolétarienne, qui entraîna partiellement les ouvriers et mit le régime de Tito en grand péril : mais là, plus que les concessions proclamées par la classe dominante, l'intervention russe en Tchécoslovaquie vint puissamment au secours du régime ; elle lui permit de rassembler le pays en faisant redouter l'éventualité d'une invasion par une bureaucratie étrangère. La main de la nouvelle Internationale commence à être dénoncée par les polices de différents pays, qui croient découvrir les directives de révolutionnaires français à Mexico pendant l'été de 1968 comme à Prague dans la manifestation antirusse du 28 mars 1969 ; et le gouvernement franquiste au début de cette année, a explicitement justifié son recours à l'état d'exception par un risque d'évolution de l'agitation universitaire vers une crise générale du type français. Il y a longtemps que l'Angleterre connaissait des grèves sauvages, et un des buts principaux du gouvernement travailliste était évidemment d'arriver à les interdire ; mais il est hors de doute que c'est la première expérience d'une grève générale sauvage qui a mené Wilson à déployer tant de hâte et d'acharnement pour arracher cette année une législation répressive contre ce type de grève. Cet arriviste n'a pas hésité à risquer sur le « projet Castle » sa carrière, et l'unité même de la bureaucratie politico-syndicale travailliste, car si les syndicats sont les ennemis directs de la grève sauvage, ils ont peur de perdre eux-mêmes toute importance en perdant tout contrôle sur les travailleurs, dès que serait abandonné à l'État le droit d'intervenir, sans passer par leur médiation, contre les formes réelles de la lutte de classes. Et, le 1er mai, la grève anti-syndicale de 100 000 dockers, typographes et métallurgistes contre la loi dont on les menaçait a montré, pour la première fois depuis 1926, une grève politique en Angleterre : comme il est juste, c'est contre un gouvernement travailliste que cette forme de lutte a pu reparaître.

Wilson a dû se déconsidérer en renonçant à son projet le plus cher, et en repassant à la police syndicale le soin de réprimer elle-même les 95 % des arrêts du travail constitués désormais en Angleterre par les grèves sauvages. En août, la grève sauvage gagnée après huit semaines par les fondeurs des aciéries de Port-Talbot « a prouvé que la direction du T.U.C. n'est pas armée pour ce rôle ». (*Le Monde*, 30-8-69).

Nous reconnaissons bien le ton nouveau sur lequel désormais, à travers le monde, une critique radicale prononce sa déclaration de guerre à la vieille société, depuis le groupe extrémiste mexicain *Caos*, qui appelait pendant l'été de 1968 au sabotage des Jeux Olympiques et de « la société de consommation spectaculaire », jusqu'aux inscriptions des murs d'Angleterre et d'Italie ; depuis le cri d'une manifestation à Wall Street, rapporté par l'A.F.P. du 12 avril – « Stop the Show » –, dans cette société américaine dont nous signalions en 1965 « le déclin et la chute » et que ses responsables eux-mêmes avouent maintenant être « une société malade », jusqu'aux publications et aux actes des *Acratas* de Madrid.

En Italie, l'I.S. a pu apporter une certaine aide au courant révolutionnaire, dès la fin de 1967, moment où l'occupation de l'Université de Turin donna le départ à un vaste mouvement ; tant par quelques éditions, mauvaises mais vite épuisées, de textes de base (chez Feltrinelli et De Donato), que du fait de l'action radicale de quelques individus, quoique l'actuelle section italienne de l'I.S. n'ait été formellement constituée qu'en janvier 1969. La lente évolution depuis vingt-deux mois, de la crise italienne – ce qui a été appelé « le mai rampant » – s'était d'abord enlisée en 1968 dans la constitution d'un « Mouvement étudiant » beaucoup plus arriéré encore qu'en France, et isolé – à l'exemplaire exception près de l'occupation de l'hôtel de ville d'Orgosolo, en Sardaigne, par les étudiants, les bergers et les ouvriers unis. Mais les luttes ouvrières commençaient elles-mêmes lentement, et s'aggravaient en 1969, malgré les efforts du parti stalinien et des syndicats qui s'épuisent à fragmenter la menace en concédant des grèves d'une journée à l'échelle nationale par catégories, ou des grèves générales d'une journée par province. Au début d'avril, l'insurrection de Battipaglia, suivie de la mutinerie des prisons de Turin, Milan et Gênes, ont porté la crise à un niveau supérieur, et réduit encore la marge de manœuvre des bureaucrates. À Battipaglia, les

PEINTURE MODIFIÉE EN JANVIER 1969

« Comment allons-nous mettre en faillite la culture dominante ? De deux façons, graduellement d'abord et puis brusquement. »

Internationale Situationniste 8 (janvier 1963).

« De nombreux passants, parmi lesquels des ouvrières d'un chantier voisin, s'appliquent à copier des citations affichées sur les murs de la faculté, située au bord de la Vltava (...) "Quelle époque terrible que celle où des idiots dirigent des aveugles" (Shakespeare) ».

Le Monde (20-11-68).

« Ces inscriptions, vous les avez tous lues : nées au début de janvier 1969, elles ont disparu après le premier tour des élections présidentielles. Leur existence a été éphémère, mais elles ont suscité tant de commentaires que les responsables de la publicité dans le métro, pour éviter toute "nouvelle vague", viennent d'apposer dans chaque station une affiche où l'on rappelle aux auteurs de graffiti "qu'ils encourent une amende de 400 à 1 000 francs, assortie d'une peine de deux jours à un mois"... Un spécialiste de la publicité résumait l'action des auteurs de graffiti par la formule : "Ils ont combattu la publicité sur son propre terrain avec ses propres armes"... Responsables : un petit groupe d'étudiants révolutionnaires. Mi-lettristes, mi-situationnistes... ».

France-Soir (6-8-69).

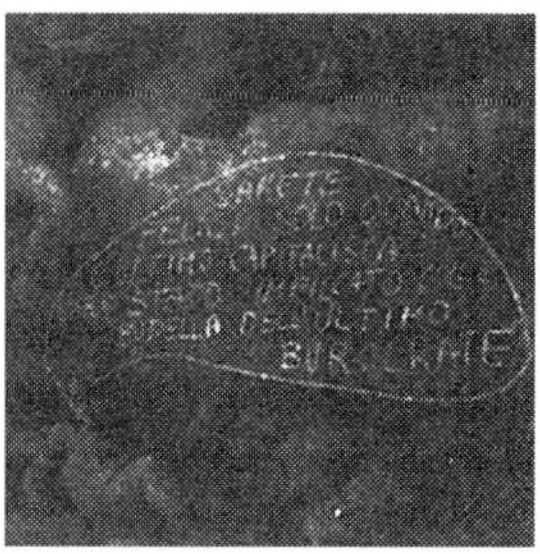

INSCRIPTION SUR LES FRESQUES DE L'UNIVERSITÉ DE GÊNES (1969)

LA ZENGAKUREN EN 1968

travailleurs, après que la police ait tiré, sont restés maîtres de la ville pendant plus de vingt-quatre heures, s'emparant des armes, assiégeant les policiers réfugiés dans leurs casernes et les sommant de se rendre, barrant les routes et les voies ferrées. Alors que l'arrivée massive des renforts de carabiniers avait repris le contrôle de la ville et des voies de communication, une ébauche de Conseil existait encore à Battipaglia, prétendant remplacer la municipalité et exercer le pouvoir direct des habitants sur leurs propres affaires. Si les manifestations de soutien dans toute l'Italie, encadrées par les bureaucrates, restèrent platoniques, du moins les éléments révolutionnaires de Milan réussirent-ils à s'attaquer violemment à ces bureaucrates, et à ravager le centre de la ville, se heurtant fortement à la police. En cette occasion, les situationnistes italiens ont repris les méthodes françaises de la plus adéquate manière.

Dans les mois suivants, les mouvements « sauvages » chez Fiat et parmi les ouvriers du nord, plus que la décomposition achevée du gouvernement, ont montré à quel point l'Italie est proche d'une crise révolutionnaire *moderne*. Le tour pris en août par les grèves sauvages de la Pirelli de Milan et de Fiat à Turin signale l'imminence d'un affrontement total.

On comprendra aisément la principale raison qui nous a fait ici traiter ensemble la question du sens général des nouveaux mouvements révolutionnaires et celle de leurs rapports avec les thèses de l'I.S. Naguère, ceux qui voulaient bien reconnaître de l'intérêt à quelques points de notre théorie regrettaient que nous en suspendions nous-mêmes toute la vérité à un retour de la révolution sociale, et jugeaient cette dernière « hypothèse » incroyable. En revanche, divers activistes tournant à vide, mais tirant vanité de rester allergiques à toute théorie actuelle, posaient, à propos de l'I.S., la stupide question : « quelle est son action pratique ? » Faute de comprendre, si peu que ce soit, le processus dialectique d'une rencontre entre le mouvement réel et « sa propre théorie inconnue », tous voulaient négliger ce qu'ils croyaient être *une critique désarmée.* Maintenant, elle s'arme. Le « lever du soleil qui, dans un éclair, dessine en une fois la forme du nouveau monde », on l'a vu dans ce mois de mai de France, avec les drapeaux rouges et les drapeaux noirs mêlés de la démocratie ouvrière. La suite viendra partout. Et si nous, dans une certaine mesure, sur le retour de ce mouvement, nous avons écrit notre nom, ce n'est pas pour en conserver quelque moment ou en tirer quelque autorité. Nous sommes désormais sûrs d'un aboutissement satisfaisant de nos activités : l'I.S. sera dépassée.

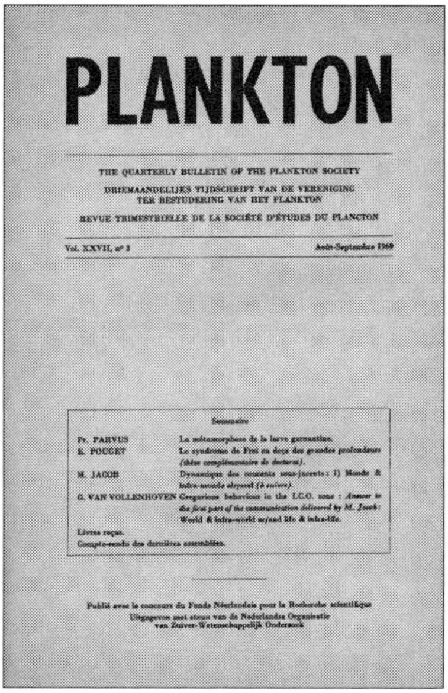
PLANKTON

THE QUARTERLY BULLETIN OF THE PLANKTON SOCIETY

DRIEMAANDELIJKS TIJDSCHRIFT VAN DE VERENIGING TER BESTUDERING VAN HET PLANKTON

REVUE TRIMESTRIELLE DE LA SOCIÉTÉ D'ÉTUDES DU PLANCTON

Vol. XXVII, nº 3 — Août-Septembre 1969

Sommaire

Fr. PARVUS — La métamorphose de la larve garantine.

E. POUGET — Le syndrome de Frei en deçà des grandes profondeurs *(thèse complémentaire de doctorat).*

M. JACOB — Dynamique des courants sous-jacents : 1) Monde & infra-monde abyssal *(à suivre).*

G. VAN VOLLENHOVEN — Gregarious behaviour in the I.C.O. zone : *Answer to the first part of the communication delivered by M. Jacob :* World & infra-world in/and life & infra-life.

Livres reçus.

Compte-rendu des dernières assemblées.

Publié avec le concours du Fonds Néerlandais pour la Recherche scientifique

Uitgegeven met steun van de Nederlandse Organisatie van Zuiver-Wetenschappelijk Onderzoek

Fausse couverture du numéro 12 (septembre 1969) de la revue *Internationale situationniste* notamment destinée à tromper les autorités bureaucratiques des pays de l'Est du fait d'un article sur l'intervention militaire russe d'août 1968 en Tchécoslovaquie.

VIIIe CONFÉRENCE DE L'I.S.

Les situationnistes au balcon de la Casa Frollo à la Giudecca lors de la VIIIe (et dernière) Conférence de l'I.S. qui se tint à Venise du 25 septembre au 1er octobre 1969.

De gauche à droite :

Tony Verlaan (seul), Jonathan Horelick, Bruce Elwell, Alain Chevalier, Jeppesen Victor Martin, Mustapha Khayati, Paolo Salvadori, René Viénet, Eduardo Rothe, Patrick Cheval, Raoul Vaneigem, Guy Debord, Christian Sébastiani, Gianfranco Sanguinetti, François de Beaulieu, Robert Chasse, René Riesel et Claudio Pavan.

LETTRE À PAOLO SALVADORI

Extrait d'une lettre au situationniste italien Paolo Salvadori du 24 novembre 1969 (*Correspondance*, vol. 4, *op. cit.*, p. 158-162).
Le 19 novembre 1969, lors d'une journée de grève générale nationale sur la question des loyers, les bureaucrates syndicaux qui devaient prendre la parole au Théâtre lyrique de Milan furent boycottés et insultés par les travailleurs qui, abandonnant le meeting, attaquèrent violemment les forces de police et édifièrent des barricades dans le centre de la ville.
Le même jour, les situationnistes italiens diffusèrent par voie d'affiche un *Avviso al proletariato italiano sulle possibilita presenti della rivoluzione sociale* (*Avis au prolétariat italien sur les possibilités présentes de la révolution sociale*).

D'après les nouvelles que nous fournissait la radio du 20 novembre, nous avions l'impression qu'avec la journée du 19 – pour continuer la comparaison française – vous êtes arrivés « au matin du 11 mai ». Mais la crise italienne continuant sur le rythme italien que vous avez décrit à Venise, toute la question maintenant est de savoir combien de temps va encore passer avant que soit atteint « le 14 mai ».

Les informations de ta lettre du 16 (plus celles que Gianfranco [Sanguinetti] a ajoutées le 20) confirment bien la profondeur du mouvement.

Certainement, la décomposition du gouvernement – qui, dans l'information journalistique, est ici présenté comme la *cause* principale des troubles – en réalité n'est que le reflet dans les superstructures politiques et administratives de la lutte de classes qui ébranle toute la société italienne. Dans le mouvement prolétarien mondial qui remonte, l'Italie est au cœur des contradictions du vieux monde : modernisation économique et arriération relative, puissance de la bureaucratie ouvrière liée à l'Est totalitaire et libéralisme bourgeois. Sa classe dominante devient le plus faible maillon de la chaîne de tous les pouvoirs institués, parce que la classe ouvrière devient la plus consciente et se manifeste avec le plus de force. La possibilité de participation stalinienne au gouvernement exprime non seulement la politique d'« union sacrée » à l'échelle italienne, mais l'union sacrée de toutes les classes dominantes, bourgeoises et bureaucratiques-totalitaires, à l'échelle mondiale, pour combattre la révolution. Naturellement, les rivalités très réelles des différentes couches, et même des formations opposées, de classe dominante créent une confusion extraordinaire, et amusante. Certainement une analyse comme celle que Marx a faite des luttes de classes en 1848-51 serait un très bon travail.

D'un point de vue tactique, il faut tenir compte de cette différence avec mai : nous avions un « pouvoir fort », une majorité parlementaire solide, et finalement le pouvoir personnel d'un homme de caractère. Une grande partie de la situation présente en Italie (mais ceci, évidemment, seulement du côté gouvernemental et parlementaire) ressemble beaucoup plus à *mai 1958*, à la fin misérable de la IVe République. Ceci a des aspects favorables, et des aspects menaçants : en mai 1968, personne dans la classe dominante n'était trop inquiet au début (malgré la stupeur) parce que de Gaulle les rassurait, et que les staliniens mêmes admettaient implicitement que de Gaulle est inébranlable. La vraie panique n'a commencé qu'entre le 16 et le 26 mai, pour devenir totale entre le 27 et le 30. La bourgeoisie italienne a bien plus de raisons de craindre les staliniens, et surtout elle en a encore davantage de craindre les ouvriers. Elle peut choisir la carte stalinienne ou la carte militaire. Si elle hésite trop longtemps à choisir, on peut aller à la guerre civile qui, selon le moment, pourrait comporter les staliniens *dans un camp ou dans un autre*. En bons termes stratégiques, la bourgeoisie (c'est-à-dire sa fraction déléguée au gouvernement de l'État) devrait maintenant faire son choix très vite, car il est pour elle extrêmement dangereux de laisser plus longtemps s'user le frein stalinien dans sa fonction actuelle : s'il est soudainement cassé, la guerre civile deviendra inévitable, et même *commencera mal* pour la bourgeoisie et ses alliés.

Il est impossible que l'actuel régime italien, malgré sa paralysie et son désordre, disparaisse sans combattre. La chute de la IVe République était très facile parce que de Gaulle était, en 1958, le recours rassurant envisagé depuis longtemps. Personne en Italie n'a une telle place. Mais surtout, la bourgeoisie française n'était pas menacée en 1958. C'était seulement une partie du personnel politique qui était mise au rebut par un soulèvement de colons ; par une couche fascisante encombrante, mais locale, exotique. Devant le prolétariat italien, la bourgeoisie fera tout pour résister.

Bien entendu, quand je parle du choix stratégique que la bourgeoisie *devrait* faire vite, je ne veux pas dire qu'elle aura effectivement l'intelligence et la force de prendre une décision prochainement. Pourtant, il lui faut choisir quel degré de violence, et sur quel terrain (par exemple : entrée de staliniens au gouvernement, vastes réformes promises, grosses augmentations des salaires, et répression des extrémistes provocateurs qui voudront continuer), elle va opposer à la violence prolétarienne.

Il est bien probable que bourgeois et bureaucrates auront su faire cette constatation d'une autre différence importante avec le mouvement des occupations en France : les ouvriers italiens sont *en ce moment déjà* à un degré de radicalité qu'ils n'avaient atteint en France qu'à la fin de mai (pour ne pas affirmer trop vite qu'ils sont en fait à un degré *supérieur*, mais je le crois).

Les mutineries dans la police sont un signe d'une extrême importance et d'une très grande gravité (pour la bourgeoisie, mais aussi, immédiatement, pour les émeutiers qui pourraient bien être mitraillés dans les rues). Deux chefs du gouvernement – je ne sais trop quels ministres – viennent discuter avec les mutins à Milan, tout à fait comme un ministre maoïste avec un général oppositionnel à Wou-Han ! Tu écrivais, le 16, que les syndicats et la police sont les seules organisations institutionnelles qui fonctionnent encore en Italie. Maintenant, l'une est ébranlée en même temps que l'autre. Il est sûr que, si la police se révolte et ouvre le feu sur les émeutiers, les staliniens auront vraiment beaucoup de mal à empêcher des soulèvements ouvriers en réponse (une grande partie des troupes de choc du parti stalinien lui échapperait).

[...] C'est vraiment le texte qui devait être publié ce jour-là, et comme la journée a été à la hauteur de vos prévisions, il a dû sûrement être très frappant pour beaucoup de lecteurs. La réussite de la diffusion, avec les moyens que vous avez, est remarquable. C'est une chance que vous n'ayez pas eu plus d'ennuis pendant cette opération.

Les Français n'ont pas communiqué assez clairement à Venise ce point de notre expérience : nous nous sommes, presque tous, trouvés dans des situations dangereuses *plus souvent encore* du fait des staliniens, gauchistes ou bureaucrates étudiants, que du fait des forces de police que l'on affrontait deux ou trois soirs par semaine. En Italie, si bientôt le mouvement va plus loin qu'en mai, beaucoup de gens seront armés ; et il sera encore plus dangereux, évidemment, d'être attaqués par des staliniens ou autres, vous dénonçant à l'occasion comme fascistes ou provocateurs. On pourra être fusillé à l'instant pour avoir rencontré des bureaucrates sur un terrain qu'ils contrôlent. Il faut garder une certaine prudence.

LETTRE À J.V. MARTIN

Extrait d'une lettre à J.V. Martin du 23 décembre 1969, à propos des attentats commis en Italie le 12 décembre 1969 (*Correspondance*, vol. 4, *op. cit.*, p. 194-195). Pour mettre un terme au climat insurrectionnel qui débordait à la fois police et syndicats, les services secrets de sécurité firent exploser des bombes à Rome et à Milan (16 morts Piazza Fontana) en les imputant aux anarchistes ou aux situationnistes. Le tract *Il Reichstag brucia ?*, signé Les Amis de l'Internationale, publié et diffusé clandestinement le 19 décembre par la section italienne de l'I.S., dénonce dans ces attentats une provocation : « L'acte avec lequel la bourgeoisie tente de conjurer la guerre civile est en réalité le premier acte de guerre civile contre le prolétariat. » L'anarchiste Pietro Valpreda fut accusé d'être l'auteur de l'attentat de Milan. Arrêté, il ne sera remis en liberté qu'en décembre 1972. Pino Pinelli, autre anarchiste italien, est retrouvé mort le 15 décembre au pied de l'immeuble de la préfecture de police de Milan où il était interrogé par le commissaire Luigi Calabresi, assassiné à son tour le 17 mai 1972 à Milan.

Deux Italiens sont maintenant ici, un autre est retourné comme clandestin, et le quatrième était toujours sur place, où il a pu travailler avec quelques sympathisants (qui n'étaient pas si directement menacés).

Quand la police, le lendemain matin après l'explosion, n'a trouvé personne chez Gianfranco, elle a laissé là pour lui une convocation pour une autre affaire, ancienne (décembre 68) et vraiment assez anodine (la destruction de l'arbre de Noël, pour laquelle déjà un ami est en prison depuis un an). C'est la même tactique qui a été employée pour capturer Valpreda. Mais lui n'a pas été malin ; il est venu là où il était convoqué. Naturellement, Pinelli a été assassiné par la police. Cela fera au moins un « coupable » qui gardera une part de mystère si le procès contre Valpreda et les jeunes anarchistes n'est pas assez convaincant. Les vrais auteurs de l'attentat sont certainement des experts de la police secrète, ou de l'armée. La bourgeoisie voulait briser le climat actuel, qui menait directement à la révolution. Ces bombes étaient donc très utiles. On va maintenant réprimer tous les gauchistes et les révolutionnaires (au moins pour leurs écrits, pour leur « responsabilité »).

La principale question est : que va faire maintenant le mouvement spontané des ouvriers ? Il rencontre tous les obstacles en même temps : la provocation et la répression de la police, le mensonge stalinien, et les concessions réformistes accordées aussi cette semaine par le patronat, pour les nouvelles « conventions collectives » qui viennent d'être signées.

La seconde question concerne les conditions que vont rencontrer les situationnistes en Italie. L'enquête (étant politique et falsifiée intégralement) peut évidemment rebondir, et s'étendre, pendant encore quelque temps. Quelques journaux italiens commencent à citer le groupe milanais de l'I.S. parmi les plus extrémistes, et précisément en liaison avec les anarchistes gauchistes, peut-être terroristes. Un journal a cité personnellement Paolo et Gianfranco, sans parler de la bombe précisément, mais d'un projet de violence en général.

LETTRE À TOUS LES SITUATIONNISTES

Extrait d'un texte adressé à tous les situationnistes le 27 juillet 1970 (*Correspondance*, vol. 4, *op. cit.*, p. 255-271).
On sait que le numéro 13 de la revue *Internationale situationniste* ne paraîtra pas.

« En négligeant ce détail qu'il y a eu dans tous les numéros de l'I.S. une partie faite de contributions personnelles (souvent notables et parfois même discordantes), on peut dire que, pour l'essentiel de leur rédaction (anonyme) les numéros du 1 au 5 ont été faits d'une manière vraiment collective.

Du 6 au 9, l'essentiel fut encore fait assez collectivement, surtout par Raoul, Attila et moi. À partir du 10, je me suis trouvé presque seul chargé de mener à bonne fin chaque publication. Et ce qui me paraît pour le coup franchement inquiétant et malsain, c'est que – froidement, je l'espère – je considère précisément ces trois numéros comme les meilleurs de la série ! Cette situation me fut encore un peu masquée dans les numéros 10 et 11 par une assez faible dose (bienvenue cependant) de collaboration de Mustapha – je parle toujours ici des articles publiés sans signature. On sait comment la disparition de Mustapha, en pleine rédaction du numéro 12 (quoique après qu'il y ait donné le texte sur la Tchécoslovaquie), poussa les choses jusqu'au scandale, puisque simultanément la section française avait doublé en effectif. Je quittai donc aussitôt la “direction” de la revue, principalement pour ne pas être complice d'une sorte de spectacle mensonger, du moment que nous avions eu tous l'occasion de prendre conscience de notre éloignement, dans ce cas, de nos principes affirmés. Voici donc une année que le problème est posé, et les camarades rédacteurs commencent à se mettre en état de le résoudre. Ils n'y arriveront sans doute qu'en s'appropriant finalement les méthodes qui sont “officiellement” les leurs depuis un certain nombre d'années. »

Les situationnistes avaient entrepris depuis mars 1970 un débat d'orientation qui « devait décider de ce que l'I.S. avait désormais à faire, et surtout examiner comment elle le faisait, et pourquoi certains n'arrivaient à rien faire ». Très rapidement (Raoul Vaneigem démissionne trois jours plus tard), la *Déclaration* de la tendance constituée le 11 novembre 1970 entraînera par étapes et jusque dans ses propres rangs (René Viénet démissionnera en septembre 1971 et René Riesel sera exclu en septembre 1971), une succession de ruptures qui, en cassant l'Internationale situationniste, aboutira à son autodissolution en avril 1972, avec la parution de *La Véritable Scission dans l'Internationale*.

Paris, le 11 novembre 1970

Déclaration

La crise qui s'est toujours approfondie dans l'I.S. au cours de la dernière année, et qui a des racines beaucoup plus anciennes, a fini par révéler en totalité ses éléments ; de même que s'est sans cesse alourdi son résultat, en tant que progression foudroyante de l'inactivité dans la théorie et la pratique. Mais la manifestation la plus frappante dans cette crise (étalant à la fin ce qui était précisément son centre originel caché), ce fut *l'indifférence* de plusieurs camarades devant son développement concret, mois après mois. Nous savons très bien que personne n'a *exprimé*, à aucun degré, une telle indifférence. Et c'est justement là le centre du problème, car nous constatons que, sous la proclamation abstraite du contraire, ce qui a été effectivement vécu, c'est bien ce refus de prendre quelque responsabilité que ce soit dans la participation tant aux décisions qu'à l'application de notre activité *réelle* ; même dans un moment où elle apparaissait si indiscutablement menacée.

Considérant à la fois que l'I.S. a mené, pour l'essentiel tout au moins, une action correcte et qui a eu une grande importance pour le mouvement révolutionnaire de la période qui s'est achevée en 1968 (avec cependant une part d'échec qu'il nous faudra expliquer) ; qu'elle *peut* avoir encore une notable utilité à cet égard dans la nouvelle période, en en comprenant avec lucidité les conditions, y compris ses propres conditions d'existence ; et que l'indigne position où l'I.S. se trouve depuis tant de mois ne peut pas durer davantage – nous avons constitué une tendance.

Cette tendance veut rompre complètement avec *l'idéologie de l'I.S.*, et son corollaire : la gloriole dérisoire qui couvre l'inactivité et l'incapacité, et qui les entretient. Elle veut une définition exacte de l'activité collective dans l'organisation I.S., et de sa démocratie *effectivement possible*. Elle en veut *l'application effective*.

Après tout ce que nous avons vu depuis des mois, nous rejetons par avance *toute réponse abstraite*, qui viserait encore à simuler l'euphorie confortable, en ne trouvant rien à critiquer ou autocritiquer de précis dans le fonctionnement – ou le non-fonctionnement – d'un groupe où tant de gens savent si bien ce qui leur a manqué. Après ce que nous avons tous vu depuis des mois, sur la question de notre activité commune, rien ne peut plus être accepté comme avant : l'optimisme de routine devient mensonge, la généralité abstraite inutilisable devient ruse. Plusieurs des meilleurs situationnistes deviennent *d'autres*, qui ne disent pas ce qu'ils savent, et qui ne savent pas ce qu'ils disent. Nous voulons une critique radicale, c'est-à-dire *ad hominem*.

Sans vouloir préjuger de leurs éventuelles réponses plus approfondies et plus sérieuses, nous déclarons notre désaccord avec les camarades américains qui ont constitué une tendance dont les bases sont tout à fait futiles. À l'heure présente, la futilité enfantine des pseudo-critiques est un bluff aussi inacceptable que la noble généralité du peudo-contentement ; tout ceci étant au même titre une fuite devant la critique réelle. D'autres camarades, pendant des mois, n'ont jamais entrepris de répondre, de quelque manière que ce soit, aux questions évidemment brûlantes accumulées *par les faits eux-mêmes* et par les premières critiques écrites, *de plus en plus précises*, que nous avons déjà formulées depuis des mois. Le terrain même du scandale et sa dénonciation *ont grandi ensemble* et tout silence est intimement complice de toutes les carences. Que l'on ne croie pas à notre naïveté, lançant ici quelque nouvelle exhortation pour secouer une fatalité incompréhensible et paralysante ; exhortation qui rencontrerait, aussi vainement que les précédentes, la même absence ! Nous ne nous dissimulons pas que certains n'ont pas voulu répondre.

Eh bien ! voilà un silence honteux qui va cesser immédiatement, parce que nous, maintenant, *nous exigeons*, au nom des droits et des devoirs que nous donnent le passé de l'I.S. et ce que nous sommes présentement, que chacun prenne ses responsabilités sur-le-champ.

Il est certainement inutile, en ce moment, de rappeler quelles sont les questions centrales sur lesquelles nous attendons des réponses. Ces questions sont dans la tête de tous ; et même déjà posées par écrit. Disons seulement qu'il va de soi que nous n'accepterons aucune réponse qui soit en contradiction avec l'existence réelle de celui qui la formule.

S'il existait chez certains des buts *cachés* différents des nôtres, nous voulons qu'ils apparaissent, et se traduisent, normalement, en actions distinctes sous des responsabilités distinctes. Et s'il existait quelque part une véritable *absence de but*, aussi étrange que nous paraisse chez n'importe qui l'intention de conserver le misérable *statu quo ante*, disons seulement que nous ne pouvons pas contribuer à couvrir une peudo-unité enrichie de « penseurs à la retraite » ou de révolutionnaires en chômage.

Notre tendance adresse la présente déclaration à tous les membres actuels de l'I.S., sans formuler aucune exclusive préalable. Nous déclarons nettement que nous ne recherchons l'exclusion de personne (et que moins encore nous pourrions nous contenter de l'exclusion d'un quelconque bouc émissaire). Mais, comme nous tenons pour très peu probable qu'un accord authentique puisse se faire si *tardivement* avec tous, nous sommes prêts à toute scission dont la discussion imminente fixera les frontières. Et dans ce cas nous ferons tout, de notre côté, pour qu'une telle scission se produise dans les conditions les plus correctes, notamment dans le respect absolu de la vérité en toute polémique future, comme nous avons su, tous ensemble, maintenir cette vérité en toutes les circonstances où l'I.S. a jusqu'à présent agi.

Considérant que la crise a atteint un seuil de gravité extrême, et selon l'article 8 des statuts votés à Venise, nous nous réservons dès maintenant le droit de faire connaître nos positions en dehors de l'I.S.

Debord, Riesel, Viénet

PROJET D'UNE ANTHOLOGIE DE LA REVUE *INTERNATIONALE SITUATIONNISTE*

Sélection de textes réunis par Guy Debord avant l'autodissolution de l'I.S. en 1972.
Ce projet d'anthologie se présente sous la forme de deux cents fiches sur lesquelles ont été collés (parfois recto et verso) des extraits de la revue *I.S.* découpés dans l'édition en fac-similé parue chez Van Gennep (Amsterdam, décembre 1970). Ce travail n'a pas été poursuivi au-delà du numéro 9 (août 1964). (Les notes sont ajoutées par nous.)

Image extraite d'une des deux bandes dessinées annonçant la parution en un volume des douze numéros d'*Internationale situationniste 1958-69*.

1 Numéro 1 – juin 1958

• AMÈRE VICTOIRE DU SURRÉALISME

Le surréalisme a un caractère indépassable, dans les conditions de vie qu'il a rencontrées et qui se sont prolongées scandaleusement jusqu'à nous, parce qu'il est déjà, dans son ensemble, un *supplément* à la poésie ou à l'art liquidés par le dadaïsme, parce que toutes ses ouvertures sont au-delà de la postface surréaliste à l'histoire de l'art, sur les problèmes d'une vraie vie à construire. De sorte que tout ce qui veut se situer, techniquement, *après* le surréalisme retrouve des problèmes d'*avant.*

• LE BRUIT ET LA FUREUR

L'odeur d'œufs pourris que répand l'idée de Dieu enveloppe les crétins mystiques de la « beat generation » américaine, et n'est même pas absente des déclarations des « angry young men » (cf. Colin Wilson).

L'ennui est la réalité commune du surréalisme vieilli, des jeunes gens furieux et peu renseignés, et de cette rébellion des adolescents confortables qui est sans perspectives mais bien éloignée d'être sans cause. Les situationnistes exécuteront le jugement que les loisirs d'aujourd'hui prononcent contre eux-mêmes.

• LA LUTTE POUR LE CONTRÔLE DES NOUVELLES TECHNIQUES DE CONDITIONNEMENT

La domination de la nature peut être révolutionnaire ou devenir l'arme absolue des forces du passé. Les situationnistes se placeront au service de la nécessité de *l'oubli.* La seule force dont ils peuvent attendre quelque chose est ce prolétariat, théoriquement sans passé, obligé de tout réinventer en permanence, dont Marx disait qu'il « est révolutionnaire ou n'est rien ». Sera-t-il, de notre temps, ou non ? La question est d'importance pour notre propos : le prolétariat doit réaliser l'art.

• AVEC ET CONTRE LE CINÉMA

Le cinéma est l'art central de notre société, aussi en ce sens que son développement est cherché dans un mouvement continu d'intégration de nouvelles techniques mécaniques. Il est donc, non seulement en tant qu'expression anecdotique ou formelle, mais aussi dans son infrastructure matérielle, la meilleure *représentation* d'une époque d'inventions anarchiques juxtaposées (non articulées, simplement additionnées).

Le cinéma se présente ainsi comme un substitut passif de l'activité artistique unitaire qui est maintenant possible. Il apporte des pouvoirs inédits à la force réactionnaire usée du *spectacle* sans participation. On ne craint pas de dire que l'on *vit* dans le monde que nous connaissons du fait que l'on se trouve sans liberté au centre du misérable spectacle « puisqu'on en fait partie intégrante ». La vie n'est pas cela, et les spectateurs ne sont pas encore au monde.

Le retard de l'apparition des symptômes modernes de l'art dans le cinéma (par exemple certaines œuvres formellement destructrices, contemporaines de ce qui est accepté depuis vingt ou trente ans dans les arts plastiques ou l'écriture, sont encore rejetées même dans les ciné-clubs) découle non seulement de ses chaînes directement économiques ou fardées d'idéalismes (censure morale), mais de *l'importance positive* de l'art cinématographique dans la société moderne. Cette importance du cinéma est due aux moyens d'influence supérieurs qu'il met en œuvre ; et entraîne nécessairement son contrôle accru par la classe dominante. Il faut donc lutter pour s'emparer d'un secteur réellement expérimental dans le cinéma.

Le cinéma est ainsi comparable à l'architecture par son importance actuelle dans la vie de tous, par les limitations qui lui ferment le renouvellement, par l'immense portée que ne peut manquer d'avoir sa liberté de renouvellement. Il faut tirer parti des aspects progressifs du cinéma industriel, de même qu'en trouvant une architecture organisée à partir de la fonction psychologique de l'ambiance on peut retirer la perle cachée dans le fumier du fonctionnalisme absolu.

• CONTRIBUTION À UNE DÉFINITION SITUATIONNISTE DU JEU

On ne peut échapper à la confusion du vocabulaire et à la confusion pratique qui enveloppent la notion de jeu qu'en la considérant dans son mouvement. Les fonctions sociales primitives du jeu, après deux siècles de négation par une idéalisation continue de la production, ne se présentent plus que comme des survivances abâtardies, mêlées de formes inférieures qui procèdent directement des nécessités de l'organisation actuelle de cette production. En même temps, des tendances progressives du jeu apparaissent, en relation avec le développement même des forces productives.

La nouvelle phase d'affirmation du jeu semble devoir être caractérisée par la disparition de tout élément de compétition. La question de gagner ou de perdre, jusqu'à présent presque inséparable de l'activité ludique, apparaît liée à toutes les autres manifestations de la tension entre individus pour l'appropriation des biens. Le sentiment de l'importance du gain dans le jeu, qu'il s'agisse de satisfactions concrètes ou plus souvent illusoires, est le mauvais produit d'une mauvaise société.

La distinction centrale qu'il faut dépasser, c'est celle que l'on établit entre le jeu et la vie courante, le jeu étant tenu pour une exception isolée et provisoire. « Il réalise, écrit Johan Huizinga, dans l'imperfection du monde et la confusion de la vie, une perfection temporaire et limitée. » La vie courante, conditionnée jusqu'ici par le problème des subsistances, peut être dominée rationnellement – cette possibilité est au cœur de tous les conflits de notre temps – et le jeu, rompant radicalement avec un temps et un espace ludiques bornés, doit envahir la vie entière. La perfection ne saurait être sa fin au moins dans la mesure où cette perfection signifie une construction statique opposée à la vie. Mais on peut se proposer de pousser à sa perfection la belle confusion de la vie.

• PROBLÈMES PRÉLIMINAIRES À LA CONSTRUCTION D'UNE SITUATION

La conception que nous avons d'une « situation construite » ne se borne pas à un emploi unitaire de moyens artistiques concourant à une ambiance, si grandes que puissent être l'extension spatio-temporelle et la force de cette ambiance. La situation est en même temps une unité de comportement dans le temps. Elle est faite de gestes contenus dans le décor d'un moment. Ces gestes sont le produit du décor et d'eux-mêmes. Ils produisent d'autres formes de décor et d'autres gestes. Comment peut-on orienter ces forces ? On ne va pas se contenter d'essais empiriques d'environnements dont on attendrait des surprises, par provocation mécanique. La direction réellement expérimentale de l'activité situationniste est l'établissement, à partir de désirs plus ou moins nettement reconnus, d'un champ d'activité temporaire favorable à ces désirs. Son établissement peut seul entraîner l'éclaircissement des désirs primitifs, et l'apparition confuse de nouveaux désirs dont la racine matérielle sera précisément la *nouvelle réalité* constituée par les constructions situationnistes.

L'automobile individuelle est principalement un jeu idiot, et accessoirement un moyen de transport. Contre toutes les formes régressives du jeu, qui sont ses retours à des stades infantiles – toujours liés aux politiques de réaction – il faut soutenir les formes expérimentales d'un jeu révolutionnaire.

FORMULAIRE POUR UN URBANISME NOUVEAU

Le dernier état de la technique permet le contact permanent entre l'individu et la réalité cosmique, tout en supprimant ses désagréments. Le plafond de verre laisse voir les étoiles et la pluie. La maison mobile tourne avec le soleil. Ses murs à coulisses permettent à la végétation d'envahir la vie. Montée sur glissières, elle peut s'avancer le matin jusqu'à la mer, pour rentrer le soir dans la forêt.

L'architecture est le plus simple moyen d'*articuler* le temps et l'espace, de *moduler* la réalité, de faire rêver. Il ne s'agit pas seulement d'articulation et de modulation plastiques, expression d'une beauté passagère. Mais d'une modulation influentielle, qui s'inscrit dans la courbe éternelle des désirs humains et des progrès dans la réalisation de ces désirs.

L'architecture de demain sera donc un moyen de modifier les conceptions actuelles du temps et de l'espace. Elle sera un moyen de *connaissance* et un *moyen d'agir*.

Le complexe architectural sera modifiable. Son aspect changera en partie ou totalement suivant la volonté de ses habitants.

Entre l'amour et le vide-ordure automatique la jeunesse de tous les pays a fait son choix et préfère le vide-ordure. Un revirement complet de l'esprit est devenu indispensable, par la mise en lumière de désirs oubliés et la création de désirs entièrement nouveaux. Et par une *propagande intensive* en faveur de ces désirs.

Nous avons déjà signalé le besoin de construire des situations comme un des désirs de base sur lesquels serait fondée la prochaine civilisation. Ce besoin de création *absolue* a toujours été étroitement mêlé au besoin de *jouer* avec l'architecture, le temps et l'espace.

Gilles Ivain

« L'Internationale lettriste avait adopté en octobre 1953 ce rapport de Gilles Ivain *(Ivan Chtcheglov)* sur l'urbanisme, qui constitua un élément décisif de la nouvele orientation prise alors par l'avant-garde expérimentale. »

THÈSES SUR LA RÉVOLUTION CULTURELLE

Le but traditionnel de l'esthétique est de faire sentir, dans la privation et l'absence, certains éléments passés de la vie qui, par une médiation artistique, échapperaient à la confusion des apparences, l'apparence étant alors ce qui subit le règne du temps. Le degré de la réussite esthétique se mesure donc à une beauté inséparable de la durée, et tendant même à une prétention d'éternité. Le but des situationnistes est la participation immédiate à une abondance passionnelle de la vie, à travers le changement de moments périssables délibérément aménagés. La réussite de ces moments ne peut être que leur effet passager. Les situationnistes envisagent l'activité culturelle, du point de vue de la totalité, comme méthode de construction expérimentale de la vie quotidienne, développable en permanence avec l'extension des loisirs et la disparition de la division du travail (à commencer par la division du travail artistique).

L'art peut cesser d'être un rapport sur les sensations pour devenir une organisation directe de sensations supérieures. Il s'agit de produire nous-mêmes, et non des choses qui nous asservissent.

Guy Debord

LES SITUATIONNISTES ET L'AUTOMATION

L'automation ne peut se développer rapidement qu'à partir du moment où elle a établi comme but une perspective contraire à son propre établissement, et si on sait réaliser une telle perspective générale au fur et à mesure du développement de l'automation.

Maldonado propose le contraire : d'abord établir l'automation, et ensuite son usage. On pourrait discuter de ce procédé si le but n'était pas précisément l'automation, parce que l'automation n'est pas une action dans un domaine, qui provoquerait une anti-action. C'est la neutralisation d'un domaine, qui en viendrait à neutraliser aussi les champs extérieurs si des actions contradictoires n'étaient pas entreprises en même temps.

Pierre Drouin parlant dans *Le Monde* du 5 janvier 1957 de l'extension des *hobbies*, comme réalisation des virtualités dont les travailleurs ne peuvent plus trouver l'emploi dans leur activité professionnelle, conclut qu'en chaque homme « il y a un créateur qui sommeille ». Cette vieille banalité est d'une vérité brûlante aujourd'hui si on la rattache aux réelles possibilités matérielles de notre époque. Le créateur qui sommeille doit s'éveiller, et son état de veille peut bien s'appeler situationniste.

Asger Jorn

Tomás Maldonado, peintre argentin, successeur de Max Bill à la tête de la Hochschule für Gelstaltung (Nouveau Bauhaus) d'Ulm.

PAS D'INDULGENCES INUTILES

Un plus grand nombre encore d'individus n'a même jamais pu parvenir à s'intégrer à nous, malgré l'indulgence extrême que nous avons toujours eue pour ceux qui n'avaient encore rien fait, rien dit, ou seulement quelques vagues sottises. Nous en avons vu beaucoup, qui sentaient confusément que quelque chose devait se passer là, et qui tournaient autour, très attirés sans être eux-mêmes très attirants. Ils étaient finalement sur le modèle du fidèle jeune homme dans la garde montante du surréalisme, un couteau sans manche auquel il manque quelque chose.

Michèle Bernstein

• ACTION EN BELGIQUE CONTRE L'ASSEMBLÉE DES CRITIQUES D'ART INTERNATIONAUX

Dans la mesure où la pensée moderne, pour la culture, se découvre avoir été parfaitement stagnante depuis vingt-cinq ans ; dans la mesure où toute une époque, qui n'a rien compris et n'a rien changé, prend conscience de son échec, ses responsables tendent à transformer leurs activités en institutions. Ils en appellent ainsi à une reconnaissance officielle de la part d'un ensemble social à tous égards périmé mais encore matériellement dominant, dont ils ont été dans la plupart des cas les bons chiens de garde.

Disparaissez, critiques d'art, imbéciles partiels, incohérents et divisés ! C'est en vain que vous montez le spectacle d'une fausse rencontre. Vous n'avez rien en commun qu'un rôle à tenir ; vous avez à faire l'étalage, dans ce marché, d'un des aspects du commerce occidental : votre bavardage confus et vide sur une culture décomposée.

Dispersez-vous, morceaux de critiques d'art, critiques de fragments d'arts.

L'Internationale situationniste ne vous laissera aucune place. Nous vous réduirons à la famine.

JEUNES GENS, JEUNES FILLES

Quelque aptitude au dépassement et au jeu.
Sans connaissances spéciales.
Si intelligents ou beaux,
Vous pouvez aller dans le sens de l'Histoire.
AVEC LES SITUATIONNISTES
Ne pas téléphoner. Écrire ou se présenter :
32, rue de la Montagne-Geneviève, Paris 5e

UNE GUERRE CIVILE EN FRANCE

S'il est vrai que l'Histoire a tendance à recommencer en farce ce qui a été tragédie, c'est la guerre d'Espagne qui vient de se répéter dans la comédie de la fin de la IVe République. Le fond politique de la IVe République avait été son irréalité, et sa mise à mort sans effusion de sang fut elle-même irréelle.

2 Numéro 2 – décembre 1958

• LES SOUVENIRS AU-DESSOUS DE TOUT

Avec un texte qu'il intitule « La poésie au-dessus de tout », Péret ouvre le premier numéro du bulletin surréaliste *Bief* par une attaque contre les situationnistes, auxquels il prête le projet idiot de placer la poésie et l'art sous « la tutelle » de la science.

Les déclarations confuses de Péret, qui ne sont motivées que par une grossière volonté de propagande anti-situationniste, révèle cruellement un mode de pensée de l'autre siècle ; l'incapacité de comprendre les problèmes actuels, incapacité qui prime même l'intention malhonnête de combattre ceux qui les posent. « La fission nucléaire et ses conséquences, dit-il, ne provoqueront jamais un nouveau mode de sentir pas plus qu'elles n'engendreront une poésie originale. » C'est bien vrai. Mais que veut-on encore

« sentir » passivement ? Et qu'attendre d'« une poésie originale », avec ou sans prétexte nucléaire ? Cette rhétorique de la prééminence d'un scientisme sur une sensibilité poétique, ou de l'inverse, ces polémiques qui devaient retentir autour de Sully-Prudhomme font sourire. Nous ne voulons pas renouveler l'expression en elle-même, et surtout pas l'expression de la science : nous voulons passionner la vie quotidienne.

Péret est prisonnier des richesses factices de la mémoire, de la vaine tâche de conservation des émotions dans des expressions artistiques, qui deviennent des objets que d'autres collectionnent.

Péret et ses amis sont les conservateurs d'un monde artistique qui se ferme. Ils sont du côté de ceux qui le vendent en condensé dans les musées imaginaires des Malraux. Ils sont du côté de ceux qui veulent prolonger sa « noblesse » en faisant décorer des frigidaires par les peintres modernes. Mais cette noblesse est finie avec l'ancien régime de la culture. Ils ne sont plus que du côté du souvenir. Et le rôle du rêve, qu'ils ont tant vanté, est de permettre de continuer à dormir.

• CE QUE SONT LES AMIS DE COBRA ET CE QU'ILS REPRÉSENTENT

En 1958, une sorte de conspiration tend à lancer un nouveau mouvement d'avant-garde, qui a la particularité d'être fini depuis sept ans. Il s'agit de « Cobra », qui n'est jamais présenté en termes clairs, mais plutôt par des allusions qui impliquent son actualité.

C'est le succès commercial d'anciens membres du mouvement Cobra qui incita récemment d'autres artistes, plus médiocres, et qui n'avaient eu que très peu d'importance dans Cobra comme dans la suite, à intriguer de divers côtés pour monter la mystification d'un mouvement Cobra ininterrompu, éternellement jeune et classiquement expérimental dans le style de 1948, où leur marchandise assez dédaignée pourrait s'écouler sous la même prestigieuse étiquette que celle de MM. Corneille et Appel. L'ancien rédacteur en chef de la revue *Cobra*, Dotremont, prit la responsabilité de ce maquillage, qui avait tout pour plaire. En effet, les artistes liés à cette combinaison, qu'ils aient ou non participé à la brève expérience de 1948-1951, ajoutent une valeur « théorique » supposée à leurs œuvres en se réclamant d'un mouvement organisé. Et les individus qui contrôlent le jugement et la vente des répétitions décomposées de l'art moderne ont intérêt à faire croire que les objets en question sont les manifestations d'un réel mouvement novateur. Ils luttent ainsi contre de véritables changements, dont l'ampleur prévue devra entraîner leur disparition pratique des postes qu'ils détiennent, et l'échec idéologique de toute leur vie.

• L'ABSENCE ET SES HABILLEURS

Dans le contexte de l'épuisement des branches esthétiques traditionnelles, on peut en arriver à se manifester simplement par un vide signé, qui est l'aboutissement parfait du « ready-made » dadaïste. Le musicien américain John Cage, il y a quelques années, a fait écouter à son auditoire un moment de silence. Durant l'expérience lettriste, en 1952, on avait introduit au cinéma (dans le film *Hurlements en faveur de Sade*) une séquence noire de 24 minutes, sans bande sonore. La récente peinture monochrome de Klein, animée par les machines de Tinguely, se présente sous forme de disques bleus tournant à grande vitesse.

La démarche poisseuse de Tapié vise d'ailleurs, parallèlement, à l'anéantissement du vocabulaire théorique (en quoi il tient un rôle d'artiste, méconnu comme tel, mais bel et bien contemporain de Cage et de Klein). Dans un catalogue de la galerie Stadler, le 25 novembre, il décompose ainsi le langage en prenant prétexte d'un peintre, naturellement japonais, nommé Imaï : « Imaï, ces derniers mois, a franchi un nouveau stade dans une évolution picturale féconde depuis trois ans, qui était passée d'un climat "pacifique signifiant" à un graphisme ensembliste dramatique. »

• L'EFFONDREMENT DES INTELLECTUELS RÉVOLUTIONNAIRES

La république parlementaire bourgeoise ayant été balayée en France sans résistance, les intellectuels révolutionnaires dénoncèrent d'une seule voix l'effondrement des partis ouvriers, des syndicats, des idéologies de somnambules et des mythes de la gauche. Seul leur a paru indigne d'être signalé leur propre effondrement.

C'était précisément une génération intellectuelle peu brillante. Les discussions philosophiques, le genre de vie, les modes artistiques qu'ils aimaient étaient ridicules sur toute la ligne. On sentait qu'eux-mêmes le soupçonnaient. Dans la seule pensée politique ils avaient le beau rôle, ils étaient sûrs d'eux : c'est que l'absence du parti communiste leur laissait le monopole de la libre réflexion, et les illustrait par contraste.

Mais ils n'ont pas fait grand usage de cette liberté.

[...] la pensée révolutionnaire doit faire la critique de la vie quotidienne dans la société bourgeoise ; répandre une autre idée du bonheur. La gauche et la droite étaient d'accord sur une image de la misère, qui est la privation alimentaire. La gauche et la droite étaient aussi d'accord sur l'image d'une bonne vie. C'est la racine de la mystification qui a défait le mouvement ouvrier dans les pays industrialisés.

La propagande révolutionnaire doit présenter à chacun la possibilité d'un changement personnel profond, immédiat. En Europe cette tâche suppose des revendications d'une certaine richesse, pour rendre insupportable aux exploités la misère des scooters et des télévisions. Les intellectuels révolutionnaires devront abandonner les débris de leur culture décomposée, chercher à vivre eux-mêmes d'une façon révolutionnaire.

• LE TOURNANT OBSCUR

Un détail ou un autre de notre entreprise n'a aucune sorte d'intérêt si tous les éléments qui passent à travers l'I.S. ne parviennent pas à se constituer en groupement situationniste agissant, sur le terrain qui doit être le nôtre. Si malgré la nécessité du saut dans une sphère supérieure d'action, la difficulté de comprendre pratiquement ce saut ne pouvait être dominée, les vieilleries artistiques l'emporteraient forcément dans l'I.S. et aucune sévérité morale ou organisationnelle ne pourrait retarder leur triomphe.

Nous représentons le premier effort systématique pour découvrir, à partir des conditions de la vie moderne, des possibilités, des besoins, des jeux supérieurs. Nous sommes les premiers à connaître un passionnant nouveau, lié à l'actualité et au futur proche de la civilisation urbaine, qu'il ne s'agit pas d'interpréter (de prendre comme nouveau thème de l'ancienne expression artistique), mais de vivre et d'approfondir directement, de transformer.

Nous nous sommes levés avant le jour qui mettra les infinis moyens terrestres au pouvoir de la liberté, avant le peuple qui obtiendra ces loisirs. Nous avons en tout cas le devoir de ne pas dévaloriser, dans une opposition polie à la culture dominante, des slogans précurseurs que nous pouvons trouver. Si nous ne parvenons pas à une action situationniste, nous ne permettrons pas une publicité sur cette étiquette factice. Il faudrait alors adopter des formes d'action plus modestes, plus clandestines.

ESSAI DE DESCRIPTION PSYCHOGÉOGRAPHIQUE DES HALLES

C'est à la limite ouest des Halles que le Ministère des Finances, la Bourse et la Bourse du Commerce constituent les trois pointes d'un triangle dont la Banque de France occupe le centre. Les institutions concentrées dans cet espace restreint en font, pratiquement et symboliquement, un périmètre défensif des beaux quartiers du capitalisme. Le déplacement projeté des Halles hors de la ville entraînera un nouveau recul du Paris populaire qu'un courant continu rejette depuis cent ans, comme on sait, dans les banlieues.

Au contraire une solution qui va dans le sens d'une société nouvelle commande de conserver cet espace au centre de Paris pour les manifestations d'une vie collective libérée. Il faudrait profiter du recul de l'activité pratique-alimentaire pour encourager le développement sur une grande échelle des tendances au jeu de construction et à l'urbanisme mouvant spontanément apparues « dans les eaux glacées du calcul égoïste ». La première mesure architecturale serait évidemment le remplacement des pavillons actuels par des séries autonomes de petites complexes architecturaux situationnistes. Parmi ces architectures nouvelles et sur leur pourtour, correspondant aux quatre zones que nous avons envisagées ici, on devrait édifier des labyrinthes perpétuellement changeants à l'aide d'objets plus adéquats que les cageots de fruits et légumes qui sont la matière des seules barricades d'aujourd'hui.

Abdelhafid Khatib

• SUPRÊME LEVÉE DES DÉFENSEUR DU SURRÉALISME À PARIS ET RÉVÉLATION DE LEUR VALEUR EFFECTIVE

On découvrit alors que ces surréalistes de la Nouvelle Vague, brûlant d'entrer dans la carrière où leurs aînés n'étaient plus, avaient une grande inexpérience pratique du « scandale », leur secte n'ayant jamais été contrainte d'en venir à cette extrémité dans les dix années précédentes. Entraîneur de ces conscrits, le piteux Schuster, directeur de *Médium*, rédacteur en chef du *Surréalisme même*, co-directeur du *14-juillet*, qui avait cent fois montré jusqu'ici qu'il ne savait pas penser, qu'il ne savait pas écrire, qu'il ne savait pas parler, pour ce coup a fait la preuve qu'il ne savait pas crier.

Numéro 3 – décembre 1959

3

• LE SENS DU DÉPÉRISSEMENT DE L'ART

La civilisation bourgeoise, maintenant étendue à l'ensemble de la planète, et dont le dépassement n'a encore été accompli nulle part, est hantée par une ombre : la mise en question de sa culture, qui apparaît dans la dissolution moderne de tous ses moyens artistiques. Cette dissolution s'étant manifestée d'abord au point de départ des forces productives de la société moderne, c'est-à-dire en Europe et plus tard en Amérique, elle se trouve être depuis longtemps la vérité première du modernisme occidental. La libération des formes artistiques a partout signifié leur réduction à rien.

Ou bien, abdiquant tout sens du comique, ils prennent hautement le parti du quasi-néant en des formules dignes de passer à l'histoire pour résumer l'indigence d'une époque, comme Françoise Choay qui intitule *élogieusement* un article sur Tapiès : « Tapiès, mystique du presque rien » (*France-Observateur*, 30-4-59).

On sait les retards et les déformations du projet révolutionnaire à notre époque. La régression qui s'y est manifestée n'a nulle part été si évidente que dans l'art. Elle y fut d'autant plus facile que les classiques du marxisme n'avaient pas développé là une critique réelle. Dans une célèbre lettre à Mehring, Engels notait à la fin de sa vie : « Nous avons surtout mis l'accent, et nous étions obligés de le faire, sur la manière dont les notions politiques, juridiques, et les autres notions idéologiques, enfin les actions qui naissent de ces notions, dérivent des faits économiques fondamentaux. Mais ce faisant, nous négligions le côté formel – le mode d'apparition de ces notions – en faveur du contenu. » À l'époque où s'est constituée la pensée marxiste, le mouvement formel de dissolution de l'art n'était d'ailleurs pas encore apparent. De même, on peut dire que c'est seulement en présence du fascisme que le mouvement ouvrier a rencontré pratiquement le problème du « mode d'apparition » formel d'une notion politique. Il s'est trouvé peu armé pour le dominer.

Or, il est vrai que la destruction du langage, depuis un siècle de poésie, s'est faite en suivant la tendance romantique, réifiée, petite-bourgeoise, de la profondeur ; et, comme l'avait montré Paulhan dans *Les Fleurs de Tarbes*, en postulant que la pensée inexprimable valait mieux que le mot. Mais l'aspect progressif de cette destruction, dans la poésie, l'écriture romanesque ou tous les arts plastiques, c'est d'être en même temps le témoignage de toute une époque sur l'insuffisance de l'expression artistique, pseudo-communication. C'est d'avoir été la destruction pratique des instruments de cette pseudo-communication, posant la question de l'invention d'instruments supérieurs.

Henri Lefebvre (*La Somme et le Reste*) en vient à se demander « si la crise de la philosophie ne signifie pas son dépérissement et sa fin, en tant que philosophie », en oubliant que ceci fut à la base de la pensée révolutionnaire depuis la onzième *Thèse sur Feuerbach*. Il a présenté une critique plus radicale, dans le numéro 15 d'*Arguments*, envisageant l'histoire humaine comme la traversée et l'abandon successifs de diverses sphères : le cosmique, le maternel, le divin, et aussi bien la philosophie, l'économie, la politique et enfin « l'art, qui définit l'homme par des éclairs éblouissants et l'humain par des instants exceptionnels, donc encore extérieurs, aliénants dans l'effort vers la délivrance. » Mais nous rejoignons là cette science-fiction de la pensée révolutionnaire qui se prêche dans *Arguments*, aussi audacieuse pour engager des millénaires d'histoire qu'incapable de proposer une seule nouveauté d'ici la fin du siècle ; et naturellement acoquinée dans le présent avec les pires exhumations du néo-réformisme. Lefebvre voit bien que chaque domaine s'effondre en s'explicitant, lorsqu'il est allé au bout de ses virtualités et de son impérialisme, « lorsqu'il s'est proclamé totalité à l'échelle humaine (donc finie). Au cours de ce déploiement, et seulement après cette illusoire et outrancière proclamation, la négativité que ce monde portait déjà et depuis longtemps en soi s'affirme, le dément, le ronge, le démantèle, l'abat. Seule, une totalité accomplie peut révéler qu'elle n'est pas la totalité ». Ce schéma, qui s'applique plutôt à la philosophie après Hegel, définit parfaitement la crise de l'art moderne, comme il est très facile de le vérifier en en étudiant une tendance extrême : par exemple, la poésie, de Mallarmé au surréalisme. Ces conditions, déjà dominantes à partir de Baudelaire, constituent ce que Paulhan appelle la Terreur, considérée par lui comme une crise accidentelle du langage, sans tenir compte du fait qu'elles concernent parallèlement tous les autres moyens d'expression artistiques. Mais l'ampleur des vues de Lefebvre ne lui sert à rien quand il écrit des poèmes qui sont, quant à leur date, sur le modèle historique de 1925, et quant au niveau d'efficacité atteint par cette formule, au plus bas. Et quand il propose une conception de l'art moderne (le romantisme-révolutionnaire), il conseille aux artistes de revenir à ce genre d'expression – ou à d'autres plus anciens encore – pour exprimer la sensation profonde de la vie, et les contradictions des hommes avancés de leur temps ; c'est-à-dire indistinctement de leur public et d'eux-mêmes. Lefebvre veut ignorer que cette sensation et ces contradictions ont déjà été exprimées par tout l'art moderne, et justement *jusqu'à la destruction de l'expression elle-même.*

Une thèse d'Asger Jorn, dans les conversations qui ont mené à la formation de l'I.S., était le projet de mettre fin à la séparation qui s'est produite vers 1930 entre les artistes d'avant-garde et la gauche révolutionnaire, auparavant alliés. Le fond du problème est que, depuis 1930, il n'y a plus eu ni mouvement révolutionnaire, ni avant-garde artistique pour répondre aux possibilités de l'époque. Un nouveau départ, ici et là, devra certainement se faire dans l'unité des problèmes et des réponses.

Les obstacles évidents de l'actualité déterminent une certaine ambiguïté du mouvement situationniste comme pôle d'attraction pour des artistes prêts à faire tout autre chose. Comme les prolétaires, théoriquement, devant la nation, les situationnistes campent aux portes de la culture. Ils ne veulent pas s'y établir, ils s'inscrivent *en creux* dans l'art moderne, ils sont les organisateurs de l'absence de cette avant-garde esthétique que la critique bourgeoise attend et que, toujours déçue, elle s'apprête à saluer à la première occasion. Ceci ne va pas sans risque de diverses interprétations rétrogrades, et même à l'intérieur de l'I.S. Les artistes de la décomposition, par exemple à la dernière foire tenue à Venise, parlent déjà de « situations ». Ceux qui comprennent tout en termes de vieilleries artistiques, comme formules verbales anodines destinées à assurer la vente d'œuvrettes picturales encore plus anodines, peuvent voir l'I.S. déjà parvenue à un certain succès, à une certaine reconnaissance : c'est parce qu'ils n'ont pas compris devant quel grand tournant encore *à prendre* nous nous sommes rassemblés.

Bien sûr, le dépérissement des formes artistiques, s'il se traduit par l'impossibilité de leur renouvellement créatif, n'entraîne pas immédiatement leur véritable disparition pratique. Elles peuvent se répéter avec diverses nuances. Mais tout révèle « l'ébranlement de ce monde », pour parler comme Hegel dans la préface de la *Phénoménologie de l'Esprit :* « La frivolité et l'ennui qui envahissent ce qui subsiste encore, le pressentiment vague d'un inconnu sont les signes annonciateurs de quelque chose d'autre qui est en marche. »

Nous devons aller plus loin, sans nous attacher à rien de la culture moderne, et non plus de sa négation. Nous ne voulons pas travailler au spectacle de la fin d'un monde, mais à la fin du monde du spectacle.

• LE CINÉMA APRÈS ALAIN RESNAIS

La « nouvelle vague » de réalisateurs qui effectue en ce moment la relève du cinéma français est définie d'abord par l'absence notoire et complète de nouveauté artistique, fût-ce simplement au stade de l'intention. Moins négativement, elle est caractérisée par quelques conditions économiques particulières dont le trait dominant est sans doute l'importance prise en France, depuis une dizaine d'années, par une certaine critique de cinéma qui représente une force d'appoint non négligeable pour l'exploitation des films. Ces critiques en sont venus à employer cette force directement à leur usage, en tant qu'auteurs de films. Ceci constitue leur seule unité. Les valorisations respectueuses qu'ils plaquaient sur une production dont tout leur échappait servent désormais pour leurs propres œuvres, devenues réalisables à bon marché dans la mesure même où ce jeu de valorisation peut remplacer, pour un public assez étendu, les coûteuses attractions du *star system*. La « nouvelle vague » est principalement l'expression des intérêts de cette couche de critiques.

Les admirateurs d'*Hiroshima* s'efforcent d'y trouver les petits côtés admirables, par où ils le rejoindraient. Ainsi, tout le monde va parlant de Faulkner et de sa temporalité. Là-dessus, Agnès Varda, qui n'a rien, nous dit qu'elle doit tout à Faulkner. En fait, chacun insiste sur le temps bouleversé du film de Resnais pour ne pas en voir les autres aspects destructifs. De la même façon, on parle de Faulkner comme d'un spécialiste, accidentel, de l'émiettement du temps, accidentellement rencontré par Resnais, pour oublier ce qu'il est déjà advenu du temps, et plus généralement du récit romanesque, avec Proust et Joyce. Le temps d'*Hiroshima*, la confusion d'*Hiroshima*, ne sont pas une annexion du cinéma par la littérature ; c'est la suite dans le cinéma du mouvement qui a porté toute l'écriture, et d'abord la poésie, vers sa dissolution.

On a aussi tendance à expliquer Resnais, de même que par des talents exceptionnels, par des motivations psychologiques personnelles – les uns comme les autres ayant évidemment un rôle, que nous n'examinerons pas ici. Ainsi, on entend dire que le thème de tous les films d'Alain Resnais est la mémoire, comme par exemple celui des films de Hawks est l'amitié virile, etc. Mais on veut ignorer que la mémoire est forcément le thème significatif de l'apparition de la phase de critique interne d'un art. De sa mise en question ; sa contestation dissolvante. La question du sens de la mémoire est toujours liée à la question du sens d'une permanence transmise par l'art.

Le plus simple accès du cinéma au moyen d'expression libre est en même temps déjà dans la perspective de la démolition de ce moyen. Dès que le cinéma s'enrichit des pouvoirs de l'art moderne, il rejoint la crise globale de l'art moderne. Ce pas en avant rapproche le cinéma de sa mort, en même temps que de sa liberté : de la preuve de son insuffisance.

Dans le cinéma, la revendication d'une liberté d'expression égale à celle des autres arts masque la faillite générale de l'expression au bout de tous les arts modernes. L'expression artistique n'est en rien une véritable *self-expression*, une réalisation de sa vie. La proclamation du « film d'auteur » est déjà périmée avant d'avoir effectivement dépassé la prétention et le rêve. Le cinéma, qui a virtuellement des pouvoirs plus forts que les arts traditionnels, est chargé de trop de chaînes économiques et morales pour pouvoir être jamais libre dans les présentes conditions sociales. De sorte que le procès du cinéma sera toujours en appel. Et quand le renversement prévisible des conditions culturelles et sociales permettra un cinéma libre, beaucoup d'autres domaines d'actions auront été introduits nécessairement. Il est probable qu'alors la liberté du cinéma sera largement dépassée, oubliée, dans le développement général d'un monde où le spectacle ne sera plus dominant. Le trait fondamental du spectacle moderne est la mise en scène de sa propre ruine.

• LE DÉTOURNEMENT COMME NÉGATION ET COMME PRÉLUDE

Ainsi, la signature du mouvement, la trace de sa présence et de sa contestation dans la réalité culturelle d'aujourd'hui, puisque nous ne pouvons en aucun cas représenter un style commun, quel qu'il soit, c'est d'abord l'emploi du détournement.

À ce point de la marche du monde, toutes les formes de l'expression commencent à tourner à vide, et se parodient elles-mêmes. Comme les lecteurs de cette revue peuvent le constater fréquemment, l'écriture d'aujourd'hui a toujours quelque chose de parodique. « Il faut, annonçait le *Mode d'emploi [du détournement]*, concevoir un stade parodique-sérieux où l'accumulation d'éléments détournés, loin de vouloir susciter l'indignation ou le rire en se référant à la notion d'une œuvre originale, mais marquant au contraire notre indifférence pour un original vidé de sens et oublié, s'emploierait à rendre un certain sublime. »

Le parodique-sérieux recouvre les contradictions d'une époque où nous trouvons, aussi pressantes, l'obligation et la presque impossibilité de rejoindre, de mener, une action collective totalement novatrice. Où le plus grand sérieux s'avance masque dans le double jeu de l'art et de sa négation ; où les essentiels voyages de découverte ont été entrepris par des gens d'une si émouvante incapacité.

• L'URBANISME UNITAIRE À LA FIN DES ANNÉES 50

D'abord l'urbanisme unitaire n'est pas une doctrine d'urbanisme, mais une critique de l'urbanisme. De la même façon, notre présence dans l'art expérimental est une critique de l'art [...]

Il envisage en ce moment un terrain d'expérience pour *l'espace social* des villes futures.

L'urbanisme unitaire rejoint objectivement les intérêts d'une subversion d'ensemble.

L'urbanisme unitaire n'est pas idéalement séparé du terrain actuel des villes. Il est formé à partir de l'expérience de ce terrain, et à partir des constructions existantes. Nous avons autant à exploiter les décors actuels, par l'affirmation d'un espace urbain ludique tel que le fait reconnaître la dérive, qu'à en construire de totalement inédits. Cette interpénétration (usage de la ville présente, construction de la ville future) implique le maniement du détournement architectural.

L'urbanisme unitaire est opposé à la fixation des villes dans le temps. Il conduit à préconiser au contraire la transformation permanente, un mouvement accéléré d'abandon et de reconstruction de la ville dans le temps, et à l'occasion aussi dans l'espace. On a pu ainsi envisager de tirer parti des conditions climatiques où se sont développées déjà deux grandes civilisations architecturales – au Cambodge et dans le sud-est du Mexique – pour construire dans la forêt vierge des villes mouvantes. Les nouveaux quartiers d'une telle ville pourraient être construits toujours plus vers l'Ouest, défriché à mesure, tandis que l'Est serait à part égale abandonné à l'envahissement de la végétation tropicale, créant elle-même des couches de passage graduel entre la ville moderne et la nature sauvage. Cette ville poursuivie par la forêt, outre la zone de dérive inégalable qui se formerait derrière elle, et un mariage avec la nature plus hardi que les essais de Frank Lloyd Wright, présenterait l'avantage d'une mise en scène de la fuite du temps, sur un espace social condamné au renouvellement créatif.

L'urbanisme unitaire est contre la fixation des personnes à tels points d'une ville. Il est le socle d'une civilisation des loisirs et du jeu.

En effet, la dérive, en dehors de ses enseignements essentiels, ne permet qu'une connaissance très exactement datée. En quelques années, la construction ou la démolition de maisons, le déplacement des micro-sociétés et des modes suffisent à changer le réseau d'attractions superficielles d'une ville ; phénomène d'ailleurs très encourageant pour le moment où nous parviendrons à une liaison active entre la dérive et la construction urbaine situationniste. Il est certain que, jusque-là, le milieu urbain changera tout seul, anarchiquement, démodant finalement les dérives dont les conclusions n'ont pu se traduire en changements conscients de ce milieu. Mais le premier enseignement de la dérive est sa propre existence en jeu.

Nous ne sommes qu'au début de la civilisation urbaine ; nous avons encore à la faire nous-mêmes, quoiqu'en partant de conditions préexistantes. Toutes les histoires que nous vivons, la dérive de notre vie, sont marquées par la recherche, ou le manque, d'une construction supérieure. Le changement de l'environnement fait surgir de nouveaux états de sentiments, d'abord passivement ressentis, puis qui en viennent à réagir constructivement, avec l'accroissement de la conscience. Londres a été le premier aboutissement urbain de la révolution industrielle, et c'est la littérature anglaise du XIXe siècle qui témoigne d'une prise de conscience des problèmes de l'atmosphère et des possibilités qualitativement différentes dans une grande agglomération. La lente évolution historique des passions prend un de ses tournants avec l'amour de Thomas de Quincey et de la pauvre Ann, fortuitement séparés et se cherchant sans jamais se retrouver « à travers l'immense labyrinthe des rues de Londres ; peut-être à quelques pas l'un de l'autre… ». La vie réelle de Thomas de Quincey dans la période comprise entre 1804 et 1812 en fait un précurseur de la dérive : « Cherchant ambitieusement *mon passage au Nord-Ouest*, pour éviter de doubler de nouveau tous les caps et les promontoires que j'avais rencontrés dans mon premier voyage, j'entrais soudainement dans des labyrinthes de ruelles… J'aurais pu croire parfois que je venais de découvrir, moi le premier, quelques-unes de ces *terrae incognitae*, et je doutais qu'elles eussent été indiquées sur les cartes modernes de Londres. » Et vers la fin du siècle, cette sensation est si couramment admise dans l'écriture romanesque que Stevenson montre un personnage qui, dans Londres la nuit, s'étonne de « marcher si longtemps dans un décor aussi complexe sans rencontrer ne fût-ce que l'ombre d'une aventure » (*New Arabian Nights*). Les urbanistes du XXe siècle devront construire des aventures.

L'acte situationniste le plus simple consistera à abolir tous les souvenirs de *l'emploi du temps* de notre époque. C'est une époque qui, jusqu'ici, a vécu très au-dessous de ses moyens.

• DISCUSSION SUR UN APPEL AUX INTELLECTUELS ET ARTISTES RÉVOLUTIONNAIRES

« Camarades,

« Les défaites de la révolution, et la prolongation d'une culture dominante formellement décomposée s'expliquent réciproquement ; et le dépassement révolutionnaire des conditions existantes dépend d'abord de l'apparition de perspectives concernant la totalité.

« Une nouvelle avance de la révolution est liée à la constitution d'une passionnante solution de remplacement dans l'usage immédiat de la vie ; liée à la propagande en faveur de ces possibilités, contre l'ennui actuel et son assomption dans l'idée mystifiante du bonheur bourgeois.

Son développement intéresse le monde entier, dont le capitalisme a déjà fait, pour l'essentiel, l'unification culturelle.

« Nous pensons que vouloir, en ce moment, ce saut dans une autre pratique de la vie, ce n'est pas être en avance ; c'est à peine chercher à vivre dans le présent, encombré de cadavres intellectuels et moraux.

« Il est temps de comprendre que la révolution sociale ne peut tirer sa poésie du passé, mais seulement du futur. »

[...] la révolte contre les conditions culturelles existantes ne peut s'arrêter à aucune des divisions artificielles de la culture bourgeoise à l'intérieur de la culture ou entre la culture et la vie (car alors nous n'aurions aucun besoin réel d'une révolte). L'urbanisme unitaire n'est pas une conception de la totalité, ne doit pas le devenir. C'est un instrument [...]. L'U.U. est « central » dans la mesure où il est le centre d'une construction de tout un environnement. On ne peut penser, par cette vision théorique ni même par son application, déterminer et dominer un genre de vie. Ce serait une sorte de dogmatisme idéaliste.

Extraits du projet d'une *Déclaration inaugurale de la Troisième Conférence de l'I.S., aux intellectuels et aux artistes révolutionnaires* et d'une lettre de Debord du 4 avril 1959 aux situationnistes hollandais Anton Alberts, Armando, Constant et Har Oudejans.

DISCOURS SUR LA PEINTURE INDUSTRIELLE ET SUR UN ART UNITAIRE APPLICABLE

Le nouveau conçu dans les hasards d'une création infinie, issue des énergies libérées de l'homme, contribuera à la déroute de cette valeur-or, image de l'énergie congelée de l'infâme système bancaire, désormais en décomposition. La société brevetée, comprise et fondée par les idées simples et les gestes parcellaires d'artistes et de savants réduits en captivité comme les vermines de la fourmilière, elle est près de finir. L'homme va vers l'expression d'un sens collectif, et vers l'instrument adapté à sa transmission : un système de « potlatch », de cadeaux qui ne peuvent être payés, sinon par d'autres expériences poétisantes. Il faut s'aviser de ce que la machine est l'instrument apte à créer un art industriel inflationniste [...]

On ne dira plus « on sait ce que l'on perd, on ne sait pas ce que l'on trouve », mais plutôt : « les proverbes des vieux font mourir de faim les jeunes ». Une nouvelle force affamée de domination mènera les hommes vers une épopée inimaginable. Jusqu'à l'habitude d'établir le temps, qui sera ruinée ! Dans ce qui est maintenant devant nous, le temps sera d'abord une valeur émouvante, une nouvelle monnaie de choc. On le mesurera aux changements soudains des moments de la vie créée, et aux très rares moments d'ennui. En substance, il va se former des hommes sans mémoire, hommes de l'état de continuelle violence, toujours en partance d'un point zéro.

Ce sera l'ignorance-critique.

Giuseppe Pinot Gallizio

POSITIONS SITUATIONNISTES SUR LA CIRCULATION

Le défaut de tous les urbanistes est de considérer l'automobile individuelle (et ses sous-produits, du type scooter) essentiellement comme un moyen de transport. C'est essentiellement la principale matérialisation d'une conception du bonheur que le capitalisme développé tend à répandre dans l'ensemble de la société. L'automobile comme souverain bien d'une vie aliénée, et inséparablement comme produit essentiel du marché capitaliste, est au centre de la même propagande globale : on dit couramment, cette année, que la prospérité économique américaine va bientôt dépendre de la réussite du slogan : « Deux voitures par famille ».

Guy Debord

4 Numéro 4 – juin 1960

• SUR L'EMPLOI DU TEMPS LIBRE

La plus grossière banalité des sociologues de gauche, depuis quelques années, est d'insister sur le rôle des loisirs comme facteur déjà dominant dans la société capitaliste développée. Ceci est le lieu d'infinis débats pour ou contre l'importance de l'élévation réformiste du niveau de vie ; ou la participation des ouvriers aux valeurs dominantes d'une société où ils sont toujours plus intégrés. Le caractère contre-révolutionnaire commun à tout ce verbiage est de voir obligatoirement le temps libre comme une consommation passive, comme la possibilité d'être toujours plus spectateur du non-sens établi.

Le vide des loisirs est le vide de la vie dans la société actuelle, et ne peut être rempli dans le cadre de cette société. Il est signifié, et en même temps masqué, par tout le spectacle culturel existant.

Le dépassement des loisirs vers une activité de libre création-consommation ne peut se comprendre que dans sa relation avec la dissolution des arts anciens : avec leur mutation en modes d'action supérieurs qui ne refusent pas, n'abolissent pas l'art, mais le *réalisent*. L'art sera ainsi dépassé, conservé et surmonté, dans une activité plus complexe. Ses éléments anciens pourront s'y retrouver partiellement mais transformés, intégrés et modifiés par la totalité.

Les avant-gardes précédentes se présentaient en affirmant l'excellence de leurs méthodes et principes, dont on devait juger immédiatement sur des *œuvres*. L'I.S. est la première organisation artistique qui se fonde sur l'insuffisance radicale de toutes les œuvres permises ; et dont la signification, le succès ou l'échec ne pourront être jugés qu'avec la praxis révolutionnaire de son temps.

• LA CHUTE DE PARIS

Presque tous les penseurs révolutionnaires qui ont appris l'histoire des trente dernières années du mouvement ouvrier d'un seul coup, en lisant les confidences de Khrouchtchev au XXe Congrès de son parti, ont été saisis d'une fureur de renouvellement. Mais ces gens ne sont pas arrivés assez loin – et ils n'y étaient pas allés assez vite – de sorte que la plupart est déjà fatiguée, ou revenue à l'éclectisme qu'elle découvre avec émerveillement.

Le manque absolu d'une aide des organisations « révolutionnaires » françaises au peuple algérien insurgé produit naturellement la généralisation de réactions purement individuelles (déserteurs, agents de liaison français du F.L.N.). En présence de ces faits, la gauche donne sa mesure : Bourdet s'affole à l'idée que le réseau de Francis Jeanson aidera à discréditer « l'action pour la paix de l'ensemble de la gauche » dont le discrédit est inscrit sur six années de totale abstention. La moraliste Giroud, dans *L'Express* du 10 mars, s'étonne surtout qu'on aide à déserter de grands enfants encore irresponsables (« Combien y a-t-il de garçons de vingt ans qui ont formé leur jugement avec assez de force pour accomplir, lucidement, l'un des actes les plus graves que puisse commettre un homme ? »).

Ne pourraient-ils attendre ? Passe encore de pacifier, mais déserter à cet âge ! On entend parler de communauté nationale à ne pas quitter, de seuil à ne pas franchir. Quand le seuil est celui des prisons où sont Gérard Spitzer, Cécile Decugis, Georges Arnaud, la gauche a le bon goût de ne pas élever la voix pour leur défense. On pourra certainement intimider longtemps par le reproche de trahison tous ceux qui pensent qu'il existe des choses qu'ils risquent de « trahir », en dehors de la cause des exploités de tous les pays.

• THÉORIE DES MOMENTS ET CONSTRUCTION DES SITUATIONS

La situation, comme le moment, « peut s'étendre dans le temps ou se condenser ». Mais elle veut se fonder sur l'objectivité d'une production artistique. Une telle production artistique rompt radicalement avec les œuvres durables. Elle est inséparable de sa consommation immédiate, comme valeur d'usage essentiellement étrangère à une conservation sous forme de marchandise.

Le moment, comme la situation, est *en même temps* proclamation d'absolu et conscience du passage. Il est effectivement sur le chemin d'une unité du structural et du conjonctural ; et le projet d'une situation construite pourrait aussi se définir comme un essai de structure dans la conjonction.

Le « moment » est principalement temporel, il fait partie d'une zone de temporalité, non pure mais dominante. La situation, étroitement articulée dans le lieu, est complètement spatio-temporelle (cf. A. Jorn, sur l'espace-temps d'une vie ; A. Frankin, sur la planification de l'existence individuelle). Les moments construits en « situations » pourraient être considérés comme les moments de rupture, d'accélération, *les révolutions dans la vie quotidienne individuelle.* À un niveau spatial plus étendu – plus social – un urbanisme qui correspond assez exactement aux moments de Lefebvre, et à son idée de les choisir et de les quitter à volonté, se trouve proposé avec les « quartiers états d'âme » (cf. « Formulaire pour un urbanisme nouveau », de G. Ivain, *Internationale situationniste,* numéro 1), un but de désaliénation étant poursuivi explicitement dans l'aménagement du « Quartier Sinistre ».

Renseignements situationnistes

Caryl Chessman (1921-1960), condamné à la peine capitale en 1948, passa douze ans, de sursis en sursis, dans le quartier des condamnés à mort de la prison de Saint-Quentin (Californie). Il publia quatre livres qui furent des best-sellers et devint une célébrité avant d'être exécuté en mai 1960.

Les multiples prises de position sur l'affaire Chessman n'ont pas considéré sa nature réelle. Elles ont mené à un redoublement des anciennes discussions sur la peine de mort. La mort de Chessman participe, en fait, du problème global du *spectacle* tel qu'il se constitue au stade le plus développé de la société capitaliste. Cette sphère du spectacle industrialisé, qui s'affirme toujours davantage, a recoupé dans ce cas la sphère ancienne de la peine capitale, qui va, au contraire, vers sa disparition légale prochaine pour tous les châtiments de droit commun. Cette rencontre a produit ici une lutte de gladiateur télévisée, où les armes étaient des arguties juridiques. Chacun des sursis de Chessman a été accordé par une instance judiciaire différente ; et il n'y avait pas d'autre raison d'interrompre la série qu'une lassitude des spectateurs, normale après douze ans et tant de *best-sellers.* Comme Chessman était très antipathique selon les normes du mode de vie américain, le public, et les organisateurs des émotions publiques, ont à la fin renversé le pouce (le dernier sursis de Chessman était seul extérieur au spectacle, provoqué par les considérations diplomatiques localisées ; ne contenait plus aucun enjeu). Hors des États-Unis, l'indignation générale était ambiguë puisqu'elle comportait à la fois l'accès à ce spectacle, exploité au maximum par tous les modes d'information, et un manque d'habitude et de naturel en présence des règles du jeu : non seulement l'opinion penchait vers la grâce du lutteur, mais elle mettait souvent en cause, au nom des anciennes règles morales, le spectacle lui-même. Cette réaction exprime principalement le retard avec lequel ces pays marchent vers le même but : la modernisation du capitalisme, et les rapports humains qu'elle fait triompher. Par exemple, dans la mesure où la France est une nation encore partiellement archaïque dans son économie et sa politique, on n'y a jamais vu un homme mis à mort sous les sunlights, au bout de douze années. Il arrive que l'on disparaisse, tout simplement, après des tortures qui sont presque secrètes. Chessman n'intéressait pas en tant que victime en général, mais à travers sa participation au monde de Brigitte Bardot et du shah d'Iran, comme élément malchanceux et victime *dans ce monde*, celui de la représentation de la vie pour les masses passives exclues de la vie.

La société qui établira les premières conduites humaines n'aura pas à le faire au nom de telle ou telle mystification humaniste ou métaphysique du passé ; réalisant pour chacun les conditions de la création libre de sa propre histoire, elle renverra toutes les formes de spectacle – inférieures ou sublimes – à la place qui leur revient : au musée des antiquités, à côté de l'État.

À PROPOS DE QUELQUES ERREURS D'INTERPRÉTATION

Témoignant plus que tout autre de la dissolution de la culture contemporaine, l'art qu'Isou a proposé est le premier art du solipsisme. Dans les conditions d'une expression artistique de plus en plus unilatérale et séparée, et complètement abusé par elles, Isou est parvenu à la suppression théorique du public, portant par là à l'absolu – qui est la mort et l'absence – une des tendances fondamentales de l'activité artistique ancienne. C'est ainsi qu'il annonçait dans son deuxième *Mémoire sur les forces futures des arts plastiques et sur leur mort* (paru dans la revue *Ur*, 1951) : « On créera chaque jour des formes nouvelles ; on ne se donnera plus la peine de les prouver, d'expliciter leur résistance par des "œuvres valables"... "Voilà des trésors *possibles*", dira-t-on. "Voilà des *chances* pour des œuvres séculaires". Mais personne ne se penchera pour ramasser une pierre. On ira plus loin afin de découvrir d'autres "sources séculaires" qu'on abandonnera, à leur tour, dans le même état de virtualité inexploitée. Le monde dégorgera de richesses esthétiques dont on ne saura quoi faire. »

L'aveu involontaire de la disparition des arts, chez Isou, est un reflet de la réelle disparition des arts. Mais Isou qui se découvre placé, par hasard, ou par un trait de son génie, à un point zéro de la culture, s'empresse de meubler ce vide, par une culture symétrique qui va fatalement se rouvrir, après qu'elle ait été réduite à rien, avec des éléments similaires aux anciens. Et, profitant de l'aubaine pour devenir le seul créateur définitif de cette néo-culture, Isou prend des concessions toujours plus loin sur les terrains artistiques qu'il n'occupera pas. Isou, produit d'une époque d'art inconsommable, a supprimé l'idée même de sa consommation. Il n'a plus besoin de public. Il n'a besoin que de croire encore à la présence d'un juge caché – presque rien, sa variante personnelle de « Dieu spectateur » – juge d'un petit tribunal extérieur au temps dont la seule fonction reste d'homologuer les titres de propriété d'Isou, éternellement.

Le « système de création » d'Isou est un système de plaidoiries, une composition de son dossier aussi étendue que possible, pour défendre sur chaque point son domaine idéal contre la mauvaise foi et la chicane d'un éventuel concurrent à la création, qui essaierait de s'en faire reconnaître frauduleusement une parcelle. Rien ne restreint la souveraineté d'Isou, sauf le fait que ni le tribunal ni le code de procédure n'existent en dehors de son rêve.

G.-E. Debord

GANGLAND ET PHILOSOPHIE

Il faut développer ici un petit *précis de vocabulaire détourné*. Je propose que, parfois, au lieu de lire « quartier » on lise : *gangland*. Au lieu d'organisation sociale : *protection*. Au lieu de société : *racket*. Au lieu de culture : *conditionnement*. Au lieu de loisirs : *crime protégé*. Au lieu d'éducation : *préméditation*.

Les informations de base systématiquement faussées, et par exemple les conceptions idéalistes de l'espace dont le plus criant exemple est la cartographie communément admise, sont les premières garanties du grand mensonge imposé par les intérêts du racket à tout le gangland de l'espace social.

« L'art intégral, dont on a tant parlé, ne pouvait se réaliser qu'au niveau de l'urbanisme. » (Debord.) Oui, c'est ici qu'il y a une limite. À cette échelle, on peut déjà *enlever* les éléments décisifs du conditionnement. Mais si, en même temps, nous attendions un résultat de l'échelle, et non de l'élimination elle-même, alors nous aurions commis la plus grande erreur possible.

Le néo-capitalisme a également découvert quelque chose pour son propre usage dans la grande échelle. Jour et nuit, il ne parle que d'aménagement du territoire. Mais pour lui, l'évidence, c'est le conditionnement de la production des marchandises, qu'il sent lui échapper sans le recours à la nouvelle échelle. L'académisme urbanistique a défini de la sorte la « région défectueuse » du point de vue du néo-capitalisme d'après-guerre et pour son service. Sa technique d'assainissement est basée sur des critères anti-situationnistes, vides.

Il faut faire cette critique de Mumford : si le quartier n'est pas considéré comme un élément pathologique (gangland), on ne peut parvenir à de nouvelles techniques (thérapies).

Le constructeur de situations doit arriver à *lire* les situations dans leurs éléments constructifs et reconstituables. À travers cette lecture, on commence à comprendre le langage parlé par les situations. On sait parler ce langage, on sait *s'exprimer* par le langage ; et finalement on sait dire par lui ce qui ne s'était jamais dit encore, avec des situations construites et quasi naturelles.

Attila Kotányi

Lewis Mumford (1895-1990), urbaniste américain, auteur de *La Cité à travers l'histoire* (1961).

manifeste, 17 mai 1960

Contre l'art unilatéral, la culture situationniste sera un art du dialogue, un art de l'interaction. Les artistes – avec toute la culture visible – en sont venus à être entièrement séparés de la société, comme ils sont séparés entre eux par la concurrence. Mais avant même cette impasse du capitalisme, l'art était essentiellement unilatéral, sans réponse. Il dépassera cette ère close de son primitivisme pour une communication complète.

Tout le monde devenant artiste à un stade supérieur, c'est-à-dire inséparablement producteur-consommateur d'une création culturelle totale, on assistera à la dissolution rapide du critère linéaire de nouveauté. Tout le monde étant, pour ainsi dire, situationniste, on assistera à une inflation multidimensionnelle de tendances, d'expériences, d'« écoles », radicalement différentes, et ceci *non plus successivement mais simultanément.*

À ceux qui ne nous comprendraient pas bien, nous disons avec un irréductible mépris : « Les situationnistes, dont vous vous croyez peut-être les juges, vous jugeront un jour ou l'autre. Nous vous attendons au *tournant*, qui est l'inévitable liquidation du monde de la privation, sous toutes ses formes. Tels sont nos buts, et ils seront les buts futurs de l'humanité. »

5 Numéro 5 – décembre 1960

• L'AVENTURE

Pour l'I.S., et la lutte qu'elle se propose, l'exclusion est une arme possible et nécessaire.

C'est la seule arme de tout groupe fondé sur la liberté complète des individus. Personne parmi nous n'aime contrôler ni juger, et ce contrôle vaut par son usage pratique, non comme sanction morale. Le « terrorisme » de l'exclusion dans l'I.S. ne peut en rien se comparer aux mêmes pratiques dans des mouvements politiques, par des bureaucraties tenant un pouvoir.

Cette discipline définit nettement une plate-forme incorruptible, dont l'abandon ne se rattrapera pas. Autrement, il y aurait rapidement osmose entre cette plate-forme et le milieu culturel dominant, par la multiplicité des sorties et des rentrées.

Les objections d'ordre sentimental nous paraissent recouvrir la plus profonde mystification. Toute la formation économique-sociale tend à faire prédominer le passé, à fixer l'homme vivant, à le réifier en marchandise. Ainsi, un monde sentimental où les goûts et les relations avec les gens *recommencent* est le produit direct du monde économique et social *où les gestes doivent être répétés* chaque jour, dans l'esclavage de la production capitaliste. Le goût du faux-nouveau exprime sa nostalgie malheureuse.

De curieux émissaires voyagent à travers l'Europe, et plus loin ; se rencontrent, porteurs d'incroyables instructions.

À la question : Pourquoi avons-nous favorisé un regroupement si passionné dans cette sphère culturelle, dont pourtant nous rejetons la réalité présente ? – la réponse est : Parce que la culture est le centre de signification d'une société sans signification. Cette culture vide est au cœur d'une existence vide, et la réinvention d'une entreprise de transformation générale du monde doit aussi et d'abord être posée sur ce terrain. Renoncer à revendiquer le pouvoir dans la culture serait laisser ce pouvoir à ceux qui l'ont.

• LA FRONTIÈRE SITUATIONNISTE

À l'encontre des corps hiérarchisés de spécialistes que constituent, de plus en plus, les bureaucraties, armées, et même partis politiques du monde moderne, l'I.S., on le verra un jour, se présente comme la forme la plus pure d'un corps anti-hiérarchique d'anti-spécialistes.

Nous ne pensons pas avoir inventé des idées extraordinaires dans la culture moderne, mais plutôt avoir commencé à faire remarquer l'extraordinaire de son néant. Les spécialistes de la production culturelle sont ceux qui se résignent le plus aisément à leur séparation, et donc à leur carence. Mais c'est l'ensemble de la société présente qui ne peut éviter le problème de la récupération de ses infinies capacités aliénées, incontrôlées.

Renseignements situationnistes

Enfin, le Conseil a décidé de profiter sans plus tarder des progrès enregistrés par l'I.S., et des soutiens qu'elle a commencé à rencontrer, pour *faire un exemple* contre la plus représentative des tendances de cette intelligentsia pseudo-gauchiste et conformiste qui avait laborieusement organisé le silence autour de nous jusqu'ici ; et dont la démission sur tous les terrains commence à apparaître aux yeux des gens avertis : la revue française *Arguments*. Le Conseil a décidé que toute personne qui collaborera à la revue *Arguments* à partir du 1er janvier 1961 ne pourra en aucun cas être admise, à quelque moment de l'avenir que ce soit, parmi les situationnistes. L'annonce de ce boycott tire sa force de l'importance que nous savons garantie à l'I.S. *au moins* dans la culture des années qui vont suivre. Aux intéressés de risquer le pari contraire, si les compagnies douteuses les attirent.

Le Conseil Central de l'I.S., composé alors de Debord, Jorn, Kotányi, Nash, Sturm et Wyckaert, tint sa première session à Bruxelles du 4 au 6 novembre 1960.

Numéro 6 – août 1961

6

• INSTRUCTIONS POUR UNE PRISE D'ARMES

S'il y a quelque chose de dérisoire à parler de révolution, c'est évidemment parce que le mouvement révolutionnaire organisé a disparu depuis longtemps des pays modernes, où sont précisément concentrées les possibilités d'une transformation décisive de la société. Mais *tout le reste* est bien plus dérisoire encore, puisqu'il s'agit de l'existant, et des diverses formes de son acceptation. Le terme « révolutionnaire » est désamorcé jusqu'à désigner, comme publicité, les moindres changements dans le détail de la production sans cesse modifiée des marchandises, parce que nulle part ne sont plus exprimées les possibilités d'un changement central *désirable*. Le projet révolutionnaire, de nos jours, comparaît en accusé devant l'histoire : on lui reproche d'avoir échoué, d'avoir apporté une aliénation nouvelle. Ceci revient à constater que la société dominante a su se défendre, à tous les niveaux de la réalité, beaucoup mieux que dans la prévision des révolutionnaires. Non qu'elle est devenue plus acceptable. La révolution est à réinventer, voilà tout.

Ceci pose un ensemble de problèmes qui devront être dominés théoriquement et pratiquement dans les prochaines années.

De la tendance à un regroupement qui se manifeste cette année dans diverses minorités du mouvement ouvrier en Europe, on ne peut retenir que le courant le plus radical, qui se groupe actuellement d'abord sur le mot d'ordre des Conseils de Travailleurs. Et il ne faut pas perdre de vue que des éléments simplement confusionnistes cherchent à se placer dans cette confrontation (voir l'accord récemment passé entre des revues philosophico-sociologiques « de gauche », de différents pays).

Les groupes qui cherchent à créer une organisation révolutionnaire d'un type nouveau rencontrent leur plus grande difficulté dans la tâche d'établir de nouveaux rapports humains à l'intérieur d'une telle organisation. Il est sûr que la pression omniprésente de la société s'exerce contre cet essai. Mais, faute d'y parvenir par des méthodes qui sont à expérimenter, on ne peut sortir de la politique spécialisée. La revendication d'une participation de tous retombe d'une nécessité sine qua non pour la gestion d'une organisation, et ultérieurement d'une société, réellement nouvelles, au rang d'un souhait abstrait et moralisateur. Les militants, s'ils ne sont plus les simples exécutants des décisions des maîtres de l'appareil, risquent d'être encore réduits au rôle de spectateurs de ceux d'entre eux qui sont les plus qualifiés dans la politique conçue comme une spécialisation ; et par là, reconstituent le rapport de passivité du vieux monde.

La participation et la créativité des gens dépendent d'un projet collectif qui concerne explicitement tous les aspects du vécu. C'est aussi le seul chemin pour « colérer le peuple » en faisant apparaître le terrible contraste entre des constructions possibles de la vie et sa misère présente. Sans la critique de la vie quotidienne, l'organisation révolutionnaire est un milieu séparé, aussi conventionnel, et finalement passif, que ces villages de vacances qui sont le terrain spécialisé des loisirs modernes.

Des sociologues [...] se sont naïvement félicités de la « multiplicité des contacts humains » par exemple, sans reconnaître que l'augmentation simplement quantitative de ces contacts les laissait aussi plats et inauthentiques que partout ailleurs. Même dans le groupe révolutionnaire le plus anti-hiérarchique et libertaire, la communication entre les gens n'est aucunement assurée par leur programme politique commun. Les sociologues sont normalement partisans d'un réformisme de la vie quotidienne ; d'en organiser la compensation dans le temps des vacances. Mais le projet révolutionnaire ne peut accepter l'idée classique du jeu limité dans l'espace, dans le temps, et dans la profondeur qualitative. Le jeu révolutionnaire, la création de la vie, s'oppose à tous les souvenirs de jeux passés. Les villages de vacances du « Club Méditerranée », pour prendre le contre-pied du genre de vie mené pendant quarante-neuf semaines de travail, s'appuient sur une idéologie polynésienne de pacotille, un peu comme la Révolution française s'est produite sous le déguisement de la Rome républicaine, ou comme des révolutionnaires d'aujourd'hui se voient d'abord eux-mêmes, se définissent, en ce qu'ils tiennent *le rôle du militant*, de style bolchevik ou autre. Et la révolution de la vie quotidienne ne saurait tirer sa poésie du passé, mais seulement du futur.

Précisément, dans la critique de l'idée marxiste d'*extension du temps de loisir*, il y a naturellement une juste correction apportée par l'expérience des loisirs vides du capitalisme moderne : il est vrai que la pleine liberté du temps nécessite d'abord la transformation du travail, et l'appropriation de ce travail dans des buts et des conditions en tout différents du travail forcé existant jusqu'ici (cf. l'action des groupes qui publient en France *Socialisme ou Barbarie*, en Angleterre *Solidarity for the Workers Power*, en Belgique *Alternative*). Mais, à partir de cela, ceux qui mettent tout l'accent sur la nécessité de changer le travail lui-même, de le rationaliser, d'y intéresser les gens, prennent le risque, en négligeant l'idée du contenu libre de la vie (disons, d'un pouvoir créatif équipé matériellement qu'il s'agit de développer au-delà du temps de travail classique – lui-même modifié – aussi bien qu'au-delà du temps de repos et distraction) de couvrir en fait une harmonisation de la production actuelle, *un plus grand rendement* ; sans que soit mis en question le vécu même de la production, la nécessité de cette vie, au niveau de contestation le plus élémentaire. La construction libre de tout l'espace-temps de la vie individuelle est une revendication qu'il faudra défendre contre toutes sortes de rêves d'harmonie des candidats managers du prochain aménagement social.

Les différents moments de l'activité situationniste jusqu'ici ne peuvent être compris que dans la perspective d'une apparition nouvelle de la révolution, non seulement culturelle, mais sociale, et dont le champ d'application devra être immédiatement plus vaste que lors de toutes ses tentatives antérieures.

Ce qui veut dire, en passant, que nous devons refuser, autant que les survivances des conduites artistiques spécialisées, les survivances de la politique spécialisée ; et particulièrement le masochisme post-chrétien propre à tant d'intellectuels sur ce terrain. Nous ne prétendons pas développer seuls un nouveau programme révolutionnaire. Nous disons que ce programme en formation contestera un jour pratiquement la réalité dominante, et que nous participerons à cette contestation. Quoi que nous puissions devenir individuellement, le nouveau mouvement révolutionnaire ne se fera pas sans tenir compte de ce que nous avons recherché ensemble ; et qui peut s'exprimer comme le passage de la vieille théorie de la révolution permanente restreinte à une théorie de la révolution permanente généralisée.

• CRITIQUE DE L'URBANISME

Les situationnistes ont toujours dit que « l'urbanisme unitaire n'est pas une doctrine d'urbanisme mais une critique de l'urbanisme » (*Internationale situationniste 3*). Le projet d'un urbanisme plus moderne, plus progressiste, conçu comme une correction de la spécialisation urbaniste actuelle est aussi faux que par exemple, dans le projet révolutionnaire, cette surestimation du moment de la prise du pouvoir, qui est une idée de spécialiste impliquant aussitôt l'oubli, voire la répression, de toutes les tâches révolutionnaires qui sont posées, à tout moment, par l'ensemble des activités humaines inséparables. Avant sa fusion avec une praxis révolutionnaire généralisée, l'urbanisme est forcément le premier ennemi de toutes les possibilités de la vie urbaine à notre époque. C'est un de ces fragments de la puissance sociale qui prétendent représenter une totalité cohérente, et tendent à s'imposer comme explication et organisation totales, ne faisant rien d'autre ainsi que masquer la totalité sociale réelle qui les a produits, et qu'ils conservent.

Si l'on accepte cette spécialisation de l'urbanisme, on se met du même coup au service du mensonge urbaniste et social existant, de l'État, pour réaliser un des multiples urbanismes « pratiques » possibles, mais le seul urbanisme pratique *pour nous*, celui que nous avons appelé urbanisme unitaire, est par là abandonné, puisqu'il exige la création de conditions de vie tout autres.

La contestation de la société actuelle dans son ensemble est le seul critère d'une libération authentique sur le terrain des villes, comme à propos de n'importe quel autre aspect des activités humaines. Autrement, une « amélioration », un « progrès », sera toujours destiné à huiler le système, à perfectionner le conditionnement qu'il nous faut renverser dans l'urbanisme et partout.

Dès à présent, la crise de l'urbanisme est une crise concrètement sociale et politique, même si, aujourd'hui, aucune force issue de la politique traditionnelle n'est plus en mesure d'y intervenir. Les banalités médico-sociologiques sur la « pathologie des grands ensembles », l'isolement affectif des gens qui doivent y vivre, ou le développement de certaines réactions extrêmes de refus, principalement dans la jeunesse, traduisent simplement ce fait que le capitalisme moderne, la société bureaucratique de la consommation, *commence à modeler un peu partout son propre décor*. Cette société construit, avec les villes nouvelles, le terrain qui la représente exactement, qui réunit les conditions les plus adéquates de son bon fonctionnement ; en même temps qu'elle traduit dans l'espace, dans le langage clair de l'organisation de la vie quotidienne, son principe fondamental d'aliénation et de contrainte. C'est donc là également que vont se manifester avec le plus de netteté les nouveaux aspects de sa crise.

À Paris, en avril, une exposition d'urbanisme intitulée « Demain Paris » présentait en réalité la défense des grands ensembles, déjà mis en place ou projetés loin autour de la ville. L'avenir de Paris serait tout extra-parisien. Un parcours didactique visait, dans sa première tranche, à convaincre les gens (principalement des travailleurs) que Paris, comme le prouvaient des statistiques péremptoires, était plus malsain et inhabitable que toute autre capitale connue. Ils avaient donc à se transporter ailleurs, et justement la solution heureuse était présentée ensuite, négligeant seulement de révéler à quel prix il fallait maintenant payer la construction de ces zones de regroupement : par exemple combien d'années d'esclavage économique renforcé représente l'achat d'un appartement dans ces ensembles ; et quelle réclusion urbaniste à vie représente ensuite cette propriété acquise.

Cependant la nécessité même de cette propagande truquée, le besoin de présenter cette explication-là aux intéressés après que l'administration ait tranché souverainement, révèle une première résistance des masses.

Les discussions dans les recherches progressistes aujourd'hui, concernant la politique aussi bien que l'art ou l'urbanisme, sont grandement en retard par rapport à la réalité qui s'installe dans tous les pays industrialisés : c'est-à-dire l'organisation concentrationnaire de la vie.

Le degré du conditionnement exercé sur les travailleurs dans une banlieue comme Sarcelles, ou plus clairement encore dans une ville comme Mourenx (fondée sur le mono-emploi de sa population dans le complexe pétrochimique de Lacq), préfigure les conditions à partir desquelles, partout, le mouvement révolutionnaire aura à lutter s'il sait se reconstituer au niveau des véritables crises, des véritables revendications de notre temps. À Brasilia, l'architecture fonctionnelle révèle qu'elle est, dans son plein développement, l'architecture des fonctionnaires, l'instrument et le microcosme de la Weltanschauung bureaucratique. On peut déjà constater que là où le capitalisme bureaucratique et planificateur a déjà construit son décor, le conditionnement est si perfectionné, la marge de choix des individus réduite à si peu, qu'une pratique aussi essentielle pour lui que la publicité, qui a correspondu à un stade plus anarchique de la concurrence, tend à disparaître sous la plupart de ses formes et supports. On peut estimer que l'urbanisme est capable de fondre toutes les publicités anciennes en une seule publicité de l'urbanisme. Le reste sera obtenu par-dessus le marché. Il est également probable que, dans ces conditions, la propagande politique qui a été si forte dans la première moitié du vingtième siècle va disparaître à peu près totalement, et sera remplacée par un réflexe de répulsion à l'égard de toute question politique. De même que le mouvement révolutionnaire devra déplacer le problème très loin de ce qui était l'ancien champ politique méprisé par tout le monde, le pouvoir établi comptera plus sur la simple organisation du spectacle d'objets de consommation, qui n'auront de valeur consommable qu'illusoirement *dans la mesure où ils auront été d'abord objets de spectacle.* À Sarcelles ou à Mourenx, les salles de spectacle de ce nouveau monde sont déjà à l'essai. Atomisées à l'extrême autour de chaque récepteur de télévision, mais en même temps étendues à la dimension exacte des villes.

Si l'urbanisme unitaire désigne, comme nous le voulons, une hypothèse d'emploi des moyens de l'humanité actuelle pour construire librement sa vie, à commencer par l'environnement urbain, il est parfaitement vain d'accepter la discussion avec ceux qui nous demandent à quel point il est réalisable, concret, pratique ou inscrit dans le béton, pour cette simple raison qu'il n'existe, nulle part ailleurs, aucune théorie ni aucune pratique concernant la création des villes, ou des conduites qui y sont liées. Personne ne fait « de l'urbanisme », au sens de la construction du milieu revendiquée par cette doctrine. Il n'existe rien qu'un ensemble de techniques d'intégration des gens (techniques qui résolvent effectivement des conflits, en en créant d'autres, actuellement moins connus mais plus graves). Ces techniques sont maniées innocemment par des imbéciles ou délibérément par des policiers. Et tous les discours sur l'urbanisme sont des mensonges aussi évidemment que l'espace organisé par l'urbanisme est l'espace même du mensonge social et de l'exploitation fortifiée. Ceux qui discourent sur les pouvoirs de l'urbanisme cherchent à faire oublier qu'ils ne font rien d'autre que l'urbanisme du pouvoir. Les urbanistes, qui se présentent comme les éducateurs de la population, ont dû eux-mêmes être éduqués : par ce monde de l'aliénation qu'ils reproduisent et perfectionnent de leur mieux.

La notion de centre d'attraction dans le bavardage des urbanistes est au contraire de la réalité, exactement comme se trouve l'être la notion sociologique de participation. C'est que ce sont des disciplines qui s'accommodent d'une société [...] qui doit imposer le besoin d'objets peu attirants, et ne saurait tolérer l'attraction authentique sous aucune de ses formes. Pour comprendre ce que la sociologie ne comprend *jamais*, il suffit d'envisager en termes d'agressivité ce qui pour la sociologie est neutre.

• ENCORE UNE FOIS SUR LA DÉCOMPOSITION CULTURELLE

Où en est la production culturelle ? Elle confirme tous nos calculs, si l'on confronte les phénomènes des douze derniers mois avec l'analyse de la décomposition présentée depuis quelques années par l'I.S. (cf. « L'absence et ses habilleurs » dans *Internationale situationniste* 2, de décembre 1958). Au Mexique, l'an passé, Max Aub écrit un livre épais sur la vie d'un peintre cubiste imaginaire, Campalans, non sans démontrer le bien-fondé de ses éloges à l'aide de quelques tableaux dont l'importance s'est avérée aussitôt. À Munich, en janvier, un groupe de peintres animés par Max Strack arrange à la fois la biographie, sentimentale à souhait, et l'exposition de l'œuvre complète d'un jeune peintre tachiste décédé prématurément – et tout aussi imaginaire : Bolus Krim. La télévision et la presse, dont la quasi-totalité des hebdomadaires allemands, se passionnent pour ce génie si représentatif, jusqu'à la proclamation de la mystification, qui conduit certains à réclamer des poursuites contre les faussaires. « Je croyais avoir tout vu », écrit en novembre 1960, le critique chorégraphique de *Paris-Presse*, à propos du *Bout de la Nuit*, de l'Allemand Harry Kramer, « des ballets sans thème et des ballets sans costumes, d'autres sans décors, d'autres enfin sans musique, et même des ballets dépourvus de tous ces éléments à la fois. Eh bien, je me trompais. J'ai vu hier soir l'inédit, l'inattendu, l'inimaginable : un ballet sans chorégraphie. Entendez bien : sans la moindre tentative chorégraphique, un ballet immobile. » Et l'*Evening Standard* du 28 septembre de la même année révèle au monde Jerry Brown, peintre de Toronto qui veut démontrer par sa théorie comme par sa pratique « qu'il n'y a en réalité aucune différence entre l'art et les ordures ». À Paris, ce printemps, une galerie nouvelle se fonde sur cette esthétique torontologique et expose les déchets assemblés par neuf créateurs « nouveaux-réalistes » décidés à refaire Dada, mais « 40° au-dessus », et qui ont pourtant commis l'erreur de ménager la trop lisible justification d'un sentencieux présentateur, plusieurs degrés au-dessous puisqu'il n'a rien trouvé de mieux que leur faire « considérer le Monde comme un Tableau », appelant même la sociologie « au secours de la conscience et du hasard » pour retrouver bêtement « émotion, sentiment et finalement poésie, encore ». Oui. Niki de Saint-Phalle va heureusement plus loin, avec ses tableaux-cibles peints à la carabine. Dans la cour du Louvre, un Russe, disciple de Gallizio, exécute, en janvier dernier, un rouleau de peinture de 70 mètres de long, susceptible d'être vendu par morceaux. Mais il pimente la chose à l'aide des leçons de Mathieu puisqu'il procède en 25 minutes seulement, et avec ses pieds.

Antonioni, dont la mode récente se confirme, explique en octobre 1960 à la revue *Cinéma 60* : « Pendant ces dernières années, nous avons examiné, étudié les sentiments autant que possible, jusqu'à l'épuisement. C'est tout ce que nous avons pu faire... Mais nous n'avons pas pu en trouver de nouveaux, ni même entrevoir une solution de ce problème... Avant tout, je dirais qu'on part d'un fait négatif : l'épuisement des techniques et des moyens courants. »

Il est vrai que, même quand ils disposent d'un certain humour, tous ces inventeurs s'agitent beaucoup, et ont un air de découvrir la destruction de l'art, la réduction de toute une culture à l'onomatopée et au silence comme un phénomène inconnu, une idée neuve, et qui n'attendait plus qu'eux. Tous retuent des cadavres qu'ils déterrent, dans un no man's land culturel dont ils n'imaginent pas l'au-delà. Ils n'en sont pas moins très exactement les artistes d'aujourd'hui, quoique sans voir comment. Ils expriment justement notre temps de vieilleries solennellement proclamées neuves ; ce temps d'incohérence planifiée ; d'isolement et de surdité assurés par les moyens de communication de masse ; d'enseignement universitaire de formes supérieures d'analphabétisme ; de mensonge garanti scientifiquement ; et de pouvoir technique décisif à la disposition de la débilité mentale dirigeante.

Toutes ces vieilleries sont solidaires : et toutes ces dérisions sont insurpassables par un retour à telle ou telle forme de « sérieux » ou de noble harmonie du passé. Cette société va devenir, à tous les niveaux, de plus en plus péniblement ridicule, jusqu'au moment de sa reconstruction révolutionnaire complète.

• DÉFENSE INCONDITIONNELLE

La crise de la jeunesse, dans tous les pays modernes, est devenue un sujet de préoccupation officiel qui, à lui seul, mènerait le plus crédule à douter des chances de la société de la consommation dans sa tentative d'intégrer les gens. Dans le cas limite de la formation des bandes d'adolescents, il est facile de vérifier sur les cartes leur correspondance avec les emplacements des « grands ensembles » de logements, surtout dans des pays relativement retardataires comme la France ou l'Italie, où l'accès aux conditions de vie du capitalisme moderne, moins sensible, se trouve très nettement ressenti dès lors qu'il est multiplié par le facteur particulier du nouveau type d'habitat. Les bandes se constituent à partir du terrain vague, qui est le dernier point de fuite existant dans le « territoire aménagé ».

Plus profondément, et même en dehors du phénomène extrême des bandes, on assiste à l'échec total de l'encadrement de la jeunesse par la société. L'encadrement familial s'effondre heureusement, avec les raisons de vivre admises autrefois, avec la disparition du minimum de conventions communes entre les gens, et à plus forte raison entre les générations – les générations des aînés participant encore de fragments d'illusions passées, et surtout étant endormies par la routine du travail, les « responsabilités » acceptées, les habitudes qui se ramènent toutes à l'habitude de ne plus rien attendre de la vie. On peut considérer les bandes actuelles comme le produit d'un nouveau genre de dislocation des familles dans la paix et le haut statut de consommation ; en comparaison des bandes d'enfants errants de la guerre civile russe formées à partir de la destruction physique des parents, et de la famine. L'encadrement politique est réduit à presque rien, suivant le sort des formations de la politique traditionnelle.

Il va de soi que la grosse artillerie de l'encadrement proprement culturel a fait long feu : le moment où l'augmentation constante de la scolarité mène la majorité de la jeunesse à accéder à une certaine dose de culture est aussi le moment où cette culture ne croit plus en elle-même ; ne dupe et n'intéresse plus personne.

La société de la consommation et du temps libre est vécue comme société du temps vide, comme consommation du vide. La violence qu'elle a produite, et qui entraîne déjà la police de nombreuses villes américaines à instituer un couvre-feu pour les moins de dix-huit ans, met si radicalement en cause l'usage de la vie qu'elle ne pourra être reconnue, défendue et sauvée, que par un mouvement révolutionnaire apportant explicitement un programme de revendications concernant cet usage de la vie dans tous ses aspects.

Il est clair que les situationnistes soutiennent le refus global du petit éventail des conduites licites. L'I.S. s'est formée, largement, sur une expérience très poussée du vide de la vie quotidienne et la recherche d'un dépassement. Elle ne saurait dévier de cette ligne, et c'est en quoi tout succès officiel (au sens très large de ce mot : tout succès dans les mécanismes dominants de la culture) que rencontreraient ses thèses ou tel de ses membres devrait être considéré comme extrêmement suspect. Tout l'appareil de l'information et des sanctions étant aux mains de nos ennemis, la clandestinité du vécu, ce qui est aux conditions actuelles appelé scandale, n'est mise en lumière que dans certains détails de sa répression. L'I.S. se propose de lancer contre ce monde des scandales plus violents et plus complets, à partir de la liberté clandestine qui s'affirme un peu partout sous le pompeux édifice social du temps mort, malgré toutes les polices du vide climatisé. Nous connaissons la suite possible. L'ordre règne et ne gouverne pas.

PERSPECTIVES DE MODIFICATIONS CONSCIENTES DANS LA VIE QUOTIDIENNE

Ici, on découvre que la plupart des sociologues – et on sait combien ils se trouvent à leur affaire dans les activités spécialisées, justement, et comme ils leur vouent d'habitude une aveugle croyance ! – que la plupart des sociologues, donc, reconnaît des activités spécialisées partout, et la vie quotidienne nulle part. La vie quotidienne est toujours ailleurs. Chez les autres. En tout cas dans les classes non-sociologistes de la population. Quelqu'un a dit ici que les ouvriers seraient intéressants à étudier, comme cobayes probablement inoculés de ce virus de la vie quotidienne, parce que les ouvriers, n'ayant pas accès aux activités spécialisées, n'ont *que* la vie quotidienne à vivre. Cette façon de se pencher sur le peuple, à la recherche d'un lointain primitivisme du quotidien ; et surtout ce contentement avoué sans détour, cette fierté naïve de participer à une culture dont personne ne peut songer à dissimuler l'éclatante faillite, la radicale incapacité de comprendre le monde qui la produit, tout ceci ne laisse pas d'être étonnant.

Il y a là une volonté manifeste de s'abriter derrière une formation de la pensée qui s'est fondée sur la séparation de domaines parcellaires artificiels, afin de rejeter le concept inutile, vulgaire et gênant, de « vie quotidienne ». Un tel concept recouvre un résidu de la réalité cataloguée et classée, résidu auquel certains répugnent d'être confrontés, car c'est en même temps le point de vue de la totalité ; il impliquerait la nécessité d'un jugement global, d'une politique. On dirait que certains intellectuels se flattent ainsi d'une participation personnelle illusoire au secteur dominant de la société, à travers leur possession d'une ou plusieurs spécialisations culturelles ; ce qui pourtant les place au premier rang pour s'aviser que l'ensemble de cette culture dominante est notoirement mangé aux mites. Mais quelque soit le jugement que l'on porte sur la cohérence de cette culture, ou sur son intérêt dans le détail, l'aliénation qu'elle a imposé aux intellectuels en question, c'est de les faire juger, depuis le ciel des sociologues, qu'ils sont tout à fait extérieurs à cette vie quotidienne des populations quelconques, ou placés trop haut dans l'échelle des pouvoirs humains, comme s'ils n'étaient pas, eux aussi, plutôt *des pauvres*.

Il est sûr que les activités spécialisées ont une existence ; elles ont même, dans une époque donnée, un emploi général qu'il est toujours bon de reconnaître d'une manière démystifiée. La vie quotidienne n'est pas tout. Bien qu'elle soit en osmose avec les activités spécialisées au point que, d'une certaine façon, on n'est jamais en dehors de la vie quotidienne. Mais si l'on recourt à l'image facile d'une représentation spatiale des activités, il faut encore placer la vie quotidienne au centre de tout. Chaque projet en part et chaque réalisation revient y prendre sa véritable signification. La vie quotidienne est la mesure de tout : de l'accomplissement ou plutôt du non-accomplissement des relations humaines ; de l'emploi du temps vécu ; des recherches de l'art ; de la politique révolutionnaire.

La vie quotidienne non critiquée, cela signifie maintenant la prolongation des formes actuelles, profondément dégradées, de la culture et de la politique, formes dont la crise extrêmement avancée, surtout dans les pays les plus modernes, se traduit par une dépolitisation et un néo-analphabétisme généralisés. En revanche la critique radicale, et en actes, de la vie quotidienne donnée, peut conduire à un dépassement de la culture et de la politique au sens traditionnel, c'est-à-dire à un niveau supérieur d'intervention sur la vie.

Mais, dira-t-on, cette vie quotidienne, qui d'après moi est la seule réelle, comment se fait-il que son importance soit si complètement et si immédiatement dépréciée par des gens qui n'ont, après tout, aucun intérêt direct à le faire ; et dont beaucoup sans doute sont même loin d'être ennemis d'un renouveau quelconque du mouvement révolutionnaire ?

Je pense que c'est parce que la vie quotidienne est organisée dans les limites d'une pauvreté scandaleuse. Et surtout parce que cette pauvreté de la vie quotidienne n'a rien d'accidentel : c'est une pauvreté qui lui est imposée à tout instant par la contrainte et par la violence d'une société divisée en classes ; une pauvreté organisée historiquement selon les nécessités de l'histoire de l'exploitation.

L'usage de la vie quotidienne, au sens d'une consommation du temps vécu, est commandé par le règne de la rareté : rareté du temps libre ; et rareté des emplois possibles de ce temps libre.

De même que l'histoire accélérée de notre époque est l'histoire de l'accumulation, de l'industrialisation, le retard de la vie quotidienne, sa tendance à l'immobilisme, sont les produits des lois et des intérêts qui ont conduit cette industrialisation. La vie quotidienne présente effectivement, jusqu'à présent, une résistance à l'historique. Ceci *juge d'abord l'historique*, en tant que l'héritage et le projet d'une société d'exploitation.

La pauvreté extrême de l'organisation consciente, de la créativité des gens, dans la vie quotidienne, traduit la nécessité fondamentale de l'inconscience et de la mystification dans une société exploiteuse, dans une société de l'aliénation.

Henri Lefebvre a appliqué ici une extension de l'idée d'inégal développement pour caractériser la vie quotidienne, décalée mais non coupée de l'historicité, comme un secteur attardé. Je crois que l'on peut aller jusqu'à qualifier ce niveau de la vie quotidienne de secteur colonisé. On a vu, à l'échelle de l'économie mondiale, que le sous-développement et la colonisation sont des facteurs en interaction. Tout porte à croire qu'il en va de même à l'échelle de la formation économique-sociale, de la praxis.

La vie quotidienne, mystifiée par tous les moyens et contrôlée policièrement, est une sorte de réserve pour les bons sauvages qui font marcher, sans la comprendre, la société moderne, avec le rapide accroissement de ses pouvoirs techniques et l'expansion forcée de son marché. L'histoire – c'est-à-dire la transformation du réel – n'est pas actuellement utilisable dans la vie quotidienne parce que l'homme de la vie quotidienne est le produit d'une histoire sur laquelle il n'a pas de contrôle. C'est évidemment lui-même qui fait cette histoire, mais pas librement.

La société moderne se comprend par fragments spécialisés, à peu près intransmissibles, et la vie quotidienne, où toutes les questions risquent de se poser d'une manière unitaire, est donc naturellement le domaine de l'ignorance.

Cette société, à travers sa production industrielle, a vidé de tout sens les gestes du travail. Et aucun modèle de conduite humaine n'a gardé une véritable actualité dans le quotidien.

Cette société tend à atomiser les gens en consommateurs isolés, à interdire la communication. La vie quotidienne est ainsi vie privée, domaine de la séparation et du spectacle.

De sorte que la vie quotidienne est aussi la sphère de la démission des spécialistes. C'est là que, par exemple, un des rares individus capables de comprendre la plus récente image scientifique de l'univers va devenir stupide, et peser longuement les théories artistiques d'Alain Robbe-Grillet, ou bien envoyer des pétitions au président de la République dans le dessein d'infléchir sa politique. C'est la sphère du désarmement, de l'aveu de l'incapacité de vivre.

Il me semble que ce terme « critique de la vie quotidienne » pourrait, et devrait, aussi s'entendre avec ce renversement : critique que la vie quotidienne exercerait, souverainement, sur tout ce qui lui est vainement extérieur.

La question de l'emploi des moyens techniques, dans la vie

quotidienne et ailleurs, n'est rien d'autre qu'une question politique (et entre tous les moyens techniques trouvables, ceux qui sont mis en œuvre sont en vérité sélectionnés conformément aux buts du maintien de la domination d'une classe). Quand on envisage l'hypothèse d'un avenir, tel qu'il est admis par la littérature de science-fiction, ou des aventures interstellaires coexisteraient avec une vie quotidienne gardée sur cette terre dans la même indigence matérielle et le même moralisme archaïque, ceci veut dire, exactement, qu'il y aurait encore une classe de dirigeants spécialisés, qui maintiendrait à son service les foules prolétaires des usines et des bureaux ; et que les aventures interstellaires seraient uniquement l'entreprise choisie par ces dirigeants, la manière qu'ils auraient trouvée de développer leur économie irrationnelle, le comble de l'activité spécialisée.

On s'est demandé : « La vie privée est privée de quoi ? » Tout simplement de la vie, qui en est cruellement absente. Les gens sont aussi privés qu'il est possible de communication ; et de réalisation d'eux-mêmes. Il faudrait dire : de faire leur propre histoire, personnellement.

Tous ces problèmes sont à l'ordre du jour parce que, visiblement, notre temps est dominé par l'apparition du projet, porté par la classe ouvrière, d'abolir toute société de classes et de commencer l'histoire humaine ; et donc dominé, corollairement, par la résistance acharnée à ce projet, les détournements et les échecs, jusqu'ici, de ce projet.

La crise actuelle de la vie quotidienne s'inscrit dans les nouvelles formes de la crise du capitalisme, formes qui restent inaperçues de ceux qui s'obstinent à supputer l'échéance classique des prochaines crises cycliques de l'économie.

La disparition de toutes les anciennes valeurs, de toutes les références de la communication ancienne, dans le capitalisme développé ; et l'impossibilité de les remplacer par d'autres, quelles qu'elles soient, avant d'avoir dominé rationnellement, dans la vie quotidienne et partout ailleurs, les forces industrielles nouvelles qui nous échappent de plus en plus ; ces faits produisent non seulement l'insatisfaction quasi officielle de notre époque, insatisfaction particulièrement aiguë dans la jeunesse, mais encore le mouvement d'auto-négation de l'art. L'activité artistique avait toujours été seule à rendre compte des problèmes clandestins de la vie quotidienne, quoique d'une manière voilée, déformée, partiellement illusoire. Il existe, sous nos yeux, le témoignage d'une destruction de toute l'expression artistique : c'est l'art moderne.

Si l'on considère dans toute son étendue la crise de la société contemporaine, je ne crois pas qu'il soit possible de regarder encore les loisirs comme une négation du quotidien. On a admis ici qu'il fallait « étudier le temps perdu ». Mais voyons le mouvement récent de cette idée de temps perdu. Pour le capitalisme classique, le temps perdu est ce qui est extérieur à la production, à l'accumulation, à l'épargne. La morale laïque, enseignée dans les écoles de la bourgeoisie, a implanté cette règle de vie. Mais il se trouve que le capitalisme moderne, par une ruse inattendue, a besoin d'augmenter la consommation, d'« élever le niveau de vie » (si l'on veut bien se rappeler que cette expression est rigoureusement dépourvue de sens). Comme, dans le même temps, les conditions de la production, parcellarisée et minutée à l'extrême, sont devenues parfaitement indéfendables, la morale qui a déjà cours dans la publicité, la propagande, et toutes les formes du spectacle dominant, admet au contraire franchement que le temps perdu est celui du travail, qui n'est plus justifié que par les divers degrés du gain, lequel permet d'acheter du repos, de la consommation, des loisirs – c'est-à-dire une passivité quotidienne fabriquée et contrôlée par le capitalisme.

Maintenant, si l'on envisage la facticité des besoins de la consommation que crée de toutes pièces et stimule sans cesse l'industrie moderne – si l'on reconnaît le vide des loisirs et l'impossibilité du repos – on peut poser la question d'une manière plus réaliste : qu'est-ce qui ne serait pas du temps perdu ? Autrement dit : le développement d'une société de l'abondance devrait aboutir à l'abondance de quoi ?

L'actuelle mise en question artistique du langage, contemporaine de cette métalangue des machines, qui n'est autre que le langage bureaucratisé de la bureaucratie au pouvoir, sera alors dépassée par des formes supérieures de communication. La notion présente de texte social déchiffrable devra aboutir à de nouveaux procédés d'écriture de ce texte social, dans la direction de ce que recherchent à présent mes camarades situationnistes avec l'urbanisme unitaire et l'ébauche d'un comportement expérimental. La production centrale d'un travail industriel entièrement reconverti sera l'aménagement de nouvelles configurations de la vie quotidienne, la création libre d'événements.

Guy Debord

7

Numéro 7 – avril 1962

• GÉOPOLITIQUE DE L'HIBERNATION

L'« équilibre de la terreur » entre deux groupes d'États rivaux qui est la plus visible des données essentielles de la politique mondiale en ce moment signifie aussi l'équilibre de la résignation : pour chacun des antagonistes, à la permanence de l'autre ; et à l'intérieur de leurs frontières, résignation des gens à un sort qui leur échappe si complètement que l'existence même de la planète n'est plus qu'un avantage aléatoire, suspendu à la prudence et à l'habileté de stratèges impénétrables. Cela implique décidément une résignation généralisée à l'existant, aux pouvoirs coexistants des spécialistes qui organisent ce sort. Ceux-ci trouvent un avantage supplémentaire à cet équilibre, en ce qu'il permet la liquidation rapide de toute expérience originale d'émancipation survenant en marge de leurs systèmes.

Les deux camps ne préparent pas effectivement la guerre, mais la conservation illimitée de cet équilibre, qui est à l'image de la stabilisation interne de leur pouvoir. Il va sans dire que cela devra mobiliser des ressources géantes puisqu'il est impératif de s'élever toujours plus haut dans le spectacle de la guerre possible.

D'après Nicolas Vichney dans *Le Monde* du 5 janvier 1962, une tendance avant-gardiste de la doctrine de défense américaine en est déjà à estimer que « le meilleur procédé de dissuasion résiderait dans la possession d'une énorme bombe thermonucléaire enfouie dans le sol. L'adversaire attaquerait, on la ferait sauter et la Terre serait disloquée ».

Les théoriciens de ce « système du Jugement Dernier » (*Doomsday System*) ont certes trouvé l'arme absolue de la soumission ; ils ont pour la première fois traduit en pouvoirs techniques précis le refus de l'histoire.

Cette organisation étatique de la survie s'est rapidement étendue, plus ou moins secrètement, aux autres pays importants des deux camps. L'Allemagne fédérale par exemple s'est d'abord préoccupée de la survie du chancelier Adenauer et de son équipe, et la divulgation des réalisations en ce domaine a entraîné la saisie de la revue munichoise *Quick*. La Suède et la Suisse en sont à l'installation d'abris collectifs creusés dans leurs montagnes, où les ouvriers enfouis avec leurs usines pourraient continuer à produire sans désemparer jusqu'à l'apothéose du *Doomsday System*. Mais la base de la politique de défense civile est aux États-Unis, où nombre de sociétés florissantes, telles la *Peace O'Mind Shelter Company* au Texas, l'*American Survival Products Corporation* dans le Maryland, la *Fox Hole Shelter Inc.* en Californie, la *Bee Safe Manufacturing Company* dans l'Ohio, assurent la publicité et la mise en place d'une multitude d'abris individuels, c'est-à-dire édifiés comme propriété privée pour l'aménagement de la survie de chaque famille. On sait qu'il se développe autour de cette mode une nouvelle interprétation de la morale religieuse, des ecclésiastiques opinant que le devoir consistera clairement à refuser l'accès de tels abris à ses amis ou à des inconnus, fût-ce même à main armée, pour garantir le salut de sa seule famille. En fait, la morale devait ici s'adapter pour concourir à porter à sa perfection ce terrorisme de la conformité qui est sous-jacent dans toute la publicité du capitalisme moderne. Il était déjà difficilement soutenable, devant sa famille et ses voisins, de ne pas avoir tel modèle de voiture que permet d'acquérir à tempérament tel niveau de salaire (toujours reconnaissable dans les grands ensembles urbains de type américain, puisque la localisation de l'habitat se fait justement en fonction de ce niveau de salaire). Il sera encore moins facile de ne pas garantir aux siens le *standing de survie* accessible d'après la conjoncture du marché.

On estimait généralement qu'aux États-Unis, depuis 1955, une saturation relative de la demande de « biens durables » entraînait l'insuffisance du stimulant que la consommation doit fournir à l'expansion économique. On peut certainement comprendre ainsi l'ampleur de la vogue des *gadgets* de toutes sortes, qui représentent une excroissance très malléable du secteur des biens semi-durables. Mais l'importance de l'abri apparaît pleinement dans cette perspective de relance nécessaire de l'expansion. Avec l'implantation des abris, et ses prolongements prévisibles, tout est à refaire sous terre. Les possibilités d'équipement de l'habitat sont à reconsidérer : en double. Il s'agit réellement de l'installation d'un *nouveau durable*, dans une nouvelle dimension. Ces investissements souterrains, dans des strates jusqu'à ce jour laissés en friche par la société de l'abondance, introduisent eux-mêmes une relance pour des biens semi-durables déjà en usage à la surface, comme le boom sur les conserves alimentaires dont chaque abri nécessite un stock d'une abondance maximum ; aussi bien que pour de nouveaux gadgets spécifiques, tels ces sacs en matière plastique qui contiendront les corps des gens appelés à mourir dans l'abri et, naturellement, à continuer d'y séjourner avec les survivants.

Mais, dans toute sa richesse capitaliste, le concept de survie signifie un *suicide différé* jusqu'à la fin de l'épuisement, un renoncement de *tous les jours* à la vie. Le réseau des abris – qui ne sont pas destinés à servir pour la guerre, mais tout de suite – dessine l'image, encore outrée et caricaturale, de l'existence sous le capitalisme bureaucratique porté à sa perfection. Un néo-christianisme vient y replacer son idéal de renoncement, une nouvelle humilité conciliable avec la relance de l'industrie. Le monde des abris se reconnaît lui-même comme une *vallée de larmes à air conditionné.* La coalition de tous les managers et de leurs prêtres d'espèces variées pourra s'accorder sur un mot d'ordre unitaire : le pouvoir de la catalepsie, plus la surconsommation.

L'habitat nouveau qui prend forme avec les « grands ensembles » n'est pas réellement séparé de l'architecture des abris. Il en représente seulement un degré inférieur [...]

L'organisation concentrationnaire de la surface est l'état normal d'une société en formation dont le résumé souterrain représente l'excès pathologique. Cette maladie révèle mieux le schéma de cette santé.

L'urbanisme du désespoir, en surface, est en passe de devenir rapidement dominant, non seulement dans les centres de peuplement aux États-Unis, mais encore dans ceux de pays beaucoup plus arriérés d'Europe ou même par exemple dans l'Algérie de la période néo-colonialiste proclamée depuis le « Plan de Constantine ». À la fin de 1961, la première version du plan national d'aménagement du territoire français – dont la formulation fut par la suite atténuée –, au chapitre de la région parisienne se plaignait de « l'obstination d'une population sans activité à habiter dans l'intérieur de la capitale », et ceci alors que les rédacteurs, spécialistes brevetés du bonheur et du possible, signalaient « qu'elle pourrait plus agréablement se loger hors de Paris ». Ils demandaient donc d'éliminer cette pénible irrationalité en légalisant « le découragement systématique du séjour de ces personnes inactives » dans Paris.

Comme la principale activité qui vaille réside évidemment dans le découragement systématique des calculs des managers qui font marcher une telle société, jusqu'à leur élimination concrète ; et comme ils y pensent eux-mêmes beaucoup plus constamment que la foule dopée des exécutants, les planificateurs dressent leurs défenses dans tous les aménagements modernes du terrain. La planification des abris pour la population, sous la forme normale d'un toit ou sous la forme « d'abondance » d'un tombeau familial à habiter préventivement, doit servir en fait à abriter leur propre pouvoir. Les dirigeants qui contrôlent la mise en conserve et l'isolement maximum de leurs sujets savent par la même occasion se retrancher eux-mêmes à des fins stratégiques. Les Haussmann du XXe siècle n'en sont plus à assurer le déploiement de leurs forces de répression dans le quadrillage des anciennes agglomérations urbaines. En même temps qu'ils dispersent la population, sur un vaste rayon, dans des cités nouvelles qui sont ce quadrillage *à l'état pur* (où l'infériorité des masses désarmées et privées des moyens de communication est nettement aggravée par rapport aux forces toujours plus techniques des polices), ils édifient des *capitales hors d'atteinte* où la bureaucratie dirigeante, pour plus de sûreté, pourra constituer la totalité de la population.

Les choses en étant là, on voit beaucoup de spécialistes qui commencent à dénoncer nombre d'absurdités inquiétantes. C'est faute d'avoir compris la rationalité centrale (rationalité d'un délire cohérent) qui commande ces apparentes absurdités partielles, auxquelles leurs propres activités contribuent forcément. Leur dénonciation de l'absurde ne peut donc être qu'absurde dans ses formes et ses moyens. Que penser des neuf cents professeurs de toutes les universités et de tous les instituts de recherches des régions de New York et Boston, qui se sont solennellement adressés, le 30 décembre 1961, dans le *New York Herald Tribune*, au président Kennedy et au gouverneur Rockefeller – quelques jours avant que le premier se flatte d'avoir sélectionné, pour débuter, cinquante millions d'abris – pour les persuader du caractère néfaste du développement de la « défense civile » ? Ou de la horde pullulante des sociologues, juges, architectes, policiers, psychologues, pédagogues, hygiénistes, psychiatres et journalistes qui ne cessent de se retrouver en congrès, commissions et colloques de toutes sortes, tous à la recherche d'une solution pressante pour *humaniser* les « grands ensembles » ? L'humanisation des grands ensembles est une mystification aussi ridicule que l'humanisation de la guerre atomique, et pour les mêmes raisons. Les abris ramènent, non la guerre mais la menace de guerre, à sa « mesure humaine » au sens de ce qui définit l'homme dans le capitalisme moderne : son devoir de consommateur. Cette enquête sur l'humanisation vise tout bonnement l'établissement commun des mensonges les plus efficaces pour refouler la résistance des gens. L'ennui et l'absence totale de vie sociale caractérisant les grands ensembles de banlieue d'une façon aussi immédiate et tangible que le froid Verkhoïansk, des magazines féminins en viennent à faire des reportages consacrés à la dernière mode dans les banlieues nouvelles, photographient leurs mannequins dans ces zones, y interviewent des gens satisfaits. Comme le pouvoir abrutissant du décor est mesurable au développement intellectuel des enfants, on met l'accent sur leur fâcheuse hérédité de mal-logés du paupérisme classique. La dernière théorie réformiste place ses espoirs dans une espèce de centre culturel ; sans employer ce mot, pour ne pas faire fuir.

Dans les plans du Syndicat des Architectes de la Seine, le « bistrot-club » préfabriqué qui humanisera partout leur ouvrage se présente (voir *Le Monde* du 22 décembre 1961) comme une « cellule plastique » de forme cubique (28 x 18 x 4 mètres) comportant « un élément stable : le *bistrot* sans alcool vendant également du tabac et des journaux ; le reste pourra être réservé à différentes activités artisanales de bricolage... Il doit se faire vitrine avec tout le caractère de séduction que cela comporte. C'est pourquoi la conception esthétique et la qualité des matériaux seront soigneusement étudiées pour donner leur plein effet de nuit comme de jour. En effet le jeu des lumières doit *informer* sur la vie du *bistrot-club* ».

Voilà donc, et présentée en des termes profondément révélateurs, la trouvaille qui « pourrait faciliter l'intégration sociale au niveau de laquelle se forgerait l'âme d'une petite cité ». L'absence d'alcool sera peu remarquée : on sait qu'en France, pour tout casser, la jeunesse des bandes n'a même pas besoin actuellement du secours de l'alcool. Les blousons noirs semblent avoir rompu avec la tradition française d'alcoolisme populaire, alors que le rôle de l'alcool reste si important dans le hooliganisme de l'Est ; et n'en sont pas encore, comme la jeunesse américaine, à l'usage de la marijuana ou de stupéfiants plus forts. Quoique engagés dans un tel passage à vide, entre les excitants de deux stades historiques distincts, ils n'en manifestent pas moins une nette violence, en réponse justement à ce monde que nous décrivons, et à l'horrible perspective d'y occuper leur trou. Le facteur de la révolte mis à part, le projet des architectes syndiqués est cohérent : leurs clubs de verre veulent être un instrument de contrôle supplémentaire dans la voie de cette *haute surveillance* de la production et de la consommation qui constitue la fameuse intégration poursuivie. Le recours candidement avoué à l'esthétique de la vitrine s'éclaire parfaitement par la théorie du spectacle : dans ces bars désalcoolisés les consommateurs deviennent eux-mêmes spectaculaires ainsi que doivent l'être les objets de consommation, faute d'avoir d'autre attirance. L'homme parfaitement réifié a sa place en vitrine, comme image désirable de la réification.

Aujourd'hui alors que, malgré certaines apparences, *plus que jamais* (après un siècle de luttes et la liquidation entre les deux guerres par les secteurs dirigeants, traditionnels ou d'un type nouveau, de tout le mouvement ouvrier classique qui représentait la force de contestation générale) le monde dominant *se donne pour définitif*, sur la base d'un enrichissement et de l'extension infinie d'un modèle irremplaçable, la compréhension de ce monde ne peut se fonder que sur la contestation. Et cette contestation n'a de vérité, et de réalisme, qu'en tant que contestation de la totalité.

L'effarant manque d'idées qui est reconnaissable dans tous les actes de la culture, de la politique, de l'organisation de la vie, et du reste, s'explique par là, et la faiblesse des constructeurs modernistes de villes fonctionnelles n'en est qu'un exemple particulièrement étalé. Les spécialistes intelligents n'ont jamais que l'intelligence de jouer le jeu des spécialistes : d'où le conformisme peureux et le manque fondamental d'imagination qui leur font admettre que telle ou telle production est utile, bonne, nécessaire. En fait, la racine du *manque d'imagination* régnant ne peut se comprendre si l'on n'accède pas à *l'imagination du manque* ; c'est-à-dire à concevoir ce qui est absent, interdit et caché, et pourtant possible, dans la vie moderne.

Ceci n'est pas une théorie sans liens avec la façon dont les gens prennent la vie ; c'est au contraire une réalité dans la tête des gens, encore sans liens avec la théorie. Ceux qui, menant assez loin « la cohabitation avec le négatif », au sens hégélien, reconnaîtront explicitement ce manque comme leur force principale et leur programme, feront apparaître le seul *projet positif* qui peut renverser les murs du sommeil ; et les mesures de la survie ; et les bombes du jugement dernier ; et les mégatonnes de l'architecture.

• LES MAUVAIS JOURS FINIRONT

En même temps que le monde du spectacle étend son règne, il s'approche du point culminant de son offensive, en soulevant partout de nouvelles résistances. Celles-ci sont infiniment moins connues, puisque précisément le but du spectacle régnant est le reflet universel et hypnotique de la soumission. Mais elles existent et grandissent.

À mesure que les vieilles formules d'opposition révèlent leur inefficacité ou, plus souvent, leur retournement complet dans une participation à l'ordre existant, l'insatisfaction irréductible se propage souterrainement, minant l'édifice de la société de l'abondance. « La vieille taupe » dont parlait Marx, dans un *Toast aux prolétaires d'Europe* va toujours, le fantôme ressurgit dans tous les coins de notre château d'Elseneur télévisé, dont les brumes politiques sont déchirées à l'instant, aussi longtemps que les Conseils Ouvriers existent et commandent.

De même que la première organisation du prolétariat classique a été précédée, à la fin du XVIIIe et au début du XIXe siècle, d'une époque de gestes isolés, « criminels », visant à la destruction des machines de la production, qui éliminait les gens de leur travail, on assiste en ce moment à la première apparition d'une vague de vandalisme contre les *machines de la consommation*, qui nous éliminent tout aussi sûrement de la vie. Il est bien entendu qu'en ce moment comme alors la valeur n'est pas dans la destruction elle-même, mais dans l'insoumission qui sera ultérieurement capable de se transformer en projet positif jusqu'à reconvertir les machines dans le sens d'un accroissement du pouvoir réel des hommes.

L'assaut du premier mouvement ouvrier contre l'ensemble de l'organisation du vieux monde est fini depuis longtemps, et rien ne pourra le ranimer. Il a échoué, non sans obtenir d'immenses résultats, mais qui n'étaient pas le résultat visé. Sans doute cette déviation vers des résultats partiellement inattendus est la règle générale des actions humaines, mais on doit en excepter précisément le moment de l'action révolutionnaire, du saut qualitatif, du tout ou rien. Il faut reprendre l'étude du mouvement ouvrier classique d'une manière désabusée, et d'abord désabusée quant à ses diverses sortes d'héritiers politiques ou pseudo-théoriques, car ils ne possèdent que l'héritage de son échec. Les succès apparents de ce mouvement sont ses échecs fondamentaux (le réformisme ou l'installation au pouvoir d'une bureaucratie étatique) et ses échecs (la Commune ou la révolte des Asturies) sont jusqu'ici ses succès ouverts, pour nous et pour l'avenir. Il faudra délimiter précisément ce sujet dans le temps. On peut admettre que le mouvement ouvrier classique commence, une vingtaine d'années avant la constitution officielle de l'Internationale, avec cette première liaison des groupes communistes de plusieurs pays que Marx et ses amis organisaient depuis Bruxelles, en 1845. Et qu'il est complètement fini après l'échec de la révolution espagnole, c'est-à-dire précisément au lendemain des journées de mai 1937 à Barcelone.

Dans ces limites temporelles, il faut retrouver toute la vérité, et réexaminer toutes les oppositions entre les révolutionnaires, les possibilités négligées, sans plus être impressionnés par le fait que certains ont eu raison contre d'autres, ont dominé le mouvement, puisque nous savons qu'ils n'ont gagné qu'à l'intérieur d'un échec global. La première pensée à redécouvrir est évidemment celle de Marx, ce qui est encore facile vu la documentation existante et l'énormité des mensonges à son propos. Mais il faut reconsidérer aussi bien les positions anarchistes dans la Première Internationale, le blanquisme, le luxembourgisme, le mouvement des Conseils en Allemagne et en Espagne, Cronstadt ou les makhnovistes, etc. Sans négliger l'influence pratique des socialistes utopiques. Tout ceci, bien entendu, n'a pas à être fait dans un but d'éclectisme universitaire, ou d'érudition ; mais uniquement dans le but de servir à la formation d'un nouveau mouvement révolutionnaire, dont nous voyons dans ces dernières années tant de signes avant-coureurs, dont nous sommes nous-mêmes un signe avant-coureur.

Il n'y a pas d'autre fidélité, il n'y a pas d'autre compréhension pour l'action de nos camarades du passé, qu'une réinvention, au niveau le plus élevé, du problème de la révolution, qui a été d'autant plus arraché de la sphère des idées qu'il se pose plus lourdement dans les faits. Mais pourquoi cette réinvention paraît-elle si difficile ? Elle n'est pas difficile à partir d'une expérience de vie quotidienne libre (c'est-à-dire d'une recherche de la liberté dans la vie quotidienne). Cette question nous paraît assez concrètement ressentie aujourd'hui dans la jeunesse. Et la ressentir avec une exigence suffisante permet aussi de juger en appel, de sauver, de retrouver l'*histoire perdue.* Elle n'est pas difficile pour la pensée dont le rôle est de mettre en cause tout l'existant. Il suffit de n'avoir pas *abandonné* la philosophie – comme la quasi-totalité des philosophes –, ou de n'avoir pas abandonné l'art – comme la quasi-totalité des artistes –, ou de n'avoir pas abandonné la contestation *de la réalité présente* – comme la quasi-totalité des militants. Alors, ces questions s'enchaînent jusqu'au même dépassement. Ce sont seulement les spécialistes, dont le pouvoir tient avec celui d'une société de la spécialisation, qui ont abandonné la vérité *critique* de leurs disciplines pour garder l'usufruit positif de leur *fonction.* Mais toutes les recherches réelles confluent vers une totalité, comme les gens réels vont se rassembler pour tenter encore une fois de sortir de leur préhistoire.

De la même façon, les craintes ou les espérances apocalyptiques à propos du mouvement de révolte des pays colonisés ou semi-colonisés négligent ce fait central : le projet révolutionnaire doit être réalisé dans les pays industriellement avancés. Aussi longtemps qu'il ne le sera pas, tous les mouvements dans la zone sous-développée paraissent condamnés à suivre le modèle de la révolution chinoise, dont la naissance a accompagné la liquidation du mouvement ouvrier classique. Toute sa survie ultérieure a été dominée par la mutation qu'elle en a subie. Il reste que l'existence du mouvement des colonisés, même polarisé sur la Chine bureaucratique, crée un déséquilibre dans l'affrontement extérieur des deux blocs équilibrés, rend instable tout partage du monde entre leurs dirigeants et possesseurs. Mais le déséquilibre interne qui réside encore dans les usines de Manchester et de Berlin-Est exclut aussi bien toute garantie des enjeux du poker planétaire.

Les minorités rebelles qui ont survécu, obscurément, à l'écrasement du mouvement ouvrier classique (à la ruse de l'histoire qui a renversé sa force en police d'État) ont sauvé la vérité de ce mouvement, mais comme vérité abstraite du passé. Une résistance honorable à la force a su jusqu'ici garder une tradition calomniée, non se réinvestir en force nouvelle. La formation de nouvelles organisations dépend d'une critique plus profonde, traduite en actes. Il s'agit de rompre complètement avec l'*idéologie*, dans laquelle les groupes révolutionnaires croient posséder des titres positifs garantissant leur fonction (c'est-à-dire qu'il faut reprendre la critique marxienne du rôle des idéologies). Il faut donc quitter le terrain de l'activité révolutionnaire spécialisée – de l'automystification du sérieux politique – parce qu'il est démontré que la possession de cette spécialisation encourage les meilleurs à se montrer stupides sur toutes les autres questions ; de sorte qu'ils perdent toute chance de réussir dans la lutte politique elle-même, inséparable du reste du problème global de notre société. La spécialisation et le pseudo-sérieux justement se trouvent être parmi les premières défenses que l'organisation du vieux monde occupe dans l'esprit de chacun. Une association révolutionnaire d'un type nouveau rompra aussi avec le vieux monde en ceci qu'elle permettra et demandera à ses membres une participation authentique et créative, au lieu d'attendre des militants une participation mesurable en *temps de présence*, ce qui équivaut à reprendre le seul contrôle possible dans la société dominante : le critère quantitatif des heures de travail. La nécessité de cette participation passionnée de tous est posée par le fait que le militant de la politique classique, le responsable qui « se dévoue », disparaît partout avec la politique classique elle-même ; et plus encore par le fait que dévouement et sacrifice se font payer toujours en *autorité* (serait-elle purement morale). *L'ennui est contre-révolutionnaire.* De toutes les façons.

Il faut se souvenir, pour la ranimer, de ce qui a été, au XIXe siècle, la guerre sociale *des pauvres*. Le mot est partout, dans les chansons et dans toutes les déclarations des gens qui ont agi pour les objectifs du mouvement ouvrier classique. Un des plus urgents travaux de l'I.S., et des camarades qui marchent maintenant dans des chemins convergents, est de définir la *nouvelle pauvreté*. Il est sûr que certains sociologues américains des toutes dernières années sont, à l'exposé de ce nouveau paupérisme, ce qu'étaient à l'action ouvrière de l'autre siècle les premiers philanthropes utopistes. Le mal est montré, mais d'une manière idéaliste et factice, parce que, la seule compréhension résidant dans la praxis, on ne comprend vraiment la nature de l'ennemi qu'en le combattant.

La définition de la nouvelle pauvreté ne va pas sans celle de la nouvelle richesse. Il faut opposer à l'image diffusée par la société dominante – selon laquelle elle aurait évolué (d'elle-même et sous les pressions admissibles du réformisme) d'une économie de profit à une économie des besoins – *une économie du désir*, qui se traduirait ainsi : la société technicienne avec l'imagination de ce qu'on peut en faire. L'économie des besoins est falsifiée en termes d'habitude. L'habitude est le processus naturel par lequel le désir (accompli, réalisé) se dégrade en besoin – ce qui veut dire aussi : se confirme, s'objective et se fait reconnaître universellement en tant que besoin. Mais l'économie actuelle est en prise directe sur la fabrication des habitudes, et manipule des gens sans désirs, en les expulsant de leur désir.

En ce moment, le fougeyrollassisme qui est, comme on sait, la dernière doctrine qui a supplanté le marxisme en l'englobant, s'inquiète de ce que les grandes étapes du développement historique avaient été marquées par un changement du mode de production, alors que la société communiste annoncée par Marx semblerait bien ne devoir être, si elle existait, qu'une suite de la société de la production industrielle. Fougeyrollas doit retourner à l'école. La prochaine forme de société ne sera pas fondée sur la production industrielle. Elle sera une société de l'*art réalisé*. Ce « type de production absolument nouveau qui serait en gestation dans notre société » (*Marxisme en question*, p. 84), c'est la construction des situations, la construction libre des événements de la vie.

• DU RÔLE DE L'I.S.

Nous sommes totalement populaires. Nous ne prenons en considération que des problèmes qui sont déjà en suspens dans toute la population. La théorie situationniste est dans le peuple comme le poisson dans l'eau. À ceux qui croient que l'I.S. construit une forteresse spéculative, nous affirmons au contraire : nous allons nous dissoudre dans la population qui vit à tout moment notre projet, le vivant d'abord, bien sûr, sur le mode du manque et de la répression.

Ceux qui n'avaient pas compris cela, doivent se remettre à l'étude de notre programme. *Internationale situationniste*, publiant le compte rendu provisoire d'un dépassement, est une revue telle qu'après avoir lu le plus récent numéro on trouve comment il fallait commencer à lire le premier.

Les spécialistes se flattent peut-être de l'illusion qu'ils tiennent certains domaines de la connaissance et de la pratique, mais il n'y a pas de spécialiste qui échappe à notre critique omnisciente. Nous reconnaissons à quel point nous manquons encore de moyens, et le manque de nos moyens est d'abord notre manque d'informations (tant à propos de l'inaccessibilité des documents essentiels là où il en existe qu'à propos de l'absence de tout document sur les problèmes les plus importants que nous pouvons désigner). Mais il ne faut tout de même pas oublier que la racaille technocratique manque aussi d'informations. Même là où elle dispose, selon ses propres normes, des informations les plus étendues, elle n'a que 10 % de ce qui lui serait nécessaire pour nous démentir. Éventualité qui est une pure clause de style, puisque la bureaucratie dirigeante, par sa nature même, ne peut aller loin dans le quantitatif de l'information (elle ne peut qu'ignorer comment les ouvriers travaillent, comment les gens vivent *réellement*) ; ainsi donc elle ne peut espérer rejoindre le qualitatif. Au contraire, il ne nous manque que du quantitatif, et nous l'aurons dans l'avenir, puisque nous avons le qualitatif, qui agit dès à présent comme un exposant qui multiplie la quantité des informations dont nous disposons. On pourrait étendre cet exemple à la compréhension du passé : nous nous faisons fort d'approfondir et de réévaluer certaines périodes historiques, même sans accéder à la plus large part de l'érudition des historiens.

Les faits bruts, connus de tous les spécialistes, désavouent l'actuelle organisation de la réalité (disons : le décor de Sarcelles aussi bien que le mode de vie de Tony Armstrong-Jones), en font une implacable critique immédiate. Les spécialistes à gages depuis trop longtemps se félicitent de ce que personne ne *représente* ces faits, que toute la réalité présente. Qu'ils tremblent ! Leur bon temps est passé. Nous les abattrons, en même temps que toutes les hiérarchies qui les abritent.

Nous sommes capables d'apporter la contestation dans chaque discipline. Nous ne laisserons aucun spécialiste rester maître d'une seule spécialité.

S'il faut faire face, avec des « modèles », aux « modèles » qui sont aujourd'hui les points de convergence de la pensée technocratique (que ce soit la concurrence totale ou la planification totale) notre « modèle » est *la communication totale.* Que l'on ne nous parle plus d'utopie. Il faut reconnaître là une hypothèse qui, évidemment, n'est jamais réalisée exactement dans le réel, pas plus que les autres. Mais nous tenons nous-mêmes son facteur complémentaire avec la théorie du potlatch comme expression irréversible. Il n'y a plus d'« utopie » possible, parce que toutes les conditions de sa réalisation existent déjà. On les détourne pour servir au maintien de l'ordre actuel, dont l'absurdité est si terrible *qu'on la réalise d'abord*, quelque soit son prix, sans que *personne n'ose en formuler la théorie, même après.* C'est *l'utopie inverse* de la répression : elle dispose de tous les pouvoirs, et personne ne la veut.

Nous menons une étude aussi exacte du « pôle positif de l'aliénation » que de son pôle négatif. Corollairement à notre diagnostic de la pauvreté de la richesse, nous sommes capables de dresser la carte du monde sur la richesse extrême de la pauvreté. Ces cartes parlantes d'une topographie nouvelle seront en fait la première réalisation de la « géographie humaine ». Nous y remplacerons les gisements pétrolifères par le relevé des nappes de conscience prolétarienne inemployée.

Dans ces conditions, on comprendra aisément le ton général de nos rapports avec une génération intellectuelle impuissante. Nous ne ferons aucune concession. Il est clair que, de ces foules qui pensent spontanément comme nous, il faut exclure les intellectuels dans leur quasi-unanimité, c'est-à-dire les gens qui, possédant à bail la pensée d'aujourd'hui, doivent forcément se satisfaire de leur propre pensée de penseurs. S'acceptant comme tels, et donc comme impuissants, ils discutent ensuite de l'impuissance de la pensée en général (voir les clowns rédacteurs du n° 20 d'*Arguments*, consacré précisément aux intellectuels).

Depuis le début de notre action commune, nous avons été clairs. Mais maintenant, notre jeu est devenu si important que nous n'avons plus à discuter avec des interlocuteurs sans titres. Nos partisans sont partout. Et nous n'avons aucune intention de les décevoir. Ce que nous apportons, c'est l'épée.

Quant à ceux qui peuvent être des interlocuteurs valables, qu'ils sachent bien qu'ils ne pourront avoir avec nous des rapports inoffensifs. Nous trouvant à un tournant décisif, et bien que nous connaissions la proportion de nos erreurs, nous pouvons quand même obliger ces alliés possibles à un choix global. Il faudra nous accepter ou nous rejeter en bloc. Nous ne détaillerons pas.

Il n'y a rien d'étonnant à dire ces vérités. L'étonnant est plutôt que tous les spécialistes des sondages d'opinion ignorent la grande proximité de cette juste colère qui se lève, à tant de propos. Ils seront tout étonnés de voir un jour traquer et pendre les architectes dans les rues de Sarcelles.

L'interprétation que nous défendons dans la culture peut être regardée comme une simple hypothèse, et nous attendons qu'elle soit effectivement vérifiée et dépassée très vite ; mais de toute manière elle possède les caractères essentiels de la vérification scientifique rigoureuse en ce sens qu'elle explique et ordonne un certain nombre de phénomènes qui sont, pour d'autres, incohérents et inexplicables – qui sont donc même parfois *cachés* par d'autres forces – ; et en ce qu'elle permet de *prévoir* certains faits ultérieurement contrôlables. Nous ne nous abusons pas un instant sur la soi-disant objectivité de quelque chercheur que ce soit, dans la culture ou ce qu'il est convenu d'appeler sciences humaines. La règle y est au contraire d'y cacher tant les problèmes que les réponses. L'I.S. devra divulguer le caché, et elle-même comme possibilité « cachée » par ses ennemis. Nous le réussirons – relevant les contradictions que les autres ont choisi d'oublier – en nous transformant en force pratique comme le prévoient les *Thèses de Hambourg* établies par Debord, Kotányi, Trocchi et Vaneigem (été 1961).

Le projet irréductible de l'I.S. est la liberté totale concrétisée dans les actes et dans l'imaginaire, car la liberté n'est pas facile à imaginer dans l'oppression existante. C'est ainsi que nous gagnerons, en nous identifiant au désir le plus profond qui existe chez tous, en lui donnant toute licence. Les « chercheurs de motivations » de la publicité moderne trouvent dans le subconscient des gens le désir des objets ; et nous trouverons le seul désir de briser les entraves de la vie. Nous sommes les représentants de l'idée force de la très grande majorité. Nos premiers principes doivent être hors de discussion.

• COMMUNICATION PRIORITAIRE

La question du pouvoir est si bien cachée, dans les théories sociologiques et culturelles, que les experts peuvent noircir des milliers de pages sur la communication, ou les moyens de communication de masse dans la société moderne, sans jamais remarquer que la communication dont ils parlent est à sens unique, les *consommateurs de communication* n'ayant rien à répondre. Il y a dans la prétendue communication une rigoureuse division des tâches, qui recoupe finalement la division la plus générale entre organisateurs et consommateurs du temps de la société industrielle (lequel intègre et met en forme l'ensemble du travail et des loisirs). Celui qui n'est pas gêné par la tyrannie exercée sur sa vie *à ce niveau*, ne comprend rien à la société actuelle ; et se trouve donc parfaitement qualifié pour en brosser toutes les fresques sociologiques. Tous ceux qui s'inquiètent ou s'émerveillent devant cette culture de masse qui, à travers des *mass-media* unifiées planétairement, cultive les masses et en même temps « massifie » la « haute culture », oublient seulement que la culture, même haute, est maintenant enterrée dans les musées, y compris ses manifestations de révolte et d'autodestruction. Et que les masses – dont, finalement, nous sommes tous – sont tenues en dehors de la vie (de la participation à la vie), en dehors de l'action libre : en subsistance, sur la mode du spectacle. La loi actuelle est que tout le monde consomme la plus grande quantité possible de néant ; y compris même le néant respectable de la vieille culture parfaitement coupée de sa signification originelle (le crétinisme progressiste s'attendrira toujours de voir le théâtre de Racine télévisé, ou les Yakoutes lire Balzac : justement, il n'envisageait pas d'autre progrès humain).

La notion révélatrice de bombardement d'informations doit être entendue à son sens le plus large. Aujourd'hui la population est soumise en permanence à un bombardement de conneries qui n'est aucunement dépendant des *mass-media*. Et surtout rien ne serait plus faux, plus digne de la gauche antédiluvienne, que d'imaginer ces *mass-media* en concurrence avec d'autres sphères de la vie sociale moderne où les problèmes réels des gens seraient sérieusement posés. L'université, les Églises, les conventions de la politique traditionnelle ou l'architecture émettent aussi fortement le brouillage d'incohérentes trivialités qui tendra, anarchiquement mais impérativement, à modeler toutes les attitudes de la vie quotidienne (comment s'habiller, qui rencontrer, comment s'en contenter). Le premier venu des sociologues de la

« communication », pour qui la tarte à la crème à l'effet immanquable sera d'opposer l'aliénation de l'employé des *mass-media* à la satisfaction de l'artiste, qui lui peut s'identifier à son œuvre et se justifier par elle, ne fera rien qu'étaler toujours son incapacité euphorique de concevoir l'aliénation artistique elle-même.

La théorie de l'information ignore d'emblée le principal pouvoir du langage, qui est de se combattre et de se dépasser, à son niveau poétique. Une écriture qui touche au vide, à la neutralité parfaite du contenu et de la forme, peut seule se déployer en fonction d'une expérimentation mathématique (comme la « littérature potentielle » qui est le dernier point de la longue page blanche écrite par Queneau). Malgré les superbes hypothèses d'une « poétique informationnelle » (Abraham Moles), l'attendrissante assurance de leurs contresens sur Schwitters ou Tzara, les techniciens du langage ne comprendront jamais que le langage *de la technique*. Ils ne savent pas ce qui juge tout cela.

Considérée dans toute sa richesse, à propos de l'ensemble de la praxis humaine et non à propos de l'accélération des opérations de comptes-chèques postaux par l'usage des cartes perforées, la communication n'existe jamais ailleurs que dans l'action commune.

Il n'est pas concevable qu'une organisation qui représente la contestation vécue par les gens, et qui sait leur en parler, reste faible ; quand bien même serait-elle réprimée très durement.

Sartre, qui est si représentatif de sa génération égarée en ce sens qu'il a réussi à être, à lui tout seul, dupe de *toutes* les mystifications entre lesquelles ses contemporains faisaient leur choix, tranche maintenant, dans une note du numéro 2 de *Médiations*, que l'on ne peut parler d'un langage artistique dissous qui correspondrait à un temps de dissolution, car « l'époque construit plus qu'elle ne détruit ». La balance de l'épicier penche vers le plus lourd, mais c'est à partir d'une confusion entre construire et produire. Sartre doit remarquer qu'il y a aujourd'hui sur les mers un plus fort tonnage de bateaux qu'avant la guerre malgré les torpillages ; qu'il y a plus d'immeubles et plus d'automobiles malgré les incendies et les collisions. Il y a aussi plus de livres, puisque Sartre a vécu. Et pourtant les raisons de vivre d'une société se sont détruites. Les variantes qui en présentaient un changement factice ne durent que le temps d'un chef de la police, et puis elles rejoignent la dissolution générale de l'ancien monde. Le seul travail utile reste à faire : reconstruire la société et la vie sur d'autres bases. Les diverses néo-philosophies des gens qui ont régné si longtemps sur le désert de la pensée soi-disant moderne et progressiste, ne connaissaient pas ces bases. Leurs grands hommes n'iront même pas au musée, parce que cela sera une période trop creuse pour les musées. Ils se ressemblaient tous, ils étaient les mêmes produits de l'immense défaite du mouvement d'émancipation de l'homme, dans le premier tiers de ce siècle. Ils acceptaient cette défaite, c'est cela qui les définit exhaustivement. Et jusqu'au bout, les spécialistes de l'erreur défendront leur spécialisation. Mais ces dinosaures de la pseudo-explication, maintenant que le climat change, n'auront plus rien à brouter. Le sommeil de la raison dialectique engendrait les monstres.

Toutes les idées unilatérales sur la communication étaient évidemment les idées de la communication unilatérale. Elles correspondaient à la vision du monde et aux intérêts de la sociologie, de l'art ancien ou des états-majors de la direction politique. Voilà ce qui va changer.

Il s'agit de voir en même temps ce qui peut servir à la communication et à quoi peut servir la communication. Les formes de communication existantes, et leur crise présente, se comprennent et se justifient seulement par la perspective de leur dépassement. Il ne faut pas avoir un tel respect de l'art ou de l'écriture qu'on veuille les abandonner totalement. Et il ne faut pas avoir un tel mépris de l'histoire de l'art ou de la philosophie moderne qu'on veuille les continuer comme si de rien n'était. Notre jugement est désabusé parce qu'il est *historique*. Tout emploi, pour nous, des modes de communication permis, doit donc être et ne pas être le refus de cette communication : une communication contenant son refus ; un refus contenant la communication, c'est-à-dire le renversement de ce refus en projet positif. Tout cela doit mener quelque part. La communication va maintenant contenir *sa propre critique*.

• LA CINQUIÈME CONFÉRENCE DE L'I.S. À GÖTEBORG

Notre force est dans l'élaboration de certaines vérités, qui ont les pouvoirs brisants de l'explosif, du moment que des gens sont prêts à lutter pour elles. Le mouvement, au stade actuel, est seulement en formation en ce qui concerne l'élaboration de ces points essentiels. Le degré de pureté, qui est la caractéristique des explosifs modernes, n'est pas encore la propriété de tout le mouvement. On ne peut compter sur des effets explosifs dans nos approches de la vie quotidienne, de la critique de la vie quotidienne, avant d'arriver tous à cette pureté, c'est-à-dire ce degré de clarté nécessaire.

[Attila Kotányi]

SUNSET BOULEVARD

Il est facile de concevoir qu'un cinéaste, dans son projet, refuse de faire de belles images ; on pourrait comprendre, par exemple, qu'il les veuille anodines. Mais ce n'est pas le cas. Les images de *Marienbad* ont été voulues *belles*, le décor, insolite. Et pourtant, de l'image comme forme, on ne peut constater que le néant et, bien sûr, la prétention. C'est clairement un retour au muet, l'esthétisme 1925, le geste figé, les habits, le mystère en toc, le sous-Cocteau. Il n'y manque que la boule de neige. Il reste bien quelques fragments de Resnais honnête documentariste, scrutant en travelling son malheureux château. Mais à quoi bon ? À travers les surexpositions, les sous-expositions, le tir au pistolet qui se fige et le vent dans les voiles de Mademoiselle Seyrig, on dirait un cours humoristique de ce qu'il ne faut surtout plus faire. Le même néant caractérise d'ailleurs la bande sonore : stupidité, insignifiance et laideur. Resnais imite son expérience d'*Hiroshima* encore plus grossièrement que les imitateurs étrangers qui ont fait *Moderato Cantabile*. Au point que pour plagier l'excellent usage sonore de la voix japonaise parlant en français à une Française de passage à Hiroshima, il a pris ici un accent italien. En soi, c'est déjà moins insolite et tire même plutôt vers le comique. Mais le comique est sublimé si l'on songe qu'il s'agit d'emblée – et la plupart du temps – d'un *monologue intérieur*. Voilà donc le premier homme du monde qui *pense* avec l'accent italien !

« Vous voudrez, disait la publicité du film, donner un sens à ces images, – et vous en trouverez un. » Pourquoi pas ? Et par la même occasion, un sens au commentaire de ces images. A priori, ce n'est pas moi qui serais contre. Malheureusement, les sens divers que le spectateur peut y trouver se résument dans une banalité assez attristante. Car enfin, il est bien évident que cela veut dire :

– L'amour est aveugle,

– Qui n'entend qu'une cloche n'entend qu'un son,

– La vie et la mort sont deux mystères,

– Il ne faut pas dire fontaine,

– Souvent femme varie,

– Tous les goûts sont dans la nature,

– Que sais-je ?

C'est un film auquel on peut prêter *beaucoup* de sens, mais pas un seul qui soit intéressant.

Les auteurs se flattent de s'être livrés à « une méditation sur l'amour ». Mais leur réflexion étant aussi vide que leur moyen d'expression, c'est une méditation sur l'*aphasie*. Et voilà pourquoi votre film est muet !

Dans ses courts-métrages et jusqu'à *Hiroshima*, Resnais, favorisé si l'on peut dire par l'effroyable retard que le cinéma accusait par rapport aux autres secteurs culturels, avait lentement remonté le cours du temps. *Hiroshima* qui était incontestablement à un stade moderne de l'histoire du cinéma se situait, par rapport à l'évolution culturelle générale, aux environs de Proust. En continuant ce mouvement, Resnais se voyait, avec son dernier film, dans l'obligation de faire du cinéma contemporain. Mais en remettant la parole à Robbe-Grillet, il est dupe ; il est mort. Il avoue son néant culturel. Il ne comprend plus.

L'expérience est encore plus concluante, si besoin était, pour le langage de Robbe-Grillet. Ceux qui s'interrogeaient encore sur les « mystères » de sa prose, en restant confinés dans l'ennui noble et respectable de la lecture des livres des Éditions-d'Avant-Garde-Lindon, ont pu voir son incroyable vide, quand elle est *mise en scène*. L'école du Regard ne tient son office spectaculaire que *typographiquement*.

Les phrases de Robbe-Grillet, étant donnée la conception que Resnais a du cinéma (conception d'un cinéma dominé par la parole, et très justement utilisée dans *Hiroshima*), étaient forcées d'être l'élément central du film. C'est pourquoi il n'y a plus rien. Et pourtant, quel programme alléchant on avait : quand l'écriture du regard rencontre le cinéma du langage – ou à peu près. Cela produit de l'anti-matière. Robbe-Grillet, arrivé beaucoup trop tard pour détruire le roman, a tout de même détruit Resnais.

Cet échec ne saurait valoriser *l'imposture systématique* du faux cinéma-vérité (*Chronique d'un été*), l'absurdité totale de cette prétention d'enquête objective, alors que l'on a trié les gens, les questions posées, les cadrages, le faible pourcentage de ce qui subsistera au montage et l'ordre qui lui donnera un sens. Ce cinéma-vérité n'apporte qu'une cruelle vérité sur la seule chose que l'on n'ait pas pensé à maquiller, parce qu'on en est inconscient : l'imbécillité du vocabulaire et de la vie des amis et des amies du sociologue-enquêteur.

Michèle Bernstein

L'Année dernière à Marienbad, film d'Alain Resnais, scénario d'Alain Robbe-Grillet (1961).
Moderato Cantabile, film de Peter Brook (1960) tiré d'un roman de Marguerite Duras (1958).
Chronique d'un été, film de Jean Rouch et Edgar Morin (1961).

8 **Numéro 8 – janvier 1963**

• DOMINATION DE LA NATURE, IDÉOLOGIES ET CLASSES

L'accumulation de la production et de capacités techniques toujours supérieures va encore plus vite que dans la prévision du communisme du XIXe siècle. Mais nous sommes restés au stade de la préhistoire avec suréquipement. Un siècle de tentatives révolutionnaires a échoué en ceci que la vie humaine n'a pas été rationalisée et passionnée (le projet d'une société sans classes n'a pas encore été réalisé). Nous sommes entrés dans un accroissement de moyens matériels qui n'aura pas de fin, mais qui reste placé au service d'intérêts fondamentalement statiques, et par là même des valeurs dont la mort ancienne est de notoriété publique. L'esprit des morts pèse très lourd sur la technologie des vivants. La planification économique qui règne partout est folle, non tant par son obsession scolaire de l'enrichissement organisé des années qui suivent, mais bien par le sang pourri du passé qui circule tout seul en elle ; et qui est relancé sans arrêt en avant, à chaque pulsation artificielle de ce « cœur d'un monde sans cœur ».

La libération matérielle est un préalable à la libération de l'histoire humaine, et ne peut être jugée qu'en cela. La notion de niveau de développement minimum à atteindre d'abord, ici ou là, dépend justement du projet de libération choisi, donc de qui a fait ce choix : les masses autonomes ou les spécialistes au pouvoir. Ceux qui épousent les idées de telle catégorie d'organisateurs sur *l'indispensable*, pourront être libérés de toute privation concernant les objets que les organisateurs en question choisiront de produire, mais à coup sûr ne seront jamais libérés des organisateurs eux-mêmes. Les formes les plus modernes et les plus inattendues de la hiérarchie seront toujours le *remake* coûteux du vieux monde de la passivité, de l'impuissance, de l'esclavage, quelle que soit la force matérielle abstraitement possédée par la société : le contraire de la souveraineté des hommes sur leur entourage et leur histoire.

Ces groupes s'opposant à juste titre à la réification toujours plus parfaite du travail humain et à son corollaire moderne, la consommation passive de loisirs manipulés par la classe dominante, en viennent à entretenir plus ou moins inconsciemment une sorte de nostalgie du travail sous ses formes anciennes, des relations réellement « humaines » qui ont pu s'épanouir dans des sociétés d'autrefois ou même en des phases moins développées de la société industrielle. Ceci va bien, du reste, avec l'intention d'obtenir un meilleur rendement de la production existante, en y abolissant à la fois le gaspillage et l'inhumanité qui caractérisent l'industrie moderne (*cf.* à ce propos *Internationale situationniste* 6, page 4). Mais ces conceptions abandonnent le centre du projet révolutionnaire qui n'est rien de moins que la suppression du travail au sens courant (de même que la suppression du prolétariat) et de toutes les justifications du travail ancien. On ne peut comprendre la phrase du *Manifeste communiste* qui dit que « la bourgeoisie a joué dans l'histoire un rôle éminemment révolutionnaire », si l'on néglige la possibilité, ouverte par la domination de la nature, de l'effacement du travail au profit d'un *nouveau type d'activité libre* ; et si l'on néglige en même temps le rôle de la bourgeoisie dans la « dissolution des idées anciennes », c'est-à-dire si l'on suit la malheureuse pente du mouvement ouvrier classique à se définir positivement en termes d'« idéologie révolutionnaire ».

L'idéologie, comme il est arrivé à la pénicilline, en même temps qu'elle a été répandue de plus en plus massivement est devenue de moins en moins opérante. Il faut forcer sans cesse sur la dose et sur la présentation, il suffit de penser aux excès divers du nazisme et de la propagande de consommation aujourd'hui. On peut considérer que, depuis la disparition de la société féodale, les classes dominantes sont de plus en plus mal servies par leurs propres idéologies, en ce sens que ces idéologies – en tant que pensées critiques pétrifiées – leur ont servi d'armes universelles pour la prise du pouvoir, et à ce moment présentent des contradictions à leur règne particulier. Ce qui était dans l'idéologie mensonge inconscient (arrêt sur des conclusions partielles) devient mensonge systématique quand certains des intérêts qu'elle a recouverts sont au pouvoir et qu'une police les protège. L'exemple le plus moderne est aussi le plus frappant : c'est par le détour de l'idéologie dans le mouvement ouvrier que la bureaucratie a constitué son pouvoir en Russie. Toutes les tentatives de modernisation d'une idéologie – aberrantes comme le fascisme ou conséquentes comme l'idéologie de la consommation spectaculaire dans le capitalisme développé – vont dans le sens de la conservation du présent, lui-même dominé par le passé. Un réformisme de l'idéologie, dans un sens hostile à la société établie, n'aura jamais d'efficacité, parce qu'il n'aura jamais les moyens d'absorption forcée grâce auxquels cette société dispose encore d'un usage efficace de l'idéologie. La pensée révolutionnaire est forcément du côté de la critique impitoyable des idéologies ; en y comprenant, bien entendu, l'idéologisme spécial de « la mort des idéologies », dont le titre est déjà un aveu, les idéologies ayant toujours été de la pensée morte, et l'idéologie empirique en question se réjouissant seulement de la déconfiture d'un rival envié.

La domination de la nature contient la question « pour quoi faire ? » mais cette interrogation sur la praxis surmonte forcément cette domination, ne peut se passer d'elle. Elle rejette seulement la réponse la plus grossière, « faire comme avant en plus encombré de produits », la domination réifiante qui est contenue dès l'origine de l'économie capitaliste, mais qui peut « produire elle-même ses fossoyeurs ». Il faut mettre au jour la contradiction entre la positivité de la transformation de la nature, le grand projet de la bourgeoisie, et sa récupération mesquine par le pouvoir hiérarchisé qui, dans toutes ses variantes actuelles, suit le modèle unique de la « civilisation » bourgeoise. Dans sa forme massifiée, le modèle bourgeois s'est « socialisé » à l'usage d'un petit-bourgeois composite qui accumulerait toutes les capacités d'abrutissement des vieilles classes pauvres et tous les signes de richesses (eux-mêmes massifiés), qui marquent, l'apparte-

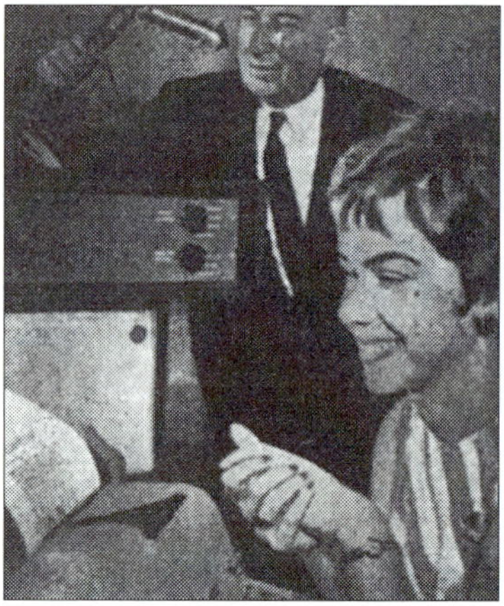

Les machines idylliques

En mai 1962, on a répandu l'image du prototype américain d'un appareil servant à transcrire directement les paroles sur un clavier de machine à écrire. L'*human touch* de la publicité de cette invention est naturellement le bonheur de la secrétaire qui n'a plus qu'à regarder sa machine taper toute seule. Sans examiner ici les incidences économiques réelles de cette modernisation du travail des secrétaires, on doit remarquer combien une telle image traduit un rêve de base de la société actuelle (les rêveries dominantes d'une époque sont les rêveries de la classe dominante). C'est l'attente d'un point de l'évolution sociale où la contemplation passive des machines de la production s'articulerait sans rupture sensible à la contemplation passive des machines de la consommation. Dans un Nirvâna technicisé de la pure consommation passive du temps, il n'y aurait plus qu'à *regarder faire* ; et ce « faire » étant seulement celui des machines serait à jamais celui des propriétaires de machines (la propriété juridique – droit d'user et d'abuser – s'effaçant toujours davantage en faveur du pouvoir des programmateurs compétents et paternels).

nance à la classe dominante. Les bureaucrates de l'Est rallient forcément ce modèle, et il leur suffit de produire plus pour que la police serve moins à maintenir leur propre schéma de la disparition de la lutte de classes. Le capitalisme moderne proclame hautement un but similaire. Mais tous chevauchent le même tigre : un monde en transformation rapide où ils souhaitent la dose d'immobilité utile à la perpétuation de telle nuance du pouvoir hiérarchique.

Le réseau de la critique du présent est cohérent, exactement comme l'est le réseau de l'apologie. La cohérence de l'apologie est seulement moins apparente, en ce qu'elle doit mentir ou valoriser arbitrairement à propos de beaucoup des détails et des nuances du modèle régnant, contre d'autres. Mais si l'on renonce vraiment à toutes les variantes de l'apologie, on est de plain-pied dans la critique, qui ne connaît pas cette mauvaise conscience subjective, parce qu'elle n'a partie liée avec aucune force dominante du présent.

Les témoins intellectuels de la gauche, qui passent si promptement là où on les invite, témoignent principalement sur l'abandon d'une pensée qui, depuis des décennies, a renoncé à sa propre liberté pour osciller entre des patrons qui sont en conflit. Les penseurs qui admirent les réalisations actuelles de l'Ouest ou de l'Est, en tombant dans tous les panneaux du spectacle, n'avaient donc jamais pensé à rien, constatation qui ne peut surprendre ceux qui les ont lus. Évidemment la société dont ils sont le miroir nous demande d'admirer ses admirateurs. Et même, en beaucoup d'endroits, il leur est loisible de choisir leur jeu de glaces (ce qu'ils ont appelé « s'engager »), choisir avec ou sans repentirs l'emballage et l'étiquette de la société établie qui les inspirent.

Les hommes aliénés obtiennent chaque jour – on le leur apprend, on le leur montre – de nouveaux succès dont ils n'ont que faire. Ce qui ne signifie pas que ces étapes du développement matériel sont inintéressantes ou mauvaises. Elles peuvent être réinvesties dans la vie réelle, mais seulement *avec tout le reste*. Les victoires actuelles sont le fait de vedettes-spécialistes. Gagarine montre que l'on peut *survivre* plus loin dans l'espace, dans des conditions toujours plus défavorables. Mais aussi bien quand l'ensemble de l'effort médical et biochimique permet de survivre plus loin dans le temps, cette extension statistique de la survie n'est nullement liée à une amélioration qualitative de la vie. On peut survivre plus loin et plus longtemps, jamais vivre plus. Nous n'avons pas à fêter ces victoires, mais à faire vaincre la fête, dont ces avances mêmes des hommes déchaînent la possibilité infinie dans le quotidien.

Le vieux schéma de la contradiction entre forces productives et rapports de production ne doit certes plus se comprendre comme une condamnation automatique à court terme de la production capitaliste qui stagnerait et deviendrait incapable de continuer son développement. Mais cette contradiction doit se lire comme la condamnation (dont il reste à tenter l'exécution avec les armes qu'il faudra) du développement à la fois mesquin et dangereux que se ménage l'autorégulation de cette production, en regard du grandiose *développement possible* qui s'appuierait sur la présente infrastructure économique.

Toutes les questions ouvertement posées dans la société actuelle impliquent déjà certaines réponses. On n'en pose jamais qui entraîneraient ailleurs qu'à ce type obligatoire de réponse. Quand on remarque cette évidence que la tradition moderne est justement d'innover, on se bouche les yeux sur cette autre évidence qu'il n'est pas question d'innover partout. Dans une époque où l'idéologie pouvait encore croire en son rôle, Saint-Just disait que « tout ce qui n'est pas nouveau dans un temps d'innovations est pernicieux ». Les nombreux successeurs de Dieu qui organisent l'actuelle société du spectacle savent très bien maintenant jusqu'où on peut questionner trop loin. Le dépérissement de la philosophie et des arts tient aussi à cet interdit. Dans leur part révolutionnaire, la pensée et l'art modernes ont revendiqué, plus ou moins précisément, une praxis encore absente qui serait le champ minimum de leur déploiement. Le reste tisse les dentelles sur les questions officielles, ou la vaine question du questionnement pur (la spécialité d'*Arguments*).

L'alternative n'est pas seulement dans un choix entre la vraie vie et la survie qui n'a à perdre que ses chaînes modernisées. Elle est aussi posée du côté de la survie même, avec les problèmes sans cesse aggravés que les maîtres de la seule survie n'arrivent pas à résoudre. Les risques des armements atomiques, de la surpopulation planétaire et du retard accru dans la misère matérielle pour la grande majorité de l'humanité sont des sujets d'angoisse officiels jusque dans la grande presse. Exemple banal entre tous, dans un reportage sur la Chine (*Le Monde*, septembre 1962), Robert Guillain écrit sans ironie, du problème du surpeuplement : « Les dirigeants chinois semblent le reconnaître de nouveau et vouloir s'y attaquer. On les voit revenir à l'idée d'un contrôle des naissances, essayé en 1956 et abandonné en 1958. Une campagne nationale s'est ouverte contre les mariages précoces et pour l'espacement des naissances dans les nouveaux foyers. » Ces oscillations des spécialistes, aussitôt suivies d'instructions impératives, démasquent aussi complètement la réalité de l'intérêt qu'ils prennent à la libération du peuple que les troubles de conscience et les conversions des princes du XVIe siècle (*cujus regio, ejus religio*), ont pu démasquer la nature de leur intérêt pour l'arsenal mythique du christianisme. Et quelques lignes plus loin, le même journaliste avance que « l'U.R.S.S. n'aide pas la Chine parce que ses disponibilités sont maintenant consacrées à la conquête de l'espace, fantastiquement coûteuse ». Les ouvriers russes, pour fixer la mesure de ces « disponibilités » excédentaires de leur travail, ou son affectation sur la Lune plutôt qu'en Chine, n'ont pas plus eu la parole que les paysans chinois pour choisir d'avoir ou non des enfants. L'épopée des dirigeants modernes aux prises avec la vie réelle, qu'ils sont amenés à prendre complètement en charge, a eu sa meilleure traduction écrite dans le cycle d'Ubu. La seule matière première que n'a pas encore expérimentée notre époque expérimentale, c'est *la liberté* de l'esprit et des conduites.

La tâche que va accomplir maintenant l'intelligentsia révolutionnaire est immense du moment qu'elle s'écarte, sans aucun compromis, de la longue période finissante où « le sommeil de la raison dialectique engendrait les monstres ». Le nouveau monde qu'il faut comprendre est à la fois celui des pouvoirs matériels qui se multiplient sans emploi, et celui des actes spontanés de la contestation vécue par les gens sans perspective. Au contraire, de l'ancien utopisme, où des théories entachées d'arbitraire avançaient au-delà de toute pratique possible (non sans fruit cependant), il y a maintenant, dans l'ensemble de la problématique de la modernité, *une foule de pratiques nouvelles qui cherchent leur théorie.*

Il faut distinguer, dans l'intelligentsia, les tendances à la soumission et les tendances au refus de l'emploi offert. Et alors, par tous les moyens, jeter l'épée entre ces deux fractions pour que leur opposition totale éclaire les approches de la prochaine guerre sociale. La tendance carriériste, qui exprime fondamentalement la condition de tout service intellectuel dans une société de classe mène cette couche, comme le remarque Harold Rosenberg dans sa *Tradition du Nouveau*, à disserter de son aliénation sans acte d'opposition, parce qu'on lui a fait une aliénation confortable. Cependant, alors que toute la société moderne va vers ce passage au confort, et que d'un même mouvement, ce confort s'infecte davantage d'ennui et d'angoisse, la pratique du sabotage peut s'étendre dans l'intelligence. C'est ainsi qu'à partir de l'art moderne – de la poésie, – de son dépassement, de ce que l'art moderne a cherché et *promis*, à partir de la place nette, pour ainsi dire, qu'il a su faire dans les valeurs et les règles du comportement quotidien, on va voir maintenant reparaître la théorie révolutionnaire qui était venue dans la première moitié du XIXe siècle à partir de la philosophie (de la réflexion critique sur la philosophie, de la crise et de la mort de la philosophie).

Nous estimons que le rôle des théoriciens, rôle indispensable mais non dominant, est d'apporter les éléments de connaissance et les instruments conceptuels qui traduisent en clair – ou en plus clair et cohérent – la crise, et les désirs latents, tels qu'ils sont vécus par les gens : disons le nouveau prolétariat de cette « nouvelle pauvreté » qu'il faut nommer et décrire.

On assiste dans notre époque à une *redistribution des cartes de la lutte de classes* ; certainement pas à sa disparition, ni à sa continuation exacte dans le schéma ancien.

Suivant la réalité qui s'esquisse actuellement, on pourra considérer comme prolétaires les gens qui n'ont aucune possibilité de modifier l'espace-temps social que la société leur alloue à consommer (aux divers degrés de l'abondance et de la promotion permises). Les dirigeants sont ceux qui organisent cet espace-temps, ou ont une marge de choix personnel (même, par exemple, du fait de la survivance importante de formes anciennes de la propriété privée). Un mouvement révolutionnaire est celui qui change radicalement l'organisation de cet espace-temps et la manière même de décider désormais sa réorganisation permanente (et non un mouvement qui changerait seulement la forme juridique de la propriété ou l'origine sociale des dirigeants).

Jusqu'à ce que la vraie vie soit présente pour tous, le « sel de la terre » peut toujours s'affadir. Les théoriciens de la nouvelle contestation ne sauraient pactiser avec le pouvoir ou se constituer eux-mêmes en pouvoir séparé sans cesser d'exister comme tels dans l'instant (d'autres représentant alors la théorie). Ceci revient à dire que l'intelligentsia révolutionnaire ne pourra réaliser son projet qu'en se supprimant ; que le « parti de l'intelligence » ne peut effectivement exister qu'en tant que parti qui se dépasse lui-même, dont la victoire est en même temps la perte.

• L'AVANT-GARDE DE LA PRÉSENCE

Dans le n° 4 de *Médiations*, Lucien Goldmann, devenu tout récemment critique spécialisé dans l'avant-garde culturelle, parle d'une « avant-garde de l'absence », celle qui exprime dans l'art et l'écriture un certain refus de la réification de la société moderne, mais qui d'après lui n'exprime que cela. Ce rôle négatif de la culture d'avant-garde dans notre siècle, il le reconnaît environ quarante-cinq ans après l'événement mais, chose étrange, parmi ses contemporains et ses amis. On trouve donc, sous le masque des Dadaïstes ressuscités, rien d'autre que Ionesco, Beckett, Sarraute, Adamov et Duras, sans oublier ce Robbe-Grillet qui Marienbad. La joyeuse petite équipe au complet rejoue donc en farce la tragédie de la mise à mort des formes artistiques. Sarraute ! qui l'eût dit ? Adamov ! qui l'eût cru ? Goldmann, bon public, commente gravement ce qu'il voit : « La plupart des grands écrivains d'avant-garde expriment surtout, non des valeurs réalisées ou réalisables, mais *l'absence*, l'impossibilité de formuler ou d'apercevoir des valeurs acceptables au nom desquelles ils pourraient critiquer la société. » Voilà justement ce qui est faux, comme il apparaît immédiatement si l'on abandonne les acteurs du roman comique de Goldmann pour examiner la réalité historique du dadaïsme allemand, ou du surréalisme entre les deux guerres. Goldmann semble littéralement les ignorer – ce qui est curieux : trouverait-il que l'on est fondé à contester complètement l'interprétation historique de son *Dieu caché*, tout en signalant que l'on n'a lu ni Pascal ni Racine parce que le XVIIe siècle est complexe et qu'il est déjà bien long de venir à bout des œuvres complètes de Cotin ? On voit mal comment, en ayant au moins une connaissance sommaire de l'original, il pourrait trouver une telle fraîcheur au déguisement. Le vocabulaire même est peu adapté au sujet. On parle de « grands écrivains » de l'avant-garde, notion que l'avant-garde justement a jetée dans un ridicule définitif il y a bien longtemps. Plus loin, évoquant les amusements de bon goût que Planchon monte joliment avec les pièces et les morceaux d'une tradition théâtrale achevée, Goldmann qui subodore là encore quelque avant-gardisme dit qu'il n'y constate tout de même pas « une création littéraire d'importance égale, centrée sur la présence des valeurs humanistes et du devenir historique ». La notable quantité d'importance nulle qui appartient indélébilement à l'avant-garde goldmannienne fait pourtant à Planchon la partie belle. Mais enfin, Goldmann parle de création littéraire. Peut-il ne pas savoir que le rejet de la littérature, la destruction même de l'écriture, a été la première tendance des vingt ou trente années de recherches d'avant-garde en Europe, que ses pitres spectaculaires n'ont vue que par le mauvais bout de

Le Dieu caché (1956) du philosophe Lucien Goldmann (1913-1970), sur Pascal, Racine et le jansénisme. Charles Cotin (1604-1682), prédicateur, poète précieux et académicien. Molière en fit son Trissotin dans *Les Femmes savantes* (1672).

la lorgnette, et exploitent avec une parcimonie de petits rentiers ? Cette avant-garde de la réelle autodestruction de l'art avait traduit inséparablement l'absence et la présence possible d'une tout autre vie.

Le *visible* social de la société du spectacle est plus éloigné que jamais de la réalité sociale. Même son art d'avant-garde et sa pensée questionnante sont désormais maquillés dans l'éclairage de ce visible. Ceux qui se tiennent en dehors de ce *Son et Lumière du présent* qui ébahit tant Goldmann sont précisément, comme les situationnistes pour le moment, à l'avant-garde de la présence. Ce que Goldmann appelle l'avant-garde de l'absence n'est rien d'autre que *l'absence de l'avant-garde*. Nous affirmons hautement que, de toutes ces prétentions et agitations, il ne restera rien dans la problématique réelle et dans l'histoire de cette époque. Sur ce point comme sur les autres, *on verra dans cent ans si nous nous sommes trompés*.

Les vieilles formes de l'art de la néo-décomposition sont maintenant, en elles-mêmes, loin du centre des luttes pour la maîtrise de la culture moderne. Le changement du terrain culturel n'est pas seulement la thèse de l'avant-garde révolutionnaire dans la culture, il est malheureusement aussi le projet inverse, déjà largement réalisé, des dirigeants actuels. Il faut pourtant noter à part les spécialistes du mouvement « cinétique ». Ceux-là veulent seulement intégrer le temps dans l'art. Ils n'ont pas eu de chance, puisque le programme de notre époque est plutôt de dissoudre l'art dans le temps vécu.

La dialectique de l'histoire est telle que la victoire de l'Internationale situationniste en matière de théorie oblige déjà ses adversaires à *se déguiser* en situationnistes.

À mesure que la participation devient plus impossible, les ingénieurs de seconde classe de l'art moderniste exigent comme leur dû la participation de tout un chacun. Ils distribuent cette facture avec les prospectus du mode d'emploi en tant que règle du jeu devenue explicite, comme si cette participation n'avait pas été toujours la règle implicite d'un art où elle existait effectivement (dans les limites de classe et de profondeur qui ont encadré tout art). On nous presse insolemment d'« intervenir » dans un spectacle, dans un art qui nous concernent *si peu*. Derrière le comique de cette mendicité glorieuse, on rejoint les sphères sinistres de la haute police de la société du spectacle qui organise « la participation dans quelque chose où il est impossible de participer » – travail ou loisirs de la vie privée – (cf. *I.S.* 6, page 16). Il faut probablement revoir à cette lumière la naïveté apparente du texte cité de Le Parc, dans son irréalisme si étrange à propos du public qu'il veut

« stimuler ». « On pourrait même, écrit-il, arriver dans ce souci de participation violente des spectateurs à la non-réalisation, non-contemplation, non-action. On pourra alors imaginer, par exemple, une dizaine de spectateurs non-action dans le noir le plus complet, immobiles, ne disant rien. » Il se trouve que, placés dans une telle position, les gens crient très fort, comme ont pu heureusement le remarquer tous ceux qui ont participé à l'action réelle de l'avant-garde négative, qui nulle part n'a été, comme croit Goldmann, avant-garde de l'absence pure, mais toujours *mise en scène du scandale de l'absence* pour appeler à une présence désirée, « la provocation à ce jeu qu'est la présence humaine » (*Manifeste* dans *I.S.* 4). Les écoliers du « Groupe de Recherche d'Art Visuel » ont une idée si métaphysique d'un public abstrait qu'ils ne le trouveront certainement pas sur le terrain de l'art – toutes ces tendances postulent avec une incroyable impudence un public totalement abruti, et capable d'un aussi pesant sérieux que ces spécialistes pour leurs petites machines. Mais en revanche un tel public est en voie de constitution *au niveau de la société globale*. C'est la « foule solitaire » de la société du spectacle, et ici Le Parc n'est plus si en avance qu'il croit sur la réalité ; dans l'organisation de cette aliénation, il n'y a certainement pas de spectateur libre de rester purement passif, leur passivité même est organisée, et les « spectateurs-stimulés » de Le Parc sont déjà partout.

Nous constatons toujours davantage que l'idée de construction de situations est une idée centrale de notre époque. Son image inverse, sa symétrie esclavagiste, apparaît dans tout le conditionnement moderne. Les premiers psychosociologues – dont Max Pagès dit qu'ils ne sont encore qu'une cinquantaine surgis dans les vingt dernières années – vont se multiplier vite ; ils commencent à savoir manipuler quelques situations *données*, encore grossières ; comme l'est aussi la situation collective permanente qui a été calculée pour les habitants de Sarcelles. Les artistes qui se rangent dans ce camp pour sauver une spécialisation de décorateurs de la machinerie cybernéticienne ne cachent pas qu'ils font leurs premières armes dans la manipulation de l'intégration. Mais du côté de la négation artistique rebelle à cette intégration, il semble que l'on ne puisse approcher ce terrain miné de la situation sans frôler la récupération, sauf si l'on se place sur les positions d'une nouvelle contestation cohérente sur tous les plans. Et d'abord le plan politique, où aucune organisation révolutionnaire future ne peut plus sérieusement se concevoir sans plusieurs qualités « situationnistes ».

Nous parlons de récupération du jeu libre, quand il est isolé sur le seul terrain de la dissolution artistique vécue. Au printemps de 1962, la presse a commencé à rendre compte de la pratique du *happening* parmi l'avant-garde artistique new-yorkaise. C'est une sorte de spectacle dissous à l'extrême, une improvisation de gestes, d'allure dadaïste, par des gens qui se trouvent ensemble en un lieu fermé. La drogue, l'alcool, l'érotisme y ont leur part. Les gestes des « acteurs » tentent un mélange de poésie, de peinture, de danse et de jazz. On peut considérer cette forme de rencontre sociale comme un cas-limite du vieux spectacle artistique dont les débris sont jetés là dans une fosse commune ; comme une tentative de renouvellement, trop encombrée alors d'esthétique, de la surprise-party ordinaire ou de l'orgie classique. On peut même estimer que, par la recherche naïve de « quelque chose qui se passe », l'absence de spectateurs séparés, et la volonté d'innover tant soit peu dans le si pauvre registre des relations humaines, le *happening* est, dans l'isolement, une recherche de construction d'une situation *sur la base de la misère* (misère matérielle, misère des rencontres, misère héritée du spectacle artistique, misère de la philosophie précise qui doit beaucoup « idéologiser » la réalité de ces moments). Les situations que l'I.S. a définies, au contraire, ne peuvent être construites que sur la base de la richesse, matérielle et spirituelle. Ce qui revient à dire que l'ébauche d'une construction des situations doit être le jeu et le sérieux de l'avant-garde révolutionnaire, et ne peut exister pour des gens qui se résignent sur certains points à la passivité politique, au désespoir métaphysique et même à la pure absence subie de la créativité artistique. La construction des situations est à la fois le but suprême et la première maquette d'une société où domineront des conduites libres et expérimentales.

Nous sommes contre la forme conventionnelle de la culture, même dans son état le plus moderne ; mais évidemment pas en lui préférant l'ignorance, le bon sens petit-bourgeois du boucher, le néo-primitivisme. Il y a une attitude anti-culturelle qui est le courant d'un impossible retour aux vieux mythes. Nous sommes pour la culture, bien entendu, contre un tel courant. Nous nous plaçons de l'autre côté de la culture. Non avant elle, mais *après*. Nous disons qu'il faut la *réaliser*, en la dépassant en tant que sphère séparée ; non seulement comme domaine réservé à des spécialistes, mais surtout comme domaine d'une production spécialisée qui n'affecte pas directement la construction de la vie – y compris la vie même de ses propres spécialistes.

Nous ne sommes pas complètement dépourvus d'humour ; mais cet humour même est d'une espèce quelque peu nouvelle. S'il s'agit de choisir sommairement une attitude à propos de nos thèses, sans entrer dans les finesses ou telle compréhension plus subtile de nuances, le plus simple et le plus correct est de nous prendre avec un entier sérieux au pied de la lettre.

Comment allons-nous mettre en faillite la culture dominante ? De deux façons, graduellement d'abord et puis brusquement. Nous nous proposons d'utiliser d'une manière non-artistique des concepts d'origine artistique. Nous sommes partis d'une exigence artistique, qui ne ressemblait à aucun esthétisme ancien parce qu'elle était justement l'exigence de l'art moderne révolutionnaire dans ses plus hauts moments. Nous avons porté cette exigence dans la vie, donc vers la politique révolutionnaire, c'est-à-dire en fait son absence et la recherche des explications sur son absence. La politique révolutionnaire totale qui en découle, et qui est confirmée par les plus hauts moments de la lutte révolutionnaire réelle des cent dernières années, revient alors au premier temps de ce projet (une volonté de la vie directe), mais sans qu'il y ait plus d'art ni de politique comme formes indépendantes, ni la reconnaissance d'aucun autre domaine séparé. La contestation et la reconstruction du monde ne vivent que dans l'indivision d'un tel projet, où la lutte culturelle, au sens conventionnel, n'est plus que le prétexte et la couverture pour un travail plus profond.

Comme tout prestige qui peut se constituer dans le monde (et bien que notre « prestige » soit vraiment très particulier), nous avons commencé à déchaîner les forces mauvaises de la soumission *à nous-mêmes*. Pour ne jamais céder à ces forces, il nous faudra inventer les défenses adéquates, qui dans le passé ont été très peu étudiées.

Un autre des sujets de fatigue de l'action situationniste est certainement l'espèce de spécialisation que constitue forcément, dans une société de la pensée et de la pratique hautement spécialisées, la tâche de tenir la base de la non-spécialisation que tout assiège et bat en brèche, de porter les couleurs de la totalité. Un autre encore, l'obligation de juger les gens en fonction de notre action et de la leur, de rompre les rencontres avec plusieurs qui, à l'échelle de la vie privée – référence inacceptable – seraient plaisants. Cependant la contestation de l'existant, si elle envisage aussi la vie quotidienne, se traduit naturellement en luttes *dans* la vie quotidienne. La liste de ces difficultés, disons-nous, est longue, mais les arguments qui en découlent demeurent extrêmement faibles puisque nous voyons parfaitement l'autre côté de l'alternative de la pensée au carrefour de cette époque, à savoir la soumission inconditionnelle sur tous les points. Nous avons fondé notre cause sur *presque rien* :

l'insatisfaction et le désir irréductibles à propos de la vie.

L'I.S. est encore loin d'avoir créé des situations, mais elle a déjà créé des situationnistes, ce qui est beaucoup. Cette puissance de contestation libérée, outre ses premières applications directes, est l'exemple qu'une telle libération n'est pas impossible. De sorte que d'ici peu, en différentes matières, on va voir le travail.

• L'OPÉRATION CONTRE-SITUATIONNISTE DANS DIVERS PAYS

L'I.S. donc ne s'étonne ni ne s'indigne de l'hostilité *méritée* qu'elle suscite. Il suffit d'en faire la description et l'analyse, dans la perspective des contre-mesures qui sont et seront à notre portée.

L'I.S. ne peut pas être organisation massive, et ne saurait même accepter, comme les groupes d'avant-garde artistiques conventionnels, des disciples. À ce moment de l'histoire où est posée, dans les plus défavorables conditions, la tâche de réinventer la culture et le mouvement révolutionnaire sur une base entièrement nouvelle, l'I.S. ne peut être qu'une Conspiration des Égaux, un état-major qui *ne veut pas de troupes*. Il s'agit de trouver, d'ouvrir le « passage au Nord-Ouest » vers une nouvelle révolution qui ne saurait connaître de masses d'exécutants, et qui doit déferler sur ce terrain central, jusqu'ici abrité des secousses révolutionnaires, la conquête de la vie quotidienne. *Nous n'organisons que le détonateur* : l'explosion libre devra nous échapper à jamais, et échapper à quelque autre contrôle que ce soit.

Une des armes traditionnelles du vieux monde, la plus employée peut-être contre les groupes qui expriment une recherche dans la disposition de la vie, c'est d'y distinguer et isoler quelques noms de « vedettes ». Nous devons nous défendre contre ce processus qui présente, comme presque tous les ignobles choix habituels de la société présente, l'apparence du « naturel ». Il est indiscutable que ceux qui voulaient parmi nous tenir un rôle de vedette ou tabler sur des vedettes devaient être rejetés. Il se trouve d'ailleurs qu'ils n'avaient pas les moyens de leurs ambitions ; et nous sommes en mesure de garantir leur disparition complète de la zone d'influence de la problématique situationniste – le seul Nash excepté, à qui nous ferons un sort : il va être célèbre pour les autres !

La répression même va normalement placer plus en vue tel ou tel de nous. Dans les guerres de décolonisation de la vie quotidienne, il ne saurait y avoir de culte des chefs (« un seul héros : l'I.S. »).

C'est le même mouvement qui nous ferait admettre des situationnistes exécutants, et qui nous fixerait sur des positions erronées. Il est dans la nature du disciple de demander des certitudes, de transformer des problèmes réels en dogmes stupides, pour en tirer sa qualité, et son confort intellectuel. Et ensuite, bien sûr, de se révolter, au nom de ces certitudes réduites, contre ceux mêmes qui les lui ont transmises, pour rajeunir leur enseignement. Ainsi se fait, avec le temps, le renouvellement des élites de l'acceptation. Nous voulons laisser de tels gens au-dehors parce que nous combattrons tous ceux qui veulent transformer la problématique théorique de l'I.S. en simple idéologie ; ces gens sont extrêmement désavantagés et inintéressants par rapport à tous ceux qui ignorent l'I.S., mais regardent leur propre vie. Ceux qui au contraire, *ont compris* la direction où va l'I.S., peuvent s'y joindre, parce que tout le dépassement dont nous parlons est à trouver effectivement dans la réalité, et nous devons le trouver ensemble. La tâche d'être *plus extrémiste que l'I.S.* appartient à l'I.S., c'est même la première loi de sa permanence.

Ceux qui croient, à propos de la pensée situationniste primitive, qu'elle est déjà un acquis historique à propos duquel le temps serait venu de la falsification rageuse aussi bien que de l'admiration béate, n'ont pas compris *le mouvement* dont nous parlons. L'I.S. a semé le vent. Elle récoltera la tempête.

• ALL THE KING'S MEN

Contrairement à ce qu'estiment les gens d'esprit, les mots ne jouent pas. Ils ne font pas l'amour, comme le croyait Breton, sauf en rêve. Les mots *travaillent*, pour le compte de l'organisation dominante de la vie. Et cependant, ils ne sont pas robotisés ; pour le malheur des théoriciens de l'information, les mots ne sont pas eux-mêmes « informationnistes » ; des forces se manifestent en eux, qui peuvent déjouer les calculs. Les mots coexistent avec le pouvoir dans un rapport analogue à celui que les prolétaires (au sens classique aussi bien qu'au sens moderne de ce terme) peuvent entretenir avec le pouvoir. Employés *presque* tout le temps, utilisés à plein temps, à plein sens et à plein non-sens, ils restent par quelque côté radicalement étrangers.

Le pouvoir donne seulement la fausse carte d'identité des mots ; il leur impose un laisser-passer, détermine leur place dans la production (où certains font visiblement des heures supplémentaires) ; leur délivre en quelque sorte leur bulletin de paye. Reconnaissons le sérieux du Humpty-Dumpty de Lewis Carroll qui estime que toute la question, pour décider de l'emploi des mots, c'est « de savoir qui sera le maître, un point c'est tout ». Et lui, patron social en la matière, affirme qu'il paie double ceux qu'il emploie beaucoup. Comprenons aussi le phénomène d'*insoumission des mots*, leur fuite, leur résistance ouverte, qui se manifeste dans toute l'écriture moderne (depuis Baudelaire jusqu'aux dadaïstes et à Joyce), comme le symptôme de la crise révolutionnaire d'ensemble dans la société.

Sous le contrôle du pouvoir, le langage désigne toujours autre chose que le vécu authentique. C'est précisément là que réside la possibilité d'une contestation complète. La confusion est devenue telle, dans l'organisation du langage, que la communication imposée par le pouvoir se dévoile comme une imposture et une duperie.

Là où il y a communication, il n'y a pas d'État.

Le pouvoir vit de recel. Il ne crée rien, il récupère. S'il créait le sens des mots, il n'y aurait pas de poésie, mais uniquement de l'« information » utile. On ne pourrait jamais s'opposer dans le langage, et tout refus lui serait extérieur, serait purement lettriste. Or, qu'est-ce que la poésie, sinon le moment révolutionnaire du langage, non séparable en tant que tel des moments révolutionnaires de l'histoire, et de l'histoire de la vie personnelle ?

L'information, c'est la poésie du pouvoir (la contre-poésie du maintien de l'ordre), c'est le truquage médiatisé de ce qui est. À l'inverse, la poésie doit être comprise en tant que communication immédiate dans le réel et modification réelle de ce réel. Elle n'est autre que le langage libéré, le langage qui regagne sa richesse et, brisant ses signes, recouvre à la fois les mots, la musique, les cris, les gestes, la peinture, les mathématiques, les faits. La poésie dépend donc du niveau de la plus grande richesse où, dans un stade donné de la formation économique-sociale, la vie peut être vécue *et changée*. Il est alors inutile de préciser que ce rapport de la poésie à sa base matérielle dans la société n'est pas une subordination unilatérale, mais une interaction.

Ce qui est appelé ici aventure poétique est difficile, dangereux, et en tout cas, *jamais garanti* (en fait, il s'agit de la somme des conduites *presque impossibles* dans une époque). On peut seulement être sûrs de ce qui n'est plus l'aventure poétique d'une époque sa fausse poésie reconnue et permise. Ainsi, alors que le surréalisme, au temps de son assaut contre l'ordre oppressif de la culture et du quotidien, pouvait justement définir son armement dans une « poésie au besoin sans poèmes », il s'agit aujourd'hui pour l'I.S. d'une poésie *nécessairement* sans poèmes. Et tout ce que nous disons de la poésie ne concerne en rien les attardés réactionnaires d'une néo-versification, même alignée sur les moins anciens des modernismes formels. Le programme de la poésie réalisée n'est rien de moins que créer à la fois des événements et leur langage, inséparablement.

Tous les langages fermés – ceux des groupements informels de la jeunesse ; ceux que les avant-gardes actuelles, au moment où elles se cherchent et se définissent, élaborent pour leur usage interne ; ceux qui, autrefois, transmis en production poétique objective pour l'extérieur, ont pu s'appeler « trobar clus » ou « dolce stil nuovo » –, tous ont pour but, et résultat effectif, la transparence immédiate d'une certaine communication, de la reconnaissance réciproque, de l'accord. Mais pareilles tentatives sont le fait de bandes restreintes, à divers titres isolées. Les événements qu'elles ont pu aménager, les fêtes qu'elles ont pu se donner à elles-mêmes, ont dû rester dans les plus étroites limites. Un des problèmes révolutionnaires consiste à fédérer ces sortes de soviets, de *conseils de la communication*, afin d'inaugurer partout une communication directe, qui n'ait plus à recourir au réseau de la communication de l'adversaire (c'est-à-dire au langage du pouvoir), et puisse ainsi transformer le monde selon son désir.

Il ne s'agit pas de mettre la poésie au service de la révolution, mais bien de mettre la révolution au service de la poésie. C'est seulement ainsi que la révolution ne trahit pas son propre projet.

Toute révolution a pris naissance dans la poésie, s'est faite d'abord par la force de la poésie. C'est un phénomène qui a échappé et continue d'échapper aux théoriciens de la révolution – il est vrai qu'on ne peut le comprendre si on s'accroche encore à la vieille conception de la révolution ou de la poésie –, mais qui a généralement été ressenti par les contre-révolutionnaires.

La poésie est de plus en plus nettement, en tant que place vide, l'antimatière de la société de consommation, parce qu'elle n'est pas une matière consommable (selon les critères modernes de l'objet consommable : équivalent pour une masse passive de consommateurs isolés). La poésie n'est rien quand elle est citée, elle ne peut être que *détournée*, remise en jeu. La connaissance de la poésie ancienne n'est autrement qu'exercice universitaire, relevant des fonctions d'ensemble de la pensée universitaire. L'histoire de la poésie n'est alors qu'une fuite devant la poésie de l'histoire, si nous entendons par ce terme non l'histoire spectaculaire des dirigeants, mais bien celle de la vie quotidienne, de son élargissement possible ; l'histoire de chaque vie individuelle, de sa réalisation.

Il ne faut pas ici laisser d'équivoque sur le rôle des « conservateurs » de la poésie ancienne, de ceux qui en augmentent la diffusion à mesure que, pour des raisons tout autres, l'État fait disparaître l'analphabétisme. Ces gens ne représentent qu'un cas particulier des conservateurs de tout l'art des musées. Une masse de poésie est normalement conservée dans le monde. Mais il n'y a nulle part les endroits, les moments, les gens pour la revivre, se la communiquer, en faire usage. Étant admis que ceci ne peut jamais être que sur le monde du détournement ; parce que la compréhension de la poésie ancienne a changé par perte aussi bien que par acquisition de connaissances ; et parce que dans chaque moment où la poésie ancienne peut être effectivement retrouvée, sa mise en présence avec des événements particuliers lui confère un sens largement nouveau. Mais surtout, une situation où la poésie est possible ne saurait restaurer aucun échec poétique du passé (cet échec étant ce qui reste, inversé, dans l'histoire de la poésie, comme succès et monument poétique). Elle va naturellement vers la communication, et les chances de souveraineté, de *sa propre poésie*.

Étroitement contemporains de l'archéologie poétique qui restitue des sélections de poésie ancienne récitées sur microsillons par des spécialistes, pour le public du nouvel analphabétisme constitué par le spectacle moderne, les informationnistes ont entrepris de combattre toutes les « redondances » de la liberté pour *transmettre simplement des ordres*. Les penseurs de l'automatisation visent explicitement une pensée théorique automatique, par fixation et élimination des variables dans la vie comme dans le langage. Ils n'ont pas fini de trouver des os dans leur fromage ! Les machines à traduire, par exemple, qui commencent à assurer l'uniformisation planétaire de l'information, en même temps que la révision informationniste de l'ancienne culture, sont soumises à leurs programmes préétablis, auxquels doit échapper toute acception nouvelle d'un mot, aussi bien que ses ambivalences dialectiques passées. Ainsi, en même temps, la vie du langage – qui se relie à chaque avance de la compréhension théorique : « Les idées s'améliorent. Le sens des mots y participe » – se trouve expulsée du champ machiniste de l'information officielle, mais aussi la pensée libre peut s'organiser en vue d'une clandestinité qui sera incontrôlable par les techniques de police informationniste.

L'alternative entre l'informationnisme et la poésie ne concerne plus la poésie du passé ; de même qu'aucune variante de ce qu'est devenu le mouvement révolutionnaire classique ne peut plus, nulle part, être comptée dans une alternative réelle face à l'organisation dominante de la vie. C'est d'un même jugement que nous tirons la dénonciation d'une disparition totale de la poésie dans les anciennes formes où elle a pu être produite et consommée, et l'annonce de son retour sous des formes inattendues et opérantes. Notre époque n'a plus à *écrire des consignes poétiques*, mais à les exécuter.

RÉPÉTITION ET NOUVEAUTÉ DANS LA SITUATION CONSTRUITE

Nous ne sommes pas *contre* le conditionnement : une certaine sorte de conditionnement est inévitable. Mais nous voulons arracher aux institutions qui travaillent à la réduction des hommes, les instruments de conditionnement dont elles disposent. En effet, il n'existe pas d'autre possibilité, pour la libération de nos rêves emprisonnés, que l'appropriation, par nous-mêmes, des facteurs de notre conditionnement. C'est alors que nous pourrons explorer des domaines que jusqu'ici nous avons seulement pressentis. Mais ces explorations nous mèneront aussi bien à la rencontre de ce qui est le plus anciennement connu : à de vieilles formes chargées de nouveaux contenus, comme à d'anciens contenus dans des cadres nouveaux.

On pourrait admettre, pour mesurer le coefficient d'infirmité atteint en ce sens par un individu, ce test de lui donner un espace plus grand que celui dont il disposait précédemment, pour qu'il le transforme à son image.

Notre patrie est dans le temps (dans le possible de cette époque). Elle est mouvante.

Évidemment, nous n'avons pas à faire un quelconque retour à la nature, de même que nous n'avons eu à perdre aucune patrie, de même que nous ne voulons pas restaurer l'ancienne hospitalité ou les jeux naïfs. Il s'agit plutôt de reconnaître les situations indispensables de la vie, pour les reproduire à un niveau supérieur.

Uwe Lausen

9 **Numéro 9 – août 1964**

MAINTENANT, L'I.S.

Nous ne devons pas pour autant quitter la pointe extrême du monde moderne dans le seul but de ne lui ressembler en rien, ou même de ne rien lui apprendre qui puisse servir contre nous. Il est bien normal que nos ennemis arrivent à nous utiliser partiellement. Nous n'allons ni leur laisser le champ actuel de la culture, ni nous mélanger à eux : il est clair que les mêmes bons apôtres qui veulent bien nous admirer et nous comprendre à distance respectueuse nous conseilleraient volontiers la pureté de la première attitude pour adopter, eux, la seconde. Nous rejetons ce formalisme suspect : tout comme le prolétariat, nous ne pouvons pas prétendre à être inexploitables dans les conditions données. Ceci doit seulement se faire aux risques et périls des exploiteurs. L'I.S. s'est nettement placée dans une alternative à la culture dominante, et particulièrement à ses formes dites d'avant-garde. Les situationnistes estiment qu'il leur faut hériter de l'art qui est mort – ou de la réflexion philosophique séparée, dont personne, malgré les efforts actuels, n'arrivera à « restituer » le cadavre –, parce que *le spectacle* qui remplace cet art et cette pensée est, lui, l'héritier de *la religion*. Et comme l'a été « la critique de la religion » (critique que la gauche actuelle a abandonnée en même temps qu'elle abandonnait toute pensée et toute action), la critique du spectacle est aujourd'hui la condition première de toute critique.

La route du contrôle policier parfait de toutes les activités humaines et la route de la création libre infinie de toutes les activités humaines est une : c'est la même route des découvertes modernes. Nous sommes forcément sur la même route que nos ennemis – le plus souvent, les précédant – mais nous devons y être, sans aucune confusion, *en ennemis*. Le meilleur gagnera.

L'époque actuelle peut faire l'essai mais non l'emploi de multiples innovations, parce qu'elle est enchaînée à la conservation fondamentale d'un ordre ancien. La nécessité d'une transformation révolutionnaire de la société est le *Delenda est Carthago* de tous nos discours novateurs.

La critique révolutionnaire de toutes les conditions existantes n'a certes pas le monopole de l'intelligence, mais bien celui de son emploi. Dans la crise présente de la culture, de la société, ceux qui n'ont pas cet emploi de l'intelligence, n'ont, en fait, aucune sorte d'intelligence discernable. Cessez de nous parler d'intelligence sans emploi, vous nous ferez plaisir. Pauvre Heidegger ! Pauvre Lukács ! Pauvre Sartre ! Pauvre Barthes ! Pauvre Lefebvre ! Pauvre Cardan ! Tics, tics et tics. Sans le mode d'emploi de l'intelligence, on n'a que par fragments caricaturaux les idées novatrices, celles qui peuvent comprendre la totalité de notre époque dans le même mouvement qu'elles la contestent. On ne sait même pas plagier harmonieusement ces idées quand on les rencontre là où elles sont déjà.

On ose encore opposer à nos théories les exigences de la pratique, et ceux qui en parlent, à ce degré de délire méthodologique, se sont en plus abondamment révélés incapables de réussir la plus petite pratique. Quand la théorie révolutionnaire reparaît dans notre époque, et ne peut compter que sur elle-même pour se diffuser *dans une pratique nouvelle*, il nous semble qu'il y a déjà là un important début de pratique. Cette théorie se trouve, au départ, dans le cadre de la nouvelle ignorance diplômée que diffuse la société actuelle, beaucoup plus radicalement coupée des masses qu'au XIXe siècle. Nous partagerons normalement son isolement, ses risques, son sort.

Pour venir nous parler, il convient donc de ne pas être déjà compromis soi-même, et de savoir que, si nous pouvons nous tromper momentanément sur beaucoup de perspectives de détail, nous n'admettrons jamais d'avoir pu nous tromper dans le jugement *négatif* des personnes. Nos critères qualitatifs sont bien trop sûrs pour nous permettre d'en discuter. Il est donc inutile de nous approcher si l'on n'est pas d'accord théoriquement et pratiquement sur nos condamnations de personnalités ou de courants contemporains.

Toutes les spécialisations de l'illusion peuvent être enseignées et discutées dans des chaires inamovibles. Mais les situationnistes s'établissent dans la connaissance qui est au dehors de ce spectacle : nous ne sommes pas des penseurs garantis par l'État.

Nous avons à organiser une rencontre cohérente entre les éléments de critique et de négation épars dans le monde, comme faits et comme idées ; entre ces éléments venus à la conscience et toute la vie de ceux qui en sont porteurs ; enfin, entre les gens, ou les premiers groupes qui, çà et là, affleurent à ce niveau de connaissance intellectuelle, de contestation pratique. Ainsi, la coordination de ces recherches et de ces luttes sur le plan le plus pratique (une nouvelle liaison internationale) est en ce moment inséparable de la coordination sur le plan le plus théorique (qu'exprimeront plusieurs ouvrages actuellement préparés par des situationnistes).

La suite de nos travaux va devoir s'exprimer sous des formes plus amples. Cette suite excédera de beaucoup ce que nous aurons pu entreprendre par nous-mêmes.

LE MONDE DONT NOUS PARLONS

La nouvelle théorie que nous édifions, en dépit de l'apparence insolite ou démentielle qu'elle revêt aux yeux du conformisme contemporain, n'est rien d'autre que la théorie d'un nouveau moment historique, qui est déjà la réalité présente ; qui n'est transformable qu'avec le progrès d'une critique exacte. « Les besoins théoriques seront-ils des besoins directement pratiques ? Il ne suffit pas que la pensée recherche la réalisation, il faut encore que la réalité recherche la pensée. » (*Contribution à la critique de la philosophie du Droit de Hegel*). Il suffit d'entreprendre le *décryptage* des informations, telles qu'elles se rencontrent à tout moment dans la presse la plus accessible, pour obtenir une radiographie quotidienne de la réalité situationniste. Les moyens de ce décryptage tiennent essentiellement dans *la relation* à établir entre les faits et la cohérence de quelques thèmes qui les éclairent totalement. Le sens de ce décryptage se vérifie *a contrario* par la mise en évidence de l'incohérence des divers penseurs qui sont actuellement d'autant mieux pris au sérieux qu'ils se contredisent plus misérablement, d'un détail à l'autre du truquage généralisé.

LES LOISIRS TRAVAILLENT

Avec le développement des loisirs et de la consommation forcée, la pseudo-culture et le pseudo-jeu non seulement deviennent des secteurs grandissants de l'économie (le « Tiercé » est désormais en France la 5e entreprise pour le chiffre d'affaires) mais tendent à *faire marcher* toute l'économie, en en représentant la finalité même.

L'ABSENCE ET SES HABILLEURS (suite)

En même temps que le mouvement de l'art moderne est allé vers la réduction à rien, au silence, les produits de cette décomposition doivent faire de plus en plus d'usage, être étalés et « communiqués » partout. C'est que ce mouvement exprimait – et combattait – l'incommunication qui s'est établie effectivement partout dans la société. Le vide de la vie doit maintenant se meubler avec le vide de la culture. On s'y emploie par tous les procédés de vente existants qui, presque partout ailleurs également, sont destinés à écouler du semi-vide. À cette fin, il est nécessaire de masquer la dialectique réelle de l'art moderne en réduisant tout à une positivité satisfaite du néant, qui se justifie tautologiquement du seul fait qu'il est ; c'est-à-dire qu'il est reconnu dans le spectacle. Aussi cet art de la nouveauté proclamée se trouve-t-il être sans gêne, jusque dans le détail, l'art du plagiat ouvert. La différence fondamentale entre l'art moderne novateur et la génération actuelle, c'est que ce qui était anti-spectaculaire se répète intégré dans le spectacle, accepté. La préférence accordée ainsi à la répétition exige de faire disparaître toute évaluation historique : alors que le néodadaïsme devient l'art officiel des États-Unis, on va jusqu'à reprocher au dadaïste Schwitters de rappeler *sa propre époque*.

L'URBANISME COMME VOLONTÉ ET COMME REPRÉSENTATION

Ce que le capitalisme moderne, le capitalisme concentré et accompli, inscrit dans le décor de la vie, c'est la fusion de ce qui a été opposé en tant que pôles positif et négatif de l'aliénation, en une sorte d'*équateur de l'aliénation*. Le séjour obligatoire y est contrôlé par une police préventive en progrès. Les cités nouvelles sont les laboratoires de cette société étouffante, depuis Vällingby en Suède jusqu'à Bessor en Israël, où tous les loisirs promettent d'être réunis dans un seul centre ; et le grand ensemble d'Avilès traduit aussitôt le développement néo-capitaliste qui touche maintenant l'Espagne. En même temps, la disparition de ce qui fut cette « jungle des villes » – dans l'inconfort et le luxe comme dans l'aventure –, qui correspondait au capitalisme de libre concurrence, se poursuit. Le centre de Paris est radicalement remodelé par l'organisation de la circulation automobile (les quais transformés en autoroutes, et la place Dauphine en parking souterrain), ce qui n'exclut pas la tendance complémentaire à restaurer quelques anciens îlots urbains isolés, en tant qu'objets de spectacle touristique, simple extension du musée classique, tout un quartier pouvant devenir *monument*. Toutes les variantes de l'administration construisent partout leurs bâtiments, à leur mesure. Y compris, au Canisy, l'administration d'une activité nouvelle qui, malgré son énormité, peut faire prime sur le marché, comme tous les charlatanismes qui répondent à des manques réels : les spécialistes de la généralisation.

RÉFLEXIONS SUR LA VIOLENCE

La révolte contre les conditions existantes est partout présente. Elle n'a pas encore de projet explicite et d'organisation parce que *la place est prise* encore en ce moment par l'ancienne politique révolutionnaire mystifiée, mensongère. Cette politique a échoué – et s'est renversée en son contraire répressif – parce qu'elle n'a pas su voir dans sa totalité l'inacceptable et le possible ; et aussi bien elle a été – et ses débris demeurent – incapable de définir tant l'inacceptable que le possible, parce que sa pratique échouait et se transformait en mensonge. Le projet révolutionnaire ne peut se refaire qu'avec excès ; il lui faut un nouveau maximalisme qui exige *tout* de la transformation de la société.

CHOIX ENTRE LES MODÈLES DISPONIBLES DE RÉVOLUTION

Maintenant que le stalinisme s'est scindé en plusieurs courants rivaux, exprimant les intérêts de bureaucraties à des stades très différents du développement économico-politique (Khrouchtchev, Mao, Togliatti), les accusations réciproques révèlent assez, sur celui qui les formule autant que sur son adversaire, pour que toute référence aux vieilles positions gauchistes, révisionnistes, etc., de ce qui fut le mouvement ouvrier apparaisse impossible, parce que le minimum de cohésion, même dans la mystification, a été perdu depuis trop longtemps. La Chine veut des armes atomiques, ouvre un conflit de frontière avec la Russie, fait de la surenchère pour la destruction d'Israël, flirte avec le Pakistan, la France, l'Irak qui massacre en même temps les partisans de Moscou.

L'équilibre entre tous ces lutteurs est finalement l'équilibre de la falsification révolutionnaire établie depuis quarante ans : elle tient par les intérêts communs des deux camps. De même qu'au temps du stalinisme monolithique, la falsification tenait par cet intérêt commun à l'Ouest et à l'Est de donner l'Est comme le seul exemple connu de révolution socialiste. L'Ouest n'avait aucune faiblesse envers la révolution stalinienne : sauf en ceci qu'il la préférait tout de même à une vraie.

LA CONTESTATION EN MIETTES

Toute une génération en déroute de penseurs de la gauche ne sait plus que s'exposer comme image caricaturale de *la soumission* : ou bien s'offrant à quelque renouveau prometteur du stalinisme, chinois principalement, pour continuer d'y assouvir le même masochisme religieux du martyr délicieusement bafoué et repoussé par ce qu'il vénère, et qu'il n'a pas à comprendre ; ou bien s'émerveillant des splendeurs de la réussite technocratique qui lui est offerte, et qui sera tout à la fois d'autant plus méritante et d'autant plus prompte que l'on saura contester plus finement, *dans le détail*, l'organisation sociale dominante. Cette organisation tirera le meilleur parti, pour améliorer et éterniser son fonctionnement, de cette contestation qui la modifiera « pan par pan », réformistement-révolutionnairement. Les gages de crétinisme affichés d'emblée par ces *managers de la contestation*, de la contestation-gadget, sont déjà la meilleure victoire du système oppressif et abrutissant.

« JE SUIS FORCÉ D'ADMETTRE QUE TOUT CONTINUE » (HEGEL)

Le refus de la vie telle qu'elle est organisée, caractérise, à différents degrés, les noirs d'Afrique et la jeunesse rebelle « sans cause » de Scandinavie ; les mineurs des Asturies, dont la grève n'a jamais réellement cessé depuis deux ans, et les ouvriers tchèques. « L'air de fête » de la grève à Lagos a existé pareillement dans la Wallonie de janvier 1961, ou à Budapest. *Partout* est posée obscurément la question d'une nouvelle organisation révolutionnaire, qui comprenne assez bien la société dominante pour fonctionner effectivement, à tous les niveaux, *contre* la société dominante : pour la *détourner* intégralement, sans la *reproduire* en rien, « lever du soleil, qui, dans un éclair, dessine en une fois la forme du nouveau monde ».

LE QUESTIONNAIRE

Que veut dire le mot « situationniste » ?

Il définit une activité qui entend *faire* les situations, non les *reconnaître*, comme valeur explicative ou autre. Ceci à tous les niveaux de la pratique sociale, de l'histoire individuelle. Nous remplaçons la passivité existentielle par la construction des moments de la vie, le doute par l'affirmation ludique. Jusqu'à présent, les philosophes et les artistes n'ont fait qu'interpréter les situations ; il s'agit maintenant de les transformer. Puisque l'homme est le produit des situations qu'il traverse, il importe de créer des situations humaines. Puisque l'individu est défini par sa situation, il veut le pouvoir de créer des situations dignes de son désir. Dans cette perspective doivent se fondre et se réaliser la poésie (la communication comme réussite d'un langage en situation), l'appropriation de la nature, la libération sociale complète. Notre temps va remplacer la frontière fixe des situations-limites que la phénoménologie s'est complue à décrire, par la création pratique des situations ; va déplacer en permanence cette frontière avec le mouvement de l'histoire de notre réalisation. Nous voulons une phénoménopraxis. Nous ne doutons pas que ceci sera la banalité première du mouvement de libération possible de notre temps. Que s'agit-il de mettre en situation ? À différents niveaux, ce peut être cette planète, ou l'époque (une civilisation, au sens de Burckhardt par exemple), ou un moment de la vie individuelle. Allez, la musique ! Les valeurs de la culture passée, les espoirs de réaliser la raison dans l'histoire, n'ont pas d'autre suite possible. Tout le reste se décompose. Le terme situationniste, au sens de l'I.S., est exactement le contraire de ce que l'on appelle actuellement en portugais un « situationniste », c'est-à-dire un partisan de la situation existante, là donc du salazarisme.

Nous sommes des artistes par cela seulement que nous ne sommes plus des artistes : nous venons réaliser l'art.

Les positions situationnistes sont-elles utopiques ?

La réalité dépasse l'utopie. Entre la richesse des possibilités techniques actuelles et la pauvreté de leur usage par les dirigeants de tout ordre, il n'y a plus à jeter un pont imaginaire. Nous voulons mettre l'équipement matériel à la disposition de la créativité de tous, comme partout les masses s'efforcent de le faire dans le moment de la révolution. C'est un problème de coordination, ou de tactique, comme on voudra. Tout ce dont nous traitons est réalisable : soit immédiatement, soit à court terme, du moment que l'on commence à mettre en pratique nos méthodes de recherche, d'activité.

Quelle est l'originalité des situationnistes, en tant que groupe délimité ?

Il nous semble que trois points remarquables justifient l'importance que nous nous attribuons comme groupe organisé de théoriciens et expérimentateurs. Premièrement, nous faisons, pour la première fois, une nouvelle critique, cohérente, de la société qui se développe *actuellement*, d'un point de vue révolutionnaire ; cette critique est profondément ancrée dans la culture et l'art de ce temps, en tient les clés (évidemment, ce travail est assez loin d'être achevé). Deuxièmement, nous pratiquons la rupture complète et définitive avec tous ceux qui nous y obligent, et *en chaîne*. Ceci est précieux dans une époque où les diverses sortes de résignation sont subtilement imbriquées et solidaires. Troisièmement, nous inaugurons un nouveau style de rapports avec nos « partisans » ; nous refusons absolument les disciples. Nous ne nous intéressons qu'à la participation au plus haut niveau ; et à lâcher dans le monde des gens autonomes.

Nos théories ne sont rien d'autre que la théorie de notre vie réelle, et du possible expérimenté ou aperçu en elle. Aussi parcellaires que soient, jusqu'à nouvel ordre, les champs d'activité disponibles, nous nous y comportons pour le mieux. Nous traitons l'ennemi en ennemi, c'est un premier pas que nous recommandons à tout le monde, comme apprentissage accéléré de la pensée. Par ailleurs, il va de soi que nous soutenons inconditionnellement toutes les formes de la liberté des mœurs, tout ce que la canaille bourgeoise ou bureaucratique appelle débauche. Il est évidemment exclu que nous préparions par l'ascétisme la révolution de la vie quotidienne.

La société des loisirs est une apparence qui recouvre un certain type de production-consommation de l'espace-temps social. Si le temps du travail productif proprement dit se réduit, l'armée de réserve de la vie industrielle va travailler dans la consommation. Tout le monde est successivement ouvrier et matière première dans l'industrie des vacances, des loisirs, du spectacle. Le travail existant est l'alpha et l'oméga de la vie existante. L'organisation de la consommation, plus l'organisation des loisirs, doit équilibrer exactement l'organisation du travail. Le « temps libre » est une mesure ironique dans le cours d'un temps préfabriqué. Rigoureusement, *ce* travail ne pourra donner que *ce* loisir, tant pour l'élite oisive – en fait, de plus en plus, semi-oisive – que pour les masses qui accèdent aux loisirs momentanés. Aucune barrière de plomb ne peut isoler, ni un morceau du temps, ni le temps complet d'un morceau de la société, de la radioactivité que diffuse le travail aliéné ; ne serait-ce qu'en ce sens que c'est lui qui façonne la totalité des produits, et de la vie sociale, *ainsi* et pas autrement.

LES MOIS LES PLUS LONGS

Depuis la scission de 1963, la revue *Socialisme ou Barbarie* s'efforce de prendre la succession d'*Arguments* (cf. « Nous savons que votre abonnement à *Arguments* témoignait de préoccupations analogues », dans la circulaire du 20 janvier 1964 adressée par le nouveau comité de rédaction au public qu'ils veulent récupérer). Mais cela vient avec retard, et c'est nettement plus faible et insignifiant. Politiquement, c'est l'expression de la frange la plus gauchiste et la plus *fantaisiste* de ces managers et cadres moyens de la gauche qui veulent avoir la théorie révolutionnaire de leur carrière effective dans la société, et aussi bien la carrière sociale ouverte à une telle « théorie révolutionnaire ». Mais alors que les Mallet ou les Gorz sont des professionnels de cette activité, les gens de *Socialisme ou Barbarie* font visiblement amateurs : détente pour les week-ends de managers dont la vraie carrière est ailleurs. La minorité qui a rompu par fidélité au marxisme a accepté le débat sur le plus faux terrain : le « moderne » était l'apanage des cardanistes, et la « révolution », le drapeau de la minorité. Mais en fait, ni un camp ni l'autre ne représente l'une ou l'autre de ces notions, parce qu'il ne peut y avoir de révolution hors du moderne, ni de pensée moderne hors de la critique révolutionnaire à réinventer. Dans *Socialisme ou Barbarie*, il ne reste qu'assez peu de traces de l'utile travail théorique fait pendant des années sur nombre de points. Tout est noyé dans une extraordinaire atmosphère de surenchère à la démission, tout le monde se bouscule *aux postes d'abandon* de toute pensée critique. Dans ce naufrage, il semble que le capitaine, seul, se défoule euphoriquement. Cardan, après quinze ans d'efforts inutiles pour que la dialectique se donne à lui, fût-ce un bref instant, décide que c'est un fruit trop vert et proclame que « nous ne pouvons pas nous donner d'emblée une dialectique quelle qu'elle soit, car une dialectique postule la rationalité du monde et de l'histoire, et cette rationalité est problème, tant théorique que pratique ». (*Socialisme ou Barbarie*, n° 37, page 27). Dès lors, il peut afficher avec la plus grande fierté son impuissance, longtemps déguisée, à saisir le jeu des contradictions : « À la base de cette théorie (marxiste) de l'histoire, il y a une philosophie de l'histoire, profondément et contradictoirement tissée avec elle, et elle-même contradictoire, comme on le verra. » Il est sûr que, parti d'un si bon pied, on va tout voir, et même Lapassade diriger psychodramatiquement une telle avant-garde de la révolution du « questionnement ».

LETTRES DE LOIN

La *dérive* (au fil des actes, avec ses gestes, sa promenade, ses rencontres) était exactement *à la totalité* ce que la psychanalyse (la bonne) est au langage. Laissez-vous aller au fil des mots, dit l'analyste. Il écoute, jusqu'au moment où il dénonce ou modifie (on peut dire *détourne*) un mot, une expression ou une définition. La dérive est bien une technique, et presque une thérapeutique. Mais comme l'analyse sans rien d'autre est presque toujours *contre-indiquée*, de même la dérive continuelle est un danger dans la mesure où l'individu avancé trop loin (non pas sans bases, mais...) sans protections, est menacé d'éclatement, de dissolution, de dissociation, de désintégration. Et c'est la retombée dans ce que l'on nomme « la vie courante », c'est-à-dire en clair « la vie pétrifiée ». Dans cette mesure, je dénonce maintenant la propagande pour une *continuelle dérive* du Formulaire. Oui, continuelle, comme le jeu de poker à Las Vegas, mais continuelle pour un temps, réservée au dimanche pour les uns, à une semaine en bonne moyenne ; un mois, c'est beaucoup. Nous avons pratiqué, en 1953-1954, trois ou quatre mois ; c'est la limite extrême, le point critique. C'est miracle si nous n'en sommes pas morts. Nous possédions une mauvaise santé de fer.

Dans mes bons moments, lorsque je revois toute l'*insuffisance* de ce Formulaire, qui pourtant était parfait, je m'arrache les cheveux. Et autant pour les numéros d'*I.S.* On pourrait faire tellement mieux avec un peu :

De temps – de chance – de santé – d'argent – de réflexion.

(Et aussi) de bonne humeur – de cœur à l'ouvrage – d'amour – et de précaution.

Mais l'entourage ! Les courants ! Les autres ! Les bifurcations ! C'est compliqué.

Ivan Chtcheglov

RÉPONSE À UNE ENQUÊTE DU CENTRE D'ART SOCIO-EXPÉRIMENTAL

Dans le passé, toute classe dominante a eu *son* art – pour les mêmes raisons qu'une société sans classe n'en aura pas, sera au-delà de la pratique artistique. Mais les conditions historiques de notre temps, justement liées au franchissement d'un seuil dans le processus d'appropriation de la nature par l'homme, et par là, au projet concret d'une société sans classe, sont telles que le grand art y a été forcément révolutionnaire. Ce qui a été appelé l'art moderne, de ses origines au dix-neuvième siècle jusqu'à son épanouissement dans le premier tiers du vingtième, a été un art *contre* la bourgeoisie. La crise actuelle de l'art est liée à la crise du mouvement ouvrier depuis la défaite de la révolution russe et la modernisation du capitalisme.

Aujourd'hui, c'est une suite *factice* de l'art moderne (redites formelles emballées publicitairement, coupées de la contestation originelle), aussi bien que la consommation boulimique de pièces et de morceaux d'anciennes cultures, coupés de toute leur signification (dont Malraux fut le plus comique vendeur en « théorie » et dont il réalise maintenant l'étalage dans ses « maisons de la culture ») qui constituent plus exactement le discutable « privilège » de la nouvelle couche de travailleurs intellectuels qui prolifère avec le développement du « secteur tertiaire » de l'économie. Ce secteur est étroitement lié à celui du *spectacle* social : cette couche intellectuelle (dont les nécessités de formation et d'emploi expliquent à la fois l'accroissement quantitatif et la dégradation de l'enseignement) est en même temps la plus directement productrice du spectacle, et consommatrice de sa partie proprement culturelle.

Deux courants nous paraissent représenter l'actuelle consommation culturelle proposée à ce public de travailleurs intellectuels aliénés :

D'une part, les tentatives du genre « Groupe de Recherche d'Art Visuel » vont nettement dans le sens de l'intégration de la population au système socio-économique régnant, telle que la poursuivent, en ce moment, l'urbanisme policier et les penseurs du contrôle cybernéticien : c'est par une véritable parodie des thèses révolutionnaires sur la fin de la passivité du spectateur séparé et la *construction des situations*, que cet « Art Visuel » prétend faire participer le spectateur à sa misère ; en poussant le manque de dialectique jusqu'à le « libérer » en lui faisant « défense de ne pas participer » (tract à la IIIe Biennale de Paris).

D'autre part, le « nouveau réalisme », reprenant beaucoup de la forme (non de l'esprit) dadaïste, est un art *apologétique* de la poubelle. Il s'inscrit bien dans la marge de pseudo-liberté que peut s'offrir une civilisation du gadget et du gaspillage.

Mais l'importance de tels artistes reste très secondaire, même en comparaison de la publicité commerciale. Ainsi, paradoxalement, le « réalisme socialiste » de l'Est, qui n'est en rien un art, a cependant une fonction sociale plus décisive. C'est qu'à l'Est, le pouvoir tient d'abord en vendant de l'idéologie (c'est-à-dire des justifications mystificatrices), et à l'Ouest en vendant des biens de consommation. Le fait que la bureaucratie n'a pas pu se constituer son art propre, mais a adapté formellement la vision pseudo-artistique des petits-bourgeois conformistes du siècle dernier, en dépit du manque d'efficacité qui grève cette formule, confirme l'impossibilité actuelle d'un art comme « privilège » de la classe dominante.

Les temps de l'art sont révolus. Il s'agit maintenant de *réaliser* l'art, de construire effectivement, à tous les niveaux de la vie, ce qui, auparavant, n'a pu être qu'illusion ou souvenir artistique, rêvés et conservés unilatéralement. On ne peut réaliser l'art *qu'en le supprimant.* Cependant, il faut objecter à l'état présent de la société, qui supprime l'art en le remplaçant par l'automatisme d'un spectacle encore plus hiérarchique et passif, que l'on ne pourra réellement supprimer l'art *qu'en le réalisant.*

La planète malade

Rédigé en 1971 pour paraître dans le numéro 13 de la revue *Internationale situationniste*, ce texte resta inédit jusqu'à la parution du recueil sous ce titre en 2004 aux Éditions Gallimard, où il constitue le troisième et dernier des textes autonomes rassemblés par Alice Debord.

La « pollution » est aujourd'hui à la mode, exactement de la même manière que la révolution : elle s'empare de toute la vie de la société, et elle est représentée illusoirement dans le spectacle. Elle est bavardage assommant dans une pléthore d'écrits et de discours erronés et mystificateurs, et elle prend tout le monde à la gorge dans les faits. Elle s'expose partout en tant qu'idéologie, et elle gagne du terrain en tant que processus réel. Ces deux mouvements antagonistes, le stade suprême de la production marchande et le projet de sa négation totale, également riches de contradictions en eux-mêmes, grandissent ensemble. Ils sont les deux côtés par lesquels se manifeste un même moment historique longtemps attendu, et souvent prévu sous des figures partielles inadéquates : l'impossibilité de la continuation du fonctionnement du capitalisme.

L'époque qui a tous les moyens techniques d'altérer absolument les conditions de vie sur toute la Terre est également l'époque qui, par le même développement technique et scientifique séparé, dispose de tous les moyens de contrôle et de prévision mathématiquement indubitable pour mesurer exactement par avance où mène – et vers quelle date – la croissance automatique des forces productives aliénées de la société de classes : c'est-à-dire pour mesurer la dégradation rapide des conditions mêmes de la survie, au sens le plus général et le plus trivial du terme.

Tandis que des imbéciles passéistes dissertent encore sur, et contre, une critique *esthétique* de tout cela, et croient se montrer lucides et modernes en affectant d'épouser leur siècle, en proclamant que l'autoroute ou Sarcelles ont leur beauté que l'on devrait préférer à l'inconfort des « pittoresques » quartiers anciens, ou en faisant gravement remarquer que l'ensemble de la population mange mieux, en dépit des nostalgiques de la bonne cuisine, déjà le problème de la dégradation de la totalité de l'environnement naturel et humain a complètement cessé de se poser sur le plan de la prétendue qualité ancienne, esthétique ou autre, pour devenir radicalement le problème même de *la possibilité matérielle d'existence* du monde qui poursuit un tel mouvement. L'impossibilité est en fait déjà parfaitement démontrée par toute la connaissance scientifique séparée, qui ne discute plus que de l'échéance ; et des palliatifs qui pourraient, si on les appliquait fermement, la reculer légèrement. Une telle science ne peut qu'accompagner vers la destruction le monde qui l'a produite et qui *la tient* ; mais elle est forcée de le faire avec les yeux ouverts. Elle montre ainsi, à un degré caricatural, l'inutilité de la connaissance sans emploi.

On mesure et on extrapole avec une précision excellente l'augmentation rapide de la pollution chimique de l'atmosphère respirable ; de l'eau des rivières, des lacs et déjà des océans, et l'augmentation irréversible de la radioactivité accumulée par le développement *pacifique* de l'énergie nucléaire ; des effets du bruit ; de l'envahissement de l'espace par des produits en matières plastiques qui peuvent prétendre à une éternité de dépotoir universel ; de la natalité folle ; de la falsification insensée des aliments ; de la lèpre urbanistique qui s'étale toujours plus à la place de ce que furent la ville et la campagne ; ainsi que des maladies mentales – y compris les craintes névrotiques et les hallucinations qui ne sauraient manquer de se multiplier bientôt sur le thème de la pollution elle-même, dont on affiche partout l'image alarmante – et du suicide, dont les taux d'expansion recoupent déjà exactement celui de l'édification d'un tel environnement (pour ne rien dire des effets de la guerre atomique ou bactériologique, dont les moyens sont en place comme l'épée de Damoclès, mais restent évidemment évitables).

Bref, si l'ampleur et la réalité même des « terreurs de l'An Mil » sont encore un sujet controversé parmi les historiens, la terreur de l'An Deux Mille est aussi patente que bien fondée ; elle est dès à présent certitude *scientifique*. Cependant, ce qui se passe n'est rien de foncièrement nouveau : c'est seulement la *fin forcée* du processus ancien. Une société toujours plus malade, mais toujours plus puissante, a recréé partout concrètement le monde comme environnement et décor de sa maladie, en tant que *planète malade*. Une société qui n'est pas encore devenue homogène et qui n'est pas déterminée par elle-même, mais *toujours plus* par une partie d'elle-même qui se place au-dessus d'elle, qui lui est extérieure, a développé un mouvement de domination de la nature qui ne s'est pas dominé lui-même. Le capitalisme a enfin apporté la preuve, par son propre mouvement, *qu'il ne peut plus développer les forces productives* ; et ceci non pas *quantitativement*, comme beaucoup avaient cru le comprendre, mais *qualitativement*.

Cependant, pour la pensée bourgeoise, méthodologiquement, seul le quantitatif est le sérieux, le mesurable, l'effectif ; et le qualitatif n'est que l'incertaine décoration subjective ou artistique du vrai réel estimé à son vrai poids. Pour la pensée dialectique au contraire, donc pour l'histoire et pour le prolétariat, le qualitatif est la dimension la plus décisive du développement réel. Voilà bien ce que, le capitalisme et nous, nous aurons fini par démontrer.

Les maîtres de la société sont obligés maintenant de parler de la pollution, et pour la combattre (car ils vivent, après tout, sur la même planète que nous ; voilà le seul sens auquel on peut admettre que le développement du capitalisme a réalisé effectivement une certaine fusion des classes) et pour la dissimuler : car la simple vérité des « nuisances » et des risques présents suffit pour constituer un immense facteur de révolte, une exigence *matérialiste* des exploités, tout aussi vitale que l'a été la lutte des prolétaires du XIXe siècle pour la possibilité de manger. Après l'échec fondamental de tous les réformismes du passé – qui tous aspiraient à la solution définitive du problème des classes –, un nouveau réformisme se dessine, qui obéit aux mêmes nécessités que les précédents : huiler la machine et ouvrir de nouvelles occasions de profit aux entreprises de pointe. Le secteur le plus moderne de l'industrie se lance sur les différents palliatifs de la pollution, comme sur un nouveau débouché, d'autant plus rentable qu'une bonne part du capital monopolisé par l'État y est à employer et manœuvrer. Mais si ce nouveau réformisme a d'avance la garantie de son échec, exactement pour les mêmes raisons que les réformismes passés, il entretient vis-à-vis d'eux cette radicale différence *qu'il n'a plus le temps devant lui*.

Le développement de la production s'est entièrement vérifié jusqu'ici en tant qu'accomplissement *de l'économie politique* : développement de la misère, qui a envahi et abîmé le milieu même de la vie. La société où les producteurs se tuent au travail, et n'ont qu'à en contempler le résultat, leur donne maintenant franchement à voir, et à respirer, le résultat général du travail aliéné en tant que résultat *de mort.* Dans la société de l'économie surdéveloppée, tout est entré dans la sphère des *biens économiques*, même l'eau des sources et l'air des villes, c'est-à-dire que tout est devenu le *mal économique*, « reniement achevé de l'homme » qui atteint maintenant sa parfaite *conclusion matérielle.* Le conflit des forces productives modernes et des rapports de production, bourgeois ou bureaucratiques, de la société capitaliste est entré dans sa phase ultime. La production de la non-vie a poursuivi de plus en plus vite son processus linéaire et cumulatif ; venant de franchir un dernier seuil dans *son* progrès, elle produit maintenant directement la mort.

La fonction dernière, avouée, essentielle, de l'économie développée aujourd'hui, dans le monde entier où règne le travail-marchandise, qui assure tout le pouvoir à ses patrons, c'est *la production des emplois.* On est donc bien loin des idées « progressistes » du siècle précédent sur la diminution possible du travail humain par la multiplication scientifique et technique de la productivité, qui était censée assurer toujours plus aisément la satisfaction des besoins *antérieurement reconnus par tous comme réels*, et sans *altération fondamentale* de la qualité même des biens qui se trouveraient disponibles. C'est à présent pour « produire des emplois », jusque dans les campagnes vidées de paysans, c'est-à-dire pour utiliser du travail humain *en tant que travail aliéné*, en tant que salariat, que l'on fait *tout le reste* ; et donc que l'on menace stupidement les bases, actuellement plus fragiles encore que la pensée d'un Kennedy ou d'un Brejnev, de la vie de l'espèce.

Le vieil océan est en lui-même indifférent à la pollution ; mais l'histoire ne l'est pas. Elle ne peut être sauvée que par l'abolition du travail-marchandise. Et jamais la conscience historique n'a eu tant besoin de dominer de toute urgence son monde, car l'ennemi qui est à sa porte n'est plus l'illusion, mais sa mort.

Quand les pauvres maîtres de la société dont nous voyons le déplorable aboutissement, bien pire que toutes les condamnations que purent fulminer autrefois les plus radicaux des utopistes, doivent présentement avouer que notre environnement est devenu social ; que la gestion de *tout* est devenue une affaire directement *politique*, jusqu'à l'herbe des champs et la possibilité de boire, jusqu'à la possibilité de dormir sans trop de somnifères ou de se laver sans souffrir de trop d'allergies, dans un tel moment on voit bien aussi que la vieille politique spécialisée doit avouer qu'elle est complètement finie.

Elle est finie dans la forme suprême de son volontarisme : le pouvoir bureaucratique totalitaire des régimes dits socialistes, parce que les bureaucrates au pouvoir ne se sont même pas montrés capables de gérer le stade antérieur de l'économie capitaliste. S'ils polluent beaucoup moins – les États-Unis à eux seuls produisent 50 % de la pollution mondiale –, c'est parce qu'ils sont beaucoup plus pauvres. Ils ne peuvent, comme par exemple la Chine, en y bloquant une part disproportionnée de son budget de misère, que se payer la part de pollution de prestige des puissances pauvres ; quelques redécouvertes et perfectionnements dans les techniques de la guerre thermonucléaire, ou plus exactement de son spectacle menaçant. Tant de pauvreté, matérielle et mentale, soutenue par tant de terrorisme, condamne les bureaucraties au pouvoir. Et ce qui condamne le pouvoir bourgeois le plus modernisé, c'est le résultat insupportable de tant de richesse *effectivement empoisonnée*. La gestion dite démocratique du capitalisme, dans quelque pays que ce soit, n'offre que ses élections-démissions qui, on l'a toujours vu, ne changeaient jamais rien dans l'ensemble, et même fort peu dans le détail, à une société de classes qui s'imaginait qu'elle pourrait durer indéfiniment. Elles n'y changent rien de plus au moment où cette gestion elle-même s'affole et feint de souhaiter, pour trancher certains problèmes secondaires mais urgents, quelques vagues directives de l'électorat aliéné et crétinisé (U.S.A., Italie, Angleterre, France). Tous les observateurs spécialisés avaient toujours relevé – sans trop s'embarrasser à l'expliquer – ce fait que l'électeur ne change presque jamais d'« opinion » : c'est justement parce qu'il est l'électeur, celui qui assume, pour un bref instant, le rôle abstrait qui est précisément destiné à l'empêcher d'être par lui-même, et de changer (le mécanisme a été démonté cent fois, tant par l'analyse politique démystifiée que par les explications de la psychanalyse révolutionnaire). L'électeur ne change pas davantage quand le monde change toujours plus précipitamment autour de lui et, *en tant qu'électeur*, il ne changerait même pas à la veille de la fin du monde. Tout système représentatif est essentiellement *conservateur*, alors que les conditions d'existence de la société capitaliste n'ont jamais pu être conservées : elles se modifient sans interruption, et toujours plus vite, mais la décision – qui est toujours finalement décision de laisser faire le processus même de la production marchande – est entièrement laissée à des spécialistes publicistes ; qu'ils soient seuls dans la course ou bien en concurrence avec ceux qui vont faire la même chose, et d'ailleurs l'annoncent hautement. Cependant, l'homme qui vient de voter « librement » pour les gaullistes ou le P.C.F., tout autant que l'homme qui vient de voter, contraint et forcé, pour un Gomulka, est capable de montrer ce qu'il est vraiment, la semaine d'après, en participant à une grève sauvage ou à une insurrection.

La soi-disant « lutte contre la pollution », par son côté étatique et réglementaire, va d'abord créer de nouvelles spécialisations, des services ministériels, des *jobs*, de l'avancement bureaucratique. Et son efficacité sera tout à fait à la mesure de tels moyens. Elle ne peut devenir une volonté réelle, qu'en transformant le système productif actuel dans ses racines mêmes. Et elle ne peut être appliquée fermement qu'à l'instant où toutes ses décisions, prises démocratiquement en pleine connaissance de cause, par les producteurs, seront à tout instant contrôlées et exécutées *par les producteurs eux-mêmes* (par exemple les navires déverseront immanquablement leur pétrole en mer tant qu'ils ne seront pas sous l'autorité de réels *soviets de marins*). Pour décider et exécuter tout cela, il faut que les producteurs deviennent adultes : il faut qu'ils s'emparent tous du pouvoir.

L'optimisme scientifique du XIXe siècle s'est écroulé sur trois points essentiels. Premièrement, la prétention de *garantir* la révolution comme résolution heureuse des conflits existants (c'était l'illusion hégélogauchiste et marxiste ; la moins ressentie dans l'intelligentsia bourgeoise, mais la plus riche, et finalement la moins illusoire). Deuxièmement, la vision cohérente de l'univers, et même simplement de la matière. Troisièmement, le sentiment euphorique et linéaire du développement des forces productives. Si nous dominons le premier point, nous aurons résolu le troisième ; et nous saurons bien plus tard faire du second notre affaire et notre jeu. Il ne faut pas soigner les symptômes mais la maladie même. Aujourd'hui la peur est partout, on n'en sortira qu'en se confiant à nos propres forces, à notre capacité de détruire toute aliénation existante, et toute image du pouvoir qui nous a échappé. En remettant *tout, excepté nous-mêmes*, au seul pouvoir des Conseils de travailleurs possédant et reconstruisant à tout instant la totalité du monde, c'est-à-dire à la rationalité vraie, à une légitimité nouvelle.

En matière d'environnement « naturel » et construit, de natalité, de biologie, de production, de « folie », etc., il n'y aura pas à choisir entre la fête et le malheur mais consciemment et à chaque carrefour, entre mille possibilités heureuses ou désastreuses, relativement corrigibles et, d'autre part, le néant. Les choix terribles du futur proche laissent cette seule alternative : démocratie totale ou bureaucratie totale. Ceux qui doutent de la démocratie totale doivent faire des efforts pour se la prouver à eux-mêmes, en *lui donnant l'occasion de se prouver en marchant* ; ou bien il ne leur reste qu'à acheter leur tombe à tempérament, car « l'autorité, on l'a vue à l'œuvre, et ses œuvres la condamnent » (Joseph Déjacque).

« La révolution ou la mort », ce slogan n'est plus l'expression lyrique de la conscience révoltée, c'est *le dernier mot de la pensée scientifique* de notre siècle. Ceci s'applique aux périls de l'espèce comme à l'impossibilité d'adhésion pour les individus. Dans cette société où le suicide progresse comme on sait, les spécialistes ont dû reconnaître, avec un certain dépit, qu'il était retombé à presque rien en France en mai 1968. Ce printemps obtint aussi, sans précisément y monter à l'assaut, un beau ciel, parce que quelques voitures avaient brûlé et que toutes les autres manquaient d'essence pour polluer. Quand il pleut, quand il y a de faux nuages sur Paris, n'oubliez jamais que c'est la faute du gouvernement. La production industrielle aliénée fait la pluie. La révolution fait le beau temps.

Tapuscrit inédit de 7 pages rédigé en 1971 pour le n° 13 de la revue *I.S.*

Sur l'incendie de Saint-Laurent-du-Pont

L'embrasement instantané du dancing de Saint-Laurent-du-Pont, où 146 personnes furent brûlées vives le 1er novembre 1970, a certainement causé une vive émotion en France, mais la nature même de cette émotion a été fort mal analysée, sur le moment et depuis, par les multiples commentaires. On a, bien sûr, relevé la carence des autorités à propos des consignes de sécurité : un peu partout, celles-ci sont bien conçues et minutieusement rédigées, mais les faire respecter serait une toute autre affaire, car effectivement appliquées elles entraveraient plus ou moins gravement la réalisation du profit, c'est-à-dire le but exclusif de l'entreprise, tant sur les lieux de production que dans les diverses usines de distribution ou consommation des loisirs. On a aussi noté le caractère dangereux des matériaux modernes, et la propension des horribles décors à devenir décor de l'horreur : « On sait que le plafond en polyester, le revêtement en matière plastique des murs, les sièges gonflables, ont brûlé comme de la paille et coupé la retraite des danseurs, les surprenant dans leur course contre la mort » (*Le Figaro*, 2-11-70). Cette fois-ci les loisirs de l'ennui ont révélé, peut-on dire, un cas extrême et localisé de la pollution générale, et de son prix. Au-delà de ce mécontentement courant envers les spécialistes, solidaires, qui se réservent le monopole de la protection de la société comme celui de la construction de tous les édifices, beaucoup ont été sensibles à l'horreur particulière de la sortie interdite à tous ceux qui fuyaient, déjà enflammés ou près de l'être, par un portillon spécialement aménagé pour ne s'ouvrir que vers l'intérieur, et pour se bloquer après le passage de chaque individu : il s'agissait d'éviter que quelqu'un puisse entrer sans payer. La pancarte des parents des victimes manifestant un mois plus tard sur place : « Ils ont payé pour entrer, ils devaient pouvoir sortir » semble une évidence en termes humains ; mais il convient de ne pas oublier qu'elle ne l'est pas du point de vue de l'économie politique, et entre ces deux projets la question est seulement de savoir qui sera le plus fort, voilà tout. En effet, *entrer et payer* est la nécessité absolue du système marchand, la seule qu'il veuille et la seule dont il se préoccupe. Entrer sans payer, c'est le mettre à mort. Se plaire ou non à l'intérieur du guet-apens climatisé, en sortir éventuellement, voilà tout ce qui n'a pour lui nulle importance, et pas même de réalité. À Saint-Laurent-du-Pont l'insécurité des gens n'était que le sous-produit peu encombrant, la même monnaie, l'à-côté négligeable de *la sécurité de la marchandise.*

Mais tout ceci – que ce soit une classe qui se trouve responsable de tels accidents – est banal, encore qu'en ce moment les hommes commencent à trouver étonnantes et corrigibles les banalités régnantes qui les mutilent et qui les tuent. Cependant l'hécatombe de Saint-Laurent-du-Pont a été plus profondément ressentie qu'une quantité d'autres catastrophes, rupture d'un barrage ou chute d'un avion. L'importance du fait, comme toujours, se lit d'abord dans les mensonges ou les réticences dont l'information spectaculaire le couvre. Personne n'a pu envisager de truquer le nombre des victimes, comme à Gdynia, à Mexico, rue Gay-Lussac. Mais, pour atténuer autant que possible la violence du fait brut, on a paradoxalement caché *le nombre des survivants*. Quelques personnes, au moment où le bûcher prit, se promenaient hors de l'édifice, quelques autres purent tout de suite franchir la porte. On n'a pas voulu *citer le chiffre précis de ceux qui ont pu sortir*, pour le mettre en face du nombre de ceux qui restèrent bloqués dedans. Ainsi beaucoup de naïfs ont pu croire qu'il y avait eu tout de même des dizaines de rescapés, voir plus. Cependant, quelque temps après, la gendarmerie menant son enquête recueillit le témoignage d'une *trentaine* de personnes ayant l'habitude de fréquenter le dancing « Cinq-Sept ». Il va de soi qu'étaient à plus forte raison compris dans ce nombre tous ceux qui y furent présents cette nuit-là. En soustrayant les six ou huit qui étaient déjà à l'extérieur, on peut conclure qu'*une dizaine*, au plus, de ceux qui étaient à l'intérieur, en sortirent. Il en brûla quinze fois plus.

En quoi cette mort en masse se différencie-t-elle de ce qui peut advenir à des groupes humains rassemblés par hasard dans un grand magasin ou dans un train ? Les morts de Saint-

Laurent-du-Pont étaient presque exclusivement *des jeunes*, et en majorité des garçons et des filles de seize à vingt ans. En outre, ils étaient pour la plupart des *pauvres*, des jeunes travailleurs, dont beaucoup d'enfants de travailleurs immigrés. La soirée à Saint-Laurent-du-Pont, le samedi, était un exemple du genre de vie que l'abondance marchande offre à la jeunesse et aux travailleurs : plusieurs ont des voitures, et on peut aller en groupe se payer l'entrée d'un local en toc ; y être ensemble. Ce n'était pas sortir de la solitude et de l'ennui ; mais un moment de l'ennui qui était censé être plus amusant. C'est à cette jeunesse qui n'accepte plus ses conditions d'existence que l'on offrait justement, dans l'Isère, comme salaire de son travail hebdomadaire, sa nourriture, de l'essence et les plaisirs de Saint-Laurent-du-Pont. Que voulaient-ils donc ? Ceux que l'on matraque ailleurs ont brûlé ici.

Quand la population de Saint-Laurent-du-Pont, quelques jours après, a trouvé bon de se solidariser avec son maire, momentanément sanctionné, les petites entreprises du pays ont décidé une heure de grève, mais, remarque *Le Monde* du 8-9 novembre, « dans l'entreprise la plus importante de la commune, une usine de laminage à froid [...] le personnel n'a pas été unanime [...] en outre, la pétition mise en circulation a été proposée à la signature des seuls électeurs, écartant ainsi les jeunes gens de moins de vingt et un ans. Ceux-ci ont été d'autant plus sensibles à cette discrimination que les victimes de l'incendie du "5-7" ont été pour la plupart des jeunes gens de moins de vingt et un ans. »

La discrimination est beaucoup plus grave, et ses causes sont profondes. Les trois journalistes du *Figaro* qui ont signé ensemble le reportage publié le 2 novembre rapportent en ces termes le témoignage d'un des rescapés, Jean-Luc Bastard, sur ce qui s'est passé à la porte : « On a tout fait pour en sauver le plus possible. On tirait les bras et les jambes qui étaient là devant nous. Avec nos vestons trempés dans le ruisseau proche du dancing, nous avons étouffé les flammes sur les vêtements de ceux que nous parvenions à dégager. Des automobilistes se sont arrêtés sur le bord de la route et nous ont regardés. *Certains se sont amusés et riaient de nous voir faire, refusant de participer au secours.* Il n'y en a que deux ou trois qui nous ont aidés. » (*Souligné par nous.*)

Quand d'autres journaux ont cité ultérieurement ce témoin, ce qu'il a dit des automobilistes qui refusaient de secourir ces jeunes gens et riaient de les voir brûler a été, comme par hasard, *supprimé.* C'était pourtant, de bien loin, l'information la plus sensationnelle. Le journalisme moderne sait sacrifier les impératifs étroitement professionnels pour soutenir les intérêts généraux de la société qui le produit ; et le feu appelle le feu. En tout cas, on voit que les journalistes méritent peu le blâme, rapporté par *Le Monde* du 10 novembre en style particulièrement malheureux, « d'avoir échauffé les esprits ». Les automobilistes de la région savaient bien que ce funèbre dancing était un lieu de consommation de la jeunesse – donc des voyous drogués, de la pègre paresseuse – et ceux des adultes qui ont renoncé à la vie – bien plus nombreux que les capitalistes et les quelques couches sociales partiellement privilégiées : toutes les victimes du système qui estiment qu'il ne leur reste plus, comme être et propriété, *que l'aliénation* à laquelle ils se sont identifiés, détestent furieusement la jeunesse : ils l'envient d'être plus libre qu'eux (tout porte à croire que la majorité des électeurs sont également monogames) et de moins *courber la tête.* Cette haine de la jeunesse, qui n'est qu'une figure passagère de la haine plus motivée qui est en train de réapparaître avec le retour de la lutte de classe, atteint cependant, parce que *la totalité* des aspects de la vie va être cette fois explicitement mise en jeu dans la révolution, une violence inconnue au temps où une illusion de communauté nationale ou humaine était encore ressentie entre des classes en conflit. Un bourgeois contemporain de Thiers eût sans doute secouru un ouvrier sortant en flammes d'un bâtiment qui brûle. Beaucoup de colons d'Afrique du Nord, au moins jusqu'aux années 50, l'eussent fait pour un Arabe. Mais la haine qu'inspire en ce moment la jeunesse est d'une qualité tout à fait exceptionnelle. Et ceci ne provient que très superficiellement de la propagande gouvernementale diffusée dans ce but par les *mass media.* Les résignés de l'automutilation ne détestent pas les affirmations révolutionnaires de la jeunesse parce qu'ils seraient faussement informés à leur propos par le spectacle ; mais bien plus profondément *parce qu'ils sont spectateurs*. À l'excellente formule qu'un groupe de jeunes révolutionnaires a énoncée depuis lors – « Nous ne sommes pas contre les vieux, mais contre ce qui les a fait vieillir » –, les résignés pourraient répondre sincèrement, s'ils l'osaient : « Nous ne sommes pas contre les jeunes mais contre ce qui les fait vivre. » Dans ce qui s'est passé à Saint-Laurent-du-Pont, comme depuis dans la photo, affichée sur les murs de Paris, du visage détruit de Richard Deshaies ; on peut lire déjà, évident comme un pavé ou une charge de C.R.S., le climat de la guerre civile.

La violence a toujours existé dans la société de classes, mais l'actuelle génération révolutionnaire a seulement commencé à refaire voir, dans les entreprises et dans les rues, que la violence peut exister *des deux côtés* : d'où le scandale et les inquiétudes télévisées du gouvernement. Le prolétariat et la jeunesse savent maintenant qu'ils font peur ; et les jeunes ouvriers, au C.E.T. comme à l'usine, sont les plus jeunes des jeunes et les plus prolétaires des prolétaires. Parce qu'ils font peur, on les pourchasse. Et par cela même, ils doivent apprendre à faire peur plus efficacement, à vaincre leurs adversaires. À Saint-Étienne, à La Courneuve, des cafetiers les abattent. Il s'agit chaque fois de « leur donner une leçon » ; et c'est effectivement une leçon que, par dizaines de milliers, ils méditent. Les rescapés de Saint-Laurent-du-Pont restaient trop peu nombreux, et trop accablés du coup, pour continuer à s'en prendre au propriétaire survivant du dancing, après avoir de prime abord, dans une juste colère, fait mine de lyncher le profiteur. S'ils l'avaient fait, on eût sans doute enregistré bien des blâmes dispensés par les journalistes de gauche et les bureaucrates trotskistes. Pourtant, comme dit une chanson de la vieille Révolution française, à propos du massacre du gouverneur de la Bastille : « Comment peut-on trouver du mal à ça. »

Il y a bien cent ans que la jeunesse n'a pas été si résolue à détruire le vieux monde, et jamais dans l'histoire elle n'a été *si intelligente*. (La *poésie* qui est dans l'I.S. peut être lue maintenant par une jeune fille de quatorze ans ; sur ce point le souhait de Lautréamont est comblé). Mais finalement ce n'est pas la jeunesse, en tant qu'état passager, qui menace l'ordre social : c'est la critique révolutionnaire moderne, en actes et en théorie, dont l'expansion rapide se manifeste partout à dater d'un moment historique que nous venons de vivre. Elle commence dans la jeunesse d'un moment, mais elle ne vieillira pas. Le phénomène qui s'amplifie chaque année, n'a rien de cyclique : il est cumulatif. C'est l'histoire qui est aux portes de la société de classes, c'est sa mort. Ceux qui répriment la jeunesse se défendent en réalité contre la révolution prolétarienne et cet amalgame les condamne. La panique fondamentale des propriétaires de la société en face de la jeunesse est fondée sur un froid calcul, tout simple mais que l'on voudrait garder caché derrière l'étalage de tant d'analyses stupides et d'exhortations pompeuses : d'ici douze à quinze ans seulement, les jeunes seront adultes, les adultes seront vieux, les vieux seront morts. On conçoit aisément que les responsables de la classe au pouvoir ont absolument besoin de renverser en peu d'années, *la baisse tendancielle de leur taux de contrôle sur la société*. Et ils commencent à penser qu'ils ne la renverseront pas.

RÉÉDITION DE «LA SOCIÉTÉ DU SPECTACLE»

Extraits d'une lettre aux Éditions Buchet-Chastel (*Correspondance*, vol. 4, *op. cit.*, p. 381-384).

En mai 1971, Guy Debord décide de rompre avec les Éditions Buchet-Chastel à la suite de la parution du troisième tirage de *La Société du spectacle* comportant un sous-titre de leur invention et une fausse année de dépôt légal. Après sa rencontre avec le producteur et éditeur Gérard Lebovici, *La Société du spectacle* paraîtra aux Éditions Champ libre le 29 septembre. Les Éditions Buchet-Chastel en demanderont la saisie, mais elles perdront définitivement leur procès en décembre 1972.

Paris, le 1er juin 1971

Messieurs,

J'ai reçu votre lettre du 19 mai 1971.

La désinvolture avec laquelle vous vous excusez de vos « malencontreuses erreurs » mériterait de n'être pas commentée.

Je le ferai rapidement pour mettre un point final à nos relations :

[...] Il est établi que vous avez violé l'article 7 de notre contrat en procédant à l'addition « d'un sous-titre » au titre de mon ouvrage lors du troisième tirage réalisé en février 1971.

Cette faute est particulièrement grave, non seulement parce que l'addition a été faite sans l'autorisation expresse de l'auteur prévue par notre contrat, mais malgré son interdiction expresse contenue dans ma lettre recommandée du 10 février 1969.

En vain croyez-vous trouver une excuse dans le fait que je vous avais suggéré le texte d'une « bande », qui d'ailleurs n'est pas celui que vous avez adopté comme sous-titre.

Une bande éphémère et détachable du livre n'est pas un sous-titre qui fait corps avec celui-ci. Il est au demeurant fâcheux que vous ne compreniez pas qu'un livre intitulé *La Société du spectacle* puisse se référer par une bande à « La théorie situationniste qui explosait en Mai », théorie à laquelle il est une contribution, sans que ce livre puisse lui-même être présenté abusivement et ridiculement comme étant « LA théorie situationniste » dans son ensemble, et hors du temps.

[...] par une mention de « dépôt légal de 1969 » au lieu de 1967, vous avez laissé croire que mon ouvrage a été écrit après « Mai 1968 » et en tenant compte des événements de cette époque. Vous avez ainsi trompé les lecteurs, et vous avez nui à ma réputation, puisqu'à l'évidence mon ouvrage n'en tient pas compte.

Les deux violations relatives à l'addition d'un sous-titre et à la mention mensongère de « dépôt légal » sont des violations, hélas, irréparables puisque vous avez déjà distribué l'édition fautive.

Il ne s'agit donc plus de savoir si vos « erreurs » sont volontaires ou non. Mieux eût valu un éditeur malhonnête que complètement incompétent.

Quoi qu'il en soit, j'ai le regret de vous informer que je considère notre contrat du 6 septembre 1967 comme résilié par votre faute. Je ne saurais davantage « tolérer » que vous soyez mon Éditeur.

En conséquence, je vous mets en demeure de cesser dès maintenant la vente des ouvrages portant les mentions « erronées ».

De mon côté, je vais immédiatement entreprendre ou faire entreprendre une nouvelle édition.

Enfin, je vous mets en garde contre toute tentative allant à l'encontre des présentes dispositions, que seule votre incurie a rendues nécessaires.

Guy Debord

•••

Tract conçu par Guy Debord et diffusé lors de la réédition de *La Société du spectacle* par les Éditions Champ libre le 29 septembre 1971.

Guy Debord

LA SOCIÉTÉ DU SPECTACLE

M. Adrien Dansette, de l'Institut, dans l'ouvrage qu'il vient de consacrer à *Mai 1968* (Plon, 1971) écrit :

« On ne pourrait comprendre certains aspects de l'explosion étudiante, ses crépitements poétiques et ses troubles lueurs, sans avoir aussi écouté et regardé une catégorie de contestataires qui poussent beaucoup plus loin que les castristes le mépris de la rationalité. [...] Ainsi font les membres de l'Internationale situationniste. [...] Il restera à leur actif la beauté littéraire de quelques-uns des graffiti de mai. Leurs autres écrits sont au niveau de leur comportement. Portés à l'excès, ils atteignent à l'insignifiance par cet excès même, tant il apparaît factice. Tout est affecté dans leur attitude, la violence systématique à l'égard des autres, la grossièreté dans leur manière de s'exprimer, leur recherche d'originalité capillaire, pileuse et vestimentaire. Ces démesures artificielles n'impressionnent guère et sans doute leur doivent-ils de n'exercer qu'une influence passagère. »

Cet historien, qui se proposait probablement d'exercer une influence définitive dans l'interprétation rassurante de l'explosion dont il a sommairement instruit le procès, a forcément « écouté et regardé » parmi les « autres écrits » des situationnistes, le livre de Guy Debord, *La Société du spectacle*, un des exemples les plus connus de la critique formulée par l'I.S. ; publié pour la première fois en 1967, et souvent commenté par le mouvement de 1968.

La présente réédition de ce livre pourra permettre d'évaluer plus justement, avec le recul du temps, ce qui mérite ou non d'être exhaustivement défini en tant qu'excès, insignifiance, violence systématique, grossièreté de l'expression, mépris de la rationalité, originalité factice et démesure artificielle.

Beaucoup de gens estiment, et pas seulement à l'Institut, que ces termes qualifient exactement la pensée et la conduite de Guy Debord et de ses camarades. Mais bien d'autres croient qu'ils sont davantage applicables à l'état présent du monde, c'est-à-dire au pouvoir de classe qui partout dirige comme on sait l'économie et la vie sociale. Ceux qui ne pensent pas comme M. Dansette considèrent que les situationnistes n'ont pu apparaître, comme de « troubles lueurs », que dans le crépuscule de ce monde.

•••

Communiqué des Éditions Champ libre à propos de la saisie de leur édition de *La Société du spectacle* et de l'assignation en justice de Guy Debord et de son éditeur par les Éditions Buchet-Chastel le 21 octobre 1971.

Les Éditions Buchet-Chastel viennent de faire procéder à une saisie de *La Société du spectacle* de Guy Debord, réédité par les Éditions Champ libre le 29 septembre 1971.

Les Éditions Buchet-Chastel, à l'occasion d'un troisième tirage (février 1971), l'avaient dénaturé en y introduisant, sans prévenir l'auteur, un sous-titre. Ce dernier rompit immédiatement avec l'éditeur falsificateur. De ce fait, les Éditions Champ libre reprirent ce livre dans sa version authentique et sont désormais le seul éditeur en France approuvé par l'auteur.

Nous attirons d'ores et déjà l'attention sur un procédé jusqu'ici sans exemple dans l'histoire de l'édition : le tenant d'une édition falsifiée poursuivant à la fois l'éditeur authentique et l'auteur.

Dans la mesure où il s'agit d'un ouvrage notoirement subversif émanant d'un membre de l'Internationale situationniste, on concevra sans peine combien les maladroites tentatives judiciaires de M. Buchet s'inscrivent dans la ligne des diverses manœuvres actuelles pour réprimer la critique radicale.

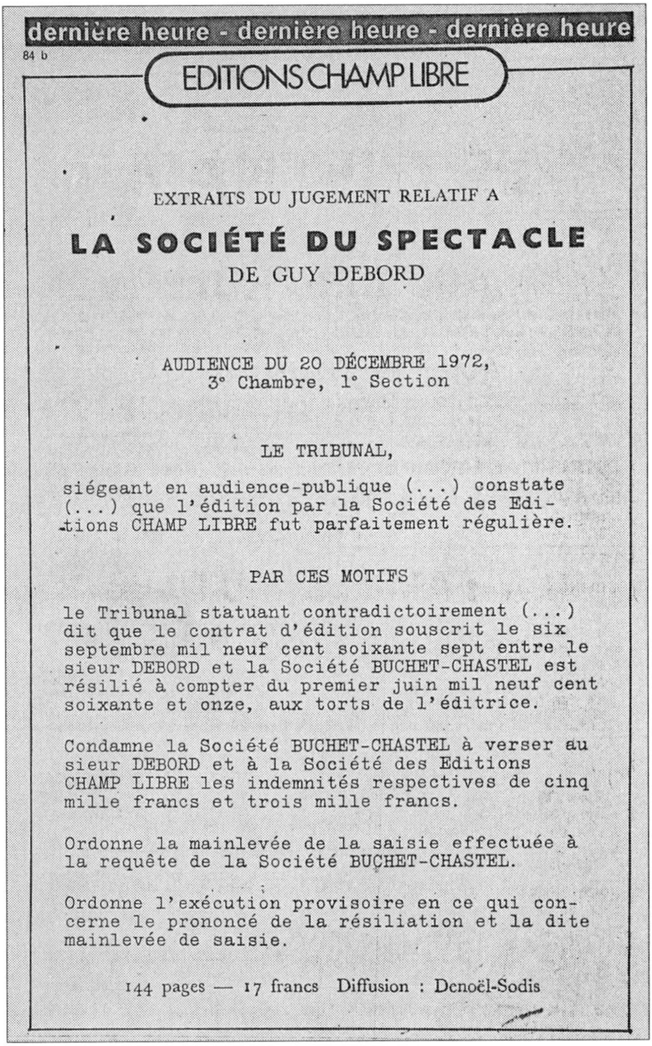

dernière heure - dernière heure - dernière heure

84 b

EDITIONS CHAMP LIBRE

EXTRAITS DU JUGEMENT RELATIF A

LA SOCIÉTÉ DU SPECTACLE

DE GUY DEBORD

AUDIENCE DU 20 DÉCEMBRE 1972,
3° Chambre, 1° Section

LE TRIBUNAL,

siégeant en audience-publique (...) constate (...) que l'édition par la Société des Editions CHAMP LIBRE fut parfaitement régulière.

PAR CES MOTIFS

le Tribunal statuant contradictoirement (...) dit que le contrat d'édition souscrit le six septembre mil neuf cent soixante sept entre le sieur DEBORD et la Société BUCHET-CHASTEL est résilié à compter du premier juin mil neuf cent soixante et onze, aux torts de l'éditrice.

Condamne la Société BUCHET-CHASTEL à verser au sieur DEBORD et à la Société des Editions CHAMP LIBRE les indemnités respectives de cinq mille francs et trois mille francs.

Ordonne la mainlevée de la saisie effectuée à la requête de la Société BUCHET-CHASTEL.

Ordonne l'exécution provisoire en ce qui concerne le prononcé de la résiliation et la dite mainlevée de saisie.

144 pages — 17 francs Diffusion : Denoël-Sodis

LETTRE À ASGER JORN

Extraits d'une lettre à Asger Jorn du 17 juin 1971 relative à un projet, resté sans suite, de réédition au format de poche de son livre *Pour la forme* (*Correspondance*, vol. 4, *op. cit.*, p. 384-385).

Voici le texte que je te propose. Modifie-le ou ajoute d'autres choses comme il te semblera bon. Si tu as besoin que je corrige encore le français, expédie-moi le texte nouveau.

À bien considérer la question, et surtout à voir le commencement et la fin de *Pour la forme*, il n'y a pas de doute que le problème principal qu'il faut traiter dans cette note est celui des rapports de ce livre avec l'I.S.

Ainsi, je crois qu'il est bon que la fin de cette note expose, contre le sectarisme enthousiaste qui s'était développé autour de l'I.S., la dernière position que l'I.S. va affirmer (justement dans son prochain numéro).

De sorte que *Pour la forme* aura eu un étrange destin : il est paru juste avant l'I.S., et il est réédité au moment où cette forme d'organisation – qui a été très nécessaire – commence à se dépasser dans un mouvement plus vaste, parce que les conditions ont heureusement changé. Les éditions de ce livre ouvrent et ferment cette parenthèse organisationnelle !

Il me semble assez bien de mettre les pieds dans le plat dès le début, en rappelant combien le livre a eu peu de lecteurs depuis 1958. C'était une élite bien dissimulée. Ainsi, les lecteurs nouveaux trouveront assez étonnant, et instructif, que l'on puisse passer ainsi de l'obscurité totale au *pocket book* !

[...]

À propos des fautes typographiques dans *Pour la forme*, il faut noter que le M.I.B.I. n'a pas été fondé en 1933 mais 53. Il y a sûrement quelques autres fautes. Je relirai volontiers les épreuves.

Note pour l'édition de 1971

Au moment où ce livre est réédité dans une collection largement accessible, il convient d'apporter quelques précisions sur la date et sur les conditions de sa première édition, qui est passée tout à fait inaperçue. Très peu de gens, quelques centaines au plus, l'ont lu à cette occasion ; et son influence possible est restée purement souterraine.

Pour la forme a été édité à Paris, en juillet 1958, par l'Internationale situationniste, qui existait alors depuis un an ; et dont l'auteur s'honore d'avoir été l'un des fondateurs. Cependant, à l'exception d'un article sur l'automation, publié simultanément dans le premier numéro de la revue *Internationale situationniste*, les textes qui composent ce livre appartiennent à la période précédente, à partir de la dissolution du mouvement Cobra. Rien n'a été modifié dans la présente réédition, excepté quelques fautes typographiques.

Justement parce que l'expérience qui a pu se développer depuis la fin des années 50 a entraîné une transformation considérable des idées, le public aujourd'hui se souvient difficilement des pauvretés qui dominaient les conceptions culturelles et sociales de cette époque, et la jeunesse aurait beaucoup de mal à les imaginer. On comprendra le sens de ce livre en considérant ce qu'il combattait : par exemple le fonctionnalisme ou les conventions esthétiques et morales qui correspondaient à la marche générale d'une société tendant à la réduction de toute autonomie créatrice. On a bien vu depuis ce processus à ses résultats. Et à sa contestation.

Une opinion a souvent été émise, dans ces dernières années, selon laquelle l'Internationale situationniste aurait délaissé le champ de ses premières préoccupations pour devenir un mouvement révolutionnaire politique. Ceci semble inexact si l'on considère, d'une part que les bases et la problématique sur lesquelles elle s'est formée (et ce livre peut en témoigner, pour plusieurs aspects de celles-ci) étaient immédiatement sociales, et exprimaient la nécessité d'un mouvement profond ; d'autre part que ce qu'on appelait précédemment la politique révolutionnaire n'est plus du tout la même chose après que les situationnistes soient passés par là. Si l'I.S. a été normalement obligée de lutter sur le terrain le plus central, contre les conditions de censure et d'incompréhension qui ne lui laissaient évidemment d'autre possibilité d'affirmation que la voie révolutionnaire, on doit estimer qu'elle n'a rien abandonné du radicalisme général qui était à son origine et qui seul peut donner l'explication de son succès. Du reste, on n'a pas assez remarqué jusqu'ici l'efficacité qu'a eue le langage même de l'I.S. C'est certainement la réflexion situationniste sur la forme et sur le langage, au sens le plus général – et bien éloigné de ces réflexions réductives qui ont été vingt ans à la mode chez les professionnels de l'expression essoufflée –, qui a abouti à l'emploi du langage par l'I.S. avec une nouvelle force, dont elle a tiré sa capacité d'atteindre des conséquences pratiques.

Quoique l'auteur, depuis 1962, n'ait plus été membre du mouvement situationniste organisé, il est resté en permanente sympathie avec tout ce que l'I.S. a pu faire. Les idées situationnistes, sans doute, iront bien au-delà de cette organisation délimitée, si indispensable que doive être reconnu son rôle, et précisément parce qu'elle s'est toujours prononcée pour l'autonomie de tous. Ces idées se sont déjà mêlées, et ne cesseront de se développer, dans le jeu nouveau qui revendique maintenant le détournement total des conditions existantes.

A. J.

•••

Extrait d'une lettre à Juvénal Quillet du 11 novembre 1971 (*Correspondance*, vol. 4, *op. cit.*, p. 435-442).

De la même façon, tu me parais trop sévère pour l'I.S. L'Encyclopédie Bordas n'est pas la fin de l'Histoire et son dernier tribunal (cependant je préfère Gombin qui, dans *Les Origines du gauchisme*, crédite l'I.S. d'avoir « dépassé » le marxisme, heureusement c'est lui qui laisse les guillemets). Il me semble que tu juges, dans ta dernière lettre, l'I.S. en dehors d'une perspective historique qui vraiment, dans ce cas plus encore qu'ailleurs, s'impose :

a) tu considères la période actuelle, disons depuis 1969, pour caractériser le tout. Ce serait dialectiquement très valable si toute l'I.S. avait ainsi révélé à la fin ce qu'elle voulait en germe dès son début : à savoir cette pauvre gloire, et cet illusionnisme de plusieurs. Mais tu n'ignores pas que, dans l'I.S., on s'est aussi critiqués et combattus. Or…

b) tu as l'air de considérer l'I.S. comme un bloc (en quoi tu suivrais les vaneigemistes et pro-situs sur leur terrain, qui n'existe même plus). Mais l'I.S. n'a jamais été un bloc, ni dans cette période, ni à l'origine, ni entre-temps ; et moins encore un bloc debordiste ! Je considère pour ma part que je n'ai eu un rôle décisif et dominant dans cette bande qu'aux moments suivants : en imposant la scission de 1962 ; en mai-juin 1968 ; en imposant la scission de 1970. Ce qui se ramène dans deux cas à casser l'I.S., et dans le troisième à la fondre avec tout ce qui se trouvait là de révolutionnaires autonomes.

Je ne suis donc pas à ranger parmi les admirateurs de l'I.S. Mais j'en vois bien les mérites historiques. Ce qui aujourd'hui va de soi a été extrêmement difficile à formuler, à publier, et ensuite à faire passer dans les connaissances de l'époque (en incluant ici les vieux thèmes et vieilles connaissances que nous avons, sans doute plus que tous les autres, contribué à ramener : si par exemple les Conseils ouvriers sont aujourd'hui déjà un peu à la mode, encore comme simple notion vague, mais du même coup de nouveau comme problème, ce n'est pas grâce à I.C.O., aux pannekoekistes survivants, ni même tellement à *Socialisme ou Barbarie*). Vaneigem aussi a sa part de mérite dans cette entreprise. Tout cela ne peut se faire sans erreurs, et il y en a eu des quantités. Même ce qui est fait au mieux, ou au moins mal, contient aussi forcément une contrepartie fâcheuse (un aspect de la « gloire » de l'I.S. dans un certain milieu en est la plus dangereuse conséquence actuellement, mais non la seule). N'espère pas que les entreprises futures éviteront tout balbutiement ou toute *mauvaise lecture* ! Le problème central est : comment une époque, c'est-à-dire sa pratique, *trouve ses propres idées* (donc les idées théoriques qui, elles-mêmes, n'ont pu venir que de cette époque, mais à travers diverses médiations forcément compliquées et périlleuses). Une grande partie de ces idées seront forcément *mal dites* ; mais en plus toutes, qu'elles soient très bien ou très mal dites et écrites, seront souvent mal entendues ou mal comprises par beaucoup de gens. Ces aléas ne peuvent nous décourager d'agir dans l'histoire alors que la démonstration vient justement d'être *refaite* de l'influence des thèses révolutionnaires sur la praxis qui les a fait naître. Quelquefois, une mesure qui était réellement bien adaptée à nos buts se montre, dans un stade ultérieur, avoir été *aussi* source d'erreurs par un autre côté ; comme je te le disais la dernière fois que je t'ai vu, la bonne raison (pas seulement : la bonne intention) du quasi-anonymat collectif adopté en 1957 dans la revue – pour combattre la tendance du public à créer des vedettes – ne facilite pas aujourd'hui la lecture ; et a aidé à faire de l'I.S. une *vedette collective*. Ainsi les crétins ont souvent présenté simultanément l'I.S. comme un bloc monolithique et comme mon œuvre personnelle ; d'où les bruits sur ma dictature, alors que je n'ai jamais possédé là d'autre dictature que celle de la dialectique, dans la théorie et dans les faits. Cependant une lecture attentive est toujours possible, et alors je crois qu'apparaît bien visiblement, par exemple, l'extrême différence de préoccupation et de ton entre les articles *signés* par Vaneigem et par moi dans le numéro 12. Ceux qui veulent rêver religieusement pour ou contre l'I.S. comme paradis inaccessible ou perdu ne peuvent rien comprendre à toutes ces réalités, parce qu'ils ne le *veulent* pas ; mais à défaut les mêmes rêvasseraient sur un autre sujet. De même, on ne parle pas de « cohérence » dans les premières années de l'I.S. Quand cette idée s'exprime, elle est vraie par rapport à la période achevée en 1962, et en grande partie comme projet qui a été plus ou moins *vérifié* plus tard. Mais ceci devient faux dès avant 1968, et dans la mode pro-situ subséquente. Etc. Bref, il faut envisager une critique historique, plutôt que « psychologique » ou « morale ». Il est clair qu'il y a un monde entre l'I.S. de 1957-66 et celle de 66-71 : c'est le changement de l'époque (je ne veux même pas dire que l'I.S. a empiré ; oui et non, mais surtout le monde va changeant de base). Quant à la psychologie, je pense toujours à ce que diraient nos actuels critiques si nous avions, sur deux ou trois questions importantes, procédé tout différemment. Mais ils voient l'I.S. comme un résultat fatal, qui ne pouvait être autre. C'est qu'ils n'ont pas encore la moindre expérience de l'activité historique ; quand ils l'auront, leur goût pour l'anecdote diminuera, et en même temps sera plus éclairé.

22 janvier 1972

De mon côté, je pense t'envoyer, pour les soumettre à ta signature, les « Thèses sur l'I.S. et son temps » dans les premiers jours de février. La fin approche. Ce fut un peu long, mais je crois que jamais un texte si important n'aura été publié par l'I.S. Tu vois que la modestie n'entrave nullement ma lucidité. Après cela, je dois encore mettre au point deux ou trois notes assez simples et pas trop longues – si possible ; de sorte que tout pourrait bien être fini vers le 15-20 février.

Extraits de quatre lettres à Gianfranco Sanguinetti relatives à *La Véritable Scission dans l'Internationale*, circulaire publique de l'Internationale situationniste (achevé d'imprimer le 20 avril 1972), acte d'autodissolution de l'I.S. *Correspondance*, vol. 4, *op. cit.*, p. 484-487, 497-501, 518-521, 523-524.

15 février 1972

Les thèses sont maintenant finies. Il me reste à corriger, assez longuement, un tiers du texte (vers le milieu) que j'ai rédigé en dernier, et qui doit être maintenant revu en tenant compte des autres parties ; car ce texte est assez complexe, et il faut éliminer un certain nombre de répétitions. Ensuite Alice devra le taper. Je pense que tu pourras le recevoir d'ici quinze jours. Dès qu'elle tapera les thèses, je commencerai à rédiger deux longues notules : un « historique » très sec de la « crise » 1970-71, et quelque chose sur nos ennemis – où se mêleront la F.A.I., des éditeurs, des journalistes calomniateurs, etc. Pour les documents proprement dits, je pense les réduire à quatre ou cinq, peut-être en y comptant des extraits de mon rapport à la conférence de Paris, que je viens de relire, et que je trouve grandement « moderne » – c'est-à-dire déjà adapté à la crise que l'on a vue depuis.

Fédération anarchiste italienne.

7 mars 1972

Je t'envoie maintenant les *Thèses*, et leurs notes, à l'instant où elles finissent d'être tapées, c'est-à-dire avant de les relire (j'espère qu'il n'y a pas trop de fautes de frappe).

Je vais commencer tout de suite à rédiger les deux annexes sur le récit succinct des aventures de l'I.S. en 69-71, et sur la polémique contre F.A.I. et autres.

Envoie un télégramme dès que tu auras reçu ce texte.

Tu reconnaîtras, vers la fin, quelques détournements ou évocations de Hegel. Quant à la dernière thèse, elle détourne une phrase de Lautréamont qui dit : « Qui considère la vie d'un homme y trouve l'histoire du genre. Rien n'a pu le rendre mauvais. » (Elle-même détournement de Vauvenargues, qui établissait le même rapport entre un homme et le genre humain, mais pour conclure que ni science ni expériences n'avaient pu les rendre bons.)

20 mars 1972

Je suis content que les *Thèses* t'aient plu. Je t'enverrai demain ou après-demain la suite, c'est-à-dire :

Notes pour servir à l'histoire de l'I.S., 1969-71.

Sur la décomposition de nos ennemis.

Rapport de G. Debord à la VIIe Conférence de l'I.S. (extraits).

La fin du livre comportera encore – et seulement – dans cet ordre :

Lettre de démission de R. Vaneigem.

Communiqué de l'I.S. à propos de Vaneigem (décembre 1970).

•••

Notice communiquée aux Éditions Champ libre en avril 1972.

Internationale situationniste
La Véritable Scission dans l'Internationale

L'Internationale situationniste constitue sans doute le courant le plus extrémiste d'une époque qui, de tous côtés, devient extrémiste. *La Véritable Scission dans l'Internationale* est sa plus récente expression.

On trouvera dans ce livre à la fois une analyse de l'actuelle période révolutionnaire et une théorisation de l'action même de l'I.S. – notamment sa propre « autocritique » et l'exposé de sa plus récente épuration, en tant que premières réponses au succès qu'elle commence à rencontrer.

Les situationnistes prétendent avoir ramené *la pensée de l'histoire* dans un temps qui en avait besoin. Ce livre donne exactement la mesure de ce genre de pensée historique, et de son destin.

Jamais ce qui a pu être appelé le « cynisme » de l'I.S. n'était allé aussi loin. Il devient particulièrement impressionnant parce qu'il se développe à un tel degré justement sur la base des précédentes confirmations que l'histoire récente a apportées aux excès et aux thèses « extravagantes » de l'I.S.

Ci-contre :

Couverture et plat 4 (au verso) de *La Véritable Scission dans l'Internationale*, avril 1972.

LA VÉRITABLE SCISSION DANS L'INTERNATIONALE

Publié en avril 1972 aux Éditions Champ libre, réédité en 1998 par la Librairie Arthème Fayard.

LA

VÉRITABLE SCISSION

DANS

L'INTERNATIONALE

CIRCULAIRE PUBLIQUE

DE

L'INTERNATIONALE SITUATIONNISTE

PARIS

1972

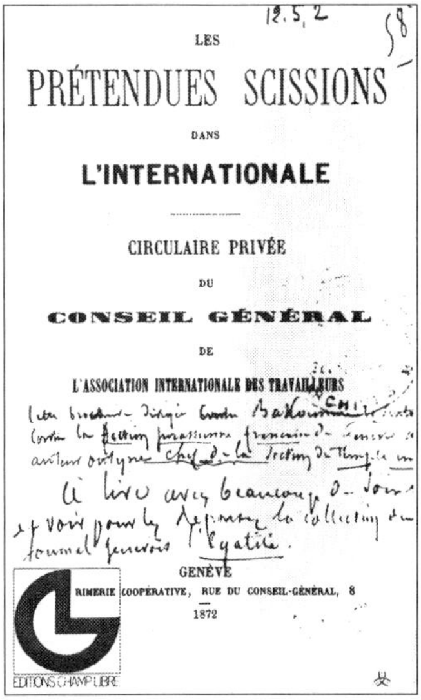

LES

PRÉTENDUES SCISSIONS

DANS

L'INTERNATIONALE

CIRCULAIRE PRIVÉE

DU

CONSEIL GÉNÉRAL

DE

L'ASSOCIATION INTERNATIONALE DES TRAVAILLEURS

GENÈVE

RIMERIE COOPÉRATIVE, RUE DU CONSEIL-GÉNÉRAL, 8

1872

ÉDITIONS CHAMP LIBRE

« Un parti se prouve comme le parti *vainqueur* seulement parce qu'il se scinde à son tour en deux partis. En effet, il montre par là qu'il possède en lui-même le principe qu'il combattait auparavant et a supprimé l'unilatéralité avec laquelle il entrait d'abord en scène. L'intérêt qui se morcelait en premier lieu entre lui et l'autre s'adresse maintenant entièrement à lui, et oublie l'autre, puisque cet intérêt trouve en lui seul l'opposition qui l'absorbait. Cependant en même temps l'opposition a été élevée dans l'élément supérieur victorieux et s'y présente sous une forme clarifiée. De cette façon, le schisme naissant dans un parti, qui semble une infortune, manifeste plutôt sa fortune. »

Hegel, *Phénoménologie de l'esprit.*

Thèses sur l'Internationale situationniste et son temps

1

L'Internationale situationniste s'est imposée dans un moment de l'histoire universelle comme la pensée *de l'effondrement d'un monde* ; effondrement qui a maintenant commencé sous nos yeux.

2

Le ministre de l'Intérieur en France et les anarchistes fédérés d'Italie en ressentent la même colère : jamais projet si extrémiste, se déclarant dans une époque qui paraissait lui être si hostile, n'avait affirmé en si peu de temps son hégémonie dans la lutte des idées, produits de l'histoire des luttes de classes. La théorie, le style, l'exemple de l'I.S. sont adoptés aujourd'hui par des milliers de révolutionnaires dans les principaux pays avancés mais, bien plus profondément, c'est l'ensemble de la société moderne qui paraît s'être convaincue de la vérité des perspectives situationnistes, soit pour les réaliser, soit pour les combattre. Livres et textes de l'I.S. sont partout traduits et commentés. Ses exigences sont affichées dans les usines de Milan comme dans l'université de Coimbra. Ses principales thèses, de la Californie à la Calabre, d'Écosse en Espagne, de Belfast à Leningrad, s'infiltrent dans la clandestinité ou sont proclamées dans des luttes ouvertes. Les intellectuels soumis qui sont actuellement au début de leur carrière se voient de leur côté obligés de se déguiser en situationnistes modérés ou demi-situationnistes, rien que pour démontrer qu'ils sont aptes à comprendre le dernier moment du système qui les emploie. Si l'on peut dénoncer partout l'influence diffuse de l'I.S., c'est parce que l'I.S. n'est elle-même que l'expression concentrée d'une subversion historique qui est partout.

3

Ce que l'on appelle « les idées situationnistes » ne sont rien d'autre que les premières idées de la période de réapparition du mouvement révolutionnaire moderne. Ce qui, en elles, est radicalement nouveau correspond précisément aux caractères nouveaux de la société de classes, au développement réel de ses réussites passagères, de ses contradictions, de son oppression. Pour tout le reste, c'est évidemment la pensée révolutionnaire née dans les deux derniers siècles, la pensée de l'histoire, revenue dans les conditions présentes *comme chez elle* ; non pas « révisée » à partir de ses propres positions anciennes léguées comme un problème aux idéologues, mais *transformée* par l'histoire actuelle. L'I.S. a réussi simplement en ceci qu'elle a exprimé « le mouvement réel qui supprime les conditions existantes » et qu'*elle a su l'exprimer* : c'est-à-dire qu'elle a su commencer à faire entendre à la partie subjectivement négative du processus, à son « mauvais côté », sa propre théorie inconnue[a], celle que ce côté de la pratique sociale crée, et que d'abord il ne connaît pas. L'I.S. appartenait elle-même à ce « mauvais côté ». Finalement, il ne s'agit donc pas d'une théorie *de l'I.S.*, mais de *la théorie du prolétariat.*

4

Chaque moment de ce processus historique de la société moderne qui accomplit et abolit le monde de la marchandise, et qui contient aussi le moment anti-historique de la société *constituée en spectacle*, a conduit l'I.S. à être *tout ce qu'elle pouvait être.* Dans ce que devient la pratique sociale, dans le moment qui se manifeste maintenant comme une nouvelle époque, l'I.S. doit reconnaître toujours plus sa vérité ; savoir ce qu'elle a voulu et ce qu'elle a fait, et *comment* elle l'a fait.

5

L'I.S. n'a pas seulement vu venir la subversion prolétarienne moderne ; elle est *venue avec elle.* Elle ne l'a pas annoncée comme un phénomène extérieur, par l'extrapolation glacée du calcul scientifique : elle était allée à sa rencontre. Nous n'avons pas mis « dans toutes les têtes » nos idées, par une influence étrangère, comme seul peut le faire, sans succès durable, le spectacle bourgeois ou bureaucratique-totalitaire. Nous

---

a. « Chotard ! Comprends-tu maintenant que tu es un con et un nabot de politique ? […] Comprendras-tu qu'il n'y a de théorie et de pratique que du prolétariat lui-même ; qu'une théorie est situationniste dans la mesure où des situationnistes en exposent les moments et les données ? […] Ceux qui pensent que la théorie est un assemblage de concepts, les leurs, ne peuvent que s'opposer aux "concepts" des autres. Leur propagande et leur mensonge réussiraient-ils sur les masses, ils se demanderaient toujours comment un tel phénomène a pu se produire. Ils ne sauraient jamais à qui attribuer leur succès, ni même ce qu'est ce succès. […] Nul ne s'étonnera que le prolétariat réalise la théorie si cela veut dire pour lui transformer le monde, et le savoir. Chotard ne s'en étonnera pas sans doute, à la limite. Mais ce qui l'effraye, c'est que le prolétariat réalise la théorie situationniste, et non la sienne. » Juvénal Quillet et Schumacher, *Histoire du Conseil de Nantes* (Nantes, juin 1970).

avons dit les idées *qui étaient forcément déjà* dans ces têtes prolétariennes, et en les disant nous avons contribué à rendre actives de telles idées, ainsi qu'à rendre la critique en actes plus théoricienne, et décidée à faire du temps son temps. Ce qui d'abord est *censuré* dans l'esprit des gens est naturellement aussi censuré par le spectacle, quand cela a pu en venir à s'exprimer socialement. Cette censure s'exerce encore assurément aujourd'hui sur la presque totalité du projet révolutionnaire et du *désir* révolutionnaire dans les masses. Mais déjà la théorie et la critique en actes ont créé une inoubliable brèche dans la censure spectaculaire. Le *refoulé* de la critique prolétarienne est venu au jour ; il a acquis une mémoire et un langage. Il a entrepris le *jugement du monde* et, les conditions dominantes n'ayant rien pour plaider leur cause, la sentence ne pose que le problème qu'elle peut résoudre : celui de son exécution.

6

Comme il était advenu en général dans les moments pré-révolutionnaires des temps modernes, l'I.S. a proclamé ouvertement ses buts, et presque tous ont voulu croire que c'était une plaisanterie. Le silence entretenu à ce propos par les spécialistes de l'observation sociale et les idéologues de l'aliénation ouvrière pendant une dizaine d'années – période fort courte à l'échelle de tels événements –, quoique troublé vers la fin par le retentissement de quelques scandales, considérés à tort comme périphériques et sans lendemain, n'avait pas préparé la fausse conscience de l'intelligentsia soumise à prévoir ni à comprendre ce qui a éclaté en France en mai 1968, et depuis n'a fait que s'approfondir et s'étendre[b]. C'est alors que la démonstration apportée par l'histoire, et non certes l'éloquence situationniste, a renversé, sur ce point et bien d'autres, les conditions d'ignorance et de sécurité factice entretenues par l'organisation spectaculaire des apparences. On ne peut prouver dialectiquement que l'on a raison d'aucune autre manière qu'en se manifestant dans *le moment de la*

b. « Au début de l'année 1968, un critique, traitant de la théorie situationniste, évoquait, en se moquant, une "petite lueur qui se promène vaguement de Copenhague à New York". Hélas, la petite lueur est devenue, la même année, un incendie, qui a surgi dans toutes les citadelles du vieux monde. […] Les situationnistes ont dégagé la théorie du mouvement souterrain qui travaille l'époque moderne. Alors que les pseudo-héritiers du marxisme oubliaient, dans un monde bouffi de positivité, la part du négatif, et du même coup mettaient la dialectique chez l'antiquaire, les situationnistes annonçaient la résurgence de ce même négatif et discernaient la réalité de cette même dialectique, dont ils retrouvaient le langage, "le style insurrectionnel" (Debord). » François Bott, « Les situationnistes et l'économie cannibale » (*Les Temps modernes*, n°s 299-300, juin 1971).

raison dialectique. Le mouvement des occupations, de même qu'il a levé aussitôt ses partisans dans les usines de tous les pays, est sur l'instant apparu aux maîtres de la société et à leurs exécutants intellectuels comme aussi incompréhensible que terrifiant. Les classes propriétaires en tremblent encore, mais le comprennent mieux. À la conscience obscurcie des spécialistes du pouvoir, cette crise révolutionnaire s'est d'emblée présentée seulement sous la figure de la pure négation sans pensée. Le projet qu'elle énonçait, le langage qu'elle tenait n'étaient pas traduisibles pour eux, les gérants de la *pensée sans négation*, appauvrie à la dernière extrémité par plusieurs décennies de monologue machinal ; où l'insuffisance s'en impose à elle-même en tant que *nec plus ultra* ; où le mensonge en est venu à ne plus croire qu'en lui-même. À qui règne par le spectacle et dans le spectacle, c'est-à-dire avec la puissance pratique du mode de production qui « s'est détachée d'elle-même, et s'est édifié un empire indépendant dans le spectacle », le mouvement réel qui est resté extérieur au spectacle, et qui pour la première fois vient l'interrompre, se présente comme l'irréalité même, réalisée. Mais ce qui a parlé si haut en France à ce moment n'était que ce même mouvement révolutionnaire qui avait commencé à se manifester sourdement partout ailleurs. La branche française de la Sainte-Alliance des possesseurs de la société a vu d'abord dans ce cauchemar sa mort imminente ; ensuite elle s'est crue définitivement sauvée ; puis elle est revenue de ces deux erreurs[c]. Pour elle comme pour ses associés, *un autre temps* a commencé. On y découvre que le mouvement des occupations avait malheureusement quelques idées, et que c'étaient des idées situationnistes : ceux même qui les ignorent semblent déterminer leurs positions à partir d'elles. Les exploiteurs comptent bien encore les contenir, mais désespèrent de les oublier.

7

Le mouvement des occupations a été l'ébauche d'une révolution « situationniste », mais il n'en a été que l'ébauche, et en tant que pra-

c. « Prise de conscience (et de parole) qui prend sa source dans les activités intellectuelles (et pratiques aussi) d'une minorité de contestataires insolents mais lucides : l'Internationale situationniste. Or, par un paradoxe apparent dont l'histoire a le secret, pendant dix ans et des poussières, l'I.S. est restée pratiquement inconnue dans notre pays. Voilà qui pourrait justifier cette réflexion de Hegel : "Toutes les révolutions importantes et qui sautent aux yeux doivent être précédées dans l'esprit de l'époque d'une révolution secrète, qui n'est pas visible pour tous, et encore moins observable par les contemporains et qu'il est aussi difficile d'exprimer par des mots que de comprendre." »
Pierre Hahn, « Les situationnistes » (*Le Nouveau Planète*, n° 22, mai 1971).

tique d'une révolution, et en tant que conscience situationniste de l'histoire. C'est à ce moment qu'une génération, internationalement, a commencé à être situationniste.

8

La nouvelle époque est profondément révolutionnaire, et *elle sait qu'elle l'est.* À tous les niveaux de la société mondiale, *on ne peut plus* et *on ne veut plus* continuer comme avant. En haut, on ne peut plus gérer paisiblement le cours des choses, parce que l'on y découvre que les prémices du *dépassement de l'économie* ne sont pas seulement mûres : elles ont commencé à pourrir. À la base, on ne veut plus subir ce qui advient, et c'est l'exigence *de la vie* qui est à présent devenue un programme révolutionnaire. La résolution de faire soi-même son histoire, voilà le secret de toutes les « sauvages » et « incompréhensibles » négations qui bafouent l'ordre ancien.

9

Le monde de la marchandise, qui était *essentiellement* inhabitable, l'est devenu *visiblement.* Cette connaissance est produite par deux mouvements qui réagissent l'un sur l'autre. D'une part le prolétariat veut posséder toute sa vie, et la posséder *comme vie*, comme la totalité de sa réalisation possible. D'autre part la science dominante, la science de la domination, *calcule* désormais avec exactitude la croissance toujours accélérée des contradictions internes qui suppriment *les conditions générales de survie* dans la société de la dépossession.

10

Les symptômes de la crise révolutionnaire s'accumulent par milliers, et ils sont d'une telle gravité que le spectacle est maintenant *obligé de parler de sa propre ruine.* Son faux langage évoque ses ennemis réels et son désastre réel[d].

d. « *La Société du Spectacle* [...] a nourri les discussions de toute l'ultra-gauche depuis sa publication en 1967. Cet ouvrage qui prédisait Mai 1968, est considéré par certains comme *Le Capital* de la nouvelle génération. »
Le Nouvel Observateur, 8 novembre 1971.

11

Le langage du pouvoir est devenu furieusement réformiste. Il ne montrait que le bonheur partout en vitrine et partout vendu au meilleur prix ; il dénonce les défauts omniprésents de son système. Les possesseurs de la société ont soudain découvert que tout y est à changer sans délai, l'enseignement comme l'urbanisme, la manière dont est vécu le travail aussi bien que les orientations de la technologie. Bref, ce monde a perdu la confiance de tous ses gouvernements ; ils se proposent donc de le dissoudre et d'en constituer un autre. Ils font seulement observer qu'ils sont plus qualifiés que les révolutionnaires pour entreprendre un bouleversement qui exige tant d'expérience et de si grands moyens ; que justement ils détiennent et dont ils ont l'habitude. Voilà donc, le cœur sur la main, les ordinateurs qui prennent l'engagement de programmer le qualitatif, et les *managers* de la pollution qui se donnent pour première tâche de conduire la lutte contre leur propre pollution. Mais le capitalisme moderne se présentait déjà antérieurement, face aux échecs anciens de la révolution, comme un réformisme *qui avait réussi*. Il se flattait d'avoir fait cette liberté et ce bonheur de la marchandise. Il devait un jour achever de délivrer ses esclaves salariés, sinon du salariat, au moins des abondants résidus de privations et inégalités excessives héritées de sa période de formation – ou plus exactement de celles de ces privations qu'il jugeait lui-même devoir reconnaître en tant que telles. Il promet aujourd'hui de les délivrer, en plus, de tous les périls et déplaisirs nouveaux qu'il est précisément en train de produire massivement, comme caractéristique essentielle de la marchandise *la plus moderne* prise dans son ensemble ; et c'est la même production en expansion, tant vantée jusqu'ici comme le correctif dernier de tout, qui va devoir se corriger elle-même, toujours sous le contrôle exclusif des mêmes patrons. La déconfiture du vieux monde apparaît pleinement dans ce ridicule langage de la *domination décomposée* [e].

---

e. « Ce qui me frappe dans la publicité d'aujourd'hui, c'est à quel point le langage qu'elle utilise est dépassé. Il date d'avant la grande cassure qui depuis 1968, plus ou moins dissimulée sous les ronces, traverse en zig-zag la société. [...] Il faut que la publicité intègre les problèmes de civilisation si elle veut être vraiment rentable, c'est-à-dire ne pas se contenter de vendre à court terme, mais, à moyen et à long terme, fortifier le consommateur. [...] Les enquêtes de motivation – j'ai été le premier à les introduire en France – nous ont donné les moyens d'une solide connaissance du consommateur ; mais elles ne sont utilisées en général que pour construire un discours qui est encore à sens unique. La publicité de demain sera obligée d'entrer dans la voie de la véritable communication, où chacun des deux interlocuteurs reçoit l'influence de l'autre et en tient compte, dans un dialogue à armes autant que possible égales. » Marcel Bleustein-Blanchet (*Le Monde*, 9 décembre 1971).

12

Les mœurs s'améliorent. Le sens des mots y participe. Partout *le respect de l'aliénation s'est perdu*. La jeunesse, les ouvriers, les gens de couleur, les homosexuels, les femmes et les enfants s'avisent de vouloir tout ce qui leur était *défendu* ; en même temps qu'ils refusent la majeure partie des misérables résultats que l'ancienne organisation de la société de classes *permettait* d'obtenir et de supporter. Ils ne veulent plus de chefs, plus de famille, plus d'État. Ils critiquent l'architecture et ils apprennent à se parler. Et en se dressant contre cent oppressions particulières, ils contestent en fait le travail aliéné. Ce qui vient maintenant à l'ordre du jour, c'est *l'abolition du salariat*. Chaque lieu d'un espace social qui est de plus en plus directement façonné par la production aliénée et ses planificateurs devient donc un nouveau terrain de lutte, de l'école primaire aux transports en commun, jusqu'aux asiles psychiatriques et aux prisons. Toutes les Églises se décomposent. Sur la vieille tragédie de l'expropriation des révolutions ouvrières par la classe bureaucratique, qui s'est rejouée dans les vingt années précédentes en simple comédie exotique, le rideau tombe dans un éclat de rire général. Les pitres font leurs adieux dans leur style. Castro est devenu réformiste au Chili, tout en mettant en scène chez lui la parodie des procès de Moscou, après avoir en 1968 condamné le mouvement des occupations et la révolte mexicaine, mais hautement approuvé l'action des tanks russes à Prague ; le burlesque gang bicéphale de Mao et de Lin Piao, au moment même où ses derniers fidèles spectateurs occidentaux, bourgeois et gauchistes, signalaient enfin le parachèvement de son triomphe dans la longue lutte qui divise les exploiteurs de la Chine[f], retombe dans le désordre terroriste de cette bureaucratie cassée en morceaux (il ne s'agissait nullement de traiter ou de refuser de traiter avec les États-Unis, mais seulement de savoir *qui* recevrait à Pékin Nixon, et ses secours). Si l'humanité peut ainsi se séparer joyeusement de son passé, c'est parce que *le sérieux* est revenu dans le monde avec l'histoire elle-même, qui le réunifie dans sa vérité. Sans doute la crise de la bureaucratie totalitaire, en tant que partie de la crise

f. « Ce sont déjà les *Seigneurs de la Guerre* qui reparaissent sous l'uniforme de généraux "communistes" indépendants, traitant directement avec le pouvoir central, et menant leur propre politique, particulièrement dans les régions périphériques. [...] C'est la dislocation mondiale de l'*Internationale bureaucratique* qui se reproduit en ce moment à l'échelle chinoise, dans la fragmentation du pouvoir en provinces indépendantes. [...] Le *Mandat du Ciel prolétarien* est épuisé. » *Internationale Situationniste* (n° 11, octobre 1967).

générale du capitalisme, revêt-elle des caractères qui lui sont spécifiques, tant par les modes socio-juridiques particuliers d'appropriation de la société par la bureaucratie constituée en classe qu'en raison de son évident *retard* dans le développement de la production des marchandises. La bureaucratie tient sa place dans la crise de la société moderne principalement du fait que c'est également le prolétariat qui va l'abattre. La menace de la révolution prolétarienne, qui depuis trois ans en Italie domine toute la politique de la bourgeoisie et du stalinisme, et entraîne l'association ouverte de leurs intérêts communs, pèse au même moment sur la bureaucratie dite soviétique ; retarder l'heure du soulèvement des ouvriers de Russie est *le seul véritable souci* de sa stratégie mondiale – qui redoutait tout du processus tchécoslovaque et rien de l'indépendance de la bureaucratie roumaine –, comme de ses policiers et de ses psychiatres. Déjà, au long des côtes de la Baltique, les marins et les dockers ont recommencé à se communiquer leurs expériences et leur projet. En Pologne, par la grève insurrectionnelle de décembre 1970, les ouvriers ont réussi à ébranler la bureaucratie et à réduire encore la marge de manœuvre de ses économistes : l'augmentation des prix a été retirée, les salaires ont augmenté, le gouvernement est tombé, l'agitation est restée[g]. Mais la société américaine se décompose tout aussi bien, jusque dans son armée au Vietnam, devenue « l'armée de la drogue », qu'il faut retirer parce que ses soldats ne veulent plus se battre ; et ils se battront aux États-Unis. Les grèves sauvages passent à travers l'Europe, de Suède en Espagne, et ce sont maintenant les chefs d'industrie ou leurs journaux qui font la leçon aux ouvriers pour tenter de les persuader de l'utilité du syndicalisme. Dans ces « bacchanales de la vérité où personne ne reste sobre », la révolution prolétarienne britannique ne manquera pas cette fois au rendez-vous : elle pourra s'abreuver à la source de la guerre civile qui dès à présent marque le retour de *la question irlandaise.*

---

g. « Camarades, juste une remarque. J'espère que le camarade Gierek nous annonce vraiment un renouveau. Dans ce cas il faut le soutenir. Comment ? En parlant. Car notre seule arme est de dire la vérité. Les mensonges ne nous servent à rien. Il faut continuer à orienter la discussion dans cette direction. Les travailleurs savent bien que deux courants se sont formés dans nos classes dirigeantes. Toutes les deux se bouffent le nez. Si le courant qui menait l'ancienne politique regagne du terrain, alors, nous qui avons fait la grève, nous irons tous en taule. »
« Je voudrais répondre au camarade Gierek quand il dit que nous devons économiser l'argent, que l'argent chez nous est précieux. Nous en sommes conscients. C'est notre sang à nous qui est là-dedans. Mais nous pouvons tirer de l'argent de ceux qui vivent trop bien. Camarades, je dirai tout net : notre société se divise en classes. »
Interventions de deux délégués de départements des chantiers navals « A. Warski » à Szczecin, le 24 janvier 1971 (publiées dans *Gierek face aux grévistes de Szczecin*, Éditions S.E.L.I.O., Paris, 1971).

13

Chez les exploiteurs, et chez beaucoup de leurs victimes qui ont définitivement renoncé à leur propre vie en donnant à l'ordre régnant un acquiescement névrotique, le déclin et la chute de cet ordre sont ressentis dans l'angoisse et la fureur. Ces émotions se traduisent au premier plan par une peur et une haine de la jeunesse, qui poussées à une telle dimension n'ont pas de précédent. Mais au fond, ils n'ont peur que de la révolution. Ce n'est pas la jeunesse, en tant qu'état passager, qui menace l'ordre social ; c'est la critique révolutionnaire moderne, en actes et en théorie, qui s'amplifie chaque année, à partir d'un point de départ historique que nous venons de vivre. Elle commence dans la jeunesse d'un moment, *mais elle ne vieillira pas*. Le phénomène n'est en rien cyclique ; il est cumulatif. La jeunesse récemment n'effrayait personne, quand son agitation paraissait encore limitée au milieu étudiant ; et c'est là en effet que se recrute le gauchisme néo-bureaucratique, qui n'est que la *nursery* du vieux monde, où l'on se déguise avec la panoplie de quelques héros-pères, qui comptent en fait parmi les fondateurs de la société existante. La jeunesse est devenue redoutable quand on a constaté que la subversion avait gagné la masse des jeunes travailleurs ; et que l'idéologie hiérarchique du gauchisme ne la récupérerait pas. C'est cette jeunesse que l'on met en prison ; et qui se révolte dans les prisons. C'est un fait que la jeunesse, quoiqu'il lui reste beaucoup à comprendre et à inventer, et qu'elle conserve, surtout parmi les différentes sortes d'apprentis révolutionnaires-professionnels, nombre d'arriérations, n'a jamais été *si intelligente*, ni si résolue à détruire la société établie (la *poésie* qui est dans l'I.S. peut être lue maintenant par une jeune fille de quatorze ans, sur ce point le souhait de Lautréamont est comblé). Ceux qui répriment la jeunesse veulent en réalité se défendre contre la subversion prolétarienne à laquelle elle s'identifie largement, et qu'ils y identifient plus encore ; et ceux-là mêmes qui font cet amalgame sentent combien il les condamne. La panique devant la jeunesse, que l'on veut masquer sous tant d'analyses ineptes et d'exhortations pompeuses, est fondée sur ce simple calcul : d'ici douze à quinze ans seulement, les jeunes seront adultes, les adultes seront vieux, les vieux seront morts. Les responsables de la classe au pouvoir ont donc absolument besoin de renverser en peu d'années *la baisse tendancielle de leur taux de contrôle sur la société* ; et ils ont tout lieu de croire qu'ils ne la renverseront pas.

14

Tandis que le monde de la marchandise est contesté par les prolétaires à un degré de profondeur que leur critique n'avait jamais atteint, et qui est justement le seul qui convenait à leurs fins – une critique de la totalité –, le fonctionnement du système économique est lui-même entré, de son propre mouvement, dans la voie de l'auto-destruction. La crise *de l'économie*, c'est-à-dire du phénomène économique tout entier, crise de plus en plus patente dans les récentes décennies, vient de franchir un seuil qualitatif. Même l'ancienne forme de la simple *crise économique*, que le système avait réussi à surmonter, on sait comment, pendant la même période, reparaît comme une possibilité de l'avenir proche. Ceci est l'effet d'un double processus. D'une part les prolétaires, pas seulement en Pologne, mais aussi bien en Angleterre[h] ou en Italie, sous la figure des ouvriers qui échappent à l'encadrement syndical, imposent des revendications de salaire et des conditions de travail qui déjà perturbent gravement les prévisions et les décisions des économistes étatiques qui gèrent la bonne marche du capitalisme concentré. Le refus de l'actuelle organisation du travail dans l'usine est déjà un refus direct de la société qui se fonde sur cette organisation, et dans ce sens quelques grèves italiennes ont éclaté le lendemain même du jour où les patrons avaient accepté toutes les revendications précédentes. Mais la simple revendication salariale, quand elle est assez fréquemment renouvelée et chaque fois qu'elle fixe un pourcentage d'augmentation suffisamment élevé, montre clairement que les travailleurs prennent conscience de leur misère et de leur aliénation sur *l'ensemble* de leur existence sociale, qu'aucun salaire ne pourra jamais compenser. Par exemple, le capitalisme ayant ordonné à son gré l'habitat extra-urbain des travailleurs, ceux-ci seront bientôt portés à exiger que leurs pénibles heures de transport quotidien leur soient *payées* pour ce qu'elles sont en fait : un véritable *temps de travail*. Dans

h. « Il est clair que les mineurs ont remporté une victoire presque totale. [...] Opérant tout juste dans les limites légales, les grévistes réussirent à bloquer les livraisons du charbon déjà sorti des mines, ainsi que celles des combustibles de remplacement destinés aux centrales thermiques. [...] Les augmentations de salaire accordées varient de 15 à 31 % et sont donc bien supérieures au plafond de 8 % que le gouvernement avait réussi à imposer aux revendications salariales des secteurs public et privé. [...] Bref, le règlement ne devrait pas avoir valeur de précédent dont d'autres catégories de travailleurs pourraient se prévaloir. Ainsi le gouvernement espère tout de même sauver sa politique des salaires, mais les observateurs qualifiés de la scène économique voient mal comment M. Heath pourra maintenant résister aux cheminots, aux conducteurs d'autobus, aux enseignants, aux infirmières, dont les revendications sont de l'ordre de 15 à 20 % et parfois davantage. »
Le Monde, 20-21 février 1972.

toutes ces luttes qui reconnaissent encore le salariat, le syndicalisme doit être lui-même encore accepté dans son principe ; cependant il n'est accepté qu'en tant que forme apparemment mal adaptée, et perpétuellement *débordée.* Mais les syndicats ne peuvent durer indéfiniment dans une telle conjoncture socio-politique ; et *ils sentent qu'ils s'usent.* Dans les discours des ministres bourgeois et des bureaucrates staliniens, *la même peur* retrouve les mêmes mots : « Je pose la question : est-ce qu'on va recommencer de nouveau comme en 1968 ? Je réponds : non, cela ne doit pas recommencer. » (Déclaration de Georges Marchais à Strasbourg, le 25 février 1972.) D'autre part les prolétaires de la société de l'abondance marchande, sous la figure des consommateurs qui se dégoûtent des pauvres « biens semi-durables » dont ils ont été longuement saturés, créent de menaçantes difficultés pour l'écoulement de la production. De sorte que le seul but avoué du développement actuel de l'économie, et qui est effectivement la seule condition de la survie de tous dans le cadre du système reposant sur le travail-marchandise, *la création de nouveaux emplois*, se ramène à cette entreprise de créer des emplois que les travailleurs ne veulent plus assumer ; afin de produire cette partie croissante des biens qu'ils ne veulent plus acheter. Mais c'est à un niveau beaucoup plus profond qu'il faut comprendre que l'économie marchande, avec cette technologie précise dont le développement est inséparable du sien, *est entrée en agonie.* L'apparition récente dans le spectacle d'un flot de discours moralisateurs et promesses de remèdes de détail à propos de ce que les gouvernements et leurs *mass media* appellent la pollution, à la fois veut dissimuler et doit révéler cette évidence : le capitalisme a enfin apporté la preuve *qu'il ne peut plus développer les forces productives.* Ce n'est pas *quantitativement*, comme beaucoup avaient cru devoir le comprendre, qu'il se sera montré incapable de poursuivre ce développement, mais bien *qualitativement.* Cependant ici la qualité n'est en rien une exigence esthétique ou philosophique : c'est une question historique par excellence, celle des possibilités mêmes de la continuation de la vie de l'espèce. Le mot de Marx : « Le prolétariat est révolutionnaire ou n'est rien », trouve à ce moment son sens final ; et le prolétariat qui arrive devant cette alternative concrète est véritablement la classe qui réalise la dissolution de toutes les classes. « Les choses sont donc à cette heure arrivées au point que les individus doivent s'approprier la totalité existante des forces productives, non seulement pour pouvoir s'affirmer eux-mêmes, mais encore, en somme, pour assurer leur existence » (*Idéologie allemande*).

15

La société qui a tous les moyens techniques d'altérer les bases biologiques de l'existence sur toute la Terre est également la société qui, par le même développement technico-scientifique séparé, dispose de tous les moyens de contrôle et de prévision mathématiquement indubitable pour mesurer exactement par avance à quelle décomposition du milieu humain peut aboutir – et vers quelles dates, selon un prolongement optimal ou non – la croissance des forces productives aliénées de la société de classes. Qu'il s'agisse de la pollution chimique de l'air respirable ou de la falsification des aliments, de l'accumulation irréversible de la radioactivité par l'emploi industriel de l'énergie nucléaire ou de la détérioration du cycle de l'eau depuis les nappes souterraines jusqu'aux océans, de la lèpre urbanistique qui s'étale toujours plus à la place de ce que furent la ville et la campagne ou de « l'explosion démographique », de la progression du suicide et des maladies mentales[i] ou du seuil approché par la nocivité du bruit – partout, les connaissances *partielles* sur l'impossibilité, selon les cas plus ou moins urgente et plus ou moins mortelle, d'aller plus loin constituent, en tant que conclusions scientifiques spécialisées qui restent simplement juxtaposées, un tableau de la dégradation générale et de *l'impuissance générale*. Ce lamentable relevé de la carte du territoire de l'aliénation, peu avant son engloutissement, est naturellement effectué à la manière dont a été construit le territoire lui-même : par secteurs séparés. Sans doute ces connaissances du parcellaire sont-elles désormais contraintes de savoir, par la concordance malheureuse de toutes leurs observations, que chaque modification efficace et rentable à court terme sur un point déterminé se répercute sur la totalité des forces en jeu, et peut entraîner ultérieurement une perte plus décisive. Cependant une telle

i. « En vingt ans (1950-1970), les déclarations annuelles de mise en invalidité pour cause de troubles mentaux ont quadruplé pour l'ensemble de la France ; à l'heure actuelle, et dans la région parisienne, le quart (24 %) de toutes les mises en invalidité sont motivées par ces affections. [...] Une telle augmentation, constatée dans des proportions analogues dans tous les pays dits industrialisés, ne peut à l'évidence être l'effet d'une quelconque et rapide dégénérescence héréditaire de leurs citoyens. Elle n'est pas due non plus, comme c'est le cas dans d'autres secteurs de la pathologie, à un progrès notable dans les moyens de dépistage des troubles mentaux. [...] Le rôle des psychiatres est de prévenir ou de traiter les perturbations mentales. Il n'est pas de remédier tant bien que mal à ces détresses collectives, dès lors que leur nombre traduit non le trouble individuel mais l'inadéquation des structures sociales au tempérament de la majorité des hommes. »
Dr Escoffier-Lambiotte (*Le Monde*, 9 février 1972).

science, servante du mode de production et des apories *de la pensée* qu'il a produite, ne peut concevoir un véritable renversement du cours des choses. Elle ne sait pas *penser stratégiquement*, ce que d'ailleurs personne ne lui demande ; et elle ne détient pas davantage les moyens pratiques d'y intervenir. Elle peut donc discuter seulement de *l'échéance*, et des meilleurs palliatifs qui, s'ils étaient appliqués fermement, reculeraient cette échéance. Cette science montre ainsi, au degré le plus caricatural, l'inutilité de la connaissance sans emploi et le néant de la pensée non dialectique dans une époque emportée par le mouvement du temps historique. Ainsi le vieux slogan, « la révolution ou la mort », n'est plus l'expression lyrique de la conscience révoltée, c'est *le dernier mot de la pensée scientifique* de notre siècle. Mais ce mot ne peut être dit que par d'autres ; et non par cette vieille pensée scientifique *de la marchandise*, qui révèle les bases insuffisamment rationnelles de son développement au moment où toutes les applications s'en déploient dans la puissance de la pratique sociale pleinement irrationnelle. C'est la pensée *de la séparation*, qui n'a pu accroître notre maîtrise matérielle que par les voies méthodologiques de la séparation, et qui retrouve à la fin cette séparation accomplie dans la société du spectacle et dans son auto-destruction.

16

La classe qui accapare *le profit* économique, n'ayant d'autre but que de conserver la dictature de l'économie indépendante sur la société, a dû jusqu'ici considérer et diriger l'incessante multiplication de la productivité du travail industriel comme s'il s'agissait toujours du *mode de production agraire*. Elle a poursuivi constamment le maximum de production purement quantitative, à la manière des anciennes sociétés qui, elles, effectivement incapables de jamais reculer les limites de la pénurie réelle, devaient récolter à chaque saison *tout ce qui pouvait être récolté*. Cette identification au modèle agraire se traduit dans le modèle pseudo-cyclique de la production abondante des marchandises où l'on a sciemment *intégré l'usure* aux objets produits aussi bien qu'à leurs images spectaculaires, pour maintenir artificiellement le *caractère saisonnier* de la consommation, qui justifie l'incessante reprise de l'effort productif et maintient la proximité de la pénurie. Mais la *réalité cumulative* de cette production indifférente à l'utilité ou à la nocivité, en fait indifférente à sa propre puissance *qu'elle veut ignorer* [j], ne s'est pas laissé oublier et revient sous la forme de la pollution. La pollution est donc un malheur de la pensée bourgeoise ; que la bureaucratie totalitaire ne peut qu'imiter pauvrement. C'est le stade suprême de *l'idéologie matérialisée*, l'abondance *effectivement empoisonnée* de la marchandise, et les retombées réelles misérables de la splendeur illusoire de la société spectaculaire.

17

La pollution et le prolétariat sont aujourd'hui les deux côtés concrets de la *critique de l'économie politique*. Le développement universel de la marchandise s'est entièrement vérifié en tant qu'accomplissement de l'économie politique, c'est-à-dire en tant que « renoncement à la vie ». Au moment où tout est entré dans la sphère des biens économiques, même l'eau des sources et l'air des villes, tout est devenu *le mal économique*. La simple sensation immédiate des « nuisances » et des dangers, plus oppressants à chaque trimestre, qui agressent tout d'abord et principalement la grande majorité, c'est-à-dire les pauvres, constitue déjà un immense facteur de révolte, une exigence vitale des exploités, tout aussi *matérialiste* que l'a été la lutte des ouvriers du XIXe siècle pour la possibilité de manger. Déjà les remèdes pour l'ensemble des maladies que crée la production, à ce stade de sa richesse marchande, sont trop chers pour elle. Les rapports de production et les forces productives ont enfin atteint un point d'incompatibilité radicale, car le système social existant a lié son sort à la poursuite d'une détérioration littéralement insupportable de toutes les conditions de vie.

18

Avec la nouvelle époque apparaît cette coïncidence admirable : la révolution est voulue sous une forme totale dans le moment même où elle ne peut être accomplie que sous une forme totale, et où la totalité du fonctionnement de la société devient absurde et impossible en dehors

j. « La victoire de l'économie autonome doit être en même temps sa perte. Les forces qu'elle a déchaînées suppriment la *nécessité économique* qui a été la base immuable des sociétés anciennes. [...] Mais l'économie autonome se sépare à jamais du besoin profond dans la mesure même où elle sort de *l'inconscient social* qui dépendait d'elle sans le savoir. [...] Au moment où la société découvre qu'elle dépend de l'économie, l'économie, en fait, dépend d'elle. Cette puissance souterraine, qui a grandi jusqu'à paraître souverainement, a aussi perdu sa puissance. »
La Société du Spectacle.

de cet accomplissement. Le fait fondamental n'est plus tant que tous les moyens matériels existent pour la construction de la vie libre d'une société sans classes ; c'est bien plutôt que le sous-emploi aveugle de ces moyens par la société de classes ne peut ni s'interrompre ni aller plus loin. Jamais une telle conjonction n'a existé dans l'histoire du monde.

19

La plus grande force productive, c'est la classe révolutionnaire elle-même. Le plus grand développement des forces productives actuellement possible, c'est tout simplement l'usage qu'en peut faire *la classe de la conscience* historique, dans la production de l'histoire comme champ du développement humain, en se donnant les moyens pratiques de cette conscience : les futurs conseils révolutionnaires dans lesquels la totalité des prolétaires aura à décider de tout. La définition nécessaire et suffisante du Conseil *moderne* – pour le différencier de ses faibles tentatives primitives toujours écrasées avant d'avoir pu suivre la logique de leur propre pouvoir, et par là le connaître – c'est *l'accomplissement de ses tâches minimum* ; lesquelles tâches minimum ne sont rien de moins que le règlement pratique définitif de *tous* les problèmes que la société de classes est actuellement incapable de résoudre. La chute brutale de la production *préhistorique*, telle que seule peut l'obtenir la révolution sociale dont nous parlons, est la condition nécessaire et suffisante pour le commencement d'une ère de la grande production historique ; la reprise indispensable et urgente de la production de l'homme par lui-même. L'ampleur des tâches présentes de la révolution prolétarienne s'exprime justement dans la difficulté qu'elle éprouve à conquérir les premiers moyens de la formulation et de la communication de son projet : à s'organiser d'une manière autonome et, par cette organisation déterminée, à comprendre et à formuler explicitement la totalité de son projet dans les luttes qu'elle mène déjà[k]. C'est que, sur ce point central, qui tombera le dernier, du monopole spectaculaire du dialogue social et de l'explication sociale, le monde entier ressemble à la Pologne : quand les travailleurs peuvent se rassembler librement et sans intermédiaires pour discuter de leurs problèmes réels, l'État commence à se dissoudre. On peut aussi

k. « Cette théorie n'attend pas de miracles de la classe ouvrière. Elle envisage la nouvelle formulation et la réalisation des exigences prolétariennes comme une tâche de longue haleine. » *La Société du Spectacle.*

déchiffrer la force de la subversion prolétarienne qui grandit partout depuis quatre ans dans ce fait négatif : elle reste bien au-dessous des revendications explicites qu'ont pu affirmer autrefois des mouvements prolétariens *qui allaient moins loin* ; et qui *croyaient* connaître leurs programmes, mais qui les connaissaient en tant que programmes *moindres*. Le prolétariat n'est nullement porté à être « la classe de la conscience » par quelque talent intellectualiste ou quelque vocation éthique, ni pour le plaisir de réaliser la philosophie, mais simplement parce qu'il n'a en fin de compte pas d'autre solution que de s'emparer de l'histoire à l'époque où les hommes se trouvent « forcés de considérer d'un œil désabusé les conditions de leur existence et leurs relations réciproques » (*Manifeste communiste*). Ce qui va rendre les ouvriers dialecticiens n'est rien d'autre que la révolution qu'ils vont avoir, cette fois, à conduire eux-mêmes.

20

Richard Gombin, dans *Les Origines du gauchisme*, constate que « les sectes marginales de naguère prennent l'allure d'un mouvement social », lequel a déjà en tout cas démontré que le « marxisme-léninisme organisé » n'est plus le mouvement révolutionnaire. Dans ce que Gombin désigne sous le terme, très inadapté, de « gauchisme », il se refuse donc légitimement à ranger les redites néo-bureaucratiques, des nombreux trotskismes aux différents maoïsmes. Quoiqu'il se montre aussi bienveillant que possible pour les quelques demi-critiques un instant balbutiées dans l'intelligentsia soumise des trente dernières années, essentiellement, dans l'origine du nouveau mouvement révolutionnaire, à l'exception du retour de la tradition pannekoekiste du communisme des conseils, Gombin ne trouve guère que l'Internationale situationniste[1].

1. « Mais ils ne prétendent pas faire la seule bonne exégèse de Marx : en réalité, ils "dépassent" Marx et, dans le sens courant du mot, ne sont pas marxistes. [...] On voit ce que cette conception a de radical ; la coupure qu'elle opère avec tout le mouvement de gauche de ce demi-siècle lui confère une teinte millénariste, hérétique. [...] Dès le milieu des années soixante, sinon avant, les situationnistes prévoient et annoncent le "deuxième assaut prolétarien contre la société de classes". [...] Le style par eux élaboré et qui a atteint une remarquable cohésion reprend certains des procédés de Hegel et de Marx jeune, comme l'inversion du génitif (armes de la critique, critique des armes), au dadaïsme (débit verbal rapide, mots employés dans un sens différent du sens classique, etc.). Mais surtout c'est un style qui est pénétré d'ironie. [...] À la veille du mois de mai 1968 les situationnistes croient que le moment historique décisif approche. [...] Au cours des "événements" de mai-juin 1968, les situationnistes ont eu l'occasion d'appliquer leurs idées tant pour ce qui est du fond que de l'organisation, d'abord dans le premier comité d'occupation de la Sorbonne, ensuite au sein du comité pour le maintien des occupations (C.M.D.O.). »
Richard Gombin, *Les Origines du gauchisme* (Éditions du Seuil, Paris, 1971).

Quoique « ses immenses ambitions méritent déjà qu'on en parle », la subversion actuelle n'est évidemment pas assurée, selon Gombin, de se rendre maîtresse de la société mondiale. Il considère que le contraire pourrait aussi se produire, à savoir le perfectionnement absolu de « l'ère du *management* », de sorte que cette subversion ne devrait plus apparaître historiquement qu'en tant que dernier sursaut de vaine révolte contre « un univers qui tend à l'organisation rationnelle de tous les aspects de la vie ». Mais comme il est aisé de constater, partout ailleurs que dans le livre de Gombin, que cet univers, en dépit de ses belles intentions et de ses trompeuses justifications, n'a fait que suivre la voie d'une *irrationalisation* galopante, qui culmine dans sa présente asphyxie, l'alternative finale que formule ce sociologue n'a aucune espèce de réalité. On ne peut guère, si l'on traite de tels sujets, être plus *modéré* que Gombin ; et seul le malheur des temps a pu contraindre la sociologie à en entreprendre l'étude. Et pourtant Gombin en arrive, par maladresse, à ne laisser à ses lecteurs aucune autre conclusion possible qu'une audacieuse assurance sur l'inéluctabilité de la victoire de la révolution.

21

Quand changent toutes les conditions de la vie sociale, l'I.S., au centre de ce changement, voit les conditions dans lesquelles elle a agi transformées plus vite que tout le reste. Aucun de ses membres ne pouvait l'ignorer, ni ne pensait à le nier, mais en fait beaucoup d'entre eux *ne voulaient pas toucher à l'I.S.* Ce n'est même pas de l'activité situationniste passée qu'ils se faisaient les conservateurs, mais de son *image.*

22

Une inévitable part du succès historique de l'I.S. l'entraînait à être à son tour *contemplée*, et dans une telle contemplation la critique sans concessions de tout ce qui existe en était venue à être *appréciée positivement* par un secteur toujours plus étendu de l'impuissance elle-même devenue pro-révolutionnaire. La force du négatif mise en jeu contre le spectacle se trouvait *aussi* admirée servilement par des spectateurs. La conduite passée de l'I.S. avait été entièrement dominée par la nécessité d'agir dans une époque qui, d'abord, *ne voudrait pas en entendre parler.* Environnée de silence, l'I.S. n'avait aucun appui, et nombre d'éléments de son travail étaient, à mesure, constamment *récupérés* contre elle. Il lui fallait atteindre le moment où elle pourrait être jugée, non « sur les aspects superficiellement scandaleux de certaines manifestations par lesquelles elle apparaît, mais sur sa vérité centrale *essentiellement scandaleuse* » (*I.S.* n° 11, octobre 1967). L'affirmation tranquille de l'extrémisme *le plus général*, comme les nombreuses exclusions des situationnistes inefficaces ou indulgents furent les armes de l'I.S. pour *ce* combat ; et non pour devenir une autorité ou un pouvoir. Ainsi, le ton de fierté tranchante, assez employé dans quelques formes de l'expression situationniste, était légitime ; et du fait de l'immensité de la tâche, et surtout parce qu'il a rempli sa fonction en en permettant la poursuite et la réussite. Mais il a cessé de convenir dès que l'I.S. a pu se faire reconnaître par une époque qui ne considère plus du tout son projet comme une invraisemblance[m] ; et c'est justement parce que l'I.S. avait réussi cela que ce ton était devenu, pour nous sinon pour les spectateurs, *démodé*. Sans doute, la victoire de l'I.S. est-elle apparemment aussi discutable que peut l'être celle que le mouvement prolétarien a déjà atteinte du seul fait qu'il a recommencé la guerre de classes – la partie visible de la crise qui émerge dans le spectacle est sans commune mesure avec sa profondeur – et comme cette victoire aussi, elle sera toujours *en suspens* jusqu'à ce que les temps préhistoriques aient vu leur terme ; mais, pour qui sait « entendre l'herbe pousser », elle est aussi *indiscutable*. La théorie de l'I.S. est passée dans les masses. Elle ne peut plus être liquidée dans sa solitude primitive. Il est certain qu'elle peut encore être falsifiée, mais à des conditions très différentes. Aucune pensée historique ne peut rêver de se garantir par avance contre toute incompréhension ou falsification. Comme déjà elle ne prétend pas apporter un système définitivement cohérent et accompli, d'autant moins saurait-elle espérer se présenter pour ce qu'elle est d'une manière si parfaitement rigoureuse que la bêtise et la mauvaise foi se trouveraient interdites chez chacun de ceux qui auront affaire à elle ; et de telle sorte qu'une lecture véritable en serait universellement imposée. Une telle prétention idéaliste ne se soutient que par un dogmatisme, toujours voué à l'échec ; et le dogmatisme est déjà la défaite inaugurale d'une telle pensée. Les luttes historiques, qui corrigent et améliorent toute théorie de ce genre, sont également le terrain des erreurs d'interprétation réductrices comme, fréquemment,

m. « Quand on lit ou relit les numéros de l'*I.S.*, il est frappant, en effet, de constater à quel point et combien souvent ces *énergumènes* ont porté des jugements ou exposé des points de vue qui furent, ensuite, concrètement vérifiés. »
Claude Roy, « Les Desesperados de l'espoir » (*Le Nouvel Observateur*, 8 février 1971).

des refus intéressés d'admettre le sens le plus univoque. La vérité ici ne peut s'imposer qu'en devenant force pratique. Elle manifeste seulement qu'elle est vérité en ceci qu'elle n'a besoin que des moindres forces pratiques pour mettre en déroute de bien plus grandes. De sorte que, si la théorie de l'I.S. désormais peut encore être souvent incomprise ou abusivement traduite, comme il est arrivé parfois à celles de Marx ou de Hegel, elle saura bien revenir dans toute son authenticité chaque fois que ce sera historiquement son heure, à commencer par aujourd'hui même. Nous sommes sortis de l'époque où nous pouvions être falsifiés ou effacés *sans appel*, parce que notre théorie bénéficie désormais, pour le meilleur et pour le pire, de la *collaboration* des masses.

23

Maintenant que le mouvement révolutionnaire est partout seul à entreprendre de parler sérieusement de la société, c'est *en lui-même* qu'il doit trouver la guerre qu'auparavant il menait, unilatéralement, sur la lointaine périphérie de la vie sociale, en apparaissant de prime abord comme complètement étranger à toutes les idées que cette société pouvait alors énoncer sur ce qu'elle croyait être. Quand la subversion envahit la société, et étend son ombre dans le spectacle, les forces spectaculaires du présent se manifestent aussi à l'intérieur de notre parti – « parti au sens éminemment historique du terme » –, parce qu'il a dû effectivement prendre en charge la totalité du monde existant, y compris donc ses insuffisances, son ignorance et ses aliénations. Il hérite de toute la misère, en y comptant la misère intellectuelle, que le vieux monde a produite ; car finalement la misère est *sa vraie cause*, quoiqu'il lui ait fallu soutenir une telle cause avec grandeur.

24

Notre parti entre dans le spectacle en ennemi, mais en ennemi maintenant *connu*. L'ancienne opposition entre la théorie critique et le spectacle apologétique « a été élevée dans l'élément supérieur victorieux et s'y présente sous une forme clarifiée ». Ceux qui *contemplent seulement* les idées et les tâches révolutionnaires d'aujourd'hui, et tout particulièrement l'I.S., dans le fanatisme d'une pure approbation désarmée, manifestent principalement ce fait qu'au moment où l'ensemble de la société est contrainte de devenir révolutionnaire, un vaste secteur *ne sait pas encore l'être*.

25

Des spectateurs enthousiastes de l'I.S. ont existé à partir de 1960, mais d'abord en très petit nombre. Dans les cinq dernières années, ils sont devenus une foule. Ce processus a commencé en France, où ils se sont vu attribuer l'appellation populaire de « pro-situs », mais ce nouveau « mal français » a gagné bien d'autres pays. Leur quantité ne multiplie pas leur vide : tous font savoir qu'ils approuvent intégralement l'I.S., et ne savent rien faire d'autre. En devenant nombreux, ils restent identiques : qui en a lu un ou en a vu un les a tous lus et les a tous vus. Ils sont un produit significatif de l'histoire actuelle, mais ils ne la produisent nullement en retour. Le milieu pro-situ figure *apparemment* la théorie de l'I.S. devenue idéologie – et la vogue passive d'une telle idéologie absolue et absolument inutilisable confirme par l'absurde l'évidence que le rôle de l'idéologie révolutionnaire s'est achevé avec les formes bourgeoises de révolutions –, mais en réalité ce milieu exprime cette part de la réelle contestation moderne qui a dû rester *encore idéologique*, prisonnière de l'aliénation spectaculaire, et *instruite* seulement selon ses termes. La pression de l'histoire aujourd'hui a tellement grandi que les porteurs d'une *idéologie de la présence historique* sont contraints de rester parfaitement *absents*.

26

Le milieu pro-situ ne possède rien que ses *bonnes intentions*, et il veut tout de suite en consommer illusoirement les rentes, sous la seule forme de l'énoncé de ses *creuses prétentions*. Ce phénomène pro-situ a été, dans l'I.S., blâmé par tous, en tant qu'il était vu comme une imitation subalterne *extérieure*, mais il n'a pas été compris par tous. Il doit être reconnu, non comme un accident superficiel et paradoxal, mais comme la manifestation d'une aliénation profonde de la partie *la plus inactive* de la société moderne devenant vaguement révolutionnaire[n].

n. « La régression pro-situ fut considérée comme une aberration, comme le rebut d'un mouvement, une mondanité, et jamais pour ce qu'elle fut réellement : la faiblesse qualitative de *l'ensemble*, un moment nécessaire au progrès global du projet révolutionnaire. Le *situationnisme* est la crise de jeunesse de la pratique situationniste ayant atteint le moment *décisif* d'un premier développement extensif important, le moment où il lui faut dominer pratiquement le spectacle qui s'empare d'elle. [...] C'est cette installation confortable dans le positif qui caractérise le *rôle situ* ; et de fait, plus la place objective de l'I.S. dans l'histoire présente devenait effective (et il en sera de même pour toutes les organisations révolutionnaires futures), plus son héritage devenait périlleux à assumer pour chacun de ses membres. [...] Mai 1968 fut

Il nous fallait connaître cette aliénation comme une véritable *maladie infantile* de l'apparition du nouveau mouvement révolutionnaire ; d'abord parce que l'I.S., qui ne peut d'aucune manière être extérieure ou supérieure à ce mouvement, n'avait certainement pas pu se tenir elle-même au-dessus de cette sorte de déficience, et ne pouvait prétendre échapper à la critique qu'elle nécessite. D'autre part, si l'I.S. continuait imperturbablement, dans des circonstances autres, à jouer comme précédemment, elle pouvait devenir la dernière *idéologie spectaculaire* de la révolution, et cautionner une telle idéologie. L'I.S. eût risqué alors d'entraver *le mouvement situationniste réel* : la révolution.

27

La contemplation de l'I.S. n'est qu'une aliénation supplémentaire de la société aliénée ; mais *le seul fait qu'elle soit possible* exprime à l'envers le fait qu'il se constitue à présent un parti réel dans la lutte contre l'aliénation. Comprendre les pro-situs, c'est-à-dire les combattre, au lieu de se borner à les mépriser abstraitement pour leur nullité et parce qu'ils n'avaient pas accès à l'aristocratie situationniste, était pour l'I.S. une nécessité primordiale. Il nous fallait en même temps comprendre comment l'image de cette aristocratie situationniste avait pu se former, et quelle *couche inférieure* de l'I.S. pouvait se satisfaire de donner d'elle-même, à l'extérieur, cette apparence de valorisation hiérarchique, qui ne lui venait que d'un *titre* : cette couche devait être elle-même la nullité enrichie par le seul *brevet* de son appartenance à l'I.S. Et de tels situationnistes non seulement existaient manifestement, mais révélaient à l'expérience qu'ils ne voulaient rien d'autre que persévérer dans leur *insuffisance diplômée.* Ils communiaient avec les pro-situs, quoique en se définissant eux-mêmes comme hiérarchiquement bien distincts, dans cette croyance égalitaire selon laquelle l'I.S. pourrait être un monolithe idéal, où chacun d'emblée pense sur tout comme tous les autres, et agit

la réalisation de la théorie révolutionnaire moderne, sa lourde confirmation, comme il fut en partie la réalisation des individus qui participèrent à l'I.S., notamment par la lucidité révolutionnaire dont ils firent preuve dans le mouvement même. Mais le mouvement des occupations *est resté la conclusion* pour l'I.S. de sa longue recherche pratique, sans en être le dépassement. […] Alors que les situationnistes, qui servirent platement de modèle au courant qu'ils ont suscité, pratiquement leur propre remise en cause, s'engageaient dans un "débat d'orientation" qui devait dégager les modalités supérieures de leur existence, les groupes satellites, à cent pas derrière, se constituaient seulement sur la base inadéquate d'une mise en pratique bornée de quelques certitudes, issues de l'expérience antérieure de l'I.S. »
Pour l'intelligence de quelques aspects du moment (brochure anonyme, Paris, janvier 1972).

de même à la perfection : ceux qui, dans l'I.S., ne pensaient ni n'agissaient revendiquaient un tel statut mystique, et c'est lui que les spectateurs pro-situs ambitionnaient d'approcher. Tous ceux qui méprisent les pro-situs sans les comprendre – à commencer par les pro-situs eux-mêmes, parmi lesquels chacun voudrait s'affirmer grandement supérieur à tous les autres – espèrent simplement faire croire, et se faire croire, qu'ils sont sauvés par quelque *prédestination révolutionnaire*, qui les dispenserait de faire la preuve de leur propre efficacité historique. La participation à l'I.S. fut leur jansénisme, comme la révolution est leur « Dieu caché ». Ainsi, abrités de la praxis historique, et se croyant extraits par on ne sait quelle grâce du monde de la misère des pro-situs, ils ne voyaient dans cette misère que la misère, au lieu d'y voir aussi la partie dérisoire d'un mouvement profond qui ruinera la vieille société.

28

Les pro-situs n'ont pas vu dans l'I.S. une activité critico-pratique déterminée expliquant ou devançant les luttes sociales d'une époque, mais simplement des idées extrémistes ; et pas tant des idées extrémistes que l'idée de l'extrémisme ; et en dernière analyse moins l'idée de l'extrémisme que l'image de héros extrémistes rassemblés dans une communauté triomphante. Dans « le travail du négatif », les pro-situs redoutent le négatif, et aussi le travail. Après avoir plébiscité la pensée de l'histoire, ils restent secs parce qu'ils ne comprennent pas l'histoire, et la pensée non plus. Pour accéder à l'affirmation, qui les tente fort, d'une personnalité autonome, il ne leur manque que l'autonomie, la personnalité, et le talent d'affirmer quoi que ce soit.

29

Les pro-situs, dans leur masse, ont appris qu'il ne peut plus exister d'étudiants révolutionnaires, et restent des *étudiants en révolutions*. Les plus ambitieux éprouvent la nécessité d'écrire, et même de publier leurs écrits, pour notifier abstraitement leur existence abstraite, en croyant par là lui donner quelque consistance. Mais, dans ce domaine, pour savoir écrire il faut avoir lu, et pour savoir lire il faut savoir vivre : voilà ce que le prolétariat devra apprendre d'une seule opération, dans la lutte révolutionnaire. Cependant le pro-situ ne peut envisager critiquement la vie réelle, car toute son attitude a précisément pour but d'échapper illusoirement à son affligeante vie, en cherchant à se la masquer, et surtout en tentant vainement d'égarer les autres à ce propos. Il doit postuler que sa conduite est *essentiellement* bonne, parce que « radicale », ontologiquement révolutionnaire. En regard de cette garantie centrale imaginaire, il tient pour rien mille erreurs circonstancielles ou comiques déficiences. Il ne les reconnaît, au mieux, que par le *résultat* qu'elles ont entraîné à son détriment. Il s'en console et s'en excuse en affirmant qu'il ne commettra plus ces erreurs-là et que, par principe, il ne cesse de s'améliorer. Mais il est aussi démuni devant les erreurs suivantes, c'est-à-dire devant la nécessité pratique de comprendre ce qu'il fait au moment même de le faire : évaluer les conditions, savoir ce que l'on veut et ce que l'on choisit, quelles en seront les conséquences possibles, et comment les maîtriser au mieux. Le pro-situ dira qu'il veut tout, parce qu'en réalité, désespérant d'atteindre le moindre but réel, il ne veut rien de plus que faire savoir qu'il veut tout, dans l'espoir que quelqu'un admirera du coup son assurance et sa belle âme. Il lui faut une totalité qui, comme lui, soit sans aucun contenu. Il ignore la dialectique parce que, refusant de voir sa propre vie, il refuse de comprendre *le temps*. Le temps lui fait peur parce qu'il est fait de sauts qualitatifs, de choix irréversibles, d'occasions qui ne reviendront jamais. Le pro-situ se déguise le temps en simple espace uniforme qu'il traversera, d'erreur en erreur et d'insuffisance en insuffisance, en s'enrichissant constamment. Comme le pro-situ craint toujours qu'elle ne s'applique à son propre cas, il déteste la critique théorique chaque fois qu'elle est mêlée de faits concrets, donc chaque fois qu'elle a une existence effective : tous les *exemples* l'effraient, car il ne connaît bien que le sien propre, et c'est celui qu'il veut cacher. Le pro-situ voudrait être original en réaffirmant ce qu'il a, en même temps que tant d'autres, reconnu pour désormais évident ; il n'a jamais songé à ce qu'il pourrait faire dans diverses situations concrètes qui, elles, sont chaque fois originales. Le pro-situ, qui s'en tient à la répétition de quelques généralités, en calculant que ses erreurs y seront moins précises et ses autocritiques immédiates plus aisées, traite avec prédilection du problème de l'organisation, parce qu'il cherche la pierre philosophale qui pourrait opérer la transmutation de sa solitude méritée en « organisation révolutionnaire » utilisable *pour lui*. Comme il ne sait pas du tout de quoi il s'agit, le pro-situ ne voit les progrès de la révolution que dans la mesure où celle-ci *s'occuperait de lui*. De sorte qu'il croit généralement qu'il convient de dire que le mouvement de mai 1968 a « reflué » depuis. Mais il veut bien tout de même répéter que l'époque est de plus en plus révolutionnaire, pour que l'on croie qu'il est comme elle. Les pro-situs érigent leur impatience et leur impuissance en critères de l'histoire et de la révolution ; et de la sorte ils ne voient presque rien progresser en dehors de leur serre bien close, où réellement rien ne change. En fin de compte, tous les pro-situs sont éblouis par le succès de l'I.S. qui, *pour eux*, est vraiment quelque chose de spectaculaire, et qu'ils envient aigrement. Évidemment, tous les pro-situs qui ont essayé de nous approcher ont été si mal traités qu'ils se trouvent ensuite contraints de révéler, même subjectivement, leur véritable nature d'*ennemis de l'I.S.* ; mais ceci revient au même puisqu'ils restent, dans cette nouvelle position, aussi peu de chose. Ces roquets sans dents voudraient bien découvrir *comment* l'I.S. a pu faire, et même si l'I.S. ne serait pas en quelque chose *coupable* d'avoir suscité une telle passion ; et alors ils utiliseraient la recette à leur profit. Le pro-situ, *carriériste* qui se sait sans moyens, est amené à afficher d'emblée la réussite totale de ses ambitions, atteintes par postulat le jour où il s'est voué à la radicalité : le plus débile foutriquet assurera qu'il connaît au mieux, depuis quelques semaines, la fête, la théorie, la communication, la débauche et la dialectique ; il ne lui manque plus qu'une révolution pour parachever son bonheur. Là-dessus, il commence à attendre un admirateur, qui ne vient pas. On peut faire remarquer ici la forme particulière de mauvaise foi qui se révèle dans l'éloquence par laquelle cette platitude se rengorge. D'abord, c'est là où elle est le moins pratique qu'elle parle le plus de révolution ; là où son langage est le plus mort et le plus coriace qu'elle prononce le plus souvent les mots de « vécu » et de « passionnant » ; là où elle manifeste le plus d'infatuation et de vaniteux arrivisme, elle a tout le temps à la bouche le mot de « prolétariat ». Ceci revient à dire que la théorie révolutionnaire moderne, ayant dû faire une *critique de la vie tout entière*, ne peut se dégrader, chez ceux qui voudront la reprendre sans savoir la pratiquer, qu'en une idéologie totale qui ne laisse *plus rien de vrai* à aucun des aspects de leur pauvre vie.

30

Tandis que l'I.S. a toujours su railler impitoyablement les hésitations, les faiblesses et les misères de ses premières tentatives, en montrant à chaque moment les hypothèses, les oppositions et les ruptures qui ont constitué son histoire même – et notamment en mettant sous les yeux du public en 1971 la réédition intégrale de la revue *Internationale Situationniste*, où se trouve consigné tout ce processus –, c'est au contraire *comme un bloc* que les pro-situs, absolument divisés entre eux, ont tous constamment prétendu pouvoir admirer l'I.S. Ils se gardent d'entrer dans les détails partout lisibles des affrontements et des choix, pour se borner à approuver complètement ce qui est advenu. Et présentement, quoiqu'ils aient tous quelque chose de foncièrement vaneigemiste, tous les pro-situs donnent hardiment à Vaneigem à terre le coup de pied de l'âne, en oubliant qu'ils n'ont jamais fait preuve du centième de son ancien talent ; et ils salivent encore devant la force, qu'ils ne comprennent pas mieux. Mais la moindre critique réelle de ce qu'ils sont dissout les pro-situs en expliquant la nature de leur absence, car eux-mêmes ont déjà continuellement démontré cette absence en essayant de se faire voir : ils n'ont intéressé personne. Quant aux situationnistes qui ne furent eux-mêmes que contemplatifs – ou, pour quelques-uns, principalement contemplatifs –, et qui pouvaient se réjouir de susciter un certain intérêt en tant que membres de l'I.S., ils ont découvert dans l'heure en devant sortir de l'I.S. la dureté d'un monde où ils se trouvent désormais contraints d'agir *personnellement* ; et presque tous rejoignent, en se heurtant à des conditions identiques, l'insignifiance des pro-situs.

31

Quand l'I.S. a choisi initialement de mettre l'accent sur l'aspect collectif de son activité, et de présenter la plus grande partie de ses textes dans un relatif anonymat, c'était parce que, réellement, sans cette activité collective, rien de notre projet n'eût pu se formuler ni s'exécuter, et parce qu'il fallait empêcher la désignation parmi nous de quelques célébrités personnelles que le spectacle eût pu alors manipuler contre notre but commun : ceci a réussi parce qu'aucun parmi ceux qui avaient les moyens d'acquérir une célébrité personnelle, au moins tant qu'il était dans l'I.S., ne l'a voulu ; et parce que ceux qui pouvaient le vouloir n'en avaient pas les moyens. Mais par là sans doute ont été posées les bases de la constitution ultérieure, dans la mystique des situphiles, de l'ensemble de l'I.S. en *vedette collective*. Cette tactique fut bonne cependant, car ce qu'elle nous a permis d'atteindre avait infiniment plus d'importance que les inconvénients qu'elle a pu favoriser au stade suivant. Quand la perspective révolutionnaire de l'I.S. n'était *apparemment* que notre projet commun, il fallait d'abord défendre ses possibilités mêmes d'existence et de développement. Aujourd'hui qu'elle est devenue le projet commun de tant de gens, les besoins de la nouvelle époque vont d'eux-mêmes retrouver, au-delà de l'écran des conceptions irréelles qui ne peuvent pas se traduire en forces – et pas même en phrases –, les œuvres et les actes précis que la lutte révolutionnaire actuelle doit s'approprier et vérifier ; et qu'elle dépassera[o].

32

La cause la plus vraie du malheur des spectateurs de l'I.S. ne tient pas à ce qu'a fait ou n'a pas fait l'I.S. ; et l'influence même de quelques simplifications, stylistiques ou théoriques, du primitivisme situationniste n'y joue qu'un très faible rôle. Les pro-situs et vaneigemistes sont bien davantage le produit de la faiblesse et de l'inexpérience générales du nouveau mouvement révolutionnaire, de l'inévitable période de contraste aigu entre l'ampleur de sa tâche et la limitation de ses moyens. La tâche que l'on se donne, dès que l'on a commencé à réellement approuver l'I.S., est en elle-même écrasante. Mais, pour les simples pro-situs, elle l'est absolument ; d'où leur immédiate débandade. C'est la longueur et la dureté de ce chemin historique qui créent, dans la part la plus faible et la plus prétentieuse de l'actuelle génération pro-révolutionnaire, celle qui, avec d'autres mots, ne sait encore que penser et vivre selon les modèles fondamentaux de la société dominante, le mirage d'une sorte de *raccourci touristique* vers ses buts infinis. Comme compensation de son immobilité réelle et de sa *souffrance réelle*, le pro-situ consomme *l'illusion infinie* d'être, non seulement en route, mais littéralement toujours à la veille d'entrer dans la Terre Promise de la réconciliation heureuse avec le monde et avec lui-même, là où sa médiocrité insupportable sera transfigurée en vie, en poésie, en importance. Ce qui revient à dire que la consommation spectaculaire de la radicalité idéologique, dans son espoir de se distinguer hiérarchiquement des voisins, et dans sa permanente

o. « La force réelle de la théorie situationniste, c'est son infiltration, comme de l'eau lourde. *Continuons*, mais n'en restons pas là. Et se repose la question du dépassement non dialectique. La politique ne donne aucune réponse. Le terrain est miné. Elle ne fait que prolonger la question. Alors il faut tout recommencer et c'est en cela que je suis situationniste en 1971. Quant à être dans l'Internationale ! Reprendre le travail de sape des situs de cinquante-sept. Voici la tâche. Voilà ce qui reste de l'I.S. [...] L'I.S. a raison, une époque est passée, peut-être déjà le XXe siècle, et effectivement sa "démarche est ce qu'on a fait de mieux jusqu'ici pour sortir du XXe siècle" (*I.S.*, 9). J'ai la conviction que la distance pratique et théorique qui fut installée dans ces dix ans passés entre la Première Internationale et l'Internationale Situationniste est celle-là même qu'il reste à installer entre l'Internationale Situationniste et ce que l'on doit faire. N'en a-t-elle pas le sentiment ? »
Bartholomé Béhouir, *De la conciergerie internationale des situationnistes* (Paris, août 1971).

déception, est identique à la consommation effective de toutes les marchandises spectaculaires[p], et comme elle condamnée.

33

Ceux qui décrivent le phénomène, véritablement sociologique, des pro-situs comme quelque chose d'inouï, que l'on ne pouvait même pas imaginer avant la stupéfiante existence de l'I.S., sont bien naïfs. Chaque fois que des idées révolutionnaires extrêmes ont été reconnues et reprises par une époque, il s'est produit dans une certaine jeunesse un ralliement enthousiaste en tout point comparable ; notamment parmi des intellectuels ou semi-intellectuels déclassés qui aspirent à tenir un rôle social privilégié, catégorie dont l'enseignement moderne a multiplié la quantité, en même temps qu'abaissé encore la qualité. Sans doute les pro-situs sont-ils plus visiblement insuffisants et malheureux, parce qu'aujourd'hui les exigences de la révolution sont plus complexes, et la maladie de la société plus éprouvante. Mais la seule différence fondamentale avec les périodes où se sont recrutés les blanquistes, les sociaux-démocrates dits marxistes ou les bolcheviks, réside dans le fait qu'auparavant cette sorte de gens étaient embrigadés et employés par une organisation hiérarchique, alors que l'I.S. a laissé les pro-situs massivement au-dehors.

34

Pour comprendre les pro-situs, il faut comprendre leur base sociale et *leurs intentions sociales*. Les premiers ouvriers ralliés aux idées situationnistes – généralement issus du vieil ultra-gauchisme et donc marqués par le scepticisme qui découle de sa longue inefficacité, initialement très isolés dans leurs usines et relativement sophistiqués par leur connaissance restée sans emploi, quoique parfois assez subtile, de nos théories – ont pu fréquenter, non sans le mépriser, le milieu infra-intellectuel des pro-situs, et s'y imprégner de plusieurs de ses tares ; mais dans l'ensemble les ouvriers qui depuis lors découvrent collectivement les perspectives de l'I.S., dans la grève sauvage ou toute autre forme de

p. « Dans l'image de l'unification heureuse de la société par la consommation, la division réelle est seulement *suspendue* jusqu'au prochain non-accomplissement dans le consommable. »
La Société du Spectacle.

critique de leurs conditions d'existence, ne deviennent d'aucune façon des pro-situs. Et du reste, en dehors des ouvriers, tous ceux qui ont entrepris une tâche révolutionnaire concrète ou qui ont effectivement rompu avec le genre de vie dominant ne sont pas non plus des prositus : le pro-situ se définit d'abord par sa fuite devant de telles tâches et devant une telle rupture. Les pro-situs ne sont pas tous des étudiants poursuivant réellement une qualification quelconque à travers les examens de la présente sous-Université ; et *a fortiori* ils ne sont pas tous des fils de bourgeois. Mais tous sont liés à une couche sociale déterminée, soit qu'ils se proposent d'en acquérir réellement le statut, soit qu'ils se bornent à en consommer par avance les illusions spécifiques. Cette couche est celle des *cadres*. Quoiqu'elle soit certainement la plus *apparente* dans le spectacle social, elle semble rester inconnue pour les penseurs de la routine gauchiste, qui ont un *intérêt direct* à s'en tenir au résumé appauvri de la définition des classes du XIXe siècle : ou bien ils veulent dissimuler l'existence de la classe bureaucratique au pouvoir ou visant le pouvoir totalitaire, ou bien, et souvent simultanément, ils veulent dissimuler leurs propres conditions d'existence et leurs propres aspirations en tant que cadres petitement privilégiés dans les rapports de production dominés par la bourgeoisie actuelle.

35

Le capitalisme a continuellement modifié la composition des classes à mesure qu'il transformait le travail social global. Il a affaibli ou recomposé, supprimé ou même créé des classes qui ont une fonction *secondaire* dans la production du monde de la marchandise. Seuls la bourgeoisie et le prolétariat, les classes historiques primordiales de ce monde, continuent d'en jouer entre elles le destin, dans un affrontement qui est essentiellement resté le même. Mais les circonstances, le décor, les comparses, et même l'esprit des protagonistes principaux, ont changé avec le temps, qui nous a conduits au dernier acte. Le prolétariat selon Lénine, dont la définition en fait corrigeait celle de Marx, était la masse des ouvriers de la grande industrie ; les plus qualifiés professionnellement se trouvant même rejetés dans une situation marginale suspecte, sous la notion d'« aristocratie ouvrière ». Deux générations de staliniens et d'imbéciles, en s'appuyant sur ce dogme, ont contesté aux travailleurs qui ont fait la Commune de Paris, travailleurs encore assez proches de l'artisanat ou des ateliers de la très petite industrie, leur pleine qualité de prolétaires. Les mêmes peuvent aussi s'interroger sur l'être du prolétariat actuel, perdu dans les multiples stratifications hiérarchiques, depuis l'ouvrier « spécialisé » des chaînes de montage et le maçon immigré jusqu'à l'ouvrier qualifié et le technicien ou semi-technicien ; et l'on va même jusqu'à rechercher byzantinement si le conducteur de locomotive produit personnellement de la plus-value. Lénine avait cependant raison en ceci que le prolétariat *de Russie*, entre 1890 et 1917, se réduisait essentiellement aux ouvriers d'une grande industrie moderne qui venait d'apparaître dans la même période, avec le récent développement capitaliste importé dans ce pays. En dehors de ce prolétariat, il n'existait en Russie d'autre force révolutionnaire *urbaine* que la partie radicale de l'intelligentsia, alors que tout s'était passé fort différemment dans les pays où le capitalisme, avec la bourgeoisie des villes, avait connu son mûrissement naturel et son apparition originale. Cette intelligentsia russe cherchait, comme partout ailleurs les couches homologues plus modérées, à réaliser l'encadrement politique des ouvriers. Les conditions russes favorisaient un encadrement de nature directement politique dans les entreprises : les unions professionnelles furent dominées par une sorte d'« aristocratie ouvrière » qui appartenait au parti social-démocrate, et à sa fraction menchevique plus souvent qu'à la bolchevique, tandis qu'en Angleterre par exemple la couche équivalente de trade-unionistes pouvait rester apolitique et réformiste. Que le pillage de la planète par le capitalisme à son stade impérialiste lui permette d'entretenir un plus grand nombre d'ouvriers qualifiés mieux payés, voilà une constatation qui, sous un voile moraliste, est sans aucune portée pour l'évaluation de la politique révolutionnaire du prolétariat. Le dernier « ouvrier spécialisé » de l'industrie française ou allemande d'aujourd'hui, même s'il est un immigré particulièrement maltraité et indigent, bénéficie lui aussi de l'exploitation planétaire du producteur de jute ou de cuivre dans les pays sous-développés, et n'en est pas moins un prolétaire. Les travailleurs qualifiés, disposant de plus de temps, d'argent, d'instruction, ont donné, dans l'histoire des luttes de classes, des électeurs satisfaits de leur sort et respectueux des lois, mais aussi souvent des révolutionnaires extrémistes, dans le spartakisme comme dans la F.A.I. Considérer comme « aristocratie ouvrière » les seuls partisans et employés des dirigeants syndicaux réformistes, c'était masquer sous une polémique pseudo-économiste la véritable question économico-politique de l'*encadrement* extérieur des ouvriers. Les ouvriers, pour leur indispensable lutte économique, ont un besoin immédiat de *cohésion*. Ils commencent à savoir comment ils peuvent acquérir *eux-mêmes* cette cohésion dans les grandes luttes de classes, qui sont en même temps toujours, pour toutes les classes en conflit, des luttes politiques. Mais dans les luttes quotidiennes – le *primum vivere* de la classe –, qui paraissent être seulement des luttes économiques et professionnelles, les ouvriers ont obtenu d'abord cette cohésion par une direction bureaucratique qui, à ce stade, est recrutée dans la classe elle-même. La bureaucratie est une vieille invention *de l'État*. En saisissant l'État, la bourgeoisie a d'abord pris à son service la bureaucratie étatique, et a développé seulement plus tard la bureaucratisation de la production industrielle par des *managers*, ces deux formes bureaucratiques étant *les siennes propres*, à son service direct. C'est à un stade ultérieur de son règne que la bourgeoisie en vient à utiliser *aussi* la bureaucratie subordonnée, et rivale, qui s'est formée sur la base des organisations ouvrières, et même, à l'échelle de la politique mondiale et du maintien de l'équilibre existant dans l'actuelle division des tâches du capitalisme, à utiliser la bureaucratie totalitaire qui possède en propre l'économie et l'État dans plusieurs pays. À partir d'un certain point du développement général d'un pays capitaliste avancé, et de son État-providence, même les classes en liquidation qui, étant constituées de producteurs indépendants isolés, ne pouvaient se doter d'une bureaucratie, et envoyaient seulement les plus doués de leurs fils dans les grades inférieurs de la bureaucratie étatique – paysans, petite bourgeoisie commerçante –, confient leur défense, devant la bureaucratisation et l'étatisation générales de l'économie moderne concentrée, à quelques bureaucraties particulières : syndicats de « jeunes agriculteurs », coopératives paysannes, unions de défense des commerçants. Cependant les ouvriers de la grande industrie, ceux dont Lénine se réjouissait franchement que la discipline de l'usine les ait, d'une manière mécaniste, conditionnés à l'obéissance *militaire*, à la discipline de la caserne, voie par laquelle il entendait lui-même faire triompher le socialisme dans son parti et dans son pays, ces ouvriers, qui ont aussi appris dialectiquement tout le contraire, restent assurément, sans être tout le prolétariat, son centre même : parce qu'ils assument bel et bien l'essentiel de la production sociale et peuvent toujours l'interrompre, et parce qu'ils sont plus que personne d'autre portés à la reconstruire sur la table rase de la suppression de l'aliénation économique. Toute définition simplement *sociologique* du prolétariat, qu'elle soit conservatrice ou gauchiste, cache en fait un choix politique. Le prolétariat ne peut être défini qu'historiquement, par ce qu'il *peut* faire et par ce qu'il peut et doit vouloir. De la même manière, la définition marxiste de la petite bourgeoisie, qui depuis a fait tant d'usage comme plaisanterie stupide, est également d'abord une définition qui repose sur la position de la petite bourgeoisie dans les luttes historiques de son temps, mais elle repose, au contraire de celle du prolétariat, sur une compréhension de la petite bourgeoisie comme classe oscillante et déchirée, qui ne peut vouloir successivement que des buts contradictoires, et qui ne fait que changer de camp avec les circonstances qui l'entraînent. Déchirée dans ses intentions historiques, la petite bourgeoisie a été aussi, sociologiquement, la classe la moins définissable et la moins homogène de toutes : on pouvait y ranger ensemble un artisan et un professeur d'université, un petit commerçant aisé et un médecin pauvre, un officier sans fortune et un préposé aux postes, le bas clergé et les patrons pêcheurs. Mais aujourd'hui, et certes sans que toutes ces professions se soient fondues en bloc dans le prolétariat industriel, la petite bourgeoisie des pays économiquement avancés a déjà quitté la scène de l'histoire pour les coulisses où se débattent les derniers défenseurs du petit commerce expulsé. Elle n'a plus qu'une existence muséographique, en tant que malédiction rituelle que chaque bureaucrate ouvriériste lance gravement à tous les bureaucrates qui ne militent pas dans sa secte.

36

Les cadres sont aujourd'hui la métamorphose de la petite bourgeoisie urbaine des producteurs indépendants, *devenue salariée*. Ces cadres sont, eux aussi, très diversifiés, mais la couche réelle des cadres supérieurs, qui constitue pour les autres le modèle et le but illusoires, tient en fait à la bourgeoisie par mille liens, et s'y intègre plus souvent encore qu'elle n'en vient. La grande masse des cadres est composée de cadres moyens et de petits cadres, dont les intérêts réels sont encore moins éloignés de ceux du prolétariat que ne l'étaient ceux de la petite bourgeoisie – car le cadre ne possède jamais son instrument de travail –, mais dont les conceptions sociales et les rêveries promotionnelles se rattachent fermement aux valeurs et aux perspectives de la bourgeoisie moderne. Leur fonction économique est essentiellement liée au secteur tertiaire, aux services, et tout particulièrement à la branche proprement spectaculaire de la vente, de l'entretien et de l'éloge des marchandises, en comptant parmi celles-ci le travail-marchandise lui-même. L'image du genre de vie et des goûts que la société fabrique expressément pour eux, ses fils modèles, influence largement des couches d'employés pauvres ou de petits-bourgeois qui aspirent à leur reconversion en cadres ; et n'est pas sans effet sur une partie de la moyenne bourgeoisie actuelle. Le cadre dit toujours « d'un côté ; de l'autre côté », parce qu'il se sait malheureux en tant que travailleur, mais veut se croire heureux en tant que consommateur. Il croit d'une manière fervente à la consommation, justement parce qu'il est assez payé pour consommer un peu plus que les autres, mais la même marchandise de série : rares sont les architectes qui habitent les gratte-ciel arriérés qu'ils édifient, mais nombreuses sont les vendeuses des boutiques de simili-luxe qui achètent les vêtements dont elles doivent servir la diffusion sur le marché. Le cadre représentatif est entre ces deux extrêmes ; il admire l'architecte, et il est imité par la vendeuse. Le cadre est le consommateur par excellence, c'est-à-dire le *spectateur* par excellence. Le cadre est donc, toujours incertain et toujours déçu, au centre de la *fausse conscience* moderne et de l'aliénation sociale. Contrairement au bourgeois, à l'ouvrier, au serf, au féodal, le cadre ne se sent jamais *à sa place*. Il aspire toujours à plus qu'il n'est et qu'il ne peut être. Il prétend, et en même temps il doute. Il est l'homme du malaise, jamais sûr de lui, mais le dissimulant. Il est l'homme absolument *dépendant*, qui croit devoir revendiquer la liberté même, idéalisée dans sa consommation semi-abondante. Il est l'ambitieux constamment tourné vers son avenir, au reste misérable, alors qu'il doute même de bien occuper sa place présente. Ce n'est point par hasard (cf. *De la misère en milieu étudiant*) que le cadre est toujours *l'ancien étudiant*. Le cadre est *l'homme du manque* : sa drogue est l'idéologie du spectacle pur, du spectacle du *rien*. C'est pour lui que l'on change aujourd'hui le décor des villes, pour son travail et ses loisirs, depuis les buildings de bureaux jusqu'à la fade cuisine des restaurants où il parle haut pour faire entendre à ses voisins qu'il a éduqué sa voix sur les haut-parleurs des aéroports. Il arrive en retard, et en masse, à tout, voulant être unique et le premier. Bref, selon la révélatrice acception nouvelle d'un vieux mot argotique, le cadre est en même temps *le plouc*. Dans ce qui précède, c'est bien sûr pour garder la simplicité du langage théorique que nous avons dit « l'homme ». Il va de soi que le cadre est en même temps, et même en plus grand nombre, *la femme* qui occupe la même fonction dans l'économie, et adopte le style de vie qui y correspond. La vieille aliénation féminine, qui parle de libération avec la logique et les intonations de l'esclavage, s'y renforce de toute l'aliénation extrême de la fin du spectacle. Qu'il s'agisse de leur métier ou de leurs liaisons, les cadres feignent toujours *d'avoir voulu ce qu'ils ont eu*, et leur angoissante insatisfaction cachée les mène, non à vouloir mieux, mais à avoir davantage de la même « privation devenue plus riche ». Les cadres étant fondamentalement des gens séparés, le mythe du couple heureux prolifère dans ce milieu quoique démenti, comme le reste, par la réalité la plus immédiatement pesante. Le cadre recommence essentiellement la triste histoire du petit-bourgeois, parce qu'il est pauvre et voudrait faire croire qu'il est reçu chez les riches. Mais le changement des conditions économiques les différencie diamétralement sur plusieurs points qui sont au premier plan de leur existence : le petit-bourgeois se voulait austère, et le cadre doit montrer qu'il consomme tout. Le petit-bourgeois était étroitement associé aux valeurs traditionnelles, et le cadre doit suivre en courant les pseudo-nouveautés hebdomadaires du spectacle. La plate sottise du petit-bourgeois était fondée sur la religion et la famille ; celle du cadre est liquéfiée dans le courant de l'idéologie spectaculaire, qui ne lui laisse jamais de repos. Il peut suivre la mode jusqu'à applaudir l'*image* de la révolution – beaucoup ont été favorables à une part de l'atmosphère du mouvement des occupations – et certains d'entre eux croient même aujourd'hui approuver les situationnistes.

37

Le comportement des pro-situs s'inscrit entièrement dans les *structures* de cette existence des cadres et d'abord, comme pour ceux-ci, cette existence leur appartient bien plus en tant qu'idéal reconnu qu'en tant que genre de vie réel. La révolution moderne, étant le parti de la conscience historique, se trouve dans le conflit le plus direct avec ces partisans et esclaves de la fausse conscience. Elle doit d'abord les *désespérer* en *rendant leur honte encore plus honteuse* ! Les pro-situs sont à la mode, dans un moment où n'importe qui se déclare partisan de créer des situations sans retour, et où le programme d'un risible parti « socialiste » occidental se propose gaillardement de « changer la vie ». Le pro-situ, il ne craindra jamais de le dire, vit des passions, dialogue avec transparence, refait radicalement la fête et l'amour, de la même manière que le cadre trouve chez l'éleveur le petit vin qu'il mettra lui-même en bouteilles, ou fait escale à Katmandou. Pour le pro-situ comme pour le cadre, le présent et l'avenir ne sont occupés que par la consommation devenue révolutionnaire : ici, il s'agit surtout de la révolution des marchandises, de la reconnaissance d'une incessante série de *putschs* par lesquels se remplacent les marchandises prestigieuses et leurs exigences ; là, il s'agit principalement de la prestigieuse marchandise de la révolution elle-même. Partout, c'est la même prétention à l'authenticité dans un jeu dont les conditions mêmes, aggravées encore par la tricherie impuissante, interdisent absolument au départ la moindre authenticité. C'est la même facticité du dialogue, la même pseudo-culture contemplée vite et de loin. C'est la même pseudo-libération des mœurs qui ne rencontre que la même dérobade du plaisir : sur la base de la même radicale ignorance puérile mais dissimulée, s'enracine et s'institutionnalise, par exemple, la perpétuelle interaction tragi-comique de la jobardise masculine et de la simulation féminine. Mais au-delà de tous les cas particuliers, *la simulation générale* est leur élément commun. La particularité principale du pro-situ, c'est qu'il remplace par de pures idées la camelote que le cadre accompli consomme effectivement. C'est le simple *son* de la monnaie spectaculaire, que le pro-situ croit pouvoir imiter plus aisément que cette monnaie elle-même ; mais il est encouragé dans cette illusion par le fait réel que ces marchandises que la consommation actuelle feint d'admirer font, elles aussi, beaucoup plus de bruit que de jouissance. Le pro-situ voudra posséder toutes les qualités de l'horoscope : intelligence et courage, séduction et expérience, etc., et s'étonne, lui qui n'a songé ni à les atteindre ni à en faire usage, que la moindre pratique vienne encore renverser son conte de fées par ce triste hasard *qu'il n'a même pas su les simuler*. De même, le cadre n'a jamais pu faire croire à aucun bourgeois, ni à aucun cadre, qu'il était au-dessus du cadre.

38

Le pro-situ, naturellement, ne peut dédaigner les biens économiques dont dispose le cadre, puisque toute sa vie quotidienne est orientée par les mêmes goûts. Il est révolutionnaire en ceci qu'il voudrait les avoir sans travailler ; ou plutôt les avoir tout de suite en « travaillant » dans la révolution anti-hiérarchique qui va abolir les classes. Trompé par le facile détournement des maigres allocations d'études, par lesquelles la bourgeoisie actuelle précisément recrute ses petits cadres dans diverses classes – passant aisément par les profits et pertes la fraction de ces subsides qui sert quelque temps à l'entretien de gens qui cesseront de suivre la filière –, le pro-situ en vient à penser secrètement que la société présente devrait bien le faire vivre assez richement, quoiqu'il soit sans travail, sans argent et sans talent, du seul fait qu'il s'est déclaré un pur révolutionnaire. Et il croit en outre se faire reconnaître comme révolutionnaire parce qu'il a déclaré qu'il l'était à l'état pur. Ces illusions passeront vite : leur durée est limitée aux deux ou trois années pendant lesquelles les pro-situs peuvent croire que quelque miracle économique les sauvera, ils ne savent comment, en tant que privilégiés. Bien peu auront l'énergie, et les capacités, pour attendre ainsi l'accomplissement de la révolution, qui elle-même ne manquerait pas de les décevoir partiellement. Ils iront au travail. Certains seront cadres et la plupart seront des travailleurs mal payés. Beaucoup de ceux-ci se résigneront. D'autres deviendront des travailleurs révolutionnaires.

39

Au moment où l'I.S. devait critiquer quelques aspects de son propre succès, qui en même temps lui permettait et l'obligeait d'aller plus loin, elle se trouvait être particulièrement mal composée, et peu apte à l'autocritique. Beaucoup de ses membres se découvraient incapables même de prendre part personnellement à la simple continuation de ses activités précédentes : ils étaient donc davantage portés à trouver bien belles les réalisations passées, qui déjà leur étaient inaccessibles, plutôt qu'à s'assigner, dans le dépassement, des tâches encore plus difficiles. Il avait fallu, à partir de 1967, s'employer en priorité à être présents dans divers pays où commençait la subversion pratique qui recherchait notre théorie, et notamment, à partir de l'automne de 1968, nous avions agi pour rendre aussi connues à l'étranger qu'elles l'étaient en France l'expérience et les principales conclusions du mouvement des occupations[q]. Cette période avait augmenté le nombre des membres de l'I.S., mais nullement leur qualité. À partir de 1970, l'essentiel de cette tâche se trouvait heureusement repris, et fort étendu, par des éléments révolu-

q. « L'observateur ne peut qu'être frappé de la rapidité avec laquelle la contagion s'est propagée dans toute l'Université et en général dans les milieux de la jeunesse non universitaire. Il semble donc que les mots d'ordre lancés par la petite minorité de révolutionnaires authentiques aient remué je ne sais quoi d'indéfinissable dans l'âme de la nouvelle génération. [...] Il faut souligner ce fait : nous voyons réapparaître, comme il y a cinquante ans, des groupes de jeunes gens qui se consacrent entièrement à la cause révolutionnaire, qui savent attendre selon une technique éprouvée les moments favorables pour déclencher ou durcir des troubles dont ils restent les maîtres, pour retourner ensuite à la clandestinité, continuer le travail de sape et préparer d'autres bouleversements sporadiques ou prolongés suivant le cas, afin de désorganiser lentement l'édifice social. »
Julien Freund, *Guerres et Paix* (n° 4, 1968).

tionnaires autonomes. Les partisans de l'I.S. se sont trouvés, presque partout, là où commençaient les luttes ouvrières autonomes et extrémistes, dans les pays qui sont justement les plus agités. Il restait cependant aux membres de l'I.S. à assumer la responsabilité de la position de l'I.S. elle-même ; et à tirer les conclusions nécessaires de la nouvelle époque.

40

Beaucoup de membres de l'I.S. n'avaient d'aucune manière connu le temps où nous disions que « de curieux émissaires voyagent à travers l'Europe, et plus loin ; se rencontrent, porteurs d'incroyables instructions » (*I.S.*, n° 5, décembre 1960). À présent que de telles instructions ne sont plus incroyables, mais deviennent plus complexes et plus précises, ces camarades échouaient dans presque toutes les circonstances où il leur fallait les formuler ou les soutenir ; et plusieurs préféraient même ne pas s'y risquer. À côté de ceux qui, en fait, n'étaient jamais réellement entrés dans l'I.S., deux ou trois autres qui avaient eu quelque mérite dans des années plus pauvres mais plus calmes, tout à fait usés par l'apparition même de l'époque qu'ils avaient souhaitée, étaient en fait sortis de l'I.S., mais sans vouloir en convenir. On devait constater alors que plusieurs situationnistes n'imaginaient même pas ce que ce pouvait être qu'introduire des idées nouvelles dans la pratique, et réciproquement de réécrire les théories à l'aide des faits ; et c'était pourtant cela que l'I.S. avait accompli.

41

Que certains des premiers situationnistes aient su penser, aient su prendre des risques et aient su vivre, ou que, parmi tant qui ont disparu, plusieurs aient fini par le suicide ou dans les asiles psychiatriques, voilà ce qui ne pouvait certes pas conférer *héréditairement* à chacun des derniers venus le courage, l'originalité ou le sens de l'aventure. L'idylle plus ou moins vaneigemiste – *Et in Arcadia situ ego* – couvrait d'une sorte de formalisme juridique de l'égalité abstraite la vie de ceux qui n'ont prouvé leur qualité ni dans la participation à l'I.S. ni dans rien de leur existence personnelle. En reprenant cette conception *encore bourgeoise* de la révolution, ils n'étaient que *les citoyens de l'I.S.* C'étaient en réalité, dans toutes les circonstances de leur vie, les hommes *de l'approbation* ; étant dans l'I.S., ils ont cru se sauver en plaçant tout sous le beau signe de la négation historique ; mais cette négation même, ils s'étaient contentés de l'approuver doucement. Ceux qui ne disaient jamais « je » et « tu », mais toujours « nous » et « on », se trouvaient souvent au-dessous même du militantisme politique, alors que l'I.S. avait été, dès l'origine, un projet beaucoup plus vaste et profond qu'un mouvement révolutionnaire simplement politique. Deux miracles coïncidaient, qui leur semblaient dus par l'ordre du monde à leur atonie discrète, mais fière : l'I.S. parlait, et l'histoire la confirmait. L'I.S. devait être tout pour ceux qui n'y faisaient rien ; et qui même ailleurs n'arrivaient pas à grand-chose. Ainsi des carences fort diverses, et même opposées, s'appuyaient réciproquement dans l'unité contemplative fondée sur l'excellence de l'I.S. ; et celle-ci était censée garantir aussi l'excellence de ce qui était le plus apparemment médiocre dans le reste de leur existence[r]. Les plus mornes parlaient de jeu, les plus résignés parlaient de passion. L'appartenance, même contemplative, à l'I.S. devait suffire à prouver tout cela, dont autrement personne n'aurait eu l'idée de les créditer. Quoique beaucoup d'observateurs, policiers ou autres, dénonçant la présence directe de l'I.S. dans cent entreprises d'agitation qui se développent fort bien toutes seules à travers le monde, aient pu donner l'impression que tous les membres de l'I.S. travaillaient vingt heures par jour à révolutionner la planète, nous devons souligner la fausseté de cette image. L'histoire enregistrera au contraire la significative *économie des forces* par laquelle l'I.S. a su faire ce qu'elle a fait. De sorte que, lorsque nous disons que certains situationnistes en faisaient vraiment trop peu, il faut comprendre que ceux-là ne faisaient littéralement presque rien. Ajoutons un fait notable, qui vérifie bien l'existence dialectique de l'I.S. : il n'y eut aucune sorte d'opposition entre des théoriciens et des praticiens, de la révolution ou de n'importe quoi d'autre. Les meilleurs théoriciens parmi nous ont toujours été les meilleurs dans la pratique, et ceux qui faisaient la plus triste figure comme théoriciens étaient également les plus démunis devant toute question pratique.

r. « Les excès, admiratifs ou subséquemment hostiles, de tous ceux qui parlent de nous en spectateurs intempestivement passionnés ne doivent pas trouver leur répondant dans une "situvantardise" qui, parmi nous, aiderait à faire croire que les situationnistes sont des merveilles possédant effectivement tous dans leur vie ce qu'ils ont énoncé, ou simplement admis, en tant que théorie et programme révolutionnaires. [...] Les situationnistes n'ont pas de monopole à défendre, ni de récompense à escompter. Une tâche, qui nous convenait, a été entreprise, maintenue bon an mal an et, dans l'ensemble, correctement, avec ce qui se trouvait là. »
Guy Debord, note ajoutée à « La question de l'organisation pour l'I.S. » (*Internationale Situationniste*, n° 12, septembre 1969).

42

Les contemplatifs dans l'I.S. étaient les pro-situs *achevés*, car ils voyaient leur activité imaginaire confirmée par l'I.S. et par l'histoire. L'analyse que nous avons faite du pro-situ, *et de sa position sociale*, s'applique pleinement à eux, et pour les mêmes raisons : l'idéologie de l'I.S. est portée par tous ceux qui n'ont pas su conduire eux-mêmes la théorie et la pratique de l'I.S. Les « garnautins » exclus en 1967 avaient représenté le premier cas du phénomène pro-situ dans l'I.S. même ; mais il s'était encore étendu par la suite. À l'inquiétude envieuse du pro-situ vulgaire, nos contemplatifs substituaient apparemment la jouissance paisible. Mais l'expérience de leur propre inexistence, entrant en contradiction avec les exigences d'activité historique qui sont dans l'I.S. – non seulement dans son passé, mais multipliées par l'extension des luttes actuelles –, causait leur dissimulation anxieuse ; les amenait à être encore plus mal à l'aise que les pro-situs extérieurs. Le rapport hiérarchique qui existait dans l'I.S. était d'un type nouveau, *inversé* : ceux qui le subissaient le dissimulaient. Ils espéraient, dans la crainte et le tremblement devant sa fin qui menaçait, le faire durer autant que possible, dans la fausse étourderie et la pseudo-innocence, car plusieurs croyaient aussi sentir venir le temps de quelques récompenses historiques ; et ils ne les ont pas eues.

43

Nous étions là pour combattre le spectacle, non pour le gouverner. Les plus rusés des contemplatifs croyaient sans doute que l'attachement de tous envers l'I.S. exigerait que l'on ménageât leur nombre ou, dans un ou deux cas, leur réputation. Là comme ailleurs, ils se sont trompés. Ce « patriotisme de parti » n'a pas de base dans l'action révolutionnaire réelle de l'I.S. – « Les situationnistes ne forment pas un parti distinct. [...] Ils n'ont pas d'intérêts séparés de ceux du prolétariat tout entier », *Avviso al proletariato italiano sulle possibilità presenti della rivoluzione sociale*, 19 novembre 1969 –, et l'I.S. n'a jamais été quelque chose qu'il faille ménager[s] ;

s. « La théorie devient la connaissance permanente de la misère secrète, du secret de la misère. Elle est donc aussi bien pour elle-même la cessation de l'effet de spectacle. [...] La théorie, quand elle existe, est donc certaine de ne pas se tromper. C'est un sujet vide d'erreur. Rien ne l'abuse. La totalité est son unique objet. La théorie connaît la misère comme secrètement publique. Elle connaît la publicité secrète de la misère. Tous les espoirs lui sont permis. La lutte de classe existe. »
Jean-Pierre Voyer, *Reich, mode d'emploi* (Éditions Champ Libre, Paris, 1971).

et d'autant moins encore dans l'époque présente. Les situationnistes se sont librement donné, dans un siècle très âpre, une règle du jeu très dure ; et ils l'ont normalement subie. Il fallait donc chasser ces bouches inutiles, qui ne savaient parler que pour mentir sur ce qu'elles étaient et pour réitérer des promesses glorieuses sur ce qu'elles ne pourraient jamais être.

44

S'il est arrivé à l'I.S. d'être contemplée comme l'organisation révolutionnaire en soi, possédant l'existence fantomatique de la pure idée de l'organisation, et devenant pour beaucoup de ses membres une entité extérieure, à la fois distincte de ce que l'I.S. avait effectivement accompli et distincte de leur non-accomplissement personnel, mais couvrant de très haut ces réalités contradictoires, c'est évidemment parce que de tels contemplatifs n'avaient pas compris, ni voulu savoir, ce que peut être une organisation révolutionnaire, et même pas ce qu'avait pu être *la leur*. Cette incompréhension est elle-même produite par l'incapacité de penser et d'agir dans l'histoire, et par le défaitisme individuel qui reconnaît honteusement une telle incapacité et voudrait, non la surmonter, mais la dissimuler. Ceux qui, au lieu d'affirmer et de développer leurs personnalités réelles dans la critique et la décision sur ce que l'organisation à tout moment fait et pourrait faire, choisissaient paresseusement l'approbation systématique n'ont rien voulu d'autre que cacher cette extériorité par leur identification imaginaire au résultat.

45

L'ignorance sur l'organisation est l'ignorance centrale sur la praxis ; et quand elle est ignorance *voulue*, elle n'exprime que l'intention peureuse de se tenir en dehors de la lutte historique, tout en affectant, pour les dimanches et les jours de congé, d'aller se promener à côté en spectateurs avertis et exigeants. L'erreur sur l'organisation est *l'erreur pratique centrale*. Si elle est volontaire, elle vise à utiliser les masses. Sinon, elle est au moins l'erreur complète sur les conditions de la pratique historique. Elle est donc erreur fondamentale dans la théorie même de la révolution.

46

La théorie de la révolution ne relève certainement pas du seul domaine des connaissances proprement scientifiques, et moins encore de la construction d'une œuvre spéculative, ou de l'esthétique du discours incendiaire qui se contemple lui-même à ses propres lueurs lyriques, et trouve qu'il fait déjà plus chaud. Cette théorie n'a d'existence effective que par sa victoire pratique : ici, « il faut que les grandes pensées soient suivies de grands effets ; il faut qu'elles soient comme la lumière du soleil, qui produit ce qu'elle éclaire ». La théorie révolutionnaire est le domaine du danger, le domaine de l'incertitude ; elle est interdite à des gens qui veulent les certitudes somnifères de l'idéologie, y compris même la certitude officielle d'être les fermes ennemis de toute idéologie. La révolution dont il s'agit est une forme des rapports humains. Elle fait partie de l'existence sociale. Elle est un conflit entre des intérêts universels concernant la totalité de la pratique sociale, et c'est seulement en cela qu'elle diffère des autres conflits. Les lois du conflit sont ses lois, la guerre est son chemin, et ses opérations sont davantage comparables à un art qu'à une recherche scientifique ou à un recensement des bonnes intentions. La théorie de la révolution est jugée sur ce seul critère que son *savoir* doit devenir un *pouvoir*.

47

L'organisation révolutionnaire de l'époque prolétarienne est définie par les différents moments de la lutte où, chaque fois, il lui faut réussir ; et il lui faut aussi, dans chacun de ces moments, réussir à ne pas devenir un *pouvoir séparé*. On ne peut parler d'elle en faisant abstraction des forces qu'elle met en jeu ici et maintenant, ni de l'action réciproque de ses ennemis. Chaque fois qu'elle sait agir, elle unit la pratique et la théorie, qui constamment procèdent l'une de l'autre, mais jamais elle ne croit pouvoir accomplir ceci par la simple proclamation volontariste de la nécessité de leur fusion totale. Quand la révolution est encore très loin, la tâche difficile de l'organisation révolutionnaire est surtout *la pratique de la théorie*. Quand la révolution commence, sa tâche difficile est, de plus en plus, *la théorie de la pratique* ; mais l'organisation révolutionnaire alors a revêtu une tout autre figure. Là, peu d'individus sont *d'avant-garde*, et ils doivent le prouver par la cohérence de leur projet général, et par la pratique qui leur permet de le connaître et de le communiquer ; ici des masses de travailleurs sont *de leur temps*, et doivent s'y maintenir comme ses seuls possesseurs en maîtrisant l'emploi de la totalité de leurs armes théoriques et pratiques, et notamment en refusant toute délégation de pouvoir à une avant-garde séparée. Là une dizaine d'hommes efficaces peuvent suffire au commencement de l'auto-explication d'une époque qui contient en elle une révolution qu'elle ne connaît pas encore, et qui partout lui semble absente et impossible ; ici, il faut que la grande majorité de la classe prolétarienne tienne et exerce tous les pouvoirs en s'organisant en assemblées permanentes délibératives et exécutives, qui nulle part ne laissent rien subsister de la forme du vieux monde et des forces qui le défendent.

48

Là où elles s'organisent comme la forme même de la société en révolution, les assemblées prolétariennes sont égalitaires, non parce que tous les individus s'y retrouveraient au même degré d'intelligence historique ; mais *parce qu'ensemble ils ont effectivement tout à faire*, et parce qu'ils en ont ensemble tous les moyens. La stratégie totale de chaque moment est leur expérience directe : ils ont à y engager toutes leurs forces et à en supporter immédiatement tous les risques. Dans les succès et les échecs de l'entreprise commune concrète où ils ont été contraints de mettre en jeu toute leur vie, l'intelligence historique se montre à eux tous.

49

L'I.S. ne s'est jamais présentée comme un modèle de l'organisation révolutionnaire, mais comme une organisation déterminée, qui s'est employée dans une époque précise à des tâches précises ; et même en ceci elle n'a pas su dire tout ce qu'elle était, et n'a pas su être tout ce qu'elle a dit. Les erreurs organisationnelles de l'I.S. *dans ses propres tâches concrètes* ont été causées par les insuffisances objectives de l'époque précédente, et aussi par des insuffisances subjectives dans notre compréhension des tâches d'une telle époque, des limites rencontrées, et des *compensations* que beaucoup d'individus se créent à mi-chemin de ce qu'ils voudraient et de ce qu'ils peuvent faire. L'I.S., qui a compris l'histoire mieux que personne dans une époque anti-historique, a cependant encore *trop peu compris l'histoire.*

50

L'I.S. a toujours été anti-hiérarchique, mais n'a presque jamais su être égalitaire. Elle a eu raison de soutenir un programme organisationnel anti-hiérarchique, et de suivre constamment elle-même des règles formellement égalitaires, par lesquelles tous ses membres se voyaient reconnaître un droit égal à la décision, et se trouvaient même vivement pressés d'utiliser ce droit en pratique ; mais elle a eu grandement tort de ne pas *mieux voir* et de ne pas *mieux dire* les obstacles, partiellement inévitables et partiellement circonstanciels, qu'elle a rencontrés en ce domaine.

51

Le péril hiérarchique, qui est nécessairement présent dans toute réelle avant-garde, a sa véritable mesure historique dans le rapport d'une organisation avec l'extérieur, avec les individus ou les masses que cette organisation peut diriger ou manipuler. Sur ce point l'I.S. a réussi à ne devenir d'aucune façon un pouvoir : en laissant au-dehors, en contraignant bien souvent à l'autonomie, des centaines de ses partisans déclarés ou virtuels. L'I.S., on le sait, n'a jamais voulu admettre qu'un très petit nombre d'individus. L'histoire a montré que ceci n'a pas suffi à garantir chez tous ses membres, au stade d'une action si avancée, « la participation à sa démocratie totale […], la reconnaissance et l'auto-appropriation par tous […] de la *cohérence de sa critique* […] dans la théorie critique proprement dite, et dans le rapport entre cette théorie et l'activité pratique » (*Définition minimum des organisations révolutionnaires*, adoptée par la VIIe Conférence de l'I.S., juillet 1966). Mais cette limitation devait bien davantage servir à garantir l'I.S. contre les diverses possibilités du *commandement* qu'une organisation révolutionnaire, *quand elle réussit*, peut exercer à l'extérieur. Ce n'est donc pas tant parce que l'I.S. est anti-hiérarchique qu'elle devait se limiter à un très petit nombre d'individus supposés égaux ; c'est bien plutôt parce que l'I.S. n'a voulu engager directement dans son action rien de plus que ce très petit nombre qu'elle a été effectivement anti-hiérarchique pour l'essentiel de sa stratégie.

52

Quant à l'inégalité qui s'est manifestée si souvent dans l'I.S., et plus que jamais quand elle a entraîné sa récente épuration, d'une part elle retombe dans l'anecdotique, puisque les situationnistes acceptant en fait une position hiérarchique se trouvaient être justement les plus faibles : en découvrant en pratique leur néant, nous avons encore une fois combattu le mythe triomphaliste de l'I.S., et confirmé sa vérité. D'autre part, il faut en tirer une leçon qui s'applique généralement aux périodes d'activités avant-gardistes – dont nous commençons seulement à sortir –, périodes où les révolutionnaires se trouvent obligés, même s'ils veulent l'ignorer, de jouer avec le feu de la hiérarchie, et n'ont pas tous, comme l'I.S. l'a eue, la force de ne pas s'y brûler : *la théorie historique n'est pas le lieu de l'égalité*, les périodes de communauté égale y sont les pages blanches.

53

Désormais, les situationnistes sont partout, et leur tâche est partout. Tous ceux qui pensent l'être ont simplement à faire la preuve de « la vérité, c'est-à-dire la réalité et la puissance, la matérialité » de leur pensée, devant l'ensemble du mouvement révolutionnaire prolétarien, partout où il commence à créer son Internationale ; et non plus seulement devant l'I.S. Nous n'avons plus, quant à nous, à *garantir* d'aucune manière que tels individus sont ou ne sont pas des situationnistes ; car nous n'en avons *plus besoin*, et nous n'en avons jamais eu le goût. Mais l'histoire est un juge plus sévère encore que l'I.S. Nous pouvons par contre garantir que ne sont plus situationnistes ceux qui ont été contraints de quitter l'I.S. sans y avoir trouvé ce qu'ils avaient longuement assuré y trouver – la réalisation révolutionnaire d'eux-mêmes –, et qui n'y ont donc bien normalement trouvé que le bâton pour se faire battre. Le terme même de « situationniste » n'a été employé par nous que pour *faire passer*, dans la reprise de la guerre sociale, un certain nombre de perspectives et de thèses : maintenant que cela est fait, cette étiquette situationniste, dans un temps qui a encore besoin d'étiquettes, pourra bien rester à la révolution d'une époque, mais d'une tout autre manière. Comment, en outre, un certain nombre de situationnistes pourront être amenés à s'associer directement entre eux – et d'abord pour cette tâche actuelle de passer de la première période des nouveaux slogans révolutionnaires repris par les masses à la compréhension historique de l'ensemble de la théorie, et à son développement nécessaire –, voilà ce que les modalités de la lutte pratique, et nul apriorisme organisationnel, détermineront.

54

Les premiers révolutionnaires qui ont consacré des écrits intelligents à la récente crise dans l'I.S., et se sont le mieux approchés d'une compréhension de son sens historique, ont jusqu'ici négligé une dimension fondamentale de l'aspect pratique de la question : l'I.S. détient effectivement, à cause de tout ce qu'elle a fait, une certaine puissance pratique, qu'elle n'a jamais utilisée que pour son autodéfense, mais qui pouvait évidemment, en tombant en d'autres mains, devenir néfaste à notre projet. Appliquer à l'I.S. la critique qu'elle avait si justement appliquée au vieux monde, ceci non plus n'est pas seulement affaire de théorie, sur un terrain où notre théorie d'ailleurs ne trouvait pas d'adversaires : c'est une activité critico-pratique précise, que nous avons menée en *cassant* l'I.S. Un très petit nombre d'arrivistes, par exemple, en s'assurant la fidélité routinière de quelques camarades honnêtes mais portés par leur faiblesse même à se montrer peu clairvoyants et peu exigeants, eût pu s'essayer à garder quelque temps le contrôle de l'I.S., au moins comme objet d'un *prestige négociable*. Ceux qui partout ailleurs sont si désarmés et si dénués d'importance avaient là leur seule arme et leur seule importance. Ce n'était que la conscience de l'excès de leur incapacité qui les retenait de s'en servir ; mais ils pouvaient s'y sentir en fin de compte contraints.

55

Le débat d'orientation de l'année 1970, aussi bien que les questions pratiques qu'il fallut résoudre simultanément, avait montré que la critique de l'I.S., qui chez tous rencontrait une immédiate approbation de principe, ne pouvait devenir critique réelle qu'en allant jusqu'à la rupture pratique, car la contradiction absolue entre l'accord toujours réaffirmé et la paralysie de beaucoup dans la pratique – y compris la plus minime pratique de la théorie – était le centre même de cette critique. Jamais dans l'I.S. une rupture n'avait été si prévisible. Et cette rupture était donc devenue urgente. Au long du développement de ce débat, ceux qui constituaient la majorité alors existante des membres de l'I.S. – majorité d'ailleurs informe, sans unité, sans action et sans perspective avouable – s'étaient vus fort maltraités par une extrême minorité ; et à juste raison. Il n'avait plus été possible, sans mentir, d'accorder encore quelques égards à ces gens. Et l'on sait bien que « les hommes doivent être traités avec beaucoup d'égards, ou éliminés, parce qu'ils se vengent des offenses légères, et des graves, ils ne le peuvent plus ».

56

Il a suffi alors de déclarer qu'une scission était devenue nécessaire. Chacun dut choisir son camp ; et chacun d'ailleurs eut sa chance, puisque la question à résoudre était infiniment plus profonde que l'éclatante insuffisance de tel ou tel camarade. Le fait que cette scission forcée n'ait produit *de l'autre côté* aucun scissionniste qui puisse se soutenir ne change en rien son caractère de scission véritable ; mais en confirme le contenu même. Dans l'I.S., à mesure que le nombre se rétrécissait, les capacités de manœuvre de tous ceux qui eussent aimé garder quelque chose du *statu quo* diminuaient. Le fait même que cette scission ait eu pour programme d'interdire le confort précédent des « situationnistes » qui n'accomplissaient rien de ce qu'ils affirmaient ou contresignaient rendait toujours plus impossible aux autres de persévérer dans le même mode du *bluff* sans que les conclusions en fussent aussitôt tirées. Ceux qui n'ont pas les moyens de lutter pour ce qu'ils veulent ou contre ce qu'ils ne veulent pas, ceux-là ne peuvent faire nombre que peu de temps.

57

Au contraire des précédentes épurations qui, dans des circonstances historiques moins favorables, devaient viser à renforcer l'I.S. et l'ont chaque fois renforcée, celle-ci visait à *l'affaiblir*. Il n'est point de sauveur suprême : c'est à nous qu'il incombait, encore une fois, de le montrer. La méthode et les buts de cette épuration ont été naturellement approuvés par les éléments révolutionnaires extérieurs avec lesquels nous étions en contact, sans aucune exception. On comprendra vite que ce qu'a fait l'I.S. dans la récente période où elle a gardé un relatif silence, et qui est expliqué dans les présentes thèses, constitue une de ses plus importantes contributions au mouvement révolutionnaire. Jamais on ne nous a vus mêlés aux affaires, aux rivalités et aux fréquentations, des politiciens les plus gauchistes ou de l'intelligentsia la plus avancée. Et maintenant que nous pouvons nous flatter d'avoir acquis parmi cette canaille la plus révoltante célébrité, nous allons devenir *encore plus inaccessibles*, encore plus clandestins. Plus nos thèses seront fameuses, plus nous serons nous-mêmes obscurs.

58

La véritable scission dans l'I.S. a été celle-là même qui doit maintenant s'opérer dans le vaste et informe mouvement de contestation actuel : la scission entre, d'une part, toute la réalité révolutionnaire de l'époque et, d'autre part, toutes les illusions à son propos.

59

Loin de prétendre rejeter sur d'autres toute la responsabilité des défauts de l'I.S., ou les expliquer par des particularités psychologiques de quelques situationnistes malheureux, nous acceptons au contraire ces défauts comme ayant fait aussi partie de l'opération historique que l'I.S. a menée. Le jeu n'était pas ailleurs. Qui crée l'I.S., qui crée des situationnistes, a dû aussi créer leurs défauts. Qui aide l'époque à découvrir ce qu'elle peut n'est pas plus abrité des tares du présent qu'innocent de ce qui pourra advenir de plus funeste. Nous reconnaissons toute la réalité de l'I.S. et, en somme, nous nous réjouissons qu'elle soit cela.

60

Que l'on cesse de nous admirer comme si nous pouvions être supérieurs à notre temps ; et que l'époque se terrifie elle-même en s'admirant *pour ce qu'elle est.*

61

Qui considère la vie de l'I.S. y trouve l'histoire de la révolution. Rien n'a pu la rendre mauvaise.

Guy Debord, Gianfranco Sanguinetti*

* Cosignature voulue par Guy Debord, en hommage à Gianfranco Sanguinetti expulsé de France par décret du ministre de l'Intérieur, le 21 juillet 1971. (*N.d.E.*)

Annexes

1. Notes pour servir à l'histoire de l'I.S. de 1969 à 1971

> « Les individus sont tels qu'ils manifestent leur vie. Ce qu'ils sont coïncide donc avec leur production, aussi bien par *ce* qu'ils produisent que par la *manière* dont ils le produisent. »
>
> *Idéologie allemande.*

> « L'on a plus de peine, dans les partis à vivre avec ceux qui en sont qu'à agir contre ceux qui y sont opposés. »
>
> Cardinal de Retz, *Mémoires.*

Les *Thèses sur l'I.S. et son temps* rapportent ce que l'I.S. a fait depuis 1969, et toutes les raisons de ce qu'elle a fait. Il suffira d'ajouter ici quelques informations succinctes sur les principales circonstances qui se rencontraient dans la même période ; et sur ce que devinrent quelques individus.

Un mois environ avant la parution du numéro 12 de la revue française, le 28 juillet 1969, Debord annonça, par une lettre adressée à toutes les sections de l'I.S., qu'il cesserait après ce numéro d'« assumer la responsabilité, tant légale que rédactionnelle », de la direction de cette revue. Il évoquait « le vieux principe révolutionnaire de la rotation des tâches », en lui accordant « d'autant plus de poids en la circonstance que plusieurs textes de l'I.S. ont grandement mis l'accent sur la cohérence et les capacités suffisantes de tous ses membres ». Or, une telle satisfaction affichée paraissait assez démentie par le fait qu'à mesure que le nombre des membres de la section française augmentait, ceux-ci avaient étrangement pris l'habitude d'abandonner à Debord le soin de réaliser une part toujours plus importante des récents numéros. Un comité de rédaction fut peu après élu sans peine pour produire plus collectivement un prochain numéro ; tous convenant que celui-ci devrait en outre apporter un renouvellement de la forme et du contenu de cette revue, pour l'adapter à des conditions d'activité devenues plus complexes et plus avancées. Ainsi, ce premier symptôme d'une crise vers laquelle courait l'I.S. passa presque inaperçu, dans le climat d'une euphorie qui, chez plusieurs camarades, était réelle ; et chez d'autres, simulée.

La Conférence de Venise constitua un second symptôme, plus manifeste et plus pesant. La VIIIe Conférence de l'I.S. se tint à Venise du 25 septembre au 1er octobre 1969, dans un bâtiment très bien choisi du quartier populaire de la Giudecca. Elle fut constamment environnée et surveillée par un grand nombre de mouchards, italiens ou délégués par d'autres polices. Une part de cette Conférence sut formuler de bonnes analyses sur la politique révolutionnaire en Europe et en Amérique ; et notamment prévoir le développement de la crise sociale italienne dans les prochains mois, ainsi que les interventions que nous aurions à y faire. Mais, si un tel débat montrait certainement à l'œuvre le groupement politique le plus extrémiste, et le mieux informé, existant alors dans le monde, les meilleurs aspects de ce que signifiait aussi l'I.S. en tant que théorie fondamentale, critique et création dans l'ensemble de la vie, ou simplement capacité de dialogue réel entre individus autonomes – « association où le libre épanouissement de chacun est la condition du libre épanouissement de tous » –, s'y montraient complètement absents. L'esprit « pro-situ » se manifesta à Venise d'une manière grandiose. Tandis que systématiquement quelques camarades imitaient de Vaneigem le silence prudent, la moitié des participants usèrent les trois quarts du temps à redire avec la plus grande fermeté les mêmes vagues généralités que venait d'affirmer chaque précédent orateur ; et le tout était traduit à mesure en anglais, en allemand, en italien et en français. Chacun de ces éloquents camarades n'avait évidemment que le but de souligner qu'il était tout autant situationniste qu'un autre ; en quelque sorte donc de justifier sa présence dans cette Conférence, comme s'il avait pu s'y trouver par hasard, mais aussi bien comme si une ultérieure justification plus historique n'était pas abandonnée dans la seule poursuite de cette reconnaissance formelle qui eût dû être considérée comme déjà assurée. Bref, les situationnistes étaient là dix-huit, qui avaient de l'esprit comme quatre.

Après Venise, le comité de rédaction français, composé de Beaulieu, Riesel, Sébastiani et Viénet, ne réussit pas, pendant plus d'une année, à produire même quinze lignes utilisables. Non que leurs écrits fussent jamais repoussés par d'autres ; tout simplement, ils ne pouvaient rien écrire qui les satisfasse eux-mêmes. Et sur ce point il faut reconnaître qu'ils se montraient lucides.

Mustapha Khayati, qui avait compté parmi les camarades les plus intelligents et efficaces des années récentes de l'I.S., avait présenté sa démission à la Conférence de Venise, qui l'accepta, tout en exprimant un désaccord profond sur ses perspectives ultérieures. Il s'était imprudemment engagé deux mois plus tôt dans une participation aux activités du Front Populaire Démocratique de Libération Palestinien, au sein duquel il croyait discerner une fraction prolétarienne révolutionnaire ; et l'on sait que l'I.S. ne peut admettre une double appartenance qui friserait aussitôt la manipulation. Khayati montra par la suite, en Jordanie, qu'il était un révolutionnaire moins sûr quand il se trouvait isolé, dans une position à vrai dire presque désespérée mais où il s'était mis lui-même, que lorsqu'il était bien accompagné. La fraction prolétarienne du F.P.D.L.P. et la moindre expression même de ses perspectives autonomes n'avaient existé que dans l'imagination bien intentionnée de Khayati, qui se retrouvait siégeant dans la simple direction de cette misère gauchiste sous-développée. Toutes les organisations palestiniennes étaient armées et jouissaient en Jordanie d'une situation de double pouvoir, mais celui-ci se présentait exactement au niveau des conditions locales. Tout le ridicule des États arabes impuissants, divisés, et accumulant les tartarinades sur leur unité, se retrouvait en concentré dans les pseudo-appareils étatiques embryonnaires qui se partageaient la partie du territoire jordanien qui avait peu à peu échappé à l'État de Hussein. Un double pouvoir ne peut jamais durer, mais cependant aucune des organisations palestiniennes ne voulait renverser Hussein, et ainsi toutes renonçaient à leur seule faible chance de vaincre, en ne voulant même pas voir que c'était la dernière heure pour tout risquer : car chacune d'elles craignait que l'opération ne profitât à telle organisation rivale et à son État arabe protecteur. Il était donc parfaitement évident que Hussein détruirait les organisations palestiniennes. Il fallait être prisonnier d'une véritable hystérie idéologique pour ne pas constater que peu de chefs d'État ont su constamment faire preuve d'autant de fermeté que le roi Hussein pour se maintenir coûte que coûte au pouvoir, dans les conditions les plus difficiles ; et qu'il dispose de l'armée la plus solide et la plus fidèle de tous les pays arabes (ce qui, certes, n'est pas beaucoup dire ; mais c'était bien assez pour abattre les malheureux Palestiniens obéissant militairement à de tels stratèges). Khayati ne pouvait ignorer tout cela ; mais il n'a littéralement rien su en dire, sous aucune forme. Pourtant, la boukha était tirée, il fallait la boire. Puisque les éléments révolutionnaires palestiniens avaient mérité l'adhésion de Khayati, ils méritaient aussi qu'il soutînt devant eux une perspective minimum, et qu'il les mît en garde. Il s'est contenté de revenir en Europe fort déçu, avant l'inévitable répression. Sans doute a-t-il fait paraître depuis, le 1er août 1970, en compagnie de Lafif Lakhdar, vingt-quatre thèses, du reste très insuffisantes, intitulées *En attendant le massacre*. Mais ces thèses, publiées dans le journal trotskiste *An Nidhal*, sont en fait écrites après le massacre, qui avait commencé avant l'été et n'avait plus qu'à être parachevé à l'automne. Ainsi donc Khayati disparut définitivement de l'I.S. ; et en en sortant il ne s'est certes pas rapproché de la praxis révolutionnaire, et ne nous a pas donné lieu de nous féliciter de la maîtrise que peuvent y déployer des camarades qui ont été formés par l'I.S.

La section italienne de l'I.S. réussit beaucoup mieux dans des circonstances pratiques presque aussi dangereuses ; notamment en réussissant à échapper à la police qui faisait mine de la rechercher après l'explosion des bombes que les services de protection de l'État italien ont utilisées, en décembre 1969, pour briser ou retarder le mouvement des grèves sauvages qui en venait à ce moment à constituer une menace de subversion immédiate de la société. Elle sut également aussitôt publier et diffuser clandestinement le tract *Il Reichstag brucia ?* qui, plusieurs mois avant les premiers timides doutes avancés par les gauchistes italiens, révélait l'essentiel de cette manœuvre. La Conférence de Venise avait fort bien vu venir les troubles du trimestre suivant, et avait même arrêté d'avance l'envoi, en renfort de la section italienne, de quelques « aventuriers français, tous gens d'élite et d'escarmouche », pour réemployer l'expression du Loyal Serviteur au temps d'autres guerres d'Italie. Cependant, cette fois, ce fut l'État qui sut ressaisir hardiment l'initiative (donnant un exemple de ce qui pourra aisément se reproduire ailleurs) ; et ce furent les camarades italiens qui durent pour quelque temps s'exiler en France.

L'ensemble des faits ci-dessus évoqués nous mena à entreprendre, au commencement de 1970, un débat d'orientation qui devait décider de ce que l'I.S. avait désormais à faire, et surtout examiner comment elle le faisait, et pourquoi certains n'arrivaient à rien faire. Ce débat, qui dura près d'une année, montra clairement le vide et l'abstraction des conceptions de beaucoup de situationnistes contemplatifs, et même les ruses naïves de certains d'entre eux. Quelques-uns disaient avec assurance qu'il fallait faire justement ce qu'ils ne savaient pas faire ; d'autres répétaient tranquillement divers projets qu'ils ne voulaient absolument pas entreprendre d'exécuter. (On pourra lire, à l'Institut International d'Histoire Sociale d'Amsterdam, la masse de documents inintéressants et la correspondance fastidieuse qu'ont accumulés à ce moment tous ceux qui ne savaient rien faire d'autre.)

Certaines insuffisances et erreurs dans ce débat ou dans la conduite pratique entraînèrent, avant la rupture plus générale que nous avons entamée en novembre 1970, le retranchement d'un certain nombre de membres de l'I.S. Successivement et sur cinq affaires distinctes, Chevalier, Chasse et Elwell, Pavan, Rothe, Salvadori furent exclus pour avoir gravement manqué aux règles organisationnelles de l'I.S. Beaulieu et Cheval durent démissionner, mais pour des motifs bien opposés : Beaulieu parce qu'on lui reprochait sa bêtise et son manque de dignité, Cheval parce qu'il avait, après une beuverie plus mal supportée que les autres, tenté de défenestrer Sébastiani, qu'il n'avait pas reconnu, et qui enfin fut obligé de se défendre (on concevra que l'I.S., justement parce qu'elle met en jeu une certaine violence, ne puisse accepter que celle-ci s'exerce, à quelque occasion que ce soit, entre ceux qui en font partie). On doit souligner en conclusion que Patrick Cheval, Eduardo Rothe et Paolo Salvadori, en dépit des regrettables incidents qui nous ont contraints de nous séparer d'eux, sont des camarades estimables qui sans doute pourront apporter quelque notable contribution à des moments ultérieurs du processus révolutionnaire de ce temps. Les autres, non.

Ces incidents, justement parce qu'ils n'avaient pas emporté que les pires, ni tous les pires, n'amélioraient point la qualité de nos penseurs ni la verve de nos rédacteurs. Quoique tout le monde se soit toujours jeté comme un seul homme dans la condamnation des exclus, beaucoup de situationnistes continuaient à se tolérer entre eux, alors que les conditions mêmes qu'ils vivaient rendaient suspecte une telle longanimité. Malgré son urgence reconnue, la critique des pro-situs n'avançait pas plus vite que la critique de la nouvelle époque ou l'autocritique réelle de l'I.S. Ceux de nous qui apportèrent le plus d'éléments pour ces tâches furent approuvés en principe, mais sans que rien en soit effectivement repris et employé. Pourtant on pouvait même lire dans *Informations Correspondance Ouvrières*, journal généralement plus sot et plus mensonger, ces lignes pleines de sens : « Depuis deux ans, tous les vaneigemistes ont très bien réussi à figer la lutte pour l'aventure humaine, que l'I.S. avait menée pendant quinze ans, dans une sphère donnée, et pas toute seule non plus. La lutte pour la vie quotidienne et à partir de la vie quotidienne s'est gelée en une *misérable esthétisation* de “certains” rapports, “certaines” affinités, “certains” désirs, le tout accommodé d'un certain apolitisme qui fait douter de leur désir de vivre. Quant à leurs possibilités ludiques et créatrices, il suffit d'en avoir côtoyé pour être persuadé qu'elles ne dépassent pas celles des bons vivants que nous sommes tous » (*I.C.O.*, supplément aux n°s 97-98, s.d.).

Depuis la Conférence de Venise, et durant toute cette crise, on s'était accordé sur le fait que l'I.S. n'accepterait pas de nouvelles adhésions avant d'avoir clairement dominé les difficultés qu'elle trouvait en elle-même. Sans doute, il eût été plus expéditif de faire entrer dans l'I.S. un certain nombre de nouveaux camarades, qui auraient immédiatement entrepris de chasser les incapables et les démodés. Cependant, ceci eût présenté le grave inconvénient de renforcer l'I.S., alors que les conclusions théoriques les plus générales que l'on pouvait déjà esquisser sur cette crise et la nouvelle époque nous menaient au contraire à la certitude qu'il convenait d'affaiblir l'I.S. En outre, une telle voie devait entraîner forcément, au moins dans un premier stade, une certaine subordination de ces nouveaux camarades à nos perspectives, pour une lutte qui les ferait triompher parmi les situationnistes de plusieurs pays ; et nous ne voulons plus d'une telle subordination, même momentanée, maintenant que nous avons bien vu ce qu'elle est – et nous avons si bien vu cela justement parce que l'époque nous permet maintenant de nous en passer. Ces adhésions auraient donc constitué une mauvaise voie ; et pour aboutir à un résultat lui-même inopportun.

D'autre part, il était bon que l'I.S. gardât quelque temps le silence, surtout en France. D'abord pour interrompre le réflexe conditionné d'une foule spectatrice – certainement plus de la moitié de nos dizaines de milliers de lecteurs – qui n'attendait que le prochain numéro de la revue qu'elle avait pris l'habitude de consommer, afin de remettre à jour ses « connaissances » et son orthodoxie rêvée. Mais aussi parce que l'I.S. n'avait jamais rien écrit qui soit secrètement en contradiction avec ce que, dans l'ensemble, elle était. Dans le moment où l'I.S. connaissait une grande part de sa misère, mais ne l'avait pas encore surmontée, son silence a évité l'impardonnable scission entre des écrits qui tenteraient de se présenter comme partiellement ou complètement justes et les conditions réelles misérables qui resteraient incritiquées : des écrits authentiques de quelques-uns justifiant l'existence inauthentique des suiveurs silencieux. Une telle scission dissimulée ne permettrait pas de dire vraiment quelque chose de juste contre la bureaucratie chinoise ou le gauchisme américain ; tout serait affecté d'un coefficient mensonger. L'I.S. a donc maintenu sa vérité en ne disant rien qui puisse indirectement couvrir un mensonge ou une grave incertitude sur elle-même. Sans doute, beaucoup de situationnistes voulaient poursuivre, par arrivisme ou simple vanité personnelle, le rôle glorieux d'une I.S. qui eût ajouté quelques belles pages à son style ancien, au prix de quelques demi-critiques sur le passé proche et les derniers exclus ; et présenté ainsi une amélioration ou un dépassement dont eux-mêmes n'étaient pas porteurs. Mais justement ceux qui eussent aimé maintenir ce style de publications n'étaient pas capables de les écrire. Ceux qui au contraire le pouvaient laissèrent donc les incapables s'embourber assez longtemps, simplement en prenant au mot les principes organisationnels de l'I.S. (capacités en général égales de ses membres), dont on voyait précisément qu'ils ne pouvaient plus du tout se vérifier avec ces gens, et dans de telles conditions. Ce fut la « preuve par neuf » qui montra que l'insuffisance dans la forme était identique à l'insuffisance dans le contenu. En faisant taire l'I.S. de cette manière, assez longtemps, nous avons fait apparaître – d'abord en négatif – sa crise ; et nous avons ainsi commencé d'aider la pensée et l'action de réelles forces autonomes à se libérer par elles-mêmes. À un stade ultérieur, il nous paraît encore mieux de cesser la publication d'une revue qui commençait à jouir d'un succès trop routinier. D'autres formes d'expression situationnistes sont plus adaptées à la nouvelle époque. Elles troubleront davantage les habitudes des spectateurs confortables, qui ne sauront jamais la réponse à leur attente la plus passionnée : quelle couleur métallique avait été choisie pour le n° 13 ? La revue appelée en France *Internationale Situationniste* a paru pendant onze ans (et elle a du reste pendant ce temps achevé de mettre en faillite ses deux imprimeurs successifs). Elle a dominé cette période, et elle a atteint son but. Elle a été très importante pour faire passer nos thèses dans cette époque. Les nombreux *aficionados* pro-situs, qui ne savent pas du tout à quoi cette revue servait – et qui semblent bien incapables eux-mêmes de faire, sur la base de l'autonomie égale qu'ils proclamaient pour nous plaire, quelque chose qui soit à ce niveau –, rêvaient sans doute que l'on continuerait à leur fournir jusqu'à la fin du siècle – et pour 3 francs, « prix intéressant » – leur petite dose de « fête » intellectuelle. Eh non ! S'ils tiennent à lire de telles revues, ils devront maintenant les écrire eux-mêmes.

L'impuissance historique des situationnistes contemplatifs, placée sous la meilleure lumière expérimentale, avait à l'automne de 1970 parfaitement rejoint son concept. Ils devaient convenir qu'on ne peut faire de la théorie révolutionnaire en négligeant les fondations matérielles des rapports sociaux existants. C'est cette critique du réel capitalisme moderne qui sépare l'I.S. de tout le gauchisme, et aussi des soupirs lyriques mensongers des divers vaneigemistes. Il nous avait fallu reprendre la critique de l'économie politique en comprenant précisément et en combattant « la société du spectacle ». Et il fallait assurément continuer ceci parce que cette société, depuis 1967, a poursuivi son mouvement de décadence d'une manière accélérée. Ceux des contemplatifs qui se savaient eux-mêmes les plus minables – les Beaulieu, Riesel et Vaneigem –, et qui se consolaient en traitant parfois de haut, au nom de l'I.S., quelques individus qui étaient au-dehors mais valaient souvent beaucoup mieux qu'eux, ne pouvaient ni refuser ni exécuter ce travail ; et se trouvaient paralysés en proportion devant les plus simples activités. Pendant ce temps, l'histoire continuait, même pour nous ! Et il y avait aussi, sans arrêt, des gens à voir, des textes à lire, des lettres à écrire dans dix pays, des traductions à faire, etc. Tous ceux qui ne pouvaient rien, ou presque rien, de tout cela – ou alors le faisaient mal – commençaient à nous fatiguer grandement par leur simple fréquentation : leur insistante et ennuyeuse présence prétendait presque capter une part du temps de ce qu'ils appelleraient nos divertissements ou débauches (réalités qui ne sont pas non plus contraires à l'esprit de l'I.S., quoique cela aussi leur soit resté qualitativement assez inaccessible). Et ils ressentaient bien de l'aigreur en ne se trouvant que trop tenus à l'écart dans la vie quotidienne, alors qu'ils y étaient plus mornes encore que dans le bavardage politique. Si « l'ennui est contre-révolutionnaire », l'I.S. le devenait à vive allure, sans susciter autant de protestations qu'on eût pu en attendre.

Le 11 novembre 1970, une tendance s'est constituée dans l'I.S. qui annonçait, dans la *Déclaration* répandue à cette date, sa volonté de « rompre complètement avec l'idéologie de l'I.S. », par « une critique radicale, c'est-à-dire *ad hominem* », en n'acceptant « aucune réponse qui soit en contradiction avec l'existence réelle de celui qui la formule », et en voulant aboutir au plus tôt à une « scission dont la discussion imminente fixera les frontières ». Cette tendance se donnait du reste pour un premier pas, et devait aussi poursuivre l'épuration dans ses propres rangs. Notre *Déclaration* eut une efficacité pratique instantanée parce qu'elle se concluait sur l'annonce que nous allions « faire connaître nos positions en dehors de l'I.S. ». La débandade des contemplatifs commença sur-le-champ.

Horelick et Verlaan, derniers restes de la section américaine, ne voulaient pas d'une scission. Mais pour éviter une scission, il faut que les deux côtés aient la même intention. Outre les fautes que l'on pouvait relever dans leur pratique ou leurs prétentions dans nos rapports organisationnels, nous leur signifiâmes que leur participation à nos activités avait été en tout temps trop minime pour que nous puissions continuer à nous considérer comme co-responsables de ce qu'ils feraient. Leur scission même préféra ne pas se présenter longtemps pour telle et devint, sous le titre *Create Situations*, un groupe autonome dans lequel Verlaan au moins poursuit une activité principalement consacrée à la traduction américaine des anciens textes de l'I.S.

Vaneigem au pied du mur dut montrer au public ce qu'il était devenu par le texte de sa démission (recueilli dans les annexes du présent livre), où sa maladresse est aussi frappante que son ignominie. Le pauvre enfant à qui l'on a cassé son jouet pisse un petit coup de dépit en s'en allant : l'I.S. n'était pas du tout intéressante ! Na ! Il retrouve ainsi une originalité qu'il avait bien perdue depuis un bon lustre, quoique sur une position tout à fait renversée, puisqu'il est (et précisément lui…) sans doute aujourd'hui le seul au monde à prétendre que l'on peut écarter l'inquiétant problème historique et social de l'I.S. avec un si tranquille pseudo-dédain. On comprend fort bien pourquoi Vaneigem peut maintenant se demander si l'I.S. a existé : « *The proof of the pudding is in the eating.* » Vaneigem avait écrit un livre révolutionnaire dans une certaine période, livre qu'il n'a su ni traduire en pratique ni corriger avec les progrès de l'époque révolutionnaire. En cette matière, on ne peut juger de la beauté d'un livre que par celle de la vie. Alors, de plus, qu'un livre si « subjectif » – où abondent les redondantes confidences sur lui-même et sur ce qu'il lui faut, ou lui faudrait, de plus radical – ne peut être que le couronnement d'une vie généreusement risquée et goûtée, Vaneigem n'avait que préfacé sa vie inexistante. Maintenant, suivant son seul talent d'homme de lettres, il préface autrui. Dans un communiqué *À propos de Vaneigem*, rédigé tout de suite après par Debord et Viénet, l'I.S. l'avait publiquement sommé de désigner au moins une des « tactiques manœuvrières » qu'il prétendait avoir constatées, et qu'il aurait donc évidemment « laissées passer », pendant tout le temps qu'il était parmi nous. Le personnage a préféré avouer, par son silence, sa calomnie ; plutôt que de se risquer à la soutenir.

Il faut citer tout à fait à part le camarade Sébastiani. Il nous a adressé à ce moment deux textes successifs, d'une incontestable honnêteté. Il s'autocritiquait sur le fait qu'il avait été beaucoup trop inactif, et notamment dans l'écriture. Mais il faudrait être bien mesquin pour reprocher à Christian Sébastiani, qui, peu avant d'être dans l'I.S., fut l'auteur de plusieurs des plus belles inscriptions de mai 1968 – et qui a donc exprimé avec un mérite éminent un des aspects les plus originaux de ce moment historique –, sa paresse devant les travaux d'écriture de jours moins brûlants. Ce que nous lui reprochions, et qui devait malheureusement entraîner la fin de notre collaboration, c'est qu'il ne s'était pas vraiment employé, comme il le devait, à gérer lui-même l'I.S. ; et que même au bout de cette crise, il n'a pas semblé en reconnaître en termes théoriques toute la profondeur. Nous devons aussi nettement déclarer qu'il ne peut être identifié à l'image courante du pro-situ – ou du pro-situ membre de l'I.S. – dans la mesure où cette image comporte comme traits dominants la dissimulation, la lâcheté, la petitesse dans tous les aspects du comportement, et fréquemment l'arrivisme. Sébastiani, si on peut lui reprocher une insouciance parfois poussée jusqu'à l'irréflexion, a toujours été parmi nous franc, courageux et généreux. Il est estimable par la dignité de sa vie, et agréable à fréquenter.

Peu après cette scission, en février 1971, René Viénet a démissionné pour « convenance personnelle ». Enfin, et comme pour que le drame des troubles civils et des proscriptions dans l'I.S. ait vraiment quelque chose de shakespearien, il n'y a pas manqué le personnage du bouffon : René Riesel. Celui-ci avait vu disparaître avec joie plusieurs de ses rivaux, car il croyait ainsi progresser dans sa carrière. Mais la nouvelle situation l'obligeait à entreprendre diverses tâches dont il était plus incapable que personne. Révolutionnaire à dix-sept ans – en 1968 – Riesel a connu la rare mésaventure de devenir vieux avant d'avoir dix-neuf ans. Jamais un tel fruit sec ne s'était adonné si désespérément à un arrivisme si extrême, dont tous les moyens lui sont refusés. Il essayait de masquer cet arrivisme, et l'aigre envie qu'entraîne son échec permanent, sous cet air d'assurance mal assuré du faible que l'on sent redouter à tout instant un mot dur, ou un coup de pied. Mais il ne pouvait plus alors masquer pour quelques semaines de supplément sa suprême impuissance dans les activités de l'I.S. qu'en mentant piètrement aux uns et aux autres sur l'état d'avancement ou de quasi-achèvement de ses travaux inexistants. Simultanément, il s'était livré en douceur à quelques autres petites indélicatesses d'arrière-boutique et de tiroir-caisse ; et s'était même vu obligé de cautionner clandestinement, auprès de certaines personnes qu'il croyait bien choisies, quelques gros mensonges par lesquels sa burlesque épouse tentait d'améliorer l'image de son standing mondain, étant évidemment laissée sur sa faim par toute la pauvre réalité de son ménage. Tout cela se trouva naturellement très vite su, comme n'importe qui d'autre que ce médiocre escroc eût pu en être assuré d'avance. Riesel dut avouer, et fut donc exclu, en septembre 1971, à des conditions que personne n'avait encore subies dans l'I.S., pas même les menteurs garnautins de 1967.

Ainsi, l'activité théorico-pratique de l'I.S. et son plaisir, qui s'étaient endormis, ont reparu tout de suite dans le processus de l'épuration. Les aspects légers et superficiels de cette affaire, et notamment la réalité franchement comique de plusieurs de ceux qui y perdirent leurs masques de tragédiens et leurs cothurnes subversifs, ne doivent pas faire oublier qu'il s'agissait au fond, parce que les résultats concernaient l'I.S. et donc bien d'autres gens, d'un affrontement sur les conditions les plus générales des luttes révolutionnaires de notre époque, et sur l'histoire elle-même.

2. Sur la décomposition de nos ennemis

> « Une puissance occulte nous ayant fait refuser la salle de Cleveland Hall, la réunion a eu lieu au Bell Tavern Old Bailly, sous la présidence du citoyen Besson. La réunion était nombreuse et enthousiaste. Les citoyens Besson, Weber, Paintot, Prévost, Kaufman, Denempont, Lelubez, Holtporp et Debord ont pris successivement la parole et ont énergiquement revendiqué les droits du peuple, aux applaudissements des auditeurs. »
>
> Communiqué de l'Association Internationale des Travailleurs, branche française de Londres (recueilli dans *Association Internationale des Travailleurs*, document publié par la police impériale, Paris, 1870).

Dans les *Thèses* que nous publions présentement, nous avons essayé de montrer quelles sont *les bases historiques profondes* de l'action d'un mouvement comme l'I.S. ; et quelles connexions ont dû précisément exister entre ces bases, notre théorie, notre stratégie, et jusqu'à ce pouvoir de séduction que, tout naturellement, a exercé la part la plus réussie de notre langage, et de nos vies mêmes. C'est seulement à ce niveau de compréhension que l'on découvre le secret de la *réussite* historique de tels mouvements, lequel éclaire inversement de fond en comble les conditions de l'échec de milliers d'autres tentatives. Nos ennemis cependant – historiens bourgeois, policiers, grands bureaucrates, semi-pro-situs contemplatifs, gauchistes propriétaires de divers petits appareils hiérarchiques – prennent le problème à l'envers. Ils découvrent avant tout *le terme* « situationniste », comme empiriquement correspondant aux actes et aux perspectives des plus radicaux des révolutionnaires prolétariens d'aujourd'hui, dans les usines comme dans les écoles – c'est-à-dire de leurs propres ennemis les plus directs et les plus redoutables. Au lieu de rechercher, à partir de cette constatation scientifiquement indiscutable, une explication réelle du phénomène, ils veulent justement rejeter une telle explication en valorisant follement l'importance de la seule *étiquette*. Sur cette étiquette situationniste, ils bâtissent instantanément une certaine idéologie malfaisante, rivale des leurs, laquelle, même en tant qu'idéologie, est particulièrement débile et incohérente *puisqu'elle est capricieusement édifiée par ceux qui la combattent* (et, comme on pense, ceux-ci n'ont même plus, de bien loin, les moyens intellectuels de leurs prédécesseurs du XIXe siècle pour la réfutation, même de mauvaise foi, de positions adverses). À partir de ce point, une difficulté insurmontable se rencontre sur leur chemin : comment une idéologie si bornée et si stupide peut-elle susciter un si grand enthousiasme, et se dresser fâcheusement devant eux comme une force pratique ? Ils ne peuvent l'expliquer que par la perversion et l'infamie des « dirigeants » de l'I.S. – qui auraient pris un malin plaisir ou auraient trouvé un louche intérêt à discréditer la perfection de la société qu'ils représentent et à en désespérer les admirateurs, que cette société soit la belle abondance marchande de l'Ouest ou la vaillante discipline bureaucratique de l'Est, ou simplement les images mitées des révolutions mort-nées qui aspirent à changer le personnel dirigeant de tout cela. Que cette explication sur le seul *mode de l'indignation* aboutisse tout de suite à revêtir ces quelques meneurs situationnistes d'un pouvoir littéralement titanesque, et parfaitement supra-historique, n'arrête pas nos ennemis. Ils préfèrent avouer qu'ils sont ridiculisés par le complot omniprésent d'une poignée d'individus, plutôt que de convenir qu'ils sont tout simplement ridiculisés *par leur siècle*. Ils doivent donc se demander *qui* aide ce complot. Ne pouvant, ni ne voulant, comprendre que ce sont, sans plus, les conditions historiques présentes et le prolétariat, les uns diront que c'est Berlin-Est ou La Havane, et simultanément les autres diront que c'est le grand capital ou le néo-fascisme qui auraient misé gros si imprudemment sur l'Internationale situationniste. Bourgeois, bureaucrates ou spectateurs, nos ennemis ne conçoivent l'histoire que sous la figure de manipulations spectaculaires, organisationnelles, policières, etc., qui sont celles de la période anti-historique que nous venons de quitter, et qu'eux-mêmes, y compris les plus gauchistes ou prétendus « anarchistes », n'ont pas cessé un instant d'utiliser dans la mesure de leurs moyens. En croyant ainsi par postulat, plus ou moins rassurant d'ailleurs, et en affirmant que les éléments situationnistes qui apparaissent dans telle grève sauvage, dans telle conduite de la jeunesse rebelle, dans telle émeute qui déborde ceux qui se faisaient fort de l'encadrer, ou dans tel sabotage de « la meilleure » organisation hiérarchique du révolutionnarisme gauchiste, seraient forcément et toujours des militants dirigés par l'I.S. ou infiltrés par notre ordre, nos ennemis montrent qu'ils ne comprennent rien à l'I.S. ni à leur temps. Ils n'arrivent même pas à comprendre que, le plus souvent, c'est *par leur maladroite médiation* que ces éléments révolutionnaires, qu'ils dénoncent et qu'ils traquent, ont eux-mêmes pu apprendre qu'ils « étaient » situationnistes ; et qu'en somme c'est ainsi que l'époque nomme *ce qu'ils sont.*

« C'est alors qu'apparaissent, pour la première fois, les figures inquiétantes de l'Internationale situationniste. Combien sont-ils ? D'où viennent-ils ? Nul ne le sait. » Cette découverte émue du *Républicain lorrain* du 28 juin 1967 a depuis donné le ton à *la réaction* de toute une période de luttes.

Si les policiers sont légitimement dépités de n'être pas parvenus à infiltrer, comme ailleurs, des observateurs dans l'I.S., les organisations gauchistes sont angoissées, bien à tort, à propos d'une infiltration imaginaire des situationnistes qui viendraient exercer dans leurs rangs l'influence la plus dissolvante. C'est d'une tout autre manière que l'I.S. et l'époque poursuivent leur action dissolvante, mais on comprendra aisément que les gauchistes se trouvent être les plus furieux de la chose : c'est justement dans « leur public », parmi les meilleurs des individus et des groupes qu'ils voudraient saisir, qu'ils retrouvent leur vieille ennemie : l'autonomie prolétarienne à son premier stade d'affirmation. Et ils nous rendent involontairement cet hommage de la dénoncer comme étant *sous notre influence.* Si elle peut réellement à quelque degré connaître notre influence, voilà qui correspond fort bien à son être même : elle refuse toute autre influence, et ne risque pas de subir la nôtre comme un commandement. L'autonomie prolétarienne ne peut être influencée que par son temps, sa propre théorie, et son action propre.

L'exemple le plus extrême, et le plus fabuleux, de cette obsession du combat contre l'I.S., reconnu comme la tâche primordiale des appareils les plus « extrémistes », a sans doute été fourni par le Congrès de la Fédération Anarchiste Italienne de Carrare, en avril 1971. Cette Fédération Anarchiste n'est vraiment pas grand-chose dans le milieu ouvrier italien, mais d'un autre côté l'Italie se trouve dans une situation pré-révolutionnaire. Quelle est donc l'entreprise théorique et pratique la plus urgente que s'assigne cette Fédération ? Combattre l'I.S., extirper de ses rangs les membres de l'I.S. – dont aucun n'y a jamais figuré, ni même n'y a eu un seul contact, bien évidemment. *Tout le Xe Congrès de la F.A.I. a été ouvertement consacré à ceci* ; toute la préparation de ce Congrès, c'est-à-dire la polémique et la lutte interne entre la direction et les militants fidèles ou rebelles, a été dominée par cette grande affaire. Le seul document « théorique » et politique de ce Congrès, publié sous le titre *Les Situationnistes et les Anarchistes* par la Commission de Correspondance de la F.A.I. en éditorial du numéro du 15 mai 1971 de son journal *Umanità Nova*, y est entièrement consacré.

« La presse a été informée en temps utile, commence noblement ce communiqué, de la décision prise par les anarchistes d'exclure du Xe Congrès de la Fédération Anarchiste Italienne (tenu à Carrare les 10, 11 et 12 avril) les "situationnistes", improprement appelés parfois "anarcho-situationnistes", "bordighistes-situationnistes", "communistes de conseils", "chats sauvages", etc. La mesure adoptée à l'unanimité par les anarchistes réunis en Congrès mérite quelque explication. » Sans savoir qui peuvent être tous ces gens-là, on notera déjà que, pour ce qui regarde les situationnistes proprement dits, la F.A.I. eût pu tout aussi bien exclure de son Congrès les Sioux, les anciens officiers de l'Armée des Indes, les *Black Panthers* et les anthropophages : elle n'eût pas enregistré après cela le départ d'un seul de ses adhérents.

Voyons donc les explications : « L'influence de l'Internationale situationniste, particulièrement négative sur de nombreux regroupements extraparlementaires scandinaves, nord-américains et japonais, a été employée en France et en Italie, depuis 1967-68, dans le but de détruire le mouvement anarchiste fédéré de ces deux pays, au nom d'un discours théorique que les situationnistes ont coutume de submerger dans un océan d'insolences, de phrases imprécises et tortueuses. » Ces anarchistes sont encore bien bons de ne pas nous attribuer de surcroît quelques autres manœuvres à l'intérieur même des parlements. Mais on admirera les phrases précises et nullement tortueuses par lesquelles ces pauvres gens se placent tranquillement au centre du monde, et nous attribuent en toute certitude le but dérisoire de nous occuper d'eux.

Et les voici, après avoir de la sorte révélé notre essence, qui en montrent la réalisation sous une figure historique : « Le situationnisme est né de la fertile fantaisie d'un groupe d'intellectuels qui, en 1957, réunis autour d'une table pour discuter d'art et d'urbanisme, décidèrent d'exploiter leurs contacts culturels pour fonder un mouvement politique pseudo-révolutionnaire, une espèce de mouvement "révolutionnaire" *qualunquiste*. » On voit où peut mener la discussion sur l'art et l'urbanisme, et toute discussion peut-être, si la F.A.I. n'était pas là pour éviter au peuple toutes ces hardiesses intellectuelles. Ces curés vont même plus loin que les staliniens qui, aussi longtemps que les gauchistes ne sont pas dans leurs prisons, se contentent généralement de déclarer que ceux-ci font « objectivement » le jeu du capitalisme, ou qu'ils sont manipulés en dépit de leur bonne volonté naïve. Ici, on connaît dès l'origine *l'intention perverse* des fondateurs de l'I.S. Le « qualunquisme », le « parti de l'homme quelconque », c'était précisément, dans l'Italie de l'après-guerre, le nom sous lequel se déguisèrent les ex-fascistes et néo-fascistes. Mais quels dangereux artistes ! Jamais la « fantaisie » qui pousse les hommes à nier les dogmes et à transformer le monde n'a eu de plus effroyables conséquences, en tout cas pour son centre même, qui est la F.A.I. Et, pour comble, tout cela fut décidé « autour d'une table ». Voilà bien le crime ! *Nous avions donc une table* – mais aucune sorte de relations ni de « contacts culturels ». La table semble d'ailleurs suffire amplement à prouver notre caractère mauvais, et à permettre, un peu plus loin, de nous identifier à « la jeunesse dorée ». Ce conclave anarchiste, qui paraît nettement préférer la tribune, ou peut-être la chaire, ignore donc que la plus importante part probablement des actions humaines, si l'on reconnaît que le lit mérite d'être placé hors concours, se sont toujours passées autour de tables depuis que l'on a inventé cet instrument. Ces malveillants idiots insistent : « Bien conscients cependant de l'impossibilité de la coexistence d'une Internationale situationniste avec les autres mouvements politiques révolutionnaires, et particulièrement avec le mouvement anarchiste, ils décidèrent... » Ici, il faut dire que nous n'avons jamais envisagé l'existence du « mouvement anarchiste », mais seulement celle des réalités de notre époque. Il est vrai cependant que nous croyons les perspectives de l'I.S. incompatibles à long terme avec l'existence et les prétentions des « autres mouvements politiques révolutionnaires », et pour la simple raison que, si la miséreuse bureaucratie anarchiste se met aujourd'hui à la traîne de tels « autres mouvements politiques » non précisés, pour notre part nous ne leur reconnaissions en rien la qualité de mouvements « révolutionnaires » ; et tout ce qui s'est passé depuis nous confirme dans notre opinion. Mais que décidèrent en 1957 les situationnistes, d'après la F.A.I. de 1971 ? « Ils décidèrent qu'avant tout leur tâche serait de s'infiltrer dans les autres mouvements politiques révolutionnaires [N.B. : encore cette multitude majestueuse qui nous sert de repoussoir] pour les détruire, en les accusant d'idéologisme et de bureaucratisme organisationnel, en utilisant sans discrimination la calomnie et la provocation. » On voit bien où le bât les blesse : l'I.S. est devenue la mauvaise conscience des idéologues et des bureaucrates qui se trouvent partout contestés *chez eux*. En fait de calomnie et de provocation, on croirait lire *Le Protocole des Sages de Sion*, puisque nulle part personne n'a jamais pu citer un seul exemple d'un membre de l'I.S. s'étant infiltré dans une organisation quelconque. Comment ? diraient les policiers et les juges de la F.A.I., et les milliers de nos agents qu'ils ont démasqués partout, « et particulièrement » dans leur propre organisation ! Ces paranoïaques ne font qu'exprimer, avec plus de sottise, le tourment que tant d'autres organisations bureaucratiques tentent d'exorciser plus discrètement.

Mais ils continuent, et tranchent en passant la question embrouillée de l'organisation même de l'I.S. Tandis que tant d'autres nous reprochent, aussi faussement, d'être de purs spontanéistes ennemis de tout accord organisationnel des prolétaires, le Congrès des anarchistes italiens révèle : « Leur critique des idéologies et des organisations ne s'applique pourtant pas à leur propre idéologie et à leur propre organisation hiérarchique. Cette dernière est fondée sur des sections nationales et sur des groupes locaux (apparemment autonomes sous n'importe quelle dénomination contingente), lesquels, en réalité, sont la couverture d'un cerveau politique composé d'un petit nombre d'intellectuels qui disposent à leur gré de moyens financiers dont l'origine est inconnue. » Quels artistes ! Il faut avouer que les patrons de la F.A.I. ont vraiment de quoi trembler, en se trouvant en butte à l'hostilité de tels *condottieri*, si dépourvus de scrupules et si bien pourvus de toutes sortes de moyens. On peut déjà conclure de leur vertueuse indignation qu'eux-mêmes ne verseront jamais dans les excès de Netchaïev, et que, s'ils dirigent bureaucratiquement leur F.A.I., ce sera comme un vague P.S.U., et non selon le modèle des « Cent Frères Internationaux » de Bakounine, ou du groupe de Durruti dans la C.N.T. espagnole. Mais si ce point est intéressant pour les gens qui s'occupent des actuelles conceptions *doctrinales* de l'ultime moment de l'anarchisme italien, il ne s'applique en rien à l'I.S., et l'on ne peut donc rien tirer des rêveries de ces individus à ce propos, ni pour nous blâmer, ni pour nous approuver. On a vu en passant le vieil argument stalinien, et plus anciennement encore contre-révolutionnaire, des « moyens financiers dont l'origine est inconnue ». Certes, si nous avions besoin de moyens financiers particulièrement notables, et si nous avions même réussi à nous les procurer, leur origine resterait sans nul doute inconnue des policiers de la F.A.I. Mais où a-t-on jamais vu que nous avions des « moyens financiers » ? Nulle part ailleurs qu'en comptant les milliers d'agents que nous stipendions partout dans le monde pour troubler impartialement le repos de Brejnev et de la F.A.I., de Nixon et de la principauté de Monaco ! En nous attribuant « diverses et coûteuses publications de caractère international et local » dont la source financière leur paraît « étonnamment suspecte », ils feignent de croire que nous avons à payer la note pour la moitié de cette multitude de publications contestataires qui depuis deux ou trois ans s'impriment à tout instant dans les plus petites villes de l'Europe et des États-Unis. En fait, nous avons maintenant une douzaine d'éditeurs, et certains d'entre eux vont même jusqu'à nous verser des droits d'auteurs. Quant aux revues, pas si nombreuses, que nous avons publiées par nos propres moyens, elles sont vite arrivées à être tellement lues qu'elles en devenaient commercialement rentables, malgré leur prix de vente fort bas. C'est d'ailleurs le moment où nous avons décidé de ne pas nous endormir sur ce genre de lauriers, et d'interrompre la publication de la plus fameuse. Bref, ce n'est pas un complot qui ronge le vieux monde du gauchisme, c'est l'histoire.

« Le situationnisme est bien loin du monde du travail, disent ces gens que le monde du travail expulse, comme les anarchistes sont loin de la jeunesse dorée situationniste, laquelle veut – sciemment ou inconsciemment, avec bonne foi ou avec mauvaise foi – jouer un rôle de provocation contre-révolutionnaire… » Et pour faire bonne mesure, ils affirment que ce sont « cinq pâles représentants de l'Internationale situationniste en Italie » qui, « le soir du 14 avril », auraient assommé à Florence un des bureaucrates de la F.A.I. ; et ils insinuent aussi que nous étions mêlés vers ce moment aux incendiaires des locaux d'un journal fasciste italien, et dans le seul but, bien sûr, de faire le jeu d'une répression anti-anarchiste. Enfin ils condamnent, au nom toujours du « monde du travail », les insurgés de Reggio-de-Calabre : de tels faits « ne sont pas, comme le soutiennent les situationnistes, la manifestation révolutionnaire d'un prolétariat qui réussit à autogérer sa vie quotidienne. Ce sont des manifestations *sanfedistes…* » Le sanfedisme fut un mouvement populaire, guidé par le clergé, contre les troupes françaises de la Première République occupant le royaume de Naples. Il serait à peu près aussi sérieux de dire que ce malheureux

Congrès de la F.A.I. traduit un fédéralisme girondin soudoyé par l'or de Pitt. L'I.S. avait été seule en Italie à prendre la défense des prolétaires de Reggio, calomniés par le gouvernement, le stalinisme et tout le gauchisme, dans la brochure *Gli operai d'Italia e la rivolta di Reggio Calabria* (Milan, octobre 1970) qui eut partout le plus vif succès, et fut rééditée plusieurs fois à l'étranger par d'autres rebelles. Après quelque temps, beaucoup de gauchistes ont changé leur fusil d'épaule, sinon le pouvoir qui est au bout. Même les staliniens italiens ont dû nuancer considérablement leurs premiers anathèmes. La seule F.A.I. reste purement fidèle au gouvernement démocrate-chrétien dans cette affaire et, pour nous insulter, calomnie les travailleurs calabrais avec autant de bonheur qu'elle a qualifié l'I.S.

Les anarchistes de la F.A.I. ne se contentent pas d'être immondes et ridicules pour leur propre compte ; ils se veulent *exemplaires*. En même temps qu'ils nous dénoncent publiquement à la police – ce qui n'est pas grave, car celle-ci sait par expérience la faible valeur judiciaire des témoignages des indicateurs qu'elle entretient dans ce milieu anarchiste –, ils enseignent à leurs collègues gauchistes la bonne manière de conjurer le démon : « La décision adoptée par le Congrès de la F.A.I. enlève aux situationnistes [N.B. : ce qui équivalait à nous enlever une trente troisième dent, ou le droit d'être élu au Parlement hongrois] la possibilité de perfectionner leur action de provocation, en premier lieu dans la F.A.I., et en tant qu'elle risque de servir d'exemple aux groupes et aux fédérations locales, adhérant ou non à la F.A.I., dans lesquels les situationnistes cherchent à s'infiltrer pour les mener à leur perte par l'équivoque idéologique et par l'activité de contradiction systématique qui rappellent de fort près le chauvinisme sorelien caché sous les principes de la violence pour la violence. » On voit d'ici, comme si on y était, ces situationnistes qui s'infiltrent partout, « cherchant qui dévorer », et qui mener à sa perte, grâce à leur dialectique *anti-idéologique* et leur activité de contradiction systématique qui, en somme, les fait ressembler de fort près *à l'histoire elle-même*. Ils sont la figure du *mal historique* pour tous les propriétaires, même les mal lotis qui n'ont d'autre propriété que la F.A.I. Ajoutons que Georges Sorel, s'il est plutôt connu en France comme un théoricien du syndicalisme révolutionnaire, a en Italie une réputation tout autre, du fait que les mussolinistes de la première phase ont prétendu s'en être inspirés.

Comme dans tant d'autres cas, si la risible F.A.I. n'avait aucun situationniste dans ses rangs, elle n'a pas manqué d'en créer par son imbécile répression. Et, comme toujours, c'est *après* de tels affrontements dans des sectes que nous ignorions parfaitement que certains éléments s'adressent à nous, et en particulier nous communiquent les répugnants documents internes « confidentiels » par lesquels la direction de la F.A.I. préparait son congrès, et n'obtint que la rupture avec tous ceux qui ne pouvaient plus supporter d'être solidaires de ses sottises et de ses infamies. On peut y lire cet aveu d'un étrange pessimisme : « Chasser les situationnistes de nos groupes est la garantie de la survie de ces groupes eux-mêmes. » Un de ces documents désigne personnellement « Sanguinetti, représentant de l'I.S. pour l'Italie », comme l'agent secret qui a directement organisé l'opposition et l'éclatement de ce Congrès de Carrare.

Quant à la haine exclusive et générale que lui ont vouée « tous les représentants du vieux monde et tous les partis », le camarade Sanguinetti s'est assuré, dans la seule année 1971, une sorte de record que tous les révolutionnaires peuvent lui envier. Des hommes de main staliniens ont essayé de l'assassiner à Milan, en voulant l'écraser avec des voitures, et seule l'intervention d'ouvriers les a empêchés d'arriver à leurs fins. La F.A.I. l'a désigné, quoique beaucoup plus académiquement, comme l'ennemi de l'anarchie et l'homme à abattre. Enfin, le 21 juillet, le ministre de l'Intérieur l'a fait expulser de France sans délai, quoiqu'il n'y ait jamais fixé sa résidence, pour le seul motif que sa présence à Paris était hautement préjudiciable à la sûreté de l'État.

Le *show* de la F.A.I., en effet, n'a rien fait d'autre que résumer une mythologie contre-situationniste qui, partout, est le produit du même confusionnisme intéressé, et de la même impuissance. On pouvait lire, en décembre 1970, dans un torchon moderniste nommé *Actuel*, sorte de magazine de la pollution intellectuelle, entre dix autres inventions arbitraires, cette même imagerie de l'*empire invisible* de l'I.S., d'un Ku Klux Klan de la Révolution : « Les polices d'Europe les fichent et les traquent. Insaisissables et souterrains, conspirateurs dans la tradition, ils refusent toutes les légalités et les conformismes, fussent-ils socialistes. Ils ne pratiquent pas la confraternité à l'égard des autres groupes gauchistes, aristocrates hors-la-loi de la révolution. » Cette aristocratie ne pouvait manquer de trouver son roi, héréditaire ou électif, on ne sait trop, Guy Debord : « C'est un petit homme au visage d'instituteur et aux vestes mal coupées. [...] Avec l'âge, il est obsédé par ses ennemis, décèle partout trahisons et scandales : il ne veut pas les combattre, mais les anéantir. On ne connaît de lui qu'un seul livre, *La Société du Spectacle*, discours unique et haché. » Certes, la description physique ne pourra aider ceux qui nous « traquent », puisque ce journaliste n'a évidemment jamais vu Debord, et il n'est pas sûr non plus qu'il sache à quoi ressemble aujourd'hui un instituteur. Mais la vieille mythologie séculaire des révolutions et de ses meneurs, racontée dans le style bourgeois – « Ils savent prendre l'argent où il se trouve » –, imprègne au plus fort degré ces quelques lignes. Les bêtises des morts pèsent très lourd dans les cerveaux des crétins vivants. Ce petit homme couleur de muraille, et qui n'a l'air de rien, c'est Blanqui, c'est « le Vieux », irréductible et terrible parce qu'entouré de ses fanatiques, dévoués et prêts à tout. L'image est aussi mâtinée de Trotsky et, si la drogue et l'assassinat politique s'y profilent, peut-être aussi du « Vieux de la Montagne ». Par ailleurs, reconnaissez ce « discours unique et haché » d'un livre théorique que le folliculaire n'aurait en aucun cas su lire : mais c'est Marat ! Décelant partout les trahisons, voulant anéantir ses ennemis, c'est certainement pour épargner des flots de sang que Debord vous presse d'en verser quelques gouttes, cent mille têtes ou, en ces temps d'inflation, cinq cent mille, par exemple. Il n'est pas mauvais que des révolutionnaires deviennent de moins en moins indulgents : tant d'autres vieillissent en filant de plus en plus doux, et certains n'ont même jamais que fait mine de refuser quoi que ce soit. Mais pour Debord, son épouvantable réputation en matière de rupture et d'exclusion était déjà bien établie il y a vingt ans, quand il avait vingt ans (ceci est noté par tous ceux qui ont écrit à son propos ; cf. Asger Jorn, et même Jean-Louis Brau). On doit donc convenir qu'« avec l'âge » – prématurément usé par les orgies, probablement –, il n'aura vraiment pris personne en traître !

Des livres paraissent en Allemagne, en Amérique, en Hollande, en Scandinavie, qui tous admirent ce qu'a fait l'I.S. dans les années de l'avant-Mai, et déplorent seulement que toutes ces belles virtualités – ressenties surtout à propos du rôle que tel situationniste local, exclu depuis longtemps, a pu jouer plus médiocrement par la suite dans les débuts de la contestation allemande ou hollandaise – aient été sans cesse émondées d'une main de fer par ce qu'un récent livre suédois d'histoire *nashiste* (deux mots qui s'anéantissent dans leur rapprochement) appelle la dictature du « général Debord », qui sans désemparer a constamment exclu tout un chacun. Il resterait à comprendre comment et pourquoi tant a pu être réalisé par cette voie ; et pourquoi c'est justement Debord, et non pas Nash, les garnautins ou les vaneigemistes, qui se trouvait sans cesse avoir sous la main des gens à exclure, se renouvelant sans cesse et toujours prêts à marcher. N'y a-t-il pas là quelque raison *concrètement historique* ? Et à quoi bon parler de prestige autoritaire alors qu'il est notoire que Debord a toujours été assiégé par des quantités de personnes qui voulaient se faire employer à quelque chose ; et qu'il les a repoussées presque toutes au premier instant ? Quant à ceux donc qui veulent tout expliquer par quelques constatations bornées de la « réflexion dite psychologique », ils seront toujours arrêtés par ce mystère : pourquoi donc est-ce celui-ci qui a pu diaboliquement capter tous ces gens dans ses filets ? et pourquoi donc ont-ils été prêts à le suivre partout où il voudrait les mener ?

D'autres inventions subalternes prolifèrent sur ce terrain, avant tout pour suppléer aux informations manquantes des auteurs qui tirent à la ligne. Certains ouvrages font naître Debord à Cannes : c'est probablement, après Paris, le commencement d'une liste de sept villes de France qui se vanteront de cet honneur très discutable. On s'obstine à imprimer, jusqu'en Amérique, qu'il était l'héritier d'un très riche industriel – alors qu'il est patent qu'il a mené la vie la plus aventureuse, et qu'il a dû développer sa critique de l'économie politique avant même d'avoir trouvé son Engels. Dans le même but de ramener l'inconnu qui dérange au connu rassurant, on prétend un peu partout que Debord ne pouvait être qu'agrégé de philosophie, alors qu'il n'est rien de tel, et même pas attaché au C.N.R.S. Il n'est pas non plus, quoi qu'on dise, directeur de collection aux Éditions Champ Libre.

Les pro-situs, comme on l'a signalé, abreuvés d'offenses, ne peuvent pas rester tous perpétuellement des admirateurs de l'I.S. ; et quand ils se trouvent contraints de rejoindre nos détracteurs, ils sont parfois plus drôles que la F.A.I. Que ne nous a-t-on pas reproché ? Certains prétendent que nous avons manipulé les foules des barricadiers de Mai, et les assemblées de la Sorbonne. Nous aurions réussi à égarer les ouvriers avancés de Glasgow et à pervertir les blousons noirs de Paris. Nous aurions manœuvré les grévistes sauvages de la FIAT à Turin, comme les plus radicaux des éléments armés palestiniens (on a vu par quel habile intermédiaire). C'est donc à cause de nous que ces derniers ont attendu aveuglément leur mise à mort ; et sans nous, les mineurs de Kiruna auraient peut-être libéré le premier territoire des Conseils du cercle polaire. Sans nous, les travailleurs de Reggio n'auraient pas pris les armes ; ou alors ils auraient abattu en quarante-huit heures l'État italien. D'un côté, nous aurions presque fomenté tous les troubles dont la société moderne est devenue si riche ; d'un autre côté, nos directives sectaires et toujours maladroites les auraient menés par le plus court chemin à tous leurs échecs. Passons.

La sotte impudence est poussée encore plus loin, parce que placée dans une dimension un peu plus pratique, par certains éditeurs, oscillant et déchirés entre la haine que nous leur inspirons à juste titre et leur envie de se faire un peu d'argent supplémentaire, ou même de dédouaner légèrement leur triste réputation, en nous publiant maintenant. À la fin de 1971, les Éditions Feltrinelli nous ont demandé les droits de traduction de la revue *I.S.* Nous avons répondu, assez froidement, que nous ne voulions pas être édités par le stalinien Feltrinelli. Là-dessus, le directeur de cette maison, un nommé Brega, nous écrit que ce refus relève de la psychiatrie, qu'il est formulé « sur un ton stupidement arrogant », et que de plus Feltrinelli n'a jamais été stalinien. Autant de contre-vérités ! Ce Brega feint de s'étonner qu'après avoir mentionné sur nos revues que les textes ne sont pas sous *copyright*, nous retombions dans ce qu'il ne craint pas d'appeler, lui, « les sentiers battus de l'édition et des auteurs bourgeois ». L'I.S. lui a donc répondu, le 14 février 1972, un peu plus durement : « Tu voudrais, étron, être dans la position même de Staline pour fixer *tout seul* la définition canonique des mots. Selon toi, Feltrinelli ne serait pas un stalinien ; et alors Dubcek non plus, ni Kadar, ni Arthur London, ni Castro, ni Mao. Et toi-même, Brega, à ce compte-là, tu ne serais pas une salope et un imbécile. Nous comprenons bien ton intérêt là-dedans, mais arrête de rêver ! [...] C'est ta maison d'éditions qui a joué, à son habitude, ce jeu juridique bourgeois, en nous demandant les droits de traduction. Et justement *nous vous les refusons*, à cause de tout ce que vous êtes. Si notre mépris t'est indifférent, jolie chatte, *il ne fallait rien nous demander*. Les révolutionnaires, quant à eux, ont toujours pu reproduire tout ce qu'ils voulaient des textes de l'I.S. ; et nous ne nous sommes jamais opposés d'aucune façon aux multiples éditions pirates de nos textes et de nos livres dans un bon nombre de pays. Mais la maison Feltrinelli n'est même pas digne de l'édition pirate. Et même vous, par ailleurs, si vous passiez outre à notre refus, vous pouvez être assurés que nous ne nous y opposerions pas aucune voie juridique ou bourgeoise. C'est toi, Gian Piero Brega, puisque tu as eu la hardiesse de te mettre en avant avec cette lettre, que nous considérerions comme *personnellement* responsable de n'importe quelle édition de nos textes par la maison Feltrinelli. Et c'est sur ta peau qu'on se payerait. » (Cet échange de lettres a été aussitôt imprimé et affiché en Italie sous le titre *Corrispondenza con un editore.*) Certains ne manqueront donc pas d'insinuer que c'est l'I.S. qui, quelques jours plus tard, a assassiné Feltrinelli à la dynamite. Dans le *Corriere d'Informazione* des 18-19 mars, on prétend même que l'I.S. avait mis à l'amende Feltrinelli, et de pas moins d'*un milliard de lires* pour commencer, ce qui permet de conclure : « De là à l'assassinat, il n'y a qu'un pas. » Au printemps de 1971, dans le troisième tirage de *La Société du Spectacle*, les Éditions Buchet-Chastel ont osé y introduire unilatéralement et par surprise *un sous-titre* : « La théorie situationniste ». Cette adjonction, contraire aux usages de l'édition – et même explicitement au droit bourgeois –, était en l'occurrence d'autant plus monstrueuse que le mot « situationniste » n'est employé *qu'une seule fois* dans ce livre (dans la thèse 191) ; et ceci très délibérément, pour se distinguer de tant de révolutionnaires en peau de lapin qui pensaient garantir la radicalité de leur prose en la truffant de rappels et d'éloges sur l'I.S. Comme on l'a dit, il n'est pas dans notre style de nous placer sur le plan de la justice bourgeoise, en intentant aux Éditions Buchet-Chastel un procès qu'elles eussent assurément perdu. Il était plus digne de faire republier *La Société du Spectacle* par un autre éditeur parisien ; ce que les Éditions Champ Libre se proposèrent de réaliser sans délai. On a donc vu depuis la pittoresque aventure de l'éditeur faussaire soumettant sa cause à la justice, et faisant saisir par ordonnance de référé l'édition authentique de Champ Libre. Mais ceci, bien évidemment, ne suffira pas à lui ramener ce livre, ni son auteur. L'édition française, réimprimée depuis en Hollande, comme les traductions éditées aux États-Unis, au Danemark et au Portugal, se refusent à reconnaître les droits, tant moraux que financiers, de Buchet (celui-ci n'aura donc pu négocier que l'édition italienne publiée chez De Donato, laquelle comporte du reste une traduction si erronée qu'elle ne manquera pas d'être prochainement concurrencée en Italie par une édition pirate plus rigoureuse).

Le mouvement des occupations de 1968, avec le recul de quelques années, a pris place aux yeux de tous – et pour ses ennemis mêmes, qui sont le moins prompts à l'avouer, mais non à le ressentir – dans la longue série des révolutions françaises : il a bel et bien fait apparaître, comme simple ébauche, les traits principaux de la révolution moderne, son véritable contenu. Et à mesure que le temps passe, les livres qui continuent de paraître sur Mai sont obligés de faire à l'I.S. une place toujours plus grande. Mais la mythologie y règne encore. Le récent livre de Raspaud et Voyer, *L'Internationale Situationniste*, est la seule recherche dont on puisse louer sans réserve le sérieux, mais il se tient sur le terrain de la chronologie et de la bibliographie, sans aborder l'aspect proprement historique. Beaucoup de ces livres, comme le stupide *Image-action de la société* (Seuil, 1970), crachoté par Alfred Willemer et son équipe de sous-sociologues, essaient d'établir une distinction entre les situationnistes, en tant que brillants précurseurs et théoriciens, et ceux qui furent effectivement en 1968 dans le mouvement pratique. Ainsi reparaît la vieille nuance scolaire de ceux qui « expriment » un courant historique et de ceux qui le mettent en actes. Mais le scandale central que ces chercheurs voudraient cacher, c'est justement que les mêmes situationnistes étaient là : aux barricades, à la Sorbonne, aux usines. Nous y avons fait *la théorie du moment même*. L'histoire, même universitaire, et même avec de meilleurs chercheurs qu'Adrien Dansette ou A. Willemer, ne trouvera pas de meilleurs textes, comprenant si bien l'événement et en prévoyant plus clairement les suites, *au jour le jour* et *pour toute une période historique*, que les principaux écrits alors diffusés massivement par l'I.S. et le « Conseil pour le maintien des occupations » – notamment l'*Adresse à tous les travailleurs*, du 30 mai 1968, dont nous faisions immédiatement passer à l'étranger des milliers d'exemplaires, et que nous avions alors considérée, quoi qu'il pût arriver, comme le *testament* de tout le mouvement des occupations. La vieille querelle académique pour savoir à quel point l'histoire peut être jamais *prévisible* par ceux qui la vivent a été là *une fois de plus* tranchée par l'expérience révolutionnaire. Le moment révolutionnaire *concentre* tout le possible historique de l'ensemble de la société dans trois ou quatre hypothèses seulement, dont on peut voir clairement évoluer à mesure le rapport de forces, la croissance ou le renversement ; alors qu'ordinairement la *routine* de la société est imprévisible – sauf dans sa vérité générale où elle peut être reconnue comme cette routine *déterminée*, et où l'on peut prévoir de la sorte la ligne principale de sa continuation –, parce que cette routine, elle, est le produit d'une infinité de processus *dispersés*, dont les développements singuliers et les interactions sont incalculables à l'avance. Ceux qui, dans les jours ordinaires, ne pensent pas se mettent à penser en de tels moments selon la logique des jours ordinaires. Les gauchistes ne revoyaient que Smolny, ou la Longue Marche, et ainsi ils se trouvaient encore plus maladroits dans le Paris de 1968 qu'ils l'eussent été, eux, sans Lénine, à Smolny. Les masses sentaient, déjà présente, la transformation possible de leur vie. Cependant, de tous les gauchistes qui opinaient dans les assemblées, il n'y en avait pas un qui eût la moindre vue, non seulement de ce qui s'ensuivrait, mais de ce qui pouvait s'ensuivre (beaucoup n'ont même pas mesuré à quel *fil près* on est alors passé à côté d'une répression extrême, quand le mouvement retomba). On a vu depuis lors, en France, la plaisante dialectique du gauchiste et du spectacle. Chaque fois que le spectacle doit recommencer à avouer que les ouvriers ne cessent de devenir plus subversifs, il feint de redécouvrir les gauchistes, comme les responsables de ce fâcheux résultat ; il les en blâme et se rassure en les blâmant. En fait, sur 150 000 personnes qui occupent la rue pour l'enterrement d'Overney, tout le monde sait bien que les partis gauchistes réunis n'en contrôlent pas le dixième. Le gauchisme a constamment donné depuis quatre ans toute sa mesure d'irréalisme extraterrestre. L'ensemble des partis gauchistes, à l'exception des maoïstes, mais en y comptant les « organisations » anarchistes françaises qui suivent la même voie que leurs correspondants italiens, *ménagent* sans cesse et scandaleusement le parti stalinien officiel. Les maoïstes – il est inutile de dire que les fragments de « situationnisme » qu'ils mélangent souvent à leur brouet révolutionnaire ne peuvent être ni compris ni utilisés par eux, exactement *pas plus que le marxisme* – attaquent très franchement ce parti mais au nom d'*un autre stalinisme* – et notamment pseudo-chinois – beaucoup plus combatif mais plus décomposé encore que le conservatisme bureaucratique de Marchais ; et qui se ridiculise constamment, de « tribunaux populaires » en « prisons du peuple », sans pouvoir comprendre un instant ce qui se passe réellement en France et dans le monde. Les observateurs du gouvernement aussi bien que du parti dit communiste parlent de ce que les ouvriers *sont* – et chaque fois réétablissent combien les ouvriers ne sont pas révolutionnaires, car le seul fait *qu'ils puissent le dire* confirme empiriquement leur analyse. Sur le même terrain de la méthodologie bourgeoise, mais plus extravagants encore, les maoïstes croient que les ouvriers sont tout à fait révolutionnaires – et, en plus, selon les grotesques modalités maoïstes ! –, et ils veulent sincèrement les aider à l'être : comme à Canton en 1927. Mais le problème historique n'est nullement de comprendre ce que les ouvriers « sont », – aujourd'hui ils ne sont *que des ouvriers* – mais ce qu'ils vont devenir. Ce devenir est la seule vérité de l'être du prolétariat, et la seule clé pour comprendre vraiment ce que sont déjà les ouvriers. En ce moment, par exemple, se produit un phénomène considérable, qui échappe encore aux observateurs spécialisés et à presque tous les militants, et qui leur promet de mauvais jours : comme au siècle dernier les ouvriers *se remettent à lire*, et ils vont comprendre eux-mêmes ce qu'ils font. Certains ouvriéristes antédiluviens, en tout désarmés et entendant bien le rester, ont reproché à l'I.S. d'avoir appliqué en mai 1968 une stratégie. Il est vrai que nous avons résolument agi selon certains buts stratégiques, mais nous ne l'avons pas fait *pour nous.* Nous l'avons fait pour le mouvement qui était là. Et dans ce mouvement, nous n'avons trompé personne. On nous dira qu'il a échoué. Mais nous n'avions jamais donné pour probable sa réussite immédiate en France – ceci est également vérifiable dans nos textes du moment –, alors que tous les néophytes émerveillés de la « révolution universitaire », les Geismar et les Peninou, croyaient qu'ils pourraient palabrer pendant dix ans dans les meubles du pouvoir. De plus, il avait quelques chances de réussir ; et quand *un tel mouvement* a commencé, il faut être avec lui en y engageant le maximum de ses talents utilisables. Mais surtout : selon nous, le mouvement de Mai a réussi. Nous voulions lui voir prendre au moins la moitié de l'extension qu'il a prise, et c'eût été déjà une victoire sur le plan *mondial.* La suite nous a donné raison.

Quant à Vaneigem, il a récemment saisi la pauvre occasion d'une présentation de morceaux choisis d'Ernest Cœurderoy, qui n'en peut mais, pour greffer très arbitrairement là-dessus son opinion sur la révolution. C'est le texte typique du *pro-situ vulgaire*, qui n'a rien à dire mais qui veut signer ; qui voudrait vendre au mieux la faible valeur publicitaire de son nom sur la *bande* du livre d'un autre. Mais il lui faut aussi, pour signer, parler par lui-même sur des questions qui lui échappent. De sorte que les plus creuses formules, et les longues séries de concepts sans emploi, s'accumulent à la va-comme-je-te-pousse dans ce qui a l'air d'un mauvais *pastiche* du Vaneigem de 1962. Le spectacle, tout comme Vaneigem, ne cesserait de se renforcer en s'affaiblissant ; et, si par malheur on n'a pas la révolution, on aura toujours plus d'affrontements terroristes entre les uns et les autres ; et à mots couverts il laisse entendre que l'I.S. pourrait bien se retrouver au pôle extrémiste de ce terrorisme, du côté gauchiste. Un peu de « théorie » à la mie de pain vient saupoudrer ses abstractions figées et archaïques. Il montre un certain conflit entre la « bourgeoisie riche et dirigeante », laquelle est pour lui simplement et littéralement représentée par « des technocrates, des leaders syndicaux, des hommes politiques, des évêques, des généraux, des flics-chefs », et « la bourgeoisie pauvre et exploitée des chefs de service, des flics subalternes, des petits commerçants, des curés miteux, des cadres ». On voit la rigueur et la précision de ses analyses. Et plus loin il découvre que « ce qui pèse sur nous, ce n'est plus le capital mais la logique de la marchandise ». Il sait bien que Marx ne l'a pas attendu pour démontrer que le capital n'était rien d'autre que « la logique de la marchandise » ; mais il a calculé naïvement que sa phrase *fera moderne*. De même que, par une trouvaille du vaneigemisme devenue solitaire, ce qui pèse sur nous, « ce n'est plus le pouvoir d'un homme ou d'une classe consciente de sa prédominance… ». Mais à qui le fera-t-il croire ? La classe dominante est partout aussi *consciente de sa prédominance* que Vaneigem est lui-même conscient de son infériorité. Par le ton même, ces hâtives remises en question ne rappellent pas Bernstein, et même pas Edgar Morin, mais Louis Pauwels. Comme un Lefebvre plus instruit, ou un Nash moins hardi dans le truquage, croyant se sauver par *l'omission*, Vaneigem se déclare fort en faveur du « projet situationniste », en espérant que le lecteur pourra oublier combien il en a lui-même démérité, et ne pourra pas voir tout de suite que ces quelques récentes pages en apportent la preuve accablante. Combien Vaneigem ménage peu son malheureux lecteur (la faiblesse, pour supporter de survivre, a besoin de supposer que presque partout les autres sont d'une faiblesse égale ou supérieure), voilà ce que suffiront à montrer deux énormes détails : Vaneigem dit vite en passant qu'en novembre 1970 l'I.S. ne lui inspirait plus que de « l'indifférence ». Il croit pouvoir faire passer, sans autre explication, la chose comme *un mystère soudain*. Mais, de même qu'il n'y a là rien de mystérieux, il n'y avait rien de soudain (cf. ici même un rapport de la VIIe Conférence de l'I.S. en 1966). Et, tout en glissant cette vérité, quelque peu cynique de sa part, que « la théorie n'est pas saisie radicalement tant qu'elle n'est pas expérimentée », il essaie de ressaisir, mine de rien, son vieux bluff dégonflé en faisant l'éloge de ceux qui étaient, en mai 1968, « les insurgés de la volonté de vivre ». Nous avons montré que l'I.S. a été dans le mouvement des occupations, comme avant, quelque chose de moins vague et de plus précisément historique. Mais le *Communiqué de l'I.S. à propos de Vaneigem*, du 9 décembre 1970, révèle aussi que la volonté de vivre de Vaneigem était déjà alors un peu loin de cette insurrection.

3. Rapport de Guy Debord à la VIIe Conférence de l'I.S. à Paris (extraits)

La théorie de l'I.S. est claire au moins sur un point : *on doit en faire usage*. Se présentant déjà comme une plate-forme collective, et n'ayant vraiment de sens que dans la perspective d'un vaste élargissement collectif de notre critique, elle nous oblige à répondre à cette question : si nous sommes ensemble, c'est pour *faire* effectivement quoi ? Cette question se pose bien réellement, et parce que l'ensemble de théories de l'I.S., étant tout le contraire d'une spécialisation intellectuelle, recouvre une assez grande complexité d'éléments dont l'importance est inégale ; et *surtout* parce que l'origine de l'accord entre nous étant simplement théorique, toute sa réalité dépend finalement de la manière dont nous concevons et réalisons l'usage de cette théorie. Que doit être cette activité commune pour nous-mêmes, et vers les autres ? Cette question est une. La mauvaise réponse, à savoir que nous avons une intuition immédiate de la totalité, et que ceci est déjà une attitude qualitative totale, qui nous permettrait de discourir superbement sur tout, serait évidemment une manifestation pré-hégélienne d'idéalisme, parce qu'il manque à cette conception *le sérieux et le travail du négatif*. Notre activité ne peut être cet absolu, cette nuit où toutes les vaches sont radicalement noires, c'est-à-dire aussi ce *repos*. C'est d'un même mouvement que notre compréhension commune peut rester partiellement inactive, et que des activités individuelles peuvent rester partiellement incomprises par ceux qui s'en accommodent. Si nous n'avons pas un jugement correct de l'I.S., nous nous tromperons en proportion sur tout le reste. [...]

C'est-à-dire que nous ne devons pas nous embarrasser collectivement des questions individuelles qui échappent à notre activité commune ; et de même aucun de nous n'a à s'embarrasser dans sa vie individuelle des *prétentions* collectives de l'I.S. qui seraient au-delà de la pratique commune réelle. Je veux dire que l'existence de ces positions communes abstraites ne doit servir ni à embellir telle inactivité particulière, ni à encombrer la vie effective de tel de nous. Ceci suppose bien entendu qu'il y ait participation effective à une activité commune réelle. C'est seulement cette activité *pratique* qui est le jugement que nous reconnaissons entre nous, de même que c'est elle qui prononcera notre jugement objectif par les autres.

Il est certain que notre activité commune doit s'élargir. Je propose simplement de regarder en face cette réalité qu'actuellement, en tant qu'activité pratique, elle est pauvre. Il faut admettre ses limites et sa pauvreté, justement pour l'élargir pratiquement. Par contre, c'est en tant qu'elle n'est aucunement mesurée *pratiquement* qu'elle peut apparaître comme grandiose. Mais un tel caractère grandiose se verrait démenti aussitôt que s'installerait parmi nous une certaine pratique inconsciente des rapports inactifs. Je considère donc que nous n'avons pas, littéralement, à être ensemble indépendamment d'une activité définie par notre programme commun (et le définissant davantage). Cette activité est elle-même commandée par notre place dans le monde, ce que nous avons à faire comme critique du monde actuel, et comme *rencontre* des éléments critiques qui y apparaissent.

Je tiens compte ici de quelques discussions qui ont eu lieu parmi nous, fragmentairement, dans les derniers mois. Je tiens compte plus encore de quelques incertitudes individuelles qui ont manifesté parfois une sorte de désarmement devant les problèmes de la *traduction pratique* de ce que nous affirmons assez facilement ensemble. Deux positions parallèles en découleront, plus ou moins clairement, qu'il vaut mieux clarifier tout de suite :

1. Une pseudo-critique de l'I.S., qui exprimerait un mécontentement irrecevable de ce fait que l'I.S. ne transfigure pas magiquement tous les aspects de la vie de ceux qui la rencontrent. Le jeune littérateur François George en était un bon exemple, nous reprochant ses insuffisances.

2. Un éloge factice de l'I.S., que je juge encore pire parce qu'il contient déjà une sorte d'idéologie d'*un pouvoir illusoire.* Cet éloge essaierait de faire croire que l'I.S., du moment qu'elle « existe », *est déjà tout ce qu'elle devrait être en fait* (cohérence, etc.). Une telle illusion peut entraîner corollairement à des illusions extravagantes sur ce que l'I.S. devrait encore devenir, en tant que développement issu de la base imaginaire dont on la crédite dès aujourd'hui. Cet éloge et ce dénigrement – l'un devant d'ailleurs amener l'autre – sont les deux faces d'une même médaille : l'incompréhension et l'absence à propos des conditions de notre activité réelle, et de notre activité réellement possible.

C'est la faiblesse et le caractère primitif des nouveaux aspects de la lutte de classe dans la société moderne qui peuvent produire autour de nous, et même parmi nous, des espérances néo-idéalistes d'une apocalypse intellectuelle, à propos de l'I.S. existant concrètement ; et, forcément, des déceptions en retour, surgies de la même attente. Le seul développement de ce mouvement de lutte transformera les vrais problèmes, et les *faux problèmes* par-dessus le marché.

Notre affaire est avant tout de constituer une théorie critique globale et (donc, inséparablement) de la *communiquer* à tous les secteurs déjà objectivement engagés dans une négation qui reste subjectivement fragmentaire. La définition, l'expérimentation, le travail de longue haleine autour de cette question de la *communication* est notre activité réelle principale en tant que groupe organisé. Les déficiences *là-dessus* résument *toutes* nos déficiences (en tant que groupe). Le reste est bavardage. […]

Ce n'est pas une garantie théorique de la vieille pensée allemande, mais la révolte dans la vie réelle aujourd'hui et pour nous qui mène à comprendre ensemble aussi bien la culture critique parallèle au marxisme en son temps (par exemple la poésie moderne comme auto-négation de l'art) et toutes les formes du siècle présent, qu'il nous faut critiquer concrètement, au-delà d'une simple dénonciation de la publicité des marchandises.

La participation complète à ce que j'appelle notre activité principale au stade actuel présuppose évidemment, et renforce, les capacités individuelles ; et dans la conscience théorique et dans l'usage présent de la vie. Cependant, en aucun cas, nous ne sommes justifiés à mettre en avant comme *notre tâche commune* une étude raffinée des problèmes théoriques purs, parce que notre *théorie du dialogue* ne doit pas se satisfaire d'un simple *dialogue de la théorie* : la théorie du dialogue est, de son origine à son ultime développement, une critique de la société.

Contrairement à ce que certains paraissent croire, *il n'est pas si difficile de nous comprendre théoriquement*, quand on est en contact avec nous, quand on est porté à prendre comme nous les réalités dont nous parlons. Il n'est pas *obligatoire* de relire Machiavel et Kautsky. Il doit être plus facile de nous comprendre maintenant que, par exemple, il y a cinq ans. […]

Ce qui est difficile n'est donc pas tant de comprendre finement les théories de l'I.S. que *d'en faire quelque chose*, même grossièrement. C'est cela qui doit nous occuper avant tout.

L'I.S. devrait donc prendre garde à ne plus faire son propre éloge. Il faut cesser de développer, parmi nous et autour de nous, un contentement admiratif fondé sur ce que nous avons fait dans le passé (admettons que c'est à la fois beaucoup et très peu) ; et envisager au contraire comment nous pouvons en *faire usage* maintenant. Et quelles sont à cet égard les *capacités* pratiques des gens qui nous approchent. Si nous avons *défendu* le titre « situationniste », par différentes voies, dont les exclusions, c'est uniquement pour empêcher qu'il soit « valorisé » *contre nous*. Ce n'est pas dans le but de le valoriser pour nous-mêmes. Nous devons rappeler sur quel mouvement à venir nous parions.

L'activité (théorique et pratique) multiple qui procède de ce point central de la *communication* révolutionnaire avancée, comprise au sens le plus large, est ce qui peut seul décider du mode d'être ensemble des situationnistes, comme de tous les critères qui nous permettent de juger la cohérence et les capacités de nos camarades possibles. Veuillez considérer qu'il n'est guère de caractéristique personnelle, même dans les goûts et les attitudes les plus « subjectives », qui n'ait un effet directement mesurable *sur ce terrain de notre communication vers l'extérieur*. C'est ici, par exemple, que le manque de talent dans l'expression apparaît comme un dangereux bégaiement, ou diffusion de vérités partielles qui deviennent des mensonges. C'est ici que l'allure conformiste de l'un de nous dans n'importe quel aspect de sa propre vie pourrait certainement servir à discréditer toutes les prétentions théoriques de l'I.S. ; et ceci d'autant plus vite qu'elles ont l'air plus tranchantes. Il s'agit d'être *au moins* au niveau d'affranchissement qui commence à se manifester un peu partout sans conscience théorique ; et d'avoir seulement la conscience théorique *en plus*. Aussi évidemment que nous devons refuser le « rôle prestigieux » dans l'I.S., nous devons rejeter quiconque présenterait parmi nous et à l'extérieur le contraire du prestige : *l'insuffisance* en regard de nos bases affirmées.

On a dit récemment que les situationnistes ne pouvaient reconnaître parmi eux aucun « penseur à la retraite ». C'est tout à fait vrai, car ceci nous transformerait en guilde intellectuelle pour la diffusion et la reconnaissance de nos « chefs-d'œuvre », et de la doctrine fixée qui pourrait en être déduite, puis enseignée. Je crois cependant que cette mise en garde participerait d'une sorte d'utopisme glorieux si on la mettait en avant comme le principal péril. D'abord, parce que nous risquons bien davantage de réunir des « penseurs au berceau » (ce qui n'est pas mauvais sous la seule condition qu'ils sortent vite du berceau). Mais surtout, j'insiste sur ce point, nous n'avons aucun besoin de « penseurs » en tant que tels, c'est-à-dire des gens produisant des théories en dehors de la vie pratique. Dans la mesure où nos théories en formation me paraissent aussi justes que possible, pour le moment et dans les conditions que nous avons affrontées, j'admets que tout développement théorique qui peut s'inscrire dans la cohérence du « discours situationniste » *vient de la vie pratique*, en découle légitimement. Mais ceci n'est en rien suffisant. Il faut que ces formules théoriques *reviennent dans la vie pratique*, sinon elles ne valent pas un quart d'heure de peine. Deux points sont à considérer : 1. l'accord visible entre la théorie et la vie du porteur de cette théorie dans toute la mesure du pratiquement réalisable ; 2. l'utilisation de cette théorie en tant qu'elle est communicable à des forces pratiquement entraînées vers la recherche de cette théorie (là où « la réalité recherche sa théorie », selon une formule classique). La déficience dans le premier cas donne clairement l'idéologue inconscient en désaccord avec lui-même ; dans le second cas la secte utopiste, où certes il y a accord réel entre les participants, mais uniquement entre eux. Pour nous, est suspendue cette circonstance aggravante que nous proclamons le refus historique de l'idéologie, et le dépassement de toute utopie par le *possible* effectif du présent. La mesure du réalisable, et donc de la déficience, dans les deux cas peut fort bien être établie – et toujours élargie – par la pratique même des situationnistes s'ils appliquent avec conséquence les banalités de base qu'ils affirment déjà. [...]

Je repousse tout autant le contentement ou la menace de mécontentement à l'égard de l'I.S., qui se manifesteraient autour de cette exigence selon laquelle nous devrions être, en quelque sorte, des organisateurs de *jours de fêtes*. Nous n'avons pas à répondre à une telle revendication de *fêtes particulières*. Nous devons laisser cette dimension aux individus ; c'est-à-dire n'entraver personne avec un collectivisme forcément débile en cette matière. Ce qu'il nous faut hériter de l'art moderne, dans les conditions présentes, c'est un niveau plus profond de communication, et non une prétention à quelque jouissance sous-esthétique. [...]

Il nous faudra arriver à *ressaisir cette parole*, qui est dans la culture, mais aucunement son « prestige » ou une suite quelconque de son prestige. (Les « rôles prestigieux » qui peuvent être tenus à partir de l'I.S., le misérable genre « maître à penser » – ou « à vivre » –, nous devons nous en défendre en sapant systématiquement toute attitude prestigieuse.) La recherche d'une sorte de fête dans l'I.S. aboutirait à la triviale pratique du divertissement en société, qui n'est certainement pas mauvaise en soi, mais qui serait mauvaise pour nous parce que habillée dans une idéologie du ludique : c'est-à-dire une tentative de ludique collectif *sans ses moyens*, mais aggravé d'une sorte de doctrine du jeu. Où sont donc tous ses moyens de réalisation, immédiats et futurs ? Justement dans notre pratique de la communication avec « le mouvement réel qui supprime les conditions existantes ». À défaut de ceci, pourquoi une réunion de situationnistes, dans de telles conditions de lourdeur abstraite, devrait-elle même être divertissante ?

Dans l'aliénation de la vie quotidienne, les possibilités de passions et de jeux sont encore bien réelles, et il me semble que l'I.S. commettrait un lourd contresens en laissant entendre que la vie est totalement réifiée à l'extérieur de l'activité situationniste (laquelle serait alors un sauvetage mystique par le concept – voir quelques personnes qui s'adressent à nous actuellement en ayant cette impression). Tout au contraire, il me semble que ce champ libre est plus normalement extérieur à notre activité commune, qui implique une certaine fatigue. Ceci me paraît encore plus évident à considérer le travail théorique personnel que la participation au projet situationniste peut mener à entreprendre.

Le développement de la théorie situationniste a marché de pair – par une infinité d'interactions dont certains cas de plagiats spectaculaires ne sont que l'aspect anecdotique amusant – avec un développement du monde culturel dominant lui-même. L'idée d'urbanisme unitaire, l'expérience de la dérive doivent être aujourd'hui comprises dans leur *lutte* avec les formes modernes d'architecture utopique, des Biennales de Venise, ou des *happenings*. De même notre usage possible d'une « communication contenant sa propre critique » doit s'imposer contre le néo-dadaïsme récupéré ou la néo-esthétique combinatoire (un « Groupe d'Art visuel » construisant des situations dans les rues de Paris, etc.). Le fait cependant que les quelques tentatives qui ont été faites pour récupérer l'I.S. en bloc dans ce monde culturel aient été repoussées justifie ces premiers *moments* de notre expérience : nous avons suivi la possibilité de radicalisation qu'ils contenaient. C'est pourquoi le mouvement de dépassement dont nous parlons ne les supprime pas. C'est à cause de ces expériences mêmes – à poursuivre – que la tâche de *communication* de notre théorie, que je conçois comme notre lien pratique principal, n'est en rien de l'activisme politique, mais est radicalement ennemie de toutes les survivances de cet activisme de spécialistes. Cependant, la seule position qui discrédite totalement la nécessaire critique des spécialistes, c'est *l'inactivité au nom de la totalité*, dont j'ai parlé pour commencer.

La question de la communication d'une théorie en formation aux courants radicaux eux-mêmes en formation (communication qui ne saurait être aucunement unilatérale) tient à la fois de « l'expérience politique » (l'organisation, la répression) et de l'expérience formelle du langage (de la critique du dictionnaire à l'emploi du livre, du tract, d'une revue, du cinéma, et de la parole dans la vie quotidienne). Tout de suite après, mais non négligeable, se pose ici le problème du financement. Je suppose décidément négligeable pour nous tous le problème du maintien de quelque confort que ce soit. Il est sûr que là où nous commençons à réussir une certaine communication de ce que nous voulons dire, le résultat peut nous revenir sous différentes formes peu confortables, comme la bombe chez Martin. Mais le problème le moins négligeable de tous est celui de notre capacité, en diverses occasions, pour juger des possibilités pratiques. Notre émissaire en Algérie, par exemple, avait récemment ramené des conclusions fort optimistes sur nos possibilités d'une organisation de diffusion, sans laquelle les meilleures analyses ne sont bonnes qu'à offrir directement à l'Institut International d'Histoire Sociale. La suite a montré qu'il avait été trop enthousiaste. Les conditions de la clandestinité, naturellement, réduisent à un très petit nombre d'individus ceux parmi lesquels il faut choisir de faire confiance ou non. Selon ce que ceux-ci précisément feront ou ne feront pas, on peut arriver à des résultats, ou à rien. Mais vous savez comment l'affaire se présente pour nous *partout*, et c'est pourquoi je trouve intéressant cet exemple de conspiration en passant. Le monde entier est pour nous comme cette Algérie, où tout dépend de ce que nous pourrons faire avec les *premiers venus* ; et où nous devons donc être tous de plus en plus capables de les juger pratiquement et de créer les conditions pour de telles rencontres. Nous n'avons pas les *mass media*, et aucun courant radical ne les aura pendant fort longtemps. Il faudra apprendre à reconnaître et emprunter *à tout moment* les autres voies.

Si nous avons une certaine avance théorique en ce moment, c'est le produit fâcheux de l'absence complète de la critique pratique de la société dans l'époque d'où nous sortons, et de sa dissolution théorique subséquente. Mais, puisqu'il semble que la réapparition des luttes sous une forme nouvelle commence à confirmer notre hypothèse fondamentale, nous avons à faire connaître nos positions aux nouveaux courants qui se cherchent dans la politique comme dans la culture, dans cette mesure où nous sommes *leur propre théorie inconnue.* Cette tâche me paraît définir toute notre activité actuelle, et inversement rien ne peut être vraiment défini au delà. Car, pas plus qu'il n'est question de prétendre à un monopole de l'excellence critique dans quelque domaine que ce soit, nous ne devons raisonner dans la perspective d'un maintien prolongé d'un quelconque monopole de la cohérence théorique.

(Juillet 1966.)

4. Lettre de démission de Raoul Vaneigem

Camarades,

La tendance qui s'est constituée, le 11 novembre 1970, dans la section française a le mérite d'être la dernière abstraction à pouvoir se formuler dans, pour et au nom de l'I.S. S'il est vrai que le groupe n'a jamais été que la somme des capacités et des faiblesses, très inégalement réparties, de ses membres, il n'y a plus, dans le moment qui nous préoccupe, d'apparente communauté, pas même de tendance, qui fasse oublier que chacun est seul à répondre de soi-même. Comment ce qu'il y avait de passionnant dans la conscience d'un projet commun a-t-il pu se transformer en un malaise d'être ensemble ? C'est ce que les historiens établiront. Je ne me sens ni la vocation d'historien, ni celle de penseur, à la retraite ou non, pour devenir ancien combattant. Outre que l'analyse aisée du peu de pénétration de la théorie situationniste en milieu ouvrier et du peu de pénétration ouvrière en milieu situationniste ne serait dans l'instant qu'un prétexte à la fausse bonne conscience de notre échec.

Mais sans doute, pour être enfin correct – car il n'y a pas de réponse concrète hors de la preuve que chacun devra donner de ce qu'il est réellement –, dois-je parler plutôt de mon échec. Pour ce qui est du passé, j'ai toujours prêté, très à la légère, à la plupart des camarades ou ex-camarades de l'I.S. au moins autant de capacités et d'honnêteté que je m'en reconnaissais, m'illusionnant ainsi à la fois sur les autres et sur moi. Je mesure assez ce qu'une telle attitude a pu, contradictoirement, susciter, dans l'Internationale, de tactiques manœuvrières plus ou moins habiles et toujours odieuses ; et créer dans le même temps des conditions d'idéologie. Ceci dit, l'histoire individuelle des camarades, la mienne et l'histoire collective feront la part de mes erreurs et de mes options correctes. (Je précise néanmoins que je crache à la gueule de quiconque, présent ou à venir, me découvrirait des intentions secrètes, quelles qu'elles soient, et avec cette bonne foi critique que l'on a vu si souvent s'étaler après coup.)

Pour le présent, il me suffit de constater ma carence à avoir fait progresser un mouvement que j'ai toujours tenu pour la condition de ma radicalité. Ce serait désarmer la naïveté même que de vouloir encore sauver un groupe pour me sauver alors que je n'ai su en faire rien de ce que je voulais vraiment qu'il fût. Je préfère donc reprendre le pari que mon adhésion à l'I.S. avait différé : me perdre absolument ou refaire absolument ma propre cohérence, et la refaire seul pour la refaire avec le plus grand nombre.

Mais avant de laisser à la révolution le soin de reconnaître les siens, je tiens dès aujourd'hui à ce que s'appliquent à mon égard les exigences que j'ai formulées sur les groupes autonomes : je ne reprendrai de contacts avec les camarades qui le souhaiteront, et que je souhaiterai revoir, que dans la réussite effective d'une agitation révolutionnaire que mon goût du plaisir radical aura su entreprendre.

Si toutefois la tendance jugeait sa critique suffisante en soi, sans autre preuve, pour reconstituer la section française, elle devrait aussitôt me considérer comme démissionnaire, avec les conséquences, que j'accepte, de ne nous revoir jamais.

(14 novembre 1970.)

5. Communiqué de l'I.S. à propos de Vaneigem

Enfin obligé de dire sérieusement quelque chose de *précis* sur ce qu'est l'I.S. et ce qu'elle a à faire, Raoul Vaneigem l'a aussitôt rejetée en totalité. Jusqu'à cet instant, il en avait toujours *tout* approuvé.

Sa prise de position du 14 novembre a l'ultime et triste mérite d'exprimer très bien, et en peu de mots, ce qui était au centre de la crise que l'I.S. a connue en 1969-70. C'est évidemment à l'envers que Vaneigem envisage passionnellement la vérité de cette crise, mais il la montre exactement et, affichée à ce degré, l'inversion ne risque pas de gêner la lecture.

Vaneigem qualifie notre position de « dernière abstraction à pouvoir se formuler dans, pour et au nom de l'I.S. » ; et comme il n'avait jamais aperçu les précédentes, il veut au moins combattre celle-ci. Nous devrons donc parler ici de concret, d'abstraction et de qui parle d'abstraction.

Le terrain concret de cette crise est également, depuis l'origine, une défense du concret de l'activité de l'I.S., et des conditions réelles dans lesquelles elle s'accomplit effectivement. La crise a commencé lorsque certains de nous se sont avisés, et ont commencé à faire savoir, que d'autres leur laissaient subrepticement le monopole des responsabilités à prendre, aussi bien que la plus grande part des opérations à exécuter : la critique commencée à propos de la sous-participation (quantitative et surtout qualitative) à la rédaction de nos principales publications communes s'est vite étendue à la sous-participation, plus dissimulée, en matière de théorie, de stratégie, de rencontres et de luttes extérieures, et même de discussions courantes, sur les plus simples décisions qui nous incombent. Partout existait une fraction de fait composée de camarades *contemplatifs*, systématiquement approbateurs, et ne manifestant jamais rien d'autre que le plus ferme acharnement dans l'inactivité. Ils se comportaient comme s'ils estimaient n'avoir rien à gagner, mais peut-être quelque chose à perdre, en soutenant un avis personnel, et en se chargeant d'œuvrer par eux-mêmes, sur un quelconque de nos problèmes *précis*. Cette position, dont le silence assuré était l'arme principale, se couvrait aussi, dans ses jours de fête, de quelques proclamations générales, toujours très euphoriques, sur l'égalité parfaite réalisée dans l'I.S., la cohérence radicale de son dialogue, la grandeur collective et personnelle de tous ses participants. Vaneigem est resté, jusqu'au bout, le plus remarquable représentant de cette sorte de pratique.

Quand plusieurs mois de discussion, des textes très précis, ont porté la critique de cette carence jusqu'à un degré où aucun des individus concernés ne pouvait plus, honnêtement, ni s'illusionner sur lui-même, ni croire qu'il pourrait encore entretenir la même illusion chez ses camarades, Vaneigem plus que tout autre s'est réfugié dans le silence. C'est seulement en apprenant, le 11 novembre, que nos positions seraient désormais diffusées en dehors de l'I.S. qu'il a estimé aussitôt ne plus pouvoir y rester.

Vaneigem, arrivé à ce point, fait allusion, contre nous, à des « tactiques manœuvrières plus ou moins habiles et toujours odieuses ». Il ne fera évidemment croire à personne qu'il serait nécessaire d'avoir une tactique, d'être plus ou moins habiles, ou de manœuvrer de quelque manière que ce soit, pour obliger un camarade, depuis tant d'années membre d'une organisation toujours affirmée égalitaire, à participer effectivement aux décisions de cette organisation et à leur exécution ; ou bien à avouer vite qu'il ne peut pas et ne veut pas. L'absence et le silence de Vaneigem, ou d'autres, peuvent sans doute réussir à se déguiser assez longtemps, par des manœuvres plus ou moins mesquines, mais se trouvent éliminés, bien aisément, aussitôt que n'importe qui annonce qu'il ne veut plus les supporter, tandis que la position contemplative doit de son côté convenir qu'elle ne voulait vraiment rien d'autre au monde que continuer à être supportée parmi nous. Mais Vaneigem emploie un pluriel qui évoque un passé où de telles manœuvres – « toujours odieuses » – ne visaient encore ni lui ni ses actuels imitateurs. Nous ne nous contenterons pas de rappeler que Vaneigem, ne s'étant jamais opposé, ni par écrit, ni dans une seule réunion, ni même – à notre connaissance – dans aucun entretien personnel avec un membre de l'I.S., à aucune de ces prétendues « manœuvres », n'en ayant jamais évoqué d'aucune manière l'existence ou la possibilité, en serait inexcusablement et misérablement *complice*. Nous irons naturellement plus loin : nous le défions formellement, devant le jugement de tous les révolutionnaires qui existent déjà aujourd'hui, de désigner tout de suite *une seule* de ces « tactiques manœuvrières » qu'il aurait constatées, et laissées passer, dans l'I.S., pendant les dix années où il en a été membre.

Vaneigem, qui feint de croire que l'I.S. va disparaître parce que son absence doit s'en retirer (« vouloir encore sauver un groupe », « reconstituer la section française »), constate qu'il n'a su faire de ce groupe « rien de ce [qu'il voulait] vraiment qu'il fût ». Nous ne doutons certes pas que Vaneigem a voulu faire de l'I.S. une organisation, non seulement révolutionnaire, mais d'une excellence tout à fait sublime, et peut-être même absolue (cf. *Traité de savoir-vivre*, etc.). D'autres camarades ont dit, depuis des années, que la réussite historique réelle de l'I.S. n'allait tout de même pas aussi loin, et surtout comportait trop souvent des défauts *évitables* (leur existence d'ailleurs rendant d'autant plus fâcheux le mythe de la perfection admirable de l'I.S., dont se gargarisent des centaines de stupides spectateurs extérieures – et malheureusement aussi quelques spectateurs parmi nous). Mais Vaneigem, en prenant maintenant, *post festum*, ce ton du dirigeant désabusé, qui n'a « su » faire de ce groupe « rien » de ce qu'il voulait en faire, oublie de se poser cette cruelle question : qu'a-t-il jamais, *lui*, essayé de dire, de faire, en argumentant ou en payant d'exemple, pour que l'I.S. devienne encore mieux, ou plus proche de ses meilleurs goûts personnels *proclamés* ? Vaneigem n'a *rien* fait pour de tels buts ; quoique cependant l'I.S. n'en soit pas vraiment restée à n'être *rien* ! Devant l'évidence de ce que l'I.S. *a fait*, Vaneigem se discrédite aujourd'hui complètement, pour tout individu qui sait penser, en lançant, si enfantinement, la contre-vérité boudeuse et burlesque d'un échec complet de l'I.S., et de lui-même en prime. Vaneigem n'a jamais voulu reconnaître *une part* d'échec dans l'action de l'I.S., précisément parce qu'il se savait trop intimement lié à cette part d'échec ; et parce que ses déficiences réelles lui ont constamment paru appeler comme remède, non leur dépassement, mais la simple affirmation péremptoire que *tout* allait pour le mieux. Maintenant qu'il ne peut plus continuer, la part d'échec dont il lui faut bien admettre l'existence est brusquement présentée, au mépris de toute vraisemblance, comme l'échec total, l'inexistence absolue de notre théorie et de notre action dans les dix dernières années. Cette mauvaise plaisanterie le juge.

Dans cette bouffonnerie fondamentale, n'apparaissent qu'en tant que détails particulièrement plaisants l'allusion très sociologico-journalistique de Vaneigem au « peu de pénétration de la théorie situationniste en milieu ouvrier » ; et surtout sa foudroyante *découverte*, à la lumière inattendue de ce Jugement Dernier de l'I.S. marqué pour lui par son départ, qu'aucun des situationnistes ne travaille dans une usine ! Car, si Vaneigem l'avait su plus tôt, puisqu'il paraît tant s'en affecter, il aurait certainement signalé le problème et quelque solution radicale.

À ce compte, il faut rappeler que Vaneigem, quand il était sérieux, n'avait pas seulement énoncé les admirables buts qu'il réservait à l'I.S. Celui de nous tous qui a le plus abondamment parlé de lui-même, de sa subjectivité, et de son « goût du plaisir radical », avait aussi d'admirables buts *pour lui-même*. Mais les a-t-il réalisés, a-t-il même lutté concrètement pour les réaliser ? Point du tout. Pour Vaneigem comme pour l'I.S., le *programme* de Vaneigem n'est formulé que pour s'épargner toutes les fatigues, et tous les petits risques historiques, de la *réalisation*. Le but étant total, il n'est envisagé que dans un pur présent : il est *déjà là* tout entier, tant qu'on croit pouvoir le faire croire, ou bien il est resté purement inaccessible : on n'a rien réussi à faire pour le définir ou pour s'en approcher. Le qualitatif, comme l'esprit des tables tournantes, avait fait croire qu'il était là, mais il faut admettre que ce n'était qu'une longue erreur ! Vaneigem découvre finalement que la mayonnaise dont il feignait de se délecter n'a pas pris corps.

Dans une telle lumière métaphysique, on peut certes attendre le moment pur de la Révolution et, dans cette attente reposante, lui laisser aimablement « le soin de reconnaître les siens » (mais il faudra pourtant que les siens sachent aussi la reconnaître, cette Révolution, et par exemple annulent les réservations de leurs vacances, si par malheur les deux phénomènes coïncident). Cependant, quand il s'agit de questions plus immédiatement proches de notre conscience et de notre action directe, comme l'I.S. et Vaneigem en personne, si l'on prétend que tout ce qui est voulu est déjà réalisé en totalité, la mystique se dégrade en *bluff*. Ce que l'on a affirmé parfait, on devra donc un jour l'affirmer totalement inexistant. Joyeuse découverte, qui n'affecte en rien la radicalité tout à fait extra-historique de Vaneigem. Ainsi donc, en reconnaissant aujourd'hui son erreur totale sur l'I.S., Vaneigem ne s'avise pas qu'il a déjà implicitement reconnu une erreur totale sur lui-même. Il croit être encore en 1961, dix années ayant passé comme un simple rêve, ce négligeable cauchemar de l'histoire, après lequel Vaneigem retrouve, simplement et purement « différé », son projet, toujours égal à lui-même, de « refaire absolument [sa] propre cohérence ». Pourtant, si l'I.S. n'a pas encore existé, Vaneigem non plus n'a pas encore existé. Mais un jour, bientôt peut-être ? Demain, on rasera la cohérence gratis ! Mais comme la justice historique, tout autant que l'action réelle dans l'histoire, est étrangère aux préoccupations de Vaneigem, il ne se rend pas justice à lui-même.

Vaneigem a occupé dans l'histoire de l'I.S. une place importante et inoubliable. Ayant rejoint en 1961 la plate-forme théorico-pratique constituée dans les premières années de l'I.S., il en a immédiatement partagé et développé les positions les plus extrêmes, celles qui étaient *alors* les plus nouvelles, et qui *allaient* vers la cohérence révolutionnaire de notre temps. Si à ce moment l'apport de l'I.S. à Vaneigem n'a certainement pas été négligeable, lui donnant l'occasion, le dialogue, quelques thèses de base et le terrain d'activité pour devenir ce qu'il voulait et pouvait être d'authentique, et de profondément radical, il est aussi vrai que Vaneigem a apporté à l'I.S. une très remarquable contribution : il avait beaucoup d'intelligence et de culture, une grande hardiesse dans les idées, et tout cela était dominé par la plus vraie colère à l'encontre des conditions existantes. Vaneigem avait alors du génie, parce qu'il savait parfaitement aller à l'extrême en tout ce qu'il savait faire. Et tout ce qu'il ne savait pas faire, il n'avait simplement pas encore eu l'occasion de l'affronter personnellement. Il brûlait de commencer. L'I.S. des années 1961-1964, et c'est une période importante pour l'I.S. comme pour les idées de la révolution moderne, a été fortement marquée par Vaneigem, plus peut-être que par tout autre. C'est dans cette période qu'il a non seulement écrit le *Traité* et d'autres textes qu'il a signés dans la revue *I.S.* (*Banalités de base*, etc.), mais aussi participé grandement aux textes collectifs anonymes des numéros 6 à 9 de cette revue, et très créativement à toutes les discussions de cette époque. Si lui l'oublie maintenant, nous ne l'oublions pas. S'il veut aujourd'hui cracher dans son propre plat, tant pis, la génération révolutionnaire qui s'est formée dans les années suivantes s'y est déjà servie.

Cette période du début des années 60 devait être celle de la formulation générale du programme révolutionnaire le plus total. La révolution, dont nous annoncions le retour et les nouvelles exigences, était alors totalement absente, aussi bien en tant que théorie vraiment moderne qu'en tant qu'individus et groupes luttant concrètement dans le prolétariat, par des actions radicales nouvelles et pour des objectifs nouveaux. Une certaine généralité, une certaine abstraction, l'usage même parfois du ton de l'outrance lyrique étaient les inévitables produits de ces conditions précises et se trouvaient même, en ceci, nécessaires, justifiés, excellents. Nous n'étions pas beaucoup dans ce moment, et Vaneigem en était, à savoir et à oser dire ce que nous disions. Nous avons bien fait.

Fort heureusement la marche de la société moderne n'a pas manqué de suivre, de plus en plus visiblement, le chemin où nous l'avions vue s'engager ; et en même temps le nouveau courant révolutionnaire, qui n'a pas non plus manqué de se manifester corollairement, a repris beaucoup de notre critique, s'est armé partiellement de notre théorie (qui continuait évidemment de se développer et de se préciser), ou même a pu s'inspirer de certains exemples de nos luttes pratiques. Il nous a fallu faire des *analyses* plus précises, et aussi expérimenter diverses formes d'action devenues possibles. Les situationnistes sont entrés, avec leur époque, dans ces luttes de plus en plus concrètes qui se sont approfondies jusqu'en 1968, et encore davantage depuis. Vaneigem n'était déjà plus là.

« Comment, s'interroge-t-il aujourd'hui, ce qu'il y avait de passionnant dans la conscience d'un projet commun a-t-il pu se transformer en un malaise d'être ensemble ? » Mais *il se garde bien de répondre* à sa question, qui reste ainsi purement élégiaque. Comment en un plomb vil l'or pur s'est-il changé ? C'est tout simplement, dans ce cas, parce que la conscience d'un projet commun a cessé d'exister dans une pratique commune – dans ce que *devenait* la pratique commune de l'I.S. Certains vivaient la pratique de l'I.S., avec ses difficultés et ses inconvénients, dont le pire était certainement d'avoir à lutter contre l'alourdissement introduit dans notre activité commune par la tendance contemplative et auto-admirative de plusieurs situationnistes (cf. *La Question de l'organisation pour l'I.S.*, texte d'avril 1968 repris dans *I.S.*, 12). Au contraire, Vaneigem ne maintenait que la pure « conscience » de la généralité abstraite de ce projet ; et donc, à mesure que l'action concrète s'élargissait, une conscience toujours plus démodée et mensongère, la fausse conscience sur le terrain prétendu de la conscience historique commune, la simple mauvaise foi. Dans ces conditions, il était de moins en moins passionnant de rencontrer Vaneigem (et d'autres qui, quant à eux, n'avaient même *jamais* pu passionner quiconque). Répéter vainement les mêmes critiques, puis s'en lasser, ne plaît à personne. Et il était sûrement encore plus ennuyeux pour Vaneigem de rencontrer pendant des années, dans un style complètement changé, des camarades dont il savait fort bien qu'ils connaissaient, *presque autant qu'il les connaissait lui-même*, ses carences. Cependant, Vaneigem a préféré continuer à figurer, formellement, parmi nous, appuyé sur le souvenir d'une participation authentique et la promesse toujours plus lointaine et plus abstraite d'un accomplissement futur, en jouant sur les restes bien refroidis d'un dialogue amical, et en faisant la sourde oreille. Comme l'écrivait le président de Brosses à propos d'un caractère de ce genre : « On ne peut se résoudre à prendre un parti fâcheux contre un confrère, contre un homme très aimable et si doux qu'il ne répond jamais rien à tout ce qu'on lui peut dire. Le mal est que les esprits doux sont les plus opiniâtres et les plus insensibles de tous. Ils ne vous contestent jamais rien. Mais, ni on les persuade, ni on les détermine. »

Dans les années 1965-70, l'évanouissement de Vaneigem s'est manifesté quantitativement (il n'a plus guère participé à nos publications que par les trois petits articles qu'il a signés dans les trois derniers numéros d'*I.S.*, et il fut même souvent absent des réunions où il se taisait généralement) et surtout qualitativement. Ses très rares interventions dans nos débats étaient frappées du signe de la plus grande incapacité d'envisager des luttes historiques concrètes ; marquées des plus pauvres échappatoires à propos de toute relation à maintenir entre ce que l'on dit et ce que l'on fait, et même de l'oubli souriant de la pensée dialectique. À la VIIe Conférence de l'I.S., en 1966, il fallut argumenter pendant deux heures contre une étrange proposition de Vaneigem : il tenait pour certain que notre « cohérence » indiquerait toujours *en n'importe quel débat sur une action pratique à entreprendre*, et après une discussion approfondie, la seule voie juste, univoquement reconnaissable à l'avance. De sorte que si une minorité de situationnistes ne se déclarait pas, à la fin de cette discussion, totalement convaincue, elle aurait ainsi fait la preuve qu'elle ne possédait pas la cohérence de l'I.S., ou bien qu'elle avait malhonnêtement des buts cachés de sabotage, ou au moins une opposition théorico-pratique dissimulée. Si les autres camarades ont évidemment défendu les droits et les devoirs de toute minorité dans une organisation révolutionnaire – avec cent exemples concrets –, et même plus simplement les droits de la réalité, il faut reconnaître que Vaneigem ne s'est jamais risqué par la suite à se démentir *sur ce point* en se trouvant, ne fût-ce que pendant dix minutes, en péril de passer pour « minoritaire » sur la moindre question débattue par l'I.S. À la fin de 1968, nous avons reconnu, contre l'avis de Vaneigem, le droit de constituer éventuellement des tendances dans l'I.S. Vaneigem se rallia volontiers à cette majorité, mais en précisant qu'il ne pouvait même pas concevoir comment une tendance viendrait jamais à exister parmi nous. Au printemps de 1970, une tendance s'étant formée pour résoudre vite et clairement un conflit pratique, Vaneigem, bien sûr, s'y inscrivit immédiatement. Il est inutile de multiplier les exemples.

Le refus permanent d'envisager un développement historique réel, produit par sa connaissance, et son *acceptation*, d'une relative incapacité personnelle (qui allait donc toujours en s'aggravant), s'accompagnait normalement chez Vaneigem de l'insistance enthousiaste sur toute caricature de totalité, dans la révolution comme dans l'I.S., sur la fusion magique, un jour, de la spontanéité enfin libérée (celle des masses, et celle de Vaneigem) avec la cohérence : dans de telles noces de l'identification, les problèmes vulgaires de la société réelle et de la révolution réelle seront instantanément abolis *avant même que l'on ait eu le déplaisir de les considérer*, ce qui est évidemment une aimable perspective pour philosophie de l'histoire en fin de banquet. Vaneigem a manié par tonnes le concept de qualitatif en oubliant résolument ce que Hegel appelait, dans *La Science de la Logique*, « la qualité la plus profonde et la plus essentielle », la *contradiction*. « Par rapport à elle, en effet, l'identité n'est que la détermination de ce qui est simple et immédiat, de l'être mort, tandis que la contradiction est la source de tout mouvement, de toute vie. Ce n'est en effet que dans la mesure où une chose renferme en elle-même une contradiction qu'elle se montre agissante et vivante. » Vaneigem, sauf pour commencer, n'a pas aimé la vie de l'I.S., mais son image morte, un alibi glorieux pour sa vie quelconque, et une espérance abstraitement totale d'avenir. Puisqu'il s'est fort bien accommodé d'un tel fantôme, on comprend qu'il le disperse totalement d'un seul souffle, justement le 14 novembre 1970, quand il lui a fallu commencer à exprimer son mécontentement, parce que le parti pris du silence satisfait n'était plus soutenable.

Certes, nous n'avons aucunement insinué que Vaneigem pouvait avoir des « intentions secrètes ». Notre *Déclaration* du 11 novembre est loin d'être consacrée au seul Vaneigem ; et il sait fort bien que les situationnistes américains nous avaient adressé peu avant, à quelques jours d'intervalle, *trois lettres se contredisant complètement de l'une à l'autre*, et dont aucune ne croyait devoir citer ou corriger la précédente, ce qui nous oblige à formuler dans ce cas l'hypothèse des « buts cachés » de ces camarades, car nous ne croyons pas un instant à leur débilité mentale. Mais toute la conduite de Vaneigem parmi nous a toujours été bien connue de tous, et d'une incontestable *transparence malheureuse.* Toute la question – s'amenuisant avec le temps – était de savoir si ce qui dans l'I.S. a valu tant de fois à Vaneigem les critiques ou les rires serait finalement surmonté, ou maintenu jusqu'à la fin. On connaît maintenant la réponse. Vaneigem (ni personne d'autre) n'a certes pas été pris à l'improviste par un débat dont plusieurs textes – sur lesquels personne n'a jamais fait de réserves – affirmaient depuis des mois qu'il était décisif ; que sa conclusion était urgente ; que chacun devait prendre parti en sachant que notre action commune était entièrement mise en jeu. Aussi Vaneigem n'a-t-il rien à craindre de cette « bonne foi critique que l'on a vu si souvent s'étaler après coup ». Ici d'ailleurs son ironie est malvenue, car nous savons bien qu'il y a eu dans l'I.S. plusieurs cas de ruptures soudaines et surprenantes, où l'explication du comportement d'un individu ne pouvait nous apparaître qu'après coup. Nous savons encore mieux que l'un des rares exercices de la radicalité de Vaneigem a *toujours* été d'approuver les exclusions de l'I.S. dès qu'elles se produisaient, et de piétiner sans regret des individus que, la veille encore, il n'avait jamais pris la peine de critiquer. Et que signifie, au fond, cette rage anti-historique contre le jugement « après coup » de ce qu'a apporté l'événement ? Ne devons-nous pas, par exemple, répondre aux pauvretés que Vaneigem vient d'accumuler dans son texte du 14 novembre ? Il n'en avait jamais soufflé mot auparavant. Ici, nous sommes bien obligés de critiquer *après coup* une manifestation précise d'inconscience qu'il eût été bien téméraire de pronostiquer dans tous ses détails avant le coup d'éclat final de Vaneigem.

« La cohérence de la critique et la critique de l'incohérence sont un seul et même mouvement, condamné à se détruire et à se figer en idéologie dès l'instant où la séparation s'introduit entre les différents groupes d'une fédération, entre individus d'une organisation, entre la théorie et la pratique d'un membre de cette organisation. » (Vaneigem, dans *I.S.*, 11.) On ne peut mieux dire ; et on ne peut guère dénoncer avec plus d'impudence, dans l'universalité abstraite, le défaut même dont on souffre, pour donner à croire que, *puisque précisément on l'a dénoncé* en général et partout, on en serait soi-même forcément exempt. Vaneigem n'ignorait pas que ses camarades ne *couvriraient* pas, en dernière analyse, une imposture de ce genre, même si d'estimables souvenirs, et les restes d'une amitié indulgente fondée sur eux, peuvent retarder quelque temps la conclusion que la moindre lucidité impose, d'abord dans tous les détails, et puis au centre même du problème. Nous n'avons à nous prétendre sûrs de rien, ni de personne. Seulement du mouvement de l'histoire, tant que nous saurons le reconnaître en y participant ; et sans doute chacun de nous à propos de lui-même, du moins aussi longtemps que nous sommes *capables de le prouver*. Il est en tout cas évident que la *complicité*, réelle et nécessaire, dans une entreprise comme l'I.S., ne saurait être fondée sur une communauté de tares, et sur le « projet commun » d'éblouir de loin une multitude de suiveurs, par la fade et niaise image de notre splendeur collective : nous avons toujours été tous d'accord pour repousser ces gens et dénoncer cette image, mais il n'est pas possible d'accomplir réellement ce travail à fond alors que *dans l'I.S. même*, cette attitude d'effusion vague et douce, ce *piétisme de l'I.S.*, existait en fait, sans même avoir l'excuse de la distance ignorante. On a ainsi laissé trop exagérément s'affirmer dans l'I.S., « sans autre preuve », la notion confortablement optimiste de la *complémentarité* des participants. Chacun se retrouvait et personne ne se perdait, puisque quelques spécialités avaient leur place au soleil : le Chamfort de la totalité, le loyal ivrogne, le lanceur de pavés d'excellentes intentions, etc. C'est là que l'absence devenait une politique de coexistence pacifique, et l'approbation une nécessité qui se faisait passer pour un hasard. Et c'est là que Vaneigem a déçu le plus, sinon lui-même – il en a vu d'autres –, au moins ses camarades.

Comment les situationnistes contemplatifs pouvaient-ils penser – aussi vraie que soit là-dessus leur bonne volonté – lutter contre le suivisme hiérarchique qui s'est manifesté *autour de l'I.S.*, et que nous avons tant rejeté et condamné, alors qu'ils étaient eux-mêmes *dans l'I.S.* bien effectivement suiveurs, ornés seulement d'une intention abstraite et proclamée de participation égalitaire ? À ce moment, mépriser les suiveurs extérieurs devient en fait *une confirmation imaginaire de l'égalité interne*. Mais il faut comprendre ce « suivisme » dans sa complexité réelle. Ni Vaneigem ni d'autres n'ont jamais été de serviles approbateurs d'une politique qu'ils auraient en fait désapprouvée : c'est seulement le dernier texte de Vaneigem qui donne, très injustement, cette image de lui-même. En réalité, Vaneigem et d'autres camarades ont toujours suivi les décisions prises dans la pratique de l'I.S. parce qu'ils les approuvaient véritablement et, nous oserons le dire – aussi longtemps que des révolutionnaires plus conséquents que nous, ou placés un jour dans des conditions plus favorables que nous pour comprendre la stratégie que nous avons suivie et d'autres qui auraient été possibles, n'auront pas aperçu nos véritables erreurs –, *parce qu'elles étaient bonnes pour notre projet commun*. Vaneigem, toujours très ferme contre nos ennemis, n'a jamais rien fait ou envisagé de faire dans ces dix années qui s'oppose en rien au radicalisme de l'action déclarée de l'I.S. Il a seulement *très mal concouru* à l'exercice de ce radicalisme. Vaneigem semble n'avoir jamais voulu regarder en face ce simple fait que celui qui parle si bien s'engage à *être un peu là* dans nombre d'analyses et de luttes pratiques, sous peine de décevoir radicalement. La violence ou les perspectives réelles de l'I.S., en tant que demi-communauté, ne pouvaient le décharger de l'obligation de manifester les siennes en diverses occasions concrètes. La distance que Vaneigem avait prise depuis longtemps vis-à-vis de notre action lui dissimulait beaucoup des rapports, en réalité hiérarchiques, qui existaient dans cette action, et que son attitude de fuite acceptait et encourageait. Mais cette distance même était précisément prise pour *ne pas voir* cette réalité ; au lieu d'aider à la surmonter. Après avoir fait confiance à l'I.S. pour être la garantie radicale de la vie personnelle qu'il acceptait, il en est venu à être dans l'I.S. comme il est dans sa propre vie.

Ainsi, le *Traité de savoir-vivre* est entré dans un courant d'agitation dont on n'a pas fini d'entendre parler, et d'un même mouvement son auteur en est sorti. Il a parlé pour ne pas être. Cependant l'importance de ce livre ne devrait échapper à personne, car personne, pas même Vaneigem, avec le temps, n'aura échappé à ses conclusions. Au fur et à mesure que Vaneigem a laissé le vieux monde lui marcher sur les pieds, le projet auquel il avait cru est devenu *exorcisme*, vulgaire sacralisation d'une routine quotidienne qui, reconnaissant à tout instant le caractère extrêmement insatisfaisant de ce qui était accepté, avait d'autant plus besoin de s'édifier un empire indépendant dans les nuages d'une radicalité spectaculaire.

C'est la totalité qui console, hélas, et qui fait vivre, celui qui est décidé à tout supporter dans n'importe quel détail, en affectant même de trouver presque tout très bon. À part son opposition, bien affirmée une fois pour toutes, à la marchandise, l'État, la hiérarchie, l'aliénation et la survie, Vaneigem est très visiblement quelqu'un qui ne s'est jamais opposé *à rien* dans la vie précise qui lui était faite, son entourage et ses fréquentations – y compris finalement sa fréquentation de l'I.S. Cette étrange timidité l'a empêché d'affronter ce qui lui déplaisait ; mais évidemment pas de le ressentir vivement. Il s'en défendait en circulant, en divisant sa vie en plusieurs secteurs horaires et géographiques permanents, entre lesquels il lui restait une sorte de liberté ferroviaire. Ainsi il peut se consoler d'un certain nombre de déplaisirs partout subis, par quelques minuscules revanches de son importance radicale si souvent bafouée, par de petites insolences enfantines, d'ailleurs aimablement couvertes d'un gentil sourire : en se faisant un peu attendre, en oubliant à répétition un détail infime dont il s'est chargé, en manquant quelques rendez-vous, en se faisant, croit-il, désirer. C'est en ceci qu'il compense un petit peu la conscience malheureuse de n'être pas vraiment devenu Vaneigem, d'avoir reculé constamment devant l'aventure, ou même l'inconfort, et aussi bien la recherche de la qualité des gens et des moments ; bref, de n'avoir pas fait ce qu'il voulait, après l'avoir si bien dit.

De la désastreuse séparation entre la théorie et la pratique – que toute sa vie illustre, au point d'avoir rapidement stérilisé ses capacités de théoricien – rien sans doute ne peut être un exemple plus frappant que l'anecdote suivante. Le 15 mai 1968, Vaneigem, arrivé à Paris la veille seulement, contresignait la circulaire *Aux membres de l'I.S., aux camarades qui se sont déclarés en accord avec nos thèses*, laquelle appelait à l'action immédiate sur les bases les plus radicales de ce qui allait devenir, dans les deux ou trois jours suivants, le mouvement des occupations. Cette circulaire analysait le déroulement des premières journées de mai, disait où nous en étions (notamment au Comité d'occupation de la Sorbonne), envisageait les possibilités prochaines de la répression, et même l'éventualité de la « révolution sociale ». La première usine était occupée depuis la veille, et à cette date le plus imbécile membre du plus arriéré des groupuscules ne pouvait pas douter qu'une crise sociale très grave avait commencé. Cependant Vaneigem, beaucoup plus instruit, dès qu'il eut apposé sa signature à notre circulaire, s'en alla l'après-midi même prendre son train pour rejoindre le lieu de ses vacances en Méditerranée, arrêtées de longue date. Quelques jours plus tard, apprenant à l'étranger, par les *mass media*, ce qui continuait comme prévu en France, il se mit naturellement en devoir de revenir, traversa à grand-peine le pays en grève, et nous rejoignit une semaine après son ridicule faux pas, quand déjà les jours décisifs, où nous avions pu faire le plus pour le mouvement, étaient passés. Or, nous savons bien que Vaneigem aime vraiment la révolution, et que ce n'est d'aucune manière le courage qui lui fait défaut. On ne peut donc comprendre ceci qu'en tant que cas limite de la séparation entre la routine rigoureuse d'une vie quotidienne inébranlablement rangée et la passion, réelle mais fort désarmée, de la révolution.

Maintenant que l'alibi de l'I.S. lui est retiré, puisque Vaneigem continue à annoncer aussi superbement l'objectif de parfaire sa cohérence à pied ou en voiture, seul et « avec le plus grand nombre », il doit s'attendre à ce que désormais tous ceux qui le fréquenteront et ne seront pas stupides – une minorité, sans doute – lui demandent de temps à autre *comment, où, en faisant quoi et en luttant pour quelles perspectives précises* il met désormais en jeu cette fameuse radicalité et son remarquable « goût du plaisir ». L'avenant silence qui en disait long sur les mystères de l'I.S. ne pourra certainement plus suffire ; et ses réponses seront pleines d'intérêt.

Nous avons ici répondu sérieusement à ce qui, manifestement, ne l'était plus. C'est parce que nous continuons, nous, à nous occuper des tâches théoriques et de la conduite pratique de l'I.S. et parce que, dans cette seule perspective, tout ceci a son importance. Une époque est finie. C'est ce changement réel, et non notre mauvaise humeur ou notre impatience, qui nous a obligés à trancher un état de fait, à rompre avec un certain conservatisme situationniste qui a trop longtemps montré sa force d'inertie et sa pure volonté d'auto-reproduction. Nous ne voulons plus avec nous ni Vaneigem et ce qui pourrait encore aspirer à l'imiter, ni d'autres camarades dont la participation s'est résumée presque uniquement au jeu formaliste dans l'organisation, les correspondances creuses « entre sections » sur des vétilles, les nuances et les interprétations fausses soutenues et retirées, d'un continent à l'autre, et six mois après, sur les plus simples décisions prises en dix minutes par tous ceux qui, étant là, avaient l'expérience directe de la question – alors que la participation des mêmes camarades à notre théorie et à l'activité réelle se ramène, en regard de cela, à quelque chose de presque imperceptible. Des révolutionnaires qui ne sont pas membres de l'I.S. ont fait beaucoup plus, pour diffuser notre théorie (et même quelques fois déjà, pour la développer), que plusieurs « situationnistes » immobilistes ; et sans se draper roidement dans la « qualité » de situationniste. Nous prouverons encore que nous ne jouons pas à être *la direction* du nouveau courant révolutionnaire, en cassant le plus précisément possible le dérisoire mythe de l'I.S., à l'intérieur comme au-dehors. L'activité réelle de l'I.S. nous plaît davantage, maintenant comme autrefois. Et la réalité de l'époque révolutionnaire où nous sommes entrés est encore plus *notre véritable victoire*.

Vaneigem affecte à présent, dans un style universitaire périmé, de vouloir laisser « les historiens » juger l'action à laquelle il a pris part. Il a donc aussi oublié que ce ne sont pas « les historiens » qui jugent, mais l'histoire, c'est-à-dire ceux qui la font. Les historiens professionnels, aussi longtemps qu'ils n'auront pas été mangés (comme le disait jadis un de nos amis), ne font que suivre. Ainsi donc, sur cette question, comme sur quelques autres, les historiens ne feront que confirmer le jugement de l'I.S.

(9 décembre 1970.)

Les détournements dans les *Thèses sur l'Internationale situationniste et son temps*

Thèse 2 : « Le ministre de l'Intérieur en France et les anarchistes fédérés d'Italie » (*Manifeste communiste*).

Thèse 3 : « révisée » (cf. le « révisionnisme » dans le marxisme).

« le mouvement réel qui supprime les conditions existantes » (citation Marx).

« mauvais côté » (citation Marx, *Misère de la philosophie*).

Thèse 4 : « tout ce qu'elle pouvait être » (Stirner).

Thèse 5 : « l'extrapolation glacée du calcul scientifique » (*Manifeste communiste* : « dans les eaux glacées du calcul égoïste »).

« dans toutes les têtes » (citation I.S.).

« censuré », « refoulé » (deux concepts freudiens).

« le jugement du monde » (Hegel, *Weltgericht*).

« ne pose que le problème qu'elle peut résoudre » (Marx : « L'humanité ne se pose que les problèmes qu'elle peut résoudre »).

Thèse 6 : « la pure négation sans pensée » (Hegel).

« s'est détachée d'elle-même, et s'est édifié un empire indépendant dans le spectacle » (citation de *La Société du Spectacle*, thèse 22, détournée des *Thèses sur Feuerbach*).

Thèse 8 : « on ne peut plus et on ne veut plus continuer comme avant. En haut, on ne peut plus » (Lénine).

« les prémices du dépassement de l'économie ne sont pas

seulement mûres : elles ont commencé à pourrir » (Trotsky, *Programme transitoire*).

Thèse 11 : « Bref, ce monde a perdu la confiance de tous ses gouvernements ; ils se proposent donc de le dissoudre et d'en constituer un autre » (Brecht, *Poème de juin 1953*).

Thèse 12 : « Les mœurs s'améliorent. Le sens des mots y participe » (Lautréamont, *Poésies*).

« l'humanité [...] se séparer joyeusement de son passé » (Marx).

dans la note f : « Le Mandat du Ciel prolétarien est épuisé » (formule chinoise traditionnelle des soulèvements populaires contre une dynastie usée : « Le mandat du ciel est épuisé »).

« bacchanales de la vérité où personne ne reste sobre » (citation de Hegel).

Le travail de relevé des détournements porté par l'auteur sur son exemplaire de *La Véritable Scission dans l'Internationale* (Éd. Champ Libre) s'arrête là.

NOUVEAU THÉÂTRE D'OPÉRATIONS

1972-1988

*C'est à partir de 1972, une fois clos le chapitre de l'Internationale situationniste, qu'il devient possible de prendre la mesure de ce que Debord peut et veut en tant qu'*individu singulier. *Il sera toujours possible d'inscrire le Debord lettriste ou situationniste dans un contexte culturel et politique, ou dans un réseau de références. À partir de 1972, c'est beaucoup plus difficile : ce qu'il écrit, ce qu'il filme, ce qu'il entreprend ne ressemble plus à rien de ce qui se fait, comme s'il échappait à son temps qu'il refuse plus que jamais, ceci expliquant cela.*

À la lumière des terrains qu'il va investir, comme d'ailleurs de sa correspondance, on peut en tout cas penser que la dissolution de l'I.S. a dû être un soulagement pour lui. Il n'est en tout cas plus question d'animer quelque groupe que ce soit : Debord agira dorénavant seul, c'est-à-dire uniquement avec des amis. Avec Alice Becker-Ho, sa compagne depuis 1964, il mène désormais une existence qu'il veut aussi clandestine que possible, ponctuée d'« exils » volontaires (en Italie, à Arles, en Auvergne ou encore en Espagne), soustraite aux impératifs comme aux ternes séductions d'une société spectaculaire acharnée à regagner le terrain perdu autour de mai 68.

Beaucoup de choses sont rendues possibles au cours de ces années par la complicité du producteur Gérard Lebovici, devenu l'ami et le mécène de Debord. Après avoir republié La Société du spectacle *puis publié* La Véritable Scission *aux Éditions Champ libre qu'il dirige, Lebovici est aussi celui qui permet à Debord de revenir au cinéma, en produisant entre 1973 et 1978 ses trois derniers films. Parallèlement, les Éditions Champ libre deviennent le centre de gravité autour duquel s'organise une part considérable des interventions de Debord. Elles sont l'instrument – ou un des instruments – mis par Gérard Lebovici à la disposition de Debord pour continuer, ou même radicaliser le combat qu'il entend mener contre la société de son temps : Debord a renoncé aux groupes, mais non pas aux luttes. Il est moins prêt que jamais au moindre compromis avec l'« ennemi ». Avec* Commentaires sur la société du spectacle *(1988), il étendra d'ailleurs considérablement la portée de sa critique du spectacle, en y introduisant des thèmes comme la destruction de l'environnement, l'instrumentalisation du terrorisme par l'État, la falsification, la désinformation, etc.*

Radicalisation : c'est aussi le sens de la version filmée de La Société du spectacle *(1973), comme un peu plus tard de* Réfutation de tous les jugements... *(1975). Il s'agit de frapper la société spectaculaire dans son centre névralgique, de la toucher dans son amour des images et de leurs effets hypnotiques. En passant du livre au film, puis en affirmant après coup, avec un second film, le caractère irréfutable du premier, Debord confère à son hostilité envers le spectacle un maximum d'intensité. Il fait tout pour se constituer personnellement en ennemi de la société spectaculaire-marchande. La singularité est fonction de l'hostilité qu'on réussit à susciter. Il ne reste alors plus qu'à (re)passer au discours autobiographique pour l'affirmer, en un magnifique défi. Ce sera chose faite avec* In girum imus nocte... *(1978), peut-être le plus beau film de Debord et à n'en pas douter une des œuvres autobiographiques majeures du siècle.*

C'est aussi avec In girum imus nocte... *qu'on prendra la mesure du reflux du discours révolutionnaire, marxiste pour dire les choses vite. La lutte des classes s'efface derrière un imaginaire très personnel de la guerre, placé de plus en plus explicitement sous le signe de la stratégie. Hegel, Marx et C*ie *sont remplacés par Sun Tsé, Thucydide, Machiavel, Clausewitz et une brochette de généraux auteurs de Mémoires de guerre. De la conjonction entre poésie et révolution, on est passé à celle entre l'art et la guerre. Debord est d'ailleurs également l'inventeur d'un* Jeu de la guerre, *qui a été breveté, et dont l'inventeur craint, avec l'ironie qui convient à qui a décidé de ne pas être écrivain, qu'il ne s'agisse sans doute de son œuvre la plus populaire.*

Témoignent également de ce goût pour la stratégie certains dispositifs très rusés, mis en place ou accompagnés par Debord : celui par exemple de Considérations sur l'assassinat de Gérard Lebovici *(1985), écrit à la suite de l'assassinat jamais élucidé de son ami en 1984. C'est un texte insituable, ni littéraire (mais superbement écrit), ni théorique (mais très éloquent sur le fonctionnement du spectacle et des médias), à mi-chemin entre l'autoportrait et la partie d'échecs. Un livre d'aventures peut-être, puisqu'il met en scène le combat livré par Debord contre un monde qui l'agresse et auquel il entend répondre coup par coup, un livre fait pour* ne pas laisser dire.

Ou encore le dispositif de Commentaires sur la société du spectacle *(1988), qui se lit également comme un exercice stratégique : Debord décrit la société de son temps comme un jeu d'apparences organisées à l'infini par des services de plus en plus secrets. Et lui-même utilise au cours de sa démonstration les armes de l'« ennemi », se constitue en agent secret, insinue, cache, refuse d'abattre toutes ses cartes, renforçant ainsi paradoxalement l'efficacité d'une démonstration en se gardant de l'achever.*

Debord : un stratège, une science des effets de l'écrit comme de l'image. Cette science a toujours été là, mais elle s'affine au cours de ces années dont on a dit à tort qu'elles étaient celles du déclin – alors qu'elles sont au contraire très inventives. Ce sont aussi celles de la montée en puissance d'un individu singulier : un guerrier mélancolique et joyeux, un homme de goût, porté à aimer, de façon apparemment éclectique, des auteurs que la plupart de ses contemporains ne lisent pas, et préservant également ainsi, plus jalousement que jamais, sa liberté : de Swift à Omar Khayyâm, de Musil à Dante, de Stirner à Shakespeare, etc. Dans ce contexte et pour toutes ces raisons, sa traduction des très belles Stances sur la mort de son père *du poète guerrier Jorge Manrique (1440-1479) devient presque logique, comme le sont aussi les citations de plus en plus fréquentes des grands moralistes, dont certains ont été lus depuis longtemps (Bossuet, Pascal, Vauvenargues, etc.). C'est aussi grâce à ceux-ci, et grâce à leur langue, si tenue et si peu en phase avec le parler médiatique contemporain, que Debord aura réussi* à ne pas être de son temps.

V. K.

1973 Mort d'Asger Jorn (né en 1914), le 1er mai au Danemark.
Octobre. *La Société du spectacle*, long-métrage produit par Gérard Lebovici.

1974 **21 janvier.** Acquisition d'une maison à Champot en Haute-Loire.
1er mai. Première projection en salle de *La Société du spectacle*.
12 décembre. *Le Jardin d'Albisola*, livre dont Asger Jorn n'avait vu que la maquette, paraît avec *De l'architecture sauvage*, texte rédigé à cet effet par Guy Debord en septembre 1972.

1975 **Juillet.** Réédition en fac-similé des douze numéros de la revue *Internationale situationniste, 1958-69* aux éditions Champ libre.
Octobre. *Réfutation de tous les jugements, tant élogieux qu'hostiles, qui ont été jusqu'ici portés sur le film « La Société du spectacle »*, court-métrage produit par Gérard Lebovici.

1976 **Janvier.** Traduction de l'italien du pamphlet de Censor, *Véridique Rapport sur les dernières chances de sauver le capitalisme en Italie*, suivi des *Preuves de l'inexistence de Censor, par son auteur*, à savoir Gianfranco Sanguinetti.
25 février. Première projection en salle du court-métrage *Réfutation de tous les jugements, tant élogieux qu'hostiles, qui ont été jusqu'ici portés sur le film « La Société du spectacle »*, précédé de *La Société du spectacle*.

1977 **Janvier.** Prises de vues à Venise pour le « sixième film de Guy Debord ».

1978 **Mars.** *In girum imus nocte et consumimur igni*, long-métrage produit par Gérard Lebovici.
Juin. Guy Debord rédige la règle de son « Jeu de la guerre » (*Kriegspiel*). Une première édition du jeu paraîtra en novembre, accompagné d'un fascicule des règles du jeu (français ou anglais).
Novembre. *Œuvres cinématographiques complètes, 1952-1978*, rassemblant les scénarios des six films réalisés par Guy Debord.

1979 **Février.** Guy Debord quitte Paris.
Ce même mois, publication de la *Préface à la quatrième édition italienne de « La Société du spectacle »*, où il est dit, notamment, toute la vérité sur l'enlèvement et l'assassinat d'Aldo Moro par la prétendue « Brigade rouge ».
Juillet. Voyage à Barcelone.
Décembre. Traduction de l'espagnol avec Alice Becker-Ho de *Protestation devant les libertaires du présent et du futur sur les capitulations de 1937*, par un « incontrôlé » de la Colonne de Fer.

1980 **Avril.** Traduction du castillan des *Stances sur la mort de son père*, de Jorge Manrique.
Mai. Alice et Guy Debord louent un pied-à-terre à Arles, au 8, rue François-Arago ; ils habiteront ensuite au 33 rue de l'Hôtel-de-Ville d'avril 1983 à mars 1987.
Septembre-octobre. *A los libertarios* est diffusé dans toute l'Espagne, avant de paraître en français (« Aux libertaires ») dans *Appels de la prison de Ségovie* en novembre.
Octobre. Voyage à Barcelone.

1981 **6 mai.** Première projection en salle d'*In girum imus nocte et consumimur igni.*
Fin novembre. Voyage à Lisbonne.

1982 **Octobre.** *Ordures et décombres déballés à la sortie du film « In girum imus nocte et consumimur igni », par différentes sources autorisées*, ouvrage qui rassemble quatorze critiques parues dans la presse en 1981.
Location d'un appartement à Séville, Cuesta del Rosario.

1983 D'octobre 1983 à avril 1984, quatre films de Guy Debord sont projetés au Studio Cujas, réservé à cette fin par Gérard Lebovici.

1984 **5 mars.** Assassinat de Gérard Lebovici (né en 1932). Ce crime n'est toujours pas élucidé à ce jour.
Les Éditions Champ libre deviennent les Éditions Gérard Lebovici, dirigées par sa veuve, Floriana Lebovici. En novembre, elles feront paraître, de Gérard Lebovici, *Tout sur le personnage*, « livre à la honte de ses détracteurs ».

1985 **Février.** *Considérations sur l'assassinat de Gérard Lebovici*, dans lequel, après « l'inconcevable manière » dont les journaux ont commenté l'assassinat de son éditeur, producteur et ami, Guy Debord annonce que ses films ne seront plus projetés en France, de son vivant : « Cette absence sera un plus juste hommage. »
Novembre. Réédition en un volume des vingt-neuf numéros de *Potlatch, 1954-57*, avec une présentation de Guy Debord.

1987 **Janvier.** *Le « Jeu de la guerre », relevé des positions successives de toutes les forces au cours d'une partie*, avec Alice Becker-Ho.
Alice et Guy Debord s'installent au 109 rue du Bac (Paris 7e).

1988 **Mai.** Parution des *Commentaires sur la société du spectacle*, dédiés à la mémoire de Gérard Lebovici.

J.-L. R.

De l'architecture sauvage

Ce texte, écrit en septembre 1972 après le séjour en mai d'Alice et Guy Debord chez Nanna et Asger Jorn à Albisola, paraîtra en décembre 1974 à Turin dans le livre d'Asger Jorn, *Le Jardin d'Albisola* ; mais ce sera après sa mort le 1er mai 1973 à Århus, au Danemark.
Guy Debord ne devait apprendre ce décès qu'à la lecture d'un journal le 3 mai 1973. La dernière lettre écrite par Asger Jorn le 19 mars ne lui parviendra qu'en juillet…

On sait que les situationnistes, pour commencer, voulaient au moins construire des villes, l'environnement qui conviendrait au déploiement illimité de passions nouvelles. Mais naturellement ce n'était pas facile ; de sorte que nous nous sommes trouvés obligés de faire beaucoup plus. Et tout au long de ce chemin plusieurs projets partiels ont dû être abandonnés, un bon nombre de nos excellentes capacités n'ont pas été employées, comme c'est le cas, combien plus absolument et plus tristement, pour des centaines de millions de nos contemporains.

Asger Jorn, sur une colline de la côte ligure, a maintenant un peu modifié quelques vieilles maisons, et construit un jardin qui les rassemble. Quel commentaire plus paisible pourrait-il convenir ? Nous sommes devenus célèbres, nous dit-on. Mais l'époque, qui ne connaît pas encore tous ses moyens, est aussi loin d'avoir reconnu les nôtres. Asger Jorn en a tant fait un peu partout que bien des gens ne savent pas qu'il a été situationniste plus que n'importe quoi d'autre, lui, l'hérétique permanent d'un mouvement qui ne peut admettre d'orthodoxie. Personne n'a contribué comme Jorn à l'origine de cette aventure : il trouvait des gens à travers l'Europe, et tellement d'idées, et même, dans la plus gaie misère, fréquemment de quoi amortir les plus criantes des dettes que nous accumulions dans des imprimeries. Les quinze années qui ont passé depuis la rencontre de Cosio d'Arroscia ont assez bien commencé à changer le monde mais pas nos intentions.

Jorn est de ces gens que le succès ne change pas, mais qui continuellement changent le succès en d'autres enjeux. Contrairement à tous ceux qui, naguère, fondaient leur carriérisme sur la répétition d'un seul gag artistique essoufflé, et contrairement à tous ceux qui, plus récemment, ont prétendu fonder leur qualité générale imaginaire sur la seule affirmation d'un révolutionnarisme total et totalement inemployé, Asger Jorn ne s'est jamais privé d'intervenir, même à la plus modeste échelle, sur tous les terrains qui lui étaient accessibles. Autrefois, il a été un des premiers à entreprendre une critique moderne de la dernière forme d'architecture répressive, celle qui à présent fait tache de mazout sur « les eaux glacés du calcul égoïste », et dont les tenants et les aboutissants peuvent donc être partout jugés sur pièces. Et dans cette habitation italienne, mettant une fois de plus la main à la pâte, Jorn montre comment, aussi sur cette question concrète de notre appropriation de l'espace, chacun pourra entreprendre de reconstruire autour de lui la Terre, qui en a bien besoin. Ce qui est peint et ce qui est sculpté, les escaliers jamais égaux entre les dénivellations du sol, les arbres, les éléments rajoutés, une citerne, de la vigne, les plus diverses sortes de débris toujours bienvenus, tous jetés là dans un parfait désordre, composent un des paysages les plus compliqués que l'on puisse parcourir dans une fraction d'hectare et, finalement, l'un des mieux unifiés. Tout y trouve sa place sans peine.

Pour qui n'oublie pas les relations conflictuelles et passionnées, et par la force des choses restées assez distantes, des situationnistes et de l'architecture, ceci doit apparaître comme une sorte de Pompéi inversée : les reliefs d'une cité qui n'a pas été édifiée. De même que la collaboration d'Umberto Gambetta à tous les aspects de l'ouvrage y apporte, sinon le jeu collectif dont Jorn a exposé les perspectives pour le dépassement de la culture et de la vie quotidienne séparées, du moins son plus strict minimum.

Le Facteur Cheval, plus artiste, avait bâti tout seul une architecture monumentale ; et le roi de Bavière eut de plus grands moyens. Jorn a ébauché, entre autres choses et en passant, cette sorte de village fâcheusement borné à la surface d'une si petite « propriété privée » ; et qui témoigne de ce que l'on peut commencer à faire, comme le disait un autre de ceux qui posèrent les bases du mouvement situationniste, Ivan Chtcheglov, « avec un peu de temps, de chance, de santé, d'argent, de réflexion, (et aussi) de bonne humeur… ».

La bonne humeur en tout cas n'a jamais manqué dans le scandale situationniste au centre même de tant de ruptures et de violences, de revendications incroyables et de stratégies imparables. Ceux qui aiment à s'interroger vainement, sur ce que l'histoire aurait pu ne pas être – dans le genre : « il aurait été meilleur pour l'humanité que ces gens-là n'eussent jamais existé » –, se poseront assez longtemps un amusant problème : n'aurait-on pas pu apaiser les situationnistes, vers 1960, par quelque réformisme lucidement récupérateur, en leur donnant deux ou trois villes à construire, au lieu de les pousser à bout en les contraignant de lâcher dans le monde la plus dangereuse subversion qui fut jamais ? Mais d'autres rétorqueront certainement que les conséquences eussent été les mêmes ; et qu'en cédant un peu, on n'eût fait qu'augmenter leurs prétentions et leurs exigences ; et qu'on n'en serait venu que plus vite au même résultat.

•••

1973

Chère Nanna – Quelque temps nous n'avons pas voulu croire aux rumeurs sur la mort d'Asger mais on ne peut plus – Nous sommes si désolés qu'on ne saurait rien dire d'autre – On espère te revoir à Paris – Nous t'embrassons – Alice et Guy Debord.

Télégramme envoyé à Nanna Jorn le 4 mai 1973 (*Correspondance*, vol. 5, Fayard, 2005, p. 49).

« J'ai reçu, dans les derniers jours de juillet, la grande enveloppe du courrier qui m'était expédié de Paris à la fin de mars, et qui était arrivée chez toi à la fin de juin. Tu avais écrit dessus que c'était le record, et en effet c'était le record encore plus que tu ne pouvais le penser. Avec quelques lettres sans importance, cette enveloppe contenait une lettre d'Asger qui m'écrivait, de son hôpital au Danemark, qu'on lui avait trouvé un cancer, et qu'il ignorait s'il allait mourir là ou survivre encore quelque temps. Il est mort cinq semaines après ; et ainsi j'ai reçu ce message d'outre-tombe quand il était un peu tard pour répondre. »

Extrait d'une lettre à Gianfranco Sanguinetti du 5 août 1973 (*Correspondance*, vol. 5, *op. cit.*, p. 70).

« Tu sais que j'ai admis toujours, avec une assez grande facilité, et presque d'une âme égale, que *la vie* me sépare de nombre d'amis, et de quelques filles que j'ai aimées. Mais je supporte très mal que ce soit la mort. La mort d'Asger est la seule peine que j'ai ressentie dans les dix dernières années, pourtant si agitées. Et, après dix-huit mois, je n'en suis aucunement consolé. »

Extrait d'une lettre à Gianfranco Sanguinetti du 25 septembre 1974 (*Correspondance*, vol. 5, *op. cit.*, p. 206).

LA SOCIÉTÉ DU SPECTACLE

Long-métrage produit par Simar Films en 1973.

Séquence sur Alice.

sous-titre : Puisque chaque sentiment particulier n'est que la vie partielle, et
Michel Corrette : Sonate en *ré* majeur, pour violoncelle et clavecin.

non la vie tout entière, la vie brûle de se répandre à travers la diversité des

sentiments, et ainsi de se retrouver dans cette somme de la diversité... Dans

l'amour, le séparé existe encore, mais non plus comme séparé : comme uni,

et le vivant rencontre le vivant.

Carton : « Ce film est dédié à Alice Becker-Ho. »

Toute la vie des sociétés dans lesquelles règnent les condi-
La Terre, filmée depuis une fusée spatiale, s'éloigne ; un cosmonaute évolue

tions modernes de production s'annonce comme une im-
dans l'espace.

mense accumulation de *spectacles*. Tout ce qui était

directement vécu s'est éloigné dans une représentation.
Un long strip-tease.

Les images qui se sont détachées de chaque aspect de la

vie fusionnent dans un cours commun, où l'unité de cette

vie ne peut plus être rétablie. La réalité considérée *partiellement* se déploie dans sa propre unité générale en tant que pseudo-monde *à part*, objet de la seule contemplation. La spécialisation des images du monde se retrouve, accomplie, dans le monde de l'image autonomisé, où le mensonger s'est menti à lui-même. Le spectacle en général, comme inversion concrète de la vie, est le mouvement autonome du non-vivant.

Des écrans de télévision, dans les locaux de la préfecture de police à Paris, pour le contrôle des stations du métropolitain, et des rues de la ville.

Le spectacle se présente à la fois comme la société même, comme une partie de la société, et comme *instrument d'unification.* En tant que partie de la société, il est le secteur qui concentre tout regard et toute conscience. Du fait même que ce secteur est *séparé*, il est le lieu du regard abusé et de la fausse conscience ; et l'unification qu'il accomplit n'est rien d'autre qu'un langage officiel de la séparation généralisée.

Oswald passe, entouré de policiers de Dallas ; un indicateur patriote surgit et abat « en direct », sous les yeux de millions de téléspectateurs, celui dont on disait qu'il avait assassiné Kennedy.

Un discours de Giscard d'Estaing.

Un autre, de Servan-Schreiber.

Le bureaucrate Séguy, à la fin du mois de mai 1968, rend compte aux ouvriers de Renault des accords qu'il vient de signer rue de Grenelle ; et leur dit cyniquement : « Nous avons, à la fin de ces délibérations, apprécié ce qui était positif, et mis en évidence aussi qu'il restait encore beaucoup à faire. » Les ouvriers écoutent en silence.

Le spectacle n'est pas un ensemble d'images, mais un rap-

Les ouvriers font paraître leur mécontentement et leur mépris.

port social entre des personnes, médiatisé par des images.

Le spectacle, compris dans sa totalité, est à la fois le résultat

Présentation de mode, chez le couturier Courrèges.

et le projet du mode de production existant. Il n'est pas un supplément au monde réel, sa décoration surajoutée. Il est le cœur de l'irréalisme de la société réelle. Sous toutes ses formes particulières, information ou propagande, publicité ou consommation directe de divertissements, le spectacle constitue le *modèle* présent de la vie socialement dominante. Il est l'affirmation omniprésente du choix *déjà fait* dans la production, et sa consommation corollaire.

La séparation fait elle-même partie de l'unité du monde,

Des ouvriers au travail, sur les chaînes de diverses usines.

de la praxis sociale globale qui s'est scindée en réalité et en image. La pratique sociale, devant laquelle se pose le spectacle autonome, est aussi la totalité réelle qui contient le spectacle. Mais la scission dans cette totalité la mutile au point de faire apparaître le spectacle comme son but. Dans le monde *réellement renversé*, le vrai est un moment du faux.

Des boutiques illuminées, installées depuis peu sur les quais du métro pour que le public puisse mettre à profit les temps morts.

Une fille reprend pied sur une plage.

Photographie d'une autre, couchée sur la plage.

Considéré selon ses propres termes, le spectacle est *l'affirmation* de l'apparence et l'affirmation de toute vie humaine, c'est-à-dire sociale, comme simple apparence. Mais la critique qui atteint la vérité du spectacle le découvre comme la *négation* visible de la vie ; comme une négation de la vie qui *est devenue visible*.

Des sous-marins « nucléaires » naviguent dans des paysages de banquises.

Le spectacle se présente comme une énorme positivité indiscutable et inaccessible. Il ne dit rien de plus que « ce

Castro parle devant des caméras de télévision ; puis il parle à une foule rassemblée.

qui apparaît est bon, ce qui est bon apparaît ». L'attitude qu'il exige par principe est cette acceptation passive qu'il a déjà en fait obtenue par sa manière d'apparaître sans réplique, par son monopole de l'apparence.

Le spectacle se soumet les hommes vivants dans la mesure

Un porte-avions braque des missiles dans tous les azimuts ; et les tire.

où l'économie les a totalement soumis. Il n'est rien que l'économie se développant pour elle-même. Il est le reflet fidèle de la production des choses, et l'objectivation infidèle des producteurs.

Là où le monde réel se change en simples images, les

Séquence de bombardements aériens au Vietnam.

simples images deviennent des êtres réels, et les motivations efficientes d'un comportement hypnotique.

À mesure que la nécessité se trouve socialement rêvée, le rêve devient nécessaire. Le spectacle est le mauvais rêve de la société moderne enchaînée, qui n'exprime finalement que son désir de dormir. Le spectacle est le gardien de ce sommeil.

Le fait que la puissance pratique de la société moderne
Des cosmonautes sur la Lune, avec un drapeau. Un autre se propulse hors de

s'est détachée d'elle-même, et s'est édifié un empire
sa fusée, relié à elle par un câble.

indépendant dans le spectacle, ne peut s'expliquer que par cet

autre fait que cette pratique puissante continuait à manquer de

cohésion, et était demeurée en contradiction avec elle-même.

C'est la plus vieille spécialisation sociale, la spécialisation
Autour de la corbeille de la Bourse, des spécialistes s'agitent avec une sorte

du pouvoir, qui est à la racine du spectacle. Le spectacle
de passion.

est ainsi une activité spécialisée qui parle pour l'ensemble des

autres. C'est la représentation diplomatique de la société

hiérarchique devant elle-même, où toute autre parole est

bannie. Le plus moderne y est aussi le plus archaïque.

La scission généralisée du spectacle est inséparable de l'*État*
La gendarmerie mobile s'avance. *Un policier à cheval frappe*

moderne, c'est-à-dire de la forme générale de la scission
plusieurs fois de sa matraque un jeune homme assis sur un banc.

dans la société, produit de la division du travail social et organe

de la domination de classe.

Dans le spectacle, une partie du monde *se représente*
Strip-tease de plusieurs professionnelles.

devant le monde, et lui est supérieure. Le spectacle n'est que le langage commun de cette séparation. Ce qui relie les spectateurs n'est qu'un rapport irréversible au centre même
Un couple, allongé

qui maintient leur isolement. Le spectacle réunit le séparé,
sur un lit, regarde la télévision.

mais il le réunit *en tant que séparé.*

Le travailleur ne se produit pas lui-même, il produit une
Des travailleurs immigrés, au pied des édifices géants qu'ils bâtissent dans le

puissance indépendante. Le *succès* de cette production,
quartier de « La Défense » ; panoramiques vers les sommets de leur ouvrage.

son abondance, revient vers le producteur comme *abondance de la dépossession.* Tout le temps et l'espace de son monde lui deviennent *étrangers* avec l'accumulation de ses produits aliénés. Les forces mêmes qui nous ont échappé *se montrent* à nous dans toute leur puissance. L'homme séparé de son produit, de plus en plus puissamment produit lui-même tous les détails de son monde, et ainsi se trouve de plus en plus séparé de son monde. D'autant plus sa vie est maintenant son produit, d'autant plus il est séparé de sa vie.

Le spectacle est le *capital* à un tel degré d'accumulation qu'il devient image.

La Terre, filmée depuis la Lune.

Carton : « On pourrait reconnaître encore quelque valeur cinématographique à ce film si ce rythme se maintenait ; et il ne se maintiendra pas. »

La théorie critique doit *se communiquer* dans son propre langage. C'est le langage de la contradiction, qui doit être dialectique dans sa forme comme il l'est dans son contenu. Il est critique de la totalité et critique historique. Il n'est pas un « degré zéro de l'écriture » mais son renversement. Il n'est pas une négation du style, mais le style de la négation.

Pendant la guerre civile russe, un détachement de partisans voit marcher contre lui un régiment de gardes-blancs, formé d'officiers tsaristes servant comme simples soldats. Le régiment avance en rangs, comme à la parade, drapeaux en tête, sans tirer, sous le feu d'une mitrailleuse.

Dans son style même, l'exposé de la théorie dialectique est un scandale et une abomination selon les règles du langage dominant, et pour le goût qu'elles ont éduqué, parce que dans l'emploi positif des concepts existants, il inclut du même coup l'intelligence de leur *fluidité* retrouvée, de leur destruction nécessaire.

Les partisans plaisantent à propos du style militaire archaïque de leurs adversaires. « Quelle allure ! » dit l'un ; et l'autre conclut : « Des intellectuels ! »

Ce style qui contient sa propre critique doit exprimer la domination de la critique présente *sur tout son passé.* Par lui le mode d'exposition de la théorie dialectique témoigne de l'esprit négatif qui est en elle. « La vérité n'est pas comme le produit dans lequel on ne trouve plus de trace de l'outil. »

Les Blancs continuent d'avancer en bon ordre, malgré les pertes, et mettent la baïonnette au canon.

Cette conscience théorique du mouvement, dans laquelle la trace même du mouvement doit être présente, se manifeste par le *renversement* des relations établies entre les concepts et par le *détournement* de toutes les acquisitions de la critique antérieure.

Les idées s'améliorent. Le sens des mots y participe. Le plagiat est nécessaire. Le progrès l'implique. Il serre de

Impressionnés par la résolution de l'ennemi, quelques partisans marquent de l'hésitation, puis commencent à quitter la ligne de feu.

près la phrase d'un auteur, se sert de ses expressions, efface une idée fausse, la remplace par l'idée juste.

La fraction des partisans en débandade court en criant : « Nous sommes perdus ! » et « En arrière ! » Le commissaire politique se porte au-devant d'eux, et leur commande : « Halte ! Lâches, vous avez abandonné vos camarades. Suivez-moi ! En avant ! » Les partisans reprennent leur poste.

Le détournement est le langage fluide de l'anti-idéologie.

Le régiment tsariste, dont l'alignement reste parfait, va aborder le front des

Il apparaît dans la communication qui sait qu'elle ne peut

Rouges ; mais beaucoup de ses hommes sont fauchés par la mitrailleuse.

prétendre détenir aucune garantie en elle-même et définitivement. Il est, au point le plus haut, le langage qu'aucune référence ancienne et supra-critique ne peut confirmer. C'est au contraire sa propre cohérence, en lui-même et avec les faits praticables, qui peut confirmer l'ancien noyau de vérité qu'il ramène. Le détournement n'a fondé sa cause sur rien d'extérieur à sa propre vérité comme critique présente.

Ce qui, dans la formulation théorique, se présente ouvertement comme *détourné*, en démentant toute autonomie

durable de la sphère du théorique exprimé, en y faisant
intervenir *par cette violence* l'action qui dérange et emporte tout
Trois partisans lancent des grenades ; flottement dans les rangs
ordre existant, rappelle que cette existence du théorique n'est
des Blancs ; le chef tombe ; le porte-drapeau tombe ; le régiment reflue.
rien en elle-même, et n'a à se connaître qu'avec l'action
historique, et la *correction historique* qui est sa véritable fidélité.

Carton : « Ce que le spectacle a pris à la réalité, il faut le lui reprendre. Les expropriateurs spectaculaires doivent être à leur tour expropriés. Le monde est déjà filmé. Il s'agit maintenant de le transformer. »

Il s'agit de posséder effectivement la communauté du
Deux ports au coucher du soleil, peints par Claude Le Lorrain
dialogue et le jeu avec le temps qui ont été *représentés* par
l'œuvre poético-artistique.

Quand l'art devenu indépendant représente son monde
Beaux visages féminins.
avec des couleurs éclatantes, un moment de la vie a vieilli, et il
ne se laisse pas rajeunir avec des couleurs éclatantes. Il se laisse
seulement évoquer dans le souvenir. La grandeur de l'art ne
commence à paraître qu'à la retombée de la vie.

Dans le saloon de Vienna, la nuit, Johnny Guitar boit seul. Vienna paraît et lui demande : « Vous vous amusez bien, monsieur Logan ? » Johnny répond : « Je n'arrivais pas à dormir. » Vienna : « Tu crois que l'alcool va t'y aider ? » Johnny : « Et toi, qu'est-ce qui te tient éveillée ? » Elle : « Des rêves, de mauvais rêves. » Lui : « J'en fais parfois, moi aussi. Tiens ! Cela t'aidera à les faire passer. » Vienna refuse le verre : « J'ai déjà essayé, mais la méthode n'a pas réussi. » Johnny lui dit : « Combien d'hommes as-tu oubliés ? » Elle réplique : « Et toi, de combien de femmes te souviens-tu » (en accompagnement musical grandissant, l'air de « Johnny Guitar »).

Carton : « Ainsi, après que la pratique immédiate de l'art a cessé d'être la chose la plus éminente et que ce prédicat a été dévolu à la théorie en tant que telle, il se détache à présent de cette dernière, dans la mesure où se constitue la pratique synthétique post-théorique, laquelle a d'abord pour mission d'être le fondement t la vérité de l'art comme de la philosophie. »

August von Cieszkowski, Prolégomènes à l'Historiosophie.

La pensée de l'organisation sociale de l'apparence est elle-
Le stalinien Marchais parle ; Mitterrand figure à ses côtés dans un meeting

même obscurcie par la *sous-communication* généralisée
électoral ; ils s'applaudissent réciproquement ; Servan-Schreiber parle aussi ;

qu'elle défend. Elle ne sait pas que le conflit est à l'origine
Marchais sur un écran de télévision.

de toutes choses de son monde. Les spécialistes du pouvoir du spectacle, pouvoir absolu à l'intérieur de son système du langage sans réponse, sont corrompus absolument par

Foule faisant la queue pour être admise dans une salle de cinéma.

leur expérience du mépris et de la réussite du mépris ; car ils retrouvent leur mépris confirmé par la connaissance de *l'homme méprisable* qu'est réellement le spectateur.

À ce mouvement essentiel du spectacle, qui consiste à

La caméra s'éloigne de la photographie d'une fille nue ; panoramique sur une autre.

reprendre en lui tout ce qui existait dans l'activité humaine *à l'état fluide*, pour le posséder à l'état coagulé, en tant que choses qui sont devenues la valeur exclusive par leur *formulation en négatif* de la valeur vécue, nous reconnaissons

Le président Pompidou en visite au Salon de l'Automobile ; admire la plus récente voiture, présentée sur un socle tournant.

notre vieille ennemie qui sait si bien paraître au premier coup d'œil quelque chose de trivial et se comprenant de soi-même, alors qu'elle est au contraire si complexe et si pleine de subtilités métaphysiques, *la marchandise*.

C'est le principe du fétichisme de la marchandise, la domination de la société par « des choses suprasensibles bien que sensibles », qui s'accomplit absolument dans le spectacle, où le monde sensible se trouve remplacé par une sélection d'images qui existe au-dessus de lui, et qui en même temps s'est fait reconnaître comme le sensible par excellence.

Série de cover-girls en maillot de bain.

Le monde à la fois présent et absent que le spectacle *fait voir* et le monde de la marchandise dominant tout ce qui est vécu. Et le monde de la marchandise est ainsi montré *comme il est*, car son mouvement est identique à *l'éloignement* des hommes entre eux et vis-à-vis de leur produit global.

La domination de la marchandise s'est d'abord exercée d'une manière occulte sur l'économie, qui elle-même, en tant que base matérielle de la vie sociale, restait inaperçue et incomprise, comme le familier qui n'est pas pour autant

Usine à Marghera, polluant l'air de Venise ; usines ajoutant leurs fumées à celles des automobiles, pour polluer Mexico ; entassement d'ordures devant l'église Saint-Nicolas-des-Champs ; l'eau salie de la Seine.

connu. Dans une société où la marchandise concrète reste rare ou minoritaire, c'est la domination apparente de l'argent qui se présente comme l'émissaire muni des pleins pouvoirs qui parle au nom d'une puissance inconnue. Avec la révolution industrielle, la division manufacturière du travail et la production massive pour le marché mondial, la marchandise apparaît effectivement, comme une puissance qui vient réellement *occuper* la vie sociale. C'est alors que se constitue l'économie politique, comme science dominante et comme science de la domination.

Longue séquence d'une émeute à Watts ; incendies, action des forces du maintien de l'ordre, arrestations.

Le spectacle est une guerre de l'opium permanente pour faire accepter l'identification des biens aux marchandises ; et de la satisfaction à la survie augmentant selon ses propres lois. Mais si la survie consommable est quelque chose qui doit augmenter toujours, c'est parce qu'elle ne cesse de *contenir la privation*. S'il n'y a aucun au-delà de la survie augmentée, aucun point où elle pourrait cesser sa croissance, c'est parce qu'elle n'est pas elle-même au-delà de la privation, mais qu'elle est la privation devenue plus riche. La valeur d'échange n'a pu se former qu'en tant qu'agent de la valeur d'usage, mais sa victoire par ses propres armes a créé les conditions de sa domination autonome. Mobilisant tout usage humain et saisissant le monopole de sa satisfaction, elle a fini par *diriger l'usage.* Le processus de l'échange s'est identifié à tout usage possible, et l'a réduit à sa merci. La valeur d'échange est le condottiere de la valeur d'usage, qui finit par mener la guerre pour son propre compte.

La valeur d'usage qui était implicitement comprise dans la valeur d'échange doit être maintenant explicitement proclamée, dans la réalité inversée du spectacle, justement parce que sa réalité effective est rongée par l'économie marchande surdéveloppée ; et qu'une pseudo-justification devient nécessaire à la fausse vie.

Le résultat concentré du travail social, au moment de l'abondance économique, devient apparent et soumet toute réalité à l'apparence, qui est maintenant son produit. Le capital n'est plus le centre invisible qui dirige le mode de production : son accumulation l'étale jusqu'à la périphérie sous forme d'objets sensibles. Toute l'étendue de la société est son portrait.

En France, une « Compagnie Républicaine de Sécurité », dans ses casernements, s'exerce au combat de rue.

Le spectacle, comme la société moderne, est à la fois uni et divisé. Comme elle, il édifie son unité sur le déchirement. Mais la contradiction, quand elle émerge dans le spectacle, est à son tour contredite par un renversement de son sens ; de sorte que la division montrée est unitaire, alors que l'unité montrée est divisée.

Suite des grandes manœuvres des C.R.S. : des policiers déguisés en gauchistes dressent une barricade et arborent le drapeau noir. Leurs collègues emportent lestement la barricade.

C'est la lutte de pouvoirs qui se sont constitués pour la gestion du même système socio-économique, qui se déploie comme la contradiction officielle, appartenant en fait à l'unité réelle ; ceci à l'échelle mondiale aussi bien qu'à l'intérieur de chaque nation.

Les fausses luttes spectaculaires des formes rivales du

Mao Tsé-toung reçoit paternellement à Pékin le président Nixon.

pouvoir séparé sont en même temps réelles, en ce qu'elles traduisent le développement inégal et conflictuel du système, les intérêts relativement contradictoires des classes ou des subdivisions de classes qui reconnaissent le système, et définissent leur propre participation dans son pouvoir. Ces diverses oppositions peuvent se donner, dans le spectacle, selon des critères tout différents, comme des formes de sociétés absolument distinctes. Mais selon leur réalité effective de secteurs particuliers, la vérité de leur particularité réside dans le système universel qui les contient : dans le mouvement unique qui a fait de la planète son champ, le capitalisme.

Le mouvement de *banalisation* qui, sous les diversions

Au Vietnam, des hélicoptères mitraillent tout ce qui bouge au sol.

chatoyantes du spectacle, domine mondialement la société

moderne, la domine aussi sur chacun des points où la
consommation développée des marchandises a multiplié en
apparence les rôles et les objets à choisir. Les survivances
Prêtre bénissant un
de la religion et de la famille – laquelle reste la forme
sous-marin « nucléaire » de la flotte anglaise.
principale de l'héritage du pouvoir de classe –, et donc de la
répression morale qu'elles assurent, peuvent se combiner
comme une même chose avec l'affirmation redondante de
la jouissance de ce monde, ce monde n'étant justement
Accumulation d'automobiles s'efforçant vainement
produit qu'en tant que pseudo-jouissance qui garde en
de circuler en ville.
elle la répression. À l'acceptation béate de ce qui existe
peut aussi se joindre comme une même chose la révolte
Johnny Halliday
purement spectaculaire : ceci traduit ce simple fait que
chante ; son public hurle de joie ; l'artiste se roule par terre.
l'insatisfaction elle-même est devenue une marchandise dès
que l'abondance économique s'est trouvée capable d'étendre sa
production jusqu'au traitement d'une telle matière première.

En concentrant en elle l'image d'un rôle possible, la vedette,

la représentation spectaculaire de l'homme vivant,

concentre donc cette banalité. La condition de vedette est

la spécialisation du *vécu apparent*, l'objet de l'identification
Les « Beatles » descendent

à la vie apparente sans profondeur, qui doit compenser
d'un avion, accueillis par une enthousiaste jeunesse ; les photographes opèrent ;

l'émiettement des spécialisations productives effectivement
Eddy Mitchell chante, à la satisfaction générale ; Dick Rivers chante.

vécues. Les vedettes existent pour figurer des types

variés de styles de vie et de styles de compréhension de la

société, libres de s'exercer *globalement*. Elles incarnent le
Marilyn Monroe, lors

résultat inaccessible du *travail* social, en mimant des sous-
du tournage de son dernier film inachevé.

produits de ce travail qui sont magiquement transférés au-

dessus de lui comme son but : le *pouvoir* et les *vacances*,

la décision et la consommation qui sont au commencement

et à la fin d'un processus indiscuté. Là, c'est le pouvoir
François Mitterrand.

gouvernemental qui se personnalise en pseudo-vedette ; ici,

c'est la vedette de la consommation qui se fait plébisciter
Marilyn, plusieurs fois.

en tant que pseudo-pouvoir sur le vécu. Mais, de même que

ces activités de la vedette ne sont pas réellement globales,

elles ne sont pas variées.

C'est *l'unité de la misère* qui se cache sous les oppositions
Des ouvriers allemands sortent de leur usine, peu après l'accession au pouvoir

spectaculaires. Si des formes diverses de la même aliénation
des hitlériens ; d'une lucarne, on leur lance des tracts clandestins, qu'ils ramassent

se combattent sous les masques du choix total, c'est parce
et lisent.

qu'elles sont toutes édifiées sur les contradictions réelles
Un convoi de camions amène des C.R.S. à pied

refoulées. Selon les nécessités du stade particulier de la
d'œuvre.

misère qu'il dément et maintient, le spectacle existe sous

une forme *concentrée* ou sous une forme *diffuse*. Dans les
Au Viet-

deux cas, il n'est qu'une image d'unification heureuse
nam, des troupes ratissent le terrain : on fait des prisonniers.

environnée de désolation et d'épouvante, au centre tranquille

du malheur.

Le spectaculaire concentré appartient essentiellement au
Hitler, suivi en travelling, traverse les rangs de ses partisans, et gravit une

capitalisme bureaucratique, encore qu'il puisse être importé
tribune monumentale.

comme technique du pouvoir étatique sur des économies

mixtes plus arriérées, ou dans certains moments de

crise du capitalisme avancé. La propriété bureaucratique,
Brejnev et d'autres hauts bureaucrates

en effet, est elle-même concentrée en ce sens que le bureau-
sur une tribune à Moscou ; leurs sujets défilent devant eux.

crate individuel n'a de rapports avec la possession de

l'économie globale que par l'intermédiaire de la communauté

bureaucratique, qu'en tant que membre de cette

communauté. En outre la production des marchandises,
Au cours d'exercices de l'O.T.A.N., un tank géant

moins développée, se présente aussi sous une forme
manœuvre, et montre toutes ses possibilités d'emploi.

concentrée : la marchandise que la bureaucratie détient, c'est

le travail social total, et ce qu'elle revend à la société, c'est sa

survie en bloc. La dictature de l'économie bureaucratique ne

peut laisser aux masses exploitées aucune marge notable de

choix, puisqu'elle a dû tout choisir par elle-même, et que tout autre choix extérieur, qu'il concerne l'alimentation ou la musique, est donc déjà le choix de sa destruction complète.

Le spectaculaire diffus accompagne l'abondance des mar-
Files d'automobiles attendant une occasion d'avancer ; nourriture spectaculaire ;
chandises, le développement non perturbé du capitalisme
peinture ancienne ; ameublement moderne ; filles exotiques présentées
moderne. Ici chaque marchandise prise à part est justifiée
dans des cages ; arrivée d'une rame de métro dans une station.
au nom de la grandeur de la production de la totalité des objets, dont le spectacle est un catalogue apologétique. Des affirmations inconciliables se poussent sur la scène du spectacle unifié de l'économie abondante ; de même que différentes marchandises-vedettes soutiennent simultanément leurs projets contradictoires d'aménagement de la société, où le spectacle des automobiles veut une circulation parfaite qui détruit les vieilles cités, tandis que le spectacle
Effritement des statues,
de la ville elle-même a besoin des quartiers-musées.
sur le toit d'une église vénitienne.

Donc la satisfaction, déjà problématique, qui est réputée
Deux Tahitiennes, sur un voilier.

appartenir à la consommation de l'ensemble est immédiatement falsifiée en ceci que le consommateur réel ne peut directement toucher qu'une succession de fragments de ce bonheur marchand, fragments d'où chaque fois la qualité prêtée à l'ensemble est évidemment absente.

Typique « living-room » d'aujourd'hui, avec travelling vers le récepteur de télévision qui en constitue le centre.

Chaque marchandise déterminée lutte pour elle-même, ne peut pas reconnaître les autres, prétend s'imposer partout comme si elle était la seule. Le spectacle est alors le chant épique de cet affrontement, que la chute d'aucune Ilion ne pourrait conclure. Le spectacle ne chante pas les hommes et leurs armes, mais les marchandises et leurs passions. C'est dans cette lutte aveugle que chaque marchandise, en suivant sa passion, réalise en fait dans l'inconscience quelque chose de plus élevé : le devenir-monde de la marchandise, qui est aussi bien le devenir-marchandise

Série de cover-girls, nues ou peu vêtues.

du monde. Ainsi, par une *ruse de la raison marchande*, le *particulier* de la marchandise s'use en combattant, tandis que la forme-marchandise va vers sa réalisation absolue. Dans l'image de l'unification heureuse de la société par la consommation, la division réelle est seulement *suspendue* jusqu'au prochain non-accomplissement dans le consommable. Chaque produit particulier qui doit représenter l'espoir d'un raccourci fulgurant pour accéder enfin à la terre promise de la consommation totale est présenté cérémonieusement à son tour comme la singularité décisive. Mais comme dans le cas de la diffusion instantanée des modes de prénoms apparemment aristocratiques qui vont se trouver portés par presque tous les individus du même âge, l'objet dont on attend un pouvoir singulier n'a pu être proposé à la dévotion des masses que parce qu'il avait été tiré à un assez grand nombre d'exemplaires pour être consommé massivement. Le

Nouveaux modèles d'automobiles, exposés devant une foule respectueuse.

caractère prestigieux de ce produit quelconque ne lui vient que d'avoir été placé un moment au centre de la vie sociale, comme le mystère révélé de la finalité de la production.

L'objet qui était prestigieux dans le spectacle devient

La fabrication industrielle des tartes à la crème, après la rationalisation de la pâtisserie.

vulgaire à l'instant où il entre chez ce consommateur, en même temps que chez tous les autres. Il révèle trop tard sa pauvreté essentielle, qu'il tient naturellement de la misère de sa production. Mais déjà c'est un autre objet qui porte la justification du système, et l'exigence d'être reconnu. L'imposture de la satisfaction doit se dénoncer elle-même

Des voitures de course en compétition sur un circuit.

en se remplaçant, en suivant le changement des produits et celui des conditions générales de la production. Ce qui a affirmé avec la plus parfaite impudence sa propre excellence définitive change pourtant, dans le spectacle diffus mais aussi dans le spectacle concentré, et c'est le système seul qui doit continuer : Staline comme la marchandise

démodée sont dénoncés par ceux-là mêmes qui les ont
imposés. Chaque *nouveau mensonge* de la publicité est
aussi *l'aveu* de son mensonge précédent. Chaque écrou-

Mao avec son plus proche lieutenant, Lin Piao.

lement d'une figure du pouvoir totalitaire révèle la *communauté*

Staline à la tribune,

illusoire qui l'approuvait unanimement, et qui n'était

applaudi par un Congrès monolithique ; la population défile sur la place Rouge

qu'un agglomérat de solitudes sans illusions.

devant ses héritiers ; un grand portrait de Lénine est présent à cette fête.

Ce que le spectacle donne comme perpétuel est fondé sur

D'une statue colossale de Staline à Budapest, que les travailleurs hongrois

le changement, et doit changer avec sa base. Le spectacle

insurgés s'emploient à démolir, il ne reste plus que les bottes.

est absolument dogmatique et en même temps ne peut
aboutir réellement à aucun dogme solide. Rien ne s'arrête

Panoramique sur une

pour lui ; c'est l'état qui lui est naturel et toutefois le plus

fille, jusqu'à son heureux visage.

contraire à son inclination.

L'unité irréelle que proclame le spectacle est le masque de

Séquence sur l'activité d'une usine qui produit des « conditionnements »,

la division de classe sur laquelle repose l'unité réelle du

c'est-à-dire des emballages.

mode de production capitaliste. Ce qui oblige les producteurs à participer à l'édification du monde est aussi ce qui les en écarte. Ce qui met en relation les hommes affranchis de leurs limitations locales et nationales est aussi ce qui les éloigne. Ce qui oblige à l'approfondissement du rationnel est aussi ce qui nourrit l'irrationnel de l'exploitation hiérarchique et de la répression. Ce qui fait le pouvoir abstrait de la société fait sa *non-liberté* concrète.

Buenaventura Durruti, immobile, en gros plan. Carton : « Vivons-nous, prolétaires,
Michel Corrette : Sonate en *ré* majeur, pour violoncelle et clavecin.

vivons-nous ? Cet âge que nous comptons, et où tout ce que nous comptons n'est plus à nous, est-ce une vie ? et pouvons-nous n'apercevoir pas ce que nous perdons sans cesse avec les années ? » Un matelot révolutionnaire d'« Octobre », en gros plan, secoue la tête négativement. Durruti, qui le regarde. Le matelot, qui dit encore non. Carton : « Le repos et la nourriture ne sont-ils pas de faibles remèdes de la continuelle maladie qui nous travaille ? et celle que nous appelons la dernière, est-ce autre chose, à le bien entendre, qu'un redoublement, et comme le dernier accès du mal que nous apportons au monde en naissant ? » Le matelot de Pétrograd en convient.
La musique s'efface.

La production capitaliste a unifié l'espace, qui n'est plus
Des navires de guerre, en haute mer ; débarquement de fusiliers-marins

limité par des sociétés extérieures. Cette unification est en
français, puis anglais, à Changhaï ; un marin des États-Unis contrôle des

même temps un processus extensif et intensif de *banali-*
passants chinois ; des soldats français repoussent la foule ; des soldats anglais

sation. L'accumulation des marchandises produites en série
en patrouille ; les fils de fer barbelés qui protègent la frontière des Concessions,

pour l'espace abstrait du marché, de même qu'elle
gardés par l'infanterie coloniale française.

devait briser toutes les barrières régionales et légales, et toutes les restrictions corporatives du moyen âge qui maintenaient la *qualité* de la production artisanale, devait aussi dissoudre l'autonomie et la qualité des lieux. Cette puissance d'homogénéisation est la grosse artillerie qui a fait tomber toutes les murailles de Chine.

C'est pour devenir toujours plus identique à lui-même, pour se rapprocher au mieux de la monotonie immobile, que *l'espace libre de la marchandise* est désormais à tout instant modifié et reconstruit.

Cette société qui supprime la distance géographique
Soldats britanniques refermant une porte des Concessions.

recueille intérieurement la distance, en tant que séparation

spectaculaire.

Sous-produit de la circulation des marchandises, la circu-
Touristes visitant Paris dans des cars vitrés ou des « bateaux-mouches » ;

lation humaine considérée comme une consommation, le
leurs guides commentent ce qu'il y a à voir.

tourisme, se ramène fondamentalement au loisir d'aller

voir ce qui est devenu banal. L'aménagement économique

de la fréquentation de lieux différents est déjà par lui-

même la garantie de leur *équivalence*. La même modernisation

qui a retiré du voyage le temps, lui a aussi retiré la

réalité de l'espace.

Carton : « La société fondée sur l'expansion du travail industriel aliéné devient, bien normalement, de part en part, malsaine, bruyante, laide et sale comme une usine. »

La société qui modèle tout son entourage a édifié sa
« Grand ensemble » d'architecture récente.

technique spéciale pour travailler la base concrète de cet

ensemble de tâches : son territoire même. L'urbanisme est

cette prise de possession de l'environnement naturel et humain par le capitalisme qui, se développant logiquement en domination absolue, peut et doit maintenant refaire la totalité de l'espace comme *son propre décor.*

Carton : « L'homme recommence à loger dans des cavernes mais… l'ouvrier ne les habite plus qu'à titre précaire et elles sont pour lui une puissance étrangère qui peut lui faire défaut d'un jour à l'autre, et il peut aussi, d'un jour à l'autre, en être expulsé s'il ne paie pas. Cette maison de mort, il faut qu'il la paie. » Marx, Manuscrits de 1844.

Si toutes les forces techniques de l'économie capitaliste

Des C.R.S. en place sur ce terrain choisi.

doivent être comprises comme opérant des séparations, dans le cas de l'urbanisme on a affaire à l'équipement de leur base générale, au traitement du sol qui convient à leur déploiement ; à la technique même *de la séparation.*

Pour la première fois une architecture nouvelle, qui à

Quelques maquettes, et réalisations, d'une architecture récente pour lieux de

chaque époque antérieure était réservée à la satisfaction

vacances, dite « marina » au bord de la mer, mais que l'on peut aussi trouver

des classes dominantes, se trouve directement destinée *aux*
en montagne ; le nouveau quartier de « La Défense » s'élevant dans l'ouest de

pauvres. La misère formelle et l'extension gigantesque de
la région parisienne.

cette nouvelle expérience d'habitat proviennent ensemble

de son caractère *de masse*, qui est impliqué à la fois par sa

destination et par les conditions modernes de construction.

La *décision autoritaire*, qui aménage abstraitement le territoire

en territoire de l'abstraction, est évidemment au centre

de ces conditions modernes de construction. Le seuil

franchi dans la croissance du pouvoir matériel de la

société et le *retard* de la domination consciente de ce

pouvoir sont étalés dans l'urbanisme.

Carton : « L'environnement,

qui est reconstruit toujours plus hâtivement pour le contrôle répressif et le profit,

en même temps devient plus fragile et incite davantage au vandalisme. Le

capitalisme à son stade spectaculaire rebâtit tout en toc *et produit des incendiaires.*

Ainsi son décor devient partout inflammable comme un collège en France. »

L'histoire qui menace ce monde crépusculaire est aussi
Le croiseur « Aurora » remonte la Neva à la fin de la nuit ; il met à terre sa

la force qui peut soumettre l'espace au temps vécu. La
compagnie de débarquement, au point du jour.

révolution prolétarienne est cette *critique de la géographie humaine* à travers laquelle les individus et les communautés ont à construire les sites et les événements correspondant
La tour de Babel.

à l'appropriation, non plus seulement de leur travail, mais de leur histoire totale. Dans cet espace mouvant du jeu,
Suite d'architectures et de paysages dans un

et des variations librement choisies des règles du jeu,
tableau primitif italien.

l'autonomie du lieu peut se retrouver, sans réintroduire un attachement exclusif au sol ; et par là ramener la réalité du voyage, et de la vie comprise comme un voyage ayant en lui-même tout son sens.

Johnny Guitar chevauche à travers un Far-West désertique, et dans la tempête. Il arrive en vue d'un saloon grandiose, superbement isolé au milieu de ce désert. Il entre dans l'établissement où il n'y a aucun autre client, mais où deux croupiers attendent à des tables de jeu, faisant tourner la roulette. Johnny va au comptoir et commande un verre au barman. Dans le bar de la maison de jeux de « Shanghai Gesture », un Européen, qui montre l'endroit à une jeune fille de passage, décrit l'assistance : « Javanais, Hindous, Chinois, Portugais, Philippins, Russes, Malais... Quel sabbat ! » Et la jeune fille dit : « Si on me reconnaissait, quelle histoire ! Le monde n'est que jardin d'enfants, comparé à cet endroit si maléfique. Je n'aurais cru un tel endroit possible qu'en rêve. J'ai l'impression de rêver ; tout peut y arriver, à tout instant. »

Le temps de la production, le temps-marchandise, est une
Des ouvriers travaillent dans une usine ; on fabrique des pneus.
accumulation infinie d'intervalles équivalents. C'est l'abstraction du temps irréversible, dont tous les segments doivent prouver sur le chronomètre leur seule égalité quantitative. Ce temps est, dans toute sa réalité effective, ce qu'il est dans son caractère *échangeable.*

Le temps général du non-développement humain existe aussi
Longue séquence sur la foule en vacances, à Saint-Tropez.
sous l'aspect complémentaire d'un *temps consommable* qui retourne vers la vie quotidienne de la société, à partir de cette production déterminée, comme un *temps pseudo-cyclique.*

Le temps pseudo-cyclique est celui de la consommation de la survie économique moderne, la survie augmentée, où le vécu quotidien reste privé de décision et soumis, non plus à l'ordre naturel, mais à la pseudo-nature développée dans le travail aliéné ; et donc ce temps retrouve *tout naturellement* le vieux rythme cyclique qui réglait la survie des sociétés pré-industrielles. Le temps pseudo-cyclique à la fois prend appui sur les traces naturelles du temps cyclique, et en compose de nouvelles combinaisons homologues : le jour et la nuit, le travail et le repos hebdomadaires, le retour des périodes de vacances.

Le temps pseudo-cyclique consommable est le temps spectaculaire, à la fois comme temps de la consommation des images, au sens restreint, et comme image de la consommation du temps, dans toute son extension. Le temps de la consommation des images, médium de toutes les marchandises, est inséparablement le champ où s'exercent pleinement les instruments du spectacle, et le but que ceux-ci présentent globalement, comme lieu et comme

Des couples devant des récepteurs de télévision, et une « chaîne haute fidélité ».

figure centrale de toutes les consommations particulières.

L'image sociale de la consommation du temps, de son côté,
Suite de la foule à Saint-Tropez ; des promeneuses, les seins nus.

est exclusivement dominée par les moments de loisirs et de vacances, moments représentés *à distance* et désirables par postulat, comme toute marchandise spectaculaire. Cette marchandise est ici explicitement donnée comme le moment de la vie réelle, dont il s'agit d'attendre le retour cyclique. Mais dans ces moments mêmes assignés à la vie, c'est encore le spectacle qui se donne à voir et à reproduire, en atteignant un degré plus intense. Ce qui a été représenté comme la vie réelle se révèle simplement comme la vie plus *réellement spectaculaire.*

Tandis que la consommation du temps cyclique des sociétés
Des avions décollent d'un porte-avions ; et y reviennent.

anciennes était en accord avec le travail réel de ces sociétés, la consommation pseudo-cyclique de l'économie développée se trouve en contradiction avec le temps irréversible abstrait de sa production. Alors que le temps cyclique était le temps de l'illusion immobile, vécu réellement, le temps spectaculaire est le temps de la réalité qui se transforme, vécu illusoirement.

Ce qui est toujours nouveau dans le processus de la production des choses ne se retrouve pas dans la consommation, qui reste le retour élargi du même. Parce que le travail mort continue de dominer le travail vivant, dans le temps spectaculaire le passé domine le présent.

Comme autre côté de la déficience de la vie historique

Des amoureuses, comme souvenirs.

générale, la vie individuelle n'a pas encore d'histoire. Les pseudo-événements qui se pressent dans la dramatisation spectaculaire n'ont pas été vécus par ceux qui en sont informés ; et de plus ils se perdent dans l'inflation de leur remplacement précipité, à chaque pulsion de la machinerie spectaculaire. D'autre part, ce qui a été réellement vécu est sans relation avec le temps irréversible officiel de la société, et en opposition directe au rythme pseudo-cyclique du sous-produit consommable de ce temps. Ce vécu individuel de la vie quotidienne séparée reste sans langage, sans concept, sans accès critique à son propre passé qui n'est consigné nulle part. Il ne se communique pas. Il est incompris et oublié au profit de la fausse mémoire spectaculaire du non-mémorable.

Au comptoir du même saloon perdu, Vienna, son amant Dancing Kid, et Johnny Guitar, une certaine tension régnant. Vienna dit à Dancing Kid : « C'est la vie, que voulez-vous ? Les amitiés vont et viennent. » Et à Johnny : « Vous voulez me jouer quelque chose, monsieur Guitar ? » Johnny : « Avez-vous une préférence ? » Vienna : « Oui, jouez-moi un air qui parle d'amour. » Le jaloux s'écrie : « Il jouera moins bien tout à l'heure quand il sera allongé, à la place de l'autre, sur la table de passe anglaise ! » Johnny, sans se troubler : « Quelle mouche a piqué votre ami ? » Vienna : « Je n'en sais rien. » Et à Dancing Kid : « Qu'est-ce qui vous prend ? » Ce dernier, vivement : « C'est plutôt à lui qu'il faut demander ça ! Faire la cour à une femme inconnue amène parfois de graves ennuis. » Johnny demande à Vienna : « Êtes-vous une femme inconnue ? » Elle lui répond : « Pour les étrangers seulement. » Dancing Kid, indigné : « À quel jeu jouez-vous, tous les deux ? » Johnny, avec un calme offensant : « Je ne joue à rien, mon ami. » L'autre : « Ah ! ce n'est pas l'endroit qu'il fallait choisir pour jeter l'ancre ! » Johnny lui fait observer : « C'est cette dame qui m'a fait venir ; pas vous. » Dancing Kid, sortant de sa poche une pièce de monnaie : « Si je tire face, je vous tue, monsieur. Pile, vous lui jouez un air de guitare. » Il lance la pièce ; Vienna la saisit au vol, et demande à Johnny : « Jouez-moi quelque chose. » Il commence à jouer l'air de « Johnny Guitar ». Vienna l'écoute rêveusement un instant ; puis l'arrête et dit sèchement : « Jouez quelque chose d'autre. »

Le spectacle, comme organisation sociale présente de la paralysie de l'histoire et de la mémoire, de l'abandon de l'histoire qui s'érige sur la base du temps historique, est *la fausse conscience du temps.*

Une patrouille de cavalerie franquiste, puis tout un escadron, passent lentement, et sans la voir, à proximité de la mitrailleuse de partisans espagnols dissimulés dans la sierra (« Pour qui sonne le glas »).

Sous les *modes* apparentes qui s'annulent et se recomposent à la surface futile du temps pseudo-cyclique contemplé, le *grand style* de l'époque est toujours dans ce qui est orienté par la nécessité évidente et secrète de la révolution.

Dans le Palais d'Hiver qui va être attaqué, une petite chouette,

automate d'horloge, tourne la tête. Carton : « On approchait de minuit. »
Michel Corrette : Sonate en *ré* majeur,

Encore une fois, l'oiseau de Minerve bouge.
pour violoncelle et clavecin.

Debord.
sous-titre : Ainsi, puisque je ne puis être l'amoureux qui séduirait ces temps

beaux parleurs, je suis déterminé à y être le méchant, et le trouble-fête de

Dans le bar de « Shanghai Gesture », un vieux
ces jours frivoles.
La musique s'efface.
Chinois présente à la jeune fille le docteur Omar, vêtu à l'arabe : « Voici mon meilleur ami, Omar. » Le Chinois s'écarte bientôt. La jeune fille s'enquiert : « Égyptien ? homme d'affaires ? » Omar répond : « Non, docteur : Docteur Omar, de Changhaï et Gomorrhe. » Elle : « Omar, comme le poète ? Ah ! un arbre, des poèmes, du pain… » Omar : « Un pichet de vin, et toi près de moi qui chantes. » La jeune fille : « Au fait, docteur en quoi ? » Omar, tranquillement : « Docteur en Rien, mademoiselle Smith. Cela impressionne et ne fait aucun mal ; alors qu'un vrai docteur… » Elle lui pose une autre question : « Votre burnous, lui, est-il réel ? Où êtes-vous né ? » Il lui confie : « Je suis né à la pleine lune, sur les sables de Damas. Mon père, marchand de tabac, était loin. Et ma mère, mieux vaut ne rien en dire : à moitié française, l'autre moitié perdue dans la nuit des temps. Je suis donc métis des plus purs. Je suis parent de toute la Terre ; l'humanité entière m'est familière. »

Elle, souriante : « Expliquez-moi alors la disparition de nos amis. » Omar lui dit : « Depuis le début, nous sommes seuls. »

Panoramique sur une carte astronomique intitulée « Rivoluzione della Terra ».

Le raisonnement sur l'histoire est, inséparablement, *raisonnement sur le pouvoir.* La Grèce a été ce moment où le pouvoir et son changement se discutent et se comprennent, la démocratie des maîtres de la société. Là était l'inverse des conditions connues par l'État despotique, où le pouvoir ne règle jamais ses comptes qu'avec lui-même, dans l'inaccessible obscurité de son point le plus concentré : par la révolution de palais, que la réussite ou l'échec mettent également hors de discussion.

Machiavel.

Détails du triptyque d'Uccello, « La Bataille de San Romano ».

Brejnev et les principaux bureaucrates sur leur tribune à Moscou, avec les maréchaux de service.

Carton : « Dans la chronique du Nord les hommes agissent en silence, ils font la guerre, ils concluent la paix, mais ils ne disent pas eux-mêmes (et la chronique ne l'ajoute pas davantage) pourquoi ils font la guerre, pour quelles raisons ils font la paix ; dans la ville, à la cour du prince, il n'y a rien à entendre, tout est silencieux ; tous siègent les portes fermées et délibèrent pour eux-mêmes ;

les portes s'ouvrent, les hommes en sortent pour paraître sur la scène, ils y font une action quelconque, mais ils agissent en silence. » Soloviev, Histoire de la Russie depuis les temps les plus anciens.

Quand la sèche chronologie sans explication du pouvoir
Les fusiliers que l'on a fait monter sur le pont du « Potemkine » refusent de
divinisé parlant à ses serviteurs, qui ne veut être comprise
procéder à l'exécution de leurs camarades mutinés ; en « montage des attractions »,
qu'en tant qu'exécution terrestre des commandements du
des écolières anglaises manifestent intensément leur approbation.
mythe, peut être surmontée et devient histoire consciente, il a fallu que la participation réelle à l'histoire ait été vécue par des groupes étendus. De cette communication pratique entre ceux qui *se sont reconnus* comme les possesseurs d'un présent singulier, qui ont éprouvé la richesse qualitative des événements comme leur activité et le lieu où ils demeuraient – leur époque –, naît le langage général de
Un régiment de cavalerie à l'instant
la communication historique. Ceux pour qui le temps
où il met le sabre à la main, au commencement d'une charge.
irréversible a existé y découvrent à la fois le *mémorable* et la *menace de l'oubli* : « Hérodote d'Halicarnasse présente ici
Assemblées révolutionnaires dans les bâtiments

les résultats de son enquête, afin que le temps n'abolisse
occupés, en mai 1968.

pas les travaux des hommes... »

Le général Sheridan, à cheval, entre dans un fort de la frontière où quelques-uns de ses escadrons sont stationnés. Le colonel qui l'accueille a déjà servi sous ses ordres pendant la guerre civile. Le général lui prescrit une opération risquée, contre les Indiens. Il conclut : « Si vous échouez, je puis vous affirmer que le conseil de guerre qui vous jugera sera composé de nos anciens compagnons du Shenandoah. Je les choisirai moi-même. » Le colonel, pensif, dit seulement : « Le Shenandoah... » Et le général, se souvenant, ajoute : « Je me demande ce que les historiens écriront plus tard sur le Shenandoah. »

La victoire de la bourgeoisie est la victoire du temps
« Le Serment du Jeu de Paume. »

profondément historique, parce qu'il est le temps de la production économique qui transforme la société, en permanence et de fond en comble. Aussi longtemps que la production
Cérémonieux repas chinois, dans la

agraire demeure le travail principal, le temps cyclique qui
Concession internationale de Changhaï.

demeure présent au fond de la société nourrit les forces coalisées de la *tradition*, qui vont freiner le mouvement.

Mais le temps irréversible de l'économie bourgeoise extirpe ces survivances dans toute l'étendue du monde. L'histoire qui était apparue jusque-là comme le seul mouvement des individus de la classe dominante, et donc écrite comme histoire événementielle, est maintenant comprise comme le mouvement général, et dans ce mouvement sévère les individus sont sacrifiés. L'histoire qui découvre sa base dans l'économie politique sait maintenant l'existence de ce qui était son inconscient, mais qui pourtant reste encore l'inconscient qu'elle ne peut tirer au jour. C'est seulement cette préhistoire aveugle, une nouvelle fatalité que personne ne domine, que l'économie marchande a démocratisée. Ainsi la bourgeoisie a fait connaître et a imposé à la société un temps historique irréversible, mais lui en refuse *l'usage*. « Il y a eu de l'histoire, mais il n'y en a plus », parce que la classe des possesseurs de l'économie, qui ne peut pas

Les professionnels des valeurs, en pleine activité à la Bourse de Paris.

Combats de rue en Hollande, Irlande et Angleterre, récemment.

rompre avec *l'histoire économique*, doit aussi refouler comme une menace immédiate tout autre emploi irréversible du temps. La classe dominante, faite de *spécialistes de la possession des choses* qui sont eux-mêmes, par là, une possession des choses, doit lier son sort au maintien de cette histoire réifiée, à la permanence d'une nouvelle immobilité *dans l'histoire*. Pour la première fois le travailleur, à la base de la société, n'est pas matériellement *étranger à l'histoire*, car c'est maintenant par sa base que la société se meut irréversiblement. Dans la revendication de *vivre* le temps historique qu'il fait, le prolétariat trouve le simple centre inoubliable de son projet révolutionnaire ; et chacune des tentatives, jusqu'ici brisées, d'exécution de ce projet marque un point de départ possible de la vie nouvelle historique.

Avec le développement du capitalisme, le temps irréversible

Trois Noires dansent.

est *unifié mondialement*. L'histoire universelle devient une réalité, car le monde entier est rassemblé sous le développement de ce temps. Mais cette histoire qui partout à la fois est la même n'est encore que le refus intra-historique de l'histoire. C'est le temps de la production économique, découpé en fragments abstraits égaux, qui se manifeste sur toute la planète comme *le même jour*. Le temps irréversible unifié est celui du *marché mondial*, et corollairement du spectacle mondial.

Le temps irréversible de la production est d'abord la mesure

Un hydroglisseur, sur mer ; un aéroport, d'où s'envole un avion.

des marchandises. Ainsi donc le temps qui s'affirme officiellement sur toute l'étendue du monde comme *le temps général de la société*, ne signifiant que les intérêts spécialisés qui le constituent, *n'est qu'un temps particulier*. Comme un même courant se développent les luttes de

La rotation de la Terre, filmée de loin.

classes de la longue *époque révolutionnaire* inaugurée par l'ascension de la bourgeoisie et la *pensée de l'histoire*, la dialectique, la pensée qui ne s'arrête plus à la recherche du sens de l'étant, mais s'élève à la connaissance de la dissolution de tout ce qui est ; et dans le mouvement dissout toute séparation.

Cette pensée historique n'est encore que la conscience qui arrive toujours trop tard, et qui énonce la justification *post-festum*. Ainsi, elle n'a dépassé la séparation que *dans la pensée*. Le paradoxe qui consiste à suspendre le sens de toute réalité à son achèvement historique, et à révéler en même temps ce sens en se constituant soi-même en achèvement de l'histoire, découle de ce simple fait que le penseur des révolutions bourgeoises

Hegel.

des XVIIe et XVIIIe siècles n'a cherché dans sa philosophie que la *réconciliation* avec leur résultat.

Un détachement de marins de Cronstadt attaque à la baïonnette, sous le feu de l'artillerie, en chantant « L'Internationale ».

Quand le prolétariat manifeste par sa propre existence en

Les prolétaires dans les jours de révolution : à Barcelone, à Pétrograd.

actes que cette pensée de l'histoire ne s'est pas oubliée, le démenti de la conclusion est aussi bien la confirmation de la méthode.

Le défaut dans la théorie de Marx est naturellement le

Longue bataille de la guerre de Sécession.

défaut de la lutte révolutionnaire du prolétariat de son

époque. La classe ouvrière n'a pas décrété la révolution en permanence dans l'Allemagne de 1848 ; la Commune a été vaincue dans l'isolement. La théorie révolutionnaire ne peut donc pas encore atteindre sa propre existence totale. Toute l'insuffisance théorique dans la défense *scientifique* de la révolution prolétarienne peut être ramenée, pour le contenu aussi bien que pour la forme de l'exposé, à une identification du prolétariat à la bourgeoisie du *point de vue de la saisie révolutionnaire du pouvoir.*

Plan du Palais d'Hiver en 1917, sur lequel un crayon marque les axes de l'attaque.

Plan du Palais des Tuileries, en 1792.

Pendant la guerre civile d'Espagne, un partisan qui a franchi les lignes apporte au dernier moment la nouvelle que les franquistes sont prévenus de l'offensive républicaine qui va être lancée, et l'attendent en force. Le général Golz, officier russe au service de la République, répond au téléphone, dans un abri avancé : « Lisez ! Quoi ? » Il regarde, au-dessus de lui, le passage d'une vague d'avions de bombardement qui va donner le signal de l'offensive, et répond : « Trop tard ! Nous allons encore perdre. Nous allons à la défaite. C'est bien dommage. »

Les deux seules classes qui correspondent effectivement à

Suite de la même bataille de la guerre de Sécession.

la théorie de Marx, les deux classes pures vers lesquelles mène toute l'analyse dans *Le Capital*, la bourgeoisie et le prolétariat, sont également les deux seules classes révolutionnaires de l'histoire, mais à des conditions différentes : la révolution bourgeoise est faite ; la révolution prolétarienne est un projet, né sur la base de la précédente révolution, mais en différant qualitativement. En négligeant *l'originalité* du rôle historique de la bourgeoisie, on masque l'originalité concrète de ce projet prolétarien qui ne peut rien atteindre sinon en portant ses propres couleurs et en connaissant « l'immensité de ses tâches ». La bourgeoisie est venue au pouvoir parce qu'elle est la classe de l'économie en développement. Le prolétariat ne peut être lui-même le pouvoir qu'en devenant *la classe de la conscience.* Le mûrissement des forces productives ne peut garantir un tel pouvoir, même par le détour de la dépossession accrue qu'il entraîne. La saisie jacobine de l'État ne peut être son instrument. Aucune *idéologie* ne peut lui servir à déguiser des buts partiels en buts généraux, car il ne peut conserver aucune réalité partielle qui soit effectivement à lui.

Cette aliénation idéologique de la théorie ne peut plus alors
Les marins de Cronstadt poursuivent victorieusement leur attaque.
reconnaître la vérification pratique de la pensée historique unitaire qu'elle a trahie, quand une telle vérification surgit dans la lutte spontanée des ouvriers ; elle peut seulement concourir à en réprimer la manifestation et la mémoire. Cependant, ces formes historiques apparues dans la lutte sont justement le milieu pratique qui manquait à la théorie pour qu'elle soit vraie.
Le Palais d'Hiver pris d'assaut.
Elles sont une exigence de la théorie, mais qui n'avait pas été formulée théoriquement. Le *soviet* n'était pas une découverte de la théorie. Et déjà, la plus haute vérité théorique de l'Association Internationale des Travailleurs était sa propre existence en pratique.

La colonne Vendôme abattue. *Marx.*

sous-titre : Tu sauras combien

Michel Corrette : Sonate en *ré* majeur, pour violoncelle et clavecin.

il a le goût du sel, le pain des étrangers, et combien c'est un rude passage,

Bakounine.

descendre et monter l'escalier des étrangers. Et le plus lourd fardeau que tu

traîneras, ce sera la mauvaise et inepte compagnie avec qui tu tomberas dans

Marx.

cette vallée de l'exil. De sorte qu'il sera à ton honneur, ensuite, d'avoir été, à toi tout seul, ton parti.

Le même moment historique, où le bolchevisme a triomphé

Défilé de l'Armée dite Rouge : l'infanterie.

pour lui-même en Russie, et où la social-démocratie a combattu victorieusement *pour le vieux monde*, marque la naissance achevée d'un ordre des choses qui est au cœur de la domination du spectacle moderne : la *représentation*

Trotsky.

ouvrière s'est opposée radicalement à la classe.

Carton : « Ceux qui veulent instituer un capitalisme d'État comme propriété d'une bureaucratie totalitaire, et n'abattent pas les Conseils ; ou bien ceux qui veulent abolir la société de classes et ne condamnent pas tous les syndicats et les partis spécialisés-hiérarchiques, ceux-là ne se maintiendront que bien peu de temps. »

L'époque stalinienne révèle la réalité dernière de la *bureau-*

Suite du défilé de l'Armée dite Rouge : les chars, les canons, les fusées.

cratie : elle est la continuation du pouvoir de l'économie, le sauvetage de l'essentiel de la société marchande maintenant le travail-marchandise. C'est la preuve de l'économie indépendante, qui domine la société au point de recréer pour ses propres fins la domination de classe qui lui est nécessaire : ce qui revient à dire que la bourgeoisie a créé une puissance autonome qui, tant que subsiste cette autonomie, peut aller jusqu'à se passer d'une bourgeoisie. La bureaucratie totalitaire n'est pas « la dernière classe propriétaire de l'histoire » au sens de

Sur les escaliers d'Odessa, les troupes tsaristes tirent dans la foule des manifestants.

Bruno Rizzi, mais seulement *une classe dominante de substitution* pour l'économie marchande. La propriété capitaliste défaillante est remplacée par un sous-produit simplifié, moins diversifié, *concentré* en propriété collective de la classe bureaucratique. Cette forme sous-développée de la classe dominante est aussi l'expression du sous-développement économique ; et n'a d'autre perspective que rattraper le retard de ce développement en certaines régions du monde. C'est le parti ouvrier, organisé selon le modèle bourgeois de la séparation, qui a fourni le cadre hiérarchique-étatique à cette édition supplémentaire de la classe dominante.

La classe idéologique-totalitaire au pouvoir est le pouvoir d'un monde renversé : plus elle est forte, plus elle affirme qu'elle n'existe pas, et sa force lui sert d'abord à affirmer son inexistence. Elle est modeste sur ce seul point, car son inexistence officielle doit aussi coïncider avec le *nec plus ultra* du développement historique, que simultanément on devrait à son infaillible commandement. Étalée partout, la bureaucratie doit être la *classe invisible* pour la conscience, de sorte que c'est toute la vie sociale qui devient démente. L'organisation sociale du mensonge absolu découle de cette contradiction fondamentale.

Un meeting de la « gauche unie » : les staliniens et leurs alliés, à la tribune et dans la salle ; discours de Mitterrand ; discours de Marchais.

Carton : « Plus nous montons dans cette bureaucratie de l'intelligence, et plus nous rencontrons des têtes merveilleuses. » Marx, Remarques sur la récente réglementation de la censure prussienne.

Le stalinisme fut le règne de la terreur dans la classe bureau-

Brejnev et d'autres gouvernants staliniens reçoivent des fleurs ; l'encadrement cratique elle-même. Le terrorisme qui fonde le pouvoir de cette classe doit frapper aussi cette classe, car elle ne possède aucune garantie juridique, aucune existence reconnue en tant que classe propriétaire, qu'elle pourrait étendre à chacun de ses membres. Sa propriété réelle est dissimulée, et elle n'est devenue propriétaire que par la voie de la fausse conscience. La fausse conscience ne maintient son pouvoir absolu que par la terreur absolue, où tout vrai motif finit par se perdre. Les membres de la classe bureaucratique au pouvoir n'ont le droit de possession sur la société que collectivement, en tant que participants à un mensonge fondamental : il faut qu'ils jouent le rôle du prolétariat dirigeant une société socialiste ; qu'ils soient les acteurs fidèles au texte de l'infidélité idéologique. Mais la participation effective à cet être mensonger doit se voir elle-même reconnue comme une participation véridique. Aucun bureaucrate ne peut soutenir individuellement son droit

syndicaliste dans l'usine Renault ; en 1968, les ouvriers enfermés chez Renault par leurs syndicats regardent passer des gauchistes naïfs encadrés par leurs propres bureaucrates.

Staline parle, longuement.

au pouvoir, car prouver qu'il est un prolétaire socialiste serait se manifester comme le contraire d'un bureaucrate ; et prouver qu'il est un bureaucrate est impossible, puisque la vérité officielle de la bureaucratie est de ne pas être. Ainsi chaque bureaucrate est dans la dépendance absolue d'une *garantie centrale* de l'idéologie, qui reconnaît une participation collective à son « pouvoir socialiste » de *tous les bureaucrates qu'elle n'anéantit pas*. Si les bureaucrates pris ensemble décident de tout, la cohésion de leur propre classe ne peut être assurée que par la concentration de leur pouvoir terroriste en une seule personne. Dans cette personne réside la seule vérité pratique du mensonge *au pouvoir* : la fixation indiscutable de sa frontière toujours rectifiée. Staline décide sans appel qui est finalement bureaucrate possédant ; c'est-à-dire qui doit être appelé « prolétaire au pouvoir » ou bien « traître à la solde du Mikado et de Wall Street ». Les atomes bureaucratiques ne trouvent l'essence commune de leur droit que dans la personne de Staline. Staline est ce souverain du monde qui se sait de cette façon la personne absolue, pour la conscience de laquelle il n'existe pas d'esprit plus haut. « Le souverain du monde possède la conscience effective de ce qu'il est – la puissance universelle de l'effectivité – dans la violence destructrice qu'il exerce contre le Soi de ses sujets lui faisant contraste. » En même temps qu'il est la puissance qui définit le terrain de la domination, il est « *la puissance ravageant ce terrain* ».

Au moment où le Reichstag brûle, les communistes de Hambourg tiennent leur dernier meeting. Un militant dénonce la provocation du gouvernement nazi ; découvre que l'on veut dissoudre son parti ; révèle, à l'heure où il est trop tard pour la guerre civile, qu'« Hitler, c'est la guerre ». L'officier de police qui assistait à la réunion la déclare dissoute. Les schupos envahissent la salle, en matraquant les assistants, qui chantent « L'Internationale ».

Un officier nazi. Le général Franco. *Des tanks allemands en action ; officiers des Brigades Internationales ; le bataillon Lincoln.*

sous-titre : Il y a une vallée en Espagne, qu'on appelle Jarama. C'est un endroit que, tous, nous connaissons trop bien.

C'est là que nous avons perdu notre jeunesse, et aussi bien la plus grande part de nos vieux jours.

Des partisans espagnols, poursuivis par des soldats franquistes, se défendent sur le sommet d'une dernière colline. Rassemblement des prisonniers politiques dans un camp de concentration allemand. Devant un « grand ensemble » de la région parisienne, une petite fille solitaire fait tourner un manège. La place de la Concorde illuminée ; les toits de Paris.

Carton : « Cette paix sociale rétablie à grand'peine n'avait duré que peu d'années lorsque parurent, pour annoncer sa fin, ceux qui allaient entrer dans l'histoire du crime sous le nom de "situationnistes". »

Quand le prolétariat découvre que sa propre force extériorisée

Les barricades de mai 1968 : combats dans la nuit, et incendies.

concourt au renforcement permanent de la société capitaliste, non plus seulement sous la forme de son travail, mais aussi sous la forme des syndicats, des partis ou de la puissance étatique qu'il avait constitués pour s'émanciper, il découvre aussi par l'expérience historique concrète qu'il est la classe totalement ennemie de toute extériorisation figée et de toute spécialisation du pouvoir. Il porte *la révolution qui ne peut rien laisser à l'extérieur d'elle-même*, l'exigence de la domination permanente du présent sur le passé, et la critique totale de la séparation ; et c'est cela dont il doit trouver la forme adéquate dans l'action. Aucune amélioration quantitative de sa misère, aucune illusion d'intégration hiérarchique, ne sont un remède durable à son insatisfaction, car le prolétariat ne peut se reconnaître véridiquement dans un tort particulier qu'il aurait subi ni donc *dans la réparation d'un tort particulier*, ni d'un grand nombre de ces torts, mais seulement dans le tort absolu d'être rejeté en marge de la vie.

La rue Gay-Lussac, au lever
Michel Corrette : Sonate

du jour. La tribune de la grande assemblée dans la Sorbonne ; travelling sur les gens
en *ré* majeur, pour violoncelle et clavecin.

du « Comité Enragés-Internationale situationniste », et Debord. Carton : « Camarades, l'usine Sud-Aviation de Nantes étant occupée depuis deux jours par les ouvriers et les étudiants de cette ville, le mouvement s'étendant aujourd'hui à plusieurs usines (N.M.P.P.-Paris, Renault-Cléon et autres), le Comité d'Occupation de la Sorbonne *appelle à l'occupation immédiate de toutes les usines en France et à la formation de conseils ouvriers. Camarades, diffusez et reproduisez au plus vite cet appel.* Sorbonne, 16 mai, 15 heures. » *Une assemblée écoute un orateur, en octobre 1917 ;*

la façade ouest de la Sorbonne, embellie d'une banderole qui proclame : « Occupation des usines. Conseils ouvriers. Comité Enragés-I.S. *» ; des ports, des gares, des usines que la grève a paralysés. Carton : « Et le mois de mai ne reviendra jamais, d'aujourd'hui à la fin du monde du spectacle, sans qu'on se souvienne de nous. »* *Christian Sébastiani ; Debord ; Patrick Cheval.*

sous-titre : We few, we happy few ; we band of brothers.

Inscription sur une fresque de Puvis de Chavannes : « Camarades, l'humanité ne sera heureuse que le jour où le… ». Les fenêtres allumées de la Sorbonne, dans la nuit. Le Palais d'Hiver, la nuit. Tracts lancés des fenêtres de la salle Jules-Bonnot, où siège le Comité d'Occupation de la Sorbonne. Des ouvriers russes d'« Octobre » emportent des paquets de tracts, à mesure qu'ils sont tirés par des imprimeurs révolutionnaires. Affiche sur un mur : « À bas la société spectaculaire-marchande ! » Carton : « Ne vous flattez pas qu'ils n'ont pas un tel dessein, il faut nécessairement qu'ils l'aient ; et si le hasard voulait qu'ils ne l'eussent point formé, la force même des choses les y amènerait ; la conquête engendre la conquête, et la victoire donne soif de la victoire. » Machiavel, Lettre à Francesco Vettori. *Quelques aspects de la Sorbonne occupée ; avec cette inscription sur un mur : « Cours vite, camarade, le vieux monde est derrière toi ! » Carton : « Dès le 25 février, mille systèmes étranges sortirent impétueusement de l'esprit des novateurs et se répandirent dans l'esprit troublé de la foule… Il semblait que, du choc de la révolution, la société elle-même eût été réduite en poussière et qu'on eût mis au concours la forme nouvelle qu'il fallait donner à l'édifice qu'on allait élever à sa place ; chacun proposait son plan ; celui-ci le produisait dans les journaux ; celui-là dans des placards, qui couvrirent bientôt les murs ; cet autre, en plein vent, par la parole. L'un prétendait détruire l'inégalité des fortunes, l'autre l'inégalité des lumières, le troisième entreprenait de niveler la plus ancienne des inégalités, celle de l'homme et de la femme ; on indiquait des spécifiques contre la pauvreté et des remèdes à ce mal du travail qui tourmente l'humanité depuis qu'elle existe. » Tocqueville,* Souvenirs. *Barricade brûlant dans la nuit.*

sous-titre : Mais ni le bois ni le feu ne trouvent d'apaisement, de satisfaction ni de repos dans aucune chaleur, petite ou grande, dans aucune ressemblance jusqu'à ce que le feu ne fasse plus qu'un avec le bois et lui communique sa propre nature...

Carton : « Mais alors il arrive qu'on les accuse de vandalisme et qu'on blâme et flétrit leur irrespect de la machine. Ces critiques seraient fondées s'il y avait de la part des ouvriers volonté systématique de détérioration, sans préoccupation de but. Or, ce n'est pas le cas ! Si les travailleurs s'attaquent aux machines c'est, non par plaisir ou dilettantisme, mais parce qu'une impérieuse nécessité les y oblige. »

Émile Pouget, Le Sabotage.

Fin de la musique.

Aux nouveaux signes de négation, incompris et falsifiés

Les forces du maintien de l'ordre en action, dans les champs de Flins, dans

par l'aménagement spectaculaire, qui se multiplient dans

les rues de Nantes ; jeunes lumpenprolétaires défendant les toits de la rue

les pays les plus avancés économiquement, on peut déjà

Saint-Jacques.

tirer cette conclusion qu'une nouvelle époque s'est ouverte : après la première tentative de subversion ouvrière, *c'est maintenant l'abondance capitaliste qui a échoué.* Quand les luttes antisyndicales des ouvriers occidentaux sont réprimées d'abord par les syndicats, et quand les courants révoltés de la jeunesse lancent une première protestation informe, dans laquelle pourtant le refus de l'ancienne politique spécialisée, de l'art et de la vie quotidienne, est immédiatement impliqué, ce sont là les deux faces d'une nouvelle lutte spontanée qui commence sous l'aspect *criminel.* Ce sont les signes avant-coureurs du deuxième assaut prolétarien contre la société de classes.

Une carte de la Pologne ; un camion blindé, attaqué par des émeutiers, prend feu ; une foule insurgée escalade le portail d'un palais. Dans un café de Tanger, une femme vient à la table où un voyou très entouré traite ses affaires, et lui demande : « Vous me reconnaissez ? » Il répond : « Je ne me rappelle jamais les jolies femmes. Van Straten a un nouveau yacht ? » Elle : « Il n'est pas question d'affaires, Tadeus, mais de la Pologne. » Lui, tout de suite : « Je ne donne jamais d'inf... » Il s'interrompt, et tandis que grandit une musique du passé, il dit, ému : « La Pologne. »

Carton : « Une fois de plus la Pologne est recouverte d'un sanglant linceul et nous sommes restés spectateurs impuissants. » Déclaration des ouvriers français au meeting de fondation de l'Internationale, le 28 septembre 1864.

Quand la réalisation toujours plus poussée de l'aliénation

Combats de rue en Italie.

capitaliste à tous les niveaux, en rendant toujours plus difficile aux travailleurs de reconnaître et de nommer leur propre misère, les place dans l'alternative de refuser *la totalité de leur misère, ou rien*, l'organisation révolutionnaire a dû apprendre qu'elle ne peut plus *combattre l'aliénation sous des formes aliénées.*

Lénine prononce un discours.

Le développement même de la société de classes jusqu'à

En Italie, des policiers en jeep se jettent dans la foule et la matraquent ; des

l'organisation spectaculaire de la non-vie mène donc le projet

schupos de la République Fédérale opèrent à pied.

révolutionnaire à devenir *visiblement* ce qu'il était déjà *essentiellement.*

La théorie révolutionnaire est maintenant ennemie de toute

Les chars russes repoussent

idéologie révolutionnaire, *et elle sait qu'elle l'est.*

les ouvriers allemands, à Berlin en juin 1953.

Longue séquence de nuit : la police américaine matraque des émeutiers noirs.

sous-titre : Considérons-nous cependant le contenu de cette expérience dans son intégralité : ce contenu est l'œuvre qui disparaît… Le fait de disparaître est aussi effectivement réel, et attaché à l'œuvre et disparaît lui-même avec celle-ci ; le négatif s'enfonce avec le positif dont il est la négation.

Carton : « "Il serait évidemment fort commode de faire l'histoire si l'on ne devait engager la lutte qu'avec des chances infailliblement favorable." Pour détruire complètement cette société, il faut évidemment être prêts à lancer contre elle, dix fois de suite ou davantage, des assauts d'une importance comparable à celui de mai 1968 ; et tenir pour des inconvénients inévitables un certain nombre de défaites et de guerres civiles. Les buts qui comptent dans l'histoire universelle doivent être affirmés avec énergie et volonté. »

Au cours d'une bataille de la guerre de Sécession, un officier vient se placer à la tête du 7ᵉ régiment de cavalerie du Michigan, et commande : « 7ᵉ Michigan, en avant !… Au trot ! En avant !… Au galop ! En avant !… Chargez ! » Arkadin, dans un bal masqué qu'il donne dans son château d'Espagne, un verre à la main, dit à ses hôtes : « Pas de discours. Je propose un toast à la mode géorgienne. En Géorgie, les toasts commencent par un conte… J'ai rêvé d'un cimetière où les épitaphes étaient bizarres, 1822-1826, 1930-1934… on meurt bien jeune ici, dis-je à quelqu'un ; un temps très court entre la naissance et la mort. Pas plus qu'ailleurs, me répondit-on, mais ici seules comptent pour années de vie les années qu'a duré une amitié. Buvons à l'amitié ! »

Ivan Chtcheglov ; Asger Jorn ; la cavalerie continuant sa charge.

Après l'échec de la précédente attaque, le même officier vient chercher les 5ᵉ et 6ᵉ régiments de cavalerie du Michigan, et les lance dans une nouvelle charge. Arkadin achève un autre conte : « Logique ? cria la grenouille en se noyant avec le scorpion, où est la logique là-dedans ? – Je n'y peux rien, dit le scorpion, c'est mon caractère… Buvons au caractère ! »

Après un nouvel échec, le même officier paraît devant les rangs du 1ᵉʳ régiment de cavalerie du Michigan, le dernier qui reste en réserve ; et commande une autre charge, qui commence.

Carton : « Ce qui constitue au contraire le mérite de notre théorie, c'est le fait non pas d'avoir une idée juste, mais d'avoir été naturellement amené à concevoir cette idée. En résumé, l'on ne saurait trop répéter qu'ici – comme dans le domaine entier de la pratique – la théorie est là bien plus pour former le praticien, pour lui faire le jugement, que pour lui servir d'indispensable soutien à chaque pas que nécessite l'accomplissement de sa tâche. »

Clausewitz, Campagne de 1814.

Ce film est dédié à Alice Becker-Ho.

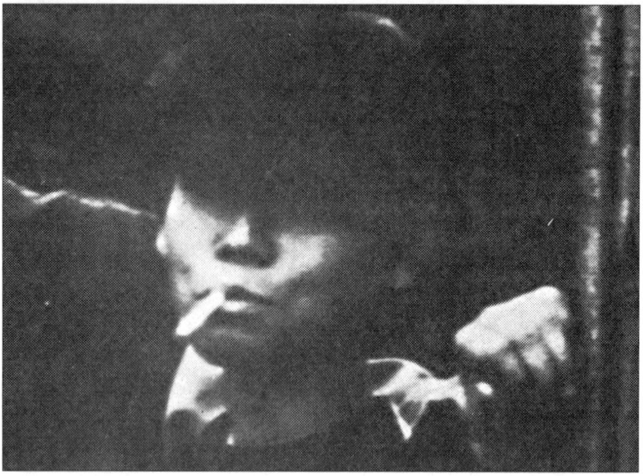

… une immense accumulation de spectacles. *Tout ce qui était directement vécu s'est éloigné.*

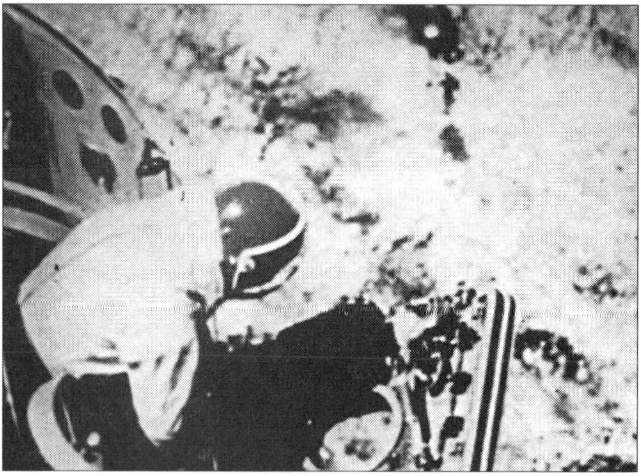

La réalité considérée partiellement *se déploie dans sa propre unité générale en tant que pseudo-monde* à part, *objet de la seule contemplation.*

Le spectacle réunit le séparé, mais il le réunit en tant que séparé.

Dans son style même, l'exposé de la théorie dialectique est un scandale et une abomination selon les règles du langage dominant…

Quand l'art devenu indépendant représente son monde avec des couleurs éclatantes, un moment de la vie a vieilli…

« Combien d'hommes as-tu oubliés ? » – « Et toi, de combien de femmes te souviens-tu ? »

Les spécialistes du pouvoir du spectacle, pouvoir absolu à l'intérieur de son système du langage sans réponse, sont corrompus absolument par leur expérience du mépris et de la réussite du mépris.

À ce mouvement essentiel du spectacle, qui consiste à reprendre en lui tout ce qui existait dans l'activité humaine à l'état de fluide, *pour le posséder à l'état coagulé, en tant que choses…*

Chaque nouveau mensonge *de la publicité est aussi* l'aveu *de son mensonge précédent.*

Pour la première fois une architecture nouvelle, qui à chaque époque antérieure était réservée à la satisfaction des classes dominantes, se trouve directement destinée aux pauvres.

L'histoire qui menace ce monde crépusculaire est aussi la force qui peut soumettre l'espace au temps vécu.

… les individus et les communautés ont à construire les sites et les événements correspondant à l'appropriation, non plus seulement de leur travail, mais de leur histoire totale.

L'image sociale de la consommation du temps, de son côté, est exclusivement dominée par les moments de loisirs et de vacances, moments représentés à distance *et désirables par postulat…*

« Foule esclave, debout ! Debout ! – Le monde va changer de base. »

Une nouvelle époque s'est ouverte : après la première tentative de subversion ouvrière, c'est maintenant l'abondance capitaliste qui a échoué.

We few,
we happy few,

we,
band of brothers.

« 7^e^ Michigan, en avant ! »

Fiche technique

Long métrage (90 min), 35 mm, noir et blanc
Produit par Simar Films
Laboratoires G.T.C.
Montage : Martine Barraqué
Assistante montage : Manoela Ferreira
Chef opérateur pour le banc-titres : Antonis Georgakis
Assistant opérateur au banc-titres : Philippe Delpont
Assistants réalisateurs : Jean-Jacques Raspaud et Gianfranco Sanguinetti
Documentaliste : Suzanne Schiffmann
Ingénieur du son : Antoine Bonfanti
Directeur de la production : Christian Lentretien

Musique : Michel Corrette, « Les délices de la solitude », sonate en *ré* majeur pour violoncelle et clavecin

Le commentaire du présent film, achevé en octobre 1973, est entièrement composé d'extraits de la première édition de *La Société du spectacle* (1967)

Voix off : Guy Debord

Trois notes à propos du film *La Société du spectacle* (1973)

La Société du spectacle / Film
généralités (18 juin 1973)

Ne peut-on dire que le *Passage* – et *Critique* – ne choquaient pas (excepté 3 ou 4 gags politiques très brefs) – sauf dans la mesure où on voulait bien être choqué par l'insolite de la forme cinématographique, et aussi du « sujet » vague…Au contraire, *La Société du spectacle* devrait choquer très souvent – et choquer même *à l'intérieur* de l'acceptation critique gauchiste.

La Société du spectacle / Film

Images

Si très souvent, au lieu de pollution – guerre – urbanisme affreux – encombrements – on avait en images *la beauté de ce monde* : les filles, les décors modernes, la publicité du whisky ou de la montagne – le *commentaire* théorique serait parfait là.

Très important.

Avoir tout ce qu'il y a de beau dans [les] films « spectaculaires », par exemple télévisés (émissions sur la mode, sur les vedettes, danse, mouvements de caméra comme, le 31 décembre 1971, sur Marie Laf[orêt] de dos et profil).

Dans les courts-métrages (le premier surtout) j'avais à parler beaucoup d'événements *particuliers*. D'où, faiblesse de la forme « documentaire » ; surtout du fait de l'aggravation introduite par sa *pauvreté*.

Dans le film *La Société du spectacle*, on parle toujours *du plus général*. Ainsi, le particulier peut s'y introduire assez facilement (sans aller jusqu'à *l'arbitraire* dans l'illustration).

Pages suivantes :

Extraits de la brochure éditée par la société de production Simar Films – fondée par Gérard Lebovici – pour la sortie du film *La Société du spectacle*, le 1er mai 1974.

vous pourrez
voir
prochainement
à l'écran

la
société
du
spectacle

et
ultérieurement
partout ailleurs

sa destruction

Que la tentative révolutionnaire de mai 1968 ait marqué le changement d'une époque, voilà ce que démontre le simple fait qu'un livre de théorie subversive comme La Société du Spectacle de Guy Debord puisse être aujourd'hui porté à l'écran par son auteur lui-même, et qu'il existe un producteur pour financer une telle entreprise.

simar films
présente

la société du spectacle

un film écrit et réalisé par

Guy Debord

d'après son livre publié aux Editions Champ Libre

Montage	MARTINE BARRAQUÉ
Chef-opérateur pour le banc-titres	ANTONIS GEORGAKIS
Assistant-opérateur au banc-titres	PHILIPPE DELPONT
Assistante-monteuse	MANCELA FERREIRA
Assistants-réalisateurs	JEAN-JACQUES RASPAUD et GIANFRANCO SANGUINETTI
Documentaliste	SUZANNE SCHIFFMANN
Ingénieur du son	ANTOINE BONFANTI
Directeur de la Production	CHRISTIAN LENTRETIEN
Musique	MICHEL CORRETTE

Le commentaire du présent film, achevé en octobre 1973, est entièrement composé d'extraits de la première édition de La Société du Spectacle (1967).

Laboratoires G.T.C. Joinville. Mixage S.I.S. La Garenne. Visa de contrôle cinématographique n° 40980.

À propos du film

> « On sait qu'Eisenstein souhaitait de tourner *Le Capital.* On peut d'ailleurs se demander, vu les conceptions formelles et la soumission politique de ce cinéaste, si son film eût été fidèle au texte de Marx. Mais, pour notre part, nous ne doutons pas de faire mieux. Par exemple, dès que possible, Guy Debord réalisera lui-même une adaptation cinématographique de *La Société du spectacle*, qui ne sera certainement pas en deçà de son livre. »
>
> *Internationale situationniste*, n° 12, septembre 1969.

On estimait généralement, jusqu'à présent, que le cinéma était tout à fait impropre à l'exposé d'une théorie révolutionnaire. On se trompait. L'absence de toute tentative sérieuse dans cette direction découlait simplement de l'absence historique d'une théorie révolutionnaire *moderne* pendant la quasi-totalité de la période au cours de laquelle s'est développé le cinéma ; et simultanément du fait que les possibilités de l'écriture cinématographique, malgré tant de déclarations d'intention de la part des auteurs et tant de satisfaction feinte de la part du public malheureux, n'ont encore été elles-mêmes que très petitement libérées.

Publié en 1967, *La Société du spectacle* est un livre dont l'apport théorique a grandement marqué le nouveau courant de critique sociale qui sape maintenant, de plus en plus manifestement, l'ordre mondial établi. Sa présente adaptation cinématographique, elle aussi, ne se propose pas quelques critiques politiques partielles, mais une critique totale du monde existant, c'est-à-dire de tous les aspects du capitalisme moderne, et de son système général d'illusions.

Le cinéma fait lui-même partie de ce monde, comme un des instruments de la *représentation* séparée qui s'oppose à la réalité de la société prolétarisée, et la domine. Ainsi la critique révolutionnaire, en se portant sur le terrain même du spectacle cinématographique, doit en *renverser* le langage : et se donner une forme elle-même révolutionnaire.

Le texte et les images de ce film constituent un ensemble cohérent ; mais les images n'y sont jamais la simple *illustration* directe de son propos – et d'autant moins une démonstration (« démonstration » qui d'ailleurs, au cinéma, n'est jamais recevable, du fait des infinies possibilités de manipulation qu'offre tout montage unilatéral de documents). L'emploi des images est ici orienté par le principe du *détournement*, que les situationnistes ont défini comme la communication qui peut « contenir sa propre critique ». Ceci est vrai pour l'utilisation de quelques séquences de films préexistants et des actualités, ou même pour des photographies filmées, qui avaient déjà été publiées ailleurs. Ce sont les propres images par lesquelles la société spectaculaire se montre à elle-même, qui sont reprises et retournées : les moyens du spectacle doivent être traités avec insolence. De sorte que, d'une certaine manière, dans ce film le cinéma, à la fin de son histoire pseudo-autonome, rassemble ses souvenirs. On pourra donc voir ceci à la fois comme un film historique, un western, un film d'amour, un film de guerre, etc. Et c'est également un film qui, comme la société dont il traite, présente nombre de traits comiques. En parlant de l'ordre spectaculaire, et de la souveraineté de la marchandise qu'il sert, on parle aussi bien de ce que cache cet ordre : les luttes de classes et les tendances à la vie réelle historique, la révolution et ses échecs passés, et les responsabilités dans ses échecs. Rien dans ce film n'est fait pour plaire aux Grandes-Têtes-Molles du cinéma de gauche : on y méprise également ce qu'ils respectent, et le style dans lequel leur respect se manifeste. Celui qui est capable de comprendre et de condamner toute une formation économique-sociale, la condamnera jusque dans un film. Que l'on ne nous parle pas d'extrémisme, on nous fera plaisir : l'histoire présente est bien près d'aller au-delà.

Il suffit d'entreprendre une *critique sans concessions* pour que des thèses qui, jusqu'à ce jour, n'avaient jamais été exprimées au cinéma, y surgissent dans une forme jamais vue.

Pour que le cinéma, d'un point de vue socio-économique, soit réellement capable d'une telle liberté il faut évidemment renoncer à toute prétention de contrôler préalablement, de quelque manière que ce soit, le réalisateur, en lui demandant d'établir un synopsis ou en cherchant à obtenir de lui toute autre sorte de vaine apparence de garantie. C'est ce qui a été reconnu par contrat entre l'auteur et la Société Simar Films : « Il est entendu que l'auteur accomplira son travail en toute liberté, sans contrôle de qui que ce soit, et sans même tenir compte de quelque observation que ce soit sur aucun aspect du contenu ni de la forme cinématographique qu'il lui paraîtra convenable de donner à son film. »

Ce film exposant lui-même ce qu'il veut dire d'une manière suffisamment compréhensible, le producteur et l'auteur estiment qu'il sera inutile de fournir ultérieurement plus d'explications.

Quelques jugements sur le livre

« Si l'on en croit certains critiques, le livre de Guy Debord, *La Société du spectacle*... apporte à la théorie révolutionnaire un ton et une originalité qu'on ne lui connaissait plus depuis Marx. L'ombre de Hegel plane sur cette série de thèses qui prétendent analyser globalement l'évolution économico-sociale du monde moderne et jeter les bases d'une nouvelle "lutte finale"... Mais il est peut-être utile de préciser que l'auteur dirige la revue *Internationale situationniste* dont *Le Monde* a déjà souligné "l'extrémisme difficilement dépassable". »

Edmagramme, 6 décembre 1967.

« Le mode commun de l'exposition situationniste est la *dénonciation*, une dénonciation globale, qui atteint, indifféremment, tous les domaines, de l'économique au culturel et qui, sans s'embarrasser ni de concepts ni d'informations, *constate*, *révèle* l'aliénation sans cesse aggravée de l'humanité contemporaine. Guy Debord s'en prend au spectacle ; c'est là sa référence empirique. La filiation feuerbachienne – à travers les œuvres du jeune Marx – est évidente. La société bourgeoise – et son rejeton socialiste –, poursuivant l'entreprise millénaire d'oppression et de répression et la portant à son plus haut niveau de vérité, a séparé l'homme de son essence. Aujourd'hui, pour mieux celer la pauvreté de son opération, elle la fait basculer dans le *spectacle*. Tout est spectaculaire : ce livre même que vous lisez, ces lignes que je vous propose sont marqués d'un vice profond : ils participent à ce monde... Il va de soi que de semblables énoncés découragent d'avance toute critique. Ils l'écartent, d'entrée de jeu, puisqu'ils tiennent pour évident que toute contestation de ce qu'ils disent émane d'une pensée sottement tributaire du "pouvoir" et du "spectacle". Ils présentent une dénonciation, qui est à prendre dans son entier ou à laisser complètement, qui ne supporte pas même le commentaire, sinon répétitif. Nous sommes en présence de *livres*, de *bibles*. Rien à dire, sinon "Lisez !" Le procédé naïvement terroriste est tellement ancien que le premier sentiment, face à des ouvrages semblables, est de les exclure purement et simplement, de laisser l'absolu point de vue où ils se placent dans l'absolu, précisément, dans le non-relatif, dans le non-relaté. »

François Châtelet, *Le Nouvel Observateur*, 3 janvier 1968.

« Debord ajoute les thèses aux thèses, mais il n'avance pas : il répète inlassablement la même idée : que le réel est renversé dans l'idéologie, que l'idéologie, changée en son essence dans le spectacle, se fait passer pour le réel, qu'il faut renverser l'idéologie pour rendre ses droits au réel. Peu importe le sujet qu'il traite ici et là, cette idée se mire dans toutes les autres, et c'est aux limites de son endurance que nous devons un arrêt à la 221e thèse. On le croyait lancé à l'assaut de ses adversaires, il faut convenir que le grand déploiement d'un discours n'avait d'autre fin qu'une parade. Reconnaissons qu'elle a sa beauté : la parole n'est jamais en défaut. Toute question qui ne commandât pas sa réponse ayant été bannie dès les premières lignes, il est vrai qu'on chercherait en vain une faille. »

Claude Lefort, *La Quinzaine littéraire*, 1er février 1968.

« Que cette idée se mire dans toutes les autres, voilà justement ce que nous considérons comme la caractéristique d'un *livre dialectique*... *La Société du spectacle* ne cache pas son parti pris *a priori*, ne tente pas de faire surgir sa conclusion d'un questionnement universitaire ; mais n'est écrit que pour montrer le champ d'application cohérent *concret* d'une thèse qui existe elle-même au départ, venue d'une investigation que la critique révolutionnaire a pu porter sur le capitalisme moderne. Pour l'essentiel donc, à notre avis, c'est *un livre auquel il ne manque rien, qu'une ou plusieurs révolutions*. Lesquelles ne pouvaient tarder... Ainsi donc, Lefort peut conclure plaisamment qu'"à la lecture de Debord, toute histoire paraît vaine" ! Il diagnostique aussi : "Étrange rejeton de Marx, Debord s'est grisé de la fameuse analyse consacrée au fétichisme de la marchandise." N'entrons pas dans une polémique sur les meilleures manières de se griser, c'est une question que les universitaires connaissent mal. Mais notons que l'histoire revenait, et qu'elle a surpris Lefort plus que nous en mai. C'est alors que l'on put voir, dans ces "*bacchanales de la vérité où personne ne reste sobre*" (Hegel), des foules – déjà des foules – grisées par la découverte de la marchandise et du spectacle comme réalités de la pseudo-vie *devant être détruite*. »

Internationale situationniste n° 12, septembre 1969.

« Alors que prolifèrent enquêtes, dossiers et reportages, rares sont les tentatives de comprendre en totalité le monde où nous vivons. ; une telle timidité de la pensée devant le projet synthétique – symptôme du déclin de l'esprit philosophique – ne nous rend que plus précieux un livre comme *La Société du spectacle* de Guy Debord, un ouvrage dont l'écriture serrée, parfois même un brin ténébreuse, propose un réseau de significations, fragmentaires certes, mais d'un incontestable pouvoir de dévoilement... On pourrait certes se poser un certain nombre de questions sur les perspectives ouvertes par Debord et se demander en particulier si le concept même de révolution garde aujourd'hui un sens. »

H.-C. Tauxe, *La Gazette littéraire de Lausanne*, 13 janvier 1968.

« Voici quatre cent cinquante ans, le moine Luther faisait afficher à Wittenberg ses 95 thèses sur les indulgences. En des aphorismes qui déclenchèrent le feu des consciences, il damnait pour l'éternité "*avec leurs maîtres, ceux qui croient par des lettres d'indulgences, être sûrs de leur salut*". Je me demande si, politiquement, nous n'avons pas quelque nouveau pourfendeur d'abus en la personne de Guy Debord qui, dans *La Société du Spectacle* vient de publier 221 thèses situationnistes. Même assurance dans une foi – il s'agit de la foi en l'action révolutionnaire permanente – même fermeté dans le style, même dénonciation des superstitions. »

Bernard Gros, *Réforme*, 9 mars 1968.

« C'est le ton qui fait la chanson, et la violence négative et provocante des formules, plus cynique chez Vaneigem et plus glacée chez Debord, ne laisse rien debout de ce que les époques antérieures ont produit, si ce n'est Sade, Lautréamont et Dada... Une rhétorique hargneuse, excessive et toujours détachée de la complexité des faits sur lesquels on raisonne ne rend pas seulement la lecture désagréable, elle fait vaciller la pensée... Nos futurs Saint-Just en blousons noirs... nous auront au moins avertis : la civilisation ludiste des "maîtres sans esclaves" devra se résigner à sécréter ses commissaires ; et l'heureuse nouvelle de la suppression des tribunaux ne signifiera pas, hélas !, la fin des exécutions. »

P.-H. Simon, *Le Monde*, 14 février 1968.

« Maintenant M. Debord et M. Vaneigem ont sorti leurs textes fondamentaux longtemps attendus : le *Capital* et le *Que faire !*, pourrait-on dire, du nouveau mouvement. Cette comparaison n'a pas une intention de moquerie. C'est M. Debord qui y invite, en commençant son livre par cette formule allusive : "Toute la vie des sociétés dans lesquelles règnent les conditions modernes de production s'annonce comme une immense accumulation de *spectacles*." Les situationnistes, qui tournent en dérision n'importe qui d'autre, se prennent eux-mêmes en vérité très au sérieux. Sous l'épaisse carapace hégélienne qui enveloppe leurs pages, sont cachées quelques idées intéressantes. »

The Times Litterary Supplement, 21 mars 1968.

« Ceux qui veulent comprendre les idées sous-jacentes dans les révoltes d'étudiants du Vieux Monde devraient accorder une sérieuse attention, pas seulement aux écrits d'Adorno et des "trois M" – Marx, Mao, Marcuse –, mais par-dessus tout à la littérature des situationnistes. C'est le nom adopté par un des groupes dominants dans le mouvement de la jeunesse en Europe… Le livre de Debord, divisé en 221 paragraphes aphoristiques, utilise la terminologie marxienne et l'analyse économique… Il s'agit de détruire toute autorité, et principalement celle de l'État, de nier toute entrave morale, de démasquer la connaissance fossilisée de tous les pouvoirs établis, d'apporter la vérité dans le monde du simulacre, et de réaliser ce que Debord appelle l'achèvement de la démocratie dans l'action autonome qui se contrôle elle-même. Il s'abstient de dire comment on exécute un tel programme. »

Marc Slonim, *New York Times*, 21 avril 1968.

« Une volumineuse littérature a surgi de l'apocalypse de mai-juin en France… La notion de "spectacle"… est cruciale dans les théories de ce qui est probablement la plus extrémiste des fractions radicales… *La Société du spectacle* de Debord… redéfinit les concepts marxistes d'aliénation et de fétichisme… Comparé aux absolutistes de Strasbourg, M. Cohn-Bendit est un conservateur bien dépassé. »

George Steiner, *The Sunday Times*, 21 juillet 1968.

« L'université de Strasbourg fut, voici quelques années, uns des premiers centres de la contestation française en milieu étudiant. Là se développa le "mouvement situationniste" dont une partie des étudiants parisiens s'est inspirée depuis lors de la révolte de mai… Leur manifeste est le livre désormais fameux de Guy Debord, *La Société du spectacle*. Pour critiquer radicalement le système, Debord construit, dans un style épigrammatique et adornien, un concept de "spectacle" dérivé des conceptions de Marx, et plus encore de Lukács, sur le "fétichisme de la marchandise", l'aliénation et la "réification". »

Vittorio Saltini, *L'Espresso*, 15 décembre 1968.

« Mais ils ne prétendent pas faire la seule bonne exégèse de Marx : en réalité ils "dépassent" Marx et, dans le sens courant du mot, ne sont pas marxistes… On voit ce que cette conception a de radical ; la coupure qu'elle opère avec tout le mouvement de gauche de ce demi-siècle lui confère une teinte millénariste, hérétique… Dès le milieu des années soixante, sinon avant, les situationnistes prévoient et annoncent le "deuxième assaut prolétarien contre la société de classes". »

Richard Gombin, *Les Origines du gauchisme* (Éditions du Seuil, 1971).

« On ne pourrait comprendre certains aspects de l'explosion étudiante, ses crépitements poétiques et ses troubles lueurs, sans avoir aussi écouté et regardé une catégorie de contestataires qui poussent beaucoup plus loin que les castristes le mépris de la rationalité… Ainsi font les membres de l'Internationale situationniste… Il restera à leur actif la beauté littéraire de quelques-uns des graffiti de mai. Leurs autres écrits sont au niveau de leur comportement. Portés à l'excès, ils atteignent à l'insignifiance par cet excès même, tant il apparaît factice. Tout est affecté dans leur attitude, la violence systématique à l'égard des autres, la grossièreté dans leur manière de s'exprimer, leur recherche d'originalité capillaire, pileuse et vestimentaire. »

Adrien Dansette, *Mai 1968* (Plon, 1971)

« La mesure adoptée à l'unanimité par les anarchistes réunis en congrès mérite quelque explication. L'influence de l'Internationale situationniste, particulièrement négative sur de nombreux regroupements extra-parlementaires scandinaves, nord-américains et japonais, a été employée en France et en Italie, depuis 1967-1968, dans le but de détruire le mouvement anarchiste fédéré de ces deux pays, au nom d'un discours théorique que les situationnistes ont coutume de submerger dans un océan d'insolences, de phrases imprécises et tortueuses. »

Communiqué à la Fédération anarchiste italienne, *Umanità Nuova*, 15 mai 1971.

« Au début de l'année 1968, un critique, traitant de la théorie situationniste, évoquait, en se moquant, une “petite lueur qui se promène vaguement de Copenhague à New York”. Hélas, la petite lueur est devenue, la même année, un incendie, qui a surgi dans toutes les citadelles du vieux monde... Les situationnistes ont dégagé la théorie du mouvement souterrain qui travaille l'époque moderne. Alors que les pseudo-héritiers du marxisme oubliaient, dans un monde bouffi de positivité, la part du négatif, et du même coup mettaient la dialectique chez l'antiquaire, les situationnistes annonçaient la résurgence de ce même négatif et discernaient la réalité de cette même dialectique, dont ils retrouvaient le langage, “le style insurrectionnel” (Debord). »

François Bott, *Les Temps modernes*, n° 299-300, juin 1971.

« *La Société du spectacle*... a nourri les discussions de toute l'ultra-gauche depuis sa publication en 1967. Cet ouvrage, qui prédisait Mai 1968, est considéré par certains comme *Le Capital* de la nouvelle génération. »

Le Nouvel Observateur, 8 novembre 1971.

« Tête chercheuse qui s'est voulue toujours quasiment invisible, forte tête dans tous les sens du mot, celui d'un écrivain politique dont la pensée critique est aussi ferme et serrée que le style, et rebelle radical dont l'humour imprécatif exprime une rage de la raison, l'auteur de *La Société du Spectacle* est toujours apparu comme la tête, discrète mais incontestable... au centre de la constellation changeante des brillants conjurés subversifs de l'I.S., une sorte de joueur d'échecs froid, conduisant, avec rigueur, humour, et un peu de dandysme intellectuel, la partie dont il a prévu chaque coup. Agrégeant autour de lui, avec une autorité voilée, les talents et les bonnes volontés. Puis les désagrégeant avec la même virtuosité nonchalante, manœuvrant ses acolytes comme des pions naïfs, déblayant l'échiquier coup par coup, s'en retrouvant enfin seul maître, et toujours dominant le jeu. »

Claude Roy, *Le Nouvel Observateur*, 22 mai 1972.

« La contestation effrénée, dont les situationnistes s'étaient faits les porte-parole dans un extrémisme radical, fut un des symptômes précurseurs de la maladie. On eut tort de ne pas la prendre au sérieux. »

Études, juin-décembre 1968.

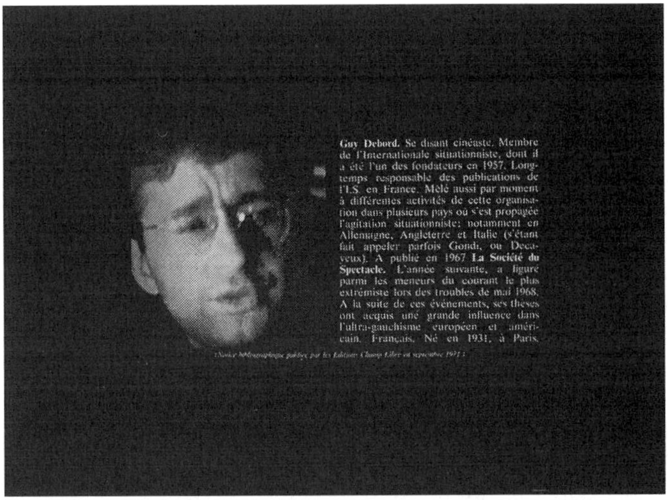

Dernière page de la brochure.

Guy Debord. Se disant cinéaste. Membre de l'Internationale situationniste, dont il a été l'un des fondateurs en 1957. Longtemps responsable des publications de l'I.S. en France. Mêlé aussi par moments à différentes activités de cette organisation dans plusieurs pays où s'est propagée l'agitation situationniste ; notamment en Allemagne, Angleterre et Italie (s'étant fait appeler parfois Gondi, ou Decayeux*). A publié en 1967 *La Société du spectacle*. L'année suivante, a figuré parmi les meneurs du courant le plus extrémiste lors des troubles de mai 1968. À la suite de ces événements, ses thèses ont acquis une grande influence dans l'ultra-gauchisme européen et américain. Français. Né en 1931, à Paris.
(*Notice biographique publiée par les Éditions Champ libre en septembre 1971.*)

---

* N'ayant jamais rien publié sous pseudonyme, Guy Debord n'en aura employé qu'un petit nombre (cinq) pour certaines lettres, rendez-vous ou débats internes (là où il y avait de bonnes raisons de ne laisser que des traces discrètes), clairement connus des camarades concernés dans chaque période (chaque pseudonyme devenu périmé n'étant plus jamais repris dans une autre période) :
Gondi (le cardinal de Retz), à partir de 1965 en France.
Colin Decayeux (ami de Villon), à partir de la fin de 1968 en France puis en Italie.
Guido Cavalcanti (ami de jeunesse de Dante), à partir de 1972 en Italie.
Glaucos (volontaire étranger venu combattre avec les défenseurs de Troie), à partir de 1974 au Portugal.
Juan Pacheco (un ennemi de don Rodrigo Manrique), à partir de 1980 en Espagne.

LETTRE À SANGUINETTI

Extrait d'une lettre à Gianfranco Sanguinetti écrite au lendemain de la première projection de *La Société du spectacle* au Studio Gît-le-Cœur (Paris 6e) le 1er mai 1974 (*Correspondance*, vol. 5, *op. cit.*, p. 147-149).

Je t'annonce tout de suite que la première journée de projection du *Spectacle*, hier, s'est déroulée dans des conditions tout à fait triomphales et, comme tu vas le voir, *pas seulement* sur le plan économique. Il y avait une foule à toutes les séances, quantité de places refusées, mais aussi des gens qui exigeaient tout de même un billet pour s'asseoir par terre ou rester debout. Mais le phénomène le plus important, c'est que la majorité de ce public était constitué de jeunes ouvriers et marginaux, de « loulous » venus de leurs banlieues. C'était le 1er mai, et la gauche socialo-staliniste avait *elle-même* interdit toute manifestation, en rassemblant seulement un grand meeting hors de Paris. Cinq nuances gauchistes avaient fait, le matin, de médiocres défilés en différents points des 19e et 20e arrondissements. Le film devenait donc la principale manifestation de l'ultra-gauche vraiment extrémiste ce jour-là. La police a dû venir tout de suite. Elle a bouclé les extrémités de la rue Gît-le-Cœur, chargé, arrêté des gens. Il faut dire que les jeunes prolétaires cassaient quelques vitrines, ont pillé des bouteilles de vin et – quand elles étaient vides –, les ont lancées sur les policiers et les cars de police qui bouclaient le quartier. Le rassemblement – et le quadrillage du quartier – s'étendaient jusqu'à la place St-André-des-Arts. Jusqu'au soir, de nombreux policiers, avec casques et boucliers, occupaient la rue et y défilaient à tout instant pour intimider la foule, mais sans succès. Les attroupements et discussions rappelaient Mai 68.

D'autre part, ce public a écouté tout le film dans un extraordinaire silence. Ils exigeaient le silence même de quelqu'un qui ouvre un paquet de bonbons. C'est seulement le soir qu'a commencé à venir l'intelligentsia.

Naturellement, si des batailles se répètent ainsi plusieurs fois dans la rue, la police pourrait interdire le film pour trouble de l'ordre public (mais dans une campagne électorale, ils hésiteront plus que d'habitude). D'autre part, il n'est pas encore venu *d'adversaires*, et perturbateurs *du film* ; ce qui ne manquera pas d'arriver aussi.

En tout cas, c'est déjà une expérience extrêmement positive. Lebovici, et tous les observateurs que j'avais sur place, étaient stupéfaits et enthousiasmés. Je ne m'étends pas ici sur les conclusions très importantes que l'on peut en tirer, sur le plan politique et sur le plan artistique. Quant aux propriétaires de la salle (représentants typiques de l'intelligentsia commerçante parisienne, libéraux et attardés), ils étaient affolés et visiblement *partagés* entre leur horreur profonde contre ce genre d'anti-cinéma et *son public* – une pègre surgie des bas-fonds de la société, bref, des prolétaires –, et d'autre part leur enthousiasme de voir rentrer tant d'argent dans leurs caisses ! Inutile de dire que, depuis des années qu'ils projettent leurs cinéastes modernistes « de qualité », ils n'avaient *jamais* vu un public si nombreux ; mais aussi ils n'avaient jamais vu personne dans leur public avec de si horribles têtes.

Je suis donc très satisfait. J'ai pensé qu'il y a vingt-deux ans, à quelques mois près, que l'on n'avait pas projeté un film de moi à Paris. Dans ce temps-là, des centaines d'imbéciles hurlaient *dans la salle* contre des nouveautés qui les heurtaient dans leurs pauvres habitudes. Tu vois comme, en cette matière, la méthode est simple : il suffit de radicaliser encore sa critique, et d'attendre qu'*une génération* capable de comprendre cela ait remplacé l'autre.

LETTRE À EDUARDO ROTHE

Extraits d'une lettre du 21 février 1974 à Eduardo Rothe, ancien situationniste vénézuélien, dans laquelle Guy Debord évoque la dernière période de l'Internationale situationniste et définit le nouveau travail théorique à entreprendre (*Correspondance*, vol. 5, *op. cit.*, p. 125-127).

Mais pour nous, il n'y a plus à attribuer tant d'importance aux anecdotes, si claires et si simples, de la période finale de l'I.S. C'est la période *que tu as connue*, c'est en quoi tu es un peu porté à la survaloriser. Et quoiqu'il soit utile que tu aies maintenant connaissance des quelques renseignements qui t'avaient manqué sur la fin extrême, tout cela est devenu assez archéologique : je n'y pensais plus depuis assez longtemps. Des moments tels que celui de la *formation* de l'I.S., ou bien ce qui s'est passé depuis 1970-71, sont beaucoup plus importants.

L'opération effectuée en 70-72, si nécessaire, a été *très réussie.* Comme pour toute chose faite, tranchée, on a trop souvent tendance – même dans le meilleur « public » – à ne plus guère envisager, ou seulement imaginer, ce qui *risquait aussi* d'être (par exemple : suite de l'I.S. en petit parti mensonger, réalisation de quelques-unes des courtes ambitions des ridicules Vaneigem ou Viénet, etc.). Je disais à cette époque, détournant un fameux proverbe asiatique : « Pour qui chevauche l'I.S., la difficulté est d'en descendre. »

À ma charmante monteuse qui, me connaissant depuis plusieurs mois, me demandait enfin un soir ce qu'étaient devenus les situationnistes et quelle avait été ma position à ce moment, j'ai pu répondre avec une juste satisfaction : « Je les ai fait disparaître. » Ceci est vrai à tous les sens du mot, et peut-être cet exemple te paraîtra digne de méditation pour orner ton « Histoire du crime ».

[...]

Le travail principal qui me paraît à envisager maintenant, c'est – comme contraire complémentaire de *La Société du spectacle* qui a décrit l'aliénation figée (et la négation qui y était implicite) – *la théorie de l'action historique.* C'est faire avancer, dans son moment qui est venu, la théorie *stratégique.* À ce stade, et pour parler ici schématiquement, les théoriciens de base à reprendre et développer ne sont plus tant Hegel, Marx et Lautréamont, que Thucydide – Machiavel – Clausewitz.

La Java des Bons-Enfants

(1912)

On connaît le massacre causé dans le personnel du commissariat de police de la rue des Bons-Enfants par la bombe anarchiste, du modèle classique, dit « marmite à renversement », qui y explosa le 8 novembre 1892. Quoiqu'elle fût sans doute destinée à soutenir la grève des mineurs de Carmaux, une partie des ouvriers parisiens d'alors nièrent l'efficacité tactique de cette forme de critique sociale. On entend un écho de ces divergences (« Les socialos n'ont rien fait… ») dans cette *Java des Bons-Enfants*, qui, du reste, n'est pas contemporaine de l'événement. Exprimant une franche approbation de l'action directe, la chanson n'est en fait écrite que vingt plus tard parmi les anarchistes de la fameuse Bande à Bonnot ; quand celle-ci mène, à l'aide d'automobiles volées, la première de toutes les tentatives de « guérilla urbaine ». Son auteur, guillotiné en 1913, est Raymond la Science, de son vrai nom Raymond Callemin.

Dans la rue des Bons-Enfants
On vend tout au plus offrant,
Y avait un commissariat,
Et maintenant il n'est plus là.

Une explosion fantastique
N'en a pas laissé une brique.
On crut qu'c'était Fantômas,
Mais c'était la lutte des classes.

Un poulet zélé vint vite
Y porter une marmite
Qu'était à renversement
Et la retourne imprudemment

Rédigées au milieu des années 60, ces deux chansons détournées – *La Java des Bons-Enfants*, attribuée à un membre de la Bande à Bonnot rendant hommage à l'anarchiste Émile Henry, et le *Chant des journées de mai*, présenté comme écrit par un membre du groupe anarchiste « Los amigos de Durruti », engagé dans les combats de mai 1937 à Barcelone contre la Garde d'assaut du gouvernement de Valence –, ont paru sur le disque *Pour en finir avec le travail. Chansons du prolétariat révolutionnaire – Vol. 1*, réalisé chez RCA par Jacques Le Glou et les Éditions musicales du Grand Soir en septembre 1974. La première est interprétée par Jacques Marchais, la seconde par Jacqueline Danno, sous le pseudonyme de Vanessa Hachloum. Les notices qui accompagnent les textes des chansons sont aussi de Guy Debord.

Le brigadier, l'commissaire,
Mêlés au poulet vulgaire,
Partent en fragments épars,
Qu'on ramasse sur un buvard.

Contrairement à c'qu'on croyait
Y en avait qui en avaient.
L'étonnement est profond :
On peut les voir jusqu'au plafond.

Voilà bien ce qu'il fallait
Pour faire la guerre aux palais.
Sache que ta meilleure amie
Prolétaire, c'est la chimie.

Les socialos n'ont rien fait
Pour abréger les forfaits
D'l'infamie capitaliste,
Mais heureusement vient l'anarchiste.

Il n'a pas de préjugés.
Les curés seront mangés.
Plus d'patries, plus d'colonies.
Et tout pouvoir, il le nie.

Encore quelques beaux efforts
Et disons qu'on se fait fort
De régler radicalement
L'problème social en suspens.

Dans la rue des Bons-Enfants
Viande à vendre au plus offrant :
L'avenir radieux prend place,
Et le vieux monde est à la casse.

Chant des journées de mai

(1937)

L'Histoire admet aujourd'hui que la première époque de la révolution prolétarienne, après ses échecs dans la Commune de Paris, en Russie, en Allemagne et en Italie notamment, doit être considérée comme achevée avec son échec en Espagne en mai 1937 ; tandis que sa seconde époque, annoncée dans les années 50 par les soulèvements ouvriers de Berlin-Est et de Hongrie, commence ouvertement dans les années 60, avec le retour de cette révolution qui actuellement menace, d'une manière plus ou moins marquée, toutes les classes dominantes d'Europe, d'Amérique, de Russie et de Chine. Lors des « journées de mai » 1937 à Barcelone, l'État républicain espagnol écrase la dernière affirmation autonome de la révolution prolétarienne, et se retrouve enfin en état de conduire seul la guerre civile contre Franco et ses alliés fascistes de l'étranger ; guerre que, naturellement, la République perdra. La défaite des travailleurs de Barcelone entraîne la liquidation du P.O.U.M., marxiste, et la soumission de la puissante C.N.T.-F.A.I., anarchiste. Ce *Chant des journées de mai*, dont l'auteur direct reste anonyme, émane cependant de la gauche anarchiste, qui a appelé jusqu'au bout les ouvriers à rester sur les barricades contre les forces de répression de la bourgeoisie républicaine et du pseudo-communisme stalinien : plus précisément du groupe minoritaire qui s'était nommé « Les Amis de Durruti ». Cette chanson, et c'est ce qui fait son importance, si elle marque la fin d'une époque, témoigne aussi d'une prise de conscience qui ressurgira plus tard d'une manière terrible pour tous les exploiteurs, propriétaires du capital privé ou étatique. Elle désigne, comme ennemie principale de « l'autonomie ouvrière », cette « aliénation étatique » qu'ont ralliée en Espagne les ministres anarchistes du gouvernement de Valence ; elle souligne la complicité des staliniens avec la république bourgeoise, et attribue même à ceux-là seuls la responsabilité de la provocation et de la répression de mai 1937. L'élément le plus notable paraît pourtant constitué par cet appel : « Que le front d'Aragon vienne. » Le front contre

Franco en Aragon était tenu par des unités anarchistes. On a souvent accusé les anarchistes d'avoir envisagé d'abandonner ce front pour ramener leurs troupes combattre à Barcelone contre la Garde d'assaut du gouvernement républicain, et les forces du « parti communiste ». Les anarchistes ont toujours démenti cette calomnie. La chanson dit que cela aurait dû être fait. Il est par ailleurs piquant de noter que la même chanson est devenue par la suite bien connue, dans une autre version simplement « républicaine ». Ses paroles ayant été complètement transformées, elle évoque sous le titre *El Paso del Ebro* (*Le Passage de l'Ebre*), la dernière offensive de l'armée de la République en 1938 sur le cours inférieur de ce fleuve.

La Garde d'assaut marche
Boum badaboum badaboum bam bam *(bis)*
Au Central téléphonique
Ay Carmela, ay Carmela *(bis)*

Défi aux prolétaires
Boum badaboum badaboum bam bam *(bis)*
Provocation stalinienne
Ay Carmela, ay Carmela *(bis)*

On ne peut laisser faire
Boum badaboum badaboum bam bam *(bis)*
Le sang coule dans la ville
Ay Carmela, ay Carmela *(bis)*

P.O.UM. et F.A.I. et C.N.T.
Boum badaboum badaboum bam bam *(bis)*
Avaient seuls pris Barcelone
Ay Carmela, ay Carmela *(bis)*

La République s'arme
Boum badaboum badaboum bam bam *(bis)*
Mais d'abord contre nous autres
Ay Carmela, ay Carmela *(bis)*

DEUX CHANSONS DÉTOURNÉES

À Valence et à Moscou
Boum badaboum badaboum bam bam *(bis)*
Le même ordre nous condamne
Ay Carmela, ay Carmela *(bis)*

Ils ont juré d'abattre
Boum badaboum badaboum bam bam *(bis)*
L'autonomie ouvrière
Ay Carmela, ay Carmela *(bis)*

Pour la lutte finale
Boum badaboum badaboum bam bam *(bis)*
Que le front d'Aragon vienne
Ay Carmela, ay Carmela *(bis)*

Camarades-ministres
Boum badaboum badaboum bam bam *(bis)*
Dernière heure pour comprendre
Ay Carmela, ay Carmela *(bis)*

Honte à ceux qui choisissent
Boum badaboum badaboum bam bam *(bis)*
L'aliénation étatique
Ay Carmela, ay Carmela *(bis)*

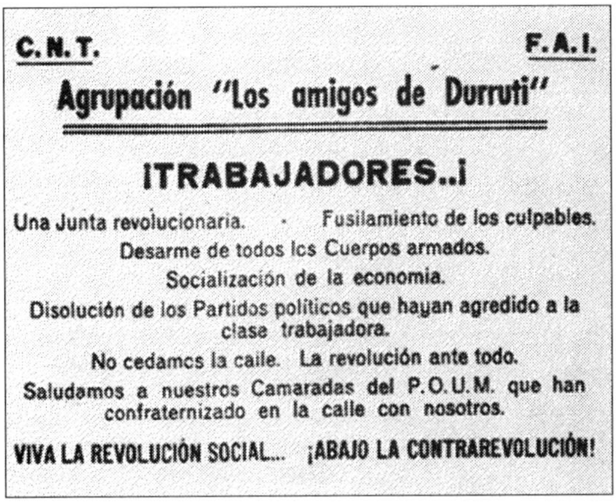
C. N. T. F. A. I.

Agrupación "Los amigos de Durruti"

¡TRABAJADORES..!

Una Junta revolucionaria. · Fusilamiento de los culpables.
Desarme de todos los Cuerpos armados.
Socialización de la economía.
Disolución de los Partidos políticos que hayan agredido a la clase trabajadora.
No cedamos la calle. La revolución ante todo.
Saludamos a nuestros Camaradas del P.O.U.M. que han confraternizado en la calle con nosotros.
VIVA LA REVOLUCIÓN SOCIAL... ¡ABAJO LA CONTRAREVOLUCIÓN!

Tract du groupe anarchiste « Los Amigos de Durruti », Barcelone, 5 mai 1937.

Extrait d'une lettre à Jacques Le Glou du 9 août 1974 (*Correspondance*, vol. 5, *op. cit.*, p. 191-192).

« Connais-tu, dans le disque des authentiques "anciennes chansons de marins" ("de la marine à voile" ? Je ne sais plus le titre) l'air à ramer, très lent et triste, qui a ces paroles :

"Pour retrouver un jour ma douce, oh ! mes boués !
Ouh ! là. Ouh ! là là là !
Sur mille mers j'ai navigué, oh ! mes boués !", etc ?

Le refrain vient des galères, ce "Ouh ! là là là !" rythmant le mouvement des rames. Sur cet air, j'ai écrit une *Complainte des travailleurs bretons du XIII*ᵉ *arrondissement*, qui se plaignent de leurs misères actuelles. »

Cette complainte détournée sur l'air d'une chanson de marins du gaillard d'avant (*Pique la baleine*) était prévue comme « titre de secours » pour le disque *Pour en finir avec le travail. Chansons du prolétariat révolutionnaire anti-bureaucratique – vol. I*. Elle ne fut pas enregistrée.

Complainte des travailleurs bretons du XIIIᵉ arrondissement

Paris est toujours embrumé, oh ! mes boués !
C'est la faute de l'État.

L'industrie reste incontrôlée, oh ! mes boués !
De sorte qu'on ne respire pas.

On nous pompe l'air toute la journée, oh ! mes boués !
C'est la faute de l'État.

Tant d'médicaments remboursés, oh ! mes boués !
Ne nous guériront pas.

Notre misère est programmée, oh ! mes boués !
C'est la faute de l'État.

Faut vendr' son temps comme salariés, oh ! mes boués !
Chez nous on peut même pas.

COMPLAINTE DES TRAVAILLEURS BRETONS

Dans ces hachloums nous sommes parqués, oh ! mes boués !
C'est la faute de l'État.

Et la Bretagne est dévastée, oh ! mes boués !
Tu la r'connaîtrais pas.

Et nos amours sont oubliées, oh ! mes boués !
C'est la faute de l'État.

On nous dit c'qu'il faut consommer, oh ! mes boués !
On nous considère pas.

Sur rien de vrai on n'peut voter, oh ! mes boués !
C'est la faute de l'État.

Personne n'écoute notr' volonté, oh ! mes boués !
Ni c'que nous n'voulons pas.

Nous sommes bafoués et syndiqués, oh ! mes boués !
C'est la faut' de l'État.

Faudrait les Conseils Ouvriers, oh ! mes boués !
Tout l'rest' ne nous sert pas.

Géographie littéraire

Établie dans le courant des années 70, inédite.

Sur un atlas anglais des années 1930, les auteurs qui ont le plus compté pour Guy Debord sont classés par pays.

D'ouest en est, États-Unis d'Amérique : E. Poe, H. Melville, Hemingway ;
Portugal : [Camoens, Pessoa] ; Maroc : Ibn Battuta ; Espagne : CERVANTÈS, Calderon, Gracian ;
îles Britanniques : SHAKESPEARE, SWIFT, Sterne, Th. de Quincey, Coleridge, W. Scott, Lewis Carroll, A. Cravan, Stevenson, (Joyce), Lowry ;
France : Alcuin, Table Ronde, VILLON, Charles d'Orléans, MONTAIGNE, La Boétie, Montluc, GONDI, Pascal, La Rochefoucauld, BOSSUET, Molière, Montesquieu, Saint-Simon, Vauvenargues, Diderot, Saint-Just, Chateaubriand, STENDHAL, Nerval, Musset, Baudelaire, LAUTRÉAMONT, Mallarmé, Rimbaud, Apollinaire, Proust, Breton ;
Tunis : Ibn Khaldoun ; Italie : DANTE, MACHIAVEL, Pétrarque ; Rome : Horace, Suétone ;
Allemagne (et alentour) : HEGEL, Cieszkowski, MARX, NOVALIS, CLAUSEWITZ, Heine, Hölderlin, Goethe, Schiller, Nietzsche, Musil, (Dada) ;
Roumanie : Tzara, (Isou) ; Grèce : Homère, Héraclite, THUCYDIDE, Hérodote, Aristophane ;
Palestine : ECCLÉSIASTE ; Perse : OMAR KHAYAM ; Russie : Gogol, Bakounine ;
Chine : LI PO, Tou Fou, « Regrets sans fin » (*poème composé en 806 sous la dynastie des T'ang par Po Kiu-yi*).

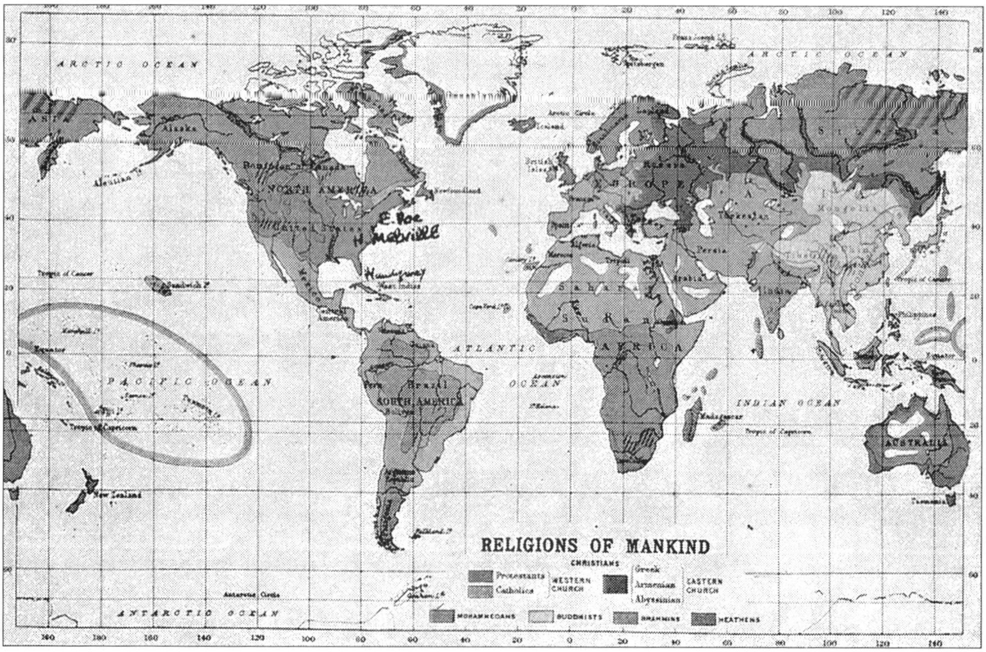

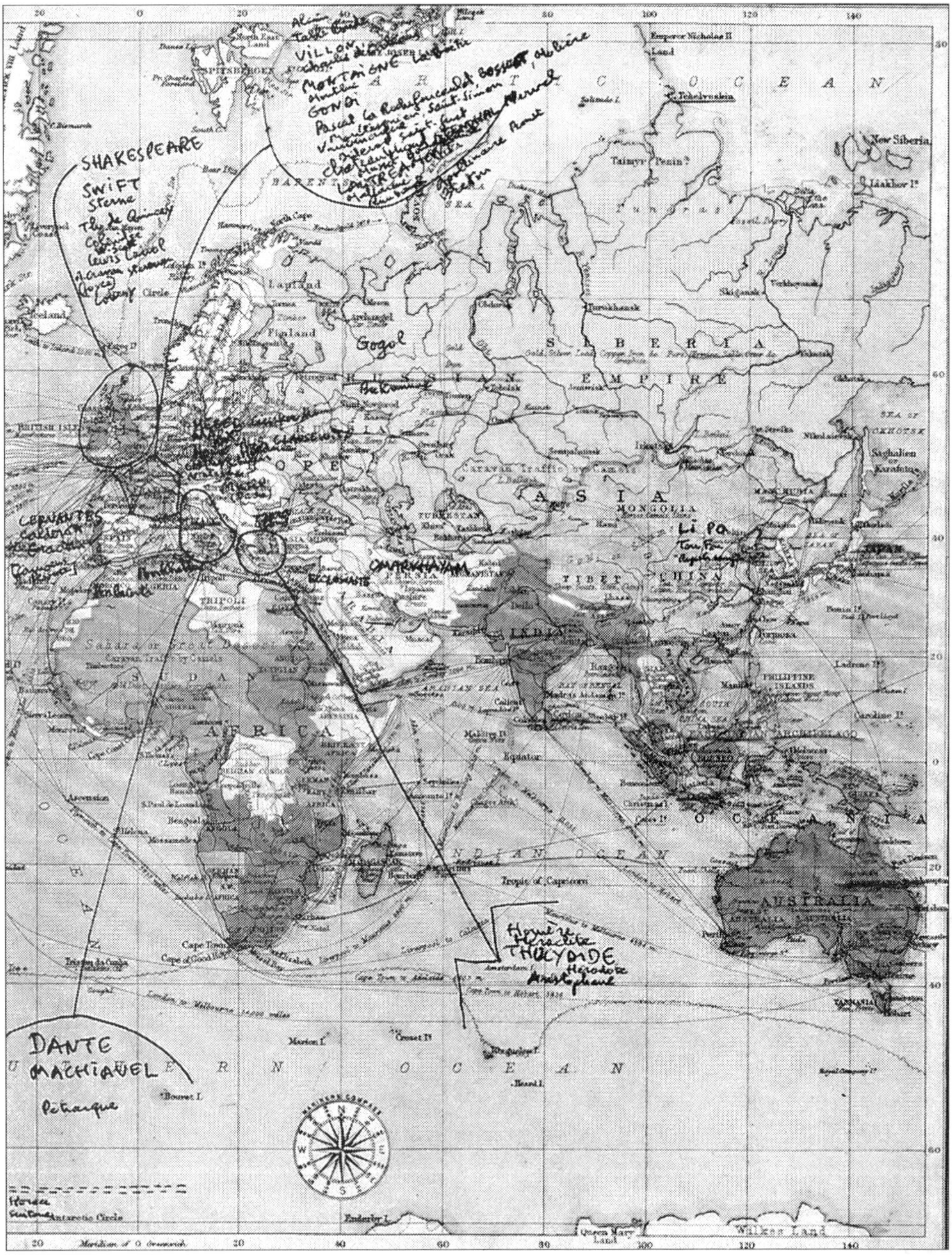

SHAKESPEARE
SWIFT
Sterne
Lewis Carroll
VILLON
MONTAIGNE
Pascal
Saint-Simon
Gogol
CERVANTES
Calderon
OMAR KHAYYAM
LI PO
Tou Fou
Homère
Héraclite
THUCYDIDE
Hérodote
Aristophane
DANTE
MACHIAVEL
Pétrarque
Horace
ARCTIC OCEAN
BARENTS SEA
SIBERIA
RUSSIAN EMPIRE
ASIA
MONGOLIA
TIBET
CHINA
PERSIA
INDIA
JAPAN
TURKESTAN
TRIPOLI
AFRICA
ARABIAN SEA
INDIAN OCEAN
AUSTRALIA
OCEANIA
PHILIPPINE ISLANDS
SEA OF OKHOTSK
New Siberia
Finland
Lapland
Iceland
Cape Town
Cape of Good Hope
Tropic of Capricorn
Equator
Antarctic Circle
Wilkes Land
Queen Mary Land
Enderby L.
Emperor Nicholas II Land
Taimyr Penin.
Formosa
Tasmania
Hobart
Ascension
St. Helena
Bouvet I.
Marion I.
Crozet Is.
Heard I.
Tristan da Cunha

RÉFUTATION DE TOUS LES JUGEMENTS, TANT ÉLOGIEUX QU'HOSTILES, QUI ONT ÉTÉ JUSQU'ICI PORTÉS SUR LE FILM « LA SOCIÉTÉ DU SPECTACLE »

Court-métrage produit par Simar Films en 1975.

Carton intercalé dans le générique : « Les critiques plus particulièrement évoquées dans le présent film ont paru en 1974 dans Le Nouvel Observateur *du 29 avril,* Le Quotidien de Paris *du 2 mai,* Le Monde *du 9 mai,* Télérama *du 11 mai,* Le Nouvel Observateur *du 13 mai,* Charlie-Hebdo *du 13 mai,* Le Point *du 20 mai,* Cinéma 74 *de juin. »*

Carton-épigraphe : « Il y a des temps où l'on ne doit dépenser le mépris qu'avec économie, à cause du grand nombre de nécessiteux. » Chateaubriand.

L'organisation spectaculaire de la présente société de classes
Film publicitaire vantant une boisson quelconque.

entraîne deux conséquences partout reconnaissables : d'une part, la falsification généralisée des produits aussi bien que des raisonnements ; d'autre part, l'obligation, pour tous ceux qui prétendent y trouver leur bonheur, de se tenir toujours à grande distance de ce qu'ils affectent d'aimer – car ils n'ont jamais les moyens, intellectuels ou autres, d'en venir à une connaissance directe et approfondie, une pratique complète et un goût authentique.

Ce qui déjà est si apparent quand il s'agit de l'habitat, du vin, de la consommation culturelle ou de la libération des mœurs, doit être naturellement d'autant plus marqué quand il s'agit de la théorie révolutionnaire, et du redoutable langage qu'elle tient sur un monde condamné.

Dans un snack-bar allemand, un train miniature télécommandé depuis la caisse passe à portée de main des tables, distribuant la note et des chopes de néo-bière à des consommateurs qui boivent joyeusement : car cette boisson, si elle est chimique dans le contenu, est télématique dans la livraison.

Cette falsification naïve et cette approbation incompétente, qui sont comme l'odeur spécifique du spectacle, n'ont donc pas manqué d'illustrer les commentaires, diversement incompréhensifs, qui ont répondu au film intitulé *La Société du Spectacle*.

L'incompréhension, dans ce cas, s'impose, pour encore quelque temps. Le spectacle est une misère, bien plus

Giscard d'Estaing sort d'un vieux palais de l'État, attendu par nombre de photographes et journalistes ; il monte dans sa voiture, qu'il conduit lui-même.

qu'une conspiration. Et ceux qui écrivent dans les journaux de notre époque ne nous ont rien dissimulé de leur intelligence : ils emploient couramment tout ce qu'ils en ont. Que pourraient-ils dire de pertinent à propos d'un film qui attaque, en bloc, leurs habitudes et leurs idées, et qui les attaque au moment où eux-mêmes commencent

Troupes britanniques autour d'un catafalque.

à les sentir s'effondrer dans chaque détail ? La débilité de leurs réactions accompagne la décadence de leur monde. Ceux qui disent qu'ils aiment ce film ont aimé trop

Un couple pénètre dans un restaurant d'autoroute ; compulse avec respect les cartes, déguste avec délice une glace industrielle.

d'autres choses pour pouvoir l'aimer ; et ceux qui disent ne pas l'aimer ont, eux aussi, accepté trop d'autres choses pour que leur jugement ait le moindre poids.

Qui regarde la pauvreté de leur vie comprend bien la pauvreté de leurs discours. Il suffit de voir leur décor et leurs occupations, leurs marchandises et leurs cérémonies ;

Film publicitaire : plusieurs automobiles se sont heurtées sur une route qu'elles obstruent presque complètement ;

et cela est étalé partout. Il suffit d'entendre ces voix imbéciles qui vous disent ce que vous êtes devenus dans l'aliénation, et elles vous en informent avec mépris, à chaque heure qui s'y ajoute.

mais celle qui a de bons pneus, arrivant à belle vitesse, se faufile dans la chicane sans ralentir, et passe élégamment.

Film publicitaire : un strip-tease de plusieurs filles, pour vanter on ne sait trop quelle marchandise. Cette publicité est ici enrichie de la voix d'un speaker de la radio qui commente paisiblement, comme la chose du monde la plus normale, les encombrements, « bouchons », heures d'attente, que connaissent en ce moment même ses auditeurs sur toutes les routes par lesquelles ils se rendent massivement en vacances.

Les spectateurs ne trouvent pas ce qu'ils désirent ; ils désirent ce qu'ils trouvent.

Film publicitaire : un client entre dans un luxueux magasin anglais. On l'accueille avec un respectueux empressement. On lui donne à essayer la taille d'une cigarette. Il la trouve trop longue. On la coupe. Elle est encore un peu trop longue. On la réduit davantage. On lui présente un miroir. Le client s'y contemple, avec sa cigarette aux lèvres. Il se déclare satisfait.

Le spectacle n'abaisse pas les hommes jusqu'à s'en faire

Alors on lui met en main un paquet de cigarettes ordinaires, qui ont été

aimer ; mais beaucoup sont payés pour faire semblant.
justement fabriquées à sa mesure.

Maintenant qu'ils ne peuvent plus aller jusqu'à assurer que
Avril au Portugal : des soldats, les œillets aux fusils, marchant, passant sur

cette société est pleinement satisfaisante, ils s'empressent
des camions : des matelots mêlés aux manifestants civils.

d'abord de se dire insatisfaits de toute critique de ce

qui existe. Tous les insatisfaits croient qu'ils méritaient mieux.
Sur le podium du Festival de Cannes, les meilleurs acteurs,

Mais s'imaginent-ils donc que l'on veut les convaincre ?
scénaristes, etc., reçoivent des récompenses.

Croient-ils qu'il serait encore temps, pour eux, de se rallier à une

telle critique, si tout d'un coup elle emportait leur adhésion ?

Croient-ils pouvoir parler en faisant oublier d'*où* ils parlent, eux,

les locataires mal logés du territoire de l'approbation ?

Ce sera un sujet d'étonnement, dans un avenir plus libre et

plus véridique, que des employés aux écritures du système du

mensonge spectaculaire aient pu se croire qualifiés pour donner

leur opinion, et peser tranquillement le pour et le contre,

à propos d'un film qui est une négation du spectacle ; comme si

la dissolution de ce système était une affaire d'opinions.

Leur système est maintenant attaqué dans la réalité ; il se

défend par la force ; la fausse monnaie de leurs arguments n'a

plus cours, et donc le chômage menace présentement un bon
Le metteur en scène Costa Gavras, en ce beau jour.

nombre des cadres de la falsification.

Les plus tenaces, parmi ces menteurs en déconfiture,
Panoramique sur une grande accumulation d'écrans de télévision, où sont

feignent encore de se demander si la société du spectacle
projetés simultanément tous les événements sportifs qui se produisent à

existe bien effectivement, ou si par hasard je n'en serais
chaque instant des « jeux olympiques » de Munich.

pas l'inventeur. Mais comme, depuis quelques années, la
Défilé d'ouvriers portugais ; des barrages de tanks et de
sous-titre : Lisbonne, 7 février 1975. Trente-huit usines
forêt de l'histoire s'est mise à marcher contre leur château de
soldats sont disposés pour le contenir.
fédérées condamnent les staliniens, les syndicats et les ministres.
fausses cartes, et continue en ce moment même à en

resserrer l'investissement, presque tous ces commentateurs

ont à présent la bassesse de saluer l'excellence de mon livre,

comme s'ils étaient capables de le lire, et comme s'ils

l'avaient accueilli avec un tel respect en 1967. Mais ils
Suite des

trouvent généralement que j'abuse de leur indulgence en
écrans de télévision juxtaposés ; longue séquence avec plans rapprochés sur

portant ce livre à l'écran. Et le coup leur est d'autant plus pénible qu'ils n'avaient pas du tout imaginé qu'un tel excès était possible. Leur colère confirme que l'apparition d'une telle critique dans le cinéma les inquiète davantage que dans un livre. Là comme ailleurs, les voilà contraints de lutter en retraite, sur une deuxième ligne de défense. Beaucoup blâment ce film d'être difficile à comprendre. Selon quelques-uns, les images empêchent d'entendre les paroles, à moins que ce ne soit l'inverse. En disant que ce film les fatigue, et en érigeant fièrement leur fatigue particulière en critère général de la communication, ils voudraient d'abord donner l'impression qu'ils comprennent sans peine, qu'ils approuvent presque, la même théorie quand elle est seulement exposée dans un livre. Et puis, ils cherchent à déguiser en un simple désaccord sur une conception du cinéma ce qui est, en vérité, un conflit sur une conception de la société ; et une guerre ouverte dans la société réelle.

telle ou telle compétition. Seule l'infirmité humaine empêche de tout voir en même temps ; ou du moins de tout voir de ces jeux-là.

Mais pourquoi donc comprendraient-ils, mieux qu'un film qui les dépasse, tout le reste de ce qui leur échoit dans une société qui les a si parfaitement conditionnés à la fatigue mentale ? Comment leur faiblesse se trouverait-elle en meilleure posture pour discerner, dans le bruit ininterrompu de tant de messages simultanés de la publicité ou du gouvernement, tous les grossiers sophismes qui tendent à leur faire accepter leur travail et leurs loisirs, la pensée du président Giscard et la saveur des amylacées ? La difficulté n'est pas dans mon film, elle est dans leurs têtes prosternées.

Aucun film n'est plus difficile que son époque. Par exemple, il y a des gens qui comprennent, et d'autres qui ne comprennent pas, que lorsque l'on a offert aux Français, selon une très vieille recette du pouvoir, un nouveau ministère appelé « Ministère de la Qualité de la Vie », c'était tout simplement, comme disait Machiavel, « afin qu'ils conservassent au moins le nom de ce qu'ils

avaient perdu ». Il y a des gens qui comprennent, et d'autres
Aux premiers jours de la révolution portugaise, le stalinien Cunhal,

qui ne comprennent pas, que la lutte des classes au Portugal a
le socialiste Soares, le général Spinola, et n'importe qui détenant une parcelle

été d'abord et principalement dominée par l'affrontement
d'autorité, viennent l'un après l'autre signer publiquement, sous les lustres d'un

direct entre les ouvriers révolutionnaires, organisés en
palais national, leur engagement de faire tout ce qu'ils pourront pour empêcher

assemblées autonomes, et la bureaucratie stalinienne enrichie
cette révolution d'aller plus loin.

de généraux en déroute. Ceux qui comprennent cela sont

les mêmes qui peuvent comprendre mon film ; et je ne fais

pas de film pour ceux qui ne comprennent pas, ou qui dissi-

mulent, cela.

Si tous les commentaires proviennent de la même zone
Série de puits de pétrole, avec torchères.

polluée par l'industrie spectaculaire, ils sont, comme les
Brève séquence sur une

marchandises d'aujourd'hui, apparemment variés. Plusieurs
vacherie moderne : la chimie et l'automatisation associées pour porter le lait

ont affirmé qu'ils étaient enthousiasmés par ce film, et
et la viande de ces bestiaux à un degré de qualité qui soit digne du consommateur

ils ont vainement essayé de dire pourquoi. Chaque fois
contemporain. *Long travelling*

que je me vois approuvé par des gens qui devraient être
autour d'une plate-forme de forage pétrolier, que des remorqueurs de haute

mes ennemis, je me demande quelle faute ils ont commise,

mer vont mettre en place.

eux, dans leurs raisonnements. C'est généralement facile à trouver. Rencontrant une étrange quantité de nouveautés, et une insolence qu'ils ne peuvent même pas comprendre, des consommateurs d'avant-garde ici cherchent à se rapprocher d'une approbation impossible en reconstruisant quelques belles étrangetés d'un lyrisme individuel, qui n'était pas là.

Ainsi, l'un veut admirer dans mon film « un lyrisme de la

Des nébuleuses.

rage » ; un autre y a découvert que le passage d'une époque historique comportait une certaine mélancolie ; d'autres, qui surestiment assurément les raffinements de la vie sociale actuelle, m'attribuent un certain dandysme. En tout ceci, cette vieille canaille d'époque poursuit « sa manie *de nier ce qui est, et d'expliquer ce qui n'est pas* ». La théorie critique qui accompagne la dissolution d'une société ne s'adonne pas à la rage, et moins encore aurait-

elle à en exhiber la simple image. Elle comprend, décrit,
Manifestation d'ouvriers portugais :

et s'emploie à précipiter un mouvement qui se déroule
« À bas le gouvernement provisoire ! »

effectivement sous nos yeux. Quant à ceux qui nous présentent leur pseudo-rage comme une sorte de matériau artistique venu à la mode, on sait bien qu'ils ne cherchent par là qu'à compenser la souplesse, les compromis et les humiliations de leur vie réelle ; en quoi des spectateurs n'auront pas de mal à s'identifier à eux.

L'hostilité est naturellement plus grande chaque fois que
Le stalinien Cunhal, sur une tribune avec plusieurs de ses complices, scande

s'expriment sur mon film ceux qui sont, politiquement,
fermement quelque slogan mensonger.

des réactionnaires. C'est ainsi qu'un apprenti bureaucrate
Soares, dans le rôle du doux démocrate,

veut bien approuver mon audace de « faire un film politique
va sourire partout ; reçoit des fleurs ; tient des meetings endormeurs.

non pas en racontant une histoire, mais en filmant directement la théorie ». Seulement, il n'aime pas du tout ma théorie. Il subodore que, sous l'apparence de « la gauche sans concession », je glisserais plutôt vers la droite, et c'est parce que j'attaque systématiquement « les hommes de la gauche unie ». Voilà précisément les vocables exagérés dont ce crétin a plein la bouche. Quelle union ? quelle gauche ? quels hommes ?

Ce n'est, bien notoirement, que l'union des staliniens avec d'autres ennemis du prolétariat. Chacun des partenaires connaissant bien l'autre, ils trichent maladroitement entre eux, et s'en accusent à grands cris chaque semaine ; mais ils espèrent pouvoir encore tricher fructueusement en commun contre toutes les initiatives révolutionnaires des travailleurs, pour maintenir, comme ils en conviennent eux-mêmes, l'essentiel du capitalisme, s'ils n'arrivent pas à en sauver tous les détails. Ce sont les mêmes qui répriment au Portugal, comme naguère à Budapest, les « grèves contre-révolutionnaires » des ouvriers ; les mêmes qui aspirent à se faire « compromettre historiquement » en Italie ; les mêmes qui s'appelaient le gouvernement du Front Populaire quand ils brisaient les grèves de 1936 et la révolution

La foule d'un meeting,

espagnole.

agitant des drapeaux rouges. Filmé par les Actualités le 12 juillet 1936, Salengro

parle à la tribune d'un meeting socialiste. Petit homme ridicule et odieux,
sous-titre : Le socialiste Roger

faisant tout ce qu'il peut pour se donner le genre mussolinien, il déclare :
Salengro, ministre de l'Intérieur du Front Populaire.

« L'ordre, nous l'assumerons ; en amenant la classe ouvrière à comprendre que son devoir et son intérêt lui commandent d'entendre nos appels, et de nous éviter d'avoir recours à des moyens de contrainte. Non, le Front Populaire ne sera pas l'anarchie ! Le Front Populaire ne vivra, le Front Populaire ne vaincra que dans la mesure où il sera capable d'assurer l'ordre. Il faut que la classe ouvrière soit capable de comprendre que son devoir et son intérêt exigent qu'elle ne fasse rien qui dresse contre elle la classe moyenne, la classe paysanne. Après-demain, en un cortège immense, s'uniront les trois couleurs de la nation et le drapeau rouge du travail. En ce 14 juillet, fête de la République, fête du prolétariat, nous demanderons au peuple de Paris de veiller sur sa victoire d'avril et de mai. Nous demanderons au peuple de France de
sous-titre : À quatre mois de là, une

garder sa confiance au gouvernement : au gouvernement qui ne vit que par
droite peu reconnaissante poussera au suicide, par quelques calomnies,

lui ; au gouvernement qui ne vit que pour lui, et qui ne vaincra que dans la mesure
cet homme qui n'avait de force que pour bafouer ses électeurs.

où le peuple de France l'aidera à vaincre. »

La gauche unie n'est qu'une petite mystification défensive
Le stalinien Cunhal, l'air inquiet.

de la société spectaculaire, un cas particulier dont la vie

est brève, parce que le système ne s'en sert qu'occasion-

nellement. Je ne l'ai évoquée qu'en passant dans mon

film ; mais, bien entendu, je l'attaque avec le mépris
Rang de soldats portugais, au sommet

qu'elle mérite ; comme depuis nous l'avons attaquée au
d'un escalier monumental, protégeant le palais du gouvernement, à la tombée

Portugal, sur un plus beau et plus vaste terrain.
de la nuit.

Un journaliste proche de la même gauche, qui depuis a
Télex d'agence de presse ; instruments techniques d'une station de radio ; son

atteint une certaine notoriété en se justifiant d'avoir publié
plateau, etc.

un invraisemblable faux document parce que c'est ainsi

qu'il conçoit la liberté de la presse, est aussi lourdement

falsificateur quand il insinue que je n'aurais pas attaqué

les bureaucrates de Pékin aussi nettement que les autres

classes dominantes. Il déplore en outre qu'un esprit de

ma qualité se contente d'un « cinéma de ghetto », que

les foules auront peu l'occasion de voir. L'argument ne me
À Lisbonne, manifestation des ouvrières du textile.

convaincra pas : je préfère rester dans l'ombre, avec ces foules, plutôt que de consentir à les haranguer dans l'éclairage artificiel que manipulent leurs hypnotiseurs. Un autre jésuite aussi peu doué feint, au contraire, de se demander si dénoncer publiquement le spectacle ne serait pas déjà entrer dans le spectacle ? On voit bien ce que voudrait obtenir ce purisme si extraordinaire dans un journal : que personne ne paraisse jamais dans le spectacle en ennemi.

Ceux qui n'ont même pas à perdre un poste subalterne dans la société spectaculaire, mais seulement leur ambitieuse espérance d'y constituer, un de ces jours, la plus juvénile relève, ont manifesté plus franchement et plus furieusement leur mécontentement, et même de la jalousie. Un anonyme très représentatif a longuement exposé les thèses du plus récent conformisme, à leur

Dans un « restaurant universitaire », remplissage des plateaux.

Film publicitaire : dans un paysage désertique, des garçons et des filles vêtus dans le genre « hippie » suivent gaiement un jeune homme barbu qui marche un peu en avant. Une étendue d'eau se rencontrant, le premier barbu s'y engage avec naturel et marche sur les eaux, grâce à ses « Buggy d'Eram ». D'autres le

place naturelle, c'est-à-dire dans l'hebdomadaire des
suivent, aussi bien chaussés, pour qui le miracle se renouvelle. Mais les gens

comiques troupiers de l'électorat mitterrandiste.
de peu de foi qui n'ont pas cru aux « Buggy d'Eram » s'enfoncent dans l'eau

jusqu'aux genoux, et doivent rester en arrière, sans que personne se retourne

sur eux.

L'anonyme trouve qu'il eût été très bien de filmer mon livre
Giscard d'Estaing accueille le chef d'État portugais du moment ; Chirac suit ;

en 1967, mais qu'en 1973 il était trop tard. Il en donne pour
un piquet de troupes rend les honneurs.

preuve le fait qu'il lui paraît urgent que l'on cesse désormais

de parler de tout ce qu'il ignore : Marx ; Hegel ; les livres en

général parce qu'ils ne peuvent être un instrument adéquat

d'émancipation ; tout emploi du cinéma puisque ce n'est que

du cinéma ; la théorie encore plus que le reste ; et l'histoire

elle-même, dont il se réjouit d'être anonymement sorti.

Une pensée si décomposée n'a pu évidemment suinter que
Au restaurant universitaire, les étudiants font la queue pour la distribution

des murs désolés de Vincennes. De mémoire d'étudiant de
de néo-nourriture.

Vincennes, on n'a jamais vu naître une théorie. Et c'est

bien là que l'on préconise, au moins provisoirement

paraît-il, l'anti-théorie. Qu'auraient-ils d'autre à vendre,
Amphithéâtres pleins de néo-penseurs brevetés.

contre une place de maître-assistant dans la néo-université ?

Non qu'ils s'en contentent, le plus démuni des candidats-
Arrivée de coureurs cyclistes, au sprint.

récupérateurs allant aujourd'hui tirer partout les sonnettes

pour être au moins directeur de collection chez un éditeur,

et si possible metteur en scène : l'anonyme d'ailleurs ne cache
Le vainqueur, avec un bouquet.

pas qu'il m'envie les gains, à ses yeux fastueux, du cinéma.

On peut donc être assuré qu'aucune de ces anti-théories
Travelling survolant un port d'une zone industrielle.

n'atteindra facilement le silence, qui est son seul

authentique accomplissement, parce que alors ses

porteurs ne seraient plus que des salariés sans qualification.

L'anonyme en effet abat son jeu à la fin. L'imposteur
Film publicitaire, vantant une marque de pantalons : sur une scène de music-hall,

n'avait souhaité dissoudre l'histoire que pour en élire une autre.
des hommes se rhabillent en musique, aux applaudissements d'un public féminin.

Il voulait désigner les penseurs de l'avenir. Et cette tête de mort

avance froidement les noms de Lyotard, Castoriadis, et autres

ramasse-miettes à la traîne ; c'est-à-dire des gens qui avaient jeté tous leurs feux il y a plus de quinze ans, sans parvenir

à beaucoup éblouir leur siècle.

Film publicitaire, vantant le thé glacé. Des cavaliers sudistes partent pour la guerre.

Ils laissent leurs maisons, et leurs fêtes. Qui n'a pas connu cela n'a pas connu la

douceur de vivre, etc. Conclusion d'une brutalité hégélienne : « Leur civilisation

a disparu. Tout ce qu'il reste d'eux, c'est le thé glacé. »

Aucun perdant n'aime l'histoire. Et d'autre part, quand
Officiers sudistes, dans une garden-party du même film publicitaire ; vieux

on nie l'histoire en famille, pourquoi le carriérisme le
messieurs dignes ; fidèle servante noire apportant le thé glacé ; couples faisant

plus résolument novateur serait-il gêné de se raccrocher à des
de vains projets.

quinquagénaires récupérés ? Pourquoi verrait-on qu'il est

contradictoire de se donner pour un anonyme qui a

tellement muté après 1968, et d'avouer que l'on n'en est même

pas encore arrivé à mépriser les professeurs ? Cet anonyme a
Au Portugal, des soldats

tout de même le mérite d'avoir illustré, mieux que les autres,
dispersent une manifestation.

l'ineptie de la réflexion anti-historique dont il se réclame ;

comme les intentions réelles de ce faux mépris que les

impuissants opposent à la réalité. En postulant qu'il était trop tard pour entreprendre une adaptation cinématographique de *La Société du Spectacle* six ans après la parution de ce livre, il néglige d'abord le fait qu'il n'y a sans doute pas eu trois livres

Des maraudeurs nordistes entrent dans une riche demeure du Sud, la pillent et y mettent le feu.

de critique sociale aussi importants dans les cent dernières années. Il veut oublier en outre que j'avais écrit moi-même le livre. Tout terme de comparaison manque pour évaluer si j'ai été plutôt lent ou plutôt rapide, puisqu'il est patent que les meilleurs de mes devanciers ne disposaient pas du cinéma. De sorte que, je l'avoue, j'ai trouvé très bon d'être le premier à réaliser cette sorte d'exploit.

Les défenseurs du spectacle en viendront à reconnaître

Au Portugal, un haut-parleur installé sur un tank exhorte la foule au calme.

ce nouvel emploi du cinéma, aussi lentement qu'ils en sont venus à reconnaître le fait qu'une nouvelle époque

Des manifestants scandent leurs exigences ; au premier rang une petite fille plus convaincue que personne.

de la contestation révolutionnaire sape leur société ; mais

ils seront contraints de le reconnaître aussi inévitablement.
Aux funérailles du dernier roi d'Angleterre, des troupes défilent, portant

En suivant le même cheminement, d'abord ils se taisent ;
leurs fusils renversés. Highlanders, marins, grenadiers, Horse Guards, dans les

ensuite ils parlent à côté du sujet. Les commentateurs de
anciennes tenues qui ont vu la puissance et la gloire de l'Empire, accompagnent

mon film en sont à ce stade.
un cercueil surmonté du sceptre et du globe.

Les spécialistes du cinéma ont dit qu'il y avait là une mauvaise politique révolutionnaire ; et les politiques de toutes les gauches illusionnistes ont dit que c'était du mauvais cinéma. Mais quand on est à la fois révolutionnaire et cinéaste, on démontre aisément que leur aigreur générale découle de cette évidence que le film en question est la critique exacte de la société qu'ils ne savent pas combattre ; et un premier exemple du cinéma qu'ils ne savent pas faire.

Les plus tenaces, parmi ces menteurs en déconfiture, feignent encore de se demander si la société du spectacle existe bien effectivement, ou si par hasard je n'en serais pas l'inventeur.

L'hostilité est naturellement plus grande chaque fois que s'expriment sur mon film ceux qui sont politiquement des réactionnaires.

« L'ordre, nous l'assumerons ; en amenant la classe ouvrière à comprendre que son devoir et son intérêt lui commandent d'entendre nos appels, et de nous éviter d'avoir recours à des moyens de contrainte. Non, le Front Populaire ne sera pas l'anarchie ! »

L'imposteur n'avait souhaité dissoudre l'histoire que pour en élire une autre. Il voulait désigner les penseurs de l'avenir. Et cette tête de mort avance froidement les noms de Lyotard, Castoriadis, et autres rammasse-miettes à la traîne…

Aucun perdant n'aime l'histoire.

Les spécialistes du cinéma ont dit qu'il y avait là une mauvaise politique révolutionnaire ; et les politiques de toutes les gauches illusionnistes ont dit que c'était du mauvais cinéma.

Fiche technique

Montage achevé en septembre 1975

Court métrage (20 min), 35 mm, noir et blanc
Produit par Simar Films
Laboratoires G.T.C.
Montage : Martine Barraqué
Assistant montage : Paul Griboff
Mixage : Paul Bertauld

Voix off : Guy Debord

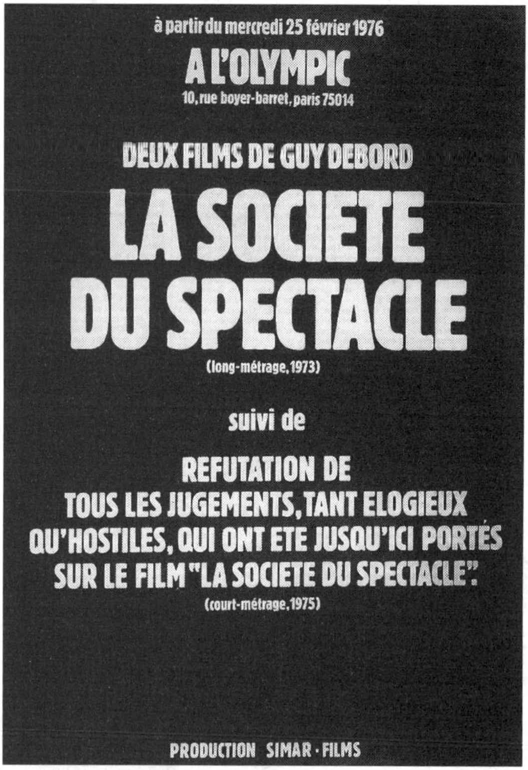

à partir du mercredi 25 février 1976
A L'OLYMPIC
10, rue boyer-barret, paris 75014
DEUX FILMS DE GUY DEBORD
LA SOCIETE DU SPECTACLE
(long-métrage, 1973)
suivi de
REFUTATION DE TOUS LES JUGEMENTS, TANT ELOGIEUX QU'HOSTILES, QUI ONT ETE JUSQU'ICI PORTÉS SUR LE FILM "LA SOCIETE DU SPECTACLE".
(court-métrage, 1975)
PRODUCTION SIMAR · FILMS

1976

Publicité parue dans *Le Film français* du 20 février 1976.

SUR LE VÉRIDIQUE RAPPORT DE CENSOR

Extraits de deux lettres à Gianfranco Sanguinetti. Publié en Italie en août 1975 sous le pseudonyme de Censor, le pamphlet *Rapporto veridico sulle ultime opportunità di salvare il capitalismo in Italia* (*Véridique Rapport sur les dernières chances de sauver le capitalisme en Italie*) fit grand bruit en Italie, la presse discutant les thèses de l'auteur et s'interrogeant sur sa véritable identité. Se présentant comme un grand bourgeois conservateur mêlé aux affaires de l'État, Censor analysait la crise sociale et les prémices d'une révolution en Italie, critiquait les résultats des opérations secrètes menées par les services spéciaux (bombe de la Piazza Fontana qui fit 16 morts à Milan le 12 décembre 1969) et démontrait que les communistes étaient le principal soutien de la bourgeoisie et que leur entrée au gouvernement devenait nécessaire et utile afin de contrer la révolution sociale et sauver le capitalisme. En décembre 1975, Sanguinetti révélait la supercherie dans *Preuves de l'inexistence de Censor, par son auteur.* Guy Debord traduisit ces deux textes, qu'il fit publier par les Éditions Champ libre en janvier 1976.

6 février 1975

D'accord donc pour le premier chapitre (« Triomphe du capitalisme démocratisé »). Il est presque fait. J'achève de le rédiger et je te l'enverrai dans les prochains jours. Et aussi quelques notes éparses : celles qui probablement ne conviendraient pas pour le dernier chapitre, et que tu glisseras où tu le jugeras bon, quelque part dans les autres chapitres. (Censor a le droit d'être un peu « décousu » ; c'est un signe qu'il écrit selon son humeur, qu'il méprise les écrivains professionnels – et surtout signe que sa passion l'emporte, après avoir gardé un long et méprisant silence.)

Mais quant au dernier chapitre (« L'avenir... » incertain), j'aurais besoin que tu m'envoies les notes sur les quelques points, qui étaient assez pittoresques, que nous avions envisagés en conversant (par exemple, l'avenir de la ville de Venise ?). Et aussi un rappel des trois ou quatre idées fondamentales de Censor là-dessus. Je suppose que là figure la conclusion de tout le pamphlet : « Ou bien nous sauverons... ou bien nous ne sauverons pas » ?

24 juillet 1975

Je suis enchanté d'apprendre que Censor arrive enfin à « *uscir dal bosco e gir infra la gente* ». Cazzo ! J'ai tant douté de voir finalement ce vieux sage faire profiter le monde de la riche expérience qu'il y a acquise, que j'en venais à me demander s'il avait existé réellement ; et si sa longue expérience au service de l'État, et son incomparable culture, n'avaient pas existé comme un simple rêve. Question « philosophique » à la taille de Kautsky ; comme par exemple se demander si un autre aurait écrit *La Divine Comédie*, si Dante était mort à la bataille de Montaperti, ou tout autre lieu où a pu le mener sa nature querelleuse.

Un tel plaisir me fait tenir pour négligeable le fait que ceci va augmenter « les obligations » de mon été montagnard. Seul le premier chapitre est traduit, et j'attends le livre imprimé (car Paolo m'avait dit qu'il y a eu quelques corrections). Mais je garantis une traduction digne de l'original.

DÉCLARATION DES « ÉDITIONS CHAMP LIBRE »

Gianfranco Sanguinetti, Italien, auteur d'un « VÉRIDIQUE RAPPORT SUR LES DERNIÈRES CHANCES DE SAUVER LE CAPITALISME EN ITALIE », dont les Éditions Champ Libre ont publié le 8 janvier la traduction, se présentant le 11 février à la frontière française, a été refoulé en application d'une décision dite de « refus de séjour », prise le 21 juillet 1971 par le Ministre de l'Intérieur Marcellin. On sait que cette sorte de manifestation administrative de la raison d'État, n'ayant besoin d'aucune sanction judiciaire, est également sans recours et donc vaut perpétuellement. Que des régimes de l'Europe veuillent bien changer un peu dans la continuité, voilà ce qui reste naturellement sans effet pour des gens qui les contestent tous également.

Nous avons modestement conscience du fait qu'il n'est que juste de recourir à la publicité pour mettre sous les yeux du lecteur, à tout instant occupé de tant d'autres informations si pertinentes et si brûlantes, d'un intérêt si constamment universel, et qui toutes le touchent de si près, un simple phénomène particulier qui n'intéresse que quelques personnes privées.

Nous n'avons pas, en effet, l'outrecuidance d'insinuer que la critique du capitalisme pourrait concerner dans leur ensemble nos contemporains, leurs travaux et leurs subsistances, leurs idées et leurs plaisirs. Même comme sujet de discussions savantes réservées à un petit nombre d'experts, nous n'ignorons certes pas que la justesse de ce concept a été longuement controversée ; et qu'enfin le capitalisme, en tant qu'hypothèse, n'est plus tellement contemporain car la Pensée de Vincennes a récemment bondi bien au-delà, quand les mieux recyclés de ses professeurs ont décidé la dissolution de l'histoire et, ce qui est pour eux plus riche de conséquences, l'interdiction du critère de vérité dans le discours.

D'ailleurs, nous ne sommes pas trop assurés qu'il existe quelque part une entité géographique, et dans une faible mesure économique, appelée Italie. Et à ce dernier sens les éminents responsables du Marché Commun, alors même que le principe de la libre circulation des marchandises est autrement leur affaire que celui de la libre circulation des personnes, ont bien d'autres raisons d'en douter.

L'existence effective de Gianfranco Sanguinetti lui-même est au plus haut point discutable, soit en tant que personnalité éventuelle d'un *samizdat* occidental, soit comme cible de quelque Goulag libéral-avancé. Si nous nous permettions d'affirmer positivement la réalité de son existence, de ses écrits ou de diverses anodines persécutions policières qui en découlent, en nous fondant uniquement sur l'ampleur d'une rumeur publique demeurée, elle aussi, au-delà de nos frontières, on pourrait certainement nous rétorquer que personne ici n'en a jamais entendu parler ; et nous sentons tout le poids d'une telle objection.

Nous dirons aussi franchement que nous connaissons nombre de personnes estimables, ou même travaillant dans la presse d'information ou dans la distribution des livres, et qui ne cachent pas qu'elles ont été amenées à conclure que les Éditions Champ Libre n'existaient pas non plus ; et pour notre part nous ne prétendons pas avoir la hardiesse de trancher une question si obscure, contre l'honnête conviction de tant d'hommes compétents, en nous appuyant seulement sur nos désirs contingents et nos intérêts bornés.

Après tout cela, nous ne nous permettrons cependant pas de laisser ouverte cette question de savoir si le monde où nous sommes, et dont vous lisez chaque jour les toutes dernières informations, existe vraiment ? Nous sommes en mesure d'assurer qu'il existe encore pour le moment.

« CHAMP LIBRE » : 40, rue de la Montagne-Sainte-Geneviève. - 75005 PARIS.

Publicité parue dans *Le Monde* du 24 février 1976.

Le « Jeu de la guerre »

Lettre à Gérard Lebovici du 24 mai 1976 (*Correspondance*, vol. 5, *op. cit.*, p. 350-358), répondant aux questions posées par M. Kessler, conseil en propriété industrielle, mandaté par la S.A.R.L. Les Jeux stratégiques et historiques, pour établir le brevet d'invention du « Jeu de la guerre » de Guy Debord. Une première édition de ce jeu paraîtra en novembre 1978, accompagné d'un fascicule des règles du jeu en français ou en anglais ; puis, en janvier 1987, paraîtra aux Éditions Gérard Lebovici, *Le « Jeu de la guerre », relevé des positions successives de toutes les forces au cours d'une partie*, par Alice Becker-Ho et Guy Debord.

Observations à propos des questions de M. Kessler

Les 14 questions peuvent être considérées en deux groupes, chacun de ces groupes soulevant un problème général : d'une part les questions 1-2-3-4-5-7 ; d'autre part les questions 8-9-10-13-14. Il faut cependant traiter séparément deux questions : d'abord la sixième et ensuite la onzième, laquelle se trouve complétée par la douzième.

La question 6 concerne la justification du nombre des sources d'approvisionnement de chaque camp. Le but du jeu est la destruction complète du potentiel de l'ennemi, et cette victoire totale peut presque toujours être obtenue. Elle est accessible par trois voies, qui normalement sont suivies simultanément, mais qui peuvent aussi l'être séparément. Pour vaincre, il faut venir au contact de toutes les unités combattantes de l'ennemi et les détruire ; ou bien avoir coupé les lignes de communication dont elles dépendent absolument et instantanément pour faire mouvement et combattre ; ou bien enfin avoir mis hors d'usage, par une occupation momentanée, les arsenaux dont l'ennemi tire ses approvisionnements. Les deux arsenaux de chaque camp sont, pour lui, interchangeables et employables simultanément, mais un seul suffit à tous ses besoins. Si chaque camp disposait d'un seul arsenal, il en serait manifestement trop dépendant, tant par la limitation apportée d'entrée de jeu à ses mouvements offensifs du fait de la réduction des lignes de communication utilisables, que, surtout, par la servitude que constituerait pour lui l'obligation, primant toute autre considération, de défendre cet arsenal unique. Comme le camp adverse se trouverait dans le même cas, il en résulterait une perte générale de l'esprit offensif. En passant ainsi de l'un au multiple, mais dans sa plus faible expression, on diminue considérablement l'importance même de *la position la plus importante* de tout le jeu, et donc on s'en affranchit relativement : car perdre n'importe quel arsenal n'est rien en soi, mais perdre le deuxième est perdre tout. Inversement, si l'on donnait à chaque camp trois arsenaux – *a fortiori* davantage –, on affranchirait trop chaque armée de l'équilibre classique à maintenir dans la relation stratégie-tactique : on se rapprocherait du modèle des guerres de la Révolution, tandis qu'ici le modèle est la guerre de Sept Ans (égalité et caractère irremplaçable des effectifs, dépendance des magasins). De plus, comme on le verra pour finir, c'est seulement dans un tel modèle d'une armée professionnelle, et de ses exigences régulières, que l'on peut introduire une certaine représentation du facteur moral par les seules ressources du jeu en casier.

Les questions 11 et 12 appellent une seule réponse. Il s'agit, pour ce *kriegspiel*, d'inscrire dans la simplification rigoureuse d'un jeu en casier toutes les forces qui se manifestent sur le terrain : dans la disposition des lignes d'opérations et du déploiement de l'armée par rapport à sa base, comme dans les dispositions en vue du choc tactique. Ainsi la série de cases en ligne droite et en diagonale, qui est l'ossature de tout jeu en casier, décide à la fois de la concentration du feu à portée utile et des lignes de communication. Ces dernières sont de deux sortes : pour un certain nombre, permanentes à partir de chaque arsenal, et pour une très grande variété d'autres, momentanément aménageables à partir des unités de transmission (lesquelles constituent elles-mêmes des objectifs à protéger), qui relaient les premières en suivant le même principe. Nombre de *kriegspiels* sur table sont infiniment plus souples et réalistes dans la représentation de la rencontre tactique, mais alors ils renoncent à rendre compte de la relation stratégie-tactique, des interactions et renversements entre ces niveaux du rapport des forces.

Le groupe de questions 1-2-3-4-5-7 envisage l'espace général adopté pour ce *kriegspiel*, sa dimension. Il faut d'abord répondre que la traduction chiffrée de cet espace, comme celle des valeurs offensives et défensives des différentes unités dans la mêlée, est choisie par tâtonnement empirique (par exemple : longueur de la frontière très supérieure à la profondeur du territoire à défendre) et avec quelque arbitraire. Mais la principale détermination réside dans *le rapport entre les effectifs des armées et la dimension du territoire.* L'élément essentiel est la composition numérique de l'armée. On a visé *la plus petite armée possible qui soit suffisamment articulée pour permettre la manœuvre et la bataille* ; autorisant l'emploi de corps détachés, mais à grands risques. Le même processus de tâtonnement empirique et de délimitation arbitraire a fixé la proportion des trois armes combattantes (ainsi que du corps des transmissions) et, à partir de cette proportion, l'effectif minimum qui pouvait leur être attribué. Ainsi, comme dans les conditions du XVIIIe siècle, chaque unité est précieuse, et simultanément, ces conditions rencontrant l'esprit clausewitzien, ou tout au moins frédéricien, plusieurs de ces unités, et finalement presque toutes, doivent être sacrifiées sans regret mais non sans réflexion pour prendre l'avantage sur l'adversaire.

Ici nous rencontrons le caractère essentiel de ce *kriegspiel* : il se propose de ressembler à la conduite de la guerre essentiellement en ceci qu'il *tend à imposer des nécessités contradictoires*. Dans un camp aussi bien que dans l'autre, il n'y a jamais assez de forces, ni pour se protéger partout où il faudrait, ni pour attaquer et nourrir son offensive partout où ce serait souhaitable, ni même là où la nécessité en est imposée par l'adversaire. Il est très favorable d'étendre son front, mais la concentration des forces pour la bataille est la plus impérieuse des nécessités (si une armée concentrée s'interpose entre deux corps ennemis, l'un risque d'être entièrement détruit sans que l'autre puisse l'appuyer, et une seule armée étirée sur une ligne peut être percée, ce qui entraîne la situation précédente). Il faut agir contre les communications de l'adversaire, mais en gardant les siennes ; et en les gardant dans toute l'extension que leur impose cette offensive même qui va ainsi vers son point culminant. S'il s'agit d'une manœuvre entreprise par un corps détaché, ce corps doit disposer d'assez de puissance offensive et défensive pour obliger l'ennemi à lui opposer une fraction importante de ses forces (et, naturellement, il doit être lancé dans une direction qui soit effectivement menaçante). Mais s'il est trop renforcé il diminue dangereusement la force tactique du gros qui constitue le pivot de manœuvre. Un corps détaché, devant l'être pour le moins de temps possible, est normalement composé des unités montées. Mais ces unités rapides sont également les unités de choc dont l'armée ne peut complètement se passer dans la bataille si l'armée adverse a gardé les siennes. De plus ces unités puissantes dans l'assaut sont faibles dans la défensive, si elles s'y trouvent acculées sans infanterie en soutien, etc. De même, s'il est avantageux, dans un affrontement des deux armées concentrées, de manœuvrer sur un flanc de l'ennemi (pour se rapprocher de sa ligne de communication ou pour obtenir une concentration du feu par enveloppement tactique) l'ennemi peut se voir offrir ainsi l'occasion de réussir le même mouvement sur l'aile opposée : qui tourne est tourné.

Pour que toutes ces banalités de la guerre soient effectivement représentées et sensibles dans le jeu, il faut une armée peu nombreuse noyée dans le territoire. On aurait quelque chose d'équivalent avec une armée triple sur un terrain dix fois plus grand, mais l'élégance des affrontements tactiques y perdrait beaucoup, de même que la maniabilité du jeu et sa relative rapidité.

Le groupe de questions 8-9-10-13-14 concerne la nature du terrain du jeu. Le principe de la disposition de ce terrain est la dissymétrie. Les deux territoires sont aussi dissemblables que possible, mais sans introduire une inégalité de chances : un joueur peut préférer un camp (pour expérimenter le développement de certaines manœuvres), mais il n'y a pas d'avantage ou de désavantage objectifs. La dissymétrie existante maintient l'incertitude sur le dispositif des troupes adverses à l'ouverture de la partie, et offre d'emblée à chaque camp plusieurs orientations de son effort, lesquelles auront ultérieurement à tenir compte de l'orientation différente qu'aura adoptée le camp adverse : si les deux camps, égaux en forces et en territoire, étaient en outre symétriques, on rencontrerait régulièrement leurs deux armées sur des positions symétriques, et s'équilibrant, pour viser les mêmes objectifs : la décision reviendrait seulement à la plus grande habileté tactique dans des batailles d'usure fréquemment identiques.

Les chaînes de montagne délimitent cinq principaux théâtres d'opérations possibles : le Centre de part et d'autre de la frontière, le Nord-Ouest, le Nord-Est, le Sud-Ouest et le Sud-Est. Une seule campagne, qui peut fréquemment intéresser les cinq, se déroule généralement, quant aux opérations principales, dans deux ou trois de ces théâtres, successivement ; et parfois simultanément sur deux. Ce sont très rarement les mêmes dans le même ordre : sur un grand nombre de parties, il est très difficile d'en voir deux se ressembler dans leur développement. Ceci découle et de la dissymétrie des territoires et du fait que toute manœuvre peut être parée soit par une défense directe, soit par une contre-manœuvre, dont les résultats sont eux-mêmes dépendants du choc tactique.

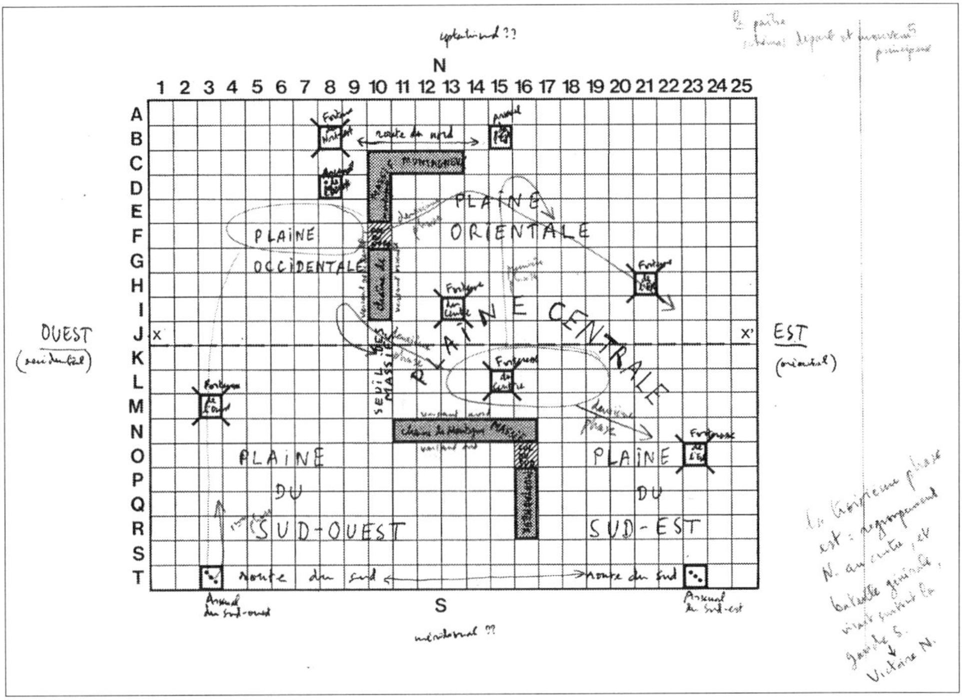

Schéma de départ et mouvements principaux de la partie à l'origine du livre *Le « Jeu de la guerre »*, *relevé des positions successives de toutes les forces au cours d'une partie.*

La principale opposition entre les territoires du Nord et du Sud réside dans la situation des arsenaux : ceux du Nord sont groupés dans une même zone (mais cependant non alignés sur un même axe d'approche) tandis que ceux du Sud sont très éloignés l'un de l'autre. Le camp Sud peut ainsi mener une seule armée jusqu'aux deux arsenaux de l'ennemi. Le camp Nord ne le peut : s'il vise la destruction des arsenaux adverses, il lui faut entreprendre une opération secondaire contre un arsenal éloigné. Inversement l'armée du Sud ne peut protéger simultanément ses deux arsenaux en en disputant l'approche, tandis que le Nord le peut : une position défensive centrale du

Nord défend la zone de ses arsenaux, qui est elle-même centrale ; la position défensive centrale du Sud ne peut avoir cette fonction. Mais du fait que l'armée du Sud couvre directement celui de ses arsenaux qui se trouve à l'origine de sa ligne d'opérations du moment, elle retient évidemment en face d'elle le gros de l'armée du Nord. Elle peut alors rechercher la bataille contre l'armée affaiblie par ce détachement, ou bien détacher elle-même un corps destiné à le battre ou à menacer sa ligne de retraite. (Le Nord peut mener le même type d'opérations s'il n'a pas adopté initialement une position centrale.) Tracées en fonction de la dissymétrie du terrain, les routes permanentes débouchant de chaque arsenal ne sont que la trame sur laquelle les unités de transmission établissent le réseau de communications choisi. Cependant toute forteresse est directement reliée à un arsenal de son camp, et par le seul emploi des routes permanentes chaque armée peut en principe parvenir à proximité des arsenaux de l'ennemi.

L'incertitude qui découle de la proportion établie entre les effectifs et le territoire, et donc de la variété des objectifs momentanés que peuvent poursuivre les deux armées, soumet l'ensemble des opérations à l'évolution changeante d'une relation entre stratégie et tactique : tout au contraire, par exemple, des Échecs, où chaque joueur dispose de tout ce qu'il faut pour contrôler, s'il le peut, un peu mieux que l'adversaire un terrain essentiellement équilibré où toute perte non compensée est en principe facteur irréversible de défaite. Dans le *kriegspiel* considéré ici, les mauvaises dispositions et les mauvaises manœuvres sont multiples, mais aucune des manœuvres que l'on peut décider, du moins aussi longtemps que subsiste un équilibre des forces et de positions, n'est assurément bonne. *Elle le devient* selon ce que fait ou ne fait pas l'adversaire. Une certaine part d'inattention est forcément présente des deux côtés, et le calcul le plus poussé dépend lui-même des modifications qu'introduira la succession des ripostes de l'adversaire, et des réponses qu'elles appellent, plus ou moins justes, plus ou moins justement comprises, et plus ou moins *heureusement exécutées*.

Il s'agit d'une guerre de mouvement (parfois momentanément figée sur un front local, dans la défense d'un col ou d'une forteresse) où le terrain n'a jamais d'intérêt que par les positions tactiques et stratégiques nécessaires à l'armée ou nuisibles à l'adversaire. On peut parfois vaincre sans bataille, et même presque sans combats limités, par la seule manœuvre. On peut aussi vaincre par une seule bataille frontale sans manœuvres. Mais en dehors de ces cas extrêmes, on a normalement une série de manœuvres, combats, batailles générales (dans lesquelles se retrouvent les manœuvres : enveloppement, retraite, attaques prononcées contre les communications). Une manœuvre stratégique dépend presque toujours du succès tactique local qu'elle doit aussi remporter : elle s'effondre si elle ne peut « payer comptant » sur le point du choc, où il faut être le plus fort.

Ainsi se retrouve à tous les degrés l'obligation de répondre à des nécessités contradictoires. Stratégiquement, la défensive est plus forte, mais seule l'offensive – ou du moins la contre-offensive – apporte un succès. Sur le plan tactique aussi, la défensive est visiblement plus forte, mais si elle restait défensive immobile, l'ennemi pourrait toujours concentrer plus de feu sur un point qu'il attaque. Il faut donc contre-attaquer, détruire à son tour une unité ennemie. Une bataille est perdue à partir du moment où une armée a subi assez de pertes pour se retrouver incapable de concentrer sur un point quelconque un coefficient offensif supérieur au coefficient défensif que l'ennemi possédera sur ce même point. Alors toutes les pertes seraient enregistrées du même côté, et donc la destruction complète interviendrait en peu de coups. Cette armée devra donc se retirer vers ses renforts, si elle en a, tout en s'éloignant d'autant de la concentration ennemie supérieure dont les attaques la déciment, et qui ne pourra elle-même entrer dans la poursuite que par échelons.

En effet, chaque joueur, qui en un coup ne peut attaquer qu'une seule position, ne peut aussi faire marcher qu'un peu moins du tiers de son effectif initial (5 unités) : ceci représente les « frottements » qui ralentissent l'action à la guerre. Cette nécessité ajoute aux autres difficultés cette contradiction : dès que la bataille est engagée, on a grand besoin d'y employer chaque fois la totalité de ces coups (pour disposer le maximum d'unités en attaque d'un point, et aussi d'autres en soutien des unités qui subiront probablement la prochaine contre-attaque) ; mais on a aussi besoin ailleurs de quelques-uns de ces coups, qu'il faut donc en distraire : soit pour rapprocher des renforts qui ont à remplacer les pertes, soit pour la retraite de certains éléments que la destruction d'autres vient de laisser en l'air, soit pour déplacer une unité de transmission parce qu'il faut modifier une ligne de communication ou parce que cette unité se trouve elle-même trop exposée, etc.

Il sera peut-être plus simple de considérer pour finir en quoi ce *kriegspiel*, sur deux points différents de ceux envisagés jusqu'ici, *s'éloigne d'une représentation totale de la guerre.*

Il s'en éloigne fortement en ce qu'il ne fait presque pas intervenir le moral et la fatigue des troupes. Cependant ce facteur a été sommairement représenté dans le jeu par la paralysie combative *instantanée* de toute troupe qui se trouve sans liaison (y compris la garnison d'une forteresse ; de sorte que les forteresses n'ont pas une fonction d'arrêt, mais seulement de point d'appui tactique). On peut dire aussi que seul l'effet moral justifie le coefficient offensif des unités de cavalerie chargeant alignées sur une longue série de cases, l'enseignement du colonel Ardant du Picq ayant établi que ce ne pouvait être un résultat mécanique de la masse multipliée par la vitesse. En revanche l'usure morale qui a toujours eu les plus grands effets à la

guerre, celle des généraux, est susceptible d'agir sur chacun des joueurs, qui fréquemment est porté à s'exagérer les conséquences d'une manœuvre qu'il voit esquisser par son adversaire, quoiqu'elle puisse n'être qu'une feinte. En effet il ne peut avoir aucune assurance mathématique sur ce qu'il lui faut faire, et même pas toujours quand il a atteint une supériorité numérique écrasante : car, en certaines circonstances, et jusque très près de la fin, l'armée battue peut encore lancer des opérations décisives sur les communications du vainqueur.

Enfin, ce jeu s'éloigne complètement de la guerre en ceci qu'il ne ménage pas d'incertitude sur la position et les mouvements de l'ennemi. Sauf l'ordre de bataille initial, que l'on ignore – mais l'ennemi n'a pu raisonnablement choisir qu'entre un petit nombre de zones de concentration, de sorte qu'il est prudent de faire de même –, on a instantanément une connaissance exacte et pleinement assurée de tous les mouvements effectués en face : l'ost sait ce que fait l'ost (la cavalerie n'a donc pas ici de fonction d'exploration ; mais seulement de choc, de poursuite et de raid). Il paraît impossible de suppléer à ce défaut sans sacrifier toute la rigueur des autres caractères de la représentation d'un affrontement sur un jeu en casier.

Ci-dessous :

Alice et Guy Debord jouant au « Jeu de la guerre », août 1987. Photos Jeanne Cornet.

À PROPOS DU LIVRE DE BRUNO RIZZI

Extrait d'une lettre du 29 septembre 1976 à Gérard Lebovici (*Correspondance*, vol. 5, *op. cit.*, p. 364-365) à propos du livre de Bruno Rizzi, *La Bureaucratisation du monde* (1939), dont les Éditions Champ libre feront paraître la première partie, *L'U.R.S.S. : collectivisme bureaucratique*, en décembre 1976.

Je vous ai renvoyé hier, en recommandé, la photocopie du Rizzi. Il est hors de doute que la seule solution est de publier uniquement la première partie. C'est d'autant plus légitime que l'auteur avoue avoir changé d'avis deux fois pendant la composition de l'ouvrage. La première partie fut « conçue à Londres vers la fin de 1938 et fixée à Milan dans le mois de mars 1939 ». C'est elle qui nous intéresse. Au printemps de la même année, rédigeant le chapitre IV de la « troisième partie », il eut le coup de foudre d'une sorte de révélation, fort malheureuse, dont il avoue lui-même sans détour qu'elle a mis en péril son équilibre et sa santé ! Et je le crois sans peine. Il change encore une fois de position dans la postface, passant d'une froideur supra-historique qui attendra sans crainte la fin des dictatures à une émotion apocalyptique qui voudrait arrêter à l'instant la fin du monde.

Je crois qu'il est indispensable de publier *L'U.R.S.S. : collectivisme bureaucratique* avec, sur la couverture, ce sous-titre : *La Bureaucratisation du monde, I*re *partie.* Car ce titre général a tout de même, dans un certain milieu, quelque chose de connu, comme tout ce que l'on s'est tant employé à cacher. Tandis que le sous-titre de cette « première partie » (*La propriété de classe*) devrait être porté comme sous-titre de la page de titre intérieure du livre. Je vous joins un modèle, ainsi que le texte de présentation pour la 4/couverture.

J'ai la forte impression que les corrections manuscrites sont exactes, et donc à garder, à peut-être une ou deux exceptions près (elles peuvent même être de l'auteur). J'en ai ajouté une dizaine, d'une évidence typographique manifeste.

Dans la notice de la 4/couverture, je crois avoir habilement établi notre droit de publier à part la moitié d'un livre qui ne constitue pas une unité, pour que les crétins n'aillent pas parler de maspérisation. Pour le reste des considérations, c'était bien le moment de frapper fort. Je pense que, sous cette forme, ce livre devrait être sorti au plus tôt : les rumeurs circulent très vite dans ce milieu, et voyez le coup terrible que nous portons à l'aile la plus avancée de la récupération, si personne ne nous devance.

Bruno Rizzi

L'U.R.S.S. : collectivisme bureaucratique
La Bureaucratisation du monde, Ire partie

Voilà le livre le plus inconnu du siècle, et c'est justement celui qui a résolu, dès 1939, un des principaux problèmes que ce siècle a rencontré : la nature de la nouvelle société russe, la critique marxiste de la forme de domination qui y est apparue.

C'est en 1939 que le trotskiste italien Bruno Rizzi a publié, par lui-même, à Paris, les première et troisième parties (mais non la deuxième) de son ouvrage *La Bureaucratisation du monde*, signé Bruno R., et rédigé en français.

Condamnées aussitôt par Trotski et la Quatrième Internationale, les thèses de Rizzi, qui apportaient la première définition de la bureaucratie en tant que classe dirigeante, ont été systématiquement ignorées par deux générations de compagnons de route ou pseudo-critiques du stalinisme ; qui le plus souvent ont été les mêmes hommes, changeant de mensonges selon le vent, faisant toujours mine de s'apprêter à enfoncer une porte ouverte depuis trente ou quarante ans, mais en nous vendant en prime leurs propres clefs, et finalement reculant toujours devant l'ampleur titanesque de l'effort, qui aurait mis fin à leur emploi. Eux ne seront réédités par personne.

D'autres ont pillé Rizzi avec une assurance d'autant plus tranquille que ceux-là préféraient l'ignorer. Les rares détenteurs d'un livre si bien disparu qu'il n'en existe même pas un exemplaire à la Bibliothèque nationale, en ont tiré discrètement parti pour trancher du chercheur de pointe, et aimeraient ne pas perdre cette réputation : depuis 1968, les divers experts en contestation qui détiennent un stand chez presque tous les éditeurs français ont exhumé toutes sortes d'écrits moins brûlants, mais jamais Rizzi, qu'ils n'ignoraient pas tous.

L'Américain Burnham fut le premier à se faire un nom, avec *L'Ère des organisateurs*, en récupérant tout de suite cette critique prolétarienne de la bureaucratie, la travestissant pour son compte en éloge inepte d'une hausse tendancielle du pouvoir de décision et de compétents « managers » dans l'entreprise moderne, au détriment des simples détenteurs de capitaux. Et plus tard la revue française *Socialisme ou Barbarie*, reprenant la dénonciation du stalinisme, a manifestement trouvé dans cette œuvre fantôme de Rizzi la principale source de ses conceptions, de sorte que l'originalité que les commentateurs consentent à reconnaître, sur le tard, à ce foyer de réflexion désormais éteint, paraîtrait assurément plus considérable si tout le monde continuait à cacher Bruno Rizzi.

Le lecteur d'aujourd'hui apercevra aisément quelques erreurs dans la compréhension stratégique des forces en jeu au très sombre moment où ce texte a paru. Les soulèvements des travailleurs, de Berlin-Est en 1953 au Portugal en 1974-75, ont depuis beaucoup amélioré la théorie de Rizzi. Notre parti n'a pas eu raison en un jour ; il a développé sa vérité à travers deux siècles de luttes changeantes. Aujourd'hui encore, il n'a pas tout à fait raison, puisque l'on peut encore survivre et falsifier à côté de lui. Mais déjà la société dominante, qui ne sait plus se gérer, ne sait même plus lui répondre.

Les erreurs étaient plus nombreuses et plus lourdes dans l'étude suivante (*Quo Vadis, America ?*), recueillie par Rizzi dans l'édition originale de *La Bureaucratisation du monde*, et donnée alors comme « la troisième partie » de l'ensemble inachevé. La réédition d'un texte historique ne doit rien ajouter qui puisse en diminuer l'homogénéité ; alors surtout que les intellectuels de quatre décennies ont osé ne pas y répondre.

Foutre !

Tract, paru en octobre 1976, prenant ironiquement le parti de Mustapha Khayati, qui venait de s'opposer publiquement à la réédition de la brochure *De la misère en milieu étudiant* par les Éditions Champ libre. Il estimait que ce texte n'était « point fait pour la forme commerciale officielle » et qu'il fallait « le laisser continuer son chemin à travers les nombreuses éditions sauvages » – et attaquait violemment Gérard Lebovici, accusé de s'enrichir aux dépens de la cause révolutionnaire.

Les Éditions Champ libre viennent d'avoir l'impertinence de rééditer *La Misère en milieu étudiant*, sans tenir aucun compte de la ferme protestation que leur avaient adressée les personnes les plus autorisées et les plus estimables ; des personnes qui, à Strasbourg comme ailleurs, ont pris une part éminente au mouvement de contestation en 1966 et même quelque peu avant, et dont on sait de reste qu'en aucune circonstance elles ne se sont abaissées à tirer la moindre rémunération des entreprises de l'édition commerciale. Tous ceux qui connaissent les mérites passés et présents de ces personnes comprendront assurément les raisons de leur indignation. Leur cause est celle de tous ceux qui leur ressemblent.

Les néfastes Éditions Champ libre, en effet, ne craignent pas maintenant de faire *mettre en vente* le célèbre pamphlet de Strasbourg, le transformant donc tout à coup en pure et simple marchandise, et par le fait même en texte contre-révolutionnaire. On n'ignorait pas, pourtant, que la destination évidente de ce pamphlet était la diffusion absolument gratuite.

Le public a été averti de cette révoltante récupération, la plus notable peut-être de la dernière décennie, par un document parfaitement convaincant qu'a signé Mustapha Khayati lui-même, mais qui exprime aussi très fidèlement le sentiment de quelques autres.

Des bourgeois ou des bureaucrates, pour nuire à la contestation, ont parfois insinué que certains de ceux qui la représentent se souciaient assez peu de la réalité concrète, surtout là où elle les gêne, et ne croyaient pas tout ce qu'ils disent, puisqu'on les voit le plus souvent se dérober sous des sophismes qui ne font même pas bon ménage à l'intérieur d'une seule page. On ne sait pas trop qui cette calomnie prétendait viser. Il en est en tout cas quelques-uns – et s'il n'en reste que deux nous serons ceux-là – qui ne sont point faits pour se déguiser sous la perruque de Tartuffe, et qui exposent bien franchement et bien honnêtement à la face du monde, quand ils croient devoir prendre position sur un terrain pratique, tout ce qu'ils en pensent et tout ce qu'ils y font. Ceux-là ne se paient pas de creuses dialectiques : ils appellent un chèque un chèque. Et ils ont acquis, peut-être, quelque compétence et quelques titres pour apprendre à ceux qui l'ignorent ce que c'est qu'un marchand.

Aussi bien, dans la présente affaire, la pire malveillance sera réduite au silence, car rarement la théorie révolutionnaire a été fondée sur une base si solide, et la justesse de son application pratique sera transparente aux yeux de tous. On ne peut nier que quiconque *vend* à quelque prix que ce soit quelque chose, qu'il s'agisse d'une tonne de blé, d'un exemplaire d'un livre ou d'une heure de son temps, participe au système marchand, qui est mauvais. Ceux qui ont plus à vendre que les autres sont les pires : petits ou grands possédants du système de la vénalité. Tous ceux qui vendent, ou font vendre, des textes révolutionnaires, ne sont rien d'autre que des marchands, au sens scientifique du terme, mais des marchands plus perfides que tous les autres, et souvent même plus riches. Quand la Révolution, qui ne peut que se vouloir au-delà de ce néfaste système, juge bon de communiquer ses écrits, elle les confie tout innocemment à l'édition sauvage, et c'est en quoi *l'édition sauvage* n'est pas marchande.

Ce principe apporte, on en conviendra, un progrès décisif à la critique révolutionnaire, progrès qui permet en même temps une simplification théorique dont elle avait fortement besoin : ce ne sont plus les textes qui sont à juger désormais, mais uniquement les éditeurs. Est-il marchand ? Est-il sauvage ? Voilà la pierre de touche de la valeur d'usage et le *credo* de la praxis globale. L'édition marchande est coupable, quoi que veuillent dire les livres publiés. Au contraire, n'importe quoi peut être écrit dans la *nouvelle innocence* de l'édition sauvage, ou moyenne-sauvage. L'édition sauvage, surtout quand elle peut utiliser les techniques de reproduction moderne, coûte très peu : elle permet donc aux prolétaires qui l'animent de se livrer sans entraves à leur pratique favorite, nous voulons dire celle du *don* subversif, en offrant gratuitement les textes, notamment dans les librairies. Il convenait de couronner l'édition sauvage de la théorie par une théorie de l'édition sauvage. Nous la donnons ici avec cette modestie collective que l'on nous connaît depuis longtemps, et qui nous protège de tout vedettariat. Mais comme chacun reconnaîtra notre bonne foi et notre cohérence, on pourra aussi nous reconnaître à cette rigoureuse lumière que nous avons créée nous-mêmes pour la circonstance.

Qu'est-il, en effet, de plus choquant qu'un ouvrier qui fait grève pour autogérer la production des montres, alors que la montre est essentiellement l'instrument de la mesure du temps esclavagiste ? C'est évidemment un play-boy fortuné qui verse dans le snobisme d'employer son argent à publier des vérités critiques, alors que l'argent est l'instrument essentiel de la société du mensonge. L'Histoire nous confirme autant que le bon sens. S'est-il jamais trouvé un aristocrate pour approuver la Révolution de 1789, ou un bourgeois pour financer Bakounine ? Mais les récupérateurs de notre temps ne redoutent aucun paradoxe.

Allusion à la grève avec occupation des ouvriers de l'horlogerie Lip à Besançon en 1974. Ces derniers fabriquaient et vendaient les montres en fonction de leurs besoins.

Les révolutionnaires sincères sont si bien servis par l'édition sauvage qu'ils n'ont qu'à laisser sans regret l'édition officiellement commerciale aux misérables qui la lisent, ou même se compromettent jusqu'à y travailler sur commande ; encore heureux les jours où ils n'en ont pas tiré vainement les sonnettes !

N'y aurait-il pas, en vérité, quelque chose d'insolite, de choquant, de jamais vu, à laisser *vendre* un livre dans lequel on condamne le système marchand ? Qui croirait alors à la sincérité des exigeantes convictions de l'auteur, ou des co-auteurs s'ils sont plusieurs ? Imagine-t-on, par exemple, le *Traité de savoir-vivre à l'usage des jeunes générations* diffusé autrement que par un éditeur sauvage ? On en aurait ri.

Mais les paroles sont insuffisantes pour soutenir le bon droit piétiné : il faut agir, *et l'occasion est justement là.*

Sait-on bien que le même texte que Champ libre se permet de vendre 8 francs est disponible depuis huit mois dans les bonnes librairies, et *pour le prix de 6 francs seulement*, en édition sauvage ? Cette édition sauvage est due aux courageuses Éditions Zoé, de Genève. C'est celle-là que tout vrai révolutionnaire se fera un devoir d'acheter pour boycotter et ruiner le ploutocrate de Champ libre.

Les Éditions Zoé, de Genève, sont sauvages puisque J.-P. Bastid, le collaborateur de Mustapha Martens, craignant d'excéder l'honnête sauvagerie des Éditions Lattès et des Presses de la Cité, ou des ultra-anarchistes de la Série Super-Noire, y apporte une partie de son utile production. Les Édi-

Livre de Raoul Vaneigem paru sous le pseudonyme de Ratgeb.

tions Champ libre sont tout le contraire, puisqu'elles ont autrefois refusé l'étonnant *De la grève sauvage à l'autogestion généralisée* que leur présentait Raoul Ratgeb, ce qui a contraint ce révolté à porter son manuscrit à l'édition sauvage, chez Bourgois 10/18. Ces mêmes Éditions Champ libre s'étaient du reste déjà démasquées auparavant en refusant les services de Khayati lui-même, et de Vaneigem aussi, qui leur proposaient, contre une somme modique, de se charger de compiler hâtivement des anthologies de textes subversifs des siècles précédents, parce qu'il importe de les faire connaître présentement à ceux qui sauront s'en servir. On voit par ces exemples si variés, mais qui tous, comme par hasard, offensent les plus dignes signatures de l'édition sauvage, et un stock de personnalités si apparentées et si ressemblantes dans toutes les métamorphoses de leur rigueur subversive qu'il est presque impossible de distinguer les unes des autres, combien l'activité, essentiellement commerciale, des détestables Éditions Champ libre est finalement inacceptable.

Ô vertu subjective-radicale, tu n'es qu'un mot ! Estimerait-on pour rien les risques personnels immenses que nous avons courus jadis, nos années de peines et de fatigues constantes au service de la révolution, et notre fort long refus de toute concession ? Si l'on nous négligeait alors, sous le prétexte que l'on ignorait tous nos talents, que nous objectera-t-on, à présent qu'on les connaît ? N'est-ce pas assez que les vampires de la mine et du rail sucent notre sang du matin au soir dans les usines où ils nous exploitent ? Il faut encore souffrir qu'un nanti se rie de nous, et ramasse de l'argent à la pelle, alors qu'il n'en a même pas besoin, en livrant dans tous les hypermarchés, à la canaille consommatrice qui en fait ses délices, Cieszkowski, Anacharsis Cloots, Bruno Rizzi !

Des Prolétaires

Notice aux *Poésies de l'époque des Thang*
traduites par le marquis Hervey-Saint-Denis
(1862)

Notice aux *Poésies de l'époque des Thang*, traduites du chinois et présentées par le marquis Léon d'Hervey de Saint-Denis (1823-1892), sinologue et professeur au Collège de France, rééditées par les Éditions Champ libre en février 1977.
En 1978, Guy Debord citera dans son film *In girum imus nocte et consumimur igni* deux poèmes de ce recueil, l'un de Li Po (*À Nan-king*), l'autre de Ouang-oey (*En se séparant d'un voyageur*).

La littérature chinoise est généralement considérée comme digne d'intérêt ; et la poésie lyrique de l'époque de la dynastie Thang (notre VIIIe siècle) est partout reconnue comme son plus grand moment.

Cependant Hervey-Saint-Denis qui en donna une première traduction française en 1862, n'avait jamais été réédité depuis ; et n'a eu aucun continuateur notable.

Le public qui croit aujourd'hui qu'il est de plus en plus cultivé et informé, ressemble beaucoup au public qui croit qu'il est de mieux en mieux nourri et logé. Quoique la Chine ait été à la mode ces derniers temps, on n'a guère traduit et commenté pour la consommation française qu'une sorte de Déroulède du Milieu, qui en tant que lettré valait à peu près Giscard d'Estaing. Mais il régnait récemment à Pékin, où sa dynastie lui a survécu trois semaines.

Divers sinologues contemporains ont parfois tenté aussi de traduire, ou de retraduire, quelques courts poèmes classiques, mais ils ne sont arrivés à rien. Non peut-être faute de comprendre le chinois aussi bien qu'Hervey-Saint-Denis, mais assurément parce qu'ils ne maîtrisent pas assez le français : ce qui rend leurs entreprises sur le terrain du langage poétique plus désespérées encore que partout ailleurs.

Voici donc, ce qui reste, à ce jour, la principale et la meilleure traduction de la poésie chinoise en français.

IN GIRUM IMUS NOCTE ET CONSUMIMUR IGNI

Long-métrage produit par Simar Films en 1978.

Je ne ferai, dans ce film, aucune concession au public.
Le public actuel d'une salle de cinéma, regardant fixement devant lui, fait

Plusieurs excellentes raisons justifient, à mes yeux, une
face, en un parfait contre-champ, aux spectateurs, qui ne voient donc qu'eux-mêmes

telle conduite ; et je vais les dire.
sur cet écran.

Tout d'abord, il est assez notoire que je n'ai nulle part fait de concessions aux idées dominantes de mon époque, ni à aucun des pouvoirs existants.

Par ailleurs, quelle que soit l'époque, rien d'important ne s'est communiqué en ménageant un public, fût-il composé des contemporains de Périclès ; et, dans le miroir glacé de l'écran, les spectateurs ne voient présentement rien qui évoque les citoyens respectables d'une démocratie.

Voilà bien l'essentiel : ce public si parfaitement privé de liberté, et qui a tout supporté, mérite moins que tout autre d'être ménagé. Les manipulateurs de la publicité, avec le cynisme traditionnel de ceux qui savent que les gens sont portés à justifier les affronts dont ils ne se vengent pas, lui annoncent aujourd'hui tranquillement que « quand on aime la vie, on va au cinéma ». Mais cette vie et ce cinéma sont également peu de chose ; et c'est par là qu'ils sont effectivement échangeables avec indifférence.

Grand ensemble de néo-maisons.

Une employée moderne dans sa baignoire, avec son jeune fils ; travelling vers un lit qui orne la même pièce.

Le public du cinéma, qui n'a jamais été très bourgeois et qui n'est presque plus populaire, est désormais presque entièrement recruté dans une seule couche sociale, du reste devenue large : celle des petits agents spécialisés dans les divers emplois de ces « services » dont le système productif actuel a si impérieusement besoin : gestion, contrôle, entretien, recherche, enseignement, propagande, amusement et pseudo-critique. C'est là suffisamment dire

Des gens attendent patiemment devant l'entrée d'un cinéma.

Paysages d'usines d'aujourd'hui, et de leurs déchets.

Une boutique de vêtements, avec

ce qu'ils sont. Il faut compter aussi, bien sûr, dans ce public
deux jeunes clientes.

qui va encore au cinéma, la même espèce quand, plus jeune, elle n'en est qu'au stade d'un apprentissage sommaire de ces diverses tâches d'encadrement.

Au réalisme et aux accomplissements de ce fameux système,
Photographie publicitaire d'un couple d'employés modernes, dans leur pièce

on peut déjà connaître les capacités personnelles des exécutants
principale, où s'ébattent leurs deux enfants.

qu'il a formés. Et en effet ceux-ci se trompent sur tout, et ne peuvent que déraisonner sur des mensonges. Ce sont des salariés pauvres qui se croient des propriétaires, des ignorants mystifiés qui se croient instruits, et des morts qui croient voter.

Comme le mode de production les a durement traités ! De progrès en promotions, ils ont perdu le peu qu'ils avaient, et gagné ce dont personne ne voulait. Ils collectionnent les misères et les humiliations de tous les systèmes d'exploitation du passé ; ils n'en ignorent que la révolte. Ils ressemblent beaucoup aux esclaves, parce qu'ils sont parqués en masse, et à l'étroit, dans de mauvaises bâtisses malsaines et lugubres ; mal nourris d'une alimentation polluée et sans goût ; mal soignés dans leurs maladies toujours renouvelées ; continuellement et mesquinement surveillés ; entretenus dans l'analphabétisme modernisé et les superstitions spectaculaires qui correspondent aux intérêts de leurs maîtres. Ils sont transplantés loin de leurs provinces ou de leurs quartiers, dans un paysage nouveau et hostile, suivant les convenances concentrationnaires de l'industrie présente. Ils ne sont que des chiffres dans des graphiques que dressent des imbéciles.

Ils meurent par séries sur les routes, à chaque épidémie de grippe, à chaque vague de chaleur, à chaque erreur de ceux qui falsifient leurs aliments, à chaque innovation technique profitable aux multiples entrepreneurs d'un décor dont ils essuient les plâtres. Leurs éprouvantes conditions d'existence

Ameublement du même logis, vu en plongée totale, sans ses habitants.

entraînent leur dégénérescence physique, intellectuelle,

mentale. On leur parle toujours comme à des enfants
Danses d'indigènes de Tahiti, sur une plage.

obéissants, à qui il suffit de dire : « il faut », et ils veulent bien le croire. Mais surtout on les traite comme des enfants stupides, devant qui bafouillent et délirent des dizaines de spécialisations paternalistes, improvisées de la veille, leur faisant admettre n'importe quoi en le leur disant n'importe comment ; et aussi bien le contraire le lendemain.

Séparés entre eux par la perte générale de tout langage
Plan rapproché du même couple.

adéquat aux faits, perte qui leur interdit le moindre dialogue ; séparés par leur incessante concurrence, toujours pressée
Plan rapproché des quelques livres du logis.

par le fouet, dans la consommation ostentatoire du néant,
Vaste lit permettant, en principe, d'accueillir deux simulatrices à la fois.

et donc séparés par l'envie la moins fondée et la moins capable de trouver quelque satisfaction, ils sont même séparés de leurs propres enfants, naguère encore la seule
Plan rapproché des enfants déjà vus.

propriété de ceux qui n'ont rien. On leur enlève, en bas
Consommatrice dans un

âge, le contrôle de ces enfants, déjà leurs rivaux, qui
supermarché avec son enfant ; lequel pousse un « caddy » encore partiellement vide.

n'écoutent plus du tout les opinions informes de leurs parents,

et sourient de leur échec flagrant ; méprisent non sans raison
Couple d'employés sur canapé-mousse, avec un téléphone.

leur origine, et se sentent bien davantage les fils du spectacle
Plan rapproché de l'enfant au « caddy ».

régnant que de ceux de ses domestiques qui les ont par

hasard engendrés : ils se rêvent les métis de ces nègres-là.

Derrière la façade du ravissement simulé, dans ces couples
Plan rapproché de sa souriante mère.

comme entre eux et leur progéniture, on n'échange que des

regards de haine.

Cependant, ces travailleurs privilégiés de la société mar-
Un couple d'employés en reçoit un autre ; leurs regards malveillants s'évitent.

chande accomplie ne ressemblent pas aux esclaves en ce

sens qu'ils doivent pourvoir eux-mêmes à leur entretien.

Leur statut peut être plutôt comparé au servage, parce qu'ils

sont exclusivement attachés à une entreprise et à sa bonne

marche, quoique sans réciprocité en leur faveur ; et surtout

parce qu'ils sont étroitement astreints à résider dans un espace unique : le même circuit des domiciles, bureaux, autoroutes,

vacances et aéroports toujours identiques.
Employés voyageant pour affaires dans un train « T.E.E. ».

Mais ils ressemblent aussi aux prolétaires modernes par
Panoramique descendant sur la façade d'une néo-maison du type dit « tour »,

l'insécurité de leurs ressources, qui est en contradiction avec
jusqu'à un édicule marqué « boîte à idées », disposé en ce lieu pour recueillir

la routine programmée de leurs dépenses ; et par le fait
les éloges.

qu'il leur faut se louer sur un marché libre sans rien posséder

de leurs instruments de travail : par le fait qu'ils ont besoin

d'argent. Il leur faut acheter des marchandises, et l'on a fait
Panoramique descendant sur une façade similaire, jusqu'à une automobile

en sorte qu'ils ne puissent garder de contact avec rien qui ne
qui sort de son parking souterrain.

soit une marchandise.

Mais où pourtant leur situation économique s'apparente plus

précisément au système particulier du « péonage », c'est en

ceci que, cet argent autour duquel tourne toute leur activité,

on ne leur en laisse même plus le maniement momentané.

Ils ne peuvent évidemment que le dépenser, le recevant en trop
Réception détendue chez des employés modernes, où l'on mange tout en jouant au

petite quantité pour l'accumuler. Mais ils se voient en fin de

« Monopoly » sur la même table.

compte obligés de consommer à crédit ; et l'on retient sur leur salaire le crédit qui leur est consenti, dont ils auront à se libérer en travaillant encore. Comme toute l'organisation

Autre réception de même standing, avec quatre convives et deux bouteilles.

de la distribution des biens est liée à celles de la production et de l'État, on rogne sans gêne sur toutes leurs rations, de nourriture comme d'espace, en quantité et en qualité. Quoique restant formellement des travailleurs et des consommateurs libres, ils ne peuvent s'adresser ailleurs, car c'est partout que l'on se moque d'eux.

Je ne tomberai pas dans l'erreur simplificatrice d'identifier

Étalage de néo-aliments transformés par l'industrie, mais décorés d'un « Label Rouge ».

entièrement la condition de ces salariés du premier rang à des formes antérieures d'oppression socio-économique. Tout d'abord, parce que, si l'on met de côté leur surplus de

Grande tablée d'employés, tous alignés devant un récepteur de télévision auquel ils portent un intérêt égal.

fausse conscience et leur participation double ou triple à l'achat des pacotilles désolantes qui recouvrent la presque totalité du marché, on voit bien qu'ils ne font que partager la triste vie de la grande masse des salariés d'aujourd'hui : c'est d'ailleurs dans l'intention naïve de faire perdre de vue cette enrageante trivialité, que beaucoup assurent qu'ils se sentent gênés de vivre parmi les délices, alors que le dénuement accable des peuples lointains. Une autre raison de ne pas les confondre

Série d'employés se servant eux-mêmes et consommant debout divers néo-aliments.

avec les malheureux du passé, c'est que leur statut spécifique comporte en lui-même des traits indiscutablement modernes.

Pour la première fois dans l'histoirc, voilà des agents économiques hautement spécialisés qui, en dehors de leur travail, doivent faire tout eux-mêmes : ils conduisent eux-mêmes leurs voitures et commencent à pomper eux-mêmes leur essence, ils font eux-mêmes leurs achats ou ce qu'ils appellent de la cuisine, ils se servent eux-mêmes dans les supermarchés comme dans ce qui a remplacé les wagons-restaurants. Sans doute leur qualification

très indirectement productive a-t-elle été vite acquise, mais ensuite, quand ils ont fourni leur quotient horaire de ce
Employée vêtue à la mode, dans un décor correspondant.
travail spécialisé, il leur faut faire de leurs mains tout le reste. Notre époque n'en est pas encore venue à dépasser la famille, l'argent, la division du travail ; et pourtant on peut dire que pour ceux-là déjà la réalité effective s'en est presque entièrement dissoute, dans la simple dépossession. Ceux qui n'avaient jamais eu de proie l'ont lâchée pour l'ombre.

Le caractère illusoire des richesses que prétend distribuer
Couple d'employés, avec deux enfants, dans une salle de bains.
la société actuelle, s'il n'avait pas été reconnu en toutes les autres matières, serait suffisamment démontré par cette seule observation que c'est la première fois qu'un système de tyrannie entretient aussi mal ses familiers, ses experts, ses bouffons. Serviteurs surmenés du vide, le vide les gratifie en monnaie à son effigie. Autrement dit, c'est la première fois que des pauvres croient faire partie d'une élite économique, malgré l'évidence

contraire. Non seulement ils travaillent, ces malheureux
Couple d'employés vieillissant, devant leur automobile.

spectateurs, mais personne ne travaille pour eux, et moins

que personne les gens qu'ils payent : car leurs fournisseurs
Employée s'efforçant de traverser les encombrements d'une autorue.

mêmes se considèrent plutôt comme leurs contremaîtres,

jugeant s'ils sont venus assez vaillamment au ramassage des

ersatz qu'ils ont le devoir d'acheter. Rien ne saurait cacher
Deux automobiles détruites au

l'usure véloce qui est intégrée dès la source, non seulement
milieu d'une autoroute.

pour chaque objet matériel, mais jusque sur le plan juridique,

dans leurs rares propriétés. De même qu'ils n'ont pas reçu
Destruction d'une automobile et de son complément humain, mesurée expérimentalement

d'héritages, ils n'en laisseront pas.
par les services de recherches des fabricants.

Le public du cinéma ayant donc, avant tout, à penser à des
Reprise de la photographie publicitaire déjà longuement étudiée, de la famille

vérités si rudes, et qui le touchent de si près, et qui lui sont
d'employés modernes dans sa pièce principale, avec lent travelling vers le centre.

si généralement cachées ; on ne peut nier qu'un film qui,

pour une fois, lui rend cet âpre service de lui révéler que son

mal n'est pas si mystérieux qu'il le croit, et qu'il n'est peut-être même pas incurable pour peu que nous parvenions un jour à l'abolition des classes et de l'État ; on ne peut nier, dis-je, qu'un tel film n'ait, en ceci au moins, un mérite. Il n'en aura pas d'autre.

En effet, ce public qui veut partout se montrer connaisseur
Film annonce insignifiant, commençant par le carton : « Prochainement sur cet écran »,

et qui en tout justifie ce qu'il a subi, qui accepte de voir
suivi du carton-titre : « Le plus beau jour de ma vie ».

changer toujours en plus répugnant le pain qu'il mange
Autre film-annonce. Cartons : « Prochainement sur cet écran »,

et l'air qu'il respire, aussi bien que ses viandes ou ses maisons,
et « Vous retrouverez l'enthousiasme de votre jeunesse... »

ne renâcle au changement que lorsqu'il s'agit du cinéma
Carton-titre : « La Flèche Noire de Robin des Bois ». Chevauchées, tirs de flèches,

dont il a l'habitude ; et apparemment c'est la seule de ses
coups d'épées, colloques dans des châteaux et des forêts.

habitudes qui ait été respectée. Il n'y a peut-être eu que moi pour l'offenser depuis longtemps sur ce point. Car tout le reste, même modernisé parfois jusqu'à s'inspirer des débats mis au goût du jour par la presse, postule l'innocence d'un tel public, et lui montre, selon la coutume fondamentale du cinéma, ce qui se passe au loin : différentes sortes de vedettes qui ont vécu à sa place, et qu'il contemplera par le trou de la serrure d'une familiarité canaille.

Un cavalier tombe, frappé d'une flèche. Voix off : « Vous retrouverez l'homme qui entra dans la légende par ses actes téméraires en faveur des opprimés... La Flèche Noire de Robin des Bois est l'histoire d'un homme sans peur, qui n'hésita pas à lutter seul contre un tyran. » Un seigneur en colère crie : « Allez-vous-en ! Sortez tous ! Robin des Bois est fini ; mort ! » Une armée s'avance en chantant, vers des remparts hostiles. Sur une musique adéquate, voix off : « Non ! Robin des Bois est plus vivant que jamais, et il vous enthousiasmera par son incomparable audace. »

Le cinéma dont je parle ici est cette imitation insensée d'une

Le film-annonce complet du plus quelconque des westerns passe tel quel.

vie insensée, une représentation ingénieuse à ne rien dire, habile à tromper une heure l'ennui par le reflet du même ennui ; cette lâche imitation qui est la dupe du présent et le faux témoin de l'avenir ; qui, par beaucoup de fictions et de grands spectacles, ne fait que se consumer inutilement en amassant des images que le temps emporte. Quel respect d'enfants pour des images ! Il va bien à cette plèbe des vanités, toujours enthousiaste et toujours déçue, sans goût parce qu'elle n'a eu de rien une expérience heureuse, et qui ne reconnaît rien de ses expériences malheureuses parce qu'elle est sans goût et sans courage : au point qu'aucune sorte d'imposture, générale ou particulière, n'a jamais pu lasser sa crédulité intéressée.

Et croirait-on, après tout ce que chacun a pu voir, qu'il existe encore, parmi les spectateurs spécialisés qui font la leçon aux autres, des tarés capables de soutenir qu'une vérité énoncée au cinéma, si elle n'est pas *prouvée* par des images, aurait quelque chose de dogmatique ? D'ailleurs la domesticité intellectuelle de cette saison appelle envieusement « discours du maître » ce qui décrit sa servitude ; quant aux dogmes ridicules de ses patrons, elle s'y identifie si pleinement qu'elle ne les connaît pas. Que faudrait-il prouver par des images ? Rien n'est jamais prouvé que par le mouvement réel qui dissout les conditions existantes, c'est-à-dire l'organisation des rapports de production d'une époque, et les formes de fausse conscience qui ont grandi sur cette base.

On n'a jamais vu d'erreur s'écrouler faute d'une bonne image.
Panoramique sur les ministres d'un gouvernement de la cinquième République.

Celui qui croit que les capitalistes sont bien armés pour gérer toujours plus rationnellement l'expansion de son bonheur et les plaisirs variés de son pouvoir d'achat reconnaîtra ici des têtes capables d'hommes d'État ; et celui qui croit que les bureaucrates
Les dirigeants staliniens français.
staliniens constituent le parti du prolétariat verra là de belles têtes d'ouvriers. Les images existantes ne prouvent que les
Mao Tsé-toung vers la fin de son règne.
mensonges existants.

Les anecdotes représentées sont les pierres dont était bâti
Un baiser de quelque durée, échangé en gros plan.
tout l'édifice du cinéma. On n'y retrouve rien d'autre que les vieux personnages du théâtre, mais sur une scène plus spacieuse et plus mobile, ou du roman, mais dans des vêtements et environnements plus directement sensibles. C'est une société, et non une technique, qui a fait le cinéma ainsi. Il aurait pu

être examen historique, théorie, essai, mémoires. Il aurait pu

être le film que je fais en ce moment.

Voici par exemple un film où je ne dis que des vérités sur
Zorro fait le coup de poing sur une voie ferrée. Son pied est pris entre deux rails.

des images qui, toutes, sont insignifiantes ou fausses ; un
Le train approche. Le traître s'en va. Zorro fait inutilement signe ; voit son fouet à portée

film qui méprise cette poussière d'images qui le compose.
de la main ; s'en saisit ; manœuvre l'aiguillage d'un coup habile. Il se libère.

Je ne veux rien conserver du langage de cet art périmé,
Le train passe.

sinon peut-être le contre-champ du seul monde qu'il a regardé,
Long travelling accompagnant l'assaut

et un *travelling* sur les idées passagères d'un temps. Oui, je
de troupes débarquées sur une plage, le 6 juin 1944.

me flatte de faire un film avec n'importe quoi ; et je trouve

plaisant que s'en plaignent ceux qui ont laissé faire de toute

leur vie n'importe quoi.

J'ai mérité la haine universelle de la société de mon temps,
Travelling sur l'eau ; s'éloignant de l'île de la Giudecca, en direction de Venise.

et j'aurais été fâché d'avoir d'autres mérites aux yeux d'une

telle société. Mais j'ai observé que c'est encore dans le cinéma

que j'ai soulevé l'indignation la plus parfaite et la plus unanime.

On a même poussé le dégoût jusqu'à m'y piller beaucoup moins souvent qu'ailleurs, jusqu'ici en tout cas. Mon existence même y reste une hypothèse généralement réfutée. Je me vois donc placé au-dessus de toutes les lois du genre. Aussi, comme le disait Swift, « ce n'est pas une mince satisfaction pour moi que de présenter un ouvrage absolument au-dessus de toute critique ». Pour justifier aussi peu que ce soit l'ignominie complète de ce que cette époque aura écrit ou filmé, il faudrait un jour pouvoir prétendre qu'il n'y a eu littéralement *rien d'autre*, et par là même que rien d'autre, on ne sait trop pourquoi, n'était possible. Eh bien ! Cette excuse embarrassée, à moi seul, je suffirai à l'anéantir par l'exemple. Et comme je n'aurai eu besoin d'y consacrer que fort peu de temps et de peine, rien ne m'a paru devoir me faire renoncer à une telle satisfaction.

Une dame de Venise.

Il n'est pas si naturel qu'on voudrait bien le croire aujourd'hui

Zorro, revolvers aux poings, tient en respect son ennemi. Puis il galope,

d'attendre de n'importe qui, parmi ceux dont le métier est

poursuivi par les complices, et les foudroyant de temps à autre comme un Parthe,

d'avoir la parole dans les conditions présentes, qu'il apporte
sans même prendre la peine de se retourner.

ici ou là des nouveautés révolutionnaires. Une telle capacité n'appartient évidemment qu'à celui qui a rencontré partout l'hostilité et la persécution ; et non point les crédits de l'État.

Et même, plus profondément, quelle que soit la complicité
Travelling sur l'eau, longeant un mur aveugle de l'île San Giorgio.

générale pour faire le silence là-dessus, on peut affirmer avec certitude qu'aucune réelle contestation ne saurait être portée par des individus qui, en l'exhibant, sont devenus quelque peu plus élevés socialement qu'ils ne l'auraient été en s'en abstenant. Tout cela ne fait qu'imiter l'exemple bien connu de ce florissant personnel syndical et politique, toujours prêt à prolonger d'un millénaire la plainte du prolétaire, à seule fin de lui conserver un défenseur.

Pour ma part, si j'ai pu être si déplorable dans le cinéma, c'est parce que j'ai été grandement plus criminel ailleurs. De prime abord, j'ai trouvé bon de m'adonner au renversement de la société, et j'ai agi en conséquence. J'ai pris ce parti dans un moment où presque tous croyaient que l'infamie existante, dans sa version bourgeoise ou dans sa version bureaucratique, avait le plus bel avenir. Et depuis lors, je n'ai pas, comme les autres, changé d'avis une ou plusieurs fois, avec le changement des temps ; ce sont plutôt les temps qui ont changé selon mes avis. Il y a là de quoi déplaire aux contemporains.

Un lévrier afghan manifeste une répugnance extrême à monter dans une automobile.

Ainsi donc, au lieu d'ajouter un film à des milliers de films

Zorro à cheval court à côté d'un train en marche, puis saute dans le dernier wagon.

quelconques, je préfère exposer ici pourquoi je ne ferai

Il escalade un mur, s'empare d'une mitrailleuse et la braque sur quelques personnes malveillantes, qui se rendent.

rien de tel. Ceci revient à remplacer les aventures futiles queconte le cinéma par l'examen d'un sujet important : moi-même.

Un vieil intellectuel, victime d'un assassinat, dit à Zorro : « Mais avant de mourir, pourrais-je savoir qui vous êtes ? » Zorro écarte les personnes présentes et lève son masque.

On m'avait parfois reproché, mais à tort je crois, de faire
Plans généraux et rapprochés du terrain d'un « Kriegspiel », où deux armées

des films difficiles : je vais pour finir en faire un. À qui se
sont déployées.

fâche de ne pas comprendre toutes les allusions, ou qui même s'avoue incapable de distinguer nettement mes intentions, je répondrai seulement qu'il doit se désoler de son inculture et de sa stérilité, et non de mes façons ; il a perdu son temps à l'Université, où se revendent à la sauvette des petits stocks de connaissances abîmées.

À considérer l'histoire de ma vie, je vois bien clairement que je ne peux pas faire ce que l'on appelle une œuvre cinématographique. Et je crois pouvoir en convaincre aisément n'importe qui, tant par le fond que par la forme de ce discours.

Il me faut d'abord repousser la plus fausse des légendes, selon laquelle je serais une sorte de théoricien des révolutions. Ils ont l'air de croire, à présent, les petits hommes, que j'ai pris les choses par la théorie, que je suis un constructeur de théorie, savante architecture qu'il n'y aurait plus qu'à aller habiter du moment qu'on en connaît l'adresse, et dont on pourrait même modifier un peu une ou deux bases, dix ans plus tard et en déplaçant trois feuilles de papier, pour atteindre à la perfection définitive de la théorie qui opérerait leur salut.

Le colonel Custer conduit la dernière charge du 7e Régiment de Cavalerie à Little Big Horn.

Mais les théories ne sont faites que pour mourir dans la guerre du temps : ce sont des unités plus ou moins fortes qu'il faut engager au juste moment dans le combat et, quels que soient leurs mérites ou leurs insuffisances, on ne peut assurément employer que celles qui sont là en temps utile. Dc même que les théories doivent être remplacées, parce que leurs victoires décisives, plus encore que leurs défaites partielles, produisent leur usure, de même aucune époque vivante n'est partie d'une théorie : c'était d'abord un jeu, un conflit, un voyage. On peut dire de la révolution aussi ce que Jomini a dit de la guerre ; qu'elle « n'est point une science positive et dogmatique, mais un art soumis à quelques principes généraux, et plus que cela encore, un drame passionné ».

Quelles sont nos passions, et où nous ont-elles menés ?

Le régiment, que les cavaliers indiens enveloppent de toutes parts, s'arrête et met pied à terre.

Les hommes, le plus souvent, sont si portés à obéir à d'impérieuses routines que, lors même qu'ils se proposent de révolutionner la vie de fond en comble, de faire table rase et de tout changer, ils ne trouvent pas pour autant anormal de suivre la filière des études qui leur sont accessibles, et puis ensuite d'occuper quelques fonctions, ou de s'adonner à divers travaux rémunérés qui sont au niveau de leur compétence, ou même un peu au-delà. Voilà pourquoi ceux qui nous exposent diverses pensées sur les révolutions s'abstiennent ordinairement de nous faire savoir comment ils ont vécu.

Travelling sur l'eau, dans le canal de la Giudecca, et vers cette île.

Mais moi, n'ayant pas ressemblé à tous ceux-là, je pourrai seulement dire, à mon tour, « les dames, les cavaliers, les armes, les amours, les conversations et les audacieuses entreprises » d'une époque singulière.

D'autres sont capables d'orienter et de mesurer le cours de leur passé selon leur élévation dans une carrière, l'acquisition de diverses sortes de biens, ou parfois l'accumulation d'ouvrages scientifiques ou esthétiques qui répondaient à une demande sociale. Ayant ignoré toute détermination de cette sorte, je ne revois, dans le passage de ce temps désordonné, que les éléments qui l'ont effectivement constitué pour moi – ou bien les mots et les figures qui leur ressemblent : ce sont des jours et des nuits, des villes et des vivants, et au fond de tout cela, une incessante guerre.

J'ai passé mon temps dans quelques pays de l'Europe, et
Une carte de l'Europe.

c'est au milieu du siècle, quand j'avais dix-neuf ans, que j'ai
Debord à dix-neuf ans.

commencé à mener une vie pleinement indépendante ; et tout de suite je me suis trouvé comme chez moi dans la plus mal famée des compagnies.

C'était à Paris, une ville qui était alors si belle que bien des
Un plan général de Paris, à la fin du siècle dernier.

gens ont préféré y être pauvres, plutôt que riches n'importe où ailleurs.

Qui pourrait, à présent qu'il n'en reste rien, comprendre cela ; hormis ceux qui se souviennent de cette gloire ? Qui d'autre pourrait savoir les fatigues et les plaisirs que nous avons connus dans ces lieux où tout est devenu si mauvais ?

Série de diverses photographies aériennes de Paris, en plans fixes ou parcourues en travelling.

« Ici fut la demeure antique du roi de Ou. L'herbe fleurit en paix sur ses ruines. – Là, ce profond palais des Tsin, somptueux jadis et redouté. – Tout cela est à jamais fini, tout s'écoule à la fois, les événements et les hommes, – comme ces flots incessants du Yang-tseu-kiang, qui vont se perdre dans la mer. »

Couperin : 4e Concert Royal.

Paris alors, dans les limites de ses vingt arrondissements, ne dormait jamais tout entier, et permettait à la débauche de changer trois fois de quartier dans chaque nuit. On n'en avait pas encore chassé et dispersé les habitants. Il y restait

Quelques plans de la foule sur le Boulevard du Crime, reconstitué pour « Les Enfants du Paradis ».

un peuple, qui avait dix fois barricadé ses rues et mis en fuite des rois. C'était un peuple qui ne se payait pas d'images. On n'aurait pas osé, quand il vivait dans sa ville, lui faire manger ou lui faire boire ce que la chimie de substitution n'avait pas encore osé inventer.

Les maisons n'étaient pas désertes dans le centre, ou revendues à des spectateurs de cinéma qui sont nés ailleurs, sous d'autres poutres apparentes. La marchandise moderne n'était pas encore venue nous montrer tout ce que l'on peut faire d'une rue. Personne, à cause des urbanistes, n'était obligé d'aller dormir au loin.

On n'avait pas encore vu, par la faute du gouvernement, le ciel s'obscurcir et le beau temps disparaître, et la fausse brume de la pollution couvrir en permanence la circulation mécanique des choses, dans cette vallée de la désolation. Les arbres n'étaient

Suite des photographies aériennes de Paris.

pas morts étouffés ; et les étoiles n'étaient pas éteintes par le progrès de l'aliénation.

Les menteurs étaient, comme toujours, au pouvoir ; mais le développement économique ne leur avait pas encore donné les moyens de mentir sur tous les sujets, ni de confirmer leurs mensonges en falsifiant le contenu effectif de toute la production. On aurait été aussi étonnés alors de trouver imprimés ou construits dans Paris tous ces livres rédigés depuis en béton et en amiante, et tous ces bâtiments maçonnés en plats sophismes, qu'on le serait aujourd'hui si l'on voyait resurgir un Donatello

Le matin dans le quartier des Halles.

ou un Thucydide.

Musil, dans *L'Homme sans qualités*, note qu'« il est des activités intellectuelles où ce ne sont pas les gros livres, mais les petits traités, qui font la fierté d'un homme. Si quelqu'un venait à

Travelling remontant la Seine, sur une vue générale de Paris.

découvrir, par exemple, que les pierres, dans certaines circonstances restées jusqu'alors inobservées, peuvent parler, il ne lui faudrait que peu de pages pour décrire et expliquer un phénomène aussi révolutionnaire. » Je me bornerai donc à peu de mots pour annoncer que, quoi que d'autres veuillent en dire, Paris n'existe plus. La destruction de Paris n'est qu'une illustration exemplaire de la mortelle maladie qui emporte en ce moment toutes les grandes villes, et cette maladie n'est elle-même qu'un des nombreux symptômes de la décadence matérielle d'une société. Mais Paris avait plus à perdre qu'aucune autre. C'est une grande chance que d'avoir été jeune dans cette ville quand, pour la dernière fois, elle a brillé d'un feu si intense.

Il y avait alors, sur la rive gauche du fleuve – on ne peut pas
Le VIe arrondissement vu de haut, avec la Seine au premier plan.
descendre deux fois dans le même fleuve, ni toucher deux fois une substance périssable dans le même état –, un quartier où le négatif tenait sa cour.

Il est banal de remarquer que, même dans les périodes agitées
Danses de la jeunesse.
par de grands changements, les esprits les plus novateurs se défont difficilement de beaucoup de conceptions antérieures
Bande dessinée : Prince Vaillant
devenues incohérentes, et en conservent au moins quelques-
à une table de la « Cave du Temps ». Une fille lui dit : « Cette caverne est la salle

unes, parce qu'il serait impossible de repousser globalement
des trophées du temps, où nul n'ose entrer. »

comme fausses et sans valeur des affirmations universel-

lement admises.
Inscription sur un mur : « Ne travaillez jamais ! »

Il faut pourtant ajouter, quand on connaît par la pratique ce
Un groupe au comptoir d'un café, à la fin

genre d'affaires, que de telles difficultés cessent d'encombrer
de la nuit.

dès le moment où un groupe humain commence à fonder son
Prince Vaillant répond à la fille : « Je n'ai pas saisi

existence réelle sur le refus délibéré de ce qui est universel-
le sens de vos paroles, mais votre vin est fort et la tête me tourne. »

lement admis ; et sur le mépris complet de ce qui pourra

en advenir.

Ceux qui s'étaient assemblés là paraissaient avoir pris pour
Les gens de Saint-Germain-des-Prés à la terrasse d'un café, et à l'intérieur :

seul principe d'action, d'entrée de jeu et publiquement, le
air de guitare, rencontres, conversations.

secret que le Vieux de la Montagne ne transmit, dit-on, qu'à son heure dernière, au plus fidèle lieutenant de ses fanatiques : « Rien n'est vrai ; tout est permis. » Dans le présent, ils n'accordaient aucune sorte d'importance à ceux qui n'étaient pas parmi eux, et je pense qu'ils avaient raison ; et dans le passé, si quelqu'un éveillait leur sympathie, c'était Arthur Cravan, déserteur de dix-sept nations, ou peut-être aussi Lacenaire, bandit lettré.

Lacenaire dit à quelques propriétaires : « Il faut de tout pour faire un monde, ou pour le défaire. » Ceux-ci répondent : « Ce n'est qu'un mot, mais amusant. » – « Très amusant. » – « Vraiment. »

Dans ce site, l'extrémisme s'était proclamé indépendant de

Une cité Kotoko, sur la rive du Niger.

toute cause particulière, et s'était superbement affranchi de

Une autre.

tout projet. Une société déjà vacillante, mais qui l'ignorait encore, parce que partout ailleurs les vieilles règles étaient encore respectées, avait laissé pour un instant le champ libre à

De nouveau, le groupe de buveurs à l'aube.

ce qui est le plus souvent refoulé, et qui pourtant a toujours existé : l'intraitable pègre ; le sel de la terre ; des gens bien

Suite des danses de la jeunesse.

sincèrement prêts à mettre le feu au monde pour qu'il ait plus d'éclat.

« Article 488. La majorité est fixée à vingt et un ans accomplis ;

L'ÉCRAN RESTE BLANC.

à cet âge on est capable de tous les actes de la vie civile. »

« Une science des situations est à faire, qui empruntera des éléments à la psychologie, aux statistiques, à l'urbanisme et à la morale. Ces éléments devront concourir à un but absolument nouveau : une création consciente de situations. »

« Mais on ne parle pas de Sade dans ce film. »

« L'ordre règne et ne gouverne pas. »

« *Le Démon des armes.* Vous vous souvenez. C'est cela. Personne ne nous suffisait. Tout de même... La grêle sur les bannières de verre. On s'en souviendra, de cette planète. »

« Article 489. Le majeur qui est dans un état habituel d'imbécillité, de démence ou de fureur, doit être interdit, même lorsque cet état présente des intervalles lucides. »

« Après toutes les réponses à contretemps, et la jeunesse qui se fait vieille, la nuit retombe de bien haut. »

« Nous vivons en enfants perdus nos aventures incomplètes. »

Aux balcons d'un théâtre, la foule indignée scande : « Le rideau ! »

Un film que je fis à ce moment, et qui évidemment suscita

Une usine moderne émet, par diverses issues, d'épaisses fumées blanches qui envahissent

la colère des esthètes les plus avancés, était d'un bout à l'autre

presque entièrement l'écran.

comme ce qui précède ; et ces pauvres phrases étaient prononcées sur un écran entièrement blanc, mais entourées de fort longues séquences noires, où rien n'était dit. Certains sans doute voudraient croire que l'expérience a pu m'enrichir en talents ou en bonne volonté. Serait-ce donc l'expérience d'une *amélioration* de ce que je refusais alors ? Ne me faites pas rire. Pourquoi celui qui, étant jeune, a voulu être si insupportable dans le cinéma, s'avérerait-il plus intéressant, étant plus âgé ? Tout ce qui a été si mauvais ne peut jamais être

Debord à quarante-cinq ans.

vraiment meilleur. On a beau dire : « Il a vieilli ; il a changé » ; il est aussi resté le même.

Lacenaire dit à Garance : « Je ne suis pas cruel, je suis logique ; depuis longtemps, j'ai déclaré la guerre à la société. » Garance demande : « Et vous avez tué beaucoup de monde, ces temps-ci, Pierre-François ? » Et Lacenaire : « Non, mon ange, voyez : aucune trace de sang ; seulement quelques taches d'encre.

Mais rassurez-vous, Garance, je prépare quelque chose d'extraordinaire... Quand j'étais enfant, j'étais déjà plus lucide, plus intelligent que les autres. Ils ne me l'ont pas pardonné. Belle jeunesse vraiment ! Mais quelle prodigieuse destinée ! Je n'ai pas de vanité, je n'ai que de l'orgueil, et je suis sûr de moi ; absolument sûr. Petit voleur par nécessité, assassin par vocation, ma route est toute tracée, mon chemin est tout droit, et je marcherai la tête haute. Jusqu'à ce qu'elle tombe dans le panier, naturellement ! D'ailleurs, mon père me l'a si souvent dit : "Pierre-François, vous finirez sur l'échafaud." »

Et elle : « Vous avez raison, Pierre-François, faut toujours écouter ses parents. »

Dans ce lieu qui fut la brève capitale de la perturbation,

Entrée dans la taverne « Au Rouge-Gorge », pleine de gens de mauvaise mine.

s'il est vrai que la population choisie comptait un certain nombre de voleurs, et occasionnellement de meurtriers, l'existence de tous était principalement caractérisée par une prodigieuse inactivité ; et entre tant de crimes et délits que les autorités y dénoncèrent, c'est cela qui fut ressenti comme le plus menaçant.

Un voleur vient à la table d'un expert pour lui faire estimer un objet : « C'est du jonc ou c'est de l'osier ? » L'expert s'adresse ensuite à son voisin, nouveau venu en ce lieu : « Qu'est-ce que t'en dis, l'artiste ? Tu dis rien ? T'es un sage.

Faut jamais rien dire. » Un indicateur, qui est aussi colporteur, entre en récitant sa réclame : « Avez-vous rêvé de chats, avez-vous rêvé de chiens, avez-vous vu l'eau trouble ? Voilà l'explication de tous vos rêves, un volume broché avec les figures. » Il salue le patron et lui dit : « Lacenaire est pas loin avec sa fine équipe. Je t'ai prévenu. » Lacenaire entre avec sa fine équipe, et Garance.

C'était le labyrinthe le mieux fait pour retenir les voyageurs.

On sert à boire, à la table de Lacenaire.

Ceux qui s'y arrêtèrent deux jours n'en repartirent plus, ou du moins pas tant qu'il exista ; mais la plupart y ont vu venir d'abord la fin de leurs années peu nombreuses. Personne ne quittait ces quelques rues et ces quelques tables où le point culminant du temps avait été découvert.

Garance demande : « En somme, si je comprends bien, tous autant que vous êtes, vous êtes des philosophes ? » Lacenaire dit : « Pourquoi pas ? » Garance s'écrie : « Ah ben ! elle est gaie, elle est jolie, elle est propre, la philosophie ! » Puis un lieutenant de Lacenaire lui propose d'expulser quelqu'un qui ne devrait pas être là. Lacenaire y consent. L'homme se lève et va chercher parmi des danseurs la personne concernée.

Tous s'admiraient d'avoir soutenu un défi si magnifiquement

L'importun est empoigné et jeté à travers la vitrine.

désastreux ; et de fait je crois bien qu'aucun de ceux qui sont passés par là n'a jamais acquis la moindre réputation honnête dans le monde.

Le patron survient protestant : « Alors, mes carreaux ? »

Lacenaire lui répond, de sa place : « Voyons, patron, on ne peut plus s'amuser, au "Rouge-Gorge" ? » et de la main il évoque un couteau sur une gorge. Le patron, conciliant : « Oh, m'sieur Lacenaire, c'que j'en disais... »

Chacun buvait quotidiennement plus de verres qu'un syndicat

Deux cars de police s'arrêtent devant la terrasse d'un « Café des Poètes ». Des policiers

ne dit de mensonges pendant toute la durée d'une grève sauvage.

y courent, interdisent à tous d'en sortir, exigent de voir leurs papiers d'identité.

Des bandes de policiers, dont les marches soudaines étaient éclairées par un grand nombre d'indicateurs, ne cessaient de lancer des incursions sous tous les prétextes, mais le plus souvent dans l'intention de saisir des drogues, et les filles qui n'avaient pas dix-huit ans. Comment ne me serais-je pas

Une fille passe dans une rue, la nuit.

souvenu des charmants voyous et des filles orgueilleuses avec qui j'ai habité ces bas-fonds, lorsque, plus tard, j'ai entendu une chanson que chantent les prisonniers en Italie ? – Tout le temps

avait passé comme nos nuits d'alors, sans renoncer à rien.

« C'est là que sont les petites filles qui te donnent tout, –
Une mineure détournée.

d'abord le bonsoir, et puis la main... – Dans la rue Filangieri,
Vue extérieure de la prison

il y a une cloche ; – à chaque fois qu'elle sonne, c'est une
où furent assassinés les baaderistes.

condamnation... – La plus belle jeunesse meurt en prison. »
Andreas Baader et Gudrun Ensslin.

Quoique méprisant toutes les illusions idéologiques, et assez
Dans un débit de boissons de Saint-Germain-des-Prés, un homme coiffé d'un chapeau

indifférents à ce qui viendrait plus tard leur donner raison, ces
entre et parle longuement au patron.

réprouvés n'avaient pas dédaigné d'annoncer au-dehors ce qui

allait suivre. Achever l'art, aller dire en pleine cathédrale que Dieu

était mort, entreprendre de faire sauter la tour Eiffel, tels furent

les petits scandales auxquels se livrèrent sporadiquement ceux

dont la manière de vivre fut en permanence un si grand scandale.

Ils s'interrogeaient aussi sur l'échec de quelques révolutions ;
Quelques buveurs philosophent dans un bouge.

ils se demandaient si le prolétariat existe vraiment, et dans ce

cas ce qu'il pourrait bien être.

Une actrice résume la discussion, dans un autre film :

« Les uns croient qu'il pense à nous, d'autres qu'il nous pense ; d'autres qu'il dort et que nous sommes son rêve, son mauvais rêve. »

Quand je parle de ces gens, j'ai l'air, peut-être, d'en sourire ;
Travelling sur d'autres tables occupées par la même pègre.

mais il ne faut pas le croire. J'ai bu leur vin. Je leur suis fidèle.

Et je ne crois pas être devenu par la suite, en quoi que ce soit,

mieux que ce qu'ils étaient eux-mêmes dans ce temps-là.

Considérant les grandes forces de l'habitude et de la loi, qui
Une écolière en fuite dans des rues, de nuit.

pesaient sans cesse sur nous pour nous disperser, personne n'était

sûr d'être encore là quand finirait la semaine ; et là était tout

ce que nous aimerions jamais. Le temps brûlait plus fort qu'ailleurs
La porte d'un café pauvre.

et manquerait. On sentait trembler la terre.

Un conspirateur vénitien dit à sa compagne : « Bientôt nous passerons sur la Terre Ferme, et alors nous pourrons nous voir un peu plus. »

Le suicide en emportait beaucoup. « La boisson et le diable ont
Des gens à un bar, situé dans une cave.

expédié les autres », comme le dit aussi une chanson.

À la moitié du chemin de la vraie vie, nous étions environnés
Une fille passe lentement une porte tambour, dans le même quartier.

d'une sombre mélancolie, qu'ont exprimée tant de mots

railleurs et tristes, dans le café de la jeunesse perdue.
Le décor et la compagnie, ensemble.

« Pour parler clairement et sans paraboles, – nous sommes les
Une rencontre dans la cave déjà vue.

pièces d'un jeu que joue le Ciel. – On s'amuse avec nous
Des joueurs d'Échecs.

sur l'échiquier de l'Être, – et puis nous retournons un par un

dans la boîte du Néant. »

« Que de fois dans les âges, ce drame sublime que nous
Ivan Chtcheglov.

créons sera joué en des langues inconnues, devant des peuples

qui ne sont pas encore ! »

« Qu'est-ce que l'écriture ? La gardienne de l'histoire...
Gil J Wolman.

Qu'est-ce que l'homme ? L'esclave de la mort, un voyageur
Robert Fonta.

qui passe, l'hôte d'un seul lieu... Qu'est-ce que l'amitié ?
Ghislain de Marbaix.

L'égalité des amis. »

« Bernard, que prétends-tu dans le monde ? Y vois-tu quelque
Debord à vingt ans.

chose qui te satisfasse ?... Elle fuit, elle fuit comme un

Celle qui était la plus belle, cette année-là.

fantôme, qui, nous ayant donné quelque espèce de contentement pendant qu'il demeurait avec nous, ne nous laisse en nous quittant que du trouble... Bernard, Bernard, disait-il, cette verte jeunesse ne durera pas toujours... »

Art Blakey : « Whisper not ».

Mais rien ne traduisait ce présent sans issue et sans repos

Travelling dans un square parisien désert, la nuit.

comme l'ancienne phrase qui revient intégralement sur elle-même, étant construite lettre par lettre comme un labyrinthe

Panoramique sur un carrefour des Halles, la nuit.

dont on ne peut sortir, de sorte qu'elle accorde si parfaitement la forme et le contenu de la perdition : *In girum imus nocte et*

Panoramique sur une place et des maisons,

consumimur igni. Nous tournons en rond dans la nuit et nous

la nuit, jusqu'aux lumières d'un café ouvert. *La même revient.*

sommes dévorés par le feu.

« Une génération passe, et une autre lui succède, mais la terre

Long travelling accompagnant une troupe de soldats qui surgit en courant d'une rue

demeure toujours. Le soleil se lève et se couche, et il retourne

adjacente, au bord d'un canal ; progresse sous le feu de l'ennemi, en perdant beaucoup

d'où il était parti... Tous les fleuves entrent dans la mer, et la

d'hommes ; et enfin passe un pont.

mer n'en regorge point. Les fleuves retournent au même lieu d'où ils étaient partis, pour couler encore... Toutes choses ont leur temps, et tout passe sous le ciel, après le terme qui lui a été prescrit... Il y a temps de tuer et temps de guérir, temps d'abattre et temps de bâtir... Il y a temps de déchirer et temps de rejoindre, temps de se taire et temps de parler... Il vaut mieux voir ce que l'on désire, que de souhaiter ce que l'on ignore : mais cela même est une vanité et une présomption d'esprit... Qu'est-il nécessaire à un homme de rechercher ce qui est au-dessus de lui, lui qui ignore ce qui lui est avantageux en sa vie pendant les jours qu'il est étranger sur la terre, et durant le temps qui passe comme l'ombre ? »

« Non, nous allons passer la rivière, et nous reposer à l'ombre

La Seine et la pointe occidentale de l'île de la Cité.

de ces arbres. »

C'est là que nous avons acquis cette dureté qui nous a

Travelling sur l'eau, tout au long des murs de l'Arsenal de Venise.

accompagnés dans tous les jours de notre vie ; et qui a permis à plusieurs d'entre nous d'être en guerre avec la terre entière, d'un cœur léger. Et quant à moi particulièrement, je suppose que c'est à partir des circonstances de ce moment que j'ai suivi tout naturellement l'enchaînement de tant de violences et de tant de ruptures, où tant de gens furent traités si mal ; et toutes ces années passées en ayant toujours, pour ainsi dire, le couteau à la main.

Peut-être aurions-nous pu être un peu moins dépourvus de pitié, si nous avions trouvé quelque entreprise déjà formée, qui nous eût paru mériter l'emploi de nos forces ? Mais il n'y avait rien de tel. La seule cause que nous ayons soutenue, nous avons dû la définir et la mener nous-mêmes. Et il n'existait rien au-dessus de nous que nous ayons pu considérer comme estimable.

Pour quelqu'un qui pense et qui agit de la sorte, il est vrai qu'il n'y a pas d'intérêt à écouter un instant de trop ceux qui trouvent quelque chose de bon, ou seulement quelque chose à ménager, dans les conditions existantes ; ou ceux qui perdent le chemin qu'ils avaient paru vouloir suivre ; ni même, parfois, ceux qui n'ont pas compris assez vite. D'autres, plus tard, se sont mis à préconiser la révolution de la vie quotidienne, de leurs voix timides ou de leurs plumes prostituées ; mais d'assez loin, et avec la calme assurance de l'observation astronomique. Cependant, quand on a eu l'occasion de prendre part à une tentative de ce genre, et si l'on a échappé aux brillantes catastrophes qui l'environnent ou la suivent, on ne se trouve pas dans une position si facile. La chaleur et le froid de cette époque ne vous quitteront plus. Il faut découvrir comment il serait possible de vivre des lendemains qui soient dignes d'un si beau début. Cette première expérience de l'illégalité, on veut la continuer toujours.

Voilà comment s'est embrasée, peu à peu, une nouvelle époque d'incendies, dont aucun de ceux qui vivent en ce moment ne verra la fin : l'obéissance est morte. Il est admirable de constater que les troubles qui sont venus d'un lieu infime et éphémère ont finalement ébranlé l'ordre du monde. (On n'ébranlerait jamais rien par de tels procédés si l'on avait affaire à une société harmonieuse, et qui saurait gérer sa puissance, mais la nôtre, on le sait maintenant, était tout le contraire.)

Quant à moi, je n'ai jamais rien regretté de ce que j'ai fait, et j'avoue que je suis encore complètement incapable d'imaginer ce que j'aurais pu faire d'autre, étant ce que je suis.

La première phase du conflit, en dépit de son âpreté, avait revêtu de notre côté tous les caractères d'une défensive statique. Étant surtout définie par sa localisation, une

Le régiment de Custer, formé en cercle, reçoit à coups de carabines les assauts successifs des Indiens qui le cernent. Ses combattants tombent l'un après l'autre. À la fin les Indiens submergent la position et exterminent les défenseurs.

expérience spontanée ne s'était pas assez comprise en elle-même, et elle avait aussi trop négligé les grandes possibilités de subversion présentes dans l'univers apparemment hostile qui l'entourait. Alors que l'on voyait notre défense submergée, et déjà quelques courages faiblir, nous fûmes quelques-uns à penser qu'il faudrait sans doute continuer en nous plaçant dans la perspective de l'offensive : en somme, au lieu de se retrancher dans l'émouvante forteresse d'un instant, se donner de l'air, opérer une sortie, puis tenir la campagne, et s'employer tout simplement à détruire entièrement cet univers hostile, pour le reconstruire ultérieurement, si faire se pouvait, sur d'autres bases. Il y avait eu des précédents, mais ils étaient alors oubliés. Il nous fallait découvrir où allait le cours des choses, et le démentir si complètement qu'il fût un jour, à l'inverse, contraint de se plier à nos goûts. Clausewitz remarque plaisamment : « Quiconque a du génie est tenu d'en faire usage, cela est tout à fait conforme à la règle. » Et Baltasar Gracian : « Il faut traverser la vaste carrière du temps pour arriver au centre de l'occasion. » Mais puis-je oublier celui que je vois partout dans le plus grand moment de nos aventures ; celui qui, en ces jours incertains, ouvrit une route nouvelle et y avança si vite, choisissant ceux qui viendraient ; car personne d'autre

Custer, resté seul debout, jette ses revolvers vides, prend son sabre fiché en terre devant lui, et attend le choc des vainqueurs.

Ivan Chtcheglov.

Bande dessinée : chevauchées de Prince Vaillant en quête d'aventures ; « il avance vers la lueur mystérieuse qui luit là où nul

le valait, cette année-là ? On eût dit qu'en regardant seulement
être humain ne devrait se trouver ».

la ville et la vie, il les changeait. Il découvrit en un an des
Panoramique sur un palais, de nuit.

sujets de revendications pour un siècle ; les profondeurs et
L'ombre d'un personnage absent se profile au croisement de deux rues.

les mystères de l'espace urbain furent sa conquête.
« Le Troisième homme » aperçu

un instant, sur un seuil.

Bande dessinée : Prince Vaillant et un autre, déguisés. « À l'intérieur de la cité pèse le

lourd silence d'un peuple malheureux. Les deux amis se dirigent vers le palais, quand

retentissent les trompettes. »

Les pouvoirs actuels, avec leur pauvre information falsifiée,
Un château ancien.

qui les égare eux-mêmes presque autant qu'elle étourdit

leurs administrés, n'ont pas pu encore mesurer ce que leur a

coûté le passage rapide de cet homme. Mais qu'importe ?
Prince Vaillant passe devant des incendies.

Les naufrageurs n'écrivent leur nom que sur l'eau.
Ivan Chtcheglov.

Séquence de bande dessinée : Prince Vaillant, enveloppé d'un manteau : « Après une
Couperin : 11e Concert Nouveau.

longue chevauchée, il atteint le rivage de la mer, au-dessus de laquelle une tempête se prépare. » Le cavalier approche d'un village côtier : « Quelques lumières brillent faiblement dans la tempête et laissent entrevoir un abri possible. » Entrée de Prince Vaillant dans une taverne : « Il trouve une taverne fréquentée par des marins et des voyageurs venus de lointaines et mystérieuses contrées. » Les voyageurs conversent à toutes les tables : « Et tandis qu'au-dehors la tempête fait rage, on raconte force histoires d'îles fabuleuses et de merveilleuses cités dans leurs hautes murailles. » Un homme cheminant à pied : « Cependant, un vagabond au visage hagard s'approche de la taverne, porteur de nouvelles stupéfiantes (La semaine prochaine : Rome est tombée). »

La musique s'efface.

La formule pour renverser le monde, nous ne l'avons pas
L'aube rue des Innocents.

cherchée dans les livres, mais en errant. C'était une dérive à grandes journées, où rien ne ressemblait à la veille ; et qui ne s'arrêtait jamais. Surprenantes rencontres, obstacles remarquables,
Bande dessinée : « L'aube révèle un château impressionnant,

grandioses trahisons, enchantements périlleux, rien ne manqua
caché dans une vallée au cœur des montagnes. »

dans cette poursuite d'un autre Graal néfaste, dont personne
Un autre château.

n'avait voulu. Et même, un jour malheureux, le plus beau

joueur parmi nous se perdit dans les forêts de la folie. – Il n'y a

Château du roi Louis II de Bavière.

pas de folie plus grande que l'organisation présente de la vie.

Avions-nous à la fin rencontré l'objet de notre quête ? Il faut

Travelling sur l'eau : l'entrée du port de l'île San Giorgio.

croire que nous l'avions au moins fugitivement aperçu ; parce qu'il est en tout cas flagrant qu'à partir de là nous nous sommes trouvés en état de comprendre la vie fausse à la lumière de la vraie, et possesseurs d'un bien étrange pouvoir de séduction : car personne ne nous a depuis lors approchés sans vouloir nous suivre ; et donc nous avions remis la main sur le secret de diviser ce qui était uni. Ce que nous avions compris, nous

Guetteurs, et transport clandestin dans un quartier ouvrier de Venise.

ne sommes pas allés le dire à la télévision. Nous n'avons pas aspiré aux subsides de la recherche scientifique, ni aux éloges des intellectuels de journaux. Nous avons porté de l'huile là où était le feu. C'est ainsi que nous nous sommes engagés

Travelling sur l'eau, dans un très étroit canal de Venise.

définitivement dans le parti du Diable, c'est-à-dire de ce mal historique qui mène à leur destruction les conditions existantes ;

dans le « mauvais côté » qui fait l'histoire en ruinant toute satisfaction établie.

Le Diable des « Visiteurs du Soir », qui vient d'entrer dans la grande salle du château : « Oh ! quel beau feu ! J'aime bien le feu. Lui aussi m'aime bien. Tenez, voyez comme les flammes sont prévenantes pour moi. Elles me lèchent les doigts comme le ferait un jeune chien. C'est agréable... Pardonnez-moi, je ne me suis pas présenté. Il est vrai que mon nom, mes titres, ne vous diraient pas grand-chose : je viens de si loin. Oublié dans son pays, inconnu ailleurs, tel est le destin du voyageur. »

Ceux qui n'ont pas encore commencé à vivre, mais se réservent

Film-annonce : dans un décor moderne des années trente, passe un chanteur de charme.

pour une meilleure époque, et qui ont donc une si grande peur de vieillir, n'attendent rien de moins qu'un paradis permanent. L'un le place dans une révolution totale, et l'autre – c'est parfois le même – dans un stade supérieur de son ascension de salarié. En somme, ils attendent que leur soit devenu accessible ce

Carton : « Bientôt sur cet écran. »

Panoramique sur l'illumination nocturne du boulevard Saint-Germain, maintenant.

qu'ils ont contemplé dans l'imagerie inversée du spectacle : une unité heureuse éternellement présente. Mais ceux qui ont choisi de frapper avec le temps savent que leur arme est également leur maître; et qu'ils ne peuvent s'en plaindre. Il est aussi le maître de ceux qui n'ont pas d'armes, et maître plus dur. Quand on ne veut pas se ranger dans la clarté

Façades de l'île Saint-Louis, dans la nuit.

trompeuse du monde à l'envers, on passe en tout cas, parmi ses croyants, pour une légende controversée, un invisible et malveillant fantôme, un pervers prince des ténèbres. Beau titre, après tout: le système des lumières présentes n'en décerne pas de si honorable.

Le Diable dit à des joueurs d'Échecs : « Mais, aurais-je interrompu votre partie ? » L'un d'eux répond : « Cela ne fait rien, j'étais battu d'avance. » Le Diable, jouant le coup : « Croyez-vous ? Échec et mat. Vous avez gagné. C'est si simple, les Échecs. »

Nous sommes donc devenus les émissaires du Prince de la

Gilles et Dominique vont vers le château où ils porteront tant de trouble, sur la musique de leur chanson, « Tristes enfants perdus ».

Division, de « celui à qui on a fait du tort », et nous avons entrepris de désespérer ceux qui se considéraient comme les humains.

Dominique dit à Gilles, la nuit dans le château : « Les autres nous aiment ; ils souffrent pour nous ; nous les regardons ; nous nous en allons. Joli voyage, le diable paye les frais. »

Tout au long des années qui suivirent, des gens de vingt pays
Asger Jorn. *Pinot-Gallizio.*

se trouvèrent pour entrer dans cette obscure conspiration aux
Attila Kotányi.

exigences illimitées. Combien de voyages hâtifs ! Combien de
Donald Nicholson-Smith.

longues disputes ! Combien de rencontres clandestines dans
Un train passe.

tous les ports de l'Europe !

Ainsi fut tracé le programme le mieux fait pour frapper d'une
Panoramique sur les participants de la VIIIe Conférence de l'Internationale situationniste,

suspicion complète l'ensemble de la vie sociale : classes et
à Venise.

spécialisations, travail et divertissement, marchandise et

urbanisme, idéologie et État, nous avons démontré que tout

était à jeter. Et un tel programme ne contenait nulle autre

promesse que celle d'une autonomie sans frein et sans règles.

Ces perspectives sont aujourd'hui entrées dans les mœurs, et
Troupes rangées par échelons sur un champ de bataille. Lents mouvements filmés

partout l'on combat pour ou contre elles. Mais alors elles eussent
en vue plongeante.

certainement paru chimériques, si la conduite du capitalisme

moderne n'avait pas été plus chimérique encore.

Il existait bien alors quelques individus pour demeurer d'accord, avec plus ou moins de conséquence, sur l'une ou l'autre de ces critiques, mais pour les reconnaître toutes, il n'y avait personne ; et d'autant moins pour savoir les formuler, et les mettre au jour. C'est pourquoi aucune autre tentative révolutionnaire de cette période n'a eu la moindre influence sur la transformation du monde. Nos agitateurs ont fait passer partout des idées avec lesquelles une société de classes *ne peut pas vivre*. Les intellectuels au service du système, d'ailleurs encore plus visiblement en déclin que lui, essaient aujourd'hui de manier ces poisons pour trouver des antidotes ; et ils n'y réussiront pas. Ils avaient fait auparavant les plus grands efforts pour les ignorer, mais aussi vainement : tant est grande la force de la parole dite en son temps.

Séquence de bataille navale pendant la deuxième guerre mondiale.

Salve de tous les canons d'un cuirassé.

Tandis que le continent était parcouru par nos menées séditieuses,

La Seine, au centre de Paris.

qui commençaient même à toucher les autres, Paris, où l'on

pouvait si bien passer inaperçu, était encore au milieu de tous

L'impasse de Clairvaux.

nos voyages, comme le plus fréquenté de nos rendez-vous.

Vues aériennes de Paris ;

Mais ses paysages s'étaient altérés et tout finissait de se

vers la place de la Contrescarpe, puis, remontant la Seine, au-delà du quai de Bercy.

dégrader et de se défaire.

Et pourtant, le soleil couchant de cette cité laissait, par

places, quelques lueurs, quand nous regardions s'y écouler

les derniers jours, nous retrouvant dans un décor qui allait

être emporté, et occupés de beautés qui ne reviendront pas.

Une autre errante.

Art Blakey : « Whisper not ».

Il faudrait bientôt la quitter, cette ville qui pour nous fut si libre,

Suite des vues de Paris.

mais qui va tomber entièrement aux mains de nos ennemis.

Déjà s'y applique sans recours leur loi aveugle, qui refait tout à

leur ressemblance, c'est-à-dire sur le modèle d'une sorte de

cimetière : « Ô misère ! ô douleur ! Paris tremble. »

Il faudra la quitter, mais non sans avoir tenté une fois de s'en

emparer à force ouverte ; il faudra enfin la quitter, après tant d'autres choses, pour suivre la voie que déterminent les

Travelling sur un « Kriegspiel » où s'affrontent deux armées.

nécessités de notre étrange guerre, qui nous a menés si loin.

Car notre intention n'avait été rien d'autre que de faire apparaître

dans la pratique une ligne de partage entre ceux qui veulent

encore de ce qui existe, et ceux qui n'en voudront plus.

Diverses époques ont eu ainsi leur grand conflit, qu'elles n'ont

Panoramique, sur une carte de l'ancien monde, de l'Empire romain à l'Empire chinois.

pas choisi, mais où il faut choisir son camp. C'est l'entreprise

d'une génération, par laquelle se fondent ou se défont les empires

et leurs cultures. Il s'agit de prendre Troie ; ou bien de la défendre.

Ils se ressemblent tous par quelque côté, ces instants où vont se

Au commencement de la guerre de Sécession, les cadets de West Point vont se séparer.

séparer ceux qui combattront dans des camps ennemis, et ne se

On leur lit le texte d'un serment de fidélité à l'Union.

reverront plus.

Le colonel commandant l'École : « Que tout officier ou cadet qui s'estime honnêtement incapable de se plier aux termes de ce serment aille maintenant s'aligner à droite du bataillon. » Un officier s'avance à cheval et ordonne : « Messieurs du Sud, sortez des rangs ! » Les Sudistes viennent se reformer derrière lui. Le colonel fait serrer les rangs aux cadets qui demeurent, et fait jouer « Dixie » par la musique, tandis que défilent ceux qui s'en vont.

C'est un beau moment, que celui où se met en mouvement
La Brigade Légère, rangée en bataille derrière ses étendards, commence sa fameuse charge

un assaut contre l'ordre du monde.
dans « la Vallée de la Mort », à Balaklava.

Dans son commencement presque imperceptible, on sait déjà que, très bientôt, et quoi qu'il arrive, rien ne sera plus pareil à ce qui a été.

C'est une charge qui part lentement, accélère sa course, passe le point après lequel il n'y aura plus de retraite, et va irrévocablement se heurter à ce qui paraissait inattaquable ; qui était si solide et si défendu, mais pourtant destiné aussi à être ébranlé et mis en désordre. Voilà donc ce que nous avons fait, lorsque, sortis de la nuit, nous avons, pour une fois de plus, déployé l'étendard de la « bonne vieille cause », et avancé sous le canon du temps.

Tout au long de ce chemin, beaucoup sont morts, ou sont
L'état-major russe s'étonne de l'étrange témérité de cette attaque frontale.

restés captifs chez l'ennemi, et bien d'autres ont été démontés
Les canons ouvrent le feu. Les cavaliers, qui avancent droit sur eux, tombent par dizaines.

et blessés, qui jamais plus ne reparaîtront dans de telles

La Brigade Légère prend le galop et poursuit sa charge en fourrageurs. Elle est presque tout entière anéantie.

rencontres, et même le courage a pu manquer à certains éléments qui se sont laissés glisser en arrière ; mais jamais, j'ose le dire, notre formation n'a dévié de sa ligne, jusqu'à ce qu'elle ait débouché au cœur même de la destruction.

Je n'ai jamais trop bien compris les reproches, qui m'ont souvent été faits, selon lesquels j'aurais perdu cette belle troupe dans un assaut insensé, ou par une sorte de complaisance néronienne. J'admets, certes, être celui qui a choisi le moment et la direction de l'attaque, et donc je prends assurément sur moi la responsabilité de tout ce qui est arrivé. Mais quoi ? Ne voulait-on pas combattre un ennemi qui, lui-même, agissait réellement ? Et ne me suis-je pas tenu toujours à quelques pas en avant du premier rang ? Les personnes qui n'agissent jamais veulent croire que l'on pourrait choisir en toute liberté l'excellence de ceux qui viendront figurer dans un combat, de même que le lieu et l'heure où l'on porterait un coup imparable et définitif. Mais non : avec ce que l'on a sous la main, et selon les quelques positions effectivement attaquables, on se jette sur l'une ou l'autre dès que l'on aperçoit un moment favorable ; sinon, on disparaît sans avoir rien fait. Le stratège Sun Tsé a établi depuis longtemps que « l'avantage et le danger sont tous deux inhérents à la manœuvre ». Et Clausewitz reconnaît qu'« à la guerre on est toujours dans l'incertitude sur la situation réciproque des deux partis. On doit s'accoutumer à agir toujours d'après des vraisemblances générales, et c'est une illusion d'attendre un moment où l'on serait délivré de toute ignorance... » Contrairement aux rêveries des spectateurs de l'histoire, quand ils essaient de s'établir stratèges à Sirius, ce n'est pas la plus sublime des théories qui pourraient jamais garantir l'événement ; tout au contraire, c'est l'événement réalisé qui est le garant de la théorie. De sorte qu'il faut prendre des risques, et payer au comptant pour voir la suite.

D'autres spectateurs, qui volent moins haut, n'ayant pas vu, même de loin, le début de cette attaque, mais seulement sa fin, ont pensé que c'était la même chose ; et ils ont trouvé qu'il y avait quelque défaut dans l'alignement de nos rangs, et que les uniformes à ce moment ne paraissaient plus égalitairement impeccables. Je crois que c'est là un effet du tir que l'ennemi a concentré sur nous assez longuement. Vers la fin, il ne convient plus de juger la tenue, mais le résultat. Le principal résultat, à écouter ceux qui ont l'air de regretter que la bataille ait été livrée sans les attendre, on pourrait croire que c'est le fait qu'une avant-garde sacrifiée ait complètement fondu dans ce choc. Je trouve qu'elle était faite pour cela.

Les avant-gardes n'ont qu'un temps ; et ce qui peut leur arriver de plus heureux, c'est, au plein sens du terme, d'avoir *fait leur temps*. Après elles, s'engagent des opérations sur un plus vaste théâtre. On n'en a que trop vu, de ces troupes d'élite qui, après avoir accompli quelque vaillant exploit, sont encore là pour défiler avec leurs décorations, et puis se retournent contre la cause qu'elles avaient défendue. Il n'y a rien à craindre de semblable de celles dont l'attaque a été menée jusqu'au terme de la dissolution.

Je me demande ce que certains avaient espéré de mieux ? Le particulier s'use en combattant. Un projet historique ne peut certainement pas prétendre conserver une éternelle jeunesse à l'abri des coups.

L'objection sentimentale est aussi vaine que les chicanes pseudo-stratégiques : « Cependant tes os se consumeront, ensevelis dans les champs d'Ilion, pour une entreprise inachevée. » Frédéric II, le roi de Prusse, disait sur un champ de bataille à un jeune officier hésitant : « Chien ! Espériez-vous donc vivre toujours ? » Et Sarpédon dit à Glaucos au douzième chant de l'*Iliade* : « Ami, si, échappant à cette guerre, nous devions pour toujours être exempts de la vieillesse et de la mort, je resterais

moi-même en arrière... Mais mille morts sont incessamment
suspendues sur nos têtes ; il ne nous est accordé ni de les éviter
ni de les fuir. Marchons donc. »

Quand retombe cette fumée, bien des choses apparaissent
Les quelques survivants du 17e Régiment de Lanciers qui sont parvenus jusque dans
changées. Une époque a passé. Qu'on ne demande pas
la batterie ennemie plantent en passant leurs lances dans le corps du traître
maintenant ce que valaient nos armes : elles sont restées dans
qu'ils sont venus trouver là où il était.
la gorge du système des mensonges dominants. Son air
d'innocence ne reviendra plus.

Après cette splendide dispersion, j'ai reconnu que je devais,
Des navires de guerre en action changent de cap et reprennent de la distance, laissant
par une soudaine marche dérobée, me mettre à l'abri d'une
derrière eux un écran de fumée.
célébrité trop voyante. On sait que cette société signe une
Un homme passe au croisement de rues désertes, à Venise.
sorte de paix avec ses ennemis les plus déclarés, quand elle leur
fait une place dans son spectacle. Mais je suis justement, dans
ce temps, le seul qui aie quelque célébrité, clandestine et
mauvaise, et que l'on n'ait pas réussi à faire paraître sur cette
scène du renoncement.

Menant l'engagement de son escadre, un amiral demande : « Combien de mazout reste-t-il ? » Son capitaine de pavillon lui répond : « Nous devrons rompre le combat dans deux heures, amiral. » L'amiral porte à ses yeux des jumelles ; l'accompagnement musical va crescendo.

Carton : « Ici les spectateurs, privés de tout, seront en outre privés d'images. »

Les difficultés ne s'arrêtent pas là. Je trouverais aussi vulgaire
L'ÉCRAN RESTE BLANC.

de devenir une autorité dans la contestation de la société que dans cette société même ; ce qui n'est pas peu dire. J'ai donc dû refuser, en diverses contrées, de me mettre à la tête de toutes sortes de tentatives subversives, plus anti-hiérarchiques les unes que les autres, mais dont on m'offrait quand même le commandement : comment le talent ne commanderait-il pas, en ces matières, quand il en a une telle expérience ? Mais je voulais montrer que l'on peut fort bien rester, après quelques succès historiques, aussi peu riche qu'on l'était avant en pouvoir et en prestige (ce que j'en avais par moi-même à l'origine m'a toujours suffi).

J'ai refusé aussi de polémiquer sur mille détails avec les nombreux interprètes et récupérateurs de ce qui a déjà été fait. Je n'avais pas à décerner des brevets de je ne sais quelle orthodoxie, ni à trancher entre diverses naïves ambitions qui s'écroulent aussi bien sans qu'on y touche. Ils ignoraient que le temps n'attend pas ; que la bonne volonté ne suffit pas ; et qu'il n'y a pas de propriété à acquérir, ni à maintenir, sur un passé qui n'est plus corrigible. Le mouvement profond qui mènera nos luttes historiques jusqu'où elles peuvent aller demeure seul juge du passé, quand il agit dans son temps. J'ai fait en sorte qu'aucune pseudo-suite ne vienne fausser le compte rendu de nos opérations. Ceux qui, un jour, auront fait mieux, donneront librement leurs commentaires, qui eux-mêmes ne passeront pas inaperçus.

Je me suis donné les moyens d'intervenir de plus loin ; sachant

Quelques plans rapprochés d'engagements sur un « Kriegspiel ».

aussi que le plus grand nombre des observateurs, comme d'habitude, souhaitaient surtout que je me taise. Je suis exercé de longue date à mener une existence obscure et insaisissable.

J'ai donc pu conduire plus avant mes expériences stratégiques si bien commencées. C'est là, selon le mot d'un homme qui n'était pas dépourvu de capacités, une étude où personne ne peut jamais devenir docteur. Le résultat de ces recherches, et voilà la seule bonne nouvelle de ma présente communication, je ne le livrerai pas sous la forme cinématographique.

Mais, bien entendu, toutes les idées sont vides quand la grandeur ne peut plus être rencontrée dans l'existence de

Photographie publicitaire reconstituant miséreusement un bal

chaque jour : ainsi, l'œuvre complète des penseurs d'élevage,

chez les officiers de la vieille Armée des Indes, pour le compte d'une néo-boisson.

que l'on commercialise à cette heure de la marchandise

Au centre d'un riche décor de boiseries, bouteille d'une pauvre néo-bière

décomposée, n'arrive pas à cacher le goût de l'aliment qui les a

issue de la plus récente industrie chimique.

nourris. J'ai donc habité, pendant ces années, un pays où j'étais

Vue cavalière de la cité de Florence, quand elle était libre.

peu connu. La disposition de l'espace d'une des meilleures villes qui furent jamais, et les personnes, et l'emploi que nous

Alice et Celeste.

avons fait du temps, tout cela composait un ensemble qui ressem-

Celeste nue.

blait beaucoup aux plus heureux désordres de ma jeunesse.

Je n'ai nulle part recherché de société paisible ; et c'est tant
Travelling sur une photographie aérienne de Florence, de l'Oltrarno à la Signoria.

mieux : car je n'en ai pas vu une seule. Je suis fort calomnié en Italie, où l'on s'est plu à me faire une réputation de terroriste. Mais je suis très indifférent aux accusations les plus variées, parce que mon sort a été d'en faire lever partout sur mon passage, et parce que j'en connais bien la raison. Je n'accorde d'importance qu'à ce qui m'a séduit dans ce pays, et qui n'aurait pu être trouvé ailleurs.

Je revois celle qui était là comme une étrangère dans sa ville.
Une Florentine.

(« Chacune est citoyenne – d'une véritable cité, mais tu veux
Travelling sur une photographie aérienne de Florence, descendant lentement l'Arno.

dire – celle qui a vécu son exil en Italie. ») Je revois « les rives de l'Arno pleines d'adieux ».

Et moi aussi, après bien d'autres, j'ai été banni de Florence.

Le visage de Celeste ; puis d'autres filles dévêtues.
Art Blakey : « Whisper not ».
De toute façon, on traverse une époque comme on passe la
Travelling sur l'eau, par le travers de la pointe de la Dogana.

pointe de la Dogana, c'est-à-dire plutôt vite.

Tout d'abord, on ne la regarde pas, tandis qu'elle vient. Et puis on la découvre en arrivant à sa hauteur, et l'on doit convenir qu'elle a été bâtie ainsi, et pas autrement. Mais déjà nous doublons ce cap, et nous le laissons après nous, et nous nous avançons dans des eaux inconnues.

« Quand nous étions jeunes, nous avons quelque temps

Les dadaïstes, en groupe.

fréquenté un maître, – quelque temps nous fûmes heureux de

Le cardinal de Retz.

nos progrès. – Vois le fond de tout cela : que nous arriva-t-il ?

Le général von Clausewitz. *Travelling depuis un avion qui mitraille des troupes débarquées sur une plage, les dispersant.*

– Nous étions venus comme de l'eau, nous sommes partis comme le vent. »

Quand des années ont passé, et que les « enfants du paradis », par diverses voies, sont tous devenus célèbres, Lacenaire revoit Garance qui lui demande : « Dites-moi plutôt ce que vous êtes devenu ? » Et il répond : « Je suis devenu célèbre. Oui, j'ai réussi quelques méfaits assez retentissants, et le nom de Lacenaire a défrayé plus d'une fois la chronique judiciaire. » Garance sourit : « Mais c'est la gloire, Pierre-François. » Et lui : « Oui, ça commence... Mais, à la réflexion, j'aurais tout de même préféré une éclatante réussite littéraire. »

En une vingtaine d'années, on n'a le temps d'habiter vraiment
Une maison, impasse de Clairvaux. *Une autre, rue Saint-*

qu'un petit nombre de maisons. Celles-ci ont toujours été
Jacques. *Une autre, rue Saint-Martin.*

pauvres, je le note, mais bien situées tout de même. Ce qui
Une autre, dans les collines du Chianti.

valait de l'être y a toujours été reçu ; et le reste rejeté à la porte.
Une autre, à Florence.

La liberté n'avait pas alors beaucoup d'autres demeures.
Une autre, dans les montagnes d'Auvergne.

« Où sont les gracieux galants – que je suivais au temps
Ghislain de Marbaix. *Robert*

jadis ? » Ceux-là sont morts ; un autre a vécu encore plus vite,
Fonta. *Asger Jorn.*

jusqu'à ce que se referment les grilles de la démence.
Bande dessinée : Prince Vaillant maîtrisé par des gardes.

Gilles chante, enchaîné dans la prison des « Visiteurs du Soir » :
« Tristes enfants perdus, nous errons dans la nuit. Où sont les fleurs de jour,

Une inconnue.
les plaisirs de l'amour, les lumières de la vie ? Tristes enfants perdus,

La Brigade Légère chevauche vers le terrain de son combat (remake).
nous errons dans la nuit. Le diable nous emporte sournoisement avec lui.

Une jeune amante d'autrefois. Une autre, contemporaine. D'autres amies du
Le diable nous emporte loin de nos belles amies. Notre jeunesse est morte,

temps passé.
et nos amours aussi. »

La sensation de l'écoulement du temps a toujours été pour moi
Debord à dix-neuf ans. *À vingt-cinq ans.*

très vive, et j'ai été attiré par elle, comme d'autres sont attirés
À vingt-sept ans. *À trente et un ans.*

par le vide ou par l'eau. En ce sens, j'ai aimé mon époque, qui
À quarante-cinq ans.

aura vu se perdre toute sécurité existante et s'écouler toutes

choses de ce qui était socialement ordonné. Voilà des plaisirs
Le dernier

que la pratique du plus grand art ne m'aurait pas donnés.
autoportrait de Rembrandt.

Quant à ce que nous avons fait, comment pourrait-on en évaluer
Une ligne de tours géantes investit l'ancien Paris.

le résultat présent ? Nous traversons maintenant ce paysage

dévasté par la guerre qu'une société livre contre elle-même,

contre ses propres possibilités. L'enlaidissement de tout était
Quelques vues du néo-Paris, et autres paysages ravagés pour les besoins de

sans doute le prix inévitable du conflit. C'est parce que l'ennemi
l'abondance des marchandises.

a poussé si loin ses erreurs, que nous avons commencé à gagner.

La cause la plus vraie de la guerre, dont on a donné tant

d'explications fallacieuses, c'est qu'elle devait forcément venir

comme un affrontement sur le changement ; il ne lui restait

plus rien des caractères d'une lutte entre la conservation et le

changement. Nous étions nous-mêmes, plus que personne, les

gens du changement, dans un temps changeant. Les propriétaires de la société étaient obligés, pour se maintenir, de vouloir un changement qui était l'inverse du nôtre. Nous voulions tout reconstruire, et eux aussi, mais dans des directions diamétralement opposées. Ce qu'ils ont fait montre suffisamment, en négatif, notre projet. Leurs immenses travaux ne les ont donc menés que là, à cette corruption. La haine de la dialectique a conduit leurs pas jusqu'à cette fosse à purin.

Champ d'épandage de déchets de l'industrie actuelle.

Nous devions faire disparaître, et nous avions pour cela de bonnes armes, toute illusion de dialogue entre ces perspectives antagonistes ; et puis les faits donneraient leur verdict. Ils l'ont donné.

Débarquement de troupes écossaises, au son des cornemuses.

Elle est devenue ingouvernable, cette « terre gâtée » où les nouvelles souffrances se déguisent sous le nom des anciens plaisirs ; et où les gens ont si peur. Ils tournent en rond dans la nuit et ils sont consumés par le feu. Ils se réveillent effarés,

Destructions et incendies à bord d'un navire de guerre ; on emporte des blessés.

Grand ensemble de néo-maisons.

et ils cherchent en tâtonnant la vie. Le bruit court que ceux

qui l'expropriaient l'ont, pour comble, égarée.

Voilà donc une civilisation qui brûle, chavire et s'enfonce tout
Un cuirassé donne de la bande, et coule.

entière. Ah ! le beau torpillage !

Et moi, que suis-je devenu au milieu de ce désastreux naufrage,
Debord.

que je trouve nécessaire ; auquel on peut même dire que j'ai

travaillé, puisqu'il est assurément vrai que je me suis abstenu

de travailler à quoi que ce soit d'autre ?

Ce qu'un poète de l'époque T'ang a écrit *En se séparant d'un*
Un Mexicain passe à cheval, tenant la bride d'un second cheval qui porte ses bagages ;

voyageur, pourrais-je l'appliquer à cette heure de mon histoire ?
et descend vers la rivière.

« Je descendis de cheval ; je lui offris le vin de l'adieu, – et je

lui demandai quel était le but de son voyage. – Il me répondit :
Carte en relief des montagnes d'Auvergne.

je n'ai pas réussi dans les affaires du monde ; – je m'en retourne

aux monts Nan-Chan pour y chercher le repos. »
La maison déjà vue, à présent sous la neige.

Mais non, je vois très distinctement qu'il n'y a pas pour moi de
Travelling sur l'eau, d'un bout à l'autre d'un canal de Venise.

repos ; et d'abord parce que personne ne me fait la grâce de penser que je n'ai pas réussi dans les affaires du monde. Mais, fort heureusement, personne ne pourra dire non plus que j'y ai réussi. Il faut donc admettre qu'il n'y avait pas de succès ou d'échec pour Guy Debord, et ses prétentions démesurées. C'était déjà l'aube de cette fatigante journée que nous voyons finir, quand le jeune Marx écrivait à Ruge : « Vous ne me direz pas que j'estime trop le temps présent ; et si pourtant je n'en désespère pas, ce n'est qu'en raison de sa propre situation désespérée, qui me remplit d'espoir. » L'appareillage d'une époque pour la froide histoire n'a rien apaisé, je dois le dire, de ces passions dont j'ai donné de si beaux et si tristes exemples.

Comme le montrent encore ces dernières réflexions sur la violence, il n'y aura pour moi ni retour ni réconciliation.

Passées les dernières maisons du canal, on débouche sur une grande étendue d'eau vide.

La sagesse ne viendra jamais.

sous-titre : À reprendre depuis le début.

Rien d'important ne s'est communiqué en ménageant un public, fût-il composé des contemporains de Périclès ; et, dans le miroir glacé de l'écran, les spectateurs ne voient présentement rien qui évoque les citoyens respectables d'une démocratie.

On m'avait parfois reproché, mais à tort je crois, de faire des films difficiles : je vais pour finir en faire un.

Mais les théories ne sont faites que pour mourir dans la guerre du temps : ce sont des unités plus ou moins fortes qu'il faut engager au juste moment dans le combat…

« Ici fut la demeure antique du roi de Ou. L'herbe fleurit en paix sur ses ruines. – Là, ce profond palais des Tsin, somptueux jadis et redouté. – Tout cela est à jamais fini, tout s'écroule à la fois, les événements et les hommes… »

Il y avait alors, sur la rive gauche du fleuve – on ne peut pas descendre deux fois dans le même fleuve, ni toucher deux fois une substance périssable dans le même état –, un quartier où le négatif tenait sa cour.

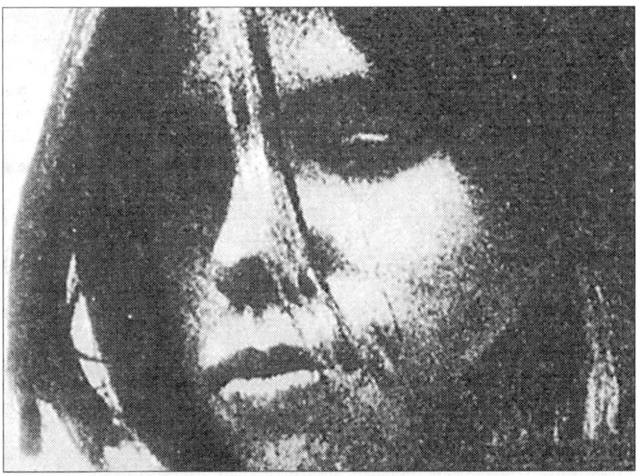

« C'est là que sont les petites filles qui te donnent tout, – d'abord le bonsoir, et puis la main… »

À la moitié du chemin de la vraie vie, nous étions environnés d'une sombre mélancolie…

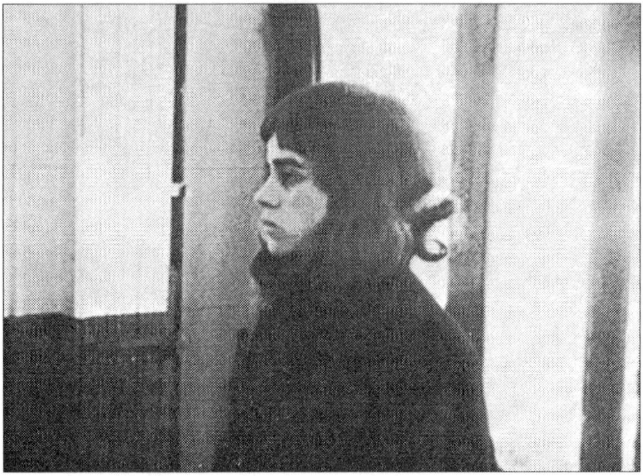

« Que de fois dans les âges, ce drame sublime que nous créons sera joué en des langues inconnues, devant des peuples qui ne sont pas encore ! »

« Elle fuit, elle fuit comme un fantôme, qui, nous ayant donné quelque espèce de contentement pendant qu'il demeurait avec nous, ne nous laisse en nous quittant que du trouble… »

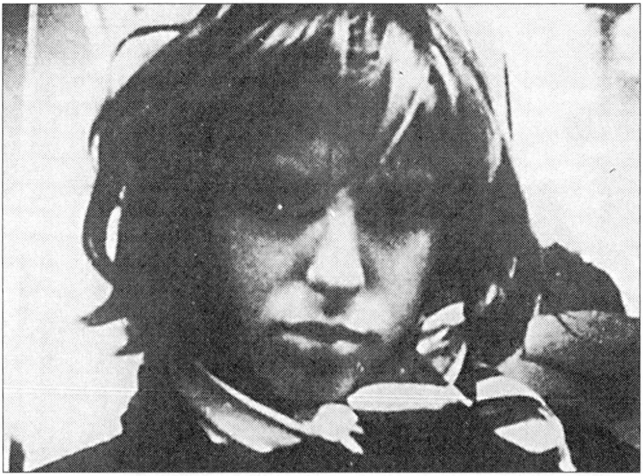

« Une génération passe, et une autre lui succède, mais la terre demeure toujours. Le soleil se lève et se couche, et il retourne d'où il était parti… »

« Non, nous allons passer la rivière, et nous reposer à l'ombre de ces arbres. »

Quant à moi, je n'ai jamais rien regretté de ce que j'ai fait, et j'avoue que je suis encore complètement incapable d'imaginer ce que j'aurais pu faire d'autre, étant ce que je suis. »

Alors que l'on voyait notre défense submergée, et déjà quelques courages faiblir, nous fûment quelques-uns à penser qu'il faudrait sans doute continuer en nous plaçant dans la perspective de l'offensive.

« C'est si simple, les Échecs ! »

C'est un beau moment, que celui où se met en mouvement un assaut contre l'ordre du monde.

C'est une charge qui part lentement, accélère sa course, passe le point qprès lequel il n'y aura plus de retraite…

Voilà donc ce que nous avons fait, lorsque, sortis de la nuit, nous avons, pour une fois de plus, déployé l'étendard de la « bonne vieille cause », et avancé sous le canon du temps.

Je n'ai jamais trop bien compris les reproches, qui m'ont souvent été faits, selon lesquels j'aurais perdu cette belle troupe dans un assaut insensé, ou par une sorte de complaisance néronienne.

L'objection sentimentale est aussi vaine que les chicanes pseudo-stratégiques : « Cependant tes os se consumeront, ensevelis dans les champs d'Ilion, pour une entreprise inachevée. »

La disposition de l'espace d'une des meilleures villes qui furent jamais, et les personnes, et l'emploi que nous avons fait du temps, tout cela composait un ensemble…

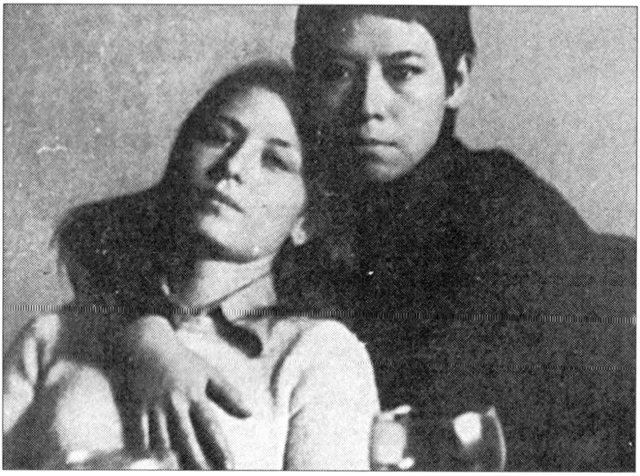

De toute façon, on traverse une époque comme on passe la pointe de la Dogana, c'est-à-dire plutôt vite.

« Nous errons dans la nuit. – Le diable nous emporte sournoisement avec lui. »

La sensation de l'écoulement du temps a toujours été pour moi très vive…

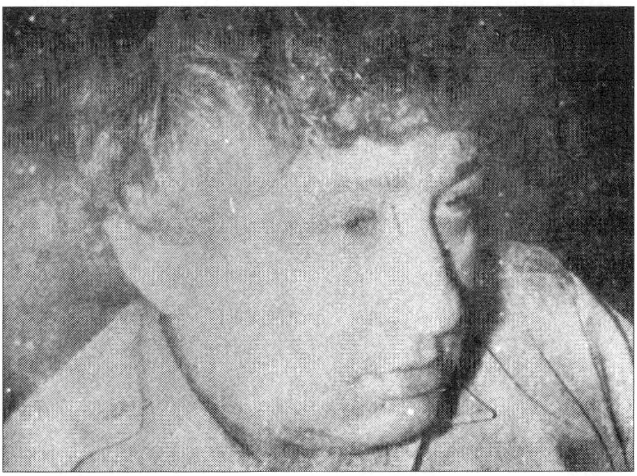

En ce sens, j'ai aimé mon époque, qui aura vu se perdre toute sécurité existante et s'écouler toutes choses de ce qui était socialement ordonné.

Fiche technique

In girum imus nocte et consumimur igni (mars 1978)
Long métrage de 105 min, format 35 mm, noir et blanc
Tourné en 1977. Produit par Simar Films
Écrit et réalisé par Guy Debord
Assistants réalisateurs : Élisabeth Gruet et
Jean-Jacques Raspaud
Chef opérateur : André Mrugalski
Assistant opérateur : Richard Copans
Montage : Stéphanie Granel, assistée de Christine Noël
Ingénieur du son, mixage : Dominique Dalmasso
Bruitage : Jérôme Levy
Documentaliste : Joëlle Barjolin
Machiniste : Bernard Largemain

Musique :
François Couperin,
prélude du *Quatrième Concert royal*, premier mouvement du
Nouveau Concert n° 11
Benny Golson,
Whisper not (interprété par Art Blakey et les Jazz Messengers)

NOTES DIVERSES DE L'AUTEUR AUTOUR D'*IN GIRUM*...

SUR *IN GIRUM*

Tout le film (aussi à l'aide des images, mais déjà dans le texte du « commentaire ») est bâti sur le thème de *l'eau*. On y cite donc les poètes de *l'écoulement* de tout (Li Po, Omar Kháyyám, Héraclite, Bossuet, Shelley ?), qui tous ont parlé de l'eau : *c'est le temps*.

Il y a, secondairement, le thème du *feu* ; de *l'éclat de l'instant* : c'est la révolution, Saint-Germain-des-Prés, la jeunesse, l'amour, la *négation dans sa nuit*, le Diable, la bataille et les « entreprises inachevées » où vont mourir les hommes, éblouis en tant que « voyageurs qui passent » ; et le *désir dans cette nuit du monde* (« nocte consumimur igni »).

Mais l'eau du temps demeure qui emporte le feu, et l'éteint. Ainsi l'éclatante jeunesse de Saint-Germain-des-Prés, le feu de l'assaut de l'ardente « brigade légère » ont été noyés dans l'eau courante du siècle quand elles se sont avancées « sous le canon du temps »...

22 décembre 1977

G. D.

NOTE SUR L'EMPLOI DES FILMS VOLÉS

Sur la question des films volés, c'est-à-dire des fragments de films extérieurs transportés dans mes films – et notamment dans *La Société du spectacle* – (j'envisage principalement ici les films qui *interrompent* et ponctuent, avec leurs propres paroles, le texte du « commentaire », qui est celui du livre), il faut noter ceci :

On pouvait déjà lire dans « Mode d'emploi du détournement » (*Lèvres nues*, n° 8) : « Il faut donc concevoir un stade parodique-sérieux où l'accumulation d'éléments détournés... s'emploierait à rendre un certain sublime. »

Le « détournement » n'était pas ennemi de l'art. Les ennemis de l'art ont été plutôt ceux qui n'ont pas voulu tenir compte des enseignements positifs de l'« art dégénéré ».

Dans le film *La Société du spectacle*, les films (de fiction) détournés par moi ne sont donc pas pris comme des *illustrations* critiques d'un art de la société spectaculaire, contrairement aux documentaires et actualités par exemple. Ces films de fiction volés, étant étrangers à mon film mais transportés là, sont chargés, *quel qu'ait pu être leur sens précédent*, de représenter, au contraire, *le renversement du « renversement artistique de la vie »*.

Derrière le spectacle, il y avait la vie réelle qui a été déportée au delà de l'écran. J'ai prétendu « exproprier les expropriateurs ». *Johnny Guitar* évoque les réels souvenirs de l'amour, *Shangaï-Gesture* d'autres lieux aventureux, *Pour qui sonne le glas* la révolution vaincue. Le western *Rio Grande* veut évoquer toute action et réflexion historique. *Arkadin* vient pour évoquer d'abord la Pologne ; puis la vie juste. Le film russe, intégré dans le discours, est aussi en quelque manière rendu à la révolution. Le film américain sur la guerre de Sécession (sur Custer) veut évoquer toutes les luttes de classes du XIXe siècle ; et même leur avenir.

Il y a un déplacement dans *In girum...*, qui tient à plusieurs importantes différences : j'ai tourné directement une partie des images, j'ai écrit directement le texte pour *ce* film, enfin le thème du film n'est pas le spectacle mais au contraire la vie réelle. Il reste que les films qui interrompent le discours viennent plutôt le soutenir positivement, même s'il y a une certaine dimension ironique (Lacenaire, le Diable, le fragment de Cocteau, ou l'anéantissement du régiment de Custer). *La Charge de la Brigade légère* veut « représenter », très lourdement et élogieusement, une dizaine d'années de l'action de l'I.S. !

Et bien entendu, l'emploi de la *musique*, tout aussi détournée que le reste, mais que même là chacun sentira comme son emploi normal, a toujours une intention positive, « lyrique », jamais distanciée.

31 mai 1989

G. D.

LISTE DES CITATIONS OU DÉTOURNEMENTS DANS LE TEXTE DU FILM *IN GIRUM*...

La numérotation des pages est celle de la présente édition.

(dont il faut tenir compte, plus ou moins, selon le pays, d'après les *originaux* de la langue dans laquelle le texte est traduit, ou d'après les *bonnes* traductions *déjà connues* de ces phrases, quand elles existent dans cette langue[1])

p. 1340 « péonage » : statut particulier du *péon* de l'Amérique latine, qui est en principe un salarié, mais qui doit tout acheter, à crédit et à un prix fixé sans concurrence, aux boutiques tenues sur place par le propriétaire même de la *hacienda* qui l'emploie.

p. 1343 « Ceux qui n'avaient jamais eu de proie l'ont lâchée pour l'ombre » : évocation-retournement de la vieille expression proverbiale « lâcher la proie pour l'ombre ».

p. 1346 « par le trou de la serrure » : expression de Hegel ; en allemand, « *Flaschenarsch* ».

p. 1346 « Le cinéma dont je parle [...] que le temps emporte » : Bossuet, *Oraison funèbre de la Duchesse d'Orléans*[2] : « La sagesse dont il parle en ce lieu [...] en amassant des choses que le vent emporte. »

p. 1347 « le mouvement réel qui dissout les conditions existantes » : Marx : « Nous appelons communisme... ».

p. 1349 « Il aurait pu être le film que je fais en ce moment » : évocation de Lautréamont, *Poésies* : « La phrase... »

p. 1349 « un film qui méprise cette poussière d'images qui le compose » : Saint-Just (le dernier ou un des tout der-

1. Liste adressée au Néerlandais Jaap Kloosterman le 9 avril 1981.
2. Il s'agit d'Henriette-Anne d'Angleterre, duchesse d'Orléans. (*N.d.É.*)

niers discours à la Convention) : « Je méprise cette poussière qui me compose et qui vous parle[3]. »

p. 1349 « le contre-champ » : terme technique du cinéma, qui signifie le point de vue inverse de celui qu'avait précédemment la caméra.

p. 1350 « piller » : au sens « littéraire » : prendre des idées ou des phrases chez un auteur.

p. 1350 citation de Swift : ouverture de l'*Irréfutable essai sur les facultés de l'âme.*

p. 1354 citation de Jomini : phrase issue *probablement* du *Précis de l'art de la guerre*, mais sans doute inutile de la rechercher, parce que je crois Jomini très peu traduit ; sauf peut-être en allemand et en anglais.

p. 1355 « Les hommes, le plus souvent... » : terme, et ton général de la phrase, évoquant Machiavel.

p. 1355 « au niveau de leur compétence » : évocation de l'humoristique « principe de Peter » sur « le niveau d'incompétence ».

p. 1355 « les dames, les cavaliers [...] entreprises » : les deux premiers vers de l'épopée de l'Arioste : *Orlando furioso.*

p. 1357 « dans ces lieux où tout est devenu si mauvais » : Dante, dit par un personnage dont j'ai oublié le nom, évoquant, je crois, Bologne[4].

p. 1357 « Ici fut la demeure [...] dans la mer » : poème de Li Po, traduit par Hervey-Saint-Denis.

3. Saint-Just, Préambule aux *Fragments sur les institutions républicaines* (édition posthume, 1800). (*N.d.É.*)
4. Dante, *Purgatoire*, XIV, 111. (*N.d.É.*)

p. 1357 « Paris alors [...] arrondissements » : Dante, *Paradis*, discours de Cacciaguida.

p. 1357 « On n'en avait pas [...] dispersé les habitants » : Machiavel, *Le Prince* : « Et qui devient seigneur d'une cité accoutumée à vivre libre... »

p. 1358 « Les maisons n'étaient pas [...] d'aller dormir au loin » : Dante, *Paradis*, discours de Cacciaguida sur l'ancienne Florence.

p. 1358 « dans cette vallée de la désolation » : terme biblique.

p. 1359 « On aurait été aussi étonnés [...] resurgir un Donatello ou un Thucydide » : Dante, *Paradis*, discours de Cacciaguida.

p. 1359 « livres rédigés depuis en béton [...] bâtiments maçonnés en plats sophismes » : renversement volontaire de l'emploi ordinaire du matériau.

p. 1359 citation de Musil : Là – mais où diable ? – où il évoque l'inutilité des livres des moralistes[5].

p. 1360 « on ne peut pas [...] une substance périssable dans le même état » : citation d'Héraclite.

p. 1360 « où le négatif tenait sa cour » : Shakespeare, « car, dans la couronne des rois, la mort tient sa cour » (*Henry IV* ?)[6].

p. 1363 « L'ordre règne... » : le principe constitutionnel anglais : « Le roi règne et ne gouverne pas. »

p. 1363 « *Le Démon des armes* » : titre du film américain : *Gun crazy*.

5. Musil, *L'Homme sans qualités*, vol. I, 2e partie, chap. 61. (*N.d.É.*)
6. Shakespeare, *Richard II*. (*N.d.É.*)

p. 1363 « On s'en souviendra, de cette planète » : dernier mot de Villiers de l'Isle-Adam mourant.

p. 1363 « en enfants perdus » : vieux mot militaire pour les éclaireurs avancés. D'après les Anglais, il existe une expression hollandaise (ou Boer ?) qui est même employée chez eux.

p. 1364 « Tout ce qui a été si mauvais [...] resté le même » : Pascal, *Pensées*.

p. 1369 « J'ai bu leur vin » : évoque la vieille expression d'origine féodale : « J'ai mangé son pain. »

p. 1369 « La boisson et le diable... » : chanson des pirates dans *L'Île au trésor* de Stevenson.

p. 1370 « À la moitié du chemin [...] sombre mélancolie » : Dante. Les deux premiers vers de la *Divine Comédie* : « Nel mezzo del cammin di nostra vita, – mi ritrovai per una selva oscura... »

p. 1370 « jeunesse perdue » : au sens de « voyous », et non de « temps passé ».

p. 1370 « Pour parler clairement [...] du Néant » : quatrain d'Omar Kháyyám.

p. 1370 « Que de fois dans les âges [...] peuples qui ne sont pas encore ! » : Shakespeare, *Jules César*.

p. 1370 « Qu'est-ce que l'écriture ? [...] des amis » : Alcuin, *Le Dit de l'enfant sage*. Texte en latin, sur l'instruction du jeune Pépin, fils de Charlemagne.

p. 1370 « Bernard, que prétends-tu [...] cette verte jeunesse ne durera pas toujours » : Bossuet, *Apologie de Bernard de Clairvaux*[7].

7. *Panégyrique de saint Bernard*. (*N.d.É.*)

p. 1371 « Une génération passe [...] durant le temps qui passe comme l'ombre » : L'Ecclésiaste.

p. 1372 « Non, nous allons [...] l'ombre de ces arbres » : dernière parole du général Stonewall Jackson mourant pendant la guerre de Sécession. Évoquée dans le titre du roman d'Hemingway *Au-delà du fleuve et sous les arbres* (*Across the river and into the trees*).

p. 1373 « le couteau à la main » : expression de Machiavel (*Le Prince*, je crois, au chapitre qui conseille d'employer toutes les cruautés ensemble, dès la prise du pouvoir[8]).

p. 1375 « l'ordre du monde » : au sens hégélien.

p. 1375 « étant ce que je suis » : il y a là une *nuance* de modestie, plutôt que d'orgueil.

p. 1376 « se donner de l'air, opérer une sortie, puis tenir la campagne » : expressions militaires. Tout ce paragraphe est écrit dans un langage stratégique.
La citation de Clausewitz vient de je ne sais lequel de ses *Essais*, parus chez Gallimard[9].

p. 1376 citation de Gracián : *L'Homme de cour*.

p. 1376 « Mais puis-je oublier celui que je vois partout » : Bossuet, *Oraison funèbre de Michel Le Tellier* (évoquant le Cardinal de Retz).

p. 1377 « Les naufrageurs n'écrivent leur nom que sur l'eau » : évoquant l'épitaphe de Shelley[10] : « Ci-gît un homme dont le nom a été écrit sur l'eau. » J'ai appris, à ma vive surprise, que le terme de « naufra-

8. Machiavel, *Le Prince*, chap. VIII. (*N.d.É.*)
9. Clausewitz, *Remarques sur la stratégie pure et appliquée de Monsieur Buelow*. (*N.d.É.*)
10. Composée en réalité par Keats pour lui-même et reprise par Shelley. (*N.d.É.*)

geur » n'existe pas dans la langue de ces pirates d'Italiens ! Mais il existe fatalement en Hollande. (Ceux qui, par de faux signaux, attiraient les bateaux de la côte.)

p. 1379 « notre quête » : au sens de « la Quête du Graal », donc le mot médiéval pour recherche.

p. 1381 « prince des ténèbres » : le titre chrétien pour le diable.

p. 1381 « le système des lumières présentes » : plaisanterie par rapport au temps de l'*Aufklärung*.

p. 1381 « celui à qui on a fait du tort » : le mot de passe des millénaristes italiens, évoqué pour Bakounine par ses partisans en Italie (cité dans *Bakounine et ses contemporains*).

p. 1383 « la parole dite en son temps » : expression biblique.

p. 1384 « Ô misère !... » : c'est un des moins mauvais poèmes de Victor Hugo dans *Les Châtiments*. Je le signale pour la drôlerie de cette plaisanterie secrète, et non pour qu'on en recherche la traduction dans d'autres langues.

p. 1384 « tenté une fois de s'en emparer à force ouverte » : c'est une expression très dure, qui implique la violence armée. C'est, dans ce texte, la seule évocation de Mai 1968.

p. 1386 « bonne vieille cause » : c'est l'expression des Niveleurs dans la révolution anglaise du XVIIe siècle : « *old good cause* ».

p. 1386 « démontés » : littéralement, c'est une expression de cavalier. Mais elle a aussi le sens psychologique de gens qui ne savent plus ce qu'il faut faire.

p. 1388 « on se jette » : au sens militaire : on attaque au plus vite.

p. 1388 citation de Sun Tsé : *L'Art de la guerre.*

p. 1388 citation de Clausewitz : *Notes sur la Prusse dans sa grande catastrophe.*

p. 1388 « payer au comptant pour voir la suite » : deux expressions se complètent là : le concept clausewitzien dans *De la guerre* (la guerre ressemblant là au commerce), sur le moment où il faut payer au comptant avec du sang, dans la bataille. Et « voir la suite » évoque le poker.

p. 1389 « la tenue » : mot signifiant *l'uniforme*, et aussi la bonne apparence.

p. 1390 « Le particulier s'use en combattant » : fameuse formule de Hegel.

p. 1390 « Cependant tes os [...] entreprise inachevée » : citation de l'*Iliade*, à je ne sais plus quel chant[11].

p. 1391 « marche dérobée » : expression stratégique : marche soudaine pour échapper à l'adversaire en lui laissant quelque temps le doute sur la direction prise.

p. 1393 « Ils ignoraient que [...] ne suffit pas » : Machiavel (sur le Gonfalonier Soderini. Très probablement dans les *Discours sur la Première Décade de Tite-Live*[12] ?)

p. 1394 « penseurs d'élevage » et « le goût de l'aliment qui les a nourris » : évocation du bétail et de la volaille d'aujourd'hui, nourris chimiquement.

p. 1395 « Chacune est citoyenne [...] son exil en Italie » : Dante, *Purgatoire* : « Ciascuna è cittadina – d'una

11. Chant IV. (*N.d.É.*)
12. Livre troisième, chap. XXX. (*N.d.É.*)

vera città ma tu vuoi dire – che vivesse in Italia peregrina. » Chant XIII (ou peut-être XII ?)[13].

p. 1395 « les rives de l'Arno pleines d'adieux » : citation de Musset, *Lorenzaccio.*

p. 1396 « Quand nous étions jeunes [...] comme le vent » : quatrain d'Omar Kháyyám.

p. 1397 « Où sont les gracieux galants [...] jadis ? » : citation de François Villon.

p. 1398 « La cause la plus vraie de la guerre » : concept de Thucydide, dans l'introduction à *La Guerre du Péloponnèse.*

p. 1399 « terre gâtée » : terme médiéval du cycle breton ; « terre gastée », c'est-à-dire ravagée. L'équivalent anglais est le titre de T. S. Eliot : *Waste Land.*

p. 1399 « Ils se réveillent effarés [...] la vie » : détourné des *Mémoires* de Retz sur le début de la Fronde (« Cherchent en tâtonnant les lois »).

p. 1400 citation d'un poète T'ang : se trouve dans le recueil d'Hervey-Saint-Denys.

p. 1401 « réflexions sur la violence » : évoque Sorel.

p. 1401 « À REPRENDRE DEPUIS LE DÉBUT » : le mot reprendre a ici plusieurs sens conjoints dont il faut garder le maximum. D'abord : à relire, ou revoir, depuis le début (évoquant ainsi la structure circulaire du titre-palindrome). Ensuite : à refaire (le film ou la vie de l'auteur). Ensuite : à critiquer, corriger, blâmer.

Champot, 1980.

13. Chant XIII, 94-96. (*N.d.É.*)

POUR L'INGÉNIEUR DU SON

Il faut égaliser partout à la même hauteur les phrases du commentaire ; et autant que possible faire de même à l'intérieur de chacune de ces phrases. On ne recherche aucun effet oratoire en élevant la voix sur certains mots. Il s'agit d'obtenir un discours monotone et froid, un peu lointain (tout en restant évidemment audible).

Les quelques phrases qui passent sur un écran blanc (citations d'HURLEMENTS...) doivent être d'une intensité sonore nettement au-dessous du commentaire lui-même : plus assourdies, venant de plus loin.

Pour les dialogues extraits d'autres films, respecter leurs variations internes de ton, mais assourdir *un peu* leur éclat éventuel, pour qu'ils ne soient pas trop éloignés du niveau du commentaire.

La musique : normale, assez forte. L'éteindre au plus court à la fin de chaque intervention.

G. D.

NOTE INÉDITE

Il faut que ce 2e film – et surtout s'il est plutôt « subjectif-lyrique » ait *un côté* très violemment critique-politique (très subversif choquant). Par exemple : sur *l'horreur* de la société actuelle, sa misère honteuse (habitat, nourriture, illusions et névroses), sur les cadres, leurs déclarations, leurs pensées... (quelque chose comme « De la misère en milieu cadre », dans le genre des notes d'Alice...).

Le passage pourrait être ceci : *comment le temps qui a passé nous a menés à un autre monde* : le « bon » et le « mauvais » de ceci ;

1) le bon : j'aurai transmis à mon époque *cette maladie* de la subversion ;

2) le mauvais : comment ce monde s'est *enlaidi* (en donnant tant raison à notre critique).

Par exemple, montrer : ce n'est plus question d'esthétique.

Les experts critiquent ou rassurent.

Mais leurs illusions : ce qu'ils acceptent, croient, aiment...

Les spectateurs (prolétaires en ceci, mais *honteux*) n'ont *même pas de passé*.

GERARD LEBOVICI
IN GIRUM IMUS NOCTE
ET CONSUMIMUR IGNI
Un film de
GUY DEBORD
SIMAR FILMS

Au moment de créer le monde, j'ai su que l'on y ferait un jour quelque chose d'aussi révoltant que le film de Guy Debord intitulé *In girum imus nocte et consumimur igni*, de sorte que j'ai préféré ne pas créer le monde.

Dieu

Affiche et texte de la bande-annonce du film.

ORDURES ET DÉCOMBRES

déballés à la sortie du film
In girum imus nocte et consumimur igni

PAR DIFFÉRENTES SOURCES AUTORISÉES

Première parution aux Éditions Champ libre en octobre 1982 ;
seconde édition en septembre 1999 aux Éditions Gallimard.

Je ne vous raconterai pas la suite trop fortunée de ses entreprises, ni ses fameuses victoires dont la vertu était indignée, ni cette longue tranquillité qui a étonné l'univers.

BOSSUET, *Oraisons funèbres*

UN NOUVEAU FILM DE GUY DEBORD

PAVANE POUR AMOURS DÉÇUES

Gaumont *in excelsis* : la marguerite chère à Léon Gaumont donne le coup d'envoi de cette macération situationniste, tournée en mars 1978, proposée enfin au *vulgum pecus* du quartier Latin, de Montparnasse et des Olympic. Dans un préalable, on entend dire que les prolétaires sont plus exploités que jamais dans leurs H.L.M. de cauchemar, que Paris a été définitivement rayé des bords de la Seine. Enfin, le titre : *In girum imus nocte et consumimur igni*. La nuit tombe, le feu embrase la plaine, retournons aux vérités premières. À nous, cher bachot d'antan, où l'on n'accédait pas à l'âge d'homme, où l'on ne pouvait entrer à Polytechnique sans avoir planché sur Horace et Cicéron !

Autre temps, autres mœurs, second enterrement du Saint-Germain de l'immédiat après-guerre, et même un peu plus haut. Guy Debord eut dix ans au début de l'occupation, dans un pays de soleil et à l'accent chantant. Il voit *Les Visiteurs du soir*, *Les Enfants du paradis*, *Orphée* de Jean Cocteau. Il a pu adorer *La Charge de la brigade légère* (1936) de Michael Curtiz, avec Errol Flynn. Situationniste, « révolté sans cause » (pour reprendre le beau titre du film de Nicholas Ray, avec James Dean, *Rebel without a cause*), Guy Debord nous donna, en 1973, un premier film intitulé *La Société du Spectacle*, repris de son livre du même nom. Morale : cassons la baraque, le cinéma au clou, il faut vivre aujourd'hui.

Détournement du spectacle, donc du cinéma, retour à l'essentiel, à la vie immédiate. Guy Debord nous avertit au début de *In girum*... : son film passe au-dessus de toute critique, ne cherche pas à communiquer. Que chacun y trouve son bien s'il est tant soit peu curieux. Le malheur, c'est qu'il n'y a pas grand-chose à découvrir. L'auteur a vu tous les films, et visiblement s'ennuie. Il remonte nostalgiquement les années enfuies, un temps où il faisait si bon vivre, où les filles étaient totalement complices.

Un « jeune vieux » qui, surtout, ne veut pas devenir sage se penche sur son passé. Un bourgeois pleure pour les pauvres prolos. Folklore germano-pratin qui toucherait davantage s'il savait être drôle. Pavane pour l'amour déçu du cinéma, irritante parfois par la complaisance qui s'y étale à l'égard de son cher petit moi. Strictement réservé à la tribu, aux « paroissiens ».

LOUIS MARCORELLES.

Le Monde, 10-11 mai 1981.

IN GIRUM IMUS NOCTE ET CONSUMIMUR IGNI

Locution latine lisible de gauche à droite ou de droite à gauche et que Guy Debord traduit ainsi : « Nous tournons en rond dans la nuit et nous sommes dévorés par le feu. » Sous ce titre et sur des images dont on ne saisit pas toujours le rapport avec le texte, le cinéaste déclame un réquisitoire contre l'ordre établi.

Que la société brime l'individu, c'est manifeste. Qu'elle étouffe l'opinion et la révolte, c'est certain. Mais ne peut-on le dire moins solennellement ? Guy Debord est un orateur bien docte et bien condescendant. C'est aussi un phraseur redoutable. Il lui arrive même de phraser de près.

Le Canard enchaîné, 13 mai 1981.

IN GIRUM IMUS NOCTE ET CONSUMIMUR IGNI

DE GUY DEBORD

Guy Debord retrace un itinéraire intellectuel qui est sien et qui fait naître des formes spécifiques, refusant toute concession, et d'autant plus efficaces qu'elles se confrontent à des citations cinématographiques ou photographiques qui sont leur antithèse. Il nous place ainsi devant une structure « en opposition », dont l'intransigeance empêche toute tentative d'ouverture, toute introduction de contradictions. On pensera selon les cas qu'il faut y voir un refus de toute « récupération » idéologique ou bien la prétention d'une pensée qui n'est centrée que sur elle-même... Toujours est-il que le jeu de l'opposition est joué à fond et que face à un pouvoir qu'il dénonce avec une extrême lucidité, le discours de Debord demeure muet sur les interactions qui n'ont pas manqué de naître de cette opposition même. Le film est un peu trop construit, donc, sur une parole qui ne se cherche ni sources ni influences, mais s'impose comme une évidence née de l'expérience.

Si c'est aujourd'hui que ce constat est effectué, c'est peut-être aussi que depuis l'époque des combats qu'il décrit, d'autres voix se sont levées, depuis d'autres bases, et d'autres expériences ; aussi la nostalgie qui parcourt le film, nostalgie d'une vie devenue impossible depuis que « les villes ont été perdues », est-elle avant tout celle d'une certaine unité de l'action et du discours. Le film a le mérite rare d'aller jusqu'au bout de sa logique. Le spectateur « privé de tout » sera aussi privé d'images : par l'écran blanc d'une telle provocation, il se sentira interpellé bien plus directement que par la progression rigoureuse du parlé. L'image (ou l'absence d'image) le dépossède ainsi de ses référents habituels pour mieux lui exposer ensuite ce qui tisse la servitude de son statut de spectateur. Le montage visuel anime l'intérêt pour le texte lu en voix off, et y renvoie sans cesse.

In girum... est une belle construction logique – le titre forme d'ailleurs un palindrome –, une forte dénonciation d'un système social et cinématographique, mais finalement une œuvre assez stérile puisqu'elle se clôt constamment sur elle-même.

ALAIN SCHMITTZE.

Cinématographe, juin 1981.

IN GIRUM IMUS NOCTE ET CONSUMIMUR IGNI

LE DERNIER FILM DE GUY DEBORD EST DIFFUSÉ CETTE NUIT SUR CANAL 68

Dans la culture moderne, Debord n'est pas mal connu, il est connu comme le mal.

Asger Jorn

Un carton, dans le précédent long métrage de Guy Debord, nous le rappelait : « Et le mois de mai ne reviendra jamais, d'aujourd'hui à la fin du monde du spectacle, sans qu'on se souvienne de nous. » Pour ceux qui ont la mémoire courte on ne pouvait que conseiller d'aller voir *In girum imus nocte et consumimur igni*, sorti depuis près d'une quinzaine à Paris. Les critiques de cinéma ne s'y sont pas trompés : tandis que la confrérie se croisait la plume (en colportant mille absurdités écœurantes par derrière) deux voix s'élevaient.

Un plumitif du canard du pouvoir (*Le Canard enchaîné*) couinait à propos « d'images dont on ne saisit pas toujours le rapport avec le texte » et ironisait, de sa basse-cour, sur un « phraseur qui phrase de très près ». Quant à l'impératrice douairière Marcorelles du « journal officiel de tous les pouvoirs », elle ne s'embarrasse pas de mots. « Un bourgeois pleure pour les pauvres prolos »... « Folklore germano-pratin qui toucherait davantage s'il savait être drôle. » Quand on sait l'estime dans laquelle cette pauvre chose tient les malheureux *Cahiers du cinéma*, on comprend ces borborygmes sentencieux. Les mêmes *Cahiers du cinéma* n'avaient-ils pas alors (et ils se relevaient à peine de leurs délires stalino-lacaniens entrecoupés de « G.R.C.P. ») commis une misérable petite notule, à propos de *La Société du Spectacle* que l'on expédiait en gémissant des « Bip-bip... Marxologue » (*sic*). Au moins voilà des veuves qui ne sont pas abusives.

LES DONNEURS DE LEÇONS

Au fond cette hostilité, cette persécution contre Debord et ses œuvres ne sont pas étonnantes : Debord n'épingle-t-il pas dans son film « les spectateurs spécialisés qui font la leçon aux autres », et plus particulièrement les « tarés capables de soutenir qu'une vérité énoncée au cinéma, si elle n'est pas prouvée par des images, aurait quelque chose de dogmatique. [...] La domesticité intellectuelle de cette saison appelle envieusement "discours du maître" ce qui décrit sa servitude : quant aux dogmes ridicules de ses patrons, elle s'y identifie si pleinement qu'elle ne les connaît pas. Que faudrait-il prouver par des images ? Rien n'est jamais prouvé que par le mouvement réel qui dissout les conditions existantes, c'est-à-dire l'organisation des rapports de production d'une époque et les formes de fausse conscience qui ont grandi sur cette base. [...] Les images existantes ne prouvent que les mensonges existants... »

Debord, dont un précédent recueil de scénarios s'intitulait *Contre le cinéma*, ne s'embarrasse pas de mots quant à la nature dudit septième art : « Les anecdotes représentées sont les pierres dont était bâti tout l'édifice du cinéma. On n'y retrouve rien d'autre que les vieux personnages du théâtre, mais sur une scène plus spacieuse et plus mobile, ou du roman, mais dans des vêtements et environnements plus directement sensibles. C'est une société, et non une technique, qui a fait le cinéma ainsi. Il aurait pu être examen historique, théorie, essai, mémoires. Il aurait pu être le film que je fais actuellement. »

SUR L'ÉCRAN BLANC

In girum imus nocte a été achevé en mars 1978. L'impératrice douairière du *Monde* a beau jeu de baver sur la « marguerite de Gaumont », les producteurs n'en ont pas voulu pendant trois ans, jusqu'à Karmitz pour son prisunic démaoïsé. Ils ont beau jeu ces sagouins de la conspiration du silence de dénoncer le mode de distribution du film, lequel a bel et bien été blackouté pendant trois ans.

Mais de quoi est constitué ce film qui les irrite tant ? Des images fixes, photos, comics strips, peintures, publicités sur lesquelles la caméra glisse un œil dévorant, bribes de films repiquées çà et là dans le cinéma-de-qualité (*Les Enfants du paradis*, *Les Visiteurs du soir*), de série B, John Ford ou Walsh que sais-je, de série Z, de films russes d'actualité, de fragments de films antécédents de l'auteur comme *Du passage de quelques personnes à travers une très courte unité de temps*, *Critique de la séparation*, et de son premier long métrage *Hurlements en faveur de Sade*, d'une promenade dans Venise, de quelques cartons, et de séquences où l'écran reste blanc, ou noir. *Hurlements en faveur de Sade* (1952), justement, ne comportait aucune image, seulement une bande son. Une vingtaine de minutes de dialogues étaient dispersées dans une heure de silence. L'écran blanc pendant les dialogues – consistant d'éléments préexistants, coupures de presse, fragments du code pénal ou de littérateurs – s'éteignait pendant les silences. Quelques années après, remarquait Asger Jorn dans sa préface à un premier recueil de scénarios de

Debord, John Cage introduisait le silence dans la musique moderne. Mais ici la séquence où l'écran reste blanc est précédée d'un carton : « Le spectateur, privé de tout, sera désormais privé d'images. »

Et c'est au spectateur, au public, que Debord s'en prend de prime abord. La première image du film, c'est une photo du « public actuel d'une salle de cinéma, regardant fixement devant lui » et qui « fait face, en un parfait contrechamp, aux spectateurs, qui ne voient donc qu'eux-mêmes sur cet écran ». Là-dessus, Debord en voix off : « Je ne ferai dans ce film aucune concession au public. Plusieurs excellentes raisons justifient, à mes yeux, une telle conduite ; et je vais les dire. Tout d'abord, il est assez notoire que je n'ai nulle part fait de concessions aux idées dominantes de mon époque, ni à aucun des pouvoirs existants. Par ailleurs, quelle que soit l'époque, rien d'important ne s'est communiqué en ménageant un public, fût-il composé des contemporains de Périclès ; et, dans le miroir glacé de l'écran, les spectateurs ne voient présentement rien qui évoque les citoyens respectables d'une démocratie.

Voilà bien l'essentiel : ce public, si parfaitement privé de liberté, et qui a tout supporté, mérite moins que tout autre d'être ménagé. Les manipulateurs de la publicité, avec le cynisme traditionnel de ceux qui savent que les gens sont portés à justifier » (ici une image d'un grand ensemble, puis d'une employée moderne dans sa baignoire, avec son jeune fils) « les affronts dont ils ne se vengent pas, lui annoncent aujourd'hui tranquillement que “quand on aime la vie, on va au cinéma”. Mais cette vie et ce cinéma sont également peu de chose ; et c'est par là qu'ils sont effectivement interchangeables avec indifférence.

Le public de cinéma, qui n'a jamais été très bourgeois et qui n'est presque plus populaire, est désormais presque entièrement recruté dans une seule couche sociale, du reste devenue large : celle des petits agents spécialisés dans les divers emplois de ces “services” dont le système productif actuel a si impérieusement besoin : gestion, contrôle, entretien, recherche, enseignement, propagande, amusement et pseudo-critique. C'est là suffisamment dire ce qu'ils sont. »

CES MORTS QUI CROIENT VOTER

Le spectateur est attaqué parce qu'il tolère des marchandises avariées, parce que lui-même est une marchandise avariée.

Ces « salariés pauvres qui se croient des propriétaires », ces « ignorants mystifiés qui se croient instruits », ces « morts qui croient voter, ne sont que des chiffres dans des graphiques que dressent des imbéciles ». Mais Debord ne parle pas uniquement du public de cinéma dans son film. Il parle de lui, plus directement que dans le livre, *Mémoires* qu'il écrivit très jeune, constitué uniquement d'éléments pré-existants. Ici, il remplace « les aventures futiles que conte le cinéma par l'examen d'un sujet important : lui-même ». Les mêmes qui iront s'extasier sur des autoportraits de peintres célèbres, les mémoires de tel ou tel, ou même la confession de Bakounine, crient au scandale : le bougre nous incommode, avec son moi.

Ce sont les mêmes sans doute qui achetaient hier le livre qu'une modiste-fonctionnaire de la pensée consacrait, dans une collection universitaire, à elle-même. Livre sans aucune allusion ouverte à ses goûts amoureux (« je n'aime pas les femmes en pantalon » en est-ce une suffisante ?). Pauvrette qui mourut écrasée sans avoir dormi une nuit entière avec un garçon, et sans avoir écrit son traité des gigolos. Nul doute qu'une de ses pairesses ne s'y mette bientôt, et nous tartine quelque livre de fracassantes révélations réchauffées.

Debord est pourtant très simple quand il nous raconte l'histoire de sa vie et de ses amours. Et explique non moins simplement ses étranges facultés : « La sensation de l'écoulement du temps a toujours été pour moi très vive, et j'ai été attiré par elle, comme d'autres ont été attirés par le vide ou par l'eau. »

Et qui mieux que lui rendra hommage à ses amis d'antan, comme cet Ivan Chtcheglov dont ceux qui s'esbignent à fourrer de la dérive dans n'importe quelle copie semblent ignorer le nom aujourd'hui. Et mettre le doigt sur la dévastation qui s'est abattue sur Paris.

UN PEUPLE SANS IMAGES

« Paris alors, dans les limites de ses vingt arrondissements, ne dormait jamais tout entier, et permettait à la débauche de changer trois fois de quartier dans chaque nuit. On n'en avait pas encore chassé et dispersé les habitants. Il y restait un peuple qui avait dix fois barricadé ses rues et mis en fuite des rois. C'était un peuple qui ne se payait pas d'images. On n'aurait pas osé, quand il vivait dans sa ville, lui faire manger ou lui faire boire ce que la chimie de substitution n'avait pas encore osé inventer.

Les maisons n'étaient pas désertes dans le centre, ou revendues à des spectateurs de cinéma qui sont nés ailleurs, sous d'autres poutres apparentes. La marchandise moderne n'était pas encore venue nous montrer tout ce qu'on peut faire d'une rue. Personne, à cause des urbanistes, n'était obligé d'aller dormir au loin. »

Mais me voilà fatiguée de vous recopier de façon incohérente des passages du texte de ce film. Alors si vous ne pouvez pas regarder le canal 68, vers quatre heures du matin, la diffusion pirate de ce film, il ne vous reste plus qu'à aller le voir. Et à lire le texte original paru aux éditions Champ Libre : Guy Debord, *Œuvres cinématographiques complètes, In girum imus nocte.* Au cinéma Quintette-Pathé, 6-8-10, rue de la Harpe, M° Saint-Michel. Tél. 354 35 40.

HÉLÈNE HAZERA.

P.-S. Excusez cette maspérisation sauvage, confuse et déplacée.
P.P.-S. La diffusion de fausses nouvelles est passible de poursuites.

Libération, 3 juin 1981.

NI DROITE, NI GAUCHE

La France n'aime les révoltés que morts, enterrés et reliés dans la Pléiade, à moins qu'ils ne se mettent d'eux-mêmes jaquette et bicorne. Alors, comme avec la mafia, c'est donnant donnant. Tu me cèdes ton passé, je te refile un bout de mon avenir. Tu te rognes les dents, je te refais presque à neuf.

Et ainsi de suite.

Mais, toujours comme avec la mafia, qui, quoi qu'on en dise, n'a pas pu empêcher que ses fils lui chient à la gueule, ce ne sont pas les meilleurs qui rentrent dans le rang. Ni Gallo, ni Debray ne sont des créateurs. Ni Miller, Arthur s'entend, ni Styron, William pour sûr, ne sont des destructeurs. Tout au plus sont-ils des raconteurs, des bricoleurs, des faiseurs. Mais, finalement, qu'est-ce qu'on en a à foutre ?

Car ce qui compte, c'est ce qui s'élabore à l'ombre de l'État, contre lui, puisque toute écriture est radicalement subversive. Il n'y a donc ni droite, ni gauche en écriture, il y a la protestation et puis c'est marre, Paraz autant qu'Artaud (il faut absolument lire *Cahiers de Rodez* récemment rassemblés par Gallimard dans le cadre des *Œuvres complètes*, volumes XV et XVI).

Donc, un écrivain, un artiste, ne se définit ni par ses déclarations, ni par ses pétitions, mais par ce qu'il met à jour de lui-même dans ses œuvres.

Ainsi, en ce moment, dans l'indifférence critique, passe sur les écrans un film qui, par anticipation puisqu'il date de 1978, annule bien des effets irritants, et grotesques, de cette prise de pouvoir façon Dandin. Il s'agit de *In girum imus nocte et consumimur igni*, que je souhaiterais traduire par « Au plus profond de la nuit tandis que nous disparaissons dans le feu », titre qui forme un palindrome, c'est-à-dire qu'il peut être lu indifféremment de droite à gauche ou de gauche à droite en conservant le même sens. C'est là un trait d'humour propre à Guy Debord, l'auteur du film, qui m'a toujours paru plus proche de Satie ou de Swift que de Bakounine ou de qui l'on voudra.

Donc, voilà un film de Debord, dont on sait que je fais peu de cas comme « penseur », puisque, refusant de miner la langue, de jouer avec elle réellement, de la salir, il a choisi pour s'exprimer de replacer ses mots hors de son époque, dans la poussière de l'antique. Je songe à qui il aime, à Retz et à Saint-Simon, eux qui furent (l'oublierait-il ?) irrespectueux en leur temps des formes. Bref, je n'ai jamais cru à Debord, porteur de vérités définitives, mais j'ai toujours été ému par ce que je trouvais en surplus dans ses textes les plus pincés.

Ainsi, *La Société du Spectacle*, film, me bouleversa par cette volonté acharnée de dompter le temps qui passe (regardez ses photos, elles deviennent de plus en plus floues au fil des âges, comme si Debord refusait son image), de camoufler cette espèce de talent évident à faire surgir les larmes par le détour de la raideur (comme dans Bresson d'ailleurs, mais en plus implacable).

De même *In girum*..., que je mets aussi haut que Mallarmé, et Cocteau, pour ce siècle, se présente comme l'autoportrait d'un homme vieillissant que l'on prétendait théoricien, ce qu'il réfute, tant mieux, et qui ne fut que l'envoyé du Malin sur cette Terre. En résumant aussi grossièrement, j'accumule contre moi les haines les plus disparates. Tant pis, et forçons encore la note ! Ce qui ici, trouble, secoue, ce n'est pas tant qu'il y réaffirme son aversion pour la classe du vide, mais qu'il y avoue vouloir être ce qu'il ne fut pas *au fond*, même s'il aima, même s'il vécut. Qu'importe, ce qui reste, ce sont les crispations, car elles deviennent, tôt ou tard, exemplaires pour les générations qui lèvent. On ne meurt jamais pour rien de rage.

GÉRARD GUÉGAN.

Les Nouvelles littéraires, 4 juin 1981.

IN GIRUM IMUS NOCTE

ET CAETERA...

Il existe des vis sans fin, Guy Debord, lui, a inventé le film sans fin. Significativement, la dernière image s'assortit d'un avertissement au spectateur : « à reprendre depuis le début ». Une manière comme une autre de revenir sur le titre *In girum imus nocte et consumimur igni*, que l'on peut traduire ainsi : « De nuit, nous tournons en rond et nous sommes consumés par le feu », et qui présente surtout la particularité d'être un palindrome, c'est-à-dire qu'on le lit de droite à gauche comme de gauche à droite. Toutes les époques de décadence, tous les intellectuels un peu cloîtrés, scribes alexandrins ou moines de la Renaissance irlandaise, ont prisé ce genre de jeu. Guy Debord, pape ô combien ludique des situationnistes, ancien cacique d'une chapelle sur la rive gauche, n'a pu résister à l'attrait de cet exercice de style.

Vous qui entrez, laissez toute espérance, car il n'y a ni forme ni couleur dans la salle obscure où vous allez. *In girum*... est une dérive en noir et blanc au fil d'un lent maelström d'images sans rapport apparent avec le texte parfois beau que dévide, monocorde, un récitant, et d'où émergent, çà et là, de fort belles citations classiques. Inracontable, ineffable. Guy Debord en avertit aimablement les spectateurs : « Plutôt que de proposer un film parmi d'autres, je préfère exposer ici pourquoi je ne fais pas de film... Oui, je me flatte de faire un film avec n'importe quoi, et je trouve plaisant que s'en plaignent ceux qui ont laissé faire de toute leur vie n'importe quoi... »

Si quelqu'un se sent un peu perdu dans le labyrinthe où on l'invite à tourner, ou seulement s'il ressent quelque indifférence, « il doit se désoler de son inculture ou de sa stérilité, et non de mes façons ». Inutile de discuter donc, *In girum*... est radicalement incritiquable.

J'ai voulu cependant enquêter sur ce film au-dessus de toute critique. Mais la Gaumont, qui diffuse ce film (avec des pincettes, il est vrai), refuse d'en parler ; même refus chez le producteur, qui refuse en outre de vous dire où se trouve actuellement Guy Debord, lequel refuserait de toute façon et en toute hypothèse d'accorder la moindre interview. Rien d'étonnant : « il est perdu dans l'examen d'un sujet important : soi-même ».

On en est donc réduit, dans le noir absolu, à tourner en rond, tantôt bercé par les mots, tantôt s'assoupissant. Le bavardage de Guy Debord n'a pas le privilège d'ennuyer toujours. Dans le genre nihiliste dérisoire, il attrape parfois de jolies phrases prétentieuses. « On s'amuse avec nous sur l'échiquier de l'Être et puis nous retournons dans la boîte du Néant. » On se réjouit également, dans ce film sans queue ni tête, de la prédilection de l'auteur pour les scènes de batailles et les charges de cavaleries tirées de vieux films, lesquelles apportent un peu de mouvement et s'opposent fort heureusement aux citations de l'Ecclésiaste. On s'amuse également de quelques clins d'œil, à propos de la chute de Rome ou de la bière Kronenbourg.

Mais à la longue, les procédés d'étudiant vieilli, l'écran parfois vide, les provocations niaisement répétées, la distance trop systématiquement prise par le narrateur pour n'être pas indécente en fin de compte, tout cela rebute, même si un certain dédain séduit. Étudiant vieilli : la célébration de Saint-Germain-des-Prés donne la clé du film, de ses noirceurs et de ses dérisions. Ce sont les propos d'un vieux lion aux gencives douloureuses, nostalgique d'un Paris stupide, d'un tour d'esprit qui n'a pas résisté aux années.

On tourne en rond de mastroquet en mastroquet dès ses plus vertes années, on se sent consumé par le feu lorsqu'on approche le soleil couchant. Malgré l'ennui qu'il distille, *In girum*... dégage un charme qui invite parfois à écouter sa mémoire. Puisque M. Debord aime les citations, on pourrait résumer l'angoisse simple qui sous-tend ses galipettes de poulain fourbu en un distique : « Tircis, il faut songer à faire la retraite : La course de nos jours est plus qu'à demi faite. »

MARTIN PELTIER.

Le Quotidien de Paris, 5 juin 1981.

IN GIRUM IMUS NOCTE ET CONSUMIMUR IGNI

POUR GOGOS EN QUÊTE DE GOUROU

En 1973, Guy Debord nous avait déjà donné un film vengeur qui clouait au pilori *La Société du Spectacle*. Aujourd'hui, il récidive, mais en prenant garde d'inclure dans ses anathèmes la société tout entière. Des « cadres » jugés trop serviles, aux « critiques » irrémédiablement incultes, tout le monde en prend pour son grade. Enfin, presque tout le monde... car Guy Debord éprouve une grande tendresse pour lui-même.

Sur un ton nostalgique, il débite, durant une heure trente, un texte qui sent bon le Saint-Germain d'après-guerre et qui révèle son petit marginal dépité. Plus que son narcissisme, on reprochera à l'auteur de distiller son mépris sans une seule pincée d'humour. Résultat : un film bavard d'une insupportable prétention pour gogos en quête de gourou.

VINCENT ROGARD.

Télérama, 13 juin 1981.

VENISE, *WHISPER NOT* ET LE PALINDROME

GUY DEBORD
IN GIRUM IMUS NOCTE ET CONSUMIMUR IGNI

Venise est un piège à cinéma où seuls peuvent se retrouver les meilleurs. Elle séduit et égare en présentant un état extrême du décor : une ville idéale, parfaite et aléatoire. Les plus innocents ou les plus exaltés l'ont reconstruite sur les plateaux de *Top Hat* ou de *Casanova*, mais d'autres, Losey en tête, s'y sont tout à fait perdus. L'utopie ne pardonne pas à qui fait erreur sur la poésie et la confond avec un savoir et un éclectisme également improbables. Mais elle sait aussi reconnaître les siens. Quelques plans suffisent à installer Guy Debord là où il pourrait être surpris qu'on l'introduisît : dans le club fermé des grands cinéastes.

Ces plans de *In girum*... émerveillent parce qu'ils apportent tout à la fois une part de reconnaissance et une part d'étonnement. La ville est familière, mais elle réussit encore à surprendre. On prend San Giorgio par le travers, on passe au-delà, on traverse le canal de la Giudecca et voici que, à mesure que l'on prend du recul, on découvre le paradoxe d'un paysage où les monuments naissent directement de la mer. Une autre fois, on double lentement la Dogana sans rien montrer, ce coup-ci, du Grand Canal ou bien on longe l'interminable muraille de l'Arsenal avant de découvrir un bassin qui n'a rien à envier aux ports fantasmatiques de Claude Lorrain. On pénètre enfin dans ces petits canaux secrets qui raccordent sans problème avec quelques plans empruntés au *Terroriste* de De Bosio.

Prendre le film par ce bout-là a un double avantage, esthétique et sensible. Cela permet de rendre compte d'une pratique imprévisible et subtile de la beauté, d'un art en quelque sorte transverse qui privilégie le parcours et le défilement contre l'immobilité et la contemplation. Cela permet aussi de parler immédiatement de ce qui, au travers de ses colères et de ses mises en garde, tourmente Guy Debord. *In girum*... n'en finit pas d'évoquer les fantômes urbains, de relever leurs profils perdus, de reconnaître leurs traces et de montrer leurs ombres. Paris est une capitale oubliée, assassinée, dont il ne reste plus, sur quelques photographies aériennes, que des rues vides et ensoleillées. Florence, à l'autre bout de la déception, est ce paradis perdu d'où Debord a été chassé par une machination policière particulièrement imbécile.

UN MIRACLE CALCULÉ

Et pourtant la nostalgie de *In girum*... ne fait pas le détail de la morale. Elle ne perd pas son temps en se lamentant sur les symptômes d'une quelconque décadence. Ce qu'elle met en scène, c'est une nostalgie lyrique, baudelairienne, où l'on regarde surgir du fond des eaux le regret souriant d'une cité engloutie, un cimetière très reculé où les images s'estompent indéfiniment. Sa mémoire prend la forme d'un discours qui prend ses distances et d'un mirage calculé où tremblent les images du cinéma.

La violence de Guy Debord est étrange. Elle va contre le courant des modes et des habitudes. Elle les regarde de loin. La dénonciation du spectacle et de sa politique est faite dans une langue à la fois véhémente et tenue qui méprise totalement les familiarités du tutoiement et du « parlé », bref de ce style « copain », de ces appels aux jeunes, par où devrait passer, à en lire un ou deux journaux, toute pensée révolutionnaire. Cette dignité ne va pas sans risques. Elle se perd un peu – quelquefois – dans le « je l'avais bien dit », cher aux situationnistes, mais ces égarements restent limités, fortuits, et pèsent peu contre la rigueur et l'intelligence du discours.

Guy Debord n'hésite pas devant la figure, la scansion et la période : l'éloquence. Et il sait en utiliser l'arme. De la publicité à l'exercice du pouvoir, sa rhétorique en laisse peu passer. Même s'il a été écrit il y a quelques années, *In girum*... retrouve des accents singuliers au moment précis de sa sortie, dans ce mois de mai 1981 où, on veut au moins l'espérer, l'équilibre politique a enfin trouvé une chance, en France, de se modifier. Ni allusion cependant et, quoiqu'il pourrait en avoir, prévision moins encore. Seule importe la permanence, la durée d'une pensée attentive, une obstination toujours insatisfaite et jamais découragée.

Elle ne craint pas non plus, cette violence, de se compromettre comme on l'a vu avec le regret, de rompre avec cette exploitation optimiste de la modernité où plus d'un, en ces temps de giscardisme finissant, a jugé fructueux de se reconvertir. Mais il faut bien s'entendre. Il n'y a ici ni antiquité ni décombres. Rien à collectionner et rien à reconstruire. Le passé est mort de la même mort que les villes et il est parfaitement inutile de vouloir lui restituer une présence. Guy Debord se refuse à toute exploitation et son regret protège ce refus.

Les documents qu'il s'accorde, comme ces plans tirés d'*Orphée* et qui pourraient, au Café des Poètes, témoigner de ce que fut le Saint-Germain-des-Prés des origines, sont d'une fausseté, ou, au moins, d'une fabrication si apparentes qu'ils ne désignent, n'éclairent qu'un vide, un creux, une plaie. Seul importe, ici, ce qui entretient la blessure et avive la souffrance.

Ainsi du thème, littéralement, déchirant du *Whisper not* de Benny Golson qui accompagne les apparitions aériennes d'un Paris figé dans sa solitude. Rien à voir ici avec les lieux communs et les références musicales trop usées, à la Woody Allen. *Whisper not* est le thème – le support et l'énoncé – d'une mélancolie vigilante. Il annonce une fermeture, une relégation, une tentation de l'oubli mais qui ne sont, une fois encore, que la part immergée, secrète, la douleur même de la pensée.

LE PALINDROME

Comme le titre qui est un exemple aussi célèbre qu'anonyme de palindrome en latin[1], le film se lit dans les deux sens, dans le droit fil de son réquisitoire et, à rebours, dans la suite discontinue de ses images. Entre quelques pavés de publicité journalistique, les vues de Venise, le plan de Paris et, pourquoi pas, quelques moments, simplement, de blanc, le film se laisse complaisamment envahir par le cinéma même qu'il met en cause.

On pourrait commenter cet amour et cette haine si, à vrai dire, le désir ou le mépris n'importaient pas moins que le corps à corps, le couple étonnant que font le cinéaste et sa matière. Il feint de se laisser submerger. Ça vient de partout, du côté de chez Raoul Walsh avec *They died with their boots on*, du Carné des *Enfants du paradis* ou des *Visiteurs du soir* et ça s'aventure chez Cocteau. On y croise Errol Flynn en Custer et Jules Berry en Diable. On y aperçoit Zorro et Lacenaire. On y trouve également, subtilement mêlées (car cet afflux, cela va sans dire, ne doit rien au hasard), les deux versions de *La Charge de la brigade légère*, l'hagiographie de Michael Curtiz et la critique de Richard Lester.

Impossible en tout cas, et c'est très précisément là que joue à plein la réversibilité du sens, de donner à ces citations la garantie et la justification d'une règle. Tout y passe. La domination : le discours de Debord a le plus souvent le dessus. La soumission : mais il arrive aussi qu'il cède la place à une bribe de doublage ou à un dialogue de Prévert. La coïncidence : des réflexions sur la guerre sont illustrées par le massacre de Little Big Horn. La contradiction : l'exégèse détruit l'image. Mieux encore, l'indifférence : le film se casse en deux moitiés inégales où la parole et les formes ne se prêtent plus attention.

Pas question non plus de vouloir ressortir ici les vieilles machines théoriques sur l'image et le son, sinon pour démontrer, au pied de ce mur, leur

1. *In girum imus nocte et consumimur igni*, l'animation du générique le montre, se lit aussi bien de gauche à droite que de droite à gauche. Cela peut se traduire par : « Nous tournons dans la nuit et sommes dévorés par le feu ».

remarquable faiblesse et leur vieillerie. Sans doute est-il, comme toujours, agaçant de voir un cinéaste prendre les devants, refuser le jeu et se mettre du même coup hors critique. Mais ce retrait ou, si l'on veut, cette hauteur, n'est encore que la dérive, le contrecoup d'une paradoxale herméneutique du sensible.

LOUIS SEGUIN.

La Quinzaine littéraire, 1er juillet 1981.

IN GIRUM IMUS NOCTE ET CONSUMIMUR IGNI

C'est entendu : les situationnistes ont tout démasqué, tout dénoncé avant tout le monde. Et s'ils n'ont rien dynamité, c'est qu'ils ne l'ont pas voulu. Vingt-quatre ans après la fondation de l'Internationale situationniste et quatorze ans après la publication de *La Société du Spectacle*, Guy Debord revient sur des thèses et des thèmes dont Mai 68 s'inspira largement. Selon sa technique habituelle : des images de hasard, ou presque, illustrent un commentaire qui tient de la théorie et du pamphlet. Certaines analyses et certaines propositions demeurent fulgurantes. Mais, à la longue, le film tourne à l'autocélébration : Debord est épaté par sa propre rigueur. Et on songe au mot de Rivarol : « C'est un avantage de n'avoir rien fait, mais il ne faut pas en abuser. »

P. TH.

L'Express, 3 juillet 1981.

GRAAL FLIBUSTE

J'imagine Guy Debord tel la Mélancolie de Dürer, assis au milieu des objets épars de ses talents, ouvrant sur le monde dévasté ces yeux terribles, ces yeux brûlés fixés sur le néant. Il n'est pas interdit de voir s'imprimer ce visage, ce masque, en filigrane de tous ceux – Prince Vaillant, Lacenaire, le Diable… – que l'auteur propose de lui-même dans cet autoportrait, d'ajouter cette image à l'horizon de celles dont il fait un si dédaigneux usage, ou du moins un usage qui se veut dédaigneux, ce qu'il n'est pas toujours. Parfois les images se vengent. Elles se vengent de deux manières : soit qu'elles soulignent, de leur grossièreté trop voulue (tous les plans d'Errol

Flynn), ou de la naïveté de leur « détournement » (les bouts d'*Orphée* et de *La Nuit de Saint-Germain-des-Prés*), ce qu'il peut y avoir, dans la première partie notamment, de point si subtil dans le discours *off* de l'auteur ; soit au contraire qu'elles résistent à celui-ci, ou s'en trouvent exaltées, et, par leur beauté propre, relèvent le défi de cette voix poignante. Naïves peut-être, fausses sans doute, les images du cinématographe ne sont pas n'importe quoi. Et malgré qu'il en ait, l'auteur ne choisit pas n'importe lesquelles.

Ce n'est donc pas tout de suite que la figure évoquée plus haut se superpose dans l'imagination du spectateur à celles que Guy Debord donne dans son film lorsque le « je » de l'auteur émerge, sous cette voix poignante, du discours doctrinal de la première partie, ou plutôt lorsque le « je » biographique décolle du « je » bétonné du début, retranché dans une imprenable forteresse d'arrogance, décolle en quête d'une vie dévorée par le feu, pour produire la beauté consumée d'un objet mélancolique. *In girum imus nocte et consumimur igni* fait le bilan de la jeunesse de l'auteur, dans les termes du deuil et de la mélancolie : cela a été ; rien n'a été aussi beau ; nul n'a connu amitiés si fortes, amours si éclatantes, plaisirs si intenses, combats si purs ; cela n'est plus et tout est cendres. Et, dit cependant la voix, je vois très clairement pourquoi il n'est pas de repos pour moi... Quelle est cette mémoire que résume le palindrome du titre ? Quel est le sens de ce palindrome ?

In girum imus nocte et consumimur igni... Nous allons en cercle dans la nuit et nous sommes dévorés par le feu. L'auteur avoue, à un certain point de son commentaire, le vertige que lui procure la beauté de cette phrase circulaire, qui est comme le palindrome du palindrome, puisque le contenu de son énoncé épouse et boucle sa forme littérale. Pourquoi ce vertige ? À cause d'une perfection. Cette perfection est le sujet même du film de Guy Debord : elle est le sujet même. Ce film, nous prévient-il d'entrée de jeu, « est au-dessus de toute critique » ; il ne fait « aucune concession aux spectateurs », et l'auteur détaille longuement, dans le style inspiré du *Manifeste communiste* auquel nous a habitué le situationnisme, les raisons théoriques de sa récusation de ceux (les spectateurs) « privés de tout », qui sont à la fois les producteurs, les soutiens et les victimes de la société du spectacle. Thème connu ; mais ici, paradoxal, puisqu'un film est en principe un spectacle (l'auteur rappelle d'ailleurs en avoir fait un précédent, dénué d'images, composé de plans noirs et blancs). Celui-ci se referme donc sur lui-même. Il apparaît donc en proie à une double perfection : parfait dans sa structure (puisqu'au-dessus de toute critique), il expose la perfection d'une aventure et d'une vie. Cette double perfection trouve à se résumer dans le palindrome du titre, et montre du même coup à quoi tient le vertige du palindrome. Il compose un ordre circulaire parfait : chaque lettre de la phrase est à la place nécessaire, absolue, telle que l'énoncé ne souffre aucune mutilation. Le palindrome exclut la contingence de la lettre. Une lettre en moins, une coquille, le palindrome disparaît. C'est le type même du corps qui ne supporte aucune perte.

Aucune perte, donc aucun objet : il tourne en rond dans la nuit, et est dévoré par le feu. Le corps que n'affecte aucune perte, aucun objet, est lui-même un corps perdu, un objet perdu. D'où la tonalité mélancolique, au sens profond, du film. C'est dans le même sens que Bataille croyait lire, sur le portrait de Hegel âgé, « l'horreur d'être Dieu ». Et il y a un accent bataillien dans le film de Debord.

In girum... serait ainsi la formule possible, le blason du savoir absolu qui, dit Hegel, est un cercle de cercles. Il fallait trouver un énoncé tel que le mot cercle soit lui-même encerclé dans sa concaténation littérale. Dans l'ivresse de cette perfection centrée sur soi, le savoir absolu s'identifie aussi bien à la nuit du non-savoir.

C'est sans doute pourquoi Guy Debord ne pouvait tout à fait consentir à produire des images, c'est-à-dire à faire une œuvre, à être simplement un artiste. Ces images, il lui fallait les voler, non les produire. Un corps aussi centré, aussi fermé sur sa jouissance, aussi « encerclé » – il se représente curieusement tel Custer assailli par les hordes indiennes (*They died with their boots on*) –, est sans doute voué à la nuit et dévoré par le feu, il ne saurait qu'avoir en horreur toute production (donc toute œuvre) : rien ne peut sortir de lui. La production, dans cette perspective, est l'aliénation même ; et l'aliénation en effet, à travers la production, la circulation et la consommation des produits et des signes, a été au centre des attaques situationnistes.

Les images ne pouvaient donc ici qu'être serves de la haute certitude du commentaire, de la voix. L'auteur n'est pas un artiste, et il le sait : c'est ce que signifie la figure de Lacenaire, dérobée aux *Enfants du paradis*, l'un des masques dont s'affuble Debord. Lacenaire est le criminel, en quête d'une sombre gloire, mais c'est aussi l'artiste raté : il est celui qui rate l'art dans la voie sans issue du crime : ce qui laisse des regrets. Autre masque, autre avatar : l'auteur est aussi le Diable (Jules Berry dans *Les Visiteurs du soir*). Les flammes lui lèchent les doigts. Au criminel la nuit sans issue (il y a aussi celle du *Troisième homme*) ; au diable le feu dévorant. Ainsi les images « détournées » déclinent elles aussi l'énoncé du palindrome. Le feu et la nuit sont alors comme les emblèmes, les signes du Négatif, au sens hégéliano-marxiste, ce « mauvais côté de l'Histoire » qui est ce par quoi, selon Marx, elle avance, et que l'auteur ici revendique comme son lieu.

Lieu peut-être imaginaire, comme le Paris perdu dont l'auteur exalte la beauté disparue (Paris leur appartenait), comme le labyrinthe vénitien où, dans le plus beau moment du film, il trouve à symboliser l'époque et le rythme du temps (« de toute façon, on traverse une époque comme on passe la pointe de la Dogana, c'est-à-dire plutôt vite... »). Le spectateur et le critique, récusés et forclos par ce film, sont peut-être en droit de sourire devant ce que Debord nomme lui-même, *in fine*, ses prétentions démesurées. Ils peuvent certes parler de belle âme et de paranoïa. Mais ils ne peuvent rester insensibles à la voix amortie qui parle ainsi, brûlant les images, livrée au vertige du temps. Ils ne peuvent rester insensibles à la grandeur qui en émane. Ne serait-ce que cela : ils ne peuvent être indifférents, en cette époque de tous les renoncements, de tous les arrangements, à cette voix seule qui parle d'absolu.

PASCAL BONITZER.

Les Cahiers du cinéma, juillet 1981.

IN GIRUM IMUS NOCTE ET CONSUMIMUR IGNI

In girum imus nocte et consumimur igni est un long monologue autocomplaisant et nostalgique sur des images qui vont d'extraits de films de Walsh à des travellings dans la lagune vénitienne. Désillusions et bilan-évaluation de l'échec des révolutions *germano-pratines* de l'après-guerre, constituent l'essentiel du *message* de Guy Debord qui s'entête à considérer le cinéma comme une arme anti-spectacle (voir son précédent film : *La Société du Spectacle*).

Le réalisateur, connu pour son situationnisme hargneux et folklorique, tient lui-même à annoncer, dès le début du film, qu'il ne ménagera pas le spectateur. Dans une salle du quartier Latin où passait le film de Debord, un spectateur, visiblement ennuyé et incrédule, s'est étonné de l'absence momentanée d'images, alors qu'il s'agissait d'une volonté du réalisateur, le commentaire continuant par ailleurs... Les images revenues, le spectateur, quasi sorti de la salle, est retourné à sa place et s'est rassis sagement...

Debord, cela se consomme finalement comme le reste... Aurait-il songé, en vivant cette anecdote, qu'il ne produisait pas moins de fascination que le cinéma dit dominant et qu'il n'éclairait en rien les spectateurs sur le dispositif imaginaire du cinéma ?

DOMINIQUE PAÏNI.

Cinéma 81, juillet 1981.

IN GIRUM IMUS NOCTE ET CONSUMIMUR IGNI

GUY DEBORD

Dans une première partie, Debord s'adresse au « spectateur moyen » tel que les statistiques le profilent (jeune cadre), et en trace, sur une série de photos fixes, un portrait saisissant, bien qu'y affleure un certain mépris des masses : c'est de massification qu'il s'agit, en effet, et d'asservissement, dans l'illusion à la société impérialiste. Le seul problème est que le public du film, plutôt intellectuel, ne se sent qu'à demi concerné, et qu'il préfère, plus qu'à cette image de la désubjectivation, s'identifier à Debord comme à un personnage du film, *le* personnage du film, puisqu'on n'y entendra, cent minutes durant, que sa voix *off*.

Acquise ainsi l'adhésion du spectateur, Debord peut alors déployer sa propre subjectivité, retraçant son histoire, la proposer pour exemplaire. Et de fait, cette méthode paranoïaque fonctionne ; et d'autant mieux qu'elle prend appui sur ce qui *reste* précisément de cette histoire : l'inébranlable conviction anti-capitaliste, l'exécration tranquille et inentamée de Debord, admirablement figurée dans l'ultime plan du film – cette image lagunaire où quelques pilots résistent à l'engloutissement, et sur laquelle s'inscrivent les mots « à reprendre depuis le début ». Obstination d'autant plus respectable à une époque (1978) où les volte-face ne se comptaient plus, de la « nouvelle » philosophie aux ralliements à l'Union de la Gauche. Debord, au contraire, préfère l'exil à la compromission, « sans réconciliation ni retour » possible dans le jeu étriqué des deux bourgeoisies, du parlementarisme et du syndicalisme.

Il faut saluer chez lui sa ténacité, tant politique que cinématographique. Il ne se fait du reste pas faute de se saluer lui-même en dernier survivant de la dialectique, à l'écart de tout opportunisme. On pourrait lui objecter que sa solitude n'est pas si complète qu'il le dit : mais la seule existence de son film prouve assez qu'il s'en doute, et qu'il suppose au spectateur un point d'accord où brancher son écoute, une entente minimale de son discours, au-delà du mépris qu'il lui adresse.

Cette contradiction est loin d'être l'unique, ni la plus intéressante du film. La plus singulière réside en l'utilisation qu'il fait de séquences extraites de films anciens[1] après avoir fondé sa « société du spectacle » sur l'aliénation d'une perpétuelle mise en représentation ; mais de la représentation elle-même rien, au bout du compte, n'est dit. De ce fait, si Carné se laisse arra-

1. Procédé similaire au sous-titrage « détourné » appliqué à des films pornographiques ou de karaté (*La dialectique peut-elle casser des briques ?*).

cher quelques figures diaboliques[2] pour incarner en semi-ironie le propos de Debord, les grandes charges cavalières de Walsh ou de Curtiz échappent quelque peu, par leur massivité, à la dérision : au-delà de la dénonciation des codes aliénants, il se voit contraint d'admettre la force d'identification que proposent les personnages du cinéma français des années 40, et la dynamique formelle du film hollywoodien de la même époque. Il y a, dans ces longues citations, la même nostalgie qu'à l'égard de Saint-Germain-des-Prés ou plus généralement du Paris de la IVe République, dont il nous conte la progressive défiguration, image de la restructuration de la société par le gaullisme.

Car tel est, passés outre les écarts de langage, le propos organisateur du film : le bilan historique de la société impérialiste et du système de résistance qui lui fait front. Même si ce bilan est empreint de métaphysique, il n'en est pas moins authentique : Debord est plus proche qu'il n'imagine des maoïstes[3], en ce que nous avons le même réel, et le même champ de déploiement d'un processus d'avant-garde qui, face à la victoire de l'ennemi, se conforte dans une subjectivation résistante. Ainsi encore de la référence explicite au marxisme donnée dans l'horizon du communisme ; ou de l'affirmation dialectique que la contradiction se donne entre deux mouvements, et non entre inertie et mouvement.

On s'étonnera moins, dès lors, que pour traiter de ce réel, *In girum...* entre étrangement en résonances avec les principes formels que mettait en œuvre *L'École de Mai*[4], où s'affirmait la même importance du thème de la ville. Avec *Aurelia Steiner*, de Marguerite Duras, et *Fortini/Cani*, de Straub-Huillet, se dessine dans la même modernité une constellation formelle autour d'un sujet commun : celui de la force subjective.

Chez Debord, cela se constitue dans les limites d'une mémoire poétique, d'une avant-garde prise pour elle-même, close à l'existence du peuple. Ces limites le contraignent à une posture métaphysique, où l'avant-garde est réduite à son discours, sans autre principe qu'idéologique : elle fait figure d'emblème plus que de réalité. De là la référence à Saint-Germain plutôt, par exemple, qu'à Mai 68 ; de là, l'exil et la solitude.

Mais à occuper cette place indue de seul sujet de l'Histoire, Debord parvient à tenir une Histoire des subjectivités politiques abstraite radicalement de l'anecdotique et de l'événementiel, et réussit à ne jamais nommer que lui-même, pour faire plein droit à cette idée forte que toute Histoire véritable est une Histoire du subjectif.

2. Lacenaire des *Enfants du paradis*, et le diable des *Visiteurs du soir*.
3. Et serait sans doute surpris, de ce point de vue, de la composition politique de son public...
4. De Denis Levy. Cf. *Feuille Foudre*, n° 6.

In girum imus nocte et consumimur igni est un palindrome[5] latin qui signifie : « Nous allons en rond dans la nuit et sommes consumés par le feu », parfaite adéquation, aux yeux de Debord, d'une forme et d'un contenu. Mais la forme même de son film excède l'apparente circularité de son contenu : *In girum*... est l'épopée d'un vide, et le film d'une défaite ; mais néanmoins épopée, et défaite héroïque.

NICOLAS VERDY.

Feuille Foudre, automne 1981.

GUY DEBORD

IN GIRUM IMUS NOCTE ET CONSUMIMUR IGNI : UN HOMME QUI NE CÈDE PAS

Il est improbable d'armer la révolution de la nostalgie du vieux monde, et d'exhorter à la résistance, quand on tient, avec l'Ecclésiaste, que « les fleuves retournent au même lieu d'où ils étaient partis[1] ».

Il est improbable de gagner le statut d'auteur de cinéma avec pour seule maxime l'utilisation d'images « toutes insignifiantes et fausses ».

Ces improbabilités composent le film de Guy Debord, *In girum imus nocte et consumimur igni* – nous allons nocturnes dans le tournoiement, et le feu nous consume.

Plus improbable encore est de parvenir à parler d'un film qui fait expressément obstacle à tout commentaire. Debord nous a mis en garde : « Ceux qui disent qu'ils aiment ce film ont aimé trop d'autres choses pour pouvoir l'aimer[2]. »

Ai-je trop aimé, pour aimer *In girum*... ? Il est vrai que ce film touche de si près au réel qu'il faut pour en transmettre la vertu l'oubli de quelques autres.

L'image fonctionne ici comme allégorie d'un monde dévasté, le nôtre. Elle travaille contre le texte, dont la charge de sens, disposée avec hauteur dans la plus pure des syntaxes, concentre le legs que nous fait un Debord errant et debout. Ainsi le situationniste, au terme du travail de la solitude, affirme-t-il la supériorité définitive de l'écrit sur l'image. Supériorité qui

5. Phrase qui se lit dans les deux sens.
1. Les phrases entre guillemets sont citées du texte de *In girum*...
2. Cité d'un autre film de Debord : *Réfutation de tous les jugements tant élogieux qu'hostiles qui ont été jusqu'ici portés sur le film : « La Société du Spectacle »*.

est aussi celle de la révolution sur le carriérisme, et du prolétaire sur sa propre aliénation. Tout se tient.

Le premier temps du film décrit, dans la figure de la misère du spectateur de cinéma, la misère générale des habitants ordinaires de nos métropoles, soigneusement comparés aux esclaves, aux serfs, et aux prolétaires. Ce prologue mène au contenu véritable, quand Debord annonce vouloir « remplacer les aventures futiles que conte le cinéma par l'examen d'un sujet important : moi-même ».

Ce « moi-même » est celui d'un homme de cinquante ans qui, « de prime abord, a trouvé bon de s'adonner au renversement de la société, et a agi en conséquence ». Il en résulte que l'histoire de sa vie, si complaisant qu'en puisse paraître l'énoncé, équivaut à l'évaluation de trente ans de politique subjective sous l'emblème maintenu de la révolution prolétaire et communiste.

Je reconnais tout ce dont parle Debord comme étant cela même qui compte véritablement, et dont il est vrai que le reste, presque tout le reste, n'est que l'inconsistant débris. Et je le reconnais d'autant mieux qu'à l'exception des villes – Paris dont Debord annonce qu'elle n'existe plus ; Florence, dont comme Dante il fut chassé ; Venise, où tout s'achève et recommence – rien dans ce film n'est nommé des événements ou lieux majeurs de la période. Ainsi va-t-on à l'essence temporelle des choses par le manque de leur surface. En quoi Debord est, par excellence, l'anti-journaliste.

Debord est communiste, avec assez de certitude hautaine pour le dire au détour élégant de la phrase. Son film « rend (au spectateur) cet âpre service de lui révéler que son mal n'est pas si mystérieux qu'il le croit, et qu'il n'est peut-être même pas incurable pour peu que nous parvenions un jour à l'abolition des classes et de l'État ».

Debord sait ce que vaut la vision syndicale du monde, et qui sont ses servants, « ce florissant personnel syndical et politique toujours prêt à prolonger d'un millénaire la plainte du prolétaire à seule fin de lui conserver un défenseur ».

Debord sait traiter avec la froideur requise les retournements, les abandons, que les années récentes ont prodigués à si grande échelle : « Je n'ai pas, comme les autres, changé d'avis une ou plusieurs fois, avec le changement des temps ; ce sont plutôt les temps qui ont changé selon mes avis. »

Il est si rare de sortir d'un film, comme on fait de celui de Debord, fortifié, allègre, intelligent ! Car on a vu, expliquant avec une magnifique lenteur sa transparence intime, un homme qui ne cède pas.

Debord sait que l'engagement historique est le tribunal de la vérité, et que les théories, si corrects ou inventifs qu'en soient les agencements, « sont des unités plus ou moins fortes qu'il faut engager au juste moment dans le combat ». À quoi ne fait nulle exception la propre théorie de Debord, la société du spectacle, dont il faut dire que, généralisant le thème hégélien de l'aliénation, elle n'avait de force qu'élémentaire et descriptive, et que sa forme dégradée – la polémique contre la « société de consommation » – n'aida personne à éviter la capitulation.

S'il a ces savoirs, Debord, c'est d'avoir très tôt posé la question dont toutes les autres s'éclairent, de s'être demandé « si le prolétariat existe vraiment, et dans ce cas ce qu'il pourrait bien être ».

Le trajet de cette existence est, au fond, le récit de ce vrai auquel on a voué sa vie, et le récit également de tout ce qui s'y oppose. Paris magnifié par la jeunesse rebelle naissante, Paris détruit par Pompidou ; Mai 68, et puis les renégats ; le communisme, et puis l'anti-marxisme ; les situationnistes, les maos, et puis Mitterrand...

Nous avons gardé la tête froide, et tenu le fil d'Ariane de la vérité. Debord nous aide à déclarer : non, nous n'avons pas erré, nous, révolutionnaires inflexiblement altiers de ces décades. Non que nous n'ayons pas fait de vastes erreurs. Mais parce que l'essentiel est de n'avoir pas renoncé, et d'avoir ainsi à notre perpétuelle disposition la ressource subjective de la vérité, et donc de son progrès.

Est-il temps de disputer avec cet interlocuteur intact ? Je le pourrais, de ce que la nostalgie, quoi qu'il en ait, le rend aveugle à l'actualité de ce dont tout son maintien procède. Ce n'est pas impunément qu'on achève trente ans d'histoire sur l'image des eaux pleines de la lagune de Venise. « La sagesse ne viendra jamais », dernier mot du film, laisse un peu trop voir qu'à force de solitude on en est menacé. Pour en finir avec la poésie défensive, il faut aussi savoir qu'un peuple est en travail sur soi, ici et maintenant, selon la nouvelle alliance d'une politique qui, s'il s'y incluait, interdirait à Debord de se concevoir comme le survivant austère d'une avant-garde anéantie.

Mais il nous faut comprendre aussi cette fonction conservatoire du poème. Pourquoi donc par deux fois, avec les surréalistes après octobre 1917, avec les situationnistes au début des années 60, est-ce dans la ressource de l'art que la nouveauté des conjonctures produisit, en France, au regard d'un marxisme politique ossifié, la véritable cassure, l'intensité sans précédent, l'écho inouï ? Que le marxisme soit à l'école de cette ruse singulière ! Nous ne manquerons pas, cette fois, le rendez-vous.

Je peux appeler vivant ce marxisme dont Debord, pour ce qui est de l'éthique du sujet, serait l'interlocuteur, et, dans son ordre, l'égal.

En quoi il serait, de ce marxisme, non pas le compagnon de route, mais l'ami, car Debord dit très bien – c'est le thème de son film le plus saturé de noblesse sentimentale – que l'amitié se résout dans l'égalité des amis.

ALAIN BADIOU.

Le Perroquet, 11 novembre 1981.

IN GIRUM IMUS NOCTE ET CONSUMIMUR IGNI

.RÉSUMÉ SUCCINCT

Discours sur le cinéma (contre le cinéma), sur la société spectaculaire marchande, et quelques aspects de la pensée du groupe révolutionnaire (dit « situationniste ») dont fait partie l'auteur – qui prolonge ainsi l'œuvre connue notamment par *La Société du Spectacle*, livre et film (cf. « Saison cinématographique » 1974).

ANALYSE

La traduction du titre du film (Nous tournons en rond dans la nuit/et nous sommes dévorés par le feu) est sans doute moins importante que l'énoncé, en mauvais latin, de deux propositions qui se lisent à l'identique en commençant par la dernière lettre (palindrome). De même, au lieu du sacramental mot fin, c'est un « à reprendre depuis le début » qui clôt ce film impossible.

Ce nouveau film de Guy Debord (son sixième, et son deuxième long métrage) se compose d'un récitatif qui, comme celui de *La Société du Spectacle*, domine le sens ; le commentaire est souvent indifférent à ce qu'on peut prendre, à tort, pour une illustration. Le matériau-image est très divers : placards publicitaires, photos de presse, bande-annonce (*La Flèche noire de Robin des Bois*), extraits de film (*Zorro*, *Lanciers du Bengale* ou autres genres stéréotypes), plans fixes sur des jeux de stratégie, photos de l'auteur et de ses amis, photos aériennes de Paris et de Florence, et aussi prises de vues originales faites à Venise (longs panoramiques sur l'eau). Les rapports de l'image au texte sont aussi diversifiés. Il y a concordance :

cas de la critique des aliénés de la société de consommation, considérés comme représentatifs du public normal des salles de cinéma. Il y a dérision, dans la reprise de vieilles bandes cinématographiques et de documents politiques – cette dérision est directe (soulignée par le texte, sans redondance) ou indirecte (la dérision souligne la vacuité de ce qui est critiqué). Parfois aussi le discours suit un défilement d'images sans rapport apparent (panoramiques sur Venise) dans une démarche qui, furtivement, évoque celle des derniers films de Jean-Marie Straub.

Il arrive aussi que le commentaire laisse la place aux dialogues du film selon un rapport ambigu mais, vraisemblablement, de recours à l'expression différée d'une idée analogue (emprunts aux *Enfants du paradis*). Et enfin, s'agissant du rappel de la biographie de l'auteur, et de sa participation aux activités du groupe situationniste, il convient de savoir, ou de deviner, que certaines photos sont celles de Guy Debord et de ses amis.

Dès la première phrase le spectateur a été prévenu : « Je ne ferai dans ce film aucune concession au public », car « rien d'important ne s'est communiqué en ménageant un public » et ce public « qui a tout supporté mérite moins que tout autre d'être ménagé ». Et il ne tarde pas à se voir confirmer les refus de l'auteur quant au cinéma : 1° « Les images existantes ne prouvent que les mensonges existants ». 2° « Je ne veux rien conserver du langage de cet art périmé… » Démarche de refus, et de subversion révolutionnaire intégrale, la méthode de Guy Debord nous vaut des moments extrêmement savoureux. Le déroulement du film, plus rigoureux qu'il ne semble, conduit inéluctablement à l'écran *vide* (après carton : « Ici les spectateurs, privés de tout, seront encore privés d'images »).

Dans le courant de ce film aux allures de testament, Debord nous a prévenus : au lieu d'ajouter un film à des milliers d'œuvres quelconques, il a préféré exposer pourquoi il ne fera rien de tel.

D. S.

La Revue du Cinéma, Saison cinématographique 1981.

Les deux articles qui suivent ont été signalés à Guy Debord après la parution de son opuscule. Ils devaient être rajoutés comme « important additif corrigeant Ordures et décombres… *à l'occasion d'une nouvelle édition* ». (N.d.É.)

GUY DEBORD

IN GIRUM IMUS NOCTE ET CONSUMIMUR IGNI

D'ordinaire, au cinéma, il se passe toujours quelque chose. Sur l'écran il y a des images, qui bougent. Dans les images il y a des gens, qui circulent dans une histoire. Quand la séance est terminée les spectateurs sont contents, car ils ont passé un bon moment ; sinon, ils ronchonnent, ils fument des cigarettes en disant que c'était vraiment un mauvais film. Puis ils rentrent chez eux en poussant de petits cris lorsque les agents de police leur infligent une amende pour les punir d'avoir outrepassé le seuil de tolérance du Code de la route. Avant de se coucher ils mangent des œufs sur le plat en regardant une farce à la télévision, leurs bouches mâchent et rient. Au lit, ils sont cernés par les images ; quand ils s'endorment ils revoient l'actrice en petite tenue, une dernière fois ils se disent : c'est drôlement bien le cinéma.

Avec Guy Debord le spectateur se voit frustré de la plupart des gâteries dont il a l'habitude ; ni personnages, ni histoire ; des images le plus souvent fixes (photos de publicité par exemple), mouvantes çà et là (extraits de films : *Les Visiteurs du soir*, westerns de John Ford, œuvres précédentes de l'auteur), mais parfois l'écran reste blanc durant plusieurs minutes. La bande-son est exempte de musique ; pendant une heure et demie les oreilles du spectateur sont investies par un prêche anarchiste que débite la voix monocorde de Guy Debord. Évidemment il y a là de quoi dérouter le plus hardi des rocardiens.

In girum imus nocte et consumimur igni : on nous parle de l'au-delà, quelqu'un ose enfin sortir du cadre, décrire le tableau de l'extérieur. Guy Debord démonte soigneusement la mécanique dans laquelle nous évoluons, ainsi que le réveille-matin qui grince dans nos têtes et nous fait croire – quand il sonne – au génie humain. *In girum...* vexe et humilie le spectateur : le riche se sent misérable, le pauvre renie rageusement son passé de syndicaliste, alors que le cadre moyen met en doute les vertus de la libre entreprise. Nous sommes en présence d'un film révolutionnaire.

Certes, ce n'est qu'un mince hurlement dans le brouhaha de l'époque ; personne ne l'entendra, et il est inutile. C'est un obscur bijou de l'intelligence, un œil de vitriol dans la soupe glaireuse des années 80.

RÉGIS JAUFFRET.

Art Press, juillet-août 1981.

TENTATIVE DE REDRESSEMENT DE QUELQUES JUGEMENTS TORVES CONCERNANT LE DERNIER FILM DE GUY DEBORD

Le situationnisme n'est pas, comme le définit le Robert, un « mouvement étudiant dirigé contre les structures existantes et les gens en place ». La théorie situationniste fut un des mouvements des années soixante, qui sut pousser l'analyse de la société moderne à son point de lucidité maximale. Un laboratoire d'idées qui produisit quelques notions – économie spectaculaire-marchande, contestation, récupération, détournement, survie – suffisamment riches et opératoires pour avoir survécu au mouvement. Un laboratoire d'analyses qui eut la particularité de ne jamais se tromper dans ses conclusions. Le mouvement lui-même s'est sabordé il y a presque dix ans, ce qui n'empêche pas certains de ses anciens participants de manifester encore ponctuellement la justesse de leur réflexion.

Dans le douzième et dernier numéro d'*Internationale Situationniste*, les rédacteurs avaient classé quelques jugements concernant leur mouvement, « selon leur motivation dominante ». De « la bêtise » à « la démence », en passant par « le confusionnisme intéressé » ou « la calomnie démesurée », l'éventail des catégories était largement ouvert, délimitant une esthétique de la réception qui n'avait rien d'innocent. En cette fin d'année 1969, il était tout à fait normal qu'une presse complaisante à clamer le soulagement de l'après-Mai 68 s'acharne à dénaturer une théorie qui avait trouvé dans les « événements » une vérification pratique de ses analyses. Douze ans plus tard, on aurait pu croire que l'éloignement historique et le changement de perspectives permettant des réactions moins marquées, les journalistes manifestent, sinon une sympathie, du moins une connaissance plus objective de ce qu'ils ont à traiter. Par bonheur, il n'en est rien, et les quelques brefs articles consacrés au dernier film de Guy Debord semblent avoir été composés tout exprès pour entrer dans les anciennes catégories évoquées. Avec une moins grande variété, certes, les seules motivations semblant être la bêtise et le confusionnisme spontané, mais avec la même obstination simplificatrice et la même ignorance satisfaite. Inutile de chercher lequel, d'entre *Le Monde*, *Télérama* ou *Cinéma 81*, emporte le titre du meilleur botaniste d'idées reçues ou du meilleur défonceur de portes battantes. Après tout, il serait curieux de voir les mêmes qui s'hypnotisent sur le dernier ectoplasme benoîtjacquotien s'intéresser à un film aussi rugueux d'aspect qu'*In girum imus nocte et consumimur igni* : des plans fixes, des extraits d'anciens films, un documentaire sur Venise, et un monologue d'une heure trente même pas signé par Marguerite

Duras ! Impossible même de lui coller le confortable label de « l'avant-garde ». Alors, à quoi bon tenter de voir ce que montrent ces plans fixes et comment le texte les éclaire, comment les extraits choisis s'intègrent métaphoriquement au discours de Debord ou sur quels moments de la narration vient s'articuler le travelling vénitien ? Pénétré de la rassurante certitude que si on ne comprend rien, c'est qu'il n'y a rien à comprendre, mieux vaut se débarrasser du film en quatre bouts de phrases interchangeables, où s'entremêlent des appréciations aussi radicales que « folklore germanopratin », « révolté sans cause » ou « situationnisme hargneux » ; la belle affaire !...

Certains y voient même un « amour déçu du cinéma », alors que s'il existe une chose dont Debord s'est toujours peu soucié, c'est bien le respect du cinéma en tant que genre. Son analyse de la société en tant qu'accumulation de « spectacles » séparés, tout ce qui était directement vécu s'éloignant dans une représentation, n'avait aucune raison d'en soustraire une activité aussi propre à matérialiser « l'inversion concrète de la vie ». Le cinéma, au même titre que toute autre production culturelle, manifestait un certain niveau de décomposition de la conscience de la société moderne. Et lorsque Debord prit la peine, en septembre 1964, de rassembler les découpages des trois films qu'il avait tournés entre 1952 et 1961, il les présenta sous le titre commun de *Contre le cinéma*. Pourquoi utiliser un médium artistique alors que l'on se situe résolument contre ce médium ? Tout simplement parce que le cinéma n'était pas, par essence, malfaisant, et que, détourné de son sens consommatoire premier, il pouvait constituer un véhicule apte, comme le livre, la bande dessinée subvertie ou le graffiti, à transmettre ce qu'on voulait lui confier (« le cinéma est un domaine secondaire, mais susceptible d'un meilleur usage »). Rien de foncièrement original dans cette conception d'un cinéma révolutionnaire, sinon que dès son coup d'essai, Debord avait conduit la radicalité à un niveau rarement atteint, ni avant, ni depuis (dix-sept ans plus tard, Godard, toujours à l'avant-garde, réutilisa en partie le procédé dans *Le gai savoir*) : en 1952, les quatre-vingt-dix minutes d'*Hurlements en faveur de Sade* comportaient une heure dix d'écran noir et muet et vingt minutes d'écran blanc sonore. Provocation, certes, dans la cohérence de l'Internationale lettriste que Debord animait alors. Mais ses courts métrages suivants, *Sur le passage de quelques personnes à travers une assez courte unité de temps* (1959) et *Critique de la séparation* (1961), reprenaient, sans aller aussi loin dans le refus, la technique déjà utilisée pour la bande-son du premier : séquences réelles, cartons, comics, citations privées de sens apparent. L'ensemble correspondait à la théorie alors illustrée par l'I.S., théorie du monde d'emploi du détournement « comme négation et comme prélude », expression du dépérissement de la production artistique – ce que Godard redécouvrira quelques années plus tard et qu'Aragon cautionnera pompeusement comme « collage ». En gros, le réemploi d'éléments déjà existants dans une unité nouvelle – activité déjà exercée par Lautréamont et Duchamp, pour s'en tenir aux grands anciens –, dans une perspective destructrice de dévalorisation du « passé culturel ». Sans doute, s'ils avaient été exploités, ces films auraient éveillé la même incompréhension que les premiers panoramas de l'« underground » américain à la Cinémathèque française dans les années 65...

En 1974, lorsque Debord présenta *La Société du Spectacle*, le film connut un succès de curiosité. Il faut reconnaître que la déception fut à la mesure de la curiosité : le bout-à-bout de séries B américaines, même accompagné de la lecture de quelques thèses de *La Société du Spectacle* (le livre), ne paraissait pas un détournement très opérant – bien moindre en tout cas que celui effectué les années précédentes par René Viénet, autre « situ », sur deux films kung-fu, *Du sang chez les maoïstes* et *La dialectique peut-elle casser des briques ?* Il ne s'agissait plus d'un film contre le cinéma, ni vraiment pour : d'où l'impression d'inachèvement dans un sens et dans l'autre. Il y a gros à parier que Debord s'en fichait d'ailleurs complètement : le film était une façon de mettre fin à une époque, celle de l'I.S. en tant qu'activité constituée : d'autres perspectives théoriques et pratiques devaient être instaurées, dans lesquelles le cinéma n'avait que peu de place.

Il n'en est que plus étonnant de le voir, quatre ans plus tard (*In girum imus nocte et consumimur igni* date de 1978), y revenir : et, caractère beaucoup plus étonnant, sous une forme accessible. Le seul clin d'œil que se permet Debord, c'est l'utilisation d'un extrait de son premier film (l'écran blanc), comme pour montrer la distance écoulée. Le reste, quoi qu'en écrive Manchette, pourtant très averti quant à l'I.S., n'est pas « fait ouvertement contre le cinéma, contre les spectateurs, et ainsi de suite » (*La Semaine de Charlie*). À la condition d'en posséder la clé, c'est-à-dire d'en savoir sur les situationnistes un peu plus que ce que le Robert en écrit, c'est même un film extrêmement limpide. Après le préambule qui reprend certaines attaques contre les consommateurs culturels, déjà anciennes mais suffisamment lucides pour n'avoir pas besoin d'être actualisées, Debord, dans un commentaire à la première personne, va retracer son itinéraire des trente dernières années, du lettrisme à l'ère post-I.S. Nostalgie, comme on s'est plu à l'en accuser ? Bien sûr, dans la mesure où personne ne revient sans émotion sur les années écoulées, surtout lorsqu'elles ont eu une charge aussi positive. Mais le regret du Paris des années 50, à l'époque où le « continent Contrescarpe » n'était pas encore une usine à bouffe, ou l'évocation d'Ivan Chtcheglov, compagnon pour qui Debord retrouve les accents de Breton saluant Jacques Vaché, ne participent en rien d'une faiblesse d'ancien combattant ou de « petit marginal dépité », comme dit *Télérama*. Ils sont les constituants d'une histoire, les moments d'un itinéraire. Le rapprochement avec Breton n'est pas forfait *[sic]*, aussi tendus qu'aient pu être les rapports entre surréalistes et situationnistes : il est temps de se rendre compte que Debord est, entre autres choses, un superbe artisan du verbe. Et que sa prose si particulière ne se réduit pas au procédé hérité de Hegel de l'inversion du génitif, mais se fonde sur la cohérence d'un style où l'ironie se mêle à la rigueur classique. Le texte d'*In girum*... en est un parfait exemple. Encore faudrait-il l'écouter.

Quant aux extraits de films, ils ne représentent pas, quoi qu'en pense *Le Monde*, des souvenirs d'enfance. Ils ne sont même pas employés dans l'habituelle perspective du détournement. Ils fonctionnent simplement comme un commentaire métaphorique de la bande-son, métaphores si transparentes qu'il faut être bien peu attentif pour ne pas les voir. D'Errol Flynn, dernier combattant de la brigade légère, à Marcel Herrand-Lacenaire des *Enfants du paradis*, en passant par le Jules Berry-Satan des *Visiteurs du soir* ou Zorro dans un « serial » non identifié, à chaque fois l'équivalence s'impose entre le narrateur et le héros solitaire, un peu criminel et vaguement diabolique. Mythomanie ? Projection poétique, plutôt, à peine outrée lorsque l'on connaît la situation de Debord, son semi-exil, sa légende dorée et l'importance occulte qu'il a conservée dans les milieux de l'ultra-gauche européenne.

Un film sur le désenchantement post-révolutionnaire ? Certes pas. Mais une pause dans le discours théorique debordien, une manière de retour sur soi à la charnière de la presque cinquantaine : rien n'est oublié de ce qui a fait la force des idées transmises par l'I.S. durant quinze ans ; même en nos périodes de réformisme tranquille, faisons confiance à la vieille taupe révolutionnaire, toujours tenace, pour conserver quelques galeries à explorer. En 1974 et en 1981, *La Société du Spectacle* et *In girum*... ont été présentés entre les deux tours de l'élection présidentielle. Il ne reste plus que sept ans aux critiques pour réassortir leur sottisier.

LUCIEN LOGETTE.

Jeune Cinéma (septembre-octobre 1981).

Présentation des *Œuvres cinématographiques complètes, 1952-1978*

(Éditions Champ libre, novembre 1978)

Dans le cinéma, Debord s'est toujours proposé de ne rien faire de ce qu'on y faisait, et de faire tout ce qu'on n'y faisait pas. Tout au long d'une période de vingt-cinq années, chacun de ses films, bien conçu pour aggraver son cas, a confirmé cette détestable ambition.

On sait que la société ne compte plus d'« artistes maudits », depuis la destruction de l'art lui-même, suivie de la promotion de tout quidam de bonne volonté au statut de petit fonctionnaire de la culture. Le négatif ayant été, au cinéma, moins goûté encore que partout ailleurs, il n'y aurait peut-être jamais eu de cinéaste maudit si Debord n'avait pas fait de films.

Le monde a répondu à ses excès en le considérant comme parfaitement insignifiant.

LETTRE À SANGUINETTI

Extrait d'une lettre, signée Cavalcanti, à Gianfranco Sanguinetti du 21 avril 1978 (*Correspondance*, vol. 5, *op. cit.*, p. 455-459), relative à la situation politique italienne après l'enlèvement le 16 mars 1978 d'Aldo Moro, chef du parti démocrate-chrétien, favorable au « compromis historique » permettant au P.C.I. d'entrer dans la majorité et de participer au gouvernement ; Aldo Moro sera exécuté par ses ravisseurs dans les premiers jours de mai 1978.

La « Brigade rouge » a fait des progrès constants depuis la bombe de Milan, dans l'inflation des enjeux – Moro est plus que Calabresi – mais non dans les méthodes : ils ont toujours su tuer efficacement, et l'exploitation des coups souffre encore de la même mise en scène pauvre, illogique, pleine d'hésitations et de contradictions.

Des gauchistes, aussi stupides que puissent être leurs intentions et leur stratégie, n'auraient *en aucun cas* pu opérer par eux-mêmes de cette manière. D'abord, s'ils n'étaient pas couverts, ils auraient agi de façon à perdre moins de temps depuis l'enlèvement (car la possibilité qu'ils soient déjà infiltrés ou se trouvent un jour dénoncés à quelque niveau, celle aussi qu'ils fassent quelque bêtise, ou rencontrent quelque malchance, seraient évidemment apparues au moins à l'un d'entre eux). Ils auraient tout de suite, clairement et avec la plus pressante insistance, demandé *quelque chose* : soit la libération de prisonniers – comme dans le cas de Baader –, soit la diffusion de leur propagande, soit la révélation de certaines pratiques récentes de l'État démo-chrétien semi-stalinisé, à travers des aveux extorqués à Moro, ou tout simplement *attribués* à Moro. Mais ils sont naturellement indifférents au sort des quelques accusés de Turin ; ils n'ont aucune thèse discernable ; ils ne veulent pas compromettre le personnel de l'État, qui d'ailleurs n'a montré aucune crainte de ce côté-là.

Je suppose que l'intelligence du peuple italien, qui ne s'exprime pas dans les *mass media*, a en très grande partie compris tout cela. D'où les divers rebondissements des derniers jours. Moro serait « suicidé » pour donner mieux l'impression d'un style terroriste *traduit de l'allemand* (et alors son corps serait dans un lac qui peut-être contenait justement un autre corps, mais on corrige que ledit corps était ailleurs, car on a dû songer que la simple coïncidence serait étrange, et que les informations sur les incidents advenus dans les campagnes les plus reculées sont plus accessibles chez les carabiniers que chez les terroristes urbains). Dans le cinéma hollywoodien, on dit : « Coupez ! On refait la scène. Elle manquait de naturel. » Alors Moro n'est plus suicidé, et on veut maintenant l'échanger dans un court délai. Etc.

L'affaire est évidemment conduite par des ennemis du compromis historique, mais non des ennemis révolutionnaires. Les gauchistes sont ordinairement si naïfs, même en Italie, qu'ils tombent assez volontiers en ces occasions dans des discussions pleinement *théologiques* sur les problèmes de la violence révolutionnaire, comme cet enfant de chœur à qui son esthétisme passéiste de « l'attentat anarchiste » avait fait croire autrefois qu'Oswald avait abattu Kennedy. C'est donc une discussion à peu près sur le modèle : « Si Dieu existait, aurait-il enlevé Moro ? » Mais ne devrait-on pas dire plutôt : « Peut-être que Censor existe, et qu'il a changé de politique ? »

Les staliniens savent évidemment qui dirige ce coup contre eux. Le fond *fragile* de leur politique, c'est que tous les démo-chrétiens sont officiellement leurs amis. Certains de leurs amis exercent cette pression contre d'autres de leurs amis. Les staliniens disent qu'il ne faut pas céder : et que peuvent-ils dire d'autre ? L'*omertà* régira ces rapports jusqu'à la fin. Mais que va donner effectivement cette pression, poussée à ce point ? Les choses qui sont dites ne sont que les signes chiffrés d'un affrontement qui se joue ailleurs. On a pris de grands risques pour démontrer que l'entrée des staliniens dans la majorité n'a pas ramené l'ordre, tout au contraire. Il ne faut pas oublier que si, *du point de vue de la révolution*, et aussi du point de vue d'un certain capitalisme moderne à la Agnelli, la participation stalinienne ne change absolument pas la nature de la société de classes, il existe d'autres secteurs du capitalisme dont les intérêts, ou même les passions, sont complètement opposés au coût de ce changement, et en font ouvertement un *casus belli*.

Les staliniens sont cruellement embarrassés (l'euro-communisme a déjà échoué, en France comme en Espagne). Mais si le public d'aujourd'hui est étonné par de telles énormités, les chefs staliniens, et quelques autres vieux antifascistes, ont vu tout cela, et mieux, *dans une autre Espagne*, au temps de leur jeunesse, quand on enlevait Andrès Nin. C'est là qu'ils ont appris *à se taire*. Et comme dans les Brigades internationales ils défendaient la République espagnole en se taisant, ils défendent la République italienne. Et les républiques qu'ils défendent ainsi ne durent pas longtemps.

Leur obligation de se taire sur divers crimes *parce qu'ils se sont tus sur les précédents*, cette donnée du problème qui est si bien connue de leurs ennemis et justifie tant d'audace, n'est pas seulement fondée sur leurs propres crimes staliniens d'une autre époque. Ils ont collaboré, par leur silence, au coup de 1969, dont tout le reste est sorti. Parce qu'on n'a pas cru savoir, puis su sans le savoir, puis su *sans conclure*, que l'État avait commencé le terrorisme à Milan (qui sollicite d'être invité à un bout de la table de l'État, malgré ses propres antécédents louches, ne dira pas à haute voix que les assiettes y sont sales), l'Italie politique est entrée dans cette apparente folie. Il n'y a pas eu publiquement d'« affaire Dreyfus », non parce que le scandale était moindre, mais parce qu'aucun parti n'a jamais exigé une *conclusion vraie*. Ainsi l'Italie, qui avait eu un « mai rampant » a aggravé sa maladie par une « affaire Dreyfus rentrée ».

Ceux qui ont décidé l'enlèvement de Moro n'ont peut-être pas justement calculé toutes les conséquences et leur interaction ; mais ils les ont certainement *pesées*. Ils sont prêts à tout pour obtenir un changement maintenant, et ils sont maintenant objectivement contraints de l'obtenir. Celui qui a fait cela montre, du même coup, qu'il peut faire pire. Ce qui est en ce moment provoqué et *terrorisé*, c'est tout le camp du « compromis historique ». On voit déjà comment il réagit. Si la pression ne réussit pas très prochainement dans une sorte de douceur, un coup de force est obligatoirement programmé.

Les expérimentateurs qui opèrent en Italie, et commencent à en faire le laboratoire européen de la contre-révolution, sont habitués à une complicité générale de tous ceux qui ont la parole, complicité qui, poussée à ce point, donne au pays une fausse allure d'imbécillité générale. Mais on sait très bien qu'il y a eu une ou deux exceptions.

Extraits de deux lettres à Paolo Salvadori, toujours à propos de la situation politique italienne après l'enlèvement et l'exécution d'Aldo Moro (*Correspondance*, vol. 5, *op. cit.*, p. 470-472, 474-476).

3 juillet 1978

Je t'envoie aussi la copie de quelques remarques que j'avais fait parvenir à Gianfranco, il y a deux mois. Ce qui s'est passé depuis me confirme dans mon opinion (même dans le livre du stupide Bocca, il y a des contradictions très révélatrices, si on le lit avec un peu d'attention et de réflexion historique). Gianfranco cependant, qui depuis deux ans se trompe systématiquement, et que je n'ai pas voulu voir depuis deux ans parce qu'il se trompe, m'a répondu qu'il croyait maintenant la thèse du gouvernement : en somme, qu'en Italie la police n'existe absolument pas, et que les léninistes-terroristes sont des demi-dieux, qui en même temps sont sincèrement idiots ! Depuis ce qui s'est passé dans les deux derniers mois, j'ajouterai seulement : à mon avis, rompre le compromis historique – ou seulement vouloir des staliniens encore plus affaiblis, pour le temps que durera ce compromis – n'est qu'une partie de l'opération ; on veut aussi capter les groupes terroristes authentiques, et surtout provoquer les « autonomes ».

C'est aussi parce que l'on a ce but que l'on s'assure la patiente complicité des staliniens. On fait croire que la police ne peut plus rien ; et elle se réveillera brillamment au jour stratégiquement choisi (après cette période des « Cent fleurs » du terrorisme, pour parler comme le provocateur Mao). Tous les révolutionnaires sont en grand danger en Italie.

18 septembre 1978

J'ai été content de lire ta lettre du 2 septembre : étant donné les circonstances générales présentes, j'étais inquiet de ne pas recevoir de tes nouvelles.

Je suis aussi très content de ton analyse de l'affaire Moro. Il suffit que cela soit dit, pour que personne ne puisse soutenir autre chose avec la moindre apparence de logique. Comme cette analyse est déjà très riche, je préciserai ici seulement deux nuances :

1. La question la plus profonde est, en effet, celle de la gestion de la société à l'époque du *spectacle contesté.* Et c'est une affaire mondiale, où l'Italie se trouve par quelques côtés à l'avant-garde, mais n'est pas seule. Par exemple, il y a presque partout un progrès extraordinaire du mensonge du pouvoir, qui va *plus loin que Goebbels*, parce que les conditions socio-matérielles de la réception du mensonge ont bien évolué depuis 1930. Je considère l'assassinat de Baader comme un tournant très significatif. Toute l'éclatante absurdité de la « vérité gouvernementale » n'était pas, *cette fois*, un défaut dans l'exécution de l'opération. Je pense que c'était voulu, pour enregistrer, sur une telle base, l'accord formel de tout le monde (c'est-à-dire de tous ceux qui peuvent dire un mot dans le spectacle) avec cette version des faits si purement incroyable ; mais qui sera quand même *enregistré.* Ainsi, on mesure ouvertement l'engagement sur un tel programme (de la réalité la plus triviale parfaitement inversée) des autorités qui s'affirment démocratiques (Giscard d'Estaing) ; et aussi la *lâcheté* définitive de tous les marginaux dont on veut bien citer l'avis (Cohn-Bendit). En ce sens, la stratégie qui commande l'affaire Moro a sa place reconnue, et certainement soutenue, dans une lutte internationale ; quoique ce soit sans doute un vrai « Censor » italien qui mène le jeu, et non la C.I.A. ou les services allemands.

2. Quand je dis que les staliniens italiens sont *complices*, je ne crois pas qu'ils participent eux-mêmes au pseudo-terrorisme. Ils sont tout de même complices, en même temps que victimes, en ceci qu'ils ne veulent pas le dénoncer vraiment ; parce qu'il y a pour eux, étant ce qu'ils sont et ce qu'ils sont devenus, des inconvénients à le dénoncer, et des avantages à ne pas le faire. Cependant, un des principaux éléments de leur propre jeu est justement la menace de dénoncer tout cela, si l'on va trop loin *contre eux* : d'où leurs terribles allusions, à certains moments. Tu m'as envoyé quelques citations très remarquables de leurs menaces du 4-5 mai. À ce moment-là, je n'avais vu cette prise de position évoquée dans la presse française que par une citation de *quatre ou cinq mots.* Et j'avais aussitôt conclu que « *maintenant Moro va mourir* ». Parce qu'il était clair que les staliniens avaient accepté depuis le début la

nécessité de la mort de Moro, mais souffraient énormément de la situation de chantage qui se prolongeait tout le temps que Moro était condamné, mais non exécuté. En menaçant de la sorte, ils obtiennent tout de suite que l'ennemi reconnaisse là « le point culminant de l'offensive ». Ce type d'allusions est exactement comparable à la « dissuasion » nucléaire dans la pseudo-guerre de notre époque : tous sont alliés *de facto*, et aucun ne veut ni ne peut (mais abstraitement, pourrait finalement...) commencer un conflit ; et simultanément les intérêts de chacun de ces alliés toujours un peu hostiles, et souvent très hostiles sur quelques points, ne sont ménagés, à chaque fois où il le faut, que par le rappel *qu'il n'est pas permis de pousser trop loin* un avantage, sous peine de voir s'écrouler toute la règle du jeu, au détriment absolu de tous les pouvoirs associés. Considère aussi combien l'état présent du monde, vivant sur des mensonges *changés au jour le jour*, permet ceci : en 1870, on commençait une guerre parce qu'un ambassadeur avait été reçu sans politesse. Aujourd'hui, on continue à être associés par le commerce et la police après s'être menacés de la destruction totale. De même, dans un parti *comme celui de Lénine*, on ne pourrait plus tenir les militants après avoir dit ce que le P.C.I. a dit au début de mai ; heureusement pour lui, il n'a plus de militants mais des « vitelloni spettatori ». Et c'est aussi son malheur.

Veaux spectateurs.

Préface à la quatrième édition italienne de *La Société du Spectacle*

Publiée en 1979 par les Éditions Vallecchi à Florence et Champ libre à Paris,
repris en 1992 par les Éditions Gallimard.

Des traductions de ce livre, publié à Paris vers la fin de 1967, ont déjà paru dans une dizaine de pays ; et le plus souvent plusieurs ont été produites dans la même langue, par des éditeurs en concurrence ; et presque toujours elles sont mauvaises. Les premières traductions ont été partout infidèles et incorrectes, à l'exception du Portugal et, peut-être, du Danemark. Les traductions publiées en néerlandais et en allemand sont bonnes dès les secondes tentatives, encore que l'éditeur allemand de cette fois ait négligé de corriger à l'impression une multitude de fautes. En anglais et en espagnol, il faut attendre les troisièmes pour savoir ce que j'ai écrit. On n'a pourtant rien vu de pire qu'en Italie où, dès 1968, l'éditeur De Donato a sorti la plus monstrueuse de toutes ; laquelle n'a été que partiellement améliorée par les deux traductions rivales qui ont suivi. D'ailleurs, à ce moment-là, Paolo Salvadori, étant allé trouver dans leurs bureaux les responsables de cet excès, les avait frappés, et leur avait même, littéralement, craché au visage : car telle est naturellement la manière d'agir des bons traducteurs, quand ils en rencontrent de mauvais. C'est assez dire que la quatrième traduction italienne, faite par Salvadori, est enfin excellente.

Cette extrême carence de tant de traductions qui, à l'exception des quatre ou cinq meilleures, ne m'ont pas été soumises, ne veut pas dire que ce livre soit plus difficile à comprendre que n'importe quel autre livre qui ait jamais réellement mérité d'être écrit. Ce traitement n'est pas non plus particulièrement réservé aux ouvrages subversifs, parce que dans ce cas les falsificateurs au moins n'ont pas à craindre d'être assignés par l'auteur devant les tribunaux ; ou parce que l'ineptie ajoutée au texte favorisera quelque peu les velléités de réfutation par des idéologues bourgeois ou bureaucratiques. On ne peut manquer de constater que la grande majorité des traductions publiées dans les dernières années, en quelque pays que ce soit, et même quand il s'agit des classiques, sont arrangées de la même façon. Le travail intellectuel salarié tend normalement à suivre la loi de la production industrielle de la décadence, où le profit de l'entrepreneur dépend de la rapidité d'exécution et de la mauvaise qualité du matériau employé. Cette production si fièrement libérée de toute apparence de ménagement du goût du public, depuis que, concentrée financièrement et donc toujours mieux équipée technologiquement, elle détient en monopole, dans tout l'espace du marché, la présence non qualitative de l'offre, a pu spéculer avec une hardiesse croissante sur la soumission forcée de la demande, et sur la perte du goût qui en est momentanément la conséquence dans la masse de sa clientèle. Qu'il s'agisse d'un logement, de la chair d'un bœuf d'élevage, ou du fruit de l'esprit ignare d'un traducteur, la considération qui s'impose souverainement, c'est que l'on peut désormais obtenir très vite à moindre coût ce qui exigeait auparavant un assez long temps de travail qualifié. Il est bien vrai, du reste, que les traducteurs ont peu de raisons de peiner sur le sens d'un livre, et surtout auparavant pour apprendre la langue en question, alors que presque tous les auteurs actuels ont eux-mêmes écrit avec une hâte si manifeste des livres qui vont être démodés en un temps si bref. Pourquoi traduire bien ce qu'il était déjà inutile d'écrire, et qui ne sera pas lu ? C'est par ce côté de son harmonie spéciale que le système spectaculaire est parfait ; il s'écroule par d'autres côtés.

Cependant, cette pratique courante de la plupart des éditeurs est inadaptée dans le cas de *La Société du Spectacle*, qui intéresse un public tout autre, pour un autre usage. Il existe, d'une manière nettement plus tranchée qu'autrefois, diverses sortes de livres. Beaucoup ne sont même pas ouverts ; et peu sont recopiés sur les murs. Ces derniers tirent précisément leur popularité, et leur pouvoir de conviction, du fait que les instances méprisées du spectacle n'en parlent pas, ou n'en disent que quelques pauvretés en passant. Les individus qui devront jouer leurs vies à partir d'une certaine description des forces historiques et de leur emploi ont, bien sûr, envie d'examiner par eux-mêmes les documents sur des traductions rigoureusement exactes. Sans doute, dans les conditions présentes de production surmultipliée et de diffusion surconcentrée des livres, les titres, en quasi-totalité, ne connaissent le succès, ou plus souvent l'insuccès, que pendant les quelques semaines qui suivent leur sortie. Le tout-venant de l'édition actuelle fonde là-dessus sa politique de l'arbitraire précipité et du fait accompli, qui convient assez aux livres dont on ne parlera, et d'ailleurs n'importe comment, qu'une seule fois. Ce privilège lui manque ici, et il est tout à fait vain de traduire mon livre à la va-vite, puisque la tâche sera toujours recommencée par d'autres ; et que les mauvaises traductions seront sans cesse supplantées par de meilleures.

Un journaliste français qui, récemment, avait rédigé un épais volume, annoncé comme propre à renouveler tout le débat des idées, quelques mois après expliquait son échec par le fait qu'il aurait manqué de lecteurs, plutôt que manqué d'idées. Il déclarait donc que nous sommes dans une société où l'on ne lit pas ; et que si Marx publiait maintenant *Le Capital*, il irait un soir expliquer ses intentions dans une émission littéraire de la télévision, et le lendemain on n'en parlerait plus. Cette plaisante erreur sent bien son milieu d'origine. Évidemment, si quelqu'un publie de nos jours un véritable livre de critique sociale, il s'abstiendra certainement de venir à la télévision, ou dans les autres colloques du même genre ; de sorte que, dix ou vingt ans après, on en parlera encore.

À vrai dire, je crois qu'il n'existe personne au monde qui soit capable de s'intéresser à mon livre, en dehors de ceux qui sont ennemis de l'ordre social existant, et qui agissent effectivement à partir de cette situation. Ma certitude à cet égard, bien fondée en théorie, est confirmée par l'observation empirique des rares et indigentes critiques ou allusions qu'il a suscitées parmi ceux qui détiennent, ou n'en sont encore qu'à s'efforcer d'acquérir, l'autorité de parler publiquement dans le spectacle, devant d'autres qui se taisent. Ces divers spécialistes des apparences de discussions que l'on appelle encore, mais abusivement, culturelles ou politiques, ont nécessairement aligné leur logique et leur culture sur celles du système qui peut les employer ; non seulement parce qu'ils ont été sélectionnés par lui, mais surtout parce qu'ils n'ont jamais été instruits par rien d'autre. De tous ceux qui ont cité ce livre pour lui reconnaître de l'importance, je n'en ai pas vu jusqu'ici un seul qui se soit risqué à dire, au moins sommairement, de quoi il s'agissait : en fait, il ne s'agissait pour eux que de donner l'impression qu'ils ne l'ignoraient pas. Simultanément, tous ceux qui lui ont trouvé un défaut semblent ne pas lui en avoir trouvé d'autres, puisqu'ils n'en ont rien dit d'autre. Mais chaque fois le défaut précis avait quelque chose de suffisant pour satisfaire son découvreur. L'un avait vu ce livre ne pas aborder le problème de l'État ; l'autre l'avait vu ne tenir aucun compte de l'existence de l'histoire ; un autre l'a repoussé en tant qu'éloge irrationnel et incommunicable de la pure destruction ; un autre l'a condamné comme étant le guide secret de la conduite de tous les gouvernements constitués depuis sa parution. Cinquante autres sont immédiatement parvenus à autant de conclusions singulières, dans le même sommeil de la raison. Et qu'ils écrivent cela dans des périodiques, dans des livres, ou dans des pamphlets composés *ad hoc*, le même ton de l'impuissance capricieuse a été employé par tous, faute de mieux. Par contre, à ma connaissance, c'est dans les usines d'Italie que ce livre a trouvé, pour le moment, ses meilleurs lecteurs. Les ouvriers d'Italie, qui peuvent être aujourd'hui donnés en exemple à leurs camarades de tous les pays pour leur absentéisme, leurs grèves sauvages que n'apaise aucune concession particulière, leur lucide refus du travail, leur mépris de la loi et de tous les partis étatistes, connaissent assez bien le sujet par la pratique pour avoir pu tirer profit des thèses de *La Société du Spectacle*, même quand ils n'en lisaient que de médiocres traductions.

Le plus souvent, les commentateurs ont fait mine de ne pas comprendre à quel usage on pouvait destiner un livre qui ne saurait être classé dans aucune des catégories des productions intellectuelles que la société encore dominante veut bien prendre en considération, et qui n'est écrit du point de vue d'aucun des métiers spécialisés qu'elle encourage. Les intentions de l'auteur ont donc paru obscures. Il n'y a pourtant là rien de mystérieux. Clausewitz, dans *La Campagne de 1815 en France*, a noté : « Dans toute critique stratégique, l'essentiel est de se mettre exactement au point de vue des acteurs ; il est vrai que c'est souvent très difficile. La grande majorité des critiques stratégiques disparaîtraient complètement, ou se réduiraient à de très légères distinctions de compréhension, si les écrivains voulaient ou pouvaient se mettre par la pensée dans toutes les circonstances où se trouvaient les acteurs. »

En 1967, je voulais que l'Internationale situationniste ait un livre de théorie. L'I.S. était à ce moment le groupe extrémiste qui avait le plus fait pour ramener la contestation révolutionnaire dans la société moderne ; et il était facile de voir que ce groupe, ayant déjà imposé sa victoire sur le terrain de la critique théorique, et l'ayant habilement poursuivie sur celui de l'agitation pratique, approchait alors du point culminant de son action historique. Il s'agissait donc qu'un tel livre fût présent dans les troubles qui viendraient bientôt, et qui le transmettraient après eux, à la vaste suite subversive qu'ils ne pourraient manquer d'ouvrir.

On sait la forte tendance des hommes à répéter inutilement des fragments simplifiés des théories révolutionnaires anciennes, dont l'usure leur est cachée par le simple fait qu'ils n'essaient pas de les appliquer à quelque lutte effective pour transformer les conditions dans lesquelles ils se trouvent vraiment ; de sorte qu'ils ne comprennent guère mieux comment ces théories ont pu, avec des fortunes diverses, être engagées dans les conflits d'autres temps. En dépit de cela, il n'est pas douteux, pour qui examine froidement la question, que ceux qui veulent ébranler réellement une société établie doivent formuler une théorie qui explique fondamentalement cette société ; ou du moins qui ait tout l'air d'en donner une explication satisfaisante. Dès que cette théorie est un peu divulguée, à condition qu'elle le soit dans des affrontements qui perturbent le repos public, et avant même qu'elle en vienne à être exactement comprise, le mécontentement partout en suspens sera aggravé, et aigri, par la seule connaissance vague de l'existence d'une condamnation théorique de l'ordre des choses. Et après, c'est en commençant à mener avec colère la guerre de la liberté, que tous les prolétaires peuvent devenir stratèges.

Sans doute, une théorie générale calculée pour cette fin doit-elle d'abord éviter d'apparaître comme une théorie visiblement fausse ; et donc ne doit pas s'exposer au risque d'être contredite par la suite des faits. Mais il faut aussi qu'elle soit une théorie parfaitement inadmissible. Il faut qu'elle puisse déclarer mauvais, à la stupéfaction indignée de tous ceux qui le trouvent bon, le centre même du monde existant, en en ayant découvert la nature exacte. La théorie du spectacle répond à ces deux exigences.

Le premier mérite d'une théorie critique exacte est de faire instantanément paraître ridicules toutes les autres. Ainsi, en 1968, tandis que, des autres courants organisés qui, dans le mouvement de négation par lequel commença la dégénérescence des formes de domination de ce temps, vinrent défendre leur propre retard et leurs courtes ambitions, aucun ne disposait d'un livre de théorie moderne, ni même ne reconnaissait rien de moderne dans le pouvoir de classe qu'il s'agissait de renverser, les situationnistes furent capables de mettre en avant la seule théorie de la redoutable révolte de mai ; et la seule qui rendait compte de nouveaux griefs éclatants, que personne n'avait dits. Qui pleure sur le consensus ? Nous l'avons tué. *Cosa fatta capo ha.*

Quinze ans auparavant, en 1952, quatre ou cinq personnes peu recommandables de Paris décidèrent de rechercher le dépassement de l'art. Il apparut que, par une conséquence heureuse d'une marche hardie sur ce chemin, les vieilles lignes de défense qui avaient brisé les précédentes offensives de la révolution sociale se trouvaient débordées et tournées. On découvrit là l'occasion d'en lancer une autre. Ce dépassement de l'art, c'est le « passage au nord-ouest » de la géographie de la vraie vie, qui avait si souvent été cherché pendant plus d'un siècle, notamment à partir de la poésie moderne s'auto-détruisant. Les précédentes tentatives, où tant d'explorateurs s'étaient perdus, n'avaient jamais débouché directement sur une telle perspective. C'est probablement parce qu'il leur restait encore quelque chose à ravager de la vieille province artistique, et surtout parce que le drapeau des révolutions semblait auparavant tenu par d'autres mains, plus expertes. Mais jamais aussi cette cause n'avait subi une déroute si complète, et n'avait laissé le champ de bataille si vide, qu'au moment où nous sommes venus nous y ranger. Je crois que le rappel de ces circonstances est le meilleur éclaircissement que l'on puisse apporter aux idées et au style de *La Société du Spectacle.* Et quant à cette chose, si l'on veut bien la lire, on y verra que les quinze années que j'ai passées à méditer la ruine de l'État, je ne les ai ni dormies ni jouées.

Il n'y a pas un mot à changer à ce livre dont, hormis trois ou quatre fautes typographiques, rien n'a été corrigé au cours de la douzaine de réimpressions qu'il a connues en France. Je me flatte d'être un très rare exemple contemporain de quelqu'un qui a écrit sans être tout de suite démenti par l'événement, et je ne veux pas dire démenti cent fois ou mille fois, comme les autres, mais pas une seule fois. Je ne doute pas que la confirmation que rencontrent toutes mes thèses ne doive continuer jusqu'à la fin du siècle, et même au delà. La raison en est simple : j'ai compris les facteurs constitutifs du spectacle « dans le cours du mouvement et conséquemment par leur côté éphémère », c'est-à-dire en envisageant l'ensemble du mouvement historique qui a pu édifier cet ordre, et qui maintenant commence à le dissoudre. À cette échelle, les onze années passées depuis 1967, et dont j'ai pu connaître d'assez près les conflits, n'ont été qu'un moment de la suite nécessaire de ce qui était écrit ; quoique, dans le spectacle même, elles aient été remplies par l'apparition et le remplacement de six ou sept générations de penseurs plus définitifs les uns que les autres. Pendant ce temps, le spectacle n'a fait que rejoindre plus exactement son concept, et le mouvement réel de sa négation n'a fait que se répandre extensivement et intensivement.

Il appartenait, en effet, à la société spectaculaire elle-même d'ajouter quelque chose dont ce livre, je crois, n'avait pas besoin : des preuves et des exemples plus lourds et plus convaincants. On a pu voir la falsification s'épaissir et descendre jusque dans la fabrication des choses les plus triviales, comme une brume poisseuse qui s'accumule au niveau du sol de toute l'existence quotidienne. On a pu voir prétendre à l'absolu, jusqu'à la folie « télématique », le contrôle technique et policier des hommes et des forces naturelles, contrôle dont les erreurs grandissent juste aussi vite que les moyens. On a pu voir le mensonge étatique se développer en soi et pour soi, ayant si bien oublié son lien conflictuel avec la vérité et la vraisemblance, qu'il peut s'oublier lui-même et se remplacer d'heure en heure. L'Italie a eu récemment l'occasion de contempler cette technique, autour de l'enlèvement et la mise à mort d'Aldo Moro, au point le plus haut qu'elle ait jamais atteint, et qui pourtant sera bientôt surpassé, ici ou ailleurs. La version des autorités italiennes, aggravée plutôt qu'améliorée par cent retouches successives, et que tous les commentateurs se sont fait un devoir d'admettre en public, n'a pas été un seul instant croyable. Son intention n'était pas d'être crue, mais d'être la seule en vitrine ; et après d'être oubliée, exactement comme un mauvais livre.

Ce fut un opéra mythologique à grandes machineries, où des héros terroristes à transformations sont renards pour prendre au piège leur proie, lions pour ne rien craindre de personne aussi longtemps qu'ils la gardent, et moutons pour ne pas tirer de ce coup la plus petite chose nuisible au régime qu'ils affectent de défier. On nous dit qu'ils ont la chance d'avoir affaire à la plus incapable des polices, et qu'en outre ils ont pu s'infiltrer sans gêne dans ses plus hautes sphères. Cette explication est peu dialectique. Une organisation séditieuse qui mettrait certains de ses membres en contact avec les services de sécurité de l'État, à moins de les y avoir introduits nombre d'années auparavant pour y faire loyalement leur tâche jusqu'à ce que vienne une grande occasion de s'en servir, devrait s'attendre à ce que ses manipulateurs soient eux-mêmes parfois manipulés ; et serait donc privée de cette olympienne assurance de l'impunité qui caractérise le chef d'état-major de la « brigade rouge ». Mais l'État italien dit mieux, à l'approbation unanime de ceux qui le soutiennent. Il a pensé, tout comme un autre, à infiltrer des agents de ses services spéciaux dans les réseaux terroristes clandestins, où il leur est si facile ensuite de s'assurer une rapide carrière jusqu'à la direction, et d'abord en faisant tomber leurs supérieurs, comme le firent, pour le compte de l'Okhrana tsariste, Malinovski qui trompa même le rusé Lénine, ou Azev qui, une fois à la tête de « l'organisation de combat » du parti socialiste-révolutionnaire, poussa la maîtrise jusqu'à faire lui-même assassiner le premier ministre Stolypine. Une seule coïncidence malheureuse est venue entraver la bonne volonté de l'État : ses services spéciaux venaient d'être dissous. Un service secret, jusqu'ici, n'était jamais dissous comme, par exemple, le chargement d'un pétrolier géant dans des eaux côtières, ou une fraction de la production industrielle moderne à Seveso. En gardant ses archives, ses mouchards, ses officiers traitants, il changeait simplement de nom. C'est ainsi qu'en Italie le S.I.M., Service des Informations Militaires, du régime fasciste, si fameux pour ses sabotages et ses assassinats à l'étranger, était devenu le S.I.D., Service des Informations de la Défense, sous le régime démocratique-chrétien. D'ailleurs, quand on a programmé sur un ordinateur une espèce de doctrine-robot de la « brigade rouge », lugubre caricature de ce que l'on serait réputé penser et faire si l'on préconise la disparition de cet État, un lapsus de l'ordinateur – tant il est vrai que ces machines-là dépendent de l'inconscient de ceux qui les informent – a fait attribuer au seul pseudo-concept que répète automatiquement la « brigade rouge », ce même sigle de S.I.M., voulant dire pour cette fois « Société Internationale des Multinationales ». Ce S.I.D., « baigné de sang italien », a dû être récemment dissous parce que, comme l'État l'avoue *post festum*, c'est lui qui, depuis 1969, exécutait directement, le plus souvent mais non toujours à la bombe, cette longue série de massacres que l'on attribuait, selon les saisons, aux anarchistes, aux néo-fascistes, ou aux situationnistes. Maintenant que la « brigade rouge » fait exactement le même travail, et pour une fois au moins avec une valeur opérationnelle très supérieure, il ne peut évidemment pas la combattre : puisqu'il est dissous. Dans un service secret digne de ce nom, la dissolution même est secrète. On ne peut donc pas distinguer quelle proportion des effectifs a été admise à une honorable retraite ; quelle autre a été affectée à la « brigade rouge », ou prêtée peut-être au Chah d'Iran pour incendier un cinéma d'Abadan ; quelle autre a été discrètement exterminée par un État probablement indigné d'apprendre que l'on avait quelquefois outrepassé ses instructions, et dont on sait qu'il n'hésitera jamais à tuer les fils de Brutus pour faire respecter ses lois, depuis que son intransigeant refus d'envisager même la plus minime concession pour sauver Moro a fait enfin la preuve qu'il avait toutes les fermes vertus de la Rome républicaine.

Giorgio Bocca, qui passe pour le meilleur analyste de la presse italienne, et qui fut en 1975 la première dupe du *Véridique Rapport* de Censor, entraînant aussitôt dans son erreur toute la nation, ou du moins la couche qualifiée qui écrit dans les journaux, n'a pas été découragé du métier par cette malencontreuse démonstration de sa niaiserie. Et peut-être est-ce pour lui un bien qu'elle ait été prouvée alors par une expérimentation aussi scientifique parce que, sinon, on pourrait être pleinement assuré que c'est par vénalité, ou par peur, qu'il a écrit en mai 1978 son livre *Moro – Una tragedia italiana*, dans lequel il s'empresse d'avaler, sans en perdre une, les mystifications mises en circulation, et les revomit sur-le-champ en les déclarant excellentes. Un seul instant, il est amené à évoquer le centre de la question, mais bien entendu à l'envers, quand il écrit ceci : « Aujourd'hui, les choses ont changé ; avec la terreur rouge derrière elles, les franges ouvrières extrémistes peuvent s'opposer ou tenter de s'opposer à la politique syndicale. Celui qui a assisté à une assemblée ouvrière dans une usine comme Alfa Romeo d'Arese a pu voir que le groupe des extrémistes, qui ne compte pas plus d'une centaine d'individus, est pourtant capable de se placer au premier rang et de crier des accusations et des insultes que le parti communiste doit supporter. » Que des ouvriers révolutionnaires insultent des staliniens, en obtenant le soutien de presque tous leurs camarades, rien n'est plus normal, puisqu'ils veulent faire une révolution. Ne savent-ils pas, instruits par leur longue expérience, que le préalable est de chasser les staliniens des assemblées ? C'est pour ne pas avoir pu le faire que la révolution échoua en France en 1968, et au Portugal en 1975. Ce qui est insensé et odieux, c'est de prétendre que ces « franges ouvrières extrémistes » peuvent en venir à ce stade nécessaire parce qu'elles auraient, « derrière elles », des terroristes. Tout au contraire, c'est parce qu'un grand nombre d'ouvriers italiens ont échappé à l'encadrement de la police syndicale-stalinienne, que l'on a fait marcher la « brigade rouge », dont le terrorisme illogique et aveugle ne peut que les gêner ; les *mass media* saisissant l'occasion pour y reconnaître sans l'ombre d'un doute leur détachement avancé, et leurs inquiétants dirigeants. Bocca insinue que les staliniens sont contraints de supporter les injures, qu'ils ont si largement méritées partout depuis soixante ans, parce qu'ils seraient physiquement menacés par des terroristes que l'autonomie ouvrière tiendrait en réserve. Ce n'est qu'une boccasserie particulièrement sale puisque personne n'ignore qu'à cette date, et très au-delà, la « brigade rouge » s'était bien gardée de s'attaquer aux staliniens personnellement. Quoiqu'elle veuille s'en donner l'allure, elle ne choisit pas au hasard ses périodes d'activité, ni selon son bon plaisir ses victimes. Dans un tel climat, on constate inévitablement l'élargissement d'une couche périphérique de petit terrorisme sincère, plus ou moins surveillé, et toléré momentanément, comme un vivier dans lequel on peut toujours pêcher à la commande quelques coupables à montrer sur un plateau ; mais la « force de frappe » des interventions centrales n'a pu être composée que de professionnels ; ce que confirme chaque détail de leur style.

Le capitalisme italien, et son personnel gouvernemental avec lui, est très divisé sur la question, en effet vitale et éminemment incertaine, de l'emploi des staliniens. Certains secteurs modernes du grand capital privé sont ou ont été résolument pour ; et d'autres, qu'appuient beaucoup de gestionnaires du capital des entreprises semi-étatisées, sont plus hostiles. Le haut personnel étatique a une large autonomie de manœuvre, parce que les décisions du capitaine priment celles de l'armateur quand le bateau coule, mais il est lui-même partagé. L'avenir de chaque clan dépend de la manière dont il saura imposer ses raisons, en les prouvant en pratique. Moro croyait au « compromis historique », c'est-à-dire à la capacité des staliniens de briser finalement le mouvement des ouvriers révolutionnaires. Une autre tendance, celle qui est pour l'instant en situation de commander aux contrôleurs de la « brigade rouge », n'y croyait pas ; ou du moins, estimait que les staliniens, pour les faibles services qu'ils peuvent rendre, et qu'ils rendront de toute façon, n'ont pas à être exagérément ménagés, et qu'il faut les bâtonner plus rudement pour qu'ils ne deviennent pas trop insolents. On a vu que cette analyse n'était pas sans valeur puisque, Moro ayant été enlevé en guise d'affront inaugural au « compromis historique » enfin authentifié par un acte parlementaire, le parti stalinien a continué à faire mine de croire à l'indépendance de la « brigade rouge ». On a gardé le prisonnier en vie aussi longtemps que l'on a cru pouvoir prolonger l'humiliation et l'embarras des amis, qui devaient subir le chantage en feignant noblement de ne pas comprendre ce qu'attendaient d'eux de barbares inconnus. On en a fini tout de même aussitôt que les staliniens ont montré les dents, faisant publiquement allusion à des manœuvres obscures ; et Moro est mort déçu. En effet, la « brigade rouge » a une autre fonction, d'un intérêt plus général, qui est de déconcerter ou discréditer les prolétaires qui se dressent réellement contre l'État, et peut-être un jour d'éliminer quelques-uns des plus dangereux. Cette fonction-là, les staliniens l'approuvent, puisqu'elle les aide dans leur lourde tâche. Le côté qui les lèse eux-mêmes, ils en limitent les excès par des insinuations à mots couverts en public aux moments cruciaux, et par des menaces précises et hurlées dans leurs constantes négociations intimes avec le pouvoir étatique. Leur arme de dissuasion, c'est qu'ils pourraient soudainement tout dire de ce qu'ils savent de la « brigade rouge » depuis l'origine. Mais nul n'ignore qu'ils ne peuvent employer cette arme sans briser le « compromis historique » ; et donc qu'ils souhaitent sincèrement pouvoir rester aussi discrets là-dessus que sur les exploits du S.I.D. proprement dit, en son temps. Que deviendraient les staliniens, dans une révolution ? Ainsi, on continue de les bousculer, mais pas trop. Quand, dix mois après l'enlèvement de Moro, la même invincible « brigade rouge » abat pour la première fois un syndicaliste stalinien, le parti dit communiste réagit aussitôt, mais sur le seul terrain des formes protocolaires, en menaçant ses alliés de les obliger désormais à le désigner comme un parti, certes toujours loyal et constructif, mais qui sera à côté de la majorité, et non plus à côté dans la majorité.

La caque sent toujours le hareng, et un stalinien sera toujours dans son élément partout où l'on respire une odeur de crime occulte d'État. Pourquoi ceux-là s'offenseraient-ils de l'atmosphère des discussions au sommet de l'État italien, avec le couteau dans la manche et la bombe sous la table ? N'était-ce pas dans le même style que se réglaient les différends entre, par exemple, Khrouchtchev et Béria, Kadar et Nágy, Mao et Lin Piao ? Et d'ailleurs les dirigeants du stalinisme italien ont fait eux-mêmes les bouchers dans leur jeunesse, au temps de leur premier compromis historique, quand ils s'étaient chargés, avec les autres employés du « Komintern », de la contre-révolution au service de la République démocratique espagnole, en 1937. C'était alors leur propre « brigade rouge » qui enlevait Andrès Nin, et le tuait dans une autre prison clandestine.

Ces tristes évidences, de nombreux Italiens les connaissent de très près, et d'autres bien plus nombreux s'en sont tout de suite avisés. Mais elles ne sont publiées nulle part, car ceux-ci sont privés du moyen de le faire, et ceux-là de l'envie. C'est à ce degré de l'analyse que l'on est fondé à évoquer une politique « spectaculaire » du terrorisme, et non, comme le répète vulgairement la finesse subalterne de tant de journalistes ou professeurs, parce que des terroristes sont quelquefois mus par le désir de faire parler d'eux. L'Italie résume les contradictions sociales du monde entier, et tente, à la manière que l'on sait, d'amalgamer dans un seul pays la Sainte Alliance répressive du pouvoir de classe, bourgeois et bureaucratique-totalitaire, qui déjà fonctionne ouvertement sur toute la surface de la terre, dans la solidarité économique et policière de tous les États ; quoique, là aussi, non sans quelques discussions et règlements de comptes à l'italienne. Étant pour le moment le pays le plus avancé dans le glissement vers la révolution prolétarienne, l'Italie est aussi le laboratoire le plus moderne de la contre-révolution internationale. Les autres gouvernements issus de la vieille démocratie bourgeoise pré-spectaculaire regardent avec admiration le gouvernement italien, pour l'impassibilité qu'il sait conserver au centre tumultueux de toutes les dégradations, et pour la dignité tranquille avec laquelle il siège dans la boue. C'est une leçon qu'ils auront à appliquer chez eux pendant une longue période.

En effet, les gouvernements, et les nombreuses compétences subordonnées qui les secondent, tendent à devenir partout plus modestes. Ils se satisfont déjà de faire passer pour une paisible et routinière expédition des affaires courantes leur gestion, funambulesque et épouvantée, d'un processus qui devient sans cesse plus insolite et qu'ils désespèrent de maîtriser. Et comme eux, l'air du temps apportant tout cela, la marchandise spectaculaire a été amenée à un étonnant renversement de son type de justification mensongère. Elle présentait comme des biens extraordinaires, comme la clef d'une existence supérieure, et peut-être même élitiste, des choses tout à fait normales et quelconques : une automobile, des chaussures, un doctorat en sociologie. Elle est aujourd'hui contrainte de présenter comme normales et familières des choses qui sont effectivement devenues tout à fait extraordinaires. Ceci est-il du pain, du vin, une tomate, un œuf, une maison, une ville ? Certainement pas, puisqu'un enchaînement de transformations internes, à court terme économiquement utile à ceux qui détiennent les moyens de production, en a gardé le nom et une bonne part de l'apparence, mais en en retirant le goût et le contenu. On assure pourtant que les divers biens consommables répondent indiscutablement à ces appellations traditionnelles, et on en donne pour preuve le fait qu'il n'existe plus rien d'autre, et qu'il n'y a donc plus de comparaison possible. Comme on a fait en sorte que très peu de gens sachent où trouver les authentiques là où ils existent encore, le faux peut relever légalement le nom du vrai qui s'est éteint. Et le même principe qui régit la nourriture ou l'habitat du peuple s'étend partout, jusqu'aux livres ou aux dernières apparences de débat démocratique que l'on veut bien lui montrer.

La contradiction essentielle de la domination spectaculaire en crise, c'est qu'elle a échoué sur le point où elle était la plus forte, sur certaines plates satisfactions matérielles, qui excluaient bien d'autres satisfactions, mais qui étaient censées suffire pour obtenir l'adhésion réitérée des masses de producteurs-consommateurs. Et c'est précisément cette satisfaction matérielle qu'elle a polluée, et qu'elle a cessé de fournir. La société du spectacle avait partout commencé dans la contrainte, dans la tromperie, dans le sang ; mais elle promettait une suite heureuse. Elle croyait être aimée. Maintenant, elle ne promet plus rien. Elle ne dit plus : « Ce qui apparaît est bon, ce qui est bon apparaît. » Elle dit simplement : « C'est ainsi. » Elle avoue franchement qu'elle n'est plus, dans l'essentiel, réformable ; quoique le changement soit sa nature même, pour transmuter en pire chaque chose particulière. Elle a perdu toutes ses illusions générales sur elle-même.

Tous les experts du pouvoir, et tous leurs ordinateurs, sont réunis en permanentes consultations pluridisciplinaires, sinon pour trouver le moyen de guérir la société malade, du moins pour lui garder autant que faire se pourra, et jusqu'en coma dépassé, une apparence de survie, comme pour Franco ou Boumediène. Un vieux chant populaire de Toscane conclut plus vite et plus savamment : « *E la vita non è la morte, – E la morte non è la vita. – La canzone è già finita.* »

Celui qui lira attentivement ce livre verra qu'il ne donne aucune sorte d'assurances sur la victoire de la révolution, ni sur la durée de ses opérations, ni sur les âpres voies qu'elle aura à parcourir, et moins encore sur sa capacité, parfois vantée à la légère, d'apporter à chacun le parfait bonheur. Moins que toute autre, ma conception, qui est historique et stratégique, ne peut considérer que la vie devrait être, pour cette seule raison que cela nous serait agréable, une idylle sans peine et sans mal ; ni donc que la malfaisance de quelques possédants et chefs crée seule le malheur du plus grand nombre. Chacun est le fils de ses œuvres, et comme la passivité fait son lit, elle se couche. Le plus grand résultat de la décomposition catastrophique de la société de classes, c'est que, pour la première fois dans l'histoire, le vieux problème de savoir si les hommes, dans leur masse, aiment réellement la liberté, se trouve dépassé : car maintenant ils vont être contraints de l'aimer.

Il est juste de reconnaître la difficulté et l'immensité des tâches de la révolution qui veut établir et maintenir une société sans classes. Elle peut assez aisément commencer partout où des assemblées prolétariennes autonomes, ne reconnaissant en dehors d'elles aucune autorité ou propriété de quiconque, plaçant leur volonté au-dessus de toutes les lois et de toutes les spécialisations, aboliront la séparation des individus, l'économie marchande, l'État. Mais elle ne triomphera qu'en s'imposant universellement, sans laisser une parcelle de territoire à aucune forme subsistante de société aliénée. Là, on reverra une Athènes ou une Florence dont personne ne sera rejeté, étendue jusqu'aux extrémités du monde ; et qui, ayant abattu tous ses ennemis, pourra enfin se livrer joyeusement aux véritables divisions et aux affrontements sans fin de la vie historique.

Qui peut encore croire à quelque issue moins radicalement réaliste ? Sous chaque résultat et sous chaque projet d'un présent malheureux et ridicule, on voit s'inscrire le *Mané, Thécel, Pharès* qui annonce la chute immanquable de toutes les cités d'illusion. Les jours de cette société sont comptés ; ses raisons et ses mérites ont été pesés, et trouvés légers ; ses habitants se sont divisés en deux partis, dont l'un veut qu'elle disparaisse.

(Janvier 1979.)

Notice de présentation expédiée à Gérard Lebovici le 7 mai 1978 pour la *Correspondance* des Éditions Champ libre dont le premier volume paraîtra en octobre 1978 et le second en novembre 1981.

Présentation de la *Correspondance* des Éditions Champ libre

(1978)

On a pu faire cette remarque, à propos de Champ libre, que pour la première fois une maison d'édition soulevait des passions parmi des gens qui ne savent pas lire. Des passions forcées de rester lointaines sont généralement malveillantes. Le spectateur contemporain paraît guetter perpétuellement l'occasion fugitive de faire connaître son avis sur une grande variété de choses qu'il ignore, mais dans tous les cas il n'exprime que ses émotions dominantes : l'envie omniforme, l'ambition sans moyens, la prétention sans illusion. Car tels sont les traits qu'imprime massivement un système productif qui ne peut songer à fabriquer des consommateurs plus réussis que ses marchandises.

Cette médiocrité désespérée a régulièrement hâte de dire n'importe quoi avec autorité, pour ressembler un peu aux autorités, qui disent n'importe quoi. Elle oublie systématiquement l'évidence, dogmatise à partir des rumeurs qu'elle a elle-même inventées, et déraisonne aveuglément sur ses propres falsifications.

Champ libre cependant, pour dissiper d'un seul coup toutes les rumeurs qui l'entourent, n'a qu'à publier sans autre commentaire la part de sa correspondance qui revêt un caractère polémique. Voilà un irremplaçable document sur les conditions de ce qui ne peut plus, heureusement, être appelé la vie intellectuelle, à l'époque où la société entière se décompose.

Des éditions ne sont pas seulement définies par les auteurs qu'elles acceptent ou qu'elles repoussent, mais encore par la manière dont elles les acceptent et les repoussent. Jamais jusqu'ici les éditeurs, préoccupés de rentabilité commerciale ou soucieux de certains ménagements politiques, n'avaient, croyons-nous, entrepris de placer leur activité sous une lumière si révélatrice.

Déclaration

(mars 1979)

Cette *Déclaration* écrite par Guy Debord et publiée par Gérard Lebovici dans le catalogue des Éditions Champ libre en 1979 paraîtra dans chaque nouveau catalogue de ces éditions jusqu'à l'assassinat de son fondateur en mars 1984 ; puis elle figurera dans les catalogues des Éditions Gérard Lebovici jusqu'à la mort de Floriana Lebovici en février 1990 et la liquidation de ces éditions en 1991, après la rupture de Guy Debord avec les héritiers Lebovici.

Les auteurs publiés par les Éditions Champ libre s'étonnent de constater que, parfois, un journaliste prétend encore « rendre compte » d'un de leurs livres ; ou même, ce qui est pire, ose lui décerner une sorte d'approbation arbitraire, comme pour afficher là un air glorieux de familiarité, qui pourtant n'aura pu être simulé que par la médiation d'une pseudo-lecture. Les auteurs actuels des Éditions Champ libre, bien évidemment, regardent les « travailleurs intellectuels » de la presse d'aujourd'hui, sans aucune exception, comme étant notoirement dépourvus de l'intelligence et de la présomption de véracité qui seraient requises pour donner un avis sur leurs écrits. Les professionnels de la falsification et de la jobardise semblent oublier qu'ils se sont, par leur fonction, privés du droit de faire, même sur un seul détail, l'éloge de quelque chose de vrai. De telles illusions devront cesser ; et donc ces gens-là devront se taire.

Les Éditions Champ libre déclarent qu'elles ne peuvent être tenues à aucun degré pour responsables de ces pratiques, dans les cas où il faut en déplorer la persistance. En effet, les Éditions Champ libre ont cessé d'adresser des « services de presse » à quelque journal ou journaliste que ce soit : considérant que cette tradition de l'information objective n'avait plus de raison d'être maintenue, survivant à toute signification, dans un temps où il n'existe même plus l'apparence d'une presse libre ; c'est-à-dire qui s'abstiendrait de se soumettre à une seule des impostures dominantes. Les Éditions Champ libre ont donc cessé de reconnaître l'existence de la presse. Ceux qui, déjà, n'avaient pas d'« interviews », ont été en outre privés des textes.

Par conséquent, tout journaliste qui, dans cette période, a continué à dire son mot sur un livre édité par Champ libre, où qui le ferait encore à l'avenir, aura nécessairement dû se procurer par lui-même un exemplaire, en tant que personne privée. Ainsi donc, sa qualité de critique professionnel n'étant plus reconnue par l'éditeur, alors qu'elle était déjà méprisée par les auteurs, son intervention devra être considérée comme pleinement abusive.

C'est l'occasion pour les Éditions Champ libre de dire qu'elles reconnaissent tous leurs principes résumés dans cette prise de position qu'un de leurs auteurs anciens, Clausewitz, publiait à l'heure où son pays cherchait le confort dans la servitude, et deux ans avant l'écroulement de la domination qui paraissait alors si bien établie : « Je déclare et j'affirme à la face du monde et des générations à venir que je tiens la fausse prudence, par laquelle les esprits bornés prétendent se soustraire au danger, pour la chose la plus pernicieuse qu'aient pu nous inspirer la crainte et la terreur ; (...) que le vertige de peur de notre temps ne me fait pas oublier les avertissements du passé lointain et proche, les leçons de sagesse de siècles entiers, les nobles exemples de peuples célèbres, et que je ne vais pas renoncer à l'histoire universelle pour quelque feuille d'un journal mensonger. »

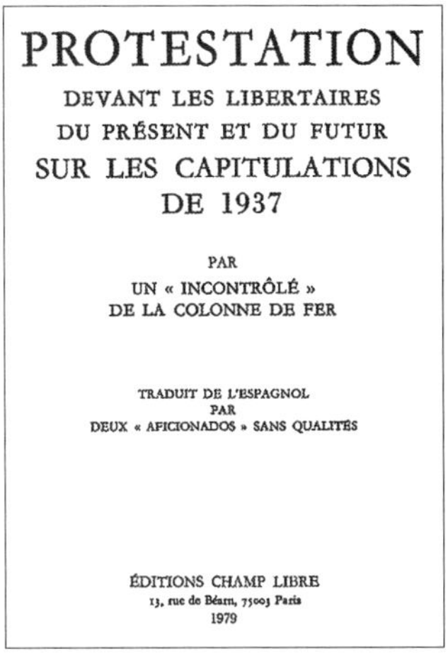

PROTESTATION
DEVANT LES LIBERTAIRES
DU PRÉSENT ET DU FUTUR
SUR LES CAPITULATIONS
DE 1937

PAR
UN « INCONTRÔLÉ »
DE LA COLONNE DE FER

TRADUIT DE L'ESPAGNOL
PAR
DEUX « AFICIONADOS » SANS QUALITÉS

ÉDITIONS CHAMP LIBRE
13, rue de Béarn, 75003 Paris
1979

Traduit de l'espagnol par Alice et Guy Debord, *Protestation devant les libertaires du présent et du futur sur les capitulations de 1937* fut publié en édition bilingue en décembre 1979 par les Éditions Champ libre, avec en quatrième page de couverture une présentation écrite par Guy Debord.

Cet appel d'un milicien anarchiste inconnu, appartenant à la fameuse Colonne de Fer, paraît bien être, jusqu'à ce jour, l'écrit le plus véridique et le plus beau que nous ait laissé la révolution prolétarienne d'Espagne. Le contenu de cette révolution, ses intentions et sa pratique, y sont résumés froidement, et passionnément. Les principales causes de son échec y sont dénoncées : celles qui procédèrent de la constante action contre-révolutionnaire des staliniens relayant, dans la République, les forces bourgeoises désarmées, et des constantes concessions des responsables de la C.N.T.-F.A.I. (ici amèrement évoqués par le terme « les nôtres ») de juillet 1936 à mars 1937.

Celui qui revendique hautement le titre, alors injurieux, d'« incontrolado », a fait preuve du plus grand sens historique et stratégique. On a fait la révolution à moitié, en oubliant que le temps n'attend pas. « Hier nous étions maîtres de tout, aujourd'hui c'est eux qui le sont. » À cette heure, il ne reste plus aux libertaires de la Colonne de Fer qu'à « continuer jusqu'à la fin », ensemble. Après avoir vécu un aussi grand moment, il n'est pas possible de « nous séparer, nous en aller, ne plus nous revoir ». Mais tout le reste a été renié et dilapidé.

Ce texte, mentionné dans l'ouvrage de Burnett Bolloten, a été publié par *Nosotros*, quotidien anarchiste de Valence, des 12, 13, 15, 16 et 17 mars 1937. La Colonne de Fer fut intégrée, à partir du 21 mars, dans l'« armée populaire » de la République, sous l'appellation de 83e Brigade. Le 3 mai, le soulèvement armé des ouvriers de Barcelone fut désavoué par les mêmes responsables, qui réussirent à y mettre un terme le 7 mai. Il ne resta plus en présence que deux pouvoirs étatiques de la contre-révolution, dont le plus fort gagna la guerre civile.

Burnett Bolloten, *La Révolution espagnole, la gauche et la lutte pour le pouvoir* (Ruedo ibérico, 1977 ; première édition : *The Grand Camouflage*, 1961).

PROTESTATION DEVANT LES LIBERTAIRES DU PRÉSENT ET DU FUTUR SUR LES CAPITULATIONS DE 1937

Je suis l'un de ceux qui ont été délivrés de San Miguel de los Reyes, sinistre bagne qu'éleva la monarchie pour enterrer vivants les hommes qui, parce qu'ils n'étaient pas des lâches, ne se sont jamais soumis aux lois infâmes que dictèrent les puissants contre les opprimés. Ils m'ont emmené là-bas, comme tant d'autres, pour avoir lavé une offense, pour m'être rebellé contre les humiliations dont un village entier était victime : autrement dit, pour avoir tué un « cacique ».

J'étais jeune, et je suis jeune maintenant, puisque j'entrai au bagne à vingt-trois ans et que j'en suis sorti, parce que les camarades anarchistes en ouvrirent les portes, quand j'en avais trente-quatre. Onze années soumis au supplice de ne pas être homme, d'être une chose, d'être un numéro !

Avec moi sortirent beaucoup d'hommes, qui en avaient autant enduré, qui étaient aussi marqués par les mauvais traitements subis depuis leur naissance. Certains, dès qu'ils ont foulé le pavé de la rue, s'en sont allés par le monde ; et les autres, nous nous réunîmes à nos libérateurs, qui nous traitèrent en amis et nous aimèrent en frères. Avec eux, peu à peu, nous avons formé « la Colonne de Fer » ; avec eux, à grands pas, nous avons donné l'assaut aux casernes et fait rendre les armes à de redoutables gardes civils ; avec eux, par d'âpres attaques, nous avons refoulé les fascistes jusque sur les crêtes de la montagne, là où ils sont encore à présent. Accoutumés de prendre ce dont nous avons besoin, de pourchasser le fasciste, nous avons conquis sur lui les approvisionnements et les fusils. Et nous nous sommes nourris pour un temps de ce que nous offraient les paysans, et nous nous sommes armés sans que personne ne nous fît le cadeau d'une arme, avec ce que nous avions ôté, par la force de nos bras, aux militaires insurgés. Le fusil que je tiens et caresse, celui qui m'accompagne depuis que j'ai quitté ce fatidique bagne, il est à moi, c'est mon bien propre ; si j'ai pris, comme un homme, celui que j'ai entre les mains, de la même façon sont nôtres, proprement nôtres, presque tous ceux que mes camarades ont dans leurs mains.

Personne, ou presque personne, n'a jamais eu d'égards pour nous. La stupéfaction des bourgeois, en nous voyant quitter le bagne, n'a pas cessé et s'est même étendue à tout le monde, jusqu'en ce moment ; de sorte qu'au lieu de nous prendre en considération et de nous aider, de nous soutenir, on nous a traités de bandits, on nous a accusés d'être des incontrôlés : parce que nous ne soumettons pas le rythme de notre vie, que nous avons voulue et voulons libre, aux stupides caprices de quelques-uns qui se sont considérés, bêtement et orgueilleusement, comme les propriétaires des hommes dès qu'ils se sont vus dans un ministère ou un comité ; et parce que, dans les villages où nous sommes passés, après en avoir arraché la possession au fasciste, nous avons changé le système de vie, annihilant les féroces « caciques » qui tourmentaient toute l'existence des paysans après les avoir volés, et remettant la richesse aux mains des seuls qui surent la créer, aux mains des travailleurs.

Personne, je peux en donner l'assurance, personne n'aurait pu se comporter avec les dépossédés, avec les nécessiteux, avec ceux qui toute leur vie furent pillés et persécutés, mieux que nous, les incontrôlés, les bandits, les échappés du bagne. Personne, personne – je défie qu'on m'en apporte la preuve – n'a jamais été plus affectueux et plus serviable envers les enfants, les femmes et les vieillards ; personne, absolument personne, ne peut blâmer cette Colonne, qui seule, sans aide, et il faut même dire entravée, a été depuis le commencement à l'avant-garde, personne ne peut l'accuser d'un manque de solidarité, ou de despotisme, de mollesse ou de lâcheté quand il s'agissait de combattre, ou d'indifférence envers le paysan, ou de manque d'esprit révolutionnaire ; puisque hardiesse et vaillance au combat ont été notre norme, la noblesse à l'égard du vaincu notre loi, la cordialité avec nos frères notre devise, et que la bonté et le respect ont été le critère du déroulement de toute notre vie.

Pourquoi cette légende noire que l'on a tissée autour de nous ? Pourquoi cet acharnement insensé à nous discréditer alors que notre discrédit, qui n'est pas possible, ne ferait que porter préjudice à la cause révolutionnaire, et à la guerre même ?

Il y a – nous, les hommes du bagne, qui avons souffert plus que personne sur la terre, nous le savons bien –, il y a, dis-je, dans l'atmosphère un extrême embourgeoisement. Le bourgeois d'âme et de corps, qui est tout ce qu'il y a de médiocre et de servile, tremble à l'idée de perdre sa tranquillité, son cigare et son café, ses taureaux, son théâtre et ses relations prostituées ; et quand il entendait dire quelque chose de la Colonne, de cette Colonne de Fer, le soutien de la Révolution dans ces terres du Levant, ou quand il apprenait que la Colonne annonçait sa descente sur Valence, il tremblait comme une feuille en pensant que ceux de la Colonne allaient l'arracher à sa vie de plaisirs misérables. Et le bourgeois – il y a des bourgeois de différentes classes et dans beaucoup de positions – tissait, sans répit, avec les fils de la calomnie, la noire légende dont il nous a gratifiés ; parce que c'est au bourgeois, et seulement au bourgeois, qu'ont pu et peuvent encore nuire nos activités, nos révoltes, et ces désirs irrépressibles qui emportent follement nos cœurs, désir d'être libres comme les aigles sur les plus hautes cimes ou comme les lions au fond des forêts.

Même des frères, ceux qui ont souffert avec nous dans les champs et les ateliers, ceux qui ont été indignement exploités par la bourgeoisie, se firent l'écho des terribles craintes de celle-ci, et en arrivèrent à croire, parce que certains, trouvant leur intérêt à être des chefs, le leur dirent, que nous, les hommes qui luttions dans la Colonne de Fer, nous étions des bandits et des gens sans âme ; de sorte qu'une haine, qui en est maintes fois arrivée à la cruauté et au fanatisme meurtrier, sema de pierres notre chemin, pour entraver notre avance contre le fascisme.

Certaines nuits, de ces nuits obscures dans lesquelles, l'arme au bras et l'oreille aux aguets, je m'efforçais de pénétrer les profondeurs du pays alentour et aussi les mystères des choses, je ne trouvais pas d'autre remède, comme dans un cauchemar, que de me dresser hors de l'abri, et ceci non pour désankyloser mes membres, qui sont d'acier parce qu'ils sont passés par le creuset de la douleur, mais pour empoigner plus rageusement mon arme, ressentant des envies de tirer, non seulement contre l'ennemi qui était caché à moins de cent mètres de moi, mais encore contre l'autre ennemi, contre celui que je ne voyais pas, contre celui qui se cachait à mes côtés, et il y est encore à présent, qui m'appelle camarade tandis qu'il me manque bassement, puisqu'il n'y a pas de manquement plus lâche que celui qui se repaît de trahisons. Et j'éprouvais des envies de pleurer et de rire, et de courir à travers les champs en criant et de serrer des gorges avec mes doigts de fer, comme lorsque j'ai brisé entre mes mains celle de l'immonde « cacique », et de faire sauter, pour qu'il n'en reste que décombres, ce monde misérable où il est si difficile de trouver des mains aimantes qui essuient ta sueur et étanchent le sang de tes blessures quand, fatigué et blessé, tu reviens de la bataille.

Combien de nuits, les hommes étant ensemble, et ne formant qu'une seule grappe ou poignée, quand j'exprimais à mes camarades, les anarchistes, mes peines et mes douleurs, j'ai trouvé, là-bas, dans l'âpreté de la montagne, face à l'ennemi qui nous guettait, une voix amie et des bras affectueux qui m'ont fait à nouveau aimer la vie ! Et alors, toute la souffrance, tout le passé, toutes les horreurs et tous les tourments qui ont marqué mon corps, je les jetais au vent comme s'ils eussent appartenu à d'autres époques, et je m'abandonnais avec joie à des rêves d'aventure, apercevant, dans la fièvre de l'imagination, un monde différent de celui où j'avais vécu, mais que je désirais ; un monde différent de celui où ont vécu les hommes, mais que nous sommes nombreux à avoir rêvé. Et le temps passait pour moi comme s'il volait, et les fatigues ne m'atteignaient pas, et mon enthousiasme redoublait, et me rendait téméraire, et me faisait sortir dès le point du jour en reconnaissance pour découvrir l'ennemi, et… tout pour changer la vie ; pour imprimer un autre rythme à cette vie qui est la nôtre ; pour que les hommes, et moi parmi eux, nous puissions être frères ; pour qu'une fois au moins la joie, jaillissant de nos poitrines, se sème sur la terre ; pour que la Révolution, cette Révolution qui a été le pôle et la devise de la Colonne de Fer, puisse être, dans un temps prochain, un fait accompli.

Mes rêves se dissipaient comme ces blancs nuages ténus qui, au-dessus de nous, passaient sur la montagne, et je retournais à mes désenchantements pour revenir, une autre fois, de nuit, à mes joies. Et ainsi, entre peines et joies, entre l'angoisse et les pleurs, j'ai passé ma vie, vie heureuse au sein des périls, à la comparer à cette vie obscure et misérable de l'obscur et misérable bagne.

Mais un jour – c'était un jour gris et triste –, sur les sommets de la montagne, comme un vent de neige qui mord la chair, arriva une nouvelle : « Il faut se militariser. » Et, dès cette nouvelle, ce fut comme un poignard qui me déchira, et je souffris par avance les angoisses que nous ressentons maintenant. Durant des nuits, dans l'abri, je me répétais la nouvelle : « Il faut se militariser… »

À côté de moi, veillant tandis que je me reposais, bien que je ne puisse dormir, il y avait le délégué de mon groupe, qui serait alors lieutenant, et à quelques pas de là, dormant à même le sol, en appuyant sa tête sur une pile de bombes, était couché le délégué de ma centurie, qui serait capitaine ou colonel. Moi... je continuerai à être moi, l'enfant de la campagne, rebelle jusqu'à la mort. Je n'ai pas voulu, et je ne veux pas, des croix, des galons ou des commandements. Je suis comme je suis, un paysan qui a appris à lire en prison, qui a vu de près la douleur et la mort, qui était anarchiste sans le savoir et qui maintenant, le sachant, est plus anarchiste qu'hier, quand il a tué pour être libre.

Ce jour, ce jour-là où tomba des crêtes de la montagne, comme un vent glacé qui me déchira l'âme, la funeste nouvelle, sera inoubliable, comme tant d'autres dans ma vie de douleur. Ce jour-là... Bah !

Il faut se militariser !

La vie enseigne aux hommes plus que toutes les théories, plus que tous les livres. Ceux qui veulent apporter dans la pratique ce qu'ils ont appris des autres en s'abreuvant à ce qui est écrit dans les livres, se tromperont ; ceux qui apportent dans les livres ce qu'ils ont appris dans les détours du chemin de la vie, pourront peut-être faire une œuvre maîtresse. La réalité et la rêverie sont choses distinctes. Rêver est bon et beau, parce que le rêve est, presque toujours, l'anticipation de ce qui doit être ; mais le sublime est de rendre la vie belle, de faire de la vie, concrètement, une œuvre belle.

Moi, j'ai vécu ma vie à grande allure. Je n'ai pas goûté la jeunesse qui, d'après ce qu'on en lit, est allégresse, douceur, bien-être. Au bagne, je n'ai connu que la douleur. Jeune par le nombre des années, je suis un vieux par tout ce que j'ai vécu, par tout ce que j'ai pleuré, par tout ce que j'ai souffert. Car au bagne on ne rit presque jamais ; au bagne, qu'on soit sous son toit ou sous le ciel, on pleure toujours.

Lire un livre dans une cellule, séparé du contact des hommes, c'est rêver ; lire le livre de la vie, quand te le présente ouvert à une page quelconque le geôlier, qui t'insulte ou seulement t'espionne, c'est se trouver en contact avec la réalité.

J'ai lu certain jour, je ne sais où ni de qui, que l'auteur ne pouvait se faire une idée exacte de la rotondité de la Terre tant qu'il ne l'avait pas parcourue, mesurée, palpée : découverte. Une telle prétention me parut ridicule ; mais cette petite phrase est restée si imprimée en moi que quelquefois, lors de mes soliloques forcés dans la solitude de ma cellule, j'ai pensé à elle. Jusqu'à ce qu'un jour, comme si moi aussi je découvrais quelque chose de merveilleux qui auparavant eût été caché au reste des hommes, je ressentis la satisfaction d'être, par moi-même, le découvreur de la rotondité de la Terre. Et ce jour-là, comme l'auteur de la phrase, je parcourus, mesurai et palpai la planète, la lumière se faisant dans mon imagination à la « vision » de la Terre tournant dans les espaces infinis, faisant partie de l'harmonie universelle des mondes.

La même chose advient à propos de la douleur. Il faut la peser, la mesurer, la palper, la goûter, la comprendre, la découvrir pour avoir dans l'esprit une idée claire de ce qu'elle est. À côté de moi, tirant un chariot sur lequel d'autres, chantant et se réjouissant, s'étaient juchés, j'ai vu des hommes qui, comme moi, faisaient office de mule. Et ils ne souffraient pas ; et ils ne faisaient pas gronder, d'en bas, leur protestation ; et ils trouvaient juste et logique que ceux-là, en tant que maîtres, fussent ceux qui les tenaient par des rênes et empoignaient le fouet, et même logique et juste que le patron, d'un coup de laisse, leur balafre la face. Comme des animaux, ils poussaient un hennissement, frappaient le sol de leurs sabots et partaient au galop. Après, oh ! sarcasme, qu'on les ait dételés, ils léchaient comme des chiens esclaves la main qui les fouettait.

Il n'y a personne qui, ayant été humilié, vexé, outragé ; qui s'étant senti l'être le plus malheureux de la terre, en même temps que l'être le plus noble, le meilleur, le plus humain, et qui, dans le même temps et tout ensemble, éprouvant son malheur et se sentant heureux et fort, et subissant sur son dos et sur son visage, sans avertissement, sans motif, pour le pur plaisir de nuire et d'humilier, le poing glacé de la bête-carcellaire ; personne qui, s'étant vu traîné au mitard pour rébellion, et là-dedans, giflé et foulé aux pieds, entendant craquer ses os et voyant couler son sang jusqu'à tomber sur le sol comme une masse ; personne qui, après avoir souffert la torture infligée par d'autres hommes, obligé de sentir son impuissance, et de maudire et blasphémer à cause de cela, ce qui était aussi commencé à rassembler ses forces pour une autre fois ; personne qui, à recevoir le châtiment et l'outrage, a pris conscience de l'injustice du châtiment et de l'infamie de l'outrage et, l'ayant, s'est proposé d'en finir avec le privilège qui octroie à quelques-uns la faculté de châtier et d'outrager ; personne, enfin, qui, captif dans la prison ou captif dans le monde, a compris la tragédie des vies des hommes condamnés à obéir en silence et aveuglément aux ordres qu'ils reçoivent, qui ne puisse connaître la profondeur de la douleur, la marque terrible que la douleur laisse pour toujours sur ceux qui ont bu, palpé, respiré la douleur de se taire et d'obéir. Désirer parler et garder le silence, désirer chanter et rester muet, désirer rire et devoir par force étrangler le rire dans sa bouche, désirer aimer et être condamné à nager dans la boue de la haine !

Je suis passé par la caserne, et là j'ai appris à haïr. Je suis passé par le bagne, et là, parmi les larmes et les souffrances, étrangement, j'ai appris à aimer, à aimer intensément.

À la caserne j'en suis presque arrivé au point de perdre ma personnalité, tant était rigoureux le traitement que je subissais, parce qu'on voulait m'inculquer une discipline stupide. En prison, à travers de nombreuses luttes, je retrouvai ma personnalité, étant chaque fois plus rebelle à tout ce qu'on m'imposait. Autrefois, j'avais appris à haïr, du plus bas au plus haut degré, toutes les hiérarchies ; mais en prison, dans la plus affligeante douleur, j'ai appris à aimer les infortunés, mes frères, tandis que je conservais pure et limpide cette haine des hiérarchies dont m'avait nourri la caserne. Prisons et casernes sont une même chose : despotisme et libre exercice de la nature mauvaise de quelques-uns, pour la souffrance de tous. Ni la caserne n'enseigne la moindre chose qui ne soit dommageable à la santé physique et mentale, ni la prison ne corrige.

Avec ce jugement, avec cette expérience – expérience acquise parce que ma vie a baigné dans la douleur –, quand j'entendis que, au pied des montagnes, venait rôder l'ordre de militarisation, je sentis en un instant que mon être s'écroulait, car je vis clairement que mourrait en moi l'audacieux guerrillero de la Révolution, pour continuer en menant cette existence qui, à la caserne et en prison, se dépouille de tout attribut personnel ; pour tomber encore une fois dans le gouffre de l'obéissance, dans le somnambulisme bestial auquel conduit la discipline de la caserne ou de la prison, qui toutes les deux se valent. Et, empoignant avec rage mon fusil, depuis mon abri, regardant l'ennemi et l'« ami », regardant en avant et en arrière des lignes, je lançai une malédiction semblable à celles que je lançais quand, rebelle, on me conduisait au cachot, et je refoulai une larme, semblable à celles qui m'échappèrent alors, quand personne ne pouvait les voir, à mesurer mon impuissance. Et je voyais bien que les hypocrites qui souhaitent faire du monde une caserne et une prison, sont les mêmes, les mêmes, les mêmes qui, hier, dans les cachots, firent craquer nos os, à nous, des hommes – des hommes.

Casernes… bagnes…, vie indigne et misérable.

On ne nous a pas compris, et, parce qu'on ne pouvait pas nous comprendre, on ne nous a pas aimés. Nous avons combattu – maintenant les fausses modesties ne sont pas de mise, qui ne conduisent à rien –, nous avons combattu, je le répète, comme peu l'ont fait. Notre place a toujours été sur la première ligne de feu, pour la bonne raison que, dans notre secteur, depuis le premier jour, nous avons été les seuls.

Pour nous, il n'y eut jamais de relève ni…, ce qui a été pire encore, un mot gentil. Les uns comme les autres, les fascistes et les antifascistes, et jusqu'aux nôtres – quelle honte en avons-nous ressentie ! –, tous nous ont traités avec antipathie.

On ne nous a pas compris. Ou, ce qui est le plus tragique à l'intérieur de cette tragédie que nous vivons, peut-être ne nous sommes-nous pas fait comprendre ; puisque nous, pour avoir porté sur nos épaules le poids de tous les mépris et de toutes les duretés de ceux qui furent dans la vie du côté de la hiérarchie, nous avons voulu vivre, même dans la guerre, une vie libertaire, tandis que les autres, pour leur malheur et pour le nôtre, ont suivi le char de l'État, en s'y attelant.

Cette incompréhension, qui nous a causé des peines immenses, a bordé notre chemin de malheurs ; et non seulement les fascistes, que nous traitons comme ils le méritent, ont pu voir en nous un péril, mais aussi bien ceux qui se nomment antifascistes et crient leur antifascisme jusqu'à s'enrouer. Cette haine qui fut construite autour de nous donna lieu à des affrontements douloureux, le pire de tous en ignominie, qui fait monter le dégoût à la bouche et porter la main au fusil, eut lieu en pleine ville de Valence, lorsque ouvrirent le feu sur nous d'« authentiques rouges antifascistes ». Alors… bah !… alors il nous faut conclure sur ce que maintenant la contre-révolution est en train de faire.

L'Histoire qui recueille tout le bien et tout le mal que les hommes accomplissent, parlera un jour.

Et alors l'Histoire dira que la Colonne de Fer fut peut-être la seule en Espagne qui eut une vision claire de ce que devait être notre Révolution. L'Histoire dira aussi que ce fut cette Colonne qui opposa la plus grande résistance à la militarisation. Et dira, en outre, que, parce qu'elle y résistait, il y eut des moments où elle fut totalement abandonnée à son sort, en plein front de bataille, comme si une unité de six mille hommes, aguerris et résolus à vaincre ou mourir, devait être abandonnée à l'ennemi pour qu'il l'anéantisse.

Combien de choses dira l'Histoire, et combien de figures qui se croient glorieuses seront exécrées et maudites !

Notre résistance à la militarisation se trouvait fondée sur ce que nous connaissions des militaires. Notre résistance actuelle se fonde sur ce que nous connaissons actuellement des militaires.

Le militaire professionnel a constitué, maintenant comme toujours, ici comme en Russie, une caste. C'est elle qui commande ; aux autres, il ne doit rester rien de plus que l'obligation d'obéir. Le militaire professionnel hait de toutes ses forces, et d'autant plus s'il s'agit d'un compatriote, celui qu'il croit son inférieur.

J'ai moi-même vu – je regarde toujours les yeux des hommes – un officier trembler de rage ou de dégoût quand, m'adressant à lui, je l'ai tutoyé, et je connais des exemples, d'aujourd'hui, d'aujourd'hui même, de bataillons qui s'appellent prolétariens, dans lesquels le corps des officiers, qui a déjà oublié ses humbles origines, ne peut permettre – contre ceci il y a de sévères punitions – qu'un milicien les tutoie.

L'Armée « prolétarienne » ne demande pas une discipline qui pourrait être, somme toute, l'exécution des ordres de guerre ; elle demande la soumission, l'obéissance aveugle, l'anéantissement de la personnalité de l'homme.

La même chose, la même chose que lorsque hier j'étais à la caserne. La même chose, la même chose que lorsque plus tard j'étais au bagne.

Nous, dans les tranchées, nous vivions heureux. Certes, nous voyons tomber à côté de nous les camarades qui commencèrent avec nous cette guerre ; nous savons, de plus, qu'à tout instant une balle peut nous laisser étendus en plein champ – c'est la récompense qu'attend le révolutionnaire – ; mais nous vivions heureux. Nous mangions quand il y avait de quoi ; quand les vivres manquaient, nous jeûnions. Et tous contents. Pourquoi ? Parce que personne n'était supérieur à personne. Tous amis, tous camarades, tous guérilleros de la Révolution.

Le délégué de groupe ou de centurie ne nous était pas imposé, mais il était élu par nous-mêmes, et il ne se sentait pas lieutenant ou capitaine, mais camarade. Les délégués des Comités de la Colonne ne furent jamais colonels ou généraux, mais camarades. Nous mangions ensemble, combattions ensemble, riions ou maudissions ensemble. Nous n'avons eu aucune solde pendant longtemps, et eux non plus n'eurent rien. Et puis nous avons touché dix pesetas, ils ont touché et ils touchent dix pesetas.

La seule chose que nous considérons, c'est leur capacité éprouvée, et c'est pour cela que nous les choisissons ; pour autant que leur valeur était confirmée, ils furent nos délégués. Il n'y a pas de hiérarchies, il n'y a pas de supériorités, il n'y a pas d'ordres sévères : il y a la sympathie, l'affection, la camaraderie ; vie heureuse au milieu des désastres de la guerre. Et ainsi, entre camarades, se disant que l'on combat à cause de quelque chose et pour quelque chose, la guerre plaît, et l'on va jusqu'à accepter avec plaisir la mort. Mais quand tu te retrouves chez les militaires, là où tout n'est qu'ordres et hiérarchies ; quand tu vois dans ta main la triste solde avec laquelle tu peux à peine soutenir la famille que tu as laissée derrière toi, et quand tu vois que le lieutenant, le capitaine, le commandant, le colonel, empochent trois, quatre, dix fois plus que toi, bien qu'ils n'aient ni plus d'enthousiasme, ni plus de connaissances, ni plus de bravoure que toi, la vie te devient amère, parce que tu vois bien que cela, ce n'est pas la Révolution, mais la façon dont un petit nombre tire profit d'une situation malheureuse, ce qui ne tourne qu'au détriment du peuple.

Je ne sais pas comment nous vivrons désormais. Je ne sais pas si nous pourrons nous habituer à entendre les paroles blessantes d'un caporal, d'un sergent ou d'un lieutenant. Je ne sais pas si, après nous être sentis pleinement des hommes, nous pourrons accepter d'être des animaux domestiques, car c'est à cela que conduit la discipline et c'est cela que représente la militarisation.

Il est sûr que nous ne le pourrons pas, il nous sera totalement impossible d'accepter le despotisme et les mauvais traitements, parce qu'il faudrait n'être guère un homme pour, ayant une arme dans la main, endurer paisiblement l'insulte ; pourtant nous avons des exemples inquiétants à propos de camarades qui, en étant militarisés, en sont arrivés à subir, comme une dalle de plomb, le poids des ordres qui émanent de gens le plus souvent ineptes, et toujours hostiles.

Nous croyions que nous étions en marche pour nous affranchir, pour nous sauver, et nous allons tombant dans cela même que nous combattons : dans le despotisme, dans le pouvoir des castes, dans l'autoritarisme le plus brutal et le plus aliénant.

Cependant le moment est grave. Ayant été pris – nous ne savons pas pourquoi, et si nous le savons, nous le taisons en ce moment – ; ayant été pris, je le répète, dans un piège, nous devons sortir de ce piège, nous en échapper, le mieux que nous pouvons, car enfin, de pièges, tout le champ s'est trouvé truffé.

Les militaristes, tous les militaristes – il y en a de furieux dans notre camp – nous ont cernés. Hier nous étions maîtres de tout, aujourd'hui c'est eux qui le sont. L'armée populaire, qui de populaire n'a rien d'autre que le fait d'être recrutée dans le peuple, et c'est ce qui se passe toujours, n'appartient pas au peuple ; elle appartient au Gouvernement, et le Gouvernement dirige, et le Gouvernement ordonne. Au peuple, il est simplement permis d'obéir, et l'on exige qu'il obéisse toujours.

Étant pris entre les mailles militaristes, nous n'avons plus de choix qu'entre deux chemins : le premier nous conduit à nous séparer, nous qui, jusqu'à ce jour, sommes camarades dans la lutte, en proclamant la dissolution de la Colonne de Fer ; le second nous conduit à la militarisation.

La Colonne, notre Colonne ne doit pas se dissoudre. L'homogénéité qu'elle a toujours présentée a été admirable – je parle seulement pour nous, camarades – ; la camaraderie entre nous restera dans l'histoire de la Révolution espagnole comme un exemple ; la bravoure qui a paru dans cent combats aura pu être égalée dans cette lutte de héros, mais non surpassée. Depuis le premier jour, nous avons été des amis ; plus que des amis, des camarades, des frères. Nous séparer, nous en aller, ne plus nous revoir, ne plus ressentir, comme jusqu'ici, nos désirs de vaincre et de combattre, c'est impossible.

La Colonne, cette Colonne de Fer, qui depuis Valence jusqu'à Teruel a fait trembler les bourgeois et les fascistes, ne doit pas se dissoudre, mais continuer jusqu'à la fin.

Qui peut dire que d'autres, pour s'être militarisés, ont été dans les combats plus forts, plus hardis, plus généreux pour arroser de leur sang les champs de bataille ? Comme des frères qui défendent une noble cause, nous avons combattu ; comme des frères qui ont les mêmes idéaux, nous avons rêvé dans les tranchées ; comme des frères qui aspirent à un monde meilleur, nous sommes allés de l'avant avec notre courage. Dissoudre notre totalité homogène ? Jamais, camarades. Tant que nous restons une centurie, au combat. Tant qu'il reste un seul de nous, à la victoire.

Ce sera un moindre mal, quoique le mal soit grand d'avoir à accepter que quiconque, sans avoir été élu par nous, nous donne des ordres. Pourtant...

Être une colonne ou être un bataillon est presque indifférent. Ce qui ne nous est pas indifférent, c'est qu'on ne nous respecte pas.

Si nous restons, réunis, les mêmes individus que nous sommes en ce moment, que nous formions une colonne ou un bataillon, pour nous ce devrait être égal. Dans la lutte, nous n'aurons pas besoin de gens qui nous encouragent, au repos, nous n'aurons pas de gens qui nous interdisent de nous reposer, parce que nous n'y consentirons pas.

Le caporal, le sergent, le lieutenant, le capitaine, ou bien sont des nôtres, auquel cas nous serons tous camarades, ou bien sont nos ennemis, auquel cas il n'y aura qu'à les traiter en ennemis.

Colonne ou bataillon, pour nous, si nous le voulons, ce sera la même chose. Nous, hier, aujourd'hui et demain, nous serons toujours les guérilleros de la Révolution.

Ce qu'il nous adviendra dans la suite dépend de nous-mêmes, de la cohésion qui existe entre nous. Personne ne nous imprimera son rythme, c'est nous qui l'imprimerons, afin de garder une attitude adaptée à ceux qui se trouveront à nos côtés.

Tenons compte d'une chose, camarades. Le combat exige que nous ne retirions pas de cette guerre nos bras ni notre enthousiasme. En une colonne, la nôtre, ou en un bataillon, le nôtre ; en une division ou en un bataillon qui ne seraient pas les nôtres, il nous faut combattre.

Si la Colonne est dissoute, si nous nous dispersons, ensuite, étant obligatoirement mobilisés, nous n'aurons plus qu'à aller là où on nous l'ordonnera, et non avec ceux que nous avons choisis. Et comme nous ne sommes ni ne voulons être des bestioles domestiquées, il est bien possible que nous nous heurtions avec des gens que nous ne devrions pas heurter : avec ceux qui, que ce soit un mal ou un bien, sont nos alliés.

La Révolution, notre Révolution, cette Révolution prolétarienne et anarchiste, à laquelle, depuis les premiers jours, nous avons offert des pages de gloire, nous requiert de ne pas abandonner les armes, et de ne pas non plus abandonner le noyau compact que jusqu'à présent nous avons constitué, quel que soit le nom dont on l'appelle : colonne, division ou bataillon.

Un « Incontrôlé » de la Colonne de Fer.

JORGE MANRIQUE
STANCES SUR LA MORT DE SON PÈRE

Cette traduction par Guy Debord des *Coplas de Don Jorge Manrique por la muerte de su padre* a paru en avril 1980 aux Éditions Champ libre. Elle a été reprise en 1995 aux Éditions Le temps qu'il fait.

I

Souviens-toi, âme endormie,
Et ressors de ta torpeur,
Contemplant
Comment se passe la vie,
Et comme survient la mort,
Par surprise ;
Comment s'enfuit le plaisir ;
Comme après, son souvenir
Nous fait mal ;
Et comme, alors, nous croyons
Qu'un temps passé, quel qu'il fût,
Était mieux.

I

Recuerde el alma dormida,
abiue el seso e despierte
contemplando
cómo se passa la vida,
cómo se viene la muerte
tan callando,
quán presto se va el plazer,
cómo, después de acordado,
da dolor ;
cómo, a nuestro parescer,
qualquiere tiempo passado
fué mejor.

II

Voyant comme le présent
Dans l'instant s'en est allé,
Et n'est plus,
Si nous jugeons sagement,
L'à venir déjà nous semble
Du passé.
Nul ne se trompe en pensant
Que ne devra pas durer
Ce qui vient
Plus qu'à duré ce qu'il vit,
Parce que tout doit passer
De la sorte.

II

Pues si vemos lo presente
cómo en vn punto s'es ido
e acabado,
si juzgamos sabiamente,
daremos lo non venido
por passado.
Non se engañe nadi, no,
pensando que a de durar
lo que espera
más que duró lo que vió,
pues que todo a de passar
por tal manera.

III

Ce sont rivières, nos vies,
Qui descendent vers la mer
De la mort.
Là s'en vont les seigneuries,
Tout droit, pour s'y achever,
Consumées ;
Là les plus grandes rivières
Se mélangent aux médiocres
Ou infimes.
Là se retrouvent égaux
Ceux qui vivent de leurs mains
Et les riches.

III

Nuestras vidas son los ríos
que van a dar en la mar,
qu'es el morir ;
allí van los señoríos
derechos a se acabar
e consumir ;
allí los ríos caudales,
allí los otros medianos
e más chicos,
allegados son yguales
los que viuen por sus manos
e los ricos.

IV

Je dédaigne ce qu'invoquent
Poètes ou orateurs
Renommés ;
Laissons ces choses fictives,
Qui tirent d'herbes magiques
Leur saveur.
Moi, je ne me recommande
Qu'à Celui seul que j'invoque
Comme vrai,
Lui qui, vivant en ce monde,
N'a pas été reconnu
Pour divin.

IV

Dexo las inuocaciones
de los famosos poetas
y oradores ;
non curo de sus fictiones,
que trahen yeruas secretas
sus sabores ;
Aquél sólo m'encomiendo,
Aquél sólo inuoco yo
de verdad,
que en este mundo viuiendo,
el mundo non conoció
su deydad.

V

Car ce monde est le chemin
Vers l'autre, où est la demeure
Sans tourments ;
Mais il faut avoir du sens
Pour accomplir ce voyage
Sans errer.
Nous partons quand nous naissons,

V

Este mundo es el camino
para el otro, qu'es morada
sin pesar ;
mas cumple tener buen tino
para andar esta jornada
sin errar ;
partimos quando nascemos,

Marchons tant que nous vivons,
Parvenons
Au terme de notre temps :
Trouvant ainsi, en mourant,
Le repos.

andamos mientra viuimos,
y llegamos
al tiempo que feneçemos ;
assí que quando morimos
descansamos.

VI

Ce monde aura été bon
Si nous en avons usé
Comme il faut,
Puisque, selon notre foi,
C'est le lieu pour gagner l'autre,
Que l'on cherche.
Et même ce Fils de Dieu,
Pour nous élever au Ciel,
Est venu
Naître ici-bas parmi nous,
Vivre sur cette terre où
Il mourut.

VI

Este mundo bueno fué
si bien vsásemos dél
como deuemos,
porque, segund nuestra fe,
es para ganar aquél
que atendemos.
Haun aquel fijo de Dios
para sobirnos al cielo
descendió
a nascer acá entre nos,
y a viuir en este suelo
do murió.

VII

Voyez quel peu de valeur
Ont ces biens parmi lesquels
Nous passons,
Car ce monde nous trahit
Tant, qu'avant même la mort
On les perd.
Beaucoup, l'âge les défait,
Ou de désastreux hasards
Qui surviennent ;
Et d'autres, quoique plus rares,
Et propres aux plus hauts rangs,
Aussi tombent.

VII

Ved de quánd poco valor
son las cosas tras que andamos
y corremos,
que, en este mundo traydor,
haun primero que muramos
las perdemos :
dellas deshaze la edad,
dellas casos desastrados
que acaheçen,
dellas, por su calidad,
en los más altos estados
desfallescen.

VIII

Dites-moi donc : la beauté,
L'aimable fraîcheur du teint

VIII

Dezidme : La hermosura,
la gentil frescura y tez

Du visage,
Son éclat et ses couleurs,
Qu'en est-il resté quand vient
La vieillesse ?
La dextérité légère
Et la force corporelle
En jeunesse,
Tout est devenu pesant
Quand on arrive aux approches
Du grand âge.

de la cara,
la color e la blancura,
quando viene la vejez,
¿cuál se pára ?
Las mañas e ligereza
e la fuerça corporal
de juuentud,
todo se torna graueza
cuando llega al arraual
de senectud.

IX

Le sang d'antiques Maisons,
Le lignage et la noblesse
Élevée,
Se perdent par bien des voies,
Et tombent de leur hauteur
Dans la vie !
Les uns, pour trop peu valoir,
Malgré vassaux et soumis
Qu'ils commandent ;
Et d'autres, qui n'avaient rien,
Par charges imméritées,
Se maintiennent.

IX

Pues la sangre de los godos,
i el linaje e la nobleza
tan crescida,
¡por quántas vías e modos
se pierde su grand alteza
en esta vida !
Vnos, por poco valer,
por quán boxos e abatidos
que los tienen ;
otros que, por non tener,
con officios non deuidos
se mantienen.

X

Les offices, les richesses,
Nous laissent à l'heure indue,
Qui en doute ?
On n'en attend rien de ferme,
Car cela vient d'une dame
Très changeante :
Ce sont dons de la Fortune.
Ils tournent avec sa roue,
Promptement ;
Là ne peut rester la même,
Ni se tenir stable et fixe,
Nulle chose.

X

Los estados e riqueza,
que nos dexen a deshora
¿quién lo duda ?,
non les pidamos firmeza
pues que son d'una señora
que se muda :
que bienes son de Fortuna
que rebueluen con su rueda
presurosa,
la qual non puede ser vna
ni estar estable ni queda
en vna cosa.

XI

Même s'ils accompagnaient
Leur maître jusqu'à la tombe,
Je dirais
Qu'ils ne peuvent nous tromper,
Tant vite s'en va la vie,
Comme un songe.
Les délices d'ici-bas,
Qui nous plaisent si fort, sont
Temporelles ;
Les peines de l'au-delà,
Qu'ainsi nous nous préparons,
Éternelles.

XI

Pero digo c'acompañen
e lleguen fasta la fuessa
con su dueño :
por esso non nos engañen,
pues se va la vida apriessa
como sueño ;
e los deleytes d'acá
son, en que nos deleytamos,
temporales,
e los tormentos d'allá,
que por ellos esperamos,
eternales.

XII

Les plaisirs et les douceurs
De cette vie agitée
Que l'on mène
Nous font courir après eux ;
Mais la mort est le filet
Qui nous prend.
Sans voir ce que nous risquons,
Nous courons légèrement
Sans arrêt.
Quand nous découvrons le piège,
Voulant faire volte-face,
C'est trop tard.

XII

Los plazeres e dulçores
desta vida trabajada
que tenemos,
non son sino corredores,
e la muerte, la çelada
en que caemos.
Non mirando a nuestro daño,
corremos a rienda suelta
syn parar ;
desque vemos el engaño
e queremos dar la buelta
non ay lugar.

XIII

Si nous avions le pouvoir
D'embellir notre figure
Corporelle
Comme nous pouvons produire
Une âme si triomphante,
Près des anges,
Quelle vive diligence
Nous mettrions à toute heure,
Quelle hâte,

XIII

Si fuesse en nuestro poder
hazer la cara hermosa
corporal,
como podemos hazer
el alma tan gloriosa,
angelical,
¡qué diligencia tan viua
toujéramos toda hora,
e tan presta,

Pour hausser la malheureuse,
En laissant la souveraine
Se défaire !

en componer la catiua,
dexándonos la señora
descompuesta !

XIV

Ces rois si pleins de puissance
Que montrent les écritures
Du passé,
Des coups du sort déplorables,
Traversant leur chance, l'ont
Détournée.
Aussi, c'est chose certaine
Que papes et empereurs
Et prélats
Sont tous traités par la mort
Comme les pauvres bergers
Des troupeaux.

XIV

Esos reyes poderosos
que vemos por escripturas
ya pasadas,
con casos tristes, llorosos,
fueron sus buenas venturas
trastornadas ;
assí que non ay cosa fuerte,
que a papas y emperadores
e perlados,
assí los trata la Muerte
como a los pobres pastores
de ganados.

XV

Ne parlons pas des Troyens,
Nous n'avons pas vu leurs peines,
Ni leurs gloires ;
Ne parlons pas des Romains,
Quoique entendant et lisant
Leur histoire.
Ne cherchons pas à savoir,
De quelque siècle passé,
Ce qu'il fut ;
Voyons les choses d'hier,
Qui ont été oubliées
Comme lui.

XV

Dexemos a los Troyanos,
que sus males non los vjmos,
nj sus glorias ;
dexemos a los Romanos,
haunque oymos e leymos
sus estorias,
non curemos de saber
lo d'aquel siglo passado
qué fué d'ello ;
vengamos a lo d'ayer,
que tan bien es oluidado
como aquello.

XVI

Où est-il, le roi Don Juan ?
Et les Infants d'Aragon,
Où sont-ils ?

XVI

¿Qué se hjzo el rey don Joan ?
Los Infantes d'Aragón
¿qué se hizieron ?

Où donc sont tant d'amoureux ?
Où menèrent tant de ruses
Qu'ils trouvèrent ?
N'ont-ils été qu'ombres vaines,
Ont-ils passé comme l'herbe
Des saisons,
Les joutes et les tournois,
Les ornements, broderies
Et cimiers ?

¿Qué fué de tanto galán ?
¿qué de tanta jnujnción
que truxeron ?
¿Fueron sino devaneos,
qué fueron sino verduras
de las eras,
las iustas e los torneos,
paramentos, bordaduras
e çimeras ?

XVII

Où sont à présent les dames,
Leurs coiffes, leurs vêtements,
Leurs parfums ?
Où sont maintenant les flammes
Des feux qui brûlèrent tant
Les amants ?
Mais où sont leurs poésies,
Et les suaves musiques
Qu'ils jouèrent ?
Que reste-t-il de leurs danses,
Et des habits chamarrés
Qu'ils portèrent ?

XVII

¿Qué se hyzieron las damas,
sus tocados e vestidos,
sus olores ?
¿Qué se hizieron las Ilamas
de los fuegos encendidos
d'amadores ?
¿Qué se hizo aquel trobar,
las músicas acordadas
que tañjan ?
¿Qué se hizo aquel dançar,
aquellas ropas chapadas
que trayan ?

XVIII

Et l'autre, son héritier,
Don Henri, quelle puissance
Fut la sienne !
Mais quel glissant marécage
Le monde, avec ses plaisirs,
Fut pour lui !
Et surtout, combien hostile,
Combien contraire et cruel
À l'épreuve ;
Et quand il lui fut ami,
Combien peu dura ce qu'il
Lui donna !

XVIII

Pues el otro, su heredero,
don Anrique, ¡qué poderes
alcançaua !
¡Quánd blando, quánd alag[u]ero,
el mundo con sus plazeres
se le daua !
Mas verás quánd enemjgo,
quánd contrario, quánd cruel
se le mostró ;
auiéndole seydo amigo,
¡quánd poco duró con él
lo que le dió !

XIX

Les présents démesurés,
Les édifices royaux
Remplis d'or,
Les joyaux bien ouvragés,
Et les pièces des monnaies
Du trésor,
Harnachements et chevaux
De ses suivants, ornements
Excessifs,
Où irons-nous les chercher ?
Ne furent-ils que rosée
Sur les prés ?

XIX

Las dádiuas desmedidas,
los edificios reales
llenos d'oro,
las baxillas tan febridas,
los enriques e reales
del thesoro,
los jaezes, los cauallos
de sus gentes e ataujos
tan sobrados,
¿dónde yremos a buscallos ?
¿qué fueron sino rocíos
de los prados ?

XX

Et son frère, l'Innocent,
Qu'on éleva, lui vivant,
Sur son trône :
Quelle magnifique cour
Il eut, et quels grands seigneurs
Le suivirent !
Puis, comme il était mortel,
La Mort le mit très bientôt
Dans sa forge.
Ô jugement divin qui,
D'autant plus brûle le feu,
Jettes l'eau !

XX

Pues su hermano el jnnocente,
qu'en su vida sucessor
le fizieron,
¡qué corte tan excellente
tuuo e quánto grand señor
le siguieron !
Mas, como fuesse morta,
metióle la Muerte luego
en su fragua,
¡O, juyzio diujnal,
quando más ardía el fuego,
echaste agua!

XXI

Et puis ce grand Connétable,
Ce maître que nous connûmes
Favori,
Rien de plus n'est à en dire,
Sinon que nous l'avons vu
Égorgé.
Ses trésors inépuisables,
Ses villes et ses villages,
Son pouvoir,

XXI

Pues aquel grand Condestable,
maestre que conoscimos
tan priuado,
non cumple que dél se hable,
mas sólo cómo lo vjmos
degollado.
Sus infinitos thesoros,
sus villas e sus lugares,
su mandar,

Que lui furent-ils, sinon
Causes de chagrin, devant
Les quitter ?

¿qué le fueron sino lloros ?
¿qué fueron sino pesares
al dexar ?

XXII

Et les autres, les deux frères,
Si maîtres dans leurs beaux jours,
Tels des rois,
Que grands et moindres seigneurs
Ont été tant subjugués
Sous leurs lois ;
Et cette félicité
Qui était si haut montée,
Et louée,
Qu'était-ce, sinon lumière
Qui, aussitôt qu'allumée,
Fut éteinte ?

XXII

E los otros dos hermanos,
maestres tan prosperados
como reyes,
c'a los grandes e medianos
truxieron tan sojuzgados
a sus leyes ;
aquella prosperidad
qu'en tan alto fué subida
i ensalzada,
¿qué fué sino claridad
que quando más encendida
fué amatada ?

XXIII

Et tant de ducs excellents,
Tant de marquis et de comtes
Et barons
Que nous vîmes si puissants,
Dis, Mort, où les caches-tu
Et emportes ?
Et ces illustres exploits
Qu'ils ont fait voir dans les guerres
Et les paix,
Quand, cruelle, tu t'irrites,
Ta force les met à terre,
Les défait.

XXIII

Tantos duques excellentes,
tantos marqueses e condes
e varones
como vimos tan potentes,
dí, Muerte, ¿dó los escondes
e traspones ?
E las sus claras hazañas
que hizieron en las guerras
i en las pazes,
quando tú, cruda, t'ensañas,
con tu fuerça las atierras
e desfazes.

XXIV

Et ces troupes innombrables,
Les pennons, les étendards
Et bannières,
Et les châteaux imprenables,
Et les murs et les remparts

XXIV

Las huestes ynumerables,
los pendones, estandartes
e vanderas,
los castillos impugnables,
los muros e valuartes

Ou barrières,
Le fossé profond, couvert,
Ou n'importe quel abri,
À quoi bon ?
Quand tu viens dans ta colère,
On sait que tu les traverses
De ta flèche.

e barreras,
la caua honda, chapada,
o qualquier otro reparo,
¿qué aprouecha ?
Quando tú vienes ayrada,
todo lo passas de claro
con tu flecha.

XXV

Et ce défenseur des bons,
Si aimé pour sa vertu
De chacun,
Le grand maître Don Rodrigue
Manrique, le tant fameux
Et vaillant !
Ses hauts faits si éclatants,
Il n'est besoin d'en parler,
Tous les virent ;
Je n'ai pas à les vanter,
Car le monde entier sait bien
Ce qu'ils furent.

XXV

Aquél de buenos abrigo,
amado por virtuoso
de la gente,
el maestre don Rodrigo
Manrique, tanto famoso
e tan valiente ;
sus hechos grandes e claros
non cumple que los alabe,
pues los vieron,
nj los quiero hazer caros,
pues qu'el mundo todo sabe
quáles fueron.

XXVI

Quel ami pour ses amis !
Pour ses gens et parents, quel
Seigneur ! Quel
Ennemi pour l'ennemi !
Quel chef pour les intrépides
Et constants !
Quel jugement, pour les sages !
Pour les plaisants, quelle grâce !
Quel grand sens !
Bénin pour ses dépendants
Mais, pour les méchants hardis,
Quel lion !

XXVI

Amjgo de sus amjgos,
¡qué señor para criados
e parientes !
¡Qué enemigo d'enemigos !
¡Qué maestro d'esforçados
e valientes !
¡Qué seso para discretos !
¡Qué gracia para donosos !
¡Qué razón !
¡Qué benjno a los sugetos !
¡A los brauos e dañosos,
qué león !

XXVII

Un Octave pour la chance ;
Un César par les victoires

XXVII

En ventura Octavjano ;
Julio César en uencer

Et batailles ;
Pour la vertu, un Scipion ;
Annibal pour le savoir
Et les soins ;
Pour la bonté, un Trajan ;
Libéral comme un Titus,
Avec joie ;
Pour sa force, un Aurélien ;
Marc Atilius pour tenir
Ses promesses.

e batallar ;
en la virtud, Affricano ;
Haníbal en el saber
e trabajar ;
en la bondad, vn Trajano ;
Tyto en liberalidad
con alegría ;
en su braço, Abreliano ;
Marco Atilio en la verdad
que prometía.

XXVIII

En clémence, un Antonin ;
Pour l'égalité d'humeur,
Marc Aurèle ;
Hadrien pour l'éloquence ;
Pour l'humaine bienveillance,
Théodose.
Il fut Aurèle Alexandre
En discipline et rigueur
À la guerre ;
Un Constantin pour la foi ;
Un Camille en grand amour
De sa terre.

XXVIII

Antoño Pío en clemencia ;
Marco Aurelio en ygualdad
del semblante ;
Adriano en la eloquencia ;
Teodosio en humanidad
e buen talante.
Aurelio Alexandre fué
en deciplina e rigor
de la guerra ;
vn Costantino en la fe,
Camilo en el grand amor
de su tierra.

XXIX

Il ne laissa grands trésors,
N'ayant amassé richesses
Ni joyaux ;
Mais il fit la guerre aux Maures,
Conquérant leurs forteresses
Et leurs villes.
Aux combats qu'il remporta,
Combien de cavaliers maures
Succombèrent !
Et c'est par un tel ouvrage
Qu'il eut les vassaux et rentes
Qu'ils cédèrent.

XXIX

Non dexó grandes thesoros,
nj alcançó muchas riquezas
nj baxillas ;
mas fizo guerra a los moros,
ganando sus fortalezas
en sus villas ;
i en las lides que venció,
quántos moros e cauallos
se perdieron ;
i en este officio ganó
las rentas e los vasallos
que le dieron.

XXX

Pour son honneur et son rang,
En d'autres jours du passé,
Que fit-il ?
S'étant trouvé spolié,
Lui, avec vassaux et frères,
Se soutint.
Après les fameux exploits
Accomplis dans cette guerre
Qu'il mena,
Des traités très honorables
Lui donnèrent plus de terres
Qu'il n'avait.

XXX

Pues por su honra i estado,
en otros tyenpos pasados
¿cómo s'uuo ?
Quedando desmanparado,
con hermanos e criados
se sostuuo.
Después que fechos famosos
fizo en esta mjsma guerra
que hazía,
fizo tratos tan honrosos
que le dieron haun más tierra
que tenja.

XXXI

Ce sont là vieilles histoires
Qu'il traça avec son bras,
Étant jeune ;
Par d'autres neuves victoires
Il les a renouvelées,
Étant vieux.
Et par grande compétence,
Mérite et ancienneté
Éprouvée,
Il devint le dignitaire
Du grand ordre militaire
De Saint-Jacques.

XXXI

Estas sus viejas estorias
que con su braço pintó
en jouentud,
con otras nueuas victorias
agora las renouó
en senectud.
Por su grand abilidad,
por méritos e ancianía
bien gastada,
alcançó la dignidad
de la grand Cauallería
dell Espada.

XXXII

Villes et terres de l'Ordre,
Il les trouva usurpées
Et tenues,
Mais par sièges et par guerres,
Par la force de ses mains,
Les reprit.
Si notre roi légitime,
Par tout ce qu'il a pu faire,
Fut servi,

XXXII

E sus villas e sus tierras
ocupadas de tyranos
las halló ;
mas por çercos e por guerras
e por fuerça de sus manos
las cobró.
Pues nuestro Rey natural,
si de las obras que obró
fué seruido,

Le diront le Portugais Et qui suivit, en Castille, Son parti.	digalo el de Portogal i en Castilla quien siguió su partido.
XXXIII	XXXIII
Lui qui a misé sa vie, Pour sa loi, à tant de coups De son jeu ; Lui qui a si bien servi La Couronne de son roi Véritable ; Après tant de grands exploits Dont on ne peut même faire L'exact compte, Dans sa ville d'Ocaña La Mort vint pour l'appeler À sa porte,	Después de puesta la vida tantas vezes por su ley al tablero ; después de tan bien seruida la corona de su rey verdadero ; después de tanta hazaña a que non puede bastar cuenta cierta, en la su villa d'Ocaña vino la Muerte a llamar a su puerta,
XXXIV	XXXIV
Lui disant : « Bon chevalier, Quittez ce monde trompeur De reflets ; Et que votre cœur si ferme Montre sa célèbre force En ce pas. Puisque pour vous santé, vie, Ne furent rien en regard Du renom, Que la vertu se raidisse Pour relever cet affront Qui vous somme. »	diziendo : « Buen cauallero, dexad el mundo engañoso e su halago ; vuestro corazón d'azero muestre su esfuerço famoso en este trago ; e pues de vida e salud fezistes tan poca cuenta por la fama, esfuércese la virtud para sofrir esta afuenta que vos llama. »
XXXV	XXXV
« Que ne vous soit trop amère La redoutable bataille Attendue ; Vous laissez une autre vie Plus durable, en une gloire	« Non se vos haga tan amarga la batalla temerosa qu'esperáys, pues otra vida más larga de la fama gloriosa

Mémorable
(Quoique non plus cette vie
D'honneurs ne soit éternelle,
Ni la vraie) ;
Mais, enfin, elle vaut mieux
Que cette autre, temporelle,
Périssable. »

XXXVI

« La vie où rien ne finit
N'est pas gagnée aux emplois
De ce monde,
Ni par la vie agréable
Où résident les péchés
De l'enfer ;
Mais les bons religieux
La gagnent par les prières
Et les pleurs ;
Et les chevaliers fameux
Par leurs peines et travaux
Sur les Maures. »

XXXVII

« Et vous donc, loyal baron,
Qui tant versâtes le sang
Des païens,
Attendez la récompense
Qui fut gagnée en ce monde
Par vos mains ;
Et dans cette confiance,
Et dans la foi si entière
Qui est vôtre,
Partez en bonne espérance
D'entrer dans cette autre vie,
La plus haute. »

XXXVIII

Lui répond : « Nous n'avons plus
De temps pour la brève vie,

acá dexáys,
(haunqu'esta vida d'onor
tampoco non es eternal
nj verdadera) ;
mas, con todo, es muy mejor
que la otra temporal,
peresçedera. »

XXXVI

« El biuir qu'es perdurable
non se gana con estados
mundanales,
nj con vida delectable
donde moran los pecados
jnfernales ;
mas los buenos religiosos
gánanlo con oraciones
e con lloros ;
los caualleros famosos,
con trabajos e afflictiones
contra moros. »

XXXVII

« E pues vos, claro varón,
tanta sangre derramastes
de paganos,
esperad el galardón
que en este mundo ganastes
por las manos ;
e con esta confiança
e con la fe tan entera
que tenéys,
partid con buena esperança,
qu'estotra vida tercera
ganaréys. »

XXXVIII

« Non tengamos tiempo ya
en esta vida mesqujna

Et voilà
Que ma volonté se trouve
Bien conforme à la divine
En tous points ;
Et je consens à ma mort
De ma pleine volonté,
Franche et pure,
Car, pour l'homme, vouloir vivre
Quand Dieu demande qu'il meure,
C'est folie. »

por tal modo,
que mj voluntad está
conforme con la diujna
para todo ;
e consiento en mj morir
con voluntad plazentera,
clara e pura,
que querer hombre viuir
quando Dios quiere que muera,
es locura. »

XXXIX

« Seigneur, qui, pour nos péchés,
Pris une forme servile,
Un nom bas ;
Qui, à ta divinité,
Joignis une chose vile
Comme est l'homme ;
Toi qui souffris de si grandes
Tortures sans résistance
En ta chair,
Veuilles, non pour mes mérites,
Mais par ta seule clémence,
Mon pardon. »

XXXIX

« Tú que, por nuestra maldad,
tomaste forma seruil
e baxo nombre ;
tú, que a tu diujnjdad
juntaste cosa tan vil
como es el hombre ;
tú, que tan grandes tormentos
sofriste sin resistencia
en tu persona,
non por mjs merescimjentos,
mas por tu sola clemencia
me perdona. »

XL

Ainsi donc l'ayant compris,
Toute sa lucidité
Lui restant,
Entouré de son épouse,
De ses enfants et ses frères,
Et ses gens,
Il rendit l'âme à Celui
Dont il la tenait, et vit
Ciel de gloire.
Et, quoique perdant la vie,
Il laisse, à nous consoler,
Sa mémoire.

XL

Assí, con tal entender,
todos sentidos humanos
conseruados,
cercado de su mujer
i de sus hijos e hermanos
e criados,
dió el alma a quien ge la dió
(el qual la dió en el cielo
en su gloria),
que haunque la vida perdió,
dexónos harto consuelo
su memoria.

NOTE

Des *Coplas* de Jorge Manrique, que l'on peut dater de 1477 ou 1478, Gerald Brenan a dit, dans *The Literature of the spanish people*, que c'est un poème qui « résume la sensibilité de toute une époque ». L'époque est celle du déclin du Moyen Âge, avec ses thèmes dominants. La vie terrestre est encore vue comme un voyage vers une autre, éternelle ; mais on ressent surtout sa brièveté, le triomphe de la mort, la dissolution et la perte de tout ce qui existe un moment dans le monde. La tendance pré-renaissante dans l'œuvre de Manrique fait coexister avec cette vision l'idée de la gloire historique, reprise de l'Antiquité. La sensation de l'écoulement du temps se trouvant être le fond universel de la poésie lyrique, chez l'Ecclésiaste ou Omar Kháyyám comme chez les poètes de la dynastie T'ang, l'environnement culturel de l'époque où a vécu Manrique lui a permis d'exprimer cette réalité générale avec une force particulière ; comme l'avait fait, moins de vingt ans avant, Villon.

Jorge Manrique est né vers 1440, dans une des plus anciennes familles de seigneurs castillans, laquelle a compté, dans la même période, plusieurs autres chevaliers-poètes : son oncle Gómez Manrique, qui a laissé une œuvre plus volumineuse ; son frère aîné, Pedro, et même son père, Don Rodrigo, dont on a recueilli quelques pièces. Lui-même mourut à la guerre, en 1479, en défendant la cause d'Isabelle et Ferdinand, les souverains de l'unification.

Don Rodrigo, grand féodal appuyé par ses parents et ses vassaux, combattit toute sa vie, tant les Maures encore présents dans le sud de la péninsule – où il conquit la ville de Huéscar – que tous les Espagnols qui lui portaient ombrage ; et jusqu'au trône de Castille. Il fut, comme son contemporain Warwick dans l'Angleterre de la guerre des Deux Roses, un « faiseur de rois ». La chute du « grand Connétable », Don Álvaro de Luna, fut une victoire de son parti, comme ensuite la ruine de la Maison des « deux frères » : Juan de Pacheco, avant lui grand-maître de l'Ordre de Saint-Jacques, et Pedro Girón, grand-maître de Calatrava. Mais il fit plus en proclamant la déchéance du roi Enrique IV, et en donnant la couronne au jeune frère de ce roi, Alfonso, « l'Innocent ». Il faut donc remarquer la froideur, littéralement pré-machiavélienne, avec laquelle l'auteur des *Coplas* parle des gens que les Manrique ont eux-mêmes abattus, comme de purs exemples du caractère changeant des destinées humaines, et de la fragilité de toutes les possessions. On peut reconnaître quelques traits plus modernes encore dans cette manière impersonnelle d'attribuer au cours du monde les résultats de nos propres opérations historiques. Le plus beau est sans doute cette leçon, si indirectement énoncée, qu'il faut combattre pour « son roi véritable », qui est celui que l'on a fait soi-même.

Pour cette traduction, qui suit le texte établi par le Docteur Augusto Cortina, on a recherché la plus exacte fidélité. La parenté des deux langues le permettait, au prix du déplacement de quelques mots çà et là, en adoptant un rythme équivalent, qui est l'alternance de sept et trois syllabes ; à supposer, bien sûr, que l'on sache les reconnaître correctement à la lecture. Du fait de l'influence de la Renaissance italienne, plus précoce en Espagne, ce n'est pas la langue de Villon ou de Charles d'Orléans qui correspond, dans l'évolution du français, à celle de Manrique mais, plus près de nous, un modèle formel qui aurait pu prendre place entre les poètes de la Pléiade et Malherbe. C'est celui qui est employé ici.

C'est un fait assez curieux que ce poème, très connu en Espagne, soit resté ignoré en France, à l'exception des quelques fragments qui furent publiés quatre ou cinq fois seulement, depuis le XIXe siècle, qui sont généralement les mêmes et presque toujours médiocrement adaptés. Les intellectuels d'aujourd'hui diraient certainement que c'est « faute de crédits et de locaux » ; mais que manquait-il d'autre auparavant ?

Si l'on considère donc qu'en plus de cinq cents ans le poème, pourtant assez bref, de Jorge Manrique n'a pas été traduit en français par quelque personne qualifiée, il vaut mieux cesser d'en attendre une*. Le traducteur, ici, qui n'a jamais jugé bon de fréquenter les universités, n'est à aucun degré un hispanisant. Seules quelques circonstances de sa vie errante, et de ses occupations sans doute moins prisées socialement, l'ont amené à savoir les rudiments d'une ou deux langues étrangères. Mais, à l'inverse de tous ces déclamateurs qui se font actuellement un métier de vanter comme faux témoins les pseudo-passions à la mode – prouvant bien *ipso facto* qu'ils n'y ont pas touché –, il a depuis longtemps l'habitude de se comporter comme chez lui en toute chose pour laquelle il éprouve un goût réel. Quand on a eu le bonheur de connaître l'Espagne véritable, sous l'une ou l'autre des admirables figures qu'elle a fait paraître dans l'histoire de ce siècle, et déjà précédemment, on a dû aussi aimer sa langue, et sa poésie.

Le traducteur.

---

* Quelque temps après avoir publié ce texte, Guy Debord eut connaissance de la traduction de Guy Lévin Mano et avait souhaité en faire mention à l'occasion d'une prochaine réédition.

Note de présentation de *Tuer n'est pas assassiner* d'Edward Sexby (*Killing no murder*, 1657), « Traicté politique, composé par William Allen, Anglois, et traduit nouvellement en françois, où il est prouvé par l'exemple de Moyse, et par d'autres, tirés hors de l'escriture, que tuer un tyran, *titulo vel exercitio*, n'est pas un meurtre », publié par les Éditions Champ libre en juillet 1980 dans la traduction de Carpentier de Marigny (1658).

Note de l'éditeur pour *Tuer n'est pas assassiner* d'Edward Sexby (1657)

Le pamphlet de Sexby est l'un des écrits les plus fameux qu'ait produit la révolution anglaise, entre 1640 et 1660. Il est, après les œuvres de Machiavel, La Boétie et quelques autres, un classique dans la critique de la domination. Son originalité réside d'abord dans le fait qu'il est explicitement dirigé, au contraire des précédents, contre un tyran nommément désigné, qu'il incite vivement à mettre à mort au plus tôt par n'importe quel moyen ; et, d'autre part, dans le fait que ce tyran particulier est le prototype de la principale série du chef d'État moderne illégitime, du *récupérateur* qui a établi son pouvoir en réprimant une révolution sociale dont il avait d'abord saisi la direction : en ce sens, le bref règne de Cromwell préfigure à la fois ceux de Robespierre ou Lénine et ceux de leurs successeurs perpétuellement mal assurés, Bonaparte aussi bien que Staline et ses fils.

Killing no murder, imprimé en 1657 dans les Pays-Bas, mêle les plus sûres analyses de Machiavel (imputées d'ailleurs habilement, et non sans motif, à l'ennemi à abattre, comme seuls guides de sa conduite) à ce langage biblique qui caractérisa la révolution bourgeoise d'Angleterre, comme plus tard le style des « Romains ressuscités » devait être la signature de la grande Révolution française. Le ton de ce pamphlet est à l'origine de tout un courant de la littérature anglaise ultérieure, le seul dont on ne rencontre pas d'équivalent à l'étranger, celui qui va de Swift à Junius, et sans doute aussi, ramené à un exercice de l'humour esthétique, au Thomas de Quincey de *L'Assassinat considéré comme un des beaux-arts*. Sexby fut traduit en français, dès 1658, par Carpentier de Marigny, un Frondeur de la bande du cardinal de Retz ; lequel se trouvait alors lui aussi en exil, après son évasion de la prison de Nantes, et jugeait expédient d'appliquer à Mazarin le raisonnement qui condamnait Cromwell. On a réimprimé en France *Tuer n'est pas assassiner* à partir de 1793, et encore en 1804, où la police de Bonaparte le fit vite saisir. Le texte a depuis été recueilli deux fois, sans être saisi, dans les ouvrages de Charles Détré (*Les Apologistes du Crime*, Paris, 1901) et d'Olivier Lutaud (*Des Révolutions d'Angleterre à la Révolution française*, La Haye, 1973).

On peut certes dire qu'un livre qui traite du rapport naturel du citoyen et du tyran a beaucoup perdu de son actualité avec les récents progrès de la société mondiale, du fait de la disparition presque totale du citoyen. Mais il est aussi permis de penser qu'il compense cette perte, et au-delà, du fait de la prolifération cancéreuse de la tyrannie : cette tyrannie d'aujourd'hui, si insolemment surdéveloppée qu'elle peut même assez souvent se faire reconnaître le titre de Protecteur de la Liberté ; si minutieusement impersonnelle, et qui s'incarne si aisément dans la personne d'une seule vedette du pouvoir ; cette tyrannie qui choisit à la fois comment ses sujets devront se soigner et pourquoi ils seront malades ; qui fixe le triste modèle de leur habitat et le degré exact de la température qui devra y régner ; l'apparence et le goût qui devront plaire dans un fruit, et la dose convenable de chimie qu'il lui faudra contenir ; et qui enfin s'est donné la puissance de défier une vérité aussi éclatante que le soleil lui-même, et le témoignage de vos pauvres yeux, en vous faisant admettre qu'il est bel et bien midi à dix heures du matin.

Le colonel Sexby fut officier dans l'armée que le Parlement d'Angleterre leva pour la guerre civile contre le roi. Lorsque le peuple, l'armée révolutionnaire et le commandement s'affrontèrent sur ce qu'allait être le résultat social de leur victoire, Sexby fut du parti des « Niveleurs », qui mettait en cause la propriété existante, en exigeant pour tout Anglais le droit de s'auto-gouverner. Au « Débat de l'Armée », tenu à Putney en octobre-novembre 1647, en tant que délégué d'un régiment, il fut de ceux qui s'opposèrent le plus violemment à Cromwell : « Il y a beaucoup de gens sans propriétés qui, honnêtement, ont autant de droit à disposer de cette franchise du choix que tous ceux qui ont de grandes propriétés. Franchement, Monsieur, à vous qui voulez remettre à plus tard cette question et en venir à une autre, je me permets de dire – et j'en appelle à tous – qu'aucune autre question ne peut être réglée avant celle-là : car c'est sur cette base que nous prîmes les armes, et c'est cette base que nous maintiendrons. Venons-en à ces déchirures, à ces divisions qu'ainsi je provoquerais : oui, en tant qu'individu isolé, si tel était le cas, je pourrais me coucher à terre pour qu'on m'y foule aux pieds ; mais la vérité c'est que je suis envoyé par un régiment... » Après la défaite finale des Niveleurs, survenue deux ans plus tard, il passa en France, comme agent de la République anglaise, pour agir dans les troubles de la Fronde, et tenter de les radicaliser. Inspirateur de la fraction républicaine extrémiste de « L'Ormée », à Bordeaux, en 1652-1653, il outrepassa certainement ses instructions en faisant adopter aux Ormistes la plate-forme des Niveleurs. La Fronde vaincue, et Cromwell étant devenu Lord Protecteur d'une République de la grande bourgeoisie marchande, Sexby reprit, de l'exil, sa lutte contre lui. En 1657, lié au complot de Sindercombe, il publia, sous le pseudonyme de William Allen, *Killing no murder*. Rentré clandestinement en Angleterre pour joindre la pratique à la théorie, il fut arrêté par l'efficace police de Cromwell, qui saisit avec lui une partie du tirage de son pamphlet. Emprisonné à la Tour de Londres, il y mourut la même année, dans des conditions restées très obscures. Les autorités prétendirent alors, comme elles le font aujourd'hui en Russie, qu'il était mort fou. D'autres concluent à cette sorte de suicide qui se rencontre ces temps-ci dans les prisons de l'Allemagne Fédérale. Cromwell ne mourut que l'année suivante, deux ans avant sa République, et de sa belle mort : on a dit qu'après la lecture de ce pamphlet, on ne l'avait plus jamais vu sourire. (« Il a besoin d'autres gardes pour le défendre contre les siens propres... parce qu'il a opprimé et abandonné le pauvre, parce qu'il a pris avec violence une maison qu'il n'avait pas bâtie. »)

Allusion à Andreas Baader, Gudrun Ensslin et Jan-Karl Raspe, qui sont retrouvés « suicidés » dans leurs cellules le 18 octobre 1977.

Le colonel Sexby a combattu, et toujours parmi les plus extrémistes, dans les révolutions de deux royaumes. Il fut de ceux qui, à chaque tournant de l'histoire, se trouvèrent pour oser dénoncer le changement des choses qui avaient gardé un même nom. Recourant, selon les périodes changeantes, à différents moyens, il resta jusqu'à la fin fidèle à la « bonne vieille cause » pour laquelle il avait pris les armes. Tel fut Edward Sexby, et tel, enregistré en due forme pour des exécuteurs futurs, son testament.

AUX LIBERTAIRES

Cet « appel publié à l'étranger et répandu en Espagne » *(A los libertarios)* figure en première partie d'un livre conçu par Guy Debord, *Appels de la prison de Ségovie*, publié le 24 novembre 1980 par les Éditions Champ libre.

Les sept chansons (p. 1521 à 1527) évoquant les prisonniers de Ségovie sur des airs traditionnels ont été écrites en espagnol par Alice (2, 4, 5, 6, 7) et Guy Debord (1, 3), qui les a traduites en français.

Estimables camarades,

Nous regrettons d'avoir à attirer votre attention sur une question grave et urgente que, normalement, vous devriez connaître beaucoup mieux que nous qui sommes au loin, et étrangers. Mais nous sommes obligés de constater que diverses circonstances vous ont jusqu'ici placés dans l'impossibilité de connaître les faits ou leur signification. Nous croyons donc devoir vous exposer clairement ces faits, comme aussi les circonstances qui ont entravé votre information à leur propos.

Plus de cinquante libertaires sont détenus en ce moment dans les prisons d'Espagne, et beaucoup d'entre eux depuis plusieurs années sans jugement. Le monde entier, qui entend parler chaque jour des luttes menées par les Basques, ignore complètement cet aspect de la réalité espagnole d'aujourd'hui. En Espagne même, l'existence et les noms de ces camarades sont parfois cités devant un secteur restreint de l'opinion, mais on garde généralement le silence sur ce qu'ils ont fait et sur leurs motifs ; et rien de concret n'est entrepris pour leur délivrance.

Aussi, quand nous nous adressons à vous tous, nous ne pensons évidemment pas à reconnaître à la C.N.T., telle qu'elle a été reconstituée, un rôle de référence centrale et de représentation des libertaires : tous ceux qui le sont n'en font pas partie, et tous ceux qui en font partie ne le sont pas.

L'heure du syndicalisme révolutionnaire est passée depuis longtemps, parce que, sous le capitalisme modernisé, tout syndicalisme tient sa place reconnue, petite ou grande, dans le spectacle de la discussion démocratique sur les aménagements du statut du salariat, c'est-à-dire en tant qu'interlocuteur et complice de la dictature du salariat : car démocratie et salariat sont incompatibles, et cette incompatibilité, qui a toujours existé essentiellement, se manifeste de nos jours visiblement sur toute la surface de la société mondiale. À partir du moment où le syndicalisme et l'organisation du travail aliéné se reconnaissent réciproquement, comme deux puissances qui établissent entre elles des relations diplomatiques, n'importe quel syndicat développe en lui-même une autre sorte de division du travail, pour conduire son activité réformiste toujours plus dérisoire. Qu'un syndicat se déclare idéologiquement hostile à tous les partis politiques, voilà ce qui ne l'empêche aucunement d'être dans les mains de sa propre bureaucratie de spécialistes de la direction, tout à fait comme un quelconque parti politique. Chaque instant de sa pratique réelle le démontre. L'affaire évoquée ici l'illustre parfaitement puisque, si en Espagne des libertaires organisés avaient dit ce qu'ils devaient dire, nous n'aurions pas eu besoin de le dire à leur place.

De cette cinquantaine de prisonniers libertaires, qui sont en majorité dans la prison de Ségovie, mais aussi ailleurs (« Prison Modèle » de Barcelone, « Carabanchel » et « Yserias » de Madrid, Burgos, Herrera de la Mancha, Soria...), plusieurs sont innocents, ayant été victimes de classiques provocations policières. C'est de ceux-ci que l'on parle un peu, et c'est eux que certains paraissent en principe disposés à défendre, mais plutôt passivement. Cependant les plus nombreux parmi ces prisonniers ont effectivement dynamité des voies ferrées, des tribunaux, des édifices publics. Ils ont recouru à des expropriations à main armée contre diverses entreprises et un bon nombre de banques. Il s'agit notamment d'un groupe d'ouvriers de la SEAT de Barcelone (qui se sont un moment présentés sous le nom d'« Ejercito Revolucionario de Ayuda a los Trabajadores »), qui ont voulu apporter de la sorte une aide pécuniaire aux grévistes de leur usine, ainsi qu'à des chômeurs ; et aussi des « groupes autonomes » de Barcelone, Madrid et Valence, qui ont agi de même, plus longtemps, dans l'intention de propager la révolution par tout le pays. Ces camarades sont également ceux qui se placent sur les positions théoriques les plus avancées. Alors que le procureur demande contre certains d'entre eux des peines individuelles allant de trente à quarante années d'emprisonnement, c'est ceux-là sur lesquels on entretient partout le silence, et que tant de gens préfèrent oublier !

L'État espagnol, avec tous les partis qui, au gouvernement ou dans l'opposition, le reconnaissent et le soutiennent, et les autorités de tous les pays étrangers, toutes sur ce point amies de l'État espagnol, et la direction de la C.N.T. reconstituée, tous, pour différentes raisons, trouvent leur intérêt à maintenir ces camarades dans l'oubli. Et nous, qui avons un intérêt précisément contraire, nous allons dire pourquoi ils le font.

L'État espagnol héritier du franquisme, démocratisé et modernisé juste comme il le faut pour tenir sa place banale dans les conditions ordinaires du capitalisme moderne, et si empressé de se faire admettre dans le pitoyable « Marché commun » de l'Europe (et, en effet, il le mérite), se présente officiellement comme la réconciliation des vainqueurs et des vaincus de la guerre civile, c'est-à-dire des franquistes et des républicains ; et il est vrai qu'il est cela. Les nuances ont là peu d'importance : si, du côté des démocrates staliniens, Carrillo est peut-être à présent un peu plus royaliste que Berlinguer, en revanche, du côté des princes de droit divin, le roi d'Espagne est assurément tout aussi républicain que Giscard d'Estaing. Mais la vérité plus profonde et plus décisive, c'est que l'État espagnol d'aujourd'hui est en fait la réconciliation tardive de tous les vainqueurs de la contre-révolution. Ils sont enfin réunis amicalement, dans la bienveillance qu'ils se devaient réciproquement, ceux qui ont voulu gagner et ceux qui ont voulu perdre, ceux qui ont tué Lorca et ceux qui ont tué Nin. Car toutes les forces qui, en ce temps-là, étaient en guerre contre la République ou bien contrôlaient les pouvoirs de cette République – ce sont tous les partis qui siègent aujourd'hui aux Cortès – poursuivaient, de diverses manières sanglantes, et atteignirent le même but : abattre la révolution prolétarienne de 1936, la plus grande que l'histoire ait vu commencer jusqu'à ce jour, et donc aussi celle qui encore préfigure au mieux le futur. La seule force organisée qui ait eu alors la volonté et la capacité de préparer cette révolution, de la faire et – quoique avec moins de lucidité et de fermeté – de la défendre, ce fut le mouvement anarchiste (appuyé uniquement, et dans une mesure incomparablement plus faible, par le P.O.U.M.).

L'État et tous ses partisans n'oublient jamais ces terribles souvenirs, mais s'emploient continuellement à les faire oublier au peuple. Voilà pourquoi le gouvernement préfère, pour le moment, laisser dans l'ombre le péril libertaire. Il aime mieux évidemment parler du G.R.A.P.O., forme idéale d'un péril bien contrôlé, puisque ce groupe est, dès l'origine, manipulé par les Services Spéciaux, exactement comme les « Brigades Rouges » en Italie, ou comme la pseudo-organisation terroriste, au nom encore imprécisé, dont le gouvernement français fait annoncer depuis quelques mois, par une série de petits coups, l'opportune entrée

Groupe de résistance antifasciste et patriotique du premier octobre.

en scène. Le gouvernement espagnol, satisfait de son G.R.A.P.O., serait sans doute très content de ne pas avoir en plus à parler des Basques. Il y est pourtant contraint par leurs luttes effectives. Mais, après tout, les Basques combattent pour obtenir un État indépendant, et le capitalisme espagnol pourra aisément survivre à une telle perte. Le point décisif est cependant que les Basques savent très bien défendre leurs prisonniers, qu'ils ne laissent pas oublier un instant. La solidarité avait toujours été chez elle en Espagne. Si on ne la voyait plus que chez les Basques, à quoi ressemblerait l'Espagne quand les Basques s'en seront séparés ?

Les autres États de l'Europe s'accommoderaient sans peine d'un Euskadi indépendant mais, affrontant depuis 1968 une crise sociale sans remède, ils sont aussi intéressés que le gouvernement de Madrid à ce que l'on ne voie pas reparaître un courant révolutionnaire internationaliste en Espagne. Ce qui signifie, selon les plus récentes techniques de la domination : qu'on ne le voie pas, même quand il reparaît. Ces États, eux aussi, se souviennent de ce qu'ils ont dû faire, en 1936, les totalitaires de Moscou, Berlin et Rome, aussi bien que les « démocrates » de Paris et Londres, tous en accord sur le besoin essentiel d'écraser la révolution libertaire ; et plusieurs pour cela acceptant d'un cœur léger les pertes ou l'accroissement des risques dans les conflits plus secondaires qui les opposaient entre eux. Or, aujourd'hui, toute l'information est partout étatisée, formellement ou sournoisement. Toute presse « démocratique » se trouve si passionnée, et si angoissée, pour le maintien de l'ordre social qu'il n'est même plus nécessaire que son gouvernement l'achète. Elle s'offre gracieusement pour soutenir n'importe quel gouvernement en publiant exactement l'inverse de la vérité sur chaque question, même très petite ; puisque aujourd'hui la réalité de toute question, même des plus petites, est devenue menaçante pour l'ordre établi. Il n'y a aucun sujet pourtant où la presse, bourgeoise ou bureaucratique, trouve ses délices à mentir comme lorsqu'il s'agit de cacher la réalité d'une action révolutionnaire.

Enfin, la C.N.T. reconstituée éprouve dans cette affaire un embarras réel. Ce n'est pas par indifférence ou par prudence qu'elle est portée à se taire. Les dirigeants de la C.N.T. veulent être un pôle de regroupement des libertaires sur une base syndicaliste, en fait modérée et acceptable par l'ordre établi. Les camarades qui ont recouru aux expropriations représentent, de ce seul fait, un pôle de regroupement absolument contraire. Si les uns ont raison, les autres se trompent. Chacun est fils de ses œuvres, et l'on doit choisir entre les uns ou les autres en examinant le sens, la finalité de leurs actions. Si vous aviez vu la C.N.T. mener de grandes luttes révolutionnaires durant ces dernières années que les camarades expropriateurs ont passées en prison, alors vous pourriez conclure que ceux-ci ont été un peu trop impatients et aventuristes (et d'ailleurs la C.N.T., animant de grandes luttes révolutionnaires, aurait quand même, en dépit des divergences, dignement agi pour les défendre). Mais si vous voyez plutôt que cette C.N.T. se satisfait de ramasser quelques pauvres miettes dans la modernisation de l'Espagne, dont pourtant la nouveauté n'a pas de quoi donner le vertige – encore un Bourbon ! et pourquoi pas un Bonaparte ? –, alors il faut admettre que ceux qui ont pris les armes n'avaient pas fondamentalement tort. Finalement, c'était le prolétariat révolutionnaire d'Espagne qui, autrefois, a créé la C.N.T., et non l'inverse.

Quand la dictature a jugé que le temps était venu de s'améliorer un peu, bien d'autres ont pensé cueillir, dans cette libéralisation, quelques petits avantages. Mais eux, ces camarades autonomes, ils ont tout de suite trouvé déshonorant de s'en contenter. Ils ont aussitôt ressenti le besoin d'exiger tout, parce que, véritablement, après avoir subi pendant quarante années toute la contre-révolution, rien ne sera lavé de cette injure avant d'avoir réaffirmé et fait triompher toute la révolution. Qui peut se dire libertaire, et blâmer les fils de Durruti ?

Les organisations passent, mais la subversion ne cessera pas d'être aimée : « ¿ Quién te vió y no te recuerda ? » Les libertaires sont aujourd'hui encore nombreux en Espagne, et ils seront bien plus nombreux demain. Et heureusement, la plupart, et notamment la plupart des ouvriers libertaires, sont maintenant des incontrôlés. De plus, beaucoup de gens, comme partout en Europe, ont engagé des luttes particulières contre quelques aspects insupportables, très anciens ou très nouveaux, de la société oppressive. Toutes ces luttes sont nécessaires : à quoi bon faire une révolution, si les femmes ou les homosexuels ne sont pas libres ? À quoi bon être un jour libérés de la marchandise et de la spécialisation autoritaire, si une dégradation irréversible de l'environnement naturel imposait de nouvelles limitations objectives à notre liberté ? En même temps, parmi ceux qui se sont sérieusement engagés dans ces luttes particulières, personne ne peut penser obtenir une réelle satisfaction de ses exigences aussi longtemps que l'État n'aura pas été dissous. Car toute cette déraison pratique est la raison de l'État.

Nous n'ignorons pas que beaucoup de libertaires peuvent se trouver en désaccord avec plusieurs thèses des camarades autonomes, et ne voudraient pas donner l'impression qu'ils s'y rallient complètement en prenant leur défense. Allons donc ! on ne discute pas de stratégie avec des camarades qui sont en prison. Pour que cette intéressante discussion puisse commencer, il faut d'abord les ramener dans la rue.

Nous croyons que ces divergences d'opinions, qui, grossies à la lumière de scrupules excessifs, risqueraient de porter quelques-uns de ceux qui se disent finalement révolutionnaires à ne pas regarder cette défense comme leur affaire, peuvent se ramener à quatre types de considérations. Ou bien certains libertaires jugent autrement, dans une optique moins impatiente ou plus facilement apaisable, la situation actuelle de l'Espagne et ses perspectives d'avenir. Ou bien ils ne sont pas d'accord sur l'efficacité des formes de lutte que ces groupes autonomes ont choisies à ce stade. Ou bien ils voient le cas où ceux-ci se sont délibérément mis comme étant peu défendable sur le plan des principes, ou seulement sur le plan judiciaire. Ou bien ils croient manquer complètement de moyens d'intervention. Nous estimons que nous pouvons très facilement réduire à rien toutes ces objections.

Ceux qui attendent maintenant quelque nouvelle amélioration dans la situation socio-politique de l'Espagne sont évidemment ceux qui se trompent le plus. Tous les plaisirs de la démocratie permise ont déjà passé leurs plus beaux jours, et chacun a pu voir qu'ils n'étaient que cela. Désormais tout s'aggravera, en Espagne comme partout ailleurs. Les historiens s'accordent généralement pour considérer que le principal facteur qui, pendant une centaine d'années, a rendu l'Espagne révolutionnaire, ce fut l'incapacité de ses classes dirigeantes à lui faire rejoindre le niveau du développement économique du capitalisme qui, dans le même temps, assurait aux pays les plus avancés de l'Europe, et aux États-Unis, des périodes beaucoup plus longues de paix sociale. Eh bien !

maintenant l'Espagne va devoir encore être révolutionnaire pour cette nouvelle raison que, si la classe dirigeante modernisée de l'après-franquisme se montre peut-être plus habile pour rejoindre les conditions générales du capitalisme actuel, elle y arrive trop tard, précisément à l'instant où tout ceci se décompose. On constate universellement que la vie des gens et la pensée des dirigeants se dégradent chaque jour un peu plus, et notamment dans ce malheureux « Marché commun » où tous vos francisés au pouvoir vous promettent de vous amener comme si c'était une fête. La production autoritaire du mensonge y grandit jusqu'à la schizophrénie publique, le consentement des prolétaires se dissout, tout ordre social se défait. L'Espagne ne deviendra pas paisible puisque, dans le reste du monde, la paix est morte. Un autre élément décisif dans la propension de l'Espagne au désordre fut assurément l'esprit d'autonomie libertaire qui était si fort dans son prolétariat. C'est justement la tendance à laquelle l'histoire de ce siècle a donné raison, et qui se répand partout, puisque partout on a pu voir où mène le processus de totalitarisation de l'État moderne, et à quels tristes résultats est parvenu, par des moyens cannibalesques, le mouvement ouvrier dominé par des bureaucraties autoritaires et étatistes. Ainsi donc, au moment où, dans tous les pays, les révolutionnaires deviennent, sur cette question centrale, espagnols, vous, vous ne pouvez penser à devenir autres.

Nous comprenons beaucoup mieux les objections qui peuvent être faites sur un plan purement stratégique. On peut en effet se demander si, par exemple, piller des banques pour employer l'argent à acheter des machines d'imprimerie, qui ensuite devront servir à publier des écrits subversifs, constitue bien la voie la plus logique et la plus efficace. Mais en tout cas ces camarades ont incontestablement atteint l'efficacité, quoique d'une autre manière : simplement en finissant par se faire emprisonner pour avoir, longuement et sans hésitation, appliqué ce programme d'action qu'ils s'étaient tracé eux-mêmes. Ils ont rendu un très grand service à la cause de la révolution, en Espagne et dans tous les pays, précisément parce qu'ils ont créé ainsi un champ pratique évident qui permettra à tous les libertaires épars en Espagne d'apparaître et de se reconnaître dans la lutte pour leur libération. Par leur initiative, ils vous épargnent la peine de chercher, à travers de longues et difficiles discussions, quelle serait la meilleure façon de commencer à agir. Il ne peut y en avoir de meilleure que celle-ci, car elle est très juste en théorie et très bonne en pratique.

Certains libertaires auront peut-être l'impression que la gravité des faits, sur le plan judiciaire, rend plus difficile la défense de ces camarades. Nous pensons au contraire que c'est la gravité même de ces faits qui facilite toute action bien calculée en leur faveur. Des libertaires ne peuvent, par principe, accorder de valeur à aucune loi de l'État, et ceci est tout particulièrement vrai quand il s'agit de l'État espagnol : considérant la légalité de son origine, et tout son comportement ultérieur, sa justice ne peut plus décemment fonctionner que sous la forme de l'amnistie proclamée en permanence, pour n'importe qui. Par ailleurs, attaquer les banques est naturellement un crime fort grave aux yeux des capitalistes ; non aux yeux de leurs ennemis. Ce qui est blâmable, c'est de voler les pauvres, et justement toutes les lois de l'économie – lois méprisables, à abolir par la complète destruction du terrain réel où elles s'appliquent – nous garantissent que jamais un pauvre ne se fait banquier. Il est arrivé que, dans une rencontre où s'échangèrent des coups de feu, un gardien fût tué. L'indignation humanitaire de la justice à ce propos paraît suspecte dans un pays où la mort violente est si fréquente. À certaines époques, on peut y mourir comme à Casas Viejas ou comme dans les arènes de Badajoz. À d'autres époques, selon les nécessités technologiques de l'augmentation du profit, on peut aussi y mourir vite, comme deux cents campeurs pauvres brûlés à Los Alfaques ou soixante-dix bourgeois dans le luxe en plastique d'un grand hôtel de Saragosse. Dira-t-on que nos camarades « terroristes » sont responsables de telles hécatombes ? Non, ils en sont aussi peu coupables que de la pollution du golfe du Mexique, puisque toutes ces petites légèretés ont été commises depuis qu'ils sont en prison.

L'affaire n'est en rien judiciaire. C'est une simple question de rapport de forces. Puisque le gouvernement a un intérêt si évident à ce qu'on ne parle pas de ces camarades, il suffit qu'on oblige à en parler d'une manière telle que le gouvernement soit contraint de conclure que son intérêt immédiat est plutôt de les remettre en liberté que de les maintenir en prison. Que le gouvernement choisisse alors d'en venir à ce résultat par un procès où ils seraient condamnés au nombre d'années de prison qu'ils ont déjà passées, ou bien par une amnistie, ou bien en les laissant s'évader, c'est sans importance. Nous devons cependant insister sur le fait que, tant qu'il n'existe pas un mouvement d'opinion s'exprimant sur leur cas d'une manière qui soit assez forte et menaçante, une évasion qui serait favorisée par les autorités est dangereuse : vous connaissez bien la « ley de fugas », et vous en reverrez plusieurs fois l'application.

Camarades, nous ne nous permettrons pas de vous suggérer, à vous qui êtes sur place et qui, coup par coup, pouvez peser les possibilités et les risques, telle ou telle forme d'action pratique. Pourvu que soit partout mise en avant l'exigence explicite de libération de ces libertaires, toutes les formes d'action sont bonnes, et celles qui font le plus scandale sont les meilleures. En vous groupant par affinités, vous pourrez découvrir ou reprendre, selon vos goûts et les opportunités, n'importe lequel des moyens d'agir qui furent employés en d'autres temps ou qui restent encore à expérimenter – en refusant seulement de tomber dans la bassesse des pétitions respectueuses que pratiquent partout, et vainement, les partis de gauche électoralistes. Il est même tout d'abord inutile de coordonner de telles actions autonomes. Il suffit qu'elles convergent vers le même but spécifique, en le proclamant toujours, et en se multipliant avec le temps. Et quand ce but précis aura été atteint, il se trouvera que ce courant libertaire agissant aura reparu, se sera fait connaître et se connaîtra lui-même. Ainsi un mouvement général sera en marche, qui pourra se coordonner de mieux en mieux pour des buts toujours plus amples.

Le premier but à atteindre serait d'obséder le pays avec cette affaire, ce qui équivaudrait par la même occasion à faire savoir dans le monde l'existence présente du mouvement révolutionnaire libertaire en Espagne, en obligeant tous à savoir l'existence de ces prisonniers, en même temps que l'efficacité de ceux qui les défendent. Il faut que les noms de ces prisonniers soient connus dans tous les pays où les prolétaires se dressent contre l'État, depuis les ouvriers qui mènent les grandes grèves révolutionnaires de Pologne jusqu'à ceux qui sabotent la production des usines d'Italie, et jusqu'aux contestataires qui vivent devant les portes des asiles psychiatriques de Brejnev ou des prisons de Pinochet.

Comme il y a, malheureusement, trop de noms pour les citer tous (honte ! combien de Puig Antich sentent aujourd'hui

L'anarchiste Salvador Puig Antich, membre du M.I.L. (Mouvement ibérique de libération), fut accusé du meurtre d'un policier en 1972 et garrotté le 2 mars 1974.

autour du cou la pression du garrot, mais pour trente ou quarante années, selon la programmation gouvernementale !), on peut se limiter pour le moment à citer les noms des coupables contre qui la justice réclame, ou a déjà prononcé, des peines de plus de vingt ans de prison : Gabriel Botifoll Gómez, Antonio Cativiela Alfós, Vicente Domínguez Medina, Guillermo González García, Luis Guillardini Gonzalo, José Hernández Tapia, Manuel Nogales Toro. Mais il doit être bien clair que l'on exige la libération de tous les autres, et même des innocents.

Le premier point est de faire connaître largement le problème ; ensuite de ne plus le laisser oublier, en manifestant, toujours plus fortement, une impatience croissante. Les moyens grandiront dans le cours du mouvement. Qu'une seule petite usine d'Espagne se mette un jour en grève pour cette revendication, et déjà elle sera un modèle pour tout le pays. Vous n'aurez qu'à faire connaître aussitôt son attitude exemplaire, et la moitié du chemin sera faite. Mais, tout de suite, il ne faudrait pas que s'ouvrît un cours à l'Université, une représentation au théâtre ou une conférence scientifique, sans que quelqu'un, par une interpellation directe ou en faisant pleuvoir des tracts, n'ait posé la question préalable de ce que deviennent nos camarades, et de la date où ils seront enfin libérés. Il ne faudrait pas que l'on pût passer dans une rue d'Espagne sans voir écrits leurs noms. Il faudrait entendre partout chanter des chansons qui parlent d'eux.

Camarades, si nos arguments vous ont paru justes, diffusez et reproduisez au plus vite ce texte par tous les moyens que vous avez, ou que vous pouvez saisir. Et sinon, jetez-le à l'instant même, et commencez tout de suite à en publier d'autres, qui soient meilleurs ! Car il est hors de doute que vous avez tous le droit de juger avec rigueur nos modestes arguments. Mais ce qui est encore plus hors de doute, c'est que la scandaleuse réalité que nous avons révélée de notre mieux n'est pas, elle, un objet de votre jugement : au contraire, c'est elle qui, finalement, va vous juger tous.

Salut !
Vive la liquidation sociale !

LES AMIS INTERNATIONAUX
(septembre 1980)

LA CÁRCEL DE SEGOVIA

(con música de « El Pozo de María Luisa »)

En la cárcel de Segovia,
tralalalala, lalala,
los presos son libertarios.
Mira,
mira, mi hermosa, mira,
mira cómo vengo yo.
Los presos son libertarios.
Mira,
mira, mi hermosa, mira,
mira cómo vengo yo.

Muchos años por esta arma,
tralalalala, lalala,
que tuvimos en la mano.
Mira,
mira, mi hermosa, mira,
mira cómo vengo yo.
Que tuvimos en la mano.
Mira,
mira, mi hermosa, mira,
mira cómo vengo yo.

Pero no sentimos nada,
tralalalala, lalala,
porque este es el camino.
Mira,
mira, mi hermosa, mira,
mira cómo vengo yo.
Porque este es el camino.
Mira,
mira, mi hermosa, mira,
mira cómo vengo yo.

La noche sin compañera,
tralalalala, lalala,
el rostro vano del tiempo.
Mira,
mira, mi hermosa, mira,
mira cómo vengo yo.
El rostro vano del tiempo.
Mira,
mira, mi hermosa, mira,
mira cómo vengo yo.

La desaprobación loca,
tralalalala, lalala,
el silencio y el olvido.
Mira,
mira, mi hermosa, mira,
mira cómo vengo yo.
El silencio y el olvido.
Mira,
mira, mi hermosa, mira,
mira cómo vengo yo.

LA PRISON DE SÉGOVIE

Dans la prison de Ségovie, – les prisonniers sont des libertaires. – Regarde, – regarde, ma belle, regarde, – regarde où j'en suis venu.
Bien des années pour cette arme, – que nous avons eue en main. – Regarde…
Mais nous ne regrettons rien, – parce que tel est le chemin. – Regarde…
La nuit sans compagne, – la face vide du temps. – Regarde…
La folle désapprobation, – le silence et l'oubli. – Regarde…

LA CAPTURA DE GUILLERMO GONZÁLEZ GARCÍA
(con música de « Ya se van los pastores a la Estremadura »)

Ya se van por Segovia unos libertarios.
Ya se van por Segovia unos libertarios.

Ya se quedan los días tristes y oscuros.
Ya se quedan los días tristes y oscuros.

Ya se van prisioneros, ya se van cogidos.
Ya se van prisioneros, ya se van cogidos.

Ya los otros de fuera se quedan callando.
Ya los otros de fuera se quedan callando.

LA CAPTURE DE GUILLERMO GONZÁLEZ GARCÍA

Voilà que s'en vont vers Ségovie quelques libertaires.
Voilà qu'ils nous laissent les jours tristes et obscurs.
Voilà qu'ils s'en vont prisonniers, voilà qu'ils s'en vont empoignés.
Voilà que les autres, au-dehors, taisent leurs gueules[1].

---

1. Littéralement : « gardant le silence ». Mais cette traduction, qui évoquerait tout aussi bien un silence momentané, causé par une stupeur douloureuse de l'instant, ne nous paraît pas suffisante pour faire sentir exactement l'intention méprisante de l'auteur de la chanson. Cette intention paraît fidèlement rendue par la formule argotique menaçante des prolétaires et voyous français : il s'agit bien, dans ce cas, de gens que diverses considérations incitent à *taire leur gueule*, et pour longtemps ; comme le fit par exemple la direction de la C.N.T.-F.A.I. en novembre 1936, quand elle apprit que Durruti venait d'être assassiné par un agent stalinien. (*N.d.T.*)

LA CANCIÓN DE LUIS GUILLARDINI GONZALO

(con música de « ¡ A las barricadas ! »)

Nuevos engaños agitan los aires,
de media democracia que no puede ser.
Aunque los otros esperan mejor suerte,
contra el enemigo nos llama el placer.
Estamos solos para alzar la bandera ;
pues el proletariado tendrá esta razón.
¡ No creas a los jefes, cree en tu arma !
Falta el dinero, pero nunca el corazón.

¡ No creas a los jefes, cree en tu arma !
Falta el dinero, pero nunca el corazón.

Para ayudar a los obreros ahora,
hay que recurrir a la expropiación.
¡ Vamos a los bancos, robemos sin tregua,
por el triunfo de nuestra revolución !

¡ Todos a los bancos, robemos sin tregua,
por el triunfo de nuestra revolución !

LA CHANSON DE LUIS GUILLARDINI GONZALO

De nouvelles tromperies perturbent l'atmosphère, – à propos d'une demi-démocratie qui ne peut exister. – Quoique les autres attendent un sort meilleur, – contre l'ennemi le plaisir nous appelle.
Nous nous trouvons seuls pour relever le drapeau, – ainsi, le prolétariat aura cette raison. – Ne crois pas aux chefs, crois en ton arme ! – L'argent manque, mais jamais le courage.
Ne crois pas aux chefs…
Pour aider maintenant les ouvriers, – il faut recourir à l'expropriation. – Allons aux banques, volons sans trêve, – pour le triomphe de notre révolution !
Tous aux banques…

LA CANCIÓN DEL FISCAL MIGUEL IBÁÑEZ
(con música de « Marineros »)

No hay quien pueda,
no hay quien pueda
con la juventud de ahora,
revoltosa y autónoma.
No hay quien pueda.
Hay que matarla.

Si quieres mantener tu poder por aquí,
hay que defender tu capital con fusil,
capital con fusil, capital con fusil
¡ Que se quede en Segovia el hampa de Madrid !

No hay quien pueda,
no hay quien pueda
con la juventud de ahora,
revoltosa y autónoma.
No hay quien pueda.
Hay que matarla.

LA CHANSON DU PROCUREUR MIGUEL IBÁÑEZ

Il n'y a rien à faire, – il n'y a rien à faire – avec la jeunesse d'aujourd'hui, – séditieuse et autonome. – Il n'y a rien à faire. – Il faut la tuer.
Si tu veux maintenir ton pouvoir par ici, – il te faut défendre ton capital avec le fusil, – capital avec le fusil, capital avec le fusil. – Qu'on garde à Ségovie la pègre de Madrid !
Il n'y a rien à faire…

CANCIÓN DEL « GRUPO AUTÓNOMO » DE MADRID

(con música de « Los reyes de la baraja »)

Del trabajo
me retiro,
de un partido
yo me aparto.
Ningún otro
me detuvo
que el presidio
del Estado.

¡ Corre que te pillo,
corre que te agarro,
corre que te escondo
para treinta años !

CHANSON DU « GROUPE AUTONOME » DE MADRID

Du travail – je me retire, – d'un parti – je me tiens à l'écart. – Rien d'autre – ne m'a retenu – que le bagne – de l'État.
Cours que je t'attrape, – cours que je t'empoigne, – cours que je te cache – pour trente ans !

CANCIÓN DE LOS PRESOS DE SEGOVIA

(con música de « En el frente de Gandesa »)

Si me quieres escribir,
ya sabes mi paradero,
(repetición)
en la cárcel de Segovia
donde estoy ahora preso.
(repetición)

Si no quieren juzgarnos,
es que somos anarquistas,
(repetición)
y que la bandera negra
hace más miedo que E.T.A.
(repetición)

Si me quieres escribir,
ya sabes mi paradero,
(repetición)
en la cárcel de Segovia
donde estoy ahora preso.
(repetición)

CHANSON DES PRISONNIERS DE SÉGOVIE

Si tu as envie de m'écrire, – tu sais bien ma résidence, – à la prison de Ségovie – où je suis à présent détenu.

S'ils ne tiennent pas à nous juger, – c'est parce que nous sommes anarchistes, – et que le drapeau noir – fait plus peur que l'E.T.A.

Si tu as envie de m'écrire…

CANCIÓN PARA DORMIR A UN NIÑO EN 1980

(con música de Paco Ibañez)

Erase una vez
un obrero bueno,
al que bien trataban
los más poderosos.
(repetición)

Y había también
un rey demócrata,
una vida hermosa,
y un juzgado honrado.
(repetición)

Todas estas cosas
había una vez,
cuando yo soñaba
una España al revés.
(repetición)

CHANSON POUR ENDORMIR UN ENFANT EN 1980

Il était une fois – un ouvrier bon, – que traitaient bien – tous les puissants. Et il y avait aussi – un roi démocrate, – une vie belle, – et un tribunal honnête. Toutes ces choses – étaient une fois, – dans un rêve où je voyais – une Espagne à l'envers.

Extraits de deux lettres à Gérard Lebovici à propos de la défense et la libération des libertaires emprisonnés à Ségovie.

Après la diffusion au mois de septembre en Espagne du texte *A los libertarios*, les membres du Groupe autonome de Madrid furent acquittés « faute de preuves » alors qu'ils étaient « précisément les plus grands "coupables" ; qui avaient eux-mêmes *proclamé* ce qu'ils avaient fait, et pourquoi. La police avait même saisi tout le matériel d'imprimerie, le plus lourd et le plus complet, qu'ils avaient acheté, richement, avec l'argent ramassé dans les banques ». Restaient encore en prison douze ou quinze membres des groupes autonomes de Barcelone et de Valence, condamnés chacun à sept ans de prison, et trois ouvriers de la SEAT de Barcelone, condamnés à vingt ans de prison en juillet 1980, avant que ne soit engagée l'action de solidarité pour la libération des libertaires autonomes emprisonnés en Espagne.

28 novembre 1980

Notre affaire de Ségovie me paraît le plus étourdissant succès depuis 1968, mais obtenu avec beaucoup moins de moyens. C'est donc du très bon poker. Ceci n'a pu arriver que parce que, jusqu'à présent, on en est encore à discuter en Espagne de l'introduction du jury. Aucun jury n'aurait remis en liberté des gens qui en ont tant fait. Mais là-bas, ce sont des juges professionnels qui appliquent la loi, c'est-à-dire les ordres. Je suppose que les ordres sont venus de très haut, après lecture attentive du texte ibérique que vous savez. Les multiples indicateurs qui sont dans la C.N.T. ont dû en transmettre vers le même instant dix exemplaires venus de différentes régions, avec les nouvelles des discussions épouvantées soulevées partout chez ces braves bureaucrates. Comme le texte s'adressait si peu à la C.N.T., on a dû normalement conclure que ce n'était là que la partie visible de l'iceberg. Ce qui est très drôle, dans ce cas, c'est que la partie visible était la plus grande part de l'iceberg. Mais ils ne pouvaient en être sûrs. Ils n'ont pas pensé que des idées nouvelles sur la C.N.T. « ne peuvent jamais mener qu'au-delà des idées existantes » sur la C.N.T., mais que pour changer réellement quelque chose, « il faut des hommes mettant en jeu une force pratique ». Sait-on jamais quand et pourquoi des Espagnols se décident à mettre en jeu une force pratique, et ce qu'ils en font ? Toutes les vérités, bien indiscutables mais qui ne courent pas les rues, dites froidement d'entrée de jeu ont donné, par une illusion d'optique habituelle dans de telles conditions, l'impression de voir déjà en marche le processus qui en est déduit : l'ouverture d'un nouveau front, et le plus redoutable, parmi tous les désordres qui assiègent déjà l'État espagnol. Et on a radicalement décidé de couper l'herbe sous les pieds, tout de suite, aux mystérieux conspirateurs qui se flattaient d'utiliser le cas des prisonniers autonomes pour mettre le feu dans tout le pays. Ce qui est fort heureux, à mon avis. Car, étant à leur place, j'aurais justement décidé le contraire. On ne gagne rien à céder quand les choses en sont là (mais ils ont dû méditer tout de même quelques jolis coups pour prendre leur revanche sur nos pistoleros maintenant si bien connus).

Ainsi, l'essentiel de l'affaire est déjà réglé. Mais les ouvriers précédemment condamnés restent à Ségovie (sans compter les innocents, qui seront peut-être, eux aussi, acquittés dans la suite de ce mouvement, quoique ce soit plus difficile, puisqu'il faudrait reconnaître leur innocence). Le livre et les chansons pourront donc encore servir. Et j'espère que les auteurs libérés pourront être un peu plus actifs dans cette voie que les précédents spectateurs.

Les épreuves du livre sont venues au moins deux semaines trop tard pour qu'on ait le temps de choisir la perfection de tous les détails en fait de pagination ou de table des matières. Mais je crois que l'ensemble est très bon. Peut-être devriez-vous envoyer un exemplaire à Paco Ibañez, puisqu'on a pris une de ses musiques (quoique je ne croie guère qu'il voudrait chanter cela) ?

18 janvier 1981

Guillermo m'a plu. Il semble avoir compris comment se sont passées les choses pour la libération du « groupe de Madrid » ; et être bien d'accord pour la suite dans la même ligne : les trois ouvriers-bagnards de Barcelone, et les autres « groupes autonomes » où tout le monde a pris sept ans ; ce qui est encore long. Il aime le livre, et il l'a lu attentivement : il m'a montré la seule faute typographique (p. 107, onzième ligne, il faut *miedo* au lieu de medio).

Guillermo González Garcia, membre du Groupe autonome de Madrid. Il était reproché à ses membres des expropriations à main armée et des attentats par explosifs.

Il est d'accord quant à l'importance du disque, à transférer ensuite sur cassettes. Nous avons déjà quatre chansons de plus. Avez-vous pu joindre Mara, dont la voix me semble plutôt améliorée, vers 1975 ? (Mais de quel gauchisme est-elle ? Mais aussi quel effet plus favorable peut faire Artmédia sur une chanteuse aussi peu connue, depuis vingt-cinq ans ?)

Mara Jerez, dite Mara, avait fait un disque de chansons espagnoles dont quelques-unes accompagnées à la guitare par Paco Ibanez (*Chants d'Espagne*).

À PROPOS DES LIBERTAIRES

Extrait d'une lettre du 23 février 1981 à Jaap Kloosterman, traducteur en hollandais de *La Société du spectacle* et collaborateur à l'Institut international d'Histoire sociale d'Amsterdam avant d'en devenir le directeur.

Tu as dû voir comme on a eu l'occasion de secouer sérieusement l'Espagne, pour ne pas laisser aux Basques le monopole du refus, refus d'ailleurs localisé. Le livre sur Ségovie n'expose que le début du processus. Des Anglais, des Français, des Italiens, etc., se sont tout de suite lancés dans la lutte ; et je pense que tu devrais traduire cela pour la Hollande. On a obtenu vite un effet remarquable : la libération, non de tous, mais justement des plus coupables et des meilleurs, par un vraiment comique « déni de justice » que la raison d'État a choisi précisément pour éviter que ne se rallume le feu du côté du « front libertaire ». Mais deux mois plus tard, la politique de relative faiblesse de Suárez envers les autonomies régionales, l'exigence du divorce, et surtout en matière de répression de la lutte armée, a entraîné le premier *pronunciamiento rampant* de l'histoire d'Espagne. C'est un pronunciamiento sans hâbleries, et spectaculairement démenti, mais qui suit son cours inexorablement : l'armée fait chasser un premier ministre, et on parle de règles institutionnelles à appliquer dans le cas ; les évêques se réunissent et font savoir qu'ils se sont découverts ennemis du divorce ; le « gouvernement » révèle, premier dans le monde probablement, qu'un détenu basque vient de mourir la veille sous la torture ; ainsi on soulève les Basques, que Suárez avait voulu apaiser, et que l'Armée veut combattre par l'état de siège ; on sanctionne quelques policiers tortionnaires, et tous les chefs de la police espagnole démissionnent ensemble, etc. Bref, deux politiques successives donnent raison aux analyses du tract *A los libertarios* : 1) il faut « que l'on ne voie pas reparaître un courant révolutionnaire internationaliste en Espagne » – 2) il est temps d'avouer que « tous les plaisirs de la démocratie permise ont déjà passé leurs plus beaux jours ».

EL PRONUNCIAMIENTO DEL 29 DE ENERO DE 1981

(con música de *La Cucaracha*)

Chanson détournée écrite par Guy Debord et traduite par lui-même.

Refrán
La democracia, la democracia,
ya no puede caminar.
Porque no tiene, porque le falta
el consentir militar.

El veintinueve de enero,
se pronunció el Ejército.
Los generales dijeron :
« ¡ Fuera Suárez, el maricón ! »

Refrán

Entonces, nuestros partidos
aseguran a una voz :
« El Rey es segura caución
de esta feliz Constitución. »

Refrán

Ese Rey era el fiador
como fué obedecedor
el Ejército a su ley.
E que obedece hoy es el Rey

Refrán

Hoy se acaba la ilusión.
Mas escondan su decepción,
los cobardes periodistas,
diputados y artistas.

Refrán

Ya se van autonomías,
mentiras y convivencias.
Se queda un solo divorcio :
entre las armas y el pueblo.

LE COUP D'ÉTAT DU 29 JANVIER 1981
(sur l'air de *La Cucaracha*)

Refrain
La démocratie, la démocratie,
à présent ne peut plus marcher.
Parce qu'elle n'a pas, parce qu'il lui manque
le consentement militaire.

Le 29 janvier,
l'Armée s'est prononcée.
Les généraux ont dit :
« Que l'on jette Suárez, cette tante ! »

Refrain

Alors, tous nos partis
assurent d'une même voix :
« Le Roi est une sûre caution
de cette heureuse Constitution. »

Refrain

Le Roi s'en trouvait être le garant,
comme a été obéissante
l'Armée, à son autorité.
Celui qui obéit aujourd'hui, c'est le Roi.

Refrain

Aujourd'hui, s'achève l'illusion.
Mais ils cachent leur déception,
les lâches journalistes,
députés et artistes.

Refrain

Adieu maintenant, autonomies,
mensonges et paix sociale !
Et il ne demeure qu'une seule forme de divorce :
celui qui existe entre les armes et le peuple.

Extrait d'une lettre à Gérard Lebovici du 11 mars 1981.

La raison fondamentale de mon refus *définitif* de tout projet de disque aux conditions que l'on a osé vous proposer, tient naturellement à l'évolution rapide, claire et indiscutable, de la situation politique en Espagne. Je ne peux évidemment être tout à fait assuré de la qualité de ces textes, et donc de leur effet ; qui cependant, en lui-même, par le contenu, me paraissait assez garanti. Mais je suis, malheureusement, un très bon juge des changements des moments stratégiques ; et peut-être même le seul dans toute cette pauvre péninsule. Le sort des prisonniers de Ségovie est maintenant suspendu à l'issue d'événements plus vastes, et terribles. Enregistrer cela à la fin d'avril, donc pouvoir commencer à le faire répandre là-bas, au mieux, au mois de juin, est une plaisanterie lugubre dont je ne serai pas complice. Ce serait quelque chose comme si les situs avaient imprimé en janvier 1969 les analyses et les appels qu'ils ont massivement diffusés en mai 1968. Même Viénet n'aurait pas envisagé une telle extravagance. Ce ne serait plus qu'une détestable exploitation « artistique » d'une affaire que j'ai la faiblesse de considérer comme sérieuse. Tant que j'ai eu à défendre les gens de Ségovie, je les ai défendus dignement, c'est-à-dire pour eux-mêmes, et pour moi en tant que leur défenseur : je n'ai permis à *personne* de paraître un seul instant désinvolte sur cette question.

Nous avons fait des merveilles, dans l'histoire de Ségovie, grâce à notre relative rapidité, quand il était encore temps. Et c'était de justesse, puisque Suárez est tombé exactement deux mois après ce résultat, qui est une des dernières manifestations de sa politique de semi-modération. Nous n'allons pas maintenant *continuer en farce* ; et donc nous devons en rester là.

Même sur le plan « artistique », l'espèce de nonchalance ibérique – qui couvre toujours des angoisses plus profondes – a dépassé toutes les bornes, et ne peut être comparée qu'aux plus fabuleux exemples que rapporte le général Napier. Tout le monde a trouvé normal qu'une seule personne étrangère ou deux tout au plus se chargent de tout en *un tel domaine*. Il n'a manqué que de nous demander d'enseigner l'usage de la dynamite aux mineurs des Asturies !

Le général irlandais William Francis Patrick Napier (1785-1860), auteur d'une *Histoire de la guerre de la péninsule et dans le midi de la France depuis l'année 1807 jusqu'à l'année 1814*, traduite de l'anglais en 1828 par le lieutenant-général comte Mathieu Damas. Les Éditions Champ libre en ont fait paraître le premier volume en 1983.

L'un demandait que l'on concentre le tir sur le cas des ouvriers de la SEAT, l'autre souhaitait qu'il y ait davantage de chansons lyriques, etc. May (qui n'a pas fait un geste, ni dit un mot, ni offert une seule adresse, au moment de la diffusion de notre tract de septembre) a trouvé, imbécilement, que rien ne pouvait être chanté parce que le rythme, toujours trop long ou trop court, serait complètement faux. Mara se permet d'affirmer que l'ensemble est trop long pour un disque ou une cassette (et moi, je suis sûr que c'est un peu trop court, et qu'il fallait une ou deux chansons de plus) ; et surtout que l'on pourrait être *plus dur*, sur une affaire dont elle ignorait entièrement l'existence la veille ; et alors qu'il s'agit de toute évidence des chansons les plus dures qui aient jamais été faites dans ce pays. Holà !

Les Ibériques réagissent souvent par de tels sabotages de retardement à ce qu'ils trouvent « trop beau », et qui risque par là d'offenser l'incapacité qu'ils s'attribuent secrètement (et, le plus souvent, bien à tort). Mais rien n'a égalé l'audace de cette excellente chanteuse, inconnue et ratée à tous points de vue dans sa carrière, à qui vous faites un pont d'or sur les plans politique, artistique, financier, et qui vous objecte fièrement qu'elle a pour l'instant mieux à faire, en allant chanter, pour une bouchée de pain, dans deux ou trois bastringues obscurs de la Suisse ou de la Belgique. Ils n'ont pas lu Gracian et ignorent que « ni le temps ni la saison n'attendent personne ». Quant aux prisonniers libérés, j'ai remarqué qu'ils mettaient une étrange insistance à m'inviter à venir tout de suite à Madrid pour discuter avec tous les autres, mais sans préciser la moindre direction concrète et utile que devrait envisager cette discussion. Et à présent, je suppose qu'ils attendent encore impatiemment, en gardant un noble silence, que je vienne prendre la direction de leur autonomie.

En somme, tous ces charmants êtres sont naturellement portés à vous laisser, comme un pur monopole, le soin de prendre en considération *la réalité*, sous quelque aspect que ce soit. On y gagne leur admiration sincère et affectueuse, mais inquiète, et même légèrement amère. Ensuite, on se trouve seul responsable du résultat, pour lequel on nous a généralement refusé tous les moyens.

Vous devez donc, par écrit, remercier Mara pour son accord de principe, mais lui apprendre, sans plus de discussion, que les gens que vous représentiez ont décidé de ne plus faire de disque, vu les délais qui se trouvent en contradiction avec leurs perspectives. Vous devez aussi bien préciser qu'ils ne le feront chanter par personne d'autre. (Donnez à May un double de votre lettre à Mara.)

Il vous faut dire à May que vous vous êtes trouvé obligé de la faire venir jusqu'à Paris, parce que vos amis d'Arles sont maintenant « en voyage ». Vous devrez ajouter, en la remerciant pour ses efforts, que le projet de disque a été *annulé*, parce que Mara, qui avait eu la gentillesse de donner son accord, demandait un délai de sept ou huit semaines, qui se trouvait être incompatible avec l'évolution précipitée, et funeste, de la situation en Espagne. Ayant ainsi écarté avec diplomatie – et il en faut, soyez-en sûr ! – les redoutables questions annexes, vous n'aurez plus qu'à redevenir simplement éditeur, et essayer de sauver le projet des œuvres complètes de Durruti. Si vous le voyez trop mal parti, sur des fausses pistes et des voies de garage, peut-être vaudra-t-il mieux y renoncer plutôt que de s'enfoncer dans le délire ? Je ne sais pas : voyez vous-même, mais attendez-vous à tout. A une allusion discrète et légère que l'on m'a faite pour savoir « si j'avais vu son travail » – et j'ai dit tout de suite que je ne m'en occupais pas –, j'ai bien cru sentir un doute sur les capacités de May à ce niveau, et comme une crainte que cela ne provoque chez moi quelque nouvel accès de fureur. Mais ce que j'ai découvert depuis sur l'effarante ignorance poétique de cette May qui se pique de savoir par cœur toute l'œuvre de Lorca, renforce beaucoup mes doutes. Je ne m'en mêlerai donc pas.

Vous savez que j'ai vu, et dans l'ensemble admis, diverses choses assez extraordinaires, dans un amour andalou. Mais c'est qu'il y avait aussi beaucoup de grandeur, et que tout cela se place très manifestement sur le plan de la passion. Par contre, je ne peux que rejeter irrévocablement les sordides égarements de Mara sur le terrain professionnel : c'est justement sur ce terrain, quand il existe, que ces gens-là se sentent le moins « in girum imus nocte... ». Or, vous avez vu le début. Et je ne doute pas un instant de la suite qui s'annoncerait ici, dans le travail comme dans les nécessaires relations personnelles – retards, doutes, reproches, défis, actes manqués –, si d'impérieuses conditions historiques ne nous obligeaient pas à arrêter là cette musique. C'est même le seul bon côté que j'y vois pour l'instant, car elles interdisent tout regret.

Cette nouvelle présentation pour une éventuelle réédition des *Prolégomènes à l'Historiosophie*, parus en juin 1973 aux Éditions Champ libre dans une traduction de Michel Jacob, fut envoyée en 1983 à Gérard Lebovici, avec cette précision manuscrite : « Peut-être remplacer enfin la présentation inepte de M. Jacob (dix ans après ?). »

August von Cieszkowski (1814-1894) participe à l'insurrection polonaise de 1830, puis en 1838 est reçu docteur à Heidelberg avec une thèse sur la philosophie ionienne. La même année, il publie en allemand *Prolégomènes à l'Historiosophie* et, l'année suivante, en français, un ouvrage d'économie, *Du crédit et de la circulation*. En 1848, il fait paraître anonymement *Notre Père*, livre qui analyse la crise du monde moderne et celle de la religion chrétienne.

Présentation inédite des *Prolégomènes à l'Historiosophie* d'August von Cieszkowski

La publication en 1838 des *Prolégomènes à l'Historiosophie* d'August von Cieszkowski, alors âgé de vingt-quatre ans, marque l'effondrement instantané du système hégélien. À partir de cet effondrement, la méthode dialectique, « la pensée de l'histoire », va rechercher la réalité qui la recherche. C'est sur ce mouvement que se constitue, à travers Marx et Bakounine notamment, la première base du projet de la révolution sociale.

Cieszkowski dépasse Hegel en des termes purement hégéliens : il anéantit l'aporie centrale du système, simplement en rappelant que le temps n'est pas fini. Hegel avait conclu l'histoire, dans la forme de la pensée, parce qu'il acceptait finalement d'en glorifier le résultat présent. Cieszkowski renverse d'un seul coup le système, en portant à son contact le « moment » de l'avenir, parce qu'il reconnaît à la pensée de l'histoire, dépassement de la philosophie, le pouvoir de transformer le monde.

« Réaliser les idées [...] dans la vie pratique [...] telle doit être la grande tâche de l'histoire. » Dans cette « praxis post-théorique qui sera l'apanage de l'avenir », les héros historiques « doivent être non plus des *instruments aveugles* du hasard ou de la nécessité ; mais les *artisans lucides* de leur propre liberté ». « L'*être* et la *pensée* doivent donc *disparaître* dans *l'action*, l'*art* et la *philosophie* dans la vie sociale. » « De même que la poésie de l'art est passée dans la prose de la pensée, la philosophie doit descendre des hauteurs de la théorie dans le champ de la praxis. Être la philosophie pratique ou, plus exactement, *la philosophie de la praxis.* » Le théoricien qui parle ainsi, cinq ans avant le jeune Marx, cent vingt ans avant les situationnistes, devra donc être tôt ou tard reconnu comme le point obscur autour duquel toute la pensée historique, depuis un siècle et demi, a pris son tournant décisif.

Cieszkowski restait dans l'idéalisme objectif, mais à son extrême pointe, là ou il se renverse dans la plus totale revendication du concret, de sa construction historique consciente. Le mérite de Marx est d'avoir ultérieurement montré qu'une société de classes ne pourrait être capable de réaliser un programme si grandiose ; et celle-ci a effectivement donné à voir, depuis, la grandeur et le prix de sa carence sur cette question. Le mérite du prolétariat révolutionnaire est d'avoir montré, dans toutes ses luttes, qu'il ne pouvait se définir que par l'acceptation d'une telle tâche ; ce qui suffit à démasquer comme étant du parti de ses exploiteurs tous ceux qui ont prétendu le contenter ou le dissoudre à moins.

Ce livre, jamais traduit en français depuis 1838, ni jamais réédité en Allemagne durant toute cette période, a été publié par Champ libre en 1973 ; il est aussi le seul des livres de ces Éditions auquel *aucun* article de critique n'a jamais été consacré.

On sait que la société actuelle est partout lourdement armée pour son combat de retardement, en fin de compte assez vain, contre la pensée historique. (C'est aussi l'intérêt subjectif des spécialistes intellectuels qui y font carrière, et qui tentent de cacher leur honte en négligeant ce qui les révèle d'emblée comme tout à fait négligeables.) Rien peut-être comme le sort d'un tel livre n'est à ce point révélateur des conditions faites à la théorie fondamentale par une époque qui finit en ce moment sous nos yeux, au bout du plus riche accomplissement de toutes ses virtualités d'irrationalité et de misère. Il est normal que reparaisse, avec la faillite de notre société, le verdict de Cieszkowski qui la condamne pour avoir vécu au-dessous de ses moyens.

Guy Debord en 1984.
Photo prise par Alice Debord à Arles et parue en tête de la première édition des *Considérations sur l'assassinat de Gérard Lebovici*, en février 1985.

CONSIDÉRATIONS SUR L'ASSASSINAT DE GÉRARD LEBOVICI

Publié en 1985 aux Éditions Gérard Lebovici ;
repris aux Éditions Gallimard en 1993.

Le plus indulgent des siècles, qui a généralement trouvé très bon tout ce qui lui était imposé, m'a jugé avec une grande sévérité, et même une sorte d'indignation. Il n'a jamais caché sa vive répugnance à parler de moi, et aussi bien de ce qui me ressemble. Il a dû en parler, cependant. Il l'a fait nécessairement à sa manière, inimitable : car notre temps ne ressemble à aucun autre, et la bassesse ne se divise pas.

Je ne crois pas avoir lu en tout plus de cinq ou six faits vrais rapportés à mon propos, quel qu'ait pu être le thème abordé ; et en aucun cas deux à la fois. Et ces faits mêmes étaient presque toujours séparés de leur contexte, et travestis à l'aide de diverses erreurs surajoutées, et de plus ils étaient interprétés avec beaucoup de malveillance et de déraison. Tout le reste était simplement inventé. Les inventions, d'une variété extraordinaire, mais obéissant constamment à des intentions comparables, donnaient matière à autant d'autres interprétations, souvent surprenantes d'illogisme, puisqu'il devrait être facile à qui invente par l'arbitraire sans frein d'amener avec une apparence de vraisemblance, et sans contradiction trop visible, les conclusions qu'il a le dessein d'en tirer. Jamais tant de faux témoins n'ont environné un homme si obscur.

Rien pourtant, en plus de trente années de fausse ignorance et de froid mensonge, n'avait été si concentré et si maladroit dans l'imposture spectaculaire, que l'exposé que présenta vivement la presse française de toutes les tendances de l'opinion au lendemain du 5 mars 1984, quand Gérard Lebovici, mon éditeur et mon ami, fut attiré dans un guet-apens et assassiné à Paris.

Comme je me trouve être, tant par nature que par la place singulière que j'occupe dans la société et dans l'histoire de mon temps, très éloigné de toute polémique personnelle, il n'aura fallu rien de moins que cet événement, malheureux et abominable, pour me faire sortir de mon silence, à si juste titre dédaigneux, et m'obliger cette fois à « répondre à l'insensé selon sa folie, afin qu'il ne s'imagine pas être sage ».

Ayant à affronter un pareil fatras, j'évoquerai en désordre ce que l'on a dit, ce qui est, et ce que veut dire cette distorsion systématique du réel. Je ferais trop d'honneur à mon sujet, si je le traitais avec ordre. Je veux montrer qu'il en est indigne.

Ce siècle n'aime pas la vérité, la générosité, la grandeur. Il n'aimait donc pas Gérard Lebovici, qui attirait encore un peu plus l'envie haineuse par sa liberté d'esprit et sa culture. Il avait donc beaucoup d'ennemis ; puisque « aussi longtemps que le monde renversé sera le monde réel » (Marx), les plus rares qualités passeront pour les pires défauts. Entre tant d'ennemis, ceux qui avaient leurs raisons particulières de l'abattre, ont pu spéculer sur l'abondance universelle de la concurrence, sachant que la forêt peut cacher un arbre. Ce n'est pas la peine de payer spécialement les gens, il suffit de les avoir formés et de les connaître, pour être sûr qu'ils s'empresseront d'aboyer joyeusement à la mort quand on tuera celui qui, par sa seule existence, leur fait honte. Ainsi les journalistes se sont si bien identifiés aux assassins inconnus, qu'ils se sont instantanément bousculés pour leur fournir leurs raisons, pour attribuer à la victime toutes les tares qui, d'une manière ou d'une autre, devraient suffire à pleinement justifier sa fin. Et de tant de reproches, celui qui a été avancé le plus constamment et le plus violemment, et le seul qui était vrai, c'est qu'il avait l'impardonnable tort de me connaître.

Dès le 7 mars, quelques heures après la découverte du crime, l'Agence France-Presse diffusait ce surprenant communiqué : « Le producteur de cinéma Gérard Lebovici... Paris – Lors du mouvement de mai 1968, il était un des animateurs de l'Internationale situationniste aux côtés de Guy Debord, son ami de toujours, dont l'intégrale de l'œuvre cinématographique est projetée au Studio Cujas à Paris que Lebovici avait récemment racheté. Après mai 68, il avait créé les éditions Champ Libre qui ont publié plus de 150 ouvrages liés à l'esprit du mouvement de mai et aussi *L'Instinct de mort* de Jacques Mesrine... » Il n'est malheureusement pas vrai que Gérard Lebovici ait animé à mes côtés l'Internationale situationniste « lors du mouvement de mai 1968 ». C'est bien dommage : il le méritait. Mais je ne l'ai connu que trois ans après.

L'A.F.P. précise dans un communiqué du lendemain, 8 mars : « M. Gérard Lebovici, le producteur de cinéma retrouvé tué de deux balles dans la tête mercredi matin dans un parking public de l'avenue Foch à Paris, était également président-directeur général d'une maison d'édition, à l'origine de tendance "situationniste", les éditions Champ Libre, indique-t-on dans son entourage. Sa femme était directrice de cette maison d'édition. Champ Libre, qui a publié à ce jour cent cinquante-trois titres, s'était fait connaître en publiant les ouvrages de Guy Debord, l'animateur de l'Internationale situationniste, un courant de pensée de tendance libertaire, qui joua un rôle très important dans le mouvement étudiant et intellectuel de mai 68 en France. » Il est encore inexact de qualifier Champ Libre de maison d'édition de tendance « situationniste », que ce soit à l'origine ou plus tard. Elle a publié successivement Joseph Déjacque, Korsch, *Baltasar Gracián*, Boris Pilniak, *Clausewitz*, Cieszkowski, Fernando Pessoa, *Bakounine*, Ribemont-Dessaignes, Malévitch, Bruno Rizzi, Li T'ai Po, Satie, Souvarine, Jomini, Ciliga, Junius, Hegel, le colonel Ardant du Picq, Groddeck, Omar Kháyyám, Jens-August Schade, *Anacharsis Cloots*, Borkenau, Jorge Manrique, Richard Huelsenbeck, Sexby, *Orwell*, Marx, Vaugelas, le général Napier, Gerald Brenan, Herman Melville, *Saint-Just* et bien d'autres ; et pour ceux dont les noms sont en italiques, il s'agit en principe de leurs œuvres complètes. À moins d'appeler abusivement « situationniste » tout ce qui est de qualité, on ne discernera rien de situationniste dans les auteurs que j'ai pris la peine de citer ici.

Passons sur la ridicule appellation d'« étudiant et intellectuel » pour un mouvement historique qui fut si indubitablement prolétarien et révolutionnaire. Il faut dire que l'évocation de cette « tendance libertaire, qui joua un rôle très important » en 1968, n'est pas un rappel, mais une découverte récente de l'Agence France-Presse. On ne trouvera notée cette importance dans aucun journal de ce temps-là, et dans très peu de livres parus immédiatement après. Quel curieux retard, à une époque où l'information court si vite ! Il a fallu près de seize ans à l'A.F.P. pour lancer un tel *scoop*. Mais enfin, elle le savait.

Chaque journal, propriétaire de son propre fonds de souvenirs classés confidentiels, va suivre l'Agence France-Presse, en apportant sa nuance, assez négligeable. *France-Soir* du 9 mars révèle : « Un homme des plus mystérieux paraît être le sésame de ces milieux clandestins de l'anarchisme le plus destructeur qui fascinait tant Gérard Lebovici. Il s'agit du cinéaste et écrivain Guy Debord, 54 ans, l'éminence grise de Champ Libre, chef de file des "situationnistes", un mouvement de tendance libertaire qui fut l'un des détonateurs des événements de Mai 68. » L'un des détonateurs laisse encore le soin de découvrir les autres. Mais *Rivarol* du 16 mars simplifie excellemment la question, en expliquant du même coup cette fascination, quand il qualifie Lebovici de « fanatique de l'Internationale situationniste, mouvement politique et révolutionnaire qui fut à l'origine des événements de mai 68 ». Tandis que *L'Humanité* du 13 mars parle « d'un intellectuel aussi mystérieux qu'incongru : Guy Debord, fondateur puis fossoyeur de l'Internationale situationniste. [...] Étrange personnage que ce Debord. Auteur de théories d'ultra-gauche qui eurent leurs heures de gloire en mai 1968, il semble obtenir du producteur à peu près tout ce qu'il lui demande... ».

On ne sait ce que ce journaliste stalinien me reproche le plus : d'avoir été parmi ceux qui fondèrent l'Internationale situationniste, ou d'avoir été, quinze ans plus tard, le principal responsable de son autodissolution ? Je crois que les deux lui déplaisent également. Et peut-être, de son point de vue, n'a-t-il pas tort : les deux actes, en leurs temps, furent également révolutionnaires. Mais il est faux de dire que ces théories « eurent leurs heures de gloire en mai 1968 », puisque, je l'ai rappelé, personne ne les a citées sur le moment, et que cette occultation a normalement continué par la suite. Ce fut une heure de gloire pour les ouvriers de Paris. Je ne suis « mystérieux » que pour ceux qui ne savent pas me lire, ou n'ont entendu parler de moi que par les professeurs de mensonge qui leur ont si souvent caché ce que j'ai écrit et ce que j'ai fait. Je ne comprends pas ce qu'il entend par « incongru ». Qu'est-ce qui est plus incongru qu'un stalinien à l'heure actuelle ?

À part quelques brèves allusions à l'autodissolution de l'Internationale situationniste, que l'on présente plutôt comme une infamie supplémentaire, sans d'ailleurs dire pourquoi, la tendance générale est d'affecter de penser qu'elle existe aujourd'hui ; et serait donc devenue, s'instruisant avec son époque, encore plus épouvantable qu'au temps où déjà on ne voulait pas admettre qu'elle pût exister. *Minute* du 17 mars, moins embarrassé que les dissimulateurs qui se veulent légèrement plus à gauche, s'est risqué à proposer une définition exhaustive : « Mais qu'est-ce donc que le situationnisme ? Quel est son programme ? Il tient en peu de mots : "Discrédite le bien. Compromets les chefs. Ébranle leur foi. Livre-les au dédain. Utilise des hommes vils. Désorganise l'autorité. Sème la discorde entre les citoyens. Excite jeunes contre vieux. Ridiculise les traditions. Perturbe le ravitaillement. Fais entendre des musiques lascives. Répands la luxure." » Pour faire mesurer le sérieux de cette sorte de preuve théorique, il faut noter que *Minute* ne fait pas mystère de l'avoir rencontrée dans le livre d'un simple romancier qui, pour être monarchiste, n'est même pas crédité couramment du réalisme de Balzac. Il est naïf de prétendre expliquer, sans autre examen, des événements et idées historiques, par des formules issues de la fantaisie d'un romancier. Enfin, je ferai observer que je ne vois pas du tout en quoi il pourrait m'être reproché d'avoir fait entendre des musiques lascives.

Chaque période a son vocabulaire pour exorciser les fantômes qui la dérangent. Au temps où les situationnistes ont agi, on les a rarement traités de terroristes, quoiqu'on ait très volontiers popularisé à leur propos le sot concept de « terrorisme intellectuel ». Mais ils se sont dissous en 1972, quand commençait à peine ce terrorisme factice, qui désormais est à la mode pour gouverner les États, et leur décerner en regard *a contrario* des brevets de démocratie. Si l'Internationale situationniste existait aujourd'hui, on dirait forcément qu'elle est terroriste. Et voilà précisément pourquoi certains stratèges, et les trompettes qui suivent à leurs bottes, voudraient faire croire qu'elle existe encore.

Le Nouvel Observateur s'interroge ainsi, le 23 mars : « Le roi Lebo n'est-il, finalement, qu'un homme sous influence ? A-t-il dérivé, à partir de Debord, vers des organisations extrémistes comme les Brigades rouges ou Action directe, qu'il aurait financées par goût du scandale et de la provocation ? Les policiers ne trouvent pas son nom sur les fiches des B.R. françaises – largement infiltrées et surveillées – et on dit, à Rome, que l'anarcho-mao-léninisme de Champ Libre était "*à des années-lumière de l'archéo-léninisme*" des Brigades… » Ce qu'on dit à Rome est condamné par tout ce qui pense encore dans le monde. La Grande Prostituée du terrorisme spectaculaire a maintenant officiellement avoué que ses services spéciaux ont été constamment présents dans toutes les opérations sanglantes menées depuis 1969, avec la complicité des éléments utiles de la Mafia ou du Vatican, et sur ordre du gouvernement parallèle de l'Italie, qui s'est abrité sous le délicat pseudonyme de P. 2. Ces aveux ne sont pas une preuve suffisante pour que *Le Nouvel Observateur* se décide à remettre à jour son fichier. Et ses enquêteurs ingénus se vantent encore de s'informer à Rome. En s'épargnant le voyage, ils auraient pu lire le catalogue de Champ Libre, et savoir qu'on ne peut pas y déceler une seule trace de léninisme ni de maoïsme.

Présent écrit le 10 mars : « Cette façade d'entrepreneur de spectacle, prospère, arrivé au sommet de la réussite, cachait aussi une activité plus inquiétante : celle d'un mécène de l'ultra-gauche. Après mai 68, il avait notamment fondé les éditions du Champ Libre, où il publiait les penseurs et les stratèges de la gauche libertaire et terroriste. Parmi les auteurs maison, l'enragé Guy Debord, le chef de file des "situationnistes", le plus nihiliste, le plus destructeur des mouvements anarcho-surréalistes, probablement le promoteur principal de la subversion soixante-huitarde. À travers ce centre de propagande gauchiste, les contacts de Lebovici s'étendaient à tout le terrorisme international. Il entretenait des relations en Allemagne avec la bande à Baader, mais aussi en Italie, avec les Brigades rouges. D'une façon générale, tous les dynamiteurs de la société bourgeoise, de la civilisation chrétienne et occidentale, fascinaient cet israélite. [...] Subventionner la subversion, par conviction, amusement, haine de l'ordre établi ou snobisme mondain, comporte des risques. »

La seule preuve, si l'on ose dire, que Gérard Lebovici subventionnait la subversion, et que ses contacts « s'étendaient à tout le terrorisme international », c'est qu'il me connaissait, moi, « probablement le promoteur principal de la subversion soixante-huitarde ». Mais réciproquement, la seule preuve que j'aie jamais eue moi-même le moindre contact avec ce mythique « terrorisme international », qui est si évidemment étranger et ennemi, dans ses idées et ses méthodes, de la subversion profonde dont 1968 est véritablement une grande date, c'est que je connaissais Gérard Lebovici.

On doit me compter « parmi les auteurs maison ». J'en ai cité quelques autres. Mais ces éditions, je n'y ai jamais été « éminence grise ». Je ne les ai pas dirigées, je n'y ai exercé aucune fonction. J'ai même poussé la discrétion jusqu'à ne pas me rendre une seule fois dans leurs locaux depuis 1971. J'irai désormais, chaque fois qu'il le faudra.

Le fait que Gérard Lebovici finançait la subversion ayant été tout de suite accepté comme une évidence grâce au raisonnement scientifique

que l'on vient de voir, on va pouvoir agiter, comme en jouant aux dés, quelques figures particulières de cette subversion protéiforme, comme illustrations interchangeables de la vérité révélée, et bien entendu sans s'astreindre à choisir un seul exemple réel qui devrait avoir la prétention d'être probant. *France-Soir* écrit le 13 mars : « Gérard Lebovici était d'autre part un pourvoyeur de fonds très important pour certains groupuscules d'extrême gauche, de la mouvance "situationniste" issue de mai 1968. [...] Pourquoi ne pas imaginer que l'imprésario-mécène ait brusquement souhaité supprimer ou réduire l'aide financière qu'il leur accordait ? Dans un tel cas, cette décision aurait pu être accueillie par de la colère, voire de la violence, de la part des intéressés. [...] Certains adeptes du mouvement situationniste ont été proches de groupes terroristes, comme "Action directe", qui a longtemps entretenu des relations de cousinage étroites avec "Prima Linea", l'organisation italienne rivale des "Brigades rouges". C'est la "piste italienne". Certains rappellent, à ce propos, que Mme Lebovici – Floriana – est la fille d'un chirurgien-dentiste de Turin. »

Il n'y a pas un seul des groupuscules d'extrême gauche qui soit « de la mouvance situationniste ». Voilà, aurait-on pensé avant de savoir que le public est depuis longtemps conditionné à consommer les raisonnements spécieux de la société du spectacle, ce qui aurait radicalement suffi à empêcher Gérard Lebovici de les pourvoir en fonds. Mais puisque l'on imagine de tels groupuscules, « pourquoi ne pas imaginer », en effet, qu'il ait souhaité s'en libérer un jour ? Cette audace aurait naturellement causé de la colère, et il y a des gens qu'il est dangereux de mettre en colère ; car le mot violence est un peu faible de nos jours pour désigner cette prompte réaction : quatre balles dans la tête pour inaugurer la controverse. On tiendrait donc là un coupable très convenable, car s'il est difficile de connaître « la mouvance », on en connaît bien assez le mauvais chef. C'est émettre une calomnie grossière, et de plus anachronique, que de supposer que des « adeptes » de ce mouvement situationniste aient pu devenir, douze ans plus tard, « très proches » de groupes comme « Action directe ». Et pourquoi pas du capitaine Barril ? Remarquons au passage l'argument qui voudrait confirmer « la piste italienne ». Un racisme nouveau veut donner à penser que tous les Italiens doivent être regardés comme des terroristes ; ou seulement tous les chirurgiens-dentistes ?

Je ne sais si l'histoire de ma vie, qui a été agitée de tant d'aventures différentes, mais toutes du même côté, suffirait véritablement à faire condamner sans autre forme de procès quelqu'un qui simplement aurait eu la hardiesse de m'éditer. Mais Gérard Lebovici a fait plus ; et même dans cette question de l'édition, on lui a imputé injustement une perversité plus inacceptable. Le bruit avait parfois couru, mensonger comme les autres, qu'il m'avait livré « la direction occulte de sa maison d'édition », comme l'écrit *L'Humanité* du 15 mars. Ce bruit a été relancé, dans les jours qui ont suivi son assassinat, par des gens qui n'ont pas craint de profiter d'une telle circonstance pour redire, partout où l'on voulait bien les écouter, cette fausseté qui personnellement leur tenait à cœur.

C'est ici qu'une bouffonnerie se mêle en intermède au drame, et sert à l'éclairer très opportunément selon les intérêts de la répression. Quatre employés de Champ Libre avaient été licenciés en novembre 1974, c'est-à-dire après les quatre premières années d'activité de cette maison. Il s'agissait de MM. Guégan, Guiomar, Le Saux et Sorin, qui ont depuis poursuivi leur carrière dans différents journaux, et notamment dans les pages littéraires du *Monde*.

De sorte que l'on pouvait lire dans *Le Monde* du 10 mars, sous la signature de M. Sorin : « Je revois Lebovici, ce lundi 4 novembre 1974. Masque keatonien, imper à la Bogart, il nous avait donné rendez-vous à La Coupole. Il demanda d'emblée à Guégan de démissionner. Celui-ci refusa. À tour de rôle, nous nous rangeâmes à ses côtés. Une demi-heure plus tard, nous quittions Lebovici, lui laissant Champ Libre, un fonds, des projets, une image et une légende. [...] Un représentant du capital, attentif et éclairé. Il payait très mal, mais il laissait faire. Nous lui proposions des auteurs qu'il ignorait : Celma, Burroughs, Delahaye, Dietzgen, etc. Guégan l'avait mis en rapport avec Guy Debord et les membres de l'Internationale situationniste. [...] Nous lui exposâmes notre refus de céder devant ses "*goûts personnels*". Pour la première fois, il rédigea l'une de ces lettres qui, avec beaucoup d'autres, figurent dans ses deux volumes de *Correspondance*. Il brisait d'ailleurs ainsi le silence sur notre rupture ; nous avions décidé, d'un commun accord, de nous interdire "*tout commentaire sur les raisons de* (notre) *séparation*". D'un lieu vivant, en quelques mois, il allait faire un musée. [...] Pour répondre aux rumeurs qui désignaient la "main de Debord" dans sa prise du pouvoir à Champ Libre, il rendit aussi publique une lettre de

Debord à Jaime Semprun, l'auteur du *Précis de récupération*. Nous pensions que l'opinion de Debord, visé par certaines pages des *Irréguliers*, avait déterminé le "passage à l'acte" de Lebovici et sa métamorphose en dialecticien et en révolutionnaire. Les affirmations de Debord, concernant son rôle d'éditeur "(*qui a tout le mérite de la publication de Cieszkowski ou d'Anacharsis Cloots*"), étaient inexactes... »

Ce court texte appelle une analyse, et nombre de démentis. D'abord, M. Sorin cache le véritable et étonnant motif du conflit : on peut lire leurs documents intégraux et la réponse de l'éditeur dans le volume I de *Correspondance*. Après quelques dissentiments dont j'ignore les détails, ces quatre « travailleurs intellectuels », comme ils se sont eux-mêmes qualifiés, présentèrent à Gérard Lebovici un ultimatum sous quinzaine. Ils voulaient surmonter les divergences par la voie la plus directe : que l'on donne tout « le contrôle de la production et de la gestion de Champ Libre » à un comité de six personnes où eux-mêmes détiendraient quatre places. À ce risible *putsch*, l'éditeur répondit par une longue réfutation de leurs allégations, et leur donna un rendez-vous. Lors de cette rencontre, il leur dit que, puisqu'il refusait leurs prétentions, il attendait leurs démissions. Ils rétorquèrent tous « qu'il ne pouvait être question » de démissionner. Alors, l'éditeur leur fit savoir à l'instant qu'ils étaient tous licenciés. Que pouvaient-ils attendre d'autre ?

« Il payait très mal, mais il laissait faire. » Comme il est notoire que Gérard Lebovici n'a été accusé par personne de manquer ni de libéralité, ni d'argent, je suppose que, s'il les payait peu, c'est parce qu'il estimait que leurs services ne valaient pas grand-chose. Qu'il laissât faire, c'est ce qui est contredit par ce dont ils se sont plaints eux-mêmes, sur ses « goûts personnels » et leur manque de liberté, ses refus et *veto*, ses critiques constantes, la censure enfin qu'il a opposée à leurs faibles travaux intellectuels et à leurs conciliantes pratiques mondaines. L'intention est de présenter un financier inculte, un « mécène » incapable, qui aurait dû être ravi d'avoir trouvé de telles lumières. Si cela avait été vrai, ils auraient en somme déjà possédé Champ Libre, et quelqu'un aurait dû venir de l'extérieur pour leur voler leur propre maison d'édition. Car il est fort étrange d'imaginer qu'un éditeur pourrait avoir à « prendre le pouvoir » chez lui. Ils se plaisent à croire que c'est moi, meilleur terroriste qu'eux, sans doute. Un complot inattendu aurait balayé un autre, qui se croyait déjà parvenu au pouvoir ; et c'est ce qui a laissé autour de ces éditions une louche allure de complot permanent, contre le monde entier.

Je veux bien croire qu'ils ont proposé à l'éditeur quelques auteurs qu'il ignorait. Ils les citent eux-mêmes : Celma, Burroughs, Delahaye, Dietzgen. On voit l'importance. Ils ont fait connaître ce qu'ils connaissaient : par contre, il est faux que Guégan « l'avait mis en rapport avec Guy Debord ». Je ne connaissais pas M. Guégan.

Quant à briser « le silence sur notre rupture », voilà ce que M. Sorin appelle avoir « décidé, d'un commun accord » de s'interdire tout commentaire. Les quatre, pour des raisons qui leur paraissaient à eux souhaitables, avaient déposé un papier signé de leurs quatre noms et quémandant les signatures des deux responsables de Champ Libre. Ceux-ci ne répondirent même pas (cf. *Correspondance*, I). La discrète retraite espérée était postulée dans le style même du *putsch* manqué. Et ils pensaient, ou voulaient penser, « d'un commun accord » sans doute, que j'avais été concerné d'une manière ou d'une autre par cette affaire. J'ai lu un peu plus tard *Les Irréguliers*. C'est une pauvre chose, comme tout ce qu'écrit M. Guégan, mais j'avoue que je n'ai pas discerné en quoi diable je pouvais y être « visé ». Et si je l'avais su, en quoi cela aurait-il pu m'importer ? J'ai été un personnage plus reconnaissable dans plusieurs dizaines de mauvais romans. Et les romans mêmes que bâtissent parfois les journaux, qui ont des tirages infiniment plus considérables, j'y suis depuis toujours parfaitement indifférent. J'ai dit qu'il a fallu cette fois une circonstance extrêmement spéciale pour que j'y réponde.

M. Sorin s'aventure à qualifier d'inexactes, au nom de son exactitude fameuse, et de sa compétence bien connue, des affirmations contenues dans une lettre de moi qu'il n'a pas voulu, ou pas su comprendre par la simple lecture. Ma thèse était qu'un éditeur doit être tenu pour responsable de tout ce qu'il décide de publier, qu'il doit donc en recevoir chaque fois tout l'éloge ou tout le blâme. Et c'est dans ce contexte que j'ai cité les exemples de Cieszkowski et d'Anacharsis Cloots, de sorte qu'il était naturel de déduire que ceux-là figuraient justement parmi les très rares auteurs que j'ai moi-même fait connaître à Gérard Lebovici, sans en faire un métier, et sans m'en vanter ensuite dans la presse. Il m'en a fait découvrir d'autres.

En 1971, quand Champ Libre s'est offert pour rééditer mon livre de 1967, *La Société du Spectacle*, dont un récent tirage venait d'être maspérisé par l'éditeur Buchet, je suis allé deux ou trois fois dans les bureaux de cette maison, alors sis rue des Beaux-Arts. J'ai une fois échangé quelques mots avec M. Le Saux. Le premier genre de Champ Libre était alors d'illustrer toutes ses couvertures, et je ne voulais rien d'autre pour mon livre qu'une carte géographique du monde dans son ensemble. M. Le Saux m'a envoyé ultérieurement quelques projets de dessins à sa manière, représentant la planète. Mais je ne suis pas de ceux qui estiment que les dessins de M. Le Saux « font date » comme dit *Le Monde* du 9 mars, et ils ne m'ont pas plu. J'ai dû choisir moi-même dans un atlas du début du siècle une carte dont les couleurs représentent le développement mondial des relations commerciales, là où il était alors réalisé, et là où l'on escomptait sa marche future. J'ai aperçu M. Guégan dans ces mêmes bureaux. Je ne me souviens pas qu'il ait dit un mot. Je parlais avec l'éditeur. Par la suite M. Guégan m'a écrit une lettre à propos de la visite d'un quidam, et je lui ai répondu. Je ne connais pas M. Sorin. Après 1971, on n'a pas pu me rencontrer dans les locaux successifs de ces éditions. C'est Gérard Lebovici qui me faisait l'honneur de venir chez moi.

Ces messieurs parlent à présent de leur bon temps, de leurs mérites passés, de la régression patente de Champ Libre quand il lui a fallu se passer de leurs services, comme si l'histoire leur avait donné raison, et comme si tout le monde avait vu depuis dix ans de quoi ils sont capables. C'est toujours le même procédé de la pétition de principe du joueur de bonneteau. Ont-ils donc réalisé une seule de leurs ambitions, comme auteurs ou comme éditeurs ? Nullement, ils ont joué de malchance. Ils ont dirigé les éditions du Sagittaire et les ont mises en faillite en peu de mois. Maintenant que certains écrivent dans *Le Monde*, par une malheureuse coïncidence ce journal s'écroule. Il a enfin perdu, entend-on dire, le respect de ses lecteurs, que déjà pourtant il ne méritait guère vingt ans plus tôt, mais enfin il avait su faire illusion. Il n'en a plus les moyens.

Partant des mêmes sources, *Le Journal du Dimanche* du 11 mars arrive évidemment aux mêmes conclusions : « Lebovici veut donner un nouveau coup de barre à gauche… Derrière ce coup de barre, pour Guégan et ses amis, il y a Guy Debord, l'invisible, Debord, le fanatique de lui-même : "son seul but, c'est la postérité, dit Guégan. Sa disparition, c'est un truc pour qu'on le lise dans trente ans. Il a voulu faire comme

Rimbaud, qui est parti en Afrique et n'a plus écrit une ligne. Mais pour Rimbaud, ce n'était pas un truc..." » Les projections de M. Guégan ne permettent guère de me connaître, mais au moins elles permettent de le connaître, lui. Il est certainement de ceux qui ont aidé à répandre la niaise rumeur que j'avais « disparu » après 1968 ou je ne sais quand, que ce soit pour faire parler les bombes ou seulement pour faire parler les imbéciles ; alors que la simple vérité, plus pénible peut-être pour les amateurs ou les barons du spectacle social présent, c'est que de ma vie, je ne suis jamais apparu nulle part.

VSD du 15 mars reprend la même ineptie : « Sous l'influence de Guy Debord dont il a édité le livre, Gérard Lebovici devient un autre homme : il licencie Gérard Guégan le 4 novembre 1974, dissout toute l'équipe de Champ Libre et reste seul avec son gourou dans le deux-pièces décoré avec les couvertures des douze numéros de l'Internationale situationniste. Désormais, Gérard Lebovici pense comme Debord. Il écrit comme Debord. Sa correspondance d'éditeur avec ses auteurs, publiée par Champ Libre en est l'illustration. » Fallait-il donc devenir « un autre homme » pour licencier Gérard Guégan ? Et pourquoi fallait-il croire à mon influence pour expliquer un événement si infime, auquel je suis absolument étranger, et que j'ai même appris des mois plus tard, vivant alors en Italie ? J'ai dit que je ne suis plus allé dans les bureaux de Champ Libre, alors rue de la Montagne-Sainte-Geneviève, et je ne puis donc savoir s'ils étaient décorés avec les couvertures de la revue *I.S.* Le mot de gourou sent la secte, et j'étais seul, la doctrine salvatrice, et j'ai toujours été ennemi de toute fixation de la pensée en système idéologique, peut-être le secret et l'occulte, et ce que j'ai pensé a continuellement été exposé au grand jour : pas dans la « nuit américaine » du spectacle, où toutes les vaches sont grises. On emploie ce terme de gourou justement parce que c'est le pur contraire de tout ce que je suis. Et on ne l'ignore pas.

Lebovici, dit-on, « écrit comme Debord » ; et d'autres iront plus loin en déduisant que c'est moi qui écrivais et que l'autre, « homme sous influence » s'il en fut jamais, n'avait qu'à signer sans discuter. On sait bien, mais on cache au lecteur, que des centaines d'individus ont écrit comme moi, en reprenant le style, le ton, que j'avais employés. Et pourtant, ils étaient plus souvent des esprits libertaires que des conformistes ou des valets du tyran. Si certains ont tant goûté mon style, c'est à cause des exemples de ma vie. On cite en s'étonnant Gérard Lebovici, parce qu'il l'a fait ouvertement, et beaucoup d'autres plus secrètement. D'après les définitions qui auraient bien convenu à certains, l'éditeur n'aurait pas dû savoir écrire, ni lire d'ailleurs. On reconnaît là la prétention de l'employé renvoyé, qui s'estimait indispensable par postulat. On a pu lire depuis les notes manuscrites de Gérard Lebovici, retrouvées après son assassinat, pour le plan de son livre inachevé *Tout sur le personnage*. On sait donc la vérité et le grand sens dialectique qui caractérisaient chez lui la réflexion théorique, au moment où tant de marchands-penseurs de quatre-saisons ont été si admirés pour avoir réinventé l'eau tiède. Allant au plus pressé, c'est par la lettre d'injures qu'il avait commencé. La lettre d'injures est une sorte de genre littéraire qui a tenu une grande place dans notre siècle, et non sans raison. Je crois que personne ne peut douter que moi-même, sur ce point, j'ai appris beaucoup des surréalistes et, par-dessus tout, d'Arthur Cravan. La difficulté dans la lettre d'injures ne peut pas être stylistique. La seule chose difficile, c'est d'avoir l'assurance que l'on est soi-même en droit de les écrire à l'occasion, pour certains correspondants précis. Elles ne doivent jamais être injustes.

D'autres délations imprudentes sont venues du milieu du cinéma. *France-Soir* du 10 mars les résume ainsi : « Chez les gens de cinéma, dont la plupart ignoraient les activités de Gérard Lebovici comme éditeur marginal et mécène de l'écrivain et cinéaste Guy Debord, le chef de file des situationnistes, sympathisant des terroristes de la "bande à Baader" et des "Brigades rouges", on s'interroge de plus en plus sur le mobile de cet assassinat. » Ainsi ceux qui avaient travaillé avec Gérard Lebovici dans le cinéma, prétendant ignorer qu'il était éditeur, et prétendant ignorer même qu'il avait produit plusieurs de mes films, ont *ipso facto* contribué à donner de lui une image d'homme à double vie, de dissimulateur, et encore par des techniques qui auraient dû être véritablement celles d'un agent secret, s'ils n'avaient pas délibérément menti. Mais ils ont menti ; et sous quelle « influence » ? Alors que beaucoup de journalistes, qui ne sont pas moins incultes qu'eux, ont tout de suite cité Champ Libre, le scandaleux Studio Cujas, les titres de presque tous mes films depuis 1952 – et avec quel manque de sympathie, on l'a remarqué – des gens de la profession, dans ce village cancanier, ont prétendu dérisoirement ne rien savoir de tout cela ; et en somme ne rien savoir d'un homme qui avait fait la fortune de plusieurs d'entre eux. On peut voir comme cet assassinat a confirmé le mépris dans lequel la victime tenait de longue date ce milieu.

À la sortie de mon dernier film, en 1981, de nombreuses publicités dans toute la presse, professionnelle et courante, avaient employé la formule « Gérard Lebovici présente », et c'était la première fois qu'elle était utilisée par le producteur. C'est une curieuse inconséquence de la part d'un agent secret qui cacherait si habilement sa double vie. Cette formule n'était pas passée inaperçue dans la profession ; elle y avait même fait quelques jaloux. C'est ainsi qu'on a beaucoup daubé plus récemment, dans le même milieu, à voir l'indélicat Resnais la reprendre à son compte pour son dernier film, *L'Amour à mort*, dont il n'avait pourtant commencé le tournage qu'au lendemain de l'assassinat. Prétendre faire présenter un film par un mort, c'est la plus grande originalité du cinéaste Resnais depuis *Hiroshima, mon amour*. Il aurait pu aussi bien faire présenter son film par Guillaume Apollinaire, ou par Héraclite. Le procédé est promis à un bel avenir ; mais peut-être pas l'inventeur. Les pionniers ne sont pas toujours incompris par tout le monde, mais ils prennent le risque d'essuyer les plâtres, ou les crachats.

Il faut dire que l'on rencontre là une loi constante du milieu cinématographique français. On y conteste très franchement mon existence, on n'en fait même pas une incertaine légende, comme chez les gauchistes ou les penseurs qui prétendent expliquer la société. On se flatte de ne rien savoir de moi. Et c'est pour une très bonne raison. Si j'avais existé, beaucoup d'auteurs de films auraient perdu une certaine part de leur réputation de novateurs ; et quelques-uns l'auraient perdue absolument.

Voilà sans doute, quoique d'autres nécessités doivent pour quelques-uns s'y mêler, pourquoi toutes ces méchantes donneuses, faisant mine de s'interroger « de plus en plus sur le mobile de cet assassinat », ont bonni leur salade à la police pour orienter dès le premier jour son enquête.

Le même *VSD* du 15 mars, dont nous avons pu apprécier déjà la riche information, a ainsi résumé ma vie et mon œuvre : « Sa pensée, Guy Debord l'a résumée dans son ouvrage *La Société spectacle*, manifeste dans lequel il explique que le monde n'est qu'illusion mise en scène par les médias, que le prolétariat doit se réveiller, prendre le pouvoir et instaurer l'autogestion. Guy Debord aime le scandale : cinéaste d'avant-garde, il a fabriqué un film intitulé *Hurlements en faveur de Sade* sans images et avec un son entrecoupé de longs silences. Il adore aussi la provocation : il déteste pêle-mêle les staliniens, les capitalistes, les journalistes, et même les gauchistes. Il se brouille avec tous ses amis, les uns après les autres. » Ce nouveau titre de mon livre veut sans doute le confondre avec une imitation récente d'un certain Schwartzenberg, *L'État-spectacle*, ou avec le concept moins fâcheusement debordien que beaucoup de commentateurs depuis quelques années ont finement nuancé, en préférant parler de « société de spectacle ». Il n'est pas vrai que je me brouille avec tous mes amis, les uns après les autres. Mes amis sont ceux avec qui je ne me brouille pas. J'ai encore moins l'habitude de les faire abattre, puisque, dans la conjoncture, c'est cela que l'on a voulu donner à entendre. Énumérer ici ce que je « déteste » ne prouve manifestement que ma lucidité et mon bon goût.

C'est pour tout cela, et pas seulement pour le film que j'ai « fabriqué » en 1952, que *France-Soir* du 8 mars, paru le jour même où fut connue la nouvelle de l'assassinat m'appelle un « écrivain et cinéaste extravagant ». À n'importe qui d'autre, on aurait reconnu quelque originalité. Certains cinéastes depuis ont mis vingt ou trente ans pour se rapprocher d'un cinéma sans images : on a loué leur patience. Pour donner un autre exemple amusant, le peintre Yves Klein, que je connaissais alors, et qui assistait à la première projection publique, très tumultueuse, de ce film, ébloui par une convaincante séquence noire de vingt-quatre minutes, devait en tirer quelques années plus tard sa peinture « monochrome » qui, enveloppée à vrai dire d'un peu de mystique zen pour sa fameuse « période bleue », a fait crier au génie bien des experts. Certains l'affirment encore. S'agissant là de peinture, ce n'est pas moi qui pourrais obscurcir la gloire d'Yves Klein : c'est bien plutôt ce qu'avait fait Malévitch quarante ans auparavant, et qui était momentanément oublié par les mêmes experts.

Gérard Lebovici, que ce numéro de *France-Soir* présente comme « un génie des affaires, le maître d'œuvre le plus important du cinéma français », était bien placé pour savoir que j'avais fait dans le cinéma ce que personne d'autre n'avait tenté ; et que personne n'avait même su imiter avec quelque talent. J'ai réussi à déplaire universellement, et d'une façon toujours neuve.

Beaucoup d'encre a coulé sur le fait qu'il avait racheté une salle au quartier latin, pour n'y faire projeter que mes films. On a trouvé extravagant un tel « cadeau ». Si, d'après ces journalistes, un cinéaste ne devrait pas accepter ce genre de cadeau d'un ami, on se demande quelle conception de l'amitié peuvent avoir ces pauvres gens ? Et quels cadeaux peuvent bien leur faire, à eux, leurs amis, s'ils en ont ?

On a dit que cette salle coûtait très cher, puisqu'il n'y avait presque pas de public. Les commerçants, aujourd'hui, ne se sentent plus. La société marchande, au XIXe siècle, n'avait pas encore atteint ces extrémités. Elle trouvait sans doute scandaleux que Mallarmé écrivît, mais pour d'autres raisons. On ne lui aurait pas reproché sur ce ton le caractère non rentable de ses ouvrages. Gérard Lebovici ne s'intéressait aucunement à l'argent. Moi non plus, on le sait ; et ceci n'est qu'un des nombreux points par lesquels nous nous ressemblions. Son caractère était tel qu'il était porté à répondre violemment à des situations anormales dont les autres s'accommodaient, ou peut-être même ne sentaient pas. L'inconcevable manière dont les journaux ont commenté son assassinat m'a conduit à décider qu'aucun de mes films ne sera plus projeté en France. Cette absence sera un plus juste hommage.

La presse s'est demandé d'une seule voix, avec une naïve colère, quels procédés, quelle sorcellerie, j'avais bien pu employer pour influencer à ce point Gérard Lebovici. Pour, comme ils disent, l'envoûter. « Guy Debord, dans la vie de Lebovici, c'est la part des ténèbres. "Le diable." Un Méphisto de pacotille pour une vraie tragédie : celle de l'envoûtement d'un homme. Derrière la face la plus cachée de Gérard Lebovici, il y a toujours Guy Debord. C'est à cause de lui que Lebovici menait une vie double et, une fois quittés ses bureaux de P.-D.G. de la rue Keppler, se muait verbalement en supergauchiste, admirateur et éditeur de Mesrine. [...] Quel maléfice lie l'ex-soixante-huitard dérisoire et le roi du cinéma parisien ? » (*Le Journal du Dimanche*, du 11 mars.)

« Ainsi cet homme-là était l'ami, le mécène, le financier, le complice de l'écume des révolutionnaires du bazar de mai 1968 ? Il était l'admirateur de cette lie de la non-pensée, de cette incarnation chétive de "l'esprit qui nie" ? Ainsi cet homme d'affaires habile et implacable qui trustait les vedettes "vendeuses" et faisait trembler le monde du cinéma au point qu'on avait actionné la justice contre ses menées monopolistiques, s'était laissé impressionner jusqu'à la fascination par un pâle scribouillard, gourou de sous-préfecture, porté aux nues pendant huit jours par une poignée d'incultes parce qu'il couvrait des feuillets inutiles d'élucubrations inextricables et des mètres de pellicule d'images floues ? » (*Minute*, du 17 mars.)

« En 1971, le mythe, le soufre peut-être entre dans la vie de Gérard Lebovici, via Guy Debord [...] Ce qui se passe entre Debord et Lebovici ? Difficile à cerner. Séduction ? Lebovici, qui passait sa vie à rassurer les acteurs, est-il à son tour rassuré par Guy Debord ? Une certitude : entre l'imprésario-éditeur et le "pape" qui dès 1957 proclamait : "Nos ambitions sont nettement mégalomanes, mais pas mesurables aux critères dominants de la réussite", le "pape" qui plus tard se voudra "encore plus inaccessible, encore plus clandestin", le courant passe. Il est tentant de l'expliquer par la vieille magie de l'utopie. [...] D'une part, la poursuite d'activités classiques d'imprésario et de producteur. D'autre part, la marginalité, un maître caché avec lequel Lebovici passe encore quelques jours du côté de Nîmes la semaine qui précède sa mort. » (*Le Point*, du 19 mars.)

« Il s'est laissé très vite séduire par les idées de ce mouvement éphémère et autodissous. Lui qui était au cœur financier du cinéma français promouvait contradictoirement le "non-cinéma" d'un Guy Debord qui proclamait dès 1959 : "Il y a maintenant des gens qui se flattent d'être auteurs de films comme on l'était de romans. Leur retard sur les romanciers, c'est d'ignorer la décomposition et l'épuisement de l'expression individuelle dans notre temps, la fin des arts de la passivité." C'est aussi Debord qui écrivait la même année : "On ne conteste jamais réellement une organisation de l'existence sans contester toutes les formes de langage qui appartiennent à cette organisation." Plus de dix ans plus tard, Gérard Lebovici rencontrait Guy Debord. Et le producteur, tout en diversifiant ses activités cinématographiques et en prenant une place aujourd'hui sans doute irremplaçable, se prenait de passion pour celui qui parlait depuis des années du "dépérissement de l'art" et qui est rentré dans l'ombre, à la fin des années 1970, en disant : "Il n'y aura pour moi ni retour, ni réconciliation. La sagesse ne viendra jamais." » (*Le Quotidien de Paris*, du 15 mars.)

« Une maison d'édition "*révolutionnaire*". Elle s'appellera Champ Libre, et, très vite, elle devient le lieu de rencontre des situationnistes – ces héritiers du dadaïsme et du lettrisme qui, dès les années cinquante, avaient amorcé la critique radicale du capitalisme comme du communisme et auxquels sont dus les grandes idées et les meilleurs slogans de Mai 68. Lebo découvre là un monde qui le passionne, et un jour c'est la rencontre, pour lui fulgurante, avec un homme, Guy Debord, "pape" des situationnistes, et son livre "*La Société du Spectacle*". Qu'est-ce qui, en Debord, peut bien fasciner à ce point un homme comme Lebo ? Voit-il en lui le théoricien de la société-spectacle, qui, justement, démolit les médias, met en garde contre toutes les illusions de l'image marchandise, bref, sape de fond en comble ce qui est, en principe, l'univers de Gérard Lebovici imprésario et producteur ? En tout cas, sous l'influence grandissante de Debord, Lebovici se transforme, se dédouble, défait dans l'ombre les valeurs qu'il sert le jour. Et c'est apparemment sans problème qu'il assume ses deux conditions d'homme de spectacle et de théoricien de l'anti-spectacle. » (*Le Nouvel Observateur*, du 23 mars.)

« En 1971, quand un homme se présente à Gérard Lebovici en tant que représentant de Guy Debord, celui qui est encore à cette époque le puissant patron d'Artmédia, va se passionner pour le fondateur de l'Internationale situationniste. Il produira ses films et achètera une salle de cinéma qui deviendra une sorte de "musée vivant" dédié à l'œuvre cinématographique de Debord : *Hurlements en faveur de Sade* (1952), *La Société du Spectacle* (1973) et son dernier film *In girum imus nocte et consumimur igni* (1978). Ces films, qui en fait n'en sont pas mais qui constituent plutôt une somme de collages, de détournements d'images, de photos, de voix-off débitant des textes talentueux et toujours sans concession vis-à-vis de ce que Debord appelle la "Société du spectacle", vont étrangement séduire celui qui a dans son agence les plus grands noms du cinéma français. Comment expliquer alors que Gérard Lebovici se laisse envoûter, sans doute jusqu'à l'"entretenir", par celui qui écrit en 1959 : "L'unique entreprise intéressante, c'est la libération de la vie quotidienne, pas seulement dans les perspectives de l'histoire mais pour nous et tout de suite. Ceci passe par le dépérissement des formes aliénées de la communication. Le cinéma est à détruire aussi." [...] Debord, à cause de son intransigeance, sa "critique globale de l'idée du bonheur", sa "mise en actes du doute systématique à l'égard de tous les divertissements et travaux d'une société", son mépris vis-à-vis de tout écrivain, cinéaste, journaliste, artiste (et en particulier ceux dits d'avant-garde), sa haine des communistes, des gauchistes ou de tout personnage politique, s'est retrouvé très vite isolé de tout et contraint de "disparaître". » (*Le Quotidien de Paris*, du 14 mars.)

Je ne sais pas pourquoi m'appellent « Méphisto de pacotille » ceux qui n'ont pas su voir qu'ils servaient une société de pacotille et en étaient gratifiés, nourris et logés justement en pacotille. Ou peut-être est-ce précisément à cause de cela ? Que le mouvement de 1968 ait été fondamentalement dérisoire, voilà ce que dément leur fureur encore vive seize ans après. Et, personnellement, on sait que j'ai été le moins dérisoire des meneurs de ce temps-là ; et le moins récupéré ultérieurement. « L'esprit qui nie » a sûrement été chétif dans l'époque. On ne choisit pas son époque, quoique l'on puisse la transformer. La « lie de la non-pensée » a été, on ne peut plus le dissimuler, celle qui a constamment conduit le monde, d'erreur en sottise, jusqu'au point où vous le voyez présentement. Il est très faux que j'aie été « porté aux nues pendant huit jours par une poignée d'incultes », car je sais très exactement qu'ils ne l'ont pas fait pendant deux jours ; pendant un seul jour. « Gourou de sous-préfecture » est plaisant. C'est une habitude des journaux, de temps à autre, de me contester même d'avoir été un Parisien, entre ma naissance et le moment où l'on a modifié la ville jusqu'à la rendre indigne d'être habitée, quand j'avais déjà plus de quarante ans. Peut-être est-ce une allusion au fait que j'habite une partie de l'année à Arles, sous-préfecture ? Cette petite ville d'aujourd'hui a été aussi une capitale provisoire de l'Empire de la décadence. « Pape » est un mot dépréciatif que l'on a appliqué systématiquement à André Breton, et c'est déjà une ignominie dérisoire dans ce cas, même si Breton a un peu joué du charisme et de l'autorité hiérarchique, et pendant plus de quarante ans, ce qui est vraiment trop long. Il serait certes tentant d'expliquer bien des choses « par la vieille magie de l'utopie », mais il est plus désolant pour beaucoup d'avoir à les expliquer par la force de la critique réelle du monde réel. « Un maître caché », qu'il soit du côté de Nîmes ou dans le château de Montségur, cela souhaite encore évoquer les sectes, l'« iman caché », le Vieux de la Montagne et ses Assassins toujours prêts, ou peut-être aussi les mystérieux Templiers. Un mouvement autodissous qui a duré quinze ans (1957-1972), et qui a laissé de telles traces, ne peut être dit « éphémère ». Détestent-ils tellement les situationnistes parce qu'ils ont eu tort ou parce qu'ils ont eu raison ? On ne déteste pas tant ceux qui ont eu tort. Sinon, comment trouverait-on des gouvernants à réélire ? Suis-je « rentré dans l'ombre à la fin des années 1970 », ou plutôt au début ? Ne serait-il pas plus juste de reconnaître que je n'en suis jamais sorti ? J'ai déjà dit, je le répète en passant, que les situationnistes ne se sont jamais rencontrés à Champ Libre. Dire que je resterai évidemment toujours fidèle à mon choix de refuser cette société, ses célébrités, et son spectacle du mensonge, et donc aussi à la clandestinité où l'on m'a rejeté sans cesse depuis quelques décennies, c'est ce que l'on veut confondre avec la clandestinité politique, et celle-ci même est confondue très volontairement à présent avec un terrorisme anti-démocratique, comme on le dit pour vendre les Basques à une démocratie où les voix des généraux sont comptées à part. J'ai connu parfois, dans ma jeunesse, selon les périodes mais surtout selon les pays, quelques courtes périodes de vraie clandestinité. C'est évidemment tout différent d'une simple et facile clandestinité par rapport aux fastes miséreux du spectacle. Il est encore plus stupide d'écrire comme *Le Quotidien de Paris* que mon extrémisme, qui m'a fait naturellement beaucoup d'ennemis, m'a isolé et « contraint de disparaître ». Je n'ai jamais, en ce sens, disparu. De quoi rêvent-ils ? Aurais-je eu deux ou quatre fois plus de simples particuliers comme ennemis, je les négligerais tout autant, et je ne disparaîtrais certainement pas avant mon heure. Jusqu'à présent, on l'oublie trop, c'est Gérard Lebovici que l'on a fait disparaître.

Le plus remarquable, sans conteste, de tous ces articles stupéfiants, est signé par un M. Boggio dans *Le Monde* du 15 mars. Je vous prie de lui accorder une attention toute particulière : « À en croire certains, Gérard Lebovici aurait, en quelque sorte, appelé le meurtre. "Si quelqu'un devait mourir dans le cinéma, confie un proche qui, comme la plupart de nos interlocuteurs, tient à garder l'anonymat, c'était lui." [...] Ainsi, le fait que cet homme énergique, si actif dans le milieu ouvert, hâbleur, du cinéma, se soit laissé gagner par l'influence de Guy Debord le solitaire, discret jusqu'à l'obsession, passait, hier encore, pour le signe d'une faiblesse forcément fatale. Gérard Lebovici "descendait une pente", il en est dix, vingt témoignages, l'éloignant progressivement de la norme socialement acceptée par son milieu professionnel pour une errance psychologique, intellectuelle, conduite, on en est sûr, par Debord le "gourou". "Trop de provocations, trop d'insultes publiques, tout cela devait finir mal", explique encore un écrivain, anonyme volontaire. [...] "L'idée était pourtant séduisante, explique l'un de ceux qui rêvent déjà d'écrire le roman de la mort de Lebovici, d'un éditeur connu pour son goût de la provocation, tué pour s'être peut-être ressaisi, pour avoir refusé, une fois, ce qu'on était sûr qu'il accepterait." »

On a si bien voulu montrer que le procédé véritablement criminel, ce n'était nullement d'assassiner Gérard Lebovici, mais plutôt de l'avoir mené, par diverses influences inexplicables mais constatables, jusqu'à s'éloigner « progressivement de la norme socialement acceptée par son milieu professionnel », qu'on emploie sans y penser plus une phrase très audacieuse, qui donne l'impression que M. Boggio en sait long, et qu'il impute peut-être cette exécution au milieu professionnel du cinéma, quoiqu'il l'approuve en cette occurrence d'avoir eu recours à une sorte de peine de mort à titre exceptionnel, et prononcée par une autorité privée, ou semi-privée. Peut-être M. Boggio croit-il, comme le cinéma courant est une œuvre d'imagination qui travaille presque toujours dans la perspective de l'organisation dominante de la vie, qu'en contrepartie ce milieu possède une sorte de délégation d'autorité qui lui permettrait parfois de s'imaginer qu'il est une sorte d'État, qui pourrait faire exécuter lui-même des peines afflictives quand un individu s'est trop visiblement éloigné « de la norme socialement acceptée par son milieu professionnel » ? Cependant, même en pensant cela, c'est d'autres qu'il lui paraît urgent de dénoncer. On savait qu'il existe, et pas seulement en Russie ou au Chili, nombre de journalistes-policiers. À l'heure où tous les pouvoirs se conjuguent, pour démentir Montesquieu mais garder le contrôle de l'État, on voit que le pouvoir parajudiciaire de la presse ne s'embarrasse pas des vétilles de forme que devait observer antérieurement la Justice. Ce ne sont que témoins inconnus et anonymes, « dix, vingt témoignages » – mais pourquoi pas cinquante, deux cents ou plus ? – comme cet « écrivain, anonyme volontaire » (est-ce un écrivain pornographique, ou seulement un auteur de romans policiers ? enfin il est honteux et prudent pour quelque raison). Est-ce le même qui rêve « déjà d'écrire le roman de la mort de Lebovici » ? Mais osera-t-il, même sous un pseudonyme ? Nous verrons. Cette multitude anonyme, à l'exception de M. Boggio qui prend la responsabilité de les confirmer tous en signant de son nom, si toutefois c'en est un, aboutit à cette certitude (« on en est sûr ») que le responsable est Debord ; que c'est une « faiblesse forcément fatale » de me connaître ; de même qu'on relance, par l'autorité d'un roman qui n'est pas encore écrit, l'hypothèse que Gérard Lebovici a été « tué pour s'être peut-être ressaisi, pour avoir refusé, une fois, ce qu'on était sûr qu'il accepterait ». Et qui d'autre au monde pouvait être sûr qu'il accepterait tout ce qu'il serait utile de lui demander, sinon moi ?

Il paraît difficile de comprendre pourquoi on aurait besoin de recourir à la sorcellerie et à l'envoûtement pour tenter d'expliquer une réalité si naturelle : un éditeur s'intéresse à quelqu'un qui écrit comme moi, tout simplement parce qu'il m'a lu. Ne s'agirait-il que de mon livre, il en remplace avantageusement mille autres. Il y aura bientôt vingt ans, j'ai qualifié toute une phase très importante du capitalisme, un siècle entier, du nom qui lui restera. Et, s'il faut des explications annexes, tous les gens qui ont l'occasion de me fréquenter diront qu'il est plutôt intéressant, et parfois agréable, de me connaître personnellement. Enfin, le seul fait que je n'ai pas du tout voulu que m'approchent les désolantes célébrités de l'heure me donnerait, s'il en était besoin, un prestige suffisant auprès de ceux qui ont eu la malheureuse obligation de les côtoyer.

Mais, comme le prolétariat, je suis censé ne pas être au monde. Alors Gérard Lebovici est aussitôt réputé entretenir un dangereux commerce avec les fantômes. Le recul de la pensée rationnelle, si évident, et si délibérément recherché dans le spectacle, fait taxer de magie noire, de ralliement aux forces obscures des gourous, du Vaudou, et j'en passe, toute pratique qui se tient en dehors de la magie officielle organisée par l'État, de l'omniprésent miroir du monde où tout se présente à l'envers. Dire que deux et deux font quatre est en passe de devenir un acte révolutionnaire. Ose-t-on penser en France à chercher midi à quatorze heures, en été ? Terrorisme ! C'est le soleil qui se trompe, et le gouvernement qui a raison.

Enfin, on m'attribue un rôle de démiurge, d'autant plus surprenant qu'en principe je ne devrais pas exister. J'aurais tout fait, j'aurais ensorcelé, et toujours seul principe actif, mais inexplicable : comme si l'autre était moins qu'une bête, un objet. La vérité est évidemment toute différente. Gérard Lebovici a su me charmer comme très peu de gens ont pu le faire. Cela doit être ajouté à ses mérites, non à mes crimes.

Dans ce dégorgement de fureur, monotone et répétitif, *Minute* du 17 mars s'élève à une véritable originalité. Prétendant que je suis depuis toujours un agent russe, comme on le disait déjà de Bakounine, on conclut que, grâce à l'or de Moscou qui m'arrive par caisses, c'est en réalité moi qui ai fait la fortune bien suspecte de Gérard Lebovici. Ce serait mon plus bel exploit.

À peine cette campagne de presse s'était-elle déclenchée que de nombreux journalistes essayèrent, en sonnant à ma porte ou même en téléphonant directement, quoique mes numéros de téléphone soient toujours sur la « liste rouge » que les Postes ne communiquent pas, d'obtenir un entretien avec moi. Tous furent éconduits par mon entourage. Des dizaines de photographes, par groupes ou individuellement, et même quelques *cameramen*, stationnèrent pendant plusieurs semaines devant mes fenêtres, voulant obtenir à la sauvette une image de moi. Il est réconfortant de noter que tout le temps perdu par ces incapables n'aboutit à rien, à la seule exception, après un mois d'efforts, d'une silhouette floue et insignifiante prise au téléobjectif par un photographe infiltré dans une maison voisine ; et que publia *Paris-Match*, assortie de haineux commentaires. Les journalistes d'aujourd'hui sont si habitués à la soumission des citoyens, voire à leur ravissement, devant les exigences de l'information, dont ils sont apparemment les grands prêtres, et en réalité les salariés, que je crois vraiment que beaucoup d'entre eux supposent coupable celui qui prétendrait ne pas s'expliquer devant leur autorité. Mais moi, j'ai toujours trouvé coupable de parler à des journalistes, d'écrire dans les journaux, de paraître à la télévision, c'est-à-dire de collaborer si peu que ce soit à la grande entreprise de falsification du réel que mènent les *mass media*. Il est assez normal que je pense cela, et agisse en conséquence, puisque j'en ai publié la théorie, il y a longtemps. On croit volontiers que tous ceux qui peuvent accéder à cette sorte de célébrité d'un instant, le veulent, et le veulent même le plus souvent possible. Mais je n'ai rien à vendre. La discrétion est mal vue dans notre époque. *Le Nouvel Observateur* du 23 mars en donne un exemple qui va très loin : « "Je n'ai jamais vu, dans ma longue carrière, une affaire aussi étrange et aussi mystérieuse", dit ce grand patron de la police… Et il conclut d'un ton songeur : "Que voulez-vous, à vivre dans le secret, on meurt dans le noir." » Il y a là l'apparition d'une nouvelle loi sociologique qui laisse en effet songeur. Ce « grand patron de la police » vient d'apporter une contribution brillante à la théorie du spectacle. Il introduit la définition d'un nouveau délit. Qui ne va pas spontanément se faire voir autant qu'il peut dans le spectacle, vit effectivement dans le secret, puisque toute la communication courante de la société passe par cette médiation. Qui vit dans le secret, est un clandestin. Un clandestin sera de plus en plus tenu pour un terroriste. En tout cas, un clandestin ne peut fréquenter des gens honorables ; et on ne saurait donc s'étonner outre mesure s'il connaît une mort violente et mystérieuse.

Le thème de la clandestinité, ou parfois de la simple disparition, s'appuie sur cette preuve tangible qu'il n'existe pas de photos de moi. *Le Journal du Dimanche* du 11 mars dit : « Si vous n'êtes pas montés sur les barricades en mai 68, vous ne connaissez sans doute pas Guy Debord. Sachez seulement que depuis dix ans, cet auteur "situationniste" a décidé de "disparaître" pour mieux frapper les imaginations. Disparition presque totale : pas de domicile, pas de photo (la dernière remonte à 1959), pas de contacts en dehors d'un tout petit cercle de fidèles. Le plus fidèle, c'était Gérard Lebovici. »

Contradictoirement, la presse a publié dans cette période une demi-douzaine de photos de moi, qui toutes se rencontrent dans des publications situationnistes. Et je ne doute pas qu'il en existe bien d'autres. Mais ils insistent sur leur ancienneté ; ils l'aggravent eux-mêmes. *VSD* du 15 mars a trouvé une photo publiée dans l'édition de 1967 de *La Société du Spectacle* et la présente ainsi : « Datant de 1959, une des rares photos de Guy Debord, le philosophe situationniste qui inspira à Gérard Lebovici ses idées anarchistes. » Seule leur inculture les a empêchés de trouver une assez récente photo de moi, extraite avec d'autres de mes films et publiée dans mes *Œuvres cinématographiques complètes*, aux éditions Champ Libre. Désignée comme « Debord à quarante-cinq ans », elle date donc de 1977. D'où l'acharnement, et l'échec presque total, de la presse pour s'en procurer une par ses propres moyens en 1984. Pour en finir avec cette fade légende selon laquelle je voudrais me cacher de qui que ce soit, j'en fais publier ici même une toute récente.

Le même *Journal du Dimanche* du 11 mars, à partir de sa source favorite, celle qui a connu en 1974 toute l'épopée des héros qui s'embarquèrent pour la conquête des éditions Champ Libre, expose tout le passionnant problème du processus de ma disparition : « Pourtant, l'homme à l'attaché-case veut parler au nom du plus absolu de tous les révolutionnaires : le père fondateur de l'Internationale situationniste, mini-groupuscule au nom ronflant, qui rejette dans la revue du même nom tous ceux qui prétendent penser la politique, y compris les gauchistes qu'il trouve encore trop étatistes. L'homme en costume vient parler en son nom parce que Debord vit désormais caché. La dernière photo que l'on connaît de lui montre un homme jeune aux cheveux courts, portant des lunettes cerclées d'acier, sosie de l'acteur-metteur en scène Roger Planchon. » Ce blâme implicite semble assez fâcheux pour Roger Planchon. Toujours soucieux de fidélité scrupuleuse à la vérité historique, je me sens tenu de l'en laver, même si cela m'entraîne à faire porter une si lourde responsabilité sur un autre homme (on sait que certaines écoles de criminologie ou de psychiatrie ont attaché une très grave importance à l'étude des crânes ou des expressions du visage). C'est en réalité de l'acteur Philippe Noiret que j'étais l'exact sosie, quand nous étions jeunes.

C'est *Le Journal du Dimanche* du 18 mars qui dresse le tableau le plus complet de ma vie quotidienne, quoique du point de vue d'une sorte de délire systématique. Comme trop souvent dans cet écrit, il me faudra citer largement, car de telles choses ne peuvent se résumer, de même que n'importe qui ne pourrait pas les inventer. « "Sacré client", a murmuré le commissaire divisionnaire Jacques Genthial (c'était avant son limogeage de la Brigade criminelle) en raccompagnant après deux heures d'audition Guy Debord, le gourou, l'âme damnée de Gérard Lebovici, le producteur assassiné dans le parking de l'avenue Foch. Le "pape du situationnisme", gauchiste et personnage bien mystérieux, a été en effet entendu au quai des Orfèvres dans le cadre de cette enquête difficile sur un meurtre étrange. »

Mais le ton monte vite, et l'on va passer d'une impression personnelle attribuée arbitrairement au commissaire divisionnaire Genthial, à une conviction presque générale que l'on prête à différents services de police, au vu de dossiers et d'observations parfaitement imaginaires : « Et pour beaucoup de policiers, qu'ils appartiennent à la "crime", à la D.S.T. ou aux Renseignements généraux, la piste la plus sérieuse s'arrête dans l'entourage de Guy Debord. Ils sont pour le moment en tout cas convaincus que la mort de Gérard Lebovici serait directement liée avec les "relations" qualifiées de très suspectes de ce dernier. Le moins que l'on puisse dire c'est que, fidèle à sa légende, Guy Debord ne s'est guère montré bavard : "Il ne comprend pas. Il ne connaissait pas d'ennemis à Lebovici. Peut-être s'agit-il d'une regrettable erreur ? Toujours est-il qu'il ne connaît personne, pas plus Mesrine que des terroristes." En revanche, les services de police, eux, connaissent bien Guy Debord. Et s'il est mystérieux pour son entourage, le pape des "situationnistes" ne l'est pas pour les hommes de la D.S.T. et des R.G. Jugez plutôt. »

On invente d'un bout à l'autre, mais on n'invente pas n'importe quoi. On me prête des propos ridicules et inconvenants (« Peut-être s'agit-il d'une regrettable erreur ? »), qui sont manifestement une mauvaise parodie du style d'un *capo* de la Mafia. Pour cette fois objectif, *Libération* du 13 mars a dit plus sobrement : « Par ailleurs, selon des sources policières, l'audition, ce week-end, de Guy Debord, l'un des grands noms situationnistes, n'a rien donné. » Mais, comme dit ce *Journal du Dimanche*, « jugez plutôt » de la suite, et vous allez rire.

« C'est à partir de 1968 que Guy Debord commence à attirer l'attention des Renseignements généraux de la Préfecture de police. Très favorable aux thèses révolutionnaires, il participe aux mouvements étudiants. On le voit dans les meetings, on l'aperçoit au-devant des manifestants. Mai 68 passe, Guy Debord reste avec sa passion : le cinéma. Lebovici, qu'il rencontre peu après, sera son mécène. En attendant, Debord se marie. En 1970, il épouse une ravissante Chinoise de Changhaï, Alice Ho. La mère d'Alice, restauratrice, épousera en secondes noces un Allemand déserteur des armées du Reich, Wolf Becker. Alice Ho s'appellera désormais Becker-Ho. La famille Becker-Ho s'installe à Paris. À quelques centaines de mètres du musée de Cluny. Mme Becker-Ho achète un restaurant chinois. La D.S.T. déjà à l'époque surveille le restaurant où l'on pense que des correspondants de la Chine communiste viennent se restaurer. » Si les Renseignements généraux ont pu s'intéresser à moi, 1968 me paraît une date bien tardive. Je n'ai pas été converti par mai 1968. Je suis un plus vieux bandit que cela. Le cinéma n'a pas été ma passion, et même pas l'anti-cinéma. « Ce que nous lui avons vu quitter sans peine n'était pas l'objet de son amour », pour employer les termes de Bossuet. Ici, j'ai plaisir à relever en passant un mot vrai, le seul peut-être de l'article. On peut dire qu'Alice est ravissante. Mais chez moi rien ne saurait aller sans quelque arrière-pensée clandestine. On tombe tout de suite sur la fille de Fu Manchu, les sociétés secrètes de la Vieille Chine, les agents de la Chine bureaucratique, l'enfer du jeu. Quand je ne recherche pas le mystère, qui vient toujours, j'exploiterais au moins les charmes de ma femme ou de mes amantes, puisque l'on prétend qu'« en 1972, Guy Debord lance son épouse dans le cinéma. Quelques magazines spécialisés s'intéressent à elle. Elle tourne dans des courts métrages mis en scène par son mari mais financés par Lebovici ». Il est inutile de commenter ce que peuvent être en ce domaine des « magazines spécialisés ». Faire tourner des vedettes, par ailleurs, n'a pas été une caractéristique de mon style dans le cinéma.

« Cette même année les hommes de la D.S.T. s'occupent de plus en plus du cas Debord. Pour eux, aucun doute, le "pape" – c'est ainsi qu'il est qualifié – se livre à des activités suspectes. Mais il semblerait que des interventions émanant de personnalités politiques – de gauche comme de droite – font enterrer son dossier. » Cette même année, c'est 1972. Si à partir de cette date, la D.S.T. s'occupe « de plus en plus » de moi, et en douze années, n'a rien trouvé, on conclurait pour tout autre, et plus vite, qu'après tout, il était peut-être soupçonné à tort d'agir pour le compte d'une puissance étrangère, ou d'un plus vague « terrorisme international ». Mais dans mon cas « il semblerait » que des personnalités politiques, « de gauche comme de droite », aient voulu me protéger. Il faut dire de gauche et de droite puisque tant de nuances politiques se sont succédé au pouvoir. Il est notoire que je n'ai aucune relation avec des personnalités politiques et que, de droite ou de gauche, je les considère tous comme de la même farine. Il est tout de même étrange, non tant que ces politiciens aient unanimement confirmé mon jugement sur leur équivalence ; mais qu'ils m'en aient ainsi en quelque sorte remercié, avec une si humble modestie. C'est même proprement incroyable. Presque autant que ces maîtres du Kremlin que je serais censé avoir arnaqués si témérairement.

« À la même époque, les époux Debord auraient "recueilli" la fille d'un homme politique très puissant, ce qui a mis les Renseignements généraux sur les dents car la fille de ce personnage parle beaucoup trop. » Je n'ai connu en aucune saison la fille d'aucun homme politique « très puissant », ni très peu puissant, ni qui attendrait encore de le devenir. Mais ce perspicace *Journal du Dimanche* ne manque pas de savoir que, si j'en avais connu une, j'aurais tiré parti de ses supposés bavardages, soit pour les vendre aux Russes, soit peut-être pour faire chanter son infortunée famille.

« Aux abords de leur propriété de Bellevue-la-Montagne (Haute-Savoie) où, de juin à septembre, les époux Debord viennent se reposer, les Renseignements généraux planquent donc et photographient les "invités" du week-end. Debord reste toujours aussi mystérieux. On ne le joint pas sans user d'un code, les volets de sa propriété restent fermés à l'exception des persiennes de la cuisine. » Ici, je vais faire une révélation confondante. Si, en été, beaucoup de persiennes de ma maison restent fermées, c'est une efficace défense contre les mouches. Je fais allusion à l'insecte diptère de la famille des muscidés, et non aux journalistes ou autres agents secrets de police qui voudraient, au sens figuré, s'y reconnaître. Que ne nous explique-t-on aussi le code évoqué ? Il servirait à d'autres curieux. Par ailleurs, ces journalistes sont aussi ignares en géographie qu'en histoire. Bellevue-la-Montagne est en Auvergne.

« Il voyage sous un faux nom. Italie, Allemagne. Mais les Renseignements généraux ne lui laissent aucun répit et le suivent dans ses moindres déplacements. Quand Guy Debord déménage pour occuper un luxueux appartement à quelques mètres de l'église Saint-Nicolas-des-Champs, les Renseignements généraux sont là qui observent à la jumelle. Lorsqu'il quitte Paris pour habiter Arles, où il réside actuellement, les Renseignements généraux sont encore là. Son téléphone ne peut être écouté, il n'en a pas. En revanche, ses déplacements sont suivis. On sait que le "pape" aime la bonne chère, les jolies filles et la bonne vie. Mais on sait aussi qu'il est en relation avec des intellectuels italiens et allemands eux-mêmes très proches des groupes révolutionnaires : bande à Baader ou Brigades rouges. » Il est facile d'imaginer que je voyage sous un faux nom, surtout en Italie et en Allemagne, pays fameux pour leurs terroristes. Cela veut dire que j'utilise, ayant mes raisons, de faux papiers d'identité. Mais ces gens qui ne me « laissent aucun répit » ne peuvent citer un seul de ces faux noms à leurs collègues de la presse. Peut-être se sont-ils simplement moqués d'eux ? Mais un résultat est plus indiscutable. On a la preuve que j'aime les jolies filles et la bonne chère. N'est-ce pas une tendance très répandue ? Plus tellement, dirait-on. Aujourd'hui, les choses les plus simples paraissent toujours liées à la critique de la société. Il est vrai que je n'ai pas été souvent porté à expérimenter la « nouvelle cuisine », où quelque poivre vert essaie de couvrir le goût de l'élevage chimique des bestiaux, ni les dames aux voix factices qui font dans des termes risiblement similaires l'éloge des bonheurs-du-jour. Il est bien utile de comprendre la société et son mouvement, pour n'être point dupe, et reconnaître le vrai là où il est. D'ailleurs, un élément important manque bizarrement à ces compromettantes révélations. J'aime aussi le bon vin et, au moins dans ce domaine, je me suis très généralement tenu dans les limites de l'excès.

« Mais les R.G. et la D.S.T. n'arrivent toujours pas à prouver à quoi joue Debord. On se doute qu'avec Lebovici, il finance tel ou tel "mouvement" ou même qu'il connaît beaucoup de monde. Sans arrêt sur le qui-vive, Debord mène une vie de reclus, toujours à la recherche de quelqu'un ou de quelque chose. Mesrine, par exemple. Le "pape" poursuit sa course infernale dans un autre monde. En septembre dernier, toujours "accompagné" des R.G. Debord quitte Arles comme tous les ans pour rejoindre sa maison de campagne de Bellevue-la-Montagne. Discrets, ne disant jamais bonjour, les époux Debord vivent cachés. La vie ne semblait reprendre que le soir tard, disent leurs voisins. Des voitures arrivaient puis repartaient. Du monde et du beau monde, affirment les R.G. qui sont en possession d'une liste assez impressionnante de "relations" triées sur le volet de Debord. C'est cette liste, ces "relations" qui seraient à l'origine de "l'autre affaire Lebovici". Non pas du crime, mais des suites que cet assassinat est en train de créer. En effet jamais depuis l'affaire De Broglie, la Brigade criminelle et la préfecture de police n'avaient été soumises à un tel matraquage de "demandes" et de "recommandations". Une d'entre elles démontrerait en tout cas que, si l'affaire Lebovici dérange beaucoup de monde, elle prouve la puissance de Debord. On a en effet "recommandé" au patron de la criminelle de n'interroger Guy Debord qu'en toute dernière extrémité. Et dans la plus grande discrétion. Ce qui fut fait… trois jours après l'assassinat de Lebovici. »

Telle est, pour cette livraison, la fin du feuilleton. C'est évidemment extrêmement louche. Surtout ces « voitures qui arrivaient puis repartaient ». Dans un tel désert, n'était-il pas plus normal qu'elles restassent ? Après un certain temps, on aurait eu là un *parking*, et on sait maintenant tout ce que la société moderne peut faire d'un *parking*. Il est flatteur d'apprendre un jour que l'on détient une telle « puissance ». On me l'avait bien caché jusqu'ici. Quoique, naturellement, la puissance vous crée beaucoup d'ennemis, et de plus en plus fréquemment, l'ennemi vous assassine en se riant de la police. Mais d'où vient cette puissance et quelle est sa nature ? Peut-être d'avoir su écrire, sans aucune concession, exactement ce que je pensais de notre temps ? Cette puissance ne serait donc que celle « des âmes fortes sur les esprits faibles », qui déjà dans l'histoire a pu passer pour de la sorcellerie. C'est cela, « poursuivre sa course infernale dans un autre monde », plutôt que sa carrière paradisiaque dans celui-ci. Je ne prétends évidemment pas, ayant pris des responsabilités historiques, passer pour innocent. Hegel a dit que seules les pierres sont innocentes. Mais il est admirable que personne n'ose dire ce que l'on me reproche précisément ; et que tous accumulent, non seulement sans preuve, mais sans aucune vraisemblance, les mêmes incriminations stupides, qui ne se prouvent que par la répétition.

Quel étrange et malheureux pays, où l'on est informé de l'œuvre d'un auteur plus vite et plus sûrement par les archives de la police que par les critiques littéraires d'une presse libre, ou par les universitaires qui ont fait profession de connaître la question !

Aucune trivialité, on l'aura remarqué, ne paraît indigne du courroux de mes censeurs. Après avoir affirmé que je suis sans domicile connu depuis quinze ans ou plus, ils dressent une liste de mes résidences, et dissertent sur leurs styles. On a vu qu'on jugeait luxueux l'appartement que j'habitais à Paris près de Saint-Nicolas-des-Champs. Mais que dire des autres ? *Le Progrès de Lyon* du 19 mars découvre : « On s'est même posé la question (que l'on se pose toujours d'ailleurs) de savoir si Gérard Lebovici n'avait pas des attaches en Haute-Loire. On sait en effet que dans un petit hameau de la région de Bellevue-la-Montagne, à une trentaine de kilomètres du Puy, existaient et existent encore deux anciennes fermes, composées de plusieurs corps de bâtiments, achetées il y a une bonne dizaine d'années par des personnes qui figuraient parmi ses intimes. Rénovées et aménagées, les deux bâtisses allaient rapidement devenir, par la volonté de leurs occupants – attitude qui contrastait soudain avec les rapports amicaux qui avaient présidé à leur installation – des lieux coupés du… reste du monde. Ceintes de hauts murs que l'on avait fait reconstruire pour certains, rehausser pour d'autres, seuls les amis et proches des propriétaires pouvaient y pénétrer, facteur et gendarmes en étant tenus à l'écart. On y vivait surtout la nuit, de juin à septembre, et l'on recevait beaucoup. De puissantes voitures, même des Rolls Royce, stationnaient l'été dernier encore aux abords de la bâtisse. Gérard Lebovici figurait-il parmi les habitués ? Cela n'est pas impossible et ne ferait d'ailleurs que compléter le portrait entouré d'un halo déjà mystérieux de l'agent et producteur parisien dont la fin est pour l'heure tout aussi mystérieuse. »

Ces deux anciennes fermes « existaient et existent encore ». On peut goûter le laconisme du style, la charge de sous-entendu. On dirait du Tacite. Mais je ne doute pas qu'elles disparaîtront, elles aussi, un de ces jours, ces fermes maudites. On les rasera, et on y sèmera du sel. Les gendarmes tenus à l'écart, cela signifierait une fraction de territoire soustrait à l'autorité de la République, le comble de l'indépendantisme occitan, qui commencerait sur une très petite échelle, mais radicalement. Pire qu'un Canaque, j'aurais hissé le drapeau noir – mais frappé de la tête de mort et tibias de la vieille piraterie –, et l'on m'aurait, bien entendu, laissé faire. Les murailles qui coupent le lieu du monde évoquent les châteaux de Sade, un Silling auvergnat. Oui, Gérard Lebovici avait des attaches en Haute-Loire. Je me plais à croire qu'il s'y est toujours senti chez lui. Si, à titre seulement hypothétique, on estime que cela « ne ferait d'ailleurs que compléter le portrait entouré d'un halo déjà mystérieux de l'agent et producteur parisien », une seule conclusion en découle, très hostile au développement économique de cette montagne déshéritée, en butte aux pires orages, si souvent sinistrée, et très imparfaitement « désenclavée » : si vous ne souhaitez pas mourir prématurément, et si vous ne voulez pas aggraver le halo de mystère que l'on pourrait retenir contre vous, ne fréquentez surtout jamais la Haute-Loire.

Le Provençal du 24 mars ajoute, avec une sorte de fierté provinciale : « Eh oui ! Guy Debord vit à Arles. L'un des inspirateurs du situationnisme, l'un des maîtres à penser des contestataires de mai 68, un philosophe majeur qui a provoqué une mutation dans les conceptions relatives à la société de consommation [...] – habite une maison du XVIIIe dans le vieux centre d'Arles. » Et *Minute* du 31 mars : « Pas tellement mauvaise la situation de "pape du situationnisme" dans la nomenklatura gauchiste ! Le camarade Guy Debord – qui a été longuement auditionné par la Brigade criminelle juste après le meurtre bizarre de son ami Lebovici – n'est finalement pas si fauché... Sous un parasitisme apparent, notre intello fumeux cache, en effet, un train de vie que beaucoup de soixante-huitards peuvent lui envier [...] a choisi de vivre confortablement dans l'air moins pollué de la province. Pour cela il a quitté, voici quatre ans, un luxueux appartement proche de l'église Saint-Nicolas-des-Champs pour s'installer en Arles dans un logement pas moins cossu [...] Un bel appartement, dit-on sur place, bien qu'il ne s'ouvre que rarement sauf aux visiteurs inconnus que reçoit le pseudo-philosophe. Il faut dire que Debord a les moyens et les relations pour le meubler selon ses goûts qui ne sont peut-être pas très sûrs, mais en tout cas fort chers... Son "beauf" à lui, un Eurasien de quarante ans : Eugène Becker-Ho, travaille en effet, dans l'antiquaille huppée de la capitale. [...] Paré donc du côté de ses pied-à-terre parisiens, Debord, qui se déplace beaucoup, vit chaque été trois mois dans son autre résidence de Bellevue-la-Montagne dans la Haute-Loire. Ensuite, son beau-frère lui prête son manoir normand de Saint-Pierre-du-Mont... »

Une photo jointe à cet article montre un manoir du XVe siècle, effectivement fort beau. Je le connais, mais il n'est pas vrai que j'y passe une partie de l'année. Sans pouvoir faire la moindre réserve sur la magnifique hospitalité de mon beau-frère, qui va facilement jusqu'au fastueux, j'avoue que je ne suis pas si souvent attiré par le climat normand. Mais, en fin de compte, en quoi cela me concerne-t-il, même sur le plan des vétilles où ces journalistes se complaisent ? À moins que l'on ne veuille insinuer, en surplus, que j'avais fait un mariage d'argent ? Lewis Carroll aurait démontré mieux que moi, comme aboutissement d'une longue chaîne de syllogismes rigoureux, que celui qui épouse une Chinoise de Changhaï s'expose au risque d'avoir un beau-frère antiquaire à Paris. Il est d'autant plus dérisoire d'imaginer que mon appartement d'Arles, qui « ne s'ouvre que rarement sauf aux visiteurs » que je reçois, ce qui est le cas, je crois bien, de tous les appartements privés, et sans doute même de l'appartement de fonction qu'occupe le conservateur en chef du musée du Louvre, serait meublé d'une façon particulièrement dispendieuse. Le fait d'avoir un beau-frère antiquaire devrait plutôt donner l'impression que tout devient moins dispendieux. D'ailleurs, tout est moins cher pour les gens de goût. On compte les siècles de mes domiciles. J'ai été plus extrême : j'ai habité longtemps à Florence une maison du XIVe siècle. Pourtant, la vie de château n'est pas exactement mon fait. J'ai vécu aussi à l'aise dans les bas-fonds, chez les Kabyles de Paris, entouré de Gitans, toujours en bonne compagnie. Bref, j'ai vécu partout sauf parmi les intellectuels de cette époque. C'est naturellement parce que je les méprise ; et qui donc, connaissant leurs œuvres complètes, s'en étonnera ?

Comme on a vu, je figure sur les listes de proscription de mon temps. Partout ailleurs, on a effacé mon nom, dans l'art, dans l'histoire des idées, dans l'histoire des événements contemporains. Cela n'enlève pas une once au poids de l'envie furieuse de mes ennemis qui, peut-on penser, préféreraient me voir en plus loger dans quelque « tour » de la Défense et manger au *fast-food*.

Paris-Match du 30 mars présente ainsi ma vague photo lointaine : « Qui a tué Gérard Lebovici ? Pour beaucoup de policiers, qu'ils appartiennent à la D.S.T., aux Renseignements généraux ou à la Criminelle, une des pistes les plus sérieuses conduit vers l'entourage de Guy Debord, l'énigmatique gourou du producteur assassiné dans le parking de l'avenue Foch, à Paris. Écrivain confidentiel, cinéaste obscur, philosophe nihiliste doublé d'un antisoviétique déclaré, ce redoutable agent de déstabilisation était en relation avec des intellectuels italiens, allemands, qui étaient eux-mêmes très proches des groupes révolutionnaires, Brigades rouges et Bande à Baader. […] Aujourd'hui que Lebovici, son mécène, est mort, Debord, qui a déjà été entendu au Quai des Orfèvres "sans résultat", mène une vie de reclus à Arles, derrière les volets de son appartement. C'est là que *Paris-Match* l'a retrouvé, replié sur son mystère. Au premier étage d'un immeuble du XVIIIe siècle, en plein centre-ville d'Arles, Guy Debord et sa femme ne sortent plus. Ils fréquentent peu de monde et sont perpétuellement aux aguets. »

On donne une mauvaise allure à cette « vie de reclus », perpétuellement « aux aguets », qui n'a duré que quelques jours ; et justement contre les photographes. Ce qui distrait opportunément d'une affaire aussi désolante, c'est le divertissement que l'on prend à empêcher une nuée de photographes d'arriver à leurs médiocres fins, et à toucher leurs primes. La disposition des lieux m'était assez favorable. Je serais un bien mauvais stratège du milieu urbain si je ne savais comment on manœuvre pour dépister des photographes. J'ai pu, toujours bien accompagné, sortir, manger au restaurant, parcourir la ville, sans qu'un seul de ces maladroits, habitués à débusquer des vedettes au fond complices, sache me rencontrer, ou ose m'approcher d'assez près pour photographier en obtenant une image valable. Je ne pense pas, au vu de leurs performances, que l'on m'ait envoyé la fine fleur du métier. Mais on s'est rattrapé sur la quantité, et l'on n'a pas lésiné sur le temps de l'opération. Ils n'ont pas trop volé leurs patrons, car ils étaient là, à pied et en voiture, chaque jour et pendant presque toutes les heures. À vrai dire, ils allaient presque tous régulièrement déjeuner et dîner, mais non sans laisser une ou deux personnes de garde. Le seul point fort de leur dispositif était de contrôler, presque en permanence, ma porte, et de pouvoir opérer en meute s'ils m'avaient intercepté dans la rue. Ils avaient donc leurs chances.

Enfin, j'en ai fait moi-même photographier quelques-uns, ce qui paraissait les apeurer. Partout, les professionnels subalternes du spectacle croient qu'ils sont et doivent être les seuls qui posent les questions, qui jugent, qui archivent les documents. Qu'il arrive le contraire les démoralise. D'ailleurs, je ne veux pas dire que ces gens-là m'ont traité personnellement plus mal que n'importe qui ; au contraire, c'est avec moi qu'ils n'ont pas réussi.

Minute du 17 mars élève éloquemment ses conclusions jusqu'à la philosophie de l'histoire, qui semblerait dominée, comme on l'avait cru d'abord, par la providence : « Si le journaliste accepte d'explorer cet inconnu, ce n'est pas par goût, par délectation morbide ou par perversion. C'est parce que, lorsque le hasard ou la providence vient offrir un témoignage aussi fort du bien-fondé de ses alarmes, de la réalité d'un monde qu'il pressent et qu'il dénonce depuis des années, de l'existence d'hommes de l'ombre qui sapent, minent, subvertissent et détruisent, il n'a pas le droit de ne pas pointer le doigt et de clamer : voilà ! Ce genre d'hommes existe. Cette guerre qu'ils mènent contre nous est bien réelle. La preuve. [...] Alors ? Alors, si l'on croit aux contes de fées, on avalera cette rencontre fortuite entre un mauvais acteur né dans une arrière-boutique qui s'offre la "première agence imprésario de Paris" et cet écrivain inconnu, cinéaste obscur, antisoviétique proclamé jusqu'à l'hystérie, qui jongle avec un argent ingagnable puisqu'il ne travaille pas, sur un compte en banque contrôlé par les Soviets. »

J'admettrais assez volontiers que je suis un cinéaste obscur, aux deux sens du terme. Mais je ne suis certainement pas un « écrivain inconnu ». Et, puisqu'on a tant insisté sur ma clandestinité et mon mystère, je profite de cette occasion, presque providentielle, pour déclarer hautement, en défiant n'importe qui d'apporter une preuve opposée, que je n'ai jamais publié aucun ouvrage sous un pseudonyme ; contrairement à tant d'écrivains qui ont accepté parfois quelques tâches alimentaires, ou à ceux qui veulent jouer de la sorte aux clandestins, ou même à ceux qui ont pu vouloir, pour divers motifs, mystifier le public. D'où peut-on conclure que je ne travaille pas ? J'ai dirigé douze ans une revue, écrit un livre et nombre d'opuscules, brochures et tracts, tourné et monté six films. En grande partie, le travail du négatif en Europe, pendant toute une génération, a été mené par moi. Je me suis contenté de refuser seulement le travail salarié, une carrière dans l'État, ou le moindre subside de l'État sous quelque forme que ce soit – et, je le précise, pas davantage d'un quelconque État étranger –, et même un simple diplôme de l'État, à la seule et insignifiante exception du baccalauréat. Je ne crois pas que l'on puisse de bonne foi dire que je me suis continuellement amusé.

La calomnie faisant boule de neige, et personne ne disant un seul mot en ma faveur, les journaux en seraient peut-être venus à transformer le sujet en rubrique permanente, si je ne les avais fait taire d'un seul coup. À ce propos, je conviens qu'il serait peu naturel d'attendre, d'un journaliste de ces années, un mot de vérité ou un geste de dignité. Mais il ne faut pas oublier qu'actuellement en France, outre les journalistes de profession, il n'y a pas d'historien, philosophe, sociologue, marxologue, kremlinologue, filmologue, romancier, etc., qui n'écrive très souvent dans un journal ou un hebdomadaire, et si possible dans plusieurs. Ainsi, quand je parle d'un unanime silence complice, cela concerne bien réellement la totalité de l'intelligentsia. Je dois tout de même citer comme une exception Iommi-Amunatégui qui, dans *Le Matin*, a dit seul ce que presque tout le monde savait. Et même Régis Debray qui a déclaré à la télévision, m'a-t-on dit, que je n'étais pas un assassin, et qu'un « intellectuel de gauche sur deux » avait lu mes écrits ; mais, toujours aussi malheureux dans ses choix, il a montré qu'il était, lui, le deuxième, parce qu'il m'a attribué en surplus le livre de quelqu'un d'autre. Je me suis souvenu d'une observation d'Orwell dans son *Hommage à la Catalogne* (Champ Libre). Il remarque qu'en 1937 les journaux staliniens, partout où ils étaient publiés, calomniaient leurs adversaires systématiquement et sans aucune mesure, excepté en Angleterre : « Et cela pour la bonne raison que plusieurs leçons cuisantes ont inspiré à la presse communiste anglaise une crainte salutaire de la loi sur la diffamation ! »

J'ai toujours négligé la presse. Jamais je n'ai tenté d'y exercer un droit de réponse, et moins encore aurais-je voulu intenter une action en justice contre des gens qui n'ont pas cessé de me diffamer, aussi loin que ma mémoire remonte. Mais on n'avait jamais dit que j'avais assassiné, ou fait assassiner, un ami. On a eu tort d'aller jusque-là. J'ai trouvé la chose si exceptionnelle que j'ai fait une exception. J'ai donc assigné quelques journaux en diffamation. Ils ont tous à l'instant cessé de faire la moindre insinuation de ce genre. Par la suite, j'ai naturellement gagné, ou plutôt mon avocat a gagné ces procès, à mesure qu'ils viennent. Les diffamateurs ont été condamnés à me verser quelque argent, et à faire en plus publier à leurs frais chaque jugement dans trois journaux de mon choix. Mais je ne veux choisir aucun journal, les trouvant tous équivalents. Je n'ai pas meilleure opinion de leurs lecteurs, et il ne m'intéresse pas de rectifier leur information sur moi. La seule chose qui m'était impossible, c'était cette fois de laisser dire.

Libération du 29 mars enregistre la chose en ces termes : « Guy Debord attaque le *Journal du Dimanche* en diffamation. Depuis l'assassinat de Gérard Lebovici qui était son ami, son éditeur et le producteur de ses deux derniers films, le nom de Guy Debord est apparu dans deux articles du *Journal du Dimanche* qui laissaient entendre que son influence (néfaste) était, directement ou indirectement, à l'origine de l'assassinat du producteur. Guy Debord, l'un des fondateurs de l'Internationale situationniste qui s'est autodissoute en 1969 était traité parmi d'autres gracieusetés de "mauvais ange" de Gérard Lebovici et de "Méphisto de pacotille pour une vraie tragédie : celle de l'envoûtement d'un homme". D'autres plaintes sont à l'étude contre *Minute* et contre *L'Humanité*. Reste qu'on est surpris que le situationniste Debord accorde une confiance quelconque, même provisoire, circonstancielle et dictée par une amitié interrompue, dans les institutions judiciaires. »

Je ne suis pas plus situationniste qu'un autre. J'ai été situationniste pendant tout le temps qu'a duré l'I.S., et je m'en félicite. J'écrivais en 1960, dans le numéro 4 de la revue *Internationale Situationniste* : « Il n'y a pas de "Situationnisme". Je ne suis moi-même situationniste que du fait de ma participation, en ce moment et dans certaines conditions, à une communauté pratiquement groupée en vue d'une tâche, qu'elle saura ou ne saura pas faire. » (Je pense depuis 1968 que, pour l'essentiel, elle a su.)

On savait bien que l'Internationale situationniste était finie depuis douze ans ; c'est pourquoi on s'est permis d'écrire de si audacieux mensonges. Qu'auraient fait les situationnistes devant de telles provocations ? En me référant à quelques exemples de notre passé, je suppose que simplement ils auraient bâtonné, publiquement, le jour même où paraissaient ces articles, les premiers calomniateurs ; et qu'il n'aurait pas été nécessaire d'en rappeler au sens des réalités plus de quatre ou cinq, car après cela personne n'aurait plus voulu s'exposer à l'insulte.

Libération semble estimer que mes opinions passées, et actuelles, m'ont placé, seul en France, en quelque sorte hors de la protection de toutes les lois ; et que, par exemple, s'il prenait fantaisie à des propriétaires d'immeubles de soumettre à la Justice quelque interprétation léonine des conditions de certains baux, je devrais être obligé de ne pas me défendre sur un tel terrain, et donc de leur céder. Bien entendu, personne n'est si stupide pour le croire. Reste qu'on fait semblant d'être surpris ; de même on fait semblant, comme si c'était un euphémisme courant, d'appeler « une amitié interrompue » ce qui est en fait un assassinat prémédité par guet-apens.

Ces journalistes, chacun d'entre eux reprenant servilement toute éclatante trouvaille de n'importe quel autre, sans que l'on puisse toutefois leur dénier une certaine verve collective, m'ont traité, sans jamais relier la qualification à un fait correspondant, de : Maître à penser, nihiliste, pseudo-philosophe, pape, solitaire, mentor, magnétiseur, pantin sanglant, fanatique de lui-même, diable, éminence grise, âme damnée, professeur ès radicalisme, gourou, révolutionnaire de bazar, agent de subversion et de déstabilisation au service de l'impérialisme soviétique, Méphisto de pacotille, nuisible, extravagant, fumeux, énigmatique, mauvais ange, idéologue, mystérieux, sadique fou, cynique total, lie de la non-pensée, envoûteur, redoutable déstabilisateur, enragé, théoricien.

J'accepte, dans un tel tombereau, les deux derniers termes : « théoricien », cela va de soi, quoique je ne l'aie pas été uniquement et à titre spécialisé, mais enfin je l'ai été aussi, et l'un des meilleurs. Et aussi « enragé » parce que j'ai agi en 1968 avec ceux des extrémistes d'alors qui s'étaient donné ce nom ; et même parce que j'ai de la sympathie pour ceux de 1794. Je pourrais abstraitement accepter « redoutable déstabilisateur » si ce terme n'avait pas tout de suite pris une connotation de terroriste et même d'agent au service d'un État étranger. Tout le reste est exactement le contraire de ce que je suis, et a presque toujours été choisi précisément pour cela. Une société qui polémique de cette manière doit avoir beaucoup de choses à cacher. Et, on le sait, elle en a.

Quand tout le stock de connaissances, de goût et de langage disponible chez les experts de cette sorte sera fixé sur des mémoires artificielles, on voit ce que l'on pourra apprendre au terminal. Très bientôt, les jugements en « novlangue » ressembleront en toute occasion à celui que l'on a cette fois inauguré pour moi. On peut se demander comment un ordinateur saura traduire le mot « noblesse », dans quelque temps ?

Gérard Lebovici avait publié beaucoup plus de classiques que de subversifs contemporains, mais dans un moment de décadence et d'ignorance programmées, où l'on discerne moins la révolution qui monte que la société qui descend, la publication même des classiques a passé pour un acte subversif.

Le Soir de Bruxelles, du 7-8 avril, considère que l'Internationale situationniste a extraordinairement réussi, rencontre à l'heure actuelle l'admiration générale, a changé toutes les idées de son époque ; et que ce n'était vraiment pas la peine, puisque au fond toutes les révolutions sont circulaires, que l'on aboutit toujours à être récupéré, et qu'en somme on a toujours tort de se révolter. On cite ce qui est arrivé à Gérard Lebovici comme un exemple de la profonde ironie de l'histoire, où chacun doit changer de rôle, fatalement. J'aurais moi-même un curieux rôle, pour correspondre à ce schéma circulaire : « L'on frémit à voir, dans le drame de l'avenue Foch, comme l'accomplissement inexorable d'une logique atroce dans son ironie même, inhérente à certains destins. Suivant le déroulement d'une circularité terrifiante, c'est au moment où le révolutionnaire ayant fait profession de "vivre dangereusement" acquiert sécurité et quiétude, que l'"homme installé" qui baille les fonds trouve sa fin tragique dans le tourniquet d'un parking souterrain. Et il n'est même pas impossible qu'au fond de ce labyrinthe dont il ne trouverait plus jamais la sortie, la dernière évocation à l'esprit du producteur et mécène Gérard Lebovici fût ce palindrome latin qui, en tournant indéfiniment sur lui-même en sorte que la fin en est identiquement le commencement, fait le titre du dernier film de Debord à l'affiche du cinéma Cujas : *In girum imus nocte et consumimur igni.* ("Nous tournons en rond dans la nuit et nous sommes consumés par le feu.") »

Je suis tout à fait sûr que je n'ai jamais acquis d'aucune manière la sécurité et la quiétude ; et certes maintenant moins encore que jamais. L'imposture régnante aura pu avoir l'approbation de tout un chacun ; mais il lui aura fallu se passer de la mienne.

Que tout finisse par la réussite, les concessions et les pauvres récompenses de la réussite, voilà ce qui est contredit par l'histoire de centaines de tentatives révolutionnaires çà et là. On ne peut le dire en tout cas de l'Internationale situationniste. Elle a su combattre elle-même sa propre gloire, comme elle l'avait annoncé ; cette pratique est presque sans exemple. Elle n'a voulu devenir pour personne un commandement, et elle n'a même pas voulu se prolonger en autorité intellectuelle sur des jours futurs. Nous n'avions rien à nous que le temps. Quand je parle de moi, et j'en ai parlé rarement, un certain ton tranchant, qui est bien de circonstance, n'est pas souvent approuvé, et ce n'est pas trop étonnant. Beaucoup d'autres ne pourraient pas y recourir : parce qu'ils devraient garder des formes, et aussi parce qu'il leur manque le contenu. Il est beau d'avoir contribué à mettre en faillite le monde. Quel autre succès méritions-nous ?

Je ne pense pas être si « énigmatique » que l'on se plaît à le dire. Je crois même que je suis parfois facile à comprendre. Il n'y a pas longtemps, dans les commencements d'une passion, celle avec qui je parlais des quelques brefs exils que nous avions l'un et l'autre connus, m'a dit, sur ce ton de brusquerie généreuse qui va si bien à l'Espagne : « Mais toi, tu as passé toute ta vie en exil. »

J'ai donc eu les plaisirs de l'exil, comme d'autres ont les peines de la soumission. Gérard Lebovici a été assassiné.

(Janvier 1985.)

Gérard Lebovici à Champot (été 1982).

« Programme Guy Debord » au Studio Cujas

Lettre du 11 septembre 1983 à Gérard Lebovici à propos des films du « Programme Guy Debord » qui seront projetés au Studio Cujas d'octobre 1983 à avril 1984. Cette salle du Quartier latin avait été achetée par Gérard Lebovici pour y projeter exclusivement les films de Guy Debord.

Je vous communique une idée tardive, mais importante. Il me semble maintenant évident que les films du Cujas doivent être disposés ainsi :

MERCREDI. JEUDI. VENDREDI. SAMEDI :
Sur le passage... (1959)
La Société du spectacle (1973)

DIMANCHE. LUNDI. MARDI :
Réfutation... (1975)
In girum... (1978)

Ainsi, nous aurons l'ordre chronologique, et aussi l'ordre *normal* du passage des courts-métrages avant les longs. Nous n'avions dû recourir à la bizarrerie d'un court-métrage en « postface » que faute d'un autre moyen de le présenter. Ici, chacun de ceux qui auront vu *La Société* aura la possibilité, et *réflexion faite*, de voir *Réfutation* quatre jours après. De plus, pour la vision de chaque film, c'est un équilibre « théorico-lyrique » beaucoup plus heureux. Pensez-y donc pour l'affichette-programme.

Il faut se souvenir aussi des – assez grandes – photocopies, à exposer à la file, de toutes les pages d'*Ordures et décombres*, dans le hall.

•••

Extrait d'une lettre à Paolo Salvadori du 11 décembre 1984.

« C'est donc une pure calomnie stalinienne, que cette rumeur selon laquelle Gérard m'aurait “livré” les Éditions Champ libre (tout le monde sait bien que c'est Floriana qui s'en est occupée depuis l'origine). Il est aussi faux d'alléguer que Gérard m'avait “offert” une salle de cinéma au Quartier latin. Il avait acheté une salle pour n'y projeter que mes films ;

et j'ai voulu interrompre cela après sa mort, avant tout parce que le public ne me paraissait plus mériter de les voir. C'était vraiment un cadeau, mais d'une autre sorte : c'est un peu comme s'il avait acheté un restaurant, simplement pour que je puisse y manger une cuisine convenable quand il m'arrive de passer quelques jours dans l'infect Paris d'aujourd'hui. C'est-à-dire qu'il s'agissait d'une réponse violente à la situation si anormale dont tout le monde s'est accommodé. Une telle liberté d'esprit crée sans doute beaucoup de haine chez les envieux ignares. »

•••

Lettre du 29 mai 1987 en réponse à Thomas Y. Levin, enseignant à l'université de Yale, qui demandait à Guy Debord si ses films pourraient être projetés hors de France.

On m'a transmis votre aimable lettre du 3 avril. Je vous réponds de mon mieux. Je crois que j'ai eu tort de déclarer, après l'assassinat de Gérard Lebovici, « qu'aucun de mes films ne sera plus projeté en France ». Cette restriction ne se justifiait guère, et n'a été mise en avant que pour marquer l'ignominie particulière étalée à cette occasion par la presse française. Naturellement, j'aurais dû dire : jamais plus et nulle part.

Vous savez que j'ai toujours été très mal vu, et à bien juste titre, par tout le milieu du cinéma. Mais j'ai pu garder toujours en face de lui la plus méprisante indépendance. Après les récentes restructurations survenues comme on sait dans cette industrie, je risquais très manifestement de ne plus avoir le contrôle de ce qui pourrait être fait un jour ou l'autre de mes films, des lieux où ils pourraient en venir à être projetés, et des voisinages qui peut-être les environneraient. De sorte qu'il était sans doute plus convenable de ma part d'annoncer que je désavouais par avance toute projection ultérieure. Ceci au prix, certes regrettable, d'en priver le très petit nombre des personnes qui pourraient avoir le désir (mais jamais le besoin) de les voir. On pourra peut-être les voir, çà et là, après ma mort ; car chacun pourra alors faire ce raisonnement que je n'aurai plus aucune responsabilité dans l'anecdote.

L'idée que le cinéma était un art, qui méritait évidemment d'être critiqué et dépassé, est d'ailleurs devenue quelque peu incompréhensible aujourd'hui où le cinéma est ouvertement destiné à divertir les enfants de dix ans. Et les films un peu plus ambitieux ne sont presque plus jamais porteurs à présent d'une médiocre ou détestable signification (quelque effort que fasse encore parfois le cinéphile pour s'échauffer sur cet aspect de la question) ; mais, toujours plus fréquemment, d'une absence tranquille de la moindre signification : on a fait un film dans le seul but d'avoir fait un film, et c'est un film quand il est là, qui est bien assez riche d'être là.

Depuis une trentaine d'années, les cinéastes avaient été généralement des gens très peu estimables ; mais maintenant, je me permettrai cette plaisanterie pleine de sens de vous dire que c'est un milieu que l'on ne peut s'attendre à voir fréquenté par un gentleman.

C'est un fait que « notre audience » ne s'y est pas élargie ! Ce siècle, ou l'autre, trouvera d'ailleurs le moyen de se faire entendre.

Il va de soi que je ne désavoue pas un mot, ni même une image, de toute mon œuvre cinématographique d'un autre temps. Tout cela est consigné dans un livre.

J'essaierai de retrouver pour vous un exemplaire de *Contre le cinéma*, et je vous l'enverrai ; mais les textes qui y sont recueillis n'ont pas subi la moindre modification dans l'édition très agrandie de Champ libre.

Extrait d'une lettre du 26 septembre 1985 à Jaime Semprun, membre du comité de rédaction de l'*Encyclopédie des nuisances.*

« Pour réécrire *Abat-faim*, c'est très facile. Il n'y a qu'à tourner en harmonieux exposé discursif ce qui est fait de notes télégraphiques et de parenthèses (rien qu'en s'interdisant dans ce texte l'emploi d'une seule parenthèse, tout son ordre est changé). »

On sait que Guy Debord a écrit en 1985-1986 plusieurs textes destinés à l'*Encyclopédie des nuisances* (« Abat-faim », « Ab irato » et « Abolition »). L'article « Abat-faim », paru dans le fascicule 5 du tome 1 de l'*Encyclopédie des nuisances* en novembre 1985, fut (comme les autres) réécrit par le comité de rédaction afin de donner à l'ensemble des articles de cette encyclopédie une même unité de ton. Nous donnons la version initiale de ce texte.

Abat-faim

On sait que ce terme a désigné une « pièce de résistance qu'on sert d'abord pour apaiser, abattre la première faim des convives » (Larousse). Hatzfeld et Darmesteter, dans leur renommé dictionnaire, le qualifient de « vieilli ». Mais l'histoire est maîtresse infaillible des dictionnaires. Avec les récents progrès de la technique, la totalité de la nourriture que consomme la société moderne en est venue à être constituée uniquement d'abat-faim.

***

Dégradation extrême de la nourriture. D'abord, le goût. Produit de la chimie s'imposant massivement dans l'agriculture et l'élevage ; secondairement, de certains emplois rentables des nouvelles pratiques de conservation (congélation, et passage rapide à la décongélation) ou simplement possibilité de stockage dans n'importe quelles conditions (bières). Logique de la marchandise : poursuite quantitative de toute économie de *temps*, et des frais dans la main-d'œuvre ou le matériau (lesquels facteurs diminuent d'autant le profit). Le qualitatif ne compte pas, ici comme ailleurs. On y substitue diverses réclames idéologiques, des lois étatiques imposées soi-disant au nom de l'hygiène, ou simplement de *l'apparence garantie* (fruits calibrés), pour favoriser évidemment la concentration de la production ; laquelle véhiculera au mieux le poids normatif du nouveau produit infect. À la fin du processus, le monopole sur le marché vise à ne laisser de choix qu'entre l'abat-faim et la faim elle-même.

L'utilité essentielle de la marchandise moderne est d'être achetée (c'est ainsi que par un de ces miracles dont elle a le secret, et par la médiation du capital, elle peut « créer des emplois » !). Et non plus dorénavant d'être consommée, digérée. La saveur, l'odeur, le tact même sont abolis au profit des leurres qui égarent en permanence la vue et les oreilles. D'où le recul général de la sensualité, qui va de pair avec le recul extravagant de la lucidité intellectuelle (qui commence à la racine avec la perte de la lecture et de la plus grande partie du vocabulaire). Pour *l'électeur qui conduit lui-même sa voiture et regarde la télévision*, aucune sorte de goût n'a plus aucune sorte d'importance : c'est pourquoi on peut lui faire manger Findus, voter Fabius ou lire Bernard-Henri Lévy.

Le phénomène qui est mondial, qui affecte d'abord tous les pays économiquement avancés, et qui réagit aussitôt sur les pays soumis à l'arriération du *même processus*, peut être daté avec précision. Quoique annoncé par des modifications graduelles, le tournant se manifeste très brusquement en deux ou trois années. Il s'est produit en France, par exemple, autour de 1970 (environ dix ans plus tôt dans l'Europe du Nord, dix ans plus tard dans l'Europe du Sud).

La bourgeoisie avait dit longtemps : « Il y a eu de l'histoire, mais il n'y en a plus » (Marx). Elle dit maintenant : « Il y a eu du goût, mais il n'y en a plus. » Tel est le dernier « *look* » de la société du spectacle, et tout « *look* » individuel, si branché qu'il se veuille, ne peut être branché que sur elle ; car c'est elle qui tient tout le réseau.

Avait-on voulu en venir là ? Autrefois, personne. Depuis les physiocrates, le projet bourgeois a été explicitement d'améliorer, quantitativement et qualitativement, les produits de la terre (que l'on savait relativement plus immuables que les produits de l'industrie). Ceci a été effectivement réalisé pendant tout le XIXe siècle et au delà. Les critiques du capitalisme se sont parfois préoccupé davantage de qualité plus grande. Fourier particulièrement, très favorable aux plaisirs et aux passions, et grand amateur de poires, attendait du règne de l'harmonie pour bientôt un progrès des variétés gustatives de ce fruit. Sur ce point, il s'est trompé.

Les nuisances de l'abat-faim ne se bornent pas à tout ce qu'il supprime, mais s'étendent à tout ce qu'il apporte avec lui par le fait même qu'il existe (ce schéma s'applique à chaque production nouvelle du vieux monde). La nourriture qui a perdu son goût se donne en tout cas pour parfaitement hygiénique, diététique, saine, par rapport aux aventures risquées dans les formes pré-scientifiques d'alimentation. Mais elle ment cyniquement. Elle contient une invraisemblable dose de poisons (la célèbre *Union Carbide* usine ses puissants produits pour l'agriculture), mais en surplus elle favorise toutes sortes de carences (par la suppression d'oligo-éléments, etc.) dont on mesure les résultats après la fête dans la santé publique. Le licite dans le traitement de l'alimentation, quoique épouvantable, s'accompagne en prime d'une part d'illicite toléré, et du franchement illicite qui existe quand même (doses d'hormones dépassées dans le veau, etc.). On sait que le principal cancer répandu aux États-Unis n'est pas celui qui fait ses délices des poumons du fumeur de tabac pollué ou de l'habitant des villes plus polluées encore, mais celui qui ronge les tripes du président Reagan, et des soupeurs de son espèce.

Cette grande pratique de l'abat-faim est également responsable de la famine chez les peuples périphériques plus absolument soumis, si l'on ose dire, au système capitaliste mondial. La technique en est simple : les cultures vivrières sont éliminées par le marché mondial, et les paysans des pays dits sous-développés sont magiquement transformés en chômeurs dans les bidonvilles en expansion galopante d'Afrique ou d'Amérique latine. On n'ignore pas que le poisson que pêchaient et mangeaient en quantité les Péruviens est maintenant accaparé par les propriétaires des économies avancées, pour en nourrir les volailles qu'ils répandent là sur ce marché (pour effacer donc le goût de poisson, sans évidemment restaurer quelque autre goût que ce soit, on a besoin d'acroléine, produit chimique fort dangereux, que les habitants de Lyon, au milieu desquels on la fabrique, ne connaissent pas – tant comme consommateurs que comme voisins du producteur –, mais qu'ils ne manqueront pas de connaître un de ces jours, sous une catastrophique lumière). Les spécialistes de la faim dans le monde (il y en a beaucoup, et ils travaillent main dans la main d'autres spécialistes qui s'emploient à faire croire qu'ici règnent les délices abondantes d'on ne sait vraiment quelle « grande bouffe », idée dont se gobergent quelque peu les cadres moyens, et tous ceux qui veulent croire à leur bonheur « promotionnel ») nous communiquent les résultats de leurs calculs : la planète produirait encore bien assez de céréales pour que personne n'y souffre de la faim, mais ce qui trouble l'idylle, c'est que les « pays riches » consomment abusivement la moitié de ces céréales pour l'alimentation de leur bétail. Mais quand on connaît le goût désastreux de la viande de boucherie qui a été ainsi engraissée vite aux céréales, peut-on parler de « pays riches » ? Sûrement non. Ce n'est pas pour nous faire vivre dans le sybaritisme qu'une partie de la planète doit mourir de la famine ; c'est pour nous faire vivre dans la boue. Mais l'électeur aime qu'on le flatte, en lui rappelant qu'il a le cœur un peu dur, à vivre si bien pendant que d'autres pays perdus l'engraissent avec les cadavres de leurs enfants, *stricto sensu*. Ce qui est tout de même agréable à l'électeur, dans ce discours, c'est qu'on lui dise qu'il vit richement. Il aime à le croire.

Non seulement le médicament, mais la nourriture, *comme tant d'autres choses*, sont devenus des *secrets de l'État*. On se souvient qu'une des plus fortes objections contre la démocratie, au temps où les classes propriétaires en formulaient encore, parce qu'elles redoutaient encore, non sans raison, ce qu'une démocratie effective signifierait *pour elles*, c'était l'évocation de *l'ignorance* de la majorité des gens, obstacle effectivement rédhibitoire pour qu'ils connaissent et conduisent eux-mêmes leurs affaires. Aujourd'hui, elles se croient donc bien rassurées par les vaccins récemment découverts contre la démocratie, ou plutôt cette petite dose résiduelle que l'on prétend nous garantir : car les gens ignorent aussi bien ce qu'il y a dans leurs assiettes que les mystères de l'économie, les performances escomptées des armes stratégiques, les subtils « choix de société » proposés afin que l'on reprenne la même et que l'on recommence ; ou l'emploi secret des services spéciaux, l'emploi spécial des services secrets.

Quand le secret s'épaissit jusque dans votre assiette, il ne faut pas croire que tout le monde ignore tout. Mais les experts, dans le spectacle, ne doivent pas répandre des vérités aussi dangereuses. Ils les taisent. Tous y trouvent leur intérêt. Et l'individu réel isolé, qui ne se fie pas à son propre goût et à ses propres expériences, ne peut se fier qu'à la tromperie socialement organisée. Un syndicat pourrait-il le dire ? Il ne peut dire ce qui serait irresponsable et révolutionnaire. Le syndicat défend en principe les intérêts des salariés dans le cadre du salariat. Il défendait, par exemple, « leur bifteck ». Mais c'était un bifteck abstrait (aujourd'hui, c'est quelque chose d'encore plus abstrait, « leur travail », qu'il défend, ou plutôt qu'il ne défend pas). Quand le bifteck réel a presque disparu, ces spécialistes ne l'ont pas vu disparaître, du moins officiellement. Car le bifteck qui existe encore clandestinement, celui fait d'une viande élevée *sans chimie*, son prix est évidemment plus élevé, et révéler sa simple existence ébranlerait fort les colonnes du temple de la « politique contractuelle ».

La consommation abstraite de marchandises abstraites s'est donné visiblement ses lois, quoiqu'elles ne fonctionnent pas trop bien, dans les règlements de ce qui se fait appeler « Marché commun ». C'est même la principale réalité effective de cette institution. Toute tradition historique doit disparaître, et l'abstraction devra régner dans l'absence générale de la qualité (voir l'article « Abstraction »). Tous les pays n'avaient évidemment pas les mêmes caractéristiques (géographiques et culturelles) dans l'alimentation. Pour s'en tenir à l'Europe, la France avait de la mauvaise bière (sauf en Alsace), du très mauvais café, etc. Mais l'Allemagne buvait de la bonne bière, l'Espagne buvait du bon chocolat et du bon vin, l'Italie du bon café et du bon vin. La France avait du bon pain, de bons vins, beaucoup de volailles et de bœuf. Tout doit se réduire, dans le cadre du Marché commun, à une égalité de la marchandise polluée. Le tourisme a joué un certain rôle, le touriste venant s'habituer *sur place* à la misère des marchandises que l'on avait justement polluées pour lui. (Le touriste est celui qui est traité partout aussi mal que chez lui : c'est l'électeur en déplacement.)

Dans la période qui précéda immédiatement la révolution de 1789, on se souvient combien d'émeutes populaires ont été déchaînées par suite de tentatives alors modérées de falsification du pain, et combien de hardis expérimentateurs ont été traînés tout de suite à la lanterne avant d'avoir pu expliquer leurs raisons, sûrement très fortes. Autre temps, autres mœurs ; ou pour le mieux dire les bénéfices que la société de classes tire de son lourd équipement spectaculaire, en appareils techniques et en personnel, paient largement les frais inévitables. C'est ainsi que lorsqu'on a vu, il y a déjà presque dix ans, le pain disparaître en France, presque partout remplacé par un pseudo-pain (farines non panifiables, levures chimiques, fours électriques), non seulement cet événement traumatisant n'a pas déclenché quelque mouvement de protestation et de défense comme il s'en est récemment prononcé en faveur de l'école dite libre, mais littéralement *personne n'en a parlé.*

Il y a des époques où mentir est presque sans danger parce que la vérité n'a plus d'amis (reste une simple hypothèse, et peu sérieuse semble-t-il, qu'on ne peut ni ne veut vérifier). Presque plus personne ne cohabite avec la vérité. (Et avec le plaisir ? L'architecture moderne l'a en tout cas supprimé dans sa vaste sphère d'action.) Si le plaisir était fait de jouissances spectaculaires, on pourrait dire les consommateurs heureux tant qu'ils trouvent des images à brouter. La dangereuse dialectique revient alors par ailleurs. Car on voit bien que tout se décompose des dominations de ce monde. Alors que la critique épargne toute leur gestion, tous les résultats les tuent. C'est le syndrome de la maladie fatale de la fin du XXe siècle : la société de classes et spécialisations, par un effort constant et omniprésent, acquiert une immunisation contre tous les plaisirs. Elle mourra du SIDA.

Rédigées en décembre 1985, ces notes furent communiquées à Mezioud Ouldamer, qui publiera en novembre 1986 aux Éditions Gérard Lebovici *Le Cauchemar immigré dans la décomposition de la France.*

Notes sur la « question des immigrés »

Notes pour Mezioud

Tout est faux dans la « question des immigrés », exactement comme dans toute question *ouvertement* posée dans la société actuelle ; et pour les mêmes motifs : l'économie – c'est-à-dire l'illusion pseudo-économique – l'a apportée, et le spectacle l'a traitée.

On ne discute que de sottises. Faut-il garder ou éliminer les immigrés ? (Naturellement, le véritable immigré n'est pas l'habitant permanent d'origine *étrangère*, mais celui qui est perçu et se perçoit comme différent et destiné à le rester. Beaucoup d'immigrés ou leurs enfants ont la nationalité française ; beaucoup de Polonais ou d'Espagnols se sont finalement perdus dans la masse d'une population française qui *était autre*.) Comme les déchets de l'industrie atomique ou le pétrole dans l'Océan – et là on définit moins vite et moins « scientifiquement » les *seuils d'intolérance* – les immigrés, produits de la même gestion du capitalisme moderne, resteront pour des siècles, des millénaires, toujours. Ils resteront parce qu'il était beaucoup plus facile d'éliminer les Juifs d'Allemagne au temps d'Hitler que les Maghrébins, et autres, d'ici à présent : car il n'existe en France ni un parti nazi ni le mythe d'une race autochtone !

Faut-il donc les assimiler ou « respecter les diversités culturelles » ? Inepte faux choix. *Nous ne pouvons plus assimiler personne* : ni la jeunesse, ni les travailleurs français, ni même les provinciaux ou vieilles minorités ethniques (Corses, Bretons, etc.) car Paris, ville détruite, a perdu son rôle historique qui était de faire des Français. Qu'est-ce qu'un centralisme sans capitale ? Le camp de concentration n'a créé aucun Allemand parmi les Européens déportés. La diffusion du spectacle concentré ne peut uniformiser *que des spectateurs*. On se gargarise, en langage simplement publicitaire, de la riche expression de « diversités culturelles ». Quelles cultures ? *Il n'y en a plus*. Ni chrétienne ni musulmane ; ni socialiste ni scientiste. *Ne parlez pas des absents*. Il n'y a plus, à regarder un seul instant la vérité et l'évidence, que la *dégradation spectaculaire-mondiale (américaine) de toute culture.*

Ce n'est surtout pas *en votant* que l'on s'assimile. Démonstration historique que le vote n'est rien, même pour les Français, qui sont électeurs *et ne sont plus rien* (1 parti = 1 autre parti ; un engagement électoral = son contraire ; et plus récemment un programme – dont tous savent bien qu'il ne sera pas tenu – a d'ailleurs enfin cessé d'être décevant, depuis qu'il n'envisage jamais plus *aucun* problème important. Qui a voté sur la disparition du pain ?). On avouait récemment ce chiffre révélateur (et sans doute manipulé en baisse) : 25 % des « citoyens » de la tranche d'âge 18-25 ans *ne se sont pas inscrits sur les listes électorales*, par simple dégoût. Les *abstentionnistes* sont d'autres, qui s'y ajoutent.

Certains mettent en avant le critère de « parler français ». Risible. Les Français actuels le parlent-ils ? Est-ce du français que parlent les analphabètes d'aujourd'hui, ou Fabius (« Bonjour les dégâts ! ») ou Françoise Castro (« Ça t'habite ou ça t'effleure ? »), ou B.-H. Lévy ? Ne va-t-on pas clairement, même s'il n'y avait aucun immigré, vers la perte de tout langage articulé et de tout raisonnement ? Quelles chansons écoute la jeunesse présente ? Quelles sectes infiniment plus ridicules que l'islam ou le catholicisme ont conquis facilement une emprise sur une certaine fraction des idiots instruits contemporains (Moon, etc.) ? Sans faire mention des autistes ou débiles profonds que de telles sectes *ne recrutent pas* parce qu'il n'y a pas d'intérêt économique dans l'exploitation de ce bétail ; on le laisse donc en charge aux pouvoirs publics.

Nous nous sommes faits américains. Il est normal que nous trouvions ici tous les misérables problèmes des U.S.A., de la drogue à la Mafia, du *fast-food* à la prolifération des ethnies. Par exemple, l'Italie et l'Espagne, américanisées en surface et même à une assez grande profondeur, ne sont pas mélangées ethniquement. En ce sens, elles restent plus largement européennes (comme l'Algérie est nord-africaine). Nous avons ici les ennuis de l'Amérique *sans en avoir la force.* Il n'est pas sûr que le *melting-pot* américain fonctionne encore longtemps (par exemple avec les *Chicanos* qui ont une autre langue). Mais il est tout à fait sûr qu'il ne peut pas un moment fonctionner ici. Parce que c'est aux U.S.A. qu'est le centre de la fabrication du mode de vie actuel, *le cœur du spectacle* qui étend ses pulsations jusqu'à Moscou ou à Pékin ; et qui en tout cas ne peut laisser aucune indépendance à ses *sous-traitants* locaux (la compréhension de ceci montre malheureusement un assujettissement beaucoup moins *superficiel* que celui que voudraient détruire ou modérer les critiques habituels de « l'impérialisme »). Ici, *nous ne sommes plus rien* : des colonisés qui n'ont pas su se révolter, les *béni-oui-oui* de l'aliénation spectaculaire. Quelle prétention, envisageant la proliférante présence des immigrés de toutes couleurs, retrouvons-nous tout à coup en France, comme si l'on nous volait quelque chose qui serait encore à nous ? Et quoi donc ? Que croyons-nous, ou plutôt que faisons-nous encore *semblant de croire* ? C'est une fierté pour leurs rares jours de fête, quand les purs esclaves s'indignent que des métèques menacent leur indépendance !

Le risque d'apartheid ? Il est bien réel. Il est plus qu'un risque, il est une fatalité déjà là (avec sa logique des ghettos, des affrontements raciaux, et un jour des bains de sang). Une société qui se décompose entièrement est évidemment moins apte à accueillir sans trop de heurts une grande quantité d'immigrés que pouvait l'être une société cohérente et relativement heureuse. On a déjà fait observer en 1973 cette frappante adéquation entre l'évolution de la technique et l'évolution des mentalités : « L'environnement, qui est reconstruit toujours plus *hâtivement* pour le contrôle répressif et le profit, en même temps devient plus fragile et incite davantage au vandalisme. Le capitalisme à son stade spectaculaire rebâtit tout *en toc* et produit des incendiaires. Ainsi son décor devient partout inflammable comme un collège de France. » Avec la présence des immigrés (qui a déjà servi à certains syndicalistes susceptibles de dénoncer comme « guerres de religions » certaines grèves ouvrières qu'ils n'avaient pu contrôler), on peut être assurés que les pouvoirs existants vont favoriser le développement *en grandeur réelle* des petites expériences d'affrontements que nous avons vu mises en scène à travers des « terroristes » réels ou faux, ou des supporters d'équipes de football rivales (pas seulement des supporters *anglais*).

Mais on comprend bien pourquoi tous les responsables politiques (y compris les leaders du Front national) s'emploient à minimiser la gravité du « problème immigré ». Tout ce qu'ils veulent tous *conserver* leur interdit de regarder un seul problème en face, et dans son véritable contexte. Les uns feignent de croire que ce n'est qu'une affaire de « bonne volonté anti-raciste » à imposer, et les autres qu'il s'agit de faire reconnaître les droits modérés d'une « juste xénophobie ». Et tous collaborent pour considérer cette question comme si elle était *la plus brûlante*, presque la seule, parmi tous les effrayants problèmes qu'une société *ne surmontera pas*. Le ghetto du nouvel apartheid spectaculaire (pas la version locale, folklorique, d'Afrique du Sud), il est déjà là, dans la France actuelle : *l'immense majorité de la population y est enfermée et abrutie* ; et tout se serait passé de même s'il n'y avait pas eu un seul immigré. Qui a décidé de construire Sarcelles et les Minguettes, de détruire Paris ou Lyon ? On ne peut certes pas dire qu'aucun immigré n'a participé à cet infâme travail. Mais ils n'ont fait qu'exécuter strictement les ordres qu'on leur donnait : c'est le malheur habituel *du salariat*.

Combien y a-t-il d'étrangers de fait en France ? (Et pas seulement par le statut juridique, la couleur, le faciès.) Il est évident qu'il y en a tellement qu'il faudrait plutôt se demander : *combien reste-t-il de Français* et où sont-ils ? (Et qu'est-ce qui caractérise *maintenant* un Français ?) Comment resterait-il, bientôt, de Français ? On sait que la natalité baisse. N'est-ce pas normal ? Les Français ne peuvent plus supporter leurs enfants. Ils les envoient à l'école dès trois ans, et au moins jusqu'à seize, pour apprendre l'analphabétisme. Et avant qu'ils aient trois ans, de plus en plus nombreux sont ceux qui les trouvent « insupportables » et les frappent plus ou moins violemment. Les enfants sont encore aimés en Espagne, en Italie, en Algérie, chez les Gitans. Pas souvent en France à présent. Ni le logement ni la ville ne sont plus faits pour les enfants (d'où la cynique publicité des urbanistes gouvernementaux sur le thème « ouvrir la ville aux enfants »). D'autre part, la contraception est répandue, l'avortement est libre. Presque tous les enfants, aujourd'hui, en France, ont été *voulus*. Mais non librement ! L'électeur-consommateur *ne sait pas ce qu'il veut*. Il « choisit » quelque chose qu'il n'aime pas. Sa structure mentale n'a plus cette cohérence de se souvenir *qu'il a voulu quelque chose*, quand il se retrouve déçu par l'expérience de cette chose même.

Dans le spectacle, une société de classes a voulu, très systématiquement, *éliminer l'histoire*. Et maintenant on prétend regretter *ce seul résultat* particulier de la présence de tant d'immigrés, parce que la France « disparaît » ainsi ? Comique. Elle disparaît pour bien d'autres causes et, plus ou moins rapidement, sur presque tous les terrains.

Les immigrés ont le plus beau droit pour vivre en France. Ils sont les représentants de la *dépossession* ; et la dépossession est chez elle en France, tant elle y est majoritaire, et presque universelle. Les immigrés ont perdu leur culture et leurs pays, très notoirement, sans pouvoir en trouver d'autres. Et les Français sont dans le même cas, et à peine plus secrètement.

Avec l'égalisation de toute la planète dans la misère d'un environnement nouveau et d'une intelligence purement mensongère de tout, les Français, qui ont accepté cela sans beaucoup de révolte (sauf en 1968) sont malvenus à dire qu'ils ne se sentent plus chez eux *à cause des immigrés* ! Ils ont tout lieu de ne plus se sentir chez eux, c'est très vrai. C'est parce qu'il n'y a plus personne d'autre, dans cet horrible nouveau monde de l'aliénation, *que des immigrés*.

Il vivra des gens sur la surface de la Terre, et ici même, quand la France aura disparu. Le mélange ethnique qui dominera est imprévisible, comme leurs cultures, leurs langues mêmes. On peut affirmer que la question centrale, profondément qualitative, sera celle-ci : ces peuples futurs auront-ils dominé, par une pratique émancipée, la *technique présente*, qui est globalement celle du simulacre et de la dépossession ? Ou, au contraire, seront-ils dominés par elle d'une manière encore plus hiérarchique et esclavagiste qu'aujourd'hui ? Il faut envisager le pire, et combattre pour le meilleur. La France est assurément regrettable. Mais les regrets sont vains.

COMMENTAIRES SUR LA SOCIÉTÉ DU SPECTACLE

Publié en 1988 aux Éditions Gérard Lebovici ;
repris aux Éditions Gallimard en 1992.

À la mémoire de Gérard Lebovici,
assassiné à Paris, le 5 mars 1984,
dans un guet-apens resté mystérieux.

« Quelque critiques que puissent être la situation et les circonstances où vous vous trouvez, ne désespérez de rien ; c'est dans les occasions où tout est à craindre, qu'il ne faut rien craindre ; c'est lorsqu'on est environné de tous les dangers, qu'il n'en faut redouter aucun ; c'est lorsqu'on est sans aucune ressource, qu'il faut compter sur toutes ; c'est lorsqu'on est surpris, qu'il faut surprendre l'ennemi lui-même. »

Sun Tse (*L'Art de la guerre*)

I

Ces *Commentaires* sont assurés d'être promptement connus de cinquante ou soixante personnes ; autant dire beaucoup dans les jours que nous vivons, et quand on traite de questions si graves. Mais aussi c'est parce que j'ai, dans certains milieux, la réputation d'être un connaisseur. Il faut également considérer que, de cette élite qui va s'y intéresser, la moitié, ou un nombre qui s'en approche de très près, est composée de gens qui s'emploient à maintenir le système de domination spectaculaire, et l'autre moitié de gens qui s'obstineront à faire tout le contraire. Ayant ainsi à tenir compte de lecteurs très attentifs et diversement influents, je ne peux évidemment parler en toute liberté. Je dois surtout prendre garde à ne pas trop instruire n'importe qui.

Le malheur des temps m'obligera donc à écrire, encore une fois, d'une façon nouvelle. Certains éléments seront volontairement omis ; et le plan devra rester assez peu clair. On pourra y rencontrer, comme la signature même de l'époque, quelques leurres. À condition d'intercaler çà et là plusieurs autres pages, le sens total peut apparaître : ainsi, bien souvent, des articles secrets ont été ajoutés à ce que des traités stipulaient ouvertement, et de même il arrive que des agents chimiques ne révèlent une part inconnue de leurs propriétés que lorsqu'ils se trouvent associés à d'autres. Il n'y aura, d'ailleurs, dans ce bref ouvrage, que trop de choses qui seront, hélas, faciles à comprendre.

II

En 1967, j'ai montré dans un livre, *La Société du Spectacle*, ce que le spectacle moderne était déjà essentiellement : le règne autocratique de l'économie marchande ayant accédé à un statut de souveraineté irresponsable, et l'ensemble des nouvelles techniques de gouvernement qui accompagnent ce règne. Les troubles de 1968, qui se sont prolongés dans divers pays au cours des années suivantes, n'ayant en aucun lieu abattu l'organisation existante de la société, dont il sourd comme spontanément, le spectacle a donc continué partout de se renforcer, c'est-à-dire à la fois de s'étendre aux extrêmes par tous les côtés, et d'augmenter sa densité au centre. Il a même appris de nouveaux procédés défensifs, comme il arrive ordinairement aux pouvoirs attaqués. Quand j'ai commencé la critique de la société spectaculaire, on a surtout remarqué, vu le moment, le contenu révolutionnaire que l'on pouvait découvrir dans cette critique, et on l'a ressenti, naturellement, comme son élément le plus fâcheux. Quant à la chose même, on m'a parfois accusé de l'avoir inventée de toutes pièces, et toujours de m'être complu dans l'outrance en évaluant la profondeur et l'unité de ce spectacle et de son action réelle. Je dois convenir que les autres, après, faisant paraître de nouveaux livres autour du même sujet, ont parfaitement démontré que l'on pouvait éviter d'en dire tant. Ils n'ont eu qu'à remplacer l'ensemble et son mouvement par un seul détail statique de la surface du phénomène, l'originalité de chaque auteur se plaisant à le choisir différent, et par là d'autant moins inquiétant. Aucun n'a voulu altérer la modestie scientifique de son interprétation personnelle en y mêlant de téméraires jugements historiques.

Mais enfin la société du spectacle n'en a pas moins continué sa marche. Elle va vite car, en 1967, elle n'avait guère plus d'une quarantaine d'années derrière elle ; mais pleinement employées. Et de son propre mouvement, que personne ne prenait plus la peine d'étudier, elle a montré depuis, par d'étonnants exploits, que sa nature effective était bien ce que j'avais dit. Ce point établi n'a pas seulement une valeur académique ; parce qu'il est sans doute indispensable d'avoir reconnu l'unité et l'articulation de la force agissante qu'est le spectacle, pour être à partir de là capable de rechercher dans quelles directions cette force a pu se déplacer, étant ce qu'elle était. Ces questions sont d'un grand intérêt : c'est nécessairement dans de telles conditions que se jouera la suite du conflit dans la société. Puisque le spectacle, à ce jour, est assurément plus puissant qu'il l'était auparavant, que fait-il de cette puissance supplémentaire ? Jusqu'où s'est-il avancé, où il n'était pas précédemment ? Quelles sont, en somme, ses *lignes d'opérations* en ce moment ? Le sentiment vague qu'il s'agit d'une sorte d'invasion rapide, qui oblige les gens à mener une vie très différente, est désormais largement répandu ; mais on ressent cela plutôt comme une modification inexpliquée du climat ou d'un autre équilibre naturel, modification devant laquelle l'ignorance sait seulement qu'elle n'a rien à dire. De plus, beaucoup admettent que c'est une invasion civilisatrice, au demeurant inévitable, et ont même envie d'y collaborer. Ceux-là aiment mieux ne pas savoir à quoi sert précisément cette conquête, et comment elle chemine.

Je vais évoquer quelques *conséquences pratiques*, encore peu connues, qui résultent de ce déploiement rapide du spectacle durant les vingt dernières années. Je ne me propose, sur aucun aspect de la question, d'en venir à des polémiques, désormais trop faciles et trop inutiles ; pas davantage de convaincre. Les présents commentaires ne se soucient pas de moraliser. Ils n'envisagent pas ce qui est souhaitable, ou seulement préférable. Ils s'en tiendront à noter ce qui est.

III

Maintenant que personne ne peut raisonnablement douter de l'existence et de la puissance du spectacle, on peut par contre douter qu'il soit raisonnable d'ajouter quelque chose sur une question que l'expérience a tranchée d'une manière aussi draconienne. *Le Monde* du 19 septembre 1987 illustrait avec bonheur la formule « *Ce qui existe, on n'a donc plus besoin d'en parler* », véritable loi fondamentale de ces temps spectaculaires qui, à cet égard au moins, n'ont laissé en retard aucun pays : « Que la société contemporaine soit une société de spectacle, c'est une affaire entendue. Il faudra bientôt remarquer ceux qui ne se font pas remarquer. On ne compte plus les ouvrages décrivant un phénomène qui en vient à caractériser les nations industrielles sans épargner les pays en retard sur leur temps. Mais en notant cette cocasserie que les livres qui analysent, en général pour le déplorer, ce phénomène doivent, eux aussi, sacrifier au spectacle pour se faire connaître. » Il est vrâi que cette critique spectaculaire du spectacle, venue tard et qui pour comble voudrait « se faire connaître » sur le même terrain, s'en tiendra forcément à des généralités vaines ou à d'hypocrites regrets ; comme aussi paraît vaine cette sagesse désabusée qui bouffonne dans un journal.

La discussion creuse sur le spectacle, c'est-à-dire sur ce que font les propriétaires du monde, est ainsi organisée *par lui-même* : on insiste sur les grands moyens du spectacle, afin de ne rien dire de leur grand emploi. On préfère souvent l'appeler, plutôt que spectacle, le médiatique. Et par là, on veut désigner un simple instrument, une sorte de service public qui gérerait avec un impartial « professionnalisme » la nouvelle richesse de la communication de tous par *mass media*, communication enfin parvenue à la pureté unilatérale, où se fait paisiblement admirer la décision déjà prise. Ce qui est communiqué, ce sont *des ordres* ; et, fort harmonieusement, ceux qui les ont donnés sont également ceux qui diront ce qu'ils en pensent.

Le pouvoir du spectacle, qui est si essentiellement unitaire, centralisateur par la force même des choses, et parfaitement despotique dans son esprit, s'indigne assez souvent de voir se constituer, sous son règne, une politique-spectacle, une justice-spectacle, une médecine-spectacle, ou tant d'aussi surprenants « excès médiatiques ». Ainsi le spectacle ne serait rien d'autre que l'excès du médiatique, dont la nature, indiscutablement bonne puisqu'il sert à communiquer, est parfois portée aux excès. Assez fréquemment, les maîtres de la société se déclarent mal servis par leurs employés médiatiques ; plus souvent ils reprochent à la plèbe des spectateurs sa tendance à s'adonner sans retenue, et presque bestialement, aux plaisirs médiatiques. On dissimulera ainsi, derrière une multitude virtuellement infinie de prétendues divergences médiatiques, ce qui est tout au contraire le résultat d'une convergence spectaculaire voulue avec une remarquable ténacité. De même que la logique de la marchandise prime sur les diverses ambitions concurrentielles de tous les commerçants, ou que la logique de la guerre domine toujours les fréquentes modifications de l'armement, de même la logique sévère du spectacle commande partout la foisonnante diversité des extravagances médiatiques.

Le changement qui a le plus d'importance, dans tout ce qui s'est passé depuis vingt ans, réside dans la continuité même du spectacle. Cette importance ne tient pas au perfectionnement de son instrumentation médiatique, qui avait déjà auparavant atteint un stade de développement très avancé : c'est tout simplement que la domination spectaculaire ait pu élever une génération pliée à ses lois. Les conditions extraordinairement neuves dans lesquelles cette génération, dans l'ensemble, a effectivement vécu, constituent un résumé exact et suffisant de tout ce que désormais le spectacle empêche ; et aussi de tout ce qu'il permet.

IV

Sur le plan simplement théorique, il ne me faudra ajouter à ce que j'avais formulé antérieurement qu'un détail, mais qui va loin. En 1967, je distinguais deux formes, successives et rivales, du pouvoir spectaculaire, la concentrée et la diffuse. L'une et l'autre planaient au-dessus de la société réelle, comme son but et son mensonge. La première, mettant en avant l'idéologie résumée autour d'une personnalité dictatoriale, avait accompagné la contre-révolution totalitaire, la nazie aussi bien que la stalinienne. L'autre, incitant les salariés à opérer librement leur choix entre une grande variété de marchandises nouvelles qui s'affrontaient, avait représenté cette américanisation du monde, qui effrayait par quelques aspects, mais aussi bien séduisait les pays où avaient pu se maintenir plus longtemps les conditions des démocraties bourgeoises de type traditionnel. Une troisième forme s'est constituée depuis, par la combinaison raisonnée des deux précédentes, et sur la base générale d'une victoire de celle qui s'était montrée la plus forte, la forme diffuse. Il s'agit du *spectaculaire intégré*, qui désormais tend à s'imposer mondialement.

La place prédominante qu'ont tenue la Russie et l'Allemagne dans la formation du spectaculaire concentré, et les États-Unis dans celle du spectaculaire diffus, semble avoir appartenu à la France et à l'Italie au moment de la mise en place du spectaculaire intégré, par le jeu d'une série de facteurs historiques communs : rôle important des parti et syndicat staliniens dans la vie politique et intellectuelle, faible tradition démocratique, longue monopolisation du pouvoir par un seul parti de gouvernement, nécessité d'en finir avec une contestation révolutionnaire apparue par surprise.

Le spectaculaire intégré se manifeste à la fois comme concentré et comme diffus, et depuis cette unification fructueuse il a su employer plus grandement l'une et l'autre qualité. Leur mode d'application antérieur a beaucoup changé. À considérer le côté concentré, le centre directeur en est maintenant devenu occulte : on n'y place jamais plus un chef connu, ni une idéologie claire. Et à considérer le côté diffus, l'influence spectaculaire n'avait jamais marqué à ce point la presque totalité des conduites et des objets qui sont produits socialement. Car le sens final du spectaculaire intégré, c'est qu'il s'est intégré dans la réalité même à mesure qu'il en parlait ; et qu'il la reconstruisait comme il en parlait. De sorte que cette réalité maintenant ne se tient plus en face de lui comme quelque chose d'étranger. Quand le spectaculaire était concentré la plus grande part de la société périphérique lui échappait ; et quand il était diffus, une faible part ; aujourd'hui rien. Le spectacle s'est mélangé à toute réalité, en l'irradiant. Comme on pouvait facilement le prévoir en théorie, l'expérience pratique de l'accomplissement sans frein des volontés de la raison marchande aura montré vite et sans exceptions que le devenir-monde de la falsification était aussi un devenir-falsification du monde. Hormis un héritage encore important, mais destiné à se réduire toujours, de livres et de bâtiments anciens, qui du reste sont de plus en plus souvent sélectionnés et mis en perspective selon les convenances du spectacle, il n'existe plus rien, dans la culture et dans la nature, qui n'ait été transformé, et pollué, selon les moyens et les intérêts de l'industrie moderne. La génétique même est devenue pleinement accessible aux forces dominantes de la société.

Le gouvernement du spectacle, qui à présent détient tous les moyens de falsifier l'ensemble de la production aussi bien que de la perception, est maître absolu des souvenirs comme il est maître incontrôlé des projets qui façonnent le plus lointain avenir. Il règne seul partout ; *il exécute ses jugements sommaires.*

C'est dans de telles conditions que l'on peut voir se déchaîner soudainement, avec une allégresse carnavalesque, une fin parodique de la division du travail ; d'autant mieux venue qu'elle coïncide avec le mouvement général de disparition de toute vraie compétence. Un financier va chanter, un avocat va se faire indicateur de police, un boulanger va exposer ses préférences littéraires, un acteur va gouverner, un cuisinier va philosopher sur les moments de cuisson comme jalons dans l'histoire universelle. Chacun peut surgir dans le spectacle afin de s'adonner publiquement, ou parfois pour s'être livré secrètement, à une activité complètement autre que la spécialité par laquelle il s'était d'abord fait connaître. Là où la possession d'un « statut médiatique » a pris une importance infiniment plus grande que la valeur de ce que l'on a été capable de faire réellement, il est normal que ce statut soit aisément transférable, et confère le droit de briller, de la même façon, n'importe où ailleurs. Le plus souvent, ces particules médiatiques accélérées poursuivent leur simple carrière dans l'admirable statutairement garanti. Mais il arrive que la transition médiatique fasse la *couverture* entre beaucoup d'entreprises, officiellement indépendantes, mais en fait secrètement reliées par différents réseaux *ad hoc*. De sorte que, parfois, la division sociale du travail, ainsi que la solidarité couramment prévisible de son emploi, reparaissent sous des formes tout à fait nouvelles : par exemple, on peut désormais publier un roman pour préparer un assassinat. Ces pittoresques exemples veulent dire aussi que l'on ne peut plus se fier à personne sur son métier.

Mais l'ambition la plus haute du spectaculaire intégré, c'est encore que les agents secrets deviennent des révolutionnaires, et que les révolutionnaires deviennent des agents secrets.

V

La société modernisée jusqu'au stade du spectaculaire intégré se caractérise par l'effet combiné de cinq traits principaux, qui sont : le renouvellement technologique incessant ; la fusion économico-étatique ; le secret généralisé ; le faux sans réplique ; un présent perpétuel.

Le mouvement d'innovation technologique dure depuis longtemps, et il est constitutif de la société capitaliste, dite parfois industrielle ou post-industrielle. Mais depuis qu'il a pris sa plus récente accélération (au lendemain de la Deuxième Guerre mondiale), il renforce d'autant mieux l'autorité spectaculaire, puisque par lui chacun se découvre entièrement livré à l'ensemble des spécialistes, à leurs calculs et à leurs jugements toujours satisfaits sur ces calculs. La fusion économico-étatique est la tendance la plus manifeste de ce siècle ; et elle y est pour le moins devenue le moteur du développement économique le plus récent. L'alliance défensive et offensive conclue entre ces deux puissances, l'économie et l'État, leur a assuré les plus grands bénéfices communs, dans tous les domaines : on peut dire de chacune qu'elle possède l'autre ; il est absurde de les opposer, ou de distinguer leurs raisons et leurs déraisons. Cette union s'est aussi montrée extrêmement favorable au développement de la domination spectaculaire, qui précisément, dès sa formation, n'était pas autre chose. Les trois derniers traits sont les effets directs de cette domination, à son stade intégré.

Le secret généralisé se tient derrière le spectacle, comme le complément décisif de ce qu'il montre et, si l'on descend au fond des choses, comme sa plus importante opération.

Le seul fait d'être désormais sans réplique a donné au faux une qualité toute nouvelle. C'est du même coup le vrai qui a cessé d'exister presque partout, ou dans le meilleur cas s'est vu réduit à l'état d'une hypothèse qui ne peut jamais être démontrée. Le faux sans réplique a achevé de faire disparaître l'opinion publique, qui d'abord s'était trouvée incapable de se faire entendre ; puis, très vite par la suite, de seulement se former. Cela entraîne évidemment d'importantes conséquences dans la politique, les sciences appliquées, la justice, la connaissance artistique.

La construction d'un présent où la mode elle-même, de l'habillement aux chanteurs, s'est immobilisée, qui veut oublier le passé et qui ne donne plus l'impression de croire à un avenir, est obtenue par l'incessant passage circulaire de l'information, revenant à tout instant sur une liste très succincte des mêmes vétilles, annoncées passionnément comme d'importantes nouvelles ; alors que ne passent que rarement, et par brèves saccades, les nouvelles véritablement importantes, sur ce qui change effectivement. Elles concernent toujours la condamnation que ce monde semble avoir prononcée contre son existence, les étapes de son auto-destruction programmée.

VI

La première intention de la domination spectaculaire était de faire disparaître la connaissance historique en général ; et d'abord presque toutes les informations et tous les commentaires raisonnables sur le plus récent passé. Une si flagrante évidence n'a pas besoin d'être expliquée. Le spectacle organise avec maîtrise l'ignorance de ce qui advient et, tout de suite après, l'oubli de ce qui a pu quand même en être connu. Le plus important est le plus caché. Rien, depuis vingt ans, n'a été recouvert de tant de mensonges commandés que l'histoire de mai 1968. D'utiles leçons ont pourtant été tirées de quelques études démystifiées sur ces journées et leurs origines ; mais c'est le secret de l'État.

En France, il y a déjà une dizaine d'années, un président de la République, oublié depuis mais flottant alors à la surface du spectacle, exprimait naïvement la joie qu'il ressentait, « sachant que nous vivrons désormais dans un monde sans mémoire, où, comme sur la surface de l'eau, l'image chasse indéfiniment l'image ». C'est en effet commode pour qui est aux affaires ; et sait y rester. La fin de l'histoire est un plaisant repos pour tout pouvoir présent. Elle lui garantit absolument le succès de l'ensemble de ses entreprises, ou du moins le bruit du succès.

Un pouvoir absolu supprime d'autant plus radicalement l'histoire qu'il a pour ce faire des intérêts ou des obligations plus impérieux, et surtout selon qu'il a trouvé de plus ou moins grandes facilités pratiques d'exécution. Ts'in Che-houang-ti a fait brûler les livres, mais il n'a pas réussi à les faire disparaître tous. Staline avait poussé plus loin la réalisation d'un tel projet dans notre siècle mais, malgré les complicités de toutes sortes qu'il a pu trouver hors des frontières de son empire, il restait une vaste zone du monde inaccessible à sa police, où l'on riait de ses impostures. Le spectaculaire intégré a fait mieux, avec de très nouveaux procédés, et en opérant cette fois mondialement. L'ineptie qui se fait respecter partout, il n'est plus permis d'en rire ; en tout cas il est devenu impossible de faire savoir qu'on en rit.

Le domaine de l'histoire était le mémorable, la totalité des événements dont les conséquences se manifesteraient longtemps. C'était inséparablement la connaissance qui devrait durer, et aiderait à comprendre, au moins partiellement, ce qu'il adviendrait de nouveau : « une acquisition pour toujours », dit Thucydide. Par là l'histoire était la *mesure* d'une nouveauté véritable ; et qui vend la nouveauté a tout intérêt à faire disparaître le moyen de la mesurer. Quand l'important se fait socialement reconnaître comme ce qui est instantané, et va l'être encore l'instant d'après, autre et même, et que remplacera toujours une autre importance instantanée, on peut aussi bien dire que le moyen employé garantit une sorte d'éternité de cette non-importance, qui parle si haut.

Le précieux avantage que le spectacle a retiré de cette *mise hors la loi* de l'histoire, d'avoir déjà condamné toute l'histoire récente à passer à la clandestinité, et d'avoir réussi à faire oublier très généralement l'esprit historique dans la société, c'est d'abord de couvrir sa propre histoire : le mouvement même de sa récente conquête du monde. Son pouvoir apparaît déjà familier, comme s'il avait depuis toujours été là. Tous les usurpateurs ont voulu faire oublier *qu'ils viennent d'arriver.*

VII

Avec la destruction de l'histoire, c'est l'événement contemporain lui-même qui s'éloigne aussitôt dans une distance fabuleuse, parmi ses récits invérifiables, ses statistiques incontrôlables, ses explications invraisemblables et ses raisonnements intenables. À toutes les sottises qui sont avancées spectaculairement, il n'y a jamais que des médiatiques qui pourraient répondre, par quelques respectueuses rectifications ou remontrances, et encore en sont-ils avares car, outre leur extrême ignorance, leur *solidarité, de métier et de cœur*, avec l'autorité générale du spectacle, et avec la société qu'il exprime, leur fait un devoir, et aussi un plaisir, de ne jamais s'écarter de cette autorité, dont la majesté ne doit pas être lésée. Il ne faut pas oublier que tout médiatique, et par salaire et par autres récompenses ou soultes, a toujours un maître, parfois plusieurs ; et que tout médiatique se sait remplaçable.

Tous les experts sont médiatiques-étatiques, et ne sont reconnus experts que par là. Tout expert sert son maître, car chacune des anciennes possibilités d'indépendance a été à peu près réduite à rien par les conditions d'organisation de la société présente. L'expert qui sert le mieux, c'est, bien sûr, l'expert qui ment. Ceux qui ont besoin de l'expert, ce sont, pour des motifs différents, le falsificateur et l'ignorant. Là où l'individu n'y reconnaît plus rien par lui-même, il sera formellement rassuré par l'expert. Il était auparavant normal qu'il y ait des experts de l'art des Étrusques ; et ils étaient toujours compétents, car l'art étrusque n'est pas sur le marché. Mais, par exemple, une époque qui trouve rentable de falsifier chimiquement nombre de vins célèbres, ne pourra les vendre que si elle a formé des experts en vins qui entraîneront les *caves* à aimer leurs nouveaux parfums, plus reconnaissables. Cervantès remarque que « sous un mauvais manteau, on trouve souvent un bon buveur ». Celui qui connaît le vin ignore souvent les règles de l'industrie nucléaire ; mais la domination spectaculaire estime que, puisqu'un expert s'est moqué de lui à propos d'industrie nucléaire, un autre expert pourra bien s'en moquer à propos du vin. Et on sait, par exemple, combien l'expert en météorologie médiatique, qui annonce les températures ou les pluies prévues pour les quarante-huit heures à venir, est tenu à beaucoup de réserves par l'obligation de maintenir des équilibres économiques, touristiques et régionaux, quand tant de gens circulent si souvent sur tant de routes, entre des lieux également désolés ; de sorte qu'il aura plutôt à réussir comme amuseur.

Un aspect de la disparition de toute connaissance historique objective se manifeste à propos de n'importe quelle réputation personnelle, qui est devenue malléable et rectifiable à volonté par ceux qui contrôlent toute l'information, celle que l'on recueille et aussi celle, bien différente, que l'on diffuse ; ils ont donc toute licence pour falsifier. Car une évidence historique dont on ne veut rien savoir dans le spectacle n'est plus une évidence. Là où personne n'a plus que la renommée qui lui a été attribuée comme une faveur par la bienveillance d'une Cour spectaculaire, la disgrâce peut suivre instantanément. Une notoriété anti-spectaculaire est devenue quelque chose d'extrêmement rare. Je suis moi-même l'un des derniers vivants à en posséder une ; à n'en avoir jamais eu d'autre. Mais c'est aussi devenu extraordinairement suspect. La société s'est officiellement proclamée spectaculaire. Être connu en dehors des relations spectaculaires, cela équivaut déjà à être connu comme ennemi de la société.

Il est permis de changer du tout au tout le passé de quelqu'un, de le modifier radicalement, de le recréer dans le style des procès de Moscou ; et sans qu'il soit même nécessaire de recourir aux lourdeurs d'un procès. On peut tuer à moindres frais. Les faux témoins, peut-être maladroits – mais quelle capacité de sentir cette maladresse pourrait-elle rester aux spectateurs qui seront témoins des exploits de ces faux témoins ? – et les faux documents, toujours excellents, ne peuvent manquer à ceux qui gouvernent le spectaculaire intégré, ou à leurs amis. Il n'est donc plus possible de croire, sur personne, rien de ce qui n'a pas été connu par soi-même, et directement. Mais, en fait, on n'a même plus très souvent besoin d'accuser faussement quelqu'un. Dès lors que l'on détient le mécanisme commandant la seule vérification sociale qui se fait pleinement et universellement reconnaître, on dit ce qu'on veut. Le mouvement de la démonstration spectaculaire se prouve simplement en marchant en rond : en revenant, en se répétant, en continuant d'affirmer sur l'unique terrain où réside désormais ce qui peut s'affirmer publiquement, et se faire croire, puisque c'est de cela seulement que tout le monde sera témoin. L'autorité spectaculaire peut également nier n'importe quoi, une fois, trois fois, et dire qu'elle n'en parlera plus, et parler d'autre chose ; sachant bien qu'elle ne risque plus aucune autre riposte sur son propre terrain, ni sur un autre. Car il n'existe plus d'agora, de communauté générale ; ni même de communautés restreintes à des corps intermédiaires ou à des institutions autonomes, à des salons ou des cafés, aux travailleurs d'une seule entreprise ; nulle place où le débat sur les vérités qui concernent ceux qui sont là puisse s'affranchir durablement de l'écrasante présence du discours médiatique, et des différentes forces organisées pour le relayer. Il n'existe plus maintenant de jugement, garanti relativement indépendant, de ceux qui constituaient le monde savant ; de ceux par exemple qui, autrefois, plaçaient leur fierté dans une capacité de vérification, permettant d'approcher ce qu'on appelait l'histoire impartiale des faits, de croire au moins qu'elle méritait d'être connue. Il n'y a même plus de vérité bibliographique incontestable, et les résumés informatisés des fichiers des bibliothèques nationales pourront en supprimer d'autant mieux les traces. On s'égarerait en pensant à ce que furent naguère des magistrats, des médecins, des historiens, et aux obligations impératives qu'ils se reconnaissaient, souvent, dans les limites de leurs compétences : *les hommes ressemblent plus à leur temps qu'à leur père.*

Ce dont le spectacle peut cesser de parler pendant trois jours est comme ce qui n'existe pas. Car il parle alors de quelque chose d'autre, et c'est donc cela qui, dès lors, en somme, existe. Les conséquences pratiques, on le voit, en sont immenses.

On croyait savoir que l'histoire était apparue, en Grèce, avec la démocratie. On peut vérifier qu'elle disparaît du monde avec elle.

Il faut pourtant ajouter, à cette liste des triomphes du pouvoir, un résultat pour lui négatif : un État, dans la gestion duquel s'installe durablement un grand déficit de connaissances historiques, ne peut plus être conduit stratégiquement.

VIII

La société qui s'annonce démocratique, quand elle est parvenue au stade du spectaculaire intégré, semble être admise partout comme étant la réalisation d'une *perfection fragile*. De sorte qu'elle ne doit plus être exposée à des attaques, puisqu'elle est fragile ; et du reste n'est plus attaquable, puisque parfaite comme jamais société ne fut. C'est une société fragile parce qu'elle a grand mal à maîtriser sa dangereuse expansion technologique. Mais c'est une société parfaite pour être gouvernée ; et la preuve, c'est que tous ceux qui aspirent à gouverner veulent gouverner celle-là, par les mêmes procédés, et la maintenir presque exactement comme elle est. C'est la première fois, dans l'Europe contemporaine, qu'aucun parti ou fragment de parti n'essaie plus de seulement prétendre qu'il tenterait de changer quelque chose d'important. La marchandise ne peut plus être critiquée par personne : ni en tant que système général, ni même en tant que cette pacotille déterminée qu'il aura convenu aux chefs d'entreprises de mettre pour l'instant sur le marché.

Partout où règne le spectacle, les seules forces organisées sont celles qui veulent le spectacle. Aucune ne peut donc plus être ennemie de ce qui existe, ni transgresser l'*omertà* qui concerne tout. On en a fini avec cette inquiétante conception, qui avait dominé durant plus de deux cents ans, selon laquelle une société pouvait être critiquable et transformable, réformée ou révolutionnée. Et cela n'a pas été obtenu par l'apparition d'arguments nouveaux, mais tout simplement parce que les arguments sont devenus inutiles. À ce résultat, on mesurera, plutôt que le bonheur général, la force redoutable des réseaux de la tyrannie.

Jamais censure n'a été plus parfaite. Jamais l'opinion de ceux à qui l'on fait croire encore, dans quelques pays, qu'ils sont restés des citoyens libres, n'a été moins autorisée à se faire connaître, chaque fois qu'il s'agit d'un choix qui affectera leur vie réelle. Jamais il n'a été permis de leur mentir avec une si parfaite absence de conséquence. Le spectateur est seulement censé ignorer tout, ne mériter rien. Qui regarde toujours, pour savoir la suite, n'agira jamais : et tel doit bien être le spectateur. On entend citer fréquemment l'exception des États-Unis, où Nixon avait fini par pâtir un jour d'une série de dénégations trop cyniquement maladroites ; mais cette exception toute locale, qui avait quelques vieilles causes historiques, n'est manifestement plus vraie, puisque Reagan a pu faire récemment la même chose avec impunité. Tout ce qui n'est jamais sanctionné est véritablement permis. Il est donc archaïque de parler de scandale. On prête à un homme d'État italien de premier plan, ayant siégé simultanément dans le ministère et dans le gouvernement parallèle appelé P. 2, *Potere Due*, un mot qui résume le plus profondément la période où, un peu après l'Italie et les États-Unis, est entré le monde entier : « Il y avait des scandales, mais il n'y en a plus. »

Dans *Le 18 Brumaire de Louis Bonaparte*, Marx décrivait le rôle envahissant de l'État dans la France du second Empire, riche alors d'un demi-million de fonctionnaires : « Tout devint ainsi un objet de l'activité gouvernementale, depuis le pont, la maison d'école, la propriété communale d'un village jusqu'aux chemins de fer, aux propriétés nationales et aux universités provinciales. » La fameuse question du financement des partis politiques se posait déjà à l'époque, puisque Marx note que « les partis qui, à tour de rôle, luttaient pour la suprématie, voyaient dans la prise de possession de cet édifice énorme la proie principale du vainqueur ». Voilà qui sonne tout de même un peu bucolique et, comme on dit, dépassé, puisque les spéculations de l'État d'aujourd'hui concernent plutôt les villes nouvelles et les autoroutes, la circulation souterraine et la production d'énergie électro-nucléaire, la recherche pétrolière et les ordinateurs, l'administration des banques et les centres socio-culturels, les modifications du « paysage audiovisuel » et les exportations clandestines d'armes, la promotion immobilière et l'industrie pharmaceutique, l'agro-alimentaire et la gestion des hôpitaux, les crédits militaires et les fonds secrets du département, à toute heure grandissant, qui doit gérer les nombreux services de protection de la société. Et pourtant Marx est malheureusement resté trop longtemps actuel, qui évoque dans le même livre ce gouvernement « qui ne prend pas la nuit des décisions qu'il veut exécuter dans la journée, mais décide le jour et exécute la nuit ».

IX

Cette démocratie si parfaite fabrique elle-même son inconcevable ennemi, le terrorisme. Elle veut, en effet, *être jugée sur ses ennemis plutôt que sur ses résultats*. L'histoire du terrorisme est écrite par l'État ; elle est donc éducative. Les populations spectatrices ne peuvent certes pas tout savoir du terrorisme, mais elles peuvent toujours en savoir assez pour être persuadées que, par rapport à ce terrorisme, tout le reste devra leur sembler plutôt acceptable, en tout cas plus rationnel et plus démocratique.

La modernisation de la répression a fini par mettre au point, d'abord dans l'expérience-pilote de l'Italie sous le nom de « repentis », des *accusateurs professionnels* assermentés ; ce qu'à leur première apparition au XVIIe siècle, lors des troubles de la Fronde, on avait appelé des « témoins à brevet ». Ce progrès spectaculaire de la Justice a peuplé les prisons italiennes de plusieurs milliers de condamnés qui expient une guerre civile qui n'a pas eu lieu, une sorte de vaste insurrection armée qui par hasard n'a jamais vu venir son heure, un putschisme tissé de l'étoffe dont sont faits les rêves.

On peut remarquer que l'interprétation des mystères du terrorisme paraît avoir introduit une symétrie entre des opinions contradictoires ; comme s'il s'agissait de deux écoles philosophiques professant des constructions métaphysiques absolument antagonistes. Certains ne verraient dans le terrorisme rien de plus que quelques évidentes manipulations par des services secrets ; d'autres estimeraient qu'au contraire il ne faut reprocher aux terroristes que leur manque total de sens historique. L'emploi d'un peu de logique historique permettrait de conclure assez vite qu'il n'y a rien de contradictoire à considérer que des gens qui manquent de tout sens historique peuvent également être manipulés ; et même encore plus facilement que d'autres. Il est aussi plus facile d'amener à « se repentir » quelqu'un à qui l'on peut montrer que l'on savait tout, d'avance, de ce qu'il a cru faire librement. C'est un effet inévitable des formes organisationnelles clandestines de type militaire, qu'il suffit d'infiltrer peu de gens en certains points du réseau pour en faire marcher, et tomber, beaucoup. La critique, dans ces questions d'évaluation des luttes armées, doit analyser quelquefois une de ces opérations en particulier, sans se laisser égarer par la ressemblance générale que toutes auraient éventuellement revêtue. On devrait d'ailleurs s'attendre, comme logiquement probable, à ce que les services de protection de l'État pensent à utiliser tous les avantages qu'ils rencontrent sur le terrain du spectacle, lequel justement a été de longue date organisé pour cela ; c'est au contraire la difficulté de s'en aviser qui est étonnante, et ne sonne pas juste.

L'intérêt actuel de la justice répressive dans ce domaine consiste bien sûr à généraliser au plus vite. L'important dans cette sorte de marchandise, c'est l'emballage, ou l'étiquette : les barres de codage. Tout ennemi de la démocratie spectaculaire en vaut un autre, comme se valent toutes les démocraties spectaculaires. Ainsi, il ne peut plus y avoir de droit d'asile pour les terroristes, et même si l'on ne leur reproche pas de l'avoir été, ils vont certainement le devenir, et l'extradition s'impose. En novembre 1978, sur le cas de Gabor Winter, jeune ouvrier typographe accusé principalement, par le gouvernement de la République Fédérale Allemande, d'avoir rédigé quelques tracts révolutionnaires, Mlle Nicole Pradain, représentant du ministère public devant la Chambre d'accusation de la Cour d'appel de Paris, a vite démontré que « les motivations politiques », seule cause de refus d'extradition prévue par la convention franco-allemande du 29 novembre 1951, ne pouvaient être invoquées : « Gabor Winter n'est pas un délinquant politique, mais social. Il refuse les contraintes sociales. Un vrai délinquant politique n'a pas de sentiment de rejet devant la société. Il s'attaque aux structures politiques et non, comme Gabor Winter, aux structures sociales. » La notion du délit politique respectable ne s'est vue reconnaître en Europe qu'à partir du moment où la bourgeoise avait attaqué avec succès les structures sociales antérieurement établies. La qualité de délit politique ne pouvait se disjoindre des diverses intentions de la critique sociale. C'était vrai pour Blanqui, Varlin, Durruti. On affecte donc maintenant de vouloir garder, comme un luxe peu coûteux, un délit purement politique, que personne sans doute n'aura plus jamais l'occasion de commettre, puisque personne ne s'intéresse plus au sujet ; hormis les professionnels de la politique eux-mêmes, dont les délits ne sont presque jamais poursuivis, et ne s'appellent pas non plus politiques. Tous les délits et les crimes sont effectivement sociaux. Mais de tous les crimes sociaux, aucun ne devra être regardé comme pire que l'impertinente prétention de vouloir encore changer quelque chose dans cette société, qui pense qu'elle n'a été jusqu'ici que trop patiente et trop bonne ; mais qui *ne veut plus être blâmée.*

X

La dissolution de la logique a été poursuivie, selon les intérêts fondamentaux du nouveau système de domination, par différents moyens qui ont opéré en se prêtant toujours un soutien réciproque. Plusieurs de ces moyens tiennent à l'instrumentation technique qu'a expérimentée et popularisée le spectacle ; mais quelques-uns sont plutôt liés à la psychologie de masse de la soumission.

Sur le plan des techniques, quand l'image construite et choisie par *quelqu'un d'autre* est devenue le principal rapport de l'individu au monde qu'auparavant il regardait par lui-même, de chaque endroit où il pouvait aller, on n'ignore évidemment pas que l'image va supporter tout ; parce qu'à l'intérieur d'une même image on peut juxtaposer sans contradiction n'importe quoi. Le flux des images emporte tout, et c'est également quelqu'un d'autre qui gouverne à son gré ce résumé simplifié du monde sensible ; qui choisit où ira ce courant, et aussi le rythme de ce qui devra s'y manifester, comme perpétuelle surprise arbitraire, ne voulant laisser nul temps à la réflexion, et tout à fait indépendamment de ce que le spectateur peut en comprendre ou en penser. Dans cette expérience concrète de la soumission permanente, se trouve la racine psychologique de l'adhésion si générale à ce qui est là ; qui en vient à lui reconnaître *ipso facto* une valeur suffisante. Le discours spectaculaire tait évidemment, outre ce qui est proprement secret, tout ce qui ne lui convient pas. Il isole toujours, de ce qu'il montre, l'entourage, le passé, les intentions, les conséquences. Il est donc totalement illogique. Puisque personne ne peut plus le contredire, le spectacle a le droit de se contredire lui-même, de rectifier son passé. La hautaine attitude de ses serviteurs quand ils ont à faire savoir une version nouvelle, et peut-être plus mensongère encore, de certains faits, est de rectifier rudement l'ignorance et les mauvaises interprétations attribuées à leur public, alors qu'ils sont ceux-là mêmes qui s'empressaient la veille de répandre cette erreur, avec leur assurance coutumière. Ainsi, l'enseignement du spectacle et l'ignorance des spectateurs passent indûment pour des facteurs antagoniques alors qu'ils naissent l'un de l'autre. Le langage binaire de l'ordinateur est également une irrésistible incitation à admettre dans chaque instant, sans réserve, ce qui a été programmé comme l'a bien voulu quelqu'un d'autre, et qui se fait passer pour la source intemporelle d'une logique supérieure, impartiale et totale. Quel gain de vitesse, et de vocabulaire, pour juger de tout ! Politique ? Social ? Il faut choisir. Ce qui est l'un ne peut être l'autre. Mon choix s'impose. On nous siffle, et l'on sait pour qui sont ces structures. Il n'est donc pas surprenant que, dès l'enfance, les écoliers aillent facilement commencer, et avec enthousiasme, par le Savoir Absolu de l'informatique : tandis qu'ils ignorent toujours davantage la lecture, qui exige un véritable jugement à toutes les lignes ; et qui seule aussi peu donner accès à la vaste expérience humaine antéspectaculaire. Car la conversation est presque morte, et bientôt le seront beaucoup de ceux qui savaient parler.

Sur le plan des moyens de la pensée des populations contemporaines, la première cause de la décadence tient clairement au fait que tout discours montré dans le spectacle ne laisse aucune place à la réponse ; et la logique ne s'était socialement formée que dans le dialogue. Mais aussi, quand s'est répandu le respect de ce qui parle dans le spectacle, qui est censé être important, riche, prestigieux, qui *est l'autorité même*, la tendance se répand aussi parmi les spectateurs de vouloir être aussi illogiques que le spectacle, pour afficher un reflet individuel de cette autorité. Enfin, la logique n'est pas facile, et personne n'a souhaité la leur enseigner. Aucun drogué n'étudie la logique ; parce qu'il n'en a plus besoin, et parce qu'il n'en a plus la possibilité. Cette paresse du spectateur est aussi celle de n'importe quel cadre intellectuel, du spécialiste vite formé, qui essaiera dans tous les cas de cacher les étroites limites de ses connaissances par la répétition dogmatique de quelque argument d'autorité illogique.

XI

On croit généralement que ceux qui ont montré la plus grande incapacité en matière de logique sont précisément ceux qui se sont proclamés révolutionnaires. Ce reproche injustifié vient d'une époque antérieure, où presque tout le monde pensait avec un minimum de logique, à l'éclatante exception des crétins et des militants ; et chez ceux-ci la mauvaise foi souvent s'y mêlait, voulue parce que crue efficace. Mais il n'est pas possible aujourd'hui de négliger le fait que l'usage intensif du spectacle a, comme il fallait s'y attendre, rendu idéologue la majorité des contemporains, quoique seulement par saccades et par fragments. Le manque de logique, c'est-à-dire la perte de la possibilité de reconnaître instantanément ce qui est important et ce qui est mineur ou hors de la question ; ce qui est incompatible ou inversement pourrait bien être complémentaire ; tout ce qu'implique telle conséquence et ce que, du même coup, elle interdit ; cette maladie a été volontairement injectée à haute dose dans la population par les *anesthésistes-réanimateurs* du spectacle. Les contestataires n'ont été d'aucune manière plus irrationnels que les gens soumis. C'est seulement que, chez eux, cette irrationalité générale se voit plus intensément, parce qu'en affichant leur projet, ils ont essayé de mener une opération pratique ; ne serait-ce que lire certains textes en montrant qu'ils en comprennent le sens. Ils se sont donné diverses obligations de dominer la logique, et jusqu'à la stratégie, qui est très exactement le champ complet du déploiement de la logique dialectique des conflits ; alors que, tout comme les autres, ils sont même fort dépourvus de la simple capacité de se guider sur les vieux instruments imparfaits de la logique formelle. On n'en doute pas à propos d'eux ; alors que l'on n'y pense guère à propos des autres.

L'individu que cette pensée spectaculaire appauvrie a marqué en profondeur, et *plus que tout autre élément de sa formation*, se place ainsi d'entrée de jeu au service de l'ordre établi, alors que son intention subjective a pu être complètement contraire à ce résultat. Il suivra pour l'essentiel le langage du spectacle, car c'est le seul qui lui est familier : celui dans lequel on lui a appris à parler. Il voudra sans doute se montrer ennemi de sa rhétorique ; mais il emploiera sa syntaxe. C'est un des points les plus importants de la réussite obtenue par la domination spectaculaire.

La disparition si rapide du vocabulaire préexistant n'est qu'un moment de cette opération. Elle la sert.

XII

L'effacement de la personnalité accompagne fatalement les conditions de l'existence concrètement soumise aux normes spectaculaires, et ainsi toujours plus séparée des possibilités de connaître des expériences qui soient authentiques, et par là de découvrir ses préférences individuelles. L'individu, paradoxalement, devra se renier en permanence, s'il tient à être un peu considéré dans une telle société. Cette existence postule en effet une fidélité toujours changeante, une suite d'adhésions constamment décevantes à des produits fallacieux. Il s'agit de courir vite derrière l'inflation des signes dépréciés de la vie. La drogue aide à se conformer à cette organisation des choses ; la folie aide à la fuir.

Dans toutes sortes d'affaires de cette société, où la *distribution* des biens s'est centralisée de telle manière qu'elle est devenue maîtresse, à la fois d'une façon notoire et d'une façon secrète, de la définition même de ce que pourra être le bien, il arrive que l'on attribue à certaines personnes des qualités, ou des connaissances, ou quelquefois même des vices, parfaitement imaginaires, pour expliquer par de telles causes le développement satisfaisant de certaines entreprises ; et cela à seule fin de cacher, ou du moins de dissimuler autant que possible, la fonction de diverses *ententes qui décident de tout.*

Cependant, malgré ses fréquentes intentions, et ses lourds moyens, de mettre en lumière la pleine dimension de nombreuses personnalités supposées remarquables, la société actuelle, et pas seulement par tout ce qui a remplacé aujourd'hui les arts, ou par les discours à ce propos, montre beaucoup plus souvent le contraire : l'incapacité complète se heurte à une autre incapacité comparable ; elles s'affolent, et c'est à qui se mettra en déroute avant l'autre. Il arrive qu'un avocat, oubliant qu'il ne figure dans un procès que pour y être l'homme d'une cause, se laisse sincèrement influencer par un raisonnement de l'avocat adverse ; et même alors que ce raisonnement a pu être tout aussi peu rigoureux que le sien propre. Il arrive aussi qu'un suspect, innocent, avoue momentanément ce crime qu'il n'a pas commis ; pour la seule raison qu'il avait été impressionné *par la logique* de l'hypothèse d'un délateur qui voulait le croire coupable (cas du docteur Archambeau, à Poitiers, en 1984).

McLuhan lui-même, le premier apologiste du spectacle, qui paraissait l'imbécile le plus convaincu de son siècle, a changé d'avis en découvrant enfin, en 1976, que « la pression des *mass media* pousse vers l'irrationnel », et qu'il deviendrait urgent d'en modérer l'emploi. Le penseur de Toronto avait auparavant passé plusieurs décennies à s'émerveiller des multiples libertés qu'apportait ce « village planétaire » si instantanément accessible à tous sans fatigue. Les villages, contrairement aux villes, ont toujours été dominés par le conformisme, l'isolement, la surveillance mesquine, l'ennui, les ragots toujours répétés sur quelques mêmes familles. Et c'est bien ainsi que se présente désormais la vulgarité de la planète spectaculaire, où il n'est plus possible de distinguer la dynastie des

Grimaldi-Monaco, ou des Bourbons-Franco, de celle qui avait remplacé les Stuart. Pourtant d'ingrats disciples essaient aujourd'hui de faire oublier McLuhan, et de rajeunir ses premières trouvailles, visant à leur tour une carrière dans l'éloge médiatique de toutes ces nouvelles libertés qui seraient à « choisir » aléatoirement dans l'éphémère. Et probablement ils se renieront plus vite que leur inspirateur.

XIII

Le spectacle ne cache pas que quelques dangers environnent l'ordre merveilleux qu'il a établi. La pollution des océans et la destruction des forêts équatoriales menacent le renouvellement de l'oxygène de la Terre ; sa couche d'ozone résiste mal au progrès industriel ; les radiations d'origine nucléaire s'accumulent irréversiblement. Le spectacle conclut seulement que c'est sans importance. Il ne veut discuter que sur les dates et les doses. Et en ceci seulement, il parvient à rassurer ; ce qu'un esprit préspectaculaire aurait tenu pour impossible.

Les méthodes de la démocratie spectaculaire sont d'une grande souplesse, contrairement à la simple brutalité du *diktat* totalitaire. On peut garder le nom quand la chose a été secrètement changée (de la bière, du bœuf, un philosophe). On peut aussi bien changer le nom quand la chose a été secrètement continuée : par exemple en Angleterre l'usine de retraitement des déchets nucléaires de Windscale a été amenée à faire appeler sa localité Sellafield afin de mieux égarer les soupçons, après un désastreux incendie en 1957, mais ce retraitement toponymique n'a pas empêché l'augmentation de la mortalité par cancer et leucémie dans ses alentours. Le gouvernement anglais, on l'apprend démocratiquement trente ans plus tard, avait alors décidé de garder secret un rapport sur la catastrophe qu'il jugeait, et non sans raison, de nature à ébranler la confiance que le public accordait au nucléaire.

Les pratiques nucléaires, militaires ou civiles, nécessitent une dose de secret plus forte que partout ailleurs ; où comme on sait il en faut déjà beaucoup. Pour faciliter la vie, c'est-à-dire les mensonges, des savants élus par les maîtres de ce système, on a découvert l'utilité de changer aussi les mesures, de les varier selon un plus grand nombre de points de vue, les raffiner, afin de pouvoir jongler, selon les cas, avec plusieurs de ces chiffres difficilement convertibles. C'est ainsi que l'on peut disposer, pour évaluer la radioactivité, des unités de mesure suivantes : le curie, le becquerel, le röntgen, le rad, alias centigray, le rem, sans oublier le facile millirad et le sivert, qui n'est autre qu'une pièce de 100 rems. Cela évoque le souvenir des subdivisions de la monnaie anglaise, dont les étrangers ne maîtrisaient pas vite la complexité, au temps où Sellafield s'appelait encore Windscale.

On conçoit la rigueur et la précision qu'auraient pu atteindre, au XIXe siècle, l'histoire des guerres et, par conséquent, les théoriciens de la stratégie si, afin de ne pas donner d'informations trop confidentielles aux commentateurs neutres ou aux historiens ennemis, on s'en était habituellement tenu à rendre compte d'une campagne en ces termes : « La phase préliminaire comporte une série d'engagements où, de notre côté, une solide avant-garde, constituée par quatre généraux et les unités placées sous leur commandement, se heurte à un corps ennemi comptant 13 000 baïonnettes. Dans la phase ultérieure se développe une bataille rangée, longuement disputée, où s'est portée la totalité de notre armée, avec ses 290 canons et sa cavalerie forte de 18 000 sabres ; tandis que l'adversaire lui a opposé des troupes qui n'alignaient pas moins de 3 600 lieutenants d'infanterie, quarante capitaines de hussard et vingt quatre de cuirassiers. Après des alternances d'échecs et de succès de part et d'autre, la bataille peut être considérée finalement comme indécise. Nos pertes, plutôt au-dessous du chiffre moyen que l'on constate habituellement dans des combats d'une durée et d'une intensité comparables, sont sensiblement supérieures à celles des Grecs à Marathon, mais restent inférieures à celles des Prussiens à Iéna. » D'après cet exemple, il n'est pas impossible à un spécialiste de se faire une idée vague des forces engagées. Mais la conduite des opérations est assurée de rester au-dessus de tout jugement.

En juin 1987, Pierre Bacher, directeur adjoint de l'équipement à l'E.D.F., a exposé la dernière doctrine de la sécurité des centrales nucléaires. En les dotant de vannes et de filtres, il devient beaucoup plus facile d'éviter les catastrophes majeures, la fissuration ou l'explosion de l'enceinte, qui toucheraient l'ensemble d'une « région ». C'est ce que l'on obtient à trop vouloir confiner. Il vaut mieux, chaque fois que la machine fait mine de s'emballer, décompresser doucement, en arrosant un étroit voisinage de quelques kilomètres, voisinage qui sera chaque fois très différemment et aléatoirement prolongé par le caprice des vents. Il révèle que, dans les deux années précédentes, les discrets essais menés à Cadarache, dans la Drôme, « ont concrètement montré que les rejets – essentiellement des gaz – ne dépassent pas quelques pour mille, au pire un pour cent de la radioactivité régnant dans l'enceinte ». Ce pire reste donc très modéré : un pour cent. Auparavant on était sûrs qu'il n'y avait aucun risque, sauf dans le cas d'accident, logiquement impossible. Les premières années d'expérience ont changé ce raisonnement ainsi : puisque l'accident est toujours possible, ce qu'il faut éviter, c'est qu'il atteigne un seuil catastrophique, et c'est aisé. Il suffit de contaminer coup par coup avec modération. Qui ne sent qu'il est infiniment plus sain de se borner pendant quelques années à boire 140 centilitres de vodka par jour, au lieu de commencer tout de suite à s'enivrer comme des Polonais ?

Il est assurément dommage que la société humaine rencontre de si brûlants problèmes au moment où il est devenu matériellement impossible de faire entendre la moindre objection au discours marchand ; au moment où la domination, justement parce qu'elle est abritée par le spectacle de toute réponse à ses décisions et justifications fragmentaires ou délirantes, *croit qu'elle n'a plus besoin de penser* ; et véritablement ne sait plus penser. Aussi ferme que soit le démocrate, ne préférerait-il pas qu'on lui ait choisi des maîtres plus intelligents ?

À la conférence internationale d'experts tenue à Genève en décembre 1986, il était tout simplement question d'une interdiction mondiale de la production de chloro-fluorocarbone, le gaz qui fait disparaître depuis peu, mais à très vive allure, la mince couche d'ozone qui protégeait cette planète – on s'en souviendra – contre les effets nocifs du rayonnement cosmique. Daniel Verilhe, représentant de la filiale de produits chimiques d'Elf-Aquitaine, et siégeant à ce titre dans une délégation française fermement opposée à cette interdiction, faisait une remarque pleine de sens : « Il faut bien trois ans pour mettre au point d'éventuels substituts et les coûts peuvent être multipliés par quatre. » On sait que cette fugitive couche d'ozone, à une telle altitude, n'appartient à personne, et n'a aucune valeur marchande. Le stratège *industriel* a donc pu faire mesurer à ses contradicteurs toute leur inexplicable insouciance économique, par ce rappel à la réalité : « Il est très hasardeux de baser une stratégie industrielle sur des impératifs en matière d'environnement. »

Ceux qui avaient, il y a déjà bien longtemps, commencé à critiquer l'économie politique en la définissant comme « le reniement achevé de l'homme », ne s'étaient pas trompés. On la reconnaîtra à ce trait.

XIV

On entend dire que la science est maintenant soumise à des impératifs de rentabilité économique ; cela a toujours été vrai. Ce qui est nouveau, c'est que l'économie en soit venue à faire ouvertement la guerre aux humains ; non plus seulement aux possibilités de leur vie, mais aussi à celles de leur survie. C'est alors que la pensée scientifique a choisi, contre une grande part de son propre passé anti-esclavagiste, de servir la domination spectaculaire. La science possédait, avant d'en venir là, une autonomie relative. Elle savait donc penser sa parcelle de réalité ; et ainsi elle avait pu immensément contribuer à augmenter les moyens de l'économie. Quand l'économie toute-puissante est devenue folle, *et les temps spectaculaires ne sont rien d'autre*, elle a supprimé les dernières traces de l'autonomie scientifique, inséparablement sur le plan méthodologique et sur le plan des conditions pratiques de l'activité des « chercheurs ». On ne demande plus à la science de comprendre le monde, ou d'y améliorer quelque chose. On lui demande de justifier instantanément tout ce qui se fait. Aussi stupide sur ce terrain que sur tous les autres, qu'elle exploite avec la plus ruineuse irréflexion, la domination spectaculaire a fait abattre l'arbre gigantesque de la connaissance scientifique à seule fin de s'y faire tailler une matraque. Pour obéir à cette ultime demande sociale d'une justification manifestement impossible, il vaut mieux ne plus trop savoir penser, mais être au contraire assez bien exercé aux commodités du discours spectaculaire. Et c'est en effet dans cette carrière qu'a lestement trouvé sa plus récente spécialisation, avec beaucoup de bonne volonté, la science prostituée de ces jours méprisables.

La science de la justification mensongère était naturellement apparue dès les premiers symptômes de la décadence de la société bourgeoise, avec la prolifération cancéreuse des pseudo-sciences dites « de l'homme » ; mais par exemple la médecine moderne avait pu, un temps, se faire passer pour utile, et ceux qui avaient vaincu la variole ou la lèpre étaient autres que ceux qui ont bassement capitulé devant les radiations nucléaires ou la chimie agro-alimentaire. On remarque vite que la médecine aujourd'hui n'a, bien sûr, plus le droit de défendre la santé de la population contre l'environnement pathogène, car ce serait s'opposer à l'État, ou seulement à l'industrie pharmaceutique.

Mais ce n'est pas seulement par cela qu'elle est obligée de taire, que l'activité scientifique présente avoue ce qu'elle est devenue. C'est aussi par ce que, très souvent, elle a la simplicité de dire. Annonçant en novembre 1985, après une expérimentation de huit jours sur quatre malades, qu'ils avaient peut-être découvert un remède efficace contre le S.I.D.A., les professeurs Even et Andrieu, de l'hôpital Laënnec, soulevèrent deux jours après, les malades étant morts, quelques réserves de la part de plusieurs médecins, moins avancés ou peut-être jaloux, pour leur façon assez précipitée de courir faire enregistrer ce qui n'était qu'une trompeuse apparence de victoire ; quelques heures avant l'écroulement. Et ceux-là s'en défendirent sans se troubler, en affirmant qu'« après tout, mieux vaut de faux espoirs que pas d'espoir du tout ». Ils étaient même trop ignorants pour reconnaître que cet argument, à lui seul, était un complet reniement de l'esprit scientifique ; et qu'il avait historiquement toujours servi à couvrir les profitables rêveries des charlatans et des sorciers, dans les temps où on ne leur confiait pas la direction des hôpitaux.

Quand la science officielle en vient à être conduite de la sorte, comme tout le reste du spectacle social qui, sous une présentation matériellement modernisée et enrichie, n'a fait que reprendre les très anciennes techniques des tréteaux forains – *illusionnistes, aboyeurs et barons* –, on ne peut être surpris de voir quelle grande autorité reprennent parallèlement, un peu partout, les mages et les sectes, le zen emballé sous vide ou la théologie des Mormons. L'ignorance, qui a bien servi les puissances établies, a été en surplus toujours exploitée par d'ingénieuses entreprises qui se tenaient en marge des lois. Quel moment plus favorable que celui où l'analphabétisme a tant progressé ? Mais cette réalité est niée à son tour par une autre démonstration de sorcellerie. L'U.N.E.S.C.O., lors de sa fondation, avait adopté une définition scientifique, très précise, de l'analphabétisme qu'elle se donnait pour tâche de combattre dans les pays arriérés. Quand on a vu revenir inopinément le même fait, mais cette fois du côté des pays dits avancés, comme un autre, attendant Grouchy, vit surgir Blücher dans sa bataille, il a suffi de faire donner la Garde des experts ; et ils ont vite enlevé la formule d'un seul assaut irrésistible, en remplaçant le terme analphabétisme par celui d'illettrisme : comme un « faux patriotique » peut paraître opportunément pour soutenir une bonne cause nationale. Et pour fonder sur le roc, entre pédagogues, la pertinence du néologisme, on fait vite passer une nouvelle définition, comme si elle était admise depuis toujours, et selon laquelle, tandis que l'analphabète était, on sait, celui qui n'avait jamais appris à lire, l'illettré au sens moderne est, tout au contraire, celui qui a appris la lecture (et l'a même *mieux apprise* qu'avant, peuvent du coup témoigner froidement les plus doués des théoriciens et historiens officiels de la pédagogie), mais qui l'a par hasard *aussitôt oubliée.* Cette surprenante explication risquerait d'être moins apaisante qu'inquiétante, si elle n'avait l'art d'éviter, en parlant à côté et comme si elle ne la voyait pas, la première conséquence qui serait venue à l'esprit de tous dans des époques plus scientifiques : à savoir que ce dernier phénomène mériterait lui-même d'être expliqué, et combattu, puisqu'il n'avait jamais pu être observé, ni même imaginé, où que ce soit, avant les récents progrès de la pensée avariée ; quand la décadence de l'explication accompagne d'un pas égal la décadence de la pratique.

XV

Il y a plus de cent ans, le *Nouveau Dictionnaire des Synonymes français* d'A.-L. Sardou définissait les nuances qu'il faut saisir entre : *fallacieux, trompeur, imposteur, séducteur, insidieux, captieux* ; et qui ensemble constituent aujourd'hui une sorte de palette des couleurs qui conviennent à un portrait de la société du spectacle. Il n'appartenait pas à son temps, ni à son expérience de spécialiste, d'exposer aussi clairement les sens voisins, mais très différents, des périls que doit normalement s'attendre à affronter tout groupe qui s'adonne à la subversion, et suivant par exemple cette gradation : *égaré, provoqué, infiltré, manipulé, usurpé, retourné.* Ces nuances considérables ne sont jamais apparues, en tout cas, aux doctrinaires de la « lutte armée ».

« *Fallacieux*, du latin *fallaciosus*, habile ou habitué à tromper, plein de fourberie : la terminaison de cet adjectif équivaut au superlatif de *trompeur.* Ce qui trompe ou induit à erreur de quelque manière que ce soit, est *trompeur* : ce qui est fait pour tromper, abuser, jeter dans l'erreur par un dessein formé de tromper avec l'artifice et l'appareil imposant le plus propre pour abuser, est *fallacieux. Trompeur* est un mot générique et vague ; tous les genres de signes et d'apparences incertaines sont *trompeurs* : fallacieux désigne la fausseté, la fourberie, l'imposture étudiée ; des discours, des protestations, des raisonnements sophistiques, sont *fallacieux*. Ce mot a des rapports avec ceux d'*imposteur*, de *séducteur*, d'*insidieux*, de *captieux*, mais sans équivalent. *Imposteur* désigne tous les genres de fausses apparences, ou de trames concertées pour abuser ou pour nuire ; l'hypocrisie, par exemple, la calomnie, etc. *Séducteur* exprime l'action propre de s'emparer de quelqu'un, de l'égarer par des moyens adroits et insinuants. *Insidieux* ne marque que l'action de tendre adroitement des pièges et d'y faire tomber. *Captieux* se borne à l'action subtile de surprendre quelqu'un et de le faire tomber dans l'erreur. *Fallacieux* rassemble la plupart de ces caractères. »

XVI

Le concept, encore jeune, de *désinformation* a été récemment importé de Russie, avec beaucoup d'autres inventions utiles à la gestion des États modernes. Il est toujours hautement employé par un pouvoir, ou corollairement par des gens qui détiennent un fragment d'autorité économique ou politique, pour maintenir ce qui est établi ; et toujours en attribuant à cet emploi une fonction *contre-offensive*. Ce qui peut s'opposer à une seule vérité officielle doit être forcément une désinformation émanant de puissances hostiles, ou au moins de rivaux, et elle aurait été intentionnellement faussée par la malveillance. La désinformation ne serait pas la simple négation d'un fait qui convient aux autorités, ou la simple affirmation d'un fait qui ne leur convient pas : on appelle cela psychose. Contrairement au pur mensonge, la désinformation, et voilà en quoi le concept est intéressant pour les défenseurs de la société dominante, doit fatalement contenir une certaine part de vérité, mais délibérément manipulée par un habile ennemi. Le pouvoir qui parle de désinformation ne croit pas être lui-même absolument sans défauts, mais il sait qu'il pourra attribuer à toute critique précise cette excessive insignifiance qui est dans la nature de la désinformation ; et que de la sorte il n'aura jamais à convenir d'un défaut particulier.

En somme, la désinformation serait le mauvais usage de la vérité. Qui la lance est coupable, et qui la croit, imbécile. Mais qui serait donc l'habile ennemi ? Ici, ce ne peut pas être le terrorisme, qui ne risque de

« désinformer » personne, puisqu'il est chargé de représenter ontologiquement *l'erreur* la plus balourde et la moins admissible. Grâce à son étymologie, et aux souvenirs contemporains des affrontements limités qui, vers le milieu du siècle, opposèrent brièvement l'Est et l'Ouest, spectaculaire concentré et spectaculaire diffus, aujourd'hui encore le capitalisme du spectaculaire intégré fait semblant de croire que le capitalisme de bureaucratie totalitaire – présenté même parfois comme la base arrière ou l'inspiration des terroristes – reste son ennemi essentiel, comme aussi bien l'autre dira la même chose du premier ; malgré les preuves innombrables de leur alliance et solidarité profondes. En fait tous les pouvoirs qui sont installés, en dépit de quelques réelles rivalités locales, et sans vouloir le dire jamais, pensent continuellement ce qu'avait su rappeler un jour, du côté de la subversion et sans grand succès sur l'instant, un des rares internationalistes allemands après qu'eût commencé la guerre de 1914 : « L'ennemi principal est dans notre pays. » La désinformation est finalement l'équivalent de ce que représentaient, dans le discours de la guerre sociale du XIXe siècle, « les mauvaises passions ». C'est tout ce qui est obscur et risquerait de vouloir s'opposer à l'extraordinaire bonheur dont cette société, on le sait bien, fait bénéficier ceux qui lui ont fait confiance ; bonheur qui ne saurait être trop payé par différents risques ou déboires insignifiants. Et tous ceux qui *voient* ce bonheur dans le spectacle admettent qu'il n'y a pas à lésiner sur son coût ; tandis que les autres désinforment.

L'autre avantage que l'on trouve à dénoncer, en l'expliquant ainsi, une désinformation bien particulière, c'est qu'en conséquence le discours global du spectacle ne saurait être soupçonné d'en contenir, puisqu'il peut désigner, avec la plus scientifique assurance, le terrain où se reconnaît la seule désinformation : c'est tout ce qu'on peut dire et qui ne lui plaira pas.

C'est sans doute par erreur – à moins plutôt que ce ne soit un leurre délibéré – qu'a été agité récemment en France le projet d'attribuer officiellement une sorte de label à du médiatique « garanti sans désinformation » : ceci blessait quelques professionnels des *media*, qui voudraient encore croire, ou plus modestement faire croire, qu'ils ne sont pas effectivement censurés dès à présent. Mais surtout le concept de désinformation n'a évidemment pas à être employé *défensivement*, et encore moins dans une défensive statique, en garnissant une Muraille de Chine, une ligne Maginot, qui devrait couvrir absolument un espace censé être interdit à la désinformation. Il faut qu'il y ait de la désinformation, et qu'elle reste fluide, pouvant passer partout. Là où le discours spectaculaire n'est pas attaqué, il serait stupide de le défendre ; et ce concept s'userait extrêmement vite à le défendre, contre l'évidence, sur des points qui doivent au contraire éviter de mobiliser l'attention. De plus, les autorités n'ont aucun besoin réel de garantir qu'une information précise ne contiendrait pas de désinformation. Et elles n'en ont pas les moyens : elles ne sont pas si respectées, et ne feraient qu'attirer la suspicion sur l'information en cause. Le concept de désinformation n'est bon que dans la contre-attaque. Il faut le maintenir en deuxième ligne, puis le jeter instantanément en avant pour repousser toute vérité qui viendrait à surgir.

Si parfois une sorte de désinformation désordonnée risque d'apparaître, au service de quelques intérêts particuliers passagèrement en conflit, et d'être crue elle aussi, devenant incontrôlable et s'opposant par là au travail d'ensemble d'une désinformation moins irresponsable, ce n'est pas qu'il y ait lieu de craindre que dans celle-là ne se trouvent engagés d'autres manipulateurs plus experts ou plus subtils : c'est simplement parce que la désinformation se déploie maintenant *dans un monde où il n'y a plus de place pour aucune vérification.*

Le concept confusionniste de désinformation est mis en vedette pour réfuter instantanément, par le seul bruit de son nom, toute critique que n'auraient pas suffi à faire disparaître les diverses agences de l'organisation du silence. Par exemple, on pourrait dire un jour, si cela paraissait souhaitable, que cet écrit est une entreprise de désinformation sur le spectacle ; ou bien, c'est la même chose, de désinformation au détriment de la démocratie.

Contrairement à ce qu'affirme son concept spectaculaire inversé, la pratique de la désinformation ne peut que servir l'État ici et maintenant, sous sa conduite directe, ou à l'initiative de ceux qui défendent les mêmes valeurs. En fait, la désinformation réside dans toute l'information existante ; et comme son caractère principal. On ne la nomme que là où il faut maintenir, par l'intimidation, la passivité. Là où la désinformation est *nommée*, elle n'existe pas. Là où elle existe, on ne la nomme pas.

Quand il y avait encore des idéologies qui s'affrontaient, qui se proclamaient pour ou contre tel aspect connu de la réalité, il y avait des fanatiques, et des menteurs, mais pas de « désinformateurs ».

Quand il n'est plus permis, par le respect du consensus spectaculaire, ou au moins par une volonté de gloriole spectaculaire, de dire vraiment ce à quoi l'on s'oppose, ou aussi bien ce que l'on approuve dans toutes ses conséquences ; mais où l'on rencontre souvent l'obligation de dissimuler un côté que l'on considère, pour quelque raison, comme dangereux dans ce que l'on est censé admettre, alors on pratique la désinformation ; comme par étourderie, ou comme par oubli, ou par *prétendu* faux raisonnement. Et par exemple, sur le terrain de la contestation après 1968, les récupérateurs incapables qui furent appelés « pro-situs » ont été *les premiers désinformateurs*, parce qu'ils dissimulaient autant que possible les manifestations pratiques à travers lesquelles s'était affirmée la critique qu'ils se flattaient d'adopter ; et, point gênés d'en affaiblir l'expression, ils ne citaient jamais rien ni personne, pour avoir l'air d'avoir eux-mêmes trouvé quelque chose.

XVII

Renversant une formule fameuse de Hegel, je notais déjà en 1967 que « dans le monde *réellement renversé*, le vrai est un moment du faux ». Les années passées depuis lors ont montré les progrès de ce principe dans chaque domaine particulier, sans exception.

Ainsi, dans une époque où ne peut plus exister d'art contemporain, il devient difficile de juger des arts classiques. Ici comme ailleurs, l'ignorance n'est produite que pour être exploitée. En même temps que se perdent ensemble le sens de l'histoire et le goût, on organise des réseaux de falsification. Il suffit de tenir les experts et les commissaires-priseurs, et c'est assez facile, pour tout faire passer puisque dans les affaires de cette nature, comme finalement dans les autres, c'est la vente qui authentifie toute valeur. Après, ce sont les collectionneurs ou les musées, notamment américains, qui, gorgés de faux, auront intérêt à en maintenir la bonne réputation, tout comme le Fonds Monétaire International maintient la fiction de la valeur positive des immenses dettes de cent nations.

Le faux forme le goût, et soutient le faux, en faisant sciemment disparaître la possibilité de référence à l'authentique. On *refait* même le vrai, dès que c'est possible, pour le faire ressembler au faux. Les Américains, étant les plus riches et les plus modernes, ont été les principales dupes de ce commerce du faux en art. Et ce sont justement les mêmes qui financent les travaux de restauration de Versailles ou de la Chapelle Sixtine. C'est pourquoi les fresques de Michel-Ange devront prendre des couleurs ravivées de bande dessinée, et les meubles authentiques de Versailles acquérir ce vif éclat de la dorure qui les fera ressembler beaucoup au faux mobilier d'époque Louis XIV importé à grands frais au Texas.

Le jugement de Feuerbach, sur le fait que son temps préférait « l'image à la chose, la copie à l'original, la représentation à la réalité », a été entièrement confirmé par le siècle du spectacle, et cela dans plusieurs domaines où le XIXe siècle avait voulu rester à l'écart de ce qui était déjà sa nature profonde : la production industrielle capitaliste. C'est ainsi que la bourgeoisie avait beaucoup répandu l'esprit rigoureux du musée, de l'objet original, de la critique historique exacte, du document authentique. Mais aujourd'hui, c'est partout que le factice a tendance à remplacer le vrai. À ce point, c'est très opportunément que la pollution due à la circulation des automobiles oblige à remplacer par des répliques en plastique les chevaux de Marly ou les statues romanes du portail de Saint-Trophime. Tout sera en somme plus beau qu'avant, pour être photographié par des touristes.

Le point culminant est sans doute atteint par le risible faux bureaucratique chinois des grandes statues de la vaste *armée industrielle* du Premier Empereur, que tant d'hommes d'État en voyage ont été conviés à admirer *in situ*. Cela prouve donc, puisque l'on a pu se moquer d'eux si cruellement, qu'aucun ne disposait, dans la masse de tous leurs conseillers, d'un seul individu qui connaisse l'histoire de l'art, en Chine ou hors de Chine. On sait que leur instruction a été tout autre : « L'ordinateur de Votre Excellence n'en a pas été informé. » Cette constatation que, pour la première fois, on peut gouverner sans avoir aucune connaissance artistique ni aucun sens de l'authentique ou de l'impossible, pourrait à elle seule suffire à conjecturer que tous ces naïfs jobards de l'économie et de l'administration vont probablement conduire le monde à quelque grande catastrophe ; si leur pratique effective ne l'avait pas déjà montré.

XVIII

Notre société est bâtie sur le secret, depuis les « sociétés-écrans » qui mettent à l'abri de toute lumière les biens concentrés des possédants jusqu'au « secret-défense » qui couvre aujourd'hui un immense domaine de pleine liberté extrajudiciaire de l'État ; depuis les secrets, souvent effrayants, de la *fabrication pauvre*, qui sont cachés derrière la publicité, jusqu'aux projections des variantes de l'avenir extrapolé, sur lesquelles la domination lit seule le cheminement le plus probable de ce qu'elle affirme n'avoir aucune sorte d'existence, tout en calculant les réponses qu'elle y apportera mystérieusement. On peut faire à ce propos quelques observations.

Il y a toujours un plus grand nombre de lieux, dans les grandes villes comme dans quelques espaces réservés de la campagne, qui sont inaccessibles, c'est-à-dire gardés et protégés de tout regard ; qui sont mis hors de portée de la curiosité innocente, et fortement abrités de l'espionnage. Sans être tous proprement militaires, ils sont sur ce modèle placés au-delà de tout risque de contrôle par des passants ou des habitants ; ou même par la police, qui a vu depuis longtemps ses fonctions ramenées aux seules surveillance et répression de la délinquance la plus commune. Et c'est ainsi qu'en Italie, lorsque Aldo Moro était prisonnier de *Potere Due*, il n'a pas été détenu dans un bâtiment plus ou moins introuvable, mais simplement dans un bâtiment impénétrable.

Il y a toujours un plus grand nombre d'hommes formés pour agir dans le secret ; instruits et exercés à ne faire que cela. Ce sont des détachements spéciaux d'hommes armés d'archives réservées, c'est-à-dire d'observations et d'analyses secrètes. Et d'autres sont armés de diverses techniques pour l'exploitation et la manipulation de ces affaires secrètes. Enfin, quand il s'agit de leurs branches « Action », ils peuvent également être équipés d'autres capacités de simplification des problèmes étudiés.

Tandis que les moyens attribués à ces hommes spécialisés dans la surveillance et l'influence deviennent plus grands, ils rencontrent aussi des circonstances générales qui leur sont chaque année plus favorables. Quand par exemple les nouvelles conditions de la société du spectaculaire intégré ont forcé sa critique à rester réellement clandestine, non parce qu'elle se cache mais *puisqu'elle est cachée* par la pesante mise en scène de la pensée du divertissement, ceux qui sont pourtant chargés de surveiller cette critique, et au besoin de la démentir, peuvent finalement employer contre elle les recours traditionnels dans le milieu de la clandestinité : provocation, infiltrations, et diverses formes d'élimination de la critique authentique au profit d'une fausse qui aura pu être mise en place à cet effet. L'incertitude grandit, à tout propos, quand l'imposture générale du spectacle s'enrichit d'une possibilité de recours à mille impostures particulières. Un crime inexpliqué peut aussi être dit suicide, en prison comme ailleurs ; et la dissolution de la logique permet des enquêtes et des procès qui décollent verticalement dans le déraisonnable, et qui sont fréquemment faussés dès l'origine par d'extravagantes autopsies, que pratiquent de singuliers experts.

Depuis longtemps, on s'est habitué partout à voir exécuter sommairement toutes sortes de gens. Les terroristes connus, ou considérés comme tels, sont combattus ouvertement d'une manière terroriste. Le Mossad va tuer au loin Abou Jihad, ou les S.A.S. anglais des Irlandais, ou la police parallèle du « G.A.L. » des Basques. Ceux que l'on fait tuer par de supposés terroristes ne sont pas eux-mêmes choisis sans raison ; mais il est généralement impossible d'être assuré de connaître ces raisons. On peut savoir que la gare de Bologne a sauté pour que l'Italie continue d'être bien gouvernée ; et ce que sont les « Escadrons de la mort » au Brésil ; et que la Mafia peut incendier un hôtel aux États-Unis pour appuyer un *racket*. Mais comment savoir à quoi ont pu servir, au fond, les « tueurs fous du Brabant » ? Il est difficile d'appliquer le principe *Cui prodest ?* dans un monde où tant d'intérêts agissants sont si bien cachés. De sorte que, sous le spectaculaire intégré, on vit et on meurt au point de confluence d'un très grand nombre de mystères.

Des rumeurs médiatiques-policières prennent à l'instant, ou au pire après avoir été répétées trois ou quatre fois, le poids indiscuté de preuves historiques séculaires. Selon l'autorité légendaire du spectacle du jour, d'étranges personnages éliminés dans le silence reparaissent comme survivants fictifs, dont le retour pourra toujours être évoqué ou supputé, et *prouvé* par le plus simple on-dit des spécialistes. Ils sont quelque part entre l'Achéron et le Léthé, ces morts qui n'ont pas été régulièrement enterrés par le spectacle, ils sont censés dormir en attendant qu'on veuille les réveiller, tous, le terroriste redescendu des collines et le pirate revenu de la mer ; et le voleur qui n'a plus besoin de voler.

L'incertitude est ainsi organisée partout. La protection de la domination procède très souvent par *fausses attaques*, dont le traitement médiatique fera perdre de vue la véritable opération : tel le bizarre coup de force de Tejero et de ses gardes civils aux Cortès en 1981, dont l'échec devait cacher un autre *pronunciamiento* plus moderne, c'est-à-dire masqué, qui a réussi. Également voyant, l'échec d'un sabotage par les services spéciaux français, en 1985, en Nouvelle-Zélande, a été parfois considéré comme un stratagème, peut-être destiné à détourner l'attention des nombreux nouveaux emplois de ces services, en faisant croire à leur caricaturale maladresse dans le choix des objectifs comme dans les modalités de l'exécution. Et plus assurément il a été presque partout estimé que les recherches géologiques d'un gisement pétrolier dans le sous-sol *de la ville de Paris*, qui ont été bruyamment menées à l'automne 1986, n'avaient pas d'autre intention sérieuse que celle de mesurer le point qu'avait pu atteindre la capacité d'hébétude et de soumission des habitants ; en leur montrant une prétendue recherche si parfaitement démentielle sur le plan économique.

Le pouvoir est devenu si mystérieux qu'après l'affaire des ventes illégales d'armes à l'Iran par la présidence des États-Unis, on a pu se demander qui commandait vraiment aux États-Unis, la plus forte puissance du monde dit démocratique ? Et donc qui diable peut commander le monde démocratique ?

Plus profondément, dans ce monde officiellement si plein de respect pour toutes les nécessités économiques, personne ne sait jamais ce que coûte véritablement n'importe quelle chose produite : en effet, la part la plus importante du coût réel *n'est jamais calculée ; et le reste est tenu secret.*

XIX

Le général Noriega s'est fait un instant connaître mondialement au début de l'année 1988. Il était dictateur sans titre du Panama, pays sans armée, où il commandait la Garde Nationale. Car le Panama n'est pas vraiment un État souverain : il a été creusé pour son canal, et non l'inverse. Le dollar est sa monnaie, et la véritable armée qui y stationne est pareillement étrangère. Noriega avait donc fait toute sa carrière, ici parfaitement identique à celle de Jaruzelski en Pologne, comme généralpolicier, au service de l'occupant. Il était importateur de drogue aux États-Unis, car le Panama ne rapporte pas assez, et il exportait en Suisse ses capitaux « panaméens ». Il avait travaillé avec la C.I.A. contre Cuba et, pour avoir la couverture adéquate à ses activités économiques, il avait aussi dénoncé aux autorités américaines, si obsédées par ce problème, un certain nombre de ses rivaux dans l'importation. Son principal conseiller en matière de sécurité, qui donnait de la jalousie à Washington, était le meilleur sur le marché, Michael Harari, ancien officier du Mossad, le service secret d'Israël. Quand les Américains ont voulu se défaire du personnage, parce que certains de leurs tribunaux l'avaient imprudemment condamné, Noriega s'est déclaré prêt à se défendre pendant mille ans, par patriotisme panaméen, à la fois contre son peuple en révolte et contre l'étranger ; il a reçu aussitôt l'approbation publique des dictateurs bureaucratiques plus austères de Cuba et du Nicaragua, au nom de l'anti-impérialisme.

Loin d'être une étrangeté étroitement panaméenne, ce général Noriega, qui *vend tout et simule tout* dans un monde qui partout fait de même, était, de part en part, comme sorte d'homme d'une sorte d'État, comme sorte de général, comme capitaliste, parfaitement représentatif du spectaculaire intégré ; et des réussites qu'il autorise dans les directions les plus variées de sa politique intérieure et internationale. C'est un modèle du *prince de notre temps* ; et parmi ceux qui se destinent à venir et à rester au pouvoir où que ce puisse être, les plus capables lui ressemblent beaucoup. Ce n'est pas le Panama qui produit de telles merveilles, c'est cette époque.

XX

Pour tout service de renseignements, sur ce point en accord avec la juste théorie clausewitzienne de la guerre, un *savoir* doit devenir un *pouvoir*. De là ce service tire à présent son prestige, son espèce de poésie spéciale. Tandis que l'intelligence a été si absolument chassée du spectacle, qui ne permet pas d'agir et ne dit pas grand-chose de vrai sur l'action des autres, elle semble presque s'être réfugiée parmi ceux qui analysent des réalités, et agissent secrètement sur des réalités. Récemment, des révélations que Margaret Thatcher a tout fait pour étouffer, mais en vain, les authentifiant de la sorte, ont montré qu'en

Angleterre ces services avaient déjà été capables d'amener la chute d'un ministère dont ils jugeaient la politique dangereuse. Le mépris général que suscite le spectacle redonne ainsi, pour de nouvelles raisons, une attirance à ce qui a pu être appelé, au temps de Kipling, « le grand jeu ».

La « conception policière de l'histoire » était au XIXe siècle une explication réactionnaire, et ridicule, alors que tant de puissants mouvements sociaux agitaient les masses. Les pseudo-contestataires d'aujourd'hui savent bien cela, par ouï-dire ou par quelques livres, et croient que cette conclusion est restée vraie pour l'éternité ; ils ne veulent jamais voir la pratique réelle de leur temps ; parce qu'elle est trop triste pour leurs froides espérances. L'État ne l'ignore pas, et en joue.

Au moment où presque tous les aspects de la vie politique internationale, et un nombre grandissant de ceux qui comptent dans la politique intérieure, sont conduits et montrés dans le style des services secrets, avec leurres, désinformation, double explication – celle qui *peut* en cacher une autre, ou seulement en avoir l'air – le spectacle se borne à faire connaître le monde fatigant de l'incompréhensible obligatoire, une ennuyeuse série de romans policiers privés de vie et où toujours manque la conclusion. C'est là que la mise en scène réaliste d'un combat de nègres, la nuit, dans un tunnel, doit passer pour un ressort dramatique suffisant.

L'imbécillité croit que tout est clair, quand la télévision a montré une belle image, et l'a commentée d'un hardi mensonge. La demi-élite se contente de savoir que presque tout est obscur, ambivalent, « monté » en fonction de codes inconnus. Une élite plus fermée voudrait savoir le vrai, très malaisé à distinguer clairement dans chaque cas singulier, malgré toutes les données réservées et les confidences dont elle peut disposer. C'est pourquoi elle aimerait connaître la méthode de la vérité, quoique chez elle cet amour reste généralement malheureux.

XXI

Le secret domine ce monde, et d'abord comme secret de la domination. Selon le spectacle, le secret ne serait qu'une nécessaire exception à la règle de l'information abondamment offerte sur toute la surface de la société, de même que la domination, dans ce « monde libre » du spectaculaire intégré, se serait réduite à n'être qu'un Département exécutif au service de la démocratie. Mais personne ne croit vraiment le spectacle. Comment les spectateurs acceptent-ils l'existence du secret qui, à lui seul, garantit qu'ils ne pourraient gérer un monde dont ils ignorent les principales réalités, si par extraordinaire on leur demandait vraiment leur avis sur la manière de s'y prendre ? C'est un fait que le secret n'apparaît à presque personne dans sa pureté inaccessible, et dans sa généralité fonctionnelle. Tous admettent qu'il y ait inévitablement une petite zone de secret réservée à des spécialistes ; et pour la généralité des choses, beaucoup croient *être dans le secret.*

La Boétie a montré, dans le *Discours sur la servitude volontaire*, comment le pouvoir d'un tyran doit rencontrer de nombreux appuis parmi les cercles concentriques des individus qui y trouvent, ou croient y trouver, leur avantage. Et de même beaucoup de gens, parmi les politiques ou médiatiques qui sont flattés qu'on ne puisse les soupçonner d'être des *irresponsables* connaissent beaucoup de choses par relations et par confidences. Celui qui est content d'être dans la confidence n'est guère porté à la critiquer : ni donc à remarquer que, dans toutes les confidences, la part principale de réalité lui sera toujours cachée. Il connaît, par la bienveillante protection des tricheurs, un peu plus de cartes, mais qui peuvent être fausses ; et jamais la méthode qui dirige et explique le jeu. Il s'identifie donc tout de suite aux manipulateurs, et méprise l'ignorance qu'au fond il partage. Car les bribes d'information que l'on offre à ces familiers de la tyrannie mensongère sont normalement infectées de mensonge, incontrôlables, manipulées. Elles font plaisir pourtant à ceux qui y accèdent, car ils se sentent supérieurs à tous ceux qui ne savent rien. Elles ne valent du reste que pour faire mieux approuver la domination, et jamais pour la comprendre effectivement. Elles constituent le privilège des *spectateurs de première classe* : ceux qui ont la sottise de croire qu'ils peuvent comprendre quelque chose, non en se servant de ce qu'on leur cache, mais *en croyant ce qu'on leur révèle* !

La domination est lucide au moins en ceci qu'elle attend de sa propre gestion, libre et sans entraves, un assez grand nombre de catastrophes de première grandeur pour très bientôt ; et cela tant sur les terrains écologiques, chimique par exemple, que sur les terrains économiques, bancaire par exemple. Elle s'est mise, depuis quelque temps déjà, en situation de traiter ces malheurs exceptionnels autrement que par le maniement habituel de la douce désinformation.

XXII

Quant aux assassinats, en nombre croissant depuis plus de deux décennies, qui sont restés entièrement inexpliqués – car si l'on a parfois sacrifié quelque comparse jamais il n'a été question de remonter aux commanditaires – leur caractère de production en série a sa marque : les mensonges patents, et changeants, des déclarations officielles ; Kennedy, Aldo Moro, Olaf Palme, des ministres ou financiers, un ou deux papes, d'autres qui valaient mieux qu'eux. Ce syndrome d'une maladie sociale récemment acquise s'est vite répandu un peu partout, comme si, à partir des premiers cas observés, il *descendait* des sommets des États, sphère traditionnelle de ce genre d'attentats, et comme si, en même temps, il *remontait* des bas-fonds, autre lieu traditionnel des trafics illégaux et protections, où s'est toujours déroulé ce genre de guerre, entre professionnels. Ces pratiques tendent à se rencontrer *au milieu* de toutes les affaires de la société, comme si en effet l'État ne dédaignait pas de s'y mêler, et la Mafia parvenait à s'y élever ; une sorte de jonction s'opérant par là.

On a tout entendu dire pour tenter d'expliquer accidentellement ce nouveau genre de mystères : incompétence des polices, sottise des juges d'instruction, inopportunes révélations de la presse, crise de croissance des services secrets, malveillance des témoins, grève catégorielle des délateurs. Edgar Poe pourtant avait déjà trouvé la direction certaine de la vérité, par son célèbre raisonnement du *Double assassinat dans la rue Morgue* :

« Il me semble que le mystère est considéré comme insoluble, par la raison même qui devrait le faire regarder comme facile à résoudre – je veux parler du caractère excessif sous lequel il apparaît... Dans des investigations du genre de celle qui nous occupe, il ne faut pas tant se demander comment les choses se sont passées, qu'étudier en quoi elles se distinguent de tout ce qui est arrivé jusqu'à présent. »

XXIII

En janvier 1988, la Mafia colombienne de la drogue publiait un communiqué destiné à rectifier l'opinion du public sur sa prétendue existence. La plus grande exigence d'une Mafia, où qu'elle puisse être constituée, est naturellement d'établir qu'elle n'existe pas, ou qu'elle a été victime de calomnies peu scientifiques ; et c'est son premier point de ressemblance avec le capitalisme. Mais en la circonstance, cette Mafia irritée d'être seule mise en vedette, est allée jusqu'à évoquer les autres groupements qui voudraient se faire oublier en la prenant abusivement comme bouc émissaire. Elle déclare : « Nous n'appartenons pas, nous, à la mafia bureaucratique et politicienne, ni à celle des banquiers et des financiers, ni à celle des millionnaires, ni à la mafia des grands contrats frauduleux, à celle des monopoles ou à celle du pétrole, ni à celle des grands moyens de communication. »

On peut sans doute estimer que les auteurs de cette déclaration ont intérêt à déverser, tout comme les autres, leurs propres pratiques dans le vaste fleuve des eaux troubles de la criminalité, et des illégalités plus banales, qui arrose dans toute son étendue la société actuelle ; mais aussi il est juste de convenir que voilà des gens qui savent mieux que d'autres, par profession, de quoi ils parlent. La Mafia vient partout au mieux sur le sol de la société moderne. Elle est en croissance aussi rapide que les autres produits du travail par lequel la société du spectaculaire intégré façonne son monde. La Mafia grandit avec les immenses progrès des ordinateurs et de l'alimentation industrielle, de la complète reconstruction urbaine et du bidonville, des services spéciaux et de l'analphabétisme.

XXIV

La Mafia n'était qu'un archaïsme transplanté, quand elle commençait à se manifester au début du siècle aux États-Unis, avec l'immigration de travailleurs siciliens ; comme au même instant apparaissaient sur la côte ouest des guerres de gangs entre les sociétés secrètes chinoises. Fondée sur l'obscurantisme et la misère, la Mafia ne pouvait alors même pas s'implanter dans l'Italie du Nord. Elle semblait condamnée à s'effacer partout devant l'État moderne. C'était une forme de crime organisé qui ne pouvait prospérer que sur la « protection » de minorités attardées, en dehors du monde des villes, là où ne pouvait pas pénétrer le contrôle d'une police rationnelle et des lois de la bourgeoisie. La tactique défensive de la Mafia ne pouvait jamais être que la suppression des témoignages, pour neutraliser la police et la justice, et faire régner dans sa sphère d'activité le secret qui lui est nécessaire. Elle a par la suite trouvé un champ nouveau dans le *nouvel obscurantisme* de la société du spectaculaire diffus, puis intégré : avec la victoire totale du secret, la démission générale des citoyens, la perte complète de la logique, et les progrès de la vénalité et de la lâcheté universelles, toutes les conditions favorables furent réunies pour qu'elle devînt une puissance moderne, et offensive.

La Prohibition américaine – grand exemple des prétentions des États du siècle au contrôle autoritaire de tout, et des résultats qui en découlent – a laissé au crime organisé, pendant plus d'une décennie, la gestion du commerce de l'alcool. La Mafia, à partir de là enrichie et exercée, s'est liée à la politique électorale, aux affaires, au développement du marché des tueurs professionnels, à certains détails de la politique internationale. Ainsi, elle fut favorisée par le gouvernement de Washington pendant la Deuxième Guerre mondiale, pour aider à l'invasion de la Sicile. L'alcool redevenu légal a été remplacé par les stupéfiants, qui ont alors constitué la marchandise-vedette des consommations illégales. Puis elle a pris une importance considérable dans l'immobilier, les banques, la grande politique et les grandes affaires de l'État, puis les industries du spectacle : télévision, cinéma, édition. C'est aussi vrai déjà, aux États-Unis en tout cas, pour l'industrie même du disque, comme partout où la publicité d'un produit dépend d'un nombre assez concentré de gens. On peut donc facilement faire pression sur eux, en les achetant ou en les intimidant, puisque l'on dispose évidemment de bien assez de capitaux, ou d'hommes de main qui ne peuvent être reconnus ni punis. En corrompant les *disc-jokeys*, on décide donc de ce qui devra être le succès, parmi des marchandises si également misérables.

C'est sans doute en Italie que la Mafia, au retour de ses expériences et conquêtes américaines, a acquis la plus grande force : depuis l'époque de son compromis historique avec le gouvernement parallèle, elle s'est trouvée en situation de faire tuer des juges d'instruction ou des chefs de police : pratique qu'elle avait pu inaugurer dans sa participation aux montages du « terrorisme » politique. Dans des conditions relativement indépendantes, l'évolution similaire de l'équivalent japonais de la Mafia prouve bien l'unité de l'époque.

On se trompe chaque fois que l'on veut expliquer quelque chose en opposant la Mafia à l'État : ils ne sont jamais en rivalité. La théorie vérifie avec facilité ce que toutes les rumeurs de la vie pratique avaient trop facilement montré. La Mafia n'est pas étrangère dans ce monde ; elle y est parfaitement chez elle. Au moment du spectaculaire intégré, elle règne en fait comme le *modèle* de toutes les entreprises commerciales avancées.

XXV

Avec les nouvelles conditions qui prédominent actuellement dans la société écrasée sous *le talon de fer* du spectacle, on sait que, par exemple, un assassinat politique se trouve placé dans une autre lumière ; en quelque sorte tamisée. Il y a partout beaucoup plus de fous qu'autrefois, mais ce qui est infiniment plus commode, c'est que l'on peut en parler *follement*. Et ce n'est pas une quelconque terreur régnante qui imposerait de telles explications médiatiques. Au contraire, c'est l'existence paisible de telles explications qui doit causer de la terreur.

Quand en 1914, la guerre étant imminente, Villain assassina Jaurès, personne n'a douté que Villain, individu sans doute assez peu équilibré, avait cru devoir tuer Jaurès parce que celui-ci paraissait, aux yeux d'extrémistes de la droite patriotique qui avaient profondément influencé Villain, quelqu'un qui serait certainement nuisible pour la défense du pays. Ces extrémistes avaient seulement sous-estimé l'immense force du consentement patriotique dans le parti socialiste, qui devait le pousser instantanément à « l'union sacrée » ; que Jaurès fût assassiné ou qu'au contraire on lui laissât l'occasion de tenir ferme sur sa position internationaliste en refusant la guerre. Aujourd'hui, en présence d'un tel événement, des journalistes-policiers, experts notoires en « faits de société » et en « terrorisme », diraient tout de suite que Villain était bien connu pour avoir à plusieurs reprises esquissé des tentatives de meurtre, la pulsion visant chaque fois des hommes, qui pouvaient professer des opinions politiques très diverses, mais qui tous avaient par hasard une ressemblance physique ou vestimentaire avec Jaurès. Des psychiatres l'attesteraient, et les *media*, rien qu'en attestant qu'ils l'ont dit, attesteraient par le fait même leur compétence et leur impartialité d'experts *incomparablement* autorisés. Puis l'enquête policière officielle pourrait établir dès le lendemain que l'on vient de découvrir plusieurs personnes honorables qui sont prêtes à témoigner du fait que ce même Villain, s'estimant un jour mal servi à la « Chope du Croissant », avait, en leur présence, abondamment menacé de se venger prochainement du cafetier, en abattant devant tout le monde, et sur place, un de ses meilleurs clients.

Ce n'est pas dire que, dans le passé, la vérité s'imposait souvent et tout de suite ; puisque Villain a été finalement acquitté par la Justice française. Il n'a été fusillé qu'en 1936, quand éclata la révolution espagnole, car il avait commis l'imprudence de résider aux îles Baléares.

XXVI

C'est parce que les nouvelles conditions d'un maniement profitable des affaires économiques, au moment où l'État détient une part hégémonique dans l'orientation de la production et où la demande pour toutes les marchandises dépend étroitement de la centralisation réalisée dans l'information-incitation spectaculaire, à laquelle devront aussi s'adapter les formes de la distribution, l'exigent impérativement que l'on voit se constituer partout des réseaux d'influence ou des sociétés secrètes. Ce n'est donc qu'un produit naturel du mouvement de concentration des capitaux, de la production de la distribution. Ce qui, en cette matière, ne s'étend pas, doit disparaître ; et aucune entreprise ne peut s'étendre qu'avec les valeurs, les techniques, les moyens, de ce que sont aujourd'hui l'industrie, le spectacle, l'État. C'est, en dernière analyse, le développement particulier qui a été choisi par l'économie de notre époque, qui en vient à imposer partout la *formation de nouveaux liens personnels de dépendance et de protection.*

C'est justement en ce point que réside la profonde vérité de cette formule, si bien comprise dans l'Italie entière, qu'emploie la Mafia sicilienne : « Quand on a de l'argent et des amis, on se rit de la Justice. » Dans le spectaculaire intégré, *les lois dorment* ; parce qu'elles n'avaient pas été faites pour les nouvelles techniques de production, et parce qu'elles sont tournées dans la distribution par des ententes d'un type nouveau. Ce que pense, ou ce que préfère, le public, n'a plus d'importance. Voilà ce qui est caché par le spectacle de tant de sondages d'opinions, d'élections, de restructurations modernisantes. Quels que soient les gagnants, *le moins bon sera enlevé* par l'aimable clientèle : puisque ce sera exactement ce qui aura été produit pour elle.

On ne parle à tout instant d'« État de droit » que depuis le moment où l'État moderne dit démocratique a généralement cessé d'en être un : ce n'est point par hasard que l'expression n'a été popularisée que peu après 1970, et d'abord justement en Italie. En plusieurs domaines, on fait même des lois précisément *afin qu'elles soient tournées*, par ceux-là qui justement en auront tous les moyens. L'illégalité en certaines circonstances, par exemple autour du commerce mondial de toutes sortes d'armements, et plus souvent concernant des produits de la plus haute technologie, n'est qu'une sorte de force d'appoint de l'opération économique ; qui s'en trouvera d'autant plus rentable. Aujourd'hui, beaucoup d'affaires sont nécessairement *malhonnêtes comme le siècle*, et non comme l'étaient autrefois celles que pratiquaient, par séries clairement délimitées, des gens qui avaient choisi les voies de la malhonnêteté.

À mesure que croissent les réseaux de promotion-contrôle pour jalonner et tenir des secteurs exploitables du marché, s'accroît aussi le nombre de services personnels qui ne peuvent être refusés à ceux qui sont au courant, et qui n'ont pas davantage refusé leur aide ; et ce ne sont pas toujours des policiers ou des gardiens des intérêts ou de la sécurité de l'État. Les complicités fonctionnelles communiquent au loin, et très longtemps, car leurs réseaux disposent de tous les moyens d'imposer ces sentiments de reconnaissance ou de fidélité qui, malheureusement, ont toujours été si rares dans l'activité libre des temps bourgeois.

On apprend toujours quelque chose de son adversaire. Il faut croire que les gens de l'État ont été amenés, eux aussi, à lire les remarques du jeune Lukács sur les concepts de légalité et d'illégalité ; au moment où ils ont eu à traiter le passage éphémère d'une nouvelle génération du négatif – Homère a dit qu'« une génération d'hommes passe aussi vite qu'une génération de feuilles ». Les gens de l'État, dès lors, ont pu cesser comme nous de s'embarrasser de n'importe quelle sorte d'idéologie sur cette question ; et il est vrai que les pratiques de la société spectaculaire ne favorisaient plus du tout des illusions idéologiques de ce genre. À propos de nous tous finalement, on pourra conclure que ce qui nous a empêché souvent de nous enfermer dans une seule activité illégale, c'est que nous en avons eu plusieurs.

XXVII

Thucydide, au livre VIII, chapitre 66, de *La Guerre du Péloponnèse* dit, à propos des opérations d'une autre conspiration oligarchique, quelque chose qui a beaucoup de parenté avec la situation où nous nous trouvons :

« Qui plus est, ceux qui y prenaient la parole étaient du complot et les discours qu'ils prononçaient avaient été soumis au préalable à l'examen de leurs amis. Aucune opposition ne se manifestait parmi le reste des citoyens, qu'effrayait le nombre des conjurés. Lorsque quelqu'un essayait malgré tout de les contredire, on trouvait aussitôt un moyen commode de le faire mourir. Les meurtriers n'étaient pas recherchés et aucune poursuite n'était engagée contre ceux qu'on soupçonnait. Le peuple ne réagissait pas et les gens étaient tellement terrorisés qu'ils s'estimaient heureux, même en restant muets, d'échapper aux violences. Croyant les conjurés bien plus nombreux qu'ils n'étaient, ils avaient le sentiment d'une impuissance complète. La ville était trop grande et ils ne se connaissaient pas assez les uns les autres, pour qu'il leur fût possible de découvrir ce qu'il en était vraiment. Dans ces conditions, si indigné qu'on fût, on ne pouvait confier ses griefs à personne. On devait donc renoncer à engager une action contre les coupables, car il eût fallu pour cela s'adresser soit à un inconnu, soit à une personne de connaissance en qui on n'avait pas confiance. Dans le parti démocratique, les relations personnelles étaient partout empreintes de méfiance et l'on se demandait toujours si celui auquel on avait affaire n'était pas de connivence avec les conjurés. Il y avait en effet parmi ces derniers des hommes dont on n'aurait jamais cru qu'ils se rallieraient à l'oligarchie. »

Si l'histoire doit nous revenir après cette éclipse, ce qui dépend de facteurs encore en lutte et donc d'un aboutissement que nul ne saurait exclure avec certitude, ces *Commentaires* pourront servir à écrire un jour l'histoire du spectacle ; sans doute le plus important événement qui se soit produit dans ce siècle ; et aussi celui que l'on s'est le moins aventuré à expliquer. En des circonstances différentes, je crois que j'aurais pu me considérer comme grandement satisfait de mon premier travail sur ce sujet, et laisser à d'autres le soin de regarder la suite. Mais, dans le moment où nous sommes, il m'a semblé que personne d'autre ne le ferait.

XXVIII

Des réseaux de promotion-contrôle, on glisse insensiblement aux réseaux de surveillance-désinformation. Autrefois, on ne conspirait jamais que contre un ordre établi. Aujourd'hui, *conspirer en sa faveur* est un nouveau métier en grand développement. Sous la domination spectaculaire, on conspire pour la maintenir, et pour assurer ce qu'elle seule pourra appeler sa bonne marche. Cette conspiration *fait partie* de son fonctionnement même.

On a déjà commencé à mettre en place quelques moyens d'une sorte de guerre civile préventive, adaptés à différentes projections de l'avenir calculé. Ce sont des « organisations spécifiques », chargées d'intervenir sur quelques points selon les besoins du spectaculaire intégré. On a ainsi prévu, pour la pire des éventualités, une tactique dite par plaisanterie « des Trois Cultures », en évocation d'une place de Mexico à l'été de 1968, mais cette fois sans prendre de gants, et qui du reste devrait être appliquée avant le jour de la révolte. Et en dehors de cas si extrêmes, il n'est pas nécessaire, pour être un bon moyen de gouvernement, que l'assassinat inexpliqué touche beaucoup de monde ou revienne assez fréquemment : le seul fait que l'on sache que sa possibilité existe, complique tout de suite les calculs en un très grand nombre de domaines. Il n'a pas non plus besoin d'être intelligemment sélectif, *ad hominem*. L'emploi du procédé d'une manière purement aléatoire serait peut-être plus productif.

On s'est mis aussi en situation de faire composer des fragments d'une critique sociale *d'élevage*, qui ne sera plus confiée à des universitaires ou des médiatiques, qu'il vaut mieux désormais tenir éloignés des menteries trop traditionnelles en ce débat ; mais critique meilleure, lancée et exploitée d'une façon nouvelle, maniée par une autre espèce de professionnels, mieux formés. Il commence à paraître, d'une manière assez confidentielle, des textes lucides, anonymes ou signés par des inconnus – tactique d'ailleurs facilitée par la concentration des connaissances de tous sur les bouffons du spectacle ; laquelle a fait que les gens inconnus paraissent justement les plus estimables –, non seulement sur des sujets qui ne sont jamais abordés dans le spectacle, mais encore avec des arguments dont la justesse est rendue plus frappante par l'espèce d'originalité, calculable, qui leur vient du fait de n'être en somme *jamais employés, quoiqu'ils soient assez évidents.* Cette pratique peut servir au moins de premier degré d'initiation pour recruter des esprits un peu éveillés, à qui l'on dira plus tard, s'ils semblent convenables, une plus grande dose de la suite possible. Et ce qui sera, pour certains, le premier pas d'une carrière, sera pour d'autres – moins bien classés – le premier degré du piège dans lequel on les prendra.

Dans certains cas, il s'agit de créer, sur des questions qui risqueraient de devenir brûlantes, une autre pseudo-opinion critique ; et entre les deux opinions qui surgiraient ainsi, l'une et l'autre étrangères aux miséreuses conventions spectaculaires, le jugement ingénu pourra indéfiniment osciller, et la discussion pour les peser sera relancée chaque fois qu'il conviendra. Plus souvent, il s'agit d'un discours général sur ce qui est médiatiquement caché, et ce discours pourra être fort critique, et sur quelques points manifestement intelligent, mais en restant curieusement décentré. Les thèmes et les mots ont été sélectionnés facticement, à l'aide d'ordinateurs informés en pensée critique. Il y a dans ces textes quelques absences, assez peu visibles, mais tout de même remarquables : le point de fuite de la perspective y est toujours anormalement absent. Ils ressemblent au *fac simile* d'une arme célèbre, où manque seulement le percuteur. C'est nécessairement une *critique latérale*, qui voit plusieurs choses avec beaucoup de franchise et de justesse, mais en se plaçant de côté. Ceci non parce qu'elle affecterait une quelconque impartialité, car il lui faut au contraire avoir l'air de blâmer beaucoup, mais sans jamais sembler ressentir le besoin de laisser paraître quelle est *sa cause* ; donc de dire, même implicitement, d'où elle vient et vers quoi elle voudrait aller.

À cette sorte de fausse critique contre-journalistique, peut se joindre la pratique organisée de la *rumeur*, dont on sait qu'elle est originairement une sorte de rançon sauvage de l'information spectaculaire, puisque tout le monde ressent au moins vaguement un caractère trompeur dans celle-ci, et donc le peu de confiance qu'elle mérite. La rumeur a été à l'origine superstitieuse, naïve, auto-intoxiquée. Mais, plus récemment, la surveillance a commencé à mettre en place dans la population des gens susceptibles de lancer, au premier signal, les rumeurs qui pourront lui convenir. Ici, on s'est décidé à appliquer dans la pratique les observations d'une théorie formulée il y a près de trente ans, et dont l'origine se trouvait dans la sociologie américaine de la publicité : la théorie des individus qu'on a pu appeler des « locomotives », c'est-à-dire que d'autres dans leur entourage vont être portés à suivre et imiter ; mais en passant cette fois du spontané à l'exercé. On a aussi dégagé à présent les moyens budgétaires, ou extra-budgétaires, d'entretenir beaucoup de supplétifs ; à côté des précédents spécialistes, universitaires et médiatiques, sociologues ou policiers, du passé récent. Croire que s'appliquent encore mécaniquement quelques modèles connus dans le passé, est aussi égarant que l'ignorance générale du passé. « Rome n'est plus dans Rome », et la Mafia n'est plus la pègre. Et les services de surveillance et désinformation ressemblent aussi peu au travail des policiers et indicateurs d'autrefois – par exemple aux roussins et mouchards du second Empire – que les services spéciaux actuels, dans tous les pays, ressemblent peu aux activités des officiers du Deuxième Bureau de l'état-major de l'Armée en 1914.

Depuis que l'art est mort, on sait qu'il est devenu extrêmement facile de déguiser des policiers en artistes. Quand les dernières imitations d'un néo-dadaïsme retourné sont autorisées à pontifier glorieusement dans le médiatique, et donc aussi bien à modifier un peu le décor des palais officiels, comme les fous des rois de la pacotille, on voit que d'un même mouvement une couverture culturelle se trouve garantie à tous les agents ou supplétifs des réseaux d'influence de l'État. On ouvre des pseudo-musées vides, ou des pseudo-centres de recherche sur l'œuvre complète d'un personnage inexistant, aussi vite que l'on fait la réputation de journalistes-policiers, ou d'historiens-policiers, ou de romanciers-policiers. Arthur Cravan voyait sans doute venir ce monde quand il écrivait dans *Maintenant* : « Dans la rue on ne verra bientôt plus que des artistes, et on aura toutes les peines du monde à y découvrir un homme. » Tel est bien le sens de cette forme rajeunie d'une ancienne boutade des voyous de Paris : « Salut, les artistes ! Tant pis si je me trompe. »

Les choses en étant arrivées à être ce qu'elles sont, on peut voir quelques auteurs collectifs employés par l'édition la plus moderne, c'est-à-dire celle qui s'est donné la meilleure diffusion commerciale.

L'authenticité de leurs pseudonymes n'étant assurée que par les journaux, ils se les repassent, collaborent, se remplacent, engagent de nouveaux cerveaux artificiels. Ils se sont chargés d'exprimer le style de vie et de pensée de l'époque, non en vertu de leur personnalité, mais sur ordres. Ceux qui croient qu'ils sont véritablement des entrepreneurs littéraires individuels, indépendants, peuvent donc en arriver à assurer savamment que, maintenant, Ducasse s'est fâché avec le comte de Lautréamont ; que Dumas n'est pas Macquet, et qu'il ne faut surtout pas confondre Erckmann avec Chatrian ; que Censier et Daubenton ne se parlent plus. Il serait mieux de dire que ce genre d'auteurs modernes a voulu suivre Rimbaud, au moins en ceci que « Je est un autre ».

Les services secrets étaient appelés par toute l'histoire de la société spectaculaire à y jouer le rôle de plaque tournante centrale ; car en eux se concentrent au plus fort degré les caractéristiques et les moyens d'exécution d'une semblable société. Ils sont aussi toujours davantage chargés d'arbitrer les intérêts généraux de cette société, quoique sous leur modeste titre de « services ». Il ne s'agit pas d'abus, puisqu'ils expriment fidèlement les mœurs ordinaires du siècle du spectacle. Et c'est ainsi que surveillants et surveillés fuient sur un océan sans bords. Le spectacle a fait triompher le secret, et il devra être toujours plus dans les mains des *spécialistes du secret* qui, bien entendu, ne sont pas tous des fonctionnaires en venant à s'autonomiser, à différents degrés, du contrôle de l'État ; qui ne sont pas tous des fonctionnaires.

XXIX

Une loi générale du fonctionnement du spectaculaire intégré, tout au moins pour ceux qui en gèrent la conduite, c'est que, dans ce cadre, *tout ce que l'on peut faire doit être fait.* C'est dire que tout nouvel instrument doit être employé, quoi qu'il en coûte. L'outillage nouveau devient partout le but et le moteur du système ; et sera seul à pouvoir modifier notablement sa marche, chaque fois que son emploi s'est imposé sans autre réflexion. Les propriétaires de la société, en effet, veulent avant tout maintenir un certain « rapport social entre des personnes », mais il leur faut aussi y poursuivre le renouvellement technologique incessant ; car telle a été une des obligations qu'ils ont acceptées avec leur héritage. Cette loi s'applique donc également aux services qui protègent la domination. L'instrument que l'on a mis au point doit être employé, et son emploi renforcera les conditions mêmes qui favorisaient cet emploi. C'est ainsi que les procédés d'urgence deviennent procédures de toujours.

La cohérence de la société du spectacle a, d'une certaine manière, donné raison aux révolutionnaires, puisqu'il est devenu clair que l'on ne peut y réformer le plus pauvre détail sans défaire l'ensemble. Mais, en même temps, cette cohérence a supprimé toute tendance révolutionnaire organisée en supprimant les terrains sociaux où elle avait pu plus ou moins bien s'exprimer : du syndicalisme aux journaux, de la ville aux livres. D'un même mouvement, on a pu mettre en lumière l'incompétence et l'irréflexion dont cette tendance était tout naturellement porteuse. Et sur le plan individuel, la cohérence qui règne est fort capable d'éliminer, ou d'acheter, certaines exceptions éventuelles.

XXX

La surveillance pourrait être beaucoup plus dangereuse si elle n'avait été poussée, sur le chemin du contrôle absolu de tous, jusqu'à un point où elle rencontre des difficultés venues de ses propres progrès. Il y a contradiction entre la masse des informations relevées sur un nombre croissant d'individus, et le temps et l'intelligence disponibles pour les analyser ; ou tout simplement leur intérêt possible. L'abondance de la matière oblige à la résumer à chaque étage : beaucoup en disparaît, et le restant est encore trop long pour être lu. La conduite de la surveillance et de la manipulation n'est pas unifiée. Partout en effet, on lutte pour le partage des profits ; et donc aussi pour le développement prioritaire de telle ou telle virtualité de la société existante, au détriment de toutes ses autres virtualités qui cependant, et pourvu qu'elles soient de la même farine, sont tenues pour également respectables.

On lutte aussi par jeu. Chaque officier traitant est porté à survaloriser ses agents, et aussi les adversaires dont il s'occupe. Chaque pays, sans faire mention des nombreuses alliances supranationales, possède à présent un nombre indéterminé de services de police ou contre-espionnage, et de services secrets, étatiques ou paraétatiques. Il existe aussi beaucoup de compagnies privées qui s'occupent de surveillance, protection, renseignement. Les grandes firmes multinationales ont naturellement leurs propres services ; mais également des entreprises nationalisées, même de dimension modeste, qui n'en mènent pas moins leur politique indépendante, sur le plan national et quelquefois international. On peut voir un groupement industriel nucléaire s'opposer à un groupement pétrolier, bien qu'ils soient l'un et l'autre la propriété du même État et, ce qui est plus, qu'ils soient dialectiquement unis l'un à l'autre par leur attachement à maintenir élevé le cours du pétrole sur le marché mondial. Chaque service de sécurité d'une industrie particulière combat le sabotage chez lui, et au besoin l'organise chez le rival : qui place de grands intérêts dans un tunnel sous-marin est favorable à l'insécurité des ferry-boats et peut soudoyer des journaux en difficulté pour la leur faire sentir à la première occasion, et sans trop longue réflexion ; et qui concurrence Sandoz est indifférent aux nappes phréatiques de la vallée du Rhin. On surveille secrètement ce qui est secret. De sorte que chacun de ces organismes, confédérés avec beaucoup de souplesse autour de ceux qui sont en charge de la *raison d'État*, aspire pour son propre compte à une espèce d'hégémonie privée de sens. Car le sens s'est perdu avec le centre connaissable.

La société moderne qui, jusqu'en 1968, allait de succès en succès, et s'était persuadée qu'elle était aimée, a dû renoncer depuis lors à ces rêves ; elle préfère être redoutée. Elle sait bien que « son air d'innocence ne reviendra plus ».

Ainsi, mille complots en faveur de l'ordre établi s'enchevêtrent et se combattent un peu partout, avec l'imbrication toujours plus poussée des réseaux et des questions ou actions secrètes ; et leur processus d'intégration rapide à chaque branche de l'économie, la politique, la culture. La teneur du mélange en observateurs, en désinformateurs, en affaires spéciales, augmente continuellement dans toutes les zones de la vie sociale. Le complot général étant devenu si dense qu'il s'étale presque au grand jour, chacune de ses branches peut commencer à gêner ou inquiéter l'autre, car tous ces conspirateurs professionnels en arrivent à s'observer sans savoir exactement pourquoi, ou se rencontrent par hasard, sans pouvoir se reconnaître avec assurance. Qui veut observer qui ? Pour le compte de qui, apparemment ? Mais en réalité ? Les véritables influences restent cachées, et les intentions ultimes ne peuvent qu'être assez difficilement soupçonnées, presque jamais comprises. De sorte que personne ne peut dire qu'il n'est pas leurré ou manipulé, mais ce n'est qu'à de rares instants que le manipulateur lui-même peut savoir s'il a été gagnant. Et d'ailleurs, se trouver du côté gagnant de la manipulation ne veut pas dire que l'on avait choisi avec justesse la perspective stratégique. C'est ainsi que des succès tactiques peuvent enliser de grandes forces sur de mauvaises voies.

Dans un même réseau, poursuivant apparemment une même fin, ceux qui ne constituent qu'une partie du réseau sont obligés d'ignorer toutes les hypothèses et conclusions des autres parties, et surtout de leur noyau dirigeant. Le fait assez notoire que tous les renseignements sur n'importe quel sujet observé peuvent aussi bien être complètement imaginaires, ou gravement faussés, ou interprétés très inadéquatement, complique et rend peu sûrs, dans une vaste mesure, les calculs des inquisiteurs ; car ce qui est suffisant pour faire condamner quelqu'un n'est pas aussi sûr quand il s'agit de le connaître ou de l'utiliser. Puisque les sources d'information sont rivales, les falsifications le sont aussi.

C'est à partir de telles conditions de son exercice que l'on peut parler d'une tendance à la rentabilité décroissante du contrôle, à mesure qu'il s'approche de la totalité de l'espace social, et qu'il augmente conséquemment son personnel et ses moyens. Car ici chaque moyen aspire, et travaille, à devenir une fin. La surveillance se surveille elle-même et complote contre elle-même.

Enfin sa principale contradiction actuelle, c'est qu'elle surveille, infiltre, influence, *un parti absent* : celui qui est censé vouloir la subversion de l'ordre social. Mais où le voit-on à l'œuvre ? Car, certes, jamais les conditions n'ont été partout si gravement révolutionnaires, mais il n'y a que les gouvernements qui le pensent. La négation a été si parfaitement privée de sa pensée, qu'elle est depuis longtemps dispersée. De ce fait, elle n'est plus que menace vague, mais pourtant très inquiétante, et la surveillance a été à son tour privée du meilleur champ de son activité. Cette force de surveillance et d'intervention est justement conduite par les nécessités présentes qui commandent les conditions de son engagement, à se porter sur le terrain même de la menace pour la combattre *par avance*. C'est pourquoi la surveillance aura intérêt à organiser elle-même des pôles de négation qu'elle informera en dehors des moyens discrédités du spectacle, afin d'influencer, non plus cette fois des terroristes, mais des théories.

XXXI

Baltasar Gracián, grand connaisseur du temps historique, dit avec beaucoup de pertinence, dans *L'Homme de cour* : « Soit l'action, soit le discours, tout doit être mesuré au temps. Il faut vouloir quand on le peut ; car ni la saison, ni le temps n'attendent personne. »

Mais Omar Kháyyám moins optimiste : « Pour parler clairement et sans paraboles, – Nous sommes les pièces du jeu que joue le Ciel ; – On s'amuse avec nous sur l'échiquier de l'Être, – Et puis nous retournons, un par un, dans la boîte du Néant. »

XXXII

La Révolution française entraîna de grands changements dans l'art de la guerre. C'est après cette expérience que Clausewitz put établir la distinction selon laquelle la tactique était l'emploi des forces dans le combat, pour y obtenir la victoire, tandis que la stratégie était l'emploi des victoires afin d'atteindre les buts de la guerre. L'Europe fut subjuguée, tout de suite et pour une longue période, par les résultats. Mais la théorie n'en a été établie que plus tard, et inégalement développée. On comprit d'abord les caractères positifs amenés directement par une profonde transformation sociale : l'enthousiasme, la mobilité qui vivait sur le pays en se rendant relativement indépendante des magasins et convois, la multiplication des effectifs. Ces éléments pratiques se trouvèrent un jour équilibrés par l'entrée en action, du côté adverse, d'éléments similaires : les armées françaises se heurtèrent en Espagne à un autre enthousiasme populaire ; dans l'espace russe à un pays sur lequel elles ne purent vivre ; après le soulèvement de l'Allemagne à des effectifs très supérieurs. Cependant l'effet de rupture, dans la nouvelle tactique française, qui fut la base simple sur laquelle Bonaparte fonda sa stratégie – celle-ci consistait à employer les victoires *par avance*, comme acquises à crédit : à concevoir dès le départ la manœuvre et ses diverses variantes en tant que conséquences d'une victoire qui n'était pas encore obtenue mais le serait assurément au premier choc –, découlait aussi de l'abandon forcé d'idées fausses. Cette tactique avait été brusquement obligée de s'affranchir de ces idées fausses, en même temps qu'elle trouvait, par le jeu concomitant des autres innovations citées, les moyens d'un tel affranchissement. Les soldats français, de récente levée, étaient incapables de combattre en ligne, c'est-à-dire de rester dans leur rang et d'exécuter les feux à commandements. Ils vont alors se déployer en tirailleurs et pratiquer le feu à volonté en marchant sur l'ennemi. Or, le feu à volonté se trouvait justement être le seul efficace, celui qui opérait réellement la destruction par le fusil, la plus décisive à cette époque dans l'affrontement des armées. Cependant la pensée militaire s'était universellement refusée à une telle conclusion dans le siècle qui finissait, et la discussion de cette question a pu encore se prolonger pendant près d'un autre siècle, malgré les exemples constants de la pratique des combats, et les progrès incessants dans la portée et la vitesse de tir du fusil.

Semblablement, la mise en place de la domination spectaculaire est une transformation sociale si profonde qu'elle a radicalement changé l'art de gouverner. Cette simplification, qui a si vite porté de tels fruits dans la pratique, n'a pas encore été pleinement comprise théoriquement. De vieux préjugés partout démentis, des précautions devenues inutiles, et jusqu'à des traces de scrupules d'autres temps, entravent encore un peu dans la pensée d'assez nombreux gouvernements cette compréhension, que toute la pratique établit et confirme chaque jour. Non seulement on fait croire aux assujettis qu'ils sont encore, pour l'essentiel, dans un monde que l'on a fait disparaître, mais les gouvernants eux-mêmes souffrent parfois de l'inconséquence de s'y croire encore par quelques côtés. Il leur arrive de penser à une part de ce qu'ils ont supprimé, comme si c'était demeuré une réalité, et qui devrait rester présente dans leurs calculs. Ce retard ne se prolongera pas beaucoup. Qui a pu en faire tant sans peine ira forcément plus loin. On ne doit pas croire que puissent se maintenir durablement, comme un archaïsme, dans les environs du pouvoir réel, ceux qui n'auraient pas assez vite compris toute la plasticité des nouvelles règles de leur jeu, et son espèce de grandeur barbare. Le destin du spectacle n'est certainement pas de finir en despotisme éclairé.

Il faut conclure qu'une relève est imminente et inéluctable dans la caste cooptée qui gère la domination, et notamment dirige la protection de cette domination. En une telle matière, la nouveauté, bien sûr, ne sera jamais exposée sur la scène du spectacle. Elle apparaît seulement comme la foudre, qu'on ne reconnaît qu'à ses coups. Cette relève, qui va décisivement parachever l'œuvre des temps spectaculaires, s'opère discrètement, et quoique concernant des gens déjà installés tous dans la sphère même du pouvoir, conspirativement. Elle sélectionnera ceux qui y prendront part sur cette exigence principale : qu'ils sachent clairement de quels obstacles ils sont délivrés, et de quoi ils sont capables.

XXXIII

Le même Sardou dit aussi : « *Vainement* est relatif au sujet ; *en vain* est relatif à l'objet ; *inutilement*, c'est sans utilité pour personne. On a travaillé *vainement* lorsqu'on l'a fait sans succès, de sorte que l'on a perdu son temps et sa peine : on a travaillé *en vain* lorsqu'on l'a fait sans atteindre le but qu'on se proposait, à cause de la défectuosité de l'ouvrage. Si je ne puis venir à bout de faire ma besogne, je travaille *vainement* ; je perds *inutilement* mon temps et ma peine. Si ma besogne faite n'a pas l'effet que j'en attendais, si je n'ai pas atteint mon but, j'ai travaillé *en vain* ; c'est-à-dire que j'ai fait une chose inutile…

On dit aussi que quelqu'un a travaillé *vainement*, lorsqu'il n'est pas récompensé de son travail, ou que ce travail n'est pas agréé ; car dans ce cas le travailleur a perdu son temps et sa peine, sans préjuger aucunement la valeur de son travail, qui peut d'ailleurs être fort bon. »

(*Paris, février-avril 1988.*)

ENCORE PLUS INACCESSIBLE

1988-1994

Dernière période : tout est dit, œuvres plus complètes que jamais. Les préoccupations de Debord n'ont guère changé, mais éventuellement le rapport de forces. Les Commentaires sur la société du spectacle *ont eu un retentissement important, qui confère à Debord une nouvelle visibilité. C'est là une des clés du* Panégyrique, *dont le* tome premier *paraît en 1989. On a commencé à parler au cours de ces années d'une « récupération » de Debord par le spectacle, apparemment contresignée par son passage aux Éditions Gallimard en 1991. Mais c'est ne pas voir que cette seconde œuvre autobiographique majeure (après* In girum imus nocte... *) prend tout le fonctionnement de la société spectaculaire-marchande à contre-pied.* Panégyrique *oppose l'éloge sans mesure et sans restrictions de soi-même aux complaisances voyeuristes-exhibitionnistes de ceux dont le projet artistique ou intellectuel se résume dorénavant à squatter les médias, tous les médias. Debord écrit son histoire pour dénier à quiconque tout* droit de regard *sur celle-ci, ne se prêtant en somme à une certaine visibilité que pour immédiatement court-circuiter celle-ci.*

Avec Panégyrique, tome second, *paru en 1997 à titre posthume, il parachève la démonstration. Pour* voir *Debord, il faudra se contenter, et pour très longtemps, des images qu'il a choisi de laisser de lui et de ses proches. Il n'y a rien à ajouter, rien d'autre à avouer. D'ailleurs tout n'a-t-il pas été dit depuis longtemps, par les auteurs qu'il aime, et dont les citations accompagnent les photos de cet étrange album ?* Panégyrique, tome second, *c'est l'album des* passions *de Debord, que personne n'aura pu lui disputer.*

Devenu visible dans une société dont il a dénoncé depuis longtemps la logique de la pseudo-communication, *Debord ne cesse de signifier à cette société non seulement qu'il n'a rien à lui dire mais encore qu'il n'en attend rien, qu'il se passe de tout commentaire. C'est le sens de la plupart de ses dernières interventions : par exemple les préfaces pour de nouvelles éditions de ses livres, ou encore l'édition critique de* In girum imus nocte..., *très retorse. Elle coupe l'herbe sous les pieds des universitaires qui commencent à flairer le bon coup, tout en soustrayant encore plus clairement ce film à sa dimension proprement cinématographique : il n'en reste à ce moment-là qu'un livre, valorisé encore, et non sans ironie, par l'existence d'une édition critique.*

C'est aussi le sens de « Cette mauvaise réputation... », *seul livre inédit, original si l'on veut, publié par Debord aux Éditions Gallimard (en 1993). Mais original,* « Cette mauvaise réputation... » *l'est seulement parce que, pour une fois (et une dernière fois), Debord se contente de reprendre le procédé développé dans* Considérations sur l'assassinat de Gérard Lebovici, *consistant à réfuter les journalistes et commentateurs qu'il cite à comparaître au titre de témoins de l'accusation dans son propre procès. Il ne semble donc pas que son nouvel éditeur lui ait donné le goût du travail. Ceux qui guettaient depuis longtemps les signes d'un déclin y ont carrément vu celui de son agonie : « Debord n'a plus rien à dire. » Au fait, ils ne croyaient pas si bien dire...*

V. K.

1989 **Juillet.** *Panégyrique*, tome premier.

1990 **19 février.** Mort de Floriana Lebovici (née en 1940).
Octobre. *In girum imus nocte et consumimur igni, édition critique.*

1991 Guy Debord rompt avec les héritiers des Éditions Gérard Lebovici et exige la mise au pilon de tous ses livres ; peu après, ces éditions déposeront leur bilan.
Février. Guy Debord fait paraître deux annonces, l'une dans le *Times Litterary Supplement*, l'autre dans *L'Événement du jeudi*, pour faire savoir qu'il « cherche un agent littéraire ou important éditeur indépendant pour des livres qui exposeront la modernisation de la société du "spectaculaire-intégré" ».
Octobre. Guy Debord quitte définitivement Paris.

1992 Par l'entremise de Jean-Jacques Pauvert, les Éditions Gallimard rééditent six livres de Guy Debord, dont *La Société du spectacle*, précédée d'un *Avertissement pour la troisième édition française* (30 juin 1992).

1993 **Mars.** Voyage à Venise.
Octobre. *« Cette mauvaise réputation... »* (Éditions Gallimard).
Novembre. Première parution en librairie des *Mémoires*, précédés d'*Attestations*, chez Jean-Jacques Pauvert aux Belles Lettres ; le même éditeur publie *Le Déclin et la chute de l'économie spectaculaire-marchande.*

1994 Séjour à Venise, où il loue un appartement Riva degli Schiavoni.
Septembre. *Justifications* précédant les *Contrats* de Guy Debord, qui paraîtront en février 1995 aux Éditions Le temps qu'il fait.
3-15 octobre. *Guy Debord, son art et son temps*, moyen-métrage réalisé par Brigitte Cornand sous la direction de Guy Debord, à Champot.
30 novembre. Guy Debord se suicide dans sa maison de Champot. Ses cendres sont dispersées dans la Seine, à la pointe du Vert-Galant, par Alice et son frère Eugène Becker.
15 décembre. Projection privée de *Guy Debord, son art et son temps*, dans les studios de Canal +.

1995 **9 janvier.** Diffusion sur Canal + du film *Guy Debord, son art et son temps* suivie des films *La Société du spectacle* et *Réfutation de tous les jugements, tant élogieux qu'hostiles, qui ont été jusqu'ici portés sur le film « La Société du spectacle »*, au cours d'une soirée spéciale.
Février. *Des contrats* (Éditions Le temps qu'il fait).

1996 *La Société du spectacle, Guy Debord présente Potlatch (1954-1957)* et *Commentaires sur la société du spectacle* (Folio Gallimard).

1997 *Panégyrique*, tome second (Librairie Arthème Fayard).
Réédition en fac-similé des douze numéros d'*Internationale situationniste*, édition augmentée (Librairie Arthème Fayard).

1998 *La Véritable Scission dans l'Internationale*, édition augmentée (Librairie Arthème Fayard).

1999 Premier volume de la *Correspondance* de Guy Debord, *juin 1957-août 1960* (Librairie Arthème Fayard).
In girum imus nocte et consumimur igni, édition critique augmentée, suivi d'*Ordures et décombres* (Éditions Gallimard).

2000 *Rapport sur la construction des situations*, suivi de *Les Situationnistes et les nouvelles formes d'action dans la politique ou l'art* (Mille et une nuits, Librairie Arthème Fayard).

2001 *Correspondance, volume 2, septembre 1960-décembre 1964.*
29 août-8 septembre. Première rétrospective des films de Guy Debord à la 58e Mostra de Venise.
31 octobre. Avant-première de ressortie du film *In girum imus nocte et consumimur igni* à l'auditorium du Louvre.

2002 **9-12 avril.** Rétrospective des films de Guy Debord au Magic Cinéma à Bobigny.

2003 *Correspondance, volume 3, janvier 1965-décembre 1968.*

2004 *Le marquis de Sade a des yeux de fille, de beaux yeux pour faire sauter les ponts*, édition en fac-similé de lettres à Hervé Falcou (1949-1953) et à Ivan Chtcheglov (1953) (Librairie Arthème Fayard).
Correspondance, volume 4, janvier 1969-décembre 1972.
La Planète malade (Éditions Gallimard).
Après l'incendie des entrepôts des Belles Lettres dans la nuit du 29 au 30 mai 2002, parution en tirage limité d'une nouvelle édition des *Mémoires* suivis du relevé des détournements fait en mars 1986 par Guy Debord (Éditions Allia).

2005 *Correspondance, volume 5, janvier 1973-décembre 1978.*
Édition intégrale des films de Guy Debord présentée par Alice Debord et conçue avec Olivier Assayas (3 DVD, Gaumont) et nouvelle sortie en salles de ses films.

2006 Réédition revue et augmentée du *Jeu de la guerre, relevé des positions successives de toutes les forces au cours d'une partie* (Éditions Gallimard).

J.-L. R.

Carte psychogéographique réalisée à partir d'un plan édité par la préfecture de Paris (édition de 1956, révision de 1968). Restée inédite.
En 1988, pour Guy Debord, Paris – où depuis 1987 il habite rue du Bac dans un immeuble accolé au square des Missions-Étrangères face à l'hôtel de Clermont-Tonnerre – est limité presque totalement à la rive gauche, à l'exception de la pointe de l'île de la Cité (square du Vert-Galant et place Dauphine) et du quai du Louvre reliant le Pont-Neuf au pont des Arts. Bordées au nord par la Seine, les dix unités d'ambiance relevées recouvrent le nord-ouest du 6e arrondissement, avec au sud le jardin du Luxembourg, et le nord-est du 7e arrondissement jusqu'aux Invalides.
(L'écriture est d'Alice Debord.)

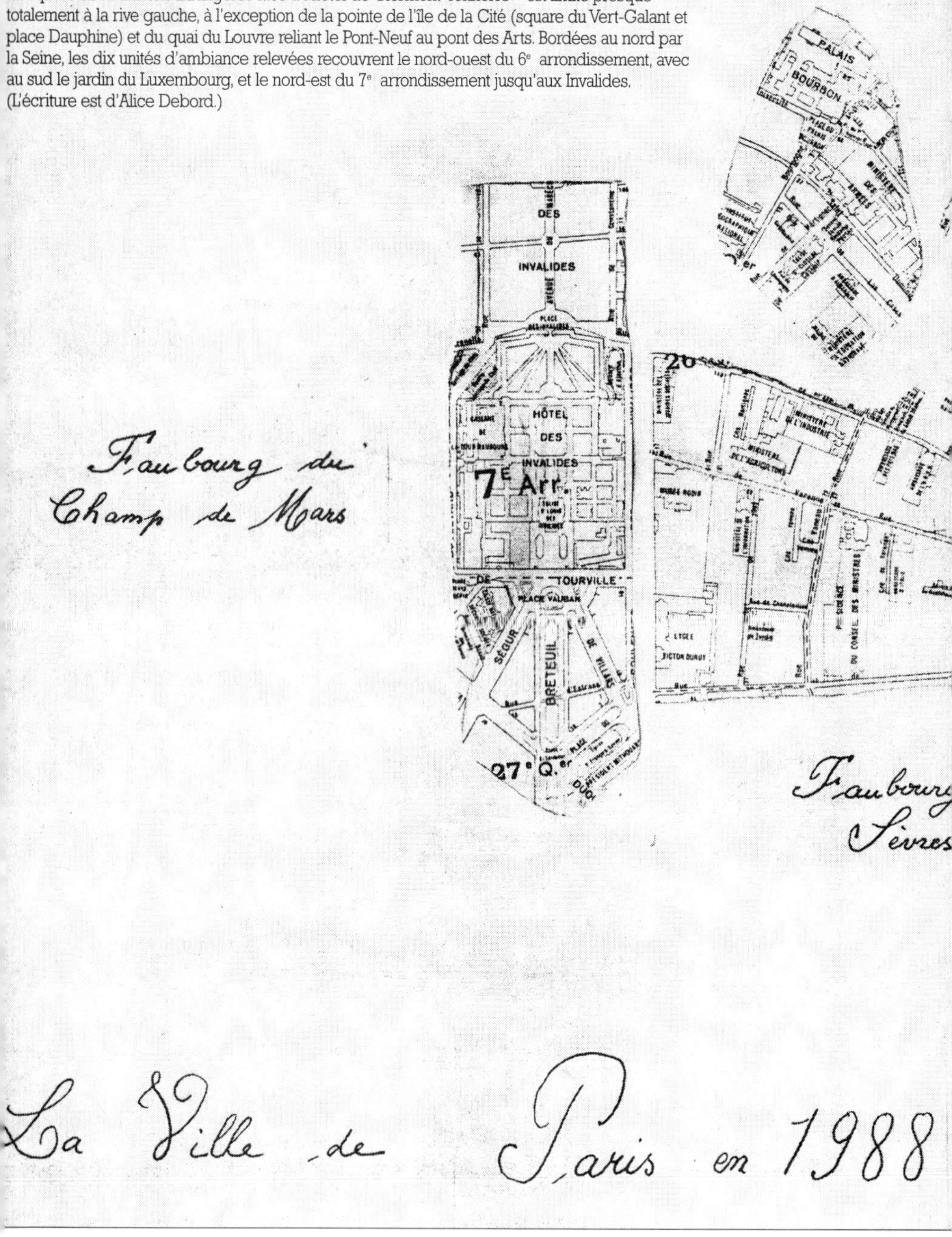

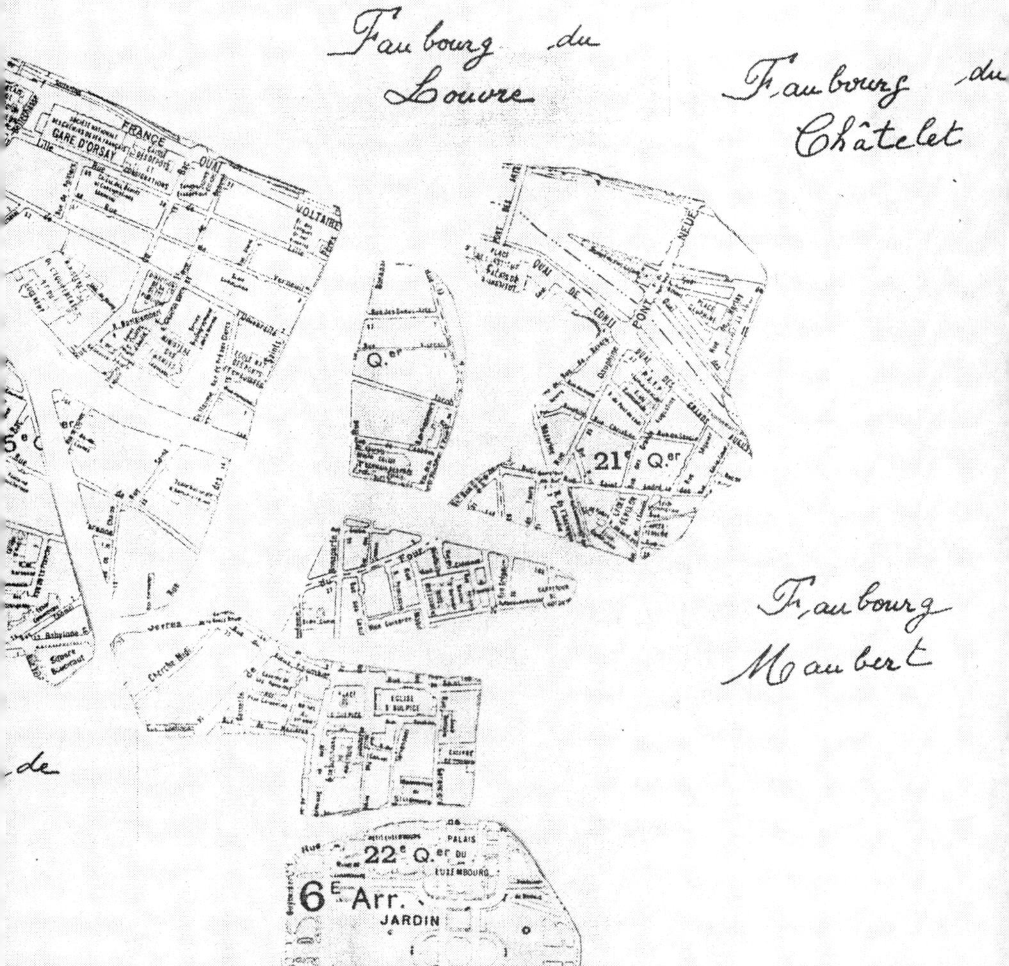

Faubourg du Louvre
Faubourg du Châtelet
Faubourg Maubert
de
FRANCE
GARE D'ORSAY
QUAI
VOLTAIRE
PONT
NEUF
Q.er
21e Q.er
22e Q.er DU
LUXEMBOURG
6E Arr.
JARDIN
DU LUXEMBOURG
PALAIS
EGLISE S. SULPICE
ECOLE NATIONALE
MINES

Traduction en vers heptamètres d'un poème de Federico Garcia Lorca, adressée le 27 juillet 1988 à Antónia (Toñí) Lopez-Pintor avec ces quelques mots : « Chère Toñí, J'espère que cette traduction de *La Casada infiel* te plaira. J'y vois maintenant beaucoup de ressemblances avec la belle et triste histoire d'un serveur mexicain en 1979 (le gitan ne s'en est jamais remis). Fidèlement, Guy. » Cette traduction de *La Casada infiel* a été publiée en juillet 2004 dans *Trois arbres ils ont abattus*, suivi du *Romancero gitan*, traduit par Alice Becker-Ho aux éditions William Blake & Co.

La Mariée infidèle

Et moi qui, sans m'en douter,
L'ai menée à la rivière !
Je croyais qu'elle était fille,
Mais elle avait un mari.
Pour la nuit de la Saint-Jacques,
Tout paraissait convenu.
Sitôt les lampes éteintes
Et les grillons crépitant,
Au dernier tournant des rues
J'ai touché ses seins dormants
Mais vite éveillés pour moi,
Grappes de jacinthe écloses.
L'amidon de son jupon
Me crissait dans les oreilles
Comme une pièce de soie
Quand dix couteaux la déchirent.
Sans clair de lune à leurs cimes,
Les arbres se font plus hauts.
L'horizon des chiens aboie
Loin, très loin de la rivière.

*

Passés les mûres sauvages,
Les épines et les joncs,
Elle a défait ses cheveux,
Aplani pour nous la rive.
J'ai enlevé ma cravate.
Elle a enlevé sa robe.
Moi, ceinture et revolver.
Elle, ses quatre corsages.
Odorant nard, coquillages,
Rien ne se peut voir si fin.
Ni le miroir sous la lune
N'éblouit de cet éclat.

Ses cuisses, qui m'échappaient
Comme des poissons surpris,
C'était le feu tout entier,
Et aussi la fraîcheur même.
Cette nuit-là, j'ai couru
Dans le meilleur des chemins,
Montant pouliche de nacre,
Sans étriers et sans brides.
Je n'ose dire, étant homme,
Les choses qu'elle m'a dites.
Le grand jour de la raison
M'incite à plus de réserve.
Je la ramenai salie
Par les baisers et le sable.
Contre le vent bataillaient
Les iris et leurs épées.

*

Tel que je suis, je dois vivre :
Comme un gitan authentique.
J'offris un beau nécessaire
De couture, en paille rase.
Et je n'ai donc pas voulu
Devenir amoureux d'elle,
Parce qu'étant mariée
Elle a dit qu'elle était fille,
En venant vers la rivière.

PANÉGYRIQUE

TOME PREMIER

Publié en 1989 aux Éditions Gérard Lebovici ;
repris aux Éditions Gallimard en 1993.

« Panégyrique dit plus qu'éloge. L'éloge contient sans doute la louange du personnage, mais n'exclut pas une certaine critique, un certain blâme. Le panégyrique ne comporte ni blâme ni critique. »

Littré, *Dictionnaire de la langue française.*

« Pourquoi me demander mon origine ? Les générations des hommes sont comme celles des feuilles. Le vent jette les feuilles à terre, mais la féconde forêt en produit d'autres, et la saison du printemps revient ; de même la race des humains naît et passe. »

Iliade, Chant VI.

I

« Quant à son plan, nous nous flattons de démontrer qu'il n'en a point, qu'il écrit presque au hasard, mêlant les faits, les rapportant sans suite et sans ordre ; confondant, lorsqu'il traite une époque, ce qui appartient à une autre ; dédaignant de justifier ses accusations ou ses éloges ; adoptant sans examen, et sans cet esprit de critique si nécessaire à l'historien, les faux jugements de la prévention, de la rivalité ou de l'inimitié, et les exagérations de l'humeur ou de la malveillance ; prêtant aux uns des actions, aux autres des discours incompatibles avec leur position et avec leur caractère ; ne citant jamais d'autre témoin que lui-même, et d'autre autorité que ses propres assertions. »

Général Gourgaud, *Examen critique de l'ouvrage de M. le comte Philippe de Ségur.*

Toute ma vie, je n'ai vu que des temps troublés, d'extrêmes déchirements dans la société, et d'immenses destructions ; j'ai pris part à ces troubles. De telles circonstances suffiraient sans doute à empêcher le plus transparent de mes actes ou de mes raisonnements d'être jamais approuvé universellement. Mais en outre plusieurs d'entre eux, je le crois bien, peuvent avoir été mal compris.

Clausewitz, au début de son histoire de la campagne de 1815, donne ce résumé de sa méthode : « Dans toute critique stratégique, l'essentiel est de se mettre exactement au point de vue des acteurs ; il est vrai que c'est souvent très difficile. » Le difficile est de connaître « toutes les circonstances où se trouvaient les acteurs » dans un moment déterminé, afin d'être par là en état de juger sainement la série de leurs choix dans la conduite de leur guerre : comment ils ont fait ce qu'ils ont fait, et ce qu'ils auraient éventuellement pu faire d'autre. Il faut donc savoir ce qu'ils voulaient avant tout et, bien sûr, ce qu'ils croyaient ; sans oublier ce qu'ils ignoraient. Et ce qu'ils ignoraient alors, ce n'était pas seulement le résultat encore à venir de leurs propres opérations se heurtant aux opérations qu'on leur opposerait, mais aussi beaucoup de ce qui déjà faisait effectivement sentir son poids contre eux, dans les dispositions ou les forces du camp adverse, et pourtant leur demeurait caché ; et au fond ils ne savaient pas la valeur exacte qu'il fallait accorder à leurs propres forces, jusqu'à ce que celles-ci aient pu la faire connaître, justement, dans le moment de leur emploi, dont l'issue d'ailleurs quelquefois la change tout autant qu'elle l'éprouve.

Celui qui a mené telle action, dont on a pu ressentir au loin de grandes conséquences, a été souvent presque seul à en connaître des côtés assez importants, que diverses raisons avaient incité à tenir cachés, tandis que d'autres aspects ont été oubliés depuis, simplement parce que ces temps sont passés, ou morts ceux qui les ont connus. Et le témoignage même des vivants n'est pas toujours accessible. L'un ne sait pas vraiment écrire ; l'autre est retenu par des intérêts ou des ambitions plus actuels ; un troisième peut avoir peur ; et le dernier risque de s'embarrasser du souci de ménager sa propre réputation. Comme on va le voir, je ne suis arrêté par aucun de ces empêchements. Parlant donc aussi froidement que possible de ce qui a suscité beaucoup de passion, je vais dire ce que j'ai fait. Assurément, une foule d'injustes blâmes, sinon tous, s'en trouveront à l'instant balayés comme de la poussière. Et je me persuade que les grandes lignes de l'histoire de mon temps en ressortiront plus clairement.

Je serai obligé d'entrer dans quelques détails. Cela peut donc me conduire assez loin ; je ne me refuse pas à envisager l'ampleur de la tâche. J'y mettrai le temps qu'il faudra. Je ne dirai tout de même pas, comme Sterne en commençant d'écrire *Vie et opinions de Tristram Shandy* : « Je ne vais pas me presser, mais écrire tranquillement et publier ma vie à raison de deux volumes par an ; si le lecteur veut bien souffrir mon allure et si je parviens à un arrangement tolérable avec mon libraire. » Car je ne veux sûrement pas m'engager à publier deux volumes par an, ni même promettre n'importe quel autre rythme moins précipité.

Ma méthode sera très simple. Je dirai ce que j'ai aimé ; et tout le reste, à cette lumière, se montrera et se fera bien suffisamment comprendre.

« Le temps trompeur nous dissimule ses traces, mais il passe, rapide », dit le poète Li Po, qui ajoute : « Vous gardez peut-être encore le caractère gai de la jeunesse – mais vos cheveux sont déjà tout blancs ; et à quoi bon vous plaindre ? » Je ne pense à me plaindre de rien, et certainement pas de la manière dont j'ai pu vivre.

Je veux d'autant moins en dissimuler les traces que je les sais exemplaires. Que quelqu'un entreprenne de dire ce qu'a été effectivement et précisément la vie qu'il a connue, cela a toujours été rare, à cause des nombreuses difficultés du sujet. Et ce sera peut-être encore plus précieux à présent, s'agissant d'une époque où tant de choses ont été changées, dans la surprenante vitesse des catastrophes ; époque dont on peut dire que presque tous les repères et mesures ont été soudainement emportés avec le terrain même où était édifiée l'ancienne société.

Il m'est en tout cas facile d'être sincère. Je ne trouve rien qui puisse en aucune matière m'inciter à la moindre gêne. Je n'ai jamais cru aux valeurs reçues par mes contemporains, et voilà qu'aujourd'hui personne n'en connaît plus aucune. Lacenaire, peut-être encore trop scrupuleux, s'est exagéré, me semble-t-il, la responsabilité qu'il avait directement encourue dans la mort violente d'un très petit nombre de gens : « Je pense valoir mieux que la plupart des hommes que j'ai connus, même avec le sang qui me couvre », écrivait-il à Jacques Arago. (« Mais vous y étiez avec nous, Monsieur Arago, sur les barricades, en 1832. Souvenez-vous du cloître Saint-Merry… Vous ne savez pas ce que c'est que la misère, Monsieur Arago ; vous n'avez jamais eu faim », devaient répondre un peu plus tard, pas à lui mais à son frère, sur les barricades de juin 1848, les ouvriers que celui-là était venu haranguer, comme un Romain, sur l'abus que c'est de s'insurger contre les lois de la République.)

Rien n'est plus naturel que de considérer toutes choses à partir de soi, choisi comme centre du monde ; on se trouve par là capable de condamner le monde sans même vouloir entendre ses discours trompeurs. Il faut seulement marquer les limites précises qui bornent nécessairement cette autorité : sa propre place dans le cours du temps, et dans la société ; ce qu'on a fait et ce qu'on a connu, ses passions dominantes. « Qui peut donc écrire la vérité, que ceux qui l'ont sentie ? » L'auteur des plus beaux *Mémoires* écrits au XVIIe siècle, qui n'a pas échappé à l'inepte reproche d'avoir parlé de sa conduite sans garder les apparences de la plus froide objectivité, en avait fait l'observation, bienvenue ; qu'il appuyait en citant là-dessus cette opinion du président de Thou, selon laquelle « il n'y a de véritables histoires que celles qui ont été écrites par des hommes qui ont été assez sincères pour parler véritablement d'eux-mêmes ».

On s'étonnera peut-être que je semble implicitement me comparer, ici ou là, sur quelque point de détail, à tel grand esprit du passé, ou simplement à des personnalités qui ont été remarquées historiquement. On aura tort. Je ne prétends ressembler à personne d'autre, et je crois aussi que l'époque présente est très peu comparable avec le passé. Mais beaucoup de personnages du passé, différant extrêmement entre eux, sont encore assez communément connus. Ils représentent en résumé une signification instantanément communicable, à propos des conduites ou penchants humains. Ceux qui ignoreraient ce qu'ils ont été pourront aisément le vérifier ; et se faire comprendre est toujours un mérite, pour celui qui écrit.

Je devrai faire un assez grand emploi des citations. Jamais, je crois, pour donner de l'autorité à une quelconque démonstration ; seulement pour faire sentir de quoi auront été tissés en profondeur cette aventure, et moi-même. Les citations sont utiles dans les périodes d'ignorance ou de croyances obscurantistes. Les allusions, sans guillemets, à d'autres textes que l'on sait très célèbres, comme on en voit dans la poésie classique chinoise, dans Shakespeare ou dans Lautréamont, doivent être réservées aux temps plus riches en têtes capables de reconnaître la phrase antérieure, et la distance qu'a introduite sa nouvelle application.

On risquerait aujourd'hui, où l'ironie même n'est plus toujours comprise, de se voir de confiance attribuer la formule, qui d'ailleurs pourrait être aussi hâtivement reproduite en termes erronés. La lourdeur ancienne du procédé des citations exactes sera compensée, je l'espère, par la qualité de leur choix. Elles viendront avec à-propos dans ce discours : aucun ordinateur n'aurait pu m'en fournir cette pertinente variété.

Ceux qui veulent écrire vite à propos de rien ce que personne ne lira une seule fois jusqu'à la fin, dans les journaux ou dans les livres, vantent avec beaucoup de conviction le style du langage parlé, parce qu'ils le trouvent beaucoup plus moderne, direct, facile. Eux-mêmes ne savent pas parler. Leurs lecteurs non plus, le langage effectivement parlé dans les conditions de vie modernes s'étant trouvé socialement résumé à sa représentation élue au second degré par le suffrage médiatique, comptant environ six ou huit tournures à tout instant redites et moins de deux centaines de vocables, dont une majorité de néologismes, le tout étant soumis à un renouvellement par tiers chaque semestre. Tout cela favorise une certaine solidarité rapide. Au contraire, je vais pour ma part écrire sans recherche et sans fatigue, comme la chose du monde la plus normale et la plus aisée, la langue que j'ai apprise et, dans la plupart des circonstances, parlée. Ce n'est pas à moi d'en changer. Les Gitans jugent avec raison que l'on n'a jamais à dire la vérité ailleurs que dans sa langue ; dans celle de l'ennemi, le mensonge doit régner. Autre avantage : en se référant au vaste *corpus* des textes classiques parus en français tout au long des cinq siècles antérieurs à ma naissance, mais surtout dans les deux derniers, il sera toujours facile de me traduire convenablement dans n'importe quel idiome de l'avenir, même quand le français sera devenu une langue morte.

Qui pourrait ignorer, dans notre siècle, que celui qui trouve son intérêt à affirmer instantanément n'importe quoi va toujours le dire n'importe comment ? L'immense accroissement des moyens de la domination moderne a tant marqué le style de ses énoncés que, si la compréhension du cheminement des sombres raisonnements du pouvoir fut longtemps un privilège des gens réellement intelligents, elle est maintenant devenue par force familière aux plus endormis. C'est en ce sens qu'il est permis de penser que la vérité de ce rapport sur mon temps sera bien assez prouvée par son style. Le ton de ce discours sera en lui-même une garantie suffisante, puisque tout le monde comprendra que c'est uniquement en ayant vécu comme cela que l'on peut avoir la maîtrise de cette sorte d'exposé.

On sait, de science certaine, que la guerre du Péloponnèse a eu lieu. Mais c'est seulement par Thucydide que l'on en connaît l'implacable déroulement, et les leçons. Aucun recoupement n'est possible ; mais aucun non plus n'était utile, puisque la véracité des faits, comme la cohérence de la pensée, se sont si bien imposées aux contemporains et à la proche postérité, que tout autre témoin s'est senti découragé devant la difficulté d'apporter quelque différente interprétation des événements, ou même d'en chicaner un détail.

Et je crois que, pareillement, sur l'histoire que je vais maintenant exposer, on devra s'en tenir là. Car personne, pendant bien longtemps, n'aura l'audace d'entreprendre de démontrer, sur n'importe quel aspect des choses, le contraire de ce que j'en aurai dit ; soit que l'on trouvât le moindre élément inexact dans les faits, soit que l'on pût soutenir un autre point de vue à leur propos.

Si conventionnel que doive être jugé le procédé, je pense qu'il n'est pas inutile ici de tracer tout d'abord, et clairement, le commencement : la date et les conditions générales auxquelles débute un récit que, par la suite, je ne manquerai pas de livrer à toute la confusion qui est exigée par son thème. On peut raisonnablement penser que beaucoup de choses apparaissent dans la jeunesse ; qui vous accompagnent longtemps. Je suis né en 1931, à Paris. La fortune de ma famille était dès lors fort ébranlée par les conséquences de la crise économique mondiale qui était apparue d'abord en Amérique, peu auparavant ; et les débris ne paraissaient pas pouvoir aller beaucoup au-delà de ma majorité, ce qui arriva effectivement. Ainsi donc, je suis né virtuellement ruiné. Je n'ai pas à proprement parler ignoré que je ne devais pas attendre d'héritage, et finalement je n'en ai pas eu. Je n'ai simplement attaché aucune sorte d'importance à ces questions assez abstraites de l'avenir. Ainsi, pendant tout le cours de mon adolescence, j'allai lentement mais inévitablement vers une vie d'aventures, les yeux ouverts ; si toutefois l'on peut dire que j'avais alors les yeux ouverts sur cette question, et aussi bien sur la plupart des autres. Je ne pouvais même pas penser à étudier une seule des savantes qualifications qui conduisent à occuper des emplois, puisqu'elles me paraissaient toutes étrangères à mes goûts ou contraires à mes opinions. Les gens que j'estimais plus que personne au monde étaient Arthur Cravan et Lautréamont, et je savais parfaitement que tous leurs amis, si j'avais consenti à poursuivre des études universitaires, m'auraient méprisé autant que si je m'étais résigné à exercer une activité artistique ; et, si je n'avais pu avoir ces amis-là, je n'aurais certainement pas admis de m'en consoler avec d'autres. Je me suis fermement tenu, docteur en rien, à l'écart de toute apparence de participation aux milieux qui passaient alors pour intellectuels ou artistiques. J'avoue que mon mérite en cette matière se trouvait bien tempéré par ma grande paresse, comme aussi par mes très minces capacités pour affronter les travaux de pareilles carrières.

Le fait de n'avoir jamais accordé que très peu d'attention aux questions d'argent, et absolument aucune place à l'ambition d'occuper quelque brillante fonction dans la société, est un trait si rare parmi mes contemporains qu'il sera sans doute parfois considéré comme incroyable, même dans mon cas. Il est pourtant vrai, et s'est trouvé si constamment et si durablement vérifiable que le public devra s'y faire. J'imagine que la cause résidait dans mon éducation insouciante, rencontrant un terrain favorable. Je n'ai jamais vu les bourgeois travaillant, avec la bassesse que comporte forcément leur genre spécial de travail ; et voilà pourquoi peut-être j'ai pu apprendre dans cette indifférence quelque chose de bon sur la vie, mais en somme uniquement par absence et par défaut. Le moment de la décadence de n'importe quelle forme de supériorité sociale a sûrement quelque chose de plus aimable que ses vulgaires débuts. Je suis resté attaché à cette préférence, que j'avais sentie très tôt, et je peux dire que la pauvreté m'a principalement donné de grands loisirs, n'ayant pas à gérer des biens anéantis, et ne songeant pas à les restaurer en participant au gouvernement de l'État. Il est vrai que j'ai goûté des plaisirs peu connus des gens qui ont obéi aux malheureuses lois de cette époque. Il est vrai aussi que j'ai exactement observé plusieurs devoirs dont ils n'ont même pas l'idée. « Car de notre vie, énonçait rudement en son temps le *Règle du Temple*, vous ne voyez que l'écorce qui est par-dehors… mais vous ne savez pas les forts commandements qui sont dedans. » Je dois aussi noter, pour avoir bien cité dans leur totalité les favorables influences connues là, cette évidence que j'ai eu alors l'occasion de lire plusieurs bons livres, à partir desquels il est toujours possible de trouver par soi-même tous les autres, voire d'écrire ceux qui manquent encore. Le relevé très complet s'arrêtera là.

Je vis s'achever, avant d'avoir vingt ans, cette part paisible de ma jeunesse ; et je n'eus plus que l'obligation de suivre sans frein tous mes goûts, mais dans des conditions difficiles. J'allai d'abord vers le milieu, très attirant, où un extrême nihilisme ne voulait plus rien savoir, ni surtout continuer, de ce qui avait été antérieurement admis comme l'emploi de la vie ou des arts. Ce milieu me reconnut sans peine comme l'un des siens. Là disparurent mes dernières possibilités de revenir un jour au cours normal de l'existence. Je le pensai, et la suite l'a prouvé.

Il faut que je sois moins porté qu'un autre à calculer, puisque ce choix si prompt, qui m'engageait à tant, fut spontané, produit d'une irréflexion sur laquelle je ne suis jamais revenu ; et que plus tard, après avoir eu le loisir d'en mesurer les conséquences, je n'ai jamais regrettée. On peut bien dire, pensant en termes de richesse ou de réputation, que je n'avais rien à perdre ; mais enfin je n'avais non plus rien à y gagner.

Ce milieu des entrepreneurs de démolitions, plus nettement que ne l'avaient fait leurs devanciers des deux ou trois générations précédentes, s'était alors mêlé de fort près aux classes dangereuses. En vivant avec elles, on mène assez largement leur vie. Il en reste évidemment des traces durables. Plus de la moitié des gens que, tout au long des années, j'ai bien connus avaient séjourné, une ou plusieurs fois, dans les prisons de divers pays ; beaucoup, sans doute, pour des raisons politiques, mais tout de même un plus grand nombre pour des délits ou des crimes de droit commun. J'ai donc connu surtout les rebelles et les pauvres. J'ai vu autour de moi en grande quantité des individus qui mouraient jeunes, et pas toujours par le suicide, d'ailleurs fréquent. Sur cet article de la mort violente, je remarque, sans pouvoir avancer une explication pleinement rationnelle du phénomène, que le nombre de mes amis qui ont été tués par balles constitue un pourcentage grandement inusité, en dehors des opérations militaires bien sûr.

Nos seules manifestations, restant rares et brèves dans les premières années, voulaient être complètement inacceptables ; d'abord surtout par leur forme et plus tard, s'approfondissant, surtout par leur contenu. Elles n'ont pas été acceptées. « La destruction fut ma Béatrice », écrivait Mallarmé qui, lui-même, a été le guide de quelques autres dans des explorations assez périlleuses. Pour qui s'emploie uniquement à faire de telles démonstrations historiques, et donc refuse partout ailleurs le travail existant, il est bien certain qu'il faut savoir vivre sur le pays. Je traiterai plus loin la question d'une manière assez détaillée. Pour me borner ici à exposer la chose dans sa plus grande généralité, je dirai que je m'en suis toujours tenu à donner l'impression vague que j'avais de grandes qualités intellectuelles, et même artistiques, dont j'avais préféré priver mon époque, qui ne me paraissait pas en mériter l'emploi. Il s'est toujours trouvé des gens pour regretter là mon absence et, paradoxalement, pour m'aider à la maintenir. Cela n'a pu être mené à bien que parce que je ne suis jamais allé chercher personne, où que ce soit. Mon entourage n'a été composé que de ceux qui sont venus d'eux-mêmes, et ont su se faire accepter. Je ne sais pas si un seul autre a osé se conduire comme moi, dans cette époque ? Il faut convenir aussi que la dégradation de toutes les conditions existantes est justement apparue au même moment, comme pour donner raison à ma folie singulière.

Je dois admettre pareillement, car rien ne peut rester purement inaltérable dans le cours du temps, qu'après environ une vingtaine d'années, ou guère plus, une fraction avancée d'un public spécialisé a paru commencer à ne plus trop rejeter l'idée que je pouvais bien avoir plusieurs véritables talents, remarquables surtout par comparaison à la grande pauvreté des trouvailles et redites qu'ils avaient longtemps cru devoir admirer ; et quoique le seul emploi discernable de mes dons doive être regardé comme pleinement néfaste. Et alors, c'est naturellement moi qui ai refusé, de toutes les façons, d'accepter de reconnaître l'existence de ces gens qui commençaient, pour ainsi dire, à reconnaître quelque chose de la mienne. Il est vrai qu'ils n'étaient pas prêts à en accepter tout, et j'avais toujours dit franchement que ce serait tout ou rien, me plaçant par là définitivement hors d'atteinte de leurs éventuelles concessions. Quant à la société, mes goûts et mes idées n'ont pas changé, restant les plus opposés à ce qu'elle était comme à tout ce qu'elle annonçait vouloir devenir.

Le léopard meurt avec ses taches, et je ne me suis jamais proposé, ni ne me suis cru capable, de m'améliorer. Je n'ai véritablement prétendu à aucune sorte de vertu, sauf peut-être à celle d'avoir pensé que seuls quelques crimes d'un genre nouveau, que l'on n'avait certainement pas pu entendre citer dans le passé, pourraient ne pas être indignes de moi ; et à celle de n'avoir pas varié, après un si mauvais début. À un instant critique des troubles de la Fronde, Gondi qui a donné de si grandes preuves de ses capacités pour le maniement des affaires humaines, et notamment dans son rôle favori de perturbateur du repos public, improvisa heureusement devant le Parlement de Paris une belle citation attribuée à un auteur ancien, dont tous cherchèrent vainement le nom, mais qui pouvait être appliquée au mieux à son propre panégyrique : « *In difficillimis Reipublicae temporibus, urbem non deserui ; in prosperis nihil de publico delibavi ; in desperatis, nihil timui.* » Il la traduit lui-même ainsi : « Dans les mauvais temps, je n'ai point abandonné la ville ; dans les bons, je n'ai point eu d'intérêts ; dans les désespérés, je n'ai rien craint. »

II

> « Tels furent les événements de cet hiver et ainsi s'acheva la deuxième année de la guerre dont Thucydide a écrit l'histoire. »
>
> Thucydide, *Guerre du Péloponnèse.*

Dans le quartier de perdition où vint ma jeunesse, comme pour achever de s'instruire, on eût dit que s'étaient donné rendez-vous les signes précurseurs d'un proche effondrement de tout l'édifice de la civilisation. On y trouvait en permanence des gens qui ne pouvaient être définis que négativement, pour la bonne raison qu'ils n'avaient aucun métier, ne s'occupaient à aucune étude, et ne pratiquaient aucun art. Ils étaient nombreux à avoir participé aux guerres récentes, dans plusieurs des armées qui s'étaient disputé le continent : l'allemande, la française, la russe, l'armée des États-Unis, les deux armées espagnoles, et plusieurs autres encore. Le restant, qui était plus jeune de cinq ou six ans, était venu directement là, parce que l'idée de famille avait commencé à se dissoudre, comme toutes les autres. Nulle doctrine reçue ne modérait la conduite de personne ; et pas davantage ne venait proposer à leur existence quelque but illusoire. Diverses pratiques d'un instant étaient toujours prêtes à exposer, dans la lumière de l'évidence, leur tranquille défense. Le nihilisme est tranchant pour moraliser, dès que l'effleure l'idée de se justifier : l'un volait les banques, qui se glorifiait de ne pas voler les pauvres, et un autre n'avait jamais tué personne quand il n'était pas en colère. Malgré toute cette éloquence disponible, c'étaient les gens les plus imprévisibles d'une heure à l'autre, et parfois assez dangereux. C'est le fait d'être passé par un tel milieu qui m'a permis de dire quelquefois, par la suite, avec la même fierté que le démagogue des *Cavaliers* d'Aristophane : « J'ai été élevé sur la voie publique, moi aussi ! »

Après tout, c'était la poésie moderne, depuis cent ans, qui nous avait menés là. Nous étions quelques-uns à penser qu'il fallait exécuter son programme dans la réalité ; et en tout cas ne rien faire d'autre. On s'est parfois étonné, à vrai dire depuis une date extrêmement récente, en découvrant l'atmosphère de haine et de malédiction qui m'a constamment environné et, autant que possible, dissimulé. Certains pensent que c'est à cause de la grave responsabilité que l'on m'a souvent attribuée dans les origines, ou même dans le commandement, de la révolte de mai 1968. Je crois plutôt que ce qui, chez moi, a déplu d'une manière très durable, c'est ce que j'ai fait en 1952. Une reine de France en colère rappelait un jour au plus séditieux de ses sujets : « Il y a de la révolte à s'imaginer que l'on se puisse révolter. »

C'est bien ce qui est arrivé. Un autre contempteur du monde, autrefois, qui disait qu'il avait été roi dans Jérusalem, avait évoqué le fond du problème, presque avec ces propres paroles : L'esprit tournoie de toutes parts et il revient sur lui-même par de longs circuits. Toutes les révolutions entrent dans l'histoire, et l'histoire n'en regorge point ; les fleuves des révolutions retournent d'où ils étaient sortis, pour couler encore.

Il y avait toujours eu des artistes ou des poètes capables de vivre dans la violence. L'impatient Marlowe est mort le couteau à la main, en contestant une addition. On considère généralement que Shakespeare pensait à cette disparition de son rival quand il a fait, sans trop craindre qu'on pût lui en reprocher la lourdeur, cette plaisanterie dans *Comme il vous plaira* : « Cela vous étend un homme plus raide qu'une note trop élevée dans un bouge de bas étage. » Le phénomène qui était cette fois absolument nouveau, et qui a naturellement laissé peu de traces, c'est que le seul principe admis par tous était que justement il ne pouvait plus y avoir de poésie ni d'art ; et que l'on devait trouver mieux.

Nous avions plusieurs traits de ressemblance avec ces autres sectateurs de la vie dangereuse qui avaient passé leur temps, exactement cinq cents ans avant nous, dans la même ville et sur la même rive. Je ne peux évidemment pas être comparé à quelqu'un qui a maîtrisé son art comme François Villon. Et je ne me suis pas aussi irrémédiablement que lui engagé dans le grand banditisme ; enfin je n'avais pas fait d'aussi bonnes études universitaires. Mais il y avait ce « noble homme » de mes amis qui a été là tout à fait l'équivalent de Régnier de Montigny, et bien d'autres rebelles promis à de mauvaises fins ; et les plaisirs et la splendeur de ces jeunes voyelles perdues qui nous ont si bien tenu compagnie dans nos tapis-francs, et qui ne devaient pas non plus être éloignées de ce que les autres avaient connu sous les noms de Marion l'Idole ou Catherine, Biétrix et Bellet. Ce que nous étions alors, je le dirai dans l'argot des complices de Villon qui, depuis longtemps, n'est certes plus un impénétrable langage secret. Il est au contraire largement accessible aux gens avertis. Mais ainsi mettrai-je l'inévitable dimension criminologique dans une rassurante distance philologique.

J'y ai connu quelques sucs que rebignait le marieux, froarts et envoyeurs ; très sûres louches comme assoses, n'étant à juc pour aruer à ruel ; souvent greffis par les anges de la marine, mais longs pouvant babigner jusqu'à les blanchir. C'est là que j'ai appris comment être beau soyant, à ce point qu'encore icicaille, sur de telles questions, je préfère rester ferme en la mauhe. Nos hurteries et nos gaudies sur la dure se sont embrouées. Pourtant, mes contres sans caire qui entervaient si bien ce monde gailleur, je me souviens vivement d'eux : quand nous étions à la mathe, sur la tarde à Parouart.

Je me flatte de n'avoir à cet égard rien oublié, ni rien appris. Il y avait les rues froides et la neige, et le fleuve en crue : « Dans le mitan du lit – la rivière est profonde. » Il y avait les écolières qui avaient fui l'école, avec leurs yeux fiers et leurs douces lèvres ; les fréquentes perquisitions de la police ; le bruit de cataracte du temps. « Jamais plus nous ne boirons si jeunes. »

On peut dire que j'ai toujours aimé les étrangères. Elles venaient de Hongrie et d'Espagne, de Chine et d'Allemagne, de Russie et d'Italie, celles qui ont comblé de joies ma jeunesse. Et plus tard, quand j'avais déjà des cheveux blancs, j'ai perdu le peu de raison que le long cours du temps, à grand-peine, avait peut-être réussi à me donner ; pour une fille de Cordoue. Omar Kháyyám, toutes réflexions faites, devait admettre : « Vraiment, les idoles que j'ai aimées si longtemps – m'ont beaucoup déprécié aux yeux des hommes. – J'ai noyé ma gloire dans une coupe peu profonde, – et j'ai vendu ma réputation pour une chanson. » Qui pourrait, mieux que moi, sentir la justesse de cette observation ? Mais aussi, qui a méprisé autant que moi la totalité des appréciations de mon époque, et les réputations qu'elle décernait ? La suite était déjà contenue dans le commencement de ce voyage.

Cela se situait entre l'automne de 1952 et le printemps de 1953, à Paris, au sud de la Seine et au nord de la rue de Vaugirard, à l'est du carrefour de la Croix-Rouge et à l'ouest de la rue Dauphine. Archiloque a écrit : « Tire-nous de quoi boire. – Prends le vin rouge sans remuer la lie. – Car rester sobres à ce poste-là, non, nous ne le pourrons pas. »

Entre la rue du Four et la rue de Buci, où notre jeunesse s'est si complètement perdue, en buvant quelques verres, on pouvait sentir avec certitude que nous ne ferions jamais rien de mieux.

III

> « J'ai observé que la plupart de ceux qui ont laissé des Mémoires ne nous ont bien montré leurs mauvaises actions ou leurs penchants que quand, par hasard, ils les ont pris pour des prouesses ou de bons instincts, ce qui est arrivé quelquefois. »
>
> Alexis de Tocqueville, *Souvenirs.*

Après les circonstances que je viens de rappeler, ce qui a sans nul doute marqué ma vie entière, ce fut l'habitude de boire, acquise vite. Les vins, les alcools et les bières ; les moments où certains d'entre eux s'imposaient et les moments où ils revenaient, ont tracé le cours principal et les méandres des journées, des semaines, des années. Deux ou trois autres passions, que je dirai, ont tenu à peu près continuellement une grande place dans cette vie. Mais celle-là a été la plus constante et la plus présente. Dans le petit nombre des choses qui m'ont plu, et que j'ai su bien faire, ce qu'assurément j'ai su faire le mieux, c'est boire. Quoique ayant beaucoup lu, j'ai bu davantage. J'ai écrit beaucoup moins que la plupart des gens qui écrivent ; mais j'ai bu beaucoup plus que la plupart des gens qui boivent. Je peux me compter parmi ceux dont Baltasar Gracián, pensant à une élite discernable parmi les seuls Allemands – mais ici très injuste au détriment des Français, comme je pense l'avoir montré –, pouvait dire : « Il y en a qui ne se sont saoulés qu'une seule fois, mais elle leur a duré toute la vie. »

Je suis d'ailleurs un peu surpris, moi qui ai dû lire si fréquemment, à mon propos, les plus extravagantes calomnies ou de très injustes critiques, de voir qu'en somme trente ans, et davantage, se sont écoulés sans que jamais un mécontent ne fasse état de mon ivrognerie comme d'un argument, au moins implicite, contre mes idées scandaleuses ; à la seule exception, d'ailleurs tardive, d'un écrit de quelques jeunes drogués en Angleterre, qui révélait vers 1980 que j'étais désormais abruti par l'alcool, et que j'avais donc cessé de nuire. Je n'ai pas un instant songé à dissimuler ce côté peut-être contestable de ma personnalité, et il a été hors de doute pour tous ceux qui m'ont rencontré plus d'une ou deux fois. Je peux même noter qu'il m'a suffi en chaque occasion d'assez peu de jours pour être grandement estimé, à Venise comme à Cadix, et à Hambourg comme à Lisbonne, par les gens que j'ai connus rien qu'en fréquentant certains cafés.

J'ai d'abord aimé, comme tout le monde, l'effet de la légère ivresse, puis très bientôt j'ai aimé ce qui est au-delà de la violente ivresse, quand on a franchi ce stade : une paix magnifique et terrible, le vrai goût du passage du temps. Quoique n'en laissant paraître peut-être, durant les premières décennies, que des signes légers une ou deux fois par semaine, c'est un fait que j'ai été continuellement ivre tout au long de périodes de plusieurs mois ; et encore, le reste du temps, avais-je beaucoup bu.

Un air de désordre, dans la grande variété des bouteilles vidées, reste tout de même susceptible d'un classement *a posteriori*. Je peux d'abord distinguer entre les boissons que j'ai bues dans leurs pays d'origine, et celles que j'ai bues à Paris ; mais on trouvait presque tout à boire dans le Paris du milieu du siècle. Partout, les lieux peuvent se subdiviser simplement entre ce que je buvais chez moi ; ou chez des amis ; ou dans les cafés, les caves, les bars, les restaurants ; ou dans les rues, notamment aux terrasses.

Les heures et leurs conditions changeantes tiennent presque toujours un rôle déterminant dans le renouvellement nécessaire des moments d'une beuverie, et chacune d'elles apporte sa raisonnable préférence entre les possibilités qui s'offrent. Il y a ce que l'on boit le matin, et assez longuement ce fut l'instant des bières. Dans *Rue de la sardine*, un personnage dont on peut voir qu'il est un connaisseur professe que « rien n'est meilleur que la bière le matin ». Mais souvent il m'a fallu, dès le réveil, de la vodka de Russie. Il y a ce que l'on boit aux repas, et durant les après-midi qui s'étendent entre eux. Il y a le vin des nuits, avec leurs alcools, et après eux les bières sont encore plaisantes ; car alors la bière donne soif. Il y a ce que l'on boit à la fin des nuits, au moment où le jour recommence. On conçoit que tout cela m'a laissé bien peu de temps pour écrire, et c'est justement ce qui convient : l'écriture doit rester rare, puisque avant de trouver l'excellent il faut avoir bu longtemps.

Je me suis beaucoup promené dans plusieurs grandes villes d'Europe, et j'y ai apprécié tout ce qui méritait de l'être. Le catalogue pourrait être vaste, en cette matière. Il y avait les bières de l'Angleterre, où l'on mélangeait les fortes et les douces dans des pintes ; et les grandes chopes de Munich ; et les irlandaises ; et la plus classique, la bière tchèque de Pilsen ; et le baroquisme admirable de la Gueuze autour de Bruxelles, quand elle avait son goût distinct dans chaque brasserie artisanale, et ne supportait pas d'être transportée au loin. Il y avait les alcools de fruits de l'Alsace ; le rhum de la Jamaïque ; les punchs, l'akuavit d'Aalborg, et la grappa de Turin, le cognac, les cocktails ; l'incomparable mezcal du Mexique. Il y avait tous les vins de France, les plus beaux venant de Bourgogne ; il y avait les vins de l'Italie, et surtout le Barolo des Langhe, les Chianti de Toscane ; il y avait les vins d'Espagne, les Rioja de Vieille Castille ou le Jumilla de Murcie.

J'aurais eu bien peu de maladies, si l'alcool ne m'en avait à la longue amené quelques-unes : de l'insomnie aux vertiges, en passant par la goutte. « Beau comme le tremblement des mains dans l'alcoolisme », dit Lautréamont. Il y a des matins émouvants mais difficiles.

« Mieux vaut cacher sa déraison, mais c'est difficile dans la débauche et l'ivresse », pouvait penser Héraclite. Et pourtant Machiavel écrivait à Francesco Vettori : « Qui verrait nos lettres… il lui semblerait tantôt que nous sommes gens graves entièrement voués aux grandes choses, que nos cœurs ne peuvent concevoir nulle pensée qui ne fût d'honneur et de grandeur. Mais ensuite, tournant la page, ces mêmes gens lui apparaîtraient légers, inconstants, putassiers, entièrement voués aux vanités. Et si quelqu'un juge indigne cette manière d'être, moi je la trouve louable, car nous imitons la nature, qui est changeante. » Vauvenargues a formulé une règle trop oubliée : « Pour décider qu'un auteur se contredit, il faut qu'il soit impossible de le concilier. »

Certaines de mes raisons de boire sont d'ailleurs estimables. Je peux bien afficher, comme Li Po, cette noble satisfaction : « Depuis trente ans je cache ma renommée dans les tavernes. »

La majorité des vins, presque tous les alcools, et la totalité des bières dont j'ai évoqué ici le souvenir, ont aujourd'hui entièrement perdu leurs goûts, d'abord sur le marché mondial, puis localement ; avec les progrès de l'industrie, comme aussi le mouvement de disparition ou de rééducation économique des classes sociales qui étaient restées longtemps indépendantes de la grande production industrielle ; et donc aussi par le jeu des divers règlements étatiques qui désormais prohibent presque tout ce qui n'est pas fabriqué industriellement. Les bouteilles, pour continuer à se vendre, ont gardé fidèlement leurs étiquettes, et cette exactitude fournit l'assurance que l'on peut les photographier comme elles étaient ; non les boire.

Ni moi ni les gens qui ont bu avec moi, nous ne nous sommes à aucun moment sentis gênés de nos excès. « Au banquet de la vie », au moins là bons convives, nous nous étions assis sans avoir pensé un seul instant que tout ce que nous buvions avec une telle prodigalité ne serait pas ultérieurement remplacé pour ceux qui viendraient après nous. De mémoire d'ivrogne, on n'avait jamais imaginé que l'on pouvait voir des boissons disparaître du monde avant le buveur.

IV

> « Il est vrai que Jules César a écrit lui-même ses exploits : mais la modestie de ce héros va de pair avec sa valeur dans ses commentaires ; il semble même n'avoir entrepris cet ouvrage que pour ôter à l'adulation tout espoir d'en imposer aux siècles futurs sur son histoire. »
>
> Baltasar Gracián, *L'Homme universel.*

J'ai donc assez bien connu le monde ; son histoire et sa géographie ; ses décors et ceux qui les peuplaient ; leurs diverses pratiques, et notamment « ce que c'est que la souveraineté, combien d'espèces il y en a, comment on l'acquiert, comment on la garde, comment on la perd ».

Je n'ai pas eu besoin de voyager très loin, mais j'ai considéré les choses jusqu'à une certaine profondeur, en leur accordant chaque fois la pleine mesure de mois ou d'années qu'elles me paraissaient valoir. Durant la plus grande part de mon temps, j'ai habité à Paris, et précisément à l'intérieur d'un triangle défini par l'intersection de la rue Saint-Jacques et de la rue Royer-Collard ; celle de la rue Saint-Martin et de la rue Greneta ; celle de la rue du Bac et de la rue de Commailles. Et j'ai effectivement passé mes jours et mes nuits dans cet espace restreint, et aussi dans l'étroite marge-frontière qui le prolongeait immédiatement ; le plus souvent sur sa face est, et plus rarement sur sa face nord-ouest.

Je n'aurais jamais, ou guère, quitté cette zone, qui m'a parfaitement convenu, si quelques nécessités historiques ne m'avaient plusieurs fois obligé à en sortir. Toujours brièvement dans ma jeunesse, lorsqu'il m'a fallu risquer quelques courtes incursions à l'étranger, pour porter plus loin la perturbation ; mais ensuite beaucoup plus longuement, quand la ville a été saccagée, et détruit intégralement le genre de vie qu'on y avait mené. Ce qui arriva à partir de 1970.

Je crois que cette ville a été ravagée un peu avant toutes les autres parce que ses révolutions toujours recommencées n'avaient que trop inquiété et choqué le monde ; et parce qu'elles avaient malheureusement toujours échoué. On nous a donc enfin punis par une destruction aussi complète que celle dont nous avaient menacés jadis le Manifeste de Brunswick ou le discours du girondin Isnard : afin d'ensevelir tant de redoutables souvenirs, et le grand nom de Paris. (L'infâme Isnard, présidant la Convention en mai 1793, avait eu déjà le front d'annoncer, prématurément : « Si, dis-je, par ces insurrections toujours renaissantes, il arrivait qu'on portât atteinte à la représentation nationale – je vous le déclare, au nom de la France entière, *Paris serait anéanti ; bientôt on chercherait sur les rives de la Seine si cette ville a existé.* »)

Qui voit les rives de la Seine voit nos peines : on n'y trouve plus que les colonnes précipitées d'une fourmilière d'esclaves motorisés. L'historien Guichardin, qui vécut la fin de la liberté de Florence, a noté dans son *Memento* : « Toutes les cités, tous les États, tous les royaumes sont mortels ; toute chose soit par nature soit par accident un jour ou l'autre arrive à son terme et doit finir ; de sorte qu'un citoyen qui voit l'écroulement de sa patrie, n'a pas tant à se désoler du malheur de cette patrie et de la malchance qu'elle a rencontrée cette fois ; mais doit plutôt pleurer sur son propre malheur ; parce qu'à la cité il est advenu ce qui de toute façon devait advenir, mais le vrai malheur a été de naître à ce moment où devait se produire un tel désastre. »

On pourrait presque croire, en dépit des innombrables témoignages antérieurs de l'histoire et des arts, que j'avais été le seul à aimer Paris ; puisque tout d'abord je n'ai vu que moi réagir sur cette question, dans les répugnantes « années soixante-dix ». Mais par la suite j'ai appris que Louis Chevalier, son vieil historien, avait publié alors, sans qu'on en parle trop, *L'Assassinat de Paris*. De sorte que nous avons été au moins deux justes dans cette ville, à ce moment-là. Je n'ai pas voulu regarder davantage cet abaissement de Paris. Plus généralement, il faut accorder très peu d'importance à l'opinion de ceux qui condamnent quelque chose, et n'ont pas fait tout ce qu'il fallait pour l'anéantir ; et à défaut pour s'y montrer toujours aussi étranger que l'on a encore effectivement une possibilité de l'être.

Chateaubriand faisait remarquer, assez exactement somme toute : « Des auteurs modernes français de ma date, je suis aussi le seul dont la vie ressemble à ses ouvrages. » En tout cas, moi, j'ai assurément vécu comme j'ai dit qu'il fallait vivre ; et ceci a été peut-être plus étrange encore, entre les gens de ma date, qui ont tous paru croire qu'il leur fallait seulement vivre d'après les instructions de ceux qui détiennent la production économique présente, et la puissance de communication dont elle s'est armée. J'ai habité l'Italie et l'Espagne, et principalement Florence et Séville – à Babylone, comme on disait au Siècle d'or –, mais aussi d'autres villes qui vivaient encore, et jusqu'à la campagne même. J'ai ainsi gagné quelques agréables années. Bien plus tard, quand la marée des destructions, pollutions, falsifications, a atteint toute la surface du monde, et aussi bien s'est enfoncée dans presque toute sa profondeur, j'ai pu revenir aux ruines qui subsistent de Paris, puisque alors il n'était plus rien resté de mieux ailleurs. Dans un monde unifié, on ne peut s'exiler.

Qu'ai-je donc fait pendant ce temps ? Je n'ai pas trop tenu à m'écarter de quelques dangereuses rencontres ; et il se peut même, pour certaines, que je les aie recherchées de sang-froid.

En Italie, je n'ai certes pas été bien vu par tout le monde ; mais j'ai pu heureusement connaître les « *sfacciate donne fiorentine* », au temps où je vivais à Florence, dans le quartier de l'Outre-Arno. Il y avait alors cette petite Florentine qui était si gracieuse. Le soir, elle passait la rivière pour venir à San Frediano. J'en devins amoureux très inopinément, peut-être à cause d'un beau sourire amer. Et en somme je lui ai dit : « Ne gardez pas le silence ; car je suis devant vous comme un étranger et un voyageur. Accordez-moi quelque rafraîchissement avant que je parte et que je ne sois plus. » C'est aussi qu'à ce moment-là, encore une fois, l'Italie se perdait ; il fallait reprendre une suffisante distance par rapport à ces prisons où sont restés ceux qui s'étaient trop attardés aux fêtes de Florence.

Le jeune Musset s'est fait remarquer jadis avec sa question irréfléchie : « Avez-vous vu, dans Barcelone, – une Andalouse au sein bruni ? » Eh oui ! dois-je dire depuis 1980. J'ai pris ma part des folies de l'Espagne, et là peut-être la plus grande. Mais c'était dans un autre pays qu'avait paru cette irrémédiable princesse, avec sa beauté sauvage, et sa voix. « *Mira como vengo yo* », disait très véritablement la chanson qu'elle chanta. Ce jour-là, nous n'en écoutâmes pas plus avant. J'ai aimé longtemps cette Andalouse. Combien de temps ? « Un temps proportionné à notre durée vaine et chétive », dit Pascal.

J'ai même séjourné dans une inaccessible maison entourée par des bois, loin des villages, dans une région extrêmement stérile de montagne usée, au fond d'une Auvergne désertée. J'y ai passé plusieurs hivers. La neige tombait pendant des jours entiers. Le vent l'entassait en congères. Des barrières en protégeaient la route. Malgré les murs extérieurs, la neige s'accumulait dans la cour. Plusieurs bûches brûlaient ensemble dans la cheminée.

La maison paraissait s'ouvrir directement sur la Voie Lactée. La nuit, les proches étoiles, qui un moment étaient intensément brillantes, le moment d'après pouvaient être éteintes par le passage d'une brume légère. Ainsi nos conversations et nos fêtes, et nos rencontres, et nos passions tenaces.

C'était un pays d'orages. Ils s'approchaient d'abord sans bruit, annoncés par le bref passage d'un vent qui rampait dans l'herbe, ou par une série d'illuminations soudaines de l'horizon ; puis déchaînaient le tonnerre et la foudre, qui alors nous canonnaient longtemps, et de toutes parts, comme dans une forteresse assiégée. Une seule fois, la nuit, j'ai vu tomber la foudre près de moi, dehors : on ne peut même pas voir où elle a frappé ; tout le paysage est également illuminé, pour un instant surprenant. Rien dans l'art ne m'a paru donner cette impression de l'éclat sans retour, excepté la prose que Lautréamont a employée dans l'exposé programmatique qu'il a appelé *Poésies*. Mais rien d'autre : ni la page blanche de Mallarmé, ni le carré blanc sur fond blanc de Malevitch, et même pas les derniers tableaux de Goya, où le noir envahit tout, comme Saturne ronge ses enfants.

Des vents violents, qui à tout instant pouvaient se lever de trois directions, secouaient les arbres. Ceux de la lande du nord, plus dispersés, se courbaient et vibraient comme des navires surpris à l'ancre dans une rade ouverte. Les arbres qui gardaient la butte devant la maison, très groupés, s'appuyaient dans leur résistance, le premier rang brisant le choc toujours renouvelé du vent d'ouest. Plus loin, l'alignement des bois disposés en carrés, sur tout le demi-cercle de collines, évoquait les troupes rangées en échiquier dans certains tableaux de batailles du XVIIIe siècle. Et ces charges presque toujours vaines, quelquefois faisaient brèche en abattant un rang. Des nuages accumulés traversaient tout le ciel en courant. Une saute de vent pouvait aussi vite les ramener en fuite ; d'autres nuages lancés à leur poursuite.

Il y avait aussi, dans les matins calmes, tous les oiseaux de l'aube, et la fraîcheur parfaite de l'air, et cette nuance éclatante de vert tendre qui venait sur les arbres, à la lumière frisante du soleil levant, face à eux.

Les semaines passaient insensiblement. L'air du matin, un jour, annonçait l'automne. Une autre fois, par un goût de grande douceur de l'air, qui est sensible dans la bouche, se déclarait, comme une rapide promesse toujours tenue, « le souffle du printemps ».

À propos de quelqu'un qui a été, aussi essentiellement et continuellement que moi, un homme des rues et des villes – on appréciera par là à quel point mes préférences ne viennent pas trop fausser mes jugements –, il convient de remarquer que le charme et l'harmonie de ces quelques saisons d'isolement grandiose ne m'ont pas échappé. C'était une plaisante et impressionnante solitude. Mais en vérité je n'étais pas seul : j'étais avec Alice.

Au milieu de l'hiver de 1988, à la nuit, dans le square des Missions Étrangères, une chouette reprenait obstinément ses appels, trompée peut-être par le désordre du climat. Et l'insolite série de ces rencontres avec l'oiseau de Minerve, son air de surprise et d'indignation, ne m'ont point du tout paru constituer une allusion à la conduite imprudente ou aux différents égarements de ma vie. Je n'ai jamais compris en quoi elle aurait pu être autre, ni comment on devrait la justifier.

V

« Puisque je suis un lettré, un homme réellement cultivé, et à ce titre un gentleman, j'imagine que je puis me considérer comme un membre indigne de cette classe mal définie que forment les "gentlemen". C'est l'avis de mes voisins, en partie, peut-être, pour les raisons que je viens de donner, en partie parce que l'on ne me voit exercer ni profession ni commerce. »

Thomas de Quincey, *Les Confessions d'un opiomane anglais.*

Un concours de circonstances a marqué presque tout ce que j'ai fait d'une certaine allure de conspiration. Beaucoup de nouveaux métiers étaient, dans cette époque même, créés à grands frais à seule fin de montrer quelle beauté avait pu atteindre depuis peu la société, et combien elle raisonnait juste dans tous ses discours et projets. Et moi, sans salaire, je donnais plutôt l'exemple d'agissements tout contraires ; ce qui a été forcément mal jugé. Cela m'a conduit aussi à connaître, dans plusieurs pays, des gens qui étaient assez justement considérés comme perdus. Les polices les surveillent. Cette pensée spéciale, que l'on peut regarder comme la forme de connaissance de la police, s'exprimait ainsi en 1984, à mon propos, dans le *Journal du Dimanche* du 18 mars : « Pour beaucoup de policiers, qu'ils appartiennent à la "crime", à la D.S.T. ou aux Renseignements généraux, la piste la plus sérieuse s'arrête dans l'entourage de Guy Debord... Le moins que l'on puisse dire c'est que, fidèle à sa légende, Guy Debord ne s'est guère montré bavard. » Mais déjà, dans *Le Nouvel Observateur* du 22 mai 1972 : « L'auteur de *La Société du Spectacle* est toujours apparu comme la tête, discrète mais incontestable... au centre de la constellation changeante des brillants conjurés subversifs de l'I.S., une sorte de joueur d'échecs froid, conduisant avec rigueur… la partie dont il a prévu chaque coup. Agrégeant autour de lui, avec une autorité voilée, les talents et les bonnes volontés. Puis les désagrégeant avec la même virtuosité nonchalante, manœuvrant ses acolytes comme des pions naïfs, déblayant l'échiquier coup par coup, s'en retrouvant enfin seul maître, et toujours dominant le jeu. »

Mon genre d'esprit me porte d'abord à m'en étonner, mais il faut reconnaître que beaucoup d'expériences de la vie ne font que vérifier et illustrer les idées les plus conventionnelles, que l'on avait déjà pu rencontrer dans de nombreux livres, mais sans les croire. Évoquant ce que l'on a soi-même connu, on n'aura donc pas à rechercher en tout point l'observation jamais faite, ou le surprenant paradoxe. C'est ainsi que je dois à la vérité de noter, après d'autres, que la police anglaise m'a paru la plus suspicieuse et la plus polie, la française la plus dangereusement exercée à l'interprétation historique, l'italienne la plus cynique, la belge la plus rustique, l'allemande la plus arrogante ; et c'était la police espagnole qui se montrait encore la moins rationnelle et la plus incapable.

C'est généralement une triste épreuve, pour un auteur qui écrit à un certain degré de qualité, et sait donc ce que parler veut dire, quand il doit relire et consentir à signer ses propres réponses dans un procès-verbal de police judiciaire. D'abord l'ensemble du discours est dirigé par les questions des enquêteurs, lesquelles le plus souvent ne s'y trouveront pas mentionnées ; et ne viennent pas innocemment, comme elles veulent parfois s'en donner l'air, des simples nécessités logiques d'une information précise, ou d'une compréhension claire. Les réponses que l'on a pu formuler ne sont en fait guère mieux que leur résumé, dicté par le plus élevé en grade des policiers, et rédigées avec beaucoup de maladresse apparente et d'à peu près. Si naturellement, mais beaucoup d'innocents l'ignorent, il est impératif de faire précisément rectifier tout détail sur lequel est traduite avec une infidélité fâcheuse la pensée que l'on avait exprimée, il faut vite renoncer à tout faire transcrire dans la forme convenable et satisfaisante que l'on avait spontanément utilisée, car alors on serait entraîné à doubler le nombre de ces heures déjà fatigantes ; ce qui ôterait au plus puriste le goût de l'être à ce point. Ainsi donc, je déclare ici que mes réponses aux polices ne devront pas être éditées plus tard dans mes œuvres complètes, pour des scrupules de forme, et quoique j'en aie signé sans gêne le véridique contenu.

Ayant certainement, par un des rares traits positifs de ma première éducation, le sens de la discrétion, j'ai connu parfois la nécessité de faire preuve d'une discrétion encore plus marquée. Nombre d'utiles habitudes sont ainsi devenues pour moi comme une seconde nature, dirai-je pour ne rien céder aux malveillants qui seraient éventuellement capables de prétendre que tout cela ne peut être en rien distingué de ma nature même. En toutes matières, je ne me suis exercé à être d'autant moins intéressant que je me voyais plus de chances d'être écouté. J'ai aussi dans quelques cas fixé des rendez-vous, ou donné mon avis par des lettres adressées personnellement à des amis en signant, modestement, de noms peu connus qui ont figuré dans l'entourage de quelques poètes fameux : Colin Decayeux ou Guido Cavalcanti par exemple. Mais je ne me suis, c'est l'évidence, jamais abaissé à publier quoi que ce soit sous un pseudonyme, en dépit de ce qu'ont pu insinuer parfois dans la presse, avec un extraordinaire aplomb, mais aussi en se bornant prudemment à la plus abstraite généralité, quelques calomniateurs stipendiés.

Il est permis, mais il n'est pas souhaitable, de se demander ce qu'un tel parti pris de démentir toutes les autorités pouvait positivement amener. « Nous ne cherchons jamais les choses, mais la recherche des choses », la certitude à ce propos est établie depuis longtemps. « On aime mieux la chasse que la prise… »

Notre époque de techniciens fait abondamment usage d'un adjectif substantivé, celui de « professionnel » ; elle semble croire qu'il s'y rencontre une espèce de garantie. Si l'on n'envisage pas, bien sûr, mes émoluments, mais seulement mes compétences, personne ne peut douter que j'ai été un très bon professionnel. Mais de quoi ? Tel aura été mon mystère, aux yeux d'un monde blâmable.

MM. Blin, Chavanne et Drago qui ont publié ensemble, en 1969, un *Traité du Droit de la Presse*, au chapitre qui regarde le « Danger des apologies », concluaient avec une autorité et une expérience qui me donnent heureusement à penser que l'on doit leur accorder beaucoup de confiance : « Faire l'apologie d'un acte délictueux, le présenter comme glorieux, méritoire ou licite peut avoir un pouvoir de persuasion considérable. Les individus de faible volonté qui lisent de telles apologies se sentiront non seulement absous d'avance s'ils commettent ces actes mais verront encore dans leur commission l'occasion de devenir des personnages. La connaissance de la psychologie criminelle montre le danger des apologies. »

VI

> « Et quand je songe que ces gens marchent côte à côte, en un long et pénible voyage, afin d'arriver ensemble à une même place où ils courront mille dangers pour atteindre un but grand et noble, ces réflexions donnent à ce tableau un sens qui m'émeut profondément. »
>
> Carl von Clausewitz, *Lettre du 18 septembre 1806.*

Je me suis beaucoup intéressé à la guerre, aux théoriciens de la stratégie mais aussi aux souvenirs des batailles, ou de tant d'autres déchirements que l'histoire mentionne, remous de la surface du fleuve où s'écoule le temps. Je n'ignore pas que la guerre est le domaine du danger et de la déception ; plus même peut-être que les autres côtés de la vie. Cette considération n'a pourtant pas diminué l'attirance que j'ai ressentie pour ce côté-là.

J'ai donc étudié la logique de la guerre. J'ai d'ailleurs réussi, il y a déjà longtemps, à faire apparaître l'essentiel de ses mouvements sur un échiquier assez simple : les forces qui s'affrontent, et les nécessités contradictoires qui s'imposent aux opérations de chacun des deux partis. J'ai joué à ce jeu et, dans la conduite souvent difficile de ma vie, j'en ai utilisé quelques enseignements – pour cette vie, j'avais aussi fixé moi-même une règle du jeu ; et je l'ai suivie. Les surprises de ce *Kriegspiel* paraissent inépuisables ; et c'est peut-être la seule de mes œuvres, je le crains, à laquelle on osera reconnaître quelque valeur. Sur la question de savoir si j'ai fait bon usage de tels enseignements, je laisserai d'autres conclure.

Il faut convenir que, nous autres qui avons pu faire des merveilles avec l'écriture, nous avons souvent donné de moindres preuves de maîtrise dans le commandement à la guerre. Les peines et les déboires éprouvés sur ce terrain ne se comptent plus. Le capitaine de Vauvenargues, à la retraite de Prague, cheminait avec les troupes poussées en hâte dans la seule direction encore ouverte. « La faim, le désordre marchent sur leurs traces fugitives ; la nuit enveloppe leurs pas et la mort les suit en silence... Des feux allumés sur la glace éclairent leurs derniers moments ; la terre est leur lit redoutable. » Et Gondi a été navré de voir vite tourner bride, au pont d'Antony, le régiment qu'il venait de lever ; d'entendre commenter cette débandade comme la « Première aux Corinthiens ». Et Charles d'Orléans était à l'avant-garde dans la malheureuse attaque d'Azincourt, criblée de flèches sur tout son parcours, à la fin rompue, où l'on put voir « toute cette noble chevalerie et gentillesse de France qui, au regard des Anglais, étaient bien dix contre un, se faire ainsi déconfire » ; il lui fallut demeurer vingt-cinq années captif en Angleterre, goûtant peu au retour les manières d'une autre génération (« Le monde est ennuyé de moi, – et moi pareillement de lui »). Et Thucydide arriva tristement, avec l'escadre qu'il commandait, quelques heures trop tard pour empêcher la chute d'Amphipolis ; il ne put que parer à l'une des nombreuses conséquences du désastre en jetant dans Eïon son infanterie embarquée, qui sauva la place. Le lieutenant von Clausewitz lui-même, avec la belle armée en marche vers Iéna, était loin de s'attendre à ce qu'on y verrait.

Mais tout de même le capitaine de Saint-Simon à la bataille de Neerwinden, dans le Royal-Roussillon, a participé galamment aux cinq charges de la cavalerie, auparavant exposée immobile au feu des canons ennemis dont les boulets emportaient des files entières ; tandis que se réalignaient toujours les rangs de « l'insolente nation ». Et Stendhal, sous-lieutenant au 6e régiment de dragons en Italie, a enlevé une batterie autrichienne. Cervantès, alors que se livrait sur mer la bataille de Lépante, à la tête de douze hommes, fut inébranlable pour tenir le dernier réduit de sa galère, quand les Turcs vinrent à l'abordage. On dit qu'Archiloque était soldat de métier. Et Dante, quand les cavaliers florentins ont chargé à Campaldino, y a tué lui-même son homme, et se plaisait encore à l'évoquer au cinquième chant du *Purgatoire* : « Et je lui dis : quelle force ou quel destin – t'a égaré si loin de Campaldino – qu'on n'a jamais connu ta sépulture ? »

L'histoire est émouvante. Si les meilleurs auteurs, participant à ses luttes, s'y sont montrés parfois moins excellents que dans leurs écrits, en revanche elle n'a jamais manqué, pour nous communiquer ses passions, de trouver des gens qui avaient le sens de la formule heureuse. « Il n'y a plus de Vendée, écrivait le général Westermann à la Convention en novembre 1793, après sa victoire de Savenay. Elle est morte sous notre sabre avec ses femmes et ses enfants. Je viens de l'enterrer dans les marais et les bois de Savenay. J'ai écrasé les enfants sous les pieds de nos chevaux, massacré les femmes qui, au moins celles-là, n'enfanteront plus de brigands. Je n'ai pas un prisonnier à me reprocher. J'ai tout exterminé... Nous ne faisons pas de prisonniers, car il faudrait leur donner le pain de la liberté, et la pitié n'est pas révolutionnaire. » Quelques mois plus tard, Westermann devait être exécuté avec les dantonistes, flétris du nom d'« Indulgents ». Peu de jours avant l'insurrection du 10 août 1792, un officier des gardes suisses, ceux qui restaient les derniers défenseurs de la personne du monarque, avait aussi sincèrement traduit, dans une lettre, le sentiment de ses camarades : « Nous avons dit tous que s'il arrivait malheur au roi, et qu'il n'y eût pas pour le moins six cents habits rouges couchés au pied de l'escalier du roi, nous étions déshonorés. » Un peu plus de six cents gardes ont été finalement tués quand le même Westermann, qui avait d'abord tenté de neutraliser les soldats, s'avançant seul parmi eux, sur l'escalier du roi, et leur parlant allemand, a compris qu'il n'avait plus qu'à faire donner l'assaut.

Dans la Vendée qui combattait encore, un *Chant de ralliement pour les Chouans en cas de déroute* disait aussi obstinément : « Nous n'avons qu'un temps à vivre, – nous le devons à l'honneur. – C'est son drapeau qu'il faut suivre... » Durant la révolution mexicaine, les partisans de Francisco Villa chantaient : « De cette fameuse Division du Nord, – à présent nous ne sommes plus que quelques-uns, – continuant à passer les montagnes – pour trouver partout avec qui nous battre. » Et les volontaires américains du bataillon Lincoln ont chanté en 1937 : « Il y a une vallée en Espagne qu'on appelle Jarama. – C'est un endroit que tous nous connaissons trop bien. – C'est là que nous avons perdu notre jeunesse, – et aussi bien la plus grande part de nos vieux jours. » Une chanson des Allemands de la Légion étrangère traduit une mélancolie plus détachée : « Anne-Marie, où vas-tu dans le monde ? – Je vais à la ville où sont les soldats. » Montaigne avait ses citations ; j'ai les miennes. Un passé marque les soldats, mais aucun avenir. C'est ainsi que peuvent nous toucher leurs chansons.

Pierre Mac Orlan, dans *Villes*, a évoqué l'attaque de Bouchavesne, confiée aux jeunes voyous qui servaient dans l'armée française, versés par la loi aux bataillons d'infanterie légère d'Afrique : « Sur la route de Bapaume, non loin de Bouchavesne et de Rancourt, où les Joyeux rachetèrent leur péché en quelques heures, en montant sur un tertre, celui du bois des Berlingots, on apercevait la Picardie et sa robe déchirée. » Aux pentes contraires de la phrase, d'une si habile maladresse, que surplombe ce tertre, on reconnaissait le souvenir et ses sens superposés.

Hérodote rapporte qu'au défilé des Thermopyles, là où les troupes que commandait Léonidas furent anéanties à la fin de leur utile action de retardement, à côté des inscriptions qui évoquent le combat sans espoir de « Quatre mille hommes venus du Péloponnèse », ou celui des Trois Cents qui font dire à Sparte qu'ils gisent ici, « dociles à ses ordres », le devin Mégistias est honoré d'une épitaphe particulière : « Devin, il savait bien que la mort était là, – mais il n'accepta pas de quitter le chef de Sparte. » Il n'est pas nécessaire d'être devin pour savoir qu'il n'existe pas de si bonne position qu'elle ne puisse être tournée par des forces très supérieures ; elle peut même être submergée par une attaque de front. Mais il est bon d'être indifférent à ce genre de connaissances, dans certains cas. Le monde de la guerre présente au moins cet avantage de ne pas laisser de place pour les sots bavardages de l'optimisme. On le sait bien, à la fin tous vont mourir. Quelque belle que soit la défense en tout le reste, comme s'exprime à peu près Pascal, « le dernier acte est sanglant ».

Quelle découverte pourrait-on encore attendre dans ce domaine ? Le télégramme adressé par le roi de Prusse à la reine Augusta, le soir de la bataille de Saint-Privat, résume la plupart des guerres : « Les troupes ont fait des prodiges de valeur contre un ennemi d'une égale bravoure. » On connaît le bref texte de l'ordre, apporté lestement par un officier, qui envoya la Brigade légère à la mort, le 25 octobre 1854 à Balaklava : « Lord Raglan souhaite voir la cavalerie s'avancer sans délai vers le front et empêcher l'ennemi d'évacuer les canons… » Il est vrai que la rédaction en est quelque peu imprécise mais, quoi qu'on ait dit, elle n'est pas plus obscure, ni plus erronée, qu'une multitude de plans et d'ordres qui ont pu diriger des entreprises historiques vers leurs fins incertaines, ou leur aboutissement inévitablement funeste. Il est plaisant de voir quels airs de supériorité se donnent les penseurs du journalisme et de l'université, quand il s'agit d'exprimer leur opinion sur ce qu'ont été des projets d'opérations militaires. Le résultat étant connu, il leur faut au moins un triomphe sur le terrain pour qu'ils s'abstiennent d'âpres railleries ; et se bornent donc à des observations sur le coût excessif en sang, et la limitation relative du succès obtenu, comparé à d'autres qui d'après eux étaient possibles le même jour en s'y prenant plus intelligemment. Les mêmes ont toujours écouté avec beaucoup de respect les pires songe-creux de la technologie et tous les chimériques de l'économie, sans même penser à regarder les résultats.

Masséna avait cinquante-sept ans quand il disait que le commandement use, parlant devant son état-major et alors qu'il avait été chargé de conduire la conquête du Portugal : « On ne vit pas deux fois dans notre métier, non plus que sur cette terre. » Le temps n'attend pas. On ne défend pas deux fois Gênes ; personne n'a soulevé deux fois Paris. Xerxès, alors que sa grande armée passait l'Hellespont, a peut-être formulé en une seule phrase le premier axiome qui est au fond de tout raisonnement stratégique, quand il a dit pour expliquer ses larmes : « J'ai pensé au temps si court de la vie des hommes, puisque, de cette multitude sous nos yeux, pas un homme ne sera encore en vie dans cent ans. »

VII

> « Mais si ces Mémoires voient jamais le jour, je ne doute pas qu'ils n'excitent une prodigieuse révolte… et comme au temps où j'ai écrit, surtout vers la fin, tout tournait à la décadence, à la confusion, au chaos, qui depuis n'a fait que croître, et que ces Mémoires ne respirent qu'ordre, règle, vérité, principes certains, et montrent à découvert tout ce qui y est contraire, qui règnent de plus en plus avec le plus ignorant, mais le plus entier empire, la convulsion doit donc être générale contre ce miroir de vérité. »
>
> Saint-Simon, *Mémoires*.

Une description de *La Vie rurale en Angleterre*, qu'Howitt publia en 1840, pouvait se conclure en affichant une satisfaction sans doute abusivement généralisée : « Tout homme qui a le sens des plaisirs de l'existence doit remercier le Ciel qui lui a permis de vivre dans un tel pays et à une telle époque. » Mais au contraire notre époque ne risque pas de traduire trop emphatiquement, quant à la vie qu'on y mène, le dégoût général et le commencement d'épouvante qui sont ressentis sur tant de terrains. Ils sont ressentis, mais ils ne sont jamais exprimés avant les révoltes sanglantes. Les raisons en sont simples. Les plaisirs de l'existence ont, depuis peu, été redéfinis autoritairement ; d'abord leurs priorités, ensuite la totalité de leur substance. Et ces autorités, qui les redéfinissaient, pouvaient également à chaque instant décider, sans avoir à s'embarrasser d'aucune autre considération, quelle modification pourrait être la plus lucrative à faire introduire dans les techniques de leur fabrication, entièrement libérée du besoin de plaire. Pour la première fois, les mêmes ont été maîtres de tout ce que l'on fait, et de tout ce que l'on en dit. Ainsi la démence « a bâti sa maison sur les hauteurs de la ville ».

Aux hommes qui ne jouissaient pas d'une si indiscutable et universelle compétence, on n'a rien proposé d'autre que de se soumettre, sans plus ajouter la moindre remarque, sur cette question de leur sens des plaisirs de l'existence ; comme ils avaient déjà élu partout ailleurs des représentants de leur soumission. Et ils ont montré, pour se laisser ôter ces trivialités, qu'on leur disait indignes de leur attention, la même bonhomie dont ils avaient déjà fait preuve en regardant, de plus loin, s'en aller les quelques grandeurs de la vie. Quand « être absolument moderne » est devenu une loi spéciale proclamée par le tyran, ce que l'honnête esclave craint plus que tout, c'est que l'on puisse le soupçonner d'être passéiste.

De plus savants que moi avaient fort bien expliqué l'origine de ce qui est advenu : « La valeur d'échange n'a pu se former qu'en tant qu'agent de la valeur d'usage, mais sa victoire par ses propres armes a créé les conditions de sa domination autonome. Mobilisant tout usage humain et saisissant le monopole de sa satisfaction, elle a fini par *diriger l'usage*. Le processus de l'échange s'est identifié à tout usage possible, et l'a réduit à sa merci. La valeur d'échange est le condottiere de la valeur d'usage, qui finit par mener la guerre pour son propre compte. »

« Le monde n'est qu'abusion », résumait Villon en un seul octosyllabe. (C'est un octosyllabe, quoique un diplômé de ces jours-ci ne sache probablement reconnaître que six syllabes dans ce vers.) La décadence générale est un moyen au service de l'empire de la servitude ; et c'est seulement en tant qu'elle est ce moyen qu'il lui est permis de se faire appeler progrès.

On doit savoir que la servitude veut désormais être aimée véritablement pour elle-même ; et non plus parce qu'elle apporterait quelque avantage extrinsèque. Elle pouvait passer, précédemment, pour une protection ; et elle ne protège plus de rien. La servitude ne cherche pas maintenant à se justifier en prétendant avoir conservé, où que ce soit, un agrément qui serait autre que le seul plaisir de la connaître.

Je dirai plus loin comment se sont déroulées certaines phases d'une autre guerre mal connue : entre la tendance générale de la domination sociale dans cette époque et ce qui malgré tout a pu venir la perturber, comme on sait.

Quoique je sois un remarquable exemple de ce dont cette époque ne voulait pas, savoir ce qu'elle a voulu ne me paraît peut-être pas assez pour établir mon excellence. Swift dit avec beaucoup de vérité au premier chapitre de son *Histoire des quatre dernières années du règne de la reine Anne* : « Et je ne veux aucunement mêler le panégyrique ou la satire à l'Histoire, n'ayant d'autre intention que d'informer la postérité et d'instruire ceux de mes contemporains qui seraient ignorants ou induits en erreur. Car les faits exactement rapportés constituent les meilleures louanges et les plus durables reproches. » Personne, mieux que Shakespeare, n'a su comment se passe la vie. Il estime que « nous sommes tissés de l'étoffe dont sont faits les rêves ». Calderón concluait de même. Je suis au moins assuré d'avoir réussi, par ce qui précède, à transmettre des éléments qui suffiront à faire très justement comprendre, sans que puisse demeurer aucune sorte de mystère ou d'illusion, tout ce que je suis.

Ici l'auteur arrête son histoire véritable : pardonnez-lui ses fautes.

La numérotation des pages est celle de la présente édition.

Sur les difficultés de la traduction de *Panégyrique*

I

La traduction de ce *Panégyrique* [tome premier] présente de nombreuses difficultés si elle est confiée à quelqu'un de très compétent ; et sinon elle est impossible. Elle ne devra donc pas même être entreprise dans les conditions de déficience qui ont malheureusement dominé, depuis plusieurs années, la pratique de la traduction dans l'édition européenne. Qui se refuse à comprendre que ce livre comporte beaucoup de pièges et de sens multiples délibérément voulus ; ou qui ne serait pas parvenu à trouver quelqu'un de suffisamment qualifié pour être capable de ne pas s'y perdre, doit abandonner tout de suite l'ambition de le publier dans une langue étrangère ; et donc laisser cette liberté à d'autres éditeurs ultérieurement plus capables.

Il faut d'abord prendre conscience que, derrière le français classique – qu'il faut tout d'abord sentir et dont on doit savoir donner un équivalent étranger – se dissimule un emploi spécialement moderne de ce « langage classique » ; nouveauté qui est donc insolite et choquante. Une traduction doit rendre le tout, fidèlement.

La plus grande difficulté consiste en ceci : ce livre contient, certes, bon nombre d'informations qu'il faut exactement traduire. Mais il n'est pas essentiellement affaire d'information. Pour l'essentiel, son information réside dans la manière même dont elle est dite.

Chaque fois, et c'est très fréquent, qu'un mot, ou qu'une phrase, a deux sens possibles, il faudra reconnaître et maintenir *les deux* ; car la phrase doit être comprise comme entièrement véridique aux deux sens. Cela signifie également, pour l'ensemble du discours : la totalité des sens possibles est sa seule vérité.

Pour donner un exemple très général de cet effet, toutes les épigraphes des chapitres doivent être évidemment comprises comme ironiquement dirigées contre l'auteur. Mais il faudra aussi sentir que ce n'est pas une ironie simple : doivent-elles être en fin de compte ressenties comme véritablement ironiques ? Il faudra laisser intact ce doute.

Différents vocabulaires (militaire, juridique) sont employés normalement selon certains sujets évoqués, de même que s'y mélangent les tons des citations de très diverses époques. Le traducteur ne doit pas être incapable, ni s'étonner, de reconnaître dans le langage de l'auteur, en quelques rares occasions, un mot familier, ou même argotique. Il a été délibérément employé, comme le sel, justement pour faire ressortir la saveur des autres. De même l'ironie, parfois, est intimement mélangée avec le ton lyrique, sans lui enlever son sérieux positif.

Il n'est en tout cas pas possible de conclure actuellement sur ce que pourra être le sens total et définitif de cet ouvrage : ceci reste justement en suspens, puisqu'il ne s'agit que du tome premier. La fin de ce livre se trouve projetée hors de lui.

Ce *glissement* continuel du sens, qui est plus ou moins manifeste dans chacune de ses phrases est également présent dans le mouvement général du livre entier. C'est ainsi que la question du langage est traitée à travers la stratégie (chapitre I) ; les passions de l'amour à travers la criminalité (chapitre II) ; le passage du temps à travers l'alcoolisme (chapitre III) ; l'attirance des lieux à travers leur destruction (chapitre IV) ; l'attachement à la subversion à travers le contre-coup policier qu'elle entraîne continuellement (chapitre V) ; le vieillissement à travers le monde de la guerre (chapitre VI) ; la décadence à travers le développement économique (chapitre VII).

On peut citer particulièrement en exemple une phrase page 1668 : « Entre la rue du Four et la rue de Buci, où notre jeunesse s'est si complètement perdue, en buvant quelques verres, on pouvait sentir avec certitude que nous ne ferions jamais rien de mieux. » Que signifie exactement cette phrase ? Elle signifie tout ce qu'il est possible d'y mettre. Au mépris de la bonne règle classique, cette apposition : « en buvant quelques verres », doit pouvoir être rattachée, et là comme un euphémisme, à la phrase précédente ; mais elle doit *aussi* être rattachée à la phrase qui la suit, et alors elle fait figure d'observation exacte et instantanée. Mais en outre le sujet représenté par le « on » peut être également compris comme étant un observateur extérieur (et dans ce cas pleinement désapprobateur), et comme étant le jugement subjectif de cette jeunesse (et dans ce cas exprimant une satisfaction philosophiquement ou cyniquement lucide). Tout est vrai, il ne faut rien en retrancher.

II

Considérant la complexité de ce livre, un éditeur ne devra confier cette tâche qu'à un traducteur qui soit *familier du français classique* (c'est-à-dire des livres parus avant 1940) et, d'autre part, qui soit considéré comme un bon prosateur dans sa propre langue. Et faute de le découvrir, il lui faudrait laisser à un autre éditeur l'occasion de tenter plus tard d'y parvenir dans des conditions convenables. Le traducteur retenu sur de tels critères devra aussitôt faire l'épreuve, pour la soumettre à l'auteur, d'un essai de traduction des passages suivants.

Page 1658.	Depuis « Ma méthode... » jusqu'à : « l'ancienne société. »
Page 1671.	Depuis « La majorité des vins... » jusqu'à : « avant le buveur. »
Page 1679.	Depuis « Je me suis beaucoup intéressé... » jusqu'à : « je laisserai d'autres conclure. »
Page 1684.	Depuis « Les plaisirs de l'existence... » jusqu'à : « le soupçonner d'être passéiste. »

Il faudra en outre avoir traduit la phrase déjà évoquée de la page 1668 : « Entre la rue du Four et la rue de Buci... »

Ceux qui auront satisfait à ces exigences pourront, bien sûr, ultérieurement, demander à l'auteur tous éclaircissements qui leur paraîtraient souhaitables pour comprendre quelques autres points.

III

Le passage écrit dans le jargon des Coquillards (page 1667) signifie ceci :

« J'y ai connu quelques têtes que guettait le bourreau : des voleurs et des meurtriers. On pouvait se fier à eux comme complices, car ils n'hésitaient jamais devant le recours à la force. Ils étaient souvent arrêtés par les policiers ; mais habiles alors à se prétendre innocents, jusqu'à les égarer. C'est là que j'ai appris comment il faut décevoir ceux qui vous interrogent, de sorte que longtemps après et ici, sur ces affaires, je préfère continuer à garder le silence. Nos violences et nos joies sur la terre se sont éloignées. Pourtant, mes camarades sans argent qui comprenaient si bien ce monde trompeur, je me souviens vivement d'eux : quand nous nous retrouvions tous à nos mêmes rendez-vous, la nuit à Paris. »

Dans une traduction espagnole ce passage devrait être rendu en *germanía* (ou peut-être en *caló*). Dans une traduction anglaise, il faut employer le *cant*. Une traduction allemande devra utiliser le *Rotwelsch*. L'italienne devra recourir au *furbesco*. Le traducteur pourra ici se faire aider par un spécialiste.

IV

Quant aux citations dont le nom de l'auteur n'a pas été donné, on rencontre, dans l'ordre :

Page 1660, le cardinal de Retz. Page 1666, la reine Anne d'Autriche ; la phrase « L'esprit tournoie… pour couler encore » est une paraphrase de l'Ecclésiaste. Pages 1667-1668, une chanson populaire du XVIIe siècle ; un proverbe d'Auvergne. Page 1671, une évocation rapide du poète Nicolas Gilbert. Page 1672, Machiavel dans une lettre à Vettori, du 10 décembre 1513. Page 1674, Dante en italien et une citation biblique (Psaume XXXVIII, 12-13) ; une chanson des Asturies. Page 1675, une image fréquente dans la poésie chinoise. Page 1679, les deux citations sont de Pascal. Page 1681, les citations sont d'abord de Vauvenargues, ensuite d'un chroniqueur du XVe siècle ; [en bas] la première citation est de Charles d'Orléans, la seconde du roi d'Angleterre, Guillaume d'Orange. Page 1684, est renversée une autre citation biblique (« La sagesse a bâti sa maison… », Proverbes, IX) ; la citation est de Guy Debord (thèse 46 de *La Société du spectacle*). La dernière phrase du livre est la traditionnelle formule de conclusion des auteurs espagnols du Siècle d'Or.

On suppose que les citations attribuées ne présenteront pas de difficultés particulières, et pourront être localisées sans peine. Il sera en effet impératif d'employer leur texte original chaque fois qu'elles proviendraient de cette langue même où l'on doit traduire le livre. Sinon, il faudrait au moins utiliser la traduction de ces citations qui pourrait déjà exister dans le pays, si elle y fait justement autorité (c'est par exemple le cas des *anciennes* adaptations de la Bible, en allemand ou en anglais). Cependant, au cas où d'autres traductions, existant depuis moins longtemps, apparaîtraient mauvaises ou seulement médiocres, il faudrait évidemment les améliorer ou les refaire.

(novembre 1989)

PANÉGYRIQUE

TOME SECOND

Guy Debord avait initialement prévu de publier aux Éditions Gérard Lebovici le tome second de *Panégyrique* en mars 1991. Mais en février, à la suite d'une réédition de *La Société du spectacle* sur laquelle figure de nouveau la présentation de l'édition de 1971, présentation abandonnée depuis longtemps en accord avec Gérard Lebovici, et l'annonce par la presse professionnelle de la parution imminente du tome second de *Panégyrique* dans une « pseudo-mise en pages » composée par les nouveaux éditeurs, Guy Debord rompt avec les héritiers des Éditions Gérard Lebovici. Sur sa demande, tous ses livres seront mis au pilon en avril 1991, et *Panégyrique* tome second ne paraîtra qu'en septembre 1997 à la Librairie Arthème Fayard. Les photographies et documents sont issus de la collection de Guy Debord, sauf la photographie de la page 1704, d'Henri Cartier-Bresson.

« J'ai suivi un plan original, ayant imaginé une méthode nouvelle d'écrire l'histoire et choisi une voie qui surprendra le lecteur, une marche et un système tout à fait à moi. »

Ibn Khaldoun, *Prolégomènes à l'histoire universelle*.

AVIS

En toutes les vérités qui composent ce *Panégyrique*, on reconnaîtra que la plus profonde réside dans la façon même de les faire apparaître ensemble. Il ne reste donc plus guère qu'à illustrer et commenter l'essentiel qui, dès le premier tome, a été si exactement résumé.

Le tome second contient une série de preuves iconographiques. Les tromperies dominantes de l'époque sont en passe de faire oublier que la vérité peut se voir aussi dans les images. L'image qui n'a pas été intentionnellement séparée de sa signification ajoute beaucoup de précision et de certitude au savoir. Personne n'en a douté avant les très récentes années. Je me propose de le rappeler maintenant. L'illustration authentique éclaire le discours vrai, comme une proposition subordonnée qui n'est ni incompatible ni pléonastique.

On saura donc enfin quelle était mon apparence à différents âges ; et quel genre de visages m'a toujours entouré ; et quels lieux j'ai habités. Ces circonstances rassemblées et considérées pourront parfaire le jugement. Et par exemple ma contribution à l'art extrême du siècle, comme un monument historique bien particulier, s'y trouvera exposée tout entière : c'est son excellence, d'avoir pu s'en tenir là.

À cette cohérente documentation s'ajouteront diverses données, graphologiques par exemple, que l'on devrait tenir pour superflues. Mais, ainsi, ceux qui veulent croire à l'existence de diverses méthodes de connaissance plus simples et plus directes que la science de l'histoire, ou qui du moins font confiance à l'une ou à l'autre comme technique de vérification, auront le déplaisir d'être sûrs qu'ils ne découvrent rien à m'objecter.

Les dates les plus notables de mes ouvrages, dont on pourra justement mesurer l'unité, sont mentionnées à la fin du présent tome. Dans le tome troisième, plusieurs détails encore obscurs seront expliqués[1].

1. Le tome troisième ainsi que les suivants restés à l'état de manuscrit furent brûlés dans la nuit du 30 novembre 1994, selon la volonté de Guy Debord. (*N.d.É.*)

1

« Nos seules manifestations… voulaient être complètement inacceptables ; d'abord surtout par leur forme et plus tard, s'approfondissant, surtout par leur contenu. »

1951

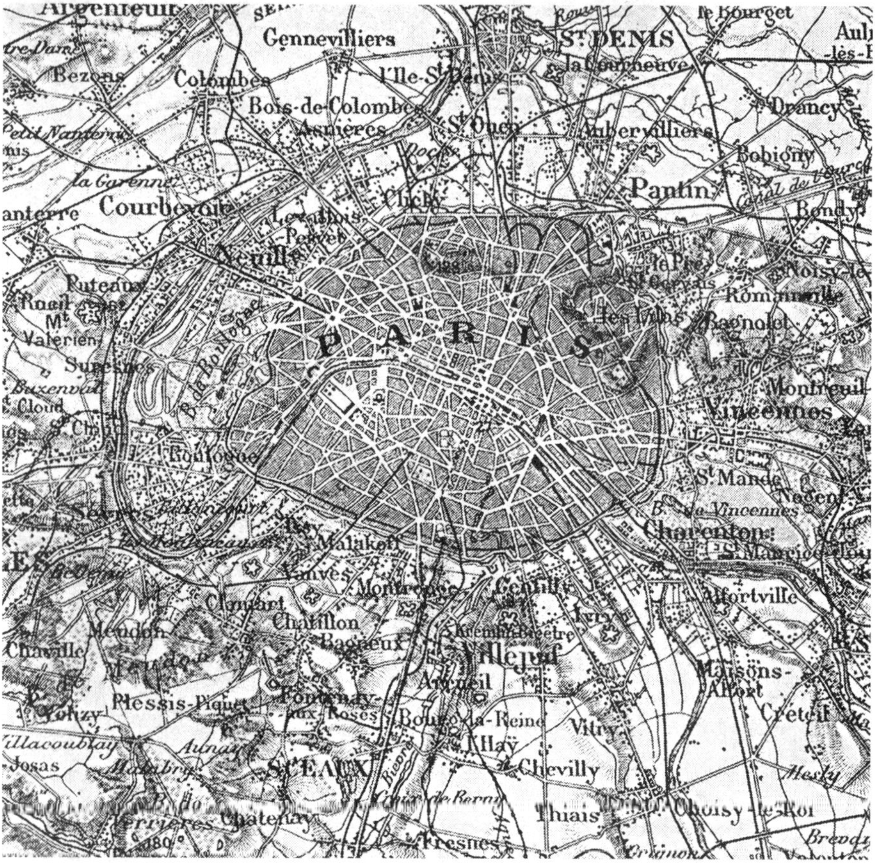

LA VILLE DE PARIS

« En effet, l'idée que nous nous faisons des civilisations anciennes est devenue plus sereine depuis que… nous nous sommes mis à regarder, aussi bien qu'à lire. Les arts plastiques ne se lamentent pas. »

Huizinga, *Le Déclin du Moyen Âge.*

Séquence noire de vingt-quatre minutes dans le film
« Hurlements en faveur de Sade » (1952)

« Avant de parler, il a tiré quelques coups de pistolet puis a débité, tantôt riant, tantôt sérieux, les plus énormes insanités contre l'art et la vie. »

Paris-Midi, du 6 juillet 1914 ; recueilli dans les *Œuvres* d'Arthur Cravan.

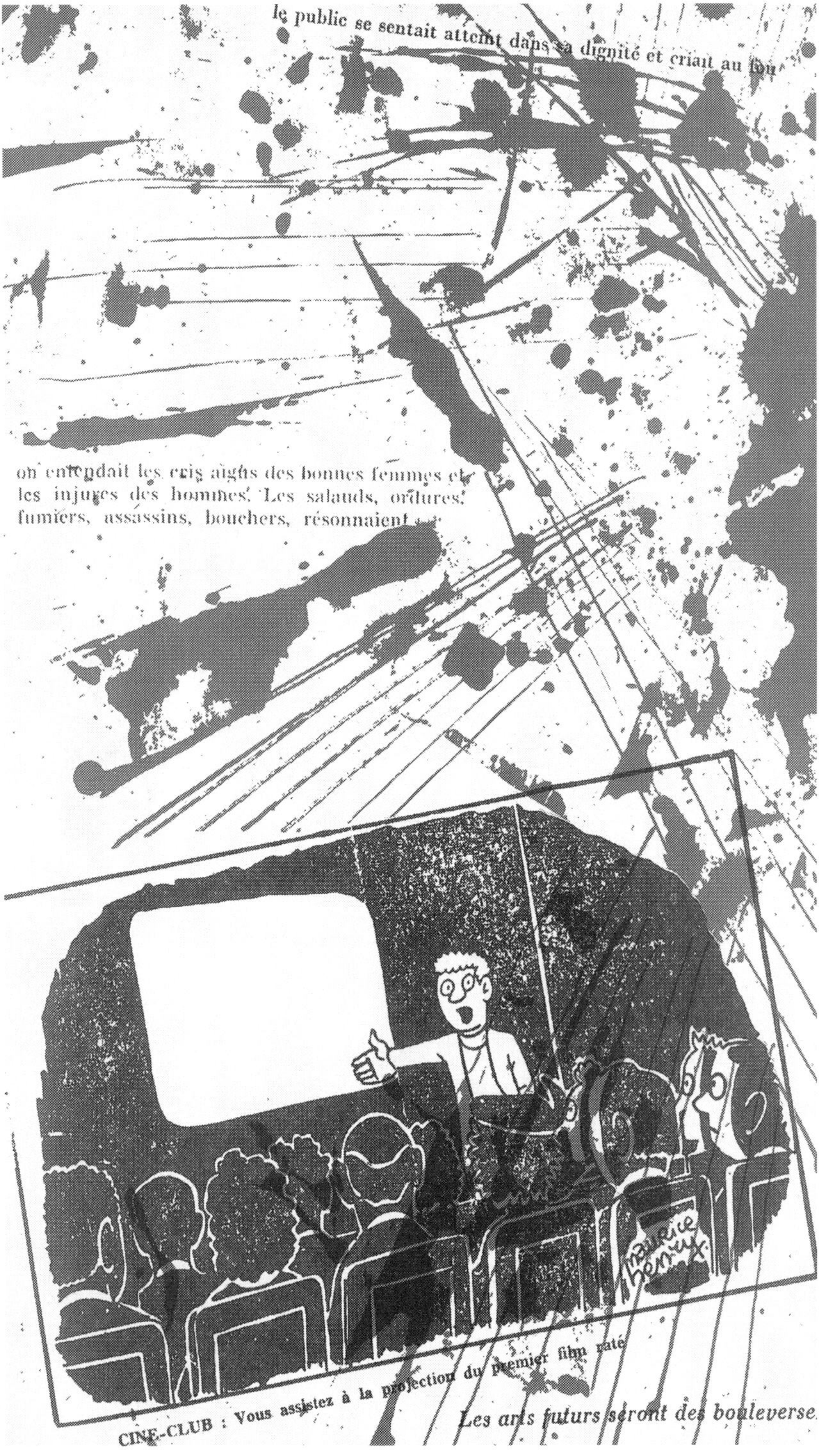
le public se sentait atteint dans sa dignité et criait au fou
on entendait les cris aigus des bonnes femmes et
les injures des hommes. Les salauds, ordures,
fumiers, assassins, bouchers, résonnaient
Maurice Henry
CINE-CLUB : Vous assistez à la projection du premier film raté
Les arts futurs seront des bouleverse

INSCRIPTION SUR LE MUR DE LA RUE DE SEINE (1953)

« La prévention en fut telle d'abord dans le monde, que plusieurs de mes amis eurent le front de me demander si je plaisantais : à quoi je répondis froidement que l'événements le montrerait. »

Swift, *Prédictions pour l'année 1708.*

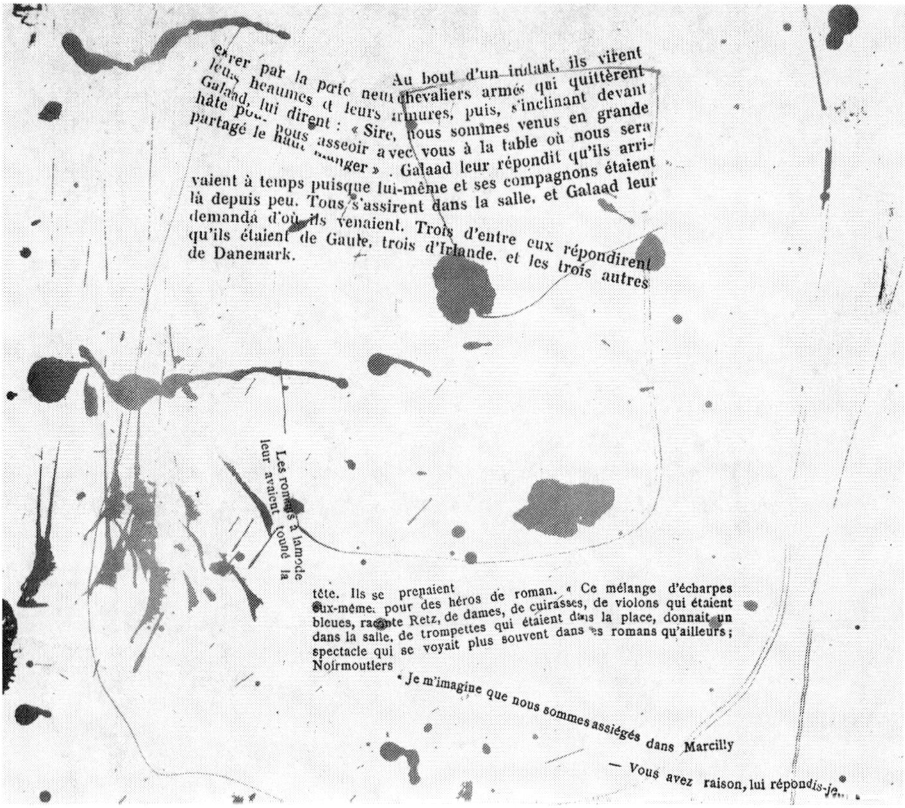
Au bout d'un instant, ils virent
chevaliers armés qui quittèrent
armures, puis, s'inclinant devant
nous sommes venus en grande
vous à la table où nous sera
Galaad leur répondit qu'ils arri-
vaient à temps puisque lui-même et ses compagnons étaient
là depuis peu. Tous s'assirent dans la salle, et Galaad leur
demanda d'où ils venaient. Trois d'entre eux répondirent
qu'ils étaient de Gaule, trois d'Irlande, et les trois autres
de Danemark.
Les romans à la mode
leur avaient tourné la
tête. Ils se prenaient eux-mêmes pour des héros de roman. « Ce mélange d'écharpes
bleues, raconte Retz, de dames, de cuirasses, de violons qui étaient
dans la salle, de trompettes qui étaient dans la place, donnait un
spectacle qui se voyait plus souvent dans les romans qu'ailleurs ;
Noirmoutiers
« Je m'imagine que nous sommes assiégés dans Marcilly
— Vous avez raison, lui répondis-je.

« Mémoires » de 1959 (détail)

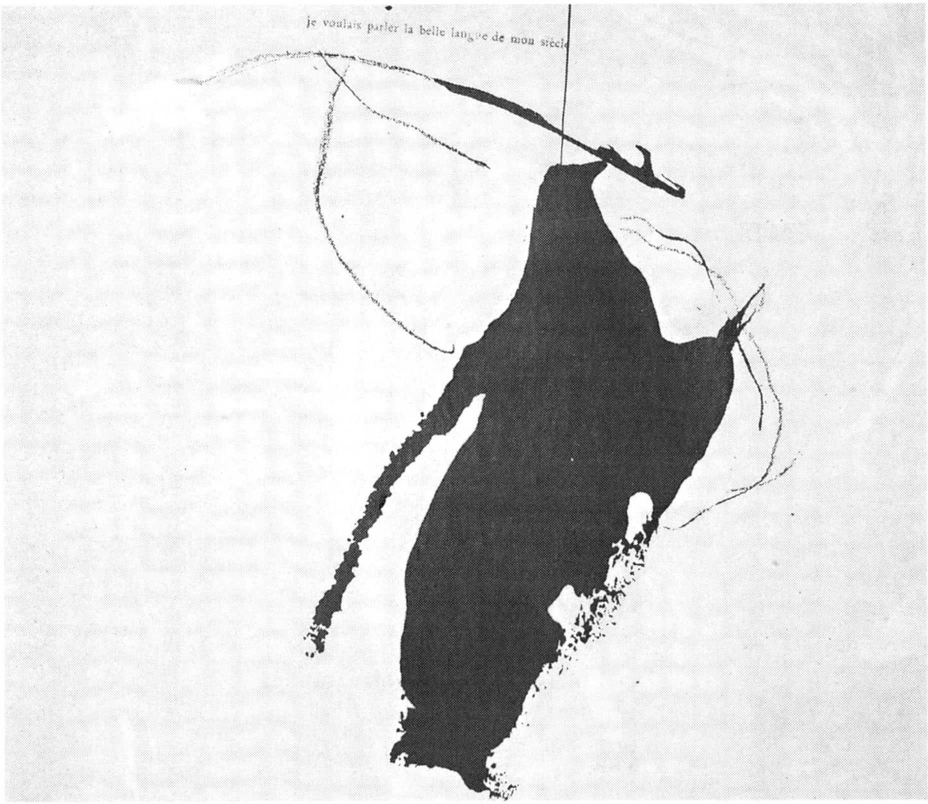

je voulais parler la belle langue de mon siècle

Dernière page des « Mémoires » (détail)

2

« Toutes les révolutions entrent dans l'histoire, et l'histoire n'en regorge point ; les fleuves des révolutions retournent d'où ils étaient sortis, pour couler encore. »

1953

BRASSE
RESTAURA

Les quais de la Seine

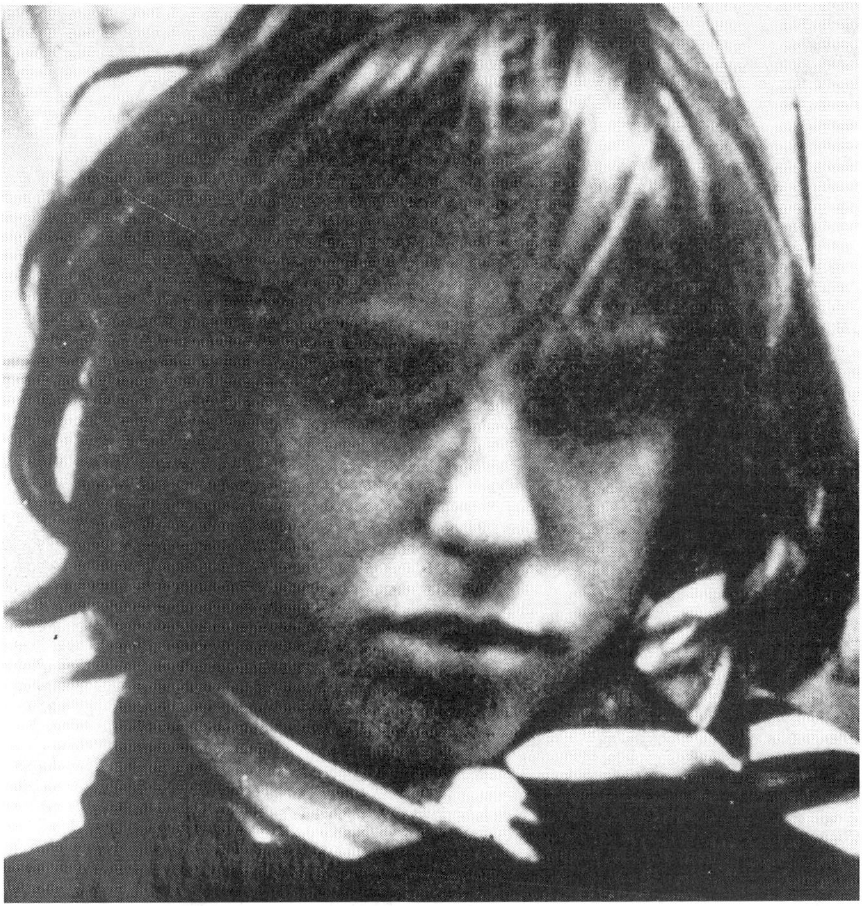

« Un particulier que ceux qui écrivent l'histoire ne sauront point, ou ne trouveront point mériter d'y être mis. Cependant c'est ce particulier qui fait connaître si nous sommes dignes d'estime ou de blâme. »

François de Motteville, *Mémoires.*

« Nous sommes trop inattentifs, ou trop occupés de nous-mêmes, pour nous approfondir les uns les autres : quiconque a vu des masques, dans un bal, danser amicalement ensemble, et se tenir par la main sans se connaître, pour se quitter le moment d'après, et ne plus se voir ni se regretter, peut se faire une idée du monde. »

Vauvenargues, *Réflexions et Maximes*.

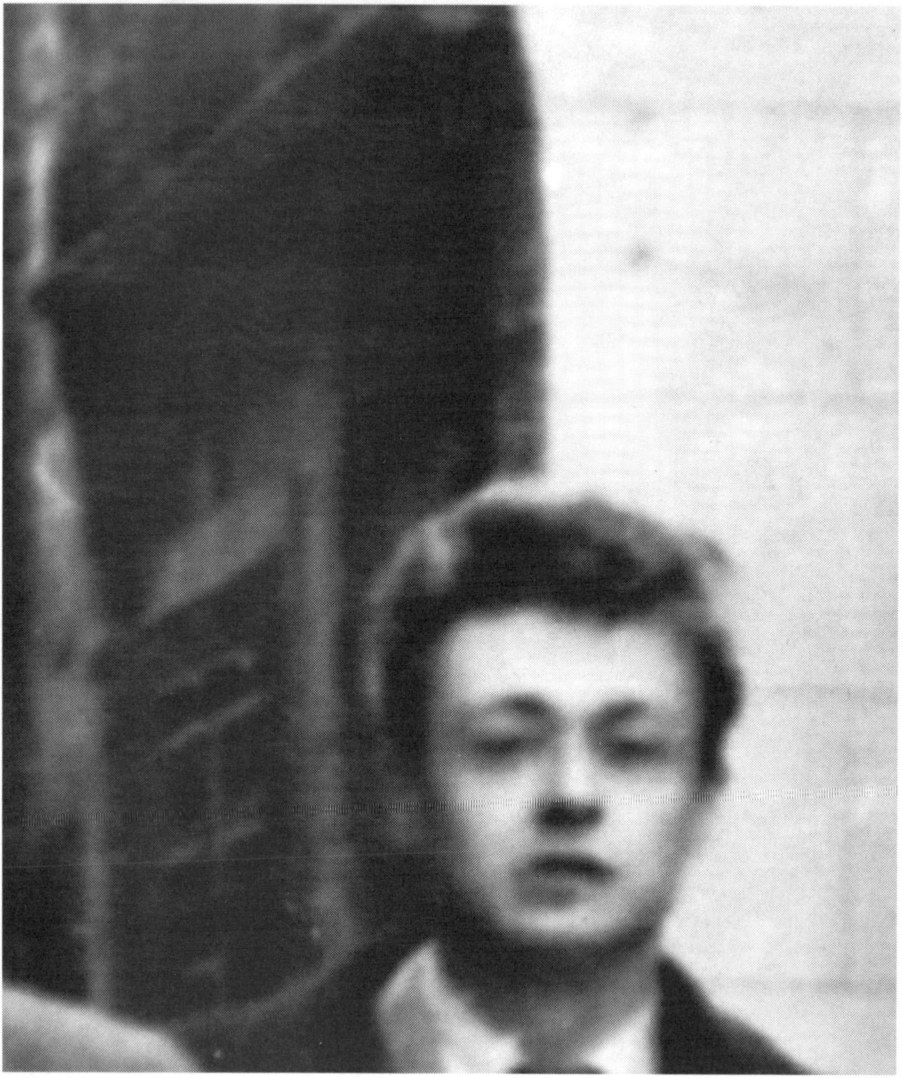

Ivan Chtcheglov

« Nous ne sommes qu'au commencement de l'art d'écrire… Chaque vie a un thème, un titre, un éditeur, une préface, une introduction, un texte, des notes, etc. – ou peut les avoir. »

Novalis, *Fragments*.

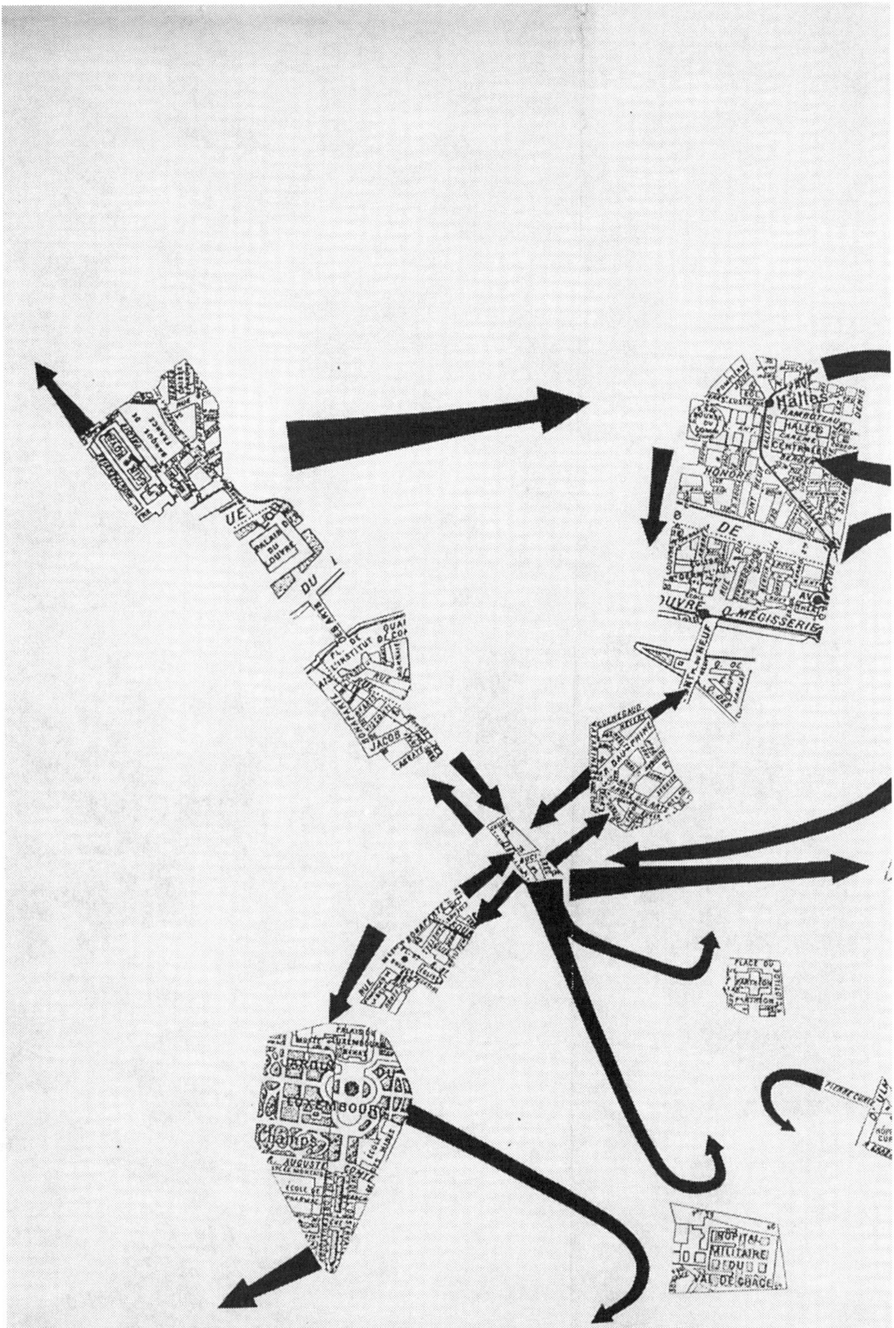

THE NAKED CITY

« Si vous allez à Montpipeau – ou à Ruel, gardez la peau :
– Car, pour s'ébattre en ces deux lieux… – la perdit Colin de Cayeux. »
Villon, *Belle leçon aux enfants perdus.*

Le 1 de l'impasse de Clairvaux

« Tout cela est à jamais fini, tout s'écoule à la fois, les événements et les hommes – comme ces flots incessants du Yang-tseu-kiang, qui vont se perdre dans la mer. »

Li Po, *À Nan-king*.

3

« Un concours de circonstances a marqué presque tout ce que j'ai fait d'une certaine allure de conspiration. »

1958

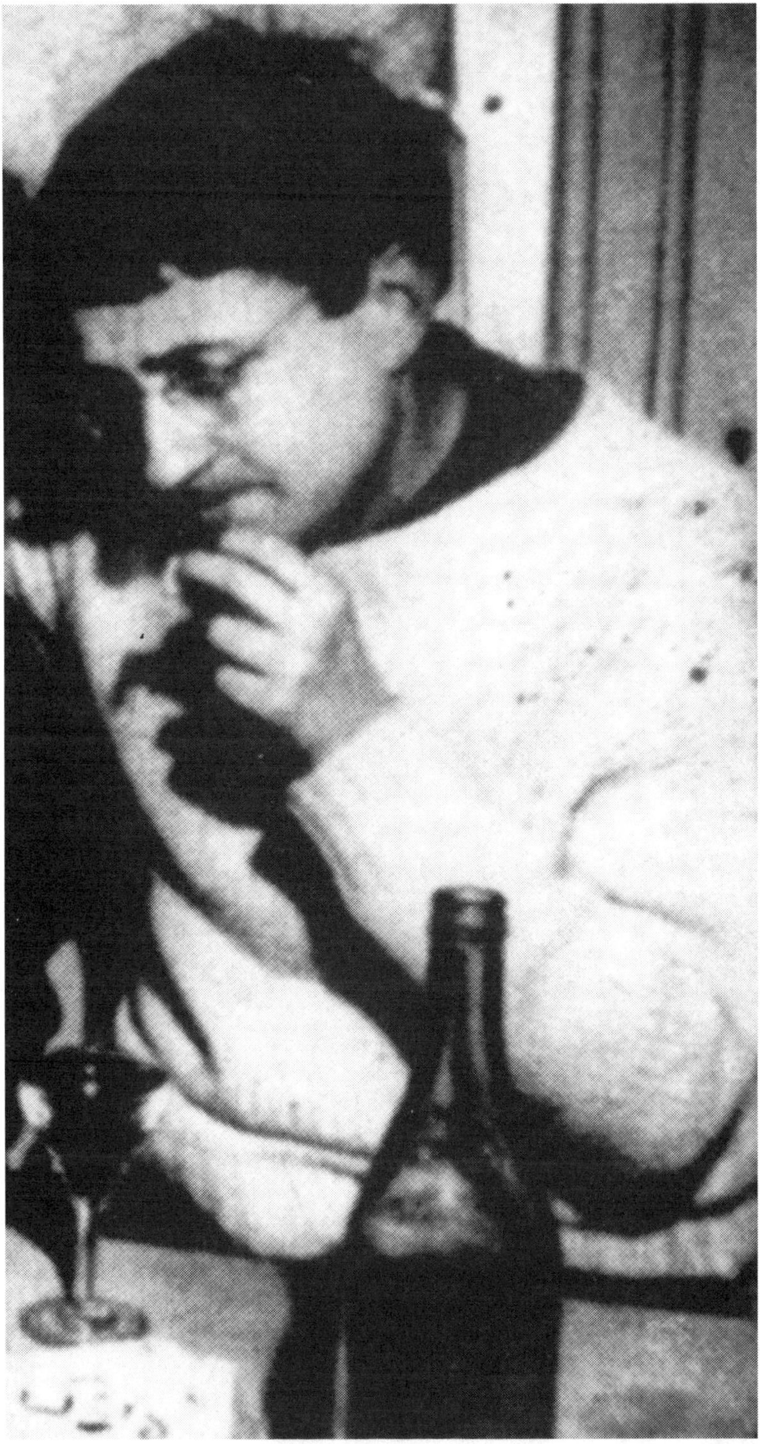

Cosio d'Arroscia (Alpes de Ligurie)

Avec Michèle Bernstein et Asger Jorn à Paris
peu après la fondation de l'I.S.

« Et buvons encore tous ensemble à notre propre gloire, pour que nos petits-fils et leurs fils se redisent : il y eut jadis des hommes qui ne rougirent point de leurs camarades et qui n'abandonnèrent point leurs amis. »

Gogol, *Tarass Boulba*.

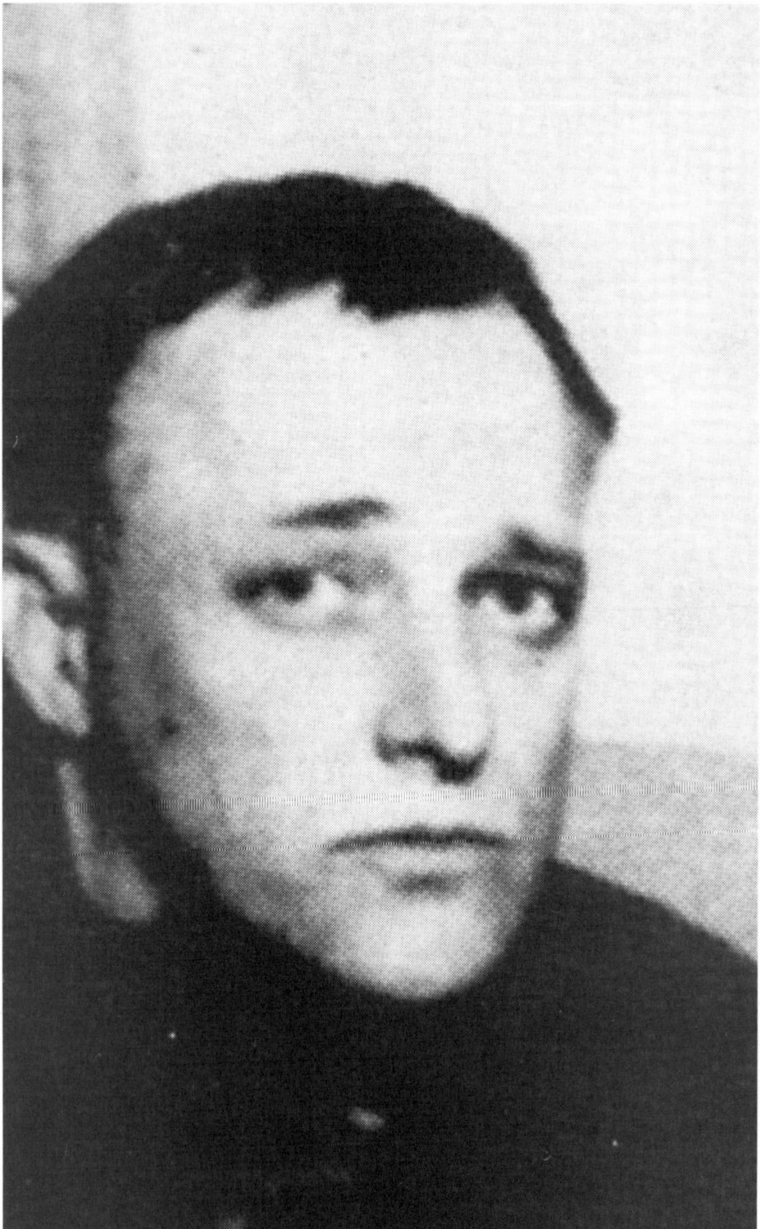

Asger Jorn

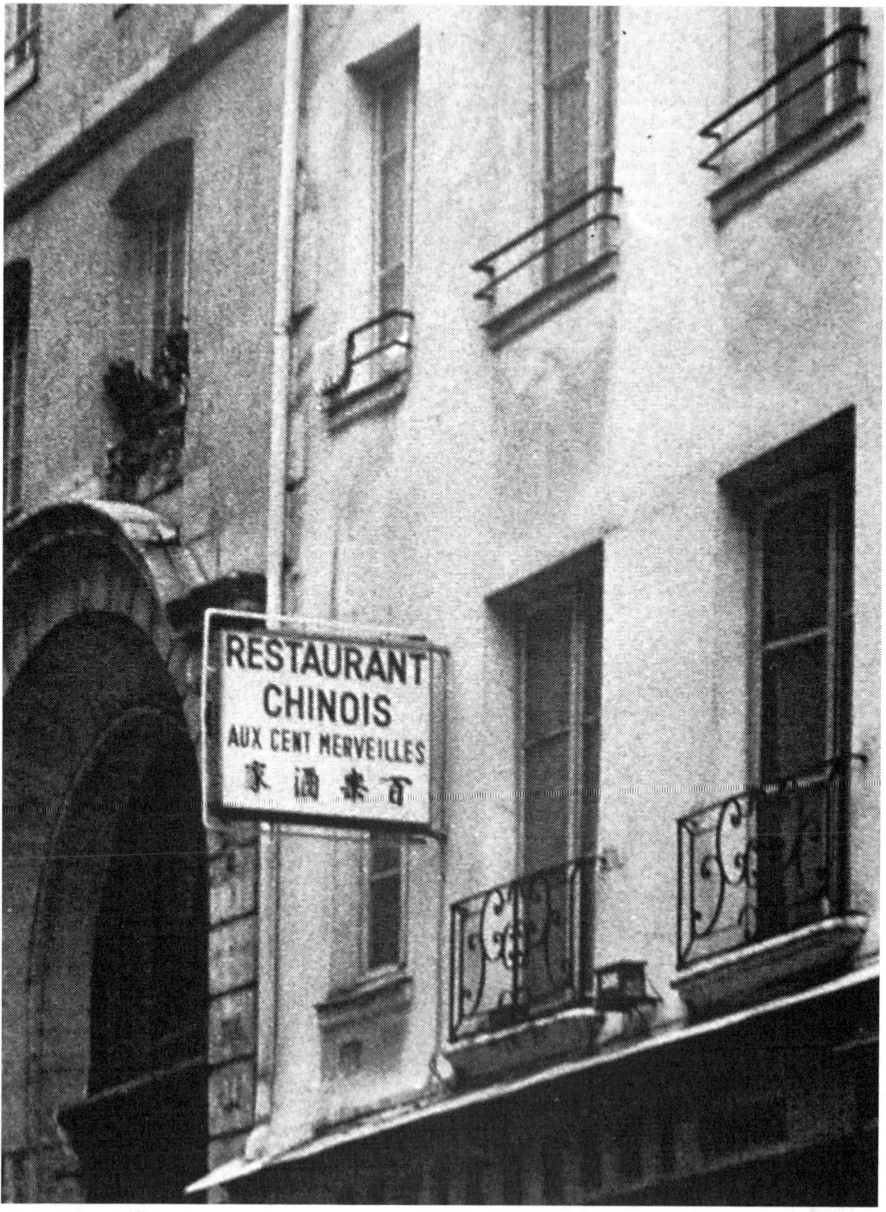

LE 32 DE LA RUE DE LA MONTAGNE-SAINTE-GENEVIÈVE

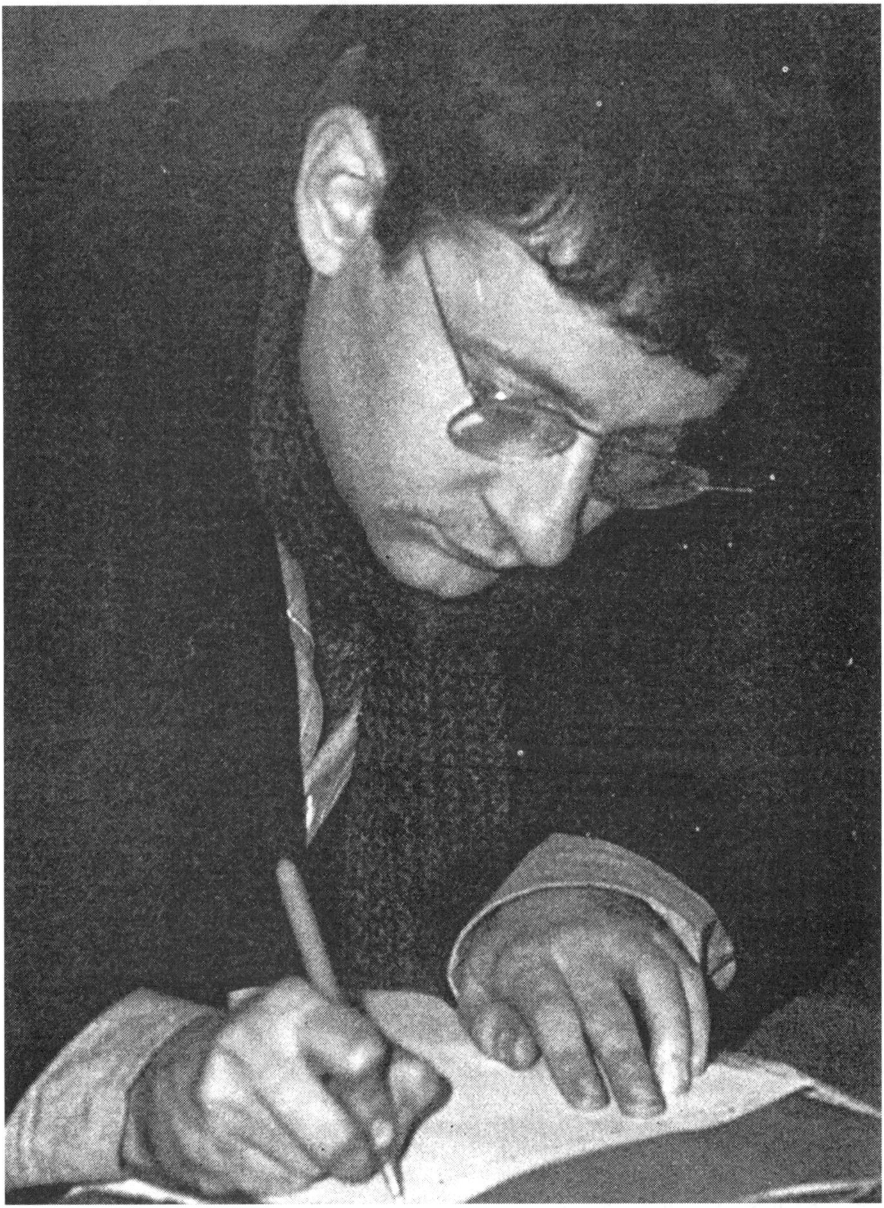

« Par laquelle œuvre se pourra connaître la grandeur du prince dont vous parlerai, et aussi de votre entendement. »

Commynes, *Mémoires*.

« DIRECTIVE N° 2 » (1963)

« Timon le caractérise ainsi : “Voici surgir Héraclite le braillard, l’insulteur de la foule, qui parla par énigmes.” D’après Théophraste, son humeur mélancolique lui fit écrire des œuvres restées inachevées et d’autres où les idées sont exprimées contradictoirement… Son livre acquit tant de renom qu’on vit apparaître des disciples qu’on appela Héraclitéens. »

Diogène Laërce, *Vies et doctrines des Philosophes célèbres*.

Le développement même de la société de classes jusqu'à l'organisation spectaculaire de la non-vie mène donc le projet révolutionnaire à devenir *visiblement* ce qu'il était déjà *essentiellement*.

ON DIRAIT QUE CETTE ORGANISATION TRAVERSE UNE CRISE !.. CERTAINS ÉLÉMENTS SONT LIQUIDÉS !..

JE REGRETTE WANTER, MAIS JE NE VEUX M'ASSOCIER A CE GENRE DE POLITIQUE. JE VOUS REMETS MA DÉMISSION.
VOUS POUVEZ VOUS RETIRER WODRAN DE MÊME QUE CEUX QUI PARTAGENT VOS SCRUPULES.
QUATRE CONSEILLERS SORTIRENT DE LA SALLE DE RÉUNION... LA SÉANCE FUT SUSPENDUE MAIS LE PRÉSIDENT WANTER N'EN FUT PAS CONVAINCU DE MODIFIER SA POLITIQUE.

Autres prévisions illustrées

DANS UNE SOMBRE RUELLE DU QUARTIER CHINOIS, NON LOIN DES DOCKS...
BAR

SALUT GEORGES ! L'OISEAU DE MINERVE ?...
...A LA TOMBÉE DE LA NUIT ! C'EST AU FOND.

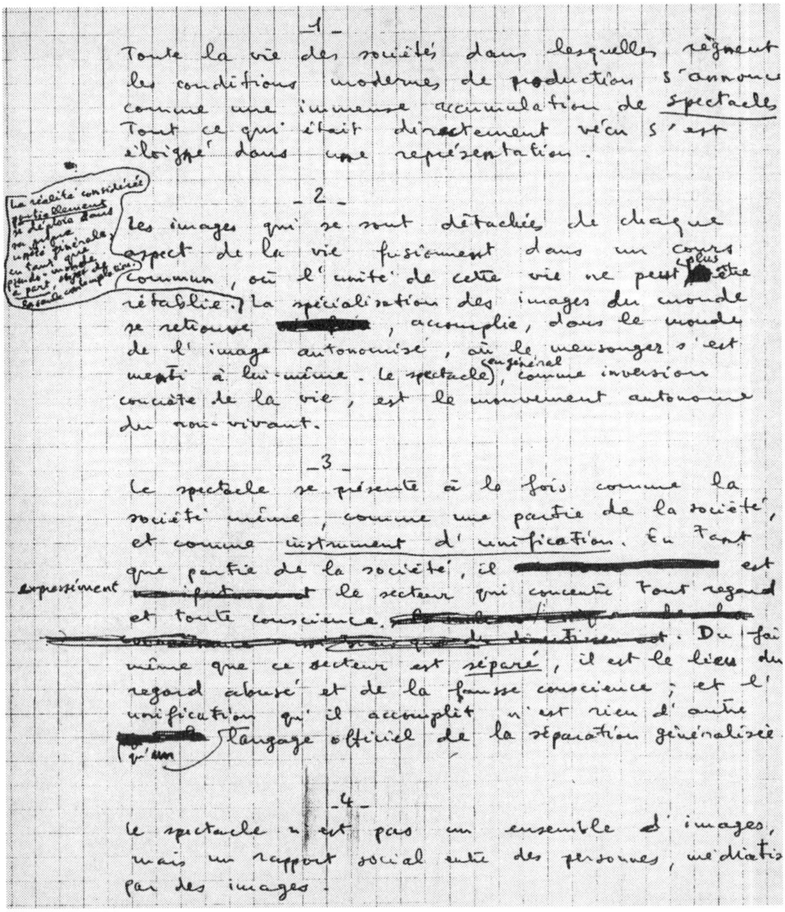

— 1 —

Toute la vie des sociétés dans lesquelles règnent les conditions modernes de production s'annonce comme une immense accumulation de spectacles. Tout ce qui était directement vécu s'est éloigné dans une représentation.

— 2 —

La réalité considérée partiellement se déploie dans sa propre unité générale en tant que pseudo-monde à part, objet de la seule contemplation.

Les images qui se sont détachées de chaque aspect de la vie fusionnent dans un cours commun, où l'unité de cette vie ne peut plus être rétablie. La spécialisation des images du monde se retrouve [redacted], accomplie, dans le monde de l'image autonomisé, où le mensonger s'est menti à lui-même. Le spectacle en général, comme inversion concrète de la vie, est le mouvement autonome du non-vivant.

— 3 —

Le spectacle se présente à la fois comme la société même, comme une partie de la société, et comme instrument d'unification. En tant que partie de la société, il [redacted] est expressément le secteur qui concentre tout regard et toute conscience. [illegible] Du fait même que ce secteur est séparé, il est le lieu du regard abusé et de la fausse conscience ; et l'unification qu'il accomplit n'est rien d'autre qu'un langage officiel de la séparation généralisée.

— 4 —

Le spectacle n'est pas un ensemble d'images, mais un rapport social entre des personnes, médiatisé par des images.

MANUSCRIT DE « LA SOCIÉTÉ DU SPECTACLE » (1967)

« J'avais présumé que le plus sûr moyen d'arriver à des découvertes utiles, c'était de s'éloigner en tout sens des routes suivies par les sciences incertaines, qui n'avaient jamais fait la moindre invention utile au corps social, et qui, malgré les immenses progrès de l'industrie, n'avaient pas même réussi à prévenir l'indigence. Je pris donc à tâche de me tenir constamment en opposition avec ces sciences ; en considérant la multitude de leurs écrivains, je présumai que tout sujet qu'ils avaient traité devait être complètement épuisé, et je résolus de ne m'attacher qu'à des problèmes qui n'eussent été abordés par aucun d'entre eux. »

Fourier, *Théorie des Quatre Mouvements.*

« Si vous êtes dans un lieu de mort, cherchez l'occasion de combattre. J'appelle lieu de mort ces sortes d'endroits où l'on n'a aucune ressource, où l'on dépérit insensiblement par l'intempérie de l'air, où les provisions se consument peu à peu sans espérance d'en pouvoir faire de nouvelles ; où les maladies, commençant à se mettre dans l'armée, semblent devoir y faire bientôt grands ravages. Si vous vous trouvez dans de telles circonstances, hâtez-vous de livrer quelque combat. »

Sun Tsé, *L'Art de la guerre.*

A BAS

LA SOCIÉTÉ SPECTACULAIRE-MARCHANDE

CONSEIL POUR LE MAINTIEN DES OCCUPATIONS

Postérité des « Directives » dans l'épigraphie de 1968

je jouis
dans les
pavés

Alice Becker-Ho

FIN
DE
L'UNIVERSITÉ
CONSEIL POUR LE MAINTIEN DES OCCUPATIONS

« L'hiver s'acheva alors et, avec lui, la dix-huitième année de la guerre dont Thucydide a écrit l'histoire. »

Thucydide, *Guerre du Péloponnèse.*

4

« J'ai donc assez bien connu le monde ; son histoire et sa géographie, ses décors et ceux qui les peuplaient. »

1968

L'Italie et l'Espagne habitées

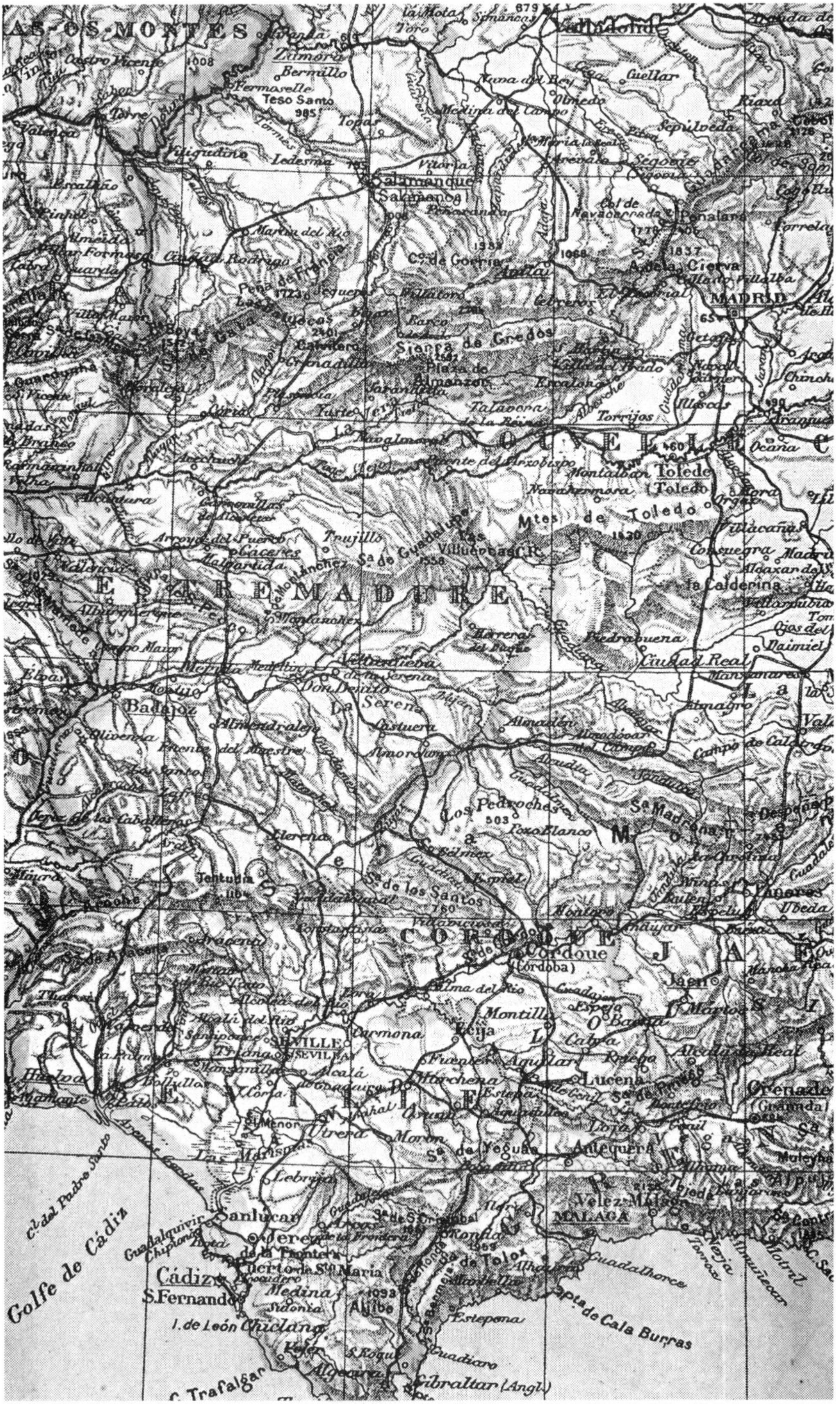

Zamora
Salamanque
Salamanca
Valladolid
Medina del Campo
Ségovie
MADRID
Sierra de Gredos
Plaza de Almanzor
Tolède
Mtes de Toledo
Trujillo
Cáceres
ESTREMADURE
Badajoz
Mérida
Ciudad Real
Almagro
Almadén
Los Pedroches
Cordoue
(Córdoba)
Jaén
Sevilla
SEVILLE
Carmona
Ecija
Lucena
Antequera
Grenade
(Granada)
MALAGA
Velez-Malaga
Jerez de la Frontera
Sanlucar
Cádiz
S.Fernando
Puerto de Sta Maria
Medina Sidonia
Chiclana
Gibraltar (Angl.)
C. Trafalgar
Golfe de Cádiz
Cabo de Cala Burras
Guadalhorce
Estepona
Ronda
Huelva
Tentudia
Aranjuez
Ocaña
Toledo
Consuegra
Manzanares
Daimiel
Montilla
Aguilar
Osuna
Utrera
Moron
Lebrija
Marchena
Loja
Tolox
Alcala de Guadaira

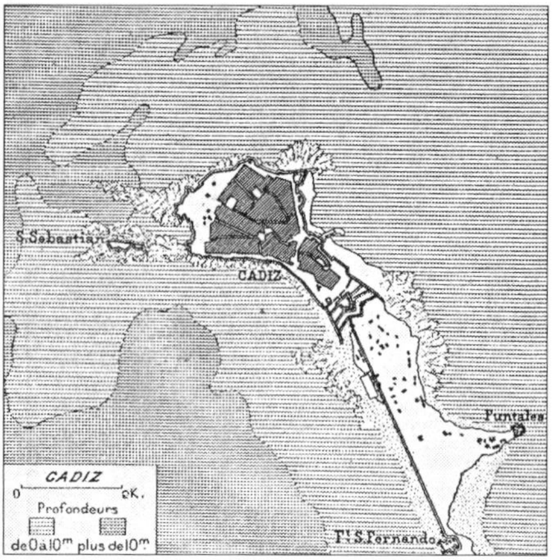
CADIZ
0 2K.
Profondeurs
de 0 à 10m plus de 10m
S.Sebastian
CADIZ
Puntales
Ft S.Fernando

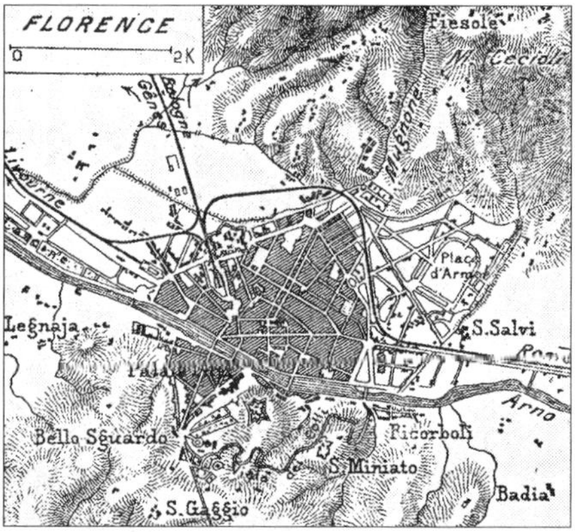
FLORENCE
0 2K
Fiesole
M. Ceceri
Mugnone
Place d'Armes
Legnaja
S.Salvi
Arno
Bello Sguardo
Ficorboli
S.Miniato
Badia
S.Gaggio

BARCELONE
0 2K.
S.t Andres de Palomar
Horta
Gracia
Sarria
Sans
Barcelonette
Château de Monjuich
Hospitalet
Profondeurs
de 0 à 10m
de 10 à 20m
plus de 20m

L'OLTRARNO EN 1972

« Les Français sont par nature friands du bien d'autrui, et à la fois fort prodigues tant du leur que de celui des autres. »

Machiavel, *Rapport sur les choses de la France.*

Le 28 de la Via delle Caldaie

Pieve dans les Monts du Chianti

CHAMPOT

« Nous ne pouvons pas plus affranchir nos écrits de toute contrainte que nous ne pouvons être nous-mêmes affranchis de tout. Mais nous pouvons les faire aussi libres que nous le sommes. »

Max Stirner, *L'Unique et sa propriété.*

« Si je vous l'avais montrée, répliqua don Quichotte, que feriez-vous en confessant une vérité si notoire et évidente ? L'important est que sans la voir vous le devez croire, confesser, affirmer, jurer et défendre, et, au cas que vous ne le faites… je vous attends ici de pied ferme, me confiant en la raison que j'ai de mon côté. »

Cervantès, *Don Quichotte.*

5

« Je me suis beaucoup intéressé à la guerre... à faire apparaître l'essentiel de ses mouvements sur un échiquier assez simple : les forces qui s'affrontent, et les nécessités contradictoires qui s'imposent aux opérations de chacun des deux partis. »

1977

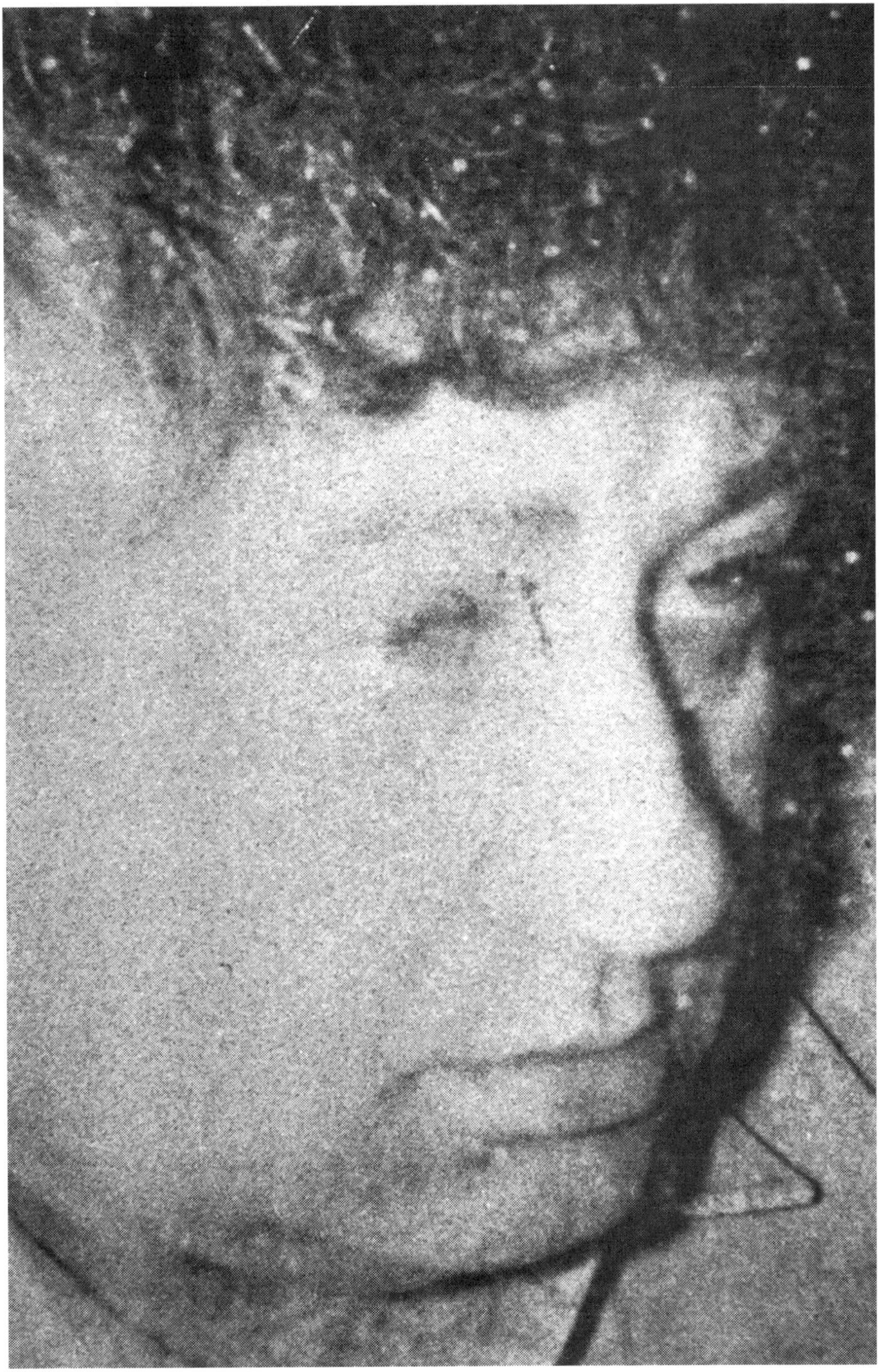

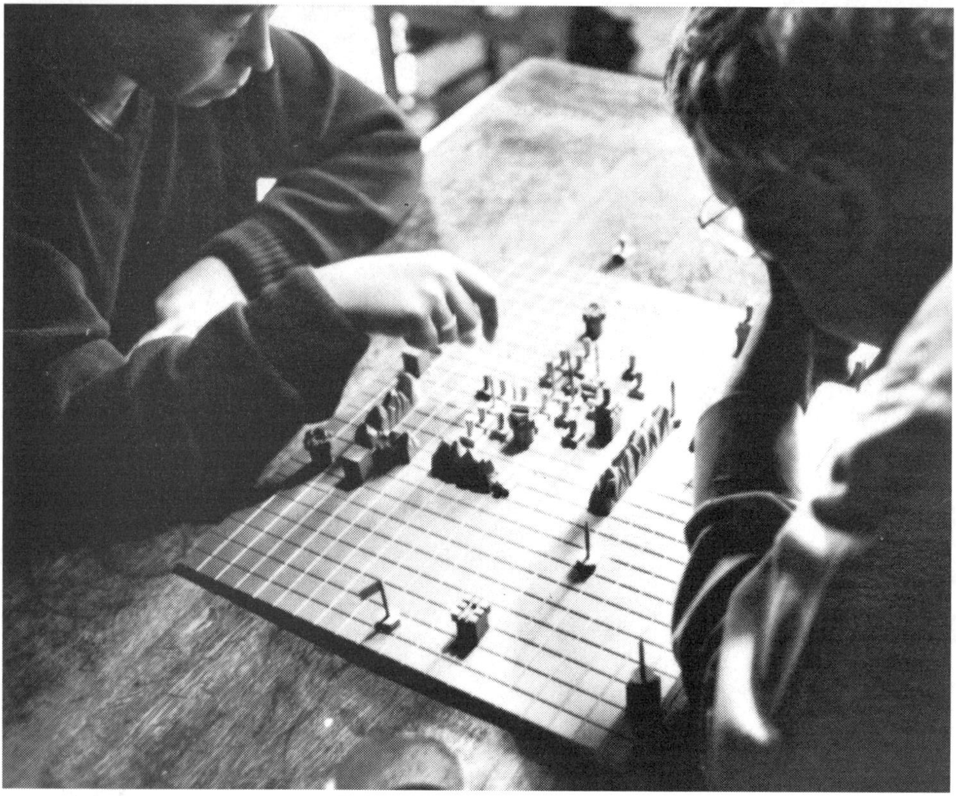

« Je dirai surtout que, pour être fort sur les points que l'on attaque, il est presque indispendable d'être faible sur ceux que l'on défend, et que lorsqu'un détachement est battu les conséquences en sont bien moins funestes quand il est peu nombreux que quand il est fort ; que d'ailleurs plus il est faible, moins il est exposé à une défaite, parce que son chef redouble de prudence et de précautions pour éviter les affaires où il pourrait craindre de se voir trop sérieusement engagé. »

Gouvion Saint-Cyr, *Mémoires.*

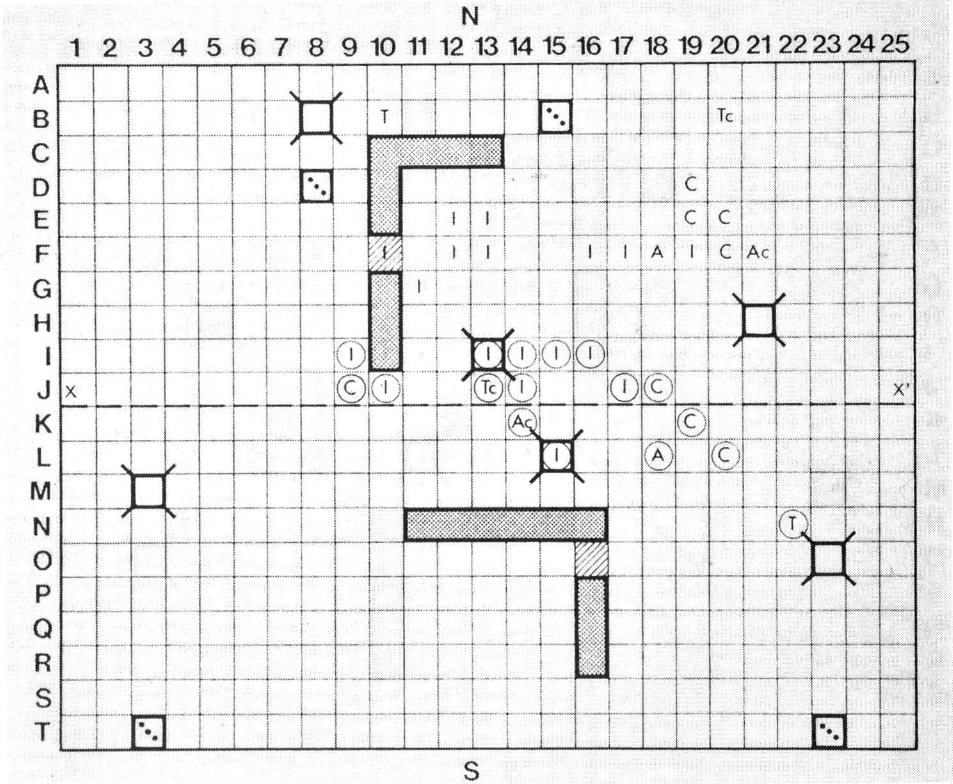

Schéma de la trentième phase d'un conflit sur le Kriegspiel

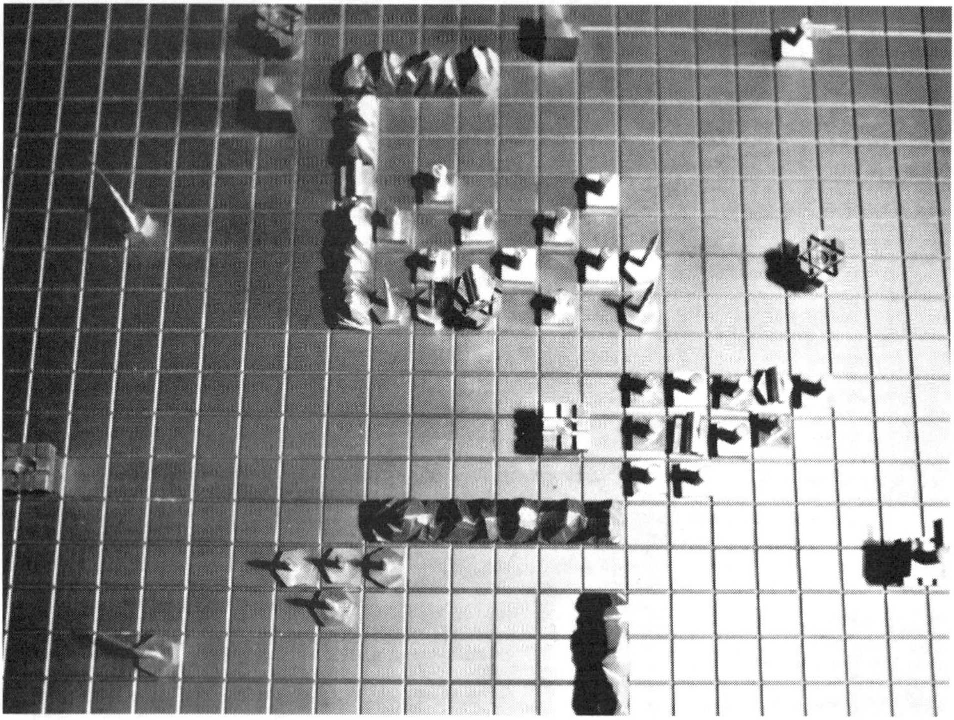

« L'on craint beaucoup plus d'un ennemi qu'il ne peut exécuter ; et, quoique l'on ait une grande expérience, on ne laisse pas d'appréhender des choses que l'on sait bien que l'on ne ferait pas, si on était à sa place ; mais, comme il arriverait de grands maux si un ennemi faisait plus qu'on ne pense, on aime mieux remédier à ce que même on croit qu'il ne peut pas faire. »

Turenne, *Mémoires.*

La Brigade légère dans le film
« In girum imus nocte et consumimur igni »

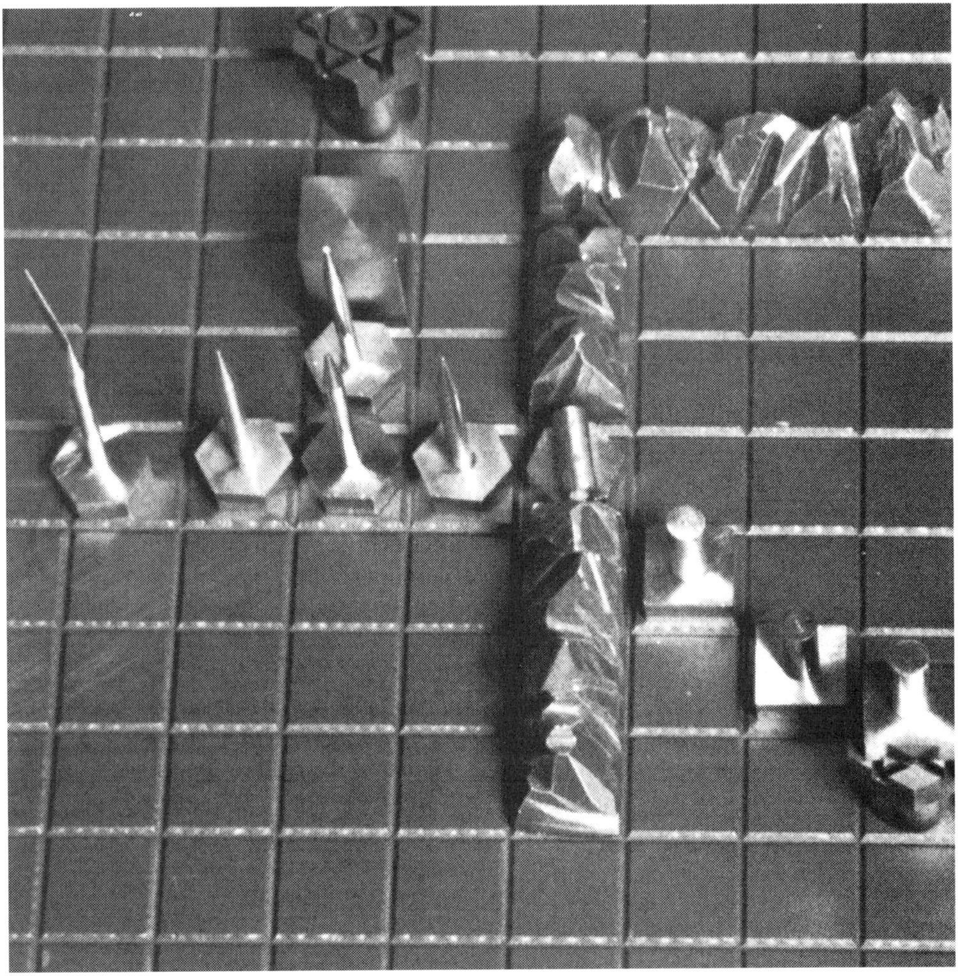

Détail du Kriegspiel

« Si les progrès dernièrement faits par l'art de la guerre ont suffisamment démontré qu'on ne défend point un pays de montagnes avec des systèmes de cordons et de grandes lignes retranchées ; il est également vrai de dire qu'on n'obtiendrait pas de bien meilleurs résultats en occupant de fortes positions transversales et longitudinales dans le fond des vallées, sans être maître des hauteurs qui les dominent. »

Lieutenant-colonel Racchia, *Précis analytique de l'art de la guerre.*

6

« Au milieu de l'hiver de 1988, à la nuit, dans le square des Missions Étrangères, une chouette reprenait obstinément ses appels, trompée peut-être par le désordre du climat. »

1984

Le square des Missions Étrangères

I

Ces *Commentaires* sont assurés d'être promptement connus de cinquante ou soixante personnes; autant dire beaucoup dans les jours que nous vivons, et quand on traite de questions si graves. Mais aussi c'est parce que j'ai, dans certains milieux, la réputation d'être un connaisseur. Il faut également considérer que, de cette élite qui va s'y intéresser, la moitié, ou un nombre qui s'en approche de très près, est composée de gens qui s'emploient à maintenir le système de domination spectaculaire, et l'autre moitié de gens qui s'obstineront à faire tout le contraire. Ayant ainsi à tenir compte de lecteurs très attentifs et diversement influents, je ne peux évidemment parler en toute liberté. Je dois surtout prendre garde à ne pas trop instruire n'importe qui.

Le malheur des temps m'obligera donc à écrire, encore une fois, d'une façon nouvelle. Certains

PREMIÈRE PAGE DES « COMMENTAIRES » DE 1988

« Mais comme je n'ai eu dessein que de faire des remarques qui sont toutes détachées l'une de l'autre, et dont l'intelligence ne dépend nullement ni de celles qui précèdent ni de celles qui suivent, la liaison n'y eût servi que d'embarras, et j'eusse bien pris de la peine pour rendre mon travail moins agréable et moins utile, car il est certain que cette continuelle diversité de matières récrée l'esprit et le rend plus capable de ce qu'on lui propose, surtout quand la brièveté y est jointe comme ici et qu'on est assuré que chaque remarque fait son effet. »

Vaugelas, *Remarques sur la langue française.*

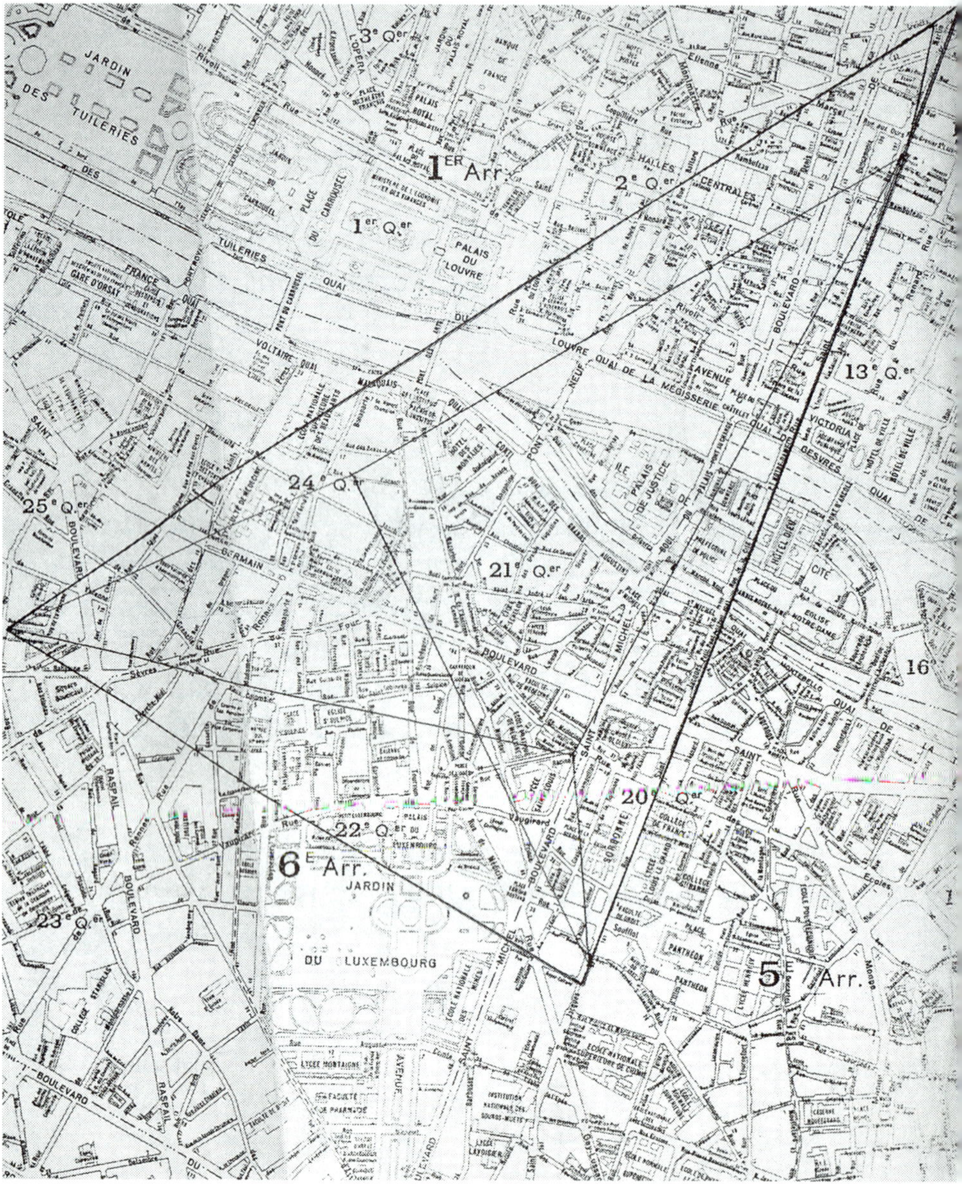

Paris habité

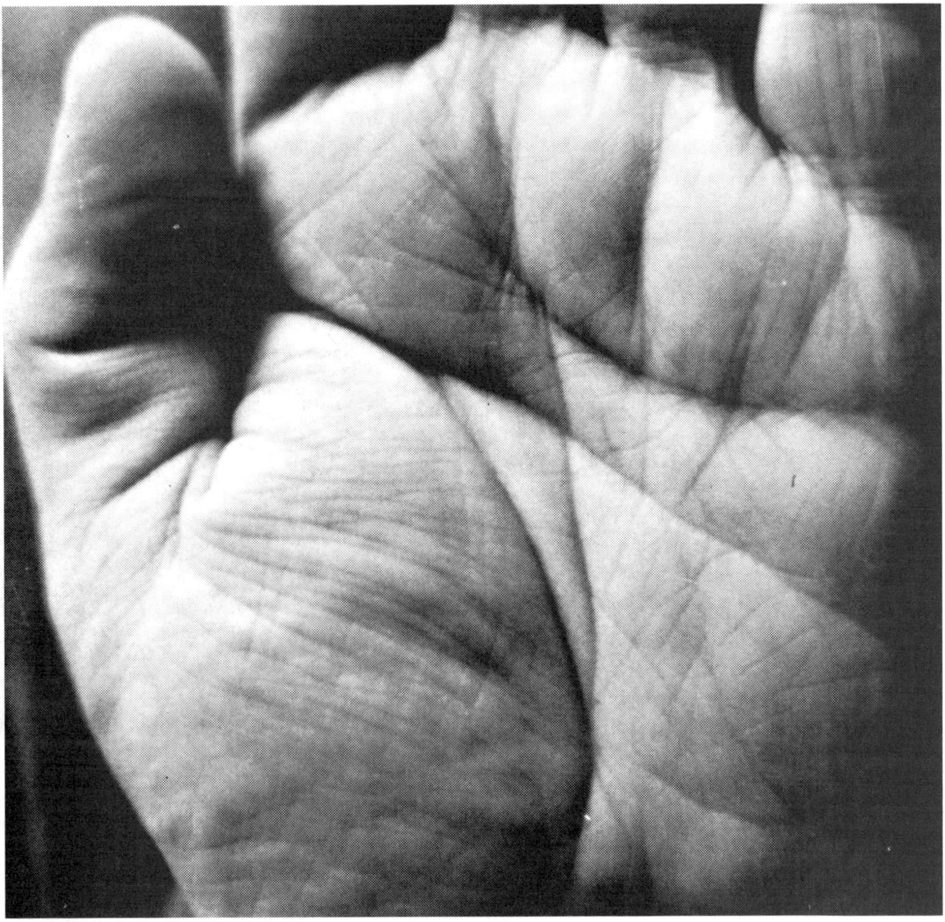

Main de l'auteur

« L'homme, à certaines heures, est maître de son destin. Nos fautes, cher Brutus, ne sont point dans nos étoiles, mais dans nos âmes prosternées. »

Shakespeare, *Jules César*.

Séquence des conclusions dans le film « La Société du Spectacle »

GUY DEBORD

PANÉGYRIQUE

TOME PREMIER

« Mais je dois ici vous informer une bonne fois que tout cela sera plus exactement tracé et expliqué dans une carte maintenant chez le graveur ; laquelle, avec d'autres documents et appendices, prendra place à la fin du vingtième volume, non pas pour gonfler le corps de l'ouvrage, idée pour moi très détestable, mais en guise de commentaires, scolies, illustrations et éclaircissement des passages, incidents ou insinuations qu'on estimera soit sujet à une interprétation particulière, soit de sens obscur ou douteux, et ceci après que ma *Vie et Opinions* aura été lue (pesez bien les mots) par le monde entier… »

Sterne, *Vie et Opinions de Tristram Shandy.*

Aperçu chronologique

1931. Naissance à Paris, le 28 décembre, à la tombée de la nuit.

1952. Film de long-métrage sans images *Hurlements en faveur de Sade.*

1953. Inscription sur un mur de la rue de Seine.

1954. Premier numéro du bulletin *Potlatch.*

1957. L'internationale situationniste est fondée par la Conférence de Cosio d'Arroscia.

1958. Premier numéro de la revue *Internationale situationniste.*

1959. *Mémoires* composés uniquement de phrases détournées.

1963. Cinq « directives » tracées sur des toiles.

1967. *La Société du spectacle.*

1968. Un comité situationniste usurpe deux jours la Sorbonne et y dément sept siècles de sottises.

1972. Autodissolution de l'Internationale situationniste.

1973. *La Société du spectacle* réitérée sous la forme d'un film de long-métrage.

1978. Film de long-métrage *In girum imus nocte et consumimur igni.*

1984. Potlatch de destruction de tout ce cinéma.

1988. *Commentaires sur la société du spectacle.*

1989. Premier tome de *Panégyrique.*

IN GIRUM IMUS NOCTE ET CONSUMIMUR IGNI

ÉDITION CRITIQUE

Publié aux Éditions Gérard Lebovici en 1990 ; repris aux Éditions Gallimard en 1999.

Je ne ferai, dans ce film[1], aucune concession au public. Plusieurs excellentes raisons justifient, à mes yeux, une telle conduite ; et je vais les dire.

Tout d'abord, il est assez notoire que je n'ai nulle part fait de concessions aux idées dominantes de mon époque, ni à aucun des pouvoirs existants.

Par ailleurs, quelle que soit l'époque, rien d'important ne s'est communiqué en ménageant un public, fût-il composé des contemporains de Périclès ; et, dans le miroir glacé de l'écran, les spectateurs ne voient présentement rien qui évoque les citoyens respectables d'une démocratie.

Voilà bien l'essentiel : ce public si parfaitement privé de liberté, et qui a tout supporté, mérite moins que tout autre d'être ménagé. Les manipulateurs de la publicité, avec le cynisme traditionnel de ceux qui savent que les gens sont portés à justifier les affronts dont ils ne se vengent pas, lui annoncent aujourd'hui tranquillement que « quand on aime la vie, on va au cinéma[2] ». Mais cette vie et ce cinéma sont également peu de chose ; et c'est par là qu'ils sont effectivement échangeables avec indifférence.

1. En 1978, un film illustrait effectivement ce discours. Il est sûr qu'un tel genre de film n'avait pas vraiment sa place dans le cinéma ; comme on voit maintenant que le cinéma lui-même n'en a plus guère dans la société. Les seules paroles, à condition d'ajouter quelques notes pour aider à les comprendre, seront néanmoins instructives. Notre temps aura laissé peu d'écrits qui envisagent aussi franchement les grandes transformations qui l'ont marqué. Qu'auraient donc pu en voir et en dire de vrai ceux qui ont partagé quelque chose de ses illusions et de ses ambitions combinées ?
2. On venait de mener autour de l'imbécile slogan la campagne de publicité qui n'a pas persuadé le public de revenir dans les salles de cinéma.

Le public du cinéma, qui n'a jamais été très bourgeois et qui n'est presque plus populaire, est désormais presque entièrement recruté dans une seule couche sociale, du reste devenue large : celle des petits agents spécialisés dans les divers emplois de ces « services » dont le système productif actuel a si impérieusement besoin : gestion, contrôle, entretien, recherche, enseignement, propagande, amusement et pseudo-critique. C'est là suffisamment dire ce qu'ils sont. Il faut compter aussi, bien sûr, dans ce public qui va encore au cinéma, la même espèce quand, plus jeune, elle n'en est qu'au stade d'un apprentissage sommaire de ces diverses tâches d'encadrement.

Au réalisme et aux accomplissements de ce fameux système, on peut déjà connaître les capacités personnelles des exécutants qu'il a formés. Et en effet ceux-ci se trompent sur tout, et ne peuvent que déraisonner sur des mensonges. Ce sont des salariés pauvres qui se croient des propriétaires, des ignorants mystifiés qui se croient instruits, et des morts qui croient voter.

Comme le mode de production les a durement traités ! De progrès en promotions, ils ont perdu le peu qu'ils avaient, et gagné ce dont personne ne voulait. Ils collectionnent les misères et les humiliations de tous les systèmes d'exploitation du passé ; ils n'en ignorent que la révolte. Ils ressemblent beaucoup aux esclaves, parce qu'ils sont parqués en masse, et à l'étroit, dans de mauvaises bâtisses malsaines et lugubres ; mal nourris d'une alimentation polluée et sans goût ; mal soignés dans leurs maladies toujours renouvelées ; continuellement et mesquinement surveillés ; entretenus dans l'analphabétisme modernisé [3] et les superstitions spectaculaires qui correspondent aux intérêts de leurs maîtres. Ils sont transplantés loin de leurs provinces ou de leurs quartiers, dans un paysage nouveau et hostile, suivant les convenances concentrationnaires de l'industrie présente. Ils ne sont que des chiffres dans des graphiques que dressent des imbéciles.

Ils meurent par séries sur les routes, à chaque épidémie de grippe, à chaque vague de chaleur, à chaque erreur de ceux qui falsifient leurs

3. L'analphabétisme modernisé ne signifiait à ce moment rien d'autre que la simple culture spectaculaire. C'est quelques années après que l'on a pu constater que celle-ci ramenait aussi l'analphabétisme proprement dit, sous une forme atypique.

aliments, à chaque innovation technique profitable aux multiples entrepreneurs d'un décor dont ils essuient les plâtres. Leurs éprouvantes conditions d'existence entraînent leur dégénérescence physique, intellectuelle, mentale. On leur parle toujours comme à des enfants obéissants, à qui il suffit de dire : « il faut », et ils veulent bien le croire. Mais surtout on les traite comme des enfants stupides, devant qui bafouillent et délirent des dizaines de spécialisations paternalistes, improvisées de la veille, leur faisant admettre n'importe quoi en le leur disant n'importe comment ; et aussi bien le contraire le lendemain.

Séparés entre eux par la perte générale de tout langage adéquat aux faits, perte qui leur interdit le moindre dialogue ; séparés par leur incessante concurrence, toujours pressée par le fouet, dans la consommation ostentatoire du néant, et donc séparés par l'envie la moins fondée et la moins capable de trouver quelque satisfaction, ils sont même séparés de leurs propres enfants, naguère encore la seule propriété de ceux qui n'ont rien[4]. On leur enlève, en bas âge, le contrôle de ces enfants, déjà leurs rivaux, qui n'écoutent plus du tout les opinions informes de leurs parents, et sourient de leur échec flagrant ; méprisent non sans raison leur origine, et se sentent bien davantage les fils du spectacle régnant que de ceux de ses domestiques qui les ont par hasard engendrés : ils se rêvent les métis de ces nègres-là. Derrière la façade du ravissement simulé, dans ces couples comme entre eux et leur progéniture, on n'échange que des regards de haine.

Cependant, ces travailleurs privilégiés de la société marchande accomplie ne ressemblent pas aux esclaves en ce sens qu'ils doivent pourvoir eux-mêmes à leur entretien. Leur statut peut être plutôt comparé au servage, parce qu'ils sont exclusivement attachés à une entreprise et à sa bonne marche, quoique sans réciprocité en leur faveur ; et surtout parce qu'ils sont étroitement astreints à résider dans un espace unique : le même circuit des domiciles, bureaux, autoroutes, vacances et aéroports toujours identiques.

Mais ils ressemblent aussi aux prolétaires modernes par l'insécurité de leurs ressources, qui est en contradiction avec la routine programmée de leurs dépenses ; et par le fait qu'il leur faut se louer sur un mar-

4. Sens du mot « prolétaire », chez les Romains.

ché libre sans rien posséder de leurs instruments de travail : par le fait qu'ils ont besoin d'argent. Il leur faut acheter des marchandises, et l'on a fait en sorte qu'ils ne puissent garder de contact avec rien qui ne soit une marchandise.

Mais où pourtant leur situation économique s'apparente plus précisément au système particulier du « péonage », c'est en ceci que, cet argent autour duquel tourne toute leur activité, on ne leur en laisse même plus le maniement momentané. Ils ne peuvent évidemment que le dépenser, le recevant en trop petite quantité pour l'accumuler. Mais ils se voient en fin de compte obligés de consommer à crédit ; et l'on retient sur leur salaire le crédit qui leur est consenti, dont ils auront à se libérer en travaillant encore. Comme toute l'organisation de la distribution des biens est liée à celles de la production et de l'État, on rogne sans gêne sur toutes leurs rations, de nourriture comme d'espace, en quantité et en qualité. Quoique restant formellement des travailleurs et des consommateurs libres, ils ne peuvent s'adresser ailleurs, car c'est partout que l'on se moque d'eux.

Je ne tomberai pas dans l'erreur simplificatrice d'identifier entièrement la condition de ces salariés du premier rang à des formes antérieures d'oppression socio-économique. Tout d'abord, parce que, si l'on met de côté leur surplus de fausse conscience et leur participation double ou triple à l'achat des pacotilles désolantes qui recouvrent la presque totalité du marché, on voit bien qu'ils ne font que partager la triste vie de la grande masse des salariés d'aujourd'hui : c'est d'ailleurs dans l'intention naïve de faire perdre de vue cette enrageante trivialité, que beaucoup assurent qu'ils se sentent gênés de vivre parmi les délices, alors que le dénuement accable des peuples lointains[5]. Une autre raison de ne pas les confondre avec les malheureux du passé, c'est que leur statut spécifique comporte en lui-même des traits indiscutablement modernes.

Pour la première fois dans l'histoire, voilà des agents économiques hautement spécialisés qui, en dehors de leur travail, doivent faire tout eux-mêmes : ils conduisent eux-mêmes leurs voitures et commencent à pomper eux-mêmes leur essence, ils font eux-mêmes leurs achats ou ce

5. C'est précisément à ce besoin social que répondent une assez large part de l'information courante, et les activités commerciales des associations dites « caritatives ».

qu'ils appellent de la cuisine, ils se servent eux-mêmes dans les supermarchés comme dans ce qui a remplacé les wagons-restaurants. Sans doute leur qualification très indirectement productive a-t-elle été vite acquise, mais ensuite, quand ils ont fourni leur quotient horaire de ce travail spécialisé, il leur faut faire de leurs mains tout le reste. Notre époque n'en est pas encore venue à dépasser la famille, l'argent, la division du travail ; et pourtant on peut dire que pour ceux-là déjà la réalité effective s'en est presque entièrement dissoute, dans la simple dépossession. Ceux qui n'avaient jamais eu de proie, l'ont lâchée pour l'ombre.

Le caractère illusoire des richesses que prétend distribuer la société actuelle, s'il n'avait pas été reconnu en toutes les autres matières, serait suffisamment démontré par cette seule observation que c'est la première fois qu'un système de tyrannie entretient aussi mal ses familiers, ses experts, ses bouffons. Serviteurs surmenés du vide, le vide les gratifie en monnaie à son effigie. Autrement dit, c'est la première fois que des pauvres croient faire partie d'une élite économique, malgré l'évidence contraire. Non seulement ils travaillent, ces malheureux spectateurs, mais personne ne travaille pour eux, et moins que personne les gens qu'ils payent : car leurs fournisseurs mêmes se considèrent plutôt comme leurs contremaîtres, jugeant s'ils sont venus assez vaillamment au ramassage des *ersatz* qu'ils ont le devoir d'acheter. Rien ne saurait cacher l'usure véloce qui est intégrée dès la source, non seulement pour chaque objet matériel, mais jusque sur le plan juridique, dans leurs rares propriétés. De même qu'ils n'ont pas reçu d'héritages, ils n'en laisseront pas.

Le public du cinéma ayant donc, avant tout, à penser à des vérités si rudes, et qui le touchent de si près, et qui lui sont si généralement cachées ; on ne peut nier qu'un film qui, pour une fois, lui rend cet âpre service de lui révéler que son mal n'est pas si mystérieux qu'il le croit, et qu'il n'est peut-être même pas incurable pour peu que nous parvenions un jour à l'abolition des classes et de l'État ; on ne peut nier, dis-je, qu'un tel film n'ait, en ceci au moins, un mérite. Il n'en aura pas d'autre.

En effet, ce public qui veut partout se montrer connaisseur et qui en tout justifie ce qu'il a subi, qui accepte de voir changer toujours en plus répugnant le pain qu'il mange et l'air qu'il respire, aussi bien que ses viandes ou ses maisons, ne renâcle au changement que lorsqu'il s'agit du cinéma dont il a l'habitude ; et apparemment c'est la seule de ses habitudes qui ait été respectée[6]. Il n'y a peut-être eu que moi pour l'offenser depuis longtemps sur ce point. Car tout le reste, même modernisé parfois jusqu'à s'inspirer des débats mis au goût du jour par la presse, postule l'innocence d'un tel public, et lui montre, selon la coutume fondamentale du cinéma, ce qui se passe au loin : différentes sortes de vedettes qui ont vécu à sa place, et qu'il contemplera par le trou de la serrure d'une familiarité canaille.

Le cinéma dont je parle ici est cette imitation insensée d'une vie insensée, une représentation ingénieuse à ne rien dire, habile à tromper une heure l'ennui par le reflet du même ennui ; cette lâche imitation qui est la dupe du présent et le faux témoin de l'avenir ; qui, par beaucoup de fictions et de grands spectacles, ne fait que se consumer inutilement en amassant des images que le temps emporte[7]. Quel respect d'enfants pour des images ! Il va bien à cette plèbe des vanités, toujours enthousiaste et toujours déçue, sans goût parce qu'elle n'a eu de rien une expérience heureuse, et qui ne reconnaît rien de ses expériences malheureuses parce qu'elle est sans goût et sans courage : au point qu'aucune sorte d'imposture, générale ou particulière, n'a jamais pu lasser sa crédulité intéressée.

Et croirait-on, après tout ce que chacun a pu voir, qu'il existe encore, parmi les spectateurs spécialisés qui font la leçon aux autres, des tarés capables de soutenir qu'une vérité énoncée au cinéma, si elle n'est pas *prouvée* par des images, aurait quelque chose de dogmatique ? D'ailleurs la domesticité intellectuelle de cette saison[8] appelle envieusement « discours du maître » ce qui décrit sa servitude ; quant aux dogmes ridicules de ses patrons, elle s'y identifie si pleinement qu'elle ne les connaît pas. Que faudrait-il prouver par des images ? Rien n'est jamais prouvé que par le mouvement réel qui dissout les conditions existantes, c'est-à-dire l'organisation des rapports de production d'une époque, et les formes de fausse conscience qui ont grandi sur cette base.

6. Ceci a cessé d'être vrai. On a vu supprimé par le progrès économique, après beaucoup d'autres choses, le cinéma auquel le spectateur tenait plutôt sottement. Les nécessités nouvelles, dont partout ce spectateur dépend, étaient parvenues à émettre une plus exacte représentation de leur rationalité : il fallait aimer le *clip*.
7. Paraphrase de Bossuet, *Oraison funèbre de Henriette-Anne d'Angleterre* (« La sagesse dont il parle en ce lieu est cette sagesse insensée, ingénieuse à se tourmenter, habile à se tromper elle-même, qui se corrompt dans le présent, qui s'égare dans l'avenir, qui par beaucoup de raisonnements et de grands efforts, ne fait que se consumer inutilement en amassant des choses que le vent emporte »).
8. Les *media* l'avaient appelée un instant : « Nouvelle Philosophie ».

On n'a jamais vu d'erreur s'écrouler faute d'une bonne image. Celui qui croit que les capitalistes sont bien armés pour gérer toujours plus rationnellement l'expansion de son bonheur et les plaisirs variés de son pouvoir d'achat, reconnaîtra ici des têtes capables d'hommes d'État ; et celui qui croit que les bureaucrates staliniens constituent le parti du prolétariat, verra là de belles têtes d'ouvriers. Les images existantes ne prouvent que les mensonges existants.

Les anecdotes représentées sont les pierres dont était bâti tout l'édifice du cinéma. On n'y retrouve rien d'autre que les vieux personnages du théâtre, mais sur une scène plus spacieuse et plus mobile, ou du roman, mais dans des vêtements et environnements plus directement sensibles. C'est une société, et non une technique, qui a fait le cinéma ainsi. Il aurait pu être examen historique, théorie, essai, mémoires. Il aurait pu être le film que je fais en ce moment.

Voici par exemple un film où je ne dis que des vérités sur des images qui, toutes, sont insignifiantes ou fausses ; un film qui méprise cette poussière d'images qui le compose. Je ne veux rien conserver du langage de cet art périmé, sinon peut-être le contre-champ du seul monde qu'il a regardé, et un *travelling* sur les idées passagères d'un temps. Oui, je me flatte de faire un film avec n'importe quoi ; et je trouve plaisant que s'en plaignent ceux qui ont laissé faire de toute leur vie n'importe quoi.

J'ai mérité la haine universelle de la société de mon temps, et j'aurais été fâché d'avoir d'autres mérites aux yeux d'une telle société. Mais j'ai observé que c'est encore dans le cinéma que j'ai soulevé l'indignation la plus parfaite et la plus unanime. On a même poussé le dégoût jusqu'à m'y piller beaucoup moins souvent qu'ailleurs, jusqu'ici en tout cas[9]. Mon existence même y reste une hypothèse généralement réfutée. Je me vois donc placé au-dessus de toutes les lois du genre. Aussi, comme le disait Swift, « ce n'est pas une mince satisfaction pour moi, que de présenter un ouvrage absolument au-dessus de toute critique ».

Pour justifier aussi peu que ce soit l'ignominie complète de ce que cette époque aura écrit ou filmé, il faudrait un jour pouvoir prétendre

9. On a voulu commencer en 1982. Trop tard donc pour faire carrière dans cet art avant sa liquidation.

qu'il n'y a eu littéralement *rien d'autre*, et par là même que rien d'autre, on ne sait trop pourquoi, n'était possible. Eh bien ! Cette excuse embarrassée, à moi seul, je suffirai à l'anéantir par l'exemple. Et comme je n'aurai eu besoin d'y consacrer que fort peu de temps et de peine, rien ne m'a paru devoir me faire renoncer à une telle satisfaction.

Il n'est pas si naturel qu'on voudrait bien le croire aujourd'hui, d'attendre de n'importe qui, parmi ceux dont le métier est d'avoir la parole dans les conditions présentes, qu'il apporte ici ou là des nouveautés révolutionnaires. Une telle capacité n'appartient évidemment qu'à celui qui a rencontré partout l'hostilité et la persécution ; et non point les crédits de l'État. Et même, plus profondément, quelle que soit la complicité générale pour faire le silence là-dessus, on peut affirmer avec certitude qu'aucune réelle contestation ne saurait être portée par des individus qui, en l'exhibant, sont devenus quelque peu plus élevés socialement qu'ils ne l'auraient été en s'en abstenant[10]. Tout cela ne fait qu'imiter l'exemple bien connu de ce florissant personnel syndical et politique, toujours prêt à prolonger d'un millénaire la plainte du prolétaire, à seule fin de lui conserver un défenseur.

Pour ma part, si j'ai pu être si déplorable dans le cinéma, c'est parce que j'ai été grandement plus criminel ailleurs. De prime abord, j'ai trouvé bon de m'adonner au renversement de la société, et j'ai agi en conséquence. J'ai pris ce parti dans un moment où presque tous croyaient que l'infamie existante, dans sa version bourgeoise ou dans sa version bureaucratique, avait le plus bel avenir. Et depuis lors, je n'ai pas, comme les autres, changé d'avis une ou plusieurs fois, avec le changement des temps ; ce sont plutôt les temps qui ont changé selon mes avis. Il y a là de quoi déplaire aux contemporains.

Ainsi donc, au lieu d'ajouter un film à des milliers de films quelconques, je préfère exposer ici pourquoi je ne ferai rien de tel. Ceci revient à remplacer les aventures futiles que conte le cinéma par l'examen d'un sujet important : moi-même.

---

10. Cette loi historique ne souffre aucune exception. En elle réside la difficulté centrale des révolutions anti-capitalistes, comme le montrait dès 1912 Robert Michels dans son ouvrage : *Approches d'une sociologie du parti dans la démocratie moderne (Recherche sur les tendances oligarchiques de la vie de groupe).*

On m'avait parfois reproché, mais à tort je crois, de faire des films difficiles : je vais pour finir en faire un. À qui se fâche de ne pas comprendre toutes les allusions, ou qui même s'avoue incapable de distinguer nettement mes intentions, je répondrai seulement qu'il doit se désoler de son inculture et de sa stérilité, et non de mes façons ; il a perdu son temps à l'Université, où se revendent à la sauvette des petits stocks de connaissances abîmées.

À considérer l'histoire de ma vie, je vois bien clairement que je ne peux pas faire ce que l'on appelle une œuvre cinématographique. Et je crois pouvoir en convaincre aisément n'importe qui, tant par le fond que par la forme de ce discours.

Il me faut d'abord repousser la plus fausse des légendes, selon laquelle je serais une sorte de théoricien des révolutions. Ils ont l'air de croire, à présent, les petits hommes, que j'ai pris les choses par la théorie, que je suis un constructeur de théorie, savante architecture qu'il n'y aurait plus qu'à aller habiter du moment qu'on en connaît l'adresse, et dont on pourrait même modifier un peu une ou deux bases, dix ans plus tard et en déplaçant trois feuilles de papier, pour atteindre à la perfection définitive de la théorie qui opérerait leur salut.

Mais les théories ne sont faites que pour mourir dans la guerre du temps : ce sont des unités plus ou moins fortes qu'il faut engager au juste moment dans le combat et, quels que soient leurs mérites ou leurs insuffisances, on ne peut assurément employer que celles qui sont là en temps utile. De même que les théories doivent être remplacées, parce que leurs victoires décisives, plus encore que leurs défaites partielles, produisent leur usure, de même aucune époque vivante n'est partie d'une théorie : c'était d'abord un jeu, un conflit, un voyage. On peut dire de la révolution aussi ce que Jomini a dit de la guerre ; qu'elle « n'est point une science positive et dogmatique, mais un art soumis à quelques principes généraux, et plus que cela encore, un drame passionné ».

Quelles sont nos passions, et où nous ont-elles menés ? Les hommes, le plus souvent, sont si portés à obéir à d'impérieuses routines que, lors même qu'ils se proposent de révolutionner la vie de fond en comble, de faire table rase et de tout changer, ils ne trouvent pas pour autant anormal de suivre la filière des études qui leur sont accessibles, et puis ensuite d'occuper quelques fonctions, ou de s'adonner à divers travaux rémunérés qui sont au niveau de leur compétence, ou même un peu au delà. Voilà pourquoi ceux qui nous exposent diverses pensées sur les révolutions s'abstiennent ordinairement de nous faire savoir comment ils ont vécu.

Mais moi, n'ayant pas ressemblé à tous ceux-là, je pourrai seulement dire, à mon tour, « les dames, les cavaliers, les armes, les amours, les conversations et les audacieuses entreprises[11] » d'une époque singulière.

D'autres sont capables d'orienter et de mesurer le cours de leur passé selon leur élévation dans une carrière, l'acquisition de diverses sortes de biens, ou parfois l'accumulation d'ouvrages scientifiques ou esthétiques qui répondaient à une demande sociale. Ayant ignoré toute détermination de cette sorte, je ne revois, dans le passage de ce temps désordonné, que les éléments qui l'ont effectivement constitué pour moi – ou bien les mots et les figures qui leur ressemblent : ce sont des jours et des nuits, des villes et des vivants, et au fond de tout cela, une incessante guerre.

J'ai passé mon temps dans quelques pays de l'Europe, et c'est au milieu du siècle[12], quand j'avais dix-neuf ans, que j'ai commencé à mener une vie pleinement indépendante ; et tout de suite je me suis trouvé comme chez moi dans la plus mal famée des compagnies.

C'était à Paris, une ville qui était alors si belle que bien des gens ont préféré y être pauvres, plutôt que riches n'importe où ailleurs.

Qui pourrait, à présent qu'il n'en reste rien, comprendre cela ; hormis ceux qui se souviennent de cette gloire ? Qui d'autre pourrait savoir les fatigues et les plaisirs que nous avons connus dans ces lieux où tout est devenu si mauvais ?

« Ici fut la demeure antique du roi de Ou. L'herbe fleurit en paix sur ses ruines. – Là, ce profond palais des Tsin, somptueux jadis et redouté. – Tout cela est à jamais fini, tout s'écoule à la fois, les événe-

11. Les deux premiers vers de l'épopée de l'Arioste, *Roland furieux*.
12. 1951.

ments et les hommes – comme ces flots incessants du Yang-tseu-kiang, qui vont se perdre dans la mer[13]. »

Paris alors, dans les limites de ses vingt arrondissements, ne dormait jamais tout entier, et permettait à la débauche de changer trois fois de quartier dans chaque nuit. On n'en avait pas encore chassé et dispersé les habitants[14]. Il y restait un peuple, qui avait dix fois barricadé ses rues et mis en fuite des rois. C'était un peuple qui ne se payait pas d'images. On n'aurait pas osé, quand il vivait dans sa ville, lui faire manger ou lui faire boire ce que la chimie de substitution n'avait pas encore osé inventer.

Les maisons n'étaient pas désertes dans le centre, ou revendues à des spectateurs de cinéma qui sont nés ailleurs, sous d'autres poutres apparentes. La marchandise moderne n'était pas encore venue nous montrer tout ce que l'on peut faire d'une rue[15]. Personne, à cause des urbanistes, n'était obligé d'aller dormir au loin.

On n'avait pas encore vu, par la faute du gouvernement, le ciel s'obscurcir et le beau temps disparaître, et la fausse brume de la pollution couvrir en permanence la circulation mécanique des choses, dans cette vallée de la désolation. Les arbres n'étaient pas morts étouffés ; et les étoiles n'étaient pas éteintes par le progrès de l'aliénation.

Les menteurs étaient, comme toujours, au pouvoir ; mais le développement économique ne leur avait pas encore donné les moyens de mentir sur tous les sujets, ni de confirmer leurs mensonges en falsifiant le contenu effectif de toute la production. On aurait été aussi étonnés alors de trouver imprimés ou construits dans Paris tous ces livres rédigés depuis en béton et en amiante, et tous ces bâtiments maçonnés en plats sophismes, qu'on le serait aujourd'hui si l'on voyait resurgir un Donatello ou un Thucydide.

Musil, dans l'*Homme sans qualités*, note qu'« il est des activités intellectuelles où ce ne sont pas les gros livres, mais les petits traités, qui font

13. Poème de Li Po.
14. Le procédé a été noté en ces termes par Machiavel, dans *Le Prince*.
15. Dante, au quinzième Chant du *Paradis*, parle ainsi de l'ancienne Florence : « Les maisons n'étaient pas désertes... Sardanapale n'était pas encore venu pour nous montrer tout ce qu'on peut faire dans une chambre. »

la fierté d'un homme. Si quelqu'un venait à découvrir, par exemple, que les pierres, dans certaines circonstances restées jusqu'alors inobservées, peuvent parler, il ne lui faudrait que peu de pages pour décrire et expliquer un phénomène aussi révolutionnaire ». Je me bornerai donc à peu de mots pour annoncer que, quoi que d'autres veuillent en dire, Paris n'existe plus. La destruction de Paris n'est qu'une illustration exemplaire de la mortelle maladie qui emporte en ce moment toutes les grandes villes, et cette maladie n'est elle-même qu'un des nombreux symptômes de la décadence matérielle d'une société. Mais Paris avait plus à perdre qu'aucune autre. C'est une grande chance que d'avoir été jeune dans cette ville quand, pour la dernière fois, elle a brillé d'un feu si intense.

Il y avait alors, sur la rive gauche du fleuve – on ne peut pas descendre deux fois dans le même fleuve, ni toucher deux fois une substance périssable dans le même état[16] –, un quartier où le négatif tenait sa cour[17].

Il est banal de remarquer que, même dans les périodes agitées par de grands changements, les esprits les plus novateurs se défont difficilement de beaucoup de conceptions antérieures devenues incohérentes, et en conservent au moins quelques-unes, parce qu'il serait impossible de repousser globalement comme fausses et sans valeur des affirmations universellement admises.

Il faut pourtant ajouter, quand on connaît par la pratique ce genre d'affaires, que de telles difficultés cessent d'encombrer dès le moment où un groupe humain commence à fonder son existence réelle sur le refus délibéré de ce qui est universellement admis ; et sur le mépris complet de ce qui pourra en advenir.

Ceux qui s'étaient assemblés là paraissaient avoir pris pour seul principe d'action, d'entrée de jeu et publiquement, le secret que le Vieux de la Montagne ne transmit, dit-on, qu'à son heure dernière, au plus fidèle lieutenant de ses fanatiques : « Rien n'est vrai ; tout est permis. » Dans le présent, ils n'accordaient aucune sorte d'importance à ceux qui n'étaient pas parmi eux, et je pense qu'ils avaient raison ; et dans le

16. Héraclite.
17. En 1952, au centre du VIe arrondissement.

passé, si quelqu'un éveillait leur sympathie, c'était Arthur Cravan, déserteur de dix-sept nations, ou peut-être aussi Lacenaire, bandit lettré.

Dans ce site, l'extrémisme s'était proclamé indépendant de toute cause particulière, et s'était superbement affranchi de tout projet. Une société déjà vacillante, mais qui l'ignorait encore, parce que partout ailleurs les vieilles règles étaient encore respectées, avait laissé pour un instant le champ libre à ce qui est le plus souvent refoulé, et qui pourtant a toujours existé : l'intraitable pègre ; le sel de la terre ; des gens bien sincèrement prêts à mettre le feu au monde pour qu'il ait plus d'éclat.

« Article 488. La majorité est fixée à vingt et un ans accomplis ; à cet âge on est capable de tous les actes de la vie civile[18]. »

« Une science des situations est à faire, qui empruntera des éléments à la psychologie, aux statistiques, à l'urbanisme et à la morale. Ces éléments devront concourir à un but absolument nouveau : une création consciente de situations. »

« Mais on ne parle pas de Sade dans ce film. »

« L'ordre règne et ne gouverne pas. »

« *Le Démon des armes*. Vous vous souvenez. C'est cela. Personne ne nous suffisait. Tout de même... La grêle sur les bannières de verre. On s'en souviendra, de cette planète. »

« Article 489. Le majeur qui est dans un état habituel d'imbécillité, de démence ou de fureur, doit être interdit, même lorsque cet état présente des intervalles lucides. »

« Après toutes les réponses à contretemps, et la jeunesse qui se fait vieille, la nuit retombe de bien haut. »

« Nous vivons en enfants perdus nos aventures incomplètes. »

18. Ce paragraphe et les sept suivants sont des extraits du film *Hurlements en faveur de Sade*.

Un film que je fis à ce moment, et qui évidemment suscita la colère des esthètes les plus avancés, était d'un bout à l'autre comme ce qui précède ; et ces pauvres phrases étaient prononcées sur un écran entièrement blanc, mais entourées de fort longues séquences noires, où rien n'était dit. Certains sans doute voudraient croire que l'expérience a pu m'enrichir en talents ou en bonne volonté. Serait-ce donc l'expérience d'une *amélioration* de ce que je refusais alors ? Ne me faites pas rire. Pourquoi celui qui, étant jeune, a voulu être si insupportable dans le cinéma, s'avérerait-il plus intéressant, étant plus âgé ? Tout ce qui a été si mauvais ne peut jamais être vraiment meilleur. On a beau dire : « Il a vieilli ; il a changé » ; il est aussi resté le même[19].

Dans ce lieu qui fut la brève capitale de la perturbation, s'il est vrai que la population choisie comptait un certain nombre de voleurs, et occasionnellement de meurtriers, l'existence de tous était principalement caractérisée par une prodigieuse inactivité ; et entre tant de crimes et délits que les autorités y dénoncèrent, c'est cela qui fut ressenti comme le plus menaçant.

C'était le labyrinthe le mieux fait pour retenir les voyageurs. Ceux qui s'y arrêtèrent deux jours n'en repartirent plus, ou du moins pas tant qu'il exista ; mais la plupart y ont vu venir d'abord la fin de leurs années peu nombreuses. Personne ne quittait ces quelques rues et ces quelques tables où le point culminant du temps[20] avait été découvert. Tous s'admiraient d'avoir soutenu un défi si magnifiquement désastreux ; et de fait je crois bien qu'aucun de ceux qui sont passés par là n'a jamais acquis la moindre réputation honnête dans le monde.

Chacun buvait quotidiennement plus de verres qu'un syndicat ne dit de mensonges pendant toute la durée d'une grève sauvage. Des bandes de policiers, dont les marches soudaines étaient éclairées par un grand nombre d'indicateurs, ne cessaient de lancer des incursions sous tous les prétextes, mais le plus souvent dans l'intention de saisir des drogues, et les filles qui n'avaient pas dix-huit ans. Comment ne me serais-je pas souvenu des charmants voyous et des filles orgueil-

19. Pascal.
20. Image employée par Thomas Hobbes, à propos d'une époque de troubles.

leuses avec qui j'ai habité ces bas-fonds, lorsque, plus tard, j'ai entendu une chanson que chantent les prisonniers en Italie ? – Tout le temps avait passé comme nos nuits d'alors, sans renoncer à rien. « C'est là que sont les petites filles qui te donnent tout, – d'abord le bonsoir, et puis la main... – Dans la rue Filangieri, il y a une cloche ; – à chaque fois qu'elle sonne, c'est une condamnation... – La plus belle jeunesse meurt en prison[21]. »

Quoique méprisant toutes les illusions idéologiques, et assez indifférents à ce qui viendrait plus tard leur donner raison, ces réprouvés n'avaient pas dédaigné d'annoncer au-dehors ce qui allait suivre. Achever l'art, aller dire en pleine cathédrale que Dieu était mort, entreprendre de faire sauter la Tour Eiffel, tels furent les petits scandales auxquels se livrèrent sporadiquement ceux dont la manière de vivre fut en permanence un si grand scandale. Ils s'interrogeaient aussi sur l'échec de quelques révolutions ; ils se demandaient si le prolétariat existe vraiment, et dans ce cas ce qu'il pourrait bien être.

Quand je parle de ces gens, j'ai l'air, peut-être, d'en sourire ; mais il ne faut pas le croire. J'ai bu leur vin[22]. Je leur suis fidèle. Et je ne crois pas être devenu par la suite, en quoi que ce soit, mieux que ce qu'ils étaient eux-mêmes dans ce temps-là.

Considérant les grandes forces de l'habitude et de la loi, qui pesaient sans cesse sur nous pour nous disperser, personne n'était sûr d'être encore là quand finirait la semaine ; et là était tout ce que nous aimerions jamais. Le temps brûlait plus fort qu'ailleurs, et manquerait. On sentait trembler la terre.

Le suicide en emportait beaucoup. « La boisson et le diable ont expédié les autres », comme le dit aussi une chanson[23].

À la moitié du chemin de la vraie vie, nous étions environnés d'une sombre mélancolie, qu'ont exprimée tant de mots railleurs et tristes, dans le café de la jeunesse perdue.

21. C'est la chanson de la pègre de Milan : *Porta romana bella*...
22. La formule de fidélité issue du monde féodal disait : « J'ai mangé son pain. »
23. Chanson de *L'Île au trésor*, de Stevenson.

« Pour parler clairement et sans paraboles, – nous sommes les pièces d'un jeu que joue le Ciel. – On s'amuse avec nous sur l'échiquier de l'Être, – et puis nous retournons un par un dans la boîte du Néant[24]. »

« Que de fois dans les âges, ce drame sublime que nous créons sera joué en des langues inconnues, devant des peuples qui ne sont pas encore[25] ! »

« Qu'est-ce que l'écriture ? La gardienne de l'histoire… Qu'est-ce que l'homme ? L'esclave de la mort, un voyageur qui passe, l'hôte d'un seul lieu… Qu'est-ce que l'amitié ? L'égalité des amis[26]. »

« Bernard, que prétends-tu dans le monde ? Y vois-tu quelque chose qui te satisfasse ?… Elle fuit, elle fuit comme un fantôme, qui, nous ayant donné quelque espèce de contentement pendant qu'il demeurait avec nous, ne nous laisse en nous quittant que du trouble… Bernard, Bernard, disait-il, cette verte jeunesse ne durera pas toujours[27]… »

Mais rien ne traduisait ce présent sans issue et sans repos comme l'ancienne phrase qui revient intégralement sur elle-même, étant construite lettre par lettre comme un labyrinthe dont on ne peut sortir, de sorte qu'elle accorde si parfaitement la forme et le contenu de la perdition : *In girum imus nocte et consumimur igni*. Nous tournons en rond dans la nuit et nous sommes dévorés par le feu.

« Une génération passe, et une autre lui succède, mais la terre demeure toujours. Le soleil se lève et se couche, et il retourne d'où il était parti… Tous les fleuves entrent dans la mer, et la mer n'en regorge point. Les fleuves retournent au même lieu d'où ils étaient partis, pour couler encore… Toutes choses ont leur temps, et tout passe sous le ciel après le terme qui lui a été prescrit… Il y a temps de tuer et temps de guérir, temps d'abattre et temps de bâtir… Il y a temps de déchirer et temps de rejoindre, temps de se taire et temps de parler… Il vaut mieux voir ce que l'on désire, que de souhaiter ce que l'on ignore : mais cela même est une vanité et une présomption d'esprit… Qu'est-il nécessaire à un homme de rechercher ce qui est

24. Quatrain d'Omar Kháyyám.
25. Shakespeare, *Jules César*.
26. Alcuin, *Le Dit de l'enfant sage*.
27. Bossuet, *Panégyrique de Bernard de Clairvaux*.

au-dessus de lui, lui qui ignore ce qui lui est avantageux en sa vie pendant les jours qu'il est étranger sur la terre, et durant le temps qui passe comme l'ombre[28] ! »

« Non, nous allons passer la rivière, et nous reposer à l'ombre de ces arbres[29]. »

C'est là que nous avons acquis cette dureté qui nous a accompagnés dans tous les jours de notre vie ; et qui a permis à plusieurs d'entre nous d'être en guerre avec la terre entière, d'un cœur léger. Et quant à moi particulièrement, je suppose que c'est à partir des circonstances de ce moment que j'ai suivi tout naturellement l'enchaînement de tant de violences et de tant de ruptures, où tant de gens furent traités si mal ; et toutes ces années passées en ayant toujours, pour ainsi dire, le couteau à la main.

Peut-être aurions-nous pu être un peu moins dépourvus de pitié, si nous avions trouvé quelque entreprise déjà formée, qui nous eût paru mériter l'emploi de nos forces ? Mais il n'y avait rien de tel. La seule cause que nous ayons soutenue, nous avons dû la définir et la mener nous-mêmes. Et il n'existait rien au-dessus de nous que nous ayons pu considérer comme estimable.

Pour quelqu'un qui pense et qui agit de la sorte, il est vrai qu'il n'y a pas d'intérêt à écouter un instant de trop ceux qui trouvent quelque chose de bon, ou seulement quelque chose à ménager, dans les conditions existantes ; ou ceux qui perdent le chemin qu'ils avaient paru vouloir suivre ; ni même, parfois, ceux qui n'ont pas compris assez vite. D'autres, plus tard, se sont mis à préconiser la révolution de la vie quotidienne, de leurs voix timides ou de leurs plumes prostituées ; mais d'assez loin, et avec la calme assurance de l'observation astronomique. Cependant, quand on a eu l'occasion de prendre part à une tentative de ce genre, et si l'on a échappé aux brillantes catastrophes qui l'environnent ou la suivent, on ne se trouve pas dans une position si facile. La chaleur et le froid de cette époque ne vous quitteront plus. Il faut découvrir comment il serait possible de vivre des lendemains qui

28. L'Ecclésiaste.
29. Derniers mots du général « Stonewall » Jackson, mourant à la guerre.

soient dignes d'un si beau début. Cette première expérience de l'illégalité, on veut la continuer toujours.

Voilà comment s'est embrassée, peu à peu, une nouvelle époque d'incendies, dont aucun de ceux qui vivent en ce moment ne verra la fin : l'obéissance est morte. Il est admirable de constater que les troubles qui sont venus d'un lieu infime et éphémère, ont finalement ébranlé l'ordre du monde. (On n'ébranlerait jamais rien par de tels procédés si l'on avait affaire à une société harmonieuse, et qui saurait gérer sa puissance, mais la nôtre, on le sait maintenant, était tout le contraire.)

Quant à moi, je n'ai jamais rien regretté de ce que j'ai fait, et j'avoue que je suis encore complètement incapable d'imaginer ce que j'aurais pu faire d'autre, étant ce que je suis[30].

La première phase du conflit, en dépit de son âpreté, avait revêtu de notre côté tous les caractères d'une défensive statique. Étant surtout définie par sa localisation, une expérience spontanée ne s'était pas assez comprise en elle-même, et elle avait aussi trop négligé les grandes possibilités de subversion présentes dans l'univers apparemment hostile qui l'entourait. Alors que l'on voyait notre défense submergée, et déjà quelques courages faiblir, nous fûmes quelques-uns à penser qu'il faudrait sans doute continuer en nous plaçant dans la perspective de l'offensive : en somme, au lieu de se retrancher dans l'émouvante forteresse d'un instant, se donner de l'air, opérer une sortie, puis tenir la campagne, et s'employer tout simplement à détruire entièrement cet univers hostile, pour le reconstruire ultérieurement, si faire se pouvait, sur d'autres bases. Il y avait eu des précédents, mais ils étaient alors oubliés. Il nous fallait découvrir où allait le cours des choses, et le démentir si complètement qu'il fût un jour, à l'inverse, contraint de se plier à nos goûts. Clausewitz remarque plaisamment : « Quiconque a du génie est tenu d'en faire usage, cela est tout à fait conforme à la règle. » Et Baltasar Gracián : « Il faut traverser la vaste carrière du temps pour arriver au centre de l'occasion. »

Mais puis-je oublier celui que je vois partout dans le plus grand moment de nos aventures[31] ; celui qui, en ces jours incertains, ouvrit une

30. On a agité une question vaine : si conclure comme cela traduit plutôt la modestie ou l'orgueil ? Je crois avoir pensé avec beaucoup d'objectivité à mes défauts et à mes vices.
31. Ce paragraphe et le suivant sont un éloge d'Ivan Vladimirovitch Chtcheglov.

route nouvelle et y avança si vite, choisissant ceux qui viendraient ; car personne d'autre ne le valait, cette année-là ? On eût dit qu'en regardant seulement la ville et la vie, il les changeait. Il découvrit en un an des sujets de revendications pour un siècle ; les profondeurs et les mystères de l'espace urbain furent sa conquête.

Les pouvoirs actuels, avec leur pauvre information falsifiée, qui les égare eux-mêmes presque autant qu'elle étourdit leurs administrés, n'ont pas pu encore mesurer ce que leur a coûté le passage rapide de cet homme. Mais qu'importe ? Les naufrageurs n'écrivent leur nom que sur l'eau[32].

La formule pour renverser le monde, nous ne l'avons pas cherchée dans les livres, mais en errant. C'était une dérive à grandes journées, où rien ne ressemblait à la veille ; et qui ne s'arrêtait jamais. Surprenantes rencontres, obstacles remarquables, grandioses trahisons, enchantements périlleux, rien ne manqua dans cette poursuite d'un autre Graal néfaste, dont personne n'avait voulu. Et même, un jour malheureux, le plus beau joueur parmi nous se perdit dans les forêts de la folie. – Il n'y a pas de folie plus grande que l'organisation présente de la vie.

Avions-nous à la fin rencontré l'objet de notre quête ? Il faut croire que nous l'avions au moins fugitivement aperçu ; parce qu'il est en tout cas flagrant qu'à partir de là nous nous sommes trouvés en état de comprendre la vie fausse à la lumière de la vraie, et possesseurs d'un bien étrange pouvoir de séduction : car personne ne nous a depuis lors approchés sans vouloir nous suivre ; et donc nous avions remis la main sur le secret de diviser ce qui était uni. Ce que nous avions compris, nous ne sommes pas allés le dire à la télévision. Nous n'avons pas aspiré aux subsides de la recherche scientifique, ni aux éloges des intellectuels de journaux. Nous avons porté de l'huile là où était le feu.

C'est ainsi que nous nous sommes engagés définitivement dans le parti du Diable, c'est-à-dire de ce mal historique qui mène à leur destruction les conditions existantes ; dans le « mauvais côté » qui fait l'histoire en ruinant toute satisfaction établie.

32. Cf. « Ci-gît un homme dont le nom a été écrit sur l'eau. » Shelley, qui a disparu en mer, avait écrit pour lui-même cette épitaphe.

Ceux qui n'ont pas encore commencé à vivre, mais se réservent pour une meilleure époque, et qui ont donc une si grande peur de vieillir, n'attendent rien de moins qu'un paradis permanent. L'un le place dans une révolution totale, et l'autre – c'est parfois le même – dans un stade supérieur de son ascension de salarié. En somme, ils attendent que leur soit devenu accessible ce qu'ils ont contemplé dans l'imagerie inversée du spectacle : une unité heureuse éternellement présente[33]. Mais ceux qui ont choisi de frapper avec le temps savent que leur arme est également leur maître ; et qu'ils ne peuvent s'en plaindre. Il est aussi le maître de ceux qui n'ont pas d'armes, et maître plus dur. Quand on ne veut pas se ranger dans la clarté trompeuse du monde à l'envers, on passe en tout cas, parmi ses croyants, pour une légende controversée, un invisible et malveillant fantôme, un pervers prince des ténèbres. Beau titre, après tout : le système des lumières présentes n'en décerne pas de si honorable.

Nous sommes donc devenus les émissaires du Prince de la Division, de « celui à qui on a fait du tort[34] », et nous avons entrepris de désespérer ceux qui se considéraient comme les humains.

Tout au long des années qui suivirent, des gens de vingt pays se trouvèrent pour entrer dans cette obscure conspiration aux exigences illimitées. Combien de voyages hâtifs ! Combien de longues disputes ! Combien de rencontres clandestines dans tous les ports de l'Europe !

Ainsi fut tracé le programme le mieux fait pour frapper d'une suspicion complète l'ensemble de la vie sociale : classes et spécialisations, travail et divertissement, marchandise et urbanisme, idéologie et État, nous avons démontré que tout était à jeter. Et un tel programme ne contenait nulle autre promesse que celle d'une autonomie sans frein et sans règles. Ces perspectives sont aujourd'hui entrées dans les mœurs, et partout l'on combat pour ou contre elles. Mais alors elles eussent certainement paru chimériques, si la conduite du capitalisme moderne n'avait pas été plus chimérique encore.

33. Tandis qu'elle recouvre évidemment une division malheureuse qui à tout instant se défait.
34. Des sectes millénaristes avaient désigné par cet euphémisme le Diable ; et plus tard le mot a été appliqué à Bakounine par ses partisans italiens, à cause du sort qui fut le sien dans l'Association Internationale des Travailleurs.

Il existait bien alors quelques individus pour demeurer d'accord, avec plus ou moins de conséquence, sur l'une ou l'autre de ces critiques, mais pour les reconnaître toutes, il n'y avait personne ; et d'autant moins pour savoir les formuler, et les mettre à jour. C'est pourquoi aucune autre tentative révolutionnaire de cette période n'a eu la moindre influence sur la transformation du monde[35].

Nos agitateurs ont fait passer partout des idées avec lesquelles une société de classes *ne peut pas vivre*. Les intellectuels au service du système, d'ailleurs encore plus visiblement en déclin que lui, essaient aujourd'hui de manier ces poisons pour trouver des antidotes ; et ils n'y réussiront pas. Ils avaient fait auparavant les plus grands efforts pour les ignorer, mais aussi vainement : tant est grande la force de la parole dite en son temps.

Tandis que le continent était parcouru par nos menées séditieuses, qui commençaient même à toucher les autres, Paris, où l'on pouvait si bien passer inaperçu, était encore au milieu de tous nos voyages, comme le plus fréquenté de nos rendez-vous. Mais ses paysages s'étaient altérés et tout finissait de se dégrader et de se défaire.

Et pourtant, le soleil couchant de cette cité laissait, par places, quelques lueurs, quand nous regardions s'y écouler les derniers jours, nous retrouvant dans un décor qui allait être emporté, et occupés de beautés qui ne reviendront pas. Il faudrait bientôt la quitter, cette ville qui pour nous fut si libre, mais qui va tomber entièrement aux mains de nos ennemis. Déjà s'y applique sans recours leur loi aveugle, qui refait tout à leur ressemblance, c'est-à-dire sur le modèle d'une sorte de cimetière : « Ô misère ! ô douleur ! Paris tremble[36]. »

Il faudra la quitter, mais non sans avoir tenté une fois de s'en emparer à force ouverte[37] ; il faudra enfin la quitter, après tant d'autres choses, pour suivre la voie que déterminent les nécessités de notre étrange guerre, qui nous a menés si loin.

35. Le siècle a été celui des contre-révolutions et des progrès de l'esclavage. Les entreprises véritablement disposées à peser dans un sens contraire sont restées rares. La plupart, alliant néant théorique et néant pratique, n'avaient pas compris ce que devenait la société de classes ; et quels seraient désormais ses points faibles.

36. Fin d'un poème des *Châtiments* de Hugo : « Dans l'affreux cimetière... »

37. Allusion au mois de mai 1968.

Car notre intention n'avait été rien d'autre que de faire apparaître dans la pratique une ligne de partage entre ceux qui veulent encore de ce qui existe, et ceux qui n'en voudront plus.

Diverses époques ont eu ainsi leur grand conflit, qu'elles n'ont pas choisi, mais où il faut choisir son camp. C'est l'entreprise d'une génération, par laquelle se fondent ou se défont les empires et leurs cultures. Il s'agit de prendre Troie ; ou bien de la défendre. Ils se ressemblent tous par quelque côté, ces instants où vont se séparer ceux qui combattront dans des camps ennemis, et ne se reverront plus.

C'est un beau moment, que celui où se met en mouvement un assaut contre l'ordre du monde[38].

Dans son commencement presque imperceptible, on sait déjà que, très bientôt, et quoi qu'il arrive, rien ne sera plus pareil à ce qui a été.

C'est une charge qui part lentement, accélère sa course, passe le point après lequel il n'y aura plus de retraite, et va irrévocablement se heurter à ce qui paraissait inattaquable ; qui était si solide et si défendu, mais pourtant destiné aussi à être ébranlé et mis en désordre.

Voilà donc ce que nous avons fait, lorsque, sortis de la nuit, nous avons, pour une fois de plus, déployé l'étendard de la « bonne vieille cause[39] », et avancé sous le canon du temps.

Tout au long de ce chemin, beaucoup sont morts, ou sont restés captifs chez l'ennemi, et bien d'autres ont été démontés et blessés, qui jamais plus ne reparaîtront dans de telles rencontres, et même le courage a pu manquer à certains éléments qui se sont laissé glisser en arrière ; mais jamais, j'ose le dire, notre formation n'a dévié de sa ligne, jusqu'à ce qu'elle ait débouché au cœur même de la destruction.

Je n'ai jamais trop bien compris les reproches, qui m'ont souvent été faits, selon lesquels j'aurais perdu cette belle troupe dans un assaut insensé, ou par une sorte de complaisance néronienne. J'admets, certes,

38. Ce paragraphe et les quatre suivants veulent résumer l'histoire de l'Internationale situationniste (1957-1972).
39. Expression des Niveleurs dans la révolution anglaise du XVIIe siècle.

être celui qui a choisi le moment et la direction de l'attaque, et donc je prends assurément sur moi la responsabilité de tout ce qui est arrivé. Mais quoi ? Ne voulait-on pas combattre un ennemi qui, lui-même, agissait réellement ? Et ne me suis-je pas tenu toujours à quelques pas en avant du premier rang ? Les personnes qui n'agissent jamais veulent croire que l'on pourrait choisir en toute liberté l'excellence de ceux qui viendront figurer dans un combat, de même que le lieu et l'heure où l'on porterait un coup imparable et définitif. Mais non : avec ce que l'on a sous la main, et selon les quelques positions effectivement attaquables, on se jette sur l'une ou l'autre dès que l'on aperçoit un moment favorable ; sinon, on disparaît sans avoir rien fait. Le stratège Sun Tsé a établi depuis longtemps que « l'avantage et le danger sont tous deux inhérents à la manœuvre ». Et Clausewitz reconnaît qu'« à la guerre on est toujours dans l'incertitude sur la situation réciproque des deux partis. On doit s'accoutumer à agir toujours d'après des vraisemblances générales, et c'est une illusion d'attendre un moment où l'on serait délivré de toute ignorance... ». Contrairement aux rêveries des spectateurs de l'histoire, quand ils essaient de s'établir stratèges à Sirius, ce n'est pas la plus sublime des théories qui pourrait jamais garantir l'événement ; tout au contraire, c'est l'événement réalisé qui est le garant de la théorie. De sorte qu'il faut prendre des risques, et payer au comptant pour voir la suite[40].

D'autres spectateurs, qui volent moins haut, n'ayant pas vu, même de loin, le début de cette attaque, mais seulement sa fin, ont pensé que c'était la même chose ; et ils ont trouvé qu'il y avait quelque défaut dans l'alignement de nos rangs, et que les uniformes à ce moment ne paraissaient plus égalitairement impeccables. Je crois que c'est là un effet du tir que l'ennemi a concentré sur nous assez longuement. Vers la fin, il ne convient plus de juger la tenue, mais le résultat. Le principal résultat, à écouter ceux qui ont l'air de regretter que la bataille ait été livrée sans les attendre, on pourrait croire que c'est le fait qu'une avant-garde sacrifiée ait complètement fondu dans ce choc. Je trouve qu'elle était faite pour cela.

Les avant-gardes n'ont qu'un temps ; et ce qui peut leur arriver de plus heureux, c'est, au plein sens du terme, d'avoir *fait leur temps*. Après

40. La phrase évoque, à la fois, le jeu de *poker*, où parfois il faut « payer pour voir » ; et la comparaison de Clausewitz lorsqu'il désigne, dans le commerce de la guerre, le moment de la bataille comme étant celui où cesse le crédit, et où l'on doit payer au comptant, avec du sang.

elles, s'engagent des opérations sur un plus vaste théâtre. On n'en a que trop vu, de ces troupes d'élite qui, après avoir accompli quelque vaillant exploit, sont encore là pour défiler avec leurs décorations, et puis se retournent contre la cause qu'elles avaient défendue. Il n'y a rien à craindre de semblable de celles dont l'attaque a été menée jusqu'au terme de la dissolution.

Je me demande ce que certains avaient espéré de mieux ? Le particulier s'use en combattant[41]. Un projet historique ne peut certainement pas prétendre conserver une éternelle jeunesse à l'abri des coups.

L'objection sentimentale est aussi vaine que les chicanes pseudo-stratégiques ! « Cependant tes os se consumeront, ensevelis dans les champs d'Ilion, pour une entreprise inachevée[42]. »

Frédéric II, le roi de Prusse, disait sur un champ de bataille, à un jeune officier hésitant : « Chien ! Espériez-vous donc vivre toujours ? » Et Sarpédon dit à Glaucos au douzième chant de l'*Iliade* : « Ami, si, échappant à cette guerre, nous devions pour toujours être exempts de la vieillesse et de la mort, je resterais moi-même en arrière... Mais mille morts sont incessamment suspendues sur nos têtes, il ne nous est accordé ni de les éviter ni de les fuir. Marchons donc. »

Quand retombe cette fumée, bien des choses apparaissent changées. Une époque a passé. Qu'on ne demande pas maintenant ce que valaient nos armes : elles sont restées dans la gorge du système des mensonges dominants. Son air d'innocence ne reviendra plus.

Après cette splendide dispersion, j'ai reconnu que je devais, par une soudaine marche dérobée, me mettre à l'abri d'une célébrité trop voyante. On sait que cette société signe une sorte de paix avec ses ennemis les plus déclarés, quand elle leur fait une place dans son spectacle. Mais je suis justement, dans ce temps, le seul qui aie quelque célébrité, clandestine et mauvaise, et que l'on n'ait pas réussi à faire paraître sur cette scène du renoncement.

---

41. Hegel.
42. *Iliade.*

Les difficultés ne s'arrêtent pas là. Je trouverais aussi vulgaire de devenir une autorité dans la contestation de la société que dans cette société même ; ce qui n'est pas peu dire. J'ai donc dû refuser, en diverses contrées, de me mettre à la tête de toutes sortes de tentatives subversives, plus anti-hiérarchiques les unes que les autres, mais dont on m'offrait quand même le commandement : comment le talent ne commanderait-il pas, en ces matières, quand il en a une telle expérience ? Mais je voulais montrer que l'on peut fort bien rester, après quelques succès historiques, aussi peu riche qu'on l'était avant en pouvoir et en prestige (ce que j'en avais par moi-même à l'origine m'a toujours suffi)[43].

J'ai refusé aussi de polémiquer sur mille détails avec les nombreux interprètes et récupérateurs de ce qui a déjà été fait. Je n'avais pas à décerner des brevets de je ne sais quelle orthodoxie, ni à trancher entre diverses naïves ambitions qui s'écroulent aussi bien sans qu'on y touche[44]. Ils ignoraient que le temps n'attend pas ; que la bonne volonté ne suffit pas ; et qu'il n'y a pas de propriété à acquérir, ni à maintenir, sur un passé qui n'est plus corrigible. Le mouvement profond qui mènera nos luttes historiques jusqu'où elles peuvent aller demeure seul juge du passé, quand il agit dans son temps. J'ai fait en sorte qu'aucune pseudo-suite ne vienne fausser le compte rendu de nos opérations. Ceux qui, un jour, auront fait mieux, donneront librement leurs commentaires, qui eux-mêmes ne passeront pas inaperçus.

Je me suis donné les moyens d'intervenir de plus loin ; sachant aussi que le plus grand nombre des observateurs, comme d'habitude, souhaitaient surtout que je me taise. Je suis exercé de longue date à mener une existence obscure et insaisissable. J'ai donc pu conduire plus avant mes expériences stratégiques si bien commencées. C'est là, selon le mot d'un homme qui n'était pas dépourvu de capacités, une étude où personne ne peut jamais devenir docteur[45]. Le résultat de ces recherches, et voilà la seule bonne nouvelle de ma présente communication, je ne le livrerai pas sous la forme cinématographique[46].

43. Une sorte d'autorité personnelle de toujours, qui ne s'est certes pas exposée au risque d'être augmentée par une forme quelconque d'approbation sociale.
44. Jugement définitif sur les « pro-situs », et les années où ils ont rêvé qu'ils pourraient peut-être imiter l'I.S.
45. L'amiral de Coligny, cité par Retz dans ses *Mémoires*, concluait ainsi à propos de la science des factions et troubles civils.
46. Dès 1978 donc, ce film s'était annoncé comme mon dernier.

Mais, bien entendu, toutes les idées sont vides quand la grandeur ne peut plus être rencontrée dans l'existence de chaque jour : ainsi, l'œuvre complète des penseurs d'élevage, que l'on commercialise à cette heure de la marchandise décomposée, n'arrive pas à cacher le goût de l'aliment qui les a nourris. J'ai donc habité, pendant ces années, un pays où j'étais peu connu. La disposition de l'espace d'une des meilleures villes qui furent jamais[47], et les personnes, et l'emploi que nous avons fait du temps, tout cela composait un ensemble qui ressemblait beaucoup aux plus heureux désordres de ma jeunesse.

Je n'ai nulle part recherché de société paisible ; et c'est tant mieux : car je n'en ai pas vu une seule. Je suis fort calomnié en Italie, où l'on s'est plu à me faire une réputation de terroriste. Mais je suis très indifférent aux accusations les plus variées, parce que mon sort a été d'en faire lever partout sur mon passage, et parce que j'en connais bien la raison. Je n'accorde d'importance qu'à ce qui m'a séduit dans ce pays, et qui n'aurait pu être trouvé ailleurs.

Je revois celle qui était là comme une étrangère dans sa ville. (« Chacune est citoyenne – d'une véritable cité, mais tu veux dire – celle qui a vécu son exil en Italie[48]. ») Je revois « les rives de l'Arno pleines d'adieux[49] ».

Et moi aussi, après bien d'autres, j'ai été banni de Florence.

De toute façon, on traverse une époque comme on passe la pointe de la Dogana, c'est-à-dire plutôt vite.

Tout d'abord, on ne la regarde pas, tandis qu'elle vient. Et puis on la découvre en arrivant à sa hauteur, et l'on doit convenir qu'elle a été bâtie ainsi, et pas autrement. Mais déjà nous doublons ce cap, et nous le laissons après nous, et nous nous avançons dans des eaux inconnues.

« Quand nous étions jeunes, nous avons quelque temps fréquenté un maître, – quelque temps nous fûmes heureux de nos progrès. – Vois

47. Florence.
48. Dante, *Purgatoire*, Chant XIII.
49. Musset, *Lorenzaccio*.

le fond de tout cela : que nous arriva-t-il ? – Nous étions venus comme de l'eau, nous sommes partis comme le vent[50]. »

En une vingtaine d'années, on n'a le temps d'habiter vraiment qu'un petit nombre de maisons. Celles-ci ont toujours été pauvres, je le note, mais bien situées tout de même. Ce qui valait de l'être, y a toujours été reçu ; et le reste rejeté à la porte. La liberté n'avait pas alors beaucoup d'autres demeures.

« Où sont les gracieux galants – que je suivais au temps jadis[51] ? » Ceux-là sont morts ; un autre a vécu encore plus vite, jusqu'à ce que se referment les grilles de la démence.

La sensation de l'écoulement du temps a toujours été pour moi très vive, et j'ai été attiré par elle, comme d'autres sont attirés par le vide ou par l'eau. En ce sens, j'ai aimé mon époque, qui aura vu se perdre toute sécurité existante et s'écouler toutes choses de ce qui était socialement ordonné. Voilà des plaisirs que la pratique du plus grand art ne m'aurait pas donnés.

Quant à ce que nous avons fait, comment pourrait-on en évaluer le résultat présent ? Nous traversons maintenant ce paysage dévasté par la guerre qu'une société livre contre elle-même, contre ses propres possibilités. L'enlaidissement de tout était sans doute le prix inévitable du conflit. C'est parce que l'ennemi a poussé si loin ses erreurs, que nous avons commencé à gagner[52].

La cause la plus vraie de la guerre, dont on a donné tant d'explications fallacieuses, c'est qu'elle devait forcément venir comme un affrontement sur le changement ; il ne lui restait plus rien des caractères d'une lutte entre la conservation et le changement. Nous étions nous-mêmes, plus que personne, les gens du changement, dans un temps changeant. Les propriétaires de la société étaient obligés, pour

50. Quatrain d'Omar Kháyyám.
51. François Villon.
52. On n'ose pas encore mesurer l'importance qu'a eue la catastrophe nucléaire de 1986 à Tchernobyl dans l'effondrement de la bureaucratie totalitaire en Russie, qui a commencé trois ans plus tard ; ni à quel point les facilités grandissantes des méthodes de gouvernement *démocratique-spectaculaire*, et l'usage excessif qui en a été fait, ont entraîné l'atrophie foudroyante du sens stratégique chez ceux qui règnent à ces conditions.

se maintenir, de vouloir un changement qui était l'inverse du nôtre. Nous voulions tout reconstruire, et eux aussi, mais dans des directions diamétralement opposées. Ce qu'ils ont fait montre suffisamment, en négatif, notre projet. Leurs immenses travaux ne les ont donc menés que là, à cette corruption. La haine de la dialectique a conduit leurs pas jusqu'à cette fosse à purin[53].

Nous devions faire disparaître, et nous avions pour cela de bonnes armes, toute illusion de dialogue entre ces perspectives antagonistes ; et puis les faits donneraient leur verdict. Ils l'ont donné.

Elle est devenue ingouvernable, cette « terre gâtée » où les nouvelles souffrances se déguisent sous le nom des anciens plaisirs ; et où les gens ont si peur. Ils tournent en rond dans la nuit et ils sont consumés par le feu. Ils se réveillent effarés, et ils cherchent en tâtonnant la vie. Le bruit court que ceux qui l'expropriaient l'ont, pour comble, égarée.

Voilà donc une civilisation qui brûle, chavire et s'enfonce tout entière. Ah ! le beau torpillage !

Et moi, que suis-je devenu au milieu de ce désastreux naufrage, que je trouve nécessaire ; auquel on peut même dire que j'ai travaillé, puisqu'il est assurément vrai que je me suis abstenu de travailler à quoi que ce soit d'autre ?

Ce qu'un poète de l'époque T'ang a écrit *En se séparant d'un voyageur*, pourrais-je l'appliquer à cette heure de mon histoire ?

« Je descendis de cheval ; je lui offris le vin de l'adieu, – et je lui demandai quel était le but de son voyage. – Il me répondit : je n'ai pas réussi dans les affaires du monde ; – je m'en retourne aux monts Nan-Chan pour y chercher le repos. »

Mais non, je vois très distinctement qu'il n'y a pas pour moi de repos ; et d'abord parce que personne ne me fait la grâce de penser que

53. Ce que l'on désigne ici ou là comme les malheurs accidentels de la pollution ; mais qui sont en fait des nécessités logiques partout obscurément présentes dans le « bonheur » choisi par la société spectaculaire-marchande.

je n'ai pas réussi dans les affaires du monde. Mais, fort heureusement, personne ne pourra dire non plus que j'y ai réussi. Il faut donc admettre qu'il n'y avait pas de succès ou d'échec pour Guy Debord, et ses prétentions démesurées.

C'était déjà l'aube de cette fatigante journée que nous voyons finir, quand le jeune Marx écrivait à Ruge[54] : « Vous ne me direz pas que j'estime trop le temps présent ; et si pourtant je n'en désespère pas, ce n'est qu'en raison de sa propre situation désespérée, qui me remplit d'espoir. »

L'appareillage d'une époque pour la froide histoire n'a rien apaisé, je dois le dire, de ces passions dont j'ai donné de si beaux et si tristes exemples.

Comme le montrent encore ces dernières réflexions sur la violence, il n'y aura pour moi ni retour, ni réconciliation.

La sagesse ne viendra jamais.

À REPRENDRE DEPUIS LE DÉBUT[55]

54. En mai 1843.
55. S'opposant aux traditionnelles marques de conclusion, « Fin » ou « À suivre », la phrase doit être comprise à tous les sens du verbe « reprendre ». Elle veut dire d'abord que le film, dont le titre était un palindrome, eût gagné à être revu à l'instant, pour atteindre plus pleinement son effet désespérant : c'est quand on a connu la fin que l'on peut savoir comment il fallait comprendre le début. Elle veut dire aussi qu'il faudra recommencer, tant l'action évoquée que les commentaires à ce propos. Elle veut dire enfin qu'il faudra tout reconsidérer depuis le début, corriger, blâmer peut-être, pour arriver un jour à des résultats plus dignes d'admiration.

Notes inédites écrites le 29 octobre 1990 à l'intention d'Alice Debord.

Notes sur le poker

1

Le bluff est le *centre* de ce jeu. Il le domine, du seul fait qu'il est permis ; mais s'il domine, c'est seulement pour son *ombre de personnage absent.* Sa réelle intervention *doit* être tenue pour négligeable.

2

Le secret de la maîtrise du poker, c'est de se conduire d'abord, et autant que possible, sur les *forces réelles* que l'on se trouve avoir. Il ne faut certainement rien suivre très loin avec des forces médiocres. Il faut savoir employer à fond le *kaïros* de la force au juste moment. Il est facile de ne perdre que peu, si l'on garde toujours dominante la pensée que l'unité n'est jamais le coup, mais la partie. Il est plus difficile de gagner beaucoup au juste moment ; et c'est le secret des bons joueurs. C'est là que s'établit leur différence *permanente.*

3

Le mauvais joueur voit partout le bluff, et en tient compte. Le bon joueur le considère comme négligeable et suit d'abord la connaissance qu'il a de ses moyens dans chaque instant.

4

Celui qui a compris cette existence en fait *purement théorique* du bluff, gagnera en se guidant sur *ses cartes* ; et les réactions connues des adversaires. Si l'autre veut bluffer, je n'ai rien à en savoir ; et lui croira souvent au contraire que je bluffe, comme il voudra, selon ses propres rêves.

5

Le rôle de la tricherie est pratiquement nul entre ceux qui s'affrontent au poker. Un bon joueur le sentira *musicalement* à la première étrangeté ; sera sûr à la deuxième ; par exemple, *pour moi, ne pas gagner vite était déjà une étrangeté.* De la même façon, et à l'inverse, dans la vie, si j'avais « gagné vite » où que ce soit, j'aurais immédiatement su que c'était, du fait même, un dangereux signal d'alarme. Je m'en suis facilement tenu à distance, toujours. Elle ne peut être démontrée. Donc, il ne faut pas en parler ; il suffit de s'en éloigner systématiquement : je veux dire de cet environnement arrangé. C'est l'équivalent de ce que Sun Tsé appelait à la guerre des lieux *gâtés ou détruits*. (« Si vous êtes dans des *lieux gâtés ou détruits*, n'allez pas plus avant, retournez sur vos pas, fuyez le plus promptement qu'il vous sera possible. »)

6

La vérité « la plus vraie » du poker, c'est que certains joueurs sont essentiellement toujours meilleurs que d'autres ; et c'est aussi la moins reconnue.

7

Ces notes ne permettront sûrement pas à n'importe qui de gagner au poker ; parce que n'importe qui ne peut pas les comprendre (et c'est pour cette raison, surtout, que les *disciples* de Clausewitz ont fait gagner très peu de batailles). Enfin, le poker aussi rencontre, quoique très partiellement, un rôle du hasard.

Paru en septembre 1992 dans l'édition Gallimard.

Avertissement pour la troisième édition française de *La Société du spectacle*

La Société du Spectacle a été publiée pour la première fois en novembre 1967 à Paris, chez Buchet-Chastel. Les troubles de 1968 l'ont fait connaître. Le livre, auquel je n'ai jamais changé un seul mot, a été réédité dès 1971 aux Éditions Champ Libre, qui ont pris le nom de Gérard Lebovici en 1984, après l'assassinat de l'éditeur. La série des réimpressions y a été poursuivie régulièrement, jusqu'en 1991. La présente édition, elle aussi, est restée rigoureusement identique à celle de 1967. La même règle commandera d'ailleurs, tout naturellement, la réédition de l'ensemble de mes livres chez Gallimard. Je ne suis pas quelqu'un qui se corrige.

Une telle théorie critique n'a pas à être changée ; aussi longtemps que n'auront pas été détruites les conditions générales de la longue période de l'histoire que cette théorie aura été la première à définir avec exactitude. La continuation du développement de la période n'a fait que vérifier et illustrer la théorie du spectacle dont l'exposé, ici réitéré, peut également être considéré comme historique dans une acception moins élevée : il témoigne de ce qu'a été la position la plus extrême au moment des querelles de 1968, et donc de ce qu'il était déjà possible de savoir en 1968. Les pires dupes de cette époque ont pu apprendre depuis, par les déconvenues de toute leur existence, ce que signifiaient la « négation de la vie qui est devenue visible » ; la « perte de la qualité » liée à la forme-marchandise, et la « prolétarisation du monde ».

J'ai du reste ajouté en leur temps d'autres observations touchant les plus remarquables nouveautés que le cours ultérieur du même processus devait faire apparaître. En 1979, à l'occasion d'une préface destinée à une nouvelle traduction italienne, j'ai traité des transformations effectives dans la nature même de la production industrielle, comme dans les techniques de gouvernement, que commençait à autoriser l'emploi de la force spectaculaire. En 1988, les *Commentaires sur la société du spectacle* ont nettement établi que la précédente « division mondiale des tâches spectaculaires », entre les règnes rivaux du « spectaculaire concentré » et du « spectaculaire diffus », avait désormais pris fin au profit de leur fusion dans la forme commune du « spectaculaire intégré ».

Cette fusion peut être sommairement résumée en corrigeant la thèse 105 qui, touchant ce qui s'était passé avant 1967, distinguait encore les formes antérieures selon certaines pratiques opposées. Le Grand Schisme du pouvoir de classe s'étant achevé par la réconciliation, il faut dire que la pratique unifiée du spectaculaire intégré, aujourd'hui, a « transformé économiquement le monde », *en même temps* qu'il a « transformé policièrement la perception ». (La police dans la circonstance est elle-même tout à fait nouvelle.)

C'est seulement parce que cette fusion s'était déjà produite dans la réalité économico-politique du monde entier, que le monde pouvait enfin se proclamer officiellement unifié. C'est aussi parce que la situation où en est universellement arrivé le pouvoir séparé est si grave que ce monde avait besoin d'être unifié au plus tôt ; de participer comme un seul bloc à la même organisation consensuelle du marché mondial, *falsifié* et garanti spectaculairement. Et il ne s'unifiera pas, finalement.

La bureaucratie totalitaire, « classe dominante de substitution pour l'économie marchande », n'avait jamais beaucoup cru à son destin. Elle se savait « forme sous-développée de classe dominante », et se voulait mieux. La thèse 58 avait de longue date établi l'axiome suivant : « La racine du spectacle est dans le terrain de l'économie devenue abondante, et c'est de là que viennent les fruits qui tendent finalement à dominer le marché spectaculaire. »

C'est cette volonté de modernisation et d'unification du spectacle, liée à tous les autres aspects de la simplification de la société, qui a conduit en 1989 la bureaucratie russe à se convertir soudain, comme un seul homme, à la présente *idéologie* de la démocratie : c'est-à-dire la liberté dictatoriale du Marché, tempérée par la reconnaissance des Droits de l'homme spectateur. Personne en Occident n'a épilogué un seul jour sur la signification et les conséquences d'un si extraordinaire événement médiatique. Le progrès de la technique spectaculaire se prouve en ceci. Il n'y a eu à enregistrer que l'apparence d'une sorte de secousse géologique. On date le phénomène, et on l'estime bien assez compris, en se contentant de répéter un très simple signal – la chute-du-Mur-de-Berlin –, aussi indiscutable que tous les autres *signaux démocratiques*.

En 1991, les premiers effets de la modernisation ont paru avec la dissolution complète de la Russie. Là s'exprime, plus franchement encore qu'en Occident, le résultat désastreux de l'évolution générale de l'économie. Le désordre n'en est que la conséquence. Partout se posera la même redoutable question, celle qui hante le monde depuis deux siècles : comment faire travailler les pauvres, là où l'illusion a déçu, et où la force s'est défaite ?

La thèse 111, reconnaissant les premiers symptômes d'un déclin russe dont nous venons de voir l'explosion finale, et envisageant la disparition prochaine d'une société mondiale qui, comme on peut dire maintenant, *s'effacera de la mémoire de l'ordinateur*, énonçait ce jugement stratégique dont il va devenir facile de sentir la justesse : « La décomposition mondiale de l'alliance de la mystification bureaucratique est, en dernière analyse, le facteur le plus défavorable pour le développement actuel de la société capitaliste. »

Il faut lire ce livre en considérant qu'il a été sciemment écrit dans l'intention de nuire à la société spectaculaire. Il n'a jamais rien dit d'outrancier.

30 juin 1992

GUY DEBORD

Présentation parue en quatrième page de couverture de la réédition par les Éditions Gallimard des *Considérations sur l'assassinat de Gérard Lebovici*. Guy Debord y annonce son prochain livre, qui paraîtra le 22 octobre 1993 chez le même éditeur : *"Cette mauvaise réputation..."*

Considérations sur l'assassinat de Gérard Lebovici

(présentation, mai 1993)

L'assassinat de Gérard Lebovici, avec le déchaînement des accusations contre moi que l'événement aura instantanément entraînées, date de 1984. À la fin de l'année, j'ai rassemblé et examiné les attaques, dans ces *Considérations* qui furent publiées aux premiers jours de 1985.

La suite a bien confirmé le sens que l'opération paraissait avoir. Jamais plus, on ne se sera aventuré à juger quelque autre éventuel responsable du crime. Les employés médiatiques ayant servi là n'eurent plus qu'à se taire sur cette question qui les avait tant émus ; comme si leur propre conduite n'avait été que normale.

Quant à la critique qui persiste, on ne sait trop pourquoi, à s'intéresser à mon néfaste destin, elle s'est vue modernisée deux ou trois ans plus tard. Désormais, pour me faire une mauvaise réputation, elle va accumuler, sur chaque sujet, les dénonciations péremptoires. Spécialistes homologués par des autorités inconnues, ou simples supplétifs, les experts révèlent et commentent de très haut toutes mes sottes erreurs, détestables talents, grandes infamies, mauvaises intentions. (J'en montrerai prochainement d'instructifs exemples.)

"CETTE MAUVAISE RÉPUTATION..."

Paru en octobre 1993 aux Éditions Gallimard.

« J'espère... m'être tenu à la règle que je m'étais fixée au commencement de mon discours. J'ai tenté d'annuler l'injustice de cette mauvaise réputation et l'ignorance de l'opinion. »

Gorgias de Léontium

En mai dernier, à l'occasion de la réédition d'un livre de 1985 dans lequel j'avais été amené à nier, assez aisément d'ailleurs, ma douteuse culpabilité dans un assassinat, j'estimai qu'il convenait déjà d'évoquer la modernisation de la critique que ce temps a pu destiner à me contredire (il est vrai que j'ai eu toutes sortes d'aventures, et je conviendrai qu'aucun genre n'a pu venir pour améliorer les autres. Je n'ai pas cherché à plaire). J'écrivais donc d'une telle critique toujours mieux complétée : « Désormais, pour me faire une mauvaise réputation, elle va accumuler, sur chaque sujet, les dénonciations péremptoires. Spécialistes homologués par des autorités inconnues, ou simples supplétifs, les experts révèlent et commentent de très haut toutes mes sottes erreurs, détestables talents, grandes infamies, mauvaises intentions. » Je vais maintenant en apporter assez de preuves.

Je me limiterai aux plus étourdissantes séries d'exemples évoqués dans les propos des médiatiques de mon pays, durant les années 1988 à 1992 ; et je publierai avec précision les documents en suivant l'ordre chronologique, qui est plus impartial. Dante disait que c'est plutôt avec le couteau qu'il faudrait répondre à des arguments d'une telle bestialité. C'était un autre temps. Je ferai parfois quelques observations modérées : sans jamais penser à me faire passer moi-même pour meilleur que je ne suis.

En janvier 1988, le très vulgaire magazine illustré *Globe* me range parmi des « Grands Silencieux », qui se tiendraient à l'écart des vulgarités médiatiques ; dans l'étrange compagnie, notamment, d'un général

François Mermet, alors chef des services secrets français, et de Jacques Foccart, si longtemps « homme de l'ombre » pour les menées capitalistes en Afrique. Il révèle que ce Debord, « seul rival du marxisme régnant, jeta la génération de 68 à l'assaut du Vieux Monde et faillit bien réussir ». Il ne dit pas comment j'ai fait, ni si l'idée était bonne.

Dire que j'ai bien failli réussir me paraît choquant. La réussite sociale, sous quelque forme que ce soit, n'a pas figuré dans mes projets. D'un autre côté, je pense qu'il m'était, en quelque sorte, impossible d'échouer, puisque, ne pouvant faire rien d'autre, j'ai certainement fait ce que je devais. Pensant, presque sur tous les points, le contraire de ce que presque tout le monde pensait, j'ai réussi à le dire assez publiquement, et la catastrophe annoncée de toute une société a depuis démontré que je ne manquais pas d'esprit. Je ne crois quand même pas avoir été, en plus, astreint à l'obligation de réussir à convaincre de mes bonnes raisons des gens qui étaient profondément attachés à des perspectives contraires, ou au moins stipendiés pour faire semblant d'y croire. J'ai réellement essayé, mais pas au-delà de mon talent, ni des jours historiques. Un trait de caractère m'a, je crois, profondément distingué de presque tous mes contemporains, je ne l'aurai pas dissimulé : *je n'ai jamais cru que rien dans le monde avait été fait dans l'intention précise de me faire plaisir.* Les caves, pour dire le vrai, raisonnement toujours à l'inverse. Je ne pensais pas non plus que nous étions là pour réussir de bonnes affaires ; je doutais même fort de leur agrément. Je n'ai été le rival de personne.

En mai 1988, la revue *Le Débat*, dans une rubrique intitulée *Dictionnaire de notre époque*, me définit ainsi : « L'homme le plus secret pour l'un des sillages publics les plus significatifs des vingt-cinq dernières années... à l'âge de la culture de masse, Debord et ses compagnons situationnistes auront fourni l'exemple achevé des ressources de la minorité active, auréolée de son mystère et transformant son absence même en principe d'influence. » Ici, on voudrait prétendre se placer plus haut, à l'étage de la pensée historique, mais en réalité aujourd'hui elle ne peut plus être, là, rien de mieux que le dessus du panier d'une néo-université se cooptant avec l'aide des media. Comment peut-on transformer son absence même en principe d'influence ? C'est idiot. Peut-on imaginer quel puéril rituel conspiratif pourrait être propre à auréoler de mystère un quidam ? Ceux qui ont eux-mêmes tout cru pensent tout croyable. Ils savent très pertinemment, mais ne doivent pas dire, que la culture de masse ment ou se trompe sur tout ce qui peut se rapprocher d’un commencement d’intérêt. Et ce n’est pas par un regrettable hasard : c’est sa fonction comme culture de masse. C’est seulement dans un tel contexte que l’historien Pascal Dumontier, qui a écrit en 1990 *Les Situationnistes et Mai 1968*, est amené à faire cette remarque : « Effectivement, il faut rappeler que seules les sources issues de l’I.S. ou de ceux qui leur furent proches nous permettent d’en parler un tant soit peu. » Cette étonnante absence de toute autre source indépendante, touchant l’I.S., dans l’information contemporaine, ne peut être attribuée au succès de la conspiration situationniste ; mais plutôt au changement de l’état du monde. C’est ainsi que déjà vers 1960 en Europe occidentale, « la police de la pensée » médiatique pouvait traiter des revues et des livres qui paraissaient légalement, et qui étaient très lus.

Ce même *Débat* a d’ailleurs vite compris que j’avais ajouté, à la déplaisante aventure, quelques défauts qui m’étaient personnels : « Ce qui a fasciné chez Debord, c’est un style. Son impact : le résultat électrique d’une apologie du dérèglement de tous les sens coulée dans la fermeté froide d’une prose classique, quelque part entre Retz, Saint-Just et le Marx pamphlétaire. » On est facilement coupable d’avoir du style, là où il est devenu aussi rare de le rencontrer que la personnalité elle-même. N’est-ce pas avouer son manque de considération pour l’esprit démocratique spectaculaire ? J’ai été assurément allergique aux méthodes de dérèglement des sens qui ont été fabriquées par l’industrie des temps récents, mais je ne m’étonne pas d’être intemporellement réputé vouloir encourager au dérèglement de tous les sens, avec ce voyou de Rimbaud, aux yeux de modestes fonctionnaires qui se sont toujours et partout crus obligés de respecter le moindre règlement des modes de l’instant. L’évocation indignée de la clarté du langage paraît chargée de rappeler l’offensante aristocratie, et donc d’odieux temps moins scolarisés, c’est-à-dire moins riches en diplômes. Les exemples des auteurs classiques cités, et ils n’ont pas été choisi innocemment, ont été tous trois des gens dangereux : ils ont du sang sur les mains, ayant participé à des guerres civiles. Ils ont donc fait figure, en divers moments, d’ennemis du Consensus. Ces préparatifs bien conduits, *Le Débat* peut alors produire avec assurance l’explication définitive d’un personnage qui, au premier instant, lui avait paru digne de si graves méfiances : « Où l’on voit l’aspiration radicale à la pureté se mettre à jouer à l’intérieur contre l’entreprise révolutionnaire et en défaire la possibilité concrète au nom même de la sublimité de ses fins. » Le mot dit beaucoup. Cela est écrit en 1988. Il faut donc que l'auteur à ce moment pense encore que « l'entreprise révolutionnaire... concrète » existait bel et bien chez les bureaucrates gouvernant la Russie et divers États satellites. L'imposture ne devait tomber en poussière que dix-huit mois plus tard.

En mai 1988, vient le tout d'un pamphlet de 35 pages serrées intitulé *Échecs situationnistes* (B.P. n° 357 — 75968 Paris CEDEX 20). Les auteurs, Laura Romild et Jacques Vincent, semblent avoir cherché à ne rien oublier de tout ce qui serait susceptible d'établir la pertinence du titre. On ne sait qui ils sont, ce qu'ils ont fait, ce qui cause encore leur vive passion présente. Ils y vont si gaiement qu'il devient vite difficile de comprendre comment leur ouvrage a pu rester nécessaire pendant une si longue période, vu le malheureux sujet. Qu'est-ce donc qu'un monde où de tels échecs ne s'oublient pas d'eux-mêmes ; laissent de si tenaces jalousies ? Ils paraissent vouloir faire penser que leur motivation principale, c'est la pitié qui les a émus quand ils ont pu mesurer les ravages entraînés, sur tant de pauvres gens, par cette « idéologie », qui les aura donc si facilement détruits : « Elle fut déterminante dans la vie de milliers de personnes, qui fondèrent sur ces théories critiques implacables des espoirs démesurés, et qui se lancèrent à cause d'elles dans des entreprises aberrantes ! »

Et pourquoi donc ? « À la lutte réelle, les situationnistes préfèrent l'affectation d'un combat solitaire et désespéré contre le "spectacle" érigé par leurs soins en mal orwellien, alors que ce "totalitarisme" inventé de toutes pièces est un pur effet d'autosuggestion. » On pouvait savoir qu'Orwell aussi était suspect : on voit d'où il venait (« Les anarchistes avaient toujours effectivement la haute main sur la Catalogne et la révolution battait encore son plein »). Il n'avait donc usurpé sa gloire rétrospective que de la description d'un totalitarisme imaginaire. Et moi, de quelle ruse encore plus triviale ? « Le présupposé philosophique et psychologique de Debord, avancé dans la première "thèse" de son livre : "tout ce qui était directement vécu s'est éloigné dans une représentation", est faux. Il amalgame dans le même terme de *représentation* des choses différentes et incompatibles. Il mélange la représentation politique, la délégation de pouvoir, avec ses *homonymes* que sont la représentation-spectacle... » On m'en dira des plus incompatibles encore, mais ce sera peine perdue.

« Acharné à se bâtir une gloire rétrospective, Debord fut le chef de parti le plus mauvais du siècle. Il n'a réussi en trente ans d'autorité incontestée qu'à discréditer complètement sa cause et sa personne. » Où aurais-je ainsi mené de telles foules obéissantes ? On prétend donc, assez cyniquement, que j'ai recherché, ou exercé, une *autorité*. En fait, j'ai veillé, on le sait, à ce que le fameux « prestige de l'I.S. » ne s'exerce ni trop, ni trop longtemps. Une seule fois dans ma vie, le 14 mai 1968, j'ai signé une circulaire lancée de Paris *Aux membres de l'I.S., aux camarades qui se sont déclarés en accord avec nos thèses*, qui disait ce qu'il fallait faire maintenant. Je pense que c'était juste, et aussi le juste moment. Mais on croirait que j'ai déchaîné plutôt le feu nucléaire en voyant de tels excès d'horreur vingt ans plus tard.

« Debord considère le monde comme un échiquier, et ceux qui gouvernent ne font pas autrement. (...) Il a montré autrement son manque d'humanité, croyant montrer là de la force, particulièrement à chaque occasion où il a honteusement dénigré les exclus du situationnisme, qu'il avait bel et bien acceptés auparavant, tels qu'ils étaient... » Il faut donc penser que même à ne considérer que ceux qui ont eu l'occasion de participer à cette I.S. volontairement si restreinte, j'en avais encore bien trop séduit ! (Mais, « tels qu'ils étaient », avaient-ils su tous rester ?) « Le langage de la séduction, lorsqu'il sert à communiquer une théorie par surcroît, est le langage de la vente, c'est-à-dire de la prostitution. » On reconnaît à de tels buts des « bourgeois », et même des « rentiers ».

« Le slogan de ce bluff, c'est "Ne travaillez jamais". » Est-ce un bluff si facile à soutenir ? Contradictoirement, les auteurs de ce pamphlet éclairé prétendent m'apprendre à arnaquer mieux. J'aurais dû faire meilleur usage de tout l'argent soustrait, ou plutôt si scandaleusement taxé, chez Lebovici, disent-ils comme s'ils pouvaient savoir de près tout ce qui caractérise l'opération. (*Je ne fais pas de politique.*) « Alors que les hommes politiques de n'importe quelle tendance passent leur vie à détourner des fonds de n'importe quelle provenance au profit de leur propagande, les terribles situationnistes qui n'ont même pas eu à se salir les mains pour en avoir autant qu'ils voulaient n'ont su en faire que des cocottes en papier ! » Il faut remarquer que ces deux-là paraissent les deux derniers en France à croire niaisement que l'argent détourné par les politiciens aurait réellement pour but, civiquement nécessaire en somme, le financement des partis politiques, « sans enrichissement personnel », comme s'expriment toujours les amnisties. Partant de ce faux exemple, ils m'inventent, pour me le reprocher dans le même instant, l'imbécile projet, mû par on ne sait quel incroyable scrupule, de n'avoir peut-être rien recherché d'autre que la publication de livres.

Je connais très bien mon temps. Ne jamais travailler demande de grands talents. Il est heureux que je les aie eus. Je n'en aurais manifestement eu aucun besoin, et n'en aurais certainement pas fait usage, dans le but d'accumuler des surplus, si j'avais été originellement riche, ou si même j'avais au moins bien voulu m'employer dans un des quelques arts dont j'étais peut-être plus capable que d'autres, en consentant une seule fois à tenir le moindre compte des goûts actuels du public. Ma vision personnelle du monde n'excusait de telles pratiques autour de l'argent que pour garder ma complète indépendance ; et donc sans m'engager effectivement à rien en échange. L'époque où tout se dissolvait a beaucoup facilité mon jeu à cet égard. Le refus du « travail » a pu être incompris et blâmé chez moi. Je n'avais certes pas prétendu embellir cette attitude par quelque justification éthique. Je voulais tout simplement faire ce que j'aimais le mieux. En fait, j'ai cherché à connaître, durant ma vie, bon nombre de situations poétiques, et aussi la satisfaction de quelques-uns de mes vices, annexes mais importants. *Le pouvoir n'y figurait pas*. J'aime la liberté, mais sûrement pas l'argent. Comme disait l'autre : « L'argent n'était pas un désir de l'enfance. »

Je pense qu'on ne peut croire, avec cela, que je me sois jamais montré trop séduisant, dans la société présente, puisque je n'ai en aucun cas dissimulé quel mépris me paraissaient mériter ceux qui, à tant de sujets, avaient si tranquillement rampé dans les illusions établies.

Romild et Vincent ajoutent maladroitement cette seule explication que l'on sente réaliste quant à la nécessité de ce libelle : « Debord et les situationnistes sont nos dernières photos-souvenirs de mai 68, quand tous les autres protagonistes de l'affaire se sont rangés, se sont vendus, ont tout oublié. » Voilà pourquoi on peut, si tardivement, mériter enfin que Laura Romild et Jacques Vincent se mettent à l'ouvrage pour vous tresser des lauriers spéciaux.

Dans *Le Monde* du 22 juillet 1988, Roger-Pol Droit écrit : « Par temps de tapages, il faut quelque fermeté pour cultiver l'ombre. Guy Debord est devenu célèbre en secret. Critique radical de la société actuelle, il s'emploie depuis trente ans à défaire le système général d'illusion qui englue l'Est comme l'Ouest. Membre de l'Internationale situationniste dont il fut l'un des fondateurs, il a notamment publié *La Société du spectacle*. Il a signé plusieurs films, et diffusé bon nombre de textes sous divers pseudonymes, pas tous identifiés. La plupart n'en savent pas beaucoup plus. Debord est en effet passé maître dans l'art de brouiller les pistes et de semer des silences au creux des phrases, sans laisser de traces. On le reconnaît seulement à des formules effilées comme un scalpel, à une prose froide, d'une dureté exemplaire. À cet égard, pas de doute : ces *Commentaires sur la société du spectacle* sont bien de Guy Debord, ayant adopté pour une fois son nom comme pseudonyme. Vingt ans après, le diagnostic qui a fait sa renommée et assuré son influence — considérable en certains milieux — paraît largement confirmé par les faits. »

Je n'ai jamais rien publié sous un pseudonyme. C'est précisément parce que la vérité se trouve être telle que ce médiatique doit évoquer *divers* pseudonymes, et qui ne sont « pas tous identifiés ». C'est pour donner trompeusement à penser qu'il aurait par lui-même réussi à en identifier au moins un, et plutôt six ou huit. Mais non, ce n'est qu'un mensonge. On souhaite, bien sûr, ajouter beaucoup à mon genre interlope. Ces pseudonymes imaginaires pourraient peut-être *établir* que j'aurais bel et bien consenti à travailler ; et alors à quoi ? À moins que l'on ne prévoie, en édition posthume, d'illustrer de quelques faux utiles de tels pseudonymes enfin révélés. Et alors M. Droit passant pour connaisseur, ce grossier maspérisateur se proposerait peut-être pour les authentifier ? Il touche à une sorte d'humour métaphysique en apportant cette preuve absolue, selon laquelle, cette fois – on sent bien que l'on ne pourrait pas dire cela de n'importe qui –, j'en serais même venu à adopter mon propre nom comme pseudonyme : en somme, ce n'est plus rien d'autre qu'une question de terminologie. Je ne sais ce que l'on prétend insinuer en rappelant que j'ai acquis une influence considérable « en certains milieux ». De quels milieux peut-il s'agir ? Il ne faut s'attendre à rien de recommandable, je présume.

« Ces faux-fuyants et ces propos codés peuvent irriter ou faire rire. À force de voir des espions partout, serait-ce que Debord, au lieu de démonter la machine façon Kafka qui broie l'humain, a finalement sombré dans un brouillard façon John Le Carré ? Il semble. » L'ignorance a toujours tort de faire connaître son avis ; l'incompétence dans le jugement des ouvrages littéraires de son époque est tout particulièrement ridicule. On admet facilement, depuis plus de soixante ans, et même sans l'avoir lu, que Kafka annonçait une grande part sinistre de l'esprit de ce siècle. De même que l'on s'est depuis plus longtemps refusé à admettre que Jarry en annonçait une part beaucoup plus énorme. Ce sont ceux qui savent ce qui se passe dans le monde, qui goûtent ceux qui savent en parler. André Breton, dans l'*Anthologie de l'humour noir*, avait sur-le-champ montré dans Jarry la préfiguration des discours des « procès de Moscou ». Et depuis nous avons pu voir, partout sur la planète, du Kremlin à Bucarest, en passant par Pékin et le bureau politique du Parti communiste yéménite, les règlements de comptes ou remplacements soudains des pouvoirs totalitaires modernes menés dans le style exact des exécutions putschistes d'*Ubu roi* (« Je tâcherai de lui marcher sur les pieds, il regimbera, alors je lui dirai : *merdre*, et à ce signal vous vous jetterez sur lui »). Il n'est pas vrai non plus que j'aie pu en quoi que ce soit m'exagérer l'importance des « espions », comme développement quantitatif du métier, puisqu'il reste la seule branche qui échappe aujourd'hui au chômage, et presque *le seul débouché* des études littéraires, et moins encore que j'aie reconnu une notable utilité qualitative à leur engagement massif pour la persistance des pouvoirs existants. J'ai noté clairement la loi de rentabilité décroissante qui domine leur emploi (au chapitre XXX de ces *Commentaires* de 1988). On aura pu assez vérifier tout cela dans les années qui devaient immédiatement suivre, quand tant de puissances en sont venues à se dissoudre. Le Carré n'est qu'un littérateur surfait, sans le moindre intérêt historique, qui ne s'est occupé qu'à illustrer les truismes les plus éculés du pseudo-axe de partage éthico-cosmologique de la prétendue Guerre Froide. Il y avait beaucoup plus de talent, et de vérités reconnaissables chez Francis Ryck, dans *Le Compagnon indésirable*, et ailleurs.

On veut plaisanter en disant que je m'emploie « depuis trente ans à défaire le système général d'illusion qui englue l'Est comme l'Ouest ». Je me suis employé d'abord et presque uniquement à vivre comme il me convenait le mieux. Et en outre, je n'ai pas eu la vaine prétention abstraite de sauver le monde ; j'ai tout au plus pensé à rendre service à ceux que je considérais comme mes amis. L'Est aussi bien que l'Ouest, j'ai toujours été sûr que toutes leurs illusions seraient forcément changées, incessamment, après la totalité des désastres et catastrophes qu'elles allaient entraîner inévitablement. La moitié de ce chemin paraît maintenant avoir été parcourue. M. Droit sera peut-être encore plus irrité ; mais rira deux fois moins. L'Ouest en est presque arrivé à être dans un aussi mauvais état. Au chapitre VII des mêmes *Commentaires*, j'avais dit qu'il fallait ajouter un résultat négatif central « à cette liste des triomphes du pouvoir », au moment où la société du spectaculaire-intégré croyait n'avoir plus qu'à téléguider sans réplique un seul monde consensuellement unifié dans l'illusion : « Un État, dans la gestion duquel s'installe durablement un grand déficit de connaissances historiques, ne peut plus être conduit stratégiquement. »

L'Événement du Jeudi écrit le 15 décembre 1988, sous la signature d'un André Clavel : « Faire un portrait de Debord relève donc de la gageure. Il méprise la presse, refuse toute interview, entretient de machiavéliques énigmes autour de sa personne. Pas un mot le concernant sur la couverture de son dernier essai… » On voit ce qui est devenu la norme d'aujourd'hui, non sans beaucoup de raisons fort utilitaires, mais qu'il était déjà en fait si extraordinaire de penser, avant un très récent conditionnement de telles sortes de réflexes. Quel besoin a-t-on de « faire un portrait » de moi ? N'ai-je pas fait moi-même, dans mes écrits, le meilleur portrait que l'on pourra jamais en faire, si le portrait en question pouvait avoir la plus petite nécessité ? En quoi d'autre pourrais-je davantage intéresser mes contemporains qu'en exposant ce qu'étaient, selon moi, certains aspects cruciaux et terribles de la vie qui leur était faite, et dont généralement les responsables du cours des choses ne voulaient pas qu'ils aient la tentation de les regarder de trop près ? Je méprise la presse, j'ai raison ; et voilà pourquoi je refuse depuis toujours toute interview. Je la méprise pour ce qu'elle dit, et pour ce qu'elle est. Je ne suis évidemment pas le seul, mais sans doute celui qui peut le dire le plus franchement, sans aucune gêne : c'est parce que je me trouve peut-être le seul qui ne me soucie aucunement de ses méprisables éloges, et pas davantage de ses blâmes. Voilà donc ce qui est appelé, dans la vision inversée du spectacle, entretenir « de machiavéliques énigmes autour de sa personne » (c'est ce que l'homme du *Monde* – tant pis si je me trompe – trouvait être « passé maître dans l'art de brouiller les pistes et de semer des silences au creux des phrases… »).

« Parmi ceux qui ont grandi sur les brûlots de Mai 68, il est sans doute le seul à avoir poussé la radicalité aux limites du paradoxe, presque du suicide intellectuel. » L'imprécision du langage est désormais utile aux journalistes, et cela tombe bien, puisqu'ils seraient presque tous incapables d'écrire mieux. Que veut dire exactement cette image usée : « grandi sur les brûlots de Mai » ? J'avais trente-six ans en 1968, je n'étais plus un enfant. C'est avant que j'avais fait le pire. Grandi doit probablement s'entendre au sens social de succès. Comme le plaidait, en 1971, dans un procès littéraire, un avocat qui me reprochait d'avoir rompu unilatéralement, et sans raison, le contrat qui m'avait lié à mon premier éditeur : « depuis que M. Debord a fait sa réputation et sa fortune sur les malheurs de son pays ». Ici, on irait presque jusqu'à me plaindre d'avoir dû m'aventurer jusqu'aux limites du « suicide intellectuel » ; c'est-à-dire à ne pas du tout vivre comme un quelconque médiatique, ou médiatisé. Mais puisque justement je ne le voulais pas, ce fut plutôt une satisfaction constante. Le véritable suicide intellectuel a frappé au contraire dans l'instant ceux qui ont fait confiance aux bonnes idées et aux bonnes affaires d'une société en liquidation.

En décembre 1988, dans la revue *Art press*, un M. Joseph Mouton publie des *Commentaires sur les commentaires de Guy Debord.* Je ne sais quelle confiance méritent les informations d'*Art press* mais, si on les croit, M. Mouton enseignerait l'esthétique à l'École d'Art de Nice. Il donnerait ainsi une preuve de son existence et de la vérité de son patronyme ; car sinon, on aurait pu croire qu'il avait lui-même choisi pour le coup un humoristique pseudonyme. Ce fonctionnaire semble en effet avoir été appelé cette année-là comme consultant pour choisir les meilleures façons de contredire mon inquiétante critique, et ses points de départ atypiques. Voilà — et chacun de ses mots mérite d'être pesé — ce qu'en pense d'entrée de jeu l'esthète :

« Il est difficile d'écrire sur Guy Debord. On peut certes tourner la difficulté en écrivant sur lui sans l'avoir lu (c'est à vrai dire le moyen le plus sûr) ; on peut aussi le décréter fou et barrer tout son livre d'un trait de plume psychiatrique (c'est là la médecine la plus expéditive) ; on peut encore le renvoyer à cette période noire qui précéda le *consensus* et l'oublier avec elle en l'accusant d'archaïsme (c'est l'esquive la plus moderne) ; on peut enfin, convaincu par l'auteur que son livre traite de "questions graves”, se laisser aller à en discuter le contenu, mais alors on risque d’écrire d’après lui et non plus *sur* lui (et c’est là, bien sûr, le danger). »

On ne peut contester à M. Mouton une grande lucidité, une bonne connaissance du sujet, une vraie maîtrise de son métier. Je crois qu’il a vu et a dit l’essentiel, dans l’ordre de préférence qui doit être effectivement choisi. La solution la plus recommandable, et la plus sûre, est naturellement que l’on ne puisse pas me lire (les maisons d’édition sont mortelles), et que ceux qui encore se mêlent d’écrire sur moi aient été intégralement informés sur d’autres sources, plus responsables. La solution psychiatrique est sans doute plus expéditive, et faisait grand usage dans la Russie dite si longtemps et si fallacieusement « soviétique » ; mais elle n’est pas sûre. Déclarer plutôt toute ma problématique théorique absolument périmée, parce qu’elle était déjà formée dans les temps primitifs et obscurs qui précédèrent de plus d’une décennie le lumineux consensus, voilà qui est de bonne guerre : les êtres consensuels ont été précisément formés pour n’adhérer qu’à ce qu’ils entendent redire de tous les côtés dans la chambre d’échos de l’instant même, et à réagir avec horreur contre ce qu’ils soupçonnent de n’être plus agréé par la dernière mode médiatique. Tout se passe comme si Goya ou Turner n’étaient admirables l’un ou l’autre, mais pas simultanément, qu’aux jours où sont organisées leurs grandes expositions. M. Mouton n’est pas dupe de telles niaiseries. Il sait que ce Consensus bientôt mondialisé ne fera figure d’aboutissement du monde, et même, dans la pensée nippo-américaine, d’heureuse « fin de l’histoire », que pendant très peu de trimestres. C’est pourquoi, convaincu que « l’esquive la plus moderne » va être aussi celle qui se démodera le plus vite, il ne la cite qu’en troisième position. La plus funeste, et il a raison de la proscrire par-dessus tout, ce serait « se laisser aller à en discuter le contenu ». Par un tel recours à la barbarie du XIXe siècle on risquerait en effet « d’écrire d’après lui et non plus *sur* lui (et c’est là, bien sûr, le danger) ». L’histoire avait cent fois montré, dans les temps pré-spectaculaires, et depuis que les vieilles censures avaient été s’abolissant, quelles difficultés et quels troubles risquaient de surgir dans les sociétés quand on avait l’archaïque habitude d’écrire quelquefois *d’après* ce qu’avaient dit certains auteurs, qui étaient peut-être malveillants.

M. Mouton a eu le tort, dans la suite de son étude, de se laisser aller à certaines de ces imprudences, que pourtant le rapport Mouton lui-même avait très clairement condamnées : il entre dans de trop dangereux détails sur ma pensée et ce qu'il en pense lui-même. Et il est patent qu'il se rallie d'abord à l'explication principale par la paranoïa, alors qu'il avait avoué en commençant son peu de goût pour un tel choix. Il est vrai que c'est au prix d'une importante révision du concept même de paranoïa. Ainsi que M. Roger-Pol Droit avait apporté en mon honneur une sorte de révolution spatiale anti-euclidienne dans la vieille distinction-opposition du pseudonyme et du nom authentique, la paranoïa n'est plus ce qu'elle était avant M. Mouton. C'était une attitude mentale qui justifiait par des rationalisations une erreur qui éloignait visiblement de la compréhension réelle du monde. La paranoïa des temps moutoniens est inverse : elle *paraît* tomber plus près d'une compréhension exacte que la déficiente explication officielle du monde actuel, qui n'est autre que l'explication spectaculaire. J'en ai vu partout la faiblesse, et M. Mouton la déplore aussi. C'est cet incontestable et paranoïde malheur du monde réel ainsi changé qui est venu apporter à l'intelligence paranoïaque une si grandiose et inattendue mutation brusque. Il suffisait de le savoir.

« On l'a compris, Debord est une intelligence paranoïaque. Or, face à l'obscurité rationnelle dont s'enveloppent les sociétés "post-industrielles", face à l'étrange miroitement que réfractent en permanence tous leurs éléments, il semble qu'une intelligence paranoïaque réussisse mieux... » Ou bien : « coupée de son objet par une sorte de méfiance héroïque, l'intelligence paranoïaque est forcée de faire dans la solitude un effort de logique ». Qu'est-ce qui peut vraiment assurer M. Mouton de ma « solitude » ? Le simple fait que lui-même vienne de me garantir paranoïaque. Il relève ce détail que j'ai *annoncé* dès l'ouverture de ce livre (mais l'ai-je effectivement réalisé ? peut-être était-ce un leurre ? peut-être le seul ?) que j'allais y mêler quelques leurres, et s'en étonne : « Quel procédé baroque que d'avertir les gens qu'on va se moquer d'eux ! » Et ailleurs, il croit pouvoir dire que « Debord ne fait plus donner la dialectique qui tenait une place si importante dans *La Société du spectacle* ». C'est que M. Mouton ne reconnaît pas partout la dialectique, dont il a dû avoir une approche assez rassurante et très schématique. Je pense que M. Mouton n'aime pas la liberté.

En mars 1989, parmi une grande quantité de ragots inventés, *Actuel*, qui veut résumer l'histoire de l'Internationale situationniste, note : « En mars 1962, le grand lessivage se termine. Il aura fallu moins de deux ans pour que Debord mette les quelque vingt artistes à la porte de l'I.S. » Un tel résumé vient juste pour soutenir le point de vue *nashiste* du néo-musée appelé « Centre Pompidou » ; lequel a essayé de démontrer que le temps qu'avait en vérité duré l'I.S. s'était limité aux cinq ans de la période 1957-1962. Les dix années suivantes, dont il avait été fait un trop mauvais usage, se voyaient en ce risible *Wonderland* barrées d'un trait de plume muséographique-historique. Il ne s'agit pas de nuancer la durée des périodes glaciaires. On peut rayer les deux tiers d'une période qui s'est déroulée il y a seulement trois décennies. Ce côté du spectaculaire sent fortement le « concentré », comme il était pratiqué autour de Staline.

Cet *Actuel* prétend en outre que des capitalistes italiens, de Benedetti, Berlusconi, ainsi qu'un nommé Carlo Freccero auraient appris des situationnistes le meilleur de leurs maltôtes. Mais est-ce que c'est seulement vrai ? Et si c'était vrai, à quoi cela pourrait-il les mener ? Il est dans l'essence du capitalisme tardif que les mieux instruits de ses aventuriers ne vont tirer des avantages personnels passagers qu'en tant que leurs meilleurs coups seront aptes à accélérer encore la dissolution patente de l'ensemble du système. « Des chefs d'entreprise et des banquiers de la "génération 68" – ils veulent garder l'anonymat – ont monté une cellule de réflexion, *Amardi*. Ils sont formels : Carlo de Benedetti a aussi bien lu Censor que Debord. » Qui sont-ils pour juger de *qui a bien lu* ? Je peux être tout aussi formel : je ne connais rien de Carlo de Benedetti. Aucun du reste des banquiers cités n'a bénéficié de mes conseils, et n'a pas davantage été victime d'une de mes belles escroqueries. On souhaite encore faire rêver sur mes relations louches. « Et Gérard Lebovici ? (...) l'ami intime de Guy Debord (...) assassiné en 1984. Pourquoi ? On ne sait toujours pas. Il reste des zones d'ombre autour des situs. » Au moins, maintenant, ils ne savent pas : je préfère.

Dans le livre publié par Serge Quadruppani au début de 1989 aux Éditions de La Découverte, *L'Antiterrorisme en France*, il n'y a qu'un détail qui me concerne, mais c'est un truquage parfaitement extravagant, une sorte de cuvée réservée aux objectifs spéciaux : « Et quand

G. Debord assure que Moro était détenu dans un bâtiment impénétrable (sous-entendu, sans doute : l'ambassade des États-Unis), on peut être interloqué (...) Il est seulement dommage qu'il faille croire l'auteur de *La Société du spectacle* sur parole. »

J'avais montré, et c'est réellement un trait assez récent dans la description de la société démocratique : « Il y a toujours un plus grand nombre de lieux, dans les grandes villes comme dans quelques espaces réservés de la campagne, qui sont inaccessibles, c'est-à-dire gardés et protégés de tout regard (...) sans être tous proprement militaires, ils sont sur ce modèle placés au-delà de tout risque de contrôle par des passants ou des habitants... » Désireux de me faire passer pour un archaïque imbécile, Quadruppani croit qu'il peut confondre cette triste nouveauté avec le vieux statut de l'extraterritorialité diplomatique, aux caves du Vatican, ou à cette excessive ambassade des États-Unis, si habituée à tout faire en Italie qu'elle irait même se charger de séquestrer Aldo Moro. Il a l'aberrante audace de regretter que l'on doive croire seulement « sur parole » une niaiserie que je n'ai pas dite, il le sait bien ; puisqu'il décide, tout seul, que je l'ai « sans doute » pensée ! On peut trouver presque également suspecte, quand c'est un Quadruppani qui l'emploie, sa tournure exagérément pompeuse qui évoque « l'auteur de *La Société du spectacle* ». Voudrait-on aussi m'en attribuer la responsabilité ? Les véritables auteurs de la société du spectacle, il me semble que c'est bien plutôt vous autres, employés aux étranges travaux.

Libération du 29 juin 1989 rapporte que le *Times* de Londres venait de publier cette révélation plus directe : « Guy Debord, le philosophe et l'intellectuel héros révolutionnaire, a été, dans les derniers mois, éclairé d'un jour tout nouveau. Le mois dernier, un article de fond du *Village Voice* révélait que Debord avait été recruté par la C.I.A. dans les toutes premières années de l'I.S., et recevait des paiements réguliers de ses bureaux parisiens. Cette information longtemps dissimulée vient seulement d'être déterrée par hasard, au cours des laborieuses recherches dans les documents de la Sécurité américaine récemment ouverts au public... » Le héros journalistique qui avait « déterré » un fait si bien caché s'appelait pour cette fois Adrian Dannat. Quelques personnes de Londres qui avaient l'innocence de s'intéresser à ce que l'on pourrait lire dans « les documents de la Sécurité américaine », ou à ce que le *Times* de

Londres peut vomir à mon propos depuis qu'il a été racheté par Murdoch — et parmi elles on comptait l'historien américain Greil Marcus —, ayant bronché, Dannat se borna à les rassurer sur le fait que ce n'était qu'une fabrication « imaginaire, une blague ». Il peut le prouver en affirmant que rien de tel n'avait paru dans le *Village Voice*. Et *Libération* assure de son côté : « Au *Village Voice* à New York, Scott Samuelson confirme qu'il n'a jamais lu dans son hebdomadaire d'article qui parle de liens entre Debord et la C.I.A. » On voit donc que Samuelson est positivement d'une très prudente modération sur cet aspect de la question. Et *Libération* même a l'air de ne pas approuver l'allégation non réellement démontrée « contre un homme qui a déjà eu plus que sa part de diffamation ». Ceux qui ont seulement eu ce que ce scrupuleux journal semble considérer comme leur juste part de diffamation ne sont jamais que ceux qui n'ont pas extraordinairement déplu à tout le monde. Comment on acquiert un tel genre de mérite, je laisse mes lecteurs y penser par eux-mêmes. C'est un fait que je me suis trouvé si souvent « éclairé d'un jour tout nouveau », et depuis si longtemps, que je crois me trouver placé simplement au-dessus de toute calomnie — et je pèse mes mots — par la seule variété de leurs abus accumulés. En tout cas, c'est ainsi que je me considère, moi, à si juste titre.

On peut relever en cette matière quelques techniques précises qui sont désormais placées à la disposition des défenseurs des valeurs de notre époque. Un jeu de miroirs d'ordinateurs bien programmés se renvoie à l'infini les citations qui se sont une fois marquées dans la machine de la répétition. N'importe qui, appartenant à ces secteurs des emplois sociaux responsables de la vérité, ou du moins de l'information, pourra relancer la fausse nouvelle au jour qui lui conviendra, dans n'importe quel journal de Singapour ou de Bogota, en citant le *Times* de Londres, ou aussi bien *Libération*, ou peut-être même le *Village Voice*.

L'autre fait notable, c'est qu'un médiatique a désormais le droit de plaisanter avec son outil professionnel, en certains cas. Un général, par exemple, n'avait pas le droit de plaisanter à la tête de ses troupes, ou un juge en prononçant ses sentences, et je ne sais même pas s'il est encore tout à fait permis au responsable d'une centrale où l'on produit l'énergie nucléaire de plaisanter, au sens propre du mot, à l'instant où il fait connaître ses directives. Mais il est littéralement hors de doute qu'un médiatique ne peut être privé de ce droit. C'est un salarié remarquablement spécial, qui ne reçoit d'ordre de personne, et qui sait tout sur tous les sujets dont il veut parler. Il porte donc, suivant sa déontologie, qu'il ne saurait trahir sans hideuse concussion, littéralement toute la conscience de l'époque. S'il n'avait pas le droit de plaisanter, où serait donc la liberté de la presse et, partant, la démocratie elle-même ?

La pittoresque plaisanterie du *Times*, qui peut être corrigée un jour (on croyait d'abord que c'était une plaisanterie, mais on s'est aperçu depuis que c'était précisément la vérité...), ne cache pas que c'est par simple appât du gain que j'en serais venu « dès les premières années de l'I.S. » à faire quelque chose d'aussi ouvertement contraire à mes goûts bien connus, et assez hautement proclamés. Il semble que la même intention reparaisse sous une autre figure : confirmer que je n'avais vraiment aucun meilleur moyen de me procurer plus honorablement des ressources, avant de tomber si bas. On peut dire que, pour *prouver* que j'aurais été une fois le mercenaire d'une mauvaise cause, on irait jusqu'à la plaisanterie. J'en accepte le risque. Je ne suis pas quelqu'un qui pourrait être conduit au suicide, comme Roger Salengro, par d'imbéciles calomnies ; et encore moins aurais-je un caractère à m'affecter d'une quelconque révélation qui trouverait coupable quelque chose que j'aurais fait réellement. Je suis sûr d'avoir tout fait pour le mieux.

La revue *Critique* d'octobre 1989 a confié la tâche à quelqu'un qui signe Laurent Jenny. Celui-ci est prêt aussi à témoigner que, « de mégalomane, le situationnisme est devenu paranoïaque ». La preuve, c'est que maintenant je me méfie de la moitié de mes lecteurs : ce qui pourrait bien être accorder une excessive confiance à toute l'autre moitié. Où avait-on rien vu de pareil ? Le monde a changé ainsi. « Là où la vie réelle devait advenir dans le sans image d'une pratique historique, une conspiration comploteuse a pris sa place. Fantôme de la tyrannie, elle hante toutes les apparences sociales sans jamais y apparaître elle-même. » Cette conspiration m'échappe donc tellement qu'elle semble ne m'avoir laissé plus rien à dire. Ce qui évoque au sensible et moderne Jenny « le monde du *Rivage des Syrtes* de Julien Gracq, sa somptuosité poussiéreuse et vide ». Ce médiocre littéraire va maintenir l'image jusqu'à la fin, tant il est ravi d'avoir trouvé, lui, une pareille richesse d'argumentation, une si éclatante force de conviction : « Aux avant-postes d'une Amirauté perdue, Guy Debord guette un ennemi d'autant plus infigurable que cet ennemi s'identifie à la totalité des apparences. Scrutant l'horizon, il y décèle d'imperceptibles indices sans jamais pouvoir en démontrer l'évidence à autrui avec assez de sûreté. D'ailleurs, à qui se confierait-il ? L'ennemi n'a-t-il pas ses ramifications jusque dans la forteresse chargée de le guetter ? Le guetteur ne doit-il pas se défier de lui-même en tout premier lieu ? À défaut d'amis sûrs, il livre au papier des pensées sans destinataires plausibles. Ses Commentaires sont de ceux qu'on écrit, le soir, dans une humide chambre des cartes, pour tromper l'ennui et le "malheur des temps". Les citations qu'il s'autorise confirment l'austérité de la bibliothèque dont il dispose : Clausewitz, Machiavel, Thucydide ou Gracian (ce sont de ces livres qu'on aime à méditer dans un exil volontaire, après une vie d'intrigues de cour et de batailles perdues). Le style même du guetteur se ressent de son exil : obsédé de détails peut-être insignifiants, il a gagné en froideur classique et en distance hautaine, mais c'est aussi qu'il est contraint à la réserve et à la ruse par l'omniprésence des espions. Écrire, ce n'est pour lui qu'une autre façon d'arpenter un rivage désolé en tirant vers l'infigurable ennemi les dernières cartouches de la métaphysique. »

Pour son malheur, le critique n'avait pas su lire non plus le roman de Gracq. Dans *Le Rivage des Syrtes*, l'attente s'est réellement terminée par l'invasion et la destruction de la République d'Orsenna. Ce ne peut laisser aucun doute à qui l'a lu. Le héros, marchant à la dernière page, parmi les lumières de la ville endormie, comme dans un théâtre vide, dit : « Je savais pour quoi désormais le décor était planté. » Précédemment, à un tiers de la fin du livre, il avait par avance évoqué le « cauchemar qui monte pour moi du rougeoiement de ma patrie détruite ». Mais peut-être a-t-on négligé de faire informer l'ordinateur de ces deux fugitifs détails ? Il fallait avoir lu Gracq dans l'original.

Les Temps modernes de novembre 1989, et cette fois sous la plume de Marc Lebiez, vont philosophant, comme si l'on avait été couramment apte à le faire auparavant dans cette revue. On y approuve avec vingt années de retard *La Société du spectacle* : « Relu aujourd'hui, hors du contexte de l'Internationale situationniste, *La Société du spectacle* apparaît comme un grand ouvrage théorique, extrêmement intelligent et stimulant... » Hegel plaît toujours beaucoup moins quand les révolutions paraissent revenir ; et le « contexte de l'Internationale situationniste », c'était mai 1968. « On s'étonne que ce texte philosophique... ait pu susciter des réactions aussi violentes que celles de F. Châtelet parlant "d'*exclure* purement et simplement" de "semblables énoncés (qui) découragent d'avance toute critique". » Quel dommage ! Voilà donc que j'ai si vite et si malheureusement perdu la si récente estime de ces excellentes têtes hégéliennes, qui me voient maintenant abandonner dialectique et révolution en ayant l'inconvenante idée de décrire le stade spectaculaire-intégré ou le gouvernement parallèle d'Andreotti. « Si la totalité du monde est renversée, alors ce renversement devient la seule réalité et ne peut plus être présenté comme une falsification. » On voit la force du sophisme. C'est tout simplement comme si l'on me blâmait de ne plus être héraclitéen, puisque Héraclite avait posé cet axiome que « le langage est ce qui est commun » ; alors que notre temps l'aura connu entièrement exproprié par ceux qui en contrôlent désormais l'emploi médiatique. Où n'en arrive-t-on pas ? Mais est-ce même une chose à dire ? « Quand Thucydide prend la place de Marx, le changement est aussi politique : Thucydide n'a jamais passé pour un révolutionnaire. » Cette sorte de preuve par la notoriété antérieure manque de sérieux, comme tout le reste. Comment nous apparaîtra exactement, dans les luttes de demain, Thucydide ?

Le 14 novembre 1989, au moment où Gorbatchev se lance dans sa périlleuse fuite en avant, *Le Quotidien de Paris*, sous la plume du néophilosophe Jean-Marie Benoist, écrit que « Gorbatchev vérifie les analyses de Guy Debord ». Ainsi, dans la ligne de tout ce que nous avons déjà vu ici, on me suppose encore capable de tirer d'autres ressources de mes compétences ; et cette fois en acceptant de devenir le conseiller du tyran. Et l'on insinue, en surplus, que j'aurais trahi délibérément mon client, puisque j'aurais poussé l'imbécile dans une voie où je sais avec la plus indiscutable certitude qu'il est condamné à perdre tout, dans le plus bref délai. Aucun bon analyste stratégique ne peut ignorer, depuis plusieurs siècles, que le moment le plus dangereux, pour un mauvais gouvernement, est justement celui où il entreprend de se réformer. Et que les cartes sur lesquelles Gorbatchev comptait jouer tout son sort étaient précisément les plus illusoires de toutes.

En janvier 1990, le numéro 12 d'un bulletin intitulé *Les mauvais jours finiront*... revient une fois de plus sur son sujet favori. C'est la tribune d'un certain Guy Fargette, qui semble très averti de tout ce que l'on doit savoir de la question ; et notamment de nombreux dossiers italiens. Il se fait fort de connaître non seulement les plus tragiques de mes erreurs, mais aussi d'où elles sont venues. Il discerne, depuis toujours, les plus lointaines de leurs origines et les plus funestes de leurs sûres conséquences ; comme aussi, du reste, les plus secrètes intentions. Il assure que « G. Debord a joué un méchant tour à ses admirateurs ; alors qu'il n'a jamais su prendre la mesure du reflux social après 1968, il ne voit désormais plus que lui. Son tardif réveil sur des phénomènes qu'il avait ignorés depuis trente ans lui procure une illusion assez compréhensible : les choses lui paraissent encore plus terribles qu'elles ne le sont en réalité. Mais en se perdant dans la description fascinée des procédés du pouvoir (qui ont été inventés en Europe centrale dans l'entre-deux-guerres, et parfois même dès avant la Première Guerre mondiale), il sombre dans un défaitisme à la fois scandaleux et éclairant sur le sens de toute son activité. Répondant sans en avoir l'air à ma note du numéro 9 des *Mauvais jours*..., l'*Encyclopédie des Nuisances* affirme que le spectaculaire-intégré décrit une situation de bureaucratisation réussie. Mais la "théorie du spectacle" des années soixante excluait par postulat une telle éventualité historique. En revenant là-dessus sans s'en expliquer, la théorie situationniste franchit son point de désintégration. La position de Guy Debord présente une inconséquence plus remarquable encore : on n'avait jamais vu de "révolutionnaire" (c'est-à-dire de gens se prétendant tel) décrire la contre-révolution pour la déclarer d'avance victorieuse. Cette étrangeté est étroitement liée au style de G. Debord, puisqu'il repose sur un ton de "prophétie s'auto-accomplissant". Sa démarche apparaît nécessairement comme un désir d'avènement de la catastrophe.

Son attitude est conforme aux paroles du commandant Schill, héros de l'insurrection manquée contre Napoléon en 1809 et fusillé quelque temps plus tard : "Mieux vaut une fin dans l'horreur que l'horreur sans fin." Un passage d'un autre livre récent de G. Debord, *Panégyrique*, tome I (1989), décrit avec une admiration révélatrice, nihiliste, les assauts militaires désespérés. Il est clair que la catastrophe historique constituerait pour lui une secrète revanche sur une humanité qu'il a comprise de façon très aléatoire. L'attention qu'il accordait à l'expression des émotions pour rendre vivants les actes et les paroles a dégénéré en un irrationalisme morbide. »

Le magazine *Globe* de février 1990 parvient à établir que je loge « presque clandestinement au cœur de Paris, dans un bel immeuble bourgeois » dans la rue du Bac, et plusieurs faits annexes dont son ingéniosité habituelle lui permet de faire les plus symptomatiques usages. « Le cofondateur de l'Internationale situationniste, l'enragé de 1968, vit aujourd'hui des jours paisibles dans son appartement confortable du troisième étage, à la porte fraîchement blindée. Et éternellement fermée. Guy Debord est de toute évidence un homme mystérieux. Ceux avec qui il s'est brouillé ne veulent pas en parler. » On se plaît à conclure que je vis des jours apaisés, voire même embourgeoisés ; mais on rappelle quelques signes de la violence du passé, et notamment que ceux qui ont été amenés en d'autres temps à se compromettre avec moi ne se sentent pas autorisés à en parler. André Breton avait été souvent en butte aux faux témoignages de véritables surréalistes repentis de tout ce qu'ils avaient fait de grand. Rien de tel ici. À quoi bon, autrement, être un homme mystérieux ? On n'aura donc trouvé personne pour s'y risquer. Deux ou trois imposteurs sous-médiatiques ont parfois prétendu m'avoir connu autrefois, mais ils n'avaient naturellement rien à dire. Et moi, je n'avais justement rien à répondre à ceux-là ; me réservant pour nuire à un authentique qui oserait un jour s'essayer à ce jeu. Aucun de ceux dont les noms avaient paru dans l'*I.S.* n'est jamais venu rien révéler clairement depuis. On sait ce que peuvent ordinairement devenir les préférences de beaucoup de gens, quand vingt-cinq ans ont passé. Mais il faut se souvenir que même dans la pure I.S. de 1967, il y avait déjà deux provocateurs infiltrés, trois peut-être.

« De toute façon, son adresse n'est connue de personne. Ou presque. Guy Debord ne se cache pas : il refuse. » On peut le dire. Et *Globe* a pu savoir aussi que l'I.S., entre juillet 1957 (Conférence de fondation à Cosio d'Arroscia) et 1969, n'a jamais compté « que 70 membres. Quarante-cinq seront exclus » ; et quelques autres en surplus contraints à la démission. C'est donc beaucoup plus de la moitié de l'effectif. Quel mépris des Droits de l'Homme ! Mais aussi il est plus facile, considérant une si fine équipe, de prévoir que tout le monde va devoir préférer garder son nez propre. « En 1957, Debord avec son film *Hurlements en faveur de Sade* annonce la fin du cinéma : on y voit une séquence de vingt-quatre minutes pendant laquelle l'écran reste noir. » Je l'ai même fait encore un peu plus tôt, et la preuve s'en est fait attendre cinq années de plus puisque l'affreux exploit, en vérité, a offensé l'année 1952. Et le titre seul n'avait-il pas suffi à faire voir la mentalité d'une sinistre jeunesse ?

La suite s'en est montrée digne. « Aujourd'hui, Guy Debord ne possède pas le téléphone et déclare comme résidence principale sa ferme de Bellevue-la-Montagne, où il passe quelques mois l'été. » Je peux prétendre élire là mon domicile parce que, entre les nombreuses résidences où s'est partagé mon temps dans les vingt dernières années, celle-là est effectivement la plus ancienne et, sur l'ensemble de ce temps, celle qui a été, relativement, la plus souvent occupée.

« Il est toujours marié avec Alice Becker-Ho, de dix ans sa cadette. Il boit toujours beaucoup, déclare très peu d'impôts. » Toutes ces bonnes nouvelles n'ont rien de très étonnant : on sait que les salariés sont seuls à payer beaucoup d'impôts.

Claude Roy parle un peu de moi dans son livre *L'Étonnement du voyageur* (Gallimard, 1er trimestre 1991). Il dit que « Guy Debord est allègrement mégalomane ». Il dit aussi qu'il a lui-même écrit, voilà bientôt vingt ans, qu'il reconnaissait en moi une « forte tête dans tous les sens du mot. Il n'a cessé de le prouver, plus évidemment peut-être par ce qu'il a refusé que par ce qu'il propose ». On sait combien lui-même, et la totalité de son entourage, n'ont jamais cessé de prouver qu'ils étaient de faibles têtes, et aussi évidemment peut-être par tout ce qu'ils ont accepté de croire et de suivre pour eux-mêmes, que par tout ce qu'ils ont proposé aux autres de croire et de suivre.

Je n'avais donc pas trop imaginé que mes excès pourraient m'attirer la sympathie de telles gens. Refuser, c'est vexant. Il est mégalomane de refuser. Ah ! la malsaine prétention. *Refuser !* Les rationalisations paranoïaques ne peuvent pas être loin. « Au reste, Debord n'a jamais détenu d'autre pouvoir que celui du style. » Et encore n'est-ce pas tous les jours. Cet homme de goût et de mesure, qui a fait longtemps ses délices des belles clartés de Mao et de Staline, m'a vu aller une fois, quant à moi, jusqu'au « charabia désolant ». En 1967, j'avais détourné deux courts passages de Hegel dans *La Société du spectacle*, et cette hardiesse, qui m'a valu tant d'estime de M. Marc Lebiez, Claude Roy me la reproche encore âprement vingt-cinq ans après. Il déclare sans ambages : « Je consens joyeusement à être traité de vieil imbécile à la Boileau, mais je suis persuadé que "ce que l'on conçoit bien s'énonce clairement", et quand Debord, au lieu d'être simplement difficile, ce qui est le droit de tout penseur (et parfois son devoir) est tout bonnement macaronique, je crains que le concept ne soit aussi embrouillé que le style. » Qui aurait l'injustice de traiter Claude Roy de « vieil imbécile » ? Le temps ne fait rien à l'affaire.

Au printemps de 1991, une revue qui s'appelle glorieusement *Maintenant, le communisme* se propose d'en arriver enfin à la nécessaire « critique de l'I.S. » : « L'I.S. a véhiculé suffisamment d'illusions et de mythes autour d'elle pour apparaître comme le point de référence obligé de la théorie critique. Il ne s'agit pas de la dépasser au sens où l'article d'ouverture du numéro 12 — en plein pastiche hégélien — l'entendait ("Nous sommes désormais sûrs d'un aboutissement satisfaisant de nos activités : l'I.S. sera dépassée"). Si l'I.S. reste un mouvement important dans bien des domaines (critique du spectacle, de la notion de rôle, de l'urbanisme, etc.), elle ne possède rien de communiste. (...) Ainsi les ouvriers ne sont pas devenus dialecticiens mais les événements de Mai 68 furent la chance historique de l'I.S. qu'elle a su saisir au bond. (...) La dénonciation de la société marchande n'a jamais été le monopole de l'I.S. » Peut-être avaient-ils, en effet, un peu trop surestimé cette affolante I.S. ?

Il me semble que c'est plutôt moi qui ai entraîné, vingt ans avant eux, la dissolution de l'I.S., et écrit : « Que l'on cesse de nous admirer... » Ils maspérisent : « Qui parle de "t'admirer", Debord ? » On annonce, sous peu, dès le prochain numéro, une démystification qui n'avait que trop tardé : *Contre Debord : la magie situationniste ne constitue pas la théorie révolutionnaire de notre temps.*

À l'hiver de 1991, dans la revue *Trafic*, Serge Daney signale qu'au festival de Taormina où l'on présentait en bancs-titres quelques photos tirées de mes films faute, fort heureusement, d'avoir pu disposer de copies de ces films disparus, « une séance était consacrée à Guy Debord et des discours savants y furent tenus. La scène, vite, devint digne de Moretti lorsque quelqu'un dans la salle fit remarquer que *même chez les intervenants, personne n'avait vu les films de Debord.* C'était presque vrai ».

Je dois convenir qu'il y a toujours eu dans mon esthétique négative quelque chose qui se plaisait à aller jusqu'à la néantisation. Est-ce que ce n'était pas très authentiquement représentatif de l'art moderne ? Quand on « annonce la fin du cinéma » depuis si longtemps, n'y a-t-il pas comme de la cohérence à faire disparaître les films ? Il faut sans doute voir là une sorte de succès d'une nature peu courante. Je crois que je n'aurais jamais impressionné personne, sinon par cette sincérité tranquille, qui n'a douté de rien.

Les révélations sont fabuleusement nombreuses dans les souvenirs de M. Gérard Guégan, qui s'intitulent *Un cavalier à la mer* (F. Bourin, janvier 1992). Il veut nous parler de sa vie. Tout le fait penser à moi. Et chaque fois qu'il pense à moi, j'ai tort. Le secret le mieux occulté sous cette fausse rhétorique de l'indignation personnelle, c'est que je n'ai jamais aperçu M. Guégan qu'une seule fois, au temps où il se trouvait être employé chez mon éditeur. Ce bref instant lui a donné l'occasion de produire un faux témoignage, très représentatif de sa manière, sur ma première rencontre avec Lebovici, où il s'est trouvé réellement présent, et muet, mais qui ne ressemblait en rien à ce qu'il en rapporte : « Debord commande de la bière, et nous des cafés. Son plan était des plus simples. Puisque Buchet-Chastel n'assurait pas à son livre la renommée qu'il méritait, il estimait avoir rempli ses devoirs envers cette maison, et nous autorisait par conséquence à le rééditer. Il s'agissait ni plus ni moins d'un piratage, car pour rompre un contrat il faut être deux. Gérard Lebovici en accepta par bravade le principe. »

Ce Guégan arrange toujours les choses selon de très instructives intentions, et cache d'abord l'essentiel de ce qui est. L'éditeur Buchet, dont le succès du *Spectacle* avait assez tourné la tête, et qui croyait peut-être avoir là une occasion de rentabiliser encore un peu plus tout cela, ajouta au troisième ou quatrième tirage de ce livre, et à mon insu, un faux sous-titre qui prétendait marquer qu'il s'agissait tout simplement de « la théorie situationniste ». Dès qu'un exemplaire ainsi maspérisé me vint sous les yeux, j'écrivis à Buchet, un peu comminatoirement je l'avoue, par une simple lettre recommandée, qu'il n'était plus mon éditeur. Lebovici l'apprit, et se proposa aussitôt pour me rééditer. Je n'avais donc rien eu à lui demander ce jour-là ; de même que mes raisons d'agir étaient des plus sérieuses. Je n'ignorais pas que la seule faiblesse de ma position tenait à ce détail fâcheux que je prétendais manifestement me faire justice moi-même ; répugnant à porter sur le terrain des vulgaires chicanes judiciaires un conflit de principe qui y était si évidemment supérieur.

Je note d'ailleurs que j'avais affirmé, dans le tome premier, paru en 1989, de mon *Panégyrique*, à propos de l'ensemble de la liberté avec laquelle j'ai pu me conduire, en des termes explicites : « Cela n'a pu être mené à bien que parce que je ne suis jamais allé chercher personne, où que ce soit. Mon entourage n'a été composé que de ceux qui sont venus d'eux-mêmes, et ont su se faire accepter. Je ne sais pas si un seul autre a osé se conduire comme moi, dans cette époque ? » Cette seule constatation suffirait à montrer comment était impossible la scène imaginée par Gérard Guégan. Ceci est une autre façon de montrer la grande utilité d'un livre que j'avais précisément destiné à rétablir la vérité complète sur beaucoup de circonstances peu communes de ma conduite ; qui sont pourtant aussi très rarement citées.

C'est donc ce jour-là que Gérard Lebovici entra dans la voie du crime, qui l'a mené si loin depuis, séduit qu'il fut au premier instant par le style du voyou, et sans plus vouloir considérer rien d'autre. Pour défendre sa mauvaise cause, Buchet fit saisir en référé l'édition de « Champ Libre ». Quand le procès vint, les juges de Paris, qui se souviennent encore du ridicule qu'ils se sont donné en condamnant jadis Baudelaire et Flaubert, et qui depuis répugnent à donner tort aux auteurs, conclurent, considérant la gravité du manquement de Buchet, que son contrat avait été dissous dès l'instant de ma lettre recommandée, et le titre resta très longtemps à Lebovici ; après même sa mort. Voici donc ce qu'a été cette affaire, et l'on admirera l'art de Guégan pour réussir à m'y donner une mauvaise figure, alors que c'est peut-être, de toute ma vie, le cas où je fus le plus justifié. Je crois qu'il n'a pas menti là où il dit que je buvais de la bière dans je ne sais plus quel café.

M. Guégan semble fier d'avoir connu dans le stalinisme la seule sorte de grandeur qu'il ait cru avoir un jour approchée, et en tout cas sait nous faire voir qu'il en a retenu de son mieux les leçons pour simplifier avec grâce l'histoire de l'Internationale situationniste : « Je connaissais le stalinisme dans son format géant ; en quoi la version mesquine d'un Debord aurait-elle pu me tenter ? Et des Boudarel, autour de Debord, il n'en manquait pas... » « Très vite, il s'imposa comme son seul leader, et tous ceux qui pensaient que l'art n'était pas mort avec Dada désertèrent, déconfits ou dégoûtés, une organisation qui fonctionna dès lors comme n'importe quel appareil politique. Avec son catéchisme et ses exclusions. Reste que pour avoir lu, même d'assez loin, Stirner, Cravan et Castoriadis, les situationnistes déployèrent en quelques occasions des qualités d'analyse qui manquèrent à leurs concurrents... » « Je m'en étais ouvert à Jacques Baynac, qui s'en souvint lorsque le conflit avec Lebovici déboucha sur notre démission collective, que nous transformâmes en licenciement économique, car nous n'avions pour vivre que nos maigres salaires et non un beau-frère antiquaire à Hong Kong comme Guy Debord. »

Il se trouve que je n'ai pas de beau-frère antiquaire à Hong Kong. Mais enfin, dirait Guégan, pourquoi pas ? Et s'il l'était, n'en serais-je pas évidemment coupable ? Qui ignore les immenses trafics qui transitent par Hong Kong ? On en plaisante jusqu'à la B.E.R.D. ! Il suffit d'ailleurs que quelqu'un soit riche pour que l'envie contemporaine en déduise mathématiquement que j'aurais levé sur son amitié l'impôt ordinaire, et les extraordinaires en surplus. Pourquoi s'en priver ? Après tout, personne n'a ignoré ce que je pensais de l'argent ; et ne pouvait pas s'attendre à faire avec moi de bonnes affaires.

Je viens de voir que l'on parlait à présent de financiers italiens qui paraissent vouloir se flatter de me connaître ; et à quel prix ? Mais que n'avait-on pas déjà dit de Gianfranco Sanguinetti ? Et, beaucoup plus extraordinairement, du stalinien Giangiacomo Feltrinelli à qui pourtant j'avais refusé de m'éditer, en termes outrageants ? Je n'ai jamais détesté des riches pour la seule raison qu'ils l'auraient été. Il leur suffisait de savoir se conduire avec assez de tact ; et de style. N'aurais-je pas été beaucoup plus blâmable si la richesse de tel ou tel individu avait paru m'impressionner ? lui avait donné à penser qu'il pouvait, par ce seul détail, m'influencer ? ou seulement pouvoir me parler d'un peu plus haut ? Je crois qu'ils ont bien vu que non. En tout cas, c'est ce que j'avais continuellement pensé, et j'ai agi en conséquence, comme je le devais. Je n'ai jamais été quelqu'un de riche ; et je n'ai pas eu non plus à me reconnaître comme quelqu'un de nécessairement pauvre. Rien n'était jamais garanti. « Le temps était sorti de ses gonds », pour le dire en termes shakespeariens, et cette fois c'était véritablement partout : dans la société, dans l'art, dans l'économie, dans la façon même de penser et de ressentir la vie. Rien n'avait plus de mesure. J'ai été avant tout quelqu'un de ces temps-là, mais sans en partager les illusions. Je me flatte d'avoir avant tout raisonné selon le principe : « À cheval donné, on ne regarde pas la bride. » J'ai pratiqué le *potlatch* avec assez de grandeur pour ne pas m'inquiéter de quelques délicatesses excessives.

Ce remarquable Guégan a en outre mentionné, sur l'ensemble, un autre détail vrai. C'est là où il dit, mais sans ajouter aucune sorte de commentaire : « Il a aujourd'hui soixante ans. » Il est très invraisemblable qu'il ait reconnu dans l'événement quelque chose qui serait rare et admirable. Peut-être partage-t-il ici les opinions de Balzac sur les réflexions que peut inspirer « un voleur consommé, qui, depuis longtemps, a rompu avec la société, qui veut rester voleur toute sa vie, et qui demeure fidèle *quand même* aux lois de la *haute pègre*... Quel aveu d'impuissance pour la justice que l'existence de voleurs si vieux ! ».

En avril 1992, le numéro 15 de l'*Encyclopédie des Nuisances* (Directeur de la publication : Jaime Semprun, 20 rue de Ménilmontant, Paris 20e) a donné, sous le titre *Abrégé*, une sorte de conclusion historique générale sur l'Internationale situationniste, ou plutôt, sans plus hésiter à envisager les choses en face d'un regard désabusé, sur mes propres aventures.

« Ce fait oblige à rechercher l'obstacle au développement de la théorie situationniste à l'origine de cette théorie, dans la valorisation du changement permanent comme moteur passionnel de la subversion, l'idée de la richesse infinie d'une vie sans œuvre, et le discrédit conséquemment jeté sur le caractère *partiel* de toute réalisation positive. Parler à ce sujet d'erreur serait futile, puisqu'il faut surtout voir que cette "erreur" était inévitable, imposée par les besoins de la négation de l'art et de la politique. Ce travail de démolition, avec sa valorisation conséquente d'une vie vouée à l'éphémère, était historiquement nécessaire ; et il correspondait pleinement au génie personnel de Debord (...) En fait le "but des situationnistes", "la participation immédiate à une abondance passionnelle de la vie", à travers le changement de moments périssables délibérément aménagés (Debord, *Thèses sur la révolution culturelle*, *I.S.* n° 1, juin 1958), ce but a bien été atteint, mais par le seul Debord, comme aventure individuelle brillamment menée, et réaffirmée contre la débâcle collective de l'I.S. (...) il serait plus intéressant et concret de dire, non pas pourquoi l'I.S. a échoué (si l'on reste à ce niveau de généralité, on peut se contenter d'incriminer la faiblesse du mouvement social dans son ensemble), mais pourquoi elle a échoué *de cette manière-là*, parmi toutes les manières d'échouer possibles. Cela est d'autant plus digne d'attention que l'I.S. est effectivement parvenue à éviter la fin habituelle des avant-gardes, le vieillissement confortable (...) En fait la justification historique suffisante de la dissolution de l'I.S. était, comme celle de bien des exclusions auparavant, de constituer une mesure *défensive* obligée : dans la position à la fois très affaiblie et très exposée où elle se trouvait en 1970-1971. C'était sans doute la meilleure manière de limiter les dégâts. Il fallait *décrocher*, vite et bien, sous peine de finir honteusement. Mais comment en était-on arrivé là ? (...) Debord a sans aucun doute sincèrement cherché à faire que l'I.S. soit l'organisation anti-hiérarchique et démocratique qu'elle avait dit être : ses interventions de 1966 et 1972 manifestent qu'il n'était d'aucune façon soucieux de perpétuer sa prééminence, bien au contraire, et qu'il avait sur le moment mieux que quiconque compris ce qui était en jeu. L'explication de son échec à cet égard doit donc être recherchée dans le caractère même de son génie, tel que l'avait formé son histoire singulière, et dans le rapport changeant de "cet élément actif qui met en branle des actions universelles", avec les conditions elles-mêmes mouvantes où il a pu s'exercer (...) Cette mise en perspective, dont il s'agit seulement ici de donner quelques éléments, permettra en même temps de remettre à leur place exacte deux faits qui ont jusqu'à maintenant dissuadé de l'entreprendre, en figeant l'I.S. dans un passé admirable : d'une part le fait que Debord lui-même ait assez remarquablement réussi à transformer la part de succès historique de l'opération collective de l'I.S. en un nouvel enjeu *individuel* (c'est-à-dire qu'il soit parvenu, selon ses propres termes, à ne pas plus "devenir une autorité dans la contestation de la société que dans cette société même") ; d'autre part le fait qu'il ait ensuite, en fonction de cette "réussite" personnelle d'un genre assurément original – un peu comme si Marx après la Commune et l'effondrement de la Première Internationale avait écrit des *Mémoires d'outre-tombe* de sa façon –, eu tendance à négliger rétrospectivement la part d'échec de l'I.S. qu'il avait pourtant ressentie plus vivement que quiconque sur le moment... »

Je ne sais pas ce que croient découvrir de telles considérations amères. J'étais comme j'étais ; et rien de très différent ne pouvait en venir. Je ne dis pas que d'autres n'auraient pas pu aboutir à de meilleurs résultats ; mais qui m'auraient sans doute moins bien convenu. L'I.S. a d’ailleurs peut-être plus gagné à certains de mes incroyables défauts qu’à plusieurs de mes qualités assez courantes. Les aventures des hommes doivent se dérouler en partant de ce qui est là. La stratégie même, chacun le sait, devient beaucoup plus facile quand l’heure des choix est passée. C’est exactement à propos de la destruction de Paris que j’ai qualifié les années 70 de « répugnantes ». Il ne faut rien prétendre en déduire de plus universel sur ce que j’ai pensé de la période : j’ai principalement dit que je n’étais plus à Paris.

Quels talents nécessaires ont-ils parfois fait défaut aux gens qui avaient le mérite d’être là ? Durant plusieurs récentes années, *on a vu un seul désinformateur* se montrer capable d’exercer la plus ridicule influence sur toute cette très savante *Encyclopédie*. Quelqu’un qui sait vivre reconnaît toujours vite un désinformateur, rien qu’à remarquer ses thèmes favoris ; et saura prévoir expérimentalement dans quels raisonnements on le fera facilement tomber dans l’instant qui suivra : car les machines obéiront toujours aux mêmes lois mécaniques (bien sûr, je n’évoque ici que le désinformateur de déstabilisation, qui agit pour soutenir certains intérêts. Car le désinformateur qui peut rester *dormant* est de ce fait même indétectable pendant la même période). C’est un domaine où l’erreur, même brève, n’est littéralement pas permise. On peut en mourir. Il faut donc y déployer une sorte d’art ; et le dernier peut-être qu’il soit nécessaire de pratiquer. L’I.S., en tout cas, n’en a pas manqué.

Dans la même petite revue *Actuel* qui continuait encore de paraître en mai 1992, Bizot déconne de son mieux. « Finissons par Guy Debord et sa mode renouvelée. Debord qui écrit comme le cardinal de Retz n’avait pas forcément prévu ce qu’on trouve aujourd’hui dans son œuvre. Pourquoi s’est-il mis à l’écart et de façon presque prémonitoire ? À l’époque de Retz, on pouvait se faire embastiller. Aujourd’hui Debord s’est embastillé tout seul. En plus on ne trouve même plus ses livres depuis que Champ Libre, son éditeur, a des problèmes. Debord les a retirés du circuit. »

Il n’y a pas de « mode renouvelée » à mon propos : c’est d’une façon très constante et très naturelle que je déplais. Je n’écris pas comme le cardinal de Retz. J’avais forcément prévu ce que j’allais mettre dans mon « œuvre » avant de l’écrire, puisqu’elle se voulait un désagréable portrait de la société présente, et qu’elle a été reconnue *ressemblante*. Je ne me suis pas à partir d'un certain jour « mis à l'écart » ; c'est littéralement jamais que je ne me suis laissé convaincre, ou approcher, par ce qui m'a répugné, sous ce seul mauvais prétexte que cela se faisait ordinairement. Je ne me suis « embastillé » à aucun point de vue ; j'ai plutôt bien conduit mon jeu. Les seuls problèmes qu'eut en 1991 mon éditeur, Lebovici, lui sont venus de moi. À la suite du changement de génération dans la propriété de cette maison, j'ai retiré ma confiance à la famille Lebovici ; j'ai fait savoir que je les quittais en tout cas. Ils ont promptement été amenés à conclure qu'ils n'avaient plus qu'à se mettre en liquidation. J'ai fait pilonner tous mes livres parce que je ne voulais pas laisser des suspects tirer un profit de prestige du seul fait d'apparaître encore liés à moi, et d'autant moins y trouver l'occasion de manipuler encore des sommes incontrôlées : je considérerais que le monde serait trop scandaleusement à l'envers, si pour finir je laissais des bourgeois s'enhardir jusqu'à rêver de me voler. Quand « on ne retrouve même plus mes livres » comme s'exaltait trop vite cet imbécile de Bizot, il serait plus logique d'en déduire que cela ne va probablement pas durer trop longtemps.

Dans les *Lettres françaises* d'octobre 1992, l'écrivain Morgan Sportès, sans doute mieux instruit que tant d'autres sur les affaires du temps, semble partir du cœur de la question ; et n'en pronostiquer au surplus rien de bon : « Affirmer son moi, dans un monde où tout conspire à liquider les identités, est déjà un acte salutaire au plus haut point, et c'est la propédeutique de toute révolte authentique. Dire "*Je*". Voilà un individu pour le moins exceptionnel dans la société française. (...) N'est-il pas urgent de pléiadiser Debord, n'est-il pas urgent de l'empailler, de le momifier, à l'heure même où, de l'autre côté de l'ex-Rideau de fer, se sont écroulés des régimes (voir *La Société du spectacle*) que ce même Debord considérait comme les adversaires ou pseudo-adversaires les plus utiles de l'ordre capitaliste, dès lors qu'ils s'en appropriaient spectaculairement la négation. (...) Le situationnisme a besoin de son antidote : les "pro-situs". Car le Pouvoir – tel qu'il s'instaure à l'échelle du monde, réduit à la basse-cour d'un "village planétaire" médiatisé –, le Pouvoir, donc, veut avoir en main toutes les cartes : introniser lui-même, et ceux qui lui tiendront lieu d'alliés, et ceux qui lui tiendront lieu d'ennemis. Les autres – les "outsiders", les moutons noirs, les inassimilables (quand ce seraient les allumés islamistes) –, il les étouffera dans son silence ou saura fort bien "mettre en scène" leur destruction, sous le regard de ses caméras : et sous l'œil passif du citoyen-spectateur, et téléspectateur entre autres... » Il se peut que ce pessimisme de Morgan Sportès soit à plusieurs égards justifié. Et qu'en devrait-on penser ? Derrière le reproche plutôt délirant d'écrire comme les classiques, je sais que l'on m'a envié plus souvent de les avoir lus et d'avoir eu parfois la liberté de *raisonner* comme eux (« rien ne me touche que ce qui est dans moi ; l'on meurt également partout »).

« La vie est brève, nous devons tous disparaître un jour », disait avec à-propos le président Mohamed Boudiaf qui allait être assassiné à l'instant même où il finirait cette phrase, à Annaba, le 29 juin 1992. Cette sorte de constatation a toujours été très vraie, elle a seulement pris un goût d'intensité plus vif depuis la catastrophique dissolution de l'ordre existant, dans un nombre d'États qui grandit toujours à l'heure où j'écris.

La Croix (modernisée) du 11 octobre 1992, le goupillon étant agité par Michel Crépu, met en garde contre une dangereuse imposture, et la première peut-être qui l'ait choquée depuis qu'il y a des Conciles : « Ceux qui ouvriront pour la première fois ces deux petits livres ne sauront pas que Guy Debord a d'abord été, avant de devenir prophète malgré lui, l'une des figures les plus originales du mouvement situationniste des années cinquante, cette branche ultime de l'aventure européenne des avant-gardes, si passionnante et si mal connue. Ils ne le sauront pas tout simplement parce que la maison Gallimard se fiche éperdument de le leur faire savoir. Son objectif est ailleurs. Il ne s'agit pas de faire connaître un auteur, il s'agit de relancer un prophète dans la course. » Je pense qu'il s'agit d'abord de la poursuite des inlassables recherches qui ont été menées avec l'acharnement et la bonne foi que l'on sait, pour découvrir à quoi je pouvais bien véritablement travailler : je ferais donc le prophète (comprenez, naturellement, le faux prophète), et *malgré moi* peut-être ? Alors, pour faire plaisir à qui ? Mais n'est-ce pas assez évident ? On sait l'aventurier vénal, et toujours pressé de s'engager dans de nouvelles affaires louches, tant par goût du jeu que contraint par la nécessité de faire payer ses dettes immenses. On sait aussi lumineusement qu'Antoine Gallimard voulait au même moment « relancer un prophète dans la course » — on comprend par quels moyens principaux il aura facilement charmé ce faux auteur. Le bénéfice annexe, pour Crépu, est de faire oublier un instant que je « prophétise » sur un indiscutable présent ; et c'était déjà vrai en 1967.

« Que dit l'oracle pour cristalliser ainsi autour de sa personne cette fascination que l'on reconnaît à l'approche sacrée du feu divin ? » Crépu devrait mieux surveiller son vocabulaire, qui sent trop la sacristie d'origine.

« En gros une chose, une seule : que tout est désormais soumis à la loi du "spectaculaire intégré" : comprenons simplement que plus rien n'échappe désormais à une technique de gouvernement des êtres et des choses entièrement réglée par une sorte de "one humanity show". Hors du spectacle où tout se résume et s'annule, point de salut. Reconnaissons que ce n'est pas de l'eau qui va au moulin de Guy Debord, c'est un torrent. » Mais ce n'est quand même pas une raison pour aller tomber dans l'excès. Les chrétiens recyclés sur ce module, on le comprend, ne vont pas être des Bloy ou des Bernanos. Le conciliaire a été le nom de leur propre « spectaculaire intégré ». Ils se sont fièrement ralliés à la démocratie spectaculaire. Les yeux de la foi leur en comptent les merveilles.

« À ce glacial constat d'une aliénation généralisée, on osera toutefois une première remarque : ce n'est certes point la première fois qu'un homme de plume prétend voir mieux que tout le monde dans quel genre de galère chacun s'agrippe à son bout de rame. Le stupéfiant, l'affligeant est qu'on ne trouve visiblement rien à redire à une telle disposition de pensée dont le principe de radicalité dans l'interprétation du monde qu'elle se propose évacue *a priori* ce qui définit pourtant toute expérience véritable de pensée : *l'incertitude, le questionnement infini.* » Ce Tartuffe de Crépu veut donner à croire qu'il reconnaît cette « expérience véritable de pensée, *l'incertitude, le questionnement infini* », dans la conduite effective du spectacle ; conduite à tout instant désastreuse et sans retour ; de la production économique et de sa transformation totale ; de la pollution planétaire et du désastre de la santé publique ; du remplacement du langage par les ordinateurs mieux contrôlables ; et finalement de l'espèce humaine par une autre espèce mieux adaptée ; bref dans tout ce qui se décide et ce qui s'exécute maintenant.

« Et puis, enfin, comment acquiescer à cette vieille équivalence ontologique (qui a tant servi déjà !) maintenue par Debord entre la noirceur totalitaire de l'empire stalinonazi et celle de "l'Amérique" (entendons par là l'ensemble des sociétés libérales) qui ne serait que "tempérée par les droits de l'homme" : là encore les faits militent pour lui ; là encore, pourtant, l'essentiel est manqué. Il y a une histoire de la démocratie, *via*

Tocqueville, qui manque à Monsieur Debord. » Crépu maspérise ma citation. J'ai dit que le spectaculaire-intégré unifié mondialement est « la liberté dictatoriale du Marché, tempérée par la *reconnaissance* des Droits de l'homme *spectateur* ». On observera en outre comment chez Crépu les faits sont opposés à l'esprit, qui leur est supérieur. On reconnaît que les faits militent pour moi, et ce ne sont pas des vétilles interprétées peut-être abusivement : ce sont des faits de décadence grandioses et terribles. Pourtant par ces pauvres faits, « l'essentiel est manqué ». L'essentiel ne peut résider que dans les valeurs d'un Saint-Esprit spectaculaire ; et même absolument démocratique-spectaculaire. Tartuffe-Crépu nous enseigne : Et si les *valeurs* libérales ne peuvent plus être sauvegardées que par des techniques totalitaires, qu'à cela ne tienne ! Et par de faux raisonnements de type totalitaire ? Eh bien ! nous les ferons.

L'histoire réelle de la démocratie, qui est en effet très fragile, ne passe pas par Tocqueville. Elle passe par les républiques d'Athènes et de Florence, par les moments de révolution des trois derniers siècles. C'est la victoire de la contre-révolution totalitaire en Russie, et certaines des intentions apparentes de la combattre, qui ont pu rassembler autour de l'héritage intellectuel de Tocqueville la pensée de la recherche ostensible d'une défense de la liberté. Tocqueville ne garantissait pas, de son vivant, que la liberté aurait réellement sa place dans les futures sociétés libérales. J'aime Tocqueville surtout comme auteur des *Souvenirs* sur la révolution de 1848, dont il a si bien vu les faiblesses. Par ailleurs, c'était un homme qui s'est beaucoup passionné pour l'amélioration des prisons.

S'étant acquitté de l'essentiel de la tâche que lui prescrivaient ses responsabilités paravaticanes, Crépu n'a plus qu'à conclure par des plaisanteries très plates ; comme pour gommer un peu ce qu'il y a eu d'affreusement sérieux dans sa prestation. « Guy Debord, lui, a écrit une *Apologétique* inversée de la solitude contre les illusions de la comédie : cela ne manque pas de panache, c'est un beau leurre mené jusqu'au bout. Au fond, c'est un esprit religieux. Il vise l'immortalité, c'est pourquoi il met un point d'honneur à ne pas se corriger. N'est-il pas mûr pour l'Académie ? »

Dans *Libération* du 15 octobre 1992, Arnaud Viviant écrit : « À l'Université, on nous a recommandé de lire beaucoup de choses, jamais Guy Debord. Comme si le livre et son auteur brûlaient encore. Il est vrai que durant “ce long hiver des années 80”, nous passions souvent entre les mains d’ex-révolutionnaires désemparés et penauds d’avoir raté leur grand machin de 68, et qui, à moitié inconscients, nous professaient surtout l’humeur d’un échec. Quand, au sortir de l’*alma mater* et de ses désenchantements idéologiques, nous nous retrouvâmes politiquement hagards mais sommés par la vie même de prendre position, nous repensâmes au livre de Guy Debord. Las, il avait disparu du marché : rare ou épuisé. Aujourd’hui *La Société du spectacle* est rééditée chez Gallimard. »

L’histoire est charmante, décente, mélancolique, vraisemblable même. Mais elle est fausse, naturellement. *La Société du spectacle* a constamment été présente et vendue sur le marché parisien, avec un nouveau tirage à peu près tous les dix-huit mois pendant vingt-cinq années (avec la seule interruption de quelques semaines en 1971, quand Buchet avait fait saisir l’édition « Champ Libre », et d’une année au plus quand j’ai supprimé l’édition Lebovici et avant que Gallimard la ressorte). Il était permis à tout le monde, et même aux médiatiques, de le lire. Les médiatiques devaient seulement s’abstenir d’en parler : non d’en parler à leurs amis, mais dans leur activité professionnelle. Une des multiples utilités du spectacle lui-même, justement, est de diriger le grand public vers des débats bien famés et même préfabriqués *ad hoc*. On se défie des « effets pervers » que pourraient susciter parfois ces tendances agglutinantes qui ont été si encouragées dans le public du temps, lequel n’est que trop porté à lire n’importe quoi pour la seule raison que c’est un best-seller. On ménage ainsi l’honneur du grand public, qui doit s’intéresser aux vrais grands problèmes assistés par la machine, Umberto Eco par exemple.

L’aimable médiatique trouve à présent très convenable que mon livre soit chez Gallimard ; puisque c’est devenu historique : « Certains en ricanent, n’ayant plus que cette force-là. Pas nous, qui ne l’avons jamais lu. D’abord parce que nous ne sommes pas, par principe, tout à fait contre l’immoralité. Puis nous finissions par avoir le sentiment, comme avec *Les Cent Vingt Journées de Sodome*, qu’on nous cachait quelque chose (...) Nous pensions avoir affaire à une espèce de philosophe, nous sommes en compagnie d’un stratège. Une sorte de Machiavel ou de Clausewitz moderne, dessinant avec une rigoureuse froideur de géomètre, en fragments, couloir après couloir, pièce par pièce et sans fenêtre, le plan d’une citadelle imprenable – la société du spectacle – et les infinies complexités de son système défensif en cascade de miroirs. »

Comme on l'a vu déjà par l'exemple éclatant de M. Mouton, je suis loin de tenir tous les médiatiques pour des imbéciles ; bien que l'on ne puisse douter que ce système ait fait beaucoup pour augmenter la part de l'imbécillité dans la société, qui déjà n'avait jamais été petite. D'ailleurs, je ne suis pas de ceux qui s'exagèrent la part de responsabilité directe des médiatiques, personnellement : ce ne sont que des salariés, dont très peu s'élèvent au statut d'escrocs. Les prendre pour une sorte de caste dominante, ce serait aussi sot que d'aller imaginer, sous Napoléon III, parce qu'on y avait visiblement le goût des plaisirs de la table, que les maîtres d'hôtel devaient jouir d'une plus majestueuse importance que les maîtres de forges. On goûtera quand même en passant le talent avec lequel ce critique soutient, et jusque par l'habile comparaison avec *Les Cent Vingt Journées*, ce que j'ai noté être le point principal qu'il devait mettre en avant. C'est un jeune homme qui ira beaucoup plus haut que *Libération*.

Dans *L'Événement du Jeudi* du 29 octobre 1991, Régis Debray a la mauvaise idée de vouloir se comparer à moi : il dit que si l'on ne faisait pas quelques concessions aux *media*, ce serait se condamner à disparaître (*où serait le mal ?*). « Disparaître pour de bon, quand on a, comme c'est mon cas, ni chaire d'enseignement, ni revue en porte-voix, ni place dans l'institution académique, c'est se condamner à parler dans le désert. Ou alors, il faut pouvoir, comme Debord, attendre trente ans pour voir arriver sur la plage sa bouteille à la mer, sans cesser de s'identifier à une seule idée, un seul “isme” toute sa vie. J'ai trop de bouteilles en réserve... » *Je n'ai rien attendu.* À tout instant, je ne me suis identifié qu'à moi-même ; et notamment à aucun « isme », aucune idéologie, aucun projet. Mon temps a été le présent. Quelle querelle ose donc me chercher Debray ? Il parle de trop de bouteilles de réserve. S'il ne s'agissait que d'une dispute entre ivrognes, on pourrait peut-être le féliciter de sa prévoyance : son verre n'est pas grand mais il boit dans son verre. Mais non. L'ambitieux ridicule a couru vers tout, s'est jeté sur tout, a tout manqué. Castro, Guevara, Allende, le règne de Mitterrand première variante. Maintenant il voudrait créer une sorte de science de la médiatisation, il n'en est naturellement même pas capable. Le pauvre se désole de n'avoir pas de chaire, de revue, de place dans l'institution académique.

La revue *Trouvailles* de novembre 1992, rendant compte de la réédition de *La Société du spectacle*, conseille la lecture de « ce texte révolutionnaire », je ne sais trop dans quel but, « aux responsables de la Communication du Conseil général de la Moselle, qui viennent de publier un communiqué rendant compte de l'exposition "Qin Shi Huangdi : les Guerriers de l'Éternité". Texte tout à fait remarquable en son genre, qui mesure la qualité d'une exposition, son succès, sa pertinence, uniquement en millions de francs, en nombre d'entrées (détail des entrées payantes et non payantes), en typologie des visiteurs, en "marchandising", en "*hit-parade* des ventes" (posters, cartes postales, statuettes...), en "dépenses communication", en économie de communication (vu l'écho donné par les *media*), en "retombées économiques", en "retombées d'image"... Il serait trop long de citer l'ensemble de ce communiqué de presse, dont je ne rapporterai d'ailleurs ici, volontairement, aucun chiffre, mais il est vraiment le produit typique de ce que fournit actuellement la société et qui devrait se développer largement, on sait cela ».

Cette revue *Trouvailles* est spécialisée dans l'histoire de l'art, et le commerce des antiquités. Le communiqué de presse qu'elle cite est en effet lourdement typique de notre époque ; mais ce qui est encore plus typique de l'époque, c'est que toute cette élite de connaisseurs n'a pas même été capable de s'apercevoir que ces statues ne sont rien d'autre que des faux grossiers, évidents, indiscutables. Ils sont déjà impossibles sur le seul plan de l'histoire des formes, puisque cette découverte d'une telle ancienneté supposée exigeait l'existence préalable de la statuaire stalinienne et nazie – identiques – de l'Exposition de 1937, une vulgarisation extrême de la figuration du personnage asiatique apportée par Gauguin, la bande dessinée américaine autour de 1930 (Dick Tracy) ; mais avant tout les techniques de destruction de la raison inaugurées par les totalitarismes modernes, et le degré de jobardisme universel qu'a permis d'atteindre la gestion spectaculaire de toutes les connaissances d'aujourd'hui, et notamment à leur stade « spectaculaire-intégré ». Les rédacteurs de *Trouvailles* n'ont pas vu cela par eux-mêmes, ou ont considéré le détail comme négligeable ou peut-être n'ont pas osé le dire pour ne pas rompre l'*omertà* confraternelle. Je crois du reste être un des rares à avoir révélé l'imbécile tromperie, non pas dans *La Société du spectacle*, puisque ces statues « bimillénaires » n'avaient pas encore été fabriquées par l'industrie chinoise, *en 1967*. J'en ai parlé dans mes *Considérations* de 1988, rééditées en même temps que ce premier ouvrage plus général ; mais on peut être assuré qu'aucun écho médiatique sur ce trivial détail n'est arrivé aux ignorants de *Trouvailles*, qui sont bien plus hardis pour railler les excès plus ouverts de la passion du « marchandising » en matière culturelle.

La Chine avait fait un travail rustique, apparu en mars 1974, exporté vite dans le monde entier. Le même principe est appliqué maintenant en France, et d'abord suivant les motifs qu'expose avec un tel fanatisme émerveillé le communiqué de presse du Conseil général de la Moselle, quand la Réunion des Musées nationaux opère, avec plus de talent et de légèreté, en mélangeant, pour l'exposition si courue sur le pharaon Aménophis, des pièces authentiques et des détails embellis, joliment rassemblés dans les baraques foraines mises en scène par les experts et amuseurs de la néo-égyptologie.

Déjà en 1986, des plaisantins ont prétendu avoir retrouvé, dans les archives d'une famille béarnaise, la véritable photographie, jusqu'alors perdue, de Lautréamont. Ils l'ont fait paraître comme illustration pour les billets d'une tranche de la Loterie nationale, et ont pensé ainsi authentifier bien assez l'imposture. Les naïfs vont trouver discutable cet insolite hommage au poète ; ne discuteront donc pas l'insignifiante photographie, qui bien sûr n'aura été elle-même prouvée par rien. Tous ces exemples sont des applications « culturelles » d'une théorie de Goebbels qui établissait qu'un mensonge, incroyable au premier regard, va passer d'autant mieux que son extravagance paraîtra plus incompatible avec son parrainage par des autorités officielles respectables.

Dans *L'Événement du Jeudi* du 5 novembre 1992, Polac doit avouer que je l'ai déçu : il fallait, bien sûr, s'en douter dès que l'on a pu comprendre que j'étais même édité chez Gallimard : « Debord serait-il devenu "consommable" et même anodin parce que dépassé ? (...) le message me paraissait fort (...) jusqu'en 1989 et la chute du mur de Berlin ; ce jour-là le décor de la société du spectacle a commencé à se déchirer et la réalité bien saignante n'a pas tardé à balayer les simulacres. » Il faut cette puissante intuition polaquienne pour avoir pensé non seulement qu'après ce « jour-là » en 1989 mais après tous les jours suivants et leurs constantes confirmations on sentirait que le temps du mensonge spectaculaire était déjà en train de se dissiper devant « la réalité bien saignante ». *Ils ont grandi ensemble.*

Depuis lors, on a pu voir la Démocratie juger si bien le tyran en Roumanie (*le* pays où les urbanistes étaient devenus fous) et triompher grâce aux victimes de Timisoara-ville-martyre ; Ubu redevenu roi en

Pologne, dans la dynastie des Walesa ; la coalition mondiale contre l'Irak et son écrasant non-résultat ; les républiques russes et le développement de toutes leurs guerres civiles avec la démocratie des prévaricateurs, sous Eltsine ; les camps de concentration de Serbie, et les négociations ethniques de Sarajevo, qui continuent pendant l'extermination, malgré la courageuse médiation de l'Europe ; le débarquement médiatique-humanitaire de Mogadiscio qui portait tant de riz ; la victoire de l'État de Droit contre Escobar en Colombie, ainsi que les nettoyages accomplis par les « escadrons de la mort » dans tout le sous-continent ; l'abolition formelle de l'*apartheid* et les massacres des Noirs d'Afrique du Sud ; l'Algérie que l'on voudrait faire passer pour le seul pays où l'économie ne fonctionnerait plus du tout, et peut-être par la faute des islamistes ; l'Italie des Mains Propres, qui établissait enfin la preuve de l'innocence d'Andreotti. Partout la *spéculation* est, pour finir, devenue la part souveraine de toute la propriété. Elle s'autogouverne plus ou moins, selon les prépondérances locales, autour des Bourses, ou des États, ou des Mafias : tous se fédérant dans une sorte de démocratie des élites de la spéculation. Le reste est misère. Partout l'excès du Simulacre a explosé comme Tchernobyl, et partout la mort s'est répandue aussi vite et massivement que le désordre. Plus rien ne marche, et plus rien n'est cru.

Le seul Polac avait jugé devoir en déduire sans plus attendre : « Du show, il ne restera que la dure réalité, et Debord ne sera plus que le prophète des temps révolus. » (C'est sans doute depuis ce bel impair que s'est popularisée la scie récente : « Et qui c'est qui l'a dans le lac ? C'est Poluc ! »)

Dans *L'Humanité* du 5 novembre 1992, dégoûtant journal tout aussi chargé de sang et de mensonges que les comptes du docteur Garetta, il y a même quelques éloges à mon propos. Mais ce n'est qu'insignifiant, puisque signé Philippe Sollers.

Je ne pense pas que le docteur Garetta soit beaucoup plus qu'une sorte de bouc émissaire, pour une époque monstrueuse de la médecine. Le *Manifeste communiste* avait bien vu, déjà, que « la bourgeoisie a dépouillé de leur auréole toutes les activités jusqu'alors respectées (...) Le médecin, le juriste (...) le savant, elle en a fait des salariés à ses gages ». Le sang étant une marchandise, il lui faut fatalement suivre les lois de la marchandise. Le sang s'est finalement reconnu marchandise quand un tribunal a qualifié de simple « tromperie sur la marchandise » ce qui avait été indiscutablement une décision de mettre à mort, à des fins de rentabilité, toute la collectivité des hémophiles français. Quels souvenirs resteront de ces « hémophiles contaminés », après tant d'indulgents procès, recommencés, amnistiés ? Rien d'autre sans doute que l'écho d'une comptine que chanteront plus tard des enfants analphabètes, dans les locaux inflammables de leurs néo-écoles : « Il était un'fois – Pas très loin de Foix –, Et de très bonn'foi – Georgina Dufoix –, Qui vendait du sang. »

(Je dois faire une digression. J'ai lu tant d'extraordinaires imputations, que j'ai ici livrées à la publicité, sur un si grand nombre de manières habiles et sans scrupules dont je suis censé employer mes talents pour me procurer d'occultes ressources ; et l'on me reproche si légèrement d'écrire comme La Rochefoucauld, Retz, ou parfois aussi comme Swift ; que j'ai considéré qu'il était peut-être à craindre qu'un jour on n'en vînt à me reprocher de m'être laissé en surplus, par exemple, soudoyer par Madame Georgina Dufoix, du seul fait que je n'aurais pas dit un mot des si notoires excès de bassesse du personnage. Il est rare, je l'avoue, que l'on ait l'esprit de penser par avance à la variété presque infinie de ce que l'on semble pouvoir s'aviser d'aller blâmer chez quelqu'un comme moi. Mais il faut dire qu'il n'est en fin de compte pas difficile, si l'on y pense avec une vigilance suffisante, de supprimer radicalement par avance, grâce à de tels contre-feux, beaucoup des pires possibilités qui auraient autrement pu être abandonnées à la calomnie.)

Dans *Le Point* du 28 novembre 1992, Jean-François Revel ne varie pas dans ses enthousiasmes : « Quel sentiment de pénible contraste quand on relit aujourd'hui *La Société du spectacle*, de Guy Debord, paru en 1967, et réédité, tient à nous préciser l'auteur, sans changement ! D'un côté, l'idée est neuve de décrire la réalité métamorphosée, uniformisée par les *media* en un spectacle planétaire. D'un autre côté, le style, la pensée, l'encadrement théorique et terminologique sont âgés. Ils restent murés dans ce volapük hégéliano-marxo-marcusien qui paraît de nos jours aussi démodé que le jargon de la scolastique médiévale. L'auteur récuse, certes, et Staline et Mao, et même Trotski, mais c'est plutôt parce que leurs projets lui semblent insuffisamment révolutionnaires. L'adversaire unique, sous le nom de “Société du spectacle”, n'en reste pas moins pour lui le capitalisme. (...) Ce qui affaiblit maintes analyses de la communication médiatique, c'est souvent qu'à travers le spectacle leurs auteurs attaquent en réalité le libéralisme démocratique. Les critiques classiques, directement inspirées du marxisme, sur les terrains économiques et politiques sont déconsidérées. C'est désormais le spectacle qui sert donc de notion relais dans les attaques contre la civilisation libérale. (...) C'est leur théorie d'ensemble qui pêche. Oui, le spectacle simplifie, unifie, abolit, travestit fréquemment la réalité. Mais prétendre qu'il la remplace totalement dans l'esprit des humains est une fantasmagorie. Un exemple : rarement campagne électorale s'est autant éloignée de la réalité, pour jouer avec le pur et le pire spectacle, que la campagne présidentielle américaine. Et pourtant, avant comme après l'élection, les sondages, autant que les commentateurs, ont mis en évidence avec clarté les raisons de la montée, puis de la victoire de Bill Clinton : désir de porter au pouvoir une nouvelle génération... »

Eh bien ! la voilà donc au pouvoir, cette nouvelle génération. Clinton paraissait l'homme idéal pour une campagne électorale qui durerait perpétuellement. Mais il était pressé d'agir. Maintenant il décide. Et les résultats sont si merveilleux que l'on se demande si quelqu'un d'autre osera même encore gouverner, après le virtuose saxophoniste.

Dans *L'Idiot international* de décembre 1992, un certain Charles Dantzig entreprend à son tour de se faire remarquer en parlant de moi. Il commence ainsi : « On regarde toujours Guy Debord de face. Quel beau front de taureau ! Quels cailloux il doit soulever, puisqu'il nous le dit ! On s'écarte, on regarde de côté : il n'y a pas de charrue. » Où ai-je jamais prétendu être utile à quelque chose ? Pourquoi me faudrait-il tracer un sillon ? « J'ai horreur de tous les métiers... La main à plume vaut la main à charrue. » Je me flatte même, si l'on considère la forme et le contenu de tout ce que j'ai jamais voulu réaliser, dans les arts et dans la critique sociale, de n'avoir jamais eu aucune activité qui puisse passer pour socialement honnête ; en exceptant cette fort brève période de ma jeunesse où j'ai pu très bien vivre rien qu'en jouant au poker, puisque sans tricher : par pure capacité stratégique.

Dantzig continue, et l'on remarquera *qu'il a la preuve*. On verra aussi qu'il a reçu la même *velina* que Bizot, pour évoquer le mot usité dans la presse italienne sous le fascisme : « La preuve, c'est que le livre qui a fait la gloire de Debord, *La Société du spectacle*, ne veut rien dire. Si on lisait Debord, au lieu d'admirer ce qu'on y met soi-même, on se rendrait compte que c'est écrit en simili-marxiste, qui n'est pas clair. » En somme, tout ce qu'il y a de bon dans ce livre est ce qu'y projettent d'eux-mêmes mes généreux mais trop innocents lecteurs, qui avaient cru savoir lire en sortant de l'école mais que leurs indignes enseignants en fait ont livrés désarmés à un habile plagiaire ; lequel, pire qu'Attali, dépouille de leurs idées ses propres lecteurs. On n'avait jamais vu spoliation si vile. Un vampire se contenterait de boire leur sang.

« Il ne donne jamais de définition de ce fameux spectacle : il en donne cinquante. Une fois c'est le mauvais rêve de la société moderne déchaînée, une autre fois le discours ininterrompu que l'ordre présent tient sur lui-même, une autre fois l'autre face de l'argent. On ne sait jamais de quoi il s'agit. » C'est un argument qui fera peut-être date dans l'histoire de la pensée artificielle. Il doit sûrement procéder du temps de la pensée scientifique des ordinateurs. Une définition est sûre parce qu'elle est la seule. Comment pourrait-on faire confiance à trois arguments ? Quelle lecture assistée pourra vous assurer s'ils vont être tous les trois complémentaires ? « On ne sait jamais de quoi il s'agit ! » Et de fait, sur les trois citations qui en résument cinquante, une est falsifiée, comme pour prouver tout le contradictoire qui se dissimulerait parmi les « cinquante ». Celle que Dantzig a falsifiée est celle-ci : « le mauvais rêve de la société moderne *enchaînée* ». Il a simplement remplacé l'épithète par son contraire, « déchaînée », qui ferait, certes, très peu sérieux pour évoquer notre société, surtout en 1967. Aujourd'hui, on pourrait peut-être croire à une honnête erreur de lecture s'il avait prétendu lire par exemple « désarrimée » : car c'est bien ce qui est arrivé aux marchandises modernes, qui n'ont même plus à être effectivement consommées, et dont la totalité du chargement n'est plus maîtrisable.

Dantzig dit : « Exemple de bluff "là où le monde réel se change en simples images, les simples images deviennent des êtres réels, et les motivations efficientes d'un comportement hypnotique". Où est le français ? (...) "Le spectacle est le mauvais rêve de la société moderne enchaînée, qui n'exprime finalement que son désir de dormir. Le spectacle est le gardien de ce sommeil." Le spectacle est un rêve et le gardien du sommeil. Où est la logique ? » Dantzig n'a pas reconnu que la première phrase qu'il blâme pour commencer est un détournement d'un célèbre argument du jeune Marx, et tout ce qui suit, sur le rêve, d'exactes citations de Freud. Où est la culture ? Le loustic a-t-il une si impérieuse exigence d'intégration immédiate et totale, qu'il blâmerait la traduction en français de penseurs allemands, quels qu'ils soient ? Ou seulement de ceux-là, que pourtant il s'est abstenu de lire ? On a vu qu'il ne disait pas ce qu'il pensait de Marx, et peut-être par force. On remarque qu'il ne veut rien savoir de la psychanalyse non plus. Son goût vraiment abusif du clair génie français, et dans une tribune où vont s'acoquiner notoirement les suspects des plus diverses origines ; aura-t-il mené Dantzig jusqu'à un simili-racisme, qui n'est pas clair ? « Il ne donne pas de précisions. Il y a du suspense. On attend. Debord est l'Agatha Christie des moralistes. Seulement, il est moins honnête : il ne donne jamais la solution. Nous ne saurons jamais qui sont les dix petits nègres de la gare de Bologne. » C'est tout simplement parce que je n'écris pas de romans policiers. Je ne suis pas non plus un journaliste de gauche : je ne dénonce jamais personne.

« "Le plan devra rester assez peu clair", dit-il. Outre que c'est réussi, cela laisse entendre qu'il est en danger. Personne ne s'avise qu'il est beaucoup plus risqué de sous-entendre, et que Debord n'a pas été assassiné par des services secrets. » C'est une évidence que le plus grand danger où je me suis trouvé est le danger de n'avoir que trop bien persuadé l'adversaire de la vérité de mes conclusions : j'en tiens grand compte. On pourra voir dans les documents réunis ici que l'on m'a très souvent reproché d'avoir beaucoup influencé telle ou telle sorte de gens. J'ai dû écrire déjà en 1979 dans la *Préface à la quatrième édition italienne de "La Société du spectacle"* : « L'un avait vu ce livre ne pas aborder le problème de l'État ; l'autre l'avait vu ne tenir aucun compte de l'existence de l'histoire ; un autre l'a repoussé en tant qu'éloge irrationnel et incommunicable de la pure destruction ; un autre l'a condamné comme étant *le guide secret de la conduite de tous les gouvernements constitués depuis sa parution.* » (Je souligne ici l'extravagance.) J'ai toujours eu des critiques qui étaient d'étonnants bouffons. Malgré tant d'exagérations, je sais qu'il y avait aussi une part de vérité : trop de gens sont portés à croire ce que je dis. Tout se déchiffre, mais pas facilement par les ordinateurs, qui ne comprennent pas la dialectique. Il y a des moments du processus – et 1988 en était précisément un – où il est bon de faire retarder certaines conclusions d'un an ou deux.

Je n'ai jamais rien sous-entendu. J'ai même dit en 1988 : « Je ne me propose, sur aucun aspect de la question... de convaincre. Les présents commentaires ne se soucient pas de moraliser. » Les services les plus secrets n'assassinent jamais personne sans avoir exactement évalué en totalité les avantages et les inconvénients, comme aussi les urgences.

Voyons donc encore Dantzig. Cette tête de mort veut se donner l'air d'être un expert dans la littérature et l'édition, il tranche du connaisseur : « Après le simili-marxiste de *La Société du spectacle*, il dit dans les *Commentaires* (il se commente soi-même, c'est dire s'il est important) : "Je vais écrire d'une façon nouvelle." Ce n'est pas une phrase d'écrivain. » Je ne me commente pas moi-même. Ces *Commentaires* ne sont pas sur mon livre de 1967. Qui sait lire voit tout de suite qu'ils sont sur l'évolution de la société du spectacle elle-même, en 1988. Je ne suis pas « un écrivain », je n'ai rien respecté des valeurs de cet art. J'ai laissé de telles ambitions à des Dantzig. Et le même Dantzig va encore maspériser pour un coup de plus. J'ai dit : « Le malheur des temps m'obligera donc à écrire, *encore une fois*, d'une façon nouvelle » : car en effet c'est plusieurs fois que je l'avais déjà fait, moi.

Le spécialiste voudrait conclure : « D'autres sont meilleurs. Ils volent ses idées à Debord, et ils ont raison. Comme dit Karl Kraus, une idée n'appartient pas à qui la découvre, mais à celui qui l'énonce le plus brillamment. » Cette idée-ci a été énoncée beaucoup plus brillamment avant Karl Kraus. Le spectacle et ce qu'il produit, ce ne sont en rien *mes idées*. Quant à la critique du spectacle, quoi qu'on dise, je ne crois pas du tout que la présente société souhaite véritablement la voir sous une forme plus brillante encore. La dose a suffi.

Il n'est pas intéressant de prolonger, dans l'année 1993, l'abondance des redites obstinées, ou des variantes infidèles, de la même multitude d'inepties. Ce serait trop faire sentir le procédé de fabrication, daté. Je m'en tiendrai donc là sur la technique que j'ai déjà assez amené mes lecteurs à connaître. Je crois par contre dignes d'être signalées des réflexions qui témoignent d'un grand renouvellement de la critique dont je viens de montrer ce qu'elle était dans les cinq dernières années. Je rappelle qu'on me reprochait le plus généralement d'être un paranoïaque, et on en donnait pour preuve que j'étais presque seul au monde à discerner presque partout des agents secrets, des complots, de très nombreuses informations dissimulées. La mode pourrait évoluer vite ici, si l'on remarque ce qu'a publié, dans *Globe* du 5 mai 1993, le sérieux M. Yves Baumgarten, qui sur ce point peut paraître debordiste avec excès. Ce critique écrit : « Guy Debord occupe aujourd'hui une position singulière au sein de la société spectaculaire-marchande, celle de critique révolutionnaire appointé par elle. Par un renversement qui n'apparaîtra curieux, voire paradoxal, qu'à ceux à qui fait défaut tout sens de la stratégie et de l'histoire, ce qui revient au même, le théoricien radical de la spectacularisation (le néologisme est laid mais nécessaire), de la domination des hommes par la logique marchande, se trouve désormais dans la situation d'un agent des services secrets de tel ou tel pays, employé et rémunéré par les services d'un État ennemi. L'analogie est bien sûr trompeuse, injurieuse même, en ce qu'elle pourrait laisser croire qu'à l'instar de l'agent "retourné" par le service ennemi Debord serait passé, avec armes et bagages, dans le camp adverse. (...) La première et moins importante de ces raisons est purement financière. Toute son existence d'homme et de penseur, Debord l'a passée à prôner l'abolition de l'ordre des choses existant, et l'une de ses conditions, le travail salarié. Il a mis en pratique avec virtuosité cette exigence pour lui-même, et la signature du contrat avec Gallimard participe sans nul doute de cette virtuosité. »

On remarquera d'abord qu'il appartient tellement à l'essence *de notre temps* de tout interpréter en termes d'agents secrets que même ma propre singularité historique, malgré de frappantes différences et contradictions, semble maintenant pouvoir mieux lui apparaître sous la figure de l'agent secret. M. Baumgarten reconnaît que j'ai continuellement été hostile au travail salarié, aussi par fidélité à une opinion historique universelle mais dangereuse bien sûr ; et que j'ai eu d'abord la sincérité de la mettre en pratique quand il s'agissait de mes propres préférences et expériences dans la vie. Il veut bien me reconnaître, sur ce terrain, ce qu'il appelle de la « virtuosité ». Je préciserai même que je ne considère pas cette indépendance en matière d'argent préservée toujours dans des conditions qui ont pu être à certains moments difficiles, comme la « moins importante de ces raisons », ainsi que cet observateur a la politesse de le déclarer. J'avoue sans gêne qu'avant tout, je ne voulais en aucun cas travailler. Je pense comme M. Baumgarten que dire le sens de la stratégie, ou de l'histoire, cela revient au même. Mais je me propose d'éclaircir tout ce que peut charrier d'obscur et de vague cette métaphore de l'agent secret. Est-ce que M. Baumgarten croit que c'est rien qu'en étant édité chez Gallimard que je serais « appointé » par « la société spectaculaire-marchande » ? Les choses lui semblent-elles à ce point avancées dans la fusion ? Je ne suis même pas « appointé » par les Éditions Gallimard. Je ne suis lié à cet éditeur que par un contrat, parfaitement libéral, touchant l'édition ou la réédition d'un certain nombre de mes livres. M. Baumgarten estime-t-il plutôt que le fait s'est réalisé, précisément, à côté de Gallimard, d'une autre manière ; ou qui même peut-être resterait à négocier ? s'agit-il seulement d'être « employé et rémunéré » à titre fictif, comme d'autres, ou réellement à des travaux plus occultes ? Ou suppose-t-on que je voudrais poser d'autres conditions, par exemple politiques ? Où pourrait mener ici la notion de virtuosité ?

M. Baumgarten reconnaît lui-même que son analogie de l'agent d'un service secret de « tel ou tel pays » retourné au service d'un autre est « trompeuse ». S'il l'a utilisée pourtant, je suppose que c'est parce qu'il pense sentir une part de vérité ; mais il n'a pas su en préciser les évidentes limites. Tous ces « services » étaient liés à des États, partiellement rivaux. Mais aucun n'a jamais pu être, évidemment, opposé aux intérêts mondiaux du gouvernement du spectacle. Je ne me suis mêlé en rien à ces affrontements subalternes. Je n'ai été au service de personne. Je n'ai donc pu trahir aucun de ces services, puisque je n'ai voulu en connaître aucun. Il est hors de question maintenant que je laisse mes armes et bagages pour consoler le Spectacle. Mes seules armes et mes peu encombrantes possessions sont mes capacités d'analyses stratégiques et mes grandes connaissances historiques ; et sans elles je n'intéresserais personne. Xénophon, au début de l'*Anabase*, formule un très juste raisonnement à ce propos, quand on se trouve dans une passe périlleuse.

Mais le centre de la question, n'est-ce pas que personne ne peut plus douter de ce qui devrait être « *retourné* », entre moi et la marche du monde ; si pour celle-ci il était encore temps ? Ou si peut-être seulement les responsables de la marche du monde voulaient faire croire qu'il serait encore temps ?

Dans le degré de la catastrophe où nous a jetés la démocratie spectaculaire, il est certain que rien n'est resté si précieux que les stratèges.

Je dois aussi faire remarquer qu'avoir été « le théoricien radical... de la domination des hommes par la logique marchande », c'est un mérite que je n'ai jamais contesté à Karl Marx.

J'avais aussi expliqué, en 1979, dans la même *Préface à la quatrième édition italienne de "La Société du spectacle"*, ce que je me proposais d'obtenir en 1967 : « Il n'est pas douteux, pour qui examine froidement la question, que ceux qui veulent ébranler réellement une société établie doivent formuler une théorie qui explique fondamentalement cette société ; ou du moins qui ait tout l'air d'en donner une explication satisfaisante. (...) Sans doute, une théorie générale calculée pour cette fin doit-elle d'abord éviter d'apparaître comme une théorie visiblement fausse ; et donc ne doit pas s'exposer au risque d'être contredite par la suite des faits. Mais il faut aussi qu'elle soit une théorie parfaitement inadmissible. Il faut donc qu'elle puisse déclarer mauvais, à la stupéfaction indignée de tous ceux qui le trouvent bon, le centre même du monde existant, en en ayant découvert la nature exacte. La théorie du spectacle répond à ces deux exigences. »

Je me suis plu ici à me citer moi-même en plusieurs occasions. Je n'ignore pas que beaucoup de gens trouveront la chose choquante. Personne ne serait choqué – et il n'aurait même pas paru utile de me bâtir cette mauvaise réputation – si je me trouvais, comme les autres, dans l'impossibilité de citer encore aujourd'hui ce que j'avais pensé antérieurement. Pour raviver les regrets de ceux qui n'ont pas compris au juste moment, j'ajouterai que ce qu'il y avait de plus admirable dans la citation que j'évoque maintenant tenait dans la terrible vérité de ce mot : « le centre même du monde existant ».

C'est cette réussite qui explique l'émotion, excessive parfois, qui aura si longtemps accompagné *La Société du spectacle.* Un livre capable de répondre simultanément « à ces deux exigences » m'a semblé, pour l'essentiel, sans défaut. Ceux qui n'auront pas admis ce livre se seront donc trompés. Et je ne vois pas en quoi d'autre j'aurais jamais pu faire la preuve de capacités meilleures, étant comme j'étais.

ATTESTATIONS

Ces *Attestations* ont paru en novembre 1993 en préface à l'édition en fac-similé des *Mémoires* remarquablement publiée par Jean-Jacques Pauvert aux Belles Lettres. Tous les exemplaires encore en stock de cette édition furent détruits lors de l'incendie qui ravagea les entrepôts dans la nuit du 29 au 30 mai 2002.

Les rares œuvres de ma jeunesse ont été spéciales. Il faut admettre qu'un goût de la négation généralisée les aura unifiées. C'était en grande harmonie avec la vie réelle que nous menions alors.

L'art moderne avait été, voilà peu de temps encore, critique et révolutionnaire. « Dans le monde de la décomposition nous pouvons faire l'essai mais non l'emploi de nos forces. » Beaucoup de mauvaises intentions trouvaient là des couvertures presque honorables.

J'ai commencé par un film sans images, le long-métrage *Hurlements en faveur de Sade*, en 1952. L'écran était blanc sur les paroles, noir avec le silence, qui allait grandissant ; l'ultime plan-séquence noir durait à lui seul vingt-quatre minutes. « Les conditions spécifiques du cinéma permettaient d'interrompre l'anecdote par des masses de silence vide. » Les ciné-clubs, soulevés d'horreur, criaient trop fort pour entendre le peu qui aurait pu encore les choquer dans le dialogue.

Asger Jorn m'a apporté, en 1958, une occasion d'aller plus loin. J'ai publié des *Mémoires* qui n'étaient franchement composés que de citations très variées, sans compter une seule phrase, même brève, qui soit de moi. J'ai offert cet anti-livre à mes amis, sans plus. Personne d'autre n'a été avisé de son existence. « Je voulais parler la belle langue de mon siècle. » Je ne tenais pas tellement à être écouté.

Entre-temps, en 1953, j'avais écrit moi-même, mais à la craie, sur un mur de la rue de Seine que noircissait la patine des ans, le redoutable slogan *Ne travaillez jamais*. On a cru tout d'abord que je plaisantais (le passant qui aura sauvé le document pour l'histoire avait pensé à photographier l'inscription parce qu'il la destinait à une série de cartes postales humoristiques).

Je n'ai en tout cas pas dit le moindre bien de ces *Mémoires*, en leur temps. Et je ne crois pas qu'il y aurait plus à en dire maintenant. J'avais prouvé d'emblée ma sobre indifférence envers le jugement du public, puisque celui-ci n'était même plus admis à voir l'ouvrage. Le temps de telles conventions n'était-il pas dépassé ? Ainsi mes *Mémoires*, depuis trente-cinq ans, n'ont jamais été mis en vente. Leur célébrité est venue de n'avoir été répandus que sur le mode du *potlatch* : c'est-à-dire du cadeau somptuaire, qui met l'autre au défi de donner en retour quelque chose de plus extrême. Des gens si hautains montrent par là qu'ils sont capables de tout, mais dans leur sens.

Ces quelques précisions feront mieux voir combien j'étais fondé à résumer ainsi ce moment, dans mon *Panégyrique* de 1989 : « Nos seules manifestations, restant rares et brèves dans les premières années, voulaient être complètement inacceptables ; d'abord surtout par leur forme et plus tard, s'approfondissant, surtout par leur contenu. Elles n'ont pas été acceptées. »

Octobre 1993

DES CONTRATS

Paru aux Éditions Le temps qu'il fait, 1995.

Justifications

Rien n'est égal dans de tels contrats ; et c'est justement cette forme spéciale qui les rend si honorables. Ils ont choisi en tout leur préférence. Tous sont faits pour *inspirer confiance d'un seul côté* : celui qui pouvait seul avoir mérité l'admiration.

L'artiste n'avait, en aucun cas, à expliquer comment il choisirait de s'y prendre pour venir à bout d'une sorte d'exploit apparemment insoluble, et qui ne pourrait donc qu'étonner. Annoncer véridiquement le titre d'un ouvrage, dont personne ne sera capable même d'imaginer le traitement, est la plus grande concession qui pouvait être consentie. Et une semblable information, par la suite, sera d'ailleurs avantageusement supprimée. Enfin, plus parfaitement négatif encore, un troisième film a été choisi d'avance pour ne même pas être finalement réalisé ; et son programme devra se révéler exemplairement ironique. Tous ces contrats, en outre, n'auront pas manqué d'être assez bien calculés pour satisfaire à ce qu'il y a de luxueux dans quelques-uns de mes besoins, en restant incontrôlables à tous les points de vue ; ni sans avoir jamais révélé rien de trop, fût-ce implicitement. *Sólo vivimos dos días* (« Nous n'avons que deux jours à vivre »). C'est un principe naturellement peu favorable à la spéculation financière.

Un nommé Boggio, du *Monde*, qui voulait exposer, de la manière la plus instructive possible, l'assassinat de Lebovici, relevait que ce producteur s'était progressivement « éloigné de la norme socialement acceptée par son milieu professionnel ». On peut bien dire aussi qu'il s'en était fait gloire.

Septembre 1994
Guy Debord

PREMIER CONTRAT

La Société du spectacle, 1973

ENTRE LES SOUSSIGNÉS :

1. — Monsieur GUY DEBORD, demeurant à Paris, 180, rue Saint-Martin, ci-après dénommé : « L'auteur »
d'une part, et
2. — SIMAR FILMS, Société Anonyme au capital de Frs : 300 000 dont le siège est à Paris, 40, rue de la Montagne-Sainte-Geneviève, représentés par son Président-Directeur-Général, Madame Claudine Huze, ci-après dénommé « Le producteur »
d'autre part

PRÉALABLEMENT AUX PRÉSENTES, IL EST PRÉCISÉ :

Monsieur Guy Debord est l'auteur d'un ouvrage intitulé : *La société du spectacle.*

L'auteur a informé le producteur de son désir d'adapter ledit livre en un film de 90 (quatre-vingt-dix) minutes, en 35 m/m, en noir et blanc, film dont il assumera seul la réalisation.

Le producteur ayant pris connaissance du projet, déclare par les présentes s'engager à mettre à la disposition de l'auteur tous moyens techniques et financiers, afin que celui-ci puisse en assurer la réalisation.

Il est entendu que l'auteur accomplira son travail en toute liberté, sans contrôle de qui que ce soit, et sans même tenir compte de quelqu'observation que ce soit sur aucun aspect du contenu ni de la forme cinématographique qu'il lui paraîtra convenable de donner à son film.

L'auteur s'engage à réaliser ce film pour un budget qui, en aucun cas, ne pourra excéder un montant de Frs : 800 000 (huit cent mille) ce montant étant calculé sur les bases des prix et taxes pratiqués dans la profession en Juin 1972, et tels qu'ils apparaissent dans le budget établi par la Société du Film, le 8 Juin 1971.

Dans ce budget sera inclus, pour l'auteur, réalisateur et technicien du film, une somme de Frs : 150 000 (cent cinquante mille frs). Les autres éléments constitutifs de ce budget seront ceux définis dans le devis estimatif auquel il est fait référence ci-dessus, à l'exception des postes : frais généraux, administration, régie, secrétariat, bureau.

CECI ÉTANT EXPOSÉ, IL EST CONVENU ET ARRÊTÉ CE QUI SUIT :

Article I

Le producteur engage l'auteur en qualité d'auteur-réalisateur et technicien metteur en scène pour l'exécution des services artistiques énumérés ci-après, se rapportant à la production d'un film de langue française, en 35 m/m, en noir et blanc, dont la durée de projection sera de 90 (quatre-vingt-dix) minutes, intitulé : *La société du spectacle*, d'après un ouvrage dont Monsieur Guy Debord est l'auteur.

La présente cession s'appliquera de la même manière à la cession des droits d'auteur de l'ouvrage, qu'à la cession des droits de l'auteur en qualité d'adaptateur, de dialoguiste et de réalisateur.

Les services artistiques dont il est question ci-dessus, sont les suivants :

a) établir l'adaptation et le dialogue du film,

b) préparer la production,

c) établir le découpage technique, effectuer la mise en scène, diriger les enregistrements,

d) diriger le montage et tous travaux de finition du film.

La date de début du tournage, ainsi que la durée du tournage, seront fixées par l'auteur, étant toutefois bien précisé que celui-ci devra en informer le producteur au moins dix semaines à l'avance, de façon à ce que tous les éléments – dont le producteur prend la responsabilité – puissent être réunis.

L'auteur s'engage à faire connaître au producteur le détail de l'ensemble des éléments dont il a besoin pour accomplir la réalisation de son film, et ce, suffisamment à l'avance pour que ces éléments puissent lui être remis en temps opportun.

Les présentes conventions sont établies sous les clauses, charges et conditions suivantes que chacune des parties s'engage à accomplir :

Article II

Sous réserve de l'exécution intégrale des conventions énoncées dans les présentes et parfait paiement des sommes énoncées ci-après, le producteur devient cessionnaire de la totalité des droits d'auteur de l'auteur, à savoir le droit de reproduction, le droit de représentation, et les droits d'utilisation secondaire du film, comme indiqué ci-dessous.

D'une manière générale, la présente cession aura pour effet de conférer au producteur tous les droits cinématographiques d'auteur, tels que ces droits sont protégés par la législation internationale actuelle ou future, et notamment en passant tous contrats d'édition et de représentation cinématographique utiles à l'exploitation du film.

Le producteur aura par le fait de la présente cession, le droit de poursuivre toute contrefaçon, imitation, ou exploitation, sous quelque forme que ce soit de l'œuvre, objet des présentes, mais à ses frais, à ses risques et périls, et à sa requête.

Il est bien entendu que par les présentes, l'auteur ne cède au producteur que les droits qu'il possède lui-même, c'est-à-dire dans la mesure et les limites où la propriété artistique et littéraire de l'œuvre dont il s'agit, lui est assurée et garantie par la législation et la jurisprudence de chaque pays.

Bien entendu, la part des droits à revenir à l'auteur de la S.A.C.D. ou de toutes autres sociétés française et étrangère, reste entièrement sa propriété.

A. Le droit de reproduction comporte notamment :

• le droit d'enregistrement, ou de faire enregistrer en utilisant tous rapports de cadrage, les images en noir et blanc, les sons originaux et de doublage, les titres ou sous-titres, ainsi que les photographies fixes représentant des scènes du film,

• le droit d'établir ou de faire établir en tel nombre qu'il plaira au producteur ou plaira à ses ayants droit, un original, doubles et / ou copies, en tous formats et par tous procédés à partir des enregistrements ci-dessus,

• le droit de mettre ou de faire mettre en circulation cet original, doubles et / ou copies, pour représentation cinématographique publique ou privée et pour radiodiffusion sonore et visuelle,

• le droit d'établir ou de faire établir la version française du film, ainsi que cette version doublée et / ou sous-titrée en toutes langues.

B. Le droit de représentation comporte notamment :

• Le droit de représenter ou de faire représenter publiquement le film dans le monde entier, en version française, doublé et / ou sous-titré, et ce, dans toutes les salles de projection cinématographique payantes ou non-payantes, par tout organisme de télévision, par tout procédé audiovisuel.

C. Le droit d'utilisation secondaire du film, comporte notamment :

• le droit de représenter ou publier tous extraits ou arrangements destinés exclusivement à la publicité du film,
• le droit d'utilisation privée du film,
• le droit d'exploitation du film par voie de radiodiffusion et de télévision, par l'intermédiaire de tout organisme que le producteur autorisera, et aux conditions que le producteur avisera, à seule charge par le producteur de faire savoir aux stations de radiodiffusion et de télévision que leurs obligations à l'égard du producteur ne les dégagent pas de celles qu'elles auraient contractées envers la S.A.C.D. ou la S.D.R.M. ou toute autre société d'auteurs, liée par conventions générales avec les organismes de radiodiffusion et de télévision,
• le droit d'exploitation du film par tout procédé non encore connu à ce jour.

En conséquence, le producteur acquiert la qualité d'ayant droit de l'auteur pour l'exercice des droits ci-dessus cédés, que le producteur utilisera comme bon lui semble, notamment en passant tous contrats d'édition et de représentation cinématographique utiles à l'exploitation du film.

Article III

Par suite de la présente cession, mais sous la réserve prévue au premier paragraphe de l'article II des présentes conventions, le producteur devient propriétaire de tous les droits d'auteur, généralement quelconques, nécessaires à la production et à l'exploitation du film, tel qu'énoncé à l'article II ci-dessus, découlant de la cession des droits de l'auteur pour la durée légale de la protection littéraire.

Article IV

La mise en scène se fera sous la direction exclusive de l'auteur.
L'auteur aura la direction exclusive du montage du film.
Tous les techniciens et collaborateurs du film seront choisis d'un commun accord entre le producteur et l'auteur, étant toutefois bien précisé que la décision finale appartiendra à l'auteur.

Article V

En rémunération de son travail et de la cession de ses droits, le producteur versera à l'auteur :

A. En sa qualité d'auteur / réalisateur

Conformément à la Loi du 11 Mars 1957, une rémunération proportionnelle en un pourcentage fixé à 0,10 % (zéro virgule dix pour cent) sur les recettes part producteur provenant de l'exploitation dans le monde entier.
Cependant le producteur garantit à l'auteur :

• 1) Un minimum de perception de Frs : 100 000 (cent mille francs) qui lui sera d'ailleurs versé par anticipation de la manière suivante :
Frs : 40 000 (quarante mille frs) à la signature des présentes,
Frs : 60 000 (soixante mille frs) à l'établissement de la copie standard du film.
Le producteur se remboursera de ladite avance sur les sommes revenant à l'auteur par le pourcentage ci-dessus. Cette avance ne sera pas productive d'intérêts. Le producteur exercera la compensation jusqu'à remboursement complet sur l'ensemble des produits d'exploitation.
Le montant de l'avance ainsi déterminé, constitue un minimum garanti de telle sorte que si l'ensemble des sommes revenant à l'auteur était inférieur au montant de l'avance, le producteur ne pourrait pas exercer de recours contre l'auteur pour la différence.

• 2) De plus :
Après amortissement du coût du film, le producteur versera à l'auteur un pourcentage fixé à 20 % (vingt pour cent) de 100 % (cent pour cent) des recettes part producteur provenant de l'exploitation du film.

Ce pourcentage de 20 % (vingt pour cent) sera versé par le producteur à l'auteur, sans limitation de sommes ni de durée.

Seront également considérées comme recettes part producteur, toutes les sommes qui pourront être attribuées au film par le Fonds de Développement de l'Industrie Cinématographique créé par la Loi du 6 Août 1953, ou par le Fonds de Soutien créé par le décret du 17 Juin 1959 (article 7) et également toutes les sommes qui pourraient être attribuées en France et / ou à l'étranger à raison de la production du film, ou de son exploitation, soit en vertu des lois à venir instituant une aide à l'Industrie Cinématographique, ou tendant à favoriser son développement, soit à titre de prime ou de subvention.

Ces sommes seront comptabilisées par le producteur au fur et à mesure que les services compétents du Centre National de la Cinématographie, ou tous autres organismes auront avisé le producteur que le film est générateur de sommes déterminées, ou auront considéré ces sommes comme acquises.

Ces éléments de l'assiette du pourcentage revenant à l'auteur ne sauront être, évidemment, considérés comme une délégation d'Aide.

Il est entendu que les sommes encaissées par l'auteur au titre du pourcentage objet du paragraphe B. ci-dessus, le seront en vertu des dispositions du Code de l'Industrie Cinématographique, et viendront en conséquence augmenter au fur et à mesure le minimum de perception garanti, prévu au paragraphe A. du présent article, s'élevant à la somme de Frs : 100 000 (cent mille francs).

Le producteur déclare n'avoir accordé sur l'exploitation du film aucun droit, gage, nantissement, délégation, pouvant faire obstacle aux termes des présentes, et s'engage formellement à n'en accorder aucun à l'avenir.

En conséquence, le producteur déclare formellement, ainsi qu'il est dit ci-dessus, que les droits qui sont consentis à l'auteur, concernant les pourcentages ci-dessus, ne sont primés par aucun privilège primitivement accordé et s'interdit de consentir à tous tiers quelconques, nantissements, délégations, cessions, etc., pouvant faire obstacle aux termes et droits privilégiés résultant des présentes.

Le producteur délègue dès à présent à l'auteur, ce que ce dernier accepte, dans le cadre des dispositions du Code de l'Industrie Cinématographique, les recettes du film à provenir de son exploitation totale et sans réserve dans le monde entier, à concurrence des pourcentages alloués dans les conditions exposées ci-dessus, par préférence et antériorité au producteur et à tous autres.

En vertu de cette délégation, et conformément aux dispositions du Code de l'Industrie Cinématographique, l'auteur encaissera seul, directement et sur simple quittance de tous débiteurs et de toute personne qu'il appartiendra, les recettes déléguées.

Pour la vérification des comptes et pour l'encaissement des sommes dues à l'auteur, ce dernier sera seul habilité à le faire, à prendre tous accords avec le producteur et à lui donner tous acquits.

Le producteur tiendra dans ses livres une comptabilité de production et d'exploitation qui devra être tenue à la disposition de l'auteur. Les comptes seront envoyés par le producteur à l'auteur tous les six mois pour les deux premières années d'exploitation, et tous les ans pour les années suivantes, accompagnés des bordereaux justificatifs, et éventuellement des chèques correspondants.

Le producteur reconnaît d'ores et déjà à l'auteur, le droit de contrôler à quelque moment que ce soit ladite comptabilité.

Le coût définitif du film devra être communiqué à l'auteur par le producteur dans les six mois qui suivront l'établissement de la copie standard du film.

B. En ce qui concerne la rémunération metteur en scène / technicien :

D'autre part, en tant que technicien / metteur en scène, l'auteur percevra une rémunération de Frs : 50 000 (cinquante mille francs) que le producteur s'engage à lui verser de la façon suivante :

Frs : 10 000 (dix mille francs) à la signature des présentes,

Frs : 40 000 (quarante mille francs) à l'établissement de la copie standard.

Article VI

Tous les règlements seront effectués par le producteur directement entre les mains de l'auteur, par chèques barrés à son ordre, qui en donnera bonne et valable quittance au producteur.

Article VII

À défaut de paiement d'une des sommes dues en vertu des présentes, à quelque titre que ce soit, à la date fixée et sur simple sommation par lettre recommandée avec accusé de réception restée sans effet dans les quinze jours qui suivront l'envoi de cette lettre recommandée A. R., les présentes seront si bon semble à l'auteur résolues de plein droit, sans qu'il soit besoin pour constater cette résolution d'une formalité judiciaire quelconque, et l'auteur redeviendra propriétaire de tous ses droits d'auteur, et ce, sans formalité ni réserve. De plus, il pourra, si besoin est, cesser sa collaboration prévue aux présentes conventions, toutes les sommes versées à l'auteur par le producteur lui restant acquises, et toutes les sommes dues figurant aux présentes devenant immédiatement exigibles.

Article VIII

Toute la conception de la publicité de lancement, affiches, maquettes, etc., sera établie d'un commun accord entre l'auteur et le producteur.

Il en sera de même pour l'importance des caractères utilisés pour la mention du nom de l'auteur, ainsi que les conditions de présentation de son nom.

Article IX

Toutes correspondances et communications concernant l'auteur lui seront adressées directement par le producteur à son adresse personnelle prévue en première page du présent accord.

Article X

Pour satisfaire aux exigences du décret 55.661 du 20 Mai 1955, le producteur prend l'engagement formel d'inscrire l'action résolutoire prévue aux présentes, en même temps qu'il procédera à l'immatriculation du film au Registre Public de la Cinématographie.

Article XI

Les frais de timbres et d'enregistrement, y compris les amendes à la perception desquels pourraient donner lieu les présentes, seront à la charge de la partie qui les aura rendus nécessaires.

Article XII

Faute d'exécution de l'une quelconque des stipulations des présentes à l'exception de celles relatives aux engagements financiers du producteur, et dont l'inexécution est sanctionnée par l'article VII ci-dessus, après une mise en demeure par lettre recommandée avec accusé de réception restée sans effet dans les quinze jours qui en suivront l'envoi, celles-ci seront résolues de plein droit aux torts et griefs de la partie défaillante, si bon semble à l'autre partie, sous réserve de tous dommages et intérêts.

Pour constater le jeu de la présente clause et pour connaître de toute difficulté que son interprétation ou son application pourrait soulever, les parties conviennent expressément de donner attribution de compétence à Monsieur le Président du Tribunal de Grande Instance de Paris, statuant en référé.

Article XIII

Le producteur se réserve la faculté de céder les droits, bénéfices, et obligations résultant des présentes conventions à toute société de son choix, sans être tenu à aucune indemnité à l'égard de l'auteur, mais en restant toutefois solidairement et intégralement responsable et garant envers l'auteur de l'exécution des présentes, et à charge par le producteur d'en aviser l'auteur dans les huit jours qui suivront cette cession.

Il est toutefois bien précisé que cette Société – dont l'activité antérieure aux présentes conventions n'aura pas été marquée par des réalisations dont la production pourra gêner l'auteur – devra être agréée préalablement par l'auteur.

Article XIV

En tant que de besoin, les parties font attribution expresse de compétence aux juridictions de Paris.

Toutefois, sur proposition de la partie se jugeant lésée, les parties pourront se mettre d'accord pour recourir à un arbitrage.

Article XV

À l'effet des présentes, élection de domicile est faite aux adresses suivantes :

pour l'auteur, 180, rue Saint-Martin, Paris

pour le producteur, 40, rue de la Montagne-Sainte-Geneviève, Paris.

Fait à Paris, le 8 janvier 1973

Lu et approuvé. Bon pour accord

Debord [illegible]

37, rue Marbeuf. VIIIe

Paris, le 16 janvier 1973

Cher Debord,

À partir des accords que vous avez passés avec la Société Simar Films pour la réalisation du film *La Société du Spectacle*, je vous confirme par la présente que je suis et resterai jusqu'à la fin de la réalisation dudit film, garant et responsable vis-à-vis de vous de la bonne exécution desdits accords.

Bien amicalement,

Gérard Lebovici

à Monsieur Guy Debord
239, rue Saint-Martin
Paris

DEUXIÈME CONTRAT

« Sixième film de Guy Debord », 1977

ENTRE LES SOUSSIGNÉS :

1. — Monsieur GUY DEBORD, demeurant à Paris, 239, rue Saint-Martin, ci-après dénommé : « L'auteur »
d'une part, et
2. — SIMAR FILMS, Société Anonyme au capital de F. 300 000, dont le siège est à Paris, 40, rue de la Montagne-Sainte-Geneviève, représentés par son Président Directeur Général, Madame Floriana Lebovici, ci-après dénommé « Le producteur »
d'autre part

PRÉALABLEMENT AUX PRÉSENTES, IL EST PRÉCISÉ :

Monsieur Guy Debord a informé le producteur de son désir de réaliser un film d'une durée de 90 (quatre-vingt-dix) minutes environ, en 35 m/m, en noir et blanc, film dont il assumera seul la réalisation.

Le producteur ayant pris connaissance du projet, déclare par les présentes s'engager à mettre à la disposition de l'auteur tous moyens techniques et financiers, afin que celui-ci puisse en assurer la réalisation.

Il est entendu que l'auteur accomplira son travail en toute liberté, sans contrôle de qui que ce soit, et sans même tenir compte de quelqu'observation que ce soit sur aucun aspect du contenu ni de la forme cinématographique qu'il lui paraîtra convenable de donner à son film.

CECI ÉTANT EXPOSÉ, IL A ÉTÉ CONVENU ET ARRÊTÉ CE QUI SUIT :

Article I

Le producteur engage l'auteur en qualité d'auteur-réalisateur et technicien metteur en scène pour l'exécution des services artistiques énumérés ci-après, se rapportant à la production d'un film de langue française, en 35 m/m, en noir et blanc, dont la durée de projection sera de 90 (quatre-vingt-dix) minutes environ, dont le titre définitif non précisé sera laissé à la discrétion de l'auteur.

Toutefois pour les circonstances où il serait nécessaire de déposer un titre provisoire on adoptera celui de « Sixième film de Guy Debord ».

La présente cession s'appliquera de la même manière à la cession des droits d'auteur du scénario, qu'à la cession des droits de l'auteur en qualité d'adaptateur, de dialoguiste et de réalisateur.

Les services artistiques dont il est question ci-dessus sont les suivants :

a) établir l'adaptation et le dialogue du film,
b) préparer la production,
c) établir le découpage technique, effectuer la mise en scène, diriger les enregistrements,
d) diriger le montage et tous travaux de finition du film.

Les dates de chacune de ces opérations seront fixées d'un commun accord entre le producteur et l'auteur – dans le cadre des délais généraux adoptés – en devant chaque fois tenir compte des « nécessités artistiques » du développement de l'écriture du film.

Ces opérations comporteront un certain nombre d'actions strictement limitées dans le temps pour la durée comme pour le nombre de reprises de chacune d'elles, à savoir :

a) recherche de films à détourner (une ou deux fois)
b) tournage (trois ou quatre fois) chaque fois représentant environ une semaine
c) recherche d'actualités (une fois)
d)montage (une ou deux fois)

L'auteur s'engage à faire connaître au producteur le détail de l'ensemble des éléments dont il a besoin pour accomplir la réalisation de son film, et ce, suffisamment à l'avance pour que ces éléments puissent lui être remis en temps opportun.

L'ensemble des travaux comme précisé ci-dessus s'échelonnera à partir de la signature des présentes sur une période qui se terminera au plus tard le deuxième semestre de l'année 1978.

Les présentes conventions sont établies sous les clauses, charges et conditions suivantes que chacune des parties s'engage à accomplir :

Article II

Sous réserve de l'exécution intégrale des conventions énoncées dans les présentes, et parfait paiement des sommes énoncées ci-après, le producteur devient cessionnaire de la totalité des droits d'auteur de l'auteur, à savoir le droit de reproduction, le droit de représentation, et les droits d'utilisation secondaire du film, comme indiqué ci-dessous.

D'une manière générale, la présente cession aura pour effet de conférer au producteur tous les droits cinématographiques d'auteur tels que ces droits sont protégés par la législation internationale actuelle ou future et notamment en passant tous contrats d'édition et de représentation cinématographique utiles à l'exploitation du film.

Le producteur aura par le fait de la présente cession, le droit de poursuivre toute contrefaçon, imitation, ou exploitation, sous quelque forme que ce soit de l'œuvre, objet des présentes, mais à ses frais, à ses risques et périls, et à sa requête.

Il est bien entendu que par les présentes, l'auteur ne cède au producteur que les droits qu'il possède lui-même, c'est-à-dire dans la mesure et les limites où la propriété artistique et littéraire de l'œuvre dont il s'agit, lui est assurée et garantie par la législation et la jurisprudence de chaque pays.

Bien entendu, la part des droits à revenir à l'auteur de la S.A.C.D. ou de toutes autres sociétés française et étrangère, reste entièrement sa propriété.

La présente cession ne comporte pas le droit d'édition et de représentation de l'œuvre dont il s'agit dans tous les autres genres non cinématographiques et notamment représentation théâtrale, éditions imprimées.

A. – Le droit de reproduction comporte notamment :

• le droit d'enregistrement, ou de faire enregistrer en utilisant tous rapports de cadrage, les images en noir et en couleurs, les sons originaux et de doublage, les titres ou sous-titres, ainsi que les photographies fixes représentant des scènes du film,

• le droit d'établir ou de faire établir en tel nombre qu'il plaira au producteur ou plaira à ses ayants droit, un original, doubles et / ou copies en tous formats et par tous procédés à partir des enregistrements ci-dessus,

• le droit de mettre ou de faire mettre en circulation cet original, doubles et / ou copies, pour représentation cinématographique publique ou privée et pour radiodiffusion sonore et visuelle,

• le droit d'établir ou de faire établir la version française du film, ainsi que cette version doublée et / ou sous-titrée en toutes langues.

B. – Le droit de représentation comporte notamment :

• Le droit de représenter ou de faire représenter publiquement le film dans le monde entier, en version française, doublé et / ou sous-titré, et ce dans toutes les salles de projection cinématographique payantes ou non-payantes, par tout organisme de télévision, par tout procédé audiovisuel.

C. – Le droit d'utilisation secondaire du film comporte notamment :

• le droit de représenter ou publier tous extraits ou arrangements destinés exclusivement à la publicité du film,

• le droit d'utilisation privée du film,

• le droit d'exploitation du film par voie de radiodiffusion et de télévision par l'intermédiaire de tout organisme que le producteur autorisera, et aux conditions que le producteur avisera, à seule charge par le producteur de faire savoir aux stations de radiodiffusion et de télévision que leurs obligations à l'égard du producteur ne les dégagent pas de celles qu'elles auraient contractées envers la S.A.C.D. ou la S.D.R.M. ou de toutes autres sociétés d'auteurs, liées par conventions générales avec les organismes de radiodiffusion et de télévision,

• le droit d'exploitation du film par tout procédé non encore connu à ce jour.

En conséquence, le producteur acquiert la qualité d'ayant droit de l'auteur pour l'exercice des droits ci-dessus cédés, que le producteur utilisera comme bon lui semble, notamment en passant tous contrats d'édition et de représentation cinématographique utiles à l'exploitation du film.

Article III

Par suite de la présente cession, mais sous la réserve prévue au premier paragraphe de l'article II des présentes conventions, le producteur devient propriétaire de tous les droits d'auteur, généralement quelconques, nécessaires à la production et à l'exploitation du film, tel qu'énoncé à l'article II ci-dessus, découlant de la cession des droits de l'auteur pour la durée légale de la protection littéraire.

Article IV

La mise en scène se fera sous la direction exclusive de l'auteur.

L'auteur aura la direction exclusive du montage du film.

Tous les techniciens et collaborateurs du film seront choisis d'un commun accord entre le producteur et l'auteur, étant toutefois bien précisé que la décision finale appartiendra à l'auteur.

Article V

En rémunération de son travail et de la cession de ses droits, le producteur versera à l'auteur :

A. – En sa qualité d'auteur / réalisateur :

Conformément à la Loi du 11 Mars 1957, une rémunération proportionnelle en un pourcentage fixé à 0,10 % (zéro virgule dix pour cent) sur les recettes part producteur provenant de l'exploitation du film dans le monde entier.

Cependant le producteur garantit à l'auteur :

• 1) Un minimum de perception de Frs : 140 000 (cent quarante mille francs) qui sera d'ailleurs versé par anticipation de la manière suivante :

en trois tranches :

la première tranche de Frs : 48 000 (quarante-huit mille francs) a déjà été versée.

la deuxième tranche de Frs : 46 000 (quarante-six mille francs) payable en deux parties égales, soit :

Frs : 23 000 (vingt-trois mille frs) la première semaine de Janvier 1977,

Frs : 23 000 (vingt-trois mille frs) la première semaine de Septembre 1977.

la troisième tranche de Frs : 46 000 (quarante-six mille francs) payable en deux parties égales, soit :

Frs : 23 000 (vingt-trois mille frs) la première semaine de Janvier 1978,

Frs : 23 000 (vingt-trois mille frs) la première semaine de Septembre 1978.

Le producteur se remboursera de ladite avance sur les sommes revenant à l'auteur par le pourcentage ci-dessus. Cette avance ne sera pas productive d'intérêts. Le producteur exercera la compensation jusqu'à remboursement complet sur l'ensemble des produits d'exploitation.

Le montant de l'avance ainsi déterminé constitue un minimum garanti de telle sorte que si l'ensemble des sommes revenant à l'auteur était inférieur au montant de l'avance, le producteur ne pourrait pas exercer de recours contre l'auteur pour la différence.

• 2) De plus :
Après amortissement du coût du film, le producteur versera à l'auteur un pourcentage fixé à 20 % (vingt pour cent) de 100 % (cent pour cent) des recettes nettes part producteur provenant de l'exploitation du film.

Ce pourcentage de 20 % (vingt pour cent) sera versé par le producteur à l'auteur sans limitation de sommes ni de durée.

Seront également considérées comme recettes part producteur toutes les sommes qui pourraient être attribuées au film par le Fonds de Développement de l'Industrie Cinématographique créé par la Loi du 6 Août 1953 ou par le Fonds de Soutien créé par le décret du 17 Juin 1959 (article 7) et également toutes les sommes qui pourraient être attribuées en France et / ou à l'étranger à raison de la production du film ou de son exploitation, soit en vertu des lois à venir instituant une aide à l'Industrie Cinématographique ou tendant à favoriser son développement, soit à titre de prime ou de subvention.

Ces sommes seront comptabilisées par le producteur au fur et à mesure que les services compétents du Centre National de la Cinématographie, ou tous autres organismes auront avisé le producteur que le film est générateur de sommes déterminées ou auront considéré ces sommes comme acquises.

Ces éléments de l'assiette du pourcentage revenant à l'auteur ne sauront être, évidemment, considérés comme une délégation d'Aide.

Il est entendu que les sommes encaissées par l'auteur au titre du pourcentage, objet du paragraphe B. ci-dessus, le seront en vertu des dispositions du Code de l'Industrie Cinématographique et viendront en conséquence augmenter au fur et à mesure le minimum de perception garanti, prévu au paragraphe A. du présent article, s'élevant à la somme de Frs : 140 000 (cent quarante mille francs).

Le producteur déclare n'avoir accordé sur l'exploitation du film, aucun droit, gage, nantissement, délégation, pouvant faire obstacle aux termes des présentes, et s'engage formellement à n'en accorder aucun à l'avenir.

En conséquence, le producteur déclare formellement, ainsi qu'il est dit ci-dessus, que les droits qui sont consentis à l'auteur concernant les pourcentages ci-dessus, ne sont primés par aucun privilège primitivement accordé et s'interdit de consentir à tous tiers quelconques, nantissements, délégations, cessions, etc., pouvant faire obstacle aux termes et droits privilégiés résultant des présentes.

Le producteur délègue dès à présent à l'auteur, ce que ce dernier accepte, dans le cadre des dispositions du Code de l'Industrie Cinématographique, les recettes du film à provenir de son exploitation totale et sans réserve dans le monde entier, à concurrence des pourcentages alloués dans les conditions exposées ci-dessus, par préférence et antériorité au producteur et à tous autres.

En vertu de cette délégation, et conformément aux dispositions du Code de l'Industrie Cinématographique, l'auteur encaissera seul, directement et sur simple quittance de tous débiteurs et de toute personne qu'il appartiendra, les recettes déléguées.

Pour la vérification des comptes et pour l'encaissement des sommes dues à l'auteur, ce dernier sera seul habilité à le faire, à prendre tous accords avec le producteur et à lui donner tous acquits.

Le producteur tiendra dans ses livres une comptabilité de production et d'exploitation qui devra être tenue à la disposition de l'auteur. Les comptes seront envoyés par le producteur à l'auteur tous les six mois pour les deux premières années d'exploitation, et tous les ans pour les années suivantes, accompagnés des bordereaux justificatifs, et éventuellement des chèques correspondants.

Le producteur reconnaît d'ores et déjà à l'auteur le droit de contrôler à quelque moment que ce soit ladite comptabilité.

Le coût définitif du film devra être communiqué à l'auteur par le producteur dans les six mois qui suivront l'établissement de la copie standard du film.

B. – En ce qui concerne la rémunération technicien-metteur en scène :

D'autre part, en tant que technicien-metteur en scène, l'auteur percevra du producteur une rémunération fixée à Frs : 70 000 (soixante-dix mille francs) en trois tranches et de la manière suivante :

la première tranche de Frs : 22 000 (vingt-deux mille francs) a déjà été versée.

la deuxième tranche de Frs : 25 000 (vingt-cinq mille francs) payable en deux parties égales, soit :

Frs : 12 500 (douze mille cinq cents frs) la première semaine de Janvier 1977,

Frs : 12 500 (douze mille cinq cents frs) la première semaine de Septembre 1977.

la troisième tranche de Frs : 23 000 (vingt-trois mille francs) payable en deux parties égales, soit :

Frs : 11 500 (onze mille cinq cents frs) la première semaine de Janvier 1978,

Frs : 11 500 (onze mille cinq cents frs) la première semaine de Septembre 1978.

Les sommes prévues au présent article, s'entendent sur la base de leur valeur à Janvier 1976. Elles seront à réviser chaque mois de Janvier et tiendront compte du pourcentage d'érosion monétaire.

Article VI

Tous les règlements seront effectués par le producteur directement entre les mains de l'auteur, par chèques barrés à son ordre, qui en donnera bonne et valable quittance au producteur.

Article VII

À défaut de paiement d'une des sommes dues en vertu des présentes à quelque titre que ce soit à la date fixée et sur simple sommation par lettre recommandée avec accusé de réception restée sans effet dans les quinze jours qui suivront l'envoi de cette lettre recommandée A. R., les présentes seront si bon semble à l'auteur résolues de plein droit sans qu'il soit besoin pour constater cette résolution d'une formalité judiciaire quelconque, et l'auteur redeviendra propriétaire de tous ses droits d'auteur et ce sans formalité ni réserve. De plus, il pourra, si besoin est, cesser sa collaboration prévue aux présentes, toutes les sommes versées à l'auteur par le producteur lui restant acquises, et toutes les sommes dues figurant aux présentes conventions devenant immédiatement exigibles.

Article VIII

Toute la conception de la publicité de lancement, affiches, maquettes, etc… sera établie d'un commun accord entre l'auteur et le producteur.

Il en sera de même pour l'importance des caractères utilisés pour la mention du nom de l'auteur ainsi que les conditions de présentation de son nom.

Article IX

Toutes correspondances et communications concernant l'auteur lui seront adressées directement par le producteur à son adresse personnelle prévue en première page du présent accord.

Article X

Pour satisfaire aux exigences du décret 55.661 du 20 Mai 1953, le producteur prend l'engagement formel d'inscrire l'action résolutoire prévue aux présentes, en même temps qu'il procédera à l'immatriculation du film au Registre Public de la Cinématographie.

Article XI

Les frais de timbres et d'enregistrement, y compris les amendes à la perception desquels pourraient donner lieu les présentes, seront à la charge de la partie qui les aura rendus nécessaires.

Article XII

Faute d'exécution de l'une quelconque des stipulations des présentes, à l'exception de celles relatives aux engagements financiers du producteur et dont l'inexécution est sanctionnée par l'article VII ci-dessus, après une mise en demeure par lettre recommandée avec accusé de réception restée sans effet dans les quinze jours qui en suivront l'envoi, celles-ci seront résolues de plein droit aux torts et griefs de la partie défaillante, si bon semble à l'autre partie, sous réserve de tous dommages et intérêts.

Pour constater le jeu de la présente clause et pour connaître de toute difficulté que son interprétation ou son application pourrait soulever, les parties conviennent expressément de donner attribution de compétence à Monsieur le Président du Tribunal de Grande Instance de Paris, statuant en référé.

Article XIII

Le producteur se réserve la faculté de céder les droits, bénéfices et obligations résultant des présentes conventions à toute société de son choix, sans être tenu à aucune indemnité à l'égard de l'auteur, mais en restant toutefois solidairement et intégralement responsable et garant envers l'auteur de l'exécution des présentes et à charge par le producteur d'en aviser l'auteur dans les huit jours qui suivront cette cession.

Il est toutefois bien précisé que cette Société – dont l'activité antérieure aux présentes conventions n'aura pas été marquée par des réalisations dont la production pourra gêner l'auteur – devra être agréée préalablement par l'auteur.

Article XIV

En tant que de besoin, les parties font attribution expresse de compétence aux juridictions de Paris.

Toutefois, sur proposition de la partie se jugeant lésée, les parties pourront se mettre d'accord pour recourir à un arbitrage.

Article XV

À l'effet des présentes, élection de domicile est faite aux adresses suivantes :

pour l'auteur, 239, rue Saint-Martin, Paris (75003)

pour le producteur, 40, rue de la Montagne-Sainte-Geneviève, Paris (75005).

Fait à Paris, le 1er janvier 1977

TROISIÈME CONTRAT

De l'Espagne, 1982

Soprofilms

12 bis, Rue Keppler – 75116 PARIS
Tél. : 723.50.68
Télex : Sopro 61 3857 F

Le 5 octobre 1982.

Monsieur Guy Debord
Champot
43350 Bellevue-la-Montagne

Projet : *De l'Espagne*

Monsieur,

À la suite de nos récents entretiens, nous vous confirmons ici la teneur de nos accords, concernant le projet sous référence, qu'il convient au préalable, de définir comme suit :

DÉFINITION DU PROJET :

Études et recherches concernant un film qui se proposerait de rendre compte, d'une manière exhaustive et définitive de ce qu'est l'esprit même de l'Espagne moderne du XVe siècle à aujourd'hui. Fuyant tout espagnolisme, il conviendrait de traduire à l'écran, non ce que tous les étrangers (européens, américains, japonais, etc…) peuvent imaginer sur la question et pas davantage ce que les Espagnols peuvent croire, mais : ce que l'Espagne *est* réellement.

Le film envisagé pourrait avoir une durée comprise entre deux et quatre heures, et serait éventuellement destiné à une diffusion dans les salles de cinéma et les chaînes de télévision (câbles, satellites, etc…). Il pourrait éventuellement comporter quelques parties reconstituées en costumes, mais devrait prendre en compte l'Espagne contemporaine. Il devrait faire appel à des acteurs et figurants espagnols, voire dans le cas d'une coproduction, quelques vedettes internationales.

Il s'agirait donc, outre la recherche du thème central qui regrouperait la totalité des aspects nécessaires, d'établir le repérage de tous les lieux et décors qu'impliquerait l'action, d'arrêter le choix des acteurs souhaitables, d'établir la première structure d'un traitement cinématographique du sujet.

Pour diverses raisons historiques et culturelles évidentes, il est d'ores et déjà convenu que le film devra être centré sur l'Andalousie.

Notre Société vous charge donc de l'ensemble des études et recherches telles que définies ci-dessus.

À partir de la date de signature du présent contrat, vous disposerez d'un délai de dix-huit mois au maximum pour effectuer et parachever l'ensemble des travaux en question, délai au terme duquel il est expressément convenu que vous vous engagez à nous faire connaître vos conclusions motivées.

DEUX CAS SE PRÉSENTERONT :

1. — Si vous jugez le projet réalisable, vous nous remettrez un plan de travail, une liste des moyens techniques que vous estimez nécessaires à la réalisation du film et une évaluation aussi précise que possible du montant total du budget du film.

Après la remise de vos conclusions, si nous décidons de produire le film, il est d'ores et déjà expressément convenu que, dans ce cas, des conventions détaillées définitives se rapportant à votre engagement en qualité d'auteur et de réalisateur, seront alors établies, conformément aux dispositions actuellement en vigueur en matière de cession de droits d'auteur en fonction notamment de l'Article 35 de la Loi du 11 mars 1957.

Le pourcentage sur les Recettes Nettes Part Producteur qui vous sera attribué sera alors fixé d'un commun accord entre vous et nous, dans ces conventions.

À ce propos, il est d'ores et déjà convenu que l'ensemble des sommes stipulées ci-dessous, que vous aurez déjà perçues aux termes des présentes, seront considérées comme des avances sur les sommes à vous revenir par le jeu du pourcentage ci-dessus indiqué.

Ultérieurement, notre Société se remboursera desdites avances sur les sommes à vous revenir par le jeu dudit pourcentage. Ces avances ne seront pas productives d'intérêts. Notre Société exercera la compensation jusqu'à remboursement complet sur l'ensemble des produits d'exploitation.

Le montant des avances ainsi déterminé, constitue un Minimum Garanti de telle sorte que si l'ensemble des sommes vous revenant était inférieur au montant des avances, nous ne pourrions pas exercer de recours contre vous pour la différence.

2. — Dans le cas où vos conclusions seraient au contraire négatives, vous devrez nous informer que vous ne jugez pas possible de traiter vous-même le sujet et d'en assumer la réalisation dans le cadre et selon les conditions stipulées ci-dessus, au paragraphe intitulé « Définition du Projet ». Dans ce cas, notre Société restera propriétaire de l'ensemble de vos travaux préliminaires.

En rémunération des travaux d'étude, de recherches et d'écriture prévus dans les présentes, nous vous verserons une somme forfaitaire de F. 10 000 (dix mille francs), bruts, par mois, jusqu'à la remise de vos conclusions définitives, qui devra intervenir comme ci-dessus stipulé, au plus tard à la fin d'une période de dix-huit mois, courant à partir de la date de signature du présent accord.

Les sommes vous revenant aux termes du présent accord vous seront payées à la fin de chaque trimestre, courant à partir de la date de signature des présentes, le premier paiement devant donc intervenir le 31 décembre 1982.

De plus, pendant vos séjours en Espagne pour les besoins du présent projet, nous vous verserons à titre de défraiement quotidien, une somme de F. 400 (quatre cents francs) ou sa contre-valeur en devises au cours du change officiel aux différentes époques. Ce défraiement sera payable par semaine et d'avance.

Tous les voyages que vous effectuerez pour les besoins du présent projet seront à la charge de notre Production en première classe ou en avion dans la classe la plus favorisée du vol choisi. Nous prendrons à notre charge deux billets aller / retour dans les conditions prévues ci-dessus.

Il est expressément convenu que dans le cas d'une conclusion positive de votre part comme de la nôtre, au terme de la période d'études et de recherches prévue dans les présentes, et où des conventions définitives pour la mise en production et la réalisation du film seraient signées entre nous, toutes les décisions portant sur la production et la réalisation seront alors prises d'un commun accord entre nous :

- date et durée du tournage,
- délais des diverses étapes : Préparation, tournage, finition,

- détermination de l'équipe technique,
- choix des interprètes éventuels,
- acceptation du montage définitif, etc...

À défaut de paiement d'une des sommes dues en vertu des présentes à quelque titre que ce soit, à la date fixée et sur simple sommation par lettre recommandée avec accusé de réception restée sans effet dans les trois jours qui suivront l'envoi de cette lettre recommandée A. R., la totalité des présentes sera si bon vous semble résolue de plein droit, sans qu'il soit besoin pour constater cette résolution d'une formalité judiciaire quelconque et vous redeviendrez propriétaire de tous vos droits d'auteur, et ce, sans formalité ni réserve.

De plus vous pourrez, si besoin est, cesser votre collaboration prévue aux présentes, toutes les sommes versées à vous-même restant acquises et toutes les sommes dues figurant aux présentes conventions, devenant immédiatement exigibles.

Faute d'exécution de l'une quelconque des stipulations des présentes, à l'exception de celles relatives à nos engagements financiers et dont l'inexécution est sanctionnée par les deux paragraphes précédents, après une mise en demeure par lettre recommandée avec accusé de réception restée sans effet dans les trois jours qui en suivront l'envoi, celles-ci seront résolues de plein droit aux torts et griefs de la partie défaillante, si bon semble à l'autre partie, sous réserve de tous dommages et intérêts.

Pour constater le jeu de la présente clause, et pour connaître de toute difficulté que son interprétation ou son application pourrait soulever, nous sommes expressément convenus de donner attribution de compétence à Monsieur le Président du Tribunal de Grande Instance de Paris, statuant en référé.

Nous nous réservons la faculté de céder les bénéfices, droits et obligations résultant des présentes, à toute société, sans être tenus à aucune indemnité à votre égard, mais en restant toutefois solidairement et intégralement responsables et garants envers vous de l'exécution des présentes, et à charge par nous de vous en aviser par lettre recommandée adressée le jour même de la cession.

En tant que de besoin, les parties sont convenues de faire attribution de compétence aux juridictions de Paris. Toutefois, sur proposition de la partie se jugeant lésée, les parties pourront se mettre d'accord pour recourir à un arbitrage.

À l'effet des présentes, élection de domicile est faite aux adresses ci-dessous :

pour nous, à notre Siège, 12 bis rue Keppler, 75016 Paris,
pour vous, à Champot, 43350 Bellevue-la-Montagne.

Pour la bonne règle et nous confirmer votre accord sur les termes des présentes, nous vous prions de bien vouloir nous retourner les doubles ci-joints, revêtus de votre signature, précédée de la mention manuscrite « Lu et Approuvé, Bon pour Accord », et en paraphant le bas de chaque page.

Nous vous prions de croire, Monsieur, à nos sentiments

Lu et approuvé. Bon pour accord.

Debord

DEUX LETTRES

Lettre à Floriana Lebovici au sujet du projet De l'Espagne

Guy Debord
33, rue de l'Hôtel de Ville
13200 Arles

Madame Floriana Lebovici
14, rue de l'Université
75007 Paris

Lettre recommandée

Arles, le 25 avril 1984

Chère Floriana,

Le contrat que j'ai signé avec Soprofilms le 5 octobre 1982, et qui est venu à expiration, me faisait une obligation de communiquer, après une période de dix-huit mois, mes conclusions. Je vous les expose ici.

L'ampleur du sujet, la relative brièveté du délai, la considération aussi d'un horrible assassinat qui va justement marquer d'une manière indélébile les conditions de la production cinématographique française, entre tant d'autres conclusions ; bref, cet ensemble de raisons me conduit à déclarer que je me crois actuellement incapable de proposer à Soprofilms une manière convenable de traiter le projet « De l'Espagne ».

Quant aux défraiements quotidiens qui me restent dus, je propose de les calculer sur une période effective de séjours en Espagne d'une durée de 15 mois seulement.

Veuillez croire, chère Floriana, à l'assurance de mes sentiments les plus respectueux.

Debord

Lettre à l'éditeur au sujet de la couverture du présent opuscule

Champot, le 27 novembre 1994

Cher Georges,

Puisque nous ne sommes plus très loin de décembre, je vous envoie, pour notre projet d'édition, une idée d'illustration en couverture, qui m'est effectivement venue. C'est une lame du tarot de Marseille. La plus mystérieuse et la plus belle à mon sens : le bateleur. Il me semble que cette carte ajouterait, et sans devoir l'y impliquer trop positivement, quelque chose que l'on pourrait voir comme une certaine maîtrise de la manipulation ; et en rappelant opportunément toute l'étendue de son mystère.

DES CONTRATS
Guy Debord
LE BATELEUR
LE TEMPS QU'IL FAIT

Bien à vous,

Guy

GUY DEBORD,
SON ART ET SON TEMPS

Scénario inédit du moyen-métrage de Guy Debord réalisé par Brigitte Cornand.

Pour la sortie des Commentaires sur la société du spectacle *en 1988, Franz-Olivier Giesbert dit tout le mal qu'il pense de Guy Debord.*
Lino Léonardi joue à l'accordéon *Lézard* d'Aristide Bruant.

« J'en foutrai jamai' un' secousse,
Mêm' pas dans la rousse,
Ni dans rien »

Musique jouée à l'accordéon par Lino Léonardi sur des poèmes de François Villon.
Guy Debord, son art et son temps

I. Son art

Vues du Pont-Neuf.

Le vieux Paris n'est plus (la forme d'une ville
Change plus vite, hélas, que le cœur d'un mortel).

Vues du Pont-Neuf reconstitué dans un film de Leos Carax.

Guy Debord a très peu fait d'art, mais il l'a fait extrême.

Photo : Guy Debord.

En 1952, il a montré que le cinéma pouvait se réduire à cet écran blanc.
L'écran reste blanc pendant dix secondes.

Puis à cet écran noir.
L'écran reste noir pendant une minute et vingt secondes.

Debord est resté depuis pareillement indifférent aux goûts et aux jugements de l'opinion publique. Et on lui a reproché bien d'autres immoralités ; et notamment d'avoir été presque toujours assez peu désintéressé quand il s'agissait d'argent facile : ayant régulièrement obéi au principe : « À cheval donné, on ne regarde pas la bride. »

Pages de Mémoires. *Inscription : « Ne travaillez jamais ». Première page manuscrite de* La Société du spectacle. Directive *n° 1,* Dépassement de l'art, *et n° 2,* Réalisation de la philosophie.

Ces belles têtes de voyous qui l'ont continuellement entouré, l'ont aussi grandement influencé dans ses excès.

Photos d'Alice Becker-Ho, Ghislain de Marbaix, Jacques Herbute, Ivan Chtcheglov, Gil J Wolman, Asger Jorn, Toñí Lopez-Pintor.
Fin de la musique.

II. Son temps

Le Pont-Neuf emballé par Christo.

« Et maintenant je me propose d'être anti-télévisuel dans la forme comme j'ai pu l'être dans le contenu. »

La mer d'Aral à peu près disparue.
Des incendies de forêts.

J'écrirai mes pensées avec ordre, par un dessein sans confusion. Si elles sont justes, la première venue sera la conséquence des autres. C'est le véritable ordre.

Musique de Lino Léonardi.
Cette fille des Andes, inexorablement aspirée par une coulée de boue, suite d'une éruption volcanique, a donné aux médiatiques du monde entier l'occasion de discuter en termes d'éthique sur une déontologie qu'ils devraient peut-être choisir de s'imposer dans certains cas extrêmes : doit-on montrer de telles images ? ou pourquoi devrait-on s'en priver ?

Les professionnels ont tous fermement conclu que rien n'est à cacher des malheurs du monde. Aucune fausse sensiblerie du public ne devrait empêcher de projeter ce que l'on a eu le mérite de filmer à l'occasion ; et d'autant plus quand, pour une fois, il s'agit de quelque chose de vrai. Les *media* veulent prouver ainsi comme ils sont partout, et jusqu'à l'extrême, attachés à la vérité. Et bien convaincus qu'un détail, regardé de très près, est ordinairement un parfait et univoque modèle de la vérité.

Fin de la musique.

Combat de catch féminin au Japon.
Recherche pétrolière dans le sous-sol du Bassin parisien.

Parfois, le dimanche…

Implosions de tours et barres H.L.M.

Ce qui a été si mal construit doit être plus vite démoli.

Forêts sous l'effet des pluies acides.

On a cru que l'économie était une science ; on se trompait évidemment. D'ailleurs on sait bien maintenant qu'elle ne serait ni la première, ni la dernière des *sciences de l'ennemi* à se révéler fallacieuse.

Défilés des S.A. avant 1934.

1933 a été une des plus sinistres dates historiques de ce siècle ; qui n'en a guère connu de bonnes.

Assassinat de J.F. Kennedy à Dallas.

L'État « démocratique » est devenu plus étrange.

Répression place Tien An Men à Pékin en 1989.

Le seigneur de la guerre qui régnait alors à Pékin a justement considéré que « le sort du Parti et de l'État était en jeu à Tien An Men ». Il a donc agi en conséquence ; et il y règne encore, parfaitement insensible à toutes les idéologies des récentes modes médiatiques.

Tanks dans les rues de Moscou.
Tontons macoutes à Haïti.
Tirs lors d'une manifestation à Alger.

Le monde invérifiable.

Une Somalienne est lynchée sous le regard impassible de militaires venus « restaurer l'espoir » sous l'égide de l'O.N.U.

Élèves dans un lycée professionnel. Saccages d'écoles. Agressions de profs. Jeunes justifiant le principe.

Musique de Lino Léonardi.
Ce sont les plus modernes développements de la réalité historique qui viennent d'illustrer très exactement ce que Thomas Hobbes pensait qu'avait dû être la vie de l'homme, avant qu'il pût connaître la civilisation et l'État : solitaire, sale, dénuée de plaisirs, abrutie, brève.
Fin de la musique.

« Radio Paris ment, Radio Paris est allemand ». Paris occupé. Le mobilier parisien aujourd'hui.

Aujourd'hui l'heure nazie est devenue celle de toute l'Europe.

Passage à l'heure d'hiver.
Film de la commission de l'énergie atomique américaine sur une alerte radioactive.
Tchernobyl qui ne finira sans doute jamais.
Lancement de la chaîne d'information continue L.C.I.

Interview de Georgina Dufoix par Anne Sinclair : responsable mais pas coupable.

Les salariés ont le droit de voter.

Et vous évalueriez combien ça devra nous rapporter personnellement ?

Les salariés ont le droit de voter.

Film sur Arthur Cravan s'entraînant pour un combat de boxe. Photo d'Arthur Cravan.

Musique de Lino Léonardi.

À l'origine du dadaïsme, on trouve le poète-boxeur Arthur Cravan qui fut, lors du premier conflit mondial « déserteur de dix-sept nations ».
Fin de la musique.

Colonnes de Buren au Palais-Royal.
Code-barres.

Le néo-dadaïsme est le dadaïsme d'État qui ne tire un petit effet de choc qu'en se produisant dans les palais nationaux.

Œuvre d'art nucléaire : troupeau de moutons factices paissant au pied de la centrale de Cattenom.

Le nucléaire aime s'entourer de la représentation de son animal fétiche. Magritte aurait eu l'occasion d'écrire : « Ceci n'est pas un mouton. »

Silvio Berlusconi interrompt ses vacances en Sardaigne.
Funérailles de Pierre Bérégovoy.
Longue file d'attente devant le musée du Louvre.

Musique de Lino Léonardi.
La culture de tout le passé fait l'objet d'un consensus universel et d'une admiration égalitaire. Mais dans chacune de ses manifestations concrètes, il lui arrive souvent d'être en fait aussi peu authentique que le Pont-Neuf reconstitué d'aujourd'hui.

Longue file d'attente devant le musée d'Orsay.

On sent l'odeur du cancer rue Daguerre.

On sent l'odeur du cancer rue de Buci.

Le cancer est remboursé par la Sécurité sociale.
Fin de la musique.

L'Internationale *chantée par des contestataires chinois place Tien An Men en 1989.*

Éloge de la dialectique, tout est à rejouer.

Interview de Bernard Tapie par Claire Chazal.

Chaque fois que Bernard Tapie parle de lui-même, on se demande quelle malhonnêteté aurait jamais pu lui être reprochée ?

Discours de Yasser Arafat à l'U.N.E.S.C.O.
Philippe Alexandre, Serge July et Christine Ockrent, au cours de leur émission À la une sur la 3.

Trois barons médiatiques repensent l'actualité du monde et nous y font longuement participer.

Les nouveaux salons politico-littéraires de Paris.

Ici, l'excellence de chacun sera confirmée par le permanent clin d'œil admiratif des deux autres.

« Dégueule toujours, on verra ce que c'est. »

Manif d'Act Up et intervention du responsable d'Act Up lors de la Journée mondiale de lutte contre le sida en décembre 1991.

Avec la pilule, on ne doit ni boire, ni fumer. Faut pas rêver !

La défense immunitaire a fait son temps sur la Terre.

Retrouvailles en direct de la famille Boutboul. Même séquence avec la bande-son des « Nuits fantastiques du Loto ».
Inondations catastrophiques à Vaison-la-Romaine.
Paysage virtuel.
Pub vidéo de la D.R.S.P. (Direction régionale des services pénitentiaires) d'Alsace-Lorraine.

Mais où veut-on en venir ?

Sur quoi veut-on nous enthousiasmer ?

Il s'agit bel et bien du travail des taulards.

Cette D.R.S.P. se présente comme l'héritière la plus légitime du travail en usine.

Cadavres en masse au cours d'une épidémie au Rwanda.

Portraits.

Musique de Lino Léonardi.

Alice Becker-Ho
Auteur de : *L'Essence du jargon.*

Ghislain-Gontran de Saint-Ghislain des Noyers de Marbaix
Auteur de : *Monsieur Gontran.*

Jacques Herbute
Dit : Barate.

Ivan Vladimirovitch Chtcheglov
Auteur de : *Formulaire pour un urbanisme nouveau.*

Gil J Wolman
Auteur de : *L'Anticoncept.*

Asger Jorn
Auteur de : *Pour la forme.*

Toñí Lopez-Pintor
Dite : l'Andalouse.

Fin de la musique.

Mitterrand au Panthéon après son élection en 1981.

Briquets allumés et brandis lors d'un concert.

Ouverture du sommet du G 7 à Naples. Clinton et son entourage joggant.

À l'été de 1994, les principales puissances démocratiques qui, sous l'appellation de G 7, vont décider collectivement de tous les principaux aspects de l'administration de la société mondiale nouvelle, entrent triomphalement dans Naples.

Guy Debord
a très peu fait d'art,
mais il l'a fait extrême.

Éloge de la dialectique,
tout est à rejouer.

Fiche technique

(octobre 1994)

Film de Guy Debord
Réalisé par Brigitte Cornand
Moyen-métrage (60 min), noir et blanc
Documentation : Géraldine Gauvin
Montage : Jean-Pierre Baiesi
Musique de Lino Léonardi extraite de son album consacré aux poèmes de François Villon

Production déléguée : INA, avec la participation du CNC
Coproduction : Canal + / INA

Le 14 novembre 1994, Guy Debord avait donné son accord au p-dg de Canal + pour qu'il organise une soirée spéciale dans le mois de janvier 1995, en sachant que lui-même n'y serait pas. *Guy Debord, son art et son temps* a été diffusé le 9 janvier 1995 sur Canal + lors de la soirée intitulée « Guy Debord, sur le passage de quelques personnes à travers une assez courte unité de temps », qui comprenait aussi la diffusion du long-métrage *La Société du spectacle* (1973) suivi du court-métrage *Réfutation de tous les jugements, tant élogieux qu'hostiles, qui ont été jusqu'ici portés sur le film « La Société du spectacle »* (1975).

•••

Lettre à Brigitte Cornand, que Guy Debord avait rencontrée au printemps 1992, à propos de la réalisation du film *Guy Debord, son art et son temps*.

Le 27 mars 1993

Chère Brigitte,

Je vous confirme les conclusions de notre récente conversation en Normandie. J'approuve, dans ces conditions précises, votre projet de réaliser une émission historique d'une heure, touchant mon art et mon temps.

Je vous indiquerai – ou parfois vous fournirai directement – tous les éléments, visuels et sonores, qui seront exactement nécessaires pour répondre à cette intention. Je garantirai à la fin la pertinence de ces éléments, et l'authenticité de leur emploi pour traiter effectivement le sujet : chose précieuse puisque l'on sait combien il a été jusqu'ici pollué par tant de légendes. Vous serez seule responsable, devant moi, des moyens adéquats de cette réalisation ; sans qu'il y ait aucune intervention, restriction, ni commentaire de la part de personne d'autre. Je ne veux entendre, ni ne veux que vous entendiez vous-même, de quiconque, aucune sorte de remarque, *même élogieuse*. Il serait en effet impensable que je reconnaisse implicitement à qui que ce puisse être, la plus minime compétence, ni la moindre qualité pour rien juger de mon œuvre ou de ma conduite.

Vous veillerez aussi à ce que la production s'engage au préalable avec une précision, et à une hauteur suffisantes sur la question des droits d'auteur.

Bien amicalement à vous,

Guy Debord

Dernière déclaration de Guy Debord communiquée à Brigitte Cornand par Alice Debord pour paraître à la fin du film *Guy Debord, son art et son temps* le 9 janvier 1995.

Maladie appelée *polynévrite alcoolique*, remarquée à l'automne 90. D'abord presque imperceptible, puis progressive. Devenue réellement pénible seulement à partir de la fin novembre 94. Comme dans toute maladie incurable, on gagne beaucoup à ne pas chercher, ni accepter de se soigner. C'est le contraire de la maladie que l'on peut contracter par une regrettable imprudence. Il y faut au contraire la fidèle obstination de toute une vie.

TABLE DES MATIÈRES

HURLEMENTS EN FAVEUR DE SADE

L'INTERNATIONALE LETTRISTE • 1952-1957

1952

1953

1954

1956

1957

L'INTERNATIONALE SITUATIONNISTE • 1957-1972

1957

1958

MÉMOIRES

1959

SUR LE PASSAGE DE QUELQUES PERSONNES À TRAVERS UNE ASSEZ COURTE UNITÉ DE TEMPS

1960

1961

CRITIQUE DE LA SÉPARATION

1962

1963

1964

1965

1966

1967

LA SOCIÉTÉ DU SPECTACLE

1968

1972

LA VÉRITABLE SCISSION DANS L'INTERNATIONALE

NOUVEAU THÉÂTRE D'OPÉRATIONS • 1972-1988

1972

1973

LA SOCIÉTÉ DU SPECTACLE – FILM

1980

1981

1983

1985

CONSIDÉRATIONS SUR L'ASSASSINAT DE GÉRARD LEBOVICI

1988

COMMENTAIRES SUR LA SOCIÉTÉ DU SPECTACLE

ENCORE PLUS INACCESSIBLE • 1988-1994

1988

1989

PANÉGYRIQUE, TOME PREMIER

1990

PANÉGYRIQUE, TOME SECOND

IN GIRUM IMUS NOCTE... ÉDITION CRITIQUE

1992

1993

“CETTE MAUVAISE RÉPUTATION...”

1994

DES CONTRATS

GUY DEBORD, SON ART ET SON TEMPS

Document de couverture
Photographie – sur pellicule volontairement abîmée (piétinée) –
Cannes, décembre 1951, parue en 1952 dans la revue *Ion*.
Photo Christian van der Smissen © Archives Alice Debord

Document dos de couverture
Guy Debord en 1965.
Photo André Causse © Archives Alice Debord

Crédits photographiques
© Librairie Arthème Fayard : pages 28, 31, 35, 97, 117, 118
© Éditions Allia : pages 287, 288
© Rijksbureau voor Kunsthistorische Documentatie, La Haye : page 462
© Archives Alice Debord pour tous les autres documents

Directeur éditorial
Françoise Cibiel

Édition
Antoine Jaccottet • Cécile Meissonnier
Bertrand Mirande-Iriberry • Jean-Louis Panné

Maquette
Cécile Meissonnier

Laboratoire photographique
Catherine Hélie

Document Logo Quarto
Jacques Sassier

Achevé d'imprimer
par Maury Imprimeur
45330 Malesherbes
le 1er avril 2014.
Dépôt légal : avril 2014.
1er dépôt légal dans la collection : avril 2006.
Numéro d'imprimeur : 188604.

ISBN 978-2-07-077374-9. / Imprimé en France.

255589